部首索引

一畫

二畫

三畫

四畫

五畫

皮 ㄆㄧˊ 七四六
皿 ㄇㄧㄣˇ 七四七
目 ㄇㄨˋ 七五二
矛 ㄇㄠˊ 七六五
矢 ㄕˇ 七六六
石 ㄕˊ 七六九
示 ㄕˋ 七八一
禸 ㄖㄡˊ 七八八
禾 ㄏㄜˊ 七九〇
穴 ㄒㄩㄝˋ 八〇〇
立 ㄌㄧˋ 八〇五

母＝毋
氺＝水
𧾷＝足
罒＝目
罓＝网
𦉰＝网
衤＝衣

六畫

米 ㄇㄧˇ 八二三
糸 ㄇㄧˋ 八二八
缶 ㄈㄡˇ 八五八
网 ㄨㄤˇ 八六〇
羊 ㄧㄤˊ 八六三
羽 ㄩˇ 八六八
老 ㄌㄠˇ 八七三
而 ㄦˊ 八七四
耒 ㄌㄟˇ 八七五
耳 ㄦˇ 八七六
聿 ㄩˋ 八八三
肉 ㄖㄡˋ 八八四
臣 ㄔㄣˊ 九〇二
自 ㄗˋ 九〇四
至 ㄓˋ 九〇七
臼 ㄐㄧㄡˋ 九〇八
舌 ㄕㄜˊ 九一一
舛 ㄔㄨㄢˇ 九一二
舟 ㄓㄡ 九一三
艮 ㄍㄣˋ 九一四
艸 ㄘㄠˇ 九一五
虍 ㄏㄨ 九五三
虫 ㄏㄨㄟˇ 九五七
血 ㄒㄧㄝˇ 九六七
行 ㄒㄧㄥˊ 九六八
衣 ㄧ 九七二
襾 ㄧㄚˋ 九八三

糹＝糸
𦍌＝羊
西＝襾
覀＝襾

七畫

見 ㄐㄧㄢˋ 九八五
角 ㄐㄩㄝˊ 九八九
言 ㄧㄢˊ 九九一
谷 ㄍㄨˇ 一〇二三
豆 ㄉㄡˋ 一〇二四
豕 ㄕˇ 一〇二五
豸 ㄓˋ 一〇二六
赤 ㄔˋ 一〇二八
走 ㄗㄡˇ 一〇二九
足 ㄗㄨˊ 一〇三三
身 ㄕㄣ 一〇四二
車 ㄔㄜ 一〇四三
辛 ㄒㄧㄣ 一〇五〇
辰 ㄔㄣˊ 一〇五一
辵 ㄔㄨㄛˋ 一〇五二
邑 ㄧˋ 一〇七二
酉 ㄧㄡˇ 一〇七八
釆 ㄅㄧㄢˋ 一〇八四
里 ㄌㄧˇ 一〇八四

𦥑＝臼
镸＝長

八畫

金 ㄐㄧㄣ 一〇八七
長 ㄔㄤˊ 一一〇九
門 ㄇㄣˊ 一一一〇
阜 ㄈㄨˋ 一一一八
隹 ㄓㄨㄟ 一一二九
雨 ㄩˇ 一一三四
青 ㄑㄧㄥ 一一四一
非 ㄈㄟ 一一四二

飠＝食

九畫

面 ㄇㄧㄢˋ 一一四四
革 ㄍㄜˊ 一一四五
韋 ㄨㄟˊ 一一四七
韭 ㄐㄧㄡˇ 一一四八
音 ㄧㄣ 一一四八
頁 ㄧㄝˋ 一一五〇
風 ㄈㄥ 一一五七
飛 ㄈㄟ 一一六〇
食 ㄕˊ 一一六一
首 ㄕㄡˇ 一一六八
香 ㄒㄧㄤ 一一六九

十畫

骨 ㄍㄨˇ 一一八一
高 ㄍㄠ 一一八五
髟 ㄅㄧㄠ 一一八八
鬥 ㄉㄡˋ 一一九〇
鬯 ㄔㄤˋ 一一九二
鬲 ㄌㄧˋ 一一九二
鬼 ㄍㄨㄟˇ 一一九三

十一畫

魚 ㄩˊ 一一九五
鳥 ㄋㄧㄠˇ 一二〇二
鹵 ㄌㄨˇ 一二一一
鹿 ㄌㄨˋ 一二一二
麥 ㄇㄞˋ 一二一三
麻 ㄇㄚˊ 一二一四

十二畫

黃 ㄏㄨㄤˊ 一二一五
黍 ㄕㄨˇ 一二一六
黑 ㄏㄟ 一二一六

十三畫

黽 ㄇㄧㄣˇ 一二二一
鼎 ㄉㄧㄥˇ 一二二一
鼓 ㄍㄨˇ 一二二二
鼠 ㄕㄨˇ 一二二三

十四畫

鼻 ㄅㄧˊ 一二二四
齊 ㄑㄧˊ 一二二五

十五畫

齒 ㄔˇ 一二二六

十六畫

龍 ㄌㄨㄥˊ 一二二七
龜 ㄍㄨㄟ 一二二八

十七畫

龠 ㄩㄝˋ 一二二九

遠流 活用國語辭典

陳鐵君◎主編

編纂者——陳鐵君 國立臺灣師範大學國文系學士
黎安懷 貴陽師範學院中文系教授
鄭君華 貴陽師範學院中文系教授
陳文之 國立花蓮教育大學民間文學所博士班

編輯委員——陳蓉芝．陳文之．陳　宜．傅儷文．劉國梅

審　訂——朱春妹．范姜朝旺．鄭昭清．黃以錫

校　閱——萬淑香．鍾淑貞．陳錦輝．洪淑暖．曾淑正

遠流活用國語辭典

發行人——王榮文
出版發行——遠流出版事業股份有限公司
地址——台北市南昌路二段81號6樓
電話——(02)2392-6899　傳眞——(02)2932-6658
劃撥帳號——0189456-1

主編——陳鐵君
編輯製作——遠流辭書編輯室
封面設計——唐壽南

著作權顧問——蕭雄淋律師

排版製版——天翼電腦排版印刷股份有限公司
2009年 9月 1日　初版一刷
2021年 1月 16日　初版十一刷
售價——新台幣480元
如有缺頁或破損，請寄回更換

ISBN 978-957-32-6511-5

YLib 遠流博識網　http://www.ylib.com　E-mail: ylib@ylib.com

出版前言

文字是知識的載具，推動文明前進的力量。識字的渴望，促成了「字典」的出現，字典之後，辭典、百科全書相繼出現，「辭書」這一特別的書種，於焉成形。

字典著重在「收字」，辭典則於單字形音義的解釋之外，更著重於「收辭」。相對於「字」的穩定，「辭」經常會隨著世代的遞嬗、族群的交往、社會的變遷、學術的發達、資訊的流通而生死增減。也因此，能否映照呈現其「時代性」，便成為辭典的最重要特質，此亦所以「字典」較少增補，而每過一段時間，「辭典」便需修訂的緣故。

新世紀前後，高科技突飛猛進，政治形勢急轉直下，從實體到虛擬，全球資訊波動洶湧，人類進入空前未有的資訊爆炸時代。以中文世界為例，網際網路無遠弗屆，漢語聯繫了所有中文族群；兩岸解凍，正體簡體注音拼音交流轉換，各種新舊詞彙、流行語、慣用語、方言俚語、舊詞新說隨緣起滅，積漸成解，令人眼花撩亂，目不暇給。舊有大辭典的修訂緩不濟急，一部切合新時代需要的中文辭典的出現，遂成為當務之急。《遠流活用國語辭典》即此應運而生。

王榮文

此一辭典，自主編陳鐵君先生發願之日起算，所動用兩岸人力物力，難計其數。原稿暨前後列印校對稿紙總數，足可填滿一小屋。其造字之艱難、索引之周延，前所未見。全書收錄近八千字、三萬詞條，字音注音拼音皆備，詳列釋義，並舉例以示，便於活用。

所遺憾的是，陳鐵君先生反覆琢磨砥礪，長期埋首蠅頭小字，整輯排比，鏡別源流，不幸積勞成疾，竟於二〇〇五年夏天與世長辭，未及親見此書之出版。然而，及身榮耀雖不可親得，後人的感念卻永恆長久。此書出版之時，實亦即陳鐵君先生將與許慎、陸爾奎、舒新城、王雲五、鄺其照、林語堂、諸橋轍次等諸辭書編纂先賢並列，同為中文使用者永誌不忘之日也。

編者序

猶記得初中時期，曾因參加校際作文比賽得獎。當時除了獲頒獎狀之外，還得到了一本厚重的《國語辭典》作為獎品。在那物質匱乏的年代裡，即便是只想要找些課外讀物滿足閱讀慾，都稱得上是種奢侈的夢想。因此這份意義珍貴的獎品，便成了讓我一窺中國文學堂奧之礎石，至今這本封面與內頁已然斑駁脫落的辭典，仍為我案頭常置，便於查閱之器。

在現今中文出版業界中，非主流的工具書市場向來有限。願意投資於此者，除了具有崇高的回饋社會之理想外，尚須擁有一份擇善固執的傻勁。蒙遠流出版公司王董事長不棄，數年前曾不計成本，耗資出版了拙著《遠流活用成語辭典》及《遠流活用成語大辭典》二書。而今又更進一步，將範疇擴展至國語辭典之領域。為了回報王君之信任，在編纂過程中，我唯有不惜勞心勞力，逐字逐句編寫與校訂，務求本書之正確及完美。「十年一覺辭典夢」，從意念的構思直至文稿的完成，倘若這段歲月的精雕細琢，能夠換取一部得以藏諸名山之著作，對我而言，或可謂足矣！

年屆花甲之際，本當含飴弄孫，安享餘年，卻仍著手進行一系列中文工具書之浩大編纂工程，許多友好們常問我何苦來哉？我想，或許此中最大的驅動力，就是來自於當初那本辭典，所帶給我的那份對中文最初的感動吧！「生年不滿百，常懷千歲憂」，而我一生所欲追求的永恆，即為編纂一套可傳承後世的不朽作品，俾以造福千萬莘莘學子與文學愛好者，在浩瀚的中國文學江海之中，獲得正確的學習導引。「老驥伏櫪，志在千里；壯士暮年，雄心未已」，值此全書即將完工之際，回首向來，感慨繫之！中文老兵不死，但求凋零之前，得以燦爛一世！

本書容有疏漏未當之處，惟願方家先進不吝斧正，俾助本書臻至完善。

乙酉年仲夏識於硯農精舍惡虛齋　鐵君

【編者簡介】

陳鐵君，本名國政，以字行。臺灣省屏東縣內埔鄉人，一九四〇年生。臺灣師範大學國文系畢業，任教於國立臺南一中、臺北市立建國高中等校。編著中學生課外輔導讀物近二十餘類，主編《遠流活用成語辭典》，嘉惠學子無數。自一九九五年起，發願編纂本辭典，往返海峽兩岸，整合資源，躬自編校，不幸於二〇〇五年六月積勞成疾，與世長辭，病危之日猶念念不忘本書，其發願用心將為後世永遠感念。

目錄

編輯大意

一、編輯宗旨

本辭典為匯集現代詞語及傳統語彙的綜合辭書。適合各級學校教師、學生及各階層人士使用。

二、收錄字詞

㈠本辭典收錄單字約八千字。以教育部頒布「常用國字」及「次常用國字」為基準。

㈡詞語約收錄三萬詞條。以報章雜誌及各級學校教科書所出現之詞語為基準，兼收一般辭書所收錄者，及海峽兩岸現代所流行之詞語。如有版本不同者，則以善本為據。

三、單字處理

㈠排序：

按部首排序，同一部首，則按筆畫多寡為序，同一筆畫，則按永字八法「點、橫、豎、撇」為次。

㈡注音：

⑴每字先注「國語注音」符號，次為「漢語拼音」符號。例：

照 ㄓㄠˋ zhào

⑵若因讀音不同，而釋義亦有差別時，則「常用音」列前，「次用音」依序列後，「釋義」隨音附列，並另起新行，以符號㊀、㊁、㊂區分之。例：

華 ㊀ㄏㄨㄚˊ huá 名①中國的代稱。例華夏。②光澤，光彩。例華麗。③文飾。例樸實無華。④時光。例韶華。⑤事物精要的部分。例精華。⑥化妝用的粉。例鉛華。

㊁ㄏㄨㄚ huā 名同「花」。植物的花朵。

㊂ㄏㄨㄚˋ huà 名①山名。華山，在陝西省。②姓。

(3)本辭典在「國音正讀」方面，以教育部「重編國語辭典」及民國八十八年三月公告之「國語一字多音審訂表」為準據。

㈢釋義：

(1)先區分「詞性」，再按詞性解釋字義，必要時徵引出處，或以例句說明之。

(2)詞性區分九類。以下列符號標示：名—名詞，含數詞、量詞；形—形容詞；動—動詞；副—副詞；代—代名詞；助—語助詞；連—連接詞；介—介繫詞；嘆—感嘆詞。

(3)一字多音多義，則先按讀音區分，再按詞性分類加以解釋，參見注音(2)之說明。

(4)「聯綿詞」不可分割，單字只注音不解釋，惟敘明見某某詞條。例：葡萄、蜻蜓、鞦韆、琵琶。

四、詞語處理

㈠排序：先按詞語字數多寡排序，再依詞語第一字筆畫多寡為次，筆畫相同，則按永字八法為次。

㈡注音：

(1)每一詞條均並列「國語注音」及「漢語拼音」。正讀方面亦以部編「國語辭典」及民國八十八年公告之「國語一字多音審訂表」為準據，務求正確。

⑵詞語有多音而意義不同時，則「常用音」列前，「次用音」依序列後，並以符號㈠、㈡、㈢……加以區分。釋義則附於音讀之後，以符號①、②、③……標示之。例：

一行 ㈠ㄧˋ ㄒㄧㄥˊ 指同行的一群人。㈡ㄧˋ ㄏㄤˊ ①單一的行列。例排成一行。②同一種職業或泛稱某一行業。例我和他是同一行、做一行怨一行。㈢ㄧˊ ㄒㄧㄥˋ 獨行。新五代史有一行傳，專門記載德行高潔的人。

㈢釋義：

⑴每條詞語均用簡潔語體解釋，必要時加例句或徵引典故說明之。例句若為自行造句，不加引號（「」），參見本條⑵「一身」之例句。若徵引典故，則加引號，參見本條⑸說明。

⑵詞語有多義者，以符號①、②、③……區分之，先解釋本義，後及引申義、借用義等，例：

一身 ㄧ ㄕㄣ ①一個身軀，一人。例孑然一身。②滿身，全身。例他一身都是泥漿。③一套衣服。例她今天穿了一身新衣。

(3)部分複詞、成語酌列同、反義詞，以符號同、反標示。

(4)專有名詞，先敘明人名、地名、山河名、國名、書名……等，然後再行解釋，不另標示符號。

(5)徵引出處，出自書籍者，不列作者姓名。如詩經：「……」。徵引單篇詩文，加注作者姓名。例：韓愈・師說：「……」。

五、查法

本辭典以「部首索引」為主。附「漢字筆畫檢字索引」、「注音符號查字表」及「漢語拼音查字表」、「簡體正體對照索引」，以方便查檢。

簡體正體對照索引

二畫

厂〈廠〉三五一
卜〈蔔〉九二八
儿〈兒〉九六
几〈幾〉三四四
了〈瞭〉七六四

三畫

干〈乾〉三六
干〈幹〉三四二
干〈榦〉五六四
于〈於〉五〇九
亏〈虧〉九五六
才〈纔〉八五八
与〈與〉九〇八

四畫

万〈萬〉七八九
千〈韆〉一二四七
亿〈億〉八〇七
个〈個〉七二五
个〈箇〉八一六
么〈麼〉一三一五
广〈廣〉三五〇
门〈門〉一一一〇
义〈義〉八六七
卫〈衛〉九七一
尸〈屍〉三一五
飞〈飛〉一一六〇
习〈習〉八六九
马〈馬〉一一七〇
乡〈鄉〉一〇七五

【一】

丰〈豐〉一〇一五
开〈開〉一一一三
无〈無〉六六三
韦〈韋〉一一四七
专〈專〉三〇四
云〈雲〉一一三五
艺〈藝〉九五〇
扎〈紮〉八三六
厅〈廳〉三五二
历〈歷〉五八三
历〈曆〉五二九
区〈區〉一四八
匹〈疋〉七一七
车〈車〉一〇四三
巨〈鉅〉一〇九二

【丨】

冈〈岡〉三二〇
贝〈貝〉一〇一八
见〈見〉九八五

【丿】

气〈氣〉五九七
升〈昇〉五一七
升〈陞〉一一三一
长〈長〉一一〇九
仆〈僕〉八〇七
币〈幣〉三二六
仅〈僅〉八四
从〈從〉三七一
仑〈侖〉六六
仑〈崙〉三三三
凶〈兇〉九四
仓〈倉〉七二
风〈風〉一一五七
凤〈鳳〉一三〇三
乌〈烏〉六六〇

【丶】

闩〈閂〉一二一一
为〈為〉六五七
斗〈鬥〉一一九〇
忆〈憶〉四一三
计〈計〉九九二
订〈訂〉九九二
讣〈訃〉九九二
认〈認〉一〇〇〇
讥〈譏〉一〇一〇

【乛】

丑〈醜〉一〇八二
队〈隊〉一一二四
办〈辦〉一〇五〇
邓〈鄧〉一〇七七
劝〈勸〉一四二
双〈雙〉一一三三
书〈書〉五三三

五畫

【一】

击〈擊〉四八一
戋〈戔〉四一九
扑〈撲〉四七八
节〈節〉八一三
术〈術〉九七〇
札〈劄〉八三六
龙〈龍〉一三一七
厉〈厲〉一六〇
灭〈滅〉六四一
轧〈軋〉一〇四四
东〈東〉五四五

【丨】

卢〈盧〉七五一
业〈業〉五六四
旧〈舊〉九一〇
帅〈帥〉三三三
归〈歸〉五八四
叶〈葉〉九三七
号〈號〉九五六
电〈電〉一一三六
只〈隻〉一一二九
叽〈嘰〉二〇八
叹〈嘆〉二〇六

【丿】

们〈們〉七八
仪〈儀〉八〇七

五畫

宁〈寧〉二九九　汉〈漢〉六四三　头〈頭〉一三五　汇〈彙〉三六六　汇〈匯〉三四七　兰〈蘭〉九五三　闪〈閃〉二二二　冯〈馮〉一〇七　邝〈鄺〉〔丶〕
饥〈饑〉二六七　饦〈飢〉二六二　刍〈芻〉九四九　务〈務〉四〇三　鸟〈鳥〉三〇二　册〈冊〉一三三　冬〈鼕〉三六九　匆〈怱〉五四四　处〈處〉五六六　乐〈樂〉六八〇　尔〈爾〉一六八　丛〈叢〉一六〇

对〈對〉三六六　圣〈聖〉八七七　发〈髮〉二八八　发〈發〉七七七　边〈邊〉一〇二　辽〈遼〉一〇二　出〈齣〉三六六〔乛〕
记〈記〉九三二　讯〈訊〉九三二　议〈議〉一〇一〇　训〈訓〉九三二　讫〈訖〉九三二　讪〈訕〉九三二　礼〈禮〉六六八　让〈讓〉一〇二三　写〈寫〉九〇二　讨〈討〉九三二　讧〈訌〉九三二　讦〈訐〉九三二　宁〈甯〉七二九

场〈場〉三二四　扬〈揚〉四六八　扫〈掃〉四六五　扪〈捫〉四五五　扩〈擴〉四二一　圹〈壙〉四二一　执〈執〉二三二　托〈託〉九一九　巩〈鞏〉一二六　动〈動〉一四九　玑〈璣〉七一〇　扣〈釦〉一〇九〔一〕

六畫

丝〈絲〉八四一　驭〈馭〉一七二　纠〈糾〉八一六　台〈颱〉二五九　台〈檯〉五三一　台〈臺〉九〇七

贞〈貞〉一〇八〔丨〕
毕〈畢〉七二四　迈〈邁〉一七一　划〈劃〉一三三　尧〈堯〉一三三　轨〈軌〉一三四　夹〈夾〉三六五　达〈達〉三六四　夺〈奪〉三六三　夸〈誇〉九八一　页〈頁〉一五〇　库〈庫〉三四七　厌〈厭〉一六〇　压〈壓〉一二四　协〈協〉一五五　过〈過〉三六五　权〈權〉五七一　机〈機〉五七一　朴〈樸〉九四六　苈〈藶〉九四六　亚〈亞〉四

钆〈釓〉一〇八　钇〈釔〉一〇八〔丿〕
网〈網〉八四五　刚〈剛〉三二二　则〈則〉三二〇　岂〈豈〉一〇二四　回〈迴〉三八六　吕〈呂〉三八〇　岁〈歲〉五一三　屿〈嶼〉三二四　吗〈嗎〉二〇二　吊〈弔〉二五五　团〈糰〉八二三　团〈團〉三三四　虫〈蟲〉二六〇　吓〈嚇〉一二三　吁〈籲〉二〇九　当〈噹〉七二五　当〈當〉三二三　尘〈塵〉三二三　师〈師〉三二三

众〈眾〉六六二　杀〈殺〉五九一　会〈會〉五三二　后〈後〉三六七　向〈嚮〉二三七　伪〈偽〉一八一　亡〈亾〉八五　伙〈夥〉五四一　华〈華〉二三四　伧〈傖〉九三　伦〈倫〉八三　价〈價〉一〇七　伥〈倀〉八六　伤〈傷〉八九　优〈優〉九四　伛〈傴〉八三　传〈傳〉一〇三　伟〈偉〉二〇三　乔〈喬〉一七六　迁〈遷〉七一　朱〈硃〉一〇六　钇〈鈘〉一二〇〇

七畫

六畫

簡	齐	刘	庆	庄	决	妆	冲	冲	壮	冱		饧	争	邬	凫	犸	犷	负	杂	创	伞	爷
正	齊	劉	慶	莊	決	妝	衝	沖	壯	冱	〔冫〕	餳	爭	鄔	鳧	獁	獷	負	雜	創	傘	爺
頁	一三五	三五	四七	四〇二	六六三	二七〇	九一	六〇九	二四一	六八		一六六	六六	六六七	三〇四	六三四	六九五	一〇六	一二八	一一三	一三三	六〇

簡	欣	讹	许	讷	讶	讵	军	讴	讳	讲	兴	忏	汤	污	灯	关	并	并	闯	问	闭	产
正	訢	訛	許	訥	訝	詎	軍	謳	諱	講	興	懺	湯	汙	燈	關	併	並	闖	問	閉	產
頁	九五	九五	九四	九四	九四	九五	一〇四	一〇四	一〇六	一〇七	九九	四六	六二	六二	六二五	二一	六一	二一	九七	九六	九七	七七

簡	戏	妈	妇	奸	阴	阶	阳	阵	孙	导	异	尽	尽	寻		诀	访	设	讥	农	讼	论
正	戲	媽	婦	姦	陰	階	陽	陣	孫	導	異	儘	盡	尋	〔彐〕	訣	訪	設	諷	農	訟	論
頁	四三	二六	二六	二四	一三	一三	一三	一三	二六	三〇	七	七九	七九	三六		九四	九四	一〇四	一〇三	一〇二	九五	一〇五

簡	纫	驰	纪	纩	级	纨	约	驯	纠	纥	纤	纤	驮	纣	红	纤	买	欢	观
正	紉	馳	紀	纊	級	紈	約	馴	糾	紇	繟	纖	馱	紂	紅	紆	買	歡	觀
頁	八三	二七	八三	八五	八三	八三	八三	二七	八三	八五	八五	八五	二七	八三	八三	八三	五九	九八	八八

簡	坝	贡	扰	坜	抠	坏	抟	坛	坛	抚	运	划	韧	违	远	进	却	玛	玑	麦	寿
正	壩	貢	擾	壢	摳	壞	摶	罈	壇	撫	運	剗	韌	違	遠	進	卻	瑪	璣	麥	壽
頁	二四三	一〇九	四八五	二四二	四七五	二四七	四八九	二四〇	二四八	四八三	六〇一	六三	一二四	六三一	六〇六	六〇一	六五	七一二	七一二	三一二	二三

簡	芦	苈	严	苍	苁	苋	芸	苇	芜	拟	报	声	块	壳	执	护	坟	坞	志	抢	抡	折
正	蘆	藶	嚴	蒼	蓯	莧	蕓	葦	蕪	擬	報	聲	塊	殼	摯	護	墳	塢	誌	搶	掄	摺
頁	九五一	九二四	二一二	九三九	九五四	九三五	九五二	九五六	九五二	四八二	三二	八〇	二三八	四九六	四五六	五〇一	二四一	二五六	九三九	四六二	四六四	四七七

〔一〕

簡	正	頁
轫	〈軔〉	一〇四
轩	〈軒〉	一〇四
欤	〈歟〉	五九
连	〈連〉	一〇八
来	〈來〉	六五
歼	〈殲〉	五九
衮	〈衮〉	二三
矶	〈磯〉	七九
还	〈還〉	一一
励	〈勵〉	一四
医	〈醫〉	一三
丽	〈麗〉	三三
两	〈兩〉	一〇〇
杨	〈楊〉	五二
极	〈極〉	六二
杠	〈槓〉	五五
苏	〈囌〉	三三
苏	〈甦〉	二一
苏	〈蘇〉	七六
克	〈尅〉	三〇
劳	〈勞〉	一四〇

簡	正	頁
呙	〈咼〉	一九〇
困	〈睏〉	七六
罗	〈囉〉	五三
邮	〈郵〉	一六七
肠	〈暘〉	五二
呛	〈嗆〉	一九
吣	〈吣〉	一八
吨	〈噸〉	二一〇
围	〈圍〉	三〇
旷	〈曠〉	三二
园	〈園〉	三〇
呕	〈嘔〉	一〇五
呆	〈獃〉	九五
吃	〈囓〉	二三
里	〈裡〉	九七
县	〈縣〉	八五
吴	〈吳〉	一五三
时	〈時〉	五二
坚	〈堅〉	三三
邬	〈鄔〉	一〇七
卤	〈滷〉	六四
卤	〈鹵〉	三三

〔丿〕

簡	正	頁
乱	〈亂〉	三七
钋	〈釙〉	一〇九
钋	〈釛〉	一〇九
钊	〈釗〉	一〇九
钉	〈釘〉	一〇九
针	〈鍼〉	一〇一
针	〈針〉	一〇八
囵	〈圇〉	一三〇
财	〈財〉	一〇九
岚	〈嵐〉	一三五
帐	〈帳〉	一三二
岘	〈峴〉	一三二
岗	〈崗〉	一三二
岖	〈嶇〉	一三六
帏	〈幃〉	二〇
别	〈彆〉	一〇四
呜	〈嗚〉	一〇四
呛	〈嗆〉	一八二
听	〈聽〉	一九
呗	〈唄〉	一五
员	〈員〉	一九

簡	正	頁
饮	〈飲〉	一六三
饪	〈飪〉	一六三
饩	〈餼〉	一六三
饨	〈飩〉	一六七
邹	〈鄒〉	三二
岛	〈島〉	一三五
删	〈刪〉	一五五
飏	〈颺〉	一五五
条	〈條〉	六九
鸠	〈鳩〉	六九
狈	〈狽〉	三三
犹	〈猶〉	九六
龟	〈龜〉	一〇七
肠	〈腸〉	五九
邻	〈鄰〉	一八三
壳	〈殼〉	一九〇
金	〈僉〉	一二六
谷	〈穀〉	一三五
余	〈餘〉	一四四
彻	〈徹〉	一三二
佣	〈傭〉	一二八
体	〈體〉	一二八

〔丶〕

簡	正	頁
闲	〈閑〉	二四
闲	〈閒〉	二三
闸	〈閘〉	二六
闰	〈閏〉	二三
弃	〈棄〉	五七
庐	〈廬〉	一三二
这	〈這〉	一〇七
应	〈應〉	一二
疖	〈癤〉	四三
疗	〈療〉	一三五
库	〈庫〉	一三三
庑	〈廡〉	一五二
亩	〈畝〉	七二
况	〈況〉	六二
状	〈狀〉	六九
冻	〈凍〉	一四
刨	〈鉋〉	一〇九
系	〈繫〉	八一
系	〈係〉	五七
饮	〈飲〉	一六三
饭	〈飯〉	一六三

簡	正	頁
怅	〈悵〉	三九八
怃	〈憮〉	四〇六
忧	〈憂〉	四〇八
怄	〈慪〉	四〇八
怀	〈懷〉	四一五
怃	〈憮〉	四一三
汹	〈洶〉	六三一
浦	〈潽〉	六五二
沪	〈滬〉	六四一
沟	〈溝〉	六三一
沧	〈滄〉	六四二
沦	〈淪〉	六二五
沥	〈瀝〉	六二四
沤	〈漚〉	六五一
沣	〈灃〉	六六四
炀	〈煬〉	六七九
灿	〈燦〉	六九二
闷	〈悶〉	二二
阅	〈閱〉	二三
闵	〈閔〉	二三
间	〈間〉	二三
闳	〈閎〉	二三

八畫

〔七畫（續）〕

简	繁	页
译	〈譯〉	一〇一〇
诏	〈詔〉	九六六
诎	〈詘〉	九六六
词	〈詞〉	九六五
谘	〈諮〉	一〇八
诐	〈詖〉	九六六
诋	〈詆〉	九六六
诊	〈診〉	九六六
诉	〈訴〉	九六六
诈	〈詐〉	一〇一
识	〈識〉	九六六
诅	〈詛〉	九七
补	〈補〉	九五
评	〈評〉	九七五
启	〈啟〉	九五
诃	〈訶〉	九六六
诂	〈詁〉	一〇一
证	〈證〉	九五
証	〈証〉	六六
灾	〈災〉	八四
穷	〈窮〉	—
怆	〈愴〉	四七

〔乛〕

简	繁	页
绖	〈絰〉	八三
纩	〈纊〉	八四
纬	〈緯〉	八七
鸡	〈雞〉	一三
劲	〈勁〉	一三
刭	〈剄〉	三〇
妫	〈嬀〉	三六
妪	〈嫗〉	三九
妩	〈嫵〉	三六
陉	〈陘〉	二〇
坠	〈墜〉	二三
陈	〈陳〉	二三
陇	〈隴〉	二九
陆	〈陸〉	二三
际	〈際〉	二三
张	〈張〉	二六
局	〈跼〉	一〇
迟	〈遲〉	一七
层	〈層〉	三六
灵	〈靈〉	一四
诒	〈詒〉	九六

八畫 〔乛〕

简	繁	页
纾	〈紓〉	八三
纽	〈紐〉	八三
纠	〈糾〉	八三
驴	〈驢〉	一六
纺	〈紡〉	八三
纹	〈紋〉	八三
纸	〈紙〉	八三
纷	〈紛〉	八三
纶	〈綸〉	八四
驳	〈駁〉	一五
纵	〈縱〉	八五
纡	〈紆〉	八三
纳	〈納〉	八三
纲	〈綱〉	八四
驲	〈馹〉	一五
纱	〈紗〉	八三
纰	〈紕〉	八三
纯	〈純〉	八三
驱	〈驅〉	一七

〔一〕

简	繁	页
拨	〈撥〉	四八〇
拧	〈擰〉	四三
拦	〈攔〉	四六
势	〈勢〉	一四一
拥	〈擁〉	四八
顶	〈頂〉	一二五〇
担	〈擔〉	四三
拓	〈搨〉	七二
垆	〈壚〉	八五
坼	〈壙〉	二四
拣	〈揀〉	四六
拢	〈攏〉	四八
瓯	〈甌〉	一四
幸	〈倖〉	七五
规	〈規〉	九六
表	〈錶〉	一〇九五
珑	〈瓏〉	七六
现	〈現〉	七二
责	〈責〉	一〇二
环	〈環〉	七六
玮	〈瑋〉	七八

简	繁	页
枣	〈棗〉	五六
画	〈畫〉	七二四
丧	〈喪〉	二〇〇
杰	〈傑〉	八三
构	〈構〉	五五
枫	〈楓〉	五三
枪	〈槍〉	五六六
松	〈鬆〉	一二六八
枞	〈樅〉	五六
板	〈闆〉	一一二六
枨	〈棖〉	五四
柜	〈櫃〉	五六
枥	〈櫪〉	五四
枢	〈樞〉	五六
茎	〈莖〉	九〇
茕	〈煢〉	六二
茔	〈塋〉	三二
范	〈範〉	八七
茑	〈蔦〉	九二
苌	〈萇〉	九二
苹	〈蘋〉	九五
择	〈擇〉	四八二

简	繁	页
鸢	〈鳶〉	一三〇
软	〈軟〉	一〇四五
轮	〈輪〉	一〇四五
斩	〈斬〉	五〇五
轭	〈軛〉	一〇四
转	〈轉〉	一〇四
顷	〈頃〉	一二五〇
轰	〈轟〉	一〇四
郏	〈郟〉	六〇一
垩	〈堊〉	二四
殴	〈毆〉	二四一
欧	〈歐〉	五九一
瓯	〈甌〉	五七一
态	〈態〉	七七
奋	〈奮〉	四〇
厕	〈廁〉	二六四
码	〈碼〉	三六四
砀	〈碭〉	七七
矿	〈礦〉	七六〇
矾	〈礬〉	七六〇
郁	〈鬱〉	一九二
卖	〈賣〉	一〇二四

〔一〕

剀〈剴〉三二　列〈劂〉三二　岭〈嶺〉三四　帜〈幟〉三七　岿〈巋〉三五　罗〈羅〉六二　岩〈巖〉三五　咏〈詠〉九五　咛〈嚀〉二一　鸣〈鳴〉三〇　龟〈黽〉三二　虮〈蟣〉九五　咙〈嚨〉三一　畅〈暢〉五六　国〈國〉二六　昆〈崑〉三二　昙〈曇〉五〇　贤〈賢〉一〇　肾〈腎〉八九　虏〈虜〉九五　齿〈齒〉三六

〔丿〕

刮〈颳〉一五九　耗〈氂〉五五　制〈製〉九七　钗〈釵〉八九　钖〈錫〉一〇一　钕〈釹〉八九　钊〈釗〉九九　钒〈釩〉八九　钓〈釣〉八九　钐〈釤〉八九　钏〈釧〉八九　钍〈釷〉八九　图〈圖〉三二　贮〈貯〉二二　购〈購〉二〇　贬〈貶〉三二　贩〈販〉二九　账〈賬〉二六　败〈敗〉四六　峥〈崢〉三四　凯〈凱〉一五

怂〈慫〉四九　刽〈劊〉一三四　舍〈捨〉四六　径〈逕〉一〇五　径〈徑〉三六　征〈徵〉三七　肴〈餚〉二六　质〈質〉一〇六　侬〈儂〉八　侪〈儕〉九　货〈貨〉一〇二　侩〈儈〉八　侨〈僑〉八二　凭〈憑〉四一　侧〈側〉一九　侦〈偵〉八　侥〈僥〉八六　侣〈侶〉七二　侄〈姪〉二二　侠〈俠〉七一　佽〈健〉八　岳〈嶽〉三四

饰〈飾〉一六二　饯〈餞〉二六六　枭〈梟〉五六　备〈備〉八二　狞〈獰〉六九　鱼〈魚〉一九五　迩〈邇〉一〇二　奂〈奐〉三二　胁〈脅〉九二　肮〈骯〉一二　胀〈脹〉九六　肿〈腫〉九一　周〈週〉一一　肤〈膚〉八九　饸〈餄〉四三　瓮〈罋〉八五　瓮〈甕〉七一　贫〈貧〉一〇二　贪〈貪〉一〇二　觅〈覓〉九六　采〈採〉四六　籴〈糴〉八四

〔丶〕

炉〈爐〉六七　炝〈熗〉六一　炖〈燉〉六二　炜〈煒〉六〇　单〈單〉二〇〇　卷〈捲〉四五　郑〈鄭〉一〇二　闹〈鬧〉一二九　闸〈閘〉一二四　将〈將〉三〇五　废〈廢〉五一　剂〈劑〉一三三　疡〈瘍〉一三三　疠〈癘〉七三　疟〈瘧〉七三　庙〈廟〉六〇　庞〈龐〉五二　变〈變〉一〇二　饴〈飴〉一六三　饲〈飼〉一六三　饱〈飽〉一六二

实〈實〉三〇〇　帘〈簾〉八〇　审〈審〉三〇一　宠〈寵〉三〇二　宝〈寶〉三〇二　学〈學〉二六　怿〈懌〉四二　怜〈憐〉四一〇　净〈淨〉六三　泾〈涇〉六六　泽〈澤〉六四　泼〈潑〉六七　泻〈瀉〉六三　泞〈濘〉六五　注〈註〉九五　泺〈濼〉六五　泪〈淚〉六三　泸〈瀘〉六五　沾〈霑〉三一九　泷〈瀧〉六五　浅〈淺〉六三　炉〈鑪〉一二八

九畫

【一】

八畫

簡	正	頁
净	〈淨〉	一〇〇
诣	〈詣〉	九四
询	〈詢〉	九八
诡	〈詭〉	九八
诠	〈詮〉	九八
诟	〈詬〉	一〇〇
诞	〈誕〉	九六
话	〈話〉	九六
诜	〈詵〉	九六
诛	〈誅〉	七六
视	〈視〉	九六
祎	〈禕〉	一〇六
衬	〈襯〉	九二
郓	〈鄆〉	一〇六
诚	〈誠〉	九二
诙	〈詼〉	九六
诘	〈詰〉	九七
诗	〈詩〉	九七
诖	〈詿〉	九七
试	〈試〉	九七
诔	〈誄〉	九七
诓	〈誆〉	九二

簡	正	頁
线	〈線〉	八九
艰	〈艱〉	九四
参	〈參〉	六一
驾	〈駕〉	一七四
虿	〈蠆〉	九二
驽	〈駑〉	一七三
姗	〈姍〉	一二一
陕	〈陝〉	三一
届	〈屆〉	三六
屉	〈屜〉	三六
弥	〈瀰〉	六五
弥	〈彌〉	一三一
鸠	〈鳩〉	一〇九
隶	〈隸〉	八二
录	〈錄〉	一一九
肃	〈肅〉	一〇九
诩	〈詡〉	九七
诨	〈諢〉	一〇五
诧	〈詫〉	九六
详	〈詳〉	九七
该	〈該〉	九七

簡	正	頁
绊	〈絆〉	八四
驻	〈駐〉	一七二
驺	〈騶〉	一七七
绉	〈縐〉	八五
终	〈終〉	八六
驹	〈駒〉	一七二
纱	〈紗〉	八四
驸	〈駙〉	一七二
驷	〈駟〉	一七二
绚	〈絢〉	八五
驶	〈駛〉	一七二
织	〈織〉	八五
细	〈細〉	八四
绌	〈絀〉	八四
绅	〈紳〉	八四
驵	〈駔〉	一七二
组	〈組〉	八五
练	〈練〉	八四
绂	〈紱〉	八四
绁	〈紲〉	八四
绀	〈紺〉	八三

九畫 〔一〕

簡	正	頁
珊	〈珊〉	七〇二
预	〈預〉	一五〇
珑	〈瓏〉	七一二
珐	〈琺〉	七一二
帮	〈幫〉	三七
贰	〈貳〉	一〇二
毒	〈毒〉	五二

簡	正	頁
贯	〈貫〉	一〇二〇
骀	〈駘〉	一七四
绐	〈紿〉	八四
经	〈經〉	八四
驿	〈驛〉	一七六
绎	〈繹〉	八五
绍	〈紹〉	八六
绌	〈絀〉	八六
绋	〈紼〉	八三
驼	〈駝〉	一七三
纣	〈紂〉	八六

簡	正	頁
带	〈帶〉	三四
荜	〈蓽〉	九四
莸	〈蕕〉	九四
赍	〈賫〉	一〇二
荚	〈莢〉	九三
荐	〈薦〉	九四
挂	〈掛〉	六〇
挦	〈撏〉	四八
挥	〈揮〉	四六
挤	〈擠〉	四八
垫	〈墊〉	二九
挢	〈撟〉	四八
挡	〈擋〉	三三
贲	〈賁〉	一〇二
赵	〈趙〉	一〇三
挠	〈撓〉	四六
挟	〈挾〉	四五
挞	〈撻〉	四八
项	〈項〉	一五〇
挝	〈撾〉	四八
㻅	〈瓅〉	七一二

簡	正	頁
标	〈標〉	五六七
药	〈藥〉	九五〇
荭	〈葒〉	九三
荫	〈蔭〉	九二
荫	〈廕〉	九三
荪	〈蓀〉	九二
胡	〈鬍〉	一一八
荩	〈藎〉	九四
荨	〈蕁〉	九四
荧	〈熒〉	六八
荥	〈滎〉	六八
荤	〈葷〉	九三
荣	〈榮〉	六三
荡	〈蕩〉	九四
荡	〈盪〉	五九
垩	〈堊〉	二九
荠	〈薺〉	九四
荟	〈薈〉	九四
荞	〈蕎〉	九四
莒	〈莒〉	八六
茧	〈繭〉	八五

九畫

簡	正	頁
鸥	〈鷗〉	三二九
牵	〈牽〉	六八一
面	〈麵〉	三三四
砚	〈硯〉	七三二
砗	〈硨〉	七三二
砖	〈磚〉	七三二
砖	〈塼〉	三三六
厘	〈釐〉	一〇六
咸	〈鹹〉	三三一
郦	〈酈〉	一〇六
树	〈樹〉	五五九
柽	〈檉〉	五五三
柠	〈檸〉	五五三
栏	〈欄〉	五五二
栎	〈櫟〉	五五二
栀	〈梔〉	五五七
栅	〈柵〉	五五九
栌	〈櫨〉	五五三
栋	〈棟〉	五五九
栊	〈櫳〉	五五二
栉	〈櫛〉	五五二
栈	〈棧〉	五五〇

簡	正	頁
尝	〈嚐〉	三二二
尝	〈嘗〉	一〇六
竖	〈豎〉	九四八
览	〈覽〉	九八三
临	〈臨〉	三三六
点	〈點〉	九六八
觇	〈覘〉	四二一
背	〈揹〉	六二九
〔一〕		
蚕	〈蠶〉	九六五
鸦	〈鴉〉	三〇四
轻	〈輕〉	一〇四
轺	〈軺〉	一〇四
轸	〈軫〉	一〇四
轶	〈軼〉	一〇四
轵	〈軹〉	一〇四
轴	〈軸〉	一〇五
铲	〈鏟〉	一〇四
轲	〈軻〉	五八七
殇	〈殤〉	五八七
残	〈殘〉	五八七

簡	正	頁
响	〈響〉	一二九
咱	〈喒〉	二〇二
咱	〈偺〉	一八〇
哔	〈嗶〉	二七二
勋	〈勛〉	四〇二
郧	〈鄖〉	四二九
剐	〈剮〉	一〇六
骂	〈罵〉	二〇二
虽	〈雖〉	二五五
蚂	〈螞〉	二五五
蚁	〈蟻〉	二五五
虾	〈蝦〉	二五二
贵	〈貴〉	一二三
咽	〈嚥〉	二二一
哗	〈嘩〉	二〇六
哓	〈嘵〉	二〇七
哒	〈噠〉	一九二
哑	〈啞〉	一九一
哄	〈鬨〉	二五六
显	〈顯〉	九八三
昵	〈暱〉	二五六
眬	〈矓〉	五三二

簡	正	頁
钞	〈鈔〉	一八九
钝	〈鈍〉	一九〇
钛	〈鈦〉	一九〇
钣	〈鈑〉	一九〇
钙	〈鈣〉	一九〇
叙	〈敍〉	八六
〔丿〕		
骨	〈骨〉	二八一
贻	〈貽〉	一〇三
觊	〈覬〉	二〇三
贴	〈貼〉	一二三
贱	〈賤〉	一二六
峥	〈崢〉	三三六
峤	〈嶠〉	三三一
罚	〈罰〉	六二一
帧	〈幀〉	三六八
峣	〈嶢〉	三三一
峡	〈峽〉	三三一
哟	〈喲〉	二〇三
哗	〈嗻〉	二六八
哝	〈噥〉	二〇三
哙	〈噲〉	二二九

簡	正	頁
秋	〈鞦〉	一二四
种	〈種〉	七六九
适	〈適〉	一〇六
选	〈選〉	一〇八
氢	〈氫〉	五九八
毡	〈氈〉	五九五
钯	〈鈀〉	一九〇
钮	〈鈕〉	一九〇
钬	〈鈥〉	一九〇
钫	〈鈁〉	一九〇
钪	〈鈧〉	一九〇
钨	〈鎢〉	一〇三
钧	〈鈞〉	一九〇
钦	〈欽〉	五七
钥	〈鑰〉	一〇五
铃	〈鈴〉	一九〇
钩	〈鉤〉	一九〇
钠	〈鈉〉	一九〇
钡	〈鋇〉	一九〇
钢	〈鋼〉	一九〇
钟	〈鍾〉	一〇三
钟	〈鐘〉	一二五

簡	正	頁
胫	〈脛〉	八九四
脉	〈脈〉	八九一
胜	〈勝〉	一一四
胆	〈膽〉	九〇〇
胪	〈臚〉	九〇二
胧	〈朧〉	五〇二
鸽	〈鴿〉	三三〇
剑	〈劍〉	一二九
须	〈鬚〉	一五一
须	〈須〉	一三〇
缺	〈缼〉	一二四
俭	〈儉〉	八六
顺	〈順〉	一五〇
贷	〈貸〉	一〇二三
俪	〈儷〉	八九
俩	〈倆〉	九五
俨	〈儼〉	八九
俦	〈儔〉	八八
笃	〈篤〉	八八〇
复	〈複〉	九七二
复	〈復〉	三七二
秘	〈祕〉	七六二

十畫

【一】

简体	正体	页码
娈	〈孌〉	三六一
孪	〈孿〉	三六七
弯	〈彎〉	三六一
迹	〈蹟〉	一〇四〇
迹	〈跡〉	一〇三六
峦	〈巒〉	三三五

【丶】

简体	正体	页码
饼	〈餅〉	一二六四
饺	〈餃〉	一二六三
饷	〈餉〉	一二六四
蚀	〈蝕〉	九二四
饶	〈饒〉	一二六七
饵	〈餌〉	一二六四
贸	〈貿〉	一〇二三
狲	〈猻〉	六六六
狱	〈獄〉	六六六
狰	〈猙〉	六六四
狯	〈獪〉	六六七
独	〈獨〉	六六六
狮	〈獅〉	六六五
狭	〈狹〉	六六三
鸨	〈鴇〉	一三〇四

简体	正体	页码
总	〈總〉	八五三
娄	〈婁〉	二二六
类	〈類〉	一二六六
姜	〈薑〉	九四八
养	〈養〉	一〇六三
阆	〈閬〉	二二四
阁	〈閣〉	二二五
阀	〈閥〉	二二五
阃	〈閫〉	二二七
闾	〈閭〉	二二五
闽	〈閩〉	二二四
闼	〈闥〉	二二七
闻	〈聞〉	八一九
闺	〈閨〉	二二四
恒	〈恆〉	三六九
飒	〈颯〉	一五八七
亲	〈親〉	九二七
疯	〈瘋〉	七三二
疮	〈瘡〉	七三四
奖	〈獎〉	三九六
将	〈將〉	三〇五
亮	〈亮〉	四六

简体	正体	页码
浔	〈潯〉	六四九
浓	〈濃〉	六五〇
浒	〈滸〉	六四四
浑	〈渾〉	六四三
浐	〈滻〉	六四一
济	〈濟〉	六五一
浏	〈瀏〉	六五一
浍	〈澮〉	六五〇
测	〈測〉	六五〇
浊	〈濁〉	六四七
浇	〈澆〉	六四三
浃	〈浹〉	六四七
洒	〈灑〉	六三五
洁	〈潔〉	六三三
洼	〈窪〉	六四二
烃	〈烴〉	七一八
烂	〈爛〉	七一三
炮	〈砲〉	七一二
烁	〈爍〉	七一二
炽	〈熾〉	七一二
炼	〈鍊〉	一二〇一
炼	〈煉〉	六六七

简体	正体	页码
诲	〈誨〉	一〇〇一
诱	〈誘〉	一〇〇一
诰	〈誥〉	一〇〇一
误	〈誤〉	一〇〇一
祢	〈禰〉	七八八
诮	〈誚〉	七八八
袄	〈襖〉	一〇九二
祎	〈禕〉	一〇九二
语	〈語〉	九八九
诬	〈誣〉	九八九
诚	〈誠〉	九九〇
窃	〈竊〉	一〇〇〇
宪	〈憲〉	八九五
宫	〈宮〉	二九八
觉	〈覺〉	二六八
举	〈舉〉	八一〇
恽	〈惲〉	四〇四
恼	〈惱〉	四〇四
恻	〈惻〉	四〇五
恺	〈愷〉	四〇三
怅	〈悵〉	四〇六
恸	〈慟〉	四〇九

简体	正体	页码
结	〈結〉	八三三
绖	〈絰〉	八三三
绒	〈絨〉	八四〇
绑	〈綁〉	八四二
垒	〈壘〉	二四一
怼	〈懟〉	四一四
贺	〈賀〉	一〇二
娇	〈嬌〉	二六九
娆	〈嬈〉	二七九
娅	〈婭〉	二五七
险	〈險〉	一三三
陨	〈隕〉	一三六
陉	〈陘〉	一三五
逊	〈遜〉	一二八
费	〈費〉	一〇五二
昼	〈晝〉	二一〇
垦	〈墾〉	二四〇

【丶】

简体	正体	页码
诵	〈誦〉	一〇〇〇
说	〈說〉	一〇〇一
鸩	〈鴆〉	一三〇四
诳	〈誑〉	一〇〇二

简体	正体	页码
骈	〈駢〉	一七四
统	〈統〉	八三四
骇	〈駭〉	一七四
绞	〈絞〉	八三九
绝	〈絕〉	八三九
骆	〈駱〉	一七三
络	〈絡〉	八三七
绎	〈繹〉	八三九
绚	〈絢〉	八四〇
给	〈給〉	八三五
绘	〈繪〉	八四一
绲	〈緄〉	八三六
纡	〈紆〉	八三一
骅	〈驊〉	一七六
骄	〈驕〉	一七六
经	〈經〉	八三六
骁	〈驍〉	一七六
绕	〈繞〉	八四〇

第一列

热〈熱〉六二　挚〈摯〉四六　赘〈贅〉一〇二　捡〈撿〉四八三　挽〈輓〉一〇四　损〈損〉四七二　捆〈綑〉八四一　埚〈堝〉三四七　埙〈塤〉三三七　埘〈塒〉三二一　盐〈鹽〉一〇三五　赶〈趕〉四七七　载〈載〉七四九　捞〈撈〉一二六八　盏〈盞〉七〇八　顽〈頑〉七二一　蚕〈蠶〉二一一　珲〈琿〉九六八　珫〈璑〉七〇八　珰〈璫〉七二一　项〈項〉一二一一　艳〈艷〉九五一

第二列

桠〈椏〉五九　鸹〈鴰〉三〇四　莼〈蒓〉九四五　莺〈鶯〉三〇八　莹〈瑩〉七九一　劳〈勞〉九五一　恶〈噁〉二〇七　恶〈惡〉三六七　晋〈晉〉五二一　莸〈蕕〉九四九　获〈穫〉七六八　获〈獲〉六九六　荼〈蔯〉九四二　莅〈蒞〉九二三　茑〈蔦〉九二二　莱〈萊〉九二三　聂〈聶〉八二　耻〈恥〉三九〇　壶〈壺〉二一三　捣〈搗〉四二三

第三列

轼〈軾〉一〇四五　顾〈顧〉一二六五　厩〈廄〉三四九　奢〈奓〉五七〇　砭〈碥〉七七四　础〈礎〉七六〇　砾〈礫〉七六四　砺〈礪〉七六〇　唇〈脣〉八九三　逦〈邐〉一〇七三　贾〈賈〉一〇三六　栗〈慄〉四〇六　样〈樣〉五六六　桩〈樁〉五六六　桧〈檜〉五七二　桦〈樺〉五六六　桥〈橋〉五六三　桤〈榿〉五六三　档〈檔〉五六二　桢〈楨〉五六三　桡〈橈〉五六九　栖〈棲〉五五九

第四列

鸭〈鴨〉一三四　唠〈嘮〉二〇六　晓〈曉〉五三〇　晒〈曬〉五三三　眬〈矓〉七三五　党〈黨〉三二九　紧〈緊〉八四八　监〈監〉七五〇　虑〈慮〉四二〇　鸪〈鴣〉三三〇　龀〈齔〉一〇三六　赀〈貲〉一〇二四

【一】

致〈緻〉八四七　毙〈斃〉五〇一　趸〈躉〉一一二一　顿〈頓〉三二〇　鸫〈鶇〉一〇三七　较〈較〉一〇五二　辂〈輅〉一〇四六　轿〈轎〉一〇四九　轻〈輕〉一〇四六

第五列

钰〈鈺〉一〇九二

【丿】

赆〈贐〉一〇二六　赃〈贓〉一〇二三　赂〈賂〉一〇二六　贿〈賄〉一〇二四　贼〈賊〉一〇二三　觊〈覬〉九八七　圆〈圓〉二二二　罢〈罷〉八六二　崄〈嶮〉三三四　崂〈嶗〉三三四　鸯〈鴦〉二〇五　帱〈幬〉三三五　蚝〈蠔〉九六五　蚬〈蜆〉九六〇　唢〈嗩〉二〇五　鸮〈鴞〉一〇五二　晕〈暈〉五二七　晖〈暉〉五二七　晔〈曄〉五三〇

第六列

铉〈鉉〉一〇九二　铈〈鈰〉一〇九二　铆〈鉚〉一〇九三　铅〈鉛〉一〇九一　铄〈鑠〉一〇八〇　铃〈鈴〉一〇九一　铂〈鉑〉一〇八九　铁〈鐵〉一一〇八　铀〈鈾〉一〇九二　钿〈鈿〉一〇九二　钾〈鉀〉一〇九一　钽〈鉭〉一〇九二　钼〈鉬〉一〇九二　钻〈鑽〉一一〇九　钜〈鉅〉一〇九二　铽〈鋱〉一〇九二　钹〈鈸〉一〇九一　钴〈鈷〉一〇九二　钳〈鉗〉一〇九二　钲〈鉦〉一〇九三　钶〈鈳〉一〇九二　钱〈錢〉一〇九八

十畫

简	繁	页
舱	〈艙〉	九三
舰	〈艦〉	九四
徕	〈徠〉	三九九
顾	〈顧〉	一二五二
赁	〈賃〉	一〇二四
偬	〈儸〉	九〇
倾	〈傾〉	八五
借	〈藉〉	九九
债	〈債〉	八四
笋	〈筍〉	八三
笔	〈筆〉	八一一
笕	〈筧〉	八二三
称	〈稱〉	七六六
积	〈積〉	四八九
敌	〈敵〉	六二九
牺	〈犧〉	六〇〇
氩	〈氬〉	一二〇七
铎	〈鐸〉	一〇九二
铍	〈鈹〉	一〇九二
铌	〈鈮〉	一〇九一
铋	〈鉍〉	一〇九二
铊	〈鉈〉	一〇九二

简	繁	页
袅	〈孃〉	二六〇
袅	〈嫋〉	二七六
袅	〈裊〉	九七九
驼	〈駝〉	一三〇五
欸	〈欸〉	二三〇五
狞	〈獰〉	六九九
鸲	〈鴝〉	一三〇五
鲔	〈鮪〉	一二六
玺	〈璽〉	二三〇五
鸥	〈鷗〉	九〇一
脓	〈膿〉	八九九
脑	〈腦〉	九〇二
胶	〈膠〉	二八〇
脏	〈髒〉	九〇二
脏	〈臟〉	九〇一
脐	〈臍〉	九〇一
脸	〈臉〉	一二五
颂	〈頌〉	一五五
颁	〈頒〉	一三〇五
鸰	〈鴒〉	四〇五
爱	〈愛〉	八一
耸	〈聳〉	八一

简	繁	页
痈	〈癰〉	七六
斋	〈齋〉	三五
症	〈癥〉	七三
凉	〈涼〉	六九
准	〈準〉	六四二
凌	〈淩〉	六三
凄	〈悽〉	五九〇
凄	〈淒〉	六三〇
浆	〈漿〉	六三
桨	〈槳〉	五六六
恋	〈戀〉	四一六
挛	〈攣〉	四八六
栾	〈欒〉	五七五
〔 〕		
馈	〈餽〉	一六五
馁	〈餒〉	一六四
饿	〈餓〉	一六四
饸	〈餄〉	一六五
饹	〈餎〉	一六五
饳	〈飿〉	七六七
皱	〈皺〉	一三〇五
鸳	〈鴛〉	一三〇五

简	繁	页
涞	〈淶〉	六三
涝	〈澇〉	六四九
涛	〈濤〉	六五一
递	〈遞〉	一〇六六
烬	〈燼〉	六七
焕	〈煥〉	六八
烩	〈燴〉	六七
烨	〈燁〉	七五
烛	〈燭〉	六七
烟	〈煙〉	六六八
烧	〈燒〉	六七
烦	〈煩〉	一〇四
郸	〈鄲〉	六八
阃	〈閫〉	一二五
阅	〈閱〉	一二五
阄	〈鬮〉	九二
阆	〈閬〉	一二五
竞	〈競〉	八〇八
资	〈資〉	一〇二
颀	〈頎〉	一五一
离	〈離〉	一五一
痉	〈痙〉	七三一

简	繁	页
诹	〈諏〉	一〇〇二
诸	〈諸〉	一〇〇二
请	〈請〉	一〇〇二
窑	〈窯〉	八〇三
窍	〈竅〉	八〇五
宾	〈賓〉	一〇二四
家	〈傢〉	八二
宽	〈寬〉	三〇
悯	〈憫〉	四一二
悭	〈慳〉	四八
浚	〈濬〉	六五一
涌	〈湧〉	六六一
涩	〈澀〉	六五七
烫	〈燙〉	六七五
涨	〈漲〉	六四九
涧	〈澗〉	六四二
润	〈潤〉	六四二
滚	〈滾〉	三三二
涤	〈滌〉	三二六
涂	〈塗〉	六四二
涡	〈渦〉	六四

简	繁	页
娱	〈娛〉	二七四
剧	〈劇〉	三三四
恳	〈懇〉	四一四
〔 〕		
谊	〈誼〉	一〇〇二
谈	〈談〉	一〇〇二
诨	〈諢〉	一〇〇二
谆	〈諄〉	一〇〇二
谅	〈諒〉	一〇〇二
诏	〈詔〉	一〇五
调	〈調〉	一〇四
谂	〈諗〉	一〇五
谁	〈誰〉	一〇五
谀	〈諛〉	一〇二
诿	〈諉〉	七五七
课	〈課〉	七八二
祯	〈禎〉	九五二
袜	〈襪〉	八二一
诽	〈誹〉	一〇〇二
读	〈讀〉	一〇一一
诼	〈諑〉	一〇〇二
诺	〈諾〉	一〇七

十一畫

【一】

【丨】

【丿】

十畫（續）

簡	正	頁
娲	〈媧〉	二七
娴	〈嫻〉	一六〇
难	〈難〉	一二四
预	〈預〉	一五三
绠	〈綆〉	八四一
骊	〈驪〉	二八一
绡	〈綃〉	八四三
骋	〈騁〉	二六五
绢	〈絹〉	八四三
绣	〈綉〉	八四三
绣	〈繡〉	八五四
绨	〈綈〉	八四三
验	〈驗〉	一八〇
绤	〈綌〉	八四三
绥	〈綏〉	八四三
绦	〈絛〉	八六五
继	〈繼〉	八四三
绨	〈綈〉	二六五
骖	〈驂〉	二六五
骏	〈駿〉	二六五
鸶	〈鷥〉	三〇九

簡	正	頁
焘	〈燾〉	六七
球	〈毬〉	七九四
琏	〈璉〉	五九三
琐	〈瑣〉	七〇九
麸	〈麩〉	七三二
掳	〈擄〉	三二三
掴	〈摑〉	八二四
换	〈換〉	四九六
捻	〈撚〉	六六五
鸷	〈鷙〉	三〇九
掷	〈擲〉	四二五
掸	〈撣〉	四五六
壶	〈壺〉	二〇六
悫	〈慤〉	四二三
据	〈據〉	四五二
掺	〈摻〉	四七七
掼	〈摜〉	四七七
职	〈職〉	八二一

〔二〕

簡	正	頁
苧	〈薴〉	八二
择	〈擇〉	八二五
黄	〈黃〉	三五
萝	〈蘿〉	九三二
萤	〈螢〉	九六三
营	〈營〉	六六三
萦	〈縈〉	六五〇
萧	〈蕭〉	八九八
萨	〈薩〉	九四九
梦	〈夢〉	二九四
觇	〈覘〉	五四七
梼	〈檮〉	五三一
检	〈檢〉	五二四
梘	〈梘〉	五二三
啬	〈嗇〉	四〇二
匦	〈匭〉	二四七
酼	〈醶〉	一〇八九
厢	〈廂〉	二四九
戚	〈慼〉	四八八
硕	〈碩〉	七六五
硖	〈硤〉	七五四
硗	〈磽〉	七七九

簡	正	頁
硚	〈礄〉	七六九
鸹	〈鴰〉	三〇六
聋	〈聾〉	八二三
龚	〈龔〉	一三三
袭	〈襲〉	九二〇
驾	〈駕〉	二六八
殒	〈殞〉	五六八
殓	〈殮〉	五六八
贽	〈贄〉	一〇二五
辄	〈輒〉	一〇四七
辅	〈輔〉	一〇四六
辆	〈輛〉	一〇四六
堑	〈塹〉	一三三
颅	〈顱〉	二五七
龁	〈齕〉	一三三
虚	〈虛〉	九五四
啧	〈嘖〉	二〇五
睁	〈睜〉	七五六
悬	〈懸〉	四二五
啭	〈囀〉	二一三
跃	〈躍〉	一〇四一

簡	正	頁
啮	〈嚙〉	二一一
啮	〈齧〉	一三七
啰	〈囉〉	二一三
跄	〈蹌〉	一〇四〇
唤	〈喚〉	二〇二
蛎	〈蠣〉	九六六
蛊	〈蠱〉	九六五
蛏	〈蟶〉	九六四
累	〈纍〉	八五五
啸	〈嘯〉	二〇九
啖	〈啗〉	一九六
帻	〈幘〉	二三四
崭	〈嶄〉	二五三
逻	〈邏〉	一〇二四
帼	〈幗〉	二三四
赈	〈賑〉	一〇二四
赋	〈賦〉	一〇二四
婴	〈嬰〉	一六〇
赊	〈賒〉	一〇二四
铡	〈鍘〉	一〇九五
铐	〈銬〉	一〇九五

簡	正	頁
铑	〈銠〉	一〇九五
铒	〈鉺〉	一〇九四
铊	〈鉈〉	一〇九四
铗	〈鋏〉	一〇九四
铙	〈鐃〉	一一〇七
铚	〈銍〉	一〇九五
铛	〈鐺〉	一一〇二
铝	〈鋁〉	一〇九八
铜	〈銅〉	一〇九七
锦	〈錦〉	一一〇二
铟	〈銦〉	一〇九五
铠	〈鎧〉	一一〇四
铡	〈鍘〉	一一〇二
铢	〈銖〉	一〇九六
铣	〈銑〉	一〇九五
铥	〈銩〉	一〇九四
铤	〈鋌〉	一〇九八
铦	〈銛〉	一〇九五
铧	〈鏵〉	一一〇六
铨	〈銓〉	一〇九四
铼	〈錸〉	一〇九五

十一畫

簡	正	頁
偬	傯	全五
迳	逕	八三
笼	籠	八三
笺	箋	八四
秾	穠	七九
秒	穢	七九
鸹	鴰	三六
矫	矯	六九
铷	鉚	一〇四
银	銀	一〇一
铵	銨	一〇三
铳	銃	一〇一
铲	鏟	二〇四
铲	剷	二三
铱	銥	一〇五
铰	鉸	一〇三
铇	鉋	一〇五
铮	錚	二九
铬	鉻	一〇三
铭	銘	九二
铫	銚	一〇三
铃	鈴	一〇四

簡	正	頁
脸	臉	九二
朡	臏	八六
脚	腳	八九
领	領	一二三
欲	慾	四九
敛	斂	五〇
鸽	鴿	三六
龛	龕	三六
彩	綵	八四
鹇	鷳	三六
盘	盤	五一
舻	艫	九四
衔	啣	二六
衔	銜	九四
鸺	鵂	三六
蜉	蟹	二四
皑	皚	五三
躯	軀	一〇三
偻	僂	全五
偿	償	九〇
鹒	鶊	三六
债	債	八六

簡	正	頁
阍	閽	二三
阎	閻	二五
阈	閾	二五
阁	閣	二五
旋	鏇	一〇四
鸡	鷄	三六
痒	癢	七三
颅	顱	二三〇
鸾	鸞	三二
〔乀〕		
馆	館	二六五
馋	饞	六六
馅	餡	六六
锣	鑼	二四九
馄	餛	六六
馃	餜	六六
猕	獼	六九
猡	玀	六九
猫	貓	一〇七
猎	獵	六九
豇	豇	二六
虾	鰕	三〇〇

簡	正	頁
渔	漁	六六
渊	淵	六三
渑	澠	六〇
渐	漸	六六
渎	瀆	六三
鸿	鴻	三〇五
渍	漬	六四
盗	盜	五一
减	減	三二
凑	湊	三二
焖	燜	一〇九
焊	銲	六六
兽	獸	五〇
断	斷	八二
粝	糲	九一
盖	蓋	六六
羟	羥	二七
阐	闡	二七
阏	閼	二五
阎	閭	二五
阖	闔	二五
阅	閱	二九

簡	正	頁
祸	禍	七七
裆	襠	八八
祷	禱	一〇二
谑	謔	一〇〇
谐	諧	一〇〇
鞁	鞁	七四
谏	諫	一〇〇
谎	謊	一〇〇
谍	諜	一〇〇
谌	諶	二八
谋	謀	一〇六
祷	禱	七八
惯	慣	四〇
惨	慘	四一
惮	憚	四二
惊	驚	二七
惧	懼	四一
惭	慚	四二
惬	愜	四〇
渗	滲	六七
淀	澱	六四
涣	渙	六三

簡	正	頁
婶	嬸	六〇
婵	嬋	五九
隐	隱	二三六
粜	糶	八六
随	隨	八七
堕	墮	二二
弹	彈	三六
〔乁〕		
谓	謂	一〇六
谝	諞	一〇〇
谜	謎	一〇七
谛	諦	一〇五
谚	諺	一〇〇
谙	諳	一〇〇
谘	諮	一〇三
谗	讒	一〇〇
谖	諼	一〇七
谕	諭	一〇三
谔	諤	一〇六
谓	謂	一〇六
谒	謁	九八
挥	揮	八〇

十二畫

【一】

【丨】

【丿】

简	繁	页
绸	〈綢〉	八五
绷	〈綳〉	五一
绶	〈綬〉	四七
绵	〈綿〉	四六
虽	〈雖〉	二七五
维	〈維〉	四六
绳	〈繩〉	八五
绲	〈緄〉	四五
骒	〈騍〉	二六
绰	〈綽〉	四九
骍	〈騂〉	二六
绯	〈緋〉	八四
骑	〈騎〉	二七
绮	〈綺〉	八五
续	〈續〉	八五
骐	〈騏〉	二七
绫	〈綾〉	八五
绪	〈緒〉	四六
绩	〈績〉	八四
颈	〈頸〉	五一
颇	〈頗〉	二五四
婶	〈嬸〉	二六〇

颉	〈頡〉	二五三
揽	〈攬〉	四八七
塆	〈塆〉	三二三
趋	〈趨〉	一〇三
鼋	〈黿〉	三一一
辇	〈輦〉	一〇四
琼	〈瓊〉	七二一
靓	〈靚〉	二四一

缁	〈緇〉	八四六
缀	〈綴〉	八四
骖	〈驂〉	二七
绿	〈綠〉	四六
骊	〈驪〉	二七
绾	〈綰〉	四二
绽	〈綻〉	四二
综	〈綜〉	四三二
缱	〈繾〉	八四
绺	〈綹〉	四七

鹇	〈鷳〉	三一二
鹈	〈鵜〉	三〇六
椭	〈橢〉	五二一
椤	〈欏〉	五一五
棹	〈櫂〉	五一三
椟	〈櫝〉	五一四
棱	〈棱〉	七二五
韩	〈韓〉	一二四
萎	〈萎〉	九四四
蒋	〈蔣〉	九四三
葱	〈蔥〉	九四五
蒉	〈蕢〉	九四一
藏	〈藏〉	八七九
联	〈聯〉	四六八
揽	〈攬〉	四六六
搂	〈摟〉	四六四
搁	〈擱〉	八五三
絷	〈縶〉	九六四
蛰	〈蟄〉	四六六
搀	〈攙〉	四八二
搜	〈蒐〉	四六
揪	〈揪〉	四八〇

睐	〈睞〉	七六三
赏	〈賞〉	一〇五
辉	〈輝〉	四六七
辉	〈煇〉	六六〇
凿	〈鑿〉	一〇九
辈	〈輩〉	一〇四

翘	〈翹〉	八七一
辐	〈輻〉	一〇四
辍	〈輟〉	一〇七
暂	〈暫〉	五三六
椠	〈槧〉	五六六
辋	〈輞〉	一〇四
雳	〈靂〉	一二四
颊	〈頰〉	二五四
殚	〈殫〉	五八八
誊	〈謄〉	一〇一
确	〈確〉	七一二
硷	〈鹼〉	七一一
厦	〈廈〉	三四九
厨	〈廚〉	三五〇
觑	〈覷〉	九六八

赒	〈賙〉	一〇六
赑	〈贔〉	一〇六
赐	〈賜〉	一〇六
赎	〈贖〉	一〇六
赌	〈賭〉	一〇六
赋	〈賦〉	一〇五
嵚	〈嶔〉	三四四
嵝	〈嶁〉	三四四
喽	〈嘍〉	二六六
喂	〈餵〉	二六六
鹃	〈鵑〉	三〇六
蛴	〈蠐〉	九六五
蛳	〈螄〉	九六三
蛲	〈蟯〉	九六四
蛱	〈蛺〉	九六〇
遗	〈遺〉	一〇七二
跐	〈躓〉	一〇三四
跚	〈跚〉	一〇三四
践	〈踐〉	一〇三六
畴	〈疇〉	七一七
喷	〈噴〉	二七〇
睑	〈瞼〉	七六五

锐	〈銳〉	一〇九六
锌	〈鋅〉	一〇九五
锋	〈鋒〉	一〇九五
锉	〈銼〉	一〇九五
锈	〈鏽〉	一一〇六
饿	〈餓〉	二六四
锆	〈鋯〉	一〇九四
锅	〈鍋〉	一一〇七
锂	〈鋰〉	一〇九二
锄	〈鉏〉	一〇九五
锄	〈鋤〉	一一〇二
锁	〈鎖〉	一一〇四
销	〈銷〉	一一〇二
铿	〈鏗〉	一一〇五
链	〈鏈〉	一〇九七
铽	〈鋱〉	一〇九〇
铼	〈錸〉	一〇九六
锫	〈錇〉	一〇九五
铺	〈鋪〉	一一〇六
铸	〈鑄〉	一一〇七
赔	〈賠〉	一〇二五

十三畫

楼 桐 椋 榄 蔌 献 颐 蒙 蒙 蓠 蓟 鹕 蓦 蓝 鹊 摊 毂 摈 祯 携 摆 摆
〈樓〉〈桐〉〈橖〉〈欖〉〈蕷〉〈獻〉〈頤〉〈矇〉〈濛〉〈蘺〉〈薊〉〈鶘〉〈驀〉〈藍〉〈鵲〉〈攤〉〈轂〉〈擯〉〈禎〉〈攜〉〈襬〉〈擺〉

毽 鉴 鉴 韶 鲍 龄 龃 频　〔一〕　输 辑 辐 辏 雾 尴 觑 鹐 碜 碍 碛 赖 桦
〈毽〉〈鑑〉〈鑒〉〈韶〉〈鮑〉〈齡〉〈齟〉〈頻〉　〈輸〉〈輯〉〈輻〉〈輳〉〈霧〉〈尷〉〈覷〉〈鵮〉〈磣〉〈礙〉〈磧〉〈賴〉〈樺〉

锡 锟 锞 锜 锛 锚 错 锗 锖　〔丿〕　赝 嗳 蜗 蜈 跻 跬 踔 跷 暗 鹃 鹛 嗫
〈錫〉〈錕〉〈錁〉〈錡〉〈錛〉〈錨〉〈錯〉〈鍺〉〈錆〉　〈贋〉〈噯〉〈蝸〉〈蜈〉〈躋〉〈躓〉〈踔〉〈蹺〉〈闇〉〈鵑〉〈鶥〉〈囁〉

愈 毁 简 签 签 筱 筹 颓 辞 氲 锱 锰 锯 键 锭 锁 锦 锥 锤 锤 锣 锢
〈癒〉〈燬〉〈簡〉〈籤〉〈簽〉〈篠〉〈籌〉〈頹〉〈辭〉〈氳〉〈錙〉〈錳〉〈鋸〉〈鍵〉〈錠〉〈鎖〉〈錦〉〈錐〉〈鎚〉〈錘〉〈鑼〉〈錮〉

馏 馍 馑 雏 触 飔 猬 颖 鲛 鲐 鲍 鲋 稣 鲊 鲉 鲈 鲇 腾 鹏 腻 颌 舰
〈餾〉〈饃〉〈饉〉〈雛〉〈觸〉〈飀〉〈蝟〉〈穎〉〈鮫〉〈鮐〉〈鮑〉〈鮒〉〈穌〉〈鮓〉〈鮋〉〈鱸〉〈鮎〉〈騰〉〈鵬〉〈膩〉〈頜〉〈艦〉

滥 滤 滢 满 溃 溍 数 粮 誉 阙 阗 阈 阊 阖 鹧 瘴 瘰 鹑 韵 酱　〔乀〕　馕
〈濫〉〈濾〉〈瀅〉〈滿〉〈潰〉〈灄〉〈數〉〈糧〉〈譽〉〈闕〉〈闐〉〈闈〉〈闍〉〈闔〉〈鷓〉〈瘴〉〈瘰〉〈鶉〉〈韻〉〈醬〉　〈饢〉

十四畫

十三畫

簡	正	頁
溜	〈霤〉	一三五
滦	〈灤〉	六五三
漓	〈灕〉	六五一
滨	〈濱〉	六五四
滩	〈灘〉	六五〇
溆	〈漵〉	四二六
慑	〈懾〉	二一一
誉	〈譽〉	一〇二
鼍	〈鼉〉	三二六
骞	〈騫〉	三二七
鹎	〈鵯〉	三〇七
寝	〈寢〉	三〇〇
窥	〈窺〉	八四
窥	〈闚〉	一二八
窦	〈竇〉	八五
谨	〈謹〉	一〇九
谩	〈謾〉	一〇九
谪	〈謫〉	一〇八
谡	〈謖〉	一〇二
谬	〈謬〉	一〇八
鹅	〈鵝〉	三九

【二】

簡	正	頁
辟	〈闢〉	二一七
媛	〈嬡〉	三〇
嫔	〈嬪〉	三〇
叠	〈疊〉	七三
缙	〈縉〉	八一
缜	〈縝〉	八五
缚	〈縛〉	八五
缛	〈縟〉	八五
辔	〈轡〉	八五
缝	〈縫〉	二七
弹	〈彈〉	二七
缧	〈縲〉	八五
缟	〈縞〉	八六
缠	〈纏〉	八三
缟	〈縞〉	八五
缢	〈縊〉	八五
缣	〈縑〉	八五
缤	〈繽〉	八六
骗	〈騙〉	二七

【一】

簡	正	頁
瑷	〈璦〉	七一
赘	〈贅〉	一〇二
觐	〈覲〉	九八
静	〈靜〉	二二三
韬	〈韜〉	一二四
墁	〈墁〉	二二三
墟	〈墟〉	三三
墙	〈牆〉	六二
撄	〈攖〉	四六
蔷	〈薔〉	六三九
蓦	〈驀〉	六四四
蔑	〈蔑〉	六三八
蔺	〈藺〉	六四一
蔼	〈藹〉	六三二
鹕	〈鶘〉	三〇七
槚	〈櫃〉	五四二
槛	〈檻〉	五四二
槟	〈檳〉	五四三
楮	〈楮〉	五四七
酽	〈釅〉	一〇八四

【一】

簡	正	頁
龇	〈齜〉	三三七
龈	〈齦〉	三三六
睿	〈叡〉	三六七
鹍	〈鶤〉	三五六
颗	〈顆〉	三五五
暧	〈曖〉	五三二
题	〈題〉	三〇八
鹐	〈鵮〉	三〇八
踌	〈躊〉	三二四一
踊	〈踴〉	三二九
腊	〈臘〉	九六六
辗	〈輾〉	一四八
辖	〈轄〉	一四〇
辕	〈轅〉	一四〇
霁	〈霽〉	一四九
殡	〈殯〉	五六九
愿	〈願〉	二一五
厣	〈厴〉	五〇
酸	〈酸〉	七三二
酿	〈釀〉	一〇八四
酾	〈釃〉	一〇八四

【丿】

簡	正	頁
蝈	〈蟈〉	六五四
蝇	〈蠅〉	六五五
蝉	〈蟬〉	六五四
鹗	〈鶚〉	三〇八
嘤	〈嚶〉	二一二
嘘	〈噓〉	二〇六
赙	〈賻〉	一〇一七
罂	〈罌〉	六九一
赚	〈賺〉	一〇一七
鹃	〈鵑〉	三〇八
锲	〈鍥〉	一二〇〇
锴	〈鍇〉	一二〇〇
锶	〈鍶〉	一二〇〇
锷	〈鍔〉	一二〇〇
锹	〈鍬〉	一二〇〇
锚	〈錨〉	一二〇〇
锻	〈鍛〉	一二五
锾	〈鍰〉	一二〇〇
锵	〈鏘〉	一二〇〇
镀	〈鍍〉	一二〇〇
锽	〈鍠〉	一二〇三

簡	正	頁
镁	〈鎂〉	一二〇五
镂	〈鏤〉	一二〇三
稳	〈穩〉	七九六
鹙	〈鶖〉	三〇九
簋	〈簋〉	八一七
箨	〈籜〉	八二三
箩	〈籮〉	八二二
箪	〈簞〉	八一〇
箓	〈籙〉	八二三
箫	〈簫〉	八二五
舆	〈輿〉	一〇四
鹜	〈鶩〉	三一〇
膑	〈臏〉	九八二
鲑	〈鮭〉	一二六一
鲒	〈鮚〉	一二六〇
鲉	〈鮪〉	一二六一
鲗	〈鯽〉	一二六一
鲙	〈鱠〉	一二六二
鲚	〈鱭〉	一二六二
鲛	〈鮫〉	一二六八
鲜	〈鮮〉	一二六七

十四畫

简	正	页
窦	〈竇〉	八〇四
赛	〈賽〉	一〇二七
潍	〈濰〉	六五三
潋	〈瀲〉	六五二
潇	〈瀟〉	六五三
漖	〈澩〉	六四三
潢	〈潢〉	三一〇九
鹔	〈鷫〉	八一七
糁	〈糝〉	一〇二七
熔	〈鎔〉	一九三
羹	〈羹〉	二一七
阛	〈闤〉	七二四
瘟	〈瘟〉	七三四
瘊	〈瘊〉	二一九
窑	〈窯〉	〔丶〕
馒	〈饅〉	一六七
馑	〈饉〉	一六七
鲟	〈鱘〉	三〇二
鲜	〈鮮〉	一九六
鲛	〈鮫〉	二八六
鲮	〈鯪〉	三〇二

简	正	页
缲	〈繰〉	八五二
缪	〈繆〉	八五一
缩	〈縮〉	八五一
缌	〈緦〉	二一七六
缥	〈縹〉	八五二
缨	〈纓〉	八五五
骠	〈驃〉	二一七八
缧	〈縲〉	八五二
缦	〈縵〉	八五二
骉	〈驫〉	二一七六
缥	〈縹〉	八五二
鸷	〈鷙〉	三〇六
嫱	〈嬙〉	二一六〇
谪	〈謫〉	〔丨〕
谱	〈譜〉	一〇〇九
谰	〈讕〉	一〇〇九
谯	〈譙〉	一〇〇三
褛	〈褸〉	一〇一〇
谮	〈譖〉	九八一
谭	〈譚〉	一〇〇九

十五畫

简	正	页
鹇	〈鷴〉	三〇八
樱	〈櫻〉	五五四
橹	〈櫓〉	五七二
蕴	〈蘊〉	九三二
赜	〈賾〉	一〇二七
蕲	〈蘄〉	九三二
辘	〈轆〉	二一二四
觐	〈覲〉	九六八
聪	〈聰〉	八〇〇
聩	〈聵〉	八〇二
撺	〈攛〉	四七二
撷	〈擷〉	四五五
撺	〈攛〉	四五五
辚	〈轔〉	〔一〕
麴	〈麴〉	三二一
璎	〈瓔〉	七三一
璜	〈璜〉	七二九
褛	〈褸〉	八六六

简	正	页
颚	〈顎〉	二一五五
蝼	〈螻〉	九六三
蝎	〈蠍〉	九六五
蝾	〈蠑〉	九六五
踪	〈蹤〉	二一四〇
踯	〈躑〉	二一四〇
蹑	〈躡〉	二一四〇
鹦	〈鸚〉	三〇八
颡	〈顙〉	二一五五
题	〈題〉	二一五五
瞒	〈瞞〉	七六四
觑	〈覷〉	九六八
龁	〈齕〉	二二三七
龉	〈齬〉	二二三七
辘	〈轆〉	〔一〕
霉	〈黴〉	一〇四九
愁	〈懋〉	二一二〇
餍	〈饜〉	一六四
魇	〈魘〉	一九六五
魇	〈魘〉	一二五
飘	〈飄〉	一六〇

简	正	页
鹝	〈鷁〉	三〇八
篓	〈簍〉	八六三
篑	〈簣〉	八六九
镖	〈鏢〉	二一七七
镓	〈鎵〉	二一〇三
镒	〈鎰〉	二一〇二
镑	〈鎊〉	二一〇二
镐	〈鎬〉	二一〇二
镏	〈鎦〉	二一〇三
镍	〈鎳〉	二一〇三
镎	〈鎿〉	二一六六
铠	〈鎧〉	二〇八九
镳	〈鑣〉	二一〇八
镐	〈鎬〉	二一〇二
镇	〈鎮〉	二一〇三
镈	〈鎛〉	二一〇二
镆	〈鏌〉	二一〇五
镊	〈鑷〉	二一〇九
颢	〈顥〉	〔丿〕
嘱	〈囑〉	二一五
噜	〈嚕〉	二二二

简	正	页
颜	〈顏〉	二一五五
斎	〈齎〉	二二三六
瘫	〈癱〉	七三六
瘥	〈瘥〉	七三五
馔	〈饌〉	〔丶〕
徼	〈徼〉	一六七
鲽	〈鰈〉	二六四
鲫	〈鯽〉	二九一
鲦	〈鰷〉	三〇〇
鲠	〈鯁〉	二九四
鲵	〈鯢〉	二九〇
鲤	〈鯉〉	三〇〇
鲥	〈鰣〉	二九四
鲣	〈鰹〉	三〇〇
鲢	〈鰱〉	三〇二
鲡	〈鱺〉	三〇一
鲠	〈鯁〉	二九四
鹞	〈鷂〉	三〇八
鹡	〈鶺〉	三〇二
鹛	〈鸝〉	三〇八

〔十五畫（續）〕

阄〈鬮〉二一七
猴〈餱〉一六六
鹈〈鵜〉二三〇
蝥〈蝥〉九四
潜〈潛〉六四
鲨〈鯊〉一九六
澜〈瀾〉六三
骞〈騫〉一三〇
额〈額〉一二五
谶〈讖〉一〇三
槛〈檻〉九二
谴〈譴〉一〇二
鹤〈鶴〉三〇八
〔 〕
屦〈屨〉三七
颏〈頦〉八七
缭〈繚〉八四
缥〈縹〉八五
缮〈繕〉八五
缯〈繒〉八五

十六畫

〔 〕
撖〈撖〉四六
颢〈顥〉一二五
燕〈讌〉一〇二
颟〈顢〉一二五
薮〈藪〉九五
颠〈顛〉一二六
橱〈櫥〉一三〇
橹〈櫓〉一三〇
鹭〈鷺〉二〇八
磺〈磺〉七六
赝〈贗〉一三〇
飙〈飆〉一〇二
鹅〈鵝〉二二九
錾〈鏨〉一二四
辙〈轍〉一〇九
辚〈轔〉一〇四
〔一〕
螨〈蟎〉九六
鲑〈鮭〉三一二

鹦〈鸚〉三二〇
赠〈贈〉一〇三
〔丿〕
镖〈鏢〉一二四
镗〈鏜〉一二四
镘〈鏝〉一二五
镛〈鏞〉一二四
镜〈鏡〉一二四
镝〈鏑〉一二四
镢〈鐝〉一二四
镠〈鏐〉一二四
赞〈贊〉一一七
赞〈讚〉一〇三
钻〈鑽〉一一〇
穑〈穡〉七九
篮〈籃〉八二
篱〈籬〉八三
魉〈魎〉一九五
鲭〈鯖〉一九九
鲮〈鯪〉一九九
鳎〈鰨〉一九九
鲱〈鯡〉一九九

鲲〈鯤〉一九六
鲳〈鯧〉一九六
鲵〈鯢〉一九六
鲶〈鯰〉一九六
鲷〈鯛〉一九六
鲸〈鯨〉一九六
鲻〈鯔〉一九六
獭〈獺〉六九
〔丶〕
鹠〈鶹〉三二〇
瘿〈癭〉一七六
瘾〈癮〉一七六
斓〈斕〉一七六
辩〈辯〉五一
鹜〈鶩〉三〇九
阑〈闌〉二一六
濑〈瀨〉六三
濒〈瀕〉六三
懒〈懶〉四五
黉〈黌〉三二六
鹨〈鷚〉三二〇

颡〈顙〉一二五
缰〈韁〉一二四
缱〈繾〉八五
缲〈繰〉八五
缳〈繯〉八五
缴〈繳〉八五

十七畫

〔二〕
薛〈薛〉一五二
檐〈簷〉八二
鹬〈鷸〉三二〇
〔一〕
龋〈齲〉三三二
龌〈齷〉三三二
瞩〈矚〉一六三
蹴〈蹴〉一〇二
蹒〈蹣〉一〇四
蟥〈蟥〉九六
羁〈羈〉八六三

赡〈贍〉一〇二六
〔丿〕
镣〈鐐〉一二五
镤〈鏷〉一二四
镦〈鐓〉一二四
镧〈鑭〉一二四
镨〈鐠〉一二四
镪〈鏹〉一二五
镫〈鐙〉一二四
鹔〈鷫〉三二〇
膻〈羶〉一七九
鳀〈鯷〉一九九
鲿〈鱨〉二〇三
鳊〈鯿〉二〇〇
鳃〈鰓〉一九九
鳁〈鰛〉一九九
鳄〈鱷〉二〇三
鳅〈鰍〉一九九
鳆〈鰒〉一九九

十八畫

【一】
鳌〈鰲〉三三三
鞯〈韉〉二四七
厣〈厴〉三三〇
磷〈燐〉六三

【丿】
颢〈顥〉二六五
鹭〈鷺〉三三〇
嚣〈囂〉三二二
髅〈髏〉二八三

十九畫

镦〈鐯〉二〇八
镭〈鐳〉一〇七
镯〈鐲〉一〇七
镰〈鐮〉一〇六
镱〈鐿〉一〇六
雠〈讎〉一〇三
鳍〈鰭〉三〇〇
鳎〈鰨〉三〇〇
鳏〈鰥〉三〇〇
鲷〈鯛〉三〇〇
鲢〈鰱〉三〇〇

【丶】
鹐〈鶼〉三三〇
鹰〈鷹〉三三〇
癞〈癩〉七五六
鹏〈鵬〉三三〇

【一】
攒〈攢〉四八七

二十畫

【一】
霭〈靄〉一二四

【丨】
鳖〈鱉〉二二〇一
蹰〈躕〉一〇二一
躅〈躅〉一〇二二
巅〈巔〉三三五
髋〈髖〉二六五
髌〈髕〉二六四

【丿】
颥〈顬〉八三三
鳔〈鰾〉三〇〇
鳕〈鱈〉三〇〇
鳗〈鰻〉三〇〇
鲟〈鱘〉三〇一

【丶】
谶〈讖〉一〇二三
癣〈癬〉七五六
颤〈顫〉一二五七

獾〈獾〉一〇一八
鳟〈鱒〉三〇一
鳞〈鱗〉三〇一
鳝〈鱔〉三〇二
鳜〈鱖〉三〇一
赡〈臢〉二九〇二
镳〈鑣〉一〇八
镴〈鑞〉一〇八

【丿】
黪〈黲〉三三〇

【一】
黩〈黷〉二九〇
鼋〈黿〉二九〇
颟〈顢〉一二五七

【丶】
颥〈顬〉二九〇
鬓〈鬢〉七一一

缵〈纘〉八五六
骥〈驥〉二六〇

二十一畫

镶〈鑲〉一〇九
鑫〈鑫〉三三〇

【一】
灏〈灝〉六五四
赣〈贛〉一〇六
癫〈癲〉七三六

【丿】
鳝〈鱔〉三〇二
鳢〈鱧〉三〇二

【丨】
躏〈躪〉一〇四二
颦〈顰〉一二五七

骧〈驤〉二六〇
骊〈驪〉二六〇

二十二畫

鹳〈鸛〉三三〇

二十三畫

趱〈趲〉一〇三三
颧〈顴〉一二五六

二十五畫

戆〈戇〉四二七
钁〈钁〉二九七

漢字筆畫檢字索引

五畫

六畫

七畫

八畫

九畫

十畫

十一畫

十二畫

字	頁
雅	一一二九
雁	一一三〇
雄	一一三〇
集	一一三〇
雇	一一三一
雯	一一三五
雲	一一三五
雱	一一三五
雰	一一三六
靭	一一四七
項	一一五〇
順	一一五〇
預	一一五〇
須	一一五一
飧	一一六二
飪	一一六二
飯	一一六二
飩	一一六二
飲	一一六二
飭	一一六二
馮	一一七二
馭	一一七二
黃	一二二五
黍	一二二六
黑	一二二六
黹	一二三一

十三畫

字	頁
亂	三七
亶	四六
傭	八三
傳	八三
僊	八三
僉	八三
債	八四
傲	八四
僅	八四
催	八四
僄	八四
傴	八四
傾	八五
傷	八五
傻	八五
傯	八五
僇	八五
僂	八五
傺	八五
剿	一三三
剷	一三三
剽	一三三
[illegible]	一三三
募	一四一
勢	一四一
勠	一四二
勣	一四二
勤	一四二
勦	一四二
匯	一四七
嗟	二〇二
嗇	二〇三
嗨	二〇三
嗉	二〇三
嗎	二〇三
嗜	二〇三
嗑	二〇三
嗤	二〇三
嗦	二〇三
嗛	二〇三
嗌	二〇三
嗐	二〇三
嗝	二〇三
嗔	二〇三
嗄	二〇三
嗒	二〇三
嗙	二〇三
嗓	二〇四
嗣	二〇四
嗯	二〇四
嗚	二〇四
嗡	二〇四
嗅	二〇四
嗆	二〇四
嗥	二〇四
嗩	二〇四
園	二三〇
圓	二三〇
塗	二三五
塘	二三五
塞	二三五
塑	二三六
塋	二三六
塔	二三六
填	二三六
塉	二三六
塚	二三七
塌	二三七
塭	二三七
塊	二三七
塢	二三七
塒	二三七
塤	二三七
塏	二三七
塍	二三七
壺	二四三
奧	二六三
嫁	二七七
嫉	二七七
嫌	二七七
嫇	二七七
嫈	二七七
媾	二七八
媽	二七八
媼	二七八
媳	二七八
嫂	二七八
媲	二七八
嫋	二七八
媺	二七八
媸	二七八
媵	二七八
寖	二九九
尟	三一〇
嵩	三一三
嵯	三一三
嵊	三一三
嵬	三一三
幌	三一六
幎	三一六
幹	三四二
廉	三四九
廈	三四九
廋	三四九
弒	三五五
彀	三六〇
彙	三六二
徬	三七三
微	三七三
徯	三七四
徭	三七四
意	四〇〇
慈	四〇一
感	四〇一
想	四〇二
愚	四〇三
惹	四〇四
愁	四〇四
愆	四〇四
愛	四〇五
愈	四〇五
愍	四〇六
慎	四〇六
慌	四〇六
慄	四〇六
慍	四〇六
愾	四〇六
愷	四〇六
慉	四〇六
慊	四〇六
愫	四〇六
愴	四〇七
愧	四〇七
慆	四〇七
戡	四二〇
戢	四二〇
戣	四二〇
戥	四二〇
戤	四二〇
搜	四七〇
搓	四七一
搾	四七一
搞	四七一
搪	四七一
搏	四七一
搆	四七一
搐	四七一
搉	四七一

十五畫

十六畫

十七畫

十八畫

十九畫

二十畫

二十一畫

二十二畫

二十三畫

二十四畫

二十五畫

二十六畫

二十七畫

二十八畫

二十九畫

三十畫

三十一畫

三十二畫

三十三畫

三十六畫

一部

一 ㄧ 名 數目字。大寫作「壹」。形 ①專注的。例一心一意。②滿，全。例一天星斗。③相同，一樣。例大小不一。動 統一。副 ①剛剛，才。例一學就會、天一亮就走了。②稍微，偶然。例看一看、一不小心。③概括之詞，某。例總有一天。④竟，乃。例一至於此。代 一方面。例只知其一，不知其二。助 ①加強語氣。例樂府詩集：「使君一何愚？」②十分，非常。例禮記：「子之哭也，一似重有憂者？」

一一 逐一，一個一個的。例不再一一說明。

一二 ㄦˋ 一些，少數、小量。例略知一二。

一刀 ㄉㄠ ①一把刀。例一刀一槍。②計算紙的數量單位，通常一百張為一刀。③用刀砍削。例一刀就砍斷了。

一干 ㄍㄢ 一批，一夥。例一干人犯。

一下 ㄒㄧㄚˋ ①一次，一回。例這一下闖出禍來了。②一會兒。例等我一下。③附在動詞後表示稍微、略微的意思。例讓我想一下、試一下。

一口 ㄎㄡˇ ①數量單位。例一口人、一口井。②滿口。例他裝了一口假牙。③形容數量很少。例一口水、一口飯。④表示說詞堅決不變。例一口咬定。

一夕 ㄒㄧ ①一個夜晚。②短時間。例這樣大的工程不是一朝一夕能完成的。

一己 ㄐㄧˇ 自己一人。例一己之私。

一心 ㄒㄧㄣ ①齊心，同心。例萬眾一心。②專心，全神貫注。例他一心一意專注在工作上。

一方 ㄈㄤ ①一邊，一旁。例天各一方。②一帶，一部分地區。例獨霸一方。③方形物的數量單位。例一方土。

一文 ㄨㄣˊ 舊時銅錢的單位。也泛指一個小錢。例一文不值。

一切 ㄑㄧㄝˋ ①全部。②一概，一律。

一手 ㄕㄡˇ ①一隻手。例一手撐著。②獨自，一人。例一手包辦。③一種技能、技巧。例她做得一手好針線活。

一毛 ㄇㄠˊ ①一根毛。比喻極細微。例九牛一毛。②幣制一圓的十分之一，又稱一角。

一匹 ㄆㄧ 布帛和馬匹的數量單位。

一世 ㄕˋ ①一代。例相隔一世。②一生。例聰明一世，糊塗一時。③古時稱三十年為一世。

一打 ㄉㄚˊ dozen，音譯的量詞。十二個為一打。

一旦 ㄉㄢˋ ①一天之間，形容時間短。例毀於一旦。②忽然或假設有這麼一天。例一旦腦子開竅、一旦出了問題。

一片 ㄆㄧㄢˋ ①一塊平而薄的物體。例一片瓦。②形容連綿成片狀的景色。例一片汪洋。③言語的一段、一套。例一片謊言。④一番。例一片心意。

一令 ㄌㄧㄥˋ 紙五百張叫一令。

一共 ㄍㄨㄥˋ 全部合起來，總共。

一再 ㄗㄞˋ 一次又一次。例他一再要求。

一同 ㄊㄨㄥˊ 一齊，共同。例一同出發。

一回 ㄏㄨㄟˊ ①一次。例這一回我決不饒你！②一趟。例去大陸玩了一回。③明清章回小說的一個篇目。

一色 ㄙㄜˋ ①單純一種顏色。例學生們穿著一色的衣服。②一類。例清一色。

一向 ㄒㄧㄤˋ 從以前到現在。例他讀書一向很用功。

一行 ㊀ㄧ ㄒㄧㄥˊ 指同行的一群人。㊁ㄧ ㄏㄤˊ ①單一的行列。例排成一行。②同一種職業或泛稱某一行業。例我和他是同一行、做一行怨一行。㊂ㄧˊ ㄒㄧㄥˋ 獨行。新五代史有一行傳，專門記載德行高潔的人。

一把 ㄅㄚˇ ①物品握滿一手的分量。例一把米。②可用手握持的器具或物件的數量單位。例一把剪刀、一把稻草。③用手抓住。例我一把就抓了這麼多！④形容年歲大。例他已有了一把年紀。

一批 ㄆㄧ 把許多人或物分成組或堆，每一組、一堆叫一批。例一批人、一批貨。

一串 ㄔㄨㄢˋ 事物連接在一起。例一串珍珠。

一身 ㄕㄣ ①一個身軀，一人。例孑然一身。②滿身，全身。例他一身都是泥漿。③一套衣服。例她今天穿了一身新衣。

一定 ㄉㄧㄥˋ ①相當程度。例取得一定的成績。②必定，必然。例這項任務一定能按時完成。

一刻 ㄎㄜˋ ①十五分鐘。②形容時間短促。例一刻也不能停留。

一來 ㄌㄞˊ ①剛來。例他一來就調皮搗蛋。②表示略略動作、行事。例這麼一來，他要倒楣了。③對幾件事作先後說明的用語。例他一來年輕，二來沒經驗，所以出了不少差錯。

一具 ㄐㄩˋ 器物一件。

一味 ㄨㄟˋ ①總是，一直。例一味遷就小孩子是不行的。②中醫藥方上每一種藥稱作一味。

一帖 ㄊㄧㄝ ①中藥的一劑叫一帖。②古代科舉考試的試題，一條叫一帖。

一服 ㄈㄨˊ 中藥一劑叫一服。同一帖。

一周 ㄓㄡ 周而復始循環一次。例一周年。

一門 ㄇㄣˊ ①一家。例一門忠良。②一椿。例一門親事。③學術的科目單位。例一門功課。④一尊。砲彈的單位。例一門大砲。

一炬 ㄐㄩˋ 一場大火。例付之一炬。

一派 ㄆㄞˋ ①在學術或技藝等方面有特點而能自成一家的。例他的武功很有特色，自成一派。②一番。

例一派胡言。③一片。例好一派田園風光。

一律 ㄌㄩˋ 完全一樣，沒有例外。例千篇一律。

一家 ㄐㄧㄚ ①一個家庭。例一家一戶。②全家。例一家和樂。③一個流派。例自成一家。

一致 ㄓˋ 相同，沒有分歧。例意見一致。

一套 ㄊㄠˋ ①自成一組的物件。例一套家具。②一種技術、本領。例他的確有一套。

一晃 ㊀ ㄧˋ ㄏㄨㄤˇ 在眼前一現即逝。例怎麼這人一晃就不見了。㊁ ㄧˊ ㄏㄨㄤˇ 形容時間過得快。例時間過得真快，一晃又是一年。

一息 ㄒㄧ ①一口氣息，指生命。②一次呼吸之間，比喻時間短促。③稍歇，暫停。

一氣 ㄑㄧˋ ①指原始太一混然之氣。②一口氣，表示不間斷。例一氣呵成。③聲氣相通，引申為一夥。例沆瀣一氣。④生氣。例一氣之下。

一宿 ㊀ ㄧˋ ㄒㄧㄡˇ 一夜。㊁ ㄧˊ ㄙㄨˋ ①住一個晚上。②一夜。

一毫 ㄏㄠˊ 一根毫毛。比喻事物非常微小。例非我所有，一毫莫取。

一連 ㄌㄧㄢˊ ①接著，連續。例最近一連出了幾個問題。②軍隊的編制，三個排為一連。

一副 ㄈㄨˋ ①指成套的東西。例一副手套。②指人的面部表情。例一副笑臉。

一捧 ㄆㄥˇ 用雙手捧起零散的東西一次叫一捧。例一捧米。

一頂 ㄉㄧㄥˇ ①帽子、轎子等的數量單位。②一抵，一撞。例門一頂就開了。

一堂 ㄊㄤˊ ①一室，一處。例聚首一堂。②一節課。例上了一堂課。③舊稱訴訟案審訊一次。例今天又審過了一堂。④祭祀的供品排成一列叫一堂。

一圈 ㄑㄩㄢ ①一個環形或環形的東西。②打麻將時四人輪流作一次莊為一圈。

一貫 ㄍㄨㄢˋ ①一向如此，始終一致。例勤儉是他的一貫作風。②古時以千錢為一貫。

一隅 ㄩˊ ①四方形中的一角，一個角落。②不全面。例一隅之見。

一通 ㄊㄨㄥ ①一份，一件。例一通電報。②指使用電話的次數，一次為一通。

一尊 ㄗㄨㄣ ①佛像和大砲等的數量單位。同一座。②特立獨出，為人所尊崇信奉。例漢武帝罷黜百家，定儒家為一尊。

一著 ㄓㄠ ①下棋時下一子或走一步。②計策，辦法。例他這一著真高明。③國術的一個動作。

一斑 ㄅㄢ 豹子身上的一塊斑紋。常比喻事物的一小部分。例管中窺豹，僅見一斑。反全貌、全豹。

一棵 ㄎㄜ 計算植物的數量單位。同一株。

一壺 ㄏㄨˊ 計算盛液體器具的數量單位。例一壺酒、一壺開水。

一朝 ㊀ ㄧˋ ㄓㄠ ①一個早晨。例一朝一夕。②一旦，有那麼一天。例一朝得志，六親不認。㈡ㄔㄠˊ一個朝代。例一朝天子一朝臣。

一粟 ㄙㄨˋ 一粒小米。用以比喻事物的細微、渺小。例滄海一粟。

一幅 ㄈㄨˊ 計算書畫或布匹的單位。例一幅山水畫。

一番 ㄈㄢ ①一次，一遍。例好好地表現一番。②一種。例出現一番新的氣象。③中國大陸用語，指一倍。例產量翻了一番。

一筆 ㄅㄧˇ ①帳目一項。例一筆帳、一筆遺產。②漢字的一畫叫一筆。

一週 ㄓㄡ ①一星期。②繞一圈，從頭到尾輪流一遍。③時間、時期的一輪。例一週年、一週期。

一發 ㄈㄚ ①索性，乾脆。例他一發要拚到底。②越發，更加。③箭一放和槍一射都叫一發。④一經發作。例一發不可收拾。

一統 ㄊㄨㄥˇ 全國統一屬於一個政府。例一統天下。

一道 ㄉㄠˋ ①同路，一起。例我們一道走。②量詞。例一道金光、一道公文、一道菜。③指稱一種方法或一條道路。

一盞 ㄓㄢˇ 計算燈的數量單位。

一鼓 ㄍㄨˇ ①擊第一次鼓。例一鼓作氣。②一更。古代夜間每到一更就鳴鼓一次，故稱一更為一鼓。

一落 ㄌㄨㄛˋ 物品疊積在一起。例一落碗、一落紙。

一葉 ㄧㄝˋ ①一片樹葉。②形容船小得像樹葉。也用以指小船。例一葉扁舟。

一概 ㄍㄞˋ 完全，一律。例一概不管。

一頓 ㄉㄨㄣˋ ①量詞。例一頓飯、一頓臭罵。②停息一會兒。③一次，一回。例他被毒打了一頓。

一領 ㄌㄧㄥˇ 蓆子、氈子、衣袍等物件的數量單位。

一輪 ㄌㄨㄣˊ ①循環一次，輪流一週。②十二生肖周而復始地輪流，所以又稱十二年歲為一輪。例我哥年紀大我一輪。③指圓輪的東西。例一輪明月。

一趟 ㄊㄤˋ 兩地間來往一次叫一趟。

一幢 ㄔㄨㄤˊ 即一棟。計算房屋的數量單位。

一艘 ㄙㄠ 計算船隻、艦艇的數量單位。

一線 ㄒㄧㄢˋ ①比喻極為細微。例一線希望。②表示範圍狹小。例他眼睛還有一線光。

一瞥 ㄆㄧㄝ 迅速的看一眼。比喻極短暫的時間。或短時間內看到的大略情況。

一瞬 ㄕㄨㄣˋ 一轉眼間。比喻時間消失極快。

一簇 ㄘㄨˋ 一團，一叢。例一簇鮮花。

一闋 ㄑㄩㄝˋ 詞的單位名。相當詩的一首。

一簣 ㄎㄨㄟˋ 一筐。比喻極少量。例功虧一簣。

一轍 ㄓㄜˊ 同一軌跡。比喻趨向相同。例如出一轍。

一齣 ㄔㄨ 戲曲的一段或一個獨立劇目。

一籌 ㄔㄡˊ 一個辦法或計謀。例一籌莫展。

一小撮 ㄒㄧㄠˇ ㄘㄨㄛˋ 一小部分，少數。例給我一小撮鹽。

一甲子 六十年。甲居十天干的首位，子居十二地支的首位，天干與地支依次相配成六十干支，用以紀年，統稱甲子。

一抔土 一捧土。引申指墳墓。例黃花崗上一抔土。

一把抓 ①不分輕重、主次、大小一齊下手。說明工作方法不正確。②獨攬權力。例公司的事全由他一把抓。

一剎那 指極短暫的時間。同一瞬間。

一眨眼 比喻時間極為短暫。例這人怎麼一眨眼就不見了！

一骨碌 翻身一滾，形容動作快。例他一骨碌從床上爬起來。

一晃眼 ㈠在眼前一現。例這個鏡頭一晃眼就過去了。㈡比喻時間過得很快。例時間過得真快，一晃眼十年已過。

一掬淚 一捧眼淚。形容淚水流得多。

一等一 比喻最高級上乘的人事物。例這個地方土質好，出產的作物都是一等一的。

一等親 為「第一等親」的簡稱。指父母和子女等直系親屬。

一溜煙 像一縷輕煙很快飄散。多形容走或跑得快。

一窩蜂 ①形容人多聲雜，像蜂群一擁而上的樣子。②比喻世人追逐新奇事物成為一種風氣。例現在年輕人一窩蜂地留起長髮來了。

一團糟 形容事情混亂到難以收拾。例好好的事情被他攪得一團糟。

一輩子 指人的一生一世。例他過了一輩子的苦日子。

一彈指 形容時間極短或時光過得很快。例一彈指又過了一年。

一覽表 把各種事項列成一張表，使人一看就能明白全部情形。

一了百了 ①主要的事一了結，其餘有關的事也跟著了結。②有時也指人一死了結所有的事。

一刀兩斷 比喻決心斷絕關係，也形容處理事情果斷。

一寸丹心 一片赤誠的心。形容忠心耿耿，克盡職守。同赤膽忠心。

一心一意 只有一個意念，沒有別的考慮。形容人專心致志於某一事物。反心不在焉。

一心一德 指大家一條心，為同一個目的而努力。同同心同德。反離心離德。

一五一十 五個十個地將數目點清。比喻把事情從頭到尾全部說出來。同原原本本。

一日之雅 表示交情不深。

一日三秋 一天不見面，就像過了三年之久。形容思念殷切。

一日千里 形容良馬跑得很快。後比喻進步神速或事業發展很快。同突飛猛進。

一手遮天 一隻手把天遮住。形容倚仗權勢，玩弄手段，遮人耳目。

一毛不拔 一根毫毛也不肯拔下。比喻非常自私吝嗇。反慷慨解囊。

一片冰心 一片純潔的心。

一介不取 一點小東西也不拿。形容人廉潔不貪。反貪求無厭。

一孔之見 從一個小洞裡所看到的。比喻狹隘片面的見解。同管窺之見。

一仍舊貫 一切照舊行事，不作或少作變動。同一如既往。

一以貫之 用一個原則貫穿萬事萬理。

一本正經 形容人表現得很莊重、很規矩。多含有諷刺意味。

一本萬利 本錢小而利潤大。比喻付出的代價少而獲得的利益多。

一古腦兒 一齊，全部，所有。

一目十行 比喻閱讀迅速。

一丘之貉 比喻彼此同樣低劣，並無差別。

一代風流 指稱一個時代品格才藝特出而又備受推崇的人士。

一石二鳥 用一顆石頭打下兩隻鳥。比喻一舉兩得。同一箭雙鵰。

一字千金 比喻文辭精妙，價值極高。

一字褒貶 指記事論人用字措辭有嚴格的規定，語意含蓄深刻，在一字之中寓含褒貶之意。

一衣帶水 比喻江流狹窄如同一條衣帶。泛指雖有江河湖海相隔，但不足以成為交往的障礙。

一匡天下 統一天下，使天下歸於安定。

一帆風順 船揚起滿帆順風行駛。形容做事非常順利。

一言九鼎 形容說話很有分量。也表示說話算數，絕不更改。

一言為定 話一說定就不再翻悔變更。

一步登天 比喻一下子就達到了很高的境界或地位。反一落千丈。

一見如故 就像老朋友一樣，形容人首次見面，彼此相處和樂融洽。

一見傾心 初次見面就產生好感。

一見鍾情 指男女間初次見面就彼此愛慕。

一波三折 原指寫字筆法曲折多變。比喻文章的結構起伏曲折，或事情進行變化多、不順利。

一刻千金 形容時光極其寶貴，一刻價值千金。同尺璧寸陰。

一板一眼 比喻言語、行動有條理或合規矩，不馬虎。板、眼均為戲曲音樂的節拍。

一表人才 形容人容貌俊秀，儀態翩翩。

一拍即合 一打拍子就合乎曲子的節奏。用以比喻人們在某項事上容易湊合起來。

一枕黃粱 比喻痴心妄想或虛幻夢想的破滅。同南柯一夢。

一呼百應 一個人呼喊，馬上就有很多人應答。形容響應的人眾多。

一念之差 一個念頭的差錯，造成嚴重後果或導致前功盡棄的結局。

一知半解 知道的不全面，理解也不透徹。形容人見識膚淺。

一往情深 指對人或事物傾注很深的感情，一旦投入，始終不改。

一面之詞 爭執雙方中一方面所說的話。同片面之詞。

一柱擎天 一根柱子支撐著天。比喻人能擔負起天下重任。

一飛沖天 比喻進步神速，突然間獲得了驚人的成就。同一鳴驚人。

一馬當先 騎馬走在前頭。形容遇事領先，能起帶頭的作用。

一時之選 指當時所挑選出來的優秀人才。亦作「一時之秀」。

一笑置之 笑一笑，就把它放在一邊。表示不當回事或不值得理睬。

一針見血 比喻說話或寫文章能抓住重點，直截了當，切中要害。同一語破的。

一氣呵成 形容文章氣勢流暢，首尾連貫。也比喻工作安排緊湊，不間斷地一次完成。反斷斷續續。

一脈相承 由同一個血脈系統承授下來。也作「一脈相傳」。

一望無際 一眼望去，看不到邊界。形容寬廣、遼闊。

一敗塗地 形容失敗到了不可收拾的地步。

一唱三歎 一人唱歌另三人讚嘆應和。今用以稱讚別人詩文婉轉，含義深刻，情韻悠長。

一得之愚 謙稱自己的一點淺薄見解。

一隅三反 由一個角推知其他三個角。比喻善於類推，觸類旁通。同舉一反三。

一勞永逸 只要勞苦一時，便可獲得永久的安逸。

一視同仁 一律平等相待，不分彼此、厚薄。同等量齊觀。

一廂情願 只從自己的主觀願望看待，不考慮對方是否同意或客觀條件是否允許。

一朝一夕 一個早晨或一個晚上。形容時間很短促。反長年累月。

一揮而就 一動筆就完成了。形容寫字、為文、作畫非常快。

一筆勾銷 比喻將過去的事一次全部消除。

一飯千金 一頓飯價值千金。比喻報恩酬謝豐厚。

一絲不苟 形容辦事認真，一點也不馬虎。反敷衍塞責。

一絲不掛 渾身上下沒有任何衣服。泛指裸體，或比喻不為塵俗所牽累。同赤身裸體。

一登龍門 比喻攀附上權貴，身價倍增。

一意孤行 不聽別人的勸告，只憑自己的主觀想法獨斷獨行。

一落千丈 形容境況突然變壞。

一鼓作氣 作戰時第一次擊鼓，士氣最旺盛。後比喻趁氣勢盛時，一舉成事。

一葉知秋 看見一片落葉便知秋季來臨。比喻通過個別細微的跡象，可以推知事物的本質和發展趨勢。同見微知著。

一葉扁舟 一隻小船。

一塌糊塗 形容混亂或敗壞到了不可收拾、整理或挽回的程度。

一塵不染 ①比喻人的品行高潔，不受壞風氣的影響。②形容環境非常清潔、乾淨。

一語道破 一句話就說穿了。形容說話精當，能一下子解開疑點，或說破某人的心事。

一碧萬頃 形容水面廣闊。

一鳴驚人 ①比喻平常無特殊表現，卻一下子做出驚人的成績。②指人在某事上初試身手，便不同凡響。同一飛沖天。

一網打盡 撒一網就把池子裡的魚撈光。比喻一個不漏地全部捉住或徹底肅清。

一暴十寒 晒一天凍十天。比喻學習或工作有時勤奮，有時懶散，沒有恆心。反鍥而不舍。

一箭之地 一箭所射及的地方。形容距離很近。

一箭雙鵰 一箭射得兩隻鵰。比喻做一件事達到兩個目的或得到兩種好處。同一石兩鳥。

一諾千金 許下的諾言有千金的價值。形容說話算數，信實可靠。同一言九鼎。反輕諾寡信。

一親芳澤 親近所喜愛的女子。

一鬨而散 哄然一聲，各自散開。形容無組織無原則的人群聚在一起，隨時都有可能散開。同作鳥獸散。

一舉成名 一旦中了科舉便揚名天下。今形容一舉成事就名聲大振。

一應俱全 應該有的東西全都有了。

一臂之力 一隻胳膊的力量。比喻從旁給予協助。

一竅不通 所有的孔都不通氣。比喻人昏昧、不明事理，或什麼事都不懂。

一擲千金 形容用錢毫不在乎。

一蹶不振 比喻一旦失敗或受到挫折，就再也振作不起來。

一蹴而就 形容事情很快就能完成。

一籌莫展 形容束手無策，一點辦法也施展不出。

一鱗半爪 比喻零碎片段的事物。

一沐三握髮 在一次洗髮的時間內，竟然多次握著頭髮出來接見賓客。比喻求納人才的殷切。同一飯三吐哺。

一言以蔽之 用一句話來概括。表示概括性的結論或總結上下文。

一馬不跨兩鞍 一匹馬不配兩具馬鞍。比喻女子不嫁二夫。

一動不如一靜 意即動不如靜。比喻多一事不如少一事。

一失足成千古恨 一旦犯錯，就會造成終身無法挽救的遺憾。

一府二鹿三艋舺 指清代臺灣的三大港口，依次為現在的臺南、鹿港和臺北萬華。

一個巴掌拍不響 比喻只有單方面是鬧不出事來。

一將功成萬骨枯 一個將領在戰場上的成功，是需要犧牲許多士兵才能獲得的。形容戰爭極其殘酷。

一犬吠形，百犬吠聲 一隻狗看到形影吠叫起來，其他的狗不知其然也跟著叫。譏諷人愛盲從，還不明白真相就妄加附和。

一分耕耘，一分收穫 只有付出一分勞力，才能得到一分收益。說明人應勤奮向上，不可存僥倖心理。

一言既出，駟馬難追 一句話說出口，就是用最快的馬車也追不上。比喻話已說出口，難再收回。

一竿子打翻一船人 比喻只憑自己的主觀偏見，否定整體。

一畫

丁

ㄉㄧㄥ ding 名①天干的第四位，用作第四的代稱。例丁等。②指成年的男人或男孩子。例壯丁、添丁。③指從事某種勞動的人。例園丁、庖丁。④人口。例人丁。⑤方形的小塊。例蘿蔔丁、雞丁。⑥姓。形壯盛的。例丁年。動當，遭逢。例丁憂。

丁口 人口。古代通常男稱丁，女稱口。例添丁進口。

丁憂 遭到父母之喪。同丁艱。

丁丁當當 形容連續不斷的丁當聲。也作「叮叮噹噹」。

丁是丁，卯是卯 ①辨事認真，不可馬虎。②應該怎樣便怎樣，毫不通融。

七

ㄑㄧ qī 名①數目字。大寫作「柒」。②民俗稱喪事每七天設奠一次為「作七」。③文體的一種，也叫七體。由西漢枚乘首作「七發」而來。

七七 舊俗人死後每隔七日祭奠一次，到第四十九日稱七七。

七夕 ㄑㄧ ㄒㄧ 農曆七月七日夜晚。相傳牛郎織女每年這一天會在天河的鵲橋相會，因而以此日為情人節。

七尺 ㄑㄧ ㄔˇ 古時七尺相當於一般成年男子的高度，因而用作人身的代稱。例七尺之軀。

七古 ㄑㄧ ㄍㄨˇ 七言古體詩的簡稱。每句七字，每篇句數不一。

七出 ㄑㄧ ㄔㄨ 舊時休棄妻子的七種理由。一般指無子、淫蕩、不孝順公婆、愛搬弄是非、盜竊、妒忌、染患惡疾。

七色 ㄑㄧ ㄙㄜˋ 太陽光線所含的紅、橙、黃、綠、藍、靛、紫七種顏色。

七音 ㄑㄧ ㄧㄣ ①指脣音、舌音、牙音、齒音、喉音、半舌音、半齒音七種發音。②同「七聲」，見該條。

七律 ㄑㄧ ㄌㄩˋ 七言律詩的簡稱。每首八句，每句七字，平仄、用韻等都有一定格律。

七情 ㄑㄧ ㄑㄧㄥˊ 指人的七種感情，即喜、怒、哀、懼、愛、惡、欲。

七雄 ㄑㄧ ㄒㄩㄥˊ 指戰國時期秦、齊、楚、燕、韓、趙、魏七個強大的諸侯國。

七絕 ㄑㄧ ㄐㄩㄝˊ 七言絕句的簡稱。每首四句，每句七字，一、二、四句或二、四句押韻。

七聲 ㄑㄧ ㄕㄥ 音樂的七音。我國古稱宮、商、角、徵、羽、變宮、變徵；西洋則稱Do、Re、Mi、Fa、Sol、La、Si。

七竅 ㄑㄧ ㄑㄧㄠˋ 人的頭部有眼睛、鼻子、耳朵、嘴，共七個孔，合稱七竅。

七曜 ㄑㄧ ㄧㄠˋ 日、月與金、木、水、火、土五大行星，合稱七曜。

七巧板 ㄑㄧ ㄑㄧㄠˇ ㄅㄢˇ 是一種啟發兒童智慧的玩具。將一塊正方形薄板分成七塊，形狀、大小各不相同，可以拼成各種圖形。

七件事 ㄑㄧ ㄐㄧㄢˋ ㄕˋ 指日常生活中必需的柴、米、油、鹽、醬、醋、茶七種用品。

七言詩 ㄑㄧ ㄧㄢˊ ㄕ 七個字一句的舊體詩。包括七言古詩、七言律詩和七言絕句。

七上八下 ㄑㄧ ㄕㄤˋ ㄅㄚ ㄒㄧㄚˋ 心一上一下跳得很快。形容緊張、驚慌或擔憂的心境。

七手八腳 ㄑㄧ ㄕㄡˇ ㄅㄚ ㄐㄧㄠˇ 形容做事人多而忙亂沒有條理的樣子。反有條不紊。

七老八十 ㄑㄧ ㄌㄠˇ ㄅㄚ ㄕˊ 表示年紀很老。

七折八扣 ㄑㄧ ㄓㄜˊ ㄅㄚ ㄎㄡˋ 形容人在金錢上很計較，總是想方設法打折扣，盡量少付出。

七步之才 ㄑㄧ ㄅㄨˋ ㄓ ㄘㄞˊ 走七步就能作一首詩的才能。形容人才思敏捷。

七拼八湊 ㄑㄧ ㄆㄧㄣ ㄅㄚ ㄘㄡˋ 指把零碎的東西拼湊起來。引申為東拉西扯，胡亂湊合。

七級浮屠 ㄑㄧ ㄐㄧˊ ㄈㄨˊ ㄊㄨˊ 七層高的寶塔。比喻很大的功業。例救人一命，勝造七級浮屠。

七嘴八舌 ㄑㄧ ㄗㄨㄟˇ ㄅㄚ ㄕㄜˊ 很多人說個不停。形容人多嘴雜，意見不一，議論紛紛。

七擒七縱 ㄑㄧ ㄑㄧㄣˊ ㄑㄧ ㄗㄨㄥˋ 相傳諸葛亮七次捉住孟獲，又七次把他放了。後比喻善用策略，以德化感召人。

七竅生煙 ㄑㄧ ㄑㄧㄠˋ ㄕㄥ ㄧㄢ 形容人氣憤已極，以致七竅都冒出火來。同火冒三丈。

七顛八倒 ㄑㄧ ㄉㄧㄢ ㄅㄚ ㄉㄠˇ ①指說話做事沒有條理，顛顛倒倒。②形容人心神迷亂，語無倫次。③形容東西放得顛倒錯雜。

二畫

三 ㄙㄢ sān 名數目字。大寫作「叁」。形①表示多數或多次。例三令五申。②表數量。例三隻小狗。③表次序位居第三。例排行老三。副再三，屢次。

三才 ㄙㄢ ㄘㄞˊ 天、地、人，合稱為三才。

三元 ㄙㄢ ㄩㄢˊ ①舊以農曆正月十五為上元，七月十五為中元，十月十五為下元，合稱三元。②科舉時代稱鄉試、會試、殿試的第一名為解元、會元、狀元，合稱三元。③指天、地、人三者。④道教指天、地、水為三元。⑤農曆正月初一，是年、月、日之始，故名三元。

三王 ㄙㄢ ㄨㄤˊ 指夏禹、商湯與周代的文王、武王。

三世 ㄙㄢ ㄕˋ ①祖孫三代。②佛教稱過去、現在和未來為三世。

三生 ㄙㄢ ㄕㄥ 佛教語。指前生、今生和來生。

三代 ㄙㄢ ㄉㄞˋ ①指從祖到孫或曾祖至父的三代人。②夏、商、周三朝的合稱。

三光 ㄙㄢ ㄍㄨㄤ 日、月、星，合稱為三光。

三伏 ㄙㄢ ㄈㄨˊ 初伏、中伏、末伏的合稱。從夏至後的第三個庚日起，每十天一伏，是一年中最熱的時候。

三多 ㄙㄢ ㄉㄨㄛ ①多福、多壽、多子。為祝頌之詞。②指作文或行事要多看、多做、多商量。

三戒 ㄙㄢ ㄐㄧㄝˋ ①通常指戒色、戒鬥、戒得。為孔子所提出，代表了儒家的為人處世之道。②指不妄出入、不妄言語、不妄憂慮。

三更 ㄙㄢ ㄍㄥ 指夜間十二時左右。例三更半夜。

三災 ㄙㄢ ㄗㄞ 風災、水災、火災為大三災，荒年、瘟疫、刀兵為小三災。

三到 ㄙㄢ ㄉㄠˋ 讀書時的眼到、口到、心到。

三舍 ㄙㄢ ㄕㄜˋ ①九十里。一舍為三十里。例退避三舍。②宋代太學分外舍、內舍、上舍，合稱三舍。

三軍 ㄙㄢ ㄐㄩㄣ 軍隊的統稱。古指中軍、左軍和右軍，今指海、陸、空三軍。

三春 ㄙㄢ ㄔㄨㄣ ①舊稱農曆正月為孟春，二月為仲春，三月為季春，合稱三春。②三年，指過了三個春天。

三品 ㄙㄢ ㄆㄧㄣˇ ①神品、妙品、能品，為評鑑書畫作品的三個等級。②舊時官員共分九品，第三等為三品。③指金、銀、銅。

三昧 ㄙㄢ ㄇㄟˋ ①佛教指心神平靜，止息雜慮。②要訣，竅門。例得其三昧。

三省 ㊀ㄙㄢ ㄒㄧㄥˇ 多次反躬自問。㊁ㄙㄢ ㄕㄥˇ 古代的中書省、門下省、尚書省，為中央最高政務機關。

三牲 ㄙㄢ ㄕㄥ ①舊時祭祀用的供品，牛、羊、豬。②俗稱為雞、魚、豬。

三竿 ㄙㄢ ㄍㄢ 形容太陽已升得很高，時近中午。例她一直睡到日上三竿才起床。

三乘 ㄙㄢ ㄕㄥˋ 佛家的教法，分為菩薩乘、緣覺乘、聲聞乘。

三教 ㄙㄢ ㄐㄧㄠˋ 儒、道、佛三教的合稱。

三國 ㄙㄢ ㄍㄨㄛˊ 指東漢末年所建立的魏、蜀、吳三國，以及這三國鼎立的時期（共六十一年）。

三通 ㄙㄢ ㄊㄨㄥ ①通志、通典、文獻通考三部史書的合稱。②指海峽兩岸通郵、通商和通航。

三圍 ㄙㄢ ㄨㄟˊ 指人的胸圍、腰圍及臀圍。

三窟 ㄙㄢ ㄎㄨ 三個洞穴。比喻人有多種避禍的方法。

三節 ㄙㄢ ㄐㄧㄝˊ 指春節、端午節和中秋節。

三態 ㄙㄢ ㄊㄞˋ 物質的三種狀態，即固體、液體和氣體。

三禮 ㄙㄢ ㄌㄧˇ ①稱儀禮、周禮、禮記三書。②古指祭天、祭地、祭宗廟的禮節。

三寶 ㄙㄢ ㄅㄠˇ ①三種寶貴的事物。②佛教以佛、法、僧為三寶。

三蘇 ㄙㄢ ㄙㄨ 指北宋文學家蘇洵及其子蘇軾、蘇轍。

三寸丁 ㄙㄢ ㄘㄨㄣˋ ㄉㄧㄥ 對身材矮小者的謔稱。

三不朽 ㄙㄢ ㄅㄨˋ ㄒㄧㄡˇ 指立德、立功、立言，三者可以永遠受人懷念敬仰。

三不知 ㄙㄢ ㄅㄨˋ ㄓ 什麼都不知道。例一問三不知。

三字經 ㄙㄢ ㄗˋ ㄐㄧㄥ ①書名。舊時兒童的啟蒙課本，全書用三字一句的韻文寫成，讀起來很順口。②指罵人的粗野話語。

三字獄 ㄙㄢ ㄗˋ ㄩˋ 宋代秦檜以「莫須有」之罪誣害岳飛，後以三字獄代稱冤獄。

三合土 ㄙㄢ ㄏㄜˊ ㄊㄨˇ 用石灰、黏土和砂混合而成的建築材料。

三合院 ㄙㄢ ㄏㄜˊ ㄩㄢˋ 由正堂和左右廂房及院子所組成的傳統房屋。

三夾板 ㄙㄢ ㄐㄧㄚˊ ㄅㄢˇ 兩層木板中間夾碎木屑，由機器加壓碾平而成的材料。

三明治 ㄙㄢ ㄇㄧㄥˊ ㄓˋ 英語Sandwich的音譯。兩片麵包中間夾有肉類或蔬菜等物，是歐美盛行的簡便午餐。

三冠王 ㄙㄢ ㄍㄨㄢˋ ㄨㄤˊ ①指棒球賽中打擊率、打點、全壘打數都名列第一。②我國少棒、青棒、青少棒曾同獲世界冠軍，亦稱三冠王。

三重奏 ㄙㄢ ㄔㄨㄥˊ ㄗㄡˋ ①三種樂器如鋼琴、大提琴、小提琴的合奏。②指專門給三種樂器合奏而作的樂曲。

三段論 ㄙㄢ ㄉㄨㄢˋ ㄌㄨㄣˋ 為邏輯間接推理的基本形式之一，由大前提和小前提推出結論。比如：凡動物都有生和死（大前提），馬是動物（小前提），所以馬有生和死（結論）。

三家村 ㄙㄢ ㄐㄧㄚ ㄘㄨㄣ 指人煙稀少、偏僻的小村落。

三原色 ㄙㄢ ㄩㄢˊ ㄙㄜˋ ①光的三原色為紅、綠、藍，無論哪種顏色都可用這三色適當混合而得。②顏料的三原色為紅、黃、藍。

三隻手 ㄙㄢ ㄓ ㄕㄡˇ 稱扒手的隱語。

三腳貓 ㄙㄢ ㄐㄧㄠˇ ㄇㄠ 比喻技藝不精、不中用的人。

三稜鏡 ㄙㄢ ㄌㄥˊ ㄐㄧㄥˋ 截面呈三角形的立體玻璃光學儀器。光線透過時，可折射出紅、橙、黃、綠、藍、靛、紫七色。

三達德 ㄙㄢ ㄉㄚˊ ㄉㄜˊ 指智、仁、勇三種品德。

三溫暖 ㄙㄢ ㄨㄣ ㄋㄨㄢˇ 源於芬蘭的蒸氣浴，利用三種不同水溫的水流洗浴設備，讓人浸泡時可使身心鬆弛，增進健康。

三輪車 ㄙㄢ ㄌㄨㄣˊ ㄔㄜ 即人力車。由三個輪子構成，上有車廂，可供二人乘坐。

三聯單 ㄙㄢ ㄌㄧㄢˊ ㄉㄢ 同式三張相聯的單據。一為收據，一為請款憑據，一為存根。

三讀會 ㄙㄢ ㄉㄨˊ ㄏㄨㄟˋ 民主國家的立法機關對於法案的審議，有三次宣讀條文通過的程序，所以有一讀會、二讀會、三讀會。三讀會就是最後一次的審議會。

三人成虎 ㄙㄢ ㄖㄣˊ ㄔㄥˊ ㄏㄨˇ 幾個人傳說市集上有老虎，聽者就信以為真。比喻謊言經傳播，足以惑亂視聽。

三三兩兩 ㄙㄢ ㄙㄢ ㄌㄧㄤˇ ㄌㄧㄤˇ 三個兩個地在一起。形容零零落落，為數不多。

三大發明 ㄙㄢ ㄉㄚˋ ㄈㄚ ㄇㄧㄥˊ 指南針、火藥、印刷術，是我國古代的傑出貢獻。

三山五嶽 ㄙㄢ ㄕㄢ ㄨˇ ㄩㄝˋ 泛指天下名山。

三千世界 ㄙㄢ ㄑㄧㄢ ㄕˋ ㄐㄧㄝˋ 佛家指小千、中千、大千三世界，用以稱世俗世界。

三戶亡秦 ㄙㄢ ㄏㄨˋ ㄨㄤˊ ㄑㄧㄣˊ 幾戶人家也能滅亡秦國。形容只要有決心，力量雖小，終會取勝。

三心二意 ㄙㄢ ㄒㄧㄣ ㄦˋ ㄧˋ 心裡想這樣又想那樣。形容拿不定主意或意志不堅定。同心猿意馬。反一心一意。

三元及第 ㄙㄢ ㄩㄢˊ ㄐㄧˊ ㄉㄧˋ 指科舉考試中，鄉試中解元，會試中會元，殿試中狀元。

三代同堂 ㄙㄢ ㄉㄞˋ ㄊㄨㄥˊ ㄊㄤˊ 指祖孫三代居住在一起。

三令五申 ㄙㄢ ㄌㄧㄥˋ ㄨˇ ㄕㄣ 多次叮嚀告誡。

三生有幸 ㄙㄢ ㄕㄥ ㄧㄡˇ ㄒㄧㄥˋ 佛教指三世積修得來的福分。今用以形容人運氣很好。

三民主義 ㄙㄢ ㄇㄧㄣˊ ㄓㄨˇ ㄧˋ 為孫中山先生畢生所倡導的民主政治綱領，即民族主義、民權主義和民生主義。

三言兩語 ㄙㄢ ㄧㄢˊ ㄌㄧㄤˇ ㄩˇ 三兩句話就把事情說清楚了。形容言語簡潔，說話乾脆不囉嗦。同言簡意賅。反廢話連篇。

三更半夜 ㄙㄢ ㄍㄥ ㄅㄢˋ ㄧㄝˋ 深夜。亦作「深更半夜」。

三姑六婆 ㄙㄢ ㄍㄨ ㄌㄧㄡˋ ㄆㄛˊ 比喻愛搬弄是非的婦女。

三度空間 ㄙㄢ ㄉㄨˋ ㄎㄨㄥ ㄐㄧㄢ 由長、寬、高所組成的立體空間。也稱三維空間。

三貞九烈 ㄙㄢ ㄓㄣ ㄐㄧㄡˇ ㄌㄧㄝˋ 形容婦女貞烈的德性。三、九均指多數。

三皇五帝 ㄙㄢ ㄏㄨㄤˊ ㄨˇ ㄉㄧˋ 傳說中的古代帝王。一般認為三皇指伏羲、燧人和神農，五帝指黃帝、顓頊、帝嚳、堯和舜。

三級跳遠 ㄙㄢ ㄐㄧˊ ㄊㄧㄠˋ ㄩㄢˇ 田賽運動項目之一，經由助跑、連續三跳來完成。前兩次只能單腳輪流著地，最後一跳需雙腳同時落地。簡稱三級跳。

三紙無驢 比喻人言詞或寫作廢話連篇，不能掌握重點。亦作「博士買驢」。

三教九流 指宗教或學術上的各種流派，也指社會上各行各業的人。

三從四德 指舊禮教中婦女的道德規範。

三朝元老 受到三世皇帝重用的大臣。今用以指在某單位任職久、資格老的人。

三綱五常 舊時所提倡的道德標準。三綱：君為臣綱、父為子綱、夫為妻綱。五常：仁、義、禮、智、信。

三緘其口 形容說話非常謹慎，很少開口。反高談闊論。

三陽開泰 比喻正月新春，萬象更新的景象。為新年時祝賀的頌語。

三顧茅廬 漢末劉備三次拜訪諸葛亮住的茅草房，諸葛亮才答應出來幫助他打天下。今比喻真心誠意地邀請別人或敬重人才。同禮賢下士。

三人行必有我師 三個人同行，必定有一個可以作為模仿學習的對象。

三更燈火五更雞 比喻人晚睡早起，非常勤奮刻苦。

三十六計，走為上策 指事態已發展到難以挽回，別無妙計，只好一走了事。

三天打魚，兩天晒網 比喻斷斷續續，沒有恆心，不能堅持到底。同一暴十寒。

三個臭皮匠，賽過諸葛亮 比喻集眾人的智慧，較一個天才的思慮更為精善。

万 ㈠ㄨㄢˋ wàn 「萬」的簡化字。㈡ㄇㄛˋ mò 名万俟（ㄑㄧˊ），複姓。

丌 ㄐㄧ jī 名①古時指器物的座墊，引申為下基。②姓。

下 ㄒㄧㄚˋ xià 名①表示位置、地位低。例樓下、部下。②方面。例四下張望。③中，裡面。例意下如何。④次，回。例打了幾下。形①品質差的。例下等。②時間、次序在後的。例下午、下冊。動①由高至低，降落。例下樓、下雨。②發布，傳達。例下命令。③進入，放入。例下水、下麵。④結束工作或學習。例下課、下班。⑤用，作出。例下功夫、下結論。⑥指某些動物生產。例雞下蛋。⑦從事某動作。例下手、下海。⑧退讓，謙讓。例禮賢下士。⑨攻克。例連下數城。⑩投送。例下戰書。⑪退場，離開。例鞠躬下臺。副①用在動詞後，表示動作的完成。例坐下、定下計策。②用在名詞後，表示時間、處所、範圍等。例年下、鄉下。

③低於，少於。例不下百萬元。

下人 ㄒㄧㄚˋ ㄖㄣˊ　指婢僕之類的傭人。

下凡 ㄒㄧㄚˋ ㄈㄢˊ　指神仙來到人間。例仙女下凡。

下元 ㄒㄧㄚˋ ㄩㄢˊ　指農曆十月十五日。

下水 ㊀ㄒㄧㄚˋ ㄕㄨㄟˇ ①順流而下。②比喻被人引誘做壞事。例把他拉下水。③把新造的船從船臺上推入水中。④把衣服或布料放入水中洗濯。㊁ㄒㄧㄚˋ ˙ㄕㄨㄟ 指肉用家禽、牲畜的內臟。

下手 ㄒㄧㄚˋ ㄕㄡˇ　動手去做。

下地 ㄒㄧㄚˋ ㄉㄧˋ　①貧瘠的土地。②農人到田裡工作。③從床上下來。

下行 ㄒㄧㄚˋ ㄒㄧㄥˊ　①寫字由上而下。②官府文書由上級送往下級。③車輛由北向南行駛。反上行。

下旬 ㄒㄧㄚˋ ㄒㄩㄣˊ　一個月的最後十天。反上旬。

下官 ㄒㄧㄚˋ ㄍㄨㄢ　官吏自稱的謙詞。

下定 ㄒㄧㄚˋ ㄉㄧㄥˋ　①定婚時交納聘物。②泛指買賣或確定做某事時先交付部分錢財。

下放 ㄒㄧㄚˋ ㄈㄤˋ　①把某些權力交給下級機關去決策、執行。②中國大陸指把幹部調到基層單位，或是到農村、礦廠去工作、勞動。

下注 ㄒㄧㄚˋ ㄓㄨˋ　①下賭注，拿出錢來賭輸贏。②江河水由上往下流。③液體由上往下倒。

下帖 ㄒㄧㄚˋ ㄊㄧㄝˇ　送請帖。

下肢 ㄒㄧㄚˋ ㄓ　指大小腿和腳。反上肢。

下弦 ㄒㄧㄚˋ ㄒㄧㄢˊ　陰曆每月二十三日前後，月亮東半邊明亮時的月相有如弓弦朝下，故叫下弦。反上弦。

下風 ㄒㄧㄚˋ ㄈㄥ　①風所吹向的一方。②比喻下位或劣勢。例甘拜下風。反上風。

下流 ㄒㄧㄚˋ ㄌㄧㄡˊ　①江河的下游。②形容人品行不端正，卑鄙齷齪。③水向下流淌。

下海 ㄒㄧㄚˋ ㄏㄞˇ　①漁夫出海捕魚。②戲劇界稱票友由客串而轉為職業演員。③指女子到風月場所謀生。

下乘 ㄒㄧㄚˋ ㄕㄥˋ　①下等的馬。②泛稱一切庸劣下等的人或事，特別是文學藝術的平庸境界。例下乘之作。

下氣 ㄒㄧㄚˋ ㄑㄧˋ　①忍受，降低自己的氣勢。例低聲下氣。②中醫稱放屁為下氣。③態度恭順。例下氣怡色。

下情 ㄒㄧㄚˋ ㄑㄧㄥˊ　①下級的情況，或指民情。②對人陳述時謙稱自己的情況或心情。

下野 ㄒㄧㄚˋ ㄧㄝˇ　執政的人被迫下臺。

下堂 ㄒㄧㄚˋ ㄊㄤˊ　①舊稱妻子被丈夫遺棄或要求離婚。例下堂求去。②下課後離開教室。③下一節課。例下堂課是物理。

下問 ㄒㄧㄚˋ ㄨㄣˋ　向才能、學識、地位等都不如自己的人請教。例不恥下問。

下詔 ㄒㄧㄚˋ ㄓㄠˋ　古代帝王發布命令。

下場 ㄒㄧㄚˋ ㄔㄤˇ　①結局。②演員或運動員退場。

下款 ㄒㄧㄚˋ ㄎㄨㄢˇ　在給人的書畫等上面題寫的贈送者名號。

下策 ㄒㄧㄚˋ ㄘㄜˋ　極不高明的計策、辦法。反上策。

下嫁 ㄒㄧㄚˋ ㄐㄧㄚˋ 地位高的女子嫁給地位低的男子。

下榻 ㄒㄧㄚˋ ㄊㄚˋ 住宿。榻：床。例就在此下榻。

下臺 ㄒㄧㄚˋ ㄊㄞˊ ①從講臺或舞臺上走下來。②比喻因卸去職務而失去權位。③比喻擺脫窘困的處境。例總得想個辦法讓他下臺。

下獄 ㄒㄧㄚˋ ㄩˋ 把人關進獄中。

下駟 ㄒㄧㄚˋ ㄙˋ 劣等的馬。比喻劣等的人才。

下賤 ㄒㄧㄚˋ ㄐㄧㄢˋ 指地位卑下、品行卑劣等。反高貴。

下箸 ㄒㄧㄚˋ ㄓㄨˋ 用筷子夾食物吃。

下懷 ㄒㄧㄚˋ ㄏㄨㄞˊ 謙稱自己的心意。例正中下懷。

下藥 ㄒㄧㄚˋ ㄧㄠˋ ①醫師選用藥物開藥方。②在食物和飲料中放入毒藥。

下襬 ㄒㄧㄚˋ ㄅㄞˇ 衣服或裙子的下緣。

下麵 ㄒㄧㄚˋ ㄇㄧㄢˋ 把麵放進鍋中煮。

下體 ㄒㄧㄚˋ ㄊㄧˇ ①軀體的下部。②暗稱男女的陰部。③植物的根部。

下水船 ㄒㄧㄚˋ ㄕㄨㄟˇ ㄔㄨㄢˊ 順水流行駛的船。

下水道 ㄒㄧㄚˋ ㄕㄨㄟˇ ㄉㄠˋ 排泄汙水、雨水的溝渠。

下水禮 ㄒㄧㄚˋ ㄕㄨㄟˇ ㄌㄧˇ 新船造成，初次入水所舉行的儀式。

下半旗 ㄒㄧㄚˋ ㄅㄢˋ ㄑㄧˊ 先將國旗升至杆頂，再下降到離杆頂約占全桿三分之一處。是表示舉國哀悼的儀式。

下馬威 ㄒㄧㄚˋ ㄇㄚˇ ㄨㄟ 官吏初到任時用嚴厲的法令、手段來待人處事，以顯示自己的威勢。比喻一開始就對人示威。

下意識 ㄒㄧㄚˋ ㄧˋ ㄕˋ 心理學上指不知不覺、沒有意識的心理活動。又稱潛意識。

下輩子 ㄒㄧㄚˋ ㄅㄟˋ ㄗˇ 來生，來世。反上輩子。

下不了臺 ㄒㄧㄚˋ ㄅㄨˋ ㄌㄧㄠˇ ㄊㄞˊ ①比喻沒有辦法了結某樣事情。②比喻沒有面子。

下不為例 ㄒㄧㄚˋ ㄅㄨˋ ㄨㄟˊ ㄌㄧˋ 表示只通融一次，以後絕不能援例做相同的事。含有提醒或警告之意。

下回分解 ㄒㄧㄚˋ ㄏㄨㄟˊ ㄈㄣ ㄐㄧㄝˇ 且看下一回的情況如何。為章回小說的常用語。今用以表示姑且等待事情發展的消息、結果。

下車伊始 ㄒㄧㄚˋ ㄔㄜ ㄧ ㄕˇ 新官剛到任。泛指剛到一個地方或新的工作崗位。

下里巴人 ㄒㄧㄚˋ ㄌㄧˇ ㄅㄚ ㄖㄣˊ 戰國時代楚國的民間通俗歌曲。後泛稱通俗的文學藝術。反陽春白雪。

下學上達 ㄒㄧㄚˋ ㄒㄩㄝˊ ㄕㄤˋ ㄉㄚˊ 研究篤實的學問以求通達天理。

下筆如有神 ㄒㄧㄚˋ ㄅㄧˇ ㄖㄨˊ ㄧㄡˇ ㄕㄣˊ 一落筆就像有神奇的力量。形容文思非凡，為詩為文能一揮而就。

丈

ㄓㄤˋ zhàng 名①長度單位。十尺為一丈。②對老年男子的尊稱。例老丈。③對姻親尊長的稱謂。例姑丈、姨丈。動測量。例丈量。

丈人 ㄓㄤˋ ㄖㄣˊ ①古代對老年男子的尊稱。②岳父，稱妻子的父親。

丈夫 ㄓㄤˋ ㄈㄨ ①成年男子的通稱。②女子的配偶。

丈母 ㄓㄤˋ ㄇㄨˇ 岳母。俗稱丈母娘。

丈量 ㄓㄤˋ ㄌㄧㄤˊ 測量土地的面積。

丈二金剛摸不著頭腦 ㄓㄤˋ ㄦˋ ㄐㄧㄣ ㄍㄤ ㄇㄛ ㄅㄨˋ ㄓㄠˊ ㄊㄡˊ ㄋㄠˇ 歇後語。意指被弄得糊里糊塗，對事物毫不了解。

上

㈠ㄕㄤˋ shàng 名①物體的表面或高處。例門上、樓上。②中，裡面。例心上、書上。③古稱帝王。例皇上。形①優等的，最好的。例上策。②時間、次序在前的。例上午、上冊。動①由下而上升。例上樓、上山。②去，到。例上學、上任。③進呈，進獻，送上。例上書、上菜。④敷，塗抹。例上藥、上漆。⑤開始進行某項活動。例上課，上演。⑥陷入。例上當、上鉤。副①達到一定數量或程度地。例成千上萬。②最好地。例上好豬肉。連①方面。例理論上、實際上。②表示動作的趨向或達到目的。例鎖上門、考上大學。

㈡ㄕㄤˇ shǎng 名漢語聲調之一，即上聲。

上人 ㄕㄤˋ ㄖㄣˊ ①對僧人的尊稱。②僮僕稱主人、卑幼者稱尊長。

上士 ㄕㄤˋ ㄕˋ ①軍隊中士官的最高級，下面有中士和下士。②指賢士。

上上 ㄕㄤˋ ㄕㄤˋ ①上等中最好的。例上上之策。②前面的前面。例上上個月。

上口 ㄕㄤˋ ㄎㄡˇ 詩文寫得流利，讀起來順口。反拗口。

上元 ㄕㄤˋ ㄩㄢˊ 農曆的正月十五日，即元宵節。

上水 ㄕㄤˋ ㄕㄨㄟˇ ①船逆流航行。反下水。②灑水在水果蔬菜上。③為火車、汽船等的發動機添水。

上手 ㄕㄤˋ ㄕㄡˇ ①上位，左邊位置。②技藝精巧、工作熟練，做起來得心應手。

上市 ㄕㄤˋ ㄕˋ ①物品開始在市場上出售。②到市場去。

上古 ㄕㄤˋ ㄍㄨˇ 遠古時代。在我國通常指秦代之前，歐洲則指西羅馬滅亡以前。

上司 ㄕㄤˋ ㄙ 對長官的通稱。例頂頭上司。

上色 ㄕㄤˋ ㄙㄜˋ ①塗上顏色。例這幅畫還要上色。②上等姿色，指美女。

上旬 ㄕㄤˋ ㄒㄩㄣˊ 每月一日到十日的十天。

上吊 ㄕㄤˋ ㄉㄧㄠˋ 用繩子吊在高處套著脖子自殺。同自縊。

上官 ㄕㄤˋ ㄍㄨㄢ ①複姓。②舊時官吏對長官的稱呼。

上房 ㄕㄤˋ ㄈㄤˊ ①正房。②指主人所住房屋，相對於僕人所住下房而言。

上供 ㄕㄤˋ ㄍㄨㄥˋ 用祭品供奉祖先或神明。

上弦 ㄕㄤˋ ㄒㄧㄢˊ ①陰曆每月初八前後，月亮西半邊明亮時的月相有如弓弦朝上。②旋緊鐘錶儀器等的發條。

上帝 ㄕㄤˋ ㄉㄧˋ ①指天上主宰萬物的神。②基督教所信奉的神耶和華。

上計 ㄕㄤˋ ㄐㄧˋ 高明的計策。

上品 ㄕㄤˋ ㄆㄧㄣˇ 上等品級。

上界 ㄕㄤˋ ㄐㄧㄝˋ 天界。指神仙居住的地方。反下界。

上風 ㄕㄤˋ ㄈㄥ 風向的上方。比喻優勢地位。例別讓他占上風！反下風。

上限 ㄕㄤˋ ㄒㄧㄢˋ 指最大的限度。反下限。

上流 ㄕㄤˋ ㄌㄧㄡˊ ①上游，江河靠近發源地的部分。②社會地位高的人所形成的一種特殊階層。例上流人士。

上座 ㄕㄤˋ ㄗㄨㄛˋ ①寺廟中的一種職位，在住持之下，為全寺的領導者。②對僧侶的敬稱。③最尊貴的座位。

上校 ㄕㄤˋ ㄒㄧㄠˋ 校官軍階的最高級，在少將之下、中校之上。

上乘 ㄕㄤˋ ㄕㄥˋ 比喻上等事物，特別是文學藝術的高妙境界或層次較高的作品。例上乘之作。

上書 ㄕㄤˋ ㄕㄨ 用文字向當政者或上級陳述意見。

上眼 ㄕㄤˋ ㄧㄢˇ 值得一看，看得起。例看不上眼。

上尉 ㄕㄤˋ ㄨㄟˋ 軍官的一級，在少校之下、中尉之上。

上將 ㄕㄤˋ ㄐㄧㄤˋ 將級軍階的最高級，其下為中將、少將。

上訴 ㄕㄤˋ ㄙㄨˋ 當事人不服法院的判決，依法向上級法院提請重新審理的訴訟。

上款 ㄕㄤˋ ㄎㄨㄢˇ 書畫、信函或禮品上面所題寫的受物者的名字、稱呼等。

上朝 ㄕㄤˋ ㄔㄠˊ 指君主到朝廷處理政事，或臣子到朝廷奏事議政。

上策 ㄕㄤˋ ㄘㄜˋ 高明的計策或辦法。同上計。

上鉤 ㄕㄤˋ ㄍㄡ 魚吞釣餌被鉤住。比喻被誘上當。

上達 ㄕㄤˋ ㄉㄚˊ 下層或下屬的意見能到達上層或上級。例群情上達。

上葉 ㄕㄤˋ ㄧㄝˋ 古指前代、先世。現指一個世紀的前期。例二十世紀上葉。

上當 ㄕㄤˋ ㄉㄤˋ 被人愚弄而吃虧、受騙。

上路 ㄕㄤˋ ㄌㄨˋ ①動身出發。②指做事或學習由不懂不會到逐漸領悟理解。

上演 ㄕㄤˋ ㄧㄢˇ 指戲劇演出。

上榜 ㄕㄤˋ ㄅㄤˇ 指被錄取，名字公布在錄取的榜單上。

上蒼 ㄕㄤˋ ㄘㄤ 蒼天，上天。例感謝上蒼。

上臺 ㄕㄤˋ ㄊㄞˊ ①登上舞臺或講臺。②比喻出任官職或掌權。反下臺。

上壽 ㄕㄤˋ ㄕㄡˋ ①高齡。或指九十，或指百歲。②給長輩或尊貴的人物祝壽。

上算 ㄕㄤˋ ㄙㄨㄢˋ 合算，得便宜。例你買的這雙鞋很上算。同划算。

上墳 ㄕㄤˋ ㄈㄣˊ 掃墓，到墓地祭奠。

上頭 ㊀ㄕㄤˋ ㄊㄡˊ 古代女子年十五開始用簪束髮，叫上頭。㊁ㄕㄤˋ ˙ㄊㄡ 上邊，上面。引申為較高的地位或前列。

上聲 ㄕㄤˇ ㄕㄥ 國音聲調的第三聲，注音符號為「ˇ」。

上顎 ㄕㄤˋ ㄜˋ 口腔的上部。

上癮 ㄕㄤˋ ㄧㄣˇ 特別喜歡某種東西或食物，成了很難割捨的嗜好。

上鏡頭 ㄕㄤˋ ㄐㄧㄥˋ ㄊㄡˊ ①在電視或電影螢幕上出現。②意近「上像」。指人的容貌姿態透過攝影鏡頭顯得特別好看。

上下其手 ㄕㄤˋ ㄒㄧㄚˋ ㄑㄧˊ ㄕㄡˇ 比喻玩弄手法，串通作弊。也比喻對人做肢體上的觸摸。

上方寶劍 皇帝用的寶劍。外出大臣持有此寶劍，在懲辦要犯時可以先斬後奏。今指秉持有上級旨意。

上行下效 上面的人怎麼做，下面的人就跟著怎麼做。同風行草偃。

上呼吸道 呼吸道的上部，包括鼻腔、咽、喉和氣管。

上流社會 指文化程度、身分地位比較高的人所形成的社會階層。

上梁不正下梁歪 比喻在上的人行為不端正，在下的人也就不守法。

上窮碧落下黃泉 上天入地到處尋找。

三畫

不

㊀ㄅㄨˋ bù 副①表示否定。例不行、不對。②表示未定。例不日。助用在句末，表示疑問的語氣。例他來不？㊁ㄈㄡˇ fǒu 助同「否」。

不一 ①不一樣，不相同。例所說不一。②不詳說。舊時書信結尾用語。

不二 ①唯一。例說一不二。②忠誠無二心。

不才 沒有才能。自稱的謙詞。

不已 不絕，不停止。例爭吵不已。

不日 不久，幾天內。例不日即可到家。

不世 不是每代都有的，即罕有、非常之意。例不世之材。

不朽 永不磨滅，長久流傳。例永垂不朽。

不在 ①沒有在某處。例他不在家。②死亡的諱詞。例他不在了。

不再 不會有第二次或重複出現。

不光 不只。例不光是你有問題。

不成 ①不行，達不到目的。例這事我辦不成。②難道。加強反問語氣。例我不同意，你就要我的命不成？

不吝 不吝惜。向人徵求意見時的用語。例請不吝指教。

不克 ①不能。例他因為有事而不克前來。②攻打不下來。例屢攻不克。

不肖 ①不像。特指子不像其父。②不賢，無才能。

不佞 沒有才智。舊時謙稱自己。

不妨 ①可以。例不妨試試。②沒有關係。例但說不妨。

不拘 ①不拘泥，不拘守。例不拘小節。②不限，不論。例不拘多少。

不幸 ①指意外的挫折或災禍。例發生不幸。②運氣不好。③指死亡。

不果 不成，不能實現。

不阿 公正，不循私。例剛正不阿。

不宣 ①不說。例心照不宣。②不一一細說。舊時書信末尾的常用語。

不苟 很認真，不草率。例一絲不苟。

不軌 ㄅㄨˋ ㄍㄨㄟˇ 不遵守法度，行動越出法度之外。例圖謀不軌。

不貞 ㄅㄨˋ ㄓㄣ ①不守貞節，多指婦女不潔身自愛。②操守不正。

不迭 ㄅㄨˋ ㄉㄧㄝˊ ①表示急忙或來不及。例後悔不迭。②不停。例讚歎不迭。

不料 ㄅㄨˋ ㄌㄧㄠˋ 沒想到，意想不到。同不意。

不消 ㄅㄨˋ ㄒㄧㄠ ①用不著，不需要。例不消麻煩了。②不能承受。例吃不消。

不屑 ㄅㄨˋ ㄒㄧㄝˋ 輕視，認為不值得去做。例不屑一顧。

不淑 ㄅㄨˋ ㄕㄨˊ ①不善，不良。例遇人不淑。②不幸。弔喪慰問之辭。

不爽 ㄅㄨˋ ㄕㄨㄤˇ ①不痛快。②不差，沒有錯失。例屢試不爽、分毫不爽。

不敏 ㄅㄨˋ ㄇㄧㄣˇ 不聰明。常用作自謙之詞。

不測 ㄅㄨˋ ㄘㄜˋ ①意料不到。②意外或不能預料的災禍。例險遭不測。

不啻 ㄅㄨˋ ㄔˋ ①不僅，不止。例不啻如此。②無異於，如同。例不啻天壤之別。

不渝 ㄅㄨˋ ㄩˊ 不變。例忠貞不渝。

不堪 ㄅㄨˋ ㄎㄢ ①不能。例不堪設想。②承受不起。例不堪一擊。③極壞。表示程度深。例痛苦不堪、狼狽不堪。

不惑 ㄅㄨˋ ㄏㄨㄛˋ 遇事能明辨不迷惑。孔子曾說「四十而不惑」，後即用作四十歲的代稱。

不勝 ㄅㄨˋ ㄕㄥ ①難以承擔或忍受。例不勝其煩、高處不勝寒。②數不完。例不勝枚舉。③非常，十分。例不勝感謝。

不無 ㄅㄨˋ ㄨˊ 不能說沒有。例不無道理。

不然 ㄅㄨˋ ㄖㄢˊ ①不是這樣。例其實不然。②連詞。否則。例快走！不然趕不上飛機了。

不意 ㄅㄨˋ ㄧˋ 意料之外。例出其不意。

不愧 ㄅㄨˋ ㄎㄨㄟˋ 有資格，當得起。例她不愧為賢妻良母。

不禁 ㄅㄨˋ ㄐㄧㄣ 忍不住，不由自主地。例不禁大笑。

不貲 ㄅㄨˋ ㄗ 不可計量。例所費不貲。

不遇 ㄅㄨˋ ㄩˋ 不得志，沒有遇到被人賞識、提拔的機會。例懷才不遇。

不僅 ㄅㄨˋ ㄐㄧㄣˇ ①不止。例不僅這些，還有其他問題。②不但。例不僅速度快，品質也好。

不遑 ㄅㄨˋ ㄏㄨㄤˊ 來不及，沒有時間。

不經 ㄅㄨˋ ㄐㄧㄥ 不合常規常理。例荒誕不經。

不端 ㄅㄨˋ ㄉㄨㄢ 不正派，不守規矩。例行為不端。

不圖 ㄅㄨˋ ㄊㄨˊ ①不謀取。例不圖名不圖利。②不料，想不到。例不圖一敗如此。

不遜 ㄅㄨˋ ㄒㄩㄣˋ 蠻橫，沒有禮貌。例出言不遜。

不齒 ㄅㄨˋ ㄔˇ 不願提到，不屑與之同列。表示輕蔑、鄙視。例為人所不齒。

不諱 ㄅㄨˋ ㄏㄨㄟˋ ①無所避忌。例直言不諱。②死的婉辭。例若有不諱。

不獨 ㄅㄨˋ ㄉㄨˊ 不僅，不但。例不獨如此。

不濟 ㄅㄨˋ ㄐㄧˋ ①不中用。例眼力不濟。②不足，不夠。

例精神不濟。③不成功。

不贅 ㄅㄨˋ ㄓㄨㄟˋ　不多說。

不韙 ㄅㄨˋ ㄨㄟˇ　不對，過錯。例他竟敢冒天下之大不韙！

不羈 ㄅㄨˋ ㄐㄧ　不受拘束、限制。比喻人才識高遠，俊逸超邁。例狂放不羈。

不二價 ㄅㄨˋ ㄦˋ ㄐㄧㄚˋ　不賣兩種價格，不讓人討價還價。

不入流 ㄅㄨˋ ㄖㄨˋ ㄌㄧㄡˊ　指人的能力、學術或技藝極差，沒有達到一定的水準。

不由得 ㄅㄨˋ ㄧㄡˊ ㄉㄜˊ　心裡忍不住，控制不了。

不更事 ㄅㄨˋ ㄍㄥ ㄕˋ　不曾經歷多少世事。指沒有經驗。

不含糊 ㄅㄨˋ ㄏㄢˊ ㄏㄨˊ　①明確，清楚。②認真負責。例他做事向來不含糊。

不夜城 ㄅㄨˋ ㄧㄝˋ ㄔㄥˊ　整夜燈火通明的城市。形容繁華熱鬧至極。

不倒翁 ㄅㄨˋ ㄉㄠˇ ㄨㄥ　扳倒後能自動豎立起來的一種玩具。比喻善於保持自己地位的人。

不旋踵 ㄅㄨˋ ㄒㄩㄢˊ ㄓㄨㄥˇ　來不及轉身。形容時間極為短促。同轉眼間。

不得了 ㄅㄨˋ ㄉㄜˊ ㄌㄧㄠˇ　①驚嘆事情難辦或事態嚴重。②形容程度很深。

不得已 ㄅㄨˋ ㄉㄜˊ ㄧˇ　表示無可奈何，不能不如此。

不得不 ㄅㄨˋ ㄉㄜˊ ㄅㄨˋ　必須。常含有迫不得已之意。

不敢當 ㄅㄨˋ ㄍㄢˇ ㄉㄤ　承受不起，不敢接受。受人敬重、褒獎時的自謙之詞。

不景氣 ㄅㄨˋ ㄐㄧㄥˇ ㄑㄧˋ　指生產停滯、市場蕭條，景況衰落而不興旺。

不盡然 ㄅㄨˋ ㄐㄧㄣˋ ㄖㄢˊ　不完全是這樣。

不濟事 ㄅㄨˋ ㄐㄧˋ ㄕˋ　①不管用。有失望、無奈的意味。②不足以成事。例你派他去恐怕不濟事。

不鏽鋼 ㄅㄨˋ ㄒㄧㄡˋ ㄍㄤ　具有耐腐蝕、抗氧化性能的合金鋼。常見的是含有鉻、鎳的不鏽鋼，用途極廣。

不二法門 ㄅㄨˋ ㄦˋ ㄈㄚˇ ㄇㄣˊ　指得道的唯一門徑。今比喻最好的或獨一無二的方法。

不亢不卑 ㄅㄨˋ ㄎㄤˋ ㄅㄨˋ ㄅㄟ　不自大也不自卑，對人的態度恰如其分。

不毛之地 ㄅㄨˋ ㄇㄠˊ ㄓ ㄉㄧˋ　不生長農作物的土地。形容土地荒涼貧瘠。反良田沃土。

不分軒輊 ㄅㄨˋ ㄈㄣ ㄒㄩㄢ ㄓˋ　互相比較的結果，分不出高下。

不可名狀 ㄅㄨˋ ㄎㄜˇ ㄇㄧㄥˊ ㄓㄨㄤˋ　形容事物美妙到言語不足以表達。也作「不可言狀」。

不可思議 ㄅㄨˋ ㄎㄜˇ ㄙ ㄧˋ　佛家指思維達不到的境界。說明事理極其奧妙神祕，無法想像，很難理解。

不可勝數 ㄅㄨˋ ㄎㄜˇ ㄕㄥ ㄕㄨˇ　形容數量很多，無法計算。反屈指可數。

不可開交 ㄅㄨˋ ㄎㄜˇ ㄎㄞ ㄐㄧㄠ　形容無法擺脫或結束。例忙得不可開交。

不世之功 ㄅㄨˋ ㄕˋ ㄓ ㄍㄨㄥ　不是每個世代都有的功績。形容功勞極大，世所罕有。

不甘示弱 ㄅㄨˋ ㄍㄢ ㄕˋ ㄖㄨㄛˋ　不甘心自己表現得比別人差。

不甘寂寞 ㄅㄨˋ ㄍㄢ ㄐㄧˋ ㄇㄛˋ　不甘心處於孤獨或被人冷淡的境地。有時也說明不安分。

不打自招 ㄅㄨˋ ㄉㄚˇ ㄗˋ ㄓㄠ 沒有用刑，就自己招認罪狀。比喻在無意中顯露自己的短處。

不由分說 ㄅㄨˋ ㄧㄡˊ ㄈㄣ ㄕㄨㄛ 不容許分辯解釋。形容人以強欺弱、蠻不講理。

不白之冤 ㄅㄨˋ ㄅㄞˊ ㄓ ㄩㄢ 沒有得到辯白或洗刷的冤屈。

不以為然 ㄅㄨˋ ㄧˇ ㄨㄟˊ ㄖㄢˊ 不認為是這樣。表示不同意、不贊成或不把它當回事。

不亦樂乎 ㄅㄨˋ ㄧˋ ㄌㄜˋ ㄏㄨ 快樂，喜悅。表示事情已達到極限，有徹底、盡興之意。

不次擢用 ㄅㄨˋ ㄘˋ ㄓㄨㄛˊ ㄩㄥˋ 不依資歷和人事規則，按才能選拔任用。

不在話下 ㄅㄨˋ ㄗㄞˋ ㄏㄨㄚˋ ㄒㄧㄚˋ 指事情好對付，不成問題；或者事屬當然，不必多說。

不共戴天 ㄅㄨˋ ㄍㄨㄥˋ ㄉㄞˋ ㄊㄧㄢ 不願與仇人同在一個天底下。比喻彼此有深仇大恨。同誓不兩立。

不同凡響 ㄅㄨˋ ㄊㄨㄥˊ ㄈㄢˊ ㄒㄧㄤˇ 形容事物特出、不平凡。反平淡無奇。

不名一錢 ㄅㄨˋ ㄇㄧㄥˊ ㄧ ㄑㄧㄢˊ 沒有一文錢。形容人極其貧窮。亦作「不名一文」。

不成文法 ㄅㄨˋ ㄔㄥˊ ㄨㄣˊ ㄈㄚˇ 指未經立法機關依立法程序制定公布，而具有法律效力者。如習慣法、自然法等。

不合時宜 ㄅㄨˋ ㄏㄜˊ ㄕˊ ㄧˊ 不合當時的形勢和潮流。

不自量力 ㄅㄨˋ ㄗˋ ㄌㄧㄤˋ ㄌㄧˋ 不能正確衡量自己的能力，過於高估自己。

不安於室 ㄅㄨˋ ㄢ ㄩˊ ㄕˋ 指已婚婦女有外遇，不守婦道。

不忮不求 ㄅㄨˋ ㄓˋ ㄅㄨˋ ㄑㄧㄡˊ 沒有妒忌心和貪求心。

不言而喻 ㄅㄨˋ ㄧㄢˊ ㄦˊ ㄩˋ 指事情道理很明顯，用不著解釋就能明白。同不言自明。

不求甚解 ㄅㄨˋ ㄑㄧㄡˊ ㄕㄣˋ ㄐㄧㄝˇ 原指讀書只領會要旨，不過度鑽研字句。現多指學習不認真，只求懂個大概，而不深入理解。

不求聞達 ㄅㄨˋ ㄑㄧㄡˊ ㄨㄣˊ ㄉㄚˊ 形容無意於功名富貴，甘心淡泊自處。

不見經傳 ㄅㄨˋ ㄐㄧㄢˋ ㄐㄧㄥ ㄓㄨㄢˋ 比喻缺乏根據，沒有來歷。有時也指人或事物沒有名氣。

不足掛齒 ㄅㄨˋ ㄗㄨˊ ㄍㄨㄚˋ ㄔˇ 謙稱自己所做的事不值得一提，或對他人他事表示輕蔑。同未足稱道。

不即不離 ㄅㄨˋ ㄐㄧˊ ㄅㄨˋ ㄌㄧˊ 指對人或事保持一定的距離，既不接近也不疏遠。

不拘一格 ㄅㄨˋ ㄐㄩ ㄧˋ ㄍㄜˊ 不局限於某種形式或標準。例公司進用新人，不拘一格，唯才是用。

不知好歹 ㄅㄨˋ ㄓ ㄏㄠˇ ㄉㄞˇ 不能辨明好壞。指人不明事理或不能領會他人好意。亦作「不識好歹」。

不知所云 ㄅㄨˋ ㄓ ㄙㄨㄛˇ ㄩㄣˊ 不知道在說些什麼。

不知所措 ㄅㄨˋ ㄓ ㄙㄨㄛˇ ㄘㄨㄛˋ 不知道怎麼辦才好。形容驚慌或受窘。

不舍晝夜 ㄅㄨˋ ㄕㄜˇ ㄓㄡˋ ㄧㄝˋ 原指河水不停地奔流，今多形容日夜辛勤地工作學習。

不屈不撓 ㄅㄨˋ ㄑㄩ ㄅㄨˋ ㄋㄠˊ 不低頭，不屈服。比喻意志堅強，決不屈服於困難險阻或邪惡勢力。同百折不撓。

不苟言笑　形容態度嚴肅莊重，一板一眼。反嬉皮笑臉。

不省人事　指昏迷過去，失去知覺。有時也指不通人情世故。

不急之務　不是目前急於要做的事情。反當務之急。

不負眾望　沒有辜負大家的期望。指行事達到了人們期望的目標。

不容分說　不容許稍微分辯解釋。

不容置喙　不容許別人插嘴或批評。

不容置疑　用不著有任何懷疑。表示十分真確，絕對可靠。

不恥下問　不以向地位或學問比自己低的人請教為羞恥。形容能虛心向別人學習、請教。

不倫不類　不像這類也不像那類。形容不三不四，不成樣子。有時也指把不能類比的事物拿來相提並論。

不留餘地　形容說話行事太絕，不留一點緩衝的空間。

不修邊幅　形容不講究服裝儀容，任其凌亂不堪。

不屑一顧　比喻極度看輕某人或某事。同視如敝屣。

不情之請　不合情理的要求。為請託時的客套話。

不速之客　沒有邀請就自己來的客人。

不教而誅　指平時不教育，一犯錯即加以懲罰。

不虛此行　這趟沒有白走。

不偏不倚　不偏向任何一方。表示中立或公正，也指正好射中目標。

不脛而走　沒有腿卻能走。比喻事物不用推廣，卻能迅速傳播。

不假外求　不須借助外力的幫助。

不動聲色　指在緊急情況下，說話的聲音和臉色仍然跟平常一樣，沒有變化。形容非常鎮靜。

不務正業　指不致力於本職工作，而去做其他不該做的事情。

不寒而慄　不是因為冷而發抖。形容恐懼到了極點。

不勞而獲　毫不費力就可得到。

不堪入目　形容事物淫穢、髒亂、破舊到無法用眼睛看的程度。

不堪回首　指對沉痛的往事不忍回憶。

不期而遇　沒有約定而意外地遇到。

不欺暗室　雖獨處暗室也不做虧心事。形容光明磊落，人前人後一個樣。同不愧屋漏。

不勝其煩　煩瑣得使人受不了。

不勝枚舉　形容事物或數量很多，不能一一列舉。

不絕如縷　將斷未斷，只有一線相連。比喻情況危急。

不愧不怍 ㄅㄨˋ ㄎㄨㄟˋ ㄅㄨˋ ㄗㄨㄛˋ 形容行事光明磊落，問心無愧。

不落窠臼 ㄅㄨˋ ㄌㄨㄛˋ ㄎㄜ ㄐㄧㄡˋ 指文章、作品等有獨創風格，不落俗套。

不著邊際 ㄅㄨˋ ㄓㄨㄛˊ ㄅㄧㄢ ㄐㄧˋ 挨不到邊邊。形容言論空泛，不切實際或離題太遠。

不置可否 ㄅㄨˋ ㄓˋ ㄎㄜˇ ㄈㄡˇ 不說行，也不說不行。指不明確表示態度，不作決斷。

不過爾爾 ㄅㄨˋ ㄍㄨㄛˋ ㄦˇ ㄦˇ 不過這樣罷了。

不經之談 ㄅㄨˋ ㄐㄧㄥ ㄓ ㄊㄢˊ 指荒唐而沒有根據的話。

不蔓不枝 ㄅㄨˋ ㄇㄢˋ ㄅㄨˋ ㄓ 沒有向外延伸的枝莖。比喻文章簡潔而流暢。

不辨菽麥 ㄅㄨˋ ㄅㄧㄢˋ ㄕㄨˊ ㄇㄞˋ 分不清豆子和麥子。形容人愚昧無知，缺乏常識或判斷能力。

不擇手段 ㄅㄨˋ ㄗㄜˊ ㄕㄡˇ ㄉㄨㄢˋ 指為了達到目的，什麼手段都使得出來。

不遺餘力 ㄅㄨˋ ㄧˊ ㄩˊ ㄌㄧˋ 毫不保留地使出全部力量。同竭盡全力。

不學無術 ㄅㄨˋ ㄒㄩㄝˊ ㄨˊ ㄕㄨˋ 沒有學問、才能和修養。

不翼而飛 ㄅㄨˋ ㄧˋ ㄦˊ ㄈㄟ 沒有翅膀卻飛走了。比喻東西無故消失。

不識大體 ㄅㄨˋ ㄕˋ ㄉㄚˋ ㄊㄧˇ 不懂得從大處考慮問題，顧及全局。

不識泰山 ㄅㄨˋ ㄕˋ ㄊㄞˋ ㄕㄢ 比喻不知禮敬或認不出大人物。

不識時務 ㄅㄨˋ ㄕˋ ㄕˊ ㄨˋ 不能認識當前形勢和時代潮流。也指待人接物不知趣。

不識抬舉 ㄅㄨˋ ㄕˋ ㄊㄞˊ ㄐㄩˇ 指責人不接受或不自知別人對他的禮遇優待。

不露聲色 ㄅㄨˋ ㄌㄨˋ ㄕㄥ ㄙㄜˋ 心裡的打算不顯露出來。形容沉著、鎮靜。

不羈之材 ㄅㄨˋ ㄐㄧ ㄓ ㄘㄞˊ 有非凡才氣而不受約束的人才。

不起訴處分 ㄅㄨˋ ㄑㄧˇ ㄙㄨˋ ㄔㄨˇ ㄈㄣˋ 指檢察官根據偵察結果不向法院起訴的處分。

不分青紅皂白 ㄅㄨˋ ㄈㄣ ㄑㄧㄥ ㄏㄨㄥˊ ㄗㄠˋ ㄅㄞˊ 比喻不問是非曲直，不問情由。

不可同日而語 ㄅㄨˋ ㄎㄜˇ ㄊㄨㄥˊ ㄖˋ ㄦˊ ㄩˇ 不能放在同一時間談論。指事物不同，不能相提並論。

不足為外人道 ㄅㄨˋ ㄗㄨˊ ㄨㄟˊ ㄨㄞˋ ㄖㄣˊ ㄉㄠˋ 表示某一事理，非別人所能理解，用不著對外多說。

不登大雅之堂 ㄅㄨˋ ㄉㄥ ㄉㄚˋ ㄧㄚˇ ㄓ ㄊㄤˊ 不能進入高雅的廳堂。形容人或事物庸俗，也指文藝作品粗劣。

不到黃河心不死 ㄅㄨˋ ㄉㄠˋ ㄏㄨㄤˊ ㄏㄜˊ ㄒㄧㄣ ㄅㄨˋ ㄙˇ ①比喻不到實在無路可走的境地，決不肯死心。②比喻不達目的決不甘休。

不是冤家不聚頭 ㄅㄨˋ ㄕˋ ㄩㄢ ㄐㄧㄚ ㄅㄨˋ ㄐㄩˋ ㄊㄡˊ 兩個情意不合常常爭吵的男女或有仇怨的人，偏偏就是會聚在一起或經常碰見。

不看僧面看佛面 ㄅㄨˋ ㄎㄢˋ ㄙㄥ ㄇㄧㄢˋ ㄎㄢˋ ㄈㄛˊ ㄇㄧㄢˋ 不看和尚的面子也得看神佛的面子。說明應看在尊者的情面上，答應某人所請求的事。

不敢越雷池一步 ㄅㄨˋ ㄍㄢˇ ㄩㄝˋ ㄌㄟˊ ㄔˊ ㄧˊ ㄅㄨˋ 表示做事不敢超越某一界線或範圍。

不為五斗米折腰 ㄅㄨˋ ㄨㄟˋ ㄨˇ ㄉㄡˇ ㄇㄧˇ ㄓㄜˊ ㄧㄠ 不為一點點俸祿而卑躬屈膝。比喻人品淡泊清高。

不識廬山真面目 ㄅㄨˋ ㄕˋ ㄌㄨˊ ㄕㄢ ㄓㄣ ㄇㄧㄢˋ ㄇㄨˋ 無法認識廬山的全貌。比喻局限於某種事象中而不能知道事物的全面。

不入虎穴，焉得虎子 ㄅㄨˋ ㄖㄨˋ ㄏㄨˇ ㄒㄩㄝˊ ㄧㄢ ㄉㄜˊ ㄏㄨˇ ㄗˇ 比喻不親臨險境，就不能取得成功。

不經一事，不長一智 ㄅㄨˋ ㄐㄧㄥ ㄧˊ ㄕˋ ㄅㄨˋ ㄓㄤˇ ㄧˊ ㄓˋ 沒有親身經歷，就不能增長一些見識。說明智慧隨著閱歷而增加。

丐 ㄍㄞˋ gài 名向人討飯的人。例乞丐。動①乞求。例丐求。②給予。例新唐書：「沾丐後人。」

丏 ㄇㄧㄢˇ miǎn 名古時為了防禦，在城上所設置避箭的短牆。動遮蔽，看不見。

冇 ㄇㄡˇ mǒu 副廣東方言。即沒有。

丑 ㄔㄡˇ chǒu 名①地支的第二位，因而用作順序的第二。②時辰名。午夜一時至三時。③戲曲中的滑稽角色。例丑角。④姓。

丑旦 ㄔㄡˇ ㄉㄢˋ 戲曲中扮演滑稽角色的女性。

四畫

丙 ㄅㄧㄥˇ bǐng 名①天干的第三位，因而用作順序的第三。例丙等。②五行中丙屬火，故作為火的代稱。例付丙。

丙丁 ㄅㄧㄥˇ ㄉㄧㄥ 火的別稱。例付之丙丁。

丙夜 ㄅㄧㄥˇ ㄧㄝˋ 三更，夜半的時候。

丕 ㄆㄧ pī 形大。例丕業。動遵奉。例漢書：「丕天之大律。」

丕業 ㄆㄧ ㄧㄝˋ 大的功業。

丕變 ㄆㄧ ㄅㄧㄢˋ 大的變動。

丕顯 ㄆㄧ ㄒㄧㄢˇ 盛大光明。

世 ㄕˋ shì 名①一輩子。例今生今世。②父子相繼為一世。例四世同堂。③時代。例近世、當世。④世界，社會。例世人、世間。⑤古稱三十年為一世。形①代代相傳的。例世醫、世交。②世界的，人世間的。例人情世故、世事。

世人 ㄕˋ ㄖㄣˊ 世界上的人。例世人皆知。

世交 ㄕˋ ㄐㄧㄠ 指兩家人世世代代都有深厚的交情。

世伯 ㄕˋ ㄅㄛˊ 尊稱年齡比自己父親大的世交長輩。

世侄 ㄕˋ ㄓˊ 對父輩朋友的自稱。

世故 ㄕˋ ㄍㄨˋ ①做人的道理，處世的經驗。例做人要懂人情世故。②待人處事面面周到，不得罪人。例他為人很世故。

世面 ㄕˋ ㄇㄧㄢˋ 指社會上各種情狀。例見見世面。

世界 ㄕˋ ㄐㄧㄝˋ ①地球上所有的地方或國家。②自然和一切事物的總和。例世界觀。③人的某種活動領域或範圍。例內心世界、科技世界。④宇宙，空間。

世胄 ㄕˋ ㄓㄡˋ 貴族後裔。

世俗 ㄕˋ ㄙㄨˊ 社會上流傳的習俗。例世俗之見。

世紀 ㄕˋ ㄐㄧˋ 計算年代的單位。歐美各國以耶穌出生的那一年為紀元，每一百年為一世紀。

世家 ㄕˋ ㄐㄧㄚ ①舊時稱世代做官、門第高的人家。②「史記」中諸侯王的傳記。

世運 ㄕˋ ㄩㄣˋ ①指時代盛衰治亂的氣運。②世界運動會的簡稱。現改稱奧運。

世傳 ㄕˋ ㄔㄨㄢˊ 一代一代傳下來。

世誼 ㄕˋ ㄧˊ 世代的交情。

世襲 ㄕˋ ㄒㄧˊ 指帝位、爵位等世代相傳。

世界觀 ㄕˋ ㄐㄧㄝˋ ㄍㄨㄢ 人們對整個世界的根本看法。

世外桃源 ㄕˋ ㄨㄞˋ ㄊㄠˊ ㄩㄢˊ 比喻理想中生活安樂的地方、風景優美人跡罕至之處，或與外界隔絕的幻想境界。

世所周知 ㄕˋ ㄙㄨㄛˇ ㄓㄡ ㄓ 世人都知道的事情。

世風日下 ㄕˋ ㄈㄥ ㄖˋ ㄒㄧㄚˋ 指社會道德、人心、風氣等漸趨衰頹，一天不如一天。

世態炎涼 ㄕˋ ㄊㄞˋ ㄧㄢˊ ㄌㄧㄤˊ 世俗情態反覆無常。指人巴結奉承有錢有勢的人，冷淡遠離無錢無勢的人。

且 ㈠ㄑㄧㄝˇ qiě 副①暫時。例你且等著。②表示同時做兩件事。例且歌且舞。③尚，還。例尚且。④將要，將近。例旦暮且下。連①抑，或者。表示選擇。例戰國策：「王以天下為尊秦乎？且尊齊乎？」②又。表示進一層的意思。例既高且大。㈡ㄐㄩ jū 名指農曆六月。助用在句末，無義。例詩經：「狂童之狂也且。」

且住 ㄑㄧㄝˇ ㄓㄨˋ 暫時停住。例且住，不要慌。

且說 ㄑㄧㄝˇ ㄕㄨㄛ 古時說書人在接續前事、新起話頭時的常用語詞，章回小說沿用為發端語。

且慢 ㄑㄧㄝˇ ㄇㄢˋ 暫時停住，稍慢。阻止別人時用。

丘 ㄑㄧㄡ qiū 名①小土山，土堆。例土丘、山丘。②墳墓。例丘墓。③田野，鄉里。例丘壑、丘里。④姓。清代為避孔丘的諱，改作「邱」。

丘八 ㄑㄧㄡ ㄅㄚ 兵字拆開便是「丘八」二字，舊時因而戲稱兵為丘八。

丘陵 ㄑㄧㄡ ㄌㄧㄥˊ 連綿成片的小山。例丘陵地帶。

丘壑 ㄑㄧㄡ ㄏㄨㄛˋ ①深山幽谷，常指隱居的地方。②形容人思慮深遠。例胸有丘壑。

五畫

丟 ㄉㄧㄡ diū 動①遺失，失去。例丟了錢包、丟臉。②拋棄。例把這些破爛丟了！③拋送。例丟眼色。

丟臉 ㄉㄧㄡ ㄌㄧㄢˇ 失面子，出醜。

丟人現眼 ㄉㄧㄡ ㄖㄣˊ ㄒㄧㄢˋ ㄧㄢˇ 指人的行為不得體或言語不當而丟臉、出醜。

丟三忘四 ㄉㄧㄡ ㄙㄢ ㄨㄤˋ ㄙˋ 比喻人健忘。

丞 ㄔㄥˊ chéng 名古稱輔助的官吏。例縣丞。

丞相 ㄔㄥˊ ㄒㄧㄤˋ 俗稱宰相，為古代輔佐君主治理政事的最高官員，相當於現在的行政院長。

七畫

並 ㄅㄧㄥˋ bìng 動平列，依傍。例並肩作戰。副①一起，同時。例齊頭並進。②實在。加強否定語氣。例並非、並沒有。連且，而且。例這工程不但能如期完工，並能圓滿達成效果。介相當於「連」、「同」。

並立 ㄅㄧㄥˋ ㄌㄧˋ ①同時存在。②站在一起。

並且 ㄅㄧㄥˋ ㄑㄧㄝˇ 表示平列或進一層的連詞。例我同意並且擁護你的主張。

並肩 ㄅㄧㄥˋ ㄐㄧㄢ ①肩挨著肩，並排。②比喻行動一致，共同完成。例並肩作戰。③比喻地位相等。

並非 ㄅㄧㄥˋ ㄈㄟ 實在不是。例並非如你所說。

並蒂 ㄅㄧㄥˋ ㄉㄧˋ 兩朵花長在一個花蒂上。用來祝賀新婚。例花開並蒂。

並聯 ㄅㄧㄥˋ ㄌㄧㄢˊ 指把幾個電器或元件並排地聯接，形成幾個平行分支的電路。

並行不悖 ㄅㄧㄥˋ ㄒㄧㄥˊ ㄅㄨˋ ㄅㄟˋ 指兩件事同時進行，不相抵觸。

並駕齊驅 ㄅㄧㄥˋ ㄐㄧㄚˋ ㄑㄧˊ ㄑㄩ 齊頭並進。比喻彼此同時前進，或彼此的地位、程度等不相上下。

丨部 ㄍㄨㄣˇ

二畫

丫 ㄧㄚ yā 名物體末端分叉的地方。例樹丫、腳丫子。

丫叉 ㄧㄚ ㄔㄚ ①樹木分枝的地方，形狀像「丫」。亦作「椏杈」。②雙手交叉。

丫頭 ㄧㄚ ㄊㄡˊ ①小女孩頭上梳兩個髻像「丫」形，故稱丫頭。②長輩對晚輩女孩的親暱稱呼。③舊稱供人役使的婢女。

丫髻 ㄧㄚ ㄐㄧˋ 兩個髮髻形狀如丫的髮式。

丫鬟 ㄧㄚ ㄏㄨㄢˊ 舊時富貴人家的年幼婢女。

个 ㄍㄜˋ gè 同「個」。

三畫

中 ㈠ㄓㄨㄥ zhōng 名①距離四方或兩端相等的部位。例居中、正中。②裡面。例山中、水中。③中國的簡稱。例中美、中醫。④指某一時期以內。例一年中。形①半。例中途、中夜。②居間介紹的。例中人。③在高低、大小、好壞之間的。例中學、中型、中等。副①不偏不倚，正好。例適中、折中。②表示動作正在進行。例在交涉中。
㈡ㄓㄨㄥˋ zhòng 動①適合。例中意。②得到。例中獎。③正著目標。例百發百中。④遭受。例中暑。⑤科舉時代稱考試及格為「中」。例中舉、中狀元。副對，正確。例你說中了、猜中了。

中人 ㄓㄨㄥ ㄖㄣˊ ①介紹買賣、居間說明並做見證的人。②才能居於中等的人。③古稱宦官、宮女等為中人。

中子 ㄓㄨㄥ ㄗˇ 構成原子核的基本粒子之一，不帶電。

中元 ㄓㄨㄥ ㄩㄢˊ 農曆七月十五日為中元節，在此日祭祀祖先，焚燒紙錢，普渡無主孤魂。

中天 ㄓㄨㄥ ㄊㄧㄢ ①天空之中。②比喻旺盛。例如日中天。

中立 ㄓㄨㄥ ㄌㄧˋ ①獨立。②在對立雙方之間，不傾向任何一方。

中古 ㄓㄨㄥ ㄍㄨˇ ①上古和近古中間的時代。②不新不舊。例中古車。

中正 ㄓㄨㄥ ㄓㄥˋ 正直，不偏不倚。

中央 ㄓㄨㄥ ㄧㄤ ①中間或中心地方。同中心。反邊緣。②指國家政權或黨團組織的最高領導機構。

中耳 ㄓㄨㄥ ㄦˇ 耳朵的中間部分，在耳孔鼓膜的裡面。

中伏 ㈠ㄓㄨㄥ ㄈㄨˊ 三伏之一，夏至後第四庚日，是炎熱的時節。㈡ㄓㄨㄥˋ ㄈㄨˊ 指中了敵人的埋伏。

中年 ㄓㄨㄥ ㄋㄧㄢˊ 現在一般指四、五十歲的年齡。

中旬 ㄓㄨㄥ ㄒㄩㄣˊ 指每月的十一日至二十日。

中東 ㄓㄨㄥ ㄉㄨㄥ 指歐、亞、非三洲的連接地帶。

中肯 ㄓㄨㄥ ㄎㄣˇ 指言論扼要而切實，正中要害。

中的 ㄓㄨㄥˋ ㄉㄧˋ 射中了箭靶。比喻擊中或抓住了要害。例一語中的。

中計 ㄓㄨㄥˋ ㄐㄧˋ 中了別人的計策，落入圈套，遭人暗算。

中風 ㄓㄨㄥˋ ㄈㄥ 一種由於腦血管栓塞、破裂而產生麻痺、昏迷、半身不遂等病症，有致命的危險。亦稱為腦溢血。

中秋 ㄓㄨㄥ ㄑㄧㄡ 農曆的八月十五日。在這天全家團圓、賞月，故又稱團圓節。

中流 ㄓㄨㄥ ㄌㄧㄡˊ ①河流的中央。例中流擊楫。②中等，普通。例他的才能只能算中流水準。

中宵 ㄓㄨㄥ ㄒㄧㄠ 半夜。也稱為中夜。

中原 ㄓㄨㄥ ㄩㄢˊ ①一般指黃河中、下游地區。②古代泛指中國。

中校 ㄓㄨㄥ ㄒㄧㄠˋ 軍階之一，在上校之下、少校之上。

中氣 ㄓㄨㄥ ㄑㄧˋ 中醫指人身體中部的正氣。例中氣不足。

中庸 ㄓㄨㄥ ㄩㄥ ①為人處事不偏不倚，無過與不及。②儒家經典著作「禮記」中的一篇，相傳為孔子之孫子思所作。朱熹把它和「論語」、「孟子」、「大學」合為四書。③中等才能，也指中等才能的人。

中堅 ㄓㄨㄥ ㄐㄧㄢ 團體中最有力的人。例中堅分子。

中國 ㄓㄨㄥ ㄍㄨㄛˊ 古代漢族建國於黃河流域一帶，以為居天下之中，故稱中國。

中堂 ㄓㄨㄥ ㄊㄤˊ ①懸掛在廳堂正中的大幅字畫，兩旁配有對聯。②堂的正中央。③明清時代稱內閣大學士。

中彩 ㄓㄨㄥˋ ㄘㄞˇ ①指彩票中了獎。②遇上偶然的幸運或災難。

中尉 ㄓㄨㄥ ㄨㄟˋ 軍階之一，在上尉之下、少尉之上。

中將 ㄓㄨㄥ ㄐㄧㄤˋ 軍階之一，在上將之下、少將之上。

中華 ㄓㄨㄥ ㄏㄨㄚˊ 古代帝王多建都於黃河流域一帶，位居四方之中，文化華美，故稱其地為中華。

中暑 ㄓㄨㄥˋ ㄕㄨˇ 在高溫環境中或烈日下，體熱不能外散而引起的疾病。症狀為頭昏目眩、呼吸急促等。

中落 ㄓㄨㄥ ㄌㄨㄛˋ 運途由盛到衰。例家道中落。反中興。

中葉 ㄓㄨㄥ ㄧㄝˋ 世紀或朝代的中期。例本世紀中葉。

中傷 ㄓㄨㄥˋ ㄕㄤ 用誣蔑的話進行惡意攻擊或陷害，使人蒙受損害。

中輟 ㄓㄨㄥ ㄔㄨㄛˋ 中途停止進行。例中輟生。

中樞 ㄓㄨㄥ ㄕㄨ ①在一事務系統中有總主導作用的部分。例交通中樞。②稱中央或中央政府的重要機關。

中鋒 ㄓㄨㄥ ㄈㄥ ①一種運筆方式，筆鋒直下而不倒不側。②籃球或足球比賽中，擔任中間前鋒的隊員。

中興 ㄓㄨㄥ ㄒㄧㄥ 由衰微而復興。多指國家或大的事業。例中興基地。反中衰。

中學 ㄓㄨㄥ ㄒㄩㄝˊ 實施中等教育的學校。分為國中、高中兩級，期限各三年。

中饋 ㄓㄨㄥ ㄎㄨㄟˋ 本指婦女在家主持飲食等事，後即用作妻子的代稱。例中饋猶虛。

中山陵 ㄓㄨㄥ ㄕㄢ ㄌㄧㄥˊ 國父孫中山先生的陵墓。位於南京城東紫金山南麓，占地二千餘畝。

中山裝 ㄓㄨㄥ ㄕㄢ ㄓㄨㄤ 一種服裝樣式，由國父孫中山先生略仿童子軍服裝製定而成。特點是翻領子，有領扣，前面有四個加蓋的口袋。

中子彈 ㄓㄨㄥ ㄗˇ ㄉㄢˋ 利用中子輻射引起殺傷作用的核武器。能在有效範圍內殺傷人畜而不破壞建築、設備。

中立國 ㄓㄨㄥ ㄌㄧˋ ㄍㄨㄛˊ ①在國際戰爭中處於中立地位的國家。反交戰國。②有國際條約保證，永遠奉行中立政策，不偏向任何集團的國家。

中國城 ㄓㄨㄥ ㄍㄨㄛˊ ㄔㄥˊ 某些國家的大城市裡，華僑聚居在一地，保存著華人固有的風土人情和生活習慣，與當地形成鮮明對比，因而外國人便稱之為「中國城」（Chinatown）。

中流砥柱 ㄓㄨㄥ ㄌㄧㄡˊ ㄉㄧˇ ㄓㄨˋ 比喻獨立不撓或在動蕩艱難的環境中能支撐大局的人或集團。

中規中矩 ㄓㄨㄥˋ ㄍㄨㄟ ㄓㄨㄥˋ ㄐㄩˇ 比喻人的行為符合標準。

中華文化 ㄓㄨㄥ ㄏㄨㄚˊ ㄨㄣˊ ㄏㄨㄚˋ 指中華民族特有的風俗習慣、生活方式、道德標準、傳統的藝術和學術等所形成的獨特文化。

中道而廢 ㄓㄨㄥ ㄉㄠˋ ㄦˊ ㄈㄟˋ 事情尚未完成，就在半途停止。同半途而廢。

中飽私囊 ㄓㄨㄥ ㄅㄠˇ ㄙ ㄋㄤˊ 把自己經手的錢財通過非法手段裝進自己的荷包。

中央研究院 ㄓㄨㄥ ㄧㄤ ㄧㄢˊ ㄐㄧㄡˋ ㄩㄢˋ 中華民國的最高學術研究機構，直屬總統府。以實行科學研究，並指導、聯絡、獎勵全國學術研究為宗旨。

丯 ㄈㄥ fēng 名風韻，神態。例丯采。形①草木茂盛的樣子。②容貌美好或體態豐滿的。例詩經：「子之丯兮。」

四畫

丱 ㄍㄨㄢˋ guàn 形兒童把頭髮梳成兩個角突出的樣子。

六畫

串 ㄔㄨㄢˋ chuàn 名用於成串物品的量詞。例一串珠子。動①把東西連貫在一起。例貫串、串珠子。②進出，走動。例串門子。③勾結做壞事。例串通一氣。④扮演。例客串。⑤把東西從這邊倒進那邊。

串供 ㄔㄨㄢˋ ㄍㄨㄥ 指犯人與犯人或犯人與證人之間，相互串通，編造供詞，企圖用一番假話來掩蓋事實真相。

串通 ㄔㄨㄢˋ ㄊㄨㄥ 暗中勾結，使彼此的意見、言行一致。

串聯 ㄔㄨㄢˋ ㄌㄧㄢˊ ①互相聯繫、溝通。②把幾個電器或元件一個一個地連接起來，形成一整個電路。

串門子 ㄔㄨㄢˋ ㄇㄣˊ ㄗ˙ 到別人家中閒坐、聊天。

丶部 ㄓㄨˇ

二畫

凡 ㄈㄢˊ fán 名①塵世人間。例仙女下凡。②概略，綱要。例凡例。形平常，尋常的。例平凡、凡響。副①所有的，一切的。為概括之詞。例凡事都要小心。②總共，總計。例全書凡十六卷。

凡人 ㄈㄢˊ ㄖㄣˊ ①尋常平庸的人。②指人世間的人。

凡心 ㄈㄢˊ ㄒㄧㄣ 仙家或出家人懷念世俗生活的心思。例這尼姑動了凡心。

凡世 ㄈㄢˊ ㄕˋ 塵世，即人世間。同凡間。

凡百 ㄈㄢˊ ㄅㄞˇ 概括指所有、一切之意。

凡例 ㄈㄢˊ ㄌㄧˋ 於書前說明本書主旨、內容和編輯體例等的文字。

凡是 ㄈㄢˊ ㄕˋ 包括一切之詞。例凡是你的東西都拿走。

凡士林 ㄈㄢˊ ㄕˋ ㄌㄧㄣˊ 英語 vaseline 的音譯。為石蠟與重油的混合物，淡黃色，半透明半固態。

凡夫俗子 ㄈㄢˊ ㄈㄨ ㄙㄨˊ ㄗˇ 稱平凡而庸俗的人。

丸 ㄨㄢˊ wán 名①形狀小而圓的東西。例藥丸、彈丸。②量詞。例一丸藥。動揉物使成圓形。例丸藥。

丸子 ㄨㄢˊ ㄗ˙ ①把肉剁碎揉成圓形，烹製而成的食品。例肉丸子。②丸藥叫藥丸子，也可簡稱丸子。例把這丸子吞下去！

丸劑 ㄨㄢˊ ㄐㄧˋ 藥物細粉中加入水、蜜、液狀葡萄糖等，使其黏合製成的團粒形內服藥劑。

三畫

丹 ㄉㄢ dān 名①赤色的礦石，可製顏料。②精煉的成藥。例靈丹。形

①忠誠的。例丹心。②紅色的。例丹楓。

丹心 ㄉㄢ ㄒㄧㄣ 忠誠的心。例一片丹心。

丹方 ㄉㄢ ㄈㄤ ①道家煉丹的方法。②相傳的藥方。也作「單方」。

丹田 ㄉㄢ ㄊㄧㄢˊ 指人身肚臍下三寸的地方。

丹青 ㄉㄢ ㄑㄧㄥ ①紅色和青色兩種顏料，為國畫所必用，故借指繪畫藝術。②比喻史冊。例文天祥・正氣歌：「時窮節乃見，一一垂丹青。」

丹毒 ㄉㄢ ㄉㄨˊ 一種急性傳染性病症，常發生在面部和小腿，患處潮紅疼痛，全身不適，惡寒發熱。

丹砂 ㄉㄢ ㄕㄚ 俗稱朱砂，為水銀與硫磺的化合物。

丹麥 ㄉㄢ ㄇㄞˋ 國名。位於歐洲北部的國家。

丹楓 ㄉㄢ ㄈㄥ 楓葉到秋天會變成紅色，所以叫丹楓。

丹墀 ㄉㄢ ㄔˊ 古代宮殿前的石階，常漆成紅色。

四畫

主

ㄓㄨˇ zhǔ 名 ①賓客或奴僕的相對詞。例賓主盡歡、主僕。②財物和權力的所有者。例物主、一家之主。③基督教徒對上帝、伊斯蘭教徒對真主的稱呼。例主耶穌。④當事人。例失主、事主。⑤供奉死人的牌位。例神主牌。⑥根本，重要。例以預防為主。⑦公主、君主的簡稱。形 ①最重要的，主要的。例主力、主將。②自己的，自我的。例主觀。動 ①主張。例力主從簡。②負責，主持。例主辦、主婚。③統治，掌握。例入主白宮。④預示。例早霞主雨、晚霞主晴。

主子 ㄓㄨˇ ˙ㄗ ①奴僕稱主人，或臣下稱皇上。②比喻操縱指使的人。

主日 ㄓㄨˇ ㄖˋ 基督教徒稱星期日。

主刑 ㄓㄨˇ ㄒㄧㄥˊ 獨立執行的刑罰，是相對於從刑、附加刑而言。

主旨 ㄓㄨˇ ㄓˇ 主要的意義、宗旨。

主角 ㄓㄨˇ ㄐㄩㄝˊ ①戲劇、電影或文學作品中的主要角色。②比喻主要人物。

主使 ㄓㄨˇ ㄕˇ 出主意指使別人去做壞事。

主食 ㄓㄨˇ ㄕˊ 指米、麵等日常生活中的主要食品。

主宰 ㄓㄨˇ ㄗㄞˇ ①支配，主管。②指處於支配地位的人或事物。

主席 ㄓㄨˇ ㄒㄧˊ ①國家機關、黨派團體的最高領導職稱。②主持會議的人。③宴席上的主位。

主流 ㄓㄨˇ ㄌㄧㄡˊ ①匯集支流的主要河川。②比喻事物發展的主要方面。

主教 ㄓㄨˇ ㄐㄧㄠˋ 天主教的高級神職人員，位在神父之上，為各地教區的首領。

主筆 ㄓㄨˇ ㄅㄧˇ 一般指報刊雜誌負責主要文稿的撰寫或編審的人。

主義 ㄓㄨˇ ㄧˋ ①對社會、政治、經濟或學術所提出的系統理論和主張。例三民主義。②一定的社會制度、政治經濟體系。例資本主義。③一種思想作風。例樂觀主義。

主意 ㄓㄨˇ ㄧˋ 心裡已經確定的意見或辦法。

主語 ㄓㄨˇ ㄩˇ 文句中陳述的主要對象。如「鳥飛」中的「鳥」。亦稱為主詞。

主編 ㄓㄨˇ ㄅㄧㄢ 主持編輯工作的人。

主導 ㄓㄨˇ ㄉㄠˇ ①有領導作用的。例這件事他處於主導地位。②主要的，並且引導事物向某方面發展的。例主導思想。

主謀 ㄓㄨˇ ㄇㄡˊ 共同做壞事的主要謀畫者。

主顧 ㄓㄨˇ ㄍㄨˋ 即顧客，商店稱時常來消費的顧客。

主權 ㄓㄨˇ ㄑㄩㄢˊ ①國家權力的本體，具有最高性和永久性。②獨立自主的權力。③一般的所有權。

主觀 ㄓㄨˇ ㄍㄨㄢ 指不依據實際情況，單憑自己的認知去觀察事物。為「客觀」的相對詞。

主人翁 ㄓㄨˇ ㄖㄣˊ ㄨㄥ ①對主人的尊稱。②主要人物。

丿部 ㄆㄧㄝˇ

一畫

乂 ㈠ㄧˋ yì 名才德出眾的人。動①「刈」的本字。割草。②治理。例海內乂安。㈡ㄞˋ ài 動懲戒。

乃 ㄋㄞˇ nǎi 動是。例失敗乃成功之母。副①竟，居然。例乃至如此！②才。例虛心乃能進步。代你，你的。例乃母。助用於發語或轉折。連於是，就。例因財力不支，乃作罷。

乃公 ㄋㄞˇ ㄍㄨㄥ ①父親對子女的自稱。②自稱的傲慢語，猶如今天的「你老子」。

乃至 ㄋㄞˇ ㄓˋ 甚至。例乃至拳打腳踢。

乃翁 ㄋㄞˇ ㄨㄥ ①你的父親。亦作「乃父」。②父親自稱。

乃爾 ㄋㄞˇ ㄦˇ 如此。例何其相似乃爾！

二畫

久 ㄐㄧㄡˇ jiǔ 名經歷時間的長短。例他病多久了？形舊的。動留。例能久則久。副時間長遠。例久經考驗、天長地久。

久仰 ㄐㄧㄡˇ ㄧㄤˇ 仰慕已久。初次見面的客套語。

久違 ㄐㄧㄡˇ ㄨㄟˊ 好久沒有見面。

久別重逢 ㄐㄧㄡˇ ㄅㄧㄝˊ ㄔㄨㄥˊ ㄈㄥˊ 指長久離別之後又再次見面。

久假不歸 ㄐㄧㄡˇ ㄐㄧㄚˇ ㄅㄨˋ ㄍㄨㄟ 借用他人的東西久不歸還。

久聞大名 ㄐㄧㄡˇ ㄨㄣˊ ㄉㄚˋ ㄇㄧㄥˊ 很久以前就聽說你的名字。初次見面的客套語。

久旱逢甘雨 ㄐㄧㄡˇ ㄏㄢˋ ㄈㄥˊ ㄍㄢ ㄩˇ 形容盼望已久，終於能夠如願以償的高興心情。

么 ㄧㄠ yāo 形①細小。例么魔小醜。②排行最小的。例么妹。

三畫

之 ㄓ zhī 動往，到。例不知所之。代①他，他們。例論語：「愛之欲其生，惡之欲其死。」②此，這個。例詩經：「之子于歸，宜其室家。」助強調或補足語氣，無義。例總而言之。介①的，底。例老人之家。②於，之於。例禮記：「人之其所親愛而辟焉。」

之無 ㄓ ㄨˊ 表示識字不多或不識字。例不識之無。

之乎者也 ㄓ ㄏㄨ ㄓㄜˇ ㄧㄝˇ ①指說話為文喜歡賣弄文字。②譏諷讀書人只知咬文嚼字，而不能解決實際問題。

尹 ㄧㄣˇ yǐn 名①古官名。例令尹、京兆尹。②姓。動治理。例左傳：「以尹天下。」

四畫

乏 ㄈㄚˊ fá 形①疲倦的。例人困馬乏。②貧窮的。例匱乏。動①缺少。例不乏其人。②沒有。例回天乏術。

乏力 ㄈㄚˊ ㄌㄧˋ 缺乏或沒有力氣。

乏味 ㄈㄚˊ ㄨㄟˋ 沒有趣味，引不起興趣。

乏人問津 ㄈㄚˊ ㄖㄣˊ ㄨㄣˋ ㄐㄧㄣ 沒有人過問、探詢。

乏善可陳 ㄈㄚˊ ㄕㄢˋ ㄎㄜˇ ㄔㄣˊ 比喻沒有什麼好的事情可以陳述稱道的。

乎 ㄏㄨ hū 助①在修飾語詞後，有時相當於「然」。例斷乎不可。②表示疑問或反問，相當於「嗎」或「呢」。例史記：「王侯將相寧有種乎？」③表示感嘆，相當於「啊」。例悲乎！④表示推測，相當於「吧」。例其將歸乎？⑤呼人的助詞。例論語：「參乎！吾道一以貫之。」介相當於「於」。例出乎意料。

乍 ㄓㄚˋ zhà 動勉強鼓起勇氣。例乍著膽子走一趟。副①忽然。例乍晴乍雨。②剛剛，初。例初來乍到。

乍見 ㄓㄚˋ ㄐㄧㄢˋ ①忽然看見。②剛見，初見。

乍富 ㄓㄚˋ ㄈㄨˋ 暴富，突然間富有了起來。

乍然 ㄓㄚˋ ㄖㄢˊ 突然，忽然。例乍然之間。

乍暖還寒 ㄓㄚˋ ㄋㄨㄢˇ ㄏㄨㄢˊ ㄏㄢˊ 剛剛暖和，又變冷了。多形容初春的氣候。

五畫

乒 ㄆㄧㄥ pīng 名乒乓，即桌球。副形容東西的碰撞聲。例乒乓一聲。

乒乓球 ㄆㄧㄥ ㄆㄤ ㄑㄧㄡˊ 又叫桌球。源於英國，為室內球類運動項目之一。

乒乒乓乓 ㄆㄧㄥ ㄆㄧㄥ ㄆㄤ ㄆㄤ 形容東西連續碰撞的聲音。

乓 ㄆㄤ pāng 名乒乓，即桌球。副形容物體相撞擊的聲音。

七畫

乖 ㄍㄨㄞ guāi 名聰明，機靈。例賣乖。形①懂事，聽話的。例這小孩真乖。②彆扭，性情怪異。例乖僻。動違背，不一致。例此說與事實相乖。

乖巧 ㄍㄨㄞ ㄑㄧㄠˇ 聰明伶俐，討人喜歡。反笨拙。

乖舛 ㄍㄨㄞ ㄔㄨㄢˇ 荒謬，錯誤。

乖戾 ㄍㄨㄞ ㄌㄧˋ ①性情、言行等顯得彆扭而不合情理。②彼此衝突。

乖異 ㄍㄨㄞ ㄧˋ 指人的性情不合常情常理。例性情乖異。

乖張 ㄍㄨㄞ ㄓㄤ 性情執拗怪僻，不合情理。

乖違 ㄍㄨㄞ ㄨㄟˊ ①違背，背離。②失誤。

乖僻 ㄍㄨㄞ ㄆㄧˋ 古怪、孤僻，與人合不來。

九畫

乘 ㊀ㄔㄥˊ chéng 名算術的運算方法之一。例加減乘除。動①坐，騎。例乘車、乘馬。②趁，利用，順應。例乘機而入。㊁ㄕㄥˋ shèng 名①古代計算車輛的單位。例萬乘之國。②春秋時晉國的史書名「乘」，後即用以稱史書。例晉乘楚杌。③佛教解釋教義深淺的等級。例大乘、小乘。

乘方 ㄔㄥˊ ㄈㄤ 一個數自乘若干次的運算。

乘法 ㄔㄥˊ ㄈㄚˇ 算術的運算方法之一，用一個數去乘另一個數，使之成為幾倍。符號為「×」。

乘肩 ㄔㄥˊ ㄐㄧㄢ 即坐轎子。

乘風 ㄔㄥˊ ㄈㄥ 駕御著風而行。

乘時 ㄔㄥˊ ㄕˊ 利用時機。例乘時而興。

乘勢 ㄔㄥˊ ㄕˋ 趁著時機。

乘隙 ㄔㄥˊ ㄒㄧˋ 利用其空隙或機會。亦作「乘間」。

乘人之危 ㄔㄥˊ ㄖㄣˊ ㄓ ㄨㄟˊ 趁別人有危難的時候去威脅、打擊、傷害人家。

乘風破浪 ㄔㄥˊ ㄈㄥ ㄆㄛˋ ㄌㄤˋ 順著風破浪前進。比喻志向遠大，不畏艱險，奮勇向前。

乘堅策肥 ㄔㄥˊ ㄐㄧㄢ ㄘㄜˋ ㄈㄟˊ 坐著堅固的車，騎著肥壯的馬。形容生活奢侈豪華。

乘虛而入 ㄔㄥˊ ㄒㄩ ㄦˊ ㄖㄨˋ 趁人空虛不備的時候進入。亦作「乘隙而入」。

乘勝追擊 ㄔㄥˊ ㄕㄥˋ ㄓㄨㄟ ㄐㄧˊ 趁著勝利的大好形勢追擊敵人。

乘興而來 ㄔㄥˊ ㄒㄧㄥˋ ㄦˊ ㄌㄞˊ 趁著一時的高興而來。

乘龍快婿 ㄔㄥˊ ㄌㄨㄥˊ ㄎㄨㄞˋ ㄒㄩˋ 比喻好女婿。

乙部

乙 ㄧˇ yǐ 名天干的第二位，因而用作第二的代稱。例乙等。代人名或地名的代稱。例乙方、乙地。

一畫

九 ㄐㄧㄡˇ jiǔ 名數目字。大寫作「玖」。形形容多次、多數。例九死一生、九牛一毛。

九九 ㄐㄧㄡˇ ㄐㄧㄡˇ ①農曆九月九日為重陽佳節。②即九九乘法，從一一得一直到九九八十一。③俗稱九九天，從冬至第二天起，每九天為「一九」，到「九九」八十一天，天氣轉暖。

九州 ㄐㄧㄡˇ ㄓㄡ ①古中國設置的九個州。後用作中國的代稱。②日本的第三大島。

九品 ㄐㄧㄡˇ ㄆㄧㄣˇ ①舊時官級分九等，稱為九品。②用來評品人物的九個等級。

九泉 ㄐㄧㄡˇ ㄑㄩㄢˊ 即黃泉，指人死後鬼魂居住的地下。

九族 ㄐㄧㄡˇ ㄗㄨˊ ①九代的直系親屬。指本身以上的父、祖父、曾祖、高祖和以下的子、孫、曾孫、玄孫。②父族四代、母族三代、妻族兩代，合為九族。

九鼎 ㄐㄧㄡˇ ㄉㄧㄥˇ ①象徵國家政權的傳國之寶。②比喻分量很重。例一言九鼎。

九竅 ㄐㄧㄡˇ ㄑㄧㄠˋ 耳、目、口、鼻七竅再加排尿口和肛門。

九成九 ㄐㄧㄡˇ ㄔㄥˊ ㄐㄧㄡˇ 即百分之九十九。用以說明成分或可能性很高。

九宮格 ㄐㄧㄡˇ ㄍㄨㄥ ㄍㄜˊ 練習書法臨帖所用的方格紙。在方框中劃成井字形，等分成九格，便於臨寫時對照範本字形，掌握點劃部位。

九牛一毛 ㄐㄧㄡˇ ㄋㄧㄡˊ ㄧˋ ㄇㄠˊ 許多牛身上的一根毛。比喻大量中的極少數，根本微不足道。同滄海一粟。

九死一生 ㄐㄧㄡˇ ㄙˇ ㄧˋ ㄕㄥ 形容多次經歷艱險，卻能死裡逃生而得以倖存。

九霄雲外 ㄐㄧㄡˇ ㄒㄧㄠ ㄩㄣˊ ㄨㄞˋ 形容極高極遠或無影無蹤。例他早就把我的話拋到九霄雲外了。

九牛二虎之力 ㄐㄧㄡˇ ㄋㄧㄡˊ ㄦˋ ㄏㄨˇ ㄓ ㄌㄧˋ 比喻極大的力量，或使盡了全力。

乜 ㈠ㄇㄧㄝ miē 動眼睛略瞇而斜看。㈡ㄋㄧㄝˋ niè 名姓。

乜斜 ㄇㄧㄝ ㄒㄧㄝˊ ①眼睛因為疲倦而瞇成一條縫。②斜著眼睛看。

二畫

乞 ㄑㄧˇ qǐ 名討飯的人。例乞丐。動討，求。例乞食、乞援。

乞丐 ㄑㄧˇ ㄍㄞˋ 生活沒有著落，靠乞討度日的人。俗稱叫化子。

乞巧 ㄑㄧˇ ㄑㄧㄠˇ 舊俗農曆七月七日夜晚，婦女用綵線穿針，擺設瓜果，向織女星祈禱，以求長於縫紉刺繡。

乞哀告憐 ㄑㄧˇ ㄞ ㄍㄠˋ ㄌㄧㄢˊ 乞求別人的哀憐與同情。

也 ㄧㄝˇ yě 副①表示同樣、並列。例你要，我也要。②都，全。例什麼事也不做。③表示勉強、將就的意思。例這也說得過去。助①表示加強語氣。例你再忙也不能不管老人家！②表示判斷或肯定的語氣。例是不為也，非不能也。③表示疑問或反詰的語氣。例何也？④表示感嘆的語氣。例悲也！⑤用在句中表示停頓語氣。例大道之行也，天下為公。

也得 ㄧㄝˇ ㄉㄟˇ 也要，應該。例你不做也得說一聲再走。

也罷 ㄧㄝˇ ㄅㄚˋ ①表示只得如此或無可奈何。例他不同意也罷，無須勉強。②也好。表示在任何情況下都是如此。例他來也罷，不來也罷，我們都按原計畫進行。

五畫

乩 ㄐㄧ jī 名問卜。一種民間求神問吉凶的方法，俗稱扶乩。

七畫

乳 ㄖㄨˇ rǔ 名①乳房的略稱。②奶汁。例人乳、牛乳。③像乳頭的物體。例石鐘乳。④像乳汁一樣的液體或顏色。例乳膠、乳白色。形初生的，幼小的。例乳牙、乳犬。動①以乳汁餵養。例乳養。②滋生。例孳乳。

乳母 ㄖㄨˇ ㄇㄨˇ 受雇給別人孩子餵奶的婦女。

乳名 ㄖㄨˇ ㄇㄧㄥˊ 嬰兒吃奶時期所取的小名。

乳酪 ㄖㄨˇ ㄌㄨㄛˋ 用牛、羊乳等提煉成的食品。

乳腺 ㄖㄨˇ ㄒㄧㄢˋ 乳房裡分泌乳汁的腺體。

乳酸 ㄖㄨˇ ㄙㄨㄢ 無色透明或淡黃色的液體，由糖類、澱粉等發酵而成，有酸味。

乳糖 ㄖㄨˇ ㄊㄤˊ 指哺乳動物乳汁中的雙糖，其葡萄糖與半乳糖，可經由分解脫水而成結晶粉末，用於製造嬰兒食品、糖果等。

乳臭未乾 ㄖㄨˇ ㄒㄧㄡˋ ㄨㄟˋ ㄍㄢ 比喻年幼無知。

十畫

乾

㈠ㄍㄢ gān 名去掉水分的食品。例肉乾、葡萄乾。形①結拜所認的親屬關係。例乾爹、乾女兒。②指說話太直太粗的。③缺乏水分的。例乾燥。④枯竭。例外強中乾。動變乾燥。例油漆未乾。副①空，徒然。例乾等、乾著急。②單單的。例乾說不做。③沒了，光了。例榨乾。

㈡ㄑㄧㄢˊ qián 名①易經卦名。②指天。例乾坤。③姓。形男性的，陽剛的。例乾宅。

乾貝 ㄍㄢ ㄅㄟˋ 一種名貴的海產，用蚌類扇貝上的肉柱晒乾製成的美味食品。

乾坤 ㄑㄧㄢˊ ㄎㄨㄣ 易經中的兩個卦名，用以指稱天地、日月、父母、陰陽、男女等。

乾果 ㄍㄢ ㄍㄨㄛˇ ①果皮乾燥的果實。如栗子、核桃等。②製乾的果實。例葡萄乾。

乾咳 ㄍㄢ ㄎㄜˊ 要咳痰卻沒有痰可咳出來。

乾笑 ㄍㄢ ㄒㄧㄠˋ 心中無喜意，不想笑而勉強裝笑，似笑非笑的樣子。

乾脆 ㄍㄢ ㄘㄨㄟˋ 形容說話爽快，行事果斷。

乾涸 ㄍㄢ ㄏㄜˊ 水枯竭。

乾渴 ㄍㄢ ㄎㄜˇ 形容口非常渴。

乾酪 ㄍㄢ ㄌㄨㄛˋ 在牛乳或脫脂乳中添加凝乳酶，使之凝固而成的乳製食品。

乾薪 ㄍㄢ ㄒㄧㄣ 不做事而領取的薪水。例坐領乾薪。

乾糧 ㄍㄢ ㄌㄧㄤˊ ①行軍或外出時充飢的乾燥食物。②一般水分含量較低的食物。

乾癟 ㄍㄢ ㄅㄧㄝˇ ①形容人非常枯瘦。②物體枯縮不飽滿。③文章內容枯燥乏味。

乾著急 ㄍㄢ ㄓㄠˊ ㄐㄧˊ 心中焦急，卻又束手無策。

乾電池 ㄍㄢ ㄉㄧㄢˋ ㄔˊ 化學電池的一種。其電解液與其他物質混合成糊狀，用硬殼封閉，故稱乾電池。

乾燥劑 ㄍㄢ ㄗㄠˋ ㄐㄧˋ 能除去潮溼物質中水分的化學藥劑。

乾柴烈火 ㄍㄢ ㄔㄞˊ ㄌㄧㄝˋ ㄏㄨㄛˇ 乾柴一接近烈火，自然會燃燒起來。多用以形容孤男寡女在一起，容易衝動而發生曖昧行為。

十二畫

亂 ㄌㄨㄢˋ luàn 名禍患，不好的事。例禍亂。形不整齊的，沒有秩序、條理的。例亂七八糟。動①改變，破壞。例搗亂。②混雜，混淆。例以假亂真。③治理。例書經：「予有亂臣十人。」④男女發生不正當的行為。例淫亂。副任意，隨便。例亂說亂動。

亂子 ㄌㄨㄢˋ ㄗˇ 禍事，糾紛。例鬧出亂子了！

亂兵 ㄌㄨㄢˋ ㄅㄧㄥ 散亂的或沒有紀律的軍隊。

亂流 ㄌㄨㄢˋ ㄌㄧㄡˊ ①氣象學上指大氣中局部性的不穩定運動，包括渦流及氣流的垂直運動。②比喻不穩定、沒有目標的思想和行為。

亂真 ㄌㄨㄢˋ ㄓㄣ 摹仿得很像，使人難辨真假。

亂倫 ㄌㄨㄢˋ ㄌㄨㄣˊ ①違反倫理的行為。②指近親之間發生性行為。

亂竄 ㄌㄨㄢˋ ㄘㄨㄢˋ 無目的地到處亂走。

亂烘烘 ㄌㄨㄢˋ ㄏㄨㄥ ㄏㄨㄥ 形容喧囂、騷亂的樣子。

亂糟糟 ㄌㄨㄢˋ ㄗㄠ ㄗㄠ 形容事物雜亂或心情煩亂。

亂七八糟 ㄌㄨㄢˋ ㄑㄧ ㄅㄚ ㄗㄠ 事物毫無秩序、條理，非常雜亂的樣子。反井井有條。

亂點鴛鴦 ㄌㄨㄢˋ ㄉㄧㄢˇ ㄩㄢ ㄧㄤ 指為人說合婚姻，不管雙方是否相愛，條件是否相當，而胡亂錯配姻緣。

亅部 ㄐㄩㄝˊ

一畫

了 ㈠ㄌㄧㄠˇ liǎo 動①完畢，結束。例沒完沒了。②明白，懂得。例一目了然、了解。副①與「得」、「不」連用，表示可能或不可能。例辦得了、來不了。②完全。例了無懼色。
㈡˙ㄌㄜ le 助①表示已經完結。例他們走了、我又寫了一篇文章。②表示情況變化。例刮起風來了、他又來了。③表示肯定。例這就難怪了、你認錯人了！④表示催促或勸止。例算了、別講了。

了了 ㄌㄧㄠˇ ㄌㄧㄠˇ ①明白，懂得。例不甚了了。②聰明。例小時了了，大未必佳。

了局 ㄌㄧㄠˇ ㄐㄩˊ ①結果，結局。例這事終究要有個了局。②解決辦法，長久之計。

了卻 ㄌㄧㄠˇ ㄑㄩㄝˋ 了結，解決。例了卻心願。

了案 ㄌㄧㄠˇ ㄢˋ 結束事情、案件。

了得 ㈠ㄌㄧㄠˇ ㄉㄜˊ 有能耐，本領高強。例你兒子真了得！㈡ㄌㄧㄠˇ ˙ㄉㄜ 用在吃驚、責問等語句末尾，表示情況嚴重。例這還了得！

了然 ㄌㄧㄠˇ ㄖㄢˊ 明白，清楚。例一目了然。

了當 ㄌㄧㄠˇ ㄉㄤˋ ①乾脆爽快。例直截了當。②妥當完畢。

了斷 ㄌㄧㄠˇ ㄉㄨㄢˋ 結束，斷決。例和這種人越早了斷越好。

了願 ①了結、完成心願。②還願。

了不起 稱讚別人本領高強、貢獻突出、成就卓越等的用語。

了如指掌 形容對事物了解得很透徹。或作「瞭如指掌」。

了無長進 完全沒有進步。

三畫

予

㊀ㄩˊ yú 名 同「余」。我。㊁ㄩˇ yǔ 動 ①通「與」。給與。例贈予。②許可。例准予。③讚許。例漢書：「春秋予之。」

予以 給與。例予以照顧。

予取予求 任憑自己的意思索取。

七畫

事

ㄕˋ shì 名 ①人類的所作所為及自然界的一切現象。例人事。②職業，職務。例謀事。③變故。例平安無事。動 ①做。例不事生產。②侍奉。例善事父母。

事主 俗稱刑事案件如搶劫、偷盜等的被害人。

事由 ①事情的來由。②指公文在正文之前用簡要文字概括其主要內容。

事宜 事情。例有關事宜。

事例 有代表性的、可以作例子的事。

事故 變故或意外災禍。

事假 因私人的事而向所屬單位請的假。

事略 一種傳記文體。記述某人生平大略的文章。例先妣事略。

事跡 過去的事所留下的痕跡。也作「事蹟」。例英雄事跡、模範事跡。

事業 ①具有一定目標、規模和系統而有益於社會或國家的事。例慈善事業。②所從事或經營的事情。例我從事文教事業。

事端 事故，糾紛，禍事。

事態 事情的形勢或局面。例事態發展很不妙。

事機 ①時機，成事的機會。②事情的機謀。例事機宜密而不宣。

事不宜遲 說明當辦的事應該趕緊辦，不要拖延。

事半功倍 形容費力少而收效大，做事很得法。反事倍功半。

事必躬親 事事都要自己親自去做。

事出有因 事情的發生自有其原因。

事在人為 事情的成敗在於人的努力。反聽天由命。

事過境遷 事情已經過去，環境也已改變。表示人對某種事逐漸淡忘；或世事變化很大，今非昔比。

事無不可對人言 形容人心地光明磊落，沒有不可對人說的事。

二部

二 ㄦˋ èr 名數目字。大寫作「貳」。形①第二的。例二次大戰。②次一等的。例二等貨。③兩樣的。例說一不二。動①改變。例無二爾心。②並比。例獨一無二。

二三 ㄦˋ ㄙㄢ ①反覆不定，不專一。例二三其德。②約數，或二或三。

二心 ㄦˋ ㄒㄧㄣ ①心不專一。②不忠實，有異心或有另外的打算。

二毛 ㄦˋ ㄇㄠˊ 鬢髮有黑白兩種顏色。指年老的人。

二房 ㄦˋ ㄈㄤˊ ①家族中排行第二的一支。②指小老婆。

二姓 ㄦˋ ㄒㄧㄥˋ ①締結婚姻的男女兩家。②不同朝代。例忠臣不事二姓。

二胡 ㄦˋ ㄏㄨˊ 胡琴的一種，比京胡稍長，筒是木製的，音色柔和。

二副 ㄦˋ ㄈㄨˋ 河海航行中管理全船事務，位階僅次於大副的人。

二黃 ㄦˋ ㄏㄨㄤˊ 戲曲腔調之一，節奏穩定，適於表現淒涼感情。可與西皮合用，稱為皮黃。或作「二簧」。

二程 ㄦˋ ㄔㄥˊ 指宋代理學家程顥、程頤兄弟。

二豎 ㄦˋ ㄕㄨˋ 指病魔、疾病。

二輪 ㄦˋ ㄌㄨㄣˊ 第二輪的簡稱。即第二次，第二個回合。

二元論 ㄦˋ ㄩㄢˊ ㄌㄨㄣˋ ①以兩個對立的概念說明宇宙現象的主張。②一種哲學學說，認為世界的本源是精神和物質兩個彼此平行、各自獨立的實體。反一元論。

二百五 ㄦˋ ㄅㄞˇ ㄨˇ 戲稱愚蠢或莽撞的人。

二郎神 ㄦˋ ㄌㄤˊ ㄕㄣˊ 民間傳說中的神。「西遊記」、「封神演義」中皆有此人物。

二郎腿 ㄦˋ ㄌㄤˊ ㄊㄨㄟˇ 坐的時候把一條腿放在另一條腿上的姿勢。

二進制 ㄦˋ ㄐㄧㄣˋ ㄓˋ 只用0和1兩個數碼的記數方法。如十進制的5，在二進制用101表示。

二十八宿 ㄦˋ ㄕˊ ㄅㄚ ㄒㄧㄡˋ 中國古代天文學家將沿黃道、赤道附近的星空，劃分為二十八個不等的區域，每一區域叫一宿。

二十四史 ㄦˋ ㄕˊ ㄙˋ ㄕˇ 從漢代到清代陸續編寫的二十四部紀傳體史書，清代乾隆帝定為正史。

二八年華 ㄦˋ ㄅㄚ ㄋㄧㄢˊ ㄏㄨㄚˊ 美稱女子正當十六歲的妙齡。

二十四節氣 ㄦˋ ㄕˊ ㄙˋ ㄐㄧㄝˊ ㄑㄧˋ 農曆中表明氣候變化和農事季節的二十四個節氣，每月兩個。

二人同心，其利斷金 ㄦˋ ㄖㄣˊ ㄊㄨㄥˊ ㄒㄧㄣ ㄑㄧˊ ㄌㄧˋ ㄉㄨㄢˋ ㄐㄧㄣ 兩人一條心，就能像鋒利的刀刃那樣切斷金屬。形容團結力量大。

一畫

亍 ㄔㄨˋ chù 動①小步而行。右腳動步叫「亍」，左腳動步叫「彳」，合起來叫「行」。②在行進中止步。

于 ㄩˊ yú 名姓。動往，去。例詩經：「之子于歸，宜其室家。」助①無義，或與後面的動詞、形容詞構成動作。例鳳凰于飛。②用於句尾，表示疑問。相當於「乎」。介通「於」。例生于某年。

于思 ㄩˊ ㄙㄞ 形容鬍鬚很多。

于飛 ㄩˊ ㄈㄟ 比翼而飛。比喻夫婦和合美滿。

于歸 ㄩˊ ㄍㄨㄟ 指女子出嫁。女子出嫁後以男子為家，故稱出嫁為于歸。

二畫

亓 ㄑㄧˊ qí 名①「其」的古字。②姓。

井 ㄐㄧㄥˇ jǐng 名①為汲水而向地下挖掘的深洞。例水井。②像井的坑洞。例礦井。③古制八家為井，引申為鄉里、家鄉。例離鄉背井。④周制以九百畝農田為一井。見「井田制」。⑤易經卦名。⑥姓。副形容整齊、有條理。例秩序井然。

井臼 ㄐㄧㄥˇ ㄐㄧㄡˋ 汲水舂米等事。比喻操持家務。

井幹 ㄐㄧㄥˇ ㄏㄢˊ 井上所設的木欄。

井鹽 ㄐㄧㄥˇ ㄧㄢˊ 用鹽井的水煮製而成的鹽。

井田制 ㄐㄧㄥˇ ㄊㄧㄢˊ ㄓˋ 周代的土地制度。把一塊土地畫為九區，外面八塊是私田，中間一塊為公田，由八家共同耕種，收穫歸公。因形如井字，所以叫井田。

井井有條 ㄐㄧㄥˇ ㄐㄧㄥˇ ㄧㄡˇ ㄊㄧㄠˊ 形容整齊有條理的樣子。同井然有序。反亂七八糟。

井底之蛙 ㄐㄧㄥˇ ㄉㄧˇ ㄓ ㄨㄚ 生活在井底的青蛙，只能看到井口那麼大的天。比喻閱歷狹窄、見識短淺的人。

井然有序 ㄐㄧㄥˇ ㄖㄢˊ ㄧㄡˇ ㄒㄩˋ 形容條理分明而有秩序的樣子。同有條不紊。

井水不犯河水 ㄐㄧㄥˇ ㄕㄨㄟˇ ㄅㄨˋ ㄈㄢˋ ㄏㄜˊ ㄕㄨㄟˇ 比喻彼此界限分明，兩不相涉、彼此無關。

云 ㄩㄣˊ yún 名①「雲」的古字，今為「雲」的簡化字。②姓。動說。例人云亦云。副如此。例左傳：「子之言云，又焉用盟？」助無義，可用於句首、句中或句末。

云云 ㄩㄣˊ ㄩㄣˊ ①如此這般。說話或有所省略。引用文句時表示結束。②紛紜的議論。③眾多。

云何 ㄩㄣˊ ㄏㄜˊ 為何，如何。

五 ㄨˇ wǔ 名①數目字。大寫作「伍」。②第五。例小學五年級。

五代 ㄨˇ ㄉㄞˋ 通常指唐以後的後梁、後唐、後晉、後漢、後周。

五行 ㄨˇ ㄒㄧㄥˊ 指金、木、水、火、土五種構成各種物質的元素。

五色 ㄨˇ ㄙㄜˋ 本指青、黃、赤、白、黑五種顏色，後泛指各種色彩。

五更 ㄨˇ ㄍㄥ ①舊時把下午七點到第二天早晨五點分成五段時間，稱為五更，每更兩小時。②指第五更。例已到五更了。

五戒 ㄨˇ ㄐㄧㄝˋ 指佛教徒遵守的五項戒條：不殺生、不偷盜、不邪淫、不妄語、不飲酒。

五官（ㄨˇ ㄍㄨㄢ） ①指耳、目、口、鼻、心。②指臉上的器官、整個容貌。例五官端正。③指古代的五種官職：司徒、司馬、司空、司士、司寇。

五育（ㄨˇ ㄩˋ） 德、智、體、群、美五項促使學生全面發展的教育內容。

五味（ㄨˇ ㄨㄟˋ） 酸、甜、苦、辣、鹹。也泛指各種各樣的味道。

五服（ㄨˇ ㄈㄨˊ） 舊時的五等喪服。分為斬衰（三年）、齊衰（一年）、大功（九月）、小功（五月）、緦麻（三月），依生者與死者的親疏而異。

五金（ㄨˇ ㄐㄧㄣ） 金、銀、銅、鐵、錫五種金屬。泛指各種金屬製品。例五金百貨。

五音（ㄨˇ ㄧㄣ） ①指宮、商、角、徵、羽五個音階。②音韻學上指唇音、舌音、齒音、牙音、喉音。

五帝（ㄨˇ ㄉㄧˋ） 傳說中的古代五帝有三說：①太昊、神農、黃帝、少昊、顓頊。②黃帝、顓頊、帝嚳、堯、舜。③少昊、顓頊、帝嚳、堯、舜。

五胡（ㄨˇ ㄏㄨˊ） 中國古代北方的五個少數民族：匈奴、鮮卑、羯、氐、羌。

五指（ㄨˇ ㄓˇ） 手上的五個指頭，即大拇指、食指、中指、無名指、小指。

五毒（ㄨˇ ㄉㄨˊ） ①石膽、丹砂、雄黃、礬石、慈石五種有毒的藥。②蠍、蛇、蜈蚣、壁虎、蟾蜍五種動物。

五香（ㄨˇ ㄒㄧㄤ） 指烹調用的茴香、花椒、八角、桂皮、丁香五種香料。亦指使用這類香料的烹調法。

五倫（ㄨˇ ㄌㄨㄣˊ） 君臣、父子、夫婦、兄弟、朋友之間的五種倫理關係。也稱五常。

五彩（ㄨˇ ㄘㄞˇ） 指青、黃、赤、白、黑五種顏色。也泛指色彩多。例五彩繽紛。

五族（ㄨˇ ㄗㄨˊ） 指中國五個主要民族：漢、滿、蒙、回、藏。例五族共和。

五常（ㄨˇ ㄔㄤˊ） ①指仁、義、禮、智、信。②指父義、母慈、兄友、弟恭、子孝。③即五倫。

五經（ㄨˇ ㄐㄧㄥ） 指儒家的五部經典著作：詩、書、易、禮、春秋。

五福（ㄨˇ ㄈㄨˊ） 指壽、富、康寧、攸好德、考終命五種福運。或指壽、富、貴、康寧、多子多孫。例五福臨門。

五穀（ㄨˇ ㄍㄨˇ） 指稻、黍、稷（高粱）、麥、菽（豆）。也泛指各種主要的穀物。

五嶽（ㄨˇ ㄩㄝˋ） 五大名山的總稱：東嶽泰山、西嶽華山、中嶽嵩山、南嶽衡山、北嶽恆山。又作「五岳」。

五大洋（ㄨˇ ㄉㄚˋ ㄧㄤˊ） 舊時把世界的水域分為太平洋、大西洋、印度洋、北冰洋、南冰洋。後發現南冰洋是大陸（南極洲），所以實際只有四大洋。

五言詩（ㄨˇ ㄧㄢˊ ㄕ） 每句五個字的舊體詩，包括五言古詩、五言絕句、五言律詩、五言排律。

五里霧（ㄨˇ ㄌㄧˇ ㄨˋ） 比喻迷離恍惚、不知所從的境界。例如墮五里霧中。

五花肉 ㄨˇ ㄏㄨㄚ ㄖㄡˋ 多指肥瘦夾雜的豬肉。

五線譜 ㄨˇ ㄒㄧㄢˋ ㄆㄨˇ 在五條平行的橫線上標記音符的樂譜，通用於世界各國。

五方雜處 ㄨˇ ㄈㄤ ㄗㄚˊ ㄔㄨˇ 形容城市裡的居民成分很複雜，什麼地方的人都有。

五內如焚 ㄨˇ ㄋㄟˋ ㄖㄨˊ ㄈㄣˊ 內心裡像火在燃燒。形容焦急萬分。

五世其昌 ㄨˇ ㄕˋ ㄑㄧˊ ㄔㄤ 多用作新婚賀辭，祝賀其子孫後代繁衍昌盛。

五四運動 ㄨˇ ㄙˋ ㄩㄣˋ ㄉㄨㄥˋ 民國八年五月四日的學生愛國運動，抗議巴黎和會漠視中國山東的問題。運動很快擴大到全國，後轉為新文化運動，對中國的文化思想有很大影響。

五光十色 ㄨˇ ㄍㄨㄤ ㄕˊ ㄙㄜˋ 形容色彩鮮豔或花樣繁多。同 五顏六色。

五花八門 ㄨˇ ㄏㄨㄚ ㄅㄚ ㄇㄣˊ 比喻花樣繁多或變化多端。

五花大綁 ㄨˇ ㄏㄨㄚ ㄉㄚˋ ㄅㄤˇ 一種捆綁人的方法。用一根繩子連繫頸部，再將兩臂扭至背後紮緊雙手。

五馬分屍 ㄨˇ ㄇㄚˇ ㄈㄣ ㄕ 古代酷刑之一，把人的頭部與四肢分別用五匹馬繫住，然後令馬朝不同的方向奔馳，以分裂其身。後比喻把完整的東西分割成零散。

五彩繽紛 ㄨˇ ㄘㄞˇ ㄅㄧㄣ ㄈㄣ 形容各種色彩交錯，顯得十分豔麗好看。

五湖四海 ㄨˇ ㄏㄨˊ ㄙˋ ㄏㄞˇ 泛指全國或世界各地。

五顏六色 ㄨˇ ㄧㄢˊ ㄌㄧㄡˋ ㄙㄜˋ 形容色彩繁多，什麼顏色都有。

五臟六腑 ㄨˇ ㄗㄤˋ ㄌㄧㄡˋ ㄈㄨˇ 泛指身上各個器官。五臟：心、肝、脾、肺、腎。六腑：胃、膽、三焦、膀胱、大腸、小腸。

五體投地 ㄨˇ ㄊㄧˇ ㄊㄡˊ ㄉㄧˋ 佛教最恭敬的行禮儀式，以五體即兩手、兩足和頭部伏地行禮。後用以比喻對人崇拜、敬佩到了極點。

五斗米折腰 ㄨˇ ㄉㄡˇ ㄇㄧˇ ㄓㄜˊ ㄧㄠ 比喻為了微薄的俸祿而卑躬屈膝。

五十步笑百步 ㄨˇ ㄕˊ ㄅㄨˋ ㄒㄧㄠˋ ㄅㄞˇ ㄅㄨˋ 作戰時退卻五十步的人譏笑退卻一百步的人。比喻自己和別人有同樣的毛病或錯誤，只是程度上輕一些，卻譏笑別人。

互

ㄏㄨˋ hù 副 彼此連合。例 互通有無、互不相讓。

互相 ㄏㄨˋ ㄒㄧㄤ 彼此都用同樣的態度或行為對待對方。例 互相友好、互相扶持。

互惠 ㄏㄨˋ ㄏㄨㄟˋ 互相給予好處。例 平等互惠。

互生葉 ㄏㄨˋ ㄕㄥ ㄧㄝˋ 指植物莖幹上每節僅生一葉，相間地各生在一邊。

互切互磋 ㄏㄨˋ ㄑㄧㄝ ㄏㄨˋ ㄘㄨㄛ 互相切磋琢磨。比喻進德修業要互相研討學習。

互通聲氣 ㄏㄨˋ ㄊㄨㄥ ㄕㄥ ㄑㄧˋ 朋友之間有來有往，互通消息。

互惠待遇 ㄏㄨˋ ㄏㄨㄟˋ ㄉㄞˋ ㄩˋ 兩國本著平等互利的原則，根據協議相互給予一定的對等的優惠待遇。

互為表裡 ㄏㄨˋ ㄨㄟˊ ㄅㄧㄠˇ ㄌㄧˇ 指事物或事理意義的存在與發展，內外是相輔相成的。

四畫

亙 ㄍㄣˋ gèn 名姓。動空間或時間連續不斷。例綿亙數百里、亙古。

亙古 ㄍㄣˋ ㄍㄨˇ 終古，整個古代。例亙古奇聞。

六畫

亞 ㄧㄚˋ yà 名①亞細亞洲的簡稱。例亞非各國。②通「婭」。連襟間的稱呼。形次一等的，第二的。例亞軍、亞熱帶。動掩閉。例蔡伸．如夢令詞：「人靜重門深亞。」

亞父 ㄧㄚˋ ㄈㄨˋ 僅次於父親，表示尊敬的稱呼。

亞洲 ㄧㄚˋ ㄓㄡ 亞細亞洲的簡稱。位於東半球，東瀕太平洋，南臨印度洋，北接北極海，西與歐洲為界。是地球上最大的一洲，面積約四千四百萬平方公里，占全球陸地的三分之一，人口占世界的半數以上。

亞軍 ㄧㄚˋ ㄐㄩㄣ 各項比賽、競賽中的第二名。

亞聖 ㄧㄚˋ ㄕㄥˋ 指孟子。孔子為至聖，謂其僅次於孔子。

亞當 ㄧㄚˋ ㄉㄤ Adam，猶太神話中人類男性的祖先。

亞鉛 ㄧㄚˋ ㄑㄧㄢ 金屬元素之一，即鋅，色青白，鍍在鐵板上可免生鏽。俗稱白鐵。

亞熱帶 ㄧㄚˋ ㄖㄜˋ ㄉㄞˋ 又叫副熱帶，為介於熱帶與溫帶之間的中間地帶。

些 ㊀ㄒㄧㄝ xiē 形表示不定的數量。例前些日子、那些東西。副指程度上或數量上的少數、少量。例病好些了、些微。㊁ㄙㄨㄛˋ suò 助楚辭體常用的語末助詞，無義。㊂ㄙㄨㄛ suō 名麼些，中國少數民族之一。

些許 ㄒㄧㄝ ㄒㄩˇ ①少許，很少。例些許之物。②細微，無足輕重。例些許小事。

七畫

亟 ㊀ㄐㄧˊ jí 副緊急，迫切。例亟待解決。㊁ㄑㄧˋ qì 副屢次，一再。例亟請、亟聞。

亠部 ㄊㄡˊ

一畫

亡 ㊀ㄨㄤˊ wáng 名死，死去的人。例傷亡慘重、悼亡。形死去的。例亡父。動①逃跑。例逃亡、流亡。②滅。例覆亡、亡國。③失掉。例亡羊補牢。④出外，不在。例論語：「孔子時其亡也，而往拜之。」⑤通「忘」。忘記。例詩經：「心之憂矣，曷維其亡？」㊁ㄨˊ wú 動同「無」。

亡命 ㄨㄤˊ ㄇㄧㄥˋ ①改變姓名而逃亡。②指逃亡的人。③不顧性命。

亡故 ㄨㄤˊ ㄍㄨˋ 人死了。例此人早已亡故。

亡靈 ㄨㄤˊ ㄌㄧㄥˊ 人死後的靈魂。

亡羊補牢 ㄨㄤˊ ㄧㄤˊ ㄅㄨˇ ㄌㄠˊ 丟失了羊再去修補羊圈，還不算遲。比喻出了差錯趕緊補救，以免再受損失。

亡命之徒 ㄨㄤˊ ㄇㄧㄥˋ ㄓ ㄊㄨˊ ①逃亡在外的人。②作奸犯科、不顧性命的人。

亡國之音 ㄨㄤˊ ㄍㄨㄛˊ ㄓ ㄧㄣ 亡國的音樂，多為哀思的歌曲。常用以指靡靡之音。

亡魂喪膽 ㄨㄤˊ ㄏㄨㄣˊ ㄙㄤˋ ㄉㄢˇ 形容人害怕到了極點。

二畫

亢 ㈠ㄎㄤˋ kàng 名二十八星宿之一。形高的，高傲的。例高亢、不亢不卑。動通「抗」。對抗。例分庭亢禮。副極，過分。例亢陽、亢旱。㈡ㄍㄤ gāng 名喉嚨。引申為要害。

亢旱 ㄎㄤˋ ㄏㄢˋ 大旱，很久不下雨。

亢直 ㄎㄤˋ ㄓˊ 為人正直，不屈服於權勢。

亢進 ㄎㄤˋ ㄐㄧㄣˋ 指人的生理機能超過正常狀態。

四畫

交 ㄐㄧㄠ jiāo 名①朋友，友誼。例至交、莫逆之交。②買賣。例成交。③相會的時候或地方。例春夏之交、河交。④同「跤」。筋斗。例跌一交。動①相連接，相接觸。例交頭接耳。②男女媾合。例交配。③托給，繳納。例交付、交稅。④縱橫錯雜。例兩線相交。副①一齊，同時發生。例風雨交加。②互相，彼此相對的動作。例交換、交流。

交心 ㄐㄧㄠ ㄒㄧㄣ 把內心深處的想法毫無保留地全說出來。

交代 ㄐㄧㄠ ㄉㄞˋ ①把事情向有關的人解釋說明。②辦理移交。③囑咐。

交加 ㄐㄧㄠ ㄐㄧㄚ 不同事物同時降臨。例風雨交加。

交尾 ㄐㄧㄠ ㄨㄟˇ 鳥獸、昆蟲等動物雌雄交配。

交杯 ㄐㄧㄠ ㄅㄟ 婚禮中新婚夫婦互換酒杯飲酒的習俗。

交保 ㄐㄧㄠ ㄅㄠˇ 被羈押中的被告，向法院提出保證書保證其隨傳隨到，並繳納保證金，聲請停止羈押。

交卸 ㄐㄧㄠ ㄒㄧㄝˋ 指官吏或其他有職人員，把卸去的職務交付給接任者。

交拜 ㄐㄧㄠ ㄅㄞˋ 互相對拜。多指舊婚禮中新郎新娘對面相拜的儀式。

交涉 ㄐㄧㄠ ㄕㄜˋ 相互協商，以解決彼此有關的問題。

交流 ㄐㄧㄠ ㄌㄧㄡˊ ①相互溝通，彼此取長補短或表情達意。例經驗交流、感情交流。②兩水交叉而流。③指沿著相反的方向作迅速流動的電流。

交配 ㄐㄧㄠ ㄆㄟˋ 指動植物雌雄兩體進行授粉或交合受精。

交通 ㄐㄧㄠ ㄊㄨㄥ ①各種運輸事業的總稱，廣義的也包括郵電、通信。②往來通達。例交通要道。③交往，勾結。例交通王侯。

交割 ㄐㄧㄠ ㄍㄜ ①商業上一方交付，另一方接受，結清手續。②指工作移交，雙方交代並結清有關事宜。

交椅 ㄐㄧㄠ ㄧˇ ①有靠背及扶手的坐椅。俗稱太師椅。②比喻人事關係上的位置。

交惡 ㄐㄧㄠ ㄜˋ 感情破裂，互相憎恨仇視。

交媾 ㄐㄧㄠ ㄍㄡˋ 指男女性交，陰陽和合。

交際 ㄐㄧㄠ ㄐㄧˋ 人和人之間的交往接觸。

交誼 ㄐㄧㄠ ㄧˋ 朋友之間相結交的情誼。

交鋒 ㄐㄧㄠ ㄈㄥ 指戰場上鋒刃相接。也指意見、主張等不同的人相互脣槍舌戰。

交頸 ㄐㄧㄠ ㄐㄧㄥˇ 指禽類兩頸相依。比喻夫婦恩愛情深。

交錯 ㄐㄧㄠ ㄘㄨㄛˋ 交叉，交相錯雜。例犬牙交錯。

交關 ㄐㄧㄠ ㄍㄨㄢ 緊要，重要。例性命交關。

交歡 ㄐㄧㄠ ㄏㄨㄢ ①彼此交好而獲得歡心。②指男女性交。

交白卷 ㄐㄧㄠ ㄅㄞˊ ㄐㄩㄢˋ ①考試答不出而交空白試卷。②引申指上級交付的任務或別人委託的事情，無法完成，毫無成果。

交際花 ㄐㄧㄠ ㄐㄧˋ ㄏㄨㄚ 稱擅長交際、廣為人知的女子。

交淺言深 ㄐㄧㄠ ㄑㄧㄢˇ ㄧㄢˊ ㄕㄣ 交情雖淺而言談卻很親密。比喻說話不得體。

交感神經 ㄐㄧㄠ ㄍㄢˇ ㄕㄣˊ ㄐㄧㄥ 從脊柱兩側分布出去，主宰內臟、血管等不隨意運動的相互感應神經。其活動受中樞神經控制。

交頭接耳 ㄐㄧㄠ ㄊㄡˊ ㄐㄧㄝ ㄦˇ 形容兩個人湊近低聲密語。

交響樂團 ㄐㄧㄠ ㄒㄧㄤˇ ㄩㄝˋ ㄊㄨㄢˊ 大型管弦樂團。由弦樂、木管、銅管、打擊樂器等組成。

亦

ㄧˋ yì 副①也。表示同樣。例人云亦云、亦工亦農。②只是，不過。例戰國策：「王亦不好士耳，何患無士？」助無義，可用於句首或句中。例亦又何求？

亦步亦趨 ㄧˋ ㄅㄨˋ ㄧˋ ㄑㄩ 本指學生仿效老師。比喻事事模仿或追隨別人。

亥

ㄏㄞˋ hài 名①地支的第十二位，用以表示順序的第十二。②時辰名。夜裡九點到十一點。

五畫

亨

㈠ㄏㄥ hēng 形通達，順利。㈡ㄆㄥ pēng 動同「烹」。煮。

亨通 ㄏㄥ ㄊㄨㄥ 順利無障礙。例萬事亨通。

六畫

享

ㄒㄧㄤˇ xiǎng 動①受用。例坐享其成。②設宴請客。例享客。③供奉。指把祭品獻給祖先或神明。④通「饗」。指鬼神享受祭品。

享用 ㄒㄧㄤˇ ㄩㄥˋ 享受，受用。

享受 ㄒㄧㄤˇ ㄕㄡˋ 享有，受用。物質和精神上得到的滿足。

享福 ㄒㄧㄤˇ ㄈㄨˊ 生活過得安樂而又舒適。

京

ㄐㄧㄥ jīng 名①國都，首都。例京城。②高聳的臺觀。例京觀。③圓形的大穀倉。④數目字。古代以十兆為京。

京師 ㄐㄧㄥ ㄕ 國都。京指地大，師指人多。

京華 ㄐㄧㄥ ㄏㄨㄚˊ 京師的美稱。文物、人才萃集的地方。

京劇 ㄐㄧㄥ ㄐㄩˋ 傳統戲曲劇種之一，表演上唱、唸、做、打並重，唱腔以西皮、二黃為主，故又稱皮黃戲。也稱京戲、平劇、國劇。

京畿 ㄐㄧㄥ ㄐㄧ 帝王建都處，包括國都及附近行政官署所管轄之地。

七畫

亭 ㄊㄧㄥˊ tíng 名①一種有頂無牆的建築物，多作為行人停留休息用。②供辦公或營業用的小型房子。例郵亭、書亭。動妥帖。例亭當。副①至。例亭午。②挺立地。例亭亭玉立。

亭午 ㄊㄧㄥˊ ㄨˇ 正午，中午。

亭當 ㄊㄧㄥˊ ㄉㄤˋ 妥當，合宜。也作「停當」。

亭亭玉立 ㄊㄧㄥˊ ㄊㄧㄥˊ ㄩˋ ㄌㄧˋ 形容女子身材細長、姿態優美。有時也用來形容花木等的形體挺拔。

亮 ㄌㄧㄤˋ liàng 形①聲音清高的。例歌聲嘹亮、響亮。②明朗，光線清楚。例晶亮、明亮。③忠貞正直。例高風亮節。動①發光。例把刀磨亮。②顯露。例亮相。

亮光 ㄌㄧㄤˋ ㄍㄨㄤ 明亮的光線。

亮相 ㄌㄧㄤˋ ㄒㄧㄤˋ ①戲曲演員上下場或一節舞蹈、武打完畢後，做一短暫停頓的靜止姿勢，以突顯人物的精神狀態，加強戲劇效果。②指某人露面。③比喻公開表示態度，說明觀點。

亮節 ㄌㄧㄤˋ ㄐㄧㄝˊ 高尚的節操。例高風亮節。

亮話 ㄌㄧㄤˋ ㄏㄨㄚˋ 老實真誠而沒有隱瞞的話。例打開天窗說亮話。

亮察 ㄌㄧㄤˋ ㄔㄚˊ 高明的鑒察。為書信中常用的客套話，意思是希望對方諒解。

亮晶晶 ㄌㄧㄤˋ ㄐㄧㄥ ㄐㄧㄥ 閃亮耀眼的樣子。例這串珍珠在陽光底下顯得亮晶晶的。

亮起紅燈 ㄌㄧㄤˋ ㄑㄧˇ ㄏㄨㄥˊ ㄉㄥ 亮起了禁止行人和車輛通過的紅燈。比喻事情很危險，必須立即停止。

八畫

亳 ㄅㄛˊ bó 名①商朝的國都，故址在今河南省商邱縣。②亳縣，在安徽省西北。

十一畫

亶 ㄉㄢˇ dǎn 副誠然，真實的。例詩經：「是究是圖，亶其然乎？」

十九畫

亹 ㈠ㄨㄟˇ wěi 形勤勉不倦。例亹亹。㈡ㄇㄣˊ mén 名縣名。亹源，今作「門源」，在青海省。

人部 ㄖㄣˊ

人 ㄖㄣˊ rén 名①天地間最具靈性和智慧，能製造並使用工具進行勞動的動物。②別人，他人。例人不犯我，我不犯人。③成年人。例長大成人。④大家，每個人。例人所共知、人手一冊。⑤人手，人才。例我們這裡正缺人。⑥指某種職業或身分的人。例工人、客人。⑦人的本質和性情。例文如其人、他為人忠厚善良。

人丁 ㄖㄣˊ ㄉㄧㄥ ①人口。例人丁興旺。②指成年人。

人士 ㄖㄣˊ ㄕˋ 指在社會上有一定地位和影響力，或在某方面具有代表性的人物。

人才 ㄖㄣˊ ㄘㄞˊ ①人的才學品貌。②有才能學識的人。亦作「人材」。

人文 ㄖㄣˊ ㄨㄣˊ 指人類社會各種禮教文化。

人中 ㄖㄣˊ ㄓㄨㄥ 人的上嘴唇到鼻子間正中的凹下處。

人手 ㄖㄣˊ ㄕㄡˇ 辦事的人。例人手不足。

人氏 ㄖㄣˊ ㄕˋ 籍貫。例他是何許人氏？

人犯 ㄖㄣˊ ㄈㄢˋ 指訴訟案件中的罪犯及與案件有關的人。例一干人犯。

人民 ㄖㄣˊ ㄇㄧㄣˊ 社會的基本成員，與領土、主權是構成國家的三要素。同國民、百姓。

人妖 ㄖㄣˊ ㄧㄠ ①生理上發生變異或假裝成為異性的人。②譏笑醜陋而愛作過分打扮的人。

人性 ㄖㄣˊ ㄒㄧㄥˋ ①人在特定的社會歷史條件下所形成、並在特有的行為中顯示出來的本性。②人所具有的正常感情和理性。

人治 ㄖㄣˊ ㄓˋ 一個國家的政事全靠某一統治者的意願行使，根本不依照法律行事的統治方式。

人事 ㄖㄣˊ ㄕˋ ①人世間的事情。例人事不省。②說情，送禮請託。③機關中人員的錄用、升調、獎懲等事。例人事科、人事室。④人力所能及的事。例盡人事，聽天命。⑤關於人的身分、能力等事項。例人事訴訟程序。

人品 ㄖㄣˊ ㄆㄧㄣˇ ①人的品德。②人的容貌和儀表。例一表人品。

人格 ㄖㄣˊ ㄍㄜˊ ①人的品格。例人格低下。②法律上指具有權利和義務之主體的資格。

人倫 ㄖㄣˊ ㄌㄨㄣˊ 舊時所規定的君臣、父子、夫婦、兄弟、朋友等的相互關係，現也泛指處理人與人之間的關係的道理。

人師 ㄖㄣˊ ㄕ ①德行高超，可作為人們表率的人。②人的師長。例好為人師。

人情 ㄖㄣˊ ㄑㄧㄥˊ ①人之常情。例不近人情。②人心，世情。例人情世故。③情面，情誼。例託個人情。

人參 ㄖㄣˊ ㄕㄣ 植物名。多年生草本，主根肥大而略似人形，肉質厚，掌狀複葉。根和葉可入藥，為中藥的貴重補品。

人道 ㄖㄣˊ ㄉㄠˋ ①愛護生命，有同情憐憫心，尊重人的權利的道德。②做人的道理。③指房事。不能人道即無性交能力。

人瑞 ㄖㄣˊ ㄖㄨㄟˋ ①指人事方面的吉祥徵兆。②指有德行或年壽特高的人。

人種 ㄖㄣˊ ㄓㄨㄥˇ 指具有共同起源或體質形態上具有某些共同遺傳特徵的人群。一般依膚色分為黃、白、黑、棕、紅五種。

人稱 ㄖㄣˊ ㄔㄥ 實體詞依說話時的立場，分為三種人稱。說話者為第一人稱「我」，相對於談話者為第二人稱「你」，所涉及的第三者為第三人稱「他」。

人質 ㄖㄣˊ ㄓˋ 為了迫使對方履行諾言或向對方要挾，而扣留作抵押的人。

人寰 ㄖㄣˊ ㄏㄨㄢˊ 人世之間。例慘絕人寰。

人權 ㄖㄣˊ ㄑㄩㄢˊ 人與生俱來應有的權利。如自由、民主、平等等。

人生觀 ㄖㄣˊ ㄕㄥ ㄍㄨㄢ 指對人生目的和意義的根本看法，以及個人處世所抱的態度。

人行道 ㄖㄣˊ ㄒㄧㄥˊ ㄉㄠˋ 馬路兩旁給行人走的道路。

人情味 ㄖㄣˊ ㄑㄧㄥˊ ㄨㄟˋ 指人與人之間互相關懷、幫助等溫暖的情意。

人造雨 ㄖㄣˊ ㄗㄠˋ ㄩˇ 在乾旱時把乾冰撒在較厚的雲層中，導引水蒸氣凝結成水滴降落下來。

人一己百 ㄖㄣˊ ㄧ ㄐㄧˇ ㄅㄞˇ 別人用一分力量就能學成的事，自己則要用百倍力量。勉人努力向學，勤能補拙。

人工呼吸 ㄖㄣˊ ㄍㄨㄥ ㄏㄨ ㄒㄧ 因意外導致呼吸停止時，用外力使胸腔產生節律性的擴張與收縮，促使呼吸運動得以恢復。方法有口對口、壓胸舉背等。

人工受精 ㄖㄣˊ ㄍㄨㄥ ㄕㄡˋ ㄐㄧㄥ 用人工方法取出男子或雄性動物的精液，注射入女子或雌性動物體內，使之受孕。

人工流產 ㄖㄣˊ ㄍㄨㄥ ㄌㄧㄡˊ ㄔㄢˇ 俗稱墮胎，用人工方法將母體子宮內的胚胎乃至已成型的嬰兒清除，以終止妊娠。

人才濟濟 ㄖㄣˊ ㄘㄞˊ ㄐㄧˇ ㄐㄧˇ 形容有才能的人很多。

人山人海 ㄖㄣˊ ㄕㄢ ㄖㄣˊ ㄏㄞˇ 形容聚集的人很多。

人心叵測 ㄖㄣˊ ㄒㄧㄣ ㄆㄛˇ ㄘㄜˋ 形容人心險惡難以預料，對人不可輕信。

人心惶惶 ㄖㄣˊ ㄒㄧㄣ ㄏㄨㄤˊ ㄏㄨㄤˊ 形容人心動搖，驚恐不安。

人文地理 ㄖㄣˊ ㄨㄣˊ ㄉㄧˋ ㄌㄧˇ 研究人類活動與地理自然環境關係的科學。

人文科學 ㄖㄣˊ ㄨㄣˊ ㄎㄜ ㄒㄩㄝˊ 一般指對社會現象和文化藝術的研究，包括哲學、史學、語文學、藝術等。

人云亦云 ㄖㄣˊ ㄩㄣˊ ㄧˋ ㄩㄣˊ 人家怎麼說，自己也隨聲附和。形容沒有主見，只會盲從跟隨。

人老珠黃 ㄖㄣˊ ㄌㄠˇ ㄓㄨ ㄏㄨㄤˊ 比喻女人容顏衰老，不再被人重視。

人仰馬翻 ㄖㄣˊ ㄧㄤˇ ㄇㄚˇ ㄈㄢ ①形容戰爭慘敗的狼狽相。②形容忙亂或混亂得不可收拾的樣子。例家裡被她鬧得人仰馬翻。

人言嘖嘖 ㄖㄣˊ ㄧㄢˊ ㄗㄜˊ ㄗㄜˊ 人們議論紛紛的樣子。

人見人愛 ㄖㄣˊ ㄐㄧㄢˋ ㄖㄣˊ ㄞˋ 形容到處受人喜愛歡迎。

人身攻擊 ㄖㄣˊ ㄕㄣ ㄍㄨㄥ ㄐㄧ 在對某問題的見解有分歧時，對其人也予以攻擊、辱罵。

人定勝天 ㄖㄣˊ ㄉㄧㄥˋ ㄕㄥˋ ㄊㄧㄢ 人的智慧和力量一定能戰勝大自然。鼓勵人要敢於和自然災害或命運抗爭。

人命關天 ㄖㄣˊ ㄇㄧㄥˋ ㄍㄨㄢ ㄊㄧㄢ 強調人命之事關係重大，不可等閒視之。反草菅人命。

人面獸心 ㄖㄣˊ ㄇㄧㄢˋ ㄕㄡˋ ㄒㄧㄣ 外貌像人，內心像獸。形容人殘暴卑劣，險惡狠毒。

人浮於事 ㄖㄣˊ ㄈㄨˊ ㄩˊ ㄕˋ 形容人多超過所需。

人海戰術 ㄖㄣˊ ㄏㄞˇ ㄓㄢˋ ㄕㄨˋ 指在作戰中用大量士兵的肉體來抵擋對方砲火的攻擊，趁機突破敵人陣地以取勝。

人情世故 指為人處事的道理和經驗。

人造衛星 用火箭發射到天空，依一定軌道環繞地球或其他星球的裝置。可用作通信、偵察、探索宇宙奧祕等。

人道主義 提倡關懷人、尊重人，以人為中心，排除加諸人的痛苦，謀求人的安寧與幸福的一種主義。

人煙稠密 指某一地方的人口又多又密。多形容地方繁華富庶。

人傑地靈 人物傑出，地域靈秀。多指傑出人物生於靈秀之地，或山水靈秀之地會產生俊傑。

人微言輕 職位低微，言論主張不被重視。

人盡其才 指每個人都能充分發揮自己的才能。

人謀不臧 指人對事情的謀畫不周到或不妥善。臧：完善，美好。

人贓俱獲 同時抓獲作案的人及其贓物。表示證據確鑿，無可抵賴。

人之將死，其言也善 指人快要死時，所說的話往往真實而有價值。

人而無信，不知其可 為人不講信用，不知他還可以做些什麼。

人同此心，心同此理 說明只要是合情合理的事，人們的想法往往大致相同。

人無遠慮，必有近憂 勉勵人遇事要作長遠打算，若只貪圖眼前舒適，則憂患隨時可至。

人無千日好，花無百日紅 人與人之間不可能長期相好，花不可能永遠盛開。說明感情、友誼不可能長久不變，有時也用來比喻世事無法永遠美好。

二畫

今 ㄐㄧㄣ jīn 名 現代。例 古往今來、今非昔比。形 當前的，現在的。例 今天、今春。

今文 漢代稱當時通行的隸書為今文，別於以前所用的古文。

今昔 現在與過去。

今非昔比 現在不是過去所能比得上的。形容變化很大。

今是昨非 認識或悔恨過去的錯誤，感悟到今天所作所為的正確。

今朝有酒今朝醉 形容為人灑脫，得樂且樂，不顧以後的事。也比喻只管眼前，根本不考慮未來。

仄 ㄗㄜˋ zè 名 音韻學稱上、去、入三聲。形 ①內心不安。例 歉仄。②狹小的。例 仄小。動 通「側」。傾斜。例 傾仄。

仄日 斜陽，夕陽。

仄韻 舊體詩的韻腳字音屬於上、去、入三聲的叫仄韻。

仃 ㄉㄧㄥ dīng 副 伶仃，孤獨的樣子。

什 (一)ㄕˊ shí 名 ①由十個單位合成的一組。如古代兵制十人為什，戶籍十家為什。②詩經中的大雅、小雅、周頌以十篇為一卷，故稱詩篇為篇什。③同「十」。例什一、什百。形 多種的，雜樣的。例什物、什錦。(二)ㄕㄣˊ shén 代 通「甚」。什麼。

什一 ㄕˊ ㄧ 十分之一。例什一之稅。

什物 ㄕˊ ㄨˋ 家庭日常生活用的各種器物。

什麼 ㄕㄣˊ ˙ㄇㄜ ①疑問代名詞，專指事物。例這是什麼？②指示代名詞，泛指一般的事物。例說什麼、想什麼。③疑問形容詞。例你住在什麼地方？④表示不定或虛指的形容詞。例這本書沒有什麼道理。

什錦 ㄕˊ ㄐㄧㄣˇ 指用多種原料製成的，或有多種花樣的食物。例什錦湯。

仁 ㄖㄣˊ rén 名 ①果核中的種子。例杏仁、瓜子仁。②有仁德的人。例泛愛眾而親仁。③通「人」。例同仁。④寬惠善良的德行。例仁愛。形 ①有知覺、感受的。例麻木不仁。②具有仁德的。例仁人、仁政。

仁兄 ㄖㄣˊ ㄒㄩㄥ 對同輩朋友的敬稱。多用於書信。

仁義 ㄖㄣˊ ㄧˋ 形容人明辨是非，寬大助人，正直無私。

仁德 ㄖㄣˊ ㄉㄜˊ 寬惠慈愛為本的道德修養。

仁人君子 ㄖㄣˊ ㄖㄣˊ ㄐㄩㄣ ㄗˇ 指道德高尚、熱心助人的人。

仁心仁術 ㄖㄣˊ ㄒㄧㄣ ㄖㄣˊ ㄕㄨˋ 頌揚醫師心地善良、醫術高明的用語。

仁民愛物 ㄖㄣˊ ㄇㄧㄣˊ ㄞˋ ㄨˋ 仁愛人民，並推及物類。

仁至義盡 ㄖㄣˊ ㄓˋ ㄧˋ ㄐㄧㄣˋ 形容對人的照顧和幫助，已盡到最大的努力。

仁者見仁，智者見智 ㄖㄣˊ ㄓㄜˇ ㄐㄧㄢˋ ㄖㄣˊ ㄓˋ ㄓㄜˇ ㄐㄧㄢˋ ㄓˋ 對同一個問題，因各人觀察的角度不同，見解也會不一樣。

仆 ㄆㄨ pū 動 ①向前跌倒而伏在地上。例前仆後繼。②顛倒，橫陳。

介 ㄐㄧㄝˋ jiè 名 ①身上有甲殼的水產動物。②古代軍人護身的鎧甲。例介冑。③量詞，相當於「個」。例一介書生。④通「芥」。小草，比喻微小的東西。例一介不取。⑤姓。形 ①梗直的，有骨氣的。例耿介之士。②細小的。例纖介之禍。③單獨的。例孤介。動 ①處在兩者當中引進傳達。例介紹、媒介。②放在心上。例介意。③佐助，求。例詩經：「以介眉壽。」

介入 ㄐㄧㄝˋ ㄖㄨˋ 插進兩者中間干預其事。反 旁觀。

介冑 ㄐㄧㄝˋ ㄓㄡˋ 盔甲，古代的軍服。

介紹 ㄐㄧㄝˋ ㄕㄠˋ ①使雙方相識或發生聯繫。例介紹信。②使人了解或熟悉。例介紹情況。

介詞 ㄐㄧㄝˋ ㄘˊ 用在名詞或代名詞之前，合起來表示方向、對象、時間、處所等的詞。又稱前置詞。

介殼 ㄐㄧㄝˋ ㄎㄜˊ 介類軟體動物的殼，有保護功能。也稱貝殼。

介意 ㄐㄧㄝˋ ㄧˋ ①把不愉快的事情放在心上，難以忘懷。同介懷。②在意，注意。例毫不介意。

介壽 ㄐㄧㄝˋ ㄕㄡˋ 祝壽用詞。

介蟲 ㄐㄧㄝˋ ㄔㄨㄥˊ 有甲殼的動物。如蟹、蝦等皆是。

仉

ㄓㄤˇ zhǎng 名姓。

仇

(一)ㄔㄡˊ chóu 名①敵對者。例寇仇、嫉惡如仇。②很深的怨恨。例仇恨。動當作敵人看待。例仇視。

(二)ㄑㄧㄡˊ qiú 名①配偶，同伴。②姓。

仇恨 ㄔㄡˊ ㄏㄣˋ 因利害衝突或其他原因而產生的怨恨。

仇隙 ㄔㄡˊ ㄒㄧˋ 因怨恨而生的裂痕。

仍

ㄖㄥˊ réng 動沿襲，照舊。例一仍其舊。副重複，不只一次。例事故頻仍。連還是。例同志仍須努力。

仍然 ㄖㄥˊ ㄖㄢˊ 表示情況繼續不變或恢復原狀。例他的病仍然還是那樣。同依然。

仍舊 ㄖㄥˊ ㄐㄧㄡˋ 照舊。還是原來的樣子，並無任何改變。

仂

ㄌㄜˋ lè 名零頭，零星的數目。

三畫

令

ㄌㄧㄥˋ lìng 名①古官名。例令尹、縣令。②時節。例春令、夏令。③上對下的要求或指示。例行政命令。④詞牌或曲牌名。例如夢令。形①善，美好。例令名、令德。②對別人親屬的敬稱。例令兄、令郎。動①命令。例令人取來紙筆。②使，使得。例令人羨慕不已。

令色 ㄌㄧㄥˋ ㄙㄜˋ 諂媚取悅人的臉色。例巧言令色。

令坦 ㄌㄧㄥˋ ㄊㄢˇ 尊稱別人的女婿。

令郎 ㄌㄧㄥˋ ㄌㄤˊ 尊稱別人的兒子。

令堂 ㄌㄧㄥˋ ㄊㄤˊ 尊稱別人的母親。亦稱為令慈。

令尊 ㄌㄧㄥˋ ㄗㄨㄣ 尊稱別人的父親。亦稱為令嚴。

令德 ㄌㄧㄥˋ ㄉㄜˊ 美德，美好的德行。

令人作嘔 ㄌㄧㄥˋ ㄖㄣˊ ㄗㄨㄛˋ ㄡˇ 教人噁心。比喻使人極端討厭。

令人髮指 ㄌㄧㄥˋ ㄖㄣˊ ㄈㄚˇ ㄓˇ 形容使人憤怒到極點。

仝

ㄊㄨㄥˊ tóng 名①通「同」。②姓。

付

ㄈㄨˋ fù 名通「副」。成組或成套物品的量詞。例一付中藥、一付眼鏡。動①交給，授予。例付印、交付。②支出錢財。例付款。

付丙 ㄈㄨˋ ㄅㄧㄥˇ 投入火中焚燒。古稱火為丙或丙丁。

付訖 ㄈㄨˋ ㄑㄧˋ 付清。多用以指金錢款項。

付託 ㄈㄨˋ ㄊㄨㄛ 交付囑託。

付梓 ㄈㄨˋ ㄗˇ 印刷書籍。古代稱雕刻書版為付梓。

付郵 ㄈㄨˋ ㄧㄡˊ 把信、物件等交付郵局寄出。

付之一炬 ㄈㄨˋ ㄓ ㄧˋ ㄐㄩˋ 把它全部焚毀。指物品、成果等被火燒光。同毀於洪爐。

付之一笑 ㄈㄨˋ ㄓ ㄧ ㄒㄧㄠˋ 一笑置之。形容不值得在意。

付之闕如 ㄈㄨˋ ㄓ ㄑㄩㄝ ㄖㄨˊ 完全空缺而毫無記載。

付諸東流 ㄈㄨˋ ㄓㄨ ㄉㄨㄥ ㄌㄧㄡˊ 扔在東流的水裡被沖走了。比喻希望落空或前功盡棄。同付之流水。

代 ㄉㄞˋ dài 名①時世。例時代。②歷史的階段、分期。例古代、唐代。③繼承的人。例子孫後代。動更換代替。例李代桃僵。副輪流更換。例新陳代謝。

代打 ㄉㄞˋ ㄉㄚˇ ①棒球術語。由未上場打擊的選手，代替應上場打擊的選手擊球。②代替別人做事。

代步 ㄉㄞˋ ㄅㄨˋ 用車馬等交通工具代替步行。

代庖 ㄉㄞˋ ㄆㄠˊ 替人做事。例越俎代庖。

代書 ㄉㄞˋ ㄕㄨ 以代人寫訴訟書狀、土地契約等為職業的人。

代溝 ㄉㄞˋ ㄍㄡ 父母和子女兩代之間，在思想觀念和行為上的差異。

代電 ㄉㄞˋ ㄉㄧㄢˋ 仿照電報形式的公文，用快郵寄遞，取其簡便和緊要。

代號 ㄉㄞˋ ㄏㄠˋ 為了保密或簡便，以數字、字母、單詞等代替正式名稱的稱號。

代數 ㄉㄞˋ ㄕㄨˋ 數學的一門分科。用代替未知數的字母和數字的運算，研究數的關係和性質的科學。

代價 ㄉㄞˋ ㄐㄧㄚˋ ①買某種東西所付出的錢。②為達某種目的而付出的精力或物力。

代謝 ㄉㄞˋ ㄒㄧㄝˋ 交替，更換。例新陳代謝。

代償 ㄉㄞˋ ㄔㄤˊ 某個器官的功能或結構發生病變時，由器官的健全部分或其他器官代替補償其功能。

代代相傳 ㄉㄞˋ ㄉㄞˋ ㄒㄧㄤ ㄔㄨㄢˊ 一代一代傳承下來。多指好的事物或傳統。

仕 ㄕˋ shì 名象棋子之一，放在帥的兩旁做為護衛。動①做官。例學而優則仕。②視察。例詩經：「弗問弗仕。」

仕女 ㄕˋ ㄋㄩˇ ①舊指官宦家庭的婦女。②以美女為題材的中國畫。③男女。

仕途 ㄕˋ ㄊㄨˊ 做官的途徑。又指官場。或作「仕路」。例仕途險惡。

仗 ㄓㄤˋ zhàng 名①古代刀、戟等兵器的總稱。例明火執仗。②戰爭。例打仗。③衛兵。例儀仗。動①執持，拿著。例仗劍而行。②憑藉，依靠。例狗仗人勢。

仗恃 ㄓㄤˋ ㄕˋ 依靠憑恃。含貶義。

仗義執言 ㄓㄤˋ ㄧˋ ㄓˊ ㄧㄢˊ 主持正義，說話公道正直。

仗義疏財 ㄓㄤˋ ㄧˋ ㄕㄨ ㄘㄞˊ 指為人講義氣，能拿出錢財幫助別人。

仗勢欺人 ㄓㄤˋ ㄕˋ ㄑㄧ ㄖㄣˊ 指憑藉權勢欺壓別人。

仙 ㄒㄧㄢ xiān 名①經修煉後長生不死的人。例學道成仙。②卓越非凡的人。例詩仙、酒仙。③英美幣制仙令（cent，一元的百分之一）的簡譯。形超凡出眾的。例仙品。副死的婉辭。例仙遊、仙逝。

仙人（ㄒㄧㄢ ㄖㄣˊ）①神話傳說中有神通、可長生不老的人。②比喻神采出眾的人。

仙丹（ㄒㄧㄢ ㄉㄢ）①神仙所煉的靈藥。②比喻極有效的藥。

仙姿（ㄒㄧㄢ ㄗ）形容姿態極其秀逸美好。

仙界（ㄒㄧㄢ ㄐㄧㄝˋ）①超塵絕俗之地，仙人所居之所。②比喻風景特別優美的地方。

仙逝（ㄒㄧㄢ ㄕˋ）死亡的美稱。人死了好像成仙升天。

仙樂（ㄒㄧㄢ ㄩㄝˋ）形容境界高而優美的音樂。

仙鶴（ㄒㄧㄢ ㄏㄜˋ）鶴的美稱。其形狀像鷺，腿細而長，叫聲高吭而清脆。有丹頂鶴、白鶴、灰鶴等。

仙人掌（ㄒㄧㄢ ㄖㄣˊ ㄓㄤˇ）植物名。多年生常綠灌木，莖肉質扁平像手掌，綠色，有刺。供觀賞或作藥用。

仙人跳（ㄒㄧㄢ ㄖㄣˊ ㄊㄧㄠˋ）俗稱美人計，即利用美女設計圈套，讓別人陷入以詐取錢財。

仙風道骨（ㄒㄧㄢ ㄈㄥ ㄉㄠˋ ㄍㄨˇ）神仙和修道者的風骨。用以形容人的風度神采不同凡俗。

以

ㄧˇ yǐ 名因由，緣故。例良有以也。動①用。例以理服人。②依照。例以次就座。③認為。例以為。④作為，行動。例論語：「視其所以。」副①表示目的。例學以致用。②通「已」。已經。例吾意以定。助無義。例可以、得以。連相當於「而」。例禮記：「亡國之音哀以思。」介①與方位詞連用，表示時間、方位、數量的界限。例一年以上、圓環以西。②因為，由於。例不以人廢言。③於，在。例余以八月十五日生。④與。例論語：「滔滔者天下皆是也，而誰以易之？」⑤連及。例易經：「富以其鄰。」

以至（ㄧˇ ㄓˋ）①直到。表示在時間、數量、程度、範圍上的延伸。例此事一拖再拖，以至有近十年的時間。②因此而造成。表示上文導引出來的結果。例你這樣愛教訓人，以至無人敢接近你。

以往（ㄧˇ ㄨㄤˇ）以前，過去。例這是以往的事。

以便（ㄧˇ ㄅㄧㄢˋ）得到某種便利。例請你寫封介紹信，以便我去找他。

以致（ㄧˇ ㄓˋ）導致。表示上文導引出來的結果。例這孩子不好好吃飯，以致日漸消瘦。

以資（ㄧˇ ㄗ）用來幫助、資助。例以資不足。

以為（ㄧˇ ㄨㄟˊ）①認為。例不以為恥，反以為榮。②當作。例我還以為是你走了！

以人廢言（ㄧˇ ㄖㄣˊ ㄈㄟˋ ㄧㄢˊ）因為輕視或不喜歡某人，連他所說的一切也忽視不顧。

以己度人（ㄧˇ ㄐㄧˇ ㄉㄨㄛˋ ㄖㄣˊ）用自己的想法猜度別人。

以文會友（ㄧˇ ㄨㄣˊ ㄏㄨㄟˋ ㄧㄡˇ）指透過文字來結交朋友。

以古非今（ㄧˇ ㄍㄨˇ ㄈㄟ ㄐㄧㄣ）用古人古事來批評當前的現象。

以白為黑（ㄧˇ ㄅㄞˊ ㄨㄟˊ ㄏㄟ）把白的說成或看成黑的。形容顛倒真偽，混淆是非。同指鹿為馬。

以卵投石（ㄧˇ ㄌㄨㄢˇ ㄊㄡˊ ㄕˊ）用雞蛋擲石頭。比喻自不量力或以弱攻強，只能以失敗告終。也作「以卵擊石」。

以身作則　用自己的實際行動做出榜樣。

以身試法　親自去做觸犯法令的事。指人不顧法律制裁而胡作非為。

以沫相濡　眾水乾涸，魚吐沫以相互溼潤。比喻在困境中彼此以微弱的力量相互救助。也作「相濡以沫」。

以直報怨　用正直之道對待仇怨，不作相應的報復。

以毒攻毒　用毒藥來解毒治病。比喻用同樣毒辣的手段去對付對方，或用壞人對付壞人。

以昭鑑戒　以處理某人某事來昭示眾人，使之作為借鏡而有所警戒。

以訛傳訛　把本來不正確的東西又錯誤地傳出去，越傳越錯。

以淚洗面　淚流滿面。形容人極為悲傷，終日哭泣。

以偏概全　用少數例證或特殊情形來概括整體。說明以點代面，必然導致失誤。

以逸待勞　指在戰爭中作好充分準備，養精蓄銳，等敵人疲乏之時，給以迎頭痛擊。比喻從容應付而不慌亂。

以寡敵眾　以少數抵抗多數。多形容勇敢無畏，敢於戰鬥。

以管窺天　從小孔去看天。比喻見聞狹窄而片面。同坐井觀天。

以鄰為壑　把鄰國當作排洩洪水的溝壑。比喻只圖己利，把困難或災禍推給別人。

以儆效尤　對壞人處以嚴重的刑罰，來警告那些想學做壞事的人。

以簡馭繁　用簡明扼要的道理原則來處理繁雜之事。同提綱挈領。

以蠡測海　用勺水瓢來測量海水。比喻見識狹窄片面。同以管窺天。

以觀後效　對犯錯的人予以寬大處理，觀察其以後的表現。

以牙還牙，以眼還眼　比喻採取與對方相同的手段來報復對方。

以小人之心，度君子之腹　比喻用卑劣的心意去猜測正派人的心思。

仟

ㄑㄧㄢ qiān　名①「千」字的大寫。②通「阡」。田間小路。

仡

ㄧˋ yì　形勇猛、健壯的樣子。動舉頭。

他

ㄊㄚ tā　形另外的，別的。例他人、他處。代第三人稱。

他心　異心，另有企圖。同貳心。

他方　異地，別的地方。例前往他方。

他日　將來的某一天。

他山之石　比喻能幫助自己改正缺點錯誤的外力。

仞 ㄖㄣˋ rèn 名古代長度單位。七尺或八尺叫一仞。動①測量深度。②通「認」。辨識。

仔 ㄗˇ zǐ 形①小心的。例仔細。②幼小的。多指牲畜、家禽等。例仔豬、仔雞。動負擔，負荷。例仔肩。

仔肩 ㄗˇ ㄐㄧㄢ 擔負責任。

仔密 ㄗˇ ㄇㄧˋ 指編織物的絲線紋理細密。

仔細 ㄗˇ ㄒㄧˋ ①細緻，周密。②當心，留神。例你走路仔細點。③儉省。例家庭經濟困難，得仔細過日子才行。

四畫

仿 ㄈㄤˇ fǎng 動效法。例仿古、模仿。副類似，好像。例相仿。

仿古 ㄈㄤˇ ㄍㄨˇ 摹仿古代器物和藝術品等。

仿佛 ㄈㄤˇ ㄈㄨˊ 似乎，好像，近似。亦作「彷彿」、「髣髴」。例仿佛跟真的一樣。

仿效 ㄈㄤˇ ㄒㄧㄠˋ 摹仿著做。或作「仿傚」。

仿單 ㄈㄤˇ ㄉㄢ 介紹商品性質、規格、用途、使用方法等的說明書。

仿宋體 ㄈㄤˇ ㄙㄨㄥˋ ㄊㄧˇ 仿照宋代刻書字體演變而來的印刷字體。或稱為仿宋字。

伉 ㄎㄤˋ kàng 名配偶。見「伉儷」。形①剛直的。例他的個性伉直。②強健的。例伉健。動通「抗」。抵擋。

伉儷 ㄎㄤˋ ㄌㄧˋ 夫妻。例伉儷情深。

伙 ㄏㄨㄛˇ huǒ 名①生活或工作在一起的人。例同伙。②伙食的簡稱。例搭伙。

伙伴 ㄏㄨㄛˇ ㄅㄢˋ 共同從事某種活動或同在一處做事的人。

伙計 ㄏㄨㄛˇ ㄐㄧˋ ①商店的職工。泛指被雇用的人。②暱稱同伴。

伙食 ㄏㄨㄛˇ ㄕˊ 飯食。同膳食。

伈 ㄒㄧㄣˇ xǐn 形伈伈，形容小心恐懼的樣子。

伏 ㄈㄨˊ fú 名①時令名。見「伏天」。②電壓單位伏特的簡稱。形隱藏不露的。例伏筆。動①面向下趴著。例伏案。②隱匿，隱藏。例埋伏。③承認，受懲。例伏罪。④制服，降服。例降龍伏虎。副敬辭，多用於函牘中。例伏聞、伏惟。

伏天 ㄈㄨˊ ㄊㄧㄢ 指從夏至後第三個庚日起的三十天。前十天為初伏，中間十天為中伏，後十天為末伏，合稱三伏，是一年中最熱的時節。也作「伏日」。

伏兵 ㄈㄨˊ ㄅㄧㄥ 暗中埋伏的士兵，用以突擊或偷襲敵人。

伏法 ㄈㄨˊ ㄈㄚˇ 因犯大罪而被判處死刑。同伏誅。

伏案 ㄈㄨˊ ㄢˋ 低著頭趴在桌上。形容埋頭讀書或辦理文書等事。

伏筆 ㄈㄨˊ ㄅㄧˇ 文學創作的一種表現手法，對將要出現的人物或事件預作提示或暗示，以求前後呼應。

伏誅 ㄈㄨˊ ㄓㄨ 指受死刑。

伏劍 ㄈㄨˊ ㄐㄧㄢˋ 用劍割頸結束生命。

伏礁 ㄈㄨˊ ㄐㄧㄠ 暗礁，隱藏在水面下的礁石。

伏櫪 ㄈㄨˊ ㄌㄧˋ 把馬關在馬房中。比喻懷才不遇而隱退。

伎 ㄐㄧˋ jì 名①通「技」。技巧，技藝。②通「妓」。古指以歌舞為業的女子。例名姝異伎。

伎倆 ㄐㄧˋ ㄌㄧㄤˇ ①古指工巧、技能。②欺騙人的手段或花招。例鬼蜮伎倆。

伐 ㄈㄚˊ fá 動①征討，攻打。例北伐。②砍。例伐木。③自我誇耀。例自伐其功。

伐善 ㄈㄚˊ ㄕㄢˋ 誇耀自己的長處。

伐罪 ㄈㄚˊ ㄗㄨㄟˋ 討伐有罪的人。例弔民伐罪。

休 ㄒㄧㄡ xiū 名美，善，福祿。形美好的。例休德。動①歇息。例休假。②停止，終止。例爭論不休、休會。③罷官，辭官。例休官下野。④稱離棄妻子。例休妻。⑤喜悅，歡樂。例休戚相關。副莫，不要。例休想。助用於句末，相當於「罷」、「了」。例歸休。

休刊 ㄒㄧㄡ ㄎㄢ 報章刊物等停止出版。同停刊。

休克 ㄒㄧㄡ ㄎㄜˋ 英語shock的音譯。為臨床上常見的一種綜合病症，其症狀主要是血壓下降、四肢發冷、臉色蒼白、神志不清。

休怪 ㄒㄧㄡ ㄍㄨㄞˋ 不要怪罪。

休息 ㄒㄧㄡ ㄒㄧ 勞累時暫時歇息，以便恢復精神體力。

休耕 ㄒㄧㄡ ㄍㄥ 為了不使地力耗盡，在耕作一段時間後，停止耕種，讓土地的養分恢復後再行耕種。

休閒 ㄒㄧㄡ ㄒㄧㄢˊ 優游閒暇。

休業 ㄒㄧㄡ ㄧㄝˋ ①指商家停止營業。②指學生暫停學業。

休養 ㄒㄧㄡ ㄧㄤˇ 休息調養。多指恢復和發展經濟。例讓人民休養生息。

休學 ㄒㄧㄡ ㄒㄩㄝˊ 學生因故暫停學習，但仍保留學籍，在規定的時間內可繼續入學。

休憩 ㄒㄧㄡ ㄑㄧˋ 休息。同憩息。

休止符 ㄒㄧㄡ ㄓˇ ㄈㄨˊ 樂譜中用以表示音樂停頓時間長度的符號。有全、二分、四分、八分、十六分音符等。

休戚與共 ㄒㄧㄡ ㄑㄧ ㄩˇ ㄍㄨㄥˋ 憂喜禍福彼此共同承擔。比喻同甘苦共患難。

休養生息 ㄒㄧㄡ ㄧㄤˇ ㄕㄥ ㄒㄧ 保養民力，增殖人口。在戰爭或動亂之後，所採取的恢復和發展生產的重要措施。

伕 ㄈㄨ fū 名同「夫」。稱服勞役或做粗重工作的人。例馬伕、伙伕。

伍 ㄨˇ wǔ 名①數目字。「五」的大寫。②古時軍隊編制五人為一伍，現泛指軍隊。例入伍。③古代基層民政組織，居民五家為一伍。④同伙，同列。例羞與為伍。⑤姓。

企 ㄑㄧˋ qì 動①仰望，盼望。例企慕。②踮起腳後跟。例企踵。

企及 ㄑㄧˋ ㄐㄧˊ 希望能達到或趕上。

企盼 ㄑㄧˋ ㄆㄢˋ 深切的盼望、仰望。亦作「企望」。

企業 ㄑㄧˋ ㄧㄝˋ 從事生產、運輸、貿易等活動的事業。

企圖 ㄑㄧˋ ㄊㄨˊ 有所打算和圖謀。

企業家 ㄑㄧˋ ㄧㄝˋ ㄐㄧㄚ 指企業的經營者、管理者。

仲
ㄓㄨㄥˋ zhòng 名①舊時常以伯、仲、叔、季作為兄弟排行的順序，仲為老二。②姓。形位置在中間的。例仲春。

仲父 ㄓㄨㄥˋ ㄈㄨˋ ①古稱父親的次弟。②人君對有如父輩宰臣的敬稱。如齊桓公稱管仲為仲父。③指孔子。

仲秋 ㄓㄨㄥˋ ㄑㄧㄡ 秋季的第二個月，即農曆八月。

仲裁 ㄓㄨㄥˋ ㄘㄞˊ 在雙方爭執不下時，第三者出面居中調解，並作出裁決。

任
㈠ㄖㄣˋ rèn 名①職責，職務。例責任。②用於擔任官職次數的量詞。例第二任。動①委派。例任免。②擔負，承受。例任勞任怨。③聽憑。例任性而為。④相信。例信任。副無論，不論。例任你處置吧！

㈡ㄖㄣˊ rén 名姓。動抵擋。例眾怒難任。

任用 ㄖㄣˋ ㄩㄥˋ 委任他人擔負某種職位或工作。

任性 ㄖㄣˋ ㄒㄧㄥˋ 放任性情行事，不加遏止。

任命 ㄖㄣˋ ㄇㄧㄥˋ ①任用人擔任職務。②聽憑命運擺布。

任氣 ㄖㄣˋ ㄑㄧˋ 任性，意氣用事。

任務 ㄖㄣˋ ㄨˋ 指所擔負而且應該完成的工作。

任憑 ㄖㄣˋ ㄆㄧㄥˊ ①任便，聽憑。例任憑他去哪裡都可以。②不管，無論。例任憑你怎麼說我都不會動心。

任人宰割 ㄖㄣˋ ㄖㄣˊ ㄗㄞˇ ㄍㄜ 比喻只能讓人隨意擺布，而毫無反抗的能力。

任重道遠 ㄖㄣˋ ㄓㄨㄥˋ ㄉㄠˋ ㄩㄢˇ 負擔繁重，路程遙遠。比喻責任重大，需要經過長期的艱苦奮鬥。

任勞任怨 ㄖㄣˋ ㄌㄠˊ ㄖㄣˋ ㄩㄢˋ 做事熱心負責不怕勞苦，也不怕嫌怨。

价
ㄐㄧㄝˋ jiè 名僕役。例小价、貴价。形善的。例詩經：「价人維藩，大師維垣。」動介紹。

件
ㄐㄧㄢˋ jiàn 名①計算事物單位的量詞。例一件衣服、幾件事情。②物品，器具。例配件、零件。③專指文件。例來件、密件。

件數 ㄐㄧㄢˋ ㄕㄨˋ 事物或貨品的數目。

份
ㄈㄣˋ fèn 名①由整體分成各部分，每部分叫一份。②成件或成組東西的量詞。例一份禮物。

仵
ㄨˇ wǔ 形相對等的，可匹敵的。

仵作 ㄨˇ ㄗㄨㄛˋ 古代官府中檢驗死傷的人員，類似今天的法醫。

伀
ㄓㄨㄥ zhōng 名古時女子稱丈夫之父。動通「忪」。恐懼。

伋
ㄐㄧˊ jí 名人名用字。如孔子之孫孔伋，字子思。

仳
ㄆㄧˇ pǐ 動分離。例仳離。

仳離 ㄆㄧˇ ㄌㄧˊ 夫妻離散。又特指妻子被遺棄。

伊
ㄧ yī 名姓。代第三人稱代名詞，相當於「彼」、「他」、「她」。例伊人。助發語詞，無義。例伊于胡底。

伊人 ㄧ ㄖㄣˊ 這個人或那個人。現多指女性。

伊始 ㄧ ㄕˇ 事情的開端。

伊甸園 ㄧ ㄉㄧㄢˋ ㄩㄢˊ 基督教聖經中指人類始祖亞當和夏娃所居住的樂園。後來兩人吃了禁果，被逐出園。今以伊甸園比喻樂園或安樂之地。

伊于胡底 ㄧ ㄩˊ ㄏㄨˊ ㄉㄧˇ 不知要到什麼地步為止。比喻後果不堪設想。

伊索寓言 ㄧ ㄙㄨㄛˇ ㄩˋ ㄧㄢˊ 書名。為古希臘寓言作家伊索所作。其中有些故事含有深刻寓意，常被引用。

伊斯蘭教 ㄧ ㄙ ㄌㄢˊ ㄐㄧㄠˋ 世界三大宗教之一，穆罕默德所創，尊奉阿拉為真主，教典為「可蘭經」。亦稱為清真教、回教。

仰

ㄧㄤˇ yǎng 動①抬頭向上。例仰首望天。②依賴。例仰人鼻息。③敬慕。例久仰大名。④飲用。例仰藥。副舊時公文用語。上令下之詞。例仰照執行。

仰仗 ㄧㄤˇ ㄓㄤˋ 依靠，依賴。

仰角 ㄧㄤˇ ㄐㄧㄠˇ 眼睛從平視的角度向上抬，看到別的事物所形成的角度。

仰泳 ㄧㄤˇ ㄩㄥˇ 仰躺水面，用兩臂划水，兩腿交替打水使身體前進的游泳姿勢。

仰望 ㄧㄤˇ ㄨㄤˋ ①抬頭向上看。例仰望天空。②仰慕。③比喻依靠、託付。例孟子：「良人者，所仰望而終身也。」

仰慕 ㄧㄤˇ ㄇㄨˋ 敬仰愛慕。

仰藥 ㄧㄤˇ ㄧㄠˋ 抬起頭來服藥。指服毒藥自殺。

仰人鼻息 ㄧㄤˇ ㄖㄣˊ ㄅㄧˊ ㄒㄧˊ 比喻依賴他人生活，必須看人臉色行事。同寄人籬下。

仰天長嘯 ㄧㄤˇ ㄊㄧㄢ ㄔㄤˊ ㄒㄧㄠˋ 仰望天空發出幽長的嘯聲。

仰事俯畜 ㄧㄤˇ ㄕˋ ㄈㄨˇ ㄒㄩˋ 上奉父母，下養妻兒。泛指維持一家生計。

五畫

伴

ㄅㄢˋ bàn 名同在一起的人。例伙伴、同伴。動陪同。例伴我良宵。

伴侶 ㄅㄢˋ ㄌㄩˇ ①同伴，朋友。②共同生活在一起的人。指夫妻。

伴郎 ㄅㄢˋ ㄌㄤˊ 結婚典禮的男儐相。

伴奏 ㄅㄢˋ ㄗㄡˋ 唱歌、跳舞、獨奏時，由一件或多件樂器演奏配合。

伴娘 ㄅㄢˋ ㄋㄧㄤˊ ①結婚典禮中的女儐相。②古代女子出嫁時，陪隨護送、熟悉婚嫁禮節的婦女。

伴讀 ㄅㄢˋ ㄉㄨˊ ①宋、元、明時期專門陪伴王室子弟讀書的人。②陪伴讀書。

佞

ㄋㄧㄥˋ nìng 名才能，才智。人自謙則說「不佞」。形會說動聽話的。例佞人。動巧言善辯，諂媚。

佞人 ㄋㄧㄥˋ ㄖㄣˊ 善於花言巧語但心術不正的人。

佞口 ㄋㄧㄥˋ ㄎㄡˇ 口才伶俐、諂媚善辯的人。

佞幸 ㄋㄧㄥˋ ㄒㄧㄥˋ 靠諂媚奉承而受到寵幸。

位 ㄨㄟˋ wèi 名①所在的地方。例座位、方位。②官職。例身居高位。③等級。例爵位。④對人的尊稱。例列位。⑤事物的固定分量。例單位。動①處在某地。例上海位於吳淞江口。②安於其所。例禮記：「天地位焉。」

位移 ㄨㄟˋ ㄧˊ 物體在運動中位置的移動。

位充祿厚 ㄨㄟˋ ㄔㄨㄥ ㄌㄨˋ ㄏㄡˋ 比喻人高居要職，俸祿豐厚。

佇 ㄓㄨˋ zhù 動①長時間站著。例佇立。②期待，企盼。例佇望。

佇立 ㄓㄨˋ ㄌㄧˋ 久久地站著。形容盼望、等待。

佇候 ㄓㄨˋ ㄏㄡˋ 站著等。泛指等候。

佗 ㄊㄨㄛˊ tuó 形歪斜的。例君子正而不佗。動負荷。

住 ㄓㄨˋ zhù 動①長期居留。例我家住高雄。②宿。例住旅館。③停止。例住手。副表示牢固、停頓、力量足夠等意。例抓住、經受得住。

住口 ㄓㄨˋ ㄎㄡˇ 閉住嘴不說話。多為一種命令口氣，不准再說的意思。

住持 ㄓㄨˋ ㄔˊ 寺廟中主持事務的和尚。

住宿 ㄓㄨˋ ㄙㄨˋ 在外居住、過夜。

住宅區 ㄓㄨˋ ㄓㄞˊ ㄑㄩ 城市裡專供市民居住的區域。相對商業區、工業區而言。

估 ㈠ㄍㄨ gū 動①推算。例估價、估計。②忖度。例估量。㈡ㄍㄨˋ gù 見「估衣」。

估衣 ㄍㄨˋ ˙ㄧ 出售的舊衣服。例估衣鋪。

估計 ㄍㄨ ㄐㄧˋ 對事物的性質、數量、發展、變化等所作的衡量或推測。

估單 ㄍㄨ ㄉㄢ 估算貨物、價格的清單。亦稱為估價單。

估價 ㄍㄨ ㄐㄧㄚˋ 估計貨物的價格。

何 ㄏㄜˊ hé 名姓。形什麼。例何人、為何。副①為什麼。例何不早說？②多麼。例何等。代哪裡。例意欲何往？

何干 ㄏㄜˊ ㄍㄢ 用反問的語氣表示沒關係、不相干。例這件事與你何干？

何以 ㄏㄜˊ ㄧˇ ①用什麼。例何以報答？②為什麼。例成績何以一落千丈？

何至 ㄏㄜˊ ㄓˋ 用反問語氣表示不會、不應該等意。例區區小事，何至要大發脾氣呢？

何妨 ㄏㄜˊ ㄈㄤˊ 用反問的語氣表示沒有妨礙。例今天走不了，又有何妨？

何況 ㄏㄜˊ ㄎㄨㄤˋ 表示比較或更進一層的意思。例連老師都不知道答案了，何況是學生呢？

何其 ㄏㄜˊ ㄑㄧˊ 多麼，怎麼這樣。例何其毒也！

何故 ㄏㄜˊ ㄍㄨˋ 為什麼，什麼緣故。

何苦 ㄏㄜˊ ㄎㄨˇ 何必自尋煩惱，表示不值得。例你何苦作踐自己呢？

何許 ㄏㄜˊ ㄒㄩˇ 什麼地方。

何啻 ㄏㄜˊ ㄔˋ 不止。例何啻天壤之別！

何曾 ㄏㄜˊ ㄘㄥˊ 不曾，沒有發生過。例我何曾見過他？

何等 ㄏㄜˊ ㄉㄥˇ ①不平常，多麼。例何等稀罕。②第幾等。例此人可列入何等？

何嘗 ㄏㄜˊ ㄔㄤˊ 未曾，並非。例我何嘗說過這樣的話？

何足掛齒 ㄏㄜˊ ㄗㄨˊ ㄍㄨㄚˋ ㄔˇ 微不足道，不值得一提。

何樂不為 ㄏㄜˊ ㄌㄜˋ ㄅㄨˋ ㄨㄟˊ 為什麼不樂意去做呢？以反問語氣表示願意。

佈

ㄅㄨˋ bù 通「布」。動①把事情用語言或文字宣告出來，使人知道。例宣佈、公佈。②設置，安排。例佈置、佈防。

佐

ㄗㄨㄛˇ zuǒ 名處於輔助地位的人，副職。例軍佐。動輔助，幫助。例輔佐。

佐料 ㄗㄨㄛˇ ㄌㄧㄠˋ 即作料。調和食物味道的配料，如鹽、醋、糖、醬油之類。

佐膳 ㄗㄨㄛˇ ㄕㄢˋ 下飯的菜餚。

佐證 ㄗㄨㄛˇ ㄓㄥˋ 證實，證據。也作「左證」。

佑

ㄧㄡˋ yòu 動保護，扶助。例上帝保佑。

但

ㄉㄢˋ dàn 副①只是，僅僅。例但願你一帆風順。②儘管。例你我知己，但說無妨。連不過。表轉折語氣。例但是。

但凡 ㄉㄢˋ ㄈㄢˊ 只要，只須。假設語氣詞。

但是 ㄉㄢˋ ㄕˋ 不過，可是。表意思上的轉折。例我倆雖然是好朋友，但是不能包庇。

但書 ㄉㄢˋ ㄕㄨ 指法律條文中「但」字以下說明例外事項或附加某種條件的文字。

但願 ㄉㄢˋ ㄩㄢˋ 只希望。例蘇軾・水調歌頭：「但願人長久，千里共嬋娟。」

佃

ㄉㄧㄢˋ diàn 名向他人承租田地耕種，或為他人傭耕的人。例佃農。動租地耕種。例佃作。

佃戶 ㄉㄧㄢˋ ㄏㄨˋ 租借他人土地耕種，並按時納租的農戶。

佃農 ㄉㄧㄢˋ ㄋㄨㄥˊ 向地主租地耕種的農民。反地主。

佔

㊀ㄓㄢˋ zhàn 動同「占」。據為己有，用強力奪取。例獨佔、霸佔。㊁ㄓㄢ zhān 動同「覘」。窺視。

伸

ㄕㄣ shēn 動①舒展。例能屈能伸。②通「申」。陳述，表白。例伸述、伸冤。

伸展 ㄕㄣ ㄓㄢˇ 向外延伸或擴展。

伸冤 ㄕㄣ ㄩㄢ 洗雪冤枉、冤屈。也作「申冤」。

伸腿 ㄕㄣ ㄊㄨㄟˇ 比喻人死亡。

伸懶腰 ㄕㄣ ㄌㄢˇ ㄧㄠ 人在困倦時舒展身子以驅除疲勞、振作精神。

伸頭探腦 ㄕㄣ ㄊㄡˊ ㄊㄢˋ ㄋㄠˇ 把腦袋伸出去張望。形容畏縮窺探的樣子。

伸手不見五指 ㄕㄣ ㄕㄡˇ ㄅㄨˋ ㄐㄧㄢˋ ㄨˇ ㄓˇ 把手伸出來看，卻見不到五隻手指。比喻非常黑暗，視線不清楚。

似

ㄙˋ sì 動相像。例類似。副好像。例似曾相識。連表示比較，有勝過的意思。例一個強似一個。

似乎 ㄙˋ ㄏㄨ 好像，彷彿。表揣測之詞。

似的 ㄙˋ ˙ㄉㄜ 用作後附的副詞，表示與某種事物或情況相似。例好像有鬼似的，怎麼老生病呢？

似是而非 表面相像，實際上卻不一樣。

似曾相識 好像曾經見過，感覺熟悉卻又不真切。

伯 ㊀ㄅㄛˊ bó 名①兄弟中年齡最大的。例伯仲叔季。②父親的哥哥。例大伯、二伯。③古代爵位中的第三等稱伯。④尊稱年長者。例老伯。⑤對詩文、品德、技藝出眾者的尊稱。例文章伯、詩伯。㊁ㄅㄚˋ bà 名通「霸」。周代諸侯的領袖。例五伯。

伯父 ①尊稱父親的哥哥。②古時天子用以稱同姓諸侯。

伯仲 ①兄弟排行中的老大和老二。②形容兩個人的才能相當，難分高低上下。

伯勞 鳥名。背灰褐色，性兇猛，善鳴，捕食昆蟲等小動物。

伯爵 君主時代封爵的第三等，也用以指稱享有這種爵位的人。

伯仲叔季 兄弟的排行次序。長兄稱伯，次兄稱仲，其次稱叔，幼弟稱季。

你 ㄋㄧˇ nǐ 代第二人稱代名詞，指稱對方。

你老 你老人家。用以敬稱長輩或老人。

你死我活 不是你死，就是我活。形容雙方爭鬥十分激烈。

佣 ㄩㄥˋ yòng 名交易時中間人所得的報酬。例佣金。

佣人 幫人做事的人。同僕人。

佣金 買賣貨物時，中間人所得的酬金。

作 ㊀ㄗㄨㄛˋ zuò 名①詩文書畫與藝術品。例佳作、傑作。②製作工藝作品的場所。例作坊。動①做，進行工作和活動。例作工、作戰。②創作。例作文、作詩。③興起，鼓舞。例振作、一鼓作氣。④當做。例過期作廢。⑤假裝。例裝模作樣。⑥製造。例為人作嫁。⑦招惹，自找。例自作自受。㊁ㄗㄨㄛˊ zuó 見「作摩」、「作料」。

作大 擺大架子。例何必如此作大！

作文 ①運用文句寫作而成的文章。②寫文章。

作古 ①做了古人，指人死亡。②創始，前所未有。例自我作古。

作用 ①對人或事物產生影響。例你的話對他很有作用。②功能，效用。例光合作用。

作色 臉色大變。例憤然作色。

作坊 手工業工人工作的場所。

作弄 捉弄、玩弄他人。同戲弄。

作怪 ①奇怪。例真作怪，她怎麼還不來！②胡鬧。例你少在那裡作怪。

作者 作品的創作人。

作東 做主人，多就請客而言。反作客。

作品 文學、藝術等方面的創作成品。

作俑 ㄗㄨㄛˋ ㄩㄥˇ 製造殉葬的偶像。指開始製造惡事的人。

作風 ㄗㄨㄛˋ ㄈㄥ 人在工作或生活中所表現出來的態度或風格。例雷厲風行是他的一貫作風。

作家 ㄗㄨㄛˋ ㄐㄧㄚ 從事文學創作並有一定成就的人。

作料 ㄗㄨㄛˋ ㄌㄧㄠˋ 通常指烹飪所用的調味品。

作案 ㄗㄨㄛˋ ㄢˋ 進行犯罪活動。

作祟 ㄗㄨㄛˋ ㄙㄨㄟˋ ①指鬼怪害人。②用陰謀手段陷害他人。

作梗 ㄗㄨㄛˋ ㄍㄥˇ 搗亂阻撓，使事情無法順利進行。例此事一定有人從中作梗。

作揖 ㄗㄨㄛˋ ㄧ 抱拳置於胸前，推手彎腰而行的禮節。

作嫁 ㄗㄨㄛˋ ㄐㄧㄚˋ 比喻為他人辛苦忙碌。例為人作嫁。

作弊 ㄗㄨㄛˋ ㄅㄧˋ 用不正當的手段獲取利益。例考試作弊。

作夢 ㄗㄨㄛˋ ㄇㄥˋ ①睡眠時局部大腦皮層沒有完全停止活動而引起的幻象。②比喻空想、幻想。例白日作夢。

作嘔 ㄗㄨㄛˋ ㄡˇ ①噁心想吐。②令人非常討厭嫌惡。

作態 ㄗㄨㄛˋ ㄊㄞˋ 故意作出某種姿態或表情。

作摩 ㄗㄨㄛˋ ㄇㄛˊ 揣度推想。

作踐 ㄗㄨㄛˋ ㄐㄧㄢˋ 糟蹋。例何必作踐自己。

作孽 ㄗㄨㄛˋ ㄋㄧㄝˋ 本指造成災害，現指做壞事而招惹禍殃。

作奸犯科 ㄗㄨㄛˋ ㄐㄧㄢ ㄈㄢˋ ㄎㄜ 指為非作歹，違法亂紀。

作法自斃 ㄗㄨㄛˋ ㄈㄚˇ ㄗˋ ㄅㄧˋ 自己立法，反而使自己受害。同自作自受。

作威作福 ㄗㄨㄛˋ ㄨㄟ ㄗㄨㄛˋ ㄈㄨˊ 憑藉權勢來欺壓別人。同橫行霸道。

作鳥獸散 ㄗㄨㄛˋ ㄋㄧㄠˇ ㄕㄡˋ ㄙㄢˋ 像飛禽走獸一哄而散。形容一群人毫無組織紀律。

作賊心虛 ㄗㄨㄛˋ ㄗㄟˊ ㄒㄧㄣ ㄒㄩ 比喻做了壞事怕人知道，而疑神疑鬼的。

作壁上觀 ㄗㄨㄛˋ ㄅㄧˋ ㄕㄤˋ ㄍㄨㄢ 站在壁壘上旁觀雙方作戰。比喻置身事外。同袖手旁觀。

作繭自縛 ㄗㄨㄛˋ ㄐㄧㄢˇ ㄗˋ ㄈㄨˊ 蠶吐絲成繭把自己包在裡面。比喻使自己陷入困境。

佟
ㄊㄨㄥˊ tóng 名姓。

佘
ㄕㄜˊ shé 名姓。

余
ㄩˊ yú 名①我。②同「餘」。剩下，多餘。例剩余。③姓。

佚
ㄧˋ yì 形①散失的。例佚書。②通「逸」。安樂的。例佚樂。③放蕩的。例淫佚。動散失，遺棄。例亡佚。

佚民 ㄧˋ ㄇㄧㄣˊ 避世隱居的人。

佚遊 ㄧˋ ㄧㄡˊ 遊蕩沒有節制。

佚樂 ㄧˋ ㄌㄜˋ 安逸享樂。也作「逸樂」。

低
ㄉㄧ dī 形①下，矮。與「高」相對。例低音、低空。②卑下。例低級趣味。動俯，向下垂。例低頭。副低矮的。例夜幕低垂。

低回 ㄉㄧ ㄏㄨㄟˊ 也作「低徊」。①形容留戀徘徊的樣子。②形容回旋起伏。

低沉 ㄉㄧ ㄔㄣˊ ①低微深沉。例聲音低沉。②低落消沉。

例情緒低沉。③雲層低，天色陰暗。

低眉 ㄉㄧ ㄇㄟˊ ①眉目低垂。②和善或順服的樣子。

低迷 ㄉㄧ ㄇㄧˊ 形容模糊不清、昏暗不明的樣子。

低潮 ㄉㄧ ㄔㄠˊ ①潮汐漲落中的最低水位。②比喻發展中的低落、停滯階段。

低三下四 ㄉㄧ ㄙㄢ ㄒㄧㄚˋ ㄙˋ ①形容地位卑賤低下。例低三下四之流。②形容卑躬屈膝討好他人的樣子。

低聲下氣 ㄉㄧ ㄕㄥ ㄒㄧㄚˋ ㄑㄧˋ 不敢大聲說話、粗聲出氣。形容說話和態度卑下恭順。

伶

ㄌㄧㄥˊ líng 名舊稱藝人。例名伶。形①孤獨。例孤苦伶仃。②聰慧靈巧。例伶俐。

伶人 ㄌㄧㄥˊ ㄖㄣˊ ①古代樂官。②戲劇演員。

伶仃 ㄌㄧㄥˊ ㄉㄧㄥ 形容人孤獨無依的樣子。也作「零丁」。

伶俐 ㄌㄧㄥˊ ㄌㄧˋ 聰明機靈而活潑的樣子。反笨拙。

伶牙俐齒 ㄌㄧㄥˊ ㄧㄚˊ ㄌㄧˋ ㄔˇ 形容人的口才好，能說善道。

佝

ㄎㄡˋ kòu 見「佝僂」。

佝僂 ㄎㄡˋ ㄌㄡˊ ①背部向前彎曲。②嬰幼兒容易得的一種病症，也叫軟骨病。多由營養不良，缺乏鈣、磷和維生素D所引起。

伽

㊀ㄑㄧㄝˊ qié 名譯音用字。特別是譯佛經。㊁ㄐㄧㄚ jiā 名譯音用字。例伽瑪射線、伽利略。

伽藍 ㄑㄧㄝˊ ㄌㄢˊ ①梵語「僧伽藍摩」譯名的略稱。意為僧人住的園林，後用以稱佛教寺院。②佛教伽藍神的略稱。

伺

㊀ㄙˋ sì 動①偵察。例窺伺。②等候，守候。例伺機。㊁ㄘˋ cì 動侍奉，服侍。例伺候。

伺候 ㄘˋ ㄏㄡˋ 服侍，侍候。

伺機 ㄙˋ ㄐㄧ 等待可利用的機會。

佛

㊀ㄈㄛˊ fó 名①佛陀的簡稱。②佛教的簡稱。③廟裡的菩薩。㊁ㄈㄨˊ fú 副相似，好像。例仿佛。㊂ㄅㄧˋ bì 動通「弼」。輔佐。

佛力 ㄈㄛˊ ㄌㄧˋ 佛教徒稱佛法救濟眾生的功力。

佛陀 ㄈㄛˊ ㄊㄨㄛˊ 梵語音譯詞。①意思是覺者、智者，有大智慧，覺行圓滿。②佛教徒對釋迦牟尼的尊稱，也簡稱為佛。

佛教 ㄈㄛˊ ㄐㄧㄠˋ 世界三大宗教之一，為釋迦牟尼佛所創，以明心見性、普度眾生為宗旨。

佛爺 ㄈㄛˊ ㄧㄝˊ ①佛教徒對釋迦牟尼的尊稱，也泛稱佛教的神。②清代內廷對皇帝的敬稱。

佛經 ㄈㄛˊ ㄐㄧㄥ 佛教的經典。內容以經（教義）為主，另有律（戒律）和論（論述或注釋）。

佛龕 ㄈㄛˊ ㄎㄢ 佛寺或供奉佛像的小閣子。

佛舍利 ㄈㄛˊ ㄕㄜˋ ㄌㄧˋ 指釋迦牟尼佛的遺骨，也泛稱佛骨。

佛口蛇心 ㄈㄛˊ ㄎㄡˇ ㄕㄜˊ ㄒㄧㄣ 菩薩的嘴，蛇蠍的心。比喻人口頭慈悲，內心狠毒。同口蜜腹劍。

佁 ㄧˇ yǐ 形痴呆的樣子。引申為凝滯不動。

六畫

佯 ㄧㄤˊ yáng 副假裝，詐欺。例佯裝。

佯死 ㄧㄤˊ ㄙˇ 裝死。

佯言 ㄧㄤˊ ㄧㄢˊ 說假話，不誠實的言辭。

佯攻 ㄧㄤˊ ㄍㄨㄥ 虛張聲勢，假裝進攻以迷惑對方。

併 ㄅㄧㄥˋ bìng 動①合在一起。例合併。②通「摒」。拋棄，除去。副通「並」。一齊，同時。例齊頭併進。

併吞 ㄅㄧㄥˋ ㄊㄨㄣ 侵占別人的財產或別國的領土。

併發症 ㄅㄧㄥˋ ㄈㄚ ㄓㄥˋ 疾病在發展過程中所引發的另一種病症。如麻疹引起肺炎。

佼 ㄐㄧㄠˇ jiǎo 名狡詐。例佼黠。形通「姣」。美好的。例佼好。

佼好 ㄐㄧㄠˇ ㄏㄠˇ 美好。例面貌佼好。

佼黠 ㄐㄧㄠˇ ㄒㄧㄚˊ 聰慧而狡猾。

佼佼者 ㄐㄧㄠˇ ㄐㄧㄠˇ ㄓㄜˇ 美好出眾的人，或指高人一等的人。

侘 ㄔㄚˋ chà 動通「詫」。誇耀。形侘傺，失意的樣子。

依 ㄧ yī 動①倚靠。例相依為命。②按照。例依次前進。③傍著，靠著。例依山傍水。④聽從。例依順。副仍然。例依然如故。

依仗 ㄧ ㄓㄤˋ 依靠。

依存 ㄧ ㄘㄨㄣˊ 互相依附而存在。

依依 ㄧ ㄧ ①枝葉柔弱的樣子。例楊柳依依。②留戀不忍分離的樣子。例依依不捨。③懷念，思慕。例李陵・答蘇武書：「望風懷想，能不依依？」

依偎 ㄧ ㄨㄟ 親熱地緊挨著或靠在一起。

依然 ㄧ ㄖㄢˊ 照舊，還是老樣子。

依稀 ㄧ ㄒㄧ 隱隱約約，不清楚的樣子。

依戀 ㄧ ㄌㄧㄢˋ 眷戀不捨的樣子。

依山傍水 ㄧ ㄕㄢ ㄅㄤˋ ㄕㄨㄟˇ 臨著山靠著水。形容有山有水的優美地方。

依然故我 ㄧ ㄖㄢˊ ㄍㄨˋ ㄨㄛˇ 形容人還是從前的老樣子，沒有什麼改變和進展。

依樣畫葫蘆 ㄧ ㄧㄤˋ ㄏㄨㄚˋ ㄏㄨˊ ㄌㄨˊ 比喻只會模仿，毫無創新。同如法泡製。

佰 ㄅㄞˇ bǎi 名①「百」字的大寫。②古代軍中百人的長官。

侍 ㄕˋ shì 名陪伴服事的人。例侍從。動①陪從在尊者身旁。例隨侍。②伺候。例服侍。

侍女 ㄕˋ ㄋㄩˇ 即婢女，侍奉人、供人使喚的女子。

侍奉 ㄕˋ ㄈㄥˋ 服侍，伺候。

侍者 ㄕˋ ㄓㄜˇ 陪侍在左右聽候差遣使喚的人。

侍從 ㄕˋ ㄗㄨㄥˋ ①隨侍在君王左右。②隨從侍奉的人。

侍衛 ㄕˋ ㄨㄟˋ ①隨側護衛。②在長官身邊的護衛人員。

佳 ㄐㄧㄚ jiā 形美好的。例佳節、佳作。

佳人 ㄐㄧㄚ ㄖㄣˊ ①美人。②好人。多指賢臣、良友。

佳日 ㄐㄧㄚ ㄖˋ 天色明朗、氣候宜人的日子。指好日子。

佳肴 ㄐㄧㄚ ㄧㄠˊ 美好的菜肴。也作「佳餚」。

佳音 ㄐㄧㄚ ㄧㄣ 好消息。

佳城 ㄐㄧㄚ ㄔㄥˊ 墓地。

佳偶 ㄐㄧㄚ ㄡˇ 好的配偶，美滿的姻緣。

佳期 ㄐㄧㄚ ㄑㄧ 美好的日期。多指結婚日期。

佳話 ㄐㄧㄚ ㄏㄨㄚˋ 流傳一時的美事。同韻事、美談。

佳麗 ㄐㄧㄚ ㄌㄧˋ 比喻美女。

佳人才子 ㄐㄧㄚ ㄖㄣˊ ㄘㄞˊ ㄗˇ 年輕貌美的女子和才華出眾的男子。

侉

ㄎㄨㄚˇ kuǎ 名侉子，中國南方人對北方人的俗稱。形誇大不實的。

侑

ㄧㄡˋ yòu 動①勸人飲食。例侑食。②通「宥」。饒恕。

來

ㄌㄞˊ lái 名①「麥」的本字。②姓。形①以後的，未來的。例來日、來年。②表示約略估計的意思。例二十來歲。動①到，至。與「去」、「往」相對。例寒來暑往。②時間從某定點到現在。例這幾年來。③做。例再來一次。④拿，取。例快來碗湯。⑤表動作的趨向、持續或完成。例一覺醒來。助助詞或襯字。例誰罵你來著、二月裡來好風光。

來文 ㄌㄞˊ ㄨㄣˊ 寄來或送來的文件。

來日 ㄌㄞˊ ㄖˋ ①明日。②未來的日子。例來日方長。

來札 ㄌㄞˊ ㄓㄚˊ 來信。同來翰。

來世 ㄌㄞˊ ㄕˋ ①來生。例不圖今生圖來世。②後世，後代。

來由 ㄌㄞˊ ㄧㄡˊ ①來歷，由來。②緣故，原因。

來年 ㄌㄞˊ ㄋㄧㄢˊ 明年，也泛指往後的年月。

來朝 ㈠ㄌㄞˊ ㄔㄠˊ 前來朝覲國君。㈡ㄌㄞˊ ㄓㄠ 明日。

來復 ㄌㄞˊ ㄈㄨˋ 往還，一去一來。後稱一星期為一來復，星期天為來復日。

來路 ㄌㄞˊ ㄌㄨˋ 來歷，來處。例這人來路不明。

來歷 ㄌㄞˊ ㄌㄧˋ 指人或物的由來和經歷。

來歸 ㄌㄞˊ ㄍㄨㄟ ①歸來，回來。②女子出嫁至夫家。

來亨雞 ㄌㄞˊ ㄏㄥ ㄐㄧ 卵用雞的一個品種，多為純白色。原產於義大利的來亨港。

來路貨 ㄌㄞˊ ㄌㄨˋ ㄏㄨㄛˋ 不是本地出產的貨物。同舶來品。

來日方長 ㄌㄞˊ ㄖˋ ㄈㄤ ㄔㄤˊ 未來的日子還多著。表示事情還大有可為或還有機會。

來龍去脈 ㄌㄞˊ ㄌㄨㄥˊ ㄑㄩˋ ㄇㄞˋ 比喻事情發展的全部過程及前因後果。

佶

ㄐㄧˊ 形健壯的。例詩經：「四牡既佶。」

佶屈聱牙 ㄐㄧˊ ㄑㄩ ㄠˊ ㄧㄚˊ 形容文句艱澀，讀起來不順口。

例

ㄌㄧˋ 名可供比照或依據的標準。例條例、凡例。形按規定的，照常的。例例會。動比照，類比。例以此例彼。

例子 ㄌㄧˋ ˙ㄗ 可以作為榜樣或依據的事物。

例句 ㄌㄧˋ ㄐㄩˋ 書中舉出用來說明或證實的語句。

例如 ㄌㄧˋ ㄖㄨˊ　舉例用語。為「其例有如……」的簡語。

例言 ㄌㄧˋ ㄧㄢˊ　凡例，書籍前面說明內容大要、編寫體例等的文字。

例假 ㄌㄧˋ ㄐㄧㄚˋ　①按照規定放的假。如星期天、春節。②俗指月經或月經期。

例題 ㄌㄧˋ ㄊㄧˊ　多指教科書在闡述原則原理時，用來作例子的問題。

例證 ㄌㄧˋ ㄓㄥˋ　為了便於印證某事所舉出的例子。

例行公事 ㄌㄧˋ ㄒㄧㄥˊ ㄍㄨㄥ ㄕˋ　①照例辦理、執行的事情。②指按照毫無意義的刻板形式處理事務。

供　㈠ㄍㄨㄥ gōng 名答覆審訊的言詞文字。例口供。動①給予。例供給。②受審者陳述案情。例供出罪行。

㈡ㄍㄨㄥˋ gòng 名奉獻的祭品。例上供。動①奉祀，祭獻。例供神。②擺，陳設。例桌上供著花瓶。

供物 ㄍㄨㄥˋ ㄨˋ　供在神佛或祖宗靈位前的奠祭物品。

供狀 ㄍㄨㄥ ㄓㄨㄤˋ　指在訴訟中的書面供詞。

供桌 ㄍㄨㄥˋ ㄓㄨㄛ　①祭祀時安放祭器、祭品的桌子。②專門供奉神像、神位的桌子。

供詞 ㄍㄨㄥ ㄘˊ　受審人所陳述或所寫的與案情有關的話。

供給 ㄍㄨㄥ ㄐㄧˇ　把物資、錢財等提供給需要者使用。

供認 ㄍㄨㄥ ㄖㄣˋ　指被告人承認所做之事。同招供。

供養 ㄍㄨㄥˋ ㄧㄤˇ　①奉養長輩或年長的人。②用供品祭祀祖先和神佛。

供不應求 ㄍㄨㄥ ㄅㄨˋ ㄧㄥˋ ㄑㄧㄡˊ　需要的多而供應的少，不能滿足要求。反供過於求。

侄　ㄓˊ zhí 名同「姪」。稱兄弟的子女或親友的子女。

侖　ㄌㄨㄣˋ lùn 動自我反省。例肚裡侖一侖。

使　ㄕˇ shǐ 名外交官員。例大使。動①派遣，差遣。例使人前往。②用錢。例手中沒有錢使。③放任。例使性子。④讓，令。例太使人掃興。副假設，假如。

使女 ㄕˇ ㄋㄩˇ　供人使喚的婢女。同女僕。

使臣 ㄕˇ ㄔㄣˊ　古代奉國家或朝廷的使命，往來國與國之間的官員。同使者。

使者 ㄕˇ ㄓㄜˇ　受命出使的人。

使乖 ㄕˇ ㄍㄨㄞ　賣弄聰明。例使乖弄巧。

使命 ㄕˇ ㄇㄧㄥˋ　使者所接受的命令。用以比喻肩負重大的職責任務。

使勁 ㄕˇ ㄐㄧㄣˋ　用力，用盡氣力。

使酒 ㄕˇ ㄐㄧㄡˇ　酗酒任性。俗稱發酒瘋。

使徒 ㄕˇ ㄊㄨˊ　耶穌的門徒，指約翰、彼得等十二人。

使喚 ㄕˇ ㄏㄨㄢˋ　差遣，支使。

使館 ㄕˇ ㄍㄨㄢˇ　外交使節在所駐國家設立的辦事機關。

使壞 ㄕˇ ㄏㄨㄞˋ　支使人做壞事，想辦法害人。

使不得 ㄕˇ ㄅㄨˋ ㄉㄜˊ　①不可以。②不能用。

使君子 ㄕˇ ㄐㄩㄣ ㄗˇ　植物名。花可觀賞，果仁供藥用，作驅蟲劑。又名留求子。

使性子 ㄕˇ ㄒㄧㄥˋ ㄗ˙　固執的去做某事，發脾氣。

使眼色 ㄕˇ ㄧㄢˇ ㄙㄜˋ 用眼睛暗示，要人採取某種行動。

使心眼兒 ㄕˇ ㄒㄧㄣ ㄧㄢˇ ㄦ 指用心機、使手段。

使君有婦 ㄕˇ ㄐㄩㄣ ㄧㄡˇ ㄈㄨˋ 比喻男人已有妻室。

佬

ㄌㄠˇ lǎo 名稱成年男子或外國人。例闊佬、外國佬。

侗

㊀ㄊㄨㄥˊ tóng 形幼稚無知的。例倥侗。

㊁ㄉㄨㄥˋ dòng 名民族名。見「侗族」。

侗族 ㄉㄨㄥˋ ㄗㄨˊ 中國少數民族之一，主要分布在貴州、湖南、廣西毗鄰地區。

侃

ㄎㄢˇ kǎn 副①耿直。例侃直。②和樂的樣子。③從容不迫。

侃侃 ㄎㄢˇ ㄎㄢˇ ①和樂的樣子。②從容的樣子。③剛直。

侃侃而談 ㄎㄢˇ ㄎㄢˇ ㄦˊ ㄊㄢˊ 形容說話從容不迫的樣子。

佩

ㄆㄟˋ pèi 名通「珮」。古人繫於衣帶上的玉飾。動①繫在身上。例佩刀、佩劍。②崇敬信服。例欽佩、精神可佩。

佩玉 ㄆㄟˋ ㄩˋ 佩戴在身上的玉石。古代貴族多用佩玉作裝飾，以象徵美德。

佩服 ㄆㄟˋ ㄈㄨˊ 敬仰及信服他人的品德、能力。同欽佩。

佩帶 ㄆㄟˋ ㄉㄞˋ 將物件繫在身上或衣服上。例佩帶項鍊。

佻

ㄊㄧㄠ tiāo 形輕薄，不莊重。例輕佻。

佻巧 ㄊㄧㄠ ㄑㄧㄠˇ 輕薄取巧。

佻達 ㄊㄧㄠ ㄉㄚˊ 行為輕薄放蕩。

佻薄 ㄊㄧㄠ ㄅㄛˊ 輕浮，輕薄無禮。

佹

ㄍㄨㄟˇ guǐ 形奇異不平常的。例佹詞。副偶然。例佹得佹失。

佹辯 ㄍㄨㄟˇ ㄅㄧㄢˋ 詭異狡詐的辯說。亦作「詭辯」。

佹得佹失 ㄍㄨㄟˇ ㄉㄜˊ ㄍㄨㄟˇ ㄕ 偶然得到，偶然失去。

侏

ㄓㄨ zhū 形①矮小的。例侏儒。②肥的。例侏大。

侏儒 ㄓㄨ ㄖㄨˊ ①身材特別矮小的人。②梁上的短柱。

侏羅紀 ㄓㄨ ㄌㄨㄛˊ ㄐㄧˋ 地質年代中生代的第二紀，距今約一億三千萬年至一億九千萬年。

侈

ㄔˇ chǐ 名放縱，不好的行為。形①鋪張浪費。例奢侈。②誇大，過分。例侈言。③寬，廣。副誇張。例侈談。

侈言 ㄔˇ ㄧㄢˊ 誇大的言辭。

侈談 ㄔˇ ㄊㄢˊ ①誇大不實的言論。②說大話、空話。

侈靡 ㄔˇ ㄇㄧˊ 生活奢侈靡爛。

佾

ㄧˋ yì 名古代一種成數和人數縱橫相同的方陣排列的樂舞，行數和人數縱橫相同。如八佾就是八行，每行八人。

佾生 ㄧˋ ㄕㄥ 孔廟祭典中的樂舞人員，由童生擔任。也稱佾舞生、樂舞生。

侔

ㄇㄡˊ móu 動①齊，相等。例相侔、不侔。②通「牟」。謀取，求得。例侔利。

七畫

信

㊀ㄒㄧㄣˋ xìn 名①誠實不欺。例言而有信、失信。②書札，書簡。

例信件、信札。③消息。例音信、報信。④符契，憑證。例印信、信物。動①聽從，不懷疑。例不可不信。②崇奉，敬仰。例信佛。③連宿兩晚。例信宿。副①任意，隨意。例信口開河、信手拈來。②真的，確實。例信然。

㈡ㄕㄣ shēn 動通「伸」。伸展。例屈信。

信士 ㄒㄧㄣˋ ㄕˋ ①誠實不欺的人。②指信奉佛教的在家男子。

信口 ㄒㄧㄣˋ ㄎㄡˇ 說話前不加思索，隨口而出。

信女 ㄒㄧㄣˋ ㄋㄩˇ 指信奉佛教的在家婦女。例善男信女。

信心 ㄒㄧㄣˋ ㄒㄧㄣ 相信某種願望或理想必能實現的心理。例對此事我信心十足。

信史 ㄒㄧㄣˋ ㄕˇ 記事詳實的歷史。

信使 ㄒㄧㄣˋ ㄕˇ ①古代稱使者為信或信使。②向駐外使館傳送文書信件的人員。

信物 ㄒㄧㄣˋ ㄨˋ 作為憑證的物件。

信念 ㄒㄧㄣˋ ㄋㄧㄢˋ 自己認為正確而堅信不移的觀點。例每個人都有自己的信念。

信託 ㄒㄧㄣˋ ㄊㄨㄛ ①指人誠信可靠能託付事情。例此人可以信託。②將自己的財產委託他人代為管理或處分的行為。例信託公司。

信宿 ㄒㄧㄣˋ ㄙㄨˋ 連住兩夜，也表示兩夜的時間。

信鳥 ㄒㄧㄣˋ ㄋㄧㄠˇ 即候鳥，每年來去有定時的鳥類。

信筆 ㄒㄧㄣˋ ㄅㄧˇ 不加思索隨意揮筆。例信筆揮灑。

信然 ㄒㄧㄣˋ ㄖㄢˊ 確實，果真如此。

信鴿 ㄒㄧㄣˋ ㄍㄜ 經過訓練可傳送書信的鴿子。

信用卡 ㄒㄧㄣˋ ㄩㄥˋ ㄎㄚˇ 一種代替現金消費的卡片。由金融機構發給，持有者可憑此卡在特約商店記帳購物，發行機構則在一定期限內結算持有者的帳目，通知應繳金額。

信口開河 ㄒㄧㄣˋ ㄎㄡˇ ㄎㄞ ㄏㄜˊ 形容隨口亂說。

信口雌黃 ㄒㄧㄣˋ ㄎㄡˇ ㄘˊ ㄏㄨㄤˊ 比喻不顧事實，隨口亂說或惡意批評。同胡說八道。

信手拈來 ㄒㄧㄣˋ ㄕㄡˇ ㄋㄧㄢˊ ㄌㄞˊ 隨手拿來。形容寫文章時，所用詞彙或材料豐富而熟練，應用起來得心應手。

信守不渝 ㄒㄧㄣˋ ㄕㄡˇ ㄅㄨˋ ㄩˊ 忠實地堅守而不改變。

信而有徵 ㄒㄧㄣˋ ㄦˊ ㄧㄡˇ ㄓㄥ 形容所言證據確鑿，信實可靠。

信筆揮灑 ㄒㄧㄣˋ ㄅㄧˇ ㄏㄨㄟ ㄙㄚˇ 拿起筆來隨意書寫。形容文思敏捷，無須費心思考，便可洋洋灑灑寫成好文章。

信誓旦旦 ㄒㄧㄣˋ ㄕˋ ㄉㄢˋ ㄉㄢˋ 發誓之言說得極誠懇可信。

俗

ㄙㄨˊ sú 名①習慣，風氣。例傷風敗俗。②世間，塵世。例還俗。形①平庸的，不雅的。例俗氣、俗不可耐。②大眾化的，淺近的。例俗語、俗文學。

俗人 ㄙㄨˊ ㄖㄣˊ ①平凡人。②指未出家的人。與「僧侶」相對。

俗本 ㄙㄨˊ ㄅㄣˇ 指通行於民間的書籍版本。

俗字 ㄙㄨˊ ㄗˋ 民間通俗流行的字體，別於正體字而言。

俗名 ㄙㄨˊ ㄇㄧㄥˊ ①通俗的名字。與「學名」相對。②佛教徒和道教徒稱出家前的名字為俗名，以別於法號、道號。

俗事 ㄙㄨˊ ㄕˋ 世俗之事，日常生活裡的瑣事。

俗念 ㄙㄨˊ ㄋㄧㄢˋ 世俗人的思想觀念。

俗套 ㄙㄨˊ ㄊㄠˋ 社會習俗中那些陳舊的客套禮節或格調。例不落俗套。

俗氣 ㄙㄨˊ ㄑㄧˋ 庸俗，不文雅。反高雅。

俗務 ㄙㄨˊ ㄨˋ 世俗繁瑣的事務。

俗語 ㄙㄨˊ ㄩˇ 民間通俗流行而定型的語句。

俗諺 ㄙㄨˊ ㄧㄢˋ 民間流傳之簡練、含義深刻的固定語句。

俗體 ㄙㄨˊ ㄊㄧˇ ①世俗通行的字體，相對於正體而言。②凡俗之人的肉體。

俗不可耐 ㄙㄨˊ ㄅㄨˋ ㄎㄜˇ ㄋㄞˋ 形容人的言行舉止庸俗得令人受不了。

俠

ㄒㄧㄚˊ xiá 名舊稱鋤強扶弱、見義勇為的人。例遊俠。

俠客 ㄒㄧㄚˊ ㄎㄜˋ 舊指急人之難、見義勇為，言必信、行必果的豪俠人士。

俠義 ㄒㄧㄚˊ ㄧˋ 講義氣，路見不平而能拔刀相助的行為。

俠骨柔腸 ㄒㄧㄚˊ ㄍㄨˇ ㄖㄡˊ ㄔㄤˊ 形容人好俠義而又心腸柔軟。

俅

ㄑㄧㄡˊ qiú 形俅俅，形容恭順的樣子。

便

㊀ㄅㄧㄢˋ biàn 名①順利。例人人稱便。②排泄物。例大小便。③方便的時候。例就便帶來。形簡單的，非正式的。例便條、便飯。副就，即。例說做便做。㊁ㄆㄧㄢˊ pián 形廉價的。例價錢便宜。

便車 ㄅㄧㄢˋ ㄔㄜ 同路或順路的車子。

便佞 ㄆㄧㄢˊ ㄋㄧㄥˋ 善於花言巧語、諂媚奉承，而無真才實學的人。

便服 ㄅㄧㄢˋ ㄈㄨˊ 指日常所穿的衣服。反禮服。

便祕 ㄅㄧㄢˋ ㄅㄧˋ 指糞便乾燥堅硬，不能按正常情況排便的症狀。或稱為便閉。

便便 ㄆㄧㄢˊ ㄆㄧㄢˊ ①形容肚子肥大的樣子。例大腹便便。②形容言論明晰暢達。

便酌 ㄅㄧㄢˋ ㄓㄨㄛˊ 非正式宴席的酒飯。

便條 ㄅㄧㄢˋ ㄊㄧㄠˊ 寫有簡明事項的非正式紙條。

便捷 ㄅㄧㄢˋ ㄐㄧㄝˊ 輕便而敏捷。

便飯 ㄅㄧㄢˋ ㄈㄢˋ 平常吃的飯菜。例家常便飯。

便當 ㊀ㄅㄧㄢˋ ㄉㄤ 便利，方便。例便當時再來。㊁ㄅㄧㄢˋ ㄉㄤ 隨身攜帶的飯盒。

便嬖 ㄆㄧㄢˊ ㄅㄧˋ 善於逢迎奉承而受寵愛的人。

便覽 ㄅㄧㄢˋ ㄌㄢˇ 一覽，總括說明。多指隨身攜帶、方便查閱的小冊子。

便宜行事 ㄅㄧㄢˋ ㄧˊ ㄒㄧㄥˊ ㄕˋ 不必請示上級，可以依據實際情況斟酌處理。

俚

ㄌㄧˇ lǐ 名民間的通俗歌謠、語言。形鄙俗的，不文雅的。

俚俗 ㄌㄧˇ ㄙㄨˊ 粗野鄙俗。

俚歌 ㄌㄧˇ ㄍㄜ 通俗的民間歌曲。

俚語 ㄌㄧˇ ㄩˇ 粗俗的民間語言。亦作「俚言」。

侶

ㄌㄩˇ lǚ 名同伴。例伴侶。

保

ㄅㄠˇ bǎo 名①舊稱某些店鋪的傭工。例酒保。②舊時的地方組織。例保甲。動①守衛。例保家衛國。②維護，養護。例保佑、保健。③負責，承擔。例保釋、保險。

保姆 ㄅㄠˇ ㄇㄨˇ　受雇為人撫育孩童的婦女。亦作「保母」。

保送 ㄅㄠˇ ㄙㄨㄥˋ　①指具有特殊才能或學業成績優異的學生，依規定不必參加考試或甄試而直接入學就讀的辦法。②指棒球或壘球比賽時，投手投出四壞球，使打擊者可直接攻佔一壘。

保單 ㄅㄠˇ ㄉㄢ　①對行為、財力或貨物的質量，表示負責的單據。②保險之憑證。

保溫 ㄅㄠˇ ㄨㄣ　保持固定溫度，使它不易喪失。

保障 ㄅㄠˇ ㄓㄤˋ　保護，保證。例法律使人的生命財產都有了保障。

保險 ㄅㄠˇ ㄒㄧㄢˇ　①向保險公司繳納保險費，如果遇災害或傷亡時，保險公司則依約給以賠償。②穩妥，靠得住。例這人做事很保險。

保證 ㄅㄠˇ ㄓㄥˋ　①對於他人行為、信用或財物等作擔保。②負責辦到。例我保證能按時完成任務。③作為擔保的事物。例毅力是事業成功的保證。

保鑣 ㄅㄠˇ ㄅㄧㄠ　①古時保護他人行旅中財物、生命安全的行業。②私人僱用的護衛。也作「保鏢」。

保釋 ㄅㄠˇ ㄕˋ　犯法被拘押的人，請人擔保，暫時釋放。

保險絲 ㄅㄠˇ ㄒㄧㄢˇ ㄙ　一種低熔點合金導線，設置於電路中，當電流超過一定限度時即熔斷，自動切斷電流，以保護電器及周圍物件。

保險箱 ㄅㄠˇ ㄒㄧㄢˇ ㄒㄧㄤ　用雙層厚鐵板製成，並裝有特製的鎖鑰的箱子。不怕火燒和盜賊，用來存放貴重物件。

保齡球 ㄅㄠˇ ㄌㄧㄥˊ ㄑㄧㄡˊ　一種室內球類運動，為英語bowling的音譯。球瓶共十個，在球道末端排成三角形，運動時使球在球道上向前滾，把球瓶撞倒，按撞倒的瓶號跟數目多寡計分。

保護色 ㄅㄠˇ ㄏㄨˋ ㄙㄜˋ　①某些動物具有和周圍環境相似的顏色，使其他動物分辨不清以保護自己。②比喻巧妙的偽裝技巧。

保護國 ㄅㄠˇ ㄏㄨˋ ㄍㄨㄛˊ　指沒有獨立治理內政、外交之權，而由強國保護監督的國家。

俏

ㄑㄧㄠˋ qiào 形①容貌美好，姿態輕盈。例俊俏、俏佳人。②活潑有趣。例俏皮。

俏皮 ㄑㄧㄠˋ ㄆㄧˊ　①形容人的言行舉止很風趣。②形容人輕薄尖刻。

俏麗 ㄑㄧㄠˋ ㄌㄧˋ　俊俏美麗。

俏皮話 ㄑㄧㄠˋ ㄆㄧˊ ㄏㄨㄚˋ　①含諷刺性的輕薄話。②幽默而輕鬆的笑話。③歇後語。

促

ㄘㄨˋ cù 動①催迫，推動。例促其實現、督促。②靠近。例促膝。副急迫，緊迫。例迫促。

促成 ㄘㄨˋ ㄔㄥˊ　在旁推動、幫助，使其成功。

促席 ㄘㄨˋ ㄒㄧˊ 古人席地而坐，坐位靠近叫促席。

促銷 ㄘㄨˋ ㄒㄧㄠ 廠商運用廣告等手法，刺激消費者的購買慾，以促進產品的銷售。

促織 ㄘㄨˋ ㄓ 蟋蟀的別名。

促膝談心 ㄘㄨˋ ㄒㄧ ㄊㄢˊ ㄒㄧㄣ 形容靠近坐著，傾心交談。

俎

ㄗㄨˇ zǔ 名①古代祭祀或宴饗時用來盛牛、羊、豬等牲肉的禮器。②切肉用的砧板。

俎豆 ㄗㄨˇ ㄉㄡˋ 古代祭祀時用以盛祭品的兩種器具。

俎上肉 ㄗㄨˇ ㄕㄤˋ ㄖㄡˋ 砧板上的肉。比喻任人欺凌、宰割的人或國家。

俛

㈠ㄈㄨˇ fǔ 副同「俯」。低頭。例俛仰。㈡ㄇㄧㄢˇ miǎn 形同「勉」。勤奮、勤勞的樣子。

俄

ㄜˊ é 名俄羅斯共和國的簡稱。副片刻，不久。例俄而。

俄而 ㄜˊ ㄦˊ 不久。同俄爾。

俄頃 ㄜˊ ㄑㄧㄥˇ 頃刻間，一會兒。

俄羅斯 ㄜˊ ㄌㄨㄛˊ ㄙ 國名，Russia。位於亞洲北部，歐洲東部，地跨歐亞兩洲。西元一九一七年成立蘇維埃社會主義共和國聯邦，九〇年代初蘇聯解體，俄羅斯成為獨立的民主國家，首都為莫斯科。

侮

ㄨˇ wǔ 動①欺負。例欺侮。②輕慢。例侮慢。

侮弄 ㄨˇ ㄋㄨㄥˋ 輕視，戲弄。

侮辱 ㄨˇ ㄖㄨˇ 欺侮羞辱，使對方身心或名譽受到損害。

係

ㄒㄧˋ xì 動①通「繫」。束縛，綑綁。②關聯，聯結。例關係。③牽涉。例干係。④是。例確係事實。

係數 ㄒㄧˋ ㄕㄨˋ ①代數式裡與未知數相乘的數字或文字。②科技上用來表示某種性質的程度或比率的數。例安全係數、膨脹係數。

俘

ㄈㄨˊ fú 名戰爭中虜獲的敵人或東西。例戰俘。動虜獲。例俘獲敵軍數千人。

俘虜 ㄈㄨˊ ㄌㄨˇ ①打仗時活捉的敵人。②擒獲。

俘獲 ㄈㄨˊ ㄏㄨㄛˋ 抓到，捉住。

俐

ㄌㄧˋ lì 形聰明敏捷的樣子。見「伶俐」。

侯

ㄏㄡˊ hóu 名①中國古代五等爵位中的第二等。②獸皮做成的箭靶。例射侯。③泛指做大官的人。例侯門。④古代士大夫之間彼此的尊稱，相當於「君」。⑤姓。

侯門如海 ㄏㄡˊ ㄇㄣˊ ㄖㄨˊ ㄏㄞˇ 權貴人家門庭深廣，進去不易。

俟

㈠ㄙˋ sì 動等待。例俟機。㈡ㄑㄧˊ qí 名万（ㄇㄛˋ）俟，複姓。

俟時 ㄙˋ ㄕˊ 等待時機、時運。例俟時而動。

俟河之清 ㄙˋ ㄏㄜˊ ㄓ ㄑㄧㄥ 等待黃河的水由濁變清。比喻期待的事無望或難以實現。

侷

ㄐㄩˊ jú 見「侷促」。

侷促 ㄐㄩˊ ㄘㄨˋ 也作「局促」。①地方狹小不舒適。例居處侷促。②拘束不自然。例侷促不安。

俊 ㄐㄩㄣˋ jùn 形①才智過人。例俊傑。②容貌秀美。例他長得俊。③通「峻」。大。例俊德。

俊拔 ㄐㄩㄣˋ ㄅㄚˊ 俊秀出眾。

俊彥 ㄐㄩㄣˋ ㄧㄢˋ 才智出眾之士。

俊逸 ㄐㄩㄣˋ ㄧˋ 形容人俊美灑脫，不同凡俗。

俊邁 ㄐㄩㄣˋ ㄇㄞˋ 才識卓越不凡。

俑 ㄩㄥˇ yǒng 名古代用來殉葬的木偶和陶偶。例兵馬俑。

侵 ㄑㄧㄣ qīn 動①掠奪，奪取。例侵占。②進兵攻打別國。例入侵、侵犯。③漸進。例侵淫。

侵占 ㄑㄧㄣ ㄓㄢˋ 以非法手段強占他人之物據為己有。

侵犯 ㄑㄧㄣ ㄈㄢˋ 用暴力或其他手段強行干涉，損害別人或別國的權利。

侵凌 ㄑㄧㄣ ㄌㄧㄥˊ 侵犯欺凌。亦作「侵陵」。

侵淫 ㄑㄧㄣ ㄧㄣˊ 漸進的樣子。亦作「浸淫」。

侵略 ㄑㄧㄣ ㄌㄩㄝˋ ①侵犯掠奪。②指一國侵犯他國的領土、主權，進行政治、經濟、文化等的滲透和干預。

侵蝕 ㄑㄧㄣ ㄕˊ ①流水、風力或冰川磨損礦物質、土壤、木質等。②暗中逐漸掠取他人的財物。

侵襲 ㄑㄧㄣ ㄒㄧˊ 侵犯襲擊。

侵權行為 ㄑㄧㄣ ㄑㄩㄢˊ ㄒㄧㄥˊ ㄨㄟˊ 法律上指因故意或過失，非法侵害他人權利的行為。

俞 ㈠ㄩˊ yú 名姓。動①答應。例俞允。②通「癒」。痊癒。㈡ㄕㄨ shū 名俞兒，傳說中的登山之神。

八畫

倉 ㄘㄤ cāng 名收藏穀物或其他物資的建築物。例糧倉、貨倉。形通「蒼」。青色的。副匆促的樣子。例倉卒。

倉卒 ㄘㄤ ㄘㄨˋ 急促匆忙的樣子。或作「倉猝」。

倉皇 ㄘㄤ ㄏㄨㄤˊ 形容因恐懼而匆忙慌張的樣子。或作「倉黃」、「倉惶」。

倉頡 ㄘㄤ ㄐㄧㄝˊ 相傳為黃帝史官，是我國文字的創造者。

倉廩 ㄘㄤ ㄌㄧㄣˇ 儲藏糧食的倉庫。

倉皇失措 ㄘㄤ ㄏㄨㄤˊ ㄕ ㄘㄨㄛˋ 心中慌亂，不知怎麼辦才好。

倣 ㄈㄤˇ fǎng 動同「仿」。學習，模仿。例倣效、倣照。

倍 ㄅㄟˋ bèi 名照原數加上一個或幾個同樣的全數。例十是五的兩倍。副更加。例信心倍增。

倍率 ㄅㄟˋ ㄌㄩˋ 指各種光學儀器對實體所能放大的倍數。

倍數 ㄅㄟˋ ㄕㄨˋ 一數能被另一數整除時，此數即為另一數的倍數。如六是三和二的倍數。

倍蓰 ㄅㄟˋ ㄒㄧˇ 由一倍到五倍。形容很多。

倦 ㄐㄩㄢˋ juàn 形①厭倦的。例誨人不倦。②疲勞的。例困倦、疲倦。

倦怠 ㄐㄩㄢˋ ㄉㄞˋ 疲倦怠惰。

倦勤 ㄐㄩㄢˋ ㄑㄧㄣˊ 厭倦辦事而想引退。

倦鳥知返 ㄐㄩㄢˋ ㄋㄧㄠˇ ㄓ ㄈㄢˇ 比喻人長久在外遊蕩或奔波，萌生倦意，想回家休息。

俯

ㄈㄨˇ fǔ 動低頭。與「仰」相對。例俯首、俯身。副舊時公文書信中對上級或尊長的敬詞。例俯允、俯念。

俯允 ㄈㄨˇ ㄩㄣˇ 書信中請求允許的謙詞。或作「俯准」。

俯伏 ㄈㄨˇ ㄈㄨˊ 低著頭趴在地上。

俯念 ㄈㄨˇ ㄋㄧㄢˋ ①請求對方體念的謙詞。②低頭思考。

俯衝 ㄈㄨˇ ㄔㄨㄥ 低著頭從高處衝下來。多指飛機。

俯瞰 ㄈㄨˇ ㄎㄢˋ 從高處往下看。同俯視。

俯仰無愧 ㄈㄨˇ ㄧㄤˇ ㄨˊ ㄎㄨㄟˋ 低頭對地，仰頭對天，都問心無愧。形容人光明磊落。

俯首帖耳 ㄈㄨˇ ㄕㄡˇ ㄊㄧㄝ ㄦˇ 低頭垂耳。形容馴服聽命的樣子。同低首下心。

俯首聽命 ㄈㄨˇ ㄕㄡˇ ㄊㄧㄥ ㄇㄧㄥˋ 低著頭聽從別人的命令。形容人非常恭順服從。

俯拾即是 ㄈㄨˇ ㄕˊ ㄐㄧˊ ㄕˋ 只要彎下身子去撿，到處都是。形容為數很多，而且很容易得到。同俯拾地芥。反寥寥無幾。

倌

ㄍㄨㄢ guān 名①農村中專管飼養家畜的人。例牛倌、羊倌。②舊稱在茶樓、酒館、飯館裡跑堂的人。例堂倌。

倌人 ㄍㄨㄢ ㄖㄣˊ ①古代主管駕車的小臣。②舊時上海、蘇州一帶稱妓女為倌人。

倥

㊀ㄎㄨㄥ kōng 見「倥侗」。㊁ㄎㄨㄥˇ kǒng 見「倥傯」。

倥侗 ㄎㄨㄥ ㄊㄨㄥˊ 愚昧無知的樣子。

倥傯 ㄎㄨㄥˇ ㄗㄨㄥˇ ①形容急迫忙碌的樣子。例戎馬倥傯。②窮困，困苦。

俸

ㄈㄥˋ fèng 名舊稱官員或做事的人所應得的薪資。

俸祿 ㄈㄥˋ ㄌㄨˋ 官吏每年或每月所得的薪餉。

倩

ㄑㄧㄢˋ qiàn 名舊稱女婿為倩。例賢倩。形①口頰含笑的樣子。例巧笑倩兮。②美好的樣子。例倩影。動請人代為做事。例倩代。

倩妝 ㄑㄧㄢˋ ㄓㄨㄤ 華美的裝扮。

倩影 ㄑㄧㄢˋ ㄧㄥˇ 比喻美女的身影。

俺

㊀ㄢˇ ǎn 名北方方言稱我為俺。㊁ㄧㄢˇ yǎn 形大。

倒

㊀ㄉㄠˇ dǎo 動①橫躺下來，塌。例摔倒、倒塌。②失敗，破產。例倒閉。③移動，更換。例顛倒是非。㊁ㄉㄠˋ dào 動①傾出。例倒茶。②位置、順序互換。例本末倒置。③向相反的方向進行。例倒走、倒車。④扔掉。例把垃圾倒了。副反而。例本想幫他一把，倒惹出禍來了。

倒戈 ㄉㄠˇ ㄍㄜ 又讀ㄉㄠˋ ㄍㄜ。軍隊叛變，反戈相向。

倒扣 ㄉㄠˋ ㄎㄡˋ 計算考試分數的一種方法，就是答題錯誤時，除原題分數不計外，還要再扣掉一定的分數。

倒彩 ㄉㄠˋ ㄘㄞˇ 看表演時，發現演出者出現差錯，報以不滿的怪叫聲。

倒帳 ㄉㄠˇ ㄓㄤˋ　欠帳不還或根本不認帳。

倒敘 ㄉㄠˋ ㄒㄩˋ　文學創作的一種描述手法。指不按照時間的先後順序，把某些發生在後的情節或結局先寫，再回過來敘述過程。

倒貼 ㄉㄠˋ ㄊㄧㄝ　反過來給予貼補。

倒塌 ㄉㄠˇ ㄊㄚ　房屋、牆壁等崩倒下來。

倒楣 ㄉㄠˇ ㄇㄟˊ　指運氣不好。也作「倒霉」。

倒閣 ㄉㄠˇ ㄍㄜˊ　指在民主國家裡，反對政府的人透過議會或其他民主方式，推翻當時的內閣。

倒影 ㄉㄠˋ ㄧㄥˇ　①水中倒映的影子。②倒過來的影子。

倒懸 ㄉㄠˋ ㄒㄩㄢˊ　把人倒掛著。比喻處境非常困苦、艱難。例解民於倒懸。

倒不如 ㄉㄠˋ ㄅㄨˋ ㄖㄨˊ　①寧可。例你說的話既然毫無建設性可言，倒不如不說。②反而不如。例我怎麼倒不如他了呢！

倒胃口 ㄉㄠˇ ㄨㄟˋ ㄎㄡˇ　①指胃口不好，沒有食慾。②比喻掃興，沒有趣味。

倒栽蔥 ㄉㄠˋ ㄗㄞ ㄘㄨㄥ　跌倒時頭先著地。

倒打一耙 ㄉㄠˋ ㄉㄚˇ ㄧ ㄆㄚˊ　對自己的過錯不但不承認，反而責怪別人，反咬一口。

倒吃甘蔗 ㄉㄠˋ ㄔ ㄍㄢ ㄓㄜˋ　吃甘蔗從尾端吃起，越吃越甜。比喻情況越來越好，漸入佳境。

倒行逆施 ㄉㄠˋ ㄒㄧㄥˊ ㄋㄧˋ ㄕ　做事違反常理。形容言行違背正義和歷史潮流。

倒海翻江 ㄉㄠˇ ㄏㄞˇ ㄈㄢ ㄐㄧㄤ　形容力量或聲勢非常壯大。又作「翻江倒海」。

倒屣相迎 ㄉㄠˋ ㄒㄧˇ ㄒㄧㄤ ㄧㄥˊ　形容對來客熱情歡迎的樣子。

值

ㄓˊ zhí　名①價格，價錢。例幣值、產值。②數學上數值的簡稱。例平均值。動①逢著，碰上。例適值中秋佳節。②輪流擔當職務。例值班、值日。③抵得上。例這錶值一萬元。

值日 ㄓˊ ㄖˋ　在輪流分配的工作上，擔任某日的職務。

值得 ㄓˊ ˙ㄉㄜ　價值相當或相稱。

值勤 ㄓˊ ㄑㄧㄣˊ　指軍隊或負責治安、保衛、交通等工作的人員值班。

借

ㄐㄧㄝˋ jiè　動①暫時使用別人的財物，或把財物暫時給他人使用。例借錢、借書。②利用，假託。例借刀殺人。③依靠，憑藉。例借重、借風使船。副假使。例借使。

借口 ㄐㄧㄝˋ ㄎㄡˇ　假託某種理由的推託之辭。亦作「藉口」。

借代 ㄐㄧㄝˋ ㄉㄞˋ　修辭學辭格之一。指不直接說出人或事物的名稱，而借用與之有關的名稱來稱呼。如「朱門酒肉臭」中，以朱門代替豪門貴族便是借代。

借光 ㄐㄧㄝˋ ㄍㄨㄤ　①問事或請人讓路的客氣話。②比喻依賴他人而稍得好處。

借重 ㄐㄧㄝˋ ㄓㄨㄥˋ　借用別人力量。請人幫忙的敬辭。

借宿 ㄐㄧㄝˋ ㄙㄨˋ　借住，指夜晚在別人家裡住宿。

借喻 ㄐㄧㄝˋ ㄩˋ　一種比喻。如「燕雀安知鴻鵠之志哉」，燕雀和鴻鵠分別代表目光短淺和有遠大抱負的人。

借貸 ㄐㄧㄝˋ ㄉㄞˋ ①向他人借用錢財。②會計上指簿記或資產表上的借方與貸方。

借鑑 ㄐㄧㄝˋ ㄐㄧㄢˋ 把別人的經驗教訓當作鏡子，反省對照自身作為。亦作「借鏡」。

借刀殺人 ㄐㄧㄝˋ ㄉㄠ ㄕㄚ ㄖㄣˊ 利用他人之手去害人。

借花獻佛 ㄐㄧㄝˋ ㄏㄨㄚ ㄒㄧㄢˋ ㄈㄛˊ 比喻用別人的東西做順水人情。

借箸代籌 ㄐㄧㄝˋ ㄓㄨˋ ㄉㄞˋ ㄔㄡˊ 比喻代人設計或籌畫謀略。

借題發揮 ㄐㄧㄝˋ ㄊㄧˊ ㄈㄚ ㄏㄨㄟ 假借某事為題，以表達自己真正的心意。

倖

ㄒㄧㄥˋ xìng 形意外地獲致好結果或免去不幸。例僥倖。動寵愛。

倖存 ㄒㄧㄥˋ ㄘㄨㄣˊ 避免了災難，僥倖存活下來。

倖臣 ㄒㄧㄥˋ ㄔㄣˊ 君主所寵幸的臣子。

俵

ㄅㄧㄠˇ biǎo 動散發，把東西分給人。例俵散。

倆

㈠ㄌㄧㄤˇ liǎng 見「伎倆」。㈡ㄌㄧㄚˇ liǎ 形兩個。例哥倆好、爺兒倆。

倢

ㄐㄧㄝˊ jié 名倢伃，漢代宮中女官名，為武帝所設，位如上卿，爵比列侯。亦作「婕妤」。

倚

ㄧˇ yǐ 動①靠著。例倚門而立。②依仗，仗恃。例倚勢欺人。③偏於一邊。例不偏不倚。

倚仗 ㄧˇ ㄓㄤˋ 依靠別人的勢力或優越條件。

倚重 ㄧˇ ㄓㄨㄥˋ 信賴而付予重託。

倚聲 ㄧˇ ㄕㄥ 填詞。作詞時多依詞調填入字句，符合聲律，所以稱填詞為倚聲。

倚老賣老 ㄧˇ ㄌㄠˇ ㄇㄞˋ ㄌㄠˇ 仗著年齡大，閱歷豐富，而喜愛炫耀賣弄，瞧不起別人。

倚門倚閭 ㄧˇ ㄇㄣˊ ㄧˇ ㄌㄩˊ 形容父母殷切的盼望子女歸來。

倚馬可待 ㄧˇ ㄇㄚˇ ㄎㄜˇ ㄉㄞˋ 靠著馬很快就寫成了文章。形容文思敏捷，行文迅速。同一揮而就。

倘

㈠ㄊㄤˇ tǎng 連假使，如果。表示假設。㈡ㄔㄤˊ cháng 見「倘佯」。

倘佯 ㄔㄤˊ ㄧㄤˊ 徘徊，來回地走。亦作「徜徉」。

倘若 ㄊㄤˇ ㄖㄨㄛˋ 如果。表示假設。例倘若他不能前來，你就去吧。

倘然 ㄊㄤˇ ㄖㄢˊ ①假使，如果。②心中若有所失的樣子。

俶

㈠ㄔㄨˋ chù 動通「束」。整理。例俶裝。副開始。例俶載。㈡ㄊㄧˋ tì 形通「倜」。豪邁不拘的樣子。例俶儻。

俶裝 ㄔㄨˋ ㄓㄨㄤ 整理行裝。

俱

ㄐㄩˋ jù 形偕，同。例與生俱來。副全，都。例萬事俱備。

俱樂部 ㄐㄩˋ ㄌㄜˋ ㄅㄨˋ 英語 club 的譯名。有固定的場所和設備，專供會員學習或娛樂的地方。

倮

ㄌㄨㄛˇ luǒ 形同「裸」。赤身的。

倮蟲 ㄌㄨㄛˇ ㄔㄨㄥˊ 身無羽毛鱗甲的動物，指人類。

個

㈠ㄍㄜˋ gè 名①指人的身材或物的體積，常說成「個兒」。例她個兒真高、這桃子的個兒大。②人或事物的量詞。例一個人。形單獨的。例個人、個體。代此，這。例個中滋味。**助**用以加強語氣，無義。**例**輸個精光。㈡ㄍㄜˇ gě **助**自個兒，自己一個人的意思。

個子 ㄍㄜˋ ˙ㄗ 指人的身材。亦作「個兒」。

個性 ㄍㄜˋ ㄒㄧㄥˋ 一個人獨有而固定的性格。

個體 ㄍㄜˋ ㄊㄧˇ 單獨的人、生物或物體。

個中人 ㄍㄜˋ ㄓㄨㄥ ㄖㄣˊ 此中人，局中人。指曾經經歷其境或深知其中道理的人。

個體戶 ㄍㄜˋ ㄊㄧˇ ㄏㄨˋ 中國大陸指從事私人經營的專業戶。

個人主義 ㄍㄜˋ ㄖㄣˊ ㄓㄨˇ ㄧˋ ①以個人利益為前提，不顧他人或整體利益的主義。②崇尚個人自由、尊重個人發展的思想。

個別差異 ㄍㄜˋ ㄅㄧㄝˊ ㄔㄚ ㄧˋ 個體受先天的遺傳和後天的生長環境等因素影響，所形成各自不同的差異。

倀

ㄔㄤ chāng **名**傳說中被老虎吃掉又供其使喚的鬼。**例**為虎作倀。**形**形容極為狂妄的樣子。**例**倀狂。

倀鬼 ㄔㄤ ㄍㄨㄟˇ 傳說中被老虎吃掉的人所變成的鬼，常替老虎做幫凶。

修

ㄒㄧㄡ xiū **形**長的。**例**修長。**動**①裝扮，裝飾。**例**修飾。②整治。**例**維修。③興建。**例**修築。④涵養。**例**修身。⑤編撰，寫。**例**修史。⑥學習，研習。**例**自修、進修。⑦剪，削。**例**修花木。

修士 ㄒㄧㄡ ㄕˋ ①在天主教會中修道的男子。②修身之士，即操行純潔正直之士。

修女 ㄒㄧㄡ ㄋㄩˇ 在天主教會中修道的女子。

修正 ㄒㄧㄡ ㄓㄥˋ 改正。**例**修正錯誤。

修竹 ㄒㄧㄡ ㄓㄨˊ 長長的竹子。

修身 ㄒㄧㄡ ㄕㄣ 努力提高自己的品德修養。

修訂 ㄒㄧㄡ ㄉㄧㄥˋ 修改訂正。

修書 ㄒㄧㄡ ㄕㄨ ①指編纂書籍。②寫信。

修理 ㄒㄧㄡ ㄌㄧˇ ①對損壞的東西加以整修，使之恢復原來的形狀和作用。②整治。③受責罰或挨揍。**例**他昨天被狠狠地修理了一頓。

修睦 ㄒㄧㄡ ㄇㄨˋ 與鄰人或鄰國和睦相處。

修業 ㄒㄧㄡ ㄧㄝˋ 多指學生在校學習。**例**修業期滿。

修飾 ㄒㄧㄡ ㄕˋ ①修整裝飾，使之更加整齊美觀。②修改潤飾文字。

修養 ㄒㄧㄡ ㄧㄤˇ ①修治涵養，求學問道德的精美完善。**例**道德修養、文學修養。②特指人的品德、風度。

修鍊 ㄒㄧㄡ ㄌㄧㄢˋ ①修養鍛鍊。②指道家修習煉丹的法術。亦作「修煉」。

修辭 ㄒㄧㄡ ㄘˊ 修飾詞句，使語文表達得更準確、鮮明、生動。

修繕 ㄒㄧㄡ ㄕㄢˋ 修理，修補。**例**修繕房屋。

修辭格 ㄒㄧㄡ ㄘˊ ㄍㄜˊ 即各種修辭方式。如擬人、譬喻、誇飾、排偶、對比等。

修辭學 ㄒㄧㄡ ㄘˊ ㄒㄩㄝˊ 研究如何更適切地使用語言，使之能精確而生動的表情達意的一門學科。

修橋補路 ㄒㄧㄡ ㄑㄧㄠˊ ㄅㄨˇ ㄌㄨˋ 指做有益於公眾的善事。

倬 ㄓㄨㄛˊ zhuó 形 高大的，顯著的。例 詩經：「倬彼雲漢。」

倡 ㈠ㄔㄤˋ chàng 動 ①帶頭，發起。例 首倡、倡導。②古通「唱」。作樂，歌唱。
㈡ㄔㄤ chāng 名 ①古代稱歌舞藝人。例 倡優。②通「娼」。妓女。形 通「猖」。狂妄。例 倡狂。

倡議 ㄔㄤˋ ㄧˋ 首先建議或發起。

倡導者 ㄔㄤˋ ㄉㄠˇ ㄓㄜˇ 發起或提倡的人。

候 ㄏㄡˋ hòu 名 ①時間，時節。例 天候。②事物變化的情況。例 火候、症候。動 ①等待。例 候車室。②探望。例 問候。③卜筮。例 占候。

候光 ㄏㄡˋ ㄍㄨㄤ 恭候光臨之敬詞。多為請帖上的用語。

候教 ㄏㄡˋ ㄐㄧㄠˋ 等候指教之敬詞。

候鳥 ㄏㄡˋ ㄋㄧㄠˇ 隨氣候變化而定時轉移棲息地的鳥類。如大雁、燕子等。

候補 ㄏㄡˋ ㄅㄨˇ ①正式入選名額外的預備名額。②指等待缺額補用的人。

候選人 ㄏㄡˋ ㄒㄩㄢˇ ㄖㄣˊ 具有被選舉資格，經由選舉事務委員會核准公布，等候選民投票的人。

俾 ㄅㄧˇ bǐ 動 使。例 俾使、俾能自立。

倭 ㄨㄛ wō 名 中國古代對日本的稱呼。

倭寇 ㄨㄛ ㄎㄡˋ 元末明初在中國和朝鮮沿海地區侵擾搶掠的日本海盜集團，後為名將戚繼光剿滅。

俳 ㄆㄞˊ pái 名 ①雜耍、滑稽劇。②古稱演藝人員。例 俳優。形 詼諧有趣的。例 俳諧。副 同「徘」。例 俳佪。

俳句 ㄆㄞˊ ㄐㄩˋ 日本的一種短詩。一首十七字，共三句，首句五字，次句七字，末句五字。

俳優 ㄆㄞˊ ㄧㄡ 古稱演雜耍、滑稽戲的人。後泛稱演戲的人。

倜 ㄊㄧˋ tì 見「倜儻」。

倜儻 ㄊㄧˋ ㄊㄤˇ 形容氣派高雅，豪爽灑脫的樣子。

倪 ㄋㄧˊ ní 名 ①小孩。例 垂髫之倪。②頭緒。例 略見端倪。③姓。代 吳語稱我、我們為倪。

倫 ㄌㄨㄣˊ lún 名 ①常理，人與人之間的正常關係。例 倫理道德。②輩，類。例 不倫不類。③條理，次序。例 語無倫次。④姓。動 比較，匹敵。例 倫比。

倫次 ㄌㄨㄣˊ ㄘˋ 條理次序。例 語無倫次。

倫常 ㄌㄨㄣˊ ㄔㄤˊ 人倫的常道。

倫理學 ㄌㄨㄣˊ ㄌㄧˇ ㄒㄩㄝˊ 研究人類道德現象的根源、本質與內容的科學。

倔 ㈠ㄐㄩㄝˊ jué 形 強硬的樣子。例 倔強。
㈡ㄐㄩㄝˋ juè 形 性格粗直，態度生硬。例 倔頭楞腦。

倔強 ㄐㄩㄝˊ ㄐㄧㄤˋ 指人性情強硬，不易屈服。

倨 ㄐㄩˋ jù 形 傲慢。例 前倨後恭。副 微曲地。

倨傲 ㄐㄩˋ ㄠˋ　驕傲不恭的樣子。

倨慢 ㄐㄩˋ ㄇㄢˋ　傲慢自大的樣子。

們

ㄇㄣˊ mén **代** 加在人稱代名詞和指稱人的名詞後表示複數。**例**他們、女士們、同學們。

九畫

倏

ㄕㄨˋ shù **副** 疾速地，忽然。

倏忽 ㄕㄨˋ ㄏㄨ　疾速，指時間短促。

倏然 ㄕㄨˋ ㄖㄢˊ　很快的樣子，突然。亦作「倏爾」。

偏

ㄆㄧㄢ piān **形** ①歪斜，不正的。**例**不偏不倚、偏心。②荒僻的，冷僻的。**例**偏遠、偏題。③側面的，旁邊的。**例**偏師。**副** ①表示出乎意料。**例**偏不湊巧。②表示相反的意思。**例**你要走，他偏不走。

偏方 ㄆㄧㄢ ㄈㄤ　流傳於民間而不見於正式醫藥書籍記載的藥方。如祖傳祕方。

偏心 ㄆㄧㄢ ㄒㄧㄣ　心意不公正而有所偏袒。

偏巧 ㄆㄧㄢ ㄑㄧㄠˇ　想不到的，出乎意外的。**例**偏巧他在這關鍵時刻生病了。

偏安 ㄆㄧㄢ ㄢ　指封建王朝失去中原地區，不圖收復，只知苟安於一方。如東晉、南宋之偏安江南。

偏見 ㄆㄧㄢ ㄐㄧㄢˋ　心中偏於一方面的意見、看法，表現得不公平或頑固。**同**成見。

偏房 ㄆㄧㄢ ㄈㄤˊ　即妾，俗稱姨太太。

偏食 ㄆㄧㄢ ㄕˊ　①只喜歡吃某幾種食物的不良習慣。②日偏食和月偏食的統稱。

偏袒 ㄆㄧㄢ ㄊㄢˇ　不公正地支持和維護某一方。

偏倚 ㄆㄧㄢ ㄧˇ　偏重，偏向。

偏執 ㄆㄧㄢ ㄓˊ　固執地偏重於某一方面的意見或看法。

偏偏 ㄆㄧㄢ ㄆㄧㄢ　①表示和事實或期望相反。**例**叫他不要這樣做，他偏偏要這樣做。②單單，只有。**例**全公司的人都有年終獎金，為什麼偏偏我沒有？

偏將 ㄆㄧㄢ ㄐㄧㄤˋ　副將。**反**主將。

偏勞 ㄆㄧㄢ ㄌㄠˊ　①請人做事或感謝人代勞的客氣話。②指人為公眾的事出力良多。

偏頗 ㄆㄧㄢ ㄆㄛ　偏於一方，不公平。**例**失之偏頗。

偏僻 ㄆㄧㄢ ㄆㄧˋ　交通不便，離市鎮或中心區遙遠。

偏激 ㄆㄧㄢ ㄐㄧ　言論或行為失當，過於極端。

偏頭痛 ㄆㄧㄢ ㄊㄡˊ ㄊㄨㄥˋ　陣發性的一側頭痛，由頭部血管舒縮障礙所引起。

停

ㄊㄧㄥˊ tíng **名** 全數分若干份，每份叫一停。**例**十停去了九停。**動** ①中止。**例**停辦。②擱置。**例**停放。

停火 ㄊㄧㄥˊ ㄏㄨㄛˇ　交戰雙方或一方停止攻擊。

停止 ㄊㄧㄥˊ ㄓˇ　動作中斷，不進行。

停泊 ㄊㄧㄥˊ ㄅㄛˊ　船隻停住不進，或靠泊碼頭。

停歇 ㄊㄧㄥˊ ㄒㄧㄝ　停止，歇息。

停當 ㄊㄧㄥˊ ㄉㄤˋ　齊全，妥當。**例**已準備停當。

停頓 ㄊㄧㄥˊ ㄉㄨㄣˋ　中止或暫停。

停擺（ㄊㄧㄥˊ ㄅㄞˇ） 鐘擺停止。比喻事情被擱置不再進行。

停滯不前（ㄊㄧㄥˊ ㄓˋ ㄅㄨˋ ㄑㄧㄢˊ） 事物受到阻礙，無法繼續前進。

做

ㄗㄨㄛˋ zuò 動①進行工作或活動。例做工、做事。②舉行，舉辦。例做壽、做喜事。③製造。例做衣服、做鞋子。④當，作為。例做父母的。⑤假裝。例做好做歹。

做人（ㄗㄨㄛˋ ㄖㄣˊ） 指待人接物。例他很會做人。

做大（ㄗㄨㄛˋ ㄉㄚˋ） 妄自尊大，擺架子。

做弄（ㄗㄨㄛˋ ㄋㄨㄥˋ） ①捉弄，戲弄。②故意播弄。

做作（ㄗㄨㄛˋ ㄗㄨㄛˋ） 裝模作樣，不自然、不真誠。同造作。

做活（ㄗㄨㄛˋ ㄏㄨㄛˊ） ①工作以謀生計。②指婦女做針線工作。

做東（ㄗㄨㄛˋ ㄉㄨㄥ） 請客的主人。

做壽（ㄗㄨㄛˋ ㄕㄡˋ） 多指為年老的親友舉辦生日慶祝宴會。

做手腳（ㄗㄨㄛˋ ㄕㄡˇ ㄐㄧㄠˇ） 暗地裡搗鬼作梗，或私下巧作安排以獲得利益。

做面子（ㄗㄨㄛˋ ㄇㄧㄢˋ ˙ㄗ） 為了體面或情面關係而做的事情。

做圈套（ㄗㄨㄛˋ ㄑㄩㄢ ㄊㄠˋ） 設下計謀，使人上當受騙。

做好做歹（ㄗㄨㄛˋ ㄏㄠˇ ㄗㄨㄛˋ ㄉㄞˇ） 假裝好人或惡人來應付事情。也指好說歹說，用盡各種方法勸人息事。

做賊心虛（ㄗㄨㄛˋ ㄗㄟˊ ㄒㄧㄣ ㄒㄩ） 比喻做了壞事怕人發覺，疑神疑鬼，惶恐不安。

偌

ㄖㄨㄛˋ ruò 副如此，這麼，那麼。

偌大（ㄖㄨㄛˋ ㄉㄚˋ） 這麼大，如此大。

偃

ㄧㄢˇ yǎn 動①仰面倒下，放倒。例偃臥、偃旗。②停止。例偃武修文。

偃月（ㄧㄢˇ ㄩㄝˋ） ①半弦月。②半月形的器物。例偃月刀。

偃臥（ㄧㄢˇ ㄨㄛˋ） 仰面臥倒。

偃武修文（ㄧㄢˇ ㄨˇ ㄒㄧㄡ ㄨㄣˊ） 停息兵事，提倡文教。

偃旗息鼓（ㄧㄢˇ ㄑㄧˊ ㄒㄧ ㄍㄨˇ） 放倒軍旗，停敲戰鼓。指隱蔽行蹤。現比喻事情中止，不再進行。反大張旗鼓。

偪

㊀ㄅㄧ bī 名紮腳用的布帛帶。動通「逼」。侵迫。㊁ㄈㄨˊ fú 名偪陽，春秋時的小國。

偲

㊀ㄙㄞ sāi 形有才能的。例詩經：「其人美且偲。」㊁ㄙ sī 見「偲偲」。

偲偲（ㄙ ㄙ） 互相勸勉。例論語：「朋友切切偲偲。」

偶

ㄡˇ ǒu 名①用泥土或木頭做成的人像。例木偶、土偶。②配偶。例另求佳偶。形成雙的。例偶數。副不經常的，非意料中的。例偶爾、偶然。

偶然（ㄡˇ ㄖㄢˊ） 料想不到的，恰巧遇到的。

偶爾（ㄡˇ ㄦˇ） 有時候，不經常。

偶像（ㄡˇ ㄒㄧㄤˋ） ①用土木或金石等所製的神佛塑像。②比喻盲目崇拜的對象。

偎

ㄨㄟ wēi 動傍著，靠著。例相偎相倚。

側

ㄘㄜˋ cè 名①旁邊。例左側、右側。②書法「永字八法」中稱楷書的「點」為側。形卑微。

例側陋。動偏向，向一邊傾斜。例側目。

側目 ㄘㄜˋ ㄇㄨˋ ①斜著眼睛不敢正視。形容敬懼的樣子。②怒目而視。形容怨恨的樣子。

側耳 ㄘㄜˋ ㄦˇ 注意傾聽的樣子。

側言 ㄘㄜˋ ㄧㄢˊ 偏袒一方面的言論。

側身 ㄘㄜˋ ㄕㄣ ①傾側身體。②憂懼而不能安身。③置身。同廁身。

側重 ㄘㄜˋ ㄓㄨㄥˋ 著重於某一方面。同偏重。

側耳傾聽 ㄘㄜˋ ㄦˇ ㄑㄧㄥ ㄊㄧㄥ 傾斜著耳朵聽。形容非常專注。

偵
ㄓㄣ zhēn 動探伺，暗中查訪、查看。例偵察、偵候。

偵伺 ㄓㄣ ㄙˋ 偵察窺探。

偵查 ㄓㄣ ㄔㄚˊ 檢察官為了確定罪犯和犯罪事實以提出公訴，而進行蒐證之程序。

偵探 ㄓㄣ ㄊㄢˋ ①暗中探聽、查看。②探察祕密或犯罪事實等各種情報的人。

偵察 ㄓㄣ ㄔㄚˊ 察明敵情及有關作戰情況。同窺察。

偵緝 ㄓㄣ ㄑㄧˋ 偵察並搜捕犯人。

偈
㈠ㄐㄧㄝˊ jié 形①勇武的樣子。②疾馳的。例詩經：「匪車偈兮。」㈡ㄐㄧˋ jì 名佛家傳道時所唱的詞句，四句為一偈。例偈句、偈語。

偺
ㄗㄢˊ zán 代同「咱」。我，我們。例偺家。

偷
ㄊㄡ tōu 名暗中拿人財物的人。例小偷。形①刻薄，不厚道。例論語：「故舊不遺，則民不偷。」②苟且。例偷生。動①竊取。例偷錢。②抽出。例偷空、忙裡偷閒。③暗中與人發生性關係。例偷人。副私下，暗地。例偷聽。

偷生 ㄊㄡ ㄕㄥ 貪生怕死，苟且活下去。

偷安 ㄊㄡ ㄢ 不管將來怎樣，只顧眼前安逸。

偷情 ㄊㄡ ㄑㄧㄥˊ 男女暗中幽會或發生不正當的關係。

偷渡 ㄊㄡ ㄉㄨˋ 非法逃離或進入他國國境。

偷襲 ㄊㄡ ㄒㄧˊ 趁敵人沒防備而突然襲擊。

偷竊 ㄊㄡ ㄑㄧㄝˋ 暗中竊取別人的財物。

偷天換日 ㄊㄡ ㄊㄧㄢ ㄏㄨㄢˋ ㄖˋ 比喻暗中改變或掩蓋事物的真相，以達到蒙混、欺騙的目的。同偷梁換柱。

偷雞摸狗 ㄊㄡ ㄐㄧ ㄇㄛ ㄍㄡˇ ①偷竊的行為。②形容做事偷偷摸摸，不夠光明正大。

偷雞不著蝕把米 ㄊㄡ ㄐㄧ ㄅㄨˋ ㄓㄠˊ ㄕˊ ㄅㄚˇ ㄇㄧˇ 比喻想投機以得到好處，結果好處沒有得到，反而自遭損失。

偟
ㄏㄨㄤˊ huáng 名閒暇。

偢
ㄔㄡˇ chǒu 動通「瞅」。看，瞧。例偢睬。

偓
ㄨㄛˋ wò 形拘謹的樣子。

假
㈠ㄐㄧㄚˇ jiǎ 形不是真的。例假山、假牙。動借。例久假不歸。連若，如果。例假若、假使。㈡ㄐㄧㄚˋ jià 名休息日。例事假、寒暑假。

假山 ㄐㄧㄚˇ ㄕㄢ 在園林裡，由人工疊石而成、供觀賞用的小山。

假日 ㄐㄧㄚˋ ㄖˋ　休假的時日。

假手 ㄐㄧㄚˇ ㄕㄡˇ　為了達到某種目的，自己不出面而利用別人去完成。例假手於人。

假扮 ㄐㄧㄚˇ ㄅㄢˋ　喬裝，裝扮成其他樣子。

假借 ㄐㄧㄚˇ ㄐㄧㄝˋ　①利用，借用。②六書之一，即借用已有的字表示同音而不同義的詞。如「令」本為發號之義，借為縣令之令。

假寐 ㄐㄧㄚˇ ㄇㄟˋ　不脫衣服小睡一下。

假象 ㄐㄧㄚˇ ㄒㄧㄤˋ　指不實的表象。

假釋 ㄐㄧㄚˇ ㄕˋ　已入獄的罪犯，執行一定刑期之後，因有悔改實據，而暫予釋放的一種措施。

假分數 ㄐㄧㄚˇ ㄈㄣ ㄕㄨˋ　分子大於或等於分母的分數。

假惺惺 ㄐㄧㄚˇ ㄒㄧㄥ ㄒㄧㄥ　假裝憐惜同情、虛情假意的樣子。例你看他那假惺惺的樣子。

假公濟私 ㄐㄧㄚˇ ㄍㄨㄥ ㄐㄧˋ ㄙ　借公家的力量謀取個人的私利。

假以詞色 ㄐㄧㄚˇ ㄧˇ ㄘˊ ㄙㄜˋ　用溫和的臉色與言詞待人接物。

假戲真做 ㄐㄧㄚˇ ㄒㄧˋ ㄓㄣ ㄗㄨㄛˋ　即弄假成真。

偕

ㄒㄧㄝˊ xié　形強壯的樣子。副共同，一起。例偕同、偕行。

偕老 ㄒㄧㄝˊ ㄌㄠˇ　夫婦一直和好地生活到老。

偕行 ㄒㄧㄝˊ ㄒㄧㄥˊ　同行，相伴出發。

偕偕 ㄒㄧㄝˊ ㄒㄧㄝˊ　健壯的樣子。

健

ㄐㄧㄢˋ jiàn　形①強壯，康強。例健兒、健壯。②強而有力。例天行健，君子以自強不息。副善於，容易。例健忘。

健在 ㄐㄧㄢˋ ㄗㄞˋ　多指上了年紀的人還健康地活在人世。

健行 ㄐㄧㄢˋ ㄒㄧㄥˊ　以徒步方式到郊外旅遊的活動。

健忘 ㄐㄧㄢˋ ㄨㄤˋ　善忘，記憶力不好。

健兒 ㄐㄧㄢˋ ㄦˊ　健壯的男兒，稱動作敏捷而強健的人。

健將 ㄐㄧㄢˋ ㄐㄧㄤˋ　①指某一活動中的能手。例運動健將。②指驍勇善戰的將領。

健談 ㄐㄧㄢˋ ㄊㄢˊ　善於與人交談，經久不倦。

健身房 ㄐㄧㄢˋ ㄕㄣ ㄈㄤˊ　設有各種健身器材，能供人鍛鍊身體的地方。

健步如飛 ㄐㄧㄢˋ ㄅㄨˋ ㄖㄨˊ ㄈㄟ　形容步伐矯健有力，輕快敏捷。反步履維艱。

健康檢查 ㄐㄧㄢˋ ㄎㄤ ㄐㄧㄢˇ ㄔㄚˊ　為明瞭身體的健康情形所做的檢查。

偉

ㄨㄟˇ wěi　形①壯大，盛大。例身材魁偉。②超群的。例偉人。

偉人 ㄨㄟˇ ㄖㄣˊ　偉大的人物。指人格高尚、功績偉大，對人類有卓越貢獻的人。

偉大 ㄨㄟˇ ㄉㄚˋ　盛大的樣子。

偉岸 ㄨㄟˇ ㄢˋ　身軀粗壯、魁梧。

偉業 ㄨㄟˇ ㄧㄝˋ　偉大的事業或功業。

偽

ㄨㄟˋ wèi　形①假的，不真實的。例偽證。②非法的，竊據的。例偽政權。動①欺騙。例詐偽。②人為。例荀子：「人之性惡，其善者偽也。」

偽造 ㄨㄟˋ ㄗㄠˋ　摹仿真品製造，以冒充真的。

偽善 ㄨㄟˋ ㄕㄢˋ 假裝善良。

偽裝 ㄨㄟˋ ㄓㄨㄤ ①假裝，為了隱蔽真實面目而作的裝扮。②軍事上為了掩蔽自己、迷惑敵人，所進行的變形、掩飾。

偽君子 ㄨㄟˋ ㄐㄩㄣ ㄗˇ 表面上像個好人，實際是欺世盜名、卑鄙無恥的小人。

十畫

傍 ㊀ㄅㄤˋ bàng 動靠近，依附。例依山傍水。㊁ㄆㄤˊ páng 形通「旁」。側，邊。㊂ㄅㄤ bāng 副將近。例傍晚。

傍晚 ㄅㄤ ㄨㄢˇ 天快黑的時候。同薄暮。

傍徨 ㄆㄤˊ ㄏㄨㄤˊ 徘徊不定，留連往復。也作「徬徨」。

傍人籬壁 ㄅㄤˋ ㄖㄣˊ ㄌㄧˊ ㄅㄧˋ 比喻依賴他人，不能自立。

傍若無人 ㄅㄤˋ ㄖㄨㄛˋ ㄨˊ ㄖㄣˊ 好像旁邊沒有人一樣。形容神情自若或態度高傲的樣子。

傢 ㄐㄧㄚ jiā 見「傢伙」。

傢伙 ㄐㄧㄚ ㄏㄨㄛˇ ①一切日用器物、工具或武器的俗稱。②對人戲謔或輕蔑的稱呼。

傚 ㄒㄧㄠˋ xiào 動同「效」。效法，摹仿。例傚慕、仿傚。

傅 ㄈㄨˋ fù 名①傳授技術的人。例師傅。②姓。動①通「附」。附著。②塗抹。例傅粉。③輔導，教導。例傅以德義。

傅粉 ㄈㄨˋ ㄈㄣˇ 將粉搽抹於面部。

傈 ㄌㄧˋ lì 名傈僳，中國少數民族之一，主要分布在雲南。

傣 ㄉㄞˇ dǎi 名中國少數民族之一，歷史上有白夷、擺夷等多種名稱。

傣族 ㄉㄞˇ ㄗㄨˊ 中國少數民族之一，主要分布在雲南省。經濟生產以農業為主，信仰小乘佛教。

傑 ㄐㄧㄝˊ jié 名才智過人的人。例英雄豪傑。形特別優秀的。例傑作。

傑出 ㄐㄧㄝˊ ㄔㄨ 才能高出眾人之上。例傑出人才。

傑作 ㄐㄧㄝˊ ㄗㄨㄛˋ 傑出的作品。特指文學或藝術方面之作。

傜 ㄧㄠˊ yáo 名①通「徭」。勞役。②中國少數民族之一，古代也作「猺」。主要分布在兩廣、湖南、雲南、貴州等省。

傒 ㄒㄧ xī 名俗稱江西人。動通「繫」。綑綁。

傒倖 ㄒㄧ ㄒㄧㄥˋ ①戲弄。②煩惱，焦躁。③疑惑。

備 ㄅㄟˋ bèi 名設施。例軍備。動預先安排好。例有備無患。副完全，盡。例艱苦備嘗。

備考 ㄅㄟˋ ㄎㄠˇ 留供參考。

備取 ㄅㄟˋ ㄑㄩˇ 考試後在正取名額之外錄取的候補生，以便缺額時補上。

備案 ㄅㄟˋ ㄢˋ 向主管機關登記以備查考。

備註 ㄅㄟˋ ㄓㄨˋ 對正文或表格中的項目所作的注解說明。

備忘錄 ㄅㄟˋ ㄨㄤˋ ㄌㄨˋ ①一種非正式的外交文書。聲明己方對某問題的立場，或說明某問題的事實經過。②記載各種事項以免遺忘的文書或小冊子。

傖 ㄘㄤ cāng 形粗野，鄙陋的。例傖荒。

傘 ㄙㄢˇ sǎn 名①遮雨或擋太陽的用具。用細金屬條或竹篾做骨架，上面用布、紙、塑膠等做傘面。②像傘的東西。例降落傘。

傘兵 ㄙㄢˇ ㄅㄧㄥ 以跳傘方式來襲擊敵陣的空降兵。

傀 ㊀ㄎㄨㄟˇ kuǐ 見「傀儡」。
㊁ㄍㄨㄟ guī 形奇偉，怪異的。例傀偉、傀異。

傀儡 ㄎㄨㄟˇ ㄌㄟˇ ①木偶或木偶戲。②比喻任人操縱的人或組織。

傀儡戲 ㄎㄨㄟˇ ㄌㄟˇ ㄒㄧˋ 由人牽線演出的木偶戲。

傀儡政權 ㄎㄨㄟˇ ㄌㄟˇ ㄓㄥˋ ㄑㄩㄢˊ 在別人指揮或幫助下組建的政權，因而受到操縱擺布，不能自主行使政治主權。

十一畫

傭 ㄩㄥ yōng 名受僱用的人。例傭工、女傭。動受僱為人勞動。

傭兵 ㄩㄥ ㄅㄧㄥ 受僱替別的國家打仗的士兵。也指受僱替別的國家從事運動競賽的人。

傭耕 ㄩㄥ ㄍㄥ 受僱為地主耕種。

傭僕 ㄩㄥ ㄆㄨˊ 跟在人身邊聽人使喚的僕人。

僉 ㄑㄧㄢ qiān 名眾人，大家。例以副僉望。動通「簽」。題字以為憑證。例僉押。副都，皆。例意見僉同。

僊 ㄒㄧㄢ xiān 名同「仙」。神仙。例僊人。

傳 ㊀ㄔㄨㄢˊ chuán 形世代相承的。例傳人。動①輾轉流布。例傳染、宣傳。②表現，表達。例傳情。③轉授，遞給。例傳教、傳球。④以命令召喚，叫人來。例傳呼、隨傳隨到。⑤接導。例傳熱。
㊁ㄓㄨㄢˋ zhuàn 名①解說經義的文字。例春秋三傳。②記述個人生平事蹟的作品。例自傳、別傳。③歷史記載，史書。

傳人 ㄔㄨㄢˊ ㄖㄣˊ ①把學問、技能等傳授給別人。②能夠繼承某種學術技藝而使它流傳的人。③召喚人。

傳心 ㄔㄨㄢˊ ㄒㄧㄣ 禪宗主張不立文字，以心中所悟傳授佛法，故稱傳法為傳心。

傳世 ㄔㄨㄢˊ ㄕˋ ①流傳於後世。例傳世之作。②子孫世代相繼，綿延不絕。

傳奇 ㄔㄨㄢˊ ㄑㄧˊ ①唐宋人用文言寫的短篇小說。②明清時流行的一種長篇戲曲。③超乎尋常而離奇。例傳奇人物、傳奇故事。

傳神 ㄔㄨㄢˊ ㄕㄣˊ 用圖畫或文字描繪，形象生動逼真，使人體會到其神態。

傳記 ㄓㄨㄢˋ ㄐㄧˋ 記載人物生平事蹟的文章。一般由別人論述，自述的便叫自傳。

傳真 ㄔㄨㄢˊ ㄓㄣ ①指畫家描摹人物的形貌非常生動傳神。②利用電波傳送文字、影像等。

傳訛 ㄔㄨㄢˊ ㄜˊ 傳播不正確或不真實的消息。訛：錯誤。例以訛傳訛。

傳票 ㄔㄨㄢˊ ㄆㄧㄠˋ ①法院或檢察機關簽發的傳喚訴訟相關人等到案的通知書。②會計出納帳單的一種。

傳統 ㄔㄨㄢˊ ㄊㄨㄥˇ 由歷史沿革傳承而來，具有民族特色的風俗、習慣、道德、信仰、思想等。例傳統文化。

傳道 ㄔㄨㄢˊ ㄉㄠˋ ①傳布聖賢之道。②宗教上稱宣傳教義。

傳頌 ㄔㄨㄢˊ ㄙㄨㄥˋ 某種有益於世人的事蹟，流傳開來，被許多人稱誦、讚賞。

傳聞 ㄔㄨㄢˊ ㄨㄣˊ 傳說聽聞。即某事是由他人轉述而得知，並非親歷目睹。

傳播 ㄔㄨㄢˊ ㄅㄛ 廣泛地散布、推廣。

傳薪 ㄔㄨㄢˊ ㄒㄧㄣ 傳火於薪，前薪燒完又燒到後薪，火種傳續不絕。比喻師徒相傳。

傳衣鉢 ㄔㄨㄢˊ ㄧ ㄅㄛ 佛家的衣鉢是師徒傳授，後用以泛稱思想、學術、技藝等的傳授繼承。

傳染病 ㄔㄨㄢˊ ㄖㄢˇ ㄅㄧㄥˋ 會將病毒傳染給別人的疾病。如非典型肺炎（SARS）、肺結核、霍亂、天花等。

傳聲筒 ㄔㄨㄢˊ ㄕㄥ ㄊㄨㄥˇ ①一種可使聲音擴大的圓錐形筒。②只知傳達他人的意旨，而無自己見解的人或媒體。

傳宗接代 ㄔㄨㄢˊ ㄗㄨㄥ ㄐㄧㄝ ㄉㄞˋ 子孫世代相繼，嗣續不斷。

僄

ㄆㄧㄠˋ piào 形迅速敏捷的。例僄狡。

債

ㄓㄞˋ zhài 名欠別人的錢財。例債務。

債主 ㄓㄞˋ ㄓㄨˇ 借給別人錢財的人，即債權人。

債券 ㄓㄞˋ ㄑㄩㄢˋ 指國家發行的公債庫券或股份公司發行的公司債券等。

債務人 ㄓㄞˋ ㄨˋ ㄖㄣˊ 指根據法律或合約等的規定，對債權人負有償還義務的人。

債權人 ㄓㄞˋ ㄑㄩㄢˊ ㄖㄣˊ 指根據法律或合約等的規定，有權要求欠債者履行義務、償還所欠債務的人。

債臺高築 ㄓㄞˋ ㄊㄞˊ ㄍㄠ ㄓㄨˊ 形容欠債甚多。

僅

ㄐㄧㄣˇ jǐn 副只，不過。例僅有。

僅可 ㄐㄧㄣˇ ㄎㄜˇ 只可。例僅可餬口。

僅僅 ㄐㄧㄣˇ ㄐㄧㄣˇ 只，只是。例僅僅夠用。

傴

ㄩˇ yǔ 形駝背，背脊彎曲的。例傴人。

傴僂 ㄩˇ ㄌㄡˊ ①背脊彎曲的病。②恭敬順從的樣子。

傲

ㄠˋ ào 形①不屈服的。例傲骨、傲氣。②驕慢。例倨傲。動輕視。例傲物。

傲岸 ㄠˋ ㄢˋ 形容性格高傲，不肯隨俗應和他人。

傲物 ㄠˋ ㄨˋ 自高自大，輕視他人。例恃才傲物。

傲骨 ㄠˋ ㄍㄨˇ 性格高傲，絕不屈服於權勢。

傲視 ㄠˋ ㄕˋ 輕視，傲慢地看待。例傲視群倫。

傲然 ㄠˋ ㄖㄢˊ 堅毅不屈的樣子。

傲睨 ㄠˋ ㄋㄧˋ 傲然睨視，看不起一切的神情。

傲慢 ㄠˋ ㄇㄢˋ 狂妄自大，驕傲沒有禮貌。

傲霜枝 ㄠˋ ㄕㄨㄤ ㄓ 形容梅花堅勁耐寒，不為嚴霜所屈。比喻人格的堅貞不移，不畏惡勢力。

傲骨嶙峋 ㄠˋ ㄍㄨˇ ㄌㄧㄣˊ ㄒㄩㄣˊ 形容人高傲不屈，剛毅正直。

催

ㄘㄨㄟ cuī 動促使速度加快或行動開始。例催促。

催促 ㄘㄨㄟ ㄘㄨˋ 追逼，催趕。促使人快點行動。

催眠 ㄘㄨㄟ ㄇㄧㄢˊ 利用特殊方法使人或動物進入睡眠狀態。

催眠術 ㄘㄨㄟ ㄇㄧㄢˊ ㄕㄨˋ 用單調而反覆的聲音，或用暗示的方法，使人的思想意識集中於某一點，慢慢進入睡眠狀態的一種方法。

催淚彈 ㄘㄨㄟ ㄌㄟˋ ㄉㄢˋ 一種在爆炸後能放出化學氣體，使人神經受到刺激而流淚不止的砲彈。

僂

ㄌㄡˊ lóu 名 彎曲的背部。例 傴僂。

傻

ㄕㄚˇ shǎ 形 ①愚蠢無知的。例 傻子。②忠厚老實而不知變通的。例 傻呼呼。副 發呆、發愣的樣子。例 聽傻了。

傻瓜 ㄕㄚˇ ㄍㄨㄚ 罵人愚蠢的話。

傻話 ㄕㄚˇ ㄏㄨㄚˋ 不切實際、愚蠢妄想的話。

傻小子 ㄕㄚˇ ㄒㄧㄠˇ ˙ㄗ 用以譏笑年輕男子太笨。有時也是一種暱稱。

傷

ㄕㄤ shāng 名 創口，皮肉破損的地方。例 傷口、身受重傷。動 ①損害。例 傷身、傷感情。②詆毀，冒犯。例 惡意中傷、出口傷人。③妨害，妨礙。例 無傷大雅。④悲痛，悲哀。例 傷慟。

傷風 ㄕㄤ ㄈㄥ 是一種上呼吸道感染濾過性病毒所引發的病症。症狀有打噴嚏、流鼻涕、發燒、頭痛、周身疼痛等。同 感冒。

傷神 ㄕㄤ ㄕㄣˊ ①耗損精神。②傷心到了極點。

傷財 ㄕㄤ ㄘㄞˊ 損失錢財。例 勞民傷財。

傷痕 ㄕㄤ ㄏㄣˊ 皮膚受傷後所留的痕跡。

傷悼 ㄕㄤ ㄉㄠˋ 因懷念死者而感到悲傷。

傷寒 ㄕㄤ ㄏㄢˊ ①由傷寒桿菌引起的急性腸道傳染病。症狀為持續高燒、劇烈頭痛、脈搏緩慢、腹痛等。②中醫指一切熱性病，狹義指風寒侵襲身體。

傷悲 ㄕㄤ ㄅㄟ 悲傷痛苦。例 少壯不努力，老大徒傷悲。

傷感 ㄕㄤ ㄍㄢˇ 因有所感觸而悲傷。

傷暮 ㄕㄤ ㄇㄨˋ 感嘆年紀將老而事業無成，有志難酬。

傷腦筋 ㄕㄤ ㄋㄠˇ ㄐㄧㄣ 形容事情難辦，費心思而不易解決。

傷天害理 ㄕㄤ ㄊㄧㄢ ㄏㄞˋ ㄌㄧˇ 傷害天道、倫理。形容做事手段殘忍狠毒，喪盡天良。

傷風敗俗 ㄕㄤ ㄈㄥ ㄅㄞˋ ㄙㄨˊ 敗壞良好的風俗習慣。

傯

ㄗㄨㄥˇ zǒng 副 匆忙急迫的樣子。例 倥傯。

傺

ㄔˋ chì 形 侘傺，失意的樣子。動 逗留，停止。

僇

ㄌㄨˋ lù 動 ①侮辱，羞辱。例 僇辱。②通「戮」。殺戮。

傾

ㄑㄧㄥ qīng 動 ①歪斜，偏向一邊。例 傾斜、右傾。②倒塌。例 大廈將傾。③倒出。例 傾瀉。④仰慕，欽佩。例 傾心。副 盡，全。例 傾其所有。

傾心 ㄑㄧㄥ ㄒㄧㄣ ①衷心嚮往、愛慕。例 一見傾心。②拿出真誠的心。例 傾心交談。

傾吐 ㄑㄧㄥ ㄊㄨˇ 把心裡要說的話全部說出來。

傾向 ㄑㄧㄥ ㄒㄧㄤˋ 心中嚮往或偏向某人某事。

傾注 ㄑㄧㄥ ㄓㄨˋ ①自上而下地傾瀉。例大雨傾注。②把力量或精神集中到一個目標上。例全神傾注。

傾斜 ㄑㄧㄥ ㄒㄧㄝˊ 歪斜不正。

傾巢 ㄑㄧㄥ ㄔㄠˊ 整窩的鳥都出來了。比喻全體出動。例敵人傾巢而出。

傾訴 ㄑㄧㄥ ㄙㄨˋ 把心裡的話全部說出來。同傾吐。

傾慕 ㄑㄧㄥ ㄇㄨˋ 傾心仰慕，愛慕。

傾銷 ㄑㄧㄥ ㄒㄧㄠ 廉價大量拋售商品，以此壓倒競爭對手。

傾囊 ㄑㄧㄥ ㄋㄤˊ 拿出身上或家中所有的東西。比喻竭盡所有。例傾囊相授。

傾聽 ㄑㄧㄥ ㄊㄧㄥ 側著耳朵全神貫注地聽。

傾盆大雨 ㄑㄧㄥ ㄆㄣˊ ㄉㄚˋ ㄩˇ 形容雨勢又急又大，就好像把盆子裡的水傾倒出來一樣。

傾家蕩產 ㄑㄧㄥ ㄐㄧㄚ ㄉㄤˋ ㄔㄢˇ 把全部家產都用光了。

傾國傾城 ㄑㄧㄥ ㄍㄨㄛˊ ㄑㄧㄥ ㄔㄥˊ 全國全城的人都為之著迷傾倒。形容極其美艷的女子。

傾箱倒篋 ㄑㄧㄥ ㄒㄧㄤ ㄉㄠˋ ㄑㄧㄝˋ 把大小箱子裡的東西全部倒出。比喻盡其所有。

十二畫

僮

㈠ㄊㄨㄥˊ tóng 名①通「童」。未成年的人。例蒙僮。②供使喚的僕人。例書僮、僮僕。形無知的。例僮昏。㈡ㄓㄨㄤˋ zhuàng 名僮族，中國少數民族之一，即壯族，主要分布在廣西省。

僮僕 ㄊㄨㄥˊ ㄆㄨˊ 僕役。

僮僮 ㄊㄨㄥˊ ㄊㄨㄥˊ 恐懼恭敬的樣子。

僱

ㄍㄨˋ gù 動同「雇」。①出錢找人做事。②租用。例僱車。

僦

ㄐㄧㄡˋ jiù 動租賃。例僦車。

僦屋 ㄐㄧㄡˋ ㄨ 租賃房舍。

僧

ㄙㄥ sēng 名和尚出家修行者。例僧侶。

僧人 ㄙㄥ ㄖㄣˊ 皈依佛教，出家當和尚的人。

僧尼 ㄙㄥ ㄋㄧˊ 和尚與尼姑。

僧俗 ㄙㄥ ㄙㄨˊ 僧侶和一般人。

僧侶 ㄙㄥ ㄌㄩˇ 泛稱眾僧人。

僧多粥少 ㄙㄥ ㄉㄨㄛ ㄓㄡ ㄕㄠˇ 比喻人多而東西或職位少，不夠分配。

僨

ㄈㄣˋ fèn 動①仆倒。②毀壞，失敗。例僨事。③奮起。例僨興。

僚

ㄌㄧㄠˊ liáo 名①舊稱官吏。例官僚。②一起共事的人。例同僚。形美好，姣好。例詩經：「佼人僚兮。」

僚屬 ㄌㄧㄠˊ ㄕㄨˇ 在同一官署任事的下屬官吏。

僛

ㄑㄧ qī 形搖曳傾斜的樣子。

僥

㈠ㄐㄧㄠˇ jiǎo 見「僥倖」。㈡ㄧㄠˊ yáo 名僬僥，古代傳說中的矮人族。

僥倖 ㄐㄧㄠˇ ㄒㄧㄥˋ 意外獲得成功或免去災禍。亦作「儌幸」。

僭 ㄐㄧㄢˋ jiàn 動超越本分，假冒上位者的名義、職權等。

僭位 ㄐㄧㄢˋ ㄨㄟˋ 超越本分，侵占在上者的權位。

僭越 ㄐㄧㄢˋ ㄩㄝˋ 假冒名義，超越權限範圍和名分地位。

僭竊 ㄐㄧㄢˋ ㄑㄧㄝˋ 貪圖據有本分之外的高官厚祿。

僖 ㄒㄧ xī 形通「喜」。快樂的。

僕 ㄆㄨˊ pú 名稱供人役使的人。例僕人。動駕車。代自稱的謙詞。常用於書信。

僕役 ㄆㄨˊ ㄧˋ 供人使喚的僕人或工役。

僕從 ㄆㄨˊ ㄗㄨㄥˋ 隨行的僕人。

僕僕 ㄆㄨˊ ㄆㄨˊ 形容旅途辛苦勞累。例風塵僕僕。

僬 ㄐㄧㄠ jiāo 名僬僥，古代傳說的矮人族。

僑 ㄑㄧㄠˊ qiáo 名住在異鄉或國外的人。例華僑。動住在異鄉或國外。例僑居。

僑民 ㄑㄧㄠˊ ㄇㄧㄣˊ 統稱旅居外國而保留本國國籍的居民。

僑居 ㄑㄧㄠˊ ㄐㄩ 多指住在外國。有時也指居處他鄉。

僑胞 ㄑㄧㄠˊ ㄅㄠ 本國人指稱旅居外國的同胞。

像 ㄒㄧㄤˋ xiàng 名①形貌，模樣。例肖像。②摹仿人物的形象而成的作品。例繡像、畫像。動①相似，如同。例他很像他父親。②比如。例像他這樣的人很難得。

像話 ㄒㄧㄤˋ ㄏㄨㄚˋ 合乎道理。例這才像話。

像樣 ㄒㄧㄤˋ ㄧㄤˋ 合道理，成體統。例你的所作所為太令人失望，太不像樣了。

像模像樣 ㄒㄧㄤˋ ㄇㄛˊ ㄒㄧㄤˋ ㄧㄤˋ ①做事認真負責，有模有樣。②鄭重其事的樣子。

十三畫

儀 ㄧˊ yí 名①人的容貌、舉止。例儀容、儀態。②送給人的禮物、錢財。例賀儀、奠儀。③禮節，形式。例司儀、行禮如儀。④法度，標準。例儀則、軌儀。⑤儀器的簡稱。例地球儀。動匹配。例有鳳來儀。

儀仗 ㄧˊ ㄓㄤˋ ①儀衛用的兵器。②擔任儀衛的軍隊。

儀式 ㄧˊ ㄕˋ 舉行典禮的形式及程序。

儀表 ㄧˊ ㄅㄧㄠˇ ①容貌舉止。例儀表整潔。②測定溫度、氣壓、電量、血壓等的儀器。③模範，表率。

儀容 ㄧˊ ㄖㄨㄥˊ 容貌神態。例儀容俊秀。

儀隊 ㄧˊ ㄉㄨㄟˋ 在典禮中隨伴或迎接貴賓的衛隊。

儀器 ㄧˊ ㄑㄧˋ 用於實驗計量、觀測、檢驗、繪圖等的特製器具和裝置。

儀態萬方 ㄧˊ ㄊㄞˋ ㄨㄢˋ ㄈㄤ 形容女子的容貌姿態十分美好，非言語所能盡述。亦作「儀態萬千」。

億 ㄧˋ yì 名數目字。萬的萬倍。形安寧。動通「臆」。推測，揣度。

億兆 ㄧˋ ㄓㄠˋ ①形容數目極多。②指民眾。

億萬斯年 ㄧˋ ㄨㄢˋ ㄙ ㄋㄧㄢˊ 即千秋萬歲。形容時間無限久長。多用作祝賀之辭。

價 ㄐㄧㄚˋ jià 名①事物所值的具體金額。例物價。②人的聲望和地位。例身價。助相當於「地」的用法。例這聲音震天價響。

價碼 ㄐㄧㄚˋ ㄇㄚˇ 物品的價錢。

價值連城 ㄐㄧㄚˋ ㄓˊ ㄌㄧㄢˊ ㄔㄥˊ 一件物品的價值可以抵好幾座城池。形容東西極其貴重。同價值千金。

價廉物美 ㄐㄧㄚˋ ㄌㄧㄢˊ ㄨˋ ㄇㄟˇ 指物品的價錢便宜，品質又好。

僵 ㄐㄧㄤ jiāng 動①摔倒而不能動彈。②向後倒下。例僵仆。副①硬直，不靈活。例僵化。②事情無法轉圜或難於處理。例僵持不下。

僵化 ㄐㄧㄤ ㄏㄨㄚˋ ①變僵硬。比喻停滯不前。例思想僵化。②指事情趨向於僵局，無法調解或改變。

僵局 ㄐㄧㄤ ㄐㄩˊ 雙方都不讓步，使事情形成相持不下或進退兩難的局面。

僵持 ㄐㄧㄤ ㄔˊ 雙方堅持己見，相持不下。

儆 ㄐㄧㄥˇ jǐng 動①警告，懲戒。例以儆效尤。②同「警」。戒備。例儆備。

儆戒 ㄐㄧㄥˇ ㄐㄧㄝˋ ①戒備。②懲罰有過失的人。

㒓 ㄊㄚˋ tà 形佻㒓，輕薄不莊重。

儂 ㄋㄨㄥˊ nóng 代①我。江、浙一帶方言，又常見於古詩文中。②你。上海一帶方言。③種族名。例儂人。

儂家 ㄋㄨㄥˊ ㄐㄧㄚ 自稱，即我家。

儇 ㄒㄩㄢ xuān 形聰明而輕薄。例儇薄。

儋 ㄉㄢ dān 名容器名。動同「擔」。肩挑。

儈 ㄎㄨㄞˋ kuài 名舊指買賣中間人。例市儈。

儉 ㄐㄧㄢˇ jiǎn 形①節省，節約。例勤儉、節儉。②貧乏，不豐足。例儉月、儉歲。

儉省 ㄐㄧㄢˇ ㄕㄥˇ 節省，精打細算不浪費。

儉約 ㄐㄧㄢˇ ㄩㄝ 儉樸節約。

儉樸 ㄐㄧㄢˇ ㄆㄨˊ 節省樸素。反奢侈、浪費。

儉以養廉 ㄐㄧㄢˇ ㄧˇ ㄧㄤˇ ㄌㄧㄢˊ 節儉的習慣可養成廉潔的操守。說明節儉的重要性。

僻 ㄆㄧˋ pì 形①偏遠的，交通不便的。例窮鄉僻壤、僻巷。②不普通，不常見的。例冷僻、生僻。③邪惡不正的。例邪僻。④幽隱的。例僻靜。

僻陋 ㄆㄧˋ ㄌㄡˋ 荒僻破陋的地方。

僻處 ㄆㄧˋ ㄔㄨˋ 偏僻之處。常用以謙稱自己所居住的地方。例請來僻處一遊。

僻壤 ㄆㄧˋ ㄖㄤˇ 偏遠的地方。

十四畫

儐 ㄅㄧㄣ bīn 名接待賓客的人。動①導引，接待賓客。②陳列。③通「擯」。拋棄，排斥。④通「賓」。敬。

儐相 ㄅㄧㄣ ㄒㄧㄤˋ ①陪伴新郎、新娘舉行婚禮的人，男的叫男儐相，女的叫女儐相。②古時稱替主人接引賓客和贊禮的人。

儕 ㄔㄞˊ chái 名同輩，同類的人。例同儕。

儕輩 ㄔㄞˊ ㄅㄟˋ 同輩。

儔 ㄔㄡˊ chóu 名①伴侶。例儔侶。②同輩。動匹敵，相比。

儒 ㄖㄨˊ rú 名①孔子的學說，或宗奉孔孟學說者。②指學者、讀書人。例宋儒。③侏儒，矮小的人。

儒巾 ㄖㄨˊ ㄐㄧㄣ 古時讀書人所戴的一種頭巾。

儒生 ㄖㄨˊ ㄕㄥ 指修習儒家學說的文人。後泛指讀書人。

儒艮 ㄖㄨˊ ㄍㄣˋ 動物名。形狀像海牛，棲息在熱帶海裡。俗稱人魚。

儒林 ㄖㄨˊ ㄌㄧㄣˊ 儒者聚集之所，指學術界。

儒家 ㄖㄨˊ ㄐㄧㄚ 春秋戰國時代崇奉孔子學說的一個學派。

儒雅 ㄖㄨˊ ㄧㄚˇ 溫文爾雅，博學多聞，氣度雍容。

儗 ㄋㄧˇ nǐ 動①通「擬」。比擬。②通「疑」。懷疑。

儘 ㄐㄧㄣˇ jǐn 副①聽任，只管。例儘管。②極盡，力求達到最大限度。例儘量、儘快。

儘量 ㄐㄧㄣˇ ㄌㄧㄤˋ 極盡限度，盡其所能去做。

儘管 ㄐㄧㄣˇ ㄍㄨㄢˇ ①只管，不加限制。例有話儘管說好了。②表示讓步關係，用法與「即使」、「雖然」大致相同。例儘管他身體不好，還是堅持去工作。

十五畫

儲 ㄔㄨˊ chú 名①積存的物資。例倉儲。②將繼承帝位或王位的人。例皇儲。③姓。動積蓄，收藏。例儲蓄。

儲君 ㄔㄨˊ ㄐㄩㄣ 已確定繼承帝位或王位的人，多指太子。或稱為儲貳、儲副。

儲備 ㄔㄨˊ ㄅㄟˋ 儲存準備。

儲蓄 ㄔㄨˊ ㄒㄩˋ 積聚財物以備需用。多指把錢存入金融機構。

儦 ㄅㄧㄠ biāo 形儦儦，形容眾多的樣子。

優 ㄧㄡ yōu 名舊時稱戲劇演員。例名優、優伶。形①良好。例優美、品學兼優。②充足，富裕的。例優裕。③占上風的。例優勢。

優先 ㄧㄡ ㄒㄧㄢ 享有最先的待遇。例優先錄用。

優良 ㄧㄡ ㄌㄧㄤˊ 形容非常良好。例品德優良。

優伶 ㄧㄡ ㄌㄧㄥˊ 通稱演戲的人。同戲子。

優秀 ㄧㄡ ㄒㄧㄡˋ 超出眾人，特別傑出、良好。

優美 ㄧㄡ ㄇㄟˇ ①良好，美妙。例風景優美。②優雅，讓人看了或聽了心情愉悅。例姿態優美。

優柔 ㄧㄡ ㄖㄡˊ ①猶豫不決的樣子。②從容自得的樣子。

優異 ㄧㄡ ㄧˋ 特別而出色的。例成績優異。

優渥 ㄧㄡ ㄨㄛˋ 優裕，豐厚。

優游 ㄧㄡ ㄧㄡˊ 閒適自得的樣子。

優裕 ㄧㄡ ㄩˋ 富裕，充足。例生活優裕。

優惠 ㄧㄡ ㄏㄨㄟˋ 比一般的價格或條件好。例優惠條件。

優閒 ㄧㄡ ㄒㄧㄢˊ 閒暇自得。

優生學 ㄧㄡ ㄕㄥ ㄒㄩㄝˊ 主張利用遺傳的原理選擇配偶，存優汰劣，使下一代更健康、更優異。

優越感 ㄧㄡ ㄩㄝˋ ㄍㄢˇ 自認為超過別人、比別人強的驕傲心理。反自卑感。

優哉游哉 ㄧㄡ ㄗㄞ ㄧㄡˊ ㄗㄞ 形容悠閒自在，從容自得。

優柔寡斷 ㄧㄡ ㄖㄡˊ ㄍㄨㄚˇ ㄉㄨㄢˋ 做事猶豫不決，缺乏果斷力。同遲疑不決。反當機立斷。

優游自在 ㄧㄡ ㄧㄡˊ ㄗˋ ㄗㄞˋ 形容人無牽無掛，從容悠閒。

優惠待遇 ㄧㄡ ㄏㄨㄟˋ ㄉㄞˋ ㄩˋ 指一國在貿易、關稅、投資、航運等方面，給予另一國特別優厚的待遇。

優勝劣敗 ㄧㄡ ㄕㄥˋ ㄌㄧㄝˋ ㄅㄞˋ 指生物在生存競爭中適應能力強的保存下來，適應能力差的被淘汰。

儡 ㄌㄟˇ lěi 名受人操縱的木偶。見「傀儡」。

償 ㄔㄤˊ cháng 動①歸還。例償債。②抵補。例得不償失。③實現，滿足。例如願以償。④報答，酬報。

償命 ㄔㄤˊ ㄇㄧㄥˋ 用自己的性命賠償別人的性命。例殺人償命。

償願 ㄔㄤˊ ㄩㄢˋ 實現了平日的願望。

儢 ㄌㄩˇ lǚ 形儢儢，懶散不勤懇的樣子。

十七畫

儵 ㄕㄨˋ shù 名古傳說中南海的主宰。例莊子：「南海之帝為儵。」副通「倏」。疾速的樣子。

十九畫

儺 ㄋㄨㄛˊ nuó 名古時臘月迎神賽會、驅逐疫鬼的儀式。

儺神 ㄋㄨㄛˊ ㄕㄣˊ 指驅除瘟疫的神。

儷 ㄌㄧˋ lì 名配偶。例伉儷。形成雙成對的。例儷影。

儷影 ㄌㄧˋ ㄧㄥˇ 夫婦兩人的身影或合照。例儷影雙雙。

儷辭 ㄌㄧˋ ㄘˊ 對偶的文辭。

儸 ㄌㄨㄛˊ luó 名僂儸，強盜的部屬。

儹 ㄗㄢˇ zǎn 動積聚。

二十畫

儻 ㄊㄤˇ tǎng 形見「倜儻」。連通「倘」。倘若，如果。

儻來 ㄊㄤˇ ㄌㄞˊ 意外得來。

儻然 ㄊㄤˇ ㄖㄢˊ 失意的樣子。

儻朗 ㄊㄤˇ ㄌㄤˇ 不清明的樣子。

儼 ㄧㄢˇ yǎn 形恭敬，莊重的。副好像。例儼若。

儼然 ㄧㄢˇ ㄖㄢˊ ①莊嚴慎重的樣子。②整齊的樣子。③宛然，好似。例這孩子說起話來，儼然像個大人。

儿部 ㄖㄣˊ

一畫

兀 ㄨˋ wù 形①高聳特出的。例突兀。②光禿的。助句首發語詞，多見於元明戲曲小說中，相當於「怎」。例兀的。

兀立 ㄨˋ ㄌㄧˋ 直立，獨自站著。例兀立窗前。

兀傲 ㄨˋ ㄠˋ 高傲倔強而不隨俗。

兀鷹 ㄨˋ ㄧㄥ 猛禽類，體大翼長，嘴強勁呈鉤狀，頭、頸、蹠均無羽毛，視力、嗅覺敏銳，好食腐肉。

二畫

元 ㄩㄢˊ yuán 名①貨幣單位名稱。也作「圓」。例銀元、一百元。②代數裡把代表未知數的文字叫元。例一元二次方程式。③朝代名。見「元朝」。④黑色。例元色、元呢大衣。⑤人頭。例喪其元。⑥姓。形①開始的。例元旦。②大。例元勳。③為首的。例元帥。④基本的。例元素。副通「原」。原來，本來。

元日 ㄩㄢˊ ㄖˋ ①元旦，正月初一。②吉日。

元月 ㄩㄢˊ ㄩㄝˋ 一年的第一個月。

元凶 ㄩㄢˊ ㄒㄩㄥ 作惡的罪魁禍首，主犯。

元旦 ㄩㄢˊ ㄉㄢˋ 一年的第一天，即一月一日。

元老 ㄩㄢˊ ㄌㄠˇ 多指政界有威望的老前輩。有時也稱在某單位任職年資最深的人。

元曲 ㄩㄢˊ ㄑㄩˇ 元代雜劇和散曲的合稱。在文學史上與唐詩、宋詞並稱。

元件 ㄩㄢˊ ㄐㄧㄢˋ 機器、儀表等的基本組成零件，可以在同類裝置中調換使用。

元夜 ㄩㄢˊ ㄧㄝˋ 即元宵夜。

元首 ㄩㄢˊ ㄕㄡˇ 國家的最高領導人。如君主制度的帝王、民主制度的總統等。

元音 ㄩㄢˊ ㄧㄣ 發音時氣流在口腔裡不受阻礙的音。也稱母音。

元帥 ㄩㄢˊ ㄕㄨㄞˋ 軍隊中的最高統帥。

元宵 ㄩㄢˊ ㄒㄧㄠ ①農曆正月十五日。也稱上元節。②元宵節吃湯圓，所以也把湯圓稱作元宵。

元配 ㄩㄢˊ ㄆㄟˋ 指第一次結婚娶的妻子。亦稱為髮妻。

元氣 ㄩㄢˊ ㄑㄧˋ 人的精氣，精神。

元素 ㄩㄢˊ ㄙㄨˋ 構成物質的基本原料。可分為金屬元素和非金屬元素兩大類。

元朝 ㄩㄢˊ ㄔㄠˊ 蒙古族忽必烈滅南宋後所建立的王朝。

元勳 ㄩㄢˊ ㄒㄩㄣ 極大的功勞。也指有極大功勞的人。例開國元勳。

元寶 ㄩㄢˊ ㄅㄠˇ 古時的一種貨幣，用金銀等鑄成，重五十兩，中間呈圓形凸出，且兩邊高翹的錠狀物。

元元本本 ㄩㄢˊ ㄩㄢˊ ㄅㄣˇ ㄅㄣˇ 指事情從頭到尾詳細的經過。也作「原原本本」。

允 ㄩㄣˇ yǔn 形①公平，得當的。例公允、平允。②誠信，可靠的。例書經：「允恭克讓。」動准許，答應。例允許、允諾。

允准 ㄩㄣˇ ㄓㄨㄣˇ 允許，同意。例請予允准。

允許 ㄩㄣˇ ㄒㄩˇ 准許，許可。例已獲允許。

允當 ㄩㄣˇ ㄉㄤˋ 公平得當，適宜。

允諾 ㄩㄣˇ ㄋㄨㄛˋ 允許，答應。

允文允武 ㄩㄣˇ ㄨㄣˊ ㄩㄣˇ ㄨˇ 文才和武功兼備。同文武雙全。

允執厥中 ㄩㄣˇ ㄓˊ ㄐㄩㄝˊ ㄓㄨㄥ 信守不偏不倚的正道。

三畫

兄

ㄒㄩㄥ xiōng 名①哥哥。例家兄、兄長。②對男性朋友的尊稱。例老兄、仁兄。

兄臺 ㄒㄩㄥ ㄊㄞˊ 對朋友輩的敬稱。

兄友弟恭 ㄒㄩㄥ ㄧㄡˇ ㄉㄧˋ ㄍㄨㄥ 兄弟感情和睦，相互友愛尊敬。

兄弟鬩牆 ㄒㄩㄥ ㄉㄧˋ ㄒㄧˋ ㄑㄧㄤˊ 指兄弟之間不和睦。

充

ㄔㄨㄥ chōng 形滿，足夠的。例充足、充裕。動①填滿，裝滿。例充電。②擔任。例充任、充當。③假裝。例冒充、打腫臉充胖子。

充分 ㄔㄨㄥ ㄈㄣˋ ①足夠。例理由充分。②完全。例充分發揮才能。

充公 ㄔㄨㄥ ㄍㄨㄥ 依法把私人財產沒收歸公。

充斥 ㄔㄨㄥ ㄔˋ 充滿，到處都是。例不能讓偽劣商品充斥市場。

充血 ㄔㄨㄥ ㄒㄧㄝˇ 局部動脈或毛細管因受到刺激而引起血量增加的現象。

充沛 ㄔㄨㄥ ㄆㄟˋ 充足旺盛。例精力充沛。

充軍 ㄔㄨㄥ ㄐㄩㄣ 古時將犯人押送到邊遠地方服役。

充飢 ㄔㄨㄥ ㄐㄧ 吃食物解除飢餓感。例畫餅充飢。

充裕 ㄔㄨㄥ ㄩˋ 充足富裕。例時間還很充裕，不用慌忙。

充棟 ㄔㄨㄥ ㄉㄨㄥˋ 指東西堆積得高達屋棟。比喻很多。例汗牛充棟。

充實 ㄔㄨㄥ ㄕˊ ①內容充足豐富。②加強，使充足。

充數 ㄔㄨㄥ ㄕㄨˋ 勉強充當或湊數。

充其量 ㄔㄨㄥ ㄑㄧˊ ㄌㄧㄤˋ 至多，頂多。表示最大限度的估計。

充耳不聞 ㄔㄨㄥ ㄦˇ ㄅㄨˋ ㄨㄣˊ 塞住耳朵不聽。形容拒絕接受別人的意見或忠告。同置若罔聞。反洗耳恭聽。

四畫

光

ㄍㄨㄤ guāng 名①物體自身所發或反射的光，也指能引起視覺的電磁波。例日光、月光、燈光。②榮譽，榮耀。例為國爭光。③景色。例春光明媚。④時間。例光陰。形①平滑的。例光滑。②明亮的。例光明、光澤。動裸露。例光著腳。副①單獨，只。例光靠他一人養家。②一點不剩。例錢花光了。③對人說的客套話。例光臨、光顧。

光年 ㄍㄨㄤ ㄋㄧㄢˊ 光一年所走的距離，約等於十萬億公里。為計量天體距離的單位。

光芒 ㄍㄨㄤ ㄇㄤˊ 向四方射出的光線。例光芒萬丈。

光明 ㄍㄨㄤ ㄇㄧㄥˊ ①光亮，明亮。②坦白而沒有私心。例光明正大。③比喻正義的、有作為的、有希望的。例光明大道、前途光明。

光度 ㄍㄨㄤ ㄉㄨˋ 由光源所發出光的強弱程度。

光彩 ㄍㄨㄤ ㄘㄞˇ ①顏色和光澤。例這塊衣料的光彩不錯。②榮耀。例顯得很光彩。

光速 ㄍㄨㄤ ㄙㄨˋ 光波的傳播速度，在真空中約為每秒三十萬公里。

光斑 ㄍㄨㄤ ㄅㄢ 太陽光球上，在太陽黑子旁邊出現比周圍更明亮的區域。

光桿 ㄍㄨㄤ ㄍㄢˇ ①指植物沒有枝葉，僅有莖桿。比喻部屬盡失而僅剩其本人。②俗稱未結婚的單身男子。

光圈 ㄍㄨㄤ ㄑㄩㄢ ①照相機、攝影機鏡頭中能改變進光孔大小、調節光量進入多寡的裝置。②映現成圓圈或弧形的光。

光陰 ㄍㄨㄤ ㄧㄣ 時間。例一寸光陰一寸金。

光棍 ㄍㄨㄤ ㄍㄨㄣˋ ①流氓、地痞等蠻橫無賴之徒。②單身漢，未結婚的男子。例他現在還是光棍一個。

光景 ㄍㄨㄤ ㄐㄧㄥˇ ①風光，景物。②境況，情形。例看來你這些年的光景不錯。③估計。例約有一刻鐘光景。

光滑 ㄍㄨㄤ ㄏㄨㄚˊ ①圓潤平滑。②比喻為人周到而圓滑。

光復 ㄍㄨㄤ ㄈㄨˋ ①收復失去的國土或恢復已滅亡的國家。②恢復舊業。

光榮 ㄍㄨㄤ ㄖㄨㄥˊ 光彩榮耀，很體面。

光輝 ㄍㄨㄤ ㄏㄨㄟ ①耀眼的光芒。例太陽的光輝。②光明燦爛。例一片光輝景象。

光線 ㄍㄨㄤ ㄒㄧㄢˋ 指代表光傳播途徑的線。光從發光體正射，或由別的物體反射，形成一條條的直線。

光澤 ㄍㄨㄤ ㄗㄜˊ 物體表面上反射出的亮光。

光學 ㄍㄨㄤ ㄒㄩㄝˊ 物理學的一個分科，研究光的產生、發射、傳播、接收、性質、以及與其他物質間的相互作用的科學。

光臨 ㄍㄨㄤ ㄌㄧㄣˊ 稱客人到來的敬辭。

光鮮 ㄍㄨㄤ ㄒㄧㄢ 鮮明的樣子。

光譜 ㄍㄨㄤ ㄆㄨˇ 光通過三稜鏡或光柵後分解成的單色光排列的光帶。陽光的光譜，一般是紅、橙、黃、綠、藍、靛、紫七種顏色。

光耀 ㄍㄨㄤ ㄧㄠˋ ①光輝。②增光生色。例光耀門楣。

光顧 ㄍㄨㄤ ㄍㄨˋ ①光臨照顧。為商家歡迎顧客的敬辭。②歡迎別人來訪的客套語。同光臨。③戲稱遭小偷，指被偷了東西。例聽說昨天有小偷光顧你家。

光禿禿 ㄍㄨㄤ ㄊㄨ ㄊㄨ 形容光潔無物。例這山頂上光禿禿的，連一根草都沒有。

光復節 ㄍㄨㄤ ㄈㄨˋ ㄐㄧㄝˊ 指民國三十四年十月二十五日臺灣從日本人手中收復，政府即將此日訂為臺灣光復節。

光溜溜 ㄍㄨㄤ ㄌㄧㄡ ㄌㄧㄡ ①形容非常光滑。②赤裸著身子。例脫得光溜溜的。

光天化日 ㄍㄨㄤ ㄊㄧㄢ ㄏㄨㄚˋ ㄖˋ 原指太平盛世，後用以比喻大庭廣眾所共見的場合。

光合作用 ㄍㄨㄤ ㄏㄜˊ ㄗㄨㄛˋ ㄩㄥˋ 指綠色植物以葉綠素或其他色素，吸收陽光的能量，把二氧化碳和水製成有機物質（如葡萄糖），並釋放出氧氣的作用。

光宗耀祖 ㄍㄨㄤ ㄗㄨㄥ ㄧㄠˋ ㄗㄨˇ 指人成就非凡，名聲遠揚，使祖宗也顯得光榮。

光怪陸離 ㄍㄨㄤ ㄍㄨㄞˋ ㄌㄨˋ ㄌㄧˊ 形容五光十色，景象怪異離奇。

光明磊落 ㄍㄨㄤ ㄇㄧㄥˊ ㄌㄟˇ ㄌㄨㄛˋ 形容人心胸坦白，正大光明。

光前裕後 ㄍㄨㄤ ㄑㄧㄢˊ ㄩˋ ㄏㄡˋ 使祖先增光並造福後人。或作「光前耀後」。

光風霽月 ㄍㄨㄤ ㄈㄥ ㄐㄧˋ ㄩㄝˋ ①指雨過天青後風清月明的景象。後比喻太平盛世。②比喻人胸襟開闊坦白、品格高潔。

光彩奪目 ㄍㄨㄤ ㄘㄞˇ ㄉㄨㄛˊ ㄇㄨˋ 形容色彩鮮豔，引人注目。

光陰似箭 ㄍㄨㄤ ㄧㄣ ㄙˋ ㄐㄧㄢˋ 形容時間像飛箭一般迅速流逝。【同】日月如梭。

兇

ㄒㄩㄥ xiōng 【形】通「凶」。凶惡。【動】驚擾恐懼，騷動不安。【例】兇懼。

兇狠 ㄒㄩㄥ ㄏㄣˇ 殘忍而狠毒。

兇猛 ㄒㄩㄥ ㄇㄥˇ 兇惡勇猛。【例】兇猛的野獸。

兇橫 ㄒㄩㄥ ㄏㄥˋ 兇暴蠻橫。

兇險 ㄒㄩㄥ ㄒㄧㄢˇ 兇狠陰險。

兆

ㄓㄠˋ zhào 【名】①事前顯露出來吉凶的跡象。【例】預兆。②數目字。億的萬倍。【動】預示。【例】瑞雪兆豐年。

兆民 ㄓㄠˋ ㄇㄧㄣˊ 眾百姓。

兆頭 ㄓㄠˋ ㄊㄡˊ 預先顯露的景象。【例】這真是個好兆頭！

先

ㄒㄧㄢ xiān 【名】①指祖先。【例】不辱其先。②首要的事情。【例】百善孝為先。【形】①在某一時代之前的。【例】先秦時期、先史時期。②對已去世者的尊稱。【例】先王、革命先烈。【副】時間或次序在前。【例】先發制人。

先天 ㄒㄧㄢ ㄊㄧㄢ ①與生俱來的資質。②由父母所得來的體質。

先王 ㄒㄧㄢ ㄨㄤˊ 古代的聖王或已故的君王。

先生 ㄒㄧㄢ ㄕㄥ ①對老師的尊稱。②稱年長的人。③對一般人的尊稱。④妻子對人稱自己的丈夫。

先民 ㄒㄧㄢ ㄇㄧㄣˊ 指稱古人或古時賢能的人。

先兆 ㄒㄧㄢ ㄓㄠˋ 預兆，事物出現前的跡象。

先考 ㄒㄧㄢ ㄎㄠˇ 去世的父親。或稱先父。

先河 ㄒㄧㄢ ㄏㄜˊ 指倡導在先的事物，或開創於先的人。

先例 ㄒㄧㄢ ㄌㄧˋ 已經有過的事例。【例】不乏先例。

先哲 ㄒㄧㄢ ㄓㄜˊ 尊稱前代具有影響力的有才德者，特別是思想家。

先烈 ㄒㄧㄢ ㄌㄧㄝˋ 對為國為民而犧牲者的尊稱。

先秦 ㄒㄧㄢ ㄑㄧㄣˊ 秦始皇統一天下以前的歷史時期。一般指春秋戰國時代。

先業 ㄒㄧㄢ ㄧㄝˋ 祖先的事業。【例】繼承先業。

先賢 ㄒㄧㄢ ㄒㄧㄢˊ 前代有德有才，對教化人群、建設國家等方面有貢獻的人。

先鋒 ㄒㄧㄢ ㄈㄥ ①作戰時打頭陣的人或部隊。②在行動思想或事業上，發揮先導作用的。例革命先鋒。

先導 ㄒㄧㄢ ㄉㄠˇ ①在前面帶路或指引。②率先引導的人。③以身作則，導入正軌。

先覺 ㄒㄧㄢ ㄐㄩㄝˊ 預先覺察。也指明晰事物比一般人較早的人。同先知。

先驅 ㄒㄧㄢ ㄑㄩ ①在前面引導開路。②在前領導者。例孫中山先生是革命的先驅。

先入為主 ㄒㄧㄢ ㄖㄨˋ ㄨㄟˊ ㄓㄨˇ 以先聽到的意見為依據，對後來的不同說法不予採納。指人有了成見，就難以再接受不同意見。

先決條件 ㄒㄧㄢ ㄐㄩㄝˊ ㄊㄧㄠˊ ㄐㄧㄢˋ 最重要、須優先考慮的條件。

先見之明 ㄒㄧㄢ ㄐㄧㄢˋ ㄓ ㄇㄧㄥˊ 指在事前就能看清問題、預料結果的判斷力。

先斬後奏 ㄒㄧㄢ ㄓㄢˇ ㄏㄡˋ ㄗㄡˋ 原指臣子先把人處決，再報告君王。今指未經請示先把事情處理了，再報告上級。

先發制人 ㄒㄧㄢ ㄈㄚ ㄓˋ ㄖㄣˊ 先下手爭取主動權，制伏對方。

先睹為快 ㄒㄧㄢ ㄉㄨˇ ㄨㄟˊ ㄎㄨㄞˋ 以能先看到為愉快。形容盼望看到的急切心情。

先聲奪人 ㄒㄧㄢ ㄕㄥ ㄉㄨㄛˊ ㄖㄣˊ 先造成強大聲勢以壓倒對方。也比喻做事搶先一步，爭取主動地位。

先下手為強 ㄒㄧㄢ ㄒㄧㄚˋ ㄕㄡˇ ㄨㄟˊ ㄑㄧㄤˊ 比別人先掌握時機，取得主動地位。

先天不足，後天失調 ㄒㄧㄢ ㄊㄧㄢ ㄅㄨˋ ㄗㄨˊ ㄏㄡˋ ㄊㄧㄢ ㄕ ㄊㄧㄠˊ 稟賦的體質虛弱，而在發育時又缺乏調養。比喻事物的根基差，而主事者又不善於經營籌畫，故很難成功。

五畫

兌 ㄉㄨㄟˋ duì 名 易經卦名。八卦之一，象徵沼澤。動 ①交換。例兌換、兌款。②摻入。例拿些水兌到酒中。

兌現 ㄉㄨㄟˋ ㄒㄧㄢˋ ①憑票據換取現款。②比喻實現諾言。例我說的話保證兌現。

兌換 ㄉㄨㄟˋ ㄏㄨㄢˋ 交換貨幣，即用甲種貨幣換成乙種貨幣。例以美元兌換港幣。

克 ㄎㄜˋ kè 名 計算重量的單位，即公克的簡稱。動 ①戰勝，攻破。例攻無不克。②制服，約束。例以柔克剛。副 能。例克勤克儉。

克己 ㄎㄜˋ ㄐㄧˇ ①抑制自己的私欲。例克己奉公。②節儉，節省。例克己待人。

克拉 ㄎㄜˋ ㄌㄚ 寶石的重量單位，一克拉合〇・二公克。

克制 ㄎㄜˋ ㄓˋ 克服抑制。多指抑制感情或慾望。

克服 ㄎㄜˋ ㄈㄨˊ 克制，制服。用意志和力量戰勝缺點、錯誤、不利條件等。

克難 ㊀ㄎㄜˋ ㄋㄢˊ 克服困難。㊁ㄎㄜˋ ㄋㄢˋ 勉強湊和使用。

克己奉公 ㄎㄜˋ ㄐㄧˇ ㄈㄥˋ ㄍㄨㄥ 嚴格要求自己，一心為公。

克己復禮 ㄎㄜˋ ㄐㄧˇ ㄈㄨˋ ㄌㄧˇ 約束克制自身的私欲，使言行舉止合於禮。

克紹箕裘 ㄎㄜˋ ㄕㄠˋ ㄐㄧ ㄑㄧㄡˊ 比喻能繼承先人的志業。

克勤克儉 ㄎㄜˋ ㄑㄧㄣˊ ㄎㄜˋ ㄐㄧㄢˇ 指人既勤勞又節儉。

克敵制勝 ㄎㄜˋ ㄉㄧˊ ㄓˋ ㄕㄥˋ 打垮敵人而取得勝利。

免 ㊀ㄇㄧㄢˇ miǎn 動①去掉，省去。例免費。②罷黜。例免職。③逃脫，避開。例蝕財免災、免疫。④勿，不可。例閒人免進。㊁ㄨㄣˋ wèn 名通「絻」。古人服喪時，脫帽紮髮、用布纏頭的一種喪儀。

免役 ㄇㄧㄢˇ ㄧˋ 免除服兵役或勞役。

免疫 ㄇㄧㄢˇ ㄧˋ 指生物對某種病害具抵抗力或不受感染的特性。

免俗 ㄇㄧㄢˇ ㄙㄨˊ 免於世俗之情，行為不同於世俗。

免除 ㄇㄧㄢˇ ㄔㄨˊ 免掉，除去。例免除後患。

免費 ㄇㄧㄢˇ ㄈㄟˋ 免除應繳納的費用。

免禮 ㄇㄧㄢˇ ㄌㄧˇ 不必多禮。

免不了 ㄇㄧㄢˇ ㄅㄨˋ ㄌㄧㄠˇ 難免，無法避免。例年輕人犯點錯誤是免不了的。

免開尊口 ㄇㄧㄢˇ ㄎㄞ ㄗㄨㄣ ㄎㄡˇ 指不待對方啟齒，就先拒絕他。

兕 ㄙˋ sì 名雌的犀牛。

六畫

兔 ㄊㄨˋ tù 名哺乳動物，俗稱兔子。是一種嚙齒類小獸，耳大尾短，上脣中間分裂，前腿短，後腿長，跑得很快。

兔毫 ㄊㄨˋ ㄏㄠˊ 用兔毛做成的毛筆，其筆尖軟硬適中。

兔脣 ㄊㄨˋ ㄔㄨㄣˊ 一種先天性的畸形，指人的嘴脣裂開或缺損，類似兔子的嘴脣。

兔脫 ㄊㄨˋ ㄊㄨㄛ 比喻迅速逃走。

兔崽子 ㄊㄨˋ ㄗㄞˇ ˙ㄗ 用來戲稱年輕人。也用作罵人卑賤的俚語。

兔死狗烹 ㄊㄨˋ ㄙˇ ㄍㄡˇ ㄆㄥ 兔子已捕獲殺光，獵犬再無用處，因而被殺掉煮來吃。比喻人忘恩負義。同鳥盡弓藏。

兔死狐悲 ㄊㄨˋ ㄙˇ ㄏㄨˊ ㄅㄟ 比喻物傷其類，看到同類的不幸遭遇，自己也哀傷起來。

兔走烏飛 ㄊㄨˋ ㄗㄡˇ ㄨ ㄈㄟ 指日月運行，光陰飛快流逝。古代神話稱月亮裡有玉兔，太陽裡有金烏，故以兔、烏代稱日、月。

兔起鶻落 ㄊㄨˋ ㄑㄧˇ ㄏㄨˊ ㄌㄨㄛˋ 像兔子一樣地躍起，像鶻鳥一樣地猛衝下來。比喻行動迅速敏捷。也比喻書寫作畫時下筆迅捷流暢。

兒 ㊀ㄦˊ ér 名①小孩。例嬰兒、幼兒。②男孩。③年輕人。例中華健兒。④父母稱子女。例兒子、兒女成群。⑤子女對父母的自稱。例不孝兒。助用在名詞、動詞、形容詞等詞之後的語尾詞。例這兒、慢慢兒、自個兒、壓根兒。㊁ㄋㄧˊ ní 名通「倪」。姓。

兒女 ㄦˊ ㄋㄩˇ ①子女。②指青年男女。

兒科 ㄦˊ ㄎㄜ 診治小兒疾病的醫學或醫科。

兒孫 ㄦˊ ㄙㄨㄣ 兒子和孫子。泛指後代子孫。

兒童 ㄦˊ ㄊㄨㄥˊ 未成年的男女。

兒歌 ㄦˊ ㄍㄜ 兒童歌謠。其特色是形式活潑，用辭簡練，韻律響亮。

兒戲 ㄦˊ ㄒㄧˋ 小孩的遊戲。比喻做事馬虎、不負責任，或處理事務不慎重。例豈可把婚姻大事當作兒戲！

兒皇帝 ㄦˊ ㄏㄨㄤˊ ㄉㄧˋ 多指傀儡政權的統治者。

兒童節 ㄦˊ ㄊㄨㄥˊ ㄐㄧㄝˊ 為兒童所訂的節日，目的在於鼓勵兒童，喚起社會注重兒童福利事業。今與婦女節合併改稱婦幼節。

兒女情長 ㄦˊ ㄋㄩˇ ㄑㄧㄥˊ ㄔㄤˊ 指男女之間纏綿的愛情。反英雄氣短。

七畫

兗 ㄧㄢˇ yǎn 名兗州，古代九州之一，在今河北、山東一帶。

八畫

党 ㄉㄤˇ dǎng 名①姓。②「黨」的異體字。

九畫

兜 ㄉㄡ dōu 名①口袋一類的東西。例衣兜、網兜。②兜鍪，古代戰士所用的頭盔。③胸前所掛似圍巾的東西。例圍兜。動①將物品圍成口袋形把東西承住。例抄起衣襟兜著。②招攬。例兜售、兜生意。③包圍，繞。例兜剿、兜圈子。④承擔。例他把責任都兜下來了。

兜肚 ㄉㄡ ㄉㄨˋ 貼身護住胸腹的布製品。亦稱肚兜。

兜風 ㄉㄡ ㄈㄥ 坐車、船或騎馬遊逛觀賞。

兜捕 ㄉㄡ ㄅㄨˇ 包圍起來捉拿。

兜售 ㄉㄡ ㄕㄡˋ 向人推銷貨物。

兜攬 ㄉㄡ ㄌㄢˇ ①招攬、拉攏顧客。例兜攬生意。②把事往身上攬。例他最愛兜攬事情。

兜圈子 ㄉㄡ ㄑㄩㄢ ˙ㄗ ①說話不直截了當。②無事閒逛。③繞遠路。例這傢伙不懷好意，帶著我們兜圈子。

十二畫

兢 ㄐㄧㄥ jīng 副戒慎小心的樣子。

兢兢業業 ㄐㄧㄥ ㄐㄧㄥ ㄧㄝˋ ㄧㄝˋ 形容做事謹慎小心的樣子。

入部 ㄖㄨˋ

入 ㄖㄨˋ rù 名①四聲之一。見「入聲」。②所得，進款。例量入為出。動①進，由外到內。例入場、入境。②參加。例入會、入股。③合乎，切合。例入情入理、入時。④到，達。例入夜。⑤沉沒。例日出而作，日入而息。

入土 ㄖㄨˋ ㄊㄨˇ 俗稱埋葬死者。例入土為安。

入世 ㄖㄨˋ ㄕˋ 深入世俗以求正道的態度。

入耳 ㄖㄨˋ ㄦˇ ①聽到。②聽起來使人滿意愉快。

入伍 ㄖㄨˋ ㄨˇ 進入軍營當兵。

入味 ㄖㄨˋ ㄨㄟˋ 有滋味，有趣味。

入門 ㄖㄨˋ ㄇㄣˊ ①進入門內。比喻初步學會。②指便於初學的讀物。例語法入門。

入室 ㄖㄨˋ ㄕˋ 進入室內。比喻學問已達深奧的境界。

入流 ㄖㄨˋ ㄌㄧㄡˊ ①夠資格，能列入某種等級。②舊時官階在九品以外的官員進入九品以內。

入神 ㄖㄨˋ ㄕㄣˊ ①對某事物有興趣而全神貫注。②達到神妙的境界。例這幅畫畫得真是太入神了。③一種強烈的精神感動狀態，患者意識受阻，常如在夢中。

入席 ㄖㄨˋ ㄒㄧˊ ①舉行宴會、集會或儀式時，有關人員各就位次。②入座。

入庫 ㄖㄨˋ ㄎㄨˋ ①將物品或貨物放進倉庫。②沒收歸公。

入迷 ㄖㄨˋ ㄇㄧˊ 形容專心於某事物到極點。同著迷。

入骨 ㄖㄨˋ ㄍㄨˇ 形容極其深刻。例恨之入骨。

入時 ㄖㄨˋ ㄕˊ 式樣合乎時尚。多指人的裝束、髮式、穿戴等能趕上潮流。

入帳 ㄖㄨˋ ㄓㄤˋ 將款項記入帳簿。

入超 ㄖㄨˋ ㄔㄠ 指國家貿易在一定時間內，對外進口貨物的總值超過出口貨物的總值。反出超。

入場 ㄖㄨˋ ㄔㄤˇ 進入會場、考場或戲院。反退場。

入圍 ㄖㄨˋ ㄨㄟˊ 進入範圍之內，即合格入選。

入會 ㄖㄨˋ ㄏㄨㄟˋ ①加入團體組織而成為其會員。②參加民間的一種儲蓄組織。

入微 ㄖㄨˋ ㄨㄟˊ 達到非常細微深刻的地步。例剖析入微。

入境 ㄖㄨˋ ㄐㄧㄥˋ 進入某國的國境。反出境。

入夥 ㄖㄨˋ ㄏㄨㄛˇ ①加入為非作歹的組織。②指在經濟上投資合夥。

入殮 ㄖㄨˋ ㄌㄧㄢˋ 把死者的屍體放進棺材。

入贅 ㄖㄨˋ ㄓㄨㄟˋ 男子結婚後住進女方家，成為女方家庭的成員。

入聲 ㄖㄨˋ ㄕㄥ 字音聲調之一。國音將入聲分別歸入陰平、陽平、上聲、去聲四聲之中。

入木三分 ㄖㄨˋ ㄇㄨˋ ㄙㄢ ㄈㄣ 字跡透入木板達三分之深。形容筆力強勁。後比喻議論深刻中肯或描寫逼真生動。

入不敷出 ㄖㄨˋ ㄅㄨˋ ㄈㄨ ㄔㄨ 收入不夠支出。形容經濟上收支不能平衡。

入室操戈 ㄖㄨˋ ㄕˋ ㄘㄠ ㄍㄜ 比喻就對方所持的論點加以反駁。現指同門而相互攻伐。

入情入理 ㄖㄨˋ ㄑㄧㄥˊ ㄖㄨˋ ㄌㄧˇ 非常合乎情理。同合情合理。

入境問俗 ㄖㄨˋ ㄐㄧㄥˋ ㄨㄣˋ ㄙㄨˊ 到一個地方，先要問清楚當地的風俗習慣，以免抵觸。比喻適應環境。

入境隨俗 ㄖㄨˋ ㄐㄧㄥˋ ㄙㄨㄟˊ ㄙㄨˊ 到一個地方，就要適應當地的風俗。

二畫

內 ㊀ㄋㄟˋ nèi 名 ①裡面。與「外」相對。例屋內、國內。②心裡。例銘感五內。③女色。例左傳：「齊侯好內。」④對別人稱自己的妻子。例內人、內兄。動親近。例易經：「內君子而外小人。」

㊁ㄋㄚˋ nà 動通「納」。聘納，收受。

內人 ㄋㄟˋ ㄖㄣˊ ①對他人稱自己的妻子。②宮女。

內功 ㄋㄟˋ ㄍㄨㄥ 武術的修練法。運氣使勁，讓功力蘊藏於內而不外露的功夫。

內地 ㄋㄟˋ ㄉㄧˋ 一個國家的領土，除了邊疆和通商口岸，都屬於內地。

內在 ㄋㄟˋ ㄗㄞˋ 人或事物內部所具有的特質。反外在。

內行 ㄋㄟˋ ㄏㄤˊ ①對某種事情或工作具有豐富的知識和經驗。②精通某種事業技藝的人。反外行。

內向 ㄋㄟˋ ㄒㄧㄤˋ 指人的性格表現出拘謹、沉默等特徵。

內奸 ㄋㄟˋ ㄐㄧㄢ 暗藏在內部進行破壞的間諜。

內弟 ㄋㄟˋ ㄉㄧˋ 稱自己妻子的弟弟。

內助 ㄋㄟˋ ㄓㄨˋ ①妻子。例賢內助。②得到妻子的幫助。

內疚 ㄋㄟˋ ㄐㄧㄡˋ 內心感到慚愧不安。

內定 ㄋㄟˋ ㄉㄧㄥˋ 內部暗中已先決定。

內服 ㄋㄟˋ ㄈㄨˊ 口服的藥。是相對外敷藥而言的。

內政 ㄋㄟˋ ㄓㄥˋ 國家內部的政務。

內省 ㄋㄟˋ ㄒㄧㄥˇ 自我反省，即檢查自己的思想行為是否合乎道德原則。

內科 ㄋㄟˋ ㄎㄜ 主要用藥物治療人體內部器官疾病的一個醫學分科。

內急 ㄋㄟˋ ㄐㄧˊ 指急著要上廁所。

內容 ㄋㄟˋ ㄖㄨㄥˊ ①指事物內部所包含的一切。②文學或藝術作品所包含的意義、精神。與「形式」相對。例內容豐富而深刻。

內訌 ㄋㄟˋ ㄏㄨㄥˋ 一個集團或組織內部為爭權奪利而自相衝突，彼此排擠。或作「內鬨」。

內涵 ㄋㄟˋ ㄏㄢˊ ①指概念的內容。②指人的修養、品格、氣質等內在的精神特質。

內陸 ㄋㄟˋ ㄌㄨˋ 指完全處於陸地內部而不與海洋相接的地帶。例內陸國。

內勤 ㄋㄟˋ ㄑㄧㄣˊ 在機關內部進行的工作。反外勤。

內傷 ㄋㄟˋ ㄕㄤ ①指因跌、碰、打等原因引起的氣血、臟腑的損傷。②中醫指因精神因素、飲食起居不規律等所導致的病症。

內亂 ㄋㄟˋ ㄌㄨㄢˋ 指國內的武裝叛亂或統治者內部為爭奪權力和地盤而展開的戰爭。

內幕 ㄋㄟˋ ㄇㄨˋ 沒有公開的內部情況。多指壞的方面。

內閣 ㄋㄟˋ ㄍㄜˊ 立憲國家的最高行政機關。

內憂 ㄋㄟˋ ㄧㄡ ①國內的憂患。亦作「內患」。②母喪。

內銷 ㄋㄟˋ ㄒㄧㄠ 本國的產品只在國內銷售。反外銷。

內線 ㄋㄟˋ ㄒㄧㄢˋ ①在對方內部從事情報工作或進行其他活動的人。②內部關係。③同一總機所控制的內部各分機的線路。④指處在敵方包圍下的作戰線。

內舉 ㄋㄟˋ ㄐㄩˇ 自己推薦自己的親屬。例內舉不避親。

內臟 ㄋㄟˋ ㄗㄤˋ 人或動物的胸腔和腹腔內部器官的統稱。包括心、肺、胃、肝、脾、腎、腸等。

內分泌 ㄋㄟˋ ㄈㄣ ㄇㄧˋ 生物體內腺體所分泌的激素，不通過導管而是由血液輸送到全身，以增進各器官的機能，調節細胞的新陳代謝。

內分泌腺 能分泌激素，直接輸於血液而循環於全身的無管道腺體。如甲狀腺、生殖腺等。

內外交困 指內部外部都處於困難的境地。

內外夾攻 裡外配合，同時進攻。

內憂外患 內部紊亂，外部又有禍患。多指國家內部的動亂和來自國外的侵擾。

四畫

全 ㄑㄩㄢˊ quán 名姓。形①完備的。例文武雙全、完全。②整個的。例全人類。動使完滿而不受損傷。例苟全性命。副皆，都。例大家全到了。

全力 盡所有的力量。

全才 才德兼備、能文能武的人。

全年 一整年。

全局 大局，整個的局面。

全豹 比喻事物的全貌。

全能 無所不能。

全副 全部，整套。例全副武裝。

全盛 非常興隆壯盛。通常指最強盛的時期。

全勤 指上學或上班沒有遲到早退、缺席、請假的紀錄。

全數 全部，所有的數目。

全盤 全部，全面。例全盤西化。

全蝕 日蝕或月蝕時，太陽或月亮全被遮住。

全權 具有處理事情的全部權力。

全天候 不受任何條件限制，整天都能使用。

全壘打 指棒球、壘球比賽時，打擊手把球擊出規定區域距離之外後，可安全的通過一、二、三壘，而跑回本壘得分。

全力以赴 把全部力量或精神都投進去。同竭盡全力。

全心全意 投入全部的心思和精力，不夾雜其他念頭。反三心二意。

全軍覆沒 指整個軍隊全部被消滅。也比喻事情完全失敗。

全神貫注 心思精神完全集中在某一事物上。反漫不經心。

全能運動 田徑運動中的綜合性比賽項目。

全無指望 完全沒有希望。

六畫

兩 ㈠ㄌㄧㄤˇ liǎng 名①重量單位，十錢為一兩。②指成雙的數。例兩姐妹。形幾，若干。表約略之詞。例兩下子。副雙方，彼此。例模稜兩可。
㈡ㄌㄧㄤˋ liàng 名通「輛」。

兩心 ①彼此的心意。②二心，異心。

兩全 兩方面都顧到，都無損害。

兩性 ①雄性和雌性，男性和女性。②指兩種不同的屬性。

兩便 ㄌㄧㄤˇ ㄅㄧㄢˋ ①兩方面都方便。②公私或彼此都有利。

兩訖 ㄌㄧㄤˇ ㄑㄧˋ 貨收到，款付清。例錢貨兩訖。

兩造 ㄌㄧㄤˇ ㄗㄠˋ 法律上指訴訟的雙方，即原告與被告。或作「兩曹」。

兩棲 ㄌㄧㄤˇ ㄑㄧ ①既可在陸地上又可在水裡生活或活動。例兩棲動物。②比喻兼屬兩個團體或同時從事兩種不同性質行業的人。

兩端 ㄌㄧㄤˇ ㄉㄨㄢ ①事物的始末。②左右不定的態度。③兩個極端，即過與不及。

兩難 ㄌㄧㄤˇ ㄋㄢˊ ①指處理問題或辦理事情左右為難。②進退都感困難。例進退兩難。③彼此雙方都為難。

兩下子 ㄌㄧㄤˇ ㄒㄧㄚˋ ˙ㄗ ①稱人的本事。例他的確有兩下子。②不費時，輕鬆的。

兩口子 ㄌㄧㄤˇ ㄎㄡˇ ˙ㄗ 俗稱夫妻二人。

兩性花 ㄌㄧㄤˇ ㄒㄧㄥˋ ㄏㄨㄚ 具有雌雄兩蕊的花。如桃花、梅花。

兩面光 ㄌㄧㄤˇ ㄇㄧㄢˋ ㄍㄨㄤ ①把刀劍之類的器物兩面磨光。②比喻為人圓滑，兩面討好。

兩瞪眼 ㄌㄧㄤˇ ㄉㄥˋ ㄧㄢˇ 形容失意或彼此都失望的樣子。

兩小無猜 ㄌㄧㄤˇ ㄒㄧㄠˇ ㄨˊ ㄘㄞ 形容男孩和女孩常在一起，彼此毫無避嫌與猜忌。

兩全其美 ㄌㄧㄤˇ ㄑㄩㄢˊ ㄑㄧˊ ㄇㄟˇ 指做事能顧全到雙方，使兩方面都得到好處。

兩面三刀 ㄌㄧㄤˇ ㄇㄧㄢˋ ㄙㄢ ㄉㄠ 比喻耍兩面手法，背地裡挑撥是非，離間感情。

兩相情願 ㄌㄧㄤˇ ㄒㄧㄤ ㄑㄧㄥˊ ㄩㄢˋ 雙方都甘心願意。反一廂情願。

兩袖清風 ㄌㄧㄤˇ ㄒㄧㄡˋ ㄑㄧㄥ ㄈㄥ 比喻為官廉潔，毫無積蓄。同囊空如洗。

兩情繾綣 ㄌㄧㄤˇ ㄑㄧㄥˊ ㄑㄧㄢˇ ㄑㄩㄢˇ 形容男女之間相親相愛、情意纏綿的情態。

兩敗俱傷 ㄌㄧㄤˇ ㄅㄞˋ ㄐㄩˋ ㄕㄤ 爭鬥雙方都遭受損失，誰也沒有得到好處。

兩棲動物 ㄌㄧㄤˇ ㄑㄧ ㄉㄨㄥˋ ㄨˋ 能在水中及陸地上生活的脊椎動物。如青蛙、鱷魚等。

兩腳書櫥 ㄌㄧㄤˇ ㄐㄧㄠˇ ㄕㄨ ㄔㄨˊ 譏諷人讀書多而不能活用，有如書櫃僅僅能裝書而已。

兩害相權取其輕 ㄌㄧㄤˇ ㄏㄞˋ ㄒㄧㄤ ㄑㄩㄢˊ ㄑㄩˇ ㄑㄧˊ ㄑㄧㄥ 遇到有害的事情，務必要權衡輕重得失，選擇傷害較輕的去做。

八部 ㄅㄚ

八 ㄅㄚ bā 名數目字。大寫作「捌」。形數量是八的。例八方。副形容多數或多方面。例四通八達。

八方 ㄅㄚ ㄈㄤ 指東、南、西、北、東南、西南、東北、西北八個方向。一般用以指各方。例四面八方。

八字 ㄅㄚ ㄗˋ 用天干和地支相配來表示人出生的年、月、日、時，合起來剛好八個字。命理學家認為用它可以推算人的命運。

八成 ㄅㄚ ㄔㄥˊ ①十分之八。②多半，大概。例這件事八成是他做的。

八法 ㄅㄚ ㄈㄚˇ 永字八法的簡稱。指書法的點、橫、豎、鉤、撇、捺、策（斜劃向上）、啄（右之短撇）八種不同的運筆方式。

八卦 ㄅㄚ ㄍㄨㄚˋ ①易經的八個基本卦名。以代表陽爻的「—」和代表陰爻的「--」組合而成，分別為：乾、坤、坎、離、震、巽、艮、兌。傳說是由伏羲氏所創。②也指閒言閒語、道人長短，或胡亂的傳言。

八佾 ㄅㄚ ㄧˋ 古代天子所用的舞樂，總共有八列，每列八人。

八音 ㄅㄚ ㄧㄣ 古稱金、石、絲、竹、匏、土、革、木八種材質製成的樂器。鐘為金，磬為石，琴瑟為絲，簫笛為竹，笙為匏，壎為土，鼓為革，柷為木。

八節 ㄅㄚ ㄐㄧㄝˊ 指立春、立夏、立秋、立冬、春分、夏至、秋分、冬至八個節氣。

八德 ㄅㄚ ㄉㄜˊ 指忠、孝、仁、愛、信、義、和、平八種傳統的美德。

八大家 ㄅㄚ ㄉㄚˋ ㄐㄧㄚ 即唐宋八大家，指唐代的韓愈和柳宗元，宋代的歐陽修、蘇洵、蘇軾、蘇轍、曾鞏、王安石這八大古文家。

八仙桌 ㄅㄚ ㄒㄧㄢ ㄓㄨㄛ 四面總共可坐八個人的方桌。

八面光 ㄅㄚ ㄇㄧㄢˋ ㄍㄨㄤ 形容為人處世非常世故，各方面都應付得很周到。

八面玲瓏 ㄅㄚ ㄇㄧㄢˋ ㄌㄧㄥˊ ㄌㄨㄥˊ 原指窗戶寬敞明亮。後形容為人處世圓滑周到，能討好各種人物。

八面威風 ㄅㄚ ㄇㄧㄢˋ ㄨㄟ ㄈㄥ 各方面都很威風。形容聲勢浩大、神氣十足的樣子。

八拜之交 ㄅㄚ ㄅㄞˋ ㄓ ㄐㄧㄠ 舊稱結義兄弟或結義姊妹。

八荒九垓 ㄅㄚ ㄏㄨㄤ ㄐㄧㄡˇ ㄍㄞ 指天下各地，特別是荒遠之地。

八九不離十 ㄅㄚ ㄐㄧㄡˇ ㄅㄨˋ ㄌㄧˊ ㄕˊ 比喻很接近。

二畫

六

㈠ㄌㄧㄡˋ liù 名 數目字。大寫作「陸」。㈡ㄌㄨˋ lù 名 姓。

六合 ㄌㄧㄡˋ ㄏㄜˊ 古稱上、下和東、南、西、北四方為六合。又泛指天地、宇宙。

六法 ㄌㄧㄡˋ ㄈㄚˇ 指憲法、刑法、民法、商法及刑事訴訟法、民事訴訟法六種法典。

六味 ㄌㄧㄡˋ ㄨㄟˋ 指苦、酸、甘、辛、鹹、淡六種味道。

六神 ㄌㄧㄡˋ ㄕㄣˊ 主宰心、肝、脾、肺、腎、膽六臟的神。

六畜 ㄌㄧㄡˋ ㄔㄨˋ 指豬、牛、羊、馬、雞、狗。也泛指各種家畜。

六根 ㄌㄧㄡˋ ㄍㄣ 佛教認為眼為視根，耳為聽根，鼻為嗅根，舌為味根，身為觸根，意為念根，總稱六根。

六脈 ㄌㄧㄡˋ ㄇㄞˋ 指中醫切脈的部位。人的左右手各有寸、關、尺三脈，合稱六脈。

六書 ㄌㄧㄡˋ ㄕㄨ 漢字的六種造字方法：象形（日、月），指事（上、下），形聲（江、陽），會意（信、武），轉注（考、老），假借（長短的長借用為生長的長）。

六欲 ㄌㄧㄡˋ ㄩˋ 佛家稱由眼、耳、鼻、舌、身、意六根所產生的各種欲望或情欲。例七情六欲。

六經 ㄌㄧㄡˋ ㄐㄧㄥ　指儒家的六部經典，即詩、書、易、禮、樂、春秋。其中樂經早已失傳。

六親 ㄌㄧㄡˋ ㄑㄧㄣ　①一般指父、母、兄、弟、妻、子。②泛指親屬。

六禮 ㄌㄧㄡˋ ㄌㄧˇ　①古時婚禮的六種禮節：納采、問名、納吉、納徵、請期、親迎。②古時的六種士禮：冠、婚、喪、祭、鄉、相見。

六藝 ㄌㄧㄡˋ ㄧˋ　①指禮、樂、射、御、書、數六種才藝。②也指詩、書、易、禮、樂、春秋六部經典。

六十甲子 ㄌㄧㄡˋ ㄕˊ ㄐㄧㄚˇ ㄗˇ　以十天干和十二地支相配，從甲子到癸亥共六十個，而以六十次循環一周，稱六十甲子。

六神無主 ㄌㄧㄡˋ ㄕㄣˊ ㄨˊ ㄓㄨˇ　形容心慌意亂，張皇失措，不知如何是好。

六馬仰秣 ㄌㄧㄡˋ ㄇㄚˇ ㄧㄤˇ ㄇㄛˋ　形容樂聲美妙至極，連正在吃草的馬也都抬起頭來傾聽。同流魚出聽。

六根清淨 ㄌㄧㄡˋ ㄍㄣ ㄑㄧㄥ ㄐㄧㄥˋ　隔絕嗜好情慾，使心靈澄淨。

六親不認 ㄌㄧㄡˋ ㄑㄧㄣ ㄅㄨˋ ㄖㄣˋ　形容人無情無義或不留情面。

兮

ㄒㄧ xī　助 文言語助詞，用於句中或末尾，相當於「啊」。例力拔山兮氣蓋世。

公

ㄍㄨㄥ gōng　名 ①有關眾人的事。例辦公。②對祖父、外祖父、丈夫的父親，或兒童對男性老人的稱呼。例外公、公婆、老公公。③對男子的尊稱。例李公、諸公。④無私。例公正、公平。⑤古代五等爵位中的第一等，即公爵。形 ①屬於大家的。例公物、公共電話。②雄性的。例公牛。動 與人共享，明白宣布。例公諸於世、公告。副 許多人同意的。例公認、公推。

公文 ㄍㄨㄥ ㄨㄣˊ　處理公務的文書。

公元 ㄍㄨㄥ ㄩㄢˊ　國際通用的紀年標準，以耶穌基督誕生之年為元年。也稱西元。

公允 ㄍㄨㄥ ㄩㄣˇ　辦事公平恰當，不偏向任何一方。

公正 ㄍㄨㄥ ㄓㄥˋ　公平正直而無偏私。

公平 ㄍㄨㄥ ㄆㄧㄥˊ　合情合理，不偏私。例公平交易。

公布 ㄍㄨㄥ ㄅㄨˋ　也作「公佈」。①向眾人宣示法律或命令。②揭示某種事實，使大家都知道。

公司 ㄍㄨㄥ ㄙ　以營利為目的，依公司法組織、登記、成立的社團法人。

公民 ㄍㄨㄥ ㄇㄧㄣˊ　具有國籍，享受國家法律規定的權利並履行法律義務的人。

公共 ㄍㄨㄥ ㄍㄨㄥˋ　大家的，社會的。例公共設施。

公休 ㄍㄨㄥ ㄒㄧㄡ　公定的休假。

公決 ㄍㄨㄥ ㄐㄩㄝˊ　由眾人共同決定。

公使 ㄍㄨㄥ ㄕˇ　由本國派駐他國處理交涉事務的外交官，其地位僅次於大使。

公所 ㄍㄨㄥ ㄙㄨㄛˇ　辦理民眾事務的機關。如鄉、鎮公所。

公約 ㄍㄨㄥ ㄩㄝ　①集體約定共同遵守的章程。例生活公約。②三個以上的國家對於特定事項所共同訂立的條約。例北大西洋公約。

公害 ㄍㄨㄥ ㄏㄞˋ 指對公眾產生危害的事物。如汙染、噪音等。

公差 ㄍㄨㄥ ㄔㄞ ①官署的差役。②因處理公務而外出。

公海 ㄍㄨㄥ ㄏㄞˇ 各個國家領海以外的廣闊海域，不屬於任何國家管轄。

公益 ㄍㄨㄥ ㄧˋ 公眾的福祉和利益。例公益事業。

公婆 ㄍㄨㄥ ㄆㄛˊ 丈夫的父母。

公寓 ㄍㄨㄥ ㄩˋ 分層或分間，供許多戶人家居住的樓房。

公理 ㄍㄨㄥ ㄌㄧˇ ①人們所公認的道理。②科學上無需證明的基本推理。如數學的幾何公理。

公祭 ㄍㄨㄥ ㄐㄧˋ 指機關團體或社會人士為死者所舉行的祭奠儀式。

公報 ㄍㄨㄥ ㄅㄠˋ ①公開發表關於重要事件、會議、談判等情況的正式文告。②由政府機關編印且專為刊登法令、法規等官方文件的定期刊物。

公然 ㄍㄨㄥ ㄖㄢˊ 公開的，毫無顧忌。例公然行搶。

公債 ㄍㄨㄥ ㄓㄞˋ 政府為平衡財政收支或籌集建設資金，向民眾借貸而發行的債券。

公會 ㄍㄨㄥ ㄏㄨㄟˋ 同行業的企業聯合組成的行會組織，即同業公會。例商業公會。

公道 ㄍㄨㄥ ㄉㄠˋ 公平合理。

公演 ㄍㄨㄥ ㄧㄢˇ 向大眾公開演出。

公墓 ㄍㄨㄥ ㄇㄨˋ 公共的墓地。

公僕 ㄍㄨㄥ ㄆㄨˊ 任職於公家機關為公眾服務的人。

公憤 ㄍㄨㄥ ㄈㄣˋ 群眾所不滿的，共同的憤慨。例此事若處理不當會激起公憤。

公餘 ㄍㄨㄥ ㄩˊ 辦公以外的時間。

公營 ㄍㄨㄥ ㄧㄥˊ 由政府出資經營的事業或企業。反私營。

公轉 ㄍㄨㄥ ㄓㄨㄢˇ 指一個天體繞著另一個天體轉動。如地球繞太陽轉動、衛星繞行星轉動。反自轉。

公斷 ㄍㄨㄥ ㄉㄨㄢˋ ①秉公裁斷。例是非曲直，自有公斷。②由公正人士居中裁斷。

公證 ㄍㄨㄥ ㄓㄥˋ 法院或特定機關依法證明具有法律意義的文件和事實的合法性、真實性的一種手續。如對合約、遺囑等的公證。

公約數 ㄍㄨㄥ ㄩㄝ ㄕㄨˋ 指可以同時除盡某些數者，如3就是6、9、12的公約數。又叫公因數。

公倍數 ㄍㄨㄥ ㄅㄟˋ ㄕㄨˋ 同時是幾個數之共同倍數者，如12是2、3、4、6的公倍數。

公務員 ㄍㄨㄥ ㄨˋ ㄩㄢˊ 具擔任公職資格、辦理公務的人員。

公賣局 ㄍㄨㄥ ㄇㄞˋ ㄐㄩˊ 由政府所設販售物品的專門機構。

公德心 ㄍㄨㄥ ㄉㄜˊ ㄒㄧㄣ 維護社會公共道德、注重公眾利益的精神與態度。

公積金 ㄍㄨㄥ ㄐㄧ ㄐㄧㄣ 公司把盈餘的一部分儲蓄起來，以備不時之需。

公證人 ㄍㄨㄥ ㄓㄥˋ ㄖㄣˊ ①具法定資格，辦理公證事務的人。②替雙方做證明的人。

公權力 ㄍㄨㄥ ㄑㄩㄢˊ ㄌㄧˋ 大眾所公認且必須共同遵守的最高法律權力。

公子哥兒 ㄍㄨㄥ ㄗˇ ㄍㄜ ㄦ 養尊處優、不知人情世故的富貴人家子弟。

公而忘私 ㄍㄨㄥ ㄦˊ ㄨㄤˋ ㄙ 為了公事而不顧及私事。形容一心一意為大眾服務。

公事公辦 ㄍㄨㄥ ㄕˋ ㄍㄨㄥ ㄅㄢˋ 比喻依法辦事，不講情面。

公諸同好 ㄍㄨㄥ ㄓㄨ ㄊㄨㄥˊ ㄏㄠˋ 把自己珍愛的東西拿出來，讓有共同愛好的人一同欣賞。

公證結婚 ㄍㄨㄥ ㄓㄥˋ ㄐㄧㄝˊ ㄏㄨㄣ 男女雙方合乎法定條件，請求法院公證人依照法定程序，就其婚姻作成公證書，即算完成婚姻。

四畫

共 ㊀ㄍㄨㄥˋ gòng 動分享，合用。例論語：「願車馬衣輕裘與朋友共。」副①總，合計。例共有一百多萬字。②一同，一起。例共鳴、和平共處。

㊁ㄍㄨㄥ gōng 形通「恭」。恭敬。動通「供」。供給。

㊂ㄍㄨㄥˇ gǒng 動通「拱」。圍繞，環抱。例論語：「譬如北辰，居其所而眾星共之。」

共生 ㄍㄨㄥˋ ㄕㄥ 兩種或兩種以上的生物共同生活在一起，互為利用的生活方式。如根瘤菌和豆科植物。

共犯 ㄍㄨㄥˋ ㄈㄢˋ 指稱某一違法事件的所有參與者。

共事 ㄍㄨㄥˋ ㄕˋ 同在一起做事。

共計 ㄍㄨㄥˋ ㄐㄧˋ 總共，合起來算。

共振 ㄍㄨㄥˋ ㄓㄣˋ 兩個振動或頻率相同的物體，當一個發生振動時，另一個也會引起振動的現象。

共棲 ㄍㄨㄥˋ ㄑㄧ 兩種不同的生物以一定的依賴關係生活在一起的現象。

共鳴 ㄍㄨㄥˋ ㄇㄧㄥˊ ①指同一振動數的兩個發聲體，其中一個發聲時，另一個也跟著發聲。②比喻某一事件激發他人有同樣的思想感情。

共和國 ㄍㄨㄥˋ ㄏㄜˊ ㄍㄨㄛˊ 主權在全體人民手中的國家。

共聚一堂 ㄍㄨㄥˋ ㄐㄩˋ ㄧˋ ㄊㄤˊ 大家聚集在一起。多形容同窗好友相聚之可貴。

共襄盛舉 ㄍㄨㄥˋ ㄒㄧㄤ ㄕㄥˋ ㄐㄩˇ 指大家共同贊助，以完成大事。

共體時艱 ㄍㄨㄥˋ ㄊㄧˇ ㄕˊ ㄐㄧㄢ 共同體恤時局的艱難，並協力度過難關。

五畫

兵 ㄅㄧㄥ bīng 名①戰士，軍隊。例兵來將擋。②打仗用的武器。例短兵相接。③關於軍事或戰爭的事。例紙上談兵。

兵力 ㄅㄧㄥ ㄌㄧˋ 軍隊的實力，包括軍隊人數和武器裝備。

兵戎 ㄅㄧㄥ ㄖㄨㄥˊ 軍隊，武器。也指戰亂。

兵役 ㄅㄧㄥ ㄧˋ 指國民依法當兵的義務。

兵法 ㄅㄧㄥ ㄈㄚˇ 練兵、作戰的策略和方法，即現在的軍事學。例孫子兵法。

兵符 ㄅㄧㄥ ㄈㄨˊ 古代調兵或發布命令的憑證。

兵團 ㄅㄧㄥ ㄊㄨㄢˊ ①軍隊中的組織，下轄幾個軍或師。②泛指大部隊。例主力兵團。

兵餉 ㄅㄧㄥ ㄒㄧㄤˇ 兵士的糧食和銀餉。泛指軍中一切費用。

兵種 ㄅㄧㄥ ㄓㄨㄥˇ 軍隊內的部隊分類。如陸軍可分步兵、工兵、砲兵、裝甲兵等。

兵營 ㄅㄧㄥ ㄧㄥˊ 軍隊駐紮的地方。

兵燹 ㄅㄧㄥ ㄒㄧㄢˇ 指因戰爭所遭受的焚燒破壞等災害。

兵權 ㄅㄧㄥ ㄑㄩㄢˊ 指揮軍事的權力。例杯酒釋兵權。

兵變 ㄅㄧㄥ ㄅㄧㄢˋ ①軍隊叛變，不聽從命令。②戲稱男孩當兵，女友變心移情別戀。

兵工廠 ㄅㄧㄥ ㄍㄨㄥ ㄔㄤˇ 製造武器、彈藥等軍事裝備的工廠。

兵不血刃 ㄅㄧㄥ ㄅㄨˋ ㄒㄧㄝˇ ㄖㄣˋ 兵器的鋒刃上沒有沾血。指人心歸附或戰事順利，不用激戰就獲得勝利。

兵不厭詐 ㄅㄧㄥ ㄅㄨˋ ㄧㄢˋ ㄓㄚˋ ①指用兵打仗為了獲勝，可以製造假象欺騙敵人。②比喻為了達到某種目的，不妨使用詭詐手段。

兵荒馬亂 ㄅㄧㄥ ㄏㄨㄤ ㄇㄚˇ ㄌㄨㄢˋ 形容戰爭期間造成的混亂景象。反河清海晏。

兵貴神速 ㄅㄧㄥ ㄍㄨㄟˋ ㄕㄣˊ ㄙㄨˋ 用兵的法則貴在行動迅速，才能出其不意，攻其無備，取得勝利。

兵強馬壯 ㄅㄧㄥ ㄑㄧㄤˊ ㄇㄚˇ ㄓㄨㄤˋ 軍容壯盛，武力強大。

兵來將擋，水來土掩 ㄅㄧㄥ ㄌㄞˊ ㄐㄧㄤˋ ㄉㄤˇ ㄕㄨㄟˇ ㄌㄞˊ ㄊㄨˇ ㄧㄢˇ 不管遇到任何事情，都自有應對的辦法。

六畫

其 ㄑㄧˊ ㄐㄧ 形這個，那樣。例若無其事、不乏其人。副①表示將要。例五世其昌。②難道，表示反詰。例左傳：「欲加之罪，其無辭乎？」代①他，他們。用於第三人稱。例順其自然。②他的，他們的。例人盡其才、物盡其用。助表示語氣的加強。例極其、尤其。

其中 ㄑㄧˊ ㄓㄨㄥ 在這當中，在這裡面。同其內。

其他 ㄑㄧˊ ㄊㄚ 此外，別的。

其次 ㄑㄧˊ ㄘˋ 第二，次一等的。

其實 ㄑㄧˊ ㄕˊ 實際的，實在的。

其餘 ㄑㄧˊ ㄩˊ 其他，剩下的。同此外。

其貌不揚 ㄑㄧˊ ㄇㄠˋ ㄅㄨˋ ㄧㄤˊ 形容人的相貌難看。

其樂融融 ㄑㄧˊ ㄌㄜˋ ㄖㄨㄥˊ ㄖㄨㄥˊ 形容快樂自得的樣子。

具 ㄐㄩˋ 名①器物，使用的東西。例家具、農具。②才能，才幹。例李陵•答蘇武書：「抱將相之具。」③計算數目的量詞。器物一件稱為一具。例一具屍首、一具木箱。動①有，備有。例獨具慧眼、初具規模。②準備，設置。例謹具薄禮。

具文 ㄐㄩˋ ㄨㄣˊ 指徒有形式而無實際作用的規章制度，或根本不準備實行的公文。

具名 ㄐㄩˋ ㄇㄧㄥˊ 簽名，署名。

具備 ㄐㄩˋ ㄅㄟˋ 具有，齊備。例條件已具備。

具結 ㄐㄩˋ ㄐㄧㄝˊ ①舊時寫給官署用以表示負責的文件。②以文字保證據實陳述，或公正誠實的鑑定、通譯。

具體 ㄐㄩˋ ㄊㄧˇ ①不抽象、不籠統，有實體存在的。反抽象。②大體完備的。例具體而微。

具象藝術 ㄐㄩˋ ㄒㄧㄤˋ ㄧˋ ㄕㄨˋ 具有實體形象的藝術。如雕刻、繪畫。反抽象藝術。

具體而微 ㄐㄩˋ ㄊㄧˇ ㄦˊ ㄨㄟˊ 指內容大體完備，只是形式或規模較小。

典

ㄉㄧㄢˇ diǎn 名 ①標準，法則。例典範。②可以作為依據或準則的書。例辭典、法典。③古書中可供稱引的故事，即典故。④儀式。例慶典、開國大典。動 ①用物品作抵押向別人借錢。例典押、典當。②主持，掌理。例典試、典獄。

典押 ㄉㄧㄢˇ ㄧㄚ 指向人借錢時拿物品作抵押。

典故 ㄉㄧㄢˇ ㄍㄨˋ 指在文章中引用具有來歷出處與內涵的簡單詞語來代表古代故事。

典型 ㄉㄧㄢˇ ㄒㄧㄥˊ ①足以代表某類事物特性的標準形式。②指文學藝術中最具有概括性和代表性的人物、事件或實例。

典章 ㄉㄧㄢˇ ㄓㄤ 制度法令等的總稱。

典雅 ㄉㄧㄢˇ ㄧㄚˇ ①高雅而不俗氣。例這客廳的布置非常典雅。②形容文章有根柢而不鄙俗。

典試 ㄉㄧㄢˇ ㄕˋ 主持考試以及相關事項。

典當 ㄉㄧㄢˇ ㄉㄤˋ ①以物品作抵押，向當鋪借高利率的錢，若到期不償還，則抵押品歸當鋪所有。②當鋪。

典藏 ㄉㄧㄢˇ ㄘㄤˊ 主持名貴器物（如重要圖書或古物之類）的保管事務。

典範 ㄉㄧㄢˇ ㄈㄢˋ 可以作為榜樣學習、仿效的人或事物。例典範長存。

典禮 ㄉㄧㄢˇ ㄌㄧˇ ①鄭重舉行的儀式。例畢業典禮。②古代掌管禮儀制度的官吏。

典籍 ㄉㄧㄢˇ ㄐㄧˊ 指記載古代典章制度的圖書。

典獄長 ㄉㄧㄢˇ ㄩˋ ㄓㄤˇ 主管監獄事務的最高首長。

八畫

兼

ㄐㄧㄢ jiān 動 ①合併。例兼併。②同時擔任兩種以上的職務。例兼職。③加倍。例兼程。副 同時，一起。例兼顧。

兼任 ㄐㄧㄢ ㄖㄣˋ ①同時擔任兩個或兩個以上的職務。②不是專職的。例兼任教師。

兼差 ㄐㄧㄢ ㄔㄞ 在本職以外，兼任其他職務。

兼併 ㄐㄧㄢ ㄅㄧㄥˋ 吞併，合併。

兼毫 ㄐㄧㄢ ㄏㄠˊ 用狼毫和羊毫合製的毛筆。

兼備 ㄐㄧㄢ ㄅㄟˋ 兩個或許多方面皆同時具備。

兼程 ㄐㄧㄢ ㄔㄥˊ ①加倍趕路，即一天走兩天的路程。亦作「兼行」。②以加倍的速度處理事務。

兼愛 ㄐㄧㄢ ㄞˋ 戰國時墨翟所倡導的學說，主張愛無等差，不分親疏厚薄，一概平等相待。

兼收並蓄 ㄐㄧㄢ ㄕㄡ ㄅㄧㄥˋ ㄒㄩˋ 不管哪方面（多指對人才、思想或學說派別等），全都收羅、包含在內。

兼善天下 ㄐㄧㄢ ㄕㄢˋ ㄊㄧㄢ ㄒㄧㄚˋ 推廣自己的善心善行，使別人也達到善的境界。

兼籌並顧 ㄐㄧㄢ ㄔㄡˊ ㄅㄧㄥˋ ㄍㄨˋ 通盤籌劃，照顧周全而無缺失。

十四畫

冀

ㄐㄧˋ jì 名 ①冀州，古代九州之一，包括今山西、河北、河南、遼寧等地。②河北省的簡稱。動希望。例希冀。

冀幸 ㄐㄧˋ ㄒㄧㄥˋ 僥倖希望。

冀免 ㄐㄧˋ ㄇㄧㄢˇ 希望能倖免。

冀望 ㄐㄧˋ ㄨㄤˋ 希望。例不要太冀望別人的幫助。

冂部 ㄐㄩㄥ

三畫

冉 ㄖㄢˇ rǎn 名姓。副見「冉冉」。

冉冉 ㄖㄢˇ ㄖㄢˇ ①緩慢移動的。例冉冉上升。②柔弱下垂的樣子。例垂楊冉冉。

冊 ㄘㄜˋ cè 名①古稱編在一起的竹簡為冊，現指裝訂成本的書。②古同「策」。計謀，計策。③書籍之類的量詞。例這部書共十冊。動古時封爵的策命。例冊封。

冊子 ㄘㄜˋ ˙ㄗ 即簿子、本子。

冊封 ㄘㄜˋ ㄈㄥ 清代制度，封立皇貴妃、貴妃、親王、親王世子等的儀式。

四畫

再 ㄗㄞˋ zài 副①兩次或第二次，又一次。例再度、再犯。②下一次。例再見。③更，更加。例再詳細些、再高一點。④表示事情、行為的程度加深或持續。例再接再厲。

再三 ㄗㄞˋ ㄙㄢ 屢次，一次又一次。

再版 ㄗㄞˋ ㄅㄢˇ 書籍第二次出版。也指第二版後陸續印製的各版次。

再造 ㄗㄞˋ ㄗㄠˋ 重新給予生命。用來感謝別人拯救的話。例再造父母。

再審 ㄗㄞˋ ㄕㄣˇ 當事人在法院判決之後，申述有誤判，法院經核查也認為不當，開庭再行審理的補救措施。

再三再四 ㄗㄞˋ ㄙㄢ ㄗㄞˋ ㄙˋ 即一再、再三之意，但更強調次數之多或頻繁。例你父親再三再四叮囑我，要我注意你的安全。

再生父母 ㄗㄞˋ ㄕㄥ ㄈㄨˋ ㄇㄨˇ 就像父母一樣給了自己第二次生命。極言其恩惠之大。

再接再厲 ㄗㄞˋ ㄐㄧㄝ ㄗㄞˋ ㄌㄧˋ 原指公雞相鬥，把嘴磨鋒利再去交戰。比喻勇往直前，努力奮鬥而毫不鬆懈。

七畫

冒 ㊀ㄇㄠˋ mào 動①往上升，向外透，發散出來。例冒煙、冒汗。②頂著，向著，不顧。例冒雨、冒險。③魯莽，行為不慎重。例冒犯、冒昧。④假託。例冒名頂替。㊁ㄇㄛˋ mò 名冒頓，漢代匈奴的一個單于之名。

冒火 ㄇㄠˋ ㄏㄨㄛˇ 比喻生氣。

冒失 ㄇㄠˋ ㄕ 魯莽，莽撞。

冒犯 ㄇㄠˋ ㄈㄢˋ 得罪、衝撞了對方。同沖犯。

冒充 ㄇㄠˋ ㄔㄨㄥ 用假的充當真的。

冒昧 ㄇㄠˋ ㄇㄟˋ 魯莽，輕率。常用作客套話。例請允許我冒昧地說幾句話。

冒進 ㄇㄠˋ ㄐㄧㄣˋ 超越實際情況的可能性，而盲目進行。

冒牌 ㄇㄠˋ ㄆㄞˊ 假託別人的商標或名義。

冒號 ㄇㄠˋ ㄏㄠˋ 標點符號之一，符號是「：」。用在總起下文，或舉例說明上文。

冒領 ㄇㄠˋ ㄌㄧㄥˇ 領取別人的東西而占為己有。

冒瀆 ㄇㄠˋ ㄉㄨˊ 衝犯，褻瀆。多就神靈而言。

冒失鬼 ㄇㄠˋ ㄕ ㄍㄨㄟˇ 稱行為莽撞的人。

冒金星 ㄇㄠˋ ㄐㄧㄣ ㄒㄧㄥ 形容人在生氣、發怒到極點或身體不適時，有眼花昏亂之感。

冒名頂替 ㄇㄠˋ ㄇㄧㄥˊ ㄉㄧㄥˇ ㄊㄧˋ 冒用別人的姓名竊取權利、地位，或代替別人去做事。

冒險犯難 ㄇㄠˋ ㄒㄧㄢˇ ㄈㄢˋ ㄋㄢˋ 指敢於冒著危險、迎著困難勇往直前的無畏精神。

冒天下之大不韙 ㄇㄠˋ ㄊㄧㄢ ㄒㄧㄚˋ ㄓ ㄉㄚˋ ㄅㄨˋ ㄨㄟˇ 指不顧輿論的譴責，而去做普天下的人都認為不對的事情。

胄

ㄓㄡˋ zhòu 名古代作戰時，戰士為保護頭部所戴的頭盔。例甲胄。

九畫

冕

ㄇㄧㄢˇ miǎn 名古代帝王、諸侯、卿大夫所戴的禮帽。後專指皇冠，故稱登王位為加冕。

十畫

最

ㄗㄨㄟˋ zuì 副至極，第一。例最好。

最近 ㄗㄨㄟˋ ㄐㄧㄣˋ ①距離不遠。②指不久之前。

最後通牒 ㄗㄨㄟˋ ㄏㄡˋ ㄊㄨㄥ ㄉㄧㄝˊ 國際間就彼此爭端表明最後要求的文件。指最後的警告。

冖部 ㄇㄧˋ

二畫

冗

ㄖㄨㄥˇ rǒng 名多餘的人或事物。例除煩去冗。形①多餘閒散的。例冗員。②煩忙的。例煩冗。③卑劣的。例愚冗。

冗筆 ㄖㄨㄥˇ ㄅㄧˇ 詩文或圖畫中多餘沒用的字或筆畫。

冗費 ㄖㄨㄥˇ ㄈㄟˋ 不必要的支出。

冗長 ㄖㄨㄥˇ ㄔㄤˊ 多餘而不適用。常指文章長而不切實際。

七畫

冠

㊀ㄍㄨㄢ guān 名①帽子的總稱。例衣冠整潔。②在頂上像帽子的東西。例雞冠、花冠。

㊁ㄍㄨㄢˋ guàn 名①古代男子二十歲時舉行的成人儀式。例冠禮。②代表男子二十歲的年齡。例年方弱冠。動①超出眾人，位居第一。例勇冠三軍。②戴帽子。例冠以貂皮帽。

冠毛 ㄍㄨㄢ ㄇㄠˊ 在菊科植物的花和果實上，由萼片變形而成的毛狀構造，色白。果實成熟時，冠毛隨風飄散，藉以散布種子。如蒲公英、萵苣等都有。

冠玉 ㄍㄨㄢˋ ㄩˋ ①裝飾在帽子上的美玉。②形容男子的美貌。例面如冠玉。

冠軍 ㄍㄨㄢˋ ㄐㄩㄣ 比賽或考試中的第一名。

冠冕堂皇 ㄍㄨㄢ ㄇㄧㄢˇ ㄊㄤˊ ㄏㄨㄤˊ ①形容光明正大，或尊貴氣派的樣子。②有時也譏諷只徒具外表之體面莊嚴。

冠絕古今 從古代到現在都是第一流的。

冠蓋相望 形容顯貴的人一路上川流不絕。

八畫

冢 ㄓㄨㄥˇ zhǒng 名①高大的墳墓。②山頂。例詩經：「百川沸騰，山冢崒崩。」形①嫡長，排行第一的。例冢子。②大的。例冢宰。

冢中枯骨 比喻沒有作為或無用的人。

冥 ㄇㄧㄥˊ míng 名陰間，鬼魂所居之地。例冥府。形①昏暗不明的。例晦冥。②愚昧。例冥頑。③深沉，深遠。例苦思冥想。④與人死後有關的。例冥錢、冥衣。

冥佑 鬼神在暗中保佑。

冥婚 替往生的子女舉行的婚禮。

冥報 死後給以報答，或指幽冥中的報應。

冥想 深沉的思考。

冥誕 指死者的生日。

冥器 古代用以殉葬的器物。後稱燒給死者用的紙製器物。同明器。

冥鴻 高飛的鴻雁。後用以比喻避世隱居的人或高才絕俗的人。

冥王星 原為太陽系九大行星之一，是離太陽最遠，也是最晚（西元一九三〇年）發現的一顆行星。但二〇〇六年被劃為矮行星。

冥冥之中 暗地裡，在人所不知的情況下。

冥頑不靈 形容人愚昧無知，不明事理。

冤 ㄩㄢ yuān 名①屈枉，委屈。例含冤、伸冤。②仇恨。例結冤。形①受屈的。例冤情。②仇恨的，怨恨的。例冤家。③吃虧，不合算。例花錢買罪受，真冤！動欺騙。例不許冤人！

冤仇 因受冤屈而產生的仇恨。

冤枉 ①被加上不應有的罪名而受屈。②吃虧上當，不必要的。

冤屈 ①受冤枉委屈或迫害。②得不到應得的報償，不得志。

冤大頭 譏稱經常吃虧上當而花冤枉錢的人。

冤家路窄 指仇人或不願相見的人偏偏在窄路上相逢，無法迴避。

冤冤相報 彼此互相報復，循環不已。

十畫

幂 ㄇㄧˋ mì 「冪」的異體字。

十四畫

冪 ㄇㄧˋ mì 名①遮蓋東西用的布巾。②數學上表示一個數自乘若干次的乘方。如2自乘三次，就是2的三次冪。動覆蓋，罩住。

冫部 ㄅㄧㄥ

三畫

冬 ㄉㄨㄥ dōng 名一年四季中的最後一季。自立冬至立春，即農曆十、十一、十二月，國曆十二、一、二月。

冬令 ㄉㄨㄥ ㄌㄧㄥˋ 冬季或冬季的氣候。

冬瓜 ㄉㄨㄥ ㄍㄨㄚ 植物名。一年生草本，果實一般為長圓柱形，皮綠色，肉色雪白。

冬至 ㄉㄨㄥ ㄓˋ 節氣名。國曆的十二月二十二日或二十三日，這天北半球的夜最長而晝最短。

冬烘 ㄉㄨㄥ ㄏㄨㄥ 思想陳舊迂腐，不明事理。例冬烘先生。

冬眠 ㄉㄨㄥ ㄇㄧㄢˊ 指蛙、蛇等無脊椎或變溫動物，在冬天停止飲食及活動的現象。

冬筍 ㄉㄨㄥ ㄙㄨㄣˇ 即毛竹筍，一種質脆味美的食用植物，冬天從土中掘出。

冬扇夏爐 ㄉㄨㄥ ㄕㄢˋ ㄒㄧㄚˋ ㄌㄨˊ 比喻不合時宜，毫無用處之物。

冬溫夏清 ㄉㄨㄥ ㄨㄣ ㄒㄧㄚˋ ㄐㄧㄥˋ 原指子女孝順，冬天為父母溫被，夏天使其涼快。後用以指氣候宜人。

冬蟲夏草 ㄉㄨㄥ ㄔㄨㄥˊ ㄒㄧㄚˋ ㄘㄠˇ 寄生在昆蟲幼體中的菌類。受害的幼蟲冬季鑽入土內，逐漸形成菌核，到夏季從這種蟲體或菌核上長出菌體的繁殖器官，形狀像草。

四畫

冱 ㄏㄨˋ hù 形寒氣凝結或極寒冷的樣子。例冱寒。

冰 ㄅㄧㄥ bīng 名水在攝氏零度或零度以下凝結成的固體。例冰塊。形①寒冷。例冰冷。②純潔的，清高的。例冰心。③冷酷，沒有感情。例冷冰冰的面孔。動用冰塊來防腐或降低溫度。例冰鎮。

冰人 ㄅㄧㄥ ㄖㄣˊ 媒人，婚姻介紹人。或稱為冰下人。

冰刀 ㄅㄧㄥ ㄉㄠ 裝在冰鞋底下的鋼製刀狀物，便於滑行。

冰山 ㄅㄧㄥ ㄕㄢ ①漂浮在海上的如山一般的巨大冰塊。②比喻不可長久依賴的靠山（冰一熱就融化）。

冰心 ㄅㄧㄥ ㄒㄧㄣ ①比喻心地清明純潔，表裡如一。例王昌齡．芙蓉樓送辛漸詩：「一片冰心在玉壺。」②中國當代著名女作家。

冰片 ㄅㄧㄥ ㄆㄧㄢˋ 中藥名。用天然的龍腦樹幹所分泌的香料製成，有強烈的香氣。

冰冷 ㄅㄧㄥ ㄌㄥˇ ①非常寒冷，溫度低得就像冰塊一樣。②形容人的態度非常冷淡。

冰河 ㄅㄧㄥ ㄏㄜˊ 寒冷地區高山上堆積的冰雪，受氣候的影響，下層融化，上層冰塊順著山坡滑入溝澗，緩緩下移，狀如河流。

冰枕 ㄅㄧㄥ ㄓㄣˇ 在橡皮袋內裝上冰塊，給病人當枕頭用，以降低體溫。

冰炭 ㄅㄧㄥ ㄊㄢˋ 冰冷炭熱。比喻性質相反，互不相容。

冰雹 ㄅㄧㄥ ㄅㄠˊ 高空中水蒸氣遇冷結成的冰粒或冰塊，常在夏季隨暴雨降下。

冰輪 ㄅㄧㄥ ㄌㄨㄣˊ 指明月。

冰鞋 ㄅㄧㄥ ㄒㄧㄝˊ 溜冰穿的運動鞋，大多為皮製，鞋底下安裝有像刀形的鋼條。

冰箱 ㄅㄧㄥ ㄒㄧㄤ 冷藏食品的器具，利用電力能把溫度降低到冰點以下，使貯放的食物不易腐壞。

冰糖 ㄅㄧㄥ ㄊㄤˊ 一種用紅糖或白糖加工而成的塊狀食糖，多為白色透明的結晶體。

冰霜 ㄅㄧㄥ ㄕㄨㄤ ①比喻操守的貞潔。②比喻神色嚴厲。例凜若冰霜。

冰點 ㄅㄧㄥ ㄉㄧㄢˇ 在標準大氣壓下，水開始凝結成冰時的溫度。溫度計上的冰點是攝氏零度，華氏三十二度。

冰鎮 ㄅㄧㄥ ㄓㄣˋ 把食物或飲料和冰放在一起，使其溫度降低。

冰釋 ㄅㄧㄥ ㄕˋ 形容嫌隙、誤會等的消除，有如冰溶化後不留一點痕跡。

冰淇淋 ㄅㄧㄥ ㄑㄧˊ ㄌㄧㄣˊ 英語 ice cream 的譯名。用水、牛奶、雞蛋、糖等攪和冰凍而成半固體的夏季冰品。

冰天雪地 ㄅㄧㄥ ㄊㄧㄢ ㄒㄩㄝˇ ㄉㄧˋ 形容冰雪遮天蓋地，非常寒冷。同冰天雪窖。

冰消瓦解 ㄅㄧㄥ ㄒㄧㄠ ㄨㄚˇ ㄐㄧㄝˇ 像冰一樣的消融，像瓦片一樣的破碎。比喻事物完全消釋或渙散、崩潰。同煙消雲散、雲消霧散。

冰清玉潔 ㄅㄧㄥ ㄑㄧㄥ ㄩˋ ㄐㄧㄝˊ 像冰一樣清澈晶瑩，像玉一樣潔白無瑕。比喻人的品德高潔，有時也指官吏辦事清明公正。同不染纖塵。

冰雪聰明 ㄅㄧㄥ ㄒㄩㄝˇ ㄘㄨㄥ ㄇㄧㄥˊ 聰明得有如冰之透明，雪之明亮。稱讚人聰明絕頂。

冰凍三尺，非一日之寒 ㄅㄧㄥ ㄉㄨㄥˋ ㄙㄢ ㄔˇ ㄈㄟ ㄧˊ ㄖˋ ㄓ ㄏㄢˊ 比喻事情的發生，不是一朝一夕使然的，而是逐漸形成的。

五畫

冷 ㄌㄥˇ lěng 名姓。形①溫度低，寒涼。例最近天氣很冷。②寂靜。例冷清。③生僻少見的。例冷僻、冷字。④鄙視，譏刺。例冷言冷語、冷嘲熱諷。⑤淡漠，不熱烈。例心灰意冷。副出乎意料之外。例冷不防。

冷汗 ㄌㄥˇ ㄏㄢˋ 由於恐懼、緊張、身體虛弱等原因而出的汗。醫學上叫盜汗。

冷門 ㄌㄥˇ ㄇㄣˊ 很少有人注意或不受重視的事物。例冷門學科。反熱門。

冷卻 ㄌㄥˇ ㄑㄩㄝˋ 使物體降低溫度，漸漸失去熱量。

冷巷 ㄌㄥˇ ㄒㄧㄤˋ 僻靜的小巷。

冷宮 ㄌㄥˇ ㄍㄨㄥ ①舊指君主棄置失寵后妃的地方。②比喻被冷落、不再受到關愛。例打入冷宮。

冷峭 ㄌㄥˇ ㄑㄧㄠˋ ①形容天氣十分寒冷。②比喻人說話尖酸刻薄。

冷笑 ㄌㄥˇ ㄒㄧㄠˋ 含有輕蔑、譏刺或怒意的笑。

冷淡 ㄌㄥˇ ㄉㄢˋ ①不熱鬧，不興盛。例最近生意很冷淡。②不熱情，不關心。例他待人太冷淡。

冷清 ㄌㄥˇ ㄑㄧㄥ 冷落而寂靜、蕭條的樣子。

冷眼 ㄌㄥˇ ㄧㄢˇ 以冷靜的或漠不關心的態度觀察人和事。例冷眼看世界。

冷媒 ㄌㄥˇ ㄇㄟˊ 電冰箱或冷氣系統中的氯化物等氣化熱大於液化熱的氣體，利用氣化時吸收周圍物質的熱量，產生冷卻作用的物質。

冷場 ㄌㄥˇ ㄔㄤˇ ①開會時沒人發言的局面。②演出時因失誤或劇情不緊湊，無法引起觀眾共鳴的場面。

冷落 ㄌㄥˇ ㄌㄨㄛˋ ①冷清不熱鬧。②以冷淡的態度待人。

冷漠 ㄌㄥˇ ㄇㄛˋ 冷淡，不關心。

冷僻 ㄌㄥˇ ㄆㄧˋ ①冷清偏僻，人跡罕至。②不常見的文字或典故。

冷箭 ㄌㄥˇ ㄐㄧㄢˋ 乘人不備在暗中陷害人。同暗箭。

冷鋒 ㄌㄥˇ ㄈㄥ 指冷氣團，會造成氣溫下降，颳風下雨。

冷靜 ㄌㄥˇ ㄐㄧㄥˋ ①不熱鬧。②平靜理性而不感情用事。例他處事冷靜，從不急躁。

冷戰 ㄌㄥˇ ㄓㄢˋ ①泛指國際間除了武力衝突之外的緊張、對峙狀態。②比喻人與人沒有公開直接的爭吵，而是態度冷淡，互不理睬。

冷藏 ㄌㄥˇ ㄘㄤˊ 將食物、藥品等置於冰箱等有冷氣的低溫設備之中，以延長食用或使用的期限。

冷不防 ㄌㄥˇ ㄅㄨˋ ㄈㄤˊ 突然，出乎意外。

冷板凳 ㄌㄥˇ ㄅㄢˇ ㄉㄥˋ ①比喻清閒、不受重視的職位。②形容無人理會，受到冷淡的待遇。

冷颼颼 ㄌㄥˇ ㄙㄡ ㄙㄡ 形容天氣很冷，寒氣逼人。

冷血動物 ㄌㄥˇ ㄒㄧㄝˇ ㄉㄨㄥˋ ㄨˋ ①體溫隨外界溫度的高低而變化的動物。如魚類、爬蟲類、兩棲類。②比喻冷漠無情的人。

冷言冷語 ㄌㄥˇ ㄧㄢˊ ㄌㄥˇ ㄩˇ 含譏諷意味的風涼話。

冷若冰霜 ㄌㄥˇ ㄖㄨㄛˋ ㄅㄧㄥ ㄕㄨㄤ 冷淡得像冰霜一樣。形容待人接物缺乏熱情的樣子。

冷眼旁觀 ㄌㄥˇ ㄧㄢˇ ㄆㄤˊ ㄍㄨㄢ 冷靜的在旁觀看，不參與其事。

冷暖自知 ㄌㄥˇ ㄋㄨㄢˇ ㄗˋ ㄓ ①不待言明而心裡自知。例如人飲水，冷暖自知。②一切事理必須親自實證，非別人所能代替。

冷嘲熱諷 ㄌㄥˇ ㄔㄠˊ ㄖㄜˋ ㄈㄥˋ 用尖刻辛辣的言語對別人進行譏笑和諷刺。

冶

ㄧㄝˇ yě 名鑄造金屬器皿的工匠。形①形容女子過分的修飾打扮。例妖冶。②美麗的，豔麗的。例冶豔。動①培養，造就。例陶冶。②熔煉金屬。例冶煉、冶金。

冶容 ㄧㄝˇ ㄖㄨㄥˊ ①妖豔的容貌。②穿著盛裝，打扮得很妖豔的樣子。

冶鑄 ㄧㄝˇ ㄓㄨˋ 把銅、鐵等金屬熔化，鑄造成器物。

冶豔 ㄧㄝˇ ㄧㄢˋ ①豔麗。②打扮得非常妖豔的樣子。

六畫

洌

ㄌㄧㄝˋ liè 形①寒冷的。例洌風、凜洌。②清醇。例歐陽修・醉翁亭記：「釀泉為酒，泉香而酒洌。」

洌泉 ㄌㄧㄝˋ ㄑㄩㄢˊ 寒泉。

八畫

清

ㄐㄧㄥˋ jìng 動使之變涼。例冬溫夏清。

凌 ㄌㄧㄥˊ líng 名①冰。例滴水結凌。②姓。形錯雜，沒有條理的。例凌亂。動①侵犯，欺侮。例盛氣凌人。②接近，逼近。例凌晨。③升高。例凌雲。④渡過，逾越。例凌駕其上。

凌空 ㄌㄧㄥˊ ㄎㄨㄥ 高懸於天空或上升至空中。

凌波 ㄌㄧㄥˊ ㄅㄛ 形容美女走路時步履輕盈的樣子。

凌虐 ㄌㄧㄥˊ ㄋㄩㄝˋ 待人殘忍苛刻，欺侮虐待。

凌辱 ㄌㄧㄥˊ ㄖㄨˇ 欺凌侮辱。

凌晨 ㄌㄧㄥˊ ㄔㄣˊ 接近天亮的時候。同拂曉。

凌亂 ㄌㄧㄥˊ ㄌㄨㄢˋ 不整齊，雜亂無章的樣子。

凌厲 ㄌㄧㄥˊ ㄌㄧˋ 形容氣勢猛烈，勇往直前的樣子。

凌霄 ㄌㄧㄥˊ ㄒㄧㄠ 聳入雲空。形容高聳突出，也比喻人志氣高遠。

凌駕 ㄌㄧㄥˊ ㄐㄧㄚˋ 超越，勝出，在他人之上。

凌遲 ㄌㄧㄥˊ ㄔˊ 古時最殘酷的死刑，先分割人的肢體，然後處死。

凌波蕩漾 ㄌㄧㄥˊ ㄅㄛ ㄉㄤˋ ㄧㄤˋ 形容水波晃蕩飄動的樣子。

凌雲壯志 ㄌㄧㄥˊ ㄩㄣˊ ㄓㄨㄤˋ ㄓˋ 遠大的志向。

凍 ㄉㄨㄥˋ dòng 名湯汁凝結成的膠狀食品。例肉凍。動①水或其他液體因遇冷而凝結。例凍結。②受冷或感到寒冷。例凍得發抖。

凍結 ㄉㄨㄥˋ ㄐㄧㄝˊ ①水或液體因冷而凝結。②比喻從此維持現狀，停止變動或流動。例人事凍結。③將銀行存款封存，不准提取。

凍瘡 ㄉㄨㄥˋ ㄔㄨㄤ 身體表面受低溫損害後，局部因血液循環發生障礙而產生的病變。輕則紅腫，重則潰爛。

凍僵 ㄉㄨㄥˋ ㄐㄧㄤ 因受凍寒而使身體僵硬難動。

凍餒 ㄉㄨㄥˋ ㄋㄟˇ 穿不暖，吃不飽。

凋 ㄉㄧㄠ diāo 形衰敗的。例民生凋敝。動枯萎，葉落。例草木凋零。

凋敝 ㄉㄧㄠ ㄅㄧˋ 形容生活困苦疲乏或事業衰敗。

凋萎 ㄉㄧㄠ ㄨㄟˇ 凋零枯萎。

凋零 ㄉㄧㄠ ㄌㄧㄥˊ 凋謝零落。

凋謝 ㄉㄧㄠ ㄒㄧㄝˋ ①指草木花葉枯萎脫落。同凋落。②比喻生命的衰老死亡。

准 ㄓㄨㄣˇ zhǔn 動①允許，許可。例准許。②按照，依據。例准前例辦理。③一定，確定。例准於明天開工。

准予 ㄓㄨㄣˇ ㄩˇ 准許。為公文用語，用於上級對下級。例准予報銷。

准許 ㄓㄨㄣˇ ㄒㄩˇ 許可，同意。

准將 ㄓㄨㄣˇ ㄐㄧㄤˋ 某些國家在軍隊中所設的、介於上校和少將之間的一級軍銜。

准考證 ㄓㄨㄣˇ ㄎㄠˇ ㄓㄥˋ 參加某種考試，由主辦單位發的考試證明，憑證進入考場。

十二畫

澌 ㄙ sī 名解凍時隨水流動的冰塊。

十三畫

凜 ㄌㄧㄣˇ lǐn 形①寒冷的。例凜冽。②嚴肅，嚴厲。例凜不可犯。動通「懍」。敬畏。例凜遵。

凜冽 ㄌㄧㄣˇ ㄌㄧㄝˋ 寒冷得刺骨。例寒氣凜冽。

凜然 ㄌㄧㄣˇ ㄖㄢˊ 態度嚴肅，令人敬畏的樣子。

凜凜 ㄌㄧㄣˇ ㄌㄧㄣˇ ①十分寒冷的樣子。②嚴肅而令人敬畏的樣子。例威風凜凜。

十四畫

凝 ㄋㄧㄥˊ níng 動①液體受冷逐漸結成固體。例凝結。②聚集，專注。例凝思、凝神。

凝固 ㄋㄧㄥˊ ㄍㄨˋ 物質由液體凝結成固體。

凝思 ㄋㄧㄥˊ ㄙ 集中精力思考問題。

凝重 ㄋㄧㄥˊ ㄓㄨㄥˋ 莊重，嚴肅端莊的樣子。

凝脂 ㄋㄧㄥˊ ㄓ 比喻皮膚潔白柔滑，像凝固的油脂一般。例膚如凝脂。

凝望 ㄋㄧㄥˊ ㄨㄤˋ 目不轉睛地遠望。

凝眸 ㄋㄧㄥˊ ㄇㄡˊ 目不轉睛地看。

凝視 ㄋㄧㄥˊ ㄕˋ 專心一意地注視。同凝睇。

凝滯 ㄋㄧㄥˊ ㄓˋ ①受阻而停留不前。②不靈活。例目光凝滯。

凝聚力 ㄋㄧㄥˊ ㄐㄩˋ ㄌㄧˋ ①物體的分子之間相互吸引的力量。②比喻某個組織或人，能夠號召和團結許多人的力量。

凝神諦聽 ㄋㄧㄥˊ ㄕㄣˊ ㄉㄧˋ ㄊㄧㄥ 集中精神，專心一意地聆聽。

几部 ㄐㄧ

几 ㄐㄧ jī（語音ㄐㄧˇ jǐ）名小桌子。例茶几。

九畫

凰 ㄏㄨㄤˊ huáng 名古時傳說中的一種瑞鳥，雄的叫鳳，雌的叫凰。

十畫

凱 ㄎㄞˇ kǎi 名①打勝仗。例史記：「天子大凱。」②勝利的樂曲。例奏凱。形通「愷」。和善的，溫和的。

凱旋 ㄎㄞˇ ㄒㄩㄢˊ 戰勝歸來。

凱歌 ㄎㄞˇ ㄍㄜ 古時軍隊得勝還歸時所唱或所奏的歌曲。今通指歌頌勝利的歌曲。

十二畫

凳 ㄉㄥˋ dèng 名沒有靠背和扶手的坐具，俗稱凳子。也作「櫈」。例板凳、矮凳子。

凵部 ㄎㄢˇ

二畫

凶 ㄒㄩㄥ xiōng 名①殺人或傷害人的行為。例行凶。②不祥，災禍。例逢凶化吉。與「吉」相對。

吉。形①農作物受傷害，收成不好的。例凶年。②形容很厲害的情況。例鬧得很凶。③殺人或傷人的。例凶手。④惡，殘暴。例凶暴、凶狠。⑤不吉利的。例凶兆。

凶手 ㄒㄩㄥ ㄕㄡˇ 行凶殺人的人。同凶犯。

凶宅 ㄒㄩㄥ ㄓㄞˊ 多次發生凶事、不吉利的房舍。

凶死 ㄒㄩㄥ ㄙˇ 遇害或自殺等非自然的死亡。

凶年 ㄒㄩㄥ ㄋㄧㄢˊ 農業收成很壞的荒年。或作「凶歲」。

凶耗 ㄒㄩㄥ ㄏㄠˋ 死亡的不幸消息。

凶悍 ㄒㄩㄥ ㄏㄢˋ 非常蠻橫暴烈。

凶猛 ㄒㄩㄥ ㄇㄥˇ ①既凶惡又強而有力。②氣勢猛烈。例水勢凶猛。

凶多吉少 ㄒㄩㄥ ㄉㄨㄛ ㄐㄧˊ ㄕㄠˇ 凶險的兆頭多，吉祥的兆頭少。比喻事態發展的趨勢不妙，不甚樂觀。

凶神惡煞 ㄒㄩㄥ ㄕㄣˊ ㄜˋ ㄕㄚˋ 凶惡的人，或氣勢凶惡的樣子。

三畫

出

ㄔㄨ chū 動①從裡往外。例出門、出國。②產生，發生。例出事、出紕漏。③生產，出產。例伊朗出石油。④顯露。例水落石出、出面。⑤支付。例量入為出、出納。⑥超過，超出。例不出半年、出界。⑦發洩。例出氣。⑧擬定，籌畫。例出題、計無所出。⑨遺棄，休棄。例出妻。副在動詞後表示趨向、完成之意。例找出原因。

出土 ㄔㄨ ㄊㄨˇ 指古代器物從埋藏的地底下發掘出來。例這批出土文物價值連城。

出世 ㄔㄨ ㄕˋ ①出生。②佛家指超脫人世。③指看輕世俗名利而離開官場。

出色 ㄔㄨ ㄙㄜˋ 超出一般，不平凡。例他的工作成績表現出色。

出沒 ㄔㄨ ㄇㄛˋ 出現和隱沒，忽隱忽現。

出局 ㄔㄨ ㄐㄩˊ 指體育參賽者因犯規或受規定限制而必須離開比賽場地。

出奇 ㄔㄨ ㄑㄧˊ ①出人意料。例你這番話說得太出奇了。②特別，不平常。例出奇之士。

出事 ㄔㄨ ㄕˋ 出了問題，發生了事故。

出奔 ㄔㄨ ㄅㄣ 出走，逃亡到國外。同出亡。

出征 ㄔㄨ ㄓㄥ 出兵打仗。

出使 ㄔㄨ ㄕˇ 出任外交使節。

出版 ㄔㄨ ㄅㄢˇ 把圖書、報刊等編印出來。

出軌 ㄔㄨ ㄍㄨㄟˇ ①火車、有軌電車因行駛不慎而脫離軌道。②指人的言語行動出乎常規之外，違反法紀。

出面 ㄔㄨ ㄇㄧㄢˋ 親自現身或以某種名義出來處理事務。

出品 ㄔㄨ ㄆㄧㄣˇ 生產出來的物品、產品。

出席 ㄔㄨ ㄒㄧˊ 指參加某種會議、集會、活動等。

出家 ㄔㄨ ㄐㄧㄚ 離開家庭到廟宇做和尚或尼姑。反還俗。

出差 ㄔㄨ ㄔㄞ 奉命到他處去辦理公務。

出神 ㄔㄨ ㄕㄣˊ 精神過度集中於某事而呈現發呆的樣子。

出庭 ㄔㄨ ㄊㄧㄥˊ 與訴訟案件有關的人到法庭上接受審理、訊問。

出馬 ㄔㄨ ㄇㄚˇ ①古時稱將士上陣作戰。②指出來擔任某事。例此事非由你親自出馬不可。

出恭 ㄔㄨ ㄍㄨㄥ 排泄大便。

出缺 ㄔㄨ ㄑㄩㄝ 原來任職的人員因去職或死亡，空出來的職位待人遞補。

出租 ㄔㄨ ㄗㄨ 把房地器物等租借給他人使用，加以收取一定的代價。

出氣 ㄔㄨ ㄑㄧˋ 把心中的怨憤發洩出來。

出息 ㄔㄨ ㄒㄧ˙ ①指有作為，有發展前途。例這孩子今後一定會有出息。②收益。例棉花價錢高，種棉花比種其他作物出息大。

出師 ㄔㄨ ㄕ ①出兵打仗。②徒弟從師學習，期滿達到其要求。

出納 ㄔㄨ ㄋㄚˋ ①現金、票據等的付出和收入。②指負責金錢收支的人或職務。

出脫 ㄔㄨ ㄊㄨㄛ ①把貨物賣出去。亦作「出手」。②長得益發漂亮。亦作「出挑」。③洗脫罪名。例只要肯花錢，罪名是可出脫的。

出售 ㄔㄨ ㄕㄡˋ 出賣。例廉價出售。

出貨 ㄔㄨ ㄏㄨㄛˋ 把貨物送出去。例他正忙於出貨。

出診 ㄔㄨ ㄓㄣˇ 醫生親自到患者家裡看病、治病。

出超 ㄔㄨ ㄔㄠ 在一定時期內出口貨物的總價超過進口貨物的總值。反入超。

出眾 ㄔㄨ ㄓㄨㄥˋ 超出於眾人。例相貌出眾。

出塞 ㄔㄨ ㄙㄞˋ 指到邊遠塞外的別國去，或出征外夷。

出落 ㄔㄨ ㄌㄨㄛˋ 多指年輕女子的容貌、身材往好的方面變化。例她這幾年出落得亭亭玉立。同出挑、出脫。

出勤 ㄔㄨ ㄑㄧㄣˊ ①按規定的時間上班工作。②奉命外出辦理公務。

出路 ㄔㄨ ㄌㄨˋ ①通向外面的路。引申為發展的前途。②可以銷售貨物的通路、管道。例這批貨積壓得太久了，要設法尋找出路。

出嫁 ㄔㄨ ㄐㄧㄚˋ 女子結婚嫁人。

出閣 ㄔㄨ ㄍㄜˊ 古時稱公主出嫁，今泛指女子結婚嫁人。

出賣 ㄔㄨ ㄇㄞˋ ①賣掉。例這批貨物已出賣。②背棄並加害，只求圖利自己。例出賣民族利益、出賣朋友。

出頭 ㄔㄨ ㄊㄡˊ ①擺脫困苦的環境。例出頭的日子就快到了。②出面，帶頭。例這項艱巨的任務就由你出頭承辦吧！③用在整數之後表示稍為超出一點。例他已六十出頭了。

出醜 ㄔㄨ ㄔㄡˇ 丟臉，有失體面。

出殯 ㄔㄨ ㄅㄧㄣˋ 把靈柩運到安葬或停放地點。

出籠 ㄔㄨ ㄌㄨㄥˊ ①包子、饅頭等蒸熟後從蒸籠取出。②泛指貨物大量售出、鈔票大量發行、事物大量出現。

出讓 ㄔㄨ ㄖㄤˋ 將個人自用的東西或房舍等轉讓給別人，而不以謀利為目的。

出口貨 ㄔㄨ ㄎㄡˇ ㄏㄨㄛˋ 專門運銷外國的貨物。

出主意 ㄔㄨ ㄓㄨˇ ㄧˋ 為人籌畫、提供謀略。

出岔子 ㄔㄨ ㄔㄚˋ ˙ㄗ　指發生差錯或意外事故。

出洋相 ㄔㄨ ㄧㄤˊ ㄒㄧㄤˋ　出醜，鬧笑話。

出風頭 ㄔㄨ ㄈㄥ ㄊㄡˊ　在人多的場合炫耀或賣弄自己，以博取他人的讚美。或作「出鋒頭」。

出發點 ㄔㄨ ㄈㄚ ㄉㄧㄢˇ　①旅程的起點。②動機，考慮問題最根本的著眼點。

出亂子 ㄔㄨ ㄌㄨㄢˋ ˙ㄗ　闖禍，出問題，發生變故。或作「出樓子」。

出人意表 ㄔㄨ ㄖㄣˊ ㄧˋ ㄅㄧㄠˇ　指事情發生得很突然或不合常理，完全出乎意料之外。

出人頭地 ㄔㄨ ㄖㄣˊ ㄊㄡˊ ㄉㄧˋ　形容超出他人之上或高人一等。同出類拔萃。

出口成章 ㄔㄨ ㄎㄡˇ ㄔㄥˊ ㄓㄤ　說出話來就成文章。形容文思敏捷，口才好。

出水芙蓉 ㄔㄨ ㄕㄨㄟˇ ㄈㄨˊ ㄖㄨㄥˊ　露出水面剛剛綻放的荷花。比喻詩文的清新或女子姿容清秀美麗。

出生入死 ㄔㄨ ㄕㄥ ㄖㄨˋ ㄙˇ　形容人敢冒生命危險完成某事。常用以讚揚英勇無畏的精神。同赴湯蹈火。

出言不遜 ㄔㄨ ㄧㄢˊ ㄅㄨˋ ㄒㄩㄣˋ　說話傲慢莽撞，沒有禮貌。

出奇制勝 ㄔㄨ ㄑㄧˊ ㄓˋ ㄕㄥˋ　比喻用對方意想不到的奇妙方法以取勝。

出其不意 ㄔㄨ ㄑㄧˊ ㄅㄨˋ ㄧˋ　指在對方沒有意料到的情況下，突然採取行動。

出神入化 ㄔㄨ ㄕㄣˊ ㄖㄨˋ ㄏㄨㄚˋ　形容技藝達到神妙高超的境界。

出爾反爾 ㄔㄨ ㄦˇ ㄈㄢˇ ㄦˇ　比喻人反覆無常，前後矛盾。

出類拔萃 ㄔㄨ ㄌㄟˋ ㄅㄚˊ ㄘㄨㄟˋ　形容人的才德高於一般人。同卓絕群倫。

出淤泥而不染 ㄔㄨ ㄩ ㄋㄧˊ ㄦˊ ㄅㄨˋ ㄖㄢˇ　比喻一個人出身在混濁困阨的環境中，卻有高潔的操守。

凸

ㄊㄨˊ tú　形 周圍低、中間高的。與「凹」相對。例凸透鏡。動 突出，鼓起來。例凸著肥幫子。

凸版 ㄊㄨˊ ㄅㄢˇ　版面印刷的部分高出空白部分的印刷版。如木版、鉛版等。

凸面 ㄊㄨˊ ㄇㄧㄢˋ　表面向外凸起的那一面。反凹面。

凸面鏡 ㄊㄨˊ ㄇㄧㄢˋ ㄐㄧㄥˋ　反射面外凸的反射鏡。反凹面鏡。

凸透鏡 ㄊㄨˊ ㄊㄡˋ ㄐㄧㄥˋ　中央厚而周圍薄的透光鏡，可集光引火，能做各種光學用具的鏡頭。反凹透鏡。

凹

ㄠ āo　形 四面高、中間低的。例凹凸。

凹凸 ㄠ ㄊㄨˊ　高低。例凹凸不平。

凹版 ㄠ ㄅㄢˇ　雕刻的部分凹入版面的印刷版。如銅版、照相凹版。反凸版。

凹陷 ㄠ ㄒㄧㄢˋ　向內或向下陷進去。例兩頰凹陷。

凹面鏡 ㄠ ㄇㄧㄢˋ ㄐㄧㄥˋ　反射面凹進去的反射鏡，為球面鏡的一種，能把平行的光反射後聚在鏡面前的一點上。

凹透鏡 ㄠ ㄊㄡˋ ㄐㄧㄥˋ　中央薄而四周厚的透光鏡，可做近視眼鏡的鏡片。

六畫

函

ㄏㄢˊ hán　名 ①信件。例來函、公函。②封套。例書函。③匣子。例鏡函、劍函。④護身甲。

動包容。例包函。

函件 ㄏㄢˊ ㄐㄧㄢˋ 信件。

函授 ㄏㄢˊ ㄕㄡˋ 用通信的方式輔導、教授學生。

函電 ㄏㄢˊ ㄉㄧㄢˋ 信和電報的總稱。

函數 ㄏㄢˊ ㄕㄨˋ 在代數方程式中，凡相關的兩數，若甲數隨乙數而改變，則甲數即為乙數的函數。如X+6=Y，此式中的Y就是X的函數。

函購 ㄏㄢˊ ㄍㄡˋ 透過信函向銷售單位購買貨物。同郵購。

刀部 ㄉㄠ

刀 ㄉㄠ dāo
名①供斬、割、切、削、砍的工具，多用鋼鐵製成。例菜刀、鍘刀。②形狀像刀的一種古錢。③兵器。例刀劍。④計算紙張的單位。一般以一百張為一刀。

刀口 ㄉㄠ ㄎㄡˇ ①刀上的尖刃部分。②比喻最緊要的地方。例錢要花在刀口上。

刀俎 ㄉㄠ ㄗㄨˇ 刀子和砧板。比喻宰割者或迫害者。例人為刀俎，我為魚肉。

刀筆 ㄉㄠ ㄅㄧˇ ①書寫的工具。古時在竹簡上寫字，有錯就用刀刮去。②指訟師，其筆如刀能殺人。也稱刀筆吏。

刀削麵 ㄉㄠ ㄒㄧㄠ ㄇㄧㄢˋ 用刀削成的窄而長的麵片。

刀下留人 ㄉㄠ ㄒㄧㄚˋ ㄌㄧㄡˊ ㄖㄣˊ 舊小說戲曲中常用來要求暫時停止用刑的詞語。

刀山火海 ㄉㄠ ㄕㄢ ㄏㄨㄛˇ ㄏㄞˇ 比喻非常危險的地方。

刀光劍影 ㄉㄠ ㄍㄨㄤ ㄐㄧㄢˋ ㄧㄥˇ 形容激烈的廝殺與搏鬥，或殺氣騰騰的場面。

刀耕火耨 ㄉㄠ ㄍㄥ ㄏㄨㄛˇ ㄋㄡˋ 一種原始的耕種方法，先砍伐草木燒成灰做肥料，然後耕種。

刁 ㄉㄧㄠ diāo
名姓。形狡猾，狡詐的。例刁鑽。

刁斗 ㄉㄧㄠ ㄉㄡˇ 古代軍中用具。白天用來燒飯，晚上用來報更。

刁民 ㄉㄧㄠ ㄇㄧㄣˊ 奸惡的百姓。有時統治者也用以指起來反抗暴虐統治的民眾。

刁難 ㄉㄧㄠ ㄋㄢˋ 故意使人為難。

刁鑽古怪 ㄉㄧㄠ ㄗㄨㄢ ㄍㄨˇ ㄍㄨㄞˋ 形容性情狡詐怪僻。或指考題稀奇古怪，令人難以捉摸。

一畫

刃 ㄖㄣˋ rèn
名①刀、劍等的鋒利部位。例刀刃。②泛稱有鋒刃的兵器。例利刃。動用刀殺死。例手刃、自刃。

二畫

切
㊀ㄑㄧㄝ qiē 動①用刀分開、割斷。例切菜。②直線、圓或平面等，與圓、弧或球只有一個交點時叫做切。
㊁ㄑㄧㄝˋ qiè 名古時的拼音方法，即反切。形①密

合。例貼切。②急迫。例返鄉心切。動①咬緊。例咬牙切齒。②貼近。例不切實際。③按脈，中醫的一種診斷方式。例望聞問切。副實在，一定。例切記、切忌。

切切 ㄑㄧㄝˋ ㄑㄧㄝˋ ①表示再三告誡，反覆叮嚀。有千萬、務必的意思。例切切勿違。②形容情意懇切。例切切盼望。③形容憂慮或懷念。例切切於心。④形容聲音細小。例切切私語。

切片 ㄑㄧㄝ ㄆㄧㄢˋ ①物體切成薄片。②把厚而不透明的塊狀組織切成薄片，以便於在顯微鏡下觀察研究。

切合 ㄑㄧㄝˋ ㄏㄜˊ 非常符合。例切合實際。

切身 ㄑㄧㄝˋ ㄕㄣ ①親身。例這是我的切身感受。②與本身有密切關係。例此事與我有切身關係，豈能不管！

切忌 ㄑㄧㄝˋ ㄐㄧˋ 非常忌諱，一定要避免。

切音 ㄑㄧㄝˋ ㄧㄣ 即反切的注音方法。用兩個字併成一音，上字取其聲，下字取韻和聲調。如「塑，桑故切」。

切記 ㄑㄧㄝˋ ㄐㄧˋ 牢牢記住。表叮嚀之詞。

切脈 ㄑㄧㄝˋ ㄇㄞˋ 按脈，把脈。中醫用以診病。

切實 ㄑㄧㄝˋ ㄕˊ 切確實在。

切齒 ㄑㄧㄝˋ ㄔˇ 咬緊牙齒。形容極端忿恨的樣子。

切磋 ㄑㄧㄝ ㄘㄨㄛ 互相研究。

切線 ㄑㄧㄝ ㄒㄧㄢˋ 和圓只相交於一點的直線，叫圓的切線。

切點 ㄑㄧㄝ ㄉㄧㄢˇ 直線與圓、圓與圓、平面與球或球與球相切的一個點。

切題 ㄑㄧㄝˋ ㄊㄧˊ 說話或寫文章的內容與主題相符合。

切中時弊 ㄑㄧㄝˋ ㄓㄨㄥˋ ㄕˊ ㄅㄧˋ 言論確切指出當前社會的弊端。

切磋琢磨 ㄑㄧㄝ ㄘㄨㄛ ㄓㄨㄛˊ ㄇㄛˊ 比喻學習和研究問題，要相互討論，取長補短。

切膚之痛 ㄑㄧㄝˋ ㄈㄨ ㄓ ㄊㄨㄥˋ 親身感受到的痛苦。形容感受極為深切。

分

㊀ㄈㄣ fēn 名①計算成績或成數的單位。例九十分、七分收成。②量詞。⑴計算重量的單位。一兩的百分之一。⑵計算地積的單位。一畝的十分之一。⑶計算貨幣的單位。一元的百分之一。⑷計算時間的單位。六十分為一小時。⑸計算角度的單位。一度的六十分之一。形由總機構分出來的。例分局。動①將整體變成若干部分，使合在一起的事物離開。例分割。②配給。例分紅。③辨別。例分清敵我。

㊁ㄈㄣˋ fèn 名①成分。例水分、鹽分。②整體的一個單位。例部分。③名位、職責、權利的限度。例不守本分。④情誼。例緣分、情分。

分工 ㄈㄣ ㄍㄨㄥ 分別從事各不相同而又互為一體的工作。

分寸 ㄈㄣ ㄘㄨㄣˋ ①說話行事的適當限度。②微細。

分子 ㊀ㄈㄣ ㄗˇ ①一個分數中在上面的實數。如$\frac{4}{5}$，4是分子。②物質中不失原物性質、能夠獨立存在的最小微粒，若再分割便成為原子。㊁ㄈㄣˋ ㄗˇ

團體的組成成員。也作「份子」。例知識分子。

分心 ㄈㄣ ㄒㄧㄣ ①注意力分散，不專心。②費心。例我這孩子勞你分心照顧。

分內 ㄈㄣˋ ㄋㄟˋ 本分以內。例這是我分內的事。

分化 ㄈㄣ ㄏㄨㄚˋ ①由相同逐漸變不同，統一逐漸變分裂的過程。例社會向貧富兩極分化，富者愈富，窮者愈窮。②指生物體內在生長和發育過程中，形成各種不同功能的器官或組織。

分手 ㄈㄣ ㄕㄡˇ ①別離。②分開。

分布 ㄈㄣ ㄅㄨˋ 分開散布。例人口分布情況。

分外 ㄈㄣˋ ㄨㄞˋ ①本分以外。②特別，格外。例月到中秋分外明。

分母 ㄈㄣ ㄇㄨˇ 一個分數中在下面的實數。如4/5，5是分母。

分行 ㄈㄣ ㄏㄤˊ 商業公司、銀行等的分支機構。

分別 ㄈㄣ ㄅㄧㄝˊ ①離別。②區別，辨別。例分別優劣。③各自，分頭。例分別處理、分別說明。

分貝 ㄈㄣ ㄅㄟˋ 計量聲音強度或電功率相對大小的單位，通常以dB表示。

分泌 ㄈㄣ ㄇㄧˋ 從生物體的細胞組織、器官或腺體產生的液體。如胃分泌胃液。

分析 ㄈㄣ ㄒㄧ 將事理分解為較簡單的部分，一一加以辨析，找出各部分的本質屬性及彼此之間的關係。

分明 ㄈㄣ ㄇㄧㄥˊ ①清楚明瞭。例是非分明。②明明，顯然。例這分明是與我作對！

分歧 ㄈㄣ ㄑㄧˊ 不一致，有差別。例意見分歧。

分居 ㄈㄣ ㄐㄩ ①指一家人分開生活。②指夫婦不和而分開居住。

分派 ㄈㄣ ㄆㄞˋ ①分別指派人去完成工作或任務。②分流或分支。

分袂 ㄈㄣ ㄇㄟˋ 離別，分手。

分紅 ㄈㄣ ㄏㄨㄥˊ 合資的企業將利潤分給股東或員工。

分神 ㄈㄣ ㄕㄣˊ ①費心。用作請別人幫忙的客套話。②分心，用一部分精神兼顧別的事。

分家 ㄈㄣ ㄐㄧㄚ ①親屬把家產分了，各自成家生活。②泛指一個整體分開。

分配 ㄈㄣ ㄆㄟˋ ①區分支配。例分配經費。②經濟學上指把生產資源分給生產單位，或把生產所得的結果分給生產者。

分娩 ㄈㄣ ㄇㄧㄢˇ 指婦女生小孩。

分野 ㄈㄣ ㄧㄝˇ 事物的分界，劃分的範圍。例政治分野。

分散 ㄈㄣ ㄙㄢˋ ①不集中，散布在各處。例精力分散。②散發，分到各處。例他把賑款分散了。

分裂 ㄈㄣ ㄌㄧㄝˋ ①使整體分開。②細胞增殖而分為兩體。

分量 ㄈㄣˋ ㄌㄧㄤˋ ①東西的重量。例用藥的分量。②權力、地位的大小。

分發 ㄈㄣ ㄈㄚ ①分別發給。②分派人員到工作崗位。

分號 ㄈㄣ ㄏㄠˋ 標點符號之一，符號是「；」。用在一句話中的並列分句間。

分解 ㄈㄣ ㄐㄧㄝˇ ①把一個整體分成它的各個組成部分。如數學上的因式分解。②一種化合物因化學作用而分成兩種或多種物質。如一氧化汞受熱後分解成氧和汞。③細說，說明白。例且聽下回分解。

分數 ㄈㄣ ㄕㄨˋ ①為除法的一種書寫形式。如$\frac{5}{8}$，8是除數，5是被除數。②指成績或競賽的數字。例她的國語考試分數是89分。

分辨 ㄈㄣ ㄅㄧㄢˋ 辨別。例是真是假請分辨清楚。

分頭 ㄈㄣ ㄊㄡˊ ①分開工作。例分頭去找。②一種髮式，即把頭髮向兩邊分開梳。③分離。例元稹·別李十一詩：「萬里尚能來遠道，一程那忍便分頭？」

分擔 ㄈㄣ ㄉㄢ 負擔一部分，分別負擔。

分曉 ㄈㄣ ㄒㄧㄠˇ ①明白，清楚。例快去問個分曉。②事情的底細或結果。例誰勝誰負明天可見分曉。③道理。④天將亮之時。

分類 ㄈㄣ ㄌㄟˋ 依據事物的性質、特點分別歸類。例圖書分類法、植物分類學。

分離 ㄈㄣ ㄌㄧˊ ①離別，分開。②化學上把混合物分解成單一物質，稱為分離。

分餾 ㄈㄣ ㄌㄧㄡˊ 用蒸餾的方式，將沸點不同的混合液體互相分離，加以提煉。如提取汽油、煤油等。

分辯 ㄈㄣ ㄅㄧㄢˋ 為消解所受的指責而進行辯白。

分蘖 ㄈㄣ ㄅㄛˋ 指植物發育初期，在幼苗靠近土壤的部分生出分枝。

分贓 ㄈㄣ ㄗㄤ 分取以不正當手段所得的財物。

分攤 ㄈㄣ ㄊㄢ 分派、分擔費用等。

分爨 ㄈㄣ ㄘㄨㄢˋ 兄弟分家過日子。爨：燒火煮飯。

分子式 ㄈㄣ ㄗˇ ㄕˋ 用元素符號表示物質分子組成的化學式。如H_2O，表示水分子是由兩個氫原子和一個氧原子所組成。

分水嶺 ㄈㄣ ㄕㄨㄟˇ ㄌㄧㄥˇ ①將兩河水域分隔開的山脊或高原。②比喻不同事物的主要分界線。

分列式 ㄈㄣ ㄌㄧㄝˋ ㄕˋ 軍隊在校閱時，按規定的隊形，依次走正步、行注目禮，通過閱兵臺，展現訓練成果。

分工合作 ㄈㄣ ㄍㄨㄥ ㄏㄜˊ ㄗㄨㄛˋ 依照事情的性質，將一件事分給多人去做，相互間保持聯絡，以便共同完成。

分文不取 ㄈㄣ ㄨㄣˊ ㄅㄨˋ ㄑㄩˇ 一個錢也不要。指不要報酬而為他人效勞，也形容為人公正廉潔。

分斤掰兩 ㄈㄣ ㄐㄧㄣ ㄅㄞ ㄌㄧㄤˇ 比喻為人非常小氣，過分計較。

分身乏術 ㄈㄣ ㄕㄣ ㄈㄚˊ ㄕㄨˋ 沒有辦法分身。形容太忙而無法兼顧各個方面。

分門別類 ㄈㄣ ㄇㄣˊ ㄅㄧㄝˊ ㄌㄟˋ 把複雜的事物按其性質、內容進行分類。

分秒必爭 ㄈㄣ ㄇㄧㄠˇ ㄅㄧˋ ㄓㄥ 形容能充分利用和把握時間。同爭分搶秒。

分庭抗禮 ㄈㄣ ㄊㄧㄥˊ ㄎㄤˋ ㄌㄧˇ 古時賓主相見，分別站在庭院的兩邊，相對行禮。今比喻以平等的禮節相互對待，表示地位相當。

分毫不爽 ㄈㄣ ㄏㄠˊ ㄅㄨˋ ㄕㄨㄤˇ 形容正確無誤，絲毫不差。

分崩離析（ㄈㄣ ㄅㄥ ㄌㄧˊ ㄒㄧ） 形容國家或集團四分五裂，離散瓦解。

分道揚鑣（ㄈㄣ ㄉㄠˋ ㄧㄤˊ ㄅㄧㄠ） ①比喻志趣不同，各走各的路。②比喻才能彼此相當，各有千秋。

刈

ㄧˋ yì 動①割。例刈草。②鏟除，斬殺。

三畫

刊

ㄎㄢ kān 名定期出版的讀物，或報紙上有專門內容的版面。例月刊、副刊。動①雕刻。例刊石、刊刻。②排印出版。例刊行。③改正，修正。例刊誤、刊謬補缺。

刊物（ㄎㄢ ㄨˋ） 登載文章、圖片等定期的和不定期的出版物。例兒童刊物。

刊登（ㄎㄢ ㄉㄥ） 在報章雜誌上登載發表。例他的文章刊登在頭版。

刊載（ㄎㄢ ㄗㄞˇ） ①刊登於報章雜誌。②記載。

刊頭（ㄎㄢ ㄊㄡˊ） 指報紙、刊物上標出名稱、期數等項目的地方。

刊誤表（ㄎㄢ ㄨˋ ㄅㄧㄠˇ） 把書中錯誤的文字改正後，列成表格以利查檢對照。

四畫

列

ㄌㄧㄝˋ liè 名①行次，直排叫「行」，橫排叫「列」。例站在最前列。②類。例不在此列、系列。③用於成行成列事物的量詞。例一列火車。形各，眾。例列位、列國。動①依次排比。例列隊出發。②安排，放入。例列入議程。③通「裂」。分開，分解。例分列天下。

列車（ㄌㄧㄝˋ ㄔㄜ） ①配有機頭、連掛成列的火車，用以裝載客貨。②相連接的車子。

列位（ㄌㄧㄝˋ ㄨㄟˋ） 各位，諸君。稱呼眾人之詞。

列席（ㄌㄧㄝˋ ㄒㄧˊ） 到場參與會議，只有發言權而無表決權。

列島（ㄌㄧㄝˋ ㄉㄠˇ） 即群島，一般指排列成線形或弧形的眾多島嶼。例澎湖列島。

列國（ㄌㄧㄝˋ ㄍㄨㄛˊ） ①各國。②指春秋戰國時代的諸侯國。

列傳（ㄌㄧㄝˋ ㄓㄨㄢˋ） 紀傳體史書中，一般人物的傳記。為史記首創。

列強（ㄌㄧㄝˋ ㄑㄧㄤˊ） 眾多強國。

列舉（ㄌㄧㄝˋ ㄐㄩˇ） 一個一個地舉出來。例列舉弊端。

列祖列宗（ㄌㄧㄝˋ ㄗㄨˇ ㄌㄧㄝˋ ㄗㄨㄥ） 泛指歷代祖先。

列鼎而食（ㄌㄧㄝˋ ㄉㄧㄥˇ ㄦˊ ㄕˊ） 指富貴人家的豪華生活。

列氏寒暑表（ㄌㄧㄝˋ ㄕˋ ㄏㄢˊ ㄕㄨˇ ㄅㄧㄠˇ） 一種溫度計。以零度為冰點，八十度為沸點，用符號「R」表示。

刑

ㄒㄧㄥˊ xíng 名①依據國家的刑法對犯人進行處罰的總稱。例判刑、死刑。②通「型」。常法，典範。

刑法（ㄒㄧㄥˊ ㄈㄚˇ） 指國家規定什麼是犯罪行為，及其應處以何種懲罰的法律。

刑事（ㄒㄧㄥˊ ㄕˋ） 涉及犯法、必須行使刑罰權的事件。

刑具（ㄒㄧㄥˊ ㄐㄩˋ） 用來限制自由、體罰罪犯的器械。如手銬、夾棍、電棍等器具。

刑庭 ㄒㄧㄥˊ ㄊㄧㄥˊ 指法院裡審理刑事訴訟的法庭。

刑訊 ㄒㄧㄥˊ ㄒㄩㄣˋ 用刑具逼供審問。

刑部 ㄒㄧㄥˊ ㄅㄨˋ 古代官署名。為六部之一，掌管刑法、訟獄等。

刑場 ㄒㄧㄥˊ ㄔㄤˇ 執行死刑、處決犯人的地方。

刑期 ㄒㄧㄥˊ ㄑㄧ 判處罪犯所應服刑的期限。

刑罰 ㄒㄧㄥˊ ㄈㄚˊ ①依據法律對犯罪者所作的制裁措施。②比喻受苦。

划
ㄏㄨㄚˊ huá 動①撥水前進。例划龍船。②合算。例划不來。

划水 ㄏㄨㄚˊ ㄕㄨㄟˇ 撥水前進。為游泳的基本動作。

划拳 ㄏㄨㄚˊ ㄑㄩㄢˊ 即猜拳。為飲酒時定輸贏的一種方法。

划算 ㄏㄨㄚˊ ㄙㄨㄢˋ 合算。

划不來 ㄏㄨㄚˊ ㄅㄨˋ ㄌㄞˊ 不合算。例花錢買這種偽劣商品，真划不來！

刓
ㄨㄢˊ wán 動①削去稜角。例刓方為圓。②用刀子挖、刻。

刖
ㄩㄝˋ yuè 名古代把腳筋砍斷的一種酷刑。例刖刑。動截斷。

刎
ㄨㄣˇ wěn 動用刀割頸。例自刎。

刎頸之交 ㄨㄣˇ ㄐㄧㄥˇ ㄓ ㄐㄧㄠ 友誼深摯，可以同生死共患難的朋友。同生死之交。

五畫

判
ㄆㄢˋ pàn 名①判決書的簡稱。②古官名。例判官。動①區別，分辨。例判明。②決斷是非。例判案、裁判。③分明，辨明。例存亡未判。

判刑 ㄆㄢˋ ㄒㄧㄥˊ 給犯罪者判處應受的刑罰。

判決 ㄆㄢˋ ㄐㄩㄝˊ 法院對案件審理結束後作出裁決。

判別 ㄆㄢˋ ㄅㄧㄝˊ 分辨區別出不同的地方。

判斷 ㄆㄢˋ ㄉㄨㄢˋ 對是非好壞作出判別並予以斷定。

判若兩人 ㄆㄢˋ ㄖㄨㄛˋ ㄌㄧㄤˇ ㄖㄣˊ 截然不同，像兩個人一樣。形容一個人前後變化很大。

別
ㄅㄧㄝˊ bié 形①另外的。例別名。②特出的。例別趣。動①分離。例臨別、久別。②區分。例內外有別。③用別針等固定東西。例她胸前別著一朵大紅花。④轉過。例他別過頭去。副①另，外。例別具匠心。②勿，不要。例別再蹉跎歲月了。

別字 ㄅㄧㄝˊ ㄗˋ ①因音形相似而寫錯的字。②別號。

別集 ㄅㄧㄝˊ ㄐㄧˊ 收錄個人詩文而成的集子。

別號 ㄅㄧㄝˊ ㄏㄠˋ 本名之外的名號。如蘇軾別號東坡居士。

別稱 ㄅㄧㄝˊ ㄔㄥ 正式名稱以外的稱呼。如上海別稱滬。

別墅 ㄅㄧㄝˊ ㄕㄨˋ 本宅之外，另在風景優美地區修建的專供遊憩休養的園林房舍。

別緻 ㄅㄧㄝˊ ㄓˋ 新奇，與眾不同。也作「別致」。

別出心裁 ㄅㄧㄝˊ ㄔㄨ ㄒㄧㄣ ㄘㄞˊ 獨創一格，與眾不同。亦作「獨出心裁」。

別生枝節 ㄅㄧㄝˊ ㄕㄥ ㄓ ㄐㄧㄝˊ 樹木分岔長出許多枝節。比喻另外衍生出許多事端。

別有用心 ㄅㄧㄝˊ ㄧㄡˇ ㄩㄥˋ ㄒㄧㄣ 指人不懷好意，另有不可告人的企圖。

別有洞天 ㄅㄧㄝˊ ㄧㄡˇ ㄉㄨㄥˋ ㄊㄧㄢ　另有一番美妙的境界。多用以形容風景引人入勝。

別具一格 ㄅㄧㄝˊ ㄐㄩˋ ㄧ ㄍㄜˊ　另有一種獨特的風格。

別無長物 ㄅㄧㄝˊ ㄨˊ ㄓㄤˋ ㄨˋ　沒有多餘的東西。形容生活儉樸或貧窮。

別開生面 ㄅㄧㄝˊ ㄎㄞ ㄕㄥ ㄇㄧㄢˋ　指另創新的格局或新的形式。

別樹一幟 ㄅㄧㄝˊ ㄕㄨˋ ㄧ ㄓˋ　自成一派，自成一格。

利

ㄌㄧˋ lì　名①益處。例有利可圖、利益。②從本金所生的息金。例利潤、利息。形①鋒銳的。例利爪、鋒利。②方便。例便利。③順利，祥瑞。例大吉大利。動有益於。例利己利人。

利市 ㄌㄧˋ ㄕˋ　①經商所得的利潤。例利市三倍。②吉利，好運氣。例大發利市。

利他 ㄌㄧˋ ㄊㄚ　為他人設想，使他人得到利益。反利己。

利尿 ㄌㄧˋ ㄋㄧㄠˋ　利用藥物或其他方式促進排尿。

利息 ㄌㄧˋ ㄒㄧˊ　把錢借給別人或存入銀行而產生的利潤。同利錢、息金。

利率 ㄌㄧˋ ㄌㄩˋ　計算利息的比率。例年利率。

利落 ㄌㄧˋ ㄌㄨㄛˋ　或作「俐落」。①言語、動作爽快敏捷。例他說話行事都很利落。②完畢，妥當。例樣樣都辦利落了。

利祿 ㄌㄧˋ ㄌㄨˋ　利益、地位和錢財。例功名利祿。

利誘 ㄌㄧˋ ㄧㄡˋ　用錢財、利益等引誘他人。例威逼利誘，均不能使他屈服。

利導 ㄌㄧˋ ㄉㄠˇ　利用情勢來開導。例因勢利導。

利潤 ㄌㄧˋ ㄖㄨㄣˋ　營業所得扣除成本以外的利益。

利器 ㄌㄧˋ ㄑㄧˋ　①便利好用的工具。②鋒利的兵器。③比喻英才。

利令智昏 ㄌㄧˋ ㄌㄧㄥˋ ㄓˋ ㄏㄨㄣ　因一心貪圖私利，而失去理智。同見利忘義。

利害與共 ㄌㄧˋ ㄏㄞˋ ㄩˇ ㄍㄨㄥˋ　好處和壞處要共同享受和承擔。

利慾薰心 ㄌㄧˋ ㄩˋ ㄒㄩㄣ ㄒㄧㄣ　貪圖財利的慾望而蒙蔽了心智。

刨

㈠ㄅㄠˋ bào　名刮削木料或鋼材等的工具。例平刨、牛頭刨。動刮削成碎屑。例刨皮。㈡ㄆㄠˊ páo　動①挖掘。例刨坑。②指從原有事物中除去、扣除。

刨子 ㄅㄠˋ ˙ㄗ　木工用來刨平木料的手工工具。

刨冰 ㄅㄠˋ ㄅㄧㄥ　一種冰品。把冰塊刨碎，調和糖水、果汁等，現做現吃。

刨根問底 ㄆㄠˊ ㄍㄣ ㄨㄣˋ ㄉㄧˇ　比喻追究底細、事理。也作「追根究柢」。

刪

ㄕㄢ shān　動去掉文辭中的某些字句或部分。例刪改。

刪訂 ㄕㄢ ㄉㄧㄥˋ　刪削並加以訂正。

刪節 ㄕㄢ ㄐㄧㄝˊ　刪去無關或次要部分，使文章更加精練。

刪節號 ㄕㄢ ㄐㄧㄝˊ ㄏㄠˋ　標點符號之一，符號為「……」。用來表示刪去、省略或未說完的部分。

刪繁就簡 ㄕㄢ ㄈㄢˊ ㄐㄧㄡˋ ㄐㄧㄢˇ　去掉繁雜的部分，使之簡明。

六畫

刻 ㄎㄜˋ kè 名①計時的單位。今以十五分鐘為一刻。②時候，時間。例片刻、刻不容緩。形①表示程度深。例深刻。②不厚道，苛求。例苛刻、尖刻。動①同「剋」。限定。例刻日起程。②雕鏤。例刻字、刻印章。

刻本 ㄎㄜˋ ㄅㄣˇ 木刻版印成的書籍。

刻字 ㄎㄜˋ ㄗˋ 在木板、石碑等上面雕刻文字。

刻板 ㄎㄜˋ ㄅㄢˇ ①在木、石上雕刻文字以作印刷底版。也作「刻版」。②比喻呆板、不靈活。同呆板。

刻度 ㄎㄜˋ ㄉㄨˋ 機械儀表或量具上所刻或所畫的度數，用以指示度量或速度。

刻期 ㄎㄜˋ ㄑㄧ 限定期限。同限期。

刻意 ㄎㄜˋ ㄧˋ 有意去做某種事情，用盡心思去完成。例刻意安排。

刻薄 ㄎㄜˋ ㄅㄛˊ ①待人冷酷無情，一味苛求。②說話尖酸，挖苦諷刺。

刻不容緩 ㄎㄜˋ ㄅㄨˋ ㄖㄨㄥˊ ㄏㄨㄢˇ 形容形勢十分緊迫，一刻也不容許拖延。

刻舟求劍 ㄎㄜˋ ㄓㄡ ㄑㄧㄡˊ ㄐㄧㄢˋ 比喻固執不知變通。

刻苦耐勞 ㄎㄜˋ ㄎㄨˇ ㄋㄞˋ ㄌㄠˊ 形容人在艱困的情況下，能自奉儉樸，忍受勞苦。

刻骨銘心 ㄎㄜˋ ㄍㄨˇ ㄇㄧㄥˊ ㄒㄧㄣ 形容牢記在心，永不忘懷。

刻畫入微 ㄎㄜˋ ㄏㄨㄚˋ ㄖㄨˋ ㄨㄟˊ 描摹生動，連極細微之處也不馬虎。形容文章或繪畫等的描繪非常深刻細膩。

券 ㄑㄩㄢˋ quàn 名票據或作為憑證用的紙片。例入場券、公債券。

到 ㄉㄠˋ dào 形周全，周密的。例面面俱到。動①抵達。例火車到站了。②往，去。例到他家去做客。副用於動詞後，表示動作有結果。例說到做到、拿到。

到手 ㄉㄠˋ ㄕㄡˇ 拿到，得到。例真想不到，眼看就要到手的貨物卻被人搶走了。

到任 ㄉㄠˋ ㄖㄣˋ 接受任命到崗位上就職。同到職、上任。

到底 ㄉㄠˋ ㄉㄧˇ ①到盡頭。②終於。例你到底明白了我的用意。③究竟。例這到底是怎麼回事？④畢竟。例到底還是你眼睛尖，一眼就看出來了。

到案 ㄉㄠˋ ㄢˋ 因訴訟案件到偵查機關或法庭接受偵訊。

到處 ㄉㄠˋ ㄔㄨˋ 各處，處處，無論什麼地方。

到頭來 ㄉㄠˋ ㄊㄡˊ ㄌㄞˊ 到末了，結果。多用於不好的方面。

刵 ㄦˋ èr 名古代一種割去耳朵的刑罰。例刵耳。

刺 ㄘˋ cì 名①尖銳而細的東西。例魚刺。②名片。古代在竹簡上刺名字，故稱名片為「刺」。例名刺。形多話的。例刺刺不休。動①用尖銳的東西戳入它物。例刺破。②用尖銳的話譏笑、指責他人。例譏刺、諷刺。③暗中打聽。例刺探軍情。④暗算，暗殺。例刺殺。

刺刀 ㄘˋ ㄉㄠ 裝在槍上便於擊刺的尖刀。

刺耳 ㄘˋ ㄦˇ　①形容聲音尖銳而難聽。②說的話令人聽起來不舒服、不中聽。

刺股 ㄘˋ ㄍㄨˇ　戰國時蘇秦讀書想打瞌睡時，就用錐子自刺大腿。比喻勤苦學習，努力向上。例懸梁刺股。

刺青 ㄘˋ ㄑㄧㄥ　為了裝飾或其他特殊的意義，在身上刺圖案或文字後染上青色、黑色等顏色。也叫紋身。

刺客 ㄘˋ ㄎㄜˋ　暗殺他人的人。

刺骨 ㄘˋ ㄍㄨˇ　形容非常寒冷，好像寒氣已侵入人骨。例寒風刺骨。

刺探 ㄘˋ ㄊㄢˋ　暗中探聽、打聽。

刺眼 ㄘˋ ㄧㄢˇ　①光線過強，使人眼睛不舒服。②惹人注目的服飾、舉動等，使人感到不順眼而討厭。

刺猬 ㄘˋ ㄨㄟˋ　動物名。頭小嘴尖，四肢短，身上長有硬刺以作防禦之用。

刺激 ㄘˋ ㄐㄧ　①引起生物體發生反應的作用。②使人激動，在精神上受到挫折、打擊。

刺繡 ㄘˋ ㄒㄧㄡˋ　用針穿著各色繡線，扎成各種圖案。

刺刺不休 ㄘˋ ㄘˋ ㄅㄨˋ ㄒㄧㄡ　形容嘮嘮叨叨，說個不停。同喋喋不休。

刳

ㄎㄨ kū　動①剖開，挖空。例刳木為舟。②剔淨。例刳心。

刳心 ㄎㄨ ㄒㄧㄣ　澄清內心的雜念。

制

ㄓˋ zhì　名①準則，法度。例法制。②父母喪事。例守制。動①限定，約束。例限制、壓制。②同「製」。製造。例制作。③裁決，決斷。例裁制。④規劃，訂定。例因地制宜。

制止 ㄓˋ ㄓˇ　強迫使其停止。例制止非法活動。

制服 ㄓˋ ㄈㄨˊ　①用力量使人屈服。②有規定式樣的服裝。③古稱喪服。

制度 ㄓˋ ㄉㄨˋ　制定出來的行事準則。例人事制度。

制約 ㄓˋ ㄩㄝ　甲事物的存在和變化以乙事物的存在和變化為條件，則甲事物即為乙事物所制約。

制裁 ㄓˋ ㄘㄞˊ　用法律或社會的力量，對犯錯的人加以約束或處分。例法律制裁。

制勝 ㄓˋ ㄕㄥˋ　運用謀略制服別人而使自己獲得勝利。例克敵制勝。

制衡 ㄓˋ ㄏㄥˊ　幾個力量互相制約以達到平衡。

制高點 ㄓˋ ㄍㄠ ㄉㄧㄢˇ　能夠俯視並控制周圍狀況的高地。

制禮作樂 ㄓˋ ㄌㄧˇ ㄗㄨㄛˋ ㄩㄝˋ　舊指制定國家的文物典章制度。

刮

ㄍㄨㄚ guā　動①用刀子削去物體表面的東西。例刮鬍子。②同「颳」。吹。例刮風下雨。③用苛刻的手段榨取。例搜刮。④擦拭。例刮目相看。⑤比喻責罵，訓斥。例他被老闆刮了一頓。副極好。例刮刮叫。

刮風 ㄍㄨㄚ ㄈㄥ　吹起大風。亦作「颳風」。

刮痧 ㄍㄨㄚ ㄕㄚ　民間流傳的一種治療痧症的方法。用銅錢等物蘸水或油刮患者的頸項、胸背、肋間等處，直刮到皮膚充血呈紅赤色為止，以減輕病症。

刮地皮 ㄍㄨㄚ ㄉㄧˋ ㄆㄧˊ ①比喻貪官汙吏搜括人民財物。②即炒地皮，利用不正當或投機的方式買賣房地產。

刮鬍子 ㄍㄨㄚ ㄏㄨˊ ˙ㄗ ①剃去臉上的鬍鬚。②受人責難。例他今天遭局長刮鬍子了。

刮目相待 ㄍㄨㄚ ㄇㄨˋ ㄒㄧㄤ ㄉㄞˋ 指改變舊的看法，用新的眼光來看待。同刮目相看。

刮垢磨光 ㄍㄨㄚ ㄍㄡˋ ㄇㄛˊ ㄍㄨㄤ ①刮去汙垢，磨出光潔。比喻精心培養和造就人才。②比喻仔細琢磨，精益求精。

刮腸洗胃 ㄍㄨㄚ ㄔㄤˊ ㄒㄧˇ ㄨㄟˋ 把腸胃作一次徹底的洗剔。比喻痛改前非。

剁 ㄉㄨㄛˋ duò 動用刀往下砍切。例剁肉。

刷 ㄕㄨㄚ shuā 名清除汙垢或塗抹東西的用具。例刷子、牙刷。形形容迅速擦過的聲音。例刷刷作響。動①清除。例刷牙。②塗抹。例刷牆壁。③淘汰。例他被刷下來了。

刷白 ㄕㄨㄚ ㄅㄞˊ 色白而略發青。例她聽到兒子被人打傷，臉上立刻變得刷白。

刷拉 ㄕㄨㄚ ㄌㄚ 形容迅速擦過的短促聲響。例那鳥一見人便刷拉一聲飛走了。

刷洗 ㄕㄨㄚ ㄒㄧˇ 擦洗，用刷子等蘸水清洗。

刷新 ㄕㄨㄚ ㄒㄧㄣ ①刷洗乾淨，煥然一新。②改寫，創新。比喻突破以往的紀錄。

刷選 ㄕㄨㄚ ㄒㄩㄢˇ 淘汰不好的，選擇好的。

七畫

剎 ㈠ㄔㄚˋ chà 名佛寺，寺廟。例名山古剎。㈡ㄕㄚ shā 動止住，停止。例剎車。

剎那 ㄔㄚˋ ㄋㄚˋ 梵語的音譯。意為一念之間，指極短的時間。例一剎那。同轉瞬。

剃 ㄊㄧˋ tì 動用刀子刮去頭髮、鬍鬚等。

剃刀 ㄊㄧˋ ㄉㄠ 專門用來剃頭、刮臉用的刀子。

剃度 ㄊㄧˋ ㄉㄨˋ 指為出家的人剃除頭髮，使其成為僧尼的儀式。

剃光頭 ㄊㄧˋ ㄍㄨㄤ ㄊㄡˊ ①剃光頭髮。②指一個地區或一個團體在體育競賽或升學考試中，沒有名次或無人中選。③躲避球賽中，將對方球員攻擊到一個都不剩。

前 ㄑㄧㄢˊ qián 形①在正面的。與「後」相對。例前門、前方。②過去的，較早的。例前年。③次序在先的。例前幾排、前三名。④將來的，未來的。例前程、前景。⑤前任的簡稱。例前總統。動往前行進。例勇往直前。

前夕 ㄑㄧㄢˊ ㄒㄧ ①前天晚上。②比喻事情或運動即將發生的時刻。例大革命前夕。

前夫 ㄑㄧㄢˊ ㄈㄨ 女子稱死去的或離了婚的丈夫。

前生 ㄑㄧㄢˊ ㄕㄥ 指人生的前一輩子。同前世。

前兆 ㄑㄧㄢˊ ㄓㄠˋ 在事物沒有發生之前的徵兆。例烏雲滾滾，雷聲大作，這是下大雨的前兆。

前言 ㄑㄧㄢˊ ㄧㄢˊ ①文章或著作前面所說明提示的文字。②以前說過的話。

前沿 ㄑㄧㄢˊ ㄧㄢˊ 防禦陣地最前面的邊陲地區。

前往 ㄑㄧㄢˊ ㄨㄤˇ 去，前去。例前往美國留學。

前茅 ㄑㄧㄢˊ ㄇㄠˊ 考試成績好，名次在前面的。

前科 ㄑㄧㄢˊ ㄎㄜ 指曾經犯過法並記錄在案的。

前後 ㄑㄧㄢˊ ㄏㄡˋ ①指時間從開始到末了。例這項研究成果前後共花了八年時間。②前面和後面的一小段時間。例春節前後。③在某物的前面和後面。例在房屋前後種樹。

前哨 ㄑㄧㄢˊ ㄕㄠˋ ①軍隊在宿營或占領陣地時，向敵軍所在方向派出的警戒小分隊。②第一線，前方的要地。

前途 ㄑㄧㄢˊ ㄊㄨˊ 前面的路程。比喻將來的境地或光景。

前提 ㄑㄧㄢˊ ㄊㄧˊ ①指在推理時可以推出另一個論證來的論證，如三段論中的大前提、小前提。②指事物得以發生或發展的先決條件。③考慮問題或處理事情應先注意的部分。例我們無論做什麼事，都應以國家的利益為前提。

前塵 ㄑㄧㄢˊ ㄔㄣˊ 從前經歷過的往事。例回首前塵。

前輩 ㄑㄧㄢˊ ㄅㄟˋ 尊稱年紀較大或資歷較深的人。反晚輩、後輩。

前鋒 ㄑㄧㄢˊ ㄈㄥ ①軍隊的先發部隊。②籃球、足球等比賽中主要擔任進攻的隊員。

前線 ㄑㄧㄢˊ ㄒㄧㄢˋ 作戰時雙方軍隊直接接觸的最前方地帶。反後方。

前導 ㄑㄧㄢˊ ㄉㄠˇ ①在前面引路的人。②古時官吏出巡在前引路的儀仗。

前驅 ㄑㄧㄢˊ ㄑㄩ 在前面引導，也指在前面引導的人。

前奏曲 ㄑㄧㄢˊ ㄗㄡˋ ㄑㄩˇ 大型器樂曲的序曲，是為整部樂曲創造氣氛的短小樂曲。

前仆後繼 ㄑㄧㄢˊ ㄆㄨ ㄏㄡˋ ㄐㄧˋ 前面的人倒下去，後面的人跟上來。用以讚頌不怕犧牲、英勇奮鬥的大無畏精神。

前功盡棄 ㄑㄧㄢˊ ㄍㄨㄥ ㄐㄧㄣˋ ㄑㄧˋ 過去所有的努力全都白費了。

前因後果 ㄑㄧㄢˊ ㄧㄣ ㄏㄡˋ ㄍㄨㄛˇ 事情的起因和結果。

前仰後合 ㄑㄧㄢˊ ㄧㄤˇ ㄏㄡˋ ㄏㄜˊ 前翻後仰。多形容人大笑時身體前傾後倒的姿態。

前車之鑑 ㄑㄧㄢˊ ㄔㄜ ㄓ ㄐㄧㄢˋ 比喻過去的失敗，可以作為以後的教訓。

前呼後擁 ㄑㄧㄢˊ ㄏㄨ ㄏㄡˋ ㄩㄥˇ 形容大人物外出，隨從很多，威風凜凜的樣子。

前所未有 ㄑㄧㄢˊ ㄙㄨㄛˇ ㄨㄟˋ ㄧㄡˇ 以前從不曾有過的。

前思後想 ㄑㄧㄢˊ ㄙ ㄏㄡˋ ㄒㄧㄤˇ 形容反覆思量考慮。

前倨後恭 ㄑㄧㄢˊ ㄐㄩˋ ㄏㄡˋ ㄍㄨㄥ 先前傲慢無禮，後來卻恭敬謙卑。比喻態度轉變極快。

前狼後虎 ㄑㄧㄢˊ ㄌㄤˊ ㄏㄡˋ ㄏㄨˇ 比喻處境十分險惡。

前程萬里 ㄑㄧㄢˊ ㄔㄥˊ ㄨㄢˋ ㄌㄧˇ 祝頌他人前途遠大。

前事不忘，後事之師 ㄑㄧㄢˊ ㄕˋ ㄅㄨˋ ㄨㄤˋ ㄏㄡˋ ㄕˋ ㄓ ㄕ ①記取以前的教訓，以便日後參考。②以前的經歷，幫助後事的順利進行。

前無古人，後無來者 ㄑㄧㄢˊ ㄨˊ ㄍㄨˇ ㄖㄣˊ ㄏㄡˋ ㄨˊ ㄌㄞˊ ㄓㄜˇ 從前沒有過，後來也不會有。形容空前絕後。

刺

㈠ㄌㄚˊ lá 形形容聲音。例刮刺刺。動怪僻，不合情理。例乖刺。㈡ㄌㄚˇ lǎ 動割，劃破。例手刺了一個口子。

剌剌 ㄌㄚˋ ㄌㄚˋ 風聲很急的樣子。

剄 ㄐㄧㄥˇ jǐng 動用刀割頸。例自剄。

剋 ㄎㄜˋ kè 動①限定，約期。例剋期動工、剋日啟程。②剝削，扣減。例剋扣。

剋日 ㄎㄜˋ ㄖˋ 限定日期。例剋日完工。同限期。

剋星 ㄎㄜˋ ㄒㄧㄥ 能剋制對方的人或物。也用以比喻對頭冤家。例蛇是田鼠的剋星。

削 ㄒㄩㄝ xuē（語音ㄒㄧㄠ xiāo）動①用刀斜刮。例削鉛筆、削果皮。②減少，減弱。例削價。③刪除，消滅。例削職、削跡。④分割。例削地。

削正 ㄒㄩㄝ ㄓㄥˋ 請人指正、刪改詩文的客氣話。

削平 ㄒㄩㄝ ㄆㄧㄥˊ 消滅，平定。

削弱 ㄒㄩㄝ ㄖㄨㄛˋ 力量、勢力等減弱或變弱。

削減 ㄒㄩㄝ ㄐㄧㄢˇ 削除，裁減。例削減軍費。

削髮 ㄒㄩㄝ ㄈㄚˇ 剃去頭髮為僧為尼。同剃度。

削壁 ㄒㄩㄝ ㄅㄧˋ 峭立的山壁。例懸崖削壁。

削足適履 ㄒㄩㄝ ㄗㄨˊ ㄕˋ ㄌㄩˇ 鞋小腳大，把腳削小了去適應鞋子。比喻不合理的遷就湊合，拘泥成例不知變通。

則 ㄗㄜˊ zé 名①法度，規章。例總則、細則。②榜樣，規範。例以身作則。③用於文字分項段落的量詞。例新聞一則、寓言三則。動效法，學習。例詩經：「君子是則是傚。」連①就，即。例論語：「君子不重則不威。」②然而，卻。表轉折關係。例欲速則不達。③如果，假使。表假設關係。例左傳：「心則不競，何憚于病？」④是，乃是。例孟子：「此則寡人之罪也。」

則聲 ㄗㄜˊ ㄕㄥ 做聲，出聲。

剉 ㄘㄨㄛˋ cuò 動①折傷。②斬截。例剉草。

剉折 ㄘㄨㄛˋ ㄓㄜˊ 失利，遭受打擊。亦作「挫折」。

八畫

剜 ㄨㄢ wān 動削，用刀挖出。

剜肉補瘡 ㄨㄢ ㄖㄡˋ ㄅㄨˇ ㄔㄨㄤ 比喻只顧眼前，不惜用有害的方法來救急。

剖 ㄆㄡˇ pǒu 動①破開，中分。例豆剖瓜分。②分辨，分析。例剖白、剖明事理。

剖心 ㄆㄡˇ ㄒㄧㄣ 比喻開誠相見。

剖明 ㄆㄡˇ ㄇㄧㄥˊ ①辨明。②表白。同剖白。

剖析 ㄆㄡˇ ㄒㄧ 分析，辨別清楚。例剖析透徹。

剖面 ㄆㄡˇ ㄇㄧㄢˋ 物體切斷後呈現出的表面。也稱為截面、切面、斷面。

剖腹生產 ㄆㄡˇ ㄈㄨˋ ㄕㄥ ㄔㄢˇ 嬰兒不是經產道自然產下，而是經由手術剖開產婦的腹部以取出。

剡 ㊀ㄧㄢˇ yǎn 形銳利。例剡銳。動①削尖。例易經：「剡木為矢。」②斬。例剡其脛。㊁ㄕㄢˋ shàn 名剡溪，浙江省河流名。

剞 ㄐㄧˇ jǐ 名雕刻用的曲刀。例欹劂。動劫奪。例劫剞。

剗 ㄔㄢˇ chǎn 動鏟除，消滅。副無端，平白地。例剗地。

剚 ㄗˋ zì 動用刀插入。例剚刃。

剔 ㄊㄧ tī 動①把肉從骨頭上刮下來。例剔淨骨肉。②將縫隙中的東西挑出。例剔牙。③將不合的東西除去。例剔除。

剔牙 ㄊㄧ ㄧㄚˊ 用牙籤把殘留在牙縫裡的食物挑出來。

剔除 ㄊㄧ ㄔㄨˊ 除去，去掉。

剔透 ㄊㄧ ㄊㄡˋ 透澈明亮的樣子。常用來形容人明白事理，伶俐可愛。例她是個玲瓏剔透的人。

剔燈 ㄊㄧ ㄉㄥ 挑燈。點油燈常要挑起燈芯，剔除餘燼，使燈光明亮。

剛 ㄍㄤ gāng 形堅硬的，堅強的。例剛烈、剛強。副①恰好。例剛巧。②方才。表示時間過去不久。例我剛到家。

剛才 ㄍㄤ ㄘㄞˊ 時間剛過去不久。

剛好 ㄍㄤ ㄏㄠˇ ①恰好，恰巧。例剛好碰上。②正合適。例這套衣服你穿剛好。

剛直 ㄍㄤ ㄓˊ 剛強正直。

剛勁 ㄍㄤ ㄐㄧㄥˋ 形容姿態、風格等挺拔而富有力量。例筆力剛勁。反柔弱。

剛烈 ㄍㄤ ㄌㄧㄝˋ 剛強有氣節。例稟性剛烈。

剛剛 ㄍㄤ ㄍㄤ ①恰巧，表示勉強達到某種程度。例剛剛達到錄取標準。②方才。例飛機剛剛起飛，你就來了，真不湊巧。

剛強 ㄍㄤ ㄑㄧㄤˊ 性格或意志堅強，不屈服於任何艱難困苦或惡勢力。反軟弱。

剛毅 ㄍㄤ ㄧˋ 意志剛強堅定。

剛體 ㄍㄤ ㄊㄧˇ 在外力作用下只產生運動，體積和形狀都不會發生變化的物體。

剛柔並濟 ㄍㄤ ㄖㄡˊ ㄅㄧㄥˋ ㄐㄧˋ 剛強與柔和要相互補充、調和。指待人處世要軟硬兼施，恩威並用。同寬猛相濟。

剛愎自用 ㄍㄤ ㄅㄧˋ ㄗˋ ㄩㄥˋ 形容人固執任性，主觀自是，根本不考慮別人的意見。

剛毅木訥 ㄍㄤ ㄧˋ ㄇㄨˋ ㄋㄜˋ 指人的性情剛直果敢，質樸不善言詞。

剕 ㄈㄟˋ fèi 名古代的刖足之刑，即砍斷腳的酷刑。例剕足。

剝 ㄅㄛ bō 動①去掉物體外表的皮殼。例剝橘子、剝花生。②脫落。

剝削 ㄅㄛ ㄒㄩㄝ 壓榨，侵占奪取他人的財物。

剝落 ㄅㄛ ㄌㄨㄛˋ 附在物體表面的東西，一片片脫落下來。

剝奪 ㄅㄛ ㄉㄨㄛˊ ①強行奪取別人的財物、利益等。②依法取消。例剝奪政治權利。

剟 ㄉㄨㄛˊ duó 動①刪除，削減。②刺，擊。例刺剟。

九畫

剪 ㄐㄧㄢˇ jiǎn 名兩個刀刃相對，用來截斷東西的工具。例剪刀。動①用剪子裁斷東西。例剪指甲。②消滅，除掉。例剪除草寇。③兩手扭於背後交叉綑綁。例反剪雙手。

剪紙 ㄐㄧㄢˇ ㄓˇ 一種民間工藝，用紙剪成各種花樣圖案。

剪裁 ㄐㄧㄢˇ ㄘㄞˊ ①縫製衣服時用剪刀裁衣料。②比喻文學創作過程中對材料的取捨與安排。

剪貼 ㄐㄧㄢˇ ㄊㄧㄝ 把書報刊物上的重要資料剪下來，貼在專用的本子或紙上。

剪綵 ㄐㄧㄢˇ ㄘㄞˇ 用剪刀剪斷綵帶，為大型建築物落成、展覽會開幕等的儀式。

剪影 ㄐㄧㄢˇ ㄧㄥˇ ①照人影的輪廓剪紙成形。②比喻對事物概廓的描寫。

劏

ㄏㄨㄛˋ huò 副形容東西破裂的聲響。例劏然一聲。

副

ㄈㄨˋ fù 名①指書籍、文獻的複本。例史記：「藏之名山，副在京師。」②用於成套東西的量詞。例一副對聯。③輔助的職務或擔任輔佐職務的人。例大副。形①居第二位的，輔助的。例副主席。②附帶的，次要的。例副作用、副產品。動符合，相稱。例名副其實。

副手 ㄈㄨˋ ㄕㄡˇ 助理事務的人。同助手。

副本 ㄈㄨˋ ㄅㄣˇ 照原本複製或影印下來的書籍、文件等。

副刊 ㄈㄨˋ ㄎㄢ 報紙上專門刊登文藝作品、學術論文等的版面或專欄。

副官 ㄈㄨˋ ㄍㄨㄢ 軍隊中辦理行政事務的軍官。

副食 ㄈㄨˋ ㄕˊ 主食以外的食品。通常指菜餚而言。

副詞 ㄈㄨˋ ㄘˊ 用來修飾或限制動詞、形容詞，表示範圍、程度等的詞，一般不能和名詞組合。

副業 ㄈㄨˋ ㄧㄝˋ 本業以外所附帶經營的事業。如農民所從事的養豬、養魚等工作。

副署 ㄈㄨˋ ㄕㄨˋ 在文件上簽名，表示代發布文件者負責。通常指內閣首長代元首負責的行為。

副作用 ㄈㄨˋ ㄗㄨㄛˋ ㄩㄥˋ 伴隨著主要作用而連帶產生的作用。

副性徵 ㄈㄨˋ ㄒㄧㄥˋ ㄓㄥ 指人和動物發育到一定階段所顯現的性別特徵。如男性開始長鬍鬚、聲調低，女性乳房發育、聲調高。

副產品 ㄈㄨˋ ㄔㄢˇ ㄆㄧㄣˇ 製造某種產品時，附帶產生的其他物品。或稱副產物。

副教授 ㄈㄨˋ ㄐㄧㄠˋ ㄕㄡˋ 大專院校中職別僅次於教授的教師。

剮

ㄍㄨㄚˇ guǎ 動①刮肉離骨。例剮骨。②古時分割人肉體的酷刑，又叫凌遲。例剮刑。③碰著尖銳的東西而割破。例剮破。

十畫

割

ㄍㄜ gē 動①用刀切開、截下。例割破、割麥。②捨去，斷絕。例割愛。③分開，劃分。例割地。

割愛 ㄍㄜ ㄞˋ 捨棄心愛的東西，轉讓給別人。

割線 ㄍㄜ ㄒㄧㄢˋ 通過圓周或其他曲線上任意兩點的直線。

割據 ㄍㄜ ㄐㄩˋ 分割占據一部分國土，成立獨立政權。

割禮 ㄍㄜ ㄌㄧˇ 猶太教和伊斯蘭教的一種儀式，即男性在入教時，代表性地割去生殖器上的包皮。

割讓 ㄍㄜ ㄖㄤˋ 把自己的東西讓出一部分給別人。

割席絕交 ㄍㄜ ㄒㄧˊ ㄐㄩㄝˊ ㄐㄧㄠ 稱朋友之間因意氣不投、志趣不合而絕交。

剴

ㄎㄞˇ kǎi 形切實，切合事理的。例剴切。

剴切 ㄎㄞˇ ㄑㄧㄝˋ 將事理說得透徹，切中要點。

創

㈠ㄔㄨㄤˋ chuàng 動①開始，初次做。例創辦、首創。②懲罰。㈡ㄔㄨㄤ chuāng 名傷處，傷口。

創刊 ㄔㄨㄤˋ ㄎㄢ 報章雜誌首次刊印發行。

創見 ㄔㄨㄤˋ ㄐㄧㄢˋ 獨到的見解。

創作 ㄔㄨㄤˋ ㄗㄨㄛˋ 創造出自己構思的文學或藝術作品。

創制 ㄔㄨㄤˋ ㄓˋ 創始制定。例創制新聞法。

創始 ㄔㄨㄤˋ ㄕˇ 開頭，首先建立。例創始人。

創造 ㄔㄨㄤˋ ㄗㄠˋ 發明或製造出前所未有的事物。

創新 ㄔㄨㄤˋ ㄒㄧㄣ 拋開舊的，創造前所未有的新事物。

創傷 ㄔㄨㄤ ㄕㄤ ①外傷，身體受傷的部分。②心靈所受到的傷害。

創舉 ㄔㄨㄤˋ ㄐㄩˇ 首創的具有重大意義的舉動。

創制權 ㄔㄨㄤˋ ㄓˋ ㄑㄩㄢˊ 指人民對於修改憲法、制定法律有直接提出議案的權利。

創紀錄 ㄔㄨㄤˋ ㄐㄧˋ ㄌㄨˋ ①打破從前既有的慣例。②創造前所未有的成績，刷新紀錄。

創鉅痛深 ㄔㄨㄤ ㄐㄩˋ ㄊㄨㄥˋ ㄕㄣ 損傷極重，痛苦很深。形容受害程度極大。

剩

ㄕㄥˋ shèng 形多餘的。例殘羹剩飯。

剩下 ㄕㄥˋ ㄒㄧㄚˋ 多出來的人或物。

剩餘價值 ㄕㄥˋ ㄩˊ ㄐㄧㄚˋ ㄓˊ 為馬克思學說之一，指勞動者的生產總值減去工資，此部分為資本家所獲。

十一畫

剷

ㄔㄢˇ chǎn 動通「鏟」。割除，削平。

剷除 ㄔㄢˇ ㄔㄨˊ 除掉，徹底消滅。

剷平險阻 ㄔㄢˇ ㄆㄧㄥˊ ㄒㄧㄢˇ ㄗㄨˇ 比喻勇往直前，不論遇到什麼艱難險阻，都能一一克服。

剽

ㄆㄧㄠˋ piào 形輕捷，敏捷的。例剽悍。動①搶劫，掠奪。例剽掠、剽取。②竊取。例剽竊。

剽悍 ㄆㄧㄠˋ ㄏㄢˋ 形容人的動作敏捷而勇猛。

剽竊 ㄆㄧㄠˋ ㄑㄧㄝˋ 竊取他人的文章、著作以為己有。

剺

ㄌㄧˊ lí 動割，刺破。例剺面。

剿

ㄐㄧㄠˇ jiǎo 動消滅。例剿匪、剿滅。

十二畫

劂

ㄐㄩㄝˊ jué 名雕刻用的曲刀、曲鑿。例剞劂。

劃

㈠ㄏㄨㄚˋ huà 形一致的。例整齊劃一。動①分開。例劃分。②設計，計畫。例規劃、籌劃。㈡ㄏㄨㄚˊ huá 動①用利器或刀子在物體的表面上割。例劃玻璃。②用物體在平面上擦過。例劃火柴。

劃清 ㄏㄨㄚˋ ㄑㄧㄥ 區分清楚。例劃清界限。

劃撥 ㄏㄨㄚˋ ㄅㄛ 由申請人在郵局開設專戶，匯款人將款項存入此帳戶，郵局便將款項匯交收款人。

劃時代 ㄏㄨㄚˋ ㄕˊ ㄉㄞˋ 在歷史上開闢了一個新的時代。

十三畫

劇 ㄐㄩˋ jù 名戲劇。例話劇。副極甚。形容程度之深。例劇痛、劇烈。

劇本 ㄐㄩˋ ㄅㄣˇ 指戲劇、電影作品的腳本。

劇毒 ㄐㄩˋ ㄉㄨˊ 毒性猛烈。

劇烈 ㄐㄩˋ ㄌㄧㄝˋ 猛烈。例久病初癒不宜做劇烈運動。

劇情 ㄐㄩˋ ㄑㄧㄥˊ 戲劇的情節。

劇場 ㄐㄩˋ ㄔㄤˇ 供戲劇演出的場所。分觀眾席與舞臺。

劇照 ㄐㄩˋ ㄓㄠˋ 電影或戲劇中某些場景的照片。

劌 ㄍㄨㄟˋ guì 動割傷，刺傷。

劍 ㄐㄧㄢˋ jiàn 名一種兩邊有刃，中間有脊，前端尖銳的兵器。

劍客 ㄐㄧㄢˋ ㄎㄜˋ ①精於劍術的人。②指刺客。

劍眉 ㄐㄧㄢˋ ㄇㄟˊ 較直而末端翹起的眉毛。

劍及履及 ㄐㄧㄢˋ ㄐㄧˊ ㄌㄩˇ ㄐㄧˊ 劍所到的地方，也就是腳步所到的地方。形容奮起急行，絕不拖泥帶水。

劍拔弩張 ㄐㄧㄢˋ ㄅㄚˊ ㄋㄨˇ ㄓㄤ 形容情勢緊張，一觸即發。

劊 ㄎㄨㄞˋ kuài 動斬殺，砍斷。

劊子手 ㄎㄨㄞˋ ㄗˇ ㄕㄡˇ ①舊稱執行死刑的人。②指鎮壓群眾運動、屠殺人民的兇手。

劉 ㄌㄧㄡˊ liú 名①古代一種斧形兵器。②姓。動屠殺。例虔劉。

劉海 ㄌㄧㄡˊ ㄏㄞˇ 垂在前額的頭髮。

劈 ㄆㄧ pī 動①用刀斧破開。例劈柴。②朝著，正對著。例劈頭、劈臉。③被雷電擊毀。例天打雷劈。④分，分開。例劈成三份。⑤四肢筋骨因扭轉、分叉而受傷。例劈了腿筋。

劈叉 ㄆㄧ ㄔㄚ 體操、武術的一種動作，兩腿分開，臀部著地。同劈腿。

劈面 ㄆㄧ ㄇㄧㄢˋ 迎面，正對著臉。同劈頭。

劈頭蓋臉 ㄆㄧ ㄊㄡˊ ㄍㄞˋ ㄌㄧㄢˇ 正對著頭和臉而來。形容來勢洶洶，也形容突如其來的樣子。又作「劈頭蓋腦」。

十四畫

劑 ㄐㄧˋ jì 名①調和製成的物品。例藥劑、化學劑。②用於中藥湯藥的量詞。例三劑中藥。動調和。例調劑。

劓 ㄧˋ yì 名割掉鼻子的一種刑罰，為古代的一種酷刑。例劓刑。

二十一畫

劙 ㄌㄧˊ lí 動割裂。例劙開。

力部 ㄌㄧˋ

力 ㄌㄧˋ lì 名①人的體能所產生的作用。例臂力。②能力，才能。例判斷力、智力。③使物體運動狀態發生變化的效能叫力。例離心力。④一切事物所具有的效能或作用。例火力、藥力。⑤勞動的人。例苦力。副竭盡地。例力爭上游。

力行 ㄌㄧˋ ㄒㄧㄥˊ 努力實踐。例力行其事。

力量 ㄌㄧˋ ㄌㄧㄤˋ ①力的大小程度。②能力。③效用。

力圖 ㄌㄧˋ ㄊㄨˊ 盡力謀求。同力求。

力學 ㄌㄧˋ ㄒㄩㄝˊ ①物理學的分科，為研究物體機械運動規律及其應用的學科。②盡力學習。例力學不怠。

力不從心 ㄌㄧˋ ㄅㄨˋ ㄘㄨㄥˊ ㄒㄧㄣ 心裡想做而能力卻不夠。

力可拔山 ㄌㄧˋ ㄎㄜˇ ㄅㄚˊ ㄕㄢ 力氣大得可以拔起山。形容有超人非凡的力氣。

力爭上游 ㄌㄧˋ ㄓㄥ ㄕㄤˋ ㄧㄡˊ 努力求取上進。反自甘墮落。

力挽狂瀾 ㄌㄧˋ ㄨㄢˇ ㄎㄨㄤˊ ㄌㄢˊ 盡全力挽回險惡的局勢。

力排眾議 ㄌㄧˋ ㄆㄞˊ ㄓㄨㄥˋ ㄧˋ 為確立自己的主張，而竭力排除歧見。

力透紙背 ㄌㄧˋ ㄊㄡˋ ㄓˇ ㄅㄟˋ 筆力穿透紙的背面。形容書法遒勁有力，也稱寫詩作文的功力之深。

力竭聲嘶 ㄌㄧˋ ㄐㄧㄝˊ ㄕㄥ ㄙ 力氣用盡，聲音也喊啞了。形容拚命地叫喊。

三畫

功 ㄍㄨㄥ gōng 名①勛勞。例立功、勞苦功高。②成效，成就。例大功告成、事半功倍。③技術，修養。例唱功。④力學上指用力使物體移動，所施的力和物體移動距離的乘積為「功」。⑤事業。例事功。⑥古喪服之一。例功服。

功夫 ㄍㄨㄥ ㄈㄨ ①空閒，時間。例沒功夫和你囉嗦。②為事情所作的努力或所花的力量。例此事我花了很大的功夫。③本領，造詣。例這位雜技演員真有一番功夫。④武術。

功用 ㄍㄨㄥ ㄩㄥˋ 效用，效果。

功效 ㄍㄨㄥ ㄒㄧㄠˋ 功用，效能。

功率 ㄍㄨㄥ ㄌㄩˋ 物體在單位時間內所做的功。常見的功率單位有瓦特、馬力等。

功勞 ㄍㄨㄥ ㄌㄠˊ 對事業的貢獻或功績勛勞。

功勛 ㄍㄨㄥ ㄒㄩㄣ 重大的貢獻和特殊的功勞。

功名利祿 ㄍㄨㄥ ㄇㄧㄥˊ ㄌㄧˋ ㄌㄨˋ 官位和財富。

功成不居 ㄍㄨㄥ ㄔㄥˊ ㄅㄨˋ ㄐㄩ 建立了功勞而不居功。

功成名就 ㄍㄨㄥ ㄔㄥˊ ㄇㄧㄥˊ ㄐㄧㄡˋ 在事業上建立了功績，有了名聲。亦作「功成名遂」、「功成名立」。

功成身退 ㄍㄨㄥ ㄔㄥˊ ㄕㄣ ㄊㄨㄟˋ 功業建立後即退休歸隱。

功利主義 ㄍㄨㄥ ㄌㄧˋ ㄓㄨˇ ㄧˋ 泛指一切以行為的結果能否產生幸福，作為衡量標準的學說。

功敗垂成 ㄍㄨㄥ ㄅㄞˋ ㄔㄨㄟˊ ㄔㄥˊ 事情快要成功的時候卻失敗了。

功虧一簣 ㄍㄨㄥ ㄎㄨㄟ ㄧ ㄎㄨㄟˋ 比喻事情只差最後一點而未能成功。

加 ㄐㄧㄚ jiā 名算法的一種。以數相併合的運算方式。例加減乘除。動①把兩個或兩個以上的東西、數目合起來計算。例二加二等於四、親上加親。②增添，增益。例添加香料、加股。③超越，勝過。例無以加之。

加工 ㄐㄧㄚ ㄍㄨㄥ ①把成品或半成品再加以製造，使之更完美更精緻。②增加工作的時間和速度。

加油 ㄐㄧㄚ ㄧㄡˊ ①為機器或車輛添加燃料油、潤滑油等。②比喻增加幹勁，進一步努力。為鼓勵人的用語。

加冠 ㄐㄧㄚ ㄍㄨㄢ 古代男子二十歲舉行戴禮帽的典禮，表示成年。也用作二十歲的代稱。同弱冠。

加料 ㄐㄧㄚ ㄌㄧㄠˋ ①對於材料特別講究。②器物質料勝過尋常一般。

加班 ㄐㄧㄚ ㄅㄢ 為了加速完成工作，在正常上班時間外，另外增加工作時間。

加冕 ㄐㄧㄚ ㄇㄧㄢˇ 歐洲某些國家的君主即位時，所舉行的一種戴上皇冠的儀式。

加笄 ㄐㄧㄚ ㄐㄧ 古時女子十五歲開始用簪束髮表示成年。

加盟 ㄐㄧㄚ ㄇㄥˊ 參加已經成立的同盟團體。

加餐 ㄐㄧㄚ ㄘㄢ 勸人增加飲食，表示珍重的意思。

加速度 ㄐㄧㄚ ㄙㄨˋ ㄉㄨˋ 指在單位時間內速度的變化。如物體從空中落下時加速度為每秒九百八十釐米。

加人一等 ㄐㄧㄚ ㄖㄣˊ ㄧ ㄉㄥˇ 才能比平常人高出一籌。

加官晉爵 ㄐㄧㄚ ㄍㄨㄢ ㄐㄧㄣˋ ㄐㄩㄝˊ 指官吏升遷。

加膝墜淵 ㄐㄧㄚ ㄒㄧ ㄓㄨㄟˋ ㄩㄢ 歡喜時則抱在膝上，不高興時便推到深淵中。比喻人的愛憎無常。

四畫

劣 ㄌㄧㄝˋ liè 形①壞的，不好的。例劣行劣跡、劣等。②弱的，差的。例劣勢。

劣馬 ㄌㄧㄝˋ ㄇㄚˇ 羸弱的馬。也指性情暴躁、不容易駕馭的馬。反良馬。

劣勢 ㄌㄧㄝˋ ㄕˋ 情況或條件處於較差的形勢。反優勢。

劣根性 ㄌㄧㄝˋ ㄍㄣ ㄒㄧㄥˋ 長期養成的、根深蒂固的不良習性。

五畫

劫 ㄐㄧㄝˊ jié 名災禍，災難。例劫後餘生、浩劫。動①搶奪，強搶。例搶劫、打家劫舍。②脅迫，威逼。例劫持。

劫持 ㄐㄧㄝˊ ㄔˊ 挾持，用武力脅迫對方服從或就範。

劫奪 ㄐㄧㄝˊ ㄉㄨㄛˊ 用武力威脅，奪取財物。

劫獄 ㄐㄧㄝˊ ㄩˋ 突襲牢獄企圖救出人犯。

劫數 ㄐㄧㄝˊ ㄕㄨˋ 命中注定而無法逃避的災難。泛指厄運。

劫後餘生 ㄐㄧㄝˊ ㄏㄡˋ ㄩˊ ㄕㄥ 指經歷災難之後倖存的生命。

劫富濟貧 ㄐㄧㄝˊ ㄈㄨˋ ㄐㄧˋ ㄆㄧㄣˊ 強取富人的財富來救濟窮人。

助 ㄓㄨˋ zhù 動輔佐，幫忙。例守望相助、互助互信。

助手 ㄓㄨˋ ㄕㄡˇ 協助別人進行工作的人。

助理 ㄓㄨˋ ㄌㄧˇ ①協助主要負責人辦事的人。例董事長助理。②協助辦理。

助詞 ㄓㄨˋ ㄘˊ 附在詞、詞組或句中、句後的虛字，用來輔助語意或語氣。

助跑 ㄓㄨˋ ㄆㄠˇ 跳高、跳遠、擲標槍等田徑運動，在跳或投擲等動作開始前先跑一小段，有助於引導衝力。

助興 ㄓㄨˋ ㄒㄧㄥˋ 有助於增加興致。

助學 ㄓㄨˋ ㄒㄩㄝˊ 出錢幫助貧困學生求學。例助學貸款。

助辯 ㄓㄨˋ ㄅㄧㄢˋ 在辯論比賽中，將主辯人所提出的立論依據，再做補充或強調。

助產士 ㄓㄨˋ ㄔㄢˇ ㄕˋ 從事接生和護理產婦工作的人。

助聽器 ㄓㄨˋ ㄊㄧㄥ ㄑㄧˋ 為重聽的人所設計的輔助聽力機器。

助人為樂 ㄓㄨˋ ㄖㄣˊ ㄨㄟˊ ㄌㄜˋ 把幫助別人當作是快樂的事。鼓勵人多多行善。

助桀為虐 ㄓㄨˋ ㄐㄧㄝˊ ㄨㄟˊ ㄋㄩㄝˋ 比喻幫助惡人做壞事。亦作「助紂為虐」。

劬 ㄑㄩˊ qú 副勤苦，辛勞地。例劬勞。

劬勞 ㄑㄩˊ ㄌㄠˊ 辛勤，勞苦。例詩經：「哀哀父母，生我劬勞。」

努 ㄋㄨˇ nǔ 名書法中豎的筆畫。動①盡力，勤奮。例努力。②突出，翹起。例努嘴。

努力 ㄋㄨˇ ㄌㄧˋ 認真，盡力。

努嘴 ㄋㄨˇ ㄗㄨㄟˇ 把嘴噘起。表示有所暗示。

努目橫眉 ㄋㄨˇ ㄇㄨˋ ㄏㄥˊ ㄇㄟˊ 眼睛睜大，眉毛直豎。形容人非常生氣的樣子。

劭 ㄕㄠˋ shào 形美好的。例年高德劭。動勸勉。例漢書：「先帝劭農，薄其租稅。」

六畫

劾 ㄏㄜˊ hé 動揭發罪狀。例彈劾。

劻 ㄎㄨㄤ kuāng 見「劻勷」。

劻勷 ㄎㄨㄤ ㄖㄤˊ 急迫不安的樣子。

七畫

勃 ㄅㄛˊ bó 形①旺盛的。例蓬勃。②因發怒而臉色大變。例勃然不悅。動爭吵。例勃谿。副突然。例勃然興起。

勃勃 ㄅㄛˊ ㄅㄛˊ 旺盛的樣子。例生氣勃勃、野心勃勃。

勃然 ㄅㄛˊ ㄖㄢˊ ①突然興起或旺盛的樣子。例勃然而興。②形容因生氣或驚慌而改變臉色。例勃然變色。

勃發 ㄅㄛˊ ㄈㄚ 煥發，旺盛的樣子。例英姿勃發。

勃谿 ㄅㄛˊ ㄒㄧ 家庭裡的爭吵。

勁 ㄐㄧㄥˋ jìng 名①力氣，力量。例使勁。②精神，情緒。例幹勁十足、衝勁。③興趣。例他對這事提不起勁。形①堅強有力的。例強勁、勁敵。②剛強正直的。例勁直。

勁旅 ㄐㄧㄥˋ ㄌㄩˇ 精銳的軍隊。比喻實力強的競爭對手。或稱為勁卒。

勁草 ㄐㄧㄥˋ ㄘㄠˇ　堅韌而不易折斷的草莖。比喻剛強不屈的人。例疾風知勁草。

勁敵 ㄐㄧㄥˋ ㄉㄧˊ　強而有力的敵人或對手。

勉 ㄇㄧㄢˇ miǎn 形努力，勤奮。例勤勉、奮勉。動①鼓勵。例互勉。②強迫人去做能力不夠或不願意做的事。例勉強。

勉強 ㄇㄧㄢˇ ㄑㄧㄤˇ　①力量本來做不到，還是盡力去做。例勉強為之。②強迫別人做不願意做的事。例你何必勉強他結婚！③牽強，不自然。例我只好勉強答應他。④將就，湊合。例這米飯確實不太好，你就勉強吃吧。

勉勵 ㄇㄧㄢˇ ㄌㄧˋ　鼓勵，勸人努力。例互相勉勵。

勉為其難 ㄇㄧㄢˇ ㄨㄟˊ ㄑㄧˊ ㄋㄢˊ　勉強自己去做力所不及或不願意做的事情。

勇 ㄩㄥˇ yǒng 名清代臨時招募而不在編制之內的兵卒。例鄉勇。形有膽量，力氣大的。例英勇、勇士。副敢做敢當地。例勇於擔當。

勇氣 ㄩㄥˇ ㄑㄧˋ　敢做敢為、無所畏懼的氣概。

勇猛 ㄩㄥˇ ㄇㄥˇ　勇敢有力。

勇敢 ㄩㄥˇ ㄍㄢˇ　有膽量，敢做敢為，不怕危險和困難。反懦弱。

勇往直前 ㄩㄥˇ ㄨㄤˇ ㄓˊ ㄑㄧㄢˊ　形容人做事不畏艱難險阻，勇敢地一直向前進。同一往無前。反裹足不前。

勇者不懼 ㄩㄥˇ ㄓㄜˇ ㄅㄨˋ ㄐㄩˋ　勇敢的人不會畏懼、退怯。

勇冠三軍 ㄩㄥˇ ㄍㄨㄢˋ ㄙㄢ ㄐㄩㄣ　比喻其膽識氣度超越常人。

勇敢善戰 ㄩㄥˇ ㄍㄢˇ ㄕㄢˋ ㄓㄢˋ　不怕犧牲，果敢而善於戰鬥。

八畫

勍 ㄑㄧㄥˊ qíng 形強而有力的。例勍敵。

勑 ㈠ㄌㄞˋ lài 動慰勞。㈡ㄔˋ chì 名詔命。動同「敕」。告誡。

九畫

勘 ㄎㄢ kān 動①校對，訂正。例校勘。②查看，探測。例勘察、勘測地形。

勘災 ㄎㄢ ㄗㄞ　察看災情。

勘探 ㄎㄢ ㄊㄢˋ　勘察探測礦藏分布情況。

勘誤 ㄎㄢ ㄨˋ　校正書刊中文字或內容上的錯誤。

勘驗 ㄎㄢ ㄧㄢˋ　檢驗，查驗。

勒 ㈠ㄌㄜˋ lè 名①帶嚼子的馬絡頭。例轡勒。②書法中橫的筆畫。動①拉住轡繩，讓牲口停下。例懸崖勒馬。②強制，逼迫。例勒令、逼勒。③刻，寫。例勒石、勒碑。㈡ㄌㄟ lēi 動用繩索等捆住或套牢，再用力拉緊。例勒緊。

勒石 ㄌㄜˋ ㄕˊ　在石碑上刻字。

勒令 ㄌㄜˋ ㄌㄧㄥˋ　用命令的方式強迫、禁止。例勒令退學。

勒索 ㄌㄜˋ ㄙㄨㄛˇ　用非法手段逼取他人財物。

勒贖 ㄌㄜˋ ㄕㄨˊ　綁匪先把人劫走，然後強迫其家屬拿錢來贖回人質。

勖 ㄒㄩˋ xù 動 勉勵。

動 ㄉㄨㄥˋ dòng 名 行為。例 一舉一動、靜極思動。動 ①改變原來的位置或狀態。例 搬動、風吹草動。②使用。例 動腦筋。③感觸，觸發。例 動人、心動。④開始進行。例 動工興建、動身回家。副 常常，往往。例 動輒得咎。

動人 ㄉㄨㄥˋ ㄖㄣˊ 使人感動的。

動力 ㄉㄨㄥˋ ㄌㄧˋ ①可使機械運轉的力量。如水力、風力等。②泛指推動事物進行和發展的力量。

動土 ㄉㄨㄥˋ ㄊㄨˇ 掘動泥土。指開始建築。同 破土。

動工 ㄉㄨㄥˋ ㄍㄨㄥ ①開始工作。多指土木工程等開工。例 這棟摩天大樓昨天已動工。同 開工。②施工。

動心 ㄉㄨㄥˋ ㄒㄧㄣ 在外界的刺激下，思想、感情被動搖。

動向 ㄉㄨㄥˋ ㄒㄧㄤˋ 人和事物發展的方向或趨勢。例 再過些時日，看看他們的動向。

動身 ㄉㄨㄥˋ ㄕㄣ 啟程，出發。

動武 ㄉㄨㄥˋ ㄨˇ 以武力相爭。

動物 ㄉㄨㄥˋ ㄨˋ 生物的一大類，相對於植物。有神經，有知覺，能自由運動，大部分體內不能自己製造所需要的營養素，多以有機物為食。

動容 ㄉㄨㄥˋ ㄖㄨㄥˊ ①內心感動表現在臉上。②舉止儀容。

動員 ㄉㄨㄥˋ ㄩㄢˊ ①為因應國防軍事的需要，把國家的武裝力量以及所有的人力、物力由平時狀態轉變為戰時狀態。②泛指發動群眾參加某項活動。

動脈 ㄉㄨㄥˋ ㄇㄞˋ 從心臟輸送血液到身體各部分的血管。

動情 ㄉㄨㄥˋ ㄑㄧㄥˊ 動了感情。指情緒激動或產生愛慕之情。

動產 ㄉㄨㄥˋ ㄔㄢˇ 指金錢、證券等可以自由移轉的財產。

動詞 ㄉㄨㄥˋ ㄘˊ 陳述人或事物的動作、情況、變化的詞。

動量 ㄉㄨㄥˋ ㄌㄧㄤˋ 表示物體所具有的運動量，其大小等於物體的質量和速度的乘積。

動搖 ㄉㄨㄥˋ ㄧㄠˊ ①不穩固，不堅定。②搖擺晃動。例 動搖他的決心。

動亂 ㄉㄨㄥˋ ㄌㄨㄢˋ 指社會的騷動變亂。

動魄 ㄉㄨㄥˋ ㄆㄛˋ 受到過度驚嚇而魂飛魄散。例 驚心動魄。

動態 ㄉㄨㄥˋ ㄊㄞˋ ①事物發展變化的情況。例 科技動態。②活動的變化狀態。例 生活動態。

動靜 ㄉㄨㄥˋ ㄐㄧㄥˋ ①動作或說話的聲音。例 這裡一點動靜也沒有。②狀況，消息。例 一點動靜也沒有打聽到。

動機 ㄉㄨㄥˋ ㄐㄧ 推動人從事某種事情的力量和念頭。

動盪 ㄉㄨㄥˋ ㄉㄤˋ 起伏不定，不平靜。比喻情況或局勢不穩定。也作「動蕩」。例 動盪不安。

動議 ㄉㄨㄥˋ ㄧˋ 會議中對某事項臨時提出的議案或建議。

動聽 ㄉㄨㄥˋ ㄊㄧㄥ 聽了使人感動、舒服而有興趣。

動物園 ㄉㄨㄥˋ ㄨˋ ㄩㄢˊ 飼養各種動物，以供人參觀、研究的場所。

動人心弦 ㄉㄨㄥˋ ㄖㄣˊ ㄒㄧㄣ ㄒㄧㄢˊ 形容非常感人或令人激動。

動心忍性 ㄉㄨㄥˋ ㄒㄧㄣ ㄖㄣˇ ㄒㄧㄥˋ 激勵心志，堅忍性情。後多指不顧外界壓力，堅持下去。

動如脫兔 ㄉㄨㄥˋ ㄖㄨˊ ㄊㄨㄛ ㄊㄨˋ 動作之快有如逃脫的兔子。形容動作非常敏捷迅速。

動輒得咎 ㄉㄨㄥˋ ㄓㄜˊ ㄉㄜˊ ㄐㄧㄡˋ 動不動就受到責難。指人處境困難，受到不公平待遇。

務

ㄨˋ wù 名①事情。例事務、庶務。②古代掌管稅收的機構。例市易務。動從事，致力於。例務農、務耕。副必須，一定。例務須、務必。

務本 ㄨˋ ㄅㄣˇ 致力於根本。例論語：「君子務本，本立而道生。」

務求 ㄨˋ ㄑㄧㄡˊ 一定要達到某種情況或某種程度。例務求早日完成此項任務。

務農 ㄨˋ ㄋㄨㄥˊ 從事農業生產。

務實 ㄨˋ ㄕˊ ①力求踏實。②致力於具體實際的工作。

務請 ㄨˋ ㄑㄧㄥˇ 請求別人的客套話。同懇請。

十畫

勞

㈠ㄌㄠˊ láo 名①功績。例汗馬功勞。②勞動者的簡稱。例勞資糾紛。③姓。動①辛勤，努力做事。例不勞而獲、任勞任怨。②煩擾。請別人幫忙的客套話。例勞駕。

㈡ㄌㄠˋ lào 動慰問。例勞軍。

勞工 ㄌㄠˊ ㄍㄨㄥ 即工人，用勞力謀生的人。

勞心 ㄌㄠˊ ㄒㄧㄣ ①用腦力工作。②費精神處理事務。③憂心。

勞形 ㄌㄠˊ ㄒㄧㄥˊ 因事情煩雜而感到形體疲勞。

勞作 ㄌㄠˊ ㄗㄨㄛˋ ①小學課程之一，教學生從事手工或其他實地操作的事情。②勞動，工作。

勞役 ㄌㄠˊ ㄧˋ 指人民出勞力為國家服務。

勞軍 ㄌㄠˋ ㄐㄩㄣ 慰勞軍隊。同勞師。

勞保 ㄌㄠˊ ㄅㄠˇ 勞工保險的簡稱。為保障勞工生活的社會安全制度。

勞神 ㄌㄠˊ ㄕㄣˊ ①操心，耗費精神。②請人幫忙做事的客套話。

勞累 ㄌㄠˊ ㄌㄟˋ 因勞動過度而感到疲倦。

勞動 ㄌㄠˊ ㄉㄨㄥˋ ①生產或工作所付出的體力、腦力活動。②煩勞。請人辦事的敬辭。例又得勞動你去一趟。

勞碌 ㄌㄠˊ ㄌㄨˋ 辛苦忙碌。

勞駕 ㄌㄠˊ ㄐㄧㄚˋ 請別人做事或敬請光臨的客套話。

勞民傷財 ㄌㄠˊ ㄇㄧㄣˊ ㄕㄤ ㄘㄞˊ 既使人民勞苦，又耗費錢財。指濫用人力、物力和財力。

勞而無功 ㄌㄠˊ ㄦˊ ㄨˊ ㄍㄨㄥ 指費盡力氣卻沒有得到收穫。

勞苦功高 ㄌㄠˊ ㄎㄨˇ ㄍㄨㄥ ㄍㄠ 形容做事勤苦而功勞最大。

勞師動眾 ㄌㄠˊ ㄕ ㄉㄨㄥˋ ㄓㄨㄥˋ 本指出動大批軍隊，後用以形容耗費大量人力。亦作「興師動眾」。

勞資糾紛 ㄌㄠˊ ㄗ ㄐㄧㄡ ㄈㄣ 企業中的勞方與資方為了各自的利益而引起的衝突。

勞燕分飛 ㄌㄠˊ ㄧㄢˋ ㄈㄣ ㄈㄟ 伯勞鳥和燕子各自向相反的方向飛去。比喻離別。

勝 ㈠ㄕㄥˋ shèng 形優美的，盛大的。例勝景。動①超過，占優勢。例事實勝於雄辯。②制服，克制。例呂氏春秋：「故欲勝人者，必先自勝。」㈡ㄕㄥ shēng 動承擔得起，禁得住。例勝任、高處不勝寒。副窮盡。例不可勝數、不勝枚舉。

勝地 ㄕㄥˋ ㄉㄧˋ 名勝之地，風景優美的地方。

勝任 ㄕㄥ ㄖㄣˋ 能力足以擔任。

勝利 ㄕㄥˋ ㄌㄧˋ ①在戰爭或競賽中打敗對方。反失敗。②工作、事業等獲得成功，達到預定的目的。

勝負 ㄕㄥˋ ㄈㄨˋ 勝敗。例勝負尚難預料。

勝訴 ㄕㄥˋ ㄙㄨˋ 訴訟當事人的一方獲得有利的判決，打贏官司。反敗訴。

勝境 ㄕㄥˋ ㄐㄧㄥˋ 景色極為優美之處。

勝算 ㄕㄥˋ ㄙㄨㄢˋ 能取得成功的計謀或安排。

勝之不武 ㄕㄥˋ ㄓ ㄅㄨˋ ㄨˇ 即使勝了，也不光榮。

勝友如雲 ㄕㄥˋ ㄧㄡˇ ㄖㄨˊ ㄩㄣˊ 形容眾多好友歡聚一堂。

勝券在握 ㄕㄥˋ ㄑㄩㄢˋ ㄗㄞˋ ㄨㄛˋ 有把握獲得勝利。同穩操勝券。

勝不驕敗不餒 ㄕㄥˋ ㄅㄨˋ ㄐㄧㄠ ㄅㄞˋ ㄅㄨˋ ㄋㄟˇ 勝利了不驕傲，失敗了也不氣餒。

勝敗乃兵家常事 ㄕㄥˋ ㄅㄞˋ ㄋㄞˇ ㄅㄧㄥ ㄐㄧㄚ ㄔㄤˊ ㄕˋ 失敗是很平常的事。勉勵人不要因失敗而灰心喪志。

勛 ㄒㄩㄣ xūn 名功業，功勞。例功勛、屢建奇勛。

勛章 ㄒㄩㄣ ㄓㄤ 政府授給對國家有貢獻的人所佩帶的表示榮譽的獎章。

勛業 ㄒㄩㄣ ㄧㄝˋ 功績和事業。

十一畫

募 ㄇㄨˋ mù 動廣泛地徵集。例募款、募捐。

募捐 ㄇㄨˋ ㄐㄩㄢ 募集別人的捐款。同募款。

募集 ㄇㄨˋ ㄐㄧˊ 廣為徵集、招集。

募兵制 ㄇㄨˋ ㄅㄧㄥ ㄓˋ 用雇傭形式招收兵員的制度。

勢 ㄕˋ shì 名①威力，權力。例威勢、仗勢欺人。②自然界的現象或形狀。例地勢、風勢。③事物表現出的趨向，各方面活動的狀況。例趨勢、大勢所趨、局勢。④姿態。例手勢、姿勢。⑤雄性動物的睪丸。例去勢。

勢力 ㄕˋ ㄌㄧˋ ①指政治、經濟、軍事等方面的力量。②權勢，威力。

勢必 ㄕˋ ㄅㄧˋ 勢所必然。指根據情勢進行推測，一定會是這樣的結果。

勢利 ㄕˋ ㄌㄧˋ ①權勢與利益。②形容人根據別人有無權勢地位、錢財等，而予以差別對待的現實表現。

勢利眼 ㄕˋ ㄌㄧˋ ㄧㄢˇ 對有錢有勢的人盡力巴結奉承，對無錢無勢的人則極力歧視壓抑的作風。

勢不兩立 ㄕˋ ㄅㄨˋ ㄌㄧㄤˇ ㄌㄧˋ 敵對的雙方不能同時並存，完全沒有調和的餘地。

勢如水火 ㄕˋ ㄖㄨˊ ㄕㄨㄟˇ ㄏㄨㄛˇ 情勢有如水火，彼此不能相容。

勢如破竹 形勢就像劈竹子般，頭幾節一劈開，以下各節就順著刀勢而分開。比喻節節勝利，銳不可當。

勢均力敵 形容雙方力量相等，不分上下。

勢單力薄 形容力量薄弱，形勢不利。

勢傾天下 形容權勢極大。

勤 ㄑㄧㄣˊ qín 名 指職務、工作。例 內勤、外勤。形 誠懇，周到。例 殷勤。動 ①努力從事。例 論語：「四體不勤，五穀不分。」②幫助。例 勤王。副 ①盡心盡力做。例 勤學、勤耕。②常常。例 勤讀書。

勤快 指手腳利落，做事勤奮。反 偷懶。

勤勉 勤奮，努力不懈。

勤勞 勞心盡力，不辭辛苦。反 懶惰。

勤儉 勤勞儉僕。

勤奮 學習或工作努力不懈，精神振作。

勤懇 做事認真負責，態度誠懇。

勤務兵 軍隊中專門替軍官辦理雜務的士兵。

勤工儉學 學生利用課餘時間打工，以賺取學費和生活所需。

勤政愛民 勤勞於政事，愛護廣大民眾。

勤能補拙 指一個人能以自己的勤奮彌補天資的不足。

勣 ㄐㄧ jī 名 通「績」。功業。

勠 ㄌㄨˋ lù 動 合，併。例 勠力同心。

勦 ㊀ㄐㄧㄠˇ jiǎo 動 討伐，滅絕。例 圍勦、勦滅。㊁ㄔㄠ chāo 動 抄襲。例 勦襲。

勦匪 勦滅土匪、盜匪。

勦襲 抄錄他人的文字以為己有。

十三畫

勱 ㄇㄞˋ mài 副 通「邁」。勉力。

勰 ㄒㄧㄝˊ xié 形 和諧的。例 勰和。

十四畫

勳 ㄒㄩㄣ xūn 「勛」的異體字。

十五畫

勵 ㄌㄧˋ lì 名 姓。動 勸勉。例 勉勵、鼓勵。

勵志 勉勵自己的心志，奮發向上。

勵精圖治 振奮精神，力求有所作為。

十七畫

勷 ㄖㄤˊ ráng 形 劻勷，急迫的樣子。

十八畫

勸 ㄑㄩㄢˋ quàn 動 ①用言語開導人或用道理說服人。例 勸說、勸導。②獎勵，鼓勵。例 勸農。

勸戒 勸勉告戒。也作「勸誡」。

勸阻 以勸導的方式，要人不去做某事。

勸勉 ㄑㄩㄢˋ ㄇㄧㄢˇ 勸告並勉勵別人奮發向上。

勸架 ㄑㄩㄢˋ ㄐㄧㄚˋ 勸人停止爭吵或打架，使其和解。

勸善 ㄑㄩㄢˋ ㄕㄢˋ 鼓勵人多做好事。

勸募 ㄑㄩㄢˋ ㄇㄨˋ 用勸說的方式募集款項。

勸說 ㄑㄩㄢˋ ㄕㄨㄛ 以道理開導別人，使其聽從。

勸駕 ㄑㄩㄢˋ ㄐㄧㄚˋ 本指勸勉賢者出仕而為他準備好車駕。後泛指勸人出來擔任職事。

勸慰 ㄑㄩㄢˋ ㄨㄟˋ 用好話勸解安慰，使人寬心。

勸導 ㄑㄩㄢˋ ㄉㄠˇ 用言語開導。

勸諫 ㄑㄩㄢˋ ㄐㄧㄢˋ 規勸在上者或長輩改正過錯。

勸學 ㄑㄩㄢˋ ㄒㄩㄝˊ 勉勵人努力學習。

勹部 ㄅㄠ

一畫

勺 ㊀ㄕㄠˊ sháo 名①有柄可以舀東西的器具，略作半球形。例湯勺。②容量單位。一勺等於百分之一公升。動舀取。㊁ㄓㄨㄛˊ zhuó 名古樂舞名。例禮記：「十有三年，學樂，誦詩，舞勺。」

二畫

匀 ㄩㄣˊ yún 形平均的。例均匀、匀稱。動騰讓一部分給別人或另作他用。例把這間小房子匀出來堆放雜物。

匀淨 ㄩㄣˊ ㄐㄧㄥˋ 粗細、深淺等均匀一致。

匀稱 ㄩㄣˊ ㄔㄣˋ 均匀合適。

匀整 ㄩㄣˊ ㄓㄥˇ 均匀齊整。例字要寫匀整。

勿 ㄨˋ wù 副不要，不可。表示禁止、勸阻之詞。例請勿抽菸。

勿失良機 ㄨˋ ㄕ ㄌㄧㄤˊ ㄐㄧ 不要錯失好的機會。

勼 ㄐㄧㄡ jiū 動聚集。

勾 ㊀ㄍㄡ gōu 名①符號「>」，表示刪掉、截取或試題答對。②彎曲的東西。例魚勾。③古代稱直角三角形較短的直角邊。動①描繪，畫出來。例勾出輪廓、勾臉譜。②引起，挑動。例勾引、勾搭。③暗地相通。例勾結、勾通。④刪掉，塗去。例一筆勾銷。⑤用芡粉或麵粉調和使湯汁黏稠。例勾芡。㊁ㄍㄡˋ gòu 名指不正當的行為。例勾當。動伸手探取。

勾引 ㄍㄡ ㄧㄣˇ 引誘人做某事。多有貶義。

勾勒 ㄍㄡ ㄌㄜˋ 繪畫時用線條畫出輪廓。或用簡練的文字描繪出事物的大致情況。同勾畫。

勾結 ㄍㄡ ㄐㄧㄝˊ 暗中串通做壞事。

勾畫 ㄍㄡ ㄏㄨㄚˋ ①描繪輪廓。②用簡練的文字描寫事物。

勾搭 ㄍㄡ ㄉㄚ 引誘或互相串通去做不正當的事。

勾當 ㊀ㄍㄡ ㄉㄤ 辦事。㊁ㄍㄡˋ ㄉㄤˋ 通常指不正當的行為或事情。

勾銷 ㄍㄡ ㄒㄧㄠ 取消，抹殺掉。例一筆勾銷。

勾心鬥角 ㄍㄡ ㄒㄧㄣ ㄉㄡˋ ㄐㄧㄠˇ 原指宮殿建築的結構交錯精緻。後比喻各用心機，互相排擠，彼此攻擊。也作「鉤心鬥角」。

三畫

匆

ㄘㄨㄥ cōng 副急促，急迫。例匆忙。

匆匆 ㄘㄨㄥ ㄘㄨㄥ 急急忙忙的樣子。

匆促 ㄘㄨㄥ ㄘㄨˋ 匆忙而倉促。

包

ㄅㄠ bāo 名①用麵粉做成的食物。例豆沙包。②裝東西的袋子。例錢包、書包。③鼓起來的疙瘩。例膿包。④氈製的圓頂帳篷。例蒙古包。⑤成包物品的單位。例一包米、三包糖。⑥姓。動①容納，總括。例包羅萬象、無所不包。②把整個任務或責任承擔下來。例承包。③事先約定專用。例包機、包車。④擔保。例包你滿意。⑤把東西裹起來。例包餃子。⑥圍繞。例包抄、包圍。

包工 ㄅㄠ ㄍㄨㄥ ①個人或公司承擔某項生產任務的一切工作，並按照規定的要求和期限完成。②指按件計酬的工作。

包皮 ㄅㄠ ㄆㄧˊ 男性生殖器中陰莖前頭覆蓋龜頭的外皮。

包庇 ㄅㄠ ㄅㄧˋ 袒護或掩護不正當的人或事。

包抄 ㄅㄠ ㄔㄠ 繞到敵人的兩側或背後進行包圍、攻擊。

包含 ㄅㄠ ㄏㄢˊ ①包括。例這段文章包含三層意思。②寬容。亦作「包涵」。

包容 ㄅㄠ ㄖㄨㄥˊ ①寬容，對他人大方的樣子。②容納，裝得下。

包涵 ㄅㄠ ㄏㄢˊ 請人寬容原諒的客氣話。

包袱 ㄅㄠ ㄈㄨˊ ①用來包裹衣服、雜物的布巾。②比喻思想上或行動上的負擔。

包票 ㄅㄠ ㄆㄧㄠˋ ①保證貨物可以使用若干年的證明書。②比喻對某事或某項工程負責、擔保。例打包票。

包紮 ㄅㄠ ㄗㄚ 包裹捆紮。例包紮傷口。

包廂 ㄅㄠ ㄒㄧㄤ 某些劇場裡供人預訂專用的單間席位，多設在樓上。

包裹 ㄅㄠ ㄍㄨㄛˇ ①包紮物品。②指包紮成件的東西。

包辦 ㄅㄠ ㄅㄢˋ ①一手負責辦理。例包辦酒席。②獨攬，把持。例事事都由他包辦。同包攬。

包攬 ㄅㄠ ㄌㄢˇ 把全部的事兜攬過來承擔、辦理。

包藏禍心 ㄅㄠ ㄘㄤˊ ㄏㄨㄛˋ ㄒㄧㄣ 暗藏詭計，圖謀害人。

包羅萬象 ㄅㄠ ㄌㄨㄛˊ ㄨㄢˋ ㄒㄧㄤˋ 形容內容豐富，應有盡有，無所不包。

四畫

匈

ㄒㄩㄥ xiōng 名古同「胸」。胸膛。副喧嘩擾亂地。

匈奴 ㄒㄩㄥ ㄋㄨˊ 中國古代北方的游牧民族，散居在大漠南北，善騎射。

七畫

匍

ㄆㄨˊ pú 見「匍匐」。

匍匐 ㄆㄨˊ ㄈㄨˊ ①用手足在地上爬著走。亦作「匍伏」。例匍匐前進。②趴，附著。例西瓜秧匍匐在地面上。

九畫

匐 ㄈㄨˊ fú 見「匍匐」。

匏 ㄆㄠˊ páo 名①一種葫蘆。見「匏瓜」。②古代笙竽一類的樂器，為八音之一。

匏瓜 ㄆㄠˊ ㄍㄨㄚ 植物名。一年生草本，其葉呈掌狀分裂，莖有捲鬚。果實比葫蘆大，對半剖開可做水瓢。可供食用及藥用。

匕部 ㄅㄧˇ

匕 ㄅㄧˇ bǐ 名①古代一種類似湯勺的餐具。②短劍。例匕首。

二畫

化 ㈠ㄏㄨㄚˋ huà 名①習俗，風氣。例風化。②化學的簡稱。例理化。動①改變。例千變萬化、化整為零。②融解。例冰化成水。③物體消散。例化痰止咳。④燒毀。例焚化。⑤求乞。例化緣、募化。⑥死亡。例羽化。⑦天地生成萬物。例造化。㈡ㄏㄨㄚ huā 名化子，乞討者。

化石 ㄏㄨㄚˋ ㄕˊ 埋藏在地下的古生物遺骸變成和石塊一樣的東西。可了解生物的演化並鑑定地層的年代。

化外 ㄏㄨㄚˋ ㄨㄞˋ 稱文化落後的地方。例化外之民。

化名 ㄏㄨㄚˋ ㄇㄧㄥˊ ①隱藏真名而改用別的名字。②假名。

化妝 ㄏㄨㄚˋ ㄓㄨㄤ 打扮，修飾容貌。

化身 ㄏㄨㄚˋ ㄕㄣ ①佛家三身之一，指暫現於世的幻身。②形容抽象觀念的實體形象。例她是天使的化身。

化雨 ㄏㄨㄚˋ ㄩˇ 形容教育感化人，就像甘霖滋潤田地一樣。例春風化雨。

化裝 ㄏㄨㄚˋ ㄓㄨㄤ ①演員為了扮演戲劇中的角色而改變裝束、修飾容貌。②假扮。

化境 ㄏㄨㄚˋ ㄐㄧㄥˋ 精妙超凡的境界。多指藝術作品而言。

化緣 ㄏㄨㄚˋ ㄩㄢˊ 僧尼向人要求布施。意指施捨財物給僧尼便與佛有緣。

化學 ㄏㄨㄚˋ ㄒㄩㄝˊ 研究物質的組成、結構、性質及其變化的科學。

化膿 ㄏㄨㄚˋ ㄋㄨㄥˊ 人或動物的組織由於生病或外傷，受細菌感染而產生的毒液。

化驗 ㄏㄨㄚˋ ㄧㄢˋ 利用物理或化學的方法，檢驗物質的成分和性質。

化合物 ㄏㄨㄚˋ ㄏㄜˊ ㄨˋ 由兩種或多種物質相結合後所形成的新物質。如硫化鐵即是由鐵與硫所形成的化合物。

化為泡影 ㄏㄨㄚˋ ㄨㄟˊ ㄆㄠˋ ㄧㄥˇ 變成像水泡和影子那樣容易消失的東西。比喻希望落空。

化為烏有 ㄏㄨㄚˋ ㄨㄟˊ ㄨ ㄧㄡˇ 全部消失，什麼都沒有了。

化學武器 ㄏㄨㄚˋ ㄒㄩㄝˊ ㄨˇ ㄑㄧˋ 指毒氣、火焰、煙幕等具化學效應的戰劑。

化學肥料 ㄏㄨㄚˋ ㄒㄩㄝˊ ㄈㄟˊ ㄌㄧㄠˋ 化學工業所製成的農田肥料，其特點是養分高，成效快。

化學變化 ㄏㄨㄚˋ ㄒㄩㄝˊ ㄅㄧㄢˋ ㄏㄨㄚˋ 物體因化學作用而改變其原有的性質。如鐵在空氣中氧化生鏽。

化險為夷 ㄏㄨㄚˋ ㄒㄧㄢˇ ㄨㄟˊ ㄧˊ 使危險的處境轉為平安。

化干戈為玉帛 ㄏㄨㄚˋ ㄍㄢ ㄍㄜ ㄨㄟˊ ㄩˋ ㄅㄛˊ 變戰爭為和平。

化腐朽為神奇 ㄏㄨㄚˋ ㄈㄨˇ ㄒㄧㄡˇ ㄨㄟˊ ㄕㄣˊ ㄑㄧˊ 形容將醜陋的變為美麗的，無用的變為有用的，壞的變為好的。

三畫

北

㊀ㄅㄟˇ běi 名方位名。與「南」相對。早晨面對太陽，左手一側為北。例北海、北郊。形在北方的。動敗退。例追亡逐北、敗北。副往北，向北行。例南征北戰。

㊁ㄅㄟˋ bèi 動通「背」。違反，背叛。

北伐 ㄅㄟˇ ㄈㄚˊ ①向北方征討。②民國十五年，國民革命軍進討北方軍閥的戰役。

北辰 ㄅㄟˇ ㄔㄣˊ 指北極星。

北極 ㄅㄟˇ ㄐㄧˊ ①地軸在北半球的一端。②地理上指磁針向北的一端，用N表示。

北緯 ㄅㄟˇ ㄨㄟˇ 地理座標之一，赤道以北到北極的緯度。

北斗星 ㄅㄟˇ ㄉㄡˇ ㄒㄧㄥ 為大熊星座的七顆星，排列成勺形，像古代舀酒的斗。又稱北斗七星。

北半球 ㄅㄟˇ ㄅㄢˋ ㄑㄧㄡˊ 赤道以北的半個地球。

北寒帶 ㄅㄟˇ ㄏㄢˊ ㄉㄞˋ 指北極圈以北的地區。

北極星 ㄅㄟˇ ㄐㄧˊ ㄒㄧㄥ 出現在北方天空的一顆星，它的位置幾乎不變，故航海和旅行的人常靠它來辨別方向。

北極圈 ㄅㄟˇ ㄐㄧˊ ㄑㄩㄢ 北半球的極圈，北緯六六・三四度的緯線，是北寒帶和北溫帶的分界線。

北溫帶 ㄅㄟˇ ㄨㄣ ㄉㄞˋ 北半球的溫帶，即北回歸線以北、北極圈以南的地帶。

北回歸線 ㄅㄟˇ ㄏㄨㄟˊ ㄍㄨㄟ ㄒㄧㄢˋ 北緯二十三度二十七分的緯線，每年夏至時，太陽光直射北半球以此線為界限。

北京猿人 ㄅㄟˇ ㄐㄧㄥ ㄩㄢˊ ㄖㄣˊ 西元一九二七年在北京周口店出土的猿人化石。大約生活在五十萬年前，已學會打製石器和用火。又稱北京人、中國猿人。

九畫

匙

㊀ㄔˊ chí 名舀湯的食器，俗稱調羹。例湯匙。

㊁・ㄕ shi 見「鑰匙」。

匚部 ㄈㄤ

三畫

匝

ㄗㄚ zā 形遍，滿。例匝地。名環繞一周。例曹操・短歌行：「繞樹三匝，何枝可依？」

匝月 ㄗㄚ ㄩㄝˋ 滿一個月。

匜 ㄧˊ yí 名①古代盥洗用的禮器。例銅匜。②盛水或酒的器皿。

四畫

匟 ㄎㄤˋ kàng 名匟床，可以讓兩人並坐的精緻木床。

匡 ㄎㄨㄤ kuāng 名姓。動①改正，糾正。例匡正、匡謬。②輔佐，幫助。例匡助。③救濟。例匡救。

匡正 ㄎㄨㄤ ㄓㄥˋ 糾正，改正。

匡助 ㄎㄨㄤ ㄓㄨˋ 輔助，佐助。

匡時 ㄎㄨㄤ ㄕˊ 拯救艱危的時局。

匡救 ㄎㄨㄤ ㄐㄧㄡˋ 扶正挽救。

匡復 ㄎㄨㄤ ㄈㄨˋ 挽救危難中的國家，使能復興。

匡濟 ㄎㄨㄤ ㄐㄧˋ 挽救艱難的時局，使國家得以保全。為「匡時濟世」的略語。

匠 ㄐㄧㄤˋ jiàng 名①泛稱各種有專門技術的工人。例木匠、瓦匠。②指在某方面造詣很深的人。例文學巨匠、一代宗匠。形巧思創造的。例匠心。

匠心 ㄐㄧㄤˋ ㄒㄧㄣ 精思巧構，就像工匠運用心思一樣。多指文學藝術的構思。亦作「匠意」。

匠心獨運 ㄐㄧㄤˋ ㄒㄧㄣ ㄉㄨˊ ㄩㄣˋ 形容構思精巧，富有創造性。同獨具匠心。

五畫

匣 ㄒㄧㄚˊ xiá 名盛放東西的小盒子。例匣櫃。

八畫

匪 ㄈㄟˇ fěi 名做壞事危害人民的強盜賊寇。例土匪。副不，不是。相當於「非」。例獲益匪淺、匪夷所思。

匪徒 ㄈㄟˇ ㄊㄨˊ ①強盜，盜匪。②指為非作歹、行為不當的人。也稱為匪類。

匪懈 ㄈㄟˇ ㄒㄧㄝˋ 絲毫不放鬆、懈怠。

匪夷所思 ㄈㄟˇ ㄧˊ ㄙㄨㄛˇ ㄙ 非一般人所能想像得到的。指人的言談舉止離奇古怪，超出常情常理之外。

九畫

匭 ㄍㄨㄟˇ guǐ 名小箱子，小匣子。例票匭。

十一畫

匯 ㄏㄨㄟˋ huì 動①河流相會合。例匯合、匯流。②由甲地交付金錢，於乙地收取。例匯款。③聚集，整合。例匯編。

匯兌 ㄏㄨㄟˋ ㄉㄨㄟˋ 兩地或兩國間，寄錢和領錢的一種方式，一般透過金融機構進行。

匯率 ㄏㄨㄟˋ ㄌㄩˋ 由一國貨幣兌換另一國貨幣時的折算率。

匯票 ㄏㄨㄟˋ ㄆㄧㄠˋ 金融機構所開出的支取銀錢的憑單。

匯費 ㄏㄨㄟˋ ㄈㄟˋ 匯兌所收的手續費。

匯聚 ㄏㄨㄟˋ ㄐㄩˋ 會合聚集。

十二畫

匱 ㄎㄨㄟˋ kuì 名大型藏物器。例石室金匱。

形缺乏，窮盡。例匱乏。

十五畫

匵 ㄉㄨˊ dú 名同「櫝」。木製的盒子。

匸部 ㄒㄧˇ

二畫

匹 ㈠ㄆㄧˇ pǐ 名①配偶。②才識相當的朋友。③用於絲綢、布類的量詞。例五匹布。形單獨的。例匹夫匹婦。動相配，比得上。例匹配、匹敵。
㈡ㄆㄧ pī 名用於馬、騾等牲口的量詞。例一匹馬。

匹夫 ㄆㄧˇ ㄈㄨ ①一夫，一個人。泛指平民中的男子。②稱沒有知識、愚昧而無智謀的人。有輕視意味。例匹夫之輩，何足掛齒！

匹配 ㄆㄧˇ ㄆㄟˋ ①婚姻關係融洽。②地位相等。

匹敵 ㄆㄧˇ ㄉㄧˊ 雙方地位同等，力量相當。

匹夫之勇 ㄆㄧˇ ㄈㄨ ㄓ ㄩㄥˇ 不用智謀，單憑個人的意氣而逞勇。同血氣之勇。

匹夫匹婦 ㄆㄧˇ ㄈㄨ ㄆㄧˇ ㄈㄨˋ ①平民，百姓。②特指沒有學識的人。

匹夫有責 ㄆㄧˇ ㄈㄨ ㄧㄡˇ ㄗㄜˊ 每個人都負有責任。例國家興亡，匹夫有責。

九畫

匿 ㄋㄧˋ nì 動隱藏，躲避。例逃匿。

匿名 ㄋㄧˋ ㄇㄧㄥˊ 不具名或不寫真實姓名。

匿怨 ㄋㄧˋ ㄩㄢˋ 把對人的怨恨埋藏在心中。

匿跡 ㄋㄧˋ ㄐㄧ 隱藏起來，不露形跡。例銷聲匿跡。

匿情 ㄋㄧˋ ㄑㄧㄥˊ 隱藏真情。

匾 ㄅㄧㄢˇ biǎn 名①掛在顯要位置、上面題有字的長方形木牌。例橫匾、匾額。②用竹篾編成的器具，圓形平底，淺邊。例竹匾。

匾額 ㄅㄧㄢˇ ㄜˊ 指懸掛在園亭、大廳等處，上面題有大字的橫額。亦作「扁額」。

區 ㈠ㄑㄩ qū 名①有界限的地域。例工業區、風景區。②行政區劃單位。指縣市以下、鄉鎮以上的地方自治單位。例萬華區。動分別。例區隔。
㈡ㄡ ōu 名①古代計算容器的單位。相當於一斗六升。②姓。

區別 ㄑㄩ ㄅㄧㄝˊ ①分辨，區分。②彼此不同的地方。

區域 ㄑㄩ ㄩˋ 規畫出來的地區。

區區 ㄑㄩ ㄑㄩ ①微小。指人或事物顯得微不足道。例區區之數、區區小事。②舊時自稱的謙詞。例區區不敢擅作決定。③辛苦，殷勤。例區區千里而來。

區公所 ㄑㄩ ㄍㄨㄥ ㄙㄨㄛˇ 掌管區級行政事務的機關。設區長一人，總攬全區的政務。

十部

十 ㄕˊ shí 名數目字。大寫作「拾」。例十全十美。副滿足，齊備。

十干 ㄕˊ ㄍㄢ 指甲、乙、丙、丁、戊、己、庚、辛、壬、癸，即十天干。

十方 ㄕˊ ㄈㄤ 指東、南、西、北、東南、西南、東北、西北、上、下。

十分 ㄕˊ ㄈㄣ 很，非常。例十分成功。

十足 ㄕˊ ㄗㄨˊ ①非常充足。例我有十足的把握。②成色純正，達到完美的程度。例這是十足的黃金。

十家 ㄕˊ ㄐㄧㄚ 即儒家、墨家、道家、法家、名家、陰陽家、縱橫家、農家、雜家、小說家。

十錦 ㄕˊ ㄐㄧㄣˇ 雜取各種原料或花樣合成的東西，多指食物。也作「什錦」。例十錦菜。

十二支 ㄕˊ ㄦˋ ㄓ 指子、丑、寅、卯、辰、巳、午、未、申、酉、戌、亥，即十二地支。

十八變 ㄕˊ ㄅㄚ ㄅㄧㄢˋ 形容事物變化多端。例女大十八變。

十三經 ㄕˊ ㄙㄢ ㄐㄧㄥ 指儒家的十三部經典著作，即詩經、書經、易經、周禮、儀禮、禮記、左傳、公羊傳、穀梁傳、論語、爾雅、孝經、孟子。

十字架 ㄕˊ ㄗˋ ㄐㄧㄚˋ ①羅馬帝國時代的一種殘酷刑具，把人的兩手兩腳釘在上面，任其慢慢死去。耶穌被釘死在十字架上，因此基督徒以十字架做為信仰的表記。②比喻苦難，負擔。

十二生肖 ㄕˊ ㄦˋ ㄕㄥ ㄒㄧㄠˋ 以十二種動物配十二地支，分別為子鼠、丑牛、寅虎、卯兔、辰龍、巳蛇、午馬、未羊、申猴、酉雞、戌犬、亥豬。也稱十二屬。

十之八九 ㄕˊ ㄓ ㄅㄚ ㄐㄧㄡˇ 比喻可能性很大，成分很高，或極為可靠。

十全十美 ㄕˊ ㄑㄩㄢˊ ㄕˊ ㄇㄟˇ 非常圓滿美好，毫無缺陷。同完美無缺。

十年寒窗 ㄕˊ ㄋㄧㄢˊ ㄏㄢˊ ㄔㄨㄤ 形容長期勤奮學習，刻苦攻讀。

十里長亭 ㄕˊ ㄌㄧˇ ㄔㄤˊ ㄊㄧㄥˊ 表示分別時依依不捨，一直送到很遠的地方才分手。

十室九空 ㄕˊ ㄕˋ ㄐㄧㄡˇ ㄎㄨㄥ 十戶住家有九家空了。形容天災人禍造成人民貧困、流離失所的蕭條狀況。

十拿九穩 ㄕˊ ㄋㄚˊ ㄐㄧㄡˇ ㄨㄣˇ 比喻很有把握或非常準確。

十萬火急 ㄕˊ ㄨㄢˋ ㄏㄨㄛˇ ㄐㄧˊ 形容非常緊急的樣子。

十惡不赦 ㄕˊ ㄜˋ ㄅㄨˋ ㄕㄜˋ 形容罪大惡極，不容寬赦。

十八般武藝 ㄕˊ ㄅㄚ ㄅㄢ ㄨˇ ㄧˋ 使用刀、槍、劍、戟等兵器的武藝。泛指各種技能。

十步之內，必有芳草 ㄕˊ ㄅㄨˋ ㄓ ㄋㄟˋ ㄅㄧˋ ㄧㄡˇ ㄈㄤ ㄘㄠˇ 比喻處處都有人才。

一畫

廿 ㄋㄧㄢˋ niàn 名數目字。即二十。

千 ㄑㄧㄢ qiān 名數目字。大寫作「仟」。百的十倍。形眾多的。例千錘百鍊、千門萬戶。

千瓦 ㄑㄧㄢ ㄨㄚˇ 即一千瓦特，為電的實用功率單位。舊寫作「瓩」。

千古 ㄑㄧㄢ ㄍㄨˇ ①比喻時代久遠。②哀悼死者的話，指永別。

千仞 ㄑㄧㄢ ㄖㄣˋ 形容非常高。

千金 ㄑㄧㄢ ㄐㄧㄣ ①很多的錢財。②比喻非常尊貴、珍貴。例千金之軀。③尊稱別人的女兒。

千秋 ㄑㄧㄢ ㄑㄧㄡ ①比喻長久的時間。②祝人長壽之詞。③長處或特點。例環肥燕瘦，各有千秋。

千鈞 ㄑㄧㄢ ㄐㄩㄣ 形容很重的樣子。古時一鈞等於三十斤。

千萬 ㄑㄧㄢ ㄨㄢˋ ①務必，一定。例千萬不可大意。②形容數目極多。

千斤頂 ㄑㄧㄢ ㄐㄧㄣ ㄉㄧㄥˇ 頂起重物的一種工具，一般分為螺旋式、液壓式兩種。

千里馬 ㄑㄧㄢ ㄌㄧˇ ㄇㄚˇ ①日行千里的好馬。②比喻才能傑出的人。

千里眼 ㄑㄧㄢ ㄌㄧˇ ㄧㄢˇ ①眼光能窮極千里之外，指觀察敏銳、有遠見。②傳說中的天神，為媽祖座前的兩大神將。③望遠鏡的俗稱。

千刀萬剮 ㄑㄧㄢ ㄉㄠ ㄨㄢˋ ㄍㄨㄚˇ 本指凌遲的酷刑，現在用作罵人的話。

千山萬水 ㄑㄧㄢ ㄕㄢ ㄨㄢˋ ㄕㄨㄟˇ 山水環繞交錯。比喻道路艱險遙遠。又作「萬水千山」。

千山萬壑 ㄑㄧㄢ ㄕㄢ ㄨㄢˋ ㄏㄨㄛˋ 形容重山疊嶺或山勢連綿起伏。

千方百計 ㄑㄧㄢ ㄈㄤ ㄅㄞˇ ㄐㄧˋ 用盡心機，想出一切辦法。

千古絕唱 ㄑㄧㄢ ㄍㄨˇ ㄐㄩㄝˊ ㄔㄤˋ 形容他人的作品出類拔萃、無與倫比。

千言萬語 ㄑㄧㄢ ㄧㄢˊ ㄨㄢˋ ㄩˇ 形容想要說的話很多。

千里迢迢 ㄑㄧㄢ ㄌㄧˇ ㄊㄧㄠˊ ㄊㄧㄠˊ 形容路途遙遠的樣子。

千里鵝毛 ㄑㄧㄢ ㄌㄧˇ ㄜˊ ㄇㄠˊ 比喻禮輕而情義重。

千奇百怪 ㄑㄧㄢ ㄑㄧˊ ㄅㄞˇ ㄍㄨㄞˋ 形容離奇古怪的事物和現象。

千呼萬喚 ㄑㄧㄢ ㄏㄨ ㄨㄢˋ ㄏㄨㄢˋ 形容再三催促和呼喚。例白居易‧琵琶行：「千呼萬喚始出來，猶抱琵琶半遮面。」

千門萬戶 ㄑㄧㄢ ㄇㄣˊ ㄨㄢˋ ㄏㄨˋ 形容屋宇廣大或人口眾多。

千軍萬馬 ㄑㄧㄢ ㄐㄩㄣ ㄨㄢˋ ㄇㄚˇ 比喻聲勢浩大。

千真萬確 ㄑㄧㄢ ㄓㄣ ㄨㄢˋ ㄑㄩㄝˋ 形容非常真實，毫無疑義。

千迴百折 ㄑㄧㄢ ㄏㄨㄟˊ ㄅㄞˇ ㄓㄜˊ 形容事情的曲折很多。

千鈞一髮 ㄑㄧㄢ ㄐㄩㄣ ㄧ ㄈㄚˇ 把一千鈞重的東西繫在一根頭髮上。比喻非常危險。亦作「一髮千鈞」。

千載難逢 ㄑㄧㄢ ㄗㄞˇ ㄋㄢˊ ㄈㄥˊ 一千年也難遇到一次。形容機會非常難得。

千篇一律 ㄑㄧㄢ ㄆㄧㄢ ㄧ ㄌㄩˋ 指形式或內容毫無變化。

千嬌百媚 ㄑㄧㄢ ㄐㄧㄠ ㄅㄞˇ ㄇㄟˋ 形容女子的姿態和容貌美麗動人，也形容花的嬌艷。

千頭萬緒 ㄑㄧㄢ ㄊㄡˊ ㄨㄢˋ ㄒㄩˋ 形容事情紛亂複雜，沒有頭緒。亦作「千端萬緒」。

千錘百鍊 ㄑㄧㄢ ㄔㄨㄟˊ ㄅㄞˇ ㄌㄧㄢˋ ①長期的磨鍊和考驗。②比喻文章作精心而多次的修改。

千巖競秀 ㄑㄧㄢ ㄧㄢˊ ㄐㄧㄥˋ ㄒㄧㄡˋ 重山疊嶺的風景好像在互相爭美

。形容山景秀麗。

千變萬化 ㄑㄧㄢ ㄅㄧㄢˋ ㄨㄢˋ ㄏㄨㄚˋ 形容變化無窮，難以捉摸。同變化多端。

二畫

卅 ㄙㄚˋ sà 名數目字。三十。例卅年。

午 ㈠ㄨˇ wǔ 名①地支的第七位。例甲午戰爭。②時辰名。上午十一點到下午一點，俗稱午時。③指白天的中間時段。㈡・ㄏㄨㄛ huo 名晌午，即正午。

午門 ㄨˇ ㄇㄣˊ 宮殿的正門。

午夜 ㄨˇ ㄧㄝˋ 半夜，晚上十一點到一點之間。

午前 ㄨˇ ㄑㄧㄢˊ 上午，中午十二點以前。

午後 ㄨˇ ㄏㄡˋ 下午，中午十二點以後。

升 ㄕㄥ shēng 名容量單位。十合等於一升，十升為一斗。亦稱為公升。動①由下而上移動。例升旗。②等級提高。例升級、升官。

升天 ㄕㄥ ㄊㄧㄢ 稱人死亡。

升平 ㄕㄥ ㄆㄧㄥˊ 太平景象。例歌舞升平。

升格 ㄕㄥ ㄍㄜˊ 指身分、地位等的升級。

升值 ㄕㄥ ㄓˊ 指本國貨幣對外幣的比值提高。

升級 ㄕㄥ ㄐㄧˊ ①從較低的等級升到較高的等級。②學生考試合格，由低一等的年級升到高一等的年級。

升遷 ㄕㄥ ㄑㄧㄢ 指職位官階有所提升與調動。

升降機 ㄕㄥ ㄐㄧㄤˋ ㄐㄧ 運載人或貨物的升降設備。

升斗小民 ㄕㄥ ㄉㄡˇ ㄒㄧㄠˇ ㄇㄧㄣˊ 家裡只有勉強維持生活的升斗之糧。比喻貧窮的百姓。

升堂入室 ㄕㄥ ㄊㄤˊ ㄖㄨˋ ㄕˋ 登上了廳堂又進到內室。比喻學問或技藝造詣精深。

三畫

半 ㄅㄢˋ bàn 形①二分之一。例半個饅頭、半數。②表示在中間的。例半夜、半山腰。③形容極少的。例零星半點。副部分，不完全的。例半透明、半新半舊。

半子 ㄅㄢˋ ㄗˇ 女婿。

半天 ㄅㄢˋ ㄊㄧㄢ ①一天的二分之一。例前半天。②較長的一段時間。含有不耐煩的意味。例等了半天。

半百 ㄅㄢˋ ㄅㄞˇ 五十，多指年齡。例年近半百。

半夜 ㄅㄢˋ ㄧㄝˋ ①晚上的一半。例上半夜。②晚上十二點前後，指深夜。

半晌 ㄅㄢˋ ㄕㄤˇ 一會兒，不長的時間。同片刻。

半島 ㄅㄢˋ ㄉㄠˇ 三面臨海，一面連接大陸的地形。如山東半島、中南半島。

半徑 ㄅㄢˋ ㄐㄧㄥˋ 從圓心到圓周上任意一點的直線，長度為直徑的一半。

半酣 ㄅㄢˋ ㄏㄢ 飲酒還沒有完全盡興，只是微醉。

半吊子 ㄅㄢˋ ㄉㄧㄠˋ ・ㄗ 指做事不實在，技藝不到家的人。

半斤八兩 ㄅㄢˋ ㄐㄧㄣ ㄅㄚ ㄌㄧㄤˇ 比喻彼此程度、水準相當。同旗鼓相當。

半生不熟 ㄅㄢˋ ㄕㄥ ㄅㄨˋ ㄕㄡˊ ①食物還沒有全熟。②比喻事情或技藝還不熟悉。

半死不活 ㄅㄢˋ ㄙˇ ㄅㄨˋ ㄏㄨㄛˊ 死氣沉沉，沒有生氣的樣子。

半身不遂 ㄅㄢˋ ㄕㄣ ㄅㄨˋ ㄙㄨㄟˋ 身體的一側不能行動的癱病，多由腦血管病變所引起。

半信半疑 ㄅㄢˋ ㄒㄧㄣˋ ㄅㄢˋ ㄧˊ 有點相信，又有點懷疑。表示對是非真假不能肯定。同將信將疑。

半推半就 ㄅㄢˋ ㄊㄨㄟ ㄅㄢˋ ㄐㄧㄡˋ 心裡願意卻又假意推辭，或半願意半遲疑的樣子。

半途而廢 ㄅㄢˋ ㄊㄨˊ ㄦˊ ㄈㄟˋ 做事沒有恆心，不能堅持到底。

半殖民地 ㄅㄢˋ ㄓˊ ㄇㄧㄣˊ ㄉㄧˋ 名義上雖然獨立，實際上在政治、經濟等方面仍受強國控制和壓迫的國家。

半路出家 ㄅㄢˋ ㄌㄨˋ ㄔㄨ ㄐㄧㄚ 比喻不是本行出身，後來才中途改行的人。

半壁江山 ㄅㄢˋ ㄅㄧˋ ㄐㄧㄤ ㄕㄢ 半個天下。多用以形容國家領土淪陷大半。

卅 ㄒㄧˋ xì 名數目字。四十。

卉 ㄏㄨㄟˋ huì 名草的總稱。例花卉。

四畫

卍 ㄨㄢˋ wàn 名本不是文字，是佛教如來胸前的符號，為吉祥幸福、象徵萬德備集的意思。

六畫

卒 ㊀ㄗㄨˊ zú 名①士兵。例士卒、小卒。②差役。例走卒、獄卒。③春秋時的軍隊編制，以百人為卒。動①死亡。例生卒年月、病卒。②完畢，終止。例卒業。副最後，終究。例卒能成功。
㊁ㄘㄨˋ cù 副通「猝」。突然，急遽。

卒子 ㄗㄨˊ ㄗˇ 舊稱士兵。或稱為卒兒。

卒業 ㄗㄨˊ ㄧㄝˋ 即畢業，修業期滿而成績合格。

卓 ㄓㄨㄛˊ zhuó 名姓。形高明，明智的。例卓見。副①高超地。例卓然可觀。②直立的樣子。例卓立不群。

卓見 ㄓㄨㄛˊ ㄐㄧㄢˋ 高明的見解。

卓異 ㄓㄨㄛˊ ㄧˋ 優異特出的人才。

卓越 ㄓㄨㄛˊ ㄩㄝˋ 非常優秀，超出一般程度。

卓著 ㄓㄨㄛˊ ㄓㄨˋ 顯明突出。

卓然 ㄓㄨㄛˊ ㄖㄢˊ 特異不凡，卓越。

卓絕 ㄓㄨㄛˊ ㄐㄩㄝˊ 超越一切，傑出。

卓爾不群 ㄓㄨㄛˊ ㄦˇ ㄅㄨˋ ㄑㄩㄣˊ 形容人的能力才華超出尋常，與眾不同。

卑 ㄅㄟ bēi 形①地勢低下。例卑溼。②地位、出身低賤的。例卑賤。③品格低劣的。例卑鄙、卑劣。④謙恭的。例卑詞厚禮。動輕視。例自卑。

卑下 ㄅㄟ ㄒㄧㄚˋ 低下。多指地位、身分、品格等方面。

卑劣 ㄅㄟ ㄌㄧㄝˋ 卑鄙惡劣。

卑汙 ㄅㄟ ㄨ ①人品不好，心地骯髒。②地位卑下。

卑怯 ㄅㄟ ㄑㄧㄝˋ 卑微怯懦。

卑微 ㄅㄟ ㄨㄟˊ 地位低下。

卑賤 ㄅㄟ ㄐㄧㄢˋ 卑微低賤，出身或地位低下。反尊貴。

卑鄙 ㄅㄟ ㄅㄧˇ 言談舉止、所作所為顯得惡劣、不道德。

卑職 ㄅㄟ ㄓˊ ①低微的職位。②舊時下級官員對所屬上司的謙稱。

卑躬屈膝 ㄅㄟ ㄍㄨㄥ ㄑㄩ ㄒㄧ 形容人沒有骨氣，低聲下氣的討好奉承別人。

卑鄙無恥 ㄅㄟ ㄅㄧˇ ㄨˊ ㄔˇ 指人的品格卑賤，行為惡劣，沒有廉恥心。

協

ㄒㄧㄝˊ xié 動①和合。例同心協力。②幫助。例協助。副共同。例協議。

協力 ㄒㄧㄝˊ ㄌㄧˋ 共同努力。例同心協力。

協同 ㄒㄧㄝˊ ㄊㄨㄥˊ 協力同心。多指相互配合做某事。

協助 ㄒㄧㄝˊ ㄓㄨˋ 互相幫助。

協定 ㄒㄧㄝˊ ㄉㄧㄥˋ ①經過協商後訂立的條款。例停戰協定。②指共同訂定。

協商 ㄒㄧㄝˊ ㄕㄤ 相互商量以取得一致的意見。同會商。

協調 ㄒㄧㄝˊ ㄊㄧㄠˊ 彼此步調一致，配合得宜。

協議 ㄒㄧㄝˊ ㄧˋ ①共同商議。②彼此經過談判、協商後所決議共同遵守的約定。例達成協議。

協奏曲 ㄒㄧㄝˊ ㄗㄡˋ ㄑㄩˇ 由獨奏樂器與管弦樂隊合奏的樂章，一般由三個樂章組成。

七畫

南

㈠ㄋㄢˊ nán 名①方位名。與「北」相對。早晨面對太陽時，右手的一側即為南方。②古代樂曲名。指南方楚、越的舞樂。形南方的。例南國。㈡ㄋㄚˋ nà 見「南無」。

南洋 ㄋㄢˊ ㄧㄤˊ ①南洋群島的簡稱。②清代末年稱江蘇、浙江、福建、廣東沿海地區，設有南洋通商大臣。

南面 ㄋㄢˊ ㄇㄧㄢˋ ①南邊。②古代君王之位坐北朝南，指居於尊位。例南面而王。

南國 ㄋㄢˊ ㄍㄨㄛˊ 泛指南部。

南無 ㄋㄚˋ ㄇㄛˊ 佛教表示敬禮、皈依。例南無阿彌陀佛。

南嶽 ㄋㄢˊ ㄩㄝˋ 山名。指衡山，五嶽之一。

南半球 ㄋㄢˊ ㄅㄢˋ ㄑㄧㄡˊ 地球赤道以南的部分。

南回歸線 ㄋㄢˊ ㄏㄨㄟˊ ㄍㄨㄟ ㄒㄧㄢˋ 南緯二十三度二十七分的緯線，是太陽直射的最南緯線，為熱帶和南溫帶的界線。

南征北戰 ㄋㄢˊ ㄓㄥ ㄅㄟˇ ㄓㄢˋ 形容轉戰各地，經歷許多戰事。

南來北往 ㄋㄢˊ ㄌㄞˊ ㄅㄟˇ ㄨㄤˇ 來來往往。形容交通頻繁暢達。

南柯一夢 ㄋㄢˊ ㄎㄜ ㄧˊ ㄇㄥˋ 比喻人生如夢或空歡喜一場。

南腔北調 ㄋㄢˊ ㄑㄧㄤ ㄅㄟˇ ㄉㄧㄠˋ 人的語音夾雜南北方言的腔調。

南蠻鴃舌 ㄋㄢˊ ㄇㄢˊ ㄐㄩㄝˊ ㄕㄜˊ 譏諷南方方言難懂，語音難聽。

十畫

博

ㄅㄛˊ bó 形①眾多，豐富。例地大物博、淵博。②大，寬廣。例博大精深。動①獲得。例博取同情、博得好評。②賭錢。例博弈。

博士 ㄅㄛˊ ㄕˋ 最高學位的名稱。

博局 ㄅㄛˊ ㄐㄩˊ ①圍棋盤，博戲的用具。②賭博的場所。

博取 ㄅㄛˊ ㄑㄩˇ 用適當的言行取得他人的信任或重視。

博物 ㄅㄛˊ ㄨˋ ①動物、植物、礦物等學科的總稱。②博通萬物，知識豐富。

博得 ㄅㄛˊ ㄉㄜˊ 獲得，取得。

博雅 ㄅㄛˊ ㄧㄚˇ ①學識淵博，品行雅正。②書名。即「廣雅」。

博愛 ㄅㄛˊ ㄞˋ 普遍地愛所有的人乃至生物。

博學 ㄅㄛˊ ㄒㄩㄝˊ 學問豐富而廣博。

博覽 ㄅㄛˊ ㄌㄢˇ 廣泛的閱覽。例精讀博覽。

博物館 ㄅㄛˊ ㄨˋ ㄍㄨㄢˇ 蒐集、保管、研究、陳列、展覽一切天然及人造物品的場所或機構。

博覽會 ㄅㄛˊ ㄌㄢˇ ㄏㄨㄟˋ ①由一個國家主辦而有許多國家參加的大型工商產品展覽會。②有時也指一國的大型展覽會。

博古通今 ㄅㄛˊ ㄍㄨˇ ㄊㄨㄥ ㄐㄧㄣ 對古代的事情知道得很多，並通曉當今的事物。形容知識淵博。同博覽今古。

博施濟眾 ㄅㄛˊ ㄕ ㄐㄧˋ ㄓㄨㄥˋ 廣施恩惠，使大眾免於患難。

博學多才 ㄅㄛˊ ㄒㄩㄝˊ ㄉㄨㄛ ㄘㄞˊ 學識廣博，具多方面的才能。

卜部 ㄅㄨˇ

卜

ㄅㄨˇ bǔ 名①古人灼燒龜甲，依據上面的裂紋來推定吉凶禍福。後泛指用某現象所作的預測。例問卜。②姓。動①預料、事先估計。例預卜、存亡未卜。②選擇。例卜宅、卜居。

卜卦 ㄅㄨˇ ㄍㄨㄚˋ 預測運氣好壞、禍福吉凶的方法。

卜筮 ㄅㄨˇ ㄕˋ 古代推算吉凶禍福，用龜甲稱卜，用蓍草稱筮。泛指占卜。

卜課 ㄅㄨˇ ㄎㄜˋ 用搖銅錢看正反面或掐指算干支等方法推定吉凶禍福。

卜辭 ㄅㄨˇ ㄘˊ 商代刻在龜甲獸骨上有關占卜的文辭。

二畫

卞

ㄅㄧㄢˋ biàn 名姓。形急躁的。例卞急。

三畫

卡

㈠ㄎㄚˇ kǎ 名①硬紙片。例資料卡。②熱量單位卡路里的簡稱。一卡是使一克水溫度升高攝氏一度時所需要的熱量。③政府設兵駐守的關口，或在交通要道設置的檢查和收稅的地方。例關卡。㈡ㄑㄧㄚˇ qiǎ 名夾東西的器具。例卡子。動夾在中間，堵塞。例卡住。

卡片 ㄎㄚˇ ㄆㄧㄢˋ ①摘錄各種資料以便排比、檢查、參考用的小硬紙片。②寄給親朋好友以示祝賀、道謝或慰問的硬紙片。

卡車 ㄎㄚˇ ㄔㄜ 作運輸貨物、器材等用途的重型車輛。

卡通 ㄎㄚˇ ㄊㄨㄥ ①英語 cartoon 的音譯。指以時事為主題的諷刺性漫畫。②將漫畫拍成連續動作的動畫片。

卡介苗 ㄎㄚˇ ㄐㄧㄝˋ ㄇㄧㄠˊ 預防結核病的一種疫苗，接種後能產生抗體。是法國科學家卡默特（Albert Calmette）和介蘭（Camille Guerin）兩人發現的。

卡其布 ㄎㄚˇ ㄑㄧˊ ㄅㄨˋ 一種黃褐色斜紋布料，結實耐用，常用來做制服、背包等。

占 ㊀ㄓㄢˋ zhàn 動①據有，用強力取得。例占據、強占。②處在某一種地位或屬於某一種情勢。例占優勢、占多數。㊁ㄓㄢ zhān 動卜吉凶。例占卦。

占卜 ㄓㄢ ㄅㄨˇ 以物取象，再根據現象推斷吉凶禍福。如拆字、算卦等。

占有 ㄓㄢˋ ㄧㄡˇ ①占據，持有。②法律上指對某物有其實質上的管領權。

占領 ㄓㄢˋ ㄌㄧㄥˇ 用武力取得他國的陣地或領土。

占據 ㄓㄢˋ ㄐㄩˋ 用強力取得、占有。同占領。

占星術 ㄓㄢ ㄒㄧㄥ ㄕㄨˋ 以觀察星辰運行而預言人事禍福的一種方術。

占便宜 ㄓㄢˋ ㄆㄧㄢˊ ㄧ˙ ①以不正當的手段或方法取得額外的利益。②表示具有優越的條件。

六畫

卦 ㄍㄨㄚˋ guà 名古代占卜所用的符號，相傳為伏羲氏所作。基本卦共八種，重疊演變為六十四卦。

卦辭 ㄍㄨㄚˋ ㄘˊ 解釋易經六十四卦每卦要義的文辭。

卩部 ㄐㄧㄝˊ

三畫

卯 ㄇㄠˇ mǎo 名①地支的第四位，也用作順序的第四。②時辰名。指清晨五點到七點。③見「卯眼」。④清代官署辦公從清晨卯時開始，所以點名叫點卯，應名叫應卯，點名冊叫卯冊、卯簿。

卯勁 ㄇㄠˇ ㄐㄧㄣˋ 特別努力起勁。

卯眼 ㄇㄠˇ ㄧㄢˇ 木器插榫頭的孔，即接榫的凹進部分。

四畫

卮 ㄓ zhī 名古代盛酒的器具。

印 ㄧㄣˋ yìn 名①泛指用木頭或金石等材料所刻的圖章。例印章。②痕跡。例指印、腳印。③姓。動①印刷。例翻印。②在物體上留下痕跡。例烙印。③符合，溝通。例心心相印。

印行 ㄧㄣˋ ㄒㄧㄥˊ 印刷與發行。

印泥 ㄧㄣˋ ㄋㄧˊ 蓋圖章時用的泥狀顏料。多用朱砂和油製成。亦稱為印色。

印花 ㄧㄣˋ ㄏㄨㄚ ①在紙或布上所印的各種花紋、圖案的統稱。②由政府發行出售，貼於契約、憑證等上以作為稅款的特製印刷品。全名為印花稅票。

印刷 ㄧㄣˋ ㄕㄨㄚ 把文字或圖畫製成印版，然後加上油墨，可以壓印出很多張複本的技術。

印染 ㄧㄣˋ ㄖㄢˇ 將紡織品印上花紋和染色。

印信 ㄧㄣˋ ㄒㄧㄣˋ 總稱政府機關使用的圖章。

印章 ㄧㄣˋ ㄓㄤ 印和章的合稱，即圖章。

印堂 ㄧㄣˋ ㄊㄤˊ 命相家指兩眉之間的部位。

印象 ㄧㄣˋ ㄒㄧㄤˋ 感覺過的外界事物在腦中所留下的影像。

印證 ㄧㄣˋ ㄓㄥˋ 證明所說或所寫的與事實相符。

印鑑 ㄧㄣˋ ㄐㄧㄢˋ 付款的機關為防假冒，登存領款單位的印章底樣以備核對鑑證。

印第安人 ㄧㄣˋ ㄉㄧˋ ㄢ ㄖㄣˊ 美洲早期人種之一，皮膚紅黑色，從前稱為紅種人。

危

ㄨㄟˊ wéi 形 ①不安全的。例 危險。②病重的。例 病危、垂危。③高聳的。例 危樓。動 損害，傷害。例 危及生命。副 端正地。例 正襟危坐。

危坐 ㄨㄟˊ ㄗㄨㄛˋ 挺直身子端正坐著。

危急 ㄨㄟˊ ㄐㄧˊ 危險而緊急。

危害 ㄨㄟˊ ㄏㄞˋ 損害，破壞。例 危害國家安全。

危機 ㄨㄟˊ ㄐㄧ ①潛伏的危險禍根。例 危機四伏。②生死成敗或面臨嚴重困難的緊要關頭。例 經濟危機。

危篤 ㄨㄟˊ ㄉㄨˇ 指病勢嚴重，可能死亡。

危險 ㄨㄟˊ ㄒㄧㄢˇ 有遭到損害及失敗的可能，很不安全。

危難 ㄨㄟˊ ㄋㄢˋ 危險困難。

危在旦夕 ㄨㄟˊ ㄗㄞˋ ㄉㄢˋ ㄒㄧ 形容危險就在眼前。

危如累卵 ㄨㄟˊ ㄖㄨˊ ㄌㄟˇ ㄌㄨㄢˇ 堆積起來的蛋，隨時都有塌下打碎的可能。比喻形勢非常危險。

危言聳聽 ㄨㄟˊ ㄧㄢˊ ㄙㄨㄥˇ ㄊㄧㄥ 指故意說些聳人聽聞的話，使人驚疑震動。

五畫

卵

ㄌㄨㄢˇ luǎn 名 ①鳥、魚、蟲等非哺乳動物所生的蛋。例 魚卵、殺雞取卵。②成熟的雌性生殖細胞。例 排卵。③俗稱男子生殖器官的睪丸為卵。

卵子 ㄌㄨㄢˇ ㄗˇ 動植物的雌性生殖細胞，成熟後可受精產生新的生命。

卵生 ㄌㄨㄢˇ ㄕㄥ 由脫離母體的卵孵化幼體的生殖方式。

卵巢 ㄌㄨㄢˇ ㄔㄠˊ 人和動物的雌性生殖腺，是產生卵細胞和分泌激素的器官。

卵翼 ㄌㄨㄢˇ ㄧˋ 鳥類孵卵往往以翼遮護，以增高其溫度，孵出小鳥。比喻養育或庇護。例 卵翼之恩。

卵胎生 ㄌㄨㄢˇ ㄊㄞ ㄕㄥ 受精卵在母體內孵化，母體不產卵而產出幼體的生殖方式。

卲

ㄕㄠˋ shào 形 同「劭」。高尚，美好。例 年高德卲。

即

ㄐㄧˊ jí 形 當時的，當地的。例 即時、即席。動 ①是，就是。例 非此即彼、荷花即蓮花。②靠近，接近。例可望而不可即。③到，登上。例各即各位。副立刻，就。例立即、一觸即發。連假如。例即使。

即日 ㄐㄧˊ ㄖˋ ①當天。②在最近的幾天之內。

即今 ㄐㄧˊ ㄐㄧㄣ 現今，現在。

即令 ㄐㄧˊ ㄌㄧㄥˋ 即使。例即令有問題也沒關係。

即位 ㄐㄧˊ ㄨㄟˋ ①就位。②古代帝王或諸侯登基就職。

即刻 ㄐㄧˊ ㄎㄜˋ 立刻。例即刻動身。

即使 ㄐㄧˊ ㄕˇ 縱使。表示讓步的假設連詞，其條件可以是尚未實現的事情，也可以是與既成事實相反的事情。同假使、縱然。

即便 ㄐㄧˊ ㄅㄧㄢˋ 即使。例即便獲得了優勝，也用不著盛氣凌人。

即席 ㄐㄧˊ ㄒㄧˊ ①當場。多指在宴席或集會上。例即席談話、即席賦詩。②入席，就位。

即時 ㄐㄧˊ ㄕˊ 立即，即刻。例即時趕來。

即將 ㄐㄧˊ ㄐㄧㄤ 將要，就要。例即將開學。

即景 ㄐㄧˊ ㄐㄧㄥˇ 就眼前的景物吟詠或繪畫。例即景詩、西湖即景。

即興 ㄐㄧˊ ㄒㄧㄥˋ 憑當時的興致進行創作。例即興之作。

即景生情 ㄐㄧˊ ㄐㄧㄥˇ ㄕㄥ ㄑㄧㄥˊ 面對眼前的情景有所感觸，而引發某種思想感覺。

六畫

卷

㊀ㄐㄩㄢˋ juàn 名①書籍，書本。例手不釋卷、開卷有益。②考試用紙。例試卷、考卷。③指全書的一部分或書籍的冊數、本數。例卷上、第一卷。④可以捲起來的書、畫。例經卷、畫卷。⑤保存以供檢查的文件。例案卷、卷宗。

㊁ㄐㄩㄢˇ juǎn 動通「捲」。收起，把物體裹起來。

㊂ㄑㄩㄢˊ quán 形彎曲的。例卷曲。

卷子 ㄐㄩㄢˋ ˙ㄗ ①考卷，即考試用的題目卷及答案卷。②可以舒捲的書或畫。

卷宗 ㄐㄩㄢˋ ㄗㄨㄥ ①公私立機關中分類保存的文件。②保存文件的紙袋或文書夾。

卷軸 ㄐㄩㄢˋ ㄓㄡˊ 泛指書籍或裱好帶軸的書畫。

卷鬚 ㄐㄩㄢˇ ㄒㄩ 指某些植物用來攀援或附著其他物體以利其生長的細長卷絲，由葉或莖演變而成。如豌豆、葡萄等。

卸

ㄒㄧㄝˋ xiè 動①把東西拿下來或去除。例卸下。②解除，推卻。例卸職、推卸。

卸任 ㄒㄧㄝˋ ㄖㄣˋ 解除職務。同卸職。

卸妝 ㄒㄧㄝˋ ㄓㄨㄤ 指婦女卸除身上的妝飾。反化妝。

卸責 ㄒㄧㄝˋ ㄗㄜˊ ①推卸責任。②解除責任。

卸貨 ㄒㄧㄝˋ ㄏㄨㄛˋ 把貨物從運輸工具上卸下來。

卹

ㄒㄩˋ xù 動①救濟，周濟。例撫卹。②憐憫，憐惜。例憐卹。③同「恤」。憂慮。

卹金 ㄒㄩˋ ㄐㄧㄣ 因公傷亡者的家屬所發放的慰問金。

七畫

卻 ㄑㄩㄝˋ què 動①往後退，使向後退。例卻步、退卻。②拒絕，推辭。例盛情難卻、推卻。副①還，再。例李商隱・夜雨寄北詩：「何當共翦西窗燭，卻話巴山夜雨時。」②表示相反、反而。例李白・把酒問月詩：「人攀明月不可得，月行卻與人相隨。」助相當於「去」、「掉」、「了」。例忘卻、冷卻。連但，可是。表示語氣轉折。例他雖然高大，卻沒有什麼力氣。

卻步 ㄑㄩㄝˋ ㄅㄨˋ 因畏懼或厭惡而向後倒退，不敢再前進。

卻說 ㄑㄩㄝˋ ㄕㄨㄛ 且說。為發語詞。

卻敵 ㄑㄩㄝˋ ㄉㄧˊ 擊敗敵人，迫使敵人後退。

卻之不恭 ㄑㄩㄝˋ ㄓ ㄅㄨˋ ㄍㄨㄥ 別人送東西來，若不接受就是不恭敬。為接受別人好意的客套話。反受之有愧。

八畫

卿 ㄑㄧㄥ qīng 名①古時高級官名。例公卿、卿相。②對人的尊稱。如稱荀子為荀卿。代①古時君主對臣子的美稱。例卿有何良策？②古時夫妻間的親暱稱呼。例卿卿。

卿相 ㄑㄧㄥ ㄒㄧㄤˋ 舊時泛指高級官吏。

卿雲 ㄑㄧㄥ ㄩㄣˊ 祥瑞的雲氣。

卿卿我我 ㄑㄧㄥ ㄑㄧㄥ ㄨㄛˇ ㄨㄛˇ 形容情人之間相親相愛或夫妻和睦恩愛的樣子。

厂部 ㄏㄢˇ

厂 ㊀ㄏㄢˇ hǎn 名山邊可以居住的巖洞。㊁ㄢ ān「庵」的異體字。

二畫

厄 ㄜˋ è 名窮困，災難。例困厄、災厄。形困窘的。例厄運。動受困，受阻礙。例厄於敵境。

厄運 ㄜˋ ㄩㄣˋ 艱難困苦或不幸的遭遇。

厄難 ㄜˋ ㄋㄢˋ 苦難，遭受不幸。

六畫

厓 ㄧㄚˊ yá 名①通「崖」。山邊。②通「涯」。水邊。

七畫

厚 ㄏㄡˋ hòu 名扁平物體的高度。形①扁平物體上下之間距離較大的。例厚木板。②深，濃，大，多。例厚澤、厚禮。③不刻薄的。例寬厚。動重視，推崇。例厚此薄彼。副優待。例厚待。

厚生 ㄏㄡˋ ㄕㄥ 使人民生活充裕，豐衣足食。

厚利 ㄏㄡˋ ㄌㄧˋ 利潤很高。反薄利。

厚待 ㄏㄡˋ ㄉㄞˋ 優待人，器重人。

厚重 ㄏㄡˋ ㄓㄨㄥˋ 舉止端莊穩重。

厚望 ㄏㄡˋ ㄨㄤˋ 寄以很大的期望。

厚道 ㄏㄡˋ ㄉㄠˋ 待人接物誠懇，不刻薄。

厚意 ㄏㄡˋ ㄧˋ 深厚而真摯的情意。

厚葬 ㄏㄡˋ ㄗㄤˋ 埋葬死者時非常講究禮儀、排場。

厚誼 ㄏㄡˋ ㄧˋ 深厚的友誼、情誼。

厚顏 ㄏㄡˋ ㄧㄢˊ 厚臉皮，不知羞恥。

厚此薄彼 ㄏㄡˋ ㄘˇ ㄅㄛˊ ㄅㄧˇ 重視或優待一方，輕視或怠慢另一方。反一視同仁。

厚顏無恥 ㄏㄡˋ ㄧㄢˊ ㄨˊ ㄔˇ 形容人臉皮很厚，不知羞恥。同恬不知恥。

厘
ㄌㄧˊ lí 「釐」的異體字。

八畫

厝
ㄘㄨㄛˋ cuò 名閩南一帶稱屋子為厝。例古厝。動①通「措」。安置。②停放靈柩待葬。例安厝。

原
㈠ㄩㄢˊ yuán 名廣闊平坦的土地。例平原、原野。形①最初的，開始的。例原著、原生動物。②本來的。例原地不動。動寬容，諒解。例原諒、情有可原。㈡ㄩㄢˋ yuàn 副通「愿」。誠實，謹慎。

原子 ㄩㄢˊ ㄗˇ 元素的最小單位。由帶正電的原子核和周圍的電子組成。

原文 ㄩㄢˊ ㄨㄣˊ 翻譯、徵引或改寫時所根據的原著文字。

原木 ㄩㄢˊ ㄇㄨˋ 未經加工的木料。

原主 ㄩㄢˊ ㄓㄨˇ 物件的原來所有者。例物歸原主。

原本 ㄩㄢˊ ㄅㄣˇ ①原稿，底本。②事物的起源和根本。③本來，原來。

原由 ㄩㄢˊ ㄧㄡˊ 事情的緣起與由來。也作「緣由」。

原因 ㄩㄢˊ ㄧㄣ 事情的起因，造成某種結果或引起另一事情發生的條件。

原先 ㄩㄢˊ ㄒㄧㄢ 起初，從前。

原色 ㄩㄢˊ ㄙㄜˋ ①指組合成各種顏色的三種基本顏色：紅、黃、藍。②太陽光譜中的紅、橙、黃、綠、藍、靛、紫七種顏色為一切色彩的本原。

原告 ㄩㄢˊ ㄍㄠˋ 指向法院提出訴訟的人或團體。反被告。

原油 ㄩㄢˊ ㄧㄡˊ 從油井中開採出來未經加工提煉的石油。

原委 ㄩㄢˊ ㄨㄟˇ 事情的本末，即從頭到尾的經過情況。

原版 ㄩㄢˊ ㄅㄢˇ 原來的版本，非翻印、複製的。

原狀 ㄩㄢˊ ㄓㄨㄤˋ 事物原來的樣子。例維持原狀。

原始 ㄩㄢˊ ㄕˇ ①最初的，第一手的。例原始資料。②古老的。例原始社會。③未經開發的。例原始森林。

原則 ㄩㄢˊ ㄗㄜˊ ①人的言行所依據的法則或標準，亦適用於一般事物上。反例外。②邏輯學上指多數事項共有的法則。

原理 ㄩㄢˊ ㄌㄧˇ 普遍性的、最基本的規律，可以作為事物真理或規則的根據。

原著 ㄩㄢˊ ㄓㄨˋ 著作的原本。是相對於翻譯本、改編本、縮寫本、刪節本而言的。

原諒 ㄩㄢˊ ㄌㄧㄤˋ 對人的過錯寬恕諒解，不加責備。

原價 ㄩㄢˊ ㄐㄧㄚˋ ①產品的成本價，商業上指批發購買的價格。②原定的價格。

原稿 ㄩㄢˊ ㄍㄠˇ 作品最初的、據以印刷出版的稿子。

原籍 ㄩㄢˊ ㄐㄧˊ 原來的籍貫。反寄籍、客籍。

原子能 ㄩㄢˊ ㄗˇ ㄋㄥˊ 核結構發生分裂或融合時，所釋放出的巨大能量。或稱核能。

原子核 ㄩㄢˊ ㄗˇ ㄏㄜˊ 原子的核心部分，是質子和中子的緊密結合體，帶正電荷。

原子彈 ㄩㄢˊ ㄗˇ ㄉㄢˋ 利用原子核裂變的瞬間釋放出巨大能量的原理所製成的炸彈。

原動力 ㄩㄢˊ ㄉㄨㄥˋ ㄌㄧˋ 能產生推動他物的力源。如電力、水力、蒸氣力等。引申泛指能推動事物的力量。

原形畢露 ㄩㄢˊ ㄒㄧㄥˊ ㄅㄧˋ ㄌㄨˋ 偽裝徹底揭開，本來面目完全暴露出來。

原來如此 ㄩㄢˊ ㄌㄞˊ ㄖㄨˊ ㄘˇ 事實情況原來是這樣。

原始社會 ㄩㄢˊ ㄕˇ ㄕㄜˋ ㄏㄨㄟˋ 人類歷史上最早形成的社會組織型態。

原封不動 ㄩㄢˊ ㄈㄥ ㄅㄨˋ ㄉㄨㄥˋ 原來貼的封口沒有被動過。指保持原來的樣子，完全未經變動過。

原原本本 ㄩㄢˊ ㄩㄢˊ ㄅㄣˇ ㄅㄣˇ 詳細敘述事件的起因和整個過程。同從頭到尾。

十畫

厥

ㄐㄩㄝˊ jué 動氣悶昏倒。例昏厥、暈厥。代其，他的。第三人稱所有格。例厥父、大放厥詞。

厥後 ㄐㄩㄝˊ ㄏㄡˋ 其後。

十二畫

厭

㊀ㄧㄢˋ yàn 動①通「饜」。飽，滿足。例貪得無厭。②憎惡，嫌棄。例厭惡。

㊁ㄧㄢ yān 見「厭厭」。

厭世 ㄧㄢˋ ㄕˋ 厭棄人生，為一種消極悲觀的思想情緒。

厭倦 ㄧㄢˋ ㄐㄩㄢˋ 對某事失去興趣，不想再繼續下去。

厭棄 ㄧㄢˋ ㄑㄧˋ 因厭惡而嫌棄。

厭惡 ㄧㄢˋ ㄨˋ 對人或事物感到討厭、憎惡。反喜愛。

厭煩 ㄧㄢˋ ㄈㄢˊ 感到討厭，不耐煩。

厭厭 ㄧㄢ ㄧㄢ ①安和的樣子。②微弱的樣子。

十三畫

厲

ㄌㄧˋ lì 名姓。形①嚴肅，嚴格。例正言厲色。②猛烈。例厲風。動磨治器物。引申為磨練。例厲兵。副嚴格地。例厲行節約。

厲行 ㄌㄧˋ ㄒㄧㄥˊ 認真而嚴格的實行。

厲色 ㄌㄧˋ ㄙㄜˋ 嚴厲的臉色。例疾言厲色。

厲害 ㄌㄧˋ ㄏㄞˋ ①猛烈，凶狠。②嚴重，劇烈。

厲聲 ㄌㄧˋ ㄕㄥ 說話的聲音嚴厲。例厲聲厲色。

厲兵秣馬 ㄌㄧˋ ㄅㄧㄥ ㄇㄛˋ ㄇㄚˇ 磨好兵器，餵飽馬匹。指做好戰鬥準備。

厶部 ㄙ

二畫

厹

㊀ㄑㄧㄡˊ qiú 名古代一種三稜刀刃的矛。

㊁ㄖㄡˊ róu 動野獸踐踏地

面。

三畫

去 ㄑㄩˋ qù 名國音四聲之一。例平上去入。形過去的。例去年。動①往，到。例去旅行。②離開。例去國。③失掉。例大勢已去。④除掉。例去偽存真。⑤距離。例相去不遠。⑥寄，發。例去信。助①用在動詞之後，表示動作趨向。例上去、拿去。②用在動詞後，表示動作持續。例信步走去。

去火 ㄑㄩˋ ㄏㄨㄛˇ ①中醫指除去體內的邪熱。②除去火源。比喻除去根本原因。

去世 ㄑㄩˋ ㄕˋ 離開人世。同棄世、逝世。

去向 ㄑㄩˋ ㄒㄧㄤˋ 前往的方向。例去向不明。

去留 ㄑㄩˋ ㄌㄧㄡˊ 離開或留下。例去留一時難以決定。

去病 ㄑㄩˋ ㄅㄧㄥˋ 免除疾病。例去病健身。

去處 ㄑㄩˋ ㄔㄨˋ ①所去的地方。②處所，地方。

去勢 ㄑㄩˋ ㄕˋ 即閹割，割除雄性的生殖器。

去聲 ㄑㄩˋ ㄕㄥ 國音聲調的第四聲，其聲音從高往下降，其注音符號為「ˋ」。

去職 ㄑㄩˋ ㄓˊ 辭去職務。

六畫

叁 ㄙㄢ sān 名數目字。「三」的大寫。

九畫

參 ㊀ㄘㄢ cān 形高聳的。例參天古木。動①加入。例參加。②謁見，晉見。例參見、參謁。③封建時代指彈劾。例奏參。④對道理、意義等進行研究，並深入領會。例參破、參透。

㊁ㄘㄣ cēn 見「參差」。

㊂ㄕㄣ shēn 名①中藥名。例人參、黨參。②二十八星宿之一，即參宿。

參天 ㄘㄢ ㄊㄧㄢ 高聳於天空中。例松柏參天。

參半 ㄘㄢ ㄅㄢˋ 半數，各占一半。例疑信參半。

參加 ㄘㄢ ㄐㄧㄚ 參與，加入。例參加遊行。

參考 ㄘㄢ ㄎㄠˇ 查閱和利用有關材料，幫助了解和研究。

參見 ㄘㄢ ㄐㄧㄢˋ ①舊指晉見長上。②書或文章的注解用語，指參考查看其他資料。

參政 ㄘㄢ ㄓㄥˋ 參與政事。包括參加政治活動和進入政治機構。

參差 ㄘㄣ ㄘ ①高低、大小、長短不齊，不一致。②大約，幾乎。例參差是。

參酌 ㄘㄢ ㄓㄨㄛˊ ①參照實際情況予以斟酌。②加入意見進行商量斟酌。

參商 ㄕㄣ ㄕㄤ ①參和商為兩顆星，一東一西，不能同時出現。比喻彼此隔離，不得相見。②比喻雙方意見不合，或感情不睦。

參透 ㄘㄢ ㄊㄡˋ 領悟得很透徹。例參透禪機。

參照 ㄘㄢ ㄓㄠˋ 參考仿照或察照。多就方法、經驗而言。

參與 ㄘㄢ ㄩˇ 參加、計畫某事。亦作「參預」。

參謀 ㄘㄢ ㄇㄡˊ ①軍隊中參與指揮及計畫的人員。②提供意見。

參謁 ㄘㄢ ㄧㄝˋ ①進見所尊敬或尊貴的人。同參拜。②瞻仰遺像、陵墓等。

參禪 ㄘㄢ ㄔㄢˊ 佛教禪宗的一種修行方法，依禪師的教導修學佛法。

參觀 ㄘㄢ ㄍㄨㄢ 實地觀察或考察。

參政權 ㄘㄢ ㄓㄥˋ ㄑㄩㄢˊ 人民參與國家政治的權利。如選舉、罷免等。

參差不齊 ㄘㄣ ㄘ ㄅㄨˋ ㄑㄧˊ 形容長短、高低、大小不齊，或水準不一。

又部 ㄧㄡˋ

又 ㄧㄡˋ yòu 副①再。表示連續、重複。例說了又說。②表示更進一層的意思。例他的病又加重了。③表示加強語氣。例他又不是沒有錢！連①表示幾種情況或性質同時存在。例這姑娘頭腦又聰明，長得又漂亮。②表示整數之外再加零數。例四又四分之一。③連接動作或情況的先後。例大雨剛停，又下起小雨來了。

一畫

叉 ㄔㄚ chā 名①頂端有分歧便於取物的器具。例刀叉。②通「杈」。分枝。例樹叉。形交錯，分歧的。例叉路。動①刺取。例叉魚。②交錯。例雙手交叉。

二畫

友 ㄧㄡˇ yǒu 名志趣相同、情誼互通的人。例好友、至友。形有良好關係的。例友邦。動①結交。例論語：「無友不如己者。」②親愛，和睦。例兄友弟恭。③幫助。例出入相友。

友人 ㄧㄡˇ ㄖㄣˊ 朋友。和自己關係親近、感情良好的人。

友好 ㄧㄡˇ ㄏㄠˇ 友愛和好。

友邦 ㄧㄡˇ ㄅㄤ 友好的國家。

友軍 ㄧㄡˇ ㄐㄩㄣ 與本部隊協同對敵作戰的部隊。

友情 ㄧㄡˇ ㄑㄧㄥˊ 朋友之間的感情。

友善 ㄧㄡˇ ㄕㄢˋ 友愛和善。

友愛 ㄧㄡˇ ㄞˋ 互相親愛。

友誼 ㄧㄡˇ ㄧˋ 交情。同友情。

反 ㄈㄢˇ fǎn 形相反。與「正」相對。例反面。動①翻轉，轉換。例易如反掌。②對抗，打擊。例反毒。③通「返」。返回，歸還。④背叛。例官逼民反、造反。⑤類推。例舉一反三。⑥翻案。例平反。副反而。

反切 ㄈㄢˇ ㄑㄧㄝˋ 古時注音方法，拼合兩個字的讀音來替另一個字注音，取前字的聲母和後字的韻母及聲調。如「都宗」可以切成「冬」字的讀音、「之盛」可以切成「正」字的讀音。

反正 ㄈㄢˇ ㄓㄥˋ ①棄邪歸正。多指敵方的軍隊或人員歸順己方。②橫豎，總是，無論如何。

反目 ㄈㄢˇ ㄇㄨˋ 不和睦，多指夫妻間不和。後泛指有交情的人之間翻臉吵架。例反目成仇。

反而 ㄈㄢˇ ㄦˊ 表示意思相反或出乎意料的連接詞。

反抗 ㄈㄢˇ ㄎㄤˋ 反對和抵抗。

反串 ㄈㄢˇ ㄔㄨㄢˋ 演員扮演不是平時所擔任的角色。今多指男扮女裝或女扮男裝。

反叛 ㄈㄢˇ ㄆㄢˋ 背叛，叛變。

反派 ㄈㄢˇ ㄆㄞˋ 在戲劇中飾演反面角色的人。反正派。

反省 ㄈㄢˇ ㄒㄧㄥˇ 省察自己過去思想行為的是非好壞。

反映 ㄈㄢˇ ㄧㄥˋ ①倒反映現。②比喻把客觀事物的實質表現出來。③把情況或意見等向上級報告。例向校長反映學生的意見。

反胃 ㄈㄢˇ ㄨㄟˋ 指食物吞進胃裡之後感到不舒服，甚至有噁心、嘔吐等症狀出現。

反咬 ㄈㄢˇ ㄧㄠˇ 有過錯的人，被人檢舉或揭發後，非但不承認，反而誣賴告發者。

反悔 ㄈㄢˇ ㄏㄨㄟˇ 中途變卦，後悔。

反哺 ㄈㄢˇ ㄅㄨˇ 慈烏長大後，覓食哺養老烏。比喻兒女報答父母養育之恩。

反射 ㄈㄢˇ ㄕㄜˋ ①聲波或光線進行時，遇到障礙而折回。②生物遇到外界刺激後，透過自主神經系統所作的有規律的反應。

反常 ㄈㄢˇ ㄔㄤˊ 與正常情況不同。

反側 ㄈㄢˇ ㄘㄜˋ 翻來覆去。形容因心中有事而睡不著覺。例輾轉反側。

反問 ㄈㄢˇ ㄨㄣˋ 被別人提問時，倒轉過來問別人。

反間 ㄈㄢˇ ㄐㄧㄢˋ 利用敵方間諜傳遞假情報，或以散布離間的謠言等計，使敵方內部不團結，然後藉以取勝。

反感 ㄈㄢˇ ㄍㄢˇ 令人厭惡或不滿的情緒。

反照 ㄈㄢˇ ㄓㄠˋ 指光線反射。亦作「返照」。

反駁 ㄈㄢˇ ㄅㄛˊ 提出理由加以辯駁，以達到否定對方意見、論點的目的。

反撲 ㄈㄢˇ ㄆㄨ 回擊，反擊。由消極抵抗的弱勢局面轉變成主動的強勢攻擊。

反噬 ㄈㄢˇ ㄕˋ ①反咬一口。比喻謀害對自己有恩的人，恩將仇報。②犯罪者誣告檢舉人為同謀。

反應 ㄈㄢˇ ㄧㄥˋ 泛指經刺激而引起的一切活動或思想。

反擊 ㄈㄢˇ ㄐㄧˊ 在受敵方攻擊後予以回擊。

反證 ㄈㄢˇ ㄓㄥˋ 提出相反的證據使對方的證據不能成立。

反襯 ㄈㄢˇ ㄔㄣˋ 從反面或對立面來襯托。

反顧 ㄈㄢˇ ㄍㄨˋ ①回頭觀看。②比喻反悔。例義無反顧。

反響 ㄈㄢˇ ㄒㄧㄤˇ ①音波遇到障礙後的反射回聲。②指事物所引起的回響、反應。

反作用 ㄈㄢˇ ㄗㄨㄛˋ ㄩㄥˋ 一力作用於他物，他物即發生與此力相等而方向相反的力量。

反目成仇 ㄈㄢˇ ㄇㄨˋ ㄔㄥˊ ㄔㄡˊ 指雙方從和睦的關係變成仇視敵對的狀態。

反求諸己 ㄈㄢˇ ㄑㄧㄡˊ ㄓㄨ ㄐㄧˇ 指發生問題或與人衝突時，先反省自身，不怨天尤人。

反面無情 翻臉不認人，不講情義。

反躬自省 回過頭來檢查自己有無過失。

反芻動物 牛、羊、鹿、駱駝等偶蹄類動物，會將入到胃裡的食物，再反回到嘴裡細細咀嚼，然後混合唾液嚥下。

反脣相稽 受到指責不服氣，反過來譏諷對方。亦作「反脣相譏」。

反敗為勝 由敗轉勝。失敗後不氣餒，設法化失敗為勝利。

反掌折枝 比喻事情容易做到。

反璞歸真 拋棄一切矯揉造作及虛浮詐偽，回歸到純樸本真的境界。

反覆無常 一會兒這樣，一會兒那樣，沒有定常。形容變動不定。

及

①趕上，趁著。例及時努力。②到，達到。例目力所及、推己及人。③比得上。用於否定句。例我自認作文不及你。④牽涉。例波及。和，與。例儀器及人力資源。

及早 趁早。

及格 合格。多指考試成績達到六十分以上者。

及時 正趕上需要的時候。例及時雨。

及第 科舉時代稱考試中選。同登科。反落第。

及笄 古代女子年滿十五歲時，將頭髮盤起表示成年。或指女子已屆適婚年齡。

六畫

取

①拿。例取錢。②得到。例取信於民。③尋求。例自取滅亡。④選擇，採用。例此言可取。⑤收受。例分文不取。

取巧 用巧妙狡猾的手段謀取利益或逃避困難。例投機取巧。

取代 推翻別人或排除同類的事物，以達到占有這個位置的目的。

取決 根據某種情況或條件作出決定、下判斷。

取材 選取材料。例就地取材。

取法 仿效，效法。

取消 消除已成立的事。例取消他的會員資格。

取悅 討好，博得他人的喜歡。

取笑 ①開玩笑。②譏笑，嘲笑。

取捨 用或不用，即選擇的意思。也作「取舍」。

取得 得到，獲得。

取景 選取景物作為攝影或寫生的對象。

取勝 取得勝利。

取給 取得供給，拿來以供需要用。

取道 指選取由甲地到乙地所經過的道路。

取義 ①選擇合乎仁義、正義的行為去做。例捨生取義。②截取其中意義的一部分。例斷章取義。

取暖 天冷時利用熱能使身體暖和。

取經 ㄑㄩˇ ㄐㄧㄥ ①佛教徒到印度求取佛經。②比喻吸取先進的經驗。

取樣 ㄑㄩˇ ㄧㄤˋ 從大量物品或材料中抽取少數作為樣品，試驗其品質或估計其大致情形。同抽樣。

取締 ㄑㄩˇ ㄉㄧˋ 行政機關明令取消、禁止。

取樂 ㄑㄩˇ ㄌㄜˋ 尋求快樂。

取而代之 ㄑㄩˇ ㄦˊ ㄉㄞˋ ㄓ 取代他人的地位。也指以某一事物來代替另一事物。

取長補短 ㄑㄩˇ ㄔㄤˊ ㄅㄨˇ ㄉㄨㄢˇ 吸取別人的長處來彌補自己的不足。為「取人之長，補己之短」的省稱。

取信於人 ㄑㄩˇ ㄒㄧㄣˋ ㄩˊ ㄖㄣˊ 取得別人對自己的信任。

取之不盡，用之不竭 ㄑㄩˇ ㄓ ㄅㄨˋ ㄐㄧㄣˋ ㄩㄥˋ ㄓ ㄅㄨˋ ㄐㄧㄝˊ 形容資源充足豐富，根本取用不完。

叔

ㄕㄨˊ shú 名 ①父親的弟弟，或與父親同輩而年紀較小的男子。例二叔、表叔。②稱丈夫的弟弟。例小叔。③兄弟中排行第三。例伯仲叔季。

叔父 ㄕㄨˊ ㄈㄨˋ ①父親的弟弟。②古代天子對同姓諸侯的稱呼。

叔公 ㄕㄨˊ ㄍㄨㄥ ①父親的叔父。亦稱為叔祖。②女子稱丈夫的叔父。

叔伯 ㄕㄨˊ ㄅㄛˊ 同祖不同父的父執輩親屬。

叔姪 ㄕㄨˊ ㄓˊ 叔父與姪輩。也作「叔侄」。

叔婆 ㄕㄨˊ ㄆㄛˊ 父親的叔母。亦稱為叔祖母。

受

ㄕㄡˋ shòu 動 ①接獲，得到。例受之有愧、受教育。②遭到。例受害、受損失。③容忍。例受得了、受不住。

受用 ㄕㄡˋ ㄩㄥˋ ①享用，得益。例一生受用不盡。②身心感到舒服。例這話聽起來很受用。

受孕 ㄕㄡˋ ㄩㄣˋ 婦女或雌性動物體內的卵子和外來的精子結合。亦稱為受胎。

受戒 ㄕㄡˋ ㄐㄧㄝˋ 指在一定宗教儀式下接受戒律，而成為正式的僧尼。

受命 ㄕㄡˋ ㄇㄧㄥˋ ①承接命令或任務。②承受指教。

受洗 ㄕㄡˋ ㄒㄧˇ 接受洗禮，為基督徒入教時的一種儀式。

受降 ㄕㄡˋ ㄒㄧㄤˊ 接受敵方投降。

受益 ㄕㄡˋ ㄧˋ 得到好處。例受益匪淺。

受涼 ㄕㄡˋ ㄌㄧㄤˊ 即著涼。也指因著涼而患感冒等疾病。

受訓 ㄕㄡˋ ㄒㄩㄣˋ 接受各種訓練。

受託 ㄕㄡˋ ㄊㄨㄛ 接受他人的委託。

受挫 ㄕㄡˋ ㄘㄨㄛˋ 遭受到挫折。

受氣 ㄕㄡˋ ㄑㄧˋ 遭人欺侮，受到不公平的待遇。

受教 ㄕㄡˋ ㄐㄧㄠˋ ①接受他人的教誨。②受教育。

受理 ㄕㄡˋ ㄌㄧˇ 法院接受訴訟案件，進行審理。

受惠 ㄕㄡˋ ㄏㄨㄟˋ 得到好處或恩惠。例受惠無窮。

受賄 ㄕㄡˋ ㄏㄨㄟˋ 接受賄賂。

受業 ㄕㄡˋ ㄧㄝˋ ①學生跟隨老師接受學業。②學生對老師的自稱。

受罪 ㄕㄡˋ ㄗㄨㄟˋ 受折磨。也泛指遇到不愉快的事。

受精 ㄕㄡˋ ㄐㄧㄥ 精子與卵子相結合。

受獎 ㄕㄡˋ ㄐㄧㄤˇ 接受獎賞，得到獎金、獎品或榮譽。

受潮 ㄕㄡˋ ㄔㄠˊ 物體沾上潮溼之氣。

受禪 ㄕㄡˋ ㄕㄢˋ 朝代更替時，新帝接受舊帝禪讓的帝位。

受難 ㄕㄡˋ ㄋㄢˋ 受到災難。例受苦受難。

受驚 ㄕㄡˋ ㄐㄧㄥ 因突然的強烈刺激或威脅而受到驚嚇。

受制於人 ㄕㄡˋ ㄓˋ ㄩˊ ㄖㄣˊ 受人控制，不能自主行事。

受寵若驚 ㄕㄡˋ ㄔㄨㄥˇ ㄖㄨㄛˋ ㄐㄧㄥ 形容人受到意外的賞識、寵愛，而感到驚喜和不安。

七畫

叛 ㄆㄢˋ pàn 動背離，違反。例眾叛親離。

叛逆 ㄆㄢˋ ㄋㄧˋ 背叛，謀反。

叛徒 ㄆㄢˋ ㄊㄨˊ 背叛自己的國家或團體的人。

叛亂 ㄆㄢˋ ㄌㄨㄢˋ 背叛作亂。多指武裝叛變。

叛離 ㄆㄢˋ ㄌㄧˊ 背叛分離。

叛變 ㄆㄢˋ ㄅㄧㄢˋ 背叛自己的組織或集團而投效敵方。

八畫

叟 ㄙㄡˇ sǒu 名老年人。例童叟無欺。

九畫

曼 ㄇㄢˋ màn 形①美好的。例曼辭。②長且廣的。例曼聲。動延長。例曼延。

曼延 ㄇㄢˋ ㄧㄢˊ 連綿不斷的樣子。

曼麗 ㄇㄢˋ ㄌㄧˋ 形容女子柔媚艷麗的樣子。

十四畫

叡 ㄖㄨㄟˋ ruì 形通「睿」。通達，聰明而傑出的。例叡智。

十六畫

叢 ㄘㄨㄥˊ cóng 名①指聚集在一起的人或物。例草叢、文壇論叢。②灌木。形聚集的。例叢書。動聚集。例叢集。

叢生 ㄘㄨㄥˊ ㄕㄥ ①草木聚集一處，羅列而生。②形容很多同時發生。例百病叢生。

叢林 ㄘㄨㄥˊ ㄌㄧㄣˊ ①叢密的樹林。②佛教徒聚居的大寺院。

叢書 ㄘㄨㄥˊ ㄕㄨ 把若干書籍彙編成套書。也稱為叢刊。

口部 ㄎㄡˇ

口 ㄎㄡˇ kǒu 名①人和動物用來飲食、發出聲音的器官。②容器納入取出之處。例瓶口。③進出經過或通往外面的地方。例門口、窗口。④進出的關卡。例出入口、關口。⑤破裂的地方。例傷口。⑥刀、劍等的鋒刃部分。例刀口。⑦計算人數、牲畜數、器物的量詞。例五口之家、一口羊、一口缸。

口才 ㄎㄡˇ ㄘㄞˊ 說話的才能和技巧。

口令 ㄎㄡˇ ㄌㄧㄥˋ ①以簡短的術語下達的口頭命令。②識別敵我的問答暗號。

口吃 ㄎㄡˇ ㄐㄧˊ 說話時常發生語音重複或詞句中斷的情形。亦稱為結巴。

口舌 ㄎㄡˇ ㄕㄜˊ ①說話的器官。②因言語而引起的誤會或糾紛。例口舌之爭。③勸說、交涉時的言辭。例這次交涉不知費了多少口舌，還是未能成功。

口快 ㄎㄡˇ ㄎㄨㄞˋ 形容說話直爽或不夠謹慎。例心直口快。

口技 ㄎㄡˇ ㄐㄧˋ 運用口部發音的技巧模擬各種聲音。

口吻 ㄎㄡˇ ㄨㄣˇ ①口氣，語調。例他是用開玩笑的口吻說的。②嘴。

口角 ㄎㄡˇ ㄐㄧㄠˇ ①言語上的爭執或衝突。②嘴邊。

口拙 ㄎㄡˇ ㄓㄨㄛˊ 不善於言辭。

口味 ㄎㄡˇ ㄨㄟˋ ①滋味，味道。②對食品和事物的愛好。

口岸 ㄎㄡˇ ㄢˋ 港口。例通商口岸。

口供 ㄎㄡˇ ㄍㄨㄥˋ 受審者口頭陳述與案情有關的事實情況。

口服 ㄎㄡˇ ㄈㄨˊ ①口頭上表示信服。例心服口服。②以口吞服。例口服藥。

口音 ㄎㄡˇ ㄧㄣ 說話時所呈現的語音特色。例南方口音。

口信 ㄎㄡˇ ㄒㄧㄣˋ 託人以口頭傳達的消息。

口風 ㄎㄡˇ ㄈㄥ 話中透露出來的傾向及訊息。例先試探他的口風。

口哨 ㄎㄡˇ ㄕㄠˋ 雙脣合攏，中間留一小孔讓氣流通過，而發出像吹哨子的聲音。

口徑 ㄎㄡˇ ㄐㄧㄥˋ ①器物圓口的直徑。例小口徑步槍。②對事情看法統一的標準。例口徑一致。

口氣 ㄎㄡˇ ㄑㄧˋ ①說話的語氣及措辭。②由講話態度表現出來的言外之意。例聽他的口氣是不想再來了。

口訣 ㄎㄡˇ ㄐㄩㄝˊ 為了便於記憶，把事物的內容要點編成唸起來順口的簡短語句。例珠算口訣。

口授 ㄎㄡˇ ㄕㄡˋ 以口相傳，而不用文字。

口惠 ㄎㄡˇ ㄏㄨㄟˋ 只在口頭上答應給人家好處。

口試 ㄎㄡˇ ㄕˋ 考試方法之一，指應試人口頭回答問題。

口碑 ㄎㄡˇ ㄅㄟ 眾人的稱道讚美，有如用文字鐫刻在石碑上。例口碑載道。

口號 ㄎㄡˇ ㄏㄠˋ ①口頭呼喊而帶有鼓動作用的簡短句子。②軍隊中的口令。

口腹 ㄎㄡˇ ㄈㄨˋ 飲食器官，用以指飲食。例口腹之欲。

口福 ㄎㄡˇ ㄈㄨˊ 享用美食的福氣。

口實 ㄎㄡˇ ㄕˊ 話柄，藉口。例貽人口實。

口德 ㄎㄡˇ ㄉㄜˊ 說話的道德。指對人說話不要尖酸刻薄。

口糧 ㄎㄡˇ ㄌㄧㄤˊ 指各人日常生活所需的食物配給。

口頭禪 ㄎㄡˇ ㄊㄡˊ ㄔㄢˊ 說話時經常掛在嘴上而無多大實質意義的詞語。

口口聲聲 ㄎㄡˇ ㄎㄡˇ ㄕㄥ ㄕㄥ 反覆陳述、表白自己的說法。

口耳相傳 ㄎㄡˇ ㄦˇ ㄒㄧㄤ ㄔㄨㄢˊ 不經文字，只以口頭語言相傳。

口若懸河 ㄎㄡˇ ㄖㄨㄛˋ ㄒㄩㄢˊ ㄏㄜˊ 言辭如河水傾瀉，滔滔不絕。形容人很健談，能言善辯。

口是心非 ㄎㄡˇ ㄕˋ ㄒㄧㄣ ㄈㄟ 嘴裡說的是一套，心裡想的又是另一套。

口蜜腹劍 ㄎㄡˇ ㄇㄧˋ ㄈㄨˋ ㄐㄧㄢˋ 嘴上甜言蜜語，心中惡毒似劍。形容人嘴甜心毒，陰險狡詐。同笑裡藏刀。

口誅筆伐 ㄎㄡˇ ㄓㄨ ㄅㄧˇ ㄈㄚˊ 用言語和文字對他人進行譴責和聲討。

口說無憑 ㄎㄡˇ ㄕㄨㄛ ㄨˊ ㄆㄧㄥˊ 單憑口說而無實據，不足為信。

口齒伶俐 ㄎㄡˇ ㄔˇ ㄌㄧㄥˊ ㄌㄧˋ 形容說話流暢，能言善道。

二畫

叵 ㄆㄛˇ pǒ 副 ①為「不可」二字的合音。例居心叵測。②遂，於是。表原因。

叵測 ㄆㄛˇ ㄘㄜˋ 不可測度。例居心叵測。

叮 ㄉㄧㄥ dīng 動 ①再三吩咐。例千叮萬囑。②蚊子、蜜蜂等昆蟲螫咬人畜。

叮噹 ㄉㄧㄥ ㄉㄤ 金屬相撞擊的聲音。

叮嚀 ㄉㄧㄥ ㄋㄧㄥˊ 再三囑咐。也作「丁寧」。同叮囑。

古 ㄍㄨˇ gǔ 名 ①過去久遠的年代。與「今」相對。例古今中外。②古體詩的簡稱。例五古、七古。③姓。形 ①經歷多年的，過去的。例古人、古畫。②質樸，不合潮流的。例人心不古、古風。

古文 ㄍㄨˇ ㄨㄣˊ 泛稱歷代的文言文，但一般不包括駢文。

古老 ㄍㄨˇ ㄌㄠˇ 陳舊，年代久遠的。

古怪 ㄍㄨˇ ㄍㄨㄞˋ ①奇怪，怪裡怪氣不合常情。②生疏罕見。例稀奇古怪之物。

古來 ㄍㄨˇ ㄌㄞˊ 自古以來。例人生七十古來稀。

古玩 ㄍㄨˇ ㄨㄢˊ 可供玩賞的古代器物。同古董、骨董。

古板 ㄍㄨˇ ㄅㄢˇ ①思想、作風固執守舊，不合時宜。②呆板少變化，不靈活。

古典 ㄍㄨˇ ㄉㄧㄢˇ ①古代的典章制度。②古代流傳下來的典籍，或具典範性的風格。例古典音樂。

古物 ㄍㄨˇ ㄨˋ 古代的器物。

古剎 ㄍㄨˇ ㄔㄚˋ 年代久遠的寺廟。例名山古剎。

古訓 ㄍㄨˇ ㄒㄩㄣˋ 古代流傳下來可以作為準則的話語。

古雅 ㄍㄨˇ ㄧㄚˇ 古樸典雅。多指器物或詩文。

古稀 ㄍㄨˇ ㄒㄧ 指人活到七十歲。

古董 ㄍㄨˇ ㄉㄨㄥˇ ①古代遺留下來，供鑑賞、研究的器物。亦作「骨董」。②比喻過時的東西，或思想頑固守舊、不合時宜的人。

古諺 ㄍㄨˇ ㄧㄢˋ 自古流傳的俗語。

古樸 ㄍㄨˇ ㄆㄨˊ 形容人或物樸拙而有古代風格。

古蹟 ㄍㄨˇ ㄐㄧ 古代的遺蹟。多指保存下來的古建築物。例名勝古蹟。

古生代 ㄍㄨˇ ㄕㄥ ㄉㄞˋ 地質年代的第三期，約五億七千萬年前至二億三千萬年前。在這個時代裡生物開始繁盛，以無脊椎動物為主。

古體詩 ㄍㄨˇ ㄊㄧˇ ㄕ 一種形式比較自由的詩體，句數、字數不限，也不講究平仄、用韻和對仗。

古色古香 ㄍㄨˇ ㄙㄜˋ ㄍㄨˇ ㄒㄧㄤ 富有古雅的色彩和情調。

古典文學 ㄍㄨˇ ㄉㄧㄢˇ ㄨㄣˊ ㄒㄩㄝˊ ①泛指古代的文學作品。②超越時代而有其不朽價值的文學。

古往今來 ㄍㄨˇ ㄨㄤˇ ㄐㄧㄣ ㄌㄞˊ 從古代到現在。說明時間久遠。

古道熱腸 ㄍㄨˇ ㄉㄠˋ ㄖㄜˋ ㄔㄤˊ 形容為人仁厚、肯熱心助人。

可

㈠ㄎㄜˇ kě 動①同意，允許。例許可、認可。②適宜，適合。例可心、可人意。副①能夠。例牢不可破、由此可見。②約略，大約。例年可二十許。③值得，應該。例可敬、可看。④表示加強反問或疑問的語氣。例傳說有外星人，可誰見過呢？助表示強調語氣。例他人可好得很！連但是。表示轉折關係。例人雖窮可志不窮。

㈡ㄎㄜˋ kè 見「可汗」。

可人 ㄎㄜˇ ㄖㄣˊ ①適合人意，使人滿意。②有長處而可取的人。

可口 ㄎㄜˇ ㄎㄡˇ 指飲食味美合口。同適口。

可可 ㄎㄜˇ ㄎㄜˇ 植物名。常綠喬木，果實呈卵形，磨成粉末可製作巧克力或飲料。

可巧 ㄎㄜˇ ㄑㄧㄠˇ 恰好，湊巧。例可巧遇上你了。

可汗 ㄎㄜˋ ㄏㄢˊ 古代西域各國對君王的稱呼。

可否 ㄎㄜˇ ㄈㄡˇ 可以不可以，能不能，允許不允許。

可取 ㄎㄜˇ ㄑㄩˇ ①可以採納應用。②值得學習或稱讚。

可畏 ㄎㄜˇ ㄨㄟˋ ①可怕。例人言可畏。②值得敬重。例後生可畏。

可惜 ㄎㄜˇ ㄒㄧ 令人惋惜。

可惱 ㄎㄜˇ ㄋㄠˇ 令人惱恨、討厭。

可愛 ㄎㄜˇ ㄞˋ 討人喜愛。

可惡 ㄎㄜˇ ㄨˋ 令人厭惡、惱恨。

可疑 ㄎㄜˇ ㄧˊ 令人懷疑或值得懷疑。例行跡可疑。

可憎 ㄎㄜˇ ㄗㄥ 令人憎惡、可恨。例面目可憎。

可憐 ㄎㄜˇ ㄌㄧㄢˊ ①值得憐憫。②惹人喜愛。例楚楚可憐。

可觀 ㄎㄜˇ ㄍㄨㄢ ①值得欣賞或注意。②形容已達到較高的程度。例可觀的數目。

可不是 ㄎㄜˇ ㄅㄨˋ ㄕˋ 怎麼不是，就是。表示附和、贊同。

可見度 ㄎㄜˇ ㄐㄧㄢˋ ㄉㄨˋ 物體能被看見的清晰程度。

可塑性 ㄎㄜˇ ㄙㄨˋ ㄒㄧㄥˋ ①物質在外力或高溫條件下，發生形變而不破裂的性質。②生物體能隨著環境的變遷而作調整、適應的特性。

可有可無 ㄎㄜˇ ㄧㄡˇ ㄎㄜˇ ㄨˊ 可以有也可以沒有，無關緊要。

可圈可點 ㄎㄜˇ ㄑㄩㄢ ㄎㄜˇ ㄉㄧㄢˇ ①指文章寫得好，有值得加圈加點的精美文句。②比喻表現突出，值得讚揚。

可歌可泣 ㄎㄜˇ ㄍㄜ ㄎㄜˇ ㄑㄧˋ 值得歌頌讚美，令人感動得流淚。多指悲壯感人的事。

可操左券 ㄎㄜˇ ㄘㄠ ㄗㄨㄛˇ ㄑㄩㄢˋ 比喻對事情很有把握。

可望而不可即 ㄎㄜˇ ㄨㄤˋ ㄦˊ ㄅㄨˋ ㄎㄜˇ ㄐㄧˊ 能望見卻不能接近，或者不能達到。

可意會不可言傳 ㄎㄜˇ ㄧˋ ㄏㄨㄟˋ ㄅㄨˋ ㄎㄜˇ ㄧㄢˊ ㄔㄨㄢˊ 指某些事物的意義，只能靠心領神會，而無法用言語表達。

右 一ㄡˋ yòu 名①表示方向、位置。相對於「左」。例前後左右。②指西邊。面對南方時，西方即為「右」。例山右、江右。③古時以右為尊位，引申為上位。

右派 一ㄡˋ ㄆㄞˋ 在一個政黨或集團內政治主張較保守的一派。反左派。

右傾 一ㄡˋ ㄑㄧㄥ 思想、行動傾向較保守的右派。反左傾。

右翼 一ㄡˋ 一ˋ ①軍隊前進時靠右側的一支。②政黨、團體中在政治、思想等方面較為保守的一派。

只 ㈠ㄓˇ zhǐ 副①僅僅。例只此一家，別無分號。②儘。例只管。㈡ㄓ zhī 名通「隻」。計算物體件數的量詞。例一只戒指。

只怕 ㄓˇ ㄆㄚˋ 恐怕。表示猜想的口氣。

只要 ㄓˇ 一ㄠˋ 只須。用於連接句子，表示充足的條件。例只要努力，就會成功。

只消 ㄓˇ ㄒㄧㄠ 只需要。例只消你說清楚。

只管 ㄓˇ ㄍㄨㄢˇ ①儘管。例只管去做。②只顧。例你不能只管自己不管別人。

叭 ㄅㄚ bā 名①指車子的喇叭聲。②見「喇叭」。

句 ㈠ㄐㄩˋ jù 名①由兩個以上的詞組成，包含主語、述語，能表達一個完全的意思。例造句、詩句。②用於言語的量詞。例三兩句話、幾句詩。㈡ㄍㄡ gōu 名同「勾」。①末端尖銳向內彎曲之物，即鉤子。例魚句。②古稱直角三角形的短邊。例句股。③姓。如句踐。㈢ㄍㄡˋ gòu 名句當，不正當的行為。

句子 ㄐㄩˋ ˙ㄗ 由詞和詞組構成，能夠表達一個完整意思的獨立語言單位。

句法 ㄐㄩˋ ㄈㄚˇ ①研究詞組和句子的構成、句子的成分和句子的類型等。②指句子結構。

句號 ㄐㄩˋ ㄏㄠˋ 標點符號之一，其符號為「。」。表示一句話文意的完結。

句讀 ㄐㄩˋ ㄉㄡˋ 文句停頓的地方。

史 ㄕˇ shǐ 名①過去的事跡，或記載過去事跡的書。例歷史、世界史。②古代掌管文書和記事的官史。例太史。③姓。

史冊 ㄕˇ ㄘㄜˋ 記載歷史的書籍。同史書。

史記 ㄕˇ ㄐㄧˋ ①史書的泛稱。②書名。漢代司馬遷所撰，為我國第一部紀傳體的史書。

史料 ㄕˇ ㄌㄧㄠˋ 有關歷史的文獻資料，是研究或撰寫史書必須掌握的材料。

史詩 ㄕˇ ㄕ 敘述英雄事跡或重大歷史事件的長篇敘事詩。其結構宏偉，通常充滿幻想和神話色彩。

史實 ㄕˇ ㄕˊ 歷史事實。

史學 ㄕˇ ㄒㄩㄝˊ 專門研究歷史的發展演變及其本質與因果關係的學科。

史不絕書 ㄕˇ ㄅㄨˋ ㄐㄩㄝˊ ㄕㄨ 史書上不斷有所記載。指歷史上同類的事情經常發生，屢見不鮮。

史前時代 ㄕˇ ㄑㄧㄢˊ ㄕˊ ㄉㄞˋ 指未有文字記載的原始時代。

史無前例 ㄕˇ ㄨˊ ㄑㄧㄢˊ ㄌㄧˋ 歷史上從未有過先例。表示從來不曾發生過。同亙古未有。反史不絕書。

叨

㊀ㄊㄠ tāo 動表示受人好處、沾光。例叨光、叨教。副忝，慚愧。為自謙之詞。例叨擾。㊁ㄉㄠ dāo 形多話的。例嘮叨。

叨叨 ㄉㄠ ㄉㄠ 沒完沒了說個不停。例絮絮叨叨。

叨光 ㄊㄠ ㄍㄨㄤ 受到別人的好處時，表示感謝的客套話。同沾光。

叨擾 ㄊㄠ ㄖㄠˇ 打擾。受人款待的謝辭。

叼

ㄉㄧㄠ diāo 動用嘴銜住。例他嘴裡叼著一根香菸。

叩

ㄎㄡˋ kòu 動①敲，打。例叩門。②磕，觸。例叩頭。③詢問。例叩安。④通「扣」。勒住。例叩馬。

叩首 ㄎㄡˋ ㄕㄡˇ 即磕頭，為舊時的禮節。亦稱為叩頭。例三跪九叩首。

叩拜 ㄎㄡˋ ㄅㄞˋ 磕頭跪拜。

叩問 ㄎㄡˋ ㄨㄣˋ 請問。表示極恭敬的詞語。

叩頭 ㄎㄡˋ ㄊㄡˊ 磕頭。亦稱為叩首。

叩謝 ㄎㄡˋ ㄒㄧㄝˋ 叩頭答謝。表示極感謝之詞。

叩關 ㄎㄡˋ ㄍㄨㄢ ①攻打關塞。②敲門求見。

叫

ㄐㄧㄠˋ jiào 動①呼喊。例大呼小叫。②發出聲音。例雞叫。③招喚，吩咐。例把他叫來。④稱作，稱呼。例你叫什麼名字？⑤使得，讓，令。例真叫人傷心。介被。例他叫人騙了。

叫好 ㄐㄧㄠˋ ㄏㄠˇ 對於精彩的表演大聲喊「好」，以表示讚賞。同喝彩。

叫屈 ㄐㄧㄠˋ ㄑㄩ 訴說受到的冤屈。

叫座 ㄐㄧㄠˋ ㄗㄨㄛˋ 戲劇或演員具號召力使顧客滿座。後泛稱藝術表演受人喜愛欣賞。

叫陣 ㄐㄧㄠˋ ㄓㄣˋ 挑戰。在陣前叫喚，要對方出來應戰。

叫喚 ㄐㄧㄠˋ ㄏㄨㄢˋ 呼喊，大聲叫。例痛得直叫喚。

叫賣 ㄐㄧㄠˋ ㄇㄞˋ 大聲吆喝招攬顧客。

叫嚷 ㄐㄧㄠˋ ㄖㄤˇ 大聲喊叫。

叫囂 ㄐㄧㄠˋ ㄒㄧㄠ ①大聲亂嚷亂叫。②口出狂言。

叫化子 ㄐㄧㄠˋ ㄏㄨㄚˋ ˙ㄗ 乞丐。

叫苦連天 ㄐㄧㄠˋ ㄎㄨˇ ㄌㄧㄢˊ ㄊㄧㄢ 不斷的叫苦。形容痛苦至極。

台

㊀ㄊㄞˊ tái 名①對人尊稱之詞。例台端。②同「臺」。㊁ㄧˊ yí 動通「怡」。喜悅。代我。

台光 ㄊㄞˊ ㄍㄨㄤ 恭請光臨的用語。

台步 ㄊㄞˊ ㄅㄨˋ 演員或模特兒在舞臺上所走的步法。

台柱 ㄊㄞˊ ㄓㄨˋ 指戲班中得力而重要的演員。引申為團體中的骨幹或主腦人物。

台風 ㄊㄞˊ ㄈㄥ 在舞臺上或講臺上所表現的風度與氣質。

台詞 ㄊㄞˊ ㄘˊ 戲劇、電影、電視中人物所說的話，包括對白、獨白和旁白。

台端 ㄊㄞˊ ㄉㄨㄢ 用以稱對方的敬辭。即尊駕、閣下。多用於書信或公文中。

召

㈠ㄓㄠˋ zhào 動①呼喚。多指上對下。例召集、召喚。②招致，導致。例召禍、召辱。㈡ㄕㄠˋ shào 名古地名。在今陝西省岐山縣西南。

召見 ㄓㄠˋ ㄐㄧㄢˋ 在上位的人要下屬前來會見。

召開 ㄓㄠˋ ㄎㄞ 召集舉行。例召開會議。

召募 ㄓㄠˋ ㄇㄨˋ 即招募，指募集志願做事的人。

另

ㄌㄧㄥˋ lìng 形別的，特別的。例另眼。副再，分別。例另當別論。

另外 ㄌㄧㄥˋ ㄨㄞˋ 除此以外，別的。

另立門戶 ㄌㄧㄥˋ ㄌㄧˋ ㄇㄣˊ ㄏㄨˋ 比喻從原來的團體中分裂而出，另外開創出新的局面。

另起爐灶 ㄌㄧㄥˋ ㄑㄧˇ ㄌㄨˊ ㄗㄠˋ ①比喻事情無法繼續進行，須另想其他方法。②脫離團體而獨自經營。

另眼相看 ㄌㄧㄥˋ ㄧㄢˇ ㄒㄧㄤ ㄎㄢˋ 指特別看重或優待。亦作「另眼相待」。

另請高明 ㄌㄧㄥˋ ㄑㄧㄥˇ ㄍㄠ ㄇㄧㄥˊ 另外再聘請高明能幹的人。

另謀高就 ㄌㄧㄥˋ ㄇㄡˊ ㄍㄠ ㄐㄧㄡˋ 另外謀求更好的職務。

另闢蹊徑 ㄌㄧㄥˋ ㄆㄧˋ ㄒㄧ ㄐㄧㄥˋ 另外尋求其他的方法或途徑。

司

ㄙ sī 名政府部級機關之下的單位。例外交部禮賓司。動主持，掌管。例各司其事、司儀。

司令 ㄙ ㄌㄧㄥˋ 指軍隊在作戰、防守、操練時，發布命令指揮軍隊的人。

司法 ㄙ ㄈㄚˇ 檢察官或法官依照法律，偵查、審判各種民事和刑事案件。

司晨 ㄙ ㄔㄣˊ 指報曉的公雞。

司儀 ㄙ ㄧˊ 舉行典禮或召開大會時，贊禮及報告程序的人。

司爐 ㄙ ㄌㄨˊ 稱燒鍋爐的工人。

司鐸 ㄙ ㄉㄨㄛˊ ①對天主教神職人員的尊稱。②古代主持教化的人，擊木鐸以宣揚教令。

司法院 ㄙ ㄈㄚˇ ㄩㄢˋ 全國最高司法機關，有管理司法審判、行政審判、解釋憲法和法律等權限。

司空見慣 ㄙ ㄎㄨㄥ ㄐㄧㄢˋ ㄍㄨㄢˋ 比喻常常見到的事物或現象，不足為奇。

司馬昭之心 ㄙ ㄇㄚˇ ㄓㄠ ㄓ ㄒㄧㄣ 比喻人所共知的野心，想掩飾也掩飾不了。例司馬昭之心，路人皆知。

叱

ㄔˋ chì 動①大聲責罵。例怒叱、呵叱。②呼喝。例喝叱。

叱責 ㄔˋ ㄗㄜˊ 大聲呵叱責罵。

叱罵 ㄔˋ ㄇㄚˋ 大聲責罵。

叱吒風雲 ㄔˋ ㄓㄚˋ ㄈㄥ ㄩㄣˊ 一聲怒喝，使風雲變色。形容威風凜凜，可以左右世局。

三畫

吏

ㄌㄧˋ lì 名泛指官員。例貪官汙吏、酷吏。

吏治 ㄌㄧˋ ㄓˋ 指官吏治事的作風和政績。

吏部 ㄌㄧˋ ㄅㄨˋ 古代中央政府的一個部門，掌管官吏的任免、考核、升降等事。

吉 ㄐㄧˊ jí 名①有利的事。例凶多吉少。②姓。形美好，吉祥的。與「凶」相對。例大吉大利。

吉日 ㄐㄧˊ ㄖˋ ①好日子，吉祥的日子。例良辰吉日。②農曆每月初一。

吉凶 ㄐㄧˊ ㄒㄩㄥ ①吉祥和災禍。②喜事和喪事。

吉兆 ㄐㄧˊ ㄓㄠˋ 好預兆。

吉利 ㄐㄧˊ ㄌㄧˋ 吉祥順利。

吉席 ㄐㄧˊ ㄒㄧˊ 用文字祝賀人結婚時，上款的提稱用語。例某某仁兄吉席。

吉祥 ㄐㄧˊ ㄒㄧㄤˊ 吉利祥瑞。例吉祥如意。

吉期 ㄐㄧˊ ㄑㄧˊ 指婚嫁的好日子。

吉慶 ㄐㄧˊ ㄑㄧㄥˋ 吉祥喜慶。指婚嫁喜事、遷入新居、工程落成等可喜可賀的好事。

吉卜賽人 ㄐㄧˊ ㄅㄨˇ ㄙㄞˋ ㄖㄣˊ 英語Gypsy的音譯。是以流浪生活為特點的民族，多從事占卜、歌舞等職業。也譯作「吉普賽人」。

吉人天相 ㄐㄧˊ ㄖㄣˊ ㄊㄧㄢ ㄒㄧㄤˋ 善人自有上天保佑。

吉日良辰 ㄐㄧˊ ㄖˋ ㄌㄧㄤˊ ㄔㄣˊ 吉祥的日子，美好的時辰。

吉光片羽 ㄐㄧˊ ㄍㄨㄤ ㄆㄧㄢˋ ㄩˇ 比喻殘存的珍貴文物。

吉星高照 ㄐㄧˊ ㄒㄧㄥ ㄍㄠ ㄓㄠˋ 吉祥的福星在空中高照。比喻運氣好，能逢凶化吉。

吁 ㄒㄩ xū 動嘆息。例長吁短嘆。

吋 ㄘㄨㄣˋ cùn 名英制長度單位。一吋等於十二分之一英尺。

吐 ㈠ㄊㄨˇ tǔ 名言詞。例談吐。動①從口中排出物體。例吐痰。②說出，發出。例堅不吐實。③露出，長出，放出。例高粱吐穗、蠶吐絲。㈡ㄊㄨˋ tù 動①嘔出來。例嘔吐、吐血。②將吞沒的東西退還。例吐出贓款。

吐氣 ㄊㄨˇ ㄑㄧˋ ①呼氣。氣由肺部經過呼吸道吐出體外。②把積在胸中的委屈或怨恨發抒出來。

吐穗 ㄊㄨˇ ㄙㄨㄟˋ 稻、麥、高粱等禾本植物，成熟時穗從葉子裡露出來。

吐露 ㄊㄨˇ ㄌㄨˋ ①把實情或真心話說出來。②顯露。

吐哺握髮 ㄊㄨˇ ㄅㄨˇ ㄨㄛˋ ㄈㄚˇ 吐出口中正在咀嚼的食物，握著正在洗濯的頭髮，表示對客人來訪不敢怠慢。比喻殷勤待士，求賢若渴。

吐氣揚眉 ㄊㄨˇ ㄑㄧˋ ㄧㄤˊ ㄇㄟˊ 形容長期不得志，一朝如願以償後的快活得意心情。亦作「揚眉吐氣」。

吊 ㄉㄧㄠˋ diào 名舊時稱錢一千為一吊。形懸掛的。例吊燈。動①懸掛。例懸吊。②提取。例吊檔案。③收回，廢除。例吊銷。

吊床 ㄉㄧㄠˋ ㄔㄨㄤˊ 可以懸掛於林間或室內的簡易床位，多用繩網等材料編織而成。

吊橋 ㄉㄧㄠˋ ㄑㄧㄠˊ ①全部或部分橋面可以隨時起落的橋。②用鋼纜為主要承重結構的橋。

吊胃口 ㄉㄧㄠˋ ㄨㄟˋ ㄎㄡˇ 比喻故弄玄虛，使人急於想知道，卻又不立即告訴對方。

吊嗓子 ㄉㄧㄠˋ ㄙㄤˇ ˙ㄗ 戲曲或歌唱表演者鍛鍊嗓音、唱腔。

吊兒郎當 ㄉㄧㄠˋ ㄦ ㄌㄤˊ ㄉㄤ 形容人行為放蕩、作風散漫、不守禮法的樣子。

同 ㄊㄨㄥˊ tóng 名和平安樂的境界。例大同。形一樣的。例同類。動①會合，聚集。例會同、率同。②替。例我同你想辦法。副共，一起。例有福同享。連和，與。表示聯合關係。例我同他的意見一致。

同心 ㄊㄨㄥˊ ㄒㄧㄣ 齊心。例同心合力。

同仁 ㄊㄨㄥˊ ㄖㄣˊ ①在同一個地方工作的人。②彼此平等無差別。例一視同仁。

同化 ㄊㄨㄥˊ ㄏㄨㄚˋ 不同的人、事、物因相互影響而逐漸融合，變得相近或相同。

同行 ㊀ㄊㄨㄥˊ ㄒㄧㄥˊ 同路而行。例結伴同行。㊁ㄊㄨㄥˊ ㄏㄤˊ 相同行業的人。例我們是同行。

同年 ㄊㄨㄥˊ ㄋㄧㄢˊ ①同一年。例我與她同年畢業。②即同歲，年齡相同。同同庚。

同好 ㄊㄨㄥˊ ㄏㄠˋ 指嗜好相同的人。

同志 ㄊㄨㄥˊ ㄓˋ ①有共同的志趣、理想的人。②稱同一個政黨的成員。③俗稱同性戀者。

同步 ㄊㄨㄥˊ ㄅㄨˋ ①科學技術上指兩個或幾個隨時間變化的量，在變化過程中保持一定的相對關係。②同時起步，行動一致。例港台同步轉播。

同宗 ㄊㄨㄥˊ ㄗㄨㄥ 同姓，同族。例同宗共祖。

同庚 ㄊㄨㄥˊ ㄍㄥ 歲數相同。同同年。

同事 ㄊㄨㄥˊ ㄕˋ 在同一處做事，或同在一處做事的人。

同居 ㄊㄨㄥˊ ㄐㄩ ①同在一處居住。②夫妻共同生活。③通常指男女雙方沒有結婚而共同生活在一起。

同門 ㄊㄨㄥˊ ㄇㄣˊ ①受業於同一個老師的人。②連襟。

同胞 ㄊㄨㄥˊ ㄅㄠ ①同父母所生的兄弟姐妹。②同一個國家或民族的人。例海內外的同胞。

同袍 ㄊㄨㄥˊ ㄆㄠˊ ①軍人間的互稱。②指交情很深的朋友。

同情 ㄊㄨㄥˊ ㄑㄧㄥˊ ①因他人的遭遇而在情感上產生共鳴。②指意見相同。

同窗 ㄊㄨㄥˊ ㄔㄨㄤ 同在一個班級或學校學習的人。同同學。

同鄉 ㄊㄨㄥˊ ㄒㄧㄤ 指原祖籍或出生地在同一個地方的人。

同業 ㄊㄨㄥˊ ㄧㄝˋ 相同的行業，或行業相同的人。同同行。

同調 ㄊㄨㄥˊ ㄉㄧㄠˋ 指音樂同一調子。用以比喻志趣或意見、主張相同的人。

同謀 ㄊㄨㄥˊ ㄇㄡˊ 共同謀畫，或一起參與計謀的人。

同儕 ㄊㄨㄥˊ ㄔㄞˊ 同輩。

同性戀 ㄊㄨㄥˊ ㄒㄧㄥˋ ㄌㄧㄢˋ 性別相同者發生戀愛關係。

同義詞 ㄊㄨㄥˊ ㄧˋ ㄘˊ 意義相同或很相近的詞。

同心同德 ㄊㄨㄥˊ ㄒㄧㄣ ㄊㄨㄥˊ ㄉㄜˊ 指思想、信念相同，行動一致。同一心一德。

同日而語 ㄊㄨㄥˊ ㄖˋ ㄦˊ ㄩˇ 相提並論。亦作「同年而語」。

同仇敵愾 ㄊㄨㄥˊ ㄔㄡˊ ㄉㄧˊ ㄎㄞˋ 指全體一致痛恨、抵抗敵人。

同甘共苦 ㄊㄨㄥˊ ㄍㄢ ㄍㄨㄥˋ ㄎㄨˇ 共同歡樂，一起患難。

同舟共濟 ㄊㄨㄥˊ ㄓㄡ ㄍㄨㄥˋ ㄐㄧˋ 同坐一條船過河。比喻同心協力，共度難關。

同床異夢 ㄊㄨㄥˊ ㄔㄨㄤˊ ㄧˋ ㄇㄥˋ 比喻同做一件事，卻各有各的打算。多用以形容夫妻感情不好。

同室操戈 ㄊㄨㄥˊ ㄕˋ ㄘㄠ ㄍㄜ 同住一室的人，動起刀槍相殺。同兄弟鬩牆。

同流合汙 ㄊㄨㄥˊ ㄌㄧㄡˊ ㄏㄜˊ ㄨ 隨俗浮沉，指隨著壞人做壞事。

同病相憐 ㄊㄨㄥˊ ㄅㄧㄥˋ ㄒㄧㄤ ㄌㄧㄢˊ 比喻彼此的遭遇或痛苦相同而互相同情憐憫。

同歸於盡 ㄊㄨㄥˊ ㄍㄨㄟ ㄩˊ ㄐㄧㄣˋ 指一同死亡或毀滅。

各

㈠ㄍㄜˋ gè 形每，彼此不同的。例各種。㈡ㄍㄜˇ gě 名自各兒，即自己。

各人 ㄍㄜˋ ㄖㄣˊ ①每個人。②自己。例各人的事各人做。

各色 ㄍㄜˋ ㄙㄜˋ 各樣，各種。例各色貨物齊備。

各個 ㄍㄜˋ ㄍㄜˋ ①每一個。例各個方面。②逐個，一個個。例各個擊破。

各有千秋 ㄍㄜˋ ㄧㄡˇ ㄑㄧㄢ ㄑㄧㄡ 各有各的長處，各有各的特色。同各有所長。

各式各樣 ㄍㄜˋ ㄕˋ ㄍㄜˋ ㄧㄤˋ 許多不同的樣式或種類。同各色各樣。

各行其是 ㄍㄜˋ ㄒㄧㄥˊ ㄑㄧˊ ㄕˋ 各人按照自己認為正確的去做。比喻意見、行動不一致。

各自為政 ㄍㄜˋ ㄗˋ ㄨㄟˊ ㄓㄥˋ 各人按自己的主張行事，不互相配合。

各抒己見 ㄍㄜˋ ㄕㄨ ㄐㄧˇ ㄐㄧㄢˋ 各人都發表自己的意見、看法。

各取所需 ㄍㄜˋ ㄑㄩˇ ㄙㄨㄛˇ ㄒㄩ 每個人都按自己的需要而選取。

各奔前程 ㄍㄜˋ ㄅㄣ ㄑㄧㄢˊ ㄔㄥˊ 各人按照不同的志向，尋找並發展自己的前途。

各持己見 ㄍㄜˋ ㄔˊ ㄐㄧˇ ㄐㄧㄢˋ 各人都堅持自己的看法。也作「各執己見」。

各執一詞 ㄍㄜˋ ㄓˊ ㄧ ㄘˊ 各人都堅持自己的說法，相持不下。

各得其所 ㄍㄜˋ ㄉㄜˊ ㄑㄧˊ ㄙㄨㄛˇ 各自得到了自己所需要的東西。比喻人或事物都得到合適的安排。

各遂其志 ㄍㄜˋ ㄙㄨㄟˋ ㄑㄧˊ ㄓˋ 如願以償地實現各人的志願。

各盡所能 ㄍㄜˋ ㄐㄧㄣˋ ㄙㄨㄛˇ ㄋㄥˊ 每個人都把自己的才能、本領施展出來。

各懷鬼胎 ㄍㄜˋ ㄏㄨㄞˊ ㄍㄨㄟˇ ㄊㄞ 每個人的心裡都暗自懷著壞主意。比喻各有各的打算。

名

ㄇㄧㄥˊ míng 名①稱呼，稱號。例請問芳名、書名。②聲望。例享有盛名、世界聞名。③表面的形式。例名副其實。④計算人的量詞。例全班共有四十名學生。形有聲望的，貴重的。例名醫、名山。動①指稱，形容。例無以名之。②說出。例感激莫名。

名士 ㄇㄧㄥˊ ㄕˋ 有名的人士。舊時指以詩文著稱的人，或名望高而不做官的人。

名分 ㄇㄧㄥˊ ㄈㄣˋ 統稱人的名位、身分或職分等。

名目 ㄇㄧㄥˊ ㄇㄨˋ ①事物的名稱。例展覽品都標有名目。②種類。例名目繁多。

名句 ㄇㄧㄥˊ ㄐㄩˋ 歷代流傳、大家耳熟能詳的著名句子或短語。如杜甫的「朱門酒肉臭，路有凍死骨。」

名次 ㄇㄧㄥˊ ㄘˋ 排名的次序。

名伶 ㄇㄧㄥˊ ㄌㄧㄥˊ 著名的戲曲演員。

名利 ㄇㄧㄥˊ ㄌㄧˋ 名譽和利益。例名利雙收。

名門 ㄇㄧㄥˊ ㄇㄣˊ 有名望地位的人家。反蓬門。

名流 ㄇㄧㄥˊ ㄌㄧㄡˊ 社會上有名望的顯貴之士。

名氣 ㄇㄧㄥˊ ㄑㄧˋ 名聲，名譽。

名望 ㄇㄧㄥˊ ㄨㄤˋ 名譽與聲望。

名堂 ㄇㄧㄥˊ ㄊㄤˊ ①花樣，手段。②結果，成績。例他真的搞出名堂來了！③指事物的內容、道理。例這當中還確實有些名堂。

名著 ㄇㄧㄥˊ ㄓㄨˋ 有名的著作。亦作「名作」。例文學名著、世界名著。

名貴 ㄇㄧㄥˊ ㄍㄨㄟˋ 著名而且珍貴。例名貴禮物。

名勝 ㄇㄧㄥˊ ㄕㄥˋ 有古蹟或風景優美的地方。

名媛 ㄇㄧㄥˊ ㄩㄢˋ 出自名門的閨秀。例名媛淑女。

名義 ㄇㄧㄥˊ ㄧˋ ①做某事時所依據的名稱或名號。②表面上的，形式上的。

名節 ㄇㄧㄥˊ ㄐㄧㄝˊ 名譽和節操。例保全名節。

名諱 ㄇㄧㄥˊ ㄏㄨㄟˋ 指尊長或所尊敬的人的名字。生時稱名，死後稱諱。

名聲 ㄇㄧㄥˊ ㄕㄥ 社會上流傳的評價。

名譽 ㄇㄧㄥˊ ㄩˋ 好的名聲。

名山大川 ㄇㄧㄥˊ ㄕㄢ ㄉㄚˋ ㄔㄨㄢ 泛指風景優美的著名山河。

名不副實 ㄇㄧㄥˊ ㄅㄨˋ ㄈㄨˋ ㄕˊ 名稱與內容或名聲與實際不相符合。反名副其實。

名不虛傳 ㄇㄧㄥˊ ㄅㄨˋ ㄒㄩ ㄔㄨㄢˊ 形容名望和事實相符。

名正言順 ㄇㄧㄥˊ ㄓㄥˋ ㄧㄢˊ ㄕㄨㄣˋ 用以指稱言行具有充分理由。

名存實亡 ㄇㄧㄥˊ ㄘㄨㄣˊ ㄕˊ ㄨㄤˊ 名義上雖然還留著，實際上已經不存在。

名列前茅 ㄇㄧㄥˊ ㄌㄧㄝˋ ㄑㄧㄢˊ ㄇㄠˊ 指名次排列在前幾名。

名花有主 ㄇㄧㄥˊ ㄏㄨㄚ ㄧㄡˇ ㄓㄨˇ 比喻女孩子已經有所屬的對象。

名門閨秀 ㄇㄧㄥˊ ㄇㄣˊ ㄍㄨㄟ ㄒㄧㄡˋ 稱名望之家的女子。

名副其實 ㄇㄧㄥˊ ㄈㄨˋ ㄑㄧˊ ㄕˊ 名稱或名聲與實際一致。同名實相符。

名落孫山 ㄇㄧㄥˊ ㄌㄨㄛˋ ㄙㄨㄣ ㄕㄢ 比喻考試或選拔時未被錄取。

名聞遐邇 ㄇㄧㄥˊ ㄨㄣˊ ㄒㄧㄚˊ ㄦˇ 名聲極大，遠近皆知。

名噪一時 ㄇㄧㄥˊ ㄗㄠˋ ㄧˋ ㄕˊ 在某個時期非常出名。

合

㊀ㄏㄜˊ hé 名①配偶。例天作之合。②指交手的次數。例大戰三十合。形①全部，整個的。例合家歡。②和諧，融洽。例百年好合。動①閉，合攏。例合眼、合嘴。②會聚。例集合、會合。③相符。例合理。④折算。例三公斤合約五台斤。⑤性交。例交合、媾合。副①應當，應該。例理合向上反映。②共同，一起。例合抱。

㊁ㄍㄜˇ gě 名容量單位，一升的十分之一。例三合

米、公合。

合十 ㄏㄜˊ ㄕˊ 雙手合掌。

合同 ㄏㄜˊ ㄊㄨㄥˊ 雙方各執一份，以為憑據的契約。

合成 ㄏㄜˊ ㄔㄥˊ ①由部分組成整體。②指運用化學方法把簡單的化合物，製成比較複雜的化合物。

合作 ㄏㄜˊ ㄗㄨㄛˋ 為了共同的目的而一起工作、完成任務。

合宜 ㄏㄜˊ ㄧˊ 適當，合適。

合拍 ㄏㄜˊ ㄆㄞ ①符合音樂的節拍。②比喻說話行事彼此能協調一致。

合抱 ㄏㄜˊ ㄅㄠˋ ①兩臂圍攏。常用來形容樹木、柱子等的粗大。例合抱之木。②圍繞，環繞。

合金 ㄏㄜˊ ㄐㄧㄣ 金屬元素與其他元素熔合而成的物質。

合併 ㄏㄜˊ ㄅㄧㄥˋ 泛指結合在一起。

合股 ㄏㄜˊ ㄍㄨˇ 眾人集資共同經營事業。出資者為股東。

合度 ㄏㄜˊ ㄉㄨˋ 適宜，合乎法度或尺度。

合奏 ㄏㄜˊ ㄗㄡˋ 多種樂器分別擔任不同的聲部，同時演奏同一樂曲。

合流 ㄏㄜˊ ㄌㄧㄡˊ ①幾條河流匯合在一起。②比喻在思想、行動上趨於一致。③不同流派的學術或藝術相互融合為一體。

合格 ㄏㄜˊ ㄍㄜˊ 達到規定的標準，合於資格。

合婚 ㄏㄜˊ ㄏㄨㄣ ①舊俗在訂婚之前，男女雙方交換庚帖，請人合卜吉凶。②結婚。

合群 ㄏㄜˊ ㄑㄩㄣˊ ①和大家合得來。②與群眾團結合作，相互幫助。

合夥 ㄏㄜˊ ㄏㄨㄛˇ 兩人以上集合資本，共同經營事業。

合算 ㄏㄜˊ ㄙㄨㄢˋ ①有利的，不吃虧。同划算。②計算，合計。

合適 ㄏㄜˊ ㄕˋ 適合，符合實際情況和客觀要求。

合龍 ㄏㄜˊ ㄌㄨㄥˊ 修築堤壩、橋梁時，從兩端施工，最後在中間接合。

合辦 ㄏㄜˊ ㄅㄢˋ 共同經營或辦理某項事業。

合謀 ㄏㄜˊ ㄇㄡˊ 共同策畫某種活動或事宜。

合璧 ㄏㄜˊ ㄅㄧˋ ①把兩個半圓形的璧玉合成一個圓形。②事物湊到一塊兒而配合得宜。例詩畫合璧。③匯集兩者，比對參照。例中西合璧。

合理化 ㄏㄜˊ ㄌㄧˇ ㄏㄨㄚˋ 做事有計畫、有條理，合於科學的原則。

合浦珠還 ㄏㄜˊ ㄆㄨˇ ㄓㄨ ㄏㄨㄢˊ 比喻珍貴之物失而復得，或人去而復還。

后

ㄏㄡˋ hòu 名 ①上古時稱君主。例夏后氏。②君主的妻子。例皇后、后妃。副 通「後」。時間上較晚的。

后土 ㄏㄡˋ ㄊㄨˇ ①地神或土神。例皇天后土。②大地。

后妃 ㄏㄡˋ ㄈㄟ 皇后和嬪妃。

吃

㈠ㄔ chī 動 ①把食物放在嘴裡嚼碎吞下。例吃飯。②吸入、吸收。例吃煙、吃墨。③吞沒。例吃錢。④感受，承受。例吃驚、吃緊。⑤奪取。多用於弈棋或玩牌。例用車吃炮。⑥耗費。例吃力、吃重。⑦沉入。說明船船沉水的程度。例這船吃水不算深。

㈡ㄐㄧˊ 形言語困難，說話結巴的樣子。例口吃。

吃水 ㄔ ㄕㄨㄟˇ ①船身入水的深度。②吸收水分。例這塊地不吃水。

吃香 ㄔ ㄒㄧㄤ 很受歡迎。

吃重 ㄔ ㄓㄨㄥˋ 負擔繁重或責任重大而感到吃力。

吃素 ㄔ ㄙㄨˋ 不吃魚、肉之類的葷食。亦作「吃齋」。

吃緊 ㄔ ㄐㄧㄣˇ 情勢相當緊張。

吃醋 ㄔ ㄘㄨˋ 比喻嫉妒。

吃虧 ㄔ ㄎㄨㄟ ①遭受損失。②因條件不夠而失利。

吃驚 ㄔ ㄐㄧㄥ 受到驚嚇。例這消息真令人吃驚。

吃不消 ㄔ ㄅㄨˋ ㄒㄧㄠ 受不了。

吃老本 ㄔ ㄌㄠˇ ㄅㄣˇ 指賺不到錢，或無其他收入，只好動用存款來維持生計。比喻依仗過去的功勞、成績，而不再求進步。

吃裡爬外 ㄔ ㄌㄧˇ ㄆㄚˊ ㄨㄞˋ 比喻不忠於自家人，反而幫助外人。亦作「吃裡扒外」。

吃力不討好 ㄔ ㄌㄧˋ ㄅㄨˋ ㄊㄠˇ ㄏㄠˇ 付出很多心力，到頭來卻徒勞無功。

吃不完兜著走 ㄔ ㄅㄨˋ ㄨㄢˊ ㄉㄡ ˙ㄓㄜ ㄗㄡˇ 警告他人行事要小心，不然將會有受不了的災禍或懲罰。比喻擔待不起或吃不消。

向

ㄒㄧㄤˋ xiàng 名①方位。例風向。②心志所趨。例志向。③姓。形從前。例向日、向者。動①對著，朝著。例面向太陽。②偏袒。例他總是向著女兒。③臨近。例向晚、向曉。副從來。例向來如此。

向上 ㄒㄧㄤˋ ㄕㄤˋ ①朝上。②上進。例努力向上。

向來 ㄒㄧㄤˋ ㄌㄞˊ 一向，從來。

向背 ㄒㄧㄤˋ ㄅㄟˋ 擁護與反對。例人心向背。

向晚 ㄒㄧㄤˋ ㄨㄢˇ 接近天黑的時候，即傍晚。

向善 ㄒㄧㄤˋ ㄕㄢˋ 從善，趨向於好的方面。

向陽 ㄒㄧㄤˋ ㄧㄤˊ 正對著太陽，一般指朝南。反背陽。

向隅 ㄒㄧㄤˋ ㄩˊ 面向屋裡的角落。比喻孤獨落寞或得不到機會而失望。

向榮 ㄒㄧㄤˋ ㄖㄨㄥˊ 繁榮茂盛，富有生機。例欣欣向榮。

向學 ㄒㄧㄤˋ ㄒㄩㄝˊ 立志求學。

向心力 ㄒㄧㄤˋ ㄒㄧㄣ ㄌㄧˋ ①使物體作圓周運動或曲線運動所需的朝著圓心的力。②指組織中成員的凝聚力量。

吒

ㄓㄚˋ zhà 名哪吒，神話故事中的神仙。動①怒吼。例叱吒。②痛惜。例悲吒。副吃東西時嘴裡發出聲音。例吒食。

吆

ㄧㄠ yāo 動大聲呼叫。例大吆小喝。

吆喝 ㄧㄠ ㄏㄜˋ 大聲喊叫。或指小販的叫賣聲。

四畫

吝

ㄌㄧㄣˋ lìn 形小氣，捨不得的。例吝嗇、吝惜。

吝色 ㄌㄧㄣˋ ㄙㄜˋ 感到為難而猶豫不定的神色。

吝惜 ㄌㄧㄣˋ ㄒㄧ　過分愛惜而捨不得拿出來。

吝嗇 ㄌㄧㄣˋ ㄙㄜˋ　過分愛惜錢財，不管當不當用，都一味的捨不得。

吭

㈠ㄏㄤˊ háng 名①喉嚨。例引吭高歌。②引申為要害的地方。

㈡ㄎㄥ kēng 動出聲。例悶不吭聲。

吭氣 ㄎㄥ ㄑㄧˋ　即吭聲，指出聲音說話。

否

㈠ㄈㄡˇ fǒu 副不同意。相當於口語中的「不」。例否決。助①表示不然。例否則。②用在句子的末尾表示詢問。例知道否？

㈡ㄆㄧˇ pǐ 名①六十四卦之一。②壞，惡。例否極泰來。形惡的，不好的。例臧否。

否決 ㄈㄡˇ ㄐㄩㄝˊ　對某件事做否定的議決。

否定 ㄈㄡˇ ㄉㄧㄥˋ　①不贊成，不同意。②不承認事物的存在或事物的真實性。

否則 ㄈㄡˇ ㄗㄜˊ　不然，如果不這樣。例你必須向她道歉，否則她是絕不會回來的。

否認 ㄈㄡˇ ㄖㄣˋ　不承認。反承認。

否決權 ㄈㄡˇ ㄐㄩㄝˊ ㄑㄩㄢˊ　在會議中少數否決多數的權利。

否極泰來 ㄆㄧˇ ㄐㄧˊ ㄊㄞˋ ㄌㄞˊ　壞運到了極點，好運將會來到。

吠

ㄈㄟˋ fèi 動狗叫。例蜀犬吠日。

吠日 ㄈㄟˋ ㄖˋ　比喻少見多怪。

吠形吠聲 ㄈㄟˋ ㄒㄧㄥˊ ㄈㄟˋ ㄕㄥ　一隻狗看見人的形影而吠叫，其他的狗也隨著叫起來。比喻不辨真偽而盲目附和。亦作「吠影吠聲」。

呆

ㄉㄞ dāi 形①傻，愚笨的。例呆頭呆腦、呆子。②反應不靈敏的。例呆滯。副表情死板，恍惚。例他嚇呆了、呆望。

呆板 ㄉㄞ ㄅㄢˇ　不靈活，死板而不知變通。

呆料 ㄉㄞ ㄌㄧㄠˋ　積壓在倉庫中，暫時或永久不會使用的設備或物資。

呆帳 ㄉㄞ ㄓㄤˋ　會計上指收不回來的帳款。

呆滯 ㄉㄞ ㄓˋ　①不靈活，死板。例目光呆滯。②不流通，停滯。例資金呆滯。

呆若木雞 ㄉㄞ ㄖㄨㄛˋ ㄇㄨˋ ㄐㄧ　呆呆笨笨的，就像木頭刻的雞。形容人極為呆笨或因恐懼、驚嚇而發愣的樣子。同呆頭呆腦。

吞

ㄊㄨㄣ tūn 動①未經細嚼即嚥下。例狼吞虎嚥、囫圇吞棗。②沒收，侵占。例侵吞、獨吞。

吞吐 ㄊㄨㄣ ㄊㄨˇ　①吞進與吐出。比喻運輸上的進進出出。例吞吐港。②呼氣與吸氣。③說話有顧慮，不直截了當或含混不清。例吞吐其辭。

吞併 ㄊㄨㄣ ㄅㄧㄥˋ　侵占兼併他人或他國的財物、土地。

吞恨 ㄊㄨㄣ ㄏㄣˋ　心中有怨恨而不能發洩。同飲恨。

吞滅 ㄊㄨㄣ ㄇㄧㄝˋ　併吞消滅。

吞噬 ㄊㄨㄣ ㄕˋ　吃掉。也比喻侵占別人的財物歸為己有。

吞聲 ㄊㄨㄣ ㄕㄥ　①不敢出聲。例忍氣吞聲。②哭不出聲。

吞吞吐吐 ㄊㄨㄣ ㄊㄨㄣ ㄊㄨˇ ㄊㄨˇ　想說但又不痛快的說。形容說話有顧慮，不爽快的樣子。

吞雲吐霧 ㄊㄨㄣ ㄩㄣˊ ㄊㄨˇ ㄨˋ 本指修道者的變幻法術，後形容抽菸時吞吐煙霧的情景。

呀

㊀ㄧㄚ yā 副狀聲詞。例門呀的一聲開了。助①表示驚嘆。例真的呀！②表示肯定。例是呀！嘆表示驚訝。例呀！又下大雨了。

㊁˙ㄧㄚ ya 助語氣詞。為「啊」受前一字韻母的影響而發生的變音。例真快呀、來呀。

㊂ㄒㄧㄚ xiā 形①空闊的樣子。②張口的樣子。

呈

ㄔㄥˊ chéng 動①顯露，顯現。例呈現、呈球狀。②奉上。多指從下級送往上級。例呈閱。

呈文 ㄔㄥˊ ㄨㄣˊ 舊時下級對上級所呈的公文。

呈現 ㄔㄥˊ ㄒㄧㄢˋ 顯出，表露出來。

呈報 ㄔㄥˊ ㄅㄠˋ 下級向上級報告。

呈請 ㄔㄥˊ ㄑㄧㄥˇ 下級向上級請示，為公文的用語。

呈獻 ㄔㄥˊ ㄒㄧㄢˋ 鄭重而恭敬地奉上。

吱

ㄓ zhī 副①形容小動物的叫聲。例蟲鳴吱吱。②形容細碎尖銳的聲音。例咭吱咯吱。

吾

ㄨˊ wú 代①我。②我的。例孟子：「善養吾浩然之氣。」

吾人 ㄨˊ ㄖㄣˊ 我們。例吾人當為國效力。

吾儕 ㄨˊ ㄔㄞˊ 我們，我輩。亦作「吾輩」。

吶

ㄋㄚˋ nà 動呼叫。例吶喊。

吶喊 ㄋㄚˋ ㄏㄢˇ 大聲喊叫以助長威勢。例齊聲吶喊。

吵

ㄔㄠˇ chǎo 形聲音繁雜的。例吵鬧。動①打擾。例吵醒。②用言語爭鬧。例吵架。

吵人 ㄔㄠˇ ㄖㄣˊ 使人不得安寧。

吵架 ㄔㄠˇ ㄐㄧㄚˋ 爭吵。

吵嘴 ㄔㄠˇ ㄗㄨㄟˇ 爭吵，口角。

吵嚷 ㄔㄠˇ ㄖㄤˇ 喧嘩吵鬧。

吩

ㄈㄣ fēn 見「吩咐」。

吩咐 ㄈㄣ ㄈㄨˋ 口頭上的囑咐、指派、命令等。

听

㊀ㄧㄣˇ yǐn 副笑的樣子。例听然而笑。

㊁ㄊㄧㄥ tīng 或音 ㄊㄧㄥˋ tìng 「聽」的異體字。

呂

ㄌㄩˇ lǚ 名①古代音樂有十二律，其中的六陰律叫「呂」。為用來校正樂音的工具。②同「膂」。脊椎骨。③姓。

告

㊀ㄍㄠˋ gào 名①向大眾宣示的公文。例文告。②訴訟雙方。例原告、被告。動①用言語或文字向人陳述。例報告。②揭發，控訴。例告發、告狀。③請求，稟請。例告假、告饒。

㊁ㄍㄨˇ gǔ 名告朔，古時諸侯每月初一殺羊祭廟、聽政的禮節。

告示 ㄍㄠˋ ㄕˋ 布告，行政單位公布的政令。舊時多張貼於路旁使人知曉。

告白 ㄍㄠˋ ㄅㄞˊ ①明白告述。今多指向心儀的人表白愛慕之意。②舊時對公眾的書面聲明。

告老 ㄍㄠˋ ㄌㄠˇ　官吏因年老而辭職。也泛指年老退休。例告老還鄉。

告成 ㄍㄠˋ ㄔㄥˊ　宣告完成。例大功告成。

告別 ㄍㄠˋ ㄅㄧㄝˊ　離別，辭行。

告狀 ㄍㄠˋ ㄓㄨㄤˋ　①訴說事情的狀況。②當事人請求司法機關受理某一訴訟案件。③向某人的尊長、上級投訴被其欺侮或遭受到不公平待遇的情形。

告急 ㄍㄠˋ ㄐㄧˊ　報告情況緊急並請求援助。

告退 ㄍㄠˋ ㄊㄨㄟˋ　告辭。表示自己要先離開。例先行告退。

告密 ㄍㄠˋ ㄇㄧˋ　向有關單位告發祕密事件。

告捷 ㄍㄠˋ ㄐㄧㄝˊ　①指作戰或比賽取得勝利。例首戰告捷。②報告勝利的消息。

告終 ㄍㄠˋ ㄓㄨㄥ　宣告結束。例以失敗告終。

告訴 ㄍㄠˋ ㄙㄨˋ　①說給他人知道。②被害人向偵查機關或法院告發他人。

告發 ㄍㄠˋ ㄈㄚ　檢舉揭發他人的犯罪事實。

告罪 ㄍㄠˋ ㄗㄨㄟˋ　向人表示在某事上於情不合或於理不安而感到內疚的謙詞。

告誡 ㄍㄠˋ ㄐㄧㄝˋ　警告勸誡。多用於上級對下級、長輩對晚輩。也作「告戒」。

告慰 ㄍㄠˋ ㄨㄟˋ　感到安慰。

告罄 ㄍㄠˋ ㄑㄧㄥˋ　指財物用盡或貨物售完。

告辭 ㄍㄠˋ ㄘˊ　辭別，告別。

告饒 ㄍㄠˋ ㄖㄠˊ　求饒，請求寬恕。

告訴乃論 ㄍㄠˋ ㄙㄨˋ ㄋㄞˇ ㄌㄨㄣˋ　指法院必須經被害人或有告訴權人的指控，才得以論罪或偵查。

告貸無門 ㄍㄠˋ ㄉㄞˋ ㄨˊ ㄇㄣˊ　形容人處於十分窮困的境地，想借錢已無處可借。

含

ㄏㄢˊ hán **動** ①銜在口中，既不吞下也不吐出來。例含著藥片。②包容。例含淚、含義深遠。③懷著。例含情脈脈。

含羞 ㄏㄢˊ ㄒㄧㄡ　表情含蓄而害羞。

含混 ㄏㄢˊ ㄏㄨㄣˋ　模糊不清，不明確。例概念含混不清。

含冤 ㄏㄢˊ ㄩㄢ　有冤未申。例含冤負屈。

含義 ㄏㄢˊ ㄧˋ　詞句等所包含的意義。也作「涵義」。

含蓄 ㄏㄢˊ ㄒㄩˋ　①包含，儲存。②詞意不明白顯露，留有餘意，耐人尋味。

含糊 ㄏㄢˊ ㄏㄨˊ　①語意籠統不明確。例含糊其辭。②做事敷衍馬虎，不認真。

含血噴人 ㄏㄢˊ ㄒㄧㄝˇ ㄆㄣ ㄖㄣˊ　比喻用極其惡毒、卑劣的手段，捏造事實，誣賴他人。

含辛茹苦 ㄏㄢˊ ㄒㄧㄣ ㄖㄨˊ ㄎㄨˇ　比喻忍受辛苦，受盡艱難。

含沙射影 ㄏㄢˊ ㄕㄚ ㄕㄜˋ ㄧㄥˇ　比喻暗中影射，攻擊陷害他人。

含苞待放 ㄏㄢˊ ㄅㄠ ㄉㄞˋ ㄈㄤˋ　形容花朵將開未開的神態。也用以比喻將要成年的少女。

含英咀華 ㄏㄢˊ ㄧㄥ ㄐㄩˇ ㄏㄨㄚˊ　細細欣賞，玩味詩文中的精華。

含笑九泉 ㄏㄢˊ ㄒㄧㄠˋ ㄐㄧㄡˇ ㄑㄩㄢˊ　指沒有遺憾而欣慰地死去。

含情脈脈 ㄏㄢˊ ㄑㄧㄥˊ ㄇㄛˋ ㄇㄛˋ　默默的用眼神表達內心的情意。

含飴弄孫 ㄏㄢˊ ㄧˊ ㄋㄨㄥˋ ㄙㄨㄣ　口含糖膏，逗弄孫子。形容老年人恬適的生活樂趣。

含糊其辭 ㄏㄢˊ ㄏㄨˊ ㄑㄧˊ ㄘˊ 話說得不清不楚，語意不明確。

吽

㈠ㄏㄨㄥ hōng 名佛教咒語用字。㈡ㄏㄡˇ hǒu 動同「吼」。牛叫。

吣

ㄑㄧㄣˋ qìn 動①貓、狗嘔吐。例貓兒吣食。②說，罵。含貶義。例滿口胡吣。

吸

ㄒㄧ xī 動①用口、鼻將氣體引入體內。例吸氣、吸煙。②收取，容納。例吸收。③牽引，攝引。例吸引。

吸力 ㄒㄧ ㄌㄧˋ 即引力，吸引他物的力量。

吸引 ㄒㄧ ㄧㄣˇ 把別的物體、別人的注意力引到一方。

吸收 ㄒㄧ ㄕㄡ ①吸取，攝取。例吸收養分。②容納，接受。例吸收黨員。

吸取 ㄒㄧ ㄑㄩˇ 從中吸收採取。例吸取教訓。

吸食 ㄒㄧ ㄕˊ 用嘴吸進或吸入。

吸血鬼 ㄒㄧ ㄒㄧㄝˇ ㄍㄨㄟˇ ①西洋傳說中吸食人血的鬼。②比喻榨取他人血汗、剝削他人利益的人。

吹

ㄔㄨㄟ chuī 動①合攏著嘴將氣體用力呼出。例吹火、吹口琴。②氣體的流動。例風向東南方吹。③說大話。例吹牛、自吹自擂。④破裂，不成功。例這件婚事吹了。

吹牛 ㄔㄨㄟ ㄋㄧㄡˊ 說大話，自誇。也稱吹牛皮。

吹拂 ㄔㄨㄟ ㄈㄨˊ 被風吹動；微風輕輕掠過。

吹奏 ㄔㄨㄟ ㄗㄡˋ 口吹管樂器。泛指演奏各種樂器。

吹捧 ㄔㄨㄟ ㄆㄥˇ 吹噓捧場。

吹噓 ㄔㄨㄟ ㄒㄩ 誇張地宣揚自己或別人的優點。

吹毛求疵 ㄔㄨㄟ ㄇㄠˊ ㄑㄧㄡˊ ㄘ 比喻故意挑別人的毛病或缺點。

吹灰之力 ㄔㄨㄟ ㄏㄨㄟ ㄓ ㄌㄧˋ 形容事情很容易辦成，不須費力氣。例不費吹灰之力。

吹彈可破 ㄔㄨㄟ ㄊㄢˊ ㄎㄜˇ ㄆㄛˋ 形容女子皮膚白淨、細嫩。

吹鬍子瞪眼 ㄔㄨㄟ ㄏㄨˊ ·ㄗ ㄉㄥˋ ㄧㄢˇ 形容很生氣的樣子。

吹皺一池春水 ㄔㄨㄟ ㄓㄡˋ ㄧ ㄔˊ ㄔㄨㄣ ㄕㄨㄟˇ 比喻好管閒事。

呃

ㄜˋ è 名氣從心胸間上逆而發出的聲音。

吟

ㄧㄣˊ yín 名古代詩歌名稱之一。例秦婦吟、白頭吟。動①詠，聲調抑揚頓挫地讀。例吟詩、吟誦。②鳴叫。例蟬吟。③因痛苦而發出哼聲，嘆息。例呻吟。

吟哦 ㄧㄣˊ ㄜˊ 有節奏地吟詠。

吟詠 ㄧㄣˊ ㄩㄥˇ 誦讀詩文。

吟嘯 ㄧㄣˊ ㄒㄧㄠˋ ①悲聲長嘆。例吟嘯扼腕。②高聲長吟。例吟嘯自若。

吟風弄月 ㄧㄣˊ ㄈㄥ ㄋㄨㄥˋ ㄩㄝˋ 以風花雪月等情景為寫作題材。

吻

ㄨㄣˇ wěn 名①嘴唇。例接吻。②器物突出的部分。③說話的口氣。例口吻。動用嘴唇接觸。例吻別。

吻合 ㄨㄣˇ ㄏㄜˊ 指事物完全相合。

吧

㈠·ㄅㄚ ba 助①用在句末表示各種語氣。(1)表示商量、請求。例你會同意吧？(2)表示指示、命令。例快走吧！⑶表示同意或認可。例好吧！就這樣辦。⑷表示推測、不肯定。例明天他應該就回來了吧！⑸表示懷疑。例這件事你不會不知道吧？⑹表示感嘆。例算了吧！②用在句中表示停頓，帶有假設語氣。例不去看他吧，又怕他責怪；去看他吧，他又愛教訓人。㈡ㄅㄚ bā 名酒吧的簡稱。例吧檯。副狀聲詞。例吧地一聲折斷了樹枝。

吼 ㄏㄡˇ hǒu 動①猛獸大聲的叫。例河東獅吼。②人在發怒或情緒激動時大聲叫喊。例吼叫、吼聲。③泛指發出強而大的聲響。例狂風怒吼。

君 ㄐㄩㄣ jūn 名①封建時代一國之主。例國君、君王。②封號。如戰國時代齊國的孟嘗君。③對人的尊稱。例諸君。④妻子稱丈夫。例夫君。

君子 ㄐㄩㄣ ㄗˇ 古稱有才德或地位高的人。後泛指人格高尚的人。例正人君子。

君王 ㄐㄩㄣ ㄨㄤˊ 古時對帝王的一種稱呼。

君主 ㄐㄩㄣ ㄓㄨˇ 帝制國家的最高統治者。

君子協定 ㄐㄩㄣ ㄗˇ ㄒㄧㄝˊ ㄉㄧㄥˋ 指一般人所訂立的、彼此能信守而互不違背的協定。

君主立憲 ㄐㄩㄣ ㄓㄨˇ ㄌㄧˋ ㄒㄧㄢˋ 以君主為國家元首，實際政治是由首相所領導的內閣負責的政治制度。如英國、日本等。

君主專制 ㄐㄩㄣ ㄓㄨˇ ㄓㄨㄢ ㄓˋ 君主獨攬國家所有權力的政治制度。

君子成人之美 ㄐㄩㄣ ㄗˇ ㄔㄥˊ ㄖㄣˊ ㄓ ㄇㄟˇ 君子有幫助他人，成全美事的美德。

君子之交淡如水 ㄐㄩㄣ ㄗˇ ㄓ ㄐㄧㄠ ㄉㄢˋ ㄖㄨˊ ㄕㄨㄟˇ 君子相互結交不講私利，交情看起來像水一樣淡。

吮 ㄕㄨㄣˇ shǔn 動用口含吸。例吮吸。

吮吸 ㄕㄨㄣˇ ㄒㄧ 用嘴吸取。

吮癰舐痔 ㄕㄨㄣˇ ㄩㄥ ㄕˋ ㄓˋ 為人吸吮瘡或痔上的膿血。比喻不避汙賤以取悅他人。

吳 ㄨˊ wú 名①周代的諸侯國。②朝代名。三國時孫權所建（西元二二二～二八〇年）。③姓。

吳下阿蒙 ㄨˊ ㄒㄧㄚˋ ㄚ ㄇㄥˊ 譏諷人只有武略而無學問。

吳牛喘月 ㄨˊ ㄋㄧㄡˊ ㄔㄨㄢˇ ㄩㄝˋ 江淮一帶的水牛怕熱，見到月亮以為是太陽而不停喘息。比喻畏懼過甚，遇見類似事物而心生膽怯。

吳越同舟 ㄨˊ ㄩㄝˋ ㄊㄨㄥˊ ㄓㄡ 吳越兩國互為敵國，但有危難時會互相救助。比喻在患難時化仇為友，共度難關。

呎 ㄔˇ chǐ 名英美計算長度的單位。一呎為十二吋，合〇．三〇四八公尺。

五畫

呸 ㄆㄟ pēi 嘆表示斥責或鄙棄的嘆詞。例呸！真不是東西！

咕 ㄍㄨ gū 副狀聲詞。例咕咕。

咕咚 ㄍㄨ ㄉㄨㄥ 重的東西落下或掉落水中的聲音。

咕嚕 ㄍㄨ ㄌㄨ ①形容喝水的聲音。②形容東西滾動的聲音。③形容飢餓時腸子發出的聲響。例我肚子餓得咕嚕叫。④小聲說話，言語含糊不清。

呵 ㈠ㄏㄜ hē 動①吹氣使暖和。例呵氣。②怒聲責罵。例呵斥。副狀聲詞。形容笑聲。例呵呵大笑。嘆表示驚訝的語氣。例呵！你竟然完成了！
㈡ㄛ ō 助表示驚嘆。例這麼多錢呵！

呵欠 ㄏㄜ ㄑㄧㄢˋ 人在疲倦或沉悶時張口呼吸的動作。也作「哈欠」。

呵斥 ㄏㄜ ㄔˋ 大聲斥責。也作「呵叱」。

呵責 ㄏㄜ ㄗㄜˊ 呵叱責問。

呵喝 ㄏㄜ ㄏㄜˋ 大聲喊叫予以制止。

呵護 ㄏㄜ ㄏㄨˋ ①照顧。②神靈護持保佑。

呵呵大笑 ㄏㄜ ㄏㄜ ㄉㄚˋ ㄒㄧㄠˋ 大聲發笑。

味 ㄨㄟˋ wèi 名①用舌頭嘗東西或用鼻子聞東西所得到的感覺。例甜味、香味。②心中的感受。例禪味。③意義，情趣。例枯燥乏味、趣味。④中藥或食物的數量單位。例藥五味。動①嘗，吃。②體會，研究。例玩味。

味道 ㄨㄟˋ ㄉㄠˋ ①滋味。例這道菜的味道很好。②趣味，意味。

味精 ㄨㄟˋ ㄐㄧㄥ 一種用豆、麥等製成的食用調味品。又稱味素。

味蕾 ㄨㄟˋ ㄌㄟˇ 味覺神經末梢的感覺器官，形同花蕾，分布於舌面，能辨別滋味。

味覺 ㄨㄟˋ ㄐㄩㄝˊ 舌頭與食物接觸時所產生的感覺，如甜、酸、苦、鹹等。

味如嚼蠟 ㄨㄟˋ ㄖㄨˊ ㄐㄩㄝˊ ㄌㄚˋ 就像嚼著蠟一樣，沒有味道。形容說話或文章枯燥無味。

咂 ㄗㄚ zā 動①用嘴脣吮吸。例咂指頭。②用舌尖抵住上牙齒作聲。例咂嘴。③仔細辨別，細嘗。例咂滋味。

咄 ㄉㄨㄛˋ duò 動指責，呵叱。例咄叱。嘆表示痛惜。

咄咄怪事 ㄉㄨㄛˋ ㄉㄨㄛˋ ㄍㄨㄞˋ ㄕˋ 指令人驚訝、難以理解的事。

咄咄逼人 ㄉㄨㄛˋ ㄉㄨㄛˋ ㄅㄧ ㄖㄣˊ 形容盛氣凌人，使人害怕。

咀 ㄐㄩˇ jǔ 動①用牙齒磨碎食物。②玩味，理解。例含英咀華。

咀嚼 ㄐㄩˇ ㄐㄩㄝˊ ①用牙齒咬碎與磨細食物。②細細研究，玩味理解。

呷 ㄒㄧㄚˊ xiá 動①小口啜飲。例呷茶。②吃。例呷飯、呷飽。副狀聲詞。見「呷呷」。

呷呷 ㄒㄧㄚ ㄒㄧㄚ ①鴨子的叫聲。②人的笑聲。

咒 ㄓㄡˋ zhòu 名宗教或巫術中用來除災或降禍的密語。例符咒。動①用惡毒的話罵人。例詛咒。②發誓。例賭咒。

咒語 ㄓㄡˋ ㄩˇ ①道士施法術或驅鬼治病的口訣。②佛教經書中的咒文。

咒罵 ㄓㄡˋ ㄇㄚˋ 用惡毒的話斥罵人。同詛咒。

呻 ㄕㄣ shēn 動①因身心痛苦而發出叫聲。例呻吟。②吟誦，吟詠。

呻吟 ㄕㄣ ㄧㄣˊ ①人在病痛或哀傷時所發出的聲音。②誦讀，吟詠。

呫

㈠ㄔㄜˋ chè 動嘗，舔。例呫血為盟。㈡ㄓㄢ zhān 副輕聲細語的樣子。例呫呫、呫囁。

呫呫 ㄓㄢ ㄓㄢ ①絮絮叨叨、多話的樣子。②低聲細語。

呫囁 ㄓㄢ ㄋㄧㄝˋ 低聲細語的樣子。例呫囁耳語。

呺

ㄒㄧㄠ xiāo 形大而中空的。例呺然。動吼叫。

咆

ㄆㄠˊ páo 動野獸發出怒吼。例咆哮。

咆哮 ㄆㄠˊ ㄒㄧㄠ ①野獸的怒號聲。②形容人在發怒時的喊叫。例咆哮如雷。

命

ㄇㄧㄥˋ mìng 名①動植物的生存能力。例人命關天、生命。②人力所不能改變的禍福得失或貧富貴賤。例命中注定。③上級對下級的指示。例奉命。動①差遣，下令。例命令。②取定。例命名。③以為。例自命不凡。

命中 ㄇㄧㄥˋ ㄓㄨㄥˋ 射中或打中目標。

命令 ㄇㄧㄥˋ ㄌㄧㄥˋ ①發出號令，使人遵行。②上級給下級的指示。

命案 ㄇㄧㄥˋ ㄢˋ 指殺人的案件。

命根 ㄇㄧㄥˋ ㄍㄣ ①花木的直根。②比喻極重要、珍貴的人或物。亦稱命根子。

命脈 ㄇㄧㄥˋ ㄇㄞˋ 生命與血脈。比喻關係極為重要或意義重大的事物。

命運 ㄇㄧㄥˋ ㄩㄣˋ ①人生來注定的死生、貧富和一切遭遇。②比喻發展變化的趨向。

命薄 ㄇㄧㄥˋ ㄅㄛˊ 命運不佳，無福分。

命題 ㄇㄧㄥˋ ㄊㄧˊ ①擬定試題，即出題目。②邏輯學上指表達判斷的語句。

命在旦夕 ㄇㄧㄥˋ ㄗㄞˋ ㄉㄢˋ ㄒㄧ 生命垂危，隨時都有可能死去。

咐

ㄈㄨˋ fù 見「吩咐」。

咚

ㄉㄨㄥ dōng 副形容重物落下的撞擊聲或敲鼓的聲音。

咚咚 ㄉㄨㄥ ㄉㄨㄥ 形容打鼓的聲音。例鼓聲咚咚。

咎

㈠ㄐㄧㄡˋ jiù 名①過失，罪過。例動輒得咎、引咎自責。②災禍。例休咎。動責備，怪罪。例既往不咎。㈡ㄍㄠ gāo 名姓。通「皋」。虞舜時有咎繇，即皋陶。

咎由自取 ㄐㄧㄡˋ ㄧㄡˊ ㄗˋ ㄑㄩˇ 所遭受的禍患、責難都是自己招惹來的，怨不得人。

呱

㈠ㄍㄨ gū 副形容小兒的哭聲。㈡ㄍㄨㄚ guā 見「呱呱」。

呱呱 ㈠ㄍㄨ ㄍㄨ 小兒的啼哭聲。㈡ㄍㄨㄚ ㄍㄨㄚ 形容鴨子、青蛙等的響亮叫聲。

呱呱叫 ㄍㄨㄚ ㄍㄨㄚ ㄐㄧㄠˋ 形容非常好。同聒聒叫、頂呱呱。

和

㈠ㄏㄜˊ hé 名①日本的別名。例大和民族。②各數相加的總數。例和數。③停戰，和平。例議和、講和。④姓。形①溫順的，安詳的。例心平氣和、和顏悅色。②友好的。例和睦。③溫暖的。例和風。④幾種混和而成的。例和菜。⑤連帶著的。例和衣而睡。動調諧。

例和好如初。

㈡ㄏㄜˋ hè 動①跟著唱，與人相應。例隨聲附和。②依照別人詩詞的題材、格律作詩。例和詩一首。

㈢·ㄏㄨㄛ huo 形溫暖的。例暖和。

㈣ㄏㄨㄛˋ huò 動混合，攪拌。例和麵。

㈤ㄏㄢˋ hàn 連跟，與。例我和你一樣高。

㈥ㄏㄨˊ hú 動稱打牌時張數湊齊成副而獲勝。例和牌。

和平 ㄏㄜˊ ㄆㄧㄥˊ 指沒有戰爭狀態，和洽安寧。

和局 ㄏㄜˊ ㄐㄩˊ ①比賽或賭博的結果不分勝負。②議和的局勢。

和尚 ㄏㄜˊ ㄕㄤˋ 出家為僧的男子。

和服 ㄏㄜˊ ㄈㄨˊ 日本的傳統服裝，狀似長袍。

和音 ㄏㄜˊ ㄧㄣ 兩個以上的不同樂音同時發聲，相互搭配而產生和諧的聲音。同和聲。

和約 ㄏㄜˊ ㄩㄝ 交戰國所訂立的宣布結束戰爭狀態、恢復和平關係等內容的條約。

和氣 ㄏㄜˊ ㄑㄧˋ ①溫和可親的態度。例和氣生財。②和睦融洽。例和氣相處。

和婉 ㄏㄜˊ ㄨㄢˇ 溫和委婉。

和善 ㄏㄜˊ ㄕㄢˋ 溫和善良。

和順 ㄏㄜˊ ㄕㄨㄣˋ 平和溫順。例她性情和順。

和睦 ㄏㄜˊ ㄇㄨˋ 彼此相互友愛，相處融洽。

和煦 ㄏㄜˊ ㄒㄩˋ 天氣暖和的樣子。例春風和煦。同和暖。

和解 ㄏㄜˊ ㄐㄧㄝˇ 終止爭執，歸於和好。有時也指調停雙方，使其消除仇怨。

和暢 ㄏㄜˊ ㄔㄤˋ 溫和舒暢。例春風和暢。

和緩 ㄏㄜˊ ㄏㄨㄢˇ 減低緊張的情勢。

和諧 ㄏㄜˊ ㄒㄧㄝˊ 配合得宜，顯得協調勻稱。例音調和諧。

和藹 ㄏㄜˊ ㄞˇ 指人性情溫和，態度親切。例和藹可親。

和事老 ㄏㄜˊ ㄕˋ ㄌㄠˇ 調解爭端的人。也作「和事佬」。

和稀泥 ㄏㄨㄛˋ ㄒㄧ ㄋㄧˊ 比喻毫無原則的調解或處理糾紛。

和而不同 ㄏㄜˊ ㄦˊ ㄅㄨˋ ㄊㄨㄥˊ 能與大家和諧相處，但絕不曲意順從。

和好如初 ㄏㄜˊ ㄏㄠˇ ㄖㄨˊ ㄔㄨ 盡棄前嫌，恢復原來的友好、融洽關係。

和衷共濟 ㄏㄜˊ ㄓㄨㄥ ㄍㄨㄥˋ ㄐㄧˋ 彼此齊心協力，共同度過難關。同同心協力。

和盤托出 ㄏㄜˊ ㄆㄢˊ ㄊㄨㄛ ㄔㄨ 比喻把事情始末全部說出，一點也不保留。

和顏悅色 ㄏㄜˊ ㄧㄢˊ ㄩㄝˋ ㄙㄜˋ 溫和的面容，喜悅的臉色。

呴

㈠ㄒㄩˇ xǔ 動張口吹氣。例呴噓。㈡ㄏㄡ hōu 名喉中發出的聲音。

呼

ㄏㄨ hū 動①吐氣。例呼氣。②大聲喊叫。例歡呼、振臂高呼。③招引。例呼朋引伴。副形容鼾聲或風聲。例呼呼大睡、北風呼呼地吹著。

呼吸 ㄏㄨ ㄒㄧ 生物體與外界進行氣體交換，即吸收氧氣後排出二氧化碳。

呼喚 ㄏㄨ ㄏㄨㄢˋ　召喚，使喚。

呼號 ㄏㄨ ㄏㄠˊ　因極度悲傷、無助而哭喊。例奔走呼號。

呼嘯 ㄏㄨ ㄒㄧㄠˋ　發出高而長的聲音。例北風呼嘯。

呼應 ㄏㄨ ㄧㄥˋ　①一呼一應，彼此聲氣相通。②指文章或戲劇情節前後相互照應。

呼聲 ㄏㄨ ㄕㄥ　①呼喊的聲音。②群眾的意見和要求。③眾望所歸的程度。

呼籲 ㄏㄨ ㄩˋ　向社會大眾申述，請求援助、支持。

呼之欲出 ㄏㄨ ㄓ ㄩˋ ㄔㄨ　①物像畫得極逼真，好像叫一聲就會從畫中走出來似的。形容文學作品或畫作的人物描寫得極為生動。②比喻人、事即將揭曉。

呼天搶地 ㄏㄨ ㄊㄧㄢ ㄑㄧㄤˇ ㄉㄧˋ　對天呼叫，用頭撞地。形容極度哀傷，痛不欲生的樣子。

呼朋引伴 ㄏㄨ ㄆㄥˊ ㄧㄣˇ ㄅㄢˋ　招引同類的人，結聚成夥。也作「呼朋引類」。

呼風喚雨 ㄏㄨ ㄈㄥ ㄏㄨㄢˋ ㄩˇ　①指神仙、道士有颳風下雨的法術。②比喻人神通廣大，影響力極大。

咋

ㄗㄜˊ zé　動咬。例咋舌。副①大聲地。②短暫，忽然。

咋舌 ㄗㄜˊ ㄕㄜˊ　形容因驚訝、害怕而說不出話來的樣子。

周

ㄓㄡ zhōu　名①環繞區域的外圍部分。例圓周、房屋四周。②圈子，繞一圈。例環繞一周。③滿一年。例周歲。④朝代名。⑤姓。形①整個，全部。例周身。②完密。例周詳。動①救濟，接濟。例周濟。②環繞。例周而復始。副普遍，都。例眾所周知。

周全 ㄓㄡ ㄑㄩㄢˊ　①周到，完備。同周至。②成全，幫助。

周年 ㄓㄡ ㄋㄧㄢˊ　滿一年。也作「週年」。例周年紀念。

周折 ㄓㄡ ㄓㄜˊ　曲折，麻煩。例大費周折。

周身 ㄓㄡ ㄕㄣ　渾身，全身。例周身是傷。

周延 ㄓㄡ ㄧㄢˊ　概括全體而無遺漏。例思慮周延。

周到 ㄓㄡ ㄉㄠˋ　面面都照顧到。

周知 ㄓㄡ ㄓ　大家都知道。例眾所周知。

周旋 ㄓㄡ ㄒㄩㄢˊ　①應酬，與人交際。②對抗，應付。

周率 ㄓㄡ ㄌㄩˋ　電波每秒鐘振動的次數。

周密 ㄓㄡ ㄇㄧˋ　周到而細密。

周章 ㄓㄡ ㄓㄤ　①倉皇驚恐的樣子。②曲折，苦心。例大費周章。

周遊 ㄓㄡ ㄧㄡˊ　遍遊，到各地遊歷。

周詳 ㄓㄡ ㄒㄧㄤˊ　周到而詳盡。例計畫周詳。

周遭 ㄓㄡ ㄗㄠ　四周，周圍。或作「週遭」。

周濟 ㄓㄡ ㄐㄧˋ　對有困難的人給予物質上的幫助。亦作「賙濟」。同接濟。

周轉 ㄓㄡ ㄓㄨㄢˇ　資金的運轉或物品調度的情況。或作「週轉」。例周轉不靈。

周覽 ㄓㄡ ㄌㄢˇ　縱觀，四面瞭望。

周而復始 ㄓㄡ ㄦˊ ㄈㄨˋ ㄕˇ　循環輪轉一次之後又開始。

呢

㊀·ㄋㄜ ne　助①表示疑問的語氣。例你什麼時候來呢？②表示確定

、加強的語氣。例他待人真的好呢！

㈡ㄋㄧˊ ní 名一種毛織物。例呢料。形見「呢喃」。

呢絨 ㄋㄧˊ ㄖㄨㄥˊ 毛織品的統稱。

呢喃 ㄋㄧˊ ㄋㄢˊ ①燕子的叫聲。②小聲多言的樣子。

呶 ㄋㄠˊ náo 動大聲喧鬧。副語多而不停地。例呶呶不休。

咖 ㄎㄚ kā 名譯音用字。例咖啡。

咖哩 ㄎㄚ ㄌㄧˇ 用胡椒類植物和薑黃等研製成的粉末狀調味料，味香而辣。

咖啡 ㄎㄚ ㄈㄟ 將咖啡樹的種子焙乾後研成細末所製成的飲料。

咍 ㄏㄞ hāi 形歡樂。例歡咍。動譏笑。嘆表示惱恨、慨嘆的語氣。

咍咍 ㄏㄞ ㄏㄞ 形容人高興大笑的樣子。例咍咍笑。

呦 ㄧㄡ yōu 副見「呦呦」。嘆表示驚異的語氣。例呦！他又不來了。

呦呦 ㄧㄡ ㄧㄡ 形容鹿鳴聲。

六畫

哀 ㄞ āi 名悲傷。例節哀。動①悼念。例哀悼、默哀。②憐憫。例哀憐、哀念。

哀子 ㄞ ㄗˇ 母死居喪的人自稱為哀子。

哀求 ㄞ ㄑㄧㄡˊ 苦苦乞求、請求。

哀泣 ㄞ ㄑㄧˋ 因哀傷而哭泣流淚。

哀哉 ㄞ ㄗㄞ 表示悲傷或痛惜的感嘆語。例嗚呼哀哉！

哀思 ㄞ ㄙ 悲哀的思念之情。

哀怨 ㄞ ㄩㄢˋ 由於受到委屈而悲傷怨恨。

哀矜 ㄞ ㄐㄧㄣ 哀憐。例哀矜勿喜。

哀悼 ㄞ ㄉㄠˋ 悲傷沉痛地追念。

哀痛 ㄞ ㄊㄨㄥˋ 非常哀傷、悲痛。

哀戚 ㄞ ㄑㄧ 悲傷。

哀號 ㄞ ㄏㄠˊ 悲傷地號哭。

哀傷 ㄞ ㄕㄤ 悲傷，悲痛。

哀愁 ㄞ ㄔㄡˊ 悲傷憂愁。

哀榮 ㄞ ㄖㄨㄥˊ 人死後獲得的榮耀。

哀慟 ㄞ ㄊㄨㄥˋ 哀傷悲痛到了極點。

哀鳴 ㄞ ㄇㄧㄥˊ 悲哀或淒厲地鳴叫。

哀嘆 ㄞ ㄊㄢˋ 悲哀地嘆息。有惋惜、無可奈何的意含。

哀憐 ㄞ ㄌㄧㄢˊ 對別人的不幸遭遇感到難過而表示同情。

哀樂 ㈠ㄞ ㄌㄜˋ 悲哀和歡樂。㈡ㄞ ㄩㄝˋ 悲哀的樂曲，在喪葬或追悼時演奏。

哀兵必勝 ㄞ ㄅㄧㄥ ㄅㄧˋ ㄕㄥˋ 指受壓抑而奮起反抗的軍隊必能打敗敵人，獲取勝利。

哀鴻遍野 ㄞ ㄏㄨㄥˊ ㄅㄧㄢˋ ㄧㄝˇ 比喻到處都是流離失所、在死亡邊緣掙扎的災民。

哀莫大於心死 ㄞ ㄇㄛˋ ㄉㄚˋ ㄩˊ ㄒㄧㄣ ㄙˇ 沒有比人心已死這事更悲哀了。

咬 ㈠ㄧㄠˇ yǎo 動①用牙齒切斷、壓破或夾住東西。例咬斷繩索。②狗叫。例雞叫狗咬。③誣陷，牽連。例反咬一口。④認定不變。例一口咬定。⑤吐字，發音。例咬字清晰。

㈡ㄐㄧㄠ jiāo 副形容鳥叫聲。例咬咬好音。

咬耳朵 ㄧㄠˇ ㄦˇ ˙ㄉㄨㄛ 附在耳朵上說悄悄話，不讓人聽見。

咬文嚼字 ㄧㄠˇ ㄨㄣˊ ㄐㄩㄝˊ ㄗˋ 專在字面上下功夫，而不注重領會其精神意含。譏笑人迂腐不知變通。

咬牙切齒 ㄧㄠˇ ㄧㄚˊ ㄑㄧㄝ ㄔˇ 形容憤怒或痛恨到極點的神情。

咬緊牙關 ㄧㄠˇ ㄐㄧㄣˇ ㄧㄚˊ ㄍㄨㄢ 比喻人忍受極大的痛苦而堅持到底。也作「咬緊牙根」。

咤

ㄓㄚˋ zhà 「吒」的異體字。

咨

ㄗ zī 名舊時公文的一種。動①商量，詢問。例咨詢。②嘆息。例咨嗟。

咨文 ㄗ ㄨㄣˊ ①用於平行機關的一種公文。②議會制國家的元首向國會提出的關於國事情況的報告。例國情咨文。

咨詢 ㄗ ㄒㄩㄣˊ 詢問，徵求意見。

咨諏 ㄗ ㄗㄡ 訪問，探問。

咳

㈠ㄎㄜˊ ké 動氣管黏膜受刺激而發聲。例咳嗽。

㈡ㄏㄞ hāi 動因傷感、惋惜而嘆氣。例咳聲嘆氣。嘆表示傷感、惋惜或驚異的語氣。例咳！你真是太不小心了。

咳血 ㄎㄜˊ ㄒㄧㄝˇ 咳嗽帶血。

咳痰 ㄎㄜˊ ㄊㄢˊ 藉著咳嗽的力量把痰吐出來。

咳嗽 ㄎㄜˊ ㄙㄡˋ 咽喉或氣管的黏膜受到刺激時迅速吸氣和呼氣，聲帶振動發聲。

咪

ㄇㄧ mī 副①形容貓叫的聲音。②形容輕微或細小動態的詞尾。例笑咪咪。

咩

ㄇㄧㄝ miē 副羊叫的聲音。

咸

ㄒㄧㄢˊ xián 名易經卦名。副全，都。例咸受其益。

咸宜 ㄒㄧㄢˊ ㄧˊ 全部都適宜。例老少咸宜。

咥

㈠ㄒㄧˋ xì 副大笑地。

㈡ㄉㄧㄝˊ dié 動咬，吃。

咧

ㄌㄧㄝˇ liě 動嘴向兩邊伸展。例咧著嘴笑。

哄

㈠ㄏㄨㄥ hōng 動眾人同時發聲。例哄堂大笑、一哄而散。

㈡ㄏㄨㄥˇ hǒng 動①說假話欺騙人。例哄騙。②用話或行動安撫並照顧幼兒。例哄小孩。

哄騙 ㄏㄨㄥˇ ㄆㄧㄢˋ 說假話騙人。

哄抬物價 ㄏㄨㄥ ㄊㄞˊ ㄨˋ ㄐㄧㄚˋ 指投機的商人不顧公眾利益，伺機抬高物價以謀取暴利。

哄堂大笑 ㄏㄨㄥ ㄊㄤˊ ㄉㄚˋ ㄒㄧㄠˋ 形容滿屋子的人同時放聲大笑。

咭

ㄐㄧ jī 副形容嘻笑的聲音。例咭咭呱呱。

哂

ㄕㄣˇ shěn 動①微笑。例論語：「夫子哂之。」②譏笑。例哂笑。

哂納 ㄕㄣˇ ㄋㄚˋ 微笑地收下。贈送禮物時，請人接受的謙詞。亦作「笑納」。

哉

ㄗㄞ zāi 助①表示驚嘆。例壯哉！②表示疑問或反問。例何足道哉？③表示悲哀。例嗚呼哀哉！

哎 ㄞ āi 嘆①表示驚訝或不滿。例哎！糟了！②表示哀傷惋惜。

哎呀 ㄞ ㄧㄚ 表示驚訝的嘆詞。

哎喲 ㄞ ㄧㄠ 表示驚訝或痛苦的嘆詞。

咦 ㄧˊ yí 嘆表示驚異。例咦！怎麼回事？

哏 ㄍㄣˊ gén 名滑稽的言語。例抓哏。形①可愛有趣。例這個孩子真哏啊！②凶惡的樣子。例惡哏哏。

哇 ㄨㄚ wā 副形容哭聲。例他哇的一聲哭了起來。助置於語尾，表示驚嘆。為「啊」的變音。例你好哇！

品 ㄆㄧㄣˇ pǐn 名①物類的總稱。例產品、商品。②種類。例品種。③等級。例上品、下品。④德性。例人品。⑤古代官制中的階級。例一品。動①評判，辨別優劣好壞。例品詩。②賞味。例品味。③吹弄樂器。例品簫。

品目 ㄆㄧㄣˇ ㄇㄨˋ 物品的名目。例品目繁多。

品行 ㄆㄧㄣˇ ㄒㄧㄥˋ 關於道德的品格和行為。同品德。

品性 ㄆㄧㄣˇ ㄒㄧㄥˋ 指人的品德性格。同人格、人品。

品味 ㄆㄧㄣˇ ㄨㄟˋ 品嘗味道。引申對事物具高度鑑賞能力。

品茗 ㄆㄧㄣˇ ㄇㄧㄥˊ 仔細品嘗茶的滋味。

品格 ㄆㄧㄣˇ ㄍㄜˊ ①品行，道德才性的高下程度。②指文學藝術作品的品質和風格。

品第 ㄆㄧㄣˇ ㄉㄧˋ ①評論並分列等次。②指等級、地位。

品評 ㄆㄧㄣˇ ㄆㄧㄥˊ 評論優劣、高下。

品嘗 ㄆㄧㄣˇ ㄔㄤˊ 嘗味道而加以仔細辨別品評。

品貌 ㄆㄧㄣˇ ㄇㄠˋ 人品和相貌。例品貌雙全。

品質 ㄆㄧㄣˇ ㄓˊ 物品的性質、素質。

品頭論足 ㄆㄧㄣˇ ㄊㄡˊ ㄌㄨㄣˋ ㄗㄨˊ 對女子的容貌姿態進行評論。也比喻對人或事有意挑剔，說長道短。

品學兼優 ㄆㄧㄣˇ ㄒㄩㄝˊ ㄐㄧㄢ ㄧㄡ 品德高尚，學養優秀。

呰 ㄗˇ zǐ 動通「訾」。詆毀。例呰議。副弱劣的樣子。例呰窳。

呰窳 ㄗˇ ㄩˇ 病弱怠惰的樣子。

咼 ㄎㄨㄞ kuāi 形口歪。例咼斜。

咽 ㊀ㄧㄢ yān 見「咽喉」。㊁ㄧㄢˋ yàn 動同「嚥」。吞嚥，使嘴裡的食物等通過咽頭進入食道。例咽下、眼淚往肚子裡咽。㊂ㄧㄝˋ yè 形聲音因阻塞而低沉、悲淒。例哽咽、悲咽。

咽喉 ㄧㄢ ㄏㄡˊ ①主要由肌肉和黏膜構成的管子，在鼻腔和口腔的後方，食道及氣管的上方，長約十公分，為呼吸和消化的共同通道。②比喻形勢險要的往來通道。

哆 ㊀ㄉㄨㄛ duō 見「哆嗦」。㊁ㄔㄜˇ chě 動張口。

哆嗦 ㄉㄨㄛ ˙ㄙㄨㄛ 身體發抖的樣子。

咷 ㄊㄠˊ táo 動大聲痛哭。例號咷。

咯 (一)ㄎㄚˇ kǎ 動使東西從咽頭或氣管裡出來。例咯痰。

(二)·ㄌㄛ lo 助用於句末表示肯定語氣。例自然咯！

(三)ㄍㄜ gē 副狀聲詞。例咯吱、咯噔、咯咯叫。

(四)ㄍㄜˊ gé 名通「嗝」。胃內氣體自口而出的聲音。

咯血 ㄎㄚˇ ㄒㄧㄝˇ 由喉中咳吐出血塊或血液。

哈 (一)ㄏㄚ hā 名姓。動①張口舒氣。例哈氣。②彎曲，躬身。例點頭哈腰。副形容笑聲。例哈哈大笑。嘆表示得意或滿意，有時也有幸災樂禍的意味。例哈！我猜著了。

(二)ㄏㄚˇ hǎ 名哈巴狗，軟毛的小狗，俗稱獅子狗。

(三)ㄎㄚ kā 名哈喇，毛織品，為上等的呢絨。

哈欠 ㄏㄚ ㄑㄧㄢˋ 人在疲倦或想睡覺時把嘴張開，深深吸一口氣，然後呼氣的動作。

哈氣 ㄏㄚ ㄑㄧˋ 把嘴張開吐氣。

哈腰 ㄏㄚ ㄧㄠ ①彎腰。②稍微彎腰以表示禮貌。例他連連哈腰道歉。

哈囉 ㄏㄚ ㄌㄨㄛ 英語 hello 的音譯。表示問候或引起他人注意的用語。

哈哈鏡 ㄏㄚ ㄏㄚ ㄐㄧㄥˋ 一種鏡面凹凸不平的鏡子，照出的人像奇形怪狀，常引人哈哈大笑。

咻 (一)ㄒㄧㄡ xiū 動喧嚷，吵鬧。

(二)ㄒㄩˇ xǔ 副噢咻，痛苦的呻吟聲。

咻咻 ㄒㄧㄡ ㄒㄧㄡ ①呼吸聲。②箭矢疾飛的聲音。例箭從耳旁咻咻而過。

咮 ㄓㄡˋ zhòu 名鳥嘴。

咱 (一)ㄗㄢˊ zán 代①我。②我們。

(二)ㄗㄚˊ zá 代我。例咱家。

咱們 ㄗㄢˊ ㄇㄣˊ 我們。借指我或你。

咿 一 yī 副形容聲音的字。

咿呦 ㄧ ㄧㄡ ①指人語聲。②形容鹿鳴聲。

咿唔 ㄧ ㄨˊ 形容讀書的聲音。

咿啞 ㄧ ㄧㄚˇ ①形容小兒開始學話的聲音。②形容搖槳的聲音。

哞 ㄇㄡ mōu 副形容牛叫的聲音。

咫 ㄓˇ zhǐ 名古代的長度單位。周制為八寸。形距離很近的。例咫尺。

咫尺天涯 ㄓˇ ㄔˇ ㄊㄧㄢ ㄧㄚˊ 比喻距離雖近，但很難相見，像是遠在天邊一樣。同咫尺山河。

七畫

唐 ㄊㄤˊ táng 名①朝代名。②中國的別稱。例唐人街。③姓。副空，枉費地。例功不唐捐。

唐山 ㄊㄤˊ ㄕㄢ ①稱中國。②河北省的省轄市。

唐突 ㄊㄤˊ ㄊㄨ 觸犯，失禮冒犯。例唐突尊長。

唐僧 ㄊㄤˊ ㄙㄥ 即玄奘，因法號三藏法師，故又名唐三藏。他是唐代高僧，所以世人尊稱他為唐僧。

唐人街 ㄊㄤˊ ㄖㄣˊ ㄐㄧㄝ　指外國城市中眾多華僑聚居的區域或街道。

唐三彩 ㄊㄤˊ ㄙㄢ ㄘㄞˇ　指唐代陶器和陶俑上的藍、黃、綠等釉色。也指有這種釉彩的陶製品。

唐吉訶德 ㄊㄤˊ ㄐㄧˊ ㄏㄜ ㄉㄜˊ　①書名。西班牙塞萬提斯所寫的著名小說。②比喻不務實際、專愛空想的人。

唐宋八大家 ㄊㄤˊ ㄙㄨㄥˋ ㄅㄚ ㄉㄚˋ ㄐㄧㄚ　指唐、宋兩代八個大散文作家，即唐代的韓愈、柳宗元，宋代的歐陽修、蘇洵、蘇軾、蘇轍、王安石和曾鞏。

哼
ㄏㄥ hēng　動低聲唱。例哼歌。副人在痛苦時所發出的嘆息或呻吟聲。嘆表示不相信、鄙視、怒恨、不滿等情緒。例哼，這不算什麼！

哼哼唧唧 ㄏㄥ ㄏㄥ ㄐㄧ ㄐㄧ　①形容低聲說話、慢條斯理的樣子。②形容人的呻吟聲。

唁
ㄧㄢˋ yàn　動慰問喪家。例弔唁、慰唁。

哺
ㄅㄨˇ bǔ　名嘴裡咀嚼著的食物。動餵食幼兒或其他不能自食者。例哺乳。

哺育 ㄅㄨˇ ㄩˋ　①餵養。②比喻培養教育。

哺乳 ㄅㄨˇ ㄖㄨˇ　用乳汁餵食嬰兒。

哺乳動物 ㄅㄨˇ ㄖㄨˇ ㄉㄨㄥˋ ㄨˋ　脊椎動物中最高等的一類，用肺呼吸，雌體有乳腺，多數為胎生，有胎盤，以母體乳汁哺育幼兒。

唔
ㄨˊ wú　副形容唸書的吟哦聲。例咿唔。嘆①表示允許或同意。例唔！這樣做可以。②表示驚訝。例唔！這下可糟了。

咩
ㄇㄧㄝ miē　副通「芈」。羊叫的聲音。

唗
ㄉㄡ dōu　嘆表示怒斥的聲音。例唗！快給我走開！

哢
ㄌㄨㄥˋ lòng　動鳥叫。

哥
ㄍㄜ gē　名①弟妹對兄長的稱呼。例大哥、二哥。②對同輩男子的尊稱。例老哥。

哽
ㄍㄥˇ gěng　動①食物堵塞在喉部。②哭泣時聲氣阻塞而發不出聲音。例哽咽。

哽咽 ㄍㄥˇ ㄧㄝˋ　因為悲傷或深受委屈，哭時喉嚨堵塞，哭不出聲音來。

哽塞 ㄍㄥˇ ㄙㄜˋ　喉管堵塞而發不出聲音來。

哮
ㄒㄧㄠ xiāo　名見「哮喘」。動吼叫。例咆哮。

哮喘 ㄒㄧㄠ ㄔㄨㄢˇ　由支氣管發生痙攣性收縮，而引起陣發性的呼吸急促、哮鳴、咳嗽等症狀。

哳
ㄓㄚˊ zhá　形啁哳，形容鳥鳴聲雜亂而細碎的樣子。

哲
ㄓㄜˊ zhé　名有智慧的人，賢德之士。例先哲、前哲。形有智慧，明智的。例哲人。

哲人 ㄓㄜˊ ㄖㄣˊ　智慧高超卓越的人。

哲理 ㄓㄜˊ ㄌㄧˇ　關於宇宙和人生的根本道理。

哲學 ㄓㄜˊ ㄒㄩㄝˊ　研究宇宙間萬事萬物的深層意義或根本原理的學科。

哧 ㄔ chī 副形容笑聲的字。例噗哧。

唇 ㈠ㄓㄣ zhēn 動受到驚嚇而張大了嘴。㈡ㄔㄨㄣˊ chún「脣」的異體字。

唄 ㈠ㄅㄞˋ bài 名佛教徒頌佛的讚歌。㈡·ㄅㄟ bei 助語尾助詞，為「吧」的變音。例不懂就好好學唄。

哩 ㈠ㄌㄧˇ lǐ 名「英里」的舊稱，為英、美的長度單位。一哩等於一·六〇九三公里。㈡ㄌㄧ li 副言語不清的樣子。例哩嚕。

哩哩囉囉 ㄌㄧ·ㄌㄧ ㄌㄨㄛ ㄌㄨㄛ 形容人說話既囉嗦而又不清楚。

哭 ㄎㄨ kū 動因傷心痛苦或感情激動而流淚，並發出悲聲。例痛哭流涕、放聲大哭。

哭泣 ㄎㄨ ㄑㄧˋ 有聲為哭，無聲為泣。現泛指輕聲哭。

哭窮 ㄎㄨ ㄑㄩㄥˊ 指口頭上向人裝窮叫苦。

哭喪臉 ㄎㄨ ㄙㄤ ㄌㄧㄢˇ 形容愁苦悲傷的臉色。

哭哭啼啼 ㄎㄨ ㄎㄨ ㄊㄧˊ ㄊㄧˊ 沒完沒了地哭，哭個不停。

哭笑不得 ㄎㄨ ㄒㄧㄠˋ ㄅㄨˋ ㄉㄜˊ 形容人被弄得又好氣又好笑的樣子。同啼笑皆非。

哨 ㄕㄠˋ shào 名①為了警戒、巡邏、防守等任務而設的崗位。例觀察哨。②用來作示警、召集等用途的吹器。例哨子。③把手指放在嘴裡或撮口所發出的聲音。例口哨。

哨兵 ㄕㄠˋ ㄅㄧㄥ 軍隊中執行警戒，進行巡邏守衛的士兵。

哨音 ㄕㄠˋ ㄧㄣ 哨子吹出來的長短不同的聲音。

哨棒 ㄕㄠˋ ㄅㄤˋ 古人走路時用來防身的木棍。

唈 ㄧˋ yì 形嗚唈，因悲傷而抽噎、哭泣。

員 ㈠ㄩㄢˊ yuán 名①在機構中工作的人。例職員、教員。②團體組織裡的一分子。例黨員、隊員。③周圍，疆域或領土的面積。例幅員遼闊。④計算人數的量詞。例他可算是一員猛將。㈡ㄩㄣˋ yùn 名用於人名。如春秋時楚國有伍員（字子胥）。動增加，擴大。

員工 ㄩㄢˊ ㄍㄨㄥ 職員和工人。例教職員工。

員外 ㄩㄢˊ ㄨㄞˋ ①古官名。簡稱員外郎。②古時稱富家主人、地主豪紳。

唏 ㄒㄧ xī 動通「欷」。悲痛。副①表示悲傷的聲音。例嗟唏。②形容笑聲。例唏唏。

唏噓 ㄒㄧ ㄒㄩ 哀嘆聲。同唏吁。

哦 ㈠ㄜˊ é 動低聲吟詠。例吟哦。㈡ㄛˋ ò 嘆表示驚訝或忽然領悟。例哦，原來是這麼回事！

唅 ㈠ㄏㄢ hān 動張口。例唅呀。㈡ㄏㄢˋ hàn 動通「含」。嘴中銜著食物。

哪 ㈠ㄋㄚˇ nǎ 副表示反問。例哪能。代表示疑問或選擇。例哪天、你想要哪樣？㈡·ㄋㄚ na 助句末語氣詞。例這件事還沒完哪！㈢ㄋㄨㄛˊ nuó 見「哪吒」。

哪吒 ㄋㄨㄛˊ ㄓㄚ 佛教的護法神，相傳為毗沙門天王之子。

唆 ㄙㄨㄛ suō 動指使，從恿。例教唆。副多話地。例囉唆。

唆使 ㄙㄨㄛ ㄕˇ 指使或挑動別人做壞事。

唉 ㄞ āi 嘆①表示傷感或惋惜。例唉，真可惜！②表示答應。例唉，我知道了。

唉聲嘆氣 ㄞ ㄕㄥ ㄊㄢˋ ㄑㄧˋ 因心情苦悶而發出嗟嘆的聲音。

唧 ㄐㄧ jī 名見「唧筒」。動噴射水或其他液體。例唧他一身水。副狀聲詞。見「唧唧」。

唧咕 ㄐㄧ ㄍㄨ 形容兩人低聲說話或獨自一人細語。

唧筒 ㄐㄧ ㄊㄨㄥˇ 一種吸入和排出流體的機械。如抽水機、幫浦。

唧唧 ㄐㄧ ㄐㄧ ①形容機杼聲。例木蘭詩：「唧唧復唧唧，木蘭當戶織。」②形容嘆息聲。③形容鳥、蟲的鳴聲。

唧唧喳喳 ㄐㄧ ㄐㄧ ㄓㄚ ㄓㄚ 形容雜亂細碎的聲音。例唧唧喳喳吵死人。

唚 ㄑㄧㄣˋ qìn 動①用髒話罵人。例滿口胡唚。②貓狗嘔吐。

唷 ㄧㄛ yō 嘆①表示疑問。例唷，你怎麼就回來了？②表示驚訝或讚美。例唷，這孩子長得真漂亮！③表示痛苦。例唷，好痛呀！

八畫

商 ㄕㄤ shāng 名①貨品的交易買賣。例經商、通商。②從事物品買賣的人。例布商、商賈。③除法運算的得數。例商數。④古樂五音之一，相當於簡譜的「2」。⑤二十八星宿之一。例參商。⑥朝代名。⑦姓。動謀畫討論。例會商、商量。

商人 ㄕㄤ ㄖㄣˊ ①販賣貨品，從中獲取利潤的人。②商朝的人。

商行 ㄕㄤ ㄏㄤˊ 指較大的商店。

商定 ㄕㄤ ㄉㄧㄥˋ 經由商議而決定。

商店 ㄕㄤ ㄉㄧㄢˋ 買賣貨物的店鋪。

商洽 ㄕㄤ ㄑㄧㄚˋ 接洽商談。

商討 ㄕㄤ ㄊㄠˇ 商量討論。多指為了解決較大、較複雜的問題而相互交換意見。

商旅 ㄕㄤ ㄌㄩˇ 指往來各地買賣貨物的商人。

商酌 ㄕㄤ ㄓㄨㄛˊ 商量斟酌。

商務 ㄕㄤ ㄨˋ 商業上的事務。

商情 ㄕㄤ ㄑㄧㄥˊ 指市場上的物價和供需情況。

商港 ㄕㄤ ㄍㄤˇ 商船進出的港口。

商場 ㄕㄤ ㄔㄤˇ ①面積較大、商品比較齊全的綜合商店。②聚集在一個或幾個相連的建築物，由各種商店組成的市場。例光華商場。③泛指商業界。

商量 ㄕㄤ ˙ㄌㄧㄤ 斟酌協商，彼此交換意見。

商賈 ㄕㄤ ㄍㄨˇ 舊時對商人的統稱。

商業 ㄕㄤ ㄧㄝˋ 從事商品交易的營利事業。同貿易。

商榷 ㄕㄤ ㄑㄩㄝˋ 商量討論。

商號 ㄕㄤ ㄏㄠˋ 商店的字號，即指商店。

商談 ㄕㄤ ㄊㄢˊ 當面在口頭上商量。

商標 ㄕㄤ ㄅㄧㄠ 刻、印在商品表面或包裝上的標誌，以與同類商品有所區別。

商議 ㄕㄤ ㄧˋ 商量討論。

啖

ㄉㄢˋ dàn 動①吃。例啖飯、啖粥。②給別人東西吃。例以梨啖之。③拿利益引誘人，使之聽從自己。

唳

ㄌㄧˋ lì 動鳥類高聲鳴叫。例風聲鶴唳。

啍

ㄊㄨㄣ tūn 副多言的樣子。

啐

ㄘㄨㄟˋ cuì 動①用力從嘴裡吐出痰或口水。②表示鄙棄、斥責或辱罵。③嘗，飲。例啐醴。

唼

(一)ㄕㄚˋ shà 動水鳥或魚吃東西。(二)ㄑㄧㄝˋ qiè 名唼佞，誹謗的言論。

唪

ㄈㄥˇ fěng 動①大聲吟誦。多指和尚唸經。②大笑。例唪誦、唪經。

啦

(一)・ㄌㄚ la 助和「了」的用法大致相同，表示事情已經完成，但語氣較重。例好啦，這下可找到你啦！(二)ㄌㄚ lā 副形容下雨、歡呼的聲音。

啦啦隊 ㄌㄚ ㄌㄚ ㄉㄨㄟˋ 在比賽時，為參加比賽者助陣、歡呼、唱歌、舞蹈的隊伍。

唶

(一)ㄐㄧㄝˋ jiè 動嘆息。例觀者唶唶。(二)ㄗㄜˊ zé 動大聲呼叫。

唵

ㄢˇ ǎn 動①嘴裡銜著東西。②用手進食。助佛教咒語的發聲詞。嘆表懷疑的語氣。例唵！請再說一遍。

啞

(一)ㄧㄚˇ yǎ 名聲帶有毛病而發不出聲音。例聾啞。形①聲音枯澀不清楚的。例嘶啞、沙啞。②無聲的。例啞劇。(二)ㄧㄚ yā 副狀聲詞。見「啞啞」。助同「呀」。例你快去啞！

啞巴 ㄧㄚˇ ㄅㄚ 不能說話的人。多生理缺陷或疾病所致。

啞啞 ㄧㄚ ㄧㄚ ①烏鴉的叫聲。②小兒學說話的聲音。

啞然 ㄧㄚˇ ㄖㄢˊ ①形容寂靜的樣子。例啞然無聲。②形容笑聲。例啞然失笑。

啞鈴 ㄧㄚˇ ㄌㄧㄥˊ 舉重及體操的輔助器械，兩頭呈球形，中間用手握住做各種動作。

啞劇 ㄧㄚˇ ㄐㄩˋ 不用臺詞、歌詞，而只用動作和表情演出的戲劇。

啞謎 ㄧㄚˇ ㄇㄧˊ 比喻難以猜測的事情或問題。例打啞謎。

啞巴虧 ㄧㄚˇ ㄅㄚ ㄎㄨㄟ 指受了損失或羞辱，卻又不便說出。

啞口無言 ㄧㄚˇ ㄎㄡˇ ㄨˊ ㄧㄢˊ 像啞巴一樣說不出話來。形容理屈詞窮的樣子。

啞然失笑 ㄧㄚˇ ㄖㄢˊ ㄕ ㄒㄧㄠˋ 禁不住的笑出聲來。

啞巴吃黃連 ㄧㄚˇ ㄅㄚ ㄔ ㄏㄨㄤˊ ㄌㄧㄢˊ 形容心中極為痛苦，卻又不能或無法說出。

啪

ㄆㄚ pā 副形容爆裂或拍擊的聲音。

啄

ㄓㄨㄛˊ zhuó 名①書法稱由右斜向左的短撇。②鳥嘴。動禽鳥用嘴叩擊或夾取東西。例啄食。

副狀聲詞。見「啄啄」。

啄啄 ㄓㄨㄛˊ ㄓㄨㄛˊ　①雞的啄食聲。②叩門聲。

啄木鳥 ㄓㄨㄛˊ ㄇㄨˋ ㄋㄧㄠˇ　鳥名。嘴硬直而尖銳，舌細長有鉤，適於捕食樹洞裡的蛀蟲。

啃

ㄎㄣˇ kěn 動①咬食。例啃骨頭。②比喻用功讀書。例啃書本。

唬

ㄏㄨˇ hǔ 動虛張聲勢來威嚇別人或蒙混騙人。例嚇唬。

唱

ㄔㄤˋ chàng 名泛稱詩詞歌曲。例小唱、聽唱。動①發出歌聲。例唱歌、唱戲。②高聲呼叫。例唱名、唱票。

唱名 ㄔㄤˋ ㄇㄧㄥˊ　依照名冊高聲點名。

唱和 ㄔㄤˋ ㄏㄜˋ　①以詩詞相互酬答。②歌唱時此唱彼和。③互相呼應、配合。

唱票 ㄔㄤˋ ㄆㄧㄠˋ　選舉開票時，由指定的人員大聲唸出選票上所圈選的名字。

唱腔 ㄔㄤˋ ㄑㄧㄤ　戲曲演員在歌唱時所用的腔調。

唱反調 ㄔㄤˋ ㄈㄢˇ ㄉㄧㄠˋ　針對某意見提出相反的主張，採取相反的行動。

唱高調 ㄔㄤˋ ㄍㄠ ㄉㄧㄠˋ　比喻說些好聽而不切實際的話。

唱名表決 ㄔㄤˋ ㄇㄧㄥˊ ㄅㄧㄠˇ ㄐㄩㄝˊ　會議時，依名冊點名，並據此統計出贊成與反對的人數。

唱獨角戲 ㄔㄤˋ ㄉㄨˊ ㄐㄧㄠˇ ㄒㄧˋ　比喻一個人獨自做某件事。

啤

ㄆㄧˊ pí 見「啤酒」。

啤酒 ㄆㄧˊ ㄐㄧㄡˇ　英語beer的音譯。用大麥芽和啤酒花為主要原料，經低溫發酵而釀成的低濃度酒精飲料。

啡

ㄈㄟ fēi 名譯音用字。例咖啡、嗎啡。

啕

ㄊㄠˊ táo 副放聲大哭。例號啕大哭。

唿

ㄏㄨ hū 見「唿哨」。

唿哨 ㄏㄨ ㄕㄠˋ　把手指放在嘴裡或物體飛快掠過時所發出的高而尖銳的聲音。也作「呼哨」。例打唿哨。

唸

ㄋㄧㄢˋ niàn 動通「念」。誦讀。例唸書。

啣

ㄒㄧㄢˊ xián 動①嘴裡含著東西。例燕子啣泥。②懷藏在心裡。例啣恨在心。③奉，接受。例啣命。

啁

ㄓㄡ zhōu 副形容鳥鳴聲。例啁啁。

啁啾 ㄓㄡ ㄐㄧㄡ　①形容鳥叫聲。②形容各種樂器同時演奏的聲音。

啥

ㄕㄚˊ shá 代什麼。例幹啥、有啥說啥。

售

ㄕㄡˋ shòu 動①賣出。例出售、銷售。②實現，施展。例以售其奸。

售價 ㄕㄡˋ ㄐㄧㄚˋ　貨物賣出去的價格。

唯

ㄨㄟˊ wéi 副通「惟」。獨，只有。例唯獨。

唯一 ㄨㄟˊ ㄧ　獨一無二。

唯心 ㄨㄟˊ ㄒㄧㄣ　世間的一切，從精神到物質的各種現象，都是由人心所造成。

唯恐 ㄨㄟˊ ㄎㄨㄥˇ　只怕。例唯恐別人不知道。

唯獨 ㄨㄟˊ ㄉㄨˊ　單單，只有。例唯獨你例外。

唯利是圖 ㄨㄟˊ ㄌㄧˋ ㄕˋ ㄊㄨˊ　只貪圖財利，別的什麼都不顧。

唯我獨尊 ㄨㄟˊ ㄨㄛˇ ㄉㄨˊ ㄗㄨㄣ　認為只有自己最了不起，沒有人能與自己相比。形容人狂妄自大，目空一切。

唯妙唯肖 ㄨㄟˊ ㄇㄧㄠˋ ㄨㄟˊ ㄒㄧㄠˋ 形容描寫或模仿得非常巧妙、逼真。也作「維妙維肖」。

唯命是從 ㄨㄟˊ ㄇㄧㄥˋ ㄕˋ ㄘㄨㄥˊ 絕對服從命令，不敢違抗。又作「惟命是聽」。

唯唯諾諾 ㄨㄟˇ ㄨㄟˇ ㄋㄨㄛˋ ㄋㄨㄛˋ 形容一味地附和、順從別人。

啗 ㄉㄢˋ dàn 動①同「啖」。例啗桃。②以利誘人。例啗以重利。

牾 ㄨˇ wǔ 動通「忤」。違逆，抵觸。

問 ㄨㄣˋ wèn 名書信，音信。例久無家問。動①向人請教。例詢問。②慰勞，請安。例問候、問好。③審訊。例審問、問案。④責成，責備。例唯你是問、興師問罪。⑤干涉，干預。例不聞不問、概不過問。⑥贈送，饋贈。例問遺。

問卜 ㄨㄣˋ ㄅㄨˇ 用占卜的方法解決疑難。例求神問卜。

問世 ㄨㄣˋ ㄕˋ 著作出版或新產品推出。

問卦 ㄨㄣˋ ㄍㄨㄚˋ 用卦象來占卜吉凶。

問津 ㄨㄣˋ ㄐㄧㄣ 打聽渡口的所在。比喻探問或嘗試。例乏人問津。

問俗 ㄨㄣˋ ㄙㄨˊ 詢問、打探當地風俗。例入境問俗。

問案 ㄨㄣˋ ㄢˋ 法官審問案件。

問候 ㄨㄣˋ ㄏㄡˋ 探問人的起居。

問斬 ㄨㄣˋ ㄓㄢˇ 指古代執行斬首的死刑。

問罪 ㄨㄣˋ ㄗㄨㄟˋ ①指出對方的罪行，加以聲討。例興師問罪。②審問犯人以定罪。

問號 ㄨㄣˋ ㄏㄠˋ ①標點符號之一，符號為「？」。用於句末表疑問語氣。②疑問，問題。例他今天能否到家，還是個問號。

問鼎 ㄨㄣˋ ㄉㄧㄥˇ 指圖謀取得天下，奪取王位。

問題 ㄨㄣˋ ㄊㄧˊ ①尚待研究討論並解決的事。②考試所出的題目。

問心無愧 ㄨㄣˋ ㄒㄧㄣ ㄨˊ ㄎㄨㄟˋ 反問自己的良心，不覺得有所愧疚。同心安理得。

問長問短 ㄨㄣˋ ㄔㄤˊ ㄨㄣˋ ㄉㄨㄢˇ 不厭其煩的仔細詢問。

問道於盲 ㄨㄣˋ ㄉㄠˋ ㄩˊ ㄇㄤˊ 向瞎子問路。比喻向毫無所知的人求教。

啜 ㄔㄨㄛˋ chuò 動①喝，嘗。例啜飲。副②哭泣，抽噎。例啜泣。

啜泣 ㄔㄨㄛˋ ㄑㄧˋ 抽抽搭搭、一吸一頓地哭。

啜茗 ㄔㄨㄛˋ ㄇㄧㄥˊ 飲茶。

啜菽飲水 ㄔㄨㄛˋ ㄕㄨˊ ㄧㄣˇ ㄕㄨㄟˇ 吃豆粥，喝清水。指生活清苦。

啊 ㈠ㄚ ā 嘆表示讚嘆、驚異、疑問、應諾或醒悟等語氣。㈡·ㄚ a 助在句末或句中表示各種不同的語氣。

唰 ㄕㄨㄚ shuā 副形容迅速擦過去的聲音。例唰唰地下起雨來了。

九畫

唾 ㄊㄨㄛˋ tuò 名口水。例唾沫。動吐口水。表示鄙棄。例唾面。

唾液 ㄊㄨㄛˋ ㄧㄝˋ 由唾腺所分泌的液體，有潤溼口腔、分解食物和幫助消化的作用。

唾棄 ㄊㄨㄛˋ ㄑㄧˋ 鄙棄，輕視。

唾餘 ㄊㄨㄛˋ ㄩˊ 比喻別人一些微不足道的言論或意見。例拾人唾餘。

唾罵 ㄊㄨㄛˋ ㄇㄚˋ 鄙棄責罵。

唾手可得 ㄊㄨㄛˋ ㄕㄡˇ ㄎㄜˇ ㄉㄜˊ 比喻非常容易做到或得到。

唾面自乾 ㄊㄨㄛˋ ㄇㄧㄢˋ ㄗˋ ㄍㄢ 別人往自己的臉上吐口水，不擦掉而讓它自己乾掉。形容逆來順受而不與人計較。

啼

ㄊㄧˊ tí 動①號哭。例啼哭。②鳥獸的鳴叫。例鳥啼、虎嘯猿啼。

啼血 ㄊㄧˊ ㄒㄧㄝˇ 悲啼過度而嘔血。後用作杜鵑鳥的代稱。例杜鵑啼血。

啼笑皆非 ㄊㄧˊ ㄒㄧㄠˋ ㄐㄧㄝ ㄈㄟ 哭也不是，笑也不是。形容不知如何是好。同哭笑不得。

啷

ㄌㄤ lāng 副形容器物相碰撞的聲音。例哐啷、啷噹。

啻

ㄔˋ chì 副但，只，僅。例何啻、不啻。

喨

ㄌㄧㄤˋ liàng 名聲音清澈而響亮。例嘹喨。

喀

ㄎㄚ kā 副①形容東西斷裂的聲音。例喀嚓。②形容咳嗽、嘔吐的聲音。例喀喀。

喀喀 ㄎㄚ ㄎㄚ 嘔吐聲。

喀嚓 ㄎㄚ ㄘㄚ 形容折斷或破裂的聲音。

喧

ㄒㄩㄢ xuān 形顯赫盛大的。例喧嚇。動大聲說話，吵鬧。例喧鬧。

喧天 ㄒㄩㄢ ㄊㄧㄢ 形容聲音大得震動了天。例鑼鼓喧天、喧天價響。

喧赫 ㄒㄩㄢ ㄏㄜˋ 形容聲勢極其盛大。

喧嘩 ㄒㄩㄢ ㄏㄨㄚˊ 大聲說笑或叫喊、哄鬧，聲音顯得嘈雜。例笑語喧嘩。

喧闐 ㄒㄩㄢ ㄊㄧㄢˊ 形容聲音大得震天。也作「喧天」。

喧嚷 ㄒㄩㄢ ㄖㄤˇ 聲音大而嘈雜。

喧騰 ㄒㄩㄢ ㄊㄥˊ ①喧鬧沸騰。②比喻名聲四處宣揚。

喧囂 ㄒㄩㄢ ㄒㄧㄠ ①聲音大而雜亂。例車馬喧囂。②叫囂，吵鬧。例長夜喧囂。

喧賓奪主 ㄒㄩㄢ ㄅㄧㄣ ㄉㄨㄛˊ ㄓㄨˇ 客人的聲音、氣勢壓過主人，占了主人的地位。比喻外來的、次要的事物壓倒原有的、主要的事物之地位。

喑

ㄧㄣ yīn 動①緘默不言。②厲聲怒喝。例喑噁。③鳴叫。副通「瘖」。嗓子啞了，不能出聲。

喑啞 ㄧㄣ ㄧㄚˇ ①口不能言，多指啞巴。②沉默不說話。

喭

ㄧㄢˋ yàn 名通「諺」。諺語。形粗魯的，剛直的。例論語：「由也喭。」動通「唁」。慰問喪家。

喵

ㄇㄧㄠ miāo 副形容貓叫的聲音。

喋

ㄉㄧㄝˊ dié 動通「蹀」。踐踏。副多話的樣子。例喋喋不休。

喋血 ㄉㄧㄝˊ ㄒㄧㄝˇ 形容殺人眾多，血流滿地，踏血而行。

喋喋不休 ㄉㄧㄝˊ ㄉㄧㄝˊ ㄅㄨˋ ㄒㄧㄡ 形容嘮嘮叨叨，說個沒完。

喃

ㄋㄢˊ nán 見「喃喃」、「呢喃」。

喃喃 ㄋㄢˊ ㄋㄢˊ ①形容低聲說話的聲音。例喃喃細語。②形容讀書聲。③形容燕子的叫聲。

喏 ㊀ㄖㄜˇ rě 名唱喏，一面作揖，一面出聲致敬。㊁ㄋㄨㄛˋ nuò 副同「諾」。答應人呼喚的辭語。

喇 ㄌㄚˇ lǎ 名見「喇叭」、「喇嘛」。副形容風、雨等的聲音。例嘩喇、呼喇喇。

喇叭 ㄌㄚˇ ㄅㄚ ①一種用嘴吹奏的銅管樂器，俗稱號筒。②泛稱喇叭筒狀的具有擴音作用的東西。③形容人多話，四處宣傳。

喇嘛 ㄌㄚˇ ˙ㄇㄚ 西藏民間對受尊敬的僧人或法師的稱呼。藏語為至高無上的意思。

喇嘛教 ㄌㄚˇ ˙ㄇㄚ ㄐㄧㄠˋ 佛教的一派，唐時由印度傳入西藏後，與西藏固有的宗教及民俗相結合而形成。

喊 ㄏㄢˇ hǎn 動①大聲呼叫。例吶喊。②以聲召人。例喊人。

喊話 ㄏㄢˇ ㄏㄨㄚˋ 在陣地前方對敵人大聲宣示或勸降。

喫 ㄔ chī 「吃」的異體字。

喜 ㄒㄧˇ xǐ 名①值得高興的事，吉祥的事。例大喜。②稱婦人懷孕。例有喜、害喜。形快樂，高興的。例欣喜、喜悅。動愛好。例好大喜功。

喜功 ㄒㄧˇ ㄍㄨㄥ 喜好建立功勛以炫耀自己的才華能力。例好大喜功。

喜色 ㄒㄧˇ ㄙㄜˋ 歡喜的神色。例面有喜色。反慍色。

喜事 ㄒㄧˇ ㄕˋ ①令人高興的、值得慶幸的事。②特指婚嫁之事。

喜雨 ㄒㄧˇ ㄩˇ 及時所下的雨。

喜帖 ㄒㄧˇ ㄊㄧㄝˇ 邀請人參加婚禮的請帖。

喜酒 ㄒㄧˇ ㄐㄧㄡˇ 指婚嫁時招待親友的酒席。同喜筵。

喜訊 ㄒㄧˇ ㄒㄩㄣˋ 使人高興、歡喜的消息。

喜氣 ㄒㄧˇ ㄑㄧˋ 歡喜的神色或氣氛。

喜幛 ㄒㄧˇ ㄓㄤˋ 指祝賀人喜事時，以上面浮貼有祝頌語句的整幅綢緞為禮品。

喜筵 ㄒㄧˇ ㄧㄢˊ 結婚時招待親友的筵席。同喜宴。

喜餅 ㄒㄧˇ ㄅㄧㄥˇ 訂婚時男方贈送給女方親友的糕餅。

喜慶 ㄒㄧˇ ㄑㄧㄥˋ 值得歡喜慶賀的事。

喜劇 ㄒㄧˇ ㄐㄩˋ 戲劇類型之一，往往用誇張手法諷刺和嘲笑醜惡的、落後的現象，劇情多引人發笑，最後常以令人滿意的結局收場。用以比喻圓滿、令人高興或可笑的事情。反悲劇。

喜鵲 ㄒㄧˇ ㄑㄩㄝˋ 鳥名。傳說其鳴叫表示有喜事降臨。

喜孜孜 ㄒㄧˇ ㄗ ㄗ 形容內心非常歡喜的樣子。

喜洋洋 ㄒㄧˇ ㄧㄤˊ ㄧㄤˊ 形容非常歡樂的氣氛。

喜上眉梢 ㄒㄧˇ ㄕㄤˋ ㄇㄟˊ ㄕㄠ 形容喜悅之情流露在眉宇之間。

喜不自勝 ㄒㄧˇ ㄅㄨˋ ㄗˋ ㄕㄥ 高興得不得了。

喜出望外 ㄒㄧˇ ㄔㄨ ㄨㄤˋ ㄨㄞˋ 沒有想到好事會降臨到自己身上，因而顯得特別高興。

喜形於色 ㄒㄧˇ ㄒㄧㄥˊ ㄩˊ ㄙㄜˋ 內心的喜悅表現在臉上。

喜怒無常 ㄒㄧˇ ㄋㄨˋ ㄨˊ ㄔㄤˊ 情緒起伏很大，忽喜忽怒，令人捉摸不定。

喜氣洋洋 ㄒㄧˇ ㄑㄧˋ ㄧㄤˊ ㄧㄤˊ 形容非常高興。

喜從天降 ㄒㄧˇ ㄘㄨㄥˊ ㄊㄧㄢ ㄐㄧㄤˋ 意想不到的喜事突然來到。

喜新厭舊 ㄒㄧˇ ㄒㄧㄣ ㄧㄢˋ ㄐㄧㄡˋ 喜歡新的，厭惡舊的。多指對愛情不專一。同朝秦暮楚。

喜怒不形於色 ㄒㄧˇ ㄋㄨˋ ㄅㄨˋ ㄒㄧㄥˊ ㄩˊ ㄙㄜˋ 歡喜和憤怒的心情都不表現在臉上。

喳 ㄓㄚ zhā 副①清代役隸對上司的應答聲。②見「喳喳」。

喳喳 ㄓㄚ ㄓㄚ ①形容鳥叫的聲音。例喜鵲喳喳地叫。②形容小聲說話。例嘁嘁喳喳地說悄悄話。

喱 ㄌㄧˊ lí 名英美制的重量單位，一喱約合〇.〇六四八公克。

嘍 ㄧㄠ yāo 動大聲呼喝。例嘍喝。副形容蟲鳴聲。例詩經：「嘍嘍草蟲。」

喪 ㈠ㄙㄤ sāng 名與辦理死者有關的事。例治喪、居喪。㈡ㄙㄤˋ sàng 動失去。例喪失、喪盡天良。

喪亡 ㄙㄤˋ ㄨㄤˊ 死亡，滅亡。

喪志 ㄙㄤˋ ㄓˋ 失去志氣。例玩物喪志。

喪事 ㄙㄤ ㄕˋ 人死後進行安葬等事宜。

喪命 ㄙㄤˋ ㄇㄧㄥˋ 死亡。大多指死於非命。

喪家 ㄙㄤ ㄐㄧㄚ 有喪事的人家。

喪氣 ㄙㄤˋ ㄑㄧˋ 因事情不順利而情緒低落。例垂頭喪氣。

喪葬 ㄙㄤ ㄗㄤˋ 辦理人死後的一切事宜。

喪亂 ㄙㄤˋ ㄌㄨㄢˋ 喪亡與禍亂。指時局動亂。

喪膽 ㄙㄤˋ ㄉㄢˇ 形容非常恐懼。例聞風喪膽。

喪禮 ㄙㄤ ㄌㄧˇ 奠祭、埋葬等有關喪事的禮節。

喪鐘 ㄙㄤ ㄓㄨㄥ 比喻死亡或滅亡的訊號。

喪心病狂 ㄙㄤˋ ㄒㄧㄣ ㄅㄧㄥˋ ㄎㄨㄤˊ 形容喪失理智，瘋狂到了極點。

喪家之犬 ㄙㄤˋ ㄐㄧㄚ ㄓ ㄑㄩㄢˇ 比喻落魄、不得志的人。

喪盡天良 ㄙㄤˋ ㄐㄧㄣˋ ㄊㄧㄢ ㄌㄧㄤˊ 一點良心也沒有了。形容極其殘忍、狠毒。

喁 ㈠ㄩㄥˊ yóng 動魚口露出水面。㈡ㄩˊ yú 動隨聲附和。

喁喁 ㈠ㄩˊ ㄩˊ 比喻眾人景仰歸向的樣子。例喁喁向慕。㈡ㄩˇ ㄩˇ 低語說話的樣子。

單 ㈠ㄉㄢ dān 名①只有一層的布或衣物。例被單、床單。②記事的紙片。例名單、帳單。形①獨自的，一個。與「雙」相對。例單人床、單身貴族。②奇數的。與「偶」、「雙」相對。例單數、單號。③不複雜，變化少的。例簡單、單純。④薄弱。例單薄。副僅，只。例單說不做。㈡ㄕㄢˋ shàn 名①單縣，山東省地名。②姓。㈢ㄔㄢˊ chán 見「單于」。

單丁 ㄉㄢ ㄉㄧㄥ 指沒有兄弟的成年男子。

單于 ㄔㄢˊ ㄩˊ 漢時對匈奴君主的稱呼。

單方 ㄉㄢ ㄈㄤ ①流傳於民間的藥方。也作「丹方」。②對雙方而言，指各自的一

單元 ㄉㄢ ㄩㄢˊ ①同性質的教材編在一起，有首有尾，自成系統、段落。②整體中自為一組的單位。

單打 ㄉㄢ ㄉㄚˇ 乒乓球、網球等球類比賽的一種方式，由兩人互相對打。反雙打。

單句 ㄉㄢ ㄐㄩˋ 不能分成幾個分句的簡單句子。反複句。

單名 ㄉㄢ ㄇㄧㄥˊ 名字只有一個字的。

單利 ㄉㄢ ㄌㄧˋ 只以本金計算利息，所生利息不加入本金重複計算。

單身 ㄉㄢ ㄕㄣ 單獨一個人，沒有家室的人。

單位 ㄉㄢ ㄨㄟˋ ①計算事物數量的標準。如公斤、公尺。②機關團體組織的部門。

單軌 ㄉㄢ ㄍㄨㄟˇ 只容一車通行的軌道。反雙軌。

單純 ㄉㄢ ㄔㄨㄣˊ 簡單而不複雜。例思想單純。

單傳 ㄉㄢ ㄔㄨㄢˊ ①只傳一師之法，不雜別派。②通常指幾代相傳都只有一個兒子。

單調 ㄉㄢ ㄉㄧㄠˋ 簡單、呆板而毫無變化。例色彩單調。

單價 ㄉㄢ ㄐㄧㄚˋ 商品的單位價格。

單據 ㄉㄢ ㄐㄩˋ 可以做為憑據的證明單。

單獨 ㄉㄢ ㄉㄨˊ 獨自一個。

單幫 ㄉㄢ ㄅㄤ 從甲地買商品到乙地販售的個人商販。例跑單幫。

單薄 ㄉㄢ ㄅㄛˊ ①指穿的衣服又薄又少。②身體瘦弱，不結實。③不充足，薄弱。多指力量、論據等。

單行本 ㄉㄢ ㄒㄧㄥˊ ㄅㄣˇ 從整部著作或報刊、叢書中，抽取其中一部分單獨印行的書。

單性花 ㄉㄢ ㄒㄧㄥˋ ㄏㄨㄚ 只具有雄蕊或雌蕊的花。

單音詞 ㄉㄢ ㄧㄣ ㄘˊ 只有一個音節的詞。也就是由一個字代表一個意義的詞。如山、水、黑、白等。

單相思 ㄉㄢ ㄒㄧㄤ ㄙ 男女之間單方面的愛慕思戀。或作「單戀」。

單掛號 ㄉㄢ ㄍㄨㄚˋ ㄏㄠˋ 不需要收件人回執的掛號郵件。需要回執的叫雙掛號。

單刀直入 ㄉㄢ ㄉㄠ ㄓˊ ㄖㄨˋ 比喻說話、行事直截了當。

單刀赴會 ㄉㄢ ㄉㄠ ㄈㄨˋ ㄏㄨㄟˋ 形容人膽識宏大，勇往直前，毫無所懼。同單槍匹馬。

單槍匹馬 ㄉㄢ ㄑㄧㄤ ㄆㄧˇ ㄇㄚˇ 無人幫助。比喻單獨行動，

單子葉植物 ㄉㄢ ㄗˇ ㄧㄝˋ ㄓˊ ㄨˋ 種子的胚芽只有一片子葉的植物。如稻、麥等。

喟

ㄎㄨㄟˋ kuì 動嘆息。例喟嘆。副嘆息的樣子。例喟然而嘆。

喟然長嘆 ㄎㄨㄟˋ ㄖㄢˊ ㄔㄤˊ ㄊㄢˋ 因感慨而發出一聲長長的嘆息。

喝

㈠ㄏㄜ hē 動飲用液體或流質食物。例喝水、喝牛奶。

㈡ㄏㄜˋ hè 動大聲叫喊。例大喝一聲、吆喝。嘆表示驚訝的語氣。例喝！你居然來了。

喝令 ㄏㄜˋ ㄌㄧㄥˋ 大聲命令。

喝采 ㄏㄜˋ ㄘㄞˇ 大聲叫好。

喝西北風 ㄏㄜ ㄒㄧ ㄅㄟˇ ㄈㄥ 比喻沒有東西吃，挨餓。

喘

ㄔㄨㄢˇ chuǎn 名氣息。例苟延殘喘。動呼吸急促。例喘不過氣。

喘氣 ㄔㄨㄢˇ ㄑㄧˋ 呼吸急促而深，上氣不接下氣的樣子。

喘息 ㄔㄨㄢˇ ㄒㄧ ①急促地呼吸。例喘息未定。②短暫的休息，以舒解緊張和疲勞。

喘噓噓 ㄔㄨㄢˇ ㄒㄩ ㄒㄩ 喘氣不已的樣子。也作「喘吁吁」。

喂

ㄨㄟˋ wèi 動通「餵」。餵養。嘆表示招呼。例喂！你要去哪裡？

喚

ㄏㄨㄢˋ huàn 動①呼叫，喊。例呼喚、喚醒。②招來。例你去書房裡喚小王來。

喚起 ㄏㄨㄢˋ ㄑㄧˇ ①號召使奮起。例喚起世人。②引起人回憶、注意。③喚醒叫起。

喚醒 ㄏㄨㄢˋ ㄒㄧㄥˇ ①把人從睡中叫醒。②比喻使人醒悟。例喚醒民眾。

喬

ㄑㄧㄠˊ qiáo 形①高大的。例喬木。②偽裝的，假裝。例喬妝。

喬木 ㄑㄧㄠˊ ㄇㄨˋ 主幹高大明顯的木本植物。如松、柏等。

喬松 ㄑㄧㄠˊ ㄙㄨㄥ ①高大的松樹。②稱古代傳說中的仙人王子喬與赤松子。

喬梓 ㄑㄧㄠˊ ㄗˇ 喬木高大，梓木矮小，用來比喻父子。

喬裝 ㄑㄧㄠˊ ㄓㄨㄤ 假扮，假裝。也作「喬妝」。

喬遷之喜 ㄑㄧㄠˊ ㄑㄧㄢ ㄓ ㄒㄧˇ 祝賀他人搬家或官職高升。

啾

ㄐㄧㄡ jiū 副形容蟲鳥或鈴鐸等細碎嘈雜的聲音。例啁啾。

啾啾 ㄐㄧㄡ ㄐㄧㄡ ①蟲鳥的鳴叫聲。②形容馬鳴聲。③鈴、笛等的聲音。④形容淒厲的叫聲。例猿鳴啾啾。

啾唧 ㄐㄧㄡ ㄐㄧˊ ①小聲，細聲。②煩雜的聲音。

喻

ㄩˋ yù 名姓。動①告知，說明。例告喻、曉喻。②明白，知道。例不言而喻、家喻戶曉。③比方。例比喻。

喤

ㄏㄨㄤˊ huáng 副狀聲詞。見「喤喤」。

喤喤 ㄏㄨㄤˊ ㄏㄨㄤˊ ①形容小孩的哭聲。②形容聲音宏亮而和諧。

喒

㊀ㄗㄢˊ zán 同「咱」。㊁ㄗㄚˊ zá 同「咱」。

喉

ㄏㄡˊ hóu 名即喉頭，在咽頭和氣管之間，由甲狀軟骨、環狀軟骨和會厭軟骨等構成。

喉舌 ㄏㄡˊ ㄕㄜˊ ①咽喉與口舌，為說話的器官。②比喻代言人或宣傳機構。

喉嚨 ㄏㄡˊ ㄌㄨㄥˊ 咽部和喉部的統稱。

嘅

ㄎㄞˇ kǎi 又讀 ㄎㄞˋ kài 副感嘆聲。

喔

㊀ㄨㄛˋ wò 副形容公雞叫的聲音。例晨雞喔喔。㊁ㄛ ō 嘆表示了解、領悟。例喔！原來如此。

喲

ㄧㄠ yāo 嘆表示輕微的驚訝、讚嘆或疑問。助①用在句末，表示祈使語氣。②用在歌詞中作襯字。例呼兒嗨喲！

喙

ㄏㄨㄟˋ huì 名①鳥獸尖長的嘴。例長喙、鳥喙。②借指人的嘴。例不容置喙、百喙莫辯。

嗞

ㄗ zī 副形容聲音的字。例嗞的一聲。

十畫

嗟

ㄐㄧㄝ jiē 嘆①表示悲嘆。例嗟嘆。②表示讚美。例嗟嗟。

嗟乎 ㄐㄧㄝ ㄏㄨ 感嘆詞。

嗟來之食 ㄐㄧㄝ ㄌㄞˊ ㄓ ㄕˊ 比喻帶有輕蔑性的施捨。

嗙 ㄆㄤˇ pǎng 動自誇，吹牛。例瞎嗙、亂嗙。

嗐 ㄏㄞˋ hài 嘆表示傷感或惋惜。例嗐！我早到一會兒就好了。

嗨 ㄏㄞ hāi 嘆①表示惋惜、懊喪。例嗨！可惜，可惜！②表示親切的招呼。例嗨！是你呀！

嗨喲 ㄏㄞ ㄧㄠ 勞動時的呼喊聲。也用作歌謠中的呼語。

嗌 ㄧˋ yì 名咽喉。例飲食下嗌。動喉嚨噎住了。

嗛 ㈠ㄑㄧㄢˇ qiǎn 名猴類口腔內兩側貯藏食物的地方。例頰嗛。

㈡ㄑㄧㄢ qiān 形同「謙」。謙虛。

㈢ㄑㄧㄢˋ qiàn 名通「歉」。歉收，不足。

嗎 ㈠·ㄇㄚ ma 助①用在句末表示疑問。例明天你能來嗎？②用在句中表示停頓，點出下文。例錢嗎，生不帶來，死不帶去。

㈡ㄇㄚˇ mǎ 見「嗎啡」。

嗎啡 ㄇㄚˇ ㄈㄟ 用鴉片提煉製成的白色結晶粉末，味苦，有毒。醫藥上可作鎮痛劑，久用會上癮。

嗒 ㄊㄚˋ tà 形見「嗒然」、「嗒喪」。副形容馬蹄聲或機關槍射擊聲。

嗒然 ㄊㄚˋ ㄖㄢˊ 形容失意的樣子。例嗒然若失。

嗒喪 ㄊㄚˋ ㄙㄤˋ 形容垂頭喪氣或失魂落魄的神情。

嗝 ㄍㄜˊ gé 名因噎氣或吃得太飽，胃中氣體從口中逆出所發出的聲音。例打嗝、打飽嗝。

嗑 ㄎㄜˋ kè 形話多的樣子。動用門牙咬裂硬的東西。例嗑瓜子。

嗑牙 ㄎㄜˋ ㄧㄚˊ 閒談，鬥嘴。

嗔 ㄔㄣ chēn 動①怒，生氣。例嗔怒。②對人不滿，怪罪。例嗔怪。

嗔怪 ㄔㄣ ㄍㄨㄞˋ 對別人的言語行動表示不滿而生氣責怪。

嗔怒 ㄔㄣ ㄋㄨˋ 生氣發怒。

嗜 ㄕˋ shì 動喜歡，愛好。例嗜酒如命。

嗜好 ㄕˋ ㄏㄠˋ 特別深的愛好。

嗜欲 ㄕˋ ㄩˋ 指耳、目、口、鼻等感官所產生的貪欲。也作「嗜慾」。

嗄 ㄕㄚˋ shà 形聲音嘶啞的。嘆表示疑問或反問的語氣。

嗇 ㄙㄜˋ sè 名通「穡」。收割穀類、耕作的事。形儉省。例吝嗇。

嗉 ㄙㄨˋ sù 名禽鳥喉下儲盛食物的囊。

嗉囊 ㄙㄨˋ ㄋㄤˊ 鳥類及昆蟲消化器官的一部分，在食道的下部，形狀像口袋，用來暫存食物。又稱嗉子。

嗦 ㄙㄨㄛ suō 動用嘴吮吸或用舌頭舔東西。例嗦手指頭。形顫抖。例哆嗦。

嗤 ㄔ chī 動譏笑。例嗤之以鼻。副多形容笑聲或紙張、布等破裂的聲音。例嗤的一聲。

嗤笑 ㄔ ㄒㄧㄠˋ 譏笑，嘲笑。例為人所嗤笑。

嗤之以鼻 ㄔ ㄓ ㄧˇ ㄅㄧˊ 用鼻子哼氣冷笑。表示輕蔑、看不起。

嗣 ㄙˋ sì 名後代子孫。例後嗣。動接續，繼承。例嗣業。

嗣子 ㄙˋ ㄗˇ ①古代指帝王或諸侯正妻所生的長子。②無子的人以他人之子過繼成為自己的兒子。

嗣位 ㄙˋ ㄨㄟˋ 繼承君位。同嗣基。

嗣後 ㄙˋ ㄏㄡˋ 從此以後。

嗩 ㄙㄨㄛˇ suǒ 見「嗩吶」。

嗩吶 ㄙㄨㄛˇ ㄋㄚˋ 吹奏樂器，喇叭形，分嗩頭、管身、喇叭口，共有八孔，正面七孔，背面一孔，音色響亮。

嗯 ·ㄣ en 嘆①表示疑問的語氣。例嗯，你在幹什麼？②表示應允、同意。例嗯，就這麼辦吧！③表示不以為然或出乎意外。例嗯，那怎麼行？

嗚 ㄨ wū 副①狀聲詞。見「嗚嗚」。②哀嘆聲。

嗚呼 ㄨ ㄏㄨ ①感嘆詞。也作「烏乎」。②借指死亡。例一命嗚呼。

嗚咽 ㄨ ㄧㄝˋ ①低聲哭泣。②形容淒切低沉的流水聲或絲竹聲。

嗚嗚 ㄨ ㄨ ①形容低沉、幽怨的聲音。②歡唱、呼叫的聲音。③啼哭聲。④火車、輪船的汽笛聲。

嗚呼哀哉 ㄨ ㄏㄨ ㄞ ㄗㄞ 祭文常用的感嘆語。借指死亡。

嗡 ㄨㄥ wēng 副形容昆蟲飛行時翅膀拍動的聲音。

嗅 ㄒㄧㄡˋ xiù 動用鼻子去聞，以辨別氣味。

嗅覺 ㄒㄧㄡˋ ㄐㄩㄝˊ ①用鼻子辨別氣味的能力。②比喻辨別事物的能力。例政治嗅覺。

嗆 ㄑㄧㄤˋ qiàng 動①有異物進入氣管而引起咳嗽。例吃慢點，別嗆著了。②鳥吃東西。例那小鳥嗆著一條蟲。③刺激性的氣體進入呼吸器官而感覺難受。例嗆鼻。

嗥 ㄏㄠˊ háo 動①野獸吼叫。例狼嗥。②大聲號哭。例嗥叫。

嗓 ㄙㄤˇ sǎng 名喉嚨。例嗓子。

嗓子 ㄙㄤˇ ㄗ˙ ①喉嚨。例我的嗓子都啞了。②指聲音。例放開嗓子唱。

嗓音 ㄙㄤˇ ㄧㄣ 說話或歌唱的聲音。例他的嗓音很洪亮。

嗓門兒 ㄙㄤˇ ㄇㄣˊ ㄦ 喉嚨裡發出的聲音。例他說起話來嗓門兒特別大。

十一畫

嘛 ㊀ㄇㄚˊ má 助表示疑問或請求。例你要幹嘛？㊁·ㄇㄚ ma 名喇嘛，藏、蒙族稱僧侶。助同「嗎」。表疑問語氣。

嘀 ㄉㄧˊ dí 見「嘀咕」。

嘀咕 ㄉㄧˊ ㄍㄨ ①私底下小聲說話。②心中猶豫不安，不知如何是好。例別犯嘀咕了，就這麼辦吧！

嗾 ㄙㄡˇ sǒu 動①以口作聲指揮狗。②教唆、指使別人做壞事。

嗾使 ㄙㄡˇ ㄕˇ 暗地裡教唆、指使。

嘟

ㄉㄨ dū 副狀聲詞。動翹起嘴脣。例嘟嘴。

嘟嘟 ㄉㄨ ㄉㄨ 多形容喇叭聲、汽笛聲。

嘟囔 ㄉㄨ ㄋㄤ˙ 不停自言自語，常帶有抱怨的意思。也作「嘟噥」。

嘎

ㄍㄚ gā 副形容短促而響亮的聲音。例嘎嘎、嘎吱。

嘎吱 ㄍㄚ ㄓ ①形容物體折斷的聲音。②形容東西受壓或摩擦所發出的聲音。

嘎啦 ㄍㄚ ㄌㄚ 形容猛烈的響聲。

嘎嘎 ㄍㄚ ㄍㄚ ①形容鴨子、大雁等的叫聲。②形容物體擠壓摩擦或搖動所發出的聲音。③形容笑聲。

嘏

ㄍㄨˇ gǔ 名①福祉。②祝福的詞語。例祝嘏。形通「遐」。大，遠。例神降嘏福。

嘉

ㄐㄧㄚ jiā 形美好的。例嘉賓、嘉言。動讚許，稱讚。例嘉獎、勇氣可嘉。

嘉言 ㄐㄧㄚ ㄧㄢˊ 對人有益的好話。

嘉勉 ㄐㄧㄚ ㄇㄧㄢˇ 稱讚勉勵。

嘉許 ㄐㄧㄚ ㄒㄩˇ 誇獎，讚許。

嘉惠 ㄐㄧㄚ ㄏㄨㄟˋ ①對別人所給予的恩惠的敬稱。②施加恩惠。例嘉惠後學。

嘉賓 ㄐㄧㄚ ㄅㄧㄣ ①對客人的尊稱。同貴賓。②雀的別名。因常棲集人家有如賓客。

嘉耦 ㄐㄧㄚ ㄡˇ 指和睦恩愛的夫婦。也作「佳偶」。例嘉耦天成。反怨耦。

嘉獎 ㄐㄧㄚ ㄐㄧㄤˇ 稱讚並給予獎勵。

嘉肴 ㄐㄧㄚ ㄧㄠˊ 指美味好吃的食品。也作「嘉餚」。

嘉禮 ㄐㄧㄚ ㄌㄧˇ 指婚禮。

嘉釀 ㄐㄧㄚ ㄋㄧㄤˋ 醞釀精純的美酒。

嘉言懿行 ㄐㄧㄚ ㄧㄢˊ ㄧˋ ㄒㄧㄥˋ 美好的言語和行為。亦作「嘉言善行」。

嘖

ㄗㄜˊ zé 動爭論，爭吵。副形容咂嘴聲。

嘖嘖 ㄗㄜˊ ㄗㄜˊ ①形容咂嘴聲。表示讚嘆、驚訝。例嘖嘖稱奇。②形容鳥叫的聲音。例雀聲嘖嘖。

嘖有煩言 ㄗㄜˊ ㄧㄡˇ ㄈㄢˊ ㄧㄢˊ 本指人多嘴雜。今多指眾人議論紛紛，發出怨言。

嘁

ㄑㄧ qī 形說話聲細碎的。例嘁嘁喳喳。

嘁嘁喳喳 ㄑㄧ ㄑㄧ ㄔㄚ ㄔㄚ 形容低沉而細碎的說話聲。

嘔

㊀ㄡˇ ǒu 動吐。例嘔吐。

㊁ㄡˋ òu 動氣惱。例真嘔死人！

㊂ㄡ ōu 動同「謳」。歌唱。例嘔歌。副狀聲詞。見「嘔啞」。

嘔心 ㄡˇ ㄒㄧㄣ 形容苦心思索，費盡精力。例嘔心之作。

嘔血 ㄡˇ ㄒㄧㄝˇ 吐血。

嘔氣 ㄡˋ ㄑㄧˋ 遭人招惹而動氣。

嘔啞 ㄡ ㄧㄚ ①形容小兒說話聲。②形容管樂聲。③形容鳥鳴聲。④形容船槳聲。⑤形容車行聲。

嘔心瀝血 ㄡˇ ㄒㄧㄣ ㄌㄧˋ ㄒㄧㄝˇ 形容用盡心思，絞盡腦汁。多用於寫作方面。

嘈 ㄘㄠˊ cáo 形聲音雜亂，喧鬧。例嘈雜。

嘈嘈 ㄘㄠˊ ㄘㄠˊ 形容眾聲喧鬧雜亂。

嘈雜 ㄘㄠˊ ㄗㄚˊ 喧鬧，聲音雜亂。例人聲嘈雜。

嗽 ㄙㄡˋ sòu 動氣管受到刺激，引起反射作用，而用力排出氣體。例咳嗽。

嘆 ㄊㄢˋ tàn 動①長吐一口氣，以抒發心中憂悶。②讚美。例手藝的精巧，真令人嘆服。

嘆息 ㄊㄢˋ ㄒㄧ 呼出長氣，以抒發心中憂悶。同嘆氣。

嘆惋 ㄊㄢˋ ㄨㄢˇ 悲嘆惋惜。

嘆詞 ㄊㄢˋ ㄘˊ 表示感嘆或喜怒哀樂的詞。如啊、喂等。

嘆賞 ㄊㄢˋ ㄕㄤˇ 讚嘆賞識。

嘆為觀止 ㄊㄢˋ ㄨㄟˊ ㄍㄨㄢ ㄓˇ 讚嘆所看之物極美好。

嗷 ㄠˊ áo 見「嗷嗷」。

嗷嗷 ㄠˊ ㄠˊ ①形容哀號聲。②眾口嘈雜的聲音。

嗷嗷待哺 ㄠˊ ㄠˊ ㄉㄞˋ ㄅㄨˇ 形容飢餓而急於求食，如同嬰兒啼哭等待哺乳。

嗶 ㄅㄧˋ bì 見「嗶嘰」。

嗶嘰 ㄅㄧˋ ㄐㄧ 一種密度較小的斜紋毛織品。

嘍 ㄌㄡˊ lóu 名見「嘍囉」。助用於句尾，多用以表示語氣完結，有時帶有提醒注意的語氣。

嘍囉 ㄌㄡˊ ㄌㄨㄛˊ 盜匪的部下。也指強權的幫兇、僕從。也作「僂儸」。

嘓 ㄍㄨㄛ guō 見「嘓嘓」。

嘓嘓 ㄍㄨㄛ ㄍㄨㄛ ①形容多話。②形容吞嚥食物的聲音。③形容蛙鳴聲。

嘑 ㄏㄨ hū 動通「呼」。呼叫。

嘗 ㄔㄤˊ cháng 動①通「嚐」。辨別滋味。例嘗鹹淡。②經歷。例艱苦備嘗。③試探。副曾經。例未嘗屈服、何嘗不可。

嘗新 ㄔㄤˊ ㄒㄧㄣ 吃應時的新鮮食品。

嘗試 ㄔㄤˊ ㄕˋ 試驗，試一試。例讓我來嘗試一下，看能否解決問題。

嘐 ㄐㄧㄠ jiāo 見「嘐嘐」。

嘐嘐 ㄐㄧㄠ ㄐㄧㄠ ①雞鳴叫或老鼠咬東西的聲音。②說話誇大的樣子。

十二畫

嘮 ㄌㄠˊ láo 副形容話多的樣子。例嘮叨。

嘮叨 ㄌㄠˊ ㄉㄠ 說起話來沒完沒了，令人厭煩。

嘮嘮 ㄌㄠˊ ㄌㄠˊ 即嘮叨，說話囉嗦。

噌 ㄘㄥ cēng 動叱責。例我狠狠地噌了他一頓。副形容鐘聲響亮宏大的樣子。例噌吰。

噂 ㄗㄨㄣˇ zǔn 動相聚談論。例噂議。

噉 ㄉㄢˋ dàn 動同「啖」。吃。

嘹 ㄌㄧㄠˊ liáo 形聲音清脆悠揚。例嘹亮。

嘹亮 ㄌㄧㄠˊ ㄌㄧㄤˋ 形容聲音清脆響亮。也作「嘹喨」。

嘩

㊀ㄏㄨㄚ huā 副形容東西倒塌散落的聲音。例嘩喇喇。

㊁ㄏㄨㄚˊ huá「譁」的異體字。

噘

ㄐㄩㄝ juē 動將嘴唇翹起。例噘嘴。

嘻

ㄒㄧ xī 副形容笑的聲音或笑的樣子。嘆表示讚嘆、悲痛或驚懼。

嘻笑 ㄒㄧ ㄒㄧㄠˋ ①心中不悅，臉上勉強帶笑容。②因高興張口而笑。

嘻皮笑臉 ㄒㄧ ㄆㄧˊ ㄒㄧㄠˋ ㄌㄧㄢˇ 嘻嘻哈哈，滿臉堆笑。多形容不莊重、輕佻嘻笑的面孔。

嘻嘻哈哈 ㄒㄧ ㄒㄧ ㄏㄚ ㄏㄚ 形容嬉笑歡樂的樣子。

嘵

ㄒㄧㄠ xiāo 副爭辯嚷叫不停的樣子。例嘵嘵不休。

嘲

ㄔㄠˊ cháo 動譏笑，取笑。例冷嘲熱諷。

嘲弄 ㄔㄠˊ ㄋㄨㄥˋ 嘲笑戲弄。

嘲笑 ㄔㄠˊ ㄒㄧㄠˋ 用言辭譏笑他人。

嘲諷 ㄔㄠˊ ㄈㄥˋ 嘲笑諷刺。同嘲訕。

噆

ㄗㄢˇ zǎn 動①銜，含在口中。②叮，咬。

噴

㊀ㄆㄣ pēn 動液體、氣體等受壓力而快速射出。例噴瀉而下。

㊁ㄆㄣˋ pèn 動氣味撲來。例香氣噴鼻。

㊂·ㄈㄣ fen 動嚏噴，鼻子受刺激而噴出氣來。

噴泉 ㄆㄣ ㄑㄩㄢˊ 從地底向上噴出的泉水。

噴射 ㄆㄣ ㄕㄜˋ 液體、氣體或顆粒狀的固體因受到壓力而射出。

噴飯 ㄆㄣ ㄈㄢˋ 吃飯時看到或聽到可笑的事，笑得把飯從嘴裡噴出來。形容事情極其可笑，令人難以自禁。

噴發 ㄆㄣ ㄈㄚ 噴湧而出。特指火山口噴出熔岩。

噴鼻 ㄆㄣˋ ㄅㄧˊ 指氣味撲鼻。

噴嘴 ㄆㄣ ㄗㄨㄟˇ 一種噴射流體物質的零件，多呈管狀，出口的一端管口較小。

噴嚏 ㄆㄣ ㄊㄧˋ 因鼻黏膜受到刺激而使鼻孔急遽吐氣作聲的動作。

噴灑 ㄆㄣ ㄙㄚˇ 對液體施加壓力，使其自噴嘴噴出。

嘶

ㄙ sī 形①聲音粗啞的。例聲嘶力竭。②聲音淒涼哽咽。例嘶酸。動①馬鳴。例馬嘶。②叫喊。例大聲而嘶。

噎

ㄧㄝ yē 動食物阻塞食道。例因噎廢食。形心中憂愁得不到平息。例詩經：「中心如噎。」

噁

ㄜˇ ě 見「噁心」。

噁心 ㄜˇ ㄒㄧㄣ ①想吐、作嘔的不舒服感覺。②厭惡得無法忍受。

噗

ㄆㄨ pū 副形容聲音的字。例她噗的一聲就把蠟燭吹熄了。

噗哧 ㄆㄨ ㄔ 形容笑聲，或水、氣擠出的聲音。

嘿

㊀ㄏㄟ hēi 嘆①表示讚美或得意。例嘿，這孩子長得真漂亮！②表示驚異。例嘿，這老太太差點被車子碾著了！

㊁ㄇㄛˋ mò 動同「默」。閉口不說話。

嘿嘿 ㄏㄟ ㄏㄟ 形容笑聲。

嘬 ㄗㄨㄛ zuō 動①吮吸。例小孩兒嘬奶。②咬，叮。③大口吞食。

嘘 ㄒㄩ xū 動①緩慢吐氣。例嘘氣。②嘆氣。例長嘘短嘆、唏嘘。③稱讚，讚美。例吹嘘。④問候。例嘘寒問暖。形不滿或鄙斥的。例嘘聲。嘆表示制止、反對。例嘘！小聲一點。

嘘聲 ㄒㄩ ㄕㄥ 表示鄙斥或不滿的聲音。例嘘聲四起。

嘘寒問暖 ㄒㄩ ㄏㄢˊ ㄨㄣˋ ㄋㄨㄢˇ 形容對別人的生活深表關切。

嘯 ㄒㄧㄠˋ xiào 動①撮口作聲或發出高昂悠長的聲音。例登高長嘯。②獸類長聲吼叫。例虎嘯。

嘯傲 ㄒㄧㄠˋ ㄠˋ 行為放縱自由，不受禮俗的拘束。例嘯傲田園。

嘯聚 ㄒㄧㄠˋ ㄐㄩˋ 呼嘯聚集。多指盜匪互相呼喊聚合。例嘯聚山林。

噍 ㊀ㄐㄧㄠˋ jiào 動嚼，吃東西。㊁ㄐㄧㄠ jiāo 形聲音急促。

噏 ㄒㄧ xī 動同「吸」。吸取。

噔 ㄉㄥ dēng 副形容沉重的東西落地的聲音。例有人噔噔走上樓來。

嘰 ㄐㄧ jī 名嗶嘰，薄毛織品。副形容蟬或鳥叫聲。例嘰嘰喳喳。

嘰咕 ㄐㄧ ㄍㄨ ①小聲說話。②低聲表示不滿。

嘰哩咕嚕 ㄐㄧ ㄌㄧ ㄍㄨ ㄌㄨ ①形容說話別人聽不清楚或聽不懂。②形容飢餓時肚子裡發出的聲音。

嘰哩呱啦 ㄐㄧ ㄌㄧ ㄍㄨㄚ ㄌㄚ 形容說話聲大而吵雜。例他在那裡嘰哩呱啦說個沒完。

嘰嘰咕咕 ㄐㄧ ㄐㄧ ㄍㄨ ㄍㄨ 形容低聲議論的聲音。

噚 ㄒㄩㄣˊ xún 名英、美等國的長度單位，一噚是六英尺，等於一．八二八八公尺。多用來測量水深。

噀 ㄒㄩㄣˋ xùn 動用嘴噴水或酒。

十三畫

噫 ㄧ yī 嘆表示悲痛或嘆息。

噰 ㄩㄥ yōng 副鳥鳴和諧的樣子。例噰噰。

噶 ㄍㄜˊ gé 名譯音用字。例噶隆、噶布倫、準噶爾盆地。

噤 ㄐㄧㄣˋ jìn 動①閉口不作聲。例噤口。②因受到驚嚇或寒冷而身體顫抖。例寒噤。

噤口 ㄐㄧㄣˋ ㄎㄡˇ 閉上嘴不說話。

噤聲 ㄐㄧㄣˋ ㄕㄥ 閉上嘴不發出聲音。

噤若寒蟬 ㄐㄧㄣˋ ㄖㄨㄛˋ ㄏㄢˊ ㄔㄢˊ 形容因害怕而不敢作聲。

噩 ㄜˋ è 形①可怕的，驚人的。例噩耗。②嚴肅的。例噩噩。

噩耗 ㄜˋ ㄏㄠˋ 壞消息。多指親友的死亡。

噩夢 ㄜˋ ㄇㄥˋ 凶惡可怕的夢。

噩噩 ㄜˋ ㄜˋ 嚴肅的樣子。

噠 ㄉㄚˊ dá 副形容馬蹄聲或機關槍掃射的聲音。

噹 ㈠ㄉㄤ dāng 副形容撞擊金屬器物發出的聲音。例噹噹、叮噹。

㈡ㄉㄧㄤ diāng 名噹噹兒，比喻沒有見過世面、沒有知識的人。

噥 ㄋㄨㄥˊ nóng 動小聲交談。例咕噥。形濃厚的。例呂氏春秋：「甘而不噥。」

噥噥 ㄋㄨㄥˊ ㄋㄨㄥˊ 小聲說話。含有話語繁多的意思。例聽他們又喁喁噥噥了好久。

嘴 ㄗㄨㄟˇ zuǐ 名①口的通稱。例閉嘴。②形狀或作用像嘴的東西。例瓶嘴、茶壺嘴。動比喻說話。例不要多嘴、插嘴。

嘴尖 ㄗㄨㄟˇ ㄐㄧㄢ 指說話尖酸刻薄。

嘴快 ㄗㄨㄟˇ ㄎㄨㄞˋ 心裡藏不住話，知道什麼馬上就說出來。

嘴甜 ㄗㄨㄟˇ ㄊㄧㄢˊ 說的話使人聽起來舒服。

嘴笨 ㄗㄨㄟˇ ㄅㄣˋ 不會說話，不擅長言辭。

嘴硬 ㄗㄨㄟˇ ㄧㄥˋ 自知不對卻不肯認錯或服輸。

嘴碎 ㄗㄨㄟˇ ㄙㄨㄟˋ 說話囉嗦，話多。

嘴緊 ㄗㄨㄟˇ ㄐㄧㄣˇ 可以守住祕密，不亂講話。

嘴臉 ㄗㄨㄟˇ ㄌㄧㄢˇ ①臉色，態度。含貶義。②面貌，模樣。

嘴饞 ㄗㄨㄟˇ ㄔㄢˊ 貪吃。

嘴皮子 ㄗㄨㄟˇ ㄆㄧˊ ˙ㄗ 嘴唇。指能言善道。例耍嘴皮子。

嘴上無毛，辦事不牢 ㄗㄨㄟˇ ㄕㄤˋ ㄨˊ ㄇㄠˊ，ㄅㄢˋ ㄕˋ ㄅㄨˋ ㄌㄠˊ 比喻年輕缺乏經驗，辦不好事情。

噱 ㈠ㄐㄩㄝˊ jué 名大笑。例令人發噱。

㈡ㄒㄩㄝ xuē 形令人發笑的。例噱頭。

噱頭 ㄒㄩㄝ ㄊㄡˊ ①引人發笑的話或舉動。②花招。

器 ㄑㄧˋ qì 名①用具的統稱。例容器、木器。②器官。例呼吸器、生殖器。③才能，才幹。例才器、大器晚成。④度量，氣度。例器度、器量。動看重，重視。例器重。

器皿 ㄑㄧˋ ㄇㄧㄣˇ 盛裝東西的器具。如杯、盤、碗、碟等。

器宇 ㄑㄧˋ ㄩˇ 指人的胸襟、度量和儀表風度。例器宇不凡。

器官 ㄑㄧˋ ㄍㄨㄢ 生物體中由數種細胞組織構成，具有某種獨立生理機能的部分。

器使 ㄑㄧˋ ㄕˇ 量材使用，即依據人的學識才能而任用。

器重 ㄑㄧˋ ㄓㄨㄥˋ 上級對下級、長輩對晚輩的看重與重視。

器械 ㄑㄧˋ ㄒㄧㄝˋ ①有專門用途或構造精密的器具。②指武器、兵器。

器量 ㄑㄧˋ ㄌㄧㄤˋ 指人的才器與度量。

器樂 ㄑㄧˋ ㄩㄝˋ 用樂器演奏的音樂。相對於聲樂而言。

器識 ㄑㄧˋ ㄕˋ 指人的器度與才識。

器宇軒昂 ㄑㄧˋ ㄩˇ ㄒㄩㄢ ㄤˊ 形容人神采昂揚，氣度不凡。

噣 ㈠ㄓㄡˋ zhòu 名通「咮」。鳥嘴。

㈡ㄓㄨㄛˊ zhuó 動通「啄」。鳥啄食。

噪 ㄗㄠˋ zào 動①大聲叫嚷，吵鬧。例聒噪、鼓噪。②蟲鳥爭鳴。例蟬噪、鵲噪。

噪音 ㄗㄠˋ ㄧㄣ ①發音體不規則的振動，聽起來使人感覺不快的聲音。反樂音。②刺耳、嘈雜的聲音。

噙 ㄑㄧㄣˊ qín 動①口中含物。例口噙藥物。②眼中含淚。例她眼裡噙著淚。

噸 ㄉㄨㄣ dūn 名①重量單位，公制一噸等於一千公斤。②計算船隻容積的單位，一噸等於一百立方英尺。

噸位 ㄉㄨㄣ ㄨㄟˋ ①車、船的最大載重單位。②船艙的容積單位。③戲稱人的體重。

噲 ㄎㄨㄞˋ kuài 名咽喉。副通「快」。暢快。例噲然。

噭 ㊀ㄐㄧㄠˋ jiào 動高聲呼喊，叫。例噭嘑。副哭出聲音的樣子。例噭然而哭。㊁ㄑㄧㄠˋ qiào 名口。例漢書：「馬蹄噭千。」

噬 ㄕˋ shì 動①咬，吃。例吞噬、反噬。②侵吞，侵占。

噬臍莫及 ㄕˋ ㄑㄧˊ ㄇㄛˋ ㄐㄧˊ 比喻後悔已來不及了。亦作「噬臍何及」。

噯 ㄞˋ ài 嘆①表示否定或不同意。例噯！不是這樣的。②表示悔恨、懊惱。例噯！早知如此，何必當初！③表示感傷或痛惜。例噯！怎麼會有這種事！

噢 ㄩˇ yǔ 見「噢咻」。

噢咻 ㄩˇ ㄒㄧㄡ 因痛苦而發出的呻吟聲。

十四畫

嚀 ㄋㄧㄥˊ níng 動再三交代，囑咐。例叮嚀。

嚎 ㄏㄠˊ háo 動①大聲呼叫。例狼嚎、一聲長嚎。②有聲無淚的哭號。

嚎啕大哭 ㄏㄠˊ ㄊㄠˊ ㄉㄚˋ ㄎㄨ 放聲大哭。也作「號啕大哭」。

嚇 ㊀ㄒㄧㄚˋ xià 動害怕，使人害怕。例驚嚇。㊁ㄏㄜˋ hè 動用言語怒斥、武力逼迫，使人害怕。例恐嚇、恫嚇。嘆①表示不滿。例嚇！怎麼這樣吝嗇！②表示讚嘆。例嚇！這大樓好高啊！

嚇唬 ㄒㄧㄚˋ ㄏㄨ 威脅人，令人害怕。

嚇嚇 ㄏㄜˋ ㄏㄜˋ 形容笑聲。例他不停的嚇嚇笑。

嚆 ㄏㄠ hāo 動呼叫。

嚆矢 ㄏㄠ ㄕˇ ①發射時帶響聲的箭。②比喻事物的開端或先行者。

嚄 ㄏㄨㄛˋ huò 嘆①表示驚訝、疑惑。例嚄！這個題目怎麼還不會？②表示讚美。例嚄！好大的工程！

嚅 ㄖㄨˊ rú 見「嚅唲」、「嚅囁」。

嚅唲 ㄖㄨˊ ㄦˊ 諂媚而笑。也作「儒兒」。

嚅囁 ㄖㄨˊ ㄋㄧㄝˋ 欲言又止的樣子。

嚈 ㄧㄢˋ yàn 動通「嚥」。嚥下。

嚈氣 ㄧㄢˋ ㄑㄧˋ 人死斷氣。

嚏 ㄊㄧˋ tì 動噴嚏，鼻黏膜受到刺激而急遽噴氣出聲。

嚐 ㄔㄤˊ cháng 動以口舌辨別滋味。例品嚐。

十五畫

嚙 ㄋㄧㄝˋ niè 「齧」的異體字。

嚜 ㈠ㄇㄛˋ mò 副通「默」。沉默。㈡·ㄇㄜ me 助表示決定的語氣，相當於「嘛」。例他既然認錯了嚜，就不要再追究了。

嚜嚜 ㄇㄛˋ ㄇㄛˋ 不得志的樣子。亦作「默默」。

嚕 ㄌㄨ lū 見「嚕囌」。

嚕囌 ㄌㄨ ㄙㄨ 也作「囉嗦」。①說話繁雜不休。②事情瑣碎麻煩。

嚮 ㄒㄧㄤˋ xiàng 動①通「向」。面對，對著。例嚮陽。②將近，接近。例嚮晚。③傾向。例嚮往。④引導。例嚮導。

嚮往 ㄒㄧㄤˋ ㄨㄤˇ 羨慕而神往，希望得到或達到。例嚮往民主自由。

嚮導 ㄒㄧㄤˋ ㄉㄠˇ 帶路。也稱指引道路的人。

嚮慕 ㄒㄧㄤˋ ㄇㄨˋ 嚮往愛慕。

十六畫

嚨 ㄌㄨㄥˊ lóng 名喉嚨，咽部和喉部的統稱。

嚭 ㄆㄧˇ pǐ 名人名用字。如春秋時吳國有伯嚭。形大的。

嚥 ㄧㄢˋ yàn 動吞食。例狼吞虎嚥。

嚥氣 ㄧㄢˋ ㄑㄧˋ 人死時斷氣。

十七畫

嚷 ㄖㄤˇ rǎng ①喊叫。例大嚷大叫。②喧鬧。例吵嚷。③責備，訓斥。例你不要老嚷我呀，又不是我一個人的錯。

嚷嚷 ㄖㄤ ㄖㄤ ①吵鬧，喧嘩。②聲張。

嚶 ㄧㄥ yīng 副形容鳥叫的聲音。

嚴 ㄧㄢˊ yán 名①對父親的敬稱。例家嚴。②警戒、戒備時採取的非常措施。例戒嚴。③姓。形①緊密，周密。例嚴謹、嚴密。②嚴厲。例嚴格。③緊急。例事態嚴重。④殘酷，苛刻。例嚴刑拷打。⑤厲害的。例嚴寒、嚴冬。動尊敬。例嚴師。

嚴父 ㄧㄢˊ ㄈㄨˋ ①稱父親。舊時認為父嚴母慈。②尊敬父親。③管教嚴格的父親。

嚴正 ㄧㄢˊ ㄓㄥˋ 嚴肅正當。

嚴冬 ㄧㄢˊ ㄉㄨㄥ 酷冷的冬天。同隆冬。反盛暑。

嚴防 ㄧㄢˊ ㄈㄤˊ 嚴密防備。

嚴明 ㄧㄢˊ ㄇㄧㄥˊ 嚴肅而公正。例賞罰嚴明。

嚴苛 ㄧㄢˊ ㄎㄜ 嚴厲苛刻。同嚴峻、嚴刻。

嚴重 ㄧㄢˊ ㄓㄨㄥˋ 情勢緊急危險。例問題嚴重、後果嚴重。

嚴格 ㄧㄢˊ ㄍㄜˊ 按照一定的標準，決不寬疏。

嚴峻 ㄧㄢˊ ㄐㄩㄣˋ 嚴厲，無寬緩餘地。

嚴師 ㄧㄢˊ ㄕ ①嚴於管教的師長。②尊敬老師。

嚴密 ㄧㄢˊ ㄇㄧˋ ①嚴緊，指事物之間很密合，沒有縫隙。例瓶口封得很嚴密。②周密而無疏漏。

嚴寒 ㄧㄢˊ ㄏㄢˊ 指氣候很冷。

嚴詞 ㄧㄢˊ ㄘˊ 嚴厲的話。例嚴詞拒絕。

嚴禁 ㄧㄢˊ ㄐㄧㄣˋ 嚴格禁止。

嚴肅 ㄧㄢˊ ㄙㄨˋ ①指作風、態度嚴格認真。②神情、氣氛等令人感到敬畏。

嚴酷 ㄧㄢˊ ㄎㄨˋ 嚴厲殘酷。例律令嚴酷。

嚴厲 ㄧㄢˊ ㄌㄧˋ 嚴肅而厲害。例他態度很嚴厲。

嚴謹 ㄧㄢˊ ㄐㄧㄣˇ 非常周密而謹慎。例辦事嚴謹。

嚴以律己 ㄧㄢˊ ㄧˇ ㄌㄩˋ ㄐㄧˇ 嚴格要求和約束自己。

嚴刑峻法 ㄧㄢˊ ㄒㄧㄥˊ ㄐㄩㄣˋ ㄈㄚˇ 嚴厲的刑罰，苛刻的法令。

嚴陣以待 ㄧㄢˊ ㄓㄣˋ ㄧˇ ㄉㄞˋ 指作好充分的戰鬥準備，以等待來犯的敵人。

嚴懲不貸 ㄧㄢˊ ㄔㄥˊ ㄅㄨˋ ㄉㄞˋ 嚴厲懲治，絕不寬恕。

嚼 (一)ㄐㄧㄠˊ jiáo 動①用牙齒磨碎食物。例細嚼慢嚥。②話多而令人討厭。例嚼牙。
(二)ㄐㄩㄝˊ jué 動用牙齒磨碎食物。例咀嚼。

嚼舌 ㄐㄧㄠˊ ㄕㄜˊ ①信口胡說，搬弄是非。②無謂的爭辯。

嚼蠟 ㄐㄧㄠˊ ㄌㄚˋ 比喻沒有味道，毫無趣味。

嚳 ㄎㄨˋ kù 名傳說中的古帝王名，為黃帝的曾孫，號高辛氏。

饞 ㄔㄢˊ chán 名獸類的嘴。例狗饞子。動嚐，試吃。

十八畫

囁 ㄋㄧㄝˋ niè 副嘴動的樣子。

囁嚅 ㄋㄧㄝˋ ㄖㄨˊ 欲言又止的樣子。

囀 ㄓㄨㄢˇ zhuǎn 動鳥婉轉鳴叫。

囂 ㄒㄧㄠ xiāo 動喧嘩，吵鬧。例喧囂、叫囂。形放肆。例囂張。

囂浮 ㄒㄧㄠ ㄈㄨˊ 輕浮，不沉著。

囂張 ㄒㄧㄠ ㄓㄤ 指態度放肆傲慢。例氣焰囂張。

十九畫

囈 ㄧˋ yì 動說夢話。例囈語。

囈語 ㄧˋ ㄩˇ ①說夢話。②比喻荒謬糊塗的言論。

囊 ㄋㄤˊ náng 名①裝東西的口袋。例探囊取物。②像口袋的東西。例膽囊。

囊括 ㄋㄤˊ ㄎㄨㄛˋ 把全部包羅在內。

囊腫 ㄋㄤˊ ㄓㄨㄥˇ 良性腫瘤的一種，多呈球形，外有包膜，內有液體或半固體的物質。如皮脂腺囊腫。

囊中物 ㄋㄤˊ ㄓㄨㄥ ㄨˋ 比喻不用多費力氣就可取得的東西。

囊空如洗 ㄋㄤˊ ㄎㄨㄥ ㄖㄨˊ ㄒㄧˇ 口袋裡空空的，就像洗過一樣。形容窮得身無分文。反腰纏萬貫。

囉 (一)ㄌㄨㄛ luō 見「囉嗦」。
(二)ㄌㄨㄛˊ luó 名嘍囉，強盜的部下。

囉嗦 ㄌㄨㄛ ˙ㄙㄨㄛ ①話語繁複不止。②指事情麻煩瑣碎。

二十畫

囌 ㄙㄨ sū 見「嚕囌」。

二十一畫

囍 ㄒㄧˇ xǐ 名同「喜」。專用於婚禮，因結婚是兩家締結姻親之好，所以從雙喜。

囑 ㄓㄨˇ zhǔ 動交代，託付。

囑咐 ㄓㄨˇ ㄈㄨˋ 叮囑，吩咐。

囑託 ㄓㄨˇ ㄊㄨㄛ 以事託付他人，請其辦理。

二十二畫

囔 ·ㄋㄤ nang 動小聲的自言自語。例嘟囔。

囔囔 ㄋㄤ ㄋㄤ 小聲說話。

囗部 ㄨㄟˊ

囗 ㄨㄟˊ wéi 「圍」的古體字。

二畫

四 ㄙˋ sì 名①數目字。大寫作「肆」。②古樂譜記音符號之一。形第四的。例四更天。

四下 ㄙˋ ㄒㄧㄚˋ 各處。同到處。

四方 ㄙˋ ㄈㄤ ①東、南、西、北。常用來泛指各處。②正方或立方形的物體。

四史 ㄙˋ ㄕˇ 指史記、漢書、後漢書和三國志。

四民 ㄙˋ ㄇㄧㄣˊ 舊指士、農、工、商四種不同職業的人。

四至 ㄙˋ ㄓˋ 建築基地或耕地四周的地界。

四夷 ㄙˋ ㄧˊ 古代稱華夏族以外的民族，即東夷、西戎、南蠻、北狄。

四伏 ㄙˋ ㄈㄨˊ 到處潛伏著。例危機四伏。

四到 ㄙˋ ㄉㄠˋ 一種讀書方法，朱熹提倡心到、眼到、口到，加上胡適的手到。

四苦 ㄙˋ ㄎㄨˇ 指生、老、病、死。

四則 ㄙˋ ㄗㄜˊ 加、減、乘、除四種運算方法的總稱。

四科 ㄙˋ ㄎㄜ 孔子教導門生，分德行、言語、政事、文學四科。

四海 ㄙˋ ㄏㄞˇ 指全國各處。也指天下、全世界。

四書 ㄙˋ ㄕㄨ 指論語、孟子以及禮記中的大學、中庸。

四野 ㄙˋ ㄧㄝˇ 向四方眺望所看到的廣闊原野。

四處 ㄙˋ ㄔㄨˋ 周圍各處。

四診 ㄙˋ ㄓㄣˇ 中醫指診病時的望、聞、問、切，即對病人望其形色，聞其聲音，問其病因，切其脈象。

四喜 ㄙˋ ㄒㄧˇ 四種喜事：久旱逢甘雨，他鄉遇故知，洞房花燭夜，金榜題名時。

四維 ㄙˋ ㄨㄟˊ 指禮、義、廉、恥四大治國綱要。

四德 ㄙˋ ㄉㄜˊ ①孝、悌、忠、信。②古以婦德、婦言、婦容、婦功為女子四德。

四鄰 ㄙˋ ㄌㄧㄣˊ 前後左右的鄰居。

四壁 ㄙˋ ㄅㄧˋ 通常指房屋四邊的牆壁。例家徒四壁。

四權 ㄙˋ ㄑㄩㄢˊ 人民直接參與政治的四種基本權利，即選舉、罷免、創制、複決。

四體 ㄙˋ ㄊㄧˇ 人的四肢。例四體不勤。

四合院 ㄙˋ ㄏㄜˊ ㄩㄢˋ 傳統的住宅建築式樣之一，四面是房屋，中間為庭院空地，形同「口」字。

四君子 ㄙˋ ㄐㄩㄣ ㄗˇ 指梅、蘭、竹、菊，人們認為此四者均具有君子的氣質。

四大自由 ㄙˋ ㄉㄚˋ ㄗˋ ㄧㄡˊ 美國總統羅斯福於一九四一年一月六日所提出：言論與發表的自由，信仰的自由，免於匱乏的自由，免於恐懼的自由。

四大奇書 ㄙˋ ㄉㄚˋ ㄑㄧˊ ㄕㄨ 指水滸傳、金瓶梅、西遊記、紅樓夢。

四大金剛 ㄙˋ ㄉㄚˋ ㄐㄧㄣ ㄍㄤ 佛寺門前所塑四天王像，他們手中各執一物：執劍的是風，執琵琶的是調，執傘的是雨，執蛇的是順。象徵著要使世間風調雨順。

四大皆空 ㄙˋ ㄉㄚˋ ㄐㄧㄝ ㄎㄨㄥ 佛家指世界上的一切都是虛空的。比喻看破紅塵。

四分五裂 ㄙˋ ㄈㄣ ㄨˇ ㄌㄧㄝˋ 意謂分裂成很多塊。形容支離破碎，或分散而不完整、不團結。同瓜剖豆分。

四面八方 ㄙˋ ㄇㄧㄢˋ ㄅㄚ ㄈㄤ 四周圍各方面。

四面楚歌 ㄙˋ ㄇㄧㄢˋ ㄔㄨˇ ㄍㄜ 楚漢相爭，項羽的軍隊被圍困在垓下，夜間聽見四面的漢軍都唱著楚人的歌聲，以為楚地已被漢軍占領。後用以比喻四面受敵、孤立無援的處境。

四海為家 ㄙˋ ㄏㄞˇ ㄨㄟˊ ㄐㄧㄚ 比喻志在四方，不留戀故土。也指飄泊無定所。

四通八達 ㄙˋ ㄊㄨㄥ ㄅㄚ ㄉㄚˊ 四面八方都有道路可以到達。

四海之內皆兄弟 ㄙˋ ㄏㄞˇ ㄓ ㄋㄟˋ ㄐㄧㄝ ㄒㄩㄥ ㄉㄧˋ 全天下的人都如兄弟。形容心胸廣闊，能以仁愛之心待人接物。

囚

囚 ㄑㄧㄡˊ qiú 名被拘禁的罪犯或俘虜。例罪囚、死囚。動監禁，拘禁。例囚禁。

囚犯 ㄑㄧㄡˊ ㄈㄢˋ 關在監獄裡的犯人。

囚牢 ㄑㄧㄡˊ ㄌㄠˊ 囚禁犯人的監牢。

囚車 ㄑㄧㄡˊ ㄔㄜ 押送犯人所用的車。

囚禁 ㄑㄧㄡˊ ㄐㄧㄣˋ 把人監禁在牢獄中。同監禁。

囚首垢面 ㄑㄧㄡˊ ㄕㄡˇ ㄍㄡˋ ㄇㄧㄢˋ 形容人儀容不整，頭髮蓬亂，臉孔骯髒，就好像囚犯一樣。亦作「囚首喪面」。

三畫

回

回 ㄏㄨㄟˊ huí 名①計算次數的量詞。例回合、下回。②長篇小說的段落或章數。例下回分解。③中國少數民族之一。動①返，歸。例一去不回、回國。②答覆。例回信、回電。③掉轉。例回過頭去。④改變。例回心轉意。⑤避開。例回避。⑥謝絕。例一口回絕。⑦還給對方的某種動作。例回他一槍、回敬。

回心 ㄏㄨㄟˊ ㄒㄧㄣ 轉移或改變心意。多指從不好不正的方面回復到好的正的方面。

回文 ㄏㄨㄟˊ ㄨㄣˊ ①指一種字句順讀倒讀都能成義的詩詞。也作「迴文」。②回族的文字。

回天 ㄏㄨㄟˊ ㄊㄧㄢ 形容權勢或能力大，能扭轉不易挽回的局面。

回手 ㄏㄨㄟˊ ㄕㄡˇ ①把手伸向身後或轉過身子伸手。例回手把門關上。②還擊。

回扣 ㄏㄨㄟˊ ㄎㄡˋ 中間人在買賣雙方出力撮合成交，然後向賣主索取佣金。這錢是從買主支付的價款中扣出。

回合 ㄏㄨㄟˊ ㄏㄜˊ ①古代指打仗交鋒時的一個來回。②計算雙方交手的次數。

回收 ㄏㄨㄟˊ ㄕㄡ 多指把廢棄物品或舊貨收回來加以利用。例回收舊報紙。

回味 ㄏㄨㄟˊ ㄨㄟˋ ①食物吃過之後的餘味。②事後的回想、體會。

回帖 ㄏㄨㄟˊ ㄊㄧㄝ 舊時收款人收到匯款時，蓋章後交郵局寄回匯款人的憑證。

回門 ㄏㄨㄟˊ ㄇㄣˊ 女子出嫁後若干日內（一般為三天），同丈夫一起回到娘家拜見父母和親友的禮節。

回首 ㄏㄨㄟˊ ㄕㄡˇ ①即回頭，把頭轉回後方。②回想從前的事。例不堪回首。

回春 ㄏㄨㄟˊ ㄔㄨㄣ ①冬盡春來。例大地回春。②稱讚醫術高明或藥物靈驗，能使垂危者復生。例妙手回春。

回旋 ㄏㄨㄟˊ ㄒㄩㄢˊ ①盤旋，不停地繞來繞去。②可以進退、商量。例此事尚有回旋的餘地。

回訪 ㄏㄨㄟˊ ㄈㄤˇ 對方來拜訪以後，自己再去拜訪對方。亦作「回拜」。

回教 ㄏㄨㄟˊ ㄐㄧㄠˋ 即伊斯蘭教，為阿拉伯人穆罕默德所創，奉阿拉為真主，教典為「可蘭經」。

回廊 ㄏㄨㄟˊ ㄌㄤˊ 曲折環繞的走廊。也作「迴廊」。

回報 ㄏㄨㄟˊ ㄅㄠˋ ①報告事情執行的情況。②報答別人。例承蒙盛情招待，定當回報。③報復。例你這樣沒良心，要遭回報的。

回絕 ㄏㄨㄟˊ ㄐㄩㄝˊ 向對方表示拒絕。

回祿 ㄏㄨㄟˊ ㄌㄨˋ 傳說中的火神。借指火災。例慘遭回祿。

回溯 ㄏㄨㄟˊ ㄙㄨˋ 回顧，回想。

回敬 ㄏㄨㄟˊ ㄐㄧㄥˋ 回報他人的敬意或贈與。例回敬他一杯。

回嘴 ㄏㄨㄟˊ ㄗㄨㄟˇ 挨罵或受到指責時，加以辯駁或反罵。

回聲 ㄏㄨㄟˊ ㄕㄥ 聲波遇到障礙物後被反射回來的聲音。

回鍋 ㄏㄨㄟˊ ㄍㄨㄛ 把已經煮熟的食物放到鍋裡重新加熱。

回覆 ㄏㄨㄟˊ ㄈㄨˋ 回答，答覆。

回護 ㄏㄨㄟˊ ㄏㄨˋ 袒護，包庇。

回響 ㄏㄨㄟˊ ㄒㄧㄤˇ ①回聲。例歌聲在山谷中回響。②某些事情在社會上產生的反應。

回馬槍 ㄏㄨㄟˊ ㄇㄚˇ ㄑㄧㄤ 比喻趁人不備，突然反擊，使人無法招架。

回歸線 ㄏㄨㄟˊ ㄍㄨㄟ ㄒㄧㄢˋ 指地球上在赤道南北各二十三度二十七分處的緯度圈。南邊一條叫南回歸線，北邊一條叫北回歸線。是地球上熱帶和溫帶的分界。

回心轉意 ㄏㄨㄟˊ ㄒㄧㄣ ㄓㄨㄢˇ ㄧˋ 改變原來的想法和態度。

回天乏術 ㄏㄨㄟˊ ㄊㄧㄢ ㄈㄚˊ ㄕㄨˋ ①指大勢所趨，事情已成定局，再也無法挽回。②比喻病勢已重，無法醫治。

回光返照 ㄏㄨㄟˊ ㄍㄨㄤ ㄈㄢˇ ㄓㄠˋ ①日落時陽光的反射，使天空呈現短暫的光芒。②比喻人臨死前精神的短暫興奮。③比喻事物衰亡前暫時的好轉現象。

回腸蕩氣 ㄏㄨㄟˊ ㄔㄤˊ ㄉㄤˋ ㄑㄧˋ 形容文章或樂曲十分婉轉動人。也作「蕩氣回腸」。

回頭是岸 ㄏㄨㄟˊ ㄊㄡˊ ㄕˋ ㄢˋ 比喻做壞事的人，只要決心悔改就可得救。

因

ㄧㄣ yīn 名緣故，原由。例事出有因、前因後果。動①沿襲。例陳陳相因。②依照，順應。例因地制宜、因民而教。③依靠，憑藉。例因人成事。介由於，因為。例因病請假、因故缺席。

因而 ㄧㄣ ㄦˊ 表示結果的連詞。

因此 ㄧㄣ ㄘˇ 因為如此。表原因的連詞。

因果 ㄧㄣ ㄍㄨㄛˇ ①原因和結果，二者相互為用。泛指一切事物的起源為「因」，結局為「果」。②佛教認為人的前世、今世、來世是貫通的，善惡報應循環，稱為因果。

因素 ㄧㄣ ㄙㄨˋ ①構成事物的要素。②決定事物的主要原因或條件。

因循 ㄧㄣ ㄒㄩㄣˊ ①沿襲守舊。例因循舊習。②拖延，不知振作。例因循誤事、因循苟且。

因數 ㄧㄣ ㄕㄨˋ 凡是能除盡某數的整數，即為因數。如2、3、4、6都是12的因數。也稱因子。

因緣 ㄧㄣ ㄩㄢˊ ①機會，機遇。②緣分。③依據，憑藉。④原因。

因應 ㄧㄣ ㄧㄥˋ 順應，隨機應變。

因襲 ㄧㄣ ㄒㄧˊ ①沿用舊有的法制、方法等而不加革新。例因襲陳規。②一味地模仿別人而無創新。例因襲前人。

因人成事 ㄧㄣ ㄖㄣˊ ㄔㄥˊ ㄕˋ 要依賴他人才能把事情辦成功。

因小失大 ㄧㄣ ㄒㄧㄠˇ ㄕ ㄉㄚˋ 為了小事而誤了大事，或為了小的利益而造成大的損失。

因地制宜 ㄧㄣ ㄉㄧˋ ㄓˋ ㄧˊ 根據各地實際情況而制定適宜的措施。

因材施教 ㄧㄣ ㄘㄞˊ ㄕ ㄐㄧㄠˋ 依據受教者不同的稟賦資質，給予不同的教導。

因陋就簡 ㄧㄣ ㄌㄡˋ ㄐㄧㄡˋ ㄐㄧㄢˇ 指馬虎湊合，不求改進。今多指就著原來的簡陋條件而節約辦事。

因循苟且 ㄧㄣ ㄒㄩㄣˊ ㄍㄡˇ ㄑㄧㄝˇ 遇事敷衍，得過且過不求進取。

因勢利導 ㄧㄣ ㄕˋ ㄌㄧˋ ㄉㄠˇ 順應事物發展的趨勢加以引導。

因禍得福 ㄧㄣ ㄏㄨㄛˋ ㄉㄜˊ ㄈㄨˊ 本來是禍事臨頭，卻因某種原因，反而得到好處。

因噎廢食 ㄧㄣ ㄧㄝ ㄈㄟˋ ㄕˊ 因為怕噎住而不吃東西。比喻因出了一點小毛病，而把重要的事擱下來。

囝

ㄐㄧㄢˇ jiǎn 名閩南方言稱兒子或兒女。今西南地區和廣東一帶方言讀ㄗㄞˇ，吳語讀ㄋㄢ，都泛指小孩。

囡

ㄋㄢ nān 名①泛指小孩子。②江浙地區指女兒。

囡囡 ㄋㄢ ㄋㄢ 對小孩兒的暱稱。

囟

ㄒㄧㄣˋ xìn 名腦蓋骨。例囟頂。

囟門 ㄒㄧㄣˋ ㄇㄣˊ 嬰兒頭頂骨未合縫的地方。

四畫

困

ㄎㄨㄣˋ kùn 形①疲倦的。例困倦、人困馬乏。②窮苦，貧乏。例貧困、歲荒民困。③艱難。例艱困、困境。動①陷入艱難痛苦之中，或身處惡劣的環境、條件而無法擺脫。例為病所困、困處荒野。②包圍，控制在一定範圍內。例困守陣地。

困厄 ㄎㄨㄣˋ ㄜˋ 艱難窮迫。

困乏 ㄎㄨㄣˋ ㄈㄚˊ ①疲倦無力。②窮苦貧困。

困守 ㄎㄨㄣˋ ㄕㄡˇ 在被包圍的情況下堅守防地。

困苦 ㄎㄨㄣˋ ㄎㄨˇ 生活上窮困艱苦。同貧困。

困惑 ㄎㄨㄣˋ ㄏㄨㄛˋ 感到有疑難，不知怎麼辦。

困頓 ㄎㄨㄣˋ ㄉㄨㄣˋ ①深感疲倦勞苦，不能再支持下去。②境遇、生活等艱難窘迫。

困境 ㄎㄨㄣˋ ㄐㄧㄥˋ 困難的處境，一籌莫展的境地。

困擾 ㄎㄨㄣˋ ㄖㄠˇ ①被不易解決的難事所打擾，心情煩亂。②難題，麻煩。

困獸猶鬥 ㄎㄨㄣˋ ㄕㄡˋ ㄧㄡˊ ㄉㄡˋ 被圍困的野獸還要作最後的掙扎。比喻陷於絕境的人仍盡力抵抗。

囤

㊀ㄉㄨㄣˋ dùn 名儲存糧食的器具。通常用竹篾、荊條等編成或用竹蓆圍成。例米囤。

㊁ㄊㄨㄣˊ tún 動儲存。例囤糧、囤貨。

囤聚 ㄊㄨㄣˊ ㄐㄩˋ 把貨物等積聚儲存起來。

囤積居奇 ㄊㄨㄣˊ ㄐㄧ ㄐㄩ ㄑㄧˊ 指商人囤聚大量商品，等待高價出售，以牟取暴利。

囫

ㄏㄨˊ hú 見「囫圇」。

囫圇 ㄏㄨˊ ㄌㄨㄣˊ ①完整，整個的。②籠統含糊。

囫圇吞棗 ㄏㄨˊ ㄌㄨㄣˊ ㄊㄨㄣ ㄗㄠˇ 把棗子整個一口吞下去，不加咀嚼。比喻凡事含糊籠統，不求甚解。

囪

㊀ㄔㄨㄤ chuāng 「窗」的本字。

㊁ㄘㄨㄥ cōng 名爐灶出煙的通道，即煙囪。

囮

ㄧㄡˊ yóu 名捕鳥用的設置。動通「訛」。詐人財物。

囮子 ㄧㄡˊ ㄗ˙ 捕鳥時用來引誘其他同類鳥的鳥。

五畫

固

ㄍㄨˋ gù 形①結實，堅硬。例穩固、牢固。②執一而不知變通。例頑固不靈。動安定。例鞏固。副①堅決，堅定。例固守、固辭。②本來，原本。例固有。

固守 ㄍㄨˋ ㄕㄡˇ ①堅決防守。例固守孤城。②固執地遵循已有的而不知變通。例固守成法。

固有 ㄍㄨˋ ㄧㄡˇ 原本就有而不是外來的。

固定 ㄍㄨˋ ㄉㄧㄥˋ 不變動或不移動。例固定職業。反流動。

固疾 ㄍㄨˋ ㄐㄧˊ 經久難癒的疾病。也作「痼疾」。

固執 ㄍㄨˋ ㄓˊ ①堅持己見而不肯變通。②堅守不違背。例擇善固執。

固然 ㄍㄨˋ ㄖㄢˊ ①雖然。表示先承認某個事實，以引起下文的轉折連詞。例你的基礎固然好，但不能因此就不認真學習。②本來就是如此。③本有的形態。

固若金湯 ㄍㄨˋ ㄖㄨㄛˋ ㄐㄧㄣ ㄊㄤ 形容防禦工事非常堅固。同堅如磐石。

固執己見 ㄍㄨˋ ㄓˊ ㄐㄧˇ ㄐㄧㄢˋ 形容人頑固地堅持自己的意見，不肯變通。同一意孤行。反從善如流。

囷 ㄐㄩㄣ jūn 名古代一種圓形的穀倉。

囹 ㄌㄧㄥˊ líng 見「囹圄」。

囹圄 ㄌㄧㄥˊ ㄩˇ 監獄。例身陷囹圄。

六畫

囿 ㄧㄡˋ yòu 名①有圍牆的園子，通常用作養禽獸的地方。例鹿囿。②事物聚集之處。動拘泥，局限。例囿於一隅、囿於成見。

七畫

圃 ㄆㄨˇ pǔ 名①種植蔬果、花木的園地。例苗圃。②從事種植蔬果、花木的人。

圄 ㄩˇ yǔ 名監獄。例囹圄。動囚禁。

圂 ㄏㄨㄣˋ hùn 名①豬圈。②廁所。③通「豢」。家畜。

圂腴 ㄏㄨㄣˋ ㄩˊ 豬狗的腸胃。

八畫

圈 ㈠ㄑㄩㄢ quān 名①外圓而中空的東西。例鐵圈、花圈。②環繞一周。例走一圈。③指一定的範圍。例交遊圈。動①用東西圍住。例用籬笆把菜地圈起來。②畫圓圈作記號。例圈選、圈點。
㈡ㄐㄩㄢˋ juàn 名養家畜的柵欄或屋子。例豬圈。

圈套 ㄑㄩㄢ ㄊㄠˋ 比喻誘人上當受騙的計策。

圈點 ㄑㄩㄢ ㄉㄧㄢˇ ①用圓圈和點標出書中或文稿上精采或重要的地方。②為沒有標點的文章斷句。

圈外人 ㄑㄩㄢ ㄨㄞˋ ㄖㄣˊ 圈子以外的人。指某一團體以外的人。同局外人。反圈內人。

國 ㄍㄨㄛˊ guó 名①國家，具有土地、人民、主權的政治群體。例美國、中國。②古代諸侯的封地。例齊國、魯國。③古稱都城。④地方。例紅豆生南國、北國兒女。形①代表國家的。例國旗、國徽。②本國的。例國畫。

國力 ㄍㄨㄛˊ ㄌㄧˋ 指一個國家在經濟、軍事等方面所具備的實力。

國手 ㄍㄨㄛˊ ㄕㄡˇ 精通某種技能，能代表國家的人物。

國本 ㄍㄨㄛˊ ㄅㄣˇ 國家立國的根本。

國色 ㄍㄨㄛˊ ㄙㄜˋ 指容貌絕頂出眾的女子。

國防 ㄍㄨㄛˊ ㄈㄤˊ 一個國家為了保衛自己的領土主權和人民安全，防禦外患，而設置的一切軍事設施。

國法 ㄍㄨㄛˊ ㄈㄚˇ 國家的法令制度，多指法紀。

國事 ㄍㄨㄛˊ ㄕˋ 指國家的政治、軍事等方面的大事。

國花 ㄍㄨㄛˊ ㄏㄨㄚ 能代表國家或民族精神象徵的花。

國度 ㄍㄨㄛˊ ㄉㄨˋ 多指一個國家的區域範圍。

國威 ㄍㄨㄛˊ ㄨㄟ 國家所顯示的威力。例國威遠揚。

國是 ㄍㄨㄛˊ ㄕˋ 國家大計。例共商國是。

國格 ㄍㄨㄛˊ ㄍㄜˊ 一個國家的整體精神與情操。

國恥 ㄍㄨㄛˊ ㄔˇ 國家所蒙受的恥辱。多指外來的侵略使領土喪失，或強迫簽訂不平等條約、索取賠款等。

國情 ㄍㄨㄛˊ ㄑㄧㄥˊ 一個國家在社會、政治、經濟和文化等方面的情況。

國產 ㄍㄨㄛˊ ㄔㄢˇ 由本國生產的。例國產汽車。

國術 ㄍㄨㄛˊ ㄕㄨˋ 指我國固有的傳統武術。

國貨 ㄍㄨㄛˊ ㄏㄨㄛˋ 指本國出產或製造的貨物。

國策 ㄍㄨㄛˊ ㄘㄜˋ ①國家的基本政策。②史書「戰國策」的簡稱。

國葬 ㄍㄨㄛˊ ㄗㄤˋ 以國家的名義為對國家或人民有卓越貢獻的人物所舉行的葬禮。

國會 ㄍㄨㄛˊ ㄏㄨㄟˋ 立憲國家的議會，是國家的立法及監督政府的機關。

國賓 ㄍㄨㄛˊ ㄅㄧㄣ 前來本國訪問的外國元首或官員。

國粹 ㄍㄨㄛˊ ㄘㄨㄟˋ 指本國學術文化的精華。

國語 ㄍㄨㄛˊ ㄩˇ ①本國人民共同使用的標準語言。②指中小學的語文課。

國幣 ㄍㄨㄛˊ ㄅㄧˋ 由國家規定、鑄造而通行於全國的錢幣。

國境 ㄍㄨㄛˊ ㄐㄧㄥˋ 一個國家行使主權的領土範圍。

國歌 ㄍㄨㄛˊ ㄍㄜ 由國家制定並正式頒行全國、代表本國的歌曲。

國魂 ㄍㄨㄛˊ ㄏㄨㄣˊ 一個國家的立國精神。也指國民的特殊精神、氣質與風尚。

國際 ㄍㄨㄛˊ ㄐㄧˋ 國與國之間的交際和關係。例國際協定。

國慶 ㄍㄨㄛˊ ㄑㄧㄥˋ ①國家的大慶。②指開國紀念日。

國殤 ㄍㄨㄛˊ ㄕㄤ 指為國犧牲的人。

國劇 ㄍㄨㄛˊ ㄐㄩˋ 中國傳統劇種之一，以唱腔、做科、臉譜等最具特色。又稱平劇、京戲。

國樂 ㄍㄨㄛˊ ㄩㄝˋ ①指本國固有的、傳統的音樂。②由國家制定，作為大慶典時演奏的音樂。

國學 ㄍㄨㄛˊ ㄒㄩㄝˊ 本國固有的學術。

國營 ㄍㄨㄛˊ ㄧㄥˊ 由國家經營的各類事業。例國營廠礦。

國徽 ㄍㄨㄛˊ ㄏㄨㄟ 由國家正式規定的代表本國的標誌。

國難 ㄍㄨㄛˊ ㄋㄢˋ 國家的危難。常指由外國入侵而造成的國家災難。例國難當頭。

國寶 ㄍㄨㄛˊ ㄅㄠˇ ①國家的寶器。②指國家傑出的人才或珍貴的東西。

國色天香 ㄍㄨㄛˊ ㄙㄜˋ ㄊㄧㄢ ㄒㄧㄤ ①形容牡丹花的高貴，色彩和香氣俱佳。②今用以形容極為嬌豔美麗的女子。

國計民生 ㄍㄨㄛˊ ㄐㄧˋ ㄇㄧㄣˊ ㄕㄥ 指國家的經濟和人民的生活。

國泰民安 ㄍㄨㄛˊ ㄊㄞˋ ㄇㄧㄣˊ ㄢ 用以稱頌國家太平，人民安樂。

反民不聊生。

國際公法 ㄍㄨㄛˊ ㄐㄧˋ ㄍㄨㄥ ㄈㄚˇ 由各國通過協議制定，並予以承認的國與國間各種關係的法律。又稱為國際法。

國際私法 ㄍㄨㄛˊ ㄐㄧˋ ㄙ ㄈㄚˇ 一個國家據以處理涉及外國公民的民事法律關係的法規。

國際音標 ㄍㄨㄛˊ ㄐㄧˋ ㄧㄣ ㄅㄧㄠ 國際語音學會制定的標音符號。

國際貿易 ㄍㄨㄛˊ ㄐㄧˋ ㄇㄠˋ ㄧˋ 指國際間進行貨物買賣，即本國貨物輸出國外，外國貨物輸入國內。

圊 ㄑㄧㄥ qīng 名廁所。例圊肥。

圉 ㄩˇ yǔ 名①養馬的地方。②養馬的人。③牢獄。例囹圉。④邊境。⑤通「敔」。樂器名。形狀如伏虎。動①飼養。例圉馬。②通「禦」。阻止，阻擋。

圇 ㄌㄨㄣˊ lún 見「囫圇」。

九畫

圌 ㈠ㄊㄨㄢˊ tuán 名通「團」。竹製或草製的圓形器具。㈡ㄔㄨㄟˊ chuí 名圌山，在江蘇省。

圍 ㄨㄟˊ wéi 名①周遭，四周。例外圍。②指戰事的包擋陣勢。例突圍。③遮蔽用的布類。例床圍。動①包攏，環繞。例青山圍繞著綠水。②守衛，防守。

圍巾 ㄨㄟˊ ㄐㄧㄣ ①圍在脖子上保暖或裝飾用的長條形領巾。②有些地區指餐巾。

圍攻 ㄨㄟˊ ㄍㄨㄥ ①包圍起來而加以攻擊。②大家一起指責、抨擊某人。

圍困 ㄨㄟˊ ㄎㄨㄣˋ 把敵人團團圍住，使陷於困境。

圍捕 ㄨㄟˊ ㄅㄨˇ 事先作周密的布置，然後將罪犯或獵物團團包圍，加以捕獲。

圍棋 ㄨㄟˊ ㄑㄧˊ 一種棋藝。棋盤上縱橫各十九道線，交錯成三百六十一個棋位，雙方各拿白、黑子一百八十枚對著，互相圍攻，最後以占棋位多者得勝。

圍剿 ㄨㄟˊ ㄐㄧㄠˇ 包圍起來加以消滅。

圍繞 ㄨㄟˊ ㄖㄠˋ 環繞在周圍。

圍攏 ㄨㄟˊ ㄌㄨㄥˇ 從四周向某地點靠近或聚攏。

十畫

園 ㄩㄢˊ yuán 名①種植蔬果、花木的地方。例果園、花園。②供人休閒、遊玩、娛樂的地方。例公園、動物園。

園丁 ㄩㄢˊ ㄉㄧㄥ 管理園圃、培植花木的人。

園地 ㄩㄢˊ ㄉㄧˋ ①統稱種植花木蔬果的場地。②比喻開展某種活動或發表文藝作品的場所。例學習園地、文化園地。

園林 ㄩㄢˊ ㄌㄧㄣˊ 種植花木供人遊賞休息的處所。

園藝 ㄩㄢˊ ㄧˋ 栽種花木、蔬果等的技藝或學問。

圓 ㄩㄢˊ yuán 名①從中心到周圍每一點的距離都相等的形體。②貨幣單位。例拾圓。③貨幣的名稱。例銀圓、銅圓。④天。例淮南子：「戴圓履方。」形①沒有稜角，環形的。例圓桌、圓鏡。②

完備，周全的。例圓滿、他的話說得不圓。③聲音宛轉好聽。例字正腔圓。動使周全，或掩飾矛盾。例圓謊、自圓其說。

圓房 ㄩㄢˊ ㄈㄤˊ 新婚夫婦開始同房。多指童養媳和夫婿開始正式過夫婦生活。

圓寂 ㄩㄢˊ ㄐㄧˋ 佛家稱僧尼去世。亦作「涅槃」。

圓規 ㄩㄢˊ ㄍㄨㄟ 畫圓形和弧形用的兩腳規，一腳是尖針，另一腳可裝上鉛筆芯或鴨嘴筆頭而移動。

圓渾 ㄩㄢˊ ㄏㄨㄣˊ ①指聲音宛轉而圓潤自然。例他的唱腔流暢而圓渾。②詩文意趣濃厚，沒有雕琢的痕跡。

圓場 ㄩㄢˊ ㄔㄤˇ 為了打開僵局或解決糾紛，而從中解說或提出折衷辦法。

圓滑 ㄩㄢˊ ㄏㄨㄚˊ 形容人各方面都做得很周到，不得罪人。

圓滿 ㄩㄢˊ ㄇㄢˇ 完滿而無缺陷。

圓夢 ㄩㄢˊ ㄇㄥˋ ①對夢進行解說以推斷吉凶。②比喻完成心願。

圓潤 ㄩㄢˊ ㄖㄨㄣˋ 飽滿而潤澤。例歌喉圓潤。

圓謊 ㄩㄢˊ ㄏㄨㄤˇ 為說謊者彌補謊話中的漏洞。

圓周率 ㄩㄢˊ ㄓㄡ ㄌㄩˋ 圓周長除以直徑所得的比率，其值約等於三·一四一六，以「π」表示。

圓舞曲 ㄩㄢˊ ㄨˇ ㄑㄩˇ 西洋舞曲之一，即華爾滋（Waltz）。起源於奧地利的民間，每節三拍，分快步與慢步兩種，舞時兩人成對旋轉。

圓鑿方枘 ㄩㄢˊ ㄗㄠˋ ㄈㄤ ㄖㄨㄟˋ 圓形的卯眼，方形的榫頭。比喻人或事物格格不入，不能相容。也作「方枘圓鑿」。

十一畫

團 ㄊㄨㄢˊ tuán 名①圓球形物體。例麵團、紙團。②有組織的一群人。例訪問團、代表團。③用於團狀物的量詞。例一團毛線。動①把東西揉弄成圓球形。例團毛線、團泥球。②會合，聚集。例團圓、花團錦簇。

團拜 ㄊㄨㄢˊ ㄅㄞˋ 指團體、機關等的同事，於新年或春節時聚在一起，互相祝賀。

團魚 ㄊㄨㄢˊ ㄩˊ 鱉的俗稱。同甲魚。

團結 ㄊㄨㄢˊ ㄐㄧㄝˊ 結合眾人的力量。

團圓 ㄊㄨㄢˊ ㄩㄢˊ 分開的夫婦、家人又團聚在一起。

團聚 ㄊㄨㄢˊ ㄐㄩˋ ①聚集。②眾人團圓歡聚。

團體 ㄊㄨㄢˊ ㄊㄧˇ 有共同目的或志趣的人結合在一起的集團或組織。

團團轉 ㄊㄨㄢˊ ㄊㄨㄢˊ ㄓㄨㄢˋ 繞來繞去，轉來轉去。形容人著急、徬徨的樣子。

團團圍住 ㄊㄨㄢˊ ㄊㄨㄢˊ ㄨㄟˊ ㄓㄨˋ 一層又一層的包圍起來。

圖 ㄊㄨˊ tú 名繪畫出來的形象。例地圖、藍圖。動①計謀，打算。例一展宏圖、另有他圖。②謀求，謀取。例貪圖名利、唯利是圖。③描畫。例繪影圖形。

圖片 ㄊㄨˊ ㄆㄧㄢˋ 照片、圖畫、拓片等的總稱。

圖表 ㄊㄨˊ ㄅㄧㄠˇ 表示各種情況和注明各種數字，使人一目了然的圖示和表格。

圖例 ㄊㄨˊ ㄌㄧˋ 對圖表上各種符號所作的說明。

圖案 ㄊㄨˊ ㄢˋ 有裝飾意味的圖形與色彩，以結構整齊、勻稱、和諧為特點。

圖章 ㄊㄨˊ ㄓㄤ 私人或團體所用的印章。

圖報 ㄊㄨˊ ㄅㄠˋ 謀求報答。例感恩圖報。

圖解 ㄊㄨˊ ㄐㄧㄝˇ 利用圖形、表格加以解釋說明，使人一目了然。

圖謀 ㄊㄨˊ ㄇㄡˊ 計謀，暗中打算。多含貶義。

圖騰 ㄊㄨˊ ㄊㄥˊ 原始社會將與本族有特殊關係的某種動物或自然物，作為崇拜對象和本族的標記。

圖書館 ㄊㄨˊ ㄕㄨ ㄍㄨㄢˇ 蒐集、整理、收藏各種圖書資料，供人閱覽參考的機構。

圖謀不軌 ㄊㄨˊ ㄇㄡˊ ㄅㄨˋ ㄍㄨㄟˇ 指暗中謀畫超出常規法度的事。

圖窮匕見 ㄊㄨˊ ㄑㄩㄥˊ ㄅㄧˇ ㄒㄧㄢˋ 比喻事情發展到最後，真相或本意顯露了出來。

十三畫

圜 ㈠ㄩㄢˊ yuán 名①天體。②通「圓」。㈡ㄏㄨㄢˊ huán 副環繞，圍繞。

土部 ㄊㄨˇ

土 ㄊㄨˇ 名①地表上的沙、泥等混合物。例泥土、黃土。②地域。例領土、國土。③鄉里。例故土。④金木水火土五行之一。形①本地的，地方性的。例土產。②出自民間的，古老傳統的。例土法煉鋼、土專家。③不合時尚、潮流的。例土氣、土頭土腦。

土人 ㄊㄨˇ ㄖㄣˊ ①土著，當地人。多為外地人稱落後的、原來就住在本地的人。②用泥土塑成的人偶。

土方 ㄊㄨˇ ㄈㄤ ①水利及土木建築工程中計算泥土體積的單位。一立方公尺為一個土方。②民間相傳而不見於醫藥專門著作的藥方。

土木 ㄊㄨˇ ㄇㄨˋ 建築房舍等的工程。例大興土木。

土司 ㄊㄨˇ ㄙ ①元、明、清時分封境內各少數民族首領的世襲官職。②一種麵包。也作「吐司」。

土法 ㄊㄨˇ ㄈㄚˇ 民間習用的舊方法。

土坯 ㄊㄨˇ ㄆㄧ 還沒有入窯燒過的磚瓦、陶器等。

土匪 ㄊㄨˇ ㄈㄟˇ 地方上的盜匪。同土寇。

土氣 ㄊㄨˇ ㄑㄧˋ ①形容不時髦的風格、式樣，顯得俗氣鄙陋。②泥土的氣味。

土產 ㄊㄨˇ ㄔㄢˇ 本地出產具有特色的產品。也稱為土物。

土著 ㄊㄨˇ ㄓㄨˋ 世居本地的原住民。

土話 ㄊㄨˇ ㄏㄨㄚˋ ①流行於一個小地區的方言。②俚俗而不文雅的話。

土豪 ㄊㄨˇ ㄏㄠˊ 鄉里中有權有勢、作威作福的人。例土豪劣紳。

土壤 ㄊㄨˇ ㄖㄤˇ 地球表層的土質，能生長植物。由砂礫、腐植質、微生物及水分混合而成。

土地稅 ㄊㄨˇ ㄉㄧˋ ㄕㄨㄟˋ 以土地為對象所徵收的租稅，如田賦、地價稅、土地增值稅。

土木工程 ㄊㄨˇ ㄇㄨˋ ㄍㄨㄥ ㄔㄥˊ 房屋、道路、橋梁、水利等工程的統稱。

土生土長 ㄊㄨˇ ㄕㄥ ㄊㄨˇ ㄓㄤˇ 在當地出生，也在當地長大。

土牛木馬 ㄊㄨˇ ㄋㄧㄡˊ ㄇㄨˋ ㄇㄚˇ 用土塑的牛，用木做的馬。比喻徒有其形而無實用。

土崩瓦解 ㄊㄨˇ ㄅㄥ ㄨㄚˇ ㄐㄧㄝˇ 像土崩塌，似瓦破碎。比喻徹底潰散，不可收拾。

土頭土腦 ㄊㄨˇ ㄊㄡˊ ㄊㄨˇ ㄋㄠˇ 形容人不合時尚，趕不上潮流。

三畫

圬 ㄨ wū 名用來塗抹泥灰的工具。動把泥灰抹到牆上。

圩 ㄩˊ yú 名①低窪地區防水護田的堤岸。例築圩。②兩淮鹽灘用以區劃的土堤。形中央低而四周高的。

圭 ㄍㄨㄟ guī 名①古代帝王、諸侯舉行隆重儀式時所執的玉製禮器，上圓（或尖）下方。②古代測日影的器具。例圭表、日圭。③古代的容量單位，一升的十萬分之一。

圭臬 ㄍㄨㄟ ㄋㄧㄝˋ ①古代測定日影的器具。②比喻準則，典範。例奉為圭臬。

在 ㄗㄞˋ zài 動①生存，存活。例健在、青春常在。②處於，居於。例在位、在職進修。③依靠，決定。例事在人為。副表示正在進行某種動作。例他在看電視。介①表示位置、處所。例他在家。②表示時間、情形、範圍。例他喜歡在晚上寫作。

在下 ㄗㄞˋ ㄒㄧㄚˋ 自稱的謙詞。

在世 ㄗㄞˋ ㄕˋ 活在世上，活著。

在乎 ㄗㄞˋ ㄏㄨ ①在於，關鍵所在。例此事在乎是否有信心。②在意，關心。例我才不在乎哩！

在在 ㄗㄞˋ ㄗㄞˋ 到處。例在在皆是。同處處。

在行 ㄗㄞˋ ㄏㄤˊ 對某事有經驗，能深刻的了解。同內行。

在押 ㄗㄞˋ ㄧㄚ 犯人在拘留監禁中。

在即 ㄗㄞˋ ㄐㄧˊ 指時間緊迫，某種情況在近期就要發生。例離別在即。

在座 ㄗㄞˋ ㄗㄨㄛˋ 在宴會、聚會等的席位上。

在望 ㄗㄞˋ ㄨㄤˋ ①遠處的東西可以看到。例隱隱在望。②盼望的好事即將到來。例勝利在望。

在野 ㄗㄞˋ ㄧㄝˇ 原指不在朝廷擔任官職，後借指不居官當政。反在朝。

在握 ㄗㄞˋ ㄨㄛˋ ①握在手中。②有把握。例勝利在握。

在意 ㄗㄞˋ ㄧˋ 留意，放在心上。例毫不在意。

在職 ㄗㄞˋ ㄓˊ 正擔任著的職務。

在來米 ㄗㄞˋ ㄌㄞˊ ㄇㄧˇ 為臺灣原產稻米，米質的黏性低。

在野黨 ㄗㄞˋ ㄧㄝˇ ㄉㄤˇ 未掌握政權，而與執政黨相抗衡，可以批評、監督執政黨的政黨。反執政黨。

在劫難逃 ㄗㄞˋ ㄐㄧㄝˊ ㄋㄢˋ ㄊㄠˊ 命中注定要遭受的災難，無法逃脫。指一定要發生的事情，想避也避不了。

在所不辭 ㄗㄞˋ ㄙㄨㄛˇ ㄅㄨˋ ㄘˊ 不論處在什麼樣的情況下都不推辭。形容無所畏懼，勇於承擔任務或樂於助人。

在所難免 ㄗㄞˋ ㄙㄨㄛˇ ㄋㄢˊ ㄇㄧㄢˇ 無論如何都很難避免。

圳 ㄗㄨㄣˋ zùn 名 ①田野間的水溝。多見於地名。例深圳、圳口。②閩南、臺灣一帶稱灌溉用的河川水渠。例嘉南大圳。

圮 ㄆㄧˇ pǐ 動 ①毀壞，倒塌。例圮毀。②毀滅，斷絕。例圮絕、圮族。

圯 ㄧˊ yí 名 橋。

圯上老人 ㄧˊ ㄕㄤˋ ㄌㄠˇ ㄖㄣˊ 楚漢相爭時在圯橋上給張良太公兵法的黃石公。

地 ㈠ㄉㄧˋ dì 名 ①大地，指地球的表面層。例天地、陸地。②土地，田地。例荒地。③地區，地方。例沿海各地、內地。④人所處的地位、位置。例設身處地、易地而處。⑤場所。例發祥地、目的地。⑥思想、意志所在。例見地。⑦底子。例白地黑字。助 用於副詞詞尾。例忽地、驀地。

㈡·ㄉㄜ de 助 用於副詞詞尾。例好好地學習、狠狠地打擊敵人。

地力 ㄉㄧˋ ㄌㄧˋ 土地的肥沃程度，滋長作物的能力。

地下 ㄉㄧˋ ㄒㄧㄚˋ ①地面之下。例地下水。②祕密的、非法的活動。例地下錢莊。

地支 ㄉㄧˋ ㄓ 指子、丑、寅、卯、辰、巳、午、未、申、酉、戌、亥十二支。古人用作記時或表示次序的符號。

地皮 ㄉㄧˋ ㄆㄧˊ ①地的表面。②供建築房屋用的土地。例炒地皮。③百姓的財物。例刮地皮。

地衣 ㄉㄧˋ ㄧ 一種耐寒的低等植物，是藻類和菌類植物的共生體。

地址 ㄉㄧˋ ㄓˇ 居住或通信的地點。

地形 ㄉㄧˋ ㄒㄧㄥˊ 地面起伏的形狀。如平原、丘陵、盆地、高原等。

地步 ㄉㄧˋ ㄅㄨˋ ①境地，景況。多指不好的。例你怎麼會弄到這種地步呢？②達到的程度。例他壞到了令人不能容忍的地步。

地位 ㄉㄧˋ ㄨㄟˋ 所占的位置或地方。引申為個人或集體在社會關係中所處的位置。例國際地位、社會地位。

地利 ㄉㄧˋ ㄌㄧˋ ①有利的地形，地理上的優勢。例天時不如地利。②土地有利於種植作物的條件。例種莊稼要充分發揮地利。

地府 ㄉㄧˋ ㄈㄨˇ 陰間，人死後靈魂所在的地方。

地祇 ㄉㄧˋ ㄑㄧˊ 地神。為山川、土地、四方之神的總稱。

地契 ㄉㄧˋ ㄑㄧˋ 買賣土地時所立下的契約。同地券。

地段 ㄉㄧˋ ㄉㄨㄢˋ 指地面上某一特定的區域。例黃金地段。

地帶 ㄉㄧˋ ㄉㄞˋ 具有某種性質或範圍的地方。例安全地帶、原始森林地帶。

地產 ㄉㄧˋ ㄔㄢˇ 由個人、團體、國家持有所有權的土地。

地理 ㄉㄧˋ ㄌㄧˇ 研究地球表面各種自然現象和社會經濟情況的科學。

地球 ㄉㄧˋ ㄑㄧㄡˊ 太陽系行星之一。形狀像球而略扁，繞太陽公轉而生四季，依地軸自轉而有晝夜。

地基 ㄉㄧˋ ㄐㄧ 承受房屋等建築物重量的根基。

地區 ㄉㄧˋ ㄑㄩ ①較大範圍的地方。例海灣地區。②指行政區域。例浙江地區。

地域 ㄉㄧˋ ㄩˋ ①指範圍相當廣大的地區。②指本地、本鄉。例地域觀念。

地窖 ㄉㄧˋ ㄐㄧㄠˋ 用作貯存物品的地洞或地下室。

地痞 ㄉㄧˋ ㄆㄧˇ 地方上的惡棍。

地殼 ㄉㄧˋ ㄎㄜˊ 地球的最外層，由堅硬的岩石組成。陸地以花崗岩為主，厚度約三十五公里；海洋以玄武岩為主，厚度約五公里。

地軸 ㄉㄧˋ ㄓㄡˊ 地球自轉的軸，是一條從北極通過地心而達南極的假想直線。

地道 ㄉㄧˋ ㄉㄠˋ 在地下挖成的坑道。多用於軍事。

地勤 ㄉㄧˋ ㄑㄧㄣˊ 指航空部門在地面上從事維修飛機及其他相關的工作。反空勤。

地勢 ㄉㄧˋ ㄕˋ ①指地面高低起伏的形勢。②地位權勢。

地雷 ㄉㄧˋ ㄌㄟˊ 埋在地下、裝有引火裝置的爆炸性武器。

地圖 ㄉㄧˋ ㄊㄨˊ 描繪地球表面的位置區劃、地形地勢等的圖形。

地獄 ㄉㄧˋ ㄩˋ ①某些宗教指有罪惡的人死後，其靈魂受苦之地。②比喻黑暗而悲慘的生活環境。反天堂。

地磅 ㄉㄧˋ ㄅㄤˋ 安裝在地面以下、秤面與地面平齊的大型磅秤，用來計量車輛所載物品的輕重。

地震 ㄉㄧˋ ㄓㄣˋ 地球內部的變動而引起的地殼震動。可分構造地震（破壞性最大）、陷落地震和火山地震。

地熱 ㄉㄧˋ ㄖㄜˋ 地球內部傳到地表附近的熱能。

地貌 ㄉㄧˋ ㄇㄠˋ 地球表面的形態。

地質 ㄉㄧˋ ㄓˋ 地殼的成分和結構。

地盤 ㄉㄧˋ ㄆㄢˊ ①房屋的基地。引申指占用或控制的地方、勢力範圍。②舊時堪輿家所用的羅盤，用來測定方位。③術數家稱地上十二辰方位為地盤。

地點 ㄉㄧˋ ㄉㄧㄢˇ 所在的地方。例出事地點。

地攤 ㄉㄧˋ ㄊㄢ 就地擺設貨物出賣的攤位。

地下道 ㄉㄧˋ ㄒㄧㄚˋ ㄉㄠˋ 建造於地面之下、橫貫馬路的通道。

地方稅 ㄉㄧˋ ㄈㄤ ㄕㄨㄟˋ 按財政制度規定，由地方政府徵收以作為地方經費的稅款。

地方戲 ㄉㄧˋ ㄈㄤ ㄒㄧˋ 流行於一定地區並具有地方特色的戲曲劇種。如川劇、越劇、歌仔戲。

地平線 ㄉㄧˋ ㄆㄧㄥˊ ㄒㄧㄢˋ 向水平方向望去，地面與四周天際相交的線。

地震儀 ㄉㄧˋ ㄓㄣˋ ㄧˊ 測定和記錄地震發生的方向、深度、時間、強度等的儀器。

地頭蛇 ㄉㄧˋ ㄊㄡˊ ㄕㄜˊ 在當地橫行霸道、作威作福的壞人。例強龍壓不過地頭蛇。

地下工作 ㄉㄧˋ ㄒㄧㄚˋ ㄍㄨㄥ ㄗㄨㄛˋ 諜報人員祕密從事的有關政治、軍事等方面的工作。

地大物博 ㄉㄧˋ ㄉㄚˋ ㄨˋ ㄅㄛˊ 形容國家疆土遼闊，物產豐富。

地方自治 ㄉㄧˋ ㄈㄤ ㄗˋ ㄓˋ 由各地公民選舉代表，受中央政府監督，自行辦理本地方公共事務的政治制度。

地心引力 ㄉㄧˋ ㄒㄧㄣ ㄧㄣˇ ㄌㄧˋ 地球吸引萬物的力，使物體下墜方向始終向著地心。

地主之誼 ㄉㄧˋ ㄓㄨˇ ㄓ ㄧˊ 指當地主人招待外地來的客人。

地老天荒 ㄉㄧˋ ㄌㄠˇ ㄊㄧㄢ ㄏㄨㄤ 形容時間久遠。也作「天荒地老」。同地久天長。

地坼天崩 ㄉㄧˋ ㄔㄜˋ ㄊㄧㄢ ㄅㄥ 地裂了，天也塌了。

地動山搖 ㄉㄧˋ ㄉㄨㄥˋ ㄕㄢ ㄧㄠˊ 形容十分巨大強烈的變化。也比喻戰鬥激烈或聲勢浩大。

地廣人稀 ㄉㄧˋ ㄍㄨㄤˇ ㄖㄣˊ ㄒㄧ 土地寬廣，人口稀少。多形容地方荒涼。反人煙稠密。

四畫

坊 ㊀ㄈㄤ fāng 名①里巷的通稱。也用作街巷名。例街坊。②較小規模的工作場所。例作坊、染坊。③店鋪。例茶坊。④古時表揚功德、名節的牌樓。例貞節牌坊。㊁ㄈㄤˊ fáng 名堤防。

坊間 ㄈㄤ ㄐㄧㄢ 街市之間。舊時多指書坊。

坑 ㄎㄥ kēng 名①地面凹陷的地方。例水坑、泥坑。②地洞，地道。例坑道、礦坑。③俗稱廁所。例茅坑。動①陷害。例坑人、被他坑了。②活埋。例焚書坑儒。

坑人 ㄎㄥ ㄖㄣˊ 設計陷害人，想方設法整人。

坑害 ㄎㄥ ㄏㄞˋ 用狡詐、狠毒的手段陷害人。

坑道 ㄎㄥ ㄉㄠˋ 開礦或軍隊作戰時在地下挖的通道。

坑儒 ㄎㄥ ㄖㄨˊ 指秦始皇挖掘坑洞活埋儒生。

坑騙 ㄎㄥ ㄆㄧㄢˋ 用蒙騙的手法使人受到損害。

坏 ㄆㄟˊ péi 名①未經燒成的陶器、磚瓦。②土丘。動用土填補空隙。例坏牆垣。

址 ㄓˇ zhǐ 名①地點，處所。例地址、校址。②地基。

坍 ㄊㄢ tān 動倒塌，崩垮。例坍方、坍塌。

坍方 ㄊㄢ ㄈㄤ 土石崩塌。

坍塌 ㄊㄢ ㄊㄚ 指山坡、河岸、建築物等崩垮倒塌下來。

坂 ㄅㄢˇ bǎn 名斜坡，山坡。

坎 ㄎㄢˇ kǎn 名①八卦之一，代表水。②田野中像臺階狀的東西。例田坎。③地面低陷的地方。例坎穴。副擊物的響聲。

坎坷 ㄎㄢˇ ㄎㄜˇ ①道路不平難以行走。②比喻人潦倒失意，不得志。例坎坷一生。

坌 ㄅㄣˋ bèn 名塵埃。形①粗劣。例坌絹。②通「笨」。愚蠢。動①聚集。例坌集。②灰塵飛揚撒落在物體上。③刨，翻。例坌地。

圾 ㄙㄜˋ sè 名垃圾，丟棄的廢物。形通「岌」。危險，危急。

圻 ㄑㄧˊ qí 名①地界，邊界。例邊圻。②面積千里之地，或皇帝都城周圍千里之地。③通「碕」。曲岸。

均 ㈠ㄐㄩㄣ jūn 名①陶工使用的轉輪。②古代量酒的單位。二千五百石為一均。③古代調節樂器的用具。形等同的，無輕重多寡之分。例均勻、貧富不均。動調和。副①相等，彼此一樣。例均攤、均分。②都，全部。例二者均可。
㈡ㄩㄣˋ yùn 名通「韻」。和諧的音。例音均。

均勻 ㄐㄩㄣ ㄩㄣˊ 平均，一樣多。

均沾 ㄐㄩㄣ ㄓㄢ 平均分享利益。例利益均沾。

均富 ㄐㄩㄣ ㄈㄨˋ 財富分配平均，大家都能過富足的生活。

均等 ㄐㄩㄣ ㄉㄥˇ 平均，相同。例機會均等。

均衡 ㄐㄩㄣ ㄏㄥˊ 平衡。例要使經濟均衡發展。

均攤 ㄐㄩㄣ ㄊㄢ 平均分攤。

坻 ㄓˇ zhǐ 動有所附著而靜止。

坅 ㄑㄧㄣˇ qǐn 名坎穴，地洞。

坋 ㄈㄣˋ fèn 動塗飾，將粉末敷灑在物體表面上。例以丹朱坋身。

坐 ㄗㄨㄛˋ zuò 動①把臀部放在座位上。與「站」相對。②搭乘。例坐車、坐飛機。③居，處。例坐北朝南。④槍炮因反作用而向後移動。例後坐力。⑤犯罪或定罪。例連坐、坐以殺人之罪。副①堅守不去。例坐鎮。②比喻不勞而獲的。例坐享其成、坐吃山空。介因為。例坐此失彼。

坐大 ㄗㄨㄛˋ ㄉㄚˋ 勢力自然擴張而日趨強大。

坐困 ㄗㄨㄛˋ ㄎㄨㄣˋ 困守一地而找不到出路。

坐骨 ㄗㄨㄛˋ ㄍㄨˇ 人坐時支持上身重量的骨頭，左右各一，與恥骨和髂骨組成髖骨。

坐視 ㄗㄨㄛˋ ㄕˋ 指對事採取一種不聞不問的態度。

坐落 ㄗㄨㄛˋ ㄌㄨㄛˋ 指房屋或其他建築物所在的位置。

坐禪 ㄗㄨㄛˋ ㄔㄢˊ 僧尼修行的功課，每天在一定時間端坐靜修，排除一切雜念。

坐鎮 ㄗㄨㄛˋ ㄓㄣˋ 負責人親自在某地鎮守督促。

坐月子 ㄗㄨㄛˋ ㄩㄝˋ ㄗ˙ 婦女生孩子後一個月內的休息調養。

坐針氈 ㄗㄨㄛˋ ㄓㄣ ㄓㄢ 有如坐在針氈上。比喻心中有事坐不安穩，或處於危險境地。

坐井觀天 ㄗㄨㄛˋ ㄐㄧㄥˇ ㄍㄨㄢ ㄊㄧㄢ 坐在井裡望天。比喻眼界狹隘，所見有限。同井蛙之見。

坐立不安 ㄗㄨㄛˋ ㄌㄧˋ ㄅㄨˋ ㄢ 坐著或站著都不是。形容心情緊張或焦躁。

坐失良機 ㄗㄨㄛˋ ㄕ ㄌㄧㄤˊ ㄐㄧ 不採取行動去爭取，而失掉良好的機會。

坐以待斃 ㄗㄨㄛˋ ㄧˇ ㄉㄞˋ ㄅㄧˋ 坐著等死。比喻遇到困難、危險時不積極克服。

坐地分贓 ㄗㄨㄛˋ ㄉㄧˋ ㄈㄣ ㄗㄤ 不親自偷盜而安然分享贓物。後指共享他人的不當利益。

坐吃山空 ㄗㄨㄛˋ ㄔ ㄕㄢ ㄎㄨㄥ 指光是消費而不生產，即使有堆積如山的財物也會耗盡。

坐冷板凳 ㄗㄨㄛˋ ㄌㄥˇ ㄅㄢˇ ㄉㄥˋ 比喻受到冷落，不被重視，只擔任清閒的職務。

坐困愁城 被圍困在愁苦的境地。比喻為某事而憂愁，苦於無出路。

坐收漁利 比喻趁著別人的矛盾衝突而從中獲得利益。同漁翁之利。

坐享其成 指自己不出力而享受別人的勞動成果。

坐視不救 指別人有危難時，自己只是在旁觀看而不予以幫助。同見死不救。反拔刀相助。

坐懷不亂 美女坐於懷中而不淫亂。形容男子行事端正。

五畫

垃 ㄌㄜˋ lè 見「垃圾」。

垃圾 髒土和被丟棄的破爛雜物。

坨 ㄊㄨㄛˊ tuó 名①圓形的塊狀物，或成塊成堆的東西。例秤坨。②露天堆積的鹽堆。

坯 ㄆㄟ pēi 名①沒有燒製過的磚瓦、陶器。例磚坯。②泛指半成品。例鋼坯。

坪 ㄆㄧㄥˊ píng 名①平坦之地。多用作地名。例草坪、阿姆坪。②日本測量土地面積的單位。一坪約合三・三〇五七平方公尺，臺灣目前仍習用。

坷 ㄎㄜˇ kě 見「坎坷」。

坩 ㄍㄢ gān 名指瓦鍋或缸甕等陶器。

坦 ㄊㄢˇ tǎn 名對女婿的代稱。例令坦。形①寬廣，平直。例平坦、坦途。②直率，心地光明無私心。例坦白、坦率。③裸露。例坦胸露背。

坦白 ①形容心地光明，直率無私。②把隱瞞的事情如實說出。

坦率 性情直率而不造作。反隱諱。

坦然 形容心安理得而無顧慮的樣子。

坦誠 形容為人直率誠實。

坦蕩 ①寬廣平坦。例坦蕩大道。②形容人個性直率，胸襟寬暢。例他有著坦蕩的胸懷。

坦克車 裝有機關槍和旋轉炮塔的履帶式裝甲戰鬥車，用來掩護步兵進攻和突破敵方障礙物。

坤 ㄎㄨㄣ kūn 名八卦之一，代表地。形指女性的。例坤宅、坤德。

坤宅 舊時婚禮中對女方家的稱呼。男方家稱為乾宅。

坤道 指婦道，即女子的道德規範。

坫 ㄉㄧㄢˋ diàn 名①古代君主宴饗時，作為諸侯獻禮完畢，放回酒杯的土臺。②屋隅。③界限。

坡 ㄆㄛ pō 名地勢傾斜的地方。例山坡、斜坡。形傾斜。例坡度。

坡度 傾斜的程度，即斜坡起止點的高度差與其水平距離的比值。通常以百分比或角度來表示。

坿 ㄈㄨˋ fù 副「附」的本字。增加，附加。

坼 ㄔㄜˋ chè 動裂開。例天崩地坼。

坳 ㄠ āo 名低窪的地方。例山坳、土坳。

六畫

垂 ㄔㄨㄟˊ chuí 名 通「陲」。邊界。動 ①從上往下掉落。例 垂淚、垂涎。②留傳於後世。例 永垂不朽、名垂千古。副 ①將要，快要。例 垂危。②用於上級或尊長關照自己的敬語。例 垂愛、垂念。

垂老 ㄔㄨㄟˊ ㄌㄠˇ 將近年老。

垂死 ㄔㄨㄟˊ ㄙˇ 臨近死亡。例 垂死掙扎。

垂危 ㄔㄨㄟˊ ㄨㄟˊ 病重將死。例 病勢垂危。

垂成 ㄔㄨㄟˊ ㄔㄥˊ 快要成功。例 功敗垂成。

垂青 ㄔㄨㄟˊ ㄑㄧㄥ 表示特別看重。

垂念 ㄔㄨㄟˊ ㄋㄧㄢˋ 敬稱上級或長輩對下級或晚輩的關愛。

垂柳 ㄔㄨㄟˊ ㄌㄧㄡˇ 柳樹的別名。因枝條柔軟下垂而有此稱。

垂釣 ㄔㄨㄟˊ ㄉㄧㄠˋ 釣魚。同 垂綸。

垂詢 ㄔㄨㄟˊ ㄒㄩㄣˊ 上級對下級的詢問。同 垂問。

垂楊 ㄔㄨㄟˊ ㄧㄤˊ 即楊柳，因楊柳的莖細長柔軟而下垂。

垂愛 ㄔㄨㄟˊ ㄞˋ 受到別人的愛護、照顧。

垂暮 ㄔㄨㄟˊ ㄇㄨˋ ①傍晚時候。②比喻年老。例 垂暮之年。

垂髫 ㄔㄨㄟˊ ㄊㄧㄠˊ 古時兒童不束髮，額前頭髮自然下垂，所以用來稱兒童或童年。

垂憐 ㄔㄨㄟˊ ㄌㄧㄢˊ 在下位者懇求在上位者賜予憐愛的敬辭。

垂涎三尺 ㄔㄨㄟˊ ㄒㄧㄢˊ ㄙㄢ ㄔˇ 形容非常貪饞的樣子，或見了別人的好東西就十分眼紅，想據為己有。

垂頭喪氣 ㄔㄨㄟˊ ㄊㄡˊ ㄙㄤˋ ㄑㄧˋ 形容因失敗不順利而情緒低落。

坨 ㄔㄚˊ chá 名 小土山。

垓 ㄍㄞ gāi 名 ①極遠的地方。例 八荒九垓。②界限。③數目字。古代以十兆為經，十經為垓。

垤 ㄉㄧㄝˊ dié 名 ①螞蟻洞口高起的小土堆。②小土堆。

型 ㄒㄧㄥˊ xíng 名 ①鑄造器物所用的模子。例 砂型、模型。②式樣。例 臉型、新型。③法式，典範。例 典型。

垣 ㄩㄢˊ yuán 名 ①矮牆，也泛指牆。例 頹垣、牆垣。②城市。例 省垣。

垮 ㄎㄨㄚˇ kuǎ 動 ①倒塌，坍塌。例 牆垮了。②崩潰，潰散。例 打垮。

垮臺 ㄎㄨㄚˇ ㄊㄞˊ 高臺崩塌。比喻失敗、崩潰或瓦解。

垢 ㄍㄡˋ gòu 名 ①骯髒的東西。例 油垢、汙垢。②恥辱。例 含垢忍辱。形 骯髒不潔的。例 蓬頭垢面。

垝 ㄍㄨㄟˇ guǐ 形 倒塌的，毀壞的。例 垝垣。

垛 ㈠ㄉㄨㄛˇ duǒ 名 ①建築物向外或向上突出的部分。例 城垛。②土築的箭靶。㈡ㄉㄨㄛˋ duò 名 成堆的東西。例 柴火垛。動 把東西整齊地堆放在一起。例 稻草捆好垛起來。

城 ㄔㄥˊ chéng 名 ①古時環繞京師或要地修建的高牆。例 城牆、萬里長城。②都市。例 京城、城鄉差別。動 築城。例 詩經

：「城彼朔方。」

城市 ㄔㄥˊ ㄕˋ 人口集中，工商業發達，為政治、經濟和文化的中心。

城池 ㄔㄥˊ ㄔˊ ①城牆與護城河，為一個城市的屏障。②有時也用以指城市。

城府 ㄔㄥˊ ㄈㄨˇ 城市與官署。後用以比喻心機深隱難測。例此人城府很深。

城垣 ㄔㄥˊ ㄩㄢˊ 城牆。

城郭 ㄔㄥˊ ㄍㄨㄛ 內城與外城。泛指城市。

城堡 ㄔㄥˊ ㄅㄠˇ ①城牆和堡壘。②指堡壘式的小城。

城隍 ㄔㄥˊ ㄏㄨㄤˊ ①守護城池的神，相傳為冥間的判事官。②環繞城外的壕溝。

城門失火，殃及池魚 ㄔㄥˊ ㄇㄣˊ ㄕ ㄏㄨㄛˇ，ㄧㄤ ㄐㄧˊ ㄔˊ ㄩˊ 比喻無故被牽連而遭受禍害。

垠 ㄧㄣˊ yín 名①邊際，界限。例一望無垠。②河岸，水邊。

七畫

埔 ㄆㄨˇ pǔ 名①廣東、福建一帶把河邊的沙洲叫「埔」。②用於地名。如埔里、大埔。

埂 ㄍㄥˇ gěng 名田地裡作為區分田界的土堤或小路。例田埂。

埕 ㄔㄥˊ chéng 名①福建、廣東沿海一帶養殖蟶、蛤之類的田畝。例蟶埕、蛤埕。②酒甕。例酒一埕。③庭院或廣場。例稻埕。

埋 ㊀ㄇㄞˊ mái 動①葬。例活埋。②隱藏。例埋伏、隱姓埋名。㊁ㄇㄢˊ mán 見「埋怨」。

埋名 ㄇㄞˊ ㄇㄧㄥˊ 隱沒姓名，不讓人知道。

埋伏 ㄇㄞˊ ㄈㄨˊ 暗中躲藏，等敵人到來時，出其不意地予以襲擊。

埋沒 ㄇㄞˊ ㄇㄛˋ ①埋藏在地下。②比喻才能無法顯露。

埋怨 ㄇㄢˊ ㄩㄢˋ 用語言表示不滿或責備他人。同抱怨。

埋首 ㄇㄞˊ ㄕㄡˇ 比喻專心致力於某事而不管其他。也作「埋頭」。

埋葬 ㄇㄞˊ ㄗㄤˋ 將棺柩葬入土中。

埋頭苦幹 ㄇㄞˊ ㄊㄡˊ ㄎㄨˇ ㄍㄢˋ 形容專心致志，刻苦工作。反游手好閒。

垺 ㄌㄜˋ lè 名①矮牆。例垺垣。②界限。例垺內。動相等，等同。例富垺王侯。

埃 ㄞ āi 名①細微的塵土。例塵埃。②長度單位，一公分的一億分之一，主要用於計算光波的波長。

八畫

培 ㊀ㄆㄟˊ péi 動①在植物的根部加上泥土。例培土、栽培。②教育以造就人才。例培訓。㊁ㄆㄡˇ pǒu 名①田邊。②小土丘。例培塿。

培育 ㄆㄟˊ ㄩˋ 培植養育幼小的生物，使之發育成長。

培訓 ㄆㄟˊ ㄒㄩㄣˋ 培養訓練，使其水準有所提高。

培植 ㄆㄟˊ ㄓˊ ①栽種植物。②造就人才。

培養 ㄆㄟˊ ㄧㄤˇ ①培育使繁殖。例培養細菌。②按照一定目的，長期進行教育和訓練。例培養青年才俊。

堃 ㄎㄨㄣ kūn「坤」的異體字。

埻 ㄓㄨㄣˇ zhǔn 名通「準」。箭靶的中心。

埢 ㄑㄩㄢˊ quán 形彎曲。例埢垣。

基 ㄐㄧ jī 名①建築物的底部。例地基。②事物的根本。例根基。③化合物分子中所含的一部分原子。例氨基、羥基。形根本的。例基數、基層。動依據，根據。例基此原因。

基本 ㄐㄧ ㄅㄣˇ ①根本，最主要的。例基本條件。②大體上，絕大部分。例這房子基本上已修好。

基石 ㄐㄧ ㄕˊ ①支撐建築物基底的石頭。②比喻事物的根基、根據。

基因 ㄐㄧ ㄧㄣ 染色體上控制生物遺傳、性狀的單位，由去氧核糖核酸（DNA）所構成。

基金 ㄐㄧ ㄐㄧㄣ 經營事業或從事活動的基本資金。

基肥 ㄐㄧ ㄈㄟˊ 播種或移栽植物之前施的肥料。同底肥。

基準 ㄐㄧ ㄓㄨㄣˇ 測量時的起算標準。引申泛指根本的原理、規範或標準。

基業 ㄐㄧ ㄧㄝˋ 事業發展的根基。

基數 ㄐㄧ ㄕㄨˋ ①一、十等普通整數，以區別於第一、第十等序數。②作為計算標準的數。

基層 ㄐㄧ ㄘㄥˊ 最底層。例基層單位、基層建設。

基本功 ㄐㄧ ㄅㄣˇ ㄍㄨㄥ 指從事某種工作所必須具備和掌握的基本知識和技能。

基督教 ㄐㄧ ㄉㄨ ㄐㄧㄠˋ 創立於一世紀，信仰上帝，奉耶穌為救世主。與佛教、伊斯蘭教並稱為世界三大宗教。

基本要素 ㄐㄧ ㄅㄣˇ ㄧㄠˋ ㄙㄨˋ 構成事物最根本的因素。

基本學科 ㄐㄧ ㄅㄣˇ ㄒㄩㄝˊ ㄎㄜ 學校教育中的主要科目。一般多指國文、數學、物理、化學、英語等科目。

堅 ㄐㄧㄢ jiān 名①指鎧甲之類。例披堅執銳。②敵軍兵力強勁之處。例攻堅戰。形①牢固，結實。例堅冰、堅甲利兵。②主要，骨幹。例中堅人物、中堅力量。副不鬆懈動搖。例堅守、堅拒。

堅守 ㄐㄧㄢ ㄕㄡˇ 堅決守住，不輕易放棄。同固守。

堅決 ㄐㄧㄢ ㄐㄩㄝˊ 心志確定不移，毫不猶豫。反遲疑。

堅忍 ㄐㄧㄢ ㄖㄣˇ 意志堅強，受盡艱苦也決不動搖。

堅定 ㄐㄧㄢ ㄉㄧㄥˋ 堅毅而不動搖。

堅固 ㄐㄧㄢ ㄍㄨˋ 結實牢固，不容易毀壞。反脆弱。

堅持 ㄐㄧㄢ ㄔˊ 堅決持續下去，不論遇到什麼情況，絕不改變。

堅信 ㄐㄧㄢ ㄒㄧㄣˋ 堅決相信。

堅強 ㄐㄧㄢ ㄑㄧㄤˊ 堅定剛強，不可動搖或不易摧毀。例堅強的意志。

堅毅 ㄐㄧㄢ ㄧˋ 堅定而富有毅力。

堅甲利兵 ㄐㄧㄢ ㄐㄧㄚˇ ㄌㄧˋ ㄅㄧㄥ 堅固的鎧甲，鋒利的兵器。表示軍隊的裝備精良。

堅如磐石 ㄐㄧㄢ ㄖㄨˊ ㄆㄢˊ ㄕˊ 堅固穩定得就像磐石一樣。比喻極為堅定而不改變。

堅苦卓絕 ㄐㄧㄢ ㄎㄨˇ ㄓㄨㄛˊ ㄐㄩㄝˊ 在艱難困苦中，堅忍刻苦的精神超乎尋常。

堅貞不屈 ㄐㄧㄢ ㄓㄣ ㄅㄨˋ ㄑㄩ 形容節操堅定，絕不向惡勢力屈服。反卑躬屈膝。

菫 ㄐㄧㄣˇ jǐn 名黏土。例菫塊。動塗抹。副通「僅」。少。例菫菫。

埴 ㄓˊ zhí 名①黏土。②土地。動製作陶器模型。

堊 ㄜˋ è 名白土。也泛指有色而可用來塗飾的泥土。例黃堊。動用白粉塗飾使變白。例堊壁。

域 ㄩˋ yù 名①指在一定疆界內的地方。例疆域、領域。②泛指某一地帶。例地域、西域。③墓地。例塋域。④邦國。例域內、異域。動居住。

堵 ㄉㄨˇ dǔ 名①牆。例觀者如堵。②計算牆壁的量詞。例一堵牆。動①擋，阻塞。例把漏洞堵住、堵門。②用言語阻止別人。例堵了眾人的嘴。

堵塞 ㄉㄨˇ ㄙㄜˋ 阻塞不通。例水管被堵塞了。反暢通。

堵嘴 ㄉㄨˇ ㄗㄨㄟˇ 把嘴巴塞住。比喻不讓人說話或使人沒法開口。

堂 ㄊㄤˊ táng 名①正房，正廳。例登堂入室、廳堂。②為某種活動專用的房屋。例課堂、禮堂。③舊時官府審訊的地方，如今之法庭。例公堂、過堂。④用於商店的名號。例同仁堂。⑤父系同祖先的親屬。例堂兄、堂妹。⑥尊稱別人的母親。例令堂。⑦量詞。⑴用於課程，一節課叫一堂。⑵用於成套的器物。例一堂瓷器、一堂家具。

堂上 ㄊㄤˊ ㄕㄤˋ ①對父母的敬稱。②大廳堂之上。③舊時對審案官吏的敬稱。

堂皇 ㄊㄤˊ ㄏㄨㄤˊ 形容氣勢宏偉。例富麗堂皇。

堂屋 ㄊㄤˊ ㄨ 俗稱正房中間的屋子。泛指正屋。

堂堂 ㄊㄤˊ ㄊㄤˊ ①形容人的容貌莊嚴端正。例相貌堂堂。②形容有志氣或有氣魄。例堂堂正正。③形容陣容威武強大。例堂堂之陣。

堂奧 ㄊㄤˊ ㄠˋ ①房屋的深邃隱祕之處。②比喻學問、道理或境界的深奧處。

堂而皇之 ㄊㄤˊ ㄦˊ ㄏㄨㄤˊ ㄓ ①自以為理直氣壯、光明正大。②引申為大模大樣、公開大方的意思。

堂堂正正 ㄊㄤˊ ㄊㄤˊ ㄓㄥˋ ㄓㄥˋ 本指軍容盛大整齊，後用以形容光明正大。

埸 ㄧˋ yì 名田界，邊界。例疆埸。

執 ㄓˊ zhí 名憑證。例回執。動①用手拿著。例手執教鞭。②掌握，管理。例執政、執掌。③堅持，固執。例各執己見。

執一 ㄓˊ ㄧ ①專一。②固執地堅持一種意見。

執中 ㄓˊ ㄓㄨㄥ ①儒家所提倡的中庸之道，既無過也無不及。②指處理事情公平合理，不偏不倚。

執行 ㄓˊ ㄒㄧㄥˊ 依照法令或計畫去實行。

執法 ㄓˊ ㄈㄚˇ 執行法律、法令。例執法不阿。

執事 ㄓˊ ㄕˋ ①侍從左右供差遣使喚的人。②書信中對平輩的敬稱。

執拗 ㄓˊ ㄠˋ 固執任性，根本不聽別人意見。

執政 ㄓˊ ㄓㄥˋ 掌握政權。也指掌握政權的人。

執教 ㄓˊ ㄐㄧㄠˋ 擔任教職。

執紼 ㄓˊ ㄈㄨˊ 送葬的人手執繩索幫助牽引靈柩。後泛指送葬。

執著 ㄓˊ ㄓㄨㄛˊ 泛指固執或拘泥於某種意念而不肯改變。

執筆 ㄓˊ ㄅㄧˇ 拿筆，指寫文章。

執意 ㄓˊ ㄧˋ 堅持自己的意見不肯改變。

執勤 ㄓˊ ㄑㄧㄣˊ 執行勤務。

執照 ㄓˊ ㄓㄠˋ 由官署發給的准許做某事的憑證。

執禮 ㄓˊ ㄌㄧˇ ①遵守禮制。例執禮以治天下。②對人的禮貌。例執禮甚恭。

執牛耳 ㄓˊ ㄋㄧㄡˊ ㄦˇ 指主持其事而居領導地位的人。

執法如山 ㄓˊ ㄈㄚˇ ㄖㄨˊ ㄕㄢ 執行法律嚴正無私，不受動搖。

執迷不悟 ㄓˊ ㄇㄧˊ ㄅㄨˋ ㄨˋ 堅持錯誤觀念而不知醒悟。

埠

ㄅㄨˋ bù 名①船隻停泊的碼頭。例船已抵埠、埠口。②城鎮，地方。例本埠、外埠。③通商的口岸。例商埠。

埤

㈠ㄆㄧˊ pí 名矮牆。動增加。例埤益。

㈡ㄅㄧˋ bì 名低溼的地方。

㈢ㄅㄟ bēi 名用於地名。如虎頭埤、埤頭鄉。

埏

㈠ㄧㄢˊ yán 名①大地的邊際。②墓道。

㈡ㄕㄢ shān 名製陶器的模型。動用水攪和泥土。

堆

ㄉㄨㄟ duī 名①聚積起來的東西。例糞堆、土堆。②用於成堆的東西或成群的人的量詞。例兩堆土、一堆人。③用於地名。如六堆、灩澦堆。動把東西聚積起來。例堆在桌子上。

堆肥 ㄉㄨㄟ ㄈㄟˊ 堆積雜草、溝泥、糞尿等有機廢棄物，使其在適宜的溫度下發酵腐爛，便可成為有機肥料。

堆砌 ㄉㄨㄟ ㄑㄧˋ ①堆疊磚石並用泥灰黏合。②比喻在寫作中使用大量不必要的詞語或典故。例堆砌詞藻。

堆棧 ㄉㄨㄟ ㄓㄢˋ 指臨時寄存貨物的倉庫。

堆積如山 ㄉㄨㄟ ㄐㄧ ㄖㄨˊ ㄕㄢ 形容東西極多，堆積得像山一樣高。

堀

ㄎㄨ kū 名同「窟」。孔穴。例堀穴。

九畫

埵

ㄉㄨㄛˇ duǒ 名①堅硬的土。例埵塊。②堤防。例埵防。③鎔冶金屬的器具。

堞

ㄉㄧㄝˊ dié 名城牆上成齒狀的矮牆。例城堞。

堪

ㄎㄢ kān 動能承當或忍受。例難堪、狼狽不堪。副可以，能夠。例堪當重任、不堪設想。

堪虞 ㄎㄢ ㄩˊ 值得憂慮。

堪輿家 ㄎㄢ ㄩˊ ㄐㄧㄚ 堪察地形風水以推斷吉凶的人。

堯

ㄧㄠˊ yáo 名上古帝王陶唐氏的名號，史稱唐堯。形高。

堯天舜日 ㄧㄠˊ ㄊㄧㄢ ㄕㄨㄣˋ ㄖˋ　比喻太平盛世。亦作「舜日堯天」、「舜日堯年」。

堰 ㄧㄢˋ yàn　名擋水用的堤壩。例都江堰。

堙 ㄧㄣ yīn　動①堵塞，填塞。例堙井。②埋沒。例堙沒。

堙滅 ㄧㄣ ㄇㄧㄝˋ　遭到埋沒。

堙鬱 ㄧㄣ ㄩˋ　心中悶塞不舒暢。

報 ㄅㄠˋ bào　名①定期出版的新聞或刊物的簡稱。例日報、畫報。②音信，消息。例捷報、警報。③由某種前因而得到的結果。例善有善報、惡有惡報。動①告訴。例報喜不報憂。②酬答。例報恩、報效。③回覆。例報友人書、報以熱烈掌聲。

報人 ㄅㄠˋ ㄖㄣˊ　從事新聞工作的人。

報考 ㄅㄠˋ ㄎㄠˇ　報名參加考試。

報信 ㄅㄠˋ ㄒㄧㄣˋ　把消息告訴人。例通風報信。

報效 ㄅㄠˋ ㄒㄧㄠˋ　①為報答別人的恩惠而盡力。②貢獻自己的力量給國家。

報案 ㄅㄠˋ ㄢˋ　將違反法律、危害社會的案件向治安機關報告。

報恩 ㄅㄠˋ ㄣ　報答別人的恩惠。反報仇。

報捷 ㄅㄠˋ ㄐㄧㄝˊ　報告勝利的消息。

報帳 ㄅㄠˋ ㄓㄤˋ　把領用或經手的錢款向有關人員按規定的手續和形式結算清楚。

報喪 ㄅㄠˋ ㄙㄤ　把去世的消息告訴死者的親友。

報喜 ㄅㄠˋ ㄒㄧˇ　報告喜訊。

報酬 ㄅㄠˋ ㄔㄡˊ　作為報償而付給別人的錢或實物。

報幕 ㄅㄠˋ ㄇㄨˋ　文藝表演時，由專人在每個節目演出前向觀眾報告本節目的名稱、作者、內容、演出者等。

報廢 ㄅㄠˋ ㄈㄟˋ　東西破損不能繼續使用，或已屆使用年限而申報作廢。

報銷 ㄅㄠˋ ㄒㄧㄠ　①將收支的款項向財務部門辦理結清或銷帳的手續。②把用壞作廢的物件向主管單位報告銷帳。③俗稱衣物等毀壞而不能再使用。

報導 ㄅㄠˋ ㄉㄠˇ　①透過報刊、廣播、電視等對新聞、事實所作的陳述。②用書面或廣播的形式所發表的新聞稿。例他就社會當前狀況寫了一篇報導。

報曉 ㄅㄠˋ ㄒㄧㄠˇ　用聲音使人知道天已亮。通常指禽鳥類的啼喚。例公雞報曉。

報應 ㄅㄠˋ ㄧㄥˋ　指由於某種原因而得到某種結果。後專指種惡因而得惡報。

報關 ㄅㄠˋ ㄍㄨㄢ　貨物進出口時，向海關申報，辦理檢驗、納稅等的手續。

報導文學 ㄅㄠˋ ㄉㄠˇ ㄨㄣˊ ㄒㄩㄝˊ　一種具有新聞特點的文學體裁。以現實生活中的真人真事為題材，並用文學的角度來表達。

堝 ㄍㄨㄛ guō　名坩堝，鎔化金屬等的耐高溫器皿。

場 ㄔㄤˇ chǎng　名①平坦而寬闊的空地。例廣場、操場。②人群聚集的地方。例劇場、商場。③

舞臺。例粉墨登場、演員下場。④戲劇中較小的段落，整個故事情節的一個片段。例分場。⑤處所。例場所。⑥物質存在的一種基本形式，具有能量、動量和質量，能傳遞實物間的相互作用。例電場、磁場。⑦事情從開始到結束的經過。例春夢一場。⑧計算次數的量詞。例一場大雨、三場球賽。

場地 ㄔㄤˇ ㄉㄧˋ 指施工、舉辦活動等的地方。

場合 ㄔㄤˇ ㄏㄜˊ 有特定條件的時間、地點、情況等。例你怎麼不分場合亂開玩笑！

場面 ㄔㄤˇ ㄇㄧㄢˋ ①表面的排場。例擺場面。②特定場合下的情景。例熱烈的場面。

場記 ㄔㄤˇ ㄐㄧˋ 指攝製影片時，負責記錄現場所有細節及狀況的人員。

場景 ㄔㄤˇ ㄐㄧㄥˇ 泛指情景，特指電影或戲劇中的場面。

堤

ㄊㄧˊ tí 名沿江、河、湖泊用土石築成的防水建築物。例河堤、防波堤。動修築堤防。

堤防 ㄊㄧˊ ㄈㄤˊ 人工修築的防水堤。同堤岸。

堤壩 ㄊㄧˊ ㄅㄚˋ 堤岸與水壩。也指攔河蓄水的建築。

堡

ㄅㄠˇ bǎo 名①用土石築成的小城。例碉堡、城堡。②中國北方稱村落為堡。例張家堡。

堡壘 ㄅㄠˇ ㄌㄟˇ ①為了軍事防禦而在要衝地點設立的一種堅固建築物。②比喻難以攻破的事物或思想。

堠

ㄏㄡˋ hòu 名①古代瞭望敵情的土堡。例斥堠、烽堠。②古代用來標記里程的土堆。五里為單堠，十里為雙堠。

十畫

塘

ㄊㄤˊ táng 名①水池，方形的池子。例魚塘、水塘。②堤岸，堤防。例海塘、河塘。③浴池。例洗澡塘。④福建、廣東、臺灣等地區，在丘陵地帶所修築的灌溉設施。例埤塘。

塘堰 ㄊㄤˊ ㄧㄢˋ 修築在山區或丘陵地區的一種小水壩。或稱為塘壩。

塗

ㄊㄨˊ tú 名①泥濘。例塗地、塗炭。②通「途」。道路。動①粉刷，敷抹。例塗上一層油漆。②擦掉，抹去。例塗掉、塗改。③亂寫亂畫。例塗鴉、亂塗。

塗地 ㄊㄨˊ ㄉㄧˋ 像泥土一樣的散在地上。例肝腦塗地。

塗改 ㄊㄨˊ ㄍㄞˇ 抹去原有的文字而加以修改。

塗抹 ㄊㄨˊ ㄇㄛˇ ①用筆抹去不要的。②隨意寫作或繪畫。③化妝。

塗炭 ㄊㄨˊ ㄊㄢˋ 爛泥和炭火。比喻極端困苦的境地。例生靈塗炭。

塗料 ㄊㄨˊ ㄌㄧㄠˋ 塗在器物的表面，具保護、裝飾等作用的材料。如油漆、膠液。

塗鴉 ㄊㄨˊ ㄧㄚ 比喻隨意書寫或書法拙劣。常用作謙詞。

塗脂抹粉 ㄊㄨˊ ㄓ ㄇㄛˇ ㄈㄣˇ 比喻喜歡打扮。或指對醜惡的東西加以巧裝掩飾和美化。

塞

㊀ㄙㄞ sāi 名堵住容器小口的東西。例瓶塞、軟木塞。動①填滿空隙。例塞滿。②受阻不順

暢。例塞車。

㊁ㄙㄜˋ sè 動①受阻隔而不暢通。例堵塞、閉塞。②充滿，填滿。例充塞。③推托，敷衍。例搪塞、塞責。

㊂ㄙㄞˋ sài 名邊境，險要的地方。例出塞、要塞。

塞子 ㄙㄞ ˙ㄗ 塞住容器口使內外隔絕的東西。

塞牙 ㄙㄞ ㄧㄚˊ ①指食物塞進了牙齒縫裡。②形容食物少得可憐，僅夠塞塞牙縫。

塞外 ㄙㄞˋ ㄨㄞˋ 邊塞以外的地方。通常指長城以北地區。例塞外風光。

塞住 ㄙㄞ ㄓㄨˋ 堵塞起來。例把他的嘴塞住。

塞滿 ㄙㄞ ㄇㄢˇ 填滿，擠滿。例車上塞滿了人。

塞翁失馬 ㄙㄞˋ ㄨㄥ ㄕ ㄇㄚˇ 雖暫時受損失，卻可能因此而得到好處，壞事變成好事。常與「焉知非福」連用。同因禍得福。

塑

ㄙㄨˋ sù 動用泥土等做成人、物的模樣。例泥塑木雕。

塑性 ㄙㄨˋ ㄒㄧㄥˋ 指物體受力時，因超過彈性的限度，呈永久變形卻不斷裂的性質。

塑造 ㄙㄨˋ ㄗㄠˋ ①用泥土、人造油土等材料塑成人或物的形象。②用語言文字或其他藝術手法來描繪、表現人或物的形象。

塑像 ㄙㄨˋ ㄒㄧㄤˋ 用泥土、石膏、石蠟等材料塑造而成的作品。

塑膠 ㄙㄨˋ ㄐㄧㄠ 以高分子化合物為基本成分，與其他配料混合，再經加熱加壓而形成的、具有一定形狀的非金屬基本工程材料，在工業上用途極廣。

塋

ㄧㄥˊ yíng 名墳地，墳墓。例塋地、祖塋。

墇

ㄐㄧˊ jí 名貧瘠多石的土地。

塔

ㄊㄚˇ tǎ 名①形高頂尖的佛教建築，最初為藏佛骨之用，後來也供奉佛像，收藏佛經或保存僧人遺體。又稱浮圖或浮屠。例寶塔。②高而尖的建築物。例燈塔、紀念塔。

塔臺 ㄊㄚˇ ㄊㄞˊ 飛機場上的塔形建築物，內設有通訊工具、雷達網、氣象儀等，用來指揮飛機的起降，擔任地面與空中的聯繫。

填

ㄊㄧㄢˊ tián 動①把凹陷的地方補平、塞滿。例填坑。②充滿。例義憤填膺。③寫。例填表、填詞。副形容擊鼓聲。

填空 ㄊㄧㄢˊ ㄎㄨㄥˋ 填補空出的位置或職務。

填房 ㄊㄧㄢˊ ㄈㄤˊ 舊稱前妻死後續娶的妻子。

填詞 ㄊㄧㄢˊ ㄘˊ 即作詞。因為詞有規定的格式、字數和押韻，作詞者必須按照這些格律填寫。

填補 ㄊㄧㄢˊ ㄅㄨˇ 補足空缺。

填寫 ㄊㄧㄢˊ ㄒㄧㄝˇ 在印好格式的表格文件上，按要求填入必要的文字或數字。

填鴨 ㄊㄧㄢˊ ㄧㄚ ①把食物塞入鴨子的食道，減少牠的活動量，使牠很快的長肥。②比喻注入式的教學方法，強令學生死背硬記，而不注重理解。

填膺 ㄊㄧㄢˊ ㄧㄥ 充塞於胸膛。例義憤填膺。

塚 ㄓㄨㄥˇ zhǒng 名同「冢」。高墳，墳墓。

塌 ㄊㄚ tā 動①倒下，下陷。例倒塌、坍塌。②凹下。例塌鼻梁、這床墊越睡越塌。③下垂。例塌翅。

塌方 ㄊㄚ ㄈㄤ 道路、堤壩等旁邊的陡坡，或坑道、隧道的頂部由於各種原因而突然崩塌。也稱為坍方。

塌陷 ㄊㄚ ㄒㄧㄢˋ 多指建築物的地基等往下沉陷。

塏 ㄎㄞˇ kǎi 形地勢高而乾燥。例爽塏。

塤 ㄒㄩㄣ xūn 名同「壎」。古代一種陶製樂器，有六孔，以口吹奏。

塤篪 ㄒㄩㄣ ㄔˊ 塤、篪這兩種樂器合奏，聲調和諧。比喻兄弟和睦。

塒 ㄕˊ shí 名在牆壁上挖洞做成的雞窩。

塭 ㄨㄣ wēn 名沿海地區專作養魚用的池塘。例魚塭。

塊 ㄎㄨㄞˋ kuài 名①成團的東西。例土塊、冰塊。②用於塊狀或片狀物的量詞。例一塊糖、一塊香皂。③錢幣的單位。相當於「圓」。例十塊錢。

塊根 ㄎㄨㄞˋ ㄍㄣ 一種呈塊狀而無定形的肥大的根，有些可供食用。

塊莖 ㄎㄨㄞˋ ㄐㄧㄥ 塊狀的地下莖，含有大量的澱粉和養料。

塊頭 ㄎㄨㄞˋ ㄊㄡˊ 指人的身材，高矮、胖瘦等。例這小伙子好大的塊頭！

塊壘 ㄎㄨㄞˋ ㄌㄟˇ 比喻鬱結在心中的憤懣。也作「塊磊」。例借他人酒杯，澆心中的塊壘。

塍 ㄔㄥˊ chéng 名田埂，用以分隔田地。

塢 ㄨˋ wù 名①四周高而中央低凹的地方。例山塢、村塢。②四面種有花木或中間低窪的地方。例花塢、船塢。③防禦用的小城堡或屏障物。

十一畫

境 ㄐㄧㄥˋ jìng 名①疆界。例邊境、國境。②場所，地方。例佳境、勝境。③人的際遇，遭遇的情況。例處境、境況。④程度，地步。例學無止境。

境地 ㄐㄧㄥˋ ㄉㄧˋ 情況，地步。

境界 ㄐㄧㄥˋ ㄐㄧㄝˋ ①土地的界限。②研究學問及事物所達到的程度或表現出的情況。例藝術境界、思想境界。

境遇 ㄐㄧㄥˋ ㄩˋ 所處的情況和所經歷的遭遇。

塾 ㄕㄨˊ shú 名①古代私人設立的教學場所。例家塾、私塾。②大門兩側的廳堂。

塾師 ㄕㄨˊ ㄕ 古代家塾或私塾的老師。

塵 ㄔㄣˊ chén 名①飛散的細土。例灰塵、飛塵。②人間，世俗。例塵俗、滾滾紅塵。③道家稱一世為一塵。④蹤跡，足跡。例步人後塵。副長久，久遠。例塵封。

塵土 ㄔㄣˊ ㄊㄨˇ 到處飛揚的細土。同灰塵、塵埃。

塵世 ㄔㄣˊ ㄕˋ 佛教、道教認為人世汙濁凡俗，所以稱人間為塵世。

塵事 ㄔㄣˊ ㄕˋ 世俗之事。

塵封 ㄔㄣˊ ㄈㄥ 被灰塵蓋滿。形容東西放置已久，不曾動過。

塵垢 ㄔㄣˊ ㄍㄡˋ 灰塵與汙垢。佛教用以指煩惱。

塵俗 ㄔㄣˊ ㄙㄨˊ ①凡塵俗世。指人世間。②指日常生活中的禮法習慣等。例不拘塵俗。

塵肺 ㄔㄣˊ ㄈㄟˋ 一種由於長期吸入塵埃或微粒而引起的肺部病變，是一種職業病。

塵埃 ㄔㄣˊ ㄞ ①四處飛揚的灰土。同塵土。②指塵俗。

塵寰 ㄔㄣˊ ㄏㄨㄢˊ 塵世，人世間。

塵囂 ㄔㄣˊ ㄒㄧㄠ 形容人多喧鬧。

墉
ㄩㄥ yōng 名①小城。②高牆。

墓
ㄇㄨˋ mù 名埋葬死者的地方。例墳墓。

墓穴 ㄇㄨˋ ㄒㄩㄝˋ 埋棺木的坑穴。

墓碑 ㄇㄨˋ ㄅㄟ 立在墓前，刻有文字以識別或頌揚死者的石碑。

墓碣 ㄇㄨˋ ㄐㄧㄝˊ 即墓碑。古稱頂端方形為碑，圓形為碣。

墓誌銘 ㄇㄨˋ ㄓˋ ㄇㄧㄥˊ 古時放在墓裡刻有死者姓名、生平事跡的石刻。也指石刻上的文字。

墓木已拱 ㄇㄨˋ ㄇㄨˋ ㄧˇ ㄍㄨㄥˇ 墓地上所植的樹已高大到可以兩手合圍。指人去世已久。

墊
ㄉㄧㄢˋ diàn 名鋪在下面的東西。例床墊、坐墊。動①暫時替人付款。例墊付、先墊上。②填補空缺。例墊檔。③將東西襯在下面或鋪在上面。例把枕頭墊高點、熨衣服最好在上面墊塊布。

墊子 ㄉㄧㄢˋ ˙ㄗ 墊在坐臥用具上面的東西，有舒服、美觀的作用。

墊付 ㄉㄧㄢˋ ㄈㄨˋ 暫時為人代付錢款。

墊肩 ㄉㄧㄢˋ ㄐㄧㄢ 襯在上衣肩部內層的軟墊，使衣服穿起來平挺。

墊背 ㄉㄧㄢˋ ㄅㄟˋ ①舊時人死後在屍體下放置錢物。②比喻代人受過，充當犧牲品。

墊褥 ㄉㄧㄢˋ ㄖㄨˋ 墊在床鋪、臥具上面的棉、毛織品。

墊腳石 ㄉㄧㄢˋ ㄐㄧㄠˇ ㄕˊ 比喻可借以向上攀升的人或事物。

墐
ㄐㄧㄣˇ jǐn 名溝上的道路。動①用泥土塗塞。例墐戶。②掩埋。

墘
ㄑㄧㄢˊ qián 名①旁邊，附近。例田墘。②地名用字。如臺灣的車路墘。

塹
ㄑㄧㄢˋ qiàn 名①壕溝，護城河。例深塹、溝塹。②比喻挫折。例經一塹長一智。動挖掘。例塹山堙谷。

塹壕 ㄑㄧㄢˋ ㄏㄠˊ 在陣地前挖掘的較深的壕溝，既可作射擊掩體用，也可作為險阻。

塼
ㄓㄨㄢ zhuān 名古時紡織時用來放線的瓦製工具。例紡塼。

墁
ㄇㄢˋ màn 名①塗牆的工具，即抹子。②粉刷過的牆壁。動用磚石鋪地。例墁地。

塿
ㄌㄡˇ lǒu 名①塵土。②小土丘。

墅
ㄕㄨˋ shù 名①在住宅以外，供遊樂休養的園林房屋。例別墅。②簡陋的農舍。例草墅。

墋 ㄔㄣˇ chěn 名沙土。副混濁不清澄的樣子。

十二畫

墩 ㄉㄨㄣ dūn 名①土堆。例土墩。②可用來墊物或作支撐的粗壯木頭、石頭。例石墩、橋墩。③用於叢生植物的量詞。例一墩荊條。

增 ㄗㄥ zēng 動加多。例有增無減、倍增。

增生 ㄗㄥ ㄕㄥ 生物體某一部分組織的細胞增加，體積擴大。例骨質增生。

增光 ㄗㄥ ㄍㄨㄤ 增加光榮。例為國增光。

增色 ㄗㄥ ㄙㄜˋ 增添光彩。

增刪 ㄗㄥ ㄕㄢ 增加和刪削。多指修改文章。

增長 ㄗㄥ ㄓㄤˇ 增加，長進。例增長見聞。

增訂 ㄗㄥ ㄉㄧㄥˋ 對書的內容作增補、修訂。

增益 ㄗㄥ ㄧˋ 增添，加多。

增值 ㄗㄥ ㄓˊ 價值增加。例房地產已增值。

增產 ㄗㄥ ㄔㄢˇ 增加生產。反減產。

增添 ㄗㄥ ㄊㄧㄢ 加多，加添。例增添麻煩。

增援 ㄗㄥ ㄩㄢˊ 增加人力和物力上的支援。

增進 ㄗㄥ ㄐㄧㄣˋ 增加並促進。例增進友誼。

增強 ㄗㄥ ㄑㄧㄤˊ 增進，加強。例增強體質。

增訂版 ㄗㄥ ㄉㄧㄥˋ ㄅㄢˇ 經過增補訂正的書籍版本。

墳 ㄈㄣˊ fén 名①用土築成高起的墓。例祖墳。②傳說中古代的典籍。例三墳五典。形大的。例墳首。

墳地 ㄈㄣˊ ㄉㄧˋ 埋葬死人之地或墳墓所在地。

墳場 ㄈㄣˊ ㄔㄤˇ 許多墳墓聚集之地。

墳塋 ㄈㄣˊ ㄧㄥˊ ①墳墓，墳地。②指故鄉。

墝 ㄑㄧㄠ qiāo 名貧瘠堅硬的土地。

墟 ㄒㄩ xū 名①大土堆。例丘墟。②荒廢的城市、村落。例廢墟、殷墟。③鄉村定期的市集。例趕墟場、墟市。

墦 ㄈㄢˊ fán 名墳墓。

墮 ㈠ㄉㄨㄛˋ duò 形通「惰」。怠慢。動墜落，掉下。例墮地、墮入水中。㈡ㄏㄨㄟ huī 動同「隳」。破壞，毀壞。

墮胎 ㄉㄨㄛˋ ㄊㄞ 利用藥物或人工方法使胎兒未到產期而脫離母體。又稱人工流產、打胎。

墮落 ㄉㄨㄛˋ ㄌㄨㄛˋ ①指人的思想行為變壞，品格趨於下流。②衰落，零落。③脫落。

墜 ㄓㄨㄟˋ zhuì 名垂在下面的飾品。例扇墜、錶墜。動①落下，掉落。例搖搖欲墜、墜馬。②往下沉，下垂。例楊柳枝低墜、穀穗墜下了頭。③失去。例敬不墜命。

墜子 ㄓㄨㄟˋ ˙ㄗ 掛在器物上或戴在人身上，作為裝飾的小物件。

墜地 ㄓㄨㄟˋ ㄉㄧˋ ①指物體下落到地。②指小孩子初生。例呱呱墜地。

墜落 ㄓㄨㄟˋ ㄌㄨㄛˋ 東西掉下來。

墜毀 ㄓㄨㄟˋ ㄏㄨㄟˇ 物體因掉落而摔毀。例飛機墜毀。

墀 ㄔˊ chí 名臺階上的平地。例丹墀。

墱 ㄉㄥˋ dèng 名石級，臺階。

十三畫

壇 ㄊㄢˊ tán 名①古代用來舉行祭祀、盟誓等重大典禮的高臺。例天壇、登壇拜將。②用土堆成的平臺，多用來種花。例花壇。③職業、工作相同的社會成員的總稱。例文壇、影壇。

壈 ㄌㄢˇ lǎn 形形容失意，不得志。例坎壈。

壅 ㄩㄥ yōng 動①堵住，塞住。例壅塞。②用肥料或泥土培在植物的根部。例壅肥、壅土。

墻 ㄑㄧㄤˊ qiáng 「牆」的異體字。

墾 ㄎㄣˇ kěn 動翻土。例開墾、墾地。

墾荒 ㄎㄣˇ ㄏㄨㄤ 開墾荒地。

墾殖 ㄎㄣˇ ㄓˊ 開墾荒地，種植繁衍作物。

壁 ㄅㄧˋ bì 名①牆。例銅牆鐵壁、牆壁。②陡峭險峻的山崖。例懸崖峭壁、斷崖絕壁。③軍隊駐守的營壘。例堅壁清野。

壁立 ㄅㄧˋ ㄌㄧˋ ①形容山石像牆壁那樣陡峭聳立。②比喻家境貧困，空無所有。例家徒壁立。

壁虎 ㄅㄧˋ ㄏㄨˇ 動物名。一種爬蟲，能貼在牆壁上爬行。又稱守宮。

壁報 ㄅㄧˋ ㄅㄠˋ 貼在牆壁上，用以宣傳的圖文畫報。

壁畫 ㄅㄧˋ ㄏㄨㄚˋ 繪在牆壁上的圖畫。例敦煌壁畫。

壁壘 ㄅㄧˋ ㄌㄟˇ ①軍營的圍牆或防禦工事。②比喻布置嚴整或對立的事物之間的界限。

壁上觀 ㄅㄧˋ ㄕㄤˋ ㄍㄨㄢ 在軍壘上觀看他人交戰。指置身事外，坐觀成敗。

壁壘分明 ㄅㄧˋ ㄌㄟˇ ㄈㄣ ㄇㄧㄥˊ 形容兩相對立，界限十分清楚。

壁壘森嚴 ㄅㄧˋ ㄌㄟˇ ㄙㄣ ㄧㄢˊ 形容防守戒備嚴密。也比喻界限劃得很分明。

十四畫

壕 ㄏㄠˊ háo 名①在戰地裡挖掘的溝道。例戰壕。②護城河。例城壕。

壕溝 ㄏㄠˊ ㄍㄡ ①在戰場上挖掘的深溝，軍隊可用來作交通聯絡和躲避槍彈。②泛指一般的水道或溝渠。

壔 ㄉㄠˇ dǎo 名①土築的城堡。②高土。

壓 ㄧㄚ yā 動①從上往下施加重力。例用力壓住、壓碎。②用權威禁止或用強力制服。例欺壓、鎮壓。③抑制住，使情況穩定。例壓得住陣腳。④逼近。例敵軍壓境。⑤擱置不動。例積壓。

壓力 ㄧㄚ ㄌㄧˋ ①指物體上所承受的力。②指威逼人的力量。例給他施加點壓力。③負擔，緊張不安的狀態。例他最近的壓力很大。

壓抑 ㄧㄚ ㄧˋ 用強力抑止和限制別人或自己的思想、感情、行為等，使不能充分流露或發揮。

壓迫 ㄧㄚ ㄆㄛˋ 用權勢或暴力強迫別人忍受、服從。

壓倒 ㄧㄚ ㄉㄠˇ ①抵不住壓力而倒。②力量勝過或重要性超過。例壓倒群雄。

壓軸 ㄧㄚ ㄓㄡˋ 指最後演出的一個節目。

壓隊 ㄧㄚ ㄉㄨㄟˋ 走在隊伍的最後面，監督或保護全隊。

壓境 ㄧㄚ ㄐㄧㄥˋ 敵軍逼近邊境。

壓榨 ㄧㄚ ㄓㄚˋ ①加重力於物體以榨取汁液。②比喻用強力剝削或搜刮別人。

壓線 ㄧㄚ ㄒㄧㄢˋ 賽球時某個球正好打落在場地的邊線上。例這是個壓線球。

壓縮 ㄧㄚ ㄙㄨㄛ 加壓力使體積縮小。例壓縮餅乾。

壓韻 ㄧㄚ ㄩㄣˋ 指寫作詩詞歌賦時，按規定的格律、格式用韻，使音調和諧優美。也作「押韻」。

壓驚 ㄧㄚ ㄐㄧㄥ 用酒食安慰受驚的人，以解除所受驚嚇。

壓根兒 ㄧㄚ ㄍㄣ ㄦ 根本，從頭到尾。例這件事我壓根兒不知道。

壓歲錢 ㄧㄚ ㄙㄨㄟˋ ㄑㄧㄢˊ 農曆除夕長輩給小輩的討吉利的錢。

壑 ㄏㄨㄛˋ huò 名山溝，坑谷。例千山萬壑、溝壑。

壎 ㄒㄩㄣ xūn 名古代的一種吹奏樂器。

十五畫

壙 ㄎㄨㄤˋ kuàng 名①墓穴。例入壙。②郊野，原野。例壙野。形通「曠」。空闊。例空壙。動荒廢。

壘 ㊀ㄌㄟˇ lěi 名古代軍隊中作防守用的牆壁或工事。例壁壘、深溝高壘。動用磚、石、土塊堆積或築建。例壘圍牆、壘豬圈。

㊁ㄌㄩˇ lǚ 名鬱壘，傳說中的門神。

壘球 ㄌㄟˇ ㄑㄧㄡˊ ①球類運動之一，類似棒球。②壘球運動所使用的球。

十六畫

壞 ㄏㄨㄞˋ huài 形①惡劣，不好的。例壞話、壞脾氣。②陰險，狡詐。例壞心眼兒。動①毀損，破損。例毀壞、破壞。②腐爛。例醬菜壞了。副極，表示程度深。例氣急敗壞、餓壞了。

壞死 ㄏㄨㄞˋ ㄙˇ 身體的局部組織或細胞死亡。

壞蛋 ㄏㄨㄞˋ ㄉㄢˋ 惡人，壞人。口頭上罵人的話。

壞話 ㄏㄨㄞˋ ㄏㄨㄚˋ 攻訐或批評別人的話。反好話。

壞血病 ㄏㄨㄞˋ ㄒㄧㄝˇ ㄅㄧㄥˋ 一種因缺乏維生素C而引起的疾病，症狀有齒齦出血、肌肉和關節疼痛等。

壞坯子 ㄏㄨㄞˋ ㄆㄟ ㄗ˙ 罵人本性凶惡。

壞骨頭 ㄏㄨㄞˋ ㄍㄨˇ ㄊㄡ˙ 罵人已壞到骨頭裡面。

壟 ㄌㄨㄥˇ lǒng 名①農作物的行，或行與行之間的空地。例田壟、寬壟密植。②田地之間的分界，田埂。例壟坎。

壟斷 ㄌㄨㄥˇ ㄉㄨㄢˋ 原指站在市集的高地上操縱貿易。現泛指操控、把持或獨占。

壢 ㄌㄧˋ lì 名①坑洞。②地名用字。如臺灣有中壢、內壢。

壚 ㄌㄨˊ lú 名①黑色而質地堅硬的土。②酒店中安放酒甕、酒罈的土臺子。也借指酒店。③通「爐」。燃火用的器具。例茶壚。

十七畫

壤 ㄖㄤˇ rǎng 名①鬆軟可耕的泥土。例土壤、肥田沃壤。②地。例天壤之別。③地區，疆域。例窮鄉僻壤、接壤。④古時遊戲用的玩具。例擊壤。

壤土 ㄖㄤˇ ㄊㄨˇ 沒有砂石攙雜，柔軟疏鬆，能保水保肥，最適於植物生長的土地。

二十一畫

壩 ㄅㄚˋ bà 名擋水的建築物。例堤壩、攔河壩。

壩子 ㄅㄚˋ ㄗ˙ ①雲貴高原上丘陵與丘陵之間狹長的沖積小平原，是人口、農田集中的精華區。②稱攔水建築物。

士部

士 ㄕˋ shì 名①軍人。例士兵、戰士。②對人的美稱。例男士、女士。③表示某些技術性職位或工作的名稱。例護士、技士、助產士。④軍階中的最低一級，在尉之下。例上士、中士、下士。⑤古代對男子的通稱。⑥古代社會階層的等級之一。例天子、諸侯、大夫、士、庶民。⑦泛指知識分子。例士、農、工、商。

士女 ㄕˋ ㄋㄩˇ ①古指未婚的男女，後也泛指成年男女。②以美女為題材的國畫。也作「仕女」。

士林 ㄕˋ ㄌㄧㄣˊ 文人學士所薈萃的地方。也泛指學術界、知識界。

士氣 ㄕˋ ㄑㄧˋ ①士兵的戰鬥意志和戰鬥精神。②也泛指一般人的奮發精神。

士族 ㄕˋ ㄗㄨˊ 南北朝時的世家大族，在政治、經濟各方面都享有特權。

士大夫 ㄕˋ ㄉㄚˋ ㄈㄨ ①舊指在職居官的人。②士族、讀書人的泛稱。

士為知己者死 ㄕˋ ㄨㄟˋ ㄓ ㄐㄧˇ ㄓㄜˇ ㄙˇ 表示志士不惜犧牲生命，來幫助知己好友。

一畫

壬 ㄖㄣˊ rén 名天干的第九位，也用作順序的第九。形奸邪。例壬人。

四畫

壯 ㄓㄨㄤˋ zhuàng 形①強健有力。例年輕力壯、人強馬壯。②偉大，強盛。例理直氣壯。③加強，擴大。例壯聲勢。

壯丁 ㄓㄨㄤˋ ㄉㄧㄥ ①指青壯年男子。②專指達到服兵役年齡的青年男子。

壯士 ㄓㄨㄤˋ ㄕˋ 意氣豪壯勇敢的人。

壯心 ㄓㄨㄤˋ ㄒㄧㄣ 宏大的志向。也作「壯志」。例烈士暮年，壯心不已。

壯年 ㄓㄨㄤˋ ㄋㄧㄢˊ 三、四十歲的年齡。

壯志 ㄓㄨㄤˋ ㄓˋ 偉大的志向。也作「壯心」。

壯烈 ㄓㄨㄤˋ ㄌㄧㄝˋ 勇敢而有氣節，轟轟烈烈。例壯烈成仁。

壯碩 ㄓㄨㄤˋ ㄕㄨㄛˋ 健壯，高大。

壯舉 ㄓㄨㄤˋ ㄐㄩˇ 偉大的舉動，壯烈的行為。

壯膽 ㄓㄨㄤˋ ㄉㄢˇ 借助外力以增強勇氣，使膽子大起來。例喝杯酒來壯膽。

壯闊 ㄓㄨㄤˋ ㄎㄨㄛˋ ①雄壯寬廣，很有氣勢。例波瀾壯闊。②宏偉。例規模壯闊。

壯麗 ㄓㄨㄤˋ ㄌㄧˋ 雄壯而美麗。例壯麗的山河。

壯觀 ㄓㄨㄤˋ ㄍㄨㄢ 景象宏偉、盛大。

壯士斷腕 ㄓㄨㄤˋ ㄕˋ ㄉㄨㄢˋ ㄨㄢˋ 比喻到了緊要關頭，應下定決心，當機立斷。也作「壯士解腕」。

壯志未酬 ㄓㄨㄤˋ ㄓˋ ㄨㄟˋ ㄔㄡˊ 偉大的志向還未能實現。

壯志凌雲 ㄓㄨㄤˋ ㄓˋ ㄌㄧㄥˊ ㄩㄣˊ 形容志向極為遠大。或作「壯志凌霄」。

壯烈殉國 ㄓㄨㄤˋ ㄌㄧㄝˋ ㄒㄩㄣˋ ㄍㄨㄛˊ 轟轟烈烈地為國家而犧牲生命。

九畫

壹 ㄧ yī 名「一」的大寫。動①統一。例壹天下。②專一，無二心。例執壹不二。

壺 ㄏㄨˊ hú 名①一種口小腹大盛液體的容器。例茶壺、酒壺。②古代宴客時用來娛樂的器具，用箭投入壺中，叫投壺。

壺漿 ㄏㄨˊ ㄐㄧㄤ 用壺盛放酒或茶水。

壺中物 ㄏㄨˊ ㄓㄨㄥ ㄨˋ 指酒。

十畫

壼 ㄎㄨㄣˇ kǔn 名古代皇宮裡面的道路。引申指宮中、宮內。例壼中、壼政。

十一畫

壽 ㄕㄡˋ shòu 名①生命，年歲。例壽命、壽有長短。②生日。例壽辰、壽誕。形①年紀大，活的時間長。例人壽年豐。②為死後準備裝殮之物。例壽衣、壽材。動以金帛贈人或對尊長敬酒祝賀。

壽考 ㄕㄡˋ ㄎㄠˇ 年高，長壽。

壽辰 ㄕㄡˋ ㄔㄣˊ 多用以指老年人的生日。同壽誕。

壽命 ㄕㄡˋ ㄇㄧㄥˋ ①人的生命，即活著的年限。②指機器等物件使用的期限。

壽星 ㄕㄡˋ ㄒㄧㄥ 即南極老人星，常用作健康長壽的象徵。

壽斑 ㄕㄡˋ ㄅㄢ 人到老年時皮膚上所出現的黑斑。多在臉上和手上。俗稱老人斑。

壽終 ㄕㄡˋ ㄓㄨㄥ 指人享盡天年而自然死亡。反夭折。

壽誕 ㄕㄡˋ ㄉㄢˋ 生日，壽辰。

壽器 ㄕㄡˋ ㄑㄧˋ 生前所預備的棺材。同壽材。

壽麵 ㄕㄡˋ ㄇㄧㄢˋ 祝壽時所吃的麵條，以麵條象徵長壽。

壽比南山 ㄕㄡˋ ㄅㄧˇ ㄋㄢˊ ㄕㄢ 用以祝頌壽命跟南山一樣長久。

同松柏之壽。

壽終正寢 ①指人享盡天年，在家中自然死亡。②比喻事物的消亡，含有諷刺意味。

夂部 ㄓˇ

四畫

夆 ㄈㄥˊ féng 動①通「逢」。相遇。②相互衝突。

夊部 ㄙㄨㄟ

七畫

夏 ㈠ㄒㄧㄚˋ xià 名①一年四季中的第二季，約農曆的四、五、六月。②古代漢族自稱為夏，泛指中國。例夷夏之別、華夏。③朝代名。相傳為禹所建立。④姓。
㈡ㄐㄧㄚˇ jiǎ 名通「檟」。夏楚，古時用作教學的體罰工具。

夏令 夏季或夏季的氣候。

夏至 為二十四節氣之一，在國曆的六月二十一日或二十二日。這一天太陽直射北回歸線，北半球白天最長，夜間最短。

夏曆 即農曆，創始於夏朝。又叫陰曆。

夏令營 暑假期間開設的供青少年休閒娛樂並兼具教育性的團體活動。

夏令時間 許多國家為了充分利用日光、節省電力，從初夏始至秋季止，將標準時間撥快一小時。也稱日光節約時間。

十八畫

夔 ㄎㄨㄟˊ kuí 名①古代神話中的一種形狀像龍的獨腳怪獸。②人名。堯、舜時的樂官。③古國名。在今湖北省秭歸縣。

夔夔 ①形容恐懼的樣子。②形容恭順的樣子。

夕部 ㄒㄧ

夕 ㄒㄧ xī 名①傍晚，日落時分。例朝發夕至、朝令夕改。②晚上，夜晚。例今夕、除夕。③一年的末季，一月的下旬。例歲之夕、月之夕。

夕惕 形容日夜謹慎恐懼，不敢怠慢。

夕陽 ①傍晚的太陽。②比喻晚年。

夕照 傍晚時的陽光。

夕陽工業 逐漸衰微、沒落，無人願意投資的工業。

二畫

外 ㄨㄞˋ wài 名①不屬於某一範圍內。與「內」相對。例內外有別、屋外。②舊時戲曲腳色名稱，多扮老年男子。③指外國。例古今中外、對外貿易。形①自己所在地以外的。例外地、外來貨。②稱母親、姐妹、女兒方面的親戚。例外公、外甥、外孫女。③其餘的，不在內的。例除此之外。④非正式的。例外號、外傳。動疏遠。例見外。

外人 ㄨㄞˋ ㄖㄣˊ ①某個範圍或組織以外的人。②與自己非親非故的人。例你我不是外人，不必客氣。

外子 ㄨㄞˋ ㄗˇ 婦女對人稱自己的丈夫。

外公 ㄨㄞˋ ㄍㄨㄥ 稱母親的父親。也叫外祖父。

外史 ㄨㄞˋ ㄕˇ 指非正式史書的野史、雜史。

外交 ㄨㄞˋ ㄐㄧㄠ 一個國家對外的各種交際關係及活動。如參加國際組織和會議，同別的國家互派大使、舉行談判等。反內政。

外在 ㄨㄞˋ ㄗㄞˋ 人或事物本身以外的因素、力量等。例外在因素。

外行 ㄨㄞˋ ㄏㄤˊ 對某事不懂或沒有經驗。反內行。

外快 ㄨㄞˋ ㄎㄨㄞˋ 除了正規薪資以外的收入。也稱為外水。

外流 ㄨㄞˋ ㄌㄧㄡˊ 人員、財富等流往外地或外國。例人才外流、資金外流。

外界 ㄨㄞˋ ㄐㄧㄝˋ ①本人或本團體以外的人們或社會。②指某個範圍以外的空間。

外科 ㄨㄞˋ ㄎㄜ 治療人身外部一切疾病的一個醫學分科。

外家 ㄨㄞˋ ㄐㄧㄚ ①已嫁婦女的娘家。②男子於妻室之外，另有所歡的居處。③指正妻以外的妾。

外孫 ㄨㄞˋ ㄙㄨㄣ 稱女兒的子女。

外婆 ㄨㄞˋ ㄆㄛˊ 稱母親的母親。也叫外祖母。

外埠 ㄨㄞˋ ㄅㄨˋ 本地以外的口岸、城鎮。

外戚 ㄨㄞˋ ㄑㄧ 古代指帝王母親和后妃的親戚。

外患 ㄨㄞˋ ㄏㄨㄢˋ 一個國家受到外國的入侵。例內憂外患。同外禍。反內亂。

外務 ㄨㄞˋ ㄨˋ ①外交事務。②本身職務以外的事情。

外援 ㄨㄞˋ ㄩㄢˊ 來自外面的援助。也特指國外的援助。

外景 ㄨㄞˋ ㄐㄧㄥˇ 指電影、電視、繪畫於戶外拍攝或取材的景物。

外甥 ㄨㄞˋ ㄕㄥ 稱姐妹的兒子。

外貿 ㄨㄞˋ ㄇㄠˋ 對外貿易，本國與他國間商品的買賣。

外鄉 ㄨㄞˋ ㄒㄧㄤ 本鄉以外的地方。

外匯 ㄨㄞˋ ㄏㄨㄟˋ 國際交易支付款項所用的工具，包括現金、支票、匯票等。

外資 ㄨㄞˋ ㄗ 外國人投入的資本。例外資企業。

外圍 ㄨㄞˋ ㄨㄟˊ 以某一事物為中心而存在的，叫做此一事物的外圍。

外遇 ㄨㄞˋ ㄩˋ 指已婚男女在外與人產生不正當的超友誼關係。

外傳 ㄨㄞˋ ㄓㄨㄢˋ 傳記文的一種，凡為正史所不記載的人物立傳，或有別於正史所載事蹟的，皆稱為外傳。

外債 ㄨㄞˋ ㄓㄞˋ 一國政府向外國借的債款。

外賓 ㄨㄞˋ ㄅㄧㄣ 從外國來的賓客。

外銷 ㄨㄞˋ ㄒㄧㄠ 指本國的貨物銷售到國外。反內銷。

外觀 ㄨㄞˋ ㄍㄨㄢ 外表的形態。例這房子的外觀雅緻大方。

外交官 ㄨㄞˋ ㄐㄧㄠ ㄍㄨㄢ 代表本國政府駐紮外國，處理外交事務的官員。如大使、公使、領事等。

外交部 ㄨㄞˋ ㄐㄧㄠ ㄅㄨˋ 隸屬行政院的中央機構之一，管理國際交涉等有關外交方面的一切事務。

外在美 ㄨㄞˋ ㄗㄞˋ ㄇㄟˇ 表現在儀態和容貌上的形像美。

外來語 ㄨㄞˋ ㄌㄞˊ ㄩˇ 指從別種語言中吸收來的詞語。如從英語而來的馬達、沙發。

外交特權 ㄨㄞˋ ㄐㄧㄠ ㄊㄜˋ ㄑㄩㄢˊ 外交代表在駐在國享有的種種特殊權利。

外交辭令 ㄨㄞˋ ㄐㄧㄠ ㄘˊ ㄌㄧㄥˋ 指表面冠冕堂皇而實際上卻並非如此的言論。

外柔內剛 ㄨㄞˋ ㄖㄡˊ ㄋㄟˋ ㄍㄤ 形容一個人外表平易柔順，內心剛毅嚴正。反內柔外剛。

外強中乾 ㄨㄞˋ ㄑㄧㄤˊ ㄓㄨㄥ ㄍㄢ 外表看似強壯，內裡實為枯竭、虛弱。

外圓內方 ㄨㄞˋ ㄩㄢˊ ㄋㄟˋ ㄈㄤ 外表圓滑周到，內心剛強正直。

三畫

多

ㄉㄨㄛ duō 形①數量大。與「少」相對。例有多有少、多寡不論。②有餘，超出原有的或應有的數目。例一個多月。副①表示程度高。例快得多、你比他強多了！②經常。例多看多聽。③過分，不必要。例多管閒事、多疑。④多麼，何等。表疑問、感嘆的語氣。例他有多大、多高的山！

多心 ㄉㄨㄛ ㄒㄧㄣ 疑心，顧慮多。例不必多心。

多事 ㄉㄨㄛ ㄕˋ ①多管閒事，做不應該做的事。例你又何必多事哩！②事故多，不安定。例多事之秋。

多情 ㄉㄨㄛ ㄑㄧㄥˊ 重感情，多指愛情。

多麼 ㄉㄨㄛ ˙ㄇㄜ ①用在感嘆句，表示程度高。例這是多麼不容易的事啊！②表示程度深。例不管多麼困難，我們都要設法完成任務。

多端 ㄉㄨㄛ ㄉㄨㄢ 多種事，多方面。例詭計多端。

多寡 ㄉㄨㄛ ㄍㄨㄚˇ 表示數量的多少。例不論多寡。

多嘴 ㄉㄨㄛ ㄗㄨㄟˇ 說自己不該說的。

多謝 ㄉㄨㄛ ㄒㄧㄝˋ 感謝。表示鄭重道謝之詞。

多虧 ㄉㄨㄛ ㄎㄨㄟ 幸虧。

多此一舉 ㄉㄨㄛ ㄘˇ ㄧˋ ㄐㄩˇ 做不必要或多餘的事情。

多多益善 ㄉㄨㄛ ㄉㄨㄛ ㄧˋ ㄕㄢˋ 指越多越好。

多如牛毛 ㄉㄨㄛ ㄖㄨˊ ㄋㄧㄡˊ ㄇㄠˊ 多得像牛毛一樣無法數清。形容非常多。同恆河沙數。反寥若晨星。

多才多藝 ㄉㄨㄛ ㄘㄞˊ ㄉㄨㄛ ㄧˋ 具有多方面的才能和技藝。

多事之秋 ㄉㄨㄛ ㄕˋ ㄓ ㄑㄧㄡ 事變、事故很多的時期。形容國家不安定。

多彩多姿 ①形容表演內容豐富、形式多樣。②形容生活富於情趣而又多變化。

多退少補 多餘的退還，不夠的補足。

多愁善感 容易憂愁傷感。形容人感情豐富而敏感。

多管閒事 喜歡插手管與自己無關的事情。

多難興邦 形容國家多難，反能促使內部團結，奮發圖強。

夙

ㄙㄨˋ sù 名早晨。例夙興夜寐。形①原有的，舊有的。例夙怨、夙志。②飽學的。例夙儒。

夙仇 ①舊有的仇恨。②一向作對的敵人。

夙志 懷抱已久的志向。或作「宿志」。

夙夜 早晚，朝夕。

夙昔 往昔，從前。

夙怨 從前所積結的怨恨。或作「宿怨」。

夙敵 一向與自己作對的敵人。

夙儒 有聲望的飽學之士。或作「宿儒」。

夙願 平素的心願。或作「宿願」。

夙夜匪懈 從早到晚都不懈怠。形容工作勤奮，兢兢業業。

夙興夜寐 早起晚睡。比喻勤勞。

五畫

夜

ㄧㄝˋ yè 名從天黑到天亮的一段時間。例晝夜不停、一天一夜。形昏暗不明的。例夜室。

夜叉 一種能傷害人的鬼。後用以比喻相貌醜陋、性情凶惡的人。

夜市 夜裡做生意的市集。

夜壺 夜裡供人小便用的尿壺。

夜幕 夜間的景物看不清楚，就好像被一幅大黑幕罩著一樣，稱為夜幕。例夜幕籠罩著大地。

夜闌 夜深，半夜。例夜闌人靜。

夜光杯 以美玉製成的酒杯，夜間會發光。

夜盲症 夜間視力差或完全看不見的病。

夜來香 植物名。多年生蔓草，夏秋開黃綠色花，夜間香氣濃。

夜明珠 古代傳說夜間能放光的珍珠。

夜總會 在大都市裡，提供藝人表演、餐飲的夜間娛樂場所。

夜不閉戶 夜間用不著關門睡覺。形容社會安寧，無人偷盜。

夜以繼日 形容日夜不停，勤勉不怠。也作「日以繼夜」。

夜長夢多 比喻時間拖長了，事情可能發生不利的變化。

夜郎自大 比喻人既無知又狂妄自大。同妄自尊大。

夜闌人靜 形容深夜沒有人聲，非常寂靜。也作「夜深人靜」。

八畫

夠 ㄍㄡˋ gòu 副①可以滿足需要。例夠用、夠吃。②達到所需要的標準、程度。例夠格、夠快。③厭煩。例你這些敷衍的話我聽夠了！

夠本 ㄍㄡˋ ㄅㄣˇ ①賣價與本錢相當，不賠不賺。②合算，划算。

夠受 ㄍㄡˋ ㄕㄡˋ 超過人所能承受的最大限度。

夠朋友 ㄍㄡˋ ㄆㄥˊ ㄧㄡˇ 能盡朋友的情分。

夠面子 ㄍㄡˋ ㄇㄧㄢˋ ˙ㄗ 指人影響力大，所說的話夠分量，別人願意聽從而覺得光彩。

十一畫

夤 ㄧㄣˊ yín 形深。例夤夜。動攀附求進。例夤緣。

夤夜 ㄧㄣˊ ㄧㄝˋ 深夜。

夤緣 ㄧㄣˊ ㄩㄢˊ 指藤蘿攀緣上升。比喻攀附權貴，憑藉關係進行鑽營。

夢 ㄇㄥˋ méng 名睡眠時局部大腦因沒有完全停止活動而引起的幻覺、幻像。形虛幻的。例夢幻、夢想。動作夢。例莊周夢蝶、夢見。

夢幻 ㄇㄥˋ ㄏㄨㄢˋ 不切實際的夢境、幻覺。

夢寐 ㄇㄥˋ ㄇㄟˋ 在睡夢中。

夢鄉 ㄇㄥˋ ㄒㄧㄤ 睡熟時候的境界。例他已進入夢鄉。

夢話 ㄇㄥˋ ㄏㄨㄚˋ ①夢中所說的話。②胡說亂道，不切實際的話。

夢想 ㄇㄥˋ ㄒㄧㄤˇ ①妄想，空想。②渴望。例他從小就夢想成為畫家。

夢境 ㄇㄥˋ ㄐㄧㄥˋ 夢中所經歷的情境。

夢遺 ㄇㄥˋ ㄧˊ 男子在睡夢中遺精。

夢囈 ㄇㄥˋ ㄧˋ 說夢話。比喻荒誕而不可能實現的話。同囈語。

夢遊症 ㄇㄥˋ ㄧㄡˊ ㄓㄥˋ 在睡眠中無意識地起身走動、做事，自己卻全然不知的症狀。

夢幻泡影 ㄇㄥˋ ㄏㄨㄢˋ ㄆㄠˋ ㄧㄥˇ 比喻空虛而不切實際。同鏡花水月。

夢寐以求 ㄇㄥˋ ㄇㄟˋ ㄧˇ ㄑㄧㄡˊ 做夢時都在追求、尋找。形容迫切地希望。

夢筆生花 ㄇㄥˋ ㄅㄧˇ ㄕㄥ ㄏㄨㄚ 形容才思敏捷，文筆美妙。

夥 ㄏㄨㄛˇ huǒ 名①同伴。例夥伴、同夥。②眾人組成的一群。例合夥經商、結夥搶劫。③用於人群的量詞。例一夥人。形眾多。例獲益甚夥、地狹人夥。動共同，聯合。例夥同一氣、夥辦。

夥伴 ㄏㄨㄛˇ ㄅㄢˋ 一同參加某種組織團體或活動的人。例生意上的夥伴。

夥計 ㄏㄨㄛˇ ㄐㄧˋ 舊指店鋪裡的雇工、店員，或大戶人家幫傭的長工。

大部 ㄉㄚˋ

大 ㄉㄚˋ dà 名與「小」相對之詞。例大小不一、以小換大。形①在空間、面積、數量、強度等方面超過一般。例房間大、力氣大。②排行第一的，最年長的。例大伯、大哥。③敬稱與對方有關的事物。例大札、大作。④表示時間更前或更遠。例大前天。⑤用在時令或節日的前面，表示強調。例大熱天、大年初一。動誇張，自以為是。例夜郎自大。副①表示程度深。例大喜、天已大亮。②與「不」連用，表示程度淺或次數少。例不大愛吃、不大出門。③差不多，不很精確。例大約、大概。

㈡ㄉㄞˋ dài 名大夫，即醫師。

㈢ㄊㄞˋ tài 形通「太」、「泰」。偉大的。

大人 ㄉㄚˋ ㄖㄣˊ ①對長輩的敬稱。多用於書信。②成年人。例大人小孩。③古代對權貴或官吏的稱呼。例請大人作主。

大力 ㄉㄚˋ ㄌㄧˋ 盡最大的力量。例大力支持。

大凡 ㄉㄚˋ ㄈㄢˊ 用在句子開頭，表示總括一般情形。例大凡獨生子女都比較嬌慣。

大方 ㄉㄚˋ ㄈㄤ ①對於財物不吝嗇。例他用錢大方。②態度自然而不拘束。例舉止大方。③物件的顏色、樣式等不俗氣。例這花色倒很大方。④內行人，有名氣的大家。例貽笑大方。

大戶 ㄉㄚˋ ㄏㄨˋ ①指世家大族、有錢有勢的人家。現也指人口多、分支繁的家族。②營業單位對於大客戶的俗稱。例股票大戶。

大王 ㄉㄚˋ ㄨㄤˊ ①指壟斷某種經濟事業的經營者。例鋼鐵大王。②指特別擅長某種技藝、技能的人。例足球大王、象棋大王。③古代諸侯王的尊稱。④俗稱強盜的首領。

大內 ㄉㄚˋ ㄋㄟˋ 皇宮，天子所居住的地方。例大內高手。

大夫 ㈠ㄉㄚˋ ㄈㄨ 古代職官名。位於卿之下，士之上。例刑不上大夫。㈡ㄉㄞˋ ㄈㄨ 指醫生。

大月 ㄉㄚˋ ㄩㄝˋ 國曆有三十一天、農曆有三十天的月分。

大札 ㄉㄚˋ ㄓㄚˊ 對他人來信的敬稱。

大白 ㄉㄚˋ ㄅㄞˊ 完全顯露。例真相大白。

大吏 ㄉㄚˋ ㄌㄧˋ 大官，大臣。例封疆大吏。

大同 ㄉㄚˋ ㄊㄨㄥˊ ①天下為公，和平安樂的盛世。例世界大同。②大體相同。例大同小異。

大亨 ㄉㄚˋ ㄏㄥ 指在某一行業有錢有勢的大人物。

大我 ㄉㄚˋ ㄨㄛˇ 指國家、民族等大團體。與個人的「小我」相對。

大局 ㄉㄚˋ ㄐㄩˊ 原指圍棋盤面的大體形勢，後引申指整個情勢。例大局已定。

大宗 ㄉㄚˋ ㄗㄨㄥ ①大批物品。例大宗郵件。②宗法制度指始祖的嫡長子。

大抵 ㄉㄚˋ ㄉㄧˇ 大概，大致。例大抵相同。

大使 ㄉㄚˋ ㄕˇ 是一個國家派駐他國地位最高的外交官員，代表國家及元首。

大度 ㄉㄚˋ ㄉㄨˋ 形容人度量寬廣。例豁達大度。

大計 ㄉㄚˋ ㄐㄧˋ 長遠而重要的計畫。例百年大計。

大要 ㄉㄚˋ ㄧㄠˋ 概要，主要的意思。

大限 ㄉㄚˋ ㄒㄧㄢˋ ①年壽已盡，即死期。②指最後的期限。

大家 ㄉㄚˋ ㄐㄧㄚ 一ㄉㄚˋ ㄐㄧㄚ ①著名的作家、專家。例唐宋八大家。②世家望族。例大家閨秀。③眾人，大夥。二ㄉㄚˋ ㄍㄨ 對婦女的敬稱。如東漢曹世叔之妻班昭稱為曹大家。

大秦 ㄉㄚˋ ㄑㄧㄣˊ ①中國古代對羅馬帝國的稱呼。②五胡十六國的前秦、後秦，都自稱為大秦。

大班 ㄉㄚˋ ㄅㄢ ①幼稚園中由五足歲至六足歲兒童所編成的班級。②舊稱洋行、銀行的經理。③指舞廳裡調遣舞女的人。

大致 ㄉㄚˋ ㄓˋ ①事情的概要。②大約。例大致如此。同大概。

大師 ㄉㄚˋ ㄕ ①對和尚的尊稱。②稱學問或藝術造詣很高的人。例國學大師、藝術大師。

大捷 ㄉㄚˋ ㄐㄧㄝˊ 作戰獲得大勝利。

大副 ㄉㄚˋ ㄈㄨˋ 在船上負責駕駛等工作的人，地位僅次於船長。

大赦 ㄉㄚˋ ㄕㄜˋ 國家遇有重大慶典或特別情況時，由元首發布命令，赦免若干罪犯或予以減刑。

大寒 ㄉㄚˋ ㄏㄢˊ ①二十四節氣之一，在國曆的一月二十日或二十一日。一般是北半球最寒冷的時候。②形容非常寒冷。

大暑 ㄉㄚˋ ㄕㄨˇ ①二十四節氣之一，在國曆的七月二十三日或二十四日。②極熱的天氣。

大廈 ㄉㄚˋ ㄒㄧㄚˋ 高大的樓房。例高樓大廈。

大意 ㄉㄚˋ ㄧˋ ①主要的意思。例全文大意。同大略。②疏忽，不注意。例你太粗心大意了。

大義 ㄉㄚˋ ㄧˋ ①大道理。例深明大義。②經書的要義。

大道 ㄉㄚˋ ㄉㄠˋ ①指大路。例康莊大道。②大公無私的道理。常指儒家所講的治國之道。例禮記：「大道之行也，天下為公。」

大鼓 ㄉㄚˋ ㄍㄨˇ ①曲藝的一種，主要以韻文演唱故事，用鼓板、響板、三弦伴奏。如京韻大鼓、山東大鼓。②一種樂器。

大塊 ㄉㄚˋ ㄎㄨㄞˋ ①東西大大的一塊。②宇宙，大自然。例大塊文章。

大勢 ㄉㄚˋ ㄕˋ 事情發展的形勢。例大勢所趨。

大概 ㄉㄚˋ ㄍㄞˋ ①約略，大約。例我只能說個大概。②揣測估計，表示可能。例大概不會有問題。

大肆 ㄉㄚˋ ㄙˋ 放肆，毫無顧忌。

大辟 ㄉㄚˋ ㄆㄧˋ 古代指死刑。

大綱 ㄉㄚˋ ㄍㄤ 泛指事物的要領、綱要。

大慶 ㄉㄚˋ ㄑㄧㄥˋ ①國家的慶典。②敬稱老年人的壽誕。

大篆 ㄉㄚˋ ㄓㄨㄢˋ 書體之一，相傳為周宣王時史籀所創，因此也稱籀文。

大駕 ㄉㄚˋ ㄐㄧㄚˋ ①古代帝王出行時所乘坐的車輛。也用作帝王的代稱。②對別人的敬稱。例大駕光臨。

大殮 ㄉㄚˋ ㄌㄧㄢˋ 喪禮中將死者放進棺材內，並釘上棺蓋。也作「大斂」。

大舉 ㄉㄚˋ ㄐㄩˇ 大規模的行動。多用於軍事方面。例大舉入侵。

大權 ㄉㄚˋ ㄑㄩㄢˊ 重大或支配的權力。例大權旁落。

大體 ㄉㄚˋ ㄊㄧˇ ①重要的、大的道理。例要識大體，顧大局。②大略，大致。例大體如此。

大觀 ㄉㄚˋ ㄍㄨㄢ ①形容景物美好繁盛。例蔚為大觀。②比喻集大成的事物。

大不了 ㄉㄚˋ ㄅㄨˋ ㄌㄧㄠˇ ①至多不過如此。例大不了挨頓罵，有什麼可怕的！②了不得。多用於否定式。例這個病沒有什麼大不了，何必如此緊張。

大年夜 ㄉㄚˋ ㄋㄧㄢˊ ㄧㄝˋ 農曆除夕，即農曆十二月最後一日的夜晚。

大事記 ㄉㄚˋ ㄕˋ ㄐㄧˋ 按年月日的順序將所發生的重大事件一一明確記載下來，以便於查考。

大氣層 ㄉㄚˋ ㄑㄧˋ ㄘㄥˊ 指包圍在地球四周的那層氣體，分為低氣層和高氣層。

大動脈 ㄉㄚˋ ㄉㄨㄥˋ ㄇㄞˋ ①即主動脈，是人體內最粗大的動脈管。②比喻交通要道。

大提琴 ㄉㄚˋ ㄊㄧˊ ㄑㄧㄣˊ 一種下中音弦樂器，演奏時置於兩膝之間，左手按弦，右手拉弓，音色壯麗低沉。

大帽子 ㄉㄚˋ ㄇㄠˋ ㄗ˙ 比喻顯貴權勢的壓力。例你不要拿大帽子來嚇我。

大無畏 ㄉㄚˋ ㄨˊ ㄨㄟˋ 非常勇敢，什麼都不怕。

大眾化 ㄉㄚˋ ㄓㄨㄥˋ ㄏㄨㄚˋ 與社會大眾的風格、趣味一致，且適合廣大群眾的需要。

大雜燴 ㄉㄚˋ ㄗㄚˊ ㄏㄨㄟˋ ①把多種菜餚混合在一起燴成的菜。②比喻把各種不同的事物拼湊在一起。

大刀闊斧 ㄉㄚˋ ㄉㄠ ㄎㄨㄛˋ ㄈㄨˇ 比喻辦事果斷而有魄力。

大千世界 ㄉㄚˋ ㄑㄧㄢ ㄕˋ ㄐㄧㄝˋ 泛指廣大無邊的世界。

大公無私 ㄉㄚˋ ㄍㄨㄥ ㄨˊ ㄙ 秉公處理，毫無私心。同鐵面無私。反假公濟私。

大功告成 ㄉㄚˋ ㄍㄨㄥ ㄍㄠˋ ㄔㄥˊ 指艱鉅、偉大的事務已經完成。反功敗垂成。

大巧若拙 ㄉㄚˋ ㄑㄧㄠˇ ㄖㄨㄛˋ ㄓㄨㄛˊ 聰明的人不顯露自己，表面上看起來好像很笨拙的樣子。

大而化之 ㄉㄚˋ ㄦˊ ㄏㄨㄚˋ ㄓ 形容人做事不仔細、不謹慎、不拘小節。

大有人在 ㄉㄚˋ ㄧㄡˇ ㄖㄣˊ ㄗㄞˋ 形容某種人為數不少。同不乏其人。

大有可為 ㄉㄚˋ ㄧㄡˇ ㄎㄜˇ ㄨㄟˊ 指事情值得做，很有發展希望。

大同小異 ㄉㄚˋ ㄊㄨㄥˊ ㄒㄧㄠˇ ㄧˋ 大體相同，但細部稍有差別。

大名鼎鼎 ㄉㄚˋ ㄇㄧㄥˊ ㄉㄧㄥˇ ㄉㄧㄥˇ 形容極富聲望，名氣很大。反沒沒無聞。

大言不慚 ㄉㄚˋ ㄧㄢˊ ㄅㄨˋ ㄘㄢˊ 形容人說大話毫不感到羞愧。

大快人心 ㄉㄚˋ ㄎㄨㄞˋ ㄖㄣˊ ㄒㄧㄣ 大家的心裡都感到非常痛快。

大快朵頤 ㄉㄚˋ ㄎㄨㄞˋ ㄉㄨㄛˇ ㄧˊ 享受美食而心情愉快的樣子。

大材小用 ㄉㄚˋ ㄘㄞˊ ㄒㄧㄠˇ ㄩㄥˋ 把大的材料用在小地方。比喻用人不當，浪費人才。

大吹大擂 ㄉㄚˋ ㄔㄨㄟ ㄉㄚˋ ㄌㄟˊ ①吹號打鼓，各種樂器齊奏。形容熱鬧喜慶的場面。②比喻言詞誇張，胡亂吹噓。

大放異彩 ㄉㄚˋ ㄈㄤˋ ㄧˋ ㄘㄞˇ 放出特異的光彩。形容表現極為出色。

大放厥辭 ㄉㄚˋ ㄈㄤˋ ㄐㄩㄝˊ ㄘˊ 誇誇其談，大發議論。

大雨如注 ㄉㄚˋ ㄩˇ ㄖㄨˊ ㄓㄨˋ 形容雨勢極大。同大雨滂沱。

大相逕庭 ㄉㄚˋ ㄒㄧㄤ ㄐㄧㄥˋ ㄊㄧㄥˊ 比喻兩者相去甚遠，差異很大。

大風大浪 ㄉㄚˋ ㄈㄥ ㄉㄚˋ ㄌㄤˋ 比喻遭遇的大動盪、大變化。例他在政界這麼多年，什麼大風大浪沒見過。

大紅大紫 ㄉㄚˋ ㄏㄨㄥˊ ㄉㄚˋ ㄗˇ 比喻人富貴顯赫，不可一世。

大海撈針 ㄉㄚˋ ㄏㄞˇ ㄌㄠ ㄓㄣ 到大海裡去打撈一根針。比喻東西很難找到或事情難以辦成。也作「海底撈針」。

大庭廣眾 ㄉㄚˋ ㄊㄧㄥˊ ㄍㄨㄤˇ ㄓㄨㄥˋ 指人數眾多的公開場合。

大逆不道 ㄉㄚˋ ㄋㄧˋ ㄅㄨˋ ㄉㄠˋ 罪大惡極，行為嚴重違反常理。

大家閨秀 ㄉㄚˋ ㄐㄧㄚ ㄍㄨㄟ ㄒㄧㄡˋ 出身於大戶人家，有教養、端莊秀麗的未婚女子。

大展宏圖 ㄉㄚˋ ㄓㄢˇ ㄏㄨㄥˊ ㄊㄨˊ 大力發展宏偉的事業。

大書特書 ㄉㄚˋ ㄕㄨ ㄊㄜˋ ㄕㄨ 大寫特寫。指對重要的事蹟，鄭重的記述下來。

大異其趣 ㄉㄚˋ ㄧˋ ㄑㄧˊ ㄑㄩˋ 和原來的旨趣互相違背。

大惑不解 ㄉㄚˋ ㄏㄨㄛˋ ㄅㄨˋ ㄐㄧㄝˇ 令人感到非常迷惑而不能理解。

大動干戈 ㄉㄚˋ ㄉㄨㄥˋ ㄍㄢ ㄍㄜ 原指發動戰爭，現多比喻為一點小事而大費工夫。

大張旗鼓 ㄉㄚˋ ㄓㄤ ㄑㄧˊ ㄍㄨˇ 大量地擺出戰旗戰鼓以壯軍威。比喻聲勢和規模很大。

大張撻伐 ㄉㄚˋ ㄓㄤ ㄊㄚˋ ㄈㄚˊ 指用武力大舉討伐。也指對人身進行攻擊和聲討。

大發雷霆 ㄉㄚˋ ㄈㄚ ㄌㄟˊ ㄊㄧㄥˊ 比喻大發脾氣，高聲訓斥。

大義滅親 ㄉㄚˋ ㄧˋ ㄇㄧㄝˋ ㄑㄧㄣ 為了維護正義，對於犯罪的親人也絕不徇私情，而要使之受到制裁。

大義凜然 ㄉㄚˋ ㄧˋ ㄌㄧㄣˇ ㄖㄢˊ 正義之氣令人敬畏。

大勢已去 ㄉㄚˋ ㄕˋ ㄧˇ ㄑㄩˋ 整個局勢已無法挽回。

大腹便便 ㄉㄚˋ ㄈㄨˋ ㄆㄧㄢˊ ㄆㄧㄢˊ 形容肚子很大的樣子。

大敵當前 ㄉㄚˋ ㄉㄧˊ ㄉㄤ ㄑㄧㄢˊ 強大的敵人就在前面。

大模大樣 ㄉㄚˋ ㄇㄛˊ ㄉㄚˋ ㄧㄤˋ ①一副什麼也不在乎的樣子。形容目中無人，傲慢自大。②形容態度坦然的樣子。

大徹大悟 ㄉㄚˋ ㄔㄜˋ ㄉㄚˋ ㄨˋ 指徹底想通，完全醒悟。

大興土木 ㄉㄚˋ ㄒㄧㄥ ㄊㄨˇ ㄇㄨˋ 指大規模地興建土木工程。

大器晚成 ㄉㄚˋ ㄑㄧˋ ㄨㄢˇ ㄔㄥˊ 指一個人的成就較晚。有時也用以安慰長期不得意的人。

大聲疾呼 ㄉㄚˋ ㄕㄥ ㄐㄧˊ ㄏㄨ 高聲而急促地呼喊以引起注意。

大謬不然 ㄉㄚˋ ㄇㄧㄡˋ ㄅㄨˋ ㄖㄢˊ 大錯特錯，與事實完全不符。

大驚失色 ㄉㄚˋ ㄐㄧㄥ ㄕ ㄙㄜˋ 形容非常害怕，嚇得變了臉色。

大顯身手 ㄉㄚˋ ㄒㄧㄢˇ ㄕㄣ ㄕㄡˇ 充分顯現出自己的才能與本領。同大顯神通。

大顯神通 ㄉㄚˋ ㄒㄧㄢˇ ㄕㄣˊ ㄊㄨㄥ 充分展現出高超的本領。

大旱望雲霓 ㄉㄚˋ ㄏㄢˋ ㄨㄤˋ ㄩㄣˊ ㄋㄧˊ 形容渴望解除困境的迫切心情，就像大旱時盼望雨水一樣。

一畫

太 ㄊㄞˋ tài 名①尊稱輩分極高的長輩。例太夫人、太公。②見「太太」。形①高，大。例太空。②極，最。例太古。副①表示過甚。例太多、太大。②表示程度極深、極高。多用於肯定。例太好了、太偉大了。③很。多用於否定。例不太認真、不太積極。

太太 ㄊㄞˋ·ㄊㄞ ①對已婚婦女的尊稱。②丈夫稱妻子。例我太太今天不大舒服。③僕人稱女主人。

太子 ㄊㄞˋㄗˇ 君王的嫡長子，或已經確定繼承帝位的那個兒子。

太古 ㄊㄞˋㄍㄨˇ 人類還沒有開化的最古的時代。同遠古。

太后 ㄊㄞˋㄏㄡˋ 舊時稱帝王的母親為皇太后，簡稱太后。

太牢 ㄊㄞˋㄌㄠˊ ①古代用牛、羊、豬三牲祭祀天地祖先叫太牢。②牛的別名。

太空 ㄊㄞˋㄎㄨㄥ ①地球大氣層外圍離地球約一千公里以外的區域。②泛指天空。

太甚 ㄊㄞˋㄕㄣˋ 非常過分。例欺人太甚！

太息 ㄊㄞˋㄒㄧ 長聲嘆氣，深深地嘆息。

太陰 ㄊㄞˋㄧㄣ 俗稱月亮。日稱太陽，故月稱太陰。

太極 ㄊㄞˋㄐㄧˊ 指原始混沌之氣。

太歲 ㄊㄞˋㄙㄨㄟˋ ①值歲的神名。②舊時稱土豪之類的惡人。例花花太歲。

太廟 ㄊㄞˋㄇㄧㄠˋ 帝王祭祀祖先的廟。

太學 ㄊㄞˋㄒㄩㄝˊ 古代設立在京城的最高學府，始於西周。相當於今日的國立大學。

太上皇 ㄊㄞˋㄕㄤˋㄏㄨㄤˊ ①皇帝的父親。②比喻在幕後操縱、掌握實權的人。

太平間 ㄊㄞˋㄆㄧㄥˊㄐㄧㄢ 醫院中專門供停放屍體用的房間。

太空人 ㄊㄞˋㄎㄨㄥㄖㄣˊ 指操縱太空船之類的飛行器具，從事太空探險研究的人。

太空船 ㄊㄞˋㄎㄨㄥㄔㄨㄢˊ 一種圓錐體形狀的太空飛行器，利用火箭送到太空，然後以本身的噴射引擎飛行。

太極拳 ㄊㄞˋㄐㄧˊㄑㄩㄢˊ ①拳術的一種，相傳是宋朝的張三丰所創。②比喻處理事情推托敷衍，不負責任。

太陽穴 ㄊㄞˋㄧㄤˊㄒㄩㄝˊ 人體部位和穴位名，在鬢角前、靠近眉梢的凹處。

太陽系 ㄊㄞˋㄧㄤˊㄒㄧˋ 銀河系中以太陽為中心而運行的一個天體系統，包括行星、衛星、彗星、流星等。

太陽能 ㄊㄞˋㄧㄤˊㄋㄥˊ 太陽所發出的輻射能，是地球上光和熱的源泉。

太上老君 ㄊㄞˋㄕㄤˋㄌㄠˇㄐㄩㄣ 道教對古代思想家的尊稱。

太歲頭上動土 ㄊㄞˋㄙㄨㄟˋㄊㄡˊㄕㄤˋㄉㄨㄥˋㄊㄨˇ 比喻觸犯有權有勢或兇惡的人。

天 ㄊㄧㄢ tiān 名①空中，天空。例頂天立地。②一晝夜的時間。也專指白天。例昨天、一天一夜。③氣候，季節。例陰天、夏天。④一天內的某段時間。例五更天。⑤宗教上指神佛仙人所住的世界。例天堂、歸天。⑥比喻宇宙萬物的主宰。例天意、天助。形①自然生成的，不是人力所能做到。例天險。②位於頂上的，架在空中的。例天窗、天橋。③與生俱來的。例天性、天資。④數目極大的。例天價、天文數字。

天工 ㄊㄧㄢ ㄍㄨㄥ 自然形成的工巧。比喻技藝精巧。例巧奪天工。

天下 ㄊㄧㄢ ㄒㄧㄚˋ ①泛指全世界。例天下一家。②指國家的統治權。例打天下。③古代中國自稱全國為天下。

天干 ㄊㄧㄢ ㄍㄢ 甲、乙、丙、丁、戊、己、庚、辛、壬、癸的總稱，古代用來代表先後次序的符號。也稱十干。常與十二地支相配，作為計年日的代號。

天文 ㄊㄧㄢ ㄨㄣˊ 泛指日月星辰等天體在宇宙間分布、運行的一切現象。反地理。

天井 ㄊㄧㄢ ㄐㄧㄥˇ ①宅院中正房與廂房間的露天空地。②四方高而中間低的地方。③屋頂的方形木架。④院子的通稱。

天日 ㄊㄧㄢ ㄖˋ 天空和太陽。引申指光明。例暗無天日。

天分 ㄊㄧㄢ ㄈㄣˋ 天資，天賦才能。例這孩子的天分很高。

天年 ㄊㄧㄢ ㄋㄧㄢˊ ①指人的自然壽命。例終其天年。②當年的運數。

天良 ㄊㄧㄢ ㄌㄧㄤˊ 良心。例喪盡天良。

天災 ㄊㄧㄢ ㄗㄞ 天然的災害。如地震、水災等。反人禍。

天河 ㄊㄧㄢ ㄏㄜˊ 銀河。又稱天漢。

天性 ㄊㄧㄢ ㄒㄧㄥˋ 指人先天所具有的品質或性情。同本性。

天花 ㄊㄧㄢ ㄏㄨㄚ 一種急性傳染病，由濾過性病毒引起，症狀有發高燒、發疹等，可種牛痘疫苗預防。

天命 ㄊㄧㄢ ㄇㄧㄥˋ ①天地萬物的自然法則。②天神所主宰的命運。

天使 ㄊㄧㄢ ㄕˇ ①英語angel的意譯。基督教稱上帝的使者。②比喻可愛的女子或小孩。

天真 ㄊㄧㄢ ㄓㄣ ①形容人純潔無邪，性情直率，毫不虛偽做作。例天真活潑。②頭腦簡單，無知而不通曉人情世故。例你的想法實在太天真了。

天倫 ㄊㄧㄢ ㄌㄨㄣˊ ①指父子、兄弟等的倫常關係。例天倫之樂。②自然的道理。

天涯 ㄊㄧㄢ ㄧㄚˊ 天的邊際。形容極遠的地方。

天理 ㄊㄧㄢ ㄌㄧˇ 自然公正的道理。例天理昭彰。

天堂 ㄊㄧㄢ ㄊㄤˊ ①宗教指人死後靈魂升居的極樂世界。反地獄。②比喻非常優美的生活環境。例人間天堂。

天然 ㄊㄧㄢ ㄖㄢˊ 自然存在或自然產生的，未經任何的人為修飾。

天資 ㄊㄧㄢ ㄗ 先天所具有的資質。同天賦、天稟。

天稟 ㄊㄧㄢ ㄅㄧㄥˇ 天生的資質。

天敵 ㄊㄧㄢ ㄉㄧˊ 某種動物專門捕食或危害另一種動物，前者即是後者的天敵。如貓為鼠的天敵。

天賦 ㄊㄧㄢ ㄈㄨˋ ①天資。例他天賦很高。②人生來就有或應該有的。例天賦人權。

天機 ㄊㄧㄢ ㄐㄧ ①天意。②比喻重要的機密。例天機不可洩露。

天險 天然的險要地方。

天職 本指天的職分，引申為人所應盡的職責。

天壤 ①天地。②天在上，地在下，相去遙遠。比喻事物的懸殊。

天譴 上天降下的懲罰。

天籟 ①自然的聲音。②形容美妙的音樂，或流暢自然的詩文。

天體 ①宇宙間一切星辰的總稱，包括太陽、地球、月球和其他恆星、行星、衛星、彗星、流星、宇宙塵、星雲、星團等。②裸露身體。例天體營。

天文臺 觀察天體和研究天文的場所，有良好的觀測儀器和設備。

天然氣 指蘊藏在地層內的可燃氣體，是埋於地下的古代生物經過高溫、高壓等作用形成的。

天靈蓋 指頭蓋骨的上部，即頭頂。

天之驕子 稱境遇優越或深受寵信、得天獨厚的人。

天下為公 天下是大家所共有，不是某一家、某一姓的。

天方夜譚 ①書名。阿拉伯著名民間故事集。又名「一千零一夜」。②形容荒誕不經之事。例你說的簡直是天方夜譚！

天文數字 天文學上應用的數字很大，所以用來指極大的數字。

天打雷劈 遭上天懲罰而不得好死。用於罵人或詛咒。同天誅地滅。

天生麗質 形容女子天然生成的美麗容貌。

天衣無縫 神仙的衣服沒有針縫。比喻做事或詩文非常精巧完美，沒有一點雕琢的痕跡。

天各一方 各在天的一邊。形容彼此分離，相距遙遠。同天南地北。

天作之合 天意撮合成的姻緣。多用為新婚的祝賀之詞。

天災人禍 泛指自然災害和人為的禍患。

天花亂墜 形容說話巧妙動聽。多指浮誇而不切實際。

天長地久 與天地存在的時間一樣長。形容永久不變。同海枯石爛。

天昏地暗 ①天色昏暗無光。形容颳大風時飛沙蔽日的景象。②比喻政治腐敗，綱紀紊亂。③形容極度的行為。例哭得天昏地暗。

天南地北 ①形容距離十分遙遠。②說話漫無邊際，沒有主題。

天怒人怨 上天發怒，人民怨恨。形容當政者暴虐無道或領導不得法，引起民眾的普遍憤怒。

天高地厚 ①比喻仁德恩惠的深厚。②形容事物艱鉅複雜。

天高氣爽 形容天氣晴朗而清爽。

天荒地老 指經過的時間很長久。多用於愛情的誓約。也作「地老天荒」。同天長地久。

天馬行空 ㄊㄧㄢ ㄇㄚˇ ㄒㄧㄥˊ ㄎㄨㄥ 比喻才思豪放飄逸，文筆脫俗。

天真無邪 ㄊㄧㄢ ㄓㄣ ㄨˊ ㄒㄧㄝˊ 心地純良，性情率直無邪念。

天真爛漫 ㄊㄧㄢ ㄓㄣ ㄌㄢˋ ㄇㄢˋ 形容性情率真，毫不矯揉造作。

天倫之樂 ㄊㄧㄢ ㄌㄨㄣˊ ㄓ ㄌㄜˋ 指家人親密團聚的歡樂。

天涯海角 ㄊㄧㄢ ㄧㄚˊ ㄏㄞˇ ㄐㄧㄠˇ 形容極偏僻遙遠的地方，或彼此相隔非常遙遠。

天理昭彰 ㄊㄧㄢ ㄌㄧˇ ㄓㄠ ㄓㄤ 是非善惡分明，自有公理在。

天崩地裂 ㄊㄧㄢ ㄅㄥ ㄉㄧˋ ㄌㄧㄝˋ 形容變化巨大。同天崩地坼。

天造地設 ㄊㄧㄢ ㄗㄠˋ ㄉㄧˋ ㄕㄜˋ 事物配合得當，就好像天然所成就的事物。

天從人願 ㄊㄧㄢ ㄘㄨㄥˊ ㄖㄣˊ ㄩㄢˋ 上天順從人的心願，事如人意。

天寒地凍 ㄊㄧㄢ ㄏㄢˊ ㄉㄧˋ ㄉㄨㄥˋ 形容天氣極為寒冷。

天誅地滅 ㄊㄧㄢ ㄓㄨ ㄉㄧˋ ㄇㄧㄝˋ 罪惡深重，不為天地所容。常用作發誓語。同天打雷劈。

天經地義 ㄊㄧㄢ ㄐㄧㄥ ㄉㄧˋ ㄧˋ 天地間經久不變的常理。形容理所當然，無可非議。

天淵之別 ㄊㄧㄢ ㄩㄢ ㄓ ㄅㄧㄝˊ 像上天和深淵相距遙遠。比喻相差極大。同天壤之別。

天網恢恢 ㄊㄧㄢ ㄨㄤˇ ㄏㄨㄟ ㄏㄨㄟ 天道廣大，無所不包。比喻犯罪者逃不過法律的制裁。

天翻地覆 ㄊㄧㄢ ㄈㄢ ㄉㄧˋ ㄈㄨˋ 形容變動巨大，或鬧得很凶、秩序大亂。同翻天覆地。

天羅地網 ㄊㄧㄢ ㄌㄨㄛˊ ㄉㄧˋ ㄨㄤˇ 比喻上下四方極為嚴密的包圍而無法逃脫。

天壤之別 ㄊㄧㄢ ㄖㄤˇ ㄓ ㄅㄧㄝˊ 形容差別之大就像天和地一樣相隔很遠。

天字第一號 ㄊㄧㄢ ㄗˋ ㄉㄧˋ ㄧ ㄏㄠˋ 指第一，最高、最大或最強的。例他在這裡可算是天字第一號的人物了。

天涯若比鄰 ㄊㄧㄢ ㄧㄚˊ ㄖㄨㄛˋ ㄅㄧˇ ㄌㄧㄣˊ 形容朋友感情深厚，心靈相通，雖相隔極遠，也如近鄰而居。

天無絕人之路 ㄊㄧㄢ ㄨˊ ㄐㄩㄝˊ ㄖㄣˊ ㄓ ㄌㄨˋ 上天不會斷絕人們的生路。比喻身處絕境，終能找到出路，以此勉勵人不要悲觀絕望。

夫

㊀ㄈㄨ 名①稱女子的配偶。例夫君、丈夫。②成年男子的通稱。例一夫當關，萬夫莫敵。③從事某種勞動的人。例農夫、車夫。④舊時成年服勞役或做苦工的男子。例夫役、民夫。

㊁ㄈㄨˊ 形指示形容詞。那，這。例莊子：「獨不見夫騰猿乎？」助①用於句首，表示要發議論。例左傳：「夫戰，勇氣也。」②用於句尾，表示感嘆或疑問。例論語：「逝者如斯夫！」③用於句中，無義。例論語：「食夫稻，衣夫錦，於女安乎？」

夫人 ㄈㄨ ㄖㄣˊ ①對他人妻子的尊稱。②古代對婦女的封號。如明、清一品二品官員的妻子皆封夫人。

夫子 ㄈㄨ ㄗˇ ①對學者或老師的尊稱。②妻子對丈夫的尊稱。③古代對男子的敬稱。

夫婿 ㄈㄨ ㄒㄩˋ 妻子稱丈夫。

夫唱婦隨 ㄈㄨ ㄔㄤˋ ㄈㄨˋ ㄙㄨㄟˊ 比喻夫妻和睦。也指妻子跟從丈夫，互相應和。

夭 ㄧㄠ yāo 形 形容草木茂盛而美麗。例 夭桃穠李。動 指未成年而死。例 夭亡、夭折。

夭夭 ㄧㄠ ㄧㄠ ①形容茂盛而好看的樣子。例 詩經：「桃之夭夭，灼灼其華。」②面色溫和愉快的樣子。例 夭夭如也。

夭折 ㄧㄠ ㄓㄜˊ ①短命，早死。同 夭亡、夭壽。②比喻事情中途失敗。例 修建摩天大樓的計畫夭折了。

二畫

夯 ㄏㄤ hāng 名 築實地基所用的工具。例 打夯、石夯。動 ①用夯砸，使緊密結實。例 夯地、夯實。②稱用力扛或抬舉物件。例 夯行李。③衝撞。例 夯破我胸膛。形 愚蠢的。例 蠢夯。

夯貨 ㄏㄤ ㄏㄨㄛˋ ①罵人蠢笨。②笨重的東西。

央 ㄧㄤ yāng 名 中心，中間。例 中央政府、水中央。形 鮮明的樣子。例 央央。動 ①請求，懇求。例 央求。②盡，完結。例 夜未央。

央托 ㄧㄤ ㄊㄨㄛ 請托。

央求 ㄧㄤ ㄑㄧㄡˊ 懇求。

央告 ㄧㄤ ㄍㄠˋ 懇求，請求。

央央大度 ㄧㄤ ㄧㄤ ㄉㄚˋ ㄉㄨˋ 形容人的度量大、心胸寬闊。同 寬宏大量。

失 ㄕ shī 名 錯誤。例 過失、唯恐有失。動 ①遺落，丟掉。例 遺失、失而復得。②不留心，沒有把握住。例 失手、失足。③未能如願，沒有達到目的。例 失望、失意。④違背。例 失信、失約。⑤找不著。例 迷失方向。⑥忍不住。例 失笑。⑦錯過，耽誤。例 機不可失、無失其時。

失火 ㄕ ㄏㄨㄛˇ 發生火災。同 著火。

失手 ㄕ ㄕㄡˇ 因為不小心而造成的錯誤。例 失手把碗掉到地上了。

失主 ㄕ ㄓㄨˇ 丟失東西的人。

失守 ㄕ ㄕㄡˇ 防守的陣地或城市被敵人占領了。

失色 ㄕ ㄙㄜˋ ①因驚恐而失去正常的神色。②失去本來的光彩。例 黯然失色。

失言 ㄕ ㄧㄢˊ 因不慎而說了不該說的話。同 失口。

失宜 ㄕ ㄧˊ 不合宜，對問題處理不當。例 處置失宜。

失足 ㄕ ㄗㄨˊ ①走路不小心跌倒了。例 失足落水。②因舉動不慎而犯錯，誤入歧途。例 一失足成千古恨。

失身 ㄕ ㄕㄣ 指婦女失去貞操。同 失節。

失利 ㄕ ㄌㄧˋ 失敗，打輸了。例 初戰失利。

失怙 ㄕ ㄏㄨˋ 指死了父親。

失事 ㄕ ㄕˋ 出了問題，發生意外的不幸事故。例 飛機失事。

失所 ㄕ ㄙㄨㄛˇ 失去可以安身的處所。例 流離失所。

失恃 ㄕ ㄕˋ 指死了母親。

失神 ㄕ ㄕㄣˊ ①疏忽，未曾注意。例 稍一失神這孩子就跌傷了。②無精打采，眼光無神。

失眠 ㄕ ㄇㄧㄢˊ 由於受了刺激或思慮過多等原因，而導致夜間睡不著。

失修 ㄕ ㄒㄧㄡ 多指建築物等缺乏維護修理。例這房子年久失修。

失笑 ㄕ ㄒㄧㄠˋ 不由自主地發笑。

失措 ㄕ ㄘㄨㄛˋ 因驚慌而導致舉動失常，不知該怎麼辦才好。例倉皇失措。

失常 ㄕ ㄔㄤˊ 失去了正常狀態。例精神失常。

失陪 ㄕ ㄆㄟˊ 表示不能陪伴對方的客套話。

失策 ㄕ ㄘㄜˋ 計謀失誤。同失算、失計。

失意 ㄕ ㄧˋ 不遂心，不得志。反得意、得志。

失禁 ㄕ ㄐㄧㄣˋ 指大小便器官失去控制能力。

失敬 ㄕ ㄐㄧㄥˋ 招待不周，不成敬意。為對人自責疏忽怠慢的謙詞。

失勢 ㄕ ㄕˋ 失去權勢，勢力日見衰弱。

失落 ㄕ ㄌㄨㄛˋ ①遺失，丟失。例我的錢包失落了。②感到迷失而沒有正確的人生方向。例失落的一代。

失業 ㄕ ㄧㄝˋ 有勞動能力的人失去工作或找不到工作。同賦閒。

失察 ㄕ ㄔㄚˊ ①疏忽而沒有注意到。②長官對屬下未盡到督察的責任。

失誤 ㄕ ㄨˋ 由於疏忽、不小心而造成的差錯。

失算 ㄕ ㄙㄨㄢˋ 計畫不周到而導致失敗。同失計、失策。

失態 ㄕ ㄊㄞˋ 態度舉止不得當，有失身分或欠缺禮貌。例酒後失態。

失調 ㄕ ㄊㄧㄠˊ ①分配不當，失去平衡。例雨水失調。②沒有得到適當的調養。例產後失調。

失蹤 ㄕ ㄗㄨㄥ 多指人不見了，下落不明。

失據 ㄕ ㄐㄩˋ 失去憑依。例進退失據。

失學 ㄕ ㄒㄩㄝˊ 因某些原因而失去就學的機會。

失檢 ㄕ ㄐㄧㄢˇ 行為疏於檢點而犯了錯誤。

失禮 ㄕ ㄌㄧˇ ①違背禮節，對人不敬。②對人表示禮貌不周的客套話。

失職 ㄕ ㄓˊ 沒有盡到責任而發生職務上的過失。

失寵 ㄕ ㄔㄨㄥˇ 失去了別人的寵愛。

失竊 ㄕ ㄑㄧㄝˋ 東西被人偷走了。

失戀 ㄕ ㄌㄧㄢˋ 戀愛中的男女失去了對方的愛，而不再繼續來往。

失之交臂 ㄕ ㄓ ㄐㄧㄠ ㄅㄧˋ 形容錯過了好機會。

失魂落魄 ㄕ ㄏㄨㄣˊ ㄌㄨㄛˋ ㄆㄛˋ 形容心緒不寧、精神恍惚，或受到極大驚恐的樣子。同魂不附體。

失之東隅，收之桑榆 ㄕ ㄓ ㄉㄨㄥ ㄩˊ ㄕㄡ ㄓ ㄙㄤ ㄩˊ 比喻在這裡受到損失，而在別處得到好處。

失之毫釐，差之千里 ㄕ ㄓ ㄏㄠˊ ㄌㄧˊ ㄔㄚ ㄓ ㄑㄧㄢ ㄌㄧˇ 相差雖然極微，結果卻會造成很大的錯誤。或作「差之毫釐，謬以千里」。

三畫

夸

ㄎㄨㄚ kuā 名①奢侈。例荀子：「貴而不為夸。」②英美容量單位「夸脫」的簡稱。形美好的。動通「誇」。誇大，炫耀。

夸誕 ㄎㄨㄚ ㄉㄢˋ 誇張荒誕而不可信的。同妄誕。

夸父逐日 ㄎㄨㄚ ㄈㄨˋ ㄓㄨˊ ㄖˋ 比喻不自量力，或有雄心壯志卻未能完成大業。

夸夸其談 ㄎㄨㄚ ㄎㄨㄚ ㄑㄧˊ ㄊㄢˊ 形容說話或寫文章浮誇而不切實際。也形容滔滔不絕的大發議論。

夷 ㄧˊ yí 名①中國古代東部少數民族之一。例東夷。②古代對中原以外各族的泛稱。例以夷制夷。③通「彝」。常理，常道。④平安。例化險為夷。形①平坦。②通「怡」。喜悅，愉快。動①削平，剷平。例夷為平地。②殺滅。例夷滅、誅夷。

夷狄 ㄧˊ ㄉㄧˊ ①古代稱未開化的民族。②清朝自恃高貴，稱外國為夷狄或夷翟。

夷為平地 ㄧˊ ㄨㄟˊ ㄆㄧㄥˊ ㄉㄧˋ 把高低不平之處剷削成平坦之地。比喻剷除淨盡。

四畫

夾 ㄐㄧㄚˊ jiá 名夾住東西的用具。例書夾、文件夾。形雙層的。同夾衣、夾被。動①從兩旁鉗持住。例兩山夾一水、用筷子夾菜。②把東西放在胳膊底下或手指中間，使力帶緊。例夾著書包、手裡夾著一支菸。副攙雜。例夾雜、夾帶。

夾衣 ㄐㄧㄚˊ ㄧ 用雙層布料做成的衣服。

夾攻 ㄐㄧㄚˊ ㄍㄨㄥ 從相對的兩面同時攻擊。同夾擊。

夾克 ㄐㄧㄚˊ ㄎㄜˋ 英語 jacket 的音譯。一種短外套。

夾板 ㄐㄧㄚˊ ㄅㄢˇ 將多片木材薄板經過塗膠、加壓而製成的合板。例三夾板。

夾帶 ㄐㄧㄚˊ ㄉㄞˋ 把東西藏起來祕密攜帶，多夾入其他物品中，希圖蒙混。

夾道 ㄐㄧㄚˊ ㄉㄠˋ 排列在道路兩旁。例夾道歡迎。

夾雜 ㄐㄧㄚˊ ㄗㄚˊ 攙雜，混雜。

夾注號 ㄐㄧㄚˊ ㄓㄨˋ ㄏㄠˋ 標點符號的一種，其符號有（ ）、〔 〕。用在文句的中間或末尾，以表示說明或解釋。

夾七夾八 ㄐㄧㄚˊ ㄑㄧ ㄐㄧㄚˊ ㄅㄚ 含糊混雜，沒有條理。例她夾七夾八說了一大堆，但還是沒人明白她的意思。

五畫

奉 ㈠ㄈㄥˋ fèng 名同「俸」。俸祿。動①恭敬地獻上。例進奉、奉上。②敬受。例近奉來書、奉令執行。③尊重，推崇。例奉為圭臬。④侍候，供養。例侍奉、奉養。⑤信仰。例奉佛。副對人的敬辭。例奉告、奉勸。㈡ㄆㄥˇ pěng 動通「捧」。例奉檄色喜。

奉上 ㄈㄥˋ ㄕㄤˋ 恭敬地送上。

奉行 ㄈㄥˋ ㄒㄧㄥˊ 遵照上級命令執行。

奉安 ㄈㄥˋ ㄢ 稱國家元首移靈或安葬。

奉告 ㄈㄥˋ ㄍㄠˋ 告訴的敬辭。例無可奉告。

奉祀 ㄈㄥˋ ㄙˋ　虔誠地祭祀。

奉命 ㄈㄥˋ ㄇㄧㄥˋ　接受或遵守上級、尊長的命令。同受命。

奉承 ㄈㄥˋ ㄔㄥˊ　巴結逢迎，用好聽的話諂媚討好別人。

奉厝 ㄈㄥˋ ㄘㄨㄛˋ　暫時安置靈柩，沒有正式下葬。

奉陪 ㄈㄥˋ ㄆㄟˊ　陪伴的敬辭。例恕不奉陪。

奉養 ㄈㄥˋ ㄧㄤˇ　侍奉和贍養父母或親長。

奉還 ㄈㄥˋ ㄏㄨㄢˊ　歸還他人東西的敬辭。例雙手奉還。

奉公守法 ㄈㄥˋ ㄍㄨㄥ ㄕㄡˇ ㄈㄚˇ　奉行公事，遵守法令。形容辦事守規矩，不違法徇私。反徇私舞弊。

奉為圭臬 ㄈㄥˋ ㄨㄟˊ ㄍㄨㄟ ㄋㄧㄝˋ　把某事或某人奉為準則、典範。

奈

ㄋㄞˋ nài　副如何，怎樣。例無奈。

奈米 ㄋㄞˋ ㄇㄧˇ　長度單位，十億分之一公尺（10^{-9}m）。

奈何 ㄋㄞˋ ㄏㄜˊ　①如何，怎麼辦。例無可奈何。②文言疑問詞。常以反問的方式表示「為什麼」。例民不畏死，奈何以死懼之？③對付，處置。多見於舊小說戲曲中。

奇

㊀ㄑㄧˊ qí　名特殊或機巧的事物。例出奇制勝。形①特別的，不平常的。例奇人奇事、奇聞。②出乎意料，想像不到的。例奇計、奇招百出。動驚訝，詫異。

㊁ㄐㄧ jī　名①單數。與「偶」相對。例奇數。②零數，餘數。例六十有奇、八尺有奇。形不順利，命運不好。例數奇。

奇人 ㄑㄧˊ ㄖㄣˊ　怪人。指為人處世與眾不同的人。

奇才 ㄑㄧˊ ㄘㄞˊ　才智奇特超凡的人。

奇兵 ㄑㄧˊ ㄅㄧㄥ　趁敵人沒有準備而突然加以襲擊的軍隊。

奇妙 ㄑㄧˊ ㄇㄧㄠˋ　神奇奧妙。同巧妙。

奇特 ㄑㄧˊ ㄊㄜˋ　奇異特出。例這個人在為人處世上頗有些奇特之處。

奇異 ㄑㄧˊ ㄧˋ　①奇怪特異，與平常的不一樣。②驚奇詫異。例他以奇異的眼光望著我。

奇偉 ㄑㄧˊ ㄨㄟˇ　形容人的品貌奇特雄偉。

奇想 ㄑㄧˊ ㄒㄧㄤˇ　奇特怪異的想法。

奇數 ㄐㄧ ㄕㄨˋ　不能被2除盡的數，如3、5、7等。也叫單數。反偶數、雙數。

奇醜 ㄑㄧˊ ㄔㄡˇ　異常醜陋。

奇蹟 ㄑㄧˊ ㄐㄧ　世間或自然界所出現的超乎尋常的事情。

奇襲 ㄑㄧˊ ㄒㄧˊ　趁敵人沒有防備而出其不意地攻擊。

奇觀 ㄑㄧˊ ㄍㄨㄢ　奇異罕見的景色或事物。

奇文共賞 ㄑㄧˊ ㄨㄣˊ ㄍㄨㄥˋ ㄕㄤˇ　奇妙的文章大家共同欣賞。

奇形怪狀 ㄑㄧˊ ㄒㄧㄥˊ ㄍㄨㄞˋ ㄓㄨㄤˋ　奇特怪異、不尋常的形狀。

奇恥大辱 ㄑㄧˊ ㄔˇ ㄉㄚˋ ㄖㄨˇ　極大的羞恥、侮辱。

奇貨可居 ㄑㄧˊ ㄏㄨㄛˋ ㄎㄜˇ ㄐㄩ　囤積珍奇的貨物以待高價。

奇葩異卉 ㄑㄧˊ ㄆㄚ ㄧˋ ㄏㄨㄟˋ　不常見的奇異花卉。

奄

㊀ㄧㄢˇ yǎn　動覆蓋，涵蓋。副急遽，忽然。例奄忽。

㊁ㄧㄢ yān　形氣息微弱的

樣子。例奄奄一息。動停滯，滯留。例奄留。

奄奄一息 一ㄢˇ 一ㄢˇ 一ˋ ㄒ一ˊ 只剩下微弱的一口氣息，即將死亡。

奔

ㄅㄣ bēn 動 ①急走。例狂奔、奔跑。②逃走，逃亡。例東奔西逃、林沖夜奔。③趕赴。例奔喪、疲於奔命。④指女子不按禮法而與男子結合。例私奔。⑤直往目的地，投向。例直奔出事現場。

奔亡 ㄅㄣ ㄨㄤˊ 奔走逃亡。

奔北 ㄅㄣ ㄅㄟˇ 敗逃。同敗北。

奔走 ㄅㄣ ㄗㄡˇ 為了某事而四處奔波忙碌。

奔放 ㄅㄣ ㄈㄤˋ ①形容個性豪邁不受拘束，思想感情盡情流露。例熱情奔放。②形容文思泉湧，不可羈束。③形容河水奔流的氣勢。

奔波 ㄅㄣ ㄅㄛ 原指奔流的水，後形容辛苦地到處奔走。

奔赴 ㄅㄣ ㄈㄨˋ 奔向某一特定的目的地。例奔赴前線。

奔流 ㄅㄣ ㄌ一ㄡˊ ①水流得很急。例黃河奔流。②奔騰流瀉的水。

奔喪 ㄅㄣ ㄙㄤ 在異鄉聞知親人的喪事，急忙趕回去。

奔馳 ㄅㄣ ㄔˊ 快速的奔跑。多指車、馬等交通工具或動物行進的速度極快。

奔竄 ㄅㄣ ㄘㄨㄢˋ 奔走逃竄。

奔瀉 ㄅㄣ ㄒ一ㄝˋ 水急速地由高處向低處流瀉。

奔騰 ㄅㄣ ㄊㄥˊ ①馬匹奔跑跳躍的樣子。例萬馬奔騰。②形容水勢波濤洶湧。例江水奔騰而下。

奔相走告 ㄅㄣ ㄒ一ㄤ ㄗㄡˇ ㄍㄠˋ 奔跑著互相傳告。形容人們特別關心某事，並且急於讓別人知道。

六畫

奕

一ˋ yì 形 ①大。②美好的樣子。

奕奕 一ˋ 一ˋ ①形容美好盛大的樣子。例新廟奕奕。②精神煥發的樣子。例神采奕奕。③憂愁不安的樣子。例憂心奕奕。④姿態悠閒的樣子。例詩經：「駕彼四牡，四牡奕奕。」

奏

ㄗㄡˋ zòu 名 ①古代臣子向君主進呈意見的文書。例奏摺、奏疏。②音樂的節拍。例節奏。動 ①吹彈樂器。例奏樂、伴奏。②發生，顯現。例奏效。③取得，獲得。例大奏奇功。④古代臣子向帝王陳述意見、稟報事情。例奏議、啟奏。

奏效 ㄗㄡˋ ㄒ一ㄠˋ 收到預期的效果。例這藥業已奏效。

奏捷 ㄗㄡˋ ㄐ一ㄝˊ ①報告獲勝的消息。②獲得勝利。例奏捷而歸。同奏凱。

奏凱 ㄗㄡˋ ㄎㄞˇ 戰勝而奏凱歌。也泛指獲得勝利。

奏樂 ㄗㄡˋ ㄩㄝˋ 演奏樂曲。典禮儀式中的一個項目，通常用於典禮開始或結束時。

奎

ㄎㄨㄟˊ kuí 名 ①兩腿之間。②二十八星宿之一，奎宿即文曲星，主掌人間的文運。

奎寧 ㄎㄨㄟˊ ㄋ一ㄥˊ 治療瘧疾的特效藥。也稱金雞納霜。

契

㊀ㄑ一ˋ qì 名 ①作為買賣憑證的合約。例地契、房契。②用刀刻的

文字。例股契、契文。形①通「怯」。怯懦的。②情意疏闊的。例契闊。動①刻。例契舟求劍。②投合，切合。例相契、默契。㊁ㄒㄧㄝˋ xiè 名人名。殷商始祖，傳說是舜的臣子。

契合 ㄑㄧˋ ㄏㄜˊ ①符合。例他倆的言行頗能契合。②志趣相投。例契合無間。

契約 ㄑㄧˋ ㄩㄝ 經雙方或多方同意訂定，共同遵守的條款，而以文字為憑據者。

契稅 ㄑㄧˋ ㄕㄨㄟˋ 買賣田宅時，向政府辦理登記所納的稅。

契機 ㄑㄧˋ ㄐㄧ 指事物發展或轉化的關鍵。

奐 ㄏㄨㄢˋ huàn 形①華美，文采鮮明的。例美輪美奐。②盛大，眾多。副散漫地。例奐衍。

奐奐 ㄏㄨㄢˋ ㄏㄨㄢˋ 光輝煥發的樣子。

奓 ㊀ㄓㄚ zhā 動開啟，打開。例奓戶。㊁ㄔˇ chǐ 形通「侈」。大，過分。

奓言 ㄔˇ ㄧㄢˊ 大話，空話。

七畫

套 ㄊㄠˋ tào 名①計算成組事物的量詞。例兩套西裝、一套茶具。②繩索等做成的圈形物體。例繩套。③罩在物體外面的東西。例筆套、枕頭套。④地形或河流的彎曲處。例河套。⑤固定、陳舊的格調。例俗套。動①在物體的外面用繩子拴繫或加罩布料。例車子套上罩衣、套上馬鞍。②用計謀騙取。例套匯。③設法引出實情。例拿話套他。④拉攏。例別跟我套交情。⑤模仿。例套公式。⑥綁住，限制住。例套牢。⑦互相配合或重疊。例套招、套色。

套用 ㄊㄠˋ ㄩㄥˋ 模仿著應用，照現成的樣子做。

套色 ㄊㄠˋ ㄙㄜˋ 彩色印刷的方法。分多次印刷，每次印一種顏色，利用紅、黃、藍三種原色疊印，可印出各種顏色。

套房 ㄊㄠˋ ㄈㄤˊ 含有盥洗衛浴設備的臥房。

套問 ㄊㄠˋ ㄨㄣˋ 用不直接的方式拐彎抹角地探問。

套話 ㄊㄠˋ ㄏㄨㄚˋ 不直接詢問，而用別的話語設計套取對方說出真話。

套匯 ㄊㄠˋ ㄏㄨㄟˋ 外匯市場上的一種投機行為。指利用不同地點匯價的不同，從低價地點買進，到高價地點賣出，藉以取得差額收益。

套裝 ㄊㄠˋ ㄓㄨㄤ 指成套的服裝。多指女裝。

套交情 ㄊㄠˋ ㄐㄧㄠ ㄑㄧㄥˊ 與人拉攏關係，攀交情。

奚 ㄒㄧ xī 名①指奴隸、僕役。例奚僮。②中國古代北方的少數民族之一，屬東胡族，居東北一帶。③姓。副為何，為什麼。表示疑問的語氣。例論語：「子奚不為政？」

奚落 ㄒㄧ ㄌㄨㄛˋ 用尖刻的話譏諷嘲弄人，使人難堪。例你何必要奚落他呢？

奘 ㄗㄤˋ zàng 名人名。玄奘，唐朝高僧，曾往印度取經。形粗大。

八畫

奢 ㄕㄜ shē 形①用錢浪費，沒有節制的。例窮奢極欲。②誇大。例奢言。副過分，過多。例奢求、奢望。

奢言 ㄕㄜ ㄧㄢˊ 誇大不實的言辭。同侈言。

奢求 ㄕㄜ ㄑㄧㄡˊ 過分的要求。

奢侈 ㄕㄜ ㄔˇ 用大量錢財追求過分的享受。

奢望 ㄕㄜ ㄨㄤˋ 過分的希望。

奢華 ㄕㄜ ㄏㄨㄚˊ 奢侈浮華。多指花費大量錢財擺門面。反樸素、儉省。

奢靡 ㄕㄜ ㄇㄧˇ 用錢不知節制，過分追求享受。

九畫

奠 ㄉㄧㄢˋ diàn 動①定，建立。例奠基。②設酒食以祭神或死者。例祭奠。③安置，停放。

奠定 ㄉㄧㄢˋ ㄉㄧㄥˋ 建立，使之穩固、安定。

奠酒 ㄉㄧㄢˋ ㄐㄧㄡˇ 舊時祭祀的一種儀式，把酒灑在地上，以表示祭祀神靈或死者。

奠基 ㄉㄧㄢˋ ㄐㄧ ①打下基礎。②比喻某種事業的工作。

奠都 ㄉㄧㄢˋ ㄉㄨ 選定首都的所在地。

奠儀 ㄉㄧㄢˋ ㄧˊ 致送喪家用於祭奠的財物。

十畫

奧 ㄠˋ ào 名指房屋的西南角。也泛指室內深處。形含義精深，不易理解的。例深奧、奧義。

奧妙 ㄠˋ ㄇㄧㄠˋ 深奧微妙。

奧祕 ㄠˋ ㄇㄧˋ 深奧隱祕，不容易了解。

奧援 ㄠˋ ㄩㄢˊ 內援，指有力而可靠的後援。

奧義 ㄠˋ ㄧˋ 精深的義理。

奧林匹克運動會 ㄠˋ ㄌㄧㄣˊ ㄆㄧˇ ㄎㄜˋ ㄩㄣˋ ㄉㄨㄥˋ ㄏㄨㄟˋ 國際性的運動競賽大會，起源於古希臘，現在每四年舉行一次，由會員國輪流主辦。簡稱奧運會。

十一畫

奩 ㄌㄧㄢˊ lián 名①古代婦女梳妝用的鏡盒。②裝物品的小匣子。例粉奩。③女子陪嫁的財物。例妝奩。

奪 ㄉㄨㄛˊ duó 動①強取，搶掠。例巧取豪奪、掠奪。②爭取，努力獲得。例奪標、勇奪冠軍。③削除。例剝奪、褫奪。④失去，錯過。例不奪農時。⑤脫漏，漏掉。例訛奪。⑥決斷，做出決定。例裁奪、定奪。⑦衝開，衝過。例奪門而入、奪眶而出。⑧耀眼，眩目。例光彩奪目。

奪目 ㄉㄨㄛˊ ㄇㄨˋ 光彩耀眼。例鮮豔奪目。

奪志 ㄉㄨㄛˊ ㄓˋ 迫使人改變原來的意志、志向。

奪取 ㄉㄨㄛˊ ㄑㄩˇ ①用武力或別的手段強取。②努力爭取得到。例奪取再次的勝利。

奪標 ㄉㄨㄛˊ ㄅㄧㄠ 在競賽中奪得錦標。特別指奪取冠軍。

奪權 ㄉㄨㄛˊ ㄑㄩㄢˊ 用武力或陰謀奪取政權。

十二畫

奭 ㄕˋ shì 形 ①通「赩」。紅色的。②盛大的樣子。

十三畫

奮 ㄈㄣˋ fèn 動 ①振作，發揚。例奮起直追。②揮動，舉起。例奮筆疾書、奮臂高呼。③鳥振動翅膀。例奮翼高飛。④拚命，勇敢不怕死。例奮不顧身。

奮力 ㄈㄣˋ ㄌㄧˋ 奮發用力。例奮力搶救。

奮勉 ㄈㄣˋ ㄇㄧㄢˇ 振作努力。

奮勇 ㄈㄣˋ ㄩㄥˇ 鼓起勇氣。

奮袂 ㄈㄣˋ ㄇㄟˋ 揮動衣袖。形容奮發的樣子，為感情激動時的神態。例奮袂而起。

奮起 ㄈㄣˋ ㄑㄧˇ 振作起來。例齊心奮起、奮起直追。

奮鬥 ㄈㄣˋ ㄉㄡˋ 為了達到一定目的而盡力去做。

奮發 ㄈㄣˋ ㄈㄚ 激勵振作。

奮臂 ㄈㄣˋ ㄅㄧˋ 揮動手臂而起。形容人的激憤神態。

奮不顧身 ㄈㄣˋ ㄅㄨˋ ㄍㄨˋ ㄕㄣ 奮勇向前，不考慮個人安危。

奮發有為 ㄈㄣˋ ㄈㄚ ㄧㄡˇ ㄨㄟˊ 形容人努力進取，有所作為。

奮發圖強 ㄈㄣˋ ㄈㄚ ㄊㄨˊ ㄑㄧㄤˊ 振奮精神，努力自強。

女部 ㄋㄩˇ

女 ㈠ㄋㄩˇ nǚ 名 ①女子。與「男」相對。例男女有別、男女平等。②女兒。例養兒育女。③二十八星宿之一。㈡ㄖㄨˇ rǔ 代 通「汝」。你。多用於文言。㈢ㄋㄩˋ nù 動 把女兒嫁給別人。例以女女之。

女人 ㄋㄩˇ ㄖㄣˊ ①泛指成年女性。②指妻子。

女士 ㄋㄩˇ ㄕˋ 對婦女的尊稱。

女色 ㄋㄩˇ ㄙㄜˋ 女子的美色。也指男子愛好女子的情慾。

女巫 ㄋㄩˇ ㄨ 即巫婆。指專司祭祀，為人降神祈福、占卜的女子。

女伶 ㄋㄩˇ ㄌㄧㄥˊ 舊稱女性戲劇演員。也稱女戲子、女優。

女侍 ㄋㄩˇ ㄕˋ 女僕，今多指以招待別人為職業的女子。

女紅 ㄋㄩˇ ㄍㄨㄥ 女子所做的紡織、縫紉、刺繡一類的工作及製成品。也作「女工」。

女眷 ㄋㄩˇ ㄐㄩㄢˋ 女性家屬。

女婿 ㄋㄩˇ ㄒㄩˋ 指女兒的丈夫。同東床。

女權 ㄋㄩˇ ㄑㄩㄢˊ 婦女在社會、法律、政治、經濟上應享有的權利。

女儐相 ㄋㄩˇ ㄅㄧㄣ ㄒㄧㄤˋ 陪伴新娘舉行婚禮的未婚女子。

女中丈夫 ㄋㄩˇ ㄓㄨㄥ ㄓㄤˋ ㄈㄨ 稱富有才幹又善於處理外務，且帶有男子氣概的女子。

女大十八變 ㄋㄩˇ ㄉㄚˋ ㄕˊ ㄅㄚ ㄅㄧㄢˋ 泛指女性在發育成長過程中，容貌性格的變化很大。

二畫

奶 ㄋㄞˇ nǎi 名①乳房。②乳汁。例牛奶。③對家庭主婦的尊稱。例少奶奶。④祖母。例奶奶。動哺乳。例奶孩子。

奶油 ㄋㄞˇ ㄧㄡˊ 從牛奶中提煉出來的半固體狀油質。

奶粉 ㄋㄞˇ ㄈㄣˇ 牛奶除去水分，再添加其他營養成分加工製成的粉末。

奶茶 ㄋㄞˇ ㄔㄚˊ 攙有牛奶、羊奶或奶精的茶。

奶罩 ㄋㄞˇ ㄓㄠˋ 婦女貼身的胸衣。也稱為胸罩。

奶媽 ㄋㄞˇ ㄇㄚ 受雇照護、哺乳幼兒的婦女。或稱為乳母、奶娘。

奴 ㄋㄨˊ nú 名①受役使而無人身自由的人。例奴隸、農奴。②舊時女子自稱的謙詞。例奴家。動驅使，役使。例奴役。

奴工 ㄋㄨˊ ㄍㄨㄥ 被當作奴隸驅遣的工人。

奴才 ㄋㄨˊ ㄘㄞˊ ①舊指奴婢之類的家僕。②指甘心供人驅使，助人為惡的人。③罵人卑賤、沒有骨氣。

奴役 ㄋㄨˊ ㄧˋ 把人當奴隸使喚。

奴婢 ㄋㄨˊ ㄅㄧˋ 泛稱男女僕人。

奴僕 ㄋㄨˊ ㄆㄨˊ 供人使喚，從事低賤勞役的人。

奴隸 ㄋㄨˊ ㄌㄧˋ 受人剝削、任人役使，沒有人身自由、可以被任意買賣的人。

奴顏婢膝 ㄋㄨˊ ㄧㄢˊ ㄅㄧˋ ㄒㄧ 形容人低聲下氣、諂媚奉承的樣子。同卑躬屈膝。

三畫

妄 ㄨㄤˋ wàng 形荒謬，不符事實的。例狂妄、口出妄言。副胡亂，非分地。例膽大妄為。

妄言 ㄨㄤˋ ㄧㄢˊ 隨便亂說。

妄念 ㄨㄤˋ ㄋㄧㄢˋ 不正當的念頭。

妄動 ㄨㄤˋ ㄉㄨㄥˋ 未經考慮就輕率行動。例輕舉妄動。

妄想 ㄨㄤˋ ㄒㄧㄤˇ 根本不可能實現的想法。例痴心妄想。

妄為 ㄨㄤˋ ㄨㄟˊ 不守本分，任意胡作非為。

妄語 ㄨㄤˋ ㄩˇ 虛妄荒誕的話。

妄自尊大 ㄨㄤˋ ㄗˋ ㄗㄨㄣ ㄉㄚˋ 形容人狂妄自大。同夜郎自大。

妄自菲薄 ㄨㄤˋ ㄗˋ ㄈㄟˇ ㄅㄛˊ 過分看輕自己。形容自暴自棄。

奸 ㄐㄧㄢ jiān 名①狡詐，邪惡。例藏奸。②與敵方相通，出賣國家民族利益的人。例漢奸、內奸。形陰險狡猾的。例奸商。動同「姦」。男女間發生不正當的性行為。例奸淫。

奸宄 ㄐㄧㄢ ㄍㄨㄟˇ 違法作亂的壞人。

奸邪 ㄐㄧㄢ ㄒㄧㄝˊ 奸險邪惡。也指奸險邪惡的人。

奸佞 ㄐㄧㄢ ㄋㄧㄥˋ 奸邪諂媚。也指奸邪諂媚的人。

奸計 ㄐㄧㄢ ㄐㄧˋ 奸險狡詐的計謀。

奸笑 ㄐㄧㄢ ㄒㄧㄠˋ 含有陰險或惡毒諷刺意味的笑。

奸商 ㄐㄧㄢ ㄕㄤ 用投機、囤積等手段謀取暴利的商人。

奸細 ㄐㄧㄢ ㄒㄧˋ 潛伏在我方為敵人刺探消息的人。

奸詐 ㄐㄧㄢ ㄓㄚˋ　虛偽詭詐，以不實之事欺騙他人。

奸雄 ㄐㄧㄢ ㄒㄩㄥˊ　有才智而運用奸詐手段取得權勢地位的大野心家。例亂世之奸雄。

奸猾 ㄐㄧㄢ ㄏㄨㄚˊ　奸詐狡猾而虛偽。

奸險 ㄐㄧㄢ ㄒㄧㄢˇ　奸詐陰險。

如

ㄖㄨˊ　動①像，似。例如膠似漆、愛人如己。②依照。例如期完成、如願以償。③及，比得上。例百聞不如一見。④往，到。例如廁。⑤表示舉例。例比如、例如。助相當於「然」。表示狀況或情態的詞尾。例突如其來、空空如也。連①假使。例假如。②或者。例論語：「方六七十，如五六十。」

如今 ㄖㄨˊ ㄐㄧㄣ　現在。同而今。

如此 ㄖㄨˊ ㄘˇ　這樣，像這樣。例理應如此。

如何 ㄖㄨˊ ㄏㄜˊ　怎麼樣，怎麼辦。例你看如何？

如初 ㄖㄨˊ ㄔㄨ　和當初一樣。例和好如初。

如故 ㄖㄨˊ ㄍㄨˋ　①和以前一樣。例依然如故。②好像是老朋友。例一見如故。

如許 ㄖㄨˊ ㄒㄩˇ　①如此，這樣。②這麼些，許多。

如常 ㄖㄨˊ ㄔㄤˊ　像平常一樣，照常。例起居如常。

如晤 ㄖㄨˊ ㄨˋ　如同見面。書信中用於對晚輩的提稱語。

如廁 ㄖㄨˊ ㄘㄜˋ　上廁所。

如雲 ㄖㄨˊ ㄩㄣˊ　①形容眾多的樣子。例美女如雲。②形容女子頭髮長而美。例如雲美髮。

如期 ㄖㄨˊ ㄑㄧˊ　依照應遵守的期限。例如期到達。

如意 ㄖㄨˊ ㄧˋ　①合乎心意。例稱心如意。②一種象徵祥瑞的器物，頂端呈靈芝狀或雲形，有曲柄。

如數 ㄖㄨˊ ㄕㄨˋ　按照原數，全數。例如數償還。

如擬 ㄖㄨˊ ㄋㄧˇ　按照所擬訂的意見辦理。為主管批示承辦人員的公文用語。

如簧 ㄖㄨˊ ㄏㄨㄤˊ　比喻人能言善道。例巧言如簧。

如願 ㄖㄨˊ ㄩㄢˋ　達成自己的心願。

如之奈何 ㄖㄨˊ ㄓ ㄋㄞˋ ㄏㄜˊ　怎麼辦，如何是好。

如火如荼 ㄖㄨˊ ㄏㄨㄛˇ ㄖㄨˊ ㄊㄨˊ　形容氣勢或氣氛蓬勃熱烈，或景況繁盛熱鬧。

如切如磋 ㄖㄨˊ ㄑㄧㄝ ㄖㄨˊ ㄘㄨㄛ　就像整治象骨牛角一樣，切割好之後還要磨光滑。比喻精益求精。

如日中天 ㄖㄨˊ ㄖˋ ㄓㄨㄥ ㄊㄧㄢ　比喻事物正發展到十分興盛的階段，就好像太陽在天空正中一樣，熾熱光明。

如出一轍 ㄖㄨˊ ㄔㄨ ㄧˋ ㄓㄜˊ　形容兩件事非常相似。

如坐春風 ㄖㄨˊ ㄗㄨㄛˋ ㄔㄨㄣ ㄈㄥ　像坐在和暖的春風裡。用以稱頌良師益友的培養教育。同春風化雨、時雨春風。

如坐針氈 ㄖㄨˊ ㄗㄨㄛˋ ㄓㄣ ㄓㄢ　像坐在插著針的氈子上。形容人心神不定，坐立不安。

如泣如訴 ㄖㄨˊ ㄑㄧˋ ㄖㄨˊ ㄙㄨˋ　本指音樂或歌聲淒楚動人，今泛指聲音悲切。

如法炮製 ㄖㄨˊ ㄈㄚˇ ㄆㄠˊ ㄓˋ　本指依照古法製藥，今多指依照現成的樣子做，或按老規矩辦事。

如花似玉 ㄖㄨˊ ㄏㄨㄚ ㄙˋ ㄩˋ 像花一樣嬌豔，像玉一樣瑩潤。形容女子美麗嬌豔。同如花似月、花容月貌。

如虎添翼 ㄖㄨˊ ㄏㄨˇ ㄊㄧㄢ ㄧˋ 好像老虎長了翅膀。比喻強有力的人得到幫助，力量變得更強大。

如狼似虎 ㄖㄨˊ ㄌㄤˊ ㄙˋ ㄏㄨˇ 比喻人的心性就像狼、虎一樣凶暴殘忍。同蛇口蜂針。

如魚得水 ㄖㄨˊ ㄩˊ ㄉㄜˊ ㄕㄨㄟˇ 比喻遇到與自己十分投合的人或很適合自己的環境。

如鳥獸散 ㄖㄨˊ ㄋㄧㄠˇ ㄕㄡˋ ㄙㄢˋ 像受到驚嚇的鳥獸一樣四處飛散。形容潰敗逃散的樣子。

如喪考妣 ㄖㄨˊ ㄙㄤ ㄎㄠˇ ㄅㄧˇ 好像死了父母一樣傷心悲痛。

如意算盤 ㄖㄨˊ ㄧˋ ㄙㄨㄢˋ ㄆㄢˊ 比喻只從對自己有利的方面去著想打算。

如痴如狂 ㄖㄨˊ ㄔ ㄖㄨˊ ㄎㄨㄤˊ 形容對某人某事鍾愛沉湎，到了渾然忘我的境地。同如醉如痴。

如雷貫耳 ㄖㄨˊ ㄌㄟˊ ㄍㄨㄢˋ ㄦˇ 響亮得就像雷聲傳進耳朵裡。多表示對人仰慕已久。同大名鼎鼎。反沒沒無聞。

如椽之筆 ㄖㄨˊ ㄔㄨㄢˊ ㄓ ㄅㄧˇ 比喻重要文告，或稱讚他人的文章及寫作才能。

如影隨形 ㄖㄨˊ ㄧㄥˇ ㄙㄨㄟˊ ㄒㄧㄥˊ ①比喻常在一起，十分親密。同形影不離。②比喻因果報應不爽。

如數家珍 ㄖㄨˊ ㄕㄨˇ ㄐㄧㄚ ㄓㄣ 就像數自己家裡所藏的珍寶那樣清楚。比喻對所敘述的事物十分熟悉。

如膠似漆 ㄖㄨˊ ㄐㄧㄠ ㄙˋ ㄑㄧ 像膠和漆那樣黏結。形容感情深厚，親密無間。同水乳交融。反勢同水火。

如箭在弦 ㄖㄨˊ ㄐㄧㄢˋ ㄗㄞˋ ㄒㄧㄢˊ 像箭搭在弦上一樣，不得不發。比喻勢在必行。

如履平地 ㄖㄨˊ ㄌㄩˇ ㄆㄧㄥˊ ㄉㄧˋ 像走在平坦的土地上。比喻行事容易。

如履薄冰 ㄖㄨˊ ㄌㄩˇ ㄅㄛˊ ㄅㄧㄥ 好像踩在薄冰上。形容處事謹慎小心，戰戰兢兢。

如臨深淵 ㄖㄨˊ ㄌㄧㄣˊ ㄕㄣ ㄩㄢ 好像走到深水邊一樣。形容人的謹慎恐懼。同如履薄冰。

如鯁在喉 ㄖㄨˊ ㄍㄥˇ ㄗㄞˋ ㄏㄡˊ ①像魚骨刺在喉嚨。形容心中有話，不吐不快。②比喻不把障礙除去則無法安心。

如願以償 ㄖㄨˊ ㄩㄢˋ ㄧˇ ㄔㄤˊ 願望得以實現。反事與願違。

如釋重負 ㄖㄨˊ ㄕˋ ㄓㄨㄥˋ ㄈㄨˋ 好像放下重擔那樣，身心十分輕鬆舒暢。

妁

ㄕㄨㄛˋ shuò 名介紹婚事的媒人。例媒妁之言。

奼

ㄔㄚˋ chà 名少女。例奼女。形豔麗的。

奼紫嫣紅 ㄔㄚˋ ㄗˇ ㄧㄢ ㄏㄨㄥˊ 形容各種鮮豔美麗的花。

妃

㈠ㄈㄟ fēi 名①古代稱天子的配偶，地位次於皇后。例貴妃。②太子或諸侯的妻。例王妃。③古代對女神的尊稱。例湘妃、宓妃。㈡ㄆㄟˋ pèi 動通「配」。婚配。

妃嬪 ㄈㄟ ㄆㄧㄣˊ 帝王姬妾的總稱。

她

㈠ㄊㄚ tā 代女性第三人稱代名詞。

㈡ㄧˋ yì 代通「伊」。

好 ㈠ㄏㄠˇ hǎo 形①優美，善良的。與「壞」相對。例好人好事。②友愛的。例好同學。動①身體健康或疾病痊癒。例病好了。②彼此親愛，關係良好。例友好。副①容易辦。例他的話好懂、這事好辦。②很，非常。表示程度深。例好大、好多。③便於，以便。例吃飽了好趕路。④用在某些動詞前，表示美好而引起人的快感。例好吃、好聽。⑤可以。例只好如此。⑥表示完成、完畢。例飯準備好了。嘆①表示不滿意或責備的語氣。例好啊！你倒反咬我一口。②表示讚賞、允許或結束。例好！就這麼辦。

㈡ㄏㄠˋ hào 名喜愛的東西。例嗜好、各有所好。動愛，喜歡。例好管閒事。

好人 ㄏㄠˇ ㄖㄣˊ ①善良的、有品德的人。②健康的人。③不願得罪人的人。

好不 ㄏㄠˇ ㄅㄨˋ 很，非常。表示程度深的肯定副詞。例好不熱鬧、好不痛快！

好歹 ㄏㄠˇ ㄉㄞˇ ①好與壞，善與惡。例不知好歹的傢伙！②遭遇不幸或危急，多就人身安全而言。例他萬一有個好歹，叫我怎麼受得了！③無論如何。例這件事好歹要請你幫個忙。④將就、湊合著做某事。例這裡的住宿條件雖然差，好歹休息一晚吧。

好手 ㄏㄠˇ ㄕㄡˇ 精於某種技藝、能力很強的人。同能手。

好在 ㄏㄠˇ ㄗㄞˋ 幸虧，還好。表示具有某種有利的條件或情況。例好在有你大力幫助，不然真不知怎麼辦才好。同幸好。

好合 ㄏㄠˇ ㄏㄜˊ 情投意合。常作新婚祝詞。例百年好合。

好奇 ㄏㄠˋ ㄑㄧˊ 對不明瞭的事物覺得新奇而感興趣。

好事 ㈠ㄏㄠˇ ㄕˋ 好的或有益的事情。㈡ㄏㄠˋ ㄕˋ 喜歡興造事端，愛管閒事。

好客 ㄏㄠˋ ㄎㄜˋ 對客人熱情，樂於接待。

好逑 ㄏㄠˇ ㄑㄧㄡˊ 美好的配偶。例詩經：「窈窕淑女，君子好逑。」同佳偶。

好勝 ㄏㄠˋ ㄕㄥˋ 喜歡勝過別人。例爭強好勝。

好強 ㄏㄠˋ ㄑㄧㄤˇ 固執要強，處處想勝過別人。

好惡 ㄏㄠˋ ㄨˋ 喜愛和厭惡。

好漢 ㄏㄠˇ ㄏㄢˋ ①勇敢而堅強的男子。②男子的通稱。

好身手 ㄏㄠˇ ㄕㄣ ㄕㄡˇ ①指人身體強壯、威武雄健。②讚美人武術或運動技巧傑出。

好意思 ㄏㄠˇ ㄧˋ ㄙ 不害臊，不怕難為情。例你做了醜事還好意思說呢！

好端端 ㄏㄠˇ ㄉㄨㄢ ㄉㄨㄢ 情況正常。

好大喜功 ㄏㄠˋ ㄉㄚˋ ㄒㄧˇ ㄍㄨㄥ 一心想做大事立大功。多用以形容鋪張浮誇，追求虛榮。

好好先生 ㄏㄠˇ ㄏㄠˇ ㄒㄧㄢ ㄕㄥ 指沒有主見，不問是非曲直，只求相安無事的人。

好事多磨 ㄏㄠˇ ㄕˋ ㄉㄨㄛ ㄇㄛˊ 指好的事情往往會遭到許多挫折，才得以如願。

好高騖遠 不切實際地追求過高的目標。

好景不常 美好的景物不可能長久存在。比喻如意的事不可能一直持續下去。

好逸惡勞 指人貪圖安逸，厭惡勞動。

好說歹說 用各種方法反覆請求、勸說。

好整以暇 形容在繁忙紛亂中，仍顯得從容不迫。

四畫

妒

ㄉㄨˋ dù 動忌恨別人勝過自己。例妒忌。

妒忌 對比自己強的人心懷怨恨。

妨

ㄈㄤˊ fáng 動損害，阻礙。例妨害、妨礙。

妨害 有害於某事或某人。例你妨害了我。

妨礙 干擾阻礙，使事情不能順利進行。例你不要妨礙我工作。

妓

ㄐㄧˋ jì 名①古代從事演藝工作的女子。例歌妓。②以賣淫為業的女人。例娼妓。

妍

ㄧㄢˊ yán 形美麗，好看。例百花爭妍。

妍麗 美好，美豔。

妙

ㄇㄧㄠˋ miào 形①美好的。例妙不可言、美妙。②神奇，精巧。例奧妙、奇妙。③有趣的。例妙語如珠。④年少的。例妙齡。

妙計 巧妙的計謀。

妙訣 巧妙的訣竅。

妙境 美妙的意境。

妙算 神奇的籌謀推算。例神機妙算。

妙齡 指女子的青春時期。

妙不可言 形容美妙到了極點，無法用言語表達。

妙手回春 稱頌醫生的醫術高明，能治好重病起死回生。

妙語如珠 形容言談或文章精彩生動，十分風趣。

妙語解頤 形容人談吐風趣，逗人發笑。

妙趣橫生 形容語言或文藝作品洋溢著美妙的意趣。

妥

ㄊㄨㄛˇ tuǒ 副①適當。例不妥、欠妥。②穩當，周到。例妥帖、妥為照顧。③完備，齊備。例事已辦妥。

妥協 敵對的雙方，彼此退讓部分的原則、意見等，以避免衝突或爭執。

妥帖 很恰當、合適。亦作「妥貼」。

妥善 妥當完善。例妥善安排。

妥當 穩妥適當。例妥當處理。

妗

ㄐㄧㄣˋ jìn 名舅母的尊稱。

妗子 稱妻子兄弟的妻子。例大妗子、小妗子。

妗母 稱舅舅的妻子。例大妗母、小妗母。

妊

ㄖㄣˋ rèn 動懷孕。

妊娠 ㄖㄣˋ ㄕㄣ 指婦女懷孕。

妖

ㄧㄠ yāo 名怪異反常而能害人的東西。例妖怪、妖孽。形①荒謬、邪惡而能迷惑人的。例妖言惑眾。②態度不莊重，打扮奇怪。例妖裡妖氣。③嫵媚，豔麗。例妖嬈。

妖冶 ㄧㄠ ㄧㄝˇ 指女子豔麗而舉止欠端莊，喜歡賣弄自己的服飾姿容。

妖言 ㄧㄠ ㄧㄢˊ 怪誕的邪說，蠱惑人心的話。

妖怪 ㄧㄠ ㄍㄨㄞˋ 傳說中形態怪異而會害人的精靈。

妖物 ㄧㄠ ㄨˋ 妖怪一類的東西。

妖術 ㄧㄠ ㄕㄨˋ 邪怪惑人的法術。

妖媚 ㄧㄠ ㄇㄟˋ 嫵媚而不正派。

妖精 ㄧㄠ ㄐㄧㄥ ①興妖作怪的精靈。同妖怪。②比喻以姿色迷惑男人的女子。

妖孽 ㄧㄠ ㄋㄧㄝˋ ①怪異不祥的人或事物。②比喻專做壞事的人。

妖豔 ㄧㄠ ㄧㄢˋ 美麗嫵媚而不端莊。

妖言惑眾 ㄧㄠ ㄧㄢˊ ㄏㄨㄛˋ ㄓㄨㄥˋ 用荒誕無稽的話來迷惑大眾。

妖魔鬼怪 ㄧㄠ ㄇㄛˊ ㄍㄨㄟˇ ㄍㄨㄞˋ 妖怪、魔鬼的總稱。比喻邪惡的勢力。

妞

ㄋㄧㄡ niū 名女孩子。例洋妞、小妞。

妞妞 ㄋㄧㄡ ˙ㄋㄧㄡ 小女孩兒。

妝

ㄓㄨㄤ zhuāng 名①婦女的容貌修飾。例卸妝。②女子出嫁時陪送的東西。例嫁妝。動修飾容貌。例梳妝打扮。

妝扮 ㄓㄨㄤ ㄅㄢˋ 修飾，打扮。例她略作妝扮，就美若天仙了。

妝奩 ㄓㄨㄤ ㄌㄧㄢˊ ①女子梳妝用的鏡匣。②指嫁妝，即女子出嫁時的陪嫁品。

妝臺 ㄓㄨㄤ ㄊㄞˊ 婦女用來放置梳妝用品、有鏡子的櫥櫃。

妣

ㄅㄧˇ bǐ 名①稱已去世的母親。例如喪考妣。②稱去世的祖母。例祖妣。

妤

ㄩˊ yú 名婕妤，漢代女官名。

五畫

妾

ㄑㄧㄝˋ qiè 名①男子在妻子以外所娶的女子，俗稱姨太太、小老婆。例妻妾成群。②舊時女子自稱的謙詞。

妹

ㄇㄟˋ mèi 名①同父母而比自己年紀小的女子。例兄妹、姐妹。②同輩分而比自己年輕的女子。例表妹、學妹。③女子對同輩的自謙之詞。例妹才疏學淺，望多多指教。

姑

ㄍㄨ gū 名①稱父親的姐妹。例姑母、姑姑。②稱丈夫的姐妹。例大姑、姑嫂。③稱丈夫的母親。例翁姑、舅姑。④泛稱婦女。例小姑獨處。⑤皈依佛教或從事宗教工作的女子。例尼姑。副暫且。例姑且一試。

姑且 ㄍㄨ ㄑㄧㄝˇ 暫且。表示無可奈何，只好暫時如此。例姑且試試。

姑母 ㄍㄨ ㄇㄨˇ 稱父親的姐妹（多指已出嫁的）。或稱為姑媽。

姑表 ㄍㄨ ㄅㄧㄠˇ 屬於姑母方面的親戚關係，以別於姨表。如姑母和舅父的子女互稱姑表兄弟或姑表姐妹。

姑息 ㄍㄨ ㄒㄧ ①過於寬容、放縱。②苟且偷安，得過且過。

姑娘 ㄍㄨ ㄋㄧㄤˊ 對未婚女子的泛稱。

姑嫂 ㄍㄨ ㄙㄠˇ ①已嫁女子和丈夫姐妹的合稱。②未婚女子和兄弟妻子的合稱。

姑爺 ㄍㄨ ㄧㄝˊ 岳家對女婿的稱呼。

姑妄言之 ㄍㄨ ㄨㄤˋ ㄧㄢˊ ㄓ 只是隨便說說，不一定可靠或有什麼道理。

姑妄聽之 ㄍㄨ ㄨㄤˋ ㄊㄧㄥ ㄓ 姑且隨便聽聽，不要信以為真。

姑息養奸 ㄍㄨ ㄒㄧ ㄧㄤˇ ㄐㄧㄢ 縱容遷就只會助長壞人作惡。

妻

㊀ㄑㄧ qī 名男子正式合法的配偶。㊁ㄑㄧˋ qì 動把女兒嫁給他人。例以女妻之。

妻小 ㄑㄧ ㄒㄧㄠˇ 妻子和兒女。

妻孥 ㄑㄧ ㄋㄨˊ 妻子和兒女。

妻兒老小 ㄑㄧ ㄦˊ ㄌㄠˇ ㄒㄧㄠˇ 家中有父母妻兒的人，稱其全體家屬。

妻離子散 ㄑㄧ ㄌㄧˊ ㄗˇ ㄙㄢˋ 天災人禍使一家人分離四散。

姐

ㄐㄧㄝˇ jiě 名①通「姊」。稱比自己先出生的同胞女子。例大姐、二姐。②通「姊」。稱比自己年長的同輩女子。例表姐。③泛稱年輕的女子。例劉三姐、小姐。

妯

ㄓㄡˊ zhóu 見「妯娌」。

妯娌 ㄓㄡˊ ㄌㄧˇ 兄弟的妻子間相互的稱呼。

妲

ㄉㄚˊ dá 名妲己，商紂王的愛妃。

姌

ㄖㄢˇ rǎn 形細長柔弱的樣子。例姌嫋。

姍

ㄕㄢ shān 形見「姍姍」。動通「訕」。嘲諷，毀謗。例姍笑。

姍姍 ㄕㄢ ㄕㄢ 形容女子走路時緩慢從容的姿態。

姍姍來遲 ㄕㄢ ㄕㄢ ㄌㄞˊ ㄔˊ 形容女子緩步走來的樣子。現也形容慢吞吞晚來，害人苦等。

妳

㊀ㄋㄧˇ nǐ 代用於女性的第二人稱。現多作「你」。㊁ㄋㄞˇ nǎi 「嬭」的異體字。

姊

㊀ㄗˇ zǐ 名稱比自己先出生的同胞女子。例兄弟姊妹。㊁ㄐㄧㄝˇ jiě 名姊姊，即姐姐。

姓

ㄒㄧㄥˋ xìng 名表明家族系統的符號。例百家姓、貴姓。

姓氏 ㄒㄧㄥˋ ㄕˋ 代表個人所生家族的符號。姓與氏原有區別，姓起於女系，氏起於男系，後來混合為一，總稱姓氏。今多用「姓」一字表示。

姁

ㄒㄩˇ xǔ 見「姁姁」。

姁姁 ㄒㄩˇ ㄒㄩˇ ①喜悅自得的樣子。②言語和善、態度親切的樣子。

委

㊀ㄨㄟˇ wěi 名①事情的末尾。例原委。②「委員」的簡稱。例立委、主委。形①曲折的。例委曲、委婉。②疲乏，不

振作。例委靡、委頓。③細小的，瑣碎的。例委瑣。動①把事情交給別人處理。例委託、委以重任。②推託，推卸。例委罪於人、推委。③拋棄。例委棄、委之於地。副的確，確實。例委實有困難。

㈡ㄨㄟ wēi　見「委蛇」。

委曲 ㄨㄟˇ ㄑㄩ　①勉強將就，屈意遷就。例委曲求全。②事情的底細和始末。例委曲詳盡。

委身 ㄨㄟˇ ㄕㄣ　把身心託付給某人或投入某種事業。例委身事人。

委屈 ㄨㄟˇ ㄑㄩ　①受到不應有的指責或低下的待遇。例這些日子真委屈你了。②心中的抑鬱悲苦。例說不出的委屈。③指有冤不得伸雪，或才情不得發展。

委命 ㄨㄟˇ ㄇㄧㄥˋ　①效命，將自己的命運委託他人。②聽天由命。

委託 ㄨㄟˇ ㄊㄨㄛ　託付別人代為辦理。

委員 ㄨㄟˇ ㄩㄢˊ　政治機關或一般團體中，接受法定委託，擔任特定任務的人。例監察委員。

委蛇 ㄨㄟ ㄧˊ　①形容從容自得的樣子。②隨和地敷衍應付他人。例虛與委蛇。

委婉 ㄨㄟˇ ㄨㄢˇ　委曲婉轉。也作「委宛」。例委婉動聽。

委過 ㄨㄟˇ ㄍㄨㄛˋ　把過失推給別人。

委實 ㄨㄟˇ ㄕˊ　確實，實在。例委實難為。

委瑣 ㄨㄟˇ ㄙㄨㄛˇ　①細微瑣碎。②指人的容貌舉止鄙俗，器量狹窄。

委靡 ㄨㄟˇ ㄇㄧˇ　形容人情緒頹喪消沉，不知振作。例委靡不振。

委託行 ㄨㄟˇ ㄊㄨㄛ ㄏㄤˊ　接受委託讓人寄售物品的商店。現也專指寄賣舶來品的商店。

委曲求全 ㄨㄟˇ ㄑㄩ ㄑㄧㄡˊ ㄑㄩㄢˊ　為了顧全大局而遷就於人，以求完好。

委決不下 ㄨㄟˇ ㄐㄩㄝˊ ㄅㄨˋ ㄒㄧㄚˋ　遲疑而難下決斷。同猶豫不決。反當機立斷。

姆 ㄇㄨˇ mǔ　名①幫人看顧或餵養小孩的婦女。例保姆。②古時以婦道教人的女教師。

妮 ㄋㄧ nī　名①婢女。②小女孩。例小妮子。

妮子 ㄋㄧ ㄗˇ　指女孩子。有親暱、愛憐或輕視的意味。

姒 ㄙˋ sì　名①古代兄弟的妻子間相互的稱呼。②古代眾妾同事一夫，稱年紀較長者為姒。

始 ㄕˇ shǐ　名最初，事物的開端。例自始至終。動開啟。例周而復始。副①方才，剛。例始能、始來。②嘗，曾經。例未始不能。

始末 ㄕˇ ㄇㄛˋ　事情從開始到結束的全部經過。同原委。

始祖 ㄕˇ ㄗㄨˇ　①有世系可考的第一代祖先。②事物最早的創始者。同鼻祖。

始終 ㄕˇ ㄓㄨㄥ　從頭到尾，一直。

始業式 ㄕˇ ㄧㄝˋ ㄕˋ　學校開學那天所舉行的儀式，通稱開學典禮。

始作俑者 ㄕˇ ㄗㄨㄛˋ ㄩㄥˇ ㄓㄜˇ　最先製造人俑來殉葬的人。比喻率先作惡的人。

始料未及 ㄕˇ ㄌㄧㄠˋ ㄨㄟˋ ㄐㄧˊ 指事情在發展過程中的變化，是開始時所沒有預料到的。

始終不渝 ㄕˇ ㄓㄨㄥ ㄅㄨˋ ㄩˊ 自始至終都不會改變。反反覆無常。

始亂終棄 ㄕˇ ㄌㄨㄢˋ ㄓㄨㄥ ㄑㄧˋ 指男子對女子用情不專，隨意玩弄拋棄。

六畫

姣

㈠ㄐㄧㄠˇ jiǎo 形美麗，美好。例姣美。㈡ㄒㄧㄠˊ xiáo 形淫亂。

姣好 ㄐㄧㄠˇ ㄏㄠˇ 容貌美麗。同姣美。

姜

ㄐㄧㄤ jiāng 名姓。

姜太公釣魚 ㄐㄧㄤ ㄊㄞˋ ㄍㄨㄥ ㄉㄧㄠˋ ㄩˊ 歇後語。即願者上鉤，指事情完全出於自願。

姹

ㄔㄚˋ chà 「奼」的異體字。

姿

ㄗ zī 名①容貌，形態。例姿色、舞姿。②通「資」。資質。

姿色 ㄗ ㄙㄜˋ 女子美好的姿態與容貌。

姿勢 ㄗ ㄕˋ 身體所表現的形態。

姿態 ㄗ ㄊㄞˋ 姿勢，態度。例她走路的姿態十分優雅。

姘

ㄆㄧㄣ pīn 形與人私合的。例姘頭。動男女未經合法婚姻關係而私自發生性行為。例姘居。

姥

㈠ㄇㄨˇ mǔ 名①同「姆」。幫人撫養或照顧小孩的婦人。②指老年婦女。例老姥。㈡ㄌㄠˇ lǎo 見「姥姥」。

姥姥 ㄌㄠˇ ˙ㄌㄠ ①尊稱年老的婦女。例劉姥姥進大觀園。②稱外祖母。

姱

ㄎㄨㄚ kuā 形美好。例姱女、姱名。

姮

ㄏㄥˊ héng 名姮娥，即嫦娥。

姪

ㄓˊ zhí 名同「侄」。①稱兄弟的兒女。例姪子、姪女。②同輩親戚朋友間互稱對方的子女。例賢姪、世姪。

姨

ㄧˊ yí 名①稱母親的姐妹。例姨媽。②稱妻子的姐妹。例小姨子。③妾，小老婆。例姨太太、細姨。

姨丈 ㄧˊ ㄓㄤˋ 姨媽的丈夫。也稱為姨父。

姨表 ㄧˊ ㄅㄧㄠˇ 屬於姨母方面的親戚關係，以別於姑表。例姨表兄弟、姨表姐妹。

姨妹 ㄧˊ ㄇㄟˋ 稱妻子的妹妹。

娃

ㄨㄚˊ wá 名①小孩。例娃兒、娃娃。②美女。例嬌娃。

娃娃魚 ㄨㄚˊ ㄨㄚˊ ㄩˊ 鯢魚的俗稱。兩棲動物，身體扁長，叫聲似嬰兒。

威

ㄨㄟ wēi 名①表現出使人害怕、能壓服人的力量。例發威、示威。②尊嚴。例天威、威儀。動①用聲勢或武力逼迫別人。例威逼、威脅。②震驚，震懾。例聲威天下。

威力 ㄨㄟ ㄌㄧˋ 足以使人畏懼的強大力量。

威武 ㄨㄟ ㄨˇ ①聲勢威嚴，力量強大。②權勢和武力。例威武不能屈。

威信 ㄨㄟ ㄒㄧㄣˋ 在群體中所擁有的威望和信譽。

威風 ㄨㄟ ㄈㄥ ①使人敬畏的盛大聲勢。②顯得很神氣的樣子。

威脅 ㄨㄟ ㄒㄧㄝˊ 用強大的力量恐嚇逼迫別人。

威望 ㄨㄟ ㄨㄤˋ 為眾人所敬服的聲譽和名望。

威勢 ㄨㄟ ㄕˋ 權威和勢力。

威嚴 ㄨㄟ ㄧㄢˊ 嚴肅得令人敬畏的樣子。

威權 ㄨㄟ ㄑㄩㄢˊ 威力和權勢。

威武不屈 ㄨㄟ ㄨˇ ㄅㄨˋ ㄑㄩ 勇敢堅毅，不屈服於權勢。

威風凜凜 ㄨㄟ ㄈㄥ ㄌㄧㄣˇ ㄌㄧㄣˇ 形容聲勢赫赫，令人敬畏。

姻 ㄧㄣ yīn 名泛指結婚的事情。例聯姻、婚姻。形因結婚而產生的親戚關係。例姻伯、姻兄。

姻緣 ㄧㄣ ㄩㄢˊ 男女成婚的緣分。

姻親 ㄧㄣ ㄑㄧㄣ 因婚姻關係而結成的親戚。

姝 ㄕㄨ shū 名美女。形容貌美麗的，美好的。例姝麗。

姝麗 ㄕㄨ ㄌㄧˋ ①容貌美麗。例姿顏姝麗。②年輕美麗的女子。

姚 ㄧㄠˊ yáo 名姓。形①美好的樣子。例姚冶。②通「遙」。遙遠。

姚冶 ㄧㄠˊ ㄧㄝˇ 美好妖豔的樣子。

姦 ㄐㄧㄢ jiān 名男女間不正當的性關係。例通姦。動發生不正當的性行為。例強姦。

姦汙 ㄐㄧㄢ ㄨ 強姦或誘姦。

姦情 ㄐㄧㄢ ㄑㄧㄥˊ 男女間通姦的情事。

七畫

娘 ㄋㄧㄤˊ niáng 名①母親。例爹娘。②稱長輩或已婚婦女。例姨娘、大娘。③年輕女子的泛稱。例姑娘、新娘。

娘家 ㄋㄧㄤˊ ㄐㄧㄚ 已婚女子的父母家。

娘舅 ㄋㄧㄤˊ ㄐㄧㄡˋ 舅父。同母舅。

娘子軍 ㄋㄧㄤˊ ㄗˇ ㄐㄩㄣ 泛稱由女子組成的隊伍。

娣 ㄉㄧˋ dì 名①古時稱丈夫的弟媳。②姐姐稱妹妹。

娑 ㄙㄨㄛ suō 名梵語音譯字。例娑婆世界。形跳舞的樣子。例婆娑起舞。

娑娑 ㄙㄨㄛ ㄙㄨㄛ 飄動、輕揚的樣子。

姬 ㄐㄧ jī 名①古代對婦女的美稱。例虞姬。②侍妾。例寵姬、侍姬。③舊時稱以歌舞為業的女子。例歌姬。④姓。

娠 ㄕㄣ shēn 動懷孕。例妊娠。

娉 ㄆㄧㄥ pīng 見「娉婷」。

娉婷 ㄆㄧㄥ ㄊㄧㄥˊ 輕巧美好的樣子。

娌 ㄌㄧˇ lǐ 名妯娌，兄弟妻子間的互稱。

娟 ㄐㄩㄢ juān 形美好。例娟秀、嬋娟。

娟秀 ㄐㄩㄢ ㄒㄧㄡˋ 美好秀麗。例字跡娟秀。

娟娟 ㄐㄩㄢ ㄐㄩㄢ 明媚美好的樣子。

娛 ㄩˊ yú 名快樂。例視聽之娛、歡娛。動使快樂，取悅。例聊以自娛。

、自娛娛人。

娛悅 ㄩˊ ㄩㄝˋ 使人歡暢喜悅。

娛樂 ㄩˊ ㄌㄜˋ ①使歡樂快活。例娛樂大眾。②快樂有趣、供人消遣的活動。

娩

㊀ㄇㄧㄢˇ miǎn 動婦女生小孩。例分娩。㊁ㄨㄢˇ wǎn 形柔順的。例婉娩。

娥

ㄜˊ é 名美女。例宮娥。形美好的。

娥眉 ㄜˊ ㄇㄟˊ ①形容女子的眉毛長得很好看。②指美女。也作「蛾眉」。

娜

㊀ㄋㄨㄛˊ nuó 形輕柔的。例嫋娜、婀娜。㊁ㄋㄚˋ nà 名女子名字或譯音用字。例安娜。

娓

ㄨㄟˇ wěi 副勤勉不倦的樣子。例娓娓。

娓娓 ㄨㄟˇ ㄨㄟˇ 勤勉不倦的樣子。常用來形容談論不倦或說話動聽。

娓娓動聽 ㄨㄟˇ ㄨㄟˇ ㄉㄨㄥˋ ㄊㄧㄥ 形容說話生動好聽，委婉動人。

八畫

婆

ㄆㄛˊ pó 名①泛稱年老的婦女。例老婆婆、老太婆。②稱丈夫的母親。例公婆、婆婆。③舊稱從事某些職業的婦女。例媒婆、產婆。④稱祖母輩。例外婆、姑婆。

婆心 ㄆㄛˊ ㄒㄧㄣ 仁慈的心腸。例苦口婆心。

婆家 ㄆㄛˊ ㄐㄧㄚ 婦女稱丈夫的家。

婆娑 ㄆㄛˊ ㄙㄨㄛ ①盤旋，指舞蹈的姿態。例婆娑起舞。②茂密的樣子。例枝葉婆娑。③淚光閃動的樣子。例淚眼婆娑。

婆婆 ㄆㄛˊ ㄆㄛˊ ①稱丈夫的母親。②對祖母或外祖母的俗稱。③尊稱年老婦女。

婆娑之洋 ㄆㄛˊ ㄙㄨㄛ ㄓ ㄧㄤˊ 臺灣附近海面的別稱。因其波浪起伏，有如舞姿般曼妙美麗。

婆婆媽媽 ㄆㄛˊ ㄆㄛˊ ㄇㄚ ㄇㄚ ①形容人言語囉嗦，做事不乾脆。②形容人感情脆弱。

婉

ㄨㄢˇ wǎn 形①和順的。例溫柔婉約。②美好的。例姿容婉麗。

婉言 ㄨㄢˇ ㄧㄢˊ 婉轉和順的言語。

婉約 ㄨㄢˇ ㄩㄝ 委婉含蓄。常指詩詞的風格。

婉轉 ㄨㄢˇ ㄓㄨㄢˇ 也作「宛轉」。①說話溫和而曲折。②形容聲音圓潤柔和、抑揚動聽。例歌聲婉轉。

婉辭 ㄨㄢˇ ㄘˊ ①委婉的言辭。②婉言拒絕。

婠

ㄨㄢ wān 形體態美好的樣子。

娶

ㄑㄩˇ qǔ 動把女子接到男方家成親。例娶媳婦。

娶親 ㄑㄩˇ ㄑㄧㄣ ①男子結婚。②男子到女方家迎娶新娘。

婕

ㄐㄧㄝˊ jié 見「婕妤」。

婕妤 ㄐㄧㄝˊ ㄩˊ 漢代女官名。漢武帝所置，位如上卿，爵比列侯。也作「倢伃」。

婪

ㄌㄢˊ lán 動貪心，貪愛。例貪婪。

婭

ㄧㄚˋ yà 名連襟，姐妹丈夫之間的互稱。

婊

ㄅㄧㄠˇ biǎo 見「婊子」。

婊子 ㄅㄧㄠˇ ㄗˇ ①俗稱賣淫的婦女，即妓女。②罵女人的惡毒話。

婞 ㄒㄧㄥˋ xìng 形性格倔強固執，自以為是。例婞直。

娬 ㄨˇ wǔ 形同「嫵」。美好。例娬媚。

婧 ㄐㄧㄥˋ jìng 形形容女子腰部細柔，苗條美好的樣子。

婁 ㊀ㄌㄡˊ lóu 名①二十八星宿之一。②姓。㊁ㄌㄩˇ lǚ 副通「屢」。屢次，經常。

娼 ㄔㄤ chāng 名妓女。例娼妓、私娼。

婥 ㄔㄨㄛˋ chuò 見「婥約」。

婥約 ㄔㄨㄛˋ ㄩㄝ 形容女子姿態柔美的樣子。也作「綽約」。

婢 ㄅㄧˋ bì 名①供人使喚的女子。例奴婢。②古代婦女自稱的謙詞。

婚 ㄏㄨㄣ hūn 名有關嫁娶的事。例結婚。動嫁娶。例婚配。

婚姻 ㄏㄨㄣ ㄧㄣ 因結婚而產生的配偶關係。

婚嫁 ㄏㄨㄣ ㄐㄧㄚˋ 男婚女嫁。泛指男女婚事。

婚齡 ㄏㄨㄣ ㄌㄧㄥˊ 通常指法定的結婚年齡。

婚變 ㄏㄨㄣ ㄅㄧㄢˋ 婚姻關係發生變化，多就離婚而言。

婦 ㄈㄨˋ fù 名①已嫁的女子。例少婦、婦人。②成年女性的通稱。例婦孺皆知。③妻。例夫婦。形與女性有關的。例婦德、婦科。

婦女 ㄈㄨˋ ㄋㄩˇ 成年女子的總稱。

婦幼 ㄈㄨˋ ㄧㄡˋ 婦女和兒童。

婦科 ㄈㄨˋ ㄎㄜ 指醫院中專門診治婦女病的一科。

婦道 ㄈㄨˋ ㄉㄠˋ ①婦人應遵守的行為準則。②指婦女。例婦道人家。

婦女病 ㄈㄨˋ ㄋㄩˇ ㄅㄧㄥˋ 婦女特有的病症。如月經、生殖系統方面的疾病。

婦人之仁 ㄈㄨˋ ㄖㄣˊ ㄓ ㄖㄣˊ 只知行小恩小惠而不識大體。比喻姑息而少決斷。

婦孺皆知 ㄈㄨˋ ㄖㄨˊ ㄐㄧㄝ ㄓ 婦女和小孩都知道。比喻道理淺顯易懂，人人都能知曉。

婀 ㄜ ē 見「婀娜」。

婀娜 ㄜ ㄋㄨㄛˊ 姿態柔美的樣子。例婀娜多姿。

九畫

婷 ㄊㄧㄥˊ tíng 形美好的樣子。

婷婷 ㄊㄧㄥˊ ㄊㄧㄥˊ 形容女子美好挺拔的姿態。例婷婷玉立。

媯 ㄍㄨㄟ guī 名河流名。媯水，在山西省。

媒 ㄇㄟˊ méi 名①介紹、說合男女婚事的人。例媒人。②居中引介或聯繫雙方的事物。例媒介。

媒介 ㄇㄟˊ ㄐㄧㄝˋ ①使雙方發生關係的人或事物。②傳達訊息所使用的工具或方法。如報紙、廣播、電視等。

媒妁 ㄇㄟˊ ㄕㄨㄛˋ 媒人。例父母之命，媒妁之言。

媒婆 ㄇㄟˊ ㄆㄛˊ 以介紹婚姻為職業的婦女。

媒體 ㄇㄟˊ ㄊㄧˇ 泛指大眾傳播工具。如報紙、電視、廣播、雜誌等。

媒染劑 ㄇㄟˊ ㄖㄢˇ ㄐㄧˋ 幫助染料著色於纖維上的物質。如明礬、五倍子等。

媟 ㄒㄧㄝˋ xiè 形過於親近而輕慢不恭敬。例媟慢。

媟汙 ㄒㄧㄝˋ ㄨ 侮慢不敬。

媞 ㄊㄧˊ tí 形美好的樣子。例媞媞。

媧 ㄨㄚ wā 名女媧，神話傳說中的上古女帝，相傳曾煉五色石補天。

媮 ㈠ㄊㄡ tōu 副通「偷」。苟且。例媮生。動輕視，鄙薄。形伶俐而巧黠。㈡ㄩˊ yú 形通「愉」。快樂，愉悅。

媮合 ㄊㄡ ㄏㄜˊ 苟且逢迎。例媮合苟容。

媮薄 ㄊㄡ ㄅㄛˊ 輕薄，浮薄。例媮薄之俗。

媛 ㄩㄢˊ yuán 名對婦女的美稱。例名媛、淑媛。形形容姿態美好優雅的樣子。例嬋媛。

媚 ㄇㄟˋ mèi 形①溫柔可愛。例嫵媚。②景色美好。例春光明媚。動巴結，討好。例諂媚。

媚外 ㄇㄟˋ ㄨㄞˋ 奉承巴結外國人。例崇洋媚外。

媚眼 ㄇㄟˋ ㄧㄢˇ 嫵媚動人的眼睛。

媚態 ㄇㄟˋ ㄊㄞˋ ①嬌媚動人的姿態。②形容人巴結奉承的樣子。

婺 ㄨˋ wù 名①婺女星，二十八星宿之一。②常見於地名、江名。

婿 ㄒㄩˋ xù 名①稱女兒的丈夫。例女婿。②妻子稱丈夫。例夫婿。

嫏 ㄌㄤˊ láng 名嫏嬛，相傳為天帝的藏書處。

十畫

嫉 ㄐㄧˊ jí 動①妒忌。例嫉妒。②憎恨。例嫉惡如仇。

嫉妒 ㄐㄧˊ ㄉㄨˋ 因別人勝過自己而心懷怨恨。

嫉惡如仇 ㄐㄧˊ ㄜˋ ㄖㄨˊ ㄔㄡˊ 憎恨邪惡的人或事就像憎恨自己的仇人一樣。

嫁 ㄐㄧㄚˋ jià 動①女子結婚。例出嫁。②轉移給別人。例嫁禍。

嫁妝 ㄐㄧㄚˋ ㄓㄨㄤ 女子出嫁時，女方陪嫁的物品。

嫁怨 ㄐㄧㄚˋ ㄩㄢˋ 把怨恨轉移到別人身上。

嫁接 ㄐㄧㄚˋ ㄐㄧㄝ 植物無性繁殖的方法之一。即把植物的枝或芽接到另一植物體上，使之成為一個獨立生長的新植株。

嫁娶 ㄐㄧㄚˋ ㄑㄩˇ 嫁女兒和娶媳婦。泛指男女成婚。

嫁禍於人 ㄐㄧㄚˋ ㄏㄨㄛˋ ㄩˊ ㄖㄣˊ 把原本自己應該承受的禍害轉移到別人身上。

嫌 ㄒㄧㄢˊ xián 名①處在可疑的狀態。例避嫌。②怨恨，仇怨。例盡釋前嫌。動討厭，不滿意。例嫌貧愛富。

嫌棄 ㄒㄧㄢˊ ㄑㄧˋ 因厭惡而不願與之接近。

嫌隙 ㄒㄧㄢˊ ㄒㄧˋ 因彼此意見不合而產生猜忌、隔閡。

嫌疑 ㄒㄧㄢˊ ㄧˊ 被懷疑與某種行為相關連。

嫈 ㄧㄥ yīng 形小心的樣子。

嫈嫈 ㄧㄥ ㄧㄥ 美好的樣子。

嫇 ㄇㄧㄥˊ míng 形羞怯嬌美的樣子。例嫈嫇。

媽 ㄇㄚ mā 名①母親。②稱呼與母親同輩的女性尊長。例姑媽、姨媽。③尊稱年長的婦女。例王大媽。④稱呼中老年女僕。例劉媽。

媽祖 ㄇㄚ ㄗㄨˇ 中國南方沿海、臺灣及南洋一帶所宗奉的女神，封為天上聖母。

媾 ㄍㄡˋ gòu 名原指表親相互締結為婚，現泛指結婚。例婚媾。動①講和，求和。例媾和。②交配。例交媾。

媸 ㄔ chī 形相貌醜陋。與「妍」相對。例妍媸。

媼 ㄠˇ ǎo 名①年老婦女。例老媼。②婦女的通稱。③地神。例媼神。

媺 ㄇㄟˇ měi 名少女。形同「美」。美好，善的。例媺惡。

媲 ㄆㄧˋ pì 動匹敵，比得上。例媲美。

媲美 ㄆㄧˋ ㄇㄟˇ 同樣美好，可以相互比美。

媳 ㄒㄧˊ xí 名①稱兒子的妻子。例婆媳。②稱弟弟或晚輩的妻子。例弟媳、孫媳。

媳婦 ㄒㄧˊ ㄈㄨˋ ①兒子的妻子。②弟弟或晚輩的妻子。如弟媳婦、侄媳婦。

嫂 ㄙㄠˇ sǎo 名①對哥哥的妻子的稱呼。例兄嫂。②對朋友的妻子或一般婦女的敬稱。例表嫂、李嫂。

嫂夫人 ㄙㄠˇ ㄈㄨ ㄖㄣˊ 尊稱朋友的妻子。

媵 ㄧㄥˋ yìng 名①古代陪送出嫁的人。例媵人。②侍妾。動①陪嫁。②相送。③書信用語。指隨信附寄其他東西。

嫋 ㄋㄧㄠˇ niǎo 形①柔弱美好的。例嫋娜。②音調悠揚婉轉。例餘音嫋嫋。動搖擺，擺動。

嫋娜 ㄋㄧㄠˇ ㄋㄨㄛˇ ①草木柔軟細長的樣子。②形容女子姿態輕柔優美。例嫋娜多姿。

嫋嫋 ㄋㄧㄠˇ ㄋㄧㄠˇ ①形容輕盈柔美。②形容煙霧繚繞上升的樣子。例炊煙嫋嫋。③形容風微微吹動的樣子。④形容輕輕搖曳的樣子。例垂楊嫋嫋。⑤形容聲音婉轉悠揚。

十一畫

嫡 ㄉㄧˊ dí 名①元配。例嫡室。②嫡子的簡稱。形①正宗的，不是旁支的。例嫡子、嫡系。②血統最接近的。例嫡親。

嫡子 ㄉㄧˊ ㄗˇ 正妻所生的兒子。

嫡系 ㄉㄧˊ ㄒㄧˋ 一脈相傳的正系。同嫡派。

嫡傳 ㄉㄧˊ ㄔㄨㄢˊ 學術、技藝等代代親傳表示正統。

嫡親 ㄉㄧˊ ㄑㄧㄣ 血統最接近的親屬。如嫡親侄女。

嫜 ㄓㄤ zhāng 名丈夫的父親。例敬拜姑嫜。

嫖 (一)ㄆㄧㄠˊ piáo 動男人狎玩妓女。例嫖妓、吃喝嫖賭。(二)ㄆㄧㄠ piāo 形輕捷的樣子。例嫖姚。

嫩 ㄋㄣˋ nèn 形①初生而柔弱的。例嫩芽、嬌嫩。②柔軟的。例細皮嫩肉。③缺乏經驗，不老練。例嫩手。④指食物烹調時間短，容易咀嚼。例把雞丁炒嫩一些。副顏色淺淡。例嫩綠。

嫩綠 ㄋㄣˋ ㄌㄩˋ 像初生樹葉那樣的淡綠色。

嫩骨頭 ㄋㄣˋ ㄍㄨˇ ㄊㄡˊ 比喻人經不起折磨與考驗，擔當不起大事。

嫠
ㄌㄧˊ lí 名寡婦。

嫣
ㄧㄢ yān 形嬌豔，豔麗的。例奼紫嫣紅。

嫣紅 ㄧㄢ ㄏㄨㄥˊ 嬌豔的紅色。也指紅豔的花。

嫣然 ㄧㄢ ㄖㄢˊ 嫵媚美好的樣子。例嫣然一笑。

嫗
ㄩˋ yù 名年老婦女的通稱。例老嫗。

嫕
ㄧˋ yì 形柔順的。例婉嫕。

嫚
ㄇㄢˋ màn 形傲慢不恭的。動輕視，侮辱。

嫦
ㄔㄤˊ cháng 見「嫦娥」。

嫦娥 ㄔㄤˊ ㄜˊ 為后羿的妻子，相傳因偷吃靈藥飛升月宮，成為仙女。

嫘
ㄌㄟˊ léi 見「嫘祖」。

嫘祖 ㄌㄟˊ ㄗㄨˇ 黃帝的元妃，相傳為最早養蠶治絲的人。

嫪
ㄌㄠˋ lào 名姓。如秦國有嫪毐。動眷戀，愛惜。

十二畫

嬉
ㄒㄧ xī 動遊樂，玩耍。例嬉戲。

嬉戲 ㄒㄧ ㄒㄧˋ 遊戲玩耍。

嬉皮笑臉 ㄒㄧ ㄆㄧˊ ㄒㄧㄠˋ ㄌㄧㄢˇ 形容嬉笑不嚴肅，漫不在乎的輕浮樣子。

嬉笑怒罵 ㄒㄧ ㄒㄧㄠˋ ㄋㄨˋ ㄇㄚˋ ①指喜怒笑罵的各種感情和動作。形容人隨意不拘，任性而為。②形容人才思敏捷，不拘定格，任意發揮就能寫成好文章。

嬈
ㄖㄠˊ ráo 形嬌媚的。例嬌嬈。

嬈嬈 ㄖㄠˊ ㄖㄠˊ 柔弱的樣子。

嫽
ㄌㄧㄠˊ liáo 形美好。例嫽妙。動戲弄。例嫽戲。

嬋
ㄔㄢˊ chán 見「嬋娟」。

嬋娟 ㄔㄢˊ ㄐㄩㄢ ①形態美好曼妙。②形容情意纏綿。③指月亮。

嬌
ㄐㄧㄠ jiāo 形柔嫩可愛，逗人喜愛。例嬌嫩、嬌妻。副過分愛惜。例嬌生慣養。

嬌小 ㄐㄧㄠ ㄒㄧㄠˇ 小巧可愛。例這女孩長得嬌小可愛。

嬌妻 ㄐㄧㄠ ㄑㄧ 嬌美可愛的妻子。例家有嬌妻。

嬌客 ㄐㄧㄠ ㄎㄜˋ ①指女婿。②嬌貴的人。

嬌娃 ㄐㄧㄠ ㄨㄚˊ ①美麗可愛的女子。②小孩。

嬌柔 ㄐㄧㄠ ㄖㄡˊ 嬌媚溫柔。

嬌氣 ㄐㄧㄠ ㄑㄧˋ 意志薄弱而吃不了苦的習性。

嬌羞 ㄐㄧㄠ ㄒㄧㄡ 形容女子嬌美害羞的樣子。

嬌貴 ㄐㄧㄠ ㄍㄨㄟˋ ①嬌愛尊貴，多就女子或小孩而言。②看得很重，過分愛護。

嬌媚 ㄐㄧㄠ ㄇㄟˋ ①柔美嫵媚。②形容撒嬌獻媚的樣子。

嬌態 ㄐㄧㄠ ㄊㄞˋ 柔美可愛的姿態。

嬌縱 ㄐㄧㄠ ㄗㄨㄥˋ 溺愛，嬌養放縱。

嬌豔 ㄐㄧㄠ ㄧㄢˋ 嬌嫩而豔麗。

嬌滴滴 ㄐㄧㄠ ㄉㄧ ㄉㄧ 形容非常嬌媚柔美的樣子。

嬌小玲瓏 ㄐㄧㄠ ㄒㄧㄠˇ ㄌㄧㄥˊ ㄌㄨㄥˊ 形容小巧可愛、靈活的樣子。

嬌生慣養 ㄐㄧㄠ ㄕㄥ ㄍㄨㄢˋ ㄧㄤˇ 從小就受到過分的溺愛和縱容，沒經過折磨和歷練。

嫵 ㄨˇ wǔ 見「嫵媚」。

嫵媚 ㄨˇ ㄇㄟˋ 姿態美好可愛的樣子。多用來形容女子。

嫻 ㄒㄧㄢˊ xián 形文雅，安靜。例嫻靜。動熟習，熟練。例嫻熟。

嫻雅 ㄒㄧㄢˊ ㄧㄚˇ 形容女子的言行舉止文雅大方。

嫻熟 ㄒㄧㄢˊ ㄕㄡˊ 非常熟練。例技藝嫻熟。

嫻靜 ㄒㄧㄢˊ ㄐㄧㄥˋ 文雅安靜。

十三畫

嬗 ㄕㄢˋ shàn 動更替，演變。例遞嬗。

嬗變 ㄕㄢˋ ㄅㄧㄢˋ 演變。

嬴 ㄧㄥˊ yíng 名姓。如秦始皇嬴政。

嬙 ㄑㄧㄤˊ qiáng 名古代宮廷內的女官，地位比妃低而比嬪高。

嬛 ㈠ㄏㄨㄢˊ huán 名①通「鬟」。②嫏嬛，神話中天帝藏書的地方。㈡ㄒㄩㄢ xuān 副輕盈美麗或柔美的樣子。例嬛嬛。

嬝 ㄋㄧㄠˇ niǎo 形通「裊」。細長柔軟。

嬝娜 ㄋㄧㄠˇ ㄋㄨㄛˇ 輕盈而柔美的樣子。

嬡 ㄞˋ ài 名尊稱別人的女兒為令嬡。

嬖 ㄅㄧˋ bì 名出身卑微而受到寵愛的人。例嬖人、嬖女。動寵愛。

十四畫

嬪 ㄆㄧㄣˊ pín 名宮廷中的女官。例嬪妃。

嬤 ㄇㄚ mā 見「嬤嬤」。

嬤嬤 ㄇㄚ ˙ㄇㄚ ①對母親、奶媽的稱呼。②對老婦人的通稱。

嬭 ㄋㄞˇ nǎi 名①同「奶」。指乳房、乳汁。②母親。

嬰 ㄧㄥ yīng 名初生的小孩。例嬰兒。

嬲 ㄋㄧㄠˇ niǎo 動①戲弄，煩擾。例嬲擾。②抵賴。例嬲帳。

十五畫

嬸 ㄕㄣˇ shěn 名①稱叔父的妻子，即叔母。②稱丈夫的弟婦。例小嬸。③稱呼已婚的女性長輩。例王嬸、張嬸。

嬸婆 ㄕㄣˇ ㄆㄛˊ ①稱丈夫的叔母。②稱父母的叔母。

十六畫

嬿 ㄧㄢˋ yàn 形①美好的樣子。例嬿婉。②安閒和順的樣子。

嬿婉 ㄧㄢˋ ㄨㄢˇ ①柔順美好的樣子。②美女。

十七畫

孃 ㄋㄧㄤˊ niáng 名通「娘」。母親。例木蘭詩：「旦辭爺孃去，暮宿黃河邊。」

孀 ㄕㄨㄤ shuāng 名寡婦。例遺孀。

孀居 ㄕㄨㄤ ㄐㄩ 丈夫死後守寡獨居。

孀婦 ㄕㄨㄤ ㄈㄨˋ 死了丈夫的婦女。亦稱為孀妻。

孅 ㄒㄧㄢ xiān 形①通「纖」。細，小。②形容體態柔細的樣子。例嫵媚孅弱。

十九畫

孋 ㄌㄧˊ lí 名①古國名。②姓。

孌 ㄌㄨㄢˊ luán 形美好的樣子。例婉孌。

孌童 ㄌㄨㄢˊ ㄊㄨㄥˊ 舊指專門供人玩弄的美男子。

子部 ㄗˇ

子 ㄗˇ zǐ 名①古代指兒女，今專指兒子。例父子、子女。②後嗣，子孫。例絕子絕孫。③對一般人的通稱。例男子、女子。④稱輩分小、年紀輕的人。例小子、子弟。⑤夫婦間的相稱。例內子、外子。⑥古代對男子的敬稱或美稱。多指有學問、地位的人。例孟子、韓非子。⑦植物的果實。例菜子、西瓜子。⑧動物的卵。例魚子。⑨小而硬的塊狀物或粒狀物。例棋子、石子。⑩十二地支的第一位，作為順序的第一。⑪時辰名。約晚上十一點到一點。⑫古代圖書四部經、史、子、集分類中的第三部。⑬古代五等爵位公、侯、伯、子、男的第四等。形①幼小的，嫩的。例子豬、子薑。②「母」的對稱。例子金、子音。代你。用於第二人稱。例以子之矛，攻子之盾。助某些詞素或詞的詞尾：①接名詞的詞尾。例椅子、旗子。②接形容詞或動詞使成名詞。例聾子、墊子。③接量詞。例一下子、一陣子。

子目 ㄗˇ ㄇㄨˋ 由總目或大綱分出的細目。

子民 ㄗˇ ㄇㄧㄣˊ 君主時代的當政者對人民的稱呼。同百姓、庶民。

子母 ㄗˇ ㄇㄨˇ ①利錢和本錢。利息稱「子」，本金稱「母」。②某些成套物件大的叫母，小的叫子。例子母環。

子弟 ㄗˇ ㄉㄧˋ ①兒子，弟弟。相對父兄言。②泛稱年輕的後輩。例江東子弟。

子夜 ㄗˇ ㄧㄝˋ 晚上十一點至次日凌晨一點。

子房 ㄗˇ ㄈㄤˊ 花朵雌蕊底部膨大的部分，內有胚珠，受精後子房發育成果實，胚珠發育成種子。

子宮 ㄗˇ ㄍㄨㄥ 女子或雌性哺乳動物的生殖器官。卵子受精後在其中發育成熟。

子嗣 ㄗˇ ㄙˋ 指傳宗接代的兒子。

子午線 ㄗˇ ㄨˇ ㄒㄧㄢˋ ①為測量地球而假設的南北方向的線，即通過南北極端而垂直於赤道的經線。②羅盤上所指的南北向線。

子虛烏有 ㄗˇ ㄒㄩ ㄨ ㄧㄡˇ 假設的或不實在的事物。

孑 ㄐㄧㄝˊ jié 形 單獨，孤單的。例 孑身。動 遺留，殘餘。

孑孓 ㄐㄧㄝˊ ㄐㄩㄝˊ 蚊子的幼蟲。由蚊子的卵在水中孵化而成，體細長。

孑立 ㄐㄧㄝˊ ㄌㄧˋ 孤立。例 煢煢孑立。

孑然一身 ㄐㄧㄝˊ ㄖㄢˊ ㄧ ㄕㄣ 形容無親無友，孤苦伶仃。同 形單影隻。

孓 ㄐㄩㄝˊ jué 見「孑孓」。

一畫

孔 ㄎㄨㄥˇ kǒng 名 ①洞穴，窟窿。例 針孔、無孔不入。②孔子的簡稱。例 孔孟、孔廟。③姓。形 通達的。例 孔道。副 甚，很。例 孔急。

孔穴 ㄎㄨㄥˇ ㄒㄩㄝˊ ①洞穴。②人身上的穴位。

孔孟 ㄎㄨㄥˇ ㄇㄥˋ 孔子和孟子的合稱。唐以後作為儒家正統的代稱。例 孔孟之學。

孔雀 ㄎㄨㄥˇ ㄑㄩㄝˋ 鳥名。產於熱帶，頭有羽冠，雄性尾有長羽，展開時如扇狀，有翠綠斑紋，非常美麗，稱為孔雀開屏。

孔隙 ㄎㄨㄥˇ ㄒㄧˋ 泛指小洞、細縫。

孔廟 ㄎㄨㄥˇ ㄇㄧㄠˋ 奉祀孔子的廟宇。明永樂以來又稱文廟。

孔武有力 ㄎㄨㄥˇ ㄨˇ ㄧㄡˇ ㄌㄧˋ 形容人非常勇武有氣力。

二畫

孕 ㄩㄣˋ yùn 形 懷胎的。例 孕婦。動 ①懷胎。②包含。例 孕含。

孕育 ㄩㄣˋ ㄩˋ ①懷胎生育。引申為庇護撫育。②比喻既存事物中成長著新事物。

三畫

字 ㄗˋ zì 名 ①記錄語言的符號。例 常用字、單字。②發音。例 字正腔圓、咬字清楚。③本名以外另取的別號。如諸葛亮字孔明。④契約，單據。例 字據。動 稱女子許配。例 待字閨中。

字句 ㄗˋ ㄐㄩˋ 文章中的字與句。

字帖 ㄗˋ ㄊㄧㄝˋ ①學習書法時臨摹的範本。②記有文字的便條。

字典 ㄗˋ ㄉㄧㄢˇ 以字為單位，依照一定體例編排，解釋字音字義和用法的工具書。

字面 ㄗˋ ㄇㄧㄢˋ 文字表面上的意義。

字眼 ㄗˋ ㄧㄢˇ ①泛指字、詞。②指詩文中的關鍵用字。

字畫 ㄗˋ ㄏㄨㄚˋ ①書畫，即書法和繪畫。②文字的筆畫。

字跡 ㄗˋ ㄐㄧ 字的筆畫、形體。

字幕 ㄗˋ ㄇㄨˋ 電影或電視上說明內容情節或顯示劇中人對話的文字。

字據 ㄗˋ ㄐㄩˋ 作為憑證用的文書。如收據、契約等。

字謎 ㄗˋ ㄇㄧˊ 用字作謎底的謎語。如「拿不出手」，謎底為「合」字。

字體 ㄗˋ ㄊㄧˇ ①字的形體結構。如行書、草書等。②書法流派。如顏真卿、柳公權的顏柳字體。

字字珠璣 ㄗˋ ㄗˋ ㄓㄨ ㄐㄧ 形容詩文的用字遣詞非常優美。

字裡行間 ㄗˋ ㄌㄧˇ ㄏㄤˊ ㄐㄧㄢ 字句中間。形容文意不直接表達，而是透過整篇文字流露出思想情感。

字斟句酌 ㄗˋ ㄓㄣ ㄐㄩˋ ㄓㄨㄛˊ 每字每句都仔細推敲。形容寫作或說話時態度非常謹慎。

存

ㄘㄨㄣˊ cún 動①活著。例生存。②保留，留下。例去偽存真。③寄託，寄放。例寄存行李。④儲蓄。例存款、存摺。⑤含有，心裡懷著某種想法。例心存幻想。

存亡 ㄘㄨㄣˊ ㄨㄤˊ 存在或滅亡。例與祖國共存亡。同生死。

存戶 ㄘㄨㄣˊ ㄏㄨˋ 金融機構用來稱存款的客戶。

存心 ㄘㄨㄣˊ ㄒㄧㄣ 居心，心中懷有的念頭。例存心不良。

存在 ㄘㄨㄣˊ ㄗㄞˋ ①實際上還保留著，並沒有消失。②哲學上指人的意識以外的客觀實體。

存身 ㄘㄨㄣˊ ㄕㄣ ①安身。例無處存身。②保全其身。

存活 ㄘㄨㄣˊ ㄏㄨㄛˊ 生存下來，保全使之不死。

存查 ㄘㄨㄣˊ ㄔㄚˊ 保留起來以備查考。

存根 ㄘㄨㄣˊ ㄍㄣ 開出憑據時，所留下內容相同以備查考的底稿。

存摺 ㄘㄨㄣˊ ㄓㄜˊ 金融機構發給存款者作憑證的小本子。

存疑 ㄘㄨㄣˊ ㄧˊ 對有疑問不能解決的問題，暫時保留而不加論定。

存檔 ㄘㄨㄣˊ ㄉㄤˋ ①將處理完畢的公文、資料歸入檔案，以便日後查考。②使用電腦時將檔案存入磁碟。

存亡絕續 ㄘㄨㄣˊ ㄨㄤˊ ㄐㄩㄝˊ ㄒㄩˋ 繼續生存或是滅亡。形容局勢萬分危急。

四畫

孛

ㄅㄛˋ bò 名星名。即彗星。副①同「勃」。發怒變色的樣子。例孛然大怒。②形容草木茂盛的樣子。

孝

ㄒㄧㄠˋ xiào 名①尊長死後居喪。例守孝。②居喪時所穿的素服。例穿孝、戴孝。動盡心侍奉父母。例孝敬、盡孝。

孝子 ㄒㄧㄠˋ ㄗˇ ①孝順父母的人。②居父母之喪的男子。③兒子臨祭時對父母的自稱。同孝男。

孝行 ㄒㄧㄠˋ ㄒㄧㄥˋ 孝順父母的行為。

孝弟 ㄒㄧㄠˋ ㄊㄧˋ 孝順父母，友愛兄弟。也作「孝悌」。

孝順 ㄒㄧㄠˋ ㄕㄨㄣˋ 盡心侍奉父母，並順從父母的意志。

孝道 ㄒㄧㄠˋ ㄉㄠˋ 奉養父母、敬事尊長的道德準則。

孝敬 ㄒㄧㄠˋ ㄐㄧㄥˋ ①孝順敬奉父母。②奉獻物品給尊長，以表示敬意。

孝思不匱 ㄒㄧㄠˋ ㄙ ㄅㄨˋ ㄎㄨㄟˋ 孝順父母的心意永遠不會竭盡。

孜

ㄗ zī 見「孜孜」。

孜孜 ㄗ ㄗ ①勤勉不息。例日夜孜孜。②形容鳥叫的聲音。

孜孜不倦 ㄗ ㄗ ㄅㄨˋ ㄐㄩㄢˋ 形容勤奮好學，不知疲倦。

孚

ㄈㄨˊ fú 名信用，誠實。動①使人信服。例深孚眾望。②通「孵」。鳥類孵卵。

五畫

季 ㄐㄧˋ jì 名①三個月為一季。例春季。②一段固定時間。例淡季、旺季。③古人用伯、仲、叔、季作兄弟排行，年齡最小的稱「季」。例季父。④姓。形①末了的。例季春、季世。②幼小的，未成熟的。例季女。

季月 ㄐㄧˋ ㄩㄝˋ 農曆每一季的最後一個月。

季刊 ㄐㄧˋ ㄎㄢ 每季出版一次的定期刊物。

季軍 ㄐㄧˋ ㄐㄩㄣ 各種競賽的第三名。

季風 ㄐㄧˋ ㄈㄥ 隨季節而改變風向的風。

季節 ㄐㄧˋ ㄐㄧㄝˊ 一年中某一個有特點的時期。例秋收季節、嚴寒季節。

季常癖 ㄐㄧˋ ㄔㄤˊ ㄆㄧˇ 比喻懼內，怕老婆。宋人陳慥字季常，因非常懼怕兇悍而善妒的妻子柳氏，而有此稱。

季布一諾 ㄐㄧˋ ㄅㄨˋ ㄧˊ ㄋㄨㄛˋ 比喻非常重視對別人的承諾。同一諾千金。

孢 ㄅㄠ bāo 見「孢子」。

孢子 ㄅㄠ ㄗˇ 某些低等動物和植物在無性生殖時所產生的一種有繁殖作用或休眠作用的細胞，脫離母體後能直接形成新的個體。也作「胞子」。

孢子植物 ㄅㄠ ㄗˇ ㄓˊ ㄨˋ 用孢子進行繁殖的植物。包括藻類、菌類、苔蘚和蕨類。

孟 ㄇㄥˋ mèng 名①每個季節中的第一個月。例孟春。②姓。形①兄弟姊妹中排行最大的。例孟兄。②誇大，魯莽的。例孟浪。

孟母三遷 ㄇㄥˋ ㄇㄨˇ ㄙㄢ ㄑㄧㄢ 比喻母親教子有方，尤其指重視環境教育。

孥 ㄋㄨˊ nú 名①兒女。例妻孥。②妻、子的統稱。

孤 ㄍㄨ gū 形①年幼喪父或無父母。例孤兒、孤女。②單獨的。例孤立、孤雁。動違背。例後漢書：「國家西遷，必孤天下之望。」代古代帝王的自稱。例南面稱孤。

孤子 ㄍㄨ ㄗˇ ①孤兒。②居父喪而母親尚在者的自稱。

孤介 ㄍㄨ ㄐㄧㄝˋ 性情方正耿直，不隨流俗。同孤高。

孤立 ㄍㄨ ㄌㄧˋ 使之孤單而得不到援助。例孤立敵人。

孤本 ㄍㄨ ㄅㄣˇ 指流傳下來的書籍現只剩下一本。常用來指較罕見的書本。

孤芳 ㄍㄨ ㄈㄤ 獨特的芳香。比喻人品的高潔超俗。

孤苦 ㄍㄨ ㄎㄨˇ 生活貧苦無依。

孤城 ㄍㄨ ㄔㄥˊ 孤立的城池。例王之渙．涼州詞：「黃河遠上白雲間，一片孤城萬仞山。」

孤負 ㄍㄨ ㄈㄨˋ 虧欠，違背。也作「辜負」。

孤寂 ㄍㄨ ㄐㄧˊ 孤獨寂寞。

孤傲 ㄍㄨ ㄠˋ 性情孤僻高傲。

孤僻 ㄍㄨ ㄆㄧˋ 形容人的性情古怪，難以相處。

孤獨 ㄍㄨ ㄉㄨˊ 獨自一個人，孤單寂寞。

孤鸞 ㄍㄨ ㄌㄨㄢˊ 失去配偶的鸞鳥。後常用以比喻喪失配偶的人或分離的夫婦。

孤哀子 ㄍㄨ ㄞ ㄗˇ 兒子死了父親稱孤子，死了母親稱哀子，父母均亡稱孤哀子。

孤零零 ㄍㄨ ㄌㄧㄥˊ ㄌㄧㄥˊ 孤單，無依無靠或沒有陪襯。

孤臣孽子 ㄍㄨ ㄔㄣˊ ㄋㄧㄝˋ ㄗˇ 被疏遠的臣子和失寵的庶子。比喻處在憂患中的人。

孤注一擲 ㄍㄨ ㄓㄨˋ ㄧˊ ㄓˋ 比喻在危急時，使出全部力量作最後一次冒險。

孤芳自賞 ㄍㄨ ㄈㄤ ㄗˋ ㄕㄤˇ 比喻自命清高，自我欣賞。

孤苦伶仃 ㄍㄨ ㄎㄨˇ ㄌㄧㄥˊ ㄉㄧㄥ 孤單困苦，無依無靠。同舉目無親。

孤陋寡聞 ㄍㄨ ㄌㄡˋ ㄍㄨㄚˇ ㄨㄣˊ 形容學識淺薄，見聞不廣。

孤掌難鳴 ㄍㄨ ㄓㄤˇ ㄋㄢˊ ㄇㄧㄥˊ 比喻孤立無助，難以成事。

六畫

孩 ㄏㄞˊ hái 名 幼童，小兒。例男孩、孩童。

孩提 ㄏㄞˊ ㄊㄧˊ 指需人懷抱、提攜的幼兒時期。

孩子氣 ㄏㄞˊ ˙ㄗ ㄑㄧˋ 脾氣、神態像小孩子。例他孩子氣十足。

七畫

孫 ㈠ㄙㄨㄣ sūn 名 ①稱兒子的兒子。例祖孫三代、孝子慈孫。②稱孫子以下的後代。例玄孫、七世孫。③稱與孫子同輩的親屬。例侄孫、外孫。④再生或分支而生的植物。例稻孫、孫竹。⑤姓。㈡ㄒㄩㄣˋ xùn 形 通「遜」。謙讓，恭順。

孬 ㄋㄠ nāo 形 不好的。例孬種。

孬種 ㄋㄠ ㄓㄨㄥˇ 罵人沒有勇氣。

八畫

孰 ㄕㄨˊ shú 動「熟」的本字。成熟，煮熟。代 表示疑問。①誰。例孰是孰非。②何，什麼。例是可忍孰不可忍！

孰若 ㄕㄨˊ ㄖㄨㄛˋ 不如，何如。為疑問語氣詞，用於兩者相比，以取其一。

孰是孰非 ㄕㄨˊ ㄕˋ ㄕㄨˊ ㄈㄟ 誰對誰不對。

九畫

孳 ㄗ zī 動 通「滋」。繁殖，滋生。例孳生。副 通「孜」，勤勞不懈怠。例孳孳不倦。

孳生 ㄗ ㄕㄥ 繁殖生長。

孳息 ㄗ ㄒㄧ ①生長繁衍。②指直接或間接由原物所產生的收益。

孳孳 ㄗ ㄗ 形容人勤勉不懈。

孳蔓 ㄗ ㄇㄢˋ 孳生蔓延。

孱 ㄔㄢˊ chán 形 ①瘦弱，衰弱。例孱弱。②懦弱。例孱夫。

孱弱 ㄔㄢˊ ㄖㄨㄛˋ 虛弱，瘦弱。

孱羸 ㄔㄢˊ ㄌㄟˊ 瘦弱。同孱弱。

十一畫

孵 ㄈㄨ fū 動 ①鳥類伏在卵上，用體溫使胚胎發育成雛鳥。②指蟲魚由卵化生。

孵化 ㄈㄨ ㄏㄨㄚˋ 鳥、蟲、魚或爬行動物的卵，發育成幼蟲或小動物的歷程。

十三畫

學

ㄒㄩㄝˊ xué 名 ①教育的場所。例學校。②有系統、有組織的專門知識。例物理學、經濟學。動仿效，研習。例學習。

學力 ㄒㄩㄝˊ ㄌㄧˋ 文化水準和學識高低的程度。

學士 ㄒㄩㄝˊ ㄕˋ ①一種學位名稱，大學畢業時由學校授予。②泛稱有學問的人。③古代官名。如翰林學士。

學分 ㄒㄩㄝˊ ㄈㄣ 大專院校計算學習的單位。通常以一學期中每學科每週上課一小時為一學分。

學究 ㄒㄩㄝˊ ㄐㄧㄡˋ 原為唐宋時考試科目的名稱，後用以諷刺迂腐的讀書人。

學位 ㄒㄩㄝˊ ㄨㄟˋ 大專院校授予畢業生的學術資格。分為學士、碩士和博士三種。

學府 ㄒㄩㄝˊ ㄈㄨˇ 泛指實施高等教育的學校。

學者 ㄒㄩㄝˊ ㄓㄜˇ ①在學術上有一定成就的人。②研究學問的人。

學長 ㄒㄩㄝˊ ㄓㄤˇ 在學校中對較高年級男同學的尊稱。

學派 ㄒㄩㄝˊ ㄆㄞˋ 因學術觀點不同而形成的派別。

學風 ㄒㄩㄝˊ ㄈㄥ ①學校的習慣、風氣。②學術研究的傾向、風氣。

學員 ㄒㄩㄝˊ ㄩㄢˊ 通常指在正規學校教育以外的團體或訓練班學習的人。

學徒 ㄒㄩㄝˊ ㄊㄨˊ 跟隨師傅學習技藝的人。

學院 ㄒㄩㄝˊ ㄩㄢˋ ①大學的一部分。如工學院、法學院。②不滿三個學院的大學。如技術學院。

學術 ㄒㄩㄝˊ ㄕㄨˋ 有系統的、較專門的學問。

學問 ㄒㄩㄝˊ ㄨㄣˋ 學習和詢問，泛指有系統的知識。例王先生很有學問。

學報 ㄒㄩㄝˊ ㄅㄠˋ 學術團體定期出版的學術性刊物。

學會 ㄒㄩㄝˊ ㄏㄨㄟˋ 研究某一學科的人為了交換研究成果而共同組成的學術團體。如物理學會。

學說 ㄒㄩㄝˊ ㄕㄨㄛ 在學術上自成系統的理論或主張。

學潮 ㄒㄩㄝˊ ㄔㄠˊ 因不滿現狀，而組織學校的學生、教職員罷課、遊行、請願等活動所掀起的風潮。

學歷 ㄒㄩㄝˊ ㄌㄧˋ 求學的經歷。多指所畢業或肄業的學校。

學識 ㄒㄩㄝˊ ㄕˋ 指在學術上的知識和修養。

學齡 ㄒㄩㄝˊ ㄌㄧㄥˊ 兒童適合上學的年齡，即應受國民義務教育的年齡。

學籍 ㄒㄩㄝˊ ㄐㄧˊ 指學生入學時所取得的資格證明。

學以致用 ㄒㄩㄝˊ ㄧˇ ㄓˋ ㄩㄥˋ 把所學知識應用於實際生活或工作當中。

學富五車 ㄒㄩㄝˊ ㄈㄨˋ ㄨˇ ㄐㄩ 形容人讀書很多，學識淵博。同才高八斗。

十四畫

孺

ㄖㄨˊ rú 名 小孩子，幼兒。例婦孺皆知。動親愛和睦。例孺慕。

孺人 ㄖㄨˊ ㄖㄣˊ ①古時男人對妻子的通稱。②古代貴族、官吏之母或妻的封號。

孺子 ㄖㄨˊ ㄗˇ 小孩的通稱。

孺慕 ㄖㄨˊ ㄇㄨˋ 本指小孩愛慕父母之情，後用作仰望敬愛之意。

孺子可教 ㄖㄨˊ ㄗˇ ㄎㄜˇ ㄐㄧㄠˋ 指年輕人富有潛力，可以造就。

十七畫

孽 ㄋㄧㄝˋ niè 名①罪過，惡因。例罪孽深重、造孽。②邪惡，災禍。例妖孽。③稱小老婆所生之子。例孤臣孽子。形性逆，背叛的。例孽黨。

孽子 ㄋㄧㄝˋ ㄗˇ ①庶子，非嫡妻所生的兒子。②性逆不肖的兒子。

孽種 ㄋㄧㄝˋ ㄓㄨㄥˇ 禍種，禍根。多指男女苟合所生的小孩。

十九畫

孿 ㄌㄨㄢˊ luán 名雙胞胎。形雙生的。

孿生 ㄌㄨㄢˊ ㄕㄥ 即雙生，兩人同一胎出生。

宀部 ㄇㄧㄢˊ

二畫

它 ㈠ㄊㄚ tā 代無生物的第三身指稱詞。形殊異，別的。例它山之石。㈡ㄕㄜˊ shé 名通「蛇」。

宄 ㄍㄨㄟˇ guǐ 名竊盜或作亂的壞人。

三畫

宇 ㄩˇ yǔ 名①屋簷。例宇下。②房屋。例屋宇。③天地四方的空間，世界。例宇內、寰宇。④人的風度、儀表。例器宇非凡。

宇內 ㄩˇ ㄋㄟˋ 宇宙之內，即天下。

宇宙 ㄩˇ ㄓㄡˋ ①包括地球及一切天體的無限空間。②時間與空間的總稱。指一切物質存在的總體。

宇宙觀 ㄩˇ ㄓㄡˋ ㄍㄨㄢ 即世界觀，指人們對於整個世界的根本看法。

守 ㄕㄡˇ shǒu 名①節操，品行。例操守、有為有守。②古代一郡的長官。例太守、郡守。動①防衛，保護。例防守、駐守。②堅持。例守節、墨守成規。③看管，保護。例看守、守護。④遵行。例守法、恪守。⑤等待。例守候、守歲。

守分 ㄕㄡˇ ㄈㄣˋ 安守本分。

守成 ㄕㄡˇ ㄔㄥˊ 保持前人已有的成就，不使墜落或失敗。

守孝 ㄕㄡˇ ㄒㄧㄠˋ 指在父母死後的居喪期間，停止娛樂和交際，以示哀悼。

守法 ㄕㄡˇ ㄈㄚˇ 遵守法紀。

守舍 ㄕㄡˇ ㄕㄜˋ ①看守房舍。②精神專注集中。例魂不守舍。

守則 ㄕㄡˇ ㄗㄜˊ 共同遵守的規則。

守候 ㄕㄡˇ ㄏㄡˋ ①等待。例守候消息。②看護。例她日夜守候在病人身旁。

守望 ㄕㄡˇ ㄨㄤˋ ①看守瞭望。②指鄰里間互相看守照顧。例守望相助。

守喪 ㄕㄡˇ ㄙㄤ 守靈，服喪。

守歲 ㄕㄡˇ ㄙㄨㄟˋ 農曆除夕夜圍爐不睡覺，一直守到天明。

守節 ㄕㄡˇ ㄐㄧㄝˊ ①不改變原來的節操。②婦女守寡，不再結婚。

守寡 ㄕㄡˇ ㄍㄨㄚˇ 婦女在丈夫死後不再結婚。

守舊 ㄕㄡˇ ㄐㄧㄡˋ 因襲舊制而不變通。

守靈 ㄕㄡˇ ㄌㄧㄥˊ 守在靈床、靈柩或靈位的旁邊。

守財奴 ㄕㄡˇ ㄘㄞˊ ㄋㄨˊ 譏諷有錢而吝嗇的人。同吝嗇鬼。

守口如瓶 ㄕㄡˇ ㄎㄡˇ ㄖㄨˊ ㄆㄧㄥˊ 形容說話謹慎或嚴守祕密。

守正不阿 ㄕㄡˇ ㄓㄥˋ ㄅㄨˋ ㄜ 為人能堅持操守，公正無私。

守身如玉 ㄕㄡˇ ㄕㄣ ㄖㄨˊ ㄩˋ 形容人潔身自愛，品行節操如玉一樣的潔白。

守株待兔 ㄕㄡˇ ㄓㄨ ㄉㄞˋ ㄊㄨˋ 比喻拘泥而不知變通，或妄想不勞而獲。

守望相助 ㄕㄡˇ ㄨㄤˋ ㄒㄧㄤ ㄓㄨˋ 相互關照，相互幫助。

宅 ㄓㄞˊ zhái

名①住所，房子。例住宅、深宅大院。②墓穴。例陰宅。動居，存。例宅心仁厚。

宅心 ㄓㄞˊ ㄒㄧㄣ 居心，存心。例宅心仁厚。

宅院 ㄓㄞˊ ㄩㄢˋ 有院子的宅舍。也泛指住宅。

宅第 ㄓㄞˊ ㄉㄧˋ 舊稱達官顯貴的大住宅。後泛指一般人家的住所。

安 ㄢ ān

名①平穩，安全。與「危」相對。例居安思危、轉危為安。②姓。動①使穩定。例除暴安良。②裝置。例安電燈。③加上。例安罪名。④心中存著或懷有某種念頭。例沒安好心。⑤對環境或事物感到安適滿足與習慣。例安於現狀。形①平靜。例心神不安。②穩定的，靜止的。例安穩。副豈，怎麼。表示疑問。例安能如此。代那裡，何處。例如今安在？

安心 ㄢ ㄒㄧㄣ ①心情安定，放心。例安心學習。②存心，居心。例安心不善。

安分 ㄢ ㄈㄣˋ 安守本分。

安在 ㄢ ㄗㄞˋ ①健在，平安無事。②何在。例史記：「沛公安在？」

安身 ㄢ ㄕㄣ 容身，在某地居住和生活。例無處安身。

安放 ㄢ ㄈㄤˋ 把東西放在一定的位置上。

安家 ㄢ ㄐㄧㄚ ①使家庭生活安定。②安排家事。③成立家庭。例安家立業。

安厝 ㄢ ㄘㄨㄛˋ 本指安葬，後也指停放靈柩待葬或淺埋以待改葬。

安眠 ㄢ ㄇㄧㄢˊ ①安穩熟睡。②哀悼死者之詞。同安息。

安息 ㄢ ㄒㄧˊ ①安歇，休息。多指入睡。例今晚早點安息吧。②表示死亡或哀悼死者的用語。

安康 ㄢ ㄎㄤ 平安健康。

安插 ㄢ ㄔㄚ 把人員安排在某一職位上。例安插親信。

安然 ㄢ ㄖㄢˊ 平安無事。例安然無恙。

安詳 ㄢ ㄒㄧㄤˊ 形容人舉止穩重，從容不迫。

安置 ㄢ ㄓˋ 安放，使人或事物有著落。

安逸 ㄢ ㄧˋ 安閒舒適。例做人不能貪圖安逸。

安頓 ㄢ ㄉㄨㄣˋ ①安排處置妥當。例一切都已安頓好了。②平穩安適。

安裝 ㄢ ㄓㄨㄤ 裝置，按照規格把物件固定在一定的位置上。例安裝電話。

安寧 ㄢ ㄋㄧㄥˊ 安定平靜。例社會安寧。

安撫 ㄢ ㄈㄨˇ 安頓撫慰。例安撫傷患、安撫百姓。

安慰 ㄢ ㄨㄟˋ ①心裡感到快慰，沒有遺憾。②安撫勸慰，使人心情舒暢安適。

安穩 ㄢ ㄨㄣˇ ①平安而穩當。例坐我這部車保證安穩。②指人的氣度閑靜，舉止穩重。

安全期 ㄢ ㄑㄩㄢˊ ㄑㄧ ①指物品保存的有效期限。②一種避孕方法，可推算出不會懷孕的日期。

安眠藥 ㄢ ㄇㄧㄢˊ ㄧㄠˋ 能使中樞神經感受麻木遲鈍，從而引起睡意的藥物。

安琪兒 ㄢ ㄑㄧˊ ㄦˊ 英語angel的音譯，意為天使。也用來比喻天真、美麗、善良的小孩或女子。

安樂死 ㄢ ㄌㄜˋ ㄙˇ 對於無法醫治、瀕臨死亡的人，為解脫其痛苦而實施一種人工死亡的方法。

安之若素 ㄢ ㄓ ㄖㄨㄛˋ ㄙㄨˋ 遇到不順利或反常的情況，仍能毫不在意，像往常一樣。

安土重遷 ㄢ ㄊㄨˇ ㄓㄨㄥˋ ㄑㄧㄢ 久居本土，不肯輕易遷移。形容對故鄉有深厚感情。

安內攘外 ㄢ ㄋㄟˋ ㄖㄤˇ ㄨㄞˋ 平定內部的叛亂，抵禦外來的侵略。

安分守己 ㄢ ㄈㄣˋ ㄕㄡˇ ㄐㄧˇ 安守本分，不踰越規矩。

安步當車 ㄢ ㄅㄨˋ ㄉㄤˋ ㄐㄩ 比喻人能安貧守賤。今多指緩步行走。

安身立命 ㄢ ㄕㄣ ㄌㄧˋ ㄇㄧㄥˋ 指有了容身之處，生活有著落，精神有所寄託。

安居樂業 ㄢ ㄐㄩ ㄌㄜˋ ㄧㄝˋ 形容生活安定，工作愉快。反流離失所。

安貧樂道 ㄢ ㄆㄧㄣˊ ㄌㄜˋ ㄉㄠˋ 能安於貧困的處境，以堅守道義為樂。

安然無恙 ㄢ ㄖㄢˊ ㄨˊ ㄧㄤˋ 平安無事，沒有疾病或災禍。也形容物件完好未遭損壞。

四畫

宋 ㄙㄨㄥˋ sòng 名①古國名。在今河南省商丘縣。②朝代名。③姓。

宋體字 ㄙㄨㄥˋ ㄊㄧˇ ㄗˋ 宋代刻書字體，字形方正勻稱、橫細豎粗，為現今通行的印刷字體。

完 ㄨㄢˊ wán 形齊全，全面無損。例完好、完滿。動①完成，終結。例完工。②繳納租稅。例完稅。③堅固安好。例城郭不完。副消耗盡，沒有了。例錢用完了。

完人 ㄨㄢˊ ㄖㄣˊ 人格完善，各方面都沒有缺點的人。

完了 ㈠ㄨㄢˊ ㄌㄧㄠˇ 指事情已經完結。㈡ㄨㄢˊ ˙ㄌㄜ ①指事情已失敗無望。②指生命垂危已無希望。③指人的名譽掃地，不可收拾。

完事 ㄨㄢˊ ㄕˋ 把事情辦完。例草草完事。

完婚 ㄨㄢˊ ㄏㄨㄣ 完成婚事。例他們已經完婚。同結婚。

完竣 ㄨㄢˊ ㄐㄩㄣˋ 完畢。一般多指工程完工。

完善 ㄨㄢˊ ㄕㄢˋ 齊全良好。例設備完善。

完備 ㄨㄢˊ ㄅㄟˋ 完整齊備。

完稅 ㄨㄢˊ ㄕㄨㄟˋ 繳納稅捐。同完納。

完滿 ㄨㄢˊ ㄇㄢˇ 圓滿，沒有缺憾。例會議已完滿結束。

完膚 ㄨㄢˊ ㄈㄨ 皮膚完好無損。比喻完整，完美。例體無完膚。

完稿 ㄨㄢˊ ㄍㄠˇ 一部書或一篇文章寫完了。同脫稿。

完整 ㄨㄢˊ ㄓㄥˇ 完完全全，沒有缺損。例領土完整。

完全花 ㄨㄢˊ ㄑㄩㄢˊ ㄏㄨㄚ 指同時具有雌雄兩蕊的花。如桃花。

完璧歸趙 ㄨㄢˊ ㄅㄧˋ ㄍㄨㄟ ㄓㄠˋ 比喻把原物完好地歸還原主。

宏 ㄏㄨㄥˊ hóng 形廣博，巨大。例宏論、寬宏。形擴大。

宏旨 ㄏㄨㄥˊ ㄓˇ 主旨，主要的意思。例無關宏旨。

宏亮 ㄏㄨㄥˊ ㄌㄧㄤˋ 形容聲音大而響亮。例歌聲宏亮。

宏偉 ㄏㄨㄥˊ ㄨㄟˇ 形容非常雄偉壯大。例宏偉的建築。

宏圖 ㄏㄨㄥˊ ㄊㄨˊ 遠大的計畫或理想。也作「鴻圖」。例大展宏圖。

宏論 ㄏㄨㄥˊ ㄌㄨㄣˋ 知識廣博、見解獨到的言論。

宏願 ㄏㄨㄥˊ ㄩㄢˋ 偉大的志願。

宏辯 ㄏㄨㄥˊ ㄅㄧㄢˋ 廣博的議論，雄偉的辯說。

五畫

宓 ㊀ㄇㄧˋ mì 形安寧。㊁ㄈㄨˊ fú 名姓。宓妃，傳說中的洛水女神。

宕 ㄉㄤˋ dàng 形通「蕩」。行為放縱，不受拘束。例跌宕。動拖延，延遲。例延宕。

定 ㄉㄧㄥˋ dìng 形①規定的。例定期、定量。②不可改變的。例定義、定論。動①使平靜，使穩固。例定心丸、安邦定國。②確定，不更改。例商定、底定。③訂立。例制定，定約。副①必然。例定能獲勝。②究竟。

定本 ㄉㄧㄥˋ ㄅㄣˇ 刊印書本時最後校正審定的本子。

定見 ㄉㄧㄥˋ ㄐㄧㄢˋ 確定不移的見解或主張。

定局 ㄉㄧㄥˋ ㄐㄩˊ ①作最後的決定。例此事尚未成定局。②確定的形勢或局面。例勝負已成定局。

定例 ㄉㄧㄥˋ ㄌㄧˋ 不會改變的常規。

定型 ㄉㄧㄥˋ ㄒㄧㄥˊ 指事物的特點已逐漸形成並固定下來。

定省 ㄉㄧㄥˋ ㄒㄧㄥˇ 子女早晚向父母請安和問候。

定律 ㄉㄧㄥˋ ㄌㄩˋ ①一定的規則。例詩無定律。②通過大量具體事實歸納成的公式。

定神 ㄉㄧㄥˋ ㄕㄣˊ ①集中注意力。例你好好定神看清楚。同凝神。②使心神安定。

定案 ㄉㄧㄥˋ ㄢˋ 對案件、方案等作最後的決定。

定情 ㄉㄧㄥˋ ㄑㄧㄥˊ ①男女互贈信物，表示願結為夫妻的情意。也指結婚。②男女兩情相悅，並誓永不變心。

定理 ㄉㄧㄥˋ ㄌㄧˇ ①永遠不變的真理。②經過一定的論據而證明具有正確性，可以作為原理或規則的。

定義 ㄉㄧㄥˋ ㄧˋ 用簡單完整的方式表達一個概念所包含的內容。同界說。

定睛 ㄉㄧㄥˋ ㄐㄧㄥ 集中視線，眼珠不轉動地注視。

定罪 ㄉㄧㄥˋ ㄗㄨㄟˋ 法院根據犯人的罪惡輕重，判定罪名。

定奪 ㄉㄧㄥˋ ㄉㄨㄛˊ 對尚未決定的事情作可否或取捨的裁決。

定數 ㄉㄧㄥˋ ㄕㄨˋ ①命中注定的運命。②一定的數目。

定親 ㄉㄧㄥˋ ㄑㄧㄣ 訂婚。多指由父母作主的。

定讞 ㄉㄧㄥˋ ㄧㄢˋ 司法上已判決定案，不可更改。例三審定讞。

定時炸彈 ㄉㄧㄥˋ ㄕˊ ㄓㄚˋ ㄉㄢˋ 雷管由定時器控制的炸彈，能在預定的時間爆炸。有時用以比喻隱藏的危險人物。

定期存款 ㄉㄧㄥˋ ㄑㄧˊ ㄘㄨㄣˊ ㄎㄨㄢˇ 有一定期限、到期憑存單才能提取的存款。反活期存款。

宗

ㄗㄨㄥ zōng 名①祖先。例列祖列宗。②派別。例宗派、禪宗。③主旨，要義。例萬變不離其宗、開宗明義。④計算事物數量的量詞。例大宗貨物。⑤姓。形①同一家族的。例宗叔、宗兄。②主要的。例宗旨。動尊崇，敬奉。例宗仰。

宗旨 ㄗㄨㄥ ㄓˇ 主要的目的或意旨。

宗法 ㄗㄨㄥ ㄈㄚˇ 舊時以家族為中心，規定嫡庶系統、按血統遠近區別親疏的法則。

宗派 ㄗㄨㄥ ㄆㄞˋ 泛稱政治、學術、宗教等方面的派別。

宗祠 ㄗㄨㄥ ㄘˊ 家族供奉和祭祀祖先的祠堂。

宗師 ㄗㄨㄥ ㄕ 在學術上受人尊重並可奉為師表的人。

宗族 ㄗㄨㄥ ㄗㄨˊ 指同一父系的家族。也指同族的人。

宗廟 ㄗㄨㄥ ㄇㄧㄠˋ ①古代帝王、諸侯等祭祀祖宗的處所。②國家、王室的代稱。

宗親 ㄗㄨㄥ ㄑㄧㄣ ①同宗的親屬。②同母的兄弟。

宗法制度 ㄗㄨㄥ ㄈㄚˇ ㄓˋ ㄉㄨˋ 以嫡長子為中心的宗族制度。

官

ㄍㄨㄢ guān 名①人體的感覺器。例五官、感官。②在政府機關擔任公職的人員。例法官、軍官。③職位，官職。例辭官歸隱。④姓。形屬於政府或國家的。例官辦、官方說法。

官方 ㄍㄨㄢ ㄈㄤ 政府方面。例官方消息。

官司 ㄍㄨㄢ ㄙ 指訴訟之事。例打官司。

官邸 ㄍㄨㄢ ㄉㄧˇ 政府為高級官員修建的住所。

官宦 ㄍㄨㄢ ㄏㄨㄢˋ 指做官的人。例官宦人家。

官員 ㄍㄨㄢ ㄩㄢˊ 政府中有一定職等的工作人員。

官書 ㄍㄨㄢ ㄕㄨ 由政府編修、刊行或收藏的書籍。

官能 ㄍㄨㄢ ㄋㄥˊ 生物體器官的感覺功能，如聽覺、視覺。

官場 ㄍㄨㄢ ㄔㄤˇ 即政界。多指官吏及其活動範圍。

官腔 ㄍㄨㄢ ㄑㄧㄤ 官場中的門面話。現多指利用職權、規章等推託或責備的話。例他動不動就打官腔。

官署 ㄍㄨㄢ ㄕㄨˇ 官員辦公的地方。同官衙。

官僚 ㄍㄨㄢ ㄌㄧㄠˊ ①官員，官吏。②仗著官位權勢擺威風。例官僚作風。

官銜 ㄍㄨㄢ ㄒㄧㄢˊ 官員的職位名稱。

官官相護 ㄍㄨㄢ ㄍㄨㄢ ㄒㄧㄤ ㄏㄨˋ 指做官的人彼此互相庇護。

官樣文章 ㄍㄨㄢ ㄧㄤˋ ㄨㄣˊ ㄓㄤ 比喻徒具形式的例行公事，或照例敷衍的虛文、空話。

宙 ㄓㄡˋ zhòu 名古往今來無限的時間。例宇宙。

宜 ㄧˊ yí 形適合的，相稱。例適宜、動靜皆宜。動相安，和睦。例宜室宜家。副應該，應當。例事不宜遲。

宜人 ㄧˊ ㄖㄣˊ 適合人的。例氣候宜人。

宜室宜家 ㄧˊ ㄕˋ ㄧˊ ㄐㄧㄚ 家人和睦，家庭和順。為女子出嫁的祝賀語。

宛 ㈠ㄨㄢˇ wǎn 形曲折。例宛轉。副彷彿，好像。例音容宛在。㈡ㄩㄢ yuān 名古國名。大宛，漢代西域國之一。

宛如 ㄨㄢˇ ㄖㄨˊ 好像，彷彿。

宛若 ㄨㄢˇ ㄖㄨㄛˋ 彷彿，好像。也作「宛如」。

宛然 ㄨㄢˇ ㄖㄢˊ 非常相像、逼真。

宛轉 ㄨㄢˇ ㄓㄨㄢˇ 也作「婉轉」。①說話溫和而曲折。例措詞宛轉。②形容聲音美妙動聽。例歌聲宛轉。

六畫

宣 ㄒㄩㄢ xuān 動①公開說出，明確表示。例宣告、心照不宣。②散布，發揚。例宣傳、宣揚。③疏導，發散。例宣洩。④古時帝王傳召臣下。

宣示 ㄒㄩㄢ ㄕˋ 公開宣布、表示。

宣言 ㄒㄩㄢ ㄧㄢˊ 指政府、政黨或團體等對重大問題公開表示意見，以進行宣傳、號召的文告。

宣告 ㄒㄩㄢ ㄍㄠˋ 宣布告知。例宣告結束。

宣泄 ㄒㄩㄢ ㄒㄧㄝˋ 也作「宣洩」。①排除障礙，使之暢通或舒散。②洩露祕密。

宣揚 ㄒㄩㄢ ㄧㄤˊ 廣泛宣傳使大家都知道。例宣揚國威。

宣傳 ㄒㄩㄢ ㄔㄨㄢˊ 以語言、文字等方式向大眾廣泛傳播。

宣誓 ㄒㄩㄢ ㄕˋ 當眾宣讀誓言，表示嚴格遵守的決心。

宣稱 ㄒㄩㄢ ㄔㄥ 聲稱，公開宣布。

宣導 ㄒㄩㄢ ㄉㄠˇ 疏通引導。

室 ㄕˋ shì 名①房屋。例教室、臥室。②舊時指家或妻子。例家室。③二十八星宿之一。

室女 ㄕˋ ㄋㄩˇ 稱未出嫁的女子。

室家 ㄕˋ ㄐㄧㄚ 即家室。指家庭、夫婦。

室內樂 ㄕˋ ㄋㄟˋ ㄩㄝˋ 指二人以上，八、九人以內的樂器合奏，可在室內演奏。

宥 ㄧㄡˋ yòu 動原諒，寬恕。例寬宥、見宥。

宥免 ㄧㄡˋ ㄇㄧㄢˇ 赦免。

宥恕 ㄧㄡˋ ㄕㄨˋ 寬恕。

宥罪 ㄧㄡˋ ㄗㄨㄟˋ 寬恕其罪而不加以追究。

宦 ㄏㄨㄢˋ huàn 名①統稱官吏。例宦海。②太監。例宦官。

宦海 ㄏㄨㄢˋ ㄏㄞˇ 即官場。因官場升沉有如海潮起伏不定。例宦海浮沉。

宦途 ㄏㄨㄢˋ ㄊㄨˊ 指做官的經歷、遭遇等。同仕途。

客 ㄎㄜˋ kè 名①來賓。與「主」相對。例賓客。②指主顧。例乘客、顧客。③寄食於豪門貴族的人。例門客。④從事某種活動或擅長某項技藝的人。例說客、俠客。⑤寄居在外的人。⑥泛指人。例旅人過客。⑦論份出售的食品的量詞。例一客牛排。形①在人的主觀意識之外獨立存在的。例客觀、客體。②過去的。例客歲、客秋。③旅居或遷居他鄉的。例客居、客籍。

客人 ㄎㄜˋ ㄖㄣˊ ①被邀請的賓客。反主人。②顧客。例今天光顧本店的客人很多。

客戶 ㄎㄜˋ ㄏㄨˋ ①從外地遷居來的人家。②公司行號對往來主顧的稱呼。

客串 ㄎㄜˋ ㄔㄨㄢˋ ①指非正式演員臨時參加戲劇演出。②非本職而臨時加入的。

客居 ㄎㄜˋ ㄐㄩ 旅居他鄉。同僑居。

客家 ㄎㄜˋ ㄐㄧㄚ 西晉末年和北宋末年從黃河流域遷徙到南方的漢人，為區別於本地居民，故稱為客家。今臺灣苗栗、新竹、高雄、屏東等地居民由廣東遷來的，也稱為客家人。

客套 ㄎㄜˋ ㄊㄠˋ 對人所說的客氣話或應酬的寒暄語。例何必客套呢？

客氣 ㄎㄜˋ ㄑㄧˋ 態度謙讓有禮。例他待人太客氣了。

客棧 ㄎㄜˋ ㄓㄢˋ 供旅客休息、住宿的地方。同旅店。

客運 ㄎㄜˋ ㄩㄣˋ 以載運乘客為主的運輸業務。

客歲 ㄎㄜˋ ㄙㄨㄟˋ 去年。

客籍 ㄎㄜˋ ㄐㄧˊ ①寄居的籍貫。與「原籍」相對。②指寄居本地的外地人。

客體 ㄎㄜˋ ㄊㄧˇ 指主體以外的客觀事物，是主體的認識對象和實踐對象。

客觀 ㄎㄜˋ ㄍㄨㄢ 觀察事物的本來面目，而不帶個人偏見。反主觀。

七畫

容 ㄖㄨㄥˊ róng 名①臉上所表現出的神情和氣色。例容貌、病容。②引申為事物的表面形態。例市容、陣容。③姓。動①包含。例容身、容量。②寬恕，原諒。例寬容、情理難容。③許可。例容許、不容侵犯。④修飾。例女為悅己者容。副或許，大概。例容或有之。

容止 ㄖㄨㄥˊ ㄓˇ 儀容舉止。

容光 ㄖㄨㄥˊ ㄍㄨㄤ 臉上顯現的光彩。例容光煥發。

容身 ㄖㄨㄥˊ ㄕㄣ 安身，存身。例容身之所。

容忍 ㄖㄨㄥˊ ㄖㄣˇ 寬容忍耐而不計較。

容或 ㄖㄨㄥˊ ㄏㄨㄛˋ 或許，也許。例容或可以。

容許 ㄖㄨㄥˊ ㄒㄩˇ ①許可。例不容許外國侵略者在我國為所欲為。②或許。例他容許有急事才不能來開會的。

容量 ㄖㄨㄥˊ ㄌㄧㄤˋ 容器所能容納物質的量。

容髮 ㄖㄨㄥˊ ㄈㄚˇ 僅能容納下毛髮。形容相距非常微小。例間不容髮。

容膝 ㄖㄨㄥˊ ㄒㄧ 形容房屋非常狹小，僅能容納雙膝。

容積 ㄖㄨㄥˊ ㄐㄧ 指容器或其他物體所能容納的體積。

容顏 ㄖㄨㄥˊ ㄧㄢˊ 容貌，面貌。例容顏美麗。

容光煥發 ㄖㄨㄥˊ ㄍㄨㄤ ㄏㄨㄢˋ ㄈㄚ 形容人精神飽滿，生氣蓬勃。同精神抖擻。

宰

ㄗㄞˇ zǎi 名①古職官名。例太宰、冢宰。②具有支配權力的人。例萬物之宰。動①治理，主持。例主宰、宰制。②屠殺。例屠宰、殺豬宰羊。

宰制 ㄗㄞˇ ㄓˋ 主宰，統轄支配。

宰相 ㄗㄞˇ ㄒㄧㄤˋ 古時輔助皇帝掌管國事的最高官職。相當於現代的行政院長。

宰殺 ㄗㄞˇ ㄕㄚ 屠殺牲畜。

宰割 ㄗㄞˇ ㄍㄜ ①宰殺分割。②比喻受人侵凌、壓迫。

家

㊀ㄐㄧㄚ jiā 名①父母子女共同生活的處所。例一家四口、回家。②尊稱學有專長或有專門技能的人。例政治家、藝術家。③學術流派。例諸子百家、儒家。④經營某種行業的人。例商家、船家。⑤量詞。用於店鋪、企業等單位。例兩家工廠、四家商店。形①對人謙稱自己的尊長。例家父、家兄。②屬於家庭的。例家務、家事。③家裡飼養的。例家禽、家畜。

㊁ㄍㄨ gū 名通「姑」。對女子的尊稱。例曹大家。

家小 ㄐㄧㄚ ㄒㄧㄠˇ 妻子和兒女。有時專指妻子。

家世 ㄐㄧㄚ ㄕˋ 家族的世系、門第，或歷代相承的事業。

家私 ㄐㄧㄚ ㄙ 家產。

家門 ㄐㄧㄚ ㄇㄣˊ ①住家的大門。②家族。例家門不幸。③家庭的門風和聲譽。例有辱家門。

家室 ㄐㄧㄚ ㄕˋ ①夫婦兩人所組成的家庭。②家屬。

家計 ㄐㄧㄚ ㄐㄧˋ 家庭的生計。

家珍 ㄐㄧㄚ ㄓㄣ 家中的貴重物品。例如數家珍。

家風 ㄐㄧㄚ ㄈㄥ 指一個家族世代相傳的習慣作風。

家訓 ㄐㄧㄚ ㄒㄩㄣˋ 家長用以告誡子孫治家立身的訓言。

家畜 ㄐㄧㄚ ㄔㄨˋ 飼養在家裡，具有經濟價值的牲畜。如牛、馬、羊、豬等。

家庭 ㄐㄧㄚ ㄊㄧㄥˊ 以婚姻、血緣等關係為基礎所組成的社會生活單位。包括父母、夫妻、子女等親屬。

家眷 ㄐㄧㄚ ㄐㄩㄢˋ 家屬，家人。多指妻子、兒女。

家規 ㄐㄧㄚ ㄍㄨㄟ 家庭中的規矩。例國有國法，家有家規。

家教 ㄐㄧㄚ ㄐㄧㄠˋ ①家庭的禮法和教養。②家庭教師。

家累 ㄐㄧㄚ ㄌㄟˋ ①家庭的生活負擔。②家屬。

家常 ㄐㄧㄚ ㄔㄤˊ ①家庭日常的事務。例話家常。②尋常。

家道 ㄐㄧㄚ ㄉㄠˋ 家庭的經濟狀況。同家境。

家慈 ㄐㄧㄚ ㄘˊ 對人稱自己的母親。亦稱為家母。

家當 ㄐㄧㄚ ㄉㄤˋ 家產。同家業。

家禽 ㄐㄧㄚ ㄑㄧㄣˊ 家裡飼養的禽鳥。如雞、鴨、鵝等。

家境 ㄐㄧㄚ ㄐㄧㄥˋ 家庭的經濟情況。同家道。

家醜 ㄐㄧㄚ ㄔㄡˇ 家庭內部所發生的不光彩的事。

家譜 ㄐㄧㄚ ㄆㄨˇ 記載一家世系和重要事跡的譜冊。

家嚴 ㄐㄧㄚ ㄧㄢˊ 對他人稱自己的父親。亦稱為家父。

家徒四壁 ㄐㄧㄚ ㄊㄨˊ ㄙˋ ㄅㄧˋ 家裡只剩四面牆壁。形容家境十分貧困。

家常便飯 ㄐㄧㄚ ㄔㄤˊ ㄅㄧㄢˋ ㄈㄢˋ 家中尋常的飯食。比喻常見或平常的事情。

家喻戶曉 ㄐㄧㄚ ㄩˋ ㄏㄨˋ ㄒㄧㄠˇ 家家戶戶都知道。形容人盡皆知，傳布極廣。

家給人足 ㄐㄧㄚ ㄐㄧˇ ㄖㄣˊ ㄗㄨˊ 家家戶戶豐衣足食，國家社會安定富裕。

家醜不可外揚 ㄐㄧㄚ ㄔㄡˇ ㄅㄨˋ ㄎㄜˇ ㄨㄞˋ ㄧㄤˊ 不可將家中發生的醜事張揚出去，以免失掉面子，招來譏諷。

害

㊀ㄏㄞˋ hài 名 禍患，壞處。例為民除害、災害。形 無益的，對人或物有損的。例害蟲。動 ①殘殺。例謀財害命。②損傷，破壞。例損害。③感染疾病。例害病。④覺得，感到。指心理或生理上的變化。例害羞、害喜。⑤妒嫉。例心害其能。㊁ㄏㄜˊ hé 副 通「曷」。何不。疑問詞。

害命 ㄏㄞˋ ㄇㄧㄥˋ 殺害他人的性命。例謀財害命。

害羞 ㄏㄞˋ ㄒㄧㄡ 感到不好意思，很難為情。同害臊。

害鳥 ㄏㄞˋ ㄋㄧㄠˇ 以農作物、果實、魚苗等為主要食物的鳥類。如斑鳩、翠鳥等。

害喜 ㄏㄞˋ ㄒㄧˇ 婦女懷孕初期所產生的噁心、嘔吐、食慾異常等現象。同害口。

害蟲 ㄏㄞˋ ㄔㄨㄥˊ 危害人畜、農作物或各種樹木的昆蟲。如蝗蟲、蒼蠅等。

害群之馬 ㄏㄞˋ ㄑㄩㄣˊ ㄓ ㄇㄚˇ 比喻危害大眾的人。

宸

ㄔㄣˊ chén 名 ①屋宇，屋簷。例宸宇。②深邃的房屋。③帝王居住的地方。引申為帝王的代稱。例宸居、宸翰。

宮

ㄍㄨㄥ gōng 名 ①為房屋的通稱，後來專指帝王的住所。例皇宮、宮殿。②神仙居住的地方。例天宮、月宮。③民間稱道教的神廟。例天后宮。④古代五刑之一。見「宮刑」。⑤五音之一，相當於簡譜的「1」。⑥姓。

宮女 ㄍㄨㄥ ㄋㄩˇ 由民間選入宮中服役的女子。

宮刑 ㄍㄨㄥ ㄒㄧㄥˊ 古代閹割男性生殖器的刑罰。又稱腐刑。

宮廷 ㄍㄨㄥ ㄊㄧㄥˊ 古代帝王居住和處理朝政的地方。

宮娥 ㄍㄨㄥ ㄜˊ 即宮女。

宮掖 ㄍㄨㄥ ㄧㄝˋ 指宮中。掖：掖庭，妃嬪居住的地方。

宮殿 ㄍㄨㄥ ㄉㄧㄢˋ 帝王所居住的高大而華麗的房屋。

宮燈 ㄍㄨㄥ ㄉㄥ 一種六角形或八角形的掛燈，下懸有穗狀裝飾物，每面糊絹或鑲玻璃，並繪有彩色圖畫。

宮闈 ㄍㄨㄥ ㄨㄟˊ 古代后妃所居住的宮室。

宮闕 ㄍㄨㄥ ㄑㄩㄝˋ 宮殿。

宵 ㄒㄧㄠ xiāo 名夜晚。例通宵達旦。

宵小 ㄒㄧㄠ ㄒㄧㄠˇ 原指夜晚出來活動的盜賊，現泛指壞人和不法之徒。

宵夜 ㄒㄧㄠ ㄧㄝˋ 夜間吃的點心。同消夜。

宵禁 ㄒㄧㄠ ㄐㄧㄣˋ 夜間戒嚴。即規定晚上某段時間內，禁止行人及車輛在路上通行。

宵衣旰食 ㄒㄧㄠ ㄧ ㄍㄢˋ ㄕˊ 天未亮就穿衣起床，天黑了才吃飯。形容勤於政務。

宴 ㄧㄢˋ yàn 名酒席。例國宴、晚宴。形①安適。例宴安、宴樂。②快樂。例新婚宴爾。動用酒食招待客人。例宴客。

宴安 ㄧㄢˋ ㄢ 貪圖安逸享樂，不求振作。

宴居 ㄧㄢˋ ㄐㄩ 閒居。也作「燕居」。

宴會 ㄧㄢˋ ㄏㄨㄟˋ 準備酒席招待客人的集會。

八畫

密 ㄇㄧˋ mì 名不讓人知道的事。例保密、機密。形①不稀疏的。例稠密。②親近，貼近。例親密。③仔細，周到。例細密、周密。④不宣露的。例隱密、密令。副暗中。例密告。

密友 ㄇㄧˋ ㄧㄡˇ 關係親密、友誼深厚的朋友。

密切 ㄇㄧˋ ㄑㄧㄝˋ ①多形容人與人之間的關係非常親近。②仔細緊密。

密布 ㄇㄧˋ ㄅㄨˋ 到處都布滿了。例烏雲密布。

密件 ㄇㄧˋ ㄐㄧㄢˋ 需要保密的書信或文件。

密度 ㄇㄧˋ ㄉㄨˋ ①物體的質量和其體積的比值。②疏密的程度。例人口密度。

密封 ㄇㄧˋ ㄈㄥ 嚴密封閉。例把這些材料密封起來。

密約 ㄇㄧˋ ㄩㄝ ①祕密約會。②指祕密簽訂的條約。如雅爾達密約。

密訪 ㄇㄧˋ ㄈㄤˇ 祕密探訪。

密閉 ㄇㄧˋ ㄅㄧˋ 嚴密封閉。

密集 ㄇㄧˋ ㄐㄧˊ 數量很多而又稠密的聚集在一起。例人口密集。

密網 ㄇㄧˋ ㄨㄤˇ 細密的羅網。比喻煩瑣苛刻的法令。

密談 ㄇㄧˋ ㄊㄢˊ ①祕密的談話。②親密的談話。

密碼 ㄇㄧˋ ㄇㄚˇ 為了通訊上的保密，而特別編定的祕密電碼。

密謀 ㄇㄧˋ ㄇㄡˊ 祕密計畫。多用在壞的方面。

密密麻麻 ㄇㄧˋ ㄇㄧˋ ㄇㄚˊ ㄇㄚˊ 形容又多又密。例那紙上寫著密密麻麻的小字。

寇 ㄎㄡˋ kòu 名①盜匪。例匪寇、流寇。②敵人。例敵寇。③姓。動侵犯，入侵。例入寇。

寇仇 ㄎㄡˋ ㄔㄡˊ 仇敵。也作「寇讎」。

寅 ㄧㄣˊ yín 名①十二地支的第三位。②時辰名。清晨三時至五時。③稱同事關係。例同寅。

寅吃卯糧 ㄧㄣˊ ㄔ ㄇㄠˇ ㄌㄧㄤˊ 寅年就吃掉了卯年的糧食。比喻入不敷出，預先支用了以後的收入。

寄 ㄐㄧˋ jì 動①指透過郵遞傳送。例寄信、寄包裹。②託付。例寄託。③暫時居留。例寄宿。④依附。例寄人籬下。副①依附地。例寄生。②委託地。例寄存、寄賣。

寄主 ㄐㄧˋ ㄓㄨˇ 寄生物所附著的生物。也稱為宿主。

寄生 ㄐㄧˋ ㄕㄥ 一種生物依附於另一種生物體上，並吸取其養分以求得生存。

寄放 ㄐㄧˋ ㄈㄤˋ 將物品暫時存放在某處。同寄存。

寄居 ㄐㄧˋ ㄐㄩ 暫時寄住在他人家裡或他鄉外地。

寄託 ㄐㄧˋ ㄊㄨㄛ ①託付。②把希望、理想、感情等放在某人或某事物上。

寄售 ㄐㄧˋ ㄕㄡˋ 寄賣。

寄語 ㄐㄧˋ ㄩˇ 傳話，傳達口信。

寄養 ㄐㄧˋ ㄧㄤˇ 把孩子委託他人代為撫養。

寄籍 ㄐㄧˋ ㄐㄧˊ 長期居住於外地，而將戶籍設於該處。

寄生蟲 ㄐㄧˋ ㄕㄥ ㄔㄨㄥˊ ①寄生在人或動植物體內外，並從中取得養分的蟲類。如跳蚤、蛔蟲等。②譏笑不能自立而依賴別人生活的人。

寄人籬下 ㄐㄧˋ ㄖㄣˊ ㄌㄧˊ ㄒㄧㄚˋ 寄居在別人的屋簷下。比喻依附他人生活而不能自立。

寄跡山林 ㄐㄧˋ ㄐㄧ ㄕㄢ ㄌㄧㄣˊ 把自己的形跡寄託於山林之中。比喻過著隱居的生活。

寂 ㄐㄧˋ jì 形①安靜，沒有聲音的。例萬籟俱寂。②孤單，冷清。例孤寂、寂寞。動佛家稱僧尼死亡。例圓寂。

寂然 ㄐㄧˋ ㄖㄢˊ 形容沒有聲音或寂靜無事的樣子。例寂然無聲。

寂寞 ㄐㄧˋ ㄇㄛˋ ①清靜無聲。②冷清孤獨而感到空虛。

寂寥 ㄐㄧˋ ㄌㄧㄠˊ 寂靜冷清。例寂寥蕭條。

寂靜 ㄐㄧˋ ㄐㄧㄥˋ 靜悄悄，沒有聲音。例寂靜無聲。

宿 ㈠ㄙㄨˋ sù 名供休息的處所。例宿舍。形①平素的。例宿願。②老成的，閱歷久的。例宿將、宿儒。③隔夜的。例宿醉。④舊的，積久的。例宿怨。⑤前世的。例宿緣。動過夜。例住宿。
㈡ㄒㄧㄡˋ xiù 名列星。例星宿、二十八宿。
㈢ㄒㄧㄡˇ xiǔ 名一個晚上叫一宿。例連住了三宿。

宿主 ㄙㄨˋ ㄓㄨˇ 寄生物所寄生的生物。也稱為寄主。

宿志 ㄙㄨˋ ㄓˋ 平素的志願。或作「夙志」。

宿雨 ㄙㄨˋ ㄩˇ 昨夜所下的雨。

宿昔 ㄙㄨˋ ㄒㄧˊ ①早晚。比喻時間不長。②往日，從前。

宿怨 ㄙㄨˋ ㄩㄢˋ 舊有的、長久積下的怨恨。

宿疾 ㄙㄨˋ ㄐㄧˊ 舊病，長久以來所患的疾病。

宿根 ㄙㄨˋ ㄍㄣ 草本植物的莖葉雖枯死，但根存於土中，次年又能重新發芽滋長。如薄荷、韭菜等的根。

宿醉 ㄙㄨˋ ㄗㄨㄟˋ 酒醉隔天還沒完全清醒。

宿學 ㄙㄨˋ ㄒㄩㄝˊ 飽學之士。指學問根柢深厚、知識淵博的讀書人。例鴻儒宿學。

宿儒 ㄙㄨˋ ㄖㄨˊ 尊稱老成博學的讀書人。或作「夙儒」。

九畫

富 ㄈㄨˋ fù 名財產，財物。例財富。形①充裕的。例富足、富裕。②年少的。例年富力強。動使豐裕。例富國強兵。

富庶 ㄈㄨˋ ㄕㄨˋ 物產豐富，人民眾多。同富饒。

富貴 ㄈㄨˋ ㄍㄨㄟˋ 錢財多而地位顯貴。

富裕 ㄈㄨˋ ㄩˋ 財物富足充裕。

富豪 ㄈㄨˋ ㄏㄠˊ 指既有錢財又有權勢的人。

富態 ㄈㄨˋ ㄊㄞˋ 體態肥胖豐腴。

富饒 ㄈㄨˋ ㄖㄠˊ 財物充足豐裕。

富可敵國 ㄈㄨˋ ㄎㄜˇ ㄉㄧˊ ㄍㄨㄛˊ 一個人擁有的財富可與國家的資產相比。

富貴榮華 ㄈㄨˋ ㄍㄨㄟˋ ㄖㄨㄥˊ ㄏㄨㄚˊ 家財富有，地位顯貴。稱頌他人有錢有勢。

富麗堂皇 ㄈㄨˋ ㄌㄧˋ ㄊㄤˊ ㄏㄨㄤˊ 形容華麗壯觀，氣勢宏偉。

寒 ㄏㄢˊ hán 名冬季。與「暑」相對。例寒來暑往、寒暑易節。形①窮困的，貧窮的。例清寒、貧寒。②冷的。例寒風、天寒地凍。動①害怕，戰慄。例心寒、膽寒。②使受冷。例一暴十寒。

寒心 ㄏㄢˊ ㄒㄧㄣ ①因失望而感到灰心、痛心。②害怕。

寒毛 ㄏㄢˊ ㄇㄠˊ 人體皮膚表面所生的細毛。

寒舍 ㄏㄢˊ ㄕㄜˋ 對人謙稱自己的家。

寒門 ㄏㄢˊ ㄇㄣˊ ①貧寒微賤的家庭。例出身寒門。②謙稱自己的家。同寒舍。

寒食 ㄏㄢˊ ㄕˊ 約清明節的前一、兩天。古人從這天起，三天不生火做飯，所以稱寒食。

寒流 ㄏㄢˊ ㄌㄧㄡˊ ①指自高緯度流向低緯度的洋流。②氣象學上稱寒冷的氣流。

寒砧 ㄏㄢˊ ㄓㄣ 寒秋時節的擣衣聲。詩詞中常用以描寫秋景的冷落、蕭索。

寒峭 ㄏㄢˊ ㄑㄧㄠˋ 形容冷氣逼人。

寒帶 ㄏㄢˊ ㄉㄞˋ 南極圈和北極圈以內的地帶，氣候嚴寒。反熱帶。

寒窗 ㄏㄢˊ ㄔㄨㄤ 比喻勤學苦讀。例十年寒窗無人問。

寒暄 ㄏㄢˊ ㄒㄩㄢ 見面時彼此問候或談論氣候冷暖之類的應酬話。

寒酸 ㄏㄢˊ ㄙㄨㄢ 形容貧窮之人所表現出的不大方的姿態。

寒戰 ㄏㄢˊ ㄓㄢˋ 因寒冷而戰慄。也作「寒顫」。

寒噤 ㄏㄢˊ ㄐㄧㄣˋ 因寒冷或受驚而引起身體顫動。同寒顫。

寒蟬 ㄏㄢˊ ㄔㄢˊ 到了天冷就不鳴叫的蟬。比喻遇事而不敢直言的人。例噤若寒蟬。

寒露 ㄏㄢˊ ㄌㄨˋ 二十四節氣之一，在每年國曆的十月八日或九日。

寔 ㄕˊ shí 動安置。副通「實」。真實，實在。

寓 ㄩˋ yù 名住所。例公寓。動①寄居。例寓居、寄寓。②寄託。例寓意。③過目。例寓目。

寓目 ㄩˋ ㄇㄨˋ 過目，看到。

寓言 ㄩˋ ㄧㄢˊ ①用淺近假託的故事來說明某個道理。②有所寄託的話。

寓所 ㄩˋ ㄙㄨㄛˇ 所居住的地方。同住所。

寓意 ㄩˋ ㄧˋ 借其他事物以寄託本意。例寓意深刻。

寓禁於征 ㄩˋ ㄐㄧㄣˋ ㄩˊ ㄓㄥ 加重課稅，迫使業者自動停止經營，以達到禁止的目的。

十畫

寐 ㄇㄟˋ mèi 動睡。例夢寐以求、夙興夜寐。

寖 ㄐㄧㄣˋ jìn 副同「浸」。漸漸。例寖淫。

十一畫

寧 ㈠ㄋㄧㄥˊ níng 形安靜，安定。例寧靜、安寧。動探望、省視父母。例歸寧。副情願。例寧缺毋濫、寧死不屈。㈡ㄋㄧㄥˋ nìng 名姓。

寧人 ㄋㄧㄥˊ ㄖㄣˊ 平定人心。例息事寧人。

寧日 ㄋㄧㄥˊ ㄖˋ 安寧平靜的日子。例國無寧日。

寧可 ㄋㄧㄥˊ ㄎㄜˇ 寧願。表示經過比較後所作的選擇。例寧可信其有，不可信其無。

寧靜 ㄋㄧㄥˊ ㄐㄧㄥˋ 環境、心情等顯得安靜。

寧謐 ㄋㄧㄥˊ ㄇㄧˋ 安定平靜。

寧願 ㄋㄧㄥˊ ㄩㄢˋ 寧可，情願。例我寧願走路，也不要搭他的便車。

寧缺毋濫 ㄋㄧㄥˊ ㄑㄩㄝ ㄨˊ ㄌㄢˋ 寧可缺乏，絕不濫取。

寧靜致遠 ㄋㄧㄥˊ ㄐㄧㄥˋ ㄓˋ ㄩㄢˇ 心緒沉靜，思慮可達深遠。

寡 ㄍㄨㄚˇ guǎ 名①指婦女死了丈夫。例寡婦、守寡。②古代王侯的自稱。例寡人有疾。形少，缺少。例寡廉鮮恥。

寡人 ㄍㄨㄚˇ ㄖㄣˊ ①寡德之人。古代王侯自稱的謙詞。②獨自一個人。例他現在是孤家寡人一個。

寡合 ㄍㄨㄚˇ ㄏㄜˊ 性情乖異，很難與人相合。例落落寡合。

寡言 ㄍㄨㄚˇ ㄧㄢˊ 話說得很少。例寡言少語。

寡恩 ㄍㄨㄚˇ ㄣ 為人刻薄，吝於給予恩情。

寡欲 ㄍㄨㄚˇ ㄩˋ 欲望很少。例清心寡欲。

寡聞 ㄍㄨㄚˇ ㄨㄣˊ 見聞貧乏。例孤陋寡聞。

寡頭 ㄍㄨㄚˇ ㄊㄡˊ 掌握經濟、政治大權的少數人。例寡頭政治。

寡斷 ㄍㄨㄚˇ ㄉㄨㄢˋ 不能及時作出決斷。例優柔寡斷。

寡不敵眾 ㄍㄨㄚˇ ㄅㄨˋ ㄉㄧˊ ㄓㄨㄥˋ 人少的抵擋不住人多的。

寡廉鮮恥 ㄍㄨㄚˇ ㄌㄧㄢˊ ㄒㄧㄢˇ ㄔˇ 形容人沒有操守，不知羞恥。同恬不知恥。

寨 ㄓㄞˋ zhài 名①防衛用的柵欄。例土寨、營寨。②村落。例李家寨。③盜寇聚集的地方。例山寨、壓寨夫人。

寞 ㄇㄛˋ mò 形寂靜，冷清。例寂寞、落寞。

察 ㄔㄚˊ chá 動①細看，詳審。例察看、明察秋毫。②考核，調查。例察核、考察。③苛求。例呂氏春秋：「處大官者，不欲小察。」

察核 ㄔㄚˊ ㄏㄜˊ 詳細審查核對而作決定。

察訪 ㄔㄚˊ ㄈㄤˇ 實地調查訪問。

察勘 ㄔㄚˊ ㄎㄢ 作實際的調查了解。例察勘地形。

察言觀色 ㄔㄚˊ ㄧㄢˊ ㄍㄨㄢ ㄙㄜˋ 觀察人的言語和神色，以了解其心意。同鑒貌辨色。

寥 ㄌㄧㄠˊ liáo 名天空。形①稀少，稀疏。例寥若晨星、寥落。②空虛寂靜的。例寂寥、寥闊。

寥落 ㄌㄧㄠˊ ㄌㄨㄛˋ ①稀少，冷清。②寂寞空虛的樣子。

寥廓 ㄌㄧㄠˊ ㄎㄨㄛˋ 形容空曠、高遠的樣子。

寥若晨星 ㄌㄧㄠˊ ㄖㄨㄛˋ ㄔㄣˊ ㄒㄧㄥ 稀少得好像早晨的星星。形容為數很少。

寥寥無幾 ㄌㄧㄠˊ ㄌㄧㄠˊ ㄨˊ ㄐㄧˇ 形容非常稀少，沒有幾個。同寥寥可數。

寢 ㄑㄧㄣˇ qǐn 名①古代帝王的墳墓，或墳墓上祭祀的正殿。例陵寢、寢殿。②臥室。例寢室、內寢。形相貌醜陋的。例貌寢、寢容。動睡覺，臥息。例就寢。

寢具 ㄑㄧㄣˇ ㄐㄩˋ 睡覺的用具。如枕頭、被褥、席子等。

寢食 ㄑㄧㄣˇ ㄕˊ 睡覺和吃飯。泛指日常生活。

寢不安席 ㄑㄧㄣˇ ㄅㄨˋ ㄢ ㄒㄧˊ 形容有心事而不能安穩入睡。

寤 ㄨˋ wù 動①睡醒。例詩經：「窈窕淑女，寤寐求之。」②通「悟」。醒悟，理解。

寤寐以求 ㄨˋ ㄇㄟˋ ㄧˇ ㄑㄧㄡˊ 無時無刻不在渴望著、追求著。

實 ㄕˊ shí 名①草木的果子。例果實。②確切的事跡。例事實、史實。③哲學上指內容。例有名無實。形①充滿的。例虛實、充實。②真誠，真確的。例誠實、實情。副親自去做。例實行、實踐。

實心 ㄕˊ ㄒㄧㄣ ①真心，認真。②物體內部是飽實的。

實在 ㄕˊ ㄗㄞˋ ①實際，其實。②的確。③不馬虎。例這椅子做得很實在。④誠實，不耍花招。例這個商人很實在，童叟無欺。

實地 ㄕˊ ㄉㄧˋ ①親自到現場去做。例實地觀測。②比喻做事踏實、實在。

實況 ㄕˊ ㄎㄨㄤˋ 事情進行的實際情況。例實況轉播。

實物 ㄕˊ ㄨˋ ①真實具體的東西。例實物教學。②實際應用的物品。

實例 ㄕˊ ㄌㄧˋ 實際的例子。例請舉實例說明。

實施 ㄕˊ ㄕ 實際施行。

實現 ㄕˊ ㄒㄧㄢˋ 用行動使理想、願望等成為事實。

實習 ㄕˊ ㄒㄧˊ 實際練習及應用。例教學實習。

實惠 ㄕˊ ㄏㄨㄟˋ 實際的好處、利益。例經濟實惠。

實幹 ㄕˊ ㄍㄢˋ 踏實去做，不投機取巧。例他是靠苦幹實幹發跡致富的。

實業 ㄕˊ ㄧㄝˋ 農、礦、工、商等經濟事業的總稱。

實際 ㄕˊ ㄐㄧˋ ①客觀存在的事物或情況。例理論必須與實際相結合。②實在而具體的。例實際工作。③與事實相符合的。例你的想法不實際。

實踐 ㄕˊ ㄐㄧㄢˋ 親自實行、履行。例實踐諾言。

實質 ㄕˊ ㄓˊ 本質，事物的實在內容。例你們的說法實質上是相同的。

實據 ㄕˊ ㄐㄩˋ 確實的證據。例真憑實據。

實證 ㄕˊ ㄓㄥˋ ①確鑿的證據。②實際地以證據證明。

實驗 ㄕˊ ㄧㄢˋ ①為了證明某種理論或現象，用各種人為的方法加以反覆試驗，並觀察其發展變化。②指實地的試驗。例科學實驗。

實至名歸 ㄕˊ ㄓˋ ㄇㄧㄥˊ ㄍㄨㄟ 有真才實學，則名聲自然會隨之而來。

實事求是 ㄕˊ ㄕˋ ㄑㄧㄡˊ ㄕˋ ①根據實際情況辦事。②做事切實，力求正確。

十二畫

寮 ㄌㄧㄠˊ liáo 名①小屋。例茶寮。②小窗。

寬 ㄎㄨㄢ kuān 名指長方形物體相對兩邊的距離。例寬度。形①餘裕，闊綽。例家境寬裕。②廣闊。與「窄」相對。例寬敞。③度量大，不嚴厲。例寬厚、從寬處理。動①鬆緩，放鬆。例寬心、寬限。②解下，脫下。例寬衣解帶。

寬心 ㄎㄨㄢ ㄒㄧㄣ 放心，安心。

寬衣 ㄎㄨㄢ ㄧ 脫下衣服。例室內暖和，請寬衣。

寬宥 ㄎㄨㄢ ㄧㄡˋ 寬恕，饒恕。

寬厚 ㄎㄨㄢ ㄏㄡˋ 待人寬大厚道。

寬限 ㄎㄨㄢ ㄒㄧㄢˋ 延緩期限。例請寬限幾天，這筆錢我一定如數償還。

寬容 ㄎㄨㄢ ㄖㄨㄥˊ ①心胸寬大有度量。②饒恕，寬恕。

寬恕 ㄎㄨㄢ ㄕㄨˋ 原諒他人的過失。

寬敞 ㄎㄨㄢ ㄔㄤˇ 空間寬闊、寬大。

寬貸 ㄎㄨㄢ ㄉㄞˋ 寬容饒恕。同寬恕。

寬慰 ㄎㄨㄢ ㄨㄟˋ 安慰人使其寬心。例你這番話令他心裡寬慰了許多。

寬緩 ㄎㄨㄢ ㄏㄨㄢˇ 延緩期限。例請再寬緩幾天。

寬縱 ㄎㄨㄢ ㄗㄨㄥˋ 寬容放縱不約束。例可別這樣寬縱小孩！

寬宏大量 ㄎㄨㄢ ㄏㄨㄥˊ ㄉㄚˋ ㄌㄧㄤˋ 形容人的胸襟度量非常寬大。

寬猛相濟 ㄎㄨㄢ ㄇㄥˇ ㄒㄧㄤ ㄐㄧˋ 寬大與嚴厲兩種方法互相調濟配合。同恩威並用。

寫 ㄒㄧㄝˇ xiě 動①手書文字。例寫對聯、寫稿子。②用筆作畫。例寫生、寫真。③描述。例寫景、寫實。

寫生 ㄒㄧㄝˇ ㄕㄥ 直接對著實物或風景描繪的作畫方式。

寫真 ㄒㄧㄝˇ ㄓㄣ ①繪畫圖像。也指畫出來的肖像。②對事物作如實的描寫。③今亦指攝影、藝術照。

寫景 ㄒㄧㄝˇ ㄐㄧㄥˇ 文學創作和繪畫藝術中，對山水花鳥、自然景物等所作的描繪。

寫意 ㄒㄧㄝˇ ㄧˋ ①不求工細，只勾勒大概的一種畫法。②逍遙舒適，無拘無束。

寫照 ㄒㄧㄝˇ ㄓㄠˋ ①摹畫人像。②反映某一事物或時代特點的文字描寫。

審 ㄕㄣˇ shěn 形詳盡，周密的。例審慎。動①仔細推究分析。例審稿、審閱。②訊問案件。例審訊、審案。③詳知。例審悉。副確實，果真。例審如其言。

審判 ㄕㄣˇ ㄆㄢˋ 法官對案件的審理和判決。

審定 ㄕㄣˇ ㄉㄧㄥˋ 審查決定。

審訂 ㄕㄣˇ ㄉㄧㄥˋ 審閱修訂。

審計 ㄕㄣˇ ㄐㄧˋ 會計上對於帳目的審查和核計。

審美 ㄕㄣˇ ㄇㄟˇ 一種對美醜所作的評價和鑒別。

審查 ㄕㄣˇ ㄔㄚˊ 詳細檢查核對。亦作「審察」。

審理 ㄕㄣˇ ㄌㄧˇ 對案件進行審查和處理。

審視 ㄕㄣˇ ㄕˋ 仔細認真察看。例經過反覆審視，他發現這份資料有誤。

審慎 ㄕㄣˇ ㄕㄣˋ 周密謹慎。

審閱 ㄕㄣˇ ㄩㄝˋ 仔細核閱審查。

十三畫

寰 ㄏㄨㄢˊ huán 名 泛稱廣大的境域。例人寰、寰宇。

寰宇 ㄏㄨㄢˊ ㄩˇ ①全世界，全宇宙。②全國。

寰海 ㄏㄨㄢˊ ㄏㄞˇ ①大地，即地球上水陸的總稱。②古時指海內，即全國。

寰球 ㄏㄨㄢˊ ㄑㄧㄡˊ 整個地球，全世界。也作「環球」。

十六畫

寵 ㄔㄨㄥˇ chǒng 名 ①妾的代稱。例納寵、內寵。②尊榮。例譁眾取寵、寵辱偕忘。動 偏愛，溺愛。例寵愛、驕寵。

寵幸 ㄔㄨㄥˇ ㄒㄧㄥˋ 舊時指地位高的人對地位低的人的寵愛。

寵物 ㄔㄨㄥˇ ㄨˋ 家中所養特別偏愛的動物。如貓、狗等。

寵兒 ㄔㄨㄥˇ ㄦˊ 指特別受到寵愛的人或物。

寵信 ㄔㄨㄥˇ ㄒㄧㄣˋ 寵愛信任。

寵愛 ㄔㄨㄥˇ ㄞˋ 特別的偏愛。多用於上對下。

十七畫

寶 ㄅㄠˇ bǎo 名 ①珍貴的物品。例傳家之寶。②舊時銀錢貨幣的通稱。例元寶、通寶。形 ①珍貴的或價值高的。例寶刀、寶石。②一種尊稱。例寶剎、寶號。

寶石 ㄅㄠˇ ㄕˊ 稀有的貴重礦石，硬度在七以上，色澤美麗，不受空氣、藥品的作用而起變化。如鑽石、瑪瑙、水晶等。

寶地 ㄅㄠˇ ㄉㄧˋ ①佛寺的所在。②對初到某地的敬稱。

寶貝 ㄅㄠˇ ㄅㄟˋ ①珍奇寶貴的東西。例這幾件文物真是難得的寶貝。②對小孩的暱稱。也用作情人之間的暱稱。③稱滑稽逗趣、寶裡寶氣的人。例這人真是個寶貝！

寶典 ㄅㄠˇ ㄉㄧㄢˇ 稀有珍貴的書籍。佛家用來比喻佛經。

寶剎 ㄅㄠˇ ㄔㄚˋ ①寺廟的塔。②對佛教寺廟的尊稱。

寶重 ㄅㄠˇ ㄓㄨㄥˋ 珍惜重視。

寶座 ㄅㄠˇ ㄗㄨㄛˋ 最尊貴的座位。

寶庫 ㄅㄠˇ ㄎㄨˋ ①儲藏珍貴物品的地方。例圖書館是知識寶庫。②比喻物產豐富的地方。

寶島 ㄅㄠˇ ㄉㄠˇ 物產豐富的美麗島嶼，特指臺灣。

寶眷 ㄅㄠˇ ㄐㄩㄢˋ 尊稱別人的家屬。

寶貴 ㄅㄠˇ ㄍㄨㄟˋ 貴重，價值極高。

寶塔 ㄅㄠˇ ㄊㄚˇ 佛塔。也用作塔的美稱。

寶殿 ㄅㄠˇ ㄉㄧㄢˋ ①佛家稱宏偉莊嚴的殿堂。例大雄寶殿。②稱帝王所居住的宮殿。

寶藏 ㄅㄠˇ ㄗㄤˋ ①蘊藏在地下的天然資源和礦產。②儲藏的珍貴財物。

寶石婚 ㄅㄠˇ ㄕˊ ㄏㄨㄣ 西洋習俗稱結婚四十五週年。

寶刀未老 ㄅㄠˇ ㄉㄠ ㄨㄟˋ ㄌㄠˇ 比喻人雖已老，但精力或技藝並未衰退。

寸部 ㄘㄨㄣˋ

寸

ㄘㄨㄣˋ cùn 名長度單位。公制一寸為十公分。形形容極短、極小。例手無寸鐵、寸步難行。

寸土 ㄘㄨㄣˋ ㄊㄨˇ 形容土地面積很小。例寸土必爭。

寸心 ㄘㄨㄣˋ ㄒㄧㄣ ①心中，心裡。因心只有方寸之大，所以寸心即是指心。②微小的心意。例聊表寸心。

寸鐵 ㄘㄨㄣˋ ㄊㄧㄝˇ 極為短小的武器。例手無寸鐵。

寸土必爭 ㄘㄨㄣˋ ㄊㄨˇ ㄅㄧˋ ㄓㄥ 連很小的土地也要爭奪。多形容與敵方對峙時絕不退讓的堅定態度。

寸步不離 ㄘㄨㄣˋ ㄅㄨˋ ㄅㄨˋ ㄌㄧˊ 緊緊跟隨，一小步也不離開。比喻非常親近，關係密切。同如影隨形。

寸步難行 ㄘㄨㄣˋ ㄅㄨˋ ㄋㄢˊ ㄒㄧㄥˊ 形容行走困難，或比喻處境艱辛。也作「寸步難移」。

寸草春暉 ㄘㄨㄣˋ ㄘㄠˇ ㄔㄨㄣ ㄏㄨㄟ 比喻父母的恩惠之深，子女難以報答其萬一。寸草：比喻子女。春暉：比喻父母。

三畫

寺

ㄙˋ sì 名①古代官署名。例大理寺、太常寺。②佛教的廟宇，僧人居住的地方。例少林寺。③伊斯蘭教徒禮拜、講經的地方。例清真寺。

寺院 ㄙˋ ㄩㄢˋ 佛寺的通稱，為和尚修行、禮佛的地方。

寺觀 ㄙˋ ㄍㄨㄢˋ 佛寺道觀的合稱。僧人所居稱寺，道士所居稱觀。

六畫

封

ㄈㄥ fēng 名①包好的或用來存放東西的紙袋。例信封、拆封。②疆界，界域。例封疆。③計算包裹或裝上封套物件的量詞。例一封信。④姓。形大。例封豕長蛇。動①古時帝王以土地、爵位賞給有功的人。例分封、封侯。②密合，密閉。例封門、封山。③限制。例故步自封。

封口 ㄈㄥ ㄎㄡˇ ①將開口封閉起來。②閉口不談。

封存 ㄈㄥ ㄘㄨㄣˊ 把東西密封並保存起來。

封底 ㄈㄥ ㄉㄧˇ 與書刊封面相對的一面，即書刊的背面。

封面 ㄈㄥ ㄇㄧㄢˋ 書籍雜誌等最外面的一層。

封建 ㄈㄥ ㄐㄧㄢˋ ①古代帝王把土地、爵位封賞給諸侯，使其各自建立國家。②比喻陳腐守舊的思想。

封條 ㄈㄥ ㄊㄧㄠˊ 封閉房屋或器物的紙條。

封閉 ㄈㄥ ㄅㄧˋ ①嚴密蓋住或關住。②侷限在某一狹小的領域。例思想封閉。

封鎖 ㄈㄥ ㄙㄨㄛˇ 用強制的力量，使與外界斷絕聯繫。例經濟封鎖。

封妻蔭子 ㄈㄥ ㄑㄧ ㄧㄣˋ ㄗˇ 稱人富貴顯達，得到封號，子孫世襲官職。

七畫

射

㊀ㄕㄜˋ shè 動①用彈力或推力發送物體。例發射、噴射。②光線映照。例光芒四射、反射。③用語言或文字暗示。例影射。④猜測，猜度。例射覆。

㊁ㄧㄝˋ yè 名①射干，植物名。多年生草本，葉互生如劍，花黃紅色帶紫色斑點，根可入藥。②僕射，古代職官名。

㊂ㄧˋ yì 名無射，古音律名。

射手 ㄕㄜˋ ㄕㄡˇ ①精於射箭或槍砲射擊的人。②形容投籃極準的籃球隊員。

射門 ㄕㄜˋ ㄇㄣˊ 足球或手球等運動比賽時，把球踢向或投向對方的球門，以期得分的動作。

射程 ㄕㄜˋ ㄔㄥˊ 子彈從槍砲口發射出去到落點的距離。

射獵 ㄕㄜˋ ㄌㄧㄝˋ 即打獵。

八畫

專

ㄓㄨㄢ zhuān 形①集中心志在一件事上。例專心、專注。②獨自掌握和占有的。例專利。③特殊的。例專案、專長。副①精通地。例專攻。②獨占地。例專賣。名姓。

專一 ㄓㄨㄢ ㄧ 心意集中，不為外物所擾。

專心 ㄓㄨㄢ ㄒㄧㄣ 專一心思，集中注意力。

專刊 ㄓㄨㄢ ㄎㄢ 專門討論、探究某項事物或主題的刊物、著作。

專任 ㄓㄨㄢ ㄖㄣˋ 專門擔任某種職務。與「兼任」相對。例專任教授。

專攻 ㄓㄨㄢ ㄍㄨㄥ 專門研究。例她專攻兒童心理學。

專利 ㄓㄨㄢ ㄌㄧˋ 發明者依法申請而得到有關單位的認可，在一定時間內，獨自享有其發明所得的利益。

專注 ㄓㄨㄢ ㄓㄨˋ 集中精神，投入全部注意力。

專長 ㄓㄨㄢ ㄔㄤˊ 專門的學問、技能。例學有專長。

專制 ㄓㄨㄢ ㄓˋ ①任意獨斷行事，要他人依從己意。②君主一人獨自操縱的政體。例專制制度。

專美 ㄓㄨㄢ ㄇㄟˇ 獨享美名。

專政 ㄓㄨㄢ ㄓㄥˋ 掌握政權的人獨斷政事。

專修 ㄓㄨㄢ ㄒㄧㄡ ①專門攻讀。②專門修理。

專家 ㄓㄨㄢ ㄐㄧㄚ 專精於某種學問或技術的人。

專差 ㄓㄨㄢ ㄔㄞ 專為某項任務而派去辦理的人。

專程 ㄓㄨㄢ ㄔㄥˊ　為某事而特別到某地。例我專程到臺北探望家父。

專誠 ㄓㄨㄢ ㄔㄥˊ　真誠，專心誠意。

專橫 ㄓㄨㄢ ㄏㄥˋ　專斷強橫，任意胡作妄為。

專擅 ㄓㄨㄢ ㄕㄢˋ　不請示上級而自作主張，獨斷獨行。

專題 ㄓㄨㄢ ㄊㄧˊ　就某一特定題目所進行的研究或討論。例專題報告。

專斷 ㄓㄨㄢ ㄉㄨㄢˋ　不與人協商而獨斷行事。

專欄 ㄓㄨㄢ ㄌㄢˊ　報章雜誌上專門登載同一作家或某一性質文章的版面。

專心致志 ㄓㄨㄢ ㄒㄧㄣ ㄓˋ ㄓˋ　形容人一心一意，聚精會神。反心猿意馬。

專橫跋扈 ㄓㄨㄢ ㄏㄥˋ ㄅㄚˊ ㄏㄨˋ　形容人獨斷專行，蠻不講理。

將

㈠ㄐㄧㄤ jiāng 動①取，拿。例將酒菜來、將功折罪。②攙扶，扶持。例扶將。③做，進行。例慎重將事。④調養，休養。例將息、將養。⑤下象棋的術語，指攻擊對方的將或帥。例將一軍。副①快要。例老之將至。②會，可能。例將要。助用在動詞後，表示動作的開始。例走將進去、打將起來。連又，且。例將信將疑。介把。例將門關好。

㈡ㄐㄧㄤˋ jiàng 名①高級軍官。例名將、將領。②軍階名。在校官之上。例少將、上將。動統率。例韓信將兵，多多益善。

㈢ㄑㄧㄤ qiāng 動願，請求。例詩經：「將子無怒，秋以為期。」副形容鑼鼓聲。

將士 ㄐㄧㄤˋ ㄕˋ　軍官和士兵。例向三軍將士致敬。

將要 ㄐㄧㄤ ㄧㄠˋ　快要。表示行為或情況即將發生的副詞。

將帥 ㄐㄧㄤˋ ㄕㄨㄞˋ　統率部隊的指揮官。

將息 ㄐㄧㄤ ㄒㄧ　調養休息。

將就 ㄐㄧㄤ ㄐㄧㄡˋ　勉強遷就不滿意的環境或事物。

將心比心 ㄐㄧㄤ ㄒㄧㄣ ㄅㄧˇ ㄒㄧㄣ　以自己的立場去衡量別人的立場，設身處地為他人著想。同推己及人。

將計就計 ㄐㄧㄤ ㄐㄧˋ ㄐㄧㄡˋ ㄐㄧˋ　利用對方的計策反過來對付他。

將信將疑 ㄐㄧㄤ ㄒㄧㄣˋ ㄐㄧㄤ ㄧˊ　既有點相信，又有點懷疑，難以斷定真假。同半信半疑。

將錯就錯 ㄐㄧㄤ ㄘㄨㄛˋ ㄐㄧㄡˋ ㄘㄨㄛˋ　事情既然已經做錯，索性遷就既成的錯誤行事。

尉

㈠ㄨㄟˋ wèi 名①軍階名。在士官之上，校官之下。例上尉。②古代官名。掌管地方治安和典獄。例太尉、廷尉。

㈡ㄩˋ yù 名姓。又有「尉遲」為複姓。

九畫

尊

ㄗㄨㄣ zūn 名①對長輩的敬稱。例尊長。②古代酒器。③用於神佛塑像或大砲的量詞。例一尊佛像、兩尊大砲。形①顯貴的。例尊貴。②崇高的。與「卑」相對。例天尊地卑。③對人的敬稱。例尊兄、尊駕。動敬重。例尊敬。

尊府 ㄗㄨㄣ ㄈㄨˇ　①敬稱他人的住宅。②敬稱他人的父親。

尊長 ㄗㄨㄣ ㄓㄤˇ 敬稱地位或輩分比自己高的人。

尊卑 ㄗㄨㄣ ㄅㄟ ①尊貴與卑賤。例在法律面前人人平等，不論尊卑、男女、老少。②長輩和晚輩。

尊重 ㄗㄨㄣ ㄓㄨㄥˋ ①尊敬，重視。②行為莊重。例請你放尊重點！

尊崇 ㄗㄨㄣ ㄔㄨㄥˊ 尊敬推崇。例他德高望重，受人尊崇。

尊貴 ㄗㄨㄣ ㄍㄨㄟˋ 高貴，高尚。

尊敬 ㄗㄨㄣ ㄐㄧㄥˋ 重視而恭敬。

尊稱 ㄗㄨㄣ ㄔㄥ 尊敬的稱呼別人。

尊親 ㄗㄨㄣ ㄑㄧㄣ ①輩分高的親屬，指祖輩及父母。②尊敬父母或長輩。③敬稱他人的父母或親屬。

尊嚴 ㄗㄨㄣ ㄧㄢˊ ①尊貴莊嚴。②不容侵犯的身分或地位。例民族的尊嚴。

尊夫人 ㄗㄨㄣ ㄈㄨ ㄖㄣˊ 原本是對他人母親的敬稱，後用來尊稱他人的妻子。

尊王攘夷 ㄗㄨㄣ ㄨㄤˊ ㄖㄤˇ ㄧˊ 尊重王室，攘除夷狄。

尊姓大名 ㄗㄨㄣ ㄒㄧㄥˋ ㄉㄚˋ ㄇㄧㄥˊ 當面問人姓名的敬語。例請問尊姓大名。

尊師重道 ㄗㄨㄣ ㄕ ㄓㄨㄥˋ ㄉㄠˋ 尊敬師長，重視道德規範。

尋 ㄒㄩㄣˊ xún 名古代長度單位，八尺稱為一尋。動找，探求。例找尋、尋根究柢。副平常，普通。例尋常。

尋求 ㄒㄩㄣˊ ㄑㄧㄡˊ 尋找追求。例尋求真理。

尋芳 ㄒㄩㄣˊ ㄈㄤ ①出外遊玩賞花。②比喻狎妓。

尋事 ㄒㄩㄣˊ ㄕˋ 鬧事，故意找麻煩。同挑釁。

尋味 ㄒㄩㄣˊ ㄨㄟˋ 仔細琢磨體會，探索玩味。例耐人尋味。

尋思 ㄒㄩㄣˊ ㄙ 反覆思索、考慮。

尋根 ㄒㄩㄣˊ ㄍㄣ 尋找根源。特指尋找祖籍及祖先的系譜。

尋幽 ㄒㄩㄣˊ ㄧㄡ ①尋覓幽美的勝地。②探求深奧的道理。例尋幽入微。

尋常 ㄒㄩㄣˊ ㄔㄤˊ 普通，平常。例尋常人家。

尋覓 ㄒㄩㄣˊ ㄇㄧˋ 尋找，探求。

尋釁 ㄒㄩㄣˊ ㄒㄧㄣˋ 故意找人麻煩，製造事端。或作「尋隙」。

尋短見 ㄒㄩㄣˊ ㄉㄨㄢˇ ㄐㄧㄢˋ 尋求一時的解脫，指自殺。

尋幽訪勝 ㄒㄩㄣˊ ㄧㄡ ㄈㄤˇ ㄕㄥˋ 尋找探求景色優美的地方。

尋根究底 ㄒㄩㄣˊ ㄍㄣ ㄐㄧㄡˋ ㄉㄧˇ 追究事物的原由底細。也作「尋根問底」。

十一畫

對 ㄉㄨㄟˋ duì 名①成雙的人或物。例出雙入對。②用於成雙的人或物的量詞。例一對新人、一對鸚鵡。形①正確，相合的。例你說得對、數目不對。②對面的。例對岸、對方。動①回答，答話。例無言以對、對答如流。②向著，朝著。例對天發誓、對酒當歌。③對待，看待。例對症下藥、對事不對人。④比照檢查。例校對、核對。⑤適合，投合。例不對胃口、對味。介表示動作的對象。例形勢對我們有利。

對口 ㄉㄨㄟˋ ㄎㄡˇ ①兩人交替著說或唱的表演方式。例對口相聲。②指雙方在工作內容和性質上一致。例對口單位。

對子 ㄉㄨㄟˋ ˙ㄗ ①對偶的詞句。例對對子。②即對聯。例寫對子。

對比 ㄉㄨㄟˋ ㄅㄧˇ 將兩種事物相互比較對照，以突顯彼此的特性。例今昔對比。

對仗 ㄉㄨㄟˋ ㄓㄤˋ 詩文中對偶的語句。

對白 ㄉㄨㄟˋ ㄅㄞˊ 戲劇、電影中人物之間的對話。

對折 ㄉㄨㄟˋ ㄓㄜˊ 一半的折扣。例打對折。

對於 ㄉㄨㄟˋ ㄩˊ 表示引進對象或事物關係的介詞。例我對於名利毫無興趣。

對勁 ㄉㄨㄟˋ ㄐㄧㄣˋ 合適，投合。與否定詞連用時，則表示情況有異。

對峙 ㄉㄨㄟˋ ㄓˋ 相對而立。例兩山對峙。

對保 ㄉㄨㄟˋ ㄅㄠˇ 保證人具書面保證後，當面向保證人核對，證明保證屬實的手續。

對酌 ㄉㄨㄟˋ ㄓㄨㄛˊ 兩人相對飲酒。

對答 ㄉㄨㄟˋ ㄉㄚˊ 回答。例對答如流。

對策 ㄉㄨㄟˋ ㄘㄜˋ ①漢代以來應試者回答有關國策的提問。②對付的策略方法。

對象 ㄉㄨㄟˋ ㄒㄧㄤˋ ①行動或思考時所針對的人或事物。例研究對象。②指正在談戀愛而有可能論及婚嫁的人。

對照 ㄉㄨㄟˋ ㄓㄠˋ ①互相對比參照。例中英對照。②用相反對比的方法，以加強或襯托兩者的特性。

對稱 ㄉㄨㄟˋ ㄔㄣˋ 圖形或物體的中央，以一條假想的線作軸時，其左右或上下的形式完全相同。例人體的左右兩邊在外觀上是對稱的。

對質 ㄉㄨㄟˋ ㄓˋ 指訴訟關係人在法庭上面對面互相質問。也泛指與問題有關連的各方當面對證。

對聯 ㄉㄨㄟˋ ㄌㄧㄢˊ 相對偶的語句，分上下兩聯。

對證 ㄉㄨㄟˋ ㄓㄥˋ ①為了證明是否真實而加以核對。例當面對證。②證據，憑證。例死無對證。

對簿 ㄉㄨㄟˋ ㄅㄨˋ 受審問。因審問時須根據文狀核對事實。例對簿公堂。

對臺戲 ㄉㄨㄟˋ ㄊㄞˊ ㄒㄧˋ 兩個戲班子出於競爭，在鄰近的地點同時演出同樣的戲碼。比喻雙方競爭的同類工作或事情。例唱對臺戲。

對講機 ㄉㄨㄟˋ ㄐㄧㄤˇ ㄐㄧ 一種短距離的通話器具，利用電話原理製造而成。

對牛彈琴 ㄉㄨㄟˋ ㄋㄧㄡˊ ㄊㄢˊ ㄑㄧㄣˊ 比喻對愚蠢或不懂道理的人講道理，或說話不看對象。

對症下藥 ㄉㄨㄟˋ ㄓㄥˋ ㄒㄧㄚˋ ㄧㄠˋ 針對病症開出藥方。比喻針對實際情況，採取有效措施來解決問題。

對簿公堂 ㄉㄨㄟˋ ㄅㄨˋ ㄍㄨㄥ ㄊㄤˊ 訴之於法庭，以解決事端。

十三畫

導 ㄉㄠˇ dǎo 動 ①帶領，引入。例導航、導入正道。②傳達。例導電、導熱。③啟發。例開導、教導。④疏通。例疏導。

導致 ㄉㄠˇ ㄓˋ 引起，造成。

導航 ㄉㄠˇ ㄏㄤˊ 利用電子裝置引導飛機、輪船等航行。

導遊 ㄉㄠˇ ㄧㄡˊ 帶領遊客觀光名勝並加以介紹解說的人。

導電 ㄉㄠˇ ㄉㄧㄢˋ 讓電流通過。如鐵絲、銅線等都能導電。

導演 ㄉㄠˇ ㄧㄢˇ ①指導戲劇演出或影片拍攝等工作的總指揮。②布置策劃，暗中教唆別人做事。

導論 ㄉㄠˇ ㄌㄨㄣˋ 在書本或文章的最前面，用來說明主旨或中心思想的概括性論述。同導言、緒論。

導線 ㄉㄠˇ ㄒㄧㄢˋ 輸送電流的金屬線。多用銅或鋁製成。

導彈 ㄉㄠˇ ㄉㄢˋ 即導向飛彈。指裝有彈頭、動力裝置和導向控制系統的高速飛行武器，發射後可經控制系統的引導，擊中預定目標。

導火線 ㄉㄠˇ ㄏㄨㄛˇ ㄒㄧㄢˋ ①使爆炸物爆發的引線。②比喻直接引起事件發生的近因。

小部 ㄒㄧㄠˇ

小

ㄒㄧㄠˇ xiǎo 名①妾。例嫁給人做小。②人品不好或地位低微的人。例小人、宵小。形①與「大」相對。指面積、體積、容積、數量、程度等方面不大的。例小城、小入物。②年紀輕的。例小夥子。③排行在後面的。例小兒子、小叔叔。④心地器量狹窄。例心眼兒小、量小非君子。⑤謙稱自己或與自己有關的人事物。例小店、小女。動輕視。例孟子：「登泰山而小天下。」副①表示程度輕微。例牛刀小試。②表示時間短暫。例小睡、小住。

小人 ㄒㄧㄠˇ ㄖㄣˊ ①平民百姓。②自稱的謙詞。③指沒有修養、人格卑下的人。反君子。

小犬 ㄒㄧㄠˇ ㄑㄩㄢˇ ①小狗。②謙稱自己的兒子。

小月 ㄒㄧㄠˇ ㄩㄝˋ ①農曆二十九天、國曆三十天的月分。②指某一行業生意較清淡的月分。例度小月。

小丑 ㄒㄧㄠˇ ㄔㄡˇ ①在戲劇中做滑稽表演的人。②比喻舉止不莊重、善於逗趣的人。

小可 ㄒㄧㄠˇ ㄎㄜˇ 輕微，尋常。例非同小可。

小字 ㄒㄧㄠˇ ㄗˋ ①乳名，小名。如蜀後主劉禪小字阿斗。②小楷。

小吃 ㄒㄧㄠˇ ㄔ ①通常指點心之類的食物。②簡單、價錢低的菜餚。

小別 ㄒㄧㄠˇ ㄅㄧㄝˊ 短時間的離別。例小別勝新婚。

小品 ㄒㄧㄠˇ ㄆㄧㄣˇ ①佛經的簡本。詳本稱為大品。②指短評、雜感之類篇幅短小、雋永洗鍊的文章。例明人小品、廣播小品。

小酌 ㄒㄧㄠˇ ㄓㄨㄛˊ 小飲，簡便的宴飲。

小氣 ㄒㄧㄠˇ ㄑㄧˋ 器量小，吝嗇。也作「小器」。反大方。

小產 ㄒㄧㄠˇ ㄔㄢˇ 懷孕不足月就產出嬰兒，即流產。

小康 ㄒㄧㄠˇ ㄎㄤ ①國家社會安定，人民生活安樂，但未達大同理想的階段。②家庭經濟可以維持中等的生活水準。例小康之家。

小販 ㄒㄧㄠˇ ㄈㄢˋ 沿街叫賣或擺攤做小生意的人。

小費 ㄒㄧㄠˇ ㄈㄟˋ 在應付的款項之外額外加給的錢。

小補 ㄒㄧㄠˇ ㄅㄨˇ 小有助益。例不無小補。

小傳 ㄒㄧㄠˇ ㄓㄨㄢˋ 個人的簡短傳記。

小節 ㄒㄧㄠˇ ㄐㄧㄝˊ ①與原則無關的細微事情或行為。②樂曲節拍的段落。

小說 ㄒㄧㄠˇ ㄕㄨㄛ 透過人物的塑造，情節和環境的描述，來反映人類生活各個層面的文學作品。

小調 ㄒㄧㄠˇ ㄉㄧㄠˋ 流行於民間的俚俗歌曲。例江南小調。

小憩 ㄒㄧㄠˇ ㄑㄧˋ 稍作休息。

小器 ㄒㄧㄠˇ ㄑㄧˋ ①器量小，吝嗇。也作「小氣」。②形容人才學淺薄，格局小。

小覷 ㄒㄧㄠˇ ㄑㄩˋ 小看，輕視。例你太小覷人了。

小小說 ㄒㄧㄠˇ ㄒㄧㄠˇ ㄕㄨㄛ 篇幅比短篇小說更短，但仍具有小說各種要素的文體。

小心眼 ㄒㄧㄠˇ ㄒㄧㄣ ㄧㄢˇ 比喻胸襟、器量狹小。

小夜曲 ㄒㄧㄠˇ ㄧㄝˋ ㄑㄩˇ 一種抒情歌曲，為獨唱或獨奏形式。源於歐洲中世紀騎士文學，多以愛情為主題。

小兒科 ㄒㄧㄠˇ ㄦˊ ㄎㄜ ①專治兒童疾病的醫學分科。②嘲諷人小氣、吝嗇。

小品文 ㄒㄧㄠˇ ㄆㄧㄣˇ ㄨㄣˊ 篇幅短小，形式活潑，內容豐富多樣的散文。

小動作 ㄒㄧㄠˇ ㄉㄨㄥˋ ㄗㄨㄛˋ 在背地裡做不正當的動作以達到個人的某種目的。

小夥子 ㄒㄧㄠˇ ㄏㄨㄛˇ ˙ㄗ 泛稱青年男子。

小辮子 ㄒㄧㄠˇ ㄅㄧㄢˋ ˙ㄗ ①細小的髮辮。②比喻個人的弱點或把柄。

小心翼翼 ㄒㄧㄠˇ ㄒㄧㄣ ㄧˋ ㄧˋ 形容舉動十分謹慎，毫不疏忽。

小巧玲瓏 ㄒㄧㄠˇ ㄑㄧㄠˇ ㄌㄧㄥˊ ㄌㄨㄥˊ 形容器物細緻精巧。也形容女子嬌小靈巧，秀氣可愛。

小姑獨處 ㄒㄧㄠˇ ㄍㄨ ㄉㄨˊ ㄔㄨˇ 女子尚未出嫁。

小家碧玉 ㄒㄧㄠˇ ㄐㄧㄚ ㄅㄧˋ ㄩˋ 小戶人家的女兒。反大家閨秀。

小鳥依人 ㄒㄧㄠˇ ㄋㄧㄠˇ ㄧ ㄖㄣˊ 形容小孩或女子依傍他人的嬌怯樣子。

小試鋒芒 ㄒㄧㄠˇ ㄕˋ ㄈㄥ ㄇㄤˊ 稍微顯露一下技能和才幹。

小道消息 ㄒㄧㄠˇ ㄉㄠˋ ㄒㄧㄠ ㄒㄧˊ 道聽塗說的不可靠消息。

小題大做 ㄒㄧㄠˇ ㄊㄧˊ ㄉㄚˋ ㄗㄨㄛˋ 把小事當作大事來處理，有誇張、不適宜的意思。

一畫

少 ㈠ㄕㄠˇ shǎo 形數量不多的。例稀少、以少勝多。動①缺乏。例必不可少。②不足，虧欠。例不會少你錢的。③丟失，遺失。例我的錢少了。副①不是經常的。例人間少有、少見多怪。②短時間。例少安勿躁。

㈡ㄕㄠˋ shào 名年輕人。例男女老少。形年紀輕的。例少男少女。

少小 ㄕㄠˋ ㄒㄧㄠˇ 小時候。例賀知章．回鄉偶書詩：「少小離家老大回。」

少年 ㄕㄠˋ ㄋㄧㄢˊ ①年輕的時候。②年輕的男子。

少壯 ㄕㄠˋ ㄓㄨㄤˋ ①年輕力壯的時候。例少壯不努力，老大徒傷悲。②指年輕力強的人。

少許 ㄕㄠˇ ㄒㄩˇ 些微，少量。

少婦 ㄕㄠˋ ㄈㄨˋ 年輕的已婚女子。

少頃 ㄕㄠˇ ㄑㄧㄥˇ 不久，一會兒。

少不更事 ㄕㄠˋ ㄅㄨˋ ㄍㄥ ㄕˋ 年紀輕而閱歷淺薄，缺乏經驗。也作「少不經事」。

少年老成 ㄕㄠˋ ㄋㄧㄢˊ ㄌㄠˇ ㄔㄥˊ 年紀雖輕，辦事卻穩重老練。

少安毋躁 ㄕㄠˇ ㄢ ㄨˊ ㄗㄠˋ 勸人暫且耐心等待，不要急躁。

少見多怪 ㄕㄠˇ ㄐㄧㄢˋ ㄉㄨㄛ ㄍㄨㄞˋ 嘲笑人見聞淺陋，遇事多以為驚奇怪異。

三畫

尖 ㄐㄧㄢ jiān 名①物體細小而銳利的末端。例針尖、筆尖。②頂端突出的部分。例山尖。形①感覺敏銳。例耳朵尖、眼睛尖。②銳利的。例尖刀、尖銳。③嗓音高而細。例尖聲叫喊。④形容出類拔萃。例頂尖、拔尖。⑤不厚道。例尖酸刻薄。⑥在前端或頂端的。例尖峰時間。

尖兵 ㄐㄧㄢ ㄅㄧㄥ ①行軍時走在最前面擔任搜索、警戒的小分隊。②比喻在工作上能在前面開創引導的人。

尖端 ㄐㄧㄢ ㄉㄨㄢ ①尖銳的頂端。②比喻最先進的，最突出的。例尖端科技。

尖銳 ㄐㄧㄢ ㄖㄨㄟˋ ①尖細鋒利。例這錐子相當尖銳。②銳利，敏銳而深刻。例眼光尖銳。③聲音高而刺耳。例尖銳的喇叭聲。

尖酸刻薄 ㄐㄧㄢ ㄙㄨㄢ ㄎㄜˋ ㄅㄛˊ 言辭銳利，待人苛刻不厚道。

五畫

尚 ㄕㄤˋ shàng 名姓。動①尊崇，重視。例崇尚、尚武。②自誇。例自尚其功。副還。例革命尚未成功。

尚武 ㄕㄤˋ ㄨˇ 注重軍事或武術。例尚武精神。

尚饗 ㄕㄤˋ ㄒㄧㄤˇ 祭祀時希望鬼神來享用祭品的祝詞。多用作祭文的結語。

尚方寶劍 ㄕㄤˋ ㄈㄤ ㄅㄠˇ ㄐㄧㄢˋ 指皇帝御用的寶劍，持劍的大臣有先斬後奏的特權。

十畫

尟 ㄒㄧㄢˇ xiǎn 副同「鮮」。少。

尢部 ㄨㄤ

尢 ㄨㄤ wāng 形腳跛，曲背，走路不正。

一畫

尤 ㄧㄡˊ yóu 名①過失。例以儆效尤。②姓。形特異的，突出的。例尤物。動怨恨，怪罪。例怨天尤人。副格外，更加。例尤甚、尤佳。

尤人 ㄧㄡˊ ㄖㄣˊ 怪罪於他人。例怨天尤人。

尤其 ㄧㄡˊ ㄑㄧˊ 特別，格外。例此地風景尤其漂亮。

尤物 ㄧㄡˊ ㄨˋ ①特出的人物。②絕色的美女。③珍貴的物品。

尤甚 ㄧㄡˊ ㄕㄣˋ 更甚，更加。表示更進一層。

四畫

尨 ㈠ㄇㄤˊ máng 名 多毛狗。㈡ㄆㄤˊ páng 形 ①通「龐」。巨大的樣子。例尨然大物。②雜色的。例尨服。㈢ㄇㄥˊ méng 見「尨茸」。

尨茸 ㄇㄥˊ ㄖㄨㄥˊ 蓬鬆雜亂的樣子。

尪 ㄨㄤ wāng 名 骨骼彎曲症。形 瘦弱。例尪病、尪羸。

尬 ㄍㄚˋ gà 見「尷尬」。

九畫

就 ㄐㄧㄡˋ jiù 動 ①靠近，接近。例避重就輕、就著燈光。②從事。例就業、就職。③成功，完成。例功成名就。④依從。例半推半就、遷就。副 ①立刻。例我去去就來。②只有，僅僅。例就是他意見多。③早已。例天才一亮他就走了。④偏偏。表示堅決。例我就不信我學不會。⑤表示事實正是如此。例他的家就在這裡。介 依照。例就事論事。連 ①表示動作連續。例一經涼亭，就停下來休息。②表示選擇。例不是黑的，就是白的。

就木 ㄐㄧㄡˋ ㄇㄨˋ 入棺，指死亡。例行將就木。

就手 ㄐㄧㄡˋ ㄕㄡˇ 順手，順便。例請就手把門關上。

就地 ㄐㄧㄡˋ ㄉㄧˋ 就在原地。例就地取材。

就任 ㄐㄧㄡˋ ㄖㄣˋ 到職，到任。例就任新職。

就位 ㄐㄧㄡˋ ㄨㄟˋ 進到自己應該在的位置上。

就是 ㄐㄧㄡˋ ㄕˋ ①表示肯定或決定的語氣。例不要說了！我去就是。②表示同意。例就是，你應該這樣做。③用於句末，表示答應或訴求。例叫他出來就是。④連詞：⑴表示選擇。例不是今天就是明天。⑵表示假設性的讓步，有縱然、即使的意思。例就是再難，我也要把這項任務完成。⑶表示進一層，有同時、而且的意思。例不但你不相信，就是我也深感懷疑。⑷表示轉折，有不過、只是的意思。例這衣服真不錯，就是小了點。

就近 ㄐㄧㄡˋ ㄐㄧㄣˋ 選擇較近的地方。例孩子就近上學。

就便 ㄐㄧㄡˋ ㄅㄧㄢˋ 順便。例你要的書就便帶來了。

就教 ㄐㄧㄡˋ ㄐㄧㄠˋ 前往他人那裡去向人請教。

就裡 ㄐㄧㄡˋ ㄌㄧˇ 內幕，內部情況。例不明就裡。

就義 ㄐㄧㄡˋ ㄧˋ 為正義而犧牲生命。例慷慨就義。

就勢 ㄐㄧㄡˋ ㄕˋ 順便，順著某種動作的姿勢或情勢上的便利。例他一推，那女子便就勢倒在地上又哭又喊。

就業 ㄐㄧㄡˋ ㄧㄝˋ 任職工作。

就寢 ㄐㄧㄡˋ ㄑㄧㄣˇ 上床睡覺。

就緒 ㄐㄧㄡˋ ㄒㄩˋ 事情安排妥當。例準備就緒。

就範 ㄐㄧㄡˋ ㄈㄢˋ 強迫他人順從己意，聽任支配和約束。

就學 ㄐㄧㄡˋ ㄒㄩㄝˊ 到學校求學。

就職 ㄐㄧㄡˋ ㄓˊ 正式上任。多指較高的職位。

就醫 ㄐㄧㄡˋ ㄧ 到醫師那裡治病。例保外就醫。

就地正法 ㄐㄧㄡˋ ㄉㄧˋ ㄓㄥˋ ㄈㄚˇ 在犯罪的所在地執行死刑。

就地取材 ㄐㄧㄡˋ ㄉㄧˋ ㄑㄩˇ ㄘㄞˊ 在當地取得所需的材料。

就事論事 ㄐㄧㄡˋ ㄕˋ ㄌㄨㄣˋ ㄕˋ 就事情本身的情況來評論是非。

十四畫

尷

ㄍㄢ gān 見「尷尬」。

尷尬 ㄍㄢ ㄍㄚˋ ①處境困難，不好處理。例這件事弄得我好尷尬。②難為情，神態不自然的樣子。

尸部 ㄕ

尸

ㄕ shī 名①同「屍」。死人的身體。例死尸、僵尸。②古時代表死者受祭、象徵死者神靈的活人。動空居其位而不做事。例尸位素餐。

尸首 ㄕ ㄕㄡˇ 死人的軀體。

尸諫 ㄕ ㄐㄧㄢˋ 稱以死諫君。也泛指以死勸諫別人。

尸位素餐 ㄕ ㄨㄟˋ ㄙㄨˋ ㄘㄢ 占著職位不做事，白領俸祿。

一畫

尺

㊀ㄔˇ chǐ 名①量長短的器具。例鐵尺、皮尺。②計算長度的單位。十寸為一尺，十尺為一丈。③書信。例尺牘。形微小的。例尺寸之地。

㊁ㄔㄜˇ chě 名工尺，舊時樂譜記音的符號。

尺寸 ㄔˇ ㄘㄨㄣˋ ①東西的長度、大小。例衣服的尺寸。②分寸，節度。例凡事都要有個尺寸。③比喻少許，短小。例尺寸之功。

尺度 ㄔˇ ㄉㄨˋ ①尺寸長短的定制。②標準，法制規定的範圍。例只要放寬錄取尺度，我肯定可以進大學。

尺素 ㄔˇ ㄙㄨˋ 書信。

尺牘 ㄔˇ ㄉㄨˊ 泛指書信。

二畫

尼

ㄋㄧˊ ní 名泛稱出家的女子。例比丘尼、削髮為尼。

尼姑 ㄋㄧˊ ㄍㄨ 削髮出家、修行奉佛的女子。

尼庵 ㄋㄧˊ ㄢ 即尼姑庵，為尼姑居住修行的地方。

尼龍 ㄋㄧˊ ㄌㄨㄥˊ 英語 nylon 的音譯。一種由聚醯胺類合成的人造纖維，質地堅韌，極富彈性。

尼古丁 ㄋㄧˊ ㄍㄨˇ ㄉㄧㄥ 存在於菸草中的有毒生物鹼，味辣，有刺激性，是香菸中危害人體的毒素。也叫菸鹼。

四畫

尻

ㄎㄠ kāo 名①臀部，脊椎骨的末端。②比喻托根的地方。

尿

ㄋㄧㄠˋ niào 名人或動物經腎臟析出、由尿道排泄的液體，即小便。例撒尿、屁滾尿流。動排尿。例尿床。

尿床 ㄋㄧㄠˋ ㄔㄨㄤˊ 在睡夢中將小便排在床上。

尿素 ㄋㄧㄠˋ ㄙㄨˋ 一種含氫基的有機化合物，可作肥料、化工原料和製藥。

尿道 ㄋㄧㄠˋ ㄉㄠˋ 排泄尿液的管道，由膀胱向外伸展而通向體外。

尿毒症 ㄋㄧㄠˋ ㄉㄨˊ ㄓㄥˋ 由於腎臟功能衰竭，體內的廢物無法排除，從而引起厭食、噁心、嘔吐、昏迷等症狀，甚至會導致死亡。

尾

ㄨㄟˇ wěi 名①鳥獸蟲魚等脊椎末端突出的部分，具有平衡身體的作用。例尾巴、魚尾。②末端，最後。例首尾。③二十八星宿之一。例尾宿。④計算魚的量詞。例三尾魚。形①殘餘的。例尾數、尾款。②末端的，後面的。例尾聲。動①追隨，在後面跟著。例尾隨。②鳥獸交配。例交尾。

尾數 ㄨㄟˇ ㄕㄨˋ ①小數點後面的數。②帳款結算後的零數部分。如四千萬零三百元，三百元就是尾數。

尾燈 ㄨㄟˇ ㄉㄥ 尾部的燈，其作用在引起後面的車輛或行人注意。

尾隨 ㄨㄟˇ ㄙㄨㄟˊ 在後面緊緊跟著。

尾聲 ㄨㄟˇ ㄕㄥ ①大型樂曲、文學作品等的最後一部分。②比喻事情快要結束的階段。

尾翼 ㄨㄟˇ ㄧˋ 安裝在飛機尾部，用來保持飛行的平衡。有水平尾翼和垂直尾翼。

尾鰭 ㄨㄟˇ ㄑㄧˊ 魚類尾部的鰭，是游水行進時用來轉身換位用的。

尾大不掉 ㄨㄟˇ ㄉㄚˋ ㄅㄨˋ ㄉㄧㄠˋ 比喻部屬的勢力強大，在上者難以指揮調動。也比喻機構過於龐雜，指揮不靈。

屁

ㄆㄧˋ pì 名從肛門排出的臭氣。引申為罵人的話。例放屁、屁話。

屁股 ㄆㄧˋ ㄍㄨˇ ①臀部的俗稱。②泛指動物身體後面靠近肛門的部分。

屁股眼 ㄆㄧˋ ㄍㄨˇ ㄧㄢˇ 俗稱肛門。

屁滾尿流 ㄆㄧˋ ㄍㄨㄣˇ ㄋㄧㄠˋ ㄌㄧㄡˊ 形容非常驚懼恐慌、狼狽不堪的樣子。

局

ㄐㄩˊ jú 名①政府機關分工辦事的單位。例教育局、鐵路局。②商店的稱呼。例書局、藥局。③部分。例局部。④形勢，情況。例時局、結局。⑤組織，結構。例布局、格局。⑥棋盤。例棋局。⑦下棋或球類比賽的單位詞，一次叫一局。例下了兩局棋、棒球賽的第三局開始了。⑧圈套，陷阱。例騙局。⑨人的胸襟、器量。例局量、局度。⑩聚會。例牌局、賭局。動拘束。例局促、局限。

局外 ㄐㄩˊ ㄨㄞˋ 範圍之外，毫不相干的。

局面 ㄐㄩˊ ㄇㄧㄢˋ 形勢、情況或事情的狀態。

局促 ㄐㄩˊ ㄘㄨˋ ①地方狹小。例這房子的客廳顯得太局促了。②時間短促，緊迫。③態度拘謹、不安適的樣子。例請諸位放輕鬆，不必太局促。

局限 ㄐㄩˊ ㄒㄧㄢˋ 限制在狹窄的範圍內。例眼光放遠一點，不要局限於眼前的利益。

局部 ㄐㄩˊ ㄅㄨˋ 整體的一部分。例局部麻醉。

局勢 ㄐㄩˊ ㄕˋ 整個局面的發展勢態和情況。例目前國際間的局勢顯得有些緊張。

五畫

屄 ㄅㄧ bi 名俗稱女子的生殖器。

屆 ㄐㄧㄝˋ jiè 名量詞。相當於「次」、「期」。例本屆、第七屆。動至，到。例屆時、屆期。

屆時 ㄐㄧㄝˋ ㄕˊ 到時。例屆時一定前來祝賀。

屆期 ㄐㄧㄝˋ ㄑㄧˊ 到達約定的日期。

屆滿 ㄐㄧㄝˋ ㄇㄢˇ 期限已滿。

居 ㄐㄩ jū 名①住所。例故居、遷居。②商店或飯館等的稱號。例仁里居、沙鍋居。動①住。例同居、分居。②處在某種位置。例居首、居中。③當，任。例居功、居官。④積蓄，儲存。例囤積居奇、奇貨可居。⑤止息，停留。例歲月不居、變動不居。⑥坐下。例論語：「居，吾語汝。」

居心 ㄐㄩ ㄒㄧㄣ 存心，懷著某種念頭。例你是何居心？

居中 ㄐㄩ ㄓㄨㄥ 在兩方中間，當中。

居功 ㄐㄩ ㄍㄨㄥ 自認為有功勞。例勝不居功。

居多 ㄐㄩ ㄉㄨㄛ 占大多數。例這條街的居民以商人居多。

居官 ㄐㄩ ㄍㄨㄢ 擔任官職。

居奇 ㄐㄩ ㄑㄧˊ 為圖厚利，故意將貨物積存起來，等著賣好價錢。例囤積居奇。

居喪 ㄐㄩ ㄙㄤ 因父母去世而守孝。

居然 ㄐㄩ ㄖㄢˊ ①竟然。表示出乎意料。例你自己做的事，居然推說不知道？②自然，顯然。表示對某事明白清楚。例居然可知。

居間 ㄐㄩ ㄐㄧㄢ 在雙方當事人之間說合、調停。

居留權 ㄐㄩ ㄌㄧㄡˊ ㄑㄩㄢˊ 政府給予外國人在本國居留的權利。

居心不良 ㄐㄩ ㄒㄧㄣ ㄅㄨˋ ㄌㄧㄤˊ 存心不善，不懷好意。

居心叵測 ㄐㄩ ㄒㄧㄣ ㄆㄛˇ ㄘㄜˋ 存心險惡，不可預測。

居安思危 ㄐㄩ ㄢ ㄙ ㄨㄟˊ 處在平安的環境，要想到可能發生的危險。勸導人要隨時提高警覺，以防禍患。

居高臨下 ㄐㄩ ㄍㄠ ㄌㄧㄣˊ ㄒㄧㄚˋ 形容處於有利的地位，可以操控一切。

屈 ㄑㄩ qū 名①冤枉。例含冤受屈。②姓。形虧損，沒有理由的。例理屈詞窮。動①彎曲。例屈指一算、能屈能伸。②服輸，降服。例寧死不屈、威武不能屈。③降低身分。例屈意奉承、屈尊。

屈曲 ㄑㄩ ㄑㄩ 彎曲。

屈伸 ㄑㄩ ㄕㄣ 彎曲和伸直。引申為進退。

屈服 ㄑㄩ ㄈㄨˊ 在外來的壓力下妥協讓步，不再反抗。

屈指 ㄑㄩ ㄓˇ 彎曲手指計算。

屈辱 ㄑㄩ ㄖㄨˋ 受到的委屈或侮辱。

屈從 ㄑㄩ ㄘㄨㄥˊ 受到壓迫不敢反抗，勉強順從。

屈就 ㄑㄩ ㄐㄧㄡˋ 委屈遷就。是請人擔任職務的客氣話。

屈撓 ㄑㄩ ㄋㄠˊ 屈折，屈服順從。

屈膝 ㄑㄩ ㄒㄧ 彎曲膝蓋，即下跪。比喻屈服。

屈打成招 ㄑㄩ ㄉㄚˇ ㄔㄥˊ ㄓㄠ 用嚴刑拷打，逼迫人招認有罪。

屈指可數 ㄑㄩ ㄓˇ ㄎㄜˇ ㄕㄨˇ 彎著手指就能數清楚。形容數目很少。同寥寥無幾。反不可勝數。

六畫

屏

㈠ㄆㄧㄥˊ píng 名①遮蔽物。例屏風。②字畫的條幅。例畫屏。動障蔽，保護。例屏藩。

㈡ㄅㄧㄥˇ bǐng 動①抑止。例屏氣、屏息。②排除，除去。例屏除、屏棄。③退避，隱藏。例屏居。

屏風 ㄆㄧㄥˊ ㄈㄥ 在室內用來擋風或遮蔽，以防他人窺視的用具。

屏氣 ㄅㄧㄥˇ ㄑㄧˋ 有意識地抑制呼吸而不出聲。形容小心恭謹或畏懼的神態。

屏息 ㄅㄧㄥˇ ㄒㄧ 抑止呼吸，不發出聲音。例屏息以待。

屏退 ㄅㄧㄥˇ ㄊㄨㄟˋ 斥退，命令避開。例屏退左右。

屏除 ㄅㄧㄥˇ ㄔㄨˊ 排除，拋棄。例屏除雜念。

屏棄 ㄅㄧㄥˇ ㄑㄧˋ 丟掉，消除。例屏棄名利。

屏障 ㄆㄧㄥˊ ㄓㄤˋ ①遮蔽捍衛。②有保衛作用的遮蔽物。

屏蔽 ㄆㄧㄥˊ ㄅㄧˋ 遮蔽，護衛。

屏黜 ㄅㄧㄥˇ ㄔㄨˋ 罷黜斥退。

屏氣凝神 ㄅㄧㄥˇ ㄑㄧˋ ㄋㄧㄥˊ ㄕㄣˊ 屏住呼吸，集中精神。形容心神專一的樣子。

屎

㈠ㄕˇ shǐ 名①糞便的俗稱。例牛屎。②眼、耳、鼻中的分泌物。例耳屎、眼屎。

㈡ㄒㄧ xī 動殿屎，呻吟。

屍

ㄕ shī 名死人的軀體。例屍體、屍首。

屍斑 ㄕ ㄅㄢ 指人死後屍體上出現的紫色斑痕。

屍體 ㄕ ㄊㄧˇ 指人或動物死後的軀體。

屍骨未寒 ㄕ ㄍㄨˇ ㄨㄟˋ ㄏㄢˊ 人死後軀體還未冰冷。比喻人死不久。

屍橫遍野 ㄕ ㄏㄥˊ ㄅㄧㄢˋ ㄧㄝˇ 橫躺著的屍體遍布田野。形容天災人禍所造成的慘景。

屋

ㄨ wū 名①房子。例住屋、房屋。②房間。例裡屋、側屋。

屋宇 ㄨ ㄩˇ 房屋。

屋脊 ㄨ ㄐㄧˇ 屋頂中間高起突出的部分。例帕米爾高原是世界的屋脊。

屋簷 ㄨ ㄧㄢˊ 屋頂伸出牆外的下垂部分。

屌

ㄉㄧㄠˇ diǎo 名俗稱男性的生殖器。

七畫

展

ㄓㄢˇ zhǎn 名姓。動①放開，舒張。例展翅、愁眉不展。②放寬，延長。例展期。③陳列，鋪放。例展覽。

展示 ㄓㄢˇ ㄕˋ 明顯地呈現出來。

展性 ㄓㄢˇ ㄒㄧㄥˋ 物質受捶擊或滾壓，而能伸展成薄片狀的性質。

展眉 ㄓㄢˇ ㄇㄟˊ 舒展眉頭。形容心情喜悅。

展限 ㄓㄢˇ ㄒㄧㄢˋ 放寬期限。

展望 ㄓㄢˇ ㄨㄤˋ ①往遠處看。例展望未來。②對未來事物發展的預測。例展望下個世紀的科學發展。

展現 ㄓㄢˇ ㄒㄧㄢˋ 展示，顯露出來。

展期 ㄓㄢˇ ㄑㄧˊ ①延後預定的日期。②展覽的展出日期。

展緩 ㄓㄢˇ ㄏㄨㄢˇ 推遲或延緩日期。例此事只好展緩一個時期再說。

展覽 ㄓㄢˇ ㄌㄢˇ 把物品陳列出來供人觀賞。

屑 ㄒㄧㄝˋ xiè 名碎末。例木屑、炭屑。形細碎，微小。例瑣屑。動介意，認為值得做。例不屑毀譽、不屑為之。

屐 ㄐㄧ jī 名①木底的鞋。例木屐。②泛指一切鞋子。例草屐。

八畫

屠 ㄊㄨˊ tú 名①殺牲畜的人。②姓。動①宰殺牲畜。例屠宰。②大規模的殘殺。例屠城。

屠戶 ㄊㄨˊ ㄏㄨˋ 以宰殺牲畜為職業的人。

屠城 ㄊㄨˊ ㄔㄥˊ 攻破敵城後，殺盡城中軍民的殘暴行為。

屠殺 ㄊㄨˊ ㄕㄚ 野蠻地進行大規模殘殺。

屜 ㄊㄧˋ tì 名①器物中可以抽拉的隔層。例抽屜。②蒸籠的簡稱。例一屜蒸餃、籠屜。

屝 ㄈㄟˋ fèi 名草鞋，麻鞋。

屙 ㄜ ē 動俗稱排泄大小便。例屙屎。

十一畫

屢 ㄌㄩˇ lǚ 副經常，接連不只一次。例屢次、屢見不鮮。

屢屢 ㄌㄩˇ ㄌㄩˇ 一次又一次，常常。

屢見不鮮 ㄌㄩˇ ㄐㄧㄢˋ ㄅㄨˋ ㄒㄧㄢ 經常見到，毫不新奇。又作「數見不鮮」。

屢敗屢戰 ㄌㄩˇ ㄅㄞˋ ㄌㄩˇ ㄓㄢˋ 雖然多次失敗，仍鼓起勇氣繼續作戰，絕不氣餒。

屢試不爽 ㄌㄩˇ ㄕˋ ㄅㄨˋ ㄕㄨㄤˇ 每次試驗都得到相同的結果。

屣 ㄒㄧˇ xǐ 名鞋子。例棄如敝屣。

十二畫

層 ㄘㄥˊ céng 名①等次，級。例階層。②用於重疊、累積物的量詞。例六層樓。形重疊的。例層巒疊障。副連續不斷。例層出不窮。

層次 ㄘㄥˊ ㄘˋ 事物的次序。例層次井然。

層出不窮 ㄘㄥˊ ㄔㄨ ㄅㄨˋ ㄑㄩㄥˊ 形容事物接連不斷地出現，且變化多端，沒有止境。

層次分明 ㄘㄥˊ ㄘˋ ㄈㄣ ㄇㄧㄥˊ 形容條理清晰而有次序。同層次井然。

層巒疊嶂 ㄘㄥˊ ㄌㄨㄢˊ ㄉㄧㄝˊ ㄓㄤˋ 形容險峻的山峰綿密相疊。

履 ㄌㄩˇ lǚ 名①鞋子。例西裝革履、削足適履。②腳步。例步履。動①踩，踏。例履險如夷、如履薄冰。②實行，執行。例履行、履約。

履冰 ㄌㄩˇ ㄅㄧㄥ 在冰上行走。比喻處在危險境地時要隨時警惕，謹慎小心。

履行 ㄌㄩˇ ㄒㄧㄥˊ 實踐自己所承諾的或應該做的事情。例履行諾言、履行義務。

履約 ㄌㄩˇ ㄩㄝ 實踐已約定的事。

履歷表 ㄌㄩˇ ㄌㄧˋ ㄅㄧㄠˇ 記載個人生平經歷的文件。

履險如夷 ㄌㄩˇ ㄒㄧㄢˇ ㄖㄨˊ ㄧˊ 走在充滿險阻的道路上，卻如同走在平地上一樣。比喻人在艱險環境中，能沉著應付，安然渡過。

屧

ㄒㄧㄝˋ xiè 名①鞋子的襯底。②木屐。

十四畫

屨

ㄐㄩˋ jù 名古代用麻、葛等材料所製成的鞋子。例詩經：「糾糾葛屨，可以履霜。」

十五畫

屩

ㄐㄩㄝˊ jué 名用麻、草做的鞋。

十八畫

屬

㈠ㄕㄨˇ shǔ 名①有血緣關係的親眷。例家屬、親屬。②部下。例下屬、直屬。③類別。例金屬、貓屬。形歸某方所有或管轄的。例屬地。動①附著，歸於。例附屬、屬於。②用十二生肖記出生年。例屬龍、屬雞。③係，是。例情況屬實、純屬無稽之談。

㈡ㄓㄨˇ zhǔ 動①專注，集中在某一點。例屬目、屬意。②連綴，連接。例前後相屬。③撰寫。例屬文、屬稿。④同「囑」。託付。

屬地 ㄕㄨˇ ㄉㄧˋ 國家在本國領土以外占領的殖民地或控制的附屬國。

屬性 ㄕㄨˇ ㄒㄧㄥˋ 事物本身所具有的特殊性質。

屬於 ㄕㄨˇ ㄩˊ 歸於某一方面或為某一方面所有。

屬相 ㄕㄨˇ ㄒㄧㄤˋ 用十二地支與十二種動物相配來記出生的年分。也叫生肖。

屬國 ㄕㄨˇ ㄍㄨㄛˊ 主權由宗主國控制的國家，即附屬國。

屬意 ㄓㄨˇ ㄧˋ 心思專注或傾向於某人某事。

屮部 ㄔㄜˋ

屮

ㄔㄜˋ chè 名初生的草木。

一畫

屯

㈠ㄊㄨㄣˊ tún 名村莊。動①聚集，儲存。例屯積、屯糧。②軍隊駐紮防守。例屯兵、屯田。

㈡ㄓㄨㄣ zhūn 名六十四卦之一。形困頓艱難的。例屯難。

㈢ㄔㄨㄣˊ chún 名屯留，山西省縣名。

屯子 ㄊㄨㄣˊ ˙ㄗ 村莊。

屯田 ㄊㄨㄣˊ ㄊㄧㄢˊ 軍隊在駐紮地一面駐守，一面墾殖荒地。

屯兵 ㄊㄨㄣˊ ㄅㄧㄥ ①屯駐士兵。例屯兵百萬。②古時專指駐守邊疆從事墾荒的軍隊。

屯紮 ㄊㄨㄣˊ ㄓㄚ 軍隊駐紮。同屯駐。

屯聚 ㄊㄨㄣˊ ㄐㄩˋ 聚集。例屯聚兵馬。

屯墾 ㄊㄨㄣˊ ㄎㄣˇ 於邊境駐兵，開墾荒地。

山部 ㄕㄢ

山 ㄕㄢ shān 名 ①陸地表面所形成的高聳部分。例崇山峻嶺。②形狀高而尖的東西。例冰山、垃圾山。③墳墓。例拜山。形山中的。例山路。

山川 ㄕㄢ ㄔㄨㄢ 即山河，有時也指山水。

山水 ㄕㄢ ㄕㄨㄟˇ ①泛指山上流下的水或山中的水。②指有山有水的優美風景。例桂林山水甲天下。③有時也特指中國的山水畫。

山谷 ㄕㄢ ㄍㄨˇ 兩山間低凹的部分，中間多有溪流經過。

山系 ㄕㄢ ㄒㄧˋ 同一造山運動形成的幾條平行山脈，合成一個系統，叫做山系。

山河 ㄕㄢ ㄏㄜˊ 山岳與河流。多用以指國土、疆域。

山坡 ㄕㄢ ㄆㄛ 山的傾斜面。

山林 ㄕㄢ ㄌㄧㄣˊ ①通常指有山有林的地方。②隱士居住的地方。

山坳 ㄕㄢ ㄠˋ 山間的低窪處。

山岡 ㄕㄢ ㄍㄤ 通常指不高的山。

山岳 ㄕㄢ ㄩㄝˋ 高大的山。有時也用來比喻重大。

山居 ㄕㄢ ㄐㄩ 居住在山中。也指隱居。

山門 ㄕㄢ ㄇㄣˊ 佛寺的大門。也指佛教。

山洪 ㄕㄢ ㄏㄨㄥˊ 因大雨或積雪融化等原因，從山上突然流下的大水。例山洪暴發。

山城 ㄕㄢ ㄔㄥˊ 靠山或周圍有山環繞的城市。

山脊 ㄕㄢ ㄐㄧˇ 山脈中央高起似獸類脊梁骨的部分，一般作線狀延伸。

山峰 ㄕㄢ ㄈㄥ 山最高的尖頂部分。

山徑 ㄕㄢ ㄐㄧㄥˋ 山間小路。

山脈 ㄕㄢ ㄇㄞˋ 群山連綿起伏，向一定的方向延展，有脈絡可循的山系。

山莊 ㄕㄢ ㄓㄨㄤ 修築在山中風景優美地區的別墅。例避暑山莊。

山崖 ㄕㄢ ㄧㄞˊ 指山陡立的側面。

山崩 ㄕㄢ ㄅㄥ 山坡上的岩石和土壤大規模地崩塌下來。

山陵 ㄕㄢ ㄌㄧㄥˊ ①指山嶽和高原。②帝王的墳墓。

山嵐 ㄕㄢ ㄌㄢˊ 飄浮在山間的雲霧。

山腰 ㄕㄢ ㄧㄠ 山的中部，即山頂和山腳之間大約一半的地方。

山寨 ㄕㄢ ㄓㄞˋ ①山林中設有柵欄等防禦敵人的地方。②指有寨子的山區村莊。

山歌 ㄕㄢ ㄍㄜ 民歌的一種，多於山野勞動時所唱。特點是曲式短小、節奏自由、曲調爽朗質樸。

山澗 ㄕㄢ ㄐㄧㄢˋ 山間的小溪流。

山頭 ㄕㄢ ㄊㄡˊ ①山頂，山峰。②設有山寨的山頭為稱霸者自立之處，因而用以比喻獨霸一方的宗派。例他想另立山頭。

山嶺 ㄕㄢ ㄌㄧㄥˇ 連綿的高山，為山脈的幹系。

山嶽 ㄕㄢ ㄩㄝˋ 指高大的山。也作「山岳」。

山藥 ㄕㄢ ㄧㄠˋ 植物名。多年生蔓性草本，葉對生，有長柄，呈心臟形。地下莖多肉，可食。也稱為薯蕷。

山麓 ㄕㄢ ㄌㄨˋ 即山腳，山的基部。

山巔 ㄕㄢ ㄉㄧㄢ 山的頂端。

山巒 ㄕㄢ ㄌㄨㄢˊ 連綿的山。例山巒起伏。

山水畫 ㄕㄢ ㄕㄨㄟˇ ㄏㄨㄚˋ 中國畫的分科之一，以描寫山水等自然景色為主。

山明水秀 ㄕㄢ ㄇㄧㄥˊ ㄕㄨㄟˇ ㄒㄧㄡˋ 形容風景非常優美。也作「山清水秀」。

山珍海味 ㄕㄢ ㄓㄣ ㄏㄞˇ ㄨㄟˋ 形容豐盛的菜餚或名貴的酒席。也作「山珍海錯」。

山重水複 ㄕㄢ ㄔㄨㄥˊ ㄕㄨㄟˇ ㄈㄨˋ 山巒重疊，水流盤曲。形容地形複雜多變或彼此為山水所阻隔。例陸游・遊山西村詩：「山重水複疑無路，柳暗花明又一村。」

山高水長 ㄕㄢ ㄍㄠ ㄕㄨㄟˇ ㄔㄤˊ 像山一樣高聳，如水一般流長。比喻人品節操高潔，影響深遠。也用以比喻情誼或恩德深厚。

山頂洞人 ㄕㄢ ㄉㄧㄥˇ ㄉㄨㄥˋ ㄖㄣˊ 古人類的一種，大約生活在一萬八千年前。其化石在西元一九三三年發現於北京周口店附近山頂洞穴。

山崩地裂 ㄕㄢ ㄅㄥ ㄉㄧˋ ㄌㄧㄝˋ 山崩塌，地裂陷。形容突然發生的大變故或巨大的聲響。

山盟海誓 ㄕㄢ ㄇㄥˊ ㄏㄞˇ ㄕˋ 男女相愛時所立下的誓言和盟約，希望愛情能像山和海那樣永久不變。也作「海誓山盟」。

山窮水盡 ㄕㄢ ㄑㄩㄥˊ ㄕㄨㄟˇ ㄐㄧㄣˋ 比喻陷入無路可走的絕境，或形容處境十分困難。

山雨欲來風滿樓 ㄕㄢ ㄩˇ ㄩˋ ㄌㄞˊ ㄈㄥ ㄇㄢˇ ㄌㄡˊ 比喻重大事變發生之前的跡象或氣氛。

三畫

屹 ㄧˋ yì 形 形容山勢高聳的樣子。

屹立 ㄧˋ ㄌㄧˋ 像山峰一樣高聳直立，穩固不動。常用以比喻堅定不可動搖。

屹然 ㄧˋ ㄖㄢˊ 高聳挺立的樣子。

四畫

岐 ㄑㄧˊ qí 形 通「歧」。分岔的。

岐黃 ㄑㄧˊ ㄏㄨㄤˊ 岐伯和黃帝。相傳他們是醫家之祖，因而作為中醫學術的代稱。

岈 ㄒㄧㄚ xiā 形 山深邃的樣子。

岌 ㄐㄧˊ jí 形 ①山高的樣子。②危險。

岌岌 ㄐㄧˊ ㄐㄧˊ ①形容非常危險，快要傾覆或滅亡。例岌岌可危。②高聳的樣子。

岔 ㄔㄚˋ chà 名 ①山脈、道路分歧的地方。例三岔路口。②差錯，事故。例出岔。形①矛盾，前後不符的。例你這話就岔了。②分叉的，分歧的。例岔流。動插嘴或轉移話題。例正說著他的事，他就忙把話岔過去了。副聲音沙啞哽咽。例她哭得聲音都岔了。

岔口 ㄔㄚˋ ㄎㄡˇ 道路分岔的地方。

岔子 ㄔㄚˋ ㄗ˙ 發生變動或錯誤。例他出了什麼岔子？

岔流 ㄔㄚˋ ㄌㄧㄡˊ 指河流主幹的下游分出來的小河流。

岔道 ㄔㄚˋ ㄉㄠˋ 岔路，分歧的道路。

岑 ㄘㄣˊ cén 名①小而高的山。②姓。形寂靜的。例岑寂。

岑岑 ㄘㄣˊ ㄘㄣˊ 形容頭腦煩悶。

岑寂 ㄘㄣˊ ㄐㄧˋ 寂寞，寂靜。例岑寂無聲。

五畫

岩 ㄧㄢˊ yán 名①構成地殼的石質。例火成岩。②同「巖」。例岩石。

岩石 ㄧㄢˊ ㄕˊ 構成地殼的主要物質，是由一種或數種礦物組成的集合體。按其成分可分為火成岩、沉積岩和變質岩三大類。

岩床 ㄧㄢˊ ㄔㄨㄤˊ 指流出地面的岩漿侵入岩層間，形成與層理平行的板狀岩體。其面積較大，但厚度較小。

岩漿 ㄧㄢˊ ㄐㄧㄤ 地殼內部尚在熔融狀態的流體物質，成分以矽酸鹽為主，冷卻後則形成火成岩。

岩層 ㄧㄢˊ ㄘㄥˊ 地殼中由岩石構成的層面。

岩鹽 ㄧㄢˊ ㄧㄢˊ 即石鹽。是地殼中沉積成層的鹽，為古代海水或湖水乾涸後所形成。也叫礦鹽。

岸 ㄢˋ àn 名瀕臨江、河、湖、海邊的陸地。例河岸、海岸。形①高大的。例偉岸。②高傲。例傲岸。

岸然 ㄢˋ ㄖㄢˊ 容貌莊重、嚴肅的樣子。例道貌岸然。

岸標 ㄢˋ ㄅㄧㄠ 設在岸上以指示船隻避開沙灘、暗礁等的航行標誌。

岡 ㄍㄤ gāng 名較低而平的山脊。例山岡。

岡陵 ㄍㄤ ㄌㄧㄥˊ 山岡和丘陵。例岡陵起伏。

岡巒 ㄍㄤ ㄌㄨㄢˊ 平緩連綿的山岡。

岬 ㄐㄧㄚˇ jiǎ 名①兩山之間。例山岬。②突出於海中的陸地尖角。例海岬。

岫 ㄒㄧㄡˋ xiù 名①山洞。例出岫。②峰巒，山谷。例遠岫。

岱 ㄉㄞˋ dài 名泰山的別名。位於山東省，為中國五嶽中的東嶽。

岣 ㄍㄡˇ gǒu 名山名。岣嶁，位於湖南省，為南嶽衡山的主峰。

岳 ㄩㄝˋ yuè 名①同「嶽」。高大的山。例五岳、河岳。②對妻子父母的稱呼。例岳父、岳母。③姓。

岳丈 ㄩㄝˋ ㄓㄤˋ 稱妻子的父親，即岳父。

岭 ㄌㄧㄥˇ lǐng 名石聲。例岭嶙。形山深邃的樣子。

岷 ㄇㄧㄣˊ mín 名①山名。岷山，綿延於四川、甘肅兩省交界的地方，海拔四千公尺左右。②河流名。岷江，在四川省中部，為長江上游支流。

岧 ㄊㄧㄠˊ tiáo 形形容山高。例岧岧。

六畫

峙 ㄓˋ zhì 形山勢高聳的。例峙立。動聳立，對立。例對峙。

峒 ㈠ㄊㄨㄥˊ tóng 名山名。崆峒，在甘肅省。㈡ㄉㄨㄥˋ dòng 名①山洞。多用於地名。如臺北市的大龍峒。②舊時稱貴州、廣西等少數民族聚居的地區。如苗族的苗峒、僮族的黃峒等。

峋 ㄒㄩㄣˊ xún 形山勢高低起伏。例嶙峋。

峗 ㄨㄟˊ wéi 名山名。在陝西省。形山勢高峻的樣子。例峗巍。

七畫

峪 ㄩˋ yù 名山谷。

峽 ㄒㄧㄚˊ xiá 名①兩山之間。②兩山夾著水道的地方。多用於地名。如臺北縣的三峽。③陸塊之間的狹長海道。例臺灣海峽。

峽谷 ㄒㄧㄚˊ ㄍㄨˇ 狹而深的山谷，兩旁有峭壁。是由河流強烈沖蝕而形成，其剖面常呈V字形。

崁 ㄎㄢˇ kǎn 名指山腳地帶。多用於地名。如桃園縣的南崁。

峭 ㄑㄧㄠˋ qiào 形①山勢高而陡。例陡峭、峻峭。②嚴厲，苛刻。例峭寒、峭直。

峭立 ㄑㄧㄠˋ ㄌㄧˋ 形容山勢高聳直立。

峭直 ㄑㄧㄠˋ ㄓˊ 形容人嚴峻剛直。

峭拔 ㄑㄧㄠˋ ㄅㄚˊ ①山勢又高又陡。②形容書畫用筆遒勁挺秀。例筆鋒峭拔。

峭寒 ㄑㄧㄠˋ ㄏㄢˊ 嚴寒。常用以形容春寒。

峭壁 ㄑㄧㄠˋ ㄅㄧˋ 像牆一樣陡削的山崖。例懸崖峭壁。

峴 ㄒㄧㄢˋ xiàn 名小而險峻的山嶺。

峰 ㄈㄥ fēng 名①高而尖的山頂。例高峰、頂峰。②像山一樣突起的東西。例波峰、駝峰。

峰巒 ㄈㄥ ㄌㄨㄢˊ 大小連綿而迂迴的山峰。

峰迴路轉 ㄈㄥ ㄏㄨㄟˊ ㄌㄨˋ ㄓㄨㄢˇ 形容山路曲折。用以比喻事情經過一番曲折之後，出現了轉機。

島 ㄉㄠˇ dǎo 名海洋、湖泊、江河裡被水四面圍著的小塊陸地。

島弧 ㄉㄠˇ ㄏㄨˊ 位於大洋邊緣，一連串排列成弧狀的群島。如千島、日本、琉球、臺灣、菲律賓等群島。

島國 ㄉㄠˇ ㄍㄨㄛˊ 建立於海島上、其全部領土由大小不等的島嶼所組成的國家。如英國、日本等。

島嶼 ㄉㄠˇ ㄩˇ 水中大小島的泛稱。

峨 ㄜˊ é 形高聳的。例巍峨。

峻 ㄐㄩㄣˋ jùn 形①高的。例崇山峻嶺。②嚴厲的。例嚴峻、峻法。③偉大的。例峻德。

峻法 ㄐㄩㄣˋ ㄈㄚˇ 嚴厲的法律。例嚴刑峻法。

峻刻 ㄐㄩㄣˋ ㄎㄜˋ 嚴厲苛刻。例風俗峻刻。

峻拒 ㄐㄩㄣˋ ㄐㄩˋ 嚴厲的拒絕。例峻拒不許。

峻急 ㄐㄩㄣˋ ㄐㄧˊ ①形容水流湍急。②性情嚴厲而急躁。

峻峭 ㄐㄩㄣˋ ㄑㄧㄠˋ ①山勢高而陡。②比喻人的性情嚴厲或品德高超。

峻嶺 ㄐㄩㄣˋ ㄌㄧㄥˇ 高聳陡峭的山嶺。

八畫

崇 ㄔㄨㄥˊ chóng 形高峻的。例崇山。動①尊敬。例尊崇、崇拜。②重視。例推崇、崇尚。副終了，表示整個的一段時間。例崇朝。

崇尚 ㄔㄨㄥˊ ㄕㄤˋ 重視，講究。例崇尚禮儀。

崇洋 ㄔㄨㄥˊ ㄧㄤˊ 推崇西方事物的一種心態或言行。例崇洋媚外。

崇拜 ㄔㄨㄥˊ ㄅㄞˋ 敬仰欽佩。例崇拜英雄。

崇高 ㄔㄨㄥˊ ㄍㄠ 極其高尚。例崇高的事業、崇高的品格。

崇敬 ㄔㄨㄥˊ ㄐㄧㄥˋ 對人非常推崇尊敬。

崇山峻嶺 ㄔㄨㄥˊ ㄕㄢ ㄐㄩㄣˋ ㄌㄧㄥˇ 形容山嶺高大險峻，形勢險要。

崞 ㄍㄨㄛ guō 名山名，縣名。在山西省。

崆 ㄎㄨㄥ kōng 名山名。崆峒，在甘肅省。

崦 ㄧㄢ yān 見「崦嵫」。

崦嵫 ㄧㄢ ㄗ ①山名。在甘肅省天水縣西。②古代指日落的地方。

崚 ㄌㄥˊ léng 見「崚嶒」。

崚嶒 ㄌㄥˊ ㄘㄥˊ ①山勢高峻突兀。②形容人的性情剛直。例風骨崚嶒。

崎 ㄑㄧˊ qí 見「崎嶇」。

崎嶇 ㄑㄧˊ ㄑㄩ ①山路高低不平。②比喻處境困難艱險。

崧 ㄙㄨㄥ sōng 同「嵩」。名指嵩山，在河南省，為中國的五嶽之一。形高聳的。例崧高。

崖 ㄧㄞˊ yái 名①山或高地陡立的側面。例懸崖、山崖。②邊際。③指岸邊。例荀子：「淵生珠而崖不枯。」

崖谷 ㄧㄞˊ ㄍㄨˇ 懸崖和深谷。

崖岸 ㄧㄞˊ ㄢˋ ①山崖，堤岸。②比喻人性情高傲，不易接近。

崗 (一)ㄍㄤˇ gǎng 名守衛或工作的地方。例站崗、門崗。(二)ㄍㄤ gāng 名同「岡」。

崗位 ㄍㄤˇ ㄨㄟˋ ①軍警、守衛值勤時的處所。②職責，本分。例工作崗位。

崗警 ㄍㄤˇ ㄐㄧㄥˇ 在崗位上執行任務的警察。

崑 ㄎㄨㄣ kūn 名山名。崑崙，在新疆和西藏之間，西接帕米爾高原，層峰疊嶺，地勢高峻。

崩 ㄅㄥ bēng 動①倒塌。例天崩地裂。②毀壞，敗壞。例禮壞樂崩。③炸傷。例他放鞭炮崩了手。④古時稱皇帝死。例崩殂。

崩坍 ㄅㄥ ㄊㄢ 崩裂倒塌。同崩塌。

崩裂 ㄅㄥ ㄌㄧㄝˋ 物體猛然間分裂成若干部分。例地表崩裂、山石崩裂。

崩潰 ㄅㄥ ㄎㄨㄟˋ ①崩裂毀壞。②徹底瓦解、潰散。

崙
ㄌㄨㄣˊ lún 名用於山名。如崑崙山。

崔
ㄘㄨㄟ cuī 名姓。形高大的。例崔巍。

崔巍 ㄘㄨㄟ ㄨㄟˊ 高大雄偉。

崢
ㄓㄥ zhēng 見「崢嶸」。

崢嶸 ㄓㄥ ㄖㄨㄥˊ ①形容山勢高而險。②比喻超越尋常，突出而不凡。例頭角崢嶸。③深險、深邃的樣子。④凜冽的樣子。

崤
ㄧㄠˊ yáo 名山名。崤山，在河南省。

崟
ㄧㄣˊ yín 形形容山高的樣子。例嶔崟。

崟崟 ㄧㄣˊ ㄧㄣˊ ①形容高偉奇特。例崟崟峨峨。②形容繁茂。例叢林崟崟。

崛
ㄐㄩㄝˊ jué 副高起，突出。例崛出。

崛起 ㄐㄩㄝˊ ㄑㄧˇ ①突起。②興起。例他以清亮的嗓音，崛起於歌壇。

九畫

嵫
ㄗ zī 見「崦嵫」。

嵌
㈠ㄑㄧㄢ qiān 動把東西填塞於空隙之中。例鑲嵌。形山石突起有如張口的樣子，險峻。㈡ㄎㄢˇ kǎn 名用於地名。如臺灣的赤嵌樓。

崴
ㄨㄟ wēi 形崴嵬，形容高而不平的樣子。

崽
ㄗㄞˇ zǎi 名①小孩子，兒子。②幼小的動物。例雞崽、豬崽。③俗稱專在外僑家中做僕役的中國人為西崽。

崽子 ㄗㄞˇ ˙ㄗ 小孩兒，小動物。常用作罵人的話。

嵎
ㄩˊ yú 名①山勢彎曲險阻的地方。②通「隅」。角落。

嵎嵎 ㄩˊ ㄩˊ 山勢重疊而高險的樣子。

嵐
ㄌㄢˊ lán 名山林中像雲霧裊繞的水蒸氣。例山嵐。

嵇
ㄐㄧ jī 名①山名。嵇山，在河南省。②姓。

嵋
ㄇㄟˊ méi 名山名。峨嵋山，在四川省。

十畫

嵯
ㄘㄨㄛˊ cuó 見「嵯峨」。

嵯峨 ㄘㄨㄛˊ ㄜˊ 形容山勢高峻。

嵩
ㄙㄨㄥ sōng 名山名。嵩山，在河南省，為中國五嶽中的中嶽。形高聳，高大。例山勢嵩高。

嵊
ㄕㄥˋ shèng 名縣名，山名。在浙江省。

嵬
ㄨㄟˊ wéi 形高而不平的樣子。例崔嵬。

十一畫

嶂
ㄓㄤˋ zhàng 名直立而像屏障一樣的山峰。例層巒疊嶂。

嶇
ㄑㄩ qū 見「崎嶇」。

嶄 ㄓㄢˇ zhǎn 形高峻的。例嶄絕。副高出，突出。例嶄然。

嶄然 ㄓㄢˇ ㄖㄢˊ 高峻突出的樣子。

嶄新 ㄓㄢˇ ㄒㄧㄣ 非常新，全新。

嶄露頭角 ㄓㄢˇ ㄌㄨˋ ㄊㄡˊ ㄐㄧㄠˇ 顯示特出的才華和本領。

十二畫

嶙 ㄌㄧㄣˊ lín 形山石重疊不平的樣子。

嶙峋 ㄌㄧㄣˊ ㄒㄩㄣˊ ①形容山崖突兀、山石重疊。例海之波瀾，山之嶙峋。②形容人消瘦見骨。例瘦骨嶙峋。③比喻人性情剛直。例風骨嶙峋。

嶙嶙 ㄌㄧㄣˊ ㄌㄧㄣˊ 形容山勢起伏不平的樣子。例歐陽修・盤車圖詩：「淺山嶙嶙，亂石矗矗。」

嶗 ㄌㄠˊ láo 名山名。嶗山，在山東省。

嶒 ㄘㄥˊ céng 形嶒峻，形容山高峻。

嶢 ㄧㄠˊ yáo 形高峻的樣子。

嶠 ㄐㄧㄠˋ jiào 名尖而高的山。

嶔 ㄑㄧㄣ qīn 形形容山勢高峻。例嶔崟。

嶝 ㄉㄥˋ dèng 名登山的小道。例沈約・從軍行詩：「雲縈九折嶝，風卷萬里波。」

嶞 ㄉㄨㄛˋ duò 名狹長的小山。

十三畫

嶧 ㄧˋ yì 名地名，山名。在山東省。

嶮 ㄒㄧㄢˇ xiǎn 形①同「險」。阻礙難行。②高峻。例嶮峻。

嶮巇 ㄒㄧㄢˇ ㄒㄧ ①崎嶇險峻。②比喻人世的艱險。

十四畫

嶸 ㄖㄨㄥˊ róng 見「崢嶸」。

嶺 ㄌㄧㄥˇ lǐng 名①有道路可通的山頂。例翻山越嶺。②山脈的幹系。例秦嶺、大興安嶺。③五嶺的簡稱。例嶺北。

嶺南 ㄌㄧㄥˇ ㄋㄢˊ 指五嶺以南的地區，即廣東、廣西一帶。

嶼 ㄩˇ yǔ 名小島。例島嶼。

嶽 ㄩㄝˋ yuè 名高大的山。例三山五嶽。

嶽麓書院 ㄩㄝˋ ㄌㄨˋ ㄕㄨ ㄩㄢˋ 宋代四大書院之一，位於湖南省長沙縣嶽麓山下。

嶷 ㊀ㄧˊ yí 名山名。九嶷山，在湖南省寧遠縣，相傳虞舜葬於此。㊁ㄋㄧˋ nì 形高峻的樣子。

十六畫

巃 ㄌㄨㄥˊ lóng 形巃嵷，山勢高聳的樣子。

十七畫

巇 ㄒㄧ xī 形危險。例險巇。

巇嶮 ㄒㄧ ㄒㄧㄢˇ 艱險難行。

巉 ㄔㄢˊ chán 形山勢高峻就像鑿削而成的。

巉峻 ㄔㄢˊ ㄐㄩㄣˋ 山勢高險陡峭。

巉巖 ㄔㄢˊ ㄧㄢˊ 高峻危險的山岩。例絕壁巉巖。

十八畫

巋 ㄎㄨㄟ kuī 形①高峻獨立的樣子。例巋然。②小山羅列的樣子。

巋然不動 ㄎㄨㄟ ㄖㄢˊ ㄅㄨˋ ㄉㄨㄥˋ 像高山一樣挺立著不動。形容高大堅固而不可動搖。

巍 ㄨㄟˊ wéi 形高大的樣子。

巍峨 ㄨㄟˊ ㄜˊ 高大雄偉的樣子。也作「嵬峨」。

巍然 ㄨㄟˊ ㄖㄢˊ 高大壯觀的樣子。例巍然屹立。

巍巍 ㄨㄟˊ ㄨㄟˊ 形容崇高偉大。例巍巍蕩蕩。

十九畫

巔 ㄉㄧㄢ diān 名山頂。形最高的。例巔峰。

巔峰 ㄉㄧㄢ ㄈㄥ 山中最高的地方。比喻狀態達到最高點。

巔越 ㄉㄧㄢ ㄩㄝˋ 墜落，衰落。也作「顛越」。

巒 ㄌㄨㄢˊ luán 名①小而尖的山。②指連綿不斷的山群。例岡巒、層巒疊嶂。

二十畫

巖 ㄧㄢˊ yán 名①高峻的山崖。例千巖萬壑。②石窟，山洞。例巖穴。形險要，險峻。

巘 ㄧㄢˇ yǎn 名山峰，山頂。

巛部 ㄔㄨㄢ

川 ㄔㄨㄢ chuān 名①河流的通稱。例高山大川。②平野，平地。例崔顥・黃鶴樓詩：「晴川歷歷漢陽樹。」③四川省的簡稱。例川菜。動一種烹飪法，將食物在滾開的水中一放即撈起。

川資 ㄔㄨㄢ ㄗ 旅費，路費。

川流不息 ㄔㄨㄢ ㄌㄧㄡˊ ㄅㄨˋ ㄒㄧ 形容行人、車輛、船隻等像水流一樣連續不斷。

三畫

州 ㄓㄡ zhōu 名①古代的地方行政單位。②同「洲」。水面上的土地。

州官放火 ㄓㄡ ㄍㄨㄢ ㄈㄤˋ ㄏㄨㄛˇ 比喻有權勢的人任由自己胡作非為，而限制別人行使正當的自由。例只許州官放火，不許百姓點燈。

八畫

巢 ㄔㄠˊ cháo 名①樹上的鳥窩。也稱蜂、蟻等的窩。②比喻壞人的藏身之所。例巢穴。

巢穴 ㄔㄠˊ ㄒㄩㄝˋ ①鳥獸棲息的地方。②比喻匪徒、盜賊藏身的地方。例直搗巢穴。

巢居 ㄔㄠˊ ㄐㄩ 原始時代人無居室，為了避免猛獸的侵襲，只好像鳥兒般築巢住在樹上，叫作巢居。

工部 ㄍㄨㄥ

工 ㄍㄨㄥ gōng 名①從事勞動生產的人。例礦工、技工。②勞動生產的作業。例做工、上工。③大規模的建設。例動工、竣工。④工人工作一天叫一個工。⑤工業的簡稱。例工商界、化工。⑥舊時樂譜上表樂音高低的符號。⑦技巧。例唱工、做工精細。形精緻的。例工巧、工整。動擅長，善於。例工書畫、工於心計。

工夫 ㄍㄨㄥ ㄈㄨ ㈠ㄍㄨㄥ ㄈㄨ 指臨時僱用的工程夫役。例這項工程所需工夫數以萬計。㈡ㄍㄨㄥ ·ㄈㄨ 也作「功夫」。①作事所費時間和精力。例完成此事需要工夫哩！②空閒時間。例我最近很忙，哪有工夫陪你玩！③本領，用功的程度。例這幅畫能看出他的真工夫。

工友 ㄍㄨㄥ ㄧㄡˇ 在機關學校裡做雜務工作的人。

工本 ㄍㄨㄥ ㄅㄣˇ 製造物品所需要的成本。

工巧 ㄍㄨㄥ ㄑㄧㄠˇ 指工藝品、詩文、書畫等細緻精巧。

工地 ㄍㄨㄥ ㄉㄧˋ 進行建築、從事開發等工程事務的現場。例建築工地。

工匠 ㄍㄨㄥ ㄐㄧㄤˋ 有專門技藝的人。

工兵 ㄍㄨㄥ ㄅㄧㄥ 指從事建築、挖掘戰壕、架橋鋪路等工作的工程兵的總稱。

工作 ㄍㄨㄥ ㄗㄨㄛˋ ①指人從事體力或腦力勞動。例他正忙於工作。②機器、工具等受人操縱而發揮作用。例挖土機正在工作。③職業。例找不到工作。④業務，任務。例教學工作。

工事 ㄍㄨㄥ ㄕˋ ①軍中用來防護隱蔽的建築物。如碉堡、掩體等。②關於製作、建造等事的總稱。

工具 ㄍㄨㄥ ㄐㄩˋ ①工作時使用的器具。②比喻用來達到一定目的的事物。例語言是人們交流思想的工具。③諷刺被人利用的人。例你成了人家的工具啦！

工時 ㄍㄨㄥ ㄕˊ 計算工人工作量的時間單位。工作一小時為一個工時。

工場 ㄍㄨㄥ ㄔㄤˇ 工人工作的場所。

工期 ㄍㄨㄥ ㄑㄧ 完成某項工程需要的期限。

工程 ㄍㄨㄥ ㄔㄥˊ 指規模較大的土木建築或其他生產建設之類的工作。

工筆 ㄍㄨㄥ ㄅㄧˇ 國畫的一種畫法，筆畫工整細密，注重細部的描繪。

工資 ㄍㄨㄥ ㄗ 雇主以現金或實物按期付給勞動者的工作報酬。同工錢。

工業 ㄍㄨㄥ ㄧㄝˋ 投入資金和勞力，利用機器和人工，將生產原料製成更有用的東西，以滿足人類需求的營利事業。

工會 ㄍㄨㄥ ㄏㄨㄟˋ 同業工人自己組織的聯合團體，宗旨在於維護工人的權益，改善工人的生活。

工傷 ㄍㄨㄥ ㄕㄤ 在生產勞動的過程中，因發生意外而受到的傷害。

工廠 ㄍㄨㄥ ㄔㄤˇ 由工人、機器將原料製造為成品的工作場所。

工潮 ㄍㄨㄥ ㄔㄠˊ 工人為實現某種要求或對某事表示抗議而掀起的風潮。包括罷工、遊行示威、請願等。

工價 ㄍㄨㄥ ㄐㄧㄚˋ 完成某項工程所需要的人工方面的費用。

工頭 ㄍㄨㄥ ㄊㄡˊ 工人的領班、監督管理者。

工整 ㄍㄨㄥ ㄓㄥˇ 精細整齊。例他的字寫得很工整。

工錢 ㄍㄨㄥ ㄑㄧㄢˊ 指做工應得到的薪資、報酬。

工藝 ㄍㄨㄥ ㄧˋ ①手工技藝。例工藝品。②將原料或半成品加工成產品的技術、方法等。

工讀 ㄍㄨㄥ ㄉㄨˊ 學生利用課餘時間工作，以賺取學費或生活費。

工作日 ㄍㄨㄥ ㄗㄨㄛˋ ㄖˋ ①一天中工人按規定工作的時間。②實際上能工作的日子。

工具書 ㄍㄨㄥ ㄐㄩˋ ㄕㄨ 專供查考資料，便於閱讀或研究的書籍。如字典、辭典、索引、年鑑等。

工程師 ㄍㄨㄥ ㄔㄥˊ ㄕ 指在工程方面具有專業技術，能獨立完成工事之設計、施工、維修等的專門人員。

工業區 ㄍㄨㄥ ㄧㄝˋ ㄑㄩ 為了工業的使用和發展，所劃定的土地使用區。

工業國 ㄍㄨㄥ ㄧㄝˋ ㄍㄨㄛˊ 在國民經濟中，現代工業占主要地位的國家。

工業革命 ㄍㄨㄥ ㄧㄝˋ ㄍㄜˊ ㄇㄧㄥˋ 指十八、十九世紀間，歐美工業界因機械技術的發明而發生的變革。也稱產業革命或實業革命。

工欲善其事，必先利其器 ㄍㄨㄥ ㄩˋ ㄕㄢˋ ㄑㄧˊ ㄕˋ ㄅㄧˋ ㄒㄧㄢ ㄌㄧˋ ㄑㄧˊ ㄑㄧˋ 工匠要把工作做好，必須先使工具精良。形容想把事情辦好，就要先做好必要的準備工作。

二畫

左 ㄗㄨㄛˇ zuǒ 名①表示方向、位置。與「右」相對。例前後左右。②東邊。例江左、山左。③姓。形①左手這一邊的。例左方、左邊。②不正派的。例旁門左道。③政治思想屬於急進派系的。例左派、左傾。④附近的。例左近。⑤偏執，怪僻。例左性子。動①輔佐。②違背。例意見相左。

左右 ㄗㄨㄛˇ ㄧㄡˋ ①左方和右方。例左右逢源。②表示約略之數。與「上下」相同。例四十歲左右。③支配，操縱。例左右全局。④反正。例現在我左右沒事，就陪你出去走走。⑤身邊跟隨的人。例屏退左右。⑥書信中的敬詞。不直接稱呼對方而稱其侍者，以表示尊敬。

左券 ㄗㄨㄛˇ ㄑㄩㄢˋ 契約。古代契約分左右兩券，雙方各執一券，以為憑證。後用以比喻對事情有把握。例左券在握。

左派 ㄗㄨㄛˇ ㄆㄞˋ 在政黨、團體內比較激進的一派。

左衽 ㄗㄨㄛˇ ㄖㄣˋ 古代夷狄的服裝前襟向左開，與中原華夏民族的向右開不同，用以隱喻受異族統治。

左傾 ㄗㄨㄛˇ ㄑㄧㄥ ①指在政治思想上傾向於激進的左派。②向左傾斜。

左遷 ㄗㄨㄛˇ ㄑㄧㄢ 官吏降職。

左翼 ㄗㄨㄛˇ ㄧˋ ①軍隊作戰時在正面左側的部隊。②階級、政黨或集團中的左派。

③足球比賽中稱左邊的前鋒為左翼。

左右手 ㄗㄨㄛˇ ㄧㄡˋ ㄕㄡˇ 比喻最親近而得力的助手。

左撇子 ㄗㄨㄛˇ ㄆㄧㄝˇ ㄗ˙ 習慣於用左手做事的人。

左支右絀 ㄗㄨㄛˇ ㄓ ㄧㄡˋ ㄔㄨˋ 形容窮於應付、顧此失彼的窘狀。同捉襟見肘。

左右為難 ㄗㄨㄛˇ ㄧㄡˋ ㄨㄟˊ ㄋㄢˊ 形容為人處事不易作出決定，兩面都感到困難。

左右逢源 ㄗㄨㄛˇ ㄧㄡˋ ㄈㄥˊ ㄩㄢˊ 比喻做事得心應手，非常順利。也用以譏諷為人善於討好，辦事圓滑。

左右開弓 ㄗㄨㄛˇ ㄧㄡˋ ㄎㄞ ㄍㄨㄥ 左右手都能拉弓射箭。比喻兩手輪流或同時做某一動作。

左顧右盼 ㄗㄨㄛˇ ㄍㄨˋ ㄧㄡˋ ㄆㄢˋ ①向周圍打量、察看。②形容人志得意滿的神態。

巧

ㄑㄧㄠˇ qiǎo 名精妙的技藝。例巧奪天工。形①聰明，靈敏。例靈巧、巧思。②虛浮不實，欺詐。例花言巧語、巧言令色。③形容美好的樣子。例詩經：「巧笑倩兮。」副恰好。例湊巧、巧遇。

巧匠 ㄑㄧㄠˇ ㄐㄧㄤˋ 技術精巧的工匠。

巧合 ㄑㄧㄠˇ ㄏㄜˊ 恰巧相合或相同。

巧言 ㄑㄧㄠˇ ㄧㄢˊ 動聽而不實在的話。

巧妙 ㄑㄧㄠˇ ㄇㄧㄠˋ 靈巧高明。多指計策、技術、方法等。

巧計 ㄑㄧㄠˇ ㄐㄧˋ 巧妙的計策。

巧笑 ㄑㄧㄠˇ ㄒㄧㄠˋ 美好的笑容。

巧婦 ㄑㄧㄠˇ ㄈㄨˋ 聰明能幹的婦女。

巧遇 ㄑㄧㄠˇ ㄩˋ 湊巧遇到。

巧克力 ㄑㄧㄠˇ ㄎㄜˋ ㄌㄧˋ 為英語chocolate的音譯。一種食品，以可可粉為主要原料，加糖和香料製成。

巧立名目 ㄑㄧㄠˇ ㄌㄧˋ ㄇㄧㄥˊ ㄇㄨˋ 定出許多名目，以達到某種不正當的目的。

巧言令色 ㄑㄧㄠˇ ㄧㄢˊ ㄌㄧㄥˋ ㄙㄜˋ 指用動聽的話和諂媚的態度取悅別人。

巧取豪奪 ㄑㄧㄠˇ ㄑㄩˇ ㄏㄠˊ ㄉㄨㄛˊ 用巧妙手段騙取，或恃強奪取。

巧奪天工 ㄑㄧㄠˇ ㄉㄨㄛˊ ㄊㄧㄢ ㄍㄨㄥ 人工的精巧勝過天然。形容製作技藝高超精妙。

巧婦難為無米之炊 ㄑㄧㄠˇ ㄈㄨˋ ㄋㄢˊ ㄨㄟˊ ㄨˊ ㄇㄧˇ ㄓ ㄔㄨㄟ 巧媳婦沒有米也做不出飯來。比喻做事缺乏必要的條件，再靈巧的人也很難做成。

巨

ㄐㄩˋ jù 形大的。例巨輪、巨頭。

巨人 ㄐㄩˋ ㄖㄣˊ ①身體巨大異乎尋常的人。②偉人。指有巨大影響和貢獻的人物。③童話或神話裡指身軀龐大又具有神力的人。

巨大 ㄐㄩˋ ㄉㄚˋ 規模和數量非常大。

巨子 ㄐㄩˋ ㄗˇ ①在某一行業中成就優異且具有影響力的人。例工業巨子。②古時指學術上有權威的人物。

巨匠 ㄐㄩˋ ㄐㄧㄤˋ 在文學、藝術等領域表現傑出的人。例文壇巨匠。

巨星 ㄐㄩˋ ㄒㄧㄥ ①光度大、體積大的恆星。②大明星。對極具知名度、表現優異的演藝人員的美稱。

巨著 ㄐㄩˋ ㄓㄨˋ 篇幅長、內容精深的偉大著作。

巨頭 ㄐㄩˋ ㄊㄡˊ 勢力大且頗有影響力的領導人物。例金融巨頭。

巨擘 ㄐㄩˋ ㄅㄛˋ 大拇指。比喻成就傑出的人物。

巨額 ㄐㄩˋ ㄜˊ 數量很大的錢財。例巨額匯款。

巨變 ㄐㄩˋ ㄅㄧㄢˋ 巨大的變化。

四畫

巫

ㄨ wū 名①替人求神問卜或為神鬼代言的人。例女巫。②姓。

巫師 ㄨ ㄕ 利用巫術為人祈禱、解疑、斷吉凶的人。

巫婆 ㄨ ㄆㄛˊ 指女巫。

巫術 ㄨ ㄕㄨˋ 巫師憑藉祭儀舉行符咒的活動，利用特殊的超自然力量來實現某種願望的法術。

七畫

差

㈠ㄔㄚ chā 名①缺失，錯誤。例誤差。②兩數相減後剩餘的數。例六減四的差是二。形不好，不行。例功夫差。動①比較以後而顯出不同。例差別、差異。②不當，錯誤。例差之毫釐，失之千里。③欠缺，少。例三點還差五分。副大體還可以，勉強。例差強人意。

㈡ㄔㄞ chāi 名①受派遣去做事的人。例欽差。②奉命去辦的事，職務。例出差、兼差。動派遣。例差遣。

㈢ㄘ cī 形不整齊的。例參差。

㈣ㄘㄨㄛ cuō 動搓磨，搓洗。

差可 ㄔㄚ ㄎㄜˇ 尚可，還可以。例差可告慰先人。

差池 ㄔㄚ ㄔˊ ①差錯，錯誤。例不曾有一點兒差池。②意外。例不料他在路上出了差池。

差役 ㄔㄞ ㄧˋ ①舊稱在衙門中當差的人。②古時人民為官府服的勞役。

差事 ㄔㄞ ㄕˋ ①被派遣去做的事。例派你去完成一樁差事。②差使，官職。

差使 ㄔㄞ ㄕˇ ①差遣，派遣。例他只知差使人做這做那，自己卻從不動手。②指公務員一類的官職，或臨時委任的職務。例老爺的差使丟了。

差勁 ㄔㄚ ㄐㄧㄣˋ 品質差或能力低，不合標準。

差異 ㄔㄚ ㄧˋ 不同，差別。例兩者差異很大。

差距 ㄔㄚ ㄐㄩˋ 差別，距離。例他倆在思想上的差距越來越大。

差遣 ㄔㄞ ㄑㄧㄢˇ 分派去工作，派遣。

差不多 ㄔㄚ ㄅㄨˋ ㄉㄨㄛ ①相差有限。②大概，大約。為約略之詞。

差強人意 ㄔㄚ ㄑㄧㄤˇ ㄖㄣˊ ㄧˋ 大體上還能使人滿意。

己部 ㄐㄧˇ

己

ㄐㄧˇ jǐ 名天干的第六位，有時也用作順序的第六。代對人稱自身。例自己、捨己為人。

己飢己溺 ㄐㄧˇ ㄐㄧ ㄐㄧˇ ㄋㄧˋ 看到別人受飢受溺，就像自己親身受苦一樣。指關心民間的疾苦。

己所不欲，勿施於人 ㄐㄧˇ ㄙㄨㄛˇ ㄅㄨˋ ㄩˋ ㄨˋ ㄕ ㄩˊ ㄖㄣˊ 自己所不願的事，不要加在別人身上。

已 ㄧˇ yǐ 動①停止，完畢。例爭論不已。②離去，罷免。例論語：「三已之，無慍色。」副①表示過去。例已經。②太，過分。例不為已甚。③隨後，旋即。例已而。助文言語氣詞，大致同「矣」。例往事不可追已。連古通「以」。例年八十已上。

已而 ㄧˇ ㄦˊ ①罷了。含有嘆息的意思。例論語：「已而，已而，今之從政者殆而。」②沒多久，後來。

已矣 ㄧˇ ㄧˇ 完了。表示絕望。例往昔已矣。

已往 ㄧˇ ㄨㄤˇ 過去，以前。

已然 ㄧˇ ㄖㄢˊ 已經這樣了，即已成事實。

已經 ㄧˇ ㄐㄧㄥ 表示事情完成或時間過去的副詞。例天已經黑了、他已經走了。

巳 ㄙˋ sì 名①地支的第六位。②時辰名。指上午九時至十一時。

一畫

巴 ㄅㄚ bā 名①詞尾。例尾巴。②黏結著的東西。例鍋巴、泥巴。③周代諸侯國名。在今四川省東部。④計算大氣壓力的單位，為英語 bar 的音譯。每平方公尺受力十萬牛頓為一巴。⑤姓。動①黏住。例飯巴鍋了。②盼望。例巴不得。③挨著，靠近。例水滸傳：「前不巴村，後不巴店。」④攀援。例巴山度嶺。

巴士 ㄅㄚ ㄕˋ 為英語 bus 的音譯。①按一定路線和時間行駛，載運旅客的大型汽車。②市區的公共汽車。③為特定目的而租用的大型客車。例觀光巴士。

巴望 ㄅㄚ ㄨㄤˋ 盼望，指望。

巴掌 ㄅㄚ ㄓㄤˇ ①手掌。②用手掌打人。例他太太給了他一巴掌。

巴結 ㄅㄚ ㄐㄧㄝˊ 奉承，討好。

巴不得 ㄅㄚ ㄅㄨˋ ㄉㄜˊ 十分盼望，非常希望。

六畫

巷 ㄒㄧㄤˋ xiàng 名窄小的街道。例大街小巷。

巷口 ㄒㄧㄤˋ ㄎㄡˇ 巷子出入的地方。

巷道 ㄒㄧㄤˋ ㄉㄠˋ 城市或鄉鎮小型街道的通稱。

巷戰 ㄒㄧㄤˋ ㄓㄢˋ 在城鎮街巷裡進行的戰鬥，常常是短兵相接的肉搏戰。

巷議 ㄒㄧㄤˋ ㄧˋ 在街巷中議論政事。例街談巷議。

九畫

巽 ㄒㄩㄣˋ xùn 名八卦之一。形卑順的。例巽言。動通「遜」。謙讓。

巾部 ㄐㄧㄣ

巾 ㄐㄧㄣ jīn 名①用來擦抹、包覆的布。例毛巾、浴巾。②古時冠的一種。例羽扇綸巾。

巾幗 ㄐㄧㄣ ㄍㄨㄛˊ 古代婦女的頭巾和髮飾。後用作婦女的代稱。例巾幗英雄。

二畫

市 ㄕˋ shì 名①做買賣的固定場所。例菜市、集市。②從事買賣、交易行為。例互市、有行無市。③商業發達、人口集中的城鎮。例市區、都市。④行政區劃單位。例院轄市、臺北市。動①購買。例千金市馬骨。②換取，招來。例市義、市怨。

市井 ㄕˋ ㄐㄧㄥˇ 市街，做買賣的地方。常指一般社會。例市井小民。

市斤 ㄕˋ ㄐㄧㄣ 市制的重量單位，簡稱「斤」。在臺灣一市斤為十六市兩，相當六百公克。中國大陸一市斤為十市兩，五百公克。

市尺 ㄕˋ ㄔˇ 市制的長度單位，簡稱「尺」。一市尺等於三分之一公尺。

市民 ㄕˋ ㄇㄧㄣˊ 城市中的居民。

市況 ㄕˋ ㄎㄨㄤˋ 指市面上的商情。例最近幾年我國市況一直不理想。

市郊 ㄕˋ ㄐㄧㄠ 距城市不遠的地方。

市政 ㄕˋ ㄓㄥˋ 指一個城市的公共事務。包括財政、交通、文教、衛生等。例市政建設。

市面 ㄕˋ ㄇㄧㄢˋ 當地的工商業活動狀況。例市面繁榮。

市容 ㄕˋ ㄖㄨㄥˊ 城市的外觀、面貌。包括街道、房屋建築、交通狀況等。

市畝 ㄕˋ ㄇㄨˇ 市制的面積單位，簡稱「畝」。一市畝等於六千平方市尺。

市區 ㄕˋ ㄑㄩ 城市範圍內的地區，通常指人口、房屋密集、商業繁榮的地區。

市場 ㄕˋ ㄔㄤˇ ①買賣貨物的場所。②商品銷售的區域。例農村市場、國際市場。

市集 ㄕˋ ㄐㄧˊ 在固定的時間、地點，進行貨物買賣的臨時商場。

市儈 ㄕˋ ㄎㄨㄞˋ 舊時買賣的中間人。後用以形容唯利是圖的人。

市價 ㄕˋ ㄐㄧㄚˋ 市場上貨物的買賣價格。

市井無賴 ㄕˋ ㄐㄧㄥˇ ㄨˊ ㄌㄞˋ 泛指社會上沒有正當職業、鄙俗蠻橫的人。

布 ㄅㄨˋ bù 名①棉麻、絲綢之類的織品。例棉布、帆布。②古代的錢幣。動①散著排列。例星羅棋布。②安放，設置。例布局、布下圈套。③宣告，陳述。例發布。④施予。例布施。⑤流傳，散播。例聲名遠布。

布丁 ㄅㄨˋ ㄉㄧㄥ 為英語pudding的音譯。一種西式點心，通常當作餐後甜食。用麵粉、牛奶、雞蛋、糖等蒸製而成。

布匹 ㄅㄨˋ ㄆㄧˇ 對布的總稱。

布衣 ㄅㄨˋ ㄧ ①布做的衣服。例布衣蔬食。②指平民。

布告 ㄅㄨˋ ㄍㄠˋ 張貼出來通告大眾的一種公文書。也作「佈告」。

布防 ㄅㄨˋ ㄈㄤˊ 在戰場上布置兵力防守。

布局 ㄅㄨˋ ㄐㄩˊ 為全局所作的規畫安排。用於詩文、字畫、下棋等多方面。

布帛 ㄅㄨˋ ㄅㄛˊ 對棉織品和絲織品的合稱。

布施 ㄅㄨˋ ㄕ 拿財物施捨給人。

布料 ㄅㄨˋ ㄌㄧㄠˋ 指棉布、綢緞之類縫製衣服的材料。

布袋 ㄅㄨˋ ㄉㄞˋ ①用布做的袋子。②地名。位於臺灣嘉義縣，是臺灣產海鹽最豐富的地區之一。

布景 ㄅㄨˋ ㄐㄧㄥˇ ①戲臺上根據劇情的需要所布置的景物。②畫家在作畫時，依篇幅大小安排畫中景物。

布道 ㄅㄨˋ ㄉㄠˋ 指基督教宣講教義。

布置 ㄅㄨˋ ㄓˋ ①分布安排。例布置任務。②對房間或某些場所作裝飾、美化的工作。例布置房間。

布紋紙 ㄅㄨˋ ㄨㄣˊ ㄓˇ 印照片、卡片等所用的紙。紙的上面有像布一般的紋理。

布袋戲 ㄅㄨˋ ㄉㄞˋ ㄒㄧˋ 木偶戲的一種。用木頭刻成中空的人頭，下面綴上衣服，把手伸進去表演的地方藝術。

布農族 ㄅㄨˋ ㄋㄨㄥˊ ㄗㄨˊ 臺灣原住民之一，大多散居在中央山脈新高山（玉山）北、東、南三面，南投、花蓮、臺東的山區。

布衣之交 ㄅㄨˋ ㄧ ㄓ ㄐㄧㄠ 貧賤時所交往的好朋友。

三畫

帆 ㄈㄢˊ fán

名①掛在桅杆上利用風力使船行進的布篷。例船帆、風帆。②指船。

帆布 ㄈㄢˊ ㄅㄨˋ 用亞麻或棉紗織成的厚粗布，堅固耐磨，可用來做帳篷、船帆等。

帆船 ㄈㄢˊ ㄔㄨㄢˊ 可以憑藉風力張帆行駛的船。

帆布床 ㄈㄢˊ ㄅㄨˋ ㄔㄨㄤˊ 支架上綳著帆布，可以摺疊的床。也叫行軍床。

四畫

希 ㄒㄧ xī

形通「稀」。少，罕見。例希罕。動①盼望。例希求。②迎合。例希世。

希望 ㄒㄧ ㄨㄤˋ ①心中想達到某種目的或出現某種情況。例我希望父母健康長壽。②願望。例世界和平的希望是能夠實現的。③可能性。例你這次通過考試的希望很大。

希圖 ㄒㄧ ㄊㄨˊ 企圖，希望達到某種目的。

希冀 ㄒㄧ ㄐㄧˋ 希望或盼望得到。

五畫

帘 ㄌㄧㄢˊ lián

名①用布、竹、塑膠等做成的遮蔽門窗的東西。例窗帘、門帘。②舊時店鋪門前懸掛以當作招牌的旗幟。例酒帘。

帖

㈠ㄊㄧㄝ tiē 形平穩，妥當。例妥帖。動通「貼」。①順服，順從。例俯首帖耳、服帖。②黏，貼。例帖花黃。

㊁ㄊㄧㄝˇ tiě 名①邀請客人的書面通知。例請帖、喜帖。②寫了字的小紙片。例字帖兒。③計算藥劑的量詞。例這病要多吃幾帖藥才行。④婦女放針線之類的紙夾。例孟郊・古意：「啟帖理針線。」⑤舊時一種錢幣的名稱。例官帖。⑥臨摹書畫的拓本。例碑帖。⑦科舉時代應試的題目。例試帖。

帛 ㄅㄛˊ bó 名絲織物的總稱。例布帛。

帛書 ㄅㄛˊ ㄕㄨ 寫在絹帛上的書。

帛畫 ㄅㄛˊ ㄏㄨㄚˋ 在絲織品上繪成的圖畫。

帕 ㄆㄚˋ pà 名①用來擦拭的小方巾。例手帕。②佩巾。例香羅帕。③古代男子束髮用的頭巾。例帕頭。

帔 ㄆㄟˋ pèi 名古時婦女披在肩上的衣飾，即今之披肩。例鳳冠霞帔。

帙 ㄓˋ zhì 名①包在書畫外面的套子，通常用布帛做成。②線裝書一套為一帙。例卷帙浩瀚。

帑 ㊀ㄊㄤˇ tǎng 名①國庫裡貯藏的錢財。例浪費公帑。②金庫。
㊁ㄋㄨˊ nú 名通「孥」。妻、子的合稱。例詩經：「宜爾室家，樂爾妻帑。」

帚 ㄓㄡˇ zhǒu 名打掃的用具。例掃帚。

六畫

帝 ㄉㄧˋ dì 名①指最高的天神，宇宙萬物的主宰。例天帝、上帝。②君主的稱號，天子。例三皇五帝。動尊為君主。例義不帝秦。

帝王 ㄉㄧˋ ㄨㄤˊ 稱君主國家的最高統治者。

帝君 ㄉㄧˋ ㄐㄩㄣ 對神中地位較尊者的稱呼。

帝制 ㄉㄧˋ ㄓˋ 君主專制的政體。

帝國 ㄉㄧˋ ㄍㄨㄛˊ ①有皇帝稱號的國家。例大清帝國。②版圖大或有殖民地的國家。例羅馬帝國。

帝國主義 ㄉㄧˋ ㄍㄨㄛˊ ㄓㄨˇ ㄧˋ 使用和平或暴力的手段，向外進行侵略，以實現其擴張野心、推行其霸權的主義。

帥 ㄕㄨㄞˋ shuài 名①軍隊中的最高指揮官。例統帥、元帥。②主導的人或事物。③姓。形英俊，瀟灑。例他長得很帥。動同「率」。帶領，統率。例帥師北伐。

帥氣 ㄕㄨㄞˋ ㄑㄧˋ 形容人氣宇不凡、神態瀟灑，或穿著優美自然。

帢 ㄑㄧㄚˋ qià 名古代士人所戴的一種便帽。

帤 ㄖㄨˊ rú 名破舊的布巾，大巾。

七畫

席 ㄒㄧˊ xí 名①用蘆葦、竹篾等編織成的鋪墊用具。例草席、涼席。②座位。例入席、來賓席。③成桌的酒和飯菜。例擺席、筵席。④職位。例教席、首席。⑤用作談話次數或酒筵、議會名額的量詞。例一席話、一席酒。⑥姓。動憑藉，依仗。例漢書：「席太后之寵，據將相之位。」

席次 ㄒㄧˊ ㄘˋ ①座位的次序。②指政黨團體在議會中所占的座位，表示當選的人數。

席地 ㄒㄧˊ ㄉㄧˋ ①把席子鋪在地上，用以坐臥。②指直接坐在地上。例席地而坐。

席位 ㄒㄧˊ ㄨㄟˋ ①會場上的座位。②指議會中政黨團體所占的座位，表示當選的人數。

席不暇暖 ㄒㄧˊ ㄅㄨˋ ㄒㄧㄚˊ ㄋㄨㄢˇ 座位都來不及坐暖。形容很忙，連坐定的時間都沒有。

席捲天下 ㄒㄧˊ ㄐㄩㄢˇ ㄊㄧㄢ ㄒㄧㄚˋ 把天下像席子一樣的捲了起來。形容力量強大，能控制或占有天下。

帨 ㄕㄨㄟˋ shuì 名古代婦女用的佩巾，常繫在身上，類似今天的手帕。

帩 ㄑㄧㄠˋ qiào 名古代男子裹髮所用的頭巾。例帩頭。

師 ㄕ shī 名①傳授學問、知識的人。例老師、導師。②掌握或擅長某種專門技藝的人。例工程師、醫師。③榜樣。例前事不忘後事之師。④對僧人的尊稱。例大法師、禪師。⑤軍隊。例出師、班師。⑥軍隊的編制單位，在軍以下，旅或團以上。⑦姓。動採用，效法。例師古、師法。

師丈 ㄕ ㄓㄤˋ 學生尊稱女老師的丈夫。

師父 ㄕ ㄈㄨˋ ①泛稱老師。②稱有專門技藝的人。③對僧尼、道士的敬稱。

師古 ㄕ ㄍㄨˇ 效法古代。

師母 ㄕ ㄇㄨˇ 稱自己老師的妻子。

師法 ㄕ ㄈㄚˇ ①學習效法。②師徒相傳的學問或技藝。

師事 ㄕ ㄕˋ 以師禮相待。

師表 ㄕ ㄅㄧㄠˇ 表率，學習的榜樣。例為人師表。

師長 ㄕ ㄓㄤˇ ①對教師的尊稱。②軍中統率一個師的最高長官。

師承 ㄕ ㄔㄥˊ 一脈相承的師法。多指學術或技藝的傳承系統。例學無師承。

師傅 ㄕ ㄈㄨˋ ①老師的通稱。②稱有專門技藝的人。例木匠師傅。

師資 ㄕ ㄗ 能擔任教師的人才。例培養師資。

師道 ㄕ ㄉㄠˋ ①從師問學的道理。②指為師之道。

師範 ㄕ ㄈㄢˋ ①師範學校的簡稱。②模範，榜樣。例為世師範。③學習，效法。

師心自用 ㄕ ㄒㄧㄣ ㄗˋ ㄩㄥˋ 指人自以為是，固執己見，根本不聽人勸。

師出有名 ㄕ ㄔㄨ ㄧㄡˇ ㄇㄧㄥˊ 出兵打仗需要有正當的理由。比喻做事要有正當理由。

八畫

帶 ㄉㄞˋ dài 名①繫衣物或紮東西所用的條狀物。例腰帶、鞋帶。②區域，地區。例沿海一帶、熱帶。動①隨身攜著。例身上帶有錢、自帶乾糧。②連帶，順便做某事。例連說帶笑、幫我帶點東西回家。③佩掛。例帶名牌。④率領，引導。例學生要帶隊、帶路。⑤連著，附著。例連枝帶葉。⑥含有，呈現。例面帶笑容。

帶勁 ㄉㄞˋ ㄐㄧㄣˋ ①有力量，有活力。例他做事很帶勁。②能引起興致。例看足球賽很帶勁。

帶動 ㄉㄞˋ ㄉㄨㄥˋ ①用動力使有關部分動起來。如火車頭帶動車廂。②引申指引導前進。例帶動社會風氣。

帶領 ㄉㄞˋ ㄌㄧㄥˇ 率領，在前引導讓後面的人跟隨。

帶頭 ㄉㄞˋ ㄊㄡˊ 首先行動起來以帶動別人。例誰在這裡帶頭鬧事？

帶分數 ㄉㄞˋ ㄈㄣ ㄕㄨˋ 整數後面帶有分數的數。如$1\frac{1}{2}$即是。

帶菌者 ㄉㄞˋ ㄐㄩㄣˋ ㄓㄜˇ 帶有傳染病原，為傳染病潛在傳染來源的人或動物。

帳

ㄓㄤˋ zhàng 名①用布、紗、尼龍等製成，可以張開來作為遮蔽用的東西。例蚊帳、營帳。②同「賬」。會計事務的數目或財物出入的記錄。例記帳、查帳。③同「賬」。例債務。例放帳、還帳。

帳目 ㄓㄤˋ ㄇㄨˋ 帳簿上錢款財物的收支項目。

帳房 ㄓㄤˋ ㄈㄤˊ ①管理銀錢貨物出入的處所。②指管理銀錢貨物出入的人。

帳務 ㄓㄤˋ ㄨˋ 指有關銀錢核算、貨物出入等的事務。

帳單 ㄓㄤˋ ㄉㄢ ①記載銀錢、貨物等往來的單子。②賣方通知買方付款的單子。

帳幕 ㄓㄤˋ ㄇㄨˋ 即帳篷。

帳篷 ㄓㄤˋ ㄆㄥˊ 用支架、帆布等撐建在地上，供露宿用的篷子。也作「帳棚」。

帳簿 ㄓㄤˋ ㄅㄨˋ 記載銀錢、貨物出入事項的簿冊。同帳本、帳冊。

帷

ㄨㄟˊ wéi 名分隔內外用的帳幕。例帷幕。

帷幄 ㄨㄟˊ ㄨㄛˋ 古代軍中用的帳篷。

帷幕 ㄨㄟˊ ㄇㄨˋ ①作遮擋用的幕布。②軍中的帳幕。指謀劃策略的地方。

帷幔 ㄨㄟˊ ㄇㄢˋ 帷幕，帳幕。

常

ㄔㄤˊ cháng 名①倫理關係，恆久不變的事物。例倫常、三綱五常。②姓。形①普通的，平凡的。例平常、老生常談。②規律的，定期的。例常設委員會、常任理事國。副①不變地，持續地。例知足常樂。②再三地，一次又一次。例常常。

常人 ㄔㄤˊ ㄖㄣˊ 尋常的人，一般人。

常法 ㄔㄤˊ ㄈㄚˇ 不變的法則。

常軌 ㄔㄤˊ ㄍㄨㄟˇ 平常應行的道路。引申為應遵守的法則。例謙虛禮讓是做人應依循的常軌。

常規 ㄔㄤˊ ㄍㄨㄟ 平日行為應遵循的法規。

常理 ㄔㄤˊ ㄌㄧˇ ①世俗通曉的情理。②恆久不變的道理。

常情 ㄔㄤˊ ㄑㄧㄥˊ 通常的人情，即一般人會有的情感反應。例喜新厭舊乃人之常情。

常識 ㄔㄤˊ ㄕˋ 一般人所應該具備的基本知識。

常任理事國 ㄔㄤˊ ㄖㄣˋ ㄌㄧˇ ㄕˋ ㄍㄨㄛˊ 聯合國安全理事會中，設有常任理事國，由中、美、英、法、俄五強國擔任，擁有對於實質問題否決的特別權利。

九畫

幅 ㈠ㄈㄨˊ fú 名①布帛或紙張的寬度。例幅面、雙幅。②泛指寬度或廣狹。例幅員、篇幅。③邊緣。例邊幅。④用作布帛、圖畫等的量詞。例幾幅畫。

㈡ㄅㄧˋ bì 名纏在小腿上的布帛，類似現在的綁腿。

幅面 ㄈㄨˊ ㄇㄧㄢˋ 各種布料的寬度。

幅度 ㄈㄨˊ ㄉㄨˋ ①物體振動或搖擺時所展開的寬度。②比喻事物變動的大小，即事物發展所達到的最高點與最低點的距離。例這次物價調整的幅度不大。

幅員 ㄈㄨˊ ㄩㄢˊ 疆域面積。地的廣狹為幅，周圍為員。

帽 ㄇㄠˋ mào 名①戴在頭上，以保護頭部或做裝飾的物品。例草帽、布帽。②罩在器物上，形狀或作用像帽子樣的東西。例筆帽、螺絲帽。

帽子 ㄇㄠˋ ˙ㄗ ①戴在頭上，用以遮陽、避雨、保暖或裝飾的用品。②比喻給人加上罪名或破壞人的名譽。例大帽子、綠帽子。

帽徽 ㄇㄠˋ ㄏㄨㄟ 釘在帽子上的徽章。也叫帽章或帽花。

帽簷 ㄇㄠˋ ㄧㄢˊ 帽子前面或四周邊沿的突出部分。

幀 ㄓㄥˋ zhèng 名①畫幅。例題於幀首之上。②計算字畫或照片等的量詞。例一幀畫。

幃 ㄨㄟˊ wéi 名①通「帷」。帳幕。例幃帳。②佩帶的香囊。

幄 ㄨㄛˋ wò 名帳幕，帳篷。例運籌帷幄。

十畫

幎 ㄇㄧˋ mì 名覆蓋器物的布巾。形均勻的樣子。

幌 ㄏㄨㄤˇ huǎng 名①布幔，窗簾。②古時酒店的招牌。

幌子 ㄏㄨㄤˇ ˙ㄗ ①舊時店鋪外掛的招牌，用來招徠顧客。②指假借某種名義而去從事另外的活動。例他上圖書館看書不過是幌子，其實是去談戀愛。

十一畫

幛 ㄓㄤˋ zhàng 名用整幅綢布做成，在上面題寫詞句，作為婚喪慶弔用的禮品。例壽幛、喜幛。

幣 ㄅㄧˋ bì 名①錢，交易的媒介。例港幣、新臺幣。②為禮物的泛稱。③財物。例管子：「以珠玉為上幣，以黃金為中幣，以刀布為下幣。」

幣帛 ㄅㄧˋ ㄅㄛˊ 泛指古人饋贈所用的禮物。

幣制 ㄅㄧˋ ㄓˋ 國家所規定的貨幣制度。

幣值 ㄅㄧˋ ㄓˊ 貨幣的價值，即貨幣購買商品的能力。

幘 ㄗㄜˊ zé 名古代用來包裹頭髮的布巾。例幘巾。

幕 ㈠ㄇㄨˋ mù 名①垂掛或遮蓋用的大型布幔。例銀幕、天幕。②將帥的營帳。例入幕之賓。③指事情的開始或結束。例開幕、閉幕。④戲劇依照劇情所劃分的一個較完整的段落。例這部戲共有四幕。動覆蓋。例莊子：「解朝服而幕之。」㈡ㄇㄛˋ mò 名通「漠」。沙漠。

幕後 ㄇㄨˋ ㄏㄡˋ 舞臺帳幕的後面。比喻暗中或背後。例幕後操縱。

幕僚 ㄇㄨˋ ㄌㄧㄠˊ 古代稱將帥幕府中的參謀、書記等。後泛指官署中的輔佐人員。

幕天席地 ㄇㄨˋ ㄊㄧㄢ ㄒㄧˊ ㄉㄧˋ 以天為幕，以地為席。比喻胸襟曠達豪放。後也用以形容在野外作業的艱難狀況。

幔 ㄇㄢˋ màn 名懸掛著用來遮擋的帳幕。例窗幔、布幔。

幗 ㄍㄨㄛˊ guó 名古代婦女覆蓋在髮上的頭巾和飾物。例巾幗。

十二畫

幟 ㄓˋ zhì 名①旗子。例獨樹一幟。②標記，標誌。

幢 ㄔㄨㄤˊ chuáng 名①旌旗一類的東西。例幢幡。②計算房屋的量詞。例一幢房室。③張掛在舟車上的帷幔。

幢幢 ㄔㄨㄤˊ ㄔㄨㄤˊ 形容影子的晃動。

幩 ㄈㄣˊ fén 名掛在馬口旁用來扇汗的飾物。

幞 ㄆㄨˊ pú 名古代男子戴的一種頭巾，即幞巾。例幞頭。

幝 ㄔㄢˇ chǎn 形破舊的樣子。例幝幝。

幡 ㄈㄢ fān 名一種垂直懸掛的長條形旗子。副通「翻」。變動地。例幡然。

幡然 ㄈㄢ ㄖㄢˊ 形容很快而徹底地改變。例幡然悔改。

幡幡 ㄈㄢ ㄈㄢ ①反覆翻動的樣子。②輕率而無威儀的樣子。③草葉搖晃的樣子。

十四畫

幫 ㄅㄤ bāng 名①物體旁邊豎起的部分。例鞋幫、船幫。②一種祕密結社。例青幫、洪幫。③指成批成群的人或事物。例一幫流氓。動①相助，輔助。例幫助。②附和。例幫腔。

幫凶 ㄅㄤ ㄒㄩㄥ 幫助行凶作惡的人。

幫手 ㄅㄤ ㄕㄡˇ 幫助別人做事的人。

幫忙 ㄅㄤ ㄇㄤˊ 在別人需要或有困難時給予幫助。

幫助 ㄅㄤ ㄓㄨˋ 替人出主意或給予物質、精神上的支援。

幫派 ㄅㄤ ㄆㄞˋ 出於某種目的或關係而結成小的團體。

幫腔 ㄅㄤ ㄑㄧㄤ ①戲曲、曲藝唱腔中的一種演唱形式，即在演出時由多人在後臺為臺上的主唱幫唱。②附和別人做事或發言。

幫閒 ㄅㄤ ㄒㄧㄢˊ 受官僚或富豪豢養，陪他們尋歡作樂，為他們幫腔效勞的人。

幫會 ㄅㄤ ㄏㄨㄟˋ 社會上的祕密組織。

幫辦 ㄅㄤ ㄅㄢˋ ①幫助主管人員處理公務。②指主管人員的助手。

幫襯 ㄅㄤ ㄔㄣˋ 幫助，贊助。

幬 ㈠ㄔㄡˊ chóu 名①帳子。②舟車上的帷幕。㈡ㄉㄠˋ dào 動覆蓋。例左傳：「如天之無不幬也。」

干部 ㄍㄢ

干 ㄍㄢ gān 名①天干的簡稱。例干支。②武器名。古代用來防身的盾牌。例干戈。③表示不定的數目。例若干。④通「乾」。脫水加工製成的乾燥食品。例豆腐干。⑤岸邊。例河干。⑥姓。動①相關連，涉及。例不干你事。②觸犯，冒犯。例干犯。③求取，營求。例干求、干祿。

干戈 ㄍㄢ ㄍㄜ ①干和戈本為兩種武器，後用作武器的泛稱。②比喻戰爭，戰亂。例化干戈為玉帛。

干支 ㄍㄢ ㄓ 十天干和十二地支的合稱，為計算時間的單位。十天干是：甲、乙、丙、丁、戊、己、庚、辛、壬、癸。十二地支是：子、丑、寅、卯、辰、巳、午、未、申、酉、戌、亥。

干犯 ㄍㄢ ㄈㄢˋ 冒犯，侵犯。

干城 ㄍㄢ ㄔㄥˊ 指盾牌和城牆，兩者都是防禦工具。用以比喻捍衛者。

干係 ㄍㄢ ㄒㄧˋ 牽連，關係。例此事與我毫無干係。

干涉 ㄍㄢ ㄕㄜˋ ①過問或干預別人的事。例干涉他人的私事。②牽涉，關聯。例此事與他毫無干涉。

干預 ㄍㄢ ㄩˋ 參預，過問。也作「干與」。例你何必要干預他的事呢？

干擾 ㄍㄢ ㄖㄠˇ ①擾亂，打擾。②妨礙無線電設備正常接收信號的電磁振盪。

干將莫邪 ㄍㄢ ㄐㄧㄤ ㄇㄛˋ ㄧㄝˊ 寶劍名。相傳春秋吳人干將與其妻莫邪曾鑄干將、莫邪雌雄二劍獻給吳王闔閭。後即以之作為寶劍的代稱。

二畫

平 ㊀ㄆㄧㄥˊ píng 名①聲調之一，即平聲。例平仄、平上去入。②姓。形①沒有高低起伏，也不傾斜的。例平坦、地面很平。②均等的。例平等、平均。③高低相等，不分上下。例平手、平局。④合理的，公正的。例買賣公平、持平之論。⑤經常的，普通的。例平時、平常。⑥安定的，安寧的。例心平氣和、天下太平。動①穩定。例平抑物價。②用武力征服，使安定。例平定、平亂。

㊁ㄆㄧㄢˊ pián 形治理得有條有理的樣子。例書經：「無黨無偏，王道平平。」動分辨明白。例平章。

平凡 ㄆㄧㄥˊ ㄈㄢˊ 平常而不突出，不稀奇。例平凡的工作也能做出不凡的成績。

平方 ㄆㄧㄥˊ ㄈㄤ 指一個數自乘一次的積。如3^2等於9。

平仄 ㄆㄧㄥˊ ㄗㄜˋ 平聲和仄聲。平即四聲中的平聲，仄指四聲中的上、去、入三聲。用於詩詞的格律。

平反 ㄆㄧㄥˊ ㄈㄢˇ 把錯判的案件糾正過來，使之重返清白。

平平 ㄆㄧㄥˊ ㄆㄧㄥˊ 普通，不好不壞。例政績平平。

平生 ㄆㄧㄥˊ ㄕㄥ ①一生，一輩子。例願獻出平生的精力。②往常，平素。例他平生最愛讀書。

平民 ㄆㄧㄥˊ ㄇㄧㄣˊ 泛指普通的民眾。例平民百姓。

平地 ㄆㄧㄥˊ ㄉㄧˋ ①平坦的土地。②地面的泛稱。例萬丈高樓平地起。③把土地整平或填平。④突然，無端。例平地起風波。

平年 ㄆㄧㄥˊ ㄋㄧㄢˊ ①國曆無閏日、農曆無閏月的年分。②農作物收成平平的年分。

平行 ㄆㄧㄥˊ ㄒㄧㄥˊ ①兩個平面或同一平面上的兩條直線任意延長而永不相交。②地位相等，沒有高低分別，沒有隸屬關係的。例平行機關。③同時進行。例平行作業。

平均 ㄆㄧㄥˊ ㄐㄩㄣ ①把物件的總數均勻分成若干份。②相等而沒有輕重多少的分別。例平均分配。

平局 ㄆㄧㄥˊ ㄐㄩˊ 指比賽結果為不分勝負的局面。

平定 ㄆㄧㄥˊ ㄉㄧㄥˋ ①平穩安定。例只要氣消了，她的情緒會慢慢平定下來的。②用武力平息暴亂。

平空 ㄆㄧㄥˊ ㄎㄨㄥ 沒有依據或無緣無故的。同憑空。

平房 ㄆㄧㄥˊ ㄈㄤˊ 通常指只有一層的房子。

平昔 ㄆㄧㄥˊ ㄒㄧˊ 往日，過去。

平坦 ㄆㄧㄥˊ ㄊㄢˇ 形容沒有高低起伏的平面。例這一帶的地勢平坦。

平面 ㄆㄧㄥˊ ㄇㄧㄢˋ 在一個面任意取兩點連成一直線，如果直線上所有的點都在這個面上，這個面就是平面。

平易 ㄆㄧㄥˊ ㄧˋ ①態度謙和，容易相處。例平易近人。②文章、詩詞的文字淺顯，容易理解。

平明 ㄆㄧㄥˊ ㄇㄧㄥˊ 天剛亮的時候。

平板 ㄆㄧㄥˊ ㄅㄢˇ 形容平淡死板，無曲折變化。

平和 ㄆㄧㄥˊ ㄏㄜˊ ①指人的性情溫和。②形容藥物的作用溫和、不猛烈。③安定，平穩。

平版 ㄆㄧㄥˊ ㄅㄢˇ 印刷版的一種，指版面的空白部分和印刷部分都沒有凹凸痕跡的印刷版。如石版、銅版等。

平信 ㄆㄧㄥˊ ㄒㄧㄣˋ 一般的普通信件，別於掛號、限時專送等信件。

平原 ㄆㄧㄥˊ ㄩㄢˊ 廣闊平坦的陸地，一般不超過海平面二百公尺。

平息 ㄆㄧㄥˊ ㄒㄧ ①平靜，靜止。例風浪平息。②平定，止息。例平息叛亂。

平淡 ㄆㄧㄥˊ ㄉㄢˋ 平常無奇。例你講的這個故事平淡無味。

平添 ㄆㄧㄥˊ ㄊㄧㄢ 無緣無故或突然地增加。例你讓我的生活平添了不少樂趣。

平庸 ㄆㄧㄥˊ ㄩㄥ 平凡，尋常。常用於形容人的才能。

平等 ㄆㄧㄥˊ ㄉㄥˇ 指人在政治、經濟、法律等方面都享有相等的待遇。例男女平等。

平裝 ㄆㄧㄥˊ ㄓㄨㄤ 指書籍用單層紙做封面，而書脊不呈弧形的一種裝訂方法。與「精裝」相對。

平實 ㄆㄧㄥˊ ㄕˊ 樸質。例作風平實。

平劇 ㄆㄧㄥˊ ㄐㄩˋ 是用西皮、二簧演唱的戲劇。也稱國劇、京戲。

平價 ㄆㄧㄥˊ ㄐㄧㄚˋ ①不高不低的普通價格。②使上漲的物價平穩。

平輩 ㄆㄧㄥˊ ㄅㄟˋ 輩分相同。同同輩。

平緩 ㄆㄧㄥˊ ㄏㄨㄢˇ ①指地勢平坦，傾斜度較小。②形容人的心情舒坦、平和。

平頭 ㄆㄧㄥˊ ㄊㄡˊ ①男子的一種短髮式樣，頂上頭髮稍長齊平，其餘部位的頭髮則全部剃光。②齊頭。例平頭並進。

平靜 ㄆㄧㄥˊ ㄐㄧㄥˋ ①安靜，沒有波動。例他的心境很平靜、風浪已平靜下來了。②社會秩序安定而沒有動亂。例這些地區近來很平靜。

平整 ㄆㄧㄥˊ ㄓㄥˇ 平正整齊或使平正整齊。例把書放平整。

平衡 ㄆㄧㄥˊ ㄏㄥˊ ①本指衡器的兩端所承受的重量相等，引申指對立的各方在數量上或品質上相等。例收支平衡。②兩個或兩個以上的力量作用於一個物體時，使力相互抵消，物體形成相對的靜止狀態。

平聲 ㄆㄧㄥˊ ㄕㄥ 漢語聲調之一。今國音分成陰平和陽平，即第一聲、第二聲。

平疇 ㄆㄧㄥˊ ㄔㄡˊ 平坦的田地。

平穩 ㄆㄧㄥˊ ㄨㄣˇ 平安而穩當。例火車平穩。

平權 ㄆㄧㄥˊ ㄑㄩㄢˊ 權利平等。例男女平權。

平交道 ㄆㄧㄥˊ ㄐㄧㄠ ㄉㄠˋ 鐵路和公路的交叉口，通常設有柵欄和警示標誌。

平行線 ㄆㄧㄥˊ ㄒㄧㄥˊ ㄒㄧㄢˋ 在一平面內，兩條任意延長而不相交重疊的直線。

平均數 ㄆㄧㄥˊ ㄐㄩㄣ ㄕㄨˋ 若干個數相加的和，除以這些數的個數所得的商，叫平均數。

平面圖 ㄆㄧㄥˊ ㄇㄧㄢˋ ㄊㄨˊ 繪畫一物體，能使此物體的各點都在平面上顯現出來的圖形。與「立體圖」相對。

平面鏡 ㄆㄧㄥˊ ㄇㄧㄢˋ ㄐㄧㄥˋ 反射面為平面的鏡子。鏡前的物體與鏡中虛像大小相等、左右相反。日常所用的鏡子就屬於這一種。

平心而論 ㄆㄧㄥˊ ㄒㄧㄣ ㄦˊ ㄌㄨㄣˋ 平心靜氣地評論，公平地說。

平心靜氣 ㄆㄧㄥˊ ㄒㄧㄣ ㄐㄧㄥˋ ㄑㄧˋ 形容心情平和，態度冷靜。

平分秋色 ㄆㄧㄥˊ ㄈㄣ ㄑㄧㄡ ㄙㄜˋ 形容雙方各占一半，不分上下。同旗鼓相當。

平白無故 ㄆㄧㄥˊ ㄅㄞˊ ㄨˊ ㄍㄨˋ 無緣無故，毫無理由。

平地風波 ㄆㄧㄥˊ ㄉㄧˋ ㄈㄥ ㄅㄛ 比喻突然發生意想不到的事故或變化。

平步青雲 ㄆㄧㄥˊ ㄅㄨˋ ㄑㄧㄥ ㄩㄣˊ 比喻順利且迅速晉升高位。

平易近人 ㄆㄧㄥˊ ㄧˋ ㄐㄧㄣˋ ㄖㄣˊ ①形容態度謙遜和藹，使人容易接近。②形容文字淺顯易懂。

平起平坐 ㄆㄧㄥˊ ㄑㄧˇ ㄆㄧㄥˊ ㄗㄨㄛˋ 同起同坐，不分上下。比喻彼此的地位、權力相當。

平淡無奇 ㄆㄧㄥˊ ㄉㄢˋ ㄨˊ ㄑㄧˊ 平平淡淡，沒有特別的地方。

平鋪直敘 ㄆㄧㄥˊ ㄆㄨ ㄓˊ ㄒㄩˋ 說話或寫文章時，簡單而直接地把意思敘述出來，不講究修辭，也不突出重點或起伏變化，顯得平平淡淡。

平地一聲雷 ㄆㄧㄥˊ ㄉㄧˋ ㄧ ㄕㄥ ㄌㄟˊ 比喻名聲、地位突然升高，或忽然發生大事。

三畫

并 ㈠ㄅㄧㄥˋ bìng 動①通「併」。合。例兼并、并吞。②通「摒」。排除。例并歌舞之樂。副通「並」。平列，同時。例并肩作戰、齊頭并進。
㈡ㄅㄧㄥ bīng 名①地名。并州，古十二州之一。②山西省太原市的別稱。

年 ㄋㄧㄢˊ nián 名①地球環繞太陽轉一周的時間。平年為三百六十五日，閏年為三百六十六日。②歲數。例年齡、年輕。③一生中的某時期。例幼年、青年。④農作物的收成。例豐年、災年。⑤年節。例過年、新年。⑥光陰。例大好年華。⑦時期，時代。例近年、清代末年。⑧姓。形每年的。例年收入、年產量。

年少 ㄋㄧㄢˊ ㄕㄠˋ 年紀小，年紀輕。例青春年少。

年幼 ㄋㄧㄢˊ ㄧㄡˋ 年齡幼小。例年幼無知。

年成 ㄋㄧㄢˊ ㄔㄥˊ 農作物的歲收情況。例今年的年成很好。

年利 ㄋㄧㄢˊ ㄌㄧˋ 按年計算的利息。同年息。

年庚 ㄋㄧㄢˊ ㄍㄥ 指一個人出生的年、月、日、時。也指年紀。

年夜 ㄋㄧㄢˊ ㄧㄝˋ 即除夕，農曆年最後一天的夜晚。

年表 ㄋㄧㄢˊ ㄅㄧㄠˇ 把重大歷史事件按年逐一編排，令人一目了然的表格。

年來 ㄋㄧㄢˊ ㄌㄞˊ ①近年以來。②一年以來。

年事 ㄋㄧㄢˊ ㄕˋ 歲數，年紀。例年事已高。

年度 ㄋㄧㄢˊ ㄉㄨˋ 根據業務性質和需要，規定每一年的起迄日期。例會計年度。

年貨 ㄋㄧㄢˊ ㄏㄨㄛˋ 指過農曆年需用的一切物品。例家家戶戶忙著辦年貨。

年華 ㄋㄧㄢˊ ㄏㄨㄚˊ 時光，年歲。例虛度年華。

年景 ㄋㄧㄢˊ ㄐㄧㄥˇ ①一年的莊稼收成。②過年的情景。

年會 ㄋㄧㄢˊ ㄏㄨㄟˋ 各個團體一年舉行一次的集會。

年畫 ㄋㄧㄢˊ ㄏㄨㄚˋ 過農曆年時張貼的應節圖畫，能表現出歡樂吉慶的氣象。

年輕 ㄋㄧㄢˊ ㄑㄧㄥ 歲數不大。

年輪 ㄋㄧㄢˊ ㄌㄨㄣˊ 木本植物莖幹生長的速度，因季節變化有快有慢，在木質部的橫斷面上，形成色彩濃淡不一的同心環紋，稱為年輪。通常一環相當於植物生長一年。

年曆 ㄋㄧㄢˊ ㄌㄧˋ 以年為單位，印有一年的月分、日期、星期、節氣等的單張曆。

年頭 ㄋㄧㄢˊ ㄊㄡˊ ①時代，時世情況。例這年頭能活下來就算是幸運的了。②年。例我從事教育工作已經有好幾個年頭了。③農作物收成。例今年年頭不錯。

年禧 ㄋㄧㄢˊ ㄒㄧ 新年吉利之意。書信中向人賀年的語詞。

年邁 ㄋㄧㄢˊ ㄇㄞˋ 年老，年紀大。例年邁體弱。

年譜 ㄋㄧㄢˊ ㄆㄨˇ 用編年體例記載個人生平事蹟的著作。如杜工部年譜。

年關 ㄋㄧㄢˊ ㄍㄨㄢ 俗稱農曆年底。人們多在農曆年底結帳，欠債者需要償還債務，有如過難關一樣。

年鑑 ㄋㄧㄢˊ ㄐㄧㄢˋ 每年出版一次、彙錄一年中的大事和有關資料的參考書。如世界知識年鑑、教育年鑑。

年利率 ㄋㄧㄢˊ ㄌㄧˋ ㄌㄩˋ 以一年為期限的利率。

年久失修 ㄋㄧㄢˊ ㄐㄧㄡˇ ㄕ ㄒㄧㄡ 經歷的時間久遠又未好好整修，以致損壞。多指建築物。

年高德劭 ㄋㄧㄢˊ ㄍㄠ ㄉㄜˊ ㄕㄠˋ 指人年紀大而有德望。

年富力強 ㄋㄧㄢˊ ㄈㄨˋ ㄌㄧˋ ㄑㄧㄤˊ 形容人年紀輕，精力旺盛。

五畫

幸

ㄒㄧㄥˋ xìng 名福分。例深感榮幸。動①高興。例欣幸、慶幸。②希望，盼望。例幸勿推辭。③舊指帝王親臨某地。例臨幸、巡幸。④寵愛。例寵幸。副①意外獲得或避免。例幸免、徼幸。②多虧。例幸好、幸蒙厚愛。

幸而 ㄒㄧㄥˋ ㄦˊ 幸虧，有僥倖獲免之意。

幸好 ㄒㄧㄥˋ ㄏㄠˇ 幸虧。

幸免 ㄒㄧㄥˋ ㄇㄧㄢˇ 僥倖地得以避免。

幸甚 ㄒㄧㄥˋ ㄕㄣˋ ①表示很有希望，值得慶幸。②書信中用來表示殷切期望或幸運極了、深蒙恩澤。

幸運 ㄒㄧㄥˋ ㄩㄣˋ 好運氣，得到了難得的機會。

幸福 ㄒㄧㄥˋ ㄈㄨˊ 指生活美滿，身體健康，精神愉快，諸事皆稱心如意。

幸虧 ㄒㄧㄥˋ ㄎㄨㄟ 多虧。表示在緊急不利的情況下，獲得某種有利條件而得以脫免。

幸災樂禍 ㄒㄧㄥˋ ㄗㄞ ㄌㄜˋ ㄏㄨㄛˋ 心存妒忌，對他人遭受災害不但不同情，反而感到高興。

十畫

幹

㈠ㄍㄢˋ gàn 名①動物的軀體或植物的莖。例軀幹、樹幹。②事物的主要部分或根本。例主幹、骨幹。③辦事的能力。例才幹、能幹。形主要的。例幹線、幹部。動做，辦事。例苦幹實幹。㈡ㄏㄢˊ hán 名井幹，井上的圍欄。

幹才 ㄍㄢˋ ㄘㄞˊ 辦事的才能。也指有辦事才能的人。例他可算是個幹才。

幹事 ㄍㄢˋ ㄕˋ ①辦理事務。②泛稱基層的辦事人員。例村里幹事。

幹勁 ㄍㄢˋ ㄐㄧㄣˋ 做事的熱忱與精力。例幹勁十足。

幹活 ㄍㄢˋ ㄏㄨㄛˊ 俗稱做工或做事。

幹員 ㄍㄢˋ ㄩㄢˊ 辦事能力強的官吏或職員。

幹部 ㄍㄢˋ ㄅㄨˋ ①政黨或團體的中堅分子。②指擔任領導或管理工作的人員。

幹道 ㄍㄢˋ ㄉㄠˋ 主要路線。

幹練 ㄍㄢˋ ㄌㄧㄢˋ 辦事能力強而又有經驗。例精明幹練。

幹線 ㄍㄢˋ ㄒㄧㄢˋ 道路、水路、電路等的主要路線。與「支線」相對。例鐵路幹線。

幺部 ㄧㄠ

幺

ㄧㄠ yāo 名「一」的別稱。也指骰子上或骨牌中的一點。形①排行最小的。例么兒。②微小，細小。例么麼小醜。

一畫

幻 ㄏㄨㄢˋ huàn 形空洞不實在的，虛假的。例虛幻、夢幻。動①變化。例幻化、變幻莫測。②惑亂。例幻惑。

幻化 ㄏㄨㄢˋ ㄏㄨㄚˋ ①變化。例朝霞幻化成許多奇特的景象。②指人死亡。

幻術 ㄏㄨㄢˋ ㄕㄨˋ 以迅速敏捷的技巧或特殊的裝置，惑亂觀眾視線，使人覺得變化莫測的技術。

幻象 ㄏㄨㄢˋ ㄒㄧㄤˋ 幻想出來的或幻覺中不實在的假象。

幻滅 ㄏㄨㄢˋ ㄇㄧㄝˋ 理想、希望等由於受到現實的打擊而破滅、落空。

幻想 ㄏㄨㄢˋ ㄒㄧㄤˇ 虛幻而不切實際的想法。

幻境 ㄏㄨㄢˋ ㄐㄧㄥˋ 虛幻不實的境界。古代詩文中多用來比喻世事變化無常。

幻燈 ㄏㄨㄢˋ ㄉㄥ 利用強光和透鏡片的裝置，把圖片或透明正片上的影像放大，映射在白幕上。

幻覺 ㄏㄨㄢˋ ㄐㄩㄝˊ 指缺乏外界實物的刺激卻產生出有實物存在的錯覺。

二畫

幼 ㄧㄡˋ yòu 名小孩兒。例扶老攜幼。形①年齡小的。例幼兒。②初生的。例幼芽、幼蟲。③知識淺薄的，不成熟的。例幼稚。動愛護。例孟子：「幼吾幼以及人之幼。」

幼年 ㄧㄡˋ ㄋㄧㄢˊ 年紀很小的時候。

幼苗 ㄧㄡˋ ㄇㄧㄠˊ ①剛剛發芽生長的植物體。②比喻兒童。

幼稚 ㄧㄡˋ ㄓˋ ①年紀小。②缺乏經驗，見識淺薄。例你為人處事也太幼稚了。

幼蟲 ㄧㄡˋ ㄔㄨㄥˊ 從卵中孵化出來，尚未成形的小蟲。

幼稚園 ㄧㄡˋ ㄓˋ ㄩㄢˊ 對尚未就讀小學的幼兒實施教育的機構。

六畫

幽 ㄧㄡ yōu 名①指陰間或鬼魂。例幽冥、幽靈。②地名。幽州，古十二州之一。形①僻靜的。例幽靜、幽谷。②隱蔽，隱祕的。例幽居、幽會。③雅致，不俗氣的。例幽雅、幽美。④深遠的。例幽遠。⑤昏暗不明的。例幽暗。動囚禁。例幽禁。

幽谷 ㄧㄡ ㄍㄨˇ 幽深的山谷。比喻低下的地方。

幽明 ㄧㄡ ㄇㄧㄥˊ 通常指陰間和陽世。例幽明分隔。

幽門 ㄧㄡ ㄇㄣˊ 胃與十二指腸相通的部分，有可以開合的孔，由括約肌控制，能保護胃黏膜不受粗糙食物磨傷和胃酸的侵蝕。

幽思 ㄧㄡ ㄙ ①沉靜地深思。②藏於內心的思想感情。

幽香 ㄧㄡ ㄒㄧㄤ 清淡而芬芳的香氣。例茉莉花散發著一股幽香。

幽怨 ㄧㄡ ㄩㄢˋ 多指女子因失戀或被拋棄而引發積結於心的怨恨。

幽幽 ㄧㄡ ㄧㄡ ①形容聲音或光線微弱的樣子。例幽幽啜泣。②深遠的樣子。例幽幽南山。

幽冥 ㄧㄡ ㄇㄧㄥˊ 陰間，地獄。例幽冥世界。

幽情 ㄧㄡ ㄑㄧㄥˊ 深遠而隱微的感情。

幽深 ㄧㄡ ㄕㄣ 深邃而幽靜。多用以形容山水、樹林、宮室等深處的景況。

幽雅 ㄧㄡ ㄧㄚˇ 形容地方、環境等幽靜而雅致。

幽禁 ㄧㄡ ㄐㄧㄣˋ 單獨囚禁，軟禁。

幽暗 ㄧㄡ ㄢˋ 陰暗，昏暗。例房間顯得幽暗。

幽會 ㄧㄡ ㄏㄨㄟˋ 男女間祕密的約會。

幽魂 ㄧㄡ ㄏㄨㄣˊ 人死後的靈魂。

幽憤 ㄧㄡ ㄈㄣˋ 深藏在心中的憤恨。

幽靜 ㄧㄡ ㄐㄧㄥˋ 幽雅清靜。例環境很幽靜。

幽默 ㄧㄡ ㄇㄛˋ 為英語 humour 的音譯。指含蓄有趣而又意味深長的言行。

幽靈 ㄧㄡ ㄌㄧㄥˊ 指死者的靈魂。同陰魂。

九畫

幾

㈠ㄐㄧˇ jǐ 形①詢問數量或時間。例總共有幾位、幾時回來的。②表示不定的數目。例多帶幾件衣服、買了幾本書。副何，哪。表示時間的疑問詞。例為歡幾何。

㈡ㄐㄧ jī 名事情的跡象。形細微的。例幾希。副將近。例幾乎、庶幾。

幾乎 ㄐㄧ ㄏㄨ 很接近，差一點。例弄得我幾乎破產。

幾多 ㄐㄧˇ ㄉㄨㄛ 多少，若干。例李煜・虞美人：「問君能有幾多愁？恰似一江春水向東流。」

幾何 ㄐㄧˇ ㄏㄜˊ ①多少。例人生幾何？②幾何學的簡稱。

幾希 ㄐㄧ ㄒㄧ 很少，相差不多。

幾時 ㄐㄧˇ ㄕˊ 什麼時候。例蘇軾・水調歌頭：「明月幾時有？把酒問青天。」

幾許 ㄐㄧˇ ㄒㄩˇ 多少，若干。例還有幾許歲月？

幾何學 ㄐㄧˇ ㄏㄜˊ ㄒㄩㄝˊ 研究物體的形狀、大小、位置，及其相互關係的學科。

幾可亂真 ㄐㄧ ㄎㄜˇ ㄌㄨㄢˋ ㄓㄣ 幾乎和真的一模一樣。

幾次三番 ㄐㄧˇ ㄘˋ ㄙㄢ ㄈㄢ 形容次數之多。

幾何級數 ㄐㄧˇ ㄏㄜˊ ㄐㄧˊ ㄕㄨˋ 按照順序排列的一串數，其中任何相鄰的二項的比值都相等。如1，3，9，27，……。也稱等比級數。

幾無寧日 ㄐㄧ ㄨˊ ㄋㄧㄥˊ ㄖˋ 幾乎沒有平靜安寧的日子。形容家庭或社會動蕩不安，爭鬥糾紛不斷。

广部 ㄧㄢˇ

广

ㄧㄢˇ yǎn 名①依山崖所建造的房子。②小屋。

二畫

庀

ㄆㄧˇ pǐ 動①具備，整備。②治理。

四畫

床

ㄔㄨㄤˊ chuáng 名①睡覺的用具。例木床。②古人稱坐臥的用具，即坐榻。例胡床。③安放器物的架子。例琴床。④像床一樣的地面。例河床、苗床。⑤計算被褥、毛毯等的量詞。例一床棉被。

床母 ㄔㄨㄤˊ ㄇㄨˇ 臺灣民俗中的床神，為保佑幼兒平安長大的神祇。

床幃 ㄔㄨㄤˊ ㄨㄟˊ 掛在床上的帳幕。

床罩 ㄔㄨㄤˊ ㄓㄠˋ 覆蓋在床上以防灰塵用的布罩子。

床蓐 ㄔㄨㄤˊ ㄖㄨˋ 床席。泛指臥具。

床頭金盡 ㄔㄨㄤˊ ㄊㄡˊ ㄐㄧㄣ ㄐㄧㄣˋ 錢財耗盡而陷於貧困。

庋 ㄐㄧˇ jǐ 名放器物的架子。動存放，收藏。例庋藏。

庌 ㄧㄚˇ yǎ 名廊下小屋。

庇 ㄅㄧˋ bì 動遮蔽，保護。例包庇、庇佑。

庇佑 ㄅㄧˋ ㄧㄡˋ 指受先人或神靈的保佑。

庇短 ㄅㄧˋ ㄉㄨㄢˇ 不顧是非，一味地遮掩自己所親近的人的短處。

庇蔭 ㄅㄧˋ ㄧㄣˋ 樹木等遮住陽光。比喻包庇或袒護。

庇護 ㄅㄧˋ ㄏㄨˋ 包庇，保護。

序 ㄒㄩˋ xù 名①次第。例順序、循序漸進。②文體的一種。見「序文」。③季節。例四序。④古代地方興辦的學校。例鄉序、庠序。形開頭的。例序曲、序幕。動排定。例序齒、序次。

序文 ㄒㄩˋ ㄨㄣˊ 文體的一種，通常放在正文的前面，陳述作品主旨、全書大意。或由作者自己寫，或由別人加以介紹或評論。也作「序言」。

序曲 ㄒㄩˋ ㄑㄩˇ ①歌劇開幕時，為了製造氣氛或暗示劇情而演奏的樂曲。②單樂章的管弦樂曲，可以獨立演奏。③比喻事情或行動的開端。

序跋 ㄒㄩˋ ㄅㄚˊ 序文與跋文。序在書前，跋在書尾，多屬評介內容的文章。

序幕 ㄒㄩˋ ㄇㄨˋ ①指多幕劇在第一幕之前的一場戲，用以介紹劇中人物的歷史、劇情發生的背景或暗示全劇的主題。②比喻重大事件的開端。

序論 ㄒㄩˋ ㄌㄨㄣˋ 正文前面敘述全文大綱、總括全文要旨的評論文字。

序數 ㄒㄩˋ ㄕㄨˋ 表示事物次序的數字。如第一、第二。

五畫

店 ㄉㄧㄢˋ diàn 名①賣東西的鋪子。例雜貨店、書店。②旅館，客棧。例客店、住店。

店東 ㄉㄧㄢˋ ㄉㄨㄥ 舊稱商店或旅店的主人。

店面 ㄉㄧㄢˋ ㄇㄧㄢˋ 商店的門面。

店家 ㄉㄧㄢˋ ㄐㄧㄚ 舊稱商店或旅店的老闆或管事者。

店鋪 ㄉㄧㄢˋ ㄆㄨˋ 即商店。

店小二 ㄉㄧㄢˋ ㄒㄧㄠˇ ㄦˋ 舊稱旅店、飯館或酒館中的侍者。

庖 ㄆㄠˊ páo 名①廚房。例庖廚。②廚師。例良庖。

庖丁 ㄆㄠˊ ㄉㄧㄥ 廚師。

庖廚 ㄆㄠˊ ㄔㄨˊ 廚房。例孟子：「君子遠庖廚也。」

庖丁解牛 ㄆㄠˊ ㄉㄧㄥ ㄐㄧㄝˇ ㄋㄧㄡˊ 比喻技術純熟高妙，做事得心應手。

府

ㄈㄨˇ fǔ 名①舊時官署的通稱，現稱國家政權機關。例官府、政府。②舊稱達官貴人的住宅。例王府、宰相府。③尊稱別人的住所。例府上、貴府。④古時收藏財物或文書的地方。例府庫。⑤古時行政區劃的名稱，比縣高一級。例開封府。

府上 ㄈㄨˇ ㄕㄤˋ ①尊稱他人的家宅。②問他人籍貫的客氣語。例請問府上哪裡？

府邸 ㄈㄨˇ ㄉㄧˇ 王侯府第。

府城 ㄈㄨˇ ㄔㄥˊ 舊時指府一級行政機構所在的城市。

府第 ㄈㄨˇ ㄉㄧˋ 貴族、官吏或大地主的宏偉住宅。

底

㈠ㄉㄧˇ dǐ 名①物體的下層或最下部分。例海底、杯底。②草稿。例底稿、留底。③接近結束的時間。例年底、月底。④事情的內情、根源。例底細、底蘊。動達到。例終底於成。助何，什麼，表示疑問。例干卿底事。㈡·ㄉㄜ de 介同「的」。用在名詞或代名詞後面。例這是我底書。

底子 ㄉㄧˇ ˙ㄗ ①根基，基礎。例他數學底子好。②指草稿。例寄出的稿件要留底稿。③鞋底。④體質。例他底子弱，禁不起風寒。⑤底細。例你要摸清他的底子，以免上當。

底片 ㄉㄧˇ ㄆㄧㄢˋ 指照相時用來映入影像的底板。

底本 ㄉㄧˇ ㄅㄣˇ ①原來的稿本，留作底子或校勘時作為依據。②本錢或成本。

底冊 ㄉㄧˇ ㄘㄜˋ 留作根底以供查考的冊子。例呈報上級的工資冊，務必要留底冊。

底色 ㄉㄧˇ ㄙㄜˋ 打底做為襯托的基本顏色。例作彩色畫要先把底色打好。

底細 ㄉㄧˇ ㄒㄧˋ 指人或事的根源或內情。例你先把事情的底細摸清楚了再說。

底牌 ㄉㄧˇ ㄆㄞˊ 玩撲克牌時還沒有亮出來的牌。常用來比喻最後保留的實力或事情的真相。

底稿 ㄉㄧˇ ㄍㄠˇ 保留起來作為依據的原稿。

底盤 ㄉㄧˇ ㄆㄢˊ 汽機車、拖拉機等除發動機和車身外，其餘的機件都稱作底盤。

底蘊 ㄉㄧˇ ㄩㄣˋ 事物的詳細內容或真正的情況。

底下人 ㄉㄧˇ ㄒㄧㄚˋ ㄖㄣˊ 下人，舊指僕人。

庚

ㄍㄥ gēng 名①天干的第七位，有時也用作順序的第七。②年齡。例同庚、貴庚。

庚帖 ㄍㄥ ㄊㄧㄝˇ 舊時訂婚時寫有男女雙方出生年、月、日、時的帖子。

六畫

庠

ㄒㄧㄤˊ xiáng 名古代的學校名稱。例庠序。

庠序 ㄒㄧㄤˊ ㄒㄩˋ 商代的鄉學稱序，周代的鄉學稱庠。後泛指學校。

度 ㊀ㄉㄨˋ dù 名①計量長短的器具。例度量衡。②按照一定計量標準劃分的單位。例熱度、濃度。③儀態。例風度、態度。④範圍。例過度、以度。⑤器量，胸襟。例度量、器度。⑥心意。例置之度外。⑦法制，規範。例制度、法度。⑧標準。例尺度、限度。⑨次數。例一年一度、再度來臨。⑩物體的長、寬、高。例三度空間。⑪計量單位名稱：⑴數學上計算圓弧與角的單位。例圓周分三百六十度。⑵計算水電等用量及氣溫的單位。動①過，經歷。例虛度年華、難以度日。②同「渡」。從此岸到彼岸。③同「渡」。跨越，通過。例王之渙・涼州詞：「春光不度玉門關。」④使人離俗出家。佛教認為人歸向佛法，離開紅塵世俗即為「度」。例剃度。㊁ㄉㄨㄛˋ duò 動①計算，測量。例量度。②推測，考慮。例揣度、忖度。

度日 ㄉㄨˋ ㄖˋ 過日子，過生活。

度外 ㄉㄨˋ ㄨㄞˋ ①心意、思慮之外。例置之度外。②法度之外。

度命 ㄉㄨˋ ㄇㄧㄥˋ 維持生命。例勉強度命。

度脫 ㄉㄨˋ ㄊㄨㄛ 宗教稱使人解脫人世的苦難，到達仙佛的境界。例度脫眾生。

度假 ㄉㄨˋ ㄐㄧㄚˋ 度過假日。

度量 ㄉㄨˋ ㄌㄧㄤˋ 對他人及事物所能忍讓、寬容的限度。

度牒 ㄉㄨˋ ㄉㄧㄝˊ 舊時官府發給出家僧尼的憑證。

度量衡 ㄉㄨˋ ㄌㄧㄤˊ ㄏㄥˊ 計量長短、體積、重量的器具總稱。指衡量的標準。

度日如年 ㄉㄨˋ ㄖˋ ㄖㄨˊ ㄋㄧㄢˊ 過一天就像過一年般的漫長。比喻日子很不好過。

庥 ㄒㄧㄡ xiū 名樹蔭。

七畫

庫 ㄎㄨˋ kù 名儲存物品的地方。例倉庫。

庫存 ㄎㄨˋ ㄘㄨㄣˊ 倉庫中貯存的物品。

庫房 ㄎㄨˋ ㄈㄤˊ 儲存財物的房屋。

庫藏 ㄎㄨˋ ㄘㄤˊ 庫房裡所儲藏的財物。例這些貨現在庫藏還有多少？

座 ㄗㄨㄛˋ zuò 名①坐位，位子。例對號入座、座無虛席。②器物底下的墊架。例鐘座、碑座。③星座的簡稱。例大熊座、天琴座。④量詞。多用於較大的物體。例一座樓房、兩座山。

座次 ㄗㄨㄛˋ ㄘˋ 坐位的次序。

座標 ㄗㄨㄛˋ ㄅㄧㄠ 空間中或平面上某一定點的位置標示。也作「坐標」。

座談 ㄗㄨㄛˋ ㄊㄢˊ 不拘形式地討論，通常有固定的主題。例座談會。

座上客 ㄗㄨㄛˋ ㄕㄤˋ ㄎㄜˋ 席上受主人尊敬的客人。比喻貴賓。

座右銘 ㄗㄨㄛˋ ㄧㄡˋ ㄇㄧㄥˊ 寫在坐位旁邊，用來警惕、激勵自己的格言。

座無虛席 ㄗㄨㄛˋ ㄨˊ ㄒㄩ ㄒㄧˊ 所有座位都坐滿了，沒有空的。形容出席的人很多。

庭
ㄊㄧㄥˊ tíng 名①泛稱寬闊的地方。例大庭廣眾。②廳堂、正房前的院子。例前庭後院。③法院審理案件的場所。例開庭、法庭。

庭長 ㄊㄧㄥˊ ㄓㄤˇ 法院裡某個庭的負責人。例民事庭庭長。

庭院 ㄊㄧㄥˊ ㄩㄢˋ 正房前的院子。也泛指房門之外、圍牆之內沒有房舍的地方。

庭園 ㄊㄧㄥˊ ㄩㄢˊ 有花木的庭院，附屬於住宅的花園。

庭訓 ㄊㄧㄥˊ ㄒㄩㄣˋ 父親所給予或留下的教誨。

八畫

庵
ㄢ ān 名①圓形的小草屋。例庵廬。②小寺廟。多為尼姑所住。例尼姑庵。

庶
ㄕㄨˋ shù 名①古時稱平民為「庶」。②從前宗法制度稱旁支。與「嫡」相對。例庶子。形眾多。例庶務。副相近，差不多。例庶幾。

庶人 ㄕㄨˋ ㄖㄣˊ 古代對平民的通稱。同庶民。

庶子 ㄕㄨˋ ㄗˇ 古稱妾所生之子，或嫡長子以外的眾子。

庶出 ㄕㄨˋ ㄔㄨ 妾所生的子女。

庶乎 ㄕㄨˋ ㄏㄨ ①也許可以，表示希望之詞。例庶乎可免此禍。②將近，差不多。

庶民 ㄕㄨˋ ㄇㄧㄣˊ 老百姓，普通民眾。

庶母 ㄕㄨˋ ㄇㄨˇ 舊時子女稱父親的姨太太。

庶務 ㄕㄨˋ ㄨˋ 指機關團體中種種雜項事務。也指從事這種事務的人。

庶幾 ㄕㄨˋ ㄐㄧ 差不多，幾乎。或作「庶乎」。例文天祥．正氣歌：「而今而後，庶幾無愧。」

庹
ㄊㄨㄛˇ tuǒ 名①長度單位，成人兩臂向左右伸直的長度。②姓。

庾
ㄩˇ yǔ 名①露天的穀倉。例倉庾。②姓。

康
ㄎㄤ kāng 名①舊西康省的簡稱。②姓。形①平安的，安樂的。例安康、康寧。②身體強健的。例健康、康強。③寬廣的，平坦的。例康莊大道。④豐盛的，富裕的。例民康物阜。⑤空，空虛的。例穀梁傳：「四穀不升謂之康。」

康健 ㄎㄤ ㄐㄧㄢˋ 指人的身體機能正常，體質強健。

康復 ㄎㄤ ㄈㄨˋ 指人生病痊癒，恢復健康。

康寧 ㄎㄤ ㄋㄧㄥˊ 平安健康。

康莊大道 ㄎㄤ ㄓㄨㄤ ㄉㄚˋ ㄉㄠˋ 寬闊平坦、四通八達的大路。比喻光明遠大的前途。

康熙字典 ㄎㄤ ㄒㄧ ㄗˋ ㄉㄧㄢˇ 清代康熙皇帝命令張玉書、陳廷敬等人編撰的大字典。全書分十二集，二百一十四部，共收四七〇三五字，外附古文字一九九五字。

庸
ㄩㄥ yōng 名①功勞。例功庸。②雇工。形①普通的，平常的。例平庸、庸言。②平凡，拙劣的。例庸人、庸醫。動需要。多用於否定句。例毋庸置疑。副豈，難道。例表示反詰的疑問詞。例漢書：「雖王之國，庸獨利乎！」

庸人 ㄩㄥ ㄖㄣˊ 平庸而無作為的人。

庸才 ㄩㄥ ㄘㄞˊ 才能平凡的人。

庸俗 ㄩㄥ ㄙㄨˊ 形容人平凡而俗氣。

庸碌 ㄩㄥ ㄌㄨˋ 平凡庸俗。例庸碌無能。

庸醫 ㄩㄥ ㄧ 醫術拙劣的醫生。

庸人自擾 ㄩㄥ ㄖㄣˊ ㄗˋ ㄖㄠˇ 無事生事，自找煩惱。

庸中佼佼 ㄩㄥ ㄓㄨㄥ ㄐㄧㄠˇ ㄐㄧㄠˇ 在眾多平凡人中比較特出的。

九畫

廊 ㄌㄤˊ láng 名屋簷下的通道或單獨有頂的過道。例走廊、長廊。

廊廟 ㄌㄤˊ ㄇㄧㄠˋ 朝廷。宮殿四周的廊和太廟是古帝王、大臣用以議論政事的地方。

廂 ㄒㄧㄤ xiāng 名①正房兩側的房子。例西廂。②靠近城市的地區。例城廂。③分隔成間的特別座位。例車廂、包廂。④邊，方面。多用於舊小說、戲曲。例這廂、那廂。

廂房 ㄒㄧㄤ ㄈㄤˊ 大宅正房前，左右兩邊的房屋。如東廂房、西廂房。

廁 ㄘㄜˋ cè 名便所。例公廁。動置身，夾雜。例廁身其間。

廁身 ㄘㄜˋ ㄕㄣ 指置身於某一部門。常用作謙詞，有不夠格之意。例廁身文壇。

廄 ㄐㄧㄡˋ jiù 名馬舍。泛指牲口棚。例馬廄。

十畫

廉 ㄌㄧㄢˊ lián 名①指旁邊、側邊。②姓。形①不貪汙，有節操。例清廉、廉潔。②價錢低，便宜。例物美價廉。動考察，查訪。

廉明 ㄌㄧㄢˊ ㄇㄧㄥˊ 為官清廉而又能明察是非。

廉恥 ㄌㄧㄢˊ ㄔˇ 廉潔心和羞恥感。有時則專指羞恥。

廉能 ㄌㄧㄢˊ ㄋㄥˊ 清廉而有才能。例他是一位廉能的官員。

廉價 ㄌㄧㄢˊ ㄐㄧㄚˋ 價錢比一般便宜的。例廉價商品。

廉潔奉公 ㄌㄧㄢˊ ㄐㄧㄝˊ ㄈㄥˋ ㄍㄨㄥ 形容一個人忠誠地為公職盡力，而不貪汙受賄。

廈 ㄒㄧㄚˋ xià 名①高大的房屋。例高樓大廈、華廈。②房子後面突出的部分。例前廊後廈。

廋 ㄙㄡ sōu 動①隱藏。例廋索。②通「搜」。找尋。

十一畫

廓 ㄎㄨㄛˋ kuò 名物體的外緣周圍。例輪廓、耳廓。形①廣大，廣闊。例遼廓。②空虛的。動①清除。例廓清。②開拓，擴張。例廓大、廓土。

廓清 ㄎㄨㄛˋ ㄑㄧㄥ 肅清，掃除。

廑 ㄐㄧㄣˇ jǐn 名小屋。副通「僅」。只，才。

廒 ㄠˊ áo 名糧倉。例倉廒。

廙 ㄧˋ yì 名可移動的帳蓬，類似今天的蒙古包。形恭敬的。例廙廙。

廖 ㄌㄧㄠˋ liào 名姓。

廕 ㄧㄣˋ yìn 名祖先被及子孫的恩澤。例祖澤餘廕。動庇護。例庇廕。

廕庇 ㄧㄣˋ ㄅㄧˋ 保佑，庇護。

廎 ㄑㄧㄥˇ qǐng 名指小廳堂。

十二畫

廚 ㄔㄨˊ chú 名①做飯菜的地方。例廚房。②通「櫥」。儲藏東西的櫃子。例書廚。

廚子 ㄔㄨˊ ㄗ˙ 專管做飯燒菜的人。

廚師 ㄔㄨˊ ㄕ 指廚藝專精，以烹飪做為職業的人。

廝 ㄙ sī 名①表示鄙視的稱呼。例你這廝、楊家那廝。②舊時稱男性僕人。例小廝、廝役。副互相地。例廝打、廝殺。

廝打 ㄙ ㄉㄚˇ 互相毆打。

廝守 ㄙ ㄕㄡˇ 相守在一起。

廝殺 ㄙ ㄕㄚ 相殺，相互爭鬥。多指交戰。

廝混 ㄙ ㄏㄨㄣˋ 形容人胡攪在一起鬼混。

廝纏 ㄙ ㄔㄢˊ 糾纏不清。

廟 ㄇㄧㄠˋ miào 名①祭祀祖先的屋舍。例宗廟、家廟。②供奉神佛或古代賢哲的屋舍。例土地廟、孔廟。③王宮的前殿。例廟堂。

廟宇 ㄇㄧㄠˋ ㄩˇ 供奉神佛或祖宗等的地方。

廟祝 ㄇㄧㄠˋ ㄓㄨˋ 廟宇中主管香火事務的人。

廟堂 ㄇㄧㄠˋ ㄊㄤˊ ①古時帝王的宗廟。②朝廷的代稱。

廟會 ㄇㄧㄠˋ ㄏㄨㄟˋ 定期在廟宇周圍設立臨時市集，供人進香及買賣。

廣 ㄍㄨㄤˇ guǎng 名①寬度。例長廣各三尺。②廣東省簡稱。廣東和廣西也合稱兩廣。例老廣。形①寬大，寬闊的。例廣場、廣闊。②眾多的。例大庭廣眾。動①擴大，擴充。例推廣、增廣見聞。②寬心，寬慰。例自廣。

廣大 ㄍㄨㄤˇ ㄉㄚˋ ①指面積或空間等非常寬闊。例廣大的平原。②指人數眾多。例廣大民眾。

廣泛 ㄍㄨㄤˇ ㄈㄢˋ 所涉及的方面多、範圍廣。

廣告 ㄍㄨㄤˇ ㄍㄠˋ 利用報紙、雜誌、電視、廣播、招貼、散發傳單等方式，來介紹商品，以達到銷售目的。

廣度 ㄍㄨㄤˇ ㄉㄨˋ 廣狹的程度。多用於抽象的事物。

廣袤 ㄍㄨㄤˇ ㄇㄠˋ 指土地的面積。東西叫廣，南北稱袤。

廣場 ㄍㄨㄤˇ ㄔㄤˇ 指面積寬廣、上面沒有建築物的場地。

廣博 ㄍㄨㄤˇ ㄅㄛˊ 廣闊博大。例知識廣博。

廣眾 ㄍㄨㄤˇ ㄓㄨㄥˋ 形容人數眾多。例稠人廣眾、大庭廣眾。

廣義 ㄍㄨㄤˇ ㄧˋ 指範圍較廣的含義或定義。與「狹義」相對。

廣廈 ㄍㄨㄤˇ ㄒㄧㄚˋ 寬敞高大的房子。

廣漠 ㄍㄨㄤˇ ㄇㄛˋ 廣大而空曠的樣子。

廣播 ㄍㄨㄤˇ ㄅㄛ ①廣泛傳播。②利用無線電波和音波傳送節目信號的一種大眾傳播媒介，有調幅與調頻兩大類。③以廣播方式傳送出來的節目。例我每天都要聽廣播。

廣闊 ㄍㄨㄤˇ ㄎㄨㄛˋ 廣大寬闊。例廣闊的草原。

廣結良緣 ㄍㄨㄤˇ ㄐㄧㄝˊ ㄌㄧㄤˊ ㄩㄢˊ 廣泛地結下良好的人際關係。指多做好事，以得到眾人的喜愛和擁護。

廣開言路 ㄍㄨㄤˇ ㄎㄞ ㄧㄢˊ ㄌㄨˋ 儘量讓人們發表意見，以博採眾議。

廠

ㄔㄤˇ chǎng 名①專供生產、製造或修理器物的地方。例機械廠、紡織廠。②據有廣大空地可以存放貨物的場所。例鹽廠。③棚舍，即有棚頂而無牆壁的房屋。④明代的一種特務機關。例東廠。

廠房 ㄔㄤˇ ㄈㄤˊ 工廠裡製造產品的房舍。也專指廠內的生產器械等。

廠衛 ㄔㄤˇ ㄨㄟˋ 明代東廠、西廠與錦衣衛的合稱，皆掌管緝捕刑獄之事。

廛

ㄔㄢˊ chán 名①古代城市中可供一家居住的房屋。例一廛。②店鋪。例市廛。

廡

ㄨˇ wǔ 名廳堂兩側的廊屋。形草木繁盛。

廢

ㄈㄟˋ fèi 名機體殘缺或喪失功能。例殘廢、廢疾。形敗壞的，無用的。例廢物、廢紙。動①停止，捨棄。例半途而廢、廢除。②崩壞，倒塌。

廢止 ㄈㄟˋ ㄓˇ 取消，停止使用。

廢水 ㄈㄟˋ ㄕㄨㄟˇ 在工業生產過程中所排出的有害汙水，須作特殊處理，否則會嚴重破壞生態環境。

廢弛 ㄈㄟˋ ㄔˊ 荒廢鬆弛。多指制度、政令、法紀等因不執行或不被重視而失去管束作用。

廢物 ㄈㄟˋ ㄨˋ 沒有用的東西。也用來罵人無用。

廢料 ㄈㄟˋ ㄌㄧㄠˋ ①沒有用的材料。②罵人無用之詞。

廢氣 ㄈㄟˋ ㄑㄧˋ ①人體所排出含二氧化碳的氣體。②指在工業生產或動力機械運轉中，因燃燒燃料所排出的有害人體的氣體。

廢紙 ㄈㄟˋ ㄓˇ 無用而廢棄的紙。常用以比喻失效或不起作用的契約、單據等。例這票據不過是廢紙一張。

廢除 ㄈㄟˋ ㄔㄨˊ 取消，廢止解除。例所有不合理的規章制度都應該廢除。

廢票 ㄈㄟˋ ㄆㄧㄠˋ ①已作廢的票據。②無法兌現的票券。③依法無效的選票。

廢棄 ㄈㄟˋ ㄑㄧˋ 因沒有用而捨棄。例把這樣好的東西廢棄在倉庫裡真可惜！

廢話 ㄈㄟˋ ㄏㄨㄚˋ 無意義或沒有必要說的話。例廢話連篇。

廢置 ㄈㄟˋ ㄓˋ 認為沒有用而拋棄在一邊，擱置起來。例絕不能廢置有才能的人。

廢墟 ㄈㄟˋ ㄒㄩ 城鎮、村莊在遭受到天災人禍之後，變成了荒涼的地方。

廢物利用 ㄈㄟˋ ㄨˋ ㄌㄧˋ ㄩㄥˋ 把被廢棄的東西加以整修、改裝，使之變成有用的東西。

廢寢忘食 ㄈㄟˋ ㄑㄧㄣˇ ㄨㄤˋ ㄕˊ 形容專心致志，辛勤地工作或學習。也作「廢寢忘餐」。

十三畫

廩 ㄌㄧㄣˇ lǐn 名①糧倉。例倉廩。②舊指官府發給的糧米。例食廩。形通「凜」。寒冷的。例廩秋。動積聚。

廨 ㄒㄧㄝˋ xiè 名古代官吏辦公的地方。例公廨、官廨。

廥 ㄎㄨㄞˋ kuài 名堆積柴草的房舍。也指堆積的柴草。

十六畫

龐 ㄆㄤˊ páng 名①臉蛋，面孔。例面龐。②姓。形①高大。例龐大無比。②雜亂。例龐雜。

龐大 ㄆㄤˊ ㄉㄚˋ 巨大，過大。例數目龐大。

龐雜 ㄆㄤˊ ㄗㄚˊ 多而雜亂。例事務龐雜。

龐然大物 ㄆㄤˊ ㄖㄢˊ ㄉㄚˋ ㄨˋ 形容形體巨大的東西。

廬 ㄌㄨˊ lú 名簡陋的房屋。例茅廬。

廬舍 ㄌㄨˊ ㄕㄜˋ ①田舍。②建於墓側的屋舍。③軍隊臨時的居所。

廬墓 ㄌㄨˊ ㄇㄨˋ 古人在父母或老師死後的服喪期間，蓋個草棚子在墓旁居住，陪伴死者，以表示哀思。

廬山真面目 ㄌㄨˊ ㄕㄢ ㄓㄣ ㄇㄧㄢˋ ㄇㄨˋ 比喻事情的真相或人的本來面目。

十八畫

廱 ㄩㄥ yōng 形和樂的樣子。例廱廱。動通「壅」。阻塞。

二十二畫

廳 ㄊㄧㄥ tīng 名①屋內的正堂。例大廳。②容納多人的營業場所。例舞廳、餐廳。③官府辦公的地方。例辦公廳。④政府機關的名稱。例農林廳、教育廳。⑤清代在新開發地區所設置的地方行政單位。如淡水廳。

廳堂 ㄊㄧㄥ ㄊㄤˊ 通常指屋子的正房大廳。

廴部 ㄧㄣˇ

四畫

廷 ㄊㄧㄥˊ tíng 名君主時代國家的最高統治機構，也是君主辦事與發布政令的地方。例朝廷。

廷杖 ㄊㄧㄥˊ ㄓㄤˋ 古代刑罰之一，在朝廷上當眾杖責大臣。

廷試 ㄊㄧㄥˊ ㄕˋ 科舉時代，會試獲得通過的考生，由天子在朝廷親自策問考試。

五畫

延 ㄧㄢˊ yán 動①伸長，拉長。例蔓延、延年益壽。②連及，至。例禍延子孫。③把時間向後推移。例拖延、延期。④聘請。例延醫、延攬。

延伸 ㄧㄢˊ ㄕㄣ 從一方向另一方延長、伸展。

延宕 ㄧㄢˊ ㄉㄤˋ 拖延，耽擱。多就時間而言。

延長 ㄧㄢˊ ㄔㄤˊ ①向長的方面發展。例把這條路延長幾公里。②指增多時日。例把會期延長三天。

延期 ㄧㄢˊ ㄑㄧˊ 延長期限。

延聘 ㄧㄢˊ ㄆㄧㄣˋ 聘請某人擔任某項職務。

延誤 ㄧㄢˊ ㄨˋ 遲延耽誤。

延請 ㄧㄢˊ ㄑㄧㄥˇ 招請或聘請人擔任某一工作。

延緩 ㄧㄢˊ ㄏㄨㄢˇ 延遲。

延燒 ㄧㄢˊ ㄕㄠ 火勢由起火點向別處蔓延燃燒。

延擱 ㄧㄢˊ ㄍㄜ 拖延耽擱。

延續 ㄧㄢˊ ㄒㄩˋ 延長繼續下去。

延髓 ㄧㄢˊ ㄙㄨㄟˇ 後腦的一部分，介於腦橋和脊髓之間，是控制呼吸和血液循環的中樞。

延攬 ㄧㄢˊ ㄌㄢˇ 招致，收攬。例廣泛延攬各種人才。

延展性 ㄧㄢˊ ㄓㄢˇ ㄒㄧㄥˋ 物質所具有的延長性和展開性。金屬大都具有這種特性。

延年益壽 ㄧㄢˊ ㄋㄧㄢˊ ㄧˋ ㄕㄡˋ 延長壽命，增加歲數。

延頸舉踵 ㄧㄢˊ ㄐㄧㄥˇ ㄐㄩˇ ㄓㄨㄥˇ 伸長脖子，踮起腳跟。形容殷切盼望的樣子。

六畫

建

ㄐㄧㄢˋ jiàn 名北斗星的斗柄所指叫建。如農曆正月叫建寅、二月叫建卯。動①成立，設立。例建校、建都。②築造。例新建、改建。③提出，首倡。例建議、建策。④豎立。例建杖。⑤傾倒。例建瓴。

建立 ㄐㄧㄢˋ ㄌㄧˋ 創設，開始成立或產生。例建立基業、建立友誼。

建交 ㄐㄧㄢˋ ㄐㄧㄠ 國與國之間建立外交關係。

建制 ㄐㄧㄢˋ ㄓˋ 機關、軍隊的組織編制，以及行政區劃等制度的總稱。

建設 ㄐㄧㄢˋ ㄕㄜˋ 創建或增加新的事業、設施。例國防建設、經濟建設。

建樹 ㄐㄧㄢˋ ㄕㄨˋ ①建立，設置。②貢獻，功績。例我們每個人都應有所建樹。

建議 ㄐㄧㄢˋ ㄧˋ ①提出意見。②所提的意見或辦法。例在討論會上，大家對此企畫案提出許多建議。

建築師 ㄐㄧㄢˋ ㄓㄨˊ ㄕ 從事建築設計並指揮施工，經國家認可的專業技術人員。

廾部 ㄍㄨㄥˇ

廾

ㄍㄨㄥˇ gǒng 動兩手捧物。今字作「拱」。

一畫

廿

ㄋㄧㄢˋ niàn 名數目字。指二十。

二畫

弁

㊀ㄅㄧㄢˋ biàn 名①古代男子所戴的帽子。②舊時稱低級武官。例兵弁、馬弁。㊁ㄆㄢˊ pán 名小弁，詩經·小雅的篇名。

弁言 ㄅㄧㄢˋ ㄧㄢˊ 書籍正文前的序言、序文。

四畫

弄 ㈠ㄋㄨㄥˋ nòng 名樂曲。例梅花三弄。動①耍，行使。例戲弄、弄手段。②做，辦。例弄飯、弄不好。③把玩。例宦官弄權。④搬運。例把東西弄走。⑤調查，探究。例把真相弄清楚。⑥擾亂。例弄得人心灰意冷。⑦演奏樂器。例弄笛、弄簫。⑧取得。例他很會弄錢。㈡ㄌㄨㄥˋ lòng 名小巷，胡同。例巷弄。

弄瓦 ㄋㄨㄥˋ ㄨㄚˇ 生了女兒。瓦：原始的陶製紡錘，即今之紡織梭。古時拿紡錘給小女孩玩，以象徵習女紅。

弄臣 ㄋㄨㄥˋ ㄔㄣˊ 為帝王所親近狎玩之臣。

弄法 ㄋㄨㄥˋ ㄈㄚˇ 舞弊，玩弄法律。例舞文弄法。

弄鬼 ㄋㄨㄥˋ ㄍㄨㄟˇ 搗鬼，耍手段。

弄璋 ㄋㄨㄥˋ ㄓㄤ 稱人生下男孩。璋：玉器。古時拿玉給男孩玩，象徵長大後為王侯執圭璧。

弄僵 ㄋㄨㄥˋ ㄐㄧㄤ 把事情辦壞了，搞得難以收拾。

弄權 ㄋㄨㄥˋ ㄑㄩㄢˊ 超越自己的職位而濫用權力，玩弄權術，作威作福。

弄巧成拙 ㄋㄨㄥˋ ㄑㄧㄠˇ ㄔㄥˊ ㄓㄨㄛˊ 本想取巧，結果反而壞了事。

弄假成真 ㄋㄨㄥˋ ㄐㄧㄚˇ ㄔㄥˊ ㄓㄣ 本想作假，結果卻成為事實。

六畫

弈 ㄧˋ yì 名圍棋。例弈棋。動下棋。例二人對弈。

弇 ㄧㄢˇ yǎn 名口小底寬的器物。形深的。動覆蓋，遮蔽。例弇日。

十一畫

弊 ㄅㄧˋ bì 名①害處，毛病。例有百弊而無一利。②蒙騙他人行非法之事。例作弊、舞弊。形疲勞的，困倦的。例疲弊、國困民弊。

弊病 ㄅㄧˋ ㄅㄧㄥˋ 事情的缺點、毛病。

弊端 ㄅㄧˋ ㄉㄨㄢ 因典章制度上的毛病或工作上的漏洞，而產生的弊害。

弊竇 ㄅㄧˋ ㄉㄡˋ 發生弊害、毛病的所在或漏洞。

弊絕風清 ㄅㄧˋ ㄐㄩㄝˊ ㄈㄥ ㄑㄧㄥ 貪汙舞弊的事情絕跡，社會風氣良好。形容政風清明。也作「風清弊絕」。

弋部 ㄧˋ

弋 ㄧˋ yì 名小木樁。動①用帶有繩子的箭射獵。②捕捉，取得。

三畫

式 ㄕˋ shì 名①模樣，樣子。例中式、新式。②規格，標準。例程式、格式。③典禮，儀節。例開幕式、閱兵式。④把數字或符號排列起來，表示自然科學中的某些規律。例方程式、數學公式。⑤指語氣，表示說話者對所說事情的態度。例命令式、請求式。⑥通「軾」。古代在車子上面所安裝的橫木。

式微 ㄕˋ ㄨㄟˊ 泛指國勢、家境、事業等的衰落。

式樣 ㄕˋ ㄧㄤˋ 樣子。指事物的款式模樣。

十畫

弒 ㄕˋ shì 動臣殺君、子殺父，或地位低的人殺死地位高的人。例弒逆之罪。

弓部 ㄍㄨㄥ

弓 ㄍㄨㄥ gōng 名①發射箭矢或彈丸的器械。例弓箭、彈弓。②有彈力而像弓一樣的東西。如用來彈棉花的繃弓兒。③古時丈量地畝的計算單位。五尺為一弓，即一步。動彎曲。例弓腰駝背。

弓子 ㄍㄨㄥ ˙ㄗ 各種有彈力的、形狀像弓一樣的東西。

弓弦 ㄍㄨㄥ ㄒㄧㄢˊ ①安在弓上的弦。②比喻直形的路線。

弓腰 ㄍㄨㄥ ㄧㄠ 把腰彎下來，使整個身子像弓一樣。

弓箭 ㄍㄨㄥ ㄐㄧㄢˋ 弓和箭，古代的兩種武器。泛指武器。

一畫

弔 ㄉㄧㄠˋ diào 名古代計算錢幣的單位，稱一千文錢為一弔。形善的。動①祭奠死者。例弔祭、弔唁。②慰問喪家或遭到不幸事情的人。③悲傷，憐憫。

弔古 ㄉㄧㄠˋ ㄍㄨˇ 憑弔往昔的事跡，並藉以抒發感情。

弔唁 ㄉㄧㄠˋ ㄧㄢˋ 祭奠死者，並慰問家屬。

弔喪 ㄉㄧㄠˋ ㄙㄤ 到喪家祭奠死者。

弔影 ㄉㄧㄠˋ ㄧㄥˇ 對影自憐。形容孤獨之極。

弔民伐罪 ㄉㄧㄠˋ ㄇㄧㄣˊ ㄈㄚˊ ㄗㄨㄟˋ 討伐有罪的人，以撫慰民眾。

弔死慰生 ㄉㄧㄠˋ ㄙˇ ㄨㄟˋ ㄕㄥ 祭奠死者，慰問其家屬。

引 ㄧㄣˇ yǐn 名①牽拉柩車的繩索。例執引。②通行證。例路引。③樂府詩體的一種，有序曲之意。例思歸引。④文體名。相當於「序」而稍微簡短。⑤長度單位。古以十丈為一引。動①拉，牽。例引弓、引車。②帶領，領導。例引路、引港。③伸展，放開。例引頸、引吭高歌。④招致，使某種事情出現或發生。例拋磚引玉。⑤離開，退避。例引退、引避。⑥拿來做證據或理由。例引述、引經據典。⑦承認。例引咎自責。⑧推薦，標榜。例兩人相為引重。

引力 ㄧㄣˇ ㄌㄧˋ 物體間互相吸引的力量。

引子 ㄧㄣˇ ˙ㄗ ①戲劇角色初登場時所唸的詞句，用來提示劇情或說明所扮演的身分。②樂曲、文學作品的開端部分。③引入正文的話或啟發別人發言的話。例我講的這些算是個引子吧。④泛指一般事物的開端或起點。例這還只是整個事情的引子！⑤中藥在主藥以外，作為引導用的副藥。例藥引子。

引用 ㄧㄣˇ ㄩㄥˋ 在言論及文章中，援用古書典故、格言、俗語等。

引申 ㄧㄣˇ ㄕㄣ 指字詞由原義推演、發展而產生新義。也作「引伸」。

引言 ㄧㄣˇ ㄧㄢˊ 寫在書或文章前面的序言或有引導性質的短文，說明寫作目的、經過或介紹內容等。

引吭 ㄧㄣˇ ㄏㄤˊ 放開嗓子。例引吭高歌。

引見 ㄧㄣˇ ㄐㄧㄢˋ 介紹人相見，使彼此認識。

引咎 ㄧㄣˇ ㄐㄧㄡˋ 自己承認有錯，並承擔錯誤的責任。例引咎自責。

引信 ㄧㄣˇ ㄒㄧㄣˋ 指引發地雷、炮彈、魚雷、炸彈等爆炸的起爆裝置。也稱信管。

引退 ㄧㄣˇ ㄊㄨㄟˋ 告退。指辭去官職。

引港 ㄧㄣˇ ㄍㄤˇ 引導船舶進出港口。也指擔任引導船隻進出港口的人。

引渡 ㄧㄣˇ ㄉㄨˋ 他國逃至本國的罪犯（非政治犯），應該國的請求，將罪犯拘捕解交原來的國家。

引進 ㄧㄣˇ ㄐㄧㄣˋ 從外國或外地引入。

引號 ㄧㄣˇ ㄏㄠˋ 標點符號之一，表示引用語的起止，或特別意義的詞語。分單引號和雙引號兩種。

引誘 ㄧㄣˇ ㄧㄡˋ 引導勸誘。今多指誘惑別人做壞事。

引線 ㄧㄣˇ ㄒㄧㄢˋ ①手榴彈、炸彈等引發爆炸的導線。②比喻做媒介的人或物。例穿針引線。③指縫衣針。

引導 ㄧㄣˇ ㄉㄠˇ ①帶領，讓後面的人跟著走。②啟發誘導人向某一目標行動。例國父孫中山先生引導我們推翻滿清、建立民國。

引擎 ㄧㄣˇ ㄑㄧㄥˊ 發動機。英語 engine 的音譯。特別指蒸汽機、內燃機等利用能源發動的機器。

引薦 ㄧㄣˇ ㄐㄧㄢˋ 引進推薦。

引證 ㄧㄣˇ ㄓㄥˋ 引用事實、法律或他人的言論、著作等來做根據。

引人入勝 ㄧㄣˇ ㄖㄣˊ ㄖㄨˋ ㄕㄥˋ 指風景名勝或美妙文章等能引人進入佳境。

引人注目 ㄧㄣˇ ㄖㄣˊ ㄓㄨˋ ㄇㄨˋ 能引起他人的注意。

引以為戒 ㄧㄣˇ ㄧˇ ㄨㄟˊ ㄐㄧㄝˋ 把他人或自己過去所犯的錯誤或失敗的教訓作為警戒。亦作「引以為鑒」。

引狼入室 ㄧㄣˇ ㄌㄤˊ ㄖㄨˋ ㄕˋ 把敵人或壞人引入家裡。比喻自己招來災禍。

引喻失義 ㄧㄣˇ ㄩˋ ㄕ ㄧˋ 指引用譬喻的事情不合道理。

引經據典 ㄧㄣˇ ㄐㄧㄥ ㄐㄩˋ ㄉㄧㄢˇ 引用經籍典故來作為說話或寫文章依據的立論。

二畫

弗 ㄈㄨˊ 動通「祓」。除災求福。副不。否定詞。例自嘆弗如。

弘 ㄏㄨㄥˊ hóng 形廣大。例弘願、弘量。動擴充，發揚光大。例弘道。

弘量 ㄏㄨㄥˊ ㄌㄧㄤˋ ①度量寬大。②指酒量很大。

弘毅 ㄏㄨㄥˊ ㄧˋ 心胸寬廣，意志堅強。例論語：「士不可不弘毅，任重而道遠。」

弘願 ㄏㄨㄥˊ ㄩㄢˋ 遠大的誓願。也作「宏願」。

三畫

弛 ㄔˊ chí 動①放鬆弓弦。例一張一弛。②鬆懈，延緩。例鬆弛、外弛內張。③放棄不管。例廢弛。④毀壞。

弛禁 ㄔˊ ㄐㄧㄣˋ 解除禁令。

弛緩 ㄔˊ ㄏㄨㄢˇ 局勢、氣氛等鬆弛寬緩下來。

四畫

弟 ㊀ㄉㄧˋ dì 名①稱比自己晚出生的同胞男性。例胞弟、舍弟。②親戚中同輩而年紀比自己小的男性。例表弟、妻弟。③對同輩朋友的自稱謙詞。例小弟。④次序，等第。⑤學生，門徒。例徒弟。㊁ㄊㄧˋ tì 動通「悌」。敬愛兄長。

弟子 ㄉㄧˋ ㄗˇ ①學生，門徒。②年幼的人。例論語：「弟子入則孝，出則弟。」

弟妹 ㄉㄧˋ ㄇㄟˋ ①弟弟和妹妹。②俗稱弟弟的妻子。

弟婦 ㄉㄧˋ ㄈㄨˋ 弟弟的妻子。也稱為弟媳。

五畫

弦 ㄒㄧㄢˊ xián 名①張在弓上的線，即弓弦。②弓弦發出的聲音。例應弦而倒。③樂器上能彈奏發出樂音的絲、線。例琴弦。④鐘錶上的發條。例把弦上緊。⑤半圓月。例上弦、下弦。⑥古人以琴瑟比喻夫婦，稱妻為弦。例斷弦、續弦。⑦一直線與圓相交於兩點，在圓周內的部分叫弦。⑧稱不等腰直角三角形的斜邊。動彈奏弦樂器。

弦子 ㄒㄧㄢˊ ˙ㄗ 一種弦樂器，三弦的俗稱。

弦月 ㄒㄧㄢˊ ㄩㄝˋ 半圓形的月亮，形狀像弓弦。

弦柱 ㄒㄧㄢˊ ㄓㄨˋ 弦樂器上綰住弦絲的小木柱或小鐵柱。

弦樂 ㄒㄧㄢˊ ㄩㄝˋ ①用弦製成的樂器，即弦樂器。②用弦樂器奏出來的音樂。

弦外之音 ㄒㄧㄢˊ ㄨㄞˋ ㄓ ㄧㄣ 比喻言外之意，在詩文或言語中間接透露而不明白說出的意思。

弢 ㄊㄠ tāo 名①裝弓的袋子，即弓箭袋。②通「韜」。指兵書。例弢略。動通「韜」。隱藏。

弧 ㄏㄨˊ hú 名①指圓周的任意一段。②木製的弓。例易經：「弦木為弧。」③古星名。弧矢，又名天弓，簡稱「弧」。形彎曲的。例弧形。

弧形 ㄏㄨˊ ㄒㄧㄥˊ 彎曲如弓的形狀。

弧度 ㄏㄨˊ ㄉㄨˋ 量角度大小的一種單位。當圓心角所對的弧長和半徑長相等時，該角就是一弧度。

弧光燈 ㄏㄨˊ ㄍㄨㄤ ㄉㄥ 利用電流通過兩根碳質電極產生的電弧作光源的照明用具。

弩 ㄋㄨˇ nǔ 名古代一種用機械力量發射的硬弓。例劍拔弩張。

弩弓 ㄋㄨˇ ㄍㄨㄥ 古代一種利用機械力量來射箭的弓。

六畫

弮 ㄑㄩㄢ quān 名弓弩的弦。例張空弮。

弭 ㄇㄧˇ mǐ 名弓的末端。動①停止，平息。例弭患。②通「敉」。安撫，順服。例望風弭從。

弭兵 ㄇㄧˇ ㄅㄧㄥ 停戰，平息戰爭。

弭災 ㄇㄧˇ ㄗㄞ 消除災難。

弭亂 ㄇㄧˇ ㄌㄨㄢˋ 消除戰亂。

弭謗 ㄇㄧˇ ㄅㄤˋ 遏止誹謗人的話。

七畫

弱 ㄖㄨㄛˋ ruò 形①不健壯或能力差。與「強」相對。例體弱、示弱。②柔而無力的。例柔弱。③年紀幼小。例弱齡。④表示數量略有不足。例五分之一弱。

弱冠 ㄖㄨㄛˋ ㄍㄨㄢˋ 古時男子年滿二十歲加冠。後用以泛指男子二十歲左右的年紀。

弱點 ㄖㄨㄛˋ ㄉㄧㄢˇ 不足或不健全的地方。例先找出敵人的弱點再進攻。同缺點。

弱不禁風 ㄖㄨㄛˋ ㄅㄨˋ ㄐㄧㄣ ㄈㄥ 形容人體質衰弱，連風吹都禁受不住。

弱肉強食 ㄖㄨㄛˋ ㄖㄡˋ ㄑㄧㄤˊ ㄕˊ 比喻弱者被強者欺凌、併吞。

弰 ㄕㄠ shāo 名弓的兩端。也泛指弓。

八畫

弶 ㄐㄧㄤˋ jiàng 名用弓和網捕取鳥獸的器械。

張 ㄓㄤ zhāng 名①二十八星宿之一。②計算某些物體的量詞。例一張紙、一張嘴。③姓。動①開，展開。例張嘴、把手一張。②看，窺探。例東張西望。③擴大，放大。例虛張聲勢、明目張膽。④陳設，鋪排。例張燈結彩。⑤商店開業。例開張。⑥安裝弓弦。引申為開弓。例張弓、改弦更張。⑦設羅網以捕取鳥獸。例後漢書：「於是候鳥至，舉羅張之。」

張力 ㄓㄤ ㄌㄧˋ 物體所能承受的拉曳力量。

張大 ㄓㄤ ㄉㄚˋ 張揚，誇大。例張大其詞。

張本 ㄓㄤ ㄅㄣˇ ①指事先為事態的發展作好安排。②指文章的伏筆。

張目 ㄓㄤ ㄇㄨˋ ①睜大眼睛，怒目。例張目而視。②宣傳以助聲勢。

張皇 ㄓㄤ ㄏㄨㄤˊ 驚慌，慌張。

張望 ㄓㄤ ㄨㄤˋ 向四周、遠處看，或從縫隙裡看。例他在這裡鬼鬼祟祟的張望。

張揚 ㄓㄤ ㄧㄤˊ 將祕密的或不必讓人知道的事擴大宣揚出去。例這種事不要張揚。

張貼 ㄓㄤ ㄊㄧㄝ 黏貼廣告、標語等在牆壁或板子上，公諸於眾。

張嘴 ㄓㄤ ㄗㄨㄟˇ ①張開嘴。②指開口求人。例想找人借錢，又不好意思張嘴。

張羅 ㄓㄤ ㄌㄨㄛˊ ①安排，籌畫。例家務事簡直張羅不完。②應酬，接待。例她正在張羅客人。③張設羅網捕捉鳥獸。

張三李四 ㄓㄤ ㄙㄢ ㄌㄧˇ ㄙˋ 假設的姓名，用以泛指某某人。

張口結舌 ㄓㄤ ㄎㄡˇ ㄐㄧㄝˊ ㄕㄜˊ 張著嘴說不出話來。形容緊張、害怕或理屈詞窮的窘態。

張牙舞爪 ㄓㄤ ㄧㄚˊ ㄨˇ ㄓㄠˇ ①形容野獸發威的凶相。②比喻張揚作勢，猖狂凶惡的樣子。

張冠李戴 ㄓㄤ ㄍㄨㄢ ㄌㄧˇ ㄉㄞˋ 比喻名實不符，認錯對象或弄錯事實。

張皇失措 ㄓㄤ ㄏㄨㄤˊ ㄕ ㄘㄨㄛˋ 形容驚慌得不知怎麼辦才好。

張燈結綵 ㄓㄤ ㄉㄥ ㄐㄧㄝˊ ㄘㄞˇ 形容節日或辦喜事的歡樂場面。

強

㈠ㄑㄧㄤˊ qiáng 名 ①有威權勢力的人或團體。例豪強、列強。②姓。形 ①健壯，有力。與「弱」相對。例身強體壯、外強中乾。②勝過，優越。例他比我強、實力一年比一年強。③表示略多、有餘。例三分之一強。㈡ㄑㄧㄤˇ qiǎng 動 ①勉力而為，努力。例強顏歡笑。②逼迫，壓迫。例強迫。㈢ㄐㄧㄤˋ jiàng 形 固執，不順從。例倔強、脾氣強。

強人 ㄑㄧㄤˊ ㄖㄣˊ ①強盜。②今多指在事業方面強幹有能力的人。例她是個女強人。

強化 ㄑㄧㄤˊ ㄏㄨㄚˋ 使堅強鞏固。例強化政府職能。

強行 ㄑㄧㄤˊ ㄒㄧㄥˊ 不管條件是否許可，強制進行。

強求 ㄑㄧㄤˇ ㄑㄧㄡˊ 強行要求。例你不能強求我同意這件事。

強攻 ㄑㄧㄤˊ ㄍㄨㄥ 用強力攻擊。

強步 ㄑㄧㄤˇ ㄅㄨˋ 勉強行走。

強壯 ㄑㄧㄤˊ ㄓㄨㄤˋ 身體粗壯結實，有力氣。

強制 ㄑㄧㄤˇ ㄓˋ ①施加力量，強行逼迫、壓制。②用法律的力量，約束人的行為。例強制執行。

強度 ㄑㄧㄤˊ ㄉㄨˋ 物體所受作用力的大小強弱，或是所包含的能量大小。例壓力強度、磁場強度。

強勁 ㄑㄧㄤˊ ㄐㄧㄥˋ 堅強而又有力量。例強勁的東風。

強悍 ㄑㄧㄤˊ ㄏㄢˋ 強橫，勇猛而無所顧忌。

強梁 ㄑㄧㄤˊ ㄌㄧㄤˊ 強橫凶暴。例不畏強梁。

強烈 ㄑㄧㄤˊ ㄌㄧㄝˋ ①威力極強的。例強烈地震。②鮮明的，程度很高或很深的。例強烈的對比、強烈的感情。

強健 ㄑㄧㄤˊ ㄐㄧㄢˋ 身體強壯而有力氣。

強盛 ㄑㄧㄤˊ ㄕㄥˋ 強大而興盛。例我們的國家日益強盛。

強盜 ㄑㄧㄤˊ ㄉㄠˋ 用暴力搶劫他人財物的人。

強硬 ㄑㄧㄤˊ ㄧㄥˋ 態度堅決，不肯屈服、退讓。

強項 ㄑㄧㄤˊ ㄒㄧㄤˋ ①形容人秉性剛強，不肯低頭屈服。②指擅長的運動項目。

強幹 ㄑㄧㄤˊ ㄍㄢˋ 有才能，辦事幹練。例這人很精明強幹。

強酸 ㄑㄧㄤˊ ㄙㄨㄢ 一種腐蝕性很強的酸，溶於水時能產生大量的氫離子。俗稱鏹水。

強暴 ㄑㄧㄤˊ ㄅㄠˋ ①強橫凶暴。例這完全是一種強暴行為。②蠻橫的勢力。例不畏強暴。③在法律上指用暴力施行於他人。通常指用暴力戲弄、姦淫婦女。

強調 ㄑㄧㄤˊ ㄉㄧㄠˋ ①著重，加強注意。②對於某種事物或意念，特別加以鄭重述說或宣揚。例這點需要反覆強調。

強諫 ㄑㄧㄤˇ ㄐㄧㄢˋ 下對上力進忠言。

強橫 ㄑㄧㄤˊ ㄏㄥˋ 凶惡蠻橫不講道理。

強鹼 ㄑㄧㄤˊ ㄐㄧㄢˇ 一般指由鹼金屬或鹼土金屬組成的氫氧化合物，大都具有強烈的腐蝕性，在水溶液中能產生大量的氫氧根離子。

強辯 ㄑㄧㄤˇ ㄅㄧㄢˋ 理屈卻還要爭辯，把無理的事說成有理。

強權 ㄑㄧㄤˊ ㄑㄩㄢˊ 依仗武力欺凌別人的權勢。

強行軍 ㄑㄧㄤˊ ㄒㄧㄥˊ ㄐㄩㄣ 軍隊在奔襲、進擊或擺脫敵人等緊急情況下，所進行的高速度行軍活動。

強人所難 ㄑㄧㄤˇ ㄖㄣˊ ㄙㄨㄛˇ ㄋㄢˊ 勉強別人做他所不能做或不願意做的事情。

強弩之末 ㄑㄧㄤˊ ㄋㄨˇ ㄓ ㄇㄛˋ 比喻原本強大的力量已經衰微，產生不了多大的作用。

強詞奪理 ㄑㄧㄤˇ ㄘˊ ㄉㄨㄛˊ ㄌㄧˇ 形容無理強辯，明明沒有道理硬說有理。

強顏歡笑 ㄑㄧㄤˇ ㄧㄢˊ ㄏㄨㄢ ㄒㄧㄠˋ 勉強裝出歡樂、高興的樣子。

弸

ㄆㄥ pēng 名 強勁的弓。形 弓很強勁的樣子。動 充滿，蓄積。例 弸中彪外。

九畫

弼

ㄅㄧˋ bì 名 ①指輔佐的人。例 良弼。②矯正弓弩的器具。動 ①輔助。例 書經：「明于五刑，以弼五教。」②矯正過失。例 匡弼。

十畫

彀

ㄍㄡˋ gòu 名 箭所能及的範圍。比喻勢力的範圍。例 彀中、入彀。動 拉滿弓，準備射箭。例 彀弓。副 同「夠」。足夠。

彀中 ㄍㄡˋ ㄓㄨㄥ 箭所能射及的範圍。比喻進入掌握之中。

十一畫

彄

ㄎㄡ kōu 名 ①弓弩兩端繫弦的地方。②環類的東西。例 彄環。

彆

ㄅㄧㄝˋ biè 動 ①執拗。例 彆扭。②改變別人堅持的意見。例 你彆得過他嗎？

彆扭 ㄅㄧㄝˋ ㄋㄧㄡˇ ①不順心，難對付。例 這天氣真彆扭。②意見不合而吵鬧或賭氣。

十二畫

彈

㊀ㄉㄢˋ dàn 名 ①內裝火藥的爆炸物。例 手榴彈、炸彈。②藉彈力發射出的小鐵丸。例 彈丸。

㊁ㄊㄢˊ tán 動 ①用手指或器具撥弄。例 彈琴、彈琵琶。②用彈弓發射。例 彈射。③壓縮或緊縮東西後放開，使產生力量。例 彈棉花。④把彎曲的手指用另一個手指壓住，然後猛然旋開，使東西掉落。例 彈菸灰。⑤掉落。例 英雄有淚不輕彈。⑥糾劾，檢舉。例 彈劾。

彈力 ㄊㄢˊ ㄌㄧˋ 物體發生形變時所產生的使自身回復原狀的力量。

彈丸 ㄉㄢˋ ㄨㄢˊ ①彈弓所用的鐵丸、石丸、泥丸等。②子彈上的彈頭。③比喻地方非常狹小。例 彈丸之地。

彈弓 ㄉㄢˋ ㄍㄨㄥ ①發射彈丸的弓。②彈棉花的弓形器具。

彈性 ㄊㄢˊ ㄒㄧㄥˋ ①物體受外力作用而暫時變形，當外力消失後又恢復原狀的性質。②指人或物的跳躍程度。例他彈性不錯，適合打籃球。③比喻事物能隨機調整，具有伸縮性。

彈劾 ㄊㄢˊ ㄏㄜˊ 檢舉、揭發官員的罪狀。

彈雨 ㄉㄢˋ ㄩˇ 子彈像雨點般紛紛落下。形容戰況十分激烈。例槍林彈雨。

彈指 ㄊㄢˊ ㄓˇ ①彈一下手指。佛家用以表示許諾、歡喜、告誡。②形容時間極為短暫。

彈道 ㄉㄢˋ ㄉㄠˋ 槍彈射出後所經過的路線。因受空氣阻力和地心引力的影響，而形成不對稱的弧線形。

彈壓 ㄊㄢˊ ㄧㄚ 用武力強制壓服。同鎮壓。

彈簧 ㄊㄢˊ ㄏㄨㄤˊ 用鋼絲或鋼條做成的具有彈性的機件，在外力作用下能發生伸縮、彎曲、扭轉等形變，外力消失後又恢復原狀。常見的有螺旋形、板形等。

彈無虛發 ㄉㄢˋ ㄨˊ ㄒㄩ ㄈㄚ 每一顆子彈都打中目標，沒有空發。形容人槍法很準。

彈盡援絕 ㄉㄢˋ ㄐㄧㄣˋ ㄩㄢˊ ㄐㄩㄝˊ 彈藥用完了，外援也已斷絕。比喻處境十分艱難，已到最後關頭。

十四畫

彌 ㄇㄧˊ mí 名姓。動①滿，遍布。例彌山遍野。②填補，遮掩。例彌補、彌縫。副①久，遠。例彌久。②更加。例欲蓋彌彰。

彌月 ㄇㄧˊ ㄩㄝˋ 即滿月，初生嬰兒滿一個月。

彌封 ㄇㄧˊ ㄈㄥ 把試卷上填寫編號或姓名的地方密封起來，不讓閱卷者知道是誰的試卷，以防止舞弊。

彌留 ㄇㄧˊ ㄌㄧㄡˊ 指病重快要死了。

彌勒 ㄇㄧˊ ㄌㄜˋ 佛教大乘菩薩之一，常塑為袒露胸腹，笑容滿面的形象。

彌補 ㄇㄧˊ ㄅㄨˇ 設法補救，把欠缺不全的部分補足。例彌補損失。

彌漫 ㄇㄧˊ ㄇㄢˋ 充滿，遍布。例煙霧彌漫、彌漫著戰爭氣氛。

彌撒 ㄇㄧˊ ㄙㄚ 拉丁文missa的音譯。是天主教的主要宗教儀式，用麵餅和葡萄酒表示耶穌的身體和血，以祭祀天主。

彌天大罪 ㄇㄧˊ ㄊㄧㄢ ㄉㄚˋ ㄗㄨㄟˋ 形容罪惡極大。

十五畫

彍 ㄎㄨㄛˋ kuò 動拉開弓弦。例彍弩。

十九畫

彎 ㄨㄢ wān 形曲折的，不直的。例彎道。動①把直的弄成曲的。例把腰彎下來、把鐵絲弄彎。②開弓。例彎弓射鵰。

彎路 ㄨㄢ ㄌㄨˋ 彎曲不直的路。常用以比喻學習、工作等因無經驗而不得法，多費了些冤枉工夫。

彎彎 ㄨㄢ ㄨㄢ 彎曲的樣子。例月兒彎彎照九州。

彎彎曲曲 ㄨㄢ ㄨㄢ ㄑㄩ ㄑㄩ ①彎曲不直。例小溪彎彎曲曲地向遠方流去。②比喻人個性不率直，說話行事令人難以捉摸。例他生來就一副彎彎曲曲的心腸，誰知道他又在玩什麼花樣！

彐部 ㄐㄧˋ

五畫

彔 ㄌㄨˋ lù 動雕刻木材。

彔彔 ㄌㄨˋ ㄌㄨˋ ①事情忙碌。②清楚可數。例往事彔彔，如在眼前。

六畫

彖 ㄊㄨㄢˋ tuàn 名易經中說明每一卦主要概念的文字。例彖傳。

彖辭 ㄊㄨㄢˋ ㄘˊ 易經中總括一卦含義的文字。

八畫

彗 ㄏㄨㄟˋ huì 名①掃帚。②見「彗星」。

彗星 ㄏㄨㄟˋ ㄒㄧㄥ 圍繞太陽運行的一種星體，因它後面拖一條長長的像掃帚一樣的光芒，所以也叫掃帚星或掃把星。

九畫

彘 ㄓˋ zhì 名豬。例雞豚狗彘。

十畫

彙 ㄏㄨㄟˋ huì 名相同種類聚集而成的東西。例詞彙、語彙。動聚集。例彙總、彙集。

彙刊 ㄏㄨㄟˋ ㄎㄢ 把許多文章分門別類地編在一起的刊物。

彙報 ㄏㄨㄟˋ ㄅㄠˋ ①綜合資料向上級呈報。②綜合資料所做成的報告。

彙集 ㄏㄨㄟˋ ㄐㄧˊ 聚集。例彙集材料。

彙編 ㄏㄨㄟˋ ㄅㄧㄢ 把文章、資料等彙集編在一起。例資料彙編、新聞圖片彙編。

彙總 ㄏㄨㄟˋ ㄗㄨㄥˇ 把資料、文件等彙集到一起。

十五畫

彝 ㄧˊ yí 名①古代的盛酒器或祭器。②常理，法度。例秉彝。③中國少數民族之一。

彝訓 ㄧˊ ㄒㄩㄣˋ 常訓，尊長訓誨後輩的話。

彝倫 ㄧˊ ㄌㄨㄣˊ 即倫常，人與人相處的道德原則。

彝器 ㄧˊ ㄑㄧˋ 古代宗廟常用的祭器總稱。

彡部 ㄕㄢ

四畫

形 ㄒㄧㄥˊ xíng 名①樣貌，樣子。例長方形、人形。②身體，實體。例無形、有形。③地勢。例地形、形勢。動①表現，顯現。例喜形於色、形之於外。②對照，比較。例相形見絀、相形之下。③描寫。例形於筆墨。

形式 ㄒㄧㄥˊ ㄕˋ ①事物外表的樣子。②文學作品或藝術的表達方式。如文體、色彩等格式。

形似 ㄒㄧㄥˊ ㄙˋ 形貌、外表上相像。與「神似」相對。

形狀 ㄒㄧㄥˊ ㄓㄨㄤˋ 人或物體的外觀、模樣。

形相 ㄒㄧㄥˊ ㄒㄧㄤˋ 外表，相貌。

形跡 ㄒㄧㄥˊ ㄐㄧ ①舉止神色，表露於外的行動跡象。例形跡可疑。②指儀容禮貌。例不拘形跡。

形容 ㄒㄧㄥˊ ㄖㄨㄥˊ ①形體和容顏。例形容枯槁。②對事物的形象特徵加以描述刻畫。例千奇萬巧難以形容。

形象 ㄒㄧㄥˊ ㄒㄧㄤˋ ①形狀相貌。②一切能引起人的思考、激發想像力的具體形狀或姿態。③指文學藝術作品所創造出來的具有一定思想內容和審美意義的生動具體圖畫。

形勝 ㄒㄧㄥˊ ㄕㄥˋ ①地理形勢優越。②山川勝跡，即風景優美的地方。例形勝古蹟。

形勢 ㄒㄧㄥˊ ㄕˋ ①地勢。多從軍事角度來衡量。例形勢險要。②事物發展的狀況。例國際形勢、經濟形勢。

形態 ㄒㄧㄥˊ ㄊㄞˋ 形狀神態。

形骸 ㄒㄧㄥˊ ㄏㄞˊ 指人的形體、身體。

形貌 ㄒㄧㄥˊ ㄇㄠˋ 人的形體相貌。

形聲 ㄒㄧㄥˊ ㄕㄥ 六書之一，由形符和音符組合而成的字。如江、河從水取義，而以工、可分標其聲。

形穢 ㄒㄧㄥˊ ㄏㄨㄟˋ 形態鄙俗。為自謙之詞。例自慚形穢。

形體 ㄒㄧㄥˊ ㄊㄧˇ ①身體外貌。例形體肥大。②形狀結構。

形成層 ㄒㄧㄥˊ ㄔㄥˊ ㄘㄥˊ 植物體中介於木質部與韌皮部之間的具有分生能力的組織。

形容詞 ㄒㄧㄥˊ ㄖㄨㄥˊ ㄘˊ 表示人或事物的形態、性質的詞，多半加在名詞之前。如好、壞、大、小、高、矮等。

形形色色 ㄒㄧㄥˊ ㄒㄧㄥˊ ㄙㄜˋ ㄙㄜˋ 指品類眾多，各式各樣。

形格勢禁 ㄒㄧㄥˊ ㄍㄜˊ ㄕˋ ㄐㄧㄣˋ 指事情受形勢阻礙，難以進行。

形單影隻 ㄒㄧㄥˊ ㄉㄢ ㄧㄥˇ ㄓ 形容孤獨，沒有同伴。

形影不離 ㄒㄧㄥˊ ㄧㄥˇ ㄅㄨˋ ㄌㄧˊ 像形體和它的影子那樣分不開。形容關係親密。也作「形影相隨」、「形影相依」。

形影相弔 ㄒㄧㄥˊ ㄧㄥˇ ㄒㄧㄤ ㄉㄧㄠˋ 形容無依無靠，非常孤單。

形銷骨立 ㄒㄧㄥˊ ㄒㄧㄠ ㄍㄨˇ ㄌㄧˋ 形容人的身體極其消瘦。

彤 ㄊㄨㄥˊ tóng 名姓。形紅色的。例彤弓。

彤雲密布 ㄊㄨㄥˊ ㄩㄣˊ ㄇㄧˋ ㄅㄨˋ 濃密的雲布滿天空。多用以形容下雪前天空的景象。

六畫

彥 ㄧㄢˋ yàn 名有才學或才德傑出的人。例彥士、俊彥。

七畫

彧 ㄩˋ yù 形①茂盛的，豐盛的。②有文彩的樣子。例彧彧。

八畫

彬 ㄅㄧㄣ bīn 形文質兼備的樣子。例彬彬。

彬彬 ㄅㄧㄣ ㄅㄧㄣ 形容文質兼備、文雅有禮的樣子。例文質彬彬、彬彬有禮。

彩 ㄘㄞˇ cǎi 名①讚美的歡呼聲。例喝彩。②比喻負傷流血。例掛彩。③競賽或賭博得勝所獲得的獎。例摸彩、中彩。④

顏色，顏料。例色彩、油彩。⑤文章。例詞彩。形有各種顏色的。例五彩繽紛、彩旗。

彩旦 ㄘㄞˇ ㄉㄢˋ 國劇中扮演滑稽或奸刁的女性人物。也叫丑旦。

彩排 ㄘㄞˇ ㄆㄞˊ 戲劇、舞蹈等正式演出前，按實際表演使用的服裝、道具，所做的最後一次排演。

彩陶 ㄘㄞˇ ㄊㄠˊ 上面繪有彩色花紋的陶器，是中國新石器時代的產物。

彩釉 ㄘㄞˇ ㄧㄡˋ 在瓷器表面所塗的彩色釉。塗釉可使瓷器光滑細緻。

彩頭 ㄘㄞˇ ㄊㄡˊ ①好運氣，指獲利或得勝的預兆。②指競賽中贏得的獎品。

彩霞 ㄘㄞˇ ㄒㄧㄚˊ 彩色的雲。

彩禮 ㄘㄞˇ ㄌㄧˇ 訂婚和結婚時，男方送給女方的財物。也叫聘金、聘禮。

彩繪 ㄘㄞˇ ㄏㄨㄟˋ 器物上的彩色圖畫。

彫

ㄉㄧㄠ diāo 形有彩畫雕飾的。例彫弓、彫牆。動①通「雕」。刻鏤。例精彫細刻、彫琢。②通「凋」。枯萎，零落。例論語：「歲寒然後知松柏之後彫也。」

九畫

彭

ㄆㄥˊ péng 名①地名。春秋時鄭邑，在今河南省。②姓。

十一畫

彰

ㄓㄤ zhāng 形明顯，顯著。例相得益彰、昭彰。動表揚，顯揚。例表彰、彰善懲惡。

彰彰 ㄓㄤ ㄓㄤ 顯露，明晰。

彰明較著 ㄓㄤ ㄇㄧㄥˊ ㄐㄧㄠˋ ㄓㄨˋ 非常明顯，容易看清。

彯

ㄆㄧㄠ piāo 副快速輕捷的樣子。例彯搖。

十二畫

影

ㄧㄥˇ yǐng 名①人或物體被光線遮擋而造成的暗像。例人影、樹影。②人或物體因光線反射而映現於水面、鏡面等的虛像。例水中倒影、鏡中窺影。③圖像，形象。例攝影。④電影的簡稱。例影院、影評。動①隱藏，遮蔽。②摹寫，照相。例影鈔本、影印。

影片 ㄧㄥˇ ㄆㄧㄢˋ ①電影。例這部影片票房極佳。②指攝製成電影的底版膠片。也叫拷貝。

影本 ㄧㄥˇ ㄅㄣˇ 用照相、影印等方式將文件或圖片複製而成的副本。

影印 ㄧㄥˇ ㄧㄣˋ ①用照相的方法製版印刷。多用於翻印古籍、圖表、資料等。②即複印。

影迷 ㄧㄥˇ ㄇㄧˊ 稱嗜好看電影且非常入迷的人。

影射 ㄧㄥˇ ㄕㄜˋ 借此說彼，暗指某人某事。

影評 ㄧㄥˇ ㄆㄧㄥˊ 針對電影的主題、劇情、演技、攝製等方面所作的評論。

影像 ㄧㄥˇ ㄒㄧㄤˋ ①通過光學的匯集或反射作用構成的物體形象。②畫像。③形象。

影壇 ㄧㄥˇ ㄊㄢˊ 電影界。

影響 ㄧㄥˇ ㄒㄧㄤˇ 對別人或周圍的事物所引起的作用，如影之隨形、響之隨聲一樣。例教師應以言教身教影響學生。

彳部 ㄔˋ

彳 ㄔˋ chì 動小步行走。

彳亍 ㄔˋ ㄔㄨˋ 小步，步伐緩慢或欲行又止的樣子。

四畫

彷 ㊀ㄆㄤˊ páng 見「彷徨」。㊁ㄈㄤˇ fǎng 見「彷彿」。

彷彿 ㄈㄤˇ ㄈㄨˊ 好像，似乎。也作「仿佛」。

彷徨 ㄆㄤˊ ㄏㄨㄤˊ 徘徊，猶疑不定的樣子。也作「旁皇」或「仿偟」。例心裡頭有些彷徨。

役 ㄧˋ yì 名①戰爭，事件。例戰役。②需要出勞力的事。例勞役、苦役。③為國家盡的義務。例兵役。④供使喚、差遣的人。例僕役、雜役。動使喚，差遣。例奴役、役使。

役使 ㄧˋ ㄕˇ 差遣，使喚。多指強迫人幹活。

役齡 ㄧˋ ㄌㄧㄥˊ 服兵役的年齡。

五畫

往 ㄨㄤˇ wǎng 名死者。例往生。形過去的，從前的。例往年、往事。動①去。例有往有來、前往。②歸向。例嚮往。副以後。例易經：「過此以往，未之或知也。」介向著，朝著。例這是開往臺北的列車。

往生 ㄨㄤˇ ㄕㄥ 佛教認為修行佛法的人，死後可飛昇到西方極樂世界或其他淨土。今稱人死為往生。

往年 ㄨㄤˇ ㄋㄧㄢˊ 從前，以往的年頭。

往昔 ㄨㄤˇ ㄒㄧˊ 從前。例他待我如同往昔。

往事 ㄨㄤˇ ㄕˋ 過去的事情。例往事歷歷如在眼前。

往者 ㄨㄤˇ ㄓㄜˇ 以往的事。例往者不可及，來者猶可待。

往往 ㄨㄤˇ ㄨㄤˇ 每每，常常。指某種情況經常存在或發生。例往往如此。

往後 ㄨㄤˇ ㄏㄡˋ ①從今以後。例往後的事情就很難說了。②向後面。例車往後開。

往常 ㄨㄤˇ ㄔㄤˊ 平素，平時。例他現在比往常好多了。

往復 ㄨㄤˇ ㄈㄨˋ ①來回，反復不已。例循環往復。②彼此往來，應對酬答。

往還 ㄨㄤˇ ㄏㄨㄢˊ 往來。例我們常有書信往還。

往者不可諫 ㄨㄤˇ ㄓㄜˇ ㄅㄨˋ ㄎㄜˇ ㄐㄧㄢˋ 過去的事已不可更改、挽救，無需耿耿於懷，應多著眼於未來。

征 ㄓㄥ zhēng 動①遠行，走遠路。例遠征、萬里長征。②討伐。例出征、南征北討。③徵收稅賦。例橫征暴斂。

征夫 ㄓㄥ ㄈㄨ ①遠行於外的人。②出征的士兵。

征伐 ㄓㄥ ㄈㄚˊ 出兵討伐。同征討。

征服 ㄓㄥ ㄈㄨˊ ①用武力使別的國家或民族屈服。②用力量制服。例征服自然。

征戰 ㄓㄥ ㄓㄢˋ 出征作戰。

徂

ㄘㄨˊ cú 動①往，到。例詩經：「自西徂東，靡所定處。」②通「殂」。死亡，逝去。例徂謝。副開始。例詩經：「四月維夏，六月徂暑。」

彼

ㄅㄧˇ bǐ 代①那，那個，那裡。與「此」相對。例此起彼伏、此一時彼一時。②他。例知己知彼、彼來我往。

彼此 ㄅㄧˇ ㄘˇ ①人與人雙方相互之間。例彼此又無冤仇，何必如此相待呢？②指雙方情形相似。常以疊語方式出現。例彼此彼此。

彼岸 ㄅㄧˇ ㄢˋ ①江、河、湖、海等的那一邊，即對岸。②比喻所嚮往的境界。

彼等 ㄅㄧˇ ㄉㄥˇ 他們。

彼一時此一時 ㄅㄧˇ ㄧˋ ㄕˊ ㄘˇ ㄧˋ ㄕˊ 說明事情總是隨著時間的發展而處於不斷的變化之中，因而時間不同，情況便會有所改變。

佛

ㄈㄨˊ fú 見「彷佛」。

六畫

徉

ㄧㄤˊ yáng 見「徜徉」。

待

㈠ㄉㄞˋ dài 動①等候。例守株待兔、急不可待。②照顧，招呼。例待人厚道、款待。副將要，打算。例待理不理的。㈡ㄉㄞ dāi 動停留，逗留。例我在國外待了十年、待一會兒再走。

待旦 ㄉㄞˋ ㄉㄢˋ 從夜晚等候到天明。例枕戈待旦。

待考 ㄉㄞˋ ㄎㄠˇ 暫時存有疑問，留待查考。

待命 ㄉㄞˋ ㄇㄧㄥˋ 等候上級的命令。例整裝待命。

待遇 ㄉㄞˋ ㄩˋ ①對待、應付人的態度和方式等。例真沒想到會受到這樣冷淡的待遇。②指享受的權利、社會地位等。例政治待遇。③工作的報酬，指薪資。例待遇從優。

待機 ㄉㄞˋ ㄐㄧ 等待機遇。例待機而行。

待斃 ㄉㄞˋ ㄅㄧˋ 等死。例坐以待斃。

待人接物 ㄉㄞˋ ㄖㄣˊ ㄐㄧㄝ ㄨˋ 與人相處往來，接待應酬。

待人處事 ㄉㄞˋ ㄖㄣˊ ㄔㄨˇ ㄕˋ 接待人物和處理事務。

待字閨中 ㄉㄞˋ ㄗˋ ㄍㄨㄟ ㄓㄨㄥ 女子尚未出嫁。

待價而沽 ㄉㄞˋ ㄐㄧㄚˋ ㄦˊ ㄍㄨ 等有了好價錢再賣。比喻人等待時機，為世所用。

徊

ㄏㄨㄞˊ huái 見「徘徊」。

徊徨 ㄏㄨㄞˊ ㄏㄨㄤˊ 即徘徊。形容舉止不寧，猶豫不定。例梁武帝・孝思賦：「夕獨處而徊徨。」

徇

ㄒㄩㄣˋ xùn 形迅速。例徇通。動①曲從，順從。例徇私、徇情。②對眾宣示。③攻占奪取。例徇地。④通「殉」。為達到某種目的而獻身。例徇國。

徇情 ㄒㄩㄣˋ ㄑㄧㄥˊ 因私情而不能秉公處理。例徇情枉法。

徇私舞弊 ㄒㄩㄣˋ ㄙ ㄨˇ ㄅㄧˋ 為謀取私利而違法亂紀。

律 ㄌㄩˋ lǜ

名①法則，規則。例按律判罪、法律。②古時審定音樂高低的標準。例律呂。③古代詩歌的一種體裁。見「律詩」。例五律、七律。動約束。例嚴以律己。

律己 ㄌㄩˋ ㄐㄧˇ 約束自己。例律己甚嚴。

律令 ㄌㄩˋ ㄌㄧㄥˋ ①法律命令。②漢代公文常用詞語，意思是立刻奉行。道家的符咒取其義，於末句常用「急急如律令」。

律師 ㄌㄩˋ ㄕ 受訴訟當事人的委託或法院的指定，依法協助當事人進行訴訟，在法庭上為當事人辯護，並辦理一切有關法律事務的專業人員。

律詩 ㄌㄩˋ ㄕ 詩的一種體裁，形成於唐初。它有固定的格律，講究平仄、對偶和押韻。每句五個字的稱五言律詩，七個字的稱七言律詩。八句一首，二、四、六、八句要押韻，起首一句可押可不押。三、四和五、六兩句必須對偶。字的平仄有一定格式。

很 ㄏㄣˇ hěn

形通「狠」。凶暴。例很毒。動違背，不聽從。副甚，非常。表示程度深。例很好、很壞。

後 ㄏㄡˋ hòu

名①指在背面的。與「前」相對。例村後、向後轉。②子孫。例名人之後。形未來的，較晚的。例後年、先來後到。動落後。例不甘後人。

後人 ㄏㄡˋ ㄖㄣˊ ①泛稱後世的人。例前人創業後人繼。②子孫。例他的後人甚多。③居人之後。例兢兢業業，不敢後人。

後天 ㄏㄡˋ ㄊㄧㄢ ①明天的明天。②指人或動物離開母體後單獨生活和成長的時期。與「先天」相對。例先天不足，後天失調。

後代 ㄏㄡˋ ㄉㄞˋ ①後世，將來的世代以後的時代。例唐太宗的功業，後代的研究者多有讚揚。②泛指後代的子孫。例子孫後代。

後母 ㄏㄡˋ ㄇㄨˇ 即繼母，父親再娶的妻子。同後娘。

後步 ㄏㄡˋ ㄅㄨˋ 指說話做事要為以後留有回旋的餘地，不要說絕做絕。

後事 ㄏㄡˋ ㄕˋ ①將來的事。例前事不忘後事之師。②死後的事。例料理後事。

後門 ㄏㄡˋ ㄇㄣˊ ①房屋、庭院後面的門。②比喻通融、營私舞弊的途徑。例此事需走後門才能辦成。

後勁 ㄏㄡˋ ㄐㄧㄣˋ 慢慢顯露、較遲發作的作用或力量。例這酒的後勁大。

後盾 ㄏㄡˋ ㄉㄨㄣˋ 在後面給以援助和支持的力量。

後效 ㄏㄡˋ ㄒㄧㄠˋ 將來的效果或表現。例姑且先予以警告，以觀後效。

後記 ㄏㄡˋ ㄐㄧˋ 說明寫作目的、經過或補充個別內容的短文，放於書籍、文章的後面。也稱「跋」。

後援 ㄏㄡˋ ㄩㄢˊ 戰時後方對軍事力量的援助。泛指支援的力量。例後援部隊。

後進 ㄏㄡˋ ㄐㄧㄣˋ 後輩，學識或資歷較淺的人。

後備 ㄏㄡˋ ㄅㄟˋ 為作補充而準備好的人員、物資等。例後備力量、後備物資。

後裔 ㄏㄡˋ ㄧˋ 後世子孫。例德垂後裔。

後勤 ㄏㄡˋ ㄑㄧㄣˊ 指軍事活動中，後方對前方的一切供應工作。後也泛指機關、團體等的行政事務性工作。

後嗣 ㄏㄡˋ ㄙˋ 後代子孫。

後路 ㄏㄡˋ ㄌㄨˋ ①泛指後面的道路。例朝後路走要安全得多。②軍隊背後的道路，用作運輸或撤退。③比喻回旋的餘地，或退身的準備。例作事要留後路，不要做絕了。

後福 ㄏㄡˋ ㄈㄨˊ 未來的幸福。例大難不死，必有後福。

後塵 ㄏㄡˋ ㄔㄣˊ 走路時身後揚起的塵土。比喻處在別人的後面。例步人後塵。

後臺 ㄏㄡˋ ㄊㄞˊ ①劇場裡舞臺後面的部分，供演員化裝、休息、準備之用。②比喻在背後操縱、支持的人或集團，即靠山、後盾。例他的後臺很硬。

後輩 ㄏㄡˋ ㄅㄟˋ ①後代子孫。②小輩，指年紀輕、資歷淺的人。

後衛 ㄏㄡˋ ㄨㄟˋ ①軍隊行軍時在後面擔任掩護、警戒任務的部隊。②籃球、足球等比賽中，主要擔任防守的隊員。

後座力 ㄏㄡˋ ㄗㄨㄛˋ ㄌㄧˋ 槍彈或炮彈射出時，火藥氣體壓力使槍炮產生往後退的力量，是與衝力相反的作用力。

後腦杓 ㄏㄡˋ ㄋㄠˇ ㄕㄠˊ 指腦袋後面突出的部分。

後遺症 ㄏㄡˋ ㄧˊ ㄓㄥˋ ①醫學上指某些疾病在治癒或主要症狀消失後，還遺留下一些症狀，日後有可能引發其他病症。②比喻做事或處理問題，因疏忽而留下的不良影響。

後生可畏 ㄏㄡˋ ㄕㄥ ㄎㄜˇ ㄨㄟˋ 稱讚有志氣有作為的年輕人能超過前輩，值得敬畏。

後來居上 ㄏㄡˋ ㄌㄞˊ ㄐㄩ ㄕㄤˋ 指後來的人或事物超過先前的。多有讚許之意。

後悔莫及 ㄏㄡˋ ㄏㄨㄟˇ ㄇㄛˋ ㄐㄧˊ 指做了某件不該做的事，事後懊悔也來不及了。

後患無窮 ㄏㄡˋ ㄏㄨㄢˋ ㄨˊ ㄑㄩㄥˊ 給將來留下的禍患無窮無盡。

後起之秀 ㄏㄡˋ ㄑㄧˇ ㄓ ㄒㄧㄡˋ 指後輩中崛起的優秀人物。

後繼有人 ㄏㄡˋ ㄐㄧˋ ㄧㄡˇ ㄖㄣˊ 有後人繼承前人的事業。

後顧之憂 ㄏㄡˋ ㄍㄨˋ ㄓ ㄧㄡ 指後方、家裡或將來有足以憂慮的事。

七畫

徒

ㄊㄨˊ 名①弟子，門人。例徒弟、師徒。②人。一般多指壞人。例暴徒、不法之徒。③信奉某種宗教的人。例基督徒、佛教徒。④同一派系的人。含貶義。例黨徒。⑤服勞役的刑罰。例徒刑。動步行。例徒步、徒涉。副①空，白白地。例徒手、徒勞。②只，僅僅。例家徒四壁、徒有外表。

徒手 ㄊㄨˊ ㄕㄡˇ 空手，什麼器械也沒有拿。例徒手體操。

徒刑 ㄊㄨˊ ㄒㄧㄥˊ ①剝奪犯人自由的刑罰，分有期徒刑和無期徒刑兩種。②古代服勞役的刑罰，至隋代定為五刑之一，沿用至清代。

徒弟 ㄊㄨˊ ㄉㄧˋ 跟隨師傅學習技藝的人。

徒步 ㄊㄨˊ ㄅㄨˋ 步行。例徒步可以健身。同徒行。

徒勞 ㄊㄨˊ ㄌㄠˊ 空自勞苦，白白耗費心力。

徒然 ㄊㄨˊ ㄖㄢˊ ①白費，枉然。例徒然自作多情。②僅僅，只是。例你這樣魯莽，徒然讓別人看笑話罷了。

徒子徒孫 ㄊㄨˊ ㄗˇ ㄊㄨˊ ㄙㄨㄣ 泛指一脈相承的人。

徒有虛名 ㄊㄨˊ ㄧㄡˇ ㄒㄩ ㄇㄧㄥˊ 空有名聲，而無其實。

徒託空言 ㄊㄨˊ ㄊㄨㄛ ㄎㄨㄥ ㄧㄢˊ 盡說空話，根本不付諸實踐。

徒勞無益 ㄊㄨˊ ㄌㄠˊ ㄨˊ ㄧˋ 白費心力，於事毫無益處。也作「徒勞無功」。

徒費口舌 ㄊㄨˊ ㄈㄟˋ ㄎㄡˇ ㄕㄜˊ 白說一番，毫無效果。

徑

ㄐㄧㄥˋ jìng 名①小路，較窄的路。例山徑、曲徑。②比喻達到目的的方法或過程。例捷徑、門徑。③通過圓心到圓周的直線，即直徑的簡稱。例口徑、半徑。動行走。例阮籍．詠懷詩：「日月徑千里。」副①直接。例徑自答覆、言畢徑去。②竟然。例史記：「不過一斗徑醉矣。」

徑自 ㄐㄧㄥˋ ㄗˋ 表示自作主張，直接行動。例他徑自不顧一切地向目標前進。

徑直 ㄐㄧㄥˋ ㄓˊ ①表示一直向前，不轉彎。例你徑直向前走，不多遠就到了。②表示直接向某處去，不繞道或在中途停留。例客機徑直飛往香港，不在其他地方降落。③把某事一直進行下去。例這部工具書你就徑直編下去，不要考慮出版問題。

徑庭 ㄐㄧㄥˋ ㄊㄧㄥˊ 相差極遠。例大相徑庭。

徑賽 ㄐㄧㄥˋ ㄙㄞˋ 田徑運動中各種競走和長短距離賽跑項目的總稱。

徐

ㄒㄩˊ xú 名①徐州的省稱。②姓。副緩慢地。例清風徐來。

徐步 ㄒㄩˊ ㄅㄨˋ 緩步。

徐徐 ㄒㄩˊ ㄒㄩˊ 遲緩的樣子。例國旗徐徐升起。

徐娘半老 ㄒㄩˊ ㄋㄧㄤˊ ㄅㄢˋ ㄌㄠˇ 稱風韻猶存的中年婦女，但含有輕薄之意。

八畫

徠

㊀ㄌㄞˊ lái 動同「來」。到。例招徠。

㊁ㄌㄞˋ lài 動慰勞，安撫。例親自勞徠。

得

㊀ㄉㄜˊ dé 動①獲取，受到。例得獎、深得信任。②合適。例得體、得用。③計算數目的結果。例二五得十、三加四得七。④快意，滿足。例洋洋自得。⑤可以。例不得延期、得過且過。⑥完成。例此事何時辦得。⑦能，可能。例求生不得、令人哭笑不得。⑧遇到。例得空、得便。副表示阻止、同意、無可奈何等意思的詞。例得了。

㊁˙ㄉㄜ de 介為一虛字，用在動詞或形容詞後，表

示可能或動作的效果、程度。例拿得起、跑得快。㊂ㄉㄟˇ děi 副應該，必須。例你得早點來、我們得趕緊把這件事做完。

得了 ㄉㄜˊ ㄌㄧㄠˇ ㊀①表示驚恐、訝異或生氣。例這還得了？②表示能勝任、能完成。例這點小事我還做得了。㊁ㄉㄜˊ ˙ㄌㄜ 制止之詞。例得了吧！你就別吹牛了。

得力 ㄉㄜˊ ㄌㄧˋ ①做事能幹，很有用的。例得力助手。②得益，見效。例我的身材得力於持續運動。③得到別人的幫助。例大家來幫忙，使我得力不少。

得手 ㄉㄜˊ ㄕㄡˇ 辦事順利。例最近運氣好，辦起事來很得手。

得失 ㄉㄜˊ ㄕ ①成敗，利弊。例何必這樣計較個人得失！②優劣，好壞。例你倆所說各有得失。

得色 ㄉㄜˊ ㄙㄜˋ 臉上露出得意的神色。例面有得色。

得志 ㄉㄜˊ ㄓˋ 志願和慾望等得到實現。例小人得志。

得宜 ㄉㄜˊ ㄧˊ 合適，適當。例處置得宜。

得法 ㄉㄜˊ ㄈㄚˇ 做事的方法適當、合宜。例學習得法。

得計 ㄉㄜˊ ㄐㄧˋ 計謀能實現。例自以為得計。

得便 ㄉㄜˊ ㄅㄧㄢˋ 遇到適當、方便的機會。例你要的錢得便即捎來。

得時 ㄉㄜˊ ㄕˊ 走運，遇到好時機。例近幾年你事事順利，算是得時的了。

得逞 ㄉㄜˊ ㄔㄥˇ 計謀、不良意圖得以實現。例陰謀得逞。

得意 ㄉㄜˊ ㄧˋ 稱心如意。例得意非凡。

得勢 ㄉㄜˊ ㄕˋ ①得到權力或勢力。例小人得勢。②獲得有利的形勢。

得當 ㄉㄜˊ ㄉㄤˋ 說話行事妥當、合適。例這事處理得當。

得罪 ㄉㄜˊ ㄗㄨㄟˋ 多指因冒犯人而令人不快，甚至懷恨。

得寵 ㄉㄜˊ ㄔㄨㄥˇ 受寵愛。

得體 ㄉㄜˊ ㄊㄧˇ 言行舉止都合於體制，很有分寸。

得人心 ㄉㄜˊ ㄖㄣˊ ㄒㄧㄣ 指得到人們的擁護和支持。例他深得人心。

得寸進尺 ㄉㄜˊ ㄘㄨㄣˋ ㄐㄧㄣˋ ㄔˇ 比喻貪得無饜，慾望越來越大。

得心應手 ㄉㄜˊ ㄒㄧㄣ ㄧㄥˋ ㄕㄡˇ 心裡想怎麼做，手便做得出來。形容做事非常順手。也形容技巧純熟，運用自如。

得天獨厚 ㄉㄜˊ ㄊㄧㄢ ㄉㄨˊ ㄏㄡˋ 泛指所處的環境或所具備的條件特別優越。

得不償失 ㄉㄜˊ ㄅㄨˋ ㄔㄤˊ ㄕ 得到的抵償不了損失的。

得魚忘筌 ㄉㄜˊ ㄩˊ ㄨㄤˋ ㄑㄩㄢˊ 捕到魚就忘掉了筌。筌：捕魚用的竹器。比喻達到目的就忘掉原本依靠的東西。

得意忘形 ㄉㄜˊ ㄧˋ ㄨㄤˋ ㄒㄧㄥˊ 形容高興過度而忘其所以，舉止失去常態。

得意門生 ㄉㄜˊ ㄧˋ ㄇㄣˊ ㄕㄥ 指最為滿意、最為欣賞的學生。

得意洋洋 ㄉㄜˊ ㄧˋ ㄧㄤˊ ㄧㄤˊ 形容很得意、很高興的樣子。

得道多助 ㄉㄜˊ ㄉㄠˋ ㄉㄨㄛ ㄓㄨˋ 能堅持正義就能得到廣泛的支持與幫助。

得過且過 ㄉㄜˊ ㄍㄨㄛˋ ㄑㄧㄝˇ ㄍㄨㄛˋ 能勉強過就暫且過下去。形容苟且偷安，不求上進。也形容對工作不負責任，敷衍了事。

得隴望蜀 ㄉㄜˊ ㄌㄨㄥˇ ㄨㄤˋ ㄕㄨˇ 得到一處又想得到另一處。比喻人心不知足，貪得無饜。

徙

ㄒㄧˇ xǐ 動遷移。例遷徙。

徙居 ㄒㄧˇ ㄐㄩ 把家搬到別處去住。

徙薪 ㄒㄧˇ ㄒㄧㄣ 把柴移開，有防患未然的意思。

徙木立信 ㄒㄧˇ ㄇㄨˋ ㄌㄧˋ ㄒㄧㄣˋ 商鞅變法時，募民搬木，給予賞金以示信用。後用為取信於民的手段。

徜

ㄔㄤˊ cháng 見「徜徉」。

徜徉 ㄔㄤˊ ㄧㄤˊ 自由自在、悠閒地徘徊。也作「倘佯」。

徘

ㄆㄞˊ pái 見「徘徊」。

徘徊 ㄆㄞˊ ㄏㄨㄞˊ ①在同一個地方來回走動。例徘徊往來。②比喻猶疑不決，躊躇不前。例徘徊不定。

從

㈠ㄘㄨㄥˊ cóng 動①依順。例言聽計從、力不從心。②採取。例從寬處理。③跟隨。例跟從。④參與。例從軍、從政。副向來。例從未見過、從不說謊。介由，自。例從家裡到學校。㈡ㄗㄨㄥˋ zòng 名跟隨的人。例隨從。形①有血統關係而次於最親的人。例從兄。②次要的，附加的。例從犯、從刑。㈢ㄘㄨㄥ cōng 見「從容」。㈣ㄗㄨㄥ zōng 名通「蹤」。蹤跡。

從犯 ㄗㄨㄥˋ ㄈㄢˋ 協助他人從事犯罪行為的人。與「主犯」相對。

從而 ㄘㄨㄥˊ ㄦˊ 因此就，因而。連接下文表示結果或目的，以說明上文的原因、方法等。例由於科學技術的發展，從而促進了整個社會生產能力的提高。

從刑 ㄗㄨㄥˋ ㄒㄧㄥˊ 即附加刑。附隨於主刑所判處的刑罰。如有期徒刑之外所判處的褫奪公權之類。

從戎 ㄘㄨㄥˊ ㄖㄨㄥˊ 參加軍隊。例投筆從戎。

從此 ㄘㄨㄥˊ ㄘˇ 從現在起。例從此斷絕來往。

從良 ㄘㄨㄥˊ ㄌㄧㄤˊ 舊稱妓女脫離賣身的生涯而嫁人。

從來 ㄘㄨㄥˊ ㄌㄞˊ 從以前到現在。例他從來不亂吃東西。

從事 ㄘㄨㄥˊ ㄕˋ ①做某種事情。例從事建築行業。②按照某種原則、規定或方法處理。例敢有違命者，定以軍法從事。

從命 ㄘㄨㄥˊ ㄇㄧㄥˋ 遵命，依從命令。例恭敬不如從命。

從政 ㄘㄨㄥˊ ㄓㄥˋ 在政界做事。

從容 ㄘㄨㄥ ㄖㄨㄥˊ ①鎮定沉著，不慌不忙。例舉止從容。②充裕，不緊迫。例時間從容。

從速 ㄘㄨㄥˊ ㄙㄨˋ 趕快，趕緊。例從速返臺。

從寬 ㄘㄨㄥˊ ㄎㄨㄢ 按寬大的原則處理。

從優 ㄘㄨㄥˊ ㄧㄡ 給予優厚的待遇或報酬。多用於招募或撫恤。

從嚴 ㄘㄨㄥˊ ㄧㄢˊ 按嚴厲的原則行事。

從權 ㄘㄨㄥˊ ㄑㄩㄢˊ 根據當時的具體情況，採取變通的辦法。例從權處理。

從兄弟 即堂兄弟。指叔伯的兒子。

從一而終 指婦女只嫁一夫，在任何情況下都不再嫁。也指做事抱持一定的原則而貫徹到底。

從心所欲 完全隨自己的心意去做。

從天而降 形容事情來得突然，完全出乎意料之外。

從中作梗 指在事情進行的過程中，有人故意設置障礙，予以刁難或破壞。

從長計議 指不要急於作出決定，慢慢地協商解決或作長遠打算。

從容不迫 形容不慌不忙，沉著鎮定。同從容自若。

從容就義 形容毫無所懼，沉著鎮靜地為正義而英勇獻身。

從善如流 形容很樂於接受善意的勸告。

御

ㄩˋ yù 名①駕車的人。②姓。形帝王的，天子的。例御筆、御覽。動①駕駛車馬，即趕車。例御車。②控制，統治。例御民。③侍奉，進奉。例禮記：「御食於君。」④通「禦」。抵擋。例御寒、御敵。⑤迎接。

御用 ①稱帝王所用者。②諷刺統治者所控制操縱或專享專用的人事物。例御用文人。

御宇 帝王所統治的國土。

御筆 天子親自寫的字。

御駕 指皇帝的車駕。後也用作皇帝的代稱。例御駕親征。

御醫 宮廷內的醫師。也稱太醫。

御覽 皇帝閱覽。後也用作書名。如太平御覽。

九畫

徧

ㄅㄧㄢˋ biàn 「遍」的異體字。

徨

ㄏㄨㄤˊ huáng 副①無所適從的樣子。②不安的樣子。例徨徨不安。

復

ㄈㄨˋ fù 動①回答。例此信已復。②報仇。例復仇、報復。③回到原樣。例傷口已平復、收復失地。④返，還。例往復數百里。副再，又。例死灰復燃、舊病復發。

復工 停工或罷工後恢復工作。

復古 恢復古代的某種制度或風尚。

復旦 黑夜過去，光明又重現人間。

復明 ①暗了又亮。例燈光復明。②眼睛因病失明，醫治後又恢復視力。

復返 去了又回。例一去不復返。

復命 受命行事，事畢回來報告。

復活 ①死而復生。多用於比喻。②指已經沉寂的事，又出現生機。

復診 醫院或診所稱病人初診後再來看病。

復甦 也作「復蘇」。①甦醒，恢復知覺。例死而復甦。②經濟景氣循環的一階段，指所得、生產逐漸提升，投資與消費也有增加的現象。

復辟 ㄈㄨˋ ㄅㄧˋ ①已失位的帝王又重新恢復帝位、王位。②借指某種已經失勢或沒落的舊勢力、舊制度，又得到恢復或復活。

復興 ㄈㄨˋ ㄒㄧㄥ 衰落後再度興起。例文藝復興。

復學 ㄈㄨˋ ㄒㄩㄝˊ 休學後再上學。

復舊 ㄈㄨˋ ㄐㄧㄡˋ ①恢復舊有的制度或方式。②恢復舊有的樣子。

復職 ㄈㄨˋ ㄓˊ 在辭職、停職、免職後又恢復原職位。

循

ㄒㄩㄣˊ xún 動①依照，遵守。例遵循、因循。②順著，沿著。例循流而下。③通「巡」。巡視。例循行郡國。

循吏 ㄒㄩㄣˊ ㄌㄧˋ 奉公守法的官吏。

循序 ㄒㄩㄣˊ ㄒㄩˋ 依照一定的順序。

循例 ㄒㄩㄣˊ ㄌㄧˋ 依照以前的慣例。

循循 ㄒㄩㄣˊ ㄒㄩㄣˊ 形容有次序的樣子。例循循善誘。

循環 ㄒㄩㄣˊ ㄏㄨㄢˊ 事物往來環繞、周而復始地運動或變化。

循名責實 ㄒㄩㄣˊ ㄇㄧㄥˊ ㄗㄜˊ ㄕˊ 指就其名而求其實，看一個人是否名實相符。

循序漸進 ㄒㄩㄣˊ ㄒㄩˋ ㄐㄧㄢˋ ㄐㄧㄣˋ 按照一定的次序與步驟逐漸深入或提升。

循規蹈矩 ㄒㄩㄣˊ ㄍㄨㄟ ㄉㄠˋ ㄐㄩˇ 指行為能遵守禮法，合乎法度。

循循善誘 ㄒㄩㄣˊ ㄒㄩㄣˊ ㄕㄢˋ ㄧㄡˋ 指教導有方，善於有步驟地進行引導。

循環小數 ㄒㄩㄣˊ ㄏㄨㄢˊ ㄒㄧㄠˇ ㄕㄨˋ 指在小數點後，數字循環出現的無限小數。有純循環小數和混循環小數兩種。

循環系統 ㄒㄩㄣˊ ㄏㄨㄢˊ ㄒㄧˋ ㄊㄨㄥˇ 人和脊椎動物體內運送血液循環全身的器官，由心臟、動脈、靜脈、淋巴等組成的系統。

十畫

徬

㊀ㄆㄤˊ páng 見「徬徨」。㊁ㄅㄤˋ bàng 動通「傍」。依附。

徬徨 ㄆㄤˊ ㄏㄨㄤˊ 徘徊不定的樣子。也作「彷徨」。

微

ㄨㄟ wēi 名①主單位的百萬分之一。例微米。②姓。形①細小的。例微風細雨。②衰落的。例衰微、式微。③地位低，卑賤的。例人微言輕、微賤。④精深奧妙的。例微妙。動沒有，無。例論語：「微管仲，吾其被髮左衽矣。」副①隱祕，暗中。例微行。②稍，略。例微感不適、略微。

微末 ㄨㄟ ㄇㄛˋ 細小，不重要。例微末之功，何足掛齒。

微行 ㄨㄟ ㄒㄧㄥˊ 帝王或大官故意隱蔽自己的身分，而穿著平民的衣服出巡。

微妙 ㄨㄟ ㄇㄧㄠˋ ①指道理深奧玄妙。②指事物之間的關係錯綜複雜而難以捉摸。

微波 ㄨㄟ ㄅㄛ 一般指波長介於一公釐和三十公分之間的電磁波。具有方向性和高頻率，在通信、氣象、天文、烹飪方面廣泛應用。

微弱 ㄨㄟ ㄖㄨㄛˋ 形容小而弱的樣子。例氣息微弱。

微細 ㄨㄟˊ ㄒㄧˋ ①非常細小。例禍患往往始於微細。②引申為地位低下。

微微 ㄨㄟˊ ㄨㄟˊ ①輕微，略微。例微微一笑。②卑賤，渺小。③幽靜的樣子。例微微翠山靜。

微暈 ㄨㄟˊ ㄩㄣˋ 模糊不清的光影，即曙光。

微賤 ㄨㄟˊ ㄐㄧㄢˋ 指人地位低下卑賤。例出身微賤。

微薄 ㄨㄟˊ ㄅㄛˊ 單薄微小，數量少。例收入微薄。

微辭 ㄨㄟˊ ㄘˊ 隱含不滿或批評的言辭。也作「微詞」。例他的話不無微辭。

微生物 ㄨㄟˊ ㄕㄥ ㄨˋ 形體微小、構造簡單、繁殖迅速的生物。如細菌、真菌、病毒等。

微血管 ㄨㄟˊ ㄒㄧㄝˇ ㄍㄨㄢˇ 即毛細血管，是連接在小動脈和小靜脈之間的最細小的血管。

微積分 ㄨㄟˊ ㄐㄧ ㄈㄣ 微分學和積分學的合稱。二者都屬於高等數學的基本內容。

微不足道 ㄨㄟˊ ㄅㄨˋ ㄗㄨˊ ㄉㄠˋ 形容非常渺小，不值得一談。

微乎其微 ㄨㄟˊ ㄏㄨ ㄑㄧˊ ㄨㄟˊ 形容非常少或非常小。

微言大義 ㄨㄟˊ ㄧㄢˊ ㄉㄚˋ ㄧˋ 精微言論中包含的深奧含義。

徯
ㄒㄧ xī 名通「蹊」。小路。例徯徑。動等待。

徯徑 ㄒㄧ ㄐㄧㄥˋ 偏僻小路。也作「蹊徑」。

傜
ㄧㄠˊ yáo 名勞役。例傜役。

傜役 ㄧㄠˊ ㄧˋ 舊時國家強制人民所承擔的無償勞動，包括力役、雜役等。

十一畫

徹
ㄔㄜˋ chè 名周代的田賦制度，取農產品總產量十分之一的稅法。動①通，透。例貫徹、響徹雲霄。②通「撤」。除去。③毀壞。④剝取。⑤耕治，開發。例徹田。

徹底 ㄔㄜˋ ㄉㄧˇ 貫通到底。也作「澈底」。例徹底改正。

徹夜 ㄔㄜˋ ㄧㄝˋ 整夜。例徹夜未眠。

徹悟 ㄔㄜˋ ㄨˋ 透徹地領悟。

徹骨 ㄔㄜˋ ㄍㄨˇ 深透到骨頭裡去。比喻程度極深。常用來形容十分寒冷、憤恨、思念等情緒的用詞。

徹頭徹尾 ㄔㄜˋ ㄊㄡˊ ㄔㄜˋ ㄨㄟˇ 從頭到尾，自始至終。

十二畫

德
ㄉㄜˊ dé 名①為人之道，品行。例美德、缺德。②心意，信念。例離心離德、同心同德。③恩惠。例有德必報、感恩戴德。④德國的簡稱。形良善美好的。例德政。動感恩，感激。

德行 ㄉㄜˊ ㄒㄧㄥˋ ①指人的道德品行。②諷稱他人的儀態或行為舉止，有瞧不起的意思。例你也不先看看自己是什麼德行！

德育 ㄉㄜˊ ㄩˋ 良好的思想和道德品質的教育。

德政 ㄉㄜˊ ㄓㄥˋ 有益於人民的政治措施。

德望 ㄉㄜˊ ㄨㄤˋ 道德和名望。

德操 ㄉㄜˊ ㄘㄠ 德行操守，堅持不變的節操。例他為人很講究德操。

德高望重 ㄉㄜˊ ㄍㄠ ㄨㄤˋ ㄓㄨㄥˋ 道德高，聲望大，為人所敬重。

徵

㈠ㄓㄥ zhēng 名現象，預兆。例象徵、吉徵。動①召集。例徵兵、徵集。②由國家收取。例徵稅、徵糧。③公開尋求、招請。例徵文、徵稿。④證明，證驗。例信而有徵、足徵其偽。

㈡ㄓˇ zhǐ 名古代五音（宮、商、角、徵、羽）之一，相當於簡譜的「5」（sol）。

徵文 ㄓㄥ ㄨㄣˊ 公開徵求他人的詩文稿件。

徵引 ㄓㄥ ㄧㄣˇ ①引證，引用。②推薦選拔人才。

徵用 ㄓㄥ ㄩㄥˋ 國家因公借用或租用私有的土地、房產。

徵召 ㄓㄥ ㄓㄠˋ ①徵求召集。②政府招致賢才授予官職。

徵兆 ㄓㄥ ㄓㄠˋ 事前的預兆，先兆。

徵收 ㄓㄥ ㄕㄡ ①政府依法向人民或機關團體收取賦稅。例徵收商業稅。②政府為了公共事業而收取個人財產，並給予適當的補償。例這片土地已徵收。

徵求 ㄓㄥ ㄑㄧㄡˊ 用書面或口頭詢問的方式尋求、收集。例徵求意見。

徵兵 ㄓㄥ ㄅㄧㄥ ①國家徵召國民盡服兵役義務。②徵集、調遣軍隊。

徵候 ㄓㄥ ㄏㄡˋ 指事情在發生前所顯現的跡象。同徵兆。

徵象 ㄓㄥ ㄒㄧㄤˋ 事情顯出的跡象、徵候。例上吐下瀉是霍亂的徵象。

徵詢 ㄓㄥ ㄒㄩㄣˊ 徵求詢問意見。

徵募 ㄓㄥ ㄇㄨˋ 指招募士兵。

徵聘 ㄓㄥ ㄆㄧㄣˋ 指政府依禮聘用有才學、品行好的人。現泛指招聘人員。

徵調 ㄓㄥ ㄉㄧㄠˋ 政府發布命令向民間徵集、調用人員和物資。

徵兵制 ㄓㄥ ㄅㄧㄥ ㄓˋ 國家規定男子在一定年齡一定期間內，有義務服兵役的制度。

十三畫

徼

㈠ㄐㄧㄠˋ jiào 名邊界。動巡察，巡邏。

㈡ㄐㄧㄠˇ jiǎo 見「徼幸」。

㈢ㄐㄧㄠ jiāo 動竊取，抄襲。

徼幸 ㄐㄧㄠˇ ㄒㄧㄥˋ 由於偶然的原因而獲得意外的成功，或幸運地免除災害。也作「僥倖」。例我們不能存徼幸心理。

十四畫

徽

ㄏㄨㄟ huī 名①標識，符號。例國徽、校徽。②古琴上表示高低音的標誌，共有十三徽。形美好的。例徽號、徽音。

徽音 ㄏㄨㄟ ㄧㄣ ①好的聲名。②撫弄琴弦所發出的聲音。

徽章 ㄏㄨㄟ ㄓㄤ 佩戴在身上的一種標記，用以表示身分、職業等。多用金屬製成。

十七畫

徾

ㄒㄧㄤ xiāng 副徾徉，徘徊不去的樣子。

心部 ㄒㄧㄣ

心 ㄒㄧㄣ xīn 名 ①人和高等動物體內推動血液循環的器官，即心臟。②通常指人的思維器官，即腦。例用心、勞心。③思想感情，情緒。例心煩意亂、心平氣和。④思慮，謀畫。例有口無心、有心人。⑤中央或內部。例圓心、江心。

心力 ㄒㄧㄣ ㄌㄧˋ 精神和體力。例費盡心力。

心口 ㄒㄧㄣ ㄎㄡˇ 即胸口。

心切 ㄒㄧㄣ ㄑㄧㄝˋ 心情急迫。例他求子心切。

心田 ㄒㄧㄣ ㄊㄧㄢˊ ①佛家用以稱人的內心，因心中善惡種子隨緣滋長，如田地一般。②即心地。例她心田好。

心目 ㄒㄧㄣ ㄇㄨˋ ①心裡所想，眼中所見。例回首往事猶在心目。②指想法和看法。例你心目中最崇敬的偉人是哪一位？

心地 ㄒㄧㄣ ㄉㄧˋ ①用心，存心。例心地善良。②頭腦。例心地糊塗。

心曲 ㄒㄧㄣ ㄑㄩ ①內心深處。例感人心曲。②心事，心聲。例滿腹心曲向誰說！

心血 ㄒㄧㄣ ㄒㄧㄝˇ 心思和精力。例費盡心血。

心坎 ㄒㄧㄣ ㄎㄢˇ ①內心深處。②心口，心窩。

心志 ㄒㄧㄣ ㄓˋ 心意，志向。例我心志已決，請你們不要再勸我了。

心折 ㄒㄧㄣ ㄓㄜˊ 打從心裡佩服。例令人心折。

心肝 ㄒㄧㄣ ㄍㄢ ①心臟與肝臟。比喻忠誠真摯的情意。例你不信？我可把心肝掏出來給你看。②良心，正義感。通常都用反意。例你還有沒有心肝！③最心愛的人。例孩子是母親的心肝寶貝！

心房 ㄒㄧㄣ ㄈㄤˊ ①心臟內部上面的兩個空腔，在左邊的叫左心房，在右邊的叫右心房，是接收血液回心臟的部位。②指人的內心。

心事 ㄒㄧㄣ ㄕˋ ①隱藏在內心，不願告訴別人的事。②心裡掛念著的事。例心事重重。③心中期盼的事。

心弦 ㄒㄧㄣ ㄒㄧㄢˊ 比喻受感動而能引起心靈的共鳴。例扣人心弦。

心計 ㄒㄧㄣ ㄐㄧˋ 智謀，計謀。例這人很有心計。

心思 ㄒㄧㄣ ㄙ ①想法，念頭。例誰也猜不透他的心思。②心情，興致趣味。例現在我哪有心思去逛街！③精神，思慮。例你多用點心思在事業上就好了！

心香 ㄒㄧㄣ ㄒㄧㄤ 虔誠的心意。

心疼 ㄒㄧㄣ ㄊㄥˊ 心中疼愛憐惜，捨不得。

心神 ㄒㄧㄣ ㄕㄣˊ 心情，精神狀態。例心神不寧。

心病 ㄒㄧㄣ ㄅㄧㄥˋ ①指憂慮、煩悶的心情。②不能明說而隱藏於心中的愁恨、痛苦、祕密等。例你近來好像有什麼心病似的。

心跡 ㄒㄧㄣ ㄐㄧ 心裡的真實感情、想法。例我今天一定要向你表明心跡。

心胸 ㄒㄧㄣ ㄒㄩㄥ ①氣量，氣度。例心胸要開闊。②志氣，抱負。例做人要有遠大的心胸。

心許 ㄒㄧㄣ ㄒㄩˇ ①心中暗自許可、同意。②賞識，讚許。

心悸 ㄒㄧㄣ ㄐㄧˋ ①心跳太快、太強或不規則所引起的心臟不適的症狀。②心中感到害怕。例令人心悸。

心情 ㄒㄧㄣ ㄑㄧㄥˊ ①心境，情緒。指心裡的感覺狀態。例他最近心情不佳。②興致趣味。例考得這樣糟，我哪有心情去玩！

心理 ㄒㄧㄣ ㄌㄧˇ ①感覺、知覺、思想、意識等的總稱，是客觀事物在腦中的反映。②泛指人的思想、感情等內心活動。例取得好成績就高興，這是人們的普遍心理。

心眼 ㄒㄧㄣ ㄧㄢˇ ①內心，心裡。例這孩子真乖巧，我打心眼裡喜歡。②心，存心。例她心眼好，這傢伙沒安好心眼。③拘謹於小事小節，顧慮或思慮過多。例她就是心眼多，對別人老不放心。④聰明機智，計謀。例少說她也有一百個心眼！

心動 ㄒㄧㄣ ㄉㄨㄥˋ 受外界誘惑而動心。例這樣的好事怎不叫人心動？

心術 ㄒㄧㄣ ㄕㄨˋ ①存心，居心。含貶義。例這傢伙心術不正。②心計，計謀。

心得 ㄒㄧㄣ ㄉㄜˊ 在工作、閱讀、學習知識技能等活動中，因心中領悟、體會而有所獲得。例讀書心得。

心扉 ㄒㄧㄣ ㄈㄟ 心靈的門戶，指人的內心。

心寒 ㄒㄧㄣ ㄏㄢˊ 心裡感到寒冷。比喻失望而又痛心。

心裁 ㄒㄧㄣ ㄘㄞˊ 心中的設計謀畫。例別出心裁。

心虛 ㄒㄧㄣ ㄒㄩ ①因理虧而感到不安害怕。例做賊心虛。②謙虛不自滿。

心焦 ㄒㄧㄣ ㄐㄧㄠ 心裡像被火灼燒一樣煩悶急躁。

心意 ㄒㄧㄣ ㄧˋ ①意思。例千言萬語難以表達我的心意。②情意。例你的心意我領會到了。

心裡 ㄒㄧㄣ ㄌㄧˇ ①指胸腔裡。例心裡發疼。②指腦中的思想或情緒。例這話別往心裡去。③內心。例我心裡一直為這件事感到不安。

心碎 ㄒㄧㄣ ㄙㄨㄟˋ 形容痛苦或悲傷到了極點。

心腹 ㄒㄧㄣ ㄈㄨˋ ①心臟和腹部。比喻重要部位或要害。例心腹部門。②親近可靠的人。例他身邊有好幾個心腹。③隱藏在心裡不輕易對人說的。例吐露心腹。

心腸 ㄒㄧㄣ ㄔㄤˊ ①心地。例你心腸真好。②心意，想法。③心情，興致。例我成績這麼差，哪還有心腸與大家一同聚餐？

心境 ㄒㄧㄣ ㄐㄧㄥˋ 苦樂的情緒。例常保愉快心境，會讓你忘卻煩憂。

心酸 ㄒㄧㄣ ㄙㄨㄢ 心裡悲痛。

心算 ㄒㄧㄣ ㄙㄨㄢˋ 全憑心思而不用紙筆或其他器具的計算方法。

心領 ㄒㄧㄣ ㄌㄧㄥˇ ①心裡領會。例心領神會。②用於婉拒別人的饋贈或邀請的客套話，表示心裡已經領受。例你的好意我心領了。

心緒 ㄒㄧㄣ ㄒㄩˋ 心情。多指消極不快或紊亂的感情狀態。

例心緒不寧。

心醉 ㄒㄧㄣ ㄗㄨㄟˋ 因喜愛而陶醉。形容極其傾倒愛慕。例心醉神迷。

心機 ㄒㄧㄣ ㄐㄧ 心思，計謀。例費盡心機。

心頭 ㄒㄧㄣ ㄊㄡˊ 心裡，心上。例去除心頭之恨。

心聲 ㄒㄧㄣ ㄕㄥ 發自內心的聲音，即心裡話、真心話。

心竅 ㄒㄧㄣ ㄑㄧㄠˋ 人的心機，即人的認識和思維能力。

心懷 ㄒㄧㄣ ㄏㄨㄞˊ 心中存有。例心懷不滿。

心願 ㄒㄧㄣ ㄩㄢˋ 心中的願望。例我有個心願。

心靈 ㄒㄧㄣ ㄌㄧㄥˊ ①內心。例心靈創傷。②心中本有的智慧和靈性。例心靈手巧。

心理學 ㄒㄧㄣ ㄌㄧˇ ㄒㄩㄝˊ 以科學方法研究人的心理過程、行為能力和性格的學科。

心電圖 ㄒㄧㄣ ㄉㄧㄢˋ ㄊㄨˊ 用心電圖儀器把心臟收縮和舒張的狀況，在紙上畫出波狀的條紋圖形。可藉以判讀心臟的活動情況和診斷心臟的疾病。

心力交瘁 ㄒㄧㄣ ㄌㄧˋ ㄐㄧㄠ ㄘㄨㄟˋ 形容精神和體力都極度疲勞。

心心相印 ㄒㄧㄣ ㄒㄧㄣ ㄒㄧㄤ ㄧㄣˋ 彼此心意相通，思想感情一致。

心不在焉 ㄒㄧㄣ ㄅㄨˋ ㄗㄞˋ ㄧㄢ 心思不在這裡。指心神不集中。

心中有數 ㄒㄧㄣ ㄓㄨㄥ ㄧㄡˇ ㄕㄨˋ 心裡清楚明白。說明對情況和問題已大致了解，處理事情有一定的把握。

心平氣和 ㄒㄧㄣ ㄆㄧㄥˊ ㄑㄧˋ ㄏㄜˊ 形容遇事平心靜氣，不急躁、不生氣。

心甘情願 ㄒㄧㄣ ㄍㄢ ㄑㄧㄥˊ ㄩㄢˋ 完全出於自願，毫無勉強之意。

心安理得 ㄒㄧㄣ ㄢ ㄌㄧˇ ㄉㄜˊ 行事正派合理，因此心中坦然，沒有遺憾。

心有餘悸 ㄒㄧㄣ ㄧㄡˇ ㄩˊ ㄐㄧˋ 形容危險雖已過去，但回想起來還感到害怕。

心灰意懶 ㄒㄧㄣ ㄏㄨㄟ ㄧˋ ㄌㄢˇ 指在遭受挫折、失敗後，灰心喪氣，意志消沉，缺乏進取精神。同心灰意冷。

心血來潮 ㄒㄧㄣ ㄒㄧㄝˇ ㄌㄞˊ ㄔㄠˊ 形容突然產生某種念頭。

心如刀割 ㄒㄧㄣ ㄖㄨˊ ㄉㄠ ㄍㄜ 形容痛苦到了極點，就好像心被人用刀割一樣。

心直口快 ㄒㄧㄣ ㄓˊ ㄎㄡˇ ㄎㄨㄞˋ 性情直爽，說話毫無顧慮，心裡想什麼就說什麼。

心花怒放 ㄒㄧㄣ ㄏㄨㄚ ㄋㄨˋ ㄈㄤˋ 形容高興、喜悅到了極點，就好像花朵盛開一樣。

心服口服 ㄒㄧㄣ ㄈㄨˊ ㄎㄡˇ ㄈㄨˊ 表示完全信服。

心狠手辣 ㄒㄧㄣ ㄏㄣˇ ㄕㄡˇ ㄌㄚˋ 心腸凶狠，手段毒辣。

心急如焚 ㄒㄧㄣ ㄐㄧˊ ㄖㄨˊ ㄈㄣˊ 形容心裡急得像火燒一樣。同心急火燎。

心神不定 ㄒㄧㄣ ㄕㄣˊ ㄅㄨˋ ㄉㄧㄥˋ 形容人的精神心思很不安定。

心高氣傲 ㄒㄧㄣ ㄍㄠ ㄑㄧˋ ㄠˋ 桀驁不馴，自高自大的樣子。

心悅誠服 ㄒㄧㄣ ㄩㄝˋ ㄔㄥˊ ㄈㄨˊ 真心誠意地服從或佩服。

心浮氣躁 ㄒㄧㄣ ㄈㄨˊ ㄑㄧˋ ㄗㄠˋ 心情浮躁，容易動怒的樣子。

心術不正 ㄒㄧㄣ ㄕㄨˋ ㄅㄨˋ ㄓㄥˋ 形容人心機多詐或存心不善。

心煩意亂 ㄒㄧㄣ ㄈㄢˊ ㄧˋ ㄌㄨㄢˋ 心情煩躁，思緒紛亂，不知如何是好。

心照不宣 ㄒㄧㄣ ㄓㄠˋ ㄅㄨˋ ㄒㄩㄢ 彼此心裡明白而不說出來。

心猿意馬 形容心意不專，慾念難以控制，就像馬跑猿跳一樣。

心亂如麻 形容心情十分煩亂，就像一團亂麻一樣，理不出個頭緒。

心腹之患 指隱藏在內部的嚴重禍患。

心滿意足 心中十分滿足。

心領神會 用不著明說，心裡已經領會。

心廣體胖 心胸開闊，體貌自然舒泰。現多指心境樂觀，沒有憂慮牽掛，身體自然容易發胖。也作「心寬體胖」。

心潮澎湃 心裡像浪濤一樣翻騰。形容心情非常激動。

心餘力絀 心有餘而力不足。同力有未逮。

心懷叵測 居心險惡，難以測度。

心曠神怡 形容心情開朗，精神愉快。

心驚肉跳 形容恐懼不安，擔心禍患臨頭。

心驚膽戰 形容極度驚恐。

心有靈犀一點通 指彼此心意相通，無需憑藉語言文字，即能領會對方的心思。

一畫

必

ㄅㄧˋ bì 副①一定。例事必躬親。②如果。例史記：「王必無人，臣願奉璧往使。」

必要 絕對需要，不可缺少的。例你有必要向大家說明計畫延期的理由。

必須 ①一定要。例我們必須加強國防力量。②加強命令的語氣。例此事你必須照辦。

必然 ①確定不移，必定如此。例獨裁統治必然無法長久。②指客觀事物發展變化的規律性。

必需 一定要有的，不可缺少的。例日常必需的東西先買。

必需品 指生活中不可缺少的物品。如油、鹽、糧食、衣被等。

二畫

忉

ㄉㄠ dāo 形憂心的樣子。例忉忉。

忉忉 憂心的樣子。

忉怛 悲傷。

三畫

忙

ㄇㄤˊ máng 形①事情多，沒有空閒。例近來很忙、繁忙季節。②急迫的，慌張的。例急忙、手忙腳亂。動做，急著不停的做。例忙裡忙外。副趕緊。例忙躲起來。

忙碌 忙於做事，沒有時間休息。

忙亂 忙碌繁亂而無條理。

忙裡偷閒 在繁忙之中抽出一點空閒時間。

忘

ㄨㄤˋ wàng 動①不記得。例樂而忘返。②忽略，不注意。例得意忘形。③遺失，遺漏。

忘本 忘了根本。例做人千萬不能忘本。

忘形 ㄨㄤˋ ㄒㄧㄥˊ ①因過度興奮而忽略應有的禮貌和言行的分寸。例得意忘形。②指朋友之間非常要好，不拘形跡。例你我數十年故交，凡事忘形。

忘我 ㄨㄤˋ ㄨㄛˇ ①融入某種情景而忘掉自己的存在。②指因公忘私，為了國家和人民的利益而不顧自己。

忘卻 ㄨㄤˋ ㄑㄩㄝˋ 忘記，忘掉。例此事早已忘卻。

忘記 ㄨㄤˋ ㄐㄧˋ 不記得，沒有記住。例我出來時忘記鎖門了！

忘情 ㄨㄤˋ ㄑㄧㄥˊ ①淡然而不留戀，不為感情所動。例我對她早已忘情。②不能節制自己的感情。例他忘情地狂呼亂叫。

忘憂 ㄨㄤˋ ㄧㄡ 排遣、忘記憂愁。例論語：「發憤忘食，樂以忘憂。」

忘懷 ㄨㄤˋ ㄏㄨㄞˊ 忘記，不放在心上。例難以忘懷。

忘年交 ㄨㄤˋ ㄋㄧㄢˊ ㄐㄧㄠ 不拘輩分、年齡而交情深厚的朋友。

忘恩負義 ㄨㄤˋ ㄣ ㄈㄨˋ ㄧˋ 忘記別人對自己的恩德，反而做出對不起別人的事。

忒

㈠ㄊㄜˋ tè 動變更，差錯。例不忒。副太，過甚。㈡ㄊㄜ tē 形描述聲音的字。例忒楞楞。

忒煞 ㄊㄜˋ ㄕㄚˋ 太甚，過於。

志

ㄓˋ zhì 名①心意，願望。例志在四方、有志者事竟成。②記事的書或文章。例三國志、墓志。動①通「誌」。記錄。②立定意向。例論語：「吾十有五而志於學。」

志向 ㄓˋ ㄒㄧㄤˋ 意志的趨向，立志要實現的理想。

志怪 ㄓˋ ㄍㄨㄞˋ 記載鬼神、荒誕怪異的事情。

志氣 ㄓˋ ㄑㄧˋ ①實現理想、願望的決心和勇氣。例他從小就很有志氣。②骨氣。例再窮也要有志氣。

志節 ㄓˋ ㄐㄧㄝˊ 志氣和節操。例志節高大。

志趣 ㄓˋ ㄑㄩˋ 志向和興趣。

志願 ㄓˋ ㄩㄢˋ ①心裡所希望的。②出於自己的意願。例志願軍。

志在四方 ㄓˋ ㄗㄞˋ ㄙˋ ㄈㄤ 形容人有遠大志向和抱負。

志在必得 ㄓˋ ㄗㄞˋ ㄅㄧˋ ㄉㄜˊ 對某事很有信心，認為只要全力以赴，就一定可以獲得。

志同道合 ㄓˋ ㄊㄨㄥˊ ㄉㄠˋ ㄏㄜˊ 指彼此的志願相同，理想一致。

志得意滿 ㄓˋ ㄉㄜˊ ㄧˋ ㄇㄢˇ 形容人深感得意滿足的樣子。

忖

ㄘㄨㄣˇ cǔn 動仔細思量，揣度。例暗忖。

忖度 ㄘㄨㄣˇ ㄉㄨㄛˋ 推測，思量。例私自忖度。

忖量 ㄘㄨㄣˇ ㄌㄧㄤˊ 揣度，仔細考慮、思量。例待我認真忖量之後再作決定。

忑

ㄊㄜˋ tè 見「忐忑」。

忐

ㄊㄢˇ tǎn 見「忐忑」。

忐忑 ㄊㄢˇ ㄊㄜˋ 形容心神不定。例忐忑不安。

忌

ㄐㄧˋ jì 名親人喪亡的日子。例忌日。動①嫉妒。例猜忌、妒忌。②懼怕，顧慮。例忌憚、顧忌。③禁戒。例百無禁忌、生冷不忌。

忌口 ㄐㄧˋ ㄎㄡˇ 因病或其他原因而禁吃不相宜的東西。也作「忌嘴」。

忌日 ㄐㄧˋ ㄖˋ ①祖先或父母去世的日子。也稱為忌辰。②古代迷信稱行事不吉利的日子。

忌妒 ㄐㄧˋ ㄉㄨˋ 對才能或境遇比自己好的人，心懷怨恨與不滿。

忌憚 ㄐㄧˋ ㄉㄢˋ 有所畏懼而不敢妄為。例肆無忌憚。

忌諱 ㄐㄧˋ ㄏㄨㄟˋ 對某些言語或舉動有所避諱。例上課時最忌諱的是不用心聽講。

忍 ㄖㄣˇ rěn 動①包容，承受。例忍痛、容忍。②克制，抑制。例忍俊不住。形殘酷，狠心。例殘忍、於心不忍。

忍心 ㄖㄣˇ ㄒㄧㄣ 狠心。例你能忍心見死不救嗎？

忍性 ㄖㄣˇ ㄒㄧㄥˋ 堅忍性情。例動心忍性。

忍受 ㄖㄣˇ ㄕㄡˋ 忍耐承受。例暫時忍受下來再說。

忍耐 ㄖㄣˇ ㄋㄞˋ 把感情、感受按住，不使發作。

忍讓 ㄖㄣˇ ㄖㄤˋ 容忍退讓。

忍俊不禁 ㄖㄣˇ ㄐㄩㄣˋ ㄅㄨˋ ㄐㄧㄣ 忍不住要發笑。

忍辱負重 ㄖㄣˇ ㄖㄨˇ ㄈㄨˋ ㄓㄨㄥˋ 忍受毀謗屈辱而擔負重任。

忍氣吞聲 ㄖㄣˇ ㄑㄧˋ ㄊㄨㄣ ㄕㄥ 受了氣勉強忍耐，不敢作聲。

忍無可忍 ㄖㄣˇ ㄨˊ ㄎㄜˇ ㄖㄣˇ 忍耐到了極點，再也無法忍受。

四畫

忭 ㄅㄧㄢˋ biàn 動高興，歡樂。例歡忭。

忭躍 ㄅㄧㄢˋ ㄩㄝˋ 非常高興。例喜慶忭躍。

忱 ㄔㄣˊ chén 名真誠的心意、情意。例熱忱。

忞 ㄇㄧㄣˊ mín 動自強，自勉。形心中有所不了解的樣子。例忞忞。

忮 ㄓˋ zhì 動嫉妒，忌恨。例詩經：「不忮不求，何用不臧？」

忮求 ㄓˋ ㄑㄧㄡˊ 猜忌刻薄而貪得。

忲 ㄊㄞˋ tài 形奢侈。例侈忲無度。

忨 ㄨㄢˋ wàn 動通「玩」。貪圖逸樂，苟且度日。例忨歲愒日。

忝 ㄊㄧㄢˇ tiǎn 動羞辱，有愧於。例詩經：「夙興夜寐，無忝爾所生。」副自稱的謙詞。有輕賤之意。例忝為人師。

忠 ㄓㄨㄥ zhōng 名真誠無私，竭盡心力。例效忠、盡忠。形正直的。例忠言。動盡心做事。例忠君愛國。

忠良 ㄓㄨㄥ ㄌㄧㄤˊ 忠誠善良。也指忠誠善良的人。例滿門忠良。

忠言 ㄓㄨㄥ ㄧㄢˊ 忠誠正直的話。

忠告 ㄓㄨㄥ ㄍㄠˋ 誠懇勸告的話。

忠厚 ㄓㄨㄥ ㄏㄡˋ 忠實厚道。例他為人忠厚。

忠貞 ㄓㄨㄥ ㄓㄣ 忠誠而堅定不移。

忠信 ㄓㄨㄥ ㄒㄧㄣˋ 忠誠信實。

忠義 ㄓㄨㄥ ㄧˋ 為人行事能盡忠心、合義理。

忠誠 ㄓㄨㄥ ㄔㄥˊ 忠實真誠無二心。例他對公司非常忠誠。

忠實 ㄓㄨㄥ ㄕˊ ①忠誠而可靠。②真實。

忠心耿耿　形容非常忠誠。

忠言逆耳　誠懇正直的規勸聽起來不順耳，難以被人接納。

忠肝義膽　形容人忠貞而富於血性，能夠為國為民犧牲自己。同赤膽忠心。

忠貞不渝　忠誠堅定，永不改變。

忡　ㄔㄨㄥ　chōng　副憂慮不安的樣子。例憂心忡忡。

忤　ㄨˇ　wǔ　動不順從，違逆。例忤逆。

忤逆不孝　指子女不順從、不孝敬父母。

忿　ㄈㄣˋ　fèn　動憤怒，怨恨。例忿然作色。

忿怒　生氣，發怒。

忿恨　憤慨痛恨。

忿懣　氣憤，抑鬱不平。也作「憤懣」。

忿忿不平　因覺得不公平而十分氣憤。

念　ㄋㄧㄢˋ　niàn　名①極短的時間。例一念頃。②想法。例私心雜念、一念之差。③通「廿」。二十。例念歲。動①懷想，惦記。例懷念、念舊。②誦讀。例念經。③上學讀書。例他正在念大學。

念珠　佛教徒在念經時，用手撥數以計算誦讀次數的珠串。

念書　①讀書。例休息時間結束了，快去念書！②指在校學習。例她還在大學裡念書。

念經　①誦讀宗教上的經文。②譏笑人說話嘮叨，沒完沒了。

念頭　心裡的打算、想法。例他可能又有了別的念頭。

念舊　不忘故舊。

念念不忘　心中時刻惦記著，忘記不了。

念念有詞　口中默念不已。

忽　ㄏㄨ　hū　形快速的。例倏忽。動不留心，不注意。例疏忽、忽略。副突然。例忽冷忽熱、忽聞人聲。

忽地　突然，意想不到。例他忽地回來了。

忽而　忽然。例這歌聲忽而大忽而小。

忽忽　①形容時間過得很快。例歲月忽忽。②隨意，草率。例忽忽了事。

忽略　不留心，沒有注意。

忽視　不重視，沒有認真對待。

忽然　突然。表示一種動作或事物的出現、消失都很快，出人意料。例我的書怎麼忽然少了一本？

忽焉已至　形容時光飛逝，轉眼之間便已經來到。

忻　ㄒㄧㄣ　xīn　形通「欣」。歡喜，高興。

忪　㈠ㄓㄨㄥ　zhōng　形驚恐懼怕。例怔忪。㈡ㄙㄨㄥ　sōng　見「惺忪」。

忺　ㄒㄧㄢ　xiān　動適意，高興。

忸 ㄋㄧㄡˇ niǔ 形慚愧，不好意思。例忸怩。

忸怩 ㄋㄧㄡˇ ㄋㄧˊ 羞愧難為情或不大方的樣子。例她忸怩了好一會才點頭同意。

快 ㄎㄨㄞˋ kuài 名舊指在衙門中擔任緝捕的役卒。例捕快。形①迅速。與「慢」相對。例快速、快車。②鋒利。與「鈍」相對。例快刀。③爽直。例心直口快、快人快語。④靈敏，敏捷。例反應快、眼明手快。⑤舒暢，高興。例快感、愉快。動歡喜，順遂。例大快人心。副①接近，將要。例元旦快到了。②趕緊。例快別這麼說。

快車 ㄎㄨㄞˋ ㄔㄜ ①停留車站較少、全程行車時間較短的汽車或火車。②超過正常速度行駛的車。例為了及時趕到，只好開快車了。

快板 ㄎㄨㄞˋ ㄅㄢˇ ①曲藝的一種，表演者用竹板打拍，以較快的節奏念誦唱詞。②戲曲中一種節奏快速的音樂節拍。

快事 ㄎㄨㄞˋ ㄕˋ 大快人心的事，即令人感到滿意的事。

快門 ㄎㄨㄞˋ ㄇㄣˊ 照相機中控制曝光時間的裝置，由薄金屬片或不透光的布帘構成。

快活 ㄎㄨㄞˋ ˙ㄏㄨㄛ 愉悅，快樂。例遊山玩水，好不快活。

快信 ㄎㄨㄞˋ ㄒㄧㄣˋ 利用空運或特別遞送的快速信件。

快速 ㄎㄨㄞˋ ㄙㄨˋ 敏捷迅速。例請你務必快速前往。

快婿 ㄎㄨㄞˋ ㄒㄩˋ 稱心、合意的女婿。例乘龍快婿。

快意 ㄎㄨㄞˋ ㄧˋ 稱心滿意。

快報 ㄎㄨㄞˋ ㄅㄠˋ 及時反映情況的小型報紙或壁報。現多指傳播媒體在處理重大事件或新聞時，為使大眾能即時獲知而採取的方式。

快感 ㄎㄨㄞˋ ㄍㄢˇ 愉快或痛快的感覺。

快慰 ㄎㄨㄞˋ ㄨㄟˋ 痛快並感到安慰。

快樂 ㄎㄨㄞˋ ㄌㄜˋ 歡樂，感到幸福或滿意。

快嘴 ㄎㄨㄞˋ ㄗㄨㄟˇ 形容人有話就說，不加思索；或多嘴而守不住祕密。

快餐 ㄎㄨㄞˋ ㄘㄢ 簡速的便餐。

快人快語 ㄎㄨㄞˋ ㄖㄣˊ ㄎㄨㄞˋ ㄩˇ 為人直爽，說話痛快。

快馬加鞭 ㄎㄨㄞˋ ㄇㄚˇ ㄐㄧㄚ ㄅㄧㄢ 給跑得快的馬再加上一鞭子，使牠跑得更快。形容快上加快，加速前進。

快刀斬亂麻 ㄎㄨㄞˋ ㄉㄠ ㄓㄢˇ ㄌㄨㄢˋ ㄇㄚˊ 比喻以果斷迅捷的手段，解決紛繁的問題。

五畫

怖 ㄅㄨˋ bù 動①惶恐，害怕。例恐怖。②恐嚇。例詐怖。

怦 ㄆㄥ pēng 副心跳動地。例怦然心動。

怦怦 ㄆㄥ ㄆㄥ 形容心臟跳動。例嚇得我心裡怦怦跳。

怦然心動 ㄆㄥ ㄖㄢˊ ㄒㄧㄣ ㄉㄨㄥˋ 形容對某事產生興趣，躍躍欲試的心態。

怔 ㈠ㄓㄥ zhēng 形害怕、惶恐的樣子。例怔忡、怔忪。㈡ㄌㄥˋ lèng 動通「愣」。發愣，發呆。例心裡一怔、發怔。

怔忡 ㄓㄥ ㄔㄨㄥ 中醫指心跳劇烈的症狀，即心悸。

怔忪 ㄓㄥ ㄓㄨㄥ 惶恐、驚懼的樣子。

怔怔 ㄉㄥ ㄉㄥ 發呆的樣子。例她怔怔地站在海邊。

怙

ㄏㄨˋ hù 名指父親。例失怙。動憑藉，依靠。例無所依怙。

怙恃 ㄏㄨˋ ㄕˋ ①憑藉，依靠。②比喻父母。

怙惡不悛 ㄏㄨˋ ㄜˋ ㄅㄨˋ ㄑㄩㄢ 做了壞事卻不肯悔改。

怯

ㄑㄩㄝˋ què 形①畏懼的，膽小害怕的。例膽怯、怯場。②體質虛弱的。例怯症。

怯弱 ㄑㄩㄝˋ ㄖㄨㄛˋ ①膽小軟弱，缺乏勇氣。例有我替你撐腰，你怯弱什麼？②指身體瘦弱。例這孩子自小就怯弱多病。

怯場 ㄑㄩㄝˋ ㄔㄤˊ 面臨大的場面，因害怕而畏縮慌張。

怯懦 ㄑㄩㄝˋ ㄋㄨㄛˋ 因膽小而顯得軟弱怕事。

怯生生 ㄑㄩㄝˋ ㄕㄥ ㄕㄥ ①膽怯的樣子。②形容身體瘦弱的樣子。

怵

ㄔㄨˋ chù 動①恐懼，害怕。例發怵。②悲傷。

怵惕 ㄔㄨˋ ㄊㄧˋ 驚恐，害怕。

怵目驚心 ㄔㄨˋ ㄇㄨˋ ㄐㄧㄥ ㄒㄧㄣ 眼睛看到可怕的情景而使內心震動、驚恐。

怲

ㄅㄧㄥˇ bǐng 形心中憂慮的樣子。例怲怲。

怛

ㄉㄚˊ dá 動①憂傷，悲苦。例怛怛。②恐懼，害怕。③恐嚇。副驚愕地。例怛然。

怏

ㄧㄤˋ yàng 副不滿，不服氣。例怏然不悅。

怏然 ㄧㄤˋ ㄖㄢˊ ①不高興、不滿意的樣子。②自大自滿的樣子。例怏然自足。

怏怏不樂 ㄧㄤˋ ㄧㄤˋ ㄅㄨˋ ㄌㄜˋ 形容未能稱心如意，鬱鬱寡歡。

思

㈠ㄙ sī 名①想法。例文思、構思。②心緒，情緒。例愁思、情思。動①動腦筋想，考慮。例左思右想、三思而行。②想念，懷念。例思親、思鄉。③傷感，悲傷。例思秋。助語氣詞，無義。用於句首、句中、句末。例詩經：「思樂泮水，薄采其芹。」㈡ㄙㄞ sāi 形通「⿱髟思」。多鬚的。例于思。

思凡 ㄙ ㄈㄢˊ 神仙或僧尼想到人間過世俗生活。

思古 ㄙ ㄍㄨˇ 懷念古人古事。例班固．西都賦：「發思古之幽情。」

思忖 ㄙ ㄘㄨㄣˇ 考慮，思量。例暗自思忖。

思考 ㄙ ㄎㄠˇ ①思索，考慮。例讓我思考一下。②指較深入而周到的思想活動。例此事非同小可，必須認真思考才能答覆。

思索 ㄙ ㄙㄨㄛˇ 思考，探求。例此事頗費思索。

思惟 ㄙ ㄨㄟˊ ①思量。②指在表象、概念的基礎上，對客觀事物進行分析、綜合、判斷、推理等認識活動的過程。也作「思維」。

思量 ㄙ ㄌㄧㄤˊ ①考慮，衡量。例先讓我思量一下再答覆你。②想念，惦記。

思想 ㄙ ㄒㄧㄤˇ ①事物反映在人的意識中，經思維活動所產生的結果。②念頭，想法。例你這種害人的思想最終會傷害你自己。③想念，思量。

思路 ㄙ ㄌㄨˋ 思考的線索。例請你別打斷我的思路。

思過 ㄙ ㄍㄨㄛˋ 反省自己的過錯。例閉門思過。

思緒 ㄙ ㄒㄩˋ ①思路，思考的頭緒。例思緒紛亂。②情緒，心思。例思緒不寧。

思潮 ㄙ ㄔㄠˊ ①指一個時代、一個地方大眾思想潮流的趨勢。例文藝思潮。②像潮水般起伏不定的思想活動。例思潮澎湃。

思慕 ㄙ ㄇㄨˋ 思念仰慕自己所崇敬的人。

思慮 ㄙ ㄌㄩˋ 思索考慮。例思慮不明。

思戀 ㄙ ㄌㄧㄢˋ 思念，愛戀。

怜

㈠ㄌㄧㄥˊ líng 形聰敏，機靈。例怜俐。㈡ㄌㄧㄢˊ lián 動通「憐」。愛惜。

怜俐 ㄌㄧㄥˊ ㄌㄧˋ 聰慧，靈巧。也作「伶俐」。

怕

ㄆㄚˋ pà 動①畏懼。例貪生怕死。②擔心，疑慮。例我怕她太累。副①想是，或許。表示猜測。例天這麼黑怕要下雨了。②豈，難道。表示反問。例姐姐們每肯教誨，怕不是好意？

怕人 ㄆㄚˋ ㄖㄣˊ 可怕，令人害怕。例這洪水滔天的場面真怕人！

怕生 ㄆㄚˋ ㄕㄥ 多指小孩認生，怕見陌生人。

怕事 ㄆㄚˋ ㄕˋ 膽小不敢多事，怕惹是非。

怕是 ㄆㄚˋ ㄕˋ 想是，恐怕是。例你這樣狠心對她，怕是變了心吧？

怕羞 ㄆㄚˋ ㄒㄧㄡ 害臊，難為情。例你既然怕羞就別去了！

怍

ㄗㄨㄛˋ zuò 動①慚愧。例孟子：「仰不愧於天，俯不怍於人」。②臉色改變。

性

ㄒㄧㄥˋ xìng 名①人或物具有的本質。例本性、天性。②物質所具有的特質。例彈性、毒性。③人在思想、感情等態度的表現。例冒險性、依賴性。④生理上的區別。例男性、異性。⑤生殖或情慾。例性器官、性行為。⑥脾氣。例任性、性格。⑦範圍，方式。例全面性、綜合性。

性子 ㄒㄧㄥˋ ㄗ˙ 指人的性情、脾氣。例他性子急躁。

性交 ㄒㄧㄥˋ ㄐㄧㄠ 指男女兩性間的交合行為。

性別 ㄒㄧㄥˋ ㄅㄧㄝˊ 雌雄兩性的區別。通常指男女的區別。

性命 ㄒㄧㄥˋ ㄇㄧㄥˋ ①生命的本質。②指人的生命。

性狀 ㄒㄧㄥˋ ㄓㄨㄤˋ 性質和形狀。

性病 ㄒㄧㄥˋ ㄅㄧㄥˋ 男女生殖器官所感染的梅毒、淋病、下疳等疾病的統稱。多由性交傳染。

性格 ㄒㄧㄥˋ ㄍㄜˊ ①人們經常表現在對人對事的態度和行為上的個性特質。②獨特，帥氣。例你今天的穿著打扮很性格。

性起 ㄒㄧㄥˋ ㄑㄧˇ 怒火湧起，情緒激動失控。例是我一時性起，對他發了一頓脾氣。

性能 ㄒㄧㄥˋ ㄋㄥˊ 事物所具有的性質和功能。例這部跑車的性能很好。

性情 ㄒㄧㄥˋ ㄑㄧㄥˊ 性格，個性特質。例這人性情太高傲，很難共事。

性善 ㄒㄧㄥˋ ㄕㄢˋ 戰國中期孟子提出的學說主張，認為人初生之始，本性是善良的。

性惡 ㄒㄧㄥˋ ㄜˋ 戰國末期荀子提出的學說主張，認為人的本性是邪惡的，必須用禮儀刑罰加以懲治教化，才能使之改惡從善。

性感 ㄒㄧㄥˋ ㄍㄢˇ 指富有性的誘惑力。

性慾 ㄒㄧㄥˋ ㄩˋ 男女想有肉體接觸的慾望。

性質 ㄒㄧㄥˋ ㄓˋ 人或事物本身所具有的特質。

性靈 ㄒㄧㄥˋ ㄌㄧㄥˊ ①指人的精神、情感、思想、才氣等。例文學作品可以陶冶人的性靈。②聰慧，聰明。

性命交關 ㄒㄧㄥˋ ㄇㄧㄥˋ ㄐㄧㄠ ㄍㄨㄢ 關係到生死存亡。形容事情關係重大，非常緊要。

急 ㄐㄧˊ

名困難、嚴重的事。例救急、告急。形①必須快辦的。例急事、急件。②焦躁沒耐心的。例急性子。③快而猛烈。例急流勇退。動①使人著急。例你偏要這樣做，真急人！②熱心於他人的事。例急人之難、急公好義。副迅速地。例急轉彎、急起直追。

急切 ㄐㄧˊ ㄑㄧㄝˋ 緊急迫切。例需要急切。

急忙 ㄐㄧˊ ㄇㄤˊ 緊急匆忙。例他急忙趕回家探視母親。

急件 ㄐㄧˊ ㄐㄧㄢˋ 需要迅速送到的緊急文件。

急性 ㄐㄧˊ ㄒㄧㄥˋ ①來勢猛烈，發展變化快。多指病情。例急性傳染病。②指人的性情急躁。

急迫 ㄐㄧˊ ㄆㄛˋ 緊急，不容許遲延。例形勢急迫。

急促 ㄐㄧˊ ㄘㄨˋ ①時間緊迫短促。例時間急促，快作決定吧！②快而短促。例呼吸急促。

急救 ㄐㄧˊ ㄐㄧㄡˋ 緊急救治。多指病症或意外受傷。有時也指其他情況的救援。例有成千上萬被洪水圍困的人需要急救。

急湍 ㄐㄧˊ ㄊㄨㄢ 很急的水流。

急智 ㄐㄧˊ ㄓˋ 遇到緊急情況時能隨機應變的才智。

急需 ㄐㄧˊ ㄒㄩ 緊急需要。例急需一筆款項。

急劇 ㄐㄧˊ ㄐㄩˋ 快速而劇烈。例情況有了急劇的變化，需要採取新的措施。

急遽 ㄐㄧˊ ㄐㄩˋ 急速，緊急。例氣溫急遽下降。

急難 ㄐㄧˊ ㄋㄢˋ ①危急患難。例人家有急難，怎能這樣狠心不管？②幫助別人擺脫患難。例兄弟急難。

急躁 ㄐㄧˊ ㄗㄠˋ 性情焦躁，沒有耐性。例這點小事，值得如此急躁冒火嗎？

急驟 ㄐㄧˊ ㄗㄡˋ 急速。例急驟的腳步聲。

急口令 ㄐㄧˊ ㄎㄡˇ ㄌㄧㄥˋ 將雙聲疊韻、拗口易混同的字編組成句，一口氣急速唸完。亦稱為繞口令。

急救包 ㄐㄧˊ ㄐㄧㄡˋ ㄅㄠ 裝有急救藥品、簡便醫療器具的小包，可供緊急治療突發的病痛或搶救傷患時使用。

急就章 ㄐㄧˊ ㄐㄧㄡˋ ㄓㄤ 為了應急而匆促完成的作品或工作。

急驚風 ㄐㄧˊ ㄐㄧㄥ ㄈㄥ 中醫指小兒因高燒而引起的手足痙攣、牙關緊閉、兩眼直視等症狀的急性神經病。

急中生智 ㄐㄧˊ ㄓㄨㄥ ㄕㄥ ㄓˋ 在情況緊急時突然想出好辦法。

急公好義 ㄐㄧˊ ㄍㄨㄥ ㄏㄠˋ ㄧˋ 形容熱心公益，見義勇為。

急功近利 ㄐㄧˊ ㄍㄨㄥ ㄐㄧㄣˋ ㄌㄧˋ 指急於求成，貪圖眼前的利益。

急如星火 ㄐㄧˊ ㄖㄨˊ ㄒㄧㄥ ㄏㄨㄛˇ 像流星的光從空中急閃而過。形容情勢非常緊急。

急流勇退 ㄐㄧˊ ㄌㄧㄡˊ ㄩㄥˇ ㄊㄨㄟˋ 形容不留戀眼前的名位利益而抽身退出。

急起直追 ㄐㄧˊ ㄑㄧˇ ㄓˊ ㄓㄨㄟ 立即起來行動，努力追趕上去。

急轉直下 ㄐㄧˊ ㄓㄨㄢˇ ㄓˊ ㄒㄧㄚˋ 情況突然轉變，並很快地順勢發展下去。

怎

ㄗㄣˇ zěn 副如何。表示疑問、詢問。例怎麼不急、此事怎辦？

怎生 ㄗㄣˇ ㄕㄥ 怎麼，怎樣。

怎奈 ㄗㄣˇ ㄋㄞˋ 無奈。例怎奈這廝如此無理！

怎的 ㄗㄣˇ ㄉㄜ˙ 怎麼，怎樣。也作「怎地」。

怎樣 ㄗㄣˇ ㄧㄤˋ 如何。用來詢問性質、狀況、方式等。

怎麼樣 ㄗㄣˇ ㄇㄜ˙ ㄧㄤˋ 如何，怎樣。例你近來怎麼樣？

怎麼辦 ㄗㄣˇ ㄇㄜ˙ ㄅㄢˋ 如何處理。表示商討的詞。例你孩子把我孩子打傷了，你看怎麼辦？

怨

ㄩㄢˋ yuàn 名仇恨。例恩怨、結怨。動指責，責怪。例埋怨、任勞任怨。

怨尤 ㄩㄢˋ ㄧㄡˊ 怨恨，不滿。例無所怨尤。

怨艾 ㄩㄢˋ ㄞˋ 悔恨，怨恨。

怨言 ㄩㄢˋ ㄧㄢˊ 埋怨、抱怨的話。

怨恨 ㄩㄢˋ ㄏㄣˋ 心中強烈的不滿或忿恨。

怨偶 ㄩㄢˋ ㄡˇ 不和睦的夫妻。也作「怨耦」。

怨憤 ㄩㄢˋ ㄈㄣˋ 怨恨，憤怒。

怨懟 ㄩㄢˋ ㄉㄨㄟˋ 怨恨，不滿。

怨不得 ㄩㄢˋ ㄅㄨˋ ㄉㄜˊ 怪不得，不能埋怨、怪罪。例這是你咎由自取，怨不得他人。

怨女曠夫 ㄩㄢˋ ㄋㄩˇ ㄎㄨㄤˋ ㄈㄨ 到了婚配年齡而無嫁娶的男女。

怨天尤人 ㄩㄢˋ ㄊㄧㄢ ㄧㄡˊ ㄖㄣˊ 形容遇到挫折或出了問題，一味歸咎於客觀環境或別人。

怨氣沖天 ㄩㄢˋ ㄑㄧˋ ㄔㄨㄥ ㄊㄧㄢ 形容怨氣之大與強烈。

怨聲載道 ㄩㄢˋ ㄕㄥ ㄗㄞˋ ㄉㄠˋ 怨恨的聲音充滿了道路。形容人民普遍的不滿情緒。

怓

ㄋㄠˊ náo 形紊亂的。例惽怓。

怓怓 ㄋㄠˊ ㄋㄠˊ 形容喧嘩爭吵。同呶呶。

怩

ㄋㄧˊ ní 形忸怩，慚愧難為情的樣子。

怪

ㄍㄨㄞˋ guài 名神話傳說中的妖魔之類。例妖怪、鬼怪。形奇異的。例奇形怪狀、怪事。動①驚異。例少見多怪、大驚小怪。②埋怨，責備。例責怪、怪罪。副很，非常。例怪悶的、怪冷的。

怪人 ㄍㄨㄞˋ ㄖㄣˊ 言行舉止奇特古怪的人。例他平日誰也不理，真是個怪人！

怪物 ㄍㄨㄞˋ ㄨˋ ①奇異之物。指神話傳說中奇形怪狀的妖魔。②稱性情怪異的人。

怪哉 ㄍㄨㄞˋ ㄗㄞ 對於出現的奇異事物所發的驚嘆之詞。例怪哉！這人怎麼一轉眼就不見了呢？

怪異 ㄍㄨㄞˋ ㄧˋ ①奇怪，詭異。②反常的事物或現象。

怪罪 ㄍㄨㄞˋ ㄗㄨㄟˋ 責備，埋怨。

怪傑 ㄍㄨㄞˋ ㄐㄧㄝˊ 才能超過一般人的特殊人物。

怪誕 ㄍㄨㄞˋ ㄉㄢˋ 離奇古怪。例這偏僻的深山，有許多怪誕的傳說。

怪僻 ㄍㄨㄞˋ ㄆㄧˋ 多指人的性情古怪孤僻。

怪癖 ㄍㄨㄞˋ ㄆㄧˇ 古怪的嗜好。

怪不得 ㄍㄨㄞˋ ㄅㄨˋ ㄉㄜˊ ①難怪。例原來他是你兒子，怪不得和你長得那麼像。②別見怪，不能責備。例他昨晚工作到深夜，今天遲到也怪不得他。

怪裡怪氣 ㄍㄨㄞˋ ㄌㄧˇ ㄍㄨㄞˋ ㄑㄧˋ 指形狀、裝束、聲音奇特古怪，與一般的不同。

怪誕不經 ㄍㄨㄞˋ ㄉㄢˋ ㄅㄨˋ ㄐㄧㄥ 離奇古怪，不合情理。

怪模怪樣 ㄍㄨㄞˋ ㄇㄛˊ ㄍㄨㄞˋ ㄧㄤˋ 指形態奇怪，不同一般。

怊

ㄔㄠ chāo 形悲傷的，失意的。

怊悵 ㄔㄠ ㄔㄤˋ 惆悵失意的樣子。

怡

ㄧˊ yí 形和樂，喜悅的。例心曠神怡。

怡情悅性 ㄧˊ ㄑㄧㄥˊ ㄩㄝˋ ㄒㄧㄥˋ 陶冶性情，使心境快樂舒暢。

怡然自得 ㄧˊ ㄖㄢˊ ㄗˋ ㄉㄜˊ 形容心情愉快而滿足的神情。

怫

㊀ㄈㄨˊ fú 形①憂鬱。例怫鬱。②忿怒、生氣的樣子。例怫然變色、怫恚。㊁ㄅㄟˋ bèi 動通「悖」。違背。例怫異。

怫然作色 ㄈㄨˊ ㄖㄢˊ ㄗㄨㄛˋ ㄙㄜˋ 因憤怒而改變臉色。

怠

ㄉㄞˋ dài 形①懶惰，做事敷衍的。例怠惰、懈怠。②輕視的。例怠慢。③疲倦，疲累。例倦怠。

怠工 ㄉㄞˋ ㄍㄨㄥ 故意以消極的態度降低工作或生產效率。是工人為爭取本身利益所採取的行動。

怠惰 ㄉㄞˋ ㄉㄨㄛˋ 懶惰。例像你這樣怠惰成性，別想在事業上取得成就。

怠慢 ㄉㄞˋ ㄇㄢˋ ①放縱怠惰。②簡慢失禮，是表示招待不周的客套話。

怒

ㄋㄨˋ nù 形①聲勢很大，氣勢很盛的。例狂風怒吼、百花怒發。②氣憤的。例怒火攻心。動生氣。例發怒、惱怒。

怒火 ㄋㄨˋ ㄏㄨㄛˇ 如熊熊烈火般強烈的憤怒。

怒目 ㄋㄨˋ ㄇㄨˋ 瞪大眼睛表示發怒。例怒目相向。

怒色 ㄋㄨˋ ㄙㄜˋ 憤怒的表情。例滿臉怒色。

怒吼 ㄋㄨˋ ㄏㄡˇ ①猛獸發威時的吼叫。②比喻發出雄壯的聲音，或受壓迫者覺醒所發出的憤怒吶喊。例海水怒吼、渴望自由的怒吼。

怒放 ㄋㄨˋ ㄈㄤˋ 形容花朵盛開。例鮮花怒放。

怒視 ㄋㄨˋ ㄕˋ 憤怒的注視。例他怒視對方，準備還擊。

怒號 ㄋㄨˋ ㄏㄠˊ 大聲號叫。形容風聲很大。例狂風怒號。

怒潮 ㄋㄨˋ ㄔㄠˊ 洶湧澎湃的潮水。常用來形容聲勢浩大的反抗運動。

怒濤 ㄋㄨˋ ㄊㄠˊ 洶湧澎湃的波濤。例狂風怒濤。

怒沖沖 ㄋㄨˋ ㄔㄨㄥ ㄔㄨㄥ 形容非常生氣的樣子。反喜孜孜。

怒不可遏 ㄋㄨˋ ㄅㄨˋ ㄎㄜˇ ㄜˋ 憤怒到難以抑制的地步。

怒氣衝天 ㄋㄨˋ ㄑㄧˋ ㄔㄨㄥ ㄊㄧㄢ 怒氣衝上天空。形容十分憤怒。

怒髮衝冠 ㄋㄨˋ ㄈㄚˇ ㄔㄨㄥ ㄍㄨㄢ 憤怒得豎起頭髮，頂著帽子。形容盛怒的樣子。

忽 ㄘㄨㄥ cōng 「匆」的異體字。

六畫

恔 ㄒㄧㄠˋ xiào 形快慰，暢快的。

恙 ㄧㄤˋ yàng 名災害，疾病。例別來無恙。動憂慮。

恣 ㄗˋ zì 動①放縱，沒有拘束。例恣肆、恣情。②聽任，任憑。例恣意、恣縱。

恣情 ㄗˋ ㄑㄧㄥˊ 放縱，不加節制。例恣情酒色。

恣意 ㄗˋ ㄧˋ 任性，放任自己的心意。例恣意妄為。

恣肆 ㄗˋ ㄙˋ ①放縱，毫無顧忌。②指文筆或言論等氣勢豪放，不受拘束。

恣縱 ㄗˋ ㄗㄨㄥˋ 放任不受羈束，任意而行。

恆 ㄏㄥˊ héng 名①長久不變的意志。例學貴有恆、持之以恆。②六十四卦之一。形①長久的，不變的。例永恆、恆久。②經常的，平常的。例恆言、恆物。

恆久 ㄏㄥˊ ㄐㄧㄡˇ 長久，永久。例恆久不變。

恆心 ㄏㄥˊ ㄒㄧㄣ 長久不變的意志。

恆星 ㄏㄥˊ ㄒㄧㄥ 本身能發光和發熱的星體。如太陽、織女星。

恆產 ㄏㄥˊ ㄔㄢˇ 比較固定的產業。多指房屋、田地等不動產。

恆溫 ㄏㄥˊ ㄨㄣ 固定不變的溫度。在科學技術上常需要這樣的溫度，如孵卵、浸種等都要在恆溫下進行。

恆齒 ㄏㄥˊ ㄔˇ 乳牙脫落後所長出的永久性的牙齒。

恆星系 ㄏㄥˊ ㄒㄧㄥ ㄒㄧˋ 由無數恆星組成的巨大集合體，如銀河系。簡稱星系。

恆河沙數 ㄏㄥˊ ㄏㄜˊ ㄕㄚ ㄕㄨˋ 像恆河裡的沙子一樣多。比喻數目多得難以計算。

恢 ㄏㄨㄟ huī 形廣大，寬廣。例恢弘、法網恢恢。動擴大。例漢書：「恢我疆宇。」

恢弘 ㄏㄨㄟ ㄏㄨㄥˊ ①廣大，寬闊。也作「恢宏」。例氣度恢弘。②擴大，發揚。

恢恢 ㄏㄨㄟ ㄏㄨㄟ 形容寬闊廣大到無所不包。

恢復 ㄏㄨㄟ ㄈㄨˋ ①回到原來的樣子。例身體已完全恢復。②把失去的收回來。例恢復原樣、恢復失地。

恇 ㄎㄨㄤ kuāng 動①害怕，驚慌。例恇恇、恇懼。②料到。例我哪裡恇到他會打我！

恃 ㄕˋ shì 名母親的代稱。例幼而失恃。動依賴，倚仗。例有恃無恐。

恃才傲物 ㄕˋ ㄘㄞˊ ㄠˋ ㄨˋ 依仗自己的才能驕傲自大，輕視一切。

恃強凌弱 ㄕˋ ㄑㄧㄤˊ ㄌㄧㄥˊ ㄖㄨㄛˋ 依仗自己強大而欺侮弱者。

恃寵而驕 ㄕˋ ㄔㄨㄥˇ ㄦˊ ㄐㄧㄠ 受到權勢者的寵愛而驕傲。

恓

ㄒㄧ xī 見「恓惶」。

恓惶 ㄒㄧ ㄏㄨㄤˊ 驚慌煩惱的樣子。也作「栖遑」。

恧

ㄋㄩˋ nǜ 動慚愧。

恭

ㄍㄨㄥ gōng 形謙遜而有禮貌的。例謙恭、恭敬。動①尊奉，奉行。②稱讚。例恭維。

恭候 ㄍㄨㄥ ㄏㄡˋ 恭敬地等候。表示等候對方的敬詞。

恭喜 ㄍㄨㄥ ㄒㄧˇ 別人有喜事表示慶賀的話。

恭順 ㄍㄨㄥ ㄕㄨㄣˋ 恭敬順從。例他外表上對人很恭順，其實不然。

恭敬 ㄍㄨㄥ ㄐㄧㄥˋ 對尊長、賓客等謙恭而有禮貌。

恭維 ㄍㄨㄥ ㄨㄟˊ 為討好別人而說些稱頌、奉承的話。

恭謹 ㄍㄨㄥ ㄐㄧㄣˇ 恭敬謹慎。

恭賀新禧 ㄍㄨㄥ ㄏㄜˋ ㄒㄧㄣ ㄒㄧ 恭敬地祝賀新年幸福快樂。

恭敬不如從命 ㄍㄨㄥ ㄐㄧㄥˋ ㄅㄨˋ ㄖㄨˊ ㄘㄨㄥˊ ㄇㄧㄥˋ 表示願意遵照別人的意思。

恚

ㄏㄨㄟˋ huì 動怨恨，發怒。例恚恨。

恝

ㄐㄧㄚˊ jiá 副無動於衷，不在意。例恝然。

恥

ㄔˇ chǐ 名①羞愧。例無恥。②侮辱。例引以為恥、雪恥。動羞辱。

恥辱 ㄔˇ ㄖㄨˇ 羞恥侮辱。多指在名譽上受到損害。例令人感到恥辱。

恥笑 ㄔˇ ㄒㄧㄠˋ 譏笑，鄙視嘲笑。

恐

ㄎㄨㄥˇ kǒng 動①畏懼，害怕。例恐懼、惶恐。②威脅，使害怕。例恐嚇。副大概，或者。表示疑慮、推測。例恐不可靠、恐另有原因。

恐怖 ㄎㄨㄥˇ ㄅㄨˋ 由於受到威脅或驚嚇而引起的恐懼。例這部戰爭片實在令人感到恐怖。

恐怕 ㄎㄨㄥˇ ㄆㄚˋ 表示估計、大概，兼有擔心的意思。

恐慌 ㄎㄨㄥˇ ㄏㄨㄤ ①因擔憂、害怕而引起的慌張不安。②危機。例經濟恐慌。

恐龍 ㄎㄨㄥˇ ㄌㄨㄥˊ 動物名。繁盛於中生代，棲息於陸地上的爬蟲類，種類很多，體型龐大，後肢比前肢長。在中生代末期滅絕。

恐嚇 ㄎㄨㄥˇ ㄏㄜˋ 用脅迫的話語或手段威嚇、要挾人。

恐懼 ㄎㄨㄥˇ ㄐㄩˋ 害怕，畏懼。

恫

㊀ㄉㄨㄥˋ dòng 動恐懼。例恫怨。㊁ㄊㄨㄥ tōng 動哀痛，傷痛。例哀恫。

恫嚇 ㄉㄨㄥˋ ㄏㄜˋ 威嚇，利用威勢嚇唬人。

恍

ㄏㄨㄤˇ huǎng 形見「恍惚」。副①彷彿，好像。例恍若。②忽然，猛然。例恍然大悟。

恍若 ㄏㄨㄤˇ ㄖㄨㄛˋ 好像是，彷彿是。也作「恍如」。

恍惚 ㄏㄨㄤˇ ㄏㄨ 也作「恍忽」。①神志迷糊不清，精神不集中。例精神恍惚。②形容不清楚，不真切。例恍惚記得。

恍如隔世 彷彿隔了一個世代。指因人事或景物發生很大的變化，而引起的感觸。

恍然大悟 形容一下子明白過來。

恩

ㄣ ēn 名給予或受到的好處。例報恩、忘恩。形①愛，有情愛的。例恩物、恩愛。②有德澤的。例救命恩人。

恩典 恩惠。例你們的恩典我將來一定回報。

恩怨 恩惠和仇怨。多偏重指仇恨。例不要計較個人恩怨。

恩情 恩惠，深厚的情義。例你對我的恩情，一輩子也忘不了。

恩愛 親密真切的愛。通常指夫妻間的愛。

恩德 深厚的恩惠。例你的恩德，我沒齒難忘。

恩澤 給予人的恩德就像雨露滋潤草木一樣。

恩賜 出於憐憫而給予的施捨。

恩寵 特別的禮遇和寵愛。

恩同再造 形容恩情極為深厚浩大。

恩怨分明 把恩惠與仇怨分得非常清楚，有恩報恩，有仇報仇。

恩重如山 恩德如同山一般深重。

恩將仇報 拿仇恨來報答別人的恩惠。

恬

ㄊㄧㄢˊ tián 形安靜。例恬靜。副①安然，滿不在乎。例恬不知恥。②淡然。例恬於榮辱。

恬淡 對世事能淡泊處之，不追求名利。

恬然 安閒的樣子。

恬適 恬靜而舒適。

恬靜 安靜。例他在鄉下過著恬靜的生活。

恬不知恥 做了壞事還滿不在乎，一點也不感到羞恥。

恬不為怪 見到不合理或敗壞的事，安然處之，不以為怪。

恟

ㄒㄩㄥ xiōng 形恐懼，驚駭。

恪

ㄎㄜˋ kè 副謹慎而恭敬地。例恪遵職守。

恪守 嚴格遵守。例恪守諾言。

恰

ㄑㄧㄚˋ qià 副①合適，適當。例恰如其分。②正好，剛巧。例恰好。

恰巧 湊巧，剛好。

恰好 正好，剛好。

恰如 正如，正好像。例他的晚景恰如你所料，非常悽慘！

恰當 合適，妥當。例處理恰當。

恰如其分 指辦事或說話符合分寸，達到最適當的程度。

恰到好處 剛好到了最合適的境界、地步。

恤

ㄒㄩˋ xù 動①憐憫，同情。例體恤。②救濟，周濟。例撫恤。③憂慮，顧慮。例恤恤。

恤金 ㄒㄩˋ ㄐㄧㄣ 即撫恤金，發給因公傷亡者的家屬的救濟金。

恤貧 ㄒㄩˋ ㄆㄧㄣˊ 憐憫救濟窮人。

恂 ㄒㄩㄣˊ xún 動①相信，信任。②恐懼，害怕。③暢通，通達。

恌 ㄊㄧㄠ tiāo 形苟且，輕薄。

恁 ㈠ㄖㄣˋ rèn 副①那麼，這樣。例我要不了恁多。②什麼。例恁事如此煩惱。代那。例恁時。㈡ㄋㄧㄣˊ nín 代通「您」。

恁地 ㄖㄣˋ ㄉㄧˋ 也作「恁的」。①如此，這般。例不得恁地無禮。②如何，怎的。例不知恁地是好。

恁時 ㄖㄣˋ ㄕˊ 彼時，那時。

息 ㄒㄧ xī 名①呼吸時進出的氣。例喘息、一息尚存。②指子女。例子息。③音信。例消息、信息。④利錢。例利息、月息。動①休憩。例歇息、休息。②停止。例息怒、自強不息。③繁育，滋生。例生息、蕃息。④通「熄」。滅。例莊子：「日月出矣，而爝火不息。」

息兵 ㄒㄧ ㄅㄧㄥ 停止戰爭。有時也用來戲稱吵架停止。例他倆終於息兵了。

息事寧人 ㄒㄧ ㄕˋ ㄋㄧㄥˊ ㄖㄣˊ 盡力平息糾紛，使人相安無事。

息息相關 ㄒㄧ ㄒㄧ ㄒㄧㄤ ㄍㄨㄢ 形容彼此關係極為密切，互相影響至深。

恨 ㄏㄣˋ hèn 名遺憾。例一失足成千古恨。動①怨，結仇。例恨入骨髓、憎恨。②後悔。

恨事 ㄏㄣˋ ㄕˋ 令人遺憾的事。

恨之入骨 ㄏㄣˋ ㄓ ㄖㄨˋ ㄍㄨˇ 形容痛恨到了極點。

恨鐵不成鋼 ㄏㄣˋ ㄊㄧㄝˇ ㄅㄨˋ ㄔㄥˊ ㄍㄤ 比喻對所期望的人不上進、不成器而感到不滿，迫切希望他變得更好。

恕 ㄕㄨˋ shù 名推己及人之道。例忠恕、恕道。動原諒，不計較別人的過錯。例寬恕、饒恕。

恕罪 ㄕㄨˋ ㄗㄨㄟˋ 原諒罪過。

七畫

悌 ㄊㄧˋ tì 形和悅近人的樣子。例愷悌。動敬重兄長，或兄弟友愛。引申為順從長上。

悅 ㄩㄝˋ yuè 形高興，愉快。例和言悅色。動①使愉快。例龍心大悅。②服從。例心悅誠服。

悅目 ㄩㄝˋ ㄇㄨˋ 美觀，令人看了感到愉悅。例賞心悅目。

悅耳 ㄩㄝˋ ㄦˇ 聲音好聽或所說的話使人感到愉快。例悅耳的歌聲、悅耳之言。

悅色 ㄩㄝˋ ㄙㄜˋ 和悅的臉色。例和顏悅色。

悅服 ㄩㄝˋ ㄈㄨˊ 真心地喜悅敬服。

悖 ㈠ㄅㄟˋ bèi 動①違背，抵觸。例並行不悖、有悖情理。②謬誤，錯誤。例悖謬。㈡ㄅㄛˊ bó 形通「勃」。旺盛的樣子。

悖逆 ㄅㄟˋ ㄋㄧˋ 違反正道，抗命不順從。

悖謬 ㄅㄟˋ ㄇㄧㄡˋ　荒謬，不合情理。

悖入悖出 ㄅㄟˋ ㄖㄨˋ ㄅㄟˋ ㄔㄨ　用不正當的手段得來的財物，又被人巧奪或胡亂花掉。也可比喻做出背理的行為，自然會有背理的報應。

悚

ㄙㄨㄥˇ sǒng 動恐懼，害怕。

悚然 ㄙㄨㄥˇ ㄖㄢˊ　驚懼害怕的樣子。例毛骨悚然。

悚懼 ㄙㄨㄥˇ ㄐㄩˋ　形容非常恐懼。

悟

ㄨˋ wù 動①領會，了解，明白。例悟道、了悟。②啟發，使覺醒。例恍然大悟、執迷不悟。

悟性 ㄨˋ ㄒㄧㄥˋ　指人資性聰明，能觸類旁通，對事物具有較強的分析和理解能力。

悟道 ㄨˋ ㄉㄠˋ　①領悟道理或哲理。例悟道之言。②佛家指領悟禪機佛理。

悃

ㄎㄨㄣˇ kǔn 名誠實的心意。例聊表謝悃。

悃款 ㄎㄨㄣˇ ㄎㄨㄢˇ　誠懇忠實，以真心待人。

悃誠 ㄎㄨㄣˇ ㄔㄥˊ　誠懇之心。

悍

ㄏㄢˋ hàn 形①凶暴不講理的。例悍吏。②勇猛，勇敢。例強悍、精悍。③猛烈，急劇。

悍婦 ㄏㄢˋ ㄈㄨˋ　蠻橫不講理的婦女。同潑婦。

悍然不顧 ㄏㄢˋ ㄖㄢˊ ㄅㄨˋ ㄍㄨˋ　形容人凶暴蠻橫，不顧一切。

悁

ㄐㄩㄢ juān 形①忿怒，氣憤。②憂愁。例悁悁心目。③急躁。例悁急。

悄

ㄑㄧㄠˇ qiǎo 副①寂靜無聲或聲音很低地。例靜悄悄。②憂愁地。

悄悄 ㄑㄧㄠˇ ㄑㄧㄠˇ　①憂愁的樣子。例詩經：「憂心悄悄。」②不聲不響的樣子。例她悄悄地走進房間。

悄然 ㄑㄧㄠˇ ㄖㄢˊ　①寂靜無聲的樣子。例悄然無聲。②憂愁的樣子。例悄然落淚。

悄語 ㄑㄧㄠˇ ㄩˇ　輕聲說話。例他倆正在那裡低聲悄語，不知說些什麼。

悒

ㄧˋ yì 形憂愁不安，煩悶的。

悒鬱 ㄧˋ ㄩˋ　憂鬱煩悶而不快樂。

悒悒不樂 ㄧˋ ㄧˋ ㄅㄨˋ ㄌㄜˋ　形容憂悶不愉快的樣子。

患

ㄏㄨㄢˋ huàn 名災難，禍害。例禍患、水患。動①生病，得病。例患病、患眼疾。②憂慮。例憂患、患得患失。

患者 ㄏㄨㄢˋ ㄓㄜˇ　生病的人。例心臟病患者、肝炎患者。

患難 ㄏㄨㄢˋ ㄋㄢˋ　艱難困苦和危險的處境。

患得患失 ㄏㄨㄢˋ ㄉㄜˊ ㄏㄨㄢˋ ㄕ　擔心得不到，得到了又怕失掉。形容人的得失心很重。

患難之交 ㄏㄨㄢˋ ㄋㄢˋ ㄓ ㄐㄧㄠ　指共同經歷憂患和危難的朋友。

患難與共 ㄏㄨㄢˋ ㄋㄢˋ ㄩˇ ㄍㄨㄥˋ　共同承擔危險和困難。

悔

ㄏㄨㄟˇ huǐ 動①事後懊惱、追恨。例追悔莫及。②改過。例悔過。

悔改 ㄏㄨㄟˇ ㄍㄞˇ　後悔以前所犯的錯誤並加以改正。

悔恨 ㄏㄨㄟˇ ㄏㄣˋ　懊悔，為以往的錯誤而自責。

悔悟 ㄏㄨㄟˇ ㄨˋ　對自己的過錯有所悔恨醒悟。

悔棋 ㄏㄨㄟˇ ㄑㄧˊ　棋子下定後，覺得不妥而收回重下。也叫回棋。

悔過 ㄏㄨㄟˇ ㄍㄨㄛˋ 悔恨自己所犯下的過錯，決心改正。

悔不當初 ㄏㄨㄟˇ ㄅㄨˋ ㄉㄤ ㄔㄨ 後悔當初作了這樣的決定。

悔過自新 ㄏㄨㄟˇ ㄍㄨㄛˋ ㄗˋ ㄒㄧㄣ 悔改所犯錯誤，重新做人。

悕 ㄒㄧ xī 動悲傷。

您 ㄋㄧㄣˊ nín 代「你」的敬稱。例您好！

悉 ㄒㄧ xī 動①知道，知曉。例熟悉、洞悉。②用盡。例悉心。副全，都。例悉聽尊便。

悉力 ㄒㄧ ㄌㄧˋ 用盡所有力量。例悉力合作。

悉心 ㄒㄧ ㄒㄧㄣ 用盡所有心思。例悉心研究。

悉數 ㈠ㄒㄧ ㄕㄨˋ 全數。例悉數歸還。㈡ㄒㄧ ㄕㄨˇ 詳細地說出來，一一列舉。例悉數其罪。

悠 ㄧㄡ yōu 形①閒適的樣子。例悠然。②長久，長遠的。例悠久、悠長。動懸空搖蕩、擺動。例她在秋千架上悠來悠去、悠蕩。

悠久 ㄧㄡ ㄐㄧㄡˇ 年代久遠，長久。例我國有著悠久的文化傳統。

悠長 ㄧㄡ ㄔㄤˊ 悠遠長久。多形容時間、聲音等。例悠長的歲月、悠長的汽笛聲。

悠悠 ㄧㄡ ㄧㄡ ①遙遠，長久。例悠悠蒼天、悠悠歲月。②憂思的樣子。例悠悠我心。③悠閒自在，從容的樣子。例王勃．滕王閣詩：「閒雲潭影日悠悠。」④眾多。例悠悠萬事。⑤荒謬。例悠悠之談。

悠揚 ㄧㄡ ㄧㄤˊ 形容聲音高低起伏，婉轉和諧。例歌聲悠揚。

悠閒 ㄧㄡ ㄒㄧㄢˊ 閒暇安適，自由自在而無牽掛。例他在家過著悠閒的生活。

悠然 ㄧㄡ ㄖㄢˊ ①閒適自得的樣子。例陶淵明．飲酒詩：「採菊東籬下，悠然見南山。」②深遠遼闊的樣子。

悠遠 ㄧㄡ ㄩㄢˇ ①時間長久。例這個故事發生在悠遠的古代。②距離長遠。例山川悠遠。

悠哉游哉 ㄧㄡ ㄗㄞ ㄧㄡˊ ㄗㄞ 形容無憂無慮，自在的樣子。

悠悠忽忽 ㄧㄡ ㄧㄡ ㄏㄨ ㄏㄨ ①形容悠閒懶散的樣子。②形容神志恍惚的樣子。

悠然自得 ㄧㄡ ㄖㄢˊ ㄗˋ ㄉㄜˊ 形容悠閒舒適，心情舒暢。

悛 ㄑㄩㄢ quān 動悔改，改過。例怙惡不悛。

悛悛 ㄑㄩㄢ ㄑㄩㄢ 謹慎敦厚的樣子。

恿 ㄩㄥˇ yǒng 見「慫恿」。

八畫

惓 ㄑㄩㄢˊ quán 形惓惓，懇切的樣子。

惦 ㄉㄧㄢˋ diàn 動心裡掛念、記掛。例惦念、惦記。

惇 ㄉㄨㄣ dūn 形敦厚，篤實。例世惇俗厚。動①崇尚，重視。例書經：「惇信明義。」②通「諄」。勸勉。例惇誨。

悾 ㈠ㄎㄨㄥ kōng 見「悾悾」。㈡ㄎㄨㄥˇ kǒng 見「悾憁」。

悾悾 ㄎㄨㄥ ㄎㄨㄥ ①無知的樣子。②誠懇的樣子。

悾憁 ㄎㄨㄥ ㄗㄨㄥˇ 窮困不得志。也作「倥傯」。

悴

ㄘㄨㄟˋ cuì 形衰弱的，枯瘦。例悴容。動①憂傷。②枯萎衰弱。

悰

ㄘㄨㄥˊ cóng 名①心情。②樂趣。例歡悰。

惋

ㄨㄢˋ wàn 動痛惜，驚嘆。例惋嘆。

惋惜 ㄨㄢˋ ㄒㄧˊ 可惜。對人的不幸或事物的意外變化表示同情和遺憾。

惔

ㄊㄢˊ tán 動火燒。例詩經：「憂心如惔。」

惜

ㄒㄧˊ xí 動①愛憐，珍重。例憐惜、珍惜。②捨不得。例吝惜、在所不惜。③哀傷，悲痛。例痛惜。

惜別 ㄒㄧˊ ㄅㄧㄝˊ 不忍分別，捨不得分別。

惜售 ㄒㄧˊ ㄕㄡˋ 捨不得賣出。

惜陰 ㄒㄧˊ ㄧㄣ 愛惜光陰。

惜玉憐香 ㄒㄧˊ ㄩˋ ㄌㄧㄢˊ ㄒㄧㄤ 比喻對女子的憐惜愛護。也作「憐香惜玉」。

惜老憐貧 ㄒㄧˊ ㄌㄠˇ ㄌㄧㄢˊ ㄆㄧㄣˊ 指同情、憐惜年老和貧苦的人。

惜墨如金 ㄒㄧˊ ㄇㄛˋ ㄖㄨˊ ㄐㄧㄣ 比喻寫字為文嚴肅認真，不輕易落筆。

悻

ㄒㄧㄥˋ xìng 見「悻悻」。

悻悻 ㄒㄧㄥˋ ㄒㄧㄥˋ 怨恨惱怒，憤恨不平的樣子。例悻悻然。

悽

ㄑㄧ qī 形悲傷的。例悲悽、悽楚。

悽切 ㄑㄧ ㄑㄧㄝˋ 形容悽涼而悲傷。例寒蟬悽切。

悽惻 ㄑㄧ ㄘㄜˋ 哀傷，悲痛。

悽然 ㄑㄧ ㄖㄢˊ 悲傷的樣子。例悽然淚下。

悽愴 ㄑㄧ ㄔㄨㄤˋ ①悽涼悲傷。②形容寒冷。

悽楚 ㄑㄧ ㄔㄨˇ 悽慘痛苦。

悽慘 ㄑㄧ ㄘㄢˇ 悲傷慘痛。例他的晚景十分悽慘。

情

ㄑㄧㄥˊ qíng 名①人受了外來刺激而產生的心理狀態。例七情六慾、感情。②情面，友誼。例不講私情、交情。③男女間的愛。例談情說愛。④實況，內容。例災情、病情。⑤趣味。例情趣、村情山趣。形愛情的。例情書、情話。

情人 ㄑㄧㄥˊ ㄖㄣˊ 指相愛中的男女。

情夫 ㄑㄧㄥˊ ㄈㄨ 已婚女子與配偶外的男子發生性愛關係，這男子即該女子的情夫。

情分 ㄑㄧㄥˊ ㄈㄣˋ 人與人相處的情感。

情由 ㄑㄧㄥˊ ㄧㄡˊ 事情的內容和原因。

情況 ㄑㄧㄥˊ ㄎㄨㄤˋ 事物的情形狀況。例先了解情況再研究對策。

情事 ㄑㄧㄥˊ ㄕˋ 情況和事實。多用於法令文件。

情狀 ㄑㄧㄥˊ ㄓㄨㄤˋ 事物所表現出來的情形、狀況。例仔細問明情狀後再作處理。

情郎 ㄑㄧㄥˊ ㄌㄤˊ 女子稱自己心愛的男子。

情面 ㄑㄧㄥˊ ㄇㄧㄢˋ 交情和面子。例不講情面。

情急 ㄑㄧㄥˊ ㄐㄧˊ 希望馬上得到或避免某事物而心急。例我一時情急打了她一耳光。

情侶 ㄑㄧㄥˊ ㄌㄩˇ 感情道路上的伴侶。指相戀的男女。

情致 ㄑㄧㄥˊ ㄓˋ 情趣，興致。例她對旅遊的情致甚濃。

情書 ㄑㄧㄥˊ ㄕㄨ 男女間表示愛慕的書信。

情理 ㄑㄧㄥˊ ㄌㄧˇ 人情和事理。例你的分析很合乎情理。

情婦 ㄑㄧㄥˊ ㄈㄨˋ 已婚男子與配偶外的女子發生性愛關係，這女子即該男子的情婦。

情報 ㄑㄧㄥˊ ㄅㄠˋ 以偵察手段或其他方法得到關於政治、軍事、經濟等方面的消息和報告，多帶有機密性。例軍事情報。

情場 ㄑㄧㄥˊ ㄔㄤˇ 男女交往的場合。例他是情場老手。

情景 ㄑㄧㄥˊ ㄐㄧㄥˇ ①情況和光景。例彼此無非談些久別的情景。②情感與景象。例情景交融。

情義 ㄑㄧㄥˊ ㄧˋ 親友之間應有的感情與道義。例他是個很講情義的人。

情意 ㄑㄧㄥˊ ㄧˋ ①對人的感情。例她很重情意。②指人的感情和意志。

情愫 ㄑㄧㄥˊ ㄙㄨˋ ①感情。例他倆通過書信來往，情愫漸增。②本心，真情實意。

情勢 ㄑㄧㄥˊ ㄕˋ 事情發展的狀況和趨勢。

情感 ㄑㄧㄥˊ ㄍㄢˇ 人在外界事物的刺激下所產生的各種心理反應。如喜、怒、哀、樂等。

情愛 ㄑㄧㄥˊ ㄞˋ 通常指愛戀之情。也泛指一切感情。

情節 ㄑㄧㄥˊ ㄐㄧㄝˊ ①泛指事情的變化和經過。例你務必要把整個情節交代清楚。②指小說、戲劇等文藝作品中的矛盾衝突和演變過程。例這部小說的情節曲折而生動，很感人。

情境 ㄑㄧㄥˊ ㄐㄧㄥˋ 情景，境地。

情態 ㄑㄧㄥˊ ㄊㄞˋ 神態，表情與姿態。

情緒 ㄑㄧㄥˊ ㄒㄩˋ ①指進行某種活動時所產生的種種心理狀態。如興奮、消極、愉快、悲傷等。例情緒低落。②指不安心、不愉快的情感。例鬧情緒。

情誼 ㄑㄧㄥˊ ㄧˊ 人與人之間的感情和友誼。

情敵 ㄑㄧㄥˊ ㄉㄧˊ 愛戀和追求同一異性而彼此對立的人。

情調 ㄑㄧㄥˊ ㄉㄧㄠˋ 情趣格調。

情趣 ㄑㄧㄥˊ ㄑㄩˋ ①感情趣味。例這部小說毫無情趣。②性情志趣。例情趣相合。

情操 ㄑㄧㄥˊ ㄘㄠ 以某一信念為中心，所表現出來不易改變的情感和精神狀態。

情懷 ㄑㄧㄥˊ ㄏㄨㄞˊ 含有某種感情的心境，心情。

情願 ㄑㄧㄥˊ ㄩㄢˋ ①真心願意。例心甘情願。②寧願，寧可。例他情願賠本，也要信守合約上的承諾。

情文並茂 ㄑㄧㄥˊ ㄨㄣˊ ㄅㄧㄥˋ ㄇㄠˋ 指文學藝術作品從內容到形式都很優美。

情不自禁 ㄑㄧㄥˊ ㄅㄨˋ ㄗˋ ㄐㄧㄣ 形容感情激動得不能克制。

情有可原 ㄑㄧㄥˊ ㄧㄡˇ ㄎㄜˇ ㄩㄢˊ 指人雖然犯了錯，但在情理上還有可原諒的地方。

情同手足 ㄑㄧㄥˊ ㄊㄨㄥˊ ㄕㄡˇ ㄗㄨˊ 指交情很深，就像親兄弟一樣。

情投意合 ㄑㄧㄥˊ ㄊㄡˊ ㄧˋ ㄏㄜˊ 性情相投，意氣相合。形容彼此感情融洽，心意相通。

情見乎辭 ㄑㄧㄥˊ ㄐㄧㄢˋ ㄏㄨ ㄘˊ 真摯的情意表現在言語文辭中。

情理難容 ㄑㄧㄥˊ ㄌㄧˇ ㄋㄢˊ ㄖㄨㄥˊ 指行事荒謬、狠毒，於情於理都不可容忍、寬恕。

情景交融 ㄑㄧㄥˊ ㄐㄧㄥˇ ㄐㄧㄠ ㄖㄨㄥˊ 內心的感情與外界的景物互相融合在一起。形容詩文繪畫等所達到的高深境界。

情竇初開 ㄑㄧㄥˊ ㄉㄡˋ ㄔㄨ ㄎㄞ 指剛懂得愛情。

惑 ㄏㄨㄛˋ huò 名疑難。例解惑。動①懷疑，奇怪。例疑惑。②使人迷亂。例蠱惑、惑人耳目。

惑眾 ㄏㄨㄛˋ ㄓㄨㄥˋ 迷惑眾人。例妖言惑眾。

惑亂 ㄏㄨㄛˋ ㄌㄨㄢˋ 迷惑人心，使人陷於混亂。例惑亂軍心。

惠 ㄏㄨㄟˋ huì 名好處。例小恩小惠、受惠無窮。形①柔和，柔順。例惠風。②通「慧」。聰慧的。動給人好處。例施惠於人、平等互惠。副請求人時的敬辭。例惠顧、惠存。

惠存 ㄏㄨㄟˋ ㄘㄨㄣˊ 送人紀念品時，請對方保存的敬辭。多題於相片、書籍等的上款。

惠顧 ㄏㄨㄟˋ ㄍㄨˋ 敬稱他人的光臨。多用於商店招呼顧客。例銘謝惠顧。同賜顧。

惡 ㈠ㄜˋ è 名①罪行，罪過。例作惡多端、罪大惡極。②壞人。例首惡、元惡。③疾病。形①壞的，不善的。例惡意、惡習。②凶狠的。例惡毒、惡戰。③粗劣的。例惡衣惡食。
㈡ㄨˋ wù 動①討厭，憎恨。例真可惡、深惡痛絕。②中傷，說人壞話。③冒犯。例水滸傳：「我因惡了高太尉，生事陷害，受了一場官司。」
㈢ㄜˇ ě 見「惡心」。
㈣ㄨ wū 助怎麼，如何。嘆表示驚訝的語氣詞。

惡心 ㄜˇ ㄒㄧㄣ ①反胃想吐的感覺。②使人厭惡。

惡少 ㄜˋ ㄕㄠˋ 品行惡劣、愛惹是生非的年輕人。

惡化 ㄜˋ ㄏㄨㄚˋ 情況向壞的方面變化發展。例真想不到他的病情會惡化。

惡劣 ㄜˋ ㄌㄧㄝˋ 不好，壞透了。例品行惡劣。

惡名 ㄜˋ ㄇㄧㄥˊ 不好的名聲。例惡名昭彰。

惡果 ㄜˋ ㄍㄨㄛˇ 不好的結果，壞的下場。例自食惡果。

惡毒 ㄜˋ ㄉㄨˊ 指人的心性、手段等陰險狠毒。

惡疾 ㄜˋ ㄐㄧˊ 令人痛苦又難治的疾病。例身染惡疾。

惡耗 ㄜˋ ㄏㄠˋ 壞消息。通常指人的死亡。

惡習 ㄜˋ ㄒㄧˊ 不好的習慣。

惡棍 ㄜˋ ㄍㄨㄣˋ 欺壓善良、凶惡無賴的壞人。

惡意 ㄜˋ ㄧˋ 不安好心。例惡意誹謗。

惡運 ㄜˋ ㄩㄣˋ 壞的運氣。

惡魔 ㄜˋ ㄇㄛˊ ①佛家稱阻礙佛法、破壞善事的魔鬼。②比喻凶惡為害他人的人。

惡霸 ㄜˋ ㄅㄚˋ 憑借暴力或權勢稱霸一方，欺壓和掠奪平民百姓的壞人。

惡作劇 ㄜˋ ㄗㄨㄛˋ ㄐㄩˋ 戲弄、玩笑過度而使人難堪的行為。

惡衣惡食 ㄜˋ ㄧ ㄜˋ ㄕˊ 不好的衣服，粗劣的飲食。形容物質條件極差。

惡有惡報 ㄜˋ ㄧㄡˇ ㄜˋ ㄅㄠˋ 為人若作惡多端，將來必然沒有好下場。

惡言惡語 ㄜˋ ㄧㄢˊ ㄜˋ ㄩˇ 說話難聽又不客氣。

惡性循環 ㄜˋ ㄒㄧㄥˋ ㄒㄩㄣˊ ㄏㄨㄢˊ 若干事物互為因果，循環不已，使情況變得越來越壞。

惡性腫瘤 ㄜˋ ㄒㄧㄥˋ ㄓㄨㄥˇ ㄌㄧㄡˊ 腫瘤的一種，周圍沒有包膜，與正常組織的界限不明顯。其細胞會異常增生，形狀、大小不規則，能在體內轉移，破壞性很大。如癌症。

惡貫滿盈 ㄜˋ ㄍㄨㄢˋ ㄇㄢˇ ㄧㄥˊ 形容作惡很多，罪大惡極，已到末日。

悱

ㄈㄟˇ fěi 形 心裡想說卻不知怎麼說出來的樣子。例論語：「不憤不啟，不悱不發。」

悱惻 ㄈㄟˇ ㄘㄜˋ 形容感傷悲痛，憂思抑鬱。例纏綿悱惻。

悼

ㄉㄠˋ dào 動 ①悲傷。例悼亡。②憐惜，惋惜。例惋悼。③恐懼，顫抖。例心慄手悼。

悼念 ㄉㄠˋ ㄋㄧㄢˋ 對已死的人表示哀痛懷念。

悼詞 ㄉㄠˋ ㄘˊ 對死者表示哀悼的文詞。也作「悼辭」。

惝

ㄔㄤˇ chǎng 形 悵恨，失意的。例惝然。

惕

ㄊㄧˋ tì 動 小心謹慎。例警惕。

惕厲 ㄊㄧˋ ㄌㄧˋ 心存警惕，戒懼。

悿

ㄊㄧㄢˇ tiǎn 動 羞愧。例悿顏。

惘

ㄨㄤˇ wǎng 形 茫然失意的樣子。例悵惘。

惘然 ㄨㄤˇ ㄖㄢˊ 失意，心裡好像丟了什麼的樣子。例惘然若失。

悵

ㄔㄤˋ chàng 副 不如意，懊惱地。例惆悵。

悵恨 ㄔㄤˋ ㄏㄣˋ 惆悵惱恨。

悵惘 ㄔㄤˋ ㄨㄤˇ 失意迷惘的樣子。例悵惘良久。

悵然 ㄔㄤˋ ㄖㄢˊ 失意落寞的樣子。例悵然而歸。

悲

ㄅㄟ bēi 名 哀痛。例含悲、樂極生悲。形 淒厲的。例悲曲、悲風。動 ①哀傷。例李白·將進酒：「君不見高堂明鏡悲白髮。」②憐憫，哀憐。例悲憐。

悲切 ㄅㄟ ㄑㄧㄝˋ 悲痛到了極點。例岳飛·滿江紅：「莫等閒白了少年頭，空悲切。」

悲壯 ㄅㄟ ㄓㄨㄤˋ 悲哀而雄壯。

悲悼 ㄅㄟ ㄉㄠˋ 悲傷地悼念死者。

悲涼 ㄅㄟ ㄌㄧㄤˊ 悲傷淒涼。

悲戚 ㄅㄟ ㄑㄧ 悲痛憂傷。

悲愁 ㄅㄟ ㄔㄡˊ 悲傷憂愁。同悲戚。

悲傷 ㄅㄟ ㄕㄤ 傷心難過，哀痛。同悲愴。

悲愴 ㄅㄟ ㄔㄨㄤˋ 悲傷，悲哀悽愴。

悲慟 ㄅㄟ ㄊㄨㄥˋ 傷心大哭。

悲慘 ㄅㄟ ㄘㄢˇ 處境、遭遇等極為痛苦不幸，令人同情。

悲鳴 ㄅㄟ ㄇㄧㄥˊ 悲傷地叫，哀號。

悲嘆 ㄅㄟ ㄊㄢˋ 悲傷嘆息。例你這樣胡作非為，怎不令家人悲嘆呢？

悲憤 ㄅㄟ ㄈㄣˋ 悲痛憤怒。例悲憤填膺。

悲劇 ㄅㄟ ㄐㄩˋ ①戲劇的主要類型之一，以悲慘的故事為中心，表現主角與現實之間不可調和的矛盾衝突。②比喻悲慘不幸的事情。

悲觀 ㄅㄟ ㄍㄨㄢ ①沮喪消極、負面的人生態度。②缺乏信心，不抱希望。反樂觀。

悲天憫人 ㄅㄟ ㄊㄧㄢ ㄇㄧㄣˇ ㄖㄣˊ 哀嘆時世的艱辛，憐惜人民的疾苦。

悲不自勝 ㄅㄟ ㄅㄨˋ ㄗˋ ㄕㄥ 悲傷到自己不能承受的地步。形容悲傷至極。

悲從中來 ㄅㄟ ㄘㄨㄥˊ ㄓㄨㄥ ㄌㄞˊ 悲傷的情緒發自於內心深處。反喜從天降。

悲喜交集 ㄅㄟ ㄒㄧˇ ㄐㄧㄠ ㄐㄧˊ 悲傷和喜悅的感覺交織在一起。

悲歡離合 ㄅㄟ ㄏㄨㄢ ㄌㄧˊ ㄏㄜˊ 生活中經歷的一切遭遇和由此所產生的各種感情。

惄

ㄋㄧˋ nì 形憂思。例詩經：「我心憂傷，惄焉如擣。」

惆

ㄔㄡˊ chóu 副悲傷地，失意地。

惆悵 ㄔㄡˊ ㄔㄤˋ 失意傷感而若有所失的樣子。

惚

ㄏㄨ hū 副記憶不清或看不清楚的樣子。例恍惚。

惛

ㄏㄨㄣ hūn 動糊塗，神智不清。

惛懵 ㄏㄨㄣ ㄇㄥˇ 模糊不清楚。

悸

ㄐㄧˋ jì 動因害怕而引起心跳加劇。例驚悸、心有餘悸。

悸慄 ㄐㄧˋ ㄌㄧˋ 因心中恐懼而全身顫抖不已。

惟

ㄨㄟˊ wéi 動思量，考慮。例思惟。副①單單，僅，只有。例孟子：「無恆產而有恆心者，惟士為能。」②但是，不過。例病已痊癒，惟身體仍很虛弱。助用於句首或句中，無義。

惟一 ㄨㄟˊ ㄧ 獨一無二。也作「唯一」。

惟恐 ㄨㄟˊ ㄎㄨㄥˇ 只怕，生怕。也作「唯恐」。

惟獨 ㄨㄟˊ ㄉㄨˊ 單獨，只有。也作「唯獨」。

惟利是圖 ㄨㄟˊ ㄌㄧˋ ㄕˋ ㄊㄨˊ 一心一意只求利，其他什麼都不顧。也作「唯利是圖」。

惟我獨尊 ㄨㄟˊ ㄨㄛˇ ㄉㄨˊ ㄗㄨㄣ 認為只有自己最尊貴。形容極端自高自大，目中無人。

惟妙惟肖 ㄨㄟˊ ㄇㄧㄠˋ ㄨㄟˊ ㄒㄧㄠˋ 描寫或摹仿得精細巧妙，非常逼真。也作「唯妙唯肖」。

惙

ㄔㄨㄛˋ chuò 形憂愁。例惙怛、惙惙。動通「輟」。停止。

悶

㊀ㄇㄣˋ mèn 名不愉快的心情。例解悶。形①密封的，不透氣的。例悶葫蘆。②愁苦的。例悶容、鬱悶。動煩憂。例悶悶不樂。

㊁ㄇㄣ mēn 形①因氣壓低或空氣不流通而引起的不舒服感覺。例悶熱、這種天氣悶得很。②聲音不響亮或不作聲。例他總是悶聲不響的坐在那兒。動①密閉著使不透氣。例讓飯在鍋裡再悶一會兒。②長時間待在一個地方。例你不要老是悶在家裡，出去玩玩吧！

悶氣 ㄇㄣˋ ㄑㄧˋ ㈠ㄇㄣˋ ㄑㄧˋ 鬱結在心裡的怨怒之氣。例何必獨自一人在這裡生悶氣呢？㈡ㄇㄣ ㄑㄧˋ 屏住呼吸。

悶著 ㄇㄣ ˙ㄓㄜ ①密閉不透氣。例把湯藥放在爐子上悶著。②心中有話不說出來。例你這樣悶著不說，畢竟不是好辦法。

悶雷 ㄇㄣˋ ㄌㄟˊ 聲音低沉的雷。比喻精神上突然受到的打擊。例你這番無情無義的話，有如一個悶雷把她徹底擊垮了。

悶熱 ㄇㄣ ㄖㄜˋ 天氣炎熱，空氣不流通。

悶葫蘆 ㄇㄣˋ ㄏㄨˊ ㄌㄨ 比喻難以猜透而令人納悶的話或事。例你有話就直說吧，用不著在這裡要悶葫蘆。

悶悶不樂 ㄇㄣˋ ㄇㄣˋ ㄅㄨˋ ㄌㄜˋ 形容心中有事不高興。

九畫

愔 ㄧㄣ yīn 副 深沉安靜地。例愔愔。

惲 ㄩㄣˋ yùn 形 渾厚，厚重的。例惲厚。動 謀畫，策畫。

惼 ㄅㄧㄢˇ biǎn 形 通「褊」。心地狹隘、性情急躁的。例惼心。

意 ㄧˋ yì 名 ①意思，意義。例易經：「言不盡意。」②願望。例稱心如意。③情趣。例意興闌珊。④佛家語。眼、耳、鼻、舌、身、意，六根之一。動 料想，揣測。例出其不意。

意下 ㄧˋ ㄒㄧㄚˋ 意思，看法。例你意下如何？

意外 ㄧˋ ㄨㄞˋ ①沒有料想到的。②意想不到的事，常指不幸的事。例小孩不要玩火，以免發生意外。

意向 ㄧˋ ㄒㄧㄤˋ 意圖，目的。例意向明確。

意旨 ㄧˋ ㄓˇ 意思和宗旨。例秉承首長的意旨行事。

意志 ㄧˋ ㄓˋ 思想志向，朝既定目標努力採取行動的心理狀態。例頑強的意志。

意見 ㄧˋ ㄐㄧㄢˋ ①對事情的一定看法或主張。例請談談你對此事的意見。②對某人某事不滿意的想法。例你究竟對我有什麼意見？

意表 ㄧˋ ㄅㄧㄠˇ 意想之外。例出人意表。

意味 ㄧˋ ㄨㄟˋ ①值得仔細體會的意義和趣味。例他說的這些確實意味深長。同意趣。②象徵，表示。例我真不明白他這樣做到底意味著什麼。

意念 ㄧˋ ㄋㄧㄢˋ 念頭，想法。例最近幾年我只有一個意念，就是把這部書寫完。

意思 ㄧˋ ˙ㄙ ①思想，想法。例這意思我大致了解。②語言文字所包含的意義。例這句話是什麼意思。③心意。例這點小意思，請務必笑納。④趣味，情趣。例聽音樂很有意思。⑤某種趨勢或苗頭。例烏雲在漸漸消失，天氣好像有轉晴的意思。⑥表示害羞或慚愧。例你送我這麼貴重的東西，真不好意思。

意料 ㄧˋ ㄌㄧㄠˋ 事前的估計。例出乎意料。

意氣 ㄧˋ ㄑㄧˋ ①意態，氣概。例意氣揚揚。②主觀而偏激的任性情緒。例不能憑一時的意氣行事。

意義 一ˋ 一ˋ ①語言文字等的內容、含義。例這個詞的意義我還弄不清楚。②價值，作用。例這是白送性命，毫無意義！

意會 一ˋ ㄏㄨㄟˋ 不經說明，靠心中領會。例只可意會，不可言傳。

意境 一ˋ ㄐㄧㄥˋ 文藝作品通過形象的描寫所表現的境界。

意圖 一ˋ ㄊㄨˊ 想達到某種目的的打算。

意興 一ˋ ㄒㄧㄥˋ 興致。例意興闌珊。

意識 一ˋ ㄕˋ ①泛指人的一切精神活動，包括知覺、記憶、想像等。②覺察，醒悟。例他意識到自己所犯錯誤的嚴重性。

意在言外 一ˋ ㄗㄞˋ 一ㄢˊ ㄨㄞˋ 意思在言詞之外。指不將心意明顯說出，讓人自行領會。

意到筆隨 一ˋ ㄉㄠˋ ㄅㄧˇ ㄙㄨㄟˊ 形容寫作得心應手，能隨心所欲運其筆墨。

意氣用事 一ˋ ㄑㄧˋ ㄩㄥˋ ㄕˋ 處理事情只憑一時的感情衝動，缺乏理智。

意氣相投 一ˋ ㄑㄧˋ ㄒㄧㄤ ㄊㄡˊ 指彼此的志趣和性格互相投合。

意氣風發 一ˋ ㄑㄧˋ ㄈㄥ ㄈㄚ 形容精神振奮，氣概豪邁。

意識形態 一ˋ ㄕˋ ㄒㄧㄥˊ ㄊㄞˋ 個人或團體所持有的思想方式或價值觀。

慈

ㄘˊ cí 名①父母對子女的愛。例慈愛。②尊稱母親。例家慈、令慈。動愛憐。例敬老慈幼。

慈母 ㄘˊ ㄇㄨˇ 稱母親。舊有嚴父慈母的說法，所以稱母親為慈母。

慈幼 ㄘˊ 一ㄡˋ 關心愛護幼童。

慈訓 ㄘˊ ㄒㄩㄣˋ 母親的訓誨。

慈祥 ㄘˊ ㄒㄧㄤˊ 指長者的態度、神色和藹安祥。

慈善 ㄘˊ ㄕㄢˋ 仁慈好善，富有同情心。例慈善事業。

慈悲 ㄘˊ ㄅㄟ 泛指憐憫同情之心。例慈悲為懷。

慈愛 ㄘˊ ㄞˋ 多指長輩對晚輩的關心愛護。

慈眉善目 ㄘˊ ㄇㄟˊ ㄕㄢˋ ㄇㄨˋ 形容人慈祥善良的容貌。

愊

ㄅㄧˋ bì 形①至誠的，懇切的。例悃愊。②心情鬱結的。例愊抑。

愐

ㄇㄧㄢˇ miǎn 動①思維，想念。②勤勉。

惰

ㄉㄨㄛˋ duò 形慵懶不變的。例惰性。動懶散，懈怠。例怠惰。

惰性 ㄉㄨㄛˋ ㄒㄧㄥˋ ①某些物質不易與其他元素或化合物化合的性質。②散漫懶惰的習性。例想要有美好的前途，首先就必須克服惰性。③「慣性」的別稱。指物體在沒有受到外來力量干擾的情況下，靜者恆靜、動者恆動的性質。

愜

ㄑㄧㄝˋ qiè 形快意的，滿足的。例未愜人意。

愜意 ㄑㄧㄝˋ 一ˋ 稱心，滿意。例此事辦得好，深感愜意。

感

ㄍㄢˇ gǎn 名①某種自我認知而產生的看法或想法。例光榮感、自豪感。②受外來刺激所引起的情緒反應。例百感交集、好感。動①覺得。例深感遺憾。②使人動心。例感人至深、感動。③對別人給的好處深表謝意。例感謝、銘感五內。④接觸例，引起。例感染。

感化 ㄍㄢˇ ㄏㄨㄚˋ 用語言或行動感動他人，使其思想逐漸向好的方面發生變化。

感召 ㄍㄢˇ ㄓㄠˋ 用精神力量使人有所覺悟，自願效力。

感光 ㄍㄢˇ ㄍㄨㄤ 照相用的膠片因接觸光線而起化學變化。

感官 ㄍㄢˇ ㄍㄨㄢ 感覺器官。如眼、耳、鼻、舌、皮膚等。

感性 ㄍㄢˇ ㄒㄧㄥˋ ①指感覺、知覺等直觀形式的認知。②多情善感的。

感受 ㄍㄢˇ ㄕㄡˋ ①感想，體會。②感染。例感受風寒。

感染 ㄍㄢˇ ㄖㄢˇ ①受到傳染。②影響，引起別人相同的思想或感情。

感冒 ㄍㄢˇ ㄇㄠˋ ①由濾過性病毒所引起的呼吸道傳染病。症狀有鼻塞、咳嗽、發燒等。②對人敏感、厭惡。

感恩 ㄍㄢˇ ㄣ 感激別人所給予的恩惠。

感情 ㄍㄢˇ ㄑㄧㄥˊ ①受到外界刺激所產生的心理反應。如喜、怒、哀、樂等情緒。②對人或事物關切、喜愛的心情。例華僑對故鄉都有深厚的感情。

感動 ㄍㄢˇ ㄉㄨㄥˋ ①受外界事物的影響而激起內心的波動。例革命烈士的事蹟真令人感動。②觸動。例他的話深深地感動了我。

感慨 ㄍㄢˇ ㄎㄞˇ 因有所感觸而慨嘆。例見了窮苦地區人民的艱難生活情景，真令人感慨。

感想 ㄍㄢˇ ㄒㄧㄤˇ 接觸外界事物而引起的想法。例你這次去大陸探親有何感想？

感傷 ㄍㄢˇ ㄕㄤ 因有所感觸而引起心中悲傷。例見了先父母的遺物頓時感傷不已。

感嘆 ㄍㄢˇ ㄊㄢˋ 因有所感觸而嘆息。

感激 ㄍㄢˇ ㄐㄧ 受到別人的幫助或鼓勵而真心感謝。例感激涕零。

感應 ㄍㄢˇ ㄧㄥˋ ①受外界事物的影響或刺激而引起相應的情感或反應。②某些物體或電磁裝置受到電場或磁場的作用，而產生電流或呈磁性的現象。

感戴 ㄍㄢˇ ㄉㄞˋ 感激他人的恩德而推崇擁護。通常用於下級對上級。

感觸 ㄍㄢˇ ㄔㄨˋ 接觸外界事物而產生的思想感情。例專制統治給我的感觸太深了。

感覺 ㄍㄢˇ ㄐㄩㄝˊ ①客觀事物的個別特性，透過感覺器官傳達，在腦中所引起的直接反應。②覺得，認為。例我感覺氣候有些怪，時冷時熱的。

感人肺腑 ㄍㄢˇ ㄖㄣˊ ㄈㄟˋ ㄈㄨˇ 形容使人內心深受感動。

感同身受 ㄍㄢˇ ㄊㄨㄥˊ ㄕㄣ ㄕㄡˋ 如同自身承受一樣。例你的切膚之痛，我們感同身受。

感恩圖報 ㄍㄢˇ ㄣ ㄊㄨˊ ㄅㄠˋ 感激他人的恩惠而設法報答。

感情用事 ㄍㄢˇ ㄑㄧㄥˊ ㄩㄥˋ ㄕˋ 憑一時的衝動或個人好惡處理事情。

感激涕零 ㄍㄢˇ ㄐㄧ ㄊㄧˋ ㄌㄧㄥˊ 非常感謝，激動得流下眼淚。

想

ㄒㄧㄤˇ xiǎng 名念頭，意念。例理想。動①思考，思索。例想個辦法、想了很久。②希望，打算。例我想去美國留學。③推測，認為。例料想、我想你應該去一趟醫院。④懷念，思慕。例想家、想念。⑤像，如。例李白・清平調：「雲想衣裳花想容。」

想見 ㄒㄧㄤˇ ㄐㄧㄢˋ 由推想而知道。例從這些小事可以想見他的為人。

想法 ㄒㄧㄤˇ ㄈㄚˇ ①意見，看法。例你對這件事有什麼想法？②想辦法。例想法解決當前的困難。

想念 ㄒㄧㄤˇ ㄋㄧㄢˋ 對所景仰的或別離的人和事物不能忘懷，希望見到。例想念父母。

想望 ㄒㄧㄤˇ ㄨㄤˋ ①企盼，希望。②仰慕，思慕。例想望風采。

想像 ㄒㄧㄤˇ ㄒㄧㄤˋ ①一種由聯想引發出的心靈創造活動。②設想，推測。例我真想像不到一個女孩子竟會有這樣大的膽子！

想得開 ㄒㄧㄤˇ ㄉㄜˊ ㄎㄞ 為人樂觀開朗，能把不如意的事情丟開，不讓它煩惱自己。

想當然 ㄒㄧㄤˇ ㄉㄤ ㄖㄢˊ 憑主觀推測，認為事情必定是這樣。

想入非非 ㄒㄧㄤˇ ㄖㄨˋ ㄈㄟ ㄈㄟ 完全脫離實際的胡思亂想。

愣

ㄌㄥˋ lèng 形莽撞的，呆笨的。例愣小子。動失神，發呆。例他愣了好一會才回答。

愣頭愣腦 ㄌㄥˋ ㄊㄡˊ ㄌㄥˋ ㄋㄠˇ ①說話做事粗心大意，魯莽冒失的樣子。②痴呆的樣子。

惺

ㄒㄧㄥ xīng 形清醒的，聰明的。例惺惺。動覺醒。例惺悟。

惺忪 ㄒㄧㄥ ㄙㄨㄥ ①剛睡醒還沒完全清醒過來，眼睛模模糊糊的樣子。例睡眼惺忪。②清醒。

惺惺 ㄒㄧㄥ ㄒㄧㄥ ①聰明，機靈。例惺惺相惜。②假意的樣子。例假惺惺。

惺惺作態 ㄒㄧㄥ ㄒㄧㄥ ㄗㄨㄛˋ ㄊㄞˋ 裝模作樣，故作姿態。例這傢伙在這裡惺惺作態，想蒙騙人。

惺惺惜惺惺 ㄒㄧㄥ ㄒㄧㄥ ㄒㄧˊ ㄒㄧㄥ ㄒㄧㄥ 聰慧機靈的人相互愛惜、尊重。同惺惺相惜。

惴

ㄓㄨㄟˋ zhuì 形憂愁恐懼的樣子。

惴慄 ㄓㄨㄟˋ ㄌㄧˋ 恐懼發抖。

惴惴不安 ㄓㄨㄟˋ ㄓㄨㄟˋ ㄅㄨˋ ㄢ 形容因擔心害怕而恐懼不安的樣子。例他每次被召見，總是惴惴不安。

惻

ㄘㄜˋ cè 形①傷痛的。例令我心惻。②誠懇的。例惻惻。動悲痛。例悽惻。

惻隱之心 ㄘㄜˋ ㄧㄣˇ ㄓ ㄒㄧㄣ 對別人的不幸所生的憐憫、同情之心。

愕

ㄜˋ è 形驚訝，驚駭的。例驚愕。副通「諤」。直言。例愕愕。

愕然 ㄜˋ ㄖㄢˊ 驚訝發愣的樣子。例噩耗傳來，大家都為之愕然。

愒

ㄎㄞˋ kài 動虛度，荒廢。例玩歲愒日。

愚

ㄩˊ yú 形①不聰明，傻笨。例愚蠢。②蒙昧無知的。例愚夫愚婦。動欺騙，蒙蔽。例愚弄。代自稱的謙詞。例愚弟、愚意。

愚民 ㄩˊ ㄇㄧㄣˊ ①泛指無知的百姓。②愚弄百姓，使無所知。例愚民政策。

愚孝 ㄩˊ ㄒㄧㄠˋ 不講是非曲直，盲目地盡孝道。

愚弄 欺騙玩弄。

愚見 謙稱自己的見解、主張。

愚昧 缺乏知識，愚蠢糊塗，不明事理。

愚笨 頭腦遲鈍，反應不靈活。

愚鈍 腦子笨，反應遲鈍。

愚魯 愚笨遲鈍。

愚蠢 又蠢又笨。

愚不可及 形容善於裝傻，非常人所能及。今多譏諷人愚蠢至極。

愚夫愚婦 普通的老百姓。泛指沒有知識、缺乏遠見的男女。

愚民政策 統治者為了便於統治人民，而使人民處於無知和閉塞狀態的政策。

愚者千慮，必有一得 知識淺薄的人，只要反覆思考，也會有一點可取之處。

惹 ㄖㄜˇ rě 動 ①招引。例惹麻煩、惹火。②挑逗，即用言語或行為觸動對方。例不要惹人生氣。③沾染。例羊肉不曾吃，惹得一身膻。

惹事 引起麻煩或爭端。

惹禍 引起禍事。例你又惹禍了？

惹火燒身 比喻自討苦吃或自找麻煩。

惹是生非 招惹是非，生出事端。

惹草拈花 比喻男子挑逗、引誘女子。亦作「拈花惹草」。

愎 ㄅㄧˋ bì 形 固執，任性。例剛愎自用。

惶 ㄏㄨㄤˊ huáng 形 恐懼的，驚慌的。例人心惶惶、驚惶。

惶恐 驚慌害怕。例不必惶恐，大風大浪即將過去。

惶惑 不了解情況而疑惑害怕。

惶惶不可終日 驚慌得連一天也過不下去。形容恐懼不安已到極點。

愀 ㄑㄧㄠˇ qiǎo 副 ①臉色變得嚴肅或凝重的樣子。例愀然變色。②憂愁的樣子。

惸 ㄑㄩㄥˊ qióng 名 沒有兄弟的人。引申指孤獨無依的人。例惸獨。形 憂愁的。例惸惸。

愉 ㄩˊ yú 形 高興的，快樂的。例愉快。

愉悅 歡欣喜悅。

愆 ㄑㄧㄢ qiān 名 罪過，過失。例罪愆。形 過期的。例愆期。動 延誤，耽擱。例愆滯。

愆尤 罪過，錯誤。

愆期 誤期，過期。

愁 ㄔㄡˊ chóu 名 悲哀、憂傷的心緒。例離愁。形 慘淡的，憂傷的。例愁顏不展。動 憂慮。例不愁吃穿。

愁容 發愁時的面容。例愁容滿面。

愁悶 心中憂愁煩悶。

愁腸 形容人內心抑鬱，憂思縈繞的樣子。

愁緒 憂鬱的情緒。例孟浩然・送辛大詩：「送君不相見，日暮獨愁緒。」

愁眉不展 緊皺眉頭，憂愁不愉快的表情。形容心事重重的樣子。

愁眉苦臉 皺著眉頭，哭喪著臉。形容悲傷、憂愁的神色。

愁雲慘霧 比喻淒涼愁悶的景象或氣氛。

愈 ㄩˋ yù 動①通「癒」。病情好轉。例病愈出院。②勝過，超越。例彼愈於此。副越，更加。例愈跑愈快、愈來愈好。

愈加 更加，越發。

愈挫愈奮 越是遭受挫折，就越奮發圖強。

愈演愈烈 形容事情的發展演變越來越惡劣嚴重。

愛 ㄞˋ ài 名①親密的感情。例友愛。②所喜歡的人或物。例吾愛、割愛。動①對人或事物有很深的感情。例愛父母、愛祖國。②喜好，喜歡。例她愛吃糖、我愛唱歌。③珍惜。例愛惜公物。

愛人 ①心愛的人。戀愛中的男女互指對方。②中國大陸用作夫妻互稱。③愛護體恤別人，博愛大眾。例仁者愛人。

愛好 ①喜愛，喜歡。例你們愛好什麼？②指具有濃厚興趣的事物。例我的愛好是讀書、下棋。

愛神 神話中掌管人類戀愛的神。通常指羅馬神話中主宰愛情的邱比特，有時也指女神維納斯。

愛惜 珍愛重視，捨不得。例愛惜光陰。

愛情 男女間相互愛慕的感情。

愛憐 疼愛憐惜。

愛撫 ①疼愛撫慰。例愛撫幼小。②情侶或夫妻間表示情愛的撫摸。

愛慕 出於喜愛或敬仰而去追求或接近。例愛慕虛榮。

愛戴 敬愛並衷心擁護。

愛護 愛惜並加以保護。例愛護花木。

愛不釋手 喜愛到了極點，捨不得放手。

愛屋及烏 比喻愛一個人也連帶喜愛和他有關的人或事物。

愛莫能助 心裡雖然同情，想要幫助，但力量卻做不到。

愛憎分明 喜好和憎惡的界限清楚，態度明確。

惱 ㄋㄠˇ nǎo 名精神的苦悶。例煩惱、苦惱。動①生氣，發怒。例惱恨、氣惱。②引逗，撩撥。例春色惱人。

惱人 引人煩惱，令人感覺煩惱。例你怎麼這樣囉嗦，真是惱人。

惱火 生氣，發脾氣。例有話好說，不要惱火。

惱怒 ㄋㄠˇ ㄋㄨˋ 生氣發怒。例這點小事也值得惱怒嗎？

惱羞成怒 ㄋㄠˇ ㄒㄧㄡ ㄔㄥˊ ㄋㄨˋ 因羞愧到了極點，下不了臺而發怒。也作「老羞成怒」。

慨 ㄎㄞˇ kǎi 動感傷，嘆息。例慨今思古、慨嘆。副①為人豪爽不吝嗇地。例慷慨、慨允。②激昂地，憤激地。例憤慨。

慨然 ㄎㄞˇ ㄖㄢˊ ①慷慨大方，毫不吝嗇的樣子。例慨然應允。②感嘆的樣子。例慨然長嘆。③情緒激憤的樣子。

慨歎 ㄎㄞˇ ㄊㄢˋ 因有所感觸而嘆息。

愍 ㄇㄧㄣˇ mǐn 名①憂傷。②禍亂。動哀憐，哀悼。例憐愍。

十畫

慊 ㈠ㄑㄧㄢˋ qiàn 動憾恨，不滿。例慊慊。㈡ㄑㄧㄝˋ qiè 動滿意，滿足。例孟子：「行有不慊於心。」

慉 ㄒㄩˋ xù 動①養育。②蓄積，積聚。

愬 ㄙㄨˋ sù 動①通「訴」。告訴，訴說。②誹謗，誣告。③恐懼，驚慌。副通「溯」。向。

慄 ㄌㄧˋ lì 動因寒冷或恐懼而發抖。例不寒而慄、戰慄。

慎 ㄕㄣˋ shèn 動①小心。例謹慎、慎言慎行。②重視。副千萬，表示吩咐告誡的話。

慎重 ㄕㄣˋ ㄓㄨㄥˋ 謹慎認真，不輕率隨便。例此事務必要慎重處理。

慎始敬終 ㄕㄣˋ ㄕˇ ㄐㄧㄥˋ ㄓㄨㄥ 凡事從頭到尾都非常地謹慎。

慎終追遠 ㄕㄣˋ ㄓㄨㄥ ㄓㄨㄟ ㄩㄢˇ 對父母的喪事要慎重辦理，對祖先必須依禮祭祀追念。

慎謀能斷 ㄕㄣˋ ㄇㄡˊ ㄋㄥˊ ㄉㄨㄢˋ 行事策畫周詳並能辨別利害得失，果斷下決定。

愫 ㄙㄨˋ sù 名誠意，真情。例情愫。

慤 ㄑㄩㄝˋ què 形①恭謹，敬謹。例慤士。②忠厚，誠實。

愿 ㄩㄢˋ yuàn 形謹慎的，老實的。例鄉愿。

慌 ㄏㄨㄤ huāng 動①急迫，忙亂。例慌忙。②害怕，著急。例恐慌、慌作一團。副感到難以忍受。例心裡悶得慌。

慌張 ㄏㄨㄤ ㄓㄤ 動作忙亂，不沉著。例神色慌張。

慌亂 ㄏㄨㄤ ㄌㄨㄢˋ 慌張而忙亂。

愷 ㄎㄞˇ kǎi 名通「凱」。軍隊勝利時所奏的樂曲。形和樂的，快樂的。

愷悌 ㄎㄞˇ ㄊㄧˋ 和樂而平易近人。例愷悌君子。

慍 ㄩㄣˋ yùn 形發怒的。例慍容。動含怒，怨恨。例論語：「人不知而不慍，不亦君子乎？」

慍色 ㄩㄣˋ ㄙㄜˋ 怨恨的眼神和臉色。例面有慍色。

慁 ㄏㄨㄣˋ hùn 形混亂的。例文心雕龍：「煩而不慁者，事理明也。」動①擾亂。②汙辱。

愾 ㄎㄞˋ kài 動①怒，憤恨。例同仇敵愾。②嘆息。

愧 ㄎㄨㄟˋ kuì 形羞慚的。例慚愧。動因理虧或做錯事而感到羞慚。例羞愧難當、問心無愧。

愧色 ㄎㄨㄟˋ ㄙㄜˋ 羞愧的臉色。例面有愧色。

愧疚 ㄎㄨㄟˋ ㄐㄧㄡˋ 因羞愧而感到內疚。例深感愧疚。

愧怍 ㄎㄨㄟˋ ㄗㄨㄛˋ 慚愧。例不能為君分憂，豈不愧怍？

愧赧 ㄎㄨㄟˋ ㄋㄢˇ 因慚愧而面紅耳赤。

愴 ㄔㄨㄤˋ chuàng 形悲傷的。例悲愴、愴惻。

愴然 ㄔㄨㄤˋ ㄖㄢˊ 形容悲傷的樣子。

慆 ㄊㄠ tāo 動①取悅，娛樂。②通「韜」。掩藏，隱藏。③逝去。例詩經：「日月其慆。」副長久地。例慆慆。

慇 ㄧㄣ yīn 形傷痛的。例慇懃。副情意周到，懇切。

慇慇 ㄧㄣ ㄧㄣ 形容憂傷悲痛。

慇懃 ㄧㄣ ㄑㄧㄣˊ 情意懇切、周到。也作「殷勤」。

態 ㄊㄞˋ tài 名情狀，模樣。例姿態、形態。

態度 ㄊㄞˋ ㄉㄨˋ ①指人的姿態、舉止神情。例態度拘謹。②對事情的看法和採取的行動。例表明態度。

態勢 ㄊㄞˋ ㄕˋ ①狀態和形勢。多指軍事上的情況而言。例以目前的態勢看來，我方處於有利境地。②指人的姿態與氣勢。例就病人的態勢看來，痊癒的希望很大。

十一畫

慷 ㄎㄤ kāng 見「慷慨」。

慷慨 ㄎㄤ ㄎㄞˇ ①意氣風發，情緒高昂。例辭甚慷慨。②為人大方，不吝嗇。

慷慨赴義 ㄎㄤ ㄎㄞˇ ㄈㄨˋ ㄧˋ 情緒激昂地為正義而壯烈犧牲。

慷慨解囊 ㄎㄤ ㄎㄞˇ ㄐㄧㄝˇ ㄋㄤˊ 毫不吝嗇地給予別人經濟上的援助。

慷慨激昂 ㄎㄤ ㄎㄞˇ ㄐㄧ ㄤˊ 精神振奮，情緒激昂。也作「激昂慷慨」。

慵 ㄩㄥ yōng 副困倦，懶散地。例慵懶。

慞 ㄓㄤ zhāng 動恐懼。例慞惶。

慶 ㄑㄧㄥˋ qìng 名①可祝賀的事。例國慶、八十大慶。②福澤，善事。例積善之家必有餘慶。③姓。動祝賀。例喜慶豐收、慶功大會。

慶功 ㄑㄧㄥˋ ㄍㄨㄥ 為立下功績而慶賀。

慶幸 ㄑㄧㄥˋ ㄒㄧㄥˋ 為事情得到好的結局而感到幸運、高興。

慶典 ㄑㄧㄥˋ ㄉㄧㄢˇ 為喜慶而舉行的隆重的慶祝典禮。

慶祝 ㄑㄧㄥˋ ㄓㄨˋ 因喜事而舉辦的活動，表示快樂或紀念。

慶賀 ㄑㄧㄥˋ ㄏㄜˋ 向有喜事的人道喜祝賀。

憋 ㄅㄧㄝ biē 動①抑制住，用力忍住。例憋氣、不要把話憋在心裡。②悶，氣不通。例憋得慌、憋死人。

憋氣 ㄅㄧㄝ ㄑㄧˋ ①因空氣不流通、呼吸受阻而使人有窒息的感覺。②把氣忍住不使它發出。③受了委屈或心有煩惱無法解決發洩。

慳 ㄑㄧㄢ qiān 名吝嗇的人。形吝嗇的。例慳吝。動欠缺，缺少。例緣慳一面。

慳吝 ㄑㄧㄢ ㄌㄧㄣˋ 吝嗇，小氣。

慚 ㄘㄢˊ cán 形羞愧的。例大言不慚。

慚色 ㄘㄢˊ ㄙㄜˋ 羞愧的臉色。例面有慚色。

慚愧 ㄘㄢˊ ㄎㄨㄟˋ 因自己有缺點或做錯了事，內心感到愧疚不安。

慪 ㄡˋ òu 動引逗，惹人生氣。例你何必要慪我呢？

慪氣 ㄡˋ ㄑㄧˋ 鬧意見，生悶氣。

慓 ㄆㄧㄠˋ piào 形急速的，輕捷的。

慓悍 ㄆㄧㄠˋ ㄏㄢˋ 輕捷勇猛。也作「驃悍」、「剽悍」。

慝 ㄊㄜˋ tè 名①邪惡，罪惡。例奸慝、隱慝。②災害。例蟲慝。③通「忒」。過錯。

慧 ㄏㄨㄟˋ huì 名聰明才智。例智慧。形聰敏，敏捷。例秀外慧中。

慧心 ㄏㄨㄟˋ ㄒㄧㄣ ①能領悟事理的心。②泛指智慧，即靈敏聰慧的心思。例慧心獨具，非同一般。

慧眼 ㄏㄨㄟˋ ㄧㄢˇ ①佛家指能照見過去、未來、一切事相的智慧。②敏銳的眼力。例慧眼識英雄。

慧劍 ㄏㄨㄟˋ ㄐㄧㄢˋ 佛家語。智慧如利劍，能斬斷一切煩惱。

慧黠 ㄏㄨㄟˋ ㄒㄧㄚˊ 聰敏而機智。

慼 ㄑㄧ qī 形憂愁的，悲哀的。例面有慼容。動憂傷。

惷 ㄔㄨㄥ chōng 形愚笨的，痴愚的。例愚夫惷婦。

憂 ㄧㄡ yōu 名①令人煩惱的事。例無憂無慮、人無遠慮必有近憂。②居父母之喪。例丁憂。③疾病。形愁悶不快樂的。例憂色。動擔心，煩惱。例杞人憂天、憂國憂民。

憂心 ㄧㄡ ㄒㄧㄣ 憂愁擔心。例早點回來，免得家人憂心。

憂戚 ㄧㄡ ㄑㄧ 憂愁悲傷。

憂悶 ㄧㄡ ㄇㄣˋ 憂愁煩悶。

憂愁 ㄧㄡ ㄔㄡˊ 因遇到不稱心的事或困難而煩惱苦悶。

憂傷 ㄧㄡ ㄕㄤ 憂愁悲傷。

憂慮 ㄧㄡ ㄌㄩˋ 憂愁擔心。

憂憤 ㄧㄡ ㄈㄣˋ 憂愁憤恨。

憂懼 ㄧㄡ ㄐㄩˋ 憂慮害怕。

憂鬱 ㄧㄡ ㄩˋ 憂愁鬱悶。

憂鬱症 ㄧㄡ ㄩˋ ㄓㄥˋ 一種心理疾病，患者情緒低落、自責自罪、焦慮不安，並伴有失眠、食慾減退等症狀。

憂心如焚 ㄧㄡ ㄒㄧㄣ ㄖㄨˊ ㄈㄣˊ 形容非常憂慮焦急。

憂心忡忡 ㄧㄡ ㄒㄧㄣ ㄔㄨㄥ ㄔㄨㄥ 形容心事重重，非常憂愁。

慢 ㄇㄢˋ màn 名宋詞的體制。如聲聲慢。形①速度不快的。例慢車。②不禮貌的，驕傲的。例輕慢、傲慢。動輕忽。例慢農。副①莫，不要。例慢說。②遲緩地。例慢走。③從緩，稍緩。例且慢。

慢火 ㄇㄢˋ ㄏㄨㄛˇ 文火，微弱的小火。例這豬腳適宜用慢火燉煮。

慢板 ㄇㄢˋ ㄅㄢˇ 戲曲中一種節奏比較緩慢的音樂節拍。

慢待 ㄇㄢˋ ㄉㄞˋ 招待不周。是待客時用的謙詞。例多有慢待之處，請包涵。

慢慢 ㄇㄢˋ ㄇㄢˋ ①不慌不忙。例不要性急，慢慢來。②漸漸。例長江的水位已經慢慢落下去了。③遲緩的樣子。例她做事總是慢慢的，令人看了著急。

慢說 ㄇㄢˋ ㄕㄨㄛ 別說，且不要說。

慢吞吞 ㄇㄢˋ ㄊㄨㄣ ㄊㄨㄣ 形容說話或行動緩慢的樣子。

慢性病 ㄇㄢˋ ㄒㄧㄥˋ ㄅㄧㄥˋ 發展緩慢，病程較長，不易在短時間內治癒的疾病。

慢動作 ㄇㄢˋ ㄉㄨㄥˋ ㄗㄨㄛˋ 多指放映影片時，故意把速度放慢，使影片中動態的人或物動作顯得緩慢而清晰可見。

慢手慢腳 ㄇㄢˋ ㄕㄡˇ ㄇㄢˋ ㄐㄧㄠˇ 形容動作緩慢，做事不俐落。

慢條斯理 ㄇㄢˋ ㄊㄧㄠˊ ㄙ ㄌㄧˇ 形容說話或做事從容不迫，有條有理。

慢工出細活 ㄇㄢˋ ㄍㄨㄥ ㄔㄨ ㄒㄧˋ ㄏㄨㄛˊ 做事速度緩慢，才能製作出精細的產品。

慣

ㄍㄨㄢˋ guàn 名經久養成的習性。例習慣。形習以為常的。例慣例。動縱容，放任。例把孩子慣壞了、嬌生慣養。副平常地。例慣用。

慣犯 ㄍㄨㄢˋ ㄈㄢˋ 反覆犯罪而不知悔改的人。

慣技 ㄍㄨㄢˋ ㄐㄧˋ 一貫使用的卑劣手段、方法。

慣性 ㄍㄨㄢˋ ㄒㄧㄥˋ 物體在不受外力或外來的合力為零的情況下，保持原有的運動狀態或靜止不變的特性。

慣例 ㄍㄨㄢˋ ㄌㄧˋ 成為習慣的老規矩，常例。例打破慣例。

慣竊 ㄍㄨㄢˋ ㄑㄧㄝˋ 經常盜竊他人財物而屢戒不改的人。

慕

ㄇㄨˋ mù 名姓。動①愛羨，敬仰。例愛慕、仰慕。②思戀，想念。例思慕。

慕名 ㄇㄨˋ ㄇㄧㄥˊ ①仰慕他人的名望。例慕名而來。②喜好名譽。

慮

ㄌㄩˋ lǜ 名①深思，謀劃。例深謀遠慮、深思熟慮。②意念。動①思考，謀算。例考慮。②發愁，擔憂。例憂慮。

慟

ㄊㄨㄥˋ tòng 副放聲大哭地，過度悲傷。例哀慟。

慟哭 ㄊㄨㄥˋ ㄎㄨ 極其悲哀地哭泣。

慥

ㄗㄠˋ zào 副急忙地，倉促地。例慥然。

慫

ㄙㄨㄥˇ sǒng 動①勸誘。例慫恿。②驚恐。

慫恿 ㄙㄨㄥˇ ㄩㄥˇ 從旁鼓動或勸誘別人去做某事。

慾

ㄩˋ yù 名通「欲」。內心喜歡而渴望滿足的意念。例求知慾。

慾火 ㄩˋ ㄏㄨㄛˇ 像火一樣旺盛熾烈的情慾。例慾火焚身，年輕人務必克制情慾。

慾念 ㄩˋ ㄋㄧㄢˋ ①滿足耳、目、口、鼻等所好的意念。②貪得無饜的念頭。③情慾的念頭。

慾望 ㄩˋ ㄨㄤˋ 想得到某種物質、利益或想達到某種目的的願望。例她因慾望得不到滿足就尋死覓活的。

慾壑難填 ㄩˋ ㄏㄨㄛˋ ㄋㄢˊ ㄊㄧㄢˊ 慾望像壑谷一樣深，難以填平。形容人貪念太重，無法滿足。

慴

ㄓㄜˊ zhé 動畏懼。例震慴。

慘

ㄘㄢˇ cǎn 形①悲痛，哀傷。例悲慘、其慘無比。②殘暴，毒辣。例慘無人道。副①十分嚴重地。例慘敗、慘重。②通「黲」。昏暗，暗淡。

慘白 ㄘㄢˇ ㄅㄞˊ ①形容臉無血色，蒼白得有些怕人。②形容景色灰白暗淡。例慘白的一片雪地。

慘狀 ㄘㄢˇ ㄓㄨㄤˋ 悽慘的狀況、情景。

慘重 ㄘㄢˇ ㄓㄨㄥˋ 極其嚴重。多指損失、傷亡等。

慘案 ㄘㄢˇ ㄢˋ 慘痛、殘酷的屠殺事件。

慘烈 ㄘㄢˇ ㄌㄧㄝˋ ①十分悽慘，含有壯烈的意思。例黃花崗七十二烈士的慘烈犧牲，為革命成功奠下基礎。②形容天氣十分寒冷。

慘敗 ㄘㄢˇ ㄅㄞˋ 嚴重的失敗。

慘痛 ㄘㄢˇ ㄊㄨㄥˋ 悲傷沉痛。例慘痛的教訓。

慘劇 ㄘㄢˇ ㄐㄩˋ 令人悲痛的事件。

慘不忍睹 ㄘㄢˇ ㄅㄨˋ ㄖㄣˇ ㄉㄨˇ 形容悲慘得使人看不下去。

慘絕人寰 ㄘㄢˇ ㄐㄩㄝˊ ㄖㄣˊ ㄏㄨㄢˊ 人世間沒有比這更慘的了。形容悲慘到了極點。

慘綠少年 ㄘㄢˇ ㄌㄩˋ ㄕㄠˋ ㄋㄧㄢˊ 原指愛穿暗綠色衣服的少年。後指講求時髦的翩翩少年。

慘澹經營 ㄘㄢˇ ㄉㄢˋ ㄐㄧㄥ ㄧㄥˊ 形容費盡苦心從事某種事情。

慰

ㄨㄟˋ wèi 動①安撫。例慰問、勸慰。②心安。例欣慰。

慰勉 ㄨㄟˋ ㄇㄧㄢˇ 安慰勉勵。

慰留 ㄨㄟˋ ㄌㄧㄡˊ 用薪資或言辭挽留將要離職的人員。

慰問 ㄨㄟˋ ㄨㄣˋ 用話語或物品等安慰問候。

慰勞 ㄨㄟˋ ㄌㄠˋ 用言語或物質慰問辛苦或有功勞的人。

慰藉 ㄨㄟˋ ㄐㄧㄝˋ 形容安撫慰問。

十二畫

憐

ㄌㄧㄢˊ lián 動①同情，悲憫。例可憐、同病相憐。②疼惜，寵愛。例憐香惜玉、憐愛。

憐恤 ㄌㄧㄢˊ ㄒㄩˋ 同情體恤。例請憐恤我年老無依，不要辭退我吧！

憐惜 ㄌㄧㄢˊ ㄒㄧˊ 心疼愛惜。

憐愛 ㄌㄧㄢˊ ㄞˋ 疼愛，寵愛。

憐憫 ㄌㄧㄢˊ ㄇㄧㄣˇ 對別人的不幸表示同情。

憐香惜玉 ㄌㄧㄢˊ ㄒㄧㄤ ㄒㄧˊ ㄩˋ 比喻男子憐愛體貼女性。

憧

ㄔㄨㄥ chōng 形昏愚的。例愚憧。副見「憧憧」。

憧憧 ㄔㄨㄥ ㄔㄨㄥ ①往來不絕的樣子。②心神不定的樣子。

憧憬 ㄔㄨㄥ ㄐㄧㄥˇ 嚮往。為理想中的境界所吸引而充滿美好的想像。例他心裡充滿著對未來幸福生活的憧憬。

憎 ㄗㄥ zēng 動厭惡，討厭。例面目可憎、愛憎分明。

憎恨 ㄗㄥ ㄏㄣˋ 厭惡痛恨。

憎惡 ㄗㄥ ㄨˋ 憎恨厭惡。

憱 ㄘㄨˋ cù 副不高興的樣子。例憱然不悅。

憑 ㄆㄧㄥˊ píng 名證明，依據。例不足為憑。動①身子靠著。例憑几、憑欄。②依靠，依仗。例憑本事吃飯。③隨便，任由。例任憑你怎麼說，我也不會答應這樁婚事。

憑弔 ㄆㄧㄥˊ ㄉㄧㄠˋ 面對著遺跡懷念前人或感慨往事。

憑仗 ㄆㄧㄥˊ ㄓㄤˋ 依靠，倚仗。例他憑仗自己的毅力，戰勝了一個又一個困難。

憑空 ㄆㄧㄥˊ ㄎㄨㄥ 沒有依據的。例憑空捏造。

憑恃 ㄆㄧㄥˊ ㄕˋ 依賴，仰仗。

憑單 ㄆㄧㄥˊ ㄉㄢ 指領取財物或作為其他憑證的單據。例取貨一定要有憑單。

憑據 ㄆㄧㄥˊ ㄐㄩˋ 作為憑證的事物。

憑藉 ㄆㄧㄥˊ ㄐㄧㄝˋ 依靠，依仗。也作「憑借」。

憑證 ㄆㄧㄥˊ ㄓㄥˋ 證據。用以證明身分或事物的真假。

憑欄 ㄆㄧㄥˊ ㄌㄢˊ 靠著欄杆。也作「憑闌」。

憝 ㄉㄨㄟˋ duì 動怨恨。形壞，奸惡。例書經：「元惡大憝。」

憲 ㄒㄧㄢˋ xiàn 名①法令。例憲令。②憲法的簡稱。例立憲。

憲兵 ㄒㄧㄢˋ ㄅㄧㄥ 軍中負責警察事務、監督並稽查軍隊紀律的兵種。

憲法 ㄒㄧㄢˋ ㄈㄚˇ 一個國家的根本大法，具有最高的法律效力。它規定國家體制、政府組織、人民權利義務，是制定其他法律的根據。

憲政 ㄒㄧㄢˋ ㄓㄥˋ 以憲法為依據的政治形態，即民主政治。

憲章 ㄒㄧㄢˋ ㄓㄤ ①某個國家具有憲法作用的文件。如西元一二一五年英國所頒布的大憲章。②遵守法制。③典章制度。

憤 ㄈㄣˋ fèn 名仇恨。動①因不滿意而生氣、發怒。例人神共憤。②心裡想了解卻有困難。例論語：「不憤不啟。」副發憤地。例憤然而嘆。

憤恨 ㄈㄣˋ ㄏㄣˋ 憤慨痛恨。

憤怒 ㄈㄣˋ ㄋㄨˋ 非常生氣，氣到了極點。

憤慨 ㄈㄣˋ ㄎㄞˇ 氣憤不平。

憤然 ㄈㄣˋ ㄖㄢˊ 氣憤發怒的樣子。例憤然而去。

憤懣 ㄈㄣˋ ㄇㄣˋ 心中憤恨不平。

憤世嫉俗 ㄈㄣˋ ㄕˋ ㄐㄧˊ ㄙㄨˊ 對社會現狀的極度不滿與憎惡。

憤憤不平 ㄈㄣˋ ㄈㄣˋ ㄅㄨˋ ㄆㄧㄥˊ 心中十分氣惱而不平的樣子。

憯 ㄘㄢˇ cǎn 形同「慘」。慘痛的。助發語詞。相當於「曾」、「乃」。

憭 ㄌㄧㄠˊ liáo 動聰慧，明瞭。副淒涼地。例憭慄。

憨 ㄏㄢ hān 形①痴呆的，傻氣的。例憨子。

②樸實，天真純潔的。例憨厚、嬌憨。副痴傻地。例憨笑。

憨直 ㄏㄢ ㄓˊ 樸實直爽。例這孩子憨直可愛。

憨厚 ㄏㄢ ㄏㄡˋ 樸實厚道。例他為人憨厚，不會說假話。

憨笑 ㄏㄢ ㄒㄧㄠˋ 傻笑，痴笑。

憖

ㄧㄣˋ yìn 動損傷，殘缺。副①願意，肯。②暫且。

憚

ㄉㄢˋ dàn 動害怕，畏懼。例肆無忌憚。

憚煩 ㄉㄢˋ ㄈㄢˊ 怕麻煩，畏懼事情的煩瑣。

憒

ㄎㄨㄟˋ kuì 形心智昏亂不明。

憒亂 ㄎㄨㄟˋ ㄌㄨㄢˋ 昏亂不安。

憬

ㄐㄧㄥˇ jǐng 動覺悟，忽然醒悟。例憬悟。

憍

ㄐㄧㄠ jiāo 形驕傲，自大的。

憔

ㄑㄧㄠˊ qiáo 形面色焦枯。

憔悴 ㄑㄧㄠˊ ㄘㄨㄟˋ 形容人瘦弱，面色不好看。

憮

ㄨˇ wǔ 副茫然失意的樣子。例憮然。

憩

ㄑㄧˋ qì 動休息。例小憩。

憩息 ㄑㄧˋ ㄒㄧ 休息。

憊

ㄅㄟˋ bèi 形精神極度疲乏困頓的。例疲憊不堪。

憫

ㄇㄧㄣˇ mǐn 動①憐恤，哀憐。例悲天憫人、其情可憫。②憂傷。例孟子：「阨窮而不憫。」

憫恤 ㄇㄧㄣˇ ㄒㄩˋ 憐憫，哀憐。

十三畫

懍

ㄌㄧㄣˇ lǐn 動恐懼，害怕。副嚴正的樣子。例懍然不可侵犯。

憶

ㄧˋ yì 動①想念，思念。例回憶、追憶。②記得，記住。例記憶。

憶舊 ㄧˋ ㄐㄧㄡˋ 追憶從前的人和事。

應

㈠ㄧㄥ yīng 副①該，當。例應有盡有。②料想是，想來是。例他早走了，這時應到家了。

㈡ㄧㄥˋ yìng 名姓。動①回答。例前呼後應、應聲而至。②承諾，允許。例應許。③對付，對待。例隨機應變。④適合。例應時、得心應手。⑤供給，滿足要求。例以應急需、有求必應。⑥接受。例應邀、應徵。⑦附和。例同聲相應。

應力 ㄧㄥˋ ㄌㄧˋ 物體受到外力作用時，內部所產生的對抗的力。

應允 ㄧㄥˋ ㄩㄣˇ 答應，允許。例這樁婚事她已經點頭應允了。同應許。

應市 ㄧㄥˋ ㄕˋ 選擇適當時機，把貨物拿到市面上出售。

應付 ㄧㄥˋ ㄈㄨˋ ①指採取方法對付或處置。例最近事情多得無法應付。②將就，湊合。例手裡的錢還可以應付到年底。③敷衍。例多說幾句好話，先應付過去再說。

應用 ㄧㄥˋ ㄩㄥˋ ①使用，運用。例應用民主的方法來解決社會問題。②適合實用。例應用科學。

應考 ㄧㄥˋ ㄎㄠˇ　參加考試。同應試。

應和 ㄧㄥˋ ㄏㄜˋ　指聲音、語言、行動等相呼應。

應屆 ㄧㄥˋ ㄐㄧㄝˋ　當屆，本期的。例應屆畢業生。

應急 ㄧㄥˋ ㄐㄧˊ　應付迫切的需要。例應急藥物。

應時 ㄧㄥˋ ㄕˊ　①適應季節時令。例應時菜已上市。②即時，立刻。例那男的用力一推，女的便應時倒地不起。

應景 ㄧㄥˋ ㄐㄧㄥˇ　①為了應付某種情況稍微敷衍。例我太太病重哪還有心情唱戲，這不過是應景而已。②適應節令。例重陽節到了，那應景的菊花盛開著。

應答 ㄧㄥˋ ㄉㄚˊ　回答。例他應答得很得體。

應該 ㄧㄥ ㄍㄞ　表示理所當然，應當如此。例這是我應該做的。

應聘 ㄧㄥˋ ㄆㄧㄣˋ　接受聘請。例他應聘為校長。

應酬 ㄧㄥˋ ㄔㄡˊ　①與人交際往來。例近來應酬太多。②指私人間的宴會。例今晚有應酬，不能回家吃飯了。③應付。

應徵 ㄧㄥˋ ㄓㄥ　①參加各種徵選。例現在有不少人失業，一有工作便會有很多的應徵者。②接受徵召。例應徵入伍。

應戰 ㄧㄥˋ ㄓㄢˋ　①與來犯的敵人交戰。例我軍從容應戰。②接受對方提出的挑戰條件。例經過認真研究，我們堅決應戰。

應聲 ㄧㄥˋ ㄕㄥ　①隨著聲音。例應聲而倒。②回答聲。例喊了半天，無人應聲。

應邀 ㄧㄥˋ ㄧㄠ　接受邀請。例應邀出席。

應變 ㄧㄥˋ ㄅㄧㄢˋ　①應付事態突然發生的變化。例他的應變能力很強。②物體由於外力的作用而產生體積或形狀上的變化，與原體積或形狀的比值，稱為應變。

應驗 ㄧㄥˋ ㄧㄢˋ　事情的發展和結果與原先估計、預料的相符。

應用文 ㄧㄥˋ ㄩㄥˋ ㄨㄣˊ　指人們在日常生活、工作、學習中經常應用的文體，有其慣用的格式。包括公文、書信、契約、單據等。

應聲蟲 ㄧㄥˋ ㄕㄥ ㄔㄨㄥˊ　比喻胸無主見，隨聲附和的人。例這傢伙簡直是個應聲蟲，老闆怎麼說他就怎麼說。

應付自如 ㄧㄥˋ ㄈㄨˋ ㄗˋ ㄖㄨˊ　形容處理事情從容不迫的樣子。

應有盡有 ㄧㄥ ㄧㄡˇ ㄐㄧㄣˋ ㄧㄡˇ　應該有的全都有了。形容非常齊全，所需要的無不具備。

應接不暇 ㄧㄥˋ ㄐㄧㄝ ㄅㄨˋ ㄒㄧㄚˊ　本指美景甚多，來不及遍賞。後用以比喻人事繁忙，應付不過來。

應對如流 ㄧㄥˋ ㄉㄨㄟˋ ㄖㄨˊ ㄌㄧㄡˊ　形容回答別人的問話敏捷流利。也作「應答如流」。

憾

ㄏㄢˋ hàn　名內心感到不滿足或不圓滿。例缺憾。形悔恨的，不滿意的。例憾事。動怨恨。

憾事 ㄏㄢˋ ㄕˋ　認為不完美、感到不滿足或遺憾的事。

懋

ㄇㄠˋ mào　形①美盛的，盛大的。例懋勛。②喜悅的。動通「貿」。交易買賣。例懋遷。

懋業 ㄇㄠˋ ㄧㄝˋ 大業。

懃 ㄑㄧㄣˊ qín 通「勤」。形殷勤懇切。動努力不懈。例懃懃懇懇。

懂 ㄉㄨㄥˇ dǒng 動明白，了解。例聽懂。

懂事 ㄉㄨㄥˇ ㄕˋ 明白事理。例這孩子很懂事。

懌 ㄧˋ yì 形喜悅的，快樂的。

懈 ㄒㄧㄝˋ xiè 動鬆弛，怠惰。例堅持不懈。

懈怠 ㄒㄧㄝˋ ㄉㄞˋ 鬆懈懶惰。例他孜孜不倦苦讀苦學，從未懈怠。

憸 ㄒㄧㄢ xiān 名奸邪，奉承討好。例憸佞。

懊 ㄠˋ ào 動悔恨。例懊惱、懊恨。

懊悔 ㄠˋ ㄏㄨㄟˇ 心中感到悔恨，認為當初不該那樣。

懊喪 ㄠˋ ㄙㄤˋ 因不如意或失望而情緒低落，精神頹喪。

懊惱 ㄠˋ ㄋㄠˇ 心裡感到煩惱悔恨。

憺 ㄉㄢˋ dàn 形安逸，安然。動使人畏懼。

懇 ㄎㄣˇ kěn 形真誠。例誠懇。動請求。例敬懇諒解。

懇切 ㄎㄣˇ ㄑㄧㄝˋ 情意誠懇殷切。例言辭懇切。

懇求 ㄎㄣˇ ㄑㄧㄡˊ 誠懇地請求。

懇託 ㄎㄣˇ ㄊㄨㄛ 誠懇地託付。

懇談 ㄎㄣˇ ㄊㄢˊ 誠懇地交談，真心交換意見。

懇請 ㄎㄣˇ ㄑㄧㄥˇ 誠懇地請求別人。

懇摯 ㄎㄣˇ ㄓˋ 誠懇真摯。多就人的態度或言詞而言。

十四畫

懣 ㄇㄣˋ mèn 形煩悶的，憤怒的。動憤恨。例憤懣。

懦 ㄋㄨㄛˋ nuò 形軟弱的，怯弱的。例怯懦。

懦夫 ㄋㄨㄛˋ ㄈㄨ 軟弱無能的人。

懦弱 ㄋㄨㄛˋ ㄖㄨㄛˋ 軟弱，膽小怕事。

懤 ㄔㄡˊ chóu 副憂愁的樣子。例懤懤。

懨 ㄧㄢ yān 副精神不振的樣子。

懨懨 ㄧㄢ ㄧㄢ 形容因患病而精神不振的樣子。

懞 ㄇㄥˊ méng 形①忠厚樸實的。例懞直。②通「懵」。無知，不明事理的。例懞懂。

懟 ㄉㄨㄟˋ duì 動怨恨。例怨懟。

十五畫

懭 ㄎㄨㄤˇ kuǎng 副懭悢，惆悵失意的樣子。

懲 ㄔㄥˊ chéng 動①責罰。例嚴懲、懲辦。②警戒。例懲前毖後。

懲戒 ㄔㄥˊ ㄐㄧㄝˋ 通過處罰以示警戒。

懲治 ㄔㄥˊ ㄓˋ 懲辦，治罪。

懲處 ㄔㄥˊ ㄔㄨˇ 懲治處罰。例依法懲處。

懲罰 ㄔㄥˊ ㄈㄚˊ 嚴厲地處罰。

懲一警百 ㄔㄥˊ ㄧ ㄐㄧㄥˇ ㄅㄞˇ 責罰一人以警戒眾人。

懲忿窒欲 ㄔㄥˊ ㄈㄣˋ ㄓˋ ㄩˋ 止息忿怒，抑制情慾。

懲前毖後 ㄔㄥˊ ㄑㄧㄢˊ ㄅㄧˋ ㄏㄡˋ 從失敗中吸取教訓，小心謹慎，不再重犯錯誤。

十六畫

懷 ㄏㄨㄞˊ huái 名①胸腹之間，胸前。例抱在懷裡。②心中，心意。例耿耿於懷。動①思念。例緬懷。②歸向，歸附。例書經：「黎民懷之。」③安撫。例懷遠以德。④心中存有，藏有。例少懷大志。⑤包圍，圍繞。例書經：「蕩蕩懷山襄陵。」

懷孕 ㄏㄨㄞˊ ㄩㄣˋ 婦女或雌性哺乳動物有了胎兒。同懷胎。

懷抱 ㄏㄨㄞˊ ㄅㄠˋ ①抱在懷裡。例她懷抱著嬰兒。②心裡存有，懷中藏有。例他懷抱著救國大志。③懷裡，胸前。例她躺在媽媽的懷抱裡睡得香甜。

懷念 ㄏㄨㄞˊ ㄋㄧㄢˋ 思念。例懷念親人。同懷想。

懷恨 ㄏㄨㄞˊ ㄏㄣˋ 心存怨恨，記恨。

懷春 ㄏㄨㄞˊ ㄔㄨㄣ 指少女愛慕異性，有擇友求偶的心思。

懷柔 ㄏㄨㄞˊ ㄖㄡˊ 用柔和的手段籠絡遠方的國家或外族，使他們歸附。例懷柔政策。

懷疑 ㄏㄨㄞˊ ㄧˊ ①心存疑惑，不大相信。例對此我表示懷疑。②猜測。例我懷疑有人在暗中搗鬼。

懷璧 ㄏㄨㄞˊ ㄅㄧˋ 懷中藏著璧玉。比喻有才能而遭人忌恨。例匹夫無罪，懷璧其罪。

懷舊 ㄏㄨㄞˊ ㄐㄧㄡˋ 想念往日的朋友或過去的事情。

懷鬼胎 ㄏㄨㄞˊ ㄍㄨㄟˇ ㄊㄞ 心裡藏有怕人知道的隱私，或不可告人的壞主意。

懷才不遇 ㄏㄨㄞˊ ㄘㄞˊ ㄅㄨˋ ㄩˋ 有才能而得不到賞識，沒有施展的機會。

懶 ㄌㄢˇ lǎn 形怠惰，不勤快。例懶人。副不耐煩，不願意。例我才懶得理他哩！

懶惰 ㄌㄢˇ ㄉㄨㄛˋ 不愛做事，做事不肯盡力。

懶散 ㄌㄢˇ ㄙㄢˇ 形容人精神不振，懶惰散漫的樣子。

懶腰 ㄌㄢˇ ㄧㄠ 疲倦時伸展腰肢。

懶洋洋 ㄌㄢˇ ㄧㄤˊ ㄧㄤˊ 形容無精打采的樣子。例你成天懶洋洋的，究竟是為了什麼？

懵 ㄇㄥˊ méng 形無知，不明事理的。

懵懂 ㄇㄥˊ ㄉㄨㄥˇ 糊塗，不明道理。例你真是聰明一世，懵懂一時。

懸 ㄒㄩㄢˊ xuán 動①拴繫，吊掛。例懸燈結綵、懸在半空中。②擱置而無結果。例懸案、這事暫且懸著。③牽掛，掛念。例懸念。副①憑空，無所依據。例懸想。②距離遙遠，差別甚大。例懸隔、懸殊。

懸心 ㄒㄩㄢˊ ㄒㄧㄣ 掛念，不放心。例我為這孩子日夜懸心！

懸河 ㄒㄩㄢˊ ㄏㄜˊ ①形容傾瀉不止的瀑布。②比喻說話滔滔不絕或文辭流暢奔放。

懸空 ㄒㄩㄢˊ ㄎㄨㄥ 懸掛在空中，下不著地。比喻脫離實際或沒有著落。

懸念 ㄒㄩㄢˊ ㄋㄧㄢˋ 掛念。例希望常來信或來電，以免懸念。

懸缺 ㄒㄩㄢˊ ㄑㄩㄝ 職位出缺，尚未有人擔任。

懸浮 ㄒㄩㄢˊ ㄈㄨˊ 固體微粒在流體中懸蕩飄浮而不沉下去。

懸案 ㄒㄩㄢˊ ㄢˋ 指擱置起來還沒有了結的案件或問題。

懸殊 ㄒㄩㄢˊ ㄕㄨ 相差遠，區別大。例貧富懸殊。

懸掛 ㄒㄩㄢˊ ㄍㄨㄚˋ 掛吊在空中。例懸掛國旗。

懸崖 ㄒㄩㄢˊ ㄧㄞˊ 又高又陡的山崖。

懸壺 ㄒㄩㄢˊ ㄏㄨˊ 指賣藥行醫。例懸壺濟世。

懸隔 ㄒㄩㄢˊ ㄍㄜˊ 相隔很遠。例彼此懸隔，何時能再相會？

懸梁 ㄒㄩㄢˊ ㄌㄧㄤˊ ①用繩子把頭髮綁在屋梁上。比喻刻苦求學。②上吊自盡。

懸賞 ㄒㄩㄢˊ ㄕㄤˇ 定出具體的報酬或其他獎賞，公開招人去做某事。

懸臂 ㄒㄩㄢˊ ㄅㄟˋ 某些機械伸展在機身外部像手臂的部分。

懸而未決 ㄒㄩㄢˊ ㄦˊ ㄨㄟˋ ㄐㄩㄝˊ 一直擱置而沒有得到解決。

懸梁刺股 ㄒㄩㄢˊ ㄌㄧㄤˊ ㄘˋ ㄍㄨˇ 比喻人發憤苦讀，努力學習。

懸崖峭壁 ㄒㄩㄢˊ ㄧㄞˊ ㄑㄧㄠˋ ㄅㄧˋ 形容山脈高聳險峻。也作「懸崖絕壁」。

懸崖勒馬 ㄒㄩㄢˊ ㄧㄞˊ ㄌㄜˋ ㄇㄚˇ 比喻面臨險境，及時醒悟回頭。

懸腸掛肚 ㄒㄩㄢˊ ㄔㄤˊ ㄍㄨㄚˋ ㄉㄨˋ 形容非常擔心掛念。也作「牽腸掛肚」。

十七畫

懺 ㄔㄢˋ chàn 名僧尼為人祈禱悔過時所念的經文。如梁皇懺。動悔恨，悔悟。例懺悔。

懺悔 ㄔㄢˋ ㄏㄨㄟˇ ①佛家語。請人寬恕自己的過錯。②知道錯誤和罪過深覺痛心，決心悔改。

十八畫

懾 ㄓㄜˊ zhé 動①恐懼，害怕。②威脅使屈服。例威懾。

懾服 ㄓㄜˊ ㄈㄨˊ 因畏懼威勢而屈服。

懿 ㄧˋ yì 形美好，良善的。多指德行。例懿德、嘉言懿行。

懿行 ㄧˋ ㄒㄧㄥˋ 善行。

懿德 ㄧˋ ㄉㄜˊ 美善的德行。

懽 ㄏㄨㄢ huān 形同「歡」。喜樂的。

懼 ㄐㄩˋ jù 動害怕。例畏懼、毫無所懼。

懼內 ㄐㄩˋ ㄋㄟˋ 怕老婆。

懼怕 ㄐㄩˋ ㄆㄚˋ 畏懼，害怕。

懼高症 ㄐㄩˋ ㄍㄠ ㄓㄥˋ 因置身高處而產生不適反應的症狀。

十九畫

戀 ㄌㄧㄢˋ liàn 形有情愛的。例戀人。動①愛慕，思慕。例初戀、熱戀。②眷念而不捨分離。例戀家、留戀。

戀棧 ㄌㄧㄢˋ ㄓㄢˋ 比喻官吏貪戀祿位。

戀愛 ㄌㄧㄢˋ ㄞˋ 男女之間互相愛慕。

戀舊 ㄌㄧㄢˋ ㄐㄧㄡˋ 依戀舊地、故鄉或懷念老朋友。

戁 ㄋㄢˇ nǎn 形敬畏，恐懼的。

二十畫

戄 ㄐㄩㄝˊ jué 副震驚的樣子。例戄然。

二十四畫

戇 ㈠ㄓㄨㄤˋ zhuàng 形 剛直而愚笨的。㈡ㄍㄤˋ gàng 形 傻氣而魯莽的。例戇子頭。

戇直 ㄓㄨㄤˋ ㄓˊ 剛直。例性情戇直。

戈部 ㄍㄜ

戈 ㄍㄜ gē 名 ①古代兵器，長柄橫刃。例枕戈待旦。②戰爭。例偃武息戈。

戈壁 ㄍㄜ ㄅㄧˋ 即蒙古大沙漠。土質多為砂礫，地面上缺水，氣候乾燥，植物稀少，不宜居住。

一畫

戊 ㄨˋ wù 名 天干的第五位。也用作順序的第五位。

二畫

戎 ㄖㄨㄥˊ róng 名 ①古兵器的總稱。例五戎。②軍隊，軍事。例投筆從戎、戎馬生涯。③泛稱居於西部地區的民族。也稱西戎。④戰爭。⑤軍車。例元戎。⑥姓。

戎狄 ㄖㄨㄥˊ ㄉㄧˊ 中國古代稱西部和北部地區的民族，西戎北狄。

戎裝 ㄖㄨㄥˊ ㄓㄨㄤ 軍人裝束。例一身戎裝。

戎機 ㄖㄨㄥˊ ㄐㄧ ①軍中的機密。②指緊急的軍事行動，或上級指示的軍事機宜。

戎馬倥傯 ㄖㄨㄥˊ ㄇㄚˇ ㄎㄨㄥˇ ㄗㄨㄥˇ 戰事不斷，忙於在戰場上奔波。

戌 ㄒㄩ xū 名 ①地支的第十一位，也用作順序的第十一。②時辰名。指午後七時至九時。

戍 ㄕㄨˋ shù 名 ①守邊的士兵。例戍人。②邊防區的營壘。例築戍。動 軍隊防守。例戍守。

戍守 ㄕㄨˋ ㄕㄡˇ 防守，守衛。例彈藥庫時刻都有人戍守。

戍邊 ㄕㄨˋ ㄅㄧㄢ 軍隊駐守邊疆。

成 ㄔㄥˊ chéng 名 ①現有的一切。例坐享其成、守成不易。②古代十里平方的土地。例有田一成。③十分之一叫一成。例九成、七成。④姓。形 ①完整的。例成品。②生物發展到成熟階段的。例成人。③已定的，固定不變的。例成規、成例。動 ①使達到目的。例成全、玉成其事。②成為，變為。例百煉成鋼。③可以。例這樣做也成。④達到。例成千上萬。⑤事情做完。例大功告成。副 ①足夠。例成了！這樣就好了。②通「誠」。必定。例成不以富。

成人 ㄔㄥˊ ㄖㄣˊ ①已成年的人。②成器，成材。例教育成人。③成全別人。例成人之美。

成文 ㄔㄥˊ ㄨㄣˊ ①已出現過的文章。比喻老一套。例沿襲成文，毫無新見。②用文字固定下來的文書定格。例人事任免已成文。

成天 ㄔㄥˊ ㄊㄧㄢ 整天。例他成天在外遊盪。同成日。

成分 ㄔㄥˊ ㄈㄣˋ ①指構成事物的各種不同的物質或因素。②程度，可能性。例這件事貪污的成分很高。③大陸地區指個人參加工作前的主要經歷或職業，以及家庭所屬的階級。

成立 ㄔㄥˊ ㄌㄧˋ ①建立，創設。②某種學說、論點站得住腳，得到公認。③議案經議決通過。例本案成立。④成長到能自立。例李密·陳情表：「零丁孤苦，至於成立。」

成功 ㄔㄥˊ ㄍㄨㄥ 事業、任務等順利完成，並獲得滿意的結果。例原子彈試驗成功。

成本 ㄔㄥˊ ㄅㄣˇ 對一件商品所投下的全部費用。例成本太高，不划算。

成交 ㄔㄥˊ ㄐㄧㄠ 買賣雙方交易成功。

成衣 ㄔㄥˊ ㄧ ①做好出售的現成衣服。②舊指縫製衣服，也指做衣服的工人。

成全 ㄔㄥˊ ㄑㄩㄢˊ 幫助別人達成他的願望。

成名 ㄔㄥˊ ㄇㄧㄥˊ 因在事業等方面獲得成就而有名。例一舉成名天下知。

成色 ㄔㄥˊ ㄙㄜˋ ①金銀幣或器物中所含純金銀的分量。②泛指品質。例這批貨的成色好。

成材 ㄔㄥˊ ㄘㄞˊ 可做成器物的材料。比喻可造就的人才。

成見 ㄔㄥˊ ㄐㄧㄢˋ 對人或事所抱的主觀或預設的看法。例他對我有成見。

成事 ㄔㄥˊ ㄕˋ ①把事情辦成了。例壞事容易成事難。②已經完成的事情。例成事不說。

成果 ㄔㄥˊ ㄍㄨㄛˇ 得到的收穫，取得的成績。例只要勤奮努力，總會有成果的。

成命 ㄔㄥˊ ㄇㄧㄥˋ 已發布的命令、指示之類。例收回成命。

成例 ㄔㄥˊ ㄌㄧˋ 慣例，過去的規矩。例依成例行事。

成品 ㄔㄥˊ ㄆㄧㄣˇ 大量生產出來可以向外銷售的合格產品。

成家 ㄔㄥˊ ㄐㄧㄚ ①指男子結婚。例他早已成家。②指人在學術、藝術等方面有獨特的建樹，成了專家。

成效 ㄔㄥˊ ㄒㄧㄠˋ 已見的功效，實際效果。例這種感冒藥很有成效。

成套 ㄔㄥˊ ㄊㄠˋ 配合起來組成一整套。例成套的書竟缺了一本！

成員 ㄔㄥˊ ㄩㄢˊ 家庭或集體的組成人員。

成規 ㄔㄥˊ ㄍㄨㄟ 久已通行的或現成的規則、辦法。例不能老這樣按成規辦事。

成婚 ㄔㄥˊ ㄏㄨㄣ 結婚。同成親。

成就 ㄔㄥˊ ㄐㄧㄡˋ ①指事業上的績效、成果。例他在數學上頗有成就。②完成。例成就建國大業。

成語 ㄔㄥˊ ㄩˇ 人們長期習用的、簡潔的詞組或短語。大多由四個字組成，有些可從字面理解，如一舉兩得、萬紫千紅；有些則要知道出處來源才懂，如守株待兔、朝三暮四。

成熟 ㄔㄥˊ ㄕㄡˊ ①植物的果實完全長成。例待到葡萄成熟時。②事物的發展已達完善的程度。例條件還不夠成熟。

成器 ㄔㄥˊ ㄑㄧˋ ①美好的器物。例玉不琢不成器。②比喻成為有用的人才。

成績 ㄔㄥˊ ㄐㄧ 成果及功效。例學習成績、工作成績。

成蟲 ㄔㄥˊ ㄔㄨㄥˊ 發育到能繁殖後代階段的昆蟲。如蠶蛾是蠶的成蟲，蚊子是孑孓的成蟲。

成藥 ㄔㄥˊ ㄧㄠˋ 按藥方配製好，標明效能、用法、用量的藥物。

成氣候 ㄔㄥˊ ㄑㄧˋ ㄏㄡˋ 比喻有成就或有發展前途。例你不要看他現在這樣子，今後可能要成氣候。

成人之美 ㄔㄥˊ ㄖㄣˊ ㄓ ㄇㄟˇ 成全人家的好事。常用以說明助人為善。

成仁取義 ㄔㄥˊ ㄖㄣˊ ㄑㄩˇ ㄧˋ 比喻為了實踐仁義而犧牲自己的生命。

成竹在胸 ㄔㄥˊ ㄓㄨˊ ㄗㄞˋ ㄒㄩㄥ 指在畫竹子前，心裡已先有竹子的形象。比喻心中已有定見。又作「胸有成竹」。

成年累月 ㄔㄥˊ ㄋㄧㄢˊ ㄌㄟˇ ㄩㄝˋ 形容時日長久。

成何體統 ㄔㄥˊ ㄏㄜˊ ㄊㄧˇ ㄊㄨㄥˇ 意即不成樣子，不像話。

成家立業 ㄔㄥˊ ㄐㄧㄚ ㄌㄧˋ ㄧㄝˋ 指男子成立家庭，創立事業。

成效卓著 ㄔㄥˊ ㄒㄧㄠˋ ㄓㄨㄛˊ ㄓㄨˋ 指事情的實際效果非常顯著。

成群結隊 ㄔㄥˊ ㄑㄩㄣˊ ㄐㄧㄝˊ ㄉㄨㄟˋ 結成一群群、一隊隊。形容數目眾多的樣子。

成雙成對 ㄔㄥˊ ㄕㄨㄤ ㄔㄥˊ ㄉㄨㄟˋ 形容人或物雙雙對對。

成事不足，敗事有餘 ㄔㄥˊ ㄕˋ ㄅㄨˋ ㄗㄨˊ ㄅㄞˋ ㄕˋ ㄧㄡˇ ㄩˊ 辦不好事情，反而把事情弄糟。

三畫

戒 ㄐㄧㄝˋ jiè 名①宗教上約束或禁止做某些行為的規定。例戒律。②可戴於手指上的環狀飾品。例鑽戒。動①防備。例戒備。②革除掉某種嗜好。例戒菸、戒酒。③警告，勸告。例警戒、勸戒。

戒心 ㄐㄧㄝˋ ㄒㄧㄣ 警惕防備的心。例存有戒心。

戒尺 ㄐㄧㄝˋ ㄔˇ ①佛教向僧徒說戒時的用具。②舊時私塾老師對學童懲罰時所用的木板。也叫戒方。

戒指 ㄐㄧㄝˋ ㄓˇ 戴在手指上的環形裝飾物。例結婚戒指。

戒律 ㄐㄧㄝˋ ㄌㄩˋ 指佛教、道教用來約束教徒的規則。也稱戒條。

戒除 ㄐㄧㄝˋ ㄔㄨˊ 改掉不良嗜好。

戒嚴 ㄐㄧㄝˋ ㄧㄢˊ 國家在戰時或其他非常的情況下，在全國或某一地區所採取的嚴密防備措施。如增設警戒、限制交通等。

戒備森嚴 ㄐㄧㄝˋ ㄅㄟˋ ㄙㄣ ㄧㄢˊ 形容警戒防備得十分嚴密。

我 ㄨㄛˇ wǒ 名私心。例大公無我。代①自稱之詞。例我是臺灣人。②稱己方。例我國、我校。

我輩 ㄨㄛˇ ㄅㄟˋ 我等，我們。

我行我素 ㄨㄛˇ ㄒㄧㄥˊ ㄨㄛˇ ㄙㄨˋ 自行其是，既不因環境而轉移，也不受別人影響。

四畫

戔 ㄐㄧㄢ jiān 形淺的，小的。例戔戔。

或 ㄏㄨㄛˋ huò 副①也許。表示不一定。例或許。②稍微地，些許地。例不可或緩、不可或缺。代泛指人或事物。例或曰（有人說）。連表示選擇或列舉。例或者、或是。

或者 ㄏㄨㄛˋ ㄓㄜˇ ①表示不定的副詞。或許，也許。例明天天氣或者會轉晴。②表示選擇的連詞。例明天你來或者他來都可以。

或許 ㄏㄨㄛˋ ㄒㄩˇ 也許，說不定。

或然率 ㄏㄨㄛˋ ㄖㄢˊ ㄌㄩˋ ①數學名詞。即概率、機率。②機會，可能性。

戕 ㄑㄧㄤ qiāng 動殺害，傷害。例戕害。

戕賊 ㄑㄧㄤ ㄗㄟˊ 傷害，殘害。例他竟以戕賊他人為快！

七畫

戛 ㄐㄧㄚˊ jiá 名古代的兵器，戟或長矛。形鳥鳴聲。例戛然。動敲擊。

戛然 ㄐㄧㄚˊ ㄖㄢˊ ①突然中止。例戛然而止。②多形容嘹亮的鳥鳴聲。

戚 ㄑㄧ qī 名①有親屬關係的人。例外戚、親戚。②古時一種像斧的兵器。③憂愁，悲哀。例休戚與共、悲戚。④姓。

戚容 ㄑㄧ ㄖㄨㄥˊ 憂愁或悲哀的面容。

戚戚 ㄑㄧ ㄑㄧ ①形容憂愁懼怕。例論語：「君子坦蕩蕩，小人常戚戚。」②心動的樣子。例孟子：「於我心有戚戚焉。」

八畫

戟 ㄐㄧˇ jǐ 名古代的一種兵器。在戈的柄端再加上矛，是戈和矛的合體，既可前刺，又可後勾。

戟手 ㄐㄧˇ ㄕㄡˇ 伸出手指，指著對方罵。形容盛怒指責的樣子。亦作「戟指」。

九畫

戡 ㄎㄢ kān 動用武力平定。例戡亂、戡定。

戥 ㄉㄥˇ děng 名小秤，用來秤貴重物品。例戥子。動用戥子稱東西。

戥子 ㄉㄥˇ ㄗ˙ 一種小秤，用來稱金銀、珠寶、藥物等重量小到分或釐的東西。

戢 ㄐㄧˊ jí 動①收斂，收藏。例戢翼。②止息。例戢怒。

戢兵 ㄐㄧˊ ㄅㄧㄥ 息兵，停止用兵。

戢影 ㄐㄧˊ ㄧㄥˇ 藏匿形跡。比喻退休閒居。例戢影家園。

戤 ㄍㄞˋ gài 動①工商業中冒牌圖利。例戤牌。②用人或物作抵押。例戤典。③倚。例戤在牆上。

戣 ㄎㄨㄟˊ kuí 名古代的一種兵器，類似戟。

十畫

截 ㄐㄧㄝˊ jié 名量詞。相當於「段」。例斷成數截。形分明的樣子。例截然。動①切割，切斷。例截長補短。②阻擋，攔住。例攔截、截住。

截止 ㄐㄧㄝˊ ㄓˇ 到一定期限即停止進行。例招工日期明天截止。

截取 ㄐㄧㄝˊ ㄑㄩˇ 從中提取。例你怎麼能從救災款中截取一筆移作他用呢？

截肢 ㄐㄧㄝˊ ㄓ 指把無法醫治的肢體切割掉。

截流 ㄐㄧㄝˊ ㄌㄧㄡˊ 在水道中採取阻斷水流的措施。例長江三峽已截流成功。

截然 ㄐㄧㄝˊ ㄖㄢˊ 界限分明，就像切割開的一樣。

截稿 ㄐㄧㄝˊ ㄍㄠˇ 報章雜誌來稿的截止日期。

截擊 ㄐㄧㄝˊ ㄐㄧˊ 在半路上攔住敵人，施行攻擊。

截斷 ㄐㄧㄝˊ ㄉㄨㄢˋ ①切斷，割斷。例木料再粗也可用電鋸截斷。②打斷，隔斷。例從中截斷別人的話不禮貌。

截長補短 ㄐㄧㄝˊ ㄔㄤˊ ㄅㄨˇ ㄉㄨㄢˇ 比喻以多餘補不足，或用長處補短處。

截然不同 ㄐㄧㄝˊ ㄖㄢˊ ㄅㄨˋ ㄊㄨㄥˊ 形容兩件事物區別明顯，一點相同的地方也沒有。

戩 ㄐㄧㄢˇ jiǎn 名福祿，吉祥。動①通「翦」。消滅，除掉。②窮盡。例戩穀。

戧 ㄑㄧㄤˋ qiàng 形言語衝突，決裂的。例兩人說戧了，便各走各的。動①支撐。例這屋梁歪得厲害，要用木頭戧住。②填充。例戧金飾物。③逆，反方向。例不要戧著風。

十一畫

戮 ㄌㄨˋ lù 動①殺。例殺戮、誅戮。②羞辱，侮辱。例戮笑。③合，併。例戮力合作。

戮力同心 ㄌㄨˋ ㄌㄧˋ ㄊㄨㄥˊ ㄒㄧㄣ 指齊心合力，團結一致。

十二畫

戰 ㄓㄢˋ zhàn 名①戰爭，武力衝突。例赤壁之戰。②姓。形與戰爭有關的。例戰術、戰略。動①打仗。例交戰、轉戰。②競爭，角逐勝負。例挑戰、論戰。③因冷或害怕而發抖。例膽戰心驚。

戰士 ㄓㄢˋ ㄕˋ ①軍隊中的士兵。②泛指從事某種正義事業的人。例革命戰士、白衣戰士。

戰火 ㄓㄢˋ ㄏㄨㄛˇ 指戰爭、戰事。因其破壞作用和帶來的禍害有如烈火造成的災害。

戰友 ㄓㄢˋ ㄧㄡˇ 在一起戰鬥的人。例我們是親密戰友。

戰犯 ㄓㄢˋ ㄈㄢˋ 戰爭罪犯。指發動侵略或其他非正義戰爭的人，以及在這種戰爭中犯有嚴重罪行的人。

戰地 ㄓㄢˋ ㄉㄧˋ 兩軍交戰的地域，即戰場。

戰役 ㄓㄢˋ ㄧˋ 為實現特定的戰略目的，在一定的作戰方向上和時間內所進行的戰爭的總和。

戰局 ㄓㄢˋ ㄐㄩˊ 敵對雙方在某一時期或某一地區所形成的武力衝突局勢。

戰況 ㄓㄢˋ ㄎㄨㄤˋ 關於作戰的情況。

戰事 ㄓㄢˋ ㄕˋ 戰爭，有關戰爭的各種活動。

戰爭 ㄓㄢˋ ㄓㄥ 民族與民族、國家與國家、政治集團與政治集團之間，為了一定的政治目的而進行的武裝鬥爭。

戰俘 ㄓㄢˋ ㄈㄨˊ 作戰時所俘虜的敵方官兵。

戰鬥 ㄓㄢˋ ㄉㄡˋ 指敵對雙方以武力相爭鬥。

戰書 ㄓㄢˋ ㄕㄨ 對敵方宣戰的文書。也泛指競賽爭比高下的文書。

戰區 ㄓㄢˋ ㄑㄩ 為完成戰略任務而劃分的作戰區域。在每個戰區內具有相對獨立而完整的作戰體系。

戰國 ㄓㄢˋ ㄍㄨㄛˊ 中國歷史上的一個時代，從西元前四七五年韓、趙、魏三家分晉起至西元前二二一年秦始皇統一六國止。這一時代各諸侯國連年發生戰爭。

戰略 ㄓㄢˋ ㄌㄩㄝˋ ①對戰爭全局的計畫和策略。②比喻指導全局的策略。例參加奧運會的戰略已定。

戰術 ㄓㄢˋ ㄕㄨˋ 為實現戰略計畫而進行戰鬥的方法。

戰雲 ㄓㄢˋ ㄩㄣˊ 比喻戰爭的氣氛。例戰雲密布。

戰場 ㄓㄢˋ ㄔㄤˇ ①兩軍交戰的地方。例戰場上屍橫遍野。同沙場。②比喻戰鬥、角逐之所。例商場如戰場，沒有交情可言。

戰報 ㄓㄢˋ ㄅㄠˋ 有關戰地情況的報導。也用來比喻活動、比賽等的情況報導。

戰備 ㄓㄢˋ ㄅㄟˋ 為戰爭作準備。例戰備物資。

戰慄 ㄓㄢˋ ㄌㄧˋ 形容因恐懼而顫抖的樣子。

戰亂 ㄓㄢˋ ㄌㄨㄢˋ 指戰爭時期的混亂狀況。

戰線 ㄓㄢˋ ㄒㄧㄢˋ ①敵對雙方軍隊作戰時的接觸線，也就是最前線。②比喻事業的某一領域。例工業戰線。

戰利品 ㄓㄢˋ ㄌㄧˋ ㄆㄧㄣˇ 指在戰爭中從敵方獲得的物品。如武器、彈藥、裝備等。

戰戰兢兢 ㄓㄢˋ ㄓㄢˋ ㄐㄧㄥ ㄐㄧㄥ ①形容恐懼發抖的樣子。②形容小心謹慎的樣子。

十三畫

戴

ㄉㄞˋ dài 名姓。動①將物件加在頭、面、頸、胸、四肢上。例戴帽子、戴耳環、戴戒指。②尊崇，擁護。例愛戴、擁戴。③頂著，冒著。例披星戴月。

戴月披星 ㄉㄞˋ ㄩㄝˋ ㄆㄧ ㄒㄧㄥ 形容早出晚歸或連夜趕路，非常辛勞的樣子。又作「披星戴月」。

戴高帽子 ㄉㄞˋ ㄍㄠ ㄇㄠˋ ㄗ˙ 盡說些恭維好聽的話，讓人感到喜悅而得意。

戴罪立功 ㄉㄞˋ ㄗㄨㄟˋ ㄌㄧˋ ㄍㄨㄥ 有罪的人不予懲處，讓他以有罪之身去建立功勞。

戲

㈠ㄒㄧˋ xì 名戲劇，也泛稱歌舞、雜技等的表演。例演戲、馬戲。動①玩耍，遊戲。例兒戲、嬉戲。②開玩笑，嘲弄。例戲弄、戲言。

㈡ㄏㄨ hū 嘆於戲，表感傷至極的嘆詞。也作「嗚呼」。

㈢ㄏㄨㄟ huī 通「麾」。名軍隊中大將的旗幟。動指揮。

戲子 ㄒㄧˋ ㄗ˙ 舊時稱呼以演戲為職業的人。

戲曲 ㄒㄧˋ ㄑㄩˇ ①中國傳統的一種戲劇形式，綜合文學、音樂、舞蹈、武術等各種藝術而成。②古代雜劇和傳奇中的唱詞。

戲言 ㄒㄧˋ ㄧㄢˊ 開玩笑的話，隨便說說並不當真的話。例君無戲言。

戲弄 ㄒㄧˋ ㄋㄨㄥˋ 捉弄人，拿人開心。也作「戲耍」。

戲法 ㄒㄧˋ ㄈㄚˇ ①即魔術，一種用熟練的手法變化各種物件的幻術。②比喻耍花樣，玩弄手段。例你不要在我面前變戲法，我才不會上你的當哩！

戲耍 ㄒㄧˋ ㄕㄨㄚˇ 即戲弄他人，藉以取笑。

戲迷 ㄒㄧˋ ㄇㄧˊ 特別喜歡看戲或唱戲而入迷的人。

戲場 ㄒㄧˋ ㄔㄤˊ 表演雜技或戲劇的場所。

戲劇 ㄒㄧˋ ㄐㄩˋ 透過演員將某種故事或情節表演出來的藝術。

戲謔 ㄒㄧˋ ㄋㄩㄝˋ 用詼諧有趣的話開玩笑。

十四畫

戳 ㄔㄨㄛ chuō 名圖章。例郵戳、蓋戳。動①用尖銳的東西刺劃物體。例戳破。②豎立。例把扁擔戳起來。

戳穿 ㄔㄨㄛ ㄔㄨㄢ ①刺穿。例乾脆把這罐頭蓋子用刀戳穿。②揭穿，說破。例戳穿這傢伙的陰謀詭計。

戳記 ㄔㄨㄛ ㄐㄧˋ 圖章，印記。

戶部 ㄏㄨˋ

戶 ㄏㄨˋ hù 名①單扇的門。也指房屋的出入口。例夜不閉戶。②門第，家族的身分地位。例門當戶對。③人家，住家。例家喻戶曉。④帳冊登記的單位。例帳戶。

戶口 ㄏㄨˋ ㄎㄡˇ ①戶籍。例查戶口。②指住戶和人口。

戶長 ㄏㄨˋ ㄓㄤˇ 戶籍上登記為一戶的負責人。

戶頭 ㄏㄨˋ ㄊㄡˊ 帳冊上分立的有帳務關係的機關或個人。

戶籍 ㄏㄨˋ ㄐㄧˊ 政府機關以戶為單位，登記每戶人口詳細資料事項的簿冊。

戶限為穿 ㄏㄨˋ ㄒㄧㄢˋ ㄨㄟˊ ㄔㄨㄢ 踏穿門檻。形容進出的人很多，多指賓客。

戶樞不蠹 ㄏㄨˋ ㄕㄨ ㄅㄨˋ ㄉㄨˋ 門的轉軸不會被蛀蟲蛀壞。比喻經常活動著的東西不易腐蝕，可以耐久。

四畫

房 ㄈㄤˊ fáng 名①居室，屋舍。例平房、樓房。②居室中的一間。例書房、廚房。③構造或作用類似房子的東西。例蜂房、心房。④家族的分支。例長房、遠房。⑤妻室。例填房。⑥二十八星宿之一，即房宿。⑦計算妻妾或親戚家數的量詞。例兩房兒媳婦。⑧姓。

房子 ㄈㄤˊ ˙ㄗ 供人居住的建築物。同房屋、房舍。

房東 ㄈㄤˊ ㄉㄨㄥ 屋主，出租或出借房屋的人。

房事 ㄈㄤˊ ㄕˋ 男女性交的事。

房客 ㄈㄤˊ ㄎㄜˋ 向房東租屋住的人。

房產 ㄈㄤˊ ㄔㄢˇ 指所擁有的房屋、土地等財產。

房地產 ㄈㄤˊ ㄉㄧˋ ㄔㄢˇ 房屋、土地等方面的不動產。

戽

ㄏㄨˋ hù **名**戽斗，農家用來汲水灌田的農具。**動**汲水灌溉。**例**陸游・村舍詩：「溪近時聞戽水聲。」

戾

ㄌㄧˋ lì **名**罪過。**例**罪戾。**形**①凶惡橫暴的。**例**暴戾。②勁疾的，猛烈的。**例**潘岳・秋興賦：「勁風戾而吹帷。」**動**①到達。**例**詩經：「鳶飛戾天。」②違背。**例**乖戾。

所

ㄙㄨㄛˇ suǒ **名**①處所，地方。**例**場所、住所。②恰當的位置。**例**各得其所。③機關或機構的名稱。**例**研究所、衛生所。④計算建築物的量詞。**例**一所樓房、兩所大學。**助**①虛字。置於動詞前，表示動作的歸屬。**例**前所未聞。②與「為」或「被」連用，表示被動。**例**他一向為人所尊敬。

所以 ㄙㄨㄛˇ ㄧˇ ①因此，因而。表示因果關係，常與「因為」連用。**例**因為你不聽話，所以挨罵了。②何以，為何。③原因，理由。**例**問其所以。

所有 ㄙㄨㄛˇ ㄧㄡˇ ①權利的歸屬，即擁有。**例**家裡的財產歸我所有。②一切，全部。**例**我為這孩子傾注了所有的心血。

所在 ㄙㄨㄛˇ ㄗㄞˋ ①處所，地方。**例**修建療養院必須找個環境幽美的所在。②存在的地方，原因。**例**找出問題的關鍵所在。

所謂 ㄙㄨㄛˇ ㄨㄟˋ 所說的。**例**所謂民主就是要讓人有言論、集會、結社等等的自由。

所屬 ㄙㄨㄛˇ ㄕㄨˇ ①統屬或隸屬。②歸依。**例**心有所屬。

所以然 ㄙㄨㄛˇ ㄧˇ ㄖㄢˊ 原因或道理。**例**不論學什麼，既要知其然也要知其所以然。

所有權 ㄙㄨㄛˇ ㄧㄡˇ ㄑㄩㄢˊ 指團體或個人對所屬財物的自由支配能力。

所得稅 ㄙㄨㄛˇ ㄉㄜˊ ㄕㄨㄟˋ 政府對企業或個人按一定比率所徵收的稅。

所向披靡 ㄙㄨㄛˇ ㄒㄧㄤˋ ㄆㄧ ㄇㄧˇ 比喻力量所達到的地方，敵對者紛紛潰散，無法抵擋。

所向無敵 ㄙㄨㄛˇ ㄒㄧㄤˋ ㄨˊ ㄉㄧˊ 無論打到哪裡，都沒有抵擋得住的對手。

五畫

扁

㊀ㄅㄧㄢˇ biǎn **名**通「匾」。供題字用的長方形石板或木板，通常懸於牆上或門上。**例**扁額。**形**形狀寬而薄的。**例**扁圓形。**動**揍。**例**被扁。

㊁ㄆㄧㄢ piān **形**小，狹小的。**例**扁舟。

扁舟 ㄆㄧㄢ ㄓㄡ 小船。**例**一葉扁舟。

扁食 ㄅㄧㄢˇ ㄕˊ 餛飩、水餃、鍋貼之類的麵食。

扁柏 ㄅㄧㄢˇ ㄅㄛˊ 植物名。常綠喬木，葉小呈鱗狀，木材可供做器具。

扁擔 ㄅㄧㄢˇ ㄉㄢˋ 用木料或竹子做的扁而長的工具，用來挑或抬東西。

扁平足 ㄅㄧㄢˇ ㄆㄧㄥˊ ㄗㄨˊ 指腳心扁平而無凹下之部分，整個腳掌顯得較平。

扁桃腺 ㄅㄧㄢˇ ㄊㄠˊ ㄒㄧㄢˋ 在前後咽部類似淋巴結的組織，左右各一，有攔阻細菌的作用，形呈扁桃狀。

扃 ㄐㄩㄥ jiōng 名①從外關閉門戶用的門栓或門環。例門扃。②借指門戶。例柴扃。動關閉，關上。例扃門。

六畫

扇 ㈠ㄕㄢˋ shàn 名①能加速空氣流通的用具。例蒲扇、電扇。②門扉。例門扇。③計算門窗等的量詞。例一扇門、兩扇窗戶。

㈡ㄕㄢ shān 動①通「搧」。搖動扇子而生風。例扇風、扇一扇就涼快了。②通「煽」。從旁挑撥、鼓動。例扇動、扇惑。

扇形 ㄕㄢˋ ㄒㄧㄥˊ 以圓的兩半徑及其所截的弧圍成的部分。

扇動 ㄕㄢ ㄉㄨㄥˋ ①搖動，拍動。例鳥兒扇動雙翅。②慫恿，鼓動。亦作「煽動」。

扇墜兒 ㄕㄢˋ ㄓㄨㄟˋ ㄦ 繫在扇柄的飾物，如玉石、琥珀等。

扅 ㄧˊ yí 名扊扅，指門栓。

七畫

扈 ㄏㄨˋ hù 名①古國名。有扈，在今陝西省。②候鳥名。即九扈。③侍從，隨從。例扈從。④姓。形蠻橫不講理。例跋扈。

八畫

扊 ㄧㄢˇ yǎn 名扊扅，指門栓。

扉 ㄈㄟ fēi 名門扇。例柴扉。

扉頁 ㄈㄟ ㄧㄝˋ 指書籍封面後和封底前的白頁，用以保護書籍正文。通常不印文字，贈書紀念時，多在此處題詞或題字。

手部 ㄕㄡˇ

手 ㄕㄡˇ shǒu 名①人體上肢可以拿握的部分。例雙手。②擅長某種技能或做某種事情的人。例機槍手、水手。③技能，本領。例他在烹調方面真有一手。④指做事的人。例助手、人手不足。形①體積小而便於拿握的。例手冊。②親自做的。例手書、手抄。動拿著，執持。例人手一冊。

手下 ㄕㄡˇ ㄒㄧㄚˋ ①部下。例你共有多少手下？②手邊，身上。③下手的時候，指做事時的分寸。例請手下留情。

手工 ㄕㄡˇ ㄍㄨㄥ ①用雙手製作成品。例手工產品。②做手藝的工人。③手工勞動的報酬。例裝飾整個房間要多少手工？

手巾 ㄕㄡˇ ㄐㄧㄣ 洗臉、擦手用的布或毛巾。

手心 ㄕㄡˇ ㄒㄧㄣ ①手掌的中心部位。②比喻掌控的範圍。例他絕逃不出我的手心。

手札 ㄕㄡˇ ㄓㄚˊ 親筆寫的書信。例手札往來。

手令 ㄕㄡˇ ㄌㄧㄥˋ 舊稱長官親自下達的命令。

手冊 ㄕㄡˇ ㄘㄜˋ 介紹一般性的知識或匯集某方面常用的基本資料，供手頭查考的小冊子。

手印 ㄕㄡˇ ㄧㄣˋ 通常指按捺在文書、憑據上的指紋。

手杖 ㄕㄡˇ ㄓㄤˋ 走路時手裡拄著的棍子，扶柄通常作彎曲形或雕飾物形。

手法 ㄕㄡˇ ㄈㄚˇ ①文學、藝術創作的技巧方法。例表現手法。②做事的方法。例手法高明。

手相 ㄕㄡˇ ㄒㄧㄤˋ 根據人手掌上的紋理推斷吉凶禍福的命相術。

手段 ㄕㄡˇ ㄉㄨㄢˋ ①為達某種目的而採取的方法和措施。例要他改邪歸正必須採取強硬手段。②本領，能耐。例你要是不信，請看我的手段。

手跡 ㄕㄡˇ ㄐㄧ 指親手寫的字或畫的畫。

手套 ㄕㄡˇ ㄊㄠˋ 用棉紗、毛線、皮革等製成，可戴在手上，具有防護、美觀、便於操作等用途。

手書 ㄕㄡˇ ㄕㄨ ①親手書寫。②親筆寫的書信。

手氣 ㄕㄡˇ ㄑㄧˋ 指賭博或摸彩時的運氣。

手淫 ㄕㄡˇ ㄧㄣˊ 用手刺激生殖器以發洩性慾。

手球 ㄕㄡˇ ㄑㄧㄡˊ ①一種球類運動，比賽時每隊上場的人數相同，各有一名守門員，用手把球擲進對方的球門算得分，得分多的獲勝。②手球運動使用的球。

手軟 ㄕㄡˇ ㄖㄨㄢˇ ①不忍心下手。例心慈手軟。②疲倦無力。例手軟腳痠。

手術 ㄕㄡˇ ㄕㄨˋ 外科醫生用刀剪、針線等醫療器械，在病人需要治療的部位進行切除、縫合等治療的技術。

手植 ㄕㄡˇ ㄓˊ 親手栽植、種植。

手筆 ㄕㄡˇ ㄅㄧˇ ①文章或詩文的著作。②手書，手寫。③排場，用錢的氣派。

手腕 ㄕㄡˇ ㄨㄢˋ ①手與臂相連的關節部位。②辦事的能力、本領。例外交手腕。

手勢 ㄕㄡˇ ㄕˋ ①為傳達意思而用手做的各種姿勢。例交通警察用手勢指揮車輛。②彈奏琴弦的指法。

手腳 ㄕㄡˇ ㄐㄧㄠˇ ①指舉動或動作。例這姑娘手腳快。②暗中施用詭計。例做手腳。

手語 ㄕㄡˇ ㄩˇ 用手的姿勢或動作代表特定的意義，溝通思想的工具。

手緊 ㄕㄡˇ ㄐㄧㄣˇ ①不隨便花錢或給人東西。②缺錢用。

手銬 ㄕㄡˇ ㄎㄠˋ 束縛犯人雙手，拘束其活動的刑具。

手稿 ㄕㄡˇ ㄍㄠˇ 親手寫的底稿。或指未刊布的稿件。

手諭 ㄕㄡˇ ㄩˋ 指上級或尊長的親筆指示。

手頭 ㄕㄡˇ ㄊㄡˊ ①身邊。例你要的字帖我確實有，但不在手頭。②手中所有，指個人經濟狀況。例近來我手頭有些緊。

手藝 ㄕㄡˇ ㄧˋ 手工業工人所掌握的技術。

手邊 ㄕㄡˇ ㄅㄧㄢ 身邊。例你要的東西，現在不在手邊。

手癢 ㄕㄡˇ ㄧㄤˇ 因內心慾望的激發而躍躍欲試。

手續 ㄕㄡˇ ㄒㄩˋ 辦事的步驟及程序。例出國手續應儘量簡化。

手工業 ㄕㄡˇ ㄍㄨㄥ ㄧㄝˋ 以手工勞動為主，運用簡單的工具來從事生產的工業。

手帕交 ㄕㄡˇ ㄆㄚˋ ㄐㄧㄠ 俗稱結拜姐妹。

手電筒 ㄕㄡˇ ㄉㄧㄢˋ ㄊㄨㄥˇ 用乾電池作電源、可以隨身攜帶的小型筒狀照明用具。

手榴彈 ㄕㄡˇ ㄌㄧㄡˊ ㄉㄢˋ 用手投擲的小型炸彈。是近距離作戰的有力武器。

手不釋卷 ㄕㄡˇ ㄅㄨˋ ㄕˋ ㄐㄩㄢˋ 手裡的書不肯放下。形容勤奮好學或看書入迷。

手忙腳亂 ㄕㄡˇ ㄇㄤˊ ㄐㄧㄠˇ ㄌㄨㄢˋ 形容做事慌亂，毫無條理。

手足之情 ㄕㄡˇ ㄗㄨˊ ㄓ ㄑㄧㄥˊ 兄弟之間親密而深厚的感情。

手足胼胝 ㄕㄡˇ ㄗㄨˊ ㄆㄧㄢˊ ㄓ 形容極度勤苦辛勞。胼胝：手腳上磨起的老繭。

手足無措 ㄕㄡˇ ㄗㄨˊ ㄨˊ ㄘㄨㄛˋ 形容舉動慌張或不知如何是好。

手到擒來 ㄕㄡˇ ㄉㄠˋ ㄑㄧㄣˊ ㄌㄞˊ 剛動手就捉到了。形容做事毫不費力就獲致成功。

手無寸鐵 ㄕㄡˇ ㄨˊ ㄘㄨㄣˋ ㄊㄧㄝˇ 赤手空拳，沒有拿任何武器。

手舞足蹈 ㄕㄡˇ ㄨˇ ㄗㄨˊ ㄉㄠˇ 雙手舞動，兩腳也跳起來。形容非常高興或得意的樣子。

手無縛雞之力 ㄕㄡˇ ㄨˊ ㄈㄨˊ ㄐㄧ ㄓ ㄌㄧˋ 形容人極度柔弱無力。縛：捆綁。

才

ㄘㄞˊ cái 名①天賦的能力。例天生我才必有用。②有智慧、才能的人。例英才。③指人的品流。例奇才、蠢才。副①通「纔」。方，始。例剛才。②僅僅，只有。例這小孩才兩歲。

才女 ㄘㄞˊ ㄋㄩˇ 聰明而才華出眾的女子。

才思 ㄘㄞˊ ㄙ 才氣與思路，即現今所說的文藝創作的才能。例才思敏捷。

才俊 ㄘㄞˊ ㄐㄩㄣˋ 才能智慧超過一般的人。

才氣 ㄘㄞˊ ㄑㄧˋ 才華。例才氣過人。

才能 ㄘㄞˊ ㄋㄥˊ 指人所具有的知識和能力。同才具。

才華 ㄘㄞˊ ㄏㄨㄚˊ 表現在外的才能。例這人很有才華，詩文都寫得好。

才智 ㄘㄞˊ ㄓˋ 才能和智慧。例他才智甚高。

才幹 ㄘㄞˊ ㄍㄢˋ 辦事的能力。例他很有才幹。

才子佳人 ㄘㄞˊ ㄗˇ ㄐㄧㄚ ㄖㄣˊ 才華出眾的男子和年輕貌美的女子。

才高八斗 ㄘㄞˊ ㄍㄠ ㄅㄚ ㄉㄡˇ 才氣學識非常高深。

才氣橫溢 ㄘㄞˊ ㄑㄧˋ ㄏㄥˊ ㄧˋ 天賦聰明，才華極高，為詩作文能自如地表現出來。例李白是位才氣橫溢的詩人。

才疏學淺 ㄘㄞˊ ㄕㄨ ㄒㄩㄝˊ ㄑㄧㄢˇ 才學空疏淺薄。多用來謙稱自己才能不高，學問不深。

才德兼備 ㄘㄞˊ ㄉㄜˊ ㄐㄧㄢ ㄅㄟˋ 指一個人既有高超的才能，又具有優秀的品德。也作「德才兼備」。

才貌雙全 ㄘㄞˊ ㄇㄠˋ ㄕㄨㄤ ㄑㄩㄢˊ 形容才華容貌皆出眾。

一畫

扎

㊀ㄓㄚ zhā 名刺繡法之一。形廣闊的。例扎肩膀。動①刺。例手被針扎了。②鑽入，投進。例扎到人群裡。③伸展，

張開。例扎著雙臂。㊁ㄓㄚˊ zhá 名同「札」。書信。例信扎、函扎。動①奮力支持。例掙扎。②同「紮」。駐紮，綑綁。例扎營、扎燈籠。③寒風刺骨。例冷風扎人。

扎手 ㄓㄚ ㄕㄡˇ ①刺手。例玫瑰有刺，小心扎手。②比喻難辦的事或難應付的人。例此事很扎手、他是個扎手的人。

扎花 ㄓㄚ ㄏㄨㄚ 用絲線繡花。例她正在扎花。

扎根 ㄓㄚ ㄍㄣ ①指植物的根向土壤裡生長。②比喻深入到底層去。例扎根基層。

扎針 ㄓㄚ ㄓㄣ 中醫用特製的針刺入經穴治療疾病。

扎眼 ㄓㄚ ㄧㄢˇ ①刺眼。例光線太強，很扎眼。②惹人注意。例她穿得怪模怪樣的，太扎眼了。

扎實 ㄓㄚ ㄕˊ 結實，穩固。例這房子的基礎很扎實、他的國學根柢很扎實。

二畫

打 ㄉㄚˇ dǎ 動①敲，擊。例打門、打人。②吵架，作戰。例打架、打仗。③購買。例打油、打酒。④舉，拿著。例打傘、打燈籠。⑤做，訂製。例打毛衣、打造。⑥汲取，舀取。例打水、打飯。⑦放射，發出。例打雷、打信號。⑧繫，結，捆。例打領帶、打包裹。⑨捕捉。例打獵、打漁。⑩定出，立下。例打草稿、打主意。⑪塗抹，畫，印。例打蠟、打格子。⑫挖，鑿。例打井。⑬從事某種遊戲或賭博。例打撲克、打麻將。⑭從事、擔任某種工作或活動。例打雜、打游擊。⑮表示身體上的某些動作。例打手勢、打呵欠。⑯摔破，撞碎。例把花瓶給打了。⑰注射。例打針。⑱採取，使用。例打比喻、打官腔。⑲音譯量詞，英語為dozen。十二個一打。例一打鉛筆、一打雞蛋。介從，由。例你打哪兒來、打今天起不再吸菸。

打下 ㄉㄚˇ ㄒㄧㄚˋ ①攻克某地。例阿富汗首都已被反政府軍打下。②奠定。例打下基礎。

打工 ㄉㄚˇ ㄍㄨㄥ 利用空閒時間從事臨時性工作。例大學生有打工的風氣。

打水 ㄉㄚˇ ㄕㄨㄟˇ ①舀水，汲水。例打水洗腳。②游泳時雙手或雙腳拍打水面。

打手 ㄉㄚˇ ㄕㄡˇ ①幫助某種勢力或個人欺壓、毆打他人的人。②拍掌。

打包 ㄉㄚˇ ㄅㄠ ①整理及包裝物品。②行腳僧所背負的包裹。③出外用餐後將剩餘的菜餚帶走。

打仗 ㄉㄚˇ ㄓㄤˋ 進行戰爭或戰鬥。

打尖 ㄉㄚˇ ㄐㄧㄢ 在旅途中停下來休息或吃東西。

打劫 ㄉㄚˇ ㄐㄧㄝˊ 搶奪人家的財物。

打更 ㄉㄚˇ ㄍㄥ 舊時把一夜分作五更，每到一更，更夫敲鑼鼓或梆子報告時刻。

打扮 ㄉㄚˇ ㄅㄢˋ ①修飾容貌，穿戴好看的服飾。例這姑娘打扮起來真好看。②衣著穿戴所顯示出來的樣子。

打坐 ㄉㄚˇ ㄗㄨㄛˋ 僧道修行方法之一，即閉目盤腿而坐，使心神入定。亦稱為打禪。

打住 ㄉㄚˇ ㄓㄨˋ 中途停止。有時帶有命令語氣。例他打住不說了、你趕快打住。

打岔 ㄉㄚˇ ㄔㄚˋ 打斷別人的說話或工作。例請不要打岔，讓我寫完。

打盹 ㄉㄚˇ ㄉㄨㄣˇ 多指坐著或靠著小睡，即打瞌睡。

打胎 ㄉㄚˇ ㄊㄞ 用人工方法把胎兒弄出來，中止懷孕。亦稱為墮胎。

打拳 ㄉㄚˇ ㄑㄩㄢˊ 練習拳術。

打烊 ㄉㄚˇ ㄧㄤˋ 商店過了營業時間後，關門停止營業。

打消 ㄉㄚˇ ㄒㄧㄠ 消除，取消。例打消顧慮。

打破 ㄉㄚˇ ㄆㄛˋ ①突破原有的水準、限制等。例打破紀錄、打破常規。②破壞。

打倒 ㄉㄚˇ ㄉㄠˇ 推翻，打敗。例打倒獨裁。

打氣 ㄉㄚˇ ㄑㄧˋ ①加壓力使空氣進入車胎或皮球裡。②激勵他人，使其增加信心和勇氣。

打探 ㄉㄚˇ ㄊㄢˋ 打聽，暗暗地探聽。

打動 ㄉㄚˇ ㄉㄨㄥˋ 挑動人心意，使人感動。例他終於被我打動了。

打通 ㄉㄚˇ ㄊㄨㄥ 把障礙除掉使之貫通或暢通。

打造 ㄉㄚˇ ㄗㄠˋ 製造。多指製造金屬器物。

打量 ㄉㄚˇ ㄌㄧㄤ˙ ①注意觀察。例這可得認真打量一下。②以為，估計。例這件事你打量我不知道？

打開 ㄉㄚˇ ㄎㄞ ①推開，拉開。例把窗戶打開。②翻開。例打開課本。③解開。例打開行李。④揭開。例打開面紗。⑤把狹小的範圍擴大，使停滯的局面開展。例打開僵局。

打發 ㄉㄚˇ ㄈㄚ ①派遣。例這件事打發誰去辦？②驅趕。例給點錢，打發他走。③應付。例這麼多的事要多少錢才能打發？④消磨時間。例打發日子。

打滑 ㄉㄚˇ ㄏㄨㄚˊ ①指車輪或皮帶運轉時，因故空轉。②指路滑人站不住、走不穩。

打靶 ㄉㄚˇ ㄅㄚˇ 設置靶子，進行實彈射擊練習。

打腳 ㄉㄚˇ ㄐㄧㄠˇ 因鞋不合適，使得走路時腳疼痛或磨破。例這鞋太硬，打腳得很。

打雷 ㄉㄚˇ ㄌㄟˊ 天空中分別帶陽電及陰電的雲塊，因接近而放電所產生的響聲。

打嗝 ㄉㄚˇ ㄍㄜˊ 食道裡的空氣逆衝上來，通過咽喉發出的聲響。

打滾 ㄉㄚˇ ㄍㄨㄣˇ ①躺下滾來滾去。②比喻歷盡艱辛波折。例他在商場上打滾多年。

打漁 ㄉㄚˇ ㄩˊ 捕魚。

打緊 ㄉㄚˇ ㄐㄧㄣˇ 要緊。

打算 ㄉㄚˇ ㄙㄨㄢˋ 心裡的計畫和考量。也指想法、念頭。

打趣 ㄉㄚˇ ㄑㄩˋ 用戲謔或俏皮話嘲弄人，拿人開玩笑。

打撈 ㄉㄚˇ ㄌㄠ 把沉沒在水中的東西撈上來。

打樣 ㄉㄚˇ ㄧㄤˋ ①建築房屋或製造器具前先繪的圖樣。②書報在排完版進行印刷前，印出審校用的樣張。

打賭 ㄉㄚˇ ㄉㄨˇ 對某一事情的發展趨勢或結果有不同看法，而與他人互賭輸贏。

打諢 ㄉㄚˇ ㄏㄨㄣˋ 指戲曲演員演出時即興說些逗笑的話以取樂。也指彼此用輕鬆滑稽的話取笑。例插科打諢。

打磨 ㄉㄚˇ ㄇㄛˊ 器物製作好之後，在其表面加工摩擦，使光滑精緻。

打橫 ㄉㄚˇ ㄏㄥˊ 原本直行，因外力或自身衝力以致變成橫向。例車子打橫。

打點 ㄉㄚˇ ㄉㄧㄢˇ ①整理收拾，準備。②送錢財請人關照。

打雜 ㄉㄚˇ ㄗㄚˊ 做瑣碎的雜事。

打擊 ㄉㄚˇ ㄐㄧ ①敲打，敲擊。例打擊樂器。②挫折。例他禁得起打擊。③打球。

打擾 ㄉㄚˇ ㄖㄠˇ ①添麻煩。常用作受人招待或請託的客套話。②擾亂。

打轉 ㄉㄚˇ ㄓㄨㄢˋ 繞圈子，旋轉。例飛機在天空打轉。

打獵 ㄉㄚˇ ㄌㄧㄝˋ 指在野外捕捉飛禽走獸。

打蠟 ㄉㄚˇ ㄌㄚˋ 以人工或機器把木質地板用蠟打亮磨光。

打響 ㄉㄚˇ ㄒㄧㄤˇ 比喻事情初步成功。例只要頭一炮打響了，往後就好辦了。

打顫 ㄉㄚˇ ㄓㄢˋ 發抖。

打聽 ㄉㄚˇ ㄊㄧㄥ 探問。例打聽消息。同打探。

打攪 ㄉㄚˇ ㄐㄧㄠˇ 即打擾。

打比方 ㄉㄚˇ ㄅㄧˇ ㄈㄤ ①指用一具體的事來說明另一抽象的事。同打比喻。②比較。例老年人怎能用年輕人打比方呢？

打天下 ㄉㄚˇ ㄊㄧㄢ ㄒㄧㄚˋ ①奪取政權。②比喻創立事業。

打牙祭 ㄉㄚˇ ㄧㄚˊ ㄐㄧˋ 舊俗指農曆每月初二和十六吃一頓有葷菜的飯。現泛指偶爾吃一次豐盛的飯菜。

打手式 ㄉㄚˇ ㄕㄡˇ ㄕˋ 用手的動作來表示自己的意向。同打手勢。

打主意 ㄉㄚˇ ㄓㄨˇ ㄧˋ 想辦法，運用心機去謀取。例看樣子他又在打主意要錢了。

打交道 ㄉㄚˇ ㄐㄧㄠ ㄉㄠˋ 指交際、來往。例他常和這些不三不四的人打交道，自然會學壞。

打折扣 ㄉㄚˇ ㄓㄜˊ ㄎㄡˋ ①商品的價格按成減價出售。②比喻不完全按規定的、已承認的或已答應的來做。

打油詩 ㄉㄚˇ ㄧㄡˊ ㄕ 一種內容滑稽通俗、不拘平仄韻律的舊體詩。也稱為打狗詩。

打官司 ㄉㄚˇ ㄍㄨㄢ ㄙ ①進行訴訟。②也泛指責難辯駁、申論是非。例打筆墨官司。

打官腔 ㄉㄚˇ ㄍㄨㄢ ㄑㄧㄤ ①指說起話來官氣十足，冷酷無情。②用冠冕堂皇的話來搪塞應付。

打招呼 ㄉㄚˇ ㄓㄠ ㄏㄨ ①遇到認識的人，用語言、手勢、姿態等表示問候的一種禮貌行為。②進行某項事情之前，預先通知相關的人。

打秋風 ㄉㄚˇ ㄑㄧㄡ ㄈㄥ 指利用各種關係，假借各種名義，向人索取財物。或作「打抽豐」。

打圈子 ㄉㄚˇ ㄑㄩㄢ ˙ㄗ 繞圈子，轉圈子。例有話直說，不要老在這裡打圈子。

打游擊 ㄉㄚˇ ㄧㄡˊ ㄐㄧˊ ①從事游擊戰。②比喻工作、食宿等沒有固定的住所，四處混吃混住。

打圓場 ㄉㄚˇ ㄩㄢˊ ㄔㄤˇ 對糾紛或僵局，設法調解、緩和。

打擂臺 ㄉㄚˇ ㄌㄟˋ ㄊㄞˊ 本指設臺比試武藝。現泛指較量技藝或技巧。

打頭陣 ㄉㄚˇ ㄊㄡˊ ㄓㄣˋ 比喻衝在前面帶頭做。

打成一片 ㄉㄚˇ ㄔㄥˊ ㄧ ㄆㄧㄢˋ 形容緊密地結合在一起。多指思想、感情融洽。

打抱不平 ㄉㄚˇ ㄅㄠˋ ㄅㄨˋ ㄆㄧㄥˊ 遇到不公平的事，挺身而出，維護正義。

打躬作揖 ㄉㄚˇ ㄍㄨㄥ ㄗㄨㄛˋ ㄧ 形容恭敬地向人行禮，或形容恭順請求。

打家劫舍 ㄉㄚˇ ㄐㄧㄚ ㄐㄧㄝˊ ㄕㄜˋ 指到人家中搶掠財物。

打草驚蛇 ㄉㄚˇ ㄘㄠˇ ㄐㄧㄥ ㄕㄜˊ ①比喻懲處甲而使乙感到恐慌。②現在大多比喻採取機密行動前，行跡暴露，使得對方得以警戒防備。

打破成規 ㄉㄚˇ ㄆㄛˋ ㄔㄥˊ ㄍㄨㄟ 有革新精神，能打破不適應形勢發展的辦法或規章制度。

打退堂鼓 ㄉㄚˇ ㄊㄨㄟˋ ㄊㄤˊ ㄍㄨˇ 古代官員退出公堂時打鼓。比喻做事中途退縮。

打個照面 ㄉㄚˇ ㄍㄜ˙ ㄓㄠˋ ㄇㄧㄢˋ 指和人面對面相遇。

打情罵俏 ㄉㄚˇ ㄑㄧㄥˊ ㄇㄚˋ ㄑㄧㄠˋ 指男女間互開玩笑，以此調情，取悅對方。

打開僵局 ㄉㄚˇ ㄎㄞ ㄐㄧㄤ ㄐㄩˊ 指突破僵持不下的情況，解決了彼此的問題。

打落水狗 ㄉㄚˇ ㄌㄨㄛˋ ㄕㄨㄟˇ ㄍㄡˇ 對已經失敗而無力抵禦的人再加以打擊。

打道回府 ㄉㄚˇ ㄉㄠˋ ㄏㄨㄟˊ ㄈㄨˇ 回家，歸去。

打鐵趁熱 ㄉㄚˇ ㄊㄧㄝˇ ㄔㄣˋ ㄖㄜˋ 比喻做事必須把握時機，加緊進行。

打破砂鍋問到底 ㄉㄚˇ ㄆㄛˋ ㄕㄚ ㄍㄨㄛ ㄨㄣˋ ㄉㄠˋ ㄉㄧˇ 砂鍋打破，則裂痕直達到底。比喻追根究柢。

打開天窗說亮話 ㄉㄚˇ ㄎㄞ ㄊㄧㄢ ㄔㄨㄤ ㄕㄨㄛ ㄌㄧㄤˋ ㄏㄨㄚˋ 比喻毫不隱晦地把話說明白，徹底表明心意。

扑

ㄆㄨ pū **名** 刑杖。例漢書：「執敲扑以鞭笞天下。」**動** ①擊打。例扑撻、鞭扑。②通「仆」。打敗。

扒

㈠ㄆㄚˊ pá **動** ①掘，挖。例扒洞、扒土。②抓，撓，搔。例扒癢。③用慢火把食物燉爛。例扒豬肉。④盤臥。例狗扒在地上。⑤攀登。例扒上山頂。

㈡ㄅㄚ bā **動** ①攀援，抓住。例扒著欄杆。②挖掘，刨開。例把土扒開。③用強力剝下、脫掉。例扒下衣裳。

扒手 ㄆㄚˊ ㄕㄡˇ 專門偷人身上財物的小偷。

扒拉 ㈠ㄆㄚˊ ˙ㄌㄚ 用筷子把碗裡的飯菜撥到嘴裡。例他把一碗飯扒拉完就走了。㈡ㄅㄚ ˙ㄌㄚ 撥動。例扒拉算盤。

扔

ㄖㄥ rēng **動** ①拋出去，擲。例扔手榴彈。②拋棄，丟掉。例不可亂扔廢物。

扔下 ㄖㄥ ㄒㄧㄚˋ 丟下，遺留下。

三畫

扛 ㈠ㄎㄤˊ káng 動①用肩膀承擔物體。例扛袋米、扛著槍。②用言語頂撞人。例我今天扛了他幾句。

㈡ㄍㄤ gāng 動①用兩手舉起重物。例力能扛鼎。②兩人或兩人以上共抬一物。例幾個人扛著一塊大石頭來了。

扞 ㄏㄢˋ hàn 名保護手臂的皮套子。例鎧扞。動①同「捍」。抵禦，保衛。②觸犯，違反。

扞格 ㄏㄢˋ ㄍㄜˊ 互相抵觸，格格不入。例扞格不入。

扞衛 ㄏㄢˋ ㄨㄟˋ 保衛，防衛。也作「捍衛」。

扣 ㄎㄡˋ kòu 名①用來鉤結的環狀物。例衣扣、鈕扣。②條狀物打成的結。例打個活扣。③減算價錢的比例數。例折扣。動①拘留，押解。例扣留、扣押。②減掉。例我欠的錢從工資中扣抵。③套上，搭上。例把扣子扣好、把門扣上。④器物口朝下放置，覆蓋。例把臉盆扣著放。⑤貼緊，切合。例扣題。⑥同「叩」。敲，擊。例扣門、扣舷。

扣子 ㄎㄡˋ ˙ㄗ ①紐扣。②章回小說或說書在最緊要熱鬧之處，突然截止的手法。

扣肉 ㄎㄡˋ ㄖㄡˋ 一種菜餚名。將碗裡排列整齊的肉蒸好，然後反扣在盤裡而得名。

扣押 ㄎㄡˋ ㄧㄚ 法院對於有嫌疑的人或其財物，用強制手段拘禁扣留。

扣留 ㄎㄡˋ ㄌㄧㄡˊ 用強制手段把人或財物留住不放。

扣除 ㄎㄡˋ ㄔㄨˊ 從總額中減去若干數額。

扣題 ㄎㄡˋ ㄊㄧˊ 說話或寫文章切合主題。

扣帽子 ㄎㄡˋ ㄇㄠˋ ˙ㄗ 不經過調查核實，就輕率地把不好的名目硬加在人家頭上。

扣人心弦 ㄎㄡˋ ㄖㄣˊ ㄒㄧㄣ ㄒㄧㄢˊ 形容事物激動人心。

托 ㄊㄨㄛ tuō 名①承放東西的器具。例茶托、花托。②為英語 torr 的音譯。計算壓力強度的單位，一托等於一毫米汞柱的壓力。動①用手掌承舉或向上推。例托著茶盤、托排球。②陪襯。例襯托、烘雲托月。③墊，襯。例下面托張報紙。④借故拒絕或躲避。例托詞、托故。⑤與「託」通用。

托運 ㄊㄨㄛ ㄩㄣˋ 委託運送行李、貨物等。

托夢 ㄊㄨㄛ ㄇㄥˋ 死者的靈魂出現在夢中，並有所囑託。

托兒所 ㄊㄨㄛ ㄦˊ ㄙㄨㄛˇ 接受照管嬰兒或教養幼兒的機構。

扦 ㄑㄧㄢ qiān 名①竹木或金屬製的細尖物，可用來插物。例扦子。②拳術手法之一，手握成半拳，攻擊對方上部。動插，刺。例扦花。

扦插 ㄑㄧㄢ ㄔㄚ 植物無性繁殖方法之一，即將植物營養器官的一部分，如枝、根截離母株，插入適宜的土壤中，使之長出新的植株。

扠 ㈠ㄔㄚ chā 動①用叉刺取。例扠魚。②以手支撐。例扠腰。

㈡ㄓㄚˇ zhǎ 名張開大拇指和中指（或食指）來量尺寸。例這桌面有四扠寬。

扠腰 ㄔㄚ ㄧㄠ 雙手的大拇指和其他四指分開插在腰間。

四畫

抖 ㄉㄡˇ dǒu 動①顫動。例嚇得發抖。②振動，甩動。例把衣服上的木屑抖乾淨、抖一抖袖子。③振作，鼓起。例抖起精神。④揭穿，毫無保留地說出。例你再這樣對我，我就把你的底細全部抖出來。⑤突然發跡而得志、得意。多含諷刺意。例他這幾年升了官發了財，就抖起來了。

抖擻 ㄉㄡˇ ㄙㄡˇ ①奮發，振作。例抖擻精神。②抖動，振動。例鳥兒抖擻著羽毛。

抗 ㄎㄤˋ kàng 形①正直，剛直。例抗直。②高尚的。例抗志。動①抵擋，抵禦。例抗敵。②拒絕，不接受。例抗拒、抗命。③匹敵，對等。例抗衡、分庭抗禮。

抗告 ㄎㄤˋ ㄍㄠˋ 不服法院的裁定而向上級法院申訴。

抗拒 ㄎㄤˋ ㄐㄩˋ 抵抗，不接受。

抗爭 ㄎㄤˋ ㄓㄥ 對不合理的事或相反的意見力爭到底。

抗命 ㄎㄤˋ ㄇㄧㄥˋ 違反命令，拒絕接受命令。

抗原 ㄎㄤˋ ㄩㄢˊ 一種有機物質，在進入人或動物的血液中後，能使血清產生抗體並與抗體發生化學反應。

抗震 ㄎㄤˋ ㄓㄣˋ 指建築物、機器、儀表等具有的承受震動的能力。

抗暴 ㄎㄤˋ ㄅㄠˋ 抵抗和反擊暴力統治與壓迫。

抗戰 ㄎㄤˋ ㄓㄢˋ 泛指用武力抵抗外來的侵略戰爭。

抗衡 ㄎㄤˋ ㄏㄥˊ 勢力不相上下，彼此對抗。

抗禮 ㄎㄤˋ ㄌㄧˇ 指彼此以平等的禮儀相待。例分庭抗禮。

抗議 ㄎㄤˋ ㄧˋ 對他方的言論、措施等表示強烈的反對。

抗辯 ㄎㄤˋ ㄅㄧㄢˋ 對於對方所作的責難進行辯護。

抗體 ㄎㄤˋ ㄊㄧˇ 人或動物的血清中，在病菌或病毒侵入後所產生的特異性球蛋白，具抵抗或殺死病菌、病毒的作用。

抗生素 ㄎㄤˋ ㄕㄥ ㄙㄨˋ 由微生物產生的化學物質，能抑制細菌和其他微生物的生長功能，醫學上用作殺菌消炎的治療藥物。如青黴素、金黴素等。

抗藥性 ㄎㄤˋ ㄧㄠˋ ㄒㄧㄥˋ 指某些病菌或病毒對某種藥物產生抵抗性，使該藥物失去原有的效力。

抆 ㄨㄣˇ wěn 動擦拭。例抆淚。

抔 ㄆㄡˊ póu 動用手捧東西。例抔飲。

抔土 ㄆㄡˊ ㄊㄨˇ 一捧土，形容很少。

扶 ㈠ㄈㄨˊ fú 名①古代女子肅拜的姿態。②古代長度單位，四指的寬為一扶。動①用手支持，使人、物或自己不倒下。例扶著牆壁、扶老攜幼。②援助，幫助。例扶危濟困、濟弱扶傾。

㈡ㄆㄨˊ pú 動通「匍」。伏地爬行。例扶伏。

扶手 ㄈㄨˊ ㄕㄡˇ 供手扶持的東西。如樓梯欄杆上的橫木。

扶正 ㄈㄨˊ ㄓㄥˋ ①把不正的東西扶直、弄正。②古時把妾扶成正室。

扶助 ㄈㄨˊ ㄓㄨˋ 援助，幫助。例扶助弱者。

扶持 ㄈㄨˊ ㄔˊ ①攙扶。②支持，幫助。例守望相助，疾病相扶持。

扶梯 ㄈㄨˊ ㄊㄧ 有扶手的樓梯。

扶植 ㄈㄨˊ ㄓˊ 扶助和培植。例扶植後起之秀。

扶疏 ㄈㄨˊ ㄕㄨ 形容枝葉茂盛，高低疏密有致的樣子。例花木扶疏。

扶養 ㄈㄨˊ ㄧㄤˇ 扶育養護。同撫養。

扶靈 ㄈㄨˊ ㄌㄧㄥˊ 扶護靈柩歸葬。

扶老攜幼 ㄈㄨˊ ㄌㄠˇ ㄒㄧ ㄧㄡˋ 攙扶老人，帶著小孩。形容民眾成群結隊而行。

扶搖直上 ㄈㄨˊ ㄧㄠˊ ㄓˊ ㄕㄤˋ 多指官職、地位或事物直往上升。後比喻仕途得志。

技

ㄐㄧˋ jì 名①專門的本領。例一技之長、絕技。②古稱工匠。

技士 ㄐㄧˋ ㄕˋ 助理技術事務的專門技術人員。

技工 ㄐㄧˋ ㄍㄨㄥ 具有專門操作能力的工人。

技巧 ㄐㄧˋ ㄑㄧㄠˇ 表現在文學、藝術、工藝、體育等方面巧妙或熟練的能力。例寫作技巧、打球技巧。

技法 ㄐㄧˋ ㄈㄚˇ 指繪畫、雕塑等方面的技巧和方法。

技師 ㄐㄧˋ ㄕ 有專業技能，實地從事技術工作的專家。

技倆 ㄐㄧˋ ㄌㄧㄤˇ 花招，手段。又作「伎倆」。

技能 ㄐㄧˋ ㄋㄥˊ 掌握、運用技術的能力。

技術 ㄐㄧˋ ㄕㄨˋ ①操作方法和技巧。例駕駛技術。②專業的技能。例科學技術。

技藝 ㄐㄧˋ ㄧˋ 指技巧性的表演藝術或手藝。

技癢 ㄐㄧˋ ㄧㄤˇ 指人具有某種專門能力而表現慾望強烈，一有機會就想露一手。

技藝超群 ㄐㄧˋ ㄧˋ ㄔㄠ ㄑㄩㄣˊ 指表演技巧、手藝超過一般人。

找

ㄓㄠˇ zhǎo 動①尋覓，尋求。例找人、找門路。②退還多餘的。例找零、找錢。

找死 ㄓㄠˇ ㄙˇ 指故意惹禍或自投羅網。也指不注意自己的身體或自身的安危。

找事 ㄓㄠˇ ㄕˋ ①謀求職業。②故意挑毛病，引起爭端。例你是無事找事。

找錢 ㄓㄠˇ ㄑㄧㄢˊ 從大面額的錢幣中收取應得的部分，退還多餘的部分。

找麻煩 ㄓㄠˇ ㄇㄚˊ ㄈㄢˊ ①增添煩擾的事。②製造事端，惹是生非。例他老在外面找麻煩。

找碴兒 ㄓㄠˇ ㄔㄚˊ ㄦ 故意挑毛病，找藉口生事。

扯

ㄔㄜˇ chě 動①拉。例拉扯。②撕。例扯碎、扯布。③漫無邊際的隨便閒談。例閒扯。

扯平 ㄔㄜˇ ㄆㄧㄥˊ ①分財物或計算東西時，使之平均。②把東西拉平整，使之高低一致或表面平直。③互相平衡，不欠人情。

扯破 ㄔㄜˇ ㄆㄛˋ　撕破，撕裂。例他把我衣服扯破了。

扯淡 ㄔㄜˇ ㄉㄢˋ　胡扯，無聊的談話。例你少在這裡扯淡，有事快說吧！

扯謊 ㄔㄜˇ ㄏㄨㄤˇ　說謊，說假話。

扯後腿 ㄔㄜˇ ㄏㄡˋ ㄊㄨㄟˇ　對別人的行為加以阻撓、破壞，使其無法達到目的。也作「拉後腿」。

抄

ㄔㄠ chāo 動 ①謄寫。例抄書、照抄。②走近路。例抄小道走。③搜查，沒收。例查抄。④兩手交疊在胸前或相互插在袖管裡。例他正抄著手注視前方。⑤掠奪，攻擊。例抄奪、包抄。

抄本 ㄔㄠ ㄅㄣˇ　手抄的書籍。

抄身 ㄔㄠ ㄕㄣ　即搜身，搜查身上是否有不應帶的或非法的東西。

抄家 ㄔㄠ ㄐㄧㄚ　沒收家產。

抄寫 ㄔㄠ ㄒㄧㄝˇ　照著原文謄寫。同抄錄。

抄獲 ㄔㄠ ㄏㄨㄛˋ　查抄並獲得。例警方從犯人家中抄獲一批財物。

抄襲 ㄔㄠ ㄒㄧˊ　①抄錄他人的文字作為自己的。②軍隊繞道從敵軍的側面或背面進行襲擊。

扳

ㄅㄢ bān 動 ①使位置固定的東西改變方向或轉動。例扳開、扳倒。②扭轉，挽回。例比數總算扳平了。

扳手 ㄅㄢ ㄕㄡˇ　用來旋緊或旋鬆螺絲、螺母等的工具。亦稱為扳子。

扳機 ㄅㄢ ㄐㄧ　槍上的一個機件，用手扳動即可將子彈射擊出去。

扮

ㄅㄢˋ bàn 動 ①化妝，裝飾。例打扮。②喬裝，裝成某種樣子。例扮鬼臉、女扮男裝。

扮相 ㄅㄢˋ ㄒㄧㄤˋ　演員根據劇情，化裝成劇中人物的形象。

扮演 ㄅㄢˋ ㄧㄢˇ　裝扮成某種人物上場表演。

扮鬼臉 ㄅㄢˋ ㄍㄨㄟˇ ㄌㄧㄢˇ　故意擠眼睛吐舌頭，裝出詼諧可笑的樣子，以此表示譏笑或無奈之意。

投

ㄊㄡˊ tóu 動 ①扔擲。例投籃、投手榴彈。②放進去，送進去。例投票、投資。③跳進去。例投河。④遞送，寄。例投書、投稿。⑤奔靠。例投靠。⑥合得來，相合。例情投意合、話不投機。⑦照射。例投以羨慕的眼光、讓光線投進來。⑧臨，接近。例投暮。

投手 ㄊㄡˊ ㄕㄡˇ　棒球比賽中，防守方投球給對方打擊者的隊員。

投合 ㄊㄡˊ ㄏㄜˊ　①合得來。例他倆性情很投合。②迎合。例投合時尚。

投身 ㄊㄡˊ ㄕㄣ　為某種事業獻身出力。例投身革命。

投注 ㄊㄡˊ ㄓㄨˋ　①注意。例目光投注的焦點。②為了一個目標而付出很大的心血或財物。

投奔 ㄊㄡˊ ㄅㄣ　前去依靠。例投奔親人。

投保 ㄊㄡˊ ㄅㄠˇ　參加保險，委託保險公司擔保。

投胎 ㄊㄡˊ ㄊㄞ　指人死後靈魂投入母胎，轉生人間。

投案 ㄊㄡˊ ㄢˋ　犯法的人主動到司法或警察機關認罪，聽候處理。

投效 ㄊㄡˊ ㄒㄧㄠˋ　自請前往效力。例投效軍營。

投射 ㄊㄡˊ ㄕㄜˋ　①對著一定的目標扔擲。例向敵營投射燃燒彈。②光線、眼光等射向一定的地點或人。

投降 ㄊㄡˊ ㄒㄧㄤˊ　向對方屈服，不再抵抗或反抗。

投宿 ㄊㄡˊ ㄙㄨˋ　找地方住宿。

投票 ㄊㄡˊ ㄆㄧㄠˋ　選舉或議事表決的一種方式，將表達個人意見的票投進票箱。

投資 ㄊㄡˊ ㄗ　把資金投放到企業或事業中，以求獲利的行為。

投誠 ㄊㄡˊ ㄔㄥˊ　指敵人、叛軍等誠心歸附。

投遞 ㄊㄡˊ ㄉㄧˋ　送達，遞送。例投遞書信。

投標 ㄊㄡˊ ㄅㄧㄠ　指在承包工程或承買大宗商品時，承包人或買主按招標公告的標準和條件提出價格，並填具標單。

投影 ㄊㄡˊ ㄧㄥˇ　指在光線的照射下，物體或圖形的影子投射到平面上。

投靠 ㄊㄡˊ ㄎㄠˋ　投奔依靠。例投靠親友。

投稿 ㄊㄡˊ ㄍㄠˇ　把稿件寄送給報章雜誌或出版社，供其採用登載、出版。

投緣 ㄊㄡˊ ㄩㄢˊ　情投意合。例他倆越談越投緣。

投機 ㄊㄡˊ ㄐㄧ　①見解相合。例談得很投機。②迎合時機以謀取私利或地位。例投機分子。

投繯 ㄊㄡˊ ㄏㄨㄢˊ　結繩索為圈，上吊自殺。

投井下石 ㄊㄡˊ ㄐㄧㄥˇ ㄒㄧㄚˋ ㄕˊ　有人掉進井裡，不但不救，反而還扔下石頭。比喻乘人之危，加以陷害。同落井下石。

投其所好 ㄊㄡˊ ㄑㄧˊ ㄙㄨㄛˇ ㄏㄠˋ　指迎合他人的喜好。

投桃報李 ㄊㄡˊ ㄊㄠˊ ㄅㄠˋ ㄌㄧˇ　他送桃子，我回贈以李子。比喻朋友之間互相贈答。

投筆從戎 ㄊㄡˊ ㄅㄧˇ ㄘㄨㄥˊ ㄖㄨㄥˊ　文人棄文就武，放下筆去從軍，為國效命。

投閒置散 ㄊㄡˊ ㄒㄧㄢˊ ㄓˋ ㄙㄢˋ　指把人安置在閒散而不重要的職位上。

投鼠忌器 ㄊㄡˊ ㄕㄨˇ ㄐㄧˋ ㄑㄧˋ　想打老鼠又怕打壞了老鼠旁邊的器物。比喻做事有所顧忌而不敢下手。

投機取巧 ㄊㄡˊ ㄐㄧ ㄑㄩˇ ㄑㄧㄠˇ　利用時機以獲取利益。也指不付出艱辛的勞動，而靠一點小聰明獲得意外的成功。

投鞭斷流 ㄊㄡˊ ㄅㄧㄢ ㄉㄨㄢˋ ㄌㄧㄡˊ　把士兵們的馬鞭投到江裡，就可截斷水流。形容人馬眾多，兵力強大。

抵

ㄓˇ zhǐ　動①拍打，拍擊。例抵掌。②拋，擲。例張衡·東京賦：「藏金於山，抵璧於谷。」

抵掌 ㄓˇ ㄓㄤˇ　擊掌。表示高興。例抵掌而談。

折

㈠ㄓㄜˊ zhé　名①價錢按幾成減算。例不折不扣、九折優待。②元雜劇一本分四折，一折相當一幕。③姓。動①弄斷。例折斷、骨折。②彎，彎曲。例曲折、折腰。③轉回，轉變方向。例折回、轉折。④物體的一部分翻轉後與另一部分相疊合。也作「摺」。例折扇、折尺。⑤未成年而死。例夭折。⑥相抵，對換。例把東西折成錢、折變家產。⑦受到阻撓或打擊。例百折不撓、挫折。⑧損失。例損兵折將。⑨佩服，心服。例折服。⑩判斷。例片言折獄。

㈡ㄕㄜˊ shé 動①虧損。例折本、折耗。②斷。例板凳腿折了。

㈢ㄓㄜ zhē 動①翻轉。例折跟頭。②倒進倒出。例你嫌茶太熱，用兩個杯子多折幾下就涼了。

折中 ㄓㄜˊ ㄓㄨㄥ 對幾種不同意見、方案等進行調和，使之適中。亦作「折衷」。

折扣 ㄓㄜˊ ㄎㄡˋ ①買賣時貨品按原價減成計算。例折扣太大不賣了。②比喻與事實不完全相符。例他說的話要打折扣。

折回 ㄓㄜˊ ㄏㄨㄟˊ 半路打轉返回。

折合 ㄓㄜˊ ㄏㄜˊ 不同貨幣或度量衡單位間的換算。例一美元折合臺幣約三十幾元、三十公斤折合五十台斤。

折服 ㄓㄜˊ ㄈㄨˊ 用言語或方法使人信服。例令人折服。

折射 ㄓㄜˊ ㄕㄜˋ 光線、聲波在傳播過程中，由於媒質改變而產生行進方向的改變。

折耗 ㄕㄜˊ ㄏㄠˋ 損耗，虧損。例滷牛肉折耗很大。

折腰 ㄓㄜˊ ㄧㄠ 下拜，彎腰行禮。比喻委屈自己，奉承他人。例為五斗米折腰。

折算 ㄓㄜˊ ㄙㄨㄢˋ 折合，換算。

折價 ㄓㄜˊ ㄐㄧㄚˋ ①把實物換算成錢。②把商品降低價格出售。

折衝 ㄓㄜˊ ㄔㄨㄥ 使敵人的戰車後撤，即制敵取勝。後多用在國際間的外交談判。例折衝禦侮。

折線 ㄓㄜˊ ㄒㄧㄢˋ 不在同一直線上的線段相接而成的線。

折磨 ㄓㄜˊ ㄇㄛˊ 虐待人，使人在肉體或精神上飽受痛苦。

折舊 ㄓㄜˊ ㄐㄧㄡˋ 指固定資產，如廠房、機器等隨著時間的推移和使用，逐漸變舊損壞，價值降低。

折騰 ㄓㄜ ㄊㄥ ①翻來覆去，反覆。例昨晚失眠，折騰了大半夜還睡不著覺。②折磨，搗亂。例我被這病折騰夠了。③揮霍，浪費。例這點家產能經得起你這樣折騰嗎？

折衝樽俎 ㄓㄜˊ ㄔㄨㄥ ㄗㄨㄣ ㄗㄨˇ 在酒席宴會上制敵取勝。今泛指國際間的外交談判。

抓

㈠ㄓㄨㄚ zhuā 動①撓，搔。例抓癢、抓頭。②用手或爪子取物。例抓米、抓瓜子。③捕捉。例抓小偷、抓壞人。④把握。例抓時間、抓重點。

㈡ㄔㄨㄚˇ chuǎ 名抓子兒，一種兒童遊戲。玩法是手裡抓石子或果核，一顆顆往上扔再接住，在扔和接的過程中變花樣，以變的花樣多又不失手的為勝。

抓瞎 ㄓㄨㄚ ㄒㄧㄚ 做事毫無頭緒，忙亂著急，倉皇失措。例我說的話你不聽，現在抓瞎了吧！

抓舉 ㄓㄨㄚ ㄐㄩˇ 舉重運動項目之一，兩手把槓鈴從地上一直舉過頭頂，到兩臂伸直為止，中間不能有停頓。

抓藥 ㄓㄨㄚ ㄧㄠˋ 即買藥。中藥店依據藥方抓取藥的分量。

抓鬮 ㄓㄨㄚ ㄐㄧㄡ 抓取預先作好記號的紙卷或紙團，以取決事情。亦稱為拈鬮。

抓破臉 ㄓㄨㄚ ㄆㄛˋ ㄌㄧㄢˇ 比喻感情破裂，矛盾公開。

扼

ㄜˋ è 名通「軛」。駕在牛馬頸項的曲木。動①抓緊，用力掐住。例力能扼虎、扼殺。②把守，控制。例扼險、扼關。

扼守 ㄜˋ ㄕㄡˇ 把守，據守險要的地方。

扼要 ㄜˋ ㄧㄠˋ 抓住要點。指講話、寫文章簡單明瞭。例簡明扼要。

扼腕 ㄜˋ ㄨㄢˋ 用手握腕，以表示憤怒、振奮、惋惜、失意、懷念等內心情緒。

抑

ㄧˋ yì 動①向下按，壓低。例抑揚頓挫。②遏止，壓制。例抑止、壓抑。連①還是，或是。表示選擇。例論語：「求之與？抑與之與？」②則，然而。表示轉折。例國語：「美則美矣，抑臣亦有懼也。」

抑或 ㄧˋ ㄏㄨㄛˋ 表示選擇的連詞，相當於「還是」。例你是真的沒有錢，抑或想賴帳？

抑制 ㄧˋ ㄓˋ 壓抑控制。例他的情緒衝動，難以抑制。

抑揚頓挫 ㄧˋ ㄧㄤˊ ㄉㄨㄣˋ ㄘㄨㄛˋ 形容音調或文章的高低起伏、停頓轉折的氣勢。

抑強扶弱 ㄧˋ ㄑㄧㄤˊ ㄈㄨˊ ㄖㄨㄛˋ 壓抑強橫勢力，扶助弱小。

抑鬱寡歡 ㄧˋ ㄩˋ ㄍㄨㄚˇ ㄏㄨㄢ 形容人憂憤鬱結，悶悶不樂。

把

㊀ㄅㄚˇ bǎ 名量詞。(1)計算有把手的器具。例一把刀、一把茶壺。(2)一手抓起的數量。例一把米、一把茶葉。(3)計算成束的長條狀物品。例一把蔥。(4)用於手的動作。例拉他一把、幫他一把。(5)用於某些抽象的事物。例一把年紀、他有一把好手藝。形用在某些數量詞後面表示約略估計。例百把里路、千把塊錢。動①用手握住，握持。例把住欄杆。②掌握，控制。例把舵、權都把在他手裡。③守衛，看守。例把門、把關。④抱著小孩大小便。例把尿。⑤緊靠。例她把著牆站著。副被。介表示「將」的意思。例把衣物整理一下、把乾糧帶上。

㊁ㄅㄚˋ bà 名①器具上可供手拿的部分。例鋤把、刀把。②花、葉、果實等的柄。例花把兒、梨把兒。

把手 ㄅㄚˇ ㄕㄡˇ ①器物上可供手拿的地方。②握手。

把守 ㄅㄚˇ ㄕㄡˇ 守衛，看守。例前門有人把守。

把玩 ㄅㄚˇ ㄨㄢˊ 拿著玩賞。例把玩在手中。

把持 ㄅㄚˇ ㄔˊ ①攬權專斷，不讓別人參與。②控制住自己的情緒、感情等。

把柄 ㄅㄚˇ ㄅㄧㄥˇ ①刀劍等器物上便於用手拿的部分。②比喻可被人用作要挾或攻擊的證據。例我又沒有把柄在他手中，怕什麼？

把風 ㄅㄚˇ ㄈㄥ 多指一夥人在從事不法勾當時，派人把守並觀察動靜。

把酒 ㄅㄚˇ ㄐㄧㄡˇ 端起酒杯。例把酒問青天。

把脈 ㄅㄚˇ ㄇㄞˋ 中醫師按脈診病的方法。

把舵 ㄅㄚˇ ㄉㄨㄛˋ ①掌握船舵，控制行船方向。②比喻主持事情。例這件事需要你來把舵。

把握 ㄅㄚˇ ㄨㄛˋ ①抓住，掌握。例把握時機。②對事情成功的信心。例這事你有幾分把握？

把戲 ㄅㄚˇ ㄒㄧˋ ①指魔術、雜技等。例耍把戲。②比喻蒙騙人的花招、詭計。

把關 ㄅㄚˇ ㄍㄨㄢ ①看守關口。②比喻嚴格按標準檢查，防止差錯。例對於產品的品質，你要嚴格把關。

把兄弟 ㄅㄚˇ ㄒㄩㄥ ㄉㄧˋ 結拜的異姓兄弟。年長者為把兄，年輕的為把弟。亦稱為盟兄弟。

批

ㄆㄧ pī 名①附注的意見或注意之點。例眉批。②用於多數的人或物品的量詞。例來了一批貨、人分成三批。動①用手掌打。例批個耳光。②評閱，下評語。例批改、批閱。③判斷，評論。例批評、批判。④分開。例把家產批成三部分。⑤大量買賣。例批發、批購。

批示 ㄆㄧ ㄕˋ 上級對下級所提出的請示、報告等作書面指示。例這份報告上有校長的親筆批示。

批改 ㄆㄧ ㄍㄞˇ 對文章、作業等進行修改並加上評語。例批改作文。

批判 ㄆㄧ ㄆㄢˋ 批示審斷。指對是非的判斷。

批注 ㄆㄧ ㄓㄨˋ 評論和注釋文字。

批准 ㄆㄧ ㄓㄨㄣˇ 上級對下級所提出的請求事項表示同意。

批評 ㄆㄧ ㄆㄧㄥˊ ①評論是非優劣。例文學批評。②專就文學或藝術品進行分析、比較，提出意見。

批發 ㄆㄧ ㄈㄚ 大量交易，成批地出售商品。

批駁 ㄆㄧ ㄅㄛˊ 批評駁斥。

批閱 ㄆㄧ ㄩㄝˋ 閱讀並加以評論或修改。

扭

ㄋㄧㄡˇ niǔ 動①掉轉，回轉。例扭轉身子、扭頭便走。②旋擠，擰。例把衣服扭乾、把樹枝扭斷。③筋骨受傷。例她扭了腰。④揪住，抓住。例扭送、扭著他不放。⑤身體左右搖擺。例她扭著楊柳細腰，款款走來。⑥違逆，不順從。例扭不過。

扭打 ㄋㄧㄡˇ ㄉㄚˇ 互相抓握毆打。

扭曲 ㄋㄧㄡˇ ㄑㄩ ①用力使物體彎曲變形。②歪曲事實真相，顛倒是非黑白。例扭曲事實。

扭送 ㄋㄧㄡˇ ㄙㄨㄥˋ 把對方抓住而送往某處。例扭送警局。

扭捏 ㄋㄧㄡˇ ㄋㄧㄝ 又作「扭扭捏捏」。①走路時左右搖動，故作姿態。②指言談舉止因害羞而顯得不自然。

扭傷 ㄋㄧㄡˇ ㄕㄤ 因用力過猛或過度，而使筋骨或肌肉受到傷害。

扭轉 ㄋㄧㄡˇ ㄓㄨㄢˇ ①旋轉，轉過來。例你扭轉身來看一看。②促使情勢改觀。例扭轉局面。③用手緊握住東西用力轉動。例扭轉瓶蓋。

扭轉乾坤 ㄋㄧㄡˇ ㄓㄨㄢˇ ㄑㄧㄢˊ ㄎㄨㄣ 比喻將情況整個轉變過來。通常指由逆勢轉順勢。

抉

ㄐㄩㄝˊ jué 動①挑揀，選擇。例抉擇。②挖出，剔出。③戳，刺穿。

抉擇 ㄐㄩㄝˊ ㄗㄜˊ 挑選，選擇。

抒

ㄕㄨ shū 動①表達，發洩。例各抒己見、抒憤。②通「紓」。解除，緩和。例抒難。

抒情 ㄕㄨ ㄑㄧㄥˊ 抒發情感。

抒發 ㄕㄨ ㄈㄚ 表達，傾吐。例抒發真情。

抒寫 ㄕㄨ ㄒㄧㄝˇ 表達描寫。例抒寫懷抱。

抒懷 ㄕㄨ ㄏㄨㄞˊ 描寫自己的懷抱。常用作詩題。例八十抒懷。

承

ㄔㄥˊ chéng 動①負責，擔當。例承包、承辦。②蒙受。常用作客套話。例承贈路資、承熱情款待。③繼續，相連接。例承先啟後、緊承上文。④接著，托著。例用盆承雨。⑤迎合。例奉承。

承平 ㄔㄥˊ ㄆㄧㄥˊ 太平。例承平盛世。

承包 ㄔㄥˊ ㄅㄠ 接受工程或大宗訂貨等，並負責完成。

承受 ㄔㄥˊ ㄕㄡˋ ①接受。例承受您的恩惠太多。②經得起，受得住。例這點打擊我還承受得起。

承重 ㄔㄥˊ ㄓㄨㄥˋ 能接受的重量。

承接 ㄔㄥˊ ㄐㄧㄝ ①緊接著，連接。例承接上文。②承受。例承接工作。

承教 ㄔㄥˊ ㄐㄧㄠˋ 謙詞。受教，承蒙教誨。

承祧 ㄔㄥˊ ㄊㄧㄠ 承奉祖廟的祭祀。指無子嗣的人以同族的子侄承繼香火。

承載 ㄔㄥˊ ㄗㄞˋ 裝載並承受物體的重量。例這部汽車能承載五噸重的貨物。

承認 ㄔㄥˊ ㄖㄣˋ ①對既成事實表示認可。②供認，招認。例他承認偷了錢。

承蒙 ㄔㄥˊ ㄇㄥˊ 受到。受人招待、幫忙的客套話。例承蒙款待。

承諾 ㄔㄥˊ ㄋㄨㄛˋ 應允，答應。

承辦 ㄔㄥˊ ㄅㄢˋ 接受並負責辦理。例承辦人。

承擔 ㄔㄥˊ ㄉㄢ 擔負，擔當。也作「承當」。

承襲 ㄔㄥˊ ㄒㄧˊ ①沿襲。多指模仿前人或他人的作品。②繼承先人的封爵或產業。

承歡 ㄔㄥˊ ㄏㄨㄢ ①迎合人意以博取歡心。例白居易・長恨歌：「承歡侍宴無閒暇。」②指侍奉父母，使父母歡喜。例承歡父母前。

承攬 ㄔㄥˊ ㄌㄢˇ 接受並總攬其事。多指工程建築、物資運輸等業務事項。

承先啟後 ㄔㄥˊ ㄒㄧㄢ ㄑㄧˇ ㄏㄡˋ 指在學問、事業等方面繼承前代的，並開創啟發後代。亦作「承前啟後」。

五畫

拌

ㄅㄢˋ bàn 動①攪和，調和。例攪拌。②爭吵。例拌嘴。

拌勻 ㄅㄢˋ ㄩㄣˊ 攪拌均勻，調和好。

拌嘴 ㄅㄢˋ ㄗㄨㄟˇ 爭吵，鬥嘴。

拉

ㄌㄚ la 動①用力扯拽、牽引。例拉車。②拖長，延長。例拉長時間、拉開距離。③攏絡，聯絡。例拉交情、拉生意。④演奏弦樂器使之發聲。例拉二胡、拉小提琴。⑤排泄。例拉屎拉尿。⑥摧毀，破壞。例摧枯拉朽。⑦招，邀。例拉人作伴。

拉力 ㄌㄚ ㄌㄧˋ ①指物體所能承受的拉伸力量。②泛指拉拽的力量。

拉手 ㄌㄚ ㄕㄡˇ ①握手。②手牽手。例他倆手拉手肩並肩地站著。③安裝在門窗或抽屜上用來開關的把手。

拉扯 ㄌㄚ ㄔㄜˇ ①抓住不使離開。例讓我走，不要拉扯。②撫養。例好不容易把幾個孩子拉扯大。③牽扯，牽涉。例此事與我無關，怎麼把我拉扯進去。

拉拔 ㄌㄚ ㄅㄚˊ 照顧提攜。例拉拔小孩成長。

拉風 ㄌㄚ ㄈㄥ ①很出鋒頭，引人注目的樣子。②時髦。

拉倒 ㄌㄚ ㄉㄠˇ 算了，作罷。例你不來就拉倒！

拉雜 ㄌㄚ ㄗㄚˊ 形容事物雜亂無章，沒有條理。

拉縴 ㄌㄚ ㄑㄧㄢˋ ①人在岸上用繩子牽引船，使船前進。②比喻為雙方牽引說合並從中獲利。

拉攏 ㄌㄚ ㄌㄨㄥˇ ①用手段使別人靠攏自己以獲利。②使雙方互相接近。

拉丁文 ㄌㄚ ㄉㄧㄥ ㄨㄣˊ 古代羅馬人所使用的文字。

拉下臉 ㄌㄚ ㄒㄧㄚˋ ㄌㄧㄢˇ 指不講情面或露出不愉快的樣子。

拉鋸戰 ㄌㄚ ㄐㄩˋ ㄓㄢˋ 雙方像拉鋸似的你進我退、勝敗難分的戰爭。

拄

ㄓㄨˇ zhǔ 動用手杖棍棒之類頂住地面以支撐身體。例拄著拐杖。

拔

ㄅㄚˊ bá 名箭的末端和弦相交的地方。動①從裡往外拉、抽。例拔草、拔刀。②吸出。例拔毒膿、拔火罐。③挑選出最好的。例擇優拔取、選拔。④超出，特出。例出類拔萃、拔尖人物。⑤攻下，奪取。例連拔敵人三個據點。⑥改變，動搖。例堅忍不拔。⑦把食物放在涼水中使之變涼。例把蘿蔔放在涼水裡拔一下。

拔地 ㄅㄚˊ ㄉㄧˋ 聳出地面。例高樓拔地而起。

拔河 ㄅㄚˊ ㄏㄜˊ 一種集體比賽力氣大小的體育活動。由人數相等的兩隊，各執繩索的一端，用力拉繩，把繩上所拴標誌的一點拉過規定界線為勝。

拔除 ㄅㄚˊ ㄔㄨˊ 除掉，拔掉。

拔萃 ㄅㄚˊ ㄘㄨㄟˋ 品德、才華出眾。例出類拔萃。

拔營 ㄅㄚˊ ㄧㄥˊ 指軍隊從駐紮的營地出發。

拔擢 ㄅㄚˊ ㄓㄨㄛˊ 提拔，升用。

拔刀相助 ㄅㄚˊ ㄉㄠ ㄒㄧㄤ ㄓㄨˋ 指人見義勇為，打抱不平，幫助他人。

拔山蓋世 ㄅㄚˊ ㄕㄢ ㄍㄞˋ ㄕˋ 形容人勇力無敵或志向遠大。

抨

ㄆㄥ pēng 動①彈劾，攻擊。例抨彈。②開弓。例強弩莫抨。

抨擊 ㄆㄥ ㄐㄧˊ 用言語或文字進行攻擊、斥責。

抹 ㈠ㄇㄛˇ mǒ 動①塗上，搽。例抹上一層藥膏、抹粉。②擦拭。例把凳子抹乾淨、抹眼淚。③去除，勾銷。例抹掉零數、抹殺。④摸弄，玩。例抹骨牌。⑤拉長。例抹下臉來。
㈡ㄇㄛˋ mò 名胸前的小衣。例抹胸。動①用工具把水泥或石灰塗平。例抹牆、抹灰。②繞過，掉轉。例轉彎抹角、抹頭就走。

抹子 ㄇㄛˋ ˙ㄗ 泥水工用來塗抹泥灰的工具。

抹黑 ㄇㄛˇ ㄏㄟ 塗抹黑色。常用來比喻對別人進行醜化。例請別再抹黑我的人格。

抹零 ㄇㄛˇ ㄌㄧㄥˊ 付款時去掉零頭，只算整數。

抹煞 ㄇㄛˇ ㄕㄚ 一筆勾銷、完全不顧之意。亦作「抹殺」。例不能抹煞別人的成績。

抹一鼻子灰 ㄇㄛˇ ㄧ ㄅㄧˊ ˙ㄗ ㄏㄨㄟ 想討好結果卻反落個沒趣。

拓 ㈠ㄊㄨㄛˋ tuò 動①開展，擴充。例拓展、開拓。②開墾。例拓荒。
㈡ㄊㄚˋ tà 動通「搨」。用紙和墨摹印碑帖。例拓本、拓印。
㈢ㄓˊ zhí 動通「摭」。撿拾物品。例拓取。

拓本 ㄊㄚˋ ㄅㄣˇ 從碑帖或金石等文物上用墨打拓出來的文字或圖形的紙本。

拓片 ㄊㄚˋ ㄆㄧㄢˋ 拓有碑刻、銅器等文物的形狀、文字及圖像的紙片。

拓展 ㄊㄨㄛˋ ㄓㄢˇ 擴充，開展。

拓荒 ㄊㄨㄛˋ ㄏㄨㄤ 開墾荒地。

拓殖 ㄊㄨㄛˋ ㄓˊ 開墾荒地以便移地居住。

拒 ㄐㄩˋ jù 動①抵抗。例抗拒、拒敵。②不承受，不接受。例拒絕、來者不拒。

拒捕 ㄐㄩˋ ㄅㄨˇ 抗拒被逮捕。

拒絕 ㄐㄩˋ ㄐㄩㄝˊ 不接受，不答應。

拒人於千里之外 ㄐㄩˋ ㄖㄣˊ ㄩˊ ㄑㄧㄢ ㄌㄧˇ ㄓ ㄨㄞˋ 比喻毫不留情地拒絕他人。

抴 ㄧㄝˋ yè 名通「枻」。船旁的板子。動通「拽」。拖，牽引。

拜 ㄅㄞˋ bài 動①古代表示敬意的一種行禮方式，低頭拱手或兩手扶地跪下磕頭。例下拜、參拜。②見面行禮以示祝賀或尊敬。例拜年、拜壽。③用於人事往來的敬辭。例拜訪、拜讀。④授官，任命。例拜相、官拜少將。

拜見 ㄅㄞˋ ㄐㄧㄢˋ 會見、訪問別人的恭敬說法。

拜別 ㄅㄞˋ ㄅㄧㄝˊ 恭敬地告別。為告別的敬詞。

拜拜 ㄅㄞˋ ㄅㄞˋ ①一種禮神的儀式。②英語 bye-bye 的音譯。有再見、再會之意。

拜託 ㄅㄞˋ ㄊㄨㄛ 託人辦事的敬辭。

拜師 ㄅㄞˋ ㄕ ①拜人為師。②初見老師或師傅時的禮節或手續。

拜訪 ㄅㄞˋ ㄈㄤˇ 訪問人的敬辭。例拜訪友人。

拜堂 ㄅㄞˋ ㄊㄤˊ 古代婚禮儀式之一，新郎新娘在堂上參拜天地、父母公婆，及行交拜禮。

拜會 ㄅㄞˋ ㄏㄨㄟˋ　拜訪會見。多用於外交場合。

拜壽 ㄅㄞˋ ㄕㄡˋ　向人祝賀壽辰。

拜謁 ㄅㄞˋ ㄧㄝˋ　①拜見，訪問會見他人。②瞻仰陵墓等。

拈

㊀ㄋㄧㄢˊ nián 動 用手指頭夾取東西，捏。例 信手拈來、拈花微笑。㊁ㄋㄧㄢˇ niǎn 動 通「捻」。用手指搓揉。例 拈線。

拈香 ㄋㄧㄢˊ ㄒㄧㄤ　用手指撮香焚燒以祭拜神佛。後泛指到寺廟裡燒香禮佛。

拈鬮 ㄋㄧㄢˊ ㄐㄧㄡ　從事先做好文字或記號的紙團或紙卷中，隨意擇取其一，來決定事情。也稱為抓鬮。

拈花惹草 ㄋㄧㄢˊ ㄏㄨㄚ ㄖㄜˇ ㄘㄠˇ　指到處留情，勾搭和玩弄異性。

拐

ㄍㄨㄞˇ guǎi 名 通「柺」。頂住地面以支撐身體的棍棒。動 ①轉彎。例 往前向左拐就到了。②用欺詐的手段騙走財物或人。例 拐款外逃、把人拐走了。副 跛行的樣子。例 他一拐一拐地走來。

拐子 ㄍㄨㄞˇ ˙ㄗ　①騙取財物、人口的壞人。②柺杖。③瘸腿的人。

拐角 ㄍㄨㄞˇ ㄐㄧㄠˇ　轉彎的地方。例 那條巷子的拐角有家中藥鋪。

拐騙 ㄍㄨㄞˇ ㄆㄧㄢˋ　用欺詐手段騙走財物或人口。

拐彎抹角 ㄍㄨㄞˇ ㄨㄢ ㄇㄛˇ ㄐㄧㄠˇ　①沿著曲折的路途行走。②比喻說話為文或做事不直截了當。

拙

ㄓㄨㄛˊ zhuó 形 ①笨的，不靈敏的。例 勤能補拙、弄巧成拙。②自謙之詞。例 拙著、拙見。

拙劣 ㄓㄨㄛˊ ㄌㄧㄝˋ　笨拙低劣。例 你出的這個主意太拙劣了。

拙見 ㄓㄨㄛˊ ㄐㄧㄢˋ　謙稱自己的見解。

拙作 ㄓㄨㄛˊ ㄗㄨㄛˋ　謙稱自己的作品。或稱為拙著。同 拙筆。

拙荊 ㄓㄨㄛˊ ㄐㄧㄥ　謙稱自己的妻子。或作「拙內」、「拙妻」。

抽

ㄔㄡ chōu 動 ①向外拔出，拉出。例 抽刀、抽絲。②從全部中取出一部分。例 從書架上抽出幾本書。③吸。例 抽菸、倒抽一口氣。④植物發芽、生長。例 抽芽、抽穗。⑤打。例 抽馬一鞭子、抽陀螺。⑥收，縮。例 抽筋。

抽考 ㄔㄡ ㄎㄠˇ　①抽取一部分人來考試。②在不固定時間對所學課業作臨時考試。

抽身 ㄔㄡ ㄕㄣ　脫身離去。例 正在開會，我抽身出來和你說一件事。

抽空 ㄔㄡ ㄎㄨㄥˋ　在繁忙中擠出時間。

抽泣 ㄔㄡ ㄑㄧˋ　哭不成聲，一吸一頓的哭。同 啜泣。

抽芽 ㄔㄡ ㄧㄚˊ　植物長出嫩芽。

抽查 ㄔㄡ ㄔㄚˊ　從全部中取出一部分進行檢查。

抽屜 ㄔㄡ ㄊㄧˋ　桌子、櫃子之類的家具中可以抽拉的盛物匣子。

抽稅 ㄔㄡ ㄕㄨㄟˋ　即納稅，徵收稅金。

抽筋 ㄔㄡ ㄐㄧㄣ　①筋肉痙攣作痛。②把筋抽掉的酷刑。③處理肉食時剔除筋絡。

抽象 ㄔㄡ ㄒㄧㄤˋ　①指從個別的不同事物中，分析出其共同屬性的思想活動。與「具體」相對。②指籠統概括，空洞而不具體。

抽搐 ㄔㄡ ㄔㄨˋ 肌肉牽動痙攣，常見於面部和四肢。

抽樣 ㄔㄡ 一ㄤˋ 從全部的物品中，取出小部分進行查驗。

抽頭 ㄔㄡ ㄊㄡˊ 聚賭時賭場主人抽取贏家所贏的一小部分錢。

抽穗 ㄔㄡ ㄙㄨㄟˋ 稻米、小麥等穀類作物長到一定時期從葉鞘中長出穗來。

抽籤 ㄔㄡ ㄑㄧㄢ ①憑運氣決定次序、分配方式的一種辦法，類似拈鬮。②在神靈前占卜吉凶的一種方法。

抽水機 ㄔㄡ ㄕㄨㄟˇ ㄐㄧ 一種把低處的水抽到高處的機器。

抽抽噎噎 ㄔㄡ ㄔㄡ 一ㄝ 一ㄝ 哭泣時哽咽而一吸一頓的樣子。

抽絲剝繭 ㄔㄡ ㄙ ㄅㄛ ㄐㄧㄢˇ 剝開蠶繭，抽取蠶絲。比喻從外表逐漸揭露事實的真相。

抽薪止沸 ㄔㄡ ㄒㄧㄣ ㄓˇ ㄈㄟˋ 抽掉鍋底下的柴薪，讓開水停止翻滾。比喻從根本上解決或徹底消滅。

押 一ㄚ yā 動①用財物作為擔保。例抵押、押金。②拘留，扣留。例把他押起來、暫時扣押。③跟隨看管。例押送犯人、押運貨物。④在公文或契約上簽字、畫符號以示憑信。例畫押、簽押。⑤下賭注。例押寶。

押尾 一ㄚ ㄨㄟˇ 在文書契約的末尾或兩紙縫之間簽字以示憑證。

押金 一ㄚ ㄐㄧㄣ 作擔保用的錢，即賠償保證金。

押租 一ㄚ ㄗㄨ 租用他人土地、房屋或其他財物時就交付的保證金。

押款 一ㄚ ㄎㄨㄢˇ 用貨物、房地產、有價證券等作為擔保，向金融機關借款。

押運 一ㄚ ㄩㄣˋ 負責監督把貨物運送到某地。

押當 一ㄚ ㄉㄤˋ ①向當鋪借款時拿抵押品作為擔保。②小的當鋪。

押解 一ㄚ ㄐㄧㄝˋ ①押送犯人或俘虜到某地。②監督運送。

押韻 一ㄚ ㄩㄣˋ 詩詞歌賦中，於某些句子的末尾用韻母相同或相近的字作韻腳，以使音調和諧優美。也作「壓韻」。

押寶 一ㄚ ㄅㄠˇ 一種賭博行為。參加者猜測賭具上所指的方向而下注，揭曉後與所下注方向相同者贏，不同者輸。也作「壓寶」。

抻 ㄔㄣ chēn 動拉，扯。例抻麵。

拋 ㄆㄠ pāo 動①扔出去，投擲。例拋繡球、拋物線。②丟下，捨棄。例拋妻棄子、拋頭顱灑熱血。

拋光 ㄆㄠ ㄍㄨㄤ 對物件進行高速磨光，使其表面更加光潔的一種加工方法。

拋棄 ㄆㄠ ㄑㄧˋ 丟棄，扔掉不要。

拋售 ㄆㄠ ㄕㄡˋ 指以低價大量賣出貨物。

拋錨 ㄆㄠ ㄇㄠˊ ①把鐵錨或其他重物投入水中，使船停泊於一定位置。②車輛在途中發生故障，無法行駛。

拋物線 ㄆㄠ ㄨˋ ㄒㄧㄢˋ 把物體向上斜拋出去到落下地面所經過的路線。

拋頭露面 ㄆㄠ ㄊㄡˊ ㄌㄡˋ ㄇㄧㄢˋ 指婦女未守深閨而出現在大庭廣眾之中，即公開露面。

拋磚引玉 ㄆㄠ ㄓㄨㄢ ㄧㄣˇ ㄩˋ　比喻自己先發表粗淺的意見，以引出別人高明的見解。為自謙之詞。

抱

ㄅㄠˋ bào　名①胸懷。例懷抱。②兩臂合攏所能拿起的東西的數量。例一抱柴。動①用兩臂圍住。例擁抱、抱著孩子。②環繞。例山環水抱。③養育。例才幾年不見，她都已經抱娃娃了。④藏於內心。例抱著希望。⑤孵蛋。例抱小雞。

抱屈 ㄅㄠˋ ㄑㄩ　受委屈而感到不平、不舒暢。

抱負 ㄅㄠˋ ㄈㄨˋ　比較遠大的志向或願望。

抱怨 ㄅㄠˋ ㄩㄢˋ　心中懷有怨恨而數說別人不對。例要檢討自己，不能老抱怨別人。

抱病 ㄅㄠˋ ㄅㄧㄥˋ　有病在身。

抱歉 ㄅㄠˋ ㄑㄧㄢˋ　在某事上覺得對不起別人而感到不安。

抱不平 ㄅㄠˋ ㄅㄨˋ ㄆㄧㄥˊ　在看到別人受到不公平的待遇時而產生的憤慨情緒。

抱佛腳 ㄅㄠˋ ㄈㄛˊ ㄐㄧㄠˇ　比喻平時不作準備，事到臨頭才慌忙求助或應付。

抱殘守缺 ㄅㄠˋ ㄘㄢˊ ㄕㄡˇ ㄑㄩㄝ　守著殘缺陳舊的東西不放。形容泥古守舊，不知改進。

抱頭鼠竄 ㄅㄠˋ ㄊㄡˊ ㄕㄨˇ ㄘㄨㄢˋ　抱著頭像老鼠一樣逃跑。形容狼狽逃走的樣子。

抱薪救火 ㄅㄠˋ ㄒㄧㄣ ㄐㄧㄡˋ ㄏㄨㄛˇ　抱著柴去救火。比喻欲除禍患，因方法錯誤，反使禍害擴大。亦作「負薪救火」。

拍

ㄆㄞ pāi　名①拍打用的平面體器具。例球拍、蒼蠅拍。②樂曲的節奏。例節拍。動①用手掌輕打。例拍手、拍球。②攝影，照相。例拍電影、拍張相片。③發送。例拍電報。

拍子 ㄆㄞ ˙ㄗ　音樂上計算節奏長短的單位。例三拍子、打拍子。

拍板 ㄆㄞ ㄅㄢˇ　①主持人拍賣貨物成交時拍打的木板。比喻作出最後決定。②用三塊堅木做成的打擊樂器，兩前一後，用繩連結。

拍案 ㄆㄞ ㄢˋ　用手拍打桌子，表示強烈的憤怒或驚異，是情緒激動時的舉動。

拍照 ㄆㄞ ㄓㄠˋ　俗稱攝影，即照相。

拍賣 ㄆㄞ ㄇㄞˋ　①當眾發賣貨物，欲購者爭相出價，直到賣主滿意，就拍打木板以示成交。②減價拋售。③法院出賣查封之動產或不動產，以資清償債務。

拍馬屁 ㄆㄞ ㄇㄚˇ ㄆㄧˋ　指向人阿諛奉承。也稱為拍馬。

拍案叫絕 ㄆㄞ ㄢˋ ㄐㄧㄠˋ ㄐㄩㄝˊ　拍著桌子叫好。形容非常讚賞、驚異。

披

ㄆㄧ pī　動①將衣物覆蓋或搭在肩背上。例身披雨衣、披著斗篷。②散開，打開。例披頭散髮、披卷有益。③裂開。例這根竹桿披了。

披肩 ㄆㄧ ㄐㄧㄢ　婦女披搭在肩上的服飾。

披風 ㄆㄧ ㄈㄥ　一種沒有袖子披在肩上的外衣。同斗篷。

披閱 ㄆㄧ ㄩㄝˋ　翻開，打開來看。例披閱公文。

披掛 ㄆㄧ ㄍㄨㄚˋ　身著戎裝。例披掛上陣。

披靡 ㄆㄧ ㄇㄧˇ ①草木隨風而散亂倒下的樣子。②形容軍隊潰敗逃散的樣子。例所向披靡。

披露 ㄆㄧ ㄌㄨˋ ①發表，公布。例披露得失。②顯現。例真相終於披露出來了。

披肝瀝膽 ㄆㄧ ㄍㄢ ㄌㄧˋ ㄉㄢˇ 比喻開誠相見，竭盡忠誠。

披星戴月 ㄆㄧ ㄒㄧㄥ ㄉㄞˋ ㄩㄝˋ ①形容早出晚歸，辛勤工作。②連夜趕路，旅途勞頓。

披堅執銳 ㄆㄧ ㄐㄧㄢ ㄓˊ ㄖㄨㄟˋ 穿上堅固的鎧甲，拿起鋒利的武器。形容軍隊全副武裝準備迎接戰鬥的姿態。

披荊斬棘 ㄆㄧ ㄐㄧㄥ ㄓㄢˇ ㄐㄧˊ 撥開荊，砍斷棘。比喻清除障礙，克服重重困難。

披頭散髮 ㄆㄧ ㄊㄡˊ ㄙㄢˋ ㄈㄚˇ 頭髮長又散亂，未加整理。

拖

ㄊㄨㄛ tuō 動①牽引，拉拽。例拖車、拖船。②垂著，搭著。例拖著辮子、身後拖著長裙。③延遲。例拖拖拉拉。

拖欠 ㄊㄨㄛ ㄑㄧㄢˋ 久欠不還。

拖延 ㄊㄨㄛ ㄧㄢˊ 延誤時間。例拖延時日。

拖拉 ㄊㄨㄛ ㄌㄚ 辦事遲緩，不能如期完成。

拖沓 ㄊㄨㄛ ㄊㄚˋ ①做事拖泥帶水，不爽快利落。②言詞累贅煩雜，不能把握主旨。

拖垮 ㄊㄨㄛ ㄎㄨㄚˇ 受牽連而導致失敗或崩潰。

拖累 ㄊㄨㄛ ㄌㄟˋ 牽連別人一起受害。

拖網 ㄊㄨㄛ ㄨㄤˇ 魚網的一種，形狀像袋子，使用時拋在海底，以拖拉方式捕捉深海的魚類和貝類。

拖油瓶 ㄊㄨㄛ ㄧㄡˊ ㄆㄧㄥˊ 再嫁婦女帶到新夫家的子女。含有輕侮之意。

拖泥帶水 ㄊㄨㄛ ㄋㄧˊ ㄉㄞˋ ㄕㄨㄟˇ 比喻說話為文不簡潔，做事不乾脆俐落。

拊

ㄈㄨˇ fǔ 名①刀柄。②通「弣」。弓箭中段的手握之處。動①輕擊，拍打。例拊掌大笑。②撫摸，撫慰。

抵

㈠ㄉㄧˇ dǐ 動①抗拒，擋。例抵抗、抵敵。②支撐，頂著。例手抵著下巴、把門抵住。③彼此相當，互相消除。例收支相抵、功過相抵。④用相當之價值予以補償。例殺人抵命。⑤到達。例按時抵家。⑥通「牴」。衝突，觸犯。例抵觸。副總括之詞。例大抵。

㈡ㄓˇ zhǐ 動通「扺」。拍擊，拍打。例抵掌。

抵死 ㄉㄧˇ ㄙˇ 拚死，至死。表示態度堅決。例他抵死也不承認。

抵抗 ㄉㄧˇ ㄎㄤˋ 對外來的壓制、侵略等進行反擊。

抵押 ㄉㄧˇ ㄧㄚ 用財物、不動產等作為清償債務的保證。

抵命 ㄉㄧˇ ㄇㄧㄥˋ 償命。

抵制 ㄉㄧˇ ㄓˋ 對抗、阻止某種勢力或不良的情況。

抵消 ㄉㄧˇ ㄒㄧㄠ 兩種事物的作用因相反而互相消除。

抵帳 ㄉㄧˇ ㄓㄤˋ 用實物或勞力來償還債務。

抵換 ㄉㄧˇ ㄏㄨㄢˋ 用一樣東西來代替另一樣東西。

抵罪 ㄉㄧˇ ㄗㄨㄟˋ 根據犯罪的輕重處以刑罰。

抵銷 ㄉㄧˇ ㄒㄧㄠ ①指收付的數目相等而勾銷帳目。②因作用相反而互相消除。

抵賴 ㄉㄧˇ ㄌㄞˋ 不肯承認所犯的過失或罪行。

抵擋 ㄉㄧˇ ㄉㄤˇ 抵抗，擋住外來的壓力。同抵禦。

抵償 ㄉㄧˇ ㄔㄤˊ 用相等之物予以賠償或補償。

抵禦 ㄉㄧˇ ㄩˋ 抵擋，抵抗。例抵禦外來的侵略。

抵觸 ㄉㄧˇ ㄔㄨˋ 矛盾，衝突。亦作「牴觸」。

拎

ㄌㄧㄥ līng 動用手提拿。例她拎個皮包步出機場。

拘

ㄐㄩ jū 形不知變通的固執死板。例拘泥、拘於禮節。動①捉拿，扣押。例拘捕、拘押。②限制，限定。例不拘大小、不拘多少。③顧忌。例不拘小節。

拘束 ㄐㄩ ㄕㄨˋ ①不自由，不自在。②不活潑。③管束限制。例不要把孩子拘束得太厲害了。

拘泥 ㄐㄩ ㄋㄧˋ 固執而不知變通。

拘限 ㄐㄩ ㄒㄧㄢˋ 約束限制。例不拘限學歷。

拘捕 ㄐㄩ ㄅㄨˇ 把人犯逮捕起來。

拘留 ㄐㄩ ㄌㄧㄡˊ ①拘禁扣留。②暫時拘押違反法律的人。

拘票 ㄐㄩ ㄆㄧㄠˋ 由法院或檢警機關簽發的強制被告或有關的人到案的憑證。

拘禁 ㄐㄩ ㄐㄧㄣˋ 把捉到的人暫時看管監禁起來。

拘謹 ㄐㄩ ㄐㄧㄣˇ 性情謹慎，說話行事考慮過多。例他為人拘謹，一向沉默寡言。

拘禮 ㄐㄩ ㄌㄧˇ 受限於禮節，不知變通以適應環境。

拆

ㄔㄞ chāi 動①分開，打開。例拆信、拆機器。②毀壞。例拆毀。

拆字 ㄔㄞ ㄗˋ 對人任意寫出或選定的字加以解釋，來判斷疑難、預告吉凶。亦稱為測字。

拆穿 ㄔㄞ ㄔㄨㄢ 揭穿，揭露。說破真相，讓人明白實情。例拆穿內幕。

拆卸 ㄔㄞ ㄒㄧㄝˋ 把整個物件拆開，並卸下零件。

拆封 ㄔㄞ ㄈㄥ 把封好的書信、文件等打開。

拆息 ㄔㄞ ㄒㄧ 指商場中臨時借款按日計算的利息。

拆除 ㄔㄞ ㄔㄨˊ 毀壞消除。同拆毀。

拆散 ㄔㄞ ㄙㄢˋ 分散拆開。例這套設備只有拆散才方便裝運。

拆夥 ㄔㄞ ㄏㄨㄛˇ 解除合作關係。例公司經營不善，股東只好拆夥了。

拆爛汙 ㄔㄞ ㄌㄢˋ ㄨ 比喻不負責任，把事情弄糟，使人難以收拾。

抶

ㄔˋ chì 動鞭打。

拂

㊀ㄈㄨˊ fú 名擦拭用的工具。例拂塵。動①掠過，輕輕擦過。例春風拂面。②撣，輕掃。例把桌上的灰塵拂去。③抖動，用動。例拂袖而去。④違背。例不忍拂其意。㊁ㄅㄧˋ bì 動通「弼」。輔佐。例拂士。

拂逆 ㄈㄨˊ ㄋㄧˋ 違背。例凡事皆不可拂逆長輩。

拂拂 ㄈㄨˊ ㄈㄨˊ 風輕輕吹動的樣子。

拂面 ㄈㄨˊ ㄇㄧㄢˋ 輕輕地掠過面頰。例和風拂面。

拂拭 ㄈㄨˊ ㄕˋ 擦掉或撣掉物件上的灰塵。

拂塵 ㄈㄨˊ ㄔㄣˊ 擦去塵土和驅趕蚊蠅的用具，柄端紮有馬尾或麈尾。

拂曉 ㄈㄨˊ ㄒㄧㄠˇ 天快亮的時候。同黎明。

拂袖而去 ㄈㄨˊ ㄒㄧㄡˋ ㄦˊ ㄑㄩˋ 比喻人很生氣或不滿的離開了。

拚

ㄆㄢˋ pàn 動①捨棄不顧。例拚命。②爭鬥。例拚個你死我活。

拚命 ㄆㄢˋ ㄇㄧㄥˋ 置生命於不顧。

抿

ㄇㄧㄣˇ mǐn 名刷頭髮的器具。例抿子。動①合攏，收斂。例抿嘴而笑。②用嘴輕觸。例先抿一口白蘭地。③用小刷子蘸水或油來抹頭髮。例她正對著鏡子抿頭髮。

拇

ㄇㄨˇ mǔ 名拇指，即手和腳的大指頭。

拗

㈠ㄠˋ ào 形不順，不流暢。例拗口。動反抗。例你不要拗了。㈡ㄠˇ ǎo 動折斷，扭斷。例拗斷。㈢ㄋㄧㄡˋ niù 形固執，不隨和。例他脾氣真拗！

拗口令 ㄠˋ ㄎㄡˇ ㄌㄧㄥˋ 利用語言雙聲疊韻及聲音類似的字，編成語句，念起來很不順口，很容易讀錯而惹人發笑。也稱為繞口令。

拗不過 ㄠˋ ㄅㄨˋ ㄍㄨㄛˋ 執意堅持自己的意見，別人無法使之改變。例真拗不過他！

招

ㄓㄠ zhāo 名①拳術動作。例一招半式。②靶子。例射招。③廣告標幟。例招牌。動①舉起手來揮動以呼喚人來。例招手、招之即來。②用公開的方式使人來。例招考、招標。③入贅。例招婿。④惹，引。例招人喜愛。⑤承認罪行。例招認、招供。⑥傳染。例肺癆這病招人。

招引 ㄓㄠ ㄧㄣˇ 引誘或吸引人來。

招安 ㄓㄠ ㄢ 古代統治者用籠絡手段誘使武裝反抗者歸順投降。

招考 ㄓㄠ ㄎㄠˇ 以公開方式招人來應考。

招呼 ㄓㄠ ㄏㄨ ①呼喚。例那邊有人在招呼你。②用言語、動作彼此寒暄、問候。例見了熟人應熱情招呼。③吩咐，關照。例事情招呼一聲。④接待，照料。例招呼客人、招呼病人。⑤留神，小心。例山路不好走，招呼一點。

招供 ㄓㄠ ㄍㄨㄥˋ 承認罪狀並說出犯罪事實。

招待 ㄓㄠ ㄉㄞˋ ①接待客人。例承蒙熱情招待。②負責接待賓客的人。例女招待。

招架 ㄓㄠ ㄐㄧㄚˋ 抵擋。例他已經招架不住了。

招致 ㄓㄠ ㄓˋ ①招來，引起。例不團結必然招致失敗。②招收，搜羅。

招展 ㄓㄠ ㄓㄢˇ 形容擺動、飄蕩的樣子引人注意。例她打扮得花枝招展。

招租 ㄓㄠ ㄗㄨ 招人租賃房屋。例這間房屋要招租。

招惹 ㄓㄠ ㄖㄜˇ ①招來，引起。例招惹是非。②逗引，觸動。例這人招惹不得。

招募 ㄓㄠ ㄇㄨˋ 召集徵募。

招牌 ㄓㄠ ㄆㄞˊ ①掛在商店門前作為標識的牌子。②拿手的，可做為標識的。例這首是他的招牌歌。③比喻假借某種名義，騙人的幌子。例這夥人打著為國為民的招牌，其實幹著害人利己的勾當。

招認 ㄓㄠ ㄖㄣˋ 承認所犯的罪狀。

招魂 ㄓㄠ ㄏㄨㄣˊ 把死者的魂魄招喚回來，為民間喪事中的一種儀式。

招領 ㄓㄠ ㄌㄧㄥˇ 貼出公告使人來認領失物。

招標 ㄓㄠ ㄅㄧㄠ 興建工程或進行大宗商品交易時，公布標準和條件，徵求包辦廠商公開投標的一種措施。

招贅 ㄓㄠ ㄓㄨㄟˋ 招男子進女方家成婚，婚後在女家生活。亦稱為招女婿。

招攬 ㄓㄠ ㄌㄢˇ ①搜羅，收攬。例招攬人才。②招引，吸引。例招攬生意。

招兵買馬 ㄓㄠ ㄅㄧㄥ ㄇㄞˇ ㄇㄚˇ ①招募士兵，購買馬匹。比喻組織或擴充武裝力量。②指招攬人員以籌組事業或進行某種活動。

招降納叛 ㄓㄠ ㄒㄧㄤˊ ㄋㄚˋ ㄆㄢˋ 收容接納敵方投降、叛變過來的人。現多指收攬壞人，結黨作惡。

招搖撞騙 ㄓㄠ ㄧㄠˊ ㄓㄨㄤˋ ㄆㄧㄢˋ 指假借名義，虛張聲勢，進行蒙騙欺詐。

抬

ㄊㄞˊ tái 動①舉起，翹起，向上提。例抬手、抬腳、抬起頭來。②共同合力搬東西。例抬轎子、抬桌子。

抬肩 ㄊㄞˊ ㄐㄧㄢ 指量製上衣時從肩頭到胳肢窩這一部分的尺寸。

抬槓 ㄊㄞˊ ㄍㄤˋ ①爭辯，鬥口。例好好商量，何必要抬槓哩！②抬轎用的粗木棍。

抬價 ㄊㄞˊ ㄐㄧㄚˋ 指乘某種機會提高價錢。

抬頭 ㄊㄞˊ ㄊㄡˊ ①舉起頭來。例抬頭挺胸。②比喻人和事物的情況有了好轉或得到伸展。例我深信我們終有抬頭的一天。③指書信、公文等在遇到尊稱時，另起一行或空一格書寫。④發票、收據上寫戶頭的地方。

六畫

按

ㄢˋ àn 名編者、作者經考查後，所作的說明或判斷。也作「案」。例編者按。動①用手指頭或手掌壓。例按電鈴、用力往下按。②依照。例按照。③止住，擱下來。例按兵不動、按下不表。④輕輕握著或扶著不動。例按劍。⑤考察。例按之當今之務。

按時 ㄢˋ ㄕˊ 按照規定或約定的時間。

按捺 ㄢˋ ㄋㄚˋ 控制，抑止。例按捺不住。

按期 ㄢˋ ㄑㄧˊ 依照規定的時間或期限。

按照 ㄢˋ ㄓㄠˋ 依照，根據。例按照規定辦理。

按摩 ㄢˋ ㄇㄛˊ 用手對人體作按、推、揉、捏等動作，以放鬆肌肉，促進循環，調整神經功能。同推拿。

按兵不動 ㄢˋ ㄅㄧㄥ ㄅㄨˋ ㄉㄨㄥˋ 軍隊暫不行動，以等待適當的時機。也指接受任務後尚未採取行動。

按部就班 ㄢˋ ㄅㄨˋ ㄐㄧㄡˋ ㄅㄢ 指循序漸進或按常規辦事。

按圖索驥 ㄢˋ ㄊㄨˊ ㄙㄨㄛˇ ㄐㄧˋ ①按照圖上的樣子尋找良馬。比喻拘泥成法，不知變通。②按照線索去尋找。

挖 ㄨㄚ wā 動①掘，發掘。例挖個洞、挖掘潛力。②掏取。例把藏在米缸裡的錢挖出來。

挖苦 ㄨㄚ ㄎㄨˇ 以尖酸刻薄的語言譏笑人。

挖掘 ㄨㄚ ㄐㄩㄝˊ ①把埋藏的東西挖出來。例挖掘寶藏。②探求。例挖掘人才。

挖牆腳 ㄨㄚ ㄑㄧㄤˊ ㄐㄧㄠˇ 比喻使用手段阻撓、或破壞別人的計畫、行動。

挖肉補瘡 ㄨㄚ ㄖㄡˋ ㄅㄨˇ ㄔㄨㄤ 挖好肉來補救瘡傷。比喻只顧眼前，用有害的方法救急。

挖空心思 ㄨㄚ ㄎㄨㄥ ㄒㄧㄣ ㄙ 比喻絞盡腦汁，費盡心機。

拼 ㄆㄧㄣ pīn 動①把零散的物件連綴起來，合在一起。例拼圖、拼盤。②通「拚」。捐棄，不惜一切。例拼死拼活。

拼命 ㄆㄧㄣ ㄇㄧㄥˋ ①不顧性命去做。②盡力，極力。例這任務我一定拼命完成。

拼音 ㄆㄧㄣ ㄧㄣ ①連綴幾個音素，使之成為一個複合的音節。②把標音文字讀出音來。

拼湊 ㄆㄧㄣ ㄘㄡˋ 把零星的事物聚合在一起。

拼盤 ㄆㄧㄣ ㄆㄢˊ 由兩種以上的冷切食物湊合而成、擺在菜盤裡的菜餚。比喻許多不同的東西拼湊在一起。

挓 ㄓㄚ zhā 見「挓挲」。

挓挲 ㄓㄚ ㄙㄨㄛ 張開的樣子。也作「扎煞」。

拳 ㄑㄩㄢˊ quán 名①手屈指捲握的形狀。例握拳。②徒手的武術，即拳術的簡稱。例打太極拳。動彎曲肢體。例拳起腿。

拳曲 ㄑㄩㄢˊ ㄑㄩ 物體彎曲而不伸直的樣子。

拳拳 ㄑㄩㄢˊ ㄑㄩㄢˊ 懇切忠誠的樣子。也作「惓惓」。例拳拳服膺。

拳術 ㄑㄩㄢˊ ㄕㄨˋ 指拳腳並用的徒手武術。

拳擊 ㄑㄩㄢˊ ㄐㄧ 一種體育運動，比賽時雙手戴上包有棉花等軟物的皮手套，按一定的規則進行搏鬥，以擊倒對方為勝。

拳打腳踢 ㄑㄩㄢˊ ㄉㄚˇ ㄐㄧㄠˇ ㄊㄧ 指用暴力侵犯人或打架的情況。

拱 ㄍㄨㄥˇ gǒng 形①用兩手可合圍的。例拱木、拱璧。②圓弧形的。例拱橋。動①兩手合在一起以表示敬意的動作。例拱手相讓。②環繞，圍著。例眾星拱月、拱衛。③肩膀向上聳起或掀動。例拱肩縮背。④向上或向前推動，頂起。例豬拱地、棉花苗拱出土了。

拱手 ㄍㄨㄥˇ ㄕㄡˇ ①兩手在胸前相合表示敬意。②表示非常容易。

拱門 ㄍㄨㄥˇ ㄇㄣˊ 上端是弧形的門。也指圓弧形的橋洞。

拱橋 ㄍㄨㄥˇ ㄑㄧㄠˊ 圓拱形的橋梁，特點是中部高起，橋洞呈弧形。

拷 ㄎㄠˇ kǎo 動用刑具逼打。例拷打。

拷貝 ㄎㄠˇ ㄅㄟˋ 英語copy的音譯。①用電影母帶加洗出來供放映用的膠片。②原件的複製、模仿或抄本。

拷問 ㄎㄠˇ ㄨㄣˋ 拷打審問犯人，強迫招認。

挎 ㄎㄨㄚˋ kuà 動①把胳膊彎起來提起或鉤住東西。例挎著籃子。②把東西掛在肩上、脖子上。例挎著書包、挎著相機。

拮 ㄐㄧㄝˊ jié 見「拮据」。

拮据 ㄐㄧㄝˊ ㄐㄩ 指在經濟方面缺少錢財，境況窘迫。例近來我手頭拮据。

持 ㄔˊ chí 動①拿著，握著。例持筆、持刀行凶。②保有，堅守。例持之以恆、堅持不變。③對抗。例相持不下。④掌握，管理。例操持家務。⑤挾制。例劫持。

持久 ㄔˊ ㄐㄧㄡˇ 維持長久而不改變。

持平 ㄔˊ ㄆㄧㄥˊ 公平，沒有偏頗。例持平之論。

持重 ㄔˊ ㄓㄨㄥˋ 說話行事謹慎穩重，不輕浮急躁。例老成持重。

持家 ㄔˊ ㄐㄧㄚ 操持、料理家務。例勤儉持家。

持續 ㄔˊ ㄒㄩˋ 繼續不斷。

持之以恆 ㄔˊ ㄓ ㄧˇ ㄏㄥˊ 長久地堅持下去，不達目的決不罷休。

持平之論 ㄔˊ ㄆㄧㄥˊ ㄓ ㄌㄨㄣˋ 指所發表的意見不偏不倚，公正平允。

拭 ㄕˋ shì 動擦，揩。例拭淚、擦拭。

拭目以待 ㄕˋ ㄇㄨˋ ㄧˇ ㄉㄞˋ 擦亮眼睛等待著。比喻期待殷切，急欲看到事情的發展。

挈 ㄑㄧㄝˋ qiè 動①舉，提著。例提綱挈領。②帶著，領著。例扶老挈幼。

挈帶 ㄑㄧㄝˋ ㄉㄞˋ 攜帶，帶領。

挈領 ㄑㄧㄝˋ ㄌㄧㄥˇ 提起衣領。比喻抓住要點。

拽 ㄓㄨㄞˋ zhuài 形胳膊有毛病而不能自由屈伸的樣子。例胳膊拽了。動①拉，扯。例生拉硬拽、拽著不放。②用力扔。例把球拽得越遠越好。

挑 ㊀ㄊㄧㄠ tiāo 動①選擇，揀選。例挑選、挑毛病。②用肩膀擔東西。例肩挑手提。㊁ㄊㄧㄠˇ tiǎo 名楷書一種由下斜著向上的筆法，形狀是「㇀」。動①支起，舉起。例挑起帘子、挑著旗子。②用細長或尖形的器具撥。例挑刺、挑火。③煽動。例挑弄是非、上門挑戰。④引誘，逗弄。例挑逗。⑤為彈琵琶的一種指法。例白居易．琵琶行：「輕攏慢撚抹復挑。」

挑夫 ㄊㄧㄠ ㄈㄨ 稱為人擔負貨物、行李的人。

挑花 ㄊㄧㄠ ㄏㄨㄚ 一種刺繡方法，在枕頭、桌布、童裝等物件上，用彩色的線挑出各種圖案作為裝飾。

挑剔 ㄊㄧㄠ ㄊㄧ ①嚴格揀選，挑出好的，剔除壞的。②對人苛求責備，專在細節上找毛病。

挑逗 ㄊㄧㄠˇ ㄉㄡˋ ①招惹，逗引。②調戲。例你不能這樣挑逗良家婦女。

挑揀 ㄊㄧㄠ ㄐㄧㄢˇ 挑選，選擇。例把好的挑揀出來。

挑撥 ㄊㄧㄠˇ ㄅㄛ 搬弄是非，引起事端，使雙方不合。

挑戰 ㄊㄧㄠˇ ㄓㄢˋ ①激引敵人出來作戰。②向人尋釁，引起衝突或競爭。

挑釁 ㄊㄧㄠˇ ㄒㄧㄣˋ 故意惹事端，企圖激起衝突或引發戰爭。

挑三揀四 ㄊㄧㄠ ㄙㄢ ㄐㄧㄢˇ ㄙˋ 多方面反覆挑選，嚴格挑剔。

挑撥離間 ㄊㄧㄠˇ ㄅㄛ ㄌㄧˊ ㄐㄧㄢˋ 指搬弄是非，製造矛盾，使人不團結。

括

㊀ㄍㄨㄚ guā 動①包含。例總括、概括。②搜尋使聚集。例搜括。㊁ㄎㄨㄛˋ kuò 見「括約肌」。

括號 ㄍㄨㄚ ㄏㄠˋ ①算術上表示幾個數或項的結合關係和順序的符號。有三種形式：小括號（），中括號〔〕，大括號{}。②標點符號之一，符號是（）。主要表示文中注釋的部分。

括約肌 ㄎㄨㄛˋ ㄩㄝ ㄐㄧ 分布在人和動物的肛門、膀胱口、幽門等處的環狀肌肉，有收縮及放鬆的功能。

拾

㊀ㄕˊ shí 名①古時射箭時用的皮製護袖手套。②數目字。「十」的大寫。動①揀起，拿起。例拾金不昧、拾穗。②整理，收集。例收拾。㊁ㄕㄜˋ shè 見「拾級」。

拾級 ㄕㄜˋ ㄐㄧˊ 沿著臺階一步步向上走。

拾掇 ㄕˊ ㄉㄨㄛˊ 收拾好，整理好。例今天有客人來，把家裡拾掇乾淨。

拾遺 ㄕˊ ㄧˊ ①撿取別人遺失的東西。例路不拾遺。②對別人遺漏的事物予以補充。

拾人牙慧 ㄕˊ ㄖㄣˊ ㄧㄚˊ ㄏㄨㄟˋ 拾取別人的片言隻語當作自己的話。比喻沿襲別人的見解或論點。

拾金不昧 ㄕˊ ㄐㄧㄣ ㄅㄨˋ ㄇㄟˋ 撿到他人的東西而不據為己有。

拴

ㄕㄨㄢ shuān 動①縛綁，用繩子繫上並打好結。例把牛拴在樹上。②把門關上。例拴門。

拿

ㄋㄚˊ ná 動①用手握或抓取。例拿筷子、從書架上拿一本書。②掌握。例拿主意。③用。例拿大話恐嚇人。④捉取。例緝拿。⑤要挾，刁難。例這點小事能拿住我？⑥故意裝著。例拿翹。⑦侵害，妨害。例我這幾年被類風溼病拿慘了！介把。例不拿他放在心上。

拿手 ㄋㄚˊ ㄕㄡˇ 多指最擅長的技藝。例拿手功夫。

拿捏 ㄋㄚˊ ㄋㄧㄝ ①要挾，刁難。例你用不著這樣拿捏人。②扭捏，不自然。例你在這裡拿捏了半天，到底想幹什麼？③衡量輕重。例拿捏分寸。

拿喬 ㄋㄚˊ ㄑㄧㄠˊ 裝模作樣，擺架子。亦作「拿翹」。

拿獲 ㄋㄚˊ ㄏㄨㄛˋ 捉住，捕獲。例逃犯已被拿獲。

拿主意 ㄋㄚˊ ㄓㄨˇ ㄧˋ 決定處理事情的方法。

拿架子 ㄋㄚˊ ㄐㄧㄚˋ ˙ㄗ 指人故意作態，刁難別人，抬高自己的身價。同擺架子。

拿手好戲 ㄋㄚˊ ㄕㄡˇ ㄏㄠˇ ㄒㄧˋ 演員最擅長的劇目。後泛指最擅長的本領。

指

ㄓˇ zhǐ 名①手指。例十指連心。②意思，主旨。例言近指遠。③一個手指的寬度或深度。例三指寬的距離、下了兩指雨。動①用手指示。例牧童遙指杏花村。②對著，向著。例時針正指兩點、他是指著我來的。③提示，點明。例指點迷津。④希望，仰仗。例指望、指靠。⑤直豎，翹起。例令人髮指。

指引 ㄓˇ ㄧㄣˇ　指示和引導。例在你的指引下，我終於找到了正確的道路。

指正 ㄓˇ ㄓㄥˋ　指出錯誤，以便改正。常用作請人提出批評意見的客套話。

指示 ㄓˇ ㄕˋ　①用手指給別人看。②上級對下級說明處理事情的方法和原則。③指教。請教別人的敬詞。例這篇文章寫得不好，務請多加指示。

指令 ㄓˇ ㄌㄧㄥˋ　①指示，命令。②上級對下級所發的一種指示性公文。③計算機程式語言中指揮電腦運作的訊號。

指印 ㄓˇ ㄧㄣˋ　手指按捺後所留下的紋路痕跡，可以代替印信的作用。

指事 ㄓˇ ㄕˋ　六書之一，是用簡單的符號來表示抽象的意義。

指明 ㄓˇ ㄇㄧㄥˊ　明白提出或標示出。例指明方向。

指使 ㄓˇ ㄕˇ　自己在幕後當主謀，支使別人動手去做。

指派 ㄓˇ ㄆㄞˋ　指定派遣。例公司指派老李出國考察。

指南 ㄓˇ ㄋㄢˊ　比喻辨別方向的依據或解決問題的途徑。例旅遊指南、處世指南。

指紋 ㄓˇ ㄨㄣˊ　手指尖端內側表面凸出的螺旋形紋理，或指這種紋理留下的痕跡。

指望 ㄓˇ ㄨㄤˋ　盼望，期望。例我指望明年可以考上理想的學校。

指教 ㄓˇ ㄐㄧㄠˋ　請人提出批評或意見的客套話。例請多多指教。

指控 ㄓˇ ㄎㄨㄥˋ　歷數對方罪行予以指責控訴。

指責 ㄓˇ ㄗㄜˊ　責備，怪罪。同指斥、譴責。

指揮 ㄓˇ ㄏㄨㄟ　①發號施令，叫別人遵行。也作「指麾」。例這事由你指揮。②發令調度的人。例總指揮。

指摘 ㄓˇ ㄓㄞ　指出錯誤或缺點並予以批評。

指數 ㄓˇ ㄕㄨˋ　①表示一個數自乘若干次的數字，寫在此數的右角上。如4^3、5^2，3、2是4、5的指數。②表現經濟現象的變動和比例的數字。例生產指數、物價指數。

指標 ㄓˇ ㄅㄧㄠ　①計畫要求達到的目標。例經濟指標。②標識物。

指陳 ㄓˇ ㄔㄣˊ　指出陳述。

指導 ㄓˇ ㄉㄠˇ　指示和引導。多用在教導或給予意見。

指點 ㄓˇ ㄉㄧㄢˇ　①指示，引導。例指點迷津。②挑剔，議論。

指日可待 ㄓˇ ㄖˋ ㄎㄜˇ ㄉㄞˋ　形容所期待的不久就可以實現。

指手畫腳 ㄓˇ ㄕㄡˇ ㄏㄨㄚˋ ㄐㄧㄠˇ　一邊說一邊比。形容說話放肆或得意忘形的樣子。也形容亂加指點、批評。

指桑罵槐 ㄓˇ ㄙㄤ ㄇㄚˋ ㄏㄨㄞˊ　指著桑樹罵槐樹。比喻拐彎抹角的罵人。

指鹿為馬 ㄓˇ ㄌㄨˋ ㄨㄟˊ ㄇㄚˇ 指著鹿卻硬說是馬。比喻擅作威福，有意顛倒黑白。

拯

ㄓㄥˇ zhěng 動①援救。例拯救。②舉起。

拯救 ㄓㄥˇ ㄐㄧㄡˋ 援救，救助。例要設法拯救被水圍困的民眾。

拶

㊀ㄗㄢˇ zǎn 動以木條夾指。例拶指。

㊁ㄗㄚˊ zá 動逼迫，擠壓。例排拶。

七畫

挲

ㄙㄨㄛ suō 動用手搓撫。例摩挲。

捕

ㄅㄨˇ bǔ 名古時基層的治安人員。例巡捕、捕快。動捉拿，擒住。例逮捕、拘捕。

捕快 ㄅㄨˇ ㄎㄨㄞˋ 古時在官署擔任捉拿犯人的差役。

捕捉 ㄅㄨˇ ㄓㄨㄛ 捉，捉拿。例捕捉盜賊。

捕撈 ㄅㄨˇ ㄌㄠ 捕捉和打撈水生動植物。

捕獲 ㄅㄨˇ ㄏㄨㄛˋ 捉到，逮到。例逃犯已捕獲。

捕風捉影 ㄅㄨˇ ㄈㄥ ㄓㄨㄛ ㄧㄥˇ 捕捉風和影子。比喻說話做事毫無根據。

挾

ㄒㄧㄚˊ xiá 動①用胳膊夾住。例挾帶、挾泰山以超北海。②倚仗勢力，或拿住把柄來強迫、逼壓人。例要挾、挾制。③懷著，隱藏著。例挾怨、挾仇。

挾仇 ㄒㄧㄚˊ ㄔㄡˊ 心中懷著仇恨，力圖報復。

挾制 ㄒㄧㄚˊ ㄓˋ 倚仗勢力或抓住別人的弱點加以威脅，使之順從。

挾持 ㄒㄧㄚˊ ㄔˊ ①從兩旁抓住或架住。②用強力逼迫使之服從。

振

ㄓㄣˋ zhèn 動①搖動，抖動。例振臂高呼、振筆直書。②奮發。例人心大振、精神不振。③通「震」。震撼。例威振天下。④通「賑」。救濟，救助。⑤整頓。例振兵。

振作 ㄓㄣˋ ㄗㄨㄛˋ 精神奮發，情緒高漲。同振奮。

振動 ㄓㄣˋ ㄉㄨㄥˋ ①震盪，撼動。②指物體通過某一中心位置不斷地往返顫動，其間有一定的時間規則。

振幅 ㄓㄣˋ ㄈㄨˊ 物體在振動的過程中，振動體離開平衡點的最大位移。

振筆 ㄓㄣˋ ㄅㄧˇ 動筆，運筆。例振筆疾書。

振興 ㄓㄣˋ ㄒㄧㄥ 大力發展，讓它興盛起來。例振興經濟。

振振有辭 ㄓㄣˋ ㄓㄣˋ ㄧㄡˇ ㄘˊ 形容自以為理由很充分，說個沒完。也指理直氣壯地發表議論。

振聾發聵 ㄓㄣˋ ㄌㄨㄥˊ ㄈㄚ ㄎㄨㄟˋ 聲音很大，使耳聾的人也能聽得見。比喻用語言文字喚醒糊塗無知的人，使他們清醒過來。

捂

ㄨˇ wǔ 動①遮掩，遮蓋住。例把他的嘴巴捂起。②密封起來使不透氣。例把被子捂好，不要讓它透風。③牴觸。

捌

ㄅㄚ bā 名①數目字。「八」的大寫。②一種農具，用以推引聚集農作物。動撥開，掰開。

捏

ㄋㄧㄝ niē 動①用手指頭夾住。例把筆捏好、揑鼻子。②用手指搓捻，把柔軟的東西弄成一定形狀。例揑泥人、揑餃子。③牽強附會，虛構。例揑造事實。

揑合 ㄋㄧㄝ ㄏㄜˊ ①使湊合在一起。②憑空編造。

揑造 ㄋㄧㄝ ㄗㄠˋ 虛構、假造出來的，不是事實的。

揑一把汗 ㄋㄧㄝ ㄧ ㄅㄚˇ ㄏㄢˋ 形容非常擔心的樣子。

捆 ㄎㄨㄣˇ kǔn 名用作成束物件的量詞。例一捆報紙、一捆稻草。動拴綁，用繩子把物件捆紮起來。例捆行李、捆柴草。

捆紮 ㄎㄨㄣˇ ㄓㄚ 把東西拴綁在一起，使不散開。

捍 ㄏㄢˋ hàn 形通「悍」。強悍的，凶暴的。動保衛，抵禦。例捍禦。

捍衛 ㄏㄢˋ ㄨㄟˋ 保衛，保護。例捍衛國家主權。

捐 ㄐㄩㄢ juān 名賦稅。例房屋捐、稅捐。動①捨棄，拋去。例細大不捐、為國捐軀。②奉獻財物助人。例捐糧、捐款。

捐血 ㄐㄩㄢ ㄒㄧㄝˇ 將血液無條件提供給適合的人使用。

捐助 ㄐㄩㄢ ㄓㄨˋ 拿出財物幫助別人。

捐棄 ㄐㄩㄢ ㄑㄧˋ 拋棄，捨棄。例捐棄恩怨。

捐款 ㄐㄩㄢ ㄎㄨㄢˇ ①拿出錢來幫助人。②捐獻的錢款。例這筆捐款不小。

捐輸 ㄐㄩㄢ ㄕㄨ 捐獻財物。

捐軀 ㄐㄩㄢ ㄑㄩ 指為國家或正義而犧牲生命。

捐贈 ㄐㄩㄢ ㄗㄥˋ 把財物贈送給他人或單位。例他把自己的書籍都捐贈給學校了。

捐獻 ㄐㄩㄢ ㄒㄧㄢˋ 拿出財物獻給國家或團體。

捐除成見 ㄐㄩㄢ ㄔㄨˊ ㄔㄥˊ ㄐㄧㄢˋ 拋棄心中既定的主觀見解。

捎 ㈠ㄕㄠ shāo 動①拂掠。例柳宗元・晉問：「耳搖層雲，腹捎眾木。」②順便請人寄帶。例捎個口信。㈡ㄕㄠˋ shào 動①灑水。例往花上捎水。②雨斜著灑落。例雨水捎進來了。③用眼注視。例我走了，你替我捎著點。④略略向後倒退。例你把馬捎一捎。

捉 ㄓㄨㄛ zhuō 動①握住，拿。例捉筆、捉住。②逮捕，抓住。例捉逃犯、捉賊。③調戲。例捉弄。

捉刀 ㄓㄨㄛ ㄉㄠ 替別人作文章或代人做事。

捉弄 ㄓㄨㄛ ㄋㄨㄥˋ 戲弄，和人開玩笑。例你竟然捉弄我！

捉拿 ㄓㄨㄛ ㄋㄚˊ 緝捕犯人。

捉摸 ㄓㄨㄛ ㄇㄛ 料想，推測。常用於否定句。例你這人簡直不可捉摸。

捉迷藏 ㄓㄨㄛ ㄇㄧˊ ㄘㄤˊ ①一種兒童遊戲，把一人的眼睛蒙起來，摸索著捉人。②比喻故意把事情弄得迷離恍惚，使人難以捉摸。

捉襟見肘 ㄓㄨㄛ ㄐㄧㄣ ㄐㄧㄢˋ ㄓㄡˇ 拉一拉衣襟就露出了胳膊肘。形容衣不蔽體，生活貧窮。也比喻顧此失彼，窮於應付。

挹 ㄧˋ yì 動①舀，用器具取出液體。例挹彼注茲。②退讓。例謙挹。

③推崇。例獎挹。

挹注 一ˋ ㄓㄨˋ 比喻取有餘以補不足。多指錢財而言。

挽 ㄨㄢˇ wǎn 形通「輓」。悼念的。例哀挽。動①拉，牽引。例挽手、挽車。②捲起。例把袖子挽好。③通「綰」。盤繞起來並打上結。例挽髮。

挽手 ㄨㄢˇ ㄕㄡˇ 手牽著手。例挽手而行。

挽回 ㄨㄢˇ ㄏㄨㄟˊ 設法使不利的情況好轉或恢復原狀。例挽回時局。

挽留 ㄨㄢˇ ㄌㄧㄡˊ 把人留住不讓離去。

挽救 ㄨㄢˇ ㄐㄧㄡˋ 盡力救助，使脫離危險境地。

挺 ㄊㄧㄥˇ tǐng 名計算槍枝的量詞。例我們部隊現有幾挺機關槍？形①硬而直的。例筆挺、挺立不動。②突出，特出的。例英挺。動①撐直。例抬頭挺胸、挺起腰來。②勉強支撐。例你受傷很重能挺得住嗎？副很，甚。例挺高興、挺痛苦。

挺立 ㄊㄧㄥˇ ㄌㄧˋ 筆直的站著。

挺拔 ㄊㄧㄥˇ ㄅㄚˊ ①直立高聳，獨特出色。例高樓大廈挺拔而起。②形容書法筆力雄渾峻峭、堅強有力。

挺秀 ㄊㄧㄥˇ ㄒㄧㄡˋ 挺拔秀麗，超群出眾。多形容人的身材或樹木。

挺進 ㄊㄧㄥˇ ㄐㄧㄣˋ 多指軍隊直向前進。

挺身而出 ㄊㄧㄥˇ ㄕㄣ ㄦˊ ㄔㄨ 形容人不畏艱險，勇敢地站出來擔當其責任。

挼 ㄖㄨㄛˊ nuó 動輕輕搓摩，摩挲。例不要把紙挼壞了。

挼搓 ㄖㄨㄛˊ ㄘㄨㄛ 揉搓，即輕柔地來回摩擦。

捋 ㈠ㄌㄩˇ lǚ 動①用手指順著摸過去。例捋鬍子、捋麻繩。②拿取。
㈡ㄌㄨㄛ luō 動用手握住東西，順著向某一端滑動。例捋果子、捋袖子。
㈢ㄌㄜˋ lè 動拔取。例捋虎鬚。

捋虎鬚 ㄌㄜˋ ㄏㄨˇ ㄒㄩ 拔老虎的鬍鬚。比喻觸犯惡人或做冒險的事情。

挫 ㄘㄨㄛˋ cuò 名書法用筆的方法之一。動①事情進行不順利或失敗。例他在商場上一再受挫。②壓抑，降低。例抑揚頓挫、把敵人的囂張氣焰挫下去。③屈辱。

挫折 ㄘㄨㄛˋ ㄓㄜˊ ①事情進行中遇到阻礙和困難。例屢遭挫折。②失敗，失利。

挫敗 ㄘㄨㄛˋ ㄅㄞˋ 挫折，失敗。

挫傷 ㄘㄨㄛˋ ㄕㄤ ①因碰撞或壓擠而形成的傷，傷處呈青紫色。②心靈遭受損傷。

捅 ㄊㄨㄥˇ tǒng 動①戳穿，刺。例捅個窟窿、用刺刀捅敵人。②說穿，揭發。例捅人隱私。③招惹。例捅樓子。

捅樓子 ㄊㄨㄥˇ ㄌㄡˊ ˙ㄗ 惹是生非，引起糾紛。例這小子正事不做，就愛捅樓子。

挪 ㄋㄨㄛˊ nuó 動①移動，推移。例把這書櫃挪到那邊去。②揉搓。

挪用 ㄋㄨㄛˊ ㄩㄥˋ 把原用於某方面的款項移作他用。例挪用公款。

挪借 ㄋㄨㄛˊ ㄐㄧㄝˋ　暫時借用別人的錢。

挪動 ㄋㄨㄛˊ ㄉㄨㄥˋ　移動位置。

捃

ㄐㄩㄣˋ jùn 動拾取，搜集。例捃其精華。

挨

ㄞ āi 動①依照，順著次序。例挨家挨戶。②靠攏，靠近。例肩挨肩。③忍受，遭受。例挨餓。④等待，拖延。例挨一時是一時。

挨戶 ㄞ ㄏㄨˋ　一家一家的接著。

挨次 ㄞ ㄘˋ　按順序，依照次序。

挨近 ㄞ ㄐㄧㄣˋ　靠近。

八畫

掊

㊀ㄆㄡˊ póu 動①用手扒土。②通「抔」。掬取，用手捧物。③搜括，聚斂。例掊克（用苛稅聚斂財物）。

㊁ㄆㄡˇ pǒu 動①擊破，打破。②打擊，抨擊。例掊擊。

捽

ㄗㄨˊ zú 動①揪，拉。例別捽我的頭髮。②拔起。例捽草。

掞

ㄧㄢˋ yàn 動①光照。②舒展。例掞張。

掖

㊀ㄧㄝ yē 動塞進，藏好。例把報紙從門縫裡掖進去。

㊁ㄧㄝˋ yè 名通「腋」。胳肢窩。例一狐之掖。形旁邊的，兩旁的。例掖門、掖庭。動①用手攙扶。②提拔，扶助。例獎掖。

掂

ㄉㄧㄢ diān 動把東西托在手掌上估量輕重。例掂掂這包糖有多重？

掂掇 ㄉㄧㄢ ㄉㄨㄛˊ　斟酌，估量。例我們大家都來掂掇出一個切實可行的辦法。

掂斤播兩 ㄉㄧㄢ ㄐㄧㄣ ㄅㄛˋ ㄌㄧㄤˇ　計較輕重。比喻評品優劣或過分計較小事。

探

ㄊㄢˋ tàn 名專門從事偵察工作的人。例偵探、密探。動①尋求，打聽。例探礦、探消息。②測試。例誰去探一下水的深淺。③看望。例探親訪友、探望。④向前伸出。例探頭窗外、探身車外。⑤摸取。例新五代史：「取江南如探囊中物爾。」

探究 ㄊㄢˋ ㄐㄧㄡ　尋求追究，弄明真相或根源。

探求 ㄊㄢˋ ㄑㄧㄡˊ　打聽尋求。例探求事物的道理。

探討 ㄊㄢˋ ㄊㄠˇ　對問題作較深入的研究討論。

探索 ㄊㄢˋ ㄙㄨㄛˇ　從多方面尋求問題的所在。

探訪 ㄊㄢˋ ㄈㄤˇ　①搜尋，訪查。例探訪奇花異草。②探望，訪問。例探訪親友。

探視 ㄊㄢˋ ㄕˋ　探望訪視。多指看望病人。

探悉 ㄊㄢˋ ㄒㄧ　經打聽之後了解。

探測 ㄊㄢˋ ㄘㄜˋ　用儀器考察和測量。例探測水質。

探詢 ㄊㄢˋ ㄒㄩㄣˊ　探問，詢問。例探詢其下落。

探監 ㄊㄢˋ ㄐㄧㄢ　去看望被囚禁在監獄裡的人。

探親 ㄊㄢˋ ㄑㄧㄣ　看望親屬。

探險 ㄊㄢˋ ㄒㄧㄢˇ　到還沒有人去過或一般人不敢去的地方進行考察。例到南極探險。

探聽 ㄊㄢˋ ㄊㄧㄥ　探問，打聽。例探聽虛實。

探口氣 ㄊㄢˋ ㄎㄡˇ ㄑㄧˋ 從言語上試探別人的心意。

探囊取物 ㄊㄢˋ ㄋㄤˊ ㄑㄩˇ ㄨˋ 把手伸進口袋裡取東西。比喻事情能夠輕而易舉地辦到。

捩

ㄌㄧㄝˋ liè 動 扭轉。例轉捩點。

掠

ㄌㄩㄝˋ lüè 名 書法筆法中的長撇。動 ①搶劫，奪取。例擄掠、掠人之美。②輕輕地拂過或迅速擦過。例涼風掠面、一顆子彈從我頭上掠過去。③用刑具打。例拷掠。

掠取 ㄌㄩㄝˋ ㄑㄩˇ 用武力或其他手段奪取。

掠美 ㄌㄩㄝˋ ㄇㄟˇ 奪取別人的美名或功績為自己所有。

掠奪 ㄌㄩㄝˋ ㄉㄨㄛˊ 搶劫，奪取。

控

ㄎㄨㄥˋ kòng 動 ①告發，告狀。例控告、指控。②操縱，掌握。例遙控、控制。③使容器的口朝下，讓裡面的液體慢慢流出。例把油瓶倒過來控一控。④拉弓。例控弦。⑤投，擲。

控告 ㄎㄨㄥˋ ㄍㄠˋ 告狀。通常指向司法機關提出控訴。

控制 ㄎㄨㄥˋ ㄓˋ 支配掌管，不使之任意活動或越出範圍。

控訴 ㄎㄨㄥˋ ㄙㄨˋ 向法院或社會公眾陳述受害經過，以求對加害者給予法律的制裁或輿論的譴責。

接

ㄐㄧㄝ jiē 動 ①連結，連起。例把斷的繩子接起來。②連續，繼續。例接二連三、青黃不接。③收，受。例接電話、接納。④承受，托住。例接球、接招。⑤相迎，陪著一起回來。例去托兒所接小孩。⑥相觸，靠近。例短兵相接、交頭接耳。⑦替換，輪替。例接棒、接班人。

接力 ㄐㄧㄝ ㄌㄧˋ 一個接替著一個地進行。

接手 ㄐㄧㄝ ㄕㄡˇ ①接替別人的工作。②從他人手中接取東西。

接生 ㄐㄧㄝ ㄕㄥ 幫助產婦分娩，使胎兒安全出生。

接收 ㄐㄧㄝ ㄕㄡ ①收取。例接收信號。②承辦。③點收接管。例接收破產企業。

接見 ㄐㄧㄝ ㄐㄧㄢˋ 見面，會見。多指上級會見下級或主人會見賓客。

接物 ㄐㄧㄝ ㄨˋ 與人交往。例待人接物。

接洽 ㄐㄧㄝ ㄑㄧㄚˋ 與別人聯繫並商量有關事情。

接風 ㄐㄧㄝ ㄈㄥ 設宴款待遠來或歸來的親友。同洗塵。

接待 ㄐㄧㄝ ㄉㄞˋ 迎接招待。

接班 ㄐㄧㄝ ㄅㄢ 接替繼續之前的工作或職務。

接納 ㄐㄧㄝ ㄋㄚˋ 接受。

接種 ㄐㄧㄝ ㄓㄨㄥˋ 將疫苗注射到人或動物的體內，以預防疾病。例接種牛痘。

接管 ㄐㄧㄝ ㄍㄨㄢˇ 接收管理。

接頭 ㄐㄧㄝ ㄊㄡˊ ①接洽，聯繫。例這事就派你去接頭。②線路或機件互相接合處。

接應 ㄐㄧㄝ ㄧㄥˋ 支援，應援。

接濟 ㄐㄧㄝ ㄐㄧˋ 在錢財物質上予以幫助、支援。

接壤 ㄐㄧㄝ ㄖㄤˇ 交界。也指兩國或兩地相連著的土地。

接觸 ㄐㄧㄝ ㄔㄨˋ ①挨著，碰到一起。例你不要去接觸險惡的環境。②接近，交往。例多接觸自然有益健康。③軍事上指交戰而言。

接二連三 ㄐㄧㄝ ㄦˋ ㄌㄧㄢˊ ㄙㄢ 一個接一個。形容連續不斷。

接踵而至 ㄐㄧㄝ ㄓㄨㄥˇ ㄦˊ ㄓˋ 接連不斷地到來。比喻事情不斷地發生。

掮 ㄑㄧㄢˊ qián 動用肩膀扛東西。例掮著行李上車。

掮客 ㄑㄧㄢˊ ㄎㄜˋ 為人介紹買賣，從中收取佣金的人。

捲 ㄐㄩㄢˇ juǎn 名①裹成圓筒狀的東西。例蛋捲。②用於成卷物品的量詞。例兩捲草紙。動①把東西裹成圓筒形。例捲竹席、捲行李。②斂聚。例捲款。③一種大的力量把東西撮起或裹住。例席捲、捲起千堆雪。④彎曲。

捲尺 ㄐㄩㄢˇ ㄔˇ 可以收捲起來的軟尺。或作「卷尺」。

捲逃 ㄐㄩㄢˇ ㄊㄠˊ 拐帶全部金錢物品逃匿而去。

捲鋪蓋 ㄐㄩㄢˇ ㄆㄨ ㄍㄞˋ 比喻被人解雇而離開工作單位。

捲土重來 ㄐㄩㄢˇ ㄊㄨˇ ㄔㄨㄥˊ ㄌㄞˊ 比喻在受到大的挫折或失敗後，積聚力量，以求重新恢復原來的勢力。

捥 ㄨㄢˋ wàn 名同「腕」。手臂和掌心間的關節部分。

捧 ㄆㄥˇ pěng 名用作手捧之物的量詞。例一捧米。動①張開兩個手掌托著。例捧茶、捧碗。②當面奉承或從旁吹噓。例吹捧、捧場。

捧場 ㄆㄥˇ ㄔㄤˇ 原指到劇場欣賞某演員的表演，現多指到場替人助陣，以壯聲勢。

捧腹 ㄆㄥˇ ㄈㄨˋ 用雙手托著肚子。形容大笑不已。

捯 ㄉㄠˊ dáo 動①用手把線、繩索等拉回或繞好。例把風箏捯下來、捯毛線。②追究原因，找出線索。例捯出頭緒。

捺 ㄋㄚˋ nà 名書法筆法之一，由左上往右下斜拖，近末端微有波折，形狀是「㇏」。動①抑制，忍耐。例按捺不住、捺著性子。②用手往下按。例捺手印。

掎 ㄐㄧˇ jǐ 動①從旁或從後拖住。②牽制。例掎角。

捷 ㄐㄧㄝˊ jié 形快速的。例敏捷、迅捷。動戰勝，勝利。例連戰皆捷。

捷徑 ㄐㄧㄝˊ ㄐㄧㄥˋ ①近路。②比喻用簡便的方法或巧妙的手段快速達到目的。

捷報 ㄐㄧㄝˊ ㄅㄠˋ ①勝利的消息。②考試中選的喜訊。③指最快的消息。

捷足先登 ㄐㄧㄝˊ ㄗㄨˊ ㄒㄧㄢ ㄉㄥ 行動快速的人先達到目的。

措 ㄘㄨㄛˋ cuò 動①安放，處置。例措手不及、驚惶失措。②事先籌畫準備。例籌措、措辦軍用品。③擱置，放棄。例刑措不用。

措手 ㄘㄨㄛˋ ㄕㄡˇ 動手安排，著手處理、應付。

措施 ㄘㄨㄛˋ ㄕ 針對某一問題所採取的處理辦法。

措辭 ㄘㄨㄛˋ ㄘˊ 說話或寫文章時選用和安排詞句。

措手不及 ㄘㄨㄛˋ ㄕㄡˇ ㄅㄨˋ ㄐㄧˊ 形容事出突然或準備不足，而來不及應付。

捱

ㄞˊ ái **動** 通「挨」。①承受。**例**捱餓、捱打。②拖延，等待。**例**捱時間。③靠著。**例**捱著母親撒嬌。

掩

ㄧㄢˇ yǎn **動** ①遮蓋，擋住。**例**掩口而笑、遮掩。②關起，合上。**例**掩門、掩卷。③乘人不備而突然發起攻擊。**例**大軍掩至、掩襲。

掩泣 ㄧㄢˇ ㄑㄧˋ 遮著臉哭泣。

掩映 ㄧㄢˇ ㄧㄥˋ 彼此遮掩而互相映照、襯托。**例**桃紅李白相掩映。

掩埋 ㄧㄢˇ ㄇㄞˊ ①埋藏，用土覆蓋。②埋葬。

掩飾 ㄧㄢˇ ㄕˋ 使用手法掩蓋缺點、錯誤，不讓人知道。

掩蓋 ㄧㄢˇ ㄍㄞˋ ①遮住，蓋住。**例**把屍體掩蓋起來。②隱瞞，隱藏。**例**掩蓋錯誤。

掩鼻 ㄧㄢˇ ㄅㄧˊ 表示嫌惡臭穢或不潔，而暫時掩住鼻息。

掩蔽 ㄧㄢˇ ㄅㄧˋ 遮蔽，隱藏。多用於軍事上。

掩護 ㄧㄢˇ ㄏㄨˋ ①軍事上指為了避免敵人的偵測和攻擊，所採取的一切行動。②遮蔽保護。採取某種措施，使被保護者免遭攻擊。

掩人耳目 ㄧㄢˇ ㄖㄣˊ ㄦˇ ㄇㄨˋ 遮住別人的耳目。比喻用假象欺瞞迷惑人。

掩耳盜鈴 ㄧㄢˇ ㄦˇ ㄉㄠˋ ㄌㄧㄥˊ 捂住耳朵去偷鈴鐺，以為聽不見，鈴就不會響了。比喻自己欺騙自己。

掛

ㄍㄨㄚˋ guà **名** 計算成套或一整串物品的量詞。**例**一掛佛珠。**動**①懸吊。**例**掛起風帆。②牽繫，懸念。**例**牽腸掛肚。③登記。**例**掛失。④死，完蛋。**例**我的狗突然掛了。

掛失 ㄍㄨㄚˋ ㄕ 票據、證件等遺失，到原發單位或有關單位登記，聲明作廢。

掛名 ㄍㄨㄚˋ ㄇㄧㄥˊ 空有虛名而無其實。**例**掛名夫妻。

掛念 ㄍㄨㄚˋ ㄋㄧㄢˋ 心中惦記、思念。也作「掛懷」。

掛帥 ㄍㄨㄚˋ ㄕㄨㄞˋ 被命為元帥。比喻居於領導的地位。

掛彩 ㄍㄨㄚˋ ㄘㄞˇ ①遇到喜事或在節日掛彩色布綢以表示慶賀。②指負傷流血。

掛帳 ㄍㄨㄚˋ ㄓㄤˋ 賒帳。

掛鉤 ㄍㄨㄚˋ ㄍㄡ ①指火車車廂連接處的鐵鉤。②比喻聯繫，勾結。③懸掛物品的釘鉤。

掛零 ㄍㄨㄚˋ ㄌㄧㄥˊ ①整數外還有零數。②指比賽未得分。

掛號 ㄍㄨㄚˋ ㄏㄠˋ ①編號登記以確定順序。②郵寄重要信件或物品時，由郵局登記編號並給收據。

掛牌 ㄍㄨㄚˋ ㄆㄞˊ ①指醫師、律師等掛出招牌，正式營業。②股票正式上市。

掛圖 ㄍㄨㄚˋ ㄊㄨˊ 可供懸掛、便於查看的大幅地圖或圖表。

掛齒 ㄍㄨㄚˋ ㄔˇ 時常說起。**例**區區小事，何足掛齒？

掛慮 ㄍㄨㄚˋ ㄌㄩˋ 擔心，心中惦記。**例**你用不著掛慮他。

掛懷 ㄍㄨㄚˋ ㄏㄨㄞˊ 心中惦記、繫念，放心不下。

掛一漏萬 ㄍㄨㄚˋ ㄧ ㄌㄡˋ ㄨㄢˋ 形容說得不全，遺漏很多。

掛羊頭賣狗肉 ㄍㄨㄚˋ ㄧㄤˊ ㄊㄡˊ ㄇㄞˋ ㄍㄡˇ ㄖㄡˋ 比喻表裡不一，蒙騙他人。

掉

ㄉㄧㄠˋ diào 動①落下。例掉眼淚、東西掉在地上。②消退，剝落。例掉色。③遺失，遺漏。例掉了錢包、文章裡掉了幾個字。④轉，回轉。例車子掉頭、掉過臉來。⑤對換，互換。例掉包、掉座位。⑥搖動，擺動。例尾大不掉。助用在某些動詞後，表示動作的完成。例賣掉、扔掉。

掉包 ㄉㄧㄠˋ ㄅㄠ 用欺騙手段，暗中偷換。

掉色 ㄉㄧㄠˋ ㄙㄜˋ 顏色脫落。同褪色。

掉換 ㄉㄧㄠˋ ㄏㄨㄢˋ 彼此互換或更換。亦作「調換」。

掉隊 ㄉㄧㄠˋ ㄉㄨㄟˋ ①結隊行走時，落到隊伍後面而跟不上。②比喻在學習或工作中落後於人。

掉頭 ㄉㄧㄠˋ ㄊㄡˊ ①回頭，把頭轉向相反的方向。例汽車掉頭。②轉頭，不顧而去。例掉頭不顧。

掉以輕心 ㄉㄧㄠˋ ㄧˇ ㄑㄧㄥ ㄒㄧㄣ 形容對事物採取漫不經心的輕率態度。

掯

ㄎㄣˋ kèn 動強迫，刁難。例掯勒人。

捵

ㄔㄣ chēn 動同「抻」。拉，扯。例捵麵。

掌

ㄓㄤˇ zhǎng 名①手和腳的底面。例手掌、腳掌。②補在鞋底前後部分的皮子、橡膠之類。例釘前掌、補後掌。③動物的腳底部分。例鴨掌。動①用手掌拍打。例掌嘴、掌頰。②用手把持。引申為管理、主持。例掌舵、掌權。

掌印 ㄓㄤˇ ㄧㄣˋ 掌管大印。比喻主持事務或把持政權。

掌故 ㄓㄤˇ ㄍㄨˋ ①指歷史上的人物事跡、典章制度、故事傳說等。②古官名。

掌舵 ㄓㄤˇ ㄉㄨㄛˋ ①把著舵以控制航行方向。也指掌舵的人。②比喻主持重要事務。例這次大會靠你掌舵。

掌握 ㄓㄤˇ ㄨㄛˋ ①在手掌心。比喻力量所能及或權力的範圍。②控制，主持。例掌握生死大權。

掌管 ㄓㄤˇ ㄍㄨㄢˇ 管理，主持。例掌管財會工作。

掌嘴 ㄓㄤˇ ㄗㄨㄟˇ 用手掌打嘴巴。

掌聲 ㄓㄤˇ ㄕㄥ 鼓掌的聲音。表示慶賀、歡迎、讚賞等。

掌權 ㄓㄤˇ ㄑㄩㄢˊ 擁有主持大權。

掌上明珠 ㄓㄤˇ ㄕㄤˋ ㄇㄧㄥˊ ㄓㄨ 比喻深受父母珍愛的女兒。也稱掌珠、掌上珠。

捭

ㄅㄞˇ bǎi 動①分開。例縱橫捭闔。②兩手向旁敲打。

排

㊀ㄆㄞˊ pái 名①依次序形成的橫列。例前兩排、後三排。②軍隊的編制單位，介於班和連之間。③用竹子或木頭編排而成的水上交通工具。例竹排、木排。④用於成行之物的量詞。例一排房子、兩排椅子。動①用力推開，消除。例排山倒海、排除。②練習，預演。例排練、排戲。③依照次序

擺列。例排隊。

㈡ㄆㄞˇ pǎi 名用人力推拉的簡易貨車。例排子車。

排比 ㄆㄞˊ ㄅㄧˇ ①依次排列。②修辭方式之一，把結構基本相同的句子排列在一起，以加強語勢或表示意思的層次。

排斥 ㄆㄞˊ ㄔˋ 排除，不能相容。

排列 ㄆㄞˊ ㄌㄧㄝˋ ①依照次序排成行列。②數學上指從一組事物中取出一些，然後按一定順序列成一排，稱為一個排列。

排名 ㄆㄞˊ ㄇㄧㄥˊ 依序列出名次，以分優劣勝負。

排行 ㄆㄞˊ ㄏㄤˊ ①兄弟姐妹依長幼排列的次序。②排列成行。

排泄 ㄆㄞˊ ㄒㄧㄝˋ ①生物把體內的廢物排出體外。②使汙水或雨水流走。

排版 ㄆㄞˊ ㄅㄢˇ 依照稿本，把鉛字、圖版排在一起，拼成活字版。

排律 ㄆㄞˊ ㄌㄩˋ 長篇的律詩，一般在八句以上，有五言、七言兩種。

排骨 ㄆㄞˊ ㄍㄨˇ ①豬、牛、羊等的肋骨和脊椎骨。②戲稱消瘦不堪的人。

排除 ㄆㄞˊ ㄔㄨˊ 努力消除，除掉。例排除異己。

排場 ㄆㄞˊ ㄔㄤˇ 指外表鋪張奢侈的形式或局面。有時也指行事氣派大方。

排隊 ㄆㄞˊ ㄉㄨㄟˋ 依照次序一個接著一個排成行列。

排解 ㄆㄞˊ ㄐㄧㄝˇ ①進行調解，使糾紛終止。②消除或寬慰心中的煩悶與憂愁。例排解寂寞。

排演 ㄆㄞˊ ㄧㄢˇ 戲劇、舞蹈、電影等在演出或拍攝前的練習。同排練。

排遣 ㄆㄞˊ ㄑㄧㄢˇ 排除、消解積聚在心中的煩悶。

排擠 ㄆㄞˊ ㄐㄧˇ 憑藉勢力或運用手段，使不利於自己的人失去地位或利益。

排水量 ㄆㄞˊ ㄕㄨㄟˇ ㄌㄧㄤˋ ①船體入水所排去水的重量，即船的重量，通常以噸計算。②排水的總量。

排山倒海 ㄆㄞˊ ㄕㄢ ㄉㄠˇ ㄏㄞˇ 推開高山，翻倒大海。形容力量強、聲勢大，無法阻擋。

排除異己 ㄆㄞˊ ㄔㄨˊ ㄧˋ ㄐㄧˇ 排擠、清除不利於自己或不屬於自己集團的人。

排難解紛 ㄆㄞˊ ㄋㄢˋ ㄐㄧㄝˇ ㄈㄣ 為人排除難題，解決糾紛。也指調停雙方爭執。

掏

ㄊㄠ tāo 動①用手或工具伸進去取物。例掏耳屎、掏錢包。②挖。例掏洞、掏窟窿。

掏腰包 ㄊㄠ ㄧㄠ ㄅㄠ 從腰包裡拿出錢。指破費、花錢。

掭

ㄊㄧㄢˋ tiàn 動①毛筆蘸墨後在硯臺上斜拖以理順筆毛，均勻墨汁。例掭筆。②撥動。例掭燈芯。

推

ㄊㄨㄟ tuī 動①用力使物體順著力的方向移動。例推車、推門。②擴展，展開。例推廣閱讀。③根據已知的來尋究、判斷其他。例推想、推論。④謙讓，辭讓。例推讓、推辭。⑤藉口，假托。例推三阻四、推來推去。⑥拖延。例推幾天再說。⑦稱讚，尊崇。例推許、推戴。⑧選舉，薦舉。即支持某人出來擔任職務。例推舉、推選。⑨用工具剪或削。例推平頭。

推子 ㄊㄨㄟ ˙ㄗ 一種理髮工具，用來剪短頭髮，類似多刃的剪刀。

推求 ㄊㄨㄟ ㄑㄧㄡˊ 根據已知的條件或因素作進一步的研究。

推行 ㄊㄨㄟ ㄒㄧㄥˊ 擴大展開實行。

推究 ㄊㄨㄟ ㄐㄧㄡˋ 深入探索和追查道理、原因等。

推事 ㄊㄨㄟ ㄕˋ 舊時稱法院裡的司法官。現更名為法官。

推卸 ㄊㄨㄟ ㄒㄧㄝˋ 藉故脫除自己應該承擔的責任。同推脫。

推派 ㄊㄨㄟ ㄆㄞˋ 推舉或委任某人出來辦事。

推重 ㄊㄨㄟ ㄓㄨㄥˋ 推崇尊重。

推託 ㄊㄨㄟ ㄊㄨㄛ 藉故拖延、拒絕。

推拿 ㄊㄨㄟ ㄋㄚˊ ①治療肌肉筋骨痠痛的一種按摩法。②治療骨節脫臼的方法，把脫臼部位推回原位，以手拿捏患處，使其復原。

推理 ㄊㄨㄟ ㄌㄧˇ 由已知或假定的前提推求出結論的思維活動。

推崇 ㄊㄨㄟ ㄔㄨㄥˊ 十分推重、尊敬。

推移 ㄊㄨㄟ ㄧˊ 指時間、形勢等的變遷、轉換。

推動 ㄊㄨㄟ ㄉㄨㄥˋ 指使事物前進或使工作展開。

推測 ㄊㄨㄟ ㄘㄜˋ 根據已知之事來推斷或猜測未知之事。同推想。

推敲 ㄊㄨㄟ ㄑㄧㄠ 賦詩作文斟酌字句、反覆琢磨。比喻做事認真，思慮斟酌。

推算 ㄊㄨㄟ ㄙㄨㄢˋ 估算，推測。

推廣 ㄊㄨㄟ ㄍㄨㄤˇ 把事物的使用範圍或影響範圍加以擴充，使之發揮更大的作用。

推論 ㄊㄨㄟ ㄌㄨㄣˋ 進行推理、討論。

推諉 ㄊㄨㄟ ㄨㄟˇ 把事情的責任推給別人。亦作「推委」。

推銷 ㄊㄨㄟ ㄒㄧㄠ 推廣擴大貨物銷路。

推舉 ㄊㄨㄟ ㄐㄩˇ 推薦賢能的人。例大家一致推舉李先生擔任董事長。同推選。

推薦 ㄊㄨㄟ ㄐㄧㄢˋ 推舉介紹。

推翻 ㄊㄨㄟ ㄈㄢ 推倒已成的局勢，或否定已決定之事。

推辭 ㄊㄨㄟ ㄘˊ 拒絕，不接受。

推讓 ㄊㄨㄟ ㄖㄤˋ 對利益、職位等推辭不受，讓給別人。

推三阻四 ㄊㄨㄟ ㄙㄢ ㄗㄨˇ ㄙˋ 指用各種藉口推諉拒絕。

推己及人 ㄊㄨㄟ ㄐㄧˇ ㄐㄧˊ ㄖㄣˊ 用自己的心意設身處地替別人著想。

推心置腹 ㄊㄨㄟ ㄒㄧㄣ ㄓˋ ㄈㄨˋ 比喻開誠相見，真心待人。

推本溯源 ㄊㄨㄟ ㄅㄣˇ ㄙㄨˋ ㄩㄢˊ 推求根本，找出事情發生的根本原因。

推波助瀾 ㄊㄨㄟ ㄅㄛ ㄓㄨˋ ㄌㄢˊ 比喻從旁鼓動，助長擴大事態的聲勢和發展。

推陳出新 ㄊㄨㄟ ㄔㄣˊ ㄔㄨ ㄒㄧㄣ 揚棄舊的，創造新的。指對事物除舊更新。

捻

ㄋㄧㄢˇ niǎn 名①用手指將紙、線、麻等搓揉成的條狀物。例線捻、燈捻。②反抗清廷的捻軍之簡稱。動用手指頭搓。例捻麻線、捻紙條。

捻子 ㄋㄧㄢˇ·ㄗ　搓成長條的繩狀物。例紙捻子、藥捻子。

掄

㈠ㄌㄨㄣ lūn 動①手臂用力揮動。例掄拳、掄刀使棒。②任意浪費金錢。例掄個精光。

㈡ㄌㄨㄣˊ lún 動選擇。例掄才。

掄材 ㄌㄨㄣˊ ㄘㄞˊ　選擇木材。借指選拔人才。也作「掄才」。

掬

ㄐㄩˊ jú 動用兩手捧取。例掬水而飲、笑容可掬。

掐

ㄑㄧㄚ qiā 動①用指甲截斷。例掐花。②用手指拿著或使勁夾住。例他手裡掐把菜、你掐得我好痛！③用手的虎口緊緊按住。例把他的脖子掐住。④用拇指輕按其餘四指，以計算或思考。例掐指一算。

掐算 ㄑㄧㄚ ㄙㄨㄢˋ　用拇指點著別的指頭來計算數目，含有猜度、預料的意思。

掐頭去尾 ㄑㄧㄚ ㄊㄡˊ ㄑㄩˋ ㄨㄟˇ　除掉前頭和後頭的。比喻省略不必要或不重要的部分。

掀

ㄒㄧㄢ xiān 動①把遮擋覆蓋的東西揭開、打開。例掀簾子、掀起鍋蓋。②翻騰，激盪。例白浪掀天。

掀起 ㄒㄧㄢ ㄑㄧˇ　①揭起。例把門簾子掀起來。②興起，翻騰。例掀起巨浪。

掀風鼓浪 ㄒㄧㄢ ㄈㄥ ㄍㄨˇ ㄌㄤˋ　比喻煽動情緒，挑起事端。也作「興風作浪」。

掙

㈠ㄓㄥ zhēng 動①用力支撐。例掙扎。②用力擺脫。例掙脫。

㈡ㄓㄥˋ zhèng 動用勞力換取，努力謀取。例掙錢。

掙扎 ㄓㄥ ㄓㄚˊ　竭盡全力支撐。例敵人正在作最後掙扎。

捨

ㄕㄜˇ shě 動①丟棄，拋開。例捨己救人。②布施，施予。例施捨。

捨身 ㄕㄜˇ ㄕㄣ　指為某事而犧牲自己的性命。

捨命 ㄕㄜˇ ㄇㄧㄥˋ　拚命，不顧自己的生命。

捨棄 ㄕㄜˇ ㄑㄧˋ　放棄，拋棄。

捨己為人 ㄕㄜˇ ㄐㄧˇ ㄨㄟˋ ㄖㄣˊ　為了別人而犧牲自己的利益。

捨本逐末 ㄕㄜˇ ㄅㄣˇ ㄓㄨˊ ㄇㄛˋ　捨棄根本重要的而去追求細微枝節的。形容不知輕重，本末倒置。

捨生取義 ㄕㄜˇ ㄕㄥ ㄑㄩˇ ㄧˋ　為了正義真理而不惜犧牲生命。

捨近求遠 ㄕㄜˇ ㄐㄧㄣˋ ㄑㄧㄡˊ ㄩㄢˇ　放棄近的而追求遠的。形容人迂拙且不切實際。

授

ㄕㄡˋ shòu 動①給，交付。例授獎、私相授受。②學術傳承。例授課、函授。

授予 ㄕㄡˋ ㄩˇ　給予。

授受 ㄕㄡˋ ㄕㄡˋ　給與和接受。

授粉 ㄕㄡˋ ㄈㄣˇ　指雄蕊的花粉傳到雌蕊的柱頭或胚珠的過程。

授意 ㄕㄡˋ ㄧˋ　把自己的意思告訴別人，叫別人去執行。

授權 ㄕㄡˋ ㄑㄩㄢˊ　把職權委託給別人或別的機構代為執行。

授人以柄 ㄕㄡˋ ㄖㄣˊ ㄧˇ ㄅㄧㄥˇ　①比喻把權柄給予別人。②留給人非議的話柄。

採

ㄘㄞˇ cǎi 動①摘取下來。例採花、採茶。②掘取。例採礦、採煤。③尋求，搜集。例採樣品、採訪。④選擇，選取。例採納、採用。

採用 ㄘㄞˇ ㄩㄥˋ　選取合適需要的來任用。

採光 ㄘㄞˇ ㄍㄨㄤ　①設計建築物時，設法使其內部能得到適宜的光線。②指攝影鏡頭上的光線。

採取 ㄘㄞˇ ㄑㄩˇ　選擇施行某種政策、措施等。同採用。

採風 ㄘㄞˇ ㄈㄥ　搜集民間風俗。

採納 ㄘㄞˇ ㄋㄚˋ　接受他人的意見、建議等。

採訪 ㄘㄞˇ ㄈㄤˇ　搜集尋訪。多指新聞工作者為獲取新聞而進行的訪問。

採集 ㄘㄞˇ ㄐㄧˊ　選取蒐集。也作「采集」。例採集標本。

採辦 ㄘㄞˇ ㄅㄢˋ　選買各種物品。同採購。

採擷 ㄘㄞˇ ㄐㄧㄝˊ　採摘，採集。

採礦 ㄘㄞˇ ㄎㄨㄤˋ　開挖地底下的礦物。

掰　ㄅㄞ bāi　動①用手把東西分裂開或折斷。例一掰兩半。②胡扯。例瞎掰。

掣　ㄔㄜˋ chè　動①拖拉，牽引。例掣肘、掣後腿。②抽取。例掣籤。

掣肘 ㄔㄜˋ ㄓㄡˇ　拉住胳臂肘。比喻阻撓別人做事，或自己做事受到別人牽制。

捫　ㄇㄣˊ mén　動用手按，摸。例捫心。

捫心自問 ㄇㄣˊ ㄒㄧㄣ ㄗˋ ㄨㄣˋ　按著胸口自己問自己。表示自我反省、自我檢討。

掇　ㄉㄨㄛˊ duó　動①拾取，採取。例拾掇。②搬，用雙手持拿。例掇把椅子來坐。

掇弄 ㄉㄨㄛˊ ㄋㄨㄥˋ　①修理。例收音機壞了，請你掇弄一下。②捉弄，唆使。例受人掇弄。

掇拾 ㄉㄨㄛˊ ㄕˊ　拾取。

据　㈠ㄐㄩ jū　見「拮据」。㈡ㄐㄩˋ jù　「據」的異體字。

掘　ㄐㄩㄝˊ jué　動挖，穿鑿。例發掘、掘井。

掃　㈠ㄙㄠˇ sǎo　形所有的，完全的。例掃數。動①用掃帚除去汙穢。例掃地、大掃除。②消除，消滅。例橫掃千軍。③掠過。例用機槍掃、一眼掃過。④塗抹，畫。例淡掃娥眉。⑤破壞。例掃興。㈡ㄙㄠˋ sào　名掃帚，掃地用具。

掃平 ㄙㄠˇ ㄆㄧㄥˊ　掃蕩，討伐平定。

掃尾 ㄙㄠˇ ㄨㄟˇ　完成最後剩下的部分工作。

掃射 ㄙㄠˇ ㄕㄜˋ　①用槍迅速橫向移動連續射擊。②眼珠很快的上下左右移動，向周圍看。同掃視。

掃除 ㄙㄠˇ ㄔㄨˊ　①清除汙穢的東西。例大掃除。②清除，消滅。例掃除障礙。

掃描 ㄙㄠˇ ㄇㄧㄠˊ　利用一定裝置使電子束、無線電波等在某特定區域內，以一定的規律左右移動，描繪出畫面、物體等圖形。

掃雷 ㄙㄠˇ ㄌㄟˊ　掃除所敷設的地雷或水雷。

掃墓 ㄙㄠˇ ㄇㄨˋ　到墓地祭奠打掃，以表示對死者的追念。

掃榻 ㄙㄠˇ ㄊㄚˋ　整理床榻，以表示對賓客的歡迎。例掃榻以待。

掃數 ㄙㄠˇ ㄕㄨˋ 全數，全部的數目。

掃蕩 ㄙㄠˇ ㄉㄤˋ 徹底消滅清除。

掃興 ㄙㄠˇ ㄒㄧㄥˋ 遇到不愉快的事，使興致消失。

九畫

搕

ㄎㄜˋ kè 動①用手握住。②卡住，不能進退或上下。例這抽屜搕住了，怎麼也拉不開。③故意刁難。例搕人。

撝

ㄏㄨㄟ huī 動指揮，揮動。

揮

ㄏㄨㄟ huī 動①搖動，舞動。例揮手、揮刀。②拋灑。例揮汗。③發布號令，作出指示。例揮師南下、揮軍前進。④散去，發散。例揮金如土、揮發。

揮師 ㄏㄨㄟ ㄕ 發布號令並帶領軍隊前進。

揮毫 ㄏㄨㄟ ㄏㄠˊ 用毛筆寫字或作畫。

揮動 ㄏㄨㄟ ㄉㄨㄥˋ 搖動，擺動。

揮發 ㄏㄨㄟ ㄈㄚ 液體或固體在常溫中慢慢變為氣體，並向四周散發的現象。

揮舞 ㄏㄨㄟ ㄨˇ 舉起手臂或手中拿著東西搖擺。例他拿著國旗揮舞歡呼。

揮汗如雨 ㄏㄨㄟ ㄏㄢˋ ㄖㄨˊ ㄩˇ 流出的汗水像雨水一樣的滴落。比喻汗流很多。

揮金如土 ㄏㄨㄟ ㄐㄧㄣ ㄖㄨˊ ㄊㄨˇ 花錢就像撒土一樣。形容極度揮霍浪費。

揮霍無度 ㄏㄨㄟ ㄏㄨㄛˋ ㄨˊ ㄉㄨˋ 形容任意浪費金錢，毫無節制。

揮灑自如 ㄏㄨㄟ ㄙㄚˇ ㄗˋ ㄖㄨˊ 形容寫字、作畫、為文得心應手，熟練已極。

揎

ㄒㄩㄢ xuān 動①挽起袖子露出手臂來。例揎臂呼叫。②用手推。例用力把門揎開。③徒手打人。例動手揎人。

揞

ㄢˇ ǎn 動用手指把藥按壓或敷在傷口上。

揀

ㄐㄧㄢˇ jiǎn 動①選擇，挑選。例揀擇。②同「撿」。拾取，拾得。

揀選 ㄐㄧㄢˇ ㄒㄩㄢˇ 選擇。例把好的揀選出來。

揳

ㄒㄧㄝ xiē 動把釘子、楔子等捶打進去。例把釘子再揳深一點。

揕

ㄓㄣˋ zhèn 動擊，刺。例史記：「右手持匕首揕之。」

揸

ㄓㄚ zhā 動用手指頭抓取東西。例揸牢一些。

揍

ㄗㄡˋ zòu 動①打。例你小心挨揍。②摔破，打碎。例不小心把開水瓶揍了。

揠

ㄧㄚˋ yà 動拔起。例揠苗助長。

揠苗助長 ㄧㄚˋ ㄇㄧㄠˊ ㄓㄨˋ ㄓㄤˇ 拔高禾苗，幫助它生長。比喻為求速成而不循序漸進，不但無益，反而有害。

揶

ㄧㄝˊ yé 見「揶揄」。

揶揄 ㄧㄝˊ ㄩˊ 捉弄，嘲笑。例他常被人揶揄。

描

ㄇㄧㄠˊ miáo 動①照底樣摹仿著畫。例描花、描圖。②反覆塗抹。例越描越黑。

描述 ㄇㄧㄠˊ ㄕㄨˋ 用語言文字對所經歷的事情作描寫敘述。

描畫 ㄇㄧㄠˊ ㄏㄨㄚˋ 描寫，畫。例描畫出一幅美景。

描寫 ㄇㄧㄠˊ ㄒㄧㄝˇ 用文字或圖畫把人或事物的性質、樣態、狀況等具體地表現出來。

描摹 ㄇㄧㄠˊ ㄇㄛˊ 依照事物的原樣描寫或描畫。

描繪 ㄇㄧㄠˊ ㄏㄨㄟˋ ①照原樣畫下來。②用語言或文字表現出來。

提 ㈠ㄊㄧˊ 名①舀取液體的長柄用具。例酒提、油提。②書法由下斜向上寫的筆法。動①用手懸空拿著東西。例提水桶、提著皮包。②由下向上拉。例提升、提高。③把時間向前挪。例提早、提前出發。④說起，談到。例往事不要再提、舊話重提。⑤舉出，揭示。例提名、提建議。⑥領取，取出。例提款、提煉。

㈡ㄕˊ shí 名朱提，銀的別名。

提及 ㄊㄧˊ ㄐㄧˊ 提到，說到。例已提及此事。

提升 ㄊㄧˊ ㄕㄥ ①拉高。②拔擢，升遷。

提示 ㄊㄧˊ ㄕˋ 把重要的、能啟發思考的事情或問題舉出來，以引起對方注意。

提交 ㄊㄧˊ ㄐㄧㄠ 把問題交給有關機構或會議討論、處理。

提成 ㄊㄧˊ ㄔㄥˊ 從錢財的總額中提取若干成。

提防 ㄊㄧˊ ㄈㄤˊ 小心防備。

提取 ㄊㄧˊ ㄑㄩˇ ①取出。例提取行李。②經過提煉而得。例從油頁岩中提取石油。

提拔 ㄊㄧˊ ㄅㄚˊ 舉薦擢升他人。

提花 ㄊㄧˊ ㄏㄨㄚ 以經緯線的手法，在織物上錯綜地織出凸起的圖案。例提花枕頭。

提供 ㄊㄧˊ ㄍㄨㄥ 舉出可供參考的意見、建議，或物資、條件之類。

提要 ㄊㄧˊ ㄧㄠˋ 從書本、文章或節目中摘出要點及主旨。例內容提要。

提神 ㄊㄧˊ ㄕㄣˊ ①振奮精神。例喝咖啡能提神。②小心留意。例前面路不好走，可要提神些。

提高 ㄊㄧˊ ㄍㄠ 採取有效措施，使程度、水準、品質等加以拉高。

提案 ㄊㄧˊ ㄢˋ ①提出議案。②提供大家討論研究、作出決定的建議。

提倡 ㄊㄧˊ ㄔㄤˋ 對一種事物或風氣加以鼓動並倡導。例提倡休閒旅遊。

提梁 ㄊㄧˊ ㄌㄧㄤˊ 器物上供人用手提的部分。

提單 ㄊㄧˊ ㄉㄢ 即提貨單，提取貨物的憑證。

提煉 ㄊㄧˊ ㄌㄧㄢˋ ①用化學或物理方法從化合物或混合物中提取所需要的東西。②比喻為詩作文時反覆加工。

提親 ㄊㄧˊ ㄑㄧㄣ 即說親，為男女雙方說結親的事。

提醒 ㄊㄧˊ ㄒㄧㄥˇ 從旁指點，促使人注意。

提議 ㄊㄧˊ ㄧˋ 向會議或公眾舉出意見以供討論。也指所提出的意見。

提攜 ㄊㄧˊ ㄒㄧ 本指帶領或攙扶人。引申為提拔、扶植。例前輩理應提攜後輩。

提心弔膽 ㄊㄧˊ ㄒㄧㄣ ㄉㄧㄠˋ ㄉㄢˇ 形容十分擔心或害怕。

提綱挈領 ㄊㄧˊ ㄍㄤ ㄑㄧㄝˋ ㄌㄧㄥˇ 比喻抓住重點大綱，使事理簡明扼要。

揖 (一)ㄧ yī 動拱手行禮。例作揖、揖讓。(二)ㄐㄧˊ jí 動通「輯」。聚合。

揖讓 ㄧ ㄖㄤˋ 作揖謙讓。是古代賓主相見的禮節。

揭 (一)ㄐㄧㄝ jiē 動①把黏在別的物體上面的東西撕下。例揭郵票、揭膏藥。②掀開，拉開。例揭鍋蓋、揭幕。③使隱蔽的事物公開表露。例揭曉、揭底。④舉起。例高揭義旗、揭竿而起。(二)ㄑㄧˋ qì 動提起褲管或衣衫下襬。例深厲淺揭。

揭示 ㄐㄧㄝ ㄕˋ ①用文字公布，通告大眾。②指出事物的本質，讓人知道。

揭底 ㄐㄧㄝ ㄉㄧˇ 把事情的底細顯露出來。

揭穿 ㄐㄧㄝ ㄔㄨㄢ 表露，使掩蓋事物的真相顯現出來。例揭穿假面具。也作「揭破」。

揭短 ㄐㄧㄝ ㄉㄨㄢˇ 揭露別人的短處或醜事。同揭瘡疤。

揭發 ㄐㄧㄝ ㄈㄚ 揭露檢舉。

揭幕 ㄐㄧㄝ ㄇㄨˋ ①紀念碑或雕像落成時，將覆蓋在上面的布掀開的儀式。②指各種場合的開幕。也比喻事情的開始。例國際博覽會已於今天揭幕。

揭曉 ㄐㄧㄝ ㄒㄧㄠˇ 把事情的結果公布出來。例謎底揭曉。

揭露 ㄐㄧㄝ ㄌㄨˋ 使隱蔽的事物顯露出來。例揭露真相。

揭瘡疤 ㄐㄧㄝ ㄔㄨㄤ ㄅㄚ 即揭短。揭露他人的醜事或短處。

揭竿而起 ㄐㄧㄝ ㄍㄢ ㄦˊ ㄑㄧˇ 高舉義旗起來反抗。比喻民眾聚集起義，反對不公。

揣 ㄔㄨㄞˇ chuǎi 動①猜測，估計。例不揣冒昧、揣度。②藏在衣服裡。例把錢揣在口袋裡。

揣度 ㄔㄨㄞˇ ㄉㄨㄛˋ 推測，料想，暗地裡估量。也作「揣測」。

揣測 ㄔㄨㄞˇ ㄘㄜˋ 推測，估量。

揣摩 ㄔㄨㄞˇ ㄇㄛˊ 反覆推敲琢磨，探求其中的含意。

揚 ㄧㄤˊ yáng 名①眉毛周圍部分。②姓。動①舉起，抬高。例揚手、揚鞭。②飄動。例飛揚、飄揚。③往上播散。例揚麥子、揚米。④傳播，顯示出來。例名揚天下、張揚。⑤稱讚，稱說。例表揚、讚揚。

揚帆 ㄧㄤˊ ㄈㄢ 船掛起風帆行駛。

揚名 ㄧㄤˊ ㄇㄧㄥˊ 名聲傳播出去。例揚名後世。

揚言 ㄧㄤˊ ㄧㄢˊ 故意宣揚，讓大家都知道。

揚棄 ㄧㄤˊ ㄑㄧˋ 拋棄。

揚聲器 ㄧㄤˊ ㄕㄥ ㄑㄧˋ 俗稱喇叭，一種把聲音有效地擴大輻射出去的器件。

揚長而去 ㄧㄤˊ ㄔㄤˊ ㄦˊ ㄑㄩˋ 旁若無人，大模大樣地離開。

揚眉吐氣 ㄧㄤˊ ㄇㄟˊ ㄊㄨˇ ㄑㄧˋ 形容擺脫壓抑後所展現愉快和振奮的神態。

揚湯止沸 ㄧㄤˊ ㄊㄤ ㄓˇ ㄈㄟˋ 把沸水舀些起來，再倒回去，使沸騰暫時停息。比喻所採取的辦法不徹底，不可能從根本上解決問題。

揹 ㄅㄟ bēi 動①用背部馱承東西。例揹小孩、揹一袋米。②擔負。例這個名聲我可揹不起！

揹黑鍋 ㄅㄟ ㄏㄟ ㄍㄨㄛ 比喻代人受過。泛指遭受冤枉。

插 ㄔㄚ chā 動①扎進，刺入。例插針。②擺入，放進。例插花、插香。③栽種。例插秧。④加入，參加。例插班。

插入 ㄔㄚ ㄖㄨˋ ①放進去。例將花插入瓶中。②刺入。例插入雲霄。③從中加入。

插手 ㄔㄚ ㄕㄡˇ 參與其事。例這事請你不要插手。

插曲 ㄔㄚ ㄑㄩˇ ①穿插在電影或話劇中的樂曲。②指臨時發生的小事件。

插身 ㄔㄚ ㄕㄣ 比喻參與或加入某項活動或事情之中。

插枝 ㄔㄚ ㄓ 剪取植物的枝條，插入潮溼的泥土裡，使之生根。是一種植物的人工繁殖法。

插頁 ㄔㄚ ㄧㄝˋ 書刊中另外安插裝訂的書頁，多為增加趣味或便於瞭解。

插敘 ㄔㄚ ㄒㄩˋ 敘述時不依時間順序插進其他情節內容。

插班 ㄔㄚ ㄅㄢ 學校根據轉學來的學生的程度，編入合適的班級就讀。

插秧 ㄔㄚ ㄧㄤ 把稻子的秧苗插植於水田裡。

插話 ㄔㄚ ㄏㄨㄚˋ 中途突然插入別人的談話。

插圖 ㄔㄚ ㄊㄨˊ 加在文字中的圖畫，對正文內容有著補充說明或美觀的作用。

插銷 ㄔㄚ ㄒㄧㄠ 門窗上的金屬閂。

插頭 ㄔㄚ ㄊㄡˊ 裝在導線一端以接通電源的接頭。

插嘴 ㄔㄚ ㄗㄨㄟˇ 別人談話時，從中插進去說話。例大人講話小孩不要插嘴。

插科打諢 ㄔㄚ ㄎㄜ ㄉㄚˇ ㄏㄨㄣˋ 演員在演出時加入一些詼諧的話和滑稽動作以引人發笑。現泛指逗趣、說笑話。

插翅難飛 ㄔㄚ ㄔˋ ㄋㄢˊ ㄈㄟ 插上翅膀也難飛走。比喻陷入絕境，怎麼也難以逃脫。

換 ㄏㄨㄢˋ huàn 動①對調，互易。例交換、調換。②改變，更替。例改頭換面、物換星移。

換防 ㄏㄨㄢˋ ㄈㄤˊ 部隊調換防地。亦作「移防」。

換帖 ㄏㄨㄢˋ ㄊㄧㄝˇ ①朋友結拜為兄弟時，交換寫有姓名、籍貫、年齡、家世的帖子。②舊時男女訂婚時互換庚帖。

換季 ㄏㄨㄢˋ ㄐㄧˋ ①指衣服隨著季節而增減變換。②季節的變換。

換班 ㄏㄨㄢˋ ㄅㄢ 工作按時輪流替換。

換算 ㄏㄨㄢˋ ㄙㄨㄢˋ 把某一種單位的數量折合成另一種單位的數量。

換湯不換藥 ㄏㄨㄢˋ ㄊㄤ ㄅㄨˋ ㄏㄨㄢˋ ㄧㄠˋ 比喻形式雖然有了改變，但內容依舊。

揪 ㄐㄧㄡ jiū 動用手抓並拉住，扭住。例揪住不放、揪過來。

捶 ㄔㄨㄟˊ chuí 名通「箠」。杖，鞭子。例捶楚。動①用拳頭或棍棒敲擊。例捶背、捶鼓。②舂，擣。例捶肉乾。

捶胸頓足 ㄔㄨㄟˊ ㄒㄩㄥ ㄉㄨㄣˋ ㄗㄨˊ 敲胸跺腳。形容非常悲痛難以抑制的樣子。

揜 ㄧㄢˇ yǎn 動①奪取。②通「掩」。遮掩。③捕捉。例揜狡兔。

揄 ㄩˊ yú 動①牽引，提起。②見「揶揄」。

援 ㄩㄢˊ yuán 動①拉，牽引。例攀援而上。②救助，幫助。例支援、援兵。③引用。例援引經典、援例辦理。④引薦。例舉賢援能。

援手 ㄩㄢˊ ㄕㄡˇ 用手去拉。引申為救助。

援引 ㄩㄢˊ ㄧㄣˇ ①引用來佐證，舉例。例援引條例。②推薦或提拔親朋好友。

援助 ㄩㄢˊ ㄓㄨˋ 支援幫助。

援例 ㄩㄢˊ ㄌㄧˋ 引用或比照慣例。例援例辦理。

援軍 ㄩㄢˊ ㄐㄩㄣ 提供協助的軍隊。

援救 ㄩㄢˊ ㄐㄧㄡˋ 協助救濟，使脫離苦難或危險。

援古證今 ㄩㄢˊ ㄍㄨˇ ㄓㄥˋ ㄐㄧㄣ 援引古事來證明今事的是與非、得與失。

摒 ㄅㄧㄥˋ bìng 動①排除。例摒除、摒棄。②見「摒擋」。

摒擋 ㄅㄧㄥˋ ㄉㄤˋ 整理，收拾。例摒擋行李。

揩 ㄎㄞ kāi 動擦，抹。例把椅子揩乾淨。

揩油 ㄎㄞ ㄧㄡˊ 比喻舞弊謀利，占人便宜。

揆 ㄎㄨㄟˊ kuí 名①道理，準則。②古時稱宰相為「揆」，近代則用來稱內閣總理或相當於內閣總理的官職。例閣揆。動揣測，估量。例揆情度理、揆其本意。

揆度 ㄎㄨㄟˊ ㄉㄨㄛˋ 測度，估量。例揆度得失。

揉 ㄖㄡˊ róu 動①用手來回按摩或搓擦。例揉眼睛。②搓成團狀。例揉麵粉。③使東西彎曲。例揉木為耒。

揉搓 ㄖㄡˊ ㄘㄨㄛ ①用手按摩、撫弄。②折磨。

揉雜 ㄖㄡˊ ㄗㄚˊ 交錯雜亂。例界線分明，不相揉雜。

握 ㄨㄛˋ wò 名一手所抓滿的數量。例一握之沙。動①手指合攏來拿或抓，用手攥住。例握筆、握緊。②掌管，控制。例大權在握、握政多年。

握力 ㄨㄛˋ ㄌㄧˋ 手握物體的力量。

握手 ㄨㄛˋ ㄕㄡˇ 互相握住手，表示親熱或友誼，是見面或分別時的禮節。

握別 ㄨㄛˋ ㄅㄧㄝˊ 伸手互相握住道別。

握髮 ㄨㄛˋ ㄈㄚˇ 比喻急於接待賢士。

握手言歡 ㄨㄛˋ ㄕㄡˇ ㄧㄢˊ ㄏㄨㄢ 握著手高興地交談。形容非常親熱、友好。

掾 ㄩㄢˋ yuàn 名古代官署中的一種附屬官員。例掾佐、獄掾。

十畫

搜 ㄙㄡ sōu 動尋找，仔細檢查。例搜查、搜羅。

搜身 ㄙㄡ ㄕㄣ 搜查身上是否帶有違法物品。

搜刮 ㄙㄡ ㄍㄨㄚ 利用種種方法或假借名目聚斂財物。也作「搜括」。

搜查 ㄙㄡ ㄔㄚˊ 仔細尋找檢查。

搜捕 ㄙㄡ ㄅㄨˇ 尋找、捉拿與案件有關的人。

搜索 ㄙㄡ ㄙㄨㄛˇ ①仔細檢查、尋找。②指搜查犯罪人的身體和住處，以求發現犯罪的證據。

搜尋 ㄙㄡ ㄒㄩㄣˊ 到處尋找。

搜羅 ㄙㄡ ㄌㄨㄛˊ 多方面尋找和網羅。例搜羅史料。

搪

ㄊㄤˊ táng 動①抵擋，招架。例水來土搪。②敷衍，應付。例搪塞。③均勻塗抹使表面平整。例搪爐子。④冒犯。例搪突。

搪瓷 ㄊㄤˊ ㄘˊ 金屬表面塗有珐瑯層的工藝品，看起來像瓷器。亦稱為洋瓷。

搪塞 ㄊㄤˊ ㄙㄜˋ 敷衍塞責。

搞

ㄍㄠˇ gǎo 動①做，從事。例與鄰居搞好關係。②煩擾，攪擾。例搞得人心煩意亂、搞得雞犬不寧。

搞鬼 ㄍㄠˇ ㄍㄨㄟˇ 暗中使用詭計。同搗鬼。

搳

ㄏㄨㄚˊ huá 見「搳拳」。

搳拳 ㄏㄨㄚˊ ㄑㄩㄢˊ 飲酒時以手指變化數目決定勝負的遊戲。也作「划拳」。

搛

ㄐㄧㄢ jiān 動夾取。例用筷子搛菜。

搉

ㄑㄩㄝˋ què 動①引述。例揚搉古今。②通「榷」。商討。例商搉。

搾

ㄓㄚˋ zhà 動同「榨」。用力壓出物體裡的汁液。例搾甘蔗汁。

搐

ㄔㄨˋ chù 動肌肉牽動。例抽搐。

搐動 ㄔㄨˋ ㄉㄨㄥˋ 肌肉等不隨意收縮抖動。

搧

ㄕㄢ shān 動①搖動扇子生風。例搧火、搧風。②用手掌劈打臉部。例搧耳光。③通「煽」。從旁鼓動，挑起事端。例搧動、搧誘。

搠

ㄕㄨㄛˋ shuò 動刺擊，扎。例先搠死幾個再說。

搓

ㄘㄨㄛ cuō 動①兩手相揉、摩擦。例搓手、搓湯圓。②將物置於手中運轉。

搓板 ㄘㄨㄛ ㄅㄢˇ 揉洗衣服用的木板，上面橫刻有窄而密的稜槽。

搓手頓腳 ㄘㄨㄛ ㄕㄡˇ ㄉㄨㄣˋ ㄐㄧㄠˇ 形容人焦急不安的樣子。

搤

ㄜˋ è 動①同「扼」。握持，拿。例搤腕、搤劍。②把守。例史記：「搤天下之亢而拊其背。」

搴

ㄑㄧㄢ qiān 動①拔取。例搴旗斬將。②撩，提取。例搴裳。

搏

ㄅㄛˊ bó 動①相撲打鬥。例搏鬥。②用手打。例肉搏。

搏鬥 ㄅㄛˊ ㄉㄡˋ 徒手互相扭打爭鬥，或用刀、棒等器物激烈對打。

搆

ㄍㄡˋ gòu 動①同「構」。引起，造成。例搆怨。②建造。例搆木為巢。③觸及。例搆不到天花板。

搆陷 ㄍㄡˋ ㄒㄧㄢˋ 設計陷害，使人背上罪名。

搕

ㄎㄜ kē 動敲打。例搕菸袋。

搢 ㄐㄧㄣˋ jìn 動①插。例搢笏。②振動。例搢鐸。

搘 ㄓ zhī 動支撐。例以木搘牆。

搽 ㄔㄚˊ chá 動敷抹，塗敷。例搽粉、搽藥。

搭 ㄉㄚ dā 動①架設，架起。例搭橋、搭帳棚。②乘坐。例搭車、搭船。③連接，接著。例前言不搭後語、搭電線。④湊上，加入。例搭伙、白搭。⑤披，掛。例把毛巾搭在肩上、把大衣搭在衣架上。⑥牽引。例勾搭。⑦配合。例瘦的搭點肥的、搭配。

搭手 ㄉㄚ ㄕㄡˇ ①指長在肩上或背上的毒瘡。②替別人出力、幫忙。例請來搭手一下，我有些支撐不住了。

搭伴 ㄉㄚ ㄅㄢˋ 順便作伴。例我們搭伴同行。

搭訕 ㄉㄚ ㄕㄢˋ ①為了和人接近主動上前攀談。②為了消除尷尬的局面，勉強找話說。

搭配 ㄉㄚ ㄆㄟˋ 配合，安排分配在一起。

搭救 ㄉㄚ ㄐㄧㄡˋ 救人危急，幫人脫離險境。

搭腔 ㄉㄚ ㄑㄧㄤ ①接著別人的話來說。例我問了半天，沒有一個搭腔。②交談，說話。也作「答腔」。例他倆的關係好轉，已開始搭腔了。

搭檔 ㄉㄚ ㄉㄤˋ ①合作的伙伴。例我們是老搭檔了。②搭配，合作。例搭檔演出。

搨 ㄊㄚˋ tà 動通「拓」。在碑上或器物上摹印圖像、字形等。

搨本 ㄊㄚˋ ㄅㄣˇ 摹印碑帖的本子。

搰 ㄏㄨˊ hú 動挖掘，掘出。例狐埋狐搰。

損 ㄙㄨㄣˇ sǔn 名六十四卦之一。動①減少。例減損、損益。②喪失。例損兵折將、損失嚴重。③傷害。例有益無損、損人利己。④毀壞。例損毀、破損。⑤拿刻薄話嘲諷人。例他最愛損人、你何必用話損我呢？

損失 ㄙㄨㄣˇ ㄕ 損毀喪失。也指所損毀喪失的東西。

損益 ㄙㄨㄣˇ ㄧˋ ①減少與增加。例事物在發展過程中自然會有損益。②虧與盈。例做生意當然有損益。

損害 ㄙㄨㄣˇ ㄏㄞˋ 蒙受損失和傷害。例抽菸損害身體。

損耗 ㄙㄨㄣˇ ㄏㄠˋ 減損消耗。例損耗原料太多。

損傷 ㄙㄨㄣˇ ㄕㄤ 損害，傷害。例不要損傷大眾的熱情。

損壞 ㄙㄨㄣˇ ㄏㄨㄞˋ 破壞，毀壞。

損人利己 ㄙㄨㄣˇ ㄖㄣˊ ㄌㄧˋ ㄐㄧˇ 傷害別人以圖利自己。

損兵折將 ㄙㄨㄣˇ ㄅㄧㄥ ㄓㄜˊ ㄐㄧㄤˋ 作戰失利，喪失了士兵和將領。

摁 ㄣˋ èn 動用手按。例摁電鈴、摁圖釘。

搬 ㄅㄢ bān 動①移動，挪動。例搬桌子、把這批貨搬走。②挑撥。例搬弄是非。

搬兵 ㄅㄢ ㄅㄧㄥ 找來援兵。多比喻調動力量來援助。

搬弄 ㄅㄢ ㄋㄨㄥˋ ①挑撥是非。②賣弄，炫耀。例他最喜歡在人前搬弄自己的技藝。③搬動，翻動。

搬家 ㄅㄢ ㄐㄧㄚ ①把家遷往別處。②泛指遷移地點或挪動位置。

搬運 ㄅㄢ ㄩㄣˋ 把東西移動或運送到別的地方。

搬弄是非 ㄅㄢ ㄋㄨㄥˋ ㄕˋ ㄈㄟ 把別人的話搬來弄去，蓄意挑撥，引起糾紛。

搗

ㄉㄠˇ dǎo 動①捶打。例搗衣。②撞擊。例搗藥。③攻擊，攻打。例直搗敵營、直搗黃龍。④攪亂，擾亂。例搗亂。

搗鬼 ㄉㄠˇ ㄍㄨㄟˇ 暗中使用詭計，背地裡搬弄是非。

搗蛋 ㄉㄠˇ ㄉㄢˋ 藉故破壞別人的事情或無理取鬧。

搗毀 ㄉㄠˇ ㄏㄨㄟˇ 破壞，砸碎。例搗毀蜂窩。

搗亂 ㄉㄠˇ ㄌㄨㄢˋ ①用不當的手段或行動擾亂次序，進行破壞。②故意找人麻煩，同人胡鬧。

搶

㊀ㄑㄧㄤˇ qiǎng 動①強行奪取。例搶球、搶錢。②刮薄刀剪的刃，使其鋒利。例這菜刀剛搶過，很鋒利。副趕緊地，爭先地。例搶救、搶先。

㊁ㄑㄧㄤ qiāng 動①碰撞，觸碰。例以頭搶地、呼天搶地。②逆著，迎著。例搶風而行。

搶白 ㄑㄧㄤˇ ㄅㄞˊ 當面指責或諷刺。例遭人搶白。

搶占 ㄑㄧㄤˇ ㄓㄢˋ ①搶先占領。例我軍搶占制高點。②非法占有。例搶占公房。

搶先 ㄑㄧㄤˇ ㄒㄧㄢ 爭先。例他搶先一步走了。

搶劫 ㄑㄧㄤˇ ㄐㄧㄝˊ 用暴力搶奪別人的財物。同搶掠、搶奪。

搶修 ㄑㄧㄤˇ ㄒㄧㄡ 立即進行修理。多指河川、道路等遭破壞後的緊急修護工作。

搶救 ㄑㄧㄤˇ ㄐㄧㄡˋ 在緊急而危險的情況下採取非常措施，迅速救護。

搶奪 ㄑㄧㄤˇ ㄉㄨㄛˊ 把別人的東西用暴力奪取過來。

搶親 ㄑㄧㄤˇ ㄑㄧㄣ 男子搶娶女子來成親，是一種舊時的婚姻風俗。

搶購 ㄑㄧㄤˇ ㄍㄡˋ 搶著購買所需要的東西。

搊

ㄔㄡ chōu 動①用手指彈弄弦樂器。例搊琵琶。②攙扶。例搊扶。③束緊。例搊帶。④翻倒，掀。例把箱子搊過來。

搋

ㄔㄨㄞ chuāi 動①用手使勁揉搓。例搋麵、洗衣服要多搋幾下。②藏在懷裡。例把錢搋起來。

搥

ㄔㄨㄟˊ chuí 動同「捶」。敲打。例搥胸頓足、搥背。

摀

ㄨˇ wǔ 動①遮蓋，遮掩。例摀著眼睛、摀著嘴笑。②封閉起來，使不透氣。例把被子摀嚴。

搯

ㄊㄠ tāo 動①同「掏」。取出，挖。例搯耳屎。②叩，擊。

搖

ㄧㄠˊ yáo 動擺動，晃動。例搖手、搖晃。

搖曳 ㄧㄠˊ ㄧˋ 輕輕的擺動、搖動。例搖曳生姿。

搖晃 ㄧㄠˊ ㄏㄨㄤˋ 擺動不定。

搖動 ㄧㄠˊ ㄉㄨㄥˋ 擺動，不穩。

搖船 ㄧㄠˊ ㄔㄨㄢˊ 搖槳或櫓使船行進。同划船。

搖撼 ㄧㄠˊ ㄏㄢˋ 搖動。

搖擺 ㄧㄠˊ ㄅㄞˇ 來回擺動，向左右搖動。例搖擺不定。

搖籃 ㄧㄠˊ ㄌㄢˊ ①供嬰兒用的睡具，可以左右搖動，形狀像籃子。②比喻發源地或培育成長的場所。例黃河流域是中華民族文化的搖籃。

搖錢樹 ㄧㄠˊ ㄑㄧㄢˊ ㄕㄨˋ 傳說中的一種寶樹，只要一搖動就會有許多錢自動掉下來。多比喻能借以獲取錢財的人或物。

搖身一變 ㄧㄠˊ ㄕㄣ ㄧˊ ㄅㄧㄢˋ ①把身子一晃動就變成了別的形狀。神怪傳說中形容人物或妖怪的把戲。②形容改頭換面重新出現。

搖尾乞憐 ㄧㄠˊ ㄨㄟˇ ㄑㄧˇ ㄌㄧㄢˊ 像狗那樣搖著尾巴乞求主人哀憐。形容諂媚討好的樣子。

搖搖欲墜 ㄧㄠˊ ㄧㄠˊ ㄩˋ ㄓㄨㄟˋ ①形容非常危險，很快就要掉下來或垮下來。②比喻地位很不穩固，將要垮臺。

搖旗吶喊 ㄧㄠˊ ㄑㄧˊ ㄋㄚˋ ㄏㄢˇ ①作戰時揮動旗幟嘶喊，以助威勢。②比喻給別人助長聲勢和威風。多含貶義。

搖頭晃腦 ㄧㄠˊ ㄊㄡˊ ㄏㄨㄤˋ ㄋㄠˇ 自得其樂或自以為是的樣子。

搖頭擺尾 ㄧㄠˊ ㄊㄡˊ ㄅㄞˇ ㄨㄟˇ 本指魚悠然自在的樣子，今多形容得意輕狂的神情。

搦 ㄋㄨㄛˋ nuò 動①握持，拿著。例搦管。②挑惹。例搦戰。

搌 ㄓㄢˇ zhǎn 動輕輕擦抹或按壓。例先用藥棉把傷口搌乾淨。

搌布 ㄓㄢˇ ㄅㄨˋ 擦拭東西用的布，即抹布。

搔 ㄙㄠ sāo 動①用指甲抓、刮。例搔背、搔癢。②通「騷」。擾亂。例搔動。

搔到癢處 ㄙㄠ ㄉㄠˋ ㄧㄤˇ ㄔㄨˋ 比喻說到重點，很符合心意。

搔首弄姿 ㄙㄠ ㄕㄡˇ ㄋㄨㄥˋ ㄗ 形容女子賣弄姿態或美色，以取媚於人。

搔頭摸耳 ㄙㄠ ㄊㄡˊ ㄇㄛ ㄦˇ 抓抓腦袋，摸摸耳朵。形容想不出辦法時的焦急神態。

搡 ㄙㄤˇ sǎng 動猛推，用力推。例你搡得我差點跌倒了。

十一畫

摘 ㄓㄞ zhāi 動①採，用手取下。例摘花、摘帽子。②選取，挑選。例摘記、摘錄。③借貸。例東摘西借。④舉發。例摘奸發伏。

摘引 ㄓㄞ ㄧㄣˇ 選擇重點並引用。例摘引法律條文。

摘要 ㄓㄞ ㄧㄠˋ 摘錄要點。也指所摘錄的要點。

摘記 ㄓㄞ ㄐㄧˋ 把要點記錄下來。

摘借 ㄓㄞ ㄐㄧㄝˋ 向人借錢。

摘錄 ㄓㄞ ㄌㄨˋ 從書刊文件中選擇要點抄錄。同節錄。

摘奸發伏 ㄓㄞ ㄐㄧㄢ ㄈㄚ ㄈㄨˊ 揭發惡人的犯罪行為。

摛 ㄔ chī 動①舒展。例摛辭。②傳播。例英名遠摛。

摭 ㄓˊ zhí 動拾起，撿起。例摭取。

摭拾 ㄓˊ ㄕˊ 拾取，收集。例摭拾故事。

摔 ㄕㄨㄞ shuāi 動①用力扔，丟。例她把衣服往沙發上一摔。②跌倒。例摔倒、摔跟頭。③迅速掉落。例他從三樓上摔下來。④丟開，擺脫。例摔手不管。⑤東西掉落而破損。例瓶子摔壞了。

摔打 ㄕㄨㄞ ㄉㄚˇ ①形容生氣時的粗野動作。例有話好說，何必摔打呢？②比喻歷練人情世故。例你不要看她弱不經風的樣子，可經得摔打哩！

摔跤 ㄕㄨㄞ ㄐㄧㄠ 也作「摔交」。①跌倒。例我今天爬山摔跤了。②兩人角力的一種運動競賽，彼此相抱並用力氣和技巧，以使對方跌倒為勝。

摔筋斗 ㄕㄨㄞ ㄐㄧㄣ ㄉㄡˇ 跌倒。比喻在事業、工作等方面受到挫折。同摔跟頭。

撇

㊀ㄆㄧㄝ piē 動①拋棄，丟開。例撇下、撇開。②從液體表面輕輕舀取。例撇油。③拂拭，揮去。例撇淚。

㊁ㄆㄧㄝˇ piě 名書法由右向左斜下的筆畫，筆形是「丿」。動斜向一邊。例撇嘴。

撇清 ㄆㄧㄝ ㄑㄧㄥ 劃分得清清楚楚，或故意在別人面前表示與自己無關。

撇嘴 ㄆㄧㄝˇ ㄗㄨㄟˇ ①把嘴角垂下，表示輕視、不相信。②形容將要哭的樣子。

摩

ㄇㄛˊ mó 動①接觸後來回擦動。例摩擦。②切磋，研究。例觀摩。③靠近。例摩天大樓。④迎合，猜測。例揣摩。⑤撫摸。例摩弄。

摩天 ㄇㄛˊ ㄊㄧㄢ 接觸到天。形容很高。例摩天大樓。

摩登 ㄇㄛˊ ㄉㄥ 英語 modern 的音譯。新式的，時髦的。例摩登女郎。

摩擦 ㄇㄛˊ ㄘㄚ ①兩個物體相接觸而來回移動。②指物體在他物上往復運動時，其表面所產生的阻礙運動的作用力。③比喻人與人之間因利害關係而引起的矛盾衝突。

摩托車 ㄇㄛˊ ㄊㄨㄛ ㄔㄜ 英語 motorcycle 的音譯。是一種用內燃機發動行駛的機車，其特點是快速而便捷。

摩肩接踵 ㄇㄛˊ ㄐㄧㄢ ㄐㄧㄝ ㄓㄨㄥˇ 肩挨肩，腳跟碰腳跟。形容人很多，很擁擠。

摩拳擦掌 ㄇㄛˊ ㄑㄩㄢˊ ㄘㄚ ㄓㄤˇ 形容在行動之前情緒高昂，精神振奮，急不可待的樣子。

摩頂放踵 ㄇㄛˊ ㄉㄧㄥˇ ㄈㄤˋ ㄓㄨㄥˇ 從頭頂到腳跟都磨傷了。形容捨己救世，不辭勞苦。

摽

㊀ㄅㄧㄠˋ biào 動①捆緊。例這凳子腳鬆了，要用鐵絲摽住。②用胳膊鉤連在一起。例兩人摽著走。③互相接近，彼此依附在一起。例你們老摽在一塊兒，有什麼意圖？

㊁ㄅㄧㄠ biāo 動①揮之使離去。②通「標」。互相稱揚。例摽榜。③擊打。

㊂ㄆㄧㄠˇ piǎo 動落下。

摶

ㄊㄨㄢˊ tuán 動①用手把東西揉捏成團。例摶湯丸、摶弄。②憑藉。例莊子：「摶扶搖而上者九萬里。」

摶沙 ㄊㄨㄢˊ ㄕㄚ 比喻沒有凝結力、團結力。

摳

ㄎㄡ kōu 形吝嗇的。例他一向摳得很。動①用手指頭或指甲挖。例摳鼻子、摳個小洞。②深求，深究。例摳書本、死摳字眼。③提起，抓起。

例摳衣。

摳字眼 ㄎㄡ ㄗˋ ㄧㄢˇ 專愛在字句上深究找毛病。

摳門兒 ㄎㄡ ㄇㄣˊ ㄦ 吝嗇。

揰 ㄔㄨㄥ chōng 動同「舂」。搗，撞擊。例揰米、揰辣椒。

摴 ㄕㄨ shū 見「摴蒱」。

摴蒱 ㄕㄨ ㄆㄨˊ 古代的一種賭博遊戲，像現在的擲骰子。泛稱賭博。亦作「樗蒲」。

摯 ㄓˋ zhì 名通「贄」。古時在初見面時相送的禮物。形①通「鷙」。凶猛的。②誠懇的。例真摯、情意懇摯。

摯友 ㄓˋ ㄧㄡˇ 交情深厚、關係親密的朋友。

摸 ㄇㄛ mō 動①用手接觸或撫摩。例撫摸。②掏，抓拿。例從口袋裡摸出錢來。③試探。例摸行情。④偷取。例偷雞摸狗。⑤逗留，拖延。例摸了半天才出門。

摸底 ㄇㄛ ㄉㄧˇ 弄清楚底細。

摸骨 ㄇㄛ ㄍㄨˇ 一種算命的方式，經由摸人的骨骼來測知其人的吉凶福禍。

摸索 ㄇㄛ ㄙㄨㄛˇ 試探著行動，尋求。例摸索經驗。

摸不清 ㄇㄛ ㄅㄨˋ ㄑㄧㄥ 弄不清楚，知道得不詳細。

摸不著頭腦 ㄇㄛ ㄅㄨˋ ㄓㄠˊ ㄊㄡˊ ㄋㄠˇ 比喻不明底細，還沒弄清是怎麼回事。例我這是丈二金剛摸不著頭腦。

摹 ㄇㄛˊ mó 動①仿效，照著樣子寫或畫。例臨摹、描摹。②描述。例摹述。

摹本 ㄇㄛˊ ㄅㄣˇ 摹寫或翻刻的本子。

摹仿 ㄇㄛˊ ㄈㄤˇ 依照樣品仿效著做。亦作「模仿」。

摹寫 ㄇㄛˊ ㄒㄧㄝˇ ①照著樣子寫。亦作「模寫」。②泛指文學作品中的描寫，即對各種事物的感受加以形容描述。

摹擬 ㄇㄛˊ ㄋㄧˇ 仿效，模仿。亦作「模擬」。

摟 ㈠ㄌㄡ lōu 動①把東西聚攏到一起。例摟柴火、把稻草摟好捆起。②搜括。例摟錢、到處摟搜。③用手提起。例摟著裙襬上樓梯。④招徠。例摟生意。
㈡ㄌㄡˊ lóu 動牽引，拉攏。
㈢ㄌㄡˇ lǒu 動抱住，擁抱。例摟在懷裡、摟著。

摟抱 ㄌㄡˇ ㄅㄠˋ 用兩臂抱住，用胳膊攏著。

摟頭 ㄌㄡ ㄊㄡˊ 迎頭。例摟頭痛擊。

摑 ㄍㄨㄛˊ guó 動用手掌打人的臉。例摑了他一耳光。

摧 ㄘㄨㄟ cuī 動①破壞，毀壞。例摧毀、無堅不摧。②折斷。例摧折、摧枯拉朽。③挫折，挫敗。例摧辱。④傷害。例摧心肝。

摧殘 ㄘㄨㄟ ㄘㄢˊ ①摧毀殘害。②挫折受辱。

摧毀 ㄘㄨㄟ ㄏㄨㄟˇ 用強大的力量加以毀壞。

摧枯拉朽 ㄘㄨㄟ ㄎㄨ ㄌㄚ ㄒㄧㄡˇ 折斷枯枝，推倒朽木。比喻腐朽勢力很容易打垮。也可比喻事情極容易做到。

撂 ㄌㄧㄠˋ liào 動①放下，撇開。例撂下。②弄倒，扳倒。例撂倒。

撂手 ㄌㄧㄠˋ ㄕㄡˇ 放下不管。

撂開 ㄌㄧㄠˋ ㄎㄞ 撇開，丟下。

摞 ㄌㄨㄛˋ luò 名計算重疊放置著的東西的量詞。例一摞碗、幾摞磚。

摋 ㄕㄚ shā 動①雜揉。②側手擊打。

揔 ㄗㄨㄥˇ zǒng 動同「總」。合計。

摜 ㄍㄨㄢˋ guàn 動扔，拋擲。例不要摜東西、拿起衣服往外摜。

摜交 ㄍㄨㄢˋ ㄐㄧㄠ 即摔跤，一種角力遊戲。也作「摜跤」。

摺 ㄓㄜˊ zhé 名本子，冊子。例存摺、奏摺。形疊起來的。例摺尺、摺扇。動①折疊。例摺手帕、摺紙。②曲折。

摺尺 ㄓㄜˊ ㄔˇ 分成幾節可以疊合的尺。

摺扇 ㄓㄜˊ ㄕㄢˋ 在骨架上蒙上紙或絹而成的，可以摺起、張開的扇子。

摺紙 ㄓㄜˊ ㄓˇ ①摺疊紙張。②以各種色紙折疊成各種物體的形狀。

摺疊 ㄓㄜˊ ㄉㄧㄝˊ 摺起疊合。

摻 ㈠ㄕㄢˇ shǎn 動執持，握住。㈡ㄔㄢ chān 動通「攙」。混合。例把水摻進酒中。㈢ㄘㄢˋ càn 名古代一種鼓曲的曲名。如漁陽摻撾。

撤 ㄔㄜˋ chè 動①免去，除掉。例撤職查辦、撤除。②抽回，退回。例撤回、撤退。③減輕。例撤味兒、撤分量。

撤回 ㄔㄜˋ ㄏㄨㄟˊ ①召回駐外人員或機構。例把派去的代表撤回來。②收回。例撤回命令。

撤防 ㄔㄜˋ ㄈㄤˊ 撤除駐防的軍隊和所設防禦工事。

撤退 ㄔㄜˋ ㄊㄨㄟˋ 放棄陣地或撤離占領的地區。

撤換 ㄔㄜˋ ㄏㄨㄢˋ 更換。

撤銷 ㄔㄜˋ ㄒㄧㄠ 取消，解除。例撤銷告訴。同撤消。

十二畫

撈 ㈠ㄌㄠ lāo 動①從水中把東西取出來。例打撈沉船、大海撈針。②用不正當的手段取得，獲得。例撈一筆、撈個一官半職。㈡ㄌㄠˊ láo 見「撈什子」。

撈本 ㄌㄠ ㄅㄣˇ ①賭輸錢後把錢再贏回來。②泛指想回收成本，取得補償。

撈捕 ㄌㄠ ㄅㄨˇ 撒開漁網捕取水中魚類。

撈什子 ㄌㄠˊ ㄕˊ ㄗ˙ 令人厭惡的東西。亦作「勞什子」。

撞 ㄓㄨㄤˋ zhuàng 動①敲，擊打。例做一天和尚撞一天鐘。②碰，觸。例撞倒、相撞。③互相衝突。例衝撞。④遇到。例撞見。

撞車 ㄓㄨㄤˋ ㄔㄜ ①車與車互相碰撞。②比喻兩人研究同樣的問題，做同樣的事。例這下我倆撞車了！

撞見 ㄓㄨㄤˋ ㄐㄧㄢˋ 碰見。多指無意中遇到。

撞騙 ㄓㄨㄤˋ ㄆㄧㄢˋ 想法子到處行騙。例招搖撞騙。

撙 ㄗㄨㄣˇ zǔn 動①節省，縮減。例盡可能撙點錢。②抑制。

撙節 ㄗㄨㄣˇ ㄐㄧㄝˊ ①節省。例撙節開支。②克制，約束。

撣 ㈠ㄉㄢˇ dǎn 名一種除去灰塵的工具。例雞毛撣子。動用撣子等工具除掉灰塵。例撣灰塵。㈡ㄊㄢˋ tàn 動通「探」。

撓 ㄋㄠˊ náo 動①阻擾，擾亂。例阻撓、撓擾。②屈曲，屈服。例百折不撓、不屈不撓。③用手指頭抓、搔。例撓癢。

撓折 ㄋㄠˊ ㄓㄜˊ 使彎曲折斷。比喻摧毀破壞。

撓頭 ㄋㄠˊ ㄊㄡˊ ①用手搔頭。形容事情麻煩複雜，難以處理。②指頭髮散亂。

撩 ㄌㄧㄠˊ liáo 動①挑逗，招惹。例撩撥、春色撩人。②整理。例撩髮。③掀起，提起。例撩開門簾、撩起長裙。④用手舀水甩灑。例你這菜上撩的水太多。⑤瞥看。例撩他一眼。

撅 ㄐㄩㄝ juē 動①翹起。例撅著尾巴、撅嘴。②通「掘」。挖掘。③折斷。例他撅了一根樹枝。

撕 ㈠ㄙ sī 動扯開，用手分裂。例撕裂、撕成碎片。㈡ㄒㄧ xī 動提撕，提醒、使人警覺的意思。

撕打 ㄙ ㄉㄚˇ 互相扭拉毆打。

撕毀 ㄙ ㄏㄨㄟˇ ①把物件撕破毀掉。②比喻單方面背棄簽訂的協議或條約等。

撕票 ㄙ ㄆㄧㄠˋ 綁架的匪徒將擄來的人質殺死。

撒 ㈠ㄙㄚ sā 動①放開。例撒腿就跑。②發揮，施展。例撒嬌、撒野。③排洩。例撒尿。㈡ㄙㄚˇ sǎ 動①散播出去，散布。例撒種、撒鹽。②散落。例你把花生撒了一地。

撒手 ㄙㄚ ㄕㄡˇ ①放開手，丟開。例撒手不幹了。②指死亡。例撒手人寰。

撒旦 ㄙㄚ ㄉㄢˋ 英語 Satan 的音譯。基督教中指魔鬼、魔王。也譯作「撒但」。

撒野 ㄙㄚ ㄧㄝˇ 言語舉動粗野放肆，不守禮法。

撒種 ㄙㄚˇ ㄓㄨㄥˇ 播種。

撒潑 ㄙㄚ ㄆㄛ 凶悍放肆，行為無理蠻橫。

撒播 ㄙㄚˇ ㄅㄛ 將種子均勻地散放在地面，為農作物或樹木的種植方法之一。

撒嬌 ㄙㄚ ㄐㄧㄠ 依仗對方的寵愛而故意作出種種嬌態。

撒賴 ㄙㄚ ㄌㄞˋ 耍無賴，蠻橫放肆不講理。

撒謊 ㄙㄚ ㄏㄨㄤˇ 說謊，即說假話。

撒手鐧 ㄙㄚ ㄕㄡˇ ㄐㄧㄢˇ 比喻最擅長、留在最後使用的招數，或最厲害的手段。

撒酒瘋 ㄙㄚ ㄐㄧㄡˇ ㄈㄥ 酒醉後仗著酒勁使性子，胡說胡鬧。

撒手塵寰 ㄙㄚ ㄕㄡˇ ㄔㄣˊ ㄏㄨㄢˊ 指人死亡。同溘然長逝。

撲 ㄆㄨ pū 名①拍拭的用具。例粉撲。②同「扑」。刑杖。動①向前猛衝。例飛蛾撲火。②捕捉。例撲蒼蠅、撲蝴蝶。③拍打，輕輕地拍。例撲去衣上的灰塵、撲粉。

撲克 ㄆㄨ ㄎㄜˋ 英語poker的音譯。一種供娛樂用的五十二張紙牌，分黑桃、紅心、方塊、梅花四種花色。

撲空 ㄆㄨ ㄎㄨㄥ 拜訪他人而不遇，或要的東西沒得到。

撲面 ㄆㄨ ㄇㄧㄢˋ ①迎面而來。例春風撲面。②拍打臉部。

撲粉 ㄆㄨ ㄈㄣˇ ①用撲子在臉上或身上拍打上一層粉。②化粧用的香粉或爽身粉。

撲救 ㄆㄨ ㄐㄧㄡˋ 撲滅，奮力搶救。

撲哧 ㄆㄨ ㄔ 形容笑聲或其他類似的聲音。同撲嗤。

撲通 ㄆㄨ ㄊㄨㄥ 形容物體落到水中或地面的聲音。

撲滅 ㄆㄨ ㄇㄧㄝˋ 撲打消滅，消除。例大火終於被撲滅了。

撲滿 ㄆㄨ ㄇㄢˇ 一種存錢的器具，有入孔無出孔，到錢存滿時要將它打破才能取出錢來。現今則不一定要打破才可取錢。

撲鼻 ㄆㄨ ㄅㄧˊ 氣味衝進鼻子。例香氣撲鼻。

撲簌 ㄆㄨ ㄙㄨˋ 形容眼淚往下落或急滾的樣子。

撲朔迷離 ㄆㄨ ㄕㄨㄛˋ ㄇㄧˊ ㄌㄧˊ 指兔子奔跑時很難辨別雌雄。現泛指事情錯綜複雜，難以分辨。

撐 ㄔㄥ chēng

動①支住，抵住。例撐船、撐竿跳。②支持。例撐門面、撐得住。③張開。例撐傘、撐開嘴。④填充使飽滿。例口袋要撐破了。

撐持 ㄔㄥ ㄔˊ 勉強支持或維持。例暫時還能撐持下去。

撐船 ㄔㄥ ㄔㄨㄢˊ 用篙竿撐著，使船行進。

撐腰 ㄔㄥ ㄧㄠ 比喻從旁給以有力的支持。

撐篙 ㄔㄥ ㄍㄠ 用竹竿撐著，使船前進。

撐場面 ㄔㄥ ㄔㄤˇ ㄇㄧㄢˋ 維持表面上的排場，擺闊氣。也作「撐門面」。

撐竿跳高 ㄔㄥ ㄍㄢ ㄊㄧㄠˋ ㄍㄠ 一種田徑運動。運動員手握長竿，經過快速助跑後，以長竿撐地，借由反彈力量使身體騰起，越過橫竿，以所跳高度來決定勝負。

撮 ㄘㄨㄛˋ cuò

名①容量單位，一公升的千分之一。②量詞。(1)用於手指抓取的少量東西。例一撮鹽、一撮藥末。(2)用於成叢毛髮等細微的東西。例一撮頭髮。動①聚攏。②摘取。例撮其要點。③鏟取。例撮一簸箕土。

撮合 ㄘㄨㄛ ㄏㄜˊ 從中介紹、拉攏。

撮弄 ㄘㄨㄛ ㄋㄨㄥˋ ①捉弄，戲弄。例我豈能憑人撮弄！②教唆，煽動。例他撮弄一批人來鬧事。

撮要 ㄘㄨㄛ ㄧㄠˋ 摘取要點。也指所摘取出來的要點。例論文撮要。

撣

㈠ㄉㄢˇ dǎn 名去除灰塵的用具。例雞毛撣子。動拂去塵土。例撣掉桌子上的灰塵。

㈡ㄕㄢˋ shàn 名撣族，古代少數民族之一，散居緬甸東部、泰國、越南及中國雲南邊境。

播 ㄅㄛˋ bò

動①散布，傳揚。例廣播、傳播。②把種子撒在土裡。例播種。③遷移，流亡。例播遷。

播音 ㄅㄛˋ ㄧㄣ 用無線電波將聲音傳送出去。

播送 ㄅㄛˋ ㄙㄨㄥˋ 利用無線電波或聲波向外傳送節目。也作「播放」。

播揚 ㄅㄛˋ ㄧㄤˊ 傳揚開來，宣揚。

播遷 ㄅㄛˋ ㄑㄧㄢ 流離失所，四處奔波遷徙。

撫 ㄈㄨˇ fǔ 動①照料，保護。例撫養、撫育。②慰問，安慰。例撫恤、撫慰。③按著，握。例以手撫胸。④拍，擊。例撫掌大笑。⑤彈奏。例撫琴而歌。⑥輕摸。例撫摸。

撫育 ㄈㄨˇ ㄩˋ 撫養教育。

撫恤 ㄈㄨˇ ㄒㄩˋ 對因公傷殘或犧牲的人員的家屬給予安慰和救濟。

撫琴 ㄈㄨˇ ㄑㄧㄣˊ 彈琴。例撫琴良久而長嘆。

撫養 ㄈㄨˇ ㄧㄤˇ 愛護和教養。例父母辛苦把我撫養長大。

撫慰 ㄈㄨˇ ㄨㄟˋ 安慰。例撫慰受難者家屬。

撫今追昔 ㄈㄨˇ ㄐㄧㄣ ㄓㄨㄟ ㄒㄧˊ 由當前的事物而追憶過往。

撫躬自問 ㄈㄨˇ ㄍㄨㄥ ㄗˋ ㄨㄣˋ 自我反省。同捫心自問。

撚 ㄋㄧㄢˇ niǎn 動①用手指搓東西。例撚線。②撥弄，為彈琵琶的一種指法。例白居易・琵琶行：「輕攏慢撚抹復挑。」③通「攆」。驅逐。④踐踏。⑤握，拿。例杜牧・重送詩：「手撚金僕姑，腰懸玉轆轤。」

撚指間 ㄋㄧㄢˇ ㄓˇ ㄐㄧㄢ 形容時光的短暫與迅速。

撟 ㄐㄧㄠˇ jiǎo 動①舉起，伸出。例撟首。②通「矯」。糾正。例撟枉過正。③假託。例撟令。副剛強，固執。

撬 ㄑㄧㄠˋ qiào 動①利用工具把東西挑開或撥動。例撬石頭、撬門。②舉起。例撬二郎腿。

撳 ㄑㄧㄣˋ qìn 動用手按住。例撳門鈴。

撥 ㄅㄛ bō 名用於成批人或物的量詞。例旅行團可分幾撥走、這些貨要分兩撥運送。動①用手挑開、轉動。例撥弄、撥電話。②分給，提出部分發放。例撥款、撥幾個人來幫你。③除掉。例撥亂反正。

撥冗 ㄅㄛ ㄖㄨㄥˇ 從繁忙中抽出一點時間來。多用作客套話。例務請撥冗參加。

撥付 ㄅㄛ ㄈㄨˋ 調配錢款付給人家。

撥弄 ㄅㄛ ㄋㄨㄥˋ ①用手指或工具來回撥動。例撥弄琴弦。②擺弄，用手玩弄。例他兒子正在撥弄玩具。③挑撥。例撥弄是非。

撥款 ㄅㄛ ㄎㄨㄢˇ 調配或支付款項。例撥款賑災。

撥雲見日 ㄅㄛ ㄩㄣˊ ㄐㄧㄢˋ ㄖˋ 撥去烏雲，重見天日。比喻心中迷惑突然轉為明朗，也比喻經歷黑暗後重見光明。

撥亂反正 ㄅㄛ ㄌㄨㄢˋ ㄈㄢˇ ㄓㄥˋ 除去禍亂，使之歸於正道。

撧 ㄐㄩㄝ juē 動①折斷。例樹枝撧了。②給人難堪。例你何必當面撧人哩！

撏 ㄒㄩㄣˊ xún 動拉扯，拔取。例撏雞毛。

撰 ㄓㄨㄢˋ zhuàn 名指天地間自然現象變化的規律。動①寫作，著述。

例撰文、撰稿。②編纂。

撰述 ㄓㄨㄢˋ ㄕㄨˋ 撰寫，著述。例他勤於筆耕，撰述頗多。

十三畫

擒 ㄑㄧㄣˊ qín 動捉拿，捕捉。例擒敵、欲擒故縱。

擒拿術 ㄑㄧㄣˊ ㄋㄚˊ ㄕㄨˋ 一種徒手捉拿人的武術。

擒賊擒王 ㄑㄧㄣˊ ㄗㄟˊ ㄑㄧㄣˊ ㄨㄤˊ 兩軍作戰先要捉拿將帥。比喻做事要先抓住要點。

擅 ㄕㄢˋ shàn 動①專斷獨行。例擅自主張、擅離職守。②專長，精於。例擅於建築工藝、不擅外交辭令。③占有，獨攬。

擅自 ㄕㄢˋ ㄗˋ 超越自己的職權範圍以內而自作主張。例擅自發表意見。

擅長 ㄕㄢˋ ㄔㄤˊ 精通於某項技藝或在某方面有專長。例此人擅長國畫。

擅場 ㄕㄢˋ ㄔㄤˇ 在某種技藝方面高超出眾，壓倒全場。

擅權 ㄕㄢˋ ㄑㄩㄢˊ 專權，獨攬大權。

擅離職守 ㄕㄢˋ ㄌㄧˊ ㄓˊ ㄕㄡˇ 未經准許隨便離開工作崗位。

擁 ㄩㄥˇ yǒng 動①抱。例擁抱、擁膝長談。②圍著。例擁爐作詩。③聚集。例一擁而上。④據有，占有。例擁有。⑤通「壅」。遮住，阻塞。例雲擁山腰。

擁有 ㄩㄥˇ ㄧㄡˇ 占有，具有。例我國擁有豐富的資源。

擁塞 ㄩㄥˇ ㄙㄜˋ 阻塞。多指人、車輛把道路擠得走不通。

擁戴 ㄩㄥˇ ㄉㄞˋ 支持愛戴。

擁擠 ㄩㄥˇ ㄐㄧˇ 人群密集。例這個地方太擁擠了。

擁護 ㄩㄥˇ ㄏㄨˋ 扶助，支持。

撻 ㄊㄚˋ tà 動用鞭子、棍子等擊打。例鞭撻。

撻伐 ㄊㄚˋ ㄈㄚˊ 討伐，征討。例大張撻伐。

擂 ㄌㄟˊ léi 名見「擂臺」。動①研磨，即把東西研碎。例擂藥。②捶，打。例擂鼓。

擂缽 ㄌㄟˊ ㄅㄛ 用來研碎物品的缽。

擂臺 ㄌㄟˋ ㄊㄞˊ 古代用來比試武藝的臺子。現用來泛指競賽。例打擂臺。

擀 ㄍㄢˇ gǎn 動用棍棒來回碾壓，使東西延展而變平變薄。例擀麵、擀餃子皮。

擀麵杖 ㄍㄢˇ ㄇㄧㄢˋ ㄓㄤˋ 把和好的軟麵碾壓成薄平狀的木棍。

撼 ㄏㄢˋ hàn 動①搖動。例搖撼、撼動。②打動，慫恿。

擊 ㄐㄧˊ jí 動①敲打。例擊鼓、擊掌。②攻打。例襲擊、迎頭痛擊。③碰，撞。例衝擊、撞擊。④接觸。例目擊。

擊破 ㄐㄧˊ ㄆㄛˋ 打敗，打垮。例各個擊破。

擊毀 ㄐㄧˊ ㄏㄨㄟˇ 擊中並摧毀。例敵人的防空設施已被我空軍部隊擊毀。

擊潰 ㄐㄧˊ ㄎㄨㄟˋ 擊敗而使之潰散。例擊潰敵軍近萬。

擊劍 ㄐㄧˊ ㄐㄧㄢˋ 運動競賽項目之一。比賽時運動員穿特製的防護服，用劍相擊刺。

擊斃 ㄐㄧˊ ㄅㄧˋ 用槍等重物打死。例逃犯已被擊斃。

擎 ㄑㄧㄥˊ qíng 動①向上托，高舉。例一柱擎天。②承受，接受。

擎天柱 ㄑㄧㄥˊ ㄊㄧㄢ ㄓㄨˋ 支撐天的柱子。比喻能擔當重任使局面轉危為安的人。

擋 ㈠ㄉㄤˇ dǎng 名遮蔽用的器具。例爐擋、窗擋子。動①攔阻，抵抗。例阻擋、兵來將擋。②遮蔽。例擋雨、擋太陽。㈡ㄉㄤˋ dàng 動摒擋，收拾整理。

擋眼 ㄉㄤˇ ㄧㄢˇ ①遮住視線。②惹人注意。例你站在那裡太擋眼了。

擋駕 ㄉㄤˇ ㄐㄧㄚˋ ①拒絕客人來訪的婉辭。②不敢勞駕的客氣話。

擋箭牌 ㄉㄤˇ ㄐㄧㄢˋ ㄆㄞˊ ①古代士兵作戰時用來阻擋敵方箭矢的盾牌。②比喻推託或掩飾的藉口。

擄 ㄌㄨˇ lǔ 動搶奪，把人搶走。例擄獲。

擄掠 ㄌㄨˇ ㄌㄩㄝˋ 強行搶劫人和財物。

擐 ㄏㄨㄢˋ huàn 動穿著。例擐甲執兵。

據 ㄐㄩˋ jù 名可用作證明的事物。例證據、收據。動①按照，依照。例據理力爭、據事直書。②憑藉，依靠。例據點、據險固守。③占有。例割據、據為己有。

據守 ㄐㄩˋ ㄕㄡˇ 占據防守。例據守前線陣地。

據說 ㄐㄩˋ ㄕㄨㄛ 依照他人所說，並非親自耳聞目睹。

據點 ㄐㄩˋ ㄉㄧㄢˇ 通常指軍隊作戰行動依據的地點。

據理力爭 ㄐㄩˋ ㄌㄧˇ ㄌㄧˋ ㄓㄥ 依據道理，竭力爭取。

據為己有 ㄐㄩˋ ㄨㄟˊ ㄐㄧˇ ㄧㄡˇ 把本來不屬於自己的東西，強行占為自己所有。

擇 ㄗㄜˊ zé 動①挑選，挑揀。例選擇、飢不擇食。②區別，分別。例孟子：「則牛羊何擇焉。」

擇交 ㄗㄜˊ ㄐㄧㄠ 選擇人做朋友。例擇交不可不慎。

擇吉 ㄗㄜˊ ㄐㄧˊ 選擇良辰吉日。例擇吉完婚。

擇鄰 ㄗㄜˊ ㄌㄧㄣˊ 選擇好的鄰居。

擇善固執 ㄗㄜˊ ㄕㄢˋ ㄍㄨˋ ㄓˊ 選擇嘉言善行而堅持學習實踐。

撾 ㄓㄨㄚ zhuā 動敲擊，打。例撾鼓。

操 ㄘㄠ cāo 名①體力的訓練法。例健身操。②德行，品格。例節操、操行。動①拿著，抓著。例操戈。②掌握。例穩操勝券。③從事。例重操舊業。④使用某種語言或某地口音說話。例操俄語、操閩南語。⑤訓練。例出操。⑥駕御。例操舟。

操心 ㄘㄠ ㄒㄧㄣ 勞費心力和精神。

操戈 ㄘㄠ ㄍㄜ 手持干戈。比喻互相敵視，互相攻擊。例同室操戈。

操守 ㄘㄠ ㄕㄡˇ 指人平日的品行、氣節。

操行 ㄘㄠ ㄒㄧㄥˋ 品行，品德。

操作 ㄘㄠ ㄗㄨㄛˋ ①以勞力做事。②按照一定的程序進行活動。例掌握操作方法。

操持 ㄘㄠ ㄔˊ ①料理，管理。例操持家務。②籌畫，籌辦。例這項工程全由你來操持。

操勞 ㄘㄠ ㄌㄠˊ 辛苦勞動。例日夜操勞、操勞過度。

操場 ㄘㄠ ㄔㄤˇ 可進行體育活動或軍事訓練的廣場。

操練 ㄘㄠ ㄌㄧㄢˋ 通常指練習體育、軍事等方面的技能。

操縱 ㄘㄠ ㄗㄨㄥˋ ①按照一定的操作規程和方法使用機器、儀器等。②用手段駕馭人或用金錢、權力支配某種事。例幕後操縱指揮、操縱股市。

操之過急 ㄘㄠ ㄓ ㄍㄨㄛˋ ㄐㄧˊ 處理事情或問題過於鹵莽急躁。

擔 ㈠ㄉㄢ dān 動①用肩膀挑東西。例擔水、擔土。②承當。例擔風險、這責任由我來擔。

㈡ㄉㄢˋ dàn 名①挑東西的擔子。②肩負的責任。例重擔。③重量單位。一百斤為一擔。④用於成擔東西的量詞。例一擔油、兩擔米。

擔子 ㄉㄢˋ ˙ㄗ ①用肩挑的成擔的東西。例挑著擔子走路很累。②比喻所擔負的責任。例你擔任市長，這擔子可不輕呀！

擔心 ㄉㄢ ㄒㄧㄣ 心存顧慮，不放心。

擔任 ㄉㄢ ㄖㄣˋ 承當擔負某項職務或工作。

擔保 ㄉㄢ ㄅㄠˇ 替人作保證，承擔責任。

擔待 ㄉㄢ ㄉㄞˋ ①承受並負起責任。例你這樣客氣，我實在擔待不起。②寬容，原諒。例大人不計小人過，您就多擔待些吧！

擔負 ㄉㄢ ㄈㄨˋ ①承當責任。②責任的分量。

擔架 ㄉㄢ ㄐㄧㄚˋ 兩側用木棍架開，中間綳著帆布或繩子，用來抬送傷患的用具。

擔當 ㄉㄢ ㄉㄤ 承受下來並負起責任。例這事就由我來擔當好了！

擔憂 ㄉㄢ ㄧㄡ 擔心和憂慮。

擔擱 ㄉㄢ ㄍㄜ 拖延，耽誤。也作「耽擱」。例我在香港擔擱了幾天，所以回來遲了。

擔驚受怕 ㄉㄢ ㄐㄧㄥ ㄕㄡˋ ㄆㄚˋ 形容飽受恐懼害怕。

撿 ㄐㄧㄢˇ jiǎn 動①拾取。例撿拾、撿破爛。②僥倖得到。例撿便宜。

撿漏 ㄐㄧㄢˇ ㄌㄡˋ 指檢修屋頂漏雨的地方。

擗 ㄆㄧˇ pǐ 動①用力掰開東西。例擗玉米。②用手搥拍胸部。

擘 ㄅㄛˋ bò 名①大拇指。例擘指。②比喻特別優秀的人才。例巨擘。動分裂，分開。例擘肌分理。

擘畫 ㄅㄛˋ ㄏㄨㄚˋ 安排，經營籌畫。例擘畫適宜有度。

十四畫

擦 ㄘㄚ cā 名指抹的用具。例板擦、橡皮擦。動①急速的摩動。例摩拳擦掌、擦火柴。②揩拭，抹刷。例擦掉、擦皮鞋。③塗抹。例擦藥。④貼近，靠近。例擦肩而過。⑤用工具來回刮刨，使成細絲。例把蘿蔔擦成細絲。

擦拭 ㄘㄚ ㄕˋ 擦東西使乾淨。

擦槍走火 ㄘㄚ ㄑㄧㄤ ㄗㄡˇ ㄏㄨㄛˇ 比喻做事不小心而惹來災禍。

擰 ㈠ㄋㄧㄥˊ níng 動①用手扭絞。例把衣服擰乾、擰毛巾。②手指捏住皮肉用力轉動。例擰得我好痛。③用力扭轉。例擰緊螺絲釘、把蓋子擰開。副弄顛倒，錯誤。例他會把事情弄擰的。

㈡ㄋㄧㄥˋ nìng 形倔強的。例他的脾氣太擰、擰性。

擠

ㄐㄧˇ jǐ 動①聚集而緊密的靠攏在一起。例擠得難受、事情全擠在一起。②推擁，用力插入縫裡。例設法擠進去、擠不下。③用力壓榨使排出。例擠牛奶、擠牙膏。

擠兌 ㄐㄧˇ ㄉㄨㄟˋ 許多人齊集金融機構兌取現款。

擠眉弄眼 ㄐㄧˇ ㄇㄟˊ ㄋㄨㄥˋ ㄧㄢˇ 擠著眉毛，眨著眼睛。形容人以眉眼的動作表情達意。也形容人鬼鬼祟祟的樣子。

擯

ㄅㄧㄣˋ bìn 動①排除，拋棄。例擯除、擯而不用。②通「儐」。引導賓客。

擯斥 ㄅㄧㄣˋ ㄔˋ 排斥，棄而不用。

擯棄 ㄅㄧㄣˋ ㄑㄧˋ 拋棄。

擣

ㄉㄠˇ dǎo 動通「搗」。舂，捶打。例擣藥。

擣衣 ㄉㄠˇ ㄧ 古人洗衣時用木棒敲打衣服。

擩

ㄖㄨˇ rǔ 動沾染。

擫

ㄧㄝˋ yè 動用手指按。例擫笛。

擤

ㄒㄧㄥˇ xǐng 動按住鼻孔稍用力出氣，清除鼻涕。例擤鼻涕。

擬

ㄋㄧˇ nǐ 動①起草，事前的設計。例擬稿、草擬。②摹仿。例擬古、擬人。③打算，想要。例擬於最近赴美留學、此稿擬不採用。④猜測。例虛擬。⑤相比。例比擬。

擬人 ㄋㄧˇ ㄖㄣˊ 修辭方式之一，把事物人格化，使之具有人的性格、感情等。也稱為擬人化。

擬定 ㄋㄧˇ ㄉㄧㄥˋ 事先起草制定。例擬定規畫。

擬訂 ㄋㄧˇ ㄉㄧㄥˋ 草擬計畫。例擬訂規章。

擬態 ㄋㄧˇ ㄊㄞˋ 某些動物具有與其他動植物或周圍環境相似的形態、體色等，以保護自身，免受侵害。如尺蠖之擬於樹枝。

擬稿 ㄋㄧˇ ㄍㄠˇ 起草文稿。

擬議 ㄋㄧˇ ㄧˋ ①事先所作的考慮、打算。例看來你的擬議可能是正確的。②起草。例請你在最近擬議一份明年的工作計畫。

擢

ㄓㄨㄛˊ zhuó 動①抽，拔取。例擢其筋啖其肉。②提拔。例擢升。

擢用 ㄓㄨㄛˊ ㄩㄥˋ 提升任用。

擱

ㄍㄜ gē 動①放下，放置。例把這些東西擱到陽臺上。②停止不做，停滯。例此議案擱段時間再議。③容納。例擱得下、擱不下。

擱淺 ㄍㄜ ㄑㄧㄢˇ ①船隻進入水淺的地方不能進退。②比喻事情受阻而停頓下來。

擱置 ㄍㄜ ㄓˋ ①放置。②放下不辦，停止進行。

擱筆 ㄍㄜ ㄅㄧˇ 放下筆。指停止寫作、繪畫。

十五畫

擴 ㄎㄨㄛˋ kuò 動放大，張大，向外開展。例擴大、擴建。

擴大 ㄎㄨㄛˋ ㄉㄚˋ 使原來的面積、範圍、規模等增加。

擴充 ㄎㄨㄛˋ ㄔㄨㄥ 擴大充實，使之增多加強。

擴建 ㄎㄨㄛˋ ㄐㄧㄢˋ 把原來的建築規模加大。

擴軍 ㄎㄨㄛˋ ㄐㄩㄣ 增大充實軍隊的裝備和編制。

擴展 ㄎㄨㄛˋ ㄓㄢˇ 在原有的基礎上向外伸展，使範圍增大。

擴張 ㄎㄨㄛˋ ㄓㄤ 擴大向外伸展。例擴張勢力範圍。

擴散 ㄎㄨㄛˋ ㄙㄢˋ ①展開分散出去。例謠言不能再擴散了。②兩種物質相混合之後，引起自發性的勻和散布，而成均勻的現象。

擴編 ㄎㄨㄛˋ ㄅㄧㄢ 擴大編制。

擿 ㊀ㄓˊ zhí 動通「擲」。投擲，扔。㊁ㄊㄧˋ tì 動揭發。例發姦擿伏。

擿奸發伏 ㄊㄧˋ ㄐㄧㄢ ㄈㄚ ㄈㄨˊ 揭露檢舉奸邪隱惡的人和事。亦作「發姦擿伏」。

擲 ㄓˋ zhì 動①拋投，扔出去。例擲鉛球、投擲。②拋棄。

擸 ㄌㄚˋ là 名擸㩉，指穢雜的東西，即垃圾。

攆 ㄋㄧㄢˇ niǎn 動①驅逐，趕走。例把他攆出家門。②追趕。例我一定要攆上他。

擷 ㄐㄧㄝˊ jié 動①摘取。例採擷、擷取。②同「襭」。用衣襟兜東西。

擾 ㄖㄠˇ rǎo 動①打攪，亂。例騷擾、紛擾。②受人款待或因其他事麻煩人的客套話。例打擾、叨擾。

擾亂 ㄖㄠˇ ㄌㄨㄢˋ 破壞原來的安定，使混亂或不安。例擾亂人心。

擾攘 ㄖㄠˇ ㄖㄤˇ 紛亂。例干戈擾攘。同紛擾。

攀 ㄆㄢ pān 動①抓住東西往上爬。例攀登、攀樹。②牽扯。例攀扯。③依附。例不敢高攀。

攀扯 ㄆㄢ ㄔㄜˇ 拉扯或牽連上別人。

攀折 ㄆㄢ ㄓㄜˊ 折斷。例不要攀折花木。

攀供 ㄆㄢ ㄍㄨㄥ 審訊時供出別人有連帶關係。

攀附 ㄆㄢ ㄈㄨˋ ①依附別的東西往上爬。②比喻趨附權貴以求升官發財。

攀登 ㄆㄢ ㄉㄥ 抓著或拉著東西爬上去。

攀越 ㄆㄢ ㄩㄝˋ 往上攀爬並越過。例攀越山嶺。

攀親 ㄆㄢ ㄑㄧㄣ ①拉親戚關係。例攀親帶故。②議婚。

攀龍附鳳 ㄆㄢ ㄌㄨㄥˊ ㄈㄨˋ ㄈㄥˋ 比喻巴結依附權貴或有聲望的人以立功揚名。

擺 ㄅㄞˇ bǎi 名搖動的物體。例鐘擺。動①放置，陳列。例擺設、擺地攤。②搖動。例擺手、搖頭擺尾。③故意顯示。例擺闊氣、擺威風。④陷害，算計。例擺了一道。

擺弄 ㄅㄞˇ ㄋㄨㄥˋ ①反覆撥動或玩弄。②操縱，捉弄。例你休想擺弄我！

擺布 ㄅㄞˇ ㄅㄨˋ ①安排，處理。②捉弄，支配。例豈能任人擺布！

擺設 ㄅㄞˇ ㄕㄜˋ ①指裝飾用的物品。②將物品陳列起來。

擺動 ㄅㄞˇ ㄉㄨㄥˋ 向左右或前後來回搖動。

擺脫 ㄅㄞˇ ㄊㄨㄛ 設法脫離，甩開牽絆的事物。例擺脫這樁不幸婚姻的束縛。

擺渡 ㄅㄞˇ ㄉㄨˋ 用船把人渡過河。

擺闊 ㄅㄞˇ ㄎㄨㄛˋ 講究排場，故意顯出闊綽富有的樣子。

擺架子 ㄅㄞˇ ㄐㄧㄚˋ ˙ㄗ 驕傲自大，裝腔作勢，以此顯示自己比別人高貴。

擺樣子 ㄅㄞˇ ㄧㄤˋ ˙ㄗ 故意做出好看的外表給別人看。

擺攤子 ㄅㄞˇ ㄊㄢ ˙ㄗ 指小販在路旁或市場陳列貨物出售。

擺龍門陣 ㄅㄞˇ ㄌㄨㄥˊ ㄇㄣˊ ㄓㄣˋ 一群人一起聊天或講故事。

攄

ㄕㄨ shū 動抒發，發表。例攄陳己意。

擻

ㄙㄡˇ sǒu 動①抖擻，振作精神的意思。②用火條或火筷子插到火爐裡，把爐灰抖掉。例把爐子擻一下。

十六畫

攏

ㄌㄨㄥˇ lǒng 動①靠近，接近。例靠攏、拉攏。②聚合，匯集。例合攏、收攏。③從周圍繞住，捆住。例把這些棍棒用繩子攏住。④梳，整理。例攏頭髮。⑤彈琵琶的一種指法。

攏共 ㄌㄨㄥˇ ㄍㄨㄥˋ 共計，總計。也作「攏總」。

攏岸 ㄌㄨㄥˇ ㄢˋ 船隻靠岸停泊。

攈

ㄐㄩㄣˋ jùn 動拾取。例攈摭。

十七畫

攘

ㄖㄤˊ ráng 動①排斥，排除。例安內攘外、攘除。②搶奪，竊取。例攘奪。③捲袖露出手臂的動作。例攘臂。④擾亂。例擾攘。

攘外 ㄖㄤˊ ㄨㄞˋ 抵禦外來的侵略。

攘奪 ㄖㄤˊ ㄉㄨㄛˊ 劫奪，奪取。例攘奪政權。

攘臂 ㄖㄤˇ ㄅㄧˋ 捲起袖子伸出胳膊。形容興奮的神情。例攘臂大呼。

攖

ㄧㄥ yīng 動①觸犯。②擾亂。

攙

ㄔㄢ chān 動①牽扶。例攙扶。②兩相混合，雜入。例攙和、攙假。

攙扶 ㄔㄢ ㄈㄨˊ 扶著。

攙假 ㄔㄢ ㄐㄧㄚˇ 把假的摻入到真的裡面，或把品質差的攙進品質好的裡面。

攙雜 ㄔㄢ ㄗㄚˊ 混雜，混合。例怎麼能把這些等級不同的棉花攙雜在一起呢？

攔

ㄌㄢˊ lán 動阻擋。例攔住去路。介當著，對著。例攔腰一抱。

攔劫 ㄌㄢˊ ㄐㄧㄝˊ 攔住路，搶劫行人財物。

攔阻 ㄌㄢˊ ㄗㄨˇ 阻擋。例攔阻車輛。同阻攔。

攔路 ㄌㄢˊ ㄌㄨˋ 阻擋去路。

攔腰 ㄌㄢˊ ㄧㄠ 從中間截住、切斷。例攔腰抱住。

攔截 ㄌㄢˊ ㄐㄧㄝˊ 指中途阻擋，截斷去路。

攔河壩 ㄌㄢˊ ㄏㄜˊ ㄅㄚˋ 阻擋河水的建築物，目的在於抬高水位或形成水庫。

十八畫

攛

ㄘㄨㄢ cuān 動①拋擲，扔。例舉起那人直攛下樓。②匆忙行事。例事前不準備，臨時現攛。③跳，躍。例攛出水面。④引誘，教唆。例攛掇。

攛掇 ㄘㄨㄢ ㄉㄨㄛˊ 慫恿，從旁鼓動他人去做某事。也作「攛弄」。例別攛掇他喝酒。

攝

㊀ㄕㄜˋ shè 動①吸取，吸引。例攝取養分、勾魂攝魄。②留取。例攝影、攝製。③保養。例攝生、珍攝。④代理。例攝政、攝理。

㊁ㄋㄧㄝˋ niè 形安定的。例天下攝然。

攝生 ㄕㄜˋ ㄕㄥ 養生，保養身體。

攝取 ㄕㄜˋ ㄑㄩˇ 吸收，吸取。

攝政 ㄕㄜˋ ㄓㄥˋ 代替君主行使權力，處理政務。

攝食 ㄕㄜˋ ㄕˊ 多指動物攝取食物。

攝理 ㄕㄜˋ ㄌㄧˇ 代理別人的職務。

攝影 ㄕㄜˋ ㄧㄥˇ 拍攝人物影像。

攝氏溫度計 ㄕㄜˋ ㄕˋ ㄨㄣ ㄉㄨˋ ㄐㄧˋ 由瑞典天文學家攝爾修斯（Anders Celsius）所制定的溫度計刻度法，在一個大氣壓下，水的冰點為零度，沸點為一百度，用符號℃表示。

攜

ㄒㄧ xī 動①提，拿。例攜酒。②帶著。例攜伴。③拉著，牽著。例攜手。

攜手 ㄒㄧ ㄕㄡˇ 手拉著手。比喻同心協力，相互合作。例攜手前進、攜手合作。

攜帶 ㄒㄧ ㄉㄞˋ ①隨身帶著。②帶領。例攜帶家眷。

十九畫

攧

ㄉㄧㄢ diān 動①跌，摔。例攧下來。②用力頓腳。

攤

ㄊㄢ tān 名①把貨物擺在路旁出售的地方。例地攤、水果攤。②用於成堆液體或糊狀物的量詞。例一攤泥、一攤水。動①擺開，鋪開。例把這些書攤在太陽下曬。②分擔，分配。例任務均攤。③遭遇到，碰到。例他攤到麻煩了。④把糊狀物放入鍋中使成薄片狀。例攤雞蛋、攤煎餅。

攤子 ㄊㄢ ˙ㄗ 擺在路旁或地上的售貨處。

攤位 ㄊㄢ ㄨㄟˋ 攤販出售貨物的固定位址。

攤派 ㄊㄢ ㄆㄞˋ 平均分派。

攤販 ㄊㄢ ㄈㄢˋ 擺設攤子做小買賣的人。

攤牌 ㄊㄢ ㄆㄞˊ ①玩牌時，將底牌翻開給大家看。②比喻到最後關頭坦白表明。

攢

㊀ㄗㄢˇ zǎn 動積蓄，儲蓄。例積攢、你一個月能攢多少錢？

㊁ㄘㄨㄢˊ cuán 動聚集在一起，湊到一塊兒。例攢聚、攢在一處。

攢眉 ㄘㄨㄢˊ ㄇㄟˊ 蹙著眉頭，心中不愉快或憂慮的樣子。

攢聚 ㄘㄨㄢˊ ㄐㄩˋ 緊緊地聚集在一起。

攢錢 ㊀ㄗㄢˇ ㄑㄧㄢˊ 積蓄金錢。㊁ㄘㄨㄢˊ ㄑㄧㄢˊ 大家拿出錢湊起來。例攢錢買汽車。

攣 ㄌㄨㄢˊ luán 動①手足蜷曲不能伸直。例痙攣。②相互牽繫。

二十畫

攩 ㄉㄤˇ dǎng 動①同「擋」。阻攔，抵擋。例攩住。②擊，搥打。

攫 ㄐㄩㄝˊ jué 動①用爪抓取。例攫捕。②奪取。例攫奪、攫為己有。

攫取 ㄐㄩㄝˊ ㄑㄩˇ ①奪取。例攫取他人財物。②抓取。

攪 ㊀ㄐㄧㄠˇ jiǎo 動①擾亂。例打攪、攪亂。②用器具調勻物品。例把湯攪一下。③混雜。例別把不相干的事攪在一起。㊁ㄍㄠˇ gǎo 動通「搞」。做，弄。例請別胡攪。

攪拌 ㄐㄧㄠˇ ㄅㄢˋ 用手或器具在混合物中轉動，使之均勻。

攪和 ㄐㄧㄠˇ ㄏㄨㄛˋ ①混合，調和。例別把兩樁不同的事攪和在一起。②擾亂，製造麻煩。例你不要在這裡瞎攪和了。

攪亂 ㄐㄧㄠˇ ㄌㄨㄢˋ 擾亂，搗亂。

攪擾 ㄐㄧㄠˇ ㄖㄠˇ 打擾別人。

攥 ㄗㄨㄢˋ zuàn 動握。例攥緊拳頭。

二十一畫

攬 ㄌㄢˇ lǎn 動①拉過來，招徠。例兜攬、延攬人才。②把持，掌握。例攬權、獨攬。③採摘。例欲上青天攬明月。④牽，拿住。例攬轡。

攬權納賄 ㄌㄢˇ ㄑㄩㄢˊ ㄋㄚˋ ㄏㄨㄟˋ 把持大權，收受賄賂。

二十二畫

攮 ㄋㄤˇ nǎng 動①推。例推攮。②用尖物刺、戳。例用刀攮他的肚皮。

攮子 ㄋㄤˇ ㄗ˙ 短而尖的刀，為舊式武器之一。

支部 ㄓ

支 ㄓ zhī 名①由總體分出來的部分。例支流、支部。②用於隊伍、歌曲、棉紗細度、燈光強度等的量詞。例一支隊伍、六十支光的燈泡。③地支的簡稱。例干支。動①撐持。例把蚊帳支起來、用手支著頭。②承受，頂住。例體力不支、支不住。③付錢。例開支、收支平衡。④領錢。例預支、先支部分工資。⑤調度，指使。例支配。⑥設法使人離開。例把人支走再說。

支出 ㄓ ㄔㄨ ①付出，指金錢財物的花費。②支付的款項。例要儘量控制支出。

支付 ㄓ ㄈㄨˋ 付出錢款。

支吾 ㄓ ㄨˊ 說話含混，應付搪塞。例支吾其詞。

支那 ㄓ ㄋㄚˋ 古代有些國家對中國的稱呼。

支取 ㄓ ㄑㄩˇ 領取錢款。例提前支取存款。

支使 ㄓ ㄕˇ 差遣使喚人去做事。

支派 ㄓ ㄆㄞˋ ①分出來的派別。②指使，派遣。

支持 ㄓ ㄔˊ ①支撐，盡力維持。例我還支持得住。②鼓勵幫助。例互相支持。

支柱 ㄓ ㄓㄨˋ 承受並頂住向下壓力的柱子。常用來比喻中堅力量。例他是我們公司的支柱。

支架 ㄓ ㄐㄧㄚˋ 頂住物體的架子。也指護理上用來支持或矯正受傷部位的架子。

支流 ㄓ ㄌㄧㄡˊ ①由主流分出來的小河流。②比喻事物次要的方面。

支配 ㄓ ㄆㄟˋ ①分配，安排。例合理支配時間。②指揮，控制。例這裡的一切由你支配。

支票 ㄓ ㄆㄧㄠˋ 開票人簽發一定的金額，委託金融業者按票面所載金額，無條件支付給受款人或執票人的票據。

支援 ㄓ ㄩㄢˊ 從人力、財力、物力等方面給予支持和援助。例請大家支援災區。

支線 ㄓ ㄒㄧㄢˋ 指由主線分離出來的線路。反幹線。

支撐 ㄓ ㄔㄥ ①承受並頂住，使物體不倒塌。例這房子全靠幾根柱子支撐。②勉強維持。例他還能支撐一家人的生活。

支點 ㄓ ㄉㄧㄢˇ 在力學上的槓桿原理中，起支撐作用的那個點。

支氣管 ㄓ ㄑㄧˋ ㄍㄨㄢˇ 氣管下端分出的小氣管，分布在肺臟內，是呼吸道的一部分。

支離破碎 ㄓ ㄌㄧˊ ㄆㄛˋ ㄙㄨㄟˋ 形容事物零散殘缺，不成整體。

八畫

攲 ㄑㄧ qī 動歪，傾斜。例攲側。

攴部 ㄆㄨ

攴 ㄆㄨ pū 動輕輕地打。

二畫

收 ㄕㄡ shōu 動①接到，接受。例簽收。②保存儲藏。例收藏。③索取，獲得。例徵收稅款、收入。④割取成熟的農作物。例收割、秋收冬藏。⑤取回，撤回。例資源回收、鳴金收兵。⑥控制，約束。例收不住腳。⑦結束。例收工。⑧拘捕。例收押、收監。⑨合攏。例收口、收縮。⑩買。例收購、收廢品。⑪容納。例收容、收留。⑫整理。例收拾行李。

收口 ㄕㄡ ㄎㄡˇ ①縫紉或編織衣物時，把開口的地方合攏起來。②指傷口癒合。

收心 ㄕㄡ ㄒㄧㄣ 控制住放縱散漫的心思或做壞事的念頭。

收支 ㄕㄡ ㄓ 財物的獲得和支出。

收市 ㄕㄡ ㄕˋ 市場、商店停止交易或營業。

收回 ㄕㄡ ㄏㄨㄟˊ ①把發出、借出的錢物等取回。②撤銷，取消。例收回成命。

收成 ㄕㄡ ㄔㄥˊ ①指農作物的收穫成績。②泛指各種有形無形的成果或成績。

收尾 ㄕㄡ ㄨㄟˇ 收場，結束事情的最後部分。

收押 ㄕㄡ ㄧㄚ 扣留拘禁犯人。

收拾 ㄕㄡ ㄕˊ ①整頓，整理。例把家裡收拾乾淨。②懲罰，整治。例收拾他一頓。③解決，消滅。例要想辦法把這些蟑螂收拾掉。

收訖 ㄕㄡ ㄑㄧˋ 收取完畢。多刻成印章蓋在單據上。

收效 ㄕㄡ ㄒㄧㄠˋ 收到預期的效果。

收益 ㄕㄡ ㄧˋ ①在生產或商業上，依法取得的利益。②獲得好處。

收容 ㄕㄡ ㄖㄨㄥˊ 收留，接受。例收容傷員。

收留 ㄕㄡ ㄌㄧㄡˊ 接受無處安身或有特殊需求的人，並作適當的安置。

收納 ㄕㄡ ㄋㄚˋ 接受容納。

收割 ㄕㄡ ㄍㄜ 割取成熟的農作物。

收場 ㄕㄡ ㄔㄤˇ ①結束。例你的話可以收場了。②事情的結局。例這樣的收場太出人意外。

收買 ㄕㄡ ㄇㄞˇ ①購買物品。②以錢財或利益籠絡人。例他用小恩小惠收買人心。

收集 ㄕㄡ ㄐㄧˊ 把同類的東西聚集在一起。

收復 ㄕㄡ ㄈㄨˋ 把已失去的收回來。例收復失土。

收發 ㄕㄡ ㄈㄚ 文件的收進和發出。也指專做收發工作的人。

收盤 ㄕㄡ ㄆㄢˊ 證券交易所在營業終了時，最後一次報告行情。例收盤價。

收攏 ㄕㄡ ㄌㄨㄥˇ ①把散開的東西聚集、合攏到一起。②收買拉攏。例收攏人心。

收據 ㄕㄡ ㄐㄩˋ 接收到錢物之後寫給對方的憑據。

收殮 ㄕㄡ ㄌㄧㄢˋ 把屍體裝進棺材。或稱為殮屍。

收斂 ㄕㄡ ㄌㄧㄢˇ ①放縱的言行有所檢點、約束。②指笑容、光線等減弱或消失。例夕陽已經收斂餘暉。

收縮 ㄕㄡ ㄙㄨㄛ ①物體由大變小或由長變短縮聚起來。例熱則膨脹，冷則收縮。②緊縮。例收縮開支。

收藏 ㄕㄡ ㄘㄤˊ 把東西收集儲藏起來。特別指珍玩古物的保存。

收穫 ㄕㄡ ㄏㄨㄛˋ ①農作物的收成。②泛指所得到的成果或利益。

收繳 ㄕㄡ ㄐㄧㄠˇ 接收繳納。例收繳武器。

收攬 ㄕㄡ ㄌㄢˇ 用手段籠絡，使人心歸向於己。

收回成命 ㄕㄡ ㄏㄨㄟˊ ㄔㄥˊ ㄇㄧㄥˋ 對已經發布的命令予以撤銷。

三畫

改

ㄍㄞˇ gǎi 動 ①變更。例更改、改換門庭。②修正。例改稿、批改。

改口 ㄍㄞˇ ㄎㄡˇ 改變原來的說法。

改天 ㄍㄞˇ ㄊㄧㄢ 指今天以後的另外一天。

改正 ㄍㄞˇ ㄓㄥˋ 把錯誤的修正成正確的。

改行 ㄍㄞˇ ㄏㄤˊ 放棄原來的行業，去從事新的行業。

改良 ㄍㄞˇ ㄌㄧㄤˊ 將缺點加以改進，以求更好更符合需要。

改判（ㄍㄞˇ ㄆㄢˋ）法院變更原來所作的判決。

改革（ㄍㄞˇ ㄍㄜˊ）修正事物中不合理、陳舊的部分，使之更優良完善。

改造（ㄍㄞˇ ㄗㄠˋ）對原有的事物加以修正變更，或從根本上重新建立。

改組（ㄍㄞˇ ㄗㄨˇ）對原來的組織或原有的人員進行改變或調整更換。例內閣改組。

改善（ㄍㄞˇ ㄕㄢˋ）變更原有情況，使其更趨完善。同改良。

改期（ㄍㄞˇ ㄑㄧˊ）變更原先定的日期。

改進（ㄍㄞˇ ㄐㄧㄣˋ）改變舊的情況，以求進步和提升。

改道（ㄍㄞˇ ㄉㄠˋ）①變更道路或水路。②改變前進的路線。

改過（ㄍㄞˇ ㄍㄨㄛˋ）修正過錯。

改嫁（ㄍㄞˇ ㄐㄧㄚˋ）婦女離婚後或丈夫死後另與別人結婚。

改裝（ㄍㄞˇ ㄓㄨㄤ）①改變服裝。②改換商品的包裝。③改變原來的裝潢。

改編（ㄍㄞˇ ㄅㄧㄢ）①根據原來的著作進行改寫。例這部電影是由小說改編而成的。②改變而重新編制。

改變（ㄍㄞˇ ㄅㄧㄢˋ）更改，變動。例改變了想法。

改觀（ㄍㄞˇ ㄍㄨㄢ）①原來的樣子經過改變之後，面目煥然一新。②改變看法。

改邪歸正（ㄍㄞˇ ㄒㄧㄝˊ ㄍㄨㄟ ㄓㄥˋ）改正不好的行為，從邪路回到正道，不再做壞事。

改弦更張（ㄍㄞˇ ㄒㄧㄢˊ ㄍㄥ ㄓㄤ）更換或調整樂器上的舊弦，使能奏出更美妙的音樂。比喻改變制度或方法，重新做起。

改弦易轍（ㄍㄞˇ ㄒㄧㄢˊ ㄧˋ ㄔㄜˋ）改換琴弦，變更行車道路。比喻改變方針或態度。

改朝換代（ㄍㄞˇ ㄔㄠˊ ㄏㄨㄢˋ ㄉㄞˋ）新的朝代替換舊的朝代。泛指政權更替。

改過自新（ㄍㄞˇ ㄍㄨㄛˋ ㄗˋ ㄒㄧㄣ）痛改以前的過錯，重新做人。

改頭換面（ㄍㄞˇ ㄊㄡˊ ㄏㄨㄢˋ ㄇㄧㄢˋ）①比喻表面上改變而實質未變。②比喻徹底改變。

攻

ㄍㄨㄥ gōng 動 ①出擊。多指軍隊作戰。例圍攻、攻城。②指責別人的過失或錯誤。例群起而攻之。③勤奮學習，致力研究。例攻讀博士學位、專攻心理學。④加工，整治。例攻玉。

攻心（ㄍㄨㄥ ㄒㄧㄣ）①以心理戰術征服對方。②血氣同時衝到心臟。用來比喻情緒極為激動或病況嚴重。例怒火攻心。

攻打（ㄍㄨㄥ ㄉㄚˇ）攻擊敵方。

攻克（ㄍㄨㄥ ㄎㄜˋ）攻擊並取下敵人所占領的據點。

攻訐（ㄍㄨㄥ ㄐㄧㄝˊ）揭發別人的過失或私事並加以攻擊。例兩黨在競選中互相攻訐。

攻堅（ㄍㄨㄥ ㄐㄧㄢ）攻打敵軍精銳部隊或其防守嚴密的據點。

攻勢（ㄍㄨㄥ ㄕˋ）進攻敵方的態勢或行動。

攻錯（ㄍㄨㄥ ㄘㄨㄛˋ）比喻以他人為借鑑，改正自己的錯誤。

攻擊（ㄍㄨㄥ ㄐㄧˊ）①軍事上指向敵人發起進攻。②指用語言、文字惡意詆毀別人。

攻讀（ㄍㄨㄥ ㄉㄨˊ）努力讀書或鑽研。

攻其不備（ㄍㄨㄥ ㄑㄧˊ ㄅㄨˋ ㄅㄟˋ）利用敵人沒有防備時加以進攻。

攸 ㄧㄡ yōu 副迅速快捷的樣子。例攸然而逝。助①置於動詞前，表示聯繫。相當於「所」。例責有攸歸。②用於句首或句中，無義。例書經：「予攸好德。」

攸關 ㄧㄡ ㄍㄨㄢ 有關係的。例性命攸關。

四畫

放 ㈠ㄈㄤˋ fàng 動①解除約束，使人自由。例釋放、放手去做。②在一定時間後停止某種活動。例放學、放工。③放縱，不加拘束。例放聲歌唱、放量飲酒。④趕牛羊等到野外活動覓食。例放牛、放羊。⑤發出。例放餉、施放。⑥擴大。例放大、放寬。⑦綻開，開展。例百花齊放、梅花怒放。⑧擱置，安置。例陳放。⑨借錢給人。例放債、放高利貸。⑩點燃。例放火、放爆竹。⑪控制自己的行動分寸。例腳步放輕些、心中要放明白些。⑫古時把人充發到邊遠地方。例流放、放逐。⑬任官職。例外放。⑭捨棄。例投戈放甲。⑮攙兌，加進去。例菜裡再放點鹽。

㈡ㄈㄤˇ fǎng 動①依據。例論語：「放於利而行。」②至，到達。例孟子：「南放於琅邪。」③仿效。

放刁 ㄈㄤˋ ㄉㄧㄠ 以惡劣的手段或態度刁難人。

放工 ㄈㄤˋ ㄍㄨㄥ 指工作結束下班或指工廠放假。

放心 ㄈㄤˋ ㄒㄧㄣ 安心，用不著憂慮牽掛。

放手 ㄈㄤˋ ㄕㄡˇ ①把手放開，鬆手。②沒有顧慮，不受限制。例放手一搏。③放棄不問。例放手不管。

放生 ㄈㄤˋ ㄕㄥ 把捕捉到的小動物放掉，是信佛者的一種善舉。

放任 ㄈㄤˋ ㄖㄣˋ 聽其自然，而不加以干涉。例放任自流。

放行 ㄈㄤˋ ㄒㄧㄥˊ 准許通過。

放屁 ㄈㄤˋ ㄆㄧˋ ①從肛門裡洩出的臭氣。②罵人所說的話荒謬而不合情理，無根無據，不值得重視。

放映 ㄈㄤˋ ㄧㄥˋ 利用光學器材，把圖片或影像擴大照射到銀幕上或牆上。例放映電影。

放炮 ㄈㄤˋ ㄆㄠˋ ①發射炮彈。②燃放炮竹。③打麻將時讓人胡了牌。④比喻發表驚人的議論或猛烈抨擊。

放哨 ㄈㄤˋ ㄕㄠˋ 站崗或巡邏。

放射 ㄈㄤˋ ㄕㄜˋ 由一個定點向四外射出、散布。例太陽放射出光和熱。

放逐 ㄈㄤˋ ㄓㄨˊ 把有罪的人流放到邊遠地方或驅逐出境。

放眼 ㄈㄤˋ ㄧㄢˇ 放開眼界觀看，縱目遠望。例放眼天下。

放棄 ㄈㄤˋ ㄑㄧˋ 丟掉，棄置一旁。

放款 ㄈㄤˋ ㄎㄨㄢˇ 指金融機構把錢借給用戶。

放晴 ㄈㄤˋ ㄑㄧㄥˊ 指陰雨後天氣轉晴。

放肆 ㄈㄤˋ ㄙˋ 言行輕率放縱，毫無顧忌。

放榜 ㄈㄤˋ ㄅㄤˇ 考試評定成績後，公布錄取的名單。

放誕 ㄈㄤˋ ㄉㄢˋ 恣意放任，行為不加檢束。

放縱 ①對錯誤行為不予制止而任其發展。②不遵循規矩和禮節。

放射性 指鐳、鈾、鈈等化學元素的原子核自動放射出射線而衰變為另一種元素的現象。

放虎歸山 把老虎放回山林。比喻放走敵人，必然要留下後患。亦作「縱虎歸山」。

放浪形骸 形容人行為放縱，不守禮法。

放長線釣大魚 比喻要得到較大的利益，就要安排長遠的計策並安心等待時機。

放諸四海而皆準 到世界任何地方都可以行得通的準則。

五畫

故 gù 〔名〕①指不平常或不幸的事情。〔例〕變故、事故。②原因，根由。〔例〕無緣無故、不知何故。③舊的事物。〔例〕溫故知新。④朋友，舊識。〔例〕沾親帶故。〔形〕①原來的，以前的。〔例〕故鄉、故交。②死去的。〔例〕故總統。〔動〕死亡。〔例〕病故、已故。〔副〕①有意地。〔例〕明知故犯。②本來地。③依然地。〔連〕因此，所以。〔例〕因病，故不能前來。

故人 ①老友。②已去世的人。③前夫或前妻。

故交 老朋友。

故技 老花招。亦作「故伎」。〔例〕故技重施。

故里 家鄉。〔例〕回歸故里。

故事 ①舊事，舊例。②真實的或虛構的，有連貫性、富吸引力的事情。

故居 從前住過的房子。〔例〕總統故居。

故鄉 即家鄉，指出生或長期居住過的地方。〔同〕故里、梓鄉。

故意 存心，有意的。

故障 通常指機械發生障礙或毛病。

故舊 指老朋友。〔同〕故人、故交。

故弄玄虛 故意玩弄手段，使人迷惑，以達到欺騙人的目的。

故步自封 比喻安於現狀，封閉自限，不求進步。

故態復萌 指舊的習氣或老毛病又犯了。

政 zhèng 〔名〕①統治國家的法令、策略。〔例〕政令。②國家的一切行政事務。〔例〕內政、財政。③法則，規則。〔例〕校政、家政。〔動〕文字上的指正。〔例〕呈政。

政令 政府所公布的法令。

政見 指某一團體或個人所持的政治見解。〔例〕政見不同。

政局 政治方面的局勢。〔例〕政局不穩。

政治 管理眾人的事。指治理國家所施行的一切措施，以及政府、政黨等團體在內政和國際關係等方面的活動。

政府 ㄓㄥˋ ㄈㄨˇ 國家行使權力的各級機關。

政事 ㄓㄥˋ ㄕˋ 政府的事務。

政客 ㄓㄥˋ ㄎㄜˋ 缺乏政治理想，專靠從事政治活動以謀取私利的人。

政要 ㄓㄥˋ ㄧㄠˋ 通常指政界中的重要人物。

政務 ㄓㄥˋ ㄨˋ 有關政治方面的事務，國家的管理工作。

政策 ㄓㄥˋ ㄘㄜˋ 國家或政黨為實現政治上的目的，而採取的具體計畫和行動準則。

政敵 ㄓㄥˋ ㄉㄧˊ 與自己在政治上處於敵對地位的人。

政論 ㄓㄥˋ ㄌㄨㄣˋ 針對政府行為與政事得失所做的評論。

政績 ㄓㄥˋ ㄐㄧ 政府官員治理政務的績效。

政黨 ㄓㄥˋ ㄉㄤˇ 由具有同樣政治理想的人結合而成，為謀求政治權力而奮鬥的政治組織。

政權 ㄓㄥˋ ㄑㄩㄢˊ ①國家機關的行政權力。②人民管理政府的權力。分為選舉、罷免、創制、複決四種。

政變 ㄓㄥˋ ㄅㄧㄢˋ 透過軍事或政治手段，突然奪取政權的變局。

政體 ㄓㄥˋ ㄊㄧˇ 國家行使統治權的形式，即國家的政權形態。如議會制、君主立憲制等。

政治犯 ㄓㄥˋ ㄓˋ ㄈㄢˋ 從事某種政治活動，而被政府視為危害國家、觸犯法律的人。

政治家 ㄓㄥˋ ㄓˋ ㄐㄧㄚ 稱富有政治經驗和政治才能，並積極從事政治活動的人。

政出多門 ㄓㄥˋ ㄔㄨ ㄉㄨㄛ ㄇㄣˊ 政令由許多部門所發出。比喻中央政府或領導階層軟弱，權力分散。

政治庇護 ㄓㄥˋ ㄓˋ ㄅㄧˋ ㄏㄨˋ 因政治原因而逃到別國，並請求該國給予居留權及保護。

政通人和 ㄓㄥˋ ㄊㄨㄥ ㄖㄣˊ ㄏㄜˊ 形容政治清明，百姓和樂，一派祥和的氣氛。

六畫

效 ㄒㄧㄠˋ xiào 名 功用。例 藥效、見效。動 ①摹仿。例 東施效顰、上行下效。②出力，盡力。例 效勞、效忠。

效力 ㄒㄧㄠˋ ㄌㄧˋ ①願為人出力。②事物所產生的功效。例 這藥有效力。

效尤 ㄒㄧㄠˋ ㄧㄡˊ 故意仿效別人的過錯，跟著學壞樣子。

效用 ㄒㄧㄠˋ ㄩㄥˋ 效力和作用。

效法 ㄒㄧㄠˋ ㄈㄚˇ 模仿、學習別人。例 值得效法。

效果 ㄒㄧㄠˋ ㄍㄨㄛˇ ①有功效有作用的結果。②戲劇上指為配合劇情需要而製造的各種特殊聲響或光色。

效忠 ㄒㄧㄠˋ ㄓㄨㄥ 忠心耿耿竭盡全力。

效命 ㄒㄧㄠˋ ㄇㄧㄥˋ 奮不顧身，全力投入去做。

效能 ㄒㄧㄠˋ ㄋㄥˊ 效果，效率。

效率 ㄒㄧㄠˋ ㄌㄩˋ 人或機器在單位時間內所完成的工作量。例 提高工作效率。

效勞 ㄒㄧㄠˋ ㄌㄠˊ 出力幫忙或服務。例 願意效勞。

效應 ㄒㄧㄠˋ ㄧㄥˋ ①物理或化學的作用所產生的反應結果。如光電效應、化學效應。②指某種言論或事物的發生，在社會上所引起的反應和效果。

敉 ㄇㄧˇ mǐ 動安撫，安定。例敉平。

七畫

敝 ㄅㄧˋ bì 形①破的，舊的。例敝衣、敝屣。②對人自謙之詞。例敝處、敝公司。③同「疲」。疲倦的。例敝於奔命。動①戰敗。②破壞，毀壞。例敝之而無憾。

敝屣 ㄅㄧˋ ㄒㄧˇ 破鞋。比喻沒有價值、不受重視的東西。例棄如敝屣。

敝帚自珍 ㄅㄧˋ ㄓㄡˇ ㄗˋ ㄓㄣ 即使是破掃帚，也看得很珍貴。比喻自己的東西雖不值錢卻很珍視。同敝帚千金。

教 ㈠ㄐㄧㄠˋ jiào 名①規矩，禮儀。②宗教的簡稱。例佛教、基督教。動①訓誨，指導。例言傳身教、因材施教。②使，讓。例誰教你惹禍。
㈡ㄐㄧㄠ jiāo 動傳授知識技能。例教書、教唱。

教士 ㄐㄧㄠˋ ㄕˋ 基督教會傳教的神職人員。

教化 ㄐㄧㄠˋ ㄏㄨㄚˋ 以教育感化人。

教材 ㄐㄧㄠˋ ㄘㄞˊ 教學時所運用的材料。如書籍、講義、圖片等。有時專指教科書。

教廷 ㄐㄧㄠˋ ㄊㄧㄥˊ 天主教會的最高統治機構，設在梵蒂岡。

教育 ㄐㄧㄠˋ ㄩˋ ①為社會、國家培養各種人才的事業。②教化培育。

教具 ㄐㄧㄠˋ ㄐㄩˋ 用來幫助教學的輔助工具。如模型、儀器、圖表、幻燈片等。

教皇 ㄐㄧㄠˋ ㄏㄨㄤˊ 天主教的最高領袖，由樞機主教團選舉產生，任期終身。

教訓 ㄐㄧㄠˋ ㄒㄩㄣˋ ①教育訓誨。同教誨、訓誡。②犯錯或失敗後所取得的經驗。例要牢記這次的教訓。

教唆 ㄐㄧㄠˋ ㄙㄨㄛ 指使、慫恿別人做壞事。

教徒 ㄐㄧㄠˋ ㄊㄨˊ 信仰宗教的人。

教務 ㄐㄧㄠˋ ㄨˋ 學校中與教學有關的工作。

教授 ㄐㄧㄠˋ ㄕㄡˋ ①講解，傳授。②大學和專科以上學校中職別最高的教師。

教堂 ㄐㄧㄠˋ ㄊㄤˊ 教徒集會傳教與舉行宗教儀式的處所。也叫禮拜堂。

教義 ㄐㄧㄠˋ ㄧˋ 指某一宗教所信奉的宗旨。

教誨 ㄐㄧㄠˋ ㄏㄨㄟˋ 教導訓誨。例教誨有方。

教養 ㄐㄧㄠˋ ㄧㄤˇ ①教導培養。例把子女教養成人。②指一個人的文化品德修養。

教練 ㄐㄧㄠˋ ㄌㄧㄢˋ ①訓練他人學習某種技能。②指從事訓練他人學習某種技能的人。

教學相長 ㄐㄧㄠˋ ㄒㄩㄝˊ ㄒㄧㄤ ㄓㄤˇ 通過教授和學習，學生與教師兩者相互增進，共同提升。

救 ㄐㄧㄡˋ jiù 動①幫助，使脫離災難或危險。例拯救、營救。②制止，阻止。例救火。③醫治。例急救。

救生 ㄐㄧㄡˋ ㄕㄥ 救護瀕死的生命。

救助 ㄐㄧㄡˋ ㄓㄨˋ 援救和幫助。

救災 ㄐㄧㄡˋ ㄗㄞ 救濟發生災害的地區和人民。

救星 ㄐㄧㄡˋ ㄒㄧㄥ 敬稱幫助人脫離苦境的人。

救急 ㄐㄧㄡˋ ㄐㄧˊ 幫助解決突然發生的急難。

救援 ㄐㄧㄡˋ ㄩㄢˊ 對遭受災難或有困難的人給予幫助。同救助。

救濟 ㄐㄧㄡˋ ㄐㄧˋ 用財物幫助受災或貧困的人。

救藥 ㄐㄧㄡˋ ㄧㄠˋ 本指治療疾病的有效藥物，引申為挽救。例不可救藥。

救護 ㄐㄧㄡˋ ㄏㄨˋ 救助保護。例救護車、救護人員。

敔 ㄩˇ yǔ 名古代的敲擊樂器，形狀像趴著的老虎，用來停止音樂的進行。

敖 ㊀ㄠˊ áo 名姓。動同「遨」。出遊。例敖遊。副通「熬」。焦灼。㊁ㄠˋ ào 形通「傲」。傲慢的。

敕 ㄔˋ chì 名①皇帝的詔令。例敕命。②道士用在符咒上驅除鬼神的命令。例念咒燒敕。動①告誡，命令。例申敕。②通「飭」。謹慎小心。

敗 ㄅㄞˋ bài 名不成功。例成敗得失。形①殘破的，凋零的。例枯枝敗葉。②崩潰的。例敗軍。③腐爛，破舊。例敗肉、敗絮。動①在戰爭或競賽中失利。例一敗塗地。②打勝仗。例大敗日寇。③毀壞，搞壞。例身敗名裂、敗事有餘。④衰落。例家敗人亡。

敗北 ㄅㄞˋ ㄅㄟˇ 打了敗仗而逃跑。

敗局 ㄅㄞˋ ㄐㄩˊ 失利的局勢。例敗局已定。

敗陣 ㄅㄞˋ ㄓㄣˋ 在陣地上打了敗仗。

敗筆 ㄅㄞˋ ㄅㄧˇ 指書畫或詩文中有瑕疵的部分。

敗訴 ㄅㄞˋ ㄙㄨˋ 指訴訟失敗。

敗興 ㄅㄞˋ ㄒㄧㄥˋ 掃興，破壞興致。

敗績 ㄅㄞˋ ㄐㄧ 打了敗仗。

敗類 ㄅㄞˋ ㄌㄟˋ 團體中品德敗壞、行為墮落的人。

敗壞 ㄅㄞˋ ㄏㄨㄞˋ 名譽、風氣等受到損毀。

敗露 ㄅㄞˋ ㄌㄨˋ 壞事或陰謀被發覺。有時也指洩露祕密。例敗露軍機。

敗家子 ㄅㄞˋ ㄐㄧㄚ ㄗˇ 通常指不務正業，只知揮霍家產的不肖子弟。

敏 ㄇㄧㄣˇ mǐn 形①聰明的。例聰敏。②反應快，靈活。例敏捷。動奮勉，努力。例勤敏。

敏捷 ㄇㄧㄣˇ ㄐㄧㄝˊ 反應快，動作迅速而靈敏。

敏感 ㄇㄧㄣˇ ㄍㄢˇ ①一種神經上的病態，對外界事物容易引起迅速而強烈的反應。②泛指在生理或心理上一種超乎尋常程度的感受與反應。例你太敏感了，我根本不是在說你。③容易引起非議的。例這話題太敏感，還是別談了吧！

敏銳 ㄇㄧㄣˇ ㄖㄨㄟˋ 對於外界事物感覺靈敏，眼光尖銳。

敘 ㄒㄩˋ xù 名同「序」。放在正文之前，用以說明全書要旨，即序文。例敘言。動①說，談話。例敘家常、來此一敘。②記述。例記敘、敘事文。③評論等級次第。例敘功、敍勛。

敍功 ㄒㄩˋ ㄍㄨㄥ　評論功績。

敍用 ㄒㄩˋ ㄩㄥˋ　任用，進用。

敍別 ㄒㄩˋ ㄅㄧㄝˊ　話別，即離別之前在一起談心。

敍事 ㄒㄩˋ ㄕˋ　記述事情。

敍述 ㄒㄩˋ ㄕㄨˋ　陳述，說明。

敍勛 ㄒㄩˋ ㄒㄩㄣ　依立功事蹟大小，評定功勛次第。

敍舊 ㄒㄩˋ ㄐㄧㄡˋ　親友間談論彼此有關的往事。

啟

ㄑㄧˇ qǐ 動①展開，打開。例開啟、啟戶。②開導，使明白事理。例啟蒙、啟發。③開始，動身。例啟用、啟程。④說明，陳述。例啟奏。

啟示 ㄑㄧˇ ㄕˋ　指示開導，使有所領悟，認識到事理。同啟發。

啟事 ㄑㄧˇ ㄕˋ　①陳述事情。②為了向大眾聲明某事，登在報刊上或貼在牆壁上的文字。例尋人啟事。

啟迪 ㄑㄧˇ ㄉㄧˊ　開導啟發。

啟程 ㄑㄧˇ ㄔㄥˊ　開始動身前往。

啟發 ㄑㄧˇ ㄈㄚ　闡明事例，使人有所領悟。

啟蒙 ㄑㄧˇ ㄇㄥˊ　①指教導初學的人。②啟發蒙昧，普及新知。

啟齒 ㄑㄧˇ ㄔˇ　開口說話。多指向人有所請求。

八畫

敦

㈠ㄉㄨㄣ dūn 形質樸，忠厚的。例敦厚、敦樸。動①督查，考核。②使和睦、融洽。例敦親睦鄰。副誠懇地。例敦聘、敦請。

㈡ㄉㄨㄟˋ duì 名古代盛黍稷的禮器。例敦槃。

敦厚 ㄉㄨㄣ ㄏㄡˋ　忠厚。例溫柔敦厚。

敦促 ㄉㄨㄣ ㄘㄨˋ　誠懇地催促。例敦促赴會。

敦睦 ㄉㄨㄣ ㄇㄨˋ　敦厚和睦。

敦請 ㄉㄨㄣ ㄑㄧㄥˇ　誠懇地請求、邀請。

敦親睦鄰 ㄉㄨㄣ ㄑㄧㄣ ㄇㄨˋ ㄌㄧㄣˊ　厚待親人，和睦鄰里。

敢

ㄍㄢˇ gǎn 形有膽識，無所畏懼的。例勇敢、果敢。副①表示冒昧。例敢問。②莫非。例敢是出事了。③「豈敢」的省略。例敢不送還！④不畏懼地。例敢作敢當。

敢情 ㄍㄢˇ ㄑㄧㄥˊ　①表示推想、預測之詞。例敢情他今天不來了。②表示當然、不必懷疑。例回大陸探親，那敢情好。

敢作敢當 ㄍㄢˇ ㄗㄨㄛˋ ㄍㄢˇ ㄉㄤ　勇於承擔責任，決不推卸回避。

敢怒不敢言 ㄍㄢˇ ㄋㄨˋ ㄅㄨˋ ㄍㄢˇ ㄧㄢˊ　心裡感到氣憤而嘴裡卻不敢說。

散

㈠ㄙㄢˇ sǎn 名藥末。例藥散、胃散。形①沒有約束的。例懶散。②零碎的，不集中的。例散工、散居。③閒逸的。例閒散。動鬆開，分開。例頭髮弄散了、隊伍散了。

㈡ㄙㄢˋ sàn 動①分離。例解散、散場。②分布，撒出。例散發、散播。③排遣，排除。例散心。④解雇。例遣散。

散心 ㄙㄢˋ ㄒㄧㄣ 解除煩悶，讓心情舒暢。

散文 ㄙㄢˇ ㄨㄣˊ 指不用韻、不講對偶的文章。現多指詩歌、小說、戲劇以外的文學作品，包括雜文、小品文、隨筆等。

散失 ㄙㄢˋ ㄕ ①因分散而遺失。②消散失去。

散光 ㄙㄢˇ ㄍㄨㄤ 一種視力缺陷，由於眼角膜或水晶體異常，使進入眼球中的影像分成許多部分，而導致所視之物模糊不清。

散沙 ㄙㄢˇ ㄕㄚ 比喻分散，不團結。例一盤散沙。

散場 ㄙㄢˋ ㄔㄤˇ 戲劇、電影等演出結束，觀眾離開場地。

散發 ㄙㄢˋ ㄈㄚ ①分發。例散發救濟款。②發出。例百花盛開，散發出陣陣馨香。

散落 ㄙㄢˋ ㄌㄨㄛˋ ①分離掉落。例飛機殘骸散落在山坡上。②分散，不集中。例百多戶人家散落在大山腳下。

散漫 ㄙㄢˋ ㄇㄢˋ ①沒有約束，隨隨便便。例自由散漫。②分散，不聚在一塊兒。

敞

ㄔㄤˇ chǎng 形 地方寬闊，沒有東西遮擋的樣子。例寬敞、敞亮。動 張開，打開。例敞著上衣、敞著門。

敞亮 ㄔㄤˇ ㄌㄧㄤˋ 寬闊明亮。

敞開 ㄔㄤˇ ㄎㄞ 打開，張開。例敞開窗戶。

敞篷車 ㄔㄤˇ ㄆㄥˊ ㄔㄜ 可以敞開篷蓋的車子。

敪

ㄉㄨㄛˊ duó 動 敁敪，用手估量物體輕重。

九畫

敬

ㄐㄧㄥˋ jìng 名 ①表示謝意、敬意或祝賀的禮物。例賀敬。②恭肅的禮節。例禮記：「為人臣，止於敬。」動 ①尊重。例敬重、敬老。②有禮貌地獻上。例敬茶、敬酒。

敬仰 ㄐㄧㄥˋ ㄧㄤˇ 尊重仰慕。例深受人敬仰。

敬佩 ㄐㄧㄥˋ ㄆㄟˋ 尊重佩服。

敬畏 ㄐㄧㄥˋ ㄨㄟˋ 恭敬又畏懼。

敬重 ㄐㄧㄥˋ ㄓㄨㄥˋ 恭敬尊重。

敬候 ㄐㄧㄥˋ ㄏㄡˋ 恭敬、有禮貌地問候或等候。例敬候安康、敬候佳音。

敬意 ㄐㄧㄥˋ ㄧˋ 表示禮貌或尊重的心意。例聊表敬意。

敬愛 ㄐㄧㄥˋ ㄞˋ 尊重愛慕。

敬慕 ㄐㄧㄥˋ ㄇㄨˋ 尊敬仰慕。

敬禮 ㄐㄧㄥˋ ㄌㄧˇ ①向人行禮以示尊重、恭敬。②書信結尾的致敬用語。

敬老尊賢 ㄐㄧㄥˋ ㄌㄠˇ ㄗㄨㄣ ㄒㄧㄢˊ 尊敬老年人和品德高尚的人。

敬而遠之 ㄐㄧㄥˋ ㄦˊ ㄩㄢˇ ㄓ 尊敬鬼神卻不宜接近。引申為不親近，也不得罪，以敷衍的態度相待。

敬謝不敏 ㄐㄧㄥˋ ㄒㄧㄝˋ ㄅㄨˋ ㄇㄧㄣˇ 恭敬地表示能力不足或不能接受，是推辭的客套語。

十畫

敲

ㄑㄧㄠ qiāo 名 短杖。動 ①在物體上面叩、打。例敲門、敲鑼。②訛詐，欺詐。例敲他一筆。

③推究，斟酌。例推敲。

敲詐 ㄑㄠ ㄓㄚˋ 依仗權勢或用不正當手段，假借事端向人索取財物。

敲竹槓 ㄑㄠ ㄓㄨˊ ㄍㄤˋ 利用別人的弱點或假借其他口實訛詐他人財物。

敲門磚 ㄑㄠ ㄇㄣˊ ㄓㄨㄢ 用來敲開門的磚，門開了即扔掉。比喻借以求得名利的手段或工具。

敲邊鼓 ㄑㄠ ㄅㄧㄢ ㄍㄨˇ 從旁幫腔助勢，促使事情成功。

十一畫

敵 ㄉㄧˊ dí 名仇人。例大敵當前、仇敵。形相當的。例勢均力敵。動抵抗，抵擋。例寡不敵眾。

敵手 ㄉㄧˊ ㄕㄡˇ 能力相當或相等的對手。

敵情 ㄉㄧˊ ㄑㄧㄥˊ 指有關敵方的種種情況。

敵探 ㄉㄧˊ ㄊㄢˋ 敵方派來刺探我方情報的偵探。

敵國 ㄉㄧˊ ㄍㄨㄛˊ ①與本國敵對的國家。②財物眾多，可與國相匹敵。例富可敵國。

敵視 ㄉㄧˊ ㄕˋ 仇視，把對方當作仇敵看待。

敵意 ㄉㄧˊ ㄧˋ 仇視的心意。

敵愾 ㄉㄧˊ ㄎㄞˋ 共同抵禦大家所恨怒的人。例同仇敵愾。

敵對 ㄉㄧˊ ㄉㄨㄟˋ 因利害衝突而互相仇視，彼此對抗。

敷 ㄈㄨ fū 動①塗上，搽抹。例敷藥、敷臉。②鋪設，展開。例敷設、敷陳其事。③夠，足。例入不敷出。

敷衍 ㄈㄨ ㄧㄢˇ 做事馬虎、不認真，或待人不誠懇，只作表面上的應付。

敷設 ㄈㄨ ㄕㄜˋ 布置陳設。

敷陳 ㄈㄨ ㄔㄣˊ 鋪敘陳述。

敷衍了事 ㄈㄨ ㄧㄢˇ ㄌㄧㄠˇ ㄕˋ 辦事不認真或待人不熱情，只是表面應付一下。

敷衍塞責 ㄈㄨ ㄧㄢˇ ㄙㄜˋ ㄗㄜˊ 做事草率，只求勉強應付過去以了事。

敺 ㈠ㄑㄩ qū 動同「驅」。驅逐，趕走。㈡ㄡ ōu 動同「毆」。打。例毆傷。

數 ㈠ㄕㄨˋ shù 名①數目。例次數、歲數。②數學的簡稱。③氣運，命運。例氣數、劫數。④技藝，方術。例術數。⑤計算的方法。形若干的。例數十人。㈡ㄕㄨˇ shǔ 動①查點，計算。例數錢、不可勝數。②責備，列舉罪過。例數說、面數其罪。副比較起來最突出的。例數他身體最好、數他最不負責。㈢ㄕㄨㄛˋ shuò 副屢次。例數見不鮮。㈣ㄘㄨˋ cù 形細密的。例數罟。㈤ㄙㄨˋ sù 名數珠兒，即念珠。

數目 ㄕㄨˋ ㄇㄨˋ 透過一定的單位所表現事物的大小多少。例你算一算損失的數目有多大？

數字 ㄕㄨˋ ㄗˋ ①表示數目的文字。如壹貳參肆、一二三四。②代表數目的符號。最常見的是阿拉伯數字。

數值 ㄕㄨˋ ㄓˊ 進行計算、統計、設計等所依據的數字。

數詞 ㄕㄨˋ ㄘˊ 表示數目的詞。如百、千、萬、億。

數量 ㄕㄨˋ ㄌㄧㄤˋ 總額的多寡。

數落 ㄕㄨˇ ㄌㄨㄛˋ ①責備。把別人的過失一條條列舉出來。②不停地嘮叨絮說。例她就是愛數落家中所發生的大小事情。

數說 ㄕㄨˇ ㄕㄨㄛ ①列舉敘說。②責備他人的過錯。

數據 ㄕㄨˋ ㄐㄩˋ 進行計算、統計等所依據的數值。

數學 ㄕㄨˋ ㄒㄩㄝˊ 研究現實世界的空間形式和數量關係的科學，包括算術、幾何、代數、三角、微積分等。

數額 ㄕㄨˋ ㄜˊ 物品或金錢的一定數目。例這筆錢的數額太大。

數來寶 ㄕㄨˇ ㄌㄞˊ ㄅㄠˇ 為曲藝的一種，多由兩人輪流唱誦，用繫有銅鈴的牛骨或竹板打節拍。同對口快板。

數一數二 ㄕㄨˇ ㄧ ㄕㄨˇ ㄦˋ 形容難得而優秀的人或事物。

數米而炊 ㄕㄨˇ ㄇㄧˇ ㄦˊ ㄔㄨㄟ 煮飯以前先把米數一數。比喻做些不必要的瑣屑事情，勞而無益。

數見不鮮 ㄕㄨㄛˋ ㄐㄧㄢˋ ㄅㄨˋ ㄒㄧㄢ 常常看到，不是新鮮少有的。

數典忘祖 ㄕㄨˇ ㄉㄧㄢˇ ㄨㄤˋ ㄗㄨˇ 追溯舊典卻忘了本源。比喻忘了事物的本源，也指一個人對本國歷史的無知。

十二畫

整

ㄓㄥˇ zhěng 形①全部的，沒有剩餘或殘缺的。例完整、整批。②有秩序的。例整齊。動①使有條理或完備。例整裝待發。②修理。例把壞桌子整好。③使吃苦頭。例他很會整人。④弄。例整一桌菜。

整形 ㄓㄥˇ ㄒㄧㄥˊ 透過外科手術，使人體的缺陷或畸形得以恢復正常。

整治 ㄓㄥˇ ㄓˋ ①整頓，治理。例整治河道。②懲罰，使吃苦頭。例設法整治他。

整容 ㄓㄥˇ ㄖㄨㄥˊ 修整容貌。

整套 ㄓㄥˇ ㄊㄠˋ 完整的或成系統的一套。例一整套家具。

整理 ㄓㄥˇ ㄌㄧˇ ①整頓治理，使有條理。②收拾好物件。例整理行李。

整飭 ㄓㄥˇ ㄔˋ ①整頓，使有條理規律。例整飭校規。②整齊，有條理。例校園整飭。

整頓 ㄓㄥˇ ㄉㄨㄣˋ 把紊亂或不健全的事物弄得有條不紊。例整頓組織紀律。

整齊 ㄓㄥˇ ㄑㄧˊ 有秩序，有條理，規則一致。例步伐整齊、服裝整齊。

整數 ㄓㄥˇ ㄕㄨˋ ①沒有零頭的數目。②數學上指不帶分數或小數的數。

整編 ㄓㄥˇ ㄅㄧㄢ 對軍隊、組織等進行改編使有秩序條理。

整體 ㄓㄥˇ ㄊㄧˇ 整個集體，事物的全部。

整裝待發 ㄓㄥˇ ㄓㄨㄤ ㄉㄞˋ ㄈㄚ 把行裝整理好，等待時刻出發。

十三畫

斂

ㄌㄧㄢˇ liǎn 動①收住，不放縱。例收斂、斂手。②約束。例斂跡。③聚集，搜集。例斂錢、橫徵暴斂。

斂足 ㄌㄧㄢˇ ㄗㄨˊ 收住腳步不再前進。

斂容 ㄌㄧㄢˇ ㄖㄨㄥˊ 收起笑容，態度變得嚴肅起來。

斂跡 ㄌㄧㄢˇ ㄐㄧ ①自我約束，不敢有放縱的行為。②隱蔽起來，不再出頭露面。

斂財 ㄌㄧㄢˇ ㄘㄞˊ 聚財，搜括錢財。

斂衽 ㄌㄧㄢˇ ㄖㄣˋ 把衣襟整理一下，以表示恭敬。

斃

ㄅㄧˋ bì 動①死。例暴斃、槍斃。②仆倒，傾覆。例多行不義必自斃。

斃命 ㄅㄧˋ ㄇㄧㄥˋ 死去。

十六畫

斅

ㄒㄧㄠˋ xiào 動①教導，教。例書經：「盤庚斅於民。」②學。例斅學。

文部 ㄨㄣˊ

文

㈠ㄨㄣˊ wén 名①代表語言的符號，獨體（象形、指事）稱文，合體（會意、形聲）稱字。後來文、字也可互稱。②集合相關字句，表達特定意義的篇章。例文章。③文言的簡稱。例文白雜揉。④禮節，儀式。例繁文縟節。⑤外貌，儀表。例文質彬彬。⑥同「紋」。花紋。例文采。⑦現象。例天文。⑧律法條文。例深文周納。⑨古錢幣的名稱。例一文不值。⑩姓。形①緩慢溫和的。例文火。②有學問的。例文士。③有彩紋裝飾的。例文服。動刺染花紋圖案。例文身。㈡ㄨㄣˋ wèn 動①掩飾。例文過。②修飾。例文飾。

文化 ㄨㄣˊ ㄏㄨㄚˋ 人類社會在歷史發展過程中，由全體共同累積的成果，表現在宗教、道德、藝術、科學等各方面，綜合稱為文化。

文旦 ㄨㄣˊ ㄉㄢˋ 柚子的一種，但比柚子小，味道也較甜。

文竹 ㄨㄣˊ ㄓㄨˊ 植物名。竹子的一種，莖葉細小，常用做觀賞用盆栽。

文告 ㄨㄣˊ ㄍㄠˋ 政府或官方向人民公布事情所用的文書。

文言 ㄨㄣˊ ㄧㄢˊ 相對於白話文，使用與口語不同的古文辭句寫作而成的文體，通常句子較為精簡且使用許多虛字。

文身 ㄨㄣˊ ㄕㄣ 用針刺皮膚，再加上染料，在身體上留下圖案。許多古民族有此類風俗。亦作「紋身」。

文采 ㄨㄣˊ ㄘㄞˇ ①鮮豔美麗的色彩。②華麗的文辭。

文定 ㄨㄣˊ ㄉㄧㄥˋ 嫁娶時由男方到女方家送禮或納幣以定婚，即訂婚。

文官 ㄨㄣˊ ㄍㄨㄢ 在政府機關擔任文職的公務員。

文明 ㄨㄣˊ ㄇㄧㄥˊ 人類社會進步開化的狀態。反野蠻。

文法 ㄨㄣˊ ㄈㄚˇ 語言文字組織時所遵循的結構規則。

文物 ㄨㄣˊ ㄨˋ ①人類歷史發展過程中所遺留下來的具有特別意義或價值的東西。如建築、生活器皿及各種藝術品等。②通稱一切的禮樂典章制度。

文盲 ㄨㄣˊ ㄇㄤˊ 泛指不識字或識字不多的人。

文契（ㄨㄣˊ ㄑㄧˋ） 買賣借貸時所立的約定。

文風（ㄨㄣˊ ㄈㄥ） ①文學作品的風格。②指讀書的風氣。

文弱（ㄨㄣˊ ㄖㄨㄛˋ） 舉止溫文柔和。常形容讀書人。例文弱書生。

文書（ㄨㄣˊ ㄕㄨ） ①公文契約、訴訟的書面資料等文件的總稱。②管理檔案資料或負責抄寫的人。

文章（ㄨㄣˊ ㄓㄤ） ①成篇的文字作品。②指暗含曲折內情。例另有文章。③斑斕美麗的花紋。④指禮樂制度。

文筆（ㄨㄣˊ ㄅㄧˇ） ①寫作文章的技巧。②六朝時，稱韻文為「文」，散文為「筆」。

文雅（ㄨㄣˊ ㄧㄚˇ） 形容人有氣質，儀態高雅。

文義（ㄨㄣˊ ㄧˋ） 指文字的意義、文章的義理。

文過（ㄨㄣˊ ㄍㄨㄛˋ） 掩飾自己的過錯。

文飾（ㄨㄣˊ ㄕˋ） 以文采修飾。引申指掩飾過失。

文摘（ㄨㄣˊ ㄓㄞ） 擷取文章的片段，以精簡的文字表達主要意旨。

文廟（ㄨㄣˊ ㄇㄧㄠˋ） 祀奉孔子的廟宇，即孔廟。

文學（ㄨㄣˊ ㄒㄩㄝˊ） 指用藝術的手法，表現思想、情感或想像的著作，包括詩歌、散文、戲劇、小說。泛指一切以文字表現思想的著作。

文憑（ㄨㄣˊ ㄆㄧㄥˊ） ①舊時官吏赴任時，用作證明的憑證。②學校給學生證明其在校肄業或畢業的文件。

文職（ㄨㄣˊ ㄓˊ） 文官的職務。也可作為文官的通稱。

文藝（ㄨㄣˊ ㄧˋ） 文學與藝術的合稱。包括文學、美術、音樂、舞蹈、建築等。

文辭（ㄨㄣˊ ㄘˊ） 文章，辭藻。

文獻（ㄨㄣˊ ㄒㄧㄢˋ） 具有歷史價值的典籍文章制度。

文體（ㄨㄣˊ ㄊㄧˇ） 文章或詩詞的體裁或風格。

文字獄（ㄨㄣˊ ㄗˋ ㄩˋ） 在專制時代，因為文字涉及政治意涵而引起的獄案，以清朝時最多。

文字學（ㄨㄣˊ ㄗˋ ㄒㄩㄝˊ） 專門研究文字結構及其演變的學說。

文抄公（ㄨㄣˊ ㄔㄠ ㄍㄨㄥ） 譏稱抄襲剽竊他人文章的人。

文明病（ㄨㄣˊ ㄇㄧㄥˊ ㄅㄧㄥˋ） 現代人因運動不足、飲食過量，以及環境品質惡化所導致的各種疾病。如肥胖、腦中風、高血壓、動脈硬化、糖尿病等。

文縐縐（ㄨㄣˊ ㄓㄡ ㄓㄡ） 形容人談吐、舉止斯文有禮。亦作「文謅謅」。

文不加點（ㄨㄣˊ ㄅㄨˋ ㄐㄧㄚ ㄉㄧㄢˇ） 形容文思敏捷、下筆成章，不需經過塗改潤飾。

文不對題（ㄨㄣˊ ㄅㄨˋ ㄉㄨㄟˋ ㄊㄧˊ） 內容和題目的意思不符合，或指說話時答非所問。

文化遺產（ㄨㄣˊ ㄏㄨㄚˋ ㄧˊ ㄔㄢˇ） 指人們承襲前人的文化及文化資產，包括知識、藝術、道德、風俗習慣等。

文以載道（ㄨㄣˊ ㄧˇ ㄗㄞˋ ㄉㄠˋ） 文章是用來表達義理、思想，發揚聖賢道理的。

文君新寡（ㄨㄣˊ ㄐㄩㄣ ㄒㄧㄣ ㄍㄨㄚˇ） 指丈夫死後不久，寡居的婦人。

文房四寶（ㄨㄣˊ ㄈㄤˊ ㄙˋ ㄅㄠˇ） 筆、墨、紙、硯的合稱。

文武全才（ㄨㄣˊ ㄨˇ ㄑㄩㄢˊ ㄘㄞˊ） 文德武藝兼備，才能特出。

文采風流 ㄨㄣˊ ㄘㄞˇ ㄈㄥ ㄌㄧㄡˊ 形容人深具才華，舉止瀟灑，談吐不俗。

文思泉湧 ㄨㄣˊ ㄙ ㄑㄩㄢˊ ㄩㄥˇ 比喻寫作時，思路迅捷流暢，有如泉水之噴湧。

文風不動 ㄨㄣˊ ㄈㄥ ㄅㄨˋ ㄉㄨㄥˋ 一點也不動。

文過飾非 ㄨㄣˊ ㄍㄨㄛˋ ㄕˋ ㄈㄟ 掩飾過失、錯誤。亦作「飾非文過」。

文質彬彬 ㄨㄣˊ ㄓˊ ㄅㄧㄣ ㄅㄧㄣ 形容人文采和實質均備，配合得很和諧。

文學批評 ㄨㄣˊ ㄒㄩㄝˊ ㄆㄧ ㄆㄧㄥˊ 分析、歸納、綜合、品鑑文學作品，給予優劣得失的價值判斷，以促進讀者對作品的理解力及欣賞。

文藝復興 ㄨㄣˊ ㄧˋ ㄈㄨˋ ㄒㄧㄥ 歐洲十四至十六世紀起源於義大利的有關文化、歷史、藝術等方面的復興運動。

八畫

斌 ㄅㄧㄣ bīn 副 通「彬」。文質兼俱的樣子。例 斌斌。

斑 ㄅㄢ bān 名 ①雜色的點或花紋。例 白斑、紅斑。②點點的痕跡。例 雀斑。③一小部分。例 可見一斑。形 ①灰白，顏色雜而不純。例 斑白。②雜亂。

斑白 ㄅㄢ ㄅㄞˊ 頭髮半白半黑，常指年老的人。

斑紋 ㄅㄢ ㄨㄣˊ 雜色的花紋。

斑斑 ㄅㄢ ㄅㄢ ①淚痕點點的樣子。②繁茂的樣子。亦作「班班」。③文彩明顯的樣子。

斑鳩 ㄅㄢ ㄐㄧㄡ 鳥名。像鴿子，後頸有黑色的斑輪環，因其善鳴，故稱為鳴鳩。

斑駁 ㄅㄢ ㄅㄛˊ 色彩相雜不純。亦作「班駁」。

斑點 ㄅㄢ ㄉㄧㄢˇ 散布在純色上的雜色點子。

斑斕 ㄅㄢ ㄌㄢˊ 形容花紋鮮麗，光彩奪目。

斑馬線 ㄅㄢ ㄇㄚˇ ㄒㄧㄢˋ 在眾多行人穿越的馬路上所畫的斑馬紋，供行人橫越道路用。

斐 ㄈㄟˇ fěi 形 文采美麗的樣子。例 斐然。

斐然成章 ㄈㄟˇ ㄖㄢˊ ㄔㄥˊ ㄓㄤ 形容言語或文章富有文采，且成章法。常用來稱讚別人的文章。

十七畫

斕 ㄌㄢˊ lán 形 顏色多彩、錯雜。例 斑斕。

斗部 ㄉㄡˇ

斗 ㄉㄡˇ dǒu 名 ①形狀像斗的器具。例 漏斗。②二十八星宿之一，形狀似斗。③計算容量的單位，十升為一斗，十斗為一石。形 ①形容小的。例 斗室、斗城。②形容大的。例 斗膽豪心。

斗方 ㄉㄡˇ ㄈㄤ ①書畫所用的冊頁，或稱一、二尺見方的字畫作品。②書寫吉祥文字，貼在門上的方形紙。

斗杓 ㄉㄡˇ ㄅㄧㄠ 北斗七星中，第五至第七顆星，形如勺子的長柄，是古人用以定時間和季節的依據。

斗室 ㄉㄡˇ ㄕˋ 形容狹小的房屋。

斗栱 ㄉㄡˇ ㄍㄨㄥˇ 中國傳統建築的一種結構，是支持梁棟的柱子上的方形木頭。

斗笠 ㄉㄡˇ ㄌㄧˋ 漁夫、樵夫和農夫所戴，用來遮陽避雨的竹編帽。

斗筲 ㄉㄡˇ ㄕㄠ ①形容量小。②比喻才識短淺，器量狹小。例斗筲之人。③比喻俸祿很少。

斗篷 ㄉㄡˇ ㄆㄥˊ 披在肩上，用來擋風禦寒的長袍式外衣。

斗膽 ㄉㄡˇ ㄉㄢˇ 膽大如斗。古人認為膽量大膽囊必大。

斗轉參橫 ㄉㄡˇ ㄓㄨㄢˇ ㄕㄣ ㄏㄥˊ 斗杓迴轉，參星橫斜。指天將亮的時候。

六畫

料 ㄌㄧㄠˋ liào 名①可供製造、使用或參考的事物。例材料、資料。②禽畜所食用或供給植物養分的物品。例肥料、飼料。③人的材質。例他不是塊讀書的料。④計算中藥一定劑量的單位。動①估量，猜度。例預料、不出所料。②照顧，處理。例照料。

料度 ㄌㄧㄠˋ ㄉㄨㄛˋ 預測，揣度。

料峭 ㄌㄧㄠˋ ㄑㄧㄠˋ 形容風冷的樣子。

料理 ㄌㄧㄠˋ ㄌㄧˇ ①處理事物。②指菜餚。例日本料理。③照顧。例料理家庭。

料想 ㄌㄧㄠˋ ㄒㄧㄤˇ 揣測，猜想。

料事如神 ㄌㄧㄠˋ ㄕˋ ㄖㄨˊ ㄕㄣˊ 比喻預測事情非常準確。同神機妙算。

七畫

斜 ㊀ㄒㄧㄝˊ xié 形不正的，傾側的。例斜坡、斜線。動非水平或垂直方向的移動。㊁ㄧㄝˊ yé 名斜谷，陝西省終南山的山谷。

斜角 ㄒㄧㄝˊ ㄐㄧㄠˇ 數學上對鈍角與銳角的總稱。

斜面 ㄒㄧㄝˊ ㄇㄧㄢˋ 力學上指傾斜的平面，是一種簡單機械，當物體向上移動時，斜面越長越省力。

斜視 ㄒㄧㄝˊ ㄕˋ ①斜著眼睛看。②一種眼病。當注視目標時，一眼直視，另一眼則斜向一方，多由眼肌失衡所造成。

斜陽 ㄒㄧㄝˊ ㄧㄤˊ 傍晚黃昏時西斜的太陽。同斜暉。

斜睨 ㄒㄧㄝˊ ㄋㄧˋ 斜著眼睛看。

斛 ㄏㄨˊ hú 名①古代的量器。②古代計算容量的單位，五斗為一斛。

八畫

斝 ㄐㄧㄚˇ jiǎ 名①古代酒器，形狀像爵而較大，有三足、兩柱，圓口，平底。盛行於商代。例獸面紋斝。②借指酒杯。

九畫

斟 ㄓㄣ zhēn 名飲料，汁液。動①注入，添加。例斟酒。②審度，考慮。例斟酌。

斟酌 ㄓㄣ ㄓㄨㄛˊ ①考慮可否而決定取捨。②指飲酒。

十畫

斡 ㄨㄛˋ wò 動運轉，旋轉。例斡旋。

斡旋 ㄨㄛˋ ㄒㄩㄢˊ ①扭轉，挽回。②居中周旋、調解。

斠 ㄐㄧㄠˋ jiào 動①古代量穀物時，用器具劃掉過滿的載量，使穀物與斗斛平齊。例斠斛。②校訂，校正。例斠訂。

斤部 ㄐㄧㄣ

斤 ㄐㄧㄣ jīn 名①一種砍樹用的器具，指斧刀、斧頭。②計算重量的單位。公制一公斤等於一〇〇〇公克；一臺斤等於〇．六公斤；一市斤等於〇．五公斤。

斤兩 ㄐㄧㄣ ㄌㄧㄤˇ ①計算重量的單位。②比喻重量、分量。

斤斤計較 ㄐㄧㄣ ㄐㄧㄣ ㄐㄧˋ ㄐㄧㄠˋ 比喻在得失或瑣細的事物上，都非常在意的樣子。例凡事不要斤斤計較。

一畫

斥 ㄔˋ chì 動①排除，摒棄。例排斥、同性相斥。②責罵。例申斥、呵斥。③遍布。例充斥。④偵察，探測。例斥候。⑤動用，出。例斥資。

斥退 ㄔˋ ㄊㄨㄟˋ ①革退，免職。②喝令退出。

斥候 ㄔˋ ㄏㄡˋ 偵察敵情的哨兵。

斥責 ㄔˋ ㄗㄜˊ 大聲責罵。

四畫

斧 ㄈㄨˇ fǔ 名①砍物的工具。例斧頭。②古代殺人用的兵器或刑具。例斧鉞。動以斧砍物。

斧斤 ㄈㄨˇ ㄐㄧㄣ 指刀斧。

斧正 ㄈㄨˇ ㄓㄥˋ 請人修改文字的謙詞。亦作「斧政」。

斧頭 ㄈㄨˇ ㄊㄡˊ 砍伐樹木、劈削木材的用具。也稱斧子。

五畫

斫 ㄓㄨㄛˊ zhuó 動①以刀斧砍削。②襲擊。例斫營。

七畫

斬 ㄓㄢˇ zhǎn 動①砍，殺。例披荊斬棘。②斷絕。

斬首 ㄓㄢˇ ㄕㄡˇ 砍頭。

斬衰 ㄓㄢˇ ㄘㄨㄟ 古代五種喪服之一，用最粗的麻布製成，不縫邊緣。凡是兒女為父母、媳婦為公婆、嫡長孫為祖父母及妻為夫，皆穿此服，是喪服中最重者。

斬獲 ㄓㄢˇ ㄏㄨㄛˋ 指戰場上對敵人的斬殺、俘獲。後引申作一切收穫。

斬草除根 ㄓㄢˇ ㄘㄠˇ ㄔㄨˊ ㄍㄣ 比喻除去禍根，不留後患。

斬釘截鐵 ㄓㄢˇ ㄉㄧㄥ ㄐㄧㄝˊ ㄊㄧㄝˇ 形容說話辦事堅決果斷，毫不猶豫。

斬將搴旗 ㄓㄢˇ ㄐㄧㄤˋ ㄑㄧㄢ ㄑㄧˊ 斬殺將領，拔掉敵人的軍旗。形容人勇猛善戰，戰果輝煌的樣子。

八畫

斮 ㄓㄨㄛˊ zhuó 動①砍斷，斬斷。例斮脛。②削掉魚鱗。

斯 ㄙ sī 名姓。動劈裂，析分。代此，這個，這裡。用於文言文。例生於斯，長於斯。助①表示疑問的語氣，相當於「呢」。例詩經：「彼何人斯，其心孔艱。」②表示感嘆的語氣，相當於「啊」。例詩經：「恩斯勤斯，鬻子之閔斯。」連則，就。用於文言文。例論語：「我欲仁，斯仁至矣。」

斯文 ㄙ ㄨㄣˊ ①指禮樂制度教化。②文人或儒士。③形容人溫文儒雅的樣子。

斯須 ㄙ ㄒㄩ 片刻，短暫的時間。

斯文掃地 ㄙ ㄨㄣˊ ㄙㄠˇ ㄉㄧˋ 指讀書人不顧操守，毫無廉恥。

九畫

新 ㄒㄧㄣ xīn 名指所有新的人、事、物等。例除舊布新。形①初次使用或出現的。與「舊」相對。例新辦法。②剛開始的，剛出現的。例新芽。動改進、改變而成為新的、好的。例改過自新。副不久前，剛才。例新雨。

新人 ㄒㄧㄣ ㄖㄣˊ ①新婚的男女雙方。②新過門的妻子。③新進的人員。

新手 ㄒㄧㄣ ㄕㄡˇ 稱第一次從事某項工作的人。

新月 ㄒㄧㄣ ㄩㄝˋ ①農曆每月月初所見的細而彎的上弦月。②月亮和太陽的黃經相等時的月相。又稱朔月。

新生 ㄒㄧㄣ ㄕㄥ ①指剛出現或初生。②新的生命或生活。③新入學的學生。

新奇 ㄒㄧㄣ ㄑㄧˊ 形容新鮮而奇特的事物。

新秀 ㄒㄧㄣ ㄒㄧㄡˋ 新近剛受到矚目的人才。

新郎 ㄒㄧㄣ ㄌㄤˊ ①新婚時對男子的稱呼。也叫新郎官。②唐時稱科舉及第者。

新春 ㄒㄧㄣ ㄔㄨㄣ ①初春。②稱農曆新年。

新婦 ㄒㄧㄣ ㄈㄨˋ ①稱新娘。②新進門的兒媳婦。

新貴 ㄒㄧㄣ ㄍㄨㄟˋ 新近顯貴的高官，或剛得到權勢的人。

新進 ㄒㄧㄣ ㄐㄧㄣˋ 新中科第、初做官或剛被任用的人。

新詩 ㄒㄧㄣ ㄕ 五四運動後新流行的詩體，特色是白話為主，不講求對仗、平仄、協韻，形式自由、活潑，內容也較為多樣。又稱白話詩、現代詩。

新潮 ㄒㄧㄣ ㄔㄠˊ ①剛漲起來的潮水。②比喻思想或行為跟得上發展的趨勢。

新聞 ㄒㄧㄣ ㄨㄣˊ ①由大眾傳播媒體將社會上最新而即時發生的事件或發展，作成報導，傳達給大眾知道。②新聽說的事。指最近在社會上發生的事情。

新興 ㄒㄧㄣ ㄒㄧㄥ 最近剛剛興起、正在流行的。

新曆 ㄒㄧㄣ ㄌㄧˋ 指陽曆，民國以後採行的曆法。同國曆。

新穎 ㄒㄧㄣ ㄧㄥˇ 形容新奇別致、與眾不同。

新鮮 ㄒㄧㄣ ㄒㄧㄢ ①清潔、鮮美而未腐壞的食物。②特別、罕見的事物。

新大陸 ㄒㄧㄣ ㄉㄚˋ ㄌㄨˋ 美洲的別稱，相對於歐洲的舊大陸。

新文化 ㄒㄧㄣ ㄨㄣˊ ㄏㄨㄚˋ 二十世紀後，自然科學與社會科學的發達，而興起的新思想與學術。

新文學 ㄒㄧㄣ ㄨㄣˊ ㄒㄩㄝˊ 五四運動之後的白話文學，相對於舊文學，內容與形式都有所變革。如白話文體的各種作品。

新紀元 ㄒㄧㄣ ㄐㄧˋ ㄩㄢˊ 新年歲的開始。後泛指一切事業或新階段的開始。

新臺幣 ㄒㄧㄣ ㄊㄞˊ ㄅㄧˋ 目前臺灣所使用的貨幣，民國三十八年後發行。

新鮮人 ㄒㄧㄣ ㄒㄧㄢ ㄖㄣˊ 剛進入某個環境的人，或形容剛步入社會開始就業的人。

新陳代謝 ㄒㄧㄣ ㄔㄣˊ ㄉㄞˋ ㄒㄧㄝˋ ①生物維持生長、生殖、活動等過程中，吸收營養，排除廢物的一種行為。②事物除舊換新的一種過程。

新愁舊恨 ㄒㄧㄣ ㄔㄡˊ ㄐㄧㄡˋ ㄏㄣˋ 新添的愁緒和過去未了的仇恨。

新新人類 ㄒㄧㄣ ㄒㄧㄣ ㄖㄣˊ ㄌㄟˋ 九〇年代稱作風具個人特色的年輕一輩，他們在生活態度上標榜自我及重視感覺。

新聞媒體 ㄒㄧㄣ ㄨㄣˊ ㄇㄟˊ ㄊㄧˇ 即大眾傳播媒體，為發布新聞的工具，包括報紙、電視、廣播、雜誌等。

十一畫

斲 ㄓㄨㄛˊ zhuó 名斧頭。動砍伐，削木。

斲喪 ㄓㄨㄛˊ ㄙㄤˋ ①破壞，傷害。②指人因沉溺酒色，而戕害身體、精神。

十四畫

斷 ㄉㄨㄢˋ duàn 動①截開，一分為二。例砍斷、割斷。②隔絕，就此打住。例中斷。③戒掉，禁止去做。例斷奶。④決定，裁判。例診斷。副絕對地。例斷無此理。

斷奶 ㄉㄨㄢˋ ㄋㄞˇ 嬰孩或幼小的哺乳動物停止吃母奶，改以其他食物為主食。

斷定 ㄉㄨㄢˋ ㄉㄧㄥˋ 堅決的認定。

斷炊 ㄉㄨㄢˋ ㄔㄨㄟ 形容窮到沒有白米可做飯。

斷送 ㄉㄨㄢˋ ㄙㄨㄥˋ 葬送，犧牲。形容沒法挽回。

斷崖 ㄉㄨㄢˋ ㄧㄞˊ 陡峭的絕壁。

斷然 ㄉㄨㄢˋ ㄖㄢˊ ①絕對。例害人害己的事，斷然做不得。②決斷。例這件事不能再拖，該採取斷然措施了。

斷腸 ㄉㄨㄢˋ ㄔㄤˊ 比喻悲傷至極。例六月六日斷腸時。

斷層 ㄉㄨㄢˋ ㄘㄥˊ 由於地層變動，岩層發生斷裂，沿著斷裂面成垂直、水平位相對移動，造成岩層的不連續。

斷代史 ㄉㄨㄢˋ ㄉㄞˋ ㄕˇ 只記某一朝代的歷史，相對於通史。如班固的「漢書」。

斷袖之癖 ㄉㄨㄢˋ ㄒㄧㄡˋ ㄓ ㄆㄧˇ 指男子有同性戀傾向。

斷章取義 ㄉㄨㄢˋ ㄓㄤ ㄑㄩˇ ㄧˋ 只截引文章書籍中的某一段或談話中的某一句，自行賦予新意，而不顧整篇文章或談話的原意。

斷簡殘編 ㄉㄨㄢˋ ㄐㄧㄢˇ ㄘㄢˊ ㄅㄧㄢ 殘漏不全的書籍或文字。

斷斷續續 ㄉㄨㄢˋ ㄉㄨㄢˋ ㄒㄩˋ ㄒㄩˋ 時而中斷，時而繼續。形容事情進行無法連貫。

方部 ㄈㄤ

方 ㊀ㄈㄤ fāng 名①四個角都是九十度、邊長相等的四邊形。例正方形。②數值自乘的積。例平方。③正方的面積。例方尺、方里。④位置、地位的相對一邊或一面。例對方。⑤計算方形物品的量詞。例一方手帕。⑥古人認為天圓、地方，故稱地為方。⑦辦法，法子。例方法、指導有方。⑧治病的藥單。例藥方、處方。⑨位置方位。例西方。⑩法術，技藝。例方士。⑪禮法制度。例論語：「比及三年，可使有勇，且知方也。」⑫姓。形①四邊形的。例方桌。②某一地的。例方言。③品行端好的。例賢良方正。副①正在，適逢。例血氣方剛。②且，將。③剛剛。例方才。④才。例韓非子：「故人來，方與之食。」介當，在。例方今之時。㊁ㄆㄤˊ páng 形通「徬」。流連往復，徘徊不前。

方士 ㄈㄤ ㄕˋ 古代研究煉丹求仙等法術的人。

方寸 ㄈㄤ ㄘㄨㄣˋ ①面積長寬各一寸。形容狹小。②比喻內心。

方丈 ㊀ㄈㄤ ㄓㄤˋ 面積長寬各一丈。㊁ㄈㄤ ˙ㄓㄤ 原指僧寺長老及住持說法傳道的處所，後指僧寺的住持。

方外 ㄈㄤ ㄨㄞˋ 世俗之外。今指和尚、道士等。

方才 ㄈㄤ ㄘㄞˊ 剛過去不久的時間。亦作「方纔」。

方今 ㄈㄤ ㄐㄧㄣ 目前，到現在為止。

方且 ㄈㄤ ㄑㄧㄝˇ 將要，尚且。

方式 ㄈㄤ ㄕˋ 方法和模式。

方舟 ㄈㄤ ㄓㄡ ①兩船相並連。②基督教舊約聖經「創世記」說的諾亞方舟，是大洪水時諾亞所乘的大船。

方位 ㄈㄤ ㄨㄟˋ 指東、南、西、北四方的位置。

方言 ㄈㄤ ㄧㄢˊ 只能通行於國家某一地方區域性的語言。

方家 ㄈㄤ ㄐㄧㄚ 指學術修養深厚精湛的人。

方案 ㄈㄤ ㄢˋ 事先規畫的辦事計畫和採取的措施。

方根 ㄈㄤ ㄍㄣ 代數學中用開方法求得的答數。二次方根稱平分根，三次方根稱立方根，求方根的運算稱為開方。

方針 ㄈㄤ ㄓㄣ 計畫進行的大方向。

方略 ㄈㄤ ㄌㄩㄝˋ 為達到目的而擬定的計畫謀略。

方圓 ㄈㄤ ㄩㄢˊ 四周所涵蓋的範圍。例方圓五百里內。

方程式 ㄈㄤ ㄔㄥˊ ㄕˋ 表示各種數量間關係的等式，代數學上指含有未知數的等式。

方枘圓鑿 ㄈㄤ ㄖㄨㄟˋ ㄩㄢˊ ㄗㄠˋ 比喻格格不入，互不相容。

方趾圓顱 ㄈㄤ ㄓˇ ㄩㄢˊ ㄌㄨˊ 泛指人類。因人的腳掌方形、頭顱圓形。

方興未艾 ㄈㄤ ㄒㄧㄥ ㄨㄟˋ ㄞˋ 正當興盛發達，且繼續發展而毫無止境。

四畫

於 ㈠ㄩˊ yú 名姓。助發語詞，無義。例易經：「於稽其類。」連①用於比較。例相當於。②用於承接。例於是乎。③表示原因。例由於。介①在。例孔子生於春秋時代。②和，與。例於我無關。③給。例論語：「己所不欲，勿施於人。」④從，由。例取之於民。⑤對。例於心不忍。⑥到，至。例於今。⑦表示比較而有超過之意，通常在形容詞後。例禮記：「苛政猛於虎。」⑧被。表示被動語態，通常在動詞後。例孟子：「勞力者治於人。」㈡ㄨ wū 名「烏」的本字。嘆通「嗚」。表示感嘆、讚美。例於乎。

於今 ㄩˊ ㄐㄧㄣ 至今，到現在。同如今。

於是 ㄩˊ ㄕˋ 表順序的承接連詞。

於事無補 ㄩˊ ㄕˋ ㄨˊ ㄅㄨˇ 對於已發生的事情，毫無助益。

五畫

施 ㈠ㄕ shī 名①恩惠，德澤。例博施濟眾。②姓。動①實行，辦理。例恩威並施。②給予，以財物接濟他人。例施捨。③加。例論語：「己所不欲，勿施於人。」④發揮能力。例施展。⑤誇耀，邀功。例施勞。㈡ㄧˊ yí 動①延及。例施於子孫。②迂迴曲折著走路，即斜行。

施工 ㄕ ㄍㄨㄥ 指工程按照計畫進行工作。

施主 ㄕ ㄓㄨˇ 寺院中的僧侶稱布施財物給他們的信眾。

施行 ㄕ ㄒㄧㄥˊ 實行規定的法令、辦法和計畫。

施肥 ㄕ ㄈㄟˊ 為植物加上肥料，以助其生長。

施政 ㄕ ㄓㄥˋ 指執行關於政務方面的工作。

施施 ㄕ ㄕ ①慢慢前進的樣子。同徐徐。②形容人喜悅自得的樣子。例施施從外來。

施展 ㄕ ㄓㄢˇ 發揮其專長或抱負。

施捨 ㄕ ㄕㄜˇ 把財物分送給他人，廣布恩惠。

施勞 ㄕ ㄌㄠˊ ①誇耀自己的功勞。②把勞苦的事加在別人身上。

施與 ㄕ ㄩˇ 用財物贈與、接濟或幫助他人。同施捨。

六畫

旁 ㈠ㄆㄤˊ páng 名側，邊。例道路旁。形①另外的，別的。例旁人。②側面的，附近的。例旁邊。③分出的，歧出的。例旁枝。副廣泛地。例旁徵博引。㈡ㄅㄤˋ bàng 動通「傍」。依靠，臨近。

旁生 ㄆㄤˊ ㄕㄥ ①由旁側產生。②佛家指禽獸等畜生。亦作「傍生」。

旁白 ㄆㄤˊ ㄅㄞˊ ①在戲劇演出中，直接和觀眾對話，表達自己內心感受，而假設其他演員聽不見其臺詞的角色。②在影視節目中，從旁說明或作介紹的配音。

旁聽 ㄆㄤˊ ㄊㄧㄥ ①在會議或法庭中，列席聆聽而沒有發言權。②學校裡非正式的學生，可以聽課，沒有學籍，叫旁聽生。

旁觀 ㄆㄤˊ ㄍㄨㄢ 置身事外，用局外人的角度從旁觀察。同傍觀。

旁邊 ㄆㄤˊ ㄅㄧㄢ ①指側面。②距離很近的地方。例他就坐在我旁邊。

旁系血親 ㄆㄤˊ ㄒㄧˋ ㄒㄧㄝˇ ㄑㄧㄣ 父子祖孫直系親屬以外，與自己出身於同源的血親。如兄弟姐妹、伯叔甥姪等。

旁門左道 ㄆㄤˊ ㄇㄣˊ ㄗㄨㄛˇ ㄉㄠˋ ①指非正統的學術或宗教派別等邪道妖術。②指行事用不正當的方法。

旁若無人 ㄆㄤˊ ㄖㄨㄛˋ ㄨˊ ㄖㄣˊ ①目中無人，以自我為中心。②言行舉止自若，不在乎別人的看法。

旁敲側擊 ㄆㄤˊ ㄑㄧㄠ ㄘㄜˋ ㄐㄧˊ 不從正面立場說明本意，而用倒轉或隱晦的話去探測對方的虛實。

旁徵博引 ㄆㄤˊ ㄓㄥ ㄅㄛˊ ㄧㄣˇ 引用各方的資料，以證明真正的事實。

旁觀者清 ㄆㄤˊ ㄍㄨㄢ ㄓㄜˇ ㄑㄧㄥ 指局外人的觀察往往比當事人較客觀、清楚。

旆 ㄆㄟˋ pèi 名①古代旌旗末端，形狀像燕尾的下垂飾物。②旗幟的總稱。

旆旆 ㄆㄟˋ ㄆㄟˋ ①旗旒下垂的樣子。②形容植物生長茂盛的樣子。

旄 ㈠ㄇㄠˊ máo 名①古時竿頭上飾有犛牛尾的旗幟，用來指揮作戰。②指犛牛。㈡ㄇㄠˋ mào 名通「耄」。八、九十歲的老人。

旃 ㄓㄢ zhān 名①用整幅綢布製成的曲柄旗子。②通「氈」。指毛織品。例旃裘。

旃檀 ㄓㄢ ㄊㄢˊ 即檀香。

旅 ㄌㄩˇ lǚ 名①軍隊的編制單位。古時以五百人為一旅。②軍隊的通稱。例勁旅。③商賈。例商旅。形①客居外地的。例旅次、旅客。②旅客所居的。例旅館、旅舍。動出門到別處去，客居。例旅於他國。副共同，俱。例旅退旅進。

旅人 ㄌㄩˇ ㄖㄣˊ 指旅客，旅居在外地的人。

旅次 ㄌㄩˇ ㄘˋ ①旅行在外暫住寄居的地方。②為某一目的，使用交通工具，從甲地到乙地的現象。

旅行 ㄌㄩˇ ㄒㄧㄥˊ 泛稱離家到外地去四處遊歷玩樂。

旅程 ㄌㄩˇ ㄔㄥˊ 旅行所經歷的路程。

旅館 ㄌㄩˇ ㄍㄨㄢˇ 供旅客出外時暫時居住的地方。同旅舍、旅社。

旅行社 ㄌㄩˇ ㄒㄧㄥˊ ㄕㄜˋ 專門代客辦理各種旅行事務的企業機構。

旅行支票 ㄌㄩˇ ㄒㄧㄥˊ ㄓ ㄆㄧㄠˋ 一種為讓旅客避免攜帶現款的危險，而發行的支票。旅客向銀行購買這種支票時，要先在支票上簽字，以表示所有權，使用時也要當場簽字，以資核對。

旂 ㄑㄧˊ qí 名①古代一種畫有龍、上繫鈴鐺作為裝飾，用以指揮群眾的旗子。②通「旗」。旗的通稱。

七畫

旎 ㄋㄧˇ nǐ 見「旖旎」。

旋 ㊀ㄒㄩㄢˊ xuán 名 旋轉的現象或形狀。例 螺旋。動 ①繞著轉動。例 旋轉、盤旋。②返回，歸。例 凱旋。副 片刻之間，很快地。例 旋即。㊁ㄒㄩㄢˋ xuàn 形 打轉的，急速不斷的回轉、回捲。例 旋風。

旋風 ㄒㄩㄢˋ ㄈㄥ 螺旋形的風。某處氣壓驟低時，四面空氣向該處急吹而形成。

旋律 ㄒㄩㄢˊ ㄌㄩˋ 指高低、長短、強弱不同而在節奏上有關係的一組樂音。

旋踵 ㄒㄩㄢˊ ㄓㄨㄥˇ ①一轉腳。形容時間短暫迅速。②旋轉腳跟而後退。比喻退縮。

旋轉 ㄒㄩㄢˊ ㄓㄨㄢˇ ①轉動。②一物繞一軸的現象。

旋乾轉坤 ㄒㄩㄢˊ ㄑㄧㄢˊ ㄓㄨㄢˇ ㄎㄨㄣ 旋轉天地。比喻力量之大足以改變局面，挽回劣勢的本領非常高。

旌 ㄐㄧㄥ jīng 名 ①古代旗杆上飾有羽毛的旗子，君王用來召喚大夫。②旗的通稱。例 旌旗。③尊稱他人的行蹤。例 文旌、行旌。動 表揚、彰顯人家的好處。例 旌表。

旌表 ㄐㄧㄥ ㄅㄧㄠˇ ①表揚，表彰。②古時官府為表揚貞潔孝義的人，所頒賜的牌坊或匾額。

旌旗 ㄐㄧㄥ ㄑㄧˊ 旗子的通稱。

族 ㄗㄨˊ zú 名 ①有血緣關係的親屬或同姓的人。例 家族、宗族。②人種的類別。例 漢族、苗族。③因生活習慣、語言文字相同而自然匯集的大群體。例 族群。動 古時刑罰連及罪人的家屬親人。例 書經：「罪人以族，官人以世。」副 叢聚，聚集。例 族生。

族人 ㄗㄨˊ ㄖㄣˊ 同宗族的人。

族長 ㄗㄨˊ ㄓㄤˇ 族中行輩最尊而掌理宗族事務的人。

族群 ㄗㄨˊ ㄑㄩㄣˊ 在特定時間，據有某空間的相同物種所組成的個體群。

族譜 ㄗㄨˊ ㄆㄨˇ 記錄同氏族系統的簿冊。同 譜牒。

族類 ㄗㄨˊ ㄌㄟˋ ①具有相同血緣關係的人群。②指性質相似或屬類相同。

八畫

旒 ㄌㄧㄡˊ liú 名 ①古時旌旗的下垂飾物。②古代帝王冠冕上的垂玉，用細線串起小圓玉，一串串垂在冕的前後。

十畫

旗 ㄑㄧˊ qí 名 ①畫有圖騰、族徽或圖案的布帛，懸掛在竹桿上，用以識別或號令的標幟。例 國旗、令旗。②清代滿洲軍隊及戶口編制，分正黃、鑲黃、正白、鑲白、正紅、鑲紅、正藍、鑲藍八旗。③清代蒙古的行政區域，相當於「縣」。例 盟旗。形 指屬於滿洲族的。例 旗人、旗袍。

旗人 ㄑㄧˊ ㄖㄣˊ 滿清初年籍隸八旗的人。後來用以泛稱滿洲人。

旗手 ㄑㄧˊ ㄕㄡˇ ①走在隊伍前面掌旗的人。②比喻領導人或先行者。

旗袍 ㄑㄧˊ ㄆㄠˊ 本是滿洲旗人婦女所穿的長袍。今通稱婦女所穿的中式長禮服。

旗語 ㄑㄧˊ ㄩˇ 用兩面旗子代替雙手做種種動作，來傳達意思，代表語言。

旗幟 ㄑㄧˊ ㄓˋ 泛指旗子。

旗艦 ㄑㄧˊ ㄐㄧㄢˋ 海軍艦隊司令官或指揮官所乘的軍艦。

旗開得勝 ㄑㄧˊ ㄎㄞ ㄉㄜˊ ㄕㄥˋ 一交戰，立刻獲得勝利。

旗鼓相當 ㄑㄧˊ ㄍㄨˇ ㄒㄧㄤ ㄉㄤ ①兩軍作戰，其戰力和聲勢不相上下。②形容能力相等的人或事物。

旖 ㄧˇ yǐ 見「旖旎」。

旖旎 ㄧˇ ㄋㄧˇ ①柔美的樣子。②風景嫵媚的樣子。

十四畫

旛 ㄈㄢ fān 名①旗幅狹長而下垂的旗子。②旌旗的總稱。

无部 ㄨˊ

无 ㄨˊ wú 「無」的古字。

旡 ㄐㄧˋ jì 動在吃飯或喝水時，因氣逆而不能呼吸。

五畫

既 ㄐㄧˋ jì 副①不久。例左傳：「既而悔之。」②已經。例不究既往。連①表示已經決定之詞，常與「就」、「則」連用。例既來之，則安之。②承接之詞，常和「且」、「又」連用。例既餓且寒。

既望 ㄐㄧˋ ㄨㄤˋ 農曆每月十五日為望，十六日為既望。

既然 ㄐㄧˋ ㄖㄢˊ 固然，已經如此。常與「就」、「則」、「還」相連用。

既成事實 ㄐㄧˋ ㄔㄥˊ ㄕˋ ㄕˊ 已經成為不可改變的事實。多指未經合法的程序，先造成一種事實狀態，以圖尋求他人的認可。

既往不咎 ㄐㄧˋ ㄨㄤˇ ㄅㄨˋ ㄐㄧㄡˋ 對過去的事不再追究或責罰。多用於寬恕他人的罪行。

既得利益 ㄐㄧˋ ㄉㄜˊ ㄌㄧˋ ㄧˋ 目前已擁有、獲得的利益。通常對改革持反對立場。

既來之，則安之 ㄐㄧˋ ㄌㄞˊ ㄓ ㄗㄜˊ ㄢ ㄓ 本指招降人來歸附，給予安定無憂的生活。後指既然已經來了，就安下心來。

日部 ㄖˋ

日 ㊀ㄖˋ rì 名①太陽。例落日。②白天。和「夜」相對。例日以繼夜。③一晝夜，地球自轉一周所需的時間。例昨日。④每天。例論語：「吾日三省吾身。」⑤時節。例春日、夏日。⑥光陰。例曠日彌久。⑦特定的一天。例生日、忌日。⑧日本的簡稱。例駐日代表。

㊁ㄇㄧˋ mì 名人名用字。如漢代有金日磾。

日子 ㄖˋ ˙ㄗ ①指光陰、時間。②特定的一天。③固定的一段時期。④生活，生計。例過好日子。

日中 ㄖˋ ㄓㄨㄥ 中午，指日正當中的時候。

日月 ㄖˋ ㄩㄝˋ ①指太陽和月亮。②指光陰、時間。③每日每月，時時。④比喻帝王或后妃。⑤比喻聖賢。

日珥 ㄖˋ ㄦˇ 指太陽周圍的薔薇色火焰或深紅色的雲霧突起。

日記 ㄖˋ ㄐㄧˋ 每日的生活記錄。

日冕 ㄖˋ ㄇㄧㄢˇ 太陽大氣的最外圍。顏色淡如珍珠白，大部分為氫原子，密度很小，溫度約七十五萬到一百五十萬度。

日晷 ㄖˋ ㄍㄨㄟˇ ①日影。②日晷儀的簡稱。古代利用觀察日影的角度來測定時間的一種儀器。

日程 ㄖˋ ㄔㄥˊ ①一天的行程。②按日排定工作程序的計畫進度表。

日暈 ㄖˋ ㄩㄣˋ 太陽周圍的彩色光環，是陽光照射地球時，經高空雲層中雪晶體的折射而形成的色散現象。

日照 ㄖˋ ㄓㄠˋ ①陽光照射。②一天中陽光照射的時間。

日誌 ㄖˋ ㄓˋ 每日記載所發生事情的記錄。

日蝕 ㄖˋ ㄕˊ 月球運行到太陽和地球中間，三者成直線，太陽有部分或全部被月球遮住的現象。

日曆 ㄖˋ ㄌㄧˋ 記載年、月、日、星期、季候、節氣、節慶等的印刷物。

日光浴 ㄖˋ ㄍㄨㄤ ㄩˋ 在日光下坐臥，使皮膚適度接受太陽光線照射，能增進身體健康和皮膚的抵抗力。

日光燈 ㄖˋ ㄍㄨㄤ ㄉㄥ 一種照明用的低壓水銀燈，利用氣體放熱原理製成。

日曜日 ㄖˋ ㄧㄠˋ ㄖˋ 七曜日的第一天，即星期天。

日上三竿 ㄖˋ ㄕㄤˋ ㄙㄢ ㄍㄢ ①太陽已經升到三枝竹竿相接的高度。表示時間不早了。②比喻早上較晚起床。

日中則昃 ㄖˋ ㄓㄨㄥ ㄗㄜˊ ㄗㄜˋ 到了正午，太陽必定會偏斜。比喻事物盛極必衰。

日月如梭 ㄖˋ ㄩㄝˋ ㄖㄨˊ ㄙㄨㄛ 形容時間過得很快。

日本腦炎 ㄖˋ ㄅㄣˇ ㄋㄠˇ ㄧㄢˊ 一種由濾過性病毒所引起的腦發炎，由三斑家蚊為媒介，常發生於夏季。西元一九二四年曾大流行於日本。

日就月將 ㄖˋ ㄐㄧㄡˋ ㄩㄝˋ ㄐㄧㄤ 日有所得，月有所成。比喻每日每月都有進步。

日理萬機 ㄖˋ ㄌㄧˇ ㄨㄢˋ ㄐㄧ 每天要處理繁多的事務，日日辛勞。

日新月異 ㄖˋ ㄒㄧㄣ ㄩㄝˋ ㄧˋ 日日更新，月月不同。形容變化、進步的快速。

日暮途窮 ㄖˋ ㄇㄨˋ ㄊㄨˊ ㄑㄩㄥˊ 日落西山，而距離目的地尚遠，卻無法前進。比喻窮途末路，無計可施。

日積月累 ㄖˋ ㄐㄧ ㄩㄝˋ ㄌㄟˇ 逐日逐月的長時間累積。比喻歷時很久。

日薄西山 ㄖˋ ㄅㄛˊ ㄒㄧ ㄕㄢ 太陽接近西山，即將日落。比喻事物接近衰亡或人近老年，殘生將盡。

一畫

旦 ㄉㄢˋ dàn 名①天剛亮、破曉的時候。例枕戈待旦。②白天。例旦夕之間。③戲劇中裝扮婦女的角色。例花旦。④日，天。例元旦。

旦夕 ㄉㄢˋ ㄒㄧ ①早晚，平日。②比喻時間短促。例危在旦夕。

旦旦 ㄉㄢˋ ㄉㄢˋ ①日日，每天。②誠懇的樣子。例信誓旦旦。

旦角 ㄉㄢˋ ㄐㄩㄝˊ 戲劇中扮演婦女角色的人。或作「旦腳」。

旦暮 ㄉㄢˋ ㄇㄨˋ 朝夕。比喻時間過得很快。

二畫

旨 ㄓˇ zhǐ 名①帝王的詔書、命令。例聖旨。②美味的食物。例旨酒佳肴。③心意，志趣。例宗旨、意旨。

旨意 ㄓˇ ㄧˋ ①舊稱帝王的令旨。②主旨意趣。

旨趣 ㄓˇ ㄑㄩˋ 宗旨及大意。

早 ㄗㄠˇ zǎo 名天明太陽剛出來的時候。例大清早。形①剛開始的。例早春。②較原時間提前，未到預定時間的。例早產。③晨間的。例早朝。④先前的。例早期著作。⑤早晨見面時互相招呼的用語。例您早。副①在預定時間之前。例提早。②已經。例早是。

早日 ㄗㄠˇ ㄖˋ ①時期提早。例早日歸來。②從前。

早年 ㄗㄠˇ ㄋㄧㄢˊ ①多年以前。②指人年輕的時候。

早茶 ㄗㄠˇ ㄔㄚˊ ①二、三月間所採的茶葉新芽。②早上吃的茶點。

早退 ㄗㄠˇ ㄊㄨㄟˋ ①提前隱退。②提早退席或離開崗位。

早衰 ㄗㄠˇ ㄕㄨㄞ 人或生物體年齡未老而身心提前衰老。

早晨 ㄗㄠˇ ㄔㄣˊ 上午。通常指十點以前。

早婚 ㄗㄠˇ ㄏㄨㄣ 未達適當年齡便已結婚。

早產 ㄗㄠˇ ㄔㄢˇ 懷孕未足月而分娩。指懷孕在二十九到三十六週內便分娩。

早晚 ㄗㄠˇ ㄨㄢˇ ①早上和晚上。②隨時，遲早。③時候。

早熟 ㄗㄠˇ ㄕㄡˊ ①農作物的果實提早或較快成熟。②指人的身體或心智發育比同年齡的早。

早出晚歸 ㄗㄠˇ ㄔㄨ ㄨㄢˇ ㄍㄨㄟ 比喻整日在外奔波忙碌。

旯 ㄌㄚˊ lá 見「旮旯」。

旮 ㄍㄚ gā 見「旮旯」。

旮旯 ㄍㄚ ㄌㄚˊ 指黑暗、偏僻不被人注意的角落。

旭 ㄒㄩˋ xù 名剛升起的朝陽。例朝旭。形日出光明的。例旭日東昇。

旭日 ㄒㄩˋ ㄖˋ 早晨剛升起的太陽。

旬 ㄒㄩㄣˊ xún 名①十天。例一旬、上旬。②十年。用來稱人的歲數。例年近七旬。形滿的。例旬歲。

旬日 ㄒㄩㄣˊ ㄖˋ 十天或十天左右。

旬刊 ㄒㄩㄣˊ ㄎㄢ 每隔十天出版一次的刊物。

三畫

旱 ㄏㄢˋ hàn 名長久不下雨。例乾旱。形①乾的，缺水的。例旱稻。②陸地的。例旱路。

旱田 ㄏㄢˋ ㄊㄧㄢˊ 地勢較高或缺乏水分灌溉的田地，多種植不需要大量水分的作物。

旱災 ㄏㄢˋ ㄗㄞ 由於天不下雨使農作物枯死的災害。

旱路 ㄏㄢˋ ㄌㄨˋ 指陸路。反水路。

旱潦 ㄏㄢˋ ㄌㄠˇ 久不下雨或雨水過多的兩種天災。

旱稻 ㄏㄢˋ ㄉㄠˋ 種在旱地裡的稻子，抗旱力比水稻強。

旱鴨子 ㄏㄢˋ ㄧㄚ ㄗ˙ 戲指不會游泳或怕水的人。

旰 ㊀ㄍㄢˋ gàn 名傍晚，日落的時候。例日旰忘食。㊁ㄏㄢˋ hàn 形旰旰，盛大的樣子。

旰食 ㄍㄢˋ ㄕˊ 過了吃飯的時間之後才吃飯。比喻人勤勞做事，沒有時間吃飯。例宵衣旰食。

四畫

昔 ㄒㄧˊ xí 名①古代，以前。例今非昔比。②通「夕」。夜晚。形過去的，從前的。例崔顥・黃鶴樓詩：「昔人已乘黃鶴去。」

昔日 ㄒㄧˊ ㄖˋ 從前，往日。

昉 ㄈㄤˇ fǎng 形天剛亮的時候。動開始。

旻 ㄇㄧㄣˊ mín 名①秋天。例旻天。②天空的泛稱。

旼 ㄇㄧㄣˊ mín 副旼旼，和樂的樣子。

旺 ㄨㄤˋ wàng 形①興盛繁榮的。例興旺。②猛烈的。例精力旺盛。

旺地 ㄨㄤˋ ㄉㄧˋ 世俗稱興盛之地，對人有利的地方。

旺季 ㄨㄤˋ ㄐㄧˋ 一年中營業、銷售數量最多的季節或某種東西出產最多的季節。

旺盛 ㄨㄤˋ ㄕㄥˋ 形容生長力強或體力充沛興盛的樣子。

昊 ㄏㄠˋ hào 名廣大無邊際的天。形廣大。例昊天罔極。

昊天 ㄏㄠˋ ㄊㄧㄢ ①形容遼闊廣大的天空。②指西方之天或東方之天。

昆 ㊀ㄎㄨㄣ kūn 名①後代子孫。例昆裔。②兄。兄弟稱昆仲。形眾多成群，各種各類的。例昆蟲。㊁ㄏㄨㄣˊ hún 名昆邪，漢代匈奴部落名。

昆布 ㄎㄨㄣ ㄅㄨˋ 藻類植物，生長在海裡，細長如帶，含有豐富的碘，也稱為海帶。

昆玉 ㄎㄨㄣ ㄩˋ 稱他人兄弟的敬詞。

昆仲 ㄎㄨㄣ ㄓㄨㄥˋ 兄弟。例賢昆仲。

昆蟲 ㄎㄨㄣ ㄔㄨㄥˊ 蟲類的總稱。身體由頭、胸、腹三大部分組成，用氣管呼吸的節足動物。如螞蟻、蜻蜓等。

昃 ㄗㄜˋ zè 名過了正午，太陽西斜的時候。動傾斜。例日中則昃。

昃晷 ㄗㄜˋ ㄍㄨㄟˇ　太陽已過了中午。

昌　ㄔㄤ chāng 形①光亮燦爛的。例昌明。②興盛的。例昌盛。③美好而正當的。例昌言。

昌明 ㄔㄤ ㄇㄧㄥˊ　光明，光大。形容興盛進步。

明　ㄇㄧㄥˊ míng 名①視覺，目力。例失明。②朝代名。為朱元璋所建，被清朝所滅。③陽世。例幽明永隔。④神靈。例神明。形①次，第二。例明天、明年。②聰慧，悟性高的。例聰明。③乾淨，整潔的。例窗明几淨。④清晰的。例分明。⑤光耀的，光亮的。例明月。⑥顯著的。例明效。動①通曉，了解。例深明大義。②彰明，彰顯。例明恥教戰。③發光，發亮。例天色未明。副表面地，公開地。例有話明說。

明文 ㄇㄧㄥˊ ㄨㄣˊ　①公開見於文字的文件，多指法令、規章等。②明確的文字記載。

明令 ㄇㄧㄥˊ ㄌㄧㄥˋ　公開發布的命令。

明快 ㄇㄧㄥˊ ㄎㄨㄞˋ　①指語言、文字明白通暢。②形容人的性格開朗直爽，辦事乾脆，不拖泥帶水。

明星 ㄇㄧㄥˊ ㄒㄧㄥ　①明亮的星。②金星的別名。③演藝界、體育界或團體中出色的人物。

明朗 ㄇㄧㄥˊ ㄌㄤˇ　①光線充足，明亮的樣子。②明白清楚，沒有模糊的地方。③光明磊落，爽快。

明珠 ㄇㄧㄥˊ ㄓㄨ　①光澤晶亮的珍珠。②比喻所喜愛的人或珍貴之物。例掌上明珠。

明喻 ㄇㄧㄥˊ ㄩˋ　譬喻的一種，用另外的事物來明白指出兩物間的相似或比喻關係。

明晰 ㄇㄧㄥˊ ㄒㄧ　明白清楚而不模糊。

明智 ㄇㄧㄥˊ ㄓˋ　指人具有遠見，通達事理，想得周到。

明滅 ㄇㄧㄥˊ ㄇㄧㄝˋ　時現時隱，忽明忽暗的樣子。

明溝 ㄇㄧㄥˊ ㄍㄡ　沒設蓋子的水溝。

明德 ㄇㄧㄥˊ ㄉㄜˊ　顯明崇高而完美的道德。

明確 ㄇㄧㄥˊ ㄑㄩㄝˋ　明白確實。

明燈 ㄇㄧㄥˊ ㄉㄥ　明亮的燈。比喻引導群眾朝向光明正確的方向前進的人或事物。

明瞭 ㄇㄧㄥˊ ㄌㄧㄠˇ　明白，了解，清楚。

明斷 ㄇㄧㄥˊ ㄉㄨㄢˋ　明確的判斷是非。

明證 ㄇㄧㄥˊ ㄓㄥˋ　顯明的證據。

明鏡 ㄇㄧㄥˊ ㄐㄧㄥˋ　①明亮的鏡子。②比喻高明的見解。

明礬 ㄇㄧㄥˊ ㄈㄢˊ　由硫酸鋁和硫酸鉀組合成，為無色透明的結晶，帶澀味，入水溶化，常用於製造紙張、淨水劑、染料等。

明鑑 ㄇㄧㄥˊ ㄐㄧㄢˋ　①明亮的鏡子。②明察，善於辨別事物。③明顯的借鏡或鑑戒，可為現在的榜樣或教訓。

明顯 ㄇㄧㄥˊ ㄒㄧㄢˇ　明白顯露，使人容易看出。

明信片 ㄇㄧㄥˊ ㄒㄧㄣˋ ㄆㄧㄢˋ　郵局出售的不用封套的寫信紙片，郵費比普通信便宜。

明心見性 ㄇㄧㄥˊ ㄒㄧㄣ ㄐㄧㄢˋ ㄒㄧㄥˋ　徹底洞察自己心性的本源。

明日黃花 ㄇㄧㄥˊ ㄖˋ ㄏㄨㄤˊ ㄏㄨㄚ 原指農曆九月九日重陽節一過，就要逐漸凋謝的菊花。後比喻過時的事物。

明正典刑 ㄇㄧㄥˊ ㄓㄥˋ ㄉㄧㄢˇ ㄒㄧㄥˊ 依照法令公開處決犯人。

明目張膽 ㄇㄧㄥˊ ㄇㄨˋ ㄓㄤ ㄉㄢˇ 本指有膽識、敢作敢當。現多用以形容毫無顧忌地公然做壞事。

明爭暗鬥 ㄇㄧㄥˊ ㄓㄥ ㄢˋ ㄉㄡˋ 形容兩方競爭激烈，不管在明裡暗裡都互相攻擊比較。

明知故犯 ㄇㄧㄥˊ ㄓ ㄍㄨˋ ㄈㄢˋ 明明知道不該做而仍舊去做，即知法犯法。

明知故問 ㄇㄧㄥˊ ㄓ ㄍㄨˋ ㄨㄣˋ 自己明明知道卻故意問人。

明哲保身 ㄇㄧㄥˊ ㄓㄜˊ ㄅㄠˇ ㄕㄣ 明智的人善於保護自己，不參與會帶給自己危險的事。也指害怕有損自己利益，以迴避為原則的處世態度。

明恥教戰 ㄇㄧㄥˊ ㄔˇ ㄐㄧㄠˋ ㄓㄢˋ 申明雪恥的道理並教導作戰方法，以激發同仇敵愾之心。

明眸皓齒 ㄇㄧㄥˊ ㄇㄡˊ ㄏㄠˋ ㄔˇ 眼睛光亮，牙齒潔白。多用以形容女子美麗的容貌。

明媒正娶 ㄇㄧㄥˊ ㄇㄟˊ ㄓㄥˋ ㄑㄩˇ 夫妻結婚是經過媒人介紹，正式行禮成親的。指依公開儀式的正式婚姻。

明察暗訪 ㄇㄧㄥˊ ㄔㄚˊ ㄢˋ ㄈㄤˇ 公開查問與祕密探訪事實真相。

明槍暗箭 ㄇㄧㄥˊ ㄑㄧㄤ ㄢˋ ㄐㄧㄢˋ 比喻公開或暗中的種種攻擊。

明察秋毫 ㄇㄧㄥˊ ㄔㄚˊ ㄑㄧㄡ ㄏㄠˊ 形容眼光敏銳，能看出極細微的事物。

明鏡高懸 ㄇㄧㄥˊ ㄐㄧㄥˋ ㄍㄠ ㄒㄩㄢˊ 比喻官吏執法嚴明，審案公正。

明修棧道，暗渡陳倉 ㄇㄧㄥˊ ㄒㄧㄡ ㄓㄢˋ ㄉㄠˋ ㄢˋ ㄉㄨˋ ㄔㄣˊ ㄘㄤ 使對方注意明處而忽略暗處的行動，攻其不備，令對方措手不及的策略。

昀

ㄩㄣˊ yún 名 太陽光。

易

ㄧˋ yì 名 ①易經的簡稱。②姓。形 ①和氣的。例 平易近人。②簡單，不困難的。例 容易。動 ①輕視，輕慢。例 左傳：「國無小，不可易也。」②交換。例 貿易。③改變。例 移風易俗。④治理。例 孟子：「易其田疇。」

易姓 ㄧˋ ㄒㄧㄥˋ ①改姓。②君主時代視國家為一姓之業，稱改朝換代為易姓。

易與 ㄧˋ ㄩˇ 不難應付。有輕忽、鄙視之意。

易轍 ㄧˋ ㄔㄜˋ 改變行車的路徑。比喻事有變更。

易如反掌 ㄧˋ ㄖㄨˊ ㄈㄢˇ ㄓㄤˇ 形容非常容易，有如反翻手掌一般。同 唾手可得。

昇

ㄕㄥ shēng 形 太平的。例 昇平。動 ①太陽上升。例 旭日東昇。②晉級。

昇天 ㄕㄥ ㄊㄧㄢ 飛昇登天。道家指得道成仙。

昇平 ㄕㄥ ㄆㄧㄥˊ 太平盛世。也作「升平」。

昇華 ㄕㄥ ㄏㄨㄚˊ ①化合物由固體直接變成氣體，而不經由液態的現象。②比喻人的情感、事物境界的提升。

昂

ㄤˊ áng 形 情緒激揚、意氣奮發的。例 慷慨激昂。動 ①上仰，高舉。例 昂首闊步。②物價高漲。例 昂貴。

昂昂 ㄤˊ ㄤˊ 形容人出類拔萃。也指不凡的高超志向。

昂首 ㄤˊ ㄕㄡˇ 仰著頭，抬頭。例昂首闊步。

昂揚 ㄤˊ ㄧㄤˊ ①情緒高漲，精神振奮。②形容聲音高昂的樣子。

昂然 ㄤˊ ㄖㄢˊ 抬頭挺胸，高傲自信不卑屈的樣子。

昂貴 ㄤˊ ㄍㄨㄟˋ 貨物的價格很高。

昂藏 ㄤˊ ㄘㄤˊ 形容人儀表雄偉，氣宇軒昂的樣子。

昕

ㄒㄧㄣ xīn 名太陽快升起時。引申為早晨的意思。例昕夕。

昕夕 ㄒㄧㄣ ㄒㄧ 早晚，朝暮。比喻隨時。

昏

ㄏㄨㄣ hūn 名太陽下山的時候。例黃昏。形①光線暗，不亮的。例昏暗。②不明事理的。例昏君。③不清楚的。例老眼昏花。④神智不清的。動①失去知覺，不省人事。例昏厥。②迷惑。例呂氏春秋：「昏於小利。」

昏花 ㄏㄨㄣ ㄏㄨㄚ 眼睛視力不佳，看不清楚狀況。

昏昧 ㄏㄨㄣ ㄇㄟˋ ①昏庸愚昧。引申為不明事理。②糊塗，不明白。形容人渾沌不清醒的樣子。

昏眩 ㄏㄨㄣ ㄒㄩㄢˋ 神智模糊不清，眼睛昏花。

昏迷 ㄏㄨㄣ ㄇㄧˊ ①愚昧而不能辨清事理。②指人沒有知覺，不省人事的樣子。

昏庸 ㄏㄨㄣ ㄩㄥ 形容人才智不高而愚昧無知的樣子。

昏厥 ㄏㄨㄣ ㄐㄩㄝˊ 因生病或受到刺激而突然昏迷失去知覺。

昏黃 ㄏㄨㄣ ㄏㄨㄤˊ 天色幽暗，或是指風沙很大的天色。

昏亂 ㄏㄨㄣ ㄌㄨㄢˋ ①昏迷錯亂的樣子。②指人昏昧、作亂，敗壞好事。

昏瞶 ㄏㄨㄣ ㄍㄨㄟˋ 糊塗昏亂，不能明察事理。

昏天黑地 ㄏㄨㄣ ㄊㄧㄢ ㄏㄟ ㄉㄧˋ ①天色昏暗，不能辨別方向。②形容社會黑暗。

昏昏沉沉 ㄏㄨㄣ ㄏㄨㄣ ㄔㄣˊ ㄔㄣˊ 形容頭腦昏亂，意識不清楚的樣子。

五畫

昶

ㄔㄤˇ chǎng 形①白晝時間較長的。②通「暢」。舒暢，通達。

春

ㄔㄨㄣ chūn 名①四季之首，農曆一月至三月，國曆三月至五月。②生命力，生機。例妙手回春。③男女間相悅的情感。例思春。④年的代詞。形關於春天的。例春風。

春心 ㄔㄨㄣ ㄒㄧㄣ ①觀看春景後，引發起傷懷的心。②指男女相互愛戀的情懷。例春心蕩漾。

春牛 ㄔㄨㄣ ㄋㄧㄡˊ 舊制立春前一天，官府打春牛迎春，表示勸農和春耕的開始。春牛是用土、蘆葦或紙做的。

春分 ㄔㄨㄣ ㄈㄣ 二十四節氣之一，在陽曆三月二十一日前後，這天晝夜長短相等。

春光 ㄔㄨㄣ ㄍㄨㄤ ①春天的景色。②指男女情愛的情景。例春光外洩。

春色 ㄔㄨㄣ ㄙㄜˋ ①春天的景色。例春色滿園。②形容臉色的喜氣。③色情的感覺。指男女間性愛的情景。

春風 ㄔㄨㄣ ㄈㄥ ①春天和煦的風。比喻恩惠德澤。②春風吹拂，化育萬物。比喻教育深恩。例春風化雨。③形容快樂喜悅的神情。例春風滿面。④指男女交歡的情事。例春風一度。

春秋 ㄔㄨㄣ ㄑㄧㄡ ①代表一年、四季。②指人的年齡，通常指壯盛的年紀。例春秋鼎盛。③指歲月、光陰。④周朝時魯國的史書，經孔子修訂，是中國最早的編年體史書。⑤孔子作春秋所記時代，世稱為春秋時代。

春宮 ㄔㄨㄣ ㄍㄨㄥ ①舊時太子所住的宮殿，又指太子。也稱為東宮。②男女性愛的圖片。原為宮廷皇家所繪，而叫春宮。

春宵 ㄔㄨㄣ ㄒㄧㄠ ①春夜。②歡樂的時光，常指夜晚。引申指男女歡愛的夜生活。例春宵一刻值千金。

春捲 ㄔㄨㄣ ㄐㄩㄢˇ 食品的一種，用麵粉製成薄皮，內包菜肉餡，捲作細長形，蒸或炸熟而成。

春情 ㄔㄨㄣ ㄑㄧㄥˊ ①春天的景色和意興。②男女互相愛慕的情意。

春暉 ㄔㄨㄣ ㄏㄨㄟ 春天溫和的陽光。比喻慈母的恩惠。

春節 ㄔㄨㄣ ㄐㄧㄝˊ 指農曆初一到十五日這一段期間。

春夢 ㄔㄨㄣ ㄇㄥˋ ①春天好睡，夢境容易忘記。比喻短促易逝的事。例一場春夢。②指人不切實際地空想、幻想或妄想。

春聯 ㄔㄨㄣ ㄌㄧㄢˊ 新年時候用紅紙寫上吉利話的對聯，貼在大門兩邊。

春光明媚 ㄔㄨㄣ ㄍㄨㄤ ㄇㄧㄥˊ ㄇㄟˋ 春天的景色，明豔動人。

春花秋月 ㄔㄨㄣ ㄏㄨㄚ ㄑㄧㄡ ㄩㄝˋ 比喻美好的時光和景物。

春風化雨 ㄔㄨㄣ ㄈㄥ ㄏㄨㄚˋ ㄩˇ 春風吹拂，化雲為雨，潤澤著草木。比喻良好的教育，也用來稱頌師長的教誨。

春風風人 ㄔㄨㄣ ㄈㄥ ㄈㄥˋ ㄖㄣˊ 春風和煦地吹拂著人們。比喻給人恩惠、教誨或幫助。

春風得意 ㄔㄨㄣ ㄈㄥ ㄉㄜˊ ㄧˋ 舊稱進士及第後的志得意滿。後泛指在事業或各種競賽中都很順利。

春秋鼎盛 ㄔㄨㄣ ㄑㄧㄡ ㄉㄧㄥˇ ㄕㄥˋ 指人正當壯盛的年紀。

春寒料峭 ㄔㄨㄣ ㄏㄢˊ ㄌㄧㄠˋ ㄑㄧㄠˋ 形容早春時節微寒的樣子。

春華秋實 ㄔㄨㄣ ㄏㄨㄚˊ ㄑㄧㄡ ㄕˊ 春天開花，秋天結果。比喻文采和德行各有不同的成就。

昱

ㄩˋ yù 名日光。動光明，照耀。副光明的樣子。例昱昱。

昧

ㄇㄟˋ mèi 名天將亮而未亮的時候。例昧爽、昧旦。形①昏暗，不明的。例曖昧。②糊塗不明理的。例昏昧、蒙昧。動①暗藏。例拾金不昧。②冒犯。例冒昧。

昧心 ㄇㄟˋ ㄒㄧㄣ 欺心，違背良心。

昺

ㄅㄧㄥˇ bǐng 形光明，顯明的。

是

ㄕˋ shì 名①正確，不錯。例積非成是。②事情。例國是。形這。指示形容詞。例是日。動①為。表示肯定。例我是學生。②表示存在的事實。例滿身是汗。③表示應許之詞。例是，我馬上去。代此。指示代名詞。例是可忍，孰不可忍。助用於句中。例惟利是圖。連承上接下之詞。例於是。

是以 ㄕˋ ㄧˇ 因此，所以。表示因果的連詞。

是否 ㄕˋ ㄈㄡˇ 表示有疑問的副詞。例不知他是否心虛。

是非 ㄕˋ ㄈㄟ ①事理的對與錯。②泛稱口舌爭論。

是故 ㄕˋ ㄍㄨˋ 所以，因此之故。

是可忍，孰不可忍 ㄕˋ ㄎㄜˇ ㄖㄣˇ ㄕㄨˊ ㄅㄨˋ ㄎㄜˇ ㄖㄣˇ 形容事情惡劣到令人無法忍受的地步。

暱

ㄋㄧˋ nì 動通「暱」。親近。例親暱。

暱愛 ㄋㄧˋ ㄞˋ 深切的情感和愛意。

昭

ㄓㄠ zhāo 名①古代宗廟制度的排列次序，始祖廟居中，左為昭，右為穆。例昭穆。②姓。形顯著的。例昭彰。動顯揚，使彰明。

昭示 ㄓㄠ ㄕˋ 明白的表示或宣布。

昭明 ㄓㄠ ㄇㄧㄥˊ 光明顯著的樣子。

昭昭 ㄓㄠ ㄓㄠ 明亮或明白的樣子。例天理昭昭。

昭雪 ㄓㄠ ㄒㄩㄝˇ 洗刷冤枉，使案情真相大白。

昭著 ㄓㄠ ㄓㄨˋ 彰明，顯著。同昭彰。

昭然若揭 ㄓㄠ ㄖㄢˊ ㄖㄨㄛˋ ㄐㄧㄝ 真相大白，事實完全顯露出來。

映

ㄧㄥˋ yìng 名日光。例餘映。動①光線的照射。例映射、放映。②光線反射。例倒映。

映像 ㄧㄥˋ ㄒㄧㄤˋ 由於光線的曲折反射作用而現出的物像。

映襯 ㄧㄥˋ ㄔㄣˋ 將兩種不同的，特別是相反的觀念或事實，互相對列比較，從而使語氣增強，讓意義更明顯的修辭法。

映雪讀書 ㄧㄥˋ ㄒㄩㄝˇ ㄉㄨˊ ㄕㄨ 晉人孫康貧而好學，在夜間借助雪的反光苦讀。形容人勤而好學。

星

ㄒㄧㄥ xīng 名①宇宙中除太陽和月球外，會發亮或反射光的天體。例恆星、彗星、流星。②細碎發亮的東西。例眼冒金星。③秤桿上記數的金屬標記。④比喻有成就，為人所崇拜、注目的人物。例歌星。形極其微小的。例零星。副①羅列散布的樣子。例星羅棋布。②如流星般疾速地。例星馳。

星斗 ㄒㄧㄥ ㄉㄡˇ 天上的星星。

星火 ㄒㄧㄥ ㄏㄨㄛˇ ①比喻非常急迫。例急如星火。②微小的火。例星火燎原。③比喻小事。

星辰 ㄒㄧㄥ ㄔㄣˊ 眾星的總稱。

星河 ㄒㄧㄥ ㄏㄜˊ 由一千億顆以上的恆星和其他物質所組成的龐大天體系統。肉眼看上去呈淡白色的光帶。也稱為銀河。

星星 ㈠ㄒㄧㄥ ㄒㄧㄥ ①比喻零星微小的樣子。②點點，如夜空中的繁星一般。㈡ㄒㄧㄥ ˙ㄒㄧㄥ 宇宙中所有發光的星體。

星座 ㄒㄧㄥ ㄗㄨㄛˋ 為了便於表示恆星的位置，將恆星群劃分成若干區域，稱為星座。

星球 ㄒㄧㄥ ㄑㄧㄡˊ 泛指宇宙中的星體而言，因其多成圓球形而得名。

星期 ㄒㄧㄥ ㄑㄧ ①我國古代曆法和西洋曆法以七日為一週，即一星期。②指農曆七月七日，民間傳說牽牛、織女兩星相會的日子。

星象 ㄒㄧㄥ ㄒㄧㄤˋ 指星體的明、暗、薄、蝕等現象，古代天文家依據此種現象來占驗吉凶。

星雲 ㄒㄧㄥ ㄩㄣˊ 指太陽系之外呈現雲霧狀的發光天體。

星散 ㄒㄧㄥ ㄙㄢˋ 如星星般地分散在宇宙中。比喻人或事物的四散分離。

星馳 ㄒㄧㄥ ㄔˊ ①如流星奔馳。形容迅速、緊急的樣子。②形容連夜趕路，不眠不休地。

星隕 ㄒㄧㄥ ㄩㄣˇ ①星星墜落到地面。②比喻賢人或大人物的去世。

星際 ㄒㄧㄥ ㄐㄧˋ 太空中星體與星體彼此之間的空間。現也稱宇宙太空。

星霜 ㄒㄧㄥ ㄕㄨㄤ 比喻歲月。因星辰的位置隨地球自轉而改變，一年循環一次，霜每年遇寒而降。

星移斗轉 ㄒㄧㄥ ㄧˊ ㄉㄡˇ ㄓㄨㄢˇ 星斗變換了位置。形容季節改變或時間變化。

星羅棋布 ㄒㄧㄥ ㄌㄨㄛˊ ㄑㄧˊ ㄅㄨˋ 像星星或棋子一樣羅列分布著。形容數量很多，廣為分布的樣子。

昳

㈠ㄉㄧㄝˊ dié 名太陽偏西的時刻。動太陽西斜。

㈡ㄧˋ yì 見「昳麗」。

昳麗 ㄧˋ ㄌㄧˋ 容光煥發，明豔出色的樣子。

昨

ㄗㄨㄛˊ zuó 名①前一天。例昨天。②過去，以往。例昨非今是。

昨日 ㄗㄨㄛˊ ㄖˋ 今天的前一天。亦稱為昨天、昨兒個。

昴

ㄇㄠˇ mǎo 名二十八星宿之一，為白虎七宿的第四宿。

昫

ㄒㄩˇ xǔ 形同「煦」。日出後溫暖的。

昝

ㄗㄢˇ zǎn 名姓。

六畫

晉

ㄐㄧㄣˋ jìn 名①周朝時的國名。②朝代名。③山西省的簡稱。④姓。動進，前往。例晉謁。

晉升 ㄐㄧㄣˋ ㄕㄥ 提高官員的職位或階級。

晉見 ㄐㄧㄣˋ ㄐㄧㄢˋ 下級前往拜見上級。

晉謁 ㄐㄧㄣˋ ㄧㄝˋ 指進見地位或輩分高的人。

晏

ㄧㄢˋ yàn 名姓。形①安和，太平的。例海晏河清。②晴朗無雲的。例天清日晏。副遲地，晚地。例晏起。

晏如 ㄧㄢˋ ㄖㄨˊ 安然自得的樣子。亦作「晏然」。

晏起 ㄧㄢˋ ㄑㄧˇ 很晚才起床。

時

ㄕˊ shí 名①季節。例四時。②時辰，古將一天分為十二個時辰。例子時。③計算時間的單位，一時為六十分鐘。④時代，期間。例盛行一時。⑤鐘點，地球自轉一周的二十四分之一。例上午七時。⑥機運，機會。例時機。⑦過去或現在的某一時候。例當時。⑧姓。形①適合時宜的。例孟子：「孔子，聖之時者也。」②當前的，現代的。例時勢、時髦。動等待。例論語：「孔子時其亡也，而往拜之。」副常常。例論語：「學而時習之。」

時人 ㄕˊ ㄖㄣˊ ①指當世的人。②此人。

時下 ㄕˊ ㄒㄧㄚˋ 現在，眼前。

時日 ㄕˊ ㄖˋ 時間，光陰。例假以時日，定能成功。

時代 ㄕˊ ㄉㄞˋ ①指歷史上的某個時期階段。②個人生命中的某個時期。③現代的潮流。

時光 ㄕˊ ㄍㄨㄤ 時間，光陰。

時局 ㄕˊ ㄐㄩˊ 指當時國家社會的政治情勢。

時序 ㄕˊ ㄒㄩˋ ①季節、時間的先後次序。②時代的運轉順序。

時辰 ㄕˊ ㄔㄣˊ ①古時將一天二十四小時分成子、丑、寅、卯、辰、巳、午、未、申、酉、戌、亥十二個時辰。②時候，時間。

時尚 ㄕˊ ㄕㄤˋ 一時崇尚流行的風氣、愛好。

時刻 ㄕˊ ㄎㄜˋ ①時時，隨時。②時間，時候。

時宜 ㄕˊ ㄧˊ 配合當時的需要或風俗、習慣而認為合適的事物。

時事 ㄕˊ ㄕˋ ①最近所發生的事件，常指國家政治方面的事。②指當下重要而急迫的事。

時限 ㄕˊ ㄒㄧㄢˋ 限制要完成某項工作的一定時間。

時值 ㄕˊ ㄓˊ ①指物品隨著時間起落的價值。②時間剛好到，在當時正好是。例時值冬令歲末。

時差 ㄕˊ ㄔㄚ ①地球上經度不同的地區，每天看到太陽升降的時間早晚不同，形成時間上的差距。②指鐘錶面上的時刻與天文學上所說的太陽時間的差數。

時候 ㄕˊ ㄏㄡˋ ①時間。②特別指稱某一段時期。例我年輕的時候。

時效 ㄕˊ ㄒㄧㄠˋ ①在一定時間內能產生的作用。②指在一定時期內，繼續行使其權利或不行使其權利，而產生權利得失的法律事實。

時區 ㄕˊ ㄑㄩ 同一小時的地區。按經線將地球等分為二十四區，每區十五度為同一時間，稱為一個時區。

時務 ㄕˊ ㄨˋ ①當世的要務。例不識時務。②按照節令應做的農事。

時羞 ㄕˊ ㄒㄧㄡ 當季應時的食物。或作「時饈」。

時間 ㄕˊ ㄐㄧㄢ ①泛指時刻的長短。②凡過去、現在和未來無限流轉的，相對於空間而言。

時勢 ㄕˊ ㄕˋ 時代的趨勢或潮流，當時的情況。

時節 ㄕˊ ㄐㄧㄝˊ ①季節，節令。②四時的節日。③時候，時刻。

時裝 ㄕˊ ㄓㄨㄤ 當時社會流行的服裝。相對於古裝而言。

時運 ㄕˊ ㄩㄣˋ 氣運，命運。

時髦 ㄕˊ ㄇㄠˊ ①一時的豪士俊傑。②今指一時流行的，因為新奇而在社會上廣為流傳的事物。

時弊 ㄕˊ ㄅㄧˋ 當時的弊病。多指政治的缺失。

時價 ㄕˊ ㄐㄧㄚˋ 當時或當日的價格，此價格會隨時漲跌。

時機 ㄕˊ ㄐㄧ 指對事情有利的機會或時間。

時興 ㄕˊ ㄒㄧㄥ 當時流行的事物。

時艱 ㄕˊ ㄐㄧㄢ 指艱難困苦的時局。

時不我與 ㄕˊ ㄅㄨˋ ㄨㄛˇ ㄩˇ 上天的時機不利於我。比喻錯失時機，後悔莫及。

時來運轉 ㄕˊ ㄌㄞˊ ㄩㄣˋ ㄓㄨㄢˇ 壞的運氣轉成了好運。形容人從逆境轉成順境。

時運不濟 ㄕˊ ㄩㄣˋ ㄅㄨˋ ㄐㄧˋ 指人的運氣不好，四處受挫。

時過境遷 ㄕˊ ㄍㄨㄛˋ ㄐㄧㄥˋ ㄑㄧㄢ 隨著時間的轉變，事情的狀況也產生了變化。

晒

ㄕㄞˋ shài 動①暴露在日光下使乾燥。例日晒。②照相後將底片浸於藥水中，取出放在光線下使其顯影。例晒底片。

晒圖 ㄕㄞˋ ㄊㄨˊ 圖紙的一種複製法。將描繪在透明或半透明紙上的圖和感光紙重疊，或在晒圖紙上塗抹感光藥劑襯於底圖下面，利用日光或燈光曝晒，經由化學變化顯影。

晟

ㄔㄥˊ chéng 形明亮的，熾盛的。

晃

㈠ㄏㄨㄤˇ huǎng 形光明，明亮的。例明晃晃。動①強光照耀使人視線不明。例晃眼。②很快閃過。例一晃而過。㈡ㄏㄨㄤˋ huàng 動①搖擺不定。例搖晃。②一閃而過。形容時間過得很快。例一晃又一年了。

晃晃 ㄏㄨㄤˇ ㄏㄨㄤˇ 非常明亮的樣子。

晃動 ㄏㄨㄤˋ ㄉㄨㄥˋ 搖擺、震動的樣子。

晃蕩 ㄏㄨㄤˋ ㄉㄤˋ 光影搖曳擺動，閃爍不定。

晃晃悠悠 ㄏㄨㄤˋ ㄏㄨㄤˋ ㄧㄡ ㄧㄡ 搖擺、飄蕩不定的樣子。

晁

㈠ㄔㄠˊ cháo 名姓。㈡ㄓㄠ zhāo 名通「朝」。早晨。

晌

ㄕㄤˇ shǎng 名①正午。例晌午。②片刻的時間。例半晌。

晌午 ㄕㄤˇ ˙ㄏㄨㄛ 中午，正午或午時前後。

七畫

晝

ㄓㄡˋ zhòu 名白天，從日出到日落。例晝伏夜出。

晝分 ㄓㄡˋ ㄈㄣ 中午。

晝夜 ㄓㄡˋ ㄧㄝˋ 日夜，白天和晚上。

晝寢 ㄓㄡˋ ㄑㄧㄣˇ 白天睡覺。

晝長圈 ㄓㄡˋ ㄔㄤˊ ㄑㄩㄢ 天文學的夏至線，是白晝最長的時候。晝短圈則是冬至線。

晡

ㄅㄨ bū 名指申時，約下午三時至五時。例晡夕。

晨

ㄔㄣˊ chén 名早上太陽剛出來的時候。例早晨。

晨星 ㄔㄣˊ ㄒㄧㄥ ①清晨稀疏的星星。②比喻事物很稀少的樣子。

晨昏定省 ㄔㄣˊ ㄏㄨㄣ ㄉㄧㄥˋ ㄒㄧㄥˇ 子女早晚都向父母問安。形容子女能夠盡孝道。

晨鐘暮鼓 ㄔㄣˊ ㄓㄨㄥ ㄇㄨˋ ㄍㄨˇ 佛寺中朝課和熄燈之前皆會敲擊鐘鼓，用以警惕與自勵。也作「暮鼓晨鐘」。

晤

ㄨˋ wù 動見面。例會晤。

晤面 ㄨˋ ㄇㄧㄢˋ 和人相約見面。

晤談 ㄨˋ ㄊㄢˊ 和人見面談話。

晦

ㄏㄨㄟˋ huì 名①農曆每月的最後一天。例晦日。②夜晚。形①昏暗的。例晦冥。②倒楣，不吉利的。例晦氣。③不明顯的，隱蔽。例晦跡。

晦明 ㄏㄨㄟˋ ㄇㄧㄥˊ 黑夜與白晝，又指昏暗與晴朗。

晦氣 ㄏㄨㄟˋ ㄑㄧˋ 遇事不順利、倒楣。

晦朔 ㄏㄨㄟˋ ㄕㄨㄛˋ ①農曆每月的最後一天和第一天。②指早上和晚上。

晦澀 ㄏㄨㄟˋ ㄙㄜˋ 詩文、樂曲等含意隱晦不易懂。

晚

ㄨㄢˇ wǎn 名①日落的時候。例傍晚。②夜間。例夜晚。③暮年。形①後輩的，後來的。例晚輩。②末期，將盡的。例晚唐。副後，遲地。例相見恨晚。

晚生 ㄨㄢˇ ㄕㄥ ①後生晚輩。後進對於前輩的自稱。②晚生兒子，指中年以後才得子。

晚年 ㄨㄢˇ ㄋㄧㄢˊ 指人年老的時候。

晚成 ㄨㄢˇ ㄔㄥˊ 比較晚的時候才得到成就。例大器晚成。

晚近 ㄨㄢˇ ㄐㄧㄣˋ 指距離現在最近的幾年。

晚娘 ㄨㄢˇ ㄋㄧㄤˊ ①俗稱繼母。②形容女子擺出一副凶惡的臉孔。

晚進 ㄨㄢˇ ㄐㄧㄣˋ 晚輩，指資歷淺、見識不多的新進人員。

晚期 ㄨㄢˇ ㄑㄧˊ 年代或事物發展過程中最後的一個階段。

晚景 ㄨㄢˇ ㄐㄧㄥˇ ①傍晚時的景色。②人老年時的狀況。

晚節 ㄨㄢˇ ㄐㄧㄝˊ ①晚年的節操。②指人的晚年、老年。

晚輩 ㄨㄢˇ ㄅㄟˋ 輩分較低的後輩。

晚霞 ㄨㄢˇ ㄒㄧㄚˊ 太陽下山時在天空中出現的彩色雲霞。

晞

ㄒㄧ xī 名天快要亮時的日光。例晨晞。動乾燥，蒸發。例露晞。

八畫

普

ㄆㄨˇ pǔ 形①廣大而周遍。例普天之下。②平常的，不特別的。例普通。

普及 ㄆㄨˇ ㄐㄧˊ 普遍傳布，遍及於一般的。

普查 ㄆㄨˇ ㄔㄚˊ 普遍調查的簡稱。指對一事項的整體作全面調查。例人口普查。

普度 ㄆㄨˇ ㄉㄨˋ ①佛家稱廣施法力以救濟眾生。②廣行剃度。

普通 ㄆㄨˇ ㄊㄨㄥ 通常，一般。相對於特別或專門而言。

普照 ㄆㄨˇ ㄓㄠˋ 普遍照耀。

普遍 ㄆㄨˇ ㄅㄧㄢˋ 廣泛的存在且具有其共通性。

普及本 ㄆㄨˇ ㄐㄧˊ ㄅㄣˇ 由出版社所發行，在原有版本外，成本較低，價格較廉，能遍及一般大眾的版本。

普通話 ㄆㄨˇ ㄊㄨㄥ ㄏㄨㄚˋ 中國大陸地區指官方推行的共通語，以北京語音為標準音。

普天同慶 ㄆㄨˇ ㄊㄧㄢ ㄊㄨㄥˊ ㄑㄧㄥˋ 全天下的人都一起來慶祝。亦作「溥天同慶」。

普通考試 ㄆㄨˇ ㄊㄨㄥ ㄎㄠˇ ㄕˋ 我國考試院舉辦的一種考試，凡高級中學畢業或普通檢定考試及格者有資格報考。簡稱「普考」。

景

㊀ㄐㄧㄥˇ jǐng 名①日光。例張載・七哀詩：「浮景忽西沉。」②可供玩賞的景象、風物。例風景。③情況，境遇。例景況。④姓。形宏大的，偉大的。例詩經：「高山仰止，景行行止。」動尊敬，仰慕。例景仰。㊁ㄧㄥˇ yǐng 名同「影」。東西的陰影。

景行 ㊀ㄐㄧㄥˇ ㄒㄧㄥˊ 偉大崇高的德行。㊁ㄐㄧㄥˇ ㄏㄤˊ 大道。引申作偉大的好榜樣。

景仰 ㄐㄧㄥˇ ㄧㄤˇ 尊敬、仰慕某物或某人。

景況 ㄐㄧㄥˇ ㄎㄨㄤˋ ①事情不同的情況。②人的生活境遇。

景致 ㄐㄧㄥˇ ㄓˋ 風景，風光。

景氣 ㄐㄧㄥˇ ㄑㄧˋ ①指產業界的活躍狀態。②景象，景色。

景象 ㄐㄧㄥˇ ㄒㄧㄤˋ ①情形，現象。②景色。

景慕 ㄐㄧㄥˇ ㄇㄨˋ 景仰崇敬。

景觀 ㄐㄧㄥˇ ㄍㄨㄢ 指各種自然景色、景象的通稱。

景泰藍 ㄐㄧㄥˇ ㄊㄞˋ ㄌㄢˊ 以珐瑯質塗於銅器表面，再經窯爐烘焙，燒成各種花紋的工藝品。以藍釉最為出色，因而得名。又叫掐絲珐瑯。

晾

ㄌㄧㄤˋ liàng 動把東西放在通風處吹乾，或在太陽底下曝曬。例晾衣服。

晬

ㄗㄨㄟˋ zuì 名小孩出生一周歲。例周晬。

晴

ㄑㄧㄥˊ qíng 名清朗無雲的天氣。例秋晴。形清朗的。例晴空萬里。動雨雪停止。例放晴。

晴空 ㄑㄧㄥˊ ㄎㄨㄥ 晴朗無雲的天空。

晴朗 ㄑㄧㄥˊ ㄌㄤˇ 天高氣爽、陽光普照的好天氣。

晴天霹靂 ㄑㄧㄥˊ ㄊㄧㄢ ㄆㄧ ㄌㄧˋ 陽光普照的好天氣突然打起響雷。比喻突發的驚人事件。

暑

ㄕㄨˇ shǔ 名①炎熱。例避暑。②炎熱的夏天。例寒來暑往。形熱的。例暑氣。

暑氣 ㄕㄨˇ ㄑㄧˋ 盛夏的熱氣。

暑假 ㄕㄨˇ ㄐㄧㄚˋ 在國曆七、八兩月，學校因夏季炎熱而放的假。

暑期 ㄕㄨˇ ㄑㄧˊ 暑假期間。特別指夏季。

晰

ㄒㄧ xī 形清楚，明白的。例清晰。

晻

ㄧㄢˇ yǎn 形太陽光昏暗的樣子。例晻晻。

晶

ㄐㄧㄥ jīng 名①水晶的簡稱。一種透明有閃光像玻璃的礦物。②凝結的透明體。例結晶。形透明有光輝的。例晶瑩。

晶晶 ㄐㄧㄥ ㄐㄧㄥ 明亮閃爍的樣子。

晶瑩 ㄐㄧㄥ ㄧㄥˊ 明亮透澈、光潔而透明閃亮的樣子。

晶體 ㄐㄧㄥ ㄊㄧˇ 化合物或元素由氣態或液態按一定方向，有規則地排列所成的固態物質。

晷

ㄍㄨㄟˇ guǐ 名①日影，日光。例移晷、焚膏繼晷。②用日影來測定時刻的儀器。例日晷儀。③時間。例日無暇晷。

晷刻 ㄍㄨㄟˇ ㄎㄜˋ 日晷儀上所刻劃的時刻。指時光、時間。

智

ㄓˋ zhì 名①聰明，才識。例大智若愚。②機智，謀略。例鬥智。形深明事理的，聰明的。例智者。

智力 ㄓˋ ㄌㄧˋ 一種較持久的個人行為屬性，表現在適應環境、學習、抽象思考等能力上。

智育 ㄓˋ ㄩˋ 五育之一，教導有關知識、技能的學習，以及心智能力的陶冶或鍛鍊的教育活動。

智能 ㄓˋ ㄋㄥˊ 指人的智慧和才能。

智商 ㄓˋ ㄕㄤ 簡稱I.Q.，比較智力高低的標準，並表示心理年齡與實足年齡相對的關係。

智慧 ㄓˋ ㄏㄨㄟˋ ①分析、判斷、創造、思考的能力。②形容人有聰明才智。

智齒 ㄓˋ ㄔˇ 口腔中最後面的臼齒，因其長出的時間約在成年，所以稱為智齒。

智謀 ㄓˋ ㄇㄡˊ 才智謀略。

智識 ㄓˋ ㄕˋ 智慧和聰明才識。

智囊 ㄓˋ ㄋㄤˊ 形容智慧高謀略多的人。多指善於為別人出計策的人。

智仁勇 ㄓˋ ㄖㄣˊ ㄩㄥˇ 智慧、仁愛、勇敢，即三達德，為儒家倫理道德思想。今為童子軍終身奉行的信條。

智力測驗 ㄓˋ ㄌㄧˋ ㄘㄜˋ ㄧㄢˋ 一種測量智力高下的測驗。

智者不惑 ㄓˋ ㄓㄜˇ ㄅㄨˋ ㄏㄨㄛˋ 有智慧的人，能明辨事理，所以不容易被迷惑。

智勇雙全 ㄓˋ ㄩㄥˇ ㄕㄨㄤ ㄑㄩㄢˊ 形容人智慧與勇氣兩者兼備。

九畫

暄

ㄒㄩㄢ xuān 形溫暖的。例暄風。動見「寒暄」。

暄暖 ㄒㄩㄢ ㄋㄨㄢˇ 和暖，溫暖。

暗

ㄢˋ àn 名不光明。例棄暗投明。形①不明亮的，黑夜的。例陰暗。②昏昧，不明事理。例暗昧。③不公開的，不讓人知道的。例暗號。④沒有光澤的。例暗色。副隱藏不為人所知地。例暗示。

暗中 ㄢˋ ㄓㄨㄥ ①暗地裡，私底下。②指在黑暗之中。

暗示 ㄢˋ ㄕˋ 不直接表達真意，而用隱喻的方式讓聽者自行領悟。

暗地 ㄢˋ ㄉㄧˋ 偷偷的，私下。

暗房 ㄢˋ ㄈㄤˊ 沖洗照片時，為了使底片或相紙不曝光，而將光線隔絕的房間，室內僅用紅色安全燈。

暗香 ㄢˋ ㄒㄧㄤ 形容清幽花香。後用為梅花的代稱。

暗室 ㄢˋ ㄕˋ ①沒有光亮或隱密的地方。②隔絕光線，用來沖洗照片的房間。同暗房。

暗疾 ㄢˋ ㄐㄧˊ 身體上不易察覺或不可告人的疾病。也稱隱疾。

暗記 ㄢˋ ㄐㄧˋ ①默默地記下來。②不讓人知道的記號。

暗殺 ㄢˋ ㄕㄚ 乘人不備而暗中把人殺掉。

暗場 ㄢˋ ㄔㄤˇ 戲劇中的某節故事，不必在舞臺前演出，僅由劇中人用言語或音樂帶過，觀眾便可會意。

暗號 ㄢˋ ㄏㄠˋ 事先相互約定好，用來祕密聯絡的訊號。

暗語 ㄢˋ ㄩˇ 用作彼此暗號的祕密語言。

暗算 ㄢˋ ㄙㄨㄢˋ 暗中設計害人。

暗盤 ㄢˋ ㄆㄢˊ 買賣雙方私下議定的交易價格。

暗潮 ㄢˋ ㄔㄠˊ ①潛伏在底部的潮水。②比喻暗中發展，沒有暴露出來的事況。

暗箱 ㄢˋ ㄒㄧㄤ 照相機中鏡頭至底片間不漏光的部分。

暗碼 ㄢˋ ㄇㄚˇ ①指密碼。②商店貨物的價格，用符號標出，只有自己人才知道而外人不能辨識的號碼。

暗器 ㄢˋ ㄑㄧˋ 趁人不備時，暗中發出的兵器。如飛鏢、袖箭等。

暗澹 ㄢˋ ㄉㄢˋ ①色彩不鮮明，不鮮豔。亦作「暗淡」。②指前途或事情悲觀，沒有多大指望。

暗礁 ㄢˋ ㄐㄧㄠ ①深藏在海面下的岩礁。②比喻事情發展中遇到的挫折或阻力。

暗度陳倉 ㄢˋ ㄉㄨˋ ㄔㄣˊ ㄘㄤ 比喻暗中行事，尤其多指男女私通之事。

暗無天日 ㄢˋ ㄨˊ ㄊㄧㄢ ㄖˋ 形容黑暗無道，沒有天理。

暗箭傷人 ㄢˋ ㄐㄧㄢˋ ㄕㄤ ㄖㄣˊ 趁人不注意，暗地裡傷害他人的行為。

暈

㊀ㄩㄣ yūn 形 頭腦不清。例 暈頭轉向。動 ①昏倒，昏厥。例 暈倒。②因外在環境而產生一種昏亂的感覺。例 暈車。㊁ㄩㄣˋ yùn 名 ①太陽及月亮四周的光環。例 月暈。②指所有顏色四周模糊的光影。例 墨暈。③臉頰所泛生的輪狀淡紅色。例 酒暈。④傷口沒破皮而出現的紫紅色印子。例 血暈。

暈車 ㄩㄣ ㄔㄜ 指人因生病或體質的關係，在坐車時會頭暈甚至嘔吐的現象。

暈船 ㄩㄣ ㄔㄨㄢˊ 坐船時因船身搖晃不定而產生頭暈、嘔吐的現象。

暈頭轉向 ㄩㄣ ㄊㄡˊ ㄓㄨㄢˇ ㄒㄧㄤˋ 頭腦昏亂，辨不清楚方向。

暉

ㄏㄨㄟ huī 名 日光。例 落日餘暉。動 照耀，輝映。

暉映 ㄏㄨㄟ ㄧㄥˋ 光彩照耀。

暌

ㄎㄨㄟˊ kuí 動 離別，分開。例 暌違。

暌違 ㄎㄨㄟˊ ㄨㄟˊ 分散別離。

暇

ㄒㄧㄚˊ xiá 名 空閒。例 無暇兼顧。

暇日 ㄒㄧㄚˊ ㄖˋ 空閒的時日。

暘

ㄧㄤˊ yáng 名 晴天。動 日出。

暍

ㄏㄜˋ hè 動 因中暑而得病。例 暍死。

暖

㊀ㄋㄨㄢˇ nuǎn 形 溫熱的。例 春暖花開。動 使冷的變溫熱。例 暖酒。㊁ㄒㄩㄢ xuān 形 暖姝，沾沾自喜、得意的樣子。

暖色 ㄋㄨㄢˇ ㄙㄜˋ 使人產生溫暖感覺的顏色，如紅、橙、黃。

暖和 ㄋㄨㄢˇ ㄏㄜˊ 非常溫暖的。

暖房 ㄋㄨㄢˇ ㄈㄤˊ ①溫暖的房室。②遷居或結婚的前一天，親戚或鄰居送酒食前往道賀的一種民間習俗。

暖流 ㄋㄨㄢˇ ㄌㄧㄡˊ ①水溫高於周圍海域的洋流。②形容因某事物的影響，而自心中升起的溫暖感覺。

暖鋒 ㄋㄨㄢˇ ㄈㄥ 冷暖空氣相遇時，暖空氣沿冷空氣斜面上升，冷暖空氣的分界面即稱為暖鋒。暖鋒通常會帶來大量的雨或雪。

暖爐 ㄋㄨㄢˇ ㄌㄨˊ 冬天取暖禦寒用的爐子。

暖烘烘 ㄋㄨㄢˇ ㄏㄨㄥ ㄏㄨㄥ 形容非常的溫暖。

暖氣團 ㄋㄨㄢˇ ㄑㄧˋ ㄊㄨㄢˊ 一種會移動的氣團，在熱帶大陸或海洋上形成，本身的溫度比到達區域的地面溫度高。

十畫

暨

ㄐㄧˋ jì 連及，和。例歡迎社長暨夫人蒞臨指導。

瞑

ㄇㄧㄥˊ míng 名夜晚。形①昏暗的。例晦瞑。②天晚的，黃昏的。例暝色。

暢

ㄔㄤˋ chàng 形①通達，沒有阻礙的。例文筆流暢。②繁茂的樣子。例枝葉暢盛。③舒適的。例酣暢。動①表達。例不可盡暢。②使流通。例貨暢其流。副盡情地，痛快地。例暢所欲言。

暢快 ㄔㄤˋ ㄎㄨㄞˋ ①舒適痛快，稱心如意。②性情直爽。

暢旺 ㄔㄤˋ ㄨㄤˋ 繁榮活絡的樣子。

暢茂 ㄔㄤˋ ㄇㄠˋ 繁茂生長的樣子。

暢通 ㄔㄤˋ ㄊㄨㄥ 形容道路通順，沒有阻礙。

暢敘 ㄔㄤˋ ㄒㄩˋ 談得非常痛快。

暢飲 ㄔㄤˋ ㄧㄣˇ 喝酒喝得很痛快。

暢達 ㄔㄤˋ ㄉㄚˊ 形容人說話或文章表達流暢通順。

暢銷 ㄔㄤˋ ㄒㄧㄠ 形容商品銷路廣，賣得快。

暢談 ㄔㄤˋ ㄊㄢˊ 與人非常高興、痛快地談話。

暢懷 ㄔㄤˋ ㄏㄨㄞˊ 心中非常開朗舒暢的樣子。

暢所欲言 ㄔㄤˋ ㄙㄨㄛˇ ㄩˋ ㄧㄢˊ 毫無阻礙地把想說的話說出來。

十一畫

暫

ㄓㄢˋ zhàn 副①短時間，不久。例暫時。②姑且。例李白・月下獨酌詩：「暫伴月將影，行樂須及春。」

暫且 ㄓㄢˋ ㄑㄧㄝˇ 姑且，暫時如此。

暫時 ㄓㄢˋ ㄕˊ 臨時，短時間。

暱

ㄋㄧˋ nì 動親近。例親暱。

暴

㈠ㄅㄠˋ bào 形①殘酷凶惡的。例殘暴。②急躁的。例暴跳如雷。③急驟的，猛烈的。例暴雨。動①毀壞，不愛惜。例自暴自棄。②空手搏鬥。例暴虎馮河。副突然地。例暴發。

㈡ㄆㄨˋ pù 動①顯現。例暴露。②晒。例暴晒、一暴十寒。

暴力 ㄅㄠˋ ㄌㄧˋ 用蠻橫的武裝力量，從事非法活動。

暴行 ㄅㄠˋ ㄒㄧㄥˊ 殘暴蠻橫的行為。

暴利 ㄅㄠˋ ㄌㄧˋ 在短時間內獲得巨大的利潤。

暴投 ㄅㄠˋ ㄊㄡˊ 棒球或壘球比賽時，投手所投出使捕手無法確實接住的球。

暴雨 ㄅㄠˋ ㄩˇ 急猛降下的大雨。

暴戾 ㄅㄠˋ ㄌㄧˋ 殘暴，凶狠的樣子。

暴政 ㄅㄠˋ ㄓㄥˋ 指為政者對人民剝削和壓迫的種種措施。

暴風 ㄅㄠˋ ㄈㄥ 很急很猛的風。氣象上指第十一級以上的風，或風速每小時達一〇二～一二〇公里的風。

暴虐 ㄅㄠˋ ㄋㄩㄝˋ 形容行為殘酷凶狠。

暴徒 ㄅㄠˋ ㄊㄨˊ 用殘酷暴力手段違害社會安寧的人。

暴病 ㄅㄠˋ ㄅㄧㄥˋ 突然之間發生、來勢凶猛的病症。

暴動 ㄅㄠˋ ㄉㄨㄥˋ 糾集群眾，從事暴力破壞的行為。

暴亂 ㄅㄠˋ ㄌㄨㄢˋ 群眾以暴力的方式引發事端，製造動亂。

暴漲 ㄅㄠˋ ㄓㄤˇ ①指水位突然升高。②泛指各種物價或有價證券的價格突然升高。

暴斃 ㄅㄠˋ ㄅㄧˋ 突然之間的死亡。

暴躁 ㄅㄠˋ ㄗㄠˋ 遇事急躁且粗暴，無法控制自己的情緒。

暴露 ㄆㄨˋ ㄌㄨˋ 把隱密的事物公開顯露出來。

暴發戶 ㄅㄠˋ ㄈㄚ ㄏㄨˋ 突然發財或得勢的人。

暴露狂 ㄅㄠˋ ㄌㄨˋ ㄎㄨㄤˊ 在大庭廣眾之下顯露個人軀體的不正常行為，通常暴露的是性器官。

暴戾恣睢 ㄅㄠˋ ㄌㄧˋ ㄗˋ ㄙㄨㄟ 形容人凶狠殘酷，任意作惡。

暴虎馮河 ㄅㄠˋ ㄏㄨˇ ㄆㄧㄥˊ ㄏㄜˊ 空手打老虎，不靠舟船渡河。形容人只憑一時血氣之勇，有勇無謀。

暴殄天物 ㄅㄠˋ ㄊㄧㄢˇ ㄊㄧㄢ ㄨˋ 任意糟蹋、拋棄有用的東西。

暴飲暴食 ㄅㄠˋ ㄧㄣˇ ㄅㄠˋ ㄕˊ 飲食不知節制，又猛又急地大量吃喝。

暴跳如雷 ㄅㄠˋ ㄊㄧㄠˋ ㄖㄨˊ ㄌㄟˊ 形容人大發脾氣時，氣得要跳起來的樣子。

暮

ㄇㄨˋ mù 名傍晚，太陽將落時。例日暮。形①將盡的。例暮年。②晚的。例暮色。③衰頹無生氣的。例暮氣沉沉。

暮年 ㄇㄨˋ ㄋㄧㄢˊ 指人的晚年、老年。

暮色 ㄇㄨˋ ㄙㄜˋ 傍晚時天空的景色。

暮春 ㄇㄨˋ ㄔㄨㄣ 春天的末期，大約是農曆三月的時候。

暮氣沉沉 ㄇㄨˋ ㄑㄧˋ ㄔㄣˊ ㄔㄣˊ 黃昏時天空陰暗的樣子。形容人精神不振，衰頹的模樣。

暮鼓晨鐘 ㄇㄨˋ ㄍㄨˇ ㄔㄣˊ ㄓㄨㄥ 寺廟中早上敲鐘，晚上打鼓報時。比喻讓人覺悟的言論。

十二畫

暹

ㄒㄧㄢ xiān 名暹羅的簡稱，即泰國。動太陽升起。

曆

ㄌㄧˋ lì 名①推算行星的運行，以定年歲節氣的方法。例農曆。②記載年、月、日等的書冊。例日曆、月曆。

曆法 ㄌㄧˋ ㄈㄚˇ 一種根據日、月、星辰的運行來推算歲時的方法。以太陽為標準的叫陽曆，以月亮為標準的叫陰曆。

曆書 ㄌㄧˋ ㄕㄨ 按照曆法記載年、月、日、時、節氣等的書。也稱為曆本。

曆象 ㄌㄧˋ ㄒㄧㄤˋ ①以觀察天象的運行，來推算曆法。②泛指日、月、星辰運行的天文星象。

曉

ㄒㄧㄠˇ xiǎo 名天快要亮的時候。例破曉。形清晨的。例盧溝曉月。動①知道，明白。例知曉、家喻戶曉。②告訴，告知。例曉以大義。③公布，發表。例揭曉。

曉色 ㄒㄧㄠˇ ㄙㄜˋ 指清晨時的景色。

曉暢 ㄒㄧㄠˇ ㄔㄤˋ ①指了解得很徹底。②形容文筆流暢。

曉諭 ㄒㄧㄠˇ ㄩˋ 清楚詳細地把道理告知他人。

曉以大義 ㄒㄧㄠˇ ㄧˇ ㄉㄚˋ ㄧˋ 用正道義理感化他人，使對方能迷途知返。

曉行夜宿 ㄒㄧㄠˇ ㄒㄧㄥˊ ㄧㄝˋ ㄙㄨˋ 很早便起身趕路，到深夜才休息。形容匆忙趕路的樣子。

曉風殘月 ㄒㄧㄠˇ ㄈㄥ ㄘㄢˊ ㄩㄝˋ 早晨的風和快要落下的月亮。形容黎明時的景象。

曈

ㄊㄨㄥˊ tóng 見「曈曨」。

曈曨 ㄊㄨㄥˊ ㄌㄨㄥˊ 早晨太陽初升，天將明而未明的樣子。

暾

ㄊㄨㄣ tūn 名清晨剛升起的太陽。例朝暾。形旺盛而明亮的。例暾暾。

曄

ㄧㄝˋ yè 形燦爛光明的樣子。

曌

ㄓㄠˋ zhào 名同「照」。唐武則天所造的新字，並以此為名。

曏

ㄒㄧㄤˋ xiàng 副往昔地，從前地。例曏者。

曇

ㄊㄢˊ tán 名①把天空遮住的雲霧。②梵語音譯，指佛法的意思。

曇花一現 ㄊㄢˊ ㄏㄨㄚ ㄧˊ ㄒㄧㄢˋ 因曇花不易綻放或一開便凋謝，用以形容不常見的事物或才出現不久便消逝的人或事物。

十三畫

曙

ㄕㄨˋ shù 名天剛亮的時候。形天明的，破曉的。例曙光。

曙光 ㄕㄨˋ ㄍㄨㄤ 指天剛亮時太陽放出的光線。引申指事情有了光明和希望。

曖

ㄞˋ ài 形昏暗的，不明的。例曖曖。

曖昧 ㄞˋ ㄇㄟˋ ①形容人的行為不光明正大的樣子。②指人的立場或態度隱約不明、含糊不清的樣子。

十四畫

曜

ㄧㄠˋ yào 名①日光。②日、月及金、木、水、火、土七星的總稱。例七曜日。形光亮的。例曜曜。

曚

ㄇㄥˊ méng 見「曚曨」。

曚曨 ㄇㄥˊ ㄌㄨㄥˊ 太陽剛上升時未明的樣子。

曛

ㄒㄩㄣ xūn 名①夕陽的餘光。例夕曛。②指黃昏。例曛暮。

十五畫

曝 ㄆㄨˋ pù 動在太陽光下晒。例曝晒。

曝光 ㄆㄨˋ ㄍㄨㄤ ①攝影技術之一，透過鏡頭快門將光線引入具感光材料的軟片上，使軟片產生影像的變化。②指公眾人物經常出現在公共場合，或指不願讓人知道的事被公開了。

曠 ㄎㄨㄤˋ kuàng 形①寬廣的，空闊的。例曠野。②豁達的。例心曠神怡。③男子無妻的。例曠夫。④超絕的。例曠世奇才。動空缺，荒廢。例曠課、曠日廢時。

曠久 ㄎㄨㄤˋ ㄐㄧㄡˇ 形容時間很長久的。

曠古 ㄎㄨㄤˋ ㄍㄨˇ ①從來沒有過，指空前的。②遠古。

曠代 ㄎㄨㄤˋ ㄉㄞˋ 前所未有，在一代之中唯一的。

曠野 ㄎㄨㄤˋ ㄧㄝˇ 寬闊空曠的郊野。

曠費 ㄎㄨㄤˋ ㄈㄟˋ 白白浪費。

曠達 ㄎㄨㄤˋ ㄉㄚˊ 心胸開闊，凡事看得開想得遠。同豁達。

曠課 ㄎㄨㄤˋ ㄎㄜˋ 指學生未經請假便缺課。同蹺課。

曠職 ㄎㄨㄤˋ ㄓˊ 未請假而不去上班。也指人不用心在職務上，荒廢事業。

曠日持久 ㄎㄨㄤˋ ㄖˋ ㄔˊ ㄐㄧㄡˇ 白白浪費時光，拖延時日。

曠世奇才 ㄎㄨㄤˋ ㄕˋ ㄑㄧˊ ㄘㄞˊ 當代獨一無二的卓越人才。

十六畫

曦 ㄒㄧ xī 名陽光，日光。例晨曦。

曨 ㄌㄨㄥˊ lóng 見「曚曨」。

十七畫

曩 ㄋㄤˇ nǎng 形從前的，昔日的。例曩昔。

曩昔 ㄋㄤˇ ㄒㄧˊ 過去，從前。也作「曩時」、「曩日」。

曰部 ㄩㄝ

曰 ㄩㄝ yuē 動①說。例論語：「子曰：『學而時習之，不亦說乎？』」②稱為，叫做。相當於「是」。助用於句首或句中，無義。例詩經：「我東曰歸，我心西悲。」

二畫

曲 ㈠ㄑㄩ qū 名①拐彎的地方。例河曲。②心中的隱情，心聲。例衷曲。③姓。形①不直的。例曲線。②不正當的。例歪曲。動彎折。例曲膝。副勉強地。例委曲求全。㈡ㄑㄩˇ qǔ 名①音樂的調子。例歌曲。②古典韻文之一，元代最盛，故稱元曲，分散曲、劇曲兩種。

曲尺 ㄑㄩ ㄔˇ 木匠用來求直角的彎尺，形狀像直角三角形的勾股兩邊。

曲折 ㄑㄩ ㄓㄜˊ ①彎曲迴轉的形狀。②形容事情的隱情。

曲直 ㄑㄩ ㄓˊ 曲和直。比喻是非。

曲面 ㄑㄩ ㄇㄧㄢˋ 指實體的表面或空間中的曲線依一定條件

移動所形成的軌跡。如球面、圓柱面等。

曲牌 ㄑㄩˇ ㄆㄞˊ 各種曲調的名稱。

曲解 ㄑㄩ ㄐㄧㄝˇ 歪曲偏差，不正確的解釋。

曲線 ㄑㄩ ㄒㄧㄢˋ ①彎曲的線段。②外圍的輪廓、線條。多用以形容人的身材。

曲調 ㄑㄩˇ ㄉㄧㄠˋ 歌曲曲譜的高低音調，即音階的變化。

曲譜 ㄑㄩˇ ㄆㄨˇ 音樂上表示高、低、長、短的音符。

曲高和寡 ㄑㄩˇ ㄍㄠ ㄏㄜˋ ㄍㄨㄚˇ 曲子太艱澀，難以遇到能應和的人。比喻知音難遇或作品深奧高妙，賞識者很少。

曲突徙薪 ㄑㄩ ㄊㄨ ㄒㄧˇ ㄒㄧㄣ 把煙囪弄彎曲，並把薪柴搬開。比喻防患於未然。

曲徑通幽 ㄑㄩ ㄐㄧㄥˋ ㄊㄨㄥ ㄧㄡ 通過彎曲狹長的小路，就會到達景致優雅的地方。

曲意承歡 ㄑㄩ ㄧˋ ㄔㄥˊ ㄏㄨㄢ 委曲自己去迎合取悅別人。

曳

ㄧˋ yì 動拖，牽引。例棄甲曳兵。

曳光彈 ㄧˋ ㄍㄨㄤ ㄉㄢˋ 一種夜間發射的子彈，能發強烈的光，用以照明或指示目標。

三畫

更

㊀ㄍㄥ gēng 名①夜間計算時間的單位。例三更。②古代徭役的名稱。例更賦。動①改變。例更換。②代替。例更代。③經歷。例少不更事。

㊁ㄍㄥˋ gèng 副①再。例更上一層樓。②越，甚。例更加高興、更好。

更夫 ㄍㄥ ㄈㄨ 古時在夜晚巡守打更的人。

更生 ㄍㄥ ㄕㄥ 死而復生，獲得新的生命。

更名 ㄍㄥ ㄇㄧㄥˊ 改變名字。

更衣 ㄍㄥ ㄧ ①換衣服。②古時上廁所的雅稱。

更事 ㄍㄥ ㄕˋ 對世事有所閱歷，懂得事理。

更動 ㄍㄥ ㄉㄨㄥˋ 改換，變動。同更改、更易。

更張 ㄍㄥ ㄓㄤ 把琴瑟的弦放鬆後重新張設。比喻從根本徹底改變。例改弦更張。

更替 ㄍㄥ ㄊㄧˋ 依照順序一一替代。

更番 ㄍㄥ ㄈㄢ 輪流替換。

更新 ㄍㄥ ㄒㄧㄣ ①革除舊的，改為新的。②形容人改過自新。

更鼓 ㄍㄥ ㄍㄨˇ 古時夜間報更所用的鼓。

更年期 ㄍㄥ ㄋㄧㄢˊ ㄑㄧ 指男女性機能進入衰退時期。通常女性約在四十五～五十五歲，男性約在五十歲以後。

更僕難數 ㄍㄥ ㄆㄨˊ ㄋㄢˊ ㄕㄨˇ 比喻事物很多，到了難以詳細數清的地步。

五畫

曷

ㄏㄜˊ hé 副①為何，何故。②何不。③難道，豈。

六畫

書

ㄕㄨ shū 名①尚書（書經）的簡稱。②有文字或圖畫的冊子。例教科書。③字體。例楷書。④造字的方法。例六書。⑤信函。例家書。⑥文件。例證書。動①記載。②用筆寫字。例大書特書。

書札 ㄕㄨ ㄓㄚˊ 書信，信件。

書生 ㄕㄨ ㄕㄥ ①指讀書人。②譏諷不通世故的書呆子。

書目 ㄕㄨ ㄇㄨˋ 圖書目錄。

書卷 ㄕㄨ ㄐㄩㄢˋ 古書多是卷軸，以便捲藏，今指書籍。

書法 ㄕㄨ ㄈㄚˇ ①寫字的筆法技藝。②史家撰寫歷史記事的體例筆法。

書信 ㄕㄨ ㄒㄧㄣˋ 指和人互相往來的信件。同書札。

書面 ㄕㄨ ㄇㄧㄢˋ 談話或意見的文字記錄。

書香 ㄕㄨ ㄒㄧㄤ 古人拿芸香草夾在書裡防蠹魚，因此引申書香為讀書的風氣。今多指家世、門風。

書記 ㄕㄨ ㄐㄧˋ ①書籍。②某些機構的職稱。③管理文書或記錄的人。

書痴 ㄕㄨ ㄔ 只知讀書而不懂人情世故的人。

書寫 ㄕㄨ ㄒㄧㄝˇ 用筆寫字。

書篋 ㄕㄨ ㄑㄧㄝˋ 裝書用的箱子。

書齋 ㄕㄨ ㄓㄞ 即書房。

書蟲 ㄕㄨ ㄔㄨㄥˊ ①能蛀蝕書籍的一種小蟲。又稱蠹魚。②比喻只會死讀書而不知應用變通的人。

書櫥 ㄕㄨ ㄔㄨˊ ①藏書的櫥櫃。②比喻博覽群書的人。③譏笑讀書雖多但食古不化的人。

書牘 ㄕㄨ ㄉㄨˊ 書信、書札、簡牘之類。

書籍 ㄕㄨ ㄐㄧˊ 泛指一般書本冊籍。

書蠹 ㄕㄨ ㄉㄨˋ ①蠹魚，蛀書的蟲。②比喻讀死書的人。

書名號 ㄕㄨ ㄇㄧㄥˊ ㄏㄠˋ 標點符號之一，其形式為波紋形的曲線，標在書名或篇名的左側或下邊。

書呆子 ㄕㄨ ㄉㄞ ˙ㄗ 只知讀書而不通世事的人。

書記官 ㄕㄨ ㄐㄧˋ ㄍㄨㄢ 在法院中負責記錄、編案、文牘、統計及其他事務的人員。

書不盡言 ㄕㄨ ㄅㄨˋ ㄐㄧㄣˋ ㄧㄢˊ 文辭難以完全表達心意。後常用於書信結尾。

書香門第 ㄕㄨ ㄒㄧㄤ ㄇㄣˊ ㄉㄧˋ 指世世代代都是讀書人的家庭。

七畫

曹 ㄘㄠˊ cáo 名①群眾，同伴。②訴訟時被告和原告兩方稱為兩曹，又稱兩造。③古代分科辦事的官署部門或官職。例功曹。④姓。代輩，等。例爾曹。

朂 ㄒㄩˋ xù 動勉勵。例朂勉。

八畫

曾 ㈠ㄗㄥ zēng 名姓。形隔兩代的。例曾祖父。動同「增」。增加。例孟子：「曾益其所不能。」副乃，竟然。例論語：「曾是以為孝乎？」㈡ㄘㄥˊ céng 形通「層」。重疊的，一重重的。副經歷過，嘗。例似曾相識。

曾孫 ㄗㄥ ㄙㄨㄣ 指兒子的孫子。

曾經滄海 ㄘㄥˊ ㄐㄧㄥ ㄘㄤ ㄏㄞˇ 比喻人生閱歷豐富，見識廣大，眼界開闊，對平凡的事已經不會在意了。

替 ㄊㄧˋ tì 動①衰敗。例興替。②代換。例代替。③廢除，滅絕。例廢替。介為。例我替他感到高興。

替代 ㄊㄧˋ ㄉㄞˋ 代替，代理。

替身 ㄊㄧˋ ㄕㄣ 代替別人的人。

替換 ㄊㄧˋ ㄏㄨㄢˋ 代替，接換。

九畫

會 ㊀ㄏㄨㄟˋ huì 名①為一定目的成立的團體組織。例工會。②多數人的集會。例里民大會。③大都市或行政中心。例都會。④時機。例機會。⑤民間小規模的儲蓄、放款組織。例互助會。動①集合在一起。例會合。②領悟。例體會。③相見。例會面。④付款。例會帳。副①能夠。例世界大同必會實現。②可能。例他不會不知道。介正好，湊巧，值。
㊁ㄏㄨㄟˇ huǐ 副片刻，短暫的時間。例一會兒。
㊂ㄎㄨㄞˋ kuài 動統計。例會計。
㊃ㄍㄨㄟˋ guì 名地名用字。會稽，在浙江省。

會心 ㄏㄨㄟˋ ㄒㄧㄣ 領悟，領會。

會友 ㄏㄨㄟˋ ㄧㄡˇ ①指結交朋友。②各種團體會員之間，彼此的互稱。

會社 ㄏㄨㄟˋ ㄕㄜˋ ①舊時指政治或學術團體。②日本稱公司為會社。

會計 ㄎㄨㄞˋ ㄐㄧˋ ①管理財物的帳目和收支等事宜。②負責管理和出納財物的人。③會計學的簡稱。

會師 ㄏㄨㄟˋ ㄕ ①指幾支獨立行動的部隊在戰區中會合。②各地人馬的聚集。

會員 ㄏㄨㄟˋ ㄩㄢˊ 組成一個團體或機構的成員。

會晤 ㄏㄨㄟˋ ㄨˋ 見面，碰面交談。

會陰 ㄏㄨㄟˋ ㄧㄣ 人體肛門和外生殖器之間的部分。

會商 ㄏㄨㄟˋ ㄕㄤ 大家會合在一起，共同商量事情。

會診 ㄏㄨㄟˋ ㄓㄣˇ 聯合會同數位醫師一起診斷疑難病症。

會鈔 ㄏㄨㄟˋ ㄔㄠ 代為付帳。

會期 ㄏㄨㄟˋ ㄑㄧˊ ①會合的時間。②會議由開會至結束的一段期間。

會報 ㄏㄨㄟˋ ㄅㄠˋ 在機關內部或各個相關部門所舉行的定期會議綜合報告。

會話 ㄏㄨㄟˋ ㄏㄨㄚˋ 對話，談話。

會意 ㄏㄨㄟˋ ㄧˋ ①六書之一，集合兩個以上的字，來表示一個新意義的造字方法。②領悟。同會心。

會戰 ㄏㄨㄟˋ ㄓㄢˋ 敵對雙方各自集中強大的軍力，在一定的時間和地點進行決戰。

會餐 ㄏㄨㄟˋ ㄘㄢ 眾人相聚進餐。

會頭 ㄏㄨㄟˋ ㄊㄡˊ ①民間儲蓄互助會的發起人。②指團體組織中的領袖。

會館 ㄏㄨㄟˋ ㄍㄨㄢˇ 同鄉或同業的人，在各城市設立的聯絡機構，可供聚會或寄住。如教師會館。

會議 ㄏㄨㄟˋ ㄧˋ 多數人聚集在一起討論商議事務。

十畫

朅 ㄑㄧㄝˋ qiè 形威武的樣子。動離去。

月部 ㄩㄝˋ

月 ㄩㄝˋ yuè 名①月球，月亮。例日月星辰。②月球繞地球一周為一個月，一年有十二個月。③季節。例夏月。形圓形像月亮的。例月餅。

月子 ㄩㄝˋ ㄗ˙ 女人生孩子後一個月之內的時間。

月刊 ㄩㄝˋ ㄎㄢ 每月出版一次的定期刊物。

月老 ㄩㄝˋ ㄌㄠˇ 月下老人的簡稱，是主司姻緣的神。後用來稱媒人。

月宮 ㄩㄝˋ ㄍㄨㄥ 神話傳說中月球上的宮殿。又稱廣寒宮。

月桂 ㄩㄝˋ ㄍㄨㄟˋ ①植物名。常綠喬木，原產於歐洲地中海地區，可供提製香料和藥用。②神話傳說中月球上的桂樹，也指月亮。

月球 ㄩㄝˋ ㄑㄧㄡˊ 圍繞地球轉動的天體衛星。與地球的平均距離約為三十八萬公里，赤道半徑一千七百三十八公里，約為地球的四分之一，引力相當於地球的六分之一。表面凹凸不平，本身不發光，只能反射太陽的光。通稱為月亮。

月華 ㄩㄝˋ ㄏㄨㄚˊ ①指月色、月光。②月暈時四周的彩色雲氣。

月暈 ㄩㄝˋ ㄩㄣˋ 月球四周環繞的光環，因地球大氣層中的水蒸氣折光反射而形成。

月經 ㄩㄝˋ ㄐㄧㄥ 成熟的女性每隔約四週，子宮內膜潰裂流血的生理週期。亦稱為月事、月信。

月蝕 ㄩㄝˋ ㄕˊ 地球運行至太陽和月亮中間時，太陽的光被地球遮蔽，導致月亮部分或全部黑暗的現象。又作「月食」。

月曆 ㄩㄝˋ ㄌㄧˋ 載明每月農曆、陽曆日期、星期及節氣的曆本。

月臺 ㄩㄝˋ ㄊㄞˊ 車站中軌道兩旁的高地，是供乘客上下車的地方。

月白風清 ㄩㄝˋ ㄅㄞˊ ㄈㄥ ㄑㄧㄥ 皎潔的月色，清柔的風。形容美好宜人的月夜。

月明星稀 ㄩㄝˋ ㄇㄧㄥˊ ㄒㄧㄥ ㄒㄧ 形容有明亮月色且幽靜的夜晚。

月暈而風 ㄩㄝˋ ㄩㄣˋ ㄦˊ ㄈㄥ 古人認為月亮的周圍如果有雲氣、光環出現，不久後就會起大風。比喻事情將要發生時，必有徵兆出現。

月滿則虧 ㄩㄝˋ ㄇㄢˇ ㄗㄜˊ ㄎㄨㄟ 滿月之後就會轉而虧缺。比喻人或事物盛極必衰。

二畫

有 ㈠ㄧㄡˇ yǒu 形富裕的，豐足的。例富有。動①表存在，與「無」相對。例有利有弊。②表示事物的所屬。例我有錢。副故意。例有心犯錯。代某。例有一天。助①用在名詞前面，作為襯字，無義。例有清。②放在動詞之前，表示客氣，無義。例有勞大駕。
㈡ㄧㄡˋ yòu 連通「又」。

用於整數與餘數之間。例論語：「吾十有五而志於學。」

有分 ①有分享利益或共同負責任的資格。②有緣分。

有心 ①故意。②指內心深刻細密。

有年 ①豐年，指風調雨順、五穀豐收之年。②多年，數年。

有身 指女子懷孕。

有恆 形容人有毅力，不輕易改變行事和志向。

有為 有所作為。

有勞 感謝別人幫忙做事，有所勞累的客氣話。

有喜 ①有了值得慶祝的事情。②指女子懷有身孕。同有身。

有意 ①故意。②有心想要，願意。

有心人 ①有理想、志向的人。②有某種意念，思想深刻的人。

有機體 具有生命機能的個體的統稱。

有口皆碑 人人都稱讚、頌揚。

有目共睹 人人都看見，非常明顯的樣子。

有名無實 只有空名，沒有實質。指名義和實際不符合。

有志竟成 只要意志堅定持之以恆，事情終會成功。

有求必應 有任何請求，一律都能如願。

有板有眼 ①古代戲劇中的唱角或歌唱家的演唱，以板眼為節奏，節拍分明。②形容人的言行中規蹈矩，富有條理。

有恃無恐 因為有所倚靠而不慌張害怕。

有限公司 按法定人數募集資本，股東就其出資金額為限，對公司負其責任的公司。

有限花序 花軸頂端的花先開放，限制了花軸繼續生長，各花再由上而下，由內向外順次開放的花序。

有勇無謀 全憑勇氣，沒有智慧謀略的行事風格。

有教無類 施教的對象沒有階級、親疏、貧富貴賤的分別。

有條不紊 指條理分明而不紊亂。

有眼無珠 比喻人膚淺、毫無辨識能力。

有備無患 凡事先準備好，才可免除後患。

有期徒刑 為有一定期限的徒刑，在刑期內剝奪犯人的自由。

有增無減 只增加而不會減少。

有憑有據 有確實的憑證、根據。

有機可乘 有機會可以利用去做。

有聲有色 形容精彩動人的表演或表現。

有眼不識泰山 比喻自己目光短淺，不識尊貴的人。常用作對人失敬的自謙語。

有情人終成眷屬 真心相愛的人最後都能結成美滿姻緣。

四畫

服 ㄈㄨˊ fú 名①衣裳的總稱。例制服。②喪衣。例五服。③量詞。中藥一劑稱一服。④姓。動①聽命，順從。例服從。②適應，習慣。例水土不服。③擔任。例服務。④穿著。例服喪。⑤欽佩。例佩服。⑥吃，食用。例服藥。

服用 ㄈㄨˊ ㄩㄥˋ ①指吃和用的東西。②吃或喝。

服役 ㄈㄨˊ ㄧˋ ①入營服兵役。②擔任公務的勞役。

服法 ㄈㄨˊ ㄈㄚˇ ①服藥的方法。②服從法律。

服氣 ㄈㄨˊ ㄑㄧˋ ①道家以氣為形的根本，是一種修養的方法。②內心十分佩服。

服務 ㄈㄨˊ ㄨˋ ①提供幫助和工作。②指在某地任職。

服從 ㄈㄨˊ ㄘㄨㄥˊ 聽從、順從別人的指揮命令。

服喪 ㄈㄨˊ ㄙㄤ 自己的長輩或平輩親屬死後，遵照禮俗，在一定的期限內穿戴喪服，表示哀悼。

服罪 ㄈㄨˊ ㄗㄨㄟˋ 承認自己犯罪，接受制裁。同伏罪。

服飾 ㄈㄨˊ ㄕˋ 所穿的衣服和所配戴的裝飾物。

服膺 ㄈㄨˊ ㄧㄥ 記在心裡不忘。

服務業 ㄈㄨˊ ㄨˋ ㄧㄝˋ 泛指一般的非生產業。可分對人身的服務以及技術的服務。

朋 ㄆㄥˊ péng 名彼此友好的人。例朋友。動①結黨。例朋黨。②相比、相類。例碩大無朋。

朋分 ㄆㄥˊ ㄈㄣ 大家共同分配所得，各得一部分。

朋儕 ㄆㄥˊ ㄔㄞˊ 指同輩的朋友。同朋儔。

朋黨 ㄆㄥˊ ㄉㄤˇ 同類的人因私利而互相結成黨派，排斥異己。

朋比為奸 ㄆㄥˊ ㄅㄧˋ ㄨㄟˊ ㄐㄧㄢ 彼此互相串通作奸犯科。

五畫

朏 ㄈㄟˇ fěi 名①月亮剛上升，尚未明亮的光芒。②指農曆初三，上弦月的月光。

六畫

朗 ㄌㄤˇ lǎng 形明亮的。例天氣晴朗。副響亮地。例朗誦。

朗朗 ㄌㄤˇ ㄌㄤˇ ①形容光明亮潔的樣子。②形容聲音清脆響亮。

朗照 ㄌㄤˇ ㄓㄠˋ ①形容日月光的照射。②明察，用於書信結尾。例朗照不宣。

朗誦 ㄌㄤˇ ㄙㄨㄥˋ 高聲誦讀詩文。

朗讀 ㄌㄤˇ ㄉㄨˊ 清楚地高聲讀誦，使語氣連貫而有情意。

朔 ㄕㄨㄛˋ shuò 名①農曆每月初一。例朔日。②北方。例朔方。

朔日 ㄕㄨㄛˋ ㄖˋ 農曆每月的初一。

朔風 ㄕㄨㄛˋ ㄈㄥ 北方吹來的寒風。

朔氣 ㄕㄨㄛˋ ㄑㄧˋ ①節氣。②北方的寒氣。

朕 ㄓㄣˋ zhèn 名預兆，先兆。代本用於自稱，即「我」。秦始皇以後成為皇帝的自稱。

朕兆 ㄓㄣˋ ㄓㄠˋ 在事情發生以前，可以預先看出的先兆。

朒 ㄋㄩˋ nǜ 名指農曆月初時，月亮在東方出現的情形。形不足的，虧損的。例盈朒。

七畫

望 ㄨㄤˋ wàng 名①心願，志願。例願望。②名譽。例名望。③月圓之時，農曆每月的十五日。例望日。動①向遠處或高處看。例眺望、遙望。②希冀，期盼。例盼望、希望。③怨恨，責備。例史記：「不意君之望臣深也。」④拜訪，慰問。例探望。⑤將近。例望八。介向，往。例望前走。

望日 ㄨㄤˋ ㄖˋ 農曆的每月十五日。

望外 ㄨㄤˋ ㄨㄞˋ 出乎意料。

望族 ㄨㄤˋ ㄗㄨˊ 鄉里之間所推重、高聲望的大家族。

望遠鏡 ㄨㄤˋ ㄩㄢˇ ㄐㄧㄥˋ 用來觀察天體或遠處物體的儀器。

望子成龍 ㄨㄤˋ ㄗˇ ㄔㄥˊ ㄌㄨㄥˊ 父母希望自己的兒子將來能夠成就大業，立不凡的功績。

望文生義 ㄨㄤˋ ㄨㄣˊ ㄕㄥ ㄧˋ 不了解詞句的確切含義，只從字面上牽強附會地做解釋。

望而卻步 ㄨㄤˋ ㄦˊ ㄑㄩㄝˋ ㄅㄨˋ 一看就往後退縮，不敢前進。形容人十分害怕的樣子。

望風披靡 ㄨㄤˋ ㄈㄥ ㄆㄧ ㄇㄧˇ 形容被強大的氣勢壓倒，尚未作戰就潰敗逃亡了。

望風撲影 ㄨㄤˋ ㄈㄥ ㄆㄨ ㄧㄥˇ 所知道的並不詳盡，而無把握及無方向地尋找。

望穿秋水 ㄨㄤˋ ㄔㄨㄢ ㄑㄧㄡ ㄕㄨㄟˇ 把眼睛都望穿了。比喻殷切盼望的樣子。同望眼欲穿。

望洋興嘆 ㄨㄤˋ ㄧㄤˊ ㄒㄧㄥ ㄊㄢˋ ①比喻因為眼界開闊，而驚奇讚嘆。②比喻因才能不及，而感到無可奈何。

望眼欲穿 ㄨㄤˋ ㄧㄢˇ ㄩˋ ㄔㄨㄢ 眼睛都要望穿了。形容盼望思念的深切。

望梅止渴 ㄨㄤˋ ㄇㄟˊ ㄓˇ ㄎㄜˇ 比喻願望無法實現，只好憑藉著空想安慰自己。

望聞問切 ㄨㄤˋ ㄨㄣˊ ㄨㄣˋ ㄑㄧㄝˋ 中醫診斷病症的四種方法：望是用眼看病人的氣色；聞是用耳朵聽病人的聲息；問是詢問病人的症狀；切是用手診脈。

望塵莫及 ㄨㄤˋ ㄔㄣˊ ㄇㄛˋ ㄐㄧˊ 遠見前面車馬飛快地離去，揚起大量塵土，自己卻無力趕上。形容他人進步神速，自己卻遠遠落後。

八畫

期 ㈠ㄑㄧˊ qí 名①時，日。例時期。②界限，限度。例白居易．長恨歌：「此恨綿綿無絕期。」③一段時間。例假期、學期。動①希望。例期望。②約定。例不期而遇。㈡ㄐㄧ jī 名①一周年。例期年。②一年的喪服，即期服。

期日 ㄑㄧˊ ㄖˋ 約定的日期和時間。

期月 ㄐㄧ ㄩㄝˋ ①一個月。②一年。

期刊 ㄑㄧˊ ㄎㄢ 有固定時期出版的書報雜誌。

期服 ㄐㄧ ㄈㄨˊ 指一年的喪服。

期限 ㄑㄧˊ ㄒㄧㄢˋ　預定的時間限制。

期待 ㄑㄧˊ ㄉㄞˋ　期望等待。

期盼 ㄑㄧˊ ㄆㄢˋ　等待與盼望。

期許 ㄑㄧˊ ㄒㄩˇ　期望，希望。常用在長輩對晚輩。

期貨 ㄑㄧˊ ㄏㄨㄛˋ　議定價格後，不立即交貨，而約定於未來某一時間交付的貨物。

期票 ㄑㄧˊ ㄆㄧㄠˋ　會計學上指定期付款的支票。

期期 ㄑㄧ ㄑㄧ　①口吃，說話不流利的樣子。例期期艾艾。②表示極、很的意思。例期期以為不可。

期頤 ㄑㄧ ㄧˊ　指年壽一百歲以上的人。

期期艾艾 ㄑㄧ ㄑㄧ ㄞˋ ㄞˋ　形容口吃，說話不流利的樣子。

朝

㊀ㄓㄠ zhāo 名①早晨。例朝會、朝夕。②日，天。例今朝、有朝一日。形有生氣，活潑的。例朝氣蓬勃。㊁ㄔㄠˊ cháo 名①古代君王聽政、辦事的地方。例朝廷。②帝王統治的時代。例清朝。動①舊時臣下覲見天子。例朝見。②向，對。例坐北朝南。③到聖地去參拜神明。例朝聖。

朝山 ㄔㄠˊ ㄕㄢ　到名山寺廟去燒香拜佛。

朝夕 ㄓㄠ ㄒㄧ　①指早上和晚上。形容時間短促。②時時刻刻，常常。

朝天 ㄔㄠˊ ㄊㄧㄢ　①拜見天子。②仰著頭向上看。

朝氣 ㄓㄠ ㄑㄧˋ　①早晨的氣象。②比喻清新進取的精神。

朝代 ㄔㄠˊ ㄉㄞˋ　一姓帝王所統治的時代。

朝廷 ㄔㄠˊ ㄊㄧㄥˊ　①君主上朝的地方。②君主時代的政府。

朝貢 ㄔㄠˊ ㄍㄨㄥˋ　古時諸侯或屬邦來皇宮向帝王獻上禮物。

朝野 ㄔㄠˊ ㄧㄝˇ　指政府及民間。

朝陽 ㄓㄠ ㄧㄤˊ　早晨初升的太陽。

朝暉 ㄓㄠ ㄏㄨㄟ　早晨時不很強烈的陽光。

朝會 ㄓㄠ ㄏㄨㄟˋ　早上的集會。通常指中小學校每天早晨全校師生在操場集會和升旗的典禮。

朝暮 ㄓㄠ ㄇㄨˋ　①早晨和晚上。②一天到晚，時時刻刻。

朝霞 ㄓㄠ ㄒㄧㄚˊ　日出時東方受陽光映照的雲彩。

朝露 ㄓㄠ ㄌㄨˋ　①清晨的霧水。②比喻生命短暫或不能長久保存的事物。

朝聖 ㄔㄠˊ ㄕㄥˋ　信徒去宗教聖地朝拜的宗教活動。

朝三暮四 ㄓㄠ ㄙㄢ ㄇㄨˋ ㄙˋ　形容人常常變卦，反覆無常。

朝不保夕 ㄓㄠ ㄅㄨˋ ㄅㄠˇ ㄒㄧ　早上還有，到傍晚卻不一定仍能保有。形容非常地危急。

朝令夕改 ㄓㄠ ㄌㄧㄥˋ ㄒㄧ ㄍㄞˇ　早上才頒布的法令，到了傍晚又改了。形容政令時常改變，令人難以適從。

朝生暮死 ㄓㄠ ㄕㄥ ㄇㄨˋ ㄙˇ　早上才出生，晚上就死了。形容生命非常短暫。

朝思暮想 ㄓㄠ ㄙ ㄇㄨˋ ㄒㄧㄤˇ　形容思念非常殷切的樣子。

朝秦暮楚 ㄓㄠ ㄑㄧㄣˊ ㄇㄨˋ ㄔㄨˇ　早上事秦，晚上又歸附楚了。形容人為了自己的私利，毫無主見，反覆無常。

朝乾夕惕 ㄓㄠ ㄑㄧㄢˊ ㄒㄧ ㄊㄧˋ 形容人早晚都謹慎小心，非常勤奮努力。

朝朝暮暮 ㄓㄠ ㄓㄠ ㄇㄨˋ ㄇㄨˋ 從早到晚，無時無刻不如此。

朝發夕至 ㄓㄠ ㄈㄚ ㄒㄧ ㄓˋ 早上出發，晚上就到了。形容路程不遠或交通便利、速度很快。

朝聞夕改 ㄓㄠ ㄨㄣˊ ㄒㄧ ㄍㄞˇ 早上聽到好的德行，晚上便用以改過。形容人勇於改正自己的錯誤。

十四畫

朦

ㄇㄥˊ méng 見「朦朧」。

朦朧 ㄇㄥˊ ㄌㄨㄥˊ ①月光昏暗的樣子。②不清楚。

十六畫

朧

ㄌㄨㄥˊ lóng 見「朦朧」。

木部 ㄇㄨˋ

木

ㄇㄨˋ mù 名①木本植物的通稱。例十年樹木。②木材，木料。例朽木不可雕。③五行之一。例金木水火土。④棺材。例行將就木。⑤木星的簡稱。形①呆笨的。例木頭木腦。②失去知覺的。例麻木不仁。③質樸的。例剛毅木訥。④用木材製成的。例木箱。

木人 ㄇㄨˋ ㄖㄣˊ ①用木頭做的人形玩偶。②形容反應極慢，遲鈍呆笨的人。③比喻不被外物影響的人。

木工 ㄇㄨˋ ㄍㄨㄥ 指專門製造木材器具的人。

木石 ㄇㄨˋ ㄕˊ ①指樹木和石頭。②比喻人毫無知覺或情感。③山。

木版 ㄇㄨˋ ㄅㄢˇ 古時刻字印書的一種木製版模。

木星 ㄇㄨˋ ㄒㄧㄥ 太陽系行星之一，介於火星和土星中間，體積最大，繞太陽一周約十二年。

木炭 ㄇㄨˋ ㄊㄢˋ 木材經密閉，用火燒成的燃料。

木屐 ㄇㄨˋ ㄐㄧ 用木材做底的拖鞋。

木馬 ㄇㄨˋ ㄇㄚˇ ①木製的馬，是一種童玩。②體操運動用具之一，木身四足，形狀略像馬，用以練習縱躍。

木魚 ㄇㄨˋ ㄩˊ 佛教法器之一，木製魚形，僧徒誦經時用來敲打。

木訥 ㄇㄨˋ ㄋㄜˋ 形容人質樸遲鈍，不善於言語。

木偶 ㄇㄨˋ ㄡˇ 利用木頭雕刻而成的人偶像。

木質 ㄇㄨˋ ㄓˋ 木材的質地，一種由芳香族聚合的高分子化合物。大量儲存在植物木質化組織的細胞壁裡，是木材的主要成分之一。

木雕 ㄇㄨˋ ㄉㄧㄠ 雕刻木材的工藝技術或產品。

木頭 ㄇㄨˋ ㄊㄡˊ ①木材的通稱。②形容腦筋不靈活、呆笨遲鈍的人。

木簡 ㄇㄨˋ ㄐㄧㄢˇ 古時用來書寫文字的木片。

木雞 ㄇㄨˋ ㄐㄧ ①形容人呆滯不靈活，或受驚嚇而沒了主意的樣子。例呆若木雞。②指木製的雞。

木鐸 ㄇㄨˋ ㄉㄨㄛˊ ①金口木舌大鈴鐺，古時在宣布法令政教時，用以警示眾人。②比喻老師的教誨。

木乃伊 ㄇㄨˋ ㄋㄞˇ ㄧ 古埃及人用防腐藥品所保存之不壞的屍體。

木偶戲 ㄇㄨˋ ㄡˇ ㄒㄧˋ 用木頭製造的人偶表演的戲劇，在表演時，演員要操縱木偶，同時加入演唱、口述。一般分為布袋木偶、懸絲木偶或杖頭木偶等，統稱為傀儡戲。

木已成舟 ㄇㄨˋ ㄧˇ ㄔㄥˊ ㄓㄡ 木材已經製成船。比喻事情已成定局，無法更改。

木本水源 ㄇㄨˋ ㄅㄣˇ ㄕㄨㄟˇ ㄩㄢˊ 樹木有根，水有源頭。比喻凡事必有其根源。

木本植物 ㄇㄨˋ ㄅㄣˇ ㄓˊ ㄨˋ 木質部分發達的多年生植物，可以逐年加粗形成年輪。一般分為喬木、灌木二種。

一畫

朮

ㄓㄨˊ zhú 名植物名。指山薊，多年生草本，開紅、紫、綠的花，白色的根可入藥。

本

ㄅㄣˇ běn 名①草木的根。例草本。②事物的根源，基礎。例捨本逐末。③本金，資金。例將本求利。④書籍、字畫、碑帖等。例宋刻本。⑤量詞。例一本書。形①主要的，中心的。例本體。②原來的，起初的。例本心。③現在的，目前的。例本月。動依據。例本著良心做事。代稱自己或自己這方。例本人、本國。

本土 ㄅㄣˇ ㄊㄨˇ 自己的土地、故鄉或國家。

本分 ㄅㄣˇ ㄈㄣˋ ①身分地位或職務。②應盡的責任義務。③守著自己的地方不逾越，即安分。

本心 ㄅㄣˇ ㄒㄧㄣ ①自己原先的心意志願。②指良心。

本末 ㄅㄣˇ ㄇㄛˋ ①一件事的原委和始末。②重要的以及不重要的。比喻事情的輕重、先後。

本旨 ㄅㄣˇ ㄓˇ 本來或主要的意旨。

本色 ㄅㄣˇ ㄙㄜˋ ①沒有顏色的白底子，或指原來的顏色。②原先的特性、本質。

本行 ㄅㄣˇ ㄏㄤˊ ①原來所做的行業。②銀行、商行自稱。

本利 ㄅㄣˇ ㄌㄧˋ 本金及利息。也稱為本息。

本身 ㄅㄣˇ ㄕㄣ 指自己本人。

本性 ㄅㄣˇ ㄒㄧㄥˋ 指個人與生俱來的特性。

本金 ㄅㄣˇ ㄐㄧㄣ 藉以賺取利息的母金或投資事業的資本。

本俸 ㄅㄣˇ ㄈㄥˋ 公務員的基本薪資。

本家 ㄅㄣˇ ㄐㄧㄚ 同宗族或同姓的人。

本能 ㄅㄣˇ ㄋㄥˊ 動植物天生就具備的生存能力。如吃飯、睡覺等。

本埠 ㄅㄣˇ ㄅㄨˋ 指本地。

本票 ㄅㄣˇ ㄆㄧㄠˋ 票據的一種，由發票人開出的支票，在指定的日期，必須讓持票人領取票面上所寫的金額。

本部 ㄅㄣˇ ㄅㄨˋ 指任何組織團體或公司行號、學術機構等的主體、中心部分。即總指揮所在地。與「分部」相對。

本業 ㄅㄣˇ ㄧㄝˋ 本身從事的行業。

本源 ㄅㄣˇ ㄩㄢˊ 事情的起源、根本。

本領 ㄅㄣˇ ㄌㄧㄥˇ 個人的本事、才能。

本質 ㄅㄣˇ ㄓˊ ①事物中永不改變且不可缺乏的性質。②指人的本性。

本錢 ㄅㄣˇ ㄑㄧㄢˊ ①指投資事業的資本或生息用的本金。同本金。②指貨物的成本。

本籍 ㄅㄣˇ ㄐㄧˊ 原來的戶籍所在地。

本末倒置 ㄅㄣˇ ㄇㄛˋ ㄉㄠˋ ㄓˋ 指人分不出事情的輕重緩急，將處理事情的先後次序弄反了。

本位主義 ㄅㄣˇ ㄨㄟˋ ㄓㄨˇ ㄧˋ 以自身的利益為基本立場的學說或做法。

本來面目 ㄅㄣˇ ㄌㄞˊ ㄇㄧㄢˋ ㄇㄨˋ ①泛指事物原來的形式、樣子。②禪宗認為眾生原有的心性，即佛性。

本性難移 ㄅㄣˇ ㄒㄧㄥˋ ㄋㄢˊ ㄧˊ 指人天生的性格難以改變。

末

ㄇㄛˋ mò 名①事物的最後階段。例歲末。②物體的尖端。例秋毫之末。③不重要的事物。例捨本逐末。④元劇中，扮演中年男子的角色。例生旦淨末丑。⑤細碎粉狀的物體。例粉末。形①最後的。例敬陪末座。②小的，輕的。例末枝。副沒有，無。例論語：「雖欲從之，末由也已。」

末日 ㄇㄛˋ ㄖˋ 宗教家指世界存在的最後一天為末日。

末世 ㄇㄛˋ ㄕˋ 指一朝或一國將近衰亡的時代。同末代。

末年 ㄇㄛˋ ㄋㄧㄢˊ 指時代、朝代、君王或年號的最後幾年。例春秋末年。

末尾 ㄇㄛˋ ㄨㄟˇ ①最後結束終了。②最後面的數字。

末席 ㄇㄛˋ ㄒㄧˊ 排在後面的座位。同末座。

末造 ㄇㄛˋ ㄗㄠˋ 一個國家或朝代的最後時代。同末世、末代、末年。

末節 ㄇㄛˋ ㄐㄧㄝˊ 小事，毫不起眼的細微處。

末路 ㄇㄛˋ ㄌㄨˋ ①指最後一段路。②沒有前途或希望的絕路。例英雄末路。

末學 ㄇㄛˋ ㄒㄩㄝˊ ①自謙自己的所學不多。同後學。②指根基不深的學問。

末梢神經 ㄇㄛˋ ㄕㄠ ㄕㄣˊ ㄐㄧㄥ 由中樞神經放射到身體各個器官的神經系統，功能是主管各器官的感覺或運動，又叫周邊神經。

未

ㄨㄟˋ wèi 名①十二地支的第八位。②時辰名。約下午一點到三點。副沒有，無。與「已」相對。例革命尚未成功。助放在句末，表示疑問。例王維・雜詩：「來日綺窗前，寒梅著花未？」

未央 ㄨㄟˋ ㄧㄤ ①未超過一半。例夜未央。②還沒結束。

未必 ㄨㄟˋ ㄅㄧˋ 不一定，不能確定。

未免 ㄨㄟˋ ㄇㄧㄢˇ 不免，難免。表示必然的語氣。

未始 ㄨㄟˋ ㄕˇ 從來沒有，未嘗。

未幾 ㄨㄟˋ ㄐㄧˇ ①沒有多久，不久。②沒有幾個，不多。

未遂 沒有達成。

未亡人 寡婦的自稱。

未卜先知 事情尚未發生，就已預先知道。

未老先衰 指人年紀還很輕，但外形或心態就已經很衰老了。

未定之天 比喻事情尚未成定局。

未雨綢繆 在事情未發生前作好防範措施。

札 ㄓㄚˊ zhá 名①古時書寫用的木片。例簡札、筆札。②書信。例古詩十九首：「客從遠方來，遺我一書札。」動因災禍而死。例夭札。

札記 讀書時記錄下來的要點或心得。

二畫

朵 ㄉㄨㄛˇ duǒ 名①植物的花或苞。例花朵。②計算花或團狀物的量詞。例幾朵花、一朵白雲。動動起來。例大快朵頤。

朵頤 兩頰動起來，吃東西的樣子。

朽 ㄒㄧㄡˇ xiǔ 名腐敗的東西。例摧枯拉朽。形①敗壞的。例朽木。②衰老的。例老朽。動①腐爛。例朽壞。②磨滅。例永垂不朽。

朽敗 腐朽敗壞。

朽邁 謙稱自己老而無用。

朽木糞土 腐壞的木頭和用糞土製的汙牆。形容不值得造就的蠢才。

朴 ㈠ㄆㄛˋ pò 名①樹皮。②植物名。落葉喬木，葉呈橢圓尖形，結球形果實，樹皮和花可供藥用。③朴硝，中藥名。㈡ㄆㄨˊ pú 名通「樸」。質樸。㈢ㄆㄧㄠˊ piáo 名姓。

机 ㄐㄧ jī 名即榿木，似榆樹，焚燒後可做稻田的肥料。

朱 ㄓㄨ zhū 名①大紅色。例近朱者赤。②姓。

朱門 從前高官富豪家的大門常漆成紅色，後用來比喻有錢有勢的人家。

朱顏 ①古時稱美女，指美人的容顏。②指美好的青春時光。

朱脣皓齒 指人脣色紅潤而牙齒潔白。常用以形容女子美麗的容顏。

三畫

束 ㄕㄨˋ shù 名東西一紮或一綑。例一束花。動①綁，捆紮。例束髮。②限制，管教。例約束。

束身 修養自身不放縱。例束身自愛。

束脩 古時把十條乾肉紮成一束，作為拜見老師的禮物。後泛稱答謝老師的金錢或物質。

束裝 整理好準備出發。

束縛 被限制或拘束而不自由。

束之高閣 比喻棄置不用。

束手束腳 形容受到限制不自在。

束手待斃 想不出辦法來解決，只有坐待死亡。

束手無策 ㄕㄨˋ ㄕㄡˇ ㄨˊ ㄘㄜˋ 比喻遇事無能為力，沒有任何辦法可行。

李 ㄌㄧˇ lǐ 名①植物名。落葉喬木，開白花，果實可食。②姓。

李下 ㄌㄧˇ ㄒㄧㄚˋ 比喻有嫌疑。例瓜田李下。

李代桃僵 ㄌㄧˇ ㄉㄞˋ ㄊㄠˊ ㄐㄧㄤ 比喻用這來代替那，或指代替人接受罪罰。

杏 ㄒㄧㄥˋ xìng 名植物名。落葉喬木，葉成橢圓形，果實圓形，種子即杏仁，可食或供藥用。

杏林 ㄒㄧㄥˋ ㄌㄧㄣˊ 指醫師或醫學界。例杏林春暖。

杏眼 ㄒㄧㄥˋ ㄧㄢˇ 比喻女子眼睛又圓又大。

杏壇 ㄒㄧㄥˋ ㄊㄢˊ ①相傳是孔子授徒講學的地方，後用以代稱教育界。②道觀，道家修行的地方。

村 ㄘㄨㄣ cūn 名鄉間有人聚居的地方。例農村。形粗野的，鄙陋的。例村氣。動罵。例我村了他幾句。

村子 ㄘㄨㄣ ˙ㄗ 村莊，指鄉民聚居的地方。

村野 ㄘㄨㄣ ㄧㄝˇ ①郊野的村落。②形容粗鄙俗氣的樣子。

村落 ㄘㄨㄣ ㄌㄨㄛˋ 鄉人聚居的地方。同村子、村莊。

村塾 ㄘㄨㄣ ㄕㄨˊ 舊時鄉村中的學校。

村墟 ㄘㄨㄣ ㄒㄩ 村中的市場集中地。

杖 ㄓㄤˋ zhàng 名①走路時用來支撐身體的棍棒。例手杖。②泛指棍棒一類的物品。例明火執杖。③古代一種刑法，用棍棒打犯人。例杖刑。動①持拿。②倚靠，憑恃。

杖責 ㄓㄤˋ ㄗㄜˊ 用棒子打人的一種刑罰。

杖期 ㄓㄤˋ ㄐㄧ 在服喪期間拿一年喪棒的一種喪禮。

杖藜 ㄓㄤˋ ㄌㄧˊ 用藜莖做的枴杖。

材 ㄘㄞˊ cái 名①木料，樹幹。例木材。②才能或能力。例因材施教。③可用來製造的物料。例建材。④資料。例教材。⑤棺材的簡稱。例壽材。動通「裁」。裁定，判斷。

材料 ㄘㄞˊ ㄌㄧㄠˋ ①所有可供製作器具的原料。②可以用來作為文章內容的事物。③比喻適合做某事的人才。

材幹 ㄘㄞˊ ㄍㄢˋ ①指木頭材料。②指人的能力才幹。

杞 ㄑㄧˇ qǐ 名①植物名。即枸杞。②姓。

杞人憂天 ㄑㄧˇ ㄖㄣˊ ㄧㄡ ㄊㄧㄢ 比喻沒有必要的煩惱或憂慮。

杉 ㄕㄢ shān 名植物名。常綠針葉喬木，樹幹高且直，材質堅硬，可當建材和製造高級家具。

杇 ㄨ wū 名用來刷牆的工具。俗稱鏝刀。動刷，塗。例論語：「糞土之牆不可杇也。」

杙 ㄧˋ yì 名小木樁。動拴，繫。

杈 ㄔㄚ chā 名①樹幹的分枝或樹枝的分岔。②收取禾草的農具。例鐵杈。

杈子 ㄔㄚˋ ˙ㄗ ①分岔的樹枝。②用以阻攔人車通行所置的木架。俗稱拒馬。

杈枒 ㄔㄚ ㄧㄚ 樹枝分岔的樣子。或作「杈椏」。

杌 ㄨˋ wù 名①沒有枝幹，只有主幹的樹木。②方形沒有靠背的椅子。

杌隉 ㄨˋ ㄋㄧㄝˋ 動盪不安的樣子。

杓 ㈠ㄅㄧㄠ biāo 名①勺子的柄。②北斗七星的柄，第五顆到第七顆星的部分。例斗杓東指。㈡ㄕㄠˊ sháo 名同「勺」。取水的器具。

杜 ㄉㄨˋ dù 名①植物名。常綠喬木，木材質輕而軟，可作造紙原料。②姓。動禁止，阻塞。例杜門不出。

杜口 ㄉㄨˋ ㄎㄡˇ 閉上嘴巴不說話。

杜絕 ㄉㄨˋ ㄐㄩㄝˊ 阻塞禁止。

杜弊 ㄉㄨˋ ㄅㄧˋ 防止弊端。

杜撰 ㄉㄨˋ ㄓㄨㄢˋ 憑空想像出來的。

杜鵑 ㄉㄨˋ ㄐㄩㄢ ①鳥名。鳴聲哀淒，常使旅人思鄉。又叫子規、鶗鴃。②植物名。常綠灌木，每年三、四月開白、紅、紫色花。

杆 ㄍㄢ gān 名又直又長的木棒。例旗杆。

杠 ㈠ㄍㄤ gāng 名①旗竿，指竹木等做成的竿子。②小橋。㈡ㄍㄤˋ gàng 名同「槓」。

四畫

杭 ㄏㄤˊ háng 名①杭州的簡稱。例上有天堂，下有蘇杭。②姓。動通「航」。渡河。

枋 ㄈㄤ fāng 名①檀木的別名。②用來築堤的大木樁。

枕 ㈠ㄓㄣˇ zhěn 名睡臥時用來墊頭頸部的東西。例枕頭。㈡ㄓㄣˋ zhèn 動①用頭靠在物體上。例論語：「曲肱而枕之。」②接近，鄰靠。例北枕大江。

枕木 ㄓㄣˇ ㄇㄨˋ 鐵軌下所墊的橫木。

枕席 ㄓㄣˇ ㄒㄧˊ 指睡覺時的用具。

枕藉 ㄓㄣˇ ㄐㄧㄝˋ 縱橫相枕而躺著。例傷亡枕藉。

枕中書 ㄓㄣˇ ㄓㄨㄥ ㄕㄨ ①私藏而不讓人借閱的書。②書名。晉葛洪著，書的內容皆是神仙道術之事。

枕戈待旦 ㄓㄣˇ ㄍㄜ ㄉㄞˋ ㄉㄢˋ 枕著武器睡覺。形容為了準備戰事而絲毫不放鬆。

杳 ㄧㄠˇ yǎo 形①幽暗不明的。例杳杳。②深遠的。例杳渺。副渺茫無聲息地。例杳無音訊。

杳如黃鶴 ㄧㄠˇ ㄖㄨˊ ㄏㄨㄤˊ ㄏㄜˋ 一離開就無影無蹤，難再尋覓。

杷 ㄆㄚˊ pá 見「枇杷」。

枓 ㄓㄨˇ zhǔ 名盛水的器具。

東 ㄉㄨㄥ dōng 名①方位名。例日出東方。②古時主位在東，賓位在西，所以稱主人為東。例作東、房東。

東西 ㈠ㄉㄨㄥ ㄒㄧ ①東方和西方。②從東到西。㈡ㄉㄨㄥ ·ㄒㄧ ①指一切的物品。②罵人的話。例他算什麼東西！

東洋 ㄉㄨㄥ ㄧㄤˊ ①泛指中國東部的海域。②清代以後稱日本為東洋。

東流 ㄉㄨㄥ ㄌㄧㄡˊ 中國的大部分河流為由西向東，藉此說明事物的逝去就像向東流去的水一樣，不再復還。例付諸東流。

東風 ㄉㄨㄥ ㄈㄥ 由東方吹來的風。泛指春風。

東家 ㊀ㄉㄨㄥ ㄐㄧㄚ 住在東方的鄰居。㊁ㄉㄨㄥ ˙ㄐㄧㄚ ①居所的主人。②職工對僱主的稱謂。③宴會主人。

東經 ㄉㄨㄥ ㄐㄧㄥ 指從子午線往東度量的經線。

東道 ㄉㄨㄥ ㄉㄠˋ 請客的主人。

東瀛 ㄉㄨㄥ ㄧㄥˊ 指日本。同東洋。

東山再起 ㄉㄨㄥ ㄕㄢ ㄗㄞˋ ㄑㄧˇ 指人退隱後又再度出仕。或指人在歷經失敗後，能重振旗鼓，再度站起來。

東床快婿 ㄉㄨㄥ ㄔㄨㄤˊ ㄎㄨㄞˋ ㄒㄩˋ 對女婿的美稱。典故是晉朝太尉郗鑒到王導家選婿，選上王羲之的故事。同東床嬌客、乘龍快婿。

東奔西走 ㄉㄨㄥ ㄅㄣ ㄒㄧ ㄗㄡˇ 形容人四處奔波忙碌，不得休息的樣子。

東征西討 ㄉㄨㄥ ㄓㄥ ㄒㄧ ㄊㄠˇ 到處去征討。

東拉西扯 ㄉㄨㄥ ㄌㄚ ㄒㄧ ㄔㄜˇ ①指東西勉強拼湊，毫無章法。②形容人胡亂閒聊。

東施效顰 ㄉㄨㄥ ㄕ ㄒㄧㄠˋ ㄆㄧㄣˊ 指醜人欲模仿美人的姿態，卻適得其反，越學越醜。

東倒西歪 ㄉㄨㄥ ㄉㄠˇ ㄒㄧ ㄨㄞ 形容事物頹壞或人疲勞而顯得傾倒搖晃的樣子。

東張西望 ㄉㄨㄥ ㄓㄤ ㄒㄧ ㄨㄤˋ 向四處張望的樣子。

東窗事發 ㄉㄨㄥ ㄔㄨㄤ ㄕˋ ㄈㄚ 指陰謀為人所揭穿。

東鱗西爪 ㄉㄨㄥ ㄌㄧㄣˊ ㄒㄧ ㄓㄠˇ 畫龍時，在雲中不見龍的全身，只見東一片鱗西一隻爪。比喻零散不全的事物。

枝

㊀ㄓ zhī 名①樹幹從旁生出的枝條。例枝枒。②主體旁生的分支。例橫生枝節。③計算細長物品的量詞。例一枝筆。㊁ㄑㄧˊ qí 形通「歧」。歧生，多餘的。例枝指。

枝指 ㄑㄧˊ ㄓˇ 拇指或小指旁多生的手指。比喻多餘沒有用的東西。

枝節 ㄓ ㄐㄧㄝˊ 事情本身發生的一些零星細微的小問題。

枝頭 ㄓ ㄊㄡˊ 樹枝頂端部分。比喻人所居的高位或高成就。例飛上枝頭變鳳凰。

果

ㄍㄨㄛˇ guǒ 名①植物所結的實。例水果。②事情的結局。例結果。形堅決。例果敢。動①吃飽。例果腹。②實現。例不果。副確實，的確。例果然。連假如，若是。例如果。

果汁 ㄍㄨㄛˇ ㄓ 由新鮮水果中榨取的汁液。

果決 ㄍㄨㄛˇ ㄐㄩㄝˊ 指人堅決果斷。

果真 ㄍㄨㄛˇ ㄓㄣ 果然是真的。

果報 ㄍㄨㄛˇ ㄅㄠˋ 佛家指因果報應，種善因得善報，種惡因得惡報。

果然 ㄍㄨㄛˇ ㄖㄢˊ 指事情的結果和所想的一樣。同果真。

果腹 ㄍㄨㄛˇ ㄈㄨˋ 把肚子填飽。

果實 ㄍㄨㄛˇ ㄕˊ ①指植物結的果子。②一切努力的結果。

果斷 ㄍㄨㄛˇ ㄉㄨㄢˋ 指人意志堅強，果敢決斷。

果不其然 ㄍㄨㄛˇ ㄅㄨˋ ㄑㄧˊ ㄖㄢˊ 果然如此，事情和所料想的一模一樣。

杯

ㄅㄟ bēi 名①一種盛液體的器具。例杯子。②比賽優勝的獎品。例獎杯。③計算杯裝物的量詞。例一杯茶水。

杯珓 ㄅㄟ ㄐㄧㄠˋ 在神明前占卜時，投擲於地以判斷吉凶的器具。又作「杯筊」。

杯中物 ㄅㄟ ㄓㄨㄥ ㄨˋ 即酒。例陶潛‧責子詩：「天運苟如此，且進杯中物。」

杯弓蛇影 ㄅㄟ ㄍㄨㄥ ㄕㄜˊ ㄧㄥˇ 形容為不存在的事情而驚疑。

杯水車薪 ㄅㄟ ㄕㄨㄟˇ ㄔㄜ ㄒㄧㄣ 用一杯水來救盛大的火勢。比喻無濟於事。

杯盤狼藉 ㄅㄟ ㄆㄢˊ ㄌㄤˊ ㄐㄧˊ 指宴飲之後，杯盤散亂的樣子。

林

ㄌㄧㄣˊ lín 名①樹木叢生一處。例森林。②指人或事物叢聚之所。例儒林。③姓。形為數眾多的。例林林總總。

林下 ㄌㄧㄣˊ ㄒㄧㄚˋ 指田野、鄉野。例退歸林下。

林立 ㄌㄧㄣˊ ㄌㄧˋ 形容到處聳立、數目很多的樣子。

林泉 ㄌㄧㄣˊ ㄑㄩㄢˊ 樹林泉石。比喻退隱的地方。

林苑 ㄌㄧㄣˊ ㄩㄢˋ 在森林中的庭園，古時統治者遊賞打獵的休憩地。

林壑 ㄌㄧㄣˊ ㄏㄨㄛˋ 指山中樹木茂密、深遠無際之地。

林林總總 ㄌㄧㄣˊ ㄌㄧㄣˊ ㄗㄨㄥˇ ㄗㄨㄥˇ 形容紛紜眾多的樣子。

杰

ㄐㄧㄝˊ jié 名通「傑」。才能特殊的人才。

枉

ㄨㄤˇ wǎng 名①不正直的人。例論語：「舉直錯諸枉。」②冤屈。例冤枉。形彎曲的。例枉尺。動①遷就，委屈。例枉駕。②歪曲。例枉法。副白費力氣地。例枉然。

枉死 ㄨㄤˇ ㄙˇ 白白冤枉死的。

枉求 ㄨㄤˇ ㄑㄧㄡˊ 白費工夫的追求一些不可能的事。

枉屈 ㄨㄤˇ ㄑㄩ ①地位較尊貴的人降低身分來拜訪自己。②冤枉，冤屈。

枉法 ㄨㄤˇ ㄈㄚˇ 以私意曲解法律或違反法律行不法之事。

枉然 ㄨㄤˇ ㄖㄢˊ 白白地浪費工夫。

枉費 ㄨㄤˇ ㄈㄟˋ 徒然地白費工夫或精神。

析

ㄒㄧ xī 動①破開。例剖心析肝。②分開，離散。例分崩離析。③說明，解釋。例解析。

析居 ㄒㄧ ㄐㄩ 分開來住，分家。

析義 ㄒㄧ ㄧˋ 分析解釋義理。

析薪 ㄒㄧ ㄒㄧㄣ 把木材劈開。

析爨 ㄒㄧ ㄘㄨㄢˋ 兄弟分家，不再一起居住。

枇

ㄆㄧˊ pí 見「枇杷」。

枇杷 ㄆㄧˊ ㄆㄚˊ 植物名。常綠喬木，花白色，果實呈淡黃橢圓形，可生食及治咳化痰等藥用。

杵

ㄔㄨˇ chǔ 名①搗米的棒。②擣衣用的木器具。③古代兵器，形狀像杵。例血流漂杵。動①用尖物刺。②呆立不動。例所有人都杵著，不知如何是好。

杵臼 ㄔㄨˇ ㄐㄧㄡˋ 舊時舂米的器具。

枚 ㄇㄟˊ méi 名①樹幹。②古時行軍時，兵士銜在口中的木棒，以防止喧嘩。例銜枚。③量詞。相當於「個」。例一枚銅錢。④姓。

枚舉 ㄇㄟˊ ㄐㄩˇ 一項一項地舉出來。例不勝枚舉。

板 ㄅㄢˇ bǎn 名①片狀的木料。例木板。②薄片狀的物體。例銅板。③音樂節拍。例快板。形固執，呆笨的。例古板。動沉下臉來生氣不悅。例他老是板著臉。

板眼 ㄅㄢˇ ㄧㄢˇ ①傳統戲曲音樂的節拍，強拍叫板，弱拍叫眼。②比喻做事有條理而不紊亂。例有板有眼。

板滯 ㄅㄢˇ ㄓˋ 形容人呆滯不靈活的樣子。

板鴨 ㄅㄢˇ ㄧㄚ 一種特殊處理的鴨肉料理，將鴨子加鹽風乾後食用。

板蕩 ㄅㄢˇ ㄉㄤˋ 指時局混亂，社會不安的亂世。例板蕩識忠臣。

板著臉 ㄅㄢˇ ˙ㄓㄜ ㄌㄧㄢˇ 臉上表情非常嚴肅不悅的樣子。

杪 ㄇㄧㄠˇ miǎo 名①樹枝末端。例樹杪。②時節的末端。例歲杪。形通「渺」。細微。例杪小。

枌 ㄈㄣˊ fén 名植物名。即白榆。

杲 ㄍㄠˇ gǎo 形明亮的。例杲杲。

杼 ㄓㄨˋ zhù 名織布機上用來整理緯線的梭。例機杼。

枒 ㄧㄚˊ yá 形樹枝岔出的樣子。例枒杈。

松 ㄙㄨㄥ sōng 名植物名。常綠喬木，針狀葉，結毬果，木質堅硬。

松柏 ㄙㄨㄥ ㄅㄛˊ ①松樹和柏樹。②比喻經得起考驗的人。例松柏後凋。③健壯的老人。例松柏常青。

松濤 ㄙㄨㄥ ㄊㄠ 風吹過松林，聲音如波濤一般。

松鶴 ㄙㄨㄥ ㄏㄜˋ 松和鶴，比喻高壽。例松鶴延年。

杻 ㈠ㄔㄡˇ chǒu 名一種古時的刑具，即手銬。㈡ㄋㄧㄡˇ niǔ 名植物名。葉子似杏葉略尖，白色，長橢圓形，樹皮赤紅，木質堅硬，可做弓幹。

杶 ㄔㄨㄣ chūn 名植物名。即香椿，落葉喬木，開白色小花，樹高三、四丈，木材用來製琴。

枘 ㄖㄨㄟˋ ruì 名用短木削成的榫頭，能容入鑿孔。例方枘圓鑿。

枘鑿 ㄖㄨㄟˋ ㄗㄨㄛˊ 指方的榫頭和圓的卯眼，彼此根本就接合不起來。比喻互相牴觸而不能相容。

五畫

柿 ㄕˋ shì 名植物名。落葉喬木，葉為倒卵形，花冠淡黃色，果實為球形，熟時呈黃色，可食。

柿餅 ㄕˋ ㄅㄧㄥˇ 把柿子壓扁，晒乾後製成的餅狀食品。

某 ㄇㄡˇ mǒu 代人或物的代稱詞。也是自稱之詞。例某人。

染 ㄖㄢˇ rǎn 名指男女間不正常的關係。例兩人有染。動①把顏色加於布上。例染布。②沾上，感受。例傳染，熏染。

染指 ㄖㄢˇ ㄓˇ 貪圖不是自己應得到的利益。

染缸 ㄖㄢˇ ㄍㄤ 放染料的水缸。引申為對人具有影響力的大環境。例社會如同一個大染缸。

染料 ㄖㄢˇ ㄌㄧㄠˋ 指能使纖維或一些物品牢固地著上顏色的有機物，常用於紡織、印刷、塑膠等方面。

染色體 ㄖㄢˇ ㄙㄜˋ ㄊㄧˇ 生物細胞在進行分裂時，細胞核上產生的線狀或棒狀結構體。

架 ㄐㄧㄚˋ jià 名①放置物品的用具。例衣架。②物體的主要結構組織。例骨架。③身段和姿勢。例架式十足。④計算飛機或機器等的量詞。例一架飛機。動①支撐，建造。例架設棚子。②抵擋。例招架。③攙扶。帶有強制性。例綁架。④以一物加在另一物之上。例疊床架屋。⑤互相爭吵對打。例吵架。⑥憑空想像。例架詞誣捏。

架子 ㄐㄧㄚˋ ˙ㄗ ①放置東西的器具。②形容人的高傲。例擺架子。

架式 ㄐㄧㄚˋ ㄕˋ 形象或樣式。指人的姿勢和態度。

架空 ㄐㄧㄚˋ ㄎㄨㄥ ①憑空捏造出來的。②比喻表面上尊崇，暗地裡排擠某人。

架設 ㄐㄧㄚˋ ㄕㄜˋ 安裝建設。

架構 ㄐㄧㄚˋ ㄍㄡˋ ①建造。②指在輪廓上大略地構想設計。

柬 ㄐㄧㄢˇ jiǎn 名書信，請帖。例書柬。動通「揀」。挑選。

柬帖 ㄐㄧㄢˇ ㄊㄧㄝˇ 用來邀請人的帖子。

柱 ㄓㄨˋ zhù 名①屋中用來支撐梁的粗木。例房柱。②琴瑟上繫絃的木條。例膠柱鼓瑟。③長條狀的物體。例水柱。動支撐。例支柱。

柱石 ㄓㄨˋ ㄕˊ ①承擔屋梁柱子的基石。②肩負國家重任的人。

柵 ㄓㄚˋ zhà 名用木或竹所編製的圍欄，中間留有空隙。例柵欄。

柵門 ㄓㄚˋ ㄇㄣˊ 指柵欄的門。

柩 ㄐㄧㄡˋ jiù 名裝著屍體的棺材。例靈柩。

柄 ㄅㄧㄥˇ bǐng 名①器具上可持的把手。例傘柄。②事物的根本。③植物花葉和枝相接的地方。例葉柄。④言語或行為被別人用作攻擊、取笑的材料。例把柄、笑柄。⑤權力。例權柄。動掌握，把持。

柄政 ㄅㄧㄥˇ ㄓㄥˋ 掌有軍政大權。

柄國 ㄅㄧㄥˇ ㄍㄨㄛˊ 主持治理國家大事。

柺 ㄍㄨㄞˇ guǎi 名用來支撐身體，幫助行走的手杖。例柺杖。

枯 ㄎㄨ kū 形①草木失去生機。例枯木。②乾涸。例海枯石爛。③憔悴。例形容枯槁。

枯井 ㄎㄨ ㄐㄧㄥˇ 乾枯的水井。

枯朽 ㄎㄨ ㄒㄧㄡˇ 東西朽壞枯乾。

枯坐 ㄎㄨ ㄗㄨㄛˋ 坐著乾等。

枯寂 ㄎㄨ ㄐㄧˋ 形容人內心寂寞的樣子。

枯涸 ㄎㄨ ㄏㄜˊ 乾枯無水了。

枯窘 ㄎㄨ ㄐㄩㄥˇ 形容人生活貧困窘迫的樣子。

枯腸 ㄎㄨ ㄔㄤˊ 比喻文思枯竭乾涸。

枯榮 ㄎㄨ ㄖㄨㄥˊ 指物的興盛和衰敗。

枯澀 ㄎㄨ ㄙㄜˋ 呆板而沒有創意。常用來評文章。

枯燥 ㄎㄨ ㄗㄠˋ 乾燥沒有生氣的，或單調沒有趣味的。

枯木逢春 ㄎㄨ ㄇㄨˋ ㄈㄥˊ ㄔㄨㄣ 比喻人在失意絕望中，突然獲得生機。或作「枯樹生華」。

枯魚之肆 ㄎㄨ ㄩˊ ㄓ ㄙˋ 形容貧困無助的境地或窮途潦倒的人。

柔 ㄖㄡˊ róu 形①軟弱。例柔弱。②溫和的，和順的。例柔風、柔情萬種。動安撫。例懷柔。

柔和 ㄖㄡˊ ㄏㄜˊ 溫順不強硬。

柔弱 ㄖㄡˊ ㄖㄨㄛˋ 形容人個性柔順軟弱的樣子。

柔軟 ㄖㄡˊ ㄖㄨㄢˇ 形容和順不剛硬的。

柔媚 ㄖㄡˊ ㄇㄟˋ 用和順的態度取悅他人。

柔風細雨 ㄖㄡˊ ㄈㄥ ㄒㄧˋ ㄩˇ 形容春天柔和的景色。引申指人態度和婉的樣子。

柔能克剛 ㄖㄡˊ ㄋㄥˊ ㄎㄜˋ ㄍㄤ 柔和的態度可以克服剛強。

柔情似水 ㄖㄡˊ ㄑㄧㄥˊ ㄙˋ ㄕㄨㄟˇ 指女人的情感似水一樣的溫柔。

柔腸寸斷 ㄖㄡˊ ㄔㄤˊ ㄘㄨㄣˋ ㄉㄨㄢˋ 形容人極度傷心難過。

柯 ㄎㄜ kē 名①斧頭的柄。②植物名。常綠喬木，葉橢圓形，單性花，果實為堅果。③指草木的莖和枝。④姓。

枰 ㄆㄧㄥˊ píng 名指棋盤、棋局。

枹 ㄈㄨˊ fú 名指鼓槌。

枹鼓 ㄈㄨˊ ㄍㄨˇ 鼓槌和鼓。後用作軍旅的代稱。

柢 ㄉㄧˇ dǐ 名樹根。引申為基礎。例根深柢固。

枲 ㄒㄧˇ xǐ 名不結子實的大麻，莖皮纖維可織夏布。

枳 ㄓˇ zhǐ 名植物名。如橘樹而小，葉多刺，春開白花，果實小而酸，不能食用，可入藥。

枳棘 ㄓˇ ㄐㄧˊ ①枳木與棘木皆為多刺的樹木，用來比喻艱難險惡的環境。②比喻讒佞的小人。

柮 ㄉㄨㄛˋ duò 名榾柮，斷掉的木頭，可當炭用。

柑 ㄍㄢ gān 名植物名。常綠灌木，夏初開白花，果實圓形，熟時呈金黃色，可食。

柑橘 ㄍㄢ ㄐㄩˊ 柑的果實，味酸甜可口。

枵 ㄒㄧㄠ xiāo 形空虛，飢餓的。

枵腹從公 ㄒㄧㄠ ㄈㄨˋ ㄘㄨㄥˊ ㄍㄨㄥ 餓著肚子辦公。形容勤於政事。

柚 ㄧㄡˋ yòu 名植物名。常綠喬木，初夏開白花，結圓形大果實，皮質厚而粗，味微酸。

柚子 ㄧㄡˋ ㄗˇ 水果名。皮厚，果實酸甜可口，約中秋節前後採收。又名文旦。

枷 ㄐㄧㄚ jiā 名①古時套在犯人脖子上的刑具。②放置衣物的架子。

枷鎖 ㄐㄧㄚ ㄙㄨㄛˇ 刑具。引申為束縛，失去自由。

柘 ㄓㄜˋ zhè 名植物名。落葉灌木，葉尖厚，可養蠶。

柘絲 ㄓㄜˋ ㄙ 柘蠶所吐的絲，可做琴的絃。

查 ㊀ㄔㄚˊ chá 名通「槎」。水中的浮木。動①考證調查。例審查。②檢尋，翻閱。例查字典。㊁ㄓㄚ zhā 名姓。代我。中國北方人自稱之詞，相當於「咱」。

查收 ㄔㄚˊ ㄕㄡ 清點後收下來。

查考 ㄔㄚˊ ㄎㄠˇ 調查考證。

查核 ㄔㄚˊ ㄏㄜˊ 檢查審核。

查對 ㄔㄚˊ ㄉㄨㄟˋ 調查和比較核對。

查驗 ㄔㄚˊ ㄧㄢˋ 調查檢驗。

查明真相 ㄔㄚˊ ㄇㄧㄥˊ ㄓㄣ ㄒㄧㄤˋ 調查清楚事情的真正情況。

柙 ㄒㄧㄚˊ xiá 名①關猛獸的木籠子。例論語：「虎兕出於柙。」②通「匣」。裝衣物的木箱子。

柜 ㊀ㄐㄩˇ jǔ 名同「欅」。植物名。落葉喬木，木頭堅硬，可作家具。㊁ㄍㄨㄟˋ guì 「櫃」的異體字。

柝 ㄊㄨㄛˋ tuò 名巡夜打更時所敲打的梆子。例金柝。動開拓。

枸 ㊀ㄐㄩˇ jǔ 名植物名。枸櫞，常綠喬木，葉尖長，枝間有刺，果實微酸、清香，可食用及入藥。也稱香櫞。㊁ㄍㄡˇ gǒu 名植物名。枸杞，落葉灌木，果實紅色，晒乾後可入藥滋補。㊂ㄍㄡ gōu 名植物名。即枸橘，枳的別名。形彎曲的。例枸木。

柰 ㄋㄞˋ nài 名植物名。與蘋果同類異種。副通「奈」。

柏 ㄅㄛˊ bó 名①植物名。常綠喬木，耐寒，葉小而尖挺，木質良好，可供建材。②姓。

柏油 ㄅㄛˊ ㄧㄡˊ 製造煤氣時的副產品，即煤焦油、瀝青。

柞 ㊀ㄗㄨㄛˋ zuò 名植物名。指柞櫟、柞木。㊁ㄗㄜˊ zé 動砍伐樹木。

柒 ㄑㄧ qī 名數目字。「七」的大寫。

柁 ㊀ㄉㄨㄛˋ duò 名通「舵」。置於船尾以控制船行進方向的用具。㊁ㄊㄨㄛˊ tuó 名屋內兩柱子間的大梁。例房柁。

柳 ㄌㄧㄡˇ liǔ 名①植物名。落葉喬木，葉線狀披針形，枝條細長下垂，多生長於水邊。②姓。

柳眉 ㄌㄧㄡˇ ㄇㄟˊ 形容美人的眉毛細長美麗似柳葉。

柳絮 ㄌㄧㄡˇ ㄒㄩˋ 指柳樹種子上的白色毛狀物，成熟後會隨風飄散如棉絮一般。

柳腰 ㄌㄧㄡˇ ㄧㄠ 形容女人的腰部，如柳條一般柔細。

柳眉倒豎 ㄌㄧㄡˇ ㄇㄟˊ ㄉㄠˋ ㄕㄨˋ 形容女子發怒時的模樣。

柳暗花明 ㄌㄧㄡˇ ㄢˋ ㄏㄨㄚ ㄇㄧㄥˊ ①綠柳成蔭，繁花成簇。形容景色之美。②指在絕望無生機的時候突然露出一些希望。例柳暗花明又一村。

柳綠花紅 ㄌㄧㄡˇ ㄌㄩˋ ㄏㄨㄚ ㄏㄨㄥˊ 形容春天花木繁盛，景色美好。

六畫

核 ㄏㄜˊ hé 名①果實內部保護種子的硬質部分。例核仁。②事物的中心或重要部分。例核心。動稽察。例核算。

核心 ㄏㄜˊ ㄒㄧㄣ 指主要的中心部分。

核定 ㄏㄜˊ ㄉㄧㄥˋ 審核後決定。

核准 ㄏㄜˊ ㄓㄨㄣˇ 審閱後批准。多用於公文。

核對 ㄏㄜˊ ㄉㄨㄟˋ 審核查對比較。

核算 ㄏㄜˊ ㄙㄨㄢˋ 審核計算。

核子彈 ㄏㄜˊ ㄗˇ ㄉㄢˋ 利用原子核分裂所產生的強烈爆炸力而製成的原子彈、氫彈。

校 ㈠ㄒㄧㄠˋ xiào 名①學生受教上課的地方。例學校。②中級軍官的名稱。在「將」之下，「尉」之上，分上校、中校、少校三級。例上校。㈡ㄐㄧㄠˋ jiào 動①比較，較量。例校量。②訂正。例校稿。

校正 ㄐㄧㄠˋ ㄓㄥˋ 校對，改正。

校風 ㄒㄧㄠˋ ㄈㄥ 學校的風氣。

校務 ㄒㄧㄠˋ ㄨˋ 有關學校的各種相關事務。

校規 ㄒㄧㄠˋ ㄍㄨㄟ 學校製定的各種行為規範和遵行原則。

校對 ㄐㄧㄠˋ ㄉㄨㄟˋ ①根據原稿對照有無錯誤。②負責校對工作的人。

校閱 ㄐㄧㄠˋ ㄩㄝˋ ①審閱書稿。②檢閱軍隊。

案 ㄢˋ àn 名①長形的桌子。例香案。②古時盛放食物的木盤。例舉案齊眉。③牽涉到法律的事件。例犯案。④機關的文件。例檔案。⑤提議或計畫的文件。例草案。

案子 ㄢˋ ㄗ˙ ①粗大的桌子。②有關法律方面的事件。

案件 ㄢˋ ㄐㄧㄢˋ 牽涉到法律訴訟的事件。

案情 ㄢˋ ㄑㄧㄥˊ 案件的內情細節。

案頭 ㄢˋ ㄊㄡˊ 指桌子上面。

案牘勞形 ㄢˋ ㄉㄨˊ ㄌㄠˊ ㄒㄧㄥˊ 因公事繁忙而感到勞累。

桓 ㄏㄨㄢˊ huán 名①植物名。葉似柳葉，樹皮呈黃白色。②姓。

桓桓 ㄏㄨㄢˊ ㄏㄨㄢˊ 形容人勇猛威武的樣子。

框 ㄎㄨㄤ kuāng 名①門窗的架子。例門框。②鑲在器物邊緣，具有保護器物的功能。例鏡框。

桐 ㄊㄨㄥˊ tóng 名植物名。油桐，落葉喬木，葉子大而圓，開白色或紫色的花，木質輕而耐溼，可製樂器和家具。

桐油 ㄊㄨㄥˊ ㄧㄡˊ 油桐子所榨的油，塗在房屋或器具上，可防水防腐。

桀 ㄐㄧㄝˊ jié 名①小木樁。②人名。夏桀，夏朝末的國君，凶狠殘暴。

桀黠 ㄐㄧㄝˊ ㄒㄧㄚˊ 形容人凶惡奸詐的樣子。

桀驁 ㄐㄧㄝˊ ㄠˋ　凶惡殘暴而倔強的樣子。例桀驁不馴。

桀犬吠堯 ㄐㄧㄝˊ ㄑㄩㄢˇ ㄈㄟˋ ㄧㄠˊ　桀為暴君，堯是明君，桀的犬對著堯亂叫。比喻人臣各為其主，不辨是非善惡。

桔 ㈠ㄐㄧㄝˊ jié 見「桔梗」、「桔槔」。㈡ㄐㄩˊ jú 名同「橘」。例桔子。

桔梗 ㄐㄧㄝˊ ㄍㄥˇ　植物名。多年生草本，秋天開青紫或白色的花，果實可食，根可供藥用。

桔槔 ㄐㄧㄝˊ ㄍㄠ　從井裡打水的器具。繩子繞過井上的橫木，再以手拉起水桶。

株 ㄓㄨ zhū 名①樹木露在地上的根部。例守株待兔。②計算花草樹木的量詞。

株守 ㄓㄨ ㄕㄡˇ　指人固守舊習，不知變通進取。

株連 ㄓㄨ ㄌㄧㄢˊ　一人犯罪而牽連許多人。

根 ㄍㄣ gēn 名①植物生長於地下並用來吸收養分的部分。例樹根。②事物的本源。例病根。③物體的底部。例牙根。④數學方程式中的未知數稱為根。⑤佛家稱耳、目、鼻、舌、身、意為六根。⑥計算細長物體的量詞。例一根頭髮。⑦姓。動深植。副徹底地。例根治。

根由 ㄍㄣ ㄧㄡˊ　起由，緣起。

根性 ㄍㄣ ㄒㄧㄥˋ　事物的本質、本性。

根治 ㄍㄣ ㄓˋ　從根本上去治理或治療。

根柢 ㄍㄣ ㄉㄧˇ　指事物的基礎。同根基。

根除 ㄍㄣ ㄔㄨˊ　徹底拔除。例根除惡習。

根絕 ㄍㄣ ㄐㄩㄝˊ　完全隔除、消滅。

根源 ㄍㄣ ㄩㄢˊ　事情產生的緣由。

根據 ㄍㄣ ㄐㄩˋ　指事情結論的依據或言論的基礎證據。

根據地 ㄍㄣ ㄐㄩˋ ㄉㄧˋ　即基地，可以憑恃、依據的地方。

根生土長 ㄍㄣ ㄕㄥ ㄊㄨˇ ㄓㄤˇ　指人在某地出生、長大。

根深柢固 ㄍㄣ ㄕㄣ ㄉㄧˇ ㄍㄨˋ　基礎相當深厚，不能動搖。

桌 ㄓㄨㄛ zhuō 名①可用來吃飯、讀書或放東西的家具。例書桌。②計算酒席或賓客的量詞。例一桌酒席、二桌客人。

桌巾 ㄓㄨㄛ ㄐㄧㄣ　鋪在桌子上的布。

桌曆 ㄓㄨㄛ ㄌㄧˋ　放置在桌上的小型日曆。

桌椅板凳 ㄓㄨㄛ ㄧˇ ㄅㄢˇ ㄉㄥˋ　泛指日常生活中的各種家具。

桅 ㄨㄟˊ wéi 名船上懸帆的竿子。例船桅。

桅杆 ㄨㄟˊ ㄍㄢ　船上用來懸掛帆的木桿子。

桅檣 ㄨㄟˊ ㄑㄧㄤˊ　即桅杆。引申為帆船或帆。

栝 ㄍㄨㄚ guā 名①箭矢的末端扣弦的部分。②植物名。即檜木。

桁 ㈠ㄏㄥˊ héng 名屋梁上的橫木。㈡ㄏㄤˊ háng 名①古代的一種大型刑具。例桁楊。②用船或木筏連結而成的浮橋。

桑 ㄙㄤ sāng 名①植物名。落葉喬木，葉子可養蠶，果實可食用，木材可製器具，樹皮可造紙。②姓。

桑田 ㄙㄤ ㄊㄧㄢˊ ①種植桑樹的田地。②比喻世事變遷。例滄海桑田。

桑梓 ㄙㄤ ㄗˇ 桑樹和梓樹。古代的住家旁多栽種這兩種樹，後代稱鄉里、故鄉。

桑榆 ㄙㄤ ㄩˊ ①桑樹和榆樹。太陽西下照在這些樹上，所以用此代表西方。例失之東隅，收之桑榆。②由太陽西下比喻人的晚年。例桑榆晚景。

柴 ㈠ㄔㄞˊ chái 名①供燃燒用的小木枝。例木柴。②姓。形①簡陋的。例駑馬柴車。②瘦弱枯乾的。例柴雞。

㈡ㄓㄞˋ zhài 名通「寨」、「砦」。用來防守或做為屏障的護欄。

柴火 ㄔㄞˊ ㄏㄨㄛˇ 供燃燒用的木材。同柴薪。

柴門 ㄔㄞˊ ㄇㄣˊ 用木枝編造的門。形容貧窮簡陋的人家。

柴魚 ㄔㄞˊ ㄩˊ 用鰹魚製成的魚乾，其堅硬如柴。

柴扉 ㄔㄞˊ ㄈㄟ 用木柴做的門。形容房屋簡陋，常指貧窮人家。

柴薪 ㄔㄞˊ ㄒㄧㄣ 作燃料用的木頭。

柴米夫妻 ㄔㄞˊ ㄇㄧˇ ㄈㄨ ㄑㄧ 形容常為生活所苦的貧窮夫妻。

格 ㄍㄜˊ gé 名①樣式，標準。例規格。②人品，氣度。例人格。③方框。例方格紙。④架子的分層或容器的刻度。例第三格。動①深究。例格物致知。②打鬥，擊殺。例格殺勿論。③改正。例論語：「有恥且格。」

格外 ㄍㄜˊ ㄨㄞˋ 超出平常之外。或指特別的、更加的。

格式 ㄍㄜˊ ㄕˋ 事物的樣式、標準。

格局 ㄍㄜˊ ㄐㄩˊ 結構和布局。

格言 ㄍㄜˊ ㄧㄢˊ 可做日常行為準則的言論。

格律 ㄍㄜˊ ㄌㄩˋ 詩詞的平仄、音韻、字數、句數等形式和規則。

格致 ㄍㄜˊ ㄓˋ 窮究事物的道理以推求新知。

格殺 ㄍㄜˊ ㄕㄚ 擊殺，打死。

格調 ㄍㄜˊ ㄉㄧㄠˋ ①人的品格、風範。②文藝作品的風格。

格鬥 ㄍㄜˊ ㄉㄡˋ 雙方激烈的打鬥。

格格不入 ㄍㄜˊ ㄍㄜˊ ㄅㄨˋ ㄖㄨˋ 相互牴觸，無法交集在一起。

栱 ㄍㄨㄥˇ gǒng 名立柱和橫梁交接處的半月形承重結構。例斗栱。

桄 ㈠ㄍㄨㄤ guāng 名植物名。桄榔，常綠喬木，花的汁液可製砂糖，莖髓可製澱粉。㈡ㄍㄨㄤˋ guàng 名①器物上的橫木。例門桄。②計算線一團或一束的量詞。例一桄線。

桎 ㄓˋ zhì 名古時用來繫犯人足部的刑具。

桎梏 ㄓˋ ㄍㄨˋ 古代的刑具，桎是腳鐐，梏是手銬。引申為束縛。

栲 ㄎㄠˇ kǎo 名植物名。落葉灌木，葉形似櫟樹，長橢圓形，有鋸齒，木材為車軸原料。

栲栳 ㄎㄠˇ ㄌㄠˇ 用細竹或柳條編成盛放東西的器具。也稱笆斗。

栳

ㄌㄠˇ lǎo 見「栲栳」。

栴

ㄓㄢ zhān 名植物名。栴檀，即檀香。

桕

ㄐㄧㄡˋ jiù 名植物名。烏桕，落葉喬木，種子可榨油，可用來製造肥皂和蠟燭。

桉

ㄢˋ àn 名①同「案」。②植物名。常綠喬木，即油加利樹。

栓

ㄕㄨㄢ shuān 名①貫穿物體的木釘。②器物上可以開關的活門。例消防栓、門栓。③瓶塞。例瓶栓。

栓塞 ㄕㄨㄢ ㄙㄜˋ 指血管受到異物的阻塞，導致血液無法流通的疾病。

桃

ㄊㄠˊ táo 名①植物名。落葉亞喬木，春天開花，夏天結果，果實呈圓形，頂端略尖，肉厚汁多，味甘甜可口。②形狀似桃的東西。例壽桃。

桃李 ㄊㄠˊ ㄌㄧˇ ①比喻栽培的門生。例桃李滿天下。②形容美色。例色豔桃李。

桃符 ㄊㄠˊ ㄈㄨˊ ①古時過年的時候，常用桃木刻上或畫上象徵門神的人形或名字，掛在門的兩邊，據說可用來避邪。②即春聯。

桃酥 ㄊㄠˊ ㄙㄨ 一種用油、核桃、麵粉等製成的甜脆餅。

桃觴 ㄊㄠˊ ㄕㄤ 指祝壽的筵席。

桃花源 ㄊㄠˊ ㄏㄨㄚ ㄩㄢˊ 比喻避世隱居的地方。

桃花運 ㄊㄠˊ ㄏㄨㄚ ㄩㄣˋ 指在愛情上有好運或受到異性青睞。

桃色新聞 ㄊㄠˊ ㄙㄜˋ ㄒㄧㄣ ㄨㄣˊ 指關於男女之間戀情的新聞。

桃李滿天下 ㄊㄠˊ ㄌㄧˇ ㄇㄢˇ ㄊㄧㄢ ㄒㄧㄚˋ 形容教過的學生眾多。

栩

ㄒㄩˇ xǔ 名櫟樹的別名。形見「栩栩」。

栩栩 ㄒㄩˇ ㄒㄩˇ 形容生動可喜的樣子。例栩栩如生。

梳

ㄕㄨ shū 名順理頭髮的用具。例木梳。動用梳子整理頭髮。例梳妝打扮。

梳洗 ㄕㄨ ㄒㄧˇ 指整理頭髮，清洗面容。

梳妝 ㄕㄨ ㄓㄨㄤ 指婦女整理頭髮，裝扮髮飾和儀容。

栽

ㄗㄞ zāi 名可移種的植物幼苗。例桃栽。動①種植草木。例栽樹。②安裝，插上。例在地上栽根棒子做記號。③加罪於人。例栽贓。④摔跤，跌倒。例栽跟頭。

栽培 ㄗㄞ ㄆㄟˊ ①種植和培養花草樹木。②比喻教育、提拔人才。

栽植 ㄗㄞ ㄓˊ ①栽培種植花木。同栽種。②培育人才。

栽贓 ㄗㄞ ㄗㄤ 把偷來的贓物或所犯的錯事，放到別人的地方或推到別人身上。

栽觔斗 ㄗㄞ ㄐㄧㄣ ㄉㄡˇ ①指摔了一跤。②形容人出醜丟臉。③因他人的陷害而失敗。

栖

㈠ㄒㄧ xī 形栖栖，不安的樣子。㈡ㄑㄧ qī 動通「棲」。休息，停留。

桂

ㄍㄨㄟˋ guì 名①植物名。常綠喬木，分肉桂與木犀兩種。肉桂是常見的中藥材和香料，木犀為我們常見的桂花。②廣西省的簡稱。③姓。

桂月 ㄍㄨㄟˋ ㄩㄝˋ ①指農曆八月，此時桂花盛開。②月亮。

桂圓 ㄍㄨㄟˋ ㄩㄢˊ 經過晒乾或烘製的龍眼果實。

桂子飄香 ㄍㄨㄟˋ ㄗˇ ㄆㄧㄠ ㄒㄧㄤ 指桂花飄散出濃郁的香氣。形容秋天美好的景致。

桂冠詩人 ㄍㄨㄟˋ ㄍㄨㄢ ㄕ ㄖㄣˊ 歐洲古代對詩人的稱號。

栗 ㄌㄧˋ lì 名①植物名。落葉喬木，果實叫栗子，具糖分，炒熟吃別具風味。木材堅實，是很好的器具原料。②姓。動通「慄」。顫抖。例戰栗。

栗碌 ㄌㄧˋ ㄌㄨˋ 形容事情非常繁忙急迫的樣子。

栗鼠 ㄌㄧˋ ㄕㄨˇ 動物名。即松鼠，毛黑褐色，有又鬆又長的尾巴，跑得很快，大多住在樹的洞穴中，以吃果實維生。

七畫

梁 ㄌㄧㄤˊ liáng 名①橋。例橋梁。②架在柱上以支撐屋頂的橫木。例棟梁。③物體隆起的部分。例鼻梁。④橫架在物體上的部分。例車梁。⑤朝代名。即蕭衍所建的南梁及朱溫所建的後梁。⑥姓。

梁麗 ㄌㄧㄤˊ ㄌㄧˋ 房屋的梁與棟。或作「梁欐」。

梁上君子 ㄌㄧㄤˊ ㄕㄤˋ ㄐㄩㄣ ㄗˇ 指小偷、竊賊。

梓 ㄗˇ zǐ 名①植物名。落葉喬木，開黃白色花，木材可製器具。②印刷用的雕刻版。例付梓。③製作木器的工匠。例梓人。④故鄉。例桑梓。

梓人 ㄗˇ ㄖㄣˊ ①木匠。②從事建築的人。

梓里 ㄗˇ ㄌㄧˇ 家鄉。同桑梓。

桹 ㄌㄤˊ láng 名通「榔」。漁人用來趕魚的長木棒。形桹桹，形容木頭相擊的聲音。

桫 ㄙㄨㄛ suō 名植物名。桫欏，常綠木本，形狀似蕨。

梯 ㄊㄧ tī 名登高的器具。例電梯、樓梯。形像階梯狀的。例梯田。動攀升。例梯天。

梯田 ㄊㄧ ㄊㄧㄢˊ 沿山坡等高線而建的階梯狀農田，可防水土流失。

梯形 ㄊㄧ ㄒㄧㄥˊ 只有一組對邊平行但不等長的四邊形。

械 ㄒㄧㄝˋ xiè 名①器具的總稱。例機械。②兵器。例棄械投降。③枷鎖，鐐銬類刑具。

械鬥 ㄒㄧㄝˋ ㄉㄡˋ 手持武器互相搏鬥。

梗 ㄍㄥˇ gěng 名①植物的莖部。例枝梗。②大概，約略。例梗概。形剛硬的。例性情梗直。動阻礙。例從中做梗。

梗直 ㄍㄥˇ ㄓˊ 比喻人的個性剛正有原則，不輕易妥協。

梗塞 ㄍㄥˇ ㄙㄜˋ ①阻塞而不通順。②組織因局部動脈堵塞，使缺氧缺血而壞死。

梗概 ㄍㄥˇ ㄍㄞˋ 約略的內容。

梵 ㄈㄢˋ fàn 名梵語 brahma 的音譯，意為清淨。形①表示和古印度有關的。例梵語。②和佛教有關的。例梵學。

梵文 ㄈㄢˋ ㄨㄣˊ 印度的古代文字。

梵音 ㄈㄢˋ ㄧㄣ 誦唱佛經的聲音。同 梵唄。

梧 ㄨˊ wú 見「梧桐」、「魁梧」。

梧桐 ㄨˊ ㄊㄨㄥˊ 植物名。落葉喬木，心形葉，夏季開黃色花，雌雄同株，結蒴果，木材可製樂器或家具，種子可食用或榨油。

梧鼠技窮 ㄨˊ ㄕㄨˇ ㄐㄧˋ ㄑㄩㄥˊ 比喻技能雖多卻不能專精。

桶 ㄊㄨㄥˇ tǒng 名 可盛物的圓柱形器具。例 水桶、油桶。

梢 ㄕㄠ shāo 名 ①樹枝的末端。例 樹梢。②事物的末端。例 髮梢。

梢頭 ㄕㄠ ㄊㄡˊ ①樹枝的末端。②盡頭。例 市鎮梢頭。

桿 ㄍㄢˇ gǎn 名 ①木棍。例 桿棒。②細長狀的器物。例 槍桿。③計算細長物的量詞。例 一桿槍。

桿菌 ㄍㄢˇ ㄐㄩㄣˋ 桿狀細菌，體形細長，體壁四周有鞭毛，格蘭氏反應是陽性。需要氧氣才能生長，如肺結核桿菌。

梱 ㄎㄨㄣˇ kǔn 名 門檻。

桯 ㄊㄧㄥ tīng 名 床前的桌子。例 桯凳。

梣 ㄔㄣˊ chén 名 植物名。落葉喬木，葉長橢卵形，有鋸齒，開淡綠色花，樹皮可藥用。

桴 ㄈㄨˊ fú 名 ①房屋前後簷的橫梁。俗稱二梁。②小的竹筏或木筏。③同「枹」。鼓槌。

梭 ㄙㄨㄛ suō 名 牽引橫線的織布器具，兩端圓錐狀而中間粗。

梭巡 ㄙㄨㄛ ㄒㄩㄣˊ 來往不停地察視。

梆 ㄅㄤ bāng 名 長筒形的發聲器。例 木梆。

梆子 ㄅㄤ ㄗˇ ①用竹筒或中空木頭製成的發聲器，多用來打更或號召眾人。②硬木製的打擊樂器。

梏 ㄍㄨˋ gù 名 一種古代的刑具，即手銬。例 桎梏。

梃 ㄊㄧㄥˇ tǐng 名 ①指棍棒。②計算竿狀物的量詞。

梅 ㄇㄟˊ méi 名 ①植物名。落葉喬木，春季開紅、白色花，結球形果，可食用。②姓。

梅雨 ㄇㄟˊ ㄩˇ 春末夏初連續陰雨的天氣，因正當梅子成熟的時節而得名。又因空氣潮溼使物體容易發霉而稱「霉雨」。

桷 ㄐㄩㄝˊ jué 名 方形的屋椽。例 桁桷。

梔 ㄓ zhī 名 植物名。常綠灌木，夏季開白花，果實橢圓，果實可入藥或製黃色染料。

梲 ㄓㄨㄛˊ zhuó 名 梁上的短柱。

棄 ㄑㄧˋ qì 名 拋開，捨去。例 放棄、廢棄。

棄世 ㄑㄧˋ ㄕˋ 過世，人死去。

棄養 ㄑㄧˋ ㄧㄤˇ 比喻父母親過世。

棄權 ㄑㄧˋ ㄑㄩㄢˊ 放棄本身權利。

棄甲曳兵 ㄑㄧˋ ㄐㄧㄚˇ ㄧˋ ㄅㄧㄥ 形容兵敗倉皇而逃的樣子。

棄邪歸正 ㄑㄧˋ ㄒㄧㄝˊ ㄍㄨㄟ ㄓㄥˋ 比喻改正過失而遵從正道。

棄暗投明 ㄑㄧˋ ㄢˋ ㄊㄡˊ ㄇㄧㄥˊ 捨棄邪惡黑暗而投奔光明正道。

梨

ㄌㄧˊ lí 名植物名。落葉喬木，葉卵圓形，有鋸齒，開白花，果實褐色球形，為食用水果。

梨渦 ㄌㄧˊ ㄨㄛ 女子微笑時臉頰上的酒渦。

梨棗 ㄌㄧˊ ㄗㄠˇ 古代印書雕刻版多為梨木或棗木，故用以比喻書版。

梨園 ㄌㄧˊ ㄩㄢˊ 唐玄宗時培養歌舞藝人的地方。後泛稱戲班。例梨園子弟。

梟

ㄒㄧㄠ xiāo 名①動物名。頭圓眼大，嘴短如鉤，羽色背灰腹黃，性凶猛，聽力敏銳，夜間行動，捕食小動物。②違法亂紀謀求暴利的人。例私梟。形勇猛的。例一代梟雄。動斬首並將人頭懸掛在木上。例梟首示眾。

梟將 ㄒㄧㄠ ㄐㄧㄤˋ 勇猛強悍的將領。

梟雄 ㄒㄧㄠ ㄒㄩㄥˊ 凶狠強悍的豪傑。

梟獍 ㄒㄧㄠ ㄐㄧㄥˋ 梟為食母的惡鳥，獍為食父的惡獸。比喻不孝或凶狠忘恩的人。

條

ㄊㄧㄠˊ tiáo 名①細長的樹枝。例柳條。②長條形的東西。例麵條。③次序，系統。例有條不紊。④量詞。(1)計算文書項目的單位。例民法第一條。(2)計算細長物的單位。例一條髮帶。動暢通。例條暢。

條子 ㄊㄧㄠˊ ㄗ˙ ①細長的東西。②簡短的信。同便條。③黑道對警察的稱呼。④長官對屬下所指示的簡單手令。

條文 ㄊㄧㄠˊ ㄨㄣˊ 分項目說明的文字。

條目 ㄊㄧㄠˊ ㄇㄨˋ 按內容分類列舉的項目。

條件 ㄊㄧㄠˊ ㄐㄧㄢˋ 應具備的標準或基本要求。

條例 ㄊㄧㄠˊ ㄌㄧˋ 分項列出的規定。

條約 ㄊㄧㄠˊ ㄩㄝ 國家與國家之間規定彼此權利義務的書面協議。

條紋 ㄊㄧㄠˊ ㄨㄣˊ 線條圖紋。

條理 ㄊㄧㄠˊ ㄌㄧˇ 系統，脈絡。

條款 ㄊㄧㄠˊ ㄎㄨㄢˇ 契約或文件上所列舉的規定項目。

條分縷析 ㄊㄧㄠˊ ㄈㄣ ㄌㄩˇ ㄒㄧ 分析得極為清楚又有系統。

條理井然 ㄊㄧㄠˊ ㄌㄧˇ ㄐㄧㄥˇ ㄖㄢˊ 條理清楚，很有秩序的樣子。

條條大路通羅馬 ㄊㄧㄠˊ ㄊㄧㄠˊ ㄉㄚˋ ㄌㄨˋ ㄊㄨㄥ ㄌㄨㄛˊ ㄇㄚˇ 比喻採用不同的方向或手段，最後都可以達成目標。

八畫

棗

ㄗㄠˇ zǎo 名①植物名。落葉喬木，葉卵形，開黃綠色花，結橢圓形果實，可食用。②棗樹的果實。③姓。

棗木 ㄗㄠˇ ㄇㄨˋ 古代雕刻書版多為棗木，故泛稱書版。

棗泥 ㄗㄠˇ ㄋㄧˊ 將棗煮熟搗爛製成的泥狀物。多作為糕餅的餡。例棗泥月餅。

棘

ㄐㄧˊ jí 名①植物名。落葉喬木，與棗相似，枝有刺。②通「戟」。古兵器名。③姓。

棘人 ㄐㄧˊ ㄖㄣˊ 內心非常哀悽的人。後用為子女居父母喪時的自稱。

棘手 ㄐㄧˊ ㄕㄡˇ 比喻事情難以處理。

棘皮動物 ㄐㄧˊ ㄆㄧˊ ㄉㄨㄥˋ ㄨˋ 動物界的一門，全為海生，體表多有硬刺。

棕

ㄗㄨㄥ zōng 名①見「棕櫚」。②像棕毛一樣的顏色。

棕櫚 ㄗㄨㄥ ㄌㄩˊ 植物名。常綠喬木，葉叢生莖頂而向外開展，夏季開淡黃色花，結穗狀核果，皮可製繩、雨具，木材可製器具。

棺

ㄍㄨㄢ guān 名安置屍體的器具。例石棺、棺材。

棓

ㄆㄡˇ pǒu 名①大木杖，棍棒。②打穀去殼的農具。③在高低不平處用來墊腳的踏板。

棒

ㄅㄤˋ bàng 名棍子。例球棒。形技術高強的。例他的舞姿真棒。動用棍子打。例當頭一棒。

棒子 ㄅㄤˋ ˙ㄗ ①粗短的棍子。②北方話指玉蜀黍。③比喻某種使命、職責。

棒球 ㄅㄤˋ ㄑㄧㄡˊ 用球棒擊球的球類運動。雙方各有九人，在菱形球場上攻守互換，以得分多寡決定勝負。

棒喝 ㄅㄤˋ ㄏㄜˋ 比喻警醒迷失的人。

棲

(一)ㄑㄧ qī 名休息地。例棲地。動居住，停留。例棲息。(二)ㄒㄧ xī 形通「栖」。匆促不安的樣子。

棲身 ㄑㄧ ㄕㄣ 居住以安置其身。

棲息 ㄑㄧ ㄒㄧˊ 停留，休息。

棲遑 ㄒㄧ ㄏㄨㄤˊ 忙碌奔波的樣子。

棖

ㄔㄥˋ chèng 名立在門兩旁的木柱。動通「樘」。碰觸。例棖撥。

棣

ㄉㄧˋ dì 名①植物名。常綠落葉灌木，葉針形，開白色花，果實如櫻桃，故稱山櫻桃。②通「弟」。年紀比自己小的男子。例賢棣。

棟

ㄉㄨㄥˋ dòng 名①屋梁。例棟梁。②計算房屋的量詞。例一棟豪宅。

棟宇 ㄉㄨㄥˋ ㄩˇ 房屋。

棟梁 ㄉㄨㄥˋ ㄌㄧㄤˊ ①房屋的正梁。②比喻承擔重任的人。例兒童是國家未來的棟梁。

椏

ㄧㄚ yā 名分岔的樹枝。例枝椏。

棫

ㄩˋ yù 名植物名。一種叢生的灌木，莖葉有細刺，開黃色花，果實黑色。俗稱白桵。

楮

ㄔㄨˇ chǔ 名①植物名。落葉喬木，葉卵形，有鋸齒，樹皮可製紙。②紙。例縑楮。③祭祀鬼神的冥紙。例楮錢。

棋

ㄑㄧˊ qí 名一種鬥智的遊戲器具。例圍棋、象棋。

棋布 ㄑㄧˊ ㄅㄨˋ 形容數量眾多且分散廣。例星羅棋布。

棋局 ㄑㄧˊ ㄐㄩˊ ①畫成方格以下棋的棋盤。②下棋一次稱一局。

棋品 ㄑㄧˊ ㄆㄧㄣˇ ①棋藝技巧的等級。②下棋時的風格、修養和態度。

棋譜 ㄑㄧˊ ㄆㄨˇ 記載下棋方法和布局的書。

棋高一著 ㄑㄧˊ ㄍㄠ ㄧ ㄓㄠˊ 比喻技巧更加高明。

棋逢敵手 ㄑㄧˊ ㄈㄥˊ ㄉㄧˊ ㄕㄡˇ 比喻雙方實力差不多。

森 ㄙㄣ sēn 形①樹木繁密的。例森林。②陰冷灰暗的。例陰森。③嚴肅的。例門禁森嚴。副眾多地。例森列。

森林 ㄙㄣ ㄌㄧㄣˊ 聚集叢生的樹木群。

森森 ㄙㄣ ㄙㄣ ①樹木茂盛繁密的樣子。②形容陰冷可怕的。

森嚴 ㄙㄣ ㄧㄢˊ 嚴肅、嚴密的樣子。

森羅萬象 ㄙㄣ ㄌㄨㄛˊ ㄨㄢˋ ㄒㄧㄤˋ 宇宙間各種繁多而具有秩序的現象。

棼 ㄈㄣˊ fén 名①房屋的短梁。②麻布。動使混亂。例治絲而棼。

植 ㄓˊ zhí 名花草樹木的總稱。動①栽種，培養。例植樹、培植。②樹立。例扶植。

植物 ㄓˊ ㄨˋ 自然界生物中百穀草木的總稱。具有細胞壁，部分含葉綠素以行光合作用攝取養分。缺乏感覺神經，無法自行移動。

植被 ㄓˊ ㄅㄟˋ 泛指覆蓋地面的植物及其群落。

植物園 ㄓˊ ㄨˋ ㄩㄢˊ 廣泛栽種各種植物，以進行研究和供遊客觀賞的地方。

植黨營私 ㄓˊ ㄉㄤˇ ㄧㄥˊ ㄙ 聚結黨派，以圖求私人利益。

棧 ㄓㄢˋ zhàn 名①積存貨物的地方。例貨棧。②旅館。例客棧。③圈養牲畜的柵欄。例牛棧。④在山巖上架木通行的路。例棧道。

棧房 ㄓㄢˋ ㄈㄤˊ 堆積貨物或供旅客居住的地方。

棧道 ㄓㄢˋ ㄉㄠˋ 在險峻山區依形勢用木材架成的道路。

棧橋 ㄓㄢˋ ㄑㄧㄠˊ 從陸岸延伸到海面以供人貨通行的浮橋。

椅 ㄧˇ yǐ 名有靠背的坐具。例搖椅、躺椅。

椅墊 ㄧˇ ㄉㄧㄢˋ 鋪在椅子上的坐墊。

椒 ㄐㄧㄠ jiāo 名植物名。花椒，落葉灌木，開白色花，結球形蒴果，可製香料和藥用。

棍 ㄍㄨㄣˋ gùn 名①棒杖。例鐵棍。②無恥的壞人。例惡棍。

棵 ㄎㄜ kē 名計算植物的量詞。例一棵樹。

棹 ㈠ㄓㄠˋ zhào 名同「櫂」。划船的器具。㈡ㄓㄨㄛ zhuō 名同「桌」。可放置物品的家具。例方棹、書棹。

棚 ㄆㄥˊ péng 名用竹木和茅草搭設的篷架或小屋。例瓜棚。

椈 ㄐㄩˊ jú 名植物名。即柏樹，古人用以製作椿臼。

椎 ㄓㄨㄟ zhuī 名①敲打的器具。例鐵椎。②組成脊柱的短骨。例脊椎骨。形簡樸的。例椎魯。動捶打。例拳椎腳踢。

椎骨 ㄓㄨㄟ ㄍㄨˇ 構成脊椎動物脊柱的小骨。

椎心泣血 ㄓㄨㄟ ㄒㄧㄣ ㄑㄧˋ ㄒㄧㄝˇ 形容人極度悲痛的樣子。

棉 ㄇㄧㄢˊ mián 名植物名。灌木或小喬木，掌狀葉，結蒴果，種子有細毛，可紡紗或做棉絮，莖皮可製繩或造紙。

棉花 ㄇㄧㄢˊ ㄏㄨㄚ 棉樹果實成熟後脹裂出的纖維和絨毛。

棉紗 ㄇㄧㄢˊ ㄕㄚ 棉花紡成的紗線。

棉絮 ㄇㄧㄢˊ ㄒㄩˋ 棉花的纖維。

棉襖 ㄇㄧㄢˊ ㄠˇ 以棉花填塞夾層的衣服。

棠 ㄊㄤˊ táng 名植物名。落葉喬木，有紅、白兩種。紅棠木質堅韌；白棠即棠梨，果實似梨而小，味酸甘，可食。

棠棣 ㄊㄤˊ ㄉㄧˋ ①植物名。即郁李。②比喻兄弟。

棻 ㄈㄣ fēn 名散發香味的木頭。形茂盛的樣子。

棨 ㄑㄧˇ qǐ 名①古時一種通行的木製符信。②古代官吏出行時用作前導的儀仗。例棨戟。

九畫

楶 ㄐㄧㄝˊ jié 名指柱頭的斗栱，設置在屋頂和柱之間的斗形托座。

榔 ㄌㄤˊ láng 名①見「檳榔」。②漁人用來趕魚的長木棒。

楦 ㄒㄩㄢˋ xuàn 名木製的鞋子模型。例楦頭。動①用鞋樣器填塞鞋子使撐大。例楦鞋子。②用紙或乾草填塞物體的空隙。

椿 ㄔㄨㄣ chūn 名①植物名。落葉喬木，葉卵形，有鋸齒，夏季開白色花，結長橢圓形蒴果，木材可製琴。②比喻父親。例椿庭。

椿萱並茂 ㄔㄨㄣ ㄒㄩㄢ ㄅㄧㄥˋ ㄇㄠˋ 比喻父母親都健在。

概 ㄍㄞˋ gài 名①舉止氣度。例氣概。②古代量穀物時，刮平斗斛的小木棍。③景象，狀況。例梗概。形約略的。例概要。動全部包含。例概括承受。副①一律。例概不退還。②大略。例大概。

概況 ㄍㄞˋ ㄎㄨㄤˋ 約略的情形。

概念 ㄍㄞˋ ㄋㄧㄢˋ 對同類事物的感受知覺所形成的一般性觀念。

概括 ㄍㄞˋ ㄎㄨㄛˋ ①由數個事物的共同特性來推論所有其他同類事物都有此特性的過程。②全部包含。

概略 ㄍㄞˋ ㄌㄩㄝˋ ①大約。②摘述重點的簡短文件。

概算 ㄍㄞˋ ㄙㄨㄢˋ ①約略地計算。②還未完成法定程序的國家預算。

概論 ㄍㄞˋ ㄌㄨㄣˋ 只說明綱要，但已包含主旨的言論。

楝 ㄌㄧㄢˋ liàn 名植物名。落葉喬木，葉卵形或披針形，開淡紫色花，結橢圓形核果，木材可製器具，種子可藥用。

楣 ㄇㄟˊ méi 名①門框上的橫木。例門楣。②房屋的橫梁。

椹 ㄓㄣ zhēn 名同「碪」。砧板。

椰 ㄧㄝˊ yé 名植物名。常綠喬木，羽狀葉，結橢圓形核果，果汁可飲用，種子可榨油和製肥皂，木材可製器具。

楷 ㄎㄞˇ kǎi 名①植物名。即黃連木。②典範，法式。例楷模。③正體書法之一，見「楷書」。

楷書 ㄎㄞˇ ㄕㄨ　書體名。始於東漢，由隸書演變而成，形體方正，筆畫平直。或稱為真書、正書。

楷模 ㄎㄞˇ ㄇㄛˊ　供人學習的模範。

楚

ㄔㄨˇ chǔ　名①植物名。落葉灌木，掌狀複葉，有鋸齒，開淡紫色花，莖葉可藥用。或稱為牡荊。②古國名。為春秋戰國五霸和七雄之一，後被秦所滅。③姓。形①形容痛苦。例苦楚。②清晰，整齊。例清楚。

楚囚 ㄔㄨˇ ㄑㄧㄡˊ　指囚犯、戰俘。比喻處境困窘的人。

楚楚 ㄔㄨˇ ㄔㄨˇ　①形容鮮明的樣子。②形容柔弱的樣子。例楚楚可憐。③形容聚集叢生的樣子。

楚歌 ㄔㄨˇ ㄍㄜ　①楚國人的歌曲。②比喻四面受敵，處境艱難。例四面楚歌。

楚材晉用 ㄔㄨˇ ㄘㄞˊ ㄐㄧㄣˋ ㄩㄥˋ　比喻本國人才外流到他國。

楚河漢界 ㄔㄨˇ ㄏㄜˊ ㄏㄢˋ ㄐㄧㄝˋ　楚漢相爭時以黃河為界。比喻敵對的雙方。

楂

ㄓㄚ zhā　名植物名。山楂，落葉喬木，果實可食用或入藥。

楠

ㄋㄢˊ nán　名植物名。常綠喬木，樹幹高大，葉長橢圓形，開淡綠色花，結黑紫色醬果，木材堅密芳香，是建築和製造器具的好材料。

極

ㄐㄧˊ jí　名①盡頭。例無極。②地球的南北兩端。例北極。③最高境界。例登峰造極。④帝位。例登極。⑤磁力最強或陰陽電流集中的兩端。例陽極。動到達最高點。例位極人臣。副①窮盡地。例極力反對。②非常。例天氣極冷。

極力 ㄐㄧˊ ㄌㄧˋ　竭盡所有的力量。

極目 ㄐㄧˊ ㄇㄨˋ　一眼望去，竭盡目力所能看到的。

極光 ㄐㄧˊ ㄍㄨㄤ　出現在高緯度地區高空的彩光現象，因太陽發出衝擊帶電粒子，並受地球磁極排斥所引起。

極刑 ㄐㄧˊ ㄒㄧㄥˊ　最嚴重的刑法，指死刑。

極度 ㄐㄧˊ ㄉㄨˋ　非常，程度很深。例他的態度極度惡劣。

極品 ㄐㄧˊ ㄆㄧㄣˇ　①最高的官階等級。②最好的品質。

極限 ㄐㄧˊ ㄒㄧㄢˋ　①無法再增加的最大限度。②數學上指變量規律地變化到無限而接近於一常數。

極致 ㄐㄧˊ ㄓˋ　最高的境界。

極圈 ㄐㄧˊ ㄑㄩㄢ　地球上約六十六度半的兩條緯線所形成的圈。在南半球的叫南極圈，在北半球的叫北極圈。

極端 ㄐㄧˊ ㄉㄨㄢ　①物體兩端的盡頭。②偏激的言行。例年輕人血氣方剛，常有極端的想法。③非常。例他對員工的要求極端苛刻。

極權 ㄐㄧˊ ㄑㄩㄢˊ　由一人或少數人擁有政治上最高的絕對控制權。例極權國家。

極樂世界 ㄐㄧˊ ㄌㄜˋ ㄕˋ ㄐㄧㄝˋ　阿彌陀佛所住的地方，為佛徒死後前往的安樂世界。

楊

ㄧㄤˊ yáng　名①植物名。落葉喬木，與柳相似，枝條向上挺，種子有細毛。②姓。

楊花 ㄧㄤˊ ㄏㄨㄚ 楊柳在春天開花時飛散的白絮。

楊柳 ㄧㄤˊ ㄌㄧㄡˇ ①楊樹和柳樹。②泛稱柳樹。

楊桃 ㄧㄤˊ ㄊㄠˊ 植物名。常綠灌木，羽狀複葉，夏季開花，結長橢圓形漿果，果實可食用。又名羊桃。

楊梅 ㄧㄤˊ ㄇㄟˊ 植物名。常綠喬木，葉橢圓形，有鋸齒，開黃紅色花，結球形核果，果實可食用。

楫

ㄐㄧˊ jí 名船槳。例舟楫。

楬

㈠ㄐㄧㄝˊ jié 名用來標識事物的小木樁。㈡ㄑㄧㄚˋ qià 名樂曲演奏將終了時，用來止住音樂的虎狀木製樂器。

楬櫫 ㄐㄧㄝˊ ㄓㄨ 當標誌的小木樁。引申為標明，表示。也作「揭櫫」。

楛

㈠ㄏㄨˋ hù 名植物名。莖似荊而色紅，可製箭幹。㈡ㄎㄨˇ kǔ 形粗糙的。

楨

ㄓㄣ zhēn 名①植物名。常綠灌木，葉卵形，開白花，木材可製器具。②築牆時立在兩端的木柱。③主幹，支柱。

楨榦 ㄓㄣ ㄍㄢˋ ①築牆時兩端所立以障土的木柱。②比喻賢能的人才。

楞

㈠ㄌㄥˊ léng 形同「愣」。發呆的。例楞頭楞腦。㈡ㄌㄥˊ léng 名同「稜」。物體的邊角。例楞角。

楥

ㄒㄩㄢˋ xuàn 名①同「楦」。製鞋的木質模型。

楔

ㄒㄧㄝ xiē 名①門兩旁的木柱。②上厚下尖的木塊，塞在榫頭縫隙中，使之固定。例木楔。③植物名。即櫻桃。

楔子 ㄒㄧㄝ ˙ㄗ ①塞進孔縫使密合的上粗下尖形木塊。②小說、戲曲的引言。

楔形文字 ㄒㄧㄝ ㄒㄧㄥˊ ㄨㄣˊ ㄗˋ 西元前四千年蘇美人所創，刻在磚石、泥版上，筆畫像釘頭或箭頭，為目前發現最古老的文字。

椽

ㄔㄨㄢˊ chuán 名設在梁上以承受屋瓦的木條。例椽梁。

棰

ㄔㄨㄟˊ chuí 名短的木棍。動用棍棒捶打。

楹

ㄧㄥˊ yíng 名①堂前的大直柱。例楹棟。②古代計算房屋的量詞。

楹聯 ㄧㄥˊ ㄌㄧㄢˊ 懸掛在門旁或柱子上的對聯。

楸

ㄑㄧㄡ qiū 名植物名。落葉喬木，葉菱形或廣卵形，單性花，結三角狀球形蒴果，木材可製木屐。

楓

ㄈㄥ fēng 名植物名。落葉喬木，掌狀葉，秋季葉色由黃轉紅，單性花，蒴果相互連接成聚合果，木材可供建築用，樹脂可藥用。

椴

ㄉㄨㄢˋ duàn 名植物名。落葉喬木，木材可製器具。

榆

ㄩˊ yú 名植物名。落葉喬木，葉橢圓形，有鋸齒，春季開淡紫色花，結有翅的扁圓果實。木材堅實可製器具。

楯

ㄕㄨㄣˇ shǔn 名①欄杆的橫木。泛指欄杆。例欄楯。②通「盾」。古代兵器，即藤牌。

業 ㄧㄝˋ yè 名①職務工作。例行業。②學習的內容或過程。例課業。③資產。例產業。④功績。例霸業。動從事。例業農。副已經。例業已。

業者 ㄧㄝˋ ㄓㄜˇ 經營某行業的人或公司。

業師 ㄧㄝˋ ㄕ 尊稱曾指導過自己的老師。

業餘 ㄧㄝˋ ㄩˊ 正職以外的非專業性活動。

十畫

槊 ㄕㄨㄛˋ shuò 名古兵器名。即長矛。

榮 ㄖㄨㄥˊ róng 名①富貴，顯達。例榮華富貴。②好聲譽，光耀。例光榮。③姓。形繁密茂盛。例欣欣向榮。副顯耀地。例榮登寶座。

榮民 ㄖㄨㄥˊ ㄇㄧㄣˊ 對退役軍人的尊稱。

榮光 ㄖㄨㄥˊ ㄍㄨㄤ ①榮耀，好聲譽。②吉祥的五色瑞氣。

榮幸 ㄖㄨㄥˊ ㄒㄧㄥˋ 感到光榮幸運。例非常榮幸能與你合作。

榮枯 ㄖㄨㄥˊ ㄎㄨ ①草木的繁盛和枯謝。②比喻人的得志和失意。

榮膺 ㄖㄨㄥˊ ㄧㄥ 光榮地擔任。

榮歸 ㄖㄨㄥˊ ㄍㄨㄟ ①顯貴後回到故鄉。②打了勝仗歸來。

榮耀 ㄖㄨㄥˊ ㄧㄠˋ 光榮顯耀。

榮譽 ㄖㄨㄥˊ ㄩˋ 光榮和好聲譽。

榮辱與共 ㄖㄨㄥˊ ㄖㄨˋ ㄩˇ ㄍㄨㄥˋ 無論光榮或恥辱都共同承受。

榮華富貴 ㄖㄨㄥˊ ㄏㄨㄚˊ ㄈㄨˋ ㄍㄨㄟˋ 形容人顯達且擁有錢財。

榮譽學位 ㄖㄨㄥˊ ㄩˋ ㄒㄩㄝˊ ㄨㄟˋ 大學對於未在本校修習學分的人，肯定其某方面傑出表現而贈予的學位。

榦 ㈠ㄍㄢˋ gàn 名①樹的主幹。②古代築牆時立在兩端的木柱。㈡ㄏㄢˊ hán 名井榦，井上的圍欄。

榨 ㄓㄚˋ zhà 動用力擠壓。例榨油、壓榨。

榨取 ㄓㄚˋ ㄑㄩˇ ①擠壓取得。②比喻剝削他人的利益。

榕 ㄖㄨㄥˊ róng 名植物名。常綠喬木，有氣根，葉橢圓形，結隱花果，木材可製器具。

榜 ㈠ㄅㄤˇ bǎng 名①公開張貼的告示或發表錄取名單。例排行榜、放榜。②值得學習的模範。例榜樣。動互相讚揚。例標榜。㈡ㄅㄥˋ bèng 動①鞭打。例榜掠。②使船前進。例榜舟。

榜示 ㄅㄤˇ ㄕˋ 在牆上張貼公告，通知民眾。

榜首 ㄅㄤˇ ㄕㄡˇ 指考試錄取榜單中第一名者。

榜樣 ㄅㄤˇ ㄧㄤˋ 值得學習的對象。

榜上無名 ㄅㄤˇ ㄕㄤˋ ㄨˊ ㄇㄧㄥˊ 形容未被錄取。同名落孫山。

榷 ㄑㄩㄝˋ què 名①植物名。即枳樹。②獨木橋。動①專賣。例榷酒。②商議討論。例商榷。

榱 ㄘㄨㄟ cuī 名屋椽。

槁 ㄍㄠˇ gǎo 名乾枯的樹木。形枯乾的。例枯槁。

槁木死灰 ㄍㄠˇ ㄇㄨˋ ㄙˇ ㄏㄨㄟ 比喻沒有活力或意志消沉。

槎 ㄔㄚˊ chá 名①木筏，竹筏。例乘槎。②歧出的樹枝。動砍伐。

榛 ㄓㄣ zhēn 名①植物名。落葉喬木，葉廣卵形，有鋸齒，開褐色花，結堅果，果實可食用和榨油。②叢生的草木。例披榛斬棘。

榛狉 ㄓㄣ ㄆㄧ 草木叢生，野獸四處行走。比喻未開發的原始蠻荒狀態。

榛莽 ㄓㄣ ㄇㄤˇ 雜亂叢生的草木。

構 ㄍㄡˋ gòu 名①詩文寫作。例妙構。②房屋。例華構。③組織。例機構。動①建造。例架構。②聚集，結成。例構怨。③計畫。例構思。④設計陷害。例構陷。

構思 ㄍㄡˋ ㄙ 思考的活動和過程。

構怨 ㄍㄡˋ ㄩㄢˋ 結下仇怨。

構陷 ㄍㄡˋ ㄒㄧㄢˋ 設計陷害他人。

構造 ㄍㄡˋ ㄗㄠˋ 事物的組織結構。

構想 ㄍㄡˋ ㄒㄧㄤˇ 事先設想的處理方式和步驟。

構圖 ㄍㄡˋ ㄊㄨˊ 藝術作品中形象的組成和配置方式。中國繪畫指對作品整體的章法或布局。

槓 ㄍㄤˋ gàng 名抬物的粗棍。例大槓。動①用筆在文句上劃一條直線，表示刪除。例把那句槓掉。②爭論。例這兩夫妻又槓上了。

槓桿 ㄍㄤˋ ㄍㄢˇ 一種力學機械，能繞固定點轉動而平衡施力點和抗力點的桿，可省力或改變力的方向。

榼 ㄎㄜ kē 名古代盛酒或儲水的器具。

榧 ㄈㄟˇ fěi 名植物名。常綠喬木，形態像杉，木材可建築用。

榻 ㄊㄚˋ tà 名狹長低矮的床。例床榻。

榻榻米 ㄊㄚˋ ㄊㄚˋ ㄇㄧˇ 日式房屋內鋪在地板的厚草蓆墊。

榾 ㄍㄨˇ gǔ 名樹幹被砍掉後所剩下的連根部分。

榿 ㄑㄧ qī 名植物名。落葉喬木，葉長橢圓形，嫩葉可為茶葉，木質堅韌可作建材。

榤 ㄐㄧㄝˊ jié 名供雞棲息的小木樁。

榫 ㄙㄨㄣˇ sǔn 名接合器物的凹凸部分。

榫眼 ㄙㄨㄣˇ ㄧㄢˇ 物體上承受榫頭的凹形槽。

榫頭 ㄙㄨㄣˇ ㄊㄡˊ 指器物接合處的凸出部分。

榭 ㄒㄧㄝˋ xiè 名建在平臺上的房屋。例歌臺舞榭。

槔 ㄍㄠ gāo 名桔槔，中國最早利用槓桿原理取用井水的木製器具。

槌 ㄔㄨㄟˊ chuí 名敲擊的器具。例木槌。動敲擊。例槌打。

槐 ㄏㄨㄞˊ huái 名植物名。落葉喬木，開黃白色花，結莢果，種子可入藥，木材可供建築用。

榴 ㄌㄧㄡˊ liú 名植物名。石榴，落葉灌木，春末開紅花，結球狀果實，可食用，根、皮可藥用。

榴火 ㄌㄧㄡˊ ㄏㄨㄛˇ 形容石榴花盛開時紅豔如火。

榴月 ㄌㄧㄡˊ ㄩㄝˋ 指農曆五月。

槍 ㈠ㄑㄧㄤ qiāng 名①武器名。⑴長柄有尖頭以刺擊的矛。例長槍。⑵可發射子彈的武器。例步槍。②槍形的物體。例水槍。動碰撞。例槍地。㈡ㄔㄥ chēng 名星名。欃槍，即彗星。

槍手 ㄑㄧㄤ ㄕㄡˇ ①古時持槍的士兵。②持槍射擊的人。③冒充代替他人考試的人。

槍決 ㄑㄧㄤ ㄐㄩㄝˊ 用槍彈射殺犯人的處決方式。

槍斃 ㄑㄧㄤ ㄅㄧˋ 用槍彈射殺。

槍林彈雨 ㄑㄧㄤ ㄌㄧㄣˊ ㄉㄢˋ ㄩˇ 形容戰爭激烈的景況。

槃 ㄆㄢˊ pán 名同「盤」。承放物體的器具。例木槃。動徘徊。例槃桓。副宏大地。例槃槃大才。

十一畫

槧 ㄑㄧㄢˋ qiàn 名①古代用木削成以供書寫的木片。②刻成的書籍。例槧本。③書信。

樟 ㄓㄤ zhāng 名植物名。常綠喬木，葉卵形，開黃綠色花，結球形核果，可提煉樟腦以藥用，木材可製器物。

樟腦 ㄓㄤ ㄋㄠˇ 將樟樹的根莖枝葉蒸餾而成的白色晶體或粉末。可製香料、興奮劑、驅蟲劑等。

槨 ㄍㄨㄛˇ guǒ 名套在內棺外面的大棺材。例棺槨。

樣 ㄧㄤˋ yàng 名①形狀。例模樣。②外表、形式上的種類。例他樣樣都拿第一。

樣本 ㄧㄤˋ ㄅㄣˇ ①物體的初步模型或議價的標準。②從全體中選取一部分個體，加以觀察或試驗，此部分即稱為樣本。

樣式 ㄧㄤˋ ㄕˋ 類型，款式。

樣品 ㄧㄤˋ ㄆㄧㄣˇ 提供買主數個實物，以查驗或保證全部貨物的品質。

樣張 ㄧㄤˋ ㄓㄤ 印刷品在正式付印前，供人校對的樣本。

槥 ㄏㄨㄟˋ huì 名粗陋薄小的棺材。例槥櫝。

樁 ㄓㄨㄤ zhuāng 名①插入土中的木棍。例打樁。②計算事情件數的量詞。例一樁意外。

樛 ㄐㄧㄡ jiū 形樹枝向下彎的。例樛木。動纏繞糾結。例樛流。

樞 ㄕㄨ shū 名①門上的轉軸。例戶樞。②重要部分。例中樞。③星名。即北斗七星的第一顆。

樞紐 ㄕㄨ ㄋㄧㄡˇ 比喻重要的關鍵。

樞機主教 ㄕㄨ ㄐㄧ ㄓㄨˇ ㄐㄧㄠˋ 天主教中最崇高的職位，有選舉教宗的權利和被選舉權。

槽 ㄘㄠˊ cáo 名①四邊高起而中間凹陷的盛物器具。例馬槽。②水道。例河槽。

槽碓 ㄘㄠˊ ㄉㄨㄟˋ 一種利用水流搗米的器具。

樗 ㄕㄨ shū 名植物名。落葉喬木，開白綠色花，結翅果，葉有臭氣，所以又稱為臭椿。

樗散 ㄕㄨ ㄙㄢˇ 比喻沒有用處的人，或自謙才能低下。同樗材。

標

ㄅㄧㄠ biāo 名①樹枝末端。例松標。②表面。例治標不治本。③記號。例標誌。④錦旗。例奪標。⑤貨物或工程的規格。例投標。動表明，顯示。例標示。

標本 ㄅㄧㄠ ㄅㄣˇ ①末端和開頭。②保存動、植、礦物原狀以供研究的樣品。

標的 ㄅㄧㄠ ㄉㄧˋ 努力的方向或目標。

標竿 ㄅㄧㄠ ㄍㄢ 測量時標明目標以供瞄準的工具。

標記 ㄅㄧㄠ ㄐㄧˋ ①標明，表記。②表明特徵以供辨識的符號。同標誌、標識。

標致 ㄅㄧㄠ ㄓˋ ①表達意旨。②風度韻味。③形容相貌美好出色。也作「標緻」。

標準 ㄅㄧㄠ ㄓㄨㄣˇ ①可作為依據的一定準則。②可供仿效學習的典範。

標會 ㄅㄧㄠ ㄏㄨㄟˋ 民間儲蓄性質的互助會，會員定期繳會款，每次由付出最高利息的人領取該期儲蓄金。

標語 ㄅㄧㄠ ㄩˇ 公開張貼以宣傳的簡扼文字。

標榜 ㄅㄧㄠ ㄅㄤˇ 表揚稱讚。

標槍 ㄅㄧㄠ ㄑㄧㄤ ①原始社會的武器。②田徑運動的一種投擲器具，槍身細長而中間粗，木製或金屬製，有金屬槍頭，以所擲多遠決定勝負。

標幟 ㄅㄧㄠ ㄓˋ 用以辨識的記號。

標價 ㄅㄧㄠ ㄐㄧㄚˋ 標明的售價。

標題 ㄅㄧㄠ ㄊㄧˊ 揭示文章或作品內容的簡要語句。

標籤 ㄅㄧㄠ ㄑㄧㄢ 黏貼或綁在物品上，以表明其成分、價格等事項的小紙片。

標準化 ㄅㄧㄠ ㄓㄨㄣˇ ㄏㄨㄚˋ 對工業產品或零件的類型、規格等加以統一、實施的過程。

標準時 ㄅㄧㄠ ㄓㄨㄣˇ ㄕˊ 由於地球的自轉，使各地因位置不同而有不同的時間，為計算便利，各地特定一子午線作時刻的標準，稱地方標準時。而現在的世界標準時，以英國格林威治天文臺的子午線為計算標準。

標新立異 ㄅㄧㄠ ㄒㄧㄣ ㄌㄧˋ ㄧˋ 指人有獨創奇特的意見。

標點符號 ㄅㄧㄠ ㄉㄧㄢˇ ㄈㄨˊ ㄏㄠˋ 書寫時用來分別句讀和表示詞句性質、種類的符號。共有句號、逗號、頓號、分號、冒號、問號、驚嘆號、引號、破折號、刪節號、夾注號、私名號、書名號、音界號等十四種。

槱

ㄧㄡˇ yǒu 動古時祭祀堆積木柴以燃燒。

槿

ㄐㄧㄣˇ jǐn 名植物名。木槿，落葉灌木，葉卵形，開紫紅或白色花。花和樹皮可入中藥。

槭

ㄘㄨˋ cù 名植物名。落葉喬木，掌狀葉，結翅果，木材可建築用。

樝

ㄓㄚ zhā 見「樝子」。

樝子 ㄓㄚ ㄗˇ 植物名。落葉灌木，枝有刺，果實圓形，色黃味酸。又名木桃。

樓

ㄌㄡˊ lóu 名①兩層以上的房屋。例高樓大廈。②房屋的一層。例第五樓。③姓。形兩層的。例樓車。

樓子 ㄌㄡˊ ˙ㄗ ①物體層疊的形狀。②糾紛，災禍。例他這次旅行出了樓子。

樓車 ㄌㄡˊ ㄔㄜ 古代攻城的用具，樣子像雲梯，上層增設望樓以觀看敵勢。

樓梯 ㄌㄡˊ ㄊㄧ 通行上下層的階梯。

樓船 ㄌㄡˊ ㄔㄨㄢˊ 有層樓的大船，古代多用於作戰。

模

ㄇㄛˊ mó 名典範，榜樣。例楷模。動仿照，效法。例模仿。

模子 ㄇㄛˊ ˙ㄗ 製造器物標準形式的型器。

模式 ㄇㄛˊ ㄕˋ 可做為標準的形式。

模仿 ㄇㄛˊ ㄈㄤˇ 仿效他人動作行為的過程。

模型 ㄇㄛˊ ㄒㄧㄥˊ 依照實物原形，縮小比例製成的樣品。

模稜 ㄇㄛˊ ㄌㄥˊ 態度或意見含糊不明確。例模稜兩可。

模糊 ㄇㄛˊ ㄏㄨˊ ①不清楚的樣子。②使混亂不清楚。例不要再模糊事情的重點。

模樣 ㄇㄛˊ ㄧㄤˋ 外表，神態。

模擬 ㄇㄛˊ ㄋㄧˇ 模仿效法。

模特兒 ㄇㄛˊ ㄊㄜˋ ㄦˊ ①創作藝術或文學作品時，臨摹題材的對象。②穿著時裝或使用新商品以供人觀賞為職業的人。

槲

ㄏㄨˊ hú 名植物名。落葉喬木，葉倒卵形，有鋸齒，春季開花，結卵球形堅果，木材可製器具，樹皮和葉可藥用。

槲寄生 ㄏㄨˊ ㄐㄧˋ ㄕㄥ 植物名。常綠灌木，多寄生在白楊屬、松屬等樹上，春季開黃色花，結球形果實。

樅

㈠ㄘㄨㄥ cōng 名植物名。即冷杉，常綠大喬木，葉線形，夏季開黃色花，結圓柱形毬果。木材可製器具和建築用。㈡ㄗㄨㄥ zōng 名古縣名。樅陽，在今安徽省。

樊

ㄈㄢˊ fán 名①關鳥獸的籠子。例樊籠。②通「藩」。籬笆。③姓。

樊籠 ㄈㄢˊ ㄌㄨㄥˊ 關鳥獸的籠子。比喻行動受拘束不自由。

樊籬 ㄈㄢˊ ㄌㄧˊ 指籬笆。比喻對事物的限制。

槳

ㄐㄧㄤˇ jiǎng 名划船的木製器具。例船槳。

樂

㈠ㄩㄝˋ yuè 名①和諧有節奏的聲音。例音樂。②六經之一。③六藝之一。④姓。㈡ㄧㄠˋ yào 動喜好。例知者樂水、仁者樂山。㈢ㄌㄜˋ lè 名①愉快的事或態度。例人生一大樂。②聲樂美色。形愉悅。例快樂。動①喜愛。例樂於助人。②笑。例他把大家都逗樂了。

樂土 ㄌㄜˋ ㄊㄨˇ 安樂的理想地方。

樂府 ㄩㄝˋ ㄈㄨˇ ①古代掌管音樂的官署。②指樂府官署蒐集保存的民間詩歌，後泛稱詩詞歌曲。

樂章 ㄩㄝˋ ㄓㄤ ①樂書的篇章，多指能入樂的詩詞。②組成大型套曲的部分，可單獨演奏。

樂理 ㄩㄝˋ ㄌㄧˇ 研究器樂或聲樂所形成的理論。

樂師 ㄩㄝˋ ㄕ ①古代掌管音樂的官職。②演奏音樂的藝人。

樂隊 ㄩㄝˋ ㄉㄨㄟˋ 為演奏音樂而組成的團體。

樂意 ㄌㄜˋ ㄧˋ 非常願意。

樂群 ㄧㄠˋ ㄑㄩㄣˊ 以與朋友相處為樂。

樂園 ㄌㄜˋ ㄩㄢˊ ①幸福安樂的地方。②供人遊樂的場所。

樂歲 ㄌㄜˋ ㄙㄨㄟˋ 豐收的年歲。

樂禍 ㄌㄜˋ ㄏㄨㄛˋ 將他人的禍患視為值得高興的事。

樂趣 ㄌㄜˋ ㄑㄩˋ 對某事感受到趣味。

樂器 ㄩㄝˋ ㄑㄧˋ 演奏音樂的器具。

樂譜 ㄩㄝˋ ㄆㄨˇ 用以表示聲音高低長短強弱等變化的符號或文字。

樂觀 ㄌㄜˋ ㄍㄨㄢ 對所有的事物都充滿信心，感到愉悅。

樂陶陶 ㄌㄜˋ ㄊㄠˊ ㄊㄠˊ 非常快樂的樣子。

樂山樂水 ㄧㄠˋ ㄕㄢ ㄧㄠˋ ㄕㄨㄟˇ 比喻人的性情喜好不同。

樂天知命 ㄌㄜˋ ㄊㄧㄢ ㄓ ㄇㄧㄥˋ 順應自然，安守本分自得其樂。

樂不可支 ㄌㄜˋ ㄅㄨˋ ㄎㄜˇ ㄓ 形容人極度快樂的模樣。

樂不思蜀 ㄌㄜˋ ㄅㄨˋ ㄙ ㄕㄨˇ 比喻樂而忘返。

樂以忘憂 ㄌㄜˋ ㄧˇ ㄨㄤˋ ㄧㄡ 愉悅到足以忘記憂愁。

樂在其中 ㄌㄜˋ ㄗㄞˋ ㄑㄧˊ ㄓㄨㄥ 比喻在進行過程中得到樂趣。

樂此不疲 ㄌㄜˋ ㄘˇ ㄅㄨˋ ㄆㄧˊ 非常喜歡而不感覺疲累。

樂善好施 ㄌㄜˋ ㄕㄢˋ ㄏㄠˋ ㄕ 喜愛做善事和救濟窮人。

樂極生悲 ㄌㄜˋ ㄐㄧˊ ㄕㄥ ㄅㄟ 快樂到極點，往往轉成悲傷。警戒人不要歡樂過度而招引不幸。

十二畫

橐

ㄊㄨㄛˊ tuó 名袋子。例囊橐。

橐駝 ㄊㄨㄛˊ ㄊㄨㄛˊ ①動物名。即駱駝。②比喻駝背的人。

橐橐 ㄊㄨㄛˊ ㄊㄨㄛˊ ①杵擊打的聲音。②形容行走時鞋子觸地的聲音。

樽

ㄗㄨㄣ zūn 名木或銅製盛酒器。例金樽。

樽俎 ㄗㄨㄣ ㄗㄨˇ 古代宴會時盛酒肉的器具。比喻宴席。

橧

ㄗㄥ zēng 名用木柴堆築而成的住所。例橧巢。

橈

ㄋㄠˊ náo 名船槳。動①彎曲。②冤屈。例枉橈。③分散紛亂。例橈散。④使減弱。

橈骨 ㄋㄠˊ ㄍㄨˇ 上肢前臂的外骨，和尺骨並列連接腕骨。

樹

ㄕㄨˋ shù 名木本植物的總稱。例樹林。動①栽種。例十年樹木。②建立。例樹立。

樹木 ㄕㄨˋ ㄇㄨˋ ①木本植物的總稱。②栽種樹木。

樹怨 ㄕㄨˋ ㄩㄢˋ 結下怨仇。

樹脂 ㄕㄨˋ ㄓ ①植物細胞分泌的黃褐色半固黏性物。②由小分子結合成的人工聚合物。

樹蔭 ㄕㄨˋ ㄧㄣˋ 樹下被枝葉遮蔽陽光的陰涼處。也作「樹陰」。

樹敵 ㄕㄨˋ ㄉㄧˊ 與人家結怨，成了人家的敵人。

樹黨 ㄕㄨˋ ㄉㄤˇ 聚集結成黨派。

樹大招風 ㄕㄨˋ ㄉㄚˋ ㄓㄠ ㄈㄥ 比喻明顯的目標容易招引他人嫉妒和攻擊。

樹倒猢猻散 ㄕㄨˋ ㄉㄠˇ ㄏㄨˊ ㄙㄨㄣ ㄙㄢˋ 比喻以圖求名利相聚結的團體，當領導者失敗後，依附的眾人就四處逃散。

樹欲靜而風不止 ㄕㄨˋ ㄩˋ ㄐㄧㄥˋ ㄦˊ ㄈㄥ ㄅㄨˋ ㄓˇ 比喻兒女想要孝順時，父母卻已亡故。

樾

ㄩㄝˋ yuè 名兩樹相交而成的樹蔭。

橄

ㄍㄢˇ gǎn 見「橄欖」。

橄欖 ㄍㄢˇ ㄌㄢˇ 植物名。常綠喬木，葉卵形，春夏季開黃白色花，結橢圓形核果，種子可榨油和食用，果實可製蜜餞，樹脂可藥用。

橄欖油 ㄍㄢˇ ㄌㄢˇ ㄧㄡˊ 自南歐和北美沿海所產橄欖果實榨取的淡黃或黃綠色油脂，可食用或藥用。

橄欖球 ㄍㄢˇ ㄌㄢˇ ㄑㄧㄡˊ 球類運動之一，球形似橄欖而得名。比賽兩隊各十五人，用腳踢、手傳或抱著球跑，球觸對方陣地即可得分。

樨

ㄒㄧ xī 名植物名。木樨，即桂花。

橫

(一)ㄏㄥˊ héng 名東西向的直線。例縱橫交錯。動把直立的東西放平。例橫槊賦詩。副①紛亂地。例雜草橫生。②水平、東西向地。例橫放。

(二)ㄏㄥˋ hèng 形①粗暴，不講理的。例驕橫。②意外的。例橫死、橫禍。

橫亙 ㄏㄥˊ ㄍㄣˋ 橫著延伸擴展。

橫目 ㄏㄥˊ ㄇㄨˋ 生氣地怒視。

橫生 ㄏㄥˊ ㄕㄥ ①雜亂的生長。例雜草橫生。②四處散發顯露。例逸氣橫生。③意外地發生。例橫生枝節。

橫肉 ㄏㄥˊ ㄖㄡˋ 形容人的長相凶惡。

橫行 ㄏㄥˊ ㄒㄧㄥˊ ①依仗暴力而任意作惡。例橫行霸道。②橫向排列。

橫事 ㄏㄥˋ ㄕˋ 凶事，意外的災禍。同橫禍。

橫流 ㄏㄥˊ ㄌㄧㄡˊ ①水道阻塞而使水往兩旁亂流。②形容淚流滿面的樣子。

橫逆 ㄏㄥˋ ㄋㄧˋ 凶暴不合理的行為。

橫財 ㄏㄥˋ ㄘㄞˊ 僥倖或用不正當手段取得的財物。

橫掃 ㄏㄥˊ ㄙㄠˇ 全面地掃除。比喻擊滅敵人。

橫貫 ㄏㄥˊ ㄍㄨㄢˋ 橫向的穿過。

橫豎 ㄏㄥˊ ㄕㄨˋ ①橫的和直的。②反正，無論如何。例你橫豎都得走。

橫紋肌 ㄏㄥˊ ㄨㄣˊ ㄐㄧ 肌纖維明暗相間的橫向肌肉。

橫膈膜 ㄏㄥˊ ㄍㄜˊ ㄇㄛˊ 哺乳動物體內分隔胸、腹腔的紅色筋肉膈膜。

橫七豎八 ㄏㄥˊ ㄑㄧ ㄕㄨˋ ㄅㄚ 比喻雜亂不整齊。同橫三豎四。

橫貫公路 ㄏㄥˊ ㄍㄨㄢˋ ㄍㄨㄥ ㄌㄨˋ 臺灣貫穿山脈的東西向公路，有北、中、南三條。

橫徵暴斂 ㄏㄥˊ ㄓㄥ ㄅㄠˋ ㄌㄧㄢˋ 形容稅賦繁重，執政者剝削百姓利益。

橫衝直撞 ㄏㄥˊ ㄔㄨㄥ ㄓˊ ㄓㄨㄤˋ 形容走路慌張或四處奔走、衝撞的樣子。

橘

ㄐㄩˊ jú 名植物名。灌木或小喬木，葉狹長而尖，夏季開白色花，結圓形果實，果實多汁可食，果皮可藥用。

橘子 ㄐㄩˊ ㄗˇ 橘樹的紅或黃色扁圓形果實，味酸甜。

橘化為枳 ㄐㄩˊ ㄏㄨㄚˋ ㄨㄟˊ ㄓˇ 比喻同樣的東西因環境的不同而改變。

橛

ㄐㄩㄝˊ jué 名短木樁。例木頭橛子。

橙

ㄔㄥˊ chéng 名①植物名。常綠喬木或灌木，葉長卵形，開白色花，果實圓形色黃，可食用，果皮可藥用。②紅黃混成的顏色。

橢

ㄊㄨㄛˇ tuǒ 形狹長的，長圓形的。例橢圓。

橢圓形 ㄊㄨㄛˇ ㄩㄢˊ ㄒㄧㄥˊ 狹長的圓形。

樺

ㄏㄨㄚˋ huà 名植物名。落葉喬木，葉卵菱形，有鋸齒，春夏季開紅色花，結橢圓形堅果，木材可製器具。

樸

ㄆㄨˊ pú 名①植物名。落葉喬木，葉卵形或卵狀披針形，有鋸齒，結黑色卵球形核果，果實可食用，木材可製器具。②未經加工的木材。形本質篤實的。例簡樸。

樸拙 ㄆㄨˊ ㄓㄨㄛˊ 言行率直真誠。

樸素 ㄆㄨˊ ㄙㄨˋ ①樸實不華麗。②原始自然的。③生活節儉的。

樸實 ㄆㄨˊ ㄕˊ 樸素敦厚不浮誇。

橇

ㄑㄧㄠ qiāo 名在泥地上或雪地上滑行的工具。例雪橇。

機

ㄐㄧ jī 名①機器的通稱。例電視機。②事物的重要部分。例樞機。③預兆，跡象。例見機行事。④時宜。例機不可失。形①重要的，祕密的。例機要祕書。②靈敏的、巧詐的。例機靈、機巧。

機心 ㄐㄧ ㄒㄧㄣ 深沉巧詐的心計。

機件 ㄐㄧ ㄐㄧㄢˋ 組成機械的零件。

機車 ㄐㄧ ㄔㄜ ①即火車頭，拖引或推動火車的發動機。②機器腳踏車的簡稱，以馬達發動。也叫摩托車。

機伶 ㄐㄧ ㄌㄧㄥˊ ①靈敏機巧。也作「機靈」。②突然被嚇一跳。

機油 ㄐㄧ ㄧㄡˊ 使機械各零件間減少摩擦生熱的潤滑油。

機宜 ㄐㄧ ㄧˊ 依情勢採取適當的手段。例面授機宜。

機杼 ㄐㄧ ㄓㄨˋ ①織布機。②比喻文章寫作的構思。

機房 ㄐㄧ ㄈㄤˊ ①放置織布機以生產紡織品的地方。②設置機械的房舍。

機要 ㄐㄧ ㄧㄠˋ ①精義要點。②重要祕密的事。

機能 ㄐㄧ ㄋㄥˊ 活動的功能。

機密 ㄐㄧ ㄇㄧˋ 祕密不可外傳的事。

機率 ㄐㄧ ㄌㄩˋ 發生可能性的數值。

機械 ㄐㄧ ㄒㄧㄝˋ ①靈巧省力的工具。泛指各種機器。②比喻呆板不靈巧。

機動 ㄐㄧ ㄉㄨㄥˋ ①利用機械發動使用的。②因應時機變化以採取適當行動的。例機動部隊。

機智 ㄐㄧ ㄓˋ 頭腦敏捷反應快。

機遇 ㄐㄧ ㄩˋ 機會和際遇。

機會 ㄐㄧ ㄏㄨㄟˋ ①最適當且又非常難得的時候。②事物最重要的關鍵。

機構 ㄐㄧ ㄍㄡˋ 特定要素組成的組織或系統。

機器 ㄐㄧ ㄑㄧˋ 轉換或利用機械能的器具。

機關 ㄐㄧ ㄍㄨㄢ ①設計精妙且可控制活動的機械。②權謀巧詐。③有組織系統的團體，多指政府單位。

機警 ㄐㄧ ㄐㄧㄥˇ 靈敏有警覺力。

橡 ㄒㄧㄤˋ xiàng 名植物名。常綠喬木，樹幹可提煉出乳狀汁液，是橡膠原料。

橡皮 ㄒㄧㄤˋ ㄆㄧˊ ①從橡樹中提煉出的黃色軟塊，是車輪、皮球等器物的材料。②用來擦鉛筆跡的文具。

橡膠 ㄒㄧㄤˋ ㄐㄧㄠ 具彈性的高分子化合物，分為植物樹液取出的天然橡膠和化學合成的合成橡膠。

橡皮圖章 ㄒㄧㄤˋ ㄆㄧˊ ㄊㄨˊ ㄓㄤ 比喻沒有主張或徒占高位而無實權，有名無實的人。

樵 ㄑㄧㄠˊ qiáo 名①木柴。例薪樵。②砍柴的人。例樵夫。動砍柴。

樵隱 ㄑㄧㄠˊ ㄧㄣˇ 隱居山中以採柴為生的人。

橋 ㄑㄧㄠˊ qiáo 名①搭在河面上的道路。②似橋的建築物。例天橋。

橋梁 ㄑㄧㄠˊ ㄌㄧㄤˊ 橫跨河或山谷兩邊的建築物。

橋墩 ㄑㄧㄠˊ ㄉㄨㄣ 用來支撐橋身的建物基石。

檇 ㄗㄨㄟˋ zuì 名果名。檇李，一種李子，皮色紅，汁多味甜，產於浙江省桐鄉、嘉興兩縣。

十三畫

檕 ㄐㄧˋ jì 名古代轆轤上綁繩索的橫木。

檗 ㄅㄛˋ bò 名植物名。即黃檗，落葉喬木，莖可作染料，木材可製器具，樹皮可入藥。

檀 ㄊㄢˊ tán 名①植物名。即檀香，落葉喬木，結球形核果，木材可製器具、香料、藥料等。②姓。形淺紅色的。

檀弓 ㄊㄢˊ ㄍㄨㄥ 戰國時魯人，善解說貴族禮制。禮記檀弓篇即以其為名。

檀口 ㄊㄢˊ ㄎㄡˇ 形容鮮紅的嘴脣。

檀板 ㄊㄢˊ ㄅㄢˇ 演奏音樂時打節拍用的檀木製拍板。

檁 ㄌㄧㄣˇ lǐn 名屋梁上支撐屋椽的橫木。

檥 ㄧˇ yǐ 動同「艤」。停船靠岸。

檟 ㄐㄧㄚˇ jiǎ 名①植物名。即楸樹。②古書上指一種茶或茶樹。

檉 ㄔㄥ chēng 名植物名。檉柳，落葉喬木，葉細針形，秋季開紅色花，結蒴果，枝葉可藥用。

檣 ㄑㄧㄤˊ qiáng 名船上掛風帆的桅杆。

檔 ㄉㄤˇ dǎng 名①存放文件的櫥架。例歸檔。②分類保存的文件或材料。例查檔。③汽車變速器的俗稱。例換檔。④電影或戲劇節目放映演出的時段。例接檔、黃金檔。⑤計算事件的量詞。例一檔事。⑥空隙。例空檔。

⑦組合的夥伴。例拍檔。

檔案 ㄉㄤˇ ㄢˋ 機關或團體分類存放值得保留或以備查驗的文件。

櫛

ㄐㄧㄝˊ jié 名梳子的總稱。動①梳理。例櫛髮。②清除。例櫛垢。

櫛比鱗次 ㄐㄧㄝˊ ㄅㄧˇ ㄌㄧㄣˊ ㄘˋ 形容建築物緊密排列。

櫛風沐雨 ㄐㄧㄝˊ ㄈㄥ ㄇㄨˋ ㄩˇ 比喻四處辛勞奔波。

檐

㊀ㄧㄢˊ yán 名①同「簷」。屋頂向外突出的部分。例屋檐。②覆蓋物體的邊緣或突出部分。例帽檐。

㊁ㄉㄢˋ dàn 名通「擔」。負荷。例檐子、檐竿。

檄

ㄒㄧˊ xí 名古代徵召、曉喻、聲討時的官方文書。例檄文。

檢

ㄐㄧㄢˇ jiǎn 名簽署的書信。動①查驗。例檢查。②約束。例檢束。③揭發。例檢舉。

檢定 ㄐㄧㄢˇ ㄉㄧㄥˋ 檢驗判定。

檢疫 ㄐㄧㄢˇ ㄧˋ 政府或某地的衛生機構，檢驗出入管轄區的旅客或動植物，以防病原體傳播的措施。

檢討 ㄐㄧㄢˇ ㄊㄠˇ 查驗過去的事，研究其得失以反省改進。

檢察 ㄐㄧㄢˇ ㄔㄚˊ 審看，考察。

檢閱 ㄐㄧㄢˇ ㄩㄝˋ ①上級長官對軍隊或團體的訓練成果進行視察。②翻閱查看。

檢點 ㄐㄧㄢˇ ㄉㄧㄢˇ ①仔細檢查。例檢點貨物數量。②約制管束。例行為不檢點。

檢舉 ㄐㄧㄢˇ ㄐㄩˇ 揭發他人的過失或罪狀。

檢覈 ㄐㄧㄢˇ ㄏㄜˊ 根據應試申請人所交的學經歷文件，審查其專業經驗和能力。

檢驗 ㄐㄧㄢˇ ㄧㄢˋ 稽查審核。

檢字法 ㄐㄧㄢˇ ㄗˋ ㄈㄚˇ 字、辭典等工具書所收文字排列次序的檢查方法。

檢察官 ㄐㄧㄢˇ ㄔㄚˊ ㄍㄨㄢ 配置在各級法院以代表國家追訴犯罪的法官，主要職權為指揮司法警察進行偵查，提起和執行公訴，協助和擔當自訴等。

檜

ㄎㄨㄞˋ kuài 名植物名。常綠喬木，鱗葉或針葉，結毬果，木材可製器具和建築用。例檜柏。

檃

ㄧㄣˇ yǐn 名檃栝，調整木頭使它平直的器具。

檠

ㄑㄧㄥˊ qíng 名①調整弓弩的器具。②燭臺，燈架。例燈檠。

十四畫

檸

ㄋㄧㄥˊ níng 見「檸檬」。

檸檬 ㄋㄧㄥˊ ㄇㄥˊ 植物名。常綠灌木，果實橢圓，味極酸。

檸檬酸 ㄋㄧㄥˊ ㄇㄥˊ ㄙㄨㄢ 一種廣布在植物果類的有機化合物，有淡酸味，可製飲料和醫藥染色用。

檳

ㄅㄧㄣ bīn 見「檳榔」。

檳榔 ㄅㄧㄣ ㄌㄤˊ 植物名。常綠喬木，結橢圓形果實，經咀嚼後其汁可提神、健胃。

櫂

㊀ㄓㄨㄛˊ zhuó 名即盂，盛食物或湯水的容器。

㊁ㄓㄠˋ zhào 名同「棹」。

長的船槳。也借指船。例客櫂。

檯 ㄊㄞˊ tái 名桌子。例書檯。

檯球 ㄊㄞˊ ㄑㄧㄡˊ 一種室內球類運動，在特製的桌上用長桿撞球使入洞，即撞球。

檮 ㄊㄠˊ táo 見「檮杌」、「檮昧」。

檮杌 ㄊㄠˊ ㄨˋ ①春秋時楚國史書。②古代傳說中的猛獸。也比喻凶惡的人。

檮昧 ㄊㄠˊ ㄇㄟˋ 昏昧無知。

櫃 ㄍㄨㄟˋ guì 名放置東西的家具。例衣櫃。

櫃臺 ㄍㄨㄟˋ ㄊㄞˊ 提供諮詢服務、結帳或收付款項的地方。

檻 ㈠ㄐㄧㄢˋ jiàn 名①關禽獸的籠子。例圈檻。②欄杆。例窗檻。㈡ㄎㄢˇ kǎn 名門框下的橫木。例門檻。

檬 ㄇㄥˊ méng 見「檸檬」。

十五畫

櫜 ㄍㄠ gāo 名古代收放兵甲弓箭的皮袋。動收藏。

櫧 ㄓㄨ zhū 名植物名。常綠喬木，木材堅實，可作車船棟梁。

櫥 ㄔㄨˊ chú 名收藏物品的器具。例書櫥。

櫥窗 ㄔㄨˊ ㄔㄨㄤ 商店用來擺放商品的櫃子。

櫝 ㄉㄨˊ dú 名①木盒，木櫃。例買櫝還珠。②棺材。

櫚 ㄌㄩˊ lǘ 見「棕櫚」。

櫓 ㄌㄨˇ lǔ 名划水使船前進的器具。例船櫓。

櫟 ㈠ㄌㄧˋ lì 名植物名。落葉喬木，葉長橢圓形，有鋸齒，單性花，結橢圓形堅果。㈡ㄩㄝˋ yuè 名古地名。櫟陽，在今陝西省。

櫞 ㄩㄢˊ yuán 名植物名。枸櫞，常綠喬木，葉尖長，枝間有刺，果實可食用及入藥。也稱香櫞。

櫫 ㄓㄨ zhū 名作為標記的小木樁。例揭櫫。

十六畫

櫬 ㄔㄣˋ chèn 名棺材，指內棺。例靈櫬。

櫳 ㄌㄨㄥˊ lóng 名①窗戶。例簾櫳。②圈養禽獸的籠子或柵欄。

櫪 ㄌㄧˋ lì 名①植物名。即櫟樹。②馬槽。例老驥伏櫪。

櫨 ㄌㄨˊ lú 名①植物名。落葉喬木，核果扁圓，木質可製器具。②柱頂承受棟梁的短木。例欂櫨。

櫱 ㄋㄧㄝˋ niè 名樹木砍掉後新生的枝條。例萌櫱。

十七畫

櫺 ㄌㄧㄥˊ líng 名①窗上或欄杆上的格子。例窗櫺。②屋檐。

欂 ㄅㄛˊ bó 名欂櫨，柱上承受棟梁的短木。

櫻 ㄧㄥ yīng 名植物名。即櫻桃，落葉喬木，葉廣卵形，開白色花，結紅色核果，可食。

欄 ㄌㄢˊ lán 名①養牲畜的圈地。例羊欄。②木條編成的阻攔物。例欄杆。③書刊報章的版面。例專欄。④表格中區分項目的格子。例備註欄。

欃 ㄔㄢˊ chán 名①植物名。即檀木。②星宿名。欃槍，指彗星。

櫸 ㄐㄩˇ jǔ 名植物名。落葉喬木，葉長卵形，開淡黃色花，木材可作家具，供造船、建築用。

十八畫

權 ㄑㄩㄢˊ quán 名①秤錘。②法律規定人民應得的利益。例工作權。③支配控制的力量。例大權在握。④合於正道隨機變通的理念。例通權達變。⑤姓。動衡量。例權其輕重。副暫且。例權充。

權力 ㄑㄩㄢˊ ㄌㄧˋ 具有指揮、控制等影響的力量。同權柄。

權利 ㄑㄩㄢˊ ㄌㄧˋ ①關於權勢和財物的利益。②依法律規定，人民應享有的利益。

權宜 ㄑㄩㄢˊ ㄧˊ 依情勢暫時變通的處理方式。

權威 ㄑㄩㄢˊ ㄨㄟ ①權力和威勢。②在某個領域中具有特殊影響力或成就的人。例經濟學權威。

權貴 ㄑㄩㄢˊ ㄍㄨㄟˋ 有權勢地位的人。或作「權右」。

權衡 ㄑㄩㄢˊ ㄏㄥˊ ①即秤，測量物體輕重的器具。②相互比較衡量。③權勢力量。

權變 ㄑㄩㄢˊ ㄅㄧㄢˋ 視時機變化而因應。

權能區分 ㄑㄩㄢˊ ㄋㄥˊ ㄑㄩ ㄈㄣ 國父孫中山主張將國家的政治大權分為：人民有控制政府的政權，政府有治理政務的治權。使人民有權，政府有能。

十九畫

欒 ㄌㄨㄢˊ luán 名①植物名。落葉喬木，卵形葉，有不規則鋸齒，夏季開黃色花，結袋狀蒴果，圓黑堅硬，可做數珠。②柱上承受梁上短柱的彎曲木頭。

欐 ㄌㄧˋ lì 名屋梁。例梁欐。

欏 ㄌㄨㄛˊ luó 名植物名。桫欏，蕨類植物，常綠木本。

二十一畫

欖 ㄌㄢˇ lǎn 見「橄欖」。

欠部 ㄑㄧㄢˋ

欠 ㄑㄧㄢˋ qiàn 名負債。例舊欠未清。動①疲倦時張口吐氣。例呵欠。②肢體略微抬起或移動。例欠身。③向別人借用的財物未還。例欠款未清。④缺少。例還欠什麼？副不夠，缺乏。例欠妥。

欠安 ㄑㄧㄢˋ ㄢ 意指人生病時的委婉用詞。

欠身 ㄑㄧㄢˋ ㄕㄣ 身軀略向前彎曲，表示尊敬之意。

欠缺 ㄑㄧㄢˋ ㄑㄩㄝ 不夠，缺少。例現今萬事俱備，只欠缺一位執行者。

欠債 ㄑㄧㄢˋ ㄓㄞˋ 向人借用財物未還或該給而未給。

欠帳 ㄑㄧㄢˋ ㄓㄤˋ 應該給予的款項尚未給付。

欠情 ㄑㄧㄢˋ ㄑㄧㄥˊ 指別人對自己有恩情而尚未報答。

欠資郵票 ㄑㄧㄢˋ ㄗ ㄧㄡˊ ㄆㄧㄠˋ 寄件人所繳納的郵資不足，郵差會向收件人收取加倍郵資所貼用的郵票。

二畫

次 ㄘˋ cì 名①等第，順序。例依次排列。②回數。例次數。③在外居住的處所。例旅次。④職位，官位。例官次。形①排列順序位於第二的。例次子。②品質較差的。例次貨。

次日 ㄘˋ ㄖˋ 第二天。

次長 ㄘˋ ㄓㄤˇ 我國中央政府機構各部的副首長，分政務、常務兩種。

次級 ㄘˋ ㄐㄧˊ 第二等級。同次等。

次第 ㄘˋ ㄉㄧˋ ①照著順序。②光景，樣子。③形容急速迫切的樣子。

次文化 ㄘˋ ㄨㄣˊ ㄏㄨㄚˋ 指一個社會裡的某一群體，具有這個社會的基本價值觀念，同時也保有它自己獨特的文化。

四畫

欣 ㄒㄧㄣ xīn 形歡喜，快樂的。例歡欣鼓舞。副喜悅地。例欣然。

欣然 ㄒㄧㄣ ㄖㄢˊ 非常喜悅的樣子。

欣羨 ㄒㄧㄣ ㄒㄧㄢˋ 歡喜仰慕。

欣慰 ㄒㄧㄣ ㄨㄟˋ 心中高興又安慰。

欣賞 ㄒㄧㄣ ㄕㄤˇ ①以喜愛之心來觀賞美好的事物。例奇文共欣賞。②喜愛賞識。

欣欣向榮 ㄒㄧㄣ ㄒㄧㄣ ㄒㄧㄤˋ ㄖㄨㄥˊ ①草木生長繁盛的樣子。②比喻蓬勃發展、繁榮昌盛。同蒸蒸日上。

欣欣得意 ㄒㄧㄣ ㄒㄧㄣ ㄉㄜˊ ㄧˋ 歡喜快樂，洋洋自得。也作「欣欣自得」。

欣喜若狂 ㄒㄧㄣ ㄒㄧˇ ㄖㄨㄛˋ ㄎㄨㄤˊ 形容快樂、高興到了極點。

六畫

欬 ㄎㄞˋ kài 動咳嗽。

欬唾成珠 ㄎㄞˋ ㄊㄨㄛˋ ㄔㄥˊ ㄓㄨ 比喻一個人的文字用詞很優美，言談也很出色。

七畫

欲 ㄩˋ yù 名同「慾」。貪念，願望。例欲望、發財欲。副①希望，想要。例暢所欲言。②將要，就要。例山雨欲來風滿樓、搖搖欲墜。

欲望 ㄩˋ ㄨㄤˋ 本身不足的地方企圖得到滿足。

欲哭無淚 ㄩˋ ㄎㄨ ㄨˊ ㄌㄟˋ 形容人悲傷甚深，想哭卻哭不出來。比喻極度悲痛。

欲速不達 ㄩˋ ㄙㄨˋ ㄅㄨˋ ㄉㄚˊ 求之過切，反而不能達到原本預定的目的。

欲蓋彌彰 ㄩˋ ㄍㄞˋ ㄇㄧˊ ㄓㄤ 企圖遮蓋掩飾卻反而更加顯明。或作「欲蓋彌章」。

欲罷不能 ㄩˋ ㄅㄚˋ ㄅㄨˋ ㄋㄥˊ 想要停止卻做不到。

欲擒故縱 ㄩˋ ㄑㄧㄣˊ ㄍㄨˋ ㄗㄨㄥˋ 想要抓某人，卻故意放開他，使他解除戒心後，趁其不備捉住他。

欸 ㊀ㄟˋ èi 嘆 表承諾的語氣。例 欸，可以。㊁ㄞˇ ǎi 副 ①應答聲。②見「欸乃」。

欸乃 ㄞˇ ㄋㄞˇ 搖櫓時發出的響聲。後泛指樵歌、漁歌。

欷 ㄒㄧ xī 動 抽泣，悲嘆。例 欷歔。

欷歔 ㄒㄧ ㄒㄩ 因悲傷而啜泣抽噎的樣子。

八畫

欻 ㄏㄨ hū 副 忽然。例 欻忽。

欻忽 ㄏㄨ ㄏㄨ 倏忽、快速的樣子。

款 ㄎㄨㄢˇ kuǎn 名 ①錢財。例 存款、貸款。②法規條文。例 條款。③指書畫上的題名或鐘鼎彝器上的刻字。例 落款。④樣式。例 款式。動 ①招待。例 款待。②敲擊，叩。例 款門。副 ①慢慢地。例 款款。②誠懇地。例 悃款。

款子 ㄎㄨㄢˇ ˙ㄗ 經費，錢財。

款目 ㄎㄨㄢˇ ㄇㄨˋ 指帳額分條列舉的項目。同 款項。

款式 ㄎㄨㄢˇ ㄕˋ 式樣，格式。

款曲 ㄎㄨㄢˇ ㄑㄩ 互相表達內心情意。例 互通款曲。

款步 ㄎㄨㄢˇ ㄅㄨˋ 緩步，緩慢的行走。

款待 ㄎㄨㄢˇ ㄉㄞˋ 殷勤熱切的接待。

款留 ㄎㄨㄢˇ ㄌㄧㄡˊ 真摯的慰留客人。

款款 ㄎㄨㄢˇ ㄎㄨㄢˇ ①忠實誠懇的樣子。②徐緩的樣子。例 杜甫・曲江詩：「點水蜻蜓款款飛。」

款項 ㄎㄨㄢˇ ㄒㄧㄤˋ ①分條的帳目。②經費，錢財。

款識 ㄎㄨㄢˇ ㄓˋ 鐘鼎彝器上所刻的文字或紋路。凸者為識，凹者為款。

欺 ㄑㄧ qī 動 ①詐騙。例 欺騙、童叟無欺。②壓迫侮辱。例 欺負。

欺生 ㄑㄧ ㄕㄥ 欺負外來對環境不熟的人。

欺侮 ㄑㄧ ㄨˇ 欺詐侮辱，以惡意對付他人。

欺凌 ㄑㄧ ㄌㄧㄥˊ 憑藉勢力壓迫侮辱他人。

欺瞞 ㄑㄧ ㄇㄢˊ 隱瞞實情，蒙蔽欺騙他人。

欺壓 ㄑㄧ ㄧㄚ 以勢力威嚇或壓迫他人。

欺人太甚 ㄑㄧ ㄖㄣˊ ㄊㄞˋ ㄕㄣˋ 欺負他人到了令人無法忍受的地步。

欺世盜名 ㄑㄧ ㄕˋ ㄉㄠˋ ㄇㄧㄥˊ 欺騙世人，以盜取美名。

欺善怕惡 ㄑㄧ ㄕㄢˋ ㄆㄚˋ ㄜˋ 欺侮心地良善的人，而畏懼強橫的惡人。同 欺軟怕硬。

欹 ㊀ㄧ yī 助 通「猗」。表示讚嘆。㊁ㄑㄧ qī 形 偏斜的。例 欹斜。

欽 ㄑㄧㄣ qīn 名 ①君主時代對皇帝的尊稱。例 欽命。②姓。動 敬重，敬仰。例 欽佩。

欽仰 ㄑㄧㄣ ㄧㄤˇ 對人非常尊重敬仰。

欽佇 ㄑㄧㄣ ㄓㄨˋ 因敬重而仰望。

欽定 ㄑㄧㄣ ㄉㄧㄥˋ 古時皇帝的著作，或經由皇帝訂定編修的作品。

欽佩 ㄑㄧㄣ ㄆㄟˋ 心中恭敬而佩服。

欽差 ㄑㄧㄣ ㄔㄞ 古時由天子派遣到各地的官員。

欽天監 ㄑㄧㄣ ㄊㄧㄢ ㄐㄧㄢˋ 明清兩朝為皇室掌管天文曆法的官署，相當於現在的天文臺。

九畫

歆 ㄒㄧㄣ xīn 動①祭祀時鬼神享用祭品的香味。②悅服。③羨慕。例歆羨。

歆歆 ㄒㄧㄣ ㄒㄧㄣ 感動的樣子。

歆羨 ㄒㄧㄣ ㄒㄧㄢˋ 羨慕。

歃 ㄕㄚˋ shà 動古時盟誓時，把動物的血塗在嘴邊，以示堅守誓言。例歃血為盟。

歇 ㄒㄧㄝ xiē 動①停止。例歇業。②休息。例歇息。③睡覺，住宿。例歇一宿。

歇手 ㄒㄧㄝ ㄕㄡˇ 停止手邊的工作，或指放棄、罷手。

歇夏 ㄒㄧㄝ ㄒㄧㄚˋ 在夏天時休業。

歇晌 ㄒㄧㄝ ㄕㄤˇ 中午時休息。

歇息 ㄒㄧㄝ ㄒㄧ˙ 休息。

歇宿 ㄒㄧㄝ ㄙㄨˋ 休息過夜。

歇業 ㄒㄧㄝ ㄧㄝˋ 停止營業。

歇腳 ㄒㄧㄝ ㄐㄧㄠˇ 走遠路的人，在疲倦時暫且休息。

歇後語 ㄒㄧㄝ ㄏㄡˋ ㄩˇ 由兩個部分組合成的一種習慣用語，通常隱去重要的語意，說出不關緊要的詞，讓人猜想。如「四兩棉花——免彈（談）」、「圍棋裡下象棋——不對路數」。

歇斯底里 ㄒㄧㄝ ㄙ ㄉㄧˇ ㄌㄧˇ 形容人情緒激動，舉止失常。

歈 ㄩˊ yú 名歌曲。

十畫

歌 ㄍㄜ gē 名①一種詩歌體裁，為可以唱的韻文。例長恨歌。②合樂的曲調。例流行歌曲。動①唱。例高歌一曲。②讚頌。例歌功頌德。

歌手 ㄍㄜ ㄕㄡˇ 以唱歌為生的人。

歌曲 ㄍㄜ ㄑㄩˇ 合樂的詞曲，可以供人演唱。

歌迷 ㄍㄜ ㄇㄧˊ 對歌曲極為喜好、痴迷，或特別喜愛、擁護某位歌手的人。

歌唱 ㄍㄜ ㄔㄤˋ 出聲唱出弦律。

歌喉 ㄍㄜ ㄏㄡˊ 歌唱的音色。

歌詞 ㄍㄜ ㄘˊ 歌曲的文字。

歌頌 ㄍㄜ ㄙㄨㄥˋ 作歌曲來讚揚。

歌舞 ㄍㄜ ㄨˇ 唱歌跳舞。

歌劇 ㄍㄜ ㄐㄩˋ 源自十六世紀末的義大利，由樂器、聲樂、舞蹈等合成的音樂劇。

歌壇 ㄍㄜ ㄊㄢˊ 歌唱界。

歌謠 ㄍㄜ ㄧㄠˊ ①有樂曲伴奏的韻文稱歌，無樂曲伴奏的稱謠。②指民間歌曲。

歌譜 ㄍㄜ ㄆㄨˇ 歌曲上的音樂符號。

歌廳 ㄍㄜ ㄊㄧㄥ 供人聽歌的地方。

歌舞劇 ㄍㄜ ㄨˇ ㄐㄩˋ 唱歌跳舞的戲劇。

歌功頌德 ㄍㄜ ㄍㄨㄥ ㄙㄨㄥˋ ㄉㄜˊ 頌揚他人的功業德行。

歌舞昇平 ㄍㄜ ㄨˇ ㄕㄥ ㄆㄧㄥˊ 形容社會繁榮的樣子。

歉 ㄑㄧㄢˋ qiàn 形①收成不好的。例歉收。②覺得心中過意不去的。例歉意。

歉收 ㄑㄧㄢˋ ㄕㄡ 農作物收成不好。

歉疚 ㄑㄧㄢˋ ㄐㄧㄡˋ 心中感到抱歉。

歉意 ㄑㄧㄢˋ ㄧˋ 心中感到過意不去。

十一畫

歐 ㄡ ōu 名①歐洲的簡稱。②電阻單位歐姆的簡稱。③姓。動①同「嘔」。嘔吐，吐出東西。②同「謳」。歌詠。③通「毆」。打，擊。

歐化 ㄡ ㄏㄨㄚˋ 為歐洲文化所影響而改變本初風貌。

歐風美雨 ㄡ ㄈㄥ ㄇㄟˇ ㄩˇ 指歐美等國家的文化潮流。

歎 ㄊㄢˋ tàn 「嘆」的異體字。

十二畫

歕 ㄆㄣ pēn 動吐，噴出。例歕飯。

歔 ㄒㄩ xū 動張口或由鼻孔出氣。例歔欷。

歔欷 ㄒㄩ ㄒㄧ 悲泣時所發出的抽氣聲。亦作「噓唏」。

歙 ㊀ㄒㄧˋ xì 動吸入。㊁ㄕㄜˋ shè 名縣名。歙縣，在安徽省。

歙硯 ㄕㄜˋ ㄧㄢˋ 安徽省歙溪所產的硯石。

十四畫

歟 ㄩˊ yú 助①表示疑問、反詰，用於句末。例屈原・漁父：「子非三閭大夫歟？」②表示感嘆的語氣。

十八畫

歡 ㄏㄨㄢ huān 名稱所愛的人。例舊愛新歡。形喜樂的。例歡顏。副高興地。例歡迎。

歡心 ㄏㄨㄢ ㄒㄧㄣ 歡快喜悅的心。

歡迎 ㄏㄨㄢ ㄧㄥˊ 誠心懇切的迎接或接受。例陶潛・歸去來辭：「僮僕歡迎，稚子候門。」

歡悅 ㄏㄨㄢ ㄩㄝˋ 歡心喜悅。

歡娛 ㄏㄨㄢ ㄩˊ 歡喜快樂。

歡喜 ㄏㄨㄢ ㄒㄧˇ 歡樂喜悅。

歡場 ㄏㄨㄢ ㄔㄤˇ 尋歡作樂的地方。

歡樂 ㄏㄨㄢ ㄌㄜˋ 高興快樂。

歡顏 ㄏㄨㄢ ㄧㄢˊ 因高興而臉上自然流露的表情。

歡躍 ㄏㄨㄢ ㄩㄝˋ 歡喜雀躍。

歡天喜地 ㄏㄨㄢ ㄊㄧㄢ ㄒㄧˇ ㄉㄧˋ 形容十分歡喜高興的樣子。

歡欣鼓舞 ㄏㄨㄢ ㄒㄧㄣ ㄍㄨˇ ㄨˇ 指高興到手舞足蹈。

歡喜冤家 ㄏㄨㄢ ㄒㄧˇ ㄩㄢ ㄐㄧㄚ 指常吵吵鬧鬧卻又恩愛的夫妻或戀人。

歡聲雷動 ㄏㄨㄢ ㄕㄥ ㄌㄟˊ ㄉㄨㄥˋ 歡呼之聲如雷震天。

止部 ㄓˇ

止 ㄓˇ zhǐ 名 行為，威儀。例舉止大方。形 沉靜的。例心如止水。動 ①停住，不動。例停止。②居住。例詩經：「邦畿千里，惟民所止。」③使動作或狀態不再進行。例止血。④攔阻。例制止。副 僅，只。例止是。

止水 ㄓˇ ㄕㄨㄟˇ 靜止不動的水。常用來比喻心境平和。

止血 ㄓˇ ㄒㄧㄝˇ 遏止血液從傷口流出來。

止步 ㄓˇ ㄅㄨˋ ①停止不再向前。②禁止通行。

止息 ㄓˇ ㄒㄧˊ 停止休息。

止渴 ㄓˇ ㄎㄜˇ 解渴。

止境 ㄓˇ ㄐㄧㄥˋ 終點，盡頭。例永無止境。

止戈為武 ㄓˇ ㄍㄜ ㄨㄟˊ ㄨˇ 能平息天下戰爭才是武的真義。

止於至善 ㄓˇ ㄩˊ ㄓˋ ㄕㄢˋ 指一切行為都要達到最完善的境界。

一畫

正 ㈠ㄓㄥˋ zhèng 形 ①與「反」相對。例正面。②主要的。與「副」相對。例正刊。③與「偏」相對。例正門。④與「負」相對。例正電、正數。⑤不偏斜的。例正中。⑥無私的。例正人君子。⑦合於規範、常理的。例正道。⑧純粹的，不雜的。例正色。⑨標準的。例正字商標。動 ①治人罪罰。例就地正法。②整理。例正衣冠。③修改錯誤。例訂正。副 ①剛好地，恰好地。例正中下懷。②表示動作在進行中。例我們正前往開會現場。

㈡ㄓㄥ zhēng 名 農曆每年第一個月稱正月。

正方 ㄓㄥˋ ㄈㄤ ①四邊等長，四角為九十度的矩形。②端正方向。例禮記：「立必正方。」

正心 ㄓㄥˋ ㄒㄧㄣ 使人心思端正。

正比 ㄓㄥˋ ㄅㄧˇ 數學上指兩物的數量呈相互順應的關係。

正午 ㄓㄥˋ ㄨˇ 中午十二點鐘。

正本 ㄓㄥˋ ㄅㄣˇ ①整頓根本。例正本清源。②書籍或文件最原始的版本，與副本相對。

正史 ㄓㄥˋ ㄕˇ 指史記、漢書等紀傳體的史書。

正犯 ㄓㄥˋ ㄈㄢˋ 實際參與且構成犯罪的人。

正字 ㄓㄥˋ ㄗˋ ①即標準字形。②古時掌理校讎典籍、刊正文字職務的官名。

正式 ㄓㄥˋ ㄕˋ ①合乎法規的方式。②合於規定的。例正式夫妻。

正名 ㄓㄥˋ ㄇㄧㄥˊ 辨正名稱與名分。

正色 ㄓㄥˋ ㄙㄜˋ ①嚴肅莊重的表情。②古時以紅、黃、青、白、黑五色為正色。③色彩學上以純色為正色，但不包含黑和白。

正言 ㄓㄥˋ ㄧㄢˊ ①正直的言論。②古官名。掌管規諫事務，屬門下、中書兩省。

正身 ㄓㄥˋ ㄕㄣ ①確認是本人的身分無誤。例驗明正身。②指人的身心均很端正。

正宗 ㄓㄥˋ ㄗㄨㄥ ①直接傳承的流派。即正統的，道地的。②佛教禪宗稱初祖達摩所傳的嫡派。

正法 ㄓㄥˋ ㄈㄚˇ ①指佛法。②依法處以死刑。③正當、公平的法則。

正事 ㄓㄥˋ ㄕˋ ①正當合法的職業。②責任上應做的事。

正取 ㄓㄥˋ ㄑㄩˇ 正式錄取。

正直 ㄓㄥˋ ㄓˊ 性情剛正不偏。

正果 ㄓㄥˋ ㄍㄨㄛˇ 修行者精修而得道。後比喻美好的結局。

正室 ㄓㄥˋ ㄕˋ 第一個正式納娶的妻子。同正妻、嫡妻。

正派 ㄓㄥˋ ㄆㄞˋ 人的品行光明端正。

正音 ㄓㄥˋ ㄧㄣ ①標準的發音。②以正確的讀音來矯正錯誤的發音。

正軌 ㄓㄥˋ ㄍㄨㄟˇ 指事物進行的正道常軌。

正氣 ㄓㄥˋ ㄑㄧˋ ①天地間至大至剛之氣。例文天祥・正氣歌：「天地有正氣，雜然賦流形。」②正直的氣概。

正統 ㄓㄥˋ ㄊㄨㄥˇ ①君主時代以嫡系相傳的政治體系。②由創始者直接繼傳的流派。

正途 ㄓㄥˋ ㄊㄨˊ ①正確的途徑。②古時稱文官由科舉出身，武官由行伍出身者。

正義 ㄓㄥˋ ㄧˋ ①指公理。②舊時指對經史典籍的注釋。

正道 ㄓㄥˋ ㄉㄠˋ ①正確的道理。②正當的途徑。同正路。

正當 ㊀ㄓㄥˋ ㄉㄤˋ 形容事情合理、正確。㊁ㄓㄥˋ ㄉㄤ 恰巧，正值。例正當颱風季節，嚴防釀成災禍。

正路 ㄓㄥˋ ㄌㄨˋ 正道，正當的途徑。

正業 ㄓㄥˋ ㄧㄝˋ 正當的職業。

正經 ㄓㄥˋ ㄐㄧㄥ 指在品行、態度上很正派，謹守規矩。

正寢 ㄓㄥˋ ㄑㄧㄣˇ 居室的正屋。例壽終正寢。

正課 ㄓㄥˋ ㄎㄜˋ ①按照賦稅規定的全額繳納。②正規的課業。

正數 ㄓㄥˋ ㄕㄨˋ 數學上稱大於零的數目。

正規軍 ㄓㄥˋ ㄍㄨㄟ ㄐㄩㄣ 國家正式編制的三軍。

正人君子 ㄓㄥˋ ㄖㄣˊ ㄐㄩㄣ ㄗˇ 品行端正、品德高尚的人。

正大光明 ㄓㄥˋ ㄉㄚˋ ㄍㄨㄤ ㄇㄧㄥˊ 形容人行為端正，心胸坦蕩。

正中下懷 ㄓㄥˋ ㄓㄨㄥˋ ㄒㄧㄚˋ ㄏㄨㄞˊ 正好符合自己的心意。

正言厲色 ㄓㄥˋ ㄧㄢˊ ㄌㄧˋ ㄙㄜˋ 言語鄭重、表情嚴肅的態度。

正氣凜然 ㄓㄥˋ ㄑㄧˋ ㄌㄧㄣˇ ㄖㄢˊ 形容人的內心充滿至大至剛的正義，令人由衷的敬佩。

正經八百 ㄓㄥˋ ㄐㄧㄥ ㄅㄚ ㄅㄞˇ 形容人非常嚴肅認真，一絲不苟的模樣。

正襟危坐 ㄓㄥˋ ㄐㄧㄣ ㄨㄟˊ ㄗㄨㄛˋ 指人理好衣服，端正儀容，非常嚴肅地坐著。

二畫

此

ㄘˇ 副這樣。例因此。代這，這個。例此時此刻。連乃，就。例禮記：「有人此有土。」

此人 ㄘˇ ㄖㄣˊ 這個人。

此生 ㄘˇ ㄕㄥ 這一輩子，這一生。

此外 ㄘˇ ㄨㄞˋ 除了這些以外。

此刻 ㄘˇ ㄎㄜˋ 這個時候。同現在。

此道 ㄘˇ ㄉㄠˋ 這一類的事。例精於此道。

此舉 ㄘˇ ㄐㄩˇ 這個舉動。

此起彼落 ㄘˇ ㄑㄧˇ ㄅㄧˇ ㄌㄨㄛˋ 形容事物連續不斷。

此一時彼一時 ㄘˇ ㄧ ㄕˊ ㄅㄧˇ ㄧ ㄕˊ 指情況隨著時間而有所變動。

三畫

步 ㄅㄨˋ bù 名①跨步時兩腳之間的距離。例七步成詩。②古代長度的單位，一步等於六尺。③表示程度。例退步。④做事的程序。例步驟。⑤事情的狀況。例地步。⑥氣數，運氣。例國步艱難。動①走路。例徒步。②追隨。例步其後塵。

步伐 ㄅㄨˋ ㄈㄚˊ ①隊伍行進的腳步。例他倆步伐一致。②形容事情進行的速度。例你做事的步伐太慢。

步兵 ㄅㄨˋ ㄅㄧㄥ 陸軍兵種之一，以徒步作戰為主，有獨立作戰的能力。

步哨 ㄅㄨˋ ㄕㄠˋ 軍隊中擔任警戒的士兵。

步道 ㄅㄨˋ ㄉㄠˋ 小路，今指車道兩旁的人行道。

步搖 ㄅㄨˋ ㄧㄠˊ 古時插在婦女頭上的垂珠首飾，在行走時會搖動。

步履 ㄅㄨˋ ㄌㄩˇ 步行，行走。

步驟 ㄅㄨˋ ㄗㄡˋ 做事的程序。

步步為營 ㄅㄨˋ ㄅㄨˋ ㄨㄟˊ ㄧㄥˊ 軍隊每向前走一程，就設一個營壘。比喻做事小心謹慎。

四畫

武 ㄨˇ wǔ 名①腳步，足跡。古時指半步。②指歌頌周武王之樂。③通稱軍事、技擊、強力之事。與「文」相對。例比武、偃武修文。④姓。形①與軍事、戰鬥有關的。例武器。②勇猛，剛健。例孔武有力。

武力 ㄨˇ ㄌㄧˋ ①指兵力。②勇猛的威力。

武功 ㄨˇ ㄍㄨㄥ ①指戰功，用武力征戰而得的戰績。②武術，指武打的工夫。

武旦 ㄨˇ ㄉㄢˋ 中國傳統戲曲中的旦角之一，在劇中扮演有武功的女子角色。

武生 ㄨˇ ㄕㄥ 中國傳統戲曲中扮演有武功的男子角色。

武官 ㄨˇ ㄍㄨㄢ 擔任軍事方面事務的官員。

武略 ㄨˇ ㄌㄩㄝˋ 戰事的謀略。

武術 ㄨˇ ㄕㄨˋ 指拳擊、射箭等可以防衛、攻擊或鍛鍊的各種武打技藝。

武備 ㄨˇ ㄅㄟˋ 軍事方面的設施及戰備。

武聖 ㄨˇ ㄕㄥˋ 民間對關公的俗稱。

武器 ㄨˇ ㄑㄧˋ 具有殺傷破壞力的戰爭用器具。

武戲 ㄨˇ ㄒㄧˋ 中國戲劇中以武打動作為主的戲。

武斷 ㄨˇ ㄉㄨㄢˋ 憑自己的私見而自以為是。

武藝 ㄨˇ ㄧˋ 關於騎、射、擊、刺等武術方面的才藝。

武士道 ㄨˇ ㄕˋ ㄉㄠˋ 日本幕府時代所提倡的武士精神和道德，強調對統治者絕對忠誠與服從。

歧

ㄑㄧˊ qí 名 從大路旁出的小道路。例 歧路。形 分岔不一致的，有差別的。例 歧義。

歧見 ㄑㄧˊ ㄐㄧㄢˋ 指不一樣的意見和看法。

歧途 ㄑㄧˊ ㄊㄨˊ 大路旁出的小道。引申指不對的路，錯誤的方向。例 誤入歧途。

歧視 ㄑㄧˊ ㄕˋ 輕視，對事物或對人有不公平的看法。例 性別歧視。

歧路亡羊 ㄑㄧˊ ㄌㄨˋ ㄨㄤˊ ㄧㄤˊ 指人在學習的路上，常因歧路太多而迷失了方向，難有所獲。

五畫

歪

(一)ㄨㄞ wāi 形 ①不正的。例 歪頭。②不正當，不正派。例 歪點子。動 ①暫時斜靠歇息。例 他歪躺在床上休息。②偏斜向一邊。例 桌子歪了。(二)ㄨㄞˇ wǎi 動 扭傷。例 歪了腿。

歪曲 ㄨㄞ ㄑㄩ 指故意改變事情的原意，而達到混亂是非對錯的目的。

歪斜 ㄨㄞ ㄒㄧㄝˊ 傾斜扭曲。

歪腦筋 ㄨㄞ ㄋㄠˇ ㄐㄧㄣ 指不正當的想法或邪惡害人的主意。

歪七扭八 ㄨㄞ ㄑㄧ ㄋㄧㄡˇ ㄅㄚ 形容事物歪歪斜斜，非常不正的樣子。

歪打正著 ㄨㄞ ㄉㄚˇ ㄓㄥˋ ㄓㄠˊ 用錯誤的方法卻幸運地得到令人滿意的結果。

九畫

歲

ㄙㄨㄟˋ suì 名 ①年。例 新歲。②年齡。例 周歲。③時間，光陰。例 歲不我與。④指穀一年的收成。

歲入 ㄙㄨㄟˋ ㄖㄨˋ 指一整年的收入。反 歲出。

歲月 ㄙㄨㄟˋ ㄩㄝˋ 年和月，指時間、光陰。

歲除 ㄙㄨㄟˋ ㄔㄨˊ 去除舊的一年，指年終除夕。

歲不我與 ㄙㄨㄟˋ ㄅㄨˋ ㄨㄛˇ ㄩˇ 歲月不會等待我們。形容時間一去不復返。

歲寒三友 ㄙㄨㄟˋ ㄏㄢˊ ㄙㄢ ㄧㄡˇ 指松、竹、梅三種植物，都能經寒冬而不凋謝。

歲寒松柏 ㄙㄨㄟˋ ㄏㄢˊ ㄙㄨㄥ ㄅㄛˊ 在寒冬中不凋的松柏。比喻處亂世卻不失節操的君子。

十二畫

歷

ㄌㄧˋ lì 名 過去的經驗。例 學歷、資歷。形 ①清晰的，分明的。例 往事歷歷。②過去的。例 歷屆。動 經過。例 歷險、歷盡艱難。

歷史 ㄌㄧˋ ㄕˇ 人類經驗的記錄，指一切事物的發展過程或記載過去重要事件或發展的文獻。

歷代 ㄌㄧˋ ㄉㄞˋ 指經歷過的時代、朝代或世代。

歷任 ㄌㄧˋ ㄖㄣˋ 以往各任。例 歷任總統。

歷程 ㄌㄧˋ ㄔㄥˊ 經歷過的路程。

歷練 ㄌㄧˋ ㄌㄧㄢˋ 指見識多，非常熟練而經驗老到的樣子。

歷久彌新 ㄌㄧˋ ㄐㄧㄡˇ ㄇㄧˊ ㄒㄧㄣ 指事物經過了長時間的考驗後，依然跟得上時代，就像是新的一樣。

歷盡滄桑 ㄌㄧˋ ㄐㄧㄣˋ ㄘㄤ ㄙㄤ 比喻經歷了許多苦難和變化。

歷歷在目 ㄌㄧˋ ㄌㄧˋ ㄗㄞˋ ㄇㄨˋ 事物非常清晰地出現在眼前。

十四畫

歸

㈠ㄍㄨㄟ guī 名①珠算中除法的第一步。例歸除。②姓。動①指女子出嫁。例于歸。②返回，回來。例歸國學人。③還給。例物歸原主。④依附，嚮往。例眾望所歸。⑤合併。例歸功於他。㈡ㄎㄨㄟˋ kuì 動通「饋」。贈送。

歸天 ㄍㄨㄟ ㄊㄧㄢ 指死去。稱人逝世的敬詞。同仙逝。

歸化 ㄍㄨㄟ ㄏㄨㄚˋ ①化歸依附成他國國民，並取得國籍。同入籍。②降服他國且接受教化。

歸田 ㄍㄨㄟ ㄊㄧㄢˊ ①把田地歸還給公家。②指辭去官職，回鄉耕田。

歸正 ㄍㄨㄟ ㄓㄥˋ 改正過去的錯誤，回歸正確的道途。例改邪歸正。

歸功 ㄍㄨㄟ ㄍㄨㄥ 把功勞歸於某個人或事。

歸西 ㄍㄨㄟ ㄒㄧ 指人死亡。同歸天。

歸依 ㄍㄨㄟ ㄧ 指仰慕佛法的人正式成為佛教徒的一種儀式。也作「皈依」。

歸咎 ㄍㄨㄟ ㄐㄧㄡˋ 把罪惡或錯誤推給他人。

歸宗 ㄍㄨㄟ ㄗㄨㄥ ①古時指已出嫁的女子回歸母家。②指過讓異姓或流落在外的人歸回本宗。例認祖歸宗。

歸案 ㄍㄨㄟ ㄢˋ 罪犯被逮捕到有關機構接受審理。

歸納 ㄍㄨㄟ ㄋㄚˋ 經過考察許多個別事例後而推究出事情道理的方法。與「演繹」相對。

歸途 ㄍㄨㄟ ㄊㄨˊ 返回的路途。

歸宿 ㄍㄨㄟ ㄙㄨˋ ①結局。②依靠，寄託。例心靈的歸宿。

歸零 ㄍㄨㄟ ㄌㄧㄥˊ 在使用測量儀器前，將指針調整到起始點上，使測量結果準確的步驟。

歸寧 ㄍㄨㄟ ㄋㄧㄥˊ 指已婚婦女回娘家探視父母。

歸隱 ㄍㄨㄟ ㄧㄣˇ 返回家鄉隱居，不過問世事。

歸檔 ㄍㄨㄟ ㄉㄤˇ 把處理完的文件資料分類地整理保存。

歸類 ㄍㄨㄟ ㄌㄟˋ 把同性質的東西，依照類別排列的方法。同歸納。

歸心似箭 ㄍㄨㄟ ㄒㄧㄣ ㄙˋ ㄐㄧㄢˋ 指人想回家的心情像飛行中的箭矢一樣急迫。形容返家的念頭非常殷切。

歸根結底 ㄍㄨㄟ ㄍㄣ ㄐㄧㄝˊ ㄉㄧˇ 指推究歸結到事物的原先本質或底細。

歸真反璞 ㄍㄨㄟ ㄓㄣ ㄈㄢˇ ㄆㄨˊ 除掉外在的裝飾，回復到最原始未經雕琢的真性情。又作「反璞歸真」。

歹部 ㄉㄞˇ

歹

ㄉㄞˇ dǎi 名壞事，惡事。例為非作歹。形不好的。例歹意。

歹命 ㄉㄞˇ ㄇㄧㄥˋ 命運不好。

歹徒 ㄉㄞˇ ㄊㄨˊ 為非作惡的壞人。

歹竹出好筍 ㄉㄞˇ ㄓㄨˊ ㄔㄨ ㄏㄠˇ ㄙㄨㄣˇ 比喻不出色的父母，卻生養出優秀的子女。

二畫

死

ㄙˇ sǐ 形①喪失生命的。例死狗。②失去作用或效力的。例死棋。③不通達或不活動的。例死水。④呆板的，不靈活的。例死腦筋。⑤既定而不可改變的。例死規矩。⑥罵人的話，也表示親暱的意思。例死鬼。動①喪失生命。例死於非命。②斷絕，放棄。例哀莫大於心死。③為某人或某事犧牲生命。例死節。副①拚命地。例死戰。②非常，表示程度達到極點。例怕死了。③堅決、固執或不知變通。例死記。④固定而不能活動。例釘死。⑤阻滯不通。例堵死了。⑥毫無知覺，像死的樣子。例他睡得真死。

死亡 ㄙˇ ㄨㄤˊ 失去生命。

死友 ㄙˇ ㄧㄡˇ 友情深厚、生死相交的朋友。

死心 ㄙˇ ㄒㄧㄣ 斷絕了所有的念頭。

死囚 ㄙˇ ㄑㄧㄡˊ 被判死刑的囚犯。

死守 ㄙˇ ㄕㄡˇ 拚了命防守某地或某事。

死灰 ㄙˇ ㄏㄨㄟ 冷卻不再燃燒的灰燼。比喻人頹喪、毫無生氣。例心如死灰。

死別 ㄙˇ ㄅㄧㄝˊ 永別，今生不能再相見。例生離死別，人生至痛。

死角 ㄙˇ ㄐㄧㄠˇ ①戰地因地形限制，火力到不了的地方。②平常注意不到的地方。

死命 ㄙˇ ㄇㄧㄥˋ ①拚命，極力。②命運中致死的定數。

死忠 ㄙˇ ㄓㄨㄥ 絕對忠心耿耿。

死板 ㄙˇ ㄅㄢˇ 呆滯，不靈活。

死信 ㄙˇ ㄒㄧㄣˋ ①無法投遞而又不能退還給原寄信人的郵件。②死訊。

死屍 ㄙˇ ㄕ 人死後的骸體。

死活 ㄙˇ ㄏㄨㄛˊ ①生與死。例不顧人民的死活。②無論如何。例他死活都要去賭。同橫豎。

死胎 ㄙˇ ㄊㄞ 產前已在子宮內死亡的胎兒。

死寂 ㄙˇ ㄐㄧˊ 非常寂靜，沒有任何一點聲息。

死棋 ㄙˇ ㄑㄧˊ ①棋局中必死的棋子或必敗的棋局。②比喻錯誤或失敗的決定。例這個決策是個死棋，注定會失敗的。

死結 ㄙˇ ㄐㄧㄝˊ 無法一拉就解開的繩結。比喻無法想通的道理或無法解決的事。

死路 ㄙˇ ㄌㄨˋ ①不能通行的路。②比喻走上毀滅之途。

死罪 ㄙˇ ㄗㄨㄟˋ 應判死刑的罪。

死敵 ㄙˇ ㄉㄧˊ 不可能和解的敵人。

死戰 ㄙˇ ㄓㄢˋ ①拚命戰鬥。②指決定生死存亡的關鍵戰役。例決一死戰。

死難 殉難，遇難而死。

死黨 能盡力互助的同黨。指情誼深厚的朋友。

死亡率 在一定地區，一定時間內的死亡人數在總人口中所占的比率。

死火山 歷經多年，毫無活動現象的火山。反活火山。

死巷子 只有入口、沒有出口的巷子。

死硬派 堅持反對立場，頑固不通的人。

死對頭 不可能化解的仇敵。例這兩人一直都是死對頭。

死不認錯 執意不肯承認錯誤。

死不瞑目 指人抱恨而死，心有未甘。

死心眼兒 性情固執，不懂通權達變。

死心塌地 ①一心一意，不作他想。②心甘情願，誠服。

死去活來 形容非常痛苦的樣子。例他痛得死去活來。

死生有命 人的生與死全由天命注定。

死皮賴臉 不顧羞恥的糾纏他人。

死灰復燃 已經冷卻的灰燼，又再度燃燒起來。比喻已平息的事又重新活動起來。

死有餘辜 形容罪惡深重，死都不能抵罪。

死而後已 竭盡所能從事，到死才停止。

死而無憾 即使死了也沒有任何遺憾後悔。

死於非命 遭受意外危害而喪生，不是自然的死亡。

死要面子 拚命維護自己的自尊、顏面。

死氣沉沉 沒有活力，毫無生氣。

死得其所 形容人死得有意義有價值。

死無對證 人死了不能作證。比喻事實真相無法得到澄清、證實。

死裡逃生 比喻從極危險中脫身。

死無葬身之地 死了沒有埋葬的地方。比喻下場淒涼。

四畫

歿 ㄇㄛˋ mò 動死。例存歿。

歿存均感 去世和活著的人都心存感激。

歿而不朽 身雖死而聲名長存。亦作「死而不朽」。

殀 ㄧㄠˇ yǎo 動同「夭」。短命，短折。

殀壽 指人短命不長壽。

五畫

殃 ㄧㄤ yāng 名災禍。例遭殃。動殘害。例禍國殃民。

殃民 殘害百姓，使人民遭受禍害。

殃及池魚 比喻無故受累。通常與「城門失火」連用。

殆 ㄉㄞˋ dài 形危險的，不安的。例論語：「思而不學則殆。」副①大概，恐怕。表示推測或不肯定的語氣。例時夜殆半。②幾乎，將近。表示設想的語氣。例零落殆盡。

殆盡 ㄉㄞˋ ㄐㄧㄣˋ 幾乎全部完了。

殄

ㄊㄧㄢˇ tiǎn 動①盡，滅絕。例殄滅。②浪費，糟蹋。例暴殄天物。

殄滅 ㄊㄧㄢˇ ㄇㄧㄝˋ 除盡，滅絕。

殂

ㄘㄨˊ cú 動死亡。例崩殂。

殂落 ㄘㄨˊ ㄌㄨㄛˋ ①死亡。②凋零。例萬物殂落。

六畫

殊

ㄕㄨ shū 形①不同的，互異的。例殊途同歸。②特別的，異常的。例殊榮。副①拚死地，決死地。例殊死戰。②非常，極。例殊為失當。

殊功 ㄕㄨ ㄍㄨㄥ 特別的功勞。

殊死 ㄕㄨ ㄙˇ 拚命，決死戰。

殊異 ㄕㄨ ㄧˋ 特別，特異。例他有過人的殊異才能。

殊榮 ㄕㄨ ㄖㄨㄥˊ 特別的光榮。例這份殊榮，我得之有愧。

殊不知 ㄕㄨ ㄅㄨˋ ㄓ ①竟然不知道。②居然沒想到。

殊途同歸 ㄕㄨ ㄊㄨˊ ㄊㄨㄥˊ ㄍㄨㄟ 比喻採取的方法雖不同，所得的結果卻相同。

殉

ㄒㄩㄣˋ xùn 動①用人或器物陪葬。例殉葬。②為達某種目的、理想而犧牲生命。例殉職。

殉名 ㄒㄩㄣˋ ㄇㄧㄥˊ 為追求、維護名譽而死。例烈士殉名。同徇名。

殉利 ㄒㄩㄣˋ ㄌㄧˋ 為追求私利而犧牲生命。同殉財。

殉身 ㄒㄩㄣˋ ㄕㄣ 犧牲生命。例殉身報國。

殉國 ㄒㄩㄣˋ ㄍㄨㄛˊ 為保全國家而奉獻生命。例以身殉國。

殉道 ㄒㄩㄣˋ ㄉㄠˋ 為維護正義、真理而犧牲生命。例孟子：「天下無道，以身殉道。」

殉葬 ㄒㄩㄣˋ ㄗㄤˋ 用人、俑或器物等陪同死者下葬。

殉難 ㄒㄩㄣˋ ㄋㄢˋ 為拯救危難而犧牲生命。多指為國捐軀。

七畫

殍

ㄆㄧㄠˇ piǎo 名通「莩」。餓死的人。例野有餓殍。

八畫

殘

ㄘㄢˊ cán 形①凶惡，凶暴的。例殘忍。②不完整的。例殘缺不全。③剩餘的，將盡的。例風燭殘年。動傷害，毀壞。例骨肉相殘。

殘月 ㄘㄢˊ ㄩㄝˋ 即將下沉的月亮。例曉風殘月。

殘生 ㄘㄢˊ ㄕㄥ 老年。也指剩餘的生命。

殘冬 ㄘㄢˊ ㄉㄨㄥ 晚冬。指冬天即將過去的時候。例臘月殘冬，一年將盡。

殘年 ㄘㄢˊ ㄋㄧㄢˊ ①老年。同暮年。②一年將盡的時候。

殘更 ㄘㄢˊ ㄍㄥ 天將亮的時候。

殘局 ㄘㄢˊ ㄐㄩˊ ①即將結束的棋局。②變亂破壞之後的局勢。例收拾殘局。

殘忍 ㄘㄢˊ ㄖㄣˇ 凶惡狠毒而無惻隱之心。同殘酷。

殘疾 ㄘㄢˊ ㄐㄧˊ 身體四肢不健全。同殘廢。

殘席 ㄘㄢˊ ㄒㄧˊ 即將結束的筵席。或指酒宴剩下的菜飯。

殘破 ㄘㄢˊ ㄆㄛˋ ①被摧殘破壞。②殘缺破爛不完整。例家園殘破不堪。

殘喘 ㄘㄢˊ ㄔㄨㄢˇ 將死時僅餘的喘息。比喻晚年、餘生。例苟延殘喘。

殘酷 ㄘㄢˊ ㄎㄨˋ 殘忍狠毒。

殘障 ㄘㄢˊ ㄓㄤˋ 肢體有缺陷。例殘障人士。

殘暴 ㄘㄢˊ ㄅㄠˋ 形容人殘忍暴戾。

殘骸 ㄘㄢˊ ㄏㄞˊ ①人或動物死後剩餘的骨骸。②今泛指殘破的剩餘物。

殘民以逞 ㄘㄢˊ ㄇㄧㄣˊ ㄧˇ ㄔㄥˇ 傷害人民以滿足自己的權力慾。

殘湯剩飯 ㄘㄢˊ ㄊㄤ ㄕㄥˋ ㄈㄢˋ 指吃剩的羹湯飯菜。

殖

ㄓˊ zhí 動①生長，孳息。例繁殖。②栽種。例墾殖。③經營，生財牟利。例殖貨。

殖民 ㄓˊ ㄇㄧㄣˊ 將過剩的人口移到占有地，並設置統治機關，以祖國法律約束。

殖民地 ㄓˊ ㄇㄧㄣˊ ㄉㄧˋ 強國以武力或經濟力量侵占別國土地，並獲得管轄權，此種被剝奪權力的區域或國家，稱為殖民地。

九畫

殛

ㄐㄧˊ jí 動殺死。例雷殛。

十畫

殞

ㄩㄣˇ yǔn 動①死亡。例香消玉殞。②通「隕」。墜落，掉落。

殞沒 ㄩㄣˇ ㄇㄛˋ 指人死亡。同殞命。

殞命 ㄩㄣˇ ㄇㄧㄥˋ 喪失生命。

殞滅 ㄩㄣˇ ㄇㄧㄝˋ 死亡，滅絕。

十一畫

殤

ㄕㄤ shāng 名①未成年而夭折。②為國捐軀的人。例國殤。

殣

ㄐㄧㄣˋ jìn 動①餓死。例道無殣者。②通「墐」。埋葬，掩埋。

殢

ㄊㄧˋ tì 動①滯留，逗留。例羅隱．西京崇德里居詩：「強隨豪貴殢長安。」②纏綿，糾纏。例李山甫．柳詩：「殢著春風別有情。」③沉迷，沉溺。例殢酒。

十二畫

殪

ㄧˋ yì 動①死亡。例中彈而殪。②殺。例詩經：「殪此大兕。」

殫

ㄉㄢ dān 動竭盡。例殫心竭力。

殫精竭慮 ㄉㄢ ㄐㄧㄥ ㄐㄧㄝˊ ㄌㄩˋ 用盡全部心思與精力。

十三畫

殮

ㄌㄧㄢˋ liàn 動為死者更衣入棺。例入殮、大殮。

殭

ㄐㄧㄤ jiāng 形動物死後屍體不腐朽。例殭屍。

殭屍 ㄐㄧㄤ ㄕ 死了卻不會腐化的屍體，民間傳說中的一種怪物。或作「僵屍」。

十四畫

殯 ㄅㄧㄣˋ bìn 名稱已放入死者而尚未埋葬的棺材。動停放靈柩待葬。

殯殮 ㄅㄧㄣˋ ㄌㄧㄢˋ 入殮、停柩等待葬的事宜。

殯儀館 ㄅㄧㄣˋ ㄧˊ ㄍㄨㄢˇ 專門經營祭奠、殯殮及埋葬死人等事宜的場所。

十七畫

殲 ㄐㄧㄢ jiān 動殺盡，消滅。例殲敵。

殲滅 ㄐㄧㄢ ㄇㄧㄝˋ 比喻完全殺盡消滅。例殲滅敵軍。

殳部 ㄕㄨ

殳 ㄕㄨ shū 名古代用竹、木做成的兵器，長一丈二尺，有稜無刃。

五畫

段 ㄉㄨㄢˋ duàn 名①量詞。(1)計算長條物分成若干部分的單位。例一段木頭。(2)計算具有延續性的事物的單位。例一段路、一段情。②姓。

段考 ㄉㄨㄢˋ ㄎㄠˇ 學期中階段性的測驗。如月考、期中考。

段落 ㄉㄨㄢˋ ㄌㄨㄛˋ ①根據文章內容劃分成的部分。②指事情結束停頓的地方。例這件事可以告一段落了。

六畫

殷 ㈠ㄧㄣ yīn 名①朝代名。即商朝，也稱殷商。②姓。形富足的，富裕的。例殷富。副通「慇」。情意深厚，周到。例殷切期望。㈡ㄧㄢ yān 形紅黑色的。例殷紅。㈢ㄧㄣˇ yǐn 形形容雷聲。

殷切 ㄧㄣ ㄑㄧㄝˋ 形容情意懇切，非常關心盼望的樣子。例殷切期待。

殷殷 ㄧㄣ ㄧㄣ ①盛大的樣子。②懇切的樣子。例殷殷盼望。③憂傷哀痛的樣子。

殷勤 ㄧㄣ ㄑㄧㄣˊ 比喻人懇切、周到。例態度殷勤。

殷實 ㄧㄣ ㄕˊ 充足，富裕。例國家殷實。

殷鑑 ㄧㄣ ㄐㄧㄢˋ 殷人滅夏，殷的子孫應以夏的滅亡作為鑑戒。比喻可供後人警惕借鏡的事。例殷鑑不遠。

殷憂啟聖 ㄧㄣ ㄧㄡ ㄑㄧˇ ㄕㄥˋ 比喻人能深切的憂慮事情，才能開啟智慧。

七畫

殺 ㈠ㄕㄚ shā 動①以刀或武器使失去生命。例殺人放火。②戰鬥。例殺出重圍。③敗壞。例殺風景。④降低，減省。例殺價。㈡ㄕㄞˋ shài 動①衰敗。例隆殺。②減，削。例氣勢稍殺。副快速地。例白居易・半開花詩：「東風莫殺吹。」

殺生 ㄕㄚ ㄕㄥ 殺害有生命的物體，佛教十惡之一。

殺伐 ㄕㄚ ㄈㄚˊ ①指戰爭。例殺伐之聲。②殘殺。

殺戒 ㄕㄚ ㄐㄧㄝˋ 佛家禁止殺傷一切眾生的戒律，為五戒之一。

殺青 ㄕㄚ ㄑㄧㄥ ①古代製作竹簡，先用火烤炙，至其冒出水分，刮去青皮，以方便書寫並防止蟲蠹的製作程序。②指著作完成或電影、戲劇拍攝完竣。③綠茶加工製作時，將摘下的嫩葉加溫，防止茶葉中酵素發酵的過程。

殺氣 ㄕㄚ ㄑㄧˋ ①陰森的寒氣。②軍旅殺伐的氣氛，借指戰鬥或戰事。③凶惡的氣勢。例殺氣騰騰。④發洩怒氣。例拿人殺氣。

殺價 ㄕㄚ ㄐㄧㄚˋ 壓低商家所訂價格的行為。

殺機 ㄕㄚ ㄐㄧ 興起殺害的念頭、動機。例殺機四伏。

殺手鐧 ㄕㄚ ㄕㄡˇ ㄐㄧㄢˇ 解決事物的最後絕招，或最致命的方式。亦作「撒手鐧」。

殺風景 ㄕㄚ ㄈㄥ ㄐㄧㄥˇ 使美景大為減色。比喻俗而傷雅，使人敗壞興致。

殺一儆百 ㄕㄚ ㄧ ㄐㄧㄥˇ ㄅㄞˇ 殺一個以警戒一百個。同殺雞駭猴。

殺人如麻 ㄕㄚ ㄖㄣˊ ㄖㄨˊ ㄇㄚˊ 形容殺人極多。

殺人盈野 ㄕㄚ ㄖㄣˊ ㄧㄥˊ ㄧㄝˇ 形容殺人極多，屍體遍地。

殺人越貨 ㄕㄚ ㄖㄣˊ ㄩㄝˋ ㄏㄨㄛˋ 殺死人且搶劫財物。

殺身成仁 ㄕㄚ ㄕㄣ ㄔㄥˊ ㄖㄣˊ 為正義犧牲生命。同捨身取義。

殺雞取卵 ㄕㄚ ㄐㄧ ㄑㄩˇ ㄌㄨㄢˇ 把雞殺死，取出腹中的蛋來吃。比喻貪圖眼前微小的好處而損害更大的利益。

殺人不眨眼 ㄕㄚ ㄖㄣˊ ㄅㄨˋ ㄓㄚˇ ㄧㄢˇ 形容人非常狠毒殘忍。

殺雞焉用牛刀 ㄕㄚ ㄐㄧ ㄧㄢ ㄩㄥˋ ㄋㄧㄡˊ ㄉㄠ 殺雞何必用宰牛的刀。比喻處理小事，不需用大才。

八畫

殼 ㄎㄜˊ ké 名物體堅硬的外皮。例果殼。

殽 ㄧㄠˊ yáo 名通「肴」。菜餚。例果殽。動摻雜，混合。

九畫

毀 ㄏㄨㄟˇ huǐ 動①傷害，破壞。例毀害。②說話中傷別人。例毀謗。③哀傷過度而損害健康。例哀毀逾恆。

毀容 ㄏㄨㄟˇ ㄖㄨㄥˊ 臉部因受傷損害原有的外觀。

毀棄 ㄏㄨㄟˇ ㄑㄧˋ ①因損壞而廢棄不用。②法律上指破壞物品，使其喪失效用。

毀詆 ㄏㄨㄟˇ ㄉㄧˇ 用言語傷害人。

毀滅 ㄏㄨㄟˇ ㄇㄧㄝˋ 摧毀消滅。例毀滅證據。

毀損 ㄏㄨㄟˇ ㄙㄨㄣˇ 破壞損害。

毀傷 ㄏㄨㄟˇ ㄕㄤ ①破壞損傷。②用言語毀謗中傷他人。

毀謗 ㄏㄨㄟˇ ㄅㄤˋ 以誇大不實的言論中傷別人。

毀譽 ㄏㄨㄟˇ ㄩˋ 非議與稱讚。例毀譽參半。

毀舟為杕 ㄏㄨㄟˇ ㄓㄡ ㄨㄟˊ ㄉㄨㄛˋ 將船改製成舵，即毀壞大物而成小物。比喻愚蠢的行為。

毀屍滅跡 ㄏㄨㄟˇ ㄕ ㄇㄧㄝˋ ㄐㄧ 毀損屍體，以消滅證據。比喻消滅痕跡。

毀家紓難 ㄏㄨㄟˇ ㄐㄧㄚ ㄕㄨ ㄋㄢˋ 傾出所有家產以解救國難。

殿

ㄉㄧㄢˋ diàn 名①高大的廳堂。例宮殿。②行軍時保護全軍的最後一個部隊。形最後的。例殿後、殿軍。

殿軍 ㄉㄧㄢˋ ㄐㄩㄣ ①行軍時走在最後的部隊。②比賽時入選的第四名。

十一畫

毅

ㄧˋ yì 形堅定的，果決的。例剛毅木訥。

毅力 ㄧˋ ㄌㄧˋ 堅定持久的意志力。

毅然決然 ㄧˋ ㄖㄢˊ ㄐㄩㄝˊ ㄖㄢˊ 態度堅決，毫不猶豫的樣子。

毆

㊀ㄡ ōu 動擊打。例毆打。㊁ㄑㄩ qū 動通「驅」。追趕，奔馳。例為叢毆雀。

毆擊 ㄡ ㄐㄧˊ 擊打。例毆擊犯人。

毋部 ㄨˊ

毋

ㄨˊ wú 名姓。動通「無」。沒有。副①不要，莫。表示禁止或勸誡。例毋忘在莒。②不。表示否定。例毋須。

毋乃 ㄨˊ ㄋㄞˇ 豈非，恐怕。亦作「無乃」。

毋寧 ㄨˊ ㄋㄧㄥˊ 寧可。常和「與其」連用。例與其坐以待斃，毋寧奮起努力。

毋庸置疑 ㄨˊ ㄩㄥ ㄓˋ ㄧˊ 不需要議論和懷疑。

毌

ㄍㄨㄢˋ guàn 動通「貫」。穿通。

母

ㄇㄨˇ mǔ 名①媽媽。例母親。②對女性長輩的尊稱。例姑母。③來源，根源。例失敗為成功之母。形①雌性的。例母狗。②原本的。例母校。

母法 ㄇㄨˇ ㄈㄚˇ 制定法律或命令所依據的法律。如憲法。

母音 ㄇㄨˇ ㄧㄣ 發音時氣流不受阻擋的音。如國音中的ㄚ、ㄛ、ㄜ、ㄝ等。同元音。

母教 ㄇㄨˇ ㄐㄧㄠˋ 母親對子女的教育。

母舅 ㄇㄨˇ ㄐㄧㄡˋ 母親的兄弟。同舅舅、舅父。

母錢 ㄇㄨˇ ㄑㄧㄢˊ 指做生意的資金、本錢。

母艦 ㄇㄨˇ ㄐㄧㄢˋ 負責後勤支援工作的軍艦。有航空母艦、登陸母艦、潛水母艦等。

母公司 ㄇㄨˇ ㄍㄨㄥ ㄙ 持有其他公司五〇%以上普通股股權，且能控制其營運政策的投資公司。

母親節 ㄇㄨˇ ㄑㄧㄣ ㄐㄧㄝˊ 每年五月的第二個星期日為向母親致敬的日子，是國際共同的紀念日。

母難日 ㄇㄨˇ ㄋㄢˋ ㄖˋ 生日。因婦女生產攸關生死，所以稱生日為母親受難的日子。

二畫

每

ㄇㄟˇ měi 形各個的。例每分每秒。副①凡是。例每逢佳節倍思親。②常常，往往。

每每 ㄇㄟˇ ㄇㄟˇ 常常，時常。例他每每語出驚人。

每下愈況 ㄇㄟˇ ㄒㄧㄚˋ ㄩˋ ㄎㄨㄤˋ 比喻情況愈來愈壞。也作「每況愈下」。

四畫

毒 ㄉㄨˊ dú 名會危害身體健康的物質。例中毒。形①對生命或健康有害的。例毒品。②本身具有毒素的。例毒蛇。③凶狠的，猛烈的。例狠毒。動①怨恨。例令人憤毒。②傷害，殘害。例荼毒。

毒化 ㄉㄨˊ ㄏㄨㄚˋ 利用教育、文藝、傳播等方式，向人民灌輸邪惡錯誤的思想觀念。

毒手 ㄉㄨˊ ㄕㄡˇ 殘忍的待遇。例遭到歹徒的毒手。

毒打 ㄉㄨˊ ㄉㄚˇ 極為凶狠、殘暴的毆打。

毒刑 ㄉㄨˊ ㄒㄧㄥˊ 施用於人身，極為殘酷的刑罰。

毒刺 ㄉㄨˊ ㄘˋ 昆蟲尾端的針刺，螫人畜時能注射毒液。

毒物 ㄉㄨˊ ㄨˋ 有毒性，會危害生命的物質。

毒品 ㄉㄨˊ ㄆㄧㄣˇ 刑法上指鴉片、罌粟、罌粟種子、麻菸、嗎啡、古柯鹼、海洛因或其他合成製品，有害人體的東西。

毒計 ㄉㄨˊ ㄐㄧˋ 狡猾、狠毒的陰謀。

毒氣 ㄉㄨˊ ㄑㄧˋ 一種化學武器，用放射器依風力吹送，或用毒瓦斯彈投送到敵方的有毒氣體。

毒辣 ㄉㄨˊ ㄌㄚˋ 指人非常殘酷。同狠毒。反溫和。

毒藥 ㄉㄨˊ ㄧㄠˋ 能毒害人，危害健康的藥。

八畫

毓 ㄩˋ yù 動同「育」。生出，產出。例鍾靈毓秀。

比部 ㄅㄧˇ

比 ㈠ㄅㄧˇ bǐ 動①較量。例比上不足，比下有餘。②媲美。例三國演義：「此人每嘗自比管仲、樂毅。」③依照，仿照。例戰國策：「食之，比門下客。」④用手勢模擬動作。例比畫。⑤打譬喻。例比方。⑥表示勝負結果的對比。例五比一。㈡ㄅㄧˋ bì 動①結黨營私。例朋比為奸。②緊靠，相並。例比肩而行。副①近來，最近。例比來。②等到。例比及。

比方 ㄅㄧˇ ㄈㄤ 用較淺顯、具體的方式，說明難以了解的意念。例打個比方說明。

比如 ㄅㄧˇ ㄖㄨˊ 譬如。舉例時的發語詞。

比來 ㄅㄧˋ ㄌㄞˊ 最近以來。例比來俗事頗多。

比例 ㄅㄧˇ ㄌㄧˋ ①拿以往的例子相比擬。②數學上指同類的二數量相除為比，此二數相比等於彼二數相比，則四數成為比例。

比肩 ㄅㄧˋ ㄐㄧㄢ 並肩。例比肩而行。

比重 ㄅㄧˇ ㄓㄨㄥˋ 物理學上指物體的重量與同體積攝氏四度的水之重量比。

比畫 ㄅㄧˇ ㄏㄨㄚˋ 或作「比劃」。①以手作勢，模擬某種狀態。②比賽武力，一較高下。例武俠片中常有比畫武功的鏡頭。

比喻 ㄅㄧˇ ㄩˋ 用相似的事物來說明，使得所說的話或所寫的文章具體生動，容易了解。

比較 ㄅㄧˇ ㄐㄧㄠˋ ①較量高下、輕重、長短、距離、好壞、快慢等。②計較。例她天生就愛和人比較，實在很惹人厭。

比對 ㄅㄧˇ ㄉㄨㄟˋ 比較核對。例在比對指紋後，確認他為兇手。

比鄰 ㄅㄧˇ ㄌㄧㄣˊ 住在附近的鄰居。例天涯若比鄰。

比賽 ㄅㄧˇ ㄙㄞˋ ①比較高低或優劣。②指競技、較量的事情。例棒球比賽。

比擬 ㄅㄧˇ ㄋㄧˇ 用相似的事物來形容比較，修辭學上稱為「轉化」。例無可比擬。

比丘尼 ㄅㄧˇ ㄑㄧㄡ ㄋㄧˊ 佛家對女子出家受具足戒者的通稱。

比例尺 ㄅㄧˇ ㄌㄧˋ ㄔˇ ①一種依實際長度縮小的刻度尺。常用來丈量地圖所代表的實際距離。②製圖時，附於圖邊上表示比例的數字及線段。

比翼鳥 ㄅㄧˇ ㄧˋ ㄋㄧㄠˇ ①相傳經常一雄一雌並翅雙飛的鳥。②比喻恩愛的夫婦。③比喻知心的好友。

比比皆是 ㄅㄧˇ ㄅㄧˇ ㄐㄧㄝ ㄕˋ 到處都是。形容很多的樣子。

比肩繼踵 ㄅㄧˇ ㄐㄧㄢ ㄐㄧˋ ㄓㄨㄥˇ 肩並著肩，腳接著腳。形容人多而紛雜。

比鄰而居 ㄅㄧˇ ㄌㄧㄣˊ ㄦˊ ㄐㄩ 形容住得很近。

比上不足，比下有餘 ㄅㄧˇ ㄕㄤˋ ㄅㄨˋ ㄗㄨˊ，ㄅㄧˇ ㄒㄧㄚˋ ㄧㄡˇ ㄩˊ 比程度好的差些，比程度不好的又強一點。

五畫

毖 ㄅㄧˋ bì 動①謹慎。例懲前毖後。②辛苦，勞苦。例書經：「無毖于恤。」

毗 ㄆㄧˊ pí 動連接。例毗鄰。

毗連 ㄆㄧˊ ㄌㄧㄢˊ 土地相接連。

毗鄰 ㄆㄧˊ ㄌㄧㄣˊ 靠得很近。例毗鄰而居。同鄰接。

十三畫

毚 ㄔㄢˊ chán 名①檀木的別名。例毚檀。②通「⿰犭毚」。大型的狡兔。形貪心的。例毚欲。

毛部 ㄇㄠˊ

毛 ㄇㄠˊ máo 名①動植物或果實表皮所生的柔細絲狀物。例羽毛。②指人身上的鬚髮。例眉毛。③植物的泛稱，多指穀類、蔬菜。例不毛之地。④錢幣中「角」的俗稱。例一毛。⑤姓。形①驚慌失措的。例嚇毛了。②生氣，急躁的。例毛毛躁躁。③粗糙的，未加工的。例毛貨。④約略的。例毛利。⑤小的。例毛毛雨。

毛孔 ㄇㄠˊ ㄎㄨㄥˇ ①汗腺在皮膚表面上的細孔。②比喻細微之至。

毛衣 ㄇㄠˊ ㄧ 毛線織成的衣服。

毛利 ㄇㄠˊ ㄌㄧˋ 指營業收益只減去成本，尚未減去各種費用的款數。

毛重 ㄇㄠˊ ㄓㄨㄥˋ 貨物連同包裝材料的總重量。

毛病 ㄇㄠˊ ㄅㄧㄥˋ ①指人的缺點，物品瑕疵或事情的弊端。②指人的疾病。

毛筆 ㄇㄠˊ ㄅㄧˇ 用兔、羊、狼等獸毛製成的筆，可供寫字、畫畫用。

毛額 ㄇㄠˊ ㄜˊ 統計數量最初的結果。例國民生產毛額。

毛茸茸 ㄇㄠˊ ㄖㄨㄥˊ ㄖㄨㄥˊ 形容毛多而柔細的樣子。

毛細管 ㄇㄠˊ ㄒㄧˋ ㄍㄨㄢˇ ①指玻璃管加熱熔融後拉成的細玻璃管。②代表微細及血管壁極薄的血管，連接動脈與靜脈，為血液與組織細胞間交換物質的場所。

毛邊紙 ㄇㄠˊ ㄅㄧㄢ ㄓˇ 寫字用的紙。

毛手毛腳 ㄇㄠˊ ㄕㄡˇ ㄇㄠˊ ㄐㄧㄠˇ ①做事粗率慌張，不仔細。②動手動腳。多指男女間輕浮的行為。

毛毛躁躁 ㄇㄠˊ ㄇㄠˊ ㄗㄠˋ ㄗㄠˋ 性急而易衝動。

毛骨悚然 ㄇㄠˊ ㄍㄨˇ ㄙㄨㄥˇ ㄖㄢˊ 形容極端驚懼害怕的樣子。

毛遂自薦 ㄇㄠˊ ㄙㄨㄟˋ ㄗˋ ㄐㄧㄢˋ 比喻自告奮勇，自我推薦。

六畫

毧 ㄖㄨㄥˊ róng 名通「絨」。動物的細毛。例鵝毧。

七畫

毫 ㄏㄠˊ háo 名①指細長尖銳的毛。例明察秋毫。②比喻細微的東西。例毫芒。③毛筆的毛。引申指毛筆。例狼毫。④公制中表示度、量、衡等單位的千分之一。例毫米、毫克。副些微，一點兒。例毫髮無損。

毫毛 ㄏㄠˊ ㄇㄠˊ 人或鳥獸身上所生的細毛。比喻極細微的部分。同毫芒。

毫髮 ㄏㄠˊ ㄈㄚˇ 毛髮。比喻些許。例毫髮無傷。

毫釐 ㄏㄠˊ ㄌㄧˊ 比喻極細微的差距或非常微小數量。

毫不在意 ㄏㄠˊ ㄅㄨˋ ㄗㄞˋ ㄧˋ 一點也不在意。同毫不介意。

毫無二致 ㄏㄠˊ ㄨˊ ㄦˋ ㄓˋ 完全一樣，一點也沒有差別。

毫釐千里 ㄏㄠˊ ㄌㄧˊ ㄑㄧㄢ ㄌㄧˇ 事情開始時只有一點點的差別，到末了差距就非常大。

毬 ㄑㄧㄡˊ qiú 名①一種古代遊戲時所用的圓球，以皮革製成，中空部分塞羽毛，供拍擊、投擲、踢蹴之用。②泛指圓形成團的物體。例絨毬。

毬果 ㄑㄧㄡˊ ㄍㄨㄛˇ 松柏科植物的果實，由木質鱗片構成。

八畫

毯 ㄊㄢˇ tǎn 名棉毛織品，可保暖或裝飾。例毛毯。

毯子 ㄊㄢˇ ˙ㄗ 用來保暖或裝飾的棉毛織品。

毳 ㄘㄨㄟˋ cuì 名鳥獸身上的細毛。

九畫

毽 ㄐㄧㄢˋ jiàn 名毽子，以皮或布包裹銅錢，並在錢孔中裝上羽毛或紙穗等製成。遊戲時，用腳連續踢，使毽子上下起落而不墜地。

毽球 ㄐㄧㄢˋ ㄑㄧㄡˊ ①一種由傳統的踢毽子遊戲發展起來的運動。六人組成一隊，規則和排球相似。②毽球運動所使用的球。

毹 ㄩˊ yú 名氍毹，毛織的地毯。

十一畫

氂 ㄇㄠˊ máo 名①同「犛」。產於西藏的牛。②指毛類織品。

氂牛 ㄇㄠˊ ㄋㄧㄡˊ 動物名。哺乳類，腿短，全身有長毛，野生者色黑，畜養者色白，是青康藏高原地區主要交通工具。亦作「犛牛」。

毿 ㄙㄢ sān 形毛細長的樣子。

毿毿 ㄙㄢ ㄙㄢ 細長的樣子。例白居易．除夜寄微之詩：「鬢毛不覺白毿毿，一事無成百不堪。」

十二畫

氅 ㄔㄤˇ chǎng 名①用鳥羽編成的外套。例鶴氅、大氅。②用鳥羽裝飾的旌旗。例白氅。

氄 ㄖㄨㄥˇ rǒng 名鳥獸細密的絨毛。形纖細柔軟的。例髮質發氄。

十三畫

氈 ㄓㄢ zhān 名用獸毛加膠汁壓製而成的織物，可做墊褥或鞋帽。例地氈。

氈子 ㄓㄢ ˙ㄗ 以獸毛碾製而成的褥狀物。

氈帽 ㄓㄢ ㄇㄠˋ 氈製的帽子。

十八畫

氍 ㄑㄩˊ qú 名氍毹，毛織的地毯。

氏部 ㄕˋ

氏 ㈠ㄕˋ shì 名①古代姓和氏分用，姓表族號，氏是姓的分支，用以區別子孫的支派，漢以後姓氏則互用不分。②古代傳說的人物或國名、朝代等，均加上氏。例伏羲氏。③古代對少數民族支系的稱呼。例拓跋氏。④古代稱呼已婚婦女，常於父姓或夫姓之後加上氏。例張氏。⑤古代於官爵名後加上氏以稱呼。例太史氏。

㈡ㄓ zhī 名①大月氏，漢代西域的國名。②閼氏，稱古匈奴單于的妻子。

氏族 ㄕˋ ㄗㄨˊ ①一個單系的繼嗣群，多為共同的權利義務或地域化的親屬團體。成員相信共有一位創始的祖先，但其正確的譜系關係已無法追溯。②姓氏宗族的分系，分開稱「氏」，合併稱「族」。

一畫

民 ㄇㄧㄣˊ mín 名①泛指人類。例庶民。②國人，百姓。例民心向背。

民心 ㄇㄧㄣˊ ㄒㄧㄣ 人民的心願意向。

民主 ㄇㄧㄣˊ ㄓㄨˇ 國家主權屬於全國人民，國家施政以民意為準則，人民得依法選舉民意代表，以決定國家政策的政治體制。

民生 ㄇㄧㄣˊ ㄕㄥ 人民的生計。

民有 ㄇㄧㄣˊ ㄧㄡˇ 國家為全體人民所共有，即國家主權在於人民。

民兵 ㄇㄧㄣˊ ㄅㄧㄥ 由人民組織而成的武裝部隊。

民法 ㄇㄧㄣˊ ㄈㄚˇ 規範私人間一般社會生活的主要法律，為人民權利義務的準繩。

民治 ㄇㄧㄣˊ ㄓˋ 國家的政治由全體人民共同治理。

民享 ㄇㄧㄣˊ ㄒㄧㄤˇ 社會利益由全體人民共享。

民事 ㄇㄧㄣˊ ㄕˋ 指法律上有關人民私有權利的事，如婚姻、財產等。例民事訴訟。

民政 ㄇㄧㄣˊ ㄓㄥˋ 一切有關地方人民的政事。

民俗 ㄇㄧㄣˊ ㄙㄨˊ 指百姓的風俗習慣與傳統。

民氣 ㄇㄧㄣˊ ㄑㄧˋ 民心士氣，指人民的心願和其所展現的氣勢。

民族 ㄇㄧㄣˊ ㄗㄨˊ 由有共同血統、生活、語言、宗教或風俗習慣而結合的團體。

民情 ㄇㄧㄣˊ ㄑㄧㄥˊ ①人民的心願和期望。②指社會風氣。

民眾 ㄇㄧㄣˊ ㄓㄨㄥˋ 泛指人民、大眾。

民智 ㄇㄧㄣˊ ㄓˋ 人民所具有的文化智識。例民智未開。

民意 ㄇㄧㄣˊ ㄧˋ ①不同的公眾在某一時間內，對特定問題的綜合意見。同輿論。②百姓的意願。同民望。

民歌 ㄇㄧㄣˊ ㄍㄜ 民間的通俗歌曲。指由民間創作產生，並流行於民間，富地方性色彩。同民謠。

民瘼 ㄇㄧㄣˊ ㄇㄛˋ 指老百姓的心聲、痛苦。例關心民瘼，是每位官員的責任。

民選 ㄇㄧㄣˊ ㄒㄩㄢˇ 由人民直接選舉。

民謠 ㄇㄧㄣˊ ㄧㄠˊ 由民間流傳下來具風土特色的純樸音樂。

民營 ㄇㄧㄣˊ ㄧㄥˊ 由私人集資經營的企業。例民營加油站。

民隱 ㄇㄧㄣˊ ㄧㄣˇ 指民間不能上達的痛苦。

民權 ㄇㄧㄣˊ ㄑㄩㄢˊ ①人民在政治上所享的權利。②人民參與政事及管理政事的權利。

民不聊生 ㄇㄧㄣˊ ㄅㄨˋ ㄌㄧㄠˊ ㄕㄥ 人民無法生活下去。形容生活非常困苦。

民胞物與 ㄇㄧㄣˊ ㄅㄠ ㄨˋ ㄩˇ 視人民如同胞，視動物如同類。比喻博愛。

民怨沸騰 ㄇㄧㄣˊ ㄩㄢˋ ㄈㄟˋ ㄊㄥˊ 形容百姓對官吏的仇怨已經達到了極點。

民脂民膏 ㄇㄧㄣˊ ㄓ ㄇㄧㄣˊ ㄍㄠ 人民用血汗換來的財富。

民意代表 ㄇㄧㄣˊ ㄧˋ ㄉㄞˋ ㄅㄧㄠˇ 由人民選出來代表人民參與政事和反映民意的人。如立法委員、縣市議員等。

民窮財盡 ㄇㄧㄣˊ ㄑㄩㄥˊ ㄘㄞˊ ㄐㄧㄣˋ 百姓生活困頓。多形容暴政。也作「民窮財匱」。

民以食為天 ㄇㄧㄣˊ ㄧˇ ㄕˊ ㄨㄟˊ ㄊㄧㄢ 人民仰賴食物維生，所以糧食對人民而言是最重要的東西。

氐

㊀ㄉㄧ dī 名①中國古代西方少數民族之一。②二十八星宿之一。㊁ㄉㄧˇ dǐ 名通「柢」。基礎，根本。副通「抵」。總括之詞。

四畫

氓 ㊀ㄇㄥˊ méng 名 古代指平民百姓。㊁ㄇㄤˊ máng 名 流氓，破壞社會秩序或組織幫派的不法分子。

气部 ㄑㄧˋ

气 ㄑㄧˋ qì 名 「氣」的本字。雲氣。

二畫

氖 ㄋㄞˇ nǎi 名 化學元素，符號為Ne。無色無臭，無刺激性。大氣中含量極少，不易與其他元素化合，可以製造霓虹燈。

氘 ㄉㄠ dāo 名 氫的同位素之一，原子核中含有一中子及一質子，比氫原子核多一個中子，質量較氫原子核約重一倍，也稱為重氫。

三畫

氙 ㄒㄧㄢ xiān 名 化學元素，符號為Xe。無色無臭，化學性質極不活潑，但能與氟、氧形成化合物。在空氣中占極微量的體積，具極高的感光性，可做燈管等的填充劑。

氚 ㄔㄨㄢ chuān 名 氫的同位素之一，以人為方式製成，具放射性，核內有兩個中子及一個質子，應用於熱核反應。

四畫

氛 ㄈㄣ fēn 名 ①氣的通稱。例 祥氛。②情境，氣象。例 氣氛。

氛圍 ㄈㄣ ㄨㄟˊ 周圍的氣氛和情調。

五畫

氟 ㄈㄨˊ fú 名 化學元素，符號為F。呈淡黃色，有特別臭味，是電負度最大的元素，化學性質相當活潑。含劇毒，具腐蝕性，可燃。

氟化 ㄈㄨˊ ㄏㄨㄚˋ 為預防齲齒而在自來水廠的供水中加入氟鹽的處理。

氟化物 ㄈㄨˊ ㄏㄨㄚˋ ㄨˋ 氟與金屬或非金屬形成的化合物。

氟氯碳化物 ㄈㄨˊ ㄌㄩˋ ㄊㄢˋ ㄏㄨㄚˋ ㄨˋ 碳化氫中部分的氫和氯、氟置換後的化合物。一般使用於冰箱與冷氣機的冷媒、噴霧劑、發泡劑等。若散布至大氣中，受日光照射，會分解出氯原子，破壞臭氧分子。

氡 ㄉㄨㄥ dōng 名 化學元素，符號為Rn。具放射性，為惰性氣體族中最重的元素。在醫學上通常用來治療惡性腫瘤。

六畫

氣 ㄑㄧˋ qì 名 ①物體三態之一，不同於固體、液體，是不固定形狀、體積，能自由流散的物體。例 空氣。②特指空氣。例 大氣。③呼吸。例 屏氣凝神。④自然界陰晴、冷暖的現象。例 天氣。⑤人的情緒或表現出來的精神狀況。例脾氣、喪氣。⑥人內在的才華或表現於外的作風。例才氣、客氣。⑦味道。例氣味。⑧中醫指充塞於人體中的一種生物能量。例血氣。⑨相學上指人的勢道、運命。例氣運。動憤怒。例氣惱。

氣力 ㄑㄧˋ ㄌㄧˋ 指體力、精力。例因氣力不足，才走一點路便累了。

氣孔 ㄑㄧˋ ㄎㄨㄥˇ ①植物葉表面的孔，可供水蒸氣及空氣進出。②昆蟲類軀體側面的呼吸器官。

氣化 ㄑㄧˋ ㄏㄨㄚˋ 液體經蒸發或沸騰轉化為蒸氣，或固體直接轉化成氣體的現象。例水氣化成水蒸氣。

氣色 ㄑㄧˋ ㄙㄜˋ 人的態度臉色。

氣味 ㄑㄧˋ ㄨㄟˋ ①芳香或惡臭的味道。②個性，志趣。例氣味相投。

氣派 ㄑㄧˋ ㄆㄞˋ 氣概，派頭。例他的車很氣派。

氣流 ㄑㄧˋ ㄌㄧㄡˊ ①流動的空氣。②語音學上指僅有氣息透出而不顫動聲帶的音。

氣度 ㄑㄧˋ ㄉㄨˋ 胸襟度量。例氣度不凡。同氣量。

氣息 ㄑㄧˋ ㄒㄧ ①呼吸時進出的空氣。②氣味。比喻意趣和感情。例春天的氣息。

氣候 ㄑㄧˋ ㄏㄡˋ ①一地天氣狀況的總合或平均現象。②道行、能力達到某種水準。

氣胸 ㄑㄧˋ ㄒㄩㄥ 空氣積集在胸腔中，造成對肺臟的壓迫，而產生胸痛、呼吸困難和休克的症狀。

氣球 ㄑㄧˋ ㄑㄧㄡˊ 以伸縮性的橡膠薄膜製囊，可灌入氫、氦、空氣等氣體的玩具。

氣絕 ㄑㄧˋ ㄐㄩㄝˊ 指人停止呼吸，即死亡。例氣絕身亡。

氣焰 ㄑㄧˋ ㄧㄢˋ 人的氣勢、威勢。例氣焰熏天。

氣喘 ㄑㄧˋ ㄔㄨㄢˇ ①一種呼吸困難而咳嗽急喘的疾病。又稱哮喘。②呼吸很急促的樣子。例氣喘如牛。

氣結 ㄑㄧˋ ㄐㄧㄝˊ 形容心情鬱悶。

氣窗 ㄑㄧˋ ㄔㄨㄤ 屋內使空氣流通用的小窗子。

氣溫 ㄑㄧˋ ㄨㄣ 指空氣的溫度。

氣惱 ㄑㄧˋ ㄋㄠˇ 憤怒，氣忿。

氣象 ㄑㄧˋ ㄒㄧㄤˋ ①氣候，指大氣變化的現象。②自然的景觀、現象。例氣象萬千。

氣運 ㄑㄧˋ ㄩㄣˋ 命運。同氣數。

氣勢 ㄑㄧˋ ㄕˋ ①形容人或物的威勢。例氣勢磅礡。②形容偉大的形勢和現象。例高山氣勢雄偉。

氣概 ㄑㄧˋ ㄍㄞˋ 指人的舉止態度。例氣概非凡。

氣數 ㄑㄧˋ ㄕㄨˋ 命運。同氣運。

氣節 ㄑㄧˋ ㄐㄧㄝˊ 人的志氣、節操。

氣魄 ㄑㄧˋ ㄆㄛˋ 指人下定決心後，敢作敢為，不畏艱難的魄力。

氣餒 ㄑㄧˋ ㄋㄟˇ 喪失鬥志，失去勇氣和信心。同氣喪。

氣質 ㄑㄧˋ ㄓˊ 指個人性格上的特徵，常受個體的家庭背景、生理狀態、社會環境影響。

氣壓 ㄑㄧˋ ㄧㄚ 即大氣壓，大氣的重量所產生的壓力。海平面上，一大氣壓約七十六公分水銀柱，即每平方公分受一〇三三．二九六公克的壓力。

氣韻 ㄑㄧˋ ㄩㄣˋ 詩文或書畫的風格或意境。

氣沖沖 ㄑㄧˋ ㄔㄨㄥ ㄔㄨㄥ 形容人非常憤怒的樣子。

氣宇軒昂 ㄑㄧˋ ㄩˇ ㄒㄩㄢ ㄤˊ 形容人的神采洋溢，氣度不凡。

氣壯山河 ㄑㄧˋ ㄓㄨㄤˋ ㄕㄢ ㄏㄜˊ 形容氣勢有如高山大河般雄壯豪邁。同氣貫長虹。

氣味相投 ㄑㄧˋ ㄨㄟˋ ㄒㄧㄤ ㄊㄡˊ 雙方志趣、性情相投合。

氣急敗壞 ㄑㄧˋ ㄐㄧˊ ㄅㄞˋ ㄏㄨㄞˋ 形容慌張或惱怒，上氣不接下氣的樣子。

氣息奄奄 ㄑㄧˋ ㄒㄧ ㄧㄢˇ ㄧㄢˇ 呼吸極微弱，快斷氣的樣子。比喻情況已到衰頹的地步。

氣喘如牛 ㄑㄧˋ ㄔㄨㄢˇ ㄖㄨˊ ㄋㄧㄡˊ 形容呼吸急促，像牛一般大聲喘氣。

氣焰囂張 ㄑㄧˋ ㄧㄢˋ ㄒㄧㄠ ㄓㄤ 形容人傲氣極盛，並常肆意欺凌別人。

氣象萬千 ㄑㄧˋ ㄒㄧㄤˋ ㄨㄢˋ ㄑㄧㄢ 形容自然景象的變化多端。

氣勢如虹 ㄑㄧˋ ㄕˋ ㄖㄨˊ ㄏㄨㄥˊ 形容氣勢雄壯，直達天際。

氣勢洶洶 ㄑㄧˋ ㄕˋ ㄒㄩㄥ ㄒㄩㄥ 形容人生氣時威猛凶狠的樣子。

氦

ㄏㄞˋ hài 名 化學元素，符號為He。無色無臭，是氫以外密度最小的氣體，可用來填充氣球、飛船等，使浮於空中。易導電，不易與其他元素化合。

氧

ㄧㄤˇ yǎng 名 化學元素，符號為O。天然存於空氣中，無色無味，為動物呼吸不可或缺的氣體。能幫助燃燒，易與他物化合。

氧化 ㄧㄤˇ ㄏㄨㄚˋ 物質與氧化合的過程。如鐵生鏽、煤燃燒等。

氤

ㄧㄣ yīn 形 氤氳，煙雲瀰漫的樣子。

氨

ㄢ ān 名 一種無機化合物，是氫與氮化合而成，為無色而有臭味的氣體。常溫加壓即成液態氨，除去壓力後又會還原回氣體。可作為製造乾冰的冷卻劑，還能用於製造硝酸、氮肥及炸藥等。俗稱阿摩尼亞。

氨水 ㄢ ㄕㄨㄟˇ 氨氣溶於水的溶液，無色，有臭味，具弱鹼性。

七畫

氫

ㄑㄧㄥ qīng 名 化學元素，符號為H。為無色、無臭、無味的氣體，是物質中最輕者，能自燃而不助燃，化學性質活潑，能與許多非金屬和金屬直接化合。

氫彈 ㄑㄧㄥ ㄉㄢˋ 利用氫同位素的熱核反應而爆炸的炸彈，即利用核熔合的炸彈。

氫化物 ㄑㄧㄥ ㄏㄨㄚˋ ㄨˋ 氫與其他元素形成的化合物。通常指氫與金屬性較強的金屬化合形成的化合物。

氫氧焰 ㄑㄧㄥ ㄧㄤˇ ㄧㄢˋ 氫氧混合燃燒產生的火焰。火力極強，溫度很高，能使白金鎔解，常用來燒焊金屬、石英等材料。

氪

ㄎㄜˋ kè 名 化學元素，符號為Kr。無色無臭，大氣中含量極少，不易與其他元素化合。

八畫

氬 ㄧㄚˋ yà 名化學元素，符號為Ar。是無色、無味、無臭的氣體，存在於空氣中，且不易與其他元素化合。

氮 ㄉㄢˋ dàn 名化學元素，符號為N。是無色無臭的氣體，占空氣成分的五分之四，不能自燃，也不能助燃。

氮肥 ㄉㄢˋ ㄈㄟˊ 一種含氮的肥料，可以促進植物莖葉的生長。

氯 ㄌㄩˋ lǜ 名化學元素，符號為Cl。為黃綠色氣體，比空氣重，有毒，具臭味。

氯化氫 ㄌㄩˋ ㄏㄨㄚˋ ㄑㄧㄥ 一種具刺激性、烈臭的無色氣體，可利用氫在氯中燃燒而得。溶於水中則稱為鹽酸。

氯化鈉 ㄌㄩˋ ㄏㄨㄚˋ ㄋㄚˋ 鹽的學名。無色或白色晶體，有潮解性。

氰 ㄑㄧㄥˊ qíng 名碳氮化合物，是無色、有杏仁味的氣體。能溶於水、酒精和乙醚中，毒性強，燃燒時呈淡紫色火焰。

十畫

氳 ㄩㄣ yūn 形氤氳，煙雲瀰漫的樣子。

水部 ㄕㄨㄟˇ

水 ㄕㄨㄟˇ shuǐ 名①無色無臭的液體，由氫氣與氧氣化合而成。②汁，液。例墨水。③海、河、江、湖的總稱。例水路。

水刀 ㄕㄨㄟˇ ㄉㄠ 利用高壓將水流經一狹窄噴嘴，造成高速射流，用以切割鋼板等硬物。

水力 ㄕㄨㄟˇ ㄌㄧˋ 水流動產生的力量。

水土 ㄕㄨㄟˇ ㄊㄨˇ ①指地球表面的水和土。例水土保持。②一個地方的氣候、風土等自然環境。例水土不服。

水文 ㄕㄨㄟˇ ㄨㄣˊ ①水的波紋。②水的各種形態變化、循環、分布及性質等。

水井 ㄕㄨㄟˇ ㄐㄧㄥˇ 往地下打鑿以取用地下水的深洞。

水牛 ㄕㄨㄟˇ ㄋㄧㄡˊ 動物名。哺乳類，角大，呈新月形。體型碩大，毛灰黑色，以青草為食，擅耕田，好泅水。

水手 ㄕㄨㄟˇ ㄕㄡˇ 指在船上從事操舵、帶纜、測深、保養工作的人員。

水平 ㄕㄨㄟˇ ㄆㄧㄥˊ ①靜止時的水面。②以水面為高低的標準。③標準，程度。也稱為水準。

水母 ㄕㄨㄟˇ ㄇㄨˇ 動物名。腔腸動物，體呈膠質透明狀，形如傘蓋，口在傘蓋下面中央。夏季群集，浮游海上，夜間能發磷光。

水仙 ㄕㄨㄟˇ ㄒㄧㄢ 植物名。多年生草本，底部的鱗莖略呈卵狀，下端有白色鬚根。葉叢生，狹長呈線狀。冬末春初時開花，花色白，有香味。生長於溫暖地帶的河邊，或栽培於庭園。

水印 ㄕㄨㄟˇ ㄧㄣˋ ①物體被水滲入後留下的痕跡。②指印在紙張、文件或衣料上，以防假冒的一種記號。例浮水印。

水利 ㄕㄨㄟˇ ㄌㄧˋ 疏濬水道、修築隄防，以方便灌溉，消除水災禍患。

水位 ㄕㄨㄟˇ ㄨㄟˋ 河川、湖泊、海洋、水庫等水面的高度。

水災 ㄕㄨㄟˇ ㄗㄞ 因久雨、河水氾濫、融雪或山洪暴發造成的災害。

水泥 ㄕㄨㄟˇ ㄋㄧˊ 建築材料的一種，石灰石與黏土混合後，用水澄洗，燒成塊狀，再以機器碾成的粉末。使用時加細沙拌水，乾燥後堅硬如石。

水性 ㄕㄨㄟˇ ㄒㄧㄥˋ ①水的性質。例善於游泳的人都了解水性的重要。②比喻人性情浮蕩不定，似水無定性。例水性楊花。

水花 ㄕㄨㄟˇ ㄏㄨㄚ 水被激起的水泡。

水肥 ㄕㄨㄟˇ ㄈㄟˊ 人類因生活所需而攝取的食物，經消化吸收代謝過程後，所排泄出來的殘渣及廢料。

水韭 ㄕㄨㄟˇ ㄐㄧㄡˇ 植物名。多年生草本，全株沉生於水中，地下莖短而肥，下面生鬚根，上部叢生葉片，葉的基部生有孢子囊。

水泡 ㄕㄨㄟˇ ㄆㄠˋ ①漿液積聚於皮膚表層下，突起而形成半球狀的透明囊胞。②水中或水面的氣泡。

水庫 ㄕㄨㄟˇ ㄎㄨˋ 用以貯存、調節水流的建築物。可供灌溉、防洪、發電等用途。

水草 ㄕㄨㄟˇ ㄘㄠˇ ①有水流和植物的地方。例逐水草而居。②泛指水生草本植物。

水涯 ㄕㄨㄟˇ ㄧㄚˊ 水邊。同水畔、水湄、水濱。

水袖 ㄕㄨㄟˇ ㄒㄧㄡˋ 傳統戲曲服裝的袖端所綴一尺餘的白綢。甩動時形似水波紋，可增加舞蹈的美感，也可表達劇中人物的性格或感情。

水產 ㄕㄨㄟˇ ㄔㄢˇ 棲息或存在於水中的生物，如鱗介之類。

水族 ㄕㄨㄟˇ ㄗㄨˊ 水中動物的泛稱。

水圈 ㄕㄨㄟˇ ㄑㄩㄢ 指地球表面及其附近、局部不相連續的水層。這些地區包括海洋、海灣、河川、湖泊、沼澤、冰雪、大氣中水氣及地下水等。亦稱為水界。

水患 ㄕㄨㄟˇ ㄏㄨㄢˋ 指被水淹沒農作物、房舍等的災害。

水貨 ㄕㄨㄟˇ ㄏㄨㄛˋ 從海外以走私途徑進來的貨物。

水渚 ㄕㄨㄟˇ ㄓㄨˇ 水中突起的小陸地或沙洲。

水痘 ㄕㄨㄟˇ ㄉㄡˋ 由濾過性病毒引發的急性傳染病。通常經由接觸或飛沫傳染，潛伏期約二至三週，症狀為出泡疹、發燒等。

水晶 ㄕㄨㄟˇ ㄐㄧㄥ 一種有良好結晶外形的石英。成分為氧化矽，無色透明者可製眼鏡、印章及透光鏡等物。

水蛭 ㄕㄨㄟˇ ㄓˋ 動物名。環形動物，體長扁，色黑綠，尾端及胸腹面各有一個吸盤。生於池沼或水田中，好吸食人畜的血液。

水源 ㄕㄨㄟˇ ㄩㄢˊ ①河流發源的地方。②灌溉用水或飲用水等的來源。

水準 ㄕㄨㄟˇ ㄓㄨㄣˇ 標準，程度。

水道 ㄕㄨㄟˇ ㄉㄠˋ ①人工或天然的通水路線。②游泳池中用繩索分隔出的區間。

水運 ㄕㄨㄟˇ ㄩㄣˋ 水路運輸。利用船舶等交通工具在河道或海洋上運送貨物。

水雷 ㄕㄨㄟˇ ㄌㄟˊ 在鐵殼裡裝炸藥，漂浮在水中的一種爆炸武器。

水閘 ㄕㄨㄟˇ ㄓㄚˊ 用以調節水位，控制流量的閘門。

水葬 ㄕㄨㄟˇ ㄗㄤˋ 把死者的屍體或骨灰投進水中，任其沉流漂散的葬法。

水路 ㄕㄨㄟˇ ㄌㄨˋ 水上通行、運輸的航線。

水腫 ㄕㄨㄟˇ ㄓㄨㄥˇ 因液體在身體的細胞組織中發生異常的積聚現象，而引起全身或局部的腫脹症狀。

水鄉 ㄕㄨㄟˇ ㄒㄧㄤ 河川、湖泊眾多的地域。

水解 ㄕㄨㄟˇ ㄐㄧㄝˇ 指物質遇水引起分解的化學反應。

水遁 ㄕㄨㄟˇ ㄉㄨㄣˋ 利用水道隱身逃走。

水滴 ㄕㄨㄟˇ ㄉㄧ 向下落的水點。

水漏 ㄕㄨㄟˇ ㄌㄡˋ 古代計時的器具。壺中盛水，滴漏不絕，按其刻度計算時間。

水榭 ㄕㄨㄟˇ ㄒㄧㄝˋ 臨水的樓臺或建築在水上的樓臺，可供人遊憩。

水蝕 ㄕㄨㄟˇ ㄕˊ 水的侵蝕作用。指土石因水的衝擊而流失、剝落的現象。

水銀 ㄕㄨㄟˇ ㄧㄣˊ 汞的通稱。是常溫下唯一液態的金屬，易揮發，有劇毒。常用來製成溫度計。

水稻 ㄕㄨㄟˇ ㄉㄠˋ 植物名。一年生草本，莖高一公尺，直立，中空有節。為人類主要糧食之一。

水澤 ㄕㄨㄟˇ ㄗㄜˊ 眾多河流、湖泊交錯的地方。

水燈 ㄕㄨㄟˇ ㄉㄥ 用竹條和紙糊成尖頂的燈籠。民間於中元普渡時放在河流上，隨波逐流，以普渡水鬼。

水錶 ㄕㄨㄟˇ ㄅㄧㄠˇ 計算自來水用量的裝置，可作為用戶收費的依據。

水壓 ㄕㄨㄟˇ ㄧㄚ 水的壓力。即靜止的水其單位面積上所受重力的大小。

水壩 ㄕㄨㄟˇ ㄅㄚˋ 阻水的建築物，具蓄水、灌溉、發電、防洪等功能。

水中月 ㄕㄨㄟˇ ㄓㄨㄥ ㄩㄝˋ 比喻虛幻難以捉摸的事物。

水平面 ㄕㄨㄟˇ ㄆㄧㄥˊ ㄇㄧㄢˋ ①完全靜止時所形成的水面。②與靜水表面平行的平面。

水族館 ㄕㄨㄟˇ ㄗㄨˊ ㄍㄨㄢˇ 設有大規模水池、水箱，養育各種水產動植物，供人觀賞或選購的地方。

水彩畫 ㄕㄨㄟˇ ㄘㄞˇ ㄏㄨㄚˋ 以水溶性顏料調水所作的畫。

水晶宮 ㄕㄨㄟˇ ㄐㄧㄥ ㄍㄨㄥ ①傳說中海龍王居住的宮殿。②傳說中的月宮。

水晶體 ㄕㄨㄟˇ ㄐㄧㄥ ㄊㄧˇ 眼球中位於玻璃體與虹膜之間的雙凸透明體。前接瞳孔緣，後接玻璃體，受睫狀肌的調節而改變凸度，使物像恰好落在視網膜上。

水筆仔 ㄕㄨㄟˇ ㄅㄧˇ ㄗˇ 植物名。常綠小喬木或灌木，葉厚革質，花白色，果卵形。種子在母樹上發芽，後掉落插入土中，長成一棵新樹苗，所以是胎生植物。

水媒花 利用水流傳播花粉的水生植物。如金魚藻等。

水蜜桃 一種水果。屬桃的一種，核小汁多，色美味甜。

水蒸氣 水受熱變成的氣體。液態的水加熱到攝氏一百度時開始沸騰，即變成水蒸氣。

水銀燈 利用水銀蒸氣製造的電燈。光線穩定而不刺激，多用於拍攝電影、街道照明等。

水墨畫 國畫中專用水墨渲染而成的畫。

水土不服 因生活環境的變遷所造成的不適應。

水土保持 防止土壤流失或受侵蝕，保持其生產力的一種措施。如造林、修建梯田等。

水上運動 在水面上、水中、或水底進行的運動。如釣魚、游泳、潛水、划船、衝浪等。

水天一色 形容水天相連同色，遼闊無邊。

水中捉月 比喻徒勞無功，白費力氣。

水平如鏡 形容水面平靜無波。

水生植物 生長於水中或水分飽和土壤中的植物。分為沉水植物、浮水植物、出水植物三種。

水光山色 形容山水風光明媚，景色秀麗。

水利工程 研究水的自然定律，而加以應用的工程。如灌溉農田、供給飲水、治河、築堤等。

水底撈針 比喻東西很難找到或事情很難做到。

水到渠成 水流過處自然成渠。比喻事情條件完備則自然成功。

水來土掩 比喻不管遇到任何事情，都自有辦法應付。

水乳交融 水與乳融合在一起。比喻彼此關係密切，投合無間。

水秀山明 形容山水秀麗，風景優美。

水泄不通 連水都無法流通。比喻防守極為嚴密。也用來形容擁擠不堪。也作「水洩不通」。

水深火熱 比喻處境艱困、痛苦。

水落石出 ①冬季的水位下降，使得石頭顯露出來。②比喻事情真相大白。

水滴石穿 滴水久了可以穿石。比喻持之以恆，事必有成。

水漲船高 比喻人或事物隨著憑藉者的地位提升而升高。

水可載舟，亦可覆舟 民意向背，決定了在位者的成敗。

一畫

永 ㄩㄥˇ yǒng 形長久的，深長的。例永久。副久遠地。例永垂不朽。

永別 永遠離別。指死亡。

永夜 ①長夜。②當太陽直射北迴歸線時，南極圈內整日無陽光，稱為永夜。

夜。

永訣 ㄩㄥˇ ㄐㄩㄝˊ 永不見面。通常指人死亡。

永晝 ㄩㄥˇ ㄓㄡˋ ①漫長的白天。②當太陽直射北迴歸線時，北極圈內整日有日光，稱為永晝。反永夜。

永不錄用 ㄩㄥˇ ㄅㄨˋ ㄌㄨˋ ㄩㄥˋ 指人因犯嚴重過錯被革職而永遠不被該機構或公司任用。

永生難忘 ㄩㄥˇ ㄕㄥ ㄋㄢˊ ㄨㄤˋ 一生難以忘懷。

永字八法 ㄩㄥˇ ㄗˋ ㄅㄚ ㄈㄚˇ 以「永」字八種筆法說明書法筆勢的方法。即側（點）、勒（橫畫）、努（直畫）、趯（鉤）、策（斜挑）、掠（撇）、啄（右短撇）、磔（捺）。

永垂不朽 ㄩㄥˇ ㄔㄨㄟˊ ㄅㄨˋ ㄒㄧㄡˇ 永遠流傳而不磨滅。

永浴愛河 ㄩㄥˇ ㄩˋ ㄞˋ ㄏㄜˊ 祝福有情人永遠沐浴在愛情的滋潤裡。

永無止境 ㄩㄥˇ ㄨˊ ㄓˇ ㄐㄧㄥˋ 永遠沒盡頭。

二畫

汁 ㄓ zhī 名物體內所含的液體。例果菜汁。

汀 ㄊㄧㄥ tīng 名河流中的小沙洲或是水邊的平地。例汀洲。

氾 ㄈㄢˋ fàn 形漂浮的。例氾氾。動大水漫溢。例氾濫。副通「汎」。普遍，廣博。例氾愛。

氾濫 ㄈㄢˋ ㄌㄢˋ 形容大水橫流，漫溢四處。

求 ㄑㄧㄡˊ qiú 動①懇託。例求助。②責備。例論語：「君子求諸己。」③貪心。例不忮不求。④需要。例供過於求。⑤找尋，探索。例緣木求魚。

求全 ㄑㄧㄡˊ ㄑㄩㄢˊ ①企求生命的保全。②苛求完美無缺。例求全之毀。③顧全大局，勉強自己做不願做的事。例委曲求全。

求助 ㄑㄧㄡˊ ㄓㄨˋ 請求救助。

求見 ㄑㄧㄡˊ ㄐㄧㄢˋ 請求見面。通常用於下對上，幼對長。

求和 ㄑㄧㄡˊ ㄏㄜˊ 請求和平相處。常為戰敗或情勢不利的一方，向對方請求停戰。

求雨 ㄑㄧㄡˊ ㄩˇ 一種祭天儀式，因天旱向神明請求降雨。

求援 ㄑㄧㄡˊ ㄩㄢˊ 請求支援幫助。

求偶 ㄑㄧㄡˊ ㄡˇ 尋求配偶。

求婚 ㄑㄧㄡˊ ㄏㄨㄣ 請求對方答應與自己結婚。

求救 ㄑㄧㄡˊ ㄐㄧㄡˋ 懇請他人協助。

求情 ㄑㄧㄡˊ ㄑㄧㄥˊ 乞求給予情面而不加以責罰。

求嗣 ㄑㄧㄡˊ ㄙˋ 向神明祈求子孫來傳宗接代。同求子。

求親 ㄑㄧㄡˊ ㄑㄧㄣ 請求結為姻親。

求學 ㄑㄧㄡˊ ㄒㄩㄝˊ 研究、追求學問。

求職 ㄑㄧㄡˊ ㄓˊ 找工作。

求醫 ㄑㄧㄡˊ ㄧ 尋求醫生來醫治。

求證 ㄑㄧㄡˊ ㄓㄥˋ ①尋求證據。例科學的求證工作很重要。②求得證實。

求饒 ㄑㄧㄡˊ ㄖㄠˊ 請求饒恕自己的過錯或放自己一馬。

求籤 ㄑㄧㄡˊ ㄑㄧㄢ 在神佛前祈禱祭拜，抽籤以占卜吉凶。

求知慾 求取知識的慾望。

求之不得 表示想求都求不到，卻意外的得到。形容極想得到。

求仁得仁 求取仁德即得到仁德。形容恰好如願。

求田問舍 只知道購置田宅家產而沒有遠大的志向。

求同存異 求取共同點，保留相異處。

求名奪利 求取名聲，爭奪財利。

求好心切 心中急切的想把事情做得更好。

求神拜佛 向神佛祈禱保佑賜福。

求過於供 需求量多過供應量。

求賢若渴 慕求賢才，有如口渴急於飲水。形容求才的心非常迫切。

求生不得，求死不能 想活活不成，想死也死不了。形容人被困在進退兩難的境地。

氽 ㊀ㄘㄨㄢ cuān 動一種烹飪方法，將食物放入沸水中煮一下，隨即取出。例氽丸子。㊁ㄊㄨㄣˇ tǔn 動水推動東西，漂流。

氽湯 把菜餚投入沸水中，稍煮一下所成的湯。

三畫

汗 ㊀ㄏㄢˋ hàn 名由動物皮膚的毛細孔所排出的液體。例汗流浹背。動使出汗。例漢書：「匈喘膚汗，人極馬倦。」㊁ㄏㄢˊ hán 名可汗，古西域君王的稱號。

汗衫 貼身、輕軟、能吸汗的短衣。

汗青 ①一種古代製作竹簡的程序。②書冊，史簡。

汗疹 一種夏日常見的皮膚病。因毛細孔受到阻塞，妨礙汗液排出，而使皮膚上生出紅色、發癢的小疹。

汗斑 皮膚上淡黃或棕黑色的斑點，由皮膚色素增多及日光的刺激形成。

汗漬 汗水乾後留下的淡黃色痕跡。

汗腺 位於皮內，分泌汗液的彎曲管狀腺體。

汗顏 因心中羞慚而出汗。

汗涔涔 形容流很多汗的樣子。

汗牛充棟 形容書籍極多。

汗流浹背 汗流很多，溼透了背部。形容工作辛勞或非常慚愧、驚恐的樣子。

汗馬功勞 比喻戰功或工作的辛勞與成績。

汙 ㄨ wū 名①髒東西。例藏汙納垢。②停滯不流的水。例汙池。形①不清潔的。例汙泥。②不廉潔的。例貪官汙吏。動①弄髒。例汙染。②詆毀，毀謗。例汙衊。

汙吏 貪汙不廉明的官吏。

汙名 惡名，不好的名聲。

汙垢 ㄨ ㄍㄡˋ 骯髒、汙穢的東西。

汙染 ㄨ ㄖㄢˇ ①沾染，弄髒。②感染，因有害物質的傳播而造成危害。

汙辱 ㄨ ㄖㄨˇ ①用言行羞辱別人。②用強暴的手段玷汙婦女。

汙濁 ㄨ ㄓㄨㄛˊ 東西混濁、不乾淨。

汙點 ㄨ ㄉㄧㄢˇ 指沾到的汙垢。引申為行為上的缺失。

汙穢 ㄨ ㄏㄨㄟˋ 骯髒，不潔。

汙衊 ㄨ ㄇㄧㄝˋ 毀謗、損傷他人的名譽。

汙水處理 ㄨ ㄕㄨㄟˇ ㄔㄨˇ ㄌㄧˇ 將廢水中的汙染物去除、減少或改變的步驟。

江 ㄐㄧㄤ jiāng 名①大河的通稱。例珠江。②姓。

江山 ㄐㄧㄤ ㄕㄢ ①江河與山岳。②國土或國家政權。

江心 ㄐㄧㄤ ㄒㄧㄣ 江水中央。

江湖 ㄐㄧㄤ ㄏㄨˊ ①江河湖泊，三江五湖。②四方之地。③隱士所居之處。④今多指世故、狡詐為江湖。

江渚 ㄐㄧㄤ ㄓㄨˇ 江中小陸地。亦指江邊。

江河日下 ㄐㄧㄤ ㄏㄜˊ ㄖˋ ㄒㄧㄚˋ 比喻情況日漸衰微，一天不如一天。

江洋大盜 ㄐㄧㄤ ㄧㄤˊ ㄉㄚˋ ㄉㄠˋ 橫行於江河海洋搶劫的盜賊。

江郎才盡 ㄐㄧㄤ ㄌㄤˊ ㄘㄞˊ ㄐㄧㄣˋ 比喻文思枯竭減退。江郎：指南朝梁文人江淹。

江湖術士 ㄐㄧㄤ ㄏㄨˊ ㄕㄨˋ ㄕˋ 從事卜筮、星相、堪輿等，而遊走於四方的人。

江山易改，本性難移 ㄐㄧㄤ ㄕㄢ ㄧˋ ㄍㄞˇ ㄅㄣˇ ㄒㄧㄥˋ ㄋㄢˊ ㄧˊ 改朝換代容易，但人的本性卻很難改變。

汐 ㄒㄧˋ xì 名夜間漲起的潮水。例潮汐。

池 ㄔˊ chí 名①古代的護城河。例左傳：「楚國方城以為城，漢水以為池。」②可存水的凹地。例水池。③低窪的地方。例舞池。④姓。

池沼 ㄔˊ ㄓㄠˇ 蓄水的凹地。圓形的為池，彎曲的為沼。

池鹽 ㄔˊ ㄧㄢˊ 一種食鹽，自鹽池或鹹水湖採得的鹽，成分與海鹽相同。

池中物 ㄔˊ ㄓㄨㄥ ㄨˋ 比喻蟄居無所作為的庸人俗輩。

池魚之殃 ㄔˊ ㄩˊ ㄓ ㄧㄤ 比喻無辜卻受牽累而遭禍。

汊 ㄔㄚˋ chà 名河道的支流。

汕 ㄕㄢˋ shàn 名用竹子編成的捕魚工具。形魚游來游去的樣子。

汜 ㄙˋ sì 名回到主流的支流。

汛 ㄒㄩㄣˋ xùn 名①定期的漲水。例秋汛。②婦女的月經。例月汛。

汎 ㄈㄢˋ fàn 通「泛」。動漂浮。例汎舟。副普遍，廣泛。例汎愛眾。

汎汎 ㄈㄢˋ ㄈㄢˋ ①水順流無阻的樣子。②漂浮的樣子。③普遍、廣博的樣子。

汎愛 ㄈㄢˋ ㄞˋ 博愛。例論語：「汎愛眾，而親仁。」

汎稱 ㄈㄢˋ ㄔㄥ 總稱。

汎論 ㄈㄢˋ ㄌㄨㄣˋ 一般性的論說。

汝 ㄖㄨˇ rǔ 代 你。

汝輩 ㄖㄨˇ ㄅㄟˋ 你們。同 汝曹。

汞 ㄍㄨㄥˇ gǒng 名 化學元素。金屬元素之一，符號為Hg。在常溫下呈銀白色液態，有毒性。可用來製鏡子、溫度計、水銀燈等，或用於工業、醫藥方面。亦稱為水銀。

四畫

沉 ㄔㄣˊ chén 形 重的。例 沉甸甸。動 ①沒入水中。例 石沉大海。②往下降落。例 地基下沉。③使降下。例 沉不住氣。④迷戀，過分嗜愛。例 沉迷。⑤潛藏，隱伏不外露。副 深地，深切地。例 沉醉。

沉沒 ㄔㄣˊ ㄇㄛˋ 沒入水中。

沉吟 ㄔㄣˊ ㄧㄣˊ ①遲疑猶豫的樣子。②深思的樣子。

沉重 ㄔㄣˊ ㄓㄨㄥˋ ①指物體厚重。②形容心情或病勢嚴重。

沉浸 ㄔㄣˊ ㄐㄧㄣˋ 比喻生活在某種情境或思維活動中。

沉痾 ㄔㄣˊ ㄜ 久治不癒的疾病。

沉冤 ㄔㄣˊ ㄩㄢ 難以昭雪的冤屈。

沉迷 ㄔㄣˊ ㄇㄧˊ 形容人沉醉迷戀到不可自拔的地步。

沉寂 ㄔㄣˊ ㄐㄧˊ ①才華內斂，含蓄不露。②寂靜的樣子。③杳無音訊，失去聯絡。

沉淪 ㄔㄣˊ ㄌㄨㄣˊ ①沉沒，沒入水中。②零落，淪落。比喻人墮落不振。

沉湎 ㄔㄣˊ ㄇㄧㄢˇ 沉溺，沉迷。指迷上某事物，難以自拔。

沉痛 ㄔㄣˊ ㄊㄨㄥˋ 沉重悲痛的樣子。

沉溺 ㄔㄣˊ ㄋㄧˋ ①沉沒入水裡。②指陷入某種不良的嗜好中。例 沉溺於賭博。

沉著 ㄔㄣˊ ㄓㄨㄛˊ ①穩重不輕浮。②鎮靜而不慌亂的樣子。

沉睡 ㄔㄣˊ ㄕㄨㄟˋ 指人熟睡的樣子。同 酣睡。

沉醉 ㄔㄣˊ ㄗㄨㄟˋ ①喝酒酣醉。②醉心於某種事物或意境。例 他倆已沉醉在愛河裡。

沉澱 ㄔㄣˊ ㄉㄧㄢˋ 化學上指某溶液遇其他溶液或氣體時，其中不溶化的物質析出而沉於水底的現象。

沉靜 ㄔㄣˊ ㄐㄧㄥˋ 沉穩嫻雅的樣子。

沉甸甸 ㄔㄣˊ ㄉㄧㄢ ㄉㄧㄢ 形容物體分量重。

沉積物 ㄔㄣˊ ㄐㄧ ㄨˋ 由岩石碎屑物或生物遺骸等沉降堆積而成的粒狀物。

沉魚落雁 ㄔㄣˊ ㄩˊ ㄌㄨㄛˋ ㄧㄢˋ 形容女子的容貌美麗。

沉冤莫白 ㄔㄣˊ ㄩㄢ ㄇㄛˋ ㄅㄞˊ 蒙冤已久，無法洗雪。

沉默寡言 ㄔㄣˊ ㄇㄛˋ ㄍㄨㄚˇ ㄧㄢˊ 性情沉靜，很少說話。

沈 ㄕㄣˇ shěn 名 姓。

汴 ㄅㄧㄢˋ biàn 名 ①河流名。汴水，為黃河支流，在河南省。②河南省省會開封的別稱。

沆 ㄏㄤˋ hàng 形 水面廣大的樣子。例 沆漭。

沆瀣一氣 ㄏㄤˋ ㄒㄧㄝˋ ㄧ ㄑㄧˋ 比喻彼此氣味相投。

汶 ㄨㄣˋ wèn 名 河流名。汶水，在山東省。

沁 ㄑㄧㄣˋ qìn 名 河流名。在山西省。動 滲入，滲進。例 沁入心脾。

沁入心脾 ㄑㄧㄣˋ ㄖㄨˋ ㄒㄧㄣ ㄆㄧˊ ①形容詩文或音樂優美，令人感受深刻。②指吸入新鮮空氣後，令人感到舒適。

汪 ㄨㄤ wāng 名①指水池。②量詞。用於停聚在一處的水。例一汪秋水。③姓。形水深而廣。例汪洋大海。

汪汪 ㄨㄤ ㄨㄤ ①深廣的樣子。②淚水盈眶或液體瑩澈的樣子。③形容狗叫聲。

汪洋 ㄨㄤ ㄧㄤˊ ①水勢浩大的樣子。②形容人氣度寬宏。③比喻文章氣勢盛大。④比喻恩澤廣被。

汪洋浩博 ㄨㄤ ㄧㄤˊ ㄏㄠˋ ㄅㄛˊ 水勢浩大。形容人氣度恢宏豪放，學識淵博。

沅 ㄩㄢˊ yuán 名河流名。沅江，在湖南省。

沛 ㄆㄟˋ pèi 名水草叢生之處。例沛澤。副旺盛地，盛大地。例充沛。

沛然 ㄆㄟˋ ㄖㄢˊ 盛大的樣子。

沌 ㄉㄨㄣˋ dùn 形混沌，模糊不分明的樣子。

沔 ㄇㄧㄢˇ miǎn 名河流名。沔水，在陝西省，為漢水的上流。形水流充滿的樣子。

沏 ㄑㄧ qī 動①以開水注入。例沏茶。②一種烹飪方法，用熱油或羹湯澆淋在菜餚上。例沏油。③用水撲滅。例把香火沏了。

沏茶 ㄑㄧ ㄔㄚˊ 用煮開的水沖茶。

沐 ㄇㄨˋ mù 動①洗髮。例沐浴。②承受。例沐恩。

沐浴 ㄇㄨˋ ㄩˋ ①洗頭洗澡以潔身。②比喻蒙受恩惠。③比喻浸漬，沉浸。

沐雨櫛風 ㄇㄨˋ ㄩˇ ㄐㄧㄝˊ ㄈㄥ 以風梳髮，以雨沐浴。比喻在外奔走，極為辛勞。

沍 ㄏㄨˋ hù 動凝結，凍結。例沍寒。

決 ㄐㄩㄝˊ jué 動①疏通水道。②堤防潰壞。例決堤。③判定，斷定。例判決。④競爭勝負。例決戰。⑤處死。例處決。

決口 ㄐㄩㄝˊ ㄎㄡˇ 沿河的堤防被大水沖出缺口。

決心 ㄐㄩㄝˊ ㄒㄧㄣ ①拿定主意。②堅定不移的意志。

決死 ㄐㄩㄝˊ ㄙˇ ①表必死的心意。②決一死戰。

決定 ㄐㄩㄝˊ ㄉㄧㄥˋ ①對事情做判斷與主張。②堅決的意志。③對事情做出結論。

決鬥 ㄐㄩㄝˊ ㄉㄡˋ 用武力決定勝敗。

決裂 ㄐㄩㄝˊ ㄌㄧㄝˋ ①分割。②破裂，常指感情或事態。

決策 ㄐㄩㄝˊ ㄘㄜˋ ①決定計策。②為達成計畫目標所決定的方法或策略。

決勝 ㄐㄩㄝˊ ㄕㄥˋ ①取得勝利。②決定勝負。

決然 ㄐㄩㄝˊ ㄖㄢˊ 果斷堅決的樣子。例毅然決然。

決意 ㄐㄩㄝˊ ㄧˋ 指人心裡拿定主意。

決算 ㄐㄩㄝˊ ㄙㄨㄢˋ 機關本身就其會計年度的財務收支情形所作的結算報告。

決戰 ㄐㄩㄝˊ ㄓㄢˋ 決定性的會戰。

決選 ㄐㄩㄝˊ ㄒㄩㄢˇ 選舉結果不止一人時，再就其中決定何人當選。

決賽 ㄐㄩㄝˊ ㄙㄞˋ 各種競賽中最後決定勝負名次的比賽。

決斷 ㄐㄩㄝˊ ㄉㄨㄢˋ ①做決定，拿主意。②判定，斷定。

決議 ㄐㄩㄝˊ ㄧˋ 對議論做決定。

決一死戰 ㄐㄩㄝˊ ㄧ ㄙˇ ㄓㄢˋ 不惜犧牲，作決定生死的戰鬥。

決勝千里 ㄐㄩㄝˊ ㄕㄥˋ ㄑㄧㄢ ㄌㄧˇ 形容將帥謀畫得當，在千里之外指揮若定而取得勝利。

汰

ㄊㄞˋ tài 【形】過分的。【例】奢汰。【動】除去無用的事物。【例】淘汰。

汰舊換新 ㄊㄞˋ ㄐㄧㄡˋ ㄏㄨㄢˋ ㄒㄧㄣ 把舊的淘汰，更換成新的。

汨

ㄇㄧˋ mì 【名】河流名。汨羅江，在湖南省，戰國時屈原投此江而死。

汩

㈠ㄍㄨˇ gǔ 【形】水急流的樣子。【動】①擾亂。②埋沒，消滅。【例】汩沒。

㈡ㄩˋ yù 【形】急速的。【例】汩流。

汩沒 ㄍㄨˇ ㄇㄛˋ ①沉淪消失的樣子。②形容水波的聲音。

汩流 ㄩˋ ㄌㄧㄡˊ 比喻急流的水。

沖

ㄔㄨㄥ chōng 【形】①猛烈的。【例】怒氣沖沖。②小的，幼的。【例】沖幼。③空虛的。【例】大盈若沖。④和善的。【例】謙沖自牧。【動】①以水注入或調勻。【例】沖牛奶。②以水刷洗。【例】沖洗。③被大水撞擊或捲走。【例】沖破堤防。④向上直飛。【例】一飛沖天。⑤衝突，相忌。【例】相沖。⑥破解厄運。【例】沖喜。

沖天 ㄔㄨㄥ ㄊㄧㄢ 直飛上天。比喻聲勢旺盛的樣子。【例】一飛沖天。

沖刷 ㄔㄨㄥ ㄕㄨㄚ ①一面用水沖，一面刷洗。②水流沖擊，使土石流失或造成剝蝕。

沖淡 ㄔㄨㄥ ㄉㄢˋ 把事情的嚴重性刻意淡化。

沖帳 ㄔㄨㄥ ㄓㄤˋ 收支帳目互相抵銷，或兩戶應支付的款項互相抵銷。

沖喜 ㄔㄨㄥ ㄒㄧˇ 在人病重時，試圖以辦理喜事化解凶煞的習俗。

沖銷 ㄔㄨㄥ ㄒㄧㄠ 會計上指將以前作為資產帳目的餘額，轉帳至費用或損失帳上的一種過程。

沖積扇 ㄔㄨㄥ ㄐㄧ ㄕㄢˋ 在山麓處，以谷口為頂點，河流沖積而成的扇狀地形。

沙

ㄕㄚ shā 【名】①細碎的石粒。【例】風沙。②水邊的土地。③細碎而呈顆粒狀的東西。【例】豆沙。④姓。【形】①瓜果過度成熟，肉質鬆散而呈微粒。【例】沙瓤的西瓜。②粗糙呈細粒狀的。【例】沙紙。【副】聲音嘶啞地。【例】沙啞。

沙土 ㄕㄚ ㄊㄨˇ 沙和黏土的混合土壤，沙質較多。或作「砂土」。

沙包 ㄕㄚ ㄅㄠ 裝滿沙土的袋子。軍隊作戰時，常將其堆疊成掩體，藉以掩護。也用於防洪、防火等。

沙丘 ㄕㄚ ㄑㄧㄡ 沙漠、河岸、海濱等地，風沙吹成的砂礫丘陵。

沙河 ㄕㄚ ㄏㄜˊ 中國北方因乾季長，河川常呈乾枯狀態。

沙金 ㄕㄚ ㄐㄧㄣ 在河川中形如細沙的黃金。

沙洲 ㄕㄚ ㄓㄡ 江海河流中由泥沙淤積而成的陸地。

沙渚 ㄕㄚ ㄓㄨˇ　水中的泥沙堆積成的小沙洲。

沙場 ㄕㄚ ㄔㄤˊ　沙漠曠野。多用來借指戰場。

沙發 ㄕㄚ ㄈㄚ　為英語sofa的音譯。一種有靠背、扶手，裝有彈簧或乳膠的椅子。

沙漠 ㄕㄚ ㄇㄛˋ　地面覆蓋沙土，乾旱缺水，植物稀少的土地。

沙暴 ㄕㄚ ㄅㄠˋ　夾帶著大量沙塵的風暴。

沙盤 ㄕㄚ ㄆㄢˊ　一種地理教學或軍事課程的用具。以大木盤盛沙土，於其中設置種種模型，可幫助學生對山河地形的想像及瞭解。

沙龍 ㄕㄚ ㄌㄨㄥˊ　①法語salon的音譯。原為客廳之意，後來成為文藝集會的專稱。②設計雅緻，供人飲酒談天的場所。

沙彌 ㄕㄚ ㄇㄧˊ　對初出家的年輕和尚的稱呼。

沙鍋 ㄕㄚ ㄍㄨㄛ　用陶土與沙燒製而成的炊具。

沙礫 ㄕㄚ ㄌㄧˋ　細沙和碎石。

沙灘 ㄕㄚ ㄊㄢ　水邊的沙地。

沙鷗 ㄕㄚ ㄡ　一種水鳥，常棲集於沙灘或沙洲上。

沙囊 ㄕㄚ ㄋㄤˊ　①即沙袋。②鳥類、昆蟲類胃的一部分。形如囊，囊壁富筋肉，內面或被角質，或貯砂粒少許，易磨碎食物。也作「砂囊」。

沙拉油 ㄕㄚ ㄌㄚ ㄧㄡˊ　一種氣味芳香的植物性食用油，由黃豆精煉而成。

沙克疫苗 ㄕㄚ ㄎㄜˋ ㄧˋ ㄇㄧㄠˊ　一種用來防止小兒麻痺症的注射疫苗。

沙漠之舟 ㄕㄚ ㄇㄛˋ ㄓ ㄓㄡ　指駱駝。因為駱駝能適應沙漠的乾燥氣候，是沙漠中的主要交通工具。

沙賓疫苗 ㄕㄚ ㄅㄧㄣ ㄧˋ ㄇㄧㄠˊ　一種用來防止小兒麻痺症的口服疫苗。

沇

ㄧㄢˇ yǎn　名河流名。沇水，源出河南省。形沇溶，水勢盛大的。

汽

ㄑㄧˋ qì　名液體受熱蒸發成氣體。例蒸汽。

汽化 ㄑㄧˋ ㄏㄨㄚˋ　物質由液體經蒸發或沸騰轉化為氣體，或由固體直接轉化成氣體的現象。

汽水 ㄑㄧˋ ㄕㄨㄟˇ　將碳酸氣溶於水中，再加入糖和果汁而成的飲料。

汽油 ㄑㄧˋ ㄧㄡˊ　汽車等用作原動力的揮發油。

汽車 ㄑㄧˋ ㄔㄜ　四輪以上的內燃機動力車，通常用揮發性的油料與空氣混合，使著火爆發以產生原動力。

汽缸 ㄑㄧˋ ㄍㄤ　一種圓筒形容器，活塞在其中往返運動，為蒸汽機、內燃機、空氣壓縮機等主要構件之一。

汽船 ㄑㄧˋ ㄔㄨㄢˊ　以蒸氣機為動力行駛的船。

汽笛 ㄑㄧˋ ㄉㄧˊ　輪船或火車上所裝的發聲器。

沒

㈠ㄇㄛˋ mò　動①沉入水中。例沉沒。②沉埋，掩覆。例積雪沒脛。③消失，隱而不見。例湮沒。④扣收財物。例沒收。⑤通「歿」。死。㈡ㄇㄟˊ méi　動①無。例沒緣。②不如。例我跑得沒你快。副未。例沒來。

沒入（ㄇㄛˋ ㄖㄨˋ）將人口或財產沒收為官署所有。

沒收（ㄇㄛˋ ㄕㄡ）強制將私有物充公。

沒頂（ㄇㄛˋ ㄉㄧㄥˇ）比喻溺斃。

沒落（ㄇㄛˋ ㄌㄨㄛˋ）①陷落。②衰亡，落伍。

沒來由（ㄇㄟˊ ㄌㄞˊ ㄧㄡˊ）無端，沒有理由。

沒奈何（ㄇㄛˋ ㄋㄞˋ ㄏㄜˊ）莫可奈何，毫無辦法。

沒骨畫（ㄇㄛˋ ㄍㄨˇ ㄏㄨㄚˋ）一種國畫畫法，不用墨線勾勒，直接以色彩描繪物象。

沒頭腦（ㄇㄟˊ ㄊㄡˊ ㄋㄠˇ）形容人無知糊塗的樣子。

沒大沒小（ㄇㄟˊ ㄉㄚˋ ㄇㄟˊ ㄒㄧㄠˇ）不分長幼，胡鬧沒規矩。

沒世不忘（ㄇㄛˋ ㄕˋ ㄅㄨˋ ㄨㄤˋ）一輩子也不能忘記。

沒沒無聞（ㄇㄛˋ ㄇㄛˋ ㄨˊ ㄨㄣˊ）指人沒有名氣，無人認識。反鼎鼎有名。

沒法沒天（ㄇㄟˊ ㄈㄚˇ ㄇㄟˊ ㄊㄧㄢ）形容橫行霸道，肆無忌憚。亦作「無法無天」。

沒精打采（ㄇㄟˊ ㄐㄧㄥ ㄉㄚˇ ㄘㄞˇ）形容情緒低落、精神頹喪，提不起興致。

沒齒難忘（ㄇㄛˋ ㄔˇ ㄋㄢˊ ㄨㄤˋ）永遠難以忘記。

汲

ㄐㄧˊ jí 動取水。例汲水。

汲水（ㄐㄧˊ ㄕㄨㄟˇ）指從井裡取水。同打水。

汲引（ㄐㄧˊ ㄧㄣˇ）引進提拔人才。

汲汲（ㄐㄧˊ ㄐㄧˊ）形容努力求取、不休息的樣子。

汲汲營營（ㄐㄧˊ ㄐㄧˊ ㄧㄥˊ ㄧㄥˊ）指人急迫追求功名利祿的樣子。

汲深綆短（ㄐㄧˊ ㄕㄣ ㄍㄥˇ ㄉㄨㄢˇ）井深而吊繩短。比喻能力不能勝任。

沃

ㄨㄛˋ wò 形土地溼潤肥美。例沃野千里。動灌，澆。例引水沃田。

沃土（ㄨㄛˋ ㄊㄨˇ）肥沃的土壤。

沃野（ㄨㄛˋ ㄧㄝˇ）肥沃的田野。

沂

ㄧˊ yí 名河流名。沂水，源出山東省。

汾

ㄈㄣˊ fén 名河流名。汾水，源出山西省。

沓

ㄊㄚˋ tà 動相合。例揚雄・羽獵賦：「天與地沓。」副眾多而重複。例雜沓。

沓沓（ㄊㄚˋ ㄊㄚˋ）①弛緩懶散的樣子。②話很多的樣子。③快速行走的樣子。

沓雜（ㄊㄚˋ ㄗㄚˊ）繁雜眾多的樣子。

五畫

泛

㈠ㄈㄢˋ fàn 形不切實的。例空泛。動①漂浮。例泛舟。②呈現，透著。例他臉上泛了一層紅光。副廣博地，普遍地。例廣泛。

㈡ㄈㄥˇ fěng 動通「覂」。翻，覆。例泛駕。

泛紅（ㄈㄢˋ ㄏㄨㄥˊ）人因生氣或害羞，使臉色呈現紅色。

泛音（ㄈㄢˋ ㄧㄣ）振動體所發的頻率高於基音者，依次為第一泛音、第二泛音等。

泛論（ㄈㄢˋ ㄌㄨㄣˋ）總論，指一般性的結論。

泛泛之交（ㄈㄢˋ ㄈㄢˋ ㄓ ㄐㄧㄠ）指普通、膚淺的交情。

沱 ㊀ㄊㄨㄛˊ tuó 名①水灣。多用於地名。例朱家沱。②河流名。沱江，在四川省。形①水勢盛大的樣子。例滂沱。②流淚的樣子。
㊁ㄉㄨㄛˋ duò 形澹沱，形容春天的風光明淨。

泣 ㄑㄧˋ qì 動只掉眼淚而不出聲的哭，或指低聲的哭。例飲泣。

泣血 ㄑㄧˋ ㄒㄧㄝˇ 形容非常的悲慟。

泣鬼神 ㄑㄧˋ ㄍㄨㄟˇ ㄕㄣˊ 鬼神都為之動容。形容感人之深切。

泣不成聲 ㄑㄧˋ ㄅㄨˋ ㄔㄥˊ ㄕㄥ 哭得發不出聲音來。形容十分悲傷。

注 ㄓㄨˋ zhù 名①通「註」。解釋或說明的文字。如水經注。②賭博時所下的財物。例賭注。③稱事物的量詞。例一注生意。動①灌入，傾瀉。例灌注。②心神凝聚集中。例專注。③通「註」。解釋文辭。例注釋。副必然地。例天注定。

注水 ㄓㄨˋ ㄕㄨㄟˇ 將水灌入容器內。

注目 ㄓㄨˋ ㄇㄨˋ 將視線集中在一處。

注定 ㄓㄨˋ ㄉㄧㄥˋ 傳統的宿命思想，認為個人或團體的一切變化、發展，上天早已決定，非人力所能更易。

注重 ㄓㄨˋ ㄓㄨㄥˋ 特別看重。

注射 ㄓㄨˋ ㄕㄜˋ 使用注射筒或皮下注射針，將藥物經皮層注入體內。

注視 ㄓㄨˋ ㄕˋ 集中視線，注意看。

注疏 ㄓㄨˋ ㄕㄨ 注解及解釋注解的文字。

注解 ㄓㄨˋ ㄐㄧㄝˇ ①用淺顯的文字解釋字句的意義。②解釋字句意義的文字。

注意 ㄓㄨˋ ㄧˋ 關心留意。

注腳 ㄓㄨˋ ㄐㄧㄠˇ 置於文章字句下面的注解。

注銷 ㄓㄨˋ ㄒㄧㄠ 取消記錄過的事項。

注釋 ㄓㄨˋ ㄕˋ ①解釋字句的意義。②解釋文句意義的文字。

注目禮 ㄓㄨˋ ㄇㄨˋ ㄌㄧˇ 一種軍禮，下級見上級時，立正後以眼睛注視對方的眼睛，受禮者亦以目還視。

泳 ㄩㄥˇ yǒng 動在水中浮動。例游泳。

泫 ㄒㄩㄢˋ xuàn 動淚水或露水滴垂。例泫泣。

泫然欲泣 ㄒㄩㄢˋ ㄖㄢˊ ㄩˋ ㄑㄧˋ 流淚而將哭泣的樣子。

泌 ㊀ㄅㄧˋ bì 名①快速的水流。②河流名。泌水，源出河南省。
㊁ㄇㄧˋ mì 動液體從微孔滲出。例分泌。

泌尿器官 ㄇㄧˋ ㄋㄧㄠˋ ㄑㄧˋ ㄍㄨㄢ 產生尿液，並將尿液排出體外的器官，包括腎臟、輸尿管、膀胱和尿道。

泮 ㄆㄢˋ pàn 動①冰解凍。②分開，分別。

泙 ㄆㄥ pēng 形泙泙，水聲。

沫 ㄇㄛˋ mò 名①水面上的小泡。例泡沫。②口水。例口沫。動停止，終止。

沬 ㄇㄟˋ mèi 名微明之光，天曚曚亮。

泓 ㄏㄨㄥˊ hóng 形①水深廣的樣子。②水清澈的樣子。

沸 ㄈㄟˋ fèi 形①熱度極高或向上湧動的。例沸湯。②嘈雜的。例人聲鼎沸。動液體受熱而起泡、上下翻滾。例滾沸。

沸水 ㄈㄟˋ ㄕㄨㄟˇ 指加熱到攝氏一百度的開水。同滾水。

沸點 ㄈㄟˋ ㄉㄧㄢˇ ①液體加熱而沸騰的一定溫度。因壓力而異，水在標準大氣壓力下的沸點是攝氏一百度。②比喻情緒高漲的頂點。

沸騰 ㄈㄟˋ ㄊㄥˊ ①液體在一定壓力下，加熱至一定的溫度時，液體表面及內部發生氣化的現象。②水流湧起的樣子。③嘈雜喧噪。

沸沸揚揚 ㄈㄟˋ ㄈㄟˋ ㄧㄤˊ ㄧㄤˊ 形容人聲雜亂，議論紛紛，如水沸騰一般。

泯 ㄇㄧㄣˇ mǐn 動消除，消滅。例泯滅。

泯沒 ㄇㄧㄣˇ ㄇㄛˋ 形跡消滅。

泯滅 ㄇㄧㄣˇ ㄇㄧㄝˋ 形跡消滅除盡。例泯滅人性。

河 ㄏㄜˊ hé 名①水道的通稱。例河流。②黃河的簡稱。例河套。③成河川狀的群體。例銀河、星河。

河口 ㄏㄜˊ ㄎㄡˇ 河流的出口。河川流入海洋、湖泊或支流流入主流的地方。

河系 ㄏㄜˊ ㄒㄧˋ 由河流的主流與眾多支流互相連結，構成一天然的集水系統。

河床 ㄏㄜˊ ㄔㄨㄤˊ 河水兩岸間凹下容水的部分。

河流 ㄏㄜˊ ㄌㄧㄡˊ 河水流動的通道。

河套 ㄏㄜˊ ㄊㄠˋ 河道彎曲，形如口袋的地方。

河東獅吼 ㄏㄜˊ ㄉㄨㄥ ㄕ ㄏㄡˇ 譏嘲妻子凶悍，使丈夫畏懼。

河清海晏 ㄏㄜˊ ㄑㄧㄥ ㄏㄞˇ ㄧㄢˋ 黃河的水清澈，大海平靜沒有風浪。比喻太平盛世。

法 ㊀ㄈㄚˇ fǎ 名①律令。例法令。②制度。例憲法。③範式，原則。例文法。④途徑。例方法。⑤佛、道等的道理。例佛法。⑥方術，技巧。例魔法。動仿效。例效法。㊁ㄈㄚˊ fá 見「法子」。

法力 ㄈㄚˇ ㄌㄧˋ ①佛法或道法的能力。②指神奇的力量。

法人 ㄈㄚˇ ㄖㄣˊ 一種社會組織，和自然人相同，在法律上得為權利義務的主體。

法子 ㄈㄚˊ ㄗ˙ 方法。

法令 ㄈㄚˇ ㄌㄧㄥˋ 法律與命令的合稱。

法式 ㄈㄚˇ ㄕˋ ①指法律制定的制度、模式。②指效法的楷模。③標準的格式。

法定 ㄈㄚˇ ㄉㄧㄥˋ 法令所規定。

法官 ㄈㄚˇ ㄍㄨㄢ 依法代表國家行使審判權的官員。也稱為推事。

法治 ㄈㄚˇ ㄓˋ 一切依據法律，力求公平公正，治理百姓的制度。反人治。

法事 ㄈㄚˇ ㄕˋ 僧道設壇祈福、禳災等事。

法門 ㄈㄚˇ ㄇㄣˊ ①佛教指修行者進入的門徑。②道教指眾生入道的門徑。③引申指一切方法、途徑。例不二法門。

法典 ㄈㄚˇ ㄉㄧㄢˇ 經過整理後成為較有系統、完備的某一類法律的總稱。如民法典。

法制 ㄈㄚˇ ㄓˋ 泛指國家的法律與制度。

法度 ㄈㄚˇ ㄉㄨˋ ①法律和制度。②方法。

法則 ㄈㄚˇ ㄗㄜˊ 可做標準的法制、規則。

法律 ㄈㄚˇ ㄌㄩˋ 古指刑法或律令。今指立法機關依民情民意制定的法令、法規。

法庭 ㄈㄚˇ ㄊㄧㄥˊ 法官審問及判決民事刑事訴訟的場所。

法院 ㄈㄚˇ ㄩㄢˋ 受理民刑訴訟的機關，分最高法院、高等法院、地方法院三級。

法師 ㄈㄚˇ ㄕ ①精通佛法、善說教理並致力於修行傳法的出家人。一般也作為對出家人的敬稱。②精通道法，可為人師或進行法事的道士。

法理 ㄈㄚˇ ㄌㄧˇ ①法律的基本精神原理。②條理，事物的道理。

法統 ㄈㄚˇ ㄊㄨㄥˇ 在法律關係上有正當系統，即在法律上有合法地位。

法場 ㄈㄚˇ ㄔㄤˇ ①執行死刑的場地。②宣揚佛法的場所。

法號 ㄈㄚˇ ㄏㄠˋ 佛教、道教的信徒受戒時，由法師所授的名號。

法會 ㄈㄚˇ ㄏㄨㄟˋ ①說法或舉行供佛、供僧及布施等佛教活動的集會。②道教指修建齋醮道場。

法網 ㄈㄚˇ ㄨㄤˇ 法律的嚴密如羅網一般，犯罪的人無法逃脫。

法螺 ㄈㄚˇ ㄌㄨㄛˊ ①用海螺殼做成的號角或樂器。②比喻說大話。

法醫 ㄈㄚˇ ㄧ 偵查因意外、傷害、殺害的命案，或其他有關法律所需要的專業醫師或醫務人員。

法警 ㄈㄚˇ ㄐㄧㄥˇ 法院中擔任逮捕或押送犯人，傳喚當事人、證人和維持法庭秩序等職務的人員。

法定人數 ㄈㄚˇ ㄉㄧㄥˋ ㄖㄣˊ ㄕㄨˋ 以法令或會議所規定的人數，如必須有多少人出席才可以開會等。

法網恢恢，疏而不漏 ㄈㄚˇ ㄨㄤˇ ㄏㄨㄟ ㄏㄨㄟ，ㄕㄨ ㄦˊ ㄅㄨˋ ㄌㄡˋ 犯罪者不會永久逍遙法外，終究必受法律制裁。

泥

㊀ㄋㄧˊ ní 名①搗碎、壓碎調勻像泥狀的東西。例棗泥。②水和土的混合物。例泥巴。動①沾汙，弄髒。例衣服泥了。②塗飾，塗抹。

㊁ㄋㄧˋ nì 動固執不知變通。例泥古不化。

泥工 ㄋㄧˊ ㄍㄨㄥ 從事泥土建築工程的人。

泥巴 ㄋㄧˊ ㄅㄚ 溼而黏的泥土。

泥古 ㄋㄧˋ ㄍㄨˇ 拘泥於古人所制定的舊法而不知變通。

泥坯 ㄋㄧˊ ㄆㄟ 沒有經過燒製的陶器坯子。

泥濘 ㄋㄧˊ ㄋㄧㄥˋ 雨後地上水與土混雜黏爛。

泔

ㄍㄢ gān 名淘米的水。例泔水。

沽

ㄍㄨ gū 名河流名。沽河，一在山東省一在河北省。動①買。例沽酒。②賣。例待價而沽。③釣取，謀取。例沽名釣譽。

沽名釣譽 ㄍㄨ ㄇㄧㄥˊ ㄉㄧㄠˋ ㄩˋ 故意做作，用手段謀取名聲和讚譽。

譽。

泄 ㊀ㄒㄧㄝˋ xiè 動 ①液體或氣體排出、漏出。例泄露、排泄。②透露。例泄憤。③發散。例泄憤。

㊁ㄧˋ yì 見「泄泄」。

泄泄 ㄧˋ ㄧˋ ①從容自在的樣子。②眾多的樣子。

泄恨 ㄒㄧㄝˋ ㄏㄣˋ 排解憤恨。

泄漏 ㄒㄧㄝˋ ㄌㄡˋ 不該讓人知道的事讓人知道了。

沭 ㄕㄨˋ shù 名 河流名。沭水，源出山東省。

波 ㄅㄛ bō 名 ①水因湧流或風力振盪所產生的起伏現象。例水波。②比喻目光。例眼波。③由彈性體振動所產生像波浪一樣起落的現象。例音波、電波。④計算接續情勢的量詞。例第三波。動 ①跑。例奔波。②逃走。③影響。例波及。

波及 ㄅㄛ ㄐㄧˊ 如水波擴散，及於四周。比喻影響到。

波臣 ㄅㄛ ㄔㄣˊ 被水淹死的人。

波折 ㄅㄛ ㄓㄜˊ 形容事情如波浪般變化曲折。

波長 ㄅㄛ ㄔㄤˊ 二個連續波峰間的水平距離。

波段 ㄅㄛ ㄉㄨㄢˋ 一個頻率範圍，具有確定的極限。例如廣播電臺及電視的電波，各有其一定的波段，不致互相干擾。

波浪 ㄅㄛ ㄌㄤˋ 水波和浪潮。水面因各種力量所形成的週期性起伏運動。

波高 ㄅㄛ ㄍㄠ 波浪的垂直高度。即波峰和波谷的垂直距離，為波浪振幅的兩倍。

波痕 ㄅㄛ ㄏㄣˊ ①物體掠過水面所留下的痕跡。②指由風和水的波浪在沉積物表面所造成的波紋。

波蕩 ㄅㄛ ㄉㄤˋ ①動搖，不穩定。②鑽營，奔走。

波霸 ㄅㄛ ㄅㄚˋ 形容大胸脯的女子。「波」為英語 ball 的音譯，借指女人的乳房。

波及無辜 ㄅㄛ ㄐㄧˊ ㄨˊ ㄍㄨ 影響到不相干的人。

波平如鏡 ㄅㄛ ㄆㄧㄥˊ ㄖㄨˊ ㄐㄧㄥˋ 水面平靜如鏡。

波光粼粼 ㄅㄛ ㄍㄨㄤ ㄌㄧㄣˊ ㄌㄧㄣˊ 形容波光閃動的樣子。

波濤洶湧 ㄅㄛ ㄊㄠˊ ㄒㄩㄥ ㄩㄥˇ 波浪很大。形容局勢像波濤般起伏不定。

波瀾壯闊 ㄅㄛ ㄌㄢˊ ㄓㄨㄤˋ ㄎㄨㄛˋ 比喻氣勢的雄壯浩大。

沼 ㄓㄠˇ zhǎo 名 水池。例沼澤。

沼氣 ㄓㄠˇ ㄑㄧˋ 煤礦或沼澤地帶埋藏的植物體發酵腐敗所生成的氣體。

沼澤 ㄓㄠˇ ㄗㄜˊ 水草茂密、樹木叢生的潮溼泥濘地。

泐 ㄌㄜˋ lè 動 ①石頭依紋理而散裂。②雕刻，銘刻。例泐石。③書寫。常用於信函中。例手泐。

沮 ㊀ㄐㄩ jū 名 河流名。源出湖北省。

㊁ㄐㄩˇ jǔ 形 頹喪的，意志消沉的。例沮喪。動 ①止，阻止。②敗壞，破壞。例沮壞。③恐嚇，威嚇。例禮記：「沮之以兵。」

㊂ㄐㄩˋ jù 形 溼潤，不乾枯的。例沮洳。

沮喪 ㄐㄩˇ ㄙㄤˋ 失望灰心的樣子。

油 ㄧㄡˊ yóu 名 ①動物體內的脂肪或植物種子

經壓榨煉製而成的液體。例牛油。②自礦物中提煉，可供作燃料的液體。例煤油。③額外的利益。例揩油。形①浮華不實的。例油腔滑調。②茂盛的，興盛的。例油然。③顏色深暗的。例油綠。動①塗抹，塗飾。例油窗戶。②沾染油垢，被油弄髒。例衣服油了。

油井 ㄧㄡˊ ㄐㄧㄥˇ 為汲取原油，由地面鑽鑿至地下油層的深井。

油水 ㄧㄡˊ ㄕㄨㄟˇ ①比喻東西的精華。②比喻可以剽竊或沾潤的利益、好處。

油田 ㄧㄡˊ ㄊㄧㄢˊ 含有富於經濟價值的石油蘊藏地區。

油印 ㄧㄡˊ ㄧㄣˋ 一種印刷方法，在蠟紙上刻寫或打字後，再用油墨印刷。

油油 ㄧㄡˊ ㄧㄡˊ 草木有光澤的樣子。例綠油油。

油門 ㄧㄡˊ ㄇㄣˊ 控制油料供給量的裝置。

油瓶 ㄧㄡˊ ㄆㄧㄥˊ 母親再嫁而跟隨至繼父家的小孩。

油條 ㄧㄡˊ ㄊㄧㄠˊ ①一種油炸的發酵麵食。②形容歷練豐富、做事圓滑而世故的人。

油畫 ㄧㄡˊ ㄏㄨㄚˋ 一種西洋的繪畫方法，利用亞麻仁油、核桃油、罌粟油等一類快乾油，調和顏料，繪畫於布、木板或厚紙板上。

油飯 ㄧㄡˊ ㄈㄢˋ 一種炒製的米食。將蒸熟的米飯，放進爆香的佐料中炒拌均勻。

油然 ㄧㄡˊ ㄖㄢˊ ①自然而然。②充沛的樣子。

油煙 ㄧㄡˊ ㄧㄢ 烹調或燃燒油類所產生的煙。

油漆 ㄧㄡˊ ㄑㄧ 用鉛白、鋅華或其他礦物顏料加入亞麻仁油製成的塗料。

油墨 ㄧㄡˊ ㄇㄛˋ 印刷所用的顏色油，黏性很高，主要是由亞麻仁油、桐油、樹脂、膠等加入各種顏料和鈷、錳、鉛等金屬鹽的乾燥劑製造而成。

油燈 ㄧㄡˊ ㄉㄥ 用香油、菜油等作燃料的小燈。

油腔滑調 ㄧㄡˊ ㄑㄧㄤ ㄏㄨㄚˊ ㄉㄧㄠˋ 寫文章或言語態度浮滑不實。

油頭粉面 ㄧㄡˊ ㄊㄡˊ ㄈㄣˇ ㄇㄧㄢˋ ①指婦女濃妝豔抹。②形容男子流裡流氣、油嘴滑舌。

油嘴滑舌 ㄧㄡˊ ㄗㄨㄟˇ ㄏㄨㄚˊ ㄕㄜˊ 形容說話輕浮不實。

沾

ㄓㄢ zhān 動①浸溼。例沾襟。②接觸，接近。例滴酒不沾。③感染，染上。例沾染惡習。④藉別人的關係而得到好處、利益。例沾光。⑤帶有。例沾親帶故。

沾汙 ㄓㄢ ㄨ 汙染，弄髒。

沾光 ㄓㄢ ㄍㄨㄤ 連帶享受到光彩與利益。

沾染 ㄓㄢ ㄖㄢˇ ①感染，因接觸而受影響。②獲取非分的好處。

沾襟 ㄓㄢ ㄐㄧㄣ 眼淚浸溼衣襟。

沾邊 ㄓㄢ ㄅㄧㄢ ①接近，接觸。②與事實或事物應有的樣子相近。

沾沾自喜 ㄓㄢ ㄓㄢ ㄗˋ ㄒㄧˇ 自以為得意而滿足。

沾親帶故 ㄓㄢ ㄑㄧㄣ ㄉㄞˋ ㄍㄨˋ 有親戚或朋友的關係。

泱

ㄧㄤ yāng 形①雲氣興起的樣子。例潘岳．射雉賦：「天泱泱以垂雲。」②宏大深廣的。例泱泱。

泱泱大國 ㄧㄤ ㄧㄤ ㄉㄚˋ ㄍㄨㄛˊ 稱讚國力強大的國家，懷有寬大的氣度與良好的風範。

況

ㄎㄨㄤˋ kuàng 名①情形，狀態。例近況。②姓。動①比擬，譬喻。例以古況今。②拜訪。副益，更加。連表示更進一層的意思。例何況。

況且 ㄎㄨㄤˋ ㄑㄧㄝˇ 何況，而且。表示更進一層的語氣。

泂

ㄐㄩㄥˇ jiǒng 形水深廣的。

泂泂 ㄐㄩㄥˇ ㄐㄩㄥˇ 水清而深的樣子。

泗

ㄙˋ sì 名①河流名。泗水，源出山東省。②鼻涕。例涕泗。

泅

ㄑㄧㄡˊ qiú 動浮游於水上，即游泳。例泅水。

治

㊀ㄓˋ zhì 名指地方政府的所在地。例府治、縣治。動①管理。例統治。②診療。例治病。③整理，修建。例治水、整治。④研究。例治學。⑤懲罰。例治罪。⑥經營。例治產。㊁ㄔˊ chí 名限於河流名或姓氏。

治水 ㄓˋ ㄕㄨㄟˇ 疏理水道使暢通，以消除水患。

治平 ㄓˋ ㄆㄧㄥˊ ①治國平天下。②國家安和。

治世 ㄓˋ ㄕˋ ①太平時代。②治理國事。

治本 ㄓˋ ㄅㄣˇ 從根本著手，解決問題。

治安 ㄓˋ ㄢ 政治清明，國家安定。泛指國家社會秩序的安寧。

治軍 ㄓˋ ㄐㄩㄣ 訓練軍隊，治理軍中事務。

治理 ㄓˋ ㄌㄧˇ ①統治管理。②整治處理。

治病 ㄓˋ ㄅㄧㄥˋ 治療疾病，使恢復健康。

治產 ㄓˋ ㄔㄢˇ 經營財產。

治喪 ㄓˋ ㄙㄤ 辦理喪事。

治罪 ㄓˋ ㄗㄨㄟˋ 根據法律懲治罪犯，給犯罪的人應得的懲罰。

治標 ㄓˋ ㄅㄧㄠ 只處理表面枝節，而未能真正解決根本癥結。

治療 ㄓˋ ㄌㄧㄠˊ 使用手術或藥物等醫治疾病。

治權 ㄓˋ ㄑㄩㄢˊ 政府管理眾人之事的權力。分為行政、立法、司法、考試、監察五種，為政府自身的權力。

治外法權 ㄓˋ ㄨㄞˋ ㄈㄚˇ ㄑㄩㄢˊ 本國人在他國不受所在國的法律約束，仍由本國法律支配的權利。

治絲而棼 ㄓˋ ㄙ ㄦˊ ㄈㄣˊ 整理絲線時，不先找出頭緒，以致越理越亂。比喻行事不得要領，反而越做越糟。

泡

㊀ㄆㄠ pāo 名①計算屎尿單位的量詞。例撒一泡尿。②鼓起且鬆軟的東西。例眼泡兒。形膨鬆，腫脹的。例鬆泡泡。㊁ㄆㄠˋ pào 名①在水面上漂浮，內含氣體的球狀物，大的稱為泡，小的稱為沫。例水泡。②指泡狀的東西。例肥皂泡。③因皮膚受傷而起的水泡。④計算茶葉沖浸次數的量詞。例這茶已經是第二泡。動①用水沖浸。例泡茶。②

消磨、耽擱或故意糾纏。例泡時間。

泡沫 ㄆㄠˋ ㄇㄛˋ　聚在一堆的許多小氣泡。

泡茶 ㄆㄠˋ ㄔㄚˊ　用煮開的水沖茶。

泡菜 ㄆㄠˋ ㄘㄞˋ　用鹽水加酒、花椒、薑及辣椒等配料浸漬而成的生菜，帶酸味。

泡棉 ㄆㄠˋ ㄇㄧㄢˊ　將聚胺基甲酸和發泡劑適量混合，放入閉合模中，由於發泡劑引起反應，使樹脂膨脹，充滿模腔，待反應完成後取出即為泡棉。

泡影 ㄆㄠˋ ㄧㄥˇ　①比喻現象變化不定，虛幻不實。②比喻事情很容易幻滅。

泊

ㄅㄛˊ bó　名湖沼。例湖泊。形恬靜的，淡默的。例淡泊。動①船隻靠岸。例泊舟。②棲止，停留。例漂泊。

泊車 ㄅㄛˊ ㄔㄜ　將車停靠在定位。同停車。

泊然 ㄅㄛˊ ㄖㄢˊ　比喻人淡泊無欲的樣子。

泲

ㄐㄧˇ jǐ　名①河流名。②濾過渣滓的清酒。動過濾酒的渣滓。

泠

ㄌㄧㄥˊ líng　形①清澈的，明淨的。②聲音清越的。③柔和的。

泠泠 ㄌㄧㄥˊ ㄌㄧㄥˊ　①形容清脆激越的聲音。②指人言談清逸脫俗。

泝

ㄙㄨˋ sù　動逆水而上。例泝溪。

沿

ㄧㄢˊ yán　名邊緣，岸。例河沿。動①順流而下。②順著。例沿途。③因循，依照舊樣。例相沿成習。④縫合衣服或被褥的邊緣。例沿邊兒。⑤靠近水邊。例沿海。

沿革 ㄧㄢˊ ㄍㄜˊ　沿襲和變革。指事物變遷的過程。

沿襲 ㄧㄢˊ ㄒㄧˊ　依循舊法繼續下去。

沿門托缽 ㄧㄢˊ ㄇㄣˊ ㄊㄨㄛ ㄅㄛ　原指僧尼挨家向人請求布施。後泛指挨戶乞食。

沴

ㄌㄧˋ lì　名惡氣，災病。例災沴。形水流不順暢的。

泰

ㄊㄞˋ tài　名①六十四卦之一。②泰國的簡稱。③姓。形①順適如意，命運亨通。例泰運。②舒適，安樂的。例國泰民安。③奢侈。例驕泰。④暢通的。例天地交泰。⑤極。例泰西。

泰斗 ㄊㄞˋ ㄉㄡˇ　比喻負有聲望的人，為人所景仰。或指學術高深卓絕，為人瞻仰。

泰雅族 ㄊㄞˋ ㄧㄚˇ ㄗㄨˊ　臺灣原住民之一，分布面積廣，有黥面風俗，以農、獵為主。

泰山鴻毛 ㄊㄞˋ ㄕㄢ ㄏㄨㄥˊ ㄇㄠˊ　比喻輕重差別懸殊。

泰然處之 ㄊㄞˋ ㄖㄢˊ ㄔㄨˇ ㄓ　遇到事情時，態度鎮定，神色安恬自若。

泵

ㄅㄥˋ bèng　名一種用以增加液體或氣體的壓力，使之輸送流動的機械。俗名抽水機。

泉

ㄑㄩㄢˊ quán　名①水的源頭。例溫泉。②地下水。③人死後所在的地方。例黃泉。④古代的錢幣。例泉布。

泉下 ㄑㄩㄢˊ ㄒㄧㄚˋ　黃泉之下，死後所居之地。例泉下有知。

泉水 ㄑㄩㄢˊ ㄕㄨㄟˇ　從地下湧出的水。

泉湧 ㄑㄩㄢˊ ㄩㄥˇ 泉水湧出。形容物量之多，如泉自地下湧出，源源不絕。例淚如泉湧。

泉源 ㄑㄩㄢˊ ㄩㄢˊ ①水的源頭。②事物發生的緣由、起源。

六畫

洨 ㄒㄧㄠˊ xiáo 名河流名。源出河北省。

洲 ㄓㄡ zhōu 名①水中的陸塊。例沙洲。②指地球上的大塊陸地。例亞洲。

洲渚 ㄓㄡ ㄓㄨˇ 水中可以居住的地方，大的稱洲，小的稱渚。

洲際飛彈 ㄓㄡ ㄐㄧˋ ㄈㄟ ㄉㄢˋ 具有極大殺傷力、破壞力及震撼力的長程飛彈。通常射程超過五千哩以上，可進行跨洲攻擊。

洋 ㄧㄤˊ yáng 名①廣大的海域。例太平洋。②舊指比較現代的事物。例土洋並用。③俗稱銀元為「洋」。例龍洋。形①廣大的。例汪洋大海。②外國的。例洋酒。

洋火 ㄧㄤˊ ㄏㄨㄛˇ ①俗稱火柴。②西式煤油火爐。置有煙筒，以便將煙排到室外。

洋灰 ㄧㄤˊ ㄏㄨㄟ 水泥的別名。

洋行 ㄧㄤˊ ㄏㄤˊ 舊時與外國人做買賣的商店。或指外國人在國內開設的商行。

洋房 ㄧㄤˊ ㄈㄤˊ 西式建築的房屋。

洋洋 ㄧㄤˊ ㄧㄤˊ ①水勢盛大的樣子。②眾多的樣子。③得意的樣子。

洋貨 ㄧㄤˊ ㄏㄨㄛˋ 外國貨。同船來品。反國貨。

洋溢 ㄧㄤˊ ㄧˋ ①水滿溢的樣子。②盛大而遠播。

洋洋大觀 ㄧㄤˊ ㄧㄤˊ ㄉㄚˋ ㄍㄨㄢ 豐富而多采。

洋洋得意 ㄧㄤˊ ㄧㄤˊ ㄉㄜˊ ㄧˋ 十分得意的樣子。亦作「揚揚得意」。

洋洋灑灑 ㄧㄤˊ ㄧㄤˊ ㄙㄚˇ ㄙㄚˇ 言論或文章長篇大論。

洟 ㄧˊ yí 名鼻涕。例涕洟。

津 ㄐㄧㄣ jīn 名①渡口。例論語：「使子路問津焉。」②交通要道。例津要。③水，汁液。④口水。例生津止渴。⑤天津市的簡稱。

津津 ㄐㄧㄣ ㄐㄧㄣ 形容興味濃厚的樣子。例津津有味。

津要 ㄐㄧㄣ ㄧㄠˋ ①水陸要衝之地。②比喻要職。③比喻事物的關鍵、要點。

津梁 ㄐㄧㄣ ㄌㄧㄤˊ ①渡口的橋梁。②比喻指引途徑的事物。

津渡 ㄐㄧㄣ ㄉㄨˋ ①渡口。②渡河。

津貼 ㄐㄧㄣ ㄊㄧㄝ 俸給之外的補助。

洭 ㄎㄨㄤ kuāng 名河流名。洭水，源出湖南省。

洼 ㊀ㄨㄚ wā 名窪下有水的地方。㊁ㄍㄨㄟ guī 名姓。

洹 ㄏㄨㄢˊ huán 名河流名。洹水，源出山西省，流入河南省。

洹洹 ㄏㄨㄢˊ ㄏㄨㄢˊ 水流盛大的樣子。

洒 ㊀ㄒㄧˇ xǐ 動同「洗」。洗滌。㊁ㄒㄧㄢˇ xiǎn 形①深峻。②肅敬。㊂ㄘㄨㄟˇ cuǐ 形高峻。

四ㄙㄚˇ sǎ 動同「灑」。代見「洒家」。

洒家 ㄙㄚˇ ㄐㄧㄚ 宋、元時關西一帶人的自稱。

洒掃 ㄙㄚˇ ㄙㄠˇ ①灑水和掃地。②肅清。

洱

ㄦˇ ěr 名湖泊名。洱海，位於雲南省大理縣城東。

洪

ㄏㄨㄥˊ hóng 名①大水。例洪水。②姓。形大的。例洪福齊天。

洪水 ㄏㄨㄥˊ ㄕㄨㄟˇ 氾濫成災的大水。

洪荒 ㄏㄨㄥˊ ㄏㄨㄤ 原始、蒙昧的太古時代。

洪鐘 ㄏㄨㄥˊ ㄓㄨㄥ ①指大鐘。②形容人的聲音響亮。例聲如洪鐘。

洪福齊天 ㄏㄨㄥˊ ㄈㄨˊ ㄑㄧˊ ㄊㄧㄢ 福氣與天等高。稱頌人福氣大。

流

ㄌㄧㄡˊ liú 名①水的通稱。例支流。②像水流的東西。例氣流。③派別。例九流十家。④品類，等級。例上流。形①往來不定的。例流雲。②快速通過的，運轉不停的。例流星。③意外的，不明來處的。例流矢。④沒有根據的。例流言。動①移動。例人口外流。②留傳，散布。例流芳萬世。③趨向。例流於形式。④放逐。例流放。

流亡 ㄌㄧㄡˊ ㄨㄤˊ 離開固定的住所四處逃亡。

流水 ㄌㄧㄡˊ ㄕㄨㄟˇ ①流動的水。②連續不斷。③迅速。

流年 ㄌㄧㄡˊ ㄋㄧㄢˊ ①如流水般消逝的時間。②星象命理家稱人一年的運氣為流年。

流血 ㄌㄧㄡˊ ㄒㄧㄝˇ ①引申為辛勞。②血像水一樣流出。指爭戰殺戮的事情。③出血。

流行 ㄌㄧㄡˊ ㄒㄧㄥˊ ①散布，傳播。②盛行一時。

流沙 ㄌㄧㄡˊ ㄕㄚ ①沙漠的舊名。②含水分、容易流動的沙層。

流言 ㄌㄧㄡˊ ㄧㄢˊ 沒有根據的話，多用於毀謗他人。

流利 ㄌㄧㄡˊ ㄌㄧˋ ①生動活潑而不呆板生硬。②流暢靈活。

流氓 ㄌㄧㄡˊ ㄇㄤˊ 破壞社會秩序或組織幫派的不法分子。同地痞。

流放 ㄌㄧㄡˊ ㄈㄤˋ 將罪犯放逐到偏遠地方。

流派 ㄌㄧㄡˊ ㄆㄞˋ 文藝或學術思想的派別。

流星 ㄌㄧㄡˊ ㄒㄧㄥ 夜晚快速飛越天空的輝亮星體。

流俗 ㄌㄧㄡˊ ㄙㄨˊ ①流行於社會的風俗習慣。②世俗的人。

流浪 ㄌㄧㄡˊ ㄌㄤˋ 飄泊、沒有固定的居所。

流寇 ㄌㄧㄡˊ ㄎㄡˋ 聚眾為亂，四處轉徙流竄的盜賊。

流產 ㄌㄧㄡˊ ㄔㄢˇ ①懷孕未滿二十週，或體重未達五百公克即產下不能存活的胎兒。也稱為小產。②比喻計畫或事情因故半途停止。

流連 ㄌㄧㄡˊ ㄌㄧㄢˊ ①貪戀玩樂而忘歸。②徘徊而不忍離去。

流速 ㄌㄧㄡˊ ㄙㄨˋ 單位時間內，水流通過橫斷面的距離，以每秒若干公尺來計算。

流域 ㄌㄧㄡˊ ㄩˋ 水流過的區域。指主流與支流連結成一水系，水系內的集水區域。

流通 ㄌㄧㄡˊ ㄊㄨㄥ ①交換財貨。②運行未受阻礙。

流量 ㄌㄧㄡˊ ㄌㄧㄤˋ 單位時間內物體通過某定點的數量。例車流量。

流落 ㄌㄧㄡˊ ㄌㄨㄛˋ 飄泊流浪，潦倒失意而困頓。

流傳 ㄌㄧㄡˊ ㄔㄨㄢˊ 傳播流行。

流弊 ㄌㄧㄡˊ ㄅㄧˋ 滋生或沿襲而成的弊端。

流暢 ㄌㄧㄡˊ ㄔㄤˋ 流利暢達。

流竄 ㄌㄧㄡˊ ㄘㄨㄢˋ ①四處流亡逃竄。②因犯罪而放逐到偏遠地方。

流離 ㄌㄧㄡˊ ㄌㄧˊ 流亡離散。

流蘇 ㄌㄧㄡˊ ㄙㄨ 由彩絲或羽毛做成的穗狀飾物，常裝置在馬車、樓臺、旌旗或帳幕的邊緣。

流覽 ㄌㄧㄡˊ ㄌㄢˇ 隨意觀看。

流體 ㄌㄧㄡˊ ㄊㄧˇ 流動的物體，為液體與氣體的統稱。

流水席 ㄌㄧㄡˊ ㄕㄨㄟˇ ㄒㄧˊ 酒菜不斷供應，客人隨到隨吃，吃夠就走的宴客方式。

流水帳 ㄌㄧㄡˊ ㄕㄨㄟˇ ㄓㄤˋ ①不分類別，逐條記錄每日、每筆金錢收支的帳簿。②沒有經過分析選擇，枯燥無味的敘述或記載。

流行病 ㄌㄧㄡˊ ㄒㄧㄥˊ ㄅㄧㄥˋ ①某段時間內患者大量增多的傳染病症。②不良的社會現象。

流行歌 ㄌㄧㄡˊ ㄒㄧㄥˊ ㄍㄜ 盛行一時，一般人都聽過、會唱的通俗歌曲。

流星雨 ㄌㄧㄡˊ ㄒㄧㄥ ㄩˇ 同一時間從同一點向四面八方輻射出眾多流星的天文現象，數量多，有如下雨的景象。

流線型 ㄌㄧㄡˊ ㄒㄧㄢˋ ㄒㄧㄥˊ 可減小流體阻力的圓弧外型。常用在汽車、火車、飛機等交通工具的外型設計，以增加行進速度。

流芳百世 ㄌㄧㄡˊ ㄈㄤ ㄅㄞˇ ㄕˋ 美名流傳後世而不朽。

流動人口 ㄌㄧㄡˊ ㄉㄨㄥˋ ㄖㄣˊ ㄎㄡˇ 因職業、生活、旅行等因素，暫時外宿他鄉，但戶籍尚未遷出者。

流行性感冒 ㄌㄧㄡˊ ㄒㄧㄥˊ ㄒㄧㄥˋ ㄍㄢˇ ㄇㄠˋ 由濾過性病毒引起的急性流行傳染病。

洌

ㄌㄧㄝˋ liè 形①清澈的樣子。例清洌。②通「冽」。寒冷。

洊

ㄐㄧㄢˋ jiàn 副再，屢次。

洿

ㄨ wū 名停積的水池、濁水池。例洿池。形卑汙，不廉潔的。例洿行。動①掘地成池。②塗抹。

洧

ㄨㄟˇ wěi 名河流名。洧水，源出河南省。

洸

ㄍㄨㄤ guāng 名①河流名。洸水，在山東省。②水湧起時映射出來的亮光。形①波光耀動的樣子。②威武的樣子。

洩

㊀ㄒㄧㄝˋ xiè 動①指液體排放或氣體散逸。例洩洪、瓦斯外洩。②發散，發抒。例洩恨。③透露，露出。例洩密。㊁ㄧˋ yì 形洩洩，舒坦快樂的樣子。

洩洪 ㄒㄧㄝˋ ㄏㄨㄥˊ 水庫蓄水量超過警戒線時，為維護水庫的正常功能而打開閘門，大量放水。

洩漏 ㄒㄧㄝˋ ㄌㄡˋ 不應該讓人知道的事情讓人知道了。

洞

㊀ㄉㄨㄥˋ dòng 名①深穴。例壁洞。②穿破

的孔。③口語中指數目字的「零」。例洞洞拐。副透徹，明白。例洞悉。
㈡ㄊㄨㄥˊ tóng 名縣名。洪洞，在山西省。

洞天 ㄉㄨㄥˋ ㄊㄧㄢ 道家稱神仙所住的洞府，洞中別有天地。

洞房 ㄉㄨㄥˋ ㄈㄤˊ 新婚夫婦的新房。

洞達 ㄉㄨㄥˋ ㄉㄚˊ 指通曉、明白事物的道理。

洞曉 ㄉㄨㄥˋ ㄒㄧㄠˇ 深切地通曉了解。

洞鑒 ㄉㄨㄥˋ ㄐㄧㄢˋ 比喻能透徹的明白。常用於書信中。

洞天福地 ㄉㄨㄥˋ ㄊㄧㄢ ㄈㄨˊ ㄉㄧˋ 指神仙所住的名山勝境。

洞燭機先 ㄉㄨㄥˋ ㄓㄨˊ ㄐㄧ ㄒㄧㄢ 在事情發生之前，便看清事情的真相。

泚 ㄘˇ cǐ 形水清澈的樣子。動沾濡，漬染。

洄 ㄏㄨㄟˊ huí 名蜿蜒曲折的水道。副水流盤旋迴轉。例洄旋。

洄游 ㄏㄨㄟˊ ㄧㄡˊ 海洋中一些生物為適應生活上的需要，如覓食、產卵等，而形成定期定向的規律性移動。

洮 ㈠ㄊㄠˊ táo 名河流名。洮河，在甘肅省。動①盥洗。②淘洗。
㈡ㄧㄠˊ yáo 名湖泊名。位於江蘇省。

洙 ㄓㄨ zhū 名河流名。洙水，泗水的支流，源出山東省。

洗 ㈠ㄒㄧˇ xǐ 名古代用以盛水的盥洗器具，似今日的臉盆。動①以水或溶劑滌除髒汙。例洗衣。②伸雪冤屈，去除恥辱。例洗罪。
㈡ㄒㄧㄢˇ xiǎn 名姓。

洗手 ㄒㄧˇ ㄕㄡˇ ①用水清洗手上的汙穢。②比喻從此不再從事某事。通常指盜賊等改邪歸正。

洗耳 ㄒㄧˇ ㄦˇ 比喻專心、恭敬的聆聽。

洗刷 ㄒㄧˇ ㄕㄨㄚ ①洗滌刷淨。②洗除冤屈、恥辱。

洗雪 ㄒㄧˇ ㄒㄩㄝˇ ①洗刷冤屈和恥辱。②赦免。

洗淨 ㄒㄧˇ ㄐㄧㄥˋ 沖洗潔淨。

洗塵 ㄒㄧˇ ㄔㄣˊ 設宴歡迎遠來或歸來的人。

洗腦 ㄒㄧˇ ㄋㄠˇ 透過系統性的方法，對人進行密集性觀念灌輸，以改變其原有的思想和態度的一連串手法與過程。

洗禮 ㄒㄧˇ ㄌㄧˇ ①基督教及天主教的入教禮。②比喻重大的鍛鍊或考驗。

洗手間 ㄒㄧˇ ㄕㄡˇ ㄐㄧㄢ 廁所。同盥洗室。

洗心革面 ㄒㄧˇ ㄒㄧㄣ ㄍㄜˊ ㄇㄧㄢˋ 改過自新，重新做人。比喻徹底悔悟。

洗耳恭聽 ㄒㄧˇ ㄦˇ ㄍㄨㄥ ㄊㄧㄥ 專心、恭敬的聆聽。

活 ㄏㄨㄛˊ huó 名①生計。例過活。②工作。例細活。形①有生命的。例活人。②生動的。例靈活。③不固定的，可移動的。例活頁。動①生存。例活在世界上。②救助。例活人無數。副很，甚，非常。例活像。

活水 ㄏㄨㄛˊ ㄕㄨㄟˇ 有源頭會流動的水。

活字 ㄏㄨㄛˊ ㄗˋ 印刷所使用的字模。為宋朝畢昇所發明。

活佛 ㄏㄨㄛˊ ㄈㄛˊ 西藏、蒙古佛教傳承系統中最高階層的轉世喇嘛。

活動 ㄏㄨㄛˊ ㄉㄨㄥˋ ①運動。②為某種目的而採取的行動。③動搖，不穩固。

活絡 ㄏㄨㄛˊ ㄌㄨㄛˋ 靈活，通達。

活塞 ㄏㄨㄛˊ ㄙㄞ 一種金屬製或木製的塞子。裝在唧筒或機器內，可將蒸氣或燃料爆發的壓力轉換成機械能。

活潑 ㄏㄨㄛˊ ㄆㄛ 自然生動而不呆板。

活化石 ㄏㄨㄛˊ ㄏㄨㄚˋ ㄕˊ 因進化速度緩慢而保留較原始形態，並存活至今的生物。

活火山 ㄏㄨㄛˊ ㄏㄨㄛˇ ㄕㄢ 經常或週期性的噴出熔岩、水蒸氣等物的火山。

活性碳 ㄏㄨㄛˊ ㄒㄧㄥˋ ㄊㄢˋ 具高吸附力的無定性碳。

活期存款 ㄏㄨㄛˊ ㄑㄧ ㄘㄨㄣˊ ㄎㄨㄢˇ 存款人憑存摺或依約定方式，隨時可以提取的存款。

活龍活現 ㄏㄨㄛˊ ㄌㄨㄥˊ ㄏㄨㄛˊ ㄒㄧㄢˋ 形容生動逼真。

洺
ㄇㄧㄥˊ míng 名河流名。洺河，源出山西省太行山。

洵
ㄒㄩㄣˊ xún 名河流名。洵河，在陝西省。副真實，確實地。例洵屬可貴。

洚
ㄐㄧㄤˋ jiàng 形水亂流的。例洚水。

洛
ㄌㄨㄛˋ luò 名河流名。洛水，源出陝西省。

洛書 ㄌㄨㄛˋ ㄕㄨ 相傳夏禹治水，神龜從洛水出現，背上有九組不同點數組成的圖畫，禹排列其次第，乃成治理天下的九種大法，稱為洛書。

洛陽紙貴 ㄌㄨㄛˋ ㄧㄤˊ ㄓˇ ㄍㄨㄟˋ 晉人左思寫成「三都賦」後，時人競相傳寫，使洛陽的紙價上漲而昂貴。後比喻著作風行一時。

洶
ㄒㄩㄥ xiōng 見「洶洶」、「洶湧」。

洶洶 ㄒㄩㄥ ㄒㄩㄥ ①形容水流騰湧的聲音。②形容氣勢盛大的樣子。例來勢洶洶。

洶湧 ㄒㄩㄥ ㄩㄥˇ ①水流騰湧、捲起波浪的樣子。例波濤洶湧。②比喻人多聚集在一起的樣子。例人潮洶湧。

洎
ㄐㄧˋ jì 動到，及。例自古洎今。

洫
ㄒㄩˋ xù 名①田間的水道。②泛指溝渠。例溝洫。③護城河。

洑
ㄈㄨˊ fú 名迴流，漩渦。形潛流在地下的。例洑流。動游泳，泅水。

洽
ㄑㄧㄚˋ qià 形廣博的，周遍的。例博學洽聞。動①浸潤，沾溼。②和睦，協調。例融洽。③商量，商談。例洽商。

洽聞 ㄑㄧㄚˋ ㄨㄣˊ 比喻人博學多聞。

洳
ㄖㄨˋ rù 名河流名。洳河，源出河北省。形潮溼的。

派
ㄆㄞˋ pài 名①江河支流。②人、事或學術的分支系統。例學派。③作風或氣度。例派頭。④英語pie的音譯。一種西式烘焙食品。例蘋果派。動①分配。例攤派。②差遣，任用。例委派。③安排。例派上用場。④指責。例派不是。

派司 ㄆㄞˋ ㄙ 英語pass的音譯。用厚紙裝訂成小冊子的通行證，用來免除普通手續的執照。

派任 ㄆㄞˋ ㄖㄣˋ 由上級分派任用。

派系 ㄆㄞˋ ㄒㄧˋ 環繞著某個人或問題所組織的一個群體或小派別。

派遣 ㄆㄞˋ ㄑㄧㄢˇ 差遣，派任。指命令某人到某處工作。

派駐 ㄆㄞˋ ㄓㄨˋ 派遣駐守。指政府或機關行號派遣人員進駐某地執行任務。

派對 ㄆㄞˋ ㄉㄨㄟˋ 英語party的音譯。一種非正式的舞會，不像正式宴會般隆重，參加者可以穿著簡便衣裳。

派頭 ㄆㄞˋ ㄊㄡˊ 指言語舉動的氣派、作風。同架勢。

派不是 ㄆㄞˋ ㄅㄨˋ ㄕˋ 指責別人的過失。

派出所 ㄆㄞˋ ㄔㄨ ㄙㄨㄛˇ 警察分局於轄內重要地區或警察勤務區適當之處，所設置的勤務執行機構。

派上用場 ㄆㄞˋ ㄕㄤˋ ㄩㄥˋ ㄔㄤˇ 指用得著、用得上。

七畫

浣 ㄨㄢˇ wǎn 名唐代官吏每十天休息、沐浴一次，每月分上浣、中浣、下浣。後借作為上旬、中旬、下旬的別稱。動洗。例浣滌。

浣滌 ㄨㄢˇ ㄉㄧˊ 用水洗滌。

浣花日 ㄨㄢˇ ㄏㄨㄚ ㄖˋ 每年農曆四月十九日，蜀人多游宴於浣花溪，稱為浣花日。

浪 ㄌㄤˋ làng 名①大的水波。例海浪。②物體因振動而起伏如浪。例聲浪。形放縱不拘，放蕩不正。例浪蕩。副①虛妄，空。例浪得虛名。②輕率，隨意。例浪費。

浪子 ㄌㄤˋ ㄗˇ 不務正業、游手好閒的放蕩青年。

浪花 ㄌㄤˋ ㄏㄨㄚ 波浪互相衝擊而濺起的水。

浪費 ㄌㄤˋ ㄈㄟˋ 沒有節制、無益的耗費。

浪漫 ㄌㄤˋ ㄇㄢˋ ①放肆，怠慢，不積極。②富有詩意，充滿感性氣氛的。

浪蕩 ㄌㄤˋ ㄉㄤˋ ①四處漫遊、流浪。②行為放蕩不檢。

浪濤 ㄌㄤˋ ㄊㄠ 指大的波浪。

浪擲 ㄌㄤˋ ㄓˊ 指白白浪費寶貴的東西。例浪擲青春。

浪得虛名 ㄌㄤˋ ㄉㄜˊ ㄒㄩ ㄇㄧㄥˊ 空有他人的讚譽，卻無真本領。

浪跡江湖 ㄌㄤˋ ㄐㄧ ㄐㄧㄤ ㄏㄨˊ 到處流浪，走遍四方各地。

涕 ㄊㄧˋ tì 名①眼淚。例痛哭流涕。②從鼻子流出的液體。例鼻涕。

涕泣 ㄊㄧˋ ㄑㄧˋ 流淚哭泣。

涕淚 ㄊㄧˋ ㄌㄟˋ 鼻涕眼淚。用以表示情緒激昂、涕泗縱橫的樣子。

涕零 ㄊㄧˋ ㄌㄧㄥˊ 流下眼淚。例感激涕零。

涕泗縱橫 ㄊㄧˋ ㄙˋ ㄗㄨㄥˋ ㄏㄥˊ 眼淚和鼻涕一起流下。形容哭得很傷心。

浡 ㄅㄛˊ bó 動湧出。副興起地，盛大地。例浡然。

浸 ㄐㄧㄣˋ jìn 動泡在液體中。例浸泡。副漸漸地，逐漸地。例浸漸。

浸泡 ㄐㄧㄣˋ ㄆㄠˋ 放在液體中泡。

浸染 ㄐㄧㄣˋ ㄖㄢˇ 比喻人逐漸沾染某種習性。

浸淫 ㄐㄧㄣˋ ㄧㄣˊ ①大水浸漬、滲入。②逐漸親附，漸次接近。例浸淫日廣。

浸漬 ㄐㄧㄣˋ ㄗˋ 在液體中浸泡。

浸漸 ㄐㄧㄣˋ ㄐㄧㄢˋ 逐漸，慢慢的累積而成。

浸潤 ㄐㄧㄣˋ ㄖㄨㄣˋ 指受到水的沾潤、滋潤，而產生影響。比喻蒙受恩惠之意。

涒 ㊀ㄊㄨㄣ tūn 動吃了又吐出來。㊁ㄐㄩㄣ jūn 形涒鄰，水流迴旋的樣子。

浦 ㄆㄨˇ pǔ 名①河岸，水邊。②河川主、支流匯合處或入海口。

涑 ㄙㄨˋ sù 名河流名。涑水，源出山西省。

浙 ㄓㄜˋ zhè 名①河流名。浙江，位於浙江省境內。②浙江省的簡稱。

涌 ㄩㄥˇ yǒng 動同「湧」。水從下往上冒出。

涌流 ㄩㄥˇ ㄌㄧㄡˊ 指液體噴瀉、奔流的樣子。

浹 ㄐㄧㄚˊ jiá 動溼透。例汗流浹背。

浯 ㄨˊ wú 名河流名。浯水，源出山東省。

涇 ㄐㄧㄥ jīng 名河流名。涇河，源出甘肅省，流入陝西省注入渭河。

涇渭分明 ㄐㄧㄥ ㄨㄟˋ ㄈㄣ ㄇㄧㄥˊ 涇水流入渭水時，清濁不混，界限分明。比喻是非好壞區分得非常清楚。

消 ㄒㄧㄠ xiāo 動①除去。例消滅。②散失。例消失。③減退，衰退。例此消彼長。④排遣，打發。例消遣。⑤耗損，耗費。例消費。⑥溶解。例冰消瓦解。⑦享受。例消受。⑧需要。例不消說。

消化 ㄒㄧㄠ ㄏㄨㄚˋ ①食物在體內經過種種變化成為身體能夠利用物質的過程。②比喻對知識的吸收、理解。③商品的售出。

消失 ㄒㄧㄠ ㄕ 指東西消逝不見，從有變成沒有。

消夜 ㄒㄧㄠ ㄧㄝˋ 夜間吃的點心。也作「宵夜」。

消受 ㄒㄧㄠ ㄕㄡˋ ①享用，受用。例無福消受。②忍受，受得了。例難以消受。

消毒 ㄒㄧㄠ ㄉㄨˊ 以物理或化學等不同方式殺滅細菌、病菌等微生物，以中止細菌的生長或病菌的傳染。

消弭 ㄒㄧㄠ ㄇㄧˇ 消滅，停止平息。例消弭戰爭。

消耗 ㄒㄧㄠ ㄏㄠˋ 物品或體力因使用而漸漸耗損。

消息 ㄒㄧㄠ ㄒㄧˊ 音信，訊息。

消暑 ㄒㄧㄠ ㄕㄨˇ 消除暑氣。同消夏。

消費 ㄒㄧㄠ ㄈㄟˋ 使用或消耗財物。

消極 ㄒㄧㄠ ㄐㄧˊ 逃避現實，消沉不積極。

消滅 ㄒㄧㄠ ㄇㄧㄝˋ 消除毀滅。

消遣 ㄒㄧㄠ ㄑㄧㄢˇ ①排解愁悶。②戲弄。③休閒。

消瘦 ㄒㄧㄠ ㄕㄡˋ 指人逐漸消減瘦弱。

消魂 ㄒㄧㄠ ㄏㄨㄣˊ 為情所惑而心神迷亂。也作「銷魂」。

消磨 ㄒㄧㄠ ㄇㄛˊ ①漸漸消耗、消滅。②排遣時光。

消炎藥 ㄒㄧㄠ ㄧㄢˊ ㄧㄠˋ 能抑制發炎症狀、減少疼痛的藥物。

消音器 ㄒㄧㄠ ㄧㄣ ㄑㄧˋ 附加於汽機車或槍管出口使其聲音減弱的裝置。

消災解厄 ㄒㄧㄠ ㄗㄞ ㄐㄧㄝˇ ㄜˋ 消除災厄，免除禍患。

消聲匿跡 ㄒㄧㄠ ㄕㄥ ㄋㄧˋ ㄐㄧ 隱藏形蹤，不為別人所知。

涅 ㄋㄧㄝˋ niè 動 用黑色染，染黑。例 涅面。

涅槃 ㄋㄧㄝˋ ㄆㄢˊ 佛教修行者的終極理想。指滅掉貪、瞋、痴的境界。也用來尊稱出家人去世。

浬 ㄌㄧˇ lǐ 名 計算海面長度的單位。公制一浬約等於一千八百五十二公尺。今作「海里」。

浥 ㄧˋ yì 動 潤溼，沾溼。例 王維．渭城曲：「渭城朝雨浥輕塵。」

浞 ㄓㄨㄛˊ zhuó 名 人名用字。夏朝有窮國后羿的宰相寒浞，殺后羿自立，直到少康中興，夏朝才復國。

涉 ㄕㄜˋ shè 動 ①徒步渡水。例 跋山涉水。②經歷。例 涉險。③牽連，相關。例 牽涉。④進入，陷入。例 涉足。⑤泛讀，博覽。例 涉獵群書。

涉及 ㄕㄜˋ ㄐㄧˊ 牽涉，關聯到。

涉水 ㄕㄜˋ ㄕㄨㄟˇ 在淺水中行走渡過。

涉世 ㄕㄜˋ ㄕˋ 經歷世事。例 涉世未深。

涉足 ㄕㄜˋ ㄗㄨˊ 進入某一境界、處所。例 涉足政壇。

涉嫌 ㄕㄜˋ ㄒㄧㄢˊ 有涉及的嫌疑。

涉獵 ㄕㄜˋ ㄌㄧㄝˋ 粗略的看過而不深入鑽研。

涉覽 ㄕㄜˋ ㄌㄢˇ 隨意讀書，過目而不仔細研究。

涓 ㄐㄩㄢ juān 名 細流。形 細微的。例 涓滴。動 選擇。例 涓吉。

涓吉 ㄐㄩㄢ ㄐㄧˊ 擇取吉祥的日子。

涓涓 ㄐㄩㄢ ㄐㄩㄢ 細水慢流的樣子。

涓滴歸公 ㄐㄩㄢ ㄉㄧ ㄍㄨㄟ ㄍㄨㄥ 即使是極少量的財物，也要上繳給公家。比喻官吏清廉。

涔 ㄘㄣˊ cén 形 ①水多的樣子。②流不停的樣子。例 淚涔涔。

涔涔 ㄘㄣˊ ㄘㄣˊ ①雨多的樣子。②流汗、流淚的樣子。③煩悶困頓的樣子。④天色陰晦的樣子。

浮 ㄈㄨˊ fú 形 ①在水上或空中的。例 富貴於我如浮雲。②表面的。例 浮土。③虛而不實的。例 浮名。④輕佻，不沉著。例 輕浮。動 ①漂在水上。例 漂浮。②顯現。例 浮現。③超過。例 人浮於事。

浮力 ㄈㄨˊ ㄌㄧˋ 液體對於沉入其中的物體向上擠壓之力。在空氣中也有浮力。

浮生 ㄈㄨˊ ㄕㄥ 指人生。例 偷得浮生半日閒。

浮名 ㄈㄨˊ ㄇㄧㄥˊ 虛幻不真實的名聲。同 虛名。

浮沉 ㄈㄨˊ ㄔㄣˊ ①隨波逐流，追隨世俗。②比喻盛衰。

浮動 ㄈㄨˊ ㄉㄨㄥˋ ①指物體隨著液體漂動。②指浮躁不定的人心。

浮雲 ㄈㄨˊ ㄩㄣˊ ①天空飄浮的雲。②比喻不足掛心或重視的事物。

浮華 ㄈㄨˊ ㄏㄨㄚˊ 虛浮華靡的表面，內在卻很空虛。比喻人講求華美的外表，卻不切實際。

浮標 ㄈㄨˊ ㄅㄧㄠ 浮於水面引導船隻的標識，多設在水中有礁石或有淺灘的地方。

浮雕 ㄈㄨˊ ㄉㄧㄠ 在木、石、銅等材料的平面上，雕出凸起的半立體雕像，並留有背景。分深雕與淺雕兩種。

浮躁 ㄈㄨˊ ㄗㄠˋ 指輕浮好動，沒有耐性。

浮生若夢 ㄈㄨˊ ㄕㄥ ㄖㄨㄛˋ ㄇㄥˋ 形容人生好像短暫的夢幻一般不真實。

浮光掠影 ㄈㄨˊ ㄍㄨㄤ ㄌㄩㄝˋ ㄧㄥˇ ①比喻文章或言論的內容膚淺空泛，不著邊際。②比喻世事稍縱即逝，不可捉摸。

涘

ㄙˋ sì 名水邊，岸邊。

浚

ㄐㄩㄣˋ jùn 形深的。動通「濬」。疏通或挖深水道。

浩

ㄏㄠˋ hào 形①水勢盛大的樣子。②大，廣大的。例浩劫。③繁多的，眾多的。例費用浩繁。

浩劫 ㄏㄠˋ ㄐㄧㄝˊ 大災難。

浩氣 ㄏㄠˋ ㄑㄧˋ 正大剛直之氣。

浩渺 ㄏㄠˋ ㄇㄧㄠˇ 廣大遼闊的樣子。

浩繁 ㄏㄠˋ ㄈㄢˊ 浩大而繁多。例食指浩繁。

浩瀚 ㄏㄠˋ ㄏㄢˋ ①水盛大廣闊的樣子。②廣大繁多。

浩浩蕩蕩 ㄏㄠˋ ㄏㄠˋ ㄉㄤˋ ㄉㄤˋ ①水勢盛大壯闊的樣子。②形容氣勢雄壯、規模宏大。

浩然之氣 ㄏㄠˋ ㄖㄢˊ ㄓ ㄑㄧˋ 天地間正大剛直的正氣。

海

ㄏㄞˇ hǎi 名①地球上鄰接大陸而小於洋的水域。例南海。②內陸的大湖或人工湖。例青海。③聚集眾多的人或物。例人海。④領域。例學海無涯。形巨大的。例海量。副狠狠地，嚴重地。例他被海扁了一頓。

海口 ㄏㄞˇ ㄎㄡˇ ①內河通海的地方。也指臨海的地方。②誇口，說大話。

海內 ㄏㄞˇ ㄋㄟˋ 天下，四海之內。

海外 ㄏㄞˇ ㄨㄞˋ 國外。

海防 ㄏㄞˇ ㄈㄤˊ 海口及沿海要地的防務。

海里 ㄏㄞˇ ㄌㄧˇ 即「浬」，計算海面長度的單位。公制一海里等於一．八五二公里。

海角 ㄏㄞˇ ㄐㄧㄠˇ ①突出於海中的狹長形土地。②形容極遠的地方。例海角天涯。

海事 ㄏㄞˇ ㄕˋ 關於船舶、航海的事項。

海拔 ㄏㄞˇ ㄅㄚˊ 以海平面為基準所度量的垂直高度。

海床 ㄏㄞˇ ㄔㄨㄤˊ 海洋的底部。

海岸 ㄏㄞˇ ㄢˋ 銜接海洋邊緣的陸地，即陸海交界之處。

海洋 ㄏㄞˇ ㄧㄤˊ 地球表面除了陸地之外的廣大鹹水水域。

海軍 ㄏㄞˇ ㄐㄩㄣ 擔負海上作戰及保衛國家海域的軍隊。

海峽 ㄏㄞˇ ㄒㄧㄚˊ 夾在兩塊陸地間的狹長水道，其兩端和大海相連。

海島 ㄏㄞˇ ㄉㄠˇ 突出海面的島嶼。

海涵 ㄏㄞˇ ㄏㄢˊ 說人度量大或請人寬諒的話。

海盜 ㄏㄞˇ ㄉㄠˋ 在海上掠奪他人財物者。

海報 ㄏㄞˇ ㄅㄠˋ 一種平面設計的廣告，有宣傳的效果。

海隅 ㄏㄞˇ ㄩˊ 沿海偏遠的地方。

海溝 ㄏㄞˇ ㄍㄡ 大洋邊緣的溝狀深海，為海洋最深部分。

海運 ㄏㄞˇ ㄩㄣˋ 以船舶在海上運輸。

海禁 ㄏㄞˇ ㄐㄧㄣˋ 指關於航海的各種禁令。

海圖 ㄏㄞˇ ㄊㄨˊ 航海所用的圖表。以數字表示海底的深淺，並詳載岩礁的位置等。

海蝕 ㄏㄞˇ ㄕˊ 海水的沖擊侵蝕。

海嘯 ㄏㄞˇ ㄒㄧㄠˋ 因海底地震、坍方、火山爆發等地盤變動，引起海面水位變化所造成的巨大海浪。

海難 ㄏㄞˇ ㄋㄢˋ 航海時發生的各種不幸事件。如觸礁、沉船等。

海鮮 ㄏㄞˇ ㄒㄧㄢ 海中可供食用的新鮮生物。

海關 ㄏㄞˇ ㄍㄨㄢ ①舊時設置於沿海地區，用以管制出入的關口。②辦理出入國境的監督、檢查及徵收關稅等事物的機關。

海灘 ㄏㄞˇ ㄊㄢ 泛稱海邊的沙地。

海鹽 ㄏㄞˇ ㄧㄢˊ 用海水煮乾或曬乾而成的鹽。

海市蜃樓 ㄏㄞˇ ㄕˋ ㄕㄣˋ ㄌㄡˊ 由於光線通過不同密度的空氣層，發生折射作用，使得遠處的景物投映在空中或地面上。比喻虛幻的景象或事物。

海枯石爛 ㄏㄞˇ ㄎㄨ ㄕˊ ㄌㄢˋ 海水枯乾，石頭風化粉碎。形容經歷時間長久。後用以比喻意志堅定，永久不變。

海晏河清 ㄏㄞˇ ㄧㄢˋ ㄏㄜˊ ㄑㄧㄥ 海水平靜，黃河清澈。比喻天下太平。

海誓山盟 ㄏㄞˇ ㄕˋ ㄕㄢ ㄇㄥˊ 強調誓盟的堅久不變。

海闊天空 ㄏㄞˇ ㄎㄨㄛˋ ㄊㄧㄢ ㄎㄨㄥ ①形容天地遼闊無邊際。②比喻心胸開闊或心情開朗。③無拘無束，漫無邊際。

浼

ㄇㄟˇ měi 動①玷汙。②請託，請求。

涂

ㄊㄨˊ tú 名①通「塗」、「途」。道路。②姓。

浠

ㄒㄧ xī 名河流名。浠水，源出湖北省。

涗

ㄕㄨㄟˋ shuì 名溫水。動過濾渣滓，使酒成清酒。

浴

ㄩˋ yù 形洗澡用的。例浴室。動①洗澡。例沐浴。②洗滌。例浴佛。③浸染，浸泡。例永浴愛河。

浴巾 ㄩˋ ㄐㄧㄣ 洗澡專用的大毛巾，比洗臉用的毛巾大。

浴池 ㄩˋ ㄔˊ 供許多人同時沐浴的大水池。

浴室 ㄩˋ ㄕˋ 洗澡用的房間。

浴缸 ㄩˋ ㄍㄤ 洗澡時所用的缸形盛水器。

浴場 ㄩˋ ㄔㄤˇ ①供人沐浴的場所。②海邊露天的游泳場所。

八畫

淙

ㄘㄨㄥˊ cóng 形①形容水流動的聲音。②形容樂器所發出的聲音。

淙淙 ㄘㄨㄥˊ ㄘㄨㄥˊ ①流水聲。②形容金石聲。

涫

ㄍㄨㄢˋ guàn 形滾沸的。例沸涫。

涳

ㄎㄨㄥ kōng 形涳濛，煙雨迷茫的樣子。

涪

ㄈㄨˊ fú 名河流名。涪江，源出四川省。

深

ㄕㄣ shēn 形①從高到下，從表面到底部的距離很大的。例深海。②高奧，精微。例深奧。③濃厚。例一往情深。④形容時間的久、晚。例年深日久。⑤茂盛。例杜甫．春望詩：「國破山河在，城春草木深。」副很，非常。例深有同感。

深山 ㄕㄣ ㄕㄢ 幽深僻遠的山壑。

深交 ㄕㄣ ㄐㄧㄠ 深密交往。

深究 ㄕㄣ ㄐㄧㄡ 深入研究。

深刻 ㄕㄣ ㄎㄜˋ ①刻鏤深入，難以忘懷。②見解精闢透徹，含義深遠。

深長 ㄕㄣ ㄔㄤˊ 含義精深遠大，耐人尋味。

深省 ㄕㄣ ㄒㄧㄥˇ 深切的省悟。

深耕 ㄕㄣ ㄍㄥ 為有利於作物生長，作深約二十公分以上的翻耕土壤工作。

深情 ㄕㄣ ㄑㄧㄥˊ 深厚的情誼。

深造 ㄕㄣ ㄗㄠˋ 深入精微的境界。

深淵 ㄕㄣ ㄩㄢ 很深的水。比喻危險的地方。

深閨 ㄕㄣ ㄍㄨㄟ 婦女所居住的內室。

深邃 ㄕㄣ ㄙㄨㄟˋ ①幽深。②深遠。

深入淺出 ㄕㄣ ㄖㄨˋ ㄑㄧㄢˇ ㄔㄨ 以淺顯易懂的語言文字，表達深刻的內容。

深宅大院 ㄕㄣ ㄓㄞˊ ㄉㄚˋ ㄩㄢˋ 房室眾多，庭院寬闊。比喻富貴人家。

深居簡出 ㄕㄣ ㄐㄩ ㄐㄧㄢˇ ㄔㄨ 指居於深密的地方，很少外出。

深明大義 ㄕㄣ ㄇㄧㄥˊ ㄉㄚˋ ㄧˋ 能識大體，顧全大局。

深耕易耨 ㄕㄣ ㄍㄥ ㄧˋ ㄋㄡˋ 勤於耕種，除去雜草。

深淵薄冰 ㄕㄣ ㄩㄢ ㄅㄛˊ ㄅㄧㄥ 比喻身臨險境，戰戰兢兢，小心謹慎。

深惡痛絕 ㄕㄣ ㄨˋ ㄊㄨㄥˋ ㄐㄩㄝˊ 厭惡、痛恨到極點。

深謀遠慮 ㄕㄣ ㄇㄡˊ ㄩㄢˇ ㄌㄩˋ 計畫周密而思慮深遠。

淳

ㄔㄨㄣˊ chún 名質樸敦厚。形①濃厚的。例淳酒。②篤厚，樸實的。例民風淳樸。

淳良 ㄔㄨㄣˊ ㄌㄧㄤˊ 指人的性格樸實而善良。

淳風 ㄔㄨㄣˊ ㄈㄥ 淳厚樸實的風俗。

淳厚 ㄔㄨㄣˊ ㄏㄡˋ 質樸敦厚、不虛浮。

淳樸 ㄔㄨㄣˊ ㄆㄨˊ 指人性格敦厚樸實、誠懇。

涼

㈠ㄌㄧㄤˊ liáng 名感冒，風寒。例受涼。形①冷，微寒。例涼水。②冷清，不熱鬧。例荒涼。③愁悵，悲苦。例淒涼。④淡薄，不善。例世態炎涼。動比喻失望。例心涼了一半。㈡ㄌㄧㄤˋ liàng 動置物於通風處，以降低熱度。例涼茶。

涼快 ㄌㄧㄤˊ ㄎㄨㄞˋ ①溫度適中，清爽宜人。②引申為穿著暴露。③比喻不必插手某些事件。例到一邊涼快吧！

涼拌 ㄌㄧㄤˊ ㄅㄢˋ 菜餚冷食的調理方法。例涼拌苦瓜。

涼亭 ㄌㄧㄤˊ ㄊㄧㄥˊ 供行人休息或避雨的亭子。

涼爽 ㄌㄧㄤˊ ㄕㄨㄤˇ 清涼舒爽。

涼蓆 ㄌㄧㄤˊ ㄒㄧˊ 夏日供人坐臥的竹蓆或草蓆。

涼鞋 ㄌㄧㄤˊ ㄒㄧㄝˊ 夏日所穿，四面通風的鞋子。

淬

ㄘㄨㄟˋ cuì 名滅火器。動①同「焠」。打造刀劍時，將金屬燒紅後浸入水中，以增加其硬度，使其更堅利。②磨鍊。例淬礪。

淬礪 ㄘㄨㄟˋ ㄌㄧˋ 磨鍊鋒刃。比喻發憤進修。

液

ㄧㄝˋ yè 名流質汁液。例唾液。

液化 ㄧㄝˋ ㄏㄨㄚˋ 氣體因溫度下降或壓力升高而化為液體的現象。

液晶 ㄧㄝˋ ㄐㄧㄥ 具有液體的流動性及表面張力，又有晶體光學性質的有機物質。

液態 ㄧㄝˋ ㄊㄞˋ 一種介於氣態和固態之間，易於流動而幾乎不可壓縮的狀態。

液體 ㄧㄝˋ ㄊㄧˇ 有一定體積，無一定形狀，而能流動的物體。如水、油等。

淤

ㄩ yū 名水中沉積的泥沙。形積滯不暢通的。例淤泥。動沉積，阻塞。例淤積。

淤血 ㄩ ㄒㄧㄝˇ 指血液凝滯不通或凝聚不流動的血。亦作「瘀血」。

淤河 ㄩ ㄏㄜˊ 被泥沙淤積堵塞的河流。

淤淺 ㄩ ㄑㄧㄢˇ 因泥沙淤積而使河床變淺。

淤塞 ㄩ ㄙㄜˋ 淤積阻塞不能暢通。

淤積 ㄩ ㄐㄧ 水中泥沙因水流緩慢或停滯而沉積。

淡

㊀ㄉㄢˋ dàn 形①味道不鹹、不重。例淡而無味。②稀薄，不濃厚。例淡酒。③顏色淺的。例淡黃色。④不熱心。例冷淡。⑤不旺盛。例淡季。㊁ㄧㄢˇ yǎn 形淡淡，若隱若現的樣子。

淡出 ㄉㄢˋ ㄔㄨ 引申為漸漸退出某種活動。

淡忘 ㄉㄢˋ ㄨㄤˋ 漸漸自記憶中消失。

淡季 ㄉㄢˋ ㄐㄧˋ 交易清淡或東西出產稀少的季節。

淡泊 ㄉㄢˋ ㄅㄛˊ 恬靜無為，不求名利。亦作「澹泊」。

淡淡 ㊀ㄉㄢˋ ㄉㄢˋ ①態度不熱烈、冷淡的樣子。②味道不濃。㊁ㄧㄢˇ ㄧㄢˇ 若隱若現的樣子。

淡飯 ㄉㄢˋ ㄈㄢˋ 不精美的食物。例粗茶淡飯。

淡然 ㄉㄢˋ ㄖㄢˊ 不在意、不經心的樣子。

淡雅 ㄉㄢˋ ㄧㄚˇ 清淡高雅的氣質。

淡薄 ㄉㄢˋ ㄅㄛˊ ①不濃厚，稀薄。②平淡，清靜。

淡妝濃抹 ㄉㄢˋ ㄓㄨㄤ ㄋㄨㄥˊ ㄇㄛˇ 女子濃淡不同的兩種妝飾。

淡掃蛾眉 ㄉㄢˋ ㄙㄠˇ ㄜˊ ㄇㄟˊ 淡雅的妝扮。

淡然處之 ㄉㄢˋ ㄖㄢˊ ㄔㄨˇ ㄓ 以平靜的態度面對、處理事情。

淒

ㄑㄧ qī 形①寒冷的。例淒風苦雨。②通「悽」。悲傷的。

淒切 ㄑㄧ ㄑㄧㄝˋ 淒涼悲切的樣子。

淒迷 ㄑㄧ ㄇㄧˊ ①景物淒涼迷濛。②悲悽迷惘的樣子。

淒淒 ㄑㄧ ㄑㄧ ①淒涼寒冷的樣子。②悲傷哀痛的樣子。

淒涼 ㄑㄧ ㄌㄧㄤˊ ①悲苦。②形容環境孤寂、冷清。

淒厲 ㄑㄧ ㄌㄧˋ 形容聲音悲悽尖銳。

淒風苦雨 ㄑㄧ ㄈㄥ ㄎㄨˇ ㄩˇ 形容天氣惡劣。

淒淒慘慘 ㄑㄧ ㄑㄧ ㄘㄢˇ ㄘㄢˇ 淒涼悲慘的樣子。也作「悽悽慘慘」。

清 ㄑㄧㄥ qīng 名 朝代名。滿族愛新覺羅氏所建立，為中國最後一個王朝。形 ①澄淨。例清潔。②高潔，廉潔。例清望。③寂靜的。例冷清。④秀美的。例眉清目秀。⑤安定，太平。例清平盛世。動 ①使乾淨，使整齊。例清洗。②整頓。例清黨。③結帳。例清帳。④點檢清楚。例清點。副 ①單純地。例清一色。②淨盡地，一點也不留。例還清。③詳細地，明白地。例點清數目。

清心 ㄑㄧㄥ ㄒㄧㄣ ①去除雜念，使心情恬靜安寧。②澄靜沒有雜念的心境。

清水 ㄑㄧㄥ ㄕㄨㄟˇ 清澈乾淨的水。

清冊 ㄑㄧㄥ ㄘㄜˋ 登錄清楚、明細詳盡的冊子。

清白 ㄑㄧㄥ ㄅㄞˊ ①純潔未受汙染。②清楚明白。

清早 ㄑㄧㄥ ㄗㄠˇ 指天剛亮的時候。同清晨。

清秀 ㄑㄧㄥ ㄒㄧㄡˋ 比喻人秀美不俗氣。

清官 ㄑㄧㄥ ㄍㄨㄢ ①清貴顯要的官職。②公正廉潔的官吏。

清明 ㄑㄧㄥ ㄇㄧㄥˊ ①清澈明淨。②天下太平，政治有法度。③二十四節氣之一，國曆四月五日前後。

清香 ㄑㄧㄥ ㄒㄧㄤ 指氣味清新芳香。

清查 ㄑㄧㄥ ㄔㄚˊ 指徹底檢查，一點也不馬虎。

清流 ㄑㄧㄥ ㄌㄧㄡˊ ①清澈的水流。②比喻品性清高的名士。

清高 ㄑㄧㄥ ㄍㄠ 清雅高潔。例自命清高。

清純 ㄑㄧㄥ ㄔㄨㄣˊ 清新純潔。

清朗 ㄑㄧㄥ ㄌㄤˇ ①清淨明朗。②形容聲音清晰響亮。

清脆 ㄑㄧㄥ ㄘㄨㄟˋ 聲音清晰響亮。

清茶 ㄑㄧㄥ ㄔㄚˊ ①用綠茶沖泡的茶水。②除了茶水，沒有其他點心食物。

清除 ㄑㄧㄥ ㄔㄨˊ 全部清理掃除。

清理 ㄑㄧㄥ ㄌㄧˇ 整理，處理。

清爽 ㄑㄧㄥ ㄕㄨㄤˇ 輕鬆爽快。

清淡 ㄑㄧㄥ ㄉㄢˋ ①食物菜餚等含油脂不多。②不景氣，營業數額少。

清貧 ㄑㄧㄥ ㄆㄧㄣˊ ①形容非常窮苦。②窮苦而不失節。

清唱 ㄑㄧㄥ ㄔㄤˋ 指沒有音樂伴奏的演唱。

清單 ㄑㄧㄥ ㄉㄢ 清楚詳細的列有各個項目的單據。

清晰 ㄑㄧㄥ ㄒㄧ 清楚明白。

清湯 ㄑㄧㄥ ㄊㄤ 只加調味料而沒有菜的湯。

清寒 ㄑㄧㄥ ㄏㄢˊ 貧寒。

清閒 ㄑㄧㄥ ㄒㄧㄢˊ 清靜閒適。

清新 ㄑㄧㄥ ㄒㄧㄣ 清爽新穎。

清廉 ㄑㄧㄥ ㄌㄧㄢˊ 清正廉潔不貪汙。

清楚 ㄑㄧㄥ ㄔㄨˇ 清晰明白。

清福 ㄑㄧㄥ ㄈㄨˊ 清閒的福分。

清澈 ㄑㄧㄥ ㄔㄜˋ 澄淨透明。

清算 ㄑㄧㄥ ㄙㄨㄢˋ ①徹底整理計算。②泛稱一切事結束時所作的最後總評。

清談 ㄑㄧㄥ ㄊㄢˊ ①清新高雅的言論。②閒談，閒聊。

清潔 ㄑㄧㄥ ㄐㄧㄝˊ 使環境潔淨。

清醒 ㄑㄧㄥ ㄒㄧㄥˇ 從昏迷狀態中醒來。

清靜 ㄑㄧㄥ ㄐㄧㄥˋ 安靜不吵雜。

清償 ㄑㄧㄥ ㄔㄤˊ 償還債務。

清一色 ㄑㄧㄥ ㄧˊ ㄙㄜˋ 比喻組成分子純一不雜。

清明節 ㄑㄧㄥ ㄇㄧㄥˊ ㄐㄧㄝˊ 國曆四月五日清明日，相傳為黃帝誕辰。國民政府定都後，為慎終追遠和崇敬祖先，定清明節為民族掃墓節。亦稱為掃墓節。

清風拂面 ㄑㄧㄥ ㄈㄥ ㄈㄨˊ ㄇㄧㄢˋ 涼風輕輕拂過臉龐。

清風兩袖 ㄑㄧㄥ ㄈㄥ ㄌㄧㄤˇ ㄒㄧㄡˋ 形容官吏清廉，毫無貪贓枉法之事。也作「兩袖清風」。

清風徐來 ㄑㄧㄥ ㄈㄥ ㄒㄩˊ ㄌㄞˊ 清涼的風緩緩吹來。

添

ㄊㄧㄢ tiān 動增加。例添飯。

添丁 ㄊㄧㄢ ㄉㄧㄥ 生兒子。

添補 ㄊㄧㄢ ㄅㄨˇ 增加補充物資。

添置 ㄊㄧㄢ ㄓˋ 增加設置。

添購 ㄊㄧㄢ ㄍㄡˋ 增添購買新的物品。

渚

ㄓㄨˇ zhǔ 名小洲，水中的小陸地。

涮

ㄕㄨㄢˋ shuàn 動①清洗，洗滌。例涮碗碟。②一種烹飪方法，將切好的薄肉片放入滾湯中燙一下即取出食用。例涮羊肉。③戲弄，作弄。

淈

ㄍㄨˇ gǔ 動攪亂使其混濁。例淈泥。

淩

ㄌㄧㄥˊ líng 名姓。動通「凌」。①乘。②跨越。③侵逼，欺侮。

淇

ㄑㄧˊ qí 名河流名。淇水，源出河南省。

淋

ㄌㄧㄣˊ lín 名一種生殖器官的疾病。見「淋病」。動澆。例淋溼。

淋巴 ㄌㄧㄣˊ ㄅㄚ 流動於淋巴管內無色透明的液體，由淋巴球與淋巴漿組成。

淋浴 ㄌㄧㄣˊ ㄩˋ 洗澡，以蓮蓬頭噴灑沖洗。

淋病 ㄌㄧㄣˊ ㄅㄧㄥˋ 主要經由性交傳染的一種性病，是由革蘭氏陰性雙球菌所引起，潛伏期長短不定。

淋漓盡致 ㄌㄧㄣˊ ㄌㄧˊ ㄐㄧㄣˋ ㄓˋ 文章或言語表達得暢達詳盡。

淅

ㄒㄧ xī 名①洗過的米。②河流名。淅水，源出河南省。動淘米。

淅瀝 ㄒㄧ ㄌㄧˋ 形容風雨、霜雪、落葉等聲音。

淞

ㄙㄨㄥ sōng 名河流名。淞江，在江蘇省。

涯

ㄧㄚˊ yá 名①水邊。例水涯。②邊際。例天涯海角。③極限。例莊子：「吾生也有涯。」

淺 ㈠ㄑㄧㄢˇ qiǎn 形 ①水不深的。例淺海。②上下、內外的距離小。③時間不長，不久。例時日尚淺。④不深厚的。例情深緣淺。⑤簡明容易了解的。例淺白。⑥學識粗陋，程度低。例膚淺。⑦顏色淡的。例淺綠。副稍稍地，少量。例淺酌一番。
㈡ㄐㄧㄢ jiān 形淺淺，形容水流很急的。

淺見 ㄑㄧㄢˇ ㄐㄧㄢˋ 淺薄的見解。自謙之詞。反高見。

淺易 ㄑㄧㄢˇ ㄧˋ 淺顯易懂。

淺明 ㄑㄧㄢˇ ㄇㄧㄥˊ 淺白明顯的樣子。

淺陋 ㄑㄧㄢˇ ㄌㄡˋ 見聞少而粗淺鄙陋。

淺笑 ㄑㄧㄢˇ ㄒㄧㄠˋ 指微笑。

淺海 ㄑㄧㄢˇ ㄏㄞˇ 指水深在二百公尺以內的海域環境。

淺鮮 ㄑㄧㄢˇ ㄒㄧㄢˇ 輕微而少的樣子。

淺薄 ㄑㄧㄢˇ ㄅㄛˊ 知識學力不深厚、膚淺。

淺顯易懂 ㄑㄧㄢˇ ㄒㄧㄢˇ ㄧˋ ㄉㄨㄥˇ 淺白明顯，容易了解。

淶 ㄌㄞˊ lái 名河流名。淶水，源出河北省。

涵 ㄏㄢˊ hán 名涵洞的簡稱。例橋涵。形水澤多的樣子。例涵澤。動包容，容納。例包涵。

涵洞 ㄏㄢˊ ㄉㄨㄥˋ 道路與河道、天然排水溝或渠道相交會時，所預留的空間，以利通水的暗渠或暗管。

涵義 ㄏㄢˊ ㄧˋ 所包含的意義。

涵蓋 ㄏㄢˊ ㄍㄞˋ 包含、包括一切。

涵養 ㄏㄢˊ ㄧㄤˇ ①控制情緒的修養，內心的修鍊工夫。②蓄積保持。例涵養水源。

淹 ㄧㄢ yān 動①浸漬。例淹沒。②滯留，停留。例淹年累月。副深入地，精通地。例淹通。

淹水 ㄧㄢ ㄕㄨㄟˇ 淹沒於水中。

淹沒 ㄧㄢ ㄇㄛˋ 被水遮蓋。

涿 ㄓㄨㄛˊ zhuó 名縣名。涿縣，在河北省。

淌 ㄊㄤˇ tǎng 動流下，流出。例淌血。

淌淚 ㄊㄤˇ ㄌㄟˋ 流下眼淚的樣子。

淑 ㄕㄨˊ shú 形善良的，美好的。例賢淑。

淑女 ㄕㄨˊ ㄋㄩˇ 閑雅貞靜的女子。

淑郁 ㄕㄨˊ ㄩˋ 香氣濃郁的樣子。

混 ㈠ㄏㄨㄣˋ hùn 形①雜亂的。例混亂。②汙濁不清的。例混濁。動①摻雜。例混為一談。②蒙騙，冒充。例魚目混珠。③胡亂、苟且的度過。例鬼混。
㈡ㄎㄨㄣ kūn 名混夷，西戎種族的一支，多分布於今陝西省涇渭流域一帶。

混入 ㄏㄨㄣˋ ㄖㄨˋ 混雜到裡面去。

混水 ㄏㄨㄣˋ ㄕㄨㄟˇ ①混濁不清的水。②比喻紊亂、骯髒的局面或處境。

混充 ㄏㄨㄣˋ ㄔㄨㄥ 假冒，冒充。

混合 ㄏㄨㄣˋ ㄏㄜˊ 指夾雜摻和不同種類的東西。

混沌 ㄏㄨㄣˋ ㄉㄨㄣˋ ①傳說中天地未形成時的那種元氣未分、模糊不清的狀態。②形容人糊塗無知的樣子。

混蛋 ㄏㄨㄣˊ ㄉㄢˋ 罵人愚笨、糊塗的話。亦作「渾蛋」。

混淆 ㄏㄨㄣˋ ㄒㄧㄠˊ 擾亂觀念、事物，使人無法分辨。

混亂 ㄏㄨㄣˋ ㄌㄨㄢˋ 雜亂沒有次序。

混跡 ㄏㄨㄣˋ ㄐㄧ 使行跡混雜在群眾當中。多指隱身不露。

混戰 ㄏㄨㄣˋ ㄓㄢˋ 紛亂、沒有明確目標的攻戰或鬥毆。

混濁 ㄏㄨㄣˋ ㄓㄨㄛˊ ①不清潔，不清澈。②比喻社會環境昏亂、黑暗。

混合物 ㄏㄨㄣˋ ㄏㄜˊ ㄨˋ 兩種或兩種以上的物質混合後，不起化學變化而各保有原來特性的物質。

混水摸魚 ㄏㄨㄣˋ ㄕㄨㄟˇ ㄇㄛ ㄩˊ 在混濁的水中撈魚。比喻趁混亂的時機謀取不當的利益或指工作不認真。亦作「渾水摸魚」。

混沌初開 ㄏㄨㄣˋ ㄉㄨㄣˋ ㄔㄨ ㄎㄞ 天地剛形成的時候。

混淆不清 ㄏㄨㄣˋ ㄒㄧㄠˊ ㄅㄨˋ ㄑㄧㄥ 混合在一起無法區別清楚。

淖

ㄋㄠˋ nào 名爛泥。例泥淖。

渒

㊀ㄆㄧˊ pí 名河流名。㊁ㄆㄟˊ péi 形物體搖動的樣子。例渒渒。

淟

ㄊㄧㄢˇ tiǎn 形淟涊，垢濁而不鮮明的。

涸

ㄏㄜˊ hé 形水已枯竭的。例乾涸。

涸轍鮒魚 ㄏㄜˊ ㄔㄜˋ ㄈㄨˋ ㄩˊ 比喻處在窮困的境地，正需要別人的救助。

淨

ㄐㄧㄥˋ jìng 名一種戲劇腳色，即花臉。形①清潔的。例乾淨。②純粹的，實質的。例淨利。動使清潔。例淨山。副①皆，全，都。例淨是人山人海。②只是，僅。例淨說不做。

淨心 ㄐㄧㄥˋ ㄒㄧㄣ 清淨無妄之心。

淨化 ㄐㄧㄥˋ ㄏㄨㄚˋ 使乾淨。

淨手 ㄐㄧㄥˋ ㄕㄡˇ 指洗手。

淨水 ㄐㄧㄥˋ ㄕㄨㄟˇ ①乾淨的水。②將原水加以處理，變為合於飲用水質標準的水。

淨利 ㄐㄧㄥˋ ㄌㄧˋ 總收入除去一切成本後所剩餘的利潤。

淨重 ㄐㄧㄥˋ ㄓㄨㄥˋ 物品除去包裝或容器後的實際重量。

淫

ㄧㄣˊ yín 名男女間不正常的性關係。例賣淫。形①浮濫，過度。例淫辭。②邪惡不正的。例淫聲。③貪色，放蕩的。例淫婦。動①沉溺。例淫於逸樂。②迷惑。例孟子：「富貴不能淫。」

淫雨 ㄧㄣˊ ㄩˇ 久雨，下不停的雨。亦作「霪雨」。

淫威 ㄧㄣˊ ㄨㄟ 指濫用權力，威刑過度。

淫亂 ㄧㄣˊ ㄌㄨㄢˋ 指男女不顧禮法苟合的行為。

淫蕩 ㄧㄣˊ ㄉㄤˋ 淫亂放蕩的樣子。

淫穢 ㄧㄣˊ ㄏㄨㄟˋ 淫亂、猥褻，非常醜陋的樣子。

渌

ㄌㄨˋ lù 形清澈的。動通「漉」。指水漸漸地滲透。

淝 ㄈㄟˊ féi 名河流名。淝水，源出安徽省。

淘 ㄊㄠˊ táo 形頑皮。例淘氣。動①用水洗，以清除雜質。例淘米。②挖深或疏通。例淘井。③損耗。例淘空。

淘汰 ㄊㄠˊ ㄊㄞˋ 經由選擇或競爭，剔除無用的人或物。

淘金 ㄊㄠˊ ㄐㄧㄣ ①採金者用水洗去砂質，採取金屬。②比喻想發財的夢想。

淘氣 ㄊㄠˊ ㄑㄧˋ 指孩童頑皮、搗蛋的樣子。

淮 ㄏㄨㄞˊ huái 名河流名。淮河，發源於河南省。也稱為淮水。

淮軍 ㄏㄨㄞˊ ㄐㄩㄣ 清代李鴻章招募淮河流域人民組成的軍隊，對滿清中興有大功。

淮南雞犬 ㄏㄨㄞˊ ㄋㄢˊ ㄐㄧ ㄑㄩㄢˇ 相傳漢代淮南王劉安隨八位神仙白日升天，家中的雞犬也因吃到剩下的藥而得以升天。後用來指依附他人權勢而顯貴的人。

涎 ㄒㄧㄢˊ xián 名唾液，口水。例垂涎三尺。

涎沫 ㄒㄧㄢˊ ㄇㄛˋ 唾液，口水。

涎皮賴臉 ㄒㄧㄢˊ ㄆㄧˊ ㄌㄞˋ ㄌㄧㄢˇ 罵人無賴、不知羞恥的樣子。

淵 ㄩㄢ yuān 名①深水，深潭。例詩經：「如臨深淵，如履薄冰。」②根源，本源。例淵源。③人或物聚集的地方。例淵藪。形深的。例淵博。

淵博 ㄩㄢ ㄅㄛˊ 比喻人的見識淵深博大。

淵源 ㄩㄢ ㄩㄢˊ ①水的源頭。②事物的本源或師承何處。

淵藪 ㄩㄢ ㄙㄡˇ 比喻人或物聚集的地方。

淦 ㄍㄢˋ gàn 名河流名。淦水，源出江西省。動水滲入船中。

淚 ㄌㄟˋ lèi 名從眼睛流出來的液體。例流淚。

淚光 ㄌㄟˋ ㄍㄨㄤ 含在眼眶中的淚水。

淚珠 ㄌㄟˋ ㄓㄨ 淚滴如珠。形容一滴滴的眼淚。

淚眼 ㄌㄟˋ ㄧㄢˇ 含著淚水的眼睛。

淚痕 ㄌㄟˋ ㄏㄣˊ 流淚的痕跡。

淚腺 ㄌㄟˋ ㄒㄧㄢˋ 上眼皮外上方額骨內面分泌眼淚的腺體，略呈橢圓形，受副交感神經的支配。

淚人兒 ㄌㄟˋ ㄖㄣˊ ㄦˊ 形容痛哭的人。

淚汪汪 ㄌㄟˋ ㄨㄤ ㄨㄤ 淚水充滿眼眶，形容非常傷心。

淚潸潸 ㄌㄟˋ ㄕㄢ ㄕㄢ 不斷的流淚。

淚下沾襟 ㄌㄟˋ ㄒㄧㄚˋ ㄓㄢ ㄐㄧㄣ 哭得很傷心，連衣襟都沾溼了。

淚如泉湧 ㄌㄟˋ ㄖㄨˊ ㄑㄩㄢˊ ㄩㄥˇ 眼淚像泉水般的湧流而出。形容非常傷心。

淪 ㄌㄨㄣˊ lún 名水面的小波紋。例淪漣。動①沉沒，隱沒。例沉淪。②陷入，流落。例淪陷。③滅亡，喪失。例淪亡。

淪亡 ㄌㄨㄣˊ ㄨㄤˊ 淪陷而滅亡。

淪陷 ㄌㄨㄣˊ ㄒㄧㄢˋ 指喪失疆土。

淪喪 ㄌㄨㄣˊ ㄙㄤˋ 淪沒喪亡。同淪亡。

淪落 ㄌㄨㄣˊ ㄌㄨㄛˋ ①沉淪，墮落。②漂泊流離失所的樣子。

淪肌浹髓 ㄌㄨㄣˊ ㄐㄧ ㄐㄧㄚˊ ㄙㄨㄟˇ 滲透到肌膚、骨髓。比喻感受深刻或受到深厚的恩惠。

淄 ㄗ zī 名河流名。淄水，源出山東省。形通「緇」。黑色的。

淼 ㄇㄧㄠˇ miǎo 形水流廣大的樣子。例淼茫。

淼淼 ㄇㄧㄠˇ ㄇㄧㄠˇ 水勢廣闊無邊際的樣子。

淆 ㄧㄠˊ yáo 動攪亂。例混淆視聽。副雜亂地。例淆亂。

淆亂 ㄧㄠˊ ㄌㄨㄢˋ 混亂、紛亂不整齊的樣子。

九畫

游 ㄧㄡˊ yóu 名①指江河的段落。例中游。②姓。形①流動的。例游牧民族。②無業遊蕩的。例游民。動在水中浮行。例游泳。

游子 ㄧㄡˊ ㄗˇ ①離鄉客居在外的人。②游手好閒，無所事事的人。

游刃 ㄧㄡˊ ㄖㄣˋ 指用刀極為熟練，沒有停滯阻礙。又比喻人才優秀，善於治事。

游手 ㄧㄡˊ ㄕㄡˇ ①指空手的樣子。②無所事事，不務正業的樣子。例游手好閒。

游民 ㄧㄡˊ ㄇㄧㄣˊ ①古時沒有田可以耕作、流離失所的人。②今泛指到處游蕩沒有正當工作的人。

游牧 ㄧㄡˊ ㄇㄨˋ 以牧養牲畜為生，沒有固定的居所，逐水草而居。例游牧民族。

游移 ㄧㄡˊ ㄧˊ ①移動不定的樣子。②遲疑不能決定。例游移不決。同猶豫。

游資 ㄧㄡˊ ㄗ 指沒有固定的儲存，可以自由運用的流通資金。

游絲 ㄧㄡˊ ㄙ 飄在空中的蜘蛛絲或柳絮。形容非常微弱的樣子。例氣若游絲。

游擊 ㄧㄡˊ ㄐㄧˊ 見機行事，神出鬼沒的襲擊。例打游擊。

港 ㄍㄤˇ gǎng 名①江河旁出的支流。②江海口岸，可以提供停泊巨船的地方。例軍港。③香港的簡稱。例港澳。

港口 ㄍㄤˇ ㄎㄡˇ 位於江河出口，可供船隻停泊的港灣。

港灣 ㄍㄤˇ ㄨㄢ 海灣、港口的通稱。

港務局 ㄍㄤˇ ㄨˋ ㄐㄩˊ 專門負責管理港口事務的機關。

湔 ㄐㄧㄢ jiān 名河流名。湔江，在四川省。動①洗淨衣服。例湔裳。②洗刷冤曲。例湔雪。

湔洗 ㄐㄧㄢ ㄒㄧˇ ①洗滌汙穢。引申為洗刷罪名。②比喻改過自新，重新做人。

湔雪 ㄐㄧㄢ ㄒㄩㄝˇ 洗刷冤枉的罪名。同洗雪。

渡 ㄉㄨˋ dù 名乘船過河的地方。例渡口。動①由河的此岸到彼岸。例渡黃河。②通過。例蘇軾·梅花詩：「半隨飛雪渡關山。」③轉手移交，交給。例讓渡。

渡假 ㄉㄨˋ ㄐㄧㄚˋ 到某地遊玩以度過假日。或作「度假」。

渡過難關 ㄉㄨˋ ㄍㄨㄛˋ ㄋㄢˊ ㄍㄨㄢ 形容人捱過困難的窘境，步入順境。亦作「度過難關」。

渥 ㄨㄛˋ wò 形饒厚的，濃郁的。例優渥。動浸潤，沾潤。例詩經：「顏如渥丹。」

渲 ㄒㄩㄢˋ xuàn 名國畫的一種畫法，把水墨淋在紙上塗勻。例渲染。

渲染 ㄒㄩㄢˋ ㄖㄢˇ ①一種繪畫方式，塗上水墨或顏料後，再用筆擦拭，使色彩均衡，濃淡適宜。②用十分誇張的話語陳述和形容事物。

湧 ㄩㄥˇ yǒng 動①水向上飛騰。例湧泉。②向上升起。例文思泉湧。

湧潮 ㄩㄥˇ ㄔㄠˊ 發生在潮差非常大的河口，漲潮時水位突然增加，形成落差很大而有不連續的潮鋒湧向上游的情形。

湧現 ㄩㄥˇ ㄒㄧㄢˋ 大量地出現。

湊 ㄘㄡˋ còu 名通「腠」。皮膚的紋理。例湊理。動①聚集，會聚。例湊錢。②趨近，奔赴。例湊前看。③增添。例湊趣兒。副恰巧地，適逢地。例湊巧。

湊巧 ㄘㄡˋ ㄑㄧㄠˇ 偶然巧合。

湊合 ㄘㄡˋ ㄏㄜˊ ①指人或物聚集在一起。②將就的意思。

湊攏 ㄘㄡˋ ㄌㄨㄥˇ 形容聚合眾人在一起的樣子。

湊熱鬧 ㄘㄡˋ ㄖㄜˋ ㄋㄠˋ ①指參與熱鬧的事情。②形容給人添麻煩。

渠 ㄑㄩˊ qú 名人工開挖的水道。例渠道。形大的。例史記：「用興法誅其渠帥。」代他，伊。例渠輩。

渣 ㄓㄚ zhā 名①去除汁液後所剩下的物質。例甘蔗渣。②指碎塊物品、碎屑。例煤渣。

渣滓 ㄓㄚ ㄗˇ 指物品被提去精華後所剩下的東西。

減 ㄐㄧㄢˇ jiǎn 名算術的一種，即減法。動①損失，耗損。例英勇不減當年。②從整體中去掉一部分。例減少。

減刑 ㄐㄧㄢˇ ㄒㄧㄥˊ 減輕已判刑犯人的刑罰。

減免 ㄐㄧㄢˇ ㄇㄧㄢˇ 減少免除。例減免賦稅。

減肥 ㄐㄧㄢˇ ㄈㄟˊ 一種減輕自己體重的行為。

減省 ㄐㄧㄢˇ ㄕㄥˇ 減輕省略。或稱人節儉。

減俸 ㄐㄧㄢˇ ㄈㄥˋ 一種懲戒公務員的處分，即減少薪水。同減薪。

減損 ㄐㄧㄢˇ ㄙㄨㄣˇ 減少損耗。同減省。

減價 ㄐㄧㄢˇ ㄐㄧㄚˋ 降低原來的價格。

湛 ㈠ㄓㄢˋ zhàn 名姓。形①深厚的。例精湛。②清澄的，清楚的。例湛然。㈡ㄔㄣˊ chén 動通「沉」。㈢ㄉㄢ dān 形快樂的。例詩經：「鼓瑟鼓琴，和樂且湛。」㈣ㄓㄣ zhēn 動浸漬。

湛然 ㄓㄢˋ ㄖㄢˊ ①十分安靜的樣子。②清明瑩澈的樣子。

湛藍 ㄓㄢˋ ㄌㄢˊ 深藍色，深青色。例湛藍的眼睛。

湘 ㄒㄧㄤ xiāng 名①河流名。湘江，在湖南省。②湖南省的簡稱。

湘繡 ㄒㄧㄤ ㄒㄧㄡˋ 民國之後興起於湖南的刺繡。

渤 ㄅㄛˊ bó 名海洋名。即渤海。形水湧出的樣子。例渤溢。

湖 ㄏㄨˊ hú 名蓄集大水的地方。例鄱陽湖。

湖光 ㄏㄨˊ ㄍㄨㄤ 湖水的光影、風光。例湖光山色。

湖泊 ㄏㄨˊ ㄆㄛ 湖水匯集的地方。

湖熟文化 ㄏㄨˊ ㄕㄡˊ ㄨㄣˊ ㄏㄨㄚˋ 青銅器時代的文化，主要分布在長江下游江蘇的南方。

湮

ㄧㄣ yīn 形年代久遠的。例湮遠。動①埋沒，消失不見。例湮滅。②堵塞。例湮塞。

湮沒 ㄧㄣ ㄇㄛˋ 指物品被埋沒。

湮滅 ㄧㄣ ㄇㄧㄝˋ 埋沒而消失不見。同湮沒。

渭

ㄨㄟˋ wèi 名河流名。渭水，源出甘肅省。也稱渭河。

渦

㈠ㄨㄛ wō 名①水在旋轉流動時形成圓形而中央下陷的水流。例旋渦。②微微向下的渦狀凹點。例酒渦。㈡ㄍㄨㄛ guō 名河流名。渦河，源出河南省。

渦流 ㄨㄛ ㄌㄧㄡˊ ①因為磁力的改變而在金屬中感應所發生的電流。②航空學上指與主要氣流相反的小旋渦。

渦輪 ㄨㄛ ㄌㄨㄣˊ 主要藉由流體通過的衝擊力或反作用力而轉動的機器。

渴

㈠ㄎㄜˇ kě 名口乾而想要喝水。例望梅止渴。副急切地。例渴望。㈡ㄏㄜˊ hé 名古時楚越一帶稱反向流動的水。

渴念 ㄎㄜˇ ㄋㄧㄢˋ 殷切地思念。

渴望 ㄎㄜˇ ㄨㄤˋ 非常地期望。

渴睡 ㄎㄜˇ ㄕㄨㄟˋ 十分想睡。

渨

ㄨㄟ wēi 名水流彎曲的地方。

湍

ㄊㄨㄢ tuān 名急流。例急湍。形水流迅急的。例湍急。

湍急 ㄊㄨㄢ ㄐㄧˊ 水勢急快。例山泉湍急。

湍流 ㄊㄨㄢ ㄌㄧㄡˊ 急流。

渺

ㄇㄧㄠˇ miǎo 形①通「淼」。水勢長遠遼闊的。例渺然。②形容微小的。例渺小。

渺茫 ㄇㄧㄠˇ ㄇㄤˊ 寬闊、遙遠而不易見的樣子。

渺不足道 ㄇㄧㄠˇ ㄅㄨˋ ㄗㄨˊ ㄉㄠˋ 微小到不足以去重視。

渺乎其微 ㄇㄧㄠˇ ㄏㄨ ㄑㄧˊ ㄨㄟˊ 比喻十分微小。

湃

ㄆㄞˋ pài 見「澎湃」。

湯

㈠ㄊㄤ tāng 名①滾燙的熱水。例揚湯止沸、赴湯蹈火。②指商湯，即商朝的開國君主。③食物烹煮後所得的汁液。例蛋花湯。④藥材加水煎熬成的汁液。例湯劑。⑤溫泉。例泡湯。⑥姓。㈡ㄕㄤ shāng 見「湯湯」。

湯湯 ㄕㄤ ㄕㄤ 水流盛大的樣子。例浩浩湯湯。

湯圓 ㄊㄤ ㄩㄢˊ 用糯米所製，搓成圓圓的食物。

湯藥 ㄊㄤ ㄧㄠˋ 加水而煮成的藥劑。

渝

ㄩˊ yú 動改變。例信守不渝。

渾

㈠ㄏㄨㄣˊ hún 形①混濁不清的。例渾水。②糊塗的。例渾渾噩噩。③全部的。例渾身。副完全，簡直。例渾然忘我。㈡ㄏㄨㄣˋ hùn 形雜亂的。例渾淆。

渾天 ㄏㄨㄣˊ ㄊㄧㄢ 古代認為天像雞蛋的殼，地像蛋殼中的蛋黃，天包於地外，故稱天體為渾天。

渾厚 ㄏㄨㄣˊ ㄏㄡˋ ①形容詩文書畫的風格樸實。②指人品淳樸。

渾然 ㄏㄨㄣˊ ㄖㄢˊ ①形容物體自然形成不可分割的樣子。例渾然天成。②全然。例渾然不覺。

渾圓 ㄏㄨㄣˊ ㄩㄢˊ 比喻沒有稜角，圓融周全。

渾天儀 ㄏㄨㄣˊ ㄊㄧㄢ ㄧˊ 中國古時用來測量天體運行位置的天文儀器。

渾身解數 ㄏㄨㄣˊ ㄕㄣ ㄐㄧㄝˇ ㄕㄨˋ 把全身的招術武藝都使用出來，非常用心盡力的樣子。

測 ㄘㄜˋ cè 動①度量。例深不可測。②猜想，推想。例居心叵測。

測字 ㄘㄜˋ ㄗˋ 由字的筆畫、構造，測知吉凶的占卜法。

測度 ㄘㄜˋ ㄉㄨㄛˋ 揣測猜想。

測量 ㄘㄜˋ ㄌㄧㄤˊ 使用儀器或量具以測定速度、長度等數值，或有關地形、地物之高下、大小等的狀態。

測驗 ㄘㄜˋ ㄧㄢˋ 一種客觀的評分測試方式。

測候所 ㄘㄜˋ ㄏㄡˋ ㄙㄨㄛˇ 觀測天文氣象的機構。

滋 ㄗ zī 名河流名。滋水，源出山西省。動①補身體。例滋補。②潤澤。例滋潤。③繁殖。例滋生。④惹起。例滋事。

滋生 ㄗ ㄕㄥ ①繁殖，生長。例滋生蚊蠅。②發生，惹事。例滋生事端。

滋事 ㄗ ㄕˋ 生起事端。

滋味 ㄗ ㄨㄟˋ ①本指美味，後來多指味道。②比喻生活上的各種感觸。

滋潤 ㄗ ㄖㄨㄣˋ ①浸潤，潤澤。②不乾燥的意思。

滋養 ㄗ ㄧㄤˇ 補充營養。例滋養身體。

滋擾 ㄗ ㄖㄠˇ 製造事端擾亂。

溉 ㄍㄞˋ gài 動①灌注。例灌溉。②洗清。

渙 ㄏㄨㄢˋ huàn 名六十四卦之一。形①水勢盛大的樣子。②散漫的。例軍心渙散。

渙然冰釋 ㄏㄨㄢˋ ㄖㄢˊ ㄅㄧㄥ ㄕˋ 如冰的溶解消散不見。多指誤會完全消除。

渟 ㄊㄧㄥˊ tíng 動水靜止不流動。

渟渟 ㄊㄧㄥˊ ㄊㄧㄥˊ 水波平靜的樣子。

渫 ㊀ㄒㄧㄝˋ xiè 動①去除汙泥。②分散各處，發散。③停止。㊁ㄉㄧㄝˊ dié 形水波相連的樣子。

渫雨 ㄒㄧㄝˋ ㄩˇ 雨滴灑落。

渫渫 ㄉㄧㄝˊ ㄉㄧㄝˊ 水波相接的樣子。

湄 ㄇㄟˊ méi 名水邊，岸邊。例水之湄。

湉 ㄊㄧㄢˊ tián 副湉湉，水流平靜的樣子。

湎 ㄇㄧㄢˇ miǎn 動沉迷、陷入某一事物或習慣中。例沉湎。

湓 ㄆㄣˊ pén 名河流名。湓水，在江西省。動水騰湧溢出。例湓溢。

湟 ㄏㄨㄤˊ huáng 名①河流名。源出青海省。②低窪潮溼的地方。

湣 ㈠ㄇㄧㄣˇ mǐn 名 通「閔」。古時的諡號。㈡ㄏㄨㄣ hūn 形 通「惛」。昏亂的樣子。㈢ㄇㄧㄢˋ miàn 形 通「瞑眩」的「瞑」。

湫 ㈠ㄐㄧㄡ jiū 名 中國北方稱水池為湫。㈡ㄐㄧㄠˇ jiǎo 形 湫隘，低下且潮溼的。

湲 ㄩㄢˊ yuán 形 水流動的樣子。例 潺湲。

湜 ㄕˋ shì 形 湜湜，水清澈透明的樣子。

十畫

溶 ㄖㄨㄥˊ róng 動 物質化於液體中。例 溶化。

溶化 ㄖㄨㄥˊ ㄏㄨㄚˋ 物質在液體中分解。

溶液 ㄖㄨㄥˊ ㄧㄝˋ 由固體、液體或氣體、液體混合而成的混合體。

溶質 ㄖㄨㄥˊ ㄓˊ 指在溶液中被溶解的物質。

溶解度 ㄖㄨㄥˊ ㄐㄧㄝˇ ㄉㄨˋ 在飽和溶液中，每一百克溶劑所能夠溶解的溶質克數。

溶血性貧血 ㄖㄨㄥˊ ㄒㄧㄝˇ ㄒㄧㄥˋ ㄆㄧㄣˊ ㄒㄧㄝˇ 因為紅血球代謝速度比生成快而造成的貧血。

溢 ㄧˋ yì 動 ①水滿而漫出。例 溢出。②泛指外流、流失。③流露，充滿。例 熱情洋溢。副 太過，有餘。例 溢美之詞。

溢美 ㄧˋ ㄇㄟˇ 過分的讚美。

溢洪道 ㄧˋ ㄏㄨㄥˊ ㄉㄠˋ 水庫為了排除過多的水，以維護水壩的安全，而設的閘門及洩洪水道。

溯 ㄙㄨˋ sù 動 ①逆流而上。②追憶往事。例 回溯。

溯源 ㄙㄨˋ ㄩㄢˊ 追探本源。例 溯源探本。

溯及既往 ㄙㄨˋ ㄐㄧˊ ㄐㄧˋ ㄨㄤˇ 指新法律制定後，其效力可及於未制定前的行為或事實。

滓 ㄗˇ zǐ 名 物品水分或精華被提出後所剩下來的東西。例 渣滓。

滓方 ㄗˇ ㄈㄤ 收集茶渣的器具。

滂 ㄆㄤ pāng 形 水湧出的樣子。例 滂沱。

滂沱 ㄆㄤ ㄊㄨㄛˊ ①雨勢盛大的樣子。②淚流很多的樣子。

源 ㄩㄢˊ yuán 名 ①水流的出處。例 水源。②事物的根本由來。例 根源。

源由 ㄩㄢˊ ㄧㄡˊ 事物的根本由來。

源流 ㄩㄢˊ ㄌㄧㄡˊ 水的本源和支流。

源泉 ㄩㄢˊ ㄑㄩㄢˊ ①水源。②事物的本源。

源源 ㄩㄢˊ ㄩㄢˊ 水流不斷。引申為連續的樣子。

源頭 ㄩㄢˊ ㄊㄡˊ ①水發源之處。②事情的根源、出發點。

源泉萬斛 ㄩㄢˊ ㄑㄩㄢˊ ㄨㄢˋ ㄏㄨˊ 泉水豐富盛大，不斷湧出。比喻文思泉湧。

源源而來 ㄩㄢˊ ㄩㄢˊ ㄦˊ ㄌㄞˊ 形容人或物的出現，連續不絕，如水流之不斷。

源遠流長 ㄩㄢˊ ㄩㄢˇ ㄌㄧㄡˊ ㄔㄤˊ 比喻事物的發生，非一朝一夕形成，而是日積月累而來的。

溝 ㄍㄡ gōu 名 水道，凹槽。例 陰溝、壕溝。動 疏通，開導。例 溝通。

溝渠 ㄍㄡ ㄑㄩˊ 排水溝。

溝通 ㄍㄡ ㄊㄨㄥ 本指開溝以使兩水相通。後來指疏通了解彼此的意見。

溝壑 ㄍㄡ ㄏㄨㄛˋ 溪谷，山澗。

滇 ㄉㄧㄢ diān 名①湖泊名。滇池，位於雲南省。又名昆明池。②雲南省的簡稱。

溘 ㄎㄜˋ kè 副忽然。例溘然長逝。

溘然 ㄎㄜˋ ㄖㄢˊ 忽然，突然間。

滕 ㄊㄥˊ téng 名①古國名。在今山東省滕縣。②姓。

滅 ㄇㄧㄝˋ miè 動①沉沒，淹沒。例滅頂。②撲熄，熄掉。例滅火。③消失，絕盡。例幻滅。

滅亡 ㄇㄧㄝˋ ㄨㄤˊ 滅絕消失。

滅口 ㄇㄧㄝˋ ㄎㄡˇ 殺死知情的人，防止祕密洩漏出去。

滅門 ㄇㄧㄝˋ ㄇㄣˊ 全家人都遭殺害。

滅跡 ㄇㄧㄝˋ ㄐㄧ 除去痕跡。

滅頂 ㄇㄧㄝˋ ㄉㄧㄥˇ 溺死。比喻災禍嚴重，令人致死。

溼 ㄕ shī 名中醫指因溼氣過大，阻滯氣的活動而致病。例風溼。形水分多，含有水分的。例溼度。動沾水，沾潤。例淚溼衣襟。

溼度 ㄕ ㄉㄨˋ 指空氣中水氣含量或潮溼的程度。

溼透 ㄕ ㄊㄡˋ 被水所浸透。

溼氣 ㄕ ㄑㄧˋ 水分含量多的空氣。

溼潤 ㄕ ㄖㄨㄣˋ 潮溼而潤澤。

溼答答 ㄕ ㄉㄚ ㄉㄚ 非常潮溼的樣子。同溼漉漉。

溥 ㄆㄨˇ pǔ 名姓。形①廣大的。②同「普」。普及的。

溺 ㊀ㄋㄧˋ nì 動①淹沒，沒於水中。例溺斃、人溺己溺。②沉迷其中。例溺於酒色。③陷於危境中。例陷溺。副過分地。例溺愛。㊁ㄋㄧㄠˋ niào 通「尿」。名小便。例便溺。動排泄小便。

溺死 ㄋㄧˋ ㄙˇ 淹死。

溺愛 ㄋㄧˋ ㄞˋ 過分地疼愛。

溴 ㄒㄧㄡˋ xiù 名化學元素。非金屬元素之一，符號為Br。為有毒的褐色液體，可作染料。

溫 ㄨㄣ wēn 名①冷熱的程度。例體溫、室溫。②姓。形①柔和的。例溫柔。②做事不俐落的。例溫吞。③不冷不熱的。例溫暖。動①使暖和。例溫酒。②複習。例溫書。

溫文 ㄨㄣ ㄨㄣˊ 溫和文雅。

溫床 ㄨㄣ ㄔㄨㄤˊ 指適合某物生存的地方。常用來指產生壞的事物的條件和環境。

溫和 ㄨㄣ ㄏㄜˊ ①溫文柔和。②氣候宜人。

溫度 ㄨㄣ ㄉㄨˋ 表示某物冷熱程度的物理量。

溫柔 ㄨㄣ ㄖㄡˊ 溫和柔順。

溫飽 ㄨㄣ ㄅㄠˇ 豐衣足食。

溫文儒雅 ㄨㄣ ㄨㄣˊ ㄖㄨˊ ㄧㄚˇ 形容人文質彬彬、品性端正。

溫故知新 ㄨㄣ ㄍㄨˋ ㄓ ㄒㄧㄣ 溫習以前學過的知識，而獲得新的見解。

滄 ㄘㄤ cāng 形①寒冷的。②通「蒼」。青綠色。例滄海。

滄桑 ㄘㄤ ㄙㄤ 比喻時勢的改變或人事物的變化。

滄海一粟 ㄘㄤ ㄏㄞˇ ㄧ ㄙㄨˋ 人在宇宙之間，有如大海中的一粒粟米。比喻十分渺小。

滄海桑田 ㄘㄤ ㄏㄞˇ ㄙㄤ ㄊㄧㄢˊ 古時的滄海成了今日的桑田。比喻人事的變遷很大。

滄海遺珠 ㄘㄤ ㄏㄞˇ ㄧˊ ㄓㄨ 比喻未被攬用的人才。

滑 ㊀ㄏㄨㄚˊ huá 形①浮而不實的。例滑頭。②順溜的，不凝滯的。例光滑。動①溜著走。例滑雪。②路泥濘而跌倒。例滑跤。㊁ㄍㄨˇ gǔ 見「滑稽」。

滑石 ㄏㄨㄚˊ ㄕˊ 為一白色帶綠或灰的單斜晶系礦物。

滑頭 ㄏㄨㄚˊ ㄊㄡˊ 指人狡猾不老實。

滑稽 ㊀ㄍㄨˇ ㄐㄧ ①比喻人能言善辯。②形容人隨勢浮沉的態度。例突梯滑稽。㊁ㄏㄨㄚˊ ㄐㄧ 形容能使人發笑的語言、行動等。

滑頭滑腦 ㄏㄨㄚˊ ㄊㄡˊ ㄏㄨㄚˊ ㄋㄠˇ 形容人的言行和態度不老實、有欠穩重，且狡猾多詐。

滔 ㄊㄠ tāo 形水流盛大的樣子。例滔滔。動瀰漫。例罪惡滔天。

滔天 ㄊㄠ ㄊㄧㄢ 漫天。比喻很大。

滔滔 ㄊㄠ ㄊㄠ ①水勢盛大的樣子。②混亂的樣子。③話語繁多連續的樣子。例滔滔不絕。

溪 ㄒㄧ xī 名山間的小河流。

溪澗 ㄒㄧ ㄐㄧㄢˋ 在山谷間的溪流。

溧 ㄌㄧˋ lì 名河流名。溧水，在江蘇省。

溱 ㄓㄣ zhēn 名河流名。溱水，在河南省。形溱溱，眾多繁盛的。

溟 ㄇㄧㄥˊ míng 名海的古稱。形雨細小的。

溷 ㄏㄨㄣˋ hùn 名①畜養的圈欄。②通「圂」。廁所。動濁亂。

溷廁 ㄏㄨㄣˋ ㄘㄜˋ 廁所。後比喻濫竽充數，虛居其位。

溷濁 ㄏㄨㄣˋ ㄓㄨㄛˊ ①汙濁不清。②混亂黑暗。

溲 ㄙㄡ sōu 名小便。例解溲。

溽 ㄖㄨˋ rù 形①潮溼的。②濃厚的。

溽暑 ㄖㄨˋ ㄕㄨˇ 盛夏，酷暑。

準 ㄓㄨㄣˇ zhǔn 名①量水平的器具。②法度，法則。例以仁義為準。③指鼻子。④靶。例準的。形①正確的。例時鐘不準了。②將要成為的。例準新娘。動預備。例準備。副①一定地。例他準遲到了。②正確地，精確地。例瞄準目標。

準備 ㄓㄨㄣˇ ㄅㄟˋ 做事之前有完詳的計畫安排。

準頭 ㊀ㄓㄨㄣˇ ㄊㄡˊ 相術家稱鼻尖。㊁ㄓㄨㄣˇ ˙ㄊㄡ 標準或準確性。

準備金 ㄓㄨㄣˇ ㄅㄟˋ ㄐㄧㄣ 指預備臨時支付的金錢。

滃 ㄨㄥˇ wěng 副①雲霧湧起的樣子。②水大的樣子。

溜 ㊀ㄌㄧㄡ liū 動①悄悄地離開不使人知道。例溜之大吉。②滑行。例溜冰。③看，瞟。例溜了一眼。㊁ㄌㄧㄡˋ liù 名①屋簷滴水的地方。例簷溜。②向下急流的水。③行列。④一股，一道。例一溜煙。

溜冰 ㄌㄧㄡ ㄅㄧㄥ 在冰上滑行的一種運動。

溜達 ㄌㄧㄡ ㄉㄚ˙ 散步，閒逛。

溜之大吉 ㄌㄧㄡ ㄓ ㄉㄚˋ ㄐㄧˊ 指逃走了，不知去向。

滎 ㊀ㄒㄧㄥˊ xíng 名古沼澤名。滎澤，漢朝時已堙塞為平地，約在今河南省滎澤縣。㊁ㄧㄥˊ yíng 名縣名。滎經縣，在四川省。

溏 ㄊㄤˊ táng 名水池。形汁液流動不凝結的。

滁 ㄔㄨˊ chú 名河流名，縣名。在安徽省。

滏 ㄈㄨˇ fǔ 名河流名。滏陽河，源出河北省。

十一畫

漢 ㄏㄢˋ hàn 名①種族名。為中華民族的主要構成族系。②指銀河。例天漢。③朝代名。⑴劉邦所建，曾被王莽篡奪，史稱西漢或前漢。後劉秀恢復漢室，最終被曹丕所滅，史稱東漢或後漢。⑵三國時劉備建立的蜀漢。⑶五代時劉知遠所建立的後漢。④男子的通稱。例硬漢。⑤姓。

漢奸 ㄏㄢˋ ㄐㄧㄢ 即賣國賊。為了本身利益而出賣國家者。

漢學 ㄏㄢˋ ㄒㄩㄝˊ 外國人士稱中國的學問。

漣 ㄌㄧㄢˊ lián 名水面經風吹所形成的波紋。例漣漪。形見「漣漣」。

漣漪 ㄌㄧㄢˊ ㄧ 水面上細微的波紋。

漣漣 ㄌㄧㄢˊ ㄌㄧㄢˊ 流淚不止的樣子。

漕 ㄘㄠˊ cáo 名河渠。動由水路轉運貨物。

漕渠 ㄘㄠˊ ㄑㄩˊ 運送糧食的水道。

漕運 ㄘㄠˊ ㄩㄣˋ 舊時用水道來運輸米糧至京師或軍隊。

澈 ㄔㄜˋ chè 形水清見底的樣子。例清澈。

漪 ㄧ yī 名水面的波紋。例漣漪。

滬 ㄏㄨˋ hù 名①上海市的簡稱。②捕魚的器具。

漯 ㊀ㄊㄚˋ tà 名河流名。漯水，古時黃河的支流，在山東省。㊁ㄌㄨㄛˋ luò 名地名。漯河，在河南省。

滌 ㄉㄧˊ dí 動①洗清。例洗滌。②清掃。

滌濯 ㄉㄧˊ ㄓㄨㄛˊ 洗清。

漿 ㄐㄧㄤ jiāng 名①泛稱較濃稠的液體。例豆漿。②用以黏貼東西的糊狀物。例漿糊。動衣服洗淨後用粉汁或米湯浸泡，乾後平挺，不易沾汙。例漿衣服。

漿糊 ㄐㄧㄤ ㄏㄨˊ 用番薯粉或太白粉煮製而成的黏性物。

滷 ㄌㄨˇ lǔ 名鹹水。例滷湖。動用鹹湯汁燒煮食物。例滷牛肉。

滷汁 ㄌㄨˇ ㄓ 滷東西的湯汁。常用醬油、香料等調製而成。

滷肉 ㄌㄨˇ ㄖㄡˋ 用醬油等湯汁燒煮的肉。

滸 ㄏㄨˇ hǔ 名水邊。

漉 ㄌㄨˋ lù 動水慢慢滲透過去。例滲漉。

漉漉 ㄌㄨˋ ㄌㄨˋ ①液體滲透出來的樣子。②溼潤的樣子。

演 ㄧㄢˇ yǎn 動①表現。例表演。②練習。例演習。③不斷發展下去。例演化。

演化 ㄧㄢˇ ㄏㄨㄚˋ 推演變化。

演員 ㄧㄢˇ ㄩㄢˊ 從事戲劇、電影、電視、舞蹈、雜技等演藝工作的人員。

演唱 ㄧㄢˇ ㄔㄤˋ 在公開場合中表演歌唱。

演習 ㄧㄢˇ ㄒㄧˊ 預先照某種情況加以練習。

演義 ㄧㄢˇ ㄧˋ ①敷陳義理而加以引申闡述。②古代長篇小說的一體。

演說 ㄧㄢˇ ㄕㄨㄛ 就個人意見對大眾申述某一主題。必要時用手勢或姿態加以輔助說明。同演講。

演繹 ㄧㄢˇ ㄧˋ ①引申推演。②由前提到結論之推論程序，其間具有必然的關係。與「歸納」相對。

演化論 ㄧㄢˇ ㄏㄨㄚˋ ㄌㄨㄣˋ 指地球上的生物，是由先前存在的種類經過長時間演變而來。

漳 ㄓㄤ zhāng 名①河流名。漳河，源出湖北省。②地名。漳州，位於福建省漳江畔。

滾 ㄍㄨㄣˇ gǔn 形大水奔湧翻騰的樣子。例滾滾黃河。動①翻轉。例打滾。②水沸。例水滾。③走開。為斥責罵人的話。例滾出去。副很，極。例滾燙。

滾滾 ㄍㄨㄣˇ ㄍㄨㄣˇ ①河水奔湧的樣子。②急速翻騰的樣子。

滾雪球 ㄍㄨㄣˇ ㄒㄩㄝˇ ㄑㄧㄡˊ 指數目越來越多，就像雪球一樣越滾越大。

滾瓜爛熟 ㄍㄨㄣˇ ㄍㄨㄚ ㄌㄢˋ ㄕㄡˊ 比喻十分熟練。

漻 ㄌㄧㄠˊ liáo 形清澈幽深。

漓 ㄌㄧˊ lí 形①溼透的樣子。例汗水淋漓。②膚淺的。例澆漓。

滴 ㄉㄧ dī 名①成點狀的液體。例雨滴。②計算液體下滴數量的量詞。例兩滴眼淚。動液體一點一點地往下掉。例滴水。

滴水穿石 ㄉㄧ ㄕㄨㄟˇ ㄔㄨㄢ ㄕˊ 比喻能恆久不停地努力，必定能夠成功。

漾 ㄧㄤˋ yàng 動液體因滿而溢出來。例漾奶。副水波搖蕩地。例盪漾。

漩 ㄒㄩㄢˊ xuán 名水流旋轉所形成中心較低的地方。例漩渦。

漩渦 ㄒㄩㄢˊ ㄨㄛ ①水旋流所造成中心較低的螺旋形水紋。②比喻愈陷愈深而不能自拔的境地。

漬 ㄗˋ zì 名積留在物體上的汙痕。例油漬。動①把東西放在汁液裡浸泡。例醃漬。②沾染。

漂 ㈠ㄆㄧㄠ piāo 動浮在液體面上，呈靜止狀態或隨風向、流向而動。例漂浮、漂動。㈡ㄆㄧㄠˇ piǎo 動用水加上漂白劑，使物品變潔白。例漂白。

三ㄆㄧㄠˋ piào 形見「漂亮」。動①久債不還。例漂帳。②指事情突然失敗，希望落空。例漂空。

漂白 ㄆㄧㄠˇ ㄅㄞˊ 利用化學氧化或還原的方法，使物質的色素去除而變白的方法或過程。

漂泊 ㄆㄧㄠ ㄅㄛˊ 比喻流離失所，居無定處。

漂流 ㄆㄧㄠ ㄌㄧㄡˊ 漂浮移動。

漂亮 ㄆㄧㄠˋ ㄌㄧㄤˋ ①形容事物的美麗、好看。②非常出色、精采。

漠

ㄇㄛˋ mò 名廣大而無水草的積沙地帶。例大漠、沙漠。形安靜無聲的。例漠漠。副不關心或不相關的樣子。例漠視。

漠然 ㄇㄛˋ ㄖㄢˊ ①寂靜無聲的樣子。②不關心或不相關。例漠然置之。

漠不關心 ㄇㄛˋ ㄅㄨˋ ㄍㄨㄢ ㄒㄧㄣ 指非常冷淡，毫不關心。

漮

ㄎㄤ kāng 形空虛的。例漮漮。

漷

ㄎㄨㄛˋ kuò 名河流名。漷水，在河北省。

潄

ㄕㄨˋ shù 動①用水洗清口腔。②沖刷，沖蝕。

漏

ㄌㄡˋ lòu 名古代計時用的器具。例滴漏。動①液體從孔隙中滲出。例漏水。②洩露。例走漏消息。③遺忘，疏略。例遺漏。

漏斗 ㄌㄡˋ ㄉㄡˇ 過濾、分離或注入液體用的一種器具。

漏刻 ㄌㄡˋ ㄎㄜˋ 古代的計時器。

漏稅 ㄌㄡˋ ㄕㄨㄟˋ 逃漏稅款。是一種犯罪行為。

漏網 ㄌㄡˋ ㄨㄤˇ 逃離法網。

漲

一ㄓㄤˋ zhàng 動①擴張。例熱漲冷縮。②瀰漫。例煙塵漲天。

二ㄓㄤˇ zhǎng 動升高，提高。例水漲船高、漲價。

漲落 ㄓㄤˇ ㄌㄨㄛˋ 指水量的增減。亦指物價的高低。

漲潮 ㄓㄤˇ ㄔㄠˊ 潮汐週期性的起落中，水面上升的過程。

漈

ㄐㄧˋ jì 名①水邊。②海底深陷處。

滿

ㄇㄢˇ mǎn 名中國東北的民族名。例滿人。形①豐盈的，美好的。例完滿。②自足，驕傲。例自滿。③全，遍，整個。例滿面春風。動①充盈。例山雨欲來風滿樓。②達到某個限度。例期滿。③符合心意。例滿意。副很，極。例他滿得意的。

滿目 ㄇㄢˇ ㄇㄨˋ 形容盈滿於眼內。

滿門 ㄇㄢˇ ㄇㄣˊ ①形容賓客很多。②指全家。

滿潮 ㄇㄢˇ ㄔㄠˊ 海面上升至最高時，稱為高潮或滿潮。

滿懷 ㄇㄢˇ ㄏㄨㄞˊ 充滿胸懷。

滿城風雨 ㄇㄢˇ ㄔㄥˊ ㄈㄥ ㄩˇ 形容到處都是風雨聲。今多指消息一經傳出，即眾口喧嘩，到處哄動。

滿腹經綸 ㄇㄢˇ ㄈㄨˋ ㄐㄧㄥ ㄌㄨㄣˊ 形容人才能智識非常高的樣子。

滿招損，謙受益 ㄇㄢˇ ㄓㄠ ㄙㄨㄣˇ ㄑㄧㄢ ㄕㄡˋ ㄧˋ 驕傲會招致失敗，謙虛會得到好處。

滻

ㄔㄢˇ chǎn 名河流名。滻水，源出陝西省。

形漼漼，眾多的樣子。

漼 ㄘㄨㄟˇ cuǐ 形①水深的樣子。例漼淵。②涕泣的樣子。動摧毀。

漚 ㈠ㄡˋ òu 動在水中久浸。㈡ㄡ ōu 名水泡。例浮漚。

漚麻 ㄡˋ ㄇㄚˊ 將麻莖或已經剝下的麻皮在水裡浸泡，使其自然發酵，達到脫膠的目的。

滯 ㄓˋ zhì 形凝積不流通的。例凝滯。動①停留，久留。例滯留。②凝聚，積聚。例停滯。

滯留 ㄓˋ ㄌㄧㄡˊ 停留不前。

滯銷 ㄓˋ ㄒㄧㄠ 貨物賣不出去。

滯納金 ㄓˋ ㄋㄚˋ ㄐㄧㄣ 對逾期繳納的各項應付金額所加收的款項。

漆 ㄑㄧ qī 名①植物名。見「漆樹」。②用漆樹汁或其他樹脂製成的塗料。例油漆。形黑色的。例一片漆黑。動用漆塗刷器物。例漆牆壁。

漆黑 ㄑㄧ ㄏㄟ 形容極黑。

漆樹 ㄑㄧ ㄕㄨˋ 植物名。落葉喬木，奇數羽狀複葉，葉橢圓形，開綠色小花。核果扁圓形，供藥用，樹汁可為塗料。

潊 ㄒㄩˋ xù 名①河流名。潊水，在湖南省。②指水邊。

漶 ㄏㄨㄢˋ huàn 副漶漫，模糊不可辨識地。

滹 ㄏㄨ hū 名河流名。滹沱河，在河北省。

漸 ㄐㄧㄢˋ jiàn 動①流入。例西風東漸②浸溼，溼潤。例浸漸。副慢慢地。例循序漸進。

漸漸 ㄐㄧㄢˋ ㄐㄧㄢˋ 逐漸。例天亮以後，雨就漸漸小了。

漸入佳境 ㄐㄧㄢˋ ㄖㄨˋ ㄐㄧㄚ ㄐㄧㄥˋ 比喻環境逐漸好轉或趣味漸濃。

潁 ㄧㄥˇ yǐng 名河流名。潁水，源出河南省。

漫 ㄇㄢˋ màn 形①放縱不加拘束。例散漫。②遍布的，充滿的。例漫山遍野。動①水滿而外溢。例水漫金山寺。②覆蓋，盈滿。例桃李漫山。

漫天 ㄇㄢˋ ㄊㄧㄢ ①布滿天空。②形容毫無限制的樣子。例漫天討價。

漫畫 ㄇㄢˋ ㄏㄨㄚˋ 一種具有強烈諷刺或幽默含意的繪畫。

漫筆 ㄇㄢˋ ㄅㄧˇ 隨筆或雜記。

漫遊 ㄇㄢˋ ㄧㄡˊ 隨意遨遊。

漫山遍野 ㄇㄢˋ ㄕㄢ ㄅㄧㄢˋ ㄧㄝˇ 形容到處都是，很多的樣子。

漫條斯理 ㄇㄢˋ ㄊㄧㄠˊ ㄙ ㄌㄧˇ 形容舉止優閒、態度從容不迫。亦作「慢條斯理」。

漁 ㄩˊ yú 動①捕魚。例竭澤而漁。②用不正當的手法取得。例坐收漁利。

漁火 ㄩˊ ㄏㄨㄛˇ 漁船上的燈火。

漁戶 ㄩˊ ㄏㄨˋ 以捕魚為生的人家。

漁父 ㄩˊ ㄈㄨˇ 漁翁，捕魚的老人。

漁汛 ㄩˊ ㄒㄩㄣˋ 在某一水域內，某種魚類高度集中，適於捕魚的時期。

漁色 ㄩˊ ㄙㄜˋ 貪戀女色。

漁利（ㄩˊ ㄌㄧˋ） 用不正當的手段取得利益。

漁港（ㄩˊ ㄍㄤˇ） 提供漁船停泊、進出的港灣。

漁場（ㄩˊ ㄔㄤˇ） 魚類集聚而有捕魚價值的水域。

漁業（ㄩˊ ㄧㄝˋ） 採捕或養殖水生動植物為生的事業。

漁會（ㄩˊ ㄏㄨㄟˋ） 由漁民所組織而成的民間團體。

漁獵（ㄩˊ ㄌㄧㄝˋ） 捕魚獵獸。

漁獲（ㄩˊ ㄏㄨㄛˋ） 所捕獲的水產。

漁人得利（ㄩˊ ㄖㄣˊ ㄉㄜˊ ㄌㄧˋ） 比喻雙方相爭僵持不下，使得第三者坐享其利。

滲 ㄕㄣˋ shèn 【動】液體慢慢的浸透或漏出。

滲入（ㄕㄣˋ ㄖㄨˋ） ①液體慢慢的透進物體裡面。②比喻思想或勢力逐漸侵入或影響其他領域。

滲透（ㄕㄣˋ ㄊㄡˋ） ①氣體或液體因濃度的不同而自然透過薄膜與其他氣體或液體相混合的現象。②祕密將人員送到敵方做情報工作。

滲漏（ㄕㄣˋ ㄌㄡˋ） ①水向下浸透。②浪費，耗損。③比喻走漏。引申為縫隙、破綻。

十二畫

潼 ㄊㄨㄥˊ tóng 【名】地名。潼關，在陝西省。

澄 ㈠ㄔㄥˊ chéng 【形】水清澈的樣子。【例】澄澈。【動】使水雜質沉澱而清澈。【例】澄水。㈡ㄉㄥˋ dèng 【動】使沉澱、清澈。【例】沙裡澄金。

澄清（ㄔㄥˊ ㄑㄧㄥ） ①變汙濁為清淨。比喻撥亂反正。②說明事實的真相。

澄澈（ㄔㄥˊ ㄔㄜˋ） 水清澈見底。

澄瑩（ㄔㄥˊ ㄧㄥˊ） 清澈透明。

潦 ㈠ㄌㄠˇ lǎo 【動】通「澇」。淹水。㈡ㄌㄠˋ lào 【名】積水。【例】禮記：「送葬不避塗潦。」【形】雨下很大的樣子。㈢ㄌㄧㄠˊ liáo 見「潦倒」、「潦草」。

潦草（ㄌㄠˇ ㄘㄠˇ） 馬虎草率。

潦倒（ㄌㄠˇ ㄉㄠˇ） 頹廢散漫，不得志的樣子。

潑 ㄆㄛ pō 【形】①機靈生動的樣子。【例】活潑。②凶悍蠻橫不講理。【例】潑辣。【動】把水向外灑出。【例】潑水。

潑婦（ㄆㄛ ㄈㄨˋ） 凶悍的婦女。

潑辣（ㄆㄛ ㄌㄚˋ） 比喻人蠻橫凶悍的樣子。

潑墨（ㄆㄛ ㄇㄛˋ） 中國山水畫法的一種，以水墨傾瀉揮灑。【例】潑墨山水。

潔 ㄐㄧㄝˊ jié 【形】①乾淨的，明亮的。【例】清潔。②行為端正的。【例】廉潔。【動】①修養。【例】潔身自愛。②使乾淨。

潔淨（ㄐㄧㄝˊ ㄐㄧㄥˋ） 清潔乾淨。

潔操（ㄐㄧㄝˊ ㄘㄠ） 高尚的操行。

潔身自愛（ㄐㄧㄝˊ ㄕㄣ ㄗˋ ㄞˋ） 保持自身清白純潔，而不與人同流合汙。

澆 ㄐㄧㄠ jiāo 【形】輕薄的。【例】澆薄。【動】將液體往下灌注。【例】澆水。

澆風（ㄐㄧㄠ ㄈㄥ） 浮華不實，人情淡薄的社會風氣。

澆俗 ㄐㄧㄠ ㄙㄨˊ 人情淡薄，只知爭利的風俗。

澆薄 ㄐㄧㄠ ㄅㄛˊ 輕薄不厚道。

潭

ㄊㄢˊ tán 名①深水池。例龍潭虎穴。②水邊。形深深的。例潭思。

潸

ㄕㄢ shān 副流淚的樣子。例潸潸。

潸然 ㄕㄢ ㄖㄢˊ 流淚的樣子。

潸潸 ㄕㄢ ㄕㄢ 淚流不止的樣子。

潺

ㄔㄢˊ chán 形水流聲。例潺湲。

潺潺 ㄔㄢˊ ㄔㄢˊ 形容水流聲。

潰

ㄎㄨㄟˋ kuì 動①堤岸被水沖開。例潰決。②敗逃，散亂。例潰敗。③腐爛。例潰爛。

潰散 ㄎㄨㄟˋ ㄙㄢˋ 失敗逃散。

潰亂 ㄎㄨㄟˋ ㄌㄨㄢˋ 潰敗散亂。

潰瘍 ㄎㄨㄟˋ ㄧㄤˊ 指因為消化道、內臟或肌肉等組織破損而產生傷口或空洞。

潰爛 ㄎㄨㄟˋ ㄌㄢˋ 身體的皮肉或胃腸道等，因細菌侵入、化學物質的腐蝕，或機械性的摩擦，導致組織細胞壞死、腐爛而出膿的病狀。

潰不成軍 ㄎㄨㄟˋ ㄅㄨˋ ㄔㄥˊ ㄐㄩㄣ 軍隊被打得亂七八糟，已不成隊伍的樣子。反勢如破竹。

潛

ㄑㄧㄢˊ qián 形隱藏的。例潛能。動①在水面下活動。例潛水。②深藏，隱藏。例潛藏。副祕密地，暗中地。例潛逃。

潛入 ㄑㄧㄢˊ ㄖㄨˋ 暗中進入。

潛心 ㄑㄧㄢˊ ㄒㄧㄣ 心靜而專注。

潛伏 ㄑㄧㄢˊ ㄈㄨˊ ①隱藏不出。②指暗中進入敵區，伺機而動。

潛逃 ㄑㄧㄢˊ ㄊㄠˊ 暗中逃走。

潛能 ㄑㄧㄢˊ ㄋㄥˊ 潛在而還沒有發揮的能力。

潛藏 ㄑㄧㄢˊ ㄘㄤˊ 潛伏隱藏。

潛伏期 ㄑㄧㄢˊ ㄈㄨˊ ㄑㄧˊ 自病原體侵入人體至發病前的時間。

潛意識 ㄑㄧㄢˊ ㄧˋ ㄕˋ 指潛在意識之下不為個人所覺知，且他人也不能予以直接觀察的心理狀態。

潛移默化 ㄑㄧㄢˊ ㄧˊ ㄇㄛˋ ㄏㄨㄚˋ 指人的思想、性格與行為等在不知不覺中受各種影響而發生變化。

潮

ㄔㄠˊ cháo 名①海水受日月引力的影響而定時漲落的現象。例潮汐。②如潮水般洶湧起伏的事物。例風潮、思潮。形溼潤的。例潮氣。

潮汐 ㄔㄠˊ ㄒㄧ 海水受日、月等天體引力作用而發生的海平面週期性升降現象。白天發生者稱潮，黑夜發生者稱汐。

潮流 ㄔㄠˊ ㄌㄧㄡˊ ①由於潮汐漲落所產生的海水流動現象。②時事、人情與社會風氣等的傾向。

潮音 ㄔㄠˊ ㄧㄣ 海潮的聲音。後比喻佛家大慈大悲為眾生說法的聲音。

潮紅 ㄔㄠˊ ㄏㄨㄥˊ 面頰泛起紅色。

潮差 ㄔㄠˊ ㄔㄚ 指乾潮和滿潮的水位差。

潤 ㄖㄨㄣˋ rùn 名利益。例利潤。形①潮溼的，不乾枯的。例溼潤。②細膩光滑的。例光潤。動①修飾使之有光澤。例潤色。②使潮溼，不枯乾。例潤喉。③使得到好處。

潤色 ㄖㄨㄣˋ ㄙㄜˋ 修飾文字，使之有文采。

潤飾 ㄖㄨㄣˋ ㄕˋ 點綴，修飾文章。同潤色。

澗 ㄐㄧㄢˋ jiàn 名兩山間的水流。

潘 ㄆㄢ pān 名①淘米汁，即洗米水。②姓。

澎 ㊀ㄆㄥ pēng 見「澎湃」。㊁ㄆㄥˊ péng 名澎湖縣的簡稱。

澎湃 ㄆㄥ ㄆㄞˋ ①波浪相激盪的聲音。②比喻氣勢壯闊。

潢 ㄏㄨㄤˊ huáng 名積水的池。動裝褫字畫或室內裝飾。例裝潢。

潢池 ㄏㄨㄤˊ ㄔˊ ①積水的水池。②帝王宮中的水池。後借指皇室。

潯 ㄒㄩㄣˊ xún 名①河流名。潯江，在廣西省。②水邊。

潾 ㄌㄧㄣˊ lín 形水清澈見底的樣子。例潾潾。

澇 ㄌㄠˋ lào 名水災。例防旱防澇。

潟 ㄒㄧˋ xì 名含鹹質而貧瘠不適耕作的土地。例潟鹵。

潟湖 ㄒㄧˋ ㄏㄨˊ 海水沖積土地時，所挾帶的泥沙堆積成沙洲，使沙洲與陸地間的海水不易與外海溝通而形成的湖泊。

澉 ㄍㄢˇ gǎn 名地名。澉浦，在浙江省。動洗滌。例澹澉。

澍 ㄕㄨˋ shù 名及時雨。動雨水滋潤、潤澤。例澍濡。

澒 ㄏㄨㄥˋ hòng 名同「汞」。水銀。形水深廣的樣子。

澒洞 ㄏㄨㄥˋ ㄉㄨㄥˋ 雲氣瀰漫，相連無涯際的樣子。

澒濛 ㄏㄨㄥˋ ㄇㄥˊ 宇宙未形成前的一種混沌不明的狀態。

澔 ㄏㄠˋ hào 形①澔汗，光彩映耀的樣子。②同「浩」。

澌 ㄙ sī 形聲音散亂嘈雜。動枯竭，滅盡。例形體澌滅。

澌滅 ㄙ ㄇㄧㄝˋ 消滅淨盡。

潝 ㄒㄧˋ xì 形水急流的樣子。

潝潝 ㄒㄧˋ ㄒㄧˋ 朋比為奸，眾口附和的樣子。

十三畫

澱 ㄉㄧㄢˋ diàn 名沉積的渣滓、淤泥。

澱粉 ㄉㄧㄢˋ ㄈㄣˇ 多醣類之一，是人類食品的主要成分。人體不能直接吸收，必須先轉變為可溶性澱粉、糊精、麥芽糖，然後變成葡萄糖，才能被吸收。

濂 ㄌㄧㄢˊ lián 名河流名。濂溪，在湖南省。

澡 ㄗㄠˇ zǎo 名沐浴。例沖個冷水澡。

澤 ㄗㄜˊ zé 名①水匯聚的地方。例沼澤。②恩惠。例恩澤。③遺留下來的痕跡。例手澤。形光亮滑潤的。例滑澤。

澤國 ㄗㄜˊ ㄍㄨㄛˊ 指多水的地方。同水鄉。

澤鹵 ㄗㄜˊ ㄌㄨˇ 不適農作生長的低窪鹽地。

澤潤 ㄗㄜˊ ㄖㄨㄣˋ 比喻色彩光潤。

澤及萬世 ㄗㄜˊ ㄐㄧˊ ㄨㄢˋ ㄕˋ 恩惠流及於萬世子孫。

濃 ㄋㄨㄥˊ nóng 形①多，盛，密。例濃厚。②味道、顏色、感情等深厚的。例濃郁。③酣暢，程度深的。例遊興正濃。

濃度 ㄋㄨㄥˊ ㄉㄨˋ 單位體積的溶液中所含溶質的質量。

濃郁 ㄋㄨㄥˊ ㄩˋ 香氣很盛的樣子。

濃厚 ㄋㄨㄥˊ ㄏㄡˋ 形容程度濃密深厚的樣子。例興趣濃厚、霧氣濃厚。

濃豔 ㄋㄨㄥˊ ㄧㄢˋ 華麗鮮豔的樣子。

濃妝豔抹 ㄋㄨㄥˊ ㄓㄨㄤ ㄧㄢˋ ㄇㄛˇ 指女子打扮得華美豔麗的樣子。

濁 ㄓㄨㄛˊ zhuó 形①骯髒，不清潔。例汙濁。②混亂。例濁世。③低沉粗重。例濁聲濁氣。

濁世 ㄓㄨㄛˊ ㄕˋ 亂世。

濁流 ㄓㄨㄛˊ ㄌㄧㄡˊ 混濁不清的水流。用來比喻品格卑下的小人。反清流。

澧 ㄌㄧˇ lǐ 名河流名。澧水，在湖南省。形通「醴」。甘美的。

澣 ㄏㄨㄢˇ huǎn 動同「浣」。洗滌衣垢。

澳 ㄠˋ ào 名①澳門的簡稱。例港澳。②澳大利亞的簡稱。③船舶可停靠的天然港灣，常用做地名。如蘇澳、南方澳。

澴 ㄏㄨㄢˊ huán 副水波迴旋湧起的樣子。

澹 ㈠ㄉㄢˋ dàn 形恬靜而寡欲。例澹泊名利。㈡ㄊㄢˊ tán 名澹臺，複姓。

澹泊 ㄉㄢˋ ㄅㄛˊ 指人性情恬靜而不慕名利。

澠 ㈠ㄇㄧㄣˇ mǐn 名①河流名。澠河，源出河南省。②縣名。澠池，在河南省。㈡ㄕㄥˊ shéng 名河流名。澠水，源出山東省。

澦 ㄩˋ yù 名地名用字。如灩澦堆，長江三峽瞿塘峽中的險灘。

澨 ㄕˋ shì 名①河流名。澨水，源出湖北省。②水旁的土地。

澮 ㄎㄨㄞˋ kuài 名①小水流。②河流名。澮水，源出山西省。

濇 ㄙㄜˋ sè 形通「澀」。不光滑的。

澶 ㄔㄢˊ chán 名古湖泊名。澶淵，在河北省。副水靜止的樣子。

潞 ㄌㄨˋ lù 名河流名。潞水，即白河，在河北省。

激 ㄐㄧ jī 形言行率直、急切。例激切。動①水勢受阻而噴濺。例激起浪花。②使有所感動或變化。例刺激。副強烈，急劇地。例激增。

激昂 ㄐㄧ ㄤˊ 振奮昂揚。

激流 ㄐㄧ ㄌㄧㄡˊ 湍急的水流。

激怒 ㄐㄧ ㄋㄨˋ 因刺激而發怒。

激素 ㄐㄧ ㄙㄨˋ 生物體內分泌腺所產生的分泌物。

激情 ㄐㄧ ㄑㄧㄥˊ 強烈而衝動的情感。

激將 ㄐㄧ ㄐㄧㄤˋ 用反話刺激對方，使人振作，發揮潛力。

激發 ㄐㄧ ㄈㄚ 激勵人奮發。

激增 ㄐㄧ ㄗㄥ 快速增加。

激賞 ㄐㄧ ㄕㄤˇ 非常讚賞。

激勵 ㄐㄧ ㄌㄧˋ 鼓勵。

激濁揚清 ㄐㄧ ㄓㄨㄛˊ ㄧㄤˊ ㄑㄧㄥ 比喻斥惡揚善。

十四畫

濱 ㄅㄧㄣ bīn 名水邊。例湖濱。動接近。例濱海。

濞 ㄆㄧˋ pì 形形容水流洶湧所發出的聲音。

濘 ㄋㄧㄥˋ nìng 名路上淤積的汙水和爛泥。例泥濘。

濘滯 ㄋㄧㄥˋ ㄓˋ 泥水淤積，走起路來十分困難。

濠 ㄏㄠˊ háo 名①地名。濠州，在安徽省。②護城河。③戰場上用來防禦蔽身所挖的深溝。

濠溝 ㄏㄠˊ ㄍㄡ 用來防護戰地、掩護作戰的深溝。

濛 ㄇㄥˊ méng 形小雨紛飛的樣子。例濛濛細雨。

濛濛 ㄇㄥˊ ㄇㄥˊ ①細雨紛飛的樣子。②茫茫不清的樣子。

濤 ㄊㄠ tāo 名①大波浪。例波濤洶湧。②風吹松林的聲音。例松濤。

濫 ㄌㄢˋ làn 名誇大不實的辭句。動①水漫溢。例氾濫成災。②過度，失當。例寧缺勿濫。副輕率，隨意。例濫罰。

濫用 ㄌㄢˋ ㄩㄥˋ 過度使用。

濫竽 ㄌㄢˋ ㄩˊ 比喻無真才實學，只是居位充數。

濫觴 ㄌㄢˋ ㄕㄤ 江河的源頭，水量極小僅能浮起酒杯。比喻事物的開端。

濯 ㄓㄨㄛˊ zhuó 動洗滌，清洗。例洗濯。

濯濯 ㄓㄨㄛˊ ㄓㄨㄛˊ ①肥澤的樣子。②山無草木光禿的樣子。

澀 ㄙㄜˋ sè 形①不滑潤的。例粗澀。②文字生硬難懂的。例晦澀。③味道微苦不甘的。例酸澀。副遲鈍地。例澀於言詞。

濬 ㄐㄩㄣˋ jùn 形幽深的。例濬壑。動疏通或鑿深水道。例疏濬。

濡 ㄖㄨˊ rú 動①浸溼，沾溼。例濡溼。②習染，感染。例耳濡目染。③遲滯。例濡滯。

濡染 ㄖㄨˊ ㄖㄢˇ ①沾染，感染。②浸溼，溼潤。

濡筆 ㄖㄨˊ ㄅㄧˇ 拿筆沾墨。

濟 ㈠ㄐㄧˋ jì 名渡水的地方。動①渡河。例濟河。②幫助。例救濟。③助益。例無濟於事。
㈡ㄐㄧˇ jǐ 名河流名。濟水，源出河南省。形見「濟濟」。

濟世 ㄐㄧˋ ㄕˋ 救助世人。

濟私 ㄐㄧˋ ㄙ 謀求私人利益。

濟事 ㄐㄧˋ ㄕˋ 有益於事。

濟濟 ㄐㄧˇ ㄐㄧˇ 形容人多，陣容盛大的樣子。

濟弱扶傾 ㄐㄧˋ ㄖㄨㄛˋ ㄈㄨˊ ㄑㄧㄥ 救助弱小或遭難的人或國家。

濮 ㄆㄨˊ pú 名縣名。濮縣，在山東省。

濕 ㊀ㄒㄧˊ xí 名低溼的地方。㊁ㄕ shī「溼」的異體字。

濰 ㄨㄟˊ wéi 名河流名，縣名。在山東省。

濴 ㄒㄧㄥˊ xíng 形水波回旋的樣子。

濩 ㄏㄨㄛˋ huò 形雨水從屋簷向下流的樣子。

十五畫

瀋 ㄕㄣˇ shěn 名①汁。例墨瀋未乾。②瀋陽市的簡稱。

瀉 ㄒㄧㄝˋ xiè 動①水向下急流。例傾瀉。②拉肚子。例腹瀉。

瀉藥 ㄒㄧㄝˋ ㄧㄠˋ 服用後會引起下瀉的藥。主治便祕，並可排除腸內毒物、異物。

瀆 ㄉㄨˊ dú 名①水溝。例溝瀆。②注入海的大河。長江、黃河、淮河、濟河合稱四瀆。動①輕慢不尊敬。例褻瀆。②貪汙。例貪瀆。

瀆職 ㄉㄨˊ ㄓˊ ①有虧職守。②公務員因違背職務上的責任與義務而成立的罪。

濺 ㊀ㄐㄧㄢˋ jiàn 動①液體向四方飛射。例浪花四濺。②沾染。例杜甫．春望詩：「感時花濺淚，恨別鳥驚心。」㊁ㄐㄧㄢ jiān 形濺濺，水流的樣子。

濾 ㄌㄩˋ lǜ 動去除雜質使之更純淨。例過濾。

濾紙 ㄌㄩˋ ㄓˇ 供過濾用的紙。

濾器 ㄌㄩˋ ㄑㄧˋ 分離溶液與未溶物質的器具。

濾過性病毒 ㄌㄩˋ ㄍㄨㄛˋ ㄒㄧㄥˋ ㄅㄧㄥˋ ㄉㄨˊ 一種體型極小的微生物，可寄生於細胞中侵害寄生主，許多人類的疾病都由此病毒引起。

瀏 ㄌㄧㄡˊ liú 形水流清澈的。副水深的樣子。

瀏覽 ㄌㄧㄡˊ ㄌㄢˇ 隨意觀看。

濼 ㄌㄨㄛˋ luò 名河流名。濼水，源出山東省。

瀑 ㊀ㄆㄨˋ pù 見「瀑布」。㊁ㄅㄠˋ bào 形疾速的。例瀑雨。

瀑布 ㄆㄨˋ ㄅㄨˋ 從山上懸崖直瀉而下的水。

瀅 ㄧㄥˊ yíng 形水清澈的樣子。例汀瀅。

瀦 ㄓㄨ zhū 名水聚積的地方。

瀇 ㄨㄤˇ wǎng 形水深廣的樣子。

十六畫

瀛 ㄧㄥˊ yíng 名大海。例瀛海。

瀟 ㄒㄧㄠ xiāo 名河流名。瀟水，在湖南省。形狂風暴雨的樣子。例瀟瀟。

瀟灑 ㄒㄧㄠ ㄙㄚˇ 形容人清高脫俗、灑脫不羈。

瀚 ㄏㄢˋ hàn 形廣大無邊際。例浩瀚。

瀚海 ㄏㄢˋ ㄏㄞˇ 即蒙古大沙漠。也稱翰海、戈壁。

瀝 ㄌㄧˋ lì 名液體的餘滴。例餘瀝。動滴下，灑落。例嘔心瀝血。

瀝血 ㄌㄧˋ ㄒㄧㄝˇ ①滴血。②發誓。③比喻竭誠相示。

瀝青 ㄌㄧˋ ㄑㄧㄥ 黑色油狀或固體的礦物，具有焦臭味，為蒸煤及原油的最後產物。用於防水塗料或鋪道路。又稱柏油。

瀝膽披肝 ㄌㄧˋ ㄉㄢˇ ㄆㄧ ㄍㄢ 比喻竭誠效忠。

瀕 ㄅㄧㄣ bīn 名通「濱」。水邊。例河瀕。動接近。例瀕臨。

瀕危 ㄅㄧㄣ ㄨㄟˊ 臨危，接近危險。

瀕臨 ㄅㄧㄣ ㄌㄧㄣˊ 接近，靠近。

瀧 (一)ㄌㄨㄥˊ lóng 名湍急的水流。例奔瀧。形下雨的樣子。(二)ㄕㄨㄤ shuāng 名①河流名。瀧水，源出湖南省。②山名。瀧岡，在江西省。

瀨 ㄌㄞˋ lài 名沙或石上淺而急的流水。

瀘 ㄌㄨˊ lú 名河流名。瀘水，在四川省。

瀠 ㄧㄥˊ yíng 形水流迴旋的樣子。例瀠洄。

瀣 ㄒㄧㄝˋ xiè 名沆瀣，夜間的水氣。

十七畫

瀰 ㄇㄧˊ mí 形水深滿的樣子。副同「彌」。充滿。例煙霧瀰漫。

瀰漫 ㄇㄧˊ ㄇㄢˋ 水滿的樣子。引申有遍布、充滿的意思。

瀲 ㄌㄧㄢˋ liàn 名水邊。形見「瀲灩」。

瀲灩 ㄌㄧㄢˋ ㄧㄢˋ ①水波盪漾的樣子。②水滿溢的樣子。

瀾 (一)ㄌㄢˊ lán 名大水的波浪。(二)ㄌㄢˋ làn 見「瀾漫」。

瀾漫 ㄌㄢˋ ㄇㄢˋ ①歡情洋溢的樣子。②雜亂分散的樣子。亦作「爛漫」。③形容率真的樣子。

瀺 ㄔㄢˊ chán 形形容水流聲。

瀹 ㄩㄝˋ yuè 動①煮。②疏通河道。

瀹茗 ㄩㄝˋ ㄇㄧㄥˊ 煮水泡茶。

十八畫

灃 ㄈㄥ fēng 名河流名。灃水，在陝西省。又作「豐水」、「酆水」。

灄 ㄕㄜˋ shè 名河流名。灄水，在湖北省。

灌 ㄍㄨㄢˋ guàn 動①注入，倒進。例灌水。②澆。例灌溉。③錄製。例灌唱片。

灌木 ㄍㄨㄢˋ ㄇㄨˋ 木本植物，叢生而枝幹低矮。

灌溉 ㄍㄨㄢˋ ㄍㄞˋ 用水澆灌作物。

灌漿 ㄍㄨㄢˋ ㄐㄧㄤ 建築時將水泥漿以通管加壓灌入結構體或地基的工程手續。

灌迷湯 ㄍㄨㄢˋ ㄇㄧˊ ㄊㄤ 形容故意或過分恭維他人。

灉 ㄩㄥ yōng 名從主流分出又回流的水。

十九畫

灕 ㄌㄧˊ lí 名河流名。灕江，源出廣西省。

灑 ㄙㄚˇ sǎ 動①撒，潑。例灑水掃地。②東西散落或傾倒。例湯灑了。③投，落下。例太陽灑下一片金光。形不受拘束的樣子。例灑脫。

灑掃 ㄙㄚˇ ㄙㄠˇ 灑水掃地。

灑脫 ㄙㄚˇ ㄊㄨㄛ 不受拘束的樣子。

灑掃應對 ㄙㄚˇ ㄙㄠˇ ㄧㄥˋ ㄉㄨㄟˋ 指日常生活的禮儀。即灑掃庭院及與尊長應對的禮節。

灘 ㄊㄢ tān 名①水邊的沙石地。例沙灘、海灘。②水淺流急而石多的地方。

灘頭 ㄊㄢ ㄊㄡˊ 水旁的沙地。

二十一畫

灞 ㄅㄚˋ bà 名河流名。灞水，源出陝西省。

灞橋折柳 ㄅㄚˋ ㄑㄧㄠˊ ㄓㄜˊ ㄌㄧㄡˇ 漢、唐時，長安人送客東行，常於灞橋折柳枝送別。後引申為送別。

灝 ㄏㄠˋ hào 形水勢盛大的。

二十二畫

灣 ㄨㄢ wān 名①水流彎曲的地方。例水灣。②海岸深曲可供停泊船隻的地方。例港灣。

灣流 ㄨㄢ ㄌㄧㄡˊ 大西洋中的海流，繞墨西哥灣向佛羅里達海峽流出，因速度快，溫度高，呈現深藍色。

二十三畫

灤 ㄌㄨㄢˊ luán 名河流名。灤河，源出察哈爾省。

二十四畫

灨 ㄍㄢˋ gàn 名河流名。即贛江，在江西省。

二十八畫

灩 ㄧㄢˋ yàn 名見「灩澦堆」。形瀲灩，水波晃盪的樣子。

灩澦堆 ㄧㄢˋ ㄩˋ ㄉㄨㄟ 指長江三峽瞿塘峽中的險灘，位於四川省。

火部 ㄏㄨㄛˇ

火 ㄏㄨㄛˇ huǒ 名①物體燃燒發出的光和焰。②槍炮彈藥。例軍火、火藥。③中醫指熱症。例上火、肝火。④五行之一。例金木水火土。⑤古代兵制，十人為一火。形紅色的。例火紅。動①燃燒。②動怒。例發火。副緊急地。例火速、火急。

火力 ㄏㄨㄛˇ ㄌㄧˋ ①燃料燃燒所獲得的動力。②投射彈藥所形成的殺傷力和破壞力。

火山 ㄏㄨㄛˇ ㄕㄢ 地球深處的高溫岩漿從裂縫中噴出而形成的山。

火夫 ㄏㄨㄛˇ ㄈㄨ 挑水做飯或燒鍋爐的人。也作「伙夫」。

火化 ㄏㄨㄛˇ ㄏㄨㄚˋ 用火燒掉。

火舌 ㄏㄨㄛˇ ㄕㄜˊ 躍動得較高的火苗。

火攻 ㄏㄨㄛˇ ㄍㄨㄥ 指用火襲擊敵人的戰術。

火坑 ㄏㄨㄛˇ ㄎㄥ ①比喻極悲慘的生活環境。②指妓院。

火炕 ㄏㄨㄛˇ ㄎㄤˋ 中國北方農村用磚或泥坯所砌成的睡床，內部中空，可燒柴草來取暖禦寒。

火油 ㄏㄨㄛˇ ㄧㄡˊ 煤油。

火性 ㄏㄨㄛˇ ㄒㄧㄥˋ 急躁、容易發怒的脾氣。

火併 ㄏㄨㄛˇ ㄅㄧㄥˋ 同夥決裂之後，互相殘殺或併呑。

火炬 ㄏㄨㄛˇ ㄐㄩˋ 火把。

火星 ㄏㄨㄛˇ ㄒㄧㄥ ①星名。太陽系行星中的第四顆，小於地球，公轉週期為六百八十七日，自轉週期為二十四小時三十七分。有稀薄的大氣及四季變化。②指極小的火花。

火急 ㄏㄨㄛˇ ㄐㄧˊ 萬分緊急。例十萬火急。

火神 ㄏㄨㄛˇ ㄕㄣˊ 傳說中掌管火的神，名字叫祝融。

火海 ㄏㄨㄛˇ ㄏㄞˇ 形容火勢猛烈且成片連燒的大火。

火柴 ㄏㄨㄛˇ ㄔㄞˊ 用細木條蘸上磷或硫等化合物所製成，能摩擦生火。

火候 ㄏㄨㄛˇ ㄏㄡˋ ①指功力。②火力的大小和時間長短。

火氣 ㄏㄨㄛˇ ㄑㄧˋ ①怒氣，脾氣暴躁。例強壓火氣。②中醫指引起發炎、紅腫、煩躁等症狀的病因。

火速 ㄏㄨㄛˇ ㄙㄨˋ 趕緊，非常迅速。例火速出發。

火傘 ㄏㄨㄛˇ ㄙㄢˇ 比喻夏天的烈日。

火葬 ㄏㄨㄛˇ ㄗㄤˋ 以火焚化死人遺體，把骨灰裝入容器中，然後再埋葬或存放。

火腿 ㄏㄨㄛˇ ㄊㄨㄟˇ 醃製的豬腿。例金華火腿。

火網 ㄏㄨㄛˇ ㄨㄤˇ 槍炮彈交加成的密集火力。

火熱 ㄏㄨㄛˇ ㄖㄜˋ 像火一般的熱。形容感情很好。

火箭 ㄏㄨㄛˇ ㄐㄧㄢˋ ①古代的兵器，箭上附有引火物，可攻擊敵方。②利用反衝力推動的高速飛行器，可用以發射人造衛星、太空船等。

火線 ㄏㄨㄛˇ ㄒㄧㄢˋ ①戰爭中雙方對峙的前線地帶。②電路中輸送陽電的電源線。

火焰 ㄏㄨㄛˇ ㄧㄢˋ 燃燒時發出的火光。

火險 ㄏㄨㄛˇ ㄒㄧㄢˇ 因火災而給予賠償的保險。

火燭 ㄏㄨㄛˇ ㄓㄨˊ 指容易引起火災的東西。例小心火燭。

火鍋 ㄏㄨㄛˇ ㄍㄨㄛ ①一種鍋與爐合一的食具。②在沸騰的湯中加入各種菜餚，隨煮隨吃的烹飪方式。③籃球比賽投籃時，球被對方球員從上拍下抄走。

火藥 ㄏㄨㄛˇ ㄧㄠˋ 引火爆炸的藥物。

火爆 ㄏㄨㄛˇ ㄅㄠˋ ①暴躁，急躁。例火爆性子。②激烈。例火爆場面。

火警 ㄏㄨㄛˇ ㄐㄧㄥˇ 發生火災的警報。

火成岩 ㄏㄨㄛˇ ㄔㄥˊ ㄧㄢˊ 地殼內部岩漿冷卻凝固而成的岩石。

火車頭 ㄏㄨㄛˇ ㄔㄜ ㄊㄡˊ ①牽引火車的機械車。②比喻起帶頭作用的人或事物。

火星塞 ㄏㄨㄛˇ ㄒㄧㄥ ㄙㄞ 內燃機上的點火裝置，通電時生出火花，使油氣爆發，推動活塞工作。

火剌剌 ㄏㄨㄛˇ ㄌㄚˋ ㄌㄚˋ 熱烈、緊張急迫的樣子。

火箭炮 ㄏㄨㄛˇ ㄐㄧㄢˋ ㄆㄠˋ 利用火箭的反衝力發射炮彈的火炮。

火藥庫 ㄏㄨㄛˇ ㄧㄠˋ ㄎㄨˋ ①儲存槍炮彈藥的地方。②比喻易引發戰爭的地方。

火曜日 ㄏㄨㄛˇ ㄧㄠˋ ㄖˋ 星期二。

火上加油 ㄏㄨㄛˇ ㄕㄤˋ ㄐㄧㄚ ㄧㄡˊ 比喻所做的事使人更加惱怒或使事態更為嚴重。亦作「火上澆油」。

火冒三丈 ㄏㄨㄛˇ ㄇㄠˋ ㄙㄢ ㄓㄤˋ 形容非常生氣，惱怒到了極點。同大為光火。

火海戰術 ㄏㄨㄛˇ ㄏㄞˇ ㄓㄢˋ ㄕㄨˋ 用猛烈的火力組成嚴密的火網，以抵禦人海戰術的方法。

火燒眉毛 ㄏㄨㄛˇ ㄕㄠ ㄇㄟˊ ㄇㄠˊ 比喻情況十分緊急。同燃眉之急、急如星火。

火樹銀花 ㄏㄨㄛˇ ㄕㄨˋ ㄧㄣˊ ㄏㄨㄚ 形容燈火通明的燦爛輝煌景象。

二畫

灰 ㄏㄨㄟ huī 名①物質燃燒後剩下的粉末。例爐灰、骨灰。②塵土。例弄了滿身灰。③特指石灰。例灰牆、抹灰。形①介於黑和白之間的顏色。例銀灰、灰狼。②內心失望、消沉。例心灰意懶。

灰土 ㄏㄨㄟ ㄊㄨˇ 塵埃，塵土。

灰色 ㄏㄨㄟ ㄙㄜˋ ①介於黑與白之間的顏色。②比喻頹廢和消沉。例灰色的情調。③比喻態度不明顯。

灰沙 ㄏㄨㄟ ㄕㄚ 飛揚的塵沙。

灰滅 ㄏㄨㄟ ㄇㄧㄝˋ 徹底消滅。

灰燼 ㄏㄨㄟ ㄐㄧㄣˋ 物體焚燒後剩下的粉屑。

灰心喪氣 ㄏㄨㄟ ㄒㄧㄣ ㄙㄤˋ ㄑㄧˋ 因遭受挫折而心灰意冷，意志消沉不振。

灰飛煙滅 ㄏㄨㄟ ㄈㄟ ㄧㄢ ㄇㄧㄝˋ 戰場變得寂寥的景象。比喻完全消失殆盡。

灰頭土臉 ㄏㄨㄟ ㄊㄡˊ ㄊㄨˇ ㄌㄧㄢˇ ①滿頭滿臉都沾到塵土，蓬頭垢面的模樣。例他灰頭土臉地從舊窯裡鑽出來。②比喻失意，沒有面子。例他近年商場情場都失意，弄得灰頭土臉的。

三畫

灸 ㄐㄧㄡˇ jiǔ 名中醫傳統治療法，用燃燒的艾絨灼烤人體的穴位，以達到治病的目的。例針灸。

灼 ㄓㄨㄛˊ zhuó 形①鮮明的，明顯的。例真知灼見。②急躁，急切的。例焦灼。動①火燒，灸。例灼傷、灼熱。②照亮，照耀。例以燭灼之。

灼灼 ㄓㄨㄛˊ ㄓㄨㄛˊ ①形容花朵茂盛鮮明。例詩經：「桃之夭夭，灼灼其華。」②光亮的樣子。

灼見 ㄓㄨㄛˊ ㄐㄧㄢˋ 透徹的見解。

灼傷 ㄓㄨㄛˊ ㄕㄤ 皮膚被燙傷或燒傷。

灼熱 ㄓㄨㄛˊ ㄖㄜˋ 像被火燙著一般熱。

災 ㄗㄞ zāi 名①自然或人為造成的禍害。例水災、救災。②個人遭受的不幸。例招災惹禍。形受禍害的。例災民。

災殃 ㄗㄞ ㄧㄤ 災難，災禍。

災害 ㄗㄞ ㄏㄞˋ 泛稱因天災人禍所造成的禍害。

災區 ㄗㄞ ㄑㄩ 發生災害的地區。

災荒 ㄗㄞ ㄏㄨㄤ 水旱災頻繁的荒年。

災情 ㄗㄞ ㄑㄧㄥˊ 受災的輕重情況。

災禍 ㄗㄞ ㄏㄨㄛˋ 自然或人為的禍害。

災黎 ㄗㄞ ㄌㄧˊ 受災的人民。

災難 ㄗㄞ ㄋㄢˋ 天災或人禍造成的巨大損害和痛苦。

災變 ㄗㄞ ㄅㄧㄢˋ 災難，變故。

灶 ㄗㄠˋ zào 名①以磚頭堆成，用來炊煮食物的設備。例爐灶。②借指廚房。古作「竈」。

灶君 ㄗㄠˋ ㄐㄩㄣ 供奉在廚房，掌管一家禍福財運的神明。亦稱為灶神、灶王爺。

四畫

炊 ㄔㄨㄟ chuī 動用火烹煮食物。例巧婦難為無米之炊。

炊事 ㄔㄨㄟ ㄕˋ 指煮飯的事情。

炊煙 ㄔㄨㄟ ㄧㄢ 烹煮時的煙霧。

炊沙成飯 ㄔㄨㄟ ㄕㄚ ㄔㄥˊ ㄈㄢˋ 比喻白費力氣，徒勞無功。

炊金饌玉 ㄔㄨㄟ ㄐㄧㄣ ㄓㄨㄢˋ ㄩˋ 形容菜肴奢侈豐盛且排場華麗。

炎 ㄧㄢˊ yán 名身體某部位因感染而出現紅腫熱痛的症狀。形極熱的。例炎暑、炎陽高照。

炎炎 ㄧㄢˊ ㄧㄢˊ 形容夏天陽光強烈而炎熱。例夏日炎炎。

炎帝 ㄧㄢˊ ㄉㄧˋ 中華民族的祖先之一，上古帝王神農氏。

炎夏 ㄧㄢˊ ㄒㄧㄚˋ 天氣很熱的夏天。

炎涼 ㄧㄢˊ ㄌㄧㄤˊ ①氣候冷熱無常。②比喻人情的冷暖。例世態炎涼。

炎陽 ㄧㄢˊ ㄧㄤˊ 夏天的太陽，指天氣炎熱。

炎熱 ㄧㄢˊ ㄖㄜˋ 天氣很熱。

炎黃子孫 ㄧㄢˊ ㄏㄨㄤˊ ㄗˇ ㄙㄨㄣ 炎帝神農氏和黃帝軒轅氏的後裔，為華人的自稱之詞。同炎黃之胄、炎黃裔胄。

炕 ㄎㄤˋ kàng 名北方農村用磚或土坯在屋裡砌成的床鋪，中空，可生火取暖。例睡炕、熱炕。形燠熱的。例炕旱。動用火烘烤。例炕餅。

炒 ㄔㄠˇ chǎo 動把食物放進鍋後，隨時以鏟子翻動的烹調法。例炒雞蛋、炒花生。

炒冷飯 ㄔㄠˇ ㄌㄥˇ ㄈㄢˋ 比喻重複已說過的話或做過的事，沒有新內容。

炒魷魚 ㄔㄠˇ ㄧㄡˊ ㄩˊ 比喻捲鋪蓋走路，即被解僱。例他被老闆炒魷魚。

炅 ㄐㄩㄥˇ jiǒng 名熱。形光明，光亮。

炙 ㄓˋ zhì 名烤熟的肉。動①薰陶或影響。例親炙。②燒烤。例煎熬炮炙。

炙手可熱 ㄓˋ ㄕㄡˇ ㄎㄜˇ ㄖㄜˋ 手一靠近就感到很熱。比喻地位尊貴，權勢氣焰熾盛。

炘 ㄒㄧㄣ xīn 形炘炘，火光盛大的樣子。

炔 ㄐㄩㄝˊ jué 名碳氫化合物的一類。如乙炔。

五畫

為 ㈠ㄨㄟˊ wéi 動①做，行。例為善最樂。②是。例天下為公。③當作。例四海為家。④發展，進步。例大有可為。⑤治理。例為政以德。⑥使。例易經：「為我心惻。」連①和，與。例論語：「道不同，不相為謀。」②如果，假若。例韓非子：「王甚喜人之掩口也，為近王，必掩口。」助①表示疑問或反問。例論語：「君子質而已矣，何以文為？」②表示感嘆。例莊子：「予無所用天下為！」③表示程度、範圍的廣大。例甚為重要。

㈡ㄨㄟˋ wèi 動幫助。例為虎作倀。副將。例孟子：「君為來見也。」介①替，給。例為國爭光。②對，向，與。例不足為外人道也。③因。表示原因。例為何不來？④表示行動的目的。例為正義而戰。

為人 ㄨㄟˊ ㄖㄣˊ 待人處事的態度。例他為人十分正直。

為止 ㄨㄟˊ ㄓˇ 結束，完結。

為生 ㄨㄟˊ ㄕㄥ 以某種方式營生。

為伍 ㄨㄟˊ ㄨˇ 同列，同夥。

為何 ㄨㄟˋ ㄏㄜˊ 為什麼。

為我 ㄨㄟˋ ㄨㄛˇ 戰國時楊朱的思想，主張人人只為自身利益著想。

為政 ㄨㄟˊ ㄓㄥˋ 從事政治事務。

為首 ㄨㄟˊ ㄕㄡˇ 指帶頭領導的人。

為時 ㄨㄟˊ ㄕˊ 從時間上來說。例為時已晚。

為善 ㄨㄟˊ ㄕㄢˋ 做好事。

為期 ㄨㄟˊ ㄑㄧˊ ①期間。②所需的時間。

為難 ㄨㄟˊ ㄋㄢˊ ①故意作對或刁難。②心裡感到困難。

為人作嫁 ㄨㄟˋ ㄖㄣˊ ㄗㄨㄛˋ ㄐㄧㄚˋ 比喻替別人忙碌、奔波。

為今之計 ㄨㄟˊ ㄐㄧㄣ ㄓ ㄐㄧˋ 眼前所能用的辦法。

為所欲為 ㄨㄟˊ ㄙㄨㄛˇ ㄩˋ ㄨㄟˊ 想做什麼就做什麼。

為虎作倀 ㄨㄟˋ ㄏㄨˇ ㄗㄨㄛˋ ㄔㄤ 做壞人的幫凶。比喻助人為虐。

為非作歹 ㄨㄟˊ ㄈㄟ ㄗㄨㄛˋ ㄉㄞˇ 做壞事。

為國捐軀 ㄨㄟˋ ㄍㄨㄛˊ ㄐㄩㄢ ㄑㄩ 為了國家犧牲自身生命。

為富不仁 ㄨㄟˊ ㄈㄨˋ ㄅㄨˋ ㄖㄣˊ 雖富有卻不做善事。

為善最樂 ㄨㄟˊ ㄕㄢˋ ㄗㄨㄟˋ ㄌㄜˋ 做善事是最快樂的。

炫

ㄒㄩㄢˋ xuàn 形光彩閃耀的樣子。例炫炫。動①照亮，照耀。例光彩炫目。②誇耀。例自炫。

炫目 ㄒㄩㄢˋ ㄇㄨˋ 光彩耀眼。

炫惑 ㄒㄩㄢˋ ㄏㄨㄛˋ 自我誇耀以惑人。

炫耀 ㄒㄩㄢˋ ㄧㄠˋ ①光影明亮耀眼。②自炫，誇耀。

炷

ㄓㄨˋ zhù 名①燈心。②計算線香的量詞。例一炷香。動點燃。

炷香 ㄓㄨˋ ㄒㄧㄤ 焚香。

炬

ㄐㄩˋ jù 名①火把。例目光如炬。②蠟燭。

炳

ㄅㄧㄥˇ bǐng 形光明，顯著。例彪炳。動執持，握拿。例炳燭夜遊。

炳著 ㄅㄧㄥˇ ㄓㄨˋ 昭明顯著。指功業有出色成就。例他一生戎馬倥傯，功業炳著。

炭 ㄊㄢˋ tàn 名 ①把木頭和空氣隔絕，加高熱燒成的黑色燃料。例木炭、焦炭。②煤。例石炭。

炭化 ㄊㄢˋ ㄏㄨㄚˋ 植物因地殼變動被埋入地下，長時間受到高溫、高壓影響，逐漸變成煤炭的過程。

炭坑 ㄊㄢˋ ㄎㄥ 採煤的坑道。

炭筆 ㄊㄢˋ ㄅㄧˇ 以木炭燒焦製成的繪畫工具。

炭畫 ㄊㄢˋ ㄏㄨㄚˋ 即木炭畫，用木炭條描繪的畫。

炭層 ㄊㄢˋ ㄘㄥˊ 地下岩石之間的煤炭層。

炭疽病 ㄊㄢˋ ㄐㄩ ㄅㄧㄥˋ 由炭疽菌所引起的急性傳染病，人畜都會感染。人感染後，會發生皮膚膿疱、咳嗽、呼吸困難、脾腫脹等症狀。

炭精棒 ㄊㄢˋ ㄐㄧㄥ ㄅㄤˋ 炭和石墨製成的各種棒狀製品，可做弧光燈、電池等的電極。

炯 ㄐㄩㄥˇ jiǒng 形 ①明亮的，光明的。例目光炯炯。②明顯的。例以昭炯戒。

炯戒 ㄐㄩㄥˇ ㄐㄧㄝˋ 明顯的警戒。或作「炯誡」。

炯炯有神 ㄐㄩㄥˇ ㄐㄩㄥˇ ㄧㄡˇ ㄕㄣˊ 形容目光明亮而有精神的樣子。

炟 ㄉㄚˊ dá 副 火勢爆起的樣子。

炮 ㈠ㄆㄠˋ pào 名 ①同「砲」、「礮」。重型武器。例高射炮、迫擊炮。②爆竹。例鞭炮。㈡ㄆㄠˊ páo 動 ①以火焙烤藥材。例炮煉、炮煎。②燒，烤。例炮烙。㈢ㄅㄠ bāo 動 在旺火上急炒的一種烹調法。例炮羊肉。

炮火 ㄆㄠˋ ㄏㄨㄛˇ ①發射炮彈時產生的火花。②炮彈。

炮灰 ㄆㄠˋ ㄏㄨㄟ 比喻沒有意義的犧牲品。例把沒經過訓練的人民送上前線，只能當炮灰罷了。

炮兵 ㄆㄠˋ ㄅㄧㄥ 以火炮為基本裝備和戰鬥的兵種，是陸軍地面火力的骨幹。

炮烙 ㄆㄠˊ ㄌㄨㄛˋ 商紂王所用的一種酷刑，令犯人赤足走在燒熱的銅柱上，掉入火中就被燒死。

炮眼 ㄆㄠˋ ㄧㄢˇ ①指掩蔽工事的火炮射擊口。②為爆破而在岩石上鑿的孔，用來裝炸藥。

炮塔 ㄆㄠˋ ㄊㄚˇ 坦克、飛機、軍艦上安裝火炮處的裝甲防護體，有旋轉式和固定式兩種。

炮製 ㄆㄠˊ ㄓˋ 把中藥原料加工製成藥物的過程。

炮彈 ㄆㄠˋ ㄉㄢˋ 以炮發射的彈藥。

炮轟 ㄆㄠˋ ㄏㄨㄥ ①用炮火進行轟擊。②以言語對他人進行強烈抨擊。

炰 ㄆㄠˊ páo 動 ①通「咆」。咆哮。例炰烋。②燒，烤。

炸 ㈠ㄓㄚˋ zhà 動 ①火藥、炸彈等爆破。例炸山。②爆裂。例玻璃杯突然炸了！③發怒，生氣。例他氣炸了！㈡ㄓㄚˊ zhá 動 把食物投入多量的沸油直至熟脆的一種烹調法。例炸雞。

炸裂 ㄓㄚˋ ㄌㄧㄝˋ 因爆發力或冷熱而裂開。

炸雷 ㄓㄚˋ ㄌㄟˊ 聲音極大而短促的雷聲。

炸彈 ㄓㄚˋ ㄉㄢˋ 一種爆炸武器，外殼多用鐵製成，裡面裝炸藥，觸動信管即爆炸。

炸醬 ㄓㄚˋ ㄐㄧㄤˋ 用油、肉煎製的醬，可用來拌麵。

炸藥 ㄓㄚˋ ㄧㄠˋ 受熱或撞擊後能在瞬間毀壞鋼鐵、障礙物等的猛烈火藥。

炤 ㄓㄠˋ zhào 動同「照」。照耀，明亮。

六畫

烊 ㄧㄤˊ yáng 動①商店晚上關門停止營業，稱為打烊。②鎔化金屬。例烊錫。

烈 ㄌㄧㄝˋ liè 名①功業，功績。例功烈。②為正義而犧牲生命的人。例革命先烈。形①猛烈的，強烈的。例烈酒、轟轟烈烈。②剛毅的，嚴正的。例烈性、貞烈。

烈士 ㄌㄧㄝˋ ㄕˋ 為了正義而犧牲生命的人。例黃花崗七十二烈士。

烈女 ㄌㄧㄝˋ ㄋㄩˇ ①指殉夫或殺身以保全貞節的女子。②指剛正有節操的女性。

烈火 ㄌㄧㄝˋ ㄏㄨㄛˇ 燃燒猛烈的大火。

烈日 ㄌㄧㄝˋ ㄖˋ 炎熱猛烈的太陽。例烈日當空。

烈性 ㄌㄧㄝˋ ㄒㄧㄥˋ ①性格剛強暴躁。例烈性漢子。②指物品性質猛烈。例烈性酒。

烈風 ㄌㄧㄝˋ ㄈㄥ 暴風。指通用風速表上的第九級風，風速為每小時七十六～八十六公里。煙囪、屋瓦、天線等會被吹折或吹飛。

烈酒 ㄌㄧㄝˋ ㄐㄧㄡˇ 指酒精含量度數高、喝起來猛烈的酒。

烈祖 ㄌㄧㄝˋ ㄗㄨˇ 對功業顯赫的祖先的敬稱。

烈焰 ㄌㄧㄝˋ ㄧㄢˋ 猛烈的火焰。

烈暑 ㄌㄧㄝˋ ㄕㄨˇ 大熱天的時候。多指農曆六月。同酷暑。

烘 ㄏㄨㄥ hōng 動①用火烤乾或藉火取暖。例烘乾、烘手。②襯托。例烘托。

烘托 ㄏㄨㄥ ㄊㄨㄛ ①國畫的一種畫法，用水墨或淡彩點染輪廓外部，使形象鮮明。②寫文章時從側面描寫，使主題、重點鮮明突出。

烘焙 ㄏㄨㄥ ㄅㄟˋ 用火烘乾。

烘雲托月 ㄏㄨㄥ ㄩㄣˊ ㄊㄨㄛ ㄩㄝˋ 比喻創作時從側面加以點染，以烘托所描繪的事物。

烜 ㄒㄩㄢˇ xuǎn 形顯著。例烜赫。動曬乾。

烜赫 ㄒㄩㄢˇ ㄏㄜˋ 名聲和威勢盛大的樣子。

烤 ㄎㄠˇ kǎo 動①用火使東西烘乾或燻熟。例烤乾、烤番薯。②以火取暖。例烤火。

烤鴨 ㄎㄠˇ ㄧㄚ 掛在特製的鍋爐燻烤而成的填鴨。以北京烤鴨為最有名。

烏 ㄨ wū 名①烏鴉的簡稱。例月落烏啼。②姓。形黑色的。例烏雲、烏木。副疑問詞。何，哪裡，怎麼。例烏可相提並論？

烏金 ㄨ ㄐㄧㄣ 即煤。

烏兔 ㄨ ㄊㄨˋ 金烏玉兔，即太陽和月亮。

烏梅 ㄨ ㄇㄟˊ 經薰製的梅子，呈黑褐色，有解熱、驅蟲等功用。通稱酸梅。

烏虖 ㄨ ㄏㄨ 感嘆詞。亦作「烏呼」、「嗚呼」。

烏雲 ㄨ ㄩㄣˊ ①灰黑色的雲。②比喻婦女烏黑的頭髮。

烏帽 ㄨ ㄇㄠˋ 小黑帽，為平民的服裝。

烏賊 ㄨ ㄗㄟˊ 軟體動物名。身體橢圓而扁平，蒼白色，有濃淡不均的黑斑，頭部有一對大眼，口旁有十隻腕足，腕足上有吸盤，體內有墨囊能分泌黑色液體，有助逃生。又名墨魚。

烏鴉 ㄨ ㄧㄚ 動物名。嘴大而直，全身羽毛黑色，翼有綠光。多群居在樹林或田野間，以穀物、昆蟲、果實等為食。

烏龜 ㄨ ㄍㄨㄟ 動物名。體扁，背有硬甲，長圓形，趾有蹼，能游泳，頭尾四肢能縮入殼內。

烏托邦 ㄨ ㄊㄨㄛ ㄅㄤ 英語Utopia的譯名。理想中最美好的社會。泛指不能實現的願望、計畫等。

烏紗帽 ㄨ ㄕㄚ ㄇㄠˋ 古時官員所戴的紗帽。比喻官位。

烏龍茶 ㄨ ㄌㄨㄥˊ ㄔㄚˊ 半發酵的茶，呈黑褐色。

烏有先生 ㄨ ㄧㄡˇ ㄒㄧㄢ ㄕㄥ 沒有的、虛構的人。

烏合之眾 ㄨ ㄏㄜˊ ㄓ ㄓㄨㄥˋ 指無組織、無紀律的一群人。例山裡那些土匪，都是烏合之眾。

烏煙瘴氣 ㄨ ㄧㄢ ㄓㄤˋ ㄑㄧˋ 比喻環境嘈雜、秩序混亂。

烙

㈠ㄌㄠˋ lào（語音）動 ①用燒熱的金屬器物燙，使衣服平整，或使物體留下標誌。例烙衣服、烙印。②把食物放在燒熱的鍋上煎熟。例烙餅。

㈡ㄌㄨㄛˋ luò（讀音）名 炮烙，商紂時的酷刑。

烙印 ㄌㄠˋ ㄧㄣˋ ①在人畜或器物上用熱鐵燙上火印，作為標記。比喻不可磨滅的痕跡。②比喻留下深刻的印象。例那種可怕的景象，自小烙印在他的心頭。

烙花 ㄌㄠˋ ㄏㄨㄚ 工藝名。用燒紅的鐵桿，在木製家具或工藝品上，燙炙出各種圖案或花紋。同燙花。

烙餅 ㄌㄠˋ ㄅㄧㄥˇ 用較平的鍋焙烤出來的麵餅。

烝

ㄓㄥ zhēng 名 古代冬祭。例冬日烝。動 ①通「蒸」。隔水煮物。②上升。例烝烝。

烝民 ㄓㄥ ㄇㄧㄣˊ 眾民，人民。同烝黎、黎民。

七畫

烹

ㄆㄥ pēng 動 ①煮。②用熱油略炒後，加入液體調味品，迅速攪拌的烹飪法。例烹對蝦。③殺。例走狗烹。

烹飪 ㄆㄥ ㄖㄣˋ 做飯炒菜。例擅長烹飪。

烹調 ㄆㄥ ㄊㄧㄠˊ 烹煮調理食物。

烹龍炮鳳 ㄆㄥ ㄌㄨㄥˊ ㄆㄠˊ ㄈㄥˋ 比喻供宴飲的肴饌稀有而珍貴。

烺

ㄌㄤˇ lǎng 形 明朗，明亮的。例炳炳烺烺。

烷

ㄨㄢˊ wán 名 在有機化學中，代表飽和的碳化氫，如甲烷、乙烷等。

焉

ㄧㄢ yān 副 疑問語氣詞。如何，怎麼。例不入虎穴，焉得虎子。代 ①疑問代名詞。例列子：

「且焉置土石。」②指示代名詞。它，彼。例論語：「眾好之，必察焉。」助①語氣詞，無義。例公羊傳：「于其歸焉。」②相當於「然」。用於形容詞或副詞詞尾。例詩經：「惄焉如擣。」連才，於是。例墨子：「必知亂之所自起，焉能治之。」

焐 ㄨˋ wù 動把涼的東西接觸熱的東西，使之變暖。例用熱水袋焐一焐手。

烴 ㄑㄧㄥ qīng 名有機化學上碳氫化合物的總稱。

焊 ㄏㄢˋ hàn 動通「銲」。熔化錫來連接或修補金屬的方法。例焊接。

烽 ㄈㄥ fēng 名古代邊境築高臺，置柴草，若遇敵人進犯即焚柴舉火的煙火信號。例烽火。

烽煙 ㄈㄥ ㄧㄢ ①烽火的煙。②指邊警或戰爭。

烽火連天 ㄈㄥ ㄏㄨㄛˇ ㄌㄧㄢˊ ㄊㄧㄢ 比喻天下動亂，到處都是戰爭。

烯 ㄒㄧ xī 名在有機化學中，代表不飽和的碳化氫。例乙烯。

焄 ㄒㄩㄣ xūn 名香、臭的氣味。例焄蒿。動通「熏」。火燄向上升。

焗 ㄐㄩˊ jú 動用火悶著煎烤。例焗飯、焗油。

八畫

焙 ㄅㄟˋ bèi 動用微火烘烤，使東西乾燥。如藥材、食品、茶葉等，經常用焙法加工。例烘焙、焙乾。

焙粉 ㄅㄟˋ ㄈㄣˇ 發麵用的白色粉末，是碳酸氫鈉、酒石酸和澱粉的混合物。或稱發粉、起子。

焙茶 ㄅㄟˋ ㄔㄚˊ 用微火烘茶葉。

焦 ㄐㄧㄠ jiāo 名姓。形①酥脆，極乾。例草曬得焦乾了。②著急，急躁。例心焦、焦灼。副東西被火燒成黃色或炭樣。例飯燒焦了。

焦土 ㄐㄧㄠ ㄊㄨˇ 燒焦的土地。形容建築物、莊稼等毀於戰火後的景象。

焦耳 ㄐㄧㄠ ㄦˇ 功的單位，代號為J。即一牛頓的力使物體在力的方向上移動一公尺所作的功，也即一瓦特功率在一秒內所作的功。

焦灼 ㄐㄧㄠ ㄓㄨㄛˊ 心裡十分著急。同焦急、焦躁。

焦炭 ㄐㄧㄠ ㄊㄢˋ 一種黑褐色、質硬、多孔、發熱量高的固體燃料。多用於煉鐵。

焦急 ㄐㄧㄠ ㄐㄧˊ 心急，著急。例焦急萬分。同焦慮、焦心。反從容。

焦距 ㄐㄧㄠ ㄐㄩˋ 自球面鏡或透鏡的中心到主焦點的距離。

焦慮 ㄐㄧㄠ ㄌㄩˋ 內心擔憂苦思。同焦急。

焦點 ㄐㄧㄠ ㄉㄧㄢˇ ①光線經過透鏡的集合點。②比喻事情或道理引人注意的集中點。例爭論的焦點。

焦躁 ㄐㄧㄠ ㄗㄠˋ 內心著急而煩躁。

焦土政策 ㄐㄧㄠ ㄊㄨˇ ㄓㄥˋ ㄘㄜˋ 戰爭中，敗退的一方破壞一切物資、建築物、公路等，使敵方不能利用的策略。

焦頭爛額 ㄐㄧㄠ ㄊㄡˊ ㄌㄢˋ ㄜˊ 比喻為事所困，十分狼狽窘迫。

焠 ㄘㄨㄟˋ cuì 動①通「淬」。鐵器燒紅後快速浸入水裡，取出再打。②燒灼。例焠掌。

焱 ㄧㄢˋ yàn 名火花，火焰。例燭焱。

焞 ㄔㄨㄣˊ chún 形①光明的。②盛大的樣子。

焚 ㄈㄣˊ fén 形乾燥而熱的。例焚風。動燒。例憂心如焚、玩火自焚。

焚化 ㄈㄣˊ ㄏㄨㄚˋ 燒掉。

焚風 ㄈㄣˊ ㄈㄥ 空氣在迎風面因上升降雨後，氣流沿山坡下降形成熱而乾燥的風。

焚毀 ㄈㄣˊ ㄏㄨㄟˇ 燒壞，燒毀。

焚書坑儒 ㄈㄣˊ ㄕㄨ ㄎㄥ ㄖㄨˊ 本指秦始皇燒燬儒學經典及活埋儒生的暴政。今多指摧毀文化、學術和知識分子。

焚琴煮鶴 ㄈㄣˊ ㄑㄧㄣˊ ㄓㄨˇ ㄏㄜˋ 比喻不懂風雅，大殺風景的事。

焚膏繼晷 ㄈㄣˊ ㄍㄠ ㄐㄧˋ ㄍㄨㄟˇ 形容夜以繼日勤讀或工作努力。

然 ㄖㄢˊ rán 動是，對。例不以為然、不然。代這樣，如此。連但是，可是。助用在形容詞、副詞詞尾，表示狀態。例突然、顯然。

然而 ㄖㄢˊ ㄦˊ 表示意思轉折的連詞，相當於「但是」。例他的實驗雖然失敗了，然而他並不氣餒。

然否 ㄖㄢˊ ㄈㄡˇ 是否，是不是這樣。

然則 ㄖㄢˊ ㄗㄜˊ 用在句首的連詞，表示「既然這樣」、「那麼」。

然後 ㄖㄢˊ ㄏㄡˋ 表示接著某動作或情況之後的副詞。例禮記：「學，然後知不足。」

然諾 ㄖㄢˊ ㄋㄨㄛˋ 允諾，答應。例重然諾。

焜 ㄎㄨㄣ kūn 動明亮。

焯 ㄓㄨㄛˊ zhuó 形顯明，明白。

無 ㈠ㄨˊ wú 動沒有。例從無到有、無產者。副①不。例無偏無黨。②不論。例事無大小，都應勉力而為。③通「毋」。例無庸諱言。④非。例禮記：「苟無忠信之人，則禮不虛道。」助用於句首或句末，無義。㈡ㄇㄛˊ mó 動佛教用語。意為南無，歸依、禮敬。

無上 ㄨˊ ㄕㄤˋ 最高等的，沒有比其更高的。

無乃 ㄨˊ ㄋㄞˇ 未免，只怕。表推測之詞。

無已 ㄨˊ ㄧˇ ①逼不得已。②無盡，不止。

無心 ㄨˊ ㄒㄧㄣ ①不是故意的。例無心之過。②沒有心思、心情。例無心遊覽。

無妄 ㄨˊ ㄨㄤˋ 意外，非期望中的。例無妄之災。

無任 ㄨˊ ㄖㄣˋ 不勝，非常。例無任歡迎。

無私 ㄨˊ ㄙ 光明大度，沒有偏私之心。

無妨 ㄨˊ ㄈㄤˊ 沒有妨礙，不妨。例提意見無妨直率些。

無奈 ㄨˊ ㄋㄞˋ 無可奈何。表示可惜不能如願的轉折。例星期天本想去露營，無奈下大雨，只好作罷。

無味 ㄨˊ ㄨㄟˋ ①沒有滋味。②沒有興趣的。

無怪 ㄨˊ ㄍㄨㄞˋ 難怪，怪不得。

無知 ㄨˊ ㄓ ①知識貧乏，不明事理。②沒有感知。

無朋 ㄨˊ ㄆㄥˊ 無法相比的。例碩大無朋。

無非 ㄨˊ ㄈㄟ 只是，不過是。例這麼做無非是為你好。

無度 ㄨˊ ㄉㄨˋ 沒有節制。

無故 ㄨˊ ㄍㄨˋ 沒有什麼原因。

無垠 ㄨˊ ㄧㄣˊ 遼闊沒有邊際。同無際。

無畏 ㄨˊ ㄨㄟˋ 無所畏懼，什麼都不怕。

無限 ㄨˊ ㄒㄧㄢˋ 沒有窮盡。例無限光明。

無恙 ㄨˊ ㄧㄤˋ 沒有疾病，沒有災禍。例安然無恙、別來無恙。

無著 ㊀ㄨˊ ㄓㄠˊ 沒有著落。例衣食無著。㊁ㄨˊ ㄓㄨㄛˊ 無所執著。

無涯 ㄨˊ ㄧㄚˊ 沒有邊際，沒有窮盡。例學海無涯。

無庸 ㄨˊ ㄩㄥ 不用，沒有必要。或作「毋庸」。例無庸置疑。

無措 ㄨˊ ㄘㄨㄛˋ 手忙腳亂，不知怎麼辦才好。

無聊 ㄨˊ ㄌㄧㄠˊ ①空虛，煩悶。②事物或言行沒意義。例老談吃穿，太無聊。

無異 ㄨˊ ㄧˋ 沒有差異，即相同。

無常 ㄨˊ ㄔㄤˊ ①變化不定。例反覆無常。②指勾人魂魄的鬼。③死的代稱。

無從 ㄨˊ ㄘㄨㄥˊ 沒有門路或找不到頭緒。例千言萬語，一時無從說起。

無猜 ㄨˊ ㄘㄞ 天真，互相之間沒猜疑。

無間 ㄨˊ ㄐㄧㄢˋ ①極其緊密，沒有間隙。例親密無間。②不間斷。例他堅持每天練字，寒暑無間。

無視 ㄨˊ ㄕˋ 漠視，不放在眼裡，不認真對待。

無辜 ㄨˊ ㄍㄨ ①沒有罪。②沒罪的人。例株連無辜。

無量 ㄨˊ ㄌㄧㄤˋ 沒有限量，沒有止境。例前途無量。

無為 ㄨˊ ㄨㄟˊ 道家無形的教化。指任其自然，不必有所行動。

無須 ㄨˊ ㄒㄩ 不必，用不著。反必須。

無道 ㄨˊ ㄉㄠˋ 指君主失德或國政不修。

無補 ㄨˊ ㄅㄨˇ 沒有益處。

無瑕 ㄨˊ ㄒㄧㄚˊ 完美沒有缺陷。

無愧 ㄨˊ ㄎㄨㄟˋ 對得起，內心沒什麼可慚愧的。

無端 ㄨˊ ㄉㄨㄢ 沒有緣故、理由。例無端受禍。

無寧 ㄨˊ ㄋㄧㄥˊ 寧可，不如。

無際 ㄨˊ ㄐㄧˋ 遼闊，沒有邊際。例一望無際。同無垠。

無敵 ㄨˊ ㄉㄧˊ ①沒有人能跟他相比的。②沒有人能抵抗得住。例所向無敵。

無窮 ㄨˊ ㄑㄩㄥˊ ①沒有止盡。②沒有限度。

無謂 ㄨˊ ㄨㄟˋ 沒有意義的。例無謂的犧牲。

無賴 ㄨˊ ㄌㄞˋ ①耍賴不認帳，不講道理。②蠻橫無恥、品行不好的人。

無憾 ㄨˊ ㄏㄢˋ 沒有遺憾。例死而無憾。

無稽 ㄨˊ ㄐㄧ 沒有根據的，無可考信的。例無稽之談。

無緣 ㄨˊ ㄩㄢˊ ①沒有緣分。②無從，沒理由。

無償 ㄨˊ ㄔㄤˊ 不付給報酬。

無雙 ㄨˊ ㄕㄨㄤ 是獨一無二的，最卓越的。

無礙 ㄨˊ ㄞˋ ①沒有妨害。②佛家指通達自在無隔障。

無疆 ㄨˊ ㄐㄧㄤ 無止境，無窮盡。

無事忙 ㄨˊ ㄕˋ ㄇㄤˊ 看起來很忙碌，實際上並沒有做成什麼事。

無明火 ㄨˊ ㄇㄧㄥˊ ㄏㄨㄛˇ 忿怒發火，生氣。也作「無名火」。

無所謂 ㄨˊ ㄙㄨㄛˇ ㄨㄟˋ ①說不上。例都是一家人，無所謂你的、我的。②不在乎。例對於分數的高低，我是無所謂的。

無理數 ㄨˊ ㄌㄧˇ ㄕㄨˋ 不能以整數或分數表示的數。

無意識 ㄨˊ ㄧˋ ㄕˋ ①不知不覺的精神狀態。②沒有經過思考的思想或行為。

無線電 ㄨˊ ㄒㄧㄢˋ ㄉㄧㄢˋ 用電波的振盪在空中傳送信號的技術設備。

無頭案 ㄨˊ ㄊㄡˊ ㄢˋ 沒有頭緒的案件或事件。

無人問津 ㄨˊ ㄖㄣˊ ㄨㄣˋ ㄐㄧㄣ 沒有人詢問渡口。比喻事物已不受重視，無人過問。

無以復加 ㄨˊ ㄧˇ ㄈㄨˋ ㄐㄧㄚ 比喻程度已到極點，再也不能超過了。

無孔不入 ㄨˊ ㄎㄨㄥˇ ㄅㄨˋ ㄖㄨˋ 比喻無所不達或善於鑽營。

無可否認 ㄨˊ ㄎㄜˇ ㄈㄡˇ ㄖㄣˋ 不能否認。例無可否認，他對公司有很大貢獻。

無可奈何 ㄨˊ ㄎㄜˇ ㄋㄞˋ ㄏㄜˊ 毫無辦法，無能為力。

無可非議 ㄨˊ ㄎㄜˇ ㄈㄟ ㄧˋ 指行為正確，合情合理，沒有什麼可以指責的。

無可厚非 ㄨˊ ㄎㄜˇ ㄏㄡˋ ㄈㄟ 形容不能過分指責的。

無可置疑 ㄨˊ ㄎㄜˇ ㄓˋ ㄧˊ 指事實明顯或理由充足，沒有什麼值得懷疑的。

無可諱言 ㄨˊ ㄎㄜˇ ㄏㄨㄟˋ ㄧㄢˊ 可以毫無顧忌地坦率直說。

無出其右 ㄨˊ ㄔㄨ ㄑㄧˊ ㄧㄡˋ 形容極其卓越，沒人能超越。

無妄之災 ㄨˊ ㄨㄤˋ ㄓ ㄗㄞ 指沒法預料的意外災禍。

無地自容 ㄨˊ ㄉㄧˋ ㄗˋ ㄖㄨㄥˊ 形容羞愧到極點，感到像是沒地方可容身。

無名小卒 ㄨˊ ㄇㄧㄥˊ ㄒㄧㄠˇ ㄗㄨˊ 比喻沒有名氣、不受重視的人。

無足輕重 ㄨˊ ㄗㄨˊ ㄑㄧㄥ ㄓㄨㄥˋ 事物的分量不足以影響全局。即無關緊要，不值得重視。

無法無天 ㄨˊ ㄈㄚˇ ㄨˊ ㄊㄧㄢ 比喻違法亂紀，不受管束，或毫無顧忌地胡作非為。

無拘無束 ㄨˊ ㄐㄩ ㄨˊ ㄕㄨˋ 自由自在，沒有受到什麼限制。

無性生殖 ㄨˊ ㄒㄧㄥˋ ㄕㄥ ㄓˊ 無受精現象，直接由親體產生後代的生殖方式。

無所不包 ㄨˊ ㄙㄨㄛˇ ㄅㄨˋ ㄅㄠ 把一切都囊括其中，網羅的內容十分豐富。同包羅萬象。

無所不至 ㄨˊ ㄙㄨㄛˇ ㄅㄨˋ ㄓˋ ①沒有到達不了的地方。②沒有什麼事做不出來。例論語：「苟患失之，無所不至矣。」

無所不為 ㄨˊ ㄙㄨㄛˇ ㄅㄨˋ ㄨㄟˊ 沒有什麼事情做不出來。

無所事事 ㄨˊ ㄙㄨㄛˇ ㄕˋ ㄕˋ 形容人閒著什麼事都不做，或無事可做。

無所適從 ㄨˊ ㄙㄨㄛˇ ㄕˋ ㄘㄨㄥˊ 不知道要怎麼辦才好。

無的放矢 ㄨˊ ㄉㄧˋ ㄈㄤˋ ㄕˇ 比喻說話或做事沒有明確目的。

無往不利 ㄨˊ ㄨㄤˇ ㄅㄨˋ ㄌㄧˋ 形容做每一件事情都十分順利。

無計可施 ㄨˊ ㄐㄧˋ ㄎㄜˇ ㄕ 想不出一點辦法來。

無風起浪 ㄨˊ ㄈㄥ ㄑㄧˇ ㄌㄤˋ 比喻平白無故生出事端來。

無疾而終 ㄨˊ ㄐㄧˊ ㄦˊ ㄓㄨㄥ ①沒有生病就老死。②比喻事情有頭無尾，無端終止。

無病呻吟 ㄨˊ ㄅㄧㄥˋ ㄕㄣ ㄧㄣˊ 比喻沒有值得憂慮的事而無緣無故的長吁短嘆。

無能為力 ㄨˊ ㄋㄥˊ ㄨㄟˊ ㄌㄧˋ 沒力量干預和影響事態的發展。

無理取鬧 ㄨˊ ㄌㄧˇ ㄑㄩˇ ㄋㄠˋ 沒有道理的故意搗亂。

無堅不摧 ㄨˊ ㄐㄧㄢ ㄅㄨˋ ㄘㄨㄟ 形容力量非常強大，沒有什麼困難克服不了。

無動於衷 ㄨˊ ㄉㄨㄥˋ ㄩˊ ㄓㄨㄥ 心裡一點也沒有受到觸動。

無期徒刑 ㄨˊ ㄑㄧˊ ㄊㄨˊ ㄒㄧㄥˊ 囚禁終身，剝奪犯人終身自由的刑罰。

無與倫比 ㄨˊ ㄩˇ ㄌㄨㄣˊ ㄅㄧˇ 世間沒有可以相比擬的。

無微不至 ㄨˊ ㄨㄟ ㄅㄨˋ ㄓˋ 指待人非常細心周到。

無傷大雅 ㄨˊ ㄕㄤ ㄉㄚˋ ㄧㄚˇ 指雖有些小瑕疵，但對整體沒有妨害。

無精打采 ㄨˊ ㄐㄧㄥ ㄉㄚˇ ㄘㄞˇ 形容情緒低沉，提不起精神來。

無隙可乘 ㄨˊ ㄒㄧˋ ㄎㄜˇ ㄔㄥˊ 比喻沒什麼機會可以利用。

無論如何 ㄨˊ ㄌㄨㄣˋ ㄖㄨˊ ㄏㄜˊ 不管怎麼樣。例下回去日本旅遊，我無論如何都要參加。

無憂無慮 ㄨˊ ㄧㄡ ㄨˊ ㄌㄩˋ 形容生活舒適開心，沒有絲毫憂愁和顧慮。

無影無蹤 ㄨˊ ㄧㄥˇ ㄨˊ ㄗㄨㄥ 形容完全消失或不知去向。

無懈可擊 ㄨˊ ㄒㄧㄝˋ ㄎㄜˇ ㄐㄧ 沒有任何弱點可讓人攻擊。形容十分嚴密，找不到漏洞。

無價之寶 ㄨˊ ㄐㄧㄚˋ ㄓ ㄅㄠˇ 比喻極其珍貴的東西。

無獨有偶 ㄨˊ ㄉㄨˊ ㄧㄡˇ ㄡˇ 兩項事物恰巧相同或類似。

無稽之言 ㄨˊ ㄐㄧ ㄓ ㄧㄢˊ 指毫無根據，無法考查的話。

無緣無故 ㄨˊ ㄩㄢˊ ㄨˊ ㄍㄨˋ 沒有任何原因或理由。

無濟於事 ㄨˊ ㄐㄧˋ ㄩˊ ㄕˋ 對事情沒有什麼幫助。

無關痛癢 ㄨˊ ㄍㄨㄢ ㄊㄨㄥˋ ㄧㄤˇ 指無足輕重，對整體影響甚微。

無關緊要 ㄨˊ ㄍㄨㄢ ㄐㄧㄣˇ ㄧㄠˋ 毫不重要。反事關重大。

無邊無際 ㄨˊ ㄅㄧㄢ ㄨˊ ㄐㄧˋ 形容極其遼闊。

無立錐之地 ㄨˊ ㄌㄧˋ ㄓㄨㄟ ㄓ ㄉㄧˋ 比喻連極小的容身之地都沒有。指處境窘困。

無可無不可 ㄨˊ ㄎㄜˇ ㄨˊ ㄅㄨˋ ㄎㄜˇ 隨便怎樣都可以，沒有一定的選擇或主見。

無功不受祿 ㄨˊ ㄍㄨㄥ ㄅㄨˋ ㄕㄡˋ ㄌㄨˋ 沒有功勞，不敢接受餽贈。

無巧不成書 ㄨˊ ㄑㄧㄠˇ ㄅㄨˋ ㄔㄥˊ ㄕㄨ 比喻事情的發生，常常因為有湊巧的機緣。

無所不用其極 ㄨˊ ㄙㄨㄛˇ ㄅㄨˋ ㄩㄥˋ ㄑㄧˊ ㄐㄧˊ 無論什麼極端的手段都使用出來了。

無事不登三寶殿 ㄨˊ ㄕˋ ㄅㄨˋ ㄉㄥ ㄙㄢ ㄅㄠˇ ㄉㄧㄢˋ ①登門求人的謙詞。表示自己是有事相求而來。②譏諷有目的才來拜訪。

焰

ㄧㄢˋ yàn 名①指東西燃燒時發出光熱的部分。例火焰、赤焰。②比喻氣勢。例氣焰。

焰火 ㄧㄢˋ ㄏㄨㄛˇ 火上的紅色光。

煮 ㄓㄨˇ zhǔ 動將食物放入水中加熱烹熟。例煮飯。

煮沸 ㄓㄨˇ ㄈㄟˋ 燒水使它達沸點。

煮字療飢 ㄓㄨˇ ㄗˋ ㄌㄧㄠˊ ㄐㄧ 比喻文人賣字為生。

煮豆燃萁 ㄓㄨˇ ㄉㄡˋ ㄖㄢˊ ㄑㄧˊ 比喻兄弟相殘。

煮鶴焚琴 ㄓㄨˇ ㄏㄜˋ ㄈㄣˊ ㄑㄧㄣˊ 比喻殺風景之事。亦作「焚琴煮鶴」。

九畫

煎 ㄐㄧㄢ jiān 動①放少量油在鍋裡把食物烹熟。例煎魚、煎豆腐。②熔煉。③逼迫。例曹植・七步詩：「本自同根生，相煎何太急？」④熬。例煎藥。

煎炒 ㄐㄧㄢ ㄔㄠˇ 用油在熱鍋上炒菜。

煎熬 ㄐㄧㄢ ㄠˊ ①比喻內心受折磨而焦灼。例受盡煎熬。②把食物加水放在鍋中長時間煮。

煎藥 ㄐㄧㄢ ㄧㄠˋ 把藥加水放在陶罐或鍋裡熬煮。

煢 ㄑㄩㄥˊ qióng 形孤獨的，孤單的。

煢煢 ㄑㄩㄥˊ ㄑㄩㄥˊ 形容孤孤單單，無依無靠。

煢獨 ㄑㄩㄥˊ ㄉㄨˊ 孤苦沒依靠。

煇 ㄏㄨㄟ huī 名火光，光彩。

煉 ㄌㄧㄢˋ liàn 動①加熱熔化，再使之堅硬或純淨。例煉鋼、煉鐵。②用火久熬。例煉丹。

煉乳 ㄌㄧㄢˋ ㄖㄨˇ 濃縮後的牛奶。

煉獄 ㄌㄧㄢˋ ㄩˋ 天主教相信除了地獄和天堂之外，還有一個暫時的煉獄，人死後要為所犯的小罪經過煉獄的磨練，才能進入天堂。

煉鋼 ㄌㄧㄢˋ ㄍㄤ 去掉生鐵、生鋼的雜質，再加入一些元素使之成鋼。

煉石補天 ㄌㄧㄢˋ ㄕˊ ㄅㄨˇ ㄊㄧㄢ 中國古代神話中，女媧煉五彩石以補天。

煙 ㄧㄢ yān 名①物質燃燒時產生的氣體。例炊煙、煙火。②山、水、雲、霧間像煙的氣。例煙霞。③通「菸」。例香煙、雪茄煙。④指鴉片。例抽大煙。

煙火 ㄧㄢ ㄏㄨㄛˇ ①煙與火。例嚴禁煙火。②道家稱熟食為煙火。例不食人間煙火。③比喻後代，後嗣。例繼承祖先煙火。④節日慶典所放的火硝或其他燃物。

煙波 ㄧㄢ ㄅㄛ 被煙霧籠罩的遼闊水面。

煙花 ㄧㄢ ㄏㄨㄚ ①春天的豔美景色。例李白・送孟浩然之廣陵：「煙花三月下揚州。」②與妓女有關的。例煙花巷、煙花女。

煙雨 ㄧㄢ ㄩˇ 指有如煙霧一般的細雨。

煙海 ㄧㄢ ㄏㄞˇ 煙霧瀰漫的大海。比喻廣闊，眾多。例浩如煙海。

煙嵐 ㄧㄢ ㄌㄢˊ 指山中蒸騰的煙靄雲氣。

煙霧 ㄧㄢ ㄨˋ 泛指自然界的煙、霧、雲、氣等。例煙霧騰騰、煙霧繚繞。

煙癮 ㄧㄢ ㄧㄣˇ 抽香菸成癖的癮頭，不吸就會難受。

煙靄 ㄧㄢ ㄞˇ 雲霧，雲氣。

煙幕彈 ㄧㄢ ㄇㄨˋ ㄉㄢˋ ①爆炸時可以形成濃厚煙幕的炸彈或炮彈。②比喻試圖掩蓋事實真相的言語或行為。

煙消雲散 ㄧㄢ ㄒㄧㄠ ㄩㄣˊ ㄙㄢˋ 比喻事物像煙雲一般消失得無影無蹤。同雲消霧散。

煙消火滅 ㄧㄢ ㄒㄧㄠ ㄏㄨㄛˇ ㄇㄧㄝˋ 比喻事物消失，無跡可尋。

煙雲過眼 ㄧㄢ ㄩㄣˊ ㄍㄨㄛˋ ㄧㄢˇ 比喻事情轉瞬即逝，不留痕跡。或作「過眼雲煙」。

煤

ㄇㄟˊ méi 名主要成分為碳、氫、氧、氮，是古代植物埋入地層中，分解而成的碳質物。主要用作燃料和化工原料。泛稱煤炭。

煤田 ㄇㄟˊ ㄊㄧㄢˊ 指大面積的、可供開採的煤層分布地帶。

煤坑 ㄇㄟˊ ㄎㄥ 採煤時挖掘的井坑。

煤油 ㄇㄟˊ ㄧㄡˊ 從石油中分餾出來的燃料用油，揮發性比汽油低，比柴油高。同火油、洋油。

煤氣 ㄇㄟˊ ㄑㄧˋ 乾餾煤而得的氣體，主要由氫、甲烷、乙烯、一氧化碳組成，無色、無味、無臭，有毒。亦稱瓦斯。

煤礦 ㄇㄟˊ ㄎㄨㄤˋ 生產煤的礦場。

煩

ㄈㄢˊ fán 形①瑣碎，多而又雜的。例要言不煩。②苦悶，急躁。例心煩氣躁。動表示請託的敬辭。例煩勞。

煩文 ㄈㄢˊ ㄨㄣˊ ①繁雜的文字。②瑣碎沒必要的虛禮。

煩冗 ㄈㄢˊ ㄖㄨㄥˇ 事情多而雜亂。

煩言 ㄈㄢˊ ㄧㄢˊ 繁亂而忿爭的話語。

煩悶 ㄈㄢˊ ㄇㄣˋ 心情鬱悶，不暢快。

煩勞 ㄈㄢˊ ㄌㄠˊ 請託人家的客氣話。例煩勞你跑一趟。

煩惱 ㄈㄢˊ ㄋㄠˇ 煩悶苦惱，不愉快。

煩絮 ㄈㄢˊ ㄒㄩˋ 說話囉嗦而不簡潔。

煩瑣 ㄈㄢˊ ㄙㄨㄛˇ 煩雜瑣碎。同繁瑣。

煩難 ㄈㄢˊ ㄋㄢˊ 繁瑣困難又不容易處理。

煩躁 ㄈㄢˊ ㄗㄠˋ 心裡鬱悶焦急。

煩囂 ㄈㄢˊ ㄒㄧㄠ 指聲音嘈雜擾人。例大城市裡車多人多，一片煩囂。

煩惱絲 ㄈㄢˊ ㄋㄠˇ ㄙ 指頭髮。例三千煩惱絲。

煠

ㄓㄚˊ zhá 動把食物放入滾燙的油裡，即油煎。

煁

ㄔㄣˊ chén 名可以移動的爐灶。

煜

ㄩˋ yù 名火焰。形熾盛的樣子。動照耀。

煨

ㄨㄟ wēi 名火盆中之熱灰。例煨燼。動①把食物埋在有火的熱灰中燒熟。例煨紅薯。②用微火慢慢地煮。例煨肉。

煬

ㄧㄤˊ yáng 形火勢很旺烈的樣子。動熔化金屬。例煬鐵。

煌

ㄏㄨㄤˊ huáng 形光明的。例輝煌。

煌煌 ㄏㄨㄤˊ ㄏㄨㄤˊ 形容非常明亮、光明的樣子。

煥

ㄏㄨㄢˋ huàn 名火光。副鮮明光亮，光彩外露的樣子。

煥然 ㄏㄨㄢˋ ㄖㄢˊ 光彩的樣子。

煥發 ㄏㄨㄢˋ ㄈㄚ ①光彩四射的樣子。例容光煥發。②振作。例煥發革命精神。

煥然一新 ㄏㄨㄢˋ ㄖㄢˊ ㄧ ㄒㄧㄣ 改變舊貌而全部變新的樣子。

煦 ㄒㄩˇ xù 形溫暖的，暖和的。例春光和煦、煦日東昇。

煦伏 ㄒㄩˇ ㄈㄨˊ 本指鳥類孵卵，引申為比喻養育之恩。同呴伏。

煦煦 ㄒㄩˇ ㄒㄩˇ 和惠，仁愛。例煦煦為仁。

照 ㄓㄠˋ zhào 名①日光。例夕照。②相片。例玉照。③憑證。例護照、執照。動①映射。例日月所照。②有反光作用的東西把人、物影像投映出來。例照鏡子。③拍攝。例照相。④依據。例照此辦理。⑤對著，向著。例照這個方向走。⑥知曉，清楚。例心照不宣。⑦看顧。例照管。⑧比對。例對照、查照。⑨通知。例關照。

照拂 ㄓㄠˋ ㄈㄨˊ 照料，照顧。

照例 ㄓㄠˋ ㄌㄧˋ 按照慣例、常情。

照相 ㄓㄠˋ ㄒㄧㄤˋ 通過軟片的感光作用，用照相機拍下實物的影像。同攝影。

照面 ㄓㄠˋ ㄇㄧㄢˋ ①面對面地碰到。例他倆擦肩而過，打了個照面。②露面，見面。例始終不照面。

照准 ㄓㄠˋ ㄓㄨㄣˇ 公文用語。表示同意下級的請求。

照料 ㄓㄠˋ ㄌㄧㄠˋ 關心料理。例我去美國期間，公司就由你照料。

照常 ㄓㄠˋ ㄔㄤˊ 與平常一樣。例照常營業。

照會 ㄓㄠˋ ㄏㄨㄟˋ ①指一國政府把和彼此有關的事件的意見通知另一國政府。也指表達通知的外交文件。②通知，知會。

照辦 ㄓㄠˋ ㄅㄢˋ 依照擬定的方法執行、辦理。

照壁 ㄓㄠˋ ㄅㄧˋ 庭院裡屏蔽街門的短牆。又稱照牆。

照應 ㄓㄠˋ ㄧㄥˋ ①照顧幫助。例請你多照應。②彼此呼應吻合。例文章前後照應。

照舊 ㄓㄠˋ ㄐㄧㄡˋ 與原先一樣。

照耀 ㄓㄠˋ ㄧㄠˋ 強烈的光芒閃閃照射下來。

照顧 ㄓㄠˋ ㄍㄨˋ ①看顧，照應。例照顧全局。②關心注意，照料。例照顧周全、照顧殘疾人。

照明彈 ㄓㄠˋ ㄇㄧㄥˊ ㄉㄢˋ 特製的炸彈或炮彈，內部裝有發光藥劑和小降落傘，發射至空中爆炸後，能發出強光。用於夜間觀察或指示攻擊目標。

照本宣科 ㄓㄠˋ ㄅㄣˇ ㄒㄩㄢ ㄎㄜ 指一成不變地照著現成的稿子宣讀，不知變通。

煞 ㈠ㄕㄚ shā 動①收尾，結束。例煞尾。②停止。例煞車。㈡ㄕㄚˋ shà 名凶惡的神。例凶神惡煞。副極，很，甚。例煞費苦心。

煞車 ㄕㄚ ㄔㄜ 操縱車子的制動器使車停住。

煞住 ㄕㄚ ㄓㄨˋ 把行為動作止住，收住。

煞星 ㄕㄚˋ ㄒㄧㄥ ①指凶戾的神鬼。②比喻性情凶惡的人。

煞是 ㄕㄚˋ ㄕˋ 甚是，很是。

煞氣 ㄕㄚˋ ㄑㄧˋ ①指人臉上凶惡的神色。②俗稱邪氣。例這間房子煞氣太重。

煞有介事 ㄕㄚˋ ㄧㄡˇ ㄐㄧㄝˋ ㄕˋ 像真有這麼回事似的。含有小題大作、裝腔作勢之意。

煞費周章 ㄕㄚˋ ㄈㄟˋ ㄓㄡ ㄓㄤ 費了很大一番心思和力氣。

煞費苦心 ㄕㄚˋ ㄈㄟˋ ㄎㄨˇ ㄒㄧㄣ 辛辛苦苦地費盡心思。

煲 ㄅㄠ bāo 動用慢火熬煮食物。例煲湯。

煒 ㄨㄟˇ wěi 形①光明，光輝的樣子。例丹華煒煒。②顏色明亮鮮紅的樣子。

煣 ㄖㄡˊ róu 動用火烤烘木頭使之彎曲。

十畫

熒 ㄧㄥˊ yíng 形光線微弱的樣子。動眩惑，眼光迷亂。

熒惑 ㄧㄥˊ ㄏㄨㄛˋ 用言語迷惑。

熒煌 ㄧㄥˊ ㄏㄨㄤˊ 明亮、輝煌的樣子。例燈燭熒煌。

熒熒 ㄧㄥˊ ㄧㄥˊ ①形容燈光微弱。②微光閃爍的樣子。

熔 ㄖㄨㄥˊ róng 動用高溫把物質由固態變成液態。例熔解。

熔化 ㄖㄨㄥˊ ㄏㄨㄚˋ 固體加熱到一定溫度變成液體。

熔岩 ㄖㄨㄥˊ ㄧㄢˊ 火山噴發或地面裂縫中噴出來的高溫岩漿，冷卻後凝結成的岩石。

熔解 ㄖㄨㄥˊ ㄐㄧㄝˇ 固體物質受熱，溫度升高到一定時變成液體的現象。

熔點 ㄖㄨㄥˊ ㄉㄧㄢˇ 固體開始熔解成液體時的溫度。

熔爐 ㄖㄨㄥˊ ㄌㄨˊ ①熔煉金屬或其他物質的爐子。②比喻融合各種思想、觀念、文化等的環境。例軍校是個大熔爐。

熇 ㄏㄜˋ hè 見「熇熇」。

熇熇 ㄏㄜˋ ㄏㄜˋ 熾熱旺盛的樣子。

熙 ㄒㄧ xī 形①光明的。例光熙。②融洽快樂的。例雍熙。動興盛。例書經：「庶績咸熙。」

熙熙 ㄒㄧ ㄒㄧ 融洽快樂的樣子。

熙來攘往 ㄒㄧ ㄌㄞˊ ㄖㄤˇ ㄨㄤˇ 形容人來來往往，非常熱鬧的樣子。同熙熙攘攘。

熅 ㄩㄣˋ yùn 名只有煙而沒有光焰的火。例熅火。動通「熨」。用熱力燙平衣布。例熅斗。

熄 ㄒㄧˊ xí 動①火滅。例燈熄。②消亡。

熄火 ㄒㄧˊ ㄏㄨㄛˇ 將火滅掉。

熄滅 ㄒㄧˊ ㄇㄧㄝˋ 不再燃燒。比喻停止，滅絕。

熄火山 ㄒㄧˊ ㄏㄨㄛˇ ㄕㄢ 不再噴出岩漿的火山。又稱死火山。

熏 ㄒㄩㄣ xūn 形暖和的。例熏風。動①用火煙燒烤食物。例熏肉、熏雞。②氣味發散。例臭氣熏人。③火煙上冒。

熏沐 ㄒㄩㄣ ㄇㄨˋ 在齋戒占卜前燒香沐浴，表示虔誠。

熏香 ㄒㄩㄣ ㄒㄧㄤ 點燃可使聞者昏迷的香。

熏風 ㄒㄩㄣ ㄈㄥ ①和暖的風。②東南風。

熏陶 ㄒㄩㄣ ㄊㄠˊ 長期接觸而使人在生活習性、思想行為等逐步產生良好影響。

煽

ㄕㄢ shān **動** ①搖動扇子搧火，使火旺盛。例煽煤爐子。②鼓動別人做不妥的事。例煽惑。

煽動 ㄕㄢ ㄉㄨㄥˋ 鼓動他人去做不好的事。例煽動叛亂。

煽惑 ㄕㄢ ㄏㄨㄛˋ 用文字或語言，鼓動或誘惑別人去做不好的事。同慫恿。

煽風點火 ㄕㄢ ㄈㄥ ㄉㄧㄢˇ ㄏㄨㄛˇ 比喻用各種手段鼓動、慫恿。

熗

ㄑㄧㄤˋ qiàng **動** ①一種烹調方式。⑴將菜肴放進沸水中略煮，取出後加醬油、醋等作料來拌。例熗芹菜。⑵把肉和蔥花等用滾油略炒，再加作料和水煮。例熗鍋肉絲麵。②通「嗆」。刺激性的氣體或味道衝入鼻腔，令人不舒服。

熊

ㄒㄩㄥˊ xióng **名** ①動物名。哺乳食肉類，產於寒帶。身體肥滿，頭大，尾巴短，四肢短而粗，腳掌大，能站立、善攀木，常棲深山樹洞中。②姓。**形**見「熊熊」。

熊掌 ㄒㄩㄥˊ ㄓㄤˇ 熊的掌。脂肪多，味道美，是十分珍貴的食品。

熊熊 ㄒㄩㄥˊ ㄒㄩㄥˊ 火勢旺盛的樣子。例熊熊烈火。

熊貓 ㄒㄩㄥˊ ㄇㄠ 貓熊的別名。

熊膽 ㄒㄩㄥˊ ㄉㄢˇ 熊的膽，陰乾後是名貴中藥，味極苦，可以解毒。

熊羆入夢 ㄒㄩㄥˊ ㄆㄧˊ ㄖㄨˋ ㄇㄥˋ 賀人生子的吉祥話。

熊心豹膽 ㄒㄩㄥˊ ㄒㄧㄣ ㄅㄠˋ ㄉㄢˇ 形容膽量很大。

十一畫

熟

ㄕㄡˊ shóu **形** ①經過加工煉製的。例熟鐵。②常做而有經驗的。例熟能生巧。③常見的，常用的。例輕車熟路。**動** ①食物煮到可以吃的程度。例煮熟。②農作物長成。例成熟。**副**程度深的。例深思熟慮、熟睡。

熟人 ㄕㄡˊ ㄖㄣˊ 早已熟識的人。

熟手 ㄕㄡˊ ㄕㄡˇ 做事有經驗的、熟練的人。

熟知 ㄕㄡˊ ㄓ 很清楚地瞭解。

熟客 ㄕㄡˊ ㄎㄜˋ 常常來的客人。同常客。反生客。

熟思 ㄕㄡˊ ㄙ 深入周詳地考慮。

熟食 ㄕㄡˊ ㄕˊ ①燒煮熟了再吃。反生吃。②已燒製好了的食品。

熟視 ㄕㄡˊ ㄕˋ 仔細注視。

熟稔 ㄕㄡˊ ㄖㄣˇ 很熟悉。

熟慮 ㄕㄡˊ ㄌㄩˋ 周密詳細地考慮。

熟練 ㄕㄡˊ ㄌㄧㄢˋ 工作、動作因常做而純熟了。

熟諳 ㄕㄡˊ ㄢ 很熟悉。

熟識 ㄕㄡˊ ㄕˋ 了解得深入透徹。例我們彼此熟識。

熟鐵 ㄕㄡˊ ㄊㄧㄝˇ 將生鐵加熱鍛鍊，而使含碳量減少的鐵，有韌性、延展性。或稱為鍛鐵。

熟石灰 ㄕㄡˊ ㄕˊ ㄏㄨㄟ 加水煮過的石灰，呈白色粉末狀。

熟能生巧 ㄕㄡˊ ㄋㄥˊ ㄕㄥ ㄑㄧㄠˇ 熟練了自然就能產生巧妙辦法，找出竅門。

熬 ㄠˊ áo 動①以小火慢煮。例熬中藥。②乾煎。例熬豬油。③忍受，勉強支撐。例煎熬、熬更守夜。

熬夜 ㄠˊ ㄧㄝˋ 因事而深夜不睡覺或整夜不睡覺。

熬煎 ㄠˊ ㄐㄧㄢ 忍受折磨。或作「煎熬」。

熬煉 ㄠˊ ㄌㄧㄢˋ 長時間艱苦地磨鍊。

熱 ㄖㄜˋ rè 名①物體的粒子運動而產生的一種能。例輻射熱。②高溫度。與「冷」相對。例打鐵趁熱。③某種受人喜愛的潮流。例中國熱。形①親近的，情意深厚的。例親熱、熱絡。②溫度高的。例熱水。③受喜愛的。例熱門。動加熱，使溫度增高。例把冷飯熱過再吃。

熱力 ㄖㄜˋ ㄌㄧˋ ①由熱能產生的作功的力。②因某種狂熱所產生的趨向力量。

熱心 ㄖㄜˋ ㄒㄧㄣ ①富於同情心。例他熱心公益事業。②興趣濃厚，做事積極。例說到辦球賽，他最熱心了。

熱切 ㄖㄜˋ ㄑㄧㄝˋ 心情熱烈又懇切。例熱切盼望。

熱中 ㄖㄜˋ ㄓㄨㄥ ①急切盼望得到某種成就。例熱中功名。②非常愛好某種事物。也作「熱衷」。例他熱中於賽車。

熱血 ㄖㄜˋ ㄒㄧㄝˇ ①鮮血。例拋頭顱，灑熱血。②比喻願為正義、事業獻身的高昂熱情。例滿腔熱血。

熱忱 ㄖㄜˋ ㄔㄣˊ 誠摯熱心。例他做事很有熱忱。

熱門 ㄖㄜˋ ㄇㄣˊ 受眾人喜歡，爭相獲取或談論的。例熱門科系。

熱狗 ㄖㄜˋ ㄍㄡˇ 英語 hot dog 的譯名。一種美式的簡便食物，指熱的牛肉或豬肉香腸，一般用麵包夾著吃。

熱度 ㄖㄜˋ ㄉㄨˋ ①高於正常的體溫。例他吃了藥，熱度退了。②冷熱的程度。

熱浪 ㄖㄜˋ ㄌㄤˋ ①猛烈撲來的熱氣。例熱浪滾滾。②指輻射熱。

熱烈 ㄖㄜˋ ㄌㄧㄝˋ 高度熱情的表現。例掌聲熱烈。

熱淚 ㄖㄜˋ ㄌㄟˋ 心情激動而流下的眼淚。例熱淚盈眶。

熱帶 ㄖㄜˋ ㄉㄞˋ 指赤道兩側南、北回歸線之間的地帶，接受太陽的熱能最多，溫度最高。

熱情 ㄖㄜˋ ㄑㄧㄥˊ ①熱烈的情意。例他對工作充滿熱情。②感情熱烈。例熱情待客。

熱能 ㄖㄜˋ ㄋㄥˊ 燃料燃燒或物體內部分子不規則運動時放出的熱量。

熱量 ㄖㄜˋ ㄌㄧㄤˋ ①物質吸熱或放熱的多寡，單位是卡。②食物經消化吸收後，在體內轉變成能量，以熱的形式或能的形式被利用，稱為熱量。

熱絡 ㄖㄜˋ ㄌㄨㄛˋ 形容感情親密，互動頻繁。

熱誠 ㄖㄜˋ ㄔㄥˊ 熱心又誠懇。

熱腸 ㄖㄜˋ ㄔㄤˊ 比喻人熱心、熱情。也作「熱心腸」。

熱愛 ㄖㄜˋ ㄞˋ 十分喜愛。例熱愛家鄉。

熱潮 ㄖㄜˋ ㄔㄠˊ 形容蓬勃發展的形勢或局面。例五四運動掀起新文化的熱潮。

熱鬧 ㄖㄜˋ ㄋㄠˋ ①指人群喧嘩吵鬧。②繁華盛況。

熱敷 ㄖㄜˋ ㄈㄨ 指用熱的溼毛巾或熱水袋等放在身體表面局部，以促進血液流通，有利於炎症減輕或消退。亦稱為熱療。

熱線 ㄖㄜˋ ㄒㄧㄢˋ ①設在美國和前蘇聯領袖之間的緊急通訊系統。②紅外線的別稱。發自太陽輻射線中，不能起光的作用，但能發生熱效應。③比喻通訊頻繁的線路。例愛情熱線。

熱烘烘 ㄖㄜˋ ㄏㄨㄥ ㄏㄨㄥ 形容很熱的樣子。例店裡生著爐子，熱烘烘的。

熱處理 ㄖㄜˋ ㄔㄨˇ ㄌㄧˇ 為了取得某種性能，把金屬材料加熱到一定溫度，然後進行不同程度的冷卻。

熱騰騰 ㄖㄜˋ ㄊㄥˊ ㄊㄥˊ 形容熱氣往上冒的樣子。例太陽曬得那片沙地熱騰騰的。

熱血沸騰 ㄖㄜˋ ㄒㄧㄝˇ ㄈㄟˋ ㄊㄥˊ 比喻情緒激昂。

熱脹冷縮 ㄖㄜˋ ㄓㄤˋ ㄌㄥˇ ㄙㄨㄛ 物體體積隨溫度高低而變化，高溫時膨脹，低溫時收縮。

熠 ㄧˋ yì 形光耀，明亮的。例熠耀。

熠熠 ㄧˋ ㄧˋ 閃爍而光亮的樣子。例繁星熠熠。

熨 ㈠ㄩㄣˋ yùn 動指用熱力燙平衣布。例熨衣服。㈡ㄩˋ yù 見「熨貼」。

熨斗 ㄩㄣˋ ㄉㄡˇ 用以燙平衣物的金屬器具，前尖後大，底面平滑，形似斗。

熨貼 ㄩˋ ㄊㄧㄝ 事情處理得十分妥貼、適當。

十二畫

熾 ㄔˋ chì 形①火勢盛大的。例熾熱、火熾。②強盛。例昌熾。

熾烈 ㄔˋ ㄌㄧㄝˋ 火勢旺盛猛烈。

熾盛 ㄔˋ ㄕㄥˋ 繁多盛大。

熾焰 ㄔˋ ㄧㄢˋ 熊烈的火。

熾熱 ㄔˋ ㄖㄜˋ 極強的熱度。

燄 ㄧㄢˋ yàn 名同「焰」。火苗。例烈燄。

燐 ㄌㄧㄣˊ lín 名同「磷」。化學元素。非金屬元素之一，化學符號為P。廣泛用作輕工和化工原料。

燐火 ㄌㄧㄣˊ ㄏㄨㄛˇ 夜間在野外常見的白色或青色火光，是人或動物的屍體分解出的燐化氫遇到空氣後自動燃燒而發的光。

燐光 ㄌㄧㄣˊ ㄍㄨㄤ 帶有硫酸鹽的物質或硫化物，在受光一段時間後，移到暗處仍會發出青色微光，稱為燐光。

燉 ㈠ㄉㄨㄣˋ dùn 動①用文火煨煮食物使熟爛的烹調法。例燉雞湯。②把食物盛在器皿裡，再放到水裡加熱。例燉藥。㈡ㄉㄨㄣ dūn 名地名。燉煌，即敦煌。

燙 ㄊㄤˋ tàng 動①被高溫所傷。例燙傷。②用熱水溫物。例把酒燙熱再喝。③用較高的溫度改變物體的形態。例燙髮。

燙手 ㄊㄤˋ ㄕㄡˇ 火或溫度高的東西把手灼痛。比喻棘手的事情。

燙金 ㄊㄤˋ ㄐㄧㄣ 用熱力把金色文字或花紋印在印刷品上。

燙髮 ㄊㄤˋ ㄈㄚˇ 用特製的藥水在適當的溫度下，使頭髮彎曲有造型。

燙傷 ㄊㄤˋ ㄕㄤ 被火燒傷。

燊 ㄕㄣ shēn 形 火光旺盛的樣子。

燎 ㄌㄧㄠˊ liáo 名 火把，火炬。例 庭燎。形 明亮的。動 ①古代原始耕作法，用火燒田地之草。②烘烤，烘乾。③火從這裡燒到那裡，延燒。例 星火燎原。④挨近火而燒焦。例 頭髮被火燎了。

燎泡 ㄌㄧㄠˊ ㄆㄠ 因受高溫燙傷，而在皮膚或黏膜上形成的水泡。又叫燎漿泡。

燎原 ㄌㄧㄠˊ ㄩㄢˊ 大火在原野上延燒，無法阻擋。例 星星之火，可以燎原。

燒 ㄕㄠ shāo 名 身體因病症而體溫高於正常。例 發高燒。形 烘烤的，燒烤的。例 燒鴨、燒餅。動 ①東西著了火。例 燃燒、焚燒。②用火或高溫使物品發生變化。例 燒炭。③做飯，烹飪。例 燒飯、紅燒肉。

燒火 ㄕㄠ ㄏㄨㄛˇ 因做飯、取暖而燒柴、草、煤等。

燒杯 ㄕㄠ ㄅㄟ 化學實驗用具，用薄玻璃製成，耐高溫，杯緣有嘴。

燒香 ㄕㄠ ㄒㄧㄤ ①把香點燃插在香爐中以敬神佛。②比喻為請託而送禮、拉關係。

燒酒 ㄕㄠ ㄐㄧㄡˇ 用高粱做的一種無色烈酒。通稱高粱酒，又叫白酒。

燒烤 ㄕㄠ ㄎㄠˇ 指用火烘烤成的肉類食品。

燒瓶 ㄕㄠ ㄆㄧㄥˊ 化學實驗用具，頸長腹圓，用耐火玻璃做成，可用來加熱液體。

燒紙 ㄕㄠ ㄓˇ 拜神或祭祀時，給鬼神燒紙錢，以供鬼神在冥間使用。

燒傷 ㄕㄠ ㄕㄤ 身體組織受到火焰、強酸、強鹼、放射線等的損傷。

燒毀 ㄕㄠ ㄏㄨㄟˇ 焚燒而毀滅掉。

燒餅 ㄕㄠ ㄅㄧㄥˇ 用麵粉烤製的食品，上多有芝麻。

燒窯 ㄕㄠ ㄧㄠˊ 指燒製磚瓦、陶瓷等器物。

燒賣 ㄕㄠ ㄇㄞˋ 用薄麵皮包餡料蒸熟而成的食品。

燒石膏 ㄕㄠ ㄕˊ ㄍㄠ 把普通石膏加熱到百度以上，所得到的白色粉末。可製造模型、石膏像等。

燒夷彈 ㄕㄠ ㄧˊ ㄉㄢˋ 即燃燒彈，內裝膠狀汽油或其他易燃液體。

燕 ㈠ㄧㄢˋ yàn 名 鳥名。體小翼長，尾叉如剪刀，背黑腹白，喜營泥巢於屋內及簷下，春來秋去，是常見的益鳥。㈡ㄧㄢ yān 名 ①國名。(1)周代諸侯國，在今河北省北部和遼寧省南部，為戰國七雄之一。(2)東晉時鮮卑慕容氏稱帝，國號燕，分為前燕、後燕、西燕、南燕、北燕。②姓。

燕好 ㄧㄢˋ ㄏㄠˇ ①親近，友好。②形容夫妻閨房諧樂，感情和睦。

燕居 ㄧㄢˋ ㄐㄩ 安居，閒居。

燕侶 ㄧㄢˋ ㄌㄩˇ 比喻夫婦像燕子雙棲一樣。

燕麥 ㄧㄢˋ ㄇㄞˋ 植物名。二年生草本，穀類作物，莖細，葉狹長，花穗狀花序，果實可食。俗稱油麥。

燕窩 ㄧㄢˋ ㄨㄛ 金絲燕以唾液及海藻所築的巢，有豐富的膠質，是珍貴的食品。

燕爾 ㄧㄢˋ ㄦˇ 祝賀新婚的話語。也作「宴爾」。

燕樂 ㄧㄢˋ ㄌㄜˋ 安樂。同宴樂。

燕尾服 ㄧㄢˋ ㄨㄟˇ ㄈㄨˊ 西洋男子晚禮服的一種。前短齊腹，後長及膝，後下端開叉像燕尾。

燕語鶯聲 ㄧㄢˋ ㄩˇ ㄧㄥ ㄕㄥ 形容女子聲音嬌細柔美。

熹

ㄒㄧ xī 名微弱的陽光。例晨熹。形光明的，微明的。

熹微 ㄒㄧ ㄨㄟˊ 天剛亮，陽光微薄的樣子。

燁

ㄧㄝˋ yè 形光色鮮盛的。例燁然。

熸

ㄐㄧㄢ jiān 動①火熄滅。②軍隊打敗仗。

燔

ㄈㄢˊ fán 名通「膰」。烤熟的祭肉。例燔肉。動①焚燒。②炙，烤。

燃

ㄖㄢˊ rán 形可供燃燒的。例燃料。動燒起，焚燒。例自燃。

燃放 ㄖㄢˊ ㄈㄤˋ 以火點燃引線。例燃放煙火。

燃料 ㄖㄢˊ ㄌㄧㄠˋ 可供燃燒的物質。

燃燒 ㄖㄢˊ ㄕㄠ 可燃物質與氧發生強烈化合作用，產生光和熱的過程。

燃點 ㄖㄢˊ ㄉㄧㄢˇ 物質開始燃燒所需的最低溫度。也稱為著火點。

燃眉之急 ㄖㄢˊ ㄇㄟˊ ㄓ ㄐㄧˊ 比喻事情非常緊急，如同火燒眉毛。

燈

ㄉㄥ dēng 名①照明用的發光器具。例路燈、探照燈。②指佛法，因其破除黑暗，導向光明坦途。例傳燈。

燈火 ㄉㄥ ㄏㄨㄛˇ 燈的火光。例萬家燈火。

燈心 ㄉㄥ ㄒㄧㄣ 指去皮的燈心草，油燈用來點火之炷。亦作「燈芯」。

燈泡 ㄉㄥ ㄆㄠˋ 電燈泡，內有鎢絲。

燈絲 ㄉㄥ ㄙ 電燈泡內通電可發光的鎢絲。

燈塔 ㄉㄥ ㄊㄚˇ 設置在海岸或海島上的高塔，裝有強力的發光設備，能在晚間指引船隻航行。

燈盞 ㄉㄥ ㄓㄢˇ 沒有燈罩的油燈。

燈罩 ㄉㄥ ㄓㄠˋ 燈上防風或集中光線的罩子。

燈號 ㄉㄥ ㄏㄠˋ 指用燈光閃滅表示的信號。船艦常用來代表語言，傳達信息。

燈節 ㄉㄥ ㄐㄧㄝˊ 指元宵節，因賞燈而得名。

燈謎 ㄉㄥ ㄇㄧˊ 貼在燈上供人猜的謎語，有時也貼在牆上或掛在繩子上。

燈籠 ㄉㄥ ㄌㄨㄥˊ 用竹片或鐵絲做骨架，外面糊上紙或紗，裡面點蠟燭的照明器具。

燈火管制 ㄉㄥ ㄏㄨㄛˇ ㄍㄨㄢˇ ㄓˋ 在敵機夜間空襲時，熄滅或掩蔽一切發光體，使敵機找不到攻擊目標。

燈火輝煌 ㄉㄥ ㄏㄨㄛˇ ㄏㄨㄟ ㄏㄨㄤˊ 形容燈光明亮燦爛，景象熱鬧。

燈紅酒綠 ㄉㄥ ㄏㄨㄥˊ ㄐㄧㄡˇ ㄌㄩˋ 形容夜間尋歡作樂的奢侈生活。有時也用以形容娛樂場所的豪華景象。

燈蛾撲火 ㄉㄥ ㄜˊ ㄆㄨ ㄏㄨㄛˇ 比喻因無知而自取滅亡。

燖 ㄒㄩㄣˊ xún 動 ①用滾水去毛。例燖毛。②把涼了的食物溫熱。

燜 ㄇㄣˋ mèn 動 扣緊鍋蓋，用文火慢慢把食物煮熟或燉熟的烹調法。例燜飯。

十三畫

營 ㄧㄥˊ yíng 名 ①軍隊駐紮的場所。例軍營、安營紮寨。②軍隊的編制單位，五百人為一營。③活動的組織名稱。例夏令營。動 ①籌劃管理。例營業。②謀求，鑽求。例蠅營狗苟。

營火 ㄧㄥˊ ㄏㄨㄛˇ 夜間露營時堆柴燃火，人在火堆周圍進行娛樂活動。

營生 ㄧㄥˊ ㄕㄥ 謀生活。例他們世世代代在海上營生。

營私 ㄧㄥˊ ㄙ 假借職務上的便利而謀取個人利益。

營利 ㄧㄥˊ ㄌㄧˋ 經營生產事業以謀取利潤。

營房 ㄧㄥˊ ㄈㄤˊ 供軍隊駐紮、活動的場所。

營建 ㄧㄥˊ ㄐㄧㄢˋ 指土木工程或營造建築。

營救 ㄧㄥˊ ㄐㄧㄡˋ 想方法搭救。

營帳 ㄧㄥˊ ㄓㄤˋ 露營於野地時所搭的帳篷。

營造 ㄧㄥˊ ㄗㄠˋ 經營建造。例營造宮室。

營運 ㄧㄥˊ ㄩㄣˋ 開展業務工作，包括業務的經營、資金的運用等。

營業 ㄧㄥˊ ㄧㄝˋ ①經營業務。②以營利為目的的事業。

營繕 ㄧㄥˊ ㄕㄢˋ 土木工程建設之事。

營造尺 ㄧㄥˊ ㄗㄠˋ ㄔˇ 木匠所用的曲尺，一營造尺合〇・三二公尺。俗稱魯班尺。

營造廠 ㄧㄥˊ ㄗㄠˋ ㄔㄤˇ 代人建造房屋的廠家。

營業稅 ㄧㄥˊ ㄧㄝˋ ㄕㄨㄟˋ 對營業收益所課徵的一種稅。

營養素 ㄧㄥˊ ㄧㄤˇ ㄙㄨˋ 人體從外界攝取以供成長及活動的物質。如蛋白質、脂肪、醣類、維生素、礦物質等。

營私舞弊 ㄧㄥˊ ㄙ ㄨˇ ㄅㄧˋ 利用不正當的手段，圖謀個人的私利。

燧 ㄙㄨㄟˋ suì 名 ①古代取火的器具。例鑽燧取火。②古時邊境用來告警的烽火。例烽燧。

燧人氏 ㄙㄨㄟˋ ㄖㄣˊ ㄕˋ 古帝王名號。發明鑽木取火，教人熟食。

燮 ㄒㄧㄝˋ xiè 動 調和，諧和。例燮理陰陽。

燥 ㈠ㄗㄠˋ zào 形 ①乾的，缺少水分的。例天氣乾燥。②焦急不安的。例燥灼。㈡ㄙㄠˋ sào 名 剁碎的肉。例燥子豆腐、肉燥。

燥熱 ㄗㄠˋ ㄖㄜˋ 氣候熱而乾燥。

燦 ㄘㄢˋ càn 形 光彩鮮明耀眼。例燦爛。

燦爛奪目 ㄘㄢˋ ㄌㄢˋ ㄉㄨㄛˊ ㄇㄨˋ 光彩照人，十分美麗的樣子。

燭 ㄓㄨˊ zhú 名①用油蠟製成，可發光的照明物。例蠟燭。②火炬。動照耀，照亮。

燭火 ㄓㄨˊ ㄏㄨㄛˇ 蠟燭點燃後的火苗。

燭光 ㄓㄨˊ ㄍㄨㄤ ①發光強度的單位。當白金到達鎔點時，每六十分之一平方公分的面積所發出的光度，叫一燭光。②蠟燭燃燒時所發的光。

燭淚 ㄓㄨˊ ㄌㄟˋ 指蠟燭燃燒時所流下的蠟油。

燡 ㄧˋ yì 形火焰旺盛光明的樣子。例燡燡。

燠 ㄩˋ yù 形熱的，暖和的。例燠熱。

燠暑 ㄩˋ ㄕㄨˇ 悶熱的天氣。

燠熱 ㄩˋ ㄖㄜˋ 悶且熱。

燴 ㄏㄨㄟˋ huì 動將許多菜餚放在一起燒煮後勾芡的烹調法。例燴什錦。

燬 ㄏㄨㄟˇ huǐ 動被火燒掉，燒壞。例燒燬、焚燬。

十四畫

燹 ㄒㄧㄢˇ xiǎn 名①火，野火。②因戰爭而引起的火。例兵燹。

燾 ㄊㄠˊ táo 動①普照。②通「幬」。覆蓋。例燾育。

燻 ㄒㄩㄣ xūn 同「熏」。

燼 ㄐㄧㄣˋ jìn 名①物體燃燒後剩下的東西。例灰燼。②戰爭或災難後剩下的東西。

十五畫

爆 ㄅㄠˋ bào 動①猛然炸裂或迸開。例爆破。②用猛火快炒的烹調法。

爆竹 ㄅㄠˋ ㄓㄨˊ 用紙捲火藥，點燃會爆炸發出強大聲音。

爆炸 ㄅㄠˋ ㄓㄚˋ 炸藥或其他可燃物迅速燃燒，使周圍氣壓發生強烈變化並產生巨大聲響。

爆破 ㄅㄠˋ ㄆㄛˋ 用炸藥炸毀岩石、工事、建築物等。

爆笑 ㄅㄠˋ ㄒㄧㄠˋ 大笑，笑得無法自己的樣子。

爆發 ㄅㄠˋ ㄈㄚ ①因火和熱而炸裂。②突然發生。例火山爆發、爆發衝突。

爆裂 ㄅㄠˋ ㄌㄧㄝˋ 突然迸裂開。例豆莢爆裂了。

爆米花 ㄅㄠˋ ㄇㄧˇ ㄏㄨㄚ 將米或玉米粒烤得膨大鬆散，爆裂開花而成的一種香脆可口的食品。

爆冷門 ㄅㄠˋ ㄌㄥˇ ㄇㄣˊ 在競賽過程中，出人意料地獲勝。

爆發力 ㄅㄠˋ ㄈㄚ ㄌㄧˋ 在短時間內突發的力量。如起跑、起跳、投擲、拍球時猛然使出的力量。

爍 ㄕㄨㄛˋ shuò 形光亮閃動的樣子。例閃爍。動同「鑠」。銷鎔金屬。例爍金。

十六畫

爐 ㄌㄨˊ lú 名用以盛火供燃燒的用具。

爐灶 ㄌㄨˊ ㄗㄠˋ ①做菜煮飯的爐子和灶。②比喻事業的基礎。例另起爐灶。

爐火純青 ㄌㄨˊ ㄏㄨㄛˇ ㄔㄨㄣˊ ㄑㄧㄥ 比喻學問、技術到達純熟精粹的地步。

十七畫

爛 ㄌㄢˋ làn 形①東西腐壞的，破舊的。例爛桃子、破銅爛鐵。②食物過熟而鬆軟的。例稀粥爛飯。③光明的樣子。例燦爛。④形容不好、差勁。例他這個人實在太爛了。動腐敗。例海枯石爛。副極，甚。例爛醉。

爛帳 ㄌㄢˋ ㄓㄤˋ ①指很久不償還，已經無望討回的帳款。②比喻理不清的事。

爛漫 ㄌㄢˋ ㄇㄢˋ ①顏色鮮明美麗的樣子。亦作「爛熳」、「爛縵」。例山花爛漫。②率性自然，毫不做作的樣子。例天真爛漫。

爛熟 ㄌㄢˋ ㄕㄡˊ ①食物十分軟熟。②十分熟悉或熟練。例把書背得爛熟。

爛攤子 ㄌㄢˋ ㄊㄢ ˙ㄗ 比喻局面十分紊亂而棘手，很難收拾整頓。

爛醉如泥 ㄌㄢˋ ㄗㄨㄟˋ ㄖㄨˊ ㄋㄧˊ 形容喝酒過量而全身無力。

爚 ㄩㄝˋ yuè 名火光。形光明的。例熠爚。

二十五畫

爨 ㄘㄨㄢˋ cuàn 名爐灶。例詩經：「執爨踖踖。」動燒火做飯。例同居各爨。

爪部 ㄓㄠˇ

爪 ㈠ㄓㄠˇ zhǎo（讀音）名①人類手指甲或腳趾甲的通稱。例手爪。②鳥獸的腳或趾。例鷹爪、雪泥鴻爪。

㈡ㄓㄨㄚˇ zhuǎ（語音）名爪子，動物的尖甲腳趾。

爪子 ㄓㄨㄚˇ ˙ㄗ 鳥獸有尖甲的腳。例虎爪子。

爪牙 ㄓㄠˇ ㄧㄚˊ ①動物的趾爪和牙齒。②比喻惡霸的黨羽、幫凶。

爪印 ㄓㄠˇ ㄧㄣˋ 指往事的痕跡。亦稱為爪痕。

四畫

爬 ㄆㄚˊ pá 動①伏地而行。例七坐八爬。②攀登，攀緣。例爬山。

爬行 ㄆㄚˊ ㄒㄧㄥˊ ①手腳或腹部著地往前運動。②比喻墨守陳規，慢吞吞地做。

爬坡 ㄆㄚˊ ㄆㄛ ①攀登上山坡。②比喻生活或事業在艱難中前進。例他們的事業正在爬坡階段呢！

爬蟲 ㄆㄚˊ ㄔㄨㄥˊ 屬脊椎動物，表皮呈角質或鱗片，冷血，腹部貼地爬著走動。如龜、蛇、鱷魚等。

爬羅 ㄆㄚˊ ㄌㄨㄛˊ 蒐集網羅。

爭 ㄓㄥ zhēng 動①努力求取或奪取。例分秒必爭。②辯論。例據理力爭。③差，相差。例總共還爭多少？副通「怎」。如何。

爭光 ㄓㄥ ㄍㄨㄤ 爭取光榮的名譽。

爭吵 ㄓㄥ ㄔㄠˇ 爭鬥吵鬧。同吵架、鬥嘴。

爭風 ㄓㄥ ㄈㄥ 比喻因妒忌而相爭。

爭氣 ㄓㄥ ㄑㄧˋ ①立志向上，不肯落後於人。②好強而不肯屈服。例為台灣爭氣。

爭訟 ㄓㄥ ㄙㄨㄥˋ 因爭執而到法庭相互控告。

爭執 ㄓㄥ ㄓˊ 以言語相爭，固執己意，不肯相讓。

爭雄 ㄓㄥ ㄒㄩㄥˊ 競爭力求優勝。

爭勝 ㄓㄥ ㄕㄥˋ 競爭力圖優勝。同爭雄。

爭端 ㄓㄥ ㄉㄨㄢ 引起爭執的事件。

爭奪 ㄓㄥ ㄉㄨㄛˊ 比喻相互爭搶，互不相讓。

爭鳴 ㄓㄥ ㄇㄧㄥˊ 比喻在學術問題上多人發表意見爭辯。例百家爭鳴。

爭論 ㄓㄥ ㄌㄨㄣˋ 各持觀點，互相辯論不退讓。

爭鋒 ㄓㄥ ㄈㄥ ①兩者爭勝。②相互交戰。

爭議 ㄓㄥ ㄧˋ 爭辯，爭論。例問題尚在爭議之中。

爭辯 ㄓㄥ ㄅㄧㄢˋ 指爭論和辯論。

爭霸 ㄓㄥ ㄅㄚˋ 爭取獲得霸權。

爭鬥 ㄓㄥ ㄉㄡˋ 雙方不相讓，互相爭吵或以武力鬥毆。

爭功諉過 ㄓㄥ ㄍㄨㄥ ㄨㄟˇ ㄍㄨㄛˋ 爭奪功勞，推卸過失。

爭先恐後 ㄓㄥ ㄒㄧㄢ ㄎㄨㄥˇ ㄏㄡˋ 形容人爭搶機會，唯恐落後。

爭名奪利 ㄓㄥ ㄇㄧㄥˊ ㄉㄨㄛˊ ㄌㄧˋ 形容為名利而爭鬥。

爭妍鬥豔 ㄓㄥ ㄧㄢˊ ㄉㄡˋ ㄧㄢˋ 形容百花盛開，競相呈美。亦作「爭妍鬥奇」。

爭長論短 ㄓㄥ ㄔㄤˊ ㄌㄨㄣˋ ㄉㄨㄢˇ 指不論在任何事情上都要爭論出高下。亦作「爭長競短」。

爭風吃醋 ㄓㄥ ㄈㄥ ㄔ ㄘㄨˋ 比喻因嫉妒而爭鬥。亦作「爭鋒吃醋」。

五畫

爰 ㄩㄢˊ yuán 動改換。例爰田。助發語詞，無義。連於是。

十三畫

爵 ㊀ㄐㄩㄝˊ jué 名①古代銅製飲酒器，似雀立形狀。例金爵。②古代封給貴族功臣的名分和等級。例侯爵、封爵。㊁ㄑㄩㄝˋ què 名通「雀」。鳥名。

爵士 ㄐㄩㄝˊ ㄕˋ 英國貴族的榮銜。

爵位 ㄐㄩㄝˊ ㄨㄟˋ 封爵和職位。

爵士樂 ㄐㄩㄝˊ ㄕˋ ㄩㄝˋ 英語Jazz的音譯。十九世紀末起源於美國，本源包括黑人靈歌以及宗教歌曲等。

父部 ㄈㄨˋ

父 ㊀ㄈㄨˋ fù 名①爸爸。②親屬中男性尊長的稱呼。例祖父、伯父。㊁ㄈㄨˇ fǔ 名①古代對男子的美稱。②隱居於民間老者的通稱。例漁父。

父兄 ㄈㄨˋ ㄒㄩㄥ ①家長的通稱。②長者。

父老 ㄈㄨˋ ㄌㄠˇ 尊稱一般上了年紀的老者。

父系 ㄈㄨˋ ㄒㄧˋ 屬於父親方面的血統。例父系家族制度。

父執 ㄈㄨˋ ㄓˊ 父親一輩的朋友。

父母官 ㄈㄨˋ ㄇㄨˇ ㄍㄨㄢ 舊時對地方官的稱謂。

父慈子孝 ㄈㄨˋ ㄘˊ ㄗˇ ㄒㄧㄠˋ 父親慈愛，兒女孝順。形容和睦相親的家庭。

四畫

爸 ㄅㄚˋ bà 名指父親。例爸爸。

六畫

爹 ㄉㄧㄝ diē 名①對父親的稱呼。②對老人或長者的尊稱。例老爹。

爹娘 ㄉㄧㄝ ㄋㄧㄤˊ 父母親的合稱。

爹爹 ㄉㄧㄝ·ㄉㄧㄝ 對父親的稱呼。

九畫

爺 ㄧㄝˊ yé 名①祖父。例爺爺。②古時稱父親。例爺娘。③對年長尊者的稱呼。例老爺、少爺。④泛稱男人。例爺們。⑤對神祇的稱呼。例財神爺、灶王爺。

爺娘 ㄧㄝˊ ㄋㄧㄤˊ 舊時稱呼父母。

爺爺 ㄧㄝˊ·ㄧㄝ ①稱呼祖父。②舊時稱極敬畏的人。

爺兒們 ㄧㄝˊ ㄦˊ ·ㄇㄣ 亦作「爺們兒」。①男性長輩和幼輩的合稱。例爺兒們三個一塊去逛廟會。②指男人。例爺兒們種田，女人做家務。③女子的丈夫。

爻部 ㄧㄠˊ

爻 ㄧㄠˊ yáo 名組成八卦的橫線。長的全線（—）是陽爻，斷開的兩段線（- -）是陰爻，每三爻合成一個卦，如☲、☷等。

爻象 ㄧㄠˊ ㄒㄧㄤˋ 卦表示的形象。包括爻辭和象辭。爻辭指事物的變動，象辭指事物的形狀。後引申為跡象。

七畫

爽 ㄕㄨㄤˇ shuǎng 形①舒服的，暢快的。例秋高氣爽、清爽。②豪邁，不拘小節的。例直爽。動①犯錯。例屢試不爽。②違反，違背。例爽約。

爽口 ㄕㄨㄤˇ ㄎㄡˇ 比喻很適合口味。

爽快 ㄕㄨㄤˇ ㄎㄨㄞˋ ①舒服痛快。例心中的疑慮對人傾訴後，就爽快些了。②毫不含糊，直截了當。

爽利 ㄕㄨㄤˇ ㄌㄧˋ 爽快利落，乾脆不拘束的樣子。

爽直 ㄕㄨㄤˇ ㄓˊ 氣度豁達，爽朗而正直。

爽性 ㄕㄨㄤˇ ㄒㄧㄥˋ 索性，乾脆。

爽約 ㄕㄨㄤˇ ㄩㄝ 失約，沒有按照約定執行。

爽朗 ㄕㄨㄤˇ ㄌㄤˇ ①天氣清爽晴明。②比喻人的性情通達無憂。

爽脆 ㄕㄨㄤˇ ㄘㄨㄟˋ ①爽快乾脆。②既脆又適口的口感。例爽脆可口。

十畫

爾 ㄦˇ ěr 形那，這。例爾日、爾時。動通「邇」。接近。副如此。例果爾、不過爾爾。代你，第二人稱代名詞。例爾輩、爾父。助①語尾助詞。例率爾、莞爾。②同「乎」。表示疑問的語氣。

爾來 ㄦˇ ㄌㄞˊ 自那時以來。

爾後 ㄦˇ ㄏㄡˋ 從此以後。

爾爾 ㄦˇ ㄦˇ 如此如此。例不過爾爾。

爾虞我詐 ㄦˇ ㄩˊ ㄨㄛˇ ㄓㄚˋ 彼此毫無誠意，各懷鬼胎，互相欺騙。

爿部 ㄑㄧㄤˊ

爿 ㈠ㄅㄢˋ bàn 名①把整塊木頭劈開，左半邊叫爿，右半邊叫片。例柴爿。②商店的量詞。例一爿雜貨店。㈡ㄑㄧㄤˊ qiáng 限用於部首讀音。

四畫

牀 ㄔㄨㄤˊ chuáng 「床」的異體字。

斨 ㄑㄧㄤ qiāng 名古代的一種方孔斧子。例斧斨。

六畫

牂 ㄗㄤ zāng 名母羊。

牂牂 ㄗㄤ ㄗㄤ 枝葉茂盛的樣子。

十三畫

牆 ㄑㄧㄤˊ qiáng 名用磚、石等砌成，用來支撐屋頂或作防護的建築物。例城牆、圍牆。

牆角 ㄑㄧㄤˊ ㄐㄧㄠˇ 兩面牆相連轉折的地方。

牆垣 ㄑㄧㄤˊ ㄩㄢˊ 即牆壁。

牆根 ㄑㄧㄤˊ ㄍㄣ 牆的最下部。

牆頭 ㄑㄧㄤˊ ㄊㄡˊ 牆的上部或頂端。

牆壁 ㄑㄧㄤˊ ㄅㄧˋ 支撐房子屋頂的石砌部分。

牆頭草 ㄑㄧㄤˊ ㄊㄡˊ ㄘㄠˇ 比喻沒有主見和骨氣的人。

片部 ㄆㄧㄢˋ

片 ㄆㄧㄢˋ piàn 名①平而薄的物體。例肉片。②指面積廣泛而連綿不斷的事物。例一片金黃的稻子。③計算薄的東西的量詞。例兩片樹葉。形①少的，零星的。例片刻、片紙隻字。②單一的，不全面的。例片面性。

片子 ㄆㄧㄢˋ ㄗ˙ 泛指影片。例這部片子很不錯。

片刻 ㄆㄧㄢˋ ㄎㄜˋ 一會兒。

片面 ㄆㄧㄢˋ ㄇㄧㄢˋ 單方面的。例片面之詞。

片段 ㄆㄧㄢˋ ㄉㄨㄢˋ 整體當中的某一小部分。一般指文藝作品和生活經歷等。

片場 ㄆㄧㄢˋ ㄔㄤˇ 拍攝電影電視片的場地。

片語 ㄆㄧㄢˋ ㄩˇ ①英語phrase的譯名。相當於中文的「短語」。指兩個以上字詞組成，意思不完全，不能獨立成句的短語。②簡短的話。

片頭 ㄆㄧㄢˋ ㄊㄡˊ 電影或電視最前面的部分，介紹本片主角、配角、導演等。

片斷 ㄆㄧㄢˋ ㄉㄨㄢˋ 零碎，不完整。例片斷回憶、生活片斷。

片甲不留 ㄆㄧㄢˋ ㄐㄧㄚˇ ㄅㄨˋ ㄌㄧㄡˊ 比喻全部消滅，全軍覆沒。同片甲不存。

片言隻字 ㄆㄧㄢˋ ㄧㄢˊ ㄓ ㄗˋ 指零散而簡短的語言文字。

四畫

版 ㄅㄢˇ bǎn 名①供印刷用的版子，上有文字圖案，從前用木板，現在多為金屬。例活字版、銅版。②書籍排印的次數。例第三版、再版。③報紙一面叫一版。例頭版。④報刊的版別。例地方版、海外版。⑤古代築牆用的夾板。例版築。⑥古代朝笏或書寫用的木片。例投版棄官。

版本 ㄅㄢˇ ㄅㄣˇ 同一部著作，因出版時間、編排、裝訂式樣的不同，而產生不同的本子。

版面 ㄅㄢˇ ㄇㄧㄢˋ ①書籍報刊每一頁的整面。②書籍報刊的文字圖畫編排。

版稅 ㄅㄢˇ ㄕㄨㄟˋ 著作人委託出版商出版其著作，按書價的百分之若干抽取的報酬。

版圖 ㄅㄢˇ ㄊㄨˊ ①戶籍和地圖。②泛指國家的疆域。例美國版圖遼闊。

版權 ㄅㄢˇ ㄑㄩㄢˊ 作者或出版者，根據出版法所特別享有的權利，任何人不得擅自翻印仿製。

八畫

牌 ㄆㄞˊ pái 名①告示或標幟板。例招牌、路牌。②指片狀的憑信物。例令牌。③註冊商標。例廠牌、名牌。④一種古代防護性武器。例盾牌、擋箭牌。⑤遊戲或賭博用品。例撲克牌、牌九。⑥神位。例神主牌。⑦詞曲的曲調名。例詞牌、曲牌。

牌子 ㄆㄞˊ ˙ㄗ ①用木板或金屬板做的標幟，上面一般有文字。例木頭牌子。②產品名稱。③詞曲的調子。

牌坊 ㄆㄞˊ ㄈㄤ 一種形狀類似牌樓的建築，舊時用來宣揚忠孝節義的人物。

牌位 ㄆㄞˊ ㄨㄟˋ 寫著名字供祭祀的木牌。

牌匾 ㄆㄞˊ ㄅㄧㄢˇ 泛指匾額或招牌。

牌照 ㄆㄞˊ ㄓㄠˋ ①政府發給的營業許可證。同執照。②汽機車的行車憑證。

牌樓 ㄆㄞˊ ㄌㄡˊ 為美觀或紀念而建的傳統式高聳建築物，上有飛簷。

牌價 ㄆㄞˊ ㄐㄧㄚˋ 用牌子公布的規定價格。

九畫

牋 ㄐㄧㄢ jiān 名同「箋」。①文體名。為上書奏記文章。②書信，信札。

牒 ㄉㄧㄝˊ dié 名①古時用來書寫的小而薄的竹片或木片。②公文，文書。例最後通牒。③各種記錄冊、證書。例譜牒、度牒。

十一畫

牖 ㄧㄡˇ yǒu 名房子側面開的窗戶。例戶牖。動誘導。例牖民。

牖民 ㄧㄡˇ ㄇㄧㄣˊ 開通民智，引導人民向善。

十五畫

牘 ㄉㄨˊ dú 名①古代用來寫字的木片，厚的叫牘。例簡牘。②公文。例案牘勞形。③書信。例尺牘。

牙部 ㄧㄚˊ

牙 ㄧㄚˊ yá 名①人或動物口腔中磨碎食物的器官。例乳牙、門牙。②象牙的簡稱。例牙雕、牙笏。③介紹買賣從中抽利的人。例牙商。④古稱官署。動咬。

牙色 ㄧㄚˊ ㄙㄜˋ 近乎象牙的淡黃色。

牙床 ㄧㄚˊ ㄔㄨㄤˊ ①牙齦的通稱。②用象牙裝飾的床。

牙刷 ㄧㄚˊ ㄕㄨㄚ 刷牙的用具，用以清除牙齒間的汙穢和按摩牙齦。

牙垢 ㄧㄚˊ ㄍㄡˋ 牙齒上黃色或黑褐色汙垢。也稱為牙花。

牙科 ㄧㄚˊ ㄎㄜ 專門治療牙齒疾病的醫科。

牙粉 ㄧㄚˊ ㄈㄣˇ 刷牙用的粉狀物，主要原料為碳酸鈣、碳酸鎂等，能固齒去汙。

牙根 ㄧㄚˊ ㄍㄣ 牙齒的根部，指插入牙齦的部分。

牙祭 ㄧㄚˊ ㄐㄧˋ 有肉可吃的日子。後稱偶爾享用豐盛的菜餚為打牙祭。

牙膏 ㄧㄚˊ ㄍㄠ 軟膏狀的潔牙用品。

牙磁 ㄧㄚˊ ㄘˊ 牙齒表面的琺瑯質。

牙慧 ㄧㄚˊ ㄏㄨㄟˋ 別人說過的言論。例拾人牙慧。

牙雕 ㄧㄚˊ ㄉㄧㄠ ①在象牙上雕刻形象、圖案的手藝。②用象牙雕刻成的工藝品。

牙醫 ㄧㄚˊ ㄧ 專治牙病的醫師。

牙關 ㄧㄚˊ ㄍㄨㄢ 上下牙齒咬合之處。

牙籤 ㄧㄚˊ ㄑㄧㄢ 剔除牙縫食物殘屑的細棍。

牙周病 ㄧㄚˊ ㄓㄡ ㄅㄧㄥˋ 牙齦紅腫或萎縮的慢性病。症狀為嚴重流膿，牙根外露，牙齒鬆動。

牙癢癢 ㄧㄚˊ ㄧㄤˇ ㄧㄤˇ 因痛恨而切齒的樣子。

牙牙學語 ㄧㄚˊ ㄧㄚˊ ㄒㄩㄝˊ ㄩˇ 小孩子最初學習說話的樣子。

八畫

牚 ㄔㄥ chēng 名斜柱。動通「撐」。支持。例牚天柱地。

牛部 ㄋㄧㄡˊ

牛 ㄋㄧㄡˊ niú 名①動物名。反芻類家畜，體形碩大，頭上有一對角，力大而溫良，供役使、乳用或乳肉兩用。②二十八星宿之一，有六顆星，俗名牽牛星。③姓。形形容人脾氣固執倔傲。例牛性子、牛脾氣。

牛毛 ㄋㄧㄡˊ ㄇㄠˊ 比喻又多又細。例多如牛毛。

牛耳 ㄋㄧㄡˊ ㄦˇ　古代列國結盟，由實力最強的國君抓住牛耳取血，眾人塗在口旁。因而稱領袖人物為牛耳。

牛角 ㄋㄧㄡˊ ㄐㄧㄠˇ　牛頭上的一對角，可用來刻圖章、做梳子及號角。

牛油 ㄋㄧㄡˊ ㄧㄡˊ　從牛身上的脂肪提煉製作的成品。

牛性 ㄋㄧㄡˊ ㄒㄧㄥˋ　比喻人脾氣固執。

牛郎 ㄋㄧㄡˊ ㄌㄤˊ　①牧牛兒童或大人。②牽牛星。③指從事色情陪酒的男子。

牛馬 ㄋㄧㄡˊ ㄇㄚˇ　牛和馬。比喻受人奴役，替人做苦工。

牛勁 ㄋㄧㄡˊ ㄐㄧㄥˋ　比喻人的性情固執乖僻。

牛後 ㄋㄧㄡˊ ㄏㄡˋ　比喻屈居下位。例寧為雞口，不為牛後。

牛氣 ㄋㄧㄡˊ ㄑㄧˋ　形容自高自大，目中無人的驕傲神氣。

牛痘 ㄋㄧㄡˊ ㄉㄡˋ　是牛的一種急性傳染病，從患牛痘病的牛身上取出痘疱漿液，種到牛犢身上使之發病，再從牛身上抽出痘漿，把病毒力減弱，作痘苗種在人體上，可預防天花。

牛飲 ㄋㄧㄡˊ ㄧㄣˇ　俯身像牛一般就池飲酒。比喻豪飲。

牛頓 ㄋㄧㄡˊ ㄉㄨㄣˋ　人名，Sir Isaac Newton（1642～1727年）。英國偉大科學家，在物理學上曾發現萬有引力原理，又發現運動三定律；在數學上發明二項定理、微分法及積分法。

牛腩 ㄋㄧㄡˊ ㄋㄢˇ　指牛肚子上及肋骨附近的鬆軟牛肉。

牛瘟 ㄋㄧㄡˊ ㄨㄣ　牛的急性傳染病。牛發高熱，眼和鼻流出膿狀分泌物，病重時反芻停止，腹瀉帶血，口內黏膜糜爛。

牛蒡 ㄋㄧㄡˊ ㄅㄤˋ　植物名。二年生草本，葉互生，花管狀，淡紫色，根多肉。根和嫩葉可做菜，種子及根可入藥，有清熱解毒功用。

牛鞅 ㄋㄧㄡˊ ㄧㄤ　牛拉車時架在脖子上的器具。

牛皮紙 ㄋㄧㄡˊ ㄆㄧˊ ㄓˇ　用硫酸鹽、木漿製的一種紙，黃褐色，質地堅韌，拉力強，可作包裝及信封之用。

牛皮癬 ㄋㄧㄡˊ ㄆㄧˊ ㄒㄧㄢˇ　一種慢性皮膚病，先出現丘疹，後有易脫落的薄鱗片。

牛脾氣 ㄋㄧㄡˊ ㄆㄧˊ ㄑㄧˋ　形容人脾性倔強、固執。

牛山濯濯 ㄋㄧㄡˊ ㄕㄢ ㄓㄨㄛˊ ㄓㄨㄛˊ　本指山上沒有草木。今多用以戲謔人禿頂。同童山濯濯。

牛刀小試 ㄋㄧㄡˊ ㄉㄠ ㄒㄧㄠˇ ㄕˋ　比喻本事很大，先在小事上試驗一下。

牛衣對泣 ㄋㄧㄡˊ ㄧ ㄉㄨㄟˋ ㄑㄧˋ　比喻貧賤夫婦生活貧困無計。

牛郎織女 ㄋㄧㄡˊ ㄌㄤˊ ㄓ ㄋㄩˇ　①民間神話中的一對恩愛夫妻，因織女婚後不再為天帝織造雲錦，天帝就用天河將二人隔離，只准每年農曆七月初七相會。②指牽牛星和織女星。

牛鬼蛇神 ㄋㄧㄡˊ ㄍㄨㄟˇ ㄕㄜˊ ㄕㄣˊ　比喻各種醜物或各色壞人。

牛頭馬面 ㄋㄧㄡˊ ㄊㄡˊ ㄇㄚˇ ㄇㄧㄢˋ　傳說是陰間的凶惡鬼卒。比喻各種凶惡的人。

牛驥同皁 ㄋㄧㄡˊ ㄐㄧˋ ㄊㄨㄥˊ ㄗㄠˋ　讓千里馬和牛同槽共食。比喻賢愚不分，待遇一樣。

牛頭不對馬嘴 ㄋㄧㄡˊ ㄊㄡˊ ㄅㄨˋ ㄉㄨㄟˋ ㄇㄚˇ ㄗㄨㄟˇ　比喻答非所問，或兩件事不相符合，根本不能湊在一起。

二畫

牝 ㄆㄧㄣˋ pìn 名雌性動物。例牝雞、牝牛。同

牝牡 ㄆㄧㄣˋ ㄇㄡˇ 雌的和雄的禽畜。雌雄。

牝雞司晨 ㄆㄧㄣˋ ㄐㄧ ㄙ ㄔㄣˊ 由母雞擔任晨啼的工作。比喻婦人專權。

牟 ㊀ㄇㄡˊ móu 名①牛叫聲。②姓。動獲取。例牟利。㊁ㄇㄨˋ mù 名縣名。牟平，在山東省。

牟利 ㄇㄡˊ ㄌㄧˋ 圖取利益。

牟取 ㄇㄡˊ ㄑㄩˇ 謀取。例牟取暴利。

三畫

牢 ㄌㄠˊ láo 名①監禁犯人的地方。例監牢。②養牲畜的圈。例亡羊補牢。③古代用作祭品的牲畜。例太牢、少牢。形結實，堅固。例牢不可破。

牢固 ㄌㄠˊ ㄍㄨˋ 結實而堅固。

牢房 ㄌㄠˊ ㄈㄤˊ 監獄內監禁犯人的房間。

牢記 ㄌㄠˊ ㄐㄧˋ 在心裡緊緊記住。

牢獄 ㄌㄠˊ ㄩˋ 即監獄。

牢靠 ㄌㄠˊ ㄎㄠˋ ①穩固。②辦事穩妥可信賴。

牢騷 ㄌㄠˊ ㄙㄠ 心裡鬱抑不平而發出的怨言。

牢不可破 ㄌㄠˊ ㄅㄨˋ ㄎㄜˇ ㄆㄛˋ 堅固得不能破壞動搖。比喻極難改變或破除。

牡 ㄇㄨˇ mǔ 名雄性的鳥獸。例牡牛。

牡丹 ㄇㄨˇ ㄉㄢ 植物名。落葉灌木，羽狀複葉，夏初開花，花大，有紅白黃顏色，種類甚多，有花王之稱，是中國特產。

牡蠣 ㄇㄨˇ ㄌㄧˋ 動物名。一種淺海的軟體動物，味道鮮美，營養豐富，殼可燒灰製藥。也稱為青蚵。

牠 ㄊㄚ tā 代指動物的第三人稱代名詞。

四畫

牧 ㄇㄨˋ mù 名古稱一州的太守。例牧伯。動①放養牲口。例牧羊、遊牧。②治理。例牧民。

牧民 ㄇㄨˋ ㄇㄧㄣˊ ①管理民事。②以放牧牲口為生的人。

牧師 ㄇㄨˋ ㄕ 基督教的神職人員，負責管理教堂和教徒的宗教活動。

牧草 ㄇㄨˋ ㄘㄠˇ 可供牲畜食用的野生或人工栽培的草。

牧區 ㄇㄨˋ ㄑㄩ 以放牧或畜牧為主的地區。

牧童 ㄇㄨˋ ㄊㄨㄥˊ 放牧牛羊馬的孩子。

牧場 ㄇㄨˋ ㄔㄤˇ 放牧牲口的草地。也作「牧地」。

牧歌 ㄇㄨˋ ㄍㄜ 泛指以恬靜閒適的農村生活為題材的詩歌和音樂。

物 ㄨˋ wù 名①天地間一切東西的通稱。例貨物、萬物。②除我之外的人或環境。例物我兩忘。③內容。例言之有物。動尋找。例物色。

物力 ㄨˋ ㄌㄧˋ 指可供使用的物資與人力。

物主 ㄨˋ ㄓㄨˇ 指錢財或物品的所有者。

物色 ㄨˋ ㄙㄜˋ 訪求，察訪。

物品 ㄨˋ ㄆㄧㄣˇ 指各種東西。

物料 ㄨˋ ㄌㄧㄠˋ 泛指材料、原料。

物產 ㄨˋ ㄔㄢˇ 天然出產和人工生產的東西。例臺灣物產豐富。

物理 ㄨˋ ㄌㄧˇ ①事物發展變化的道理。例人情物理。②指物理學。

物欲 ㄨˋ ㄩˋ 對物質的欲望。

物資 ㄨˋ ㄗ 泛稱有使用價值的物品。

物價 ㄨˋ ㄐㄧㄚˋ 貨物的價格。例物價上揚。

物質 ㄨˋ ㄓˋ ①凡在空間占有地位、具有質量的東西。②指錢財、生活必需品之類。例物質享受。

物鏡 ㄨˋ ㄐㄧㄥˋ 顯微鏡、望遠鏡等對著要觀察的物體一端所裝的透鏡。

物議 ㄨˋ ㄧˋ 指人們的批評。例此項公務必須做好，免遭物議。

物權 ㄨˋ ㄑㄩㄢˊ 擁有對物品支配的權利。

物體 ㄨˋ ㄊㄧˇ 由物質構成、占有一定空間的個體。例飛行物體、透明物體。

物理學 ㄨˋ ㄌㄧˇ ㄒㄩㄝˊ 自然科學的一門基礎學科，內容有聲學、熱學、磁學、光學、原子物理學等。

物以類聚 ㄨˋ ㄧˇ ㄌㄟˋ ㄐㄩˋ 同類的東西常常聚集在一起。多指壞人糾結在一起。例物以類聚，人以群分。

物阜民康 ㄨˋ ㄈㄨˋ ㄇㄧㄣˊ ㄎㄤ 形容社會富有，人民生活康樂。

物美價廉 ㄨˋ ㄇㄟˇ ㄐㄧㄚˋ ㄌㄧㄢˊ 物品很優美，價錢很便宜。

物理變化 ㄨˋ ㄌㄧˇ ㄅㄧㄢˋ ㄏㄨㄚˋ 指物質只改變形態而不改變化學成分的變化。如液體的水變成蒸氣或冷凍成冰等。

物極必反 ㄨˋ ㄐㄧˊ ㄅㄧˋ ㄈㄢˇ 事物發展到極點，就會朝相反的方面轉化。

物換星移 ㄨˋ ㄏㄨㄢˋ ㄒㄧㄥ ㄧˊ 比喻時序的變遷，世事的更替。例王勃．滕王閣序：「閒雲潭影日悠悠，物換星移幾度秋。」

物盡其用 ㄨˋ ㄐㄧㄣˋ ㄑㄧˊ ㄩㄥˋ 各種東西凡有可用之處都要儘量利用，使產生最大功效。

物質三態 ㄨˋ ㄓˋ ㄙㄢ ㄊㄞˋ 指物質在不同條件下，可以固體、液體、氣體三態存在。

物價指數 ㄨˋ ㄐㄧㄚˋ ㄓˇ ㄕㄨˋ 以某一時期一般物價的平均數作基數，而與其他時期的物價比較，所得的比數即那個時期的物價指數。

物歸原主 ㄨˋ ㄍㄨㄟ ㄩㄢˊ ㄓㄨˇ 把東西歸還原來的主人。

物競天擇 ㄨˋ ㄐㄧㄥˋ ㄊㄧㄢ ㄗㄜˊ 達爾文的進化論思想，闡釋優勝劣汰之理。自然界萬物自相競爭，只有能夠適應環境的，才能生存。

物以稀為貴 ㄨˋ ㄧˇ ㄒㄧ ㄨㄟˊ ㄍㄨㄟˋ 東西稀少而顯得特別珍貴。

五畫

牯

ㄍㄨˇ gǔ 名 ①母牛。②指閹割過的公牛。

牲

ㄕㄥ shēng 名 ①家畜的總稱。例畜牲。②古代祭祀用的牲畜。例三牲、獻牲。

牲口 ㄕㄥ ㄎㄡˇ 牲畜的總稱或指飼養來幫助人們幹活的家

畜。如牛、馬、驢等。

牲畜 ㄕㄥ ㄔㄨˋ　牛、馬、豬、羊等人類飼養的畜類總稱。

牴

ㄉㄧˇ dǐ 動 牛、羊、鹿等有角的動物以角相頂撞。

牴觸 ㄉㄧˇ ㄔㄨˋ　與另一方產生矛盾、衝突。亦作「抵觸」。

牮

ㄐㄧㄢˋ jiàn 動 ①用木柱支撐傾斜的房屋。②用土石擋水。

六畫

特

ㄊㄜˋ tè 形 不平常的，超出一般的。例特大號、獨特。副 ①專門，單一。例特派、特設。②只，但。例不特此也。

特出 ㄊㄜˋ ㄔㄨ　特別突出，與眾不同的。

特地 ㄊㄜˋ ㄉㄧˋ　表示專門為了某事。例特地前來。

特任 ㄊㄜˋ ㄖㄣˋ　我國文職官員的任用，分特任、簡任、薦任、委任四級。

特色 ㄊㄜˋ ㄙㄜˋ　指與眾不同的色彩、風格等。

特技 ㄊㄜˋ ㄐㄧˋ　①特殊的技能。例特技表演。②電影上指攝影、製作特殊鏡頭的技巧。

特別 ㄊㄜˋ ㄅㄧㄝˊ　①不普通，與眾不同。例式樣特別。②格外，尤其。例特別危險。

特定 ㄊㄜˋ ㄉㄧㄥˋ　特別指定的。例特定人選。

特長 ㄊㄜˋ ㄔㄤˊ　特殊的專長。

特性 ㄊㄜˋ ㄒㄧㄥˋ　人或事物所特有的性質。

特使 ㄊㄜˋ ㄕˇ　國家臨時派赴國外，短時期擔任一定任務的使節。

特例 ㄊㄜˋ ㄌㄧˋ　特別的事例。

特約 ㄊㄜˋ ㄩㄝ　特地約請或約定的。例特約通訊員。

特殊 ㄊㄜˋ ㄕㄨ　不同於通常的事物或情況。

特務 ㄊㄜˋ ㄨˋ　受過特殊訓練，在政府中擔任調查、保安等祕密工作的人員。

特產 ㄊㄜˋ ㄔㄢˇ　某地特有的產品或土產。

特許 ㄊㄜˋ ㄒㄩˇ　特別允許。

特區 ㄊㄜˋ ㄑㄩ　經政府特別劃定的地區，實行一系列不同的政策。例經濟特區。

特赦 ㄊㄜˋ ㄕㄜˋ　對已定罪的犯人，由國家元首特別減輕或免除刑罰。

特異 ㄊㄜˋ ㄧˋ　①與人特別不同的部分。例特異功能。②特別優異。例成績特異。

特意 ㄊㄜˋ ㄧˋ　專程，特地。

特寫 ㄊㄜˋ ㄒㄧㄝˇ　①報導文學的一種形式，描寫真人真事，表現生活的真實。②電影或攝影的一種手法，拍攝人或物的某部分，使之特別放大。例特寫鏡頭。

特種 ㄊㄜˋ ㄓㄨㄥˇ　指同類事物中，性質較特殊的一種。例特種部隊。

特價 ㄊㄜˋ ㄐㄧㄚˋ　指特別降低的價格。例特價商品。

特徵 ㄊㄜˋ ㄓㄥ　表現事物特點的徵象、標誌等。

特輯 ㄊㄜˋ ㄐㄧˊ　為特定的主題或需要而編排出版的書刊、報紙、影視等。

特點 ㄊㄜˋ ㄉㄧㄢˇ　指人或事物所具有的獨特之處。

特權 ㄊㄜˋ ㄑㄩㄢˊ　特別享有的權利。

特效藥 ㄊㄜˋ ㄒㄧㄠˋ ㄧㄠˋ 對某種疾病具有特殊療效的藥品。

特殊性 ㄊㄜˋ ㄕㄨ ㄒㄧㄥˋ 指某一事物特有的性質。

特立獨行 ㄊㄜˋ ㄌㄧˋ ㄉㄨˊ ㄒㄧㄥˊ 形容行為獨特，不苟且隨俗。

特殊教育 ㄊㄜˋ ㄕㄨ ㄐㄧㄠˋ ㄩˋ 協助特殊大人或兒童，如資賦優異或智能不足、身心有殘缺者的一種教育。簡稱「特教」。

牷 ㄑㄩㄢˊ quán 名 毛色精純，肢體完整的牛。

七畫

牽 ㄑㄧㄢ qiān 動 ①拉，引領著。例 牽牛。②拖累。例 牽累。③拘泥，局限。例 牽制。

牽手 ㄑㄧㄢ ㄕㄡˇ ①手拉手。②閩南語中妻子的俗稱。

牽引 ㄑㄧㄢ ㄧㄣˇ ①推荐引用。②拖著拉動。

牽扯 ㄑㄧㄢ ㄔㄜˇ 牽連，拉扯。例 別把我牽扯進去。

牽制 ㄑㄧㄢ ㄓˋ 牽纏控制，使不能自由。例 別讓枝節問題牽制住了。

牽涉 ㄑㄧㄢ ㄕㄜˋ 關聯、牽扯到其他人或事物。

牽掛 ㄑㄧㄢ ㄍㄨㄚˋ 掛念。例 不用牽掛家裡。

牽連 ㄑㄧㄢ ㄌㄧㄢˊ 互相有連帶關係。例 這個冤案使許多人受牽連。

牽累 ㄑㄧㄢ ㄌㄟˋ 因牽涉而受連累。例 他的個人事業被家族牽累。

牽動 ㄑㄧㄢ ㄉㄨㄥˋ 因有連動的關係，所以某處一動，其他地方也跟著動。

牽絆 ㄑㄧㄢ ㄅㄢˋ 受到牽連羈絆。例 近半個月來，我被雜事牽絆住了。

牽線 ㄑㄧㄢ ㄒㄧㄢˋ ①耍木偶的人牽引拉線。比喻背後操縱。②居中媒介，撮合。例 牽線搭橋。

牽腸掛肚 ㄑㄧㄢ ㄔㄤˊ ㄍㄨㄚˋ ㄉㄨˋ 形容十分惦念，放不下心。亦作「割肚牽腸」。

牽強附會 ㄑㄧㄢ ㄑㄧㄤˇ ㄈㄨˋ ㄏㄨㄟˋ 勉強把不相關的事物扯到一起。

牾 ㄨˇ wǔ 動 牴觸，衝突。例 牴牾。

牿 ㄍㄨˋ gù 名 養牛馬的圈棚。

犁 ㄌㄧˊ lí 名 可套牛或馬等耕地的農具。例 犁耙。動 ①翻土，耕地。例 犁田。②摧毀。例 犁庭。形 黑色的。例 犁黑。

犁牛 ㄌㄧˊ ㄋㄧㄡˊ 耕牛。

犁田 ㄌㄧˊ ㄊㄧㄢˊ 用犁套上牛而耕鬆田土。

犁牛之子 ㄌㄧˊ ㄋㄧㄡˊ ㄓ ㄗˇ 毛色雜的牛所生的小牛。比喻父貧賤而子賢孝。

犁庭掃閭 ㄌㄧˊ ㄊㄧㄥˊ ㄙㄠˇ ㄌㄩˊ 比喻直搗敵方巢穴並徹底將其消滅。亦作「犁庭掃穴」。

八畫

犄 ㄐㄧ jī 見「犄角」。

犄角 ㄐㄧ ㄐㄧㄠˇ ①獸類的角。例 牛犄角。②兩支軍隊相對駐紮作為倚靠、支援。例 成犄角之勢。③角落。例 屋子犄角。

犀 ㄒㄧ xī 名 動物名。犀牛，脊椎草食性哺乳動物，外形似牛，頸短，身上幾乎無毛，皮粗厚多皺紋。鼻子上有一角或兩角，可入藥。形堅固的，堅硬的。例犀利。

犀甲 ㄒㄧ ㄐㄧㄚˇ 犀牛皮製造的鎧甲。

犀利 ㄒㄧ ㄌㄧˋ 鋒利，銳利。例辭鋒犀利。

犀牛望月 ㄒㄧ ㄋㄧㄡˊ ㄨㄤˋ ㄩㄝˋ 比喻所見不全。後用來比喻長久盼望。

九畫

犍 ㈠ㄐㄧㄢ jiān 名被閹割過的公牛。動閹割牲畜。㈡ㄑㄧㄢˊ qián 名地名。犍為，四川省縣名。

十畫

犒 ㄎㄠˋ kào 動用酒食或財物慰勞。例犒賞。

犒軍 ㄎㄠˋ ㄐㄩㄣ 用酒肉、財物等賞給軍士。

犒勞 ㄎㄠˋ ㄌㄠˋ 用酒食慰勞。

犒賞 ㄎㄠˋ ㄕㄤˇ 慰勞，賞賜。例犒賞三軍。

犖 ㄌㄨㄛˋ luò 名①雜色的牛。②雜色，色彩錯雜。例駁犖。形分明的，特出的。例卓犖。

犖犖大者 ㄌㄨㄛˋ ㄌㄨㄛˋ ㄉㄚˋ ㄓㄜˇ 主要而明顯的要點。或作「犖犖大端」。

十一畫

犛 ㄌㄧˊ lí 名動物名。犛牛，產於青藏高原。哺乳動物反芻偶蹄類。體大如牛，全身有長毛，角長而彎，尾巴似馬尾。藏民多飼養以供力役。亦作「氂牛」。

十五畫

犢 ㄉㄨˊ dú 名小牛。例初生之犢不畏虎。

十六畫

犨 ㄔㄡ chōu 名牛的喘息聲。動突出。

犧 ㄒㄧ xī 名古代供祭祀用毛色純粹的牲畜。例犧牛。

犧牲 ㄒㄧ ㄕㄥ ①古代作祭品而宰殺的牲畜。②為了某些目的而獻出自己的生命。例他為國家犧牲了生命。

犬部 ㄑㄩㄢˇ

犬 ㄑㄩㄢˇ quǎn 名動物名。即狗，屬哺乳動物食肉類。是一種對主人忠誠，能看守門戶或作寵物的家畜。

犬子 ㄑㄩㄢˇ ㄗˇ ①比喻無能的兒子。例虎父無犬子。②謙稱自己的兒子。③小狗。

犬齒 ㄑㄩㄢˇ ㄔˇ 在門牙兩側，齒冠鋒利，便於撕裂食物。也稱為犬牙、虎牙。

犬牙相錯 ㄑㄩㄢˇ ㄧㄚˊ ㄒㄧㄤ ㄘㄨㄛˋ 交界處參差不齊，像狗牙一般。泛指局面錯綜複雜。

犬馬之勞 ㄑㄩㄢˇ ㄇㄚˇ ㄓ ㄌㄠˊ 表示願為人效勞的用語。

二畫

犯 ㄈㄢˋ fàn 名有罪的人。例戰犯、嫌犯。動①抵觸，違反。例犯法。②侵害。例侵犯、冒犯。③觸發，產生。例犯錯。副值得。例犯不上。

犯人 ㄈㄢˋ ㄖㄣˊ 犯了罪的人，特指在押者。

犯上 ㄈㄢˋ ㄕㄤˋ 冒犯尊長或上司。

犯忌 ㄈㄢˋ ㄐㄧˋ 觸犯禁忌或忌諱。

犯法 ㄈㄢˋ ㄈㄚˇ 觸犯和違反法律、法令。

犯病 ㄈㄢˋ ㄅㄧㄥˋ 指原有的病或惡習又發作。

犯案 ㄈㄢˋ ㄢˋ 犯法。

犯規 ㄈㄢˋ ㄍㄨㄟ 違反規則、規定。

犯禁 ㄈㄢˋ ㄐㄧㄣˋ 觸犯禁令。

犯罪 ㄈㄢˋ ㄗㄨㄟˋ 做了違法的、應受處罰的事。

犯難 ㄈㄢˋ ㄋㄢˋ 冒險。

犯不著 ㄈㄢˋ ㄅㄨˋ ㄓㄠˊ 不值得。也作「犯不上」。例您犯不著為她生氣。

三畫

犰 ㄑㄧㄡˊ qiú 名動物名。犰狳，全身披甲，四肢有力，爪尖，能食蟻蟲、蚯蚓等。

犴 ㄢˋ àn 名①北方的一種野狗，黑嘴，善於守護。②監獄。

四畫

狄 ㄉㄧˊ dí 名①古代北方民族的統稱。例北狄。②姓。

狂 ㄎㄨㄤˊ kuáng 名瘋癲，精神不正常。例發狂、癲狂。形①放蕩，放縱。例狂放不拘。②驕傲，自大的。例口出狂言。③猛烈的，聲勢大的。例力挽狂瀾。

狂妄 ㄎㄨㄤˊ ㄨㄤˋ 形容極端自高自大，恣意妄為。

狂吠 ㄎㄨㄤˊ ㄈㄟˋ ①狗叫得很兇。②比喻說話狂妄。

狂奔 ㄎㄨㄤˊ ㄅㄣ 以很快的速度奔跑。

狂風 ㄎㄨㄤˊ ㄈㄥ 猛烈的風。例狂風暴雨。

狂笑 ㄎㄨㄤˊ ㄒㄧㄠˋ 縱情地大笑。

狂喜 ㄎㄨㄤˊ ㄒㄧˇ 極端高興。

狂熱 ㄎㄨㄤˊ ㄖㄜˋ 對某種事物擁有過高的熱情。

狂瀾 ㄎㄨㄤˊ ㄌㄢˊ 巨大的波浪。比喻動蕩不定的局勢或猛烈的潮流。

狂飆 ㄎㄨㄤˊ ㄅㄧㄠ 急猛的暴風。比喻猛烈的潮流或力量。

狂歡 ㄎㄨㄤˊ ㄏㄨㄢ 縱情地歡樂。

狂妄自大 ㄎㄨㄤˊ ㄨㄤˋ ㄗˋ ㄉㄚˋ 形容言論張狂，極端自高自大。

狂風怒號 ㄎㄨㄤˊ ㄈㄥ ㄋㄨˋ ㄏㄠˊ 形容大風吹過時，發出呼嘯和咆哮聲。

狂風暴雨 ㄎㄨㄤˊ ㄈㄥ ㄅㄠˋ ㄩˇ ①指急驟猛烈的風雨。②比喻險惡動蕩的處境。

狀 ㄓㄨㄤˋ zhuàng 名①形態。例奇形怪狀。②事情表現出來的情形。例狀況、情狀。③獎勵或證明的憑證。例獎狀、委任狀。④陳述事實的文字。例行狀、自訴狀。動敘述或描述。例不可名狀。

狀子 ㄓㄨㄤˋ ˙ㄗ 上告的訴狀。

狀況 ㄓㄨㄤˋ ㄎㄨㄤˋ 即情形。例健康狀況良好。

狀態 ㄓㄨㄤˋ ㄊㄞˋ 人或事物顯現出來的形態。例精神狀態。

狁

ㄩㄣˇ yǔn 名玁狁，古代中國北方的民族，秦漢時稱匈奴。

狃

ㄋㄧㄡˇ niǔ 動因襲，拘泥。例狃於習俗、狃於成見。

五畫

狉

ㄆㄧ pī 名狸子。副狉狉，野獸成群奔跑的樣子。

狙

ㄐㄩ jū 名一種獼猴。動暗中窺伺。

狙擊 ㄐㄩ ㄐㄧˊ 暗中埋伏，伺機襲擊敵人。

狎

ㄒㄧㄚˊ xiá 動①親近，親熱。例相狎。②戲弄。例狎妓。③輕視。例左傳：「民狎而翫之。」

狎弄 ㄒㄧㄚˊ ㄋㄨㄥˋ 輕佻玩弄。

狎邪 ㄒㄧㄚˊ ㄒㄧㄝˊ ①指放蕩的不正當行為。②妓女或與妓女有關的。

狎昵 ㄒㄧㄚˊ ㄋㄧˋ 親暱，親近。

狎侮 ㄒㄧㄚˊ ㄨˇ 戲弄，輕慢而不莊重地對待。

狗

ㄍㄡˇ gǒu 名①動物名。犬科，種類很多，哺乳類。嗅覺和聽覺敏銳，易於訓練，可看守門戶或助獵。②譏諷奴性十足、替人奔走的人。例走狗。動拍馬奉承。

狗才 ㄍㄡˇ ㄘㄞˊ 罵人不成材。

狗熊 ㄍㄡˇ ㄒㄩㄥˊ 動物名。即黑熊，體肥大，尾短腳大，胸有新月形白斑，其餘均為黑色，能游泳、爬樹。

狗竇 ㄍㄡˇ ㄉㄡˋ 在牆腳下為狗進出而開的洞。

狗腿子 ㄍㄡˇ ㄊㄨㄟˇ ˙ㄗ 為有錢有勢的人奔走幫凶的人。同走狗。

狗仗人勢 ㄍㄡˇ ㄓㄤˋ ㄖㄣˊ ㄕˋ 比喻依仗別人的勢力欺侮人。

狗血噴頭 ㄍㄡˇ ㄒㄧㄝˇ ㄆㄣ ㄊㄡˊ 比喻被人用粗語狠狠地痛罵。

狗尾續貂 ㄍㄡˇ ㄨㄟˇ ㄒㄩˋ ㄉㄧㄠ 比喻拿不好的東西補接在好東西後面，前後極不相稱。

狗急跳牆 ㄍㄡˇ ㄐㄧˊ ㄊㄧㄠˋ ㄑㄧㄤˊ 比喻在走投無路時會不顧一切地冒險，只求脫身。

狗眼看人低 ㄍㄡˇ ㄧㄢˇ ㄎㄢˋ ㄖㄣˊ ㄉㄧ 譏責人勢利看不起別人。同門縫裡看人。

狐

ㄏㄨˊ hú 名動物名。狐狸，毛色黃赤，性狡猾多疑，晝伏夜出，喜食野鼠、鳥類、家禽等，毛皮可作貴重衣物。

狐狸 ㄏㄨˊ ˙ㄌㄧ ①狐的通稱。②比喻奸詐狡猾的人。

狐臭 ㄏㄨˊ ㄔㄡˋ 因汗腺分泌異常而產生的刺鼻氣味。亦稱為狐臊。

狐媚 ㄏㄨˊ ㄇㄟˋ 用諂媚的手段或美色迷惑人。

狐疑 ㄏㄨˊ ㄧˊ 性情多疑。

狐假虎威 ㄏㄨˊ ㄐㄧㄚˇ ㄏㄨˇ ㄨㄟ 比喻假借有權者的威勢來嚇唬、欺壓別人。

狐群狗黨 ㄏㄨˊ ㄑㄩㄣˊ ㄍㄡˇ ㄉㄤˇ 比喻勾結在一起的一夥壞人。亦作「狐朋狗黨」。

狒

ㄈㄟˋ fèi 名動物名。狒狒，口鼻突出似狗，毛灰褐色，四肢粗，尾細長，多產於非洲。

六畫

狡 ㄐㄧㄠˇ jiǎo 形①詭詐，奸猾。例狡猾、狡獪。②通「佼」。容貌美好卻無實才的。例狡童。

狡計 ㄐㄧㄠˇ ㄐㄧˋ 狡猾的計謀。

狡詐 ㄐㄧㄠˇ ㄓㄚˋ 狡猾而奸詐。

狡童 ㄐㄧㄠˇ ㄊㄨㄥˊ 容貌美好而無真才實學的青年。

狡猾 ㄐㄧㄠˇ ㄏㄨㄚˊ 詭詐而難以捉摸。

狡賴 ㄐㄧㄠˇ ㄌㄞˋ 狡辯和抵賴。

狡黠 ㄐㄧㄠˇ ㄒㄧㄚˊ 狡猾而多詐。

狡辯 ㄐㄧㄠˇ ㄅㄧㄢˋ 狡猾地為自己強辯。

狡兔三窟 ㄐㄧㄠˇ ㄊㄨˋ ㄙㄢ ㄎㄨ 比喻藏身的地方多，或有多種避免災禍的準備。

狡兔死，走狗烹 ㄐㄧㄠˇ ㄊㄨˋ ㄙˇ ㄗㄡˇ ㄍㄡˇ ㄆㄥ 比喻人有價值時就加以利用，目的達成後就將之殺害。

狩 ㄕㄡˋ shòu 動①泛指打獵。例狩獵。②巡狩，古代天子巡察諸侯所守的地方。

狩獵 ㄕㄡˋ ㄌㄧㄝˋ 即打獵，利用獵具和鷹犬等捕捉鳥獸。

狨 ㄖㄨㄥˊ róng 名①動物名。即金絲猴，尾長善爬樹。②通「絨」。柔細的布。

狠 ㄏㄣˇ hěn 形殘忍，凶惡的。例心狠手辣。動痛下決心。例發狠。

狠心 ㄏㄣˇ ㄒㄧㄣ ①不顧一切的痛下決心。②心腸硬，心地殘忍。例你真狠心，捨得讓孩子挨餓。

狠命 ㄏㄣˇ ㄇㄧㄥˋ 用盡全力，拚命地。

狠毒 ㄏㄣˇ ㄉㄨˊ 凶狠毒辣。

七畫

狺 ㄧㄣˊ yín 副狺狺，狗叫聲。

狼 ㄌㄤˊ láng 名動物名。體形像狗，耳直立，尾下垂，毛黃灰色，頰有白斑。性凶殘，動作敏捷，晝伏夜出。

狼狽 ㄌㄤˊ ㄅㄟˋ ①狼和狽，傳說狽前腿短，走路時要趴在狼身上才能行動。比喻勾結在一起做惡的人。例狼狽為奸。②比喻困苦或受窘的樣子。例狼狽不堪。

狼毫 ㄌㄤˊ ㄏㄠˊ 用黃鼠狼毛製成的毛筆。例狼毫小楷。

狼煙 ㄌㄤˊ ㄧㄢ 古時邊境有敵情時，焚燒狼糞燃起烽煙，遠處望見可迅速救援。同烽火。

狼藉 ㄌㄤˊ ㄐㄧˊ 亂七八糟，雜亂不堪。亦作「狼籍」。例聲名狼藉、杯盤狼藉。

狼心狗肺 ㄌㄤˊ ㄒㄧㄣ ㄍㄡˇ ㄈㄟˋ 比喻人凶狠惡毒，沒有良心。

狼吞虎嚥 ㄌㄤˊ ㄊㄨㄣ ㄏㄨˇ ㄧㄢˋ 形容又急又猛的大口吞食。

狼奔豕突 ㄌㄤˊ ㄅㄣ ㄕˇ ㄊㄨˊ 比喻人倉皇失措到處亂衝亂闖，或恣意騷擾破壞。

狼狽不堪 ㄌㄤˊ ㄅㄟˋ ㄅㄨˋ ㄎㄢ 比喻非常困頓疲憊或窘迫難堪的樣子。

狼狽為奸 ㄌㄤˊ ㄅㄟˋ ㄨㄟˊ ㄐㄧㄢ 比喻互相勾結，一起做壞事。

狹 ㄒㄧㄚˊ xiá 形窄小，不寬闊。例地狹人稠。

狹小 ㄒㄧㄚˊ ㄒㄧㄠˇ 狹窄，面積小。例氣量狹小、房間狹小。

狹長 ㄒㄧㄚˊ ㄔㄤˊ 形狀長而窄。例狹長的山谷。

狹窄 ㄒㄧㄚˊ ㄓㄞˇ ①寬度小。例狹窄的街道。②心胸、見識不夠寬廣。例心地狹窄。

狹義 ㄒㄧㄚˊ ㄧˋ 指所含範圍比較狹窄的定義。反廣義。

狹隘 ㄒㄧㄚˊ ㄞˋ ①寬度小。例狹隘的巷道。②指心胸、見識等局限在小範圍內，不寬廣。例心胸狹隘、見聞狹隘。

狹路相逢 ㄒㄧㄚˊ ㄌㄨˋ ㄒㄧㄤ ㄈㄥˊ 比喻仇人相遇，無可閃讓。

㹴 ㄍㄥ gēng 名動物名。小型的獵狗。

狷 ㄐㄩㄢˋ juàn 形①心胸狹窄而性情急躁的樣子。例狷急。②清高的，耿直的。例狷介。

狷介 ㄐㄩㄢˋ ㄐㄧㄝˋ 品行正直，不肯同流合汙。

狷急 ㄐㄩㄢˋ ㄐㄧˊ 性情急躁，不能忍受屈辱。

狸 ㄌㄧˊ lí 名動物名。同「貍」。似狐而較小，毛棕色，耳小嘴尖，晝伏夜出的小獸。

狽 ㄅㄟˋ bèi 名古代傳說的一種獸，前腿短，必須把身子搭在狼身上才能行動。例狼狽。

猁 ㄌㄧˋ lì 名動物名。猞猁，形如狸貓，皮毛可作珍貴衣料。

狴 ㄅㄧˋ bì 名狴犴，傳說中像虎的猛獸，人們多將其形象畫在牢獄大門上。後用來代稱監獄。

狻 ㄙㄨㄢ suān 名動物名。狻猊，即獅子。

狳 ㄩˊ yú 名動物名。犰狳，全身披甲，四肢有力，爪尖，食蟻蟲、蚯蚓等。

八畫

猝 ㄘㄨˋ cù 副突然地。例倉猝。

猝死 ㄘㄨˋ ㄙˇ 表面健康的人，因身體潛在的疾病突發而很快死亡。

猝不及防 ㄘㄨˋ ㄅㄨˋ ㄐㄧˊ ㄈㄤˊ 指事情突然發生，來不及防備。

猗 ㊀ㄜˇ ě 形猗儺，溫和柔順的樣子。㊁ㄧ yī 形盛美的樣子。例猗猗。㊂ㄧˇ yǐ 動①通「倚」。依靠。②歪斜不正。

猋 ㄅㄧㄠ biāo 名暴風。形狗奔跑的樣子。

猜 ㄘㄞ cāi 名疑慮。例兩小無猜。動①推測，推想。例左猜右想。②疑心，懷疑。例猜疑。

猜忌 ㄘㄞ ㄐㄧˋ 懷疑別人對自己不利而忌恨。

猜度 ㄘㄞ ㄉㄨㄛˋ 猜測揣度。

猜拳 ㄘㄞ ㄑㄩㄢˊ 即划拳，喝酒時二人出拳伸指各猜其合數，猜中者為勝。

猜測 ㄘㄞ ㄘㄜˋ 推想，推測。

猜想 ㄘㄞ ㄒㄧㄤˇ 憑主觀想像估計。同猜測。

猜疑 ㄘㄞ ㄧˊ 對人對事都不信任，起疑心。

猜謎 ㄘㄞ ㄇㄧˊ 針對謎面猜謎底，想出謎語的答案。

猖 ㄔㄤ chāng 形狂妄放肆，任性胡為的。例猖狂。

猖狂 ㄔㄤ ㄎㄨㄤˊ 狂妄而放肆。

猖獗 ㄔㄤ ㄐㄩㄝˊ 恣意而放肆。例病害猖獗。

猓 ㄍㄨㄛˇ guǒ 名①動物名。即長尾猿。②種族名。猓玀，中國少數民族之一，位於中國雲貴一帶。

猙 ㄓㄥ zhēng 見「猙獰」。

猙獰 ㄓㄥ ㄋㄧㄥˊ 凶惡可怕的樣子。

猊 ㄋㄧˊ ní 名動物名。狻猊，古人對獅子的別稱。

猞 ㄕㄜˊ shé 名動物名。猞猁，又叫猞猁孫，形如狸貓，毛多淡黃色，皮毛可做珍貴衣料，產於中國烏拉山。

猘 ㄓˋ zhì 名瘋狗。形凶狠蠻橫的。例猛猘。

猛 ㄇㄥˇ měng 名嚴厲，厲害。例寬猛相濟。形①凶惡的，凶暴的。例猛虎、凶猛。②劇烈的。例猛烈。副忽然地，突然地。例突飛猛進。

猛士 ㄇㄥˇ ㄕˋ 勇猛無畏的人。

猛火 ㄇㄥˇ ㄏㄨㄛˇ 劇烈燃燒、火力強的大火。

猛烈 ㄇㄥˇ ㄌㄧㄝˋ 氣勢大且強烈。

猛進 ㄇㄥˇ ㄐㄧㄣˋ ①不怕困難，奮勇前進。②急速精進。

猛將 ㄇㄥˇ ㄐㄧㄤˋ 勇猛的戰將。比喻不畏艱難勇往直前的領導者。

猛然 ㄇㄥˇ ㄖㄢˊ 忽然，驟然。例猛然驚醒。

猛醒 ㄇㄥˇ ㄒㄧㄥˇ 突然明白過來。亦作「猛省」。

猛禽 ㄇㄥˇ ㄑㄧㄣˊ 凶猛的鳥類，嘴短而尖，翼大善飛，腳趾有鉤狀爪，視力銳利，捕食鳥類及其他小動物。如鷹、鷲、梟等。

猛獸 ㄇㄥˇ ㄕㄡˋ 凶猛的野獸。如獅、虎、豹等。

九畫

猶 ㄧㄡˊ yóu 名①古書上的一種野獸，性多疑懼。②通「猷」。謀略。動如同。例雖死猶生。副尚且，還。例記憶猶新、言猶在耳。

猶子 ㄧㄡˊ ㄗˇ 即侄兒。

猶太 ㄧㄡˊ ㄊㄞˋ ①種族名。即希伯來人。②譏笑人吝嗇。

猶如 ㄧㄡˊ ㄖㄨˊ 如同，好像。例猶如白晝。

猶疑 ㄧㄡˊ ㄧˊ 遲疑不決。同猶豫。

猶豫 ㄧㄡˊ ㄩˋ 拿不定主意，難以決定。同猶疑。

猷 ㄧㄡˊ yóu 名①道理。②計畫，計謀。例屢獻嘉猷、鴻猷。

猢 ㄏㄨˊ hú 見「猢猻」。

猢猻 ㄏㄨˊ ㄙㄨㄣ 動物名。獼猴的別名，面赤色，毛灰褐，產於中國北方山林中。

猥 ㄨㄟˇ wěi 形①鄙賤的，下流的。例卑猥。②形容混亂，雜多。

猥瑣 ㄨㄟˇ ㄙㄨㄛˇ 指容貌、舉止庸俗不大方。

猥賤 ㄨㄟˇ ㄐㄧㄢˋ 卑微卑賤。

猥褻 ㄨㄟˇ ㄒㄧㄝˋ 淫穢的、下流的言語或行為。

猩
ㄒㄧㄥ xīng 名動物名。猩猩，又叫黑猿，狀略似人，比猴子大，兩臂長，全身有黑褐色長毛，凶猛有力。形色紅如血的。例猩紅。

猩紅 ㄒㄧㄥ ㄏㄨㄥˊ 血紅，像猩猩血般的紅色。

猩紅熱 ㄒㄧㄥ ㄏㄨㄥˊ ㄖㄜˋ 病名。急性傳染病的一種，由溶血性鏈球菌引起，患者多為兒童，病癥有發燒、舌頭表面呈草莓狀、全身有點狀紅疹，紅疹消失後脫皮。

猴
ㄏㄡˊ hóu 名動物名。形略似人而小，身有灰色或褐色毛，口腔有儲存食物的頰囊，行動靈活，善攀援，好群居。形形容小孩子機靈、頑皮。例你看，這孩子有多猴。

猴頭 ㄏㄡˊ ㄊㄡˊ 形狀像猴子的頭，是一種長在樹上的蕈，珍貴食品。或稱猴頭菇。

猴猻 ㄏㄡˊ ㄙㄨㄣ 即猴子。

猴戲 ㄏㄡˊ ㄒㄧˋ 用猴子耍的把戲。讓猴子穿衣服或戴假面具，令其模仿人做各種有趣的動作。又稱猢猻戲。

猱
ㄋㄠˊ náo 名動物名。猿猴，臂長柔軟，善攀緣。

十畫

獉
ㄓㄣ zhēn 形獉狉，草木叢生，群獸蠢動的樣子。比喻文明未開。亦作「榛狉」。

猿
ㄩㄢˊ yuán 名動物名。與猴同類，頰下無囊，無尾巴，形似人，生活於森林中。如黑猩猩、長臂猿等。

猿人 ㄩㄢˊ ㄖㄣˊ 最原始的人類，介於現代人和人形猿之間，已能直立行走，有簡單的語言，能製造簡單的工具，懂得用火熟食等。

猿猴 ㄩㄢˊ ㄏㄡˊ 猿和猴一類動物的統稱。

獁
ㄇㄚˇ mǎ 名猛獁，一種已滅絕的長毛象。

獃
ㄉㄞ dāi 形痴傻的，糊塗的。例獃子、獃頭獃腦。今作「呆」。

獃子 ㄉㄞ ㄗˇ 形容愚笨痴傻的人。

獃氣 ㄉㄞ ㄑㄧˋ 指傻氣。

獃頭獃腦 ㄉㄞ ㄊㄡˊ ㄉㄞ ㄋㄠˇ 腦筋不靈活、舉止遲鈍的樣子。

猾
ㄏㄨㄚˊ huá 形虛詐不誠實的。例狡猾。

獅
ㄕ shī 名動物名。大型肉食性猛獸，全身毛黃褐色，四肢強壯，有鉤爪，尾巴細長，末端有叢毛，雄獅頭部有長鬣，雌獅則無。多分布於非洲及印度西北部。

獅子吼 ㄕ ㄗˇ ㄏㄡˇ ①比喻悍妻罵人的聲音。②喻佛祖講經聲威巨大，震動世界。

獅子會 ㄕ ㄗˇ ㄏㄨㄟˋ 國際獅子會的簡稱，是工商界為支持學術發展而成立的組織。

獅子頭 ㄕ ㄗˇ ㄊㄡˊ 大的肉丸子。是一道有名的菜餚。

猺
ㄧㄠˊ yáo 名①一種野獸。②中國少數民族之一。亦作「傜族」、「瑤族」。

猻 ㄙㄨㄣ sūn 見「猢猻」。

十一畫

獄 ㄩˋ yù 名①監禁犯人的地方。例牢獄。②官司，訴訟案件。例冤獄、文字獄。

獄吏 ㄩˋ ㄌㄧˋ 管理監獄的官吏。

獄卒 ㄩˋ ㄗㄨˊ 舊稱在監獄中工作的差役。

獍 ㄐㄧㄥˋ jìng 名傳說中的惡獸，狀如虎豹而小，據說一出生就吃掉自己的母親。例梟獍。

獐 ㄓㄤ zhāng 名動物名。像鹿但比鹿小，頭無角，身體黃褐色，腹部白色。

獐頭鼠目 ㄓㄤ ㄊㄡˊ ㄕㄨˇ ㄇㄨˋ 獐頭小而尖，鼠眼小而凸。形容人相貌醜陋、神情奸滑。

獒 ㄠˊ áo 名動物名。一種體型大而凶猛的狗，善鬥，能助人打獵。

獎 ㄐㄧㄤˇ jiǎng 名為了鼓舞或表彰而頒給的榮譽象徵。例獎座、獎旗。動①稱讚。例誇獎。②勸勉鼓勵。例獎掖後進。③輔佐幫助。

獎券 ㄐㄧㄤˇ ㄑㄩㄢˋ 即彩券，上面印有號碼，發售者從售款中提出一部分作為獎金，中獎者按等級領獎，未中的票券則作廢。

獎狀 ㄐㄧㄤˇ ㄓㄨㄤˋ 為鼓勵表彰受獎人而頒發的證書。

獎杯 ㄐㄧㄤˇ ㄅㄟ 發給優勝者的獎品，形狀多為杯的造型。

獎金 ㄐㄧㄤˇ ㄐㄧㄣ 為獎勵得獎所頒發的金錢。

獎品 ㄐㄧㄤˇ ㄆㄧㄣˇ 為了獎勵所頒發的物品。

獎勉 ㄐㄧㄤˇ ㄇㄧㄢˇ 獎勵。例老師對他的義行給予獎勉。

獎章 ㄐㄧㄤˇ ㄓㄤ 為了獎勵所頒發的徽章。

獎賞 ㄐㄧㄤˇ ㄕㄤˇ 將獎金或物品頒給有貢獻的人。

獎勵 ㄐㄧㄤˇ ㄌㄧˋ 獎賞勉勵。

獎懲 ㄐㄧㄤˇ ㄔㄥˊ 獎勵和懲罰。

獎學金 ㄐㄧㄤˇ ㄒㄩㄝˊ ㄐㄧㄣ 對成績優良、具特殊表現或家境清寒的學生給予鼓勵的獎助金錢。

獎掖後進 ㄐㄧㄤˇ ㄧㄝˋ ㄏㄡˋ ㄐㄧㄣˋ 獎賞提拔後輩。

十二畫

獠 ㄌㄧㄠˊ liáo 名罵人的話。指凶悍的人。動夜間打獵。

獠牙 ㄌㄧㄠˊ ㄧㄚˊ 露出於嘴外的長牙。形容面貌凶惡。

獗 ㄐㄩㄝˊ jué 見「猖獗」。

十三畫

獨 ㄉㄨˊ dú 名年老而無子。例禮記：「鰥、寡、孤、獨、廢疾者，皆有所養。」形單一的，只有自己一個的。例獨唱、獨領風騷。副僅，只。例禮記：「不獨親其親。」

獨力 ㄉㄨˊ ㄌㄧˋ 以一個人的力量。

獨子 ㄉㄨˊ ㄗˇ 唯一的兒子。

獨夫 ㄉㄨˊ ㄈㄨ 指專制獨裁、暴虐無道的統治者。

獨立 ㄉㄨˊ ㄌㄧˋ ①獨自站立。②孤立無所依靠。③不依靠他人而能自立。例獨立思考。

獨白 ㄉㄨˊ ㄅㄞˊ 指戲劇、電影中某些角色獨自所講的、抒發自身情感或願望的話。

獨行 ㊀ㄉㄨˊ ㄒㄧㄥˋ 特異的品德，不同流俗。㊁ㄉㄨˊ ㄒㄧㄥˊ ①獨自一人走路。②堅持以自己的主意行事。例獨斷獨行。

獨自 ㄉㄨˊ ㄗˋ 只有自己一個人。

獨步 ㄉㄨˊ ㄅㄨˋ 第一，最好的。例獨步天下。

獨身 ㄉㄨˊ ㄕㄣ ①尚未結婚的。同單身。②單身一個人。例十多年獨身在外。

獨到 ㄉㄨˊ ㄉㄠˋ 特殊，與眾不同。例獨到見解。

獨秀 ㄉㄨˊ ㄒㄧㄡˋ 當時最好的，最出眾的。例一枝獨秀。

獨奏 ㄉㄨˊ ㄗㄡˋ 一人用一種樂器演奏，也可搭配其他樂器伴奏。

獨特 ㄉㄨˊ ㄊㄜˋ 獨有而特別的。例獨特的魅力。

獨唱 ㄉㄨˊ ㄔㄤˋ 一個人演唱，通常可用樂器伴奏。

獨裁 ㄉㄨˊ ㄘㄞˊ 政治首領獨掌大權，實行專制統治。

獨斷 ㄉㄨˊ ㄉㄨㄢˋ 專斷，凡事都一人決斷。

獨霸 ㄉㄨˊ ㄅㄚˋ 稱霸，一人獨占。

獨攬 ㄉㄨˊ ㄌㄢˇ 獨自把持和控制。例獨攬大權。

獨木舟 ㄉㄨˊ ㄇㄨˋ ㄓㄡ 將大樹剖開，中間挖空製成的船。

獨腳戲 ㄉㄨˊ ㄐㄧㄠˇ ㄒㄧˋ 亦作「獨角戲」。①不用配角，只靠一人獨自演完整齣戲。②比喻一人獨撐大局，孤立無助。

獨幕劇 ㄉㄨˊ ㄇㄨˋ ㄐㄩˋ 不分幕的簡短戲劇，情節簡單緊湊。

獨一無二 ㄉㄨˊ ㄧ ㄨˊ ㄦˋ 只此一個，並沒有其他的。

獨木難支 ㄉㄨˊ ㄇㄨˋ ㄋㄢˊ ㄓ 比喻一個人的力量單弱，維持不住全局。

獨立自主 ㄉㄨˊ ㄌㄧˋ ㄗˋ ㄓㄨˇ 獨自作主，不受別人支配。

獨占鼇頭 ㄉㄨˊ ㄓㄢˋ ㄠˊ ㄊㄡˊ 指科舉時代考中狀元。後比喻奪得第一。

獨具匠心 ㄉㄨˊ ㄐㄩˋ ㄐㄧㄤˋ ㄒㄧㄣ 有獨到的精巧構思。多指在藝術或技術上有創造性。

獨具慧眼 ㄉㄨˊ ㄐㄩˋ ㄏㄨㄟˋ ㄧㄢˇ 比喻有特殊的識別能力或敏銳的目光。

獨往獨來 ㄉㄨˊ ㄨㄤˇ ㄉㄨˊ ㄌㄞˊ 形容獨自一人無所拘束，或全靠自己不仰仗他人。

獨善其身 ㄉㄨˊ ㄕㄢˋ ㄑㄧˊ ㄕㄣ 保持自身的節操修養。後比喻只顧自己而不管別人的處世態度。

獨排眾議 ㄉㄨˊ ㄆㄞˊ ㄓㄨㄥˋ ㄧˋ 堅持自己的主張意見，不接受別人的言論。

獨當一面 ㄉㄨˊ ㄉㄤ ㄧ ㄇㄧㄢˋ 才力足以單獨承擔一方的重任。

獨樹一幟 ㄉㄨˊ ㄕㄨˋ ㄧ ㄓˋ 比喻獨創新路，自成一家。

獨斷專行 ㄉㄨˊ ㄉㄨㄢˋ ㄓㄨㄢ ㄒㄧㄥˊ 行事專斷，不聽別人的意見。亦作「獨斷獨行」。

獪

ㄎㄨㄞˋ kuài 形 狡猾奸詐的。例狡獪。

獬

ㄒㄧㄝˋ xiè 名 獬豸，傳說中只有一角的神羊，能分辨是非。古時訴訟使其觸人，被觸者即是理屈的人。或作「解廌」。

十四畫

獰 ㄋㄧㄥˊ níng [形]凶惡可怕的。[例]猙獰。[動]發出怒吼。

獰笑 ㄋㄧㄥˊ ㄒㄧㄠˋ 陰險奸邪的微笑，令人有恐怖的感覺。

獲 ㄏㄨㄛˋ huò [動]得到，取得。[例]不勞而獲。

獲利 ㄏㄨㄛˋ ㄌㄧˋ 取得利益或好處。

獲准 ㄏㄨㄛˋ ㄓㄨㄣˇ 得到允許，批准。

獲救 ㄏㄨㄛˋ ㄐㄧㄡˋ 因得到救助而脫離險境。

獲悉 ㄏㄨㄛˋ ㄒㄧ 得知，知道。

獲勝 ㄏㄨㄛˋ ㄕㄥˋ 取得勝利。[同]勝利。[反]敗北。

獲罪 ㄏㄨㄛˋ ㄗㄨㄟˋ 得罪。[同]獲咎。

獲益不淺 ㄏㄨㄛˋ ㄧˋ ㄅㄨˋ ㄑㄧㄢˇ 得到許多好處。

獯 ㄒㄩㄣ xūn [名]獯鬻，夏朝時匈奴的名稱。

十五畫

獷 ㄍㄨㄤˇ guǎng [形]凶猛強悍的樣子。[例]粗獷。

獷悍 ㄍㄨㄤˇ ㄏㄢˋ 凶暴野蠻。

獸 ㄕㄡˋ shòu [名]總稱有四條腿、渾身長毛的哺乳動物。[例]走獸、野獸。[形]野蠻的。[例]獸行。

獸心 ㄕㄡˋ ㄒㄧㄣ 形容居心如野獸般凶惡野蠻。

獸行 ㄕㄡˋ ㄒㄧㄥˊ 行為如野獸般穢亂，違背倫常。

獸性 ㄕㄡˋ ㄒㄧㄥˋ ①野性。②下等的慾望。

獸慾 ㄕㄡˋ ㄩˋ 野蠻猥褻的性慾。

獸醫 ㄕㄡˋ ㄧ 專為家畜家禽治病的醫師。

獵 ㄌㄧㄝˋ liè [形]打獵的。[例]獵狗。[動]①捕捉野獸。[例]漁獵。②採取，求取。[例]獵取、涉獵。

獵人 ㄌㄧㄝˋ ㄖㄣˊ 捕捉鳥獸的人。

獵犬 ㄌㄧㄝˋ ㄑㄩㄢˇ 經過訓練，能夠輔助狩獵的狗。[同]獵狗。

獵取 ㄌㄧㄝˋ ㄑㄩˇ ①以打獵方式取得。②求取，謀取。[例]獵取功名。

獵槍 ㄌㄧㄝˋ ㄑㄧㄤ 打獵用的槍支。

獵豔 ㄌㄧㄝˋ ㄧㄢˋ 追逐女色。

獵戶座 ㄌㄧㄝˋ ㄏㄨˋ ㄗㄨㄛˋ 星座名。在天空中橫跨赤道，形似獵人，最顯著的有七顆星。中國古代稱為參宿。

十六畫

獺 ㄊㄚˋ tà [名]動物名。有水獺、旱獺、海獺三種。皮毛棕色，很珍貴，可製作衣領、帽子等。

獻 ㄒㄧㄢˋ xiàn [名]典籍。[例]文獻。[動]①恭敬莊重地進奉。[例]呈獻。②表演。[例]獻唱、獻藝。③表現，表露。[例]獻殷勤。

獻技 ㄒㄧㄢˋ ㄐㄧˋ 把技藝表演給人看。

獻身 ㄒㄧㄢˋ ㄕㄣ 為某種事業而獻出全部精力或生命。

獻花 ㄒㄧㄢˋ ㄏㄨㄚ 把鮮花呈獻給被歡迎者，以示敬意。

獻金 ㄒㄧㄢˋ ㄐㄧㄣ ①捐獻金錢。②指捐獻的金錢。

獻計 ㄒㄧㄢˋ ㄐㄧˋ 提出對付或解決的辦法。[同]獻策。

獻詞 ㄒㄧㄢˋ ㄘˊ 祝賀的言詞或文字。例新年獻詞。

獻策 ㄒㄧㄢˋ ㄘㄜˋ 提出計謀和辦法。同獻計。

獻媚 ㄒㄧㄢˋ ㄇㄟˋ 做出諂媚的姿態來討好別人。

獻醜 ㄒㄧㄢˋ ㄔㄡˇ 向別人表露自己技藝時用的謙辭。

獻禮 ㄒㄧㄢˋ ㄌㄧˇ 為了表示慶祝而呈贈的禮物。

獻曝 ㄒㄧㄢˋ ㄆㄨˋ 謙詞。指平凡人貢獻的平凡事物。

獻殷勤 ㄒㄧㄢˋ ㄧㄣ ㄑㄧㄣˊ 主動小心伺候，以討好巴結。

十七畫

獮 ㄇㄧˊ mí 名動物名。獮猴，毛灰褐，面部赤紅，有頰囊，尾短。群居山林，採食野果、蔬菜等，產於中國川廣山中。

獮猴桃 ㄇㄧˊ ㄏㄡˊ ㄊㄠˊ 植物名。落葉藤本，葉背有絨毛，質硬有光澤。果實為橢圓形漿果，味甘酸，獮猴喜食之。亦稱為奇異果。

十八畫

獾 ㄏㄨㄢ huān 名動物名。毛灰色，腿短，前肢爪特長，善於掘土，穴居山野，晝伏夜出。

十九畫

玀 ㄌㄨㄛˊ luó 名豬玀，即豬。

二十畫

玁 ㄒㄧㄢˇ xiǎn 名玁狁，中國古代北方的民族，秦漢時稱匈奴。也稱為葷粥、葷允。

玄部 ㄒㄩㄢˊ

玄 ㄒㄩㄢˊ xuán 名①微妙深奧的道理。②天。③姓。形①深奧難懂的。例玄理。②黑色的。例玄狐。③虛偽，不可靠的。例玄虛。

玄妙 ㄒㄩㄢˊ ㄇㄧㄠˋ 指道理深奧而微妙。

玄武 ㄒㄩㄢˊ ㄨˇ 二十八星宿中北方七宿的合稱。

玄青 ㄒㄩㄢˊ ㄑㄧㄥ 顏色深黑。

玄奘 ㄒㄩㄢˊ ㄗㄤˋ 人名。唐代著名高僧，通稱三藏法師，或稱唐僧。貞觀元年西去印度求經，十九年回國，攜回經論六百五十七部。

玄孫 ㄒㄩㄢˊ ㄙㄨㄣ 指曾孫的子女。

玄黃 ㄒㄩㄢˊ ㄏㄨㄤˊ 天地的代稱。

玄教 ㄒㄩㄢˊ ㄐㄧㄠˋ 道教的別稱。

玄虛 ㄒㄩㄢˊ ㄒㄩ ①空洞而不實在。②使人迷惑的手法。例故弄玄虛。

玄機 ㄒㄩㄢˊ ㄐㄧ ①道、佛等深奧玄妙的義理。②高妙的計謀。例玄機在握。

玄武岩 ㄒㄩㄢˊ ㄨˇ ㄧㄢˊ 一種火成岩，多為黑色或暗綠色，質地堅硬，分布極廣，可做建築材料。

六畫

率 ㈠ㄕㄨㄞˋ shuài 名模範，榜樣。例表率。形①爽直坦誠的。例直率、率真。②不細心的，不慎重的。例輕率、草率。動①統領，帶領。例率領。②遵循，依照。例率由舊章。副大概，大體相仿。例大率如此。㈡ㄌㄩˋ lǜ 名比例中相比的數。例速率、出生率。

率同 ㄕㄨㄞˋ ㄊㄨㄥˊ 帶領而共同行動。例率同一些人前往。

率先 ㄕㄨㄞˋ ㄒㄧㄢ 首先。

率直 ㄕㄨㄞˋ ㄓˊ 坦白爽直。

率性 ㄕㄨㄞˋ ㄒㄧㄥˋ 指依循自己的本性去做。

率師 ㄕㄨㄞˋ ㄕ 帶領著軍隊。

率真 ㄕㄨㄞˋ ㄓㄣ 直爽而誠懇。

率領 ㄕㄨㄞˋ ㄌㄧㄥˇ 帶領著。

率爾操觚 ㄕㄨㄞˋ ㄦˇ ㄘㄠ ㄍㄨ 沒有多加考慮，就輕易下筆。比喻草率作文。

率獸食人 ㄕㄨㄞˋ ㄕㄡˋ ㄕˊ ㄖㄣˊ 帶著野獸捕食人民。比喻暴政虐害百姓。

玉部 ㄩˋ

王 ㈠ㄨㄤˊ wáng 名①古代指帝王或最高爵位者。例君王、周平王。②族類中的首領或最強者。例蜂王、拳王。③古代對祖父母輩的尊稱。例王父、王母。④姓。動古代外族或諸侯朝見天子。例四夷來王。㈡ㄨㄤˋ wàng 動君臨，統治。例王此大邦。

王八 ㄨㄤˊ ㄅㄚ ①烏龜或鱉的俗稱。②譏稱妻子有外遇的男人。③罵人的話，為忘八之訛，即不知恥。

王子 ㄨㄤˊ ㄗˇ 帝王的兒子。

王水 ㄨㄤˊ ㄕㄨㄟˇ 腐蝕性極強的化學液體，由一份濃硝酸和三份濃鹽酸混合而成，能溶解金、鉑等極難溶解的金屬。

王公 ㄨㄤˊ ㄍㄨㄥ 泛指達官貴人。

王后 ㄨㄤˊ ㄏㄡˋ 帝王或有王爵者的正妻。

王位 ㄨㄤˊ ㄨㄟˋ 帝王的權位。

王法 ㄨㄤˊ ㄈㄚˇ 國家的法律。

王室 ㄨㄤˊ ㄕˋ ①代指國家。②指王族。例王室成員。

王孫 ㄨㄤˊ ㄙㄨㄣ ①帝王的子孫。②泛稱一般富貴人家的子弟。③複姓。

王道 ㄨㄤˊ ㄉㄠˋ 以仁義治天下的統治策略。與以武力服天下的「霸道」相對。

王朝 ㄨㄤˊ ㄔㄠˊ 指朝代或朝廷。

王牌 ㄨㄤˊ ㄆㄞˊ ①指撲克、橋牌等遊戲中最強有力的牌。②比喻最強有力的人物、對策等。

王爺 ㄨㄤˊ ㄧㄝˊ 稱有王爵封號的人。

王儲 ㄨㄤˊ ㄔㄨˊ 君主國家中被確定為王位繼承者的人。

王公貴人 ㄨㄤˊ ㄍㄨㄥ ㄍㄨㄟˋ ㄖㄣˊ 對富貴人家的通稱。

玉 ㄩˋ yù 名礦物的一種，質溫潤而堅硬，有光澤，略透明，可雕琢成各種裝飾物。例玉雕、玉簪。形①比喻潔白或美好的。例綺年玉貌。②尊敬之辭。例玉體、玉照。

玉人 ㄩˋ ㄖㄣˊ 比喻美好的女子。

玉女 ㄩˋ ㄋㄩˇ ①仙女。②美女。③對別人女兒的尊稱。

玉手 ㄩˋ ㄕㄡˇ 形容女子像玉一樣潔美的手。

玉立 ㄩˋ ㄌㄧˋ 形容女子站立的優美姿勢。

玉米 ㄩˋ ㄇㄧˇ 玉蜀黍的別名。

玉成 ㄩˋ ㄔㄥˊ 成全，美稱因他人的幫助而完成某事。

玉帛 ㄩˋ ㄅㄛˊ 古代交際時用以互贈的玉器和絲織品。

玉容 ㄩˋ ㄖㄨㄥˊ 稱美麗的容貌。同玉顏。

玉葉 ㄩˋ ㄧㄝˋ ①樹葉的美稱。②舊時比喻帝王或貴冑子女。例金枝玉葉。

玉照 ㄩˋ ㄓㄠˋ 敬稱別人的相片。

玉貌 ㄩˋ ㄇㄠˋ ①形容女子美好如玉的容色。②稱別人容貌的敬詞。

玉盤 ㄩˋ ㄆㄢˊ ①玉製的盤子。②比喻圓月。

玉器 ㄩˋ ㄑㄧˋ 用玉雕琢成的各種器物。

玉環 ㄩˋ ㄏㄨㄢˊ ①玉製的環形飾物。②指月亮。③唐朝楊貴妃的小字。

玉璽 ㄩˋ ㄒㄧˇ 用玉雕刻的帝王用的大印。

玉體 ㄩˋ ㄊㄧˇ ①尊稱別人的身體。②形容美女的體態。

玉蜀黍 ㄩˋ ㄕㄨˇ ㄕㄨˇ 植物名。糧食作物，一年生草本。葉長而大，花單性，雌雄同株，果實長於近頂端的兩側，子實比黃豆稍大。也稱包穀、玉茭、玉麥等。

玉石俱焚 ㄩˋ ㄕˊ ㄐㄩˋ ㄈㄣˊ 比喻不加分別，將好的壞的全都毀掉。

玉液瓊漿 ㄩˋ ㄧㄝˋ ㄑㄩㄥˊ ㄐㄧㄤ 即美酒。

玉潔冰清 ㄩˋ ㄐㄧㄝˊ ㄅㄧㄥ ㄑㄧㄥ 比喻人品高潔清白。亦作「冰清玉潔」。

玉樹臨風 ㄩˋ ㄕㄨˋ ㄌㄧㄣˊ ㄈㄥ 形容人物風采的高雅俊潔。

玉不琢，不成器 ㄩˋ ㄅㄨˋ ㄓㄨㄛˊ ㄅㄨˋ ㄔㄥˊ ㄑㄧˋ 比喻人必須經過磨練，才能成為有用之材。

二畫

玎 ㄉㄧㄥ dīng 名玉石碰撞的聲音。例玎璫、玎玲。

玗 ㄩˊ yú 名像玉一般的美石。

玖 ㄐㄧㄡˇ jiǔ 名①數字「九」的大寫。②像玉的黑石。

玓 ㄉㄧˋ dì 副玓瓅，明珠光澤的樣子。

四畫

玟 ㄨㄣˊ wén 名①質地次於玉的美石。②玉上的紋理。

玩 ㄨㄢˊ wán 名可供觀賞、戲耍的東西。例古玩、奇玩。形供人玩耍、遊戲的。例玩具。動①耍弄或做某種遊戲。例玩火、玩撲克牌。②耍手段、戲弄。例玩手腕、玩弄感情。③觀賞，欣賞。例賞玩。④輕視，輕慢。例玩世不恭。

玩世 ㄨㄢˊ ㄕˋ 輕視世間一切。

玩法 ㄨㄢˊ ㄈㄚˇ 輕視法律。

玩具 ㄨㄢˊ ㄐㄩˋ 專供兒童遊戲玩耍的物品。

玩味 ㄨㄢˊ ㄨㄟˋ 體會其中的意味。

玩命 ㄨㄢˊ ㄇㄧㄥˋ 指不顧危險，拿生命當兒戲。

玩耍 ㄨㄢˊ ㄕㄨㄚˇ 遊戲。

玩票 ㄨㄢˊ ㄆㄧㄠˋ ①業餘愛好者上臺演戲。②指非正式的工作。

玩偶 ㄨㄢˊ ㄡˇ ①人形的玩具。多用木頭、泥巴、布、塑膠等做成。②比喻傀儡。

玩賞 ㄨㄢˊ ㄕㄤˇ 仔細地欣賞。例玩賞字畫。

玩意兒 ㄨㄢˊ ㄧˋ ㄦ ①指玩具。②可供娛樂的事物。亦作「玩藝兒」。③東西，物件。例他是什麼玩意兒？

玩火自焚 ㄨㄢˊ ㄏㄨㄛˇ ㄗˋ ㄈㄣˊ 比喻做冒險或害人的事，最後自食惡果。

玩世不恭 ㄨㄢˊ ㄕˋ ㄅㄨˋ ㄍㄨㄥ 輕視現實社會，對一切都採取不嚴肅的態度。

玩物喪志 ㄨㄢˊ ㄨˋ ㄙㄤˋ ㄓˋ 由於一味玩賞喜好的東西，消蝕掉遠大的志向。

玨 ㄐㄩㄝˊ jué 名兩塊玉相合而成的器物。

玫 ㄇㄟˊ méi 見「玫瑰」。

玫瑰 ㄇㄟˊ ㄍㄨㄟˋ 植物名。落葉灌木，莖直立，上有密刺，葉橢圓形，香氣濃郁。

玥 ㄩㄝˋ yuè 名神異的珍珠。

玠 ㄐㄧㄝˋ jiè 名大圭。

玦 ㄐㄩㄝˊ jué 名①半環形的玉珮。古時贈人表示決斷、決絕。②射箭時戴在右拇指，以幫助拉弓弦之物。

五畫

珂 ㄎㄜ kē 名①像玉的美石。②馬勒上的玉飾品。

珂羅版 ㄎㄜ ㄌㄨㄛˊ ㄅㄢˇ 英語 collotype 的音譯。印刷照相版的一種，把要複製的畫面底片，晒製在塗過感光膠層的玻璃片上做成。

玷 ㄉㄧㄢˋ diàn 名①白玉上的汙點。②人的缺點或過失。動侮辱。例有玷校譽。

玷汙 ㄉㄧㄢˋ ㄨ 比喻侮辱。例他玷汙了本公司的名譽。

玷辱 ㄉㄧㄢˋ ㄖㄨˇ 使蒙受恥辱。

珅 ㄕㄣ shēn 名一種玉石。

珊 ㄕㄢ shān 見「珊瑚」。

珊瑚 ㄕㄢ ㄏㄨˊ 熱帶海洋中珊瑚蟲所分泌的石灰質，形狀像樹枝，有紅、白、黑等色，可供玩賞或作飾品。

珊瑚礁 ㄕㄢ ㄏㄨˊ ㄐㄧㄠ 由珊瑚蟲的骨骼凝聚成的礁石，多見於熱帶和副熱帶海洋中。

玲 ㄌㄧㄥˊ líng 名玉相碰的聲音。例玲玲。形的聲音。

玲玎 ㄌㄧㄥˊ ㄉㄧㄥ 見「玲瓏」。玉石相碰的聲音。

玲瓏 ㄌㄧㄥˊ ㄌㄨㄥˊ ①形容器物細緻精巧。②形容玉聲。③形容人靈活敏捷。

玲瓏剔透 ㄌㄧㄥˊ ㄌㄨㄥˊ ㄊㄧ ㄊㄡˋ ①形容東西精緻小巧。②形容人聰明靈秀。

玳 ㄉㄞˋ dài 見「玳瑁」。

玳瑁 ㄉㄞˋ ㄇㄟˋ 動物名。像龜，四肢呈鰭足狀，甲殼光滑美麗，黃褐色，有黑斑，可做裝飾品，也可入藥。

玻 ㄅㄛ bō 見「玻璃」。

玻璃 ㄅㄛ ㄌㄧˊ 用細砂、石灰石、鉛丹和碳酸鈉、碳酸鉀等混合燒熔，冷卻後形成的一種透明物，可製鏡及作各種用具。

玻璃紙 ㄅㄛ ㄌㄧˊ ㄓˇ 一種薄而透明的紙，可用來包裝糖果、書籍等。

玻璃體 ㄅㄛ ㄌㄧˊ ㄊㄧˇ 眼球內水晶體後方的黏稠液，有支撐眼球內壁的作用。

玻璃絲襪 ㄅㄛ ㄌㄧˊ ㄙ ㄨㄚˋ 用極細的尼龍絲織成的女長襪。

玻璃纖維 ㄅㄛ ㄌㄧˊ ㄒㄧㄢ ㄨㄟˊ 用普通玻璃製造的極細纖維。絕緣性佳，耐熱、耐蝕，可做電器的絕緣材料和玻璃鋼的原料。

珀 ㄆㄛˋ pò 見「琥珀」。

珍 ㄓㄣ zhēn 名①貴重的東西。例奇珍異寶。②美味的食品。例山珍海味。形寶貴的，奇特稀有的。例珍禽異獸。動愛惜，看重。例珍視。

珍本 ㄓㄣ ㄅㄣˇ 指寶貴的、不易獲得的書。

珍奇 ㄓㄣ ㄑㄧˊ 寶貴而稀有的。

珍味 ㄓㄣ ㄨㄟˋ 珍奇難得的食物。同珍饈。

珍品 ㄓㄣ ㄆㄧㄣˇ 很珍貴的物品。例藝術珍品。

珍重 ㄓㄣ ㄓㄨㄥˋ ①愛惜，看重。②保重。例珍重再見。

珍羞 ㄓㄣ ㄒㄧㄡ 珍貴不易得的食物。亦作「珍饈」。

珍珠 ㄓㄣ ㄓㄨ 蚌等軟體動物體內發生病理變化，或異物進入貝殼後所形成的乳白或微黃色圓形顆粒，可作裝飾品。亦作「真珠」。

珍惜 ㄓㄣ ㄒㄧ 珍重愛惜。例珍惜時間。

珍貴 ㄓㄣ ㄍㄨㄟˋ 珍奇，寶貴。

珍藏 ㄓㄣ ㄘㄤˊ 重要或有價值而特意妥善收藏。

珍寶 ㄓㄣ ㄅㄠˇ 珠玉寶石等的總稱。泛指有價值的東西。

珍攝 ㄓㄣ ㄕㄜˋ 注意保養身體。

珍禽異獸 ㄓㄣ ㄑㄧㄣˊ ㄧˋ ㄕㄡˋ 指珍貴少有的飛禽走獸。

珈 ㄐㄧㄚ jiā 名古代婦女的首飾。

珉 ㄇㄧㄣˊ mín 名像玉的石子。例貴玉賤珉。

六畫

珓 ㄐㄧㄠˋ jiào 名祭祀或祈禱時占卜吉凶的蚌形器具，擲之於地，觀其俯仰，以定吉凶。

珥 ㄦˇ ěr 名①用珠子或玉石做成的耳環。例簪珥。②劍柄和劍身相接處，兩旁突出的部分。例玉珥。③日、月周圍的紅色光氣。例日珥。動插，戴。例珥筆。

珙 ㄍㄨㄥˇ gǒng 名大的璧玉。

珪 ㄍㄨㄟ guī 名①古「圭」字。指一種上圓形或劍頭形、下方形的玉器。②矽（Si）的別名。

珪璋 ㄍㄨㄟ ㄓㄤ ①貴重的玉器。②比喻高尚美好的人品。

班

ㄅㄢ bān 名①學習或工作的分組組別。例甲班、才藝班。②按順序的位次。例頭班汽車、搭下一班飛機。③工作的段落。例上班、下班。④定時開行的交通工具。例班機、班車。⑤軍隊編制的基層單位，在排以下。⑥數量名。相當於群、夥。例一班人馬。動①分予，分發。②回返或調動。例班師、班兵。

班子 ㄅㄢ ㄗˇ ①劇團的舊稱。②指執行一定任務的一群人。例領導班子。

班次 ㄅㄢ ㄘˋ ①學校班級的順序。②交通工具定期的開行次數。例增加班次。

班車 ㄅㄢ ㄔㄜ 按固定時間和線路開行的車輛。

班底 ㄅㄢ ㄉㄧˇ ①戲班中主要演員之外的其他角色。②泛指一個組織的基本成員。

班長 ㄅㄢ ㄓㄤˇ ①一班中由學生推選或老師指派的學生代表。②軍隊士官，帶領基層組織的班。

班師 ㄅㄢ ㄕ 軍隊出征歸來。

班機 ㄅㄢ ㄐㄧ 按固定航線和時間起航的飛機。

班代表 ㄅㄢ ㄉㄞˋ ㄅㄧㄠˇ 大學裡一個班的代表人，相當於中小學的班長。

班門弄斧 ㄅㄢ ㄇㄣˊ ㄋㄨㄥˋ ㄈㄨˇ 比喻不自量力，在行家面前賣弄本事。

班荊道故 ㄅㄢ ㄐㄧㄥ ㄉㄠˋ ㄍㄨˋ 形容朋友途中相遇，不顧客套禮節，共敘故舊。

玼

ㄘˇ cǐ 形①玉的顏色鮮明的樣子。②玉的缺點。

珞

ㄌㄨㄛˋ luò 名瓔珞，裝飾物品，即用珠玉綴成的頸鍊。

珠

ㄓㄨ zhū 名①蛤蚌因沙粒進入殼內，受到刺激而分泌真珠質，逐漸形成的圓形顆粒。②圓形顆粒的東西。例眼珠、念珠。形圓潤的。例珠喉。

珠子 ㄓㄨ ㄗˇ ①珍珠的別稱。②像珠一般形狀的顆粒。例淚珠子。

珠玉 ㄓㄨ ㄩˋ ①珍珠美玉。②比喻文辭的美好。

珠算 ㄓㄨ ㄙㄨㄢˋ 使用算盤來計算數字的方法。

珠翠 ㄓㄨ ㄘㄨㄟˋ 珍珠和翠玉。泛稱貴重首飾。

珠璣 ㄓㄨ ㄐㄧ 珍珠美玉。比喻美好、有智慧的文章或語詞。例字字珠璣。

珠寶 ㄓㄨ ㄅㄠˇ 珍珠寶貝。

珠光寶氣 ㄓㄨ ㄍㄨㄤ ㄅㄠˇ ㄑㄧˋ 形容婦女服飾十分富麗華貴，閃耀著珠寶的光色。

珠圓玉潤 ㄓㄨ ㄩㄢˊ ㄩˋ ㄖㄨㄣˋ 比喻歌聲婉轉優美或文詞圓熟。

珠聯璧合 ㄓㄨ ㄌㄧㄢˊ ㄅㄧˋ ㄏㄜˊ 比喻美好的事物或人物相配合。常用作新婚賀辭。

珣

ㄒㄩㄣ xún 名一種出產於東方的美玉。

珩

ㄏㄥˊ héng 名一種佩掛在身上的玉，形如殘環或小磬。

珮

ㄆㄟˋ pèi 名玉佩，佩帶的飾物。

珧

ㄧㄠˊ yáo 名江珧，小蚌。其肉柱叫江珧柱或干貝，是美味的食品。

琉 ㄌㄧㄡˊ liú 見「琉璃」。

琉璃 ㄌㄧㄡˊ ㄌㄧˊ 用鋁和鈉的矽酸化合物燒製的釉料，塗在黏土製品外層，燒成磚瓦、缸盆等。

琉璃瓦 ㄌㄧㄡˊ ㄌㄧˊ ㄨㄚˇ 內層用優質黏土，表面塗琉璃燒成的特製瓦。多用來修蓋宮殿、廟宇和名勝建築。

七畫

琅 ㄌㄤˊ láng 名琅玕，像玉的美石。形①形容清脆響亮悅耳的聲音。例書聲琅琅。②潔白的。例琅華。

琅琅 ㄌㄤˊ ㄌㄤˊ ①敲擊金玉發出的聲音。②形容響亮的讀書聲。

琅璫 ㄌㄤˊ ㄉㄤ 也作「鋃鐺」。①繫犯人的鐵鎖鏈。例琅璫入獄。②金玉碰撞的聲音。

琅琅上口 ㄌㄤˊ ㄌㄤˊ ㄕㄤˋ ㄎㄡˇ 讀起來不滯澀，非常通暢、流利、順口。

琊 ㄧㄝˊ yé 名琅琊，古郡名或山名。

球 ㄑㄧㄡˊ qiú 名①圓形立體物。例皮球、星球。②美玉。

球心 ㄑㄧㄡˊ ㄒㄧㄣ 球的中心，與球面任一點距離都相等的一點。

球果 ㄑㄧㄡˊ ㄍㄨㄛˇ 乾燥的複果。由裸子植物的雌性球花發育而成。如松、杉等。

球面 ㄑㄧㄡˊ ㄇㄧㄢˋ 包圍球體的曲面。

球根 ㄑㄧㄡˊ ㄍㄣ 植物圓形像球的根。如蕪菁。

球莖 ㄑㄧㄡˊ ㄐㄧㄥ 植物的地下莖形圓如球。如荸薺。

球菌 ㄑㄧㄡˊ ㄐㄩㄣˋ 細菌族類，圓球形、卵圓形或腎臟形，種類很多。如鏈球菌、葡萄球菌。

球場 ㄑㄧㄡˊ ㄔㄤˇ 球類運動用的場地。

球隊 ㄑㄧㄡˊ ㄉㄨㄟˋ 集中球員以訓練比賽的小組。

理 ㄌㄧˇ lǐ 名①事物的規律。例合理、天理。②自然科學，或特指物理學。例理科、理化。③物質組織的條紋。例肌理、紋理。動①收拾，整治。例理髮、理財。②對別人的言行有所反應。例答理、置之不理。

理化 ㄌㄧˇ ㄏㄨㄚˋ ①物理和化學。②治理和教化。

理性 ㄌㄧˇ ㄒㄧㄥˋ ①指推理、判斷等的能力。反感性。②理智地控制行為的能力。

理屈 ㄌㄧˇ ㄑㄩ 在道理上有所虧欠。

理家 ㄌㄧˇ ㄐㄧㄚ 料理家務。

理科 ㄌㄧˇ ㄎㄜ 物理、化學、數學、生物等學科的統稱。

理財 ㄌㄧˇ ㄘㄞˊ 管理財務或物資。例理財高手。

理喻 ㄌㄧˇ ㄩˋ 用道理來說明。例不可理喻。

理智 ㄌㄧˇ ㄓˋ 以理性和知識來分辨是非和控制自身言行的能力。

理解 ㄌㄧˇ ㄐㄧㄝˇ ①以口語、文字或符號，將已知的事實或原理做解說。②了解，明白事理。

理想 ㄌㄧˇ ㄒㄧㄤˇ ①對未來美好前途的想像和希望。②符合希望的，令人滿意的。例這樣的安排很理想。

理睬 ㄌㄧˇ ㄘㄞˇ 對某人或某事所表示的態度和反應。

理會 ㄌㄧˇ ㄏㄨㄟˋ ①領會，了解。例他這話中的意思不難理會。②注意，理睬。例不予理會。

理論 ㄌㄧˇ ㄌㄨㄣˋ ①人類從實踐中，概括地得到有關自然和社會知識的系統結論。②辯論是非，講理或爭論。

理賠 ㄌㄧˇ ㄆㄟˊ 指保險公司在保險事故發生後，前往查證和給付保險金。

理則學 ㄌㄧˇ ㄗㄜˊ ㄒㄩㄝˊ 指研究推理、思考的原理與規律的科學。又稱為邏輯學、論理學、名學。

理直氣壯 ㄌㄧˇ ㄓˊ ㄑㄧˋ ㄓㄨㄤˋ 理由充足，說話很有氣勢。

理所當然 ㄌㄧˇ ㄙㄨㄛˇ ㄉㄤ ㄖㄢˊ 從道理上說應該這樣。

現

ㄒㄧㄢˋ xiàn 名現金、現款的簡稱。例貼現、兌現。形①目前的，當今的。例現在。②實有的，目前就有的。例現貨。動顯露。例出現、顯現。副當時。例現學現賣。

現下 ㄒㄧㄢˋ ㄒㄧㄚˋ 指現在、目前。

現今 ㄒㄧㄢˋ ㄐㄧㄣ 現在。

現世 ㄒㄧㄢˋ ㄕˋ ①今生，現在這一世。②指出醜，丟臉。

現代 ㄒㄧㄢˋ ㄉㄞˋ ①當今這個時代。②指「五四」運動到現在的時期。

現出 ㄒㄧㄢˋ ㄔㄨ 顯露或表露出。

現成 ㄒㄧㄢˋ ㄔㄥˊ 原先就有的、已預備好的，不需要臨時做或找的。例現成的媒人。

現任 ㄒㄧㄢˋ ㄖㄣˋ 正在擔任的職務、工作等。

現行 ㄒㄧㄢˋ ㄒㄧㄥˊ 目前正在通行的。例現行法令。

現形 ㄒㄧㄢˋ ㄒㄧㄥˊ 露出本相或原形。

現役 ㄒㄧㄢˋ ㄧˋ 正在服兵役的。例現役軍人。

現金 ㄒㄧㄢˋ ㄐㄧㄣ 現在就有，或馬上可以運用的錢。同現錢、現款。

現狀 ㄒㄧㄢˋ ㄓㄨㄤˋ 目前的狀況、局面。例打破現狀。

現時 ㄒㄧㄢˋ ㄕˊ 現在，當前。

現眼 ㄒㄧㄢˋ ㄧㄢˇ 指出醜、丟臉。例丟人現眼。

現貨 ㄒㄧㄢˋ ㄏㄨㄛˋ 立時可交付的貨物。

現款 ㄒㄧㄢˋ ㄎㄨㄢˇ 立即可支付的貨幣。同現錢。

現場 ㄒㄧㄢˋ ㄔㄤˇ ①事故或案件發生的場所。例火災現場。②正當那個時間和場所。例現場拍賣。

現象 ㄒㄧㄢˋ ㄒㄧㄤˋ 事物呈現出來的外部形態和相互聯繫。

現實 ㄒㄧㄢˋ ㄕˊ ①目前存在的事實與狀況。例現實情況。②諷人勢利短視。

現職 ㄒㄧㄢˋ ㄓˊ 正在擔任的職務或工作。

現世報 ㄒㄧㄢˋ ㄕˋ ㄅㄠˋ 指今生的因果報應，即善得好報，惡得惡果。

現行犯 ㄒㄧㄢˋ ㄒㄧㄥˊ ㄈㄢˋ 法律上指行為當時或行為後即時被發覺的罪犯。

現身說法 ㄒㄧㄢˋ ㄕㄣ ㄕㄨㄛ ㄈㄚˇ 原指佛力廣大，能現出種種人形，向世人說法。後比喻用自身的經歷做例證，向別人進行解說和勸導。

現買現賣（ㄒㄧㄢˋ ㄇㄞˇ ㄒㄧㄢˋ ㄇㄞˋ） 比喻把剛學到的東西馬上表現出來。

琍 ㄌㄧˊ lí 名譯音用字。多用於人名。

琇 ㄒㄧㄡˋ xiù 名像玉的石頭。

琀 ㄏㄢˊ hán 名古代放入死者口中下葬的玉。

珽 ㄊㄧㄥˇ tǐng 名玉笏，古時帝王拿的手板，長約一公尺。

八畫

琬 ㄨㄢˇ wǎn 名琬圭，上頭圓形無稜角的圭。

琮 ㄘㄨㄥˊ cóng 名瑞玉製的筒形禮器，外面方形，中孔圓形。

琯 ㄍㄨㄢˇ guǎn 名古代玉製管樂器，即玉管。例白玉琯。動磨研金玉使之發亮。

琰 ㄧㄢˇ yǎn 名琰圭，上頭尖形的圭。

琺 ㄈㄚˇ fǎ 見「琺瑯」。

琺瑯（ㄈㄚˇ ㄌㄤˊ） 用石英、長石、硝石、碳酸鈉等材料，加鉛、錫的氧化物，燒成的像釉的塗料。

琺瑯質（ㄈㄚˇ ㄌㄤˊ ㄓˋ） 牙齒的最外一層，是人體中最硬的組織。也稱為牙釉質。

琛 ㄔㄣ chēn 名珍寶。

琢 ㄓㄨㄛˊ zhuó 動①雕刻玉石。例禮記：「玉不琢，不成器。」②仔細推敲文辭。例琢句。

琢磨（ㄓㄨㄛˊ ㄇㄛˊ） ①雕刻與磨製玉石。②對文章等加工使之精美。③思索，考慮。例老師的話我琢磨了一夜。

琳 ㄌㄧㄣˊ lín 名美玉。例琳琅。

琳琅滿目（ㄌㄧㄣˊ ㄌㄤˊ ㄇㄢˇ ㄇㄨˋ） 眼前所見都是美好珍貴的東西。比喻美好的東西極多。

琴 ㄑㄧㄣˊ qín 名樂器名。為弦樂器的統稱。國樂有古琴、胡琴、月琴等，西樂有鋼琴、提琴、管風琴等。

琴弦（ㄑㄧㄣˊ ㄒㄧㄢˊ） 琴上的弦線，兩頭絞緊，按其粗細及振幅大小發出高低強弱不同的音。

琴師（ㄑㄧㄣˊ ㄕ） 戲曲樂隊中操琴伴奏的人。

琴瑟（ㄑㄧㄣˊ ㄙㄜˋ） 琴和瑟合奏。比喻夫妻和諧。

琴棋書畫（ㄑㄧㄣˊ ㄑㄧˊ ㄕㄨ ㄏㄨㄚˋ） 稱人多才多藝。

琵 ㄆㄧˊ pí 見「琵琶」。

琵琶（ㄆㄧˊ ㄆㄚˊ） 樂器名。四弦，以木料製成，下部為半梨形的盤，上部為長柄，柄端彎曲。

琵琶骨（ㄆㄧˊ ㄆㄚˊ ㄍㄨˇ） 指鎖骨。

琵琶別抱（ㄆㄧˊ ㄆㄚˊ ㄅㄧㄝˊ ㄅㄠˋ） 比喻女人再嫁。今指妻子、女友移情別戀，另結新歡。

琶 ㄆㄚˊ pá 見「琵琶」。

琦 ㄑㄧˊ qí 名美玉。形特異不凡的。例琦行。

琦行（ㄑㄧˊ ㄒㄧㄥˋ） 出眾而不同凡俗的操守。

琪 ㄑㄧˊ qí 名美玉。

琪花瑤草（ㄑㄧˊ ㄏㄨㄚ ㄧㄠˊ ㄘㄠˇ） 仙境中美好的花草。比喻珍奇的花草。

琥 ㄏㄨˇ hǔ 名①雕成虎形的玉器。②見「琥珀」。

琥珀 ㄏㄨˇ ㄆㄛˋ 松柏樹脂埋入地下多年以後，所形成的化石，蠟黃或紅褐色，燃燒時有香氣。

琨 ㄎㄨㄣ kūn 名美玉。例琨玉。

琤 ㄔㄥ chēng 名玉石相碰的清脆悅耳聲。

琤琤 ㄔㄥ ㄔㄥ ①形容玉石相碰撞的聲音。②形容流水聲或弦樂聲。

琱 ㄉㄧㄠ diāo 動①磨製玉器。②通「雕」、「彫」。鏤刻。③在牆上畫裝飾畫。

琚 ㄐㄩ jū 名佩在身上的玉。例瓊琚。

九畫

瑄 ㄒㄩㄢ xuān 名直徑約十五公分的玉璧。例瑄玉。

瑯 ㄌㄤˊ láng 「琅」的異體字。

琿 ㄏㄨㄣˊ hún 名①一種美玉。②地名。如琿春縣、瑷琿縣。

瑚 ㄏㄨˊ hú 名①古代宗廟祭祀時用來盛糧食的器皿。②見「珊瑚」。

瑟 ㄙㄜˋ sè 名①樂器名。一種彈撥弦樂器，像琴，古代有五十弦，後改為二十五弦，弦各有柱，可上下移動，定樂音高低清濁。例鼓瑟、琴瑟。②風聲。例瑟瑟。

瑟瑟 ㄙㄜˋ ㄙㄜˋ ①形容風聲。②形容寒冷發抖的樣子。

瑟縮 ㄙㄜˋ ㄙㄨㄛ 身體因寒冷、受驚而退避畏縮的樣子。

瑛 ㄧㄥ yīng 名①像玉一般的美石。②玉的光彩。

瑁 ㄇㄟˋ mèi 名①古時天子接見諸侯時手拿的玉器，用來與諸侯的圭相合。②見「玳瑁」。

瑕 ㄒㄧㄚˊ xiá 名①玉上的斑點。例白璧無瑕。②缺點。例瑕瑜互見。

瑕疵 ㄒㄧㄚˊ ㄘ 錯誤、缺點或過失。

瑕不掩瑜 ㄒㄧㄚˊ ㄅㄨˋ ㄧㄢˇ ㄩˊ 雖然有缺點，但卻掩蓋不了其優點。比喻優點很多。

瑕瑜互見 ㄒㄧㄚˊ ㄩˊ ㄏㄨˋ ㄐㄧㄢˋ 比喻有缺點，也有優點。

瑞 ㄖㄨㄟˋ ruì 名①吉祥的象徵。例祥瑞。②用玉製的信物。形吉祥的。例瑞氣。

瑞兆 ㄖㄨㄟˋ ㄓㄠˋ 吉祥的兆頭。

瑞雪 ㄖㄨㄟˋ ㄒㄩㄝˇ 應時而降的雪，是豐年的預兆。

瑜 ㄩˊ yú 名①美玉。例瑾瑜。②玉的光彩。比喻優點。例瑕不掩瑜。③見「瑜伽」。

瑜玉 ㄩˊ ㄩˋ 美玉。

瑜伽 ㄩˊ ㄐㄧㄚ 一種健身法，類似氣功，創於印度。

瑑 ㄓㄨㄢˋ zhuàn 名玉器上雕刻的花紋。例瑑圭。動在玉器上雕刻。例瑑刻。

瑗 ㄩㄢˋ yuàn 名中間有大孔的璧玉。

瑀 ㄩˇ yǔ 名質地像玉的石頭。

瑋 ㄨㄟˇ wěi 名美玉。形珍異的，美好的。例瑋寶。

瑋寶 ㄨㄟˇ ㄅㄠˇ 珍貴的寶物。

瑙 ㄋㄠˇ nǎo 見「瑪瑙」。

十畫

瑩 ㄧㄥˊ yíng 名光潔像玉的美石。形形容光亮明澈的樣子。例晶瑩。

瑭 ㄊㄤˊ táng 名玉名。

瑢 ㄖㄨㄥˊ róng 副瑽瑢，玉石碰擊聲。

瑱 ㄊㄧㄢˋ tiàn 名古時用來塞耳的玉。

瑪 ㄇㄚˇ mǎ 見「瑪瑙」。

瑪瑙 ㄇㄚˇ ㄋㄠˇ 礦物名。是結晶石英、石髓及蛋白石的混合物，質硬耐磨，顏色美麗，可做研缽、飾品等。

瑣 ㄙㄨㄛˇ suǒ 名①刻成連環形的玉。②細小的玉聲。形細小的，零碎的。例瑣碎、繁瑣。

瑣事 ㄙㄨㄛˇ ㄕˋ 細小零碎之事。

瑣屑 ㄙㄨㄛˇ ㄒㄧㄝˋ 煩雜細碎。

瑣碎 ㄙㄨㄛˇ ㄙㄨㄟˋ 細小而繁多。

瑤 ㄧㄠˊ yáo 名美玉。例瓊瑤。形美好的，潔白的。例瑤質。

瑤函 ㄧㄠˊ ㄏㄢˊ 尊稱別人的信件。

瑤華 ㄧㄠˊ ㄏㄨㄚˊ 美玉。比喻珍貴。

瑤臺 ㄧㄠˊ ㄊㄞˊ ①傳說中仙人住的地方。②用美玉或美石砌成的高臺。

瑰 ㄍㄨㄟ guī 名①像玉的美石。例瓊瑰。②見「玫瑰」。形奇異，奇偉的。例瑰異。

瑰奇 ㄍㄨㄟ ㄑㄧˊ 即珍奇。

瑰麗 ㄍㄨㄟ ㄌㄧˋ 異常美麗。

瑰寶 ㄍㄨㄟ ㄅㄠˇ 特別珍貴的寶物。

瑲 ㄑㄧㄤ qiāng 副形容玉石相碰撞的聲音。

十一畫

璋 ㄓㄤ zhāng 名玉器，形如半圭。例弄璋。

璇 ㄒㄩㄢˊ xuán 名美玉。例白璇、璇玉。形精巧華美的。例璇宮。

璇閨 ㄒㄩㄢˊ ㄍㄨㄟ 對閨房的美稱。

璇璣 ㄒㄩㄢˊ ㄐㄧ ①指北斗星座的四顆星。②古代觀測天象的儀器。亦作「璿璣」。

璃 ㄌㄧˊ lí 見「玻璃」、「琉璃」。

瑾 ㄐㄧㄣˇ jǐn 名瑾瑜，美玉。

璉 ㄌㄧㄢˊ lián 名瑚璉，宗廟中裝糧食的禮器。

璀 ㄘㄨㄟˇ cuǐ 形光彩鮮明的樣子。例璀璨。

璀璨 ㄘㄨㄟˇ ㄘㄢˋ 珠玉等光彩鮮明的樣子。

璁 ㄘㄨㄥ cōng 名像玉的美石。

璁瓏 ㄘㄨㄥ ㄌㄨㄥˊ 光明潔淨的樣子。

瑽 ㄘㄨㄥ cōng 副瑽瑢，玉石相碰的聲音。

十二畫

璜 ㄏㄨㄤˊ huáng 名半環形的玉器。

璞 ㄆㄨˊ pú 名①沒有雕琢研磨過的玉。例璞玉。②比喻人性的純真古樸。例反璞歸真。

璞玉渾金 ㄆㄨˊ ㄩˋ ㄏㄨㄣˊ ㄐㄧㄣ 未經過雕琢加工的玉和還沒冶鍊的金。比喻天然美質，未加修飾。

璟
ㄐㄧㄥˇ jǐng 名玉的光彩。

璠
ㄈㄢˊ fán 名美玉。

璣
ㄐㄧ jī 名①不圓的珠子。例珠璣。②古指北斗星座的第三顆星。③古代觀測天象的儀器。

璘
ㄌㄧㄣˊ lín 名玉石的光彩。

十三畫

璧
ㄅㄧˋ bì 名①圓而平的玉製禮器，中間有圓孔。②玉的通稱。例璧人。形美好的，完好的。

璧人 ㄅㄧˋ ㄖㄣˊ 容顏美麗似玉的人。可指男女。

璧合 ㄅㄧˋ ㄏㄜˊ 比喻美好的匹配。例珠聯璧合。

璧趙 ㄅㄧˋ ㄓㄠˋ 比喻將原物送還。

璧謝 ㄅㄧˋ ㄒㄧㄝˋ 退還贈物，並表示謝意。

璧還 ㄅㄧˋ ㄏㄨㄢˊ 完好地退還原物或贈物。

瑟
ㄙㄜˋ sè 名①橫紋像琴弦的玉。②玉色鮮亮潔白。

璐
ㄌㄨˋ lù 名美玉。例寶璐。

環
ㄏㄨㄢˊ huán 名①圓圈形的東西。例手環、耳環。②像璧一類的玉。動周旋圍繞。例環島。

環抱 ㄏㄨㄢˊ ㄅㄠˋ 在四周圍繞著。例群山環抱。

環佩 ㄏㄨㄢˊ ㄆㄟˋ 圓形玉佩。多指婦女的飾物。

環島 ㄏㄨㄢˊ ㄉㄠˇ 環繞島嶼一圈。

環球 ㄏㄨㄢˊ ㄑㄧㄡˊ ①圍繞著地球。②整個地球，全世界。或作「寰球」。

環視 ㄏㄨㄢˊ ㄕˋ 眼睛向四周看。同環顧。

環遊 ㄏㄨㄢˊ ㄧㄡˊ 環繞旅遊。例環遊世界。

環節 ㄏㄨㄢˊ ㄐㄧㄝˊ 指互相關聯的諸多事物中的一個。

環蝕 ㄏㄨㄢˊ ㄕˊ 日蝕的一種。指太陽的中心部分黑暗，邊緣仍然明亮，因而形成光環。又稱日環蝕。

環境 ㄏㄨㄢˊ ㄐㄧㄥˋ ①指人所處的地方。例環境汙染。②指周圍的情況和條件。例他所處的環境非常險惡。

環繞 ㄏㄨㄢˊ ㄖㄠˋ 四面圍繞著。

環肥燕瘦 ㄏㄨㄢˊ ㄈㄟˊ ㄧㄢˋ ㄕㄡˋ 指不同的作品風格特色有異，俱得其妙。

環節動物 ㄏㄨㄢˊ ㄐㄧㄝˊ ㄉㄨㄥˋ ㄨˋ 身體由若干環節組成，長而柔軟，以伸縮運行。如蚯蚓、水蛭等。

環境汙染 ㄏㄨㄢˊ ㄐㄧㄥˋ ㄨ ㄖㄢˇ 指由於人為的原因，使自然環境受到髒物及有害物質的汙染，以致人和動植物生存受到損害。

環境衛生 ㄏㄨㄢˊ ㄐㄧㄥˋ ㄨㄟˋ ㄕㄥ 指人類生活周圍的整潔，關係到身體健康的保護和疾病的預防。

璩
ㄑㄩˊ qú 名①環形玉器。②姓。

璨
ㄘㄢˋ càn 名美玉。形光彩鮮明的樣子。

璪 ㄗㄠˇ zǎo 名①古代帝王用彩絲串玉掛在冕前下垂的裝飾。②有水藻花紋的玉飾。

璫 ㄉㄤ dāng 名①古代婦女戴在耳下的珠形裝飾品。②漢朝武職宦官的帽飾，後來就用璫代指宦官。

璦 ㄞˋ ài 名美玉。

十四畫

璵 ㄩˊ yú 名美玉。例璵璠。

璺 ㄨㄣˋ wèn 名玉、陶瓷、玻璃上的裂紋。

璽 ㄒㄧˇ xǐ 名印章。秦之後專指皇帝的大印。例玉璽。

璿 ㄒㄩㄢˊ xuán 名美玉。

十五畫

瓊 ㄑㄩㄥˊ qióng 名①美玉。例瓊瑤、瓊琚。②海南島的簡稱。形美好的，精美的。例瓊漿。

瓊林 ㄑㄩㄥˊ ㄌㄧㄣˊ 比喻聚集的珍物、珍品。多指書籍。例幼學瓊林。

瓊瑤 ㄑㄩㄥˊ ㄧㄠˊ ①美玉。②稱酬謝的文字或禮品。

瓊樓玉宇 ㄑㄩㄥˊ ㄌㄡˊ ㄩˋ ㄩˇ 形容精美瑰麗的樓閣。亦指仙界或月宮中的樓臺建築。

瓊漿玉液 ㄑㄩㄥˊ ㄐㄧㄤ ㄩˋ ㄧㄝˋ 美酒。亦作「玉液瓊漿」。

瓅 ㄌㄧˋ lì 副玓瓅，珠寶光彩耀目的樣子。

十六畫

瓏 ㄌㄨㄥˊ lóng 形瓏玲，金玉互擊的聲音或指玉鮮明的樣子。

十七畫

瓖 ㄒㄧㄤ xiāng 名馬帶上的裝飾。例玉瓖。動同「鑲」。鑲嵌，把金玉之類的東西嵌進去。

瓔 ㄧㄥ yīng 名瓔珞，珠玉串成的裝飾品。多用作頸飾。

十八畫

瓘 ㄍㄨㄢˋ guàn 名玉石。即珪。

十九畫

瓚 ㄗㄢˋ zàn 名①古代禮器，祭祀時用來舀酒的玉勺子。②質地不精純的玉石。

瓜部 ㄍㄨㄚ

瓜 ㄍㄨㄚ guā 名葫蘆科蔓生植物的總稱，葉似掌，花多為黃色，果實為圓形或長圓形，汁多可吃。如南瓜、西瓜等。

瓜子 ㄍㄨㄚ ㄗˇ 瓜的種子。特指炒熟的西瓜子、葵瓜子等零食。

瓜分 ㄍㄨㄚ ㄈㄣ 比喻像切瓜一般割開或分配。多指強國聯合起來分割弱國的領土。

瓜仁 ㄍㄨㄚ ㄖㄣˊ 瓜子除去硬殼後可吃的部分。

瓜代 ㄍㄨㄚ ㄉㄞˋ 指任期已滿，換人接替。

瓜果 ㄍㄨㄚ ㄍㄨㄛˇ 指可生吃的瓜類和水果。

瓜棚 ㄍㄨㄚ ㄆㄥˊ 用竹木為攀緣性的瓜搭建的架子。

瓜葛 ㄍㄨㄚ ㄍㄜˊ 比喻人與人之間相連的複雜關係。

瓜撓 ㄍㄨㄚ ㄋㄠˊ 刮去瓜皮的用具。也叫瓜撓兒。

瓜藤 ㄍㄨㄚ ㄊㄥˊ 瓜類蔓延的藤條。

瓜瓤 ㄍㄨㄚ ㄖㄤˊ 瓜果內部的肉。

瓜子臉 ㄍㄨㄚ ㄗˇ ㄌㄧㄢˇ 指女子面龐微長而窄，上圓而尖。用以形容臉形之美。

瓜皮帽 ㄍㄨㄚ ㄆㄧˊ ㄇㄠˋ 像覆蓋的半個西瓜形的便帽，用六瓣布料連綴而成。

瓜田李下 ㄍㄨㄚ ㄊㄧㄢˊ ㄌㄧˇ ㄒㄧㄚˋ 比喻特別容易引起嫌疑的地方。

瓜瓞緜緜 ㄍㄨㄚ ㄉㄧㄝˊ ㄇㄧㄢˊ ㄇㄧㄢˊ 比喻子孫一代代繁衍昌盛。

瓜熟蒂落 ㄍㄨㄚ ㄕㄡˊ ㄉㄧˋ ㄌㄨㄛˋ 比喻時機成熟，自然會成功。

五畫

瓞 ㄉㄧㄝˊ dié 名 小瓜。例詩經：「緜緜瓜瓞。」

六畫

瓠 ㄏㄨˋ hù 名 植物名。一年生蔓性草本，有卷鬚，葉似掌，開白花，果實長圓形，嫩時可食用，果乾後可作容器或舀水器。

十一畫

瓢 ㄆㄧㄠˊ piáo 名 ①把葫蘆剖成兩半製成舀水或裝東西的器具。例水瓢。②計算瓢裝物的量詞。

瓢蟲 ㄆㄧㄠˊ ㄔㄨㄥˊ 昆蟲名。屬鞘翅類，身體半球形，觸角短，上有黃色、黑色斑點。

十四畫

瓣 ㄅㄢˋ bàn 名 ①花片。例花瓣。②瓜果或球莖等中有膜隔開或可按照紋理分開的部分。例蒜瓣、橘子瓣。

瓣膜 ㄅㄢˋ ㄇㄛˊ 位於血管與心臟間，心耳與心室間和靜脈中的膜質瓣，閉時可阻止血液倒流，使血液單向流動。

十七畫

瓤 ㄖㄤˊ ráng 名 ①瓜果內部的肉。例瓜瓤、橘子瓤。②物品內部所含的東西。例信瓤。

瓦部 ㄨㄚˇ

瓦 ㄨㄚˇ wǎ 名 ①用陶土燒成的器物的總稱。例瓦器。②瓦特的簡稱。例八百瓦。③用陶土燒製的建築材料。例磚瓦。

瓦匠 ㄨㄚˇ ㄐㄧㄤˋ 修建房子的工匠。

瓦全 ㄨㄚˇ ㄑㄩㄢˊ 比喻沒有氣節，偷生苟活。例寧為玉碎，不為瓦全。

瓦特 ㄨㄚˇ ㄊㄜˋ 功率的單位，簡稱「瓦」。指每秒焦耳的功，即一安培的電流在一伏特的電壓下所做的功。

瓦圈 ㄨㄚˇ ㄑㄩㄢ 自行車、三輪車等輪胎周圍的鋼圈。

瓦斯 ㄨㄚˇ ㄙ ①英語gas的音譯。特指某些可燃氣體，如煤氣、天然氣等。②軍事上指毒氣。

瓦解 ㄨㄚˇ ㄐㄧㄝˇ 比喻崩潰或分裂。

瓦楞 ㄨㄚˇ ㄌㄥˊ 屋頂用瓦鋪成一條條凹凸相間的行列。也稱為瓦壟。

瓦窯 ㄨㄚˇ ㄧㄠˊ ①燒磚瓦的地方。②西北地區人們居住的窰洞。

瓦器 ㄨㄚˇ ㄑㄧˋ 用黏土燒製的粗糙陶器。

瓦礫 ㄨㄚˇ ㄌㄧˋ 破碎的磚頭瓦片。

瓦釜雷鳴 ㄨㄚˇ ㄈㄨˇ ㄌㄟˊ ㄇㄧㄥˊ 比喻沒有才能的人卻占據高位。

瓦解土崩 ㄨㄚˇ ㄐㄧㄝˇ ㄊㄨˇ ㄅㄥ 比喻徹底翻覆潰敗的情勢。

五畫

瓴 ㄌㄧㄥˊ líng 名①小口大腹有耳的盛水瓶。②屋頂瓦溝上仰蓋的瓦。例高屋建瓴。

六畫

瓷 ㄘˊ cí 名以黏土、石英、長石為原料燒製而成的器物，比陶器細致光潔且堅硬。例瓷器。形泛指瓷製的。例瓷枕。

瓷土 ㄘˊ ㄊㄨˇ 由正長石分解而成的黏土，質地極細，是製造瓷器的原料。或稱為陶土、白土、高嶺土。

瓷胎 ㄘˊ ㄊㄞ 還沒有入窯鍛燒的瓷器坯。

瓷磚 ㄘˊ ㄓㄨㄢ 用瓷土燒製的建築材料。表面塗釉，光潔且美觀。或作「磁磚」。

瓷器 ㄘˊ ㄑㄧˋ 用瓷土燒製的瓷質器皿。

瓶 ㄆㄧㄥˊ píng 名口小頸長腹大的器皿。多為瓷或玻璃做成。例酒瓶、花瓶。

瓶塞 ㄆㄧㄥˊ ㄙㄞ 堵住或蓋住瓶口的塞子。

瓶頸 ㄆㄧㄥˊ ㄐㄧㄥˇ 瓶子口下比較細的部分。後比喻事情發展或進行中，產生阻礙的環節。例他的工作遇到了前所未有的瓶頸。

八畫

瓿 ㄆㄡˇ pǒu 名圓口深腹的瓦器，古人用來盛醋醬之類。

九畫

甄 ㄓㄣ zhēn 名姓。動①審察，選拔。例甄選。②製造陶器。例甄陶。

甄拔 ㄓㄣ ㄅㄚˊ 鑑別人才，加以薦舉任用。

甄陶 ㄓㄣ ㄊㄠˊ 燒製陶器。比喻造就人才。

甄試 ㄓㄣ ㄕˋ 甄選考試。

甄審 ㄓㄣ ㄕㄣˇ 考查審覈。如用考試或其他方式來檢視其資格等。

甄選 ㄓㄣ ㄒㄩㄢˇ 以審查來區別優劣，並加以選拔。

甃 ㄓㄡˋ zhòu 名井壁。動用磚砌井或池子等。

十一畫

甌 ㄡ ōu 名①盆或盂之類的瓦器。例金甌。②杯。例茶甌。

甍 ㄇㄥˊ méng 名屋脊，屋頂。

十二畫

甑 ㄗㄥˋ zèng 名古時蒸食物的瓦器。

十三畫

甕 ㄨㄥˋ wèng 名 口小肚大的陶製盛器，可盛水、酒等。

甕城 ㄨㄥˋ ㄔㄥˊ 圍繞在大城門外的小城。

甕中捉鱉 ㄨㄥˋ ㄓㄨㄥ ㄓㄨㄛ ㄅㄧㄝ 比喻欲得之物能輕易地得到，非常有把握。

甕聲甕氣 ㄨㄥˋ ㄕㄥ ㄨㄥˋ ㄑㄧˋ 形容說話聲音粗沉令人不悅。

甘部 ㄍㄢ

甘 ㄍㄢ gān 名 ①甜，味美。例苦盡甘來。②姓。形 美好的。例甘雨、甘霖。動 情願，樂意。例心甘情願、甘拜下風。

甘心 ㄍㄢ ㄒㄧㄣ ①自己願意。例甘心吃苦。②心裡感到滿足、滿意。例只考出這種成績，真不甘心！

甘休 ㄍㄢ ㄒㄧㄡ 甘願罷休。

甘旨 ㄍㄢ ㄓˇ 美味的食品。

甘言 ㄍㄢ ㄧㄢˊ 甜蜜的話語。

甘油 ㄍㄢ ㄧㄡˊ 一種無色透明的液體，特性為黏稠、有甜味，能吸收水分。

甘雨 ㄍㄢ ㄩˇ 對農作物有好處的及時雨。

甘味 ㄍㄢ ㄨㄟˋ ①覺得食物味道好。例食不甘味。②鮮美的調味品，可從化學品中提取。例人工甘味。

甘美 ㄍㄢ ㄇㄟˇ 食物的味道很好。

甘苦 ㄍㄢ ㄎㄨˇ ①甘味和苦味。比喻處境的好壞。例甘苦與共。②生活中體會到的順逆與苦樂。例誰知其中甘苦？

甘草 ㄍㄢ ㄘㄠˇ 植物名。多年生草本，為中藥材的一種，根味甜。

甘蔗 ㄍㄢ ㄓㄜˋ 植物名。多年生草本，莖有節像竹子，內含糖質，可榨糖或咬食，為製糖的主要原料。

甘霖 ㄍㄢ ㄌㄧㄣˊ 久旱後下的雨。

甘露 ㄍㄢ ㄌㄨˋ 甜美的露水。古人認為天降甘露是天下太平的瑞徵。

甘之如飴 ㄍㄢ ㄓ ㄖㄨˊ ㄧˊ 比喻甘心忍受痛苦。

甘心情願 ㄍㄢ ㄒㄧㄣ ㄑㄧㄥˊ ㄩㄢˋ 不由外力影響，完全出於自願。亦作「心甘情願」。

甘拜下風 ㄍㄢ ㄅㄞˋ ㄒㄧㄚˋ ㄈㄥ 比喻自認不如人，甘願認輸。

四畫

甚 ㈠ㄕㄣˋ shèn 副 ①很，極。例所言甚是。②過分。例欺人太甚。㈡ㄕㄣˊ shén 見「甚麼」。

甚至 ㄕㄣˋ ㄓˋ 連詞。指超出某種界限，有進一步、進一層的意思。

甚麼 ㄕㄣˊ ㄇㄜ˙ 亦作「什麼」。①表示疑問的代名詞或形容詞。例這是甚麼？②指示代名詞。泛指一般事物。例說甚麼。

甚囂塵上 ㄕㄣˋ ㄒㄧㄠ ㄔㄣˊ ㄕㄤˋ 原指喧鬧嘈雜，塵沙飛揚。後用以形容紛亂盛起、傳聞紛紛。

六畫

甜 ㄊㄧㄢˊ tián 形①味道像糖或蜜的。例甜絲絲。②美好的。例甜美。

甜瓜 ㄊㄧㄢˊ ㄍㄨㄚ 植物名。一年生草本，莖蔓生，夏天開黃花。結橢圓形漿果，有香氣，味甜美。也稱香瓜。

甜品 ㄊㄧㄢˊ ㄆㄧㄣˇ 指甜味的點心。

甜蜜 ㄊㄧㄢˊ ㄇㄧˋ ①味甜如蜜。②比喻感到幸福、愉快、舒服。例甜蜜的家庭。

甜頭 ㄊㄧㄢˊ ㄊㄡˊ 得到的好處或利益。例他嘗到了甜頭。

甜言蜜語 ㄊㄧㄢˊ ㄧㄢˊ ㄇㄧˋ ㄩˇ 悅耳動聽討人喜歡的話。

生部 ㄕㄥ

生 ㄕㄥ shēng 名①泛指生物。例眾生。②對讀書人的稱呼或自稱。例先生、學生。③性命。例喪生、餘生。④生活，生計。例營生、謀生。⑤戲曲裡的腳色。例小生、老生。形①不熟悉的。例生人、生手。②沒熟的。例生菜、生飯。動①產出。例生產、生財。②招致，發出。例生事、生病。③製造，新創。例惹事生非。助語助詞，無義。例好生照料、怎生是好。

生人 ㄕㄥ ㄖㄣˊ 指不認識的、沒見過的人。

生火 ㄕㄥ ㄏㄨㄛˇ 把爐或灶的柴、煤點燃起來。

生日 ㄕㄥ ㄖˋ 人生下來那一天。同誕辰。

生水 ㄕㄥ ㄕㄨㄟˇ 沒燒開過的水。

生手 ㄕㄥ ㄕㄡˇ 剛開始做這項工作，還不熟悉、不熟練的人。

生平 ㄕㄥ ㄆㄧㄥˊ 一個人整個的生活歷程，即人的一生。

生民 ㄕㄥ ㄇㄧㄣˊ 人民，老百姓。

生字 ㄕㄥ ㄗˋ 指沒有學過、不認得的字。

生存 ㄕㄥ ㄘㄨㄣˊ 生活在世界上。

生色 ㄕㄥ ㄙㄜˋ 使事物增添光彩。例生色不少。

生冷 ㄕㄥ ㄌㄥˇ 未熟或未經加熱的食物。

生肖 ㄕㄥ ㄒㄧㄠˋ 以十二種動物搭配十二地支，用來記錄人們的生年，次序為子鼠、丑牛、寅虎、卯兔、辰龍、巳蛇、午馬、未羊、申猴、酉雞、戌狗、亥豬。

生利 ㄕㄥ ㄌㄧˋ ①產生利益。②以本金賺得利息。

生育 ㄕㄥ ㄩˋ ①生孩子。②生產並養育。

生事 ㄕㄥ ㄕˋ 招惹是非，挑動事端。例造謠生事。

生性 ㄕㄥ ㄒㄧㄥˋ ①天生的性情。②指天性粗野不馴良。

生物 ㄕㄥ ㄨˋ ①泛指一切有生命的物體。②生養萬物。

生命 ㄕㄥ ㄇㄧㄥˋ ①生存的壽命。②指某種活動延續的狀態或期間。例政治生命。

生客 ㄕㄥ ㄎㄜˋ 首次見面的客人。

生活 ㄕㄥ ㄏㄨㄛˊ ①生存，活著。例堅強地生活下去。②人為了生存發展而進行的各種活動。例文化生活。③指飲食起居等各方面的情況。例生活水準提高了。

生計 ㄕㄥ ㄐㄧˋ ①生活上的種種開支等事務。泛指生活。②維持生活的辦法。

生恐 ㄕㄥ ㄎㄨㄥˇ 生怕，惟恐。

生財 ㄕㄥ ㄘㄞˊ 發財，增加財富。例生財有道。

生氣 ㄕㄥ ㄑㄧˋ ①發火，發怒。②蓬勃的活力和生命力。例生氣勃勃。

生產 ㄕㄥ ㄔㄢˇ ①人們透過勞動創造各種生活資源。②指生育。

生涯 ㄕㄥ ㄧㄚˊ 指長期從事某種職業或活動的經歷。例教書生涯、軍人生涯。

生理 ㄕㄥ ㄌㄧˇ ①生物體內各系統、器官的生命活動。例生理機能。②生計。

生動 ㄕㄥ ㄉㄨㄥˋ 具有活力而不呆板。例生動活潑。

生疏 ㄕㄥ ㄕㄨ ①陌生，不熟練。例人地生疏。②疏遠，不親近。例感情生疏。

生詞 ㄕㄥ ㄘˊ 指沒有學過、不認得的詞。

生硬 ㄕㄥ ㄧㄥˋ ①語文生澀，不流利、不自然。例這個詞用得很生硬。②不細緻，不柔和。例作風生硬。

生殖 ㄕㄥ ㄓˊ ①產生繁殖。②動植物生長發育到一定時期就會產生子體，稱為生殖。分有性生殖和無性生殖兩種。

生意 ㄕㄥ ㄧˋ 指買賣活動，商業經營。

生路 ㄕㄥ ㄌㄨˋ 維持生存和生活的途徑。例另謀生路。

生態 ㄕㄥ ㄊㄞˋ 生物生活的狀況，及與周圍環境的相互關係。例生態平衡。

生養 ㄕㄥ ㄧㄤˇ 指生育。

生趣 ㄕㄥ ㄑㄩˋ ①生活中的情趣。②生動有趣。

生機 ㄕㄥ ㄐㄧ ①生存的機會。例一線生機。②生命的活力。例生機盎然。

生還 ㄕㄥ ㄏㄨㄢˊ 指逃脫險境，活著回來。

生澀 ㄕㄥ ㄙㄜˋ 指文字、語詞等不暢達，不純熟。

生變 ㄕㄥ ㄅㄧㄢˋ 事情或局面突然出現變故。

生靈 ㄕㄥ ㄌㄧㄥˊ ①人民，老百姓。②生命。

生力軍 ㄕㄥ ㄌㄧˋ ㄐㄩㄣ ①新加入且戰鬥力強的軍隊。②新加入且充滿活力的人員。

生石灰 ㄕㄥ ㄕˊ ㄏㄨㄟ 一種無機化合物，又叫氧化鈣，用石灰石加熱而成。

生命力 ㄕㄥ ㄇㄧㄥˋ ㄌㄧˋ 生命的活力。

生產力 ㄕㄥ ㄔㄢˇ ㄌㄧˋ 指生產值與所需資源投入值的比率。

生殖腺 ㄕㄥ ㄓˊ ㄒㄧㄢˋ 人或動物體內產生精子或卵子的腺體，雄性的是睪丸，雌性的是卵巢。也稱性腺。

生意經 ㄕㄥ ˙ㄧ ㄐㄧㄥ 做生意的方法和竅門。

生態學 ㄕㄥ ㄊㄞˋ ㄒㄩㄝˊ 研究生物相互的關係，及環境對生物的影響的學問。

生不逢辰 ㄕㄥ ㄅㄨˋ ㄈㄥˊ ㄔㄣˊ 比喻時運不濟，出生沒碰上好時機。亦作「生不逢時」。

生生世世 ㄕㄥ ㄕㄥ ㄕˋ ㄕˋ 即世世代代，累世。指時間永久、永遠。

生死關頭 ㄕㄥ ㄙˇ ㄍㄨㄢ ㄊㄡˊ 指攸關生死的最緊急時刻。

生存競爭 ㄕㄥ ㄘㄨㄣˊ ㄐㄧㄥˋ ㄓㄥ 為維持自身的生存而互相競爭，適者生存，不適者淘汰。

生吞活剝 ㄕㄥ ㄊㄨㄣ ㄏㄨㄛˊ ㄅㄛ 比喻生硬地抄襲或模仿別人的理論或文辭。

生拉硬拽 ㄕㄥ ㄌㄚ ㄧㄥˋ ㄓㄨㄞˋ ①使勁地拉扯。②勉強地把不相干的事物拉在一起。

生花妙筆 ㄕㄥ ㄏㄨㄚ ㄇㄧㄠˋ ㄅㄧˇ 比喻有傑出的寫作才能，寫出的作品也非常優美。

生物武器 ㄕㄥ ㄨˋ ㄨˇ ㄑㄧˋ 利用病菌、細菌的毒素傷害敵方的武器。國際公約已禁止使用。亦稱為細菌武器。

生活水準 ㄕㄥ ㄏㄨㄛˊ ㄕㄨㄟˇ ㄓㄨㄣˇ 指人們維持其生活所必須的物資的價格高低而言。同生活程度、生活水平。

生氣勃勃 ㄕㄥ ㄑㄧˋ ㄅㄛˊ ㄅㄛˊ 形容興盛活躍的樣子。同朝氣蓬勃、生意盎然。

生意盎然 ㄕㄥ ㄧˋ ㄤˋ ㄖㄢˊ 形容富有生命力，一片蓬勃興旺的景象。

生聚教訓 ㄕㄥ ㄐㄩˋ ㄐㄧㄠˋ ㄒㄩㄣˋ 繁殖人口、積聚財富，用道義教育人民。形容努力於復國建國的工作。

生態平衡 ㄕㄥ ㄊㄞˋ ㄆㄧㄥˊ ㄏㄥˊ 指在生物和環境的相互作用過程中，出現的協調狀態。

生龍活虎 ㄕㄥ ㄌㄨㄥˊ ㄏㄨㄛˊ ㄏㄨˇ 形容精力充沛，勇猛的樣子。

生離死別 ㄕㄥ ㄌㄧˊ ㄙˇ ㄅㄧㄝˊ 生時很難再見面的分離，或死亡時的永別。

生靈塗炭 ㄕㄥ ㄌㄧㄥˊ ㄊㄨˊ ㄊㄢˋ 形容人民處於極端困苦的境地。

生於憂患，死於安樂 ㄕㄥ ㄩˊ ㄧㄡ ㄏㄨㄢˋ ㄙˇ ㄩˊ ㄢ ㄌㄜˋ 憂愁患難的逆境能使人發憤圖生存，享樂安逸的順境會使人沉湎而死亡。

五畫

甡

ㄕㄣ shēn 形眾多的樣子。例甡甡。

六畫

產

ㄔㄢˇ chǎn 名①財物。例財產、家無恆產。②天然生出或人工製造的東西。例礦產、水產。動人或動物生出後代。例產子、產卵。

產生 ㄔㄢˇ ㄕㄥ 出現新的事物。例產生幻覺、產生誤會。

產地 ㄔㄢˇ ㄉㄧˋ 物品生產、製造的地方。

產品 ㄔㄢˇ ㄆㄧㄣˇ 生產出來的東西。例農產品。

產科 ㄔㄢˇ ㄎㄜ 醫學上專指替女性從事分娩工作的科別。

產婆 ㄔㄢˇ ㄆㄛˊ 舊時指為人接生的女人。

產婦 ㄔㄢˇ ㄈㄨˋ 在分娩期或在產褥期的婦女。

產業 ㄔㄢˇ ㄧㄝˋ ①指土地、房屋、工廠等私人的財產。②農、礦、工、商等經濟事業的總稱。

產銷 ㄔㄢˇ ㄒㄧㄠ 生產和出售產品。

產權 ㄔㄢˇ ㄑㄩㄢˊ 產業的所有權。

產物保險 ㄔㄢˇ ㄨˋ ㄅㄠˇ ㄒㄧㄢˇ 財產及所有物品的保險。

產業革命 ㄔㄢˇ ㄧㄝˋ ㄍㄜˊ ㄇㄧㄥˋ 指以機器代替手工的生產技術革命。也稱為工業革命。

七畫

甦 ㄙㄨ sū 動蘇醒，死而復生。例復甦。

甦醒 ㄙㄨ ㄒㄧㄥˇ 從昏迷中醒過來。

甥 ㄕㄥ shēng 名①姊妹的兒子。例外甥。②男子對姨、舅的自稱。

甥女 ㄕㄥ ㄋㄩˇ ①姊妹的女兒。②女子對姨、舅的自稱。

用部 ㄩㄥˋ

用 ㄩㄥˋ yòng 名①功能，功效。例作用、功用。②花費的錢財。例家用、零用。③器物。例器用。動①行使。例應用、運用。②任命。例任用。③吃喝，進食。例用餐。副需要。例不用說了。

用力 ㄩㄥˋ ㄌㄧˋ 使勁，用力氣。

用心 ㄩㄥˋ ㄒㄧㄣ ①集中注意力。例用心學習。②居心，存心。例用心不良。

用戶 ㄩㄥˋ ㄏㄨˋ 經營公用事業的人稱使用者。

用印 ㄩㄥˋ ㄧㄣˋ 蓋上印章。

用兵 ㄩㄥˋ ㄅㄧㄥ 調動軍隊作戰。

用事 ㄩㄥˋ ㄕˋ ①當權，處理政事。②行事。

用武 ㄩㄥˋ ㄨˇ ①用兵。②以武力解決。

用命 ㄩㄥˋ ㄇㄧㄥˋ 服從命令，效命。例將士用命。

用度 ㄩㄥˋ ㄉㄨˋ 支出的錢財。例我家用度大。

用品 ㄩㄥˋ ㄆㄧㄣˇ 供使用的物品。例辦公用品。

用途 ㄩㄥˋ ㄊㄨˊ 可使用的方式或有效的範圍。

用情 ㄩㄥˋ ㄑㄧㄥˊ 以情感動人。

用處 ㄩㄥˋ ㄔㄨˋ 可使用的地方。同用途、用場。

用場 ㄩㄥˋ ㄔㄤˇ 用途，用處。同派上用場。

用意 ㄩㄥˋ ㄧˋ 居心，本來的意圖。

用費 ㄩㄥˋ ㄈㄟˋ 所花的錢財。

用韻 ㄩㄥˋ ㄩㄣˋ 詩文中的押韻。

用武之地 ㄩㄥˋ ㄨˇ ㄓ ㄉㄧˋ 比喻可以表現才能的地方。

甩 ㄕㄨㄞˇ shuǎi 動①搖，扔。例甩袖子、甩尾巴。②拋開，拋棄。例甩車、把女朋友甩了。

甩手 ㄕㄨㄞˇ ㄕㄡˇ ①手臂向前後擺動。例甩手療法。②放手不管。

甩脫 ㄕㄨㄞˇ ㄊㄨㄛ 擺脫。

一畫

甪 ㄌㄨˋ lù 名古獸名。

二畫

甫 ㄈㄨˇ fǔ 名①古代加在男子名下的讚詞。②對他人父親的敬稱。例尊甫。③尊稱他人的名字。例臺甫。副始，才。例驚魂甫定。

甬 ㄩㄥˇ yǒng 名兩旁有牆壁遮蔽的通道。

甬道 ㄩㄥˇ ㄉㄠˋ 指走廊、走道。

四畫

甭 ㄅㄥˊ béng 副不用。例甭擔心、甭客氣。

七畫

甯 ㈠ㄋㄧㄥˊ níng 名姓。㈡ㄋㄧㄥˋ nìng 動通「寧」。所願，盼望。

田部 ㄊㄧㄢˊ

田 ㈠ㄊㄧㄢˊ tián 名①可種植農作物的土地。例水田、良田。②姓。動通「畋」。打獵。例田獵。㈡ㄉㄧㄢˋ diàn 動通「佃」。耕種。

田戶 ㄊㄧㄢˊ ㄏㄨˋ 即佃戶，租田耕種的人家。

田地 ㄊㄧㄢˊ ㄉㄧˋ ①正在耕作種植的土地。②地步。

田舍 ㄊㄧㄢˊ ㄕㄜˋ 田地和屋舍。

田契 ㄊㄧㄢˊ ㄑㄧˋ 田地所有權的契據。

田家 ㄊㄧㄢˊ ㄐㄧㄚ 即農家。

田埂 ㄊㄧㄢˊ ㄍㄥˇ 田與田之間表示分界或用以蓄水的土埂。

田徑 ㄊㄧㄢˊ ㄐㄧㄥˋ 田賽和徑賽。以距離遠近、高低為競爭的，如跳高、推鉛球等稱為田賽；以時間快慢為競爭的，如賽跑、高低欄等稱為徑賽。

田產 ㄊㄧㄢˊ ㄔㄢˇ 田地產業。

田莊 ㄊㄧㄢˊ ㄓㄨㄤ 田地和莊園。

田野 ㄊㄧㄢˊ ㄧㄝˇ 田間和原野。

田畦 ㄊㄧㄢˊ ㄑㄧˊ 田裡以土埂分成小塊的土地。

田園 ㄊㄧㄢˊ ㄩㄢˊ 田地和園圃，泛指農村。例田園之樂。

田賦 ㄊㄧㄢˊ ㄈㄨˋ 舊時的土地稅，田主按田畝上繳政府的銀錢或實物。

田雞 ㄊㄧㄢˊ ㄐㄧ 青蛙的別名。

田疇 ㄊㄧㄢˊ ㄔㄡˊ 田地，田野。

田園詩 ㄊㄧㄢˊ ㄩㄢˊ ㄕ 描寫田園景物、生活和風光的詩歌。

由 ㄧㄡˊ yóu 名原因。例事由、理由。動①經歷，經過。例必由之路。②聽從，遵循。例論語：「民可使由之。」③聽任，任憑。例身不由己、聽不聽由你。介①因為。表示原因。例咎由自取。②從，自。例我由香港來。③屬，歸。例這個案子是由我負責辦理。

由此 ㄧㄡˊ ㄘˇ 從這裡。

由於 ㄧㄡˊ ㄩˊ 表示原因或理由。

由來 ㄧㄡˊ ㄌㄞˊ ①從萌發到如今。例由來非止一日。②事物的原由，來源。

由不得 ㄧㄡˊ ㄅㄨˋ ㄉㄜˊ ①不禁。②不能隨個人之意。例這就由不得你了。

由衷之言 ㄧㄡˊ ㄓㄨㄥ ㄓ ㄧㄢˊ 出自內心的話。指談吐出於真心，沒任何虛偽掩飾。同肺腑之言。反言不由衷。

由淺入深 ㄧㄡˊ ㄑㄧㄢˇ ㄖㄨˋ ㄕㄣ 從淺近的意思進到深奧的義蘊。

甲 ㄐㄧㄚˇ jiǎ 名①天干的第一位。②角質形成的硬殼。例指甲、甲魚。③戰爭中用來防護身體的堅厚物。例鎧甲、裝甲。④古代戶口的一種編制。例保甲。⑤臺灣計算地積的單位。一甲為二九三四坪，約九六九九・二平方公尺。形順序第一的，最優秀的。例甲等。動超越，優於。例桂林山水甲天下。代假設的代名詞。例甲方、某甲。

甲子 ㄐㄧㄚˇ ㄗˇ ①用天干地支相配紀年、月、日的第一個名稱。亦作為一週紀的名稱，六十年為一甲子。②泛指年歲。

甲板 ㄐㄧㄚˇ ㄅㄢˇ 船面所鋪蓋的一層鋼板或木板。

甲苯 ㄐㄧㄚˇ ㄅㄣˇ 一種有機化合物，為無色液體，從煤焦油中提取，可製炸藥、糖精、染料、香料等。

甲冑 ㄐㄧㄚˇ ㄓㄡˋ 鎧甲和頭盔。

甲烷 ㄐㄧㄚˇ ㄨㄢˊ 最簡單的有機化合物，無色無味，是天然氣的主要成分，可做化工原料和燃料。

甲魚 ㄐㄧㄚˇ ㄩˊ 即鱉，生活於溪塘，形似龜，背甲無紋的爬蟲動物。俗稱王八。

甲殼 ㄐㄧㄚˇ ㄎㄜˊ 蝦、蟹等動物的堅硬外殼，由殼質、石灰質等組成，可保護身體。

甲等 ㄐㄧㄚˇ ㄉㄥˇ 第一等，優等。

甲醇 ㄐㄧㄚˇ ㄔㄨㄣˊ 略帶酒精味的有機化合物，無色液體，有毒，可製染料、甲醛等，或作燃料、溶劑。也稱木精、木醇。

甲醛 ㄐㄧㄚˇ ㄑㄩㄢˊ 一種有機化合物，為有刺激性臭味的無色氣體，可製炸藥、染料、消毒劑等，其水溶液稱為福馬林。也稱蟻荃。

甲狀腺 ㄐㄧㄚˇ ㄓㄨㄤˋ ㄒㄧㄢˋ 人體內一種內分泌腺體，在頸部的甲狀軟骨下面兩側，能分泌甲狀腺素。

甲骨文 ㄐㄧㄚˇ ㄍㄨˇ ㄨㄣˊ 殷商時代刻於龜甲和獸骨上的文字。或稱為殷墟文字。

甲殼動物 ㄐㄧㄚˇ ㄎㄜˊ ㄉㄨㄥˋ ㄨˋ 節肢動物的一類，全身有堅硬的外殼、分節的身體和有關節的腳。如蝦、蟹等。

申

ㄕㄣ shēn 名①時辰名。指下午三至五點。②姓。動①陳述，說明。例申訴、申報。②訓誡。例申斥。

申令 ㄕㄣ ㄌㄧㄥˋ 下令，命令。例申令全軍。

申斥 ㄕㄣ ㄔˋ 對下屬或晚輩的斥責、譴責。

申告 ㄕㄣ ㄍㄠˋ 控告。

申明 ㄕㄣ ㄇㄧㄥˊ 鄭重說明。

申冤 ㄕㄣ ㄩㄢ 說明所受的不平和冤枉。

申訴 ㄕㄣ ㄙㄨˋ 受懲罰而不服的人，向上級說明情由。

申報 ㄕㄣ ㄅㄠˋ 向上級或有關單位呈報。例申報財產、申報所得稅。

申誡 ㄕㄣ ㄐㄧㄝˋ 公務員失職或違法，受申飭警戒的處分。

申請 ㄕㄣ ㄑㄧㄥˇ 向上級說明理由，提出要求。

申謝 ㄕㄣ ㄒㄧㄝˋ 表達謝意。

申辯 ㄕㄣ ㄅㄧㄢˋ 根據事實或理由加以辯解。

二畫

町 ㊀ㄊㄧㄥˇ tǐng 名①田界，田間小路。例町畦。②田地。③日本的地區名，工商區多稱町。
㊁ㄉㄧㄥ dīng 名地名用字。如臺北市的西門町。

甸 ㄉㄧㄢˋ diàn 名古代都城郊外的地方。例邦甸、郊甸。動治理。

男 ㄋㄢˊ nán 名①雄性的人。例男女平等。②兒子。例長男。③兒子在父母前的自稱。④古代公侯伯子男爵位的第五等。

男系 ㄋㄢˊ ㄒㄧˋ 父子祖孫世代相承的系統。

男性 ㄋㄢˊ ㄒㄧㄥˋ 男子的通稱。

男裝 ㄋㄢˊ ㄓㄨㄤ 男子的服裝。

男子漢 ㄋㄢˊ ㄗˇ ㄏㄢˋ 雄健剛強，有氣概的男人。

男主角 ㄋㄢˊ ㄓㄨˇ ㄐㄩㄝˊ 戲劇中扮演主要人物的男子。

男女老幼 ㄋㄢˊ ㄋㄩˇ ㄌㄠˇ ㄧㄡˋ 泛指所有的人。

男扮女裝 ㄋㄢˊ ㄅㄢˋ ㄋㄩˇ ㄓㄨㄤ 男子打扮成女人的樣子。

男耕女織 ㄋㄢˊ ㄍㄥ ㄋㄩˇ ㄓ 形容農村中男女分工合作，和諧美滿的生活。

男婚女嫁 ㄋㄢˊ ㄏㄨㄣ ㄋㄩˇ ㄐㄧㄚˋ 指男女青年結婚成家。

三畫

甿 ㄇㄥˊ méng 名農民，老百姓。

畀 ㄅㄧˋ bì 動①賜與，給予。例畀予。②仰仗，依恃。例倚畀。

甽 ㄑㄩㄢˇ quǎn 名田間的小水溝。

四畫

畎 ㄑㄩㄢˇ quǎn 名①田間的小溝。例畎畝。②山谷。

畎畝 ㄑㄩㄢˇ ㄇㄨˇ 田間，田野。

界 ㄐㄧㄝˋ jiè 名①邊線，兩者相交的地方。例國界、邊界。②劃分的特定範圍。例仙界、商界。動①隔開，區隔。例以禮為界。②毗連。例美國北界加拿大。

界尺 ㄐㄧㄝˋ ㄔˇ 畫直線用的沒有刻度的木條。

界河 ㄐㄧㄝˋ ㄏㄜˊ 兩國或兩地分界的河流。

界定 ㄐㄧㄝˋ ㄉㄧㄥˋ 確定事物內容的範圍，給其下定義。

界面 ㄐㄧㄝˋ ㄇㄧㄢˋ 物體與物體之間的接觸面。

界限 ㄐㄧㄝˋ ㄒㄧㄢˋ ①分界的限制。例分清是非的界限。②限度，盡頭。

界說 ㄐㄧㄝˋ ㄕㄨㄛ 限定語詞的範圍，說明它包含的意義。同定義。

界線 ㄐㄧㄝˋ ㄒㄧㄢˋ ①區域分界的線。②不同事物的分界。

畏 ㄨㄟˋ wèi 動①懼怕。例人言可畏。②敬佩，敬服。例後生可畏。

畏忌 ㄨㄟˋ ㄐㄧˋ 因害怕而猜忌。

畏怯 ㄨㄟˋ ㄑㄩㄝˋ 因畏懼而內心膽怯。

畏途 ㄨㄟˋ ㄊㄨˊ ①危險可怕的道路。②令人害怕不敢嘗試的事。例視為畏途。

畏罪 ㄨㄟˋ ㄗㄨㄟˋ 犯了罪又怕法律的制裁。

畏葸 ㄨㄟˋ ㄒㄧˇ 畏懼，害怕。例畏葸不前。

畏縮 ㄨㄟˋ ㄙㄨㄛ 因害怕而往後退縮。

畏難 ㄨㄟˋ ㄋㄢˊ 害怕困難。

畏懼 ㄨㄟˋ ㄐㄩˋ 害怕。例毫不畏懼。

畏首畏尾 ㄨㄟˋ ㄕㄡˇ ㄨㄟˋ ㄨㄟˇ 比喻做事膽小，顧忌太多。

昀

ㄩㄣˊ yún 形昀昀，田地墾闢平整的樣子。

畋

ㄊㄧㄢˊ tián 動①耕種。②打獵。例畋獵。

五畫

畔

ㄆㄢˋ pàn 名①田地的邊界。②旁邊，側邊。例枕畔、江畔。

畝

ㄇㄨˇ mǔ 名①田地面積單位。一公畝等於一百平方公尺，一市畝等於六十平方丈。②田壟。例畎畝。

畜

㊀ㄒㄩˋ xù 動①飼養禽獸。例畜牧。②扶養，養育。例仰事俯畜。㊁ㄔㄨˋ chù 名①泛稱禽獸。例牲畜。②人飼養的禽獸。例家畜、六畜興旺。

畜力 ㄔㄨˋ ㄌㄧˋ 指可供拉車或耕地的牲畜力量。

畜生 ㄔㄨˋ ㄕㄥ 亦作「畜牲」。①禽獸的通稱。②借以罵人沒有道德，喪失倫常。

畜牧 ㄒㄩˋ ㄇㄨˋ 在野外飼養大批牲畜和家禽。

畜產 ㄒㄩˋ ㄔㄢˇ 畜牧業產品的通稱。

畜養 ㄒㄩˋ ㄧㄤˇ 飼養或馴養。

畜類 ㄔㄨˋ ㄌㄟˋ 即畜牲，泛指禽獸。

畜牧業 ㄒㄩˋ ㄇㄨˋ ㄧㄝˋ 通過放牧、飼養、繁殖而獲取畜產品或役用牲畜的生產事業。

畛

ㄓㄣˇ zhěn 名①田間的路徑。②界限。

畛域 ㄓㄣˇ ㄩˋ 範圍，界限，邊際。

留

ㄌㄧㄡˊ liú 動①停止在某處。例停留、留學。②不使離開。例扣留。③格外注意。例留心、留神。④遺下。例留下。⑤保存。例保留、留長髮。

留心 ㄌㄧㄡˊ ㄒㄧㄣ 格外注意、小心。

留守 ㄌㄧㄡˊ ㄕㄡˇ ①留下來駐守。②古代皇帝離開京都，指派大臣守衛。

留任 ㄌㄧㄡˊ ㄖㄣˋ 官吏任期已滿，留下繼續連任。

留名 ㄌㄧㄡˊ ㄇㄧㄥˊ ①留下簽名。②名聲留傳至後世。

留言 ㄌㄧㄡˊ ㄧㄢˊ 寫下要說的話。

留步 ㄌㄧㄡˊ ㄅㄨˋ 送客時，客人叫主人不必遠送的話。

留念 ㄌㄧㄡˊ ㄋㄧㄢˋ 留作紀念。

留神 ㄌㄧㄡˊ ㄕㄣˊ 指特別注意、小心。

留連 ㄌㄧㄡˊ ㄌㄧㄢˊ 逗留捨不得走。亦作「流連」。

留鳥 ㄌㄧㄡˊ ㄋㄧㄠˇ 終年生活在一個地區，不遷徙的鳥類。如喜鵲、麻雀、畫眉等。反候鳥。

留級 ㄌㄧㄡˊ ㄐㄧˊ 學生學年成績未達標準，不准升級，留在原年級再學習。

留宿 ㄌㄧㄡˊ ㄙㄨˋ ①停下來住。例留宿一晚。②留人住宿。例不得擅自留宿外人。

留情 ㄌㄧㄡˊ ㄑㄧㄥˊ 由於考慮情面而寬容或原諒。

留意 ㄌㄧㄡˊ ㄧˋ 特別注意，小心。同留神。

留置 ㄌㄧㄡˊ ㄓˋ 把人或事物留下放置在某處。例他走後，把一皮箱書留置舅父家。

留滯 ㄌㄧㄡˊ ㄓˋ 停留。

留學 ㄌㄧㄡˊ ㄒㄩㄝˊ 到外國求學或研究。

留難 ㄌㄧㄡˊ ㄋㄢˋ 比喻無理梗阻，有意刁難。

留戀 ㄌㄧㄡˊ ㄌㄧㄢˋ 因有所眷戀而不忍捨棄或離開。

留一手 ㄌㄧㄡˊ ㄧ ㄕㄡˇ 有保留，不把本事全都拿出來。

留後路 ㄌㄧㄡˊ ㄏㄡˋ ㄌㄨˋ 做重大事情時為防備萬一不成功而預先留好退路。

留餘地 ㄌㄧㄡˊ ㄩˊ ㄉㄧˋ 指說話或做事留有迴旋的空間。

留學生 ㄌㄧㄡˊ ㄒㄩㄝˊ ㄕㄥ 到國外去學習的學生。

畚

ㄅㄣˇ běn 名用竹木等編成的盛土器具。

畚斗 ㄅㄣˇ ㄉㄡˇ 盛垃圾的器具。

畚箕 ㄅㄣˇ ㄐㄧ 用竹、木等做的盛土器具。

六畫

畦

ㄑㄧˊ qí 名①五十畝的田地。②一塊塊長條形的田地。例菜畦。

畦畛 ㄑㄧˊ ㄓㄣˇ 田間界道。比喻界限，範疇。

異

ㄧˋ yì 名奇怪的事物。例標新立異。形①不同的。例差異。②其他的，另外的。例異地。③奇特的，不平常的。例異術。動①分開。例離異。②奇怪。例詫異。

異己 ㄧˋ ㄐㄧˇ 指意見、志趣和自己不同的人。例排斥異己。

異心 ㄧˋ ㄒㄧㄣ 貳心，叛離的心。

異日 ㄧˋ ㄖˋ ①將來的時日。②以往的日子。

異母 ㄧˋ ㄇㄨˇ ①兄弟姐妹同父不同母。②指兩分數的分母不同者。

異同 ㄧˋ ㄊㄨㄥˊ ①不同之處及相同之處。②不一樣。

異言 ㄧˋ ㄧㄢˊ 不同意見。

異性 ㄧˋ ㄒㄧㄥˋ ①性質不同。例水火異性。②性別不同的人。例異性相吸。

異物 ㄧˋ ㄨˋ ①不應進入而進入了身體的東西。如吞入胃部的硬幣、吹入眼睛的沙粒等。②珍奇的東西。

異域 ㄧˋ ㄩˋ ①外國。②遙遠的外鄉、地方。

異常 ㄧˋ ㄔㄤˊ 特別，不同尋常。

異彩 ㄧˋ ㄘㄞˇ ①不尋常的光彩。②比喻成就非凡。例他的藝術作品大放異彩。

異鄉 ㄧˋ ㄒㄧㄤ 外地，他鄉。

異端 ㄧˋ ㄉㄨㄢ 指不符合正統思想的理論、學說。

異樣 ㄧˋ ㄧㄤˋ 不同，特殊。

異類 ㄧˋ ㄌㄟˋ ①動植物等不同的種類。②不同的族類。

異議 ㄧˋ ㄧˋ 不同的意見。同異詞、異言。

異口同聲 ㄧˋ ㄎㄡˇ ㄊㄨㄥˊ ㄕㄥ 意見相同，大家說的都一樣。

異乎尋常 ㄧˋ ㄏㄨ ㄒㄩㄣˊ ㄔㄤˊ 與平常的很不一樣。

異曲同工 ㄧˋ ㄑㄩˇ ㄊㄨㄥˊ ㄍㄨㄥ 比喻不同的言論、作品同樣的精彩。也比喻做法雖不同，效果卻一樣。

異軍突起 ㄧˋ ㄐㄩㄣ ㄊㄨˊ ㄑㄧˇ 比喻突然興起的力量。

異想天開 ㄧˋ ㄒㄧㄤˇ ㄊㄧㄢ ㄎㄞ 指想法非常離奇不切實際。

畢 ㄅㄧˋ bì 名①二十八星宿之一。②姓。動完結，結束。例完畢。副完全，一齊。例群賢畢至、原形畢露。

畢生 ㄅㄧˋ ㄕㄥ 一生，一輩子。

畢命 ㄅㄧˋ ㄇㄧㄥˋ ①盡力效命。②結束生命。

畢竟 ㄅㄧˋ ㄐㄧㄥˋ 究竟，終究。

畢業 ㄅㄧˋ ㄧㄝˋ 在學校或訓練班等修業期滿，成績及格，結束學習。

畢氏定理 ㄅㄧˋ ㄕˋ ㄉㄧㄥˋ ㄌㄧˇ 指直角三角形斜邊的平方等於其他兩邊平方的和。

畢恭畢敬 ㄅㄧˋ ㄍㄨㄥ ㄅㄧˋ ㄐㄧㄥˋ 十分恭敬順從的樣子。

略 ㄌㄩㄝˋ lüè 名①計謀，謀畫。例戰略、雄才大略。②概要。例史略、要略。形簡要的。例略圖、略表。動①簡化，省去。例忽略、省略。②搶奪，搶占。例攻城略地。③治理，經營。例經略。副稍微，大致。例略有所聞、略知一二。

略地 ㄌㄩㄝˋ ㄉㄧˋ ①攻占別人的土地。②指勘察邊地。

略略 ㄌㄩㄝˋ ㄌㄩㄝˋ 稍微。同略微。

略微 ㄌㄩㄝˋ ㄨㄟ 稍微。同略略。

略誘 ㄌㄩㄝˋ ㄧㄡˋ 指用暴力、脅迫或欺詐手段拐騙被害人。

略勝一籌 ㄌㄩㄝˋ ㄕㄥˋ ㄧˋ ㄔㄡˊ 比喻兩相比較，而稍強一點。

略識之無 ㄌㄩㄝˋ ㄕˋ ㄓ ㄨˊ 比喻粗通文墨，並無高深學識。

七畫

番 ㊀ㄈㄢ fān 名①次數，遍數。例屢次三番。②倍數。例收入翻了一番。形外族或外國的。例番船、番茄。動輪換，代換。例輪番、更番。㊁ㄆㄢ pān 名縣名。番禺，在廣東省廣州市附近。

番茄 ㄈㄢ ㄑㄧㄝˊ 植物名。即西紅柿，一年或二年生草本，莖、葉均有毛，夏天開黃花，結漿果，味甜酸，可生吃或做菜。

番椒 ㄈㄢ ㄐㄧㄠ 即辣椒。

番號 ㄈㄢ ㄏㄠˋ 軍隊的編號，以字母、數字作為標幟。

番薯 ㄈㄢ ㄕㄨˇ 植物名。多年生蔓草，塊根長圓形，味甜可食。亦稱甘藷、甘薯，俗稱地瓜。

畬 ㊀ㄕㄜ shē 動放火燒田地的草木，用草木灰做肥料耕種。例燒畬。㊁ㄩˊ yú 名已開墾並耕種二、三年的熟地。

畬田 ㄩˊ ㄊㄧㄢˊ 放火燒草木而墾耕的田地。

畲 ㄕㄜ shē 名畲族，中國少數民族之一。

畫 ㄏㄨㄚˋ huà 名①繪成的圖形或圖案。例油畫、山水畫。②書法的橫筆。③國字的書寫，一筆叫「一畫」。動①用筆描繪或寫。例畫圖、畫圈。②分開，區分。例畫分。③設計，策謀。例謀畫、計畫。

畫一 ㄏㄨㄚˋ ㄧ 樣子整齊一致。

畫分 ㄏㄨㄚˋ ㄈㄣ 分開，區分。

畫布 ㄏㄨㄚˋ ㄅㄨˋ 畫油畫用的白布，多為麻布。

畫冊 ㄏㄨㄚˋ ㄘㄜˋ 裝訂成冊的圖畫書。

畫押 ㄏㄨㄚˋ ㄧㄚ 在公文、契約等上簽名或簽字表示認可。

畫帖 ㄏㄨㄚˋ ㄊㄧㄝ 繪畫的範本，供初學臨摹用。

畫面 ㄏㄨㄚˋ ㄇㄧㄢˋ 指圖畫、銀幕、螢光幕上顯現的圖形。

畫架 ㄏㄨㄚˋ ㄐㄧㄚˋ 繪畫時綳緊畫布，或把畫板斜擺在上面的架子。

畫屏 ㄏㄨㄚˋ ㄆㄧㄥˊ 繪有圖畫的屏風。

畫家 ㄏㄨㄚˋ ㄐㄧㄚ 專精繪畫的人。

畫舫 ㄏㄨㄚˋ ㄈㄤˇ 漆飾華美供遊客乘坐的遊船。

畫展 ㄏㄨㄚˋ ㄓㄢˇ 展出繪畫作品以供觀賞。

畫廊 ㄏㄨㄚˋ ㄌㄤˊ ①有彩飾的長廊。②展出美術作品或照片的場所。

畫報 ㄏㄨㄚˋ ㄅㄠˋ 大量刊登照片、圖畫的刊物或報紙。

畫幅 ㄏㄨㄚˋ ㄈㄨˊ ①圖畫的總稱。②畫面的尺寸。

畫圖 ㄏㄨㄚˋ ㄊㄨˊ ①繪製圖形。多指工業繪圖和描地圖。②比喻圖畫。

畫像 ㄏㄨㄚˋ ㄒㄧㄤˋ ①描畫人的形像。②已畫成的人像。

畫稿 ㄏㄨㄚˋ ㄍㄠˇ 為繪畫打的草稿。

畫片兒 ㄏㄨㄚˋ ㄆㄧㄢˋ ㄦ 單張的小幅圖畫。

畫地為牢 ㄏㄨㄚˋ ㄉㄧˋ ㄨㄟˊ ㄌㄠˊ 比喻只能在一定的範圍內活動。

畫虎類犬 ㄏㄨㄚˋ ㄏㄨˇ ㄌㄟˋ ㄑㄩㄢˇ 比喻好高騖遠而無所成，反留下笑柄。也作「畫虎不成反類狗」。

畫蛇添足 ㄏㄨㄚˋ ㄕㄜˊ ㄊㄧㄢ ㄗㄨˊ 比喻多此一舉，不但無益，反而害事。

畫棟雕梁 ㄏㄨㄚˋ ㄉㄨㄥˋ ㄉㄧㄠ ㄌㄧㄤˊ 形容古典式建築物的高雅華貴。

畫餅充飢 ㄏㄨㄚˋ ㄅㄧㄥˇ ㄔㄨㄥ ㄐㄧ 比喻徒有虛名無益於實際。也比喻聊以空想，自我安慰。

畫龍點睛 ㄏㄨㄚˋ ㄌㄨㄥˊ ㄉㄧㄢˇ ㄐㄧㄥ 比喻在詩文中用一、二句精闢的詞句點明要旨，能讓全篇生色。

八畫

畹

ㄨㄢˇ wǎn 名古代計算土地面積的單位。三十畝為一畹，另說十二畝為一畹。

畸

ㄐㄧ jī 名①不整齊的田畝。②零餘的數目。例畸零。形不正常的，不規則的。例畸形。

畸形 ㄐㄧ ㄒㄧㄥˊ ①生物體某部分發育不正常，異於常人。②反常或不合常理的。

畸零 ㄐㄧ ㄌㄧㄥˊ ①零碎的數目。②孤單飄零。

畸戀 ㄐㄧ ㄌㄧㄢˋ 不正常的愛戀。

當

㈠ㄉㄤ dāng 形現今的。例當代、當世。動①做，擔任。例當議員、當教師。②承擔。例不敢當、一人做事一人當。③主持，治理。例當家、當政。④相稱，相配。例門當戶對、旗鼓相當。⑤守衛，護衛。例當關。副①應該。例應當、當問則問。②時值，正值。表過去的時間。例當年、當日。

㊁ㄉㄤˋ dàng 名①押在當鋪的物品。例贖當。②詭計。例上當。形①合適，妥善。例妥當、恰當。②抵得上，代替。例一以當十。動①視為，認為。例我當你走了呢。②用物品作抵押借錢。例典當。副時值，表示幾乎在相同的時間。例當年。

㊂ㄉㄤˇ dǎng 動①以為，認為。例我當他是好人。②通「擋」。抵擋。例螳臂當車。

當下 ㄉㄤ ㄒㄧㄚˋ 就在那時，立即。

當日 ㊀ㄉㄤ ㄖˋ從前。㊁ㄉㄤˋ ㄖˋ本日，在同一天。例當日來回。

當午 ㄉㄤ ㄨˇ 即正午。例鋤禾日當午。

當令 ㄉㄤ ㄌㄧㄥˋ 正合時令。例炎天暑熱，西瓜正當令。

當先 ㄉㄤ ㄒㄧㄢ 衝在最前頭。例一馬當先。

當年 ㊀ㄉㄤ ㄋㄧㄢˊ ①從前的某時。例當年我孤身一人到美國去。②指身強力壯，正值有為之年。例姑娘小伙正當年。㊁ㄉㄤˋ ㄋㄧㄢˊ 就在同一年。

當局 ㄉㄤ ㄐㄩˊ ①身當其事的人。②主管其事的機構。

當即 ㄉㄤ ㄐㄧˊ 立即，馬上。例當即行動。

當初 ㄉㄤ ㄔㄨ 從前，起初那時候。

當差 ㄉㄤ ㄔㄞ ①做男僕或招待等。②當班。

當家 ㄉㄤ ㄐㄧㄚ 管理家務。

當值 ㄉㄤ ㄓˊ 輪流值班。同當番。

當真 ㄉㄤˋ ㄓㄣ ①認為是真的，信以為真。例他是開玩笑的，你別當真。②確實，果然。例他當真沒騙我。

當作 ㄉㄤˋ ㄗㄨㄛˋ 看成，認為是。

當場 ㄉㄤ ㄔㄤˇ 就在那地方，正當那時候。

當眾 ㄉㄤ ㄓㄨㄥˋ 公開地在眾人面前。

當鋪 ㄉㄤˋ ㄆㄨˋ 收取物品為抵押，借出錢財的店鋪。

當選 ㄉㄤ ㄒㄩㄢˇ 選舉時得到合乎法定的多數票而被選上。

當頭 ㄉㄤ ㄊㄡˊ ①迎頭，正對著頭。例當頭一棒。②眼前，臨頭。例國難當頭。

當關 ㄉㄤ ㄍㄨㄢ ①守門的人。②把守關口。

當權 ㄉㄤ ㄑㄩㄢˊ 掌握大權。

當事人 ㄉㄤ ㄕˋ ㄖㄣˊ 與某事有直接關係的人。

當之無愧 ㄉㄤ ㄓ ㄨˊ ㄎㄨㄟˋ 指當得起某種稱號或榮譽，一點也用不著慚愧。

當仁不讓 ㄉㄤ ㄖㄣˊ ㄅㄨˋ ㄖㄤˋ 指遇到該做的事就主動承擔，不謙讓不推拖。

當務之急 ㄉㄤ ㄨˋ ㄓ ㄐㄧˊ 指當前最急迫應做的事情。

當頭棒喝 ㄉㄤ ㄊㄡˊ ㄅㄤˋ ㄏㄜˋ 比喻給人嚴重警告，使其猛醒。

當機立斷 ㄉㄤ ㄐㄧ ㄌㄧˋ ㄉㄨㄢˋ 比喻在緊急關頭，毫不遲疑地作出決斷。

十畫

畿 ㄐㄧ jī 名①古代指國都周圍的地方。例京畿、近畿。②門檻。

畿輔 ㄐㄧ ㄈㄨˇ 舊稱王都所在，泛指京城地區。

十二畫

疄 ㄌㄧㄣˊ lín 名田壟，田間泥土高起的小路。

十四畫

疇 ㄔㄡˊ chóu 名①田地。例田疇。②田間區分作物的界限。③種類，類別。例範疇。動齊等。例漢書：「疇其爵邑。」

疆 ㄐㄧㄤ jiāng 名①邊界，地界。例邊疆、疆界。②界限，止境。例萬壽無疆。

疆土 ㄐㄧㄤ ㄊㄨˇ 國家的領土。

疆吏 ㄐㄧㄤ ㄌㄧˋ ①駐守邊界的大官。②指朝廷派到地方上的官吏。

疆埸 ㄐㄧㄤ ㄧˋ ①國境，邊境。②田界。

疆界 ㄐㄧㄤ ㄐㄧㄝˋ 國與國、地方與地方的分界。

疆域 ㄐㄧㄤ ㄩˋ 疆界，國土。

疆場 ㄐㄧㄤ ㄔㄤˊ 戰場。

十七畫

疊 ㄉㄧㄝˊ dié 名用於層疊堆積物的量詞。例一疊報表。形一層一層的。例疊浪。動①一層一層地堆聚。例堆疊。②把平面的東西摺成若干層。例摺疊、鋪床疊被。③音樂再奏。例陽關三疊。

疊嶂 ㄉㄧㄝˊ ㄓㄤˋ 層層堆疊的山峰。

疊韻 ㄉㄧㄝˊ ㄩㄣˋ 兩字的韻母相同叫疊韻。如闌干、飄搖。

疊羅漢 ㄉㄧㄝˊ ㄌㄨㄛˊ ㄏㄢˋ 雜技、體操表演項目，在人上架人，重疊成各種式樣。

疊床架屋 ㄉㄧㄝˊ ㄔㄨㄤˊ ㄐㄧㄚˋ ㄨ 在床上疊床，屋上架屋。比喻重複累贅。

疋部 ㄆㄧˇ

疋 ㈠ㄆㄧˇ pǐ 名用於成捲布帛的量詞。例一疋布。㈡ㄕㄨ shū 名腳。㈢ㄧㄚˇ yǎ「雅」的古字。

六畫

疏 ㄕㄨ shū 名①古書注文的解釋。例十三經注疏。②古代臣下進呈君王的奏章。例奏疏。形①稀少的。與「密」相對。例稀疏、疏而不漏。②不親近的。例生疏、親疏。③粗糙的。例疏食。動①清除阻塞物，使暢通。②分散開。例疏散。

疏失 ㄕㄨ ㄕ 因疏忽而造成過失。

疏忽 ㄕㄨ ㄏㄨ 因粗心大意而忽略。

疏通 ㄕㄨ ㄊㄨㄥ ①清除阻塞物，疏導水流。②溝通雙方思想，調解兩方的爭執。

疏散 ㄕㄨ ㄙㄢˋ ①因戰爭或災害而把人或物資分散開。例因火山噴發，疏散了附近的居民。②疏落。

疏落 ㄕㄨ ㄌㄨㄛˋ 稀少零落。

疏遠 ㄕㄨ ㄩㄢˇ 指感情或關係不親近、不親密。

疏漏 ㄕㄨ ㄌㄡˋ 疏忽遺漏。

疏導 ㄕㄨ ㄉㄠˇ ①清理壅塞的水道，使水流暢通。②對人的思想、情緒加以勸導、開導。例他最近心情不好，你要對他多疏導才行。

疏影 ㄕㄨ ㄧㄥˇ 物影稀疏。

疏濬 ㄕㄨ ㄐㄩㄣˋ 疏通水道，使水流暢通。例疏濬航道。

疏鬆 ㄕㄨ ㄙㄨㄥ 鬆散，不緊密。例骨質疏鬆。

疏懶 ㄕㄨ ㄌㄢˇ 疏怠懶散，不慣於受約束。

疏落有致 ㄕㄨ ㄌㄨㄛˋ ㄧㄡˇ ㄓˋ 形容稀疏分散而有情味。例山坳上幾株虬松，疏落有致。

九畫

疑 ㄧˊ yí 形不能確定的，不能解決的。例疑義、存疑。動①不相信，猜想。例懷疑、猜疑。②猶豫不決。例遲疑。副彷彿，好像。例疑似。

疑心 ㄧˊ ㄒㄧㄣ ①猜測。②懷疑的念頭。例他是為你好，你別起疑心。

疑忌 ㄧˊ ㄐㄧˋ 因心存疑慮而產生妒恨、猜忌。

疑似 ㄧˊ ㄙˋ 似乎是又不是，不敢妄下斷言。

疑問 ㄧˊ ㄨㄣˋ 因猜疑而產生問題。

疑案 ㄧˊ ㄢˋ 證據不足而難以判決的案件。

疑惑 ㄧˊ ㄏㄨㄛˋ 心裡不明白，迷惑。

疑義 ㄧˊ ㄧˋ 難以理解或不明白的事理。

疑團 ㄧˊ ㄊㄨㄢˊ 積在心中的重重疑惑。同疑雲。

疑慮 ㄧˊ ㄌㄩˋ 因猜疑而有所憂慮。

疑難 ㄧˊ ㄋㄢˊ 有疑問、困難而無法解決。

疑竇 ㄧˊ ㄉㄡˋ 令人疑猜的漏洞。同疑點。

疑懼 ㄧˊ ㄐㄩˋ 因懷疑而恐懼。

疒部 ㄔㄨㄤˊ

二畫

疔 ㄉㄧㄥ dīng 名因皮膚受感染或腺體失調所引起的毒瘡，常發生於表皮內毛囊汗腺等處，形如豌豆，上有白色膿頭，腫硬劇痛，嚴重者常發冷或發燒。例疔瘡。

三畫

疚 ㄐㄧㄡˋ jiù 名長久不癒的病。動心中感到悔恨愧疚。例內疚。

疙 ㄍㄜ gē 見「疙瘩」。

疙瘩 ㄍㄜ ㄉㄚ ①皮膚上突起的小硬塊。例雞皮疙瘩。②泛指一切球形或圓形的物體。例麵疙瘩。③形容心情鬱結或難解的問題。例他的心裡有疙瘩，一直開心不起來。

疝 ㄕㄢˋ shàn 名疝氣，指人體組織或器官不正常開口、突出或掉落的病症。

四畫

疫 ㄧˋ yì 名泛稱流行性的傳染病。例鼠疫、瘟疫。

疫苗 ㄧˋ ㄇㄧㄠˊ 用已死或減毒的細菌及病毒製成的液體，注入人體內，可刺激人體產生抗體。

疫情 ㄧˋ ㄑㄧㄥˊ 流行性傳染病發生的原因和發展的情況。例疫情擴大。

疫區 ㄧˋ ㄑㄩ 傳染病流行的地區。

疤

ㄅㄚ bā 名同「瘢」。傷口或長瘡痊癒後所留下的痕跡。例疤痕。

疥

ㄐㄧㄝˋ jiè 名疥癬，由疥癬蟲引起的傳染性皮膚病。

疥瘡 ㄐㄧㄝˋ ㄔㄨㄤ 由疥癬蟲引起的皮膚病，奇癢無比。也稱疥癬、疥瘙。

疷

ㄓ zhī 動生病。

疣

ㄧㄡˊ yóu 名皮膚上長出的無用肉瘤。例附贅懸疣。

疣贅 ㄧㄡˊ ㄓㄨㄟˋ 皮膚上長出的多餘肉瘤。比喻多而無用的東西。

疢

ㄔㄣˋ chèn 名疾病。

疢疾 ㄔㄣˋ ㄐㄧˊ 長久不癒的病。比喻災難憂患。

五畫

疾

ㄐㄧˊ jí 名①病。例隱疾、夙疾。②痛苦。例民間疾苦。③缺點。例孟子：「寡人有疾，寡人好色。」形急速，猛烈的。例疾風驟雨。動痛恨。例疾惡如仇。副快速地。例疾走。

疾走 ㄐㄧˊ ㄗㄡˇ 快跑，用非常快的速度前進。

疾苦 ㄐㄧˊ ㄎㄨˇ 生活艱苦。例不知民間疾苦。

疾首 ㄐㄧˊ ㄕㄡˇ 因心中有所憎恨而導致頭痛。形容痛恨至極。例痛心疾首。

疾風 ㄐㄧˊ ㄈㄥ 吹得很急烈的風。

疾病 ㄐㄧˊ ㄅㄧㄥˋ 生病或指病名。

疾馳 ㄐㄧˊ ㄔˊ 飛快地奔跑。

疾言厲色 ㄐㄧˊ ㄧㄢˊ ㄌㄧˋ ㄙㄜˋ 說話急速，臉色嚴厲。形容人生氣的樣子。

疾惡如仇 ㄐㄧˊ ㄜˋ ㄖㄨˊ ㄔㄡˊ 痛恨壞人、壞事就像仇敵一樣。

疾風知勁草 ㄐㄧˊ ㄈㄥ ㄓ ㄐㄧㄥˋ ㄘㄠˇ 比喻在艱難困苦的環境下，才能考驗出人的堅強意志和高尚節操。

病

ㄅㄧㄥˋ bìng 名①身體發生不健康的現象。例疾病。②瑕疵，缺點。例弊病。形身體有病的。例病夫。動①身體患病。例他病得奄奄一息。②憂心。例禮記：「病不得其眾也。」

病夫 ㄅㄧㄥˋ ㄈㄨ 指體弱多病的人。例東亞病夫。

病灶 ㄅㄧㄥˋ ㄗㄠˋ 身體組織中產生病變的部分。同病根。

病例 ㄅㄧㄥˋ ㄌㄧˋ ①統計疾病所用的計算單位，每一位病人即為一個病例。②指疾病的實例。

病故 ㄅㄧㄥˋ ㄍㄨˋ 因為生病而去世。同病逝、病歿。

病毒 ㄅㄧㄥˋ ㄉㄨˊ 一種只能從電子顯微鏡觀察到的微生物，由核醣核酸或去氧核醣核酸及蛋白質鞘構成。

病症 ㄅㄧㄥˋ ㄓㄥˋ 疾病發病時的症狀徵兆。

病理 ㄅㄧㄥˋ ㄌㄧˇ 指疾病發生的原因、症狀以及發病的過程、結果。

病媒 ㄅㄧㄥˋ ㄇㄟˊ 將病原體傳染給人的節肢動物或其他低等動物。

病態 ㄅㄧㄥˋ ㄊㄞˋ 指身體上或心理上不正常的狀態。

病歷 ㄅㄧㄥˋ ㄌㄧˋ 記載病人資料、病情及診治過程與結果的文字記錄。同病史。

病篤 ㄅㄧㄥˋ ㄉㄨˇ 病情危急的樣子。

病變 ㄅㄧㄥˋ ㄅㄧㄢˋ 病理變化的簡稱。指病原體導致體內組織或器官產生變化，使其構造與功能受到影響。

病懨懨 ㄅㄧㄥˋ ㄧㄢ ㄧㄢ 因久病而疲累慵懶的樣子。

病入膏肓 ㄅㄧㄥˋ ㄖㄨˋ ㄍㄠ ㄏㄨㄤ 病情嚴重到無藥可救。後比喻事情已到無可挽回的地步。

病從口入 ㄅㄧㄥˋ ㄘㄨㄥˊ ㄎㄡˇ ㄖㄨˋ 由於飲食不慎導致疾病的發生。

症

ㄓㄥˋ zhèng 名疾病的徵象、情狀。例流行病症。

症狀 ㄓㄥˋ ㄓㄨㄤˋ 病人發病時表現出的不舒服現象。

症候 ㄓㄥˋ ㄏㄡˋ 疾病病發的徵候。

症候群 ㄓㄥˋ ㄏㄡˋ ㄑㄩㄣˊ 指一組同時或先後出現的疾病症狀。

疲

ㄆㄧˊ pí 形①困倦，勞累的。例精疲力盡。②市場交易情況不熱絡或商品價格低落。例行情疲軟。動感到厭倦。例樂此不疲。

疲倦 ㄆㄧˊ ㄐㄩㄢˋ 形容人勞累沒有精神的樣子。同疲乏、疲困、疲憊。

疲軟 ㄆㄧˊ ㄖㄨㄢˇ ①身體怠倦無力。②不振作。③物價有下降的趨勢。

疲勞 ㄆㄧˊ ㄌㄠˊ ①器官因過度使用而感到勞累，需要休息的現象。②在外力過強或作用時間過長的情況下，失去彈性或斷裂的現象。例金屬疲勞。

疲憊 ㄆㄧˊ ㄅㄟˋ 非常勞累困倦。

疲於奔命 ㄆㄧˊ ㄩˊ ㄅㄣ ㄇㄧㄥˋ 指事情眾多，一直忙碌奔波，不堪應付。

疲勞轟炸 ㄆㄧˊ ㄌㄠˊ ㄏㄨㄥ ㄓㄚˋ ①戰時對敵方作長時間的間歇性轟炸。②比喻長時間的言談，使聽者感到疲倦而忽略對方說話的內容。

疳

ㄍㄢ gān 名①指局部潰爛、化膿的症狀。例疳瘡。②中醫上指小兒消化不良、營養失調的慢性病。例疳積。

疽

ㄐㄩ jū 名一種毒瘡。例疽癰。

疼

ㄊㄥˊ téng 動①痛。例頭疼、肚子疼。②關心，愛憐。例惹人疼愛。

疼痛 ㄊㄥˊ ㄊㄨㄥˋ 因身體不適而產生的痛苦、不舒服。

疼惜 ㄊㄥˊ ㄒㄧ 憐惜愛顧。同疼愛。

疹

ㄓㄣˇ zhěn 名皮膚上長出的粒狀小瘡。例溼疹。

疹子 ㄓㄣˇ ˙ㄗ ①皮膚上出現紅色或白色斑點。多由麻疹、食物中毒、過敏、猩紅熱等引起。②俗稱麻疹。

疸

ㄉㄢˇ dǎn 名肝臟、膽道及血液系統方面疾病的總稱。例黃疸。

痀

ㄐㄩ jū 形駝背或背脊彎曲的。例痀僂。

痂 ㄐㄧㄚ jiā 名傷口癒合時，由血小板、膠原蛋白和廢死細胞等所凝結成的硬塊。例痂疤。

痄 ㄓㄚˋ zhà 名病名。痄腮，腮腺炎。

六畫

痔 ㄓˋ zhì 名因直腸末端的靜脈曲張，而使肛門疼痛流血的病症。也稱為痔瘡。

痔漏 ㄓˋ ㄌㄡˋ 痔瘡潰爛而流膿不止的一種病症。

痕 ㄏㄣˊ hén 名①傷口痊癒後留下的疤。例傷痕。②事物遺留的印跡。例刀痕、水痕。

痕跡 ㄏㄣˊ ㄐㄧ 事物發生後所留下的印跡。

疵 ㄘ cī 名小的缺點。例吹毛求疵。

痍 ㄧˊ yí 名創傷。例滿目瘡痍。

痏 ㄨㄟˇ wěi 名①瘡，創傷。例疻痏。②針灸後所留下的傷痕。

痊 ㄑㄩㄢˊ quán 動病已治癒。例痊癒。

痒 ㄧㄤˇ yǎng 名疾病。

痌 ㄊㄨㄥ tōng 名痛苦。動感到悲痛。例痌瘝在抱。

痌瘝在抱 ㄊㄨㄥ ㄍㄨㄢ ㄗㄞˋ ㄅㄠˋ 對人民的疾苦感同身受。形容愛民殷切。

七畫

痢 ㄌㄧˋ lì 名病名。由痢疾桿菌或阿米巴原蟲所感染的腸道發炎的急性傳染病。也稱為痢疾。

痣 ㄓˋ zhì 名皮膚上的有色斑點，以黑色居多，也有紅色或青色。例美人痣。

痙 ㄐㄧㄥˋ jìng 見「痙攣」。

痙攣 ㄐㄧㄥˋ ㄌㄨㄢˊ 肌肉發生急遽不自主性的收縮，並有疼痛的感覺或導致機能障礙。

痘 ㄉㄡˋ dòu 名①皮膚上因病所生的豆狀膿皰，即天花。例痘瘡。②青春期因皮脂分泌旺盛，導致皮脂腺阻塞而在皮膚上形成的小脂肪球。例青春痘。

痘苗 ㄉㄡˋ ㄇㄧㄠˊ 預防天花所注射的疫苗。

痘疹 ㄉㄡˋ ㄓㄣˇ 即天花。

痞 ㄆㄧˇ pǐ 名①一種脾臟腫大的慢性病症，腹中如生硬塊。例痞塊。②作惡多端的人。例地痞。

痠 ㄙㄨㄢ suān 形肌肉因過度疲勞，或因疾病所引起微痛無力的感覺。例腰痠背痛。

痛 ㄊㄨㄥˋ tòng 名因疾病或受傷所感受到的苦楚。例胃痛。動①悲傷。例哀痛。②憎恨。例痛入骨髓。副極，徹底地。例痛罵、痛改前非。

痛心 ㄊㄨㄥˋ ㄒㄧㄣ 非常地哀傷、悲痛。

痛斥 ㄊㄨㄥˋ ㄔˋ 狠狠地責備。

痛打 ㄊㄨㄥˋ ㄉㄚˇ 用力使勁地打。

痛快 ㄊㄨㄥˋ ㄎㄨㄞˋ ①心情感到舒暢。②做事爽快俐落，不拖泥帶水。

痛苦 ㄊㄨㄥˋ ㄎㄨˇ 精神或肉體上所感受到的苦楚。同痛楚。

痛風 ㄊㄨㄥˋ ㄈㄥ 病名。由於體內尿酸排泄受到阻礙，以致有過多的尿酸、尿酸鹽等針狀結晶沉澱於關節中，而引起關節腫痛的病症。

痛哭 ㄊㄨㄥˋ ㄎㄨ 因為非常傷心怨忿，而嚎啕大哭。

痛恨 ㄊㄨㄥˋ ㄏㄣˋ 非常地憎恨。

痛罵 ㄊㄨㄥˋ ㄇㄚˋ 嚴厲的斥責。

痛擊 ㄊㄨㄥˋ ㄐㄧ 重重的打擊。

痛不欲生 ㄊㄨㄥˋ ㄅㄨˋ ㄩˋ ㄕㄥ 悲痛到極點，不想再活下去了。

痛心疾首 ㄊㄨㄥˋ ㄒㄧㄣ ㄐㄧˊ ㄕㄡˇ 比喻怨恨至深的樣子。

痛改前非 ㄊㄨㄥˋ ㄍㄞˇ ㄑㄧㄢˊ ㄈㄟ 徹底改正以前犯下的過錯。

痛定思痛 ㄊㄨㄥˋ ㄉㄧㄥˋ ㄙ ㄊㄨㄥˋ 事後再想起過往的痛苦情事，覺得更加傷心。有促使人反省警惕的意思。

痛哭流涕 ㄊㄨㄥˋ ㄎㄨ ㄌㄧㄡˊ ㄊㄧˋ 非常哀傷或感動而盡情大哭。

痛飲黃龍 ㄊㄨㄥˋ ㄧㄣˇ ㄏㄨㄤˊ ㄌㄨㄥˊ 搗毀敵人的大本營，盡情地飲酒慶賀。比喻克敵制勝的雄心壯志。

痤 ㄘㄨㄛˊ cuó 名膿瘡。例痤瘡。

痧 ㄕㄚ shā 名中醫上指中暑、盲腸炎、霍亂與麻疹等急性病症。

痧子 ㄕㄚ ˙ㄗ 即麻疹。

八畫

瘀 ㄩ yū 名血液凝積不通暢。例瘀血。

瘀血 ㄩ ㄒㄧㄝˇ 因氣血不順或外傷，使血液不通暢，瘀滯在一特定部位。同瘀青。

痰 ㄊㄢˊ tán 名從氣管或支氣管、喉管的內壁黏膜分泌出來的黏液。例吐痰。

痰盂 ㄊㄢˊ ㄩˊ 吐痰用的容器。

瘁 ㄘㄨㄟˋ cuì 名疾病。形疲困的，勞累的。例勞瘁。動勞累生病。例心力交瘁。

痲 ㄇㄚˊ má 名①見「痲瘋」。②因出天花而留下的瘢痕。例痲子。

痲疹 ㄇㄚˊ ㄓㄣˇ 病名。由痲疹病毒所引起的傳染病，患過一次即可終生免疫。亦作「麻疹」。

痲瘋 ㄇㄚˊ ㄈㄥ 病名。由痲瘋桿菌所引起的慢性傳染惡疾，常侵犯皮膚黏膜及末梢神經。亦作「麻瘋」。

痱 ㄈㄟˋ fèi 名皮膚因排汗不暢而起的紅色小疹子。例痱子。

痿 ㄨㄟˇ wěi 名①一種肌肉麻痺萎縮，造成行動不便的病症。例痿痺。②男性生殖器不能正常挺舉的病。例陽痿。

痴 ㄔ chī 名指偏好迷戀於某一事物的人。例酒痴。形①傻呆的。例愚痴。②專情的。例痴心。

痴呆 ㄔ ㄉㄞ 形容人愚蠢呆笨的樣子。也作「痴騃」。

痴狂 ㄔ ㄎㄨㄤˊ 對某一事物過度迷戀而到瘋狂的境界。

痴肥 ㄔ ㄈㄟˊ 形容人身軀肥胖臃腫，行動不靈活。

痴笑 ㄔ ㄒㄧㄠˋ 憨憨的傻笑。

痴情 ㄔ ㄑㄧㄥˊ 痴迷不捨的戀情。

痴漢 ㄔ ㄏㄢˋ ①蔑稱愚笨拙鈍的人。②指痴情的男子。

痴呆症 ㄔ ㄉㄞ ㄓㄥˋ 因先天性甲狀腺分泌不足，使幼童身心發育出現遲緩的現象。

痴人說夢 ㄔ ㄖㄣˊ ㄕㄨㄛ ㄇㄥˋ 比喻不合邏輯、荒誕的空談。

痴心妄想 ㄔ ㄒㄧㄣ ㄨㄤˋ ㄒㄧㄤˇ 現實中做不到的事情。

痶 ㄉㄧㄢˇ diǎn 形痶腳，腳有毛病的人走路時，一腳作點地的樣子。

瘃 ㄓㄨˊ zhú 名長在手腳上的凍瘡。

痳 ㄌㄧㄣˊ lín 名①疝病。②淋病，為性病的一種。

痼 ㄍㄨˋ gù 名長期難治癒的疾病。例痼疾。

痾 ㄜ ē 名疾病。例沉痾。

瘐 ㄩˇ yǔ 見「瘐死」。

瘐死 ㄩˇ ㄙˇ 因犯在獄中因病而死亡。

痺 ㊀ㄅㄧˋ bì 名一種神經性疾病，肢體失去知覺，不能任意活動。例手腳麻痺。㊁ㄅㄟ bēi 名指雌性的鵪鳥。

九畫

瘧 ㄋㄩㄝˋ nüè 見「瘧疾」。

瘧疾 ㄋㄩㄝˋ ㄐㄧˊ 病名。以瘧蚊為媒介散播的傳染性疾病。

瘧蚊 ㄋㄩㄝˋ ㄨㄣˊ 昆蟲名。翅膀有黑白色斑點，經由叮咬人體，能將瘧原蟲傳給人類而產生瘧疾。

瘍 ㄧㄤˊ yáng 名①瘡。例腫瘍。②潰爛。例胃潰瘍。

瘋 ㄈㄥ fēng 名一種神經錯亂、精神失常的疾病。例瘋癲。形精神不正常。例瘋子。

瘋子 ㄈㄥ ˙ㄗ 患有精神病的人。

瘋狂 ㄈㄥ ㄎㄨㄤˊ ①因精神錯亂導致行為失常。同瘋癲。②失去理智、沒有節制的。

瘋狗 ㄈㄥ ㄍㄡˇ ①受到狂犬病毒感染而精神錯亂、行為瘋狂的狗。②比喻人不分青紅皂白，見到人就攻擊。

瘋話 ㄈㄥ ㄏㄨㄚˋ 形容人說的話不倫不類，不具任何意義。

瘋狗浪 ㄈㄥ ㄍㄡˇ ㄌㄤˋ 由各種不同方向的小波浪匯集而成，沿同一方向前進，遇到礁石或是岸壁時，因強力撞擊而捲起猛浪。

瘉 ㄩˋ yù 名病。動病好了。

瘊 ㄏㄡˊ hóu 名皮膚上所生的小肉瘤。大的稱疣，小的稱瘊。例瘊子。

瘓 ㄏㄨㄢˋ huàn 名癱瘓，四肢麻木而不能自由活動的病症。

瘈 ㊀ㄐㄧˋ jì 形瘋狂的。例瘈狗。㊁ㄑㄧˋ qì 動瘈瘲，痙攣抽搐。

瘌 ㄌㄚˋ là 名瘌痢，頭部因感染黃癬而生瘡或禿頭。

瘕 ㄐㄧㄚˇ jiǎ 名中醫上指腹中結有硬塊的病。

瘖 ㄧㄣ yīn 形喉嚨沙啞不能出聲。例瘖啞。

瘖默 ㄧㄣ ㄇㄛˋ 沉默不講話的樣子。

十畫

瘠 ㄐㄧˊ jí 形①瘦弱的。②土地不肥沃的。例貧瘠。

瘠田 ㄐㄧˊ ㄊㄧㄢˊ 缺乏養分，作物生長不佳的土地。

瘠瘦 ㄐㄧˊ ㄕㄡˋ 形容人瘦弱的樣子。

瘩 ㄉㄚˊ dá 見「疙瘩」。

瘟 ㄨㄣ wēn 名人或畜感染的流行性傳染病。例瘟疫。

瘟神 ㄨㄣ ㄕㄣˊ ①古代傳說中能散播瘟疫的惡神。②比喻能造成災害的壞人。

瘝 ㄍㄨㄢ guān 動患病。例恫瘝在抱。

瘦 ㄕㄡˋ shòu 形①肌肉不豐潤的。例骨瘦如柴。②肉類精赤不含有脂肪的。例瘦肉。動減損。例消瘦。

瘦子 ㄕㄡˋ ˙ㄗ 形體不豐滿的人。

瘦小 ㄕㄡˋ ㄒㄧㄠˇ 形容身材瘦弱，個頭矮小。

瘦長 ㄕㄡˋ ㄔㄤˊ 身材瘦弱且細長。

瘦削 ㄕㄡˋ ㄒㄩㄝ 身體極為消瘦，肌肉減削。

瘦瘠 ㄕㄡˋ ㄐㄧˊ ①身體消瘦。②土地貧瘠，缺乏養分。

瘦弱 ㄕㄡˋ ㄖㄨㄛˋ 身體消瘦孱弱。

瘦巴巴 ㄕㄡˋ ㄅㄚ ㄅㄚ 形容身體肌肉不豐滿的樣子。

瘦皮猴 ㄕㄡˋ ㄆㄧˊ ㄏㄡˊ 比喻體態單薄瘦細的人。

瘦懨懨 ㄕㄡˋ ㄧㄢ ㄧㄢ 瘦弱無力的樣子。

瘦骨嶙峋 ㄕㄡˋ ㄍㄨˇ ㄌㄧㄣˊ ㄒㄩㄣˊ 形容人身體枯瘦的模樣。

瘤 ㄌㄧㄡˊ liú 名皮膚表面或身體組織內生成的腫塊。例腫瘤。

瘞 ㄧˋ yì 動掩埋。

瘞埋 ㄧˋ ㄇㄞˊ 將屍體埋於土中。

瘡 ㄔㄨㄤ chuāng 名①指皮膚腫起或潰爛等病症。例膿瘡。②創傷，外傷。例刀瘡。

瘡疤 ㄔㄨㄤ ㄅㄚ ①皮膚上的瘡傷癒合後留下的疤痕。②比喻人的痛苦回憶。

瘡痍滿目 ㄔㄨㄤ ㄧˊ ㄇㄢˇ ㄇㄨˋ 看到的都是殘破不堪的景象。亦作「滿目瘡痍」。

瘢 ㄅㄢ bān 名①傷口癒合後留下的痕跡。例瘡瘢。②皮膚上的斑點。例汗瘢。

瘢點 ㄅㄢ ㄉㄧㄢˇ 皮膚上因病而生的黑點。

瘥 ㄔㄞˋ chài 名病癒。例病瘥。

瘙 ㄙㄠ sāo 名皮膚所生令人發癢的小腫塊。例瘙疹。

十一畫

瘸 ㄑㄩㄝˊ qué 形跛腳，走路不平衡的樣子。例瘸腿。

瘸子 ㄑㄩㄝˊ ˙ㄗ 指跛腳的人。

瘵 ㄓㄞˋ zhài 名①疾病。②肺癆，肺結核。例癆瘵。③災害，疾苦。

瘼 ㄇㄛˋ mò 名①痛苦。例民瘼。②疾病。

瘴 ㄓㄤˋ zhàng 名山林間溼熱蒸出的毒氣，能使人致病。例瘴氣。

瘴疫 ㄓㄤˋ ㄧˋ 因瘴氣引起的疾病。

瘴癘 ㄓㄤˋ ㄌㄧˋ 人因接觸到瘴氣而產生的疾病。

瘳 ㄔㄡ chōu 動病癒。例厥疾勿瘳。

瘰 ㄌㄨㄛˇ luǒ 名病名。瘰癧，為淋巴腺結核的病症，患部會有緩慢化膿的現象。

十二畫

癆 ㄌㄠˊ láo 名因結核菌所引起的傳染病。例肺癆、腸癆。

癆病 ㄌㄠˊ ㄅㄧㄥˋ 指肺癆、肺結核。同癆瘵。

療 ㄌㄧㄠˊ liáo 動①醫治。例治療。②解救痛苦或困難。例療貧。

療效 ㄌㄧㄠˊ ㄒㄧㄠˋ 醫治疾病的功效。

療程 ㄌㄧㄠˊ ㄔㄥˊ 因應病情需要所設定的醫療程序。

療養 ㄌㄧㄠˊ ㄧㄤˇ 治療疾病，並調養身體。

癌 ㄞˊ ái 名動物體內的細胞因發生不正常增生，所形成的一種惡性腫瘤。例胃癌。

癌症 ㄞˊ ㄓㄥˋ 病名。人體組織中某種細胞發生不正常增殖現象。

癃 ㄌㄨㄥˊ lóng 名小便不通暢的病症。形年老彎曲駝背的樣子。

癉 ㈠ㄉㄢˋ dàn 動憎恨。例彰善癉惡。㈡ㄉㄢ dān 名火癉，幼兒的熱病。

癇 ㄒㄧㄢˊ xián 名病名。癲癇，中樞系統疾病，患者常出現肌肉非自主性收縮或感覺性障礙。

十三畫

癖 ㄆㄧˇ pǐ 名嗜好。例潔癖。

癖好 ㄆㄧˇ ㄏㄠˋ 對某事物有特別的興趣或偏好。

癖性 ㄆㄧˇ ㄒㄧㄥˋ 個人特有的習性。

癘 ㄌㄧˋ lì 名①瘟疫。例癘疾。②惡瘡。

癒 ㄩˋ yù 動通「愈」。病好了。例病癒。

癒合 ㄩˋ ㄏㄜˊ 指傷口經修補、治療而復合。

癜 ㄉㄧㄢˋ diàn 名皮膚因感染黴菌而出現紫色或白色的小點，逐漸蔓延成片。俗稱紫癜風、白癜風。

癤 ㄐㄧㄝˊ jié 名病名。因金黃色葡萄球菌侵入毛囊汗腺周圍，引發組織發炎，在皮膚表面形成小膿瘡。例熱癤。

十四畫

癟 ㄅㄧㄝˇ biě 形①凹下去，不飽滿的。例餓癟了。②物體逐漸縮小。例這顆球越來越癟了。動使凹下去。例癟嘴。

癡 ㄔ chī 「痴」的異體字。

十五畫

癢 ㄧㄤˇ yǎng 名皮膚受到刺激而產生需要抓搔的感覺。例抓癢。動有某種技能，急著想要有所表現。例技癢。

癥 ㄓㄥ zhēng 名一種腹中結硬塊的病症。

癥候 ㄓㄥ ㄏㄡˋ 跡象，徵兆。

癥結 ㄓㄥ ㄐㄧㄝˊ ①腹腔內積結硬塊的疾病。②比喻病根所在或一件事解決的關鍵。

十六畫

癩 ㄌㄞˋ lài 名①病名。即麻瘋。②生癬或疥瘡而使毛髮脫落的情形。例癩痢頭。

癩子 ㄌㄞˋ ㄗ˙ ①頭上長癬而使毛髮掉落的人。②指無恥、貪圖利益的人。

癩蝦蟆想吃天鵝肉 ㄌㄞˋ ㄏㄚˊ ㄇㄚ˙ ㄒㄧㄤˇ ㄔ ㄊㄧㄢ ㄜˊ ㄖㄡˋ 比喻人不自量力，妄想一些不可能做到的事。

十七畫

癮 ㄧㄣˇ yǐn 名已成為習慣而難以改變的嗜好或癖好。例菸癮。

癮君子 ㄧㄣˇ ㄐㄩㄣ ㄗˇ 原諷指對鴉片上癮的人。今多指菸癮很大的人。

癬 ㄒㄧㄢˇ xiǎn 名一種皮膚病，因感染黴菌所引起，症狀為患部發癢，產生白色的鱗狀皮，具傳染性。例頭癬。

癬疥 ㄒㄧㄢˇ ㄐㄧㄝˋ 癬、疥都是皮膚病。比喻輕微不足為懼的小禍患。

癭 ㄧㄥˇ yǐng 名①長在脖子上的囊狀瘤。②樹木上隆起的贅瘤。

十八畫

癰 ㄩㄥ yōng 名一種皮膚和皮下組織的化膿性及壞死性炎症。

癰疽 ㄩㄥ ㄐㄩ 常見的惡性毒瘡，由於血液運行不良，毒質淤積而產生。大而淺的為癰，深的為疽，多長在脖子、背部或臀部等處。

癰腫 ㄩㄥ ㄓㄨㄥˇ 指有毒的惡性膿瘡，即惡性腫瘤。

十九畫

癱 ㄊㄢ tān 名見「癱瘓」。形極度疲累而無法動彈。例我已經癱了，沒辦法再幫你了。動①躺坐。例我已經累癱在沙發上了。②肢體發生麻痺。例他癱了下半身。

癱軟 ㄊㄢ ㄖㄨㄢˇ 肢體麻木綿軟，無法動彈。

癱瘓 ㄊㄢ ㄏㄨㄢˋ ①因神經機能發生障礙，使身體麻痺，失去運動的功能。②指機構不能正常地運作。

癲 ㄉㄧㄢ diān 名見「癲癇」。形精神錯亂，言行失常的。例瘋癲。

癲狂 ㄉㄧㄢ ㄎㄨㄤˊ 指人因精神錯亂而發狂。

癲癇 ㄉㄧㄢ ㄒㄧㄢˊ 病名。患病者經常出現陣發性的神志障礙、肌肉非自主性收縮、或感覺性障礙。發作時突然倒地，牙關緊閉，口吐白沫，四肢抽搐。或稱為癇症、羊角風、羊癲瘋、羊癇瘋。

二十五畫

癵 ㄌㄩㄢˊ luán 動身體因病而彎曲。

癶部 ㄅㄛ

四畫

癸 ㄍㄨㄟˇ guǐ 名天干的第十位。也指排列次序的第十。

七畫

登 ㄉㄥ dēng 動①由下往上。例一步登天。②成熟。例五穀不登。③記錄。例登記。④考試被錄取。例登科。⑤選拔重用人才。例登庸。⑥收受別人禮物時的敬詞。例拜登厚賜。副立刻，馬上。例登時。

登天 ㄉㄥ ㄊㄧㄢ ①升天。比喻人去世。②就任帝王之位。③比喻非常困難。

登用 ㄉㄥ ㄩㄥˋ 進用人才。

登門 ㄉㄥ ㄇㄣˊ 到對方住處造訪。例登門拜訪。

登科 ㄉㄥ ㄎㄜ 應試入選。

登記 ㄉㄥ ㄐㄧˋ 記錄人的身分、權利義務關係於文件上。

登高 ㄉㄥ ㄍㄠ ①爬上高的地方。②農曆九月九日重陽節時爬山健行的民間習俗。

登基 ㄉㄥ ㄐㄧ 皇帝即位。也作「登極」。

登陸 ㄉㄥ ㄌㄨˋ ①從海上向陸地進攻。②上岸，從海上登上陸地。③到達。例登陸月球。

登報 ㄉㄥ ㄅㄠˋ 把事實或意見發表在報章雜誌上。

登載 ㄉㄥ ㄗㄞˇ 將新聞或文章在報章雜誌刊出。同刊登。

登臺 ㄉㄥ ㄊㄞˊ ①走上講臺。②登上舞臺表演。同登場。

登革熱 ㄉㄥ ㄍㄜˊ ㄖㄜˋ 病名。由埃及斑蚊或白線斑蚊的叮咬而引起的急性傳染病。也稱斷骨熱。

登徒子 ㄉㄥ ㄊㄨˊ ㄗˇ 好色的人。

登龍術 ㄉㄥ ㄌㄨㄥˊ ㄕㄨˋ 多指用不正當手段成名得勢的方法。

登高一呼 ㄉㄥ ㄍㄠ ㄧ ㄏㄨ 指領導者發出號召或致力倡導的行為。

登高自卑 ㄉㄥ ㄍㄠ ㄗˋ ㄅㄟ 登上高處必先從低處開始。比喻做事按部就班，循一定順序進行。

登峰造極 ㄉㄥ ㄈㄥ ㄗㄠˋ ㄐㄧˊ 比喻學問造詣或精神修養達到極致程度。同爐火純青。

登堂入室 ㄉㄥ ㄊㄤˊ ㄖㄨˋ ㄕˋ ①比喻學問造詣精深。亦作「升堂入室」。②未經許可而自行進入他人內室。

發 ㄈㄚ fā 名計算箭或炮子彈等的量詞。例一發子彈。動①放射出去。例百發百中。②開始，引起。例發起罷工。③現象的產生，狀態的呈現。例發生、發亮。④植物逐漸生長的過程。例發芽。⑤興起。例孟子：「舜發於畎畝之中。」⑥揭露公開。例揭發醜聞。⑦啟發，闡明。例論語：「不憤不啟，不悱不發。」⑧顯露表現出來。例臉色發白。⑨分放送出。例發薪水、批發。⑩自某地點起程。例出發。⑪感覺。例發癢、發昏。⑫規模、數量旺盛出現。例發財。

發火 ㄈㄚ ㄏㄨㄛˇ ①點起火苗，燃火。現指擊發槍炮。②動怒，生氣。例你的言行令我發火。

發引 ㄈㄚ ㄧㄣˇ 出殯時，送葬者持紼做為靈車的前導。引：紼，即拉柩車的大索。

發毛 ㄈㄚ ㄇㄠˊ 害怕恐懼的樣子。例這棟鬼屋令我覺得渾身發毛。

發市 ㄈㄚ ㄕˋ 店面開始營業，顧客開始上門買東西。

發刊 ㄈㄚ ㄎㄢ ①指稿件付印。②報刊雜誌首次發行。

發布 ㄈㄚ ㄅㄨˋ 宣布公告於大眾。

發生 ㄈㄚ ㄕㄥ 指事件或情形首次出現。例發生問題。

發包 ㄈㄚ ㄅㄠ 將工程交給承包商建造。

發白 ㄈㄚ ㄅㄞˊ ①顯現出光亮。例東方發白。②顏色變成白色。例臉色發白。

發令 ㄈㄚ ㄌㄧㄥˋ 發出指示命令。

發行 ㄈㄚ ㄒㄧㄥˊ 發布而廣為通行。例發行股票。

發言 ㄈㄚ ㄧㄢˊ ①用言語表示心中情感或看法。②在公眾場合發表意見。

發抖 ㄈㄚ ㄉㄡˇ 身體因寒冷、恐懼或憤怒等異常狀況所產生的抖動現象。同發顫、打戰。

發育 ㄈㄚ ㄩˋ 個體逐漸成長、茁壯結實的變化過程。

發抒 ㄈㄚ ㄕㄨ 把心裡的情感看法表達出來。

發兵 ㄈㄚ ㄅㄧㄥ 指派遣軍隊作戰。

發作 ㄈㄚ ㄗㄨㄛˋ ①產生作用或開始動作。例藥效發作。②生氣，動怒。

發狂 ㄈㄚ ㄎㄨㄤˊ 精神失常，行為凶猛狂烈。

發炎 ㄈㄚ ㄧㄢˊ 肌膚或傷口因受到病菌侵襲或其他感染，導致紅腫生膿的症狀。

發放 ㄈㄚ ㄈㄤˋ ①分發，處置。例發放邊疆。②給付薪資、財物或施捨救濟物品。

發表 ㄈㄚ ㄅㄧㄠˇ 公開宣布表達。

發函 ㄈㄚ ㄏㄢˊ 寄出書信。也作「發信」。

發明 ㄈㄚ ㄇㄧㄥˊ 創造出前所未有的事物，或前人未知的義理方法。

發泄 ㄈㄚ ㄒㄧㄝˋ 將內心情緒、感覺、慾望散發出來。亦作「發洩」。

發威 ㄈㄚ ㄨㄟ 動怒，展現威勢。

發皇 ㄈㄚ ㄏㄨㄤˊ ①發達盛大的樣子。例事業發皇。②發明，發揚。例發皇耳目。

發怒 ㄈㄚ ㄋㄨˋ 生氣動怒。

發狠 ㄈㄚ ㄏㄣˇ ①下定決心，發憤努力。例他發狠戒菸。②鐵硬著心腸。例他發狠做了一件殘忍的事。③惱怒生氣的樣子。例他發狠起來是很可怕的。

發病 ㄈㄚ ㄅㄧㄥˋ ①生病，得病。②指舊疾復發。

發疹 ㄈㄚ ㄓㄣˇ 指皮膚冒出紅色小點的現象。

發跡 ㄈㄚ ㄐㄧ 由隱閉卑微而逐漸得志顯達。多指成名，或突然變得有錢有勢。

發軔 ㄈㄚ ㄖㄣˋ 拿掉阻止車輛行走的木頭，讓車前進。比喻事情的開端。

發起 ㄈㄚ ㄑㄧˇ 首先提議倡導某一件事情。

發配 ㄈㄚ ㄆㄟˋ 古時罪犯被判流徙或充軍的刑罰。

發展 ㄈㄚ ㄓㄢˇ ①事物自小而大，由簡而繁的連續性變化過程。②擴張進展。

發財 ㄈㄚ ㄘㄞˊ 獲得許多錢財而變得富裕。

發射 ㄈㄚ ㄕㄜˋ 利用動力或機械，將子彈或火箭等射出。

發現 ㄈㄚ ㄒㄧㄢˋ ①經過探索研究，找出本已存在的事物或道理。②顯露，出現。

發票 ㄈㄚ ㄆㄧㄠˋ 商店開給顧客所購物品名稱、數量和售價的單據。

發問 ㄈㄚ ㄨㄣˋ 提出問題。

發掘 ㄈㄚ ㄐㄩㄝˊ ①開掘，挖掘。例發掘礦脈。②發現。例發掘人才。

發動 ㄈㄚ ㄉㄨㄥˋ ①開始運轉。例發動汽車。②開始行動。例發動戰爭。

發條 ㄈㄚ ㄊㄧㄠˊ 一種彈性良好的螺旋形鋼條，利用它的彈力來推動機器的齒輪旋轉，常用在鐘錶、玩具上。

發愣 ㄈㄚ ㄌㄥˋ 因心思有所念或心神不定而兩眼呆滯。亦作「發怔」、「發楞」。

發散 ㄈㄚ ㄙㄢˋ ①指氣體、光線從某一點向四方散開。②中醫用發汗藥清除病人體內的熱。

發報 ㄈㄚ ㄅㄠˋ ①將情報、消息用無線電裝置傳送給收受者。②分送報紙給客戶。

發悶 ㊀ㄈㄚ ㄇㄣ 氣壓低或空氣不流通。㊁ㄈㄚ ㄇㄣˋ 心情沉悶不開朗。

發揮 ㄈㄚ ㄏㄨㄟ 將事物的內在因素、隱含的意思和道理，充分表達出來。

發揚 ㄈㄚ ㄧㄤˊ 在原有的基礎下，進一步地擴展、宣揚。例發揚光大。

發源 ㄈㄚ ㄩㄢˊ ①指江河的起源。②比喻事物的開端。

發達 ㄈㄚ ㄉㄚˊ ①事物充分地發展、興盛和進步。②指人的發揚顯達。

發電 ㄈㄚ ㄉㄧㄢˋ ①用機器產生電流、電力。②拍發電報。

發落 ㄈㄚ ㄌㄨㄛˋ 處置，處分。例從輕發落。

發暈 ㄈㄚ ㄩㄣ 頭暈。形容旋轉昏迷的感覺。

發端 ㄈㄚ ㄉㄨㄢ 事情的開始、起頭。

發瘋 ㄈㄚ ㄈㄥ 因精神受到過大刺激，或過度憂悶而有失常行為。

發福 ㄈㄚ ㄈㄨˊ 指人發胖的客套話。

發酵 ㄈㄚ ㄒㄧㄠˋ ①生物或有機體所分泌的酶，能分解醣類產生乳酸或酒精和二氧化碳的化學作用。亦作「醱酵」。②利用微生物如酵母菌，製造物品的過程。

發誓 ㄈㄚ ㄕˋ 立下誓言表達自己的決心不會更動。例我發誓要戒菸。

發燒 ㄈㄚ ㄕㄠ ①指人體體溫超過攝氏三十七度半以上。也稱為發熱。②比喻非常狂熱或興盛。

發霉 ㄈㄚ ㄇㄟˊ 東西受潮後，滋生黴菌而變質，表面常生出灰黑色的毛狀物。

發難 ㄈㄚ ㄋㄢˋ 首先發起質問責難或起事。

發願 ㄈㄚ ㄩㄢˋ 指立下宏大的志願。

發覺 ㄈㄚ ㄐㄩㄝˊ ①密謀或罪跡被人揭露。②發現事先沒有察覺到的狀況。

發飆 ㄈㄚ ㄅㄧㄠ ①猛然奮起的樣子。②極度憤怒的樣子。

發行人 ㄈㄚ ㄒㄧㄥˊ ㄖㄣˊ 對於出版品有公開發行權利的人。

發言人 ㄈㄚ ㄧㄢˊ ㄖㄣˊ 代表機關或團體對外發表言論，以及和新聞界聯繫的人。

發言權 ㄈㄚ ㄧㄢˊ ㄑㄩㄢˊ 會議中發表意見的權利。

發牢騷 ㄈㄚ ㄌㄠˊ ㄙㄠ 吐苦水，向他人訴說心中的不滿。

發起人 ㄈㄚ ㄑㄧˇ ㄖㄣˊ 首先提倡創立一個組織或創辦一件事情的人。

發動機 ㄈㄚ ㄉㄨㄥˋ ㄐㄧ 將水力、火力等各種形式的能量，轉換成可提供機械運轉所需動力的機器。

發祥地 ㄈㄚ ㄒㄧㄤˊ ㄉㄧˋ 發源興起或建立基礎的地方。

發語詞 ㄈㄚ ㄩˇ ㄘˊ 文言文的語助詞，通常用於句首，本身沒有意義。如夫、維、蓋。亦稱為發端詞。

發人深省 ㄈㄚ ㄖㄣˊ ㄕㄣ ㄒㄧㄥˇ 啟發人透過深入的思考，對自己的所做所為有所反省。

發奸擿伏 ㄈㄚ ㄐㄧㄢ ㄊㄧ ㄈㄨˊ 揭發藏匿的壞人壞事。比喻吏治清明，奸邪和罪惡無所遁形。亦作「發姦擿伏」。

發揚光大 ㄈㄚ ㄧㄤˊ ㄍㄨㄤ ㄉㄚˋ 把原有優良的作風、傳統或事業大力提倡、發展。

發號施令 ㄈㄚ ㄏㄠˋ ㄕ ㄌㄧㄥˋ ①宣布政令。②指揮。

發憤忘食 ㄈㄚ ㄈㄣˋ ㄨㄤˋ ㄕˊ 下定決心努力，連飲食都會不自覺忘記。同廢寢忘食。

發憤圖強 ㄈㄚ ㄈㄣˋ ㄊㄨˊ ㄑㄧㄤˊ 下定決心奮鬥，謀求強盛壯大。

發聾振聵 ㄈㄚ ㄌㄨㄥˊ ㄓㄣˋ ㄎㄨㄟˋ 聲音大到連聾子都聽得見。比喻用言論喚醒糊塗的人。亦作「振聾發聵」。

發展中國家 ㄈㄚ ㄓㄢˇ ㄓㄨㄥ ㄍㄨㄛˊ ㄐㄧㄚ 已脫離傳統農業經濟，但尚未完全現代化的國家。也稱開發中國家。

白部 ㄅㄞˊ

白

ㄅㄞˊ bái 名 ①像霜雪、牛奶的顏色。例雪白、白色。②戲劇裡的對話。例對白。③姓。形 ①乾淨無汙點的。例潔白。②白色的。例白紙。③日間，有太陽照明的時候。例白晝。④空無所有。例白手起家。⑤詞語淺顯易懂的。例白話文。⑥直率不虛偽做作的。例坦白。⑦錯誤的。例寫白字。⑧清正的。例黑白分明。動 ①表明陳述。例表白、稟白。②發出亮光。例東方發白。③清楚地顯露。例真相大白。副 ①徒然。例白做工、白跑一趟。②沒有付出代價卻獲得利益。例白吃白喝。

白丁 ㄅㄞˊ ㄉㄧㄥ ①平民百姓。②文盲，沒有知識的人。③隸屬兵籍的成年壯丁。

白刃 ㄅㄞˊ ㄖㄣˋ 刀鋒銳利的刀。

白字 ㄅㄞˊ ㄗˋ 指筆畫錯誤或誤寫成音同而義異的字。同別字。

白忙 ㄅㄞˊ ㄇㄤˊ 做了事但並沒有對等的成果。

白肉 ㄅㄞˊ ㄖㄡˋ 不加佐料的熟豬肉。

白帖 ㄅㄞˊ ㄊㄧㄝˇ 喪家所訃告親友的帖子。

白金 ㄅㄞˊ ㄐㄧㄣ ①化學金屬元素，即鉑。②銀的別稱。

白首 ㄅㄞˊ ㄕㄡˇ 人老時由黑轉白的頭髮。引申為老年人的代稱。例白首偕老。同白頭、白叟。

白宮 ㄅㄞˊ ㄍㄨㄥ 美國總統的辦公處和官邸，位於華盛頓。

白骨 ㄅㄞˊ ㄍㄨˇ 死人的遺骨。

白淨 ㄅㄞˊ ㄐㄧㄥˋ 形容膚色容貌乾淨潔白。同白皙。

白帶 ㄅㄞˊ ㄉㄞˋ 婦女自陰道流出的白色黏液。

白眼 ㄅㄞˊ ㄧㄢˇ 用白眼珠看人，表示鄙視厭惡的態度。

白描 ㄅㄞˊ ㄇㄧㄠˊ ①國畫的一種，用淡墨的線條細筆描出輪廓而不著色的畫法，多用於人物畫、花卉畫。②文學創作上的表現手法，不加文藻修飾就能描寫出鮮明生動的形象。

白費 ㄅㄞˊ ㄈㄟˋ 指投下錢財或心力，卻沒有得到回報。同白搭。

白煮 ㄅㄞˊ ㄓㄨˇ 食物不加作料在水中滾煮。例白煮蛋。

白喉 ㄅㄞˊ ㄏㄡˊ 由白喉桿菌引起的急性傳染病。

白痴 ㄅㄞˊ ㄔ 指智力較常人低，行動遲鈍的人。多由遺傳、幼兒期腦部發育受創或外傷所引起。後多用來罵人智慧不足。

白話 ㄅㄞˊ ㄏㄨㄚˋ ①通俗易懂的話語。反文言。②沒有根據的話。例空口說白話。

白說 ㄅㄞˊ ㄕㄨㄛ 說了也沒有用。比喻浪費唇舌。

白熱 ㄅㄞˊ ㄖㄜˋ 人的情緒或事情進行達到最緊張的狀態。

白幡 ㄅㄞˊ ㄈㄢ 葬禮中排在靈柩前，作為引導的白色狹長旗子。上寫著死者的職銜、姓名。

白臉 ㄅㄞˊ ㄌㄧㄢˇ ①國劇臉譜中，白臉多扮演奸臣，故以此代稱狡猾有心機的人。②當好人的一方。反黑臉。③俊俏漂亮的男子。例小白臉。

白藥 ㄅㄞˊ ㄧㄠˋ 一種白色粉末狀藥粉，能治創傷、刀傷和出血症狀。

白露 ㄅㄞˊ ㄌㄨˋ 二十四節氣之一，在國曆九月八日前後。

白鐵 ㄅㄞˊ ㄊㄧㄝˇ 鐵的表面鍍上一層鋅，可以保護內部不受鏽蝕。亦稱鍍鋅鐵。

白癬 ㄅㄞˊ ㄒㄧㄢˇ 皮膚病的一種，由黴菌傳染，多生在幼兒頭部，能使頭髮脫落。

白刃戰 ㄅㄞˊ ㄖㄣˋ ㄓㄢˋ 敵對雙方在近距離進行面對面的肉搏格鬥。也稱肉搏戰。

白日夢 ㄅㄞˊ ㄖˋ ㄇㄥˋ 比喻做不合乎事實現況的幻想。

白內障 ㄅㄞˊ ㄋㄟˋ ㄓㄤˋ 眼球中間的水晶體全部或部分混濁不透明。

白皮書 ㄅㄞˊ ㄆㄧˊ ㄕㄨ 某些國家公開發表有關政治、外交、財政等重大問題的正式文件或報告書，其封面是白色而得名。

白血病 ㄅㄞˊ ㄒㄧㄝˇ ㄅㄧㄥˋ 造血系統的腫瘤病變。又稱血癌。

白血球 ㄅㄞˊ ㄒㄧㄝˇ ㄑㄧㄡˊ 血液中有核無色細胞，產生在骨髓、脾臟和淋巴結中，作用在吞食外來有害的細菌或微粒異物。

白花花 ㄅㄞˊ ㄏㄨㄚ ㄏㄨㄚ 白得耀眼。例白花花的銀子。同白晃晃。

白茫茫 ㄅㄞˊ ㄇㄤˊ ㄇㄤˊ 形容雲、霧、大水等一望無際的白。

白堊紀 ㄅㄞˊ ㄜˋ ㄐㄧˋ 中生代的最後一紀，約開始於一億三千五百萬年前，結束於六千五百萬年前。

白話文 ㄅㄞˊ ㄏㄨㄚˋ ㄨㄣˊ 以接近現代口語、平易近人的詞句寫成的文章。與「文言文」相對。同語體文。

白話詩 ㄅㄞˊ ㄏㄨㄚˋ ㄕ 用白話寫作的詩歌，沒有平仄押韻限制，只注重自然節奏。與「古詩」相對。同新詩。

白皚皚 ㄅㄞˊ ㄞˊ ㄞˊ 潔白如光的樣子。常用來形容雪和月亮的顏色。

白頭翁 ㄅㄞˊ ㄊㄡˊ ㄨㄥ 鳥名。頭和頸部為黑色，因後頭部有一大塊白斑而得名。

白濛濛 ㄅㄞˊ ㄇㄥˊ ㄇㄥˊ 形容細雨綿綿呈現白色朦朧的樣子。

白手成家 ㄅㄞˊ ㄕㄡˇ ㄔㄥˊ ㄐㄧㄚ 完全靠自己的力量，沒有任何憑藉而建立起家業。也作「白手興家」。

白圭之玷 ㄅㄞˊ ㄍㄨㄟ ㄓ ㄉㄧㄢˋ 美玉上面的小瑕疵。比喻完美的人或事物上的小缺點。

白色恐怖 ㄅㄞˊ ㄙㄜˋ ㄎㄨㄥˇ ㄅㄨˋ 極權統治者用政治力量捕殺異己，造成人人自危的恐怖情勢。

白面書生 ㄅㄞˊ ㄇㄧㄢˋ ㄕㄨ ㄕㄥ 年輕俊秀但見識少、無經驗的讀書人。

白馬王子 ㄅㄞˊ ㄇㄚˇ ㄨㄤˊ ㄗˇ 童話故事中騎著白馬、英俊瀟灑，總是適時拯救公主的王子。比喻女性心中理想的對象。

白紙黑字 ㄅㄞˊ ㄓˇ ㄏㄟ ㄗˋ 寫下文字做為憑證，以供日後不得辯駁抵賴的依據。

白雪公主 ㄅㄞˊ ㄒㄩㄝˇ ㄍㄨㄥ ㄓㄨˇ ①格林童話中的一篇，描寫白雪公主與七矮人的故事。美國迪士尼將其改編成卡通影片，深受全世界小朋友喜愛。②比喻男子心目中理想的對象。

白雲蒼狗 ㄅㄞˊ ㄩㄣˊ ㄘㄤ ㄍㄡˇ 比喻事物變化無常。亦作「白衣蒼狗」。同滄海桑田。

白領階級 ㄅㄞˊ ㄌㄧㄥˇ ㄐㄧㄝ ㄐㄧˊ 通稱從事非體力勞動工作的人。相對於「藍領階級」的體力勞動工人。

白駒過隙 ㄅㄞˊ ㄐㄩ ㄍㄨㄛˋ ㄒㄧˋ 比喻光陰飛逝，人生短促。

白璧無瑕 ㄅㄞˊ ㄅㄧˋ ㄨˊ ㄒㄧㄚˊ 潔白的玉石上沒有任何缺陷。比喻人或事物完美無缺。

一畫

百 ㊀ㄅㄞˇ bǎi 名數目字。十的十倍，大寫作「佰」。形①眾多的。例百毒不侵、百戰百勝。②總括所有的。例詩經：「百爾君子。」㊁ㄅㄛˊ bó 名地名。百色，廣西省縣名。

百日 ㄅㄞˇ ㄖˋ ①一百天。比喻相當長的時間。②喪禮習俗，人死後滿一百天，喪家須請僧人道士誦經或行齋供。③比喻死亡。

百代 ㄅㄞˇ ㄉㄞˋ 比喻年代時間久遠。同百世。

百仞 ㄅㄞˇ ㄖㄣˋ 形容極高或極深。例百仞之淵。

百年 ㄅㄞˇ ㄋㄧㄢˊ ①一百歲。②比喻很長的時間。例百年大計。③稱死亡、壽終。例百年之後。

百官 ㄅㄞˇ ㄍㄨㄢ 各種階級官吏。例文武百官。

百姓 ㄅㄞˇ ㄒㄧㄥˋ ①古代對貴族官吏的總稱。②即老百姓，泛指一般平民、國民。

百家 ㄅㄞˇ ㄐㄧㄚ ①指先秦諸子在學術上發展出眾多學說的盛況。②概稱多數人家。例百家姓。

百般 ㄅㄞˇ ㄅㄢ 用各種方法。例百般勸解。

百歲 ㄅㄞˇ ㄙㄨㄟˋ ①一百年。②古人認為人生不超過百歲，因此以百歲比喻死亡。

百日咳 ㄅㄞˇ ㄖˋ ㄎㄜˊ 病名。呼吸道急性傳染病，咳聲連續，約經百日才能治癒。

百分比 ㄅㄞˇ ㄈㄣ ㄅㄧˇ 將兩數相互比較的值寫成分母是一百的數。又稱百分率、百分點。

百分法 ㄅㄞˇ ㄈㄣ ㄈㄚˇ 求一數為另一數的百分之幾的方法。

百分制 ㄅㄞˇ ㄈㄣ ㄓˋ 一種計分方法，以一百分為最高，六十分為及格。

百分數 ㄅㄞˇ ㄈㄣ ㄕㄨˋ 表示一數為另一數的百分之幾的數字，符號為%。

百事通 ㄅㄞˇ ㄕˋ ㄊㄨㄥ 譏笑懂得雖多卻不專精的人。也叫萬事通。

百衲衣 ㄅㄞˇ ㄋㄚˋ ㄧ 用陳舊、零碎、不同顏色的布縫補而成。常指和尚穿的衣服。

百家姓 ㄅㄞˇ ㄐㄧㄚ ㄒㄧㄥˋ 書名。用四百零八個單姓和三十個複姓編成的四言韻文。

百葉窗 ㄅㄞˇ ㄧㄝˋ ㄔㄨㄤ 用塑膠片、金屬片或木條組成的可調節式窗簾，能通風遮陽。

百褶裙 ㄅㄞˇ ㄓㄜˊ ㄑㄩㄣˊ 一種裙幅多褶的裙子。

百子千孫 ㄅㄞˇ ㄗˇ ㄑㄧㄢ ㄙㄨㄣ 祝賀人家子孫滿堂。

百口莫辯 ㄅㄞˇ ㄎㄡˇ ㄇㄛˋ ㄅㄧㄢˋ 即使有一百張嘴也無法辯解。

百尺竿頭 ㄅㄞˇ ㄔˇ ㄍㄢ ㄊㄡˊ 勉勵人即使在極高處，還須更進一步方能成功。

百孔千瘡 ㄅㄞˇ ㄎㄨㄥˇ ㄑㄧㄢ ㄔㄨㄤ 比喻局勢敗壞弊病叢生，已到無法彌補的地步。

百中選一 ㄅㄞˇ ㄓㄨㄥ ㄒㄩㄢˇ ㄧ 從眾多之中選出極少數。比喻仔細挑選。同百裡挑一。

百年大計 ㄅㄞˇ ㄋㄧㄢˊ ㄉㄚˋ ㄐㄧˋ 關係到長遠目標的計畫或措施。

百年好合 ㄅㄞˇ ㄋㄧㄢˊ ㄏㄠˇ ㄏㄜˊ 祝福夫妻相處和睦，長久不變。同百年到老。

百年樹人 ㄅㄞˇ ㄋㄧㄢˊ ㄕㄨˋ ㄖㄣˊ 比喻教育工作、培養人才是長期而艱鉅的工作。常與「十年樹木」連用。

百折不撓 ㄅㄞˇ ㄓㄜˊ ㄅㄨˋ ㄋㄠˊ 比喻意志堅定，不因為挫折而退縮。亦作「百折不回」。

百步穿楊 ㄅㄞˇ ㄅㄨˋ ㄔㄨㄢ ㄧㄤˊ 形容射箭技術非常準確。同百發百中。

百依百順 ㄅㄞˇ ㄧ ㄅㄞˇ ㄕㄨㄣˋ 形容凡事都聽命服從。

百念皆灰 ㄅㄞˇ ㄋㄧㄢˋ ㄐㄧㄝ ㄏㄨㄟ 所有念頭全化成灰。比喻心灰意冷。亦作「萬念俱灰」。

百計千方 ㄅㄞˇ ㄐㄧˋ ㄑㄧㄢ ㄈㄤ 用盡各種方法、計謀。亦作「千方百計」。

百科全書 ㄅㄞˇ ㄎㄜ ㄑㄩㄢˊ ㄕㄨ 包羅各種知識，分門別類並按字母或筆畫順序排列，以便查閱的大型參考書。

百科辭典 ㄅㄞˇ ㄎㄜ ㄘˊ ㄉㄧㄢˇ 辭典的一種。體例、詞目和百科全書相似，但只做概括簡短的解釋。

百密一疏 ㄅㄞˇ ㄇㄧˋ ㄧ ㄕㄨ 平時行事謹慎細密，但因一時的疏忽而造成錯誤。

百發百中 ㄅㄞˇ ㄈㄚ ㄅㄞˇ ㄓㄨㄥˋ ①形容射擊技術精準，每次都命中目標。②比喻預測事情準確。

百無一失 ㄅㄞˇ ㄨˊ ㄧ ㄕ 形容很有把握，不會出差錯。同萬無一失。

百無聊賴 ㄅㄞˇ ㄨˊ ㄌㄧㄠˊ ㄌㄞˋ 精神上無所寄託，感覺生活空虛無聊。

百無禁忌 ㄅㄞˇ ㄨˊ ㄐㄧㄣˋ ㄐㄧˋ 什麼都不忌諱的樣子。

百貨公司 ㄅㄞˇ ㄏㄨㄛˋ ㄍㄨㄥ ㄙ 總集各種商品並設分類部門販售的大型商店。

百感交集 ㄅㄞˇ ㄍㄢˇ ㄐㄧㄠ ㄐㄧˊ 各種不同的感觸交雜在一起。也作「百感俱集」。

百廢俱舉 ㄅㄞˇ ㄈㄟˋ ㄐㄩˋ ㄐㄩˇ 振興一切荒廢的政事。今多指做事振作有為，各種應該做的事都盡力完成。

百戰百勝 ㄅㄞˇ ㄓㄢˋ ㄅㄞˇ ㄕㄥˋ 形容所向無敵，每次都打勝仗。同百戰不殆。

百鍊成鋼 ㄅㄞˇ ㄌㄧㄢˋ ㄔㄥˊ ㄍㄤ 比喻經過長期的鍛鍊，成為意志堅強不畏挫折的人。

百聞不如一見 ㄅㄞˇ ㄨㄣˊ ㄅㄨˋ ㄖㄨˊ ㄧˊ ㄐㄧㄢˋ 聽別人說了千百遍，不如親眼看到的可靠。

百鍊鋼化繞指柔 ㄅㄞˇ ㄌㄧㄢˋ ㄍㄤ ㄏㄨㄚˋ ㄖㄠˋ ㄓˇ ㄖㄡˊ 比喻性情剛強的人，變成非常柔順。

百足之蟲，死而不僵 ㄅㄞˇ ㄗㄨˊ ㄓ ㄔㄨㄥˊ ㄙˇ ㄦˊ ㄅㄨˋ ㄐㄧㄤ 比喻事物根基深厚，雖遭失敗，但殘餘勢力和影響仍然存在。

二畫

皂 ㄗㄠˋ zào 名①去汙的鹼性用品。例香皂、肥皂。②黑色。例不分青紅皂白。形黑色的。

皂白 ㄗㄠˋ ㄅㄞˊ 黑色和白色。比喻事情的是非對錯。

三畫

的 ㊀ㄉㄧˋ dì 名①箭靶的中心。例眾矢之的、鵠的。②心中想達到的境地。例目的、標的。

㊁ㄉㄧˊ dí 形確實的。例的確。

㊂˙ㄉㄜ de 助①形容詞語尾。例可愛的小孩。②用來指稱代名詞。例教書的（人）、賣肉的（人）。③同「地」。副詞語尾。例大聲的唱。④放在句末，表示肯定或加強的語氣。例這樣是行不通的。介表示所屬、所有。例我的東西。

的當 ㄉㄧˊ ㄉㄤˋ ①正確，確實。②恰當，妥貼。

的確 ㄉㄧˊ ㄑㄩㄝˋ 確實是這樣。

四畫

皆 ㄐㄧㄝ jiē 副全，都。表示統括的意思。例人盡皆知。

皆大歡喜 ㄐㄧㄝ ㄉㄚˋ ㄏㄨㄢ ㄒㄧˇ 事情做得圓滿周到，每個人都滿意或高興。

皇 ㄏㄨㄤˊ huáng 名國家的君主。例皇帝、女皇。形①大的。例堂皇。②輝煌的。③對已逝長輩或祖先的尊稱。例皇祖考、皇祖妣。

皇上 ㄏㄨㄤˊ ㄕㄤˋ 古代臣子對皇帝的尊稱。

皇考 ㄏㄨㄤˊ ㄎㄠˇ ①對亡父的尊稱。②對已逝祖先的尊稱。

皇后 ㄏㄨㄤˊ ㄏㄡˋ 皇帝的正妻。

皇位 ㄏㄨㄤˊ ㄨㄟˋ 皇帝的位子。

皇室 ㄏㄨㄤˊ ㄕˋ 皇帝的家族。同皇家、皇族。

皇帝 ㄏㄨㄤˊ ㄉㄧˋ 秦代以後對最高統治者的尊稱。

皇皇 ㄏㄨㄤˊ ㄏㄨㄤˊ ①美盛顯明的樣子。②心中徬徨不定的樣子。亦作「惶惶」。

皇儲 ㄏㄨㄤˊ ㄔㄨˇ 將繼承帝位的皇子。同皇太子。

皇太后 ㄏㄨㄤˊ ㄊㄞˋ ㄏㄡˋ 皇帝的母親。

皇天后土 ㄏㄨㄤˊ ㄊㄧㄢ ㄏㄡˋ ㄊㄨˇ 指天地神祇。

皇親國戚 ㄏㄨㄤˊ ㄑㄧㄣ ㄍㄨㄛˊ ㄑㄧ ①帝王的親戚。比喻極有權勢的人。②今多用來嘲諷利用裙帶關係進入機關團體工作的人。

皈

ㄍㄨㄟ guī 見「皈依」。

皈依 ㄍㄨㄟ ㄧ 指拋棄世俗，全心全意地信奉佛教。

五畫

皋

ㄍㄠ gāo 名①近水邊的高地。例江皋。②沼澤，水澤。例九皋。

皋比 ㄍㄠ ㄆㄧˊ ①虎皮。②比喻教師的講席。

六畫

皎

ㄐㄧㄠˇ jiǎo 形潔淨光明的。例月光皎潔。

皎皎 ㄐㄧㄠˇ ㄐㄧㄠˇ ①潔淨純白。②明亮的樣子。

皎潔 ㄐㄧㄠˇ ㄐㄧㄝˊ 明亮潔白。

七畫

皖

ㄨㄢˇ wǎn 名安徽省的簡稱。

皓

ㄏㄠˋ hào 形①光亮的，光明的。例皓月當空。②潔白乾淨的。例明眸皓齒。③頭髮斑白的，年老的。例皓首窮經。

皓月 ㄏㄠˋ ㄩㄝˋ 明亮的月亮。

皓首 ㄏㄠˋ ㄕㄡˇ 頭髮斑白。引申為老年人。

皓皓 ㄏㄠˋ ㄏㄠˋ ①潔白的樣子。②盛大的樣子。同浩浩。③光明磊落的樣子。

皓齒 ㄏㄠˋ ㄔˇ 潔白漂亮的牙齒。

八畫

皙

ㄒㄧ xī 形膚色白的。例白皙。

十畫

皜

ㄏㄠˋ hào 形光亮潔白的。例皜皜。

皚

ㄞˊ ái 形潔白的。例白雪皚皚。

皚皚 ㄞˊ ㄞˊ 潔白的樣子。

皞

ㄏㄠˋ hào 形①光明潔白的。②心情自在舒暢的。例皞皞。

十二畫

皤

ㄆㄛˊ pó 形鬢髮白的。例白髮皤然。

皤皤 ㄆㄛˊ ㄆㄛˊ 頭髮白的樣子。

十三畫

皦 ㄐㄧㄠˇ jiǎo 形 ①明亮的。例皦日。②潔白乾淨的。例皦潔。

十七畫

皭 ㄐㄧㄠˋ jiào 副 潔白乾淨的樣子。例皭皭。

皮部 ㄆㄧˊ

皮 ㄆㄧˊ pí 名 ①包住動植物體的外層。例樹皮、皮膚。②包裝物體的外皮，有保護和美觀作用。例封皮、書皮。③薄狀的東西。例豆腐皮、鐵皮。④事物的表面。例地皮。⑤姓。形 ①脾氣頑劣不聽話的。例頑皮。②皮革做成的。例皮包。③膚淺不夠深入的。例皮毛。

皮子 ㄆㄧˊ ˙ㄗ ①表皮。例書皮子。②皮革的總稱。③指果實的外殼。

皮毛 ㄆㄧˊ ㄇㄠˊ ①泛指帶毛的獸皮。②比喻事物的表面，或膚淺不夠深入的學識。例皮毛功夫。

皮匠 ㄆㄧˊ ㄐㄧㄤˋ 製皮革或修皮鞋的工匠。

皮夾 ㄆㄧˊ ㄐㄧㄚˊ 用軟皮做成的扁平小錢包。

皮革 ㄆㄧˊ ㄍㄜˊ 獸皮去毛所製成的熟皮。

皮蛋 ㄆㄧˊ ㄉㄢˋ 在雞、鴨蛋外殼裏上由食鹽、石灰、黏土、水混合的糊狀物，再滾上一層稻殼，醃製而成。

皮條 ㄆㄧˊ ㄊㄧㄠˊ 色情交易的人。也稱皮條客。

皮貨 ㄆㄧˊ ㄏㄨㄛˋ 用獸皮製成的貨物總稱。

皮婚 ㄆㄧˊ ㄏㄨㄣ 俗稱結婚滿三週年。

皮筏 ㄆㄧˊ ㄈㄚˊ 適用於急流中渡水的皮製船筏。

皮膚 ㄆㄧˊ ㄈㄨ 覆蓋在動物軀體外部的組織，分為表皮、真皮、皮下組織三層，有神經主管感覺、調整體溫、排泄廢物和保護功能。

皮囊 ㄆㄧˊ ㄋㄤˊ ①皮革製成的袋子。②比喻人的身體。多為貶義。例臭皮囊。

皮包骨 ㄆㄧˊ ㄅㄠ ㄍㄨˇ 形容很瘦的樣子。

皮脂腺 ㄆㄧˊ ㄓ ㄒㄧㄢˋ 動物體上分泌油脂的腺體，其分泌物能潤滑皮膚和毛髮。

皮膚病 ㄆㄧˊ ㄈㄨ ㄅㄧㄥˋ 常發生在皮膚、毛髮、指甲等的疾病，如青春痘、香港腳。

皮膚癌 ㄆㄧˊ ㄈㄨ ㄞˊ 發生在皮膚上的癌症。

皮影戲 ㄆㄧˊ ㄧㄥˇ ㄒㄧˋ 用燈光將獸皮或紙板做成的人物剪影映在幕上，表演者在幕後以線操縱，配合演唱、說白和音樂來敘述故事。亦稱為影戲、燈影戲、皮猴戲、羊皮戲。

皮下組織 ㄆㄧˊ ㄒㄧㄚˋ ㄗㄨˇ ㄓ 皮膚下面的締結組織，含脂肪較多，其中有血管、淋巴管、神經等。

皮開肉綻 ㄆㄧˊ ㄎㄞ ㄖㄡˋ ㄓㄢˋ 形容被打得皮肉破裂。

皮笑肉不笑 ㄆㄧˊ ㄒㄧㄠˋ ㄖㄡˋ ㄅㄨˋ ㄒㄧㄠˋ 形容人虛偽做作，非出自肺腑的笑容。

皮之不存，毛將焉附 比喻事情沒有藉以生存的根本，就無法存在。

五畫

皰 ㄆㄠˋ pào 名臉上所生的小顆粒，因毛孔阻塞或內分泌失調而起。俗稱粉刺。例面皰。

七畫

皴 ㄘㄨㄣ cūn 名①一種國畫畫法。②皮膚脫落的表皮或聚積的油垢。例一脖子皴。

九畫

皸 ㄐㄩㄣ jūn 動手腳皮膚因寒冷或乾燥而裂開。例皸裂。

十畫

皺 ㄓㄡˋ zhòu 形①皮膚因肌肉鬆弛而有摺紋的。例皺紋。②物體有摺痕的。例皺褶。動緊縮。例皺眉頭。

皺眉 ㄓㄡˋ ㄇㄟˊ 眉頭緊縮在一起，表示憂愁或厭惡。

皺紋 ㄓㄡˋ ㄨㄣˊ ①皮膚因肌肉組織鬆弛而產生的紋路。②泛指物體表面的褶紋。

十一畫

皻 ㄓㄚ zhā 名臉上或鼻子上凸起的紅色小瘡粒。例酒皻鼻。

皿部

皿 ㄇㄧㄣˇ mǐn 名一種口大而底部淺的容器。例器皿。

三畫

盂 ㄩˊ yú 名古人用以盛湯、飯等食物的圓形容器，現多移作別用。例水盂、痰盂。

盂蘭盆會 ㄩˊ ㄌㄢˊ ㄆㄣˊ ㄏㄨㄟˋ 佛教徒每年農曆七月十五日，為超度祖先所舉行的法會，並誦經施食孤魂野鬼。

四畫

盃 ㄅㄟ bēi 名同「杯」。獎盃，競賽優勝的杯狀金屬製品。

盅 ㄓㄨㄥ zhōng 名小杯子。例酒盅、茶盅。

盈 ㄧㄥˊ yíng 形①通「贏」。增加的，過多的。例盈餘。②圓滿的。例月有盈缺。③形容女人體態活潑輕巧的。例輕盈。動充滿。例惡貫滿盈、鈴聲盈耳。

盈耳 ㄧㄥˊ ㄦˇ 充滿耳朵。

盈盈 ㄧㄥˊ ㄧㄥˊ ①形容河水清澈的樣子。②笑容滿面的樣子。例笑盈盈。

盈餘 ㄧㄥˊ ㄩˊ 營業所得收益扣除開支後的餘額。同盈利、贏利。

盈虧 ㄧㄥˊ ㄎㄨㄟ ①盈滿和缺蝕。指月亮的圓缺。②賺錢和賠本。

盆 ㄆㄣˊ pén 名①形狀像盤，口大但底較深較小的容器。例臉盆。②形狀似盆，用來裝東西的器具。例花盆。③計算盆裝物的量詞。例一盆花。

盆地 ㄆㄣˊ ㄉㄧˋ 四周較高中間低平，像盆狀的地形。例臺北盆地。

盆栽 ㄆㄣˊ ㄗㄞ 栽種在盆裡供觀賞的花卉草木。

盆景 ㄆㄣˊ ㄐㄧㄥˇ ①在盆裡栽種花卉草木，布置成縮小的山水風景。②盆中放置玉石製成的花木，做為擺設。

盆腔 ㄆㄣˊ ㄑㄧㄤ 骨盆內部的空腔，膀胱、尿道、女性的子宮、卵巢都在其中。

五畫

益 ㄧˋ yì 名①好處，有用處。例利益、開卷有益。②六十四卦之一。動增加，助長。例延年益壽、增益。副更加地。例益發、精益求精。

益智 ㄧˋ ㄓˋ 增加智慧。

益智圖 ㄧˋ ㄓˋ ㄊㄨˊ 可以拼成各種形狀圖案的拼板玩具。同七巧板。

益者三友 ㄧˋ ㄓㄜˇ ㄙㄢ ㄧㄡˇ 有益的朋友有三種，正直、誠信、多見聞。

盍 ㄏㄜˊ hé 副何不，為什麼不。例論語：「盍各言爾志？」

盎 ㄤˋ àng 名一種腹大口小的容器。副盈溢地，盛大地。例盎然。

盎司 ㄤˋ ㄙ 英語ounce的音譯。①英美制重量單位。分兩種，一盎司等於金衡磅的十二分之一，或是常衡磅的十六分之一。②英美制容量單位。一盎司等於英制合二・八四公勺，美制合二・三六六公勺。

盎然 ㄤˋ ㄖㄢˊ 盈溢、興盛的樣子。例興趣盎然。

盉 ㄏㄜˊ hé 名古代調酒用的青銅器，三足或四足。

六畫

盔 ㄎㄨㄟ kuī 名用金屬或其他堅硬物質製成，用來保護頭部預防受傷的帽子。例鋼盔。

盔甲 ㄎㄨㄟ ㄐㄧㄚˇ 用金屬或皮革製成的帽子和鎧甲，古時戰士用來護身禦敵的戰服。

盛 ㈠ㄔㄥˊ chéng 動①用容器裝食物。例盛飯、盛湯。②容納。例這個箱子只能盛十個蘋果。㈡ㄕㄥˋ shèng 名姓。形①興旺的，榮茂的。例興盛、百花盛開。②豐富的。例盛饌。③規模大的，熱鬧的。例共襄盛舉、盛況空前。④深厚強烈的。例盛情難卻、盛怒。

盛冬 ㄕㄥˋ ㄉㄨㄥ 指農曆十二月，冬季最冷之時。反盛夏。

盛年 ㄕㄥˋ ㄋㄧㄢˊ 指壯年。例他正值盛年，精力充沛。

盛名 ㄕㄥˋ ㄇㄧㄥˊ 傳播很廣的聲望。

盛行 ㄕㄥˋ ㄒㄧㄥˊ 指流行很廣的樣子。

盛況 ㄕㄥˋ ㄎㄨㄤˋ 指盛大熱烈的情況。

盛典 ㄕㄥˋ ㄉㄧㄢˇ 指盛大隆重的典禮。

盛夏 ㄕㄥˋ ㄒㄧㄚˋ 指農曆六月，夏季最熱之時。反盛冬。

盛氣 ㄕㄥˋ ㄑㄧˋ ①蓄怒待發的樣子。②咄咄逼人的氣勢。

盛情 ㄕㄥˋ ㄑㄧㄥˊ 形容隆厚的情意。也作「盛意」。

盛裝 ㄕㄥˋ ㄓㄨㄤ 在隆重或正式場合所穿的華麗裝束。同盛服。

盛譽 ㄕㄥˋ ㄩˋ ①崇高的榮譽。②極力稱讚。

盛氣凌人 ㄕㄥˋ ㄑㄧˋ ㄌㄧㄥˊ ㄖㄣˊ 形容傲慢自大，以氣勢逼迫人。

盒
ㄏㄜˊ hé 名 ①有底有蓋的盛物容器。例 鉛筆盒。②計算盒裝物品的量詞。例 一盒餅乾。

七畫

盜
ㄉㄠˋ dào 名 偷竊或搶劫他人財物的人。例 強盜。動 偷取，竊取。指用不正當的方法取得。例 盜國、監守自盜。

盜用 ㄉㄠˋ ㄩㄥˋ 非法使用公家或別人的名義、財物。

盜印 ㄉㄠˋ ㄧㄣˋ 未經版權所有者同意，私自轉印的侵權行為。又稱盜版。

盜汗 ㄉㄠˋ ㄏㄢˋ 在睡覺時出冷汗。

盜名 ㄉㄠˋ ㄇㄧㄥˊ 竊取美好的名聲。例 欺世盜名。

盜拷 ㄉㄠˋ ㄎㄠˇ 未經所有人同意，私自複製錄音帶、錄影帶、光碟或磁片。

盜匪 ㄉㄠˋ ㄈㄟˇ 搶劫財物的匪徒，凶暴且多人一起行動。

盜賊 ㄉㄠˋ ㄗㄟˊ 偷竊劫奪他人財物的人。

盜墓 ㄉㄠˋ ㄇㄨˋ 挖墓偷取殉葬物品的行為。

盜賣 ㄉㄠˋ ㄇㄞˋ 私自出售偷取自他人或公家的東西。

盜壘 ㄉㄠˋ ㄌㄟˇ 棒球比賽中跑壘員趁守方不備時，跑向次一個壘包。

盜竊 ㄉㄠˋ ㄑㄧㄝˋ 用不正當的手段暗中取得。

盜亦有道 ㄉㄠˋ ㄧˋ ㄧㄡˇ ㄉㄠˋ 強盜也有一套自身的規矩。

八畫

盞
ㄓㄢˇ zhǎn 名 ①淺小的杯子。例 酒盞、把盞言歡。②計算燈或酒杯的量詞。例 一盞燈。

盟
ㄇㄥˊ méng 名 誓約。例 海誓山盟。形 結合的，結義的。例 同盟國。動 訂立互相遵守的約定。例 盟誓。

盟友 ㄇㄥˊ ㄧㄡˇ 互相立誓結為朋友或兄弟的人或國家。

盟主 ㄇㄥˊ ㄓㄨˇ ①古代諸侯盟會的首領或主持人。②同盟的人或團體之間的領袖。例 武林盟主。

盟邦 ㄇㄥˊ ㄅㄤ 相互締結同盟條約的國家。也稱為盟國。

盟約 ㄇㄥˊ ㄩㄝ 結盟時立下的條約誓言。同 盟誓。

盟軍 ㄇㄥˊ ㄐㄩㄣ 締結同盟條約國家的軍隊。

盝
ㄌㄨˋ lù 名 裝東西用的小盒。動 通「漉」、「淥」。滲漏，濾水。

九畫

盡
ㄐㄧㄣˋ jìn 形 完備的。例 詳盡。動 ①竭力，全部用出。例 盡其所能。②死亡。例 自盡。③完畢，終止。例 歲盡、取之不盡。副 ①極致地。例 盡善盡美。②都，全部。例 應有盡有。

盡力 ㄐㄧㄣˋ ㄌㄧˋ 竭盡自己所有的力量去做。例 盡力而為。

盡心 ㄐㄧㄣˋ ㄒㄧㄣ　用盡心力。

盡言 ㄐㄧㄣˋ ㄧㄢˊ　指毫無保留地說出想說的話。

盡孝 ㄐㄧㄣˋ ㄒㄧㄠˋ　對父母竭盡孝道。

盡忠 ㄐㄧㄣˋ ㄓㄨㄥ　為國家盡忠誠。指盡瘁國事或為國殉身。

盡致 ㄐㄧㄣˋ ㄓˋ　沒有保留地充分表現出當中的意態情致。例淋漓盡致。

盡情 ㄐㄧㄣˋ ㄑㄧㄥˊ　不受拘束的抒發情感，毫不保留。

盡然 ㄐㄧㄣˋ ㄖㄢˊ　完全如此。例未必盡然。

盡瘁 ㄐㄧㄣˋ ㄘㄨㄟˋ　不辭勞苦竭心盡力。例鞠躬盡瘁。

盡興 ㄐㄧㄣˋ ㄒㄧㄥˋ　盡量使自己的興致得到滿足。

盡職 ㄐㄧㄣˋ ㄓˊ　做好自己職責範圍內的事。

盡歡 ㄐㄧㄣˋ ㄏㄨㄢ　竭盡歡樂。例李白・將進酒：「人生得意須盡歡。」

盡人情 ㄐㄧㄣˋ ㄖㄣˊ ㄑㄧㄥˊ　依照情理去做。

盡義務 ㄐㄧㄣˋ ㄧˋ ㄨˋ　①做本分應該做的事。同盡本分。②做事不接受報酬。

盡人皆知 ㄐㄧㄣˋ ㄖㄣˊ ㄐㄧㄝ ㄓ　指人人都知道。

盡收眼底 ㄐㄧㄣˋ ㄕㄡ ㄧㄢˇ ㄉㄧˇ　所有的景物都能看在眼裡。

盡如人意 ㄐㄧㄣˋ ㄖㄨˊ ㄖㄣˊ ㄧˋ　完全滿足人的心意。

盡其在我 ㄐㄧㄣˋ ㄑㄧˊ ㄗㄞˋ ㄨㄛˇ　竭盡心力去做，而不計較其他。

盡其所長 ㄐㄧㄣˋ ㄑㄧˊ ㄙㄨㄛˇ ㄔㄤˊ　盡力發揮個人的長處。

盡忠報國 ㄐㄧㄣˋ ㄓㄨㄥ ㄅㄠˋ ㄍㄨㄛˊ　竭盡忠誠，不惜犧牲一切報效國家。也作「精忠報國」。

盡棄前嫌 ㄐㄧㄣˋ ㄑㄧˋ ㄑㄧㄢˊ ㄒㄧㄢˊ　完全拋棄過去怨恨，重新和好。

盡善盡美 ㄐㄧㄣˋ ㄕㄢˋ ㄐㄧㄣˋ ㄇㄟˇ　形容非常完善，完美到極點。

盡人事，聽天命 ㄐㄧㄣˋ ㄖㄣˊ ㄕˋ ㄊㄧㄥ ㄊㄧㄢ ㄇㄧㄥˋ　竭盡自己能力去做，成功與否則完全任憑上天安排。

監

㊀ㄐㄧㄢ jiān 名牢獄。例監獄。動在旁察看督導。例監視、監察。㊁ㄐㄧㄢˋ jiàn 名①古代官署名。例國子監。②古代宦官名。例太監、內監。

監工 ㄐㄧㄢ ㄍㄨㄥ　①督察工人做工。②督導視察工人的人。同工頭。

監印 ㄐㄧㄢ ㄧㄣˋ　①保管印信的人。②監督蓋印的事。

監牢 ㄐㄧㄢ ㄌㄠˊ　囚禁罪犯的地方。同監獄、囹圄。

監事 ㄐㄧㄢ ㄕˋ　民眾團體選出來監督業務及財產的人。

監票 ㄐㄧㄢ ㄆㄧㄠˋ　監視選票的收發及開票工作，以免發生錯誤或舞弊。

監視 ㄐㄧㄢ ㄕˋ　①時時刻刻從旁密切察看對方行動，以利偵查。②監督視察。

監禁 ㄐㄧㄢ ㄐㄧㄣˋ　將犯人囚禁並限制其自由。

監試 ㄐㄧㄢ ㄕˋ　監督考試的人。同監考。

監督 ㄐㄧㄢ ㄉㄨ　①監視督促。②負責監視督促的長官。

監製 ㄐㄧㄢ ㄓˋ　監督製作。多指電影製片的監製。

監護 ㄐㄧㄢ ㄏㄨˋ　對未成年或禁治產人的監督保護。

監聽 ㄐㄧㄢ ㄊㄧㄥ　利用特殊設備監控測聽。

監理所 ㄐㄧㄢ ㄌㄧˇ ㄙㄨㄛˇ　負責汽機車各種證件發放、管理、登記事項的行政機關。

監察人 ㄐㄧㄢ ㄔㄚˊ ㄖㄣˊ 公司法中稱股份有限公司裡負有監督董事會執行業務、會計審核等事項的人。

監察院 ㄐㄧㄢ ㄔㄚˊ ㄩㄢˋ 我國中央政府五院之一，全國最高監察機關，對公務人員行使同意、彈劾、糾舉、審計、糾正等監察權。

監護人 ㄐㄧㄢ ㄏㄨˋ ㄖㄣˊ 對未成年或禁治產人的身體、財務及其他合法權益，依法進行監督保護的人。

監守自盜 ㄐㄧㄢ ㄕㄡˇ ㄗˋ ㄉㄠˋ 竊取自己所掌管的公物。

十畫

盤 ㄆㄢˊ pán 名 ①一種底扁淺而口寬的容器。例茶盤。②市場買賣的價格。例開盤、收盤。③狀似盤形的物體，可做為承托或旋轉用。例羅盤、方向盤。④量詞。例一盤棋、三盤水果。⑤姓。動 ①糾結環繞。例盤根錯節。②屈曲。例盤膝而坐。③旋轉，迴旋。例盤旋。④徘徊留連不進。例盤桓。⑤詳加探詢或清點。例盤問、盤帳。⑥商店或生財貨物讓給別人。例他的貨物已經盤給我了。⑦估量打算。例盤算。

盤川 ㄆㄢˊ ㄔㄨㄢ 路費，旅費。同盤費、盤纏。

盤古 ㄆㄢˊ ㄍㄨˇ 中國神話中開天闢地的人。

盤存 ㄆㄢˊ ㄘㄨㄣˊ 企業組織在物料管理中，清點檢查現存物料的數量和情況，做成記錄以隨時明瞭本身的供應能力。同盤庫。

盤香 ㄆㄢˊ ㄒㄧㄤ 佛廟中繞成螺旋形的線香。

盤桓 ㄆㄢˊ ㄏㄨㄢˊ 徘徊留連的樣子。同盤旋。

盤球 ㄆㄢˊ ㄑㄧㄡˊ 足球運球時用腳帶球以閃躲對方搶奪，突破對方防守。

盤問 ㄆㄢˊ ㄨㄣˋ 詳細地反覆查問。同盤詰。

盤帳 ㄆㄢˊ ㄓㄤˋ 清算核對帳目。

盤貨 ㄆㄢˊ ㄏㄨㄛˋ 清點、檢查實存的貨物。同盤點。

盤飧 ㄆㄢˊ ㄙㄨㄣ 盤中的食物。

盤算 ㄆㄢˊ ㄙㄨㄢˋ 仔細估計籌劃。

盤踞 ㄆㄢˊ ㄐㄩˋ 占據固守。亦作「盤據」。

盤膝 ㄆㄢˊ ㄒㄧ 兩腿交叉彎曲而坐。同盤腿。

盤尼西林 ㄆㄢˊ ㄋㄧˊ ㄒㄧ ㄌㄧㄣˊ 英語Penicillin的音譯。一種抗菌特效藥，從青黴菌中提製出。又稱青黴素。

盤根錯節 ㄆㄢˊ ㄍㄣ ㄘㄨㄛˋ ㄐㄧㄝˊ 樹根盤旋交錯。比喻事物繁難複雜，不易處理。也作「槃根錯節」。

十一畫

盧 ㄌㄨˊ lú 名 ①古時骰子的花色，五子皆黑稱盧，是為最勝。②姓。形 黑色的。例彤弓盧矢。

盧比 ㄌㄨˊ ㄅㄧˇ 印度、巴基斯坦、尼泊爾等國的貨幣名。

盧布 ㄌㄨˊ ㄅㄨˋ 俄羅斯的貨幣名。

盧溝橋 ㄌㄨˊ ㄍㄡ ㄑㄧㄠˊ 橋名。在北京市廣安門西南，跨永定河。橋側石欄上約有五百個精刻石獅。民國二十六年七月七日，日本侵略中國，守軍吉星文團長率將士在此抵抗，揭開八年抗戰的序幕。

盥 ㄍㄨㄢˋ guàn 名 洗手用的器具。動 洗手。例 盥洗。

盥洗 ㄍㄨㄢˋ ㄒㄧˇ 指用水洗手、洗臉、漱口等。

盥漱 ㄍㄨㄢˋ ㄕㄨˋ 洗臉漱口。

盦 ㄢ ān 名 ①古時盛食物的禮器。②器皿上的蓋子。

十二畫

盪 ㄉㄤˋ dàng 動 ①洗滌。例 盪滌。②動搖，擺動。例 盪鞦韆。③抵禦，衝殺。例 單騎出盪。

盪舟 ㄉㄤˋ ㄓㄡ 划船。

盪漾 ㄉㄤˋ ㄧㄤˋ 水波微微搖動的樣子。也作「蕩漾」。

目部 ㄇㄨˋ

目 ㄇㄨˋ mù 名 ①眼睛。例 眉清目秀、賞心悅目。②首領。例 頭目。③細則。例 項目、細目。④條列在書中，以便檢索的條文。例 書目。動 注視。

目力 ㄇㄨˋ ㄌㄧˋ 眼睛看東西的能力。同 視力。

目光 ㄇㄨˋ ㄍㄨㄤ ①眼睛的神態。例 目光炯炯。②觀察事物的能力。例 目光如炬。

目次 ㄇㄨˋ ㄘˋ ①節目次序。②書籍的目錄。

目的 ㄇㄨˋ ㄉㄧˋ 想達到的境地或希望實現的意圖。

目送 ㄇㄨˋ ㄙㄨㄥˋ 眼光隨著目標物轉移，表示依依不捨或尊敬。例 目送飛機起飛。

目眩 ㄇㄨˋ ㄒㄩㄢˋ 眼花。例 頭暈目眩。

目睹 ㄇㄨˋ ㄉㄨˇ 親眼看到。例 我親眼目睹了這件慘劇。同 目擊。

目標 ㄇㄨˋ ㄅㄧㄠ ①指追求或攻擊的對象。②工作或計畫所想要達到的境地和標準。

目錄 ㄇㄨˋ ㄌㄨˋ ①書籍正文前提列出內容的章節篇次。②按一定次序編排，列出事物名目以供查考的文件。

目鏡 ㄇㄨˋ ㄐㄧㄥˋ 顯微鏡、望遠鏡等光學儀器上對著眼睛一端所裝的透鏡。

目的地 ㄇㄨˋ ㄉㄧˋ ㄉㄧˋ 預定所要到達的地方。

目擊者 ㄇㄨˋ ㄐㄧˊ ㄓㄜˇ 親眼看見事情發生經過的人。

目不交睫 ㄇㄨˋ ㄅㄨˋ ㄐㄧㄠ ㄐㄧㄝˊ 沒有合眼睡覺。形容憂慮或工作辛勞。

目不忍睹 ㄇㄨˋ ㄅㄨˋ ㄖㄣˇ ㄉㄨˇ 形容情景極為悲慘，令人不忍心看下去。

目不斜視 ㄇㄨˋ ㄅㄨˋ ㄒㄧㄝˊ ㄕˋ 兩眼正視不往旁邊看。比喻人的舉止端莊拘謹。

目不暇給 ㄇㄨˋ ㄅㄨˋ ㄒㄧㄚˊ ㄐㄧˇ 景物美好眾多，眼睛來不及看。

目不轉睛 ㄇㄨˋ ㄅㄨˋ ㄓㄨㄢˇ ㄐㄧㄥ 眼珠動也不動。形容凝神注視。

目不識丁 ㄇㄨˋ ㄅㄨˋ ㄕˋ ㄉㄧㄥ 比喻不識字或沒有學問。

目中無人 ㄇㄨˋ ㄓㄨㄥ ㄨˊ ㄖㄣˊ 形容驕傲自大，瞧不起人。

目光如豆 ㄇㄨˋ ㄍㄨㄤ ㄖㄨˊ ㄉㄡˋ 比喻見識淺陋。

目光如炬 ㄇㄨˋ ㄍㄨㄤ ㄖㄨˊ ㄐㄩˋ ①比喻見識遠大，或見事細微透徹。②形容目光有神。③形容非常憤怒。

目空一切 ㄇㄨˋ ㄎㄨㄥ ㄧ ㄑㄧㄝˋ 形容人驕傲狂妄，瞧不起一切。

目眩神迷 ㄇㄨˋ ㄒㄩㄢˋ ㄕㄣˊ ㄇㄧˊ 形容所見情景令人迷惑、驚異。

目無法紀 ㄇㄨˋ ㄨˊ ㄈㄚˇ ㄐㄧˋ 膽大妄為，漠視法令紀律。

目瞪口呆 ㄇㄨˋ ㄉㄥˋ ㄎㄡˇ ㄉㄞ 形容受驚或受窘以致眼睛發直，說不出話來。

二畫

盯

ㄉㄧㄥ dīng **動**集中目光注意地看。**例**緊迫盯人。

三畫

盲

ㄇㄤˊ máng **名**①對某些事物沒有認識的能力。**例**文盲、色盲。②指眼睛看不見的人。**例**盲啞學校。**形**眼睛看不見東西的。**例**盲人、夜盲症。**副**胡亂地，未經計畫地。**例**盲動、盲從。

盲目 ㄇㄤˊ ㄇㄨˋ 眼睛看不見東西。比喻認識不清，沒有主見和目標。

盲字 ㄇㄤˊ ㄗˋ 專供盲人摸讀和書寫的拼音文字。亦稱點字。

盲流 ㄇㄤˊ ㄌㄧㄡˊ 盲目地到達某地。**例**盲流人口。

盲動 ㄇㄤˊ ㄉㄨㄥˋ 不仔細考慮實際狀況，或沒有明確目的就行動。**同**冒進。

盲從 ㄇㄤˊ ㄘㄨㄥˊ 不能明辨是非，沒有主見只是附和別人。

盲腸 ㄇㄤˊ ㄔㄤˊ 人體內已退化的器官，位在腹腔右下部。

盲點 ㄇㄤˊ ㄉㄧㄢˇ ①眼球後部視網膜上沒有感光細胞的一點，不能引起視覺。又叫盲斑。②比喻無法注意到的地方。

盲人摸象 ㄇㄤˊ ㄖㄣˊ ㄇㄛ ㄒㄧㄤˋ 比喻對事物僅了解片面，卻以偏概全。**同**瞎子摸象。

盲人瞎馬 ㄇㄤˊ ㄖㄣˊ ㄒㄧㄚ ㄇㄚˇ 比喻處境極度危險。

直

ㄓˊ zhí **形**①不偏斜，不彎曲的。**例**直線、筆直。②行為或性格坦白爽快的。**例**心直口快、直性子。③縱的。**例**直行書寫。④呆視的。**例**兩眼發直。⑤正當有理的。**例**理直氣壯。**副**①老是，連續不斷地。**例**直笑個不停。②不轉折，沒有阻礙地。**例**直達車、直通。

直升 ㄓˊ ㄕㄥ 直接向上升等。

直立 ㄓˊ ㄌㄧˋ 垂直地站立。

直言 ㄓˊ ㄧㄢˊ ①不隱諱地依照事情真相說出。②正直無私的話。

直角 ㄓˊ ㄐㄧㄠˇ 兩直線或兩平面垂直相交而成九十度角。

直系 ㄓˊ ㄒㄧˋ 有直接血緣關係的親屬。如祖孫父子為直系，兄弟叔侄為旁系。

直到 ㄓˊ ㄉㄠˋ 一直延續到某時、某地或某種情況。**例**直到中午他才清醒。

直徑 ㄓˊ ㄐㄧㄥˋ 通過圓心到兩邊圓周的直線。

直接 ㄓˊ ㄐㄧㄝ 不經中間人或任何媒介轉洽。

直爽 ㄓˊ ㄕㄨㄤˇ 個性正直爽快。

直率 ㄓˊ ㄕㄨㄞˋ 性情直爽率真，不虛假避諱。

直達 ㄓˊ ㄉㄚˊ 直接到達或傳達。例直達車。

直腸 ㄓˊ ㄔㄤˊ 大腸最下段的部分，上接乙狀結腸，下至肛門。

直播 ㄓˊ ㄅㄛ ①種子不經過育苗就直接撒到田裡。②不經過配音、剪輯而現場播出節目。

直線 ㄓˊ ㄒㄧㄢˋ 在平面上或空間中，一點沿固定方向運動所畫成的軌跡。

直覺 ㄓˊ ㄐㄩㄝˊ 不由推理或經驗來理解事物，而以心靈的直接感覺來認知。

直屬 ㄓˊ ㄕㄨˇ 直接隸屬。

直觀 ㄓˊ ㄍㄨㄢ 指經由感官作用而直接獲得外物的知識。

直流電 ㄓˊ ㄌㄧㄡˊ ㄉㄧㄢˋ 大小和方向不隨時間改變的電流。反交流電。

直接稅 ㄓˊ ㄐㄧㄝ ㄕㄨㄟˋ 由納稅人直接繳納給政府的稅。如所得稅、營業稅等。

直腸子 ㄓˊ ㄔㄤˊ ˙ㄗ 比喻性情率直，有話就說不隱諱。同直性子。

直轄市 ㄓˊ ㄒㄧㄚˊ ㄕˋ 中央政府直接管轄的大城市。如臺北市、高雄市。同院轄市。

直言不諱 ㄓˊ ㄧㄢˊ ㄅㄨˋ ㄏㄨㄟˋ 率直不隱諱地說出來。

直接民權 ㄓˊ ㄐㄧㄝ ㄇㄧㄣˊ ㄑㄩㄢˊ 孫中山先生所創，主張人民直接行使選舉、罷免、創制、複決四權。

直接選舉 ㄓˊ ㄐㄧㄝ ㄒㄩㄢˇ ㄐㄩˇ 由選舉區內全體公民直接投票選出候選人。

直搗黃龍 ㄓˊ ㄉㄠˇ ㄏㄨㄤˊ ㄌㄨㄥˊ 比喻直接攻打敵人要害，徹底毀滅其根據地。

直截了當 ㄓˊ ㄐㄧㄝˊ ㄌㄧㄠˇ ㄉㄤ 形容說話、做事簡單爽快，不拐彎抹角。

盱

ㄒㄩ xū 動張開眼向上看。例盱衡時局。

盱衡 ㄒㄩ ㄏㄥˊ 觀察衡量。多用於政治形勢。

四畫

眉

ㄇㄟˊ méi 名①眼上額下的細毛。例濃眉大眼。②指在上端的部位。例眉批。③姓。

眉心 ㄇㄟˊ ㄒㄧㄣ 兩眉之間。例眉心不展。同眉頭。

眉月 ㄇㄟˊ ㄩㄝˋ 月亮細長彎曲如眉。同新月。

眉目 ㄇㄟˊ ㄇㄨˋ ①眉毛和眼睛。引申為人的面貌。②比喻事情的頭緒。例這件事總算有點眉目了。③比喻很近。例近在眉目之間。同眉睫。

眉宇 ㄇㄟˊ ㄩˇ 眉毛的上方。引申為人的面貌。例他的眉宇之間透露著凜然正氣。

眉批 ㄇㄟˊ ㄆㄧ 在書頁上方空白處寫上的註解、評語等。

眉急 ㄇㄟˊ ㄐㄧˊ 為「燃眉之急」的簡稱。比喻情勢緊迫，像火燒到眉毛般。

眉梢 ㄇㄟˊ ㄕㄠ 眉毛的末端。例喜上眉梢。

眉筆 ㄇㄟˊ ㄅㄧˇ 化妝時用來修飾眉形的色筆。

眉睫 ㄇㄟˊ ㄐㄧㄝˊ 眉毛和睫毛。比喻很近。引申為急迫。例迫在眉睫。

眉來眼去 ㄇㄟˊ ㄌㄞˊ ㄧㄢˇ ㄑㄩˋ 男女間以眉目傳達情意。同眉目傳情。

眉飛色舞 ㄇㄟˊ ㄈㄟ ㄙㄜˋ ㄨˇ 形容非常喜悅的得意神態。

眉清目秀 ㄇㄟˊ ㄑㄧㄥ ㄇㄨˋ ㄒㄧㄡˋ 形容面貌端莊秀美。

眉開眼笑 ㄇㄟˊ ㄎㄞ ㄧㄢˇ ㄒㄧㄠˋ 形容非常愉快的表情。

眉頭不展 ㄇㄟˊ ㄊㄡˊ ㄅㄨˋ ㄓㄢˇ 形容憂愁鬱悶的樣子。

相

㊀ㄒㄧㄤ xiāng 副①彼此交互。例守望相助、相敬如賓。②彼此比較上。例相形見絀、旗鼓相當。助由交互的意義演變為單方面對另一方進行。例刮目相看、實不相瞞。㊁ㄒㄧㄤˋ xiàng 名①形貌，模樣。例長相。②古時最高級的官，為百官之長。例宰相。動①幫助。例相夫教子、吉人天相。②觀察人的形體容貌，以判其心術或命運。例相術。③審視，察看。例相機行事、人不可貌相。

相士 ㄒㄧㄤˋ ㄕˋ ①觀察面貌以鑑別人才。②以看相論命為職業的人。

相干 ㄒㄧㄤ ㄍㄢ 互相牽涉有關聯。例這件事與你有何相干？同相關。

相公 ㊀ㄒㄧㄤˋ ㄍㄨㄥ 古時對宰相的尊稱。㊁ㄒㄧㄤˋ ·ㄍㄨㄥ 古時妻子對丈夫的敬稱。

相左 ㄒㄧㄤ ㄗㄨㄛˇ 相違背，不同。例意見相左。

相交 ㄒㄧㄤ ㄐㄧㄠ ①交叉，交錯。②結交朋友。

相向 ㄒㄧㄤ ㄒㄧㄤˋ 彼此面對面。例怒目相向。

相好 ㄒㄧㄤ ㄏㄠˇ ①心意相合，彼此親愛。②親密的朋友或情人。例老相好。

相投 ㄒㄧㄤ ㄊㄡˊ 彼此心意契合。例情意相投。

相似 ㄒㄧㄤ ㄙˋ 大體上相同，只有些微的差異。同相仿、相若。

相沿 ㄒㄧㄤ ㄧㄢˊ 由前代沿襲下來。例相沿成俗。同因襲。

相知 ㄒㄧㄤ ㄓ ①彼此認識，互相了解。②指情誼深厚的朋友。

相近 ㄒㄧㄤ ㄐㄧㄣˋ ①差不多，大致上相同。②距離不遠。

相思 ㄒㄧㄤ ㄙ 彼此想念。多指男女之間互相思慕。

相面 ㄒㄧㄤˋ ㄇㄧㄢˋ 觀察人的面貌或身體特徵來判斷命運或吉凶。同看相。

相信 ㄒㄧㄤ ㄒㄧㄣˋ 信任，不懷疑。

相約 ㄒㄧㄤ ㄩㄝ 互相約定。

相差 ㄒㄧㄤ ㄔㄚ 兩者之間的距離和差異。

相率 ㄒㄧㄤ ㄕㄨㄞˋ 一個接一個。例相率離開。同相繼。

相處 ㄒㄧㄤ ㄔㄨˇ 生活或工作間的互相往來、對待。

相逢 ㄒㄧㄤ ㄈㄥˊ 彼此遇見。多指偶然地。

相符 ㄒㄧㄤ ㄈㄨˊ 互相契合。

相間 ㄒㄧㄤ ㄐㄧㄢˋ 事物和事物一個隔著一個。

相等 ㄒㄧㄤ ㄉㄥˇ 事物各方面都完全一樣。同相同。

相違 ㄒㄧㄤ ㄨㄟˊ ①互相離異、分開。②不合。

相當 ㄒㄧㄤ ㄉㄤ ①等於。②雙方差不多。例旗鼓相當。

相傳 ㄒㄧㄤ ㄔㄨㄢˊ 輾轉傳說或世代傳交下來。例口耳相傳的神話。

相稱 ㊀ㄒㄧㄤ ㄔㄥˋ 雙方相等或相似而配合得恰當剛好。㊁ㄒㄧㄤ ㄔㄥ 互相稱呼。例他們以兄弟相稱。

相對 ㄒㄧㄤ ㄉㄨㄟˋ ①依一定條件而存在，隨條件的變化而改變。反絕對。②意義或性質相互對立。③有對等比較關係的。例相對優勢。

相親 ㄒㄧㄤ ㄑㄧㄣ ㈠ㄒㄧㄤ ㄑㄧㄣ 彼此親愛。㈡ㄒㄧㄤ ㄑㄧㄣ 男女雙方經人介紹後，約定日期安排彼此見面。

相機 ㄒㄧㄤˋ ㄐㄧ ①觀察實際情形和適當的時機。例相機行事。②照相機的簡稱。

相應 ㄒㄧㄤ ㄧㄥˋ 互相呼應。例首尾相應。

相聲 ㄒㄧㄤˋ ㄕㄥ 曲藝的一種，用說、學、逗、唱等技巧引觀眾發笑，擅長諷刺。

相覷 ㄒㄧㄤ ㄑㄩˋ 互相對看。例面面相覷。

相識 ㄒㄧㄤ ㄕˋ 彼此認識。

相夫教子 ㄒㄧㄤˋ ㄈㄨ ㄐㄧㄠˋ ㄗˇ 輔助丈夫發展事業，教育子女長大成人。

相互輝映 ㄒㄧㄤ ㄏㄨˋ ㄏㄨㄟ ㄧㄥˋ 彼此的成就互相比美，而顯得更加燦爛。

相安無事 ㄒㄧㄤ ㄢ ㄨˊ ㄕˋ 彼此和平共處，沒有是非。

相形見絀 ㄒㄧㄤ ㄒㄧㄥˊ ㄐㄧㄢˋ ㄔㄨˋ 相比之下顯出一方的拙劣不足。

相忍為國 ㄒㄧㄤ ㄖㄣˇ ㄨㄟˋ ㄍㄨㄛˊ 為國家利益而彼此容忍。

相知恨晚 ㄒㄧㄤ ㄓ ㄏㄣˋ ㄨㄢˇ 剛結交而意氣相投的朋友，惋惜彼此認識得太晚。同相見恨晚。

相依為命 ㄒㄧㄤ ㄧ ㄨㄟˊ ㄇㄧㄥˋ 彼此依賴過活而沒有其他託靠。

相持不下 ㄒㄧㄤ ㄔˊ ㄅㄨˋ ㄒㄧㄚˋ 彼此爭執對立，不肯讓步。

相映成趣 ㄒㄧㄤ ㄧㄥˋ ㄔㄥˊ ㄑㄩˋ 相似或相反的兩件事物在彼此對襯下，更顯出趣味來。

相得益彰 ㄒㄧㄤ ㄉㄜˊ ㄧˋ ㄓㄤ 兩者互相配合或陪襯，更顯出彼此的優點和美好本質。

相提並論 ㄒㄧㄤ ㄊㄧˊ ㄅㄧㄥˋ ㄌㄨㄣˋ 用同一意見或方法討論比較不同的人或事物。

相煎太急 ㄒㄧㄤ ㄐㄧㄢ ㄊㄞˋ ㄐㄧˊ 比喻兄弟或關係密切的人不和睦，相逼太甚。

相敬如賓 ㄒㄧㄤ ㄐㄧㄥˋ ㄖㄨˊ ㄅㄧㄣ 形容夫婦間相處融洽，像對待賓客般互相尊敬。

相輔相成 ㄒㄧㄤ ㄈㄨˇ ㄒㄧㄤ ㄔㄥˊ 互相幫助配合以達到成功。

相機行事 ㄒㄧㄤˋ ㄐㄧ ㄒㄧㄥˊ ㄕˋ 觀察適宜時機再採取行動。也作「相機而動」。

相濡以沫 ㄒㄧㄤ ㄖㄨˊ ㄧˇ ㄇㄛˋ 無水的魚彼此用口沫潤溼身體以苟延生命。比喻人處在困境中互相救助。

相顧失色 ㄒㄧㄤ ㄍㄨˋ ㄕ ㄙㄜˋ 彼此對看後驚慌得臉色大變。

眈

ㄉㄢ dān 副目光低下注視或威嚴地逼視。例虎視眈眈。

盹

ㄉㄨㄣˇ dǔn 名短時間的睡眠。例打盹。動閉目小睡。

眄

ㄇㄧㄢˇ miǎn 動斜視。例流眄。

眇

ㄇㄧㄠˇ miǎo 名一隻眼睛瞎了或有毛病。形微小的。例眇小、眇眇。動瞇眼細看。例眇目。

眇小 ㄇㄧㄠˇ ㄒㄧㄠˇ 微小，細小。

眊

ㄇㄠˋ mào 名同「耄」。老年人。例老眊。形眼力不清楚的。例孟子：「眸子眊焉。」

盼

ㄆㄢˋ pàn 形眼睛黑白分明的。例詩經：「

美目盼兮。」動①看。例左顧右盼。②希望。例盼望。

省

㊀ㄕㄥˇ shěng 名①古代官署名。例中書省、尚書省。②地方行政區域名稱之一，其下設若干縣市。動①節約。例省電、省吃儉用。②減少。例省時、省力。③免去。例省得麻煩。

㊁ㄒㄧㄥˇ xǐng 動①檢討自我的行為。例反省。②了悟，明白。例發人深省。③知道，記得。例不省人事。④看望，請安問候。例晨昏定省、省親。

省立 ㄕㄥˇ ㄌㄧˋ 由省政府設立的機關或學校。

省事 ㄕㄥˇ ㄕˋ 使辦事的手續精簡。

省卻 ㄕㄥˇ ㄑㄩㄝˋ ①節省。例捷運的快速，省卻許多時間。②免除。例省卻麻煩。

省悟 ㄒㄧㄥˇ ㄨˋ 明白覺悟。同醒悟。

省略 ㄕㄥˇ ㄌㄩㄝˋ 刪去事物中不必要的部分。

省道 ㄕㄥˇ ㄉㄠˋ 聯絡重要縣市或省和省之間的公路。

省會 ㄕㄥˇ ㄏㄨㄟˋ 省政府所在地，常為全省的政治、經濟、文化、交通中心。也稱為省治、省城。

省察 ㄒㄧㄥˇ ㄔㄚˊ ①詳細審察。②客觀地檢討自我的行為。

省親 ㄒㄧㄥˇ ㄑㄧㄣ 回鄉探望父母長輩。

省轄市 ㄕㄥˇ ㄒㄧㄚˊ ㄕˋ 由省政府直接管轄的城市。

省議會 ㄕㄥˇ ㄧˋ ㄏㄨㄟˋ 代表一省民意的議事機關。

省吃儉用 ㄕㄥˇ ㄔ ㄐㄧㄢˇ ㄩㄥˋ 形容生活儉約，不浪費。

省油的燈 ㄕㄥˇ ㄧㄡˊ ˙ㄉㄜ ㄉㄥ 比喻容易應付的人。例他老愛藉酒裝瘋，可不是個省油的燈。

看

㊀ㄎㄢˋ kàn 動①用眼睛注視，瞧。例看報、收看。②拜訪，探望。例看望。③對待。例刮目相看。④觀察判斷，認為。例我看爬山比較好。⑤診斷治療。例看病。助表示姑且試試的語氣。例做做看、試試看。

㊁ㄎㄢ kān 動監守，保護著。例看管。

看中 ㄎㄢˋ ㄓㄨㄥˋ 合意，因喜歡而選定某事物。同看上。

看好 ㊀ㄎㄢˋ ㄏㄠˇ 預料有好的發展前途。同看漲。㊁ㄎㄢ ㄏㄠˇ 仔細監管保護。

看守 ㄎㄢ ㄕㄡˇ ①監守保護。例看守國庫。②監視。例看守罪犯。

看法 ㄎㄢˋ ㄈㄚˇ 對事物的觀感想法。

看押 ㄎㄢ ㄧㄚ 因犯罪被臨時拘禁。

看相 ㄎㄢˋ ㄒㄧㄤˋ 觀察相貌以評斷命運吉凶。同相面。

看重 ㄎㄢˋ ㄓㄨㄥˋ 重視，認為重要。反看輕。

看病 ㄎㄢˋ ㄅㄧㄥˋ ①醫師為人治病。②病人找醫師診病。

看家 ㄎㄢ ㄐㄧㄚ ①看守門戶。②比喻一個人最擅長且不外傳的技能。例看家本領。

看透 ㄎㄢˋ ㄊㄡˋ 徹底的認識、瞭解。同看穿、看破。

看漲 ㄎㄢˋ ㄓㄤˇ 根據市場情況，估計價格有上漲趨勢。

看齊 ㄎㄢˋ ㄑㄧˊ ①同行列的人各向鄰位注視比齊，使隊形整齊。②以某種事物為榜樣，勉勵人學習跟從。

看臺 ㄎㄢˋ ㄊㄞˊ 建築在表演場地旁邊或周圍的高臺。

看護 ㄎㄢˋ ㄏㄨˋ ①照顧病人。②指特別護士。

看不上 ㄎㄢˋ ㄅㄨˋ ㄕㄤˋ ①不合意，輕視。②討厭憎惡。

看不過 ㄎㄢˋ ㄅㄨˋ ㄍㄨㄛˋ 對某事或某人舉動不以為然。例我真看不過他的橫行霸道。

看守所 ㄎㄢ ㄕㄡˇ ㄙㄨㄛˇ 暫時拘禁未定罪者或被告的地方。

看走眼 ㄎㄢˋ ㄗㄡˇ ㄧㄢˇ 對人或事物的評估錯誤。

看著辦 ㄎㄢˋ ˙ㄓㄜ ㄅㄢˋ ①依照實際情形的發展斟酌辦理。例這件事你看著辦吧。②恐嚇警告對方一定要照著說話者的意思和利益，否則會發生嚴重的後果。例如果不依照我的條件，咱們就看著辦吧。

看守內閣 ㄎㄢ ㄕㄡˇ ㄋㄟˋ ㄍㄜˊ 當國會通過對內閣不信任案後，在新內閣組成前，暫時留任的原內閣，或是另組的臨時內閣。

看風使舵 ㄎㄢˋ ㄈㄥ ㄕˇ ㄉㄨㄛˋ 比喻隨機應變，依情勢行動。亦作「看風使帆」。

看破紅塵 ㄎㄢˋ ㄆㄛˋ ㄏㄨㄥˊ ㄔㄣˊ 不再眷戀世俗的紛擾。

盾

ㄉㄨㄣˋ dùn 名 ①作戰時保護身體，抵禦敵人兵刃矢石的武器。例盾牌。②盾形的紀念品或獎品。例銀盾。

五畫

真

ㄓㄣ zhēn 名 ①稱得道成仙的人。例真人。②摹繪的人像。例寫真。③自然的本性。例反璞歸真。④實際授與的官職。例真除。⑤姓。形 不虛偽造假的。例真槍實彈、廬山真面目。副 很，的確。例真漂亮、你說得真對。

真切 ㄓㄣ ㄑㄧㄝˋ 真確切實而不含糊。

真正 ㄓㄣ ㄓㄥˋ 確實不虛假。

真皮 ㄓㄣ ㄆㄧˊ ①介於表皮和內皮之間，內有神經、神經末稍、血管、毛囊、汗腺等。②真的皮革，非化學原料仿製品。

真空 ㄓㄣ ㄎㄨㄥ ①沒有任何物質存在的空間。②比喻事物無法相連接的狀態。

真味 ㄓㄣ ㄨㄟˋ 天然、實在的味道。

真相 ㄓㄣ ㄒㄧㄤˋ 本來的面貌或實際情況。例真相大白。

真珠 ㄓㄣ ㄓㄨ 蚌內所結的圓珠，有光澤，是珍貴的裝飾物。亦作「珍珠」。

真書 ㄓㄣ ㄕㄨ 指楷書、正體字。

真除 ㄓㄣ ㄔㄨˊ 代理或試用的官員，補授實官實職而真正上任。

真率 ㄓㄣ ㄕㄨㄞˋ 坦誠爽直而不拘泥做作。

真情 ㄓㄣ ㄑㄧㄥˊ ①實際的情形。②真實的感情。例真情流露。

真誠 ㄓㄣ ㄔㄥˊ 心意真實誠懇。同真摯。

真義 ㄓㄣ ㄧˋ 確切不改變的真實義理。同真諦。

真跡 ㄓㄣ ㄐㄧ 出於書畫家本人之手的作品，不同於臨摹、拓本或偽造者。

真傳 ㄓㄣ ㄔㄨㄢˊ 在傳授學問或技藝上，使受業者得到正宗傳統的奧祕。例他得到祖父的真傳。

真箇 ㄓㄣ ㄍㄜˋ 真的，確實。為加強語氣的修飾詞。

真實 ㄓㄣ ㄕˊ 真確實在而不虛偽。

真摯 ㄓㄣ ㄓˋ 出自內心的，真誠懇切。

真分數 ㄓㄣ ㄈㄣ ㄕㄨˋ 分子比分母小的分數。

真平等 ㄓㄣ ㄆㄧㄥˊ ㄉㄥˇ 各人根據天賦的聰明才智，努力奮鬥，人人在政治上的立足點都是平等的。反假平等。

真空管 ㄓㄣ ㄎㄨㄥ ㄍㄨㄢˇ 在內部空氣已被抽出的玻璃管中封入電極，供無線電檢波和整流用的器件。同電子管。

真性情 ㄓㄣ ㄒㄧㄥˋ ㄑㄧㄥˊ 誠懇率真不虛偽做作的性情。

真面目 ㄓㄣ ㄇㄧㄢˋ ㄇㄨˋ 本來的形貌。例不識廬山真面目。

真善美 ㄓㄣ ㄕㄢˋ ㄇㄟˇ 真實完善而美好的境界。

真才實學 ㄓㄣ ㄘㄞˊ ㄕˊ ㄒㄩㄝˊ 真確紮實的才能學問。

真知灼見 ㄓㄣ ㄓ ㄓㄨㄛˊ ㄐㄧㄢˋ 形容人的見解正確精闢。

真偽莫辨 ㄓㄣ ㄨㄟˇ ㄇㄛˋ ㄅㄧㄢˋ 真假難以分辨。

真憑實據 ㄓㄣ ㄆㄧㄥˊ ㄕˊ ㄐㄩˋ 真實而可靠的憑據。

真人不露相 ㄓㄣ ㄖㄣˊ ㄅㄨˋ ㄌㄡˋ ㄒㄧㄤˋ 比喻不在人前顯露真面目。

真金不怕火煉 ㄓㄣ ㄐㄧㄣ ㄅㄨˋ ㄆㄚˋ ㄏㄨㄛˇ ㄌㄧㄢˋ 比喻堅強或有真才實學的人，不怕考驗。

眩

ㄒㄩㄢˋ xuàn 動①眼睛昏花看不清楚。例頭暈目眩。②迷亂，迷惑。

眩惑 ㄒㄩㄢˋ ㄏㄨㄛˋ 迷亂困惑沒有主見的樣子。

眩暈 ㄒㄩㄢˋ ㄩㄣ 頭暈目眩，感覺所有東西都在旋轉。

眛

ㄇㄟˋ mèi 形眼睛看不清楚的。例蒙眛。

眠

ㄇㄧㄢˊ mián 動①睡覺。例安眠。②指動物因蛻皮或入冬後藏伏不動不吃。例冬眠、蠶眠。

眠火山 ㄇㄧㄢˊ ㄏㄨㄛˇ ㄕㄢ 暫時休眠的火山，但仍可能爆發。也稱休火山。

眨

ㄓㄚˇ zhǎ 動眼睛一開一閉。例眨眼。

眨眼 ㄓㄚˇ ㄧㄢˇ ①眼睛一張一閉。②比喻很短的時間。例才一眨眼他就溜掉了。

眙

㊀ㄔˋ chì 動瞪眼直視，盯著看。例史記：「目眙不禁。」㊁ㄧˊ yí 名地名。盱眙，安徽省縣名。

眚

ㄕㄥˇ shěng 名①眼睛長了薄膜的病，即眼翳。②過失。③災難，災禍。

六畫

眷

ㄐㄩㄢˋ juàn 名家屬，親屬。例家眷、攜家帶眷。動①關心，照顧。例眷顧。②思念，愛慕。例眷戀、眷念。

眷村 ㄐㄩㄢˋ ㄘㄨㄣ 軍人親屬所居住的村落。

眷屬 ㄐㄩㄢˋ ㄕㄨˇ 親屬，家人。同家眷、家屬。

眷顧 ㄐㄩㄢˋ ㄍㄨˋ 深切的關心照顧。例承蒙老天爺的眷顧。

眷戀 ㄐㄩㄢˋ ㄌㄧㄢˋ 非常想念愛慕。

眹

ㄓㄣˋ zhèn 名眼球的黑色部分，即瞳仁。

眯

㊀ㄇㄧˇ mǐ 動有東西飛入眼中，使眼睛一時張不開或看不清楚。例灰沙眯了眼。

(二)ㄇㄧ mī 形 同「瞇」。眼皮微張。例 眯瞝。

眶 ㄎㄨㄤ kuāng 名 眼睛的四周。例 眼眶、熱淚盈眶。

眭 ㄙㄨㄟ suī 名 姓。

眼 ㄧㄢˇ yǎn 名 ①動物的視覺器官。例 眼睛。②孔穴。例 針眼。③關鍵，要點。例 節骨眼。④音樂節拍。例 有板有眼。

眼力 ㄧㄢˇ ㄌㄧˋ ①看東西的能力。同 視力。②辨別好壞真假的鑑識力。

眼光 ㄧㄢˇ ㄍㄨㄤ ①對事物的觀察力和看法。例 投資時要將眼光放遠。②指鑑賞的能力。例 他很有眼光。③視線。例 觀眾的眼光集中在舞臺上。

眼尖 ㄧㄢˇ ㄐㄧㄢ 比喻人觀察敏銳的樣子。

眼色 ㄧㄢˇ ㄙㄜˋ 用眼睛示意的動作。例 使眼色。

眼角 ㄧㄢˇ ㄐㄧㄠˇ 上下眼瞼相接處，在眼眶左右。

眼波 ㄧㄢˇ ㄅㄛ 形容眼光像水波般清澈流轉。

眼穿 ㄧㄢˇ ㄔㄨㄢ 形容盼望殷切。

眼界 ㄧㄢˇ ㄐㄧㄝˋ ①視力所及的範圍。②對事物的觀察力或見識的廣度。

眼神 ㄧㄢˇ ㄕㄣˊ 眼睛的神態。

眼看 ㄧㄢˇ ㄎㄢˋ ①立刻，即將。例 眼看比賽就要開始。②無可奈何地看著。例 眼看著公車開過。

眼紅 ㄧㄢˇ ㄏㄨㄥˊ ①眼睛生病發紅。②嫉妒羨慕。同 眼熱、眼饞。③激怒的樣子。例 仇人見面，分外眼紅。

眼珠 ㄧㄢˇ ㄓㄨ 眼球。

眼淚 ㄧㄢˇ ㄌㄟˋ 眼睛中淚腺分泌的液體。

眼球 ㄧㄢˇ ㄑㄧㄡˊ 視覺器官，球狀，藏在眼窩內，前面突出，後面有神經和血管。

眼眶 ㄧㄢˇ ㄎㄨㄤ 眼睛的四周。又稱眼圈。

眼罩 ㄧㄢˇ ㄓㄠˋ 遮蓋眼睛的布。

眼跳 ㄧㄢˇ ㄊㄧㄠˋ 眼皮顫動，世俗多認為是不幸的預兆。

眼福 ㄧㄢˇ ㄈㄨˊ 有機會看到美好特別的東西。例 沿路的美景真令我大飽眼福。

眼熟 ㄧㄢˇ ㄕㄡˊ 好像曾經看過但印象不深刻。

眼影 ㄧㄢˇ ㄧㄥˇ 化妝時在上眼皮塗上顏色。

眼線 ㄧㄢˇ ㄒㄧㄢˋ 暗中探察，提供消息或引導的人。

眼壓 ㄧㄢˇ ㄧㄚ 眼球內部液體對周圍組織的壓力。

眼瞼 ㄧㄢˇ ㄐㄧㄢˇ 眼球前面可以開合以遮護眼球的軟皮。俗稱眼皮。

眼簾 ㄧㄢˇ ㄌㄧㄢˊ 即虹彩膜，能使瞳孔擴大縮小以調節光線的結構。

眼巴巴 ㄧㄢˇ ㄅㄚ ㄅㄚ 殷切盼望的樣子。

眼中釘 ㄧㄢˇ ㄓㄨㄥ ㄉㄧㄥ 比喻所嫉妒憎惡的人。

眼角膜 ㄧㄢˇ ㄐㄧㄠˇ ㄇㄛˊ 眼球最外層的透明薄膜，在眼球前方中央，具有保護和使光線折射入眼球的功能。

眼前虧 ㄧㄢˇ ㄑㄧㄢˊ ㄎㄨㄟ 當面受窘失利。例 好漢不吃眼前虧。

眼睜睜 ㄧㄢˇ ㄓㄥ ㄓㄥ ①張著眼睛注視。②當面、公然，有無可奈何的意思。例眼睜睜地看著大火蔓延。

眼明手快 眼光銳利，辦事靈敏。

眼花撩亂 眼睛看到紛亂繁雜的東西而昏花、迷亂。

眼高手低 標準、要求很高，但實際的執行能力卻很低。

眼不見為淨 凡事只要看不到，心裡就可免去煩惱，感覺清淨。

眺

ㄊㄧㄠˋ tiào 動①遠望。例眺望。②斜視。

眸

ㄇㄡˊ móu 名瞳仁，眼球的黑色部分。泛指眼睛。例明眸皓齒。

眵

ㄔ chī 名眼睛分泌物凝結成的汙垢。俗稱眼屎。

眴

ㄒㄩㄢˋ xuàn 動①通「眩」。眼睛昏花。②轉動眼睛以示意。

眽

ㄇㄛˋ mò 形互相凝視而不說話。例含情眽眽。動目不正視。

眽眽 凝眼注視的樣子。亦作「脈脈」。

眥

ㄗˋ zì 名眼眶。例目眥盡裂。

眾

ㄓㄨㄥˋ zhòng 名①指許多的人或物。例眾叛親離、寡不敵眾。②佛家稱教徒人數的單位。例一行三眾。形①許多的。例眾多。②平凡的，普通的。例眾人。

眾生 ①一切有生命的動植物。②佛家指一切有感情、有形相的生命體。

眾望 大家所期待仰望的。例不負眾望。

眾數 統計學上指在一些數字中，出現最多次的數。

眾議 大家的意見論點。例獨排眾議。

眾議院 民主立憲國家的兩院制國會，分參議院和眾議院。眾議院代表全國人民，議員由人民直接選舉產生。

眾口一詞 大家不約而同地說一樣的話。同異口同聲。

眾口鑠金 眾多紛雜的流言足以顛倒是非。比喻輿論的影響力大。

眾矢之的 共同攻擊的對象、目標。

眾目睽睽 大家都張大眼睛注視。

眾志成城 比喻團結合作的力量強大，必可成大事。

眾所周知 大家都知道。

眾叛親離 眾人反叛，親信背離。形容處境十分孤立。

眾怒難犯 群眾的憤怒難以抵擋，不可輕易觸犯。

眾星捧月 比喻許多人共同簇擁一個人。亦作「眾星拱月」。

眾望所歸 深得大家的愛戴和仰慕。亦作「眾望所依」。

眾說紛紜 每個人的說法都不同。

眾寡不敵 兩方力量相差太多，無法互相抗衡。同眾寡懸殊。

眾擎易舉 比喻大家齊心協力就容易成功。

七畫

睇 ㄉㄧˋ dì 動①注視，觀看。例凝睇。②稍微斜視。例睇視。

睏 ㄎㄨㄣˋ kùn 動①疲倦想睡覺。例睏乏。②睡覺。例睏一會兒。

睊 ㄐㄩㄢˋ juàn 副睊睊，斜眼怒視的樣子。

睎 ㄒㄧ xī 動①遠眺，望。例睎望。②景仰愛慕。例睎驥。

八畫

督 ㄉㄨ dū 名①大將。②具有監察和指揮權責的官員。例總督。動①監察，管理。例督察、督導。②催促。例督促。③責備。例督過。

督促 ㄉㄨ ㄘㄨˋ 監督催促別人行動。

督師 ㄉㄨ ㄕ 統率軍隊作戰。同督戰。

督責 ㄉㄨ ㄗㄜˊ ①督察責備。②督促別人使事情完成。

督飭 ㄉㄨ ㄔˋ 監督指揮。

督察 ㄉㄨ ㄔㄚˊ ①監督考察。②負責監督的官職名稱。

督導 ㄉㄨ ㄉㄠˇ 監督指導。

督辦 ㄉㄨ ㄅㄢˋ 監督辦理。

督學 ㄉㄨ ㄒㄩㄝˊ 督察學校教學情形和輔導教育工作的行政人員。

睟 ㄙㄨㄟˋ suì 形①目光清亮的樣子。②臉色潤澤的樣子。例睟容。

睠 ㄐㄩㄢˋ juàn 動①同「眷」。顧念，關心。例睠顧。②回頭看。

睒 ㄕㄢˇ shǎn 形明亮閃爍的。副短暫注視地。

睒睒 ㄕㄢˇ ㄕㄢˇ 光芒閃爍的樣子。

睫 ㄐㄧㄝˊ jié 名長在上下眼皮邊緣的細毛。也稱睫毛。

睫狀體 ㄐㄧㄝˊ ㄓㄨㄤˋ ㄊㄧˇ 眼球壁血管膜的增厚部分，是產生房水及調節眼睛屈光的重要部位。也叫毛樣體。

睛 ㄐㄧㄥ jīng 名眼珠。例目不轉睛、畫龍點睛。

睹 ㄉㄨˇ dǔ 動看見，見到。例有目共睹、睹物思人。

睦 ㄇㄨˋ mù 名親愛，和順。例講信修睦。形和氣的。例和睦。動親善友好。例敦親睦鄰。

睦鄰 ㄇㄨˋ ㄌㄧㄣˊ 與鄰居或鄰國和善相處。

睞 ㄌㄞˋ lài 動①注視。例明眸善睞。②往左右兩邊看。例旁睞。③特別掛念，重視。例青睞。

睚 ㄧㄞˊ yái 名眼睛的周邊，眼眶。

睚眥必報 ㄧㄞˊ ㄗˋ ㄅㄧˋ ㄅㄠˋ 比喻極小的忿恨也會圖謀報復。

睜 ㄓㄥ zhēng 動張開眼睛。例睜眼。

睜一眼，閉一眼 ㄓㄥ ㄧ ㄧㄢˇ，ㄅㄧˋ ㄧ ㄧㄢˇ 為了給人方便或避免捲入紛爭，對於事情假裝不知情。

睬 ㄘㄞˇ cǎi 動理會，過問。例不理不睬。

睩 ㄌㄨˋ lù 形謹慎注視的樣子。例睩睩。

睢 ㄙㄨㄟ suī 副抬頭怒視著。例萬眾睢睢。

睥 ㄅㄧˋ bì 見「睥睨」。

睥睨 ㄅㄧˋ ㄋㄧˋ 斜眼看人，表示輕視或不服氣。

睨 ㄋㄧˋ nì 動斜著眼看。例睥睨、睨視。

睪 ㈠ㄧˋ yì 動暗中偵察、伺察。㈡ㄍㄠ gāo 見「睪丸」。

睪丸 ㄍㄠ ㄨㄢˊ 雄性動物生殖器官之一，卵形，左右各一，可產生精子和分泌雄性激素。也稱精巢、外腎。

九畫

瞀 ㄇㄠˋ mào 形①眼睛昏花看不清楚的。例眼瞀。②混亂的。例瞀亂。

睿 ㄖㄨㄟˋ ruì 名通達事理的智慧。形聰明的，明智的。例睿智。

睿智 ㄖㄨㄟˋ ㄓˋ 精深通達的智識。也作「睿知」。

睽 ㄎㄨㄟˊ kuí 名六十四卦之一。形張眼注視的樣子。例眾目睽睽。動通「暌」。乖違，別離。例睽違多年。

睽違 ㄎㄨㄟˊ ㄨㄟˊ 分開，別離。

睽睽 ㄎㄨㄟˊ ㄎㄨㄟˊ 張大眼睛注視。例眾目睽睽。

瞄 ㄇㄧㄠˊ miáo 動特別注視在某一點上。例瞄了一眼。

瞄準 ㄇㄧㄠˊ ㄓㄨㄣˇ 集中視線在一定角度方向，使發射、投射的動作準確。

睡 ㄕㄨㄟˋ shuì 形①睡眠時用的。例睡衣、睡袍。②閉攏的。例睡蓮。動閉目安眠。例沉睡。

睡相 ㄕㄨㄟˋ ㄒㄧㄤˋ 睡覺時的姿勢。

睡眠 ㄕㄨㄟˋ ㄇㄧㄢˊ 使腦部功能休息，得到恢復的狀態。同睡覺。

睡袋 ㄕㄨㄟˋ ㄉㄞˋ 專供睡覺用的袋形設備。多用於登山、露營等野外活動。

睡鄉 ㄕㄨㄟˋ ㄒㄧㄤ 睡眠時做夢的另一個境地。

睡獅 ㄕㄨㄟˋ ㄕ 比喻不思振作但仍有潛力的大國。

睡蓮 ㄕㄨㄟˋ ㄌㄧㄢˊ 植物名。多年生水生草本，有長柄，葉浮於水面，開白、紅色花，午後開花，傍晚閉合。

睡覺 ㈠ㄕㄨㄟˋ ㄐㄧㄠˋ 閉上眼睛進入睡眠狀態。㈡ㄕㄨㄟˋ ㄐㄩㄝˊ 剛睡醒。

瞅 ㄔㄡˇ chǒu 動看，瞧。例瞅了一眼。

十畫

瞎 ㄒㄧㄚ xiā 形眼睛看不見的。例瞎子。動眼睛失去視力。例眼瞎了。副胡亂地，沒意義地。例瞎鬧、瞎說。

瞎忙 ㄒㄧㄚ ㄇㄤˊ ①毫無方向地亂忙。②比喻胡亂行動而沒有收穫。

瞎抓 ㄒㄧㄚ ㄓㄨㄚ 比喻做事沒有頭緒或條理而亂忙。

瞎扯 ㄒㄧㄚ ㄔㄜˇ 沒有主題或根據地胡說。同瞎聊。

瞎謅 ㄒㄧㄚ ㄗㄡ 胡亂編造的話。

瞎攪 ㄒㄧㄚ ㄍㄠˇ 做事沒有條理方向。

瞑 ㈠ㄇㄧㄥˊ míng 動閉上眼睛。例死不瞑目。㈡ㄇㄧㄢˇ miǎn 形昏亂的樣子。例瞑眩。

瞑目 ㄇㄧㄥˊ ㄇㄨˋ ①閉上眼睛。②比喻沒有牽掛地死去。

瞑瞑 ㄇㄧㄥˊ ㄇㄧㄥˊ 視力模糊的樣子。

瞇 ㄇㄧ mī 動上下眼皮微閉。例瞇著眼。

瞇縫 ㄇㄧ ㄈㄥˋ 眼睛微張成一條縫。

瞌 ㄎㄜ kē 動因疲倦而想睡。例打瞌睡。

瞋 ㄔㄣ chēn 動發怒時張大眼睛。例瞋目相向。

瞋目 ㄔㄣ ㄇㄨˋ 瞪大眼睛怒視。

十一畫

瞟 ㄆㄧㄠˇ piǎo 動用眼斜看。例瞟一眼。

瞞 ㄇㄢˊ mán 動隱藏實情不讓人知道，欺騙。例隱瞞、瞞天過海。

瞞騙 ㄇㄢˊ ㄆㄧㄢˋ 欺瞞哄騙。同瞞哄。

瞞天過海 ㄇㄢˊ ㄊㄧㄢ ㄍㄨㄛˋ ㄏㄞˇ 比喻欺騙手法高明。

瞠 ㄔㄥ chēng 動張大眼睛直看。例瞠目、瞠視。副驚訝直視地。例莊子：「瞠若乎後矣。」

瞠目結舌 ㄔㄥ ㄇㄨˋ ㄐㄧㄝˊ ㄕㄜˊ 受窘或驚嚇時，張大眼睛說不出話來。

瞠乎其後 ㄔㄥ ㄏㄨ ㄑㄧˊ ㄏㄡˋ 形容差距太大無法追上，只能在後面乾瞪眼。

瞢 ㊀ㄇㄥˊ méng 形①視線模糊的。例昏瞢。②灰暗無光的。例瞢瞢。㊁ㄇㄥˋ mèng 名古澤名。如雲瞢澤。動通「夢」。做夢。

瞥 ㄆㄧㄝ piē 動目光很快地略過。例驚鴻一瞥。

瞥見 ㄆㄧㄝ ㄐㄧㄢˋ 偶然看見。

瞥眼 ㄆㄧㄝ ㄧㄢˇ 轉眼間。例瞥眼又過了一年。

十二畫

瞳 ㄊㄨㄥˊ tóng 名眼珠。例瞳孔、瞳仁。

瞳孔 ㄊㄨㄥˊ ㄎㄨㄥˇ 眼珠前虹膜中心的圓孔，會隨著光線強弱調整大小。

瞵 ㄌㄧㄣˊ lín 動注視，瞪著眼看。例瞵視、虎眼鷹瞵。

瞰 ㄎㄢˋ kàn 動由上往下看。例鳥瞰、俯瞰。

瞪 ㄉㄥˋ dèng 動①張大眼睛直視。例目瞪口呆。②忿恨、不滿地注視。例瞪他一眼。

瞭 ㊀ㄌㄧㄠˇ liǎo 動明白，清楚。例明瞭、瞭解。㊁ㄌㄧㄠˋ liào 動在高處遠望。例瞭望。

瞭望 ㄌㄧㄠˋ ㄨㄤˋ 登高遠望。常有監視、偵察的意思。

瞭如指掌 ㄌㄧㄠˇ ㄖㄨˊ ㄓˇ ㄓㄤˇ 形容對狀況十分清楚、明白。或作「瞭若指掌」。

瞶 ㄍㄨㄟˋ guì 名眼睛裡沒有瞳孔，指瞎子。例聾瞶。形昏愚的，糊塗的。例昏瞶。

瞬 ㄕㄨㄣˋ shùn 名很短的時間。例瞬間。動眨眼。例轉瞬。

瞬息萬變 ㄕㄨㄣˋ ㄒㄧ ㄨㄢˋ ㄅㄧㄢˋ 形容在短時間內變化快速。

瞧 ㄑㄧㄠˊ qiáo 動①看。例瞧一眼。②偷看。

瞧不起 ㄑㄧㄠˊ ㄅㄨˋ ㄑㄧˇ 輕視別人。同看不起。

十三畫

瞽 ㄍㄨˇ gǔ 名①古代樂官。②瞎子。例瞽者、瞽目。

瞿 ㈠ㄑㄩˊ qú 名姓。㈡ㄐㄩˋ jù 動通「懼」。恐懼，害怕。

瞻 ㄓㄢ zhān 動向上或向前看。例高瞻遠矚、馬首是瞻。

瞻仰 ㄓㄢ ㄧㄤˇ ①由下往上看。②仰望，仰慕。對人、物表示尊敬之詞。

瞻望 ㄓㄢ ㄨㄤˋ 抬頭向遠處望。

瞻前顧後 ㄓㄢ ㄑㄧㄢˊ ㄍㄨˋ ㄏㄡˋ ①比喻做事周密嚴謹。②形容行事顧慮太多，猶疑不決的樣子。

瞼 ㄐㄧㄢˇ jiǎn 名眼睛上下的軟皮，可以開合以保護眼球。例眼瞼。

十四畫

矇 ㈠ㄇㄥˊ méng 名有眼珠卻看不見的盲人。例矇瞍。㈡ㄇㄥ mēng 動①欺騙。例矇騙。②胡亂猜測。例被我矇著了。

矇住 ㄇㄥ ㄓㄨˋ 用欺騙的手法使人相信。例我當時真被矇住了。

矇混 ㄇㄥ ㄏㄨㄣˋ 用蒙蔽欺騙的方式帶過。例矇混過關。

矇蔽 ㄇㄥ ㄅㄧˋ 隱藏事實真相。也作「蒙蔽」。

矇矇 ㄇㄥˊ ㄇㄥˊ 昏暗不清楚的樣子。引申為不明理。

矇矓 ㄇㄥˊ ㄌㄨㄥˊ ①光線昏暗而視覺模糊不清。②將要睡著時眼睛似張又閉的樣子。

十五畫

矍 ㄐㄩㄝˊ jué 名姓。副驚視的樣子。

矍然 ㄐㄩㄝˊ ㄖㄢˊ 驚訝地注視。

矍鑠 ㄐㄩㄝˊ ㄕㄨㄛˋ 老而健壯的樣子。

十六畫

矓 ㄌㄨㄥˊ lóng 見「矇矓」。

十九畫

矗 ㄔㄨˋ chù 形高聳直立的。例巍然矗立。

二十一畫

矚 ㄓㄨˇ zhǔ 動注意看。例高瞻遠矚。

矚目 ㄓㄨˇ ㄇㄨˋ 注視，注意。例舉世矚目。

矚望 ㄓㄨˇ ㄨㄤˋ ①期待，希望。亦作「屬望」。②注視觀望。

矛部 ㄇㄠˊ

矛 ㄇㄠˊ máo 名古代一種兵器，長柄上端有尖刃。例操弓執矛。

矛盾 ㄇㄠˊ ㄉㄨㄣˋ ①古代的兩種兵器。②比喻言論或行為互相衝突不相容。

四畫

矜 ㈠ㄐㄧㄣ jīn 動①憐憫，憐惜。例哀矜。②驕傲，自負。例自矜、驕矜。③慎重。例矜持。④尊敬。例矜式。

㈡ㄍㄨㄢ guān 名通「鰥」。老而無妻的人。例矜寡孤獨。

矜式 ㄐㄧㄣ ㄕˋ 敬重，效法。

矜持 ㄐㄧㄣ ㄔˊ 刻意謹言慎行，一本正經而不自然。

矜誇 ㄐㄧㄣ ㄎㄨㄚ 驕傲自負，誇大。

矜寡 ㄍㄨㄢ ㄍㄨㄚˇ 失去妻子或丈夫的人。同鰥寡。

矜而不爭 ㄐㄧㄣ ㄦˊ ㄅㄨˋ ㄓㄥ 君子端莊穩重，不與人爭執。

七畫

矞 ㈠ㄩˋ yù 動用錐刺入。形驚嚇害怕的。

㈡ㄐㄩㄝˊ jué 形通「譎」。狡猾，詭詐的。

矞皇 ㄩˋ ㄏㄨㄤˊ ①旺盛優美的樣子。②古神名。

矢部 ㄕˇ

矢 ㄕˇ shǐ 名箭。例弓矢、無的放矢。形正直的，端正的。例矢言。動通「誓」。立誓。例矢志不移。

矢口 ㄕˇ ㄎㄡˇ 一口認定。例矢口否認。

矢石 ㄕˇ ㄕˊ 箭和石頭，古代用以守城的武器。

矢言 ㄕˇ ㄧㄢˊ ①立下的誓言。②公正剛直的言論。

矢志 ㄕˇ ㄓˋ 立誓下定決心。例矢志不渝。

矢勤矢勇 ㄕˇ ㄑㄧㄣˊ ㄕˇ ㄩㄥˇ 立誓要勤奮努力、有膽量。

二畫

矣 ㄧˇ yǐ 助①表示過去或完成的事實。例由來久矣。②表示肯定。例論語：「雖曰未學，吾必謂之學矣。」③表示命令、吩咐。④通「耳」。表示限定。⑤通「乎」。表示疑問。嘆通「哉」。表示感嘆。例論語：「甚矣，吾衰也！」

三畫

知 ㈠ㄓ zhī 名①見識，學問。例真知灼見。②好友，知己。例他鄉遇故知。動①明白，了解。例相知相許。②察覺，發現。例呂氏春秋：「而終不自知。」③掌管，主持。例知縣、知事。④使知道。例通知、知會。⑤接待。例知客之道。

㈡ㄓˋ zhì 名同「智」。智慧。例禮記：「好學近乎知。」

知了 ㄓ ㄌㄧㄠˇ 蟬的別稱。或作「蜘蟟」。

知己 ㄓ ㄐㄧˇ ①互相了解而感情深厚的好友。同知心、知交。②曉得自己的優點和缺點。

知名 ㄓ ㄇㄧㄥˊ 名聲很大，大家都曉得。

知足 ㄓ ㄗㄨˊ 心裡能滿足，而安於現狀。例知足常樂。

知性 ㄓ ㄒㄧㄥˋ 對事物思考領悟的能力。

知命 ㄓ ㄇㄧㄥˋ ①安於天生命運，不做分外要求。②五十歲的代稱。

知音 ㄓ ㄧㄣ ①對於音律有研究的人。②比喻了解自己的知心朋友。

知能 ㊀ㄓˋ ㄋㄥˊ 智慧才能。㊁ㄓ ㄋㄥˊ 認知方面的精神能力。如觀察、想像、判斷、思考等。

知情 ㄓ ㄑㄧㄥˊ 曉得真實情形。例知情不報。

知悉 ㄓ ㄒㄧ ①曉得，了解。②舊時書信中，長輩對晚輩的提稱語。如某某吾侄知悉。

知道 ㄓ ㄉㄠˋ ①曉得。例你知道他住哪裡嗎？②了解道理。

知遇 ㄓ ㄩˋ 受他人賞識，得到優厚待遇。

知趣 ㄓ ㄑㄩˋ 能識時務，不惹人嫌。同識相。

知識 ㄓ ㄕˋ 學問，對事物的一般認識。例學校是求取知識的管道之一。

知覺 ㄓ ㄐㄩㄝˊ 將感覺到的訊息，進一步分析、解釋，以認識外界事物的作用。

知名度 ㄓ ㄇㄧㄥˊ ㄉㄨˋ 名聲為大家所曉得的程度。

知人善任 ㄓ ㄖㄣˊ ㄕㄢˋ ㄖㄣˋ 能體察他人的品行才能，並給予適當職務，使其能發揮所長。同知人之明。

知己知彼 ㄓ ㄐㄧˇ ㄓ ㄅㄧˇ 對彼我雙方情形都有充分了解。

知行合一 ㄓ ㄒㄧㄥˊ ㄏㄜˊ ㄧ 明代王守仁所創的學說，主張能知必能行，知而不行就是不知。

知足不辱 ㄓ ㄗㄨˊ ㄅㄨˋ ㄖㄨˇ 知道滿足不貪求，才不會受辱。

知法犯法 ㄓ ㄈㄚˇ ㄈㄢˋ ㄈㄚˇ 知道法律，還故意違犯。同明知故犯。

知者不惑 ㄓˋ ㄓㄜˇ ㄅㄨˋ ㄏㄨㄛˋ 有智慧的人對道理領悟透徹，會不被世俗所困惑。

知易行難 ㄓ ㄧˋ ㄒㄧㄥˊ ㄋㄢˊ 了解事理很容易，但真正實行卻很困難。

知所先後 ㄓ ㄙㄨㄛˇ ㄒㄧㄢ ㄏㄡˋ 曉得事物的輕重先後。

知書達禮 ㄓ ㄕㄨ ㄉㄚˊ ㄌㄧˇ 形容人有學問又有教養，懂得處世待人的圓融。或作「知書識禮」、「知書知禮」。

知過必改 ㄓ ㄍㄨㄛˋ ㄅㄧˋ ㄍㄞˇ 檢視自己的過失並勇於改善。

知識分子 ㄓ ㄕˋ ㄈㄣˋ ㄗˇ 受過相當教育而知識豐富的人。

知難而退 ㄓ ㄋㄢˊ ㄦˊ ㄊㄨㄟˋ 比喻知道事情困難無法勉強，而自行放棄。

知難行易 ㄓ ㄋㄢˊ ㄒㄧㄥˊ ㄧˋ 國父孫中山先生所創學說，主張了解事理困難，真正實行卻很容易，鼓勵人實踐力行。

知恥近乎勇 ㄓ ㄔˇ ㄐㄧㄣˋ ㄏㄨ ㄩㄥˇ 知道羞恥是一種接近勇敢的表現。

知人知面不知心 ㄓ ㄖㄣˊ ㄓ ㄇㄧㄢˋ ㄅㄨˋ ㄓ ㄒㄧㄣ 形容不易了解他人的真正想法。

知其一不知其二 ㄓ ㄑㄧˊ ㄧ ㄅㄨˋ ㄓ ㄑㄧˊ ㄦˋ 只知事物的部分，不知道全部過程。比喻了解不夠徹底。

知無不言，言無不盡 ㄓ ㄨˊ ㄅㄨˋ ㄧㄢˊ ㄧㄢˊ ㄨˊ ㄅㄨˋ ㄐㄧㄣˋ 把自己所知毫無保留地說出來。

四畫

矧 ㄕㄣˇ shěn 名通「齗」。牙根。副也。連何況，況且。

五畫

矩 ㄐㄩˇ jǔ 名①畫直角或方形的曲尺。例矩尺。②法則，標準。例循規蹈矩、規矩。

矩形 ㄐㄩˇ ㄒㄧㄥˊ 對邊平行等長、四個內角皆為直角的四邊形。又稱長方形。

矩步 ㄐㄩˇ ㄅㄨˋ 步伐端正。比喻行動謹慎，一絲不苟。

矩陣 ㄐㄩˇ ㄓㄣˋ 將x、y個元素排列成橫排（行數）x個、縱排（列數）y個的矩形。

七畫

短 ㄉㄨㄢˇ duǎn 名過失，缺點。例說長道短。形①不長，矮小的。例短褲、五短身材。②時間少的。例青春苦短。動①說人缺點。②喪失，失去。例英雄氣短。③不足，欠缺。例物資短缺。

短工 ㄉㄨㄢˇ ㄍㄨㄥ 臨時雇用的短期工。反長工。

短打 ㄉㄨㄢˇ ㄉㄚˇ ①中國南派拳法，架勢小，防守緊密，敵人不易乘虛攻入。②棒球、壘球上指打擊者用球棒輕觸球，使球落在投、捕手之間。

短折 ㄉㄨㄢˇ ㄓㄜˊ 壽命短促夭折。同短命、短壽。

短見 ㄉㄨㄢˇ ㄐㄧㄢˋ ①淺薄的見識。②自殺。例自尋短見。

短波 ㄉㄨㄢˇ ㄅㄛ 波長在五十公尺以下的無線電波，適用於遠距離的無線電通訊、廣播。

短長 ㄉㄨㄢˇ ㄔㄤˊ ①指時間、長度的長短。②身材的高矮。③意外危險。例萬一我有個短長，家人誰來照顧？④是非善惡。⑤優劣。例一較短長。

短促 ㄉㄨㄢˇ ㄘㄨˋ 形容時間短暫急迫。

短處 ㄉㄨㄢˇ ㄔㄨˋ 缺點。反長處。

短視 ㄉㄨㄢˇ ㄕˋ ①視力看不清遠方。同近視。②指眼光淺薄，只顧到眼前，未能深謀遠慮。例短視近利。

短絀 ㄉㄨㄢˇ ㄔㄨˋ 財源缺乏或不足。例資金短絀。

短路 ㄉㄨㄢˇ ㄌㄨˋ ①指劫盜等非正途行業。②戲稱人腦筋不靈光。③電路中電位不同的兩點間，有不正常的低電阻接合使電流變大、產生高熱而破壞元件。

短語 ㄉㄨㄢˇ ㄩˇ 由兩個或兩個以上的詞組合，尚不能成句的詞組。

短暫 ㄉㄨㄢˇ ㄓㄢˋ 形容時間很短，不長久。

短小精悍 ㄉㄨㄢˇ ㄒㄧㄠˇ ㄐㄧㄥ ㄏㄢˋ ①形容身材矮小而精明強悍的人。②比喻文章、言論簡短有氣魄。

短兵相接 ㄉㄨㄢˇ ㄅㄧㄥ ㄒㄧㄤ ㄐㄧㄝ 雙方用刀劍近距離的肉搏戰。比喻雙方競爭激烈。

矬 ㄘㄨㄛˊ cuó 形①短矮的。②形容土氣、笨拙的樣子。

矬子 ㄘㄨㄛˊ ˙ㄗ 身材矮小的人。

八畫

矮 ㄞˇ ǎi 形①身材短小的。例矮人。②低的，不高的。例矮牆。

矮人一截 ㄞˇ ㄖㄣˊ ㄧˊ ㄐㄧㄝˊ 比別人低一等。

十二畫

矰 ㄗㄥ zēng 名 繫有絲繩，用來射鳥的箭。

矯 ㄐㄧㄠˇ jiǎo 形 強壯勇健的。例身手矯健。動 ①使彎曲變直。例漢書：「矯箭控弦。」②匡正，糾正。例痛矯前非。③假託，詐稱。例矯命、矯詔。

矯正 ㄐㄧㄠˇ ㄓㄥˋ 修改，糾正。

矯治 ㄐㄧㄠˇ ㄓˋ 對犯罪者矯正治療。

矯情 ㄐㄧㄠˇ ㄑㄧㄥˊ 故意與人不同以示特殊高超。

矯捷 ㄐㄧㄠˇ ㄐㄧㄝˊ 行動靈敏快速。例身手矯捷。

矯健 ㄐㄧㄠˇ ㄐㄧㄢˋ 強壯有力的樣子。例步伐矯健。

矯飾 ㄐㄧㄠˇ ㄕˋ 偽裝虛飾以掩蓋事實。同造作。

矯枉過正 ㄐㄧㄠˇ ㄨㄤˇ ㄍㄨㄛˋ ㄓㄥˋ 過度糾正而偏離中庸之道。同過猶不及。

矯揉造作 ㄐㄧㄠˇ ㄖㄡˊ ㄗㄠˋ ㄗㄨㄛˋ 裝腔作勢，行為做作不自然。

十四畫

矱 ㄏㄨㄛˋ huò 名 法度，標準。例矩矱。

石部 ㄕˊ

石 ㈠ㄕˊ shí 名 ①礦物聚結而成的堅硬塊狀物，是構成地殼的物質。例岩石。②碑、碣的統稱。③指藥石。④姓。
㈡ㄉㄢˋ dàn 名 容量名。十斗為一石。

石化 ㄕˊ ㄏㄨㄚˋ ①古代生物埋藏的遺體，有機質受到無機鹽所置換而硬化，變成化石。②即石油化學。例石化工業。

石灰 ㄕˊ ㄏㄨㄟ ①生石灰，主要成分為氧化鈣，由石灰石高溫燃燒而成的白色塊狀物，可製肥皂和各種鈣化物。②熟石灰，主要成分為氫氧化鈣，由生石灰加水化合成的白色粉末，可製水泥、漂白粉或消毒。

石油 ㄕˊ ㄧㄡˊ 各種碳氫化合物的黑褐色混合體，經分餾可提煉出汽油、柴油等化工原料，多為燃料用途。

石刻 ㄕˊ ㄎㄜˋ ①用文字圖案摹刻在山崖壁上。同摩崖。②刻有文字的碑碣。

石林 ㄕˊ ㄌㄧㄣˊ 眾多柱狀岩石組成的石灰岩地形。

石版 ㄕˊ ㄅㄢˇ ①以石塊磨成的印刷版。②片狀岩石，供建築、鋪路用。

石英 ㄕˊ ㄧㄥ 成分為矽酸化合物的六稜形晶體，堅硬透明，可作飾物、玻璃等工業原料。

石炭 ㄕˊ ㄊㄢˋ 即煤炭。

石筍 ㄕˊ ㄙㄨㄣˇ 含碳酸鈣的地下水自石灰洞頂滴到地面，由下而上逐漸凝結成的筍狀物。

石窟 ㄕˊ ㄎㄨ ①古時在山崖開鑿成的佛教寺廟或洞室，內有宣揚教義的雕塑和壁畫。如中國的敦煌石窟。②山巖自然形成的洞穴。

石膏 ㄕˊ ㄍㄠ 含水硫酸鈣的單斜晶體，加熱呈白色粉末，可製水泥或塑像。

石綿 ㄕˊ ㄇㄧㄢˊ 含矽酸鹽的纖維狀礦物，可製防火器材。也稱為石絨、石棉。

石墨 ㄕˊ ㄇㄛˋ 含碳的黑色礦物，觸感滑潤，耐腐蝕、能導電，可製鉛筆心、潤滑劑。又稱黑鉛、筆鉛。

石灰岩 ㄕˊ ㄏㄨㄟ ㄧㄢˊ 由生物遺體的鈣質和海水的碳質、碳酸鈣堆積成的岩石。可製石灰、水泥等。

石榴裙 ㄕˊ ㄌㄧㄡˊ ㄑㄩㄣˊ 紅色的裙子。用「拜倒石榴裙下」形容對女子的愛慕迷戀。

石鐘乳 ㄕˊ ㄓㄨㄥ ㄖㄨˇ 含碳酸鈣的地下水，在石灰岩洞頂滲出後，由上向下凝結成鐘乳狀物。亦稱為鐘乳石。

石化工業 ㄕˊ ㄏㄨㄚˋ ㄍㄨㄥ ㄧㄝˋ 以石油、天然氣為原料的化學工業。

石沉大海 ㄕˊ ㄔㄣˊ ㄉㄚˋ ㄏㄞˇ 比喻有去無回或沒有下文。

石破天驚 ㄕˊ ㄆㄛˋ ㄊㄧㄢ ㄐㄧㄥ 形容震撼人的力量極大。多指文章議論奇特而驚人。

石蕊試紙 ㄕˊ ㄖㄨㄟˇ ㄕˋ ㄓˇ 浸過石蕊溶液的試紙，藍色的遇酸變紅色，紅色的遇鹼變藍色，因此可用以測試酸鹼性。

三畫

矻 ㄎㄨˋ kù 見「矻矻」。

矻矻 ㄎㄨˋ ㄎㄨˋ ①勤勞不息的樣子。②極度疲累的樣子。

矽 ㄒㄧˋ xì 名化學元素。碳族非金屬元素，化學符號Si。為構成岩石、製造玻璃的重要物質。

矽藻 ㄒㄧˋ ㄗㄠˇ 金黃藻中數量最多的單細胞植物，細胞壁有大量矽化物，浮游或附生在各淡、海水域，是許多動物的食物。

矽酸鹽 ㄒㄧˋ ㄙㄨㄢ ㄧㄢˊ 矽酸和各種金屬元素如鋁、鎂等化合成的鹽類，多不溶於水，是構成地殼的主要成分。

四畫

研 ㈠ㄧㄢˊ yán 動①磨細，碾碎。例研磨。②深入探察明究。例研討。㈡ㄧㄢˋ yàn 名同「硯」。

研究 ㄧㄢˊ ㄐㄧㄡˋ ①用分析歸納的方法探討事理，以獲得正確的事實並加以應用。②商議討論。例這個問題我再與你研究研究。

研討 ㄧㄢˊ ㄊㄠˇ 探察討論事理。

研習 ㄧㄢˊ ㄒㄧˊ 深入探討學習。例文藝研習營。

研墨 ㄧㄢˊ ㄇㄛˋ 手握墨錠在盛水的硯臺上向下施力旋轉，使墨質溶入水中形成濃淡適用的墨汁。

研擬 ㄧㄢˊ ㄋㄧˇ 研究並擬定文稿或計畫。

研究所 ㄧㄢˊ ㄐㄧㄡˋ ㄙㄨㄛˇ 取得學士學位後進一步深造專門學科的高等學術機構。

砑 ㄧㄚˋ yà 動用磨光石碾磨使密實光滑。例砑光。

砌 ㈠ㄑㄧˋ qì 名臺階。例李煜．虞美人詞：「雕闌玉砌應猶在。」動堆疊，層層累積。例砌牆、堆砌。㈡ㄑㄧㄝˋ qiè 名砌末，戲劇舞臺上點綴的布景和道具。

砈 ㄜˋ è 名化學元素。為鹵族中最重的元素，化學符號At。

砒 ㄆㄧ pī 名①砷的舊稱。②即砒霜，砷的化合物，灰色結晶體，有劇毒。

砂 ㄕㄚ shā 名①岩石分解而成的細碎石粒。例砂粒。②細碎顆粒的東西。例鐵砂。

砂布 ㄕㄚ ㄅㄨˋ 黏上金鋼砂以磨光器物的布。

砂岩 ㄕㄚ ㄧㄢˊ 砂粒在水中沉積，經膠結而成的層狀沉積岩，顏色暗褐，常見為石英、雲母。

砂金 ㄕㄚ ㄐㄧㄣ 混在沖積層砂石中的細粒金礦。

砂眼 ㄕㄚ ㄧㄢˇ 眼睛的慢性傳染病，病毒侵犯結膜，形成顆粒狀的小濾泡，狀如砂粒。症狀有怕光、分泌物增多等。

砂礫 ㄕㄚ ㄌㄧˋ 大小不一的顆粒狀碎石。

砂囊 ㄕㄚ ㄋㄤˊ 鳥類和昆蟲的囊狀消化器官，囊壁有厚肌肉，內被角質或貯存少許砂粒，用於磨碎食物。

砍 ㄎㄢˇ kǎn 動用刀斧猛劈。例砍頭、砍柴。

砍伐 ㄎㄢˇ ㄈㄚˊ 用刀斧將樹木鋸下。

五畫

砣 ㄊㄨㄛˊ tuó 名①秤錘。例秤砣。②碾盤上的碾輪石。例碾砣。

砰 ㄆㄥ pēng 形形容槍聲、鼓聲、敲門或撞擊的聲音。例砰砰。

砰然 ㄆㄥ ㄖㄢˊ 形容聲響很大的。

砢 ㄌㄨㄛˇ luǒ 副磊砢，許多石頭堆積地。

砢磣 ㄌㄨㄛˇ ㄔㄣˇ 醜惡難看的。

砸 ㄗㄚˊ zá 動①打壞，打碎。例砸碎盤子。②失敗。例事情砸了。③敲裂搗碎。例砸蒜。④拋擲。例砸石頭。

砸鍋 ㄗㄚˊ ㄍㄨㄛ 比喻行事不利，未能成功。

砸飯碗 ㄗㄚˊ ㄈㄢˋ ㄨㄢˇ 指失去工作。

砝 ㄈㄚˇ fǎ 名砝碼，天平稱物時，放在一端用來計算質量的標準物，由銅、鉛或白金製成，輕重大小不同。

破 ㄆㄛˋ pò 形①碎爛不完好的。例破鞋。②拙劣不擅長的。例他的臺語說得很破。動①裂，分開。例石破天驚、乘風破浪。②毀損，使碎裂。例破釜沉舟。③頹壞敗亡。例杜甫．春望詩：「國破山河在，城春草木深。」④解剖分析。例破題。⑤打敗敵人，攻占據點。例破城而入。⑥消耗花費。例破費、破財。⑦極盡。例杜甫．奉贈韋左丞詩：「讀書破萬卷，下筆如有神。」⑧超過。例李彌遜．春日雜詠詩：「二月忽已破，一春強過半。」⑨揭穿真相。例破案、一語道破。⑩突出。例打破世界紀錄。

破土 ㄆㄛˋ ㄊㄨˇ 工程擇日開工奠基。

破口 ㄆㄛˋ ㄎㄡˇ 口出惡言咒罵他人。例破口大罵。

破竹 ㄆㄛˋ ㄓㄨˊ 劈開竹子。比喻事情進行順利。例這次的進攻真是勢如破竹。

破戒 ㄆㄛˋ ㄐㄧㄝˋ ①佛教徒違反戒律。②違背規定。例他又破戒喝酒。

破門 ㄆㄛˋ ㄇㄣˊ ①破爛的門。②用蠻力把門打開。例破門而入。③足球術語。把球攻進對方球門。

破例 ㄆㄛˋ ㄌㄧˋ 不照慣例行動。同破格。

破相 ㄆㄛˋ ㄒㄧㄤˋ ①出醜丟臉。②臉部因受傷或其他原因失去原貌。

破家 ㄆㄛˋ ㄐㄧㄚ ①頹敗殘落的家庭。②敗壞耗用家產。例破家敗業。

破案 ㄆㄛˋ ㄢˋ 揭露犯罪事實或抓到犯人。

破財 ㄆㄛˋ ㄘㄞˊ 損失錢財。例破財消災。

破產 ㄆㄛˋ ㄔㄢˇ ①債務人無法還債時，法院可按債務人或債權人的申請，裁定宣告債務人破產，將其所剩財產按比例攤還債權人。②家產完全耗盡。同破家。

破敗 ㄆㄛˋ ㄅㄞˋ 老舊敗壞。例古廟裡盡是破敗景象。

破裂 ㄆㄛˋ ㄌㄧㄝˋ ①損壞，碎裂。②雙方有爭執，原有的情誼消失。

破費 ㄆㄛˋ ㄈㄟˋ 耗費錢財。多指他人因自己而花錢的客套話。例何必破費買禮物？同破鈔。

破滅 ㄆㄛˋ ㄇㄧㄝˋ 指幻想消失或希望落空。

破損 ㄆㄛˋ ㄙㄨㄣˇ 殘缺毀損。例這本書有些破損。

破碎 ㄆㄛˋ ㄙㄨㄟˋ 散碎不完整。

破綻 ㄆㄛˋ ㄓㄢˋ ①裂開的痕跡。②事情或言論顯出漏洞。

破曉 ㄆㄛˋ ㄒㄧㄠˇ 天色剛亮的時候。

破膽 ㄆㄛˋ ㄉㄢˇ 比喻非常害怕。例破膽喪魂。

破臉 ㄆㄛˋ ㄌㄧㄢˇ 不顧情誼當面衝突。例別因小事而破臉。

破題 ㄆㄛˋ ㄊㄧˊ 指寫作時一開頭就直截了當，之後才深入解析題義。

破壞 ㄆㄛˋ ㄏㄨㄞˋ 毀害，損壞。

破爛 ㄆㄛˋ ㄌㄢˋ ①東西因時間久遠或過度使用而殘破。②破舊廢棄的東西。

破天荒 ㄆㄛˋ ㄊㄧㄢ ㄏㄨㄤ 比喻從來沒發生過或首次出現的事。

破折號 ㄆㄛˋ ㄓㄜˊ ㄏㄠˋ 標點符號之一，符號為「——」。多用在意思忽然轉折或補充上文的短句之前。

破音字 ㄆㄛˋ ㄧㄣ ㄗˋ 指一個字有兩個以上的讀音，意思也不盡相同。如「省」字，讀ㄕㄥˇ，又讀ㄒㄧㄥˇ。

破紀錄 ㄆㄛˋ ㄐㄧˋ ㄌㄨˋ 創下比原來最高成績更優越的紀錄。

破落戶 ㄆㄛˋ ㄌㄨㄛˋ ㄏㄨˋ 原先有錢有勢，後來敗落的人家。

破傷風 ㄆㄛˋ ㄕㄤ ㄈㄥ 破傷風桿菌侵入傷口引起的急性傳染病，損害神經系統，可用抗毒素血清治療。

破涕為笑 ㄆㄛˋ ㄊㄧˋ ㄨㄟˊ ㄒㄧㄠˋ 停止悲泣，展露笑容。

破釜沉舟 ㄆㄛˋ ㄈㄨˇ ㄔㄣˊ ㄓㄡ 比喻下定決心勇往直前，不留後路。

破鏡重圓 ㄆㄛˋ ㄐㄧㄥˋ ㄔㄨㄥˊ ㄩㄢˊ 比喻夫妻離散後重新復合。

砷

ㄕㄣ shēn 名化學元素。非金屬元素之一，化學符號為As。其化合物有毒，用來殺蟲、殺菌、醫藥等。

砧

ㄓㄣ zhēn 名①洗衣時用來擣打衣服的石頭

。例砧石。②切菜時墊的板子。例砧板。

砧木 ㄓㄣ ㄇㄨˋ 一種植物嫁接繁殖方法，用來支持新植物基礎的部分即砧木。

砧板 ㄓㄣ ㄅㄢˇ 切菜時墊底的塑膠或厚木板。

砭 ㄅㄧㄢ biān 名古時用來刺穴治病的石針。例砭石。動①用石針刺穴治病。②刺進穿入。例寒風砭骨。③糾正，救治。例痛下針砭。

砭灸 ㄅㄧㄢ ㄐㄧㄡˇ 古代治病的方法。灸：用艾火薰燒。

砲 ㄆㄠˋ pào 名通「炮」、「礮」。指彈藥，或用來發射彈藥的設備。例野戰砲。

砲兵 ㄆㄠˋ ㄅㄧㄥ 兵種之一，分野戰和防空兩種，為陸軍地面火力支援的主力。

砥 ㄉㄧˇ dǐ 名細的磨刀石。動琢磨鍛鍊。例砥節礪行。

砥柱 ㄉㄧˇ ㄓㄨˋ 比喻能堅持不屈、支撐危局的人或力量。例中流砥柱。

砥礪 ㄉㄧˇ ㄌㄧˋ 即磨刀石。引申為磨鍊。例砥礪志節。

六畫

硎 ㄒㄧㄥˊ xíng 名磨刀石。例莊子：「刀刃若新發於硎。」

硅 ㄍㄨㄟ guī 名化學元素。矽的別譯名。參見「矽」字條。

硒 ㄒㄧ xī 名化學元素。非金屬元素之一，化學符號為Se。導電力隨光照強度而變，可製半導體、電池、不鏽鋼。

硫 ㄌㄧㄡˊ liú 名化學元素。非金屬元素之一，化學符號為S。不導電不溶於水，可製火藥、硫酸等。俗稱硫磺或硫黃。

硫酸 ㄌㄧㄡˊ ㄙㄨㄢ 化學藥品，腐蝕性極強，易和其他物質化合，工業用途廣。

硫化物 ㄌㄧㄡˊ ㄏㄨㄚˋ ㄨˋ 硫與金屬和非金屬所形成的化合物。

硐 ㄉㄨㄥˋ dòng 名①通「峒」。山洞。②地名。猴硐，在臺灣宜蘭縣。

硃 ㄓㄨ zhū 名即硃砂，又稱辰砂，汞和硫黃的天然無機化合物。紅色粒狀，可製顏料。形紅色的。例硃痔。

硃批 ㄓㄨ ㄆㄧ 清代皇帝用硃筆寫在奏章的批示。

硌 ㊀ㄍㄜˋ gè 動身體接觸粗硬物而不舒服或受傷。例吃東西硌了牙。㊁ㄌㄨㄛˋ luò 名山上的大石。例硌石。

砦 ㄓㄞˋ zhài 名同「寨」。①守衛用的柵欄。②堡壘，營壘。例拔砦。

七畫

硠 ㄌㄤˊ láng 名硠硠，玉石相衝擊聲。

硨 ㄔㄜ chē 名硨磲，世界最大的文蛤，厚殼可製裝飾品。

硬 ㄧㄥˋ yìng 形①質地堅實的。例堅硬。②性情剛強，不隨便屈服的。例強硬、硬漢。③不順暢，不自然的。例生硬。④穩定的。例價格很硬。⑤內容紮實的。例硬功夫。副①堅決，不顧一切地。例硬拚一場。②勉強不得已地。例硬著頭皮。

硬化 ㄧㄥˋ ㄏㄨㄚˋ ①物體由柔軟轉變成堅硬的過程。②物體失去活力而僵化。

硬木 ㄧㄥˋ ㄇㄨˋ 指質地細密堅硬的木材。

硬水 ㄧㄥˋ ㄕㄨㄟˇ 含有鈣、鎂的硫酸鹽和鈣的酸性碳酸鹽等礦物質的水，無法溶解肥皂。

硬仗 ㄧㄥˋ ㄓㄤˋ 局勢艱辛、全憑實力的戰鬥。

硬性 ㄧㄥˋ ㄒㄧㄥˋ ①硬度高而難以刻鏤的特性。②不能變動的。例硬性規定。

硬度 ㄧㄥˋ ㄉㄨˋ 固體礦物表面對外來摩擦的抵抗力強度。

硬是 ㄧㄥˋ ㄕˋ ①的確，真的是。例這硬是個事實，他偏不信。②就是。例他硬是不聽勸告，非出門不可。

硬挺 ㄧㄥˋ ㄊㄧㄥˇ 勉強支撐。例別硬挺著病痛不看醫生。

硬塊 ㄧㄥˋ ㄎㄨㄞˋ 堅硬塊狀物。多指身體各部位的不正常病變腫瘤。

硬漢 ㄧㄥˋ ㄏㄢˋ 性情剛直、能吃苦不屈的人。

硬幣 ㄧㄥˋ ㄅㄧˋ 用金屬鑄成的貨幣。

硬體 ㄧㄥˋ ㄊㄧˇ ①指電腦中所有具體有形的組件。②泛指各方面供應的實質設備裝置。反軟體。

硬骨頭 ㄧㄥˋ ㄍㄨˇ ㄊㄡˊ 比喻意志堅強不屈的人。

硤 ㄒㄧㄚˊ xiá 名①同「峽」。兩山間的窄谷。例山硤。②地名。硤石，在浙江省。

硜 ㄎㄥ kēng 見「硜硜」。

硜硜 ㄎㄥ ㄎㄥ ①形容石頭碰撞的聲音。②比喻小人見識淺陋又固執己見。

硝 ㄒㄧㄠ xiāo 名①即硝石，透明白色的針狀晶體，可製火藥和玻璃。②塗製皮革所用的原料。動用硝塗製皮革使柔軟。

硝酸 ㄒㄧㄠ ㄙㄨㄢ 高腐蝕性強酸，無色或淡黃色液體，可製肥料、炸藥、冶金等。

硯 ㄧㄢˋ yàn 名①文房四寶之一，用來研磨黑墨的文具，多以石製。例硯臺。②同學。例硯友、硯兄。

确 ㄑㄩㄝˋ què 形①通「確」。堅定確實的。例确信不疑。②通「埆」。土地多石而貧弱的。例磽确。

八畫

碇 ㄉㄧㄥˋ dìng 名繫船的石墩或鐵錨。例下碇、石碇。

碗 ㄨㄢˇ wǎn 名①用來盛飯食的小型器皿。例飯碗。②計算碗裝物的量詞。例一碗水。

碚 ㄅㄟˋ bèi 名地名。北碚，在四川省。

碎 ㄙㄨㄟˋ suì 形①細小不完整的。例碎花布。②嘮叨的。例閒言碎語。③瑣細的。例庶務煩碎。動破損散裂。例粉碎。

碎嘴子 ㄙㄨㄟˋ ㄗㄨㄟˇ ·ㄗ 說話嘮叨，絮煩不停。同碎嘴碎舌。

碎屍萬段 ㄙㄨㄟˋ ㄕ ㄨㄢˋ ㄉㄨㄢˋ 詛咒人慘死的話。引申比喻極度痛恨。例這種殘暴的人應該將他碎屍萬段。

碰 ㄆㄥˋ pèng 動①遇到。例碰巧、碰見。②物與物相撞擊。例碰擊。③試探。例碰機會。

碰撞 ㄆㄥˋ ㄓㄨㄤˋ ①任何相對運動的物體相遇，在極短時間產生交互作用和能量交換的過程。②指物體互相撞擊。例車輛發生碰撞。

碰頭 ㄆㄥˋ ㄊㄡˊ ①以頭觸地，磕頭。②見面。例畢業後同學間就很少碰頭。

碰釘子 ㄆㄥˋ ㄉㄧㄥ ˙ㄗ 請求被拒，遭遇挫折。同碰壁。

碰運氣 ㄆㄥˋ ㄩㄣˋ ˙ㄑㄧ 一開始就存有僥倖的心態做做看。

碰一鼻子灰 ㄆㄥˋ ㄧˊ ㄅㄧˊ ˙ㄗ ㄏㄨㄟ 商議事情遭到拒絕或責備，覺得失望沒興味。

碘 ㄉㄧㄢˇ diǎn 名化學元素。鹵族非金屬元素之一，化學符號為I。灰黑色鱗片狀結晶，易溶於酒精等有機溶劑，可製顏料、殺蟲劑等。

碘酒 ㄉㄧㄢˇ ㄐㄧㄡˇ 將碘溶在酒精製成的溶液，用在外傷，可消炎治腫。也稱碘酊。

硼 ㄆㄥˊ péng 名化學元素。非金屬元素之一，化學符號為B。可製催化劑、溫度計、消毒防腐用。形硼砰，形容水聲。

硼砂 ㄆㄥˊ ㄕㄚ 用碳酸鈉中和硼酸水溶液而得，白色斜方柱形結晶，可製防腐消毒劑、染料等。

硼酸 ㄆㄥˊ ㄙㄨㄢ 白色結晶粉末，可製繃帶材料、防腐劑、消毒劑等。

碉 ㄉㄧㄠ diāo 名用於射擊、瞭望或防禦的軍事建築。例碉堡。

碌 ㄌㄨˋ lù 形①事多煩忙的。例忙碌、勞碌。②見「碌碌」。

碌碌 ㄌㄨˋ ㄌㄨˋ ①平凡不出色的。②形容車行聲。③事多辛勞的樣子。

碓 ㈠ㄉㄨㄟˋ duì 名舊時舂穀用具，用腳踏動木杠，使杵起落搗打以脫去穀皮或舂成米粉。㈡ㄉㄨㄟ duī 古「堆」字。

碓房 ㄉㄨㄟˋ ㄈㄤˊ 用碓舂米、碾米的工作房。

碑 ㄅㄟ bēi 名刻有文字或圖畫的豎立石塊，用來記事或紀念功績。例紀念碑。

碑文 ㄅㄟ ㄨㄣˊ 刻在石碑上的內容。同碑銘、碑碣文。

碑林 ㄅㄟ ㄌㄧㄣˊ 中國保存歷代石碑的地方，在陝西省西安市內。

碑帖 ㄅㄟ ㄊㄧㄝˋ 將石碑文字拓印下來，成為書法臨摹的字帖。同法帖、碑刻。

碑碣 ㄅㄟ ㄐㄧㄝˊ 刻有文字的石塊。方頭稱碑，圓頭稱碣。

碡 ㄉㄨˊ dú 名碌碡，圓柱形石製農具，多用在平整田地或碾壓穀物。

九畫

碧 ㄅㄧˋ bì 名青綠色的美石。例碧玉。形青綠色的。例碧草如茵。

碧玉 ㄅㄧˋ ㄩˋ ①石英類礦物，質地緻密不透明，可做飾品。②平常人家的女兒。例小家碧玉。

碧血 ㄅㄧˋ ㄒㄧㄝˇ 比喻為正義壯烈犧牲。例碧血丹心。

碧落 ㄅㄧˋ ㄌㄨㄛˋ 道家指東方最高的天。後用以指天空。例白居易．長恨歌：「上窮碧落下黃泉。」

碧空如洗 ㄅㄧˋ ㄎㄨㄥ ㄖㄨˊ ㄒㄧˇ 形容天空晴朗，如洗鍊過般清澈無雲。

碧海青天 ㄅㄧˋ ㄏㄞˇ ㄑㄧㄥ ㄊㄧㄢ 形容天空如碧海般廣闊無涯。

碲 ㄉㄧˋ dì 名化學元素。非金屬元素之一，化學符號為Te。銀白色固體，質脆，可製脫毛劑、電熱儀器等。

磁 ㄘˊ cí 名吸引鐵、鈷、鎳等金屬的性質。例磁鐵。形通「瓷」。瓷質的。例磁器。

磁化 ㄘˊ ㄏㄨㄚˋ 使不具磁性物體顯現磁性的過程。

磁針 ㄘˊ ㄓㄣ 製成針形的磁石，兩端常指向南北極，可製指南針。

磁帶 ㄘˊ ㄉㄞˋ 表面塗上氧化鐵或磁性材料的塑膠帶，用在錄音或錄影機裡記錄並再現聲頻或視頻信號。

磁場 ㄘˊ ㄔㄤˇ 對磁性物質具有作用力或磁力線分布的空間。

磁碟 ㄘˊ ㄉㄧㄝˊ 兩面塗有氧化鐵的扁平圓碟金屬或塑膠，能儲存電腦的資料。

磁鐵 ㄘˊ ㄊㄧㄝˇ 具吸引鐵、鎳、鈷等金屬的性質。同磁石、吸鐵石。

磁感應 ㄘˊ ㄍㄢˇ ㄧㄥˋ 在磁場內的物質因磁化作用而顯現磁性的現象。

碟 ㄉㄧㄝˊ dié 名①形狀較小、底部平淺的盤子。例醬油碟子。②形狀似碟的物體。例飛碟。③計算碟裝物的量詞。例一碟花生。

碴 ㄔㄚˊ chá 見「碴兒」。

碴兒 ㄔㄚˊ ㄦ ①小碎片。例骨頭碴兒。②引起爭執的事由。例找碴兒。③不愉快，嫌隙。例他們之間早有碴兒。④勢頭。例那碴兒來意不善。

碩 ㄕㄨㄛˋ shuò 形健壯而俊美的。例壯碩、豐碩。

碩士 ㄕㄨㄛˋ ㄕˋ 博士之下、學士之上的學位。

碩彥 ㄕㄨㄛˋ ㄧㄢˋ 學問才能優異的人。

碩德 ㄕㄨㄛˋ ㄉㄜˊ 形容人德高望重。

碩儒 ㄕㄨㄛˋ ㄖㄨˊ 指學問精深淵博的學者。

碩大無朋 ㄕㄨㄛˋ ㄉㄚˋ ㄨˊ ㄆㄥˊ 形容非常巨大，無可比擬。

碩果僅存 ㄕㄨㄛˋ ㄍㄨㄛˇ ㄐㄧㄣˇ ㄘㄨㄣˊ 比喻最後僅存的極少數人或物。

碭 ㄉㄤˋ dàng 名有紋理的石頭。

碣 ㄐㄧㄝˊ jié 名刻有文字的圓石頭。例墓碣。

碳 ㄊㄢˋ tàn 名化學元素。非金屬元素之一，化學符號為C。構成有機化合物、生物體細胞的主要成分，工業及醫藥上用途極廣。石墨、鑽石是自然界的純碳。

碳化 ㄊㄢˋ ㄏㄨㄚˋ 木材或動物體中的有機化合物減少氫含量、增加含碳量的過程。

碳酸 ㄊㄢˋ ㄙㄨㄢ 二氧化碳的水溶液，具弱酸性，可製化學藥品。

碳化物 ㄊㄢˋ ㄏㄨㄚˋ ㄨˋ 碳與金屬或某些非金屬的化合物。

碳酸水 ㄊㄢˋ ㄙㄨㄢ ㄕㄨㄟˇ 汽水飲料的別稱。加壓使二氧化碳溶於水，再加糖或果汁製成的飲料。

碳酸鈣 ㄊㄢˋ ㄙㄨㄢ ㄍㄞˋ　鈣和碳酸的無機化合物，白色粉末或無色結晶，不溶於水。

碳酸鈉 ㄊㄢˋ ㄙㄨㄢ ㄋㄚˋ　鈉和碳酸的無機化合物，白色或透明的鹼性鹽，可溶於水。

碳酸鉀 ㄊㄢˋ ㄙㄨㄢ ㄐㄧㄚˇ　鉀和碳酸的無機化合物，白色粉末，易潮解可溶於水。

碳水化合物 ㄊㄢˋ ㄕㄨㄟˇ ㄏㄨㄚˋ ㄏㄜˊ ㄨˋ　①即醣，由碳、氫、氧三種元素組成，是生物的主要能源。如澱粉、纖維素、葡萄糖等。②植物藉光合作用將空氣中的二氧化碳和其內部的水化合成的有機物質。

碞 ㄧㄢˊ yán 形石頭疊積高峻的。例嶄碞。

十畫

磅 ㈠ㄅㄤˋ bàng 名①英美制重量單位。常衡一磅為〇．四五三六公斤，金衡一磅為〇．三七三二公斤。②測量物體重量的器具。例磅秤。動用秤測量物體重量。例過磅。㈡ㄆㄤ pāng 形氣勢浩瀚龐大的。例正氣磅礴。

磅礴 ㄆㄤˊ ㄅㄛˊ　①廣大而不見盡頭。②廣布充塞。

確 ㄑㄩㄝˋ què 名真實可靠。例千真萬確。形對的，符合事實的。例正確。副堅定不移地。例確信、確認。

確切 ㄑㄩㄝˋ ㄑㄧㄝˋ　形容行動或言論真實且恰當。

確立 ㄑㄩㄝˋ ㄌㄧˋ　堅固地創設或建立。

確定 ㄑㄩㄝˋ ㄉㄧㄥˋ　肯定地認為或決定。

確信 ㄑㄩㄝˋ ㄒㄧㄣˋ　堅定不疑地相信。

確保 ㄑㄩㄝˋ ㄅㄠˇ　實在地保證。例確保學童安全。

確認 ㄑㄩㄝˋ ㄖㄣˋ　肯定，認定。

確實 ㄑㄩㄝˋ ㄕˊ　實在可靠。

確鑿 ㄑㄩㄝˋ ㄗㄠˊ　真實、確定，不容懷疑。例證據確鑿。

磋 ㄘㄨㄛ cuō 動①將骨角、玉石等琢磨成器物。例詩經：「如切如磋。」②相互研究、討論。例磋商、切磋。

磋磨 ㄘㄨㄛ ㄇㄛˊ　互相切磋琢磨、研議討論。

碼 ㄇㄚˇ mǎ 名①表示數目的字。例號碼、頁碼。②英美制長度單位。三呎為一碼，一碼為〇．九一四四公尺。③計算一件或一類事的量詞。例這兩碼子事不可混為一談。

碼頭 ㄇㄚˇ ㄊㄡˊ　①岸邊停船的地方。②當地流氓聚集的地方。例拜碼頭。

磕 ㄎㄜ kē 名石頭相擊的聲音。動①叩頭。例磕頭。②碰撞。例小心別磕著桌角。

磕牙 ㄎㄜ ㄧㄚˊ　閒聊，互相說笑戲謔以度過閒暇時間。

磕頭碰腦 ㄎㄜ ㄊㄡˊ ㄆㄥˋ ㄋㄠˇ　①形容人多而互相推擠的情形。②比喻彼此間的爭執或小彆扭。

碾 ㄋㄧㄢˇ niǎn 名壓碎、滾平東西或去穀皮的器具。例石碾。動滾壓，軋碎。例碾米、碾新茶。

碾米 ㄋㄧㄢˇ ㄇㄧˇ 用機器擠壓稻穀、去除穀皮的過程。

磊 ㄌㄟˇ lěi 形①眾多石頭堆積在一起的。例山石磊磊。②高大的。例磊嵬。

磊落 ㄌㄟˇ ㄌㄨㄛˋ ①眾多紛雜的樣子。②心地坦蕩、光明。例光明磊落。

磊磊 ㄌㄟˇ ㄌㄟˇ ①石頭累積眾多的樣子。②志向高遠，胸襟坦蕩。

磔 ㄓㄜˊ zhé 名①一種書法筆法，用筆時向右下斜拖，今稱為「捺」。②古代分裂肢體的刑罰。

磐 ㄆㄢˊ pán 名大石頭。例磐石。

磐石 ㄆㄢˊ ㄕˊ 扁厚的巨石。引申比喻基礎堅實穩固。

十一畫

磨 ㈠ㄇㄛˊ mó 名波折，阻礙。例好事多磨。形糾纏不休的。例磨功。動①摩擦使平滑或銳利。例磨刀。②消失，滅除。例磨滅。③將東西研細。例磨墨。④研究，鍛鍊。例琢磨、磨練。⑤糾纏擾人。例被這事給磨住了。㈡ㄇㄛˋ mò 名上下兩片石塊組成，有軸推動上面石頭以碾碎東西的器具。例石磨。動①掉轉方向。例將車磨過頭來。②用石磨碾碎東西。例磨豆腐。

磨牙 ㄇㄛˊ ㄧㄚˊ ①牙齒上下摩擦。②比喻人話多，喜歡爭辯。亦作「摩牙」。

磨光 ㄇㄛˊ ㄍㄨㄤ ①將器物表面磨成光滑。例刮垢磨光。②消失耗盡。例他的耐性早被時間給磨光了。

磨滅 ㄇㄛˊ ㄇㄧㄝˋ 消除滅失。

磨損 ㄇㄛˊ ㄙㄨㄣˇ 器物或零件因長久使用而產生耗損。

磨練 ㄇㄛˊ ㄌㄧㄢˋ 反覆練習，考驗。亦作「磨鍊」。

磨難 ㄇㄛˊ ㄋㄢˋ 困苦或阻礙。例成功的過程中一定會經歷很多磨難。同折磨。

磨蹭 ㄇㄛˊ ㄊㄥˊ 做事拖拉，動作緩慢不俐落。

磨礪 ㄇㄛˊ ㄌㄧˋ 磨物使銳利。引申為鍛鍊。

磨豆腐 ㄇㄛˋ ㄉㄡˋ ㄈㄨˇ 用石磨研碎豆子以製豆腐。

磨杵成針 ㄇㄛˊ ㄔㄨˇ ㄔㄥˊ ㄓㄣ 比喻做事努力有恆心，自然會成功。

磨礪以須 ㄇㄛˊ ㄌㄧˋ ㄧˇ ㄒㄩ 磨銳兵器以備不時之需。比喻養精蓄銳，等待時機大顯身手。也作「摩厲以須」。

磬 ㄑㄧㄥˋ qìng 名①古代玉石或金屬製的矩形敲擊樂器。例編磬。②佛教徒或僧尼禮佛念經時敲打的銅缽。

磧 ㄑㄧˋ qì 名①淺水中露出的沙石。②沙漠。例磧北、沙磧。

磚 ㄓㄨㄢ zhuān 名①用黏土或水泥燒製的長方形塊狀建築材料。例磚頭。②矩形塊狀的物體。例冰磚、茶磚。

磚瓦 ㄓㄨㄢ ㄨㄚˇ 建築材料，砌牆用磚，蓋屋頂用瓦。

磚窯 ㄓㄨㄢ ㄧㄠˊ 燒土製磚的地方。

磚頭 ㄓㄨㄢ ㄊㄡˊ 磚塊。

磡 ㄎㄢˋ kàn 名①山崖下面。②山巖。例紅磡。③河堤岸。例磡頭。

磠 ㄌㄨˇ lǔ 名磠砂，氯化銨的礦物，用在醫藥和工業。或作「滷砂」。

磣 ㄔㄣˇ chěn 名食物混雜泥砂。形①混亂的。②醜陋難看的。例寒磣。

十二畫

磲 ㄑㄩˊ qú 名硨磲，世界最大的文蛤，厚殼可製裝飾品。

磷 ㄌㄧㄣˊ lín 名化學元素。非金屬元素之一，化學符號為P。有毒性，不溶於水，可製火柴、火藥。

磷光 ㄌㄧㄣˊ ㄍㄨㄤ 物質在輻射（如日光照射）消除後仍持續發光的現象。

磷肥 ㄌㄧㄣˊ ㄈㄟˊ 含磷質的農業化學肥料，能使植物的籽粒飽滿，提早成熟。

磷酸 ㄌㄧㄣˊ ㄙㄨㄢ 無機化合物，透明稜柱狀結晶固體，易潮解可溶於水，多用在製糖、紡織、醫藥等。

磷灰石 ㄌㄧㄣˊ ㄏㄨㄟ ㄕˊ 六方晶系礦石，主要成分為磷酸鈣、氯、氟，多見於鹼性火成岩或結晶石灰岩，可製磷肥、磷酸等。

磽 ㄑㄧㄠ qiāo 形①土質堅硬多砂石的、貧瘠的。例磽薄、磽确。②敗壞的。

磽瘠 ㄑㄧㄠ ㄐㄧˊ 土壤貧瘠，不肥沃的土地。

磺 ㄏㄨㄤˊ huáng 名硫磺，非金屬元素之一，化學符號為S。呈黃色固體狀。亦作「硫黃」。

磴 ㄉㄥˋ dèng 名石鋪的階梯，泛指階梯。例石磴。

磻 ㊀ㄅㄛ bō 名繫在箭矢絲繩上的石塊。㊁ㄆㄢˊ pán 名河流名。磻溪，在陝西省。

礄 ㄑㄧㄠˊ qiáo 名地名。礄口，湖南省市名。

磯 ㄐㄧ jī 名水邊淺露的岩石地。例采石磯。

礁 ㄐㄧㄠ jiāo 名在江河、海洋中，隱藏在水面下或浮現於水面上的岩石。例暗礁、珊瑚礁。

礁石 ㄐㄧㄠ ㄕˊ ①海洋裡離水面很近、忽隱忽現的岩石，常形成航行阻礙。②比喻情勢表面看不見的困難或阻礙。

十三畫

礌 ㄌㄟˊ léi 名通「礧」。古代守城時自高處往下扔擊的石塊。例礌石。

礎 ㄔㄨˇ chǔ 名①柱子底下的基石。例礎石。②比喻事情的根本或初步結果。例基礎。

礎潤而雨 ㄔㄨˇ ㄖㄨㄣˋ ㄦˊ ㄩˇ 將下雨的徵兆。比喻將發生事情的預兆。

礉 ㊀ㄏㄜˊ hé 形嚴苛，刻薄的。例慘礉。㊁ㄑㄧㄠˋ qiào 副山石高低不齊地。例礉磽。

十四畫

礙 ㄞˋ ài 動①阻止，擋住。例別礙事。②妨害。例妨礙、有礙風化。③牽掛，牽絆。例心中無所礙。

礙口 ㄞˋ ㄎㄡˇ 不方便說。例這件事有點礙口。

礙事 ㄞˋ ㄕˋ ①危險。例他的傷礙事嗎？②妨礙使不方便。例這箱子擺在走道真礙事。同礙眼。

礙眼 ㄞˋ ㄧㄢˇ ①不順眼。②妨礙使不方便。同礙事。

礙難 ㄞˋ ㄋㄢˊ ①不能或難辦到。例礙難從命。②為難。

礙手礙腳 ㄞˋ ㄕㄡˇ ㄞˋ ㄐㄧㄠˇ 妨礙使人做事不方便。

礙於面子 ㄞˋ ㄩˊ ㄇㄧㄢˋ ˙ㄗ 拘於情面，不傷害彼此關係。

十五畫

礬 ㄈㄢˊ fán 名半透明結晶礦物，用來澄清水質。例明礬。

礬土 ㄈㄢˊ ㄊㄨˇ 即氧化鋁，土壤的主要成分，能幫助植物成長。

礬石 ㄈㄢˊ ㄕˊ 六角晶體礦物，可燒製明礬。

礦 ㄎㄨㄤˋ kuàng 名蘊藏在地層中有用的自然物質。例煤礦。

礦工 ㄎㄨㄤˋ ㄍㄨㄥ 採礦的工人。

礦石 ㄎㄨㄤˋ ㄕˊ 含有多種礦物，具開採價值的天然岩石。

礦床 ㄎㄨㄤˋ ㄔㄨㄤˊ 積聚在地殼，具開採價值的礦物資源。

礦坑 ㄎㄨㄤˋ ㄎㄥ 為採礦而人工挖掘的坑穴。同礦井。

礦物 ㄎㄨㄤˋ ㄨˋ 指具有一定化學成分和晶形、經自然作用所形成的無機物。也泛指動植物以外的一切天然無機物質。

礦苗 ㄎㄨㄤˋ ㄇㄧㄠˊ 顯露或接近地面容易探勘的礦質。

礦泉 ㄎㄨㄤˋ ㄑㄩㄢˊ 含大量礦物質的泉水，某些具醫療作用。如溫泉、硫磺泉等。

礦脈 ㄎㄨㄤˋ ㄇㄞˋ 礦物填積在岩石裂縫中而成脈絡狀。

礦產 ㄎㄨㄤˋ ㄔㄢˇ 已採掘和未開採的礦石總稱。

礦區 ㄎㄨㄤˋ ㄑㄩ 探勘或採掘礦石的地方。同礦場。

礦業 ㄎㄨㄤˋ ㄧㄝˋ 探尋、採掘礦產的事業。

礦層 ㄎㄨㄤˋ ㄘㄥˊ 礦物夾藏在沉積岩中而呈層狀分布。

礪 ㄌㄧˋ lì 名粗的磨刀石。動①磨利，磨治。②磨鍊。例砥礪志節。

礧 ㊀ㄌㄟˊ léi 名古代守城時自高處往下扔擊的石塊。例礧石。㊁ㄌㄟˇ lěi 形通「磊」。石頭堆積眾多的。

礫 ㄌㄧˋ lì 名小碎石。例礫石。

礫土 ㄌㄧˋ ㄊㄨˇ 礫石風化而成的土壤，因夾雜很多礫石不適耕種。

礩 ㄓˊ zhí 名支柱下面的基石。

十六畫

礱 ㄌㄨㄥˊ lóng 名即磨臼，礪穀去殼的器具。例礱磨。動①用礱磨除穀殼。例礱穀。②磨治，切磋。

礱糠 ㄌㄨㄥˊ ㄎㄤ 磨穀所除下的外殼。

十七畫

礴 ㄅㄛˊ bó 見「磅礴」。

示部 ㄕˋ

示 ㄕˋ shì 名對他人信件或訓告文字的敬稱。例賜示、來示已收到。動①宣告，使知道。例指示、暗示。②表現，顯露。例展示、不甘示弱。

示例 ㄕˋ ㄌㄧˋ 列舉或親自做出可為標準的例子。

示威 ㄕˋ ㄨㄟ 結合群眾以顯示威力的集體行動。

示弱 ㄕˋ ㄖㄨㄛˋ 顯露自己的弱點。

示眾 ㄕˋ ㄓㄨㄥˋ 公開讓大家看，多用在當眾警告懲戒或揭露罪狀。

示意 ㄕˋ ㄧˋ 向他人傳達自己的意思。

示範 ㄕˋ ㄈㄢˋ 舉出或做出可供人仿效的模範。

示警 ㄕˋ ㄐㄧㄥˇ 用動作、聲音或信號使人預先知道危險或緊急狀況。

示意圖 ㄕˋ ㄧˋ ㄊㄨˊ 表示某概念、內容情況或變化過程的略圖。如路線示意圖。

二畫

礽 ㄖㄥˊ réng 名幸福，福分。

三畫

社 ㄕㄜˋ shè 名①掌管土地的神。例社神。②祭拜土地神的地方。例封土立社。③為某些共同目標而組成的團體。例社團、合作社。

社交 ㄕㄜˋ ㄐㄧㄠ 社會中人和人之間的交往應酬。

社區 ㄕㄜˋ ㄑㄩ 一群人定居在特定區域，有共同的社會關係，共享區域內的生活利益與服務。

社會 ㄕㄜˋ ㄏㄨㄟˋ ①一群人因彼此有一定關係、共同利益，而合作以達到共同目標的集合體。泛指大眾人群。②小學科目之一，內容包括歷史、地理等。

社團 ㄕㄜˋ ㄊㄨㄢˊ 指二人以上為一定目的而集合的團體。

社論 ㄕㄜˋ ㄌㄨㄣˋ 報刊雜誌對時事所作的評論和看法。同社評。

社稷 ㄕㄜˋ ㄐㄧˋ 本指土地神和穀神。後為國家的代稱。例孟子：「民為貴，社稷次之。」

社會學 ㄕㄜˋ ㄏㄨㄟˋ ㄒㄩㄝˊ 研究人與人、人與團體之間交往互動、影響因果和社會關係的科學。

社會工作 ㄕㄜˋ ㄏㄨㄟˋ ㄍㄨㄥ ㄗㄨㄛˋ 泛指所有倡導施行個人與社會福利，包括慈善、救災、教育等關於社會民生的具體工作。

社會主義 ㄕㄜˋ ㄏㄨㄟˋ ㄓㄨˇ ㄧˋ ①改革現今社會經濟制度的學說，反對資本主義，主張廢除私有財產制。②以社會為本位的組織體制，主張生產工具和經濟勞務以公有為原則。

社會制度 ㄕㄜˋ ㄏㄨㄟˋ ㄓˋ ㄉㄨˋ 包括政治、經濟、文化等可決定社會形態的制度。

社會風氣 ㄕㄜˋ ㄏㄨㄟˋ ㄈㄥ ㄑㄧˋ 社會上普遍流行的思想觀念、生活形態等。

社會科學 ㄕㄜˋ ㄏㄨㄟˋ ㄎㄜ ㄒㄩㄝˊ 研究社會現象的各種學科。

社會教育 ㄕㄜˋ ㄏㄨㄟˋ ㄐㄧㄠˋ ㄩˋ 泛指一切在學校以外對群眾從事的文化教育活動。如設立圖書館、文化中心等。

社會福利 ㄕㄜˋ ㄏㄨㄟˋ ㄈㄨˊ ㄌㄧˋ 為滿足社會需要和人民利益所推行的各種有系統的公共服務。

社會運動 ㄕㄜˋ ㄏㄨㄟˋ ㄩㄣˋ ㄉㄨㄥˋ 社會群體為求變革現行社會形態所提倡並推行的活動。

祀 ㄙˋ sì 名年。例千祀。動祭拜。例祀祖。

祁 ㄑㄧˊ qí 名①古地名。春秋時秦國邑名，在今陝西省。②姓。形大。例祁寒。

四畫

祆 ㄒㄧㄢ xiān 見「祆教」。

祆教 ㄒㄧㄢ ㄐㄧㄠˋ 即拜火教，古波斯的瑣羅亞斯德所創，主張棄惡揚善，而火象徵善和光明，所以拜火。南北朝時傳入中國。

祉 ㄓˇ zhǐ 名幸福。例福祉。

祅 ㄧㄠ yāo 名通「妖」。怪異反常的事物或現象。例祅孽。

祇 ㈠ㄑㄧˊ qí 名①地神。例神祇。②平安。形大的。㈡ㄓˇ zhǐ 副僅，只。例杜甫．贈花卿詩：「此曲祇應天上有。」

祈 ㄑㄧˊ qí 動①向神求福佑。例祈福、祈禱。②期望，請求。例祈求、敬祈光臨。

祈年 ㄑㄧˊ ㄋㄧㄢˊ 向上天請求風調雨順、農作豐饒。

祈禱 ㄑㄧˊ ㄉㄠˇ 信教者向天地神佛禱告以請求降福免災的宗教儀式。

祈使句 ㄑㄧˊ ㄕˇ ㄐㄩˋ 表示命令、請求、催促、勸阻的句子，通常省略主詞。

五畫

祕 ㈠ㄇㄧˋ mì 形①隱藏不公開的。例祕密。②珍奇罕見的。例祕籍。㈡ㄅㄧˋ bì 名祕魯，南美洲國名。

祕方 ㄇㄧˋ ㄈㄤ ①私藏不公開傳授的技能。②不公開的私傳藥方。

祕史 ㄇㄧˋ ㄕˇ ①指沒有公開過的歷史。②關於個人生活的隱私。

祕辛 ㄇㄧˋ ㄒㄧㄣ 隱密而不為人知的內幕或內情。

祕書 ㄇㄧˋ ㄕㄨ 幫助主管處理文書、安排交際的人員。

祕笈 ㄇㄧˋ ㄐㄧˊ 私藏、不輕易公開的書籍。例武功祕笈。

祕密 ㄇㄧˋ ㄇㄧˋ 隱密不便告訴他人的事。

祕訣 ㄇㄧˋ ㄐㄩㄝˊ 私藏獨特的有效處理方法。

祕而不宣 ㄇㄧˋ ㄦˊ ㄅㄨˋ ㄒㄩㄢ 隱瞞所知不對外公開。

祕密結社 ㄇㄧˋ ㄇㄧˋ ㄐㄧㄝˊ ㄕㄜˋ 以不公開方式活動的祕密團體組織。

祠 ㄘˊ cí 名①春祭。②供奉祖先或聖賢烈士的廟堂。例宗祠、祠堂。

祛 ㄑㄩ qū 動滅除，驅逐。例祛除、祛災。

祛疑 ㄑㄩ ㄧˊ 消除他人的疑惑。

祜 ㄏㄨˋ hù 名福分。例詩經：「受天之祜。」

祐 一ㄡˋ yòu 動上天護助。例保祐、庇祐。

祓 ㄈㄨˊ fú 名古代除災求福的祭祀。動消除。例祓除。

祖 ㄗㄨˇ zǔ 名①尊稱父母以上的直系親屬。例祖父。②泛指已故的先人。例祖先。③事物的創始者。例鼻祖。④姓。

祖父 ㄗㄨˇ ㄈㄨˋ 父親的父親。

祖母 ㄗㄨˇ ㄇㄨˇ 父親的母親。

祖考 ㄗㄨˇ ㄎㄠˇ ①已故的祖父或父親。②祖先。

祖先 ㄗㄨˇ ㄒㄧㄢ 時間較久遠的先代長輩。

祖妣 ㄗㄨˇ ㄅㄧˇ 已故的祖母或母親。

祖宗 ㄗㄨˇ ㄗㄨㄥ 泛指已故歷代先祖。

祖師 ㄗㄨˇ ㄕ 指某宗教、學派或行業的創始者。

祖產 ㄗㄨˇ ㄔㄢˇ 祖先留傳給後世的產業。同祖業。

祖國 ㄗㄨˇ ㄍㄨㄛˊ ①祖籍所在的國家。②僑居外國的人對自己國家的稱呼。

祖籍 ㄗㄨˇ ㄐㄧˊ 原籍。指歷代先祖居住的地方。

祖母綠 ㄗㄨˇ ㄇㄨˇ ㄌㄩˋ 變種綠柱石，因含少量鉻而呈鮮綠色的名貴寶石。

祖傳祕方 ㄗㄨˇ ㄔㄨㄢˊ ㄇㄧˋ ㄈㄤ 先人流傳下來的祕密藥方。

神 ㄕㄣˊ shén 名①超乎自然存在且為萬物的創造者和主宰者。例天神。②人死後受後世景仰的靈魂。例神明。③思緒，意識。例聚精會神。形①高超不平凡的。例神童、神機妙算。②玄妙無法解釋的。例神祕、神出鬼沒。

神木 ㄕㄣˊ ㄇㄨˋ ①主幹特別粗大、樹齡特別久的樹木。②成精化神的奇木。

神化 ㄕㄣˊ ㄏㄨㄚˋ ①神奇高妙的變化。②對所崇拜的人物幻想尊奉為神。

神父 ㄕㄣˊ ㄈㄨˋ 天主教的神職人員。亦稱為司鐸、神甫。

神仙 ㄕㄣˊ ㄒㄧㄢ 指得道而能長生不老、變化莫測的人。

神位 ㄕㄣˊ ㄨㄟˋ 供奉死者靈魂或神明的牌位。同神主。

神奇 ㄕㄣˊ ㄑㄧˊ 事物奇妙不可思議。例化腐朽為神奇。

神明 ㄕㄣˊ ㄇㄧㄥˊ ①天地間的神。同神祇。②像神一般聖明，形容無所不知。

神怪 ㄕㄣˊ ㄍㄨㄞˋ 神仙鬼怪等奇異荒誕的事物。

神往 ㄕㄣˊ ㄨㄤˇ 內心懷念嚮往。

神祇 ㄕㄣˊ ㄑㄧˊ 天神和地祇。泛指所有神。

神祕 ㄕㄣˊ ㄇㄧˋ 事物深奧不易測知。

神氣 ㄕㄣˊ ㄑㄧˋ ①精神元氣。②顯露在臉上的表情。例神氣自若。同神色、神情。③形容人得意不凡。例他神氣地表演拿手絕活。

神通 ㄕㄣˊ ㄊㄨㄥ 高超的本領手段。例神通廣大。

神童 ㄕㄣˊ ㄊㄨㄥˊ 具有超越常人能力的孩童。

神遊 ㄕㄣˊ ㄧㄡˊ 人未到，但精神或感覺想像如臨其境。

神話 ㄕㄣˊ ㄏㄨㄚˋ ①各民族源自初民信仰的故事，或指內容以神話人物反映諷刺現實的作品。②荒誕不可信的言論。

神馳 ㄕㄣˊ ㄔˊ ①形容非常想念。②內心崇尚嚮往。

神聖 ㄕㄣˊ ㄕㄥˋ ①古代指人精通萬理而無所不能。②對帝王的尊稱。③指神靈。④至高無上不可輕視觸犯的事物。

神經 ㄕㄣˊ ㄐㄧㄥ ①分布全身的人體感應組織，主管知覺、運動及聯絡各部器官相互間的關係。②罵人精神不正常的話。

神學 ㄕㄣˊ ㄒㄩㄝˊ 研究各宗教信仰的理論，探討上帝本身及其和世界關係的哲學。

神韻 ㄕㄣˊ ㄩㄣˋ ①指人的精神風度深具韻味。②詩文書畫的風格氣韻。

神龕 ㄕㄣˊ ㄎㄢ 供奉神位牌或神像的小閣子。

神經病 ㄕㄣˊ ㄐㄧㄥ ㄅㄧㄥˋ ①因神經系統受損，使精神狀態或行動功能失常的疾病。②罵人思想或行動異常的話。

神經質 ㄕㄣˊ ㄐㄧㄥ ㄓˊ 人的神經過敏，情緒容易激動、害怕、多疑等的病症。

神工鬼斧 ㄕㄣˊ ㄍㄨㄥ ㄍㄨㄟˇ ㄈㄨˇ 形容藝術品技巧精良絕妙。亦作「鬼斧神工」。

神不守舍 ㄕㄣˊ ㄅㄨˋ ㄕㄡˇ ㄕㄜˋ 精神渙散不穩定的樣子。亦作「魂不守舍」。

神出鬼沒 ㄕㄣˊ ㄔㄨ ㄍㄨㄟˇ ㄇㄛˋ 形容行動變化迅速、不可揣測。

神乎其技 ㄕㄣˊ ㄏㄨ ㄑㄧˊ ㄐㄧˋ 讚嘆手法高明奧妙。

神仙眷屬 ㄕㄣˊ ㄒㄧㄢ ㄐㄩㄢˋ ㄕㄨˇ 比喻婚姻美滿幸福的夫婦。或稱為神仙美眷。

神來之筆 ㄕㄣˊ ㄌㄞˊ ㄓ ㄅㄧˇ 形容詩文書畫極為生動突出，如神授般的絕佳巧妙。

神采飛揚 ㄕㄣˊ ㄘㄞˇ ㄈㄟ ㄧㄤˊ 形容人精神飽滿、光采耀人。

神差鬼使 ㄕㄣˊ ㄔㄞ ㄍㄨㄟˇ ㄕˇ 比喻某行為的發生是暗中有人指使。亦作「鬼使神差」。

神清氣爽 ㄕㄣˊ ㄑㄧㄥ ㄑㄧˋ ㄕㄨㄤˇ 形容意識清明、氣度爽朗。

神荼鬱壘 ㄕㄣˊ ㄕㄨ ㄩˋ ㄌㄩˋ 兩位門神名，左為神荼，右為鬱壘。能驅逐惡鬼，故塗其畫像在門上。

神經中樞 ㄕㄣˊ ㄐㄧㄥ ㄓㄨㄥ ㄕㄨ ①腦和脊髓中調節某特定身體機能的神經細胞群。②比喻機構團體中的核心。

神魂顛倒 ㄕㄣˊ ㄏㄨㄣˊ ㄉㄧㄢ ㄉㄠˇ 比喻極度傾慕某人或某事而意志迷亂。

神機妙算 ㄕㄣˊ ㄐㄧ ㄇㄧㄠˋ ㄙㄨㄢˋ 形容謀略深遠周密、順應情勢。

神不知鬼不覺 ㄕㄣˊ ㄅㄨˋ ㄓ ㄍㄨㄟˇ ㄅㄨˋ ㄐㄩㄝˊ 比喻事情非常隱密，不為人知。

祝

ㄓㄨˋ zhù 名 ①祭祀時主持祭禮的人。例 廟祝。②姓。動 ①祈求，祈禱。例 祝福。②頌讚，慶賀。例 祝壽、祝賀。

祝福 ㄓㄨˋ ㄈㄨˊ ①向神明請求賜福。②祝賀人幸福美好。

祝壽 ㄓㄨˋ ㄕㄡˋ 慶賀他人的生日。

祝嘏 ㄓㄨˋ ㄍㄨˇ ①古代宗廟祭祀的執事者。②泛指賀壽。

祝融 ㄓㄨˋ ㄖㄨㄥˊ ①傳說中遠古時代用火的部落領袖。②火神名。引申指發生火災。例 祝融肆虐。

祚

ㄗㄨㄛˋ zuò 名 帝位。例 帝祚、踐祚。動 保佑，賜福。例 左傳：「天祚明德。」

祔

ㄈㄨˋ fù 名 在喪事第三年奉死者神位入祖廟，和祖先合享的祭祀。例班祔。動子孫的棺木合葬在祖墳。例祔葬。

祇

ㄓ zhī 副恭敬地。例祇請教安。

祇仰 ㄓ ㄧㄤˇ 崇敬仰望。

祇奉 ㄓ ㄈㄥˋ 恭敬地遵奉。

祇候 ㄓ ㄏㄡˋ 恭敬地等候、問候。例祇候大安。

祟

ㄙㄨㄟˋ suì 名鬼怪所降的災禍。動為害，破壞。例作祟。副曖昧不光明地。例鬼鬼祟祟。

六畫

祥

ㄒㄧㄤˊ xiáng 名①善，福氣。例和氣致祥。②吉凶的預兆。③古代喪祭名。父母喪後滿一年稱小祥、滿二年稱大祥。形①溫和善良的。例慈祥。②美好吉利的。例祥瑞、祥雲。

祥瑞 ㄒㄧㄤˊ ㄖㄨㄟˋ 吉利的徵兆。

祧

ㄊㄧㄠ tiāo 名①繼承先代的人。例承祧。②祭祀歷代祖先神位的廟堂。例宗祧。③遠祖神位所遷的別廟。例廟祧。動遷移神位。例不祧之主。

祧師 ㄊㄧㄠ ㄕ 古代教育人民禮制倫理的官吏。

祫

ㄒㄧㄚˊ xiá 名古代每三年在太廟中合祭遠近祖先的祭祀。

票

(一)ㄆㄧㄠˋ piào 名①做憑據的紙券。例郵票、支票。②做為抵押的人質。例綁票。③計算大批人或物的量詞。例一票貨物。

(二)ㄆㄧㄠ piāo 形輕靈快速的。例票姚。動搖動。

票友 ㄆㄧㄠˋ ㄧㄡˇ 業餘的戲劇演員。

票房 ㄆㄧㄠˋ ㄈㄤˊ ①售票處。②國劇業餘演員練戲的地方。③電影賣出的總票數，即總收益。

票面 ㄆㄧㄠˋ ㄇㄧㄢˋ 有價證券上所標示的金額。同票額。

票匭 ㄆㄧㄠˋ ㄍㄨㄟˇ 裝選票的箱子。

票據 ㄆㄧㄠˋ ㄐㄩˋ 由發票人或第三人支付一定金額的有價證券。分本票、支票、匯票三種。

票據法 ㄆㄧㄠˋ ㄐㄩˋ ㄈㄚˇ 指與票據相關的法律。

祭

(一)ㄐㄧˋ jì 名表示哀悼或追懷的儀式。例公祭、家祭。動敬拜鬼神或已故者。例祭祀。

(二)ㄓㄞˋ zhài 名姓。

祭文 ㄐㄧˋ ㄨㄣˊ 祭祀時向死者宣讀，以表達哀痛的文辭。

祭灶 ㄐㄧˋ ㄗㄠˋ 民間在農曆十二月二十三或二十四日祭拜灶神以求來年的福佑。

祭祀 ㄐㄧˋ ㄙˋ 祭天神、地祇、人鬼的宗教儀式。

祭品 ㄐㄧˋ ㄆㄧㄣˇ 祭拜神明、供奉祖先所用的物品。

祭奠 ㄐㄧˋ ㄉㄧㄢˋ 設置供品在靈前或墓前祭拜。

祭禮 ㄐㄧˋ ㄌㄧˇ ①祭拜鬼神祖先的儀式。同祭典。②祭祀時所用的禮品。

七畫

祲

ㄐㄧㄣ jīn 名不祥的妖氣。例祲兆。

八畫

祺

ㄑㄧˊ qí 名安泰無憂。多為書信祝頌語。例敬頌文祺。形吉利的。

祼 ㄍㄨㄢˋ guàn 名祭神時灑酒在地上的儀式。動古時賓主斟酒表示酬謝之意。

祿 ㄌㄨˋ lù 名①善，福。例福祿。②薪資，俸給。例厚祿、俸祿。③利益好處。例無功不受祿。

祿位 ㄌㄨˋ ㄨㄟˋ 俸給和爵位。引申指官職。

祿食 ㄌㄨˋ ㄕˊ 官吏的薪資俸給。

祿蠹 ㄌㄨˋ ㄉㄨˋ 只想追求官位財富的人。

禁 (一)ㄐㄧㄣˋ jìn 名①忌諱的事。例百無禁忌、入國問禁。②法令、禮教所不允許的事。例酒禁。③古代帝王的住所。例禁中、宮禁。動①阻止。例禁止。②拘押。例囚禁、監禁。(二)ㄐㄧㄣ jīn 動承受，耐得住。例弱不禁風。

禁忌 ㄐㄧㄣˋ ㄐㄧˋ 忌諱的事物。

禁足 ㄐㄧㄣˋ ㄗㄨˊ 規定在某時段限制其活動範圍。

禁例 ㄐㄧㄣˋ ㄌㄧˋ 不準違犯的條例。

禁書 ㄐㄧㄣˋ ㄕㄨ 因政治關係或妨礙風化而禁止刊行、閱讀、收藏的出版物。

禁閉 ㄐㄧㄣˋ ㄅㄧˋ 將犯錯的人關在室內反省。

禁運 ㄐㄧㄣˋ ㄩㄣˋ 政府禁止船舶進出或向某國輸出、輸入某些物資或商品。

禁錮 ㄐㄧㄣˋ ㄍㄨˋ ①拘押，監禁。②限制。③指阻絕人仕宦之途。

禁聲 ㄐㄧㄣˋ ㄕㄥ ①保持沉默。②放低說話聲音。

禁臠 ㄐㄧㄣˋ ㄌㄨㄢˊ ①只有天子可以吃的肉。②比喻個人獨有，他人不得染指的東西。

禁治產 ㄐㄧㄣˋ ㄓˋ ㄔㄢˇ 法院對心神喪失或精神耗弱者，禁止其經營財產，而由法定代理人代管。

九畫

禊 ㄒㄧˋ xì 名古代春秋兩季，在水邊舉行驅除不祥的祭祀。

福 ㄈㄨˊ fú 名①泛稱吉祥如意的事。例享福、幸福。②運氣，機會。例眼福、口福。③祭祀用的酒肉。形幸運的。例福星。動保佑護助。例福助。

福分 ㄈㄨˊ ㄈㄣˋ 宿命論者認為生命中註定應享用的事物。

福田 ㄈㄨˊ ㄊㄧㄢˊ 比喻人誠心供養、幫助他人，未來必受福報。

福地 ㄈㄨˊ ㄉㄧˋ ①神仙的居所。比喻安樂的地方。②寺院的別稱。

福利 ㄈㄨˊ ㄌㄧˋ 生活上的利益。例社會福利。

福相 ㄈㄨˊ ㄒㄧㄤˋ 有福氣的相貌，多指肥胖的樣子。

福星 ㄈㄨˊ ㄒㄧㄥ ①古代指為民造福的官吏。現多比喻能帶來好運的人，或帶給人幸運的星宿。例福星高照。②木星的別稱。其所在有福。也稱為歲星。

福氣 ㄈㄨˊ ㄑㄧˋ 福分和好運氣。

福利社 ㄈㄨˊ ㄌㄧˋ ㄕㄜˋ 廉價供應本機關團體員工日常用品的單位。

福至心靈 ㄈㄨˊ ㄓˋ ㄒㄧㄣ ㄌㄧㄥˊ 當幸福來臨時，人的精神變得清爽，心思也格外靈敏。

福如東海 ㄈㄨˊ ㄖㄨˊ ㄉㄨㄥ ㄏㄞˇ 祝福人的福氣像東海般廣闊。

福無雙至，禍不單行 ㄈㄨˊ ㄨˊ ㄕㄨㄤ ㄓˋ，ㄏㄨㄛˋ ㄅㄨˋ ㄉㄢ ㄒㄧㄥˊ 形容幸運不會連續，災禍卻會一直發生。引申警惕人要妥善安排生活。

禋 ㄧㄣ yīn 名古代祭天的大典。例禋祀。動祭祀。

禖 ㄇㄟˊ méi 名①為求子所祭拜的神。②古代求子的祭祀。

禕 ㄧ yī 形美好的。

禎 ㄓㄣ zhēn 名吉利的預兆。例禎祥。

禍 ㄏㄨㄛˋ huò 名災害，災難。例車禍。動為害，損害。例禍國殃民。

禍心 ㄏㄨㄛˋ ㄒㄧㄣ 作亂為惡的意志。

禍首 ㄏㄨㄛˋ ㄕㄡˇ 指釀造災亂的主要人物。

禍害 ㄏㄨㄛˋ ㄏㄞˋ 指一切災亂不幸。

禍不單行 ㄏㄨㄛˋ ㄅㄨˋ ㄉㄢ ㄒㄧㄥˊ 不如意的事多會連續發生。

禍起蕭牆 ㄏㄨㄛˋ ㄑㄧˇ ㄒㄧㄠ ㄑㄧㄤˊ 起自內部的禍源或紛亂。

禍國殃民 ㄏㄨㄛˋ ㄍㄨㄛˊ ㄧㄤ ㄇㄧㄣˊ 比喻政治殘暴使國家或人民皆遭受不幸。

禍從口出 ㄏㄨㄛˋ ㄘㄨㄥˊ ㄎㄡˇ ㄔㄨ 說話不謹慎，足以招致禍害。

禍福與共 ㄏㄨㄛˋ ㄈㄨˊ ㄩˇ ㄍㄨㄥˋ 比喻共同承受患難與富貴。

十畫

禡 ㄇㄚˋ mà 名古代軍隊出師，在駐紮地祭神的儀式。

禛 ㄓㄣ zhēn 動以誠心感動神而受福。

十一畫

禦 ㄩˋ yù 名強權，敵人。例不畏強禦。動抗拒，抵擋。例禦寒。

禦侮 ㄩˋ ㄨˇ 抵抗外來的侵略和恥辱。

禦寒 ㄩˋ ㄏㄢˊ 抵擋寒冷。例這件薄外套不能禦寒。

禦敵 ㄩˋ ㄉㄧˊ 抵抗敵人。

十二畫

禧 ㄒㄧ xī 名指福氣、吉祥。例鴻禧、恭賀新禧。

禪 ㊀ㄔㄢˊ chán 名①靜坐調息。例坐禪。②佛教宗派名。見「禪宗」。形關於佛教事務的。例禪語、禪閣。
㊁ㄕㄢˋ shàn 動①清掃場地以設壇祭祀天地山川。例封禪。②傳讓帝位。例禪讓、禪位。

禪心 ㄔㄢˊ ㄒㄧㄣ 指心思寂定清靜的境界。

禪宗 ㄔㄢˊ ㄗㄨㄥ 中國佛教宗派。南朝梁武帝時，印度高僧菩提達摩所創，唐代神秀、慧能確定漸修和頓悟。

禪定 ㄔㄢˊ ㄉㄧㄥˋ 佛家用語，為禪那與定的合稱。指靜坐凝心思於一境，達到清安明淨的修行方式。

禪房 ㄔㄢˊ ㄈㄤˊ 僧尼的住所。

禪師 ㄔㄢˊ ㄕ 尊稱修禪的出家人。

禪學 ㄔㄢˊ ㄒㄩㄝˊ 佛教禪宗的教理。

禪讓 ㄕㄢˋ ㄖㄤˋ 古代天子將帝位傳讓給賢人。同禪位。

十三畫

禮 ㄌㄧˇ lǐ 名①依倫常情理訂定的行為規範。例知書達禮。②程序莊重的儀式。例典禮。③威嚴的儀態。例克己復禮。④表敬意的贈品。例禮物。動①敬重。例禮賢下士。②祭祀。例禮拜。

禮法 ㄌㄧˇ ㄈㄚˇ 禮儀和法度。指人類行為應遵循的規範。

禮服 ㄌㄧˇ ㄈㄨˊ 參加典禮宴席時所穿合乎禮節的衣服。

禮物 ㄌㄧˇ ㄨˋ 贈送他人以表示敬意和情誼的物品。

禮券 ㄌㄧˇ ㄑㄩㄢˋ 商店發行可換取商品的送禮用票券。

禮炮 ㄌㄧˇ ㄆㄠˋ 國家重要節日或迎送外國貴賓時，表示致敬所鳴放的炮。

禮拜 ㄌㄧˇ ㄅㄞˋ ①向神佛行敬拜禮。②基督徒每星期日在教堂聚會以頌讚上帝的儀式。

禮俗 ㄌㄧˇ ㄙㄨˊ 禮儀與習俗。

禮記 ㄌㄧˇ ㄐㄧˋ 儒家經典之一，是研究古代禮樂制度和儒家思想的參考。

禮教 ㄌㄧˇ ㄐㄧㄠˋ 禮儀教化。

禮堂 ㄌㄧˇ ㄊㄤˊ 舉行典禮的廳堂。

禮聘 ㄌㄧˇ ㄆㄧㄣˋ 用敬重有禮的方式聘請。

禮遇 ㄌㄧˇ ㄩˋ 以恭敬優厚的禮節對待。例這種帝王般的服務，讓賓客備受禮遇。

禮節 ㄌㄧˇ ㄐㄧㄝˊ 遵循禮法的行為。

禮貌 ㄌㄧˇ ㄇㄠˋ ①待人恭敬有禮的態度。②表示敬意的儀容。

禮儀 ㄌㄧˇ ㄧˊ 禮制和儀式。

禮讓 ㄌㄧˇ ㄖㄤˋ 表示禮貌的謙讓。例開車須禮讓行人。

禮讚 ㄌㄧˇ ㄗㄢˋ 以崇敬的心意加以讚揚。

禮尚往來 ㄌㄧˇ ㄕㄤˋ ㄨㄤˇ ㄌㄞˊ 禮儀上彼此講究，有來有往。

禮多人不怪 ㄌㄧˇ ㄉㄨㄛ ㄖㄣˊ ㄅㄨˋ ㄍㄨㄞˋ 有禮的人易受喜愛，指處世待人寧可謙讓，不可傲慢失禮。

十四畫

禱 ㄉㄠˇ dǎo 動①祈告求福。例祈禱、禱告。②書信用語。表示請求。例為禱、是所至禱。

禱告 ㄉㄠˇ ㄍㄠˋ 向上帝或鬼神祖先求福和佑助。

禰 ㈠ㄋㄧˇ nǐ 名已故父親立在宗廟的神位。㈡ㄇㄧˊ mí 名姓。

十七畫

禳 ㄖㄤˊ ráng 名為驅逐災禍、疾病的祭祀。例禳祭。動祈求消除災禍。例禳解、求福攘災。

内部 ㄖㄡˊ

内 ㄖㄡˊ róu 名獸類走過留下的足跡。

四畫

禺 ㄩˊ yú 名①區域。每里為一禺。②地名。番禺，廣州市舊名。

禹 ㄩˇ yǔ 名①夏代的開國君王。亦稱為大禹、夏禹。②姓。

八畫

萬 ㄨㄢˋ wàn 名①數目字。千的十倍。②姓。形眾多的。例排除萬難。副①極，非常。例萬不得已。②必然，絕對。例萬無一失。

萬一 ①萬分之一。比喻很少。②或者。例萬一明天下雨。③意料之外。例不怕一萬，只怕萬一。

萬仞 形容山勢極高。

萬全 形容非常周詳且安全可靠。

萬里 比喻里程遙遠。例鵬程萬里。

萬物 宇宙間所有人事物。

萬能 有多種功能或用途。

萬般 ①各式各樣。例萬般皆下品。②極度，非常。例萬般惆悵。

萬幾 各種事物隱微不顯露的部分。原為告誡君王應注意事情徵象，後常指國家元首治理的事務繁多。亦作「萬機」。

萬歲 ①祝福人壽命長久。②古代臣民對君王的尊稱。

萬萬 ①形容數量極多。例千千萬萬。②必定，絕對。例萬萬不可。

萬福 祝人一切福氣如意。

萬年曆 依曆法預先推算未來數年的曆書。

萬花筒 ①光學玩具，由狹長玻璃片合成三角柱體，裡面放色碎紙，外圍硬紙筒，一端以毛玻璃封好，一端開孔，隨筒轉動，從孔中向裡看，顏色和形態變化無窮。②比喻人生境遇變幻多端。

萬人空巷 非常熱鬧擁擠的盛況。

萬夫莫敵 比喻強健勇猛、無人可對抗。

萬水千山 比喻艱辛遙遠的長途跋涉。亦作「千山萬水」。

萬世師表 指智慧德性永遠可為世人典範。

萬古長青 形容情誼、精神永遠青翠不凋。

萬古流芳 好名聲永遠流傳，供後世景仰。

萬有引力 牛頓所發現，宇宙萬物能互相吸引的力量。同宇宙引力。

萬劫不復 永難恢復。引申指無法挽救的行為或命運。

萬物之靈 指人類，因人是所有生物中最具靈性的。

萬念俱灰 形容意志極度消沉，不懷任何希望。同心灰意冷。

萬家燈火 形容市鎮入夜後繁華的景象。

萬馬奔騰 形容場面熱鬧或氣勢強盛。

萬眾一心 形容全國人民團結同心。

萬貫家財 形容人家境非常富有。

萬紫千紅 形容群花齊放的繁盛美景。

萬無一失 ㄨㄢˋ ㄨˊ ㄧ ㄕ 事先計畫周密，保證不會出錯。

萬象更新 ㄨㄢˋ ㄒㄧㄤˋ ㄍㄥ ㄒㄧㄣ 形容所有事物都更換新面貌。

萬壽無疆 ㄨㄢˋ ㄕㄡˋ ㄨˊ ㄐㄧㄤ 祝人長壽無限。

萬籟俱寂 ㄨㄢˋ ㄌㄞˋ ㄐㄩˋ ㄐㄧˋ 自然界所有聲音都歸於沉寂。形容極度安靜。

禽 ㄑㄧㄣˊ qín 名鳥類的總稱。例家禽、飛禽走獸。動通「擒」。獵捉，捕獲。

禽獸 ㄑㄧㄣˊ ㄕㄡˋ ①泛稱各種鳥類和獸類。②比喻沒有人性或行為鄙劣的人。例衣冠禽獸。

禾部 ㄏㄜˊ

禾 ㄏㄜˊ hé 名穀類植物的總稱。例禾稼。

禾苗 ㄏㄜˊ ㄇㄧㄠˊ 穀類植物剛長出的秧苗。

禾本科 ㄏㄜˊ ㄅㄣˇ ㄎㄜ 單子葉植物中的一科，多為草本。莖中空有節，單葉互生、狹長形，花小且雄雌兩性，果實為穎果。如稻、大小麥等。

二畫

私 ㄙ sī 名①屬於個人的事物。與「公」相對。例大公無私。②不可告人之事。例探人之私。③非法的貨物。例走私。④生殖器官。例私處。⑤個人的財產。例家私。形①屬於個人的。例私宅。②不公開的。例私情。③親近偏愛的。例私心。副①偏重一方地。②暗中地，祕密地。例私下。

私人 ㄙ ㄖㄣˊ ①個人。例私人所有。②個人的親戚或朋友。例任用私人。

私心 ㄙ ㄒㄧㄣ 自利的心。

私仇 ㄙ ㄔㄡˊ 個人因利害關係結下的仇怨。

私立 ㄙ ㄌㄧˋ ①擅自設立。②以私人能力所設立。例私立學校。

私刑 ㄙ ㄒㄧㄥˊ 未依法律而私下刑罰他人。

私自 ㄙ ㄗˋ ①自己本身。②有所行動卻不使人知。

私房 ㄙ ㄈㄤˊ ①個人的居室。②個人的財產儲蓄。即私房錢。

私奔 ㄙ ㄅㄣ 男女違反禮法而私自跟隨愛人離家出走。

私情 ㄙ ㄑㄧㄥˊ ①個人的關係情誼。例公事公辦，不徇私情。②男女的愛情。例兒女私情。

私通 ㄙ ㄊㄨㄥ ①暗地裡通好。例私通敵軍。②非正式夫妻的性關係。

私娼 ㄙ ㄔㄤ 政府未准許而私下賣淫的娼妓。反公娼。

私梟 ㄙ ㄒㄧㄠ 活動在港口機場或沿海地帶的走私罪犯。

私貨 ㄙ ㄏㄨㄛˋ 未經海關繳稅，祕密進出口的貨品。

私塾 ㄙ ㄕㄨˊ 古代由教師、地主或祠堂私設的學堂。

私德 ㄙ ㄉㄜˊ 個人生活的道德。反公德。

私藏 ㄙ ㄘㄤˊ ①私人所有的財產。②私人祕密收藏。例私藏國寶。

私生子 ㄙ ㄕㄥ ㄗˇ 由非正式夫妻所生的子女。同非婚生子女。

私名號 ㄙ ㄇㄧㄥˊ ㄏㄠˋ 標點符號之一，符號為「—」。在人名、地名等專有名詞的直排文字左邊或橫排文字底下加一條直線。

私定終身 ㄙ ㄉㄧㄥˋ ㄓㄨㄥ ㄕㄣ 男女私底下互定的婚約。

私相授受 ㄙ ㄒㄧㄤ ㄕㄡˋ ㄕㄡˋ 財物未依法律規定以及公眾或當事人同意而私自轉移所有權的行為。

秀

ㄒㄧㄡˋ xiù 名①草木的花。②才智優異的人。例後起之秀。③演出，表現。例作秀。形①美好清麗的。例山明水秀。②茂盛的。例佳木秀而繁陰。③卓越出眾的。例優秀。動①稻麥吐穗開花。②表演。例秀一下才藝。

秀才 ㄒㄧㄡˋ ㄘㄞˊ ①才德傑出的人。②科舉時代的科目。③泛指知識分子。例秀才不出門，能知天下事。

秀氣 ㄒㄧㄡˋ ㄑㄧˋ ①氣質文雅不粗俗。②面貌美好清秀。③器物靈巧輕便。

秀場 ㄒㄧㄡˋ ㄔㄤˇ 表演者賣藝演出的地方。

秀麗 ㄒㄧㄡˋ ㄌㄧˋ 清麗秀美。例山川秀麗。

秀外慧中 ㄒㄧㄡˋ ㄨㄞˋ ㄏㄨㄟˋ ㄓㄨㄥ 形容女子容貌清麗，心思聰敏。

秀而不實 ㄒㄧㄡˋ ㄦˊ ㄅㄨˋ ㄕˊ 禾穀類植物只開花不結實。比喻只學到皮毛，並無實學。

秀色可餐 ㄒㄧㄡˋ ㄙㄜˋ ㄎㄜˇ ㄘㄢ 形容人或物美好的樣子。

禿

ㄊㄨ tū 形①沒有頭髮的。例禿頭。②山上沒有草木的。例禿山。③泛指羽毛、枝葉脫盡的。例禿筆、禿樹。④不周密完備的。例禿頭文章。

禿子 ㄊㄨ ㄗ˙ 頭髮掉光的人。

禿筆 ㄊㄨ ㄅㄧˇ 掉毛失去尖鋒的筆。後世文人常以此自謙寫不出好文章。

禿頭 ㄊㄨ ㄊㄡˊ 沒有頭髮的人。

禿驢 ㄊㄨ ㄌㄩˊ 譏諷僧人的話。或稱為禿奴、禿廝。

三畫

秉

ㄅㄧㄥˇ bǐng 名古時計算容量的單位，一公秉為十公石。動①用手執握。例秉筆、秉燭。②主持，掌管。例秉政。③依照。例秉公處理。

秉公 ㄅㄧㄥˇ ㄍㄨㄥ 做事抱持公正無私的心。

秉性 ㄅㄧㄥˇ ㄒㄧㄥˋ 天賦、與生俱來的特質。同秉賦。

秉持 ㄅㄧㄥˇ ㄔˊ 執持，遵守。例秉持運動精神。

秉燭夜遊 ㄅㄧㄥˇ ㄓㄨˊ ㄧㄝˋ ㄧㄡˊ 比喻珍惜光陰，及時行樂。

四畫

秈

ㄒㄧㄢ xiān 名早熟而沒有黏性的稻米。例秈稻。

科

ㄎㄜ kē 名①法律條文。例作奸犯科。②戲劇人物的動作。例科白、插科打諢。③類別，項目。例學科。④機關依辦公性質分設的單位。例人事科。⑤生物學中分類的單位。例犬科。動處罰，判刑。例科罪。

科白 ㄎㄜ ㄅㄞˊ 戲曲中角色的動作和言語。

科名 ㄎㄜ ㄇㄧㄥˊ 科舉考試考中鄉、會試後取得的功名。如進士、舉人等。

科技 ㄎㄜ ㄐㄧˋ 科學和技術。

科學 ㄎㄜ ㄒㄩㄝˊ 用實驗和推理以求真確的客觀規律和真理，形成有組織、有系統的知識體系。

科幻小說 ㄎㄜ ㄏㄨㄢˋ ㄒㄧㄠˇ ㄕㄨㄛ 利用科學的發現和成就為基礎，幻想運用這些資源完成奇蹟的小說。

科舉制度 ㄎㄜ ㄐㄩˇ ㄓˋ ㄉㄨˋ 中國從隋唐到清末設科目考選官吏的制度。

秋

ㄑㄧㄡ qiū 名 ①四季之一，農曆為七、八、九月。例深秋、秋季。②年歲。例千秋萬世。③時候。例危急存亡之秋。

秋千 ㄑㄧㄡ ㄑㄧㄢ 在高架上懸掛兩繩，其下繫橫板的遊戲器材，可前後搖擺。亦作「鞦韆」。

秋汛 ㄑㄧㄡ ㄒㄩㄣˋ 立秋至霜降期間，因季節性暴雨使河川水位急速上漲的現象。

秋水 ㄑㄧㄡ ㄕㄨㄟˇ ①秋天江湖的水。②比喻女子如湖水般美麗的眼神。

秋分 ㄑㄧㄡ ㄈㄣ 二十四節氣之一，在每年陽曆九月二十三或二十四日，這天日光正射赤道，晝夜長短相等。

秋收 ㄑㄧㄡ ㄕㄡ 秋天農作物的收成。

秋決 ㄑㄧㄡ ㄐㄩㄝˊ 古時重刑犯在秋後舉行的處決。

秋波 ㄑㄧㄡ ㄅㄛ 形容女子的眼神如秋水般清澈。

秋風 ㄑㄧㄡ ㄈㄥ ①秋天的風。②利用各種理由向他人要取財物。同抽豐。

秋毫 ㄑㄧㄡ ㄏㄠˊ 鳥獸在秋天生的細絨毛。引申比喻細小的事物。例明察秋毫。

秋老虎 ㄑㄧㄡ ㄌㄠˇ ㄏㄨˇ 比喻秋天炎熱的陽光。

秋高氣爽 ㄑㄧㄡ ㄍㄠ ㄑㄧˋ ㄕㄨㄤˇ 形容秋空明淨，清爽宜人。

秋毫無犯 ㄑㄧㄡ ㄏㄠˊ ㄨˊ ㄈㄢˋ 完全不敢侵犯或奪取。形容軍隊紀律嚴明，不騷擾百姓。

秋風掃落葉 ㄑㄧㄡ ㄈㄥ ㄙㄠˇ ㄌㄨㄛˋ ㄧㄝˋ ①比喻勢力強盛地摧毀衰敗者。②比喻迅速徹底地解決收拾。

秕

ㄅㄧˇ bǐ 名 中空的穀類果實。例糠秕。形 不好的，有名無實的。例秕政。

秕政 ㄅㄧˇ ㄓㄥˋ 不清明安定的政治。

秕謬 ㄅㄧˇ ㄇㄧㄡˋ 比喻事理乖張錯誤。

秒

ㄇㄧㄠˇ miǎo 名 ①穀物種子上的芒刺。例禾秒。②計時單位，六十秒為一分。③計算角度的單位，六十秒為一分，六十分為一度。

秒針 ㄇㄧㄠˇ ㄓㄣ 鐘錶上表示秒數的長針。

五畫

秦

ㄑㄧㄣˊ qín 名 ①朝代名。戰國末年秦王嬴政兼併六國統一天下，建立秦朝。②姓。

秦晉之好 ㄑㄧㄣˊ ㄐㄧㄣˋ ㄓ ㄏㄠˇ 春秋時秦、晉兩國世代通婚。引申比喻雙方結為親家。

秘 ㄇㄧˋ mì「祕」的異體字。

秤 ㈠ㄔㄥˋ chèng 名 測量物體重量的器具。例 磅秤。動 量物體輕重。例 秤藥。
㈡ㄆㄧㄥˊ píng 名 量物體輕重的器具。例 天秤。

秤砣 ㄔㄥˋ ㄊㄨㄛˊ 秤物時可移動以平衡槓桿的金屬錘，為多面稜柱或圓錐體。亦稱為秤錘。

秤星 ㄔㄥˋ ㄒㄧㄥ 秤桿上所刻的花星，按與秤桿距離遠近來計算輕重。

秣 ㄇㄛˋ mò 名 牲畜的飼料。例 芻秣、糧秣。動 餵食飼料。例 秣馬。

秣馬厲兵 ㄇㄛˋ ㄇㄚˇ ㄌㄧˋ ㄅㄧㄥ 比喻完成所有戰前準備以迎接戰鬥。亦作「厲兵秣馬」。

秬 ㄐㄩˋ jù 名 黑黍，可以釀酒。例 秬鬯。

秫 ㄕㄨˊ shú 名 有黏性可以釀酒的穀物。例 秫米。

租 ㄗㄨ zū 名 ①田賦。例 田租。②借用他人的房地、器物所支付的代價。例 房租。動 支付代價以暫時借用他人的房地、器物。例 租車。

租用 ㄗㄨ ㄩㄥˋ 向人暫時租借使用房地、器物。

租金 ㄗㄨ ㄐㄧㄣ 為承租房地、器物，而付給所有權者的酬金。也稱為租錢。

租界 ㄗㄨ ㄐㄧㄝˋ 國家在城市或通商口岸規畫一定範圍，租給外國人民居住、經商、建屋的區域，其土地主權仍屬本國。

租約 ㄗㄨ ㄩㄝ 約定出租人的東西在一定期間內租給承租人使用，並由承租人給付相對租金，而雙方同意訂定的契約。

租借 ㄗㄨ ㄐㄧㄝˋ ①付出代價以租用他人的東西。②國家有條件或無條件地將領土某部分有期限地借給他國行使行政權，其土地主權仍屬本國。

租稅 ㄗㄨ ㄕㄨㄟˋ ①舊時田賦和各種稅款的總稱。②政府為執行職務，向人民強制課徵的所有稅捐。

秧 ㄧㄤ yāng 名 ①稻的幼苗。例 插秧。②植物的幼苗。例 樹秧。③新生不久的動物。例 魚秧。

秧苗 ㄧㄤ ㄇㄧㄠˊ ①稻米的幼苗。②可以移栽的草木幼苗。

秩 ㄓˋ zhì 名 ①次序，條理。例 秩序。②官位等級。例 爵秩。③計算年歲的單位，一秩為十年。例 七秩華誕。

秩序 ㄓˋ ㄒㄩˋ 次序，條理。

秩序井然 ㄓˋ ㄒㄩˋ ㄐㄧㄥˇ ㄖㄢˊ 比喻整齊有條理，符合規律。

秭 ㄗˇ zǐ 名 ①數目字。一秭為一萬億。②縣名。秭歸，在湖北省。

六畫

移 ㄧˊ yí 動 ①搬遷。例 遷移。②改變。例 貧賤不能移。③搖動。例 手足毋移。

移民 ㄧˊ ㄇㄧㄣˊ 指人民由於經濟、社會、政治等因素，從原住地遷徙至他鄉的人或行動。

移交 ㄧˊ ㄐㄧㄠ 轉移交付。將事務轉交給接替的人。

移居 ㄧˊ ㄐㄩ 遷移所住的地方。

移動 ㄧˊ ㄉㄨㄥˋ 改變位置、方向。

移情 ㄧˊ ㄑㄧㄥˊ 改變人的感情意向。例移情別戀。

移植 ㄧˊ ㄓˊ ①將植物的幼苗移動到另一塊田地上。②將動物體的組織器官，移至其他部位或另一動物體上的手術。例角膜移植。

移轉 ㄧˊ ㄓㄨㄢˇ 從一方轉至另一方。

移山倒海 ㄧˊ ㄕㄢ ㄉㄠˇ ㄏㄞˇ 移動高山，翻轉大海。比喻力量之大，引起巨大改變。

移孝作忠 ㄧˊ ㄒㄧㄠˋ ㄗㄨㄛˋ ㄓㄨㄥ 把對父母的孝心，轉成對國家的忠心。

移花接木 ㄧˊ ㄏㄨㄚ ㄐㄧㄝ ㄇㄨˋ ①栽種花木的一種方法。②比喻暗地裡以巧妙的手段，更換人或事物。

移風易俗 ㄧˊ ㄈㄥ ㄧˋ ㄙㄨˊ 改變風俗習慣，使其趨向善良。

移樽就教 ㄧˊ ㄗㄨㄣ ㄐㄧㄡˋ ㄐㄧㄠˋ 移座轉入他席一齊飲酒，以便求教。比喻親自屈身求教。

七畫

稂

ㄌㄤˊ láng 名為一種田裡的雜草。

稂莠 ㄌㄤˊ ㄧㄡˇ ①對秧苗有所損害的野草。②比喻奸惡、低劣的人。

稈

ㄍㄢˇ gǎn 名指穀類植物的莖部。例稻稈、麥稈。

稀

ㄒㄧ xī 形①疏，不密的。例地廣人稀。②少有的。例稀有。③淡而不稠的。例稀飯。副極，很。例稀爛。

稀少 ㄒㄧ ㄕㄠˇ 不多，很少。

稀罕 ㄒㄧ ㄏㄢˇ 稀奇珍貴，不常見。

稀奇 ㄒㄧ ㄑㄧˊ 少見而奇特。

稀客 ㄒㄧ ㄎㄜˋ 難得造訪的客人。

稀疏 ㄒㄧ ㄕㄨ 少，不稠密。

稀薄 ㄒㄧ ㄅㄛˊ 不濃厚，淡薄。

稀鬆 ㄒㄧ ㄙㄨㄥ 無關緊要。

稀釋 ㄒㄧ ㄕˋ 將溶劑加入溶液裡，改變溶液原有的濃度，使之淡化、稀薄。

稀爛 ㄒㄧ ㄌㄢˋ 形容破壞得很厲害，爛到極點。

程

ㄔㄥˊ chéng 名①法式，規章。例規程。②階段，進度。例課程。③路途。例里程。④姓。

程式 ㄔㄥˊ ㄕˋ ①制定一定的準則，為通用的法式。②電腦用語。用電腦程式語言設計撰寫成的邏輯指令。

程序 ㄔㄥˊ ㄒㄩˋ 事情進行的一定順序步驟。

程度 ㄔㄥˊ ㄉㄨˋ 指一切道德、能力、知識等的水準。

程儀 ㄔㄥˊ ㄧˊ 贈與他人出遠門的行路費用。

稍

ㄕㄠ shāo 副略微地。例稍候。

稍稍 ㄕㄠ ㄕㄠ 漸漸，略微。

稍微 ㄕㄠ ㄨㄟˊ 變化輕微，只是小小異動。

稍安勿躁 ㄕㄠ ㄢ ㄨˋ ㄗㄠˋ 告訴人鎮靜行事，不必急躁。

稍縱即逝 ㄕㄠ ㄗㄨㄥˋ ㄐㄧˊ ㄕˋ 稍一放鬆輕忽，轉眼即消失無蹤。比喻時間或機會很容易錯失。

稅

ㄕㄨㄟˋ shuì 名人民向政府繳納個人所得的一部分，作為國家經費來源。例所得稅。

稅收 ㄕㄨㄟˋ ㄕㄡ 國家向人民徵收各項稅賦的收入。

稅制 ㄕㄨㄟˋ ㄓˋ 政府為徵收稅賦所建立的制度。

稅法 ㄕㄨㄟˋ ㄈㄚˇ 有關各種稅賦的法律規定。

稅則 ㄕㄨㄟˋ ㄗㄜˊ 有關稅賦的規定、法則。

稅契 ㄕㄨㄟˋ ㄑㄧˋ 買賣房屋、田地等不動產，訂定契約後按價納稅，由政府發給印證以證明，稱為稅契。

稅捐 ㄕㄨㄟˋ ㄐㄩㄢ 政府向人民徵收各項稅賦，即稅金。

稅務 ㄕㄨㄟˋ ㄨˋ 政府向人民徵收稅賦的相關業務。

稅率 ㄕㄨㄟˋ ㄌㄩˋ 計算稅額的標準。

稅單 ㄕㄨㄟˋ ㄉㄢ 政府向人民徵收稅賦的憑證單據。

稅款 ㄕㄨㄟˋ ㄎㄨㄢˇ 繳納稅賦的金錢。

稊

ㄊㄧˊ tí 名①一種形狀像稻，果實很小很細的野草。例太倉稊米。②枯掉的樹木重新生出的嫩芽。例枯楊生稊。

稃

ㄈㄨ fū 名米糠、麥麩類的外殼。例稃鬻。

八畫

稗

ㄅㄞˋ bài 名禾本科植物，田間野草，外形如水稻。形微小的，卑下的。例稗官。

稗史 ㄅㄞˋ ㄕˇ 泛指野史，通常指記載民間舊聞瑣事的史籍，不同於正史。

稗官 ㄅㄞˋ ㄍㄨㄢ 古代小官。因其考察民俗風情、採集民間故事，後沿稱小說家。

稗官野史 ㄅㄞˋ ㄍㄨㄢ ㄧㄝˇ ㄕˇ 私家或民間所記載的史書，與正史有別。

稟

㈠ㄅㄧㄥˇ bǐng 名天資。例天賦異稟。動①卑幼對長上的報告說明。例稟告、上稟。②領受。例稟承。㈡ㄌㄧㄣˇ lǐn 名通「廩」。穀倉。

稟告 ㄅㄧㄥˇ ㄍㄠˋ 卑幼對長上報告。

稟性 ㄅㄧㄥˇ ㄒㄧㄥˋ 先天的品性資質。

稟承 ㄅㄧㄥˇ ㄔㄥˊ 承受，聽從上級的命令。

稟報 ㄅㄧㄥˇ ㄅㄠˋ 下級向上司或長輩報告說明。

稟賦 ㄅㄧㄥˇ ㄈㄨˋ 天生具備的資質和性格。

稜

ㄌㄥˊ léng 名物體面與面相交的地方所形成的角。例稜角。形威嚴的樣子。例稜稜。

稜角 ㄌㄥˊ ㄐㄧㄠˇ ①物體兩面相交的接角。②比喻一個人顯露的鋒芒。③比喻待人處事不圓融。

稜鏡 ㄌㄥˊ ㄐㄧㄥˋ 為透明多面體，利用不同頻率光線，對介質所產生的不同折射率的原理。常用於光學儀器。

稞

ㄎㄜ kē 名青稞，一種麥類，可釀酒。

稚

ㄓˋ zhì 名幼童。例童稚。形①幼小的。例稚女。②不懂事的，似小孩般。例幼稚。

稚子 ㄓˋ ㄗˇ 泛指小孩。

稚氣 ㄓˋ ㄑㄧˋ 孩子氣。形容人膚淺幼稚。

稚嫩 ㄓˋ ㄋㄣˋ 幼小嫩弱。

稚齡 ㄓˋ ㄌㄧㄥˊ 指年紀小的人。

稠 ㄔㄡˊ chóu 形①眾多，繁多。例人煙稠密、地窄人稠。②濃密的。例黏稠。

稠密 ㄔㄡˊ ㄇㄧˋ 密集且多的樣子。

稔 ㄖㄣˇ rěn 名年。例一稔。形穀物成熟的。例豐稔。動熟悉，了解。例素稔。

稘 ㄐㄧ jī「期」、「朞」的本字。指周年。

九畫

種 ㈠ㄓㄨㄥˇ zhǒng 名①泛稱植物的種子。例種子。②類項。例各種。③生物的傳承。例絕種。④族類。例黃種人。⑤骨氣，膽識。例有種。

㈡ㄓㄨㄥˋ zhòng 動①把種子或秧苗的根埋在土裡。例種樹。②把疫苗注入人體以預防疾病。③散播。例種德。

種子 ㄓㄨㄥˇ ㄗˇ 植物雌蕊受精，胚珠在子房內發育而成，即為種子。

種田 ㄓㄨㄥˋ ㄊㄧㄢˊ 耕種作物。例我的舅舅在鄉下種田。

種因 ㄓㄨㄥˋ ㄧㄣ 事情後來的發生乃因先前埋下而可預見的情況。例前世種因，後世得果。

種苗 ㄓㄨㄥˇ ㄇㄧㄠˊ 植物種子經培育而長成的幼苗。

種植 ㄓㄨㄥˋ ㄓˊ 將種子、秧苗的根埋入土壤，使其生長。

種痘 ㄓㄨㄥˋ ㄉㄡˋ 將牛痘疫苗種在人體上，預防天花。

種德 ㄓㄨㄥˋ ㄉㄜˊ 行善積德。

種類 ㄓㄨㄥˇ ㄌㄟˋ 各種類別。

種瓜得瓜 ㄓㄨㄥˋ ㄍㄨㄚ ㄉㄜˊ ㄍㄨㄚ 比喻種其因，必得其果。勉人努力耕耘，必有收穫成就。

種族平等 ㄓㄨㄥˇ ㄗㄨˊ ㄆㄧㄥˊ ㄉㄥˇ 主張全球各地不因種族、膚色、文化差異，各民族應生而平等的一種理念。

稱 ㈠ㄔㄥ chēng 名名號，名目。例名稱。動①用秤量度輕重。例把這袋水果稱一稱。②舉事。例稱兵起義。③陳述。例稱說。④叫，叫做。例稱呼。⑤讚揚。例稱美。⑥自居。例稱霸一方。

㈡ㄔㄥˋ chèng 名通「秤」。量度物體輕重的工具。動適合。例稱職。

稱臣 ㄔㄥ ㄔㄣˊ ①古代一國因戰敗等因素，而願意臣服於他國的領導、支配。②尊敬君主，以臣子自稱。

稱快 ㄔㄥ ㄎㄨㄞˋ 感到痛快。

稱身 ㄔㄥˋ ㄕㄣ 衣服的剪裁，長短大小皆合身。

稱呼 ㄔㄥ ㄏㄨ ①請問別人姓名的敬語。例請問您如何稱呼？②口頭上的稱謂。

稱便 ㄔㄥ ㄅㄧㄢˋ 感到方便。

稱病 ㄔㄥ ㄅㄧㄥˋ 託稱患病。

稱雄 ㄔㄥ ㄒㄩㄥˊ 勢力強大，使各方臣服。例稱雄一時。

稱號 ㄔㄥ ㄏㄠˋ 指人的名號、稱謂。

稱道 ㄔㄥ ㄉㄠˋ 稱讚。

稱頌 ㄔㄥ ㄙㄨㄥˋ 稱揚讚頌。

稱職 ㄔㄣˋ ㄓˊ 工作能力可擔負職務的需求。

稱譽 ㄔㄥ ㄩˋ 稱揚讚美。

稱霸 ㄔㄥ ㄅㄚˋ 能力勝於他人，獨霸一方，居領導地位。

稱讚 ㄔㄥ ㄗㄢˋ 讚揚。

稱心如意 ㄔㄣˋ ㄒㄧㄣ ㄖㄨˊ ㄧˋ 比喻符合心意，十分滿意。

稱兄道弟 ㄔㄥ ㄒㄩㄥ ㄉㄠˋ ㄉㄧˋ 沒有血緣關係卻以兄弟相稱，表示關係親密、熟絡。

稱快一時 ㄔㄣˋ ㄎㄨㄞˋ ㄧˋ ㄕˊ 形容感到短暫的痛快。

稱體裁衣 ㄔㄣˋ ㄊㄧˇ ㄘㄞˊ ㄧ 量度體型，剪裁服裝。比喻事情做得剛好合適。

十畫

稻

ㄉㄠˋ dào 名 植物名。一年生草本，種子為穀，去殼為米，多生長於水中，又稱水稻。為亞洲主要的糧食作物。

稻子 ㄉㄠˋ ˙ㄗ 即稻的子實。口語化稱之。

稻秧 ㄉㄠˋ ㄧㄤ 指稻苗。

稻草 ㄉㄠˋ ㄘㄠˇ 稻子收割後，所遺留下枯乾的稻莖。

稻穗 ㄉㄠˋ ㄙㄨㄟˋ 稻子成熟開花後，在末端結成的稻粒群。

稿

ㄍㄠˇ gǎo 名 ①稻稈。②已完成或未完成的文字、圖畫等。例草稿、畫稿、投稿。

稿子 ㄍㄠˇ ˙ㄗ 文章、圖畫等的草底，或心中預先擬定的計畫。

稿本 ㄍㄠˇ ㄅㄣˇ ①完成寫作但尚未出刊的文稿。②臨摹書畫的範本。

稿件 ㄍㄠˇ ㄐㄧㄢˋ 草稿，文件。

稿約 ㄍㄠˇ ㄩㄝ 報章雜誌等刊物說明邀稿的有關事項，作為撰稿者與日後評選採用的依據。

稿紙 ㄍㄠˇ ㄓˇ 撰寫文章的用紙。

稿費 ㄍㄠˇ ㄈㄟˋ 報紙或雜誌刊出文章、圖片後，付給作者的酬勞。

穀

ㄍㄨˇ gǔ 名 ①糧食作物的總稱。例五穀雜糧。②俸祿。形 良善的。例穀旦。

穀子 ㄍㄨˇ ˙ㄗ 可食用的農作物，即稻穀。

穀物 ㄍㄨˇ ㄨˋ 統稱可供食用的穀類作物。

穀雨 ㄍㄨˇ ㄩˇ 二十四節氣之一，在每年國曆四月二十或二十一日。

穀倉 ㄍㄨˇ ㄘㄤ 儲存穀物的地方。

穀賤傷農 ㄍㄨˇ ㄐㄧㄢˋ ㄕㄤ ㄋㄨㄥˊ 指穀物大量豐收時，因供應量大，使得價格下跌，導致農民收入減少而遭受損害。

稽

㈠ㄐㄧ jī 動 ①考核。例稽查。②計較。例反脣相稽。③停滯。例稽遲。

㈡ㄑㄧˇ qǐ 見「稽首」。

稽延 ㄐㄧ ㄧㄢˊ 拖延，毫無進展。

稽查 ①查考。②考察工作情況與進度的人員。

稽首 叩頭，是古代最隆重的一種禮節。

稽留 停留。

稽遲 停滯，耽擱，沒有進度。

稷

ㄐㄧˋ jì 名①指穀類植物。②五穀之神。

稼

ㄐㄧㄚˋ jià 名①穀類植物的穗和果實。也泛指農作物。例莊稼。②農事。例論語：「樊遲請學稼。」動耕作。例耕稼。

稼穡 泛稱一般農事。

稹

ㄓㄣˇ zhěn 形通「縝」。緻密的。例稹密。動植物叢生。

十一畫

穆

ㄇㄨˋ mù 名①古代宗廟神位的排列次序，左為「昭」，右是「穆」。②姓。形①莊敬的樣子。例肅穆。②溫和的樣子。例和穆。③靜思的樣子。例穆然。

穆然 ①恭敬。例穆然起敬。②沉思的樣子。

穆穆 ①美好的，肅穆的。②柔和的樣子。③靜默的樣子。

穆斯林 阿拉伯文Muslim的音譯。指回教徒。

積

ㄐㄧ jī 名兩數相乘的得數。例乘積。形長久相累的。例積年。動①儲存。例蓄積。②堆聚。例堆積。③停滯。例積滯不通。

積分 ①數學名詞。常與微分合稱「微積分」。②累積的分數。

積木 兒童玩具，由不同形狀的木頭組成，可組合各式各樣的造形。

積欠 累積堆欠的債款。

積水 停滯不流動而聚積的水。

積存 累積儲存。

積怨 長期累積的仇恨。

積累 隨著時間逐漸增加、積聚。

積習 長時間養成，不容易更改的習慣。

積雪 歷久不化的雪。

積極 主動進取，向上發展意圖強烈。反消極。

積弊 長時間累積的弊端。

積蓄 ①累積存蓄。②所儲存的財物。

積壓 ①事情擱置沒有按次處理，而逐漸累積。例積壓公文。②情緒累積壓抑。

積少成多 長時間的持續進行，少量漸增成多量。

積年累月 指時日長久。

積非成是 指是非顛倒，長期累積的謬誤，反被認為是正確的。

積習難改 積久的習慣，難以改變。

積勞成疾 指工作的勞累超過身體負荷，因而生病。

穌 ㄙㄨ sū 動通「蘇」、「甦」。死而復生。例復穌。

穎 ㄧㄥˇ yǐng 名①禾的尖端。②錐子尖。例脫穎而出。③毛筆尖。例毛穎。④比喻聰明的人。形①聰明的。例聰穎。②新的，特出的。例新穎。

穎悟 ㄧㄥˇ ㄨˋ 聰明過人。

穎慧 ㄧㄥˇ ㄏㄨㄟˋ 形容年少聰明出色。

十二畫

穗 ㄙㄨㄟˋ suì 名①穀物成熟所長的串串果實。例稻穗。②植物端成串的花實。例花穗。③中國廣州市的別名。④燈花。⑤指穗狀飾物。例帽穗。

穗狀花序 ㄙㄨㄟˋ ㄓㄨㄤˋ ㄏㄨㄚ ㄒㄩˋ 無枝無梗，直接密生在特長的花軸上，狀似穗，為無限花序。如馬鞭草的花序。

十三畫

穠 ㄋㄨㄥˊ nóng 形①盛美的，豔麗的。例穠飾、穠豔。②花木繁盛的樣子。例穠華。③豐滿的，肥美的。例穠纖合度。

穡 ㄙㄜˋ sè 動收割穀類。例不稼不穡。

穢 ㄏㄨㄟˋ huì 名田裡的雜草。例荒穢。形①骯髒的。例穢事。②醜惡的。例自慚形穢。

穢行 ㄏㄨㄟˋ ㄒㄧㄥˊ 指卑賤、不正經的行為。

穢物 ㄏㄨㄟˋ ㄨˋ 汙穢不潔的東西。

穢氣 ㄏㄨㄟˋ ㄑㄧˋ 惡臭的氣味。

穢語 ㄏㄨㄟˋ ㄩˇ 粗俗的言語，髒話。

穢亂 ㄏㄨㄟˋ ㄌㄨㄢˋ 淫亂。

十四畫

穫 ㄏㄨㄛˋ huò 名①指一年中農作物收成的次數。例一穫。②指努力所得到的成果。例收穫。動收割穀物。

穩 ㄨㄣˇ wěn 形①妥當，安定的。例穩定。②沉著不輕浮的。例穩重。動①安頓。例把他穩在房裡。②使安定，控制。例穩住。副必定地，準。例穩操勝算。

穩固 ㄨㄣˇ ㄍㄨˋ 平穩牢固。

穩定 ㄨㄣˇ ㄉㄧㄥˋ 安定不變動。

穩重 ㄨㄣˇ ㄓㄨㄥˋ 平穩厚重，謹慎不隨便。反輕浮。

穩健 ㄨㄣˇ ㄐㄧㄢˋ 謹慎而不輕浮。

穩貼 ㄨㄣˇ ㄊㄧㄝ 妥當。

穩當 ㄨㄣˇ ㄉㄤˋ 牢靠妥當。

穩如泰山 ㄨㄣˇ ㄖㄨˊ ㄊㄞˋ ㄕㄢ 形容非常安定牢靠，有如泰山般屹立不搖。

穩紮穩打 ㄨㄣˇ ㄓㄚ ㄨㄣˇ ㄉㄚˇ 形容處事不急進，按部就班，腳踏實地。

十七畫

穰 ㄖㄤˊ ráng 名穀類植物的莖。形①豐收的。例大穰。②紛亂的。例擾穰。③眾多的。例浩穰。

動通「禳」。祈求賜福。例穰田。

穰田 ㄖㄤˊ ㄊㄧㄢˊ 祈禱懇求田地豐收。

穴部 ㄒㄩㄝˋ

穴 ㄒㄩㄝˋ xué 名①洞窟，坑洞。例洞穴。②窩巢。例不入虎穴，焉得虎子。③墓坑。例墓穴。④旁邊，側面。例穴出。⑤中醫稱人體經脈會聚的地方。例經穴、穴道。動挖洞。例穴地為道。

穴位 ㄒㄩㄝˋ ㄨㄟˋ 人身經絡氣血的交會處。又稱穴道。

二畫

究 ㄐㄧㄡˋ jiù 動①追查，查詢。例既往不究。②細心探求。例研究、追根究底。③窮，盡。副到底。例終究。

究竟 ㄐㄧㄡˋ ㄐㄧㄥˋ 到底。例究竟如何。

究辦 ㄐㄧㄡˋ ㄅㄢˋ 徹底探究事實而加以懲罰。例依法究辦。

究其根源 ㄐㄧㄡˋ ㄑㄧˊ ㄍㄣ ㄩㄢˊ 指探索事物的根源。

三畫

空 ㊀ㄎㄨㄥ kōng 名①天，天際。例碧空。②虛無，沒有。例撲空。③佛家指一切事物沒有永恆的存在，都透過因緣產生或消滅。例四大皆空。形①不切實際的。例空言。②沒有東西的。例空手而回。③廣闊的。例海闊天空。副徒然。例空歡喜。
㊁ㄎㄨㄥˋ kòng 名①閒暇。例抽空。②間隙。例他得空溜走了。形未利用的，缺少東西的。例空地。動①缺乏，短少。例虧空。②騰出。例空出時間。

空白 ㄎㄨㄥˋ ㄅㄞˊ ①紙面上沒有文字或色彩，留白之處。②空無所有。

空地 ㄎㄨㄥˋ ㄉㄧˋ 尚未利用或開發的土地。

空投 ㄎㄨㄥ ㄊㄡˊ 將補給品與必要物資，利用飛機等航空器從空中投落到目的地。

空言 ㄎㄨㄥ ㄧㄢˊ 不切實的言語。

空防 ㄎㄨㄥ ㄈㄤˊ 國家領空的軍事防衛，由空軍執行任務。

空泛 ㄎㄨㄥ ㄈㄢˋ 籠統不實在，沒內容可言。

空門 ㄎㄨㄥ ㄇㄣˊ 佛門。例遁入空門。

空前 ㄎㄨㄥ ㄑㄧㄢˊ 以前所沒有的。

空巷 ㄎㄨㄥ ㄒㄧㄤˋ 指大家趕著去參與某事或看熱鬧，使得街頭巷尾四處不見人影的景象。例萬人空巷。

空洞 ㄎㄨㄥ ㄉㄨㄥˋ ①空無所有。②指文章、說話沒內涵。

空降 ㄎㄨㄥ ㄐㄧㄤˋ 利用飛機、降落傘等從空中降落到地面。指空出的職位。

空耗 ㄎㄨㄥ ㄏㄠˋ 白白地損耗。

空域 ㄎㄨㄥ ㄩˋ 國家的領空區域。

空虛 ㄎㄨㄥ ㄒㄩ ①空無所有。②通常指精神方面，心裡不踏實、不滿足。反充實。

空閒 ㄎㄨㄥ ㄒㄧㄢˊ　閒暇。

空勤 ㄎㄨㄥ ㄑㄧㄣˊ　在空中執行的各項工作。反地勤。

空話 ㄎㄨㄥ ㄏㄨㄚˋ　空洞、不切實際的言論。

空運 ㄎㄨㄥ ㄩㄣˋ　泛指空中運輸。

空談 ㄎㄨㄥ ㄊㄢˊ　不實在的言談。

空隙 ㄎㄨㄥˋ ㄒㄧˋ　空出的時間或地方。

空檔 ㄎㄨㄥˋ ㄉㄤˋ　①機具、汽車的變速齒輪，停在不轉動的位置。②空出來的時間。

空轉 ㄎㄨㄥ ㄓㄨㄢˋ　①機器未負載時的運轉。②指汽機車等交通工具，輪胎轉動但沒有前行的現象。

空額 ㄎㄨㄥˋ ㄜˊ　缺額。

空難 ㄎㄨㄥ ㄋㄢˋ　飛機在飛行中失事，所造成的災難。

空權 ㄎㄨㄥ ㄑㄩㄢˊ　指國家領空的主權，範圍包括領土及領海上空。

空襲 ㄎㄨㄥ ㄒㄧˊ　利用飛彈或飛機從空中對敵方進行襲擊。

空手道 ㄎㄨㄥ ㄕㄡˇ ㄉㄠˋ　由中國少林拳改良，後傳入日本，改名為空手道。

空架子 ㄎㄨㄥ ㄐㄧㄚˋ ˙ㄗ　徒有其表，沒有內在。

空蕩蕩 ㄎㄨㄥ ㄉㄤˋ ㄉㄤˋ　空無的樣子，有冷清、蕭條的意味。

空口無憑 ㄎㄨㄥ ㄎㄡˇ ㄨˊ ㄆㄧㄥˊ　毫無憑據，只是口頭說說。

空中大學 ㄎㄨㄥ ㄓㄨㄥ ㄉㄚˋ ㄒㄩㄝˊ　利用電視、廣播等傳播媒體授課的大學教育，學生經測驗合格，修滿學分即取得文憑。

空中樓閣 ㄎㄨㄥ ㄓㄨㄥ ㄌㄡˊ ㄍㄜˊ　比喻虛幻不實的想像。

空穴來風 ㄎㄨㄥ ㄒㄩㄝˋ ㄌㄞˊ ㄈㄥ　不實的傳言乘機而入。

空谷足音 ㄎㄨㄥ ㄍㄨˇ ㄗㄨˊ ㄧㄣ　比喻難能可貴的言論與人物。

空前絕後 ㄎㄨㄥ ㄑㄧㄢˊ ㄐㄩㄝˊ ㄏㄡˋ　無前例，後亦不復見。比喻非常獨特，世間罕有。

空氣汙染 ㄎㄨㄥ ㄑㄧˋ ㄨ ㄖㄢˇ　指空氣遭受汙染，危害地球生態環境及公眾健康。

空頭支票 ㄎㄨㄥ ㄊㄡˊ ㄓ ㄆㄧㄠˋ　①不能兌現的支票。②比喻無法實現的諾言。

穹 ㄑㄩㄥ qióng　名天空。例穹蒼。形①中央高但四周下陷的樣子。例穹隆。②高大的。例穹石。③幽深的。例穹谷。

穹蒼 ㄑㄩㄥ ㄘㄤ　天空。

穹廬 ㄑㄩㄥ ㄌㄨˊ　即現今的蒙古包。

穸 ㄒㄧˋ xì　名窀穸，墓穴。

四畫

穿 ㄔㄨㄢ chuān　動①著衣物等。例穿衣服。②挖掘，挖鑿。例穿鑿。③貫通，通過。例穿越馬路。副明白，透徹。例拆穿、看穿。

穿梭 ㄔㄨㄢ ㄙㄨㄛ　比喻來往不絕，相當繁忙。

穿著 ㄔㄨㄢ ㄓㄨㄛˊ　穿戴的衣物。例她相當注重穿著打扮。

穿透 ㄔㄨㄢ ㄊㄡˋ　穿通，貫透。

穿越 ㄔㄨㄢ ㄩㄝˋ　橫跨通過。例請勿任意穿越馬路。

穿插 ㄔㄨㄢ ㄔㄚ　①在人、事、物之中交錯貫連。②在藝術創作中，用來陪襯主題的其他內容。

穿楊 ㄔㄨㄢ ㄧㄤˊ 可以由遠處射穿楊柳葉。比喻善射。例百步穿楊。

穿針引線 ㄔㄨㄢ ㄓㄣ ㄧㄣˇ ㄒㄧㄢˋ 將線穿過針。比喻從中撮合、拉攏。也作「引線穿針」。

穿壁引光 ㄔㄨㄢ ㄅㄧˋ ㄧㄣˇ ㄍㄨㄤ 將牆壁鑿穿，引進光亮。形容刻苦勤學。

穿鑿附會 ㄔㄨㄢ ㄗㄠˊ ㄈㄨˋ ㄏㄨㄟˋ 憑空杜撰，牽強解釋以附和。

突 ㄊㄨ tū 名煙囪。例曲突徙薪。動①衝撞，衝破。例突圍、突破。②觸犯，冒犯。例冒突。③凸起。例突出、突起。副忽然。例突然。

突兀 ㄊㄨ ㄨˋ ①特別突出而且高聳的樣子。②出現得過於緊急，非在意料之中。

突破 ㄊㄨ ㄆㄛˋ 超越，衝過。

突圍 ㄊㄨ ㄨㄟˊ 一種軍隊行動，指奮力衝出被包圍地區。

突擊 ㄊㄨ ㄐㄧˊ 出其不備的一種猛烈攻擊方式。

突變 ㄊㄨ ㄅㄧㄢˋ ①突然發生的變化。②在遺傳學上因遺傳結構生變，造成生物在外表或生理產生突然變異。

突如其來 ㄊㄨ ㄖㄨˊ ㄑㄧˊ ㄌㄞˊ 形容事情出其不意的發生。

突飛猛進 ㄊㄨ ㄈㄟ ㄇㄥˇ ㄐㄧㄣˋ 比喻程度進步相當快速。

窀 ㄓㄨㄣ zhūn 名窀穸，墓穴。

五畫

窄 ㄓㄞˇ zhǎi 形①不寬敞的，狹隘的。例窄小、狹窄。②窘困的。

窄門 ㄓㄞˇ ㄇㄣˊ 狹小的門。比喻機會相當少且難以通過。

窈 ㄧㄠˇ yǎo 形①幽遠深邃的樣子。②見「窈窕」。

窈窕 ㄧㄠˇ ㄊㄧㄠˇ 幽靜美好的樣子。例詩經：「窈窕淑女，君子好逑。」

窆 ㄅㄧㄢˇ biǎn 名墓穴。動下葬時把棺柩放置入墓穴中。

窅 ㄧㄠˇ yǎo 形深遠的樣子。例窅然、窅冥。動遠望。

六畫

窒 ㄓˋ zhì 動①阻塞而不通暢。例窒塞。②壓抑，抑制。例窒欲。

窒息 ㄓˋ ㄒㄧ 因為呼吸道被阻塞，導致無法呼吸。

窒礙難行 ㄓˋ ㄞˋ ㄋㄢˊ ㄒㄧㄥˊ 比喻因前有障礙而無法行進。

窕 ㄊㄧㄠˇ tiǎo 形①悠閒的。②輕薄不穩重的樣子。例輕窕。③見「窈窕」。

七畫

窗 ㄔㄨㄤ chuāng 名屋舍中用以通氣透光的開口。例窗戶。

窗花 ㄔㄨㄤ ㄏㄨㄚ 用紙剪成各種人形花卉鳥獸等圖案，黏貼在窗戶上以作為裝飾。

窗簾 ㄔㄨㄤ ㄌㄧㄢˊ 掛在窗上遮擋陽光和視線的布或竹製品。或稱為窗幔、窗帷。

窗櫺 ㄔㄨㄤ ㄌㄧㄥˊ 窗戶上以木條交錯製成的格子。

窗明几淨 ㄔㄨㄤ ㄇㄧㄥˊ ㄐㄧ ㄐㄧㄥˋ 形容處所明亮乾淨，一塵不染。

窘 ㄐㄩㄥˇ jiǒng 形①困頓、為難的樣子。例窘色、窘態畢露。②窮困的樣子。例窘迫。動受困。

窘色 ㄐㄩㄥˇ ㄙㄜˋ 困頓、不好意思的神色。

窘況 ㄐㄩㄥˇ ㄎㄨㄤˋ 陷入困難而難堪的境況。

窘急 ㄐㄩㄥˇ ㄐㄧˊ 因困頓急促而倉皇失措。

窖 ㄐㄧㄠˋ jiào 名儲藏食品或用品的地下室、地洞。例地窖、酒窖。動將物品儲藏於地穴。

窖藏 ㄐㄧㄠˋ ㄘㄤˊ ①把穀糧或蔬果藏放於地穴中。②儲藏於地穴中的東西。

八畫

窟 ㄎㄨ kū 名①洞穴。例狡兔三窟。②人所居住的土室。例洞窟。③人、事、物雜處之處。例貧民窟。

窟穴 ㄎㄨ ㄒㄩㄝˋ 洞穴或巢穴。

窟室 ㄎㄨ ㄕˋ 挖掘地穴作成的房室，即地下室。

窟窿 ㄎㄨ ˙ㄌㄨㄥ ①洞穴。②破綻或缺點。現多用於比喻債務虧空。

窠 ㄎㄜ kē 名①昆蟲或鳥獸等居住棲息的地方。例鳥窠、蜂窠。②人類居住的處所。

窠臼 ㄎㄜ ㄐㄧㄡˋ 比喻陳舊、一成不變的規格模式。

窠巢 ㄎㄜ ㄔㄠˊ 泛指動物所棲息居住之所。在地下者為窠，在樹上者為巢。

窣 ㄙㄨˋ sù 形形容細小的聲音。例窸窣。

九畫

窨 ㄧㄣˋ yìn 名地下室。動①深藏，久藏。②把茉莉花等放進茶葉中，增加茶葉的香氣。

窩 ㄨㄛ wō 名①鳥獸或昆蟲等居住的巢穴。例鳥窩、狗窩。②人類聚集居住的地方。③凹下陷入的地方。例酒窩、胳肢窩。④俗稱動物一胎數子叫一窩。例一窩小狗。動①捲，彎。例把鐵絲窩個圈圈。②藏匿，尤指藏於非法的處所。例窩藏。③鬱積。例窩了一肚子氣。

窩心 ㄨㄛ ㄒㄧㄣ 形容舒暢或欣慰的感覺。

窩囊 ㄨㄛ ˙ㄋㄤ ①罵人無能懦弱。也作「窩囊廢」。②形容志不能伸，不得志。

窩裡反 ㄨㄛ ㄌㄧˇ ㄈㄢˇ 形容內訌，內部成員相互攻擊。或作「窩裡翻」。

窬 ㄩˊ yú 名門邊牆上的圭形小孔。動①通「踰」。穿越，超越。②穿鑿。例淮南子：「窬木而為舟。」

窪 ㄨㄚ wā 名低下、凹陷的地方。例水窪。形低陷的，凹下的。例低窪、窪地。

十畫

窯 ㄧㄠˊ yáo 名①耐火材料構成的建築物或爐灶，用以燒製磚、瓦、陶瓷等。例瓦窯、磚窯。②出產陶瓷器的工廠。例柴窯。③開採煤石的洞。例煤窯。④妓院的俗稱。例窯子。⑤中國西北地區人民居住的洞穴。例窯洞。

窯變 ㄧㄠˊ ㄅㄧㄢˋ 在窯中高溫燒製陶瓷器時，釉中鐵、銅元素因化學作用，使色澤改變，產生各種紋片、紋斑的變化現象。

窮 ㄑㄩㄥˊ qióng 名貧困。例窮困。形①終極，盡頭。例無窮、層出不窮。②極，極端。例窮奢極侈。③貧乏，貧困。例貧窮、窮酸。④困阨，不顯達。例孟子：「窮則獨善其身，達則兼善天下。」⑤荒僻，偏遠。例窮鄉僻壤。動詳細追究。例窮理盡性。副徹底地。例窮追不捨。

窮忙 ㄑㄩㄥˊ ㄇㄤˊ ①終日為生活而奔走忙碌。②白忙，白做工的意思。

窮困 ㄑㄩㄥˊ ㄎㄨㄣˋ 比喻生活窘迫、境遇艱難而困頓。

窮究 ㄑㄩㄥˊ ㄐㄧㄡˋ 深究事物的根源。

窮苦 ㄑㄩㄥˊ ㄎㄨˇ 生活貧乏困苦。

窮理 ㄑㄩㄥˊ ㄌㄧˇ 深究事物的道理。

窮盡 ㄑㄩㄥˊ ㄐㄧㄣˋ 止盡。

窮開心 ㄑㄩㄥˊ ㄎㄞ ㄒㄧㄣ 苦中作樂。

窮山惡水 ㄑㄩㄥˊ ㄕㄢ ㄜˋ ㄕㄨㄟˇ 山勢險惡之處。形容枯寂荒涼，自然條件惡劣的地方。

窮本極源 ㄑㄩㄥˊ ㄅㄣˇ ㄐㄧˊ ㄩㄢˊ 推究探索事情的本源、根本。亦作「窮源推本」。

窮年累世 ㄑㄩㄥˊ ㄋㄧㄢˊ ㄌㄟˇ ㄕˋ 永無盡期。比喻長久的時間。亦作「窮年累月」。

窮兵黷武 ㄑㄩㄥˊ ㄅㄧㄥ ㄉㄨˊ ㄨˇ 恣意運用兵力，發動戰爭。比喻統治者好大喜功。

窮根究底 ㄑㄩㄥˊ ㄍㄣ ㄐㄧㄡ ㄉㄧˇ 深入探究事物的本源。

窮途末路 ㄑㄩㄥˊ ㄊㄨˊ ㄇㄛˋ ㄌㄨˋ 形容走投無路，處於十分窮困的境況。亦作「末路窮途」。

窮途潦倒 ㄑㄩㄥˊ ㄊㄨˊ ㄌㄠˇ ㄉㄠˇ 形容走投無路，失意不得志。

窮鄉僻壤 ㄑㄩㄥˊ ㄒㄧㄤ ㄆㄧˋ ㄖㄤˇ 比喻偏僻荒遠的地方。亦作「窮山僻壤」。

窮極思變 ㄑㄩㄥˊ ㄐㄧˊ ㄙ ㄅㄧㄢˋ 事情無法繼續下去時，會另想辦法，以求變通。

窳 ㄩˇ yǔ 形①粗糙，不堅實的。例良窳。②怠惰的。

窳劣 ㄩˇ ㄌㄧㄝˋ 惡劣，粗劣。

窳敗 ㄩˇ ㄅㄞˋ 敗壞。例事已窳敗，無可奈何。

十一畫

窺 ㄎㄨㄟ kuī 動①從隱密處或孔隙中偷看。例偷窺、以管窺天。②泛指見、觀看。例明史：「於書無不窺。」③偵視，探測。例窺探。

窺伺 ㄎㄨㄟ ㄙˋ 暗中觀察他人的動靜，以等待機會行動。

窺探 ㄎㄨㄟ ㄊㄢˋ ①暗中偷看、查探。例他很喜歡窺探別人的隱私。②探究，察覺。例由這位作家的作品當中，可以窺探他對現代婚姻的想法。

窺見一斑 ㄎㄨㄟ ㄐㄧㄢˋ ㄧ ㄅㄢ 比喻由小見大或未能全面觀照。

窶 ㈠ㄐㄩˋ jù 名貧窮。㈡ㄌㄡˊ lóu 名甌窶，

狹小的高地。

窸 ㄒㄧ xī 見「窸窣」。

窸窣 ㄒㄧ ㄙㄨˋ 形容細碎而斷續的聲音。

十二畫

窿 ㄌㄨㄥˊ lóng 見「窟窿」。

十三畫

竄 ㄘㄨㄢˋ cuàn 動①躲藏，隱匿。②逃走，逃跑。例流竄、竄逃。③放逐。④修改、改動文字內容。例竄改。

竄改 ㄘㄨㄢˋ ㄍㄞˇ 做與事實不符的更改。例竄改成績。

竄紅 ㄘㄨㄢˋ ㄏㄨㄥˊ 突然之間名聲大噪。

竄逃 ㄘㄨㄢˋ ㄊㄠˊ 逃跑，逃亡。

竅 ㄑㄧㄠˋ qiào 名①孔穴。②人體的耳、目、鼻、口等器官。例七竅。③事物的關鍵、要點或方法。例訣竅。

竅門 ㄑㄧㄠˋ ㄇㄣˊ 事情的關鍵要點。例努力是成功的竅門。

十五畫

竇 ㄉㄡˋ dòu 名①孔穴，縫隙。②人體內器官或組織內部的凹陷處。例鼻竇。③姓。

十八畫

竊 ㄑㄧㄝˋ qiè 名指偷東西的人。例慣竊。動盜取，偷。例竊取。副①私下。用來謙指自己見解的不確定。例竊以為自己是對的。②偷偷地。例竊聽、竊喜。

竊笑 ㄑㄧㄝˋ ㄒㄧㄠˋ 暗中偷偷的譏笑。

竊國 ㄑㄧㄝˋ ㄍㄨㄛˊ 以不正當手段得到國家或政府的統治權。

竊盜 ㄑㄧㄝˋ ㄉㄠˋ ①偷竊盜取他人財物。②指小偷、竊賊。例近來竊盜橫行，治安問題非常嚴重。

竊聽 ㄑㄧㄝˋ ㄊㄧㄥ 暗中偷聽。

竊竊私語 ㄑㄧㄝˋ ㄑㄧㄝˋ ㄙ ㄩˇ 低聲的私下密語，不被人聽見。

立部 ㄌㄧˋ

立 ㄌㄧˋ lì 動①挺直身體站著。例站立。②豎起。例豎立、立竿見影。③設置。例立廟、私立。④訂定。例立法、立案。⑤建樹，成就。例立威、三十而立。⑥表示物體或狀態的存在。例獨立。副即刻。例立刻。

立方 ㄌㄧˋ ㄈㄤ ①立體的正方形。如長寬高都是一公尺，則為一立方公尺。②某數自乘三次的乘積，稱某數的立方。

立冬 ㄌㄧˋ ㄉㄨㄥ 二十四節氣之一，是進入冬季的開始，每年約在國曆十一月七日或八日。

立本 ㄌㄧˋ ㄅㄣˇ 樹立根基，建立事物的基礎。

立正 ㄌㄧˋ ㄓㄥˋ 端正直立。

立地 ㄌㄧˋ ㄉㄧˋ ①立刻，即時。例立地成佛。②站著。例頂天立地。

立志 ㄌㄧˋ ㄓˋ 立定志願決定自己未來的努力方向。

立法 ㄌㄧˋ ㄈㄚˇ 制定法律。

立刻 ㄌㄧˋ ㄎㄜˋ 馬上，現在。[同]立地、立即、立時。

立場 ㄌㄧˋ ㄔㄤˇ 批評、觀察或研究某領域問題時，心中所持有的一定方法與基礎思想中心。

立碑 ㄌㄧˋ ㄅㄟ 豎立石碑。古人為了紀念德政、表彰德行、記錄重大事件等，常在碑上刻文，以昭後世。

立德 ㄌㄧˋ ㄉㄜˊ 樹立德業。

立論 ㄌㄧˋ ㄌㄨㄣˋ 對問題提出自己的議論、看法。

立體 ㄌㄧˋ ㄊㄧˇ 指以面為界，有長、寬、厚的物體。

立法權 ㄌㄧˋ ㄈㄚˇ ㄑㄩㄢˊ 制定法律的權力。為國家統治權之一，由立法院掌理。

立法委員 ㄌㄧˋ ㄈㄚˇ ㄨㄟˇ ㄩㄢˊ 掌理中央立法權的民選公職人員。組織立法院，代表人民行使中央立法權。

立命安身 ㄌㄧˋ ㄇㄧㄥˋ ㄢ ㄕㄣ 精神有所寄託，生活有所著落。亦作「安身立命」。

立身處世 ㄌㄧˋ ㄕㄣ ㄔㄨˇ ㄕˋ 修養自身，為人處世。指在社會上待人、接物的表現。

立竿見影 ㄌㄧˋ ㄍㄢ ㄐㄧㄢˋ ㄧㄥˇ 比喻迅速看到成效。

立錐之地 ㄌㄧˋ ㄓㄨㄟ ㄓ ㄉㄧˋ 可插入錐子的地方。比喻極微小的地方。

四畫

竑 ㄏㄨㄥˊ hóng [形]廣博的。[例]竑議。[動]度量。

五畫

站 ㄓㄢˋ zhàn [名]①旅途中供人休息或轉換交通工具的地方。[例]車站、驛站。②機關團體在各地設立的小單位。[例]服務站。[動]直立。[例]站立。

站崗 ㄓㄢˋ ㄍㄤˇ 站在崗位上，執行守衛、警戒的任務。

站牌 ㄓㄢˋ ㄆㄞˊ 標識乘客上下交通工具之處所立的牌子。

站臺 ㄓㄢˋ ㄊㄞˊ ①車站為方便旅客上下車或裝卸貨物所設的平臺。[同]月臺。②選舉時為候選人助講、造勢，以吸引更多票源。

站不住腳 ㄓㄢˋ ㄅㄨˋ ㄓㄨˋ ㄐㄧㄠˇ 理由不足，無法堅持立場。

七畫

竣 ㄐㄩㄣˋ jùn [動]完畢，結束。[例]竣工、完竣。

竣工 ㄐㄩㄣˋ ㄍㄨㄥ 工程結束。

童 ㄊㄨㄥˊ tóng [名]①未成年的僕役。[例]書童、家童。②小孩，未成年的人。[例]牧童、兒童。③姓。[形]①幼小的。[例]童工。②光禿的。[例]童山濯濯。

童工 ㄊㄨㄥˊ ㄍㄨㄥ 年幼的勞動者。法律規定十四歲以上、未滿十六歲者為童工。

童心 ㄊㄨㄥˊ ㄒㄧㄣ 形容如孩童般純真無邪的心靈。

童年 ㄊㄨㄥˊ ㄋㄧㄢˊ 幼年時期，約在六至十二歲左右。

童玩 ㄊㄨㄥˊ ㄨㄢˊ 兒童的玩具。

童星 ㄊㄨㄥˊ ㄒㄧㄥ　未成年的演員。

童貞 ㄊㄨㄥˊ ㄓㄣ　處女或處女的貞操，指未曾有過性行為。

童真 ㄊㄨㄥˊ ㄓㄣ　比喻小孩天真無邪的模樣。

童蒙 ㄊㄨㄥˊ ㄇㄥˊ　①年幼無知的兒童。②知識淺陋，幼稚無知。

童稚 ㄊㄨㄥˊ ㄓˋ　孩童，小孩。

童裝 ㄊㄨㄥˊ ㄓㄨㄤ　特地設計剪裁給兒童穿的服裝。

童話 ㄊㄨㄥˊ ㄏㄨㄚˋ　特別為兒童編寫的故事，行文淺易，具啟發性。

童謠 ㄊㄨㄥˊ ㄧㄠˊ　兒童吟唱的歌謠。

童子軍 ㄊㄨㄥˊ ㄗˇ ㄐㄩㄣ　英國貝登堡將軍創立的世界性兒童、青少年活動組織，以促進其德、智、體、群四育平衡發展為宗旨。

童養媳 ㄊㄨㄥˊ ㄧㄤˇ ㄒㄧˊ　未成年即被領養，以備將來做兒媳婦的女孩。

童山濯濯 ㄊㄨㄥˊ ㄕㄢ ㄓㄨㄛˊ ㄓㄨㄛˊ　無草木的樣子。後多用以形容人禿頭、無髮。

童心未泯 ㄊㄨㄥˊ ㄒㄧㄣ ㄨㄟˋ ㄇㄧㄣˇ　年歲已大，卻仍保有天真、純潔的心性。

童言無忌 ㄊㄨㄥˊ ㄧㄢˊ ㄨˊ ㄐㄧˋ　①兒童說話較為幼稚無知，因此說錯也不用在意。②對於亂說話的成人的諷刺語。

童叟無欺 ㄊㄨㄥˊ ㄙㄡˇ ㄨˊ ㄑㄧ　即使對待小孩和老人也絕不欺騙。形容做生意誠信可靠。

竦

ㄙㄨㄥˇ sǒng 動①恭敬，肅敬。②指拉長脖子，舉起腳跟而立。③直立，矗立。副恭敬地。例竦然起敬。

八畫

竫

ㄐㄧㄥˋ jìng 動杜撰。例竫言。副通「靜」。安靜地。例竫立安坐。

九畫

竭

ㄐㄧㄝˊ jié 動①枯乾，乾涸。②盡，窮盡。例盡心竭力。

竭力 ㄐㄧㄝˊ ㄌㄧˋ　盡所有的力量。例他竭力完成這件工作。

竭誠 ㄐㄧㄝˊ ㄔㄥˊ　真誠，十分誠懇。例我們竭誠的歡迎您。

竭盡心力 ㄐㄧㄝˊ ㄐㄧㄣˋ ㄒㄧㄣ ㄌㄧˋ　用盡心血，耗盡腦力。

竭澤而漁 ㄐㄧㄝˊ ㄗㄜˊ ㄦˊ ㄩˊ　排盡池湖的水捕魚。比喻一味榨取，不留餘地。

端

ㄉㄨㄢ duān 名①事物的兩頭。例尖端、末端。②事物的起始。例開端、挑起戰端。③項目，方面。例鬼計多端、舉其一端。形正的，正直的。例品性不端。動①用手托物。例端碗、端盤。②擺出某種樣態。例端架子、把問題端出檯面。

端方 ㄉㄨㄢ ㄈㄤ　正直方正。

端正 ㄉㄨㄢ ㄓㄥˋ　不歪斜，正直整齊的樣子。

端倪 ㄉㄨㄢ ㄋㄧˊ　事情的頭緒。

端莊 ㄉㄨㄢ ㄓㄨㄤ　端正莊重。

端詳 ㄉㄨㄢ ㄒㄧㄤˊ　詳細察看。

端賴 ㄉㄨㄢ ㄌㄞˋ　依賴，憑靠。

端架子 ㄉㄨㄢ ㄐㄧㄚˋ ˙ㄗ　刻意抬高自己的身分，待人傲慢。

十五畫

競 ㄐㄧㄥˋ jìng 名爭強求勝的心態。動比賽，爭逐。例競爭、競選。

競技 ㄐㄧㄥˋ ㄐㄧˋ 進行技術上的比賽。

競走 ㄐㄧㄥˋ ㄗㄡˇ 體育競賽項目之一，在一定距離內比賽行走的速度。

競爭 ㄐㄧㄥˋ ㄓㄥ 為某種目的而互相爭勝。

競選 ㄐㄧㄥˋ ㄒㄩㄢˇ 候選人依法採取一連串有組織、有計畫的競爭行動，以爭取選民投票支持。

競賽 ㄐㄧㄥˋ ㄙㄞˋ 泛指各種競爭比賽。例整潔競賽。

競相效尤 ㄐㄧㄥˋ ㄒㄧㄤ ㄒㄧㄠˋ ㄧㄡˊ 爭相仿效。含有貶義。例在上位者奢靡無度，在下者莫不競相效尤。

竹部 ㄓㄨˊ

竹 ㄓㄨˊ zhú 名①植物名。多年生常綠植物，莖木質，有隆起之節，節間部中空，細長作管狀，色綠。竹莖堅韌，可供建築及製造器具。例竹子。②樂器名。笛、簫之屬。③簡冊。例竹帛、竹簡。

竹帛 ㄓㄨˊ ㄅㄛˊ 古代用以記載文字的簡冊與絹帛。引申為史籍典策。

竹馬 ㄓㄨˊ ㄇㄚˇ ①一種童玩，多以竹竿製成，可以當作馬騎。②一種戲劇道具，以小竹竿象徵馬。

竹笠 ㄓㄨˊ ㄌㄧˋ 用竹葉、竹篾製成的帽子，可用以遮蔽風雨和太陽。

竹筍 ㄓㄨˊ ㄙㄨㄣˇ 竹子所萌生的芽，食用、入藥均可。亦稱為竹萌。

竹蓆 ㄓㄨˊ ㄒㄧˊ 用竹編製的蓆子，睡臥其上可以消暑。

竹簡 ㄓㄨˊ ㄐㄧㄢˇ 古代書籍的代稱。紙未發明前，將竹剖成片，在上面刻寫文字。

竹枝詞 ㄓㄨˊ ㄓ ㄘˊ 本是流行於四川一帶的曲調，唐時劉禹錫根據巴渝一帶民歌加以剪裁，後傳於世。

竹筒飯 ㄓㄨˊ ㄊㄨㄥˇ ㄈㄢˋ 米食的一種，將米置於竹筒內蒸熟，使米飯有竹的清香。

竹報平安 ㄓㄨˊ ㄅㄠˋ ㄆㄧㄥˊ ㄢ 指報告諸事平安的家信。也常取作春聯吉詞。

竹籬茅舍 ㄓㄨˊ ㄌㄧˊ ㄇㄠˊ ㄕㄜˋ 竹子圍的籬笆，茅草蓋的房子。比喻鄉居簡樸的生活。

二畫

竺 ㄓㄨˊ zhú 名①天竺的簡稱，印度的舊名。②姓。

三畫

竿 ㄍㄢ gān 名①竹幹，竹莖。例竹竿。②計算竹子單位的量詞。例日上三竿。

竽 ㄩˊ yú 名樂器名。古代一種吹奏樂器，形似笙而較大，三十六管，後減至二十三管。

四畫

笆 ㄅㄚ bā 名①一種有刺的竹子，即棘竹。②用竹枝或竹片編成的片狀物。俗稱竹籬笆。

笑 ㄒㄧㄠˋ xiào 動①快樂時的面部表情或喜悅聲音。例玩笑、微笑。②譏諷，嘲諷。例五十步笑百步。副致贈物品時，希望對方接受的敬辭。例笑納。

笑柄 ㄒㄧㄠˋ ㄅㄧㄥˇ 可藉以取笑的題材。

笑容 ㄒㄧㄠˋ ㄖㄨㄥˊ 含笑的面容。

笑料 ㄒㄧㄠˋ ㄌㄧㄠˋ 能令人發笑歡樂的事物。

笑納 ㄒㄧㄠˋ ㄋㄚˋ 餽贈禮物時，請人接受的客氣話。亦作「哂納」。

笑罵 ㄒㄧㄠˋ ㄇㄚˋ ①譏笑與辱罵。例笑罵由他。②邊笑邊罵，帶有玩笑性質，非真心責罵。

笑談 ㄒㄧㄠˋ ㄊㄢˊ ①能引人發笑的話，或內容好笑的故事。②邊笑邊談。

笑靨 ㄒㄧㄠˋ ㄧㄝˋ 笑時臉上的微渦。

笑面虎 ㄒㄧㄠˋ ㄇㄧㄢˋ ㄏㄨˇ 比喻表面和善內心惡毒的人。

笑口常開 ㄒㄧㄠˋ ㄎㄡˇ ㄔㄤˊ ㄎㄞ 經常保持歡樂愉快的心情。

笑容可掬 ㄒㄧㄠˋ ㄖㄨㄥˊ ㄎㄜˇ ㄐㄩ 笑容滿面，彷彿可以用雙手捧取的樣子。

笑逐顏開 ㄒㄧㄠˋ ㄓㄨˊ ㄧㄢˊ ㄎㄞ 心中喜悅而眉開眼笑的樣子。亦作「喜逐顏開」。

笑裡藏刀 ㄒㄧㄠˋ ㄌㄧˇ ㄘㄤˊ ㄉㄠ 比喻外貌和善可親而內心陰險。

笄 ㄐㄧ jī 名①古人盤髮髻時所用的簪。例玉笄。②古代女子滿十五歲須盤髮插簪，故借指女子滿十五歲。例及笄之年。

笏 ㄏㄨˋ hù 名古代大臣朝見君主時所執的手板，用玉、象牙或竹板製成。例玉笏、象笏。

笈 ㄐㄧˊ jí 名古代所用的書箱。例負笈。

笊 ㄓㄠˋ zhào 名笊籬，水裡撈東西的器具。

五畫

笠 ㄌㄧˋ lì 名用竹皮或竹葉編成，可擋雨遮陽的帽子。例斗笠、竹笠。

笠帽 ㄌㄧˋ ㄇㄠˋ 用竹葉、麥穗等編成，用以防晒遮雨的帽子。

笨 ㄅㄣˋ bèn 形①不聰明的。例笨蛋、愚笨。②不靈巧的，不靈活的。例笨手笨腳。③龐大沉重的。例笨重。

笨拙 ㄅㄣˋ ㄓㄨㄛˊ 不聰明，不靈巧。

笨重 ㄅㄣˋ ㄓㄨㄥˋ 沉重而不輕巧。

笨手笨腳 ㄅㄣˋ ㄕㄡˇ ㄅㄣˋ ㄐㄧㄠˇ 形容人動作遲鈍、不靈敏。

笨鳥先飛 ㄅㄣˋ ㄋㄧㄠˇ ㄒㄧㄢ ㄈㄟ 比喻能力差者凡事唯恐落後，往往比別人先動手。

符 ㄈㄨˊ fú 名①古代用作憑信的器物，刻字在竹、木、金、玉、銅上，剖為兩半，各執其一，相合以為徵信。例虎符。②文件，憑證。③祥瑞的徵兆。例祥符。④標記，記號。例符號。⑤道士用來避邪、驅使鬼神的神祕文字。例符籙。⑥姓。動相合，吻合。例符合。

符水 ㄈㄨˊ ㄕㄨㄟˇ 溶有符籙灰燼的水，道士用來治病。

符合 ㄈㄨˊ ㄏㄜˊ 相合。

符咒 ㄈㄨˊ ㄓㄡˋ 道家用以驅除鬼神的符籙和咒語。

符號 ㄈㄨˊ ㄏㄠˋ 顯示出特別意義，以供辨識的記號。

笙 ㄕㄥ shēng 名樂器名。一種簧管樂器，有十三至十七根裝有簧片的竹管。

笙歌 ㄕㄥ ㄍㄜ 合笙歌唱。亦泛指奏樂唱歌。

笙簧 ㄕㄥ ㄏㄨㄤˊ 笙中的簧，為笙的組成部分。由銅製成，氣流通過時振動發音。

笙歌鼎沸 ㄕㄥ ㄍㄜ ㄉㄧㄥˇ ㄈㄟˋ 形容歌聲、奏樂聲齊起，熱鬧非凡。

笛 ㄉㄧˊ dí 名①樂器名。竹製的橫吹樂器，上有十孔。通稱為笛子。②噴氣發聲的發音器，其響聲尖銳。例警笛、汽笛。

第 ㄉㄧˋ dì 名①次序，等級。例次第、等第。②用於整數之前，表事物的順序或等級。例第一。③科舉榜上的次第。例登第、及第。④古時指王公大臣或富貴人家的住宅。例府第、書香門第。

第宅 ㄉㄧˋ ㄓㄞˊ 顯貴者的住宅。同宅第。

第一手 ㄉㄧˋ ㄧ ㄕㄡˇ ①最初見的或最原始的。②下圍棋時下的第一顆子。

第二春 ㄉㄧˋ ㄦˋ ㄔㄨㄣ 第一次婚姻結束後，再度發展的情感或是婚姻關係。

第三者 ㄉㄧˋ ㄙㄢ ㄓㄜˇ ①當事雙方以外者或團體。②夫妻外遇的對象或情侶移情別戀的對象。

第六感 ㄉㄧˋ ㄌㄧㄡˋ ㄍㄢˇ 眼、耳、鼻、舌、身五種感官以外的特殊感應，是一種直覺或靈感，具神祕色彩。

第一人稱 ㄉㄧˋ ㄧ ㄖㄣˊ ㄔㄥ ①語法上指代自己的詞為第一人稱。②一種敘述法，以我的位置來描述事件。

第一夫人 ㄉㄧˋ ㄧ ㄈㄨ ㄖㄣˊ 各國元首、首相的夫人。

第一性徵 ㄉㄧˋ ㄧ ㄒㄧㄥˋ ㄓㄥ 鑑別雌雄兩性的基本特徵，雌體兩卵巢，雄體有精巢。

第八藝術 ㄉㄧˋ ㄅㄚ ㄧˋ ㄕㄨˋ 指電影。因電影在藝術上位於文學、音樂、繪畫、戲劇、建築、雕刻、舞蹈這七種藝術之後。

笞 ㄔ chī 名古代一種用竹板鞭打的刑罰。動用鞭或竹板打。例鞭笞。

笵 ㄈㄢˋ fàn 名①竹製模型。②通「範」。法式，規範。

笥 ㄙˋ sì 名①書箱。引申指學問。②用竹編成的方形用具，用來盛飯或收納衣物。

笢 ㄇㄧㄣˇ mǐn 名①竹子表面的青色皮。②梳洗頭髮的器具。例笢子。

笤 ㄊㄧㄠˊ tiáo 名用竹編成的掃帚。例笤帚。

笳 ㄐㄧㄚ jiā 名樂器名。即胡笳，胡人捲蘆葉製成的樂器。

笘 ㄕㄢ shān 名①用竹子製成的教鞭。②古時用來練習寫字的大竹板。例竹笘。

笪 ㄉㄚˊ dá 名①用來牽船的竹索。②粗大的竹席。

笮 ㄗㄜˊ zé 名①屋頂上承放瓦片的竹板。②用竹製成的盛箭器具。③

姓。動壓榨，壓迫。

笱 ㄍㄡˇ gǒu 名捕魚用的竹籠子。口大頸窄，能進不能出。

第 ㄗˇ zǐ 名床的代稱。

六畫

筆 ㄅㄧˇ bǐ 名①寫字或繪畫的用具。例鋼筆、水彩筆。②文字的描述技巧。例神來之筆。③文字中的一畫。例筆順。④古稱散文為筆。例工筆善詩。⑤計算金錢、交易、文字書畫、運筆單位的量詞。例一筆生意。形直直的。例筆直。動記載。例筆之於書。

筆力 ㄅㄧˇ ㄌㄧˋ ①運筆的力道。②指文章的氣勢。

筆友 ㄅㄧˇ ㄧㄡˇ 未見面而先通信認識的朋友。

筆名 ㄅㄧˇ ㄇㄧㄥˊ 作家刊登作品時所用的別名。

筆伐 ㄅㄧˇ ㄈㄚˊ 用文字對某人某事進行討伐、議論。例口誅筆伐。

筆者 ㄅㄧˇ ㄓㄜˇ 文章的作者自稱。

筆直 ㄅㄧˇ ㄓˊ 非常直挺的樣子。

筆挺 ㄅㄧˇ ㄊㄧㄥˇ 形容很直順挺立的樣子。例西裝筆挺。

筆耕 ㄅㄧˇ ㄍㄥ 指從事寫作的工作，靠寫文章謀生。

筆記 ㄅㄧˇ ㄐㄧˋ ①指隨時記錄，不拘體例的文字。②記錄下來。

筆畫 ㄅㄧˇ ㄏㄨㄚˋ 寫字的方式，包括橫、直、撇、捺等。

筆跡 ㄅㄧˇ ㄐㄧ 指書畫、字跡等。

筆誤 ㄅㄧˇ ㄨˋ 一時疏忽寫錯了字。

筆調 ㄅㄧˇ ㄉㄧㄠˋ 指人寫文章的風格情調。

筆談 ㄅㄧˇ ㄊㄢˊ ①用文字代替說話。②筆記類型的作品。例夢溪筆談。

筆鋒 ㄅㄧˇ ㄈㄥ ①指毛筆的尖端處。②比喻文字的鋒芒精髓。例筆鋒帶有蒼涼。

等 ㄉㄥˇ děng 名①次第，品級。例甲等、劣等。②儕輩。例我等。③種，類。例何等人物。動①待，候。例等一會兒。②相同，相齊。例著作等身。副很多地。表示列舉不盡。例冰箱裡有肉、有魚、有菜等食物。

等同 ㄉㄥˇ ㄊㄨㄥˊ 相同，一樣。

等身 ㄉㄥˇ ㄕㄣ 形容非常多，數量幾乎和身高相同。例著作等身。

等於 ㄉㄥˇ ㄩˊ 相等，相同。

等級 ㄉㄥˇ ㄐㄧˊ 事物的次序、階級。

等等 ㄉㄥˇ ㄉㄥˇ 列舉事物時用來刪略的詞。例花園裡有杜鵑、菊花、百合等等，美不勝收。

等閒 ㄉㄥˇ ㄒㄧㄢˊ ①輕忽，不留意。例莫等閒白了少年頭。②一般，尋常的。例等閒之輩。

等高線 ㄉㄥˇ ㄍㄠ ㄒㄧㄢˋ 地圖上標高相同的點連成的封閉曲線，可以顯示地面的起伏。

等而下之 ㄉㄥˇ ㄦˊ ㄒㄧㄚˋ ㄓ 由此等再往下推一等，表示不如前者之意。

等閒視之 ㄉㄥˇ ㄒㄧㄢˊ ㄕˋ ㄓ　以輕忽不在意的心情來看待。

等量齊觀 ㄉㄥˇ ㄌㄧㄤˋ ㄑㄧˊ ㄍㄨㄢ　指對事物一律平等看待。

策 ㄘㄜˋ cè 名①馬鞭。②將記事用的竹簡串在一起成冊。例簡策。③古時一種談論政事的論文文體。例治安策。④計謀。例束手無策。⑤占卜用的蓍草。⑥手杖。動①鞭打，驅使。例策馬入林。②督促，勉勵。例策勉。③拄著，扶持。例策杖。

策士 ㄘㄜˋ ㄕˋ　指戰國時代在政治上提供謀略、遊說諸侯的人。現泛稱善於獻策，運用謀略的人。

策馬 ㄘㄜˋ ㄇㄚˇ　用馬鞭趕馬，使其前進。

策動 ㄘㄜˋ ㄉㄨㄥˋ　發動推行某事務。例他策動鄰里鄉親捐錢救災。

策略 ㄘㄜˋ ㄌㄩㄝˋ　計畫，謀略。例辦油桐花節是發展地方的策略。

策畫 ㄘㄜˋ ㄏㄨㄚˋ　為了達到某目的而暗中計畫籌措。

策勵 ㄘㄜˋ ㄌㄧˋ　監督勉勵。同策勉。

策應 ㄘㄜˋ ㄧㄥˋ　指作戰時和盟軍相互配合作戰，以打敗敵軍。後泛稱彼此互相支援呼應。

筍 ㄙㄨㄣˇ sǔn 名①竹子地下莖所生的嫩芽，可入菜。例竹筍。

筐 ㄎㄨㄤ kuāng 名用竹或柳條編成的盛物方形用具。例筐篋。

筐篋 ㄎㄨㄤ ㄑㄧㄝˋ　長方形竹製箱，可用來放置物品。

筒 ㄊㄨㄥˇ tǒng 名①竹管。例杜甫．引水詩：「接筒引水喉不乾。」②中空的管狀物。例筆筒。

答 ㈠ㄉㄚˊ dá 動①回應問題。例笑而不答。②回報。例答禮。㈡ㄉㄚ dā 名姓。動承諾，應允。例答應。

答案 ㄉㄚˊ ㄢˋ　指問題的解答。

答答 ㄉㄚ ㄉㄚ　①形容雨水滴落聲。例滴滴答答。②竹子的聲音。③形容害羞的樣子。例羞答答。

答應 ㄉㄚ ㄧㄥˋ　①發出聲音回答。②准許，允諾。

答謝 ㄉㄚˊ ㄒㄧㄝˋ　在接受別人幫助後向人表示感謝。

答覆 ㄉㄚˊ ㄈㄨˋ　針對問題回答。

答非所問 ㄉㄚˊ ㄈㄟ ㄙㄨㄛˇ ㄨㄣˋ　指答的話和問的題目毫無關聯。

筏 ㄈㄚˊ fá 名用竹或木編排成的浮水工具。例竹筏。

筊 ㄐㄧㄠˇ jiǎo 名用竹皮編的繩子。

筋 ㄐㄧㄣ jīn 名①韌帶。例牛蹄筋。②有韌性的物品。例橡皮筋。③靜脈的俗稱。例青筋。④肌肉。例筋疲力竭。

筋斗 ㄐㄧㄣ ㄉㄡˇ　頭著地用力把身體翻轉過去的動作。亦作「觔斗」。

筋脈 ㄐㄧㄣ ㄇㄞˋ　中醫指身體內部的血管、肌腱或韌帶等。

筋絡 ㄐㄧㄣ ㄌㄨㄛˋ　和骨節相連的肌肉。

筋疲力竭 ㄐㄧㄣ ㄆㄧˊ ㄌㄧˋ ㄐㄧㄝˊ　肌肉疲勞，力量用盡。形容非常疲憊的樣子。

筌 ㄑㄩㄢˊ quán 名捕魚用的竹製器具。例得魚忘筌。

筇 ㄑㄩㄥˊ qióng 名①竹的一種，可用來作枴杖。②指竹杖。

筑 ㄓㄨˊ zhú 名①古樂器名。形似琴，有五弦、十三弦、二十一弦等。②貴州省貴陽市的簡稱。

筈 ㄍㄨㄚ guā 名指箭的末端搭扣弦的部分。

七畫

筷 ㄎㄨㄞˋ kuài 名用來夾取食物或其他東西的器具。例筷子。

節 ㄐㄧㄝˊ jié 名①植物枝幹的交接處，或聚結成團的部分。例竹節。②動物骨頭相連接之處。例關節。③事情或文章的段落。例章節。④時令。例季節。⑤有特殊意義，值得紀念或慶賀的日子。例雙十節。⑥指情操志氣。例貞節。⑦禮數規範。例繁文縟節。⑧古時使者的信物。例符節。⑨樂曲的段落。例一小節。動①克制，約束。例節制。②儉省。例縮衣節食。

節目 ㄐㄧㄝˊ ㄇㄨˋ 泛指各種活動的程序或項目。

節育 ㄐㄧㄝˊ ㄩˋ 控制生育子女。

節拍 ㄐㄧㄝˊ ㄆㄞ 指音樂進行時的速度和拍子。

節制 ㄐㄧㄝˊ ㄓˋ ①管理指揮。例他在軍隊中節制一個連。②嚴整有規律。例軍中生活很節制。③控制著不讓它超出範圍。例買彩券要有節制。

節奏 ㄐㄧㄝˊ ㄗㄡˋ 指音樂的高低快慢緩急。同節拍。

節流 ㄐㄧㄝˊ ㄌㄧㄡˊ 減少開銷支出。例開源節流。

節省 ㄐㄧㄝˊ ㄕㄥˇ 節約儉省，使用財物時有限度不過分。同節儉、節約。

節氣 ㄐㄧㄝˊ ㄑㄧˋ 指時節氣候。古人分一年有二十四節氣，如立春、雨水、驚蟄、大寒等，以表示太陽在黃經上的位置。同節序。

節錄 ㄐㄧㄝˊ ㄌㄨˋ 摘取大綱、要略。

節操 ㄐㄧㄝˊ ㄘㄠ 堅定的操守。

節骨眼 ㄐㄧㄝˊ ㄍㄨˇ ㄧㄢˇ 指事情的關鍵時刻、緊要關頭。

節外生枝 ㄐㄧㄝˊ ㄨㄞˋ ㄕㄥ ㄓ 事情尚未解決前，又在這件事上衍生其他事端。亦作「節上生枝」。

節衣縮食 ㄐㄧㄝˊ ㄧ ㄙㄨㄛ ㄕˊ 形容生活非常節省的樣子。

節哀順變 ㄐㄧㄝˊ ㄞ ㄕㄨㄣˋ ㄅㄧㄢˋ 克制哀傷，順應變故。用來勸喪家的安慰語。

筢 ㄆㄚˊ pá 名用來取草的竹器，呈條齒狀。例筢子。

筸 ㄍㄢ gān 名地名。鎮筸，在湖南省。

筳 ㄊㄧㄥˊ tíng 名①紡紗時用來捲絲的竹具。②小竹枝或木條。

筩 ㄊㄨㄥˇ tǒng 名①竹筒。②捕魚用的器具。

筦 ㄍㄨㄢˇ guǎn 名①像笛管一樣的樂器。②指鑰匙。例筦籥。③姓。動同「管」。管理，主持。

筧 ㄐㄧㄢˇ jiǎn 名①竹製的導水管。②地名。筧橋，在浙江省。

筥 ㄐㄩˇ jǔ 名圓形的盛米竹器。

筱 ㄒㄧㄠˇ xiǎo 名細小的竹子。

筮 ㄕˋ shì 名古代用蓍草占卜的方法。動卜卦，問卜。

筲 ㄕㄠ shāo 名①竹編容器，用來淘米。例筲箕。②挑水的水桶。例水筲。形氣量小的。例斗筲之人。

筭 ㄙㄨㄢˋ suàn 名①古時用來計數的器具。②謀略。動同「算」。計數，計算。

筠 ㄩㄣˊ yún 名①竹子最外層的青皮。②指竹子。例松筠。形竹製的。例筠筒。

筴 ㈠ㄐㄧㄚˊ jiá 名①指筷子。②柵欄。動夾舉包圍。例韓愈．曹成王碑：「掇黃岡，筴漢陽。」

㈡ㄘㄜˋ cè 同「策」。

筰 ㄗㄨㄛˊ zuó 名用竹皮編的繩索。

八畫

箕 ㄐㄧ jī 名①去米糠的圓形竹器。例簸箕。②收聚垃圾的器具。例畚箕。③二十八星宿之一，即箕宿。動聚集，收集。例箕斂。

箕踞 ㄐㄧ ㄐㄩˋ 張開兩腿而坐，形狀像箕，是一種不拘禮節的隨意坐法。也作「箕坐」。

管 ㄍㄨㄢˇ guǎn 名①樂器名。竹製，形似笛，有六孔或八孔。②長形筒狀物。例水管。③筆。例握管。④鑰匙。例管鑰。⑤姓。動①主持，辦理。例管帳。②約束，教導。例管教。③負責，供給。例管吃管住。④顧及，顧忌。例不管三七二十一。⑤關係，干涉。例管你何事？副鐵定，保證地。例包管。介把，將。例我們管他叫老爺。

管用 ㄍㄨㄢˇ ㄩㄥˋ 很有效的，有用可靠的。

管束 ㄍㄨㄢˇ ㄕㄨˋ 保護管理約束。

管見 ㄍㄨㄢˇ ㄐㄧㄢˋ 自謙見識狹小，如管中窺物一般。

管事 ㄍㄨㄢˇ ㄕˋ ①管理事務。②指管理家中雜事的人。

管制 ㄍㄨㄢˇ ㄓˋ 管理控制。

管家 ㄍㄨㄢˇ ㄐㄧㄚ 管理家中事務。也稱管理家務的人。

管教 ㄍㄨㄢˇ ㄐㄧㄠ ①一定，保證。例這東西管教你滿意。②教導約制。例管教孩子。

管理 ㄍㄨㄢˇ ㄌㄧˇ 負責處理指導某些事情。

管道 ㄍㄨㄢˇ ㄉㄠˋ ①輸送及排放液體和氣體的管子。例瓦斯管道。②門路，途徑，方式。例邁向成功的管道。

管轄 ㄍㄨㄢˇ ㄒㄧㄚˊ 統轄掌管。

管中窺豹 ㄍㄨㄢˇ ㄓㄨㄥ ㄎㄨㄟ ㄅㄠˋ 從管中看豹子，只能看到豹的一部分斑紋。比喻人見識狹小。亦作「窺豹一斑」。

管窺蠡測 ㄍㄨㄢˇ ㄎㄨㄟ ㄌㄧˊ ㄘㄜˋ 比喻所見有限，知道的很少。

管鮑之交 ㄍㄨㄢˇ ㄅㄠˋ ㄓ ㄐㄧㄠ 指如管仲和鮑叔牙的交情一樣深厚。形容交情很深。

箋 ㄐㄧㄢ jiān 名①經傳的注釋。②古代奏記之類，用作上書或祝賀皇后、太子所用的文體。③寫信或題字用紙。④書信，信札。例信箋、短箋。

箋函 ㄐㄧㄢ ㄏㄢˊ　同時具有信紙和信封的書信。

箋注 ㄐㄧㄢ ㄓㄨˋ　古書上的注釋。

筵

ㄧㄢˊ yán 名①古時用在席地而坐時所鋪的席子。②酒席，宴席。例喜筵、壽筵。

筵席 ㄧㄢˊ ㄒㄧˊ　①鋪在地上供坐的用具。②酒饌。例大張筵席。

算

ㄙㄨㄢˋ suàn 名①數目。②古代一種計數的器具，即算盤。③壽命。例添算。④計策，謀略。例神機妙算。動①謀畫，策畫。例打算。②核計數目。例核算、推算。③當作，屬於。例算我的！④謀害。例謀算。⑤當真，承認有效力。例算是條好漢！⑥猜測，料想。例算命、算準。⑦放棄作罷。例算了！副①當作。例算我沒說！②表示期盼很久後理想或目標實現。例總算。③表示肯定或略帶稱許的口吻。例你算是找對幫手了！

算了 ㄙㄨㄢˋ ㄌㄜ˙　表示放棄，不再計較、追究。

算式 ㄙㄨㄢˋ ㄕˋ　數學中利用運算符號加、減、乘、除等，將數字或符號聯立而成式子，以方便演算。

算來 ㄙㄨㄢˋ ㄌㄞˊ　①統計總和。例屈指算來，我們也認識十年了。②估量推測。例這次來參加比賽的選手，算來都是數一數二的。

算命 ㄙㄨㄢˋ ㄇㄧㄥˋ　根據人的生辰八字，以陰陽五行、星象等方法推斷命運吉凶禍福。

算計 ㄙㄨㄢˋ ㄐㄧˋ　①考慮計畫某事。②計算，估量。③指暗地裡謀害他人。

算盤 ㄙㄨㄢˋ ㄆㄢˊ　①一種計算數目的工具。②比喻計畫。例如意算盤。

箔

ㄅㄛˊ bó 名①金屬打成的薄片。例錫箔、鋁箔。②祭祀時焚化的用紙。例冥箔。③用細竹或蘆草編成的養蠶器具。例蠶箔。④簾子。例珠箔。

箝

ㄑㄧㄢˊ qián 名夾取用具。例箝子、老虎箝。動①夾住。例箝制。②閉住。例箝口、箝語。

箝制 ㄑㄧㄢˊ ㄓˋ　利用威勢壓制他人。例敵軍利用山勢屏障，箝制了我方的行動。

箏

ㄓㄥ zhēng 名①撥弦樂器，形狀類似瑟。例古箏。②即風箏。

箜

ㄎㄨㄥ kōng 名箜篌，一種形狀如瑟而較小的弦樂器。

箑

ㄕㄚˋ shà 名指扇子。

箐

ㄐㄧㄥ jīng 名①笭箐，指小竹籠。②中國滇黔地區稱樹木茂盛的山谷為「箐」。動將竹製弓弩拉開的動作。

箸

ㄓㄨˋ zhù 名筷子。例舉箸、箸子。動通「著」。撰述，寫作。

箍

ㄍㄨ gū 名將物體束緊的一種環狀物。例頭箍、銅箍。動將物體束緊、勒緊。

箍緊 ㄍㄨ ㄐㄧㄣˇ　將物體束緊。例請箍緊這份文件，以防散落。

箄

㊀ㄅㄟ bēi 名古代防止食物掉落鍋中的竹

蓆，置於甑底。
㈡ㄆㄞˊ pái 名以竹木編成，可浮於水上的大筏。例箄船。

箚 ㄓㄚˊ zhá 名同「札」。①書信。例信箚。②公文。例箚子。③筆記。如廿二史箚記。

箇 ㄍㄜˋ gè 名縣名。箇舊，在雲南省。

箇中人 ㄍㄜˋ ㄓㄨㄥ ㄖㄣˊ 即此中人，指曾經親歷其境或深知其中道理的人。

箘 ㄐㄩㄣˋ jùn 名一種可作箭桿，細長無節的竹子。例箘簬。

箄 ㄅㄧˋ bì 名蒸東西時墊在鍋底的竹編物。

九畫

箱 ㄒㄧㄤ xiāng 名①車內載人或存放東西的地方。例車箱。②收納物品的器具。例紙箱、木箱。③通「廂」。位於正屋兩邊的房間。④計算箱裝物的量詞。例一箱書。

箱子 ㄒㄧㄤ ˙ㄗ 用來盛放物品的方形器具。

箱涵 ㄒㄧㄤ ㄏㄢˊ 原指斷面方形、形成地下水道的有蓋渠道。今指結構相似但供人車通行的構造物。

範 ㄈㄢˋ fàn 名①鑄造器物的模型。②指做人處世的法則。例典範。③界限。例範圍。形可用來作為約束的，可效法的。例範本。動防止，限制。例防範。

範文 ㄈㄢˋ ㄨㄣˊ 在語文教學中，尤其是寫作，作為學生學習榜樣的文章。

範例 ㄈㄢˋ ㄌㄧˋ 可用以做為模範的事例。

範圍 ㄈㄢˋ ㄨㄟˊ 事物有形或無形的界限。同範疇。

範疇 ㄈㄢˋ ㄔㄡˊ 知識或思維的對象，或是社會生活中的事物經過分析後歸劃成類，並成系統者。

箭 ㄐㄧㄢˋ jiàn 名①搭在弓上發射的武器。例一箭雙鵰。②古代計算距離的量詞。例一箭之地。形快速。例一個箭步。

箭竹 ㄐㄧㄢˋ ㄓㄨˊ 植物名。竹子的一種，高約三公尺，質地堅硬可製箭、造紙等。

箭步 ㄐㄧㄢˋ ㄅㄨˋ 比喻身體或腳步移動速度極快。

箭樓 ㄐㄧㄢˋ ㄌㄡˊ 古時建築於城門上的閣樓。四周有小窗用以瞭望守備及射箭攻擊。

箭不虛發 ㄐㄧㄢˋ ㄅㄨˋ ㄒㄩ ㄈㄚ 弓箭射出一定會射中目標。比喻善於射箭，或形容一定達成目標。

箭在弦上 ㄐㄧㄢˋ ㄗㄞˋ ㄒㄧㄢˊ ㄕㄤˋ 比喻迫於情勢，不得不做。

箴 ㄓㄣ zhēn 名①以表達規勸性質為主題的文體。②中醫的一種醫療器具，刺入穴道，以達醫療效果的針狀物。動規戒，勸諫。例箴言。

箴石 ㄓㄣ ㄕˊ 古代一種用來治病的石針。

箴言 ㄓㄣ ㄧㄢˊ 規戒、勸告或是勸勉的話。

箴諫 ㄓㄣ ㄐㄧㄢˋ 規戒勸諫。

篆 ㄓㄨㄢˋ zhuàn 名①一種漢字書體。例大篆、小篆。②尊稱他人的名字。例臺篆、雅篆。③印信。例接篆。動①用篆體字書寫。②刻鏤，銘刻。例篆刻。

篆刻 ㄓㄨㄢˋ ㄎㄜˋ ①字句推敲、慢慢琢磨文章。比喻精心作文。②雕刻印章。

篆書 ㄓㄨㄢˋ ㄕㄨ 廣義指隸書以前的所有書體，狹義指大篆及小篆。

篇 ㄆㄧㄢ piān 名①書籍，簡冊。②計算文章或詩作的量詞。例一篇文章。

篇目 ㄆㄧㄢ ㄇㄨˋ 詩篇和文章的標題。

篇章 ㄆㄧㄢ ㄓㄤ 泛指詩篇、文章。

篇幅 ㄆㄧㄢ ㄈㄨˊ 本指紙張上容納文字的限度，今多用以指文字的長短。

篁 ㄏㄨㄤˊ huáng 名①竹林，竹叢。例幽篁。②竹的通稱。

篋 ㄑㄧㄝˋ qiè 名放東西的箱子。例書篋。

箠 ㄔㄨㄟˊ chuí 名①馬鞭子。②見「箠楚」。動鞭打。

箠楚 ㄔㄨㄟˊ ㄔㄨˇ 一種用木杖鞭打的古代刑罰。

篌 ㄏㄡˊ hóu 名箜篌，古代弦樂器，形狀如瑟而較小，弦數不一。

十畫

篙 ㄍㄠ gāo 名撐船用的長竿。例撐篙。

簑 ㄙㄨㄛ suō 名舊時用草或棕櫚葉做成的雨衣。例簑衣。

築 ㄓㄨˊ zhú 名①宅第、居室的別稱。例小築、雅築。②擣土打牆的木杵。動①擣土使之堅實。②構建。例建築、修築。

篤 ㄉㄨˇ dǔ 形①忠厚，誠實。例篤實。②病勢沉重。例病篤。動堅持，固執。例篤志、篤信。副專一，切實。例禮記：「篤行而不倦。」

篤行 ㄉㄨˇ ㄒㄧㄥˊ 確實且專一的履行。

篤定 ㄉㄨˇ ㄉㄧㄥˋ 確定，有把握。

篤信 ㄉㄨˇ ㄒㄧㄣˋ 深信，堅信。例我篤信誠實是做人最基本的道理。

篤厚 ㄉㄨˇ ㄏㄡˋ 忠實厚道。

篤實 ㄉㄨˇ ㄕˊ ①性情純厚樸實。例他為人篤實，從不欺騙。②比喻做事實在。

篤志好學 ㄉㄨˇ ㄓˋ ㄏㄠˋ ㄒㄩㄝˊ 比喻心志專一，勤於學問。

篛 ㄖㄨㄛˋ ruò 名①竹皮。俗稱為筍殼。②篛竹，一種矮竹，葉子大，可製斗笠或包粽子。③篛竹的葉子。

篛笠 ㄖㄨㄛˋ ㄌㄧˋ 以篛葉製成的斗笠。也稱為篛帽。

篡 ㄘㄨㄢˋ cuàn 動①以掠搶的方式進行奪取。例篡取。②以不正當的方式得到君位或權力地位。例王莽篡漢。

篡位 ㄘㄨㄢˋ ㄨㄟˋ 以不當的手段奪取君位。

篡改 ㄘㄨㄢˋ ㄍㄞˇ 任意做不實的更改。

篡奪 ㄘㄨㄢˋ ㄉㄨㄛˊ 利用不正當的手段強力奪取。

篩 ㄕㄞ shāi 名有孔的竹器，孔小而密，能分開不同粗細的顆粒。例篩子。動①利用篩子過濾東西。例篩米、篩選。②風、光線等從孔隙中透過或漏下。例月光從竹簾外篩進來。③灑，落下。④斟酒，倒酒。⑤將酒加溫。⑥敲打。例篩鑼。⑦妄言胡語。

篩子 ㄕㄞ ˙ㄗ 一種竹片、鐵絲編成的過濾器具。

篩管 ㄕㄞ ㄍㄨㄢˇ 韌皮的一部分，為植物通過養分的器官。

篩選 ㄕㄞ ㄒㄩㄢˇ 從眾多對象中淘汰選擇。

篝 ㄍㄡ gōu 名用來盛器物的竹籠。動將東西罩住。

篥 ㄌㄧˋ lì 名樂器名。觱篥，胡人吹奏的一種木管樂器。以竹為管，以蘆為首，狀如胡笳而九孔，其聲甚悲。

篚 ㄈㄟˇ fěi 名古代盛物用的竹器。

篦 ㄅㄧˋ bì 名用竹片、牛骨或金屬等製成的細齒梳子，用以除去髮垢，或插在頭上當髮飾。

篪 ㄔˊ chí 名樂器名。一種像笛的竹管樂器。

十一畫

簇 ㄘㄨˋ cù 名①聚集成堆或成團的物體。例花團錦簇。②計算群集的人或物的量詞。例一簇晚霞、一簇好事者。動集聚，聚攏。副①很，全。例簇新。②聚集，圍繞。例簇擁、簇捧。

簇合 ㄘㄨˋ ㄏㄜˊ 表示聚集在一起的意思。

簇集 ㄘㄨˋ ㄐㄧˊ 聚合、聚集在一起。

簇新 ㄘㄨˋ ㄒㄧㄣ 非常新的，嶄新的。

簇擁 ㄘㄨˋ ㄩㄥ 被一群人或東西圍擁著。

簇簇 ㄘㄨˋ ㄘㄨˋ 叢列聚集的樣子。

簍 ㄌㄡˇ lǒu 名①用竹或荊條編成有孔的盛物器具。例魚簍、字紙簍。②計算簍裝物的量詞。例一簍香蕉、兩簍橘子。

簍子 ㄌㄡˇ ˙ㄗ 用竹、籐編成可裝東西的圓形器具。也稱簍兒。

簍筐 ㄌㄡˇ ㄎㄨㄤ 以竹子所編製，用來裝置物品的器具的總稱。圓形稱「簍」，方形稱「筐」。

篷 ㄆㄥˊ péng 名①在車、船上的遮蔽物，用竹片或油布等搭設而成。例車篷、船篷。②船帆。

篷舟 ㄆㄥˊ ㄓㄡ 有篷子遮蔽的船。

篷車 ㄆㄥˊ ㄔㄜ 指具有頂篷的車子。

篾 ㄇㄧㄝˋ miè 名①竹子剖成的細薄片。例竹篾。②用蘆葦或藤類的莖劈成的細長薄片。例葦篾兒。形用竹片或蘆葦片等編成的。例篾席、篾簍。

篾片 ㄇㄧㄝˋ ㄆㄧㄢˋ 舊時在仕宦人家或是豪門大戶中，幫忙出主意、湊熱鬧的門客。

篾匠 ㄇㄧㄝˋ ㄐㄧㄤˋ 用竹篾製造器物的手工業者。

篾青 ㄇㄧㄝˋ ㄑㄧㄥ 竹子的外皮，質地較為堅韌。

簏 ㄌㄨˋ lù 名竹子編成的箱子。

篲 ㄏㄨㄟˋ huì 名掃帚。動清掃，打掃。

簀 ㄗㄜˊ zé 名用竹片編成的席子。

簌 ㄙㄨˋ sù 動搖動。

簌地 ㄙㄨˋ ㄉㄧ˙ 紛紛掉下來的樣子。

簌簌 ㄙㄨˋ ㄙㄨˋ ①紛紛落下的樣子。②形容細碎的聲音。

簋 ㄍㄨㄟˇ guǐ 名古代祭祀宴饗時盛黍稷的圓形器皿。

篳 ㄅㄧˋ bì 名荊條編成的籬笆、門扉或其他遮擋物。後泛指以荊條或竹子編成的器物。例篳門。

篳路藍縷 ㄅㄧˋ ㄌㄨˋ ㄌㄢˊ ㄌㄩˇ 駕柴車，穿破衣，以開闢山林。比喻開創事業之艱辛。

簉 ㄗㄠˋ zào 形副的，附屬的。例簉室。

篠 ㄒㄧㄠˇ xiǎo 名①同「筱」。細竹。②竹器。例論語：「遇丈人以杖荷篠。」

十二畫

簧 ㄏㄨㄤˊ huáng 名①以竹、金屬或其他材料製成，在管樂器中振動發聲的薄片。②在器物中具有彈力，可伸縮的零件。例彈簧、鎖簧。

簧片 ㄏㄨㄤˊ ㄆㄧㄢˋ 簧樂器的發聲器，通常以竹片、木頭或金屬製成。

簧鼓 ㄏㄨㄤˊ ㄍㄨˇ 講話時雙頰不斷的鼓起，彷彿簧一般。比喻用好聽或是諂媚的話蠱惑別人。

簧樂器 ㄏㄨㄤˊ ㄩㄝˋ ㄑㄧˋ 指藉由空氣振動簧片而發聲的樂器。如口琴、風琴、豎笛等。

簪 ㄗㄢ zān 名用來整理頭髮或固定頭冠的頭飾。例髮簪、頭簪。動插上，配戴。

簪子 ㄗㄢ ㄗ˙ 古時用來別住髮髻的飾品。

簪花 ㄗㄢ ㄏㄨㄚ ①將花插在頭冠上。②戴花。

簞 ㄉㄢ dān 名古時盛飯的圓形竹器。例簞食瓢飲。

簞食 ㄉㄢ ㄙˋ 只有一簞分量的食物。比喻生活貧苦。

簞食壺漿 ㄉㄢ ㄙˋ ㄏㄨˊ ㄐㄧㄤ 指民眾拿著一竹器的飯和一壺的酒漿，以犒賞迎接軍隊。比喻人民熱誠慰勞軍隊。

簣 ㄎㄨㄟˋ kuì 名盛土的竹器，似畚箕之類。例功虧一簣。

簡 ㄐㄧㄢˇ jiǎn 名①古代未發明紙以前，寫字時用的竹片。例竹簡。②書信。例書簡。③姓。形不複雜的，單純的。例簡單。動①省略，減省。例簡化。②挑選。例簡拔。③怠慢，輕忽。例簡慢。

簡介 ㄐㄧㄢˇ ㄐㄧㄝˋ 簡單精要的介紹。

簡化 ㄐㄧㄢˇ ㄏㄨㄚˋ 將複雜或是不單純的東西化作簡單。

簡札 ㄐㄧㄢˇ ㄓㄚˊ 在紙張未發明以前，文字書於竹簡、木札上，所以簡札泛指書信、文書。

簡明 ㄐㄧㄢˇ ㄇㄧㄥˊ 簡要明白。

簡直 ㄐㄧㄢˇ ㄓˊ ①簡潔率直。例他為人簡直，是個直腸子的人。②幾乎，實在。常用於誇大或加強其程度。例這個人品性很差，簡直一無可取。

簡便 ㄐㄧㄢˇ ㄅㄧㄢˋ 簡單便利。

簡陋 ㄐㄧㄢˇ ㄌㄡˋ 簡單鄙陋。

簡訊 ㄐㄧㄢˇ ㄒㄩㄣˋ 簡要的消息。

簡略 ㄐㄧㄢˇ ㄌㄩㄝˋ 簡單而粗略。

簡章 ㄐㄧㄢˇ ㄓㄤ 以簡要文詞列舉的章程。例招生簡章。

簡單 ㄐㄧㄢˇ ㄉㄢ ①單純清楚，不複雜的。例這條數學公式相當簡單。②平凡，與一般人或事物同等。例他這個人看起來普普通通，但其實相當不簡單。

簡報 ㄐㄧㄢˇ ㄅㄠˋ 會同各方面資料所作的簡明報告，通常為機關團體對上級視察或外賓參觀時使用。

簡短 ㄐㄧㄢˇ ㄉㄨㄢˇ 文詞、言語簡單而不繁長。

簡潔 ㄐㄧㄢˇ ㄐㄧㄝˊ 簡要清晰，不繁複雜亂。

簡樸 ㄐㄧㄢˇ ㄆㄨˇ 簡單樸素。

簡歷 ㄐㄧㄢˇ ㄌㄧˋ 簡要的個人履歷。

簡譜 ㄐㄧㄢˇ ㄆㄨˇ 一種簡易的音樂記譜法。現用的簡譜以1、2、3、4、5、6、7表示Do、Re、Mi、Fa、Sol、La、Si七個音。

簡體字 ㄐㄧㄢˇ ㄊㄧˇ ㄗˋ 中國大陸文字改革以後所推行的規範字。筆畫較正體字簡單。

簫
ㄒㄧㄠ xiāo 名樂器名。①多管密排的吹奏樂器，即排簫。②專稱單管豎吹的樂器，即洞簫。

簠
ㄈㄨˇ fǔ 名古代祭祀宴饗時，盛稻粱、黍稷的方形器具。

簠簋 ㄈㄨˇ ㄍㄨㄟˇ 古代祭祀盛稻粱、黍稷的器皿。青銅製，長方形，有四短足和蓋。

簞
ㄉㄧㄢˋ diàn 名用來臥的竹製席子。

簦
ㄉㄥ dēng 名古代用來防雨的器具，猶如現在的雨傘。

簨
ㄙㄨㄣˇ sǔn 名古代用來懸掛鐘磬的架子上的橫木。

十三畫

簾
ㄌㄧㄢˊ lián 名用竹片、布帛等編製成遮蔽門窗的用具。例窗簾。

簾帷 ㄌㄧㄢˊ ㄨㄟˊ 用來遮陽或隔絕視線的窗簾與帷幕。

簾幔 ㄌㄧㄢˊ ㄇㄢˋ 即窗簾。

簿
㈠ㄅㄨˋ bù 名①書寫用的本子，或登記事物的冊子。例筆記簿、帳簿。②記錄口供的本子。例對簿公堂。③笏板，古代上朝所持用的手板。動清查，列冊登記。例簿記。

㈡ㄅㄛˊ bó 名通「箔」。養蠶用的器具，用細竹或蘆草編成。

簽
ㄑㄧㄢ qiān 名通「籤」。作為標示用的小紙條。例標簽。動在文書上題名，以示負責或作為紀念。例簽名、簽收。

簽收 ㄑㄧㄢ ㄕㄡ 收到信件、物品或重要文件後，在特定的單據上簽字，表示已經收到以示負責。

簽呈 ㄑㄧㄢ ㄔㄥˊ 屬下對上級機關書面報告時所寫的呈文。

簽到 ㄑㄧㄢ ㄉㄠˋ 出席會議或上班時，在出席簿上簽名，表示已到。

簽約 ㄑㄧㄢ ㄩㄝ 訂定合約，並在合約上簽名蓋章，以表示同意。

簽帳 ㄑㄧㄢ ㄓㄤˋ 不以現金交易，在帳單上簽字，待日後再行付款的交易方式。

簽單 ㄑㄧㄢ ㄉㄢ 簽有名字可以用作憑證的單據。

簽發 ㄑㄧㄢ ㄈㄚ 經主管人員審核同意後，簽名核發文件。例簽發許可。

簽署 ㄑㄧㄢ ㄕㄨˋ 簽字署名。

簽證 ㄑㄧㄢ ㄓㄥˋ 給予其他國家或地區人民進入該國的入境許可。

簷 ㄧㄢˊ yán 名①屋頂邊緣突出牆壁的部分。例屋簷。②用於覆蓋物體的邊緣或突出部分。例傘簷。

簸 ㈠ㄅㄛˇ bǒ 動①用畚箕搖動，使米起落，以除去米糠。②搖動。例簸動。

㈡ㄅㄛˋ bò 見「簸箕」。

簸弄 ㄅㄛˇ ㄋㄨㄥˋ ①撫玩。②造謠生事，顛倒是非。

簸揚 ㄅㄛˇ ㄧㄤˊ 用箕使米起落，以除去糠秕。

簸箕 ㄅㄛˋ ㄐㄧ ①一種用來揚去穀類糠皮的器具，以竹篾或柳條等編成。②即畚箕，掃地時盛塵土的工具。

籀 ㄓㄡˋ zhòu 名籀文，即大篆，相傳為周宣王時史籀所作，筆劃較小篆繁複。動誦讀。

簬 ㄌㄨˋ lù 名一種可製箭桿的竹子。

十四畫

籍 ㄐㄧˊ jí 名①書本。例書籍、典籍。②登記人名或基本資料，以備查考用的名冊或文件檔案。例戶籍、學籍。③籍貫，人的出生地或是其先祖所居住的地方。例本籍、祖籍。④個人對國家、團體、組織等的隸屬關係。例黨籍、會籍。

籍貫 ㄐㄧˊ ㄍㄨㄢˋ 指祖居地或出生的地方。

籍籍無名 ㄐㄧˊ ㄐㄧˊ ㄨˊ ㄇㄧㄥˊ 沒有名氣，不為他人所知。

籌 ㄔㄡˊ chóu 名①古代計數的器具。例籌策。②通「條」。古代計算人數的量詞。例六籌好漢。動計算，規畫。例籌畫。

籌商 ㄔㄡˊ ㄕㄤ 謀畫商討。例籌商對策。

籌措 ㄔㄡˊ ㄘㄨㄛˋ 籌畫措置。例籌措經費。

籌備 ㄔㄡˊ ㄅㄟˋ 規畫準備。

籌碼 ㄔㄡˊ ㄇㄚˇ ①賭博時記數用的器具。亦作「籌馬」。②對自己有利的條件或情勢。例資訊的掌握及科技的應用，是成功的籌碼。

籌謀 ㄔㄡˊ ㄇㄡˊ 商量規畫。

籌議 ㄔㄡˊ ㄧˋ 計畫商議。

籃 ㄌㄢˊ lán 名①以藤、竹等物所編成，兩邊有提把，用來裝東西的器具。例竹籃。②裝在籃球架上供投球的帶網鐵圈。例投籃。③計算籃裝物的量詞。例一籃水果。

十五畫

籐 ㄊㄥˊ téng 名①竹製的器物。例籐椅。②同「藤」。蔓生植物的卷鬚或莖。例籐蔓。

十六畫

籟 ㄌㄞˋ lài 名①古代的一種管樂器，三孔。②本指從孔竅中所發出的聲音，後泛指一切聲音。例天籟。

籠 ㄌㄨㄥˊ lóng 名①竹編器具，用以盛裝或覆蓋物品。例蒸籠、燈籠。②關住鳥獸或拘禁人犯的器物。例鳥籠、牢籠。動①包括，包含。例籠統。②遮住，覆蓋。例籠罩。

籠統 ㄌㄨㄥˇ ㄊㄨㄥˇ 全部包含在一起，不加分析。有含混、不明確的意思。

籠絡 ㄌㄨㄥˇ ㄌㄨㄛˋ 引申為用權術或手段統御他人。

籠罩 ㄌㄨㄥˇ ㄓㄠˋ 覆蓋。

籠中鳥 ㄌㄨㄥˊ ㄓㄨㄥ ㄋㄧㄠˇ 關在籠中的鳥。比喻失去自由。

籜 ㄊㄨㄛˋ tuò 名竹皮，筍殼。例竹籜。

籙 ㄌㄨˋ lù 名①圖書，冊籍。例圖籙。②道家用的符咒。例符籙。

籛 ㄐㄧㄢ jiān 名姓。相傳彭祖姓籛名鏗。

十七畫

籤 ㄑㄧㄢ qiān 名①一種占卜用具，用來求神問佛、卜卦吉凶的細長竹條。例抽籤、求籤。②一種賭博用具，其上刻有骨牌點，視點數多寡以決勝負。例籤子、籤兒。③可書寫文字，作為標記用的紙片。例書籤、標籤。④用竹子或木材製成的尖細條狀物。例牙籤。

籤詩 ㄑㄧㄢ ㄕ 在寺廟求神明問吉凶抽籤所得的詩句，依詩語決算吉凶。

籧 ㄑㄩˊ qú 名①養蠶用的器具。②籧篨，粗的竹席。

籥 ㄩㄝˋ yuè 名①通「龠」。短管形吹奏樂器，似笛，有三孔或六孔。②通「鑰」。鑰匙。

十八畫

籪 ㄉㄨㄢˋ duàn 名放在水裡捉捕魚蟹的竹柵。

十九畫

籬 ㄌㄧˊ lí 名以竹或樹枝編的柵欄。例竹籬。

籬笆 ㄌㄧˊ ㄅㄚ 用竹條或木條編成的柵欄。亦稱為籬落。

籮 ㄌㄨㄛˊ luó 名①方底圓口的竹器，可用來盛物。②通「羅」。一種過濾東西的器具，可用來播麵粉或過濾流質。

籮筐 ㄌㄨㄛˊ ㄎㄨㄤ 用竹或藤條所編製的方底圓口形器具。

籩 ㄅㄧㄢ biān 名古代祭祀用來盛果實、肉乾等的竹編器具。例籩豆。

二十六畫

籲 ㄩˋ yù 動呼喊，請求。例呼籲。

籲求 ㄩˋ ㄑㄧㄡˊ 呼籲懇求。例向各位籲求給予幫助。

籲請 ㄩˋ ㄑㄧㄥˇ 呼籲請求。

米部 ㄇㄧˇ

米 ㄇㄧˇ mǐ 名①去過殼的穀實。例稻米。②去掉皮殼的果仁或種子。例花生米。③狀小成粒似米的東西。例蝦米。④借指食物。例水米不進。⑤計算長度單位的量詞。即公尺，一公尺等於一百公分。例百米賽跑。⑥姓。

米制 ㄇㄧˇ ㄓˋ 西元一七九五年法國採用的度量衡制度。採十進位，計算方便。我國於民國十八年採用此制。亦稱為公制。

米粉 ㄇㄧˇ ㄈㄣˇ ①米磨成的粉末。②用米磨成細末，加水製成細長條，可煮或炒。

米蟲 ㄇㄧˇ ㄔㄨㄥˊ ①比喻不事生產，徒然消耗米糧的人。②蛀米的蟲。③指囤積糧貨、哄抬價格，以從中獲取暴利的糧商。

米糠 ㄇㄧˇ ㄎㄤ 輾製糙米時所留下的皮層。營養豐富，多用作飼料或肥料。

米老鼠 ㄇㄧˇ ㄌㄠˇ ㄕㄨˇ 英語 Mickey Mouse，華德・迪士尼（Walt Disney）所創造的卡通影片人物。

米已成炊 ㄇㄧˇ ㄧˇ ㄔㄥˊ ㄔㄨㄟ 比喻已經無法改變的事實，就如同生米已炊煮成飯一般。

米珠薪桂 ㄇㄧˇ ㄓㄨ ㄒㄧㄣ ㄍㄨㄟˋ 米如珍珠，柴如桂木。比喻物價昂貴。

三畫

籽 ㄗˇ zǐ 名植物的種子。例油麻菜籽。

四畫

粉 ㄈㄣˇ fěn 名①細末。例麵粉、花粉。②擦在臉部的細末狀化妝品。例脂粉、粉餅。形①白色的。例粉牆。②北平方言指淫穢猥褻的。例粉曲、粉戲。動①塗抹，塗飾。例粉刷、粉飾。②輾爛，輾碎。例粉身碎骨。

粉飾 ㄈㄣˇ ㄕˋ ①敷粉妝飾。指作表面的裝飾打扮。②僅具外觀，不求實際。

粉塵 ㄈㄣˇ ㄔㄣˊ 工業製造或是生產過程中，因為燃燒而產生的粉末狀的廢物，大量吸入會影響健康。

粉嫩 ㄈㄣˇ ㄋㄣˋ 形容皮膚的細白柔軟，像粉一樣。

粉牆 ㄈㄣˇ ㄑㄧㄤˊ 白色的牆。

粉黛 ㄈㄣˇ ㄉㄞˋ ①比喻美女。②泛指婦女化妝的顏料。

粉妝玉琢 ㄈㄣˇ ㄓㄨㄤ ㄩˋ ㄓㄨㄛˊ 形容白皙可愛。

粉身碎骨 ㄈㄣˇ ㄕㄣ ㄙㄨㄟˋ ㄍㄨˇ 比喻全力以赴，不惜犧牲生命。

粉飾太平 ㄈㄣˇ ㄕˋ ㄊㄞˋ ㄆㄧㄥˊ 指人特意掩蓋社會動亂的真實，裝飾出太平的景象。

粉墨登場 ㄈㄣˇ ㄇㄛˋ ㄉㄥ ㄔㄤˇ 將臉上塗上白的粉、畫上黑的墨，準備登臺演戲。引申為上臺。

粑 ㄅㄚ bā 名乾扁的食物。例鍋粑。

敉 ㄇㄧˇ mǐ 動平定。例敉平。

五畫

粗 ㄘㄨ cū 形①厚重又大的。例粗活。②不精巧的，不精細的。例粗糙。③疏忽，不周密的。例粗心。④魯莽，不文雅的。例粗話。副稍微地。例粗看了一下。

粗人 ㄘㄨ ㄖㄣˊ 力氣大而舉止不文雅的人。

粗工 ㄘㄨ ㄍㄨㄥ ①做粗活的人。②粗重的工作。

粗布 ㄘㄨ ㄅㄨˋ 質地粗糙的布。例粗布衣服。

粗俗 ㄘㄨ ㄙㄨˊ 粗鄙庸俗。

粗活 ㄘㄨ ㄏㄨㄛˊ 笨重費力的工作。

粗胚 ㄘㄨ ㄆㄟ 原料經初步加工製成的雛型。

粗淺 ㄘㄨ ㄑㄧㄢˇ 淺易、初步的，容易了解的。

粗略 ㄘㄨ ㄌㄩㄝˋ 粗疏簡略，不精確。

粗野 ㄘㄨ ㄧㄝˇ 粗魯野蠻。

粗陶 ㄘㄨ ㄊㄠˊ 中國殷商時代所使用的粗糙陶器。此種陶器混有沙粒，表面沒有圖案，呈紅色。

粗話 ㄘㄨ ㄏㄨㄚˋ 粗俗、不禮貌的髒話，或是穢褻的言語。

粗鄙 ㄘㄨ ㄅㄧˇ 粗俗鄙陋。

粗暴 ㄘㄨ ㄅㄠˋ 鹵莽暴躁。

粗魯 ㄘㄨ ㄌㄨˇ 粗暴魯莽。

粗糙 ㄘㄨ ㄘㄠ 表面不光滑、不平順的樣子。

粗獷 ㄘㄨ ㄍㄨㄤˇ 粗野狂放。例他留著山羊鬍，看起來十分粗獷。

粗線條 ㄘㄨ ㄒㄧㄢˋ ㄊㄧㄠˊ ①比喻不在意小節、粗率的個性。②筆畫比較粗的線條。

粗心大意 ㄘㄨ ㄒㄧㄣ ㄉㄚˋ ㄧˋ 形容人行事隨意、不細心。

粗枝大葉 ㄘㄨ ㄓ ㄉㄚˋ ㄧㄝˋ ①比喻疏略，不夠精細。②指大體的輪廓。

粗茶淡飯 ㄘㄨ ㄔㄚˊ ㄉㄢˋ ㄈㄢˋ 指簡單平凡的飲食。

粗製濫造 ㄘㄨ ㄓˋ ㄌㄢˋ ㄗㄠˋ 製造的過程粗劣、浮濫而不講究品質。

粒 ㄌㄧˋ lì 名①計算顆粒狀物的量詞。例一粒砂。②顆粒狀的東西。例砂粒。

粒子 ㄌㄧˋ ㄗˇ 一種只具有質量而沒有體積的點。用在作為物體運動的一種假設。亦稱為質點。

粘 ㄋㄧㄢˊ nián 名姓。動通「黏」。附著、糊貼於另一物體之上。例粘貼。

粘貼 ㄋㄧㄢˊ ㄊㄧㄝ 用漿糊、膠水等黏合劑，使紙張或其他東西附著在另一物體上。

粘稠 ㄋㄧㄢˊ ㄔㄡˊ 密度高的液狀體，濃稠而帶黏性。

粕 ㄆㄛˋ pò 名壓榨米、豆、麥等糧食剩下的渣滓。例糟粕。

六畫

粟 ㄙㄨˋ sù 名①皮膚遇寒時在表面起的小顆粒，即雞皮疙瘩。②植物名。一年生草本，葉似玉蜀黍，花小而密，果實粒狀黃色。為北方糧食之大宗，即俗稱的小米。③俸祿，薪水。例不食周粟。④穀糧的總稱。例粟帛。

粟米 ㄙㄨˋ ㄇㄧˇ 粟與米。泛指稻穀糧食。

粟帛 ㄙㄨˋ ㄅㄛˊ 泛指糧食以及布匹。

粥 ㈠ㄓㄡ zhōu 名稀飯。例小米粥。㈡ㄩˋ yù 名葷粥，秦漢時北方游牧民族，即匈奴。㈢ㄓㄨˊ zhú 形粥粥，形容雞相呼應的聲音。

粢 ㄗ zī 名黍、稷、稻、粱、麥、菽六種穀物的總稱。

七畫

粵 ㄩㄝˋ yuè 名廣東省的簡稱。

粱 ㄌㄧㄤˊ liáng 名①植物名。一年生草本，葉似玉蜀黍而狹長，花小而密，果實粒狀黃色。俗稱「粟」。②精美的食物。例粱肉。

粳 ㄍㄥ gēng 名一種稻米類型。例粳稻。

粳稻 ㄍㄥ ㄉㄠˋ 一種葉片比較狹窄而且短的稻米，穀粒短圓形，口感較軟。

粲 ㄘㄢˋ càn 名①精米。②比喻笑。例博君一粲。形鮮明的樣子。

粲然 ㄘㄢˋ ㄖㄢˊ ①大笑的樣子。②鮮明、清楚的樣子。

粲然可觀 ㄘㄢˋ ㄖㄢˊ ㄎㄜˇ ㄍㄨㄢ 形容表現很突出，身手不凡，結果超群。

八畫

粹 ㄘㄨㄟˋ cuì 名人、事、物的精華。例國粹。形純美無雜的。例純粹。

粽 ㄗㄨㄥˋ zòng 名用竹葉等包裹糯米和作料，蒸煮熟的角形食品。俗稱粽子。通常在端午節時包食。例肉粽、甜粽。

精 ㄐㄧㄥ jīng 名①心神。例聚精會神。②物質經過提煉之後，所得到的單純、無雜質的部分。例香精。③指妖神鬼怪，通常帶有靈巧狐媚之意。例妖精。④男性的精液。例遺精。形①細緻的，細密的。例精細。②品質精良的。例精鹽。動嫻熟，擅長。例精通。副①非常，極，甚。例精瘦。②全部，全數。例精光。

精力 ㄐㄧㄥ ㄌㄧˋ 指人的體力和精神。

精子 ㄐㄧㄥ ㄗˇ 由雄性生殖器官中產生的生殖細胞，經由和卵子的結合，可產生下一代。亦稱為精蟲。

精心 ㄐㄧㄥ ㄒㄧㄣ 仔細，細密。

精兵 ㄐㄧㄥ ㄅㄧㄥ 訓練精良的軍隊。

精妙 ㄐㄧㄥ ㄇㄧㄠˋ 精緻巧妙。

精良 ㄐㄧㄥ ㄌㄧㄤˊ 專精完善。

精明 ㄐㄧㄥ ㄇㄧㄥˊ 比喻人聰敏仔細。例他為人精明，凡事都會精打細算。

精舍 ㄐㄧㄥ ㄕㄜˋ 指修行者所居住的寺院。

精采 ㄐㄧㄥ ㄘㄞˇ 精妙而出眾。亦作「精彩」。

精密 ㄐㄧㄥ ㄇㄧˋ 細密，嚴密。

精深 ㄐㄧㄥ ㄕㄣ 精細深奧。

精通 ㄐㄧㄥ ㄊㄨㄥ 深入了解而貫通。

精湛 ㄐㄧㄥ ㄓㄢˋ 精良深厚。

精華 ㄐㄧㄥ ㄏㄨㄚˊ 事物最精良美好的部分。

精進 ㄐㄧㄥ ㄐㄧㄣˋ 已經非常精良，但還繼續求進。

精微 ㄐㄧㄥ ㄨㄟˊ 精深微妙。

精練 ㄐㄧㄥ ㄌㄧㄢˋ ①精通熟練。②敏銳幹練。③指文章或言詞的簡潔精要。

精緻 ㄐㄧㄥ ㄓˋ 優美細緻。

精簡 ㄐㄧㄥ ㄐㄧㄢˇ ①精心選擇。②精練簡要。

精闢 ㄐㄧㄥ ㄆㄧˋ 深入而透徹。

精靈 ㄐㄧㄥ ㄌㄧㄥˊ ①鬼神，妖怪。②聰明靈敏。

精算師 ㄐㄧㄥ ㄙㄨㄢˋ ㄕ 指精通於利用機率法則來衡量風險以及計算保險費率的專家。

精打細算 ㄐㄧㄥ ㄉㄚˇ ㄒㄧˋ ㄙㄨㄢˋ 精細的謀畫、打算。

精忠報國 ㄐㄧㄥ ㄓㄨㄥ ㄅㄠˋ ㄍㄨㄛˊ 盡心盡力的報效國家。

精挑細選 ㄐㄧㄥ ㄊㄧㄠ ㄒㄧˋ ㄒㄩㄢˇ 精密的挑選，仔細的選擇。

精疲力竭 ㄐㄧㄥ ㄆㄧˊ ㄌㄧˋ ㄐㄧㄝˊ 精神疲乏，力氣用盡。形容極為疲累。例經過一整天的工作，我實在精疲力竭。

精益求精 ㄐㄧㄥ ㄧˋ ㄑㄧㄡˊ ㄐㄧㄥ 已經很精良了，還是力求進步再進步。

精神抖擻 ㄐㄧㄥ ㄕㄣˊ ㄉㄡˇ ㄙㄡˇ 精力充沛，精神飽滿。

精衛填海 ㄐㄧㄥ ㄨㄟˋ ㄊㄧㄢˊ ㄏㄞˇ 比喻意志堅定，不怕困難，一點一滴的努力終將達成。

精雕細琢 ㄐㄧㄥ ㄉㄧㄠ ㄒㄧˋ ㄓㄨㄛˊ 精心細緻的雕刻琢磨。形容做事仔細用心。

精誠所至，金石為開 ㄐㄧㄥ ㄔㄥˊ ㄙㄨㄛˇ ㄓˋ ㄐㄧㄣ ㄕˊ ㄨㄟˊ ㄎㄞ 如果能夠真誠的努力，連金石都會因此而開裂。勉勵人只要有誠心、毅力，所有的事情都可以達成。

粿 ㄍㄨㄛˇ guǒ 名常見的臺灣民俗食品，用糯米製成，口味有多種。例碗粿、紅豆粿。

粼 ㄌㄧㄣˊ lín 形粼粼，水流清澈的樣子。

粺 ㄅㄞˋ bài 名細舂的精米、白米。

九畫

糊 ㄏㄨˊ hú 名①米麥粉和水調成的稠狀物。例麵糊。②通「餬」。具有黏性而濃稠的食物。例芝麻糊。形不清晰，不明白。例模糊。動①黏貼。例糊紙。②通「餬」。填飽肚子。例糊口。副燒焦，煮爛。例飯煮糊了。

糊裡糊塗 ㄏㄨˊ ㄌㄧˇ ㄏㄨˊ ㄊㄨˊ 形容行事極為迷糊或不明道理。

糅 ㄖㄡˋ ròu 動摻雜，混合。例糅合。

糅合 ㄖㄡˋ ㄏㄜˊ 融合，混合。

糅雜 ㄖㄡˋ ㄗㄚˊ 雜亂不整齊的樣子。

糈 ㄒㄩˇ xǔ 名糧食的總稱。例餉糈。

糌 ㄗㄢˊ zán 見「糌粑」。

糌粑 ㄗㄢˊ ㄅㄚ 西藏的主要食品，炒熟的青稞磨成粗粉狀，以茶與酥油合拌而食。

十畫

糕 ㄍㄠ gāo 名泛指所有米、麥、豆類磨成的粉，加上水、蛋、牛奶等調為糊狀物，蒸烤之後而成的塊狀食品。例蛋糕。

糖 ㄊㄤˊ táng 名①由甘蔗、甜菜、米、麥等提製成的甜性物質，可作為佐料。例白糖。②用糖製成的食品。例花生糖。形①用糖製成的。例糖水、糖衣。②具甘甜滋味的。例糖姐兒、糖味。

糖衣 ㄊㄤˊ ㄧ ①藥品外皮所裹附的糖質薄皮。②比喻以甜蜜的外表掩飾邪惡。

糖尿病 ㄊㄤˊ ㄋㄧㄠˋ ㄅㄧㄥˋ 胰臟無法正常分泌胰島素的病症。因血液中糖分無法分解與吸收，導致尿液含有糖分。

糖葫蘆 ㄊㄤˊ ㄏㄨˊ ㄌㄨˊ 將李子、山楂或小番茄用竹籤穿成一串，蘸上熔化的冰糖或麥芽糖冷卻而成的食品。

糒 ㄅㄟˋ bèi 名指乾飯或乾糧。例糗糒。

糗 ㄑㄧㄡˇ qiǔ 名乾糧。形形容當場出醜，不知所措的樣子。例好糗。

十一畫

糢 ㄇㄛˊ mó 名通「饃」。餅類食品，盛行於中國西北或北方地區。例泡糢。形糢糊，不清楚的。

糠 ㄎㄤ kāng 名穀粒上剝落下的外皮。例糠秕、米糠。形蘿蔔肉質不結實、不緻密。例糠蘿蔔。

糠油 ㄎㄤ ㄧㄡˊ 從米糠中提煉出來的油。

糠秕 ㄎㄤ ㄅㄧˇ 穀類廢棄不可食的部分。比喻瑣碎或無用的事物。

糠糟 ㄎㄤ ㄗㄠ 比喻粗劣的食物。

糟 ㄗㄠ zāo 名①釀酒時濾下來的渣滓。例酒糟。②比喻價值很低的東西。例糟粕。形情況不好的。例糟心。動①敗壞，不好。例東西糟了。②朽壞，腐朽。例床糟了。③用酒醃漬食品。例糟肉。

糟糕 ㄗㄠ ㄍㄠ 事情壞到難以收拾的境地。

糟糠 ㄗㄠ ㄎㄤ ①粗食。②比喻貧賤時共患難的妻子。

糟蹋 ㄗㄠ ㄊㄚˋ ①任意的浪費、損毀而不加節制愛惜。②汙辱，不尊重。

糙 ㄘㄠ cāo 名見「糙米」。形①不精細的。例粗糙。②草率的，鹵莽的。例毛糙。

糙米 ㄘㄠ ㄇㄧˇ 稻米在去殼後，尚未成為精米的米。口感較差，但營養價值甚高。

糜 ㄇㄧˊ mí 名介於顆粒和液狀之間的濃稠食物。例肉糜。形爛的，腐敗的。例糜爛。

糜爛 ㄇㄧˊ ㄌㄢˋ ①腐敗。例他的生活方式相當糜爛。②蹂躪，毀傷。

糜糜之音 ㄇㄧˊ ㄇㄧˊ ㄓ ㄧㄣ 腐敗、敗壞人心的淫穢音樂。亦作「靡靡之音」。

糞 ㄈㄣˋ fèn 名①屎，動物排泄物。例鳥糞、牛糞。②肥料。動①掃除，棄除。例糞除。②施肥。

糝 ㄙㄢˇ sǎn 名①飯粒。②以其他食品調和米、羹等而製成的食品。例糝羹。動撒落，散開。

糝盆 ㄙㄢˇ ㄆㄣˊ 古時的送神儀式，於除夕祭祀先祖及百神時，架立松柴，舉火焚燒以送走神明。

十二畫

糧 ㄌㄧㄤˊ liáng 名①泛指穀類食物。例乾糧、雜糧。②賦稅，田賦。例納糧。

糧秣 ㄌㄧㄤˊ ㄇㄛˋ 軍中人或馬所吃的糧食與草料。同糧草。

糧餉 ㄌㄧㄤˊ ㄒㄧㄤˇ 軍隊所需的糧食和款項。

糧盡援絕 ㄌㄧㄤˊ ㄐㄧㄣˋ ㄩㄢˊ ㄐㄩㄝˊ 糧食用盡，救援斷絕。比喻身處極度窮困匱乏的境地。

十三畫

糬 ㄕㄨˇ shǔ 名麻糬，一種糯米製成的食品，軟而韌性強。

十四畫

糰 ㄊㄨㄢˊ tuán 名以米或粉等製成的圓球形食品。例飯糰。

糯 ㄋㄨㄛˋ nuò 名稻米的一種。糯稻的米粒稱糯米，因黏性大，多用來製成年糕、湯圓、油飯、粽子等食物，亦可作釀酒原料。例糯米。

糯米腸 ㄋㄨㄛˋ ㄇㄧˇ ㄔㄤˊ 蒸熟的糯米飯拌入佐料，再灌入豬腸內而成的食品。

十五畫

糲 ㄌㄧˋ lì 名糙米。形粗糙的。例糲糧。

十六畫

糴 ㄉㄧˊ dí 動買入穀物。例糴米。

糴糶 ㄉㄧˊ ㄊㄧㄠˋ 買賣進出米糧或稻穀的生意。

糵 ㄋㄧㄝˋ niè 名①生出芽的穀米。②釀酒用的發酵劑。例麵糵。

十九畫

糶 ㄊㄧㄠˋ tiào 動將穀物賣出。例糶穀。

糶出 ㄊㄧㄠˋ ㄔㄨ 賣出穀物。

糸部 ㄇㄧˋ

糸 ㄇㄧˋ mì 名細絲。

一畫

系 ㄒㄧˋ xì 名①大學中由不同學術領域而分展出的科別。例中文系。②秩序及從屬之間關係一定的整體或組織。例系族。

系列 ㄒㄧˋ ㄌㄧㄝˋ 將多項事物或觀念合併之後所形成一連串的、有相互或是連續性的關係或動作。

系念 ㄒㄧˋ ㄋㄧㄢˋ 牽掛，掛念。

系族 ㄒㄧˋ ㄗㄨˊ 一姓氏經世代相傳形成的宗族。

系統 ㄒㄧˋ ㄊㄨㄥˇ ①同類型事物按照一種固定的秩序相連屬，而自成一整體。②兩個或兩個以上相互有關聯的單元，為達成共同目的時所構成的完整體。

二畫

糾 ㄐㄧㄡ jiū 動①纏繞集聚而分不清楚。例糾結。②督察。例糾察。③告發。例糾舉、糾劾。④改正錯誤。例糾正。

糾合 ㄐㄧㄡ ㄏㄜˊ 集合，召集。

糾糾 ㄐㄧㄡ ㄐㄧㄡ ①纏繞而無法分開的樣子。②雄壯勇武的樣子。例雄糾糾氣昂昂。

糾紛 ㄐㄧㄡ ㄈㄣ ①糾纏雜亂。②因為有紛爭而牽扯不清。

糾眾 ㄐㄧㄡ ㄓㄨㄥˋ 將群眾聚集在一起。

糾集 ㄐㄧㄡ ㄐㄧˊ 聚合，聚集。

糾葛 ㄐㄧㄡ ㄍㄜˊ ①糾纏牽連。②關係不清楚，相互牽扯。

糾察 ㄐㄧㄡ ㄔㄚˊ ①檢舉他人的過錯。②維護秩序。③維護秩序的人。

糾彈 ㄐㄧㄡ ㄊㄢˊ 糾正、彈劾官吏的罪狀。

糾舉 ㄐㄧㄡ ㄐㄩˇ 糾正舉發。

糾纏 ㄐㄧㄡ ㄔㄢˊ ①互相纏繞。②比喻煩擾不休。

三畫

紇

ㄏㄜˊ hé 名①粗劣下等的絲。②種族名。回紇，也稱回鶻。③繩線等物打成的結。例紇縫。

紅

㈠ㄏㄨㄥˊ hóng 名①似血的顏色。②充作禮物的紅色綾羅。後亦借指禮物。③花的代稱。例殘紅。④借指美人。例偎紅倚翠。⑤利潤。例分紅。⑥喜事。例紅白禮數。形①紅色的。例紅鞋。②受人注目，受歡迎的。例紅人、紅星。動①成功，顯耀。例走紅影壇。②得寵，受寵。例他正紅呢！

㈡ㄍㄨㄥ gōng 名通「工」。指婦女刺繡等的工作。例女紅。

紅人 ㄏㄨㄥˊ ㄖㄣˊ 走運得寵的人。例他可是我們長官眼前的紅人。

紅包 ㄏㄨㄥˊ ㄅㄠ ①喜慶時所送的禮金。②春節給小孩的壓歲錢。③賄賂的錢財。

紅妝 ㄏㄨㄥˊ ㄓㄨㄤ 指婦女的打扮，或代稱美女。

紅汞 ㄏㄨㄥˊ ㄍㄨㄥˇ 即俗稱的紅藥水、汞溴紅，有消毒傷口的作用。

紅利 ㄏㄨㄥˊ ㄌㄧˋ 商業上的營業純利，即除去開銷和稅款後的盈餘。

紅娘 ㄏㄨㄥˊ ㄋㄧㄤˊ 撮合男女之間姻緣的媒人。

紅茶 ㄏㄨㄥˊ ㄔㄚˊ 由新鮮茶葉經揉捻後，全部發酵過烘乾的茶，顏色呈深褐色。

紅粉 ㄏㄨㄥˊ ㄈㄣˇ ①女子妝飾時所用的胭脂。②比喻美麗的女子。例紅粉佳人。

紅蛋 ㄏㄨㄥˊ ㄉㄢˋ 用顏料染紅的煮熟雞蛋。因家中有人生孩子而分送給親友，以示慶賀的民間習俗。

紅塵 ㄏㄨㄥˊ ㄔㄣˊ 俗世，繁華熱鬧的地方。

紅潤 ㄏㄨㄥˊ ㄖㄨㄣˋ 豐滿而帶有紅色的光澤。

紅盤 ㄏㄨㄥˊ ㄆㄢˊ 股票術語。指大盤上漲，即加權股價指數上漲。例開出紅盤。

紅線 ㄏㄨㄥˊ ㄒㄧㄢˋ 紅色絲線。俗稱撮合男女姻緣為牽紅線。

紅燒 ㄏㄨㄥˊ ㄕㄠ 用醬油和糖等作料燜煮食物呈紅黑色。

紅顏 ㄏㄨㄥˊ ㄧㄢˊ 指美麗的女子。

紅外線 ㄏㄨㄥˊ ㄨㄞˋ ㄒㄧㄢˋ 波長在紅光和無線電波間的電磁波。人的眼睛看不見，但有熱感應。

紅血球 ㄏㄨㄥˊ ㄒㄧㄝˇ ㄑㄧㄡˊ 一種人體血液中無核的淡黃色、圓盤凹面的血球，內含血紅素，其功能為運送氧氣。

紅樹林 ㄏㄨㄥˊ ㄕㄨˋ ㄌㄧㄣˊ 熱帶海濱特有的植物群落。生於海灣、海緣、河口附近、泥砂淤積的沼澤地。多具有異常根及胎生性質。

紅寶石 ㄏㄨㄥˊ ㄅㄠˇ ㄕˊ 寶石的一種，是六角柱形的結晶體，深紅色，透明如玻璃。又稱為紅玉。

紅光滿面 ㄏㄨㄥˊ ㄍㄨㄤ ㄇㄢˇ ㄇㄧㄢˋ 形容人的精神、氣色極佳。

紅粉知己 ㄏㄨㄥˊ ㄈㄣˇ ㄓ ㄐㄧˇ 談得來的女性朋友。

紅得發紫 ㄏㄨㄥˊ ㄉㄜˊ ㄈㄚ ㄗˇ 極受人歡迎或極受重用。

紅顏薄命 ㄏㄨㄥˊ ㄧㄢˊ ㄅㄛˊ ㄇㄧㄥˋ 嘆息美女的命運不佳。

紀

ㄐㄧˋ jì 名①法度，準則。例紀律、風紀。②本紀的簡稱。專記古帝王的行蹟。例始皇紀。③地質年代分期的單位。例寒武紀。④歲數。例年紀。⑤一百年為一世紀。例二十一世紀。⑥姓。動①治理，綜理。例經紀。②通「記」。記載，記錄。

紀元 ㄐㄧˋ ㄩㄢˊ ①年歲的始元。②新時代的開始。例新的紀元。

紀念 ㄐㄧˋ ㄋㄧㄢˋ ①思念，懷念。例植樹節是為了紀念國父。②用以紀念的物品。例這是旅遊的紀念。

紀律 ㄐㄧˋ ㄌㄩˋ 規矩，規律。

紀要 ㄐㄧˋ ㄧㄠˋ 記錄要點的文字。

紀錄 ㄐㄧˋ ㄌㄨˋ ①記於書冊的資料。例會議紀錄。②在一定時間、範圍內所記載下來的最高成績。③記於書冊。

紀傳體 ㄐㄧˋ ㄓㄨㄢˋ ㄊㄧˇ 以人物傳記為中心而撰的史書體裁。

紃

ㄒㄩㄣˊ xún 名彩色絲線編成的圓形繩帶。

紃屨 ㄒㄩㄣˊ ㄐㄩˋ 指用粗繩編織而成的鞋子。

紂

ㄓㄡˋ zhòu 名①勒在馬臀上的皮帶。②人名。指商紂，商朝最後一位君主，相傳是位暴君。

紉

ㄖㄣˋ rèn 動①搓捻。②縫補。例縫紉、補紉。③引線穿針。④綴結，佩帶。⑤心服，感佩。例感紉。

紈

ㄨㄢˊ wán 名細緻而有光澤的白綢絹。

紈袴子弟 ㄨㄢˊ ㄎㄨˋ ㄗˇ ㄉㄧˋ 泛稱浮華不知人生甘苦的富家子弟。

紆

ㄩ yū 形①曲折。②鬱結煩悶。動①圍繞，纏繞。②繫戴，佩帶。

紆曲 ㄩ ㄑㄩ 曲折。

紆徐 ㄩ ㄒㄩˊ 行動緩慢的樣子。

紆迴 ㄩ ㄏㄨㄟˊ 曲折迴旋的樣子。

紆尊降貴 ㄩ ㄗㄨㄣ ㄐㄧㄤˋ ㄍㄨㄟˋ 貶抑尊貴的地位，謙卑自處。

約

ㄩㄝ yuē 名預先說定共同遵守的事。例合約、條約。形①儉省的。例儉約。②窮困的。例清約。③柔弱，美好的。例風姿綽約。④隱微不明顯的。例隱約。動①纏束，束縛。②限制，管束。③

協議，預先說定。④定期相會。例約會。⑤邀請。例邀約。⑥跳過，省略。例約略。副大略，大概。例約計、約略。

約分 ㄩㄝ ㄈㄣ 指分數的分母分子，可以用同樣的公因數除之。

約束 ㄩㄝ ㄕㄨˋ 管束。或指受契約的限制，不自由。

約定 ㄩㄝ ㄉㄧㄥˋ 邀約確定。

約法 ㄩㄝ ㄈㄚˇ ①以法規相約束。②國家憲法制訂以前，由議會制定讓政府跟民眾相約共守的法律。例臨時約法。

約略 ㄩㄝ ㄌㄩㄝˋ 大概。

約會 ㄩㄝ ㄏㄨㄟˋ 事先約定的會面。或指邀請、約請。

約法三章 ㄩㄝ ㄈㄚˇ ㄙㄢ ㄓㄤ 原指漢高祖入咸陽，臨時制定三條法律，與民共守。後泛指事先約好或規定的事。

約定俗成 ㄩㄝ ㄉㄧㄥˋ ㄙㄨˊ ㄔㄥˊ 事物的名稱或法則，經倡導而成為社會習用或公認者。

四畫

紕 ㄆㄧ pī 名①織布時，經緯線沒織好的地方。引申為錯誤。例紕漏。②衣冠的緣飾。例縞冠素紕。動布帛等織品線或接縫處脫散。例線紕了。

紕漏 ㄆㄧ ㄌㄡˋ 錯誤缺漏。今多指辦事出差錯，或貪汙舞弊等情事被舉發。

紕繆 ㄆㄧ ㄇㄧㄡˋ 指錯誤、過失。

紛 ㄈㄣ fēn 名爭執。例糾紛。形雜亂的，混雜的。例紛亂。副眾多。例大雪紛飛。

紛歧 ㄈㄣ ㄑㄧˊ 混亂不一致。

紛爭 ㄈㄣ ㄓㄥ 糾紛爭執。

紛飛 ㄈㄣ ㄈㄟ 散亂到處飛揚。

紛紛 ㄈㄣ ㄈㄣ 多而雜亂且接連不斷的樣子。

紛亂 ㄈㄣ ㄌㄨㄢˋ 雜亂、沒有規則的樣子。

紛擾 ㄈㄣ ㄖㄠˇ 混亂、凌亂的樣子。

紛雜 ㄈㄣ ㄗㄚˊ 雜亂無章的樣子。

紛至沓來 ㄈㄣ ㄓˋ ㄊㄚˋ ㄌㄞˊ 形容接連不斷的到來。

紛紛攘攘 ㄈㄣ ㄈㄣ ㄖㄤˇ ㄖㄤˇ 形容人群紛紜雜亂的樣子。

紡 ㄈㄤˇ fǎng 名柔軟細密的絲織品。例杭紡。動將絲、麻、棉等抽成線紗。例紡紗。

紡車 ㄈㄤˇ ㄔㄜ 舊時稱有輪可轉動的紡紗器具。

紡紗 ㄈㄤˇ ㄕㄚ 將短的纖維聚集而紡成線。

紡綢 ㄈㄤˇ ㄔㄡˊ 絲織物的一種，質薄而輕。

紡錠 ㄈㄤˇ ㄉㄧㄥˋ 是紡紗機上的主要機件，用來把纖維捻成紗，並把紗繞在筒管上。

紡錘 ㄈㄤˇ ㄔㄨㄟˊ 兩端細而中間粗的鐵製紡紗用具。

紡織 ㄈㄤˇ ㄓ 紡紗與織布。

納 ㄋㄚˋ nà 動①收。例納入。②交，獻出。例納稅。③接受。例接納。④娶。例納妾。⑤穿著。例納屨。⑥縫補。

納命 ㄋㄚˋ ㄇㄧㄥˋ 指生命受到威脅。例納命來！

納妾 ㄋㄚˋ ㄑㄧㄝˋ 娶妾，娶小老婆。

納貢 ㄋㄚˋ ㄍㄨㄥˋ 進貢。古時諸侯或藩屬向天子呈獻物品。

納涼 ㄋㄚˋ ㄌㄧㄤˊ ①於陰涼處休息。②指人不做事、偷懶。

納悶 ㄋㄚˋ ㄇㄣˋ 不曉得原因，心生疑問。

納稅 ㄋㄚˋ ㄕㄨㄟˋ 繳納稅賦。

納聘 ㄋㄚˋ ㄆㄧㄣˋ 提親，下聘。

納賄 ㄋㄚˋ ㄏㄨㄟˋ 接受賄賂或行賄。

紐

ㄋㄧㄡˇ niǔ 名①器物上可抓住的提柄、繫帶。例門紐。②扣子。例紐扣、衣紐。③控制事物的關鍵部分。例樞紐。④音韻學中聲紐的簡稱。例幫紐。⑤姓。動綁，繫。

紐捽 ㄋㄧㄡˇ ㄗㄨㄛˊ 抓住，揪住。

級

ㄐㄧˊ jí 名①等別，等第。例高級、頂級。②學校的年限班次。例五年級。③臺階。例拾級而上。④人頭。例首級。⑤量詞。(1)計算臺階、樓梯、塔層等有一層層建築物的單位。例百級石階。(2)計算事物分級的單位。例陣風強度八級。

紝

ㄖㄣˋ rèn 名織布帛的線。動紡織，用絲線織成綢、緞等紡織品。

紙

ㄓˇ zhǐ 名①日常用品之一，主要原料為植物纖維，可供於書畫、印刷、包裹等用途。②計算文件書信張數的量詞。例一紙履歷。

紙牌 ㄓˇ ㄆㄞˊ 紙製的娛樂用品，可用作賭具。如撲克牌、圓牌、四色牌等。

紙幣 ㄓˇ ㄅㄧˋ 流通於社會的紙製貨幣，多由國家銀行或政府授權的銀行發行。亦稱為紙鈔。

紙錢 ㄓˇ ㄑㄧㄢˊ 在祭祀鬼神時用的冥錢。

紙鎮 ㄓˇ ㄓㄣˋ 用來鎮住紙張的器物，多以金屬或石頭等較厚重堅硬的材質做成。

紙老虎 ㄓˇ ㄌㄠˇ ㄏㄨˇ 比喻空有威勢而沒有實力的人。

紙上談兵 ㄓˇ ㄕㄤˋ ㄊㄢˊ ㄅㄧㄥ 比喻人只會空談卻沒有真本領，不能解決實際的問題。

紙短情長 ㄓˇ ㄉㄨㄢˇ ㄑㄧㄥˊ ㄔㄤˊ 用來表示深長的情意，非筆墨所能盡述。

紙醉金迷 ㄓˇ ㄗㄨㄟˋ ㄐㄧㄣ ㄇㄧˊ 形容生活豪奢靡爛，沉迷聲色之中。亦作「金迷紙醉」。

紙包不住火 ㄓˇ ㄅㄠ ㄅㄨˋ ㄓㄨˋ ㄏㄨㄛˇ 比喻不好的事情或是行動，終究會被發現揭露。

紖

ㄓㄣˋ zhèn 名用以穿牛鼻的繩子。

純

ㄔㄨㄣˊ chún 名衣帽鞋子等物品的邊緣裝飾物。例純緣。形①清澈乾淨，沒有雜質的。例純金、純粹。②自然質樸，不虛假的。例純潔、純厚。③美好的。例德行純淑。副①相當地。例純熟、爐火純青。②全部，都。例純屬巧合。

純一 ㄔㄨㄣˊ ㄧ 精純而沒有雜質的。

純色 ㄔㄨㄣˊ ㄙㄜˋ 光譜裡的色光中，不能再被稜鏡分散的色光。

純良 ㄔㄨㄣˊ ㄌㄧㄤˊ 純厚善良。

純厚 ㄔㄨㄣˊ ㄏㄡˋ 純樸敦厚。同淳厚。

純度 ㄔㄨㄣˊ ㄉㄨˋ 物質中本質與所含雜質多寡的比例。

純淨 ㄔㄨㄣˊ ㄐㄧㄥˋ 純粹潔淨。

純然 ㄔㄨㄣˊ ㄖㄢˊ 完全，全然。說明事由單純而不複雜。

純粹 ㄔㄨㄣˊ ㄘㄨㄟˋ ①純正沒有雜質。同醇粹。②完全。例這純粹是你個人一廂情願。

純潔 ㄔㄨㄣˊ ㄐㄧㄝˊ 純粹潔淨。指思想清純，毫無邪念。

純熟 ㄔㄨㄣˊ ㄕㄡˊ 非常熟練的樣子。

純樸 ㄔㄨㄣˊ ㄆㄨˊ 純良而樸實。

純文學 ㄔㄨㄣˊ ㄨㄣˊ ㄒㄩㄝˊ 一種注重文學形式、技巧，並以抒發情感和唯美為主軸的文學作品。

紗

ㄕㄚ shā 名①輕軟細薄的絲織品。例薄紗、麻紗。②經緯線交互織成或有小孔的紡織物。例鐵紗。③用綿、麻紡成的細絲。例紡紗。形用紗製成的。例紗帽、紗罩。

紗布 ㄕㄚ ㄅㄨˋ 棉織品的一種，消毒之後製成，可以用來包紮或是清潔傷口。

紗帳 ㄕㄚ ㄓㄤˋ 以紗布做的床帳，用來遮避蚊蟲。

紗帽 ㄕㄚ ㄇㄠˋ ①用紗製成的夏帽。②古代文官所戴的帽子。比喻官職。

紗窗 ㄕㄚ ㄔㄨㄤ 窗框上裱糊細網目織品或鋪釘尼龍紗、細鐵絲網的窗子，可防止蚊蟲飛入，又便於透氣。

素

ㄙㄨˋ sù 名①白色的生絹。②事物最基本的本質。例因素。③寫在絹帛上的書信。例素書。④不包括蔥、韭、蒜的蔬菜食物。例吃素。形①白色的。例素衣。②樸質的，沒有修飾的。例樸素。③通「夙」。一向的。例素願。副①平白地，徒然地。例尸位素餐。②平常，向來。例素不相識。

素行 ㄙㄨˋ ㄒㄧㄥˋ 平日的言行舉止。

素交 ㄙㄨˋ ㄐㄧㄠ 表示真誠以待、持久的老朋友。

素志 ㄙㄨˋ ㄓˋ 一直以來的志向及目標。

素材 ㄙㄨˋ ㄘㄞˊ 指可供文學、藝術作品內容依據的材料。

素來 ㄙㄨˋ ㄌㄞˊ 一直以來，向來。

素服 ㄙㄨˋ ㄈㄨˊ 用白布帛所縫製的衣服。指喪服。

素面 ㄙㄨˋ ㄇㄧㄢˋ 臉上不化妝。

素淡 ㄙㄨˋ ㄉㄢˋ 潔淨淡雅。

素描 ㄙㄨˋ ㄇㄧㄠˊ ①用鉛筆或鋼筆等，作單色描繪而不上色彩的畫。②用簡單不加矯飾的文字來敘述人、物等的筆法。

素質 ㄙㄨˋ ㄓˋ ①白色的質地。②本質。例這班學生的素質很好。

素養 ㄙㄨˋ ㄧㄤˇ 平日的修養。

素雞 ㄙㄨˋ ㄐㄧ 一種以豆腐皮捲緊製成的素食食品。

素昧平生 ㄙㄨˋ ㄇㄟˋ ㄆㄧㄥˊ ㄕㄥ 向來不認識、不熟悉。同素不相識。

索

ㄙㄨㄛˇ suǒ 名粗繩或粗鐵鍊。例麻索、鐵索。動①搜尋，追求。例摸索。②討取，要。例索賠。副①單獨，離散地。例離群索居。②盡，完全地。例索然無味。

索取 ㄙㄨㄛˇ ㄑㄩˇ 索討，求取。

索命 ㄙㄨㄛˇ ㄇㄧㄥˋ 討命，要求償命。

索居 ㄙㄨㄛˇ ㄐㄩ 離開人群獨自居處一方。

索性 ㄙㄨㄛˇ ㄒㄧㄥˋ 乾脆，直接，斷然而行。

索債 ㄙㄨㄛˇ ㄓㄞˋ 索討欠債。

索價 ㄙㄨㄛˇ ㄐㄧㄚˋ 要價，開出價格。

索賠 ㄙㄨㄛˇ ㄆㄟˊ 求取賠償。

索然無味 ㄙㄨㄛˇ ㄖㄢˊ ㄨˊ ㄨㄟˋ 缺乏興致，無聊乏味而沒意思。

紋

ㄨㄣˊ wén 名①錦繡上的圖案。例紋彩。②物體呈現如線條的痕紋。例指紋、皺紋。動刺、染花紋圖案。例紋身。

紋理 ㄨㄣˊ ㄌㄧˇ 物體表面上呈現的花紋。也作「紋路」。

紋路 ㄨㄣˊ ㄌㄨˋ 物體表面所出現的線形條紋。

紋銀 ㄨㄣˊ ㄧㄣˊ 古時成色最佳的銀塊，鑄成馬蹄形。

紋風不動 ㄨㄣˊ ㄈㄥ ㄅㄨˋ ㄉㄨㄥˋ 絲毫也不移動。

紓

ㄕㄨ shū 動解除，緩和。例紓困。

紓困 ㄕㄨ ㄎㄨㄣˋ 解除、解決困難。

紓難 ㄕㄨ ㄋㄢˋ 解除危急困難。

紊

ㄨㄣˋ wèn 形雜亂，混亂的。例有條不紊。動擾亂。

紊亂 ㄨㄣˋ ㄌㄨㄢˋ 被攪亂，散亂、無秩序的樣子。

紜

ㄩㄣˊ yún 形多而雜亂不整齊的樣子。例眾說紛紜。

紜紜 ㄩㄣˊ ㄩㄣˊ 多而紛亂的樣子。

紘

ㄏㄨㄥˊ hóng 名古時冠冕兩邊垂下，用來繫牢的絲帶。例朱紘。形通「宏」。廣大的。

五畫

絆

ㄅㄢˋ bàn 名古代用以勒馬的繩子。動行動時被東西給阻擋或纏住。例絆倒。

絆腳石 ㄅㄢˋ ㄐㄧㄠˇ ㄕˊ ①橫阻在路上，使行動者無法前進的石塊。②比喻阻礙進展的習慣或人、事、物等。

紼

ㄈㄨˊ fú 名①亂麻。②大的繩索。③下葬時拉引靈柩入墓穴的繩索。

紱

ㄈㄨˊ fú 名①繫結印環時所用的絲繩。例印紱。②通「韍」。指蔽膝，古時的一種服飾。

紿

ㄉㄞˋ dài 動通「詒」。欺詐，詐騙。

紽

ㄊㄨㄛˊ tuó 名古時計算成團絲線的量詞。例一紽羊毛線。

統

ㄊㄨㄥˇ tǒng 名①絲的頭緒。例統紀。②有次序的綿延下來，相繼不絕的關係。例傳統。③綱紀，法律。例法統。動①領導，率領。例統百官。②合而為一。例統一。副全部，總合。例統計。

統一 ㄊㄨㄥˇ ㄧ 使原本分散、零碎、分離的統合為一體。

統治 ㄊㄨㄥˇ ㄓˋ 政府為維持國家的生存與發展，運用國權以支配領土和管理國民的行為。

統帥 ㄊㄨㄥˇ ㄕㄨㄞˋ ①統領，指揮部屬。②國家軍隊的最高指揮者。

統括 ㄊㄨㄥˇ ㄍㄨㄚ 包含一切。

統計 ㄊㄨㄥˇ ㄐㄧˋ 全部合在一起計算。

統馭 ㄊㄨㄥˇ ㄩˋ 統率駕馭。

統統 ㄊㄨㄥˇ ㄊㄨㄥˇ 全部。

統稱 ㄊㄨㄥˇ ㄔㄥ 總稱，聯合起來的名稱和說法。

統轄 ㄊㄨㄥˇ ㄒㄧㄚˊ 全部一起管轄。

統籌 ㄊㄨㄥˇ ㄔㄡˊ 統一規畫，做完整性的計畫。

累

㊀ㄌㄟˇ lěi 形①屢次的，頻仍的。例累次、經年累月。②重疊堆高的。例危如累卵。動①堆積，積聚。例累積。②增加。例倍賞累罰。副頻頻，一直。例累戰皆捷。

㊁ㄌㄟˋ lèi 名①負擔。例家累。②憂禍，災害。例戰國策：「此國累也。」③錯誤，弊病。形疲勞的。例疲累。動①牽扯、牽連，造成傷害。例連累、受累。②耗損，有所欠缺的。例虧累。

累世 ㄌㄟˇ ㄕˋ 連續好幾代。

累犯 ㄌㄟˇ ㄈㄢˋ 指犯罪服刑後，五年以內再犯有期徒刑以上之罪的罪犯。

累卵 ㄌㄟˇ ㄌㄨㄢˇ 蛋一個個疊高，則容易墜地破碎。比喻非常危險。

累計 ㄌㄟˇ ㄐㄧˋ 累積總計。指將以前的數目合併計算。

累累 ㄌㄟˇ ㄌㄟˇ ①屢屢，多次。②繁多、重積的樣子。

累積 ㄌㄟˇ ㄐㄧ 層積聚集。

累贅 ㄌㄟˊ ㄓㄨㄟˋ 多餘的或是拖累麻煩的。亦作「累墜」。

累牘連篇 ㄌㄟˇ ㄉㄨˊ ㄌㄧㄢˊ ㄆㄧㄢ 比喻文字冗長，篇幅太多，無法引起閱讀興趣或注意力。

紺

ㄍㄢˋ gàn 形青黑色中透紅的顏色，即天青色。

絅

ㄐㄩㄥˇ jiǒng 名古時一種單層的罩袍。

細

ㄒㄧˋ xì 形①微小的。例細沙、細鹽。②纖微的，柔弱的。例細線、細竹。③精緻的，精美的。例細瓷、細布。④周密的。例膽大心細。⑤瑣碎的，不重要的。例細節、細故。副①慢慢地。例細嚼慢嚥。②深入地，詳盡地。例細看、精打細算。

細心 ㄒㄧˋ ㄒㄧㄣ 用心，心思周密。

細目 ㄒㄧˋ ㄇㄨˋ ①小的項目。②詳細的條目。

細究 ㄒㄧˋ ㄐㄧㄡ 仔細推究。

細故 ㄒㄧˋ ㄍㄨˋ 細小而不值得的事。

細胞 ㄒㄧˋ ㄅㄠ 構造生物體的基本單位，由細胞核、細胞質和細胞膜組成。

細密 ㄒㄧˋ ㄇㄧˋ ①形容東西精緻。②詳細不疏忽的。

細軟 ㄒㄧˋ ㄖㄨㄢˇ 易於攜帶在身上而且價值高的物品。

細菌 ㄒㄧˋ ㄐㄩㄣˋ 一種單細胞微生物，多以寄生或腐生方法生活，散布在土壤、水、空氣、有機物質或生物體內和體表。

細節 ㄒㄧˋ ㄐㄧㄝˊ　細小而不重要的事或項目。

細嫩 ㄒㄧˋ ㄋㄣˋ　形容人的皮膚光滑潤澤。

細說 ㄒㄧˋ ㄕㄨㄛ　仔細說明。

細緻 ㄒㄧˋ ㄓˋ　①精細雅緻。②心思周詳、嚴密。

細膩 ㄒㄧˋ ㄋㄧˋ　細緻光滑。

細水長流 ㄒㄧˋ ㄕㄨㄟˇ ㄔㄤˊ ㄌㄧㄡˊ　比喻力量雖然微不足道，但若持之以恆，必定能有所成。

細嚼慢嚥 ㄒㄧˋ ㄐㄧㄠˊ ㄇㄢˋ ㄧㄢˋ　指吃食物時，仔細地咀嚼，再慢慢地吞嚥。

紮

ㄓㄚˊ zhá 名計算成束物品的量詞。例一紮青草。動①纏束。例包紮。②軍隊屯駐。例駐紮。

紮實 ㄓㄚˊ ㄕˊ　穩固結實。

紮營 ㄓㄚˊ ㄧㄥˊ　屯駐軍隊在某地區。

紾

ㄓㄣˇ zhěn 名指單衣。動①扭轉。例紾臂。②轉變，變化。例千變萬紾。

紲

ㄒㄧㄝˋ xiè 名①牽牲畜的繩子。②拘繫犯人用的黑繩。動繫住，拴住。例紲馬。

紵

ㄓㄨˋ zhù 名①同「苧」。一種麻料纖維。例麻紵。②用麻織成的布。

絃

ㄒㄧㄢˊ xián 名①同「弦」。安置在樂器上的絲線，撥動時能發出聲音。也指琵琶等弦樂器。②指妻子。例續絃。

絃歌不輟 ㄒㄧㄢˊ ㄍㄜ ㄅㄨˋ ㄔㄨㄛˋ　比喻熱心教育者講學的熱忱，不會因環境的困頓而有些許的退卻。

終

ㄓㄨㄥ zhōng 名①結局。和初始相對。例自始至終。②死亡。例送終。③姓。形①整個一段時間的。例終日。②排序在最後的。例終點，終站。動①結束，完畢。例曲終、劇終。②窮究，仔細詳加探究。③指人死亡。例終於醫院。副畢竟，到底。例終究、終將結束。

終了 ㄓㄨㄥ ㄌㄧㄠˇ　完畢，結束。

終止 ㄓㄨㄥ ㄓˇ　結束，停止。

終老 ㄓㄨㄥ ㄌㄠˇ　①到老，指人活到老年。②養老。

終年 ㄓㄨㄥ ㄋㄧㄢˊ　指一整年。或比喻人死掉的年紀。

終究 ㄓㄨㄥ ㄐㄧㄡˋ　畢竟，到底。也作「終久」。

終結 ㄓㄨㄥ ㄐㄧㄝˊ　結束，最後完成。

終極 ㄓㄨㄥ ㄐㄧˊ　①末了，結束。②最後的，最末的。例終極理想。③最高超的，最卓越的，最厲害的。例終極警探。

終審 ㄓㄨㄥ ㄕㄣˇ　指民、刑訴訟案件的第三審。

終身大事 ㄓㄨㄥ ㄕㄣ ㄉㄚˋ ㄕˋ　關係到一生命運的大事。比喻男女的婚嫁之事。

終其天年 ㄓㄨㄥ ㄑㄧˊ ㄊㄧㄢ ㄋㄧㄢˊ　比喻人因年邁而自然去世。同壽終正寢。

絀

ㄔㄨˋ chù 形欠缺不足的，短缺的。例相形見絀、左支右絀。動通「黜」。貶退。

紹

ㄕㄠˋ shào 動①接續，繼承。例克紹箕裘。②從中引薦。例介紹。

紹介 ㄕㄠˋ ㄐㄧㄝˋ 為人居中引介。亦作「介紹」。

紹述 ㄕㄠˋ ㄕㄨˋ 指繼承前人的遺業或舊規。

紳 ㄕㄣ shēn 名①古代官員用以束在腰間的大帶子。②退職的官僚或地方上有名望的人。例官紳、鄉紳。動約束。

紳耆 ㄕㄣ ㄑㄧˊ 地方上的紳士和年老有德望的人。

紬 ㈠ㄔㄡˊ chóu 名粗絲製的綢布。㈡ㄔㄡ chōu 動①通「抽」。抽引。例紬繹。②收納綴集。例紬次。

組 ㄗㄨˇ zǔ 名①古時用來繫印信等東西的絲帶。②因為性質近似而分的類別。例少年組。③計算成套的物品或人事編制的量詞。例一組音響。④借指官印或官職。⑤組織或機關中，因特定目的和需要組合成的單位。例活動組。動形成，構成。例組閣、組團。

組合 ㄗㄨˇ ㄏㄜˊ ①將個別的小項目組織成為一整體。②數學上指從相異的諸物中，每次取出定數，而不依照次序，求其相配的種類數，稱為組合。

組訓 ㄗㄨˇ ㄒㄩㄣˋ 組織整備訓練。

組裝 ㄗㄨˇ ㄓㄨㄤ 組合，裝配。

組閣 ㄗㄨˇ ㄍㄜˊ 國家領袖或行政首長甄選人才擔任中央政府的部會首長。

組頭 ㄗㄨˇ ㄊㄡˊ ①指一個小組的負責人。②俗稱募集六合彩賭徒的頭兒，或與賭徒對賭的莊家。

組織 ㄗㄨˇ ㄓ ①為達特定目標，經由一定程序所組成的團體。例和平組織。②指多細胞生物體中，各細胞和細胞間按照一定秩序聯合成一體，以產生既定功能的基本結構。例顏面組織。③構成，組成。

六畫

絰 ㄉㄧㄝˊ dié 名古代喪服上以麻葛布製成的帶子，纏綁在頭上或束在腰間。例首絰、腰絰。動穿著喪服。

絡 ㈠ㄌㄨㄛˋ luò 名①馬籠頭。②瓜果內的網狀纖維。例橘絡。③中醫上指人體的血管和神經系統。例經絡、脈絡。動①纏繞。②包羅。③套住。④維繫，聯繫。例聯絡、籠絡人心。
㈡ㄌㄠˋ lào 名絡子，用線或繩編成的小網子。

絡頭 ㄌㄨㄛˋ ㄊㄡˊ 套在馬、驢等牲畜頭上，用來控御牲畜的器具。

絡腮鬍 ㄌㄨㄛˋ ㄙㄞ ㄏㄨˊ 從耳根長起，延伸到下巴的鬍子。

絡繹不絕 ㄌㄨㄛˋ ㄧˋ ㄅㄨˋ ㄐㄩㄝˊ 前後相繼，連續不斷的樣子。

給 ㈠ㄍㄟˇ gěi 動①交付，交東西予人。例給予。②用某種動作對待別人。例給他一次機會。介①與，予。例送給你。②向。例快給他致歉。③替，為。加強語氣。例你給我記住！④被，讓。例我給耍了！
㈡ㄐㄧˇ jǐ 名軍公教人員的薪俸。例俸給、加給。形①富裕，豐足的。②敏捷的。例口齒便給。動①供應。例供給、補給。②賜與，授予。例給假。

給予 ㄍㄟˇ ㄩˇ 把物品給人家。也作「給與」。

給付 ㄐㄧˇ ㄈㄨˋ 支付，付給應付的款項。

給假 ㄐㄧˇ ㄐㄧㄚˋ 准許放假。

絓

ㄍㄨㄚˋ guà 動受牽掛或阻礙。

絎

ㄏㄤˊ háng 動縫紉法之一，用針線粗針直縫，使布料固定。

結

㈠ㄐㄧㄝ jiē 見「結實」、「結巴」。㈡ㄐㄧㄝˊ jié 名①繩、線或帶子所綁成的紐。例蝴蝶結。②心思或心神糾纏難解之處。例鬱結。③表示保證的文件。例具結。動①繩或線相互鉤連。例結網、結繩。②建構，建造。例結屋。③完畢。例結案、了結。④植物長出果實。例結果。⑤形成，造成。例結冤、結仇。⑥凝合聚集。例凝結、凍結。⑦聯合。例締結、結社。

結巴 ㄐㄧㄝ ˙ㄅㄚ 說話不流利，常有字音重複或詞句中斷的現象。

結石 ㄐㄧㄝˊ ㄕˊ 動物體內的器官因病變而形成固體物質。如膽結石、膀胱結石。

結舌 ㄐㄧㄝˊ ㄕㄜˊ 因為害怕或理屈緊張而說不出話來。例張口結舌。

結合 ㄐㄧㄝˊ ㄏㄜˊ ①聯合團結理念相同的眾人。②指男女結為夫婦。

結局 ㄐㄧㄝˊ ㄐㄩˊ 結果，收場。指事情最後的情況。

結果 ㄐㄧㄝˊ ㄍㄨㄛˇ ①植物長出果實。②指事物發展到最後的情況。

結怨 ㄐㄧㄝˊ ㄩㄢˋ 結下仇恨。也作「結仇」。

結拜 ㄐㄧㄝˊ ㄅㄞˋ 無血緣關係，因意氣相投而相約為兄弟姐妹。也作「結義」。

結案 ㄐㄧㄝˊ ㄢˋ 對案件作判決或處理，使其告一個段落。

結婚 ㄐㄧㄝˊ ㄏㄨㄣ 指男女雙方經合法程序結為夫妻的儀式。

結紮 ㄐㄧㄝˊ ㄓㄚ 一種控制動物生育的手術，將輸精管或輸卵管用線綁緊，以達到不受孕的目的。

結晶 ㄐㄧㄝˊ ㄐㄧㄥ ①物質從液態或氣態形成晶體的過程。②引申為經過一番勞心勞力後而得到的珍貴成果。

結匯 ㄐㄧㄝˊ ㄏㄨㄟˋ 以本國貨幣向銀行買入外匯的行為。

結盟 ㄐㄧㄝˊ ㄇㄥˊ 締結盟約。

結業 ㄐㄧㄝˊ ㄧㄝˋ 指訓練、講習或各種修業課程結束。

結構 ㄐㄧㄝˊ ㄍㄡˋ 指建築物或文章組織中，各個成分的排列、構造、搭配等。

結算 ㄐㄧㄝˊ ㄙㄨㄢˋ 清算，核算。

結實 ㈠ㄐㄧㄝˊ ㄕˊ 指植物長出果實。㈡ㄐㄧㄝ ˙ㄕ 指人的體格強健或物體堅固牢靠。

結髮 ㄐㄧㄝˊ ㄈㄚˇ 稱元配夫妻。

結縭 ㄐㄧㄝˊ ㄌㄧˊ 指結婚。

結論 ㄐㄧㄝˊ ㄌㄨㄣˋ 指對事情所下的最後的評論。

結辯 ㄐㄧㄝˊ ㄅㄧㄢˋ 辯論時的總結。

結梁子 ㄐㄧㄝˊ ㄌㄧㄤˊ ˙ㄗ　與他人有過節，即結怨記仇的意思。

結草銜環 ㄐㄧㄝˊ ㄘㄠˇ ㄒㄧㄢˊ ㄏㄨㄢˊ　比喻人感恩圖報，死後仍要努力報恩。

結黨營私 ㄐㄧㄝˊ ㄉㄤˇ ㄧㄥˊ ㄙ　互相勾結成黨成派以謀求私利。

絜

㈠ㄒㄧㄝˊ xié 動①用繩子測量寬度。②審度，比較。例絜矩。
㈡ㄐㄧㄝˊ jié 動①通「潔」。清潔。②修整，整飾。

絜矩 ㄒㄧㄝˊ ㄐㄩˇ　指君子審己度人，以同理心替人設想，使人我之間能各得其宜。

絞

ㄐㄧㄠˇ jiǎo 名①利用繩索將人犯吊死或勒死的刑罰。②用於紗線等物的量詞。例一絞線。形急切，偏激。例論語：「直而無禮則絞。」動①將兩股或兩種以上的事物扭轉糾結在一起。例絞麻繩。②擠壓，扭擰。例絞盡腦汁。

絞痛 ㄐㄧㄠˇ ㄊㄨㄥˋ　①人體腹中疼痛劇烈，宛如被扭攪一般。②比喻心情難過，悲痛難忍。

絞盡腦汁 ㄐㄧㄠˇ ㄐㄧㄣˋ ㄋㄠˇ ㄓ　形容費盡腦力，用心思考。

絳

ㄐㄧㄤˋ jiàng 名①大紅色。②絲織品。形大紅色的。例絳紫。

絳青 ㄐㄧㄤˋ ㄑㄧㄥ　以國畫顏料胭脂和花青調和而成的顏色。

絳帳 ㄐㄧㄤˋ ㄓㄤˋ　講座或師長的美稱。

絳脣 ㄐㄧㄤˋ ㄔㄨㄣˊ　比喻女子的紅脣。

絕

ㄐㄩㄝˊ jué 名絕句的簡稱。例五絕。形①卓越，獨一無二的。例絕代佳人。②距離遙遠的。例絕域。③完全沒有，毫無希望的。例絕路。動①斷，隔開。例隔絕。②停止。例絕交。③竭盡，完畢。例氣絕而亡。④沒有後代。例絕子絕孫。⑤死掉，死去。例命不該絕。⑥超越。例武力絕倫。副①極，甚。例絕妙好辭。②必定地，鐵定地。例絕無僅有。

絕口 ㄐㄩㄝˊ ㄎㄡˇ　①從此再也不說。例絕口不提。②指話尚未離口。例讚不絕口。

絕代 ㄐㄩㄝˊ ㄉㄞˋ　①比喻相當久，極遠之前。②沒有可以比得上的，當世無雙的。例絕代佳人。

絕句 ㄐㄩㄝˊ ㄐㄩˋ　唐代所流行的一種近體詩，每首四句而合平仄格律的詩。

絕交 ㄐㄩㄝˊ ㄐㄧㄠ　斷絕友誼以及過往種種的交往關係。

絕地 ㄐㄩㄝˊ ㄉㄧˋ　指孤絕險阻、沒有通路的地方。

絕色 ㄐㄩㄝˊ ㄙㄜˋ　極美的色彩。又形容女子的姿色極端美麗，沒有人可以比擬。

絕妙 ㄐㄩㄝˊ ㄇㄧㄠˋ　形容精采、神妙到了極點。

絕技 ㄐㄩㄝˊ ㄐㄧˋ　指超群卓越，無人能及的技能。

絕招 ㄐㄩㄝˊ ㄓㄠ　①超越群眾，沒有人可以比得上的特殊技藝。②在所有人意料之外的計謀、方法。

絕版 ㄐㄩㄝˊ ㄅㄢˇ　書籍或是出版品不再印行出版。

絕俗 ㄐㄩㄝˊ ㄙㄨˊ　①超越塵間世俗。②遠離、逃避世俗。

絕後 ㄐㄩㄝˊ ㄏㄡˋ　①斷絕後代子孫，沒有香火可延續。②自今之後不容易再有。例空前絕後。

絕活 ㄐㄩㄝˊ ㄏㄨㄛˊ 獨特而無人可以比得上的本領。

絕食 ㄐㄩㄝˊ ㄕˊ 斷絕飲食。常用於抗爭或表達某種意念。

絕倫 ㄐㄩㄝˊ ㄌㄨㄣˊ 精采超群，無可比擬。例精采絕倫。

絕症 ㄐㄩㄝˊ ㄓㄥˋ 醫學技術上無法治癒的病症。

絕配 ㄐㄩㄝˊ ㄆㄟˋ 二者相配，能夠截長補短，或是因為氣味相契而互相投合。

絕情 ㄐㄩㄝˊ ㄑㄧㄥˊ 隔絕情意，無情。

絕望 ㄐㄩㄝˊ ㄨㄤˋ 指人對某事某物失去希望。

絕頂 ㄐㄩㄝˊ ㄉㄧㄥˇ ①山的最高峰。②非常，極甚。例聰明絕頂。

絕嗣 ㄐㄩㄝˊ ㄙˋ 沒有子孫以延續香火、傳宗接代。

絕境 ㄐㄩㄝˊ ㄐㄧㄥˋ ①和世人隔絕的地方。②窮途末路，形勢困頓險惡。

絕對 ㄐㄩㄝˊ ㄉㄨㄟˋ ①沒有疑問的，肯定的。②事物中有對待關係的稱相對，只有單方面的稱絕對。

絕種 ㄐㄩㄝˊ ㄓㄨㄥˇ 同種的生物全部滅亡，不再存於地球上。

絕緣 ㄐㄩㄝˊ ㄩㄢˊ ①阻斷電源，讓電無法通過。②沒希望了，隔斷了。

絕學 ㄐㄩㄝˊ ㄒㄩㄝˊ ①失傳的技藝或是學術。②造詣獨到，沒有人能夠模仿或與其相比的學問。

絕響 ㄐㄩㄝˊ ㄒㄧㄤˇ 比喻技藝失傳或特別的學術、習俗已經不復可見。

絕對值 ㄐㄩㄝˊ ㄉㄨㄟˋ ㄓˊ 除去數的正負符號關係後的數值。

絕緣體 ㄐㄩㄝˊ ㄩㄢˊ ㄊㄧˇ 指不容易導電或傳熱的物體。如玻璃、木頭等。

絕口不提 ㄐㄩㄝˊ ㄎㄡˇ ㄅㄨˋ ㄊㄧˊ 對某事保持沉默，不再提起。

絕妙好辭 ㄐㄩㄝˊ ㄇㄧㄠˋ ㄏㄠˇ ㄘˊ 用來比喻文采極佳的作品。

絕處逢生 ㄐㄩㄝˊ ㄔㄨˋ ㄈㄥˊ ㄕㄥ 在絕境之中又獲得一線生機，燃起了希望。

絕無僅有 ㄐㄩㄝˊ ㄨˊ ㄐㄧㄣˇ ㄧㄡˇ 比喻只有一個。用來形容極少。

絨

ㄖㄨㄥˊ róng 名①表面有細毛的紡織品。例呢絨。②刺繡用的絲線。③柔細的毛。例鵝絨。

絮

ㄒㄩˋ xù 名①彈鬆的棉花。例棉絮。②附在植物上的茸毛。例柳絮。形形容說話囉嗦、重複不停。例絮叨。動將棉花均勻的塞進衣物裡。副厭煩地，嫌惡地。

絮聒 ㄒㄩˋ ㄍㄨㄛ ①說話叨叨念念，讓人感到厭煩。②麻煩別人。

絮語 ㄒㄩˋ ㄩˇ 綿綿不停止的輕聲細語。

絮絮不休 ㄒㄩˋ ㄒㄩˋ ㄅㄨˋ ㄒㄧㄡ 形容說話囉嗦不止。

絢

ㄒㄩㄢˋ xuàn 形色澤華麗的。例絢麗。

絢練 ㄒㄩㄢˋ ㄌㄧㄢˋ 比喻速度很快。

絢麗 ㄒㄩㄢˋ ㄌㄧˋ 燦爛、美麗的樣子。

絢爛 ㄒㄩㄢˋ ㄌㄢˋ 形容光彩奪目。

紫

ㄗˇ zǐ 名紅及藍兩色合成的顏色。

紫氣 ㄗˇ ㄑㄧˋ 紫色的雲氣。比喻祥瑞之氣。

紫菜 ㄗˇ ㄘㄞˋ 植物名。產於淺海的一種紅藻。

紫微 ㄗˇ ㄨㄟ 星座名。位在北斗七星的東北方，東八顆，西七顆，各成列，似城牆護衛著北極星。

紫禁城 ㄗˇ ㄐㄧㄣˋ ㄔㄥˊ 明、清時的皇宮。民國十四年（西元一九二五年）成立故宮博物院後，開放一般民眾參觀。亦稱為北平故宮。

絏 ㄒㄧㄝˋ xiè 名繩索。例縲絏。動通「紲」。用繩綑綁。

絲 ㄙ sī 名①蠶所吐的東西，可製造絹帛。②絲織品的總稱。③纖細如絲的東西。例雨絲。④重量單位，十絲為一毫，指極微的量。⑤八音之一，泛指弦樂器。例絲竹之樂。形①以絲製成的。例絲巾。②極細微的，纖細的。例一絲不苟。

絲瓜 ㄙ ㄍㄨㄚ 植物名。一年生草本，莖細長，葉掌狀分裂，夏天開黃花，雌雄同株。果實細長，嫩時可食，成熟後內部成網狀的纖維，極為強韌，稱為絲瓜絡，可用以拭垢或入藥。

絲竹 ㄙ ㄓㄨˊ 指琴瑟與簫管等。為樂器的代稱。

絲帶 ㄙ ㄉㄞˋ 以絲織成的帶子。

絲毫 ㄙ ㄏㄠˊ 極微的數量。比喻非常少。

絲弦 ㄙ ㄒㄧㄢˊ 絲製的弦。為樂器的代稱。

絲絨 ㄙ ㄖㄨㄥˊ 以絲所製成的布料，表面凸起，呈絨毛狀，色澤鮮豔，質地柔軟，多供婦女服裝或裝飾用。

絲縧 ㄙ ㄊㄠ 指以絲編織而成的腰帶。

絲路 ㄙ ㄌㄨˋ 古代歐、亞間陸路貿易運輸的主要路線。中國的絲織品多經由這條商路運往西方。

絲綢 ㄙ ㄔㄡˊ 衣物的總稱，或專指以絲織成的布料。

絲質 ㄙ ㄓˋ 材質用料、成分為絲者。例絲質內衣質地柔軟，穿起來相當舒服。

絲蘿 ㄙ ㄌㄨㄛˊ 菟絲和女蘿。比喻締結連理。

絲織品 ㄙ ㄓ ㄆㄧㄣˇ 用蠶絲或人造絲織成的紡織品，如紬、緞、絹、帛等。或稱為絲織物。

絲絲入扣 ㄙ ㄙ ㄖㄨˋ ㄎㄡˋ 比喻緊湊合度，毫無出入。

絪 ㄧㄣ yīn 名通「茵」。坐墊。例紅絪。副絪縕，煙雲瀰漫的樣子。

七畫

綄 ㄨㄣˇ wěn 動穿著喪服，脫去帽子，紮髮以布纏裹。

綆 ㄍㄥˇ gěng 名汲水用的繩子。

綆短汲深 ㄍㄥˇ ㄉㄨㄢˇ ㄐㄧˊ ㄕㄣ 用短繩子吊取深井中的水。比喻能力不足以適任。

綑 ㄎㄨㄣˇ kǔn 動①織。②把東西綁在一起。例綑綁。

綑紮 ㄎㄨㄣˇ ㄓㄚ 把東西捆在一起。

綑綁 ㄎㄨㄣˇ ㄅㄤˇ 用繩子綁住。

經 ㄐㄧㄥ jīng 名①身體的脈絡。例經脈。②錢的計算單位。古代以十億為兆，十兆為經。③傳統圖書目錄分類經、史、子、集之一，指儒家典籍及小學方面的書。④專講某種事物或技藝的著述。例山海經。⑤常道。例天經地義。⑥指連接地球南、北兩極的假想直線。例東經、西經。⑦織布機或編織物上的直線。⑧宗教教義的典籍。例金剛經、可蘭經。⑨月經的簡稱。形平常，尋常。例荒誕不經。動①治理，管理。例經國。②歷，度過。例經歷。③承受，忍耐。例飽經。④從事，謀畫。例經商。

經久 ㄐㄧㄥ ㄐㄧㄡˇ 持久，可以耐久。

經心 ㄐㄧㄥ ㄒㄧㄣ ①煩擾內心，纏繞於心。例塵務經心。②用心，留意。例他做事都漫不經心。

經手 ㄐㄧㄥ ㄕㄡˇ 親自經管辦理，由其手中經過。例這件事情很重要，他非親自經手不可。

經年 ㄐㄧㄥ ㄋㄧㄢˊ 經過一年或若干年。也指很長的時間。

經度 ㄐㄧㄥ ㄉㄨˋ 以通過英國倫敦格林威治天文臺的經線為本初子午線，以東為東經，以西為西經，東西各一百八十度。地球上某地的經度指通過該地的經線與本初子午線的夾角。

經師 ㄐㄧㄥ ㄕ ①古代講授經義的職官名。②泛指單純只教習書本上知識的老師。

經書 ㄐㄧㄥ ㄕㄨ ①儒家的經典古籍。②泛稱一切可為法則典範的書籍。

經脈 ㄐㄧㄥ ㄇㄞˋ 中醫指人體內氣血運行的主要通道。

經商 ㄐㄧㄥ ㄕㄤ 經營商業。

經常 ㄐㄧㄥ ㄔㄤˊ ①恆常而永遠不改。②常常。例他經常到圖書館看書。

經援 ㄐㄧㄥ ㄩㄢˊ 經濟救助。

經期 ㄐㄧㄥ ㄑㄧˊ 婦女月經來潮的期間，依體質而有不同，每次約三至七天。

經絡 ㄐㄧㄥ ㄌㄨㄛˋ ①人體內氣血運行的主幹和分支。②可供遵循的線索、路徑。

經費 ㄐㄧㄥ ㄈㄟˋ ①經常的費用。②辦事或進行事務所需要的費用。

經傳 ㄐㄧㄥ ㄓㄨㄢˋ 統稱先聖先賢所撰寫的所有著作。

經過 ㄐㄧㄥ ㄍㄨㄛˋ ①通過。例我每天早上都會經過公園。②事情演變、發展的程序。

經管 ㄐㄧㄥ ㄍㄨㄢˇ 經手管理。

經銷 ㄐㄧㄥ ㄒㄧㄠ 經營銷售。

經歷 ㄐㄧㄥ ㄌㄧˋ ①經過。例若沒有經歷過這些風風雨雨，你是不會體悟人生的。②親身所見所遭遇的。例他曾經遊歷過世界各國，經歷很豐富。

經辦 ㄐㄧㄥ ㄅㄢˋ 經手辦理。

經濟 ㄐㄧㄥ ㄐㄧˋ ①通常指一國國民的生產、消費關係，或指國家、個人的財務收支狀況。②用較少的支出或時間獲得較大的回饋。

經營 ㄐㄧㄥ ㄧㄥˊ ①經辦管理。②安排，謀畫。③架構，規畫。

經驗 ㄐㄧㄥ ㄧㄢˋ ①實地體驗。例他經驗了一次很特別的旅程。②實踐得來的知識或技能。例他是個經驗豐富的領隊。

經世之才 ㄐㄧㄥ ㄕˋ ㄓ ㄘㄞˊ 指某人相當具有治理眾人及處理政事的才幹。

經史子集 ㄐㄧㄥ ㄕˇ ㄗˇ ㄐㄧˊ 古代書籍分類的四個要目。經包括經籍及小學，史為史書，子為諸子百家，集為詩文、詞賦、圖贊等。

經年累月 ㄐㄧㄥ ㄋㄧㄢˊ ㄌㄟˇ ㄩㄝˋ 指歷經過一段很長的時間。

經綸滿腹 ㄐㄧㄥ ㄌㄨㄣˊ ㄇㄢˇ ㄈㄨˋ 形容人的學識淵博。經綸：整理清楚的蠶絲，比喻為人的學識、謀略。

經濟活動 ㄐㄧㄥ ㄐㄧˋ ㄏㄨㄛˊ ㄉㄨㄥˋ 人類為滿足生存要求及生活慾望，利用各種自然資源及財貨所從事的各種生產、交換、銷售等行為。

綏

ㄙㄨㄟ suí 名上車時用以拉引的繩索。例執綏。動①安慰，撫慰。例綏靖。②退卻，退軍。例交綏。③使停止，制止。

綏定 ㄙㄨㄟ ㄉㄧㄥˋ 安定，平定。

綏寧 ㄙㄨㄟ ㄋㄧㄥˊ 安撫，安定。

綉

ㄒㄧㄡˋ xiòu 「繡」的異體字。

綈

ㄊㄧˊ tí 名有光澤又厚的絲織品。例綈袍。

綁

ㄅㄤˇ bǎng 動用繩索纏繞或綑紮。例綑綁。

綁架 ㄅㄤˇ ㄐㄧㄚˋ 用暴力劫持人質，以達到某些目的。

綁匪 ㄅㄤˇ ㄈㄟˇ 擄人勒贖的歹徒。

綁票 ㄅㄤˇ ㄆㄧㄠˋ 歹徒擄人勒贖。

絹

ㄐㄩㄢˋ juàn 名用生絲織成的布，即生帛。例手絹。

絹子 ㄐㄩㄢˋ ˙ㄗ 指手帕、手絹。

絿

ㄑㄧㄡˊ qiú 形浮動不安，急躁的樣子。

絛

ㄊㄠ tāo 名用絲編成的帶子。

絛子 ㄊㄠ ˙ㄗ 滾衣服邊的帶子。

絛蟲 ㄊㄠ ㄔㄨㄥˊ 寄生在動物體內的寄生蟲，是雌雄同體的生物。俗稱寸白蟲。

絺

ㄔ chī 名夏季服裝用的細布。

綃

ㄒㄧㄠ xiāo 名①生絲。②用生絲織成的絲織品。

綌

ㄒㄧˋ xì 名粗葛布。

八畫

綻

ㄓㄢˋ zhàn 形精神飽滿的。例飽綻。動①衣裳或縫補的地方脫線。例綻線。②破裂，裂開。例皮開肉綻。③花朵吐放花蕾。例綻放。

綻放 ㄓㄢˋ ㄈㄤˋ 花朵開放。

綻裂 ㄓㄢˋ ㄌㄧㄝˋ 衣物或物品破裂。

綻開 ㄓㄢˋ ㄎㄞ ①開放，展開。同綻放。②裂開。

綰

ㄨㄢˇ wǎn 動①繫，綁。②盤繞纏結捲起。

綰髮 ㄨㄢˇ ㄈㄚˇ 將頭髮束起盤結。借指少年。

綜

ㄗㄨㄥ zōng 名在織布機上使經緯線交織的裝置。動①總合，聚集。例綜合。②起皺紋。例衣服綜了。

綜合 ①總合起來。②將各別分項分類的事物或概念，依其共通性，總合歸類而論之。與「分析」相對。

綜括 統合總括。

綜理 綜合管理。

綜攬 主持掌管所有大小事務。

綜核名實 綜合事物的名目和實際加以考核，以求名實相副。

綽

ㄔㄨㄛˋ chuò 形①不緊縮的，寬裕的。例闊綽。②女子姿態柔媚美好的樣子。例風姿綽約。③見「綽號」。動抓取。例綽起一支棍子。

綽約 比喻女子柔媚婉約的樣子。

綽號 除了本名外另起的、通常以諧音或是此人特點所取的外號。

綽綽有餘 非常寬裕、不緊縮，足夠應付所需。表示仍有餘裕。

綾

ㄌㄧㄥˊ líng 名比緞細緻輕薄，有花紋的絲織品。例紅綾。

綾羅綢緞 細滑有文彩的織物。比喻奢華的衣著。

綠

ㄌㄩˋ lǜ 名一種像青草、樹葉的顏色，可用藍色和黃色顏料混合而成。動變成綠色。例王維．送別詩：「春草年年綠，王孫歸不歸？」

綠化 種植大量的草木，以美化環境。

綠卡 美國政府發給外國僑民的永久居留證。

綠洲 ①草木茂盛的沙洲。②沙漠中水草豐茂的地區。

綠茶 烘焙時間較短，泡出的茶呈綠色的茶葉。

綠帽子 表示人妻紅杏出牆、有外遇的諷刺性話語。

綠衣使者 泛指郵差。

綠草如茵 形容綠草濃密柔軟，如鋪席墊一般。

緊

ㄐㄧㄣˇ jǐn 形①不鬆弛，嚴密的。例嚴緊。②急迫，急切的。例緊要、緊迫。③生活支出方面窘迫、不寬裕。例手頭很緊。副①牢固密合地。例抓緊。②速度加快地。例趕緊。

緊要 緊急重要。

緊張 ①急迫。例局勢緊張。②情緒慌張不安。

緊湊 比喻緊緊密合，沒有任何空隙。

緊鄰 緊靠相接。例我家緊鄰著馬路。

緊繃 ①紮緊，抽緊。例緊繃弓弦。②形容心情緊張或神情嚴肅不自然。

緊迫盯人 ①密切注視、防止對方進攻得分的動作。多為球類運動的術語。②指男子緊迫追求女友的樣子。

緊追不捨 牢牢追隨在後面，不肯放棄。

綴

ㄓㄨㄟˋ zhuì 動①縫補。例補綴。②連結。例連綴、綴文。③裝飾。

例點綴。

綴文 ㄓㄨㄟˋ ㄨㄣˊ　將字句連綴成文章，即作文著述。

網

ㄨㄤˇ wǎng 名①用繩線編織而成的捕捉動物的器具。例魚網。②像網狀的東西。例蜘蛛網。③分布周密而縱橫連繫像網狀的組織系統。例廣播網、通訊網。④能用作約束的事物、規範。例天羅地網、法網。動①用網捕捉。例網魚。②搜求。例網羅。

網頁 ㄨㄤˇ ㄧㄝˋ　全球資訊網（World Wide Web, WWW）上各站臺（site）所設計的畫面。每一畫面即稱為一頁。

網站 ㄨㄤˇ ㄓㄢˋ　電腦網際網路(Internet）上的站臺。

網球 ㄨㄤˇ ㄑㄧㄡˊ　一種球類運動。在長方形的場地中，張網為界，兩方分立，各用拍子將球互擊過網。

網路 ㄨㄤˇ ㄌㄨˋ　用電纜線或現成的電信通訊線路，配合網路卡或數據機，將伺服器與各單獨電腦連接起來，在軟體運作下，達成資訊傳輸、資料共享等功能。

網羅 ㄨㄤˇ ㄌㄨㄛˊ　捕捉魚鳥的器具。比喻法令，法網。

網開三面 ㄨㄤˇ ㄎㄞ ㄙㄢ ㄇㄧㄢˋ　比喻寬大仁厚，對犯錯的人從寬處置。

網際網路 ㄨㄤˇ ㄐㄧˋ ㄨㄤˇ ㄌㄨˋ　internet。將許多不同的終端電腦或伺服器連接起來所構成的網路環境。主要提供三項基本服務：電子郵件、檔案傳輸、遠端登入。

綱

ㄍㄤ gāng 名①指將網子維繫住的粗繩。②事物的主要部分。例大綱。③秩序，法紀。例綱紀。④生物學上分類等級之一。例哺乳綱。

綱目 ㄍㄤ ㄇㄨˋ　事物或書本的大綱與細目。

綱要 ㄍㄤ ㄧㄠˋ　綱領及要點。

綱常 ㄍㄤ ㄔㄤˊ　即所謂的三綱五常。三綱：君臣、父子、夫婦。五常：仁、義、禮、智、信。

綱領 ㄍㄤ ㄌㄧㄥˇ　總綱，目標及方向要領。

綱舉目張 ㄍㄤ ㄐㄩˇ ㄇㄨˋ ㄓㄤ　能執其要領，則細節自能順理而成。後引申為條理分明。

緄

ㄍㄨㄣˇ gǔn 名用線織成的帶子。

緄邊 ㄍㄨㄣˇ ㄅㄧㄢ　在衣服的領子、袖口或下襬部分特別縫上的邊。

綺

ㄑㄧˇ qǐ 名織有傾斜花紋的絲織品。形美妙的，美麗的。例綺窗。

綺語 ㄑㄧˇ ㄩˇ　①華美雕飾的文詞。②佛家指歪邪不正、沒有意義的話語。

綺羅 ㄑㄧˇ ㄌㄨㄛˊ　①指五彩華貴的絲織品。②華麗的衣服。

綺麗 ㄑㄧˇ ㄌㄧˋ　華麗，漂亮豔麗。

綺年玉貌 ㄑㄧˇ ㄋㄧㄢˊ ㄩˋ ㄇㄠˋ　形容女子年輕漂亮。

綢

ㄔㄡˊ chóu 名絲織品的通稱。例絲綢。形緻密的。例綢直如髮。

綢帷 ㄔㄡˊ ㄨㄟˊ　形容林木非常繁茂的樣子。

綢緞 ㄔㄡˊ ㄉㄨㄢˋ　綢與緞。絲織品的通稱。

綢繆 ㄔㄡˊ ㄇㄡˊ ①比喻情意纏綿的樣子。②修築使之牢固的樣子。例未雨綢繆。

綿

ㄇㄧㄢˊ mián 名①精細的絲絮。例絲綿。②形狀或材質像綿的物體。例海綿。③姓。形微弱的，很少的。例綿薄之力。副①連續不斷。例綿延。②細密的。例綿密。

綿亙 ㄇㄧㄢˊ ㄍㄣˋ 連續不絕。

綿密 ㄇㄧㄢˊ ㄇㄧˋ 周到細密。

綿絮 ㄇㄧㄢˊ ㄒㄩˋ 柔軟的綿花。

綿綿 ㄇㄧㄢˊ ㄇㄧㄢˊ 形容連續不絕。例白居易・長恨歌：「天長地久有時盡，此恨綿綿無絕期。」

綿薄 ㄇㄧㄢˊ ㄅㄛˊ 指自己的能力薄弱。例略盡綿薄之力。

綿邈 ㄇㄧㄢˊ ㄇㄠˇ 悠遠無止盡的樣子。

綿延不絕 ㄇㄧㄢˊ ㄧㄢˊ ㄅㄨˋ ㄐㄩㄝˊ 形容延續不斷的樣子。

綵

ㄘㄞˇ cǎi 名五彩的絲織品。例張燈結綵。

綵棚 ㄘㄞˇ ㄆㄥˊ 慶典活動中用彩綢、樹枝等裝飾的棚子。

綵緞 ㄘㄞˇ ㄉㄨㄢˋ 有五色文彩的綢緞。

綵頭 ㄘㄞˇ ㄊㄡˊ 好事情或是吉利的徵兆。

綵衣娛親 ㄘㄞˇ ㄧ ㄩˊ ㄑㄧㄣ 比喻盡自己的能力孝順父母。

綸

㊀ㄌㄨㄣˊ lún 名①青色的絲帶。②釣魚用的絲線。③十根長條的絲線叫一綸。動把絲線組合在一起。引喻為規畫、策畫。例經綸。

㊁ㄍㄨㄢ guān 名綸巾，青絲帶做成的頭巾。

維

ㄨㄟˊ wéi 名①繫物的粗繩子。②法度，綱要。③細長的東西。例纖維。動①綁、拴住使不分開而連結起來。例維繫。②保持，護全。例維持、維護。副僅，只有。例維有。助通「惟」、「唯」。句首或句中的語氣詞，無義。例詩經：「維鵲有巢，維鳩居之。」

維持 ㄨㄟˊ ㄔˊ 維繫保持。

維修 ㄨㄟˊ ㄒㄧㄡ 維護與修理。

維繫 ㄨㄟˊ ㄒㄧˋ 維持聯繫。

維護 ㄨㄟˊ ㄏㄨˋ 維持保護。

維他命 ㄨㄟˊ ㄊㄚ ㄇㄧㄥˋ 英語 vitamin 的音譯。可以維持人體生存，並促進新陳代謝的有機物質。

緒

ㄒㄩˋ xù 名①繭抽絲的開頭之處，也可指事物的開端。例絲緒、千頭萬緒。②順序。例就緒。③想法、心境或情感。例情緒。④成就，事業。例緒業。形剩下的，殘餘的。例緒風、餘緒。

緒言 ㄒㄩˋ ㄧㄢˊ 在文章、書籍或論文前作說明介紹的導言文字。也作「導言」、「緒論」。

緇

ㄗ zī 名①黑色。②僧侶所穿的黑衣。也代指僧侶。例披緇。

綣

ㄑㄩㄢˇ quǎn 見「繾綣」。

緋

ㄈㄟ fēi 名紅色的綢布。形紅色的。例緋紅。

緋紅 ㄈㄟ ㄏㄨㄥˊ　深紅的顏色。

緋聞 ㄈㄟ ㄨㄣˊ　比喻有關愛情、婚姻方面不確定的傳聞。

綬

ㄕㄡˋ shòu 名綁在玉飾或印信上的絲帶。例印綬。

綬帶 ㄕㄡˋ ㄉㄞˋ　繫印信或胸章用的彩色絲帶。

綹

ㄌㄧㄡˇ liǔ 名①用絲縷編成的線。②指長條絲線，十根為一綸，十綸為一綹。③計算髮、鬚的量詞。例一綹髮。動①輕輕拂拭。②衣服下垂而起皺紋。例衣服綹了。

綖

ㄧㄢˊ yán 名垂覆在帽子前後的飾物。動遲緩，拖延。

綦

ㄑㄧˊ qí 名①鞋帶。②足印。③姓。形青黑色的。副非常，很。

綮

㈠ㄑㄧㄥˋ qìng 名指筋骨接合處。例肯綮。㈡ㄑㄧˇ qǐ 名質地細緻的絲織品。

九畫

綞

ㄉㄨㄛˇ duǒ 名有花紋的絲織品。例綞子。

締

ㄉㄧˋ dì 動①建造，建立。例締造。②不允許，制止。例取締。③結合，訂立。例締交。

締姻 ㄉㄧˋ ㄧㄣ　因為婚姻關係而結為姻親。

締約 ㄉㄧˋ ㄩㄝ　相互訂立盟約。

締造 ㄉㄧˋ ㄗㄠˋ　創造建立，構成。例締造佳績。

締結 ㄉㄧˋ ㄐㄧㄝˊ　訂立條約、邦交等關係。

締盟 ㄉㄧˋ ㄇㄥˊ　訂立盟約。

練

ㄌㄧㄢˋ liàn 名①一種質地柔軟、色白的細緻絲綢。例白練。②姓。形熟悉了解，精熟。例人情練達。動①古代製絲的過程之一，將生絲煮熟，使柔軟潔白。例練絲。②反覆學習，訓練。例練兵、練習。

練習 ㄌㄧㄢˋ ㄒㄧˊ　跟著學習，反覆操演以便熟悉精通。

練功 ㄌㄧㄢˋ ㄍㄨㄥ　練習功夫。

練達 ㄌㄧㄢˋ ㄉㄚˊ　熟練通達。多指閱歷廣且通曉人情世故。

練就 ㄌㄧㄢˋ ㄐㄧㄡˋ　修練成功。

緯

ㄨㄟˇ wěi 名①織布時用梭穿織的橫線。②指與赤道平行的假想線。例北緯。③樂器的弦。動①紡織，編織。②整治，治理。例緯世經國。

緯世 ㄨㄟˇ ㄕˋ　治理天下。

緯度 ㄨㄟˇ ㄉㄨˋ　經線上任何一點至赤道間的弧距。自赤道到南北兩極各分九十度，在北的稱作北緯，在南的稱為南緯。

緻

ㄓˋ zhì 名精緻、材質細密的絲帛。形①精巧細密。例細緻。②外表美好的。例標緻。

緻密 ㄓˋ ㄇㄧˋ　細緻緊密。

緘

ㄐㄧㄢ jiān 名①捆綁用的繩子。②計算信件的量詞。③書信。例緘札。動①緊閉，無法或是難以打開。例三緘其口。②層層捆綁起來。

緘默權 ㄐㄧㄢ ㄇㄛˋ ㄑㄩㄢˊ　刑事上被告有拒絕對自己不利的陳述

，以及保持沉默的權利。

緘口結舌 ㄐㄧㄢ ㄎㄡˇ ㄐㄧㄝˊ ㄕㄜˊ 緊閉嘴巴，舌頭像打結一般，不敢發言。

緬

ㄇㄧㄢˇ miǎn 名①細微的絲。②緬甸的簡稱。副遙遠地。例緬懷。

緬憶 ㄇㄧㄢˇ ㄧˋ 想念、遙想或回憶。

緬靦 ㄇㄧㄢˇ ㄊㄧㄢˇ 心中羞澀，難為情而不好意思。也作「腼腆」。

緬懷 ㄇㄧㄢˇ ㄏㄨㄞˊ 遙想，永遠的懷念。例緬懷先烈。

緝

ㄑㄧ qì 動①將麻捻搓成線。例緝麻。②捉捕，搜捕。例通緝。③為衣服縫衣邊。例緝邊。

緝兇 ㄑㄧ ㄒㄩㄥ 捉拿兇手。

緝私 ㄑㄧ ㄙ 追查走私、販賣私貨的行為。

緝捕 ㄑㄧ ㄅㄨˇ 追查搜捕。

緝拿 ㄑㄧ ㄋㄚˊ 追捕，搜查捉拿。

編

ㄅㄧㄢ biān 名①貫串書籍的繩索。古代書籍以竹簡書寫，並用繩子貫穿於其中。②泛指書籍。③計算書籍、章節的量詞。例一編書。動①相互連結、交叉。例編髮。②依順序、次第整齊排列。例編列。③蒐集資料並整理。例彙編。④創作。例編曲。⑤捏造。例瞎編。

編目 ㄅㄧㄢ ㄇㄨˋ ①編製目錄。②書籍的目錄。

編列 ㄅㄧㄢ ㄌㄧㄝˋ 按次序排列。例編列預算。

編曲 ㄅㄧㄢ ㄑㄩˇ 編寫曲譜，以供演唱或演奏。

編制 ㄅㄧㄢ ㄓˋ ①根據不同的資料加以組織、排列。例編制預算。②在各個機關或團體之中，內部各單位人員數目及職務的配置。例國防編制。

編訂 ㄅㄧㄢ ㄉㄧㄥˋ 編纂修訂。

編排 ㄅㄧㄢ ㄆㄞˊ ①安排計畫。②依照次序排列。③報刊雜誌或書籍的編輯和排版。

編結 ㄅㄧㄢ ㄐㄧㄝˊ 將線或繩子編成各種物品或裝飾品。

編著 ㄅㄧㄢ ㄓㄨˋ 編輯著述。

編隊 ㄅㄧㄢ ㄉㄨㄟˋ 編成隊伍。

編劇 ㄅㄧㄢ ㄐㄩˋ ①編寫劇本。②製作、編寫劇本的人。

編撰 ㄅㄧㄢ ㄓㄨㄢˋ 編寫撰述。

編碼 ㄅㄧㄢ ㄇㄚˇ 依特定的、專業的規則，把不同的文字、數字、符號等編列而成數碼。通常用於電腦、電子等領域。

編導 ㄅㄧㄢ ㄉㄠˇ ①編劇導演。②執行編劇導演的人。

編輯 ㄅㄧㄢ ㄐㄧˊ ①蒐集資料並加以編選與組織。②製作、編輯書報雜誌的人。

編纂 ㄅㄧㄢ ㄗㄨㄢˇ 即編輯。

編鐘 ㄅㄧㄢ ㄓㄨㄥ 古樂器名。將銅鐘懸掛在木架上，以小木槌敲打，音愈高者，鐘形愈小；音愈低者，鐘形愈大。是中國古代祭祀典禮上重要的樂器。

編年體 ㄅㄧㄢ ㄋㄧㄢˊ ㄊㄧˇ 按照時間順序編寫史書的體裁。如「春秋」、「資治通鑑」都是這種方式編寫的史書。

緣 ㄩㄢˊ yuán 名①人與人或事、物之間遇合的機會。例緣分。②原因。例緣故。③器物的邊沿。例邊緣。動①圍繞。例曹植・苦思行：「綠蘿緣玉樹。」②循著，沿著。例陶淵明・桃花源記：「緣溪行，忘路之遠近。」③攀爬。例緣木求魚。介因為。例不識廬山真面目，只緣身在此山中。

緣分 ㄩㄢˊ ㄈㄣˋ 人、事、物之間因為巧妙而遇合，彷彿一切都有定分。

緣故 ㄩㄢˊ ㄍㄨˋ 事情發生的原由。

緣起 ㄩㄢˊ ㄑㄧˇ ①事情的由來。②類似序文，著書的人寫下其編纂立著的原由。③聲明發起的文字。

緣木求魚 ㄩㄢˊ ㄇㄨˋ ㄑㄧㄡˊ ㄩˊ 爬到樹上找魚。引申為方法錯誤，白費工夫。

緣訂三生 ㄩㄢˊ ㄉㄧㄥˋ ㄙㄢ ㄕㄥ 表示婚姻乃前世所註定的緣分。多用以讚頌婚姻的祝詞。

線 ㄒㄧㄢˋ xiàn 名①用棉、絲、金屬等所製成的細長狀、可隨意彎折的物品。例毛線。②像線一般細長的東西。例光線。③指兩點之間的距離，有位置和長度，沒有厚度和高度。例直線。④交通路徑。例航線。⑤邊緣，邊界。例前線。⑥一種私下尋求關於人、事、物的門路。例線索。⑦計算線路數量的量詞。

線民 ㄒㄧㄢˋ ㄇㄧㄣˊ 為情治單位蒐集情報、線索的人。

線香 ㄒㄧㄢˋ ㄒㄧㄤ 將香料加在木頭中所製成的細長形的香。

線索 ㄒㄧㄢˋ ㄙㄨㄛˇ 探究事件真相的途徑或情報方法。

線路 ㄒㄧㄢˋ ㄌㄨˋ 電線，指電流所通過的路線。

線裝書 ㄒㄧㄢˋ ㄓㄨㄤ ㄕㄨ 以線裝方式裝訂的書籍。

緞 ㄉㄨㄢˋ duàn 名質地厚密細緻，平滑有光彩的絲織品。例綢緞。

緞帶 ㄉㄨㄢˋ ㄉㄞˋ 一種裝飾用帶，以絹、合成纖維等製成。

緩 ㄏㄨㄢˇ huǎn 形①慢慢的，不急不徐的。例緩慢。②寬鬆。例古詩十九首：「相去日已遠，衣帶日已緩。」動①放鬆。例先緩口氣。②延後。例緩期、緩兵之計。

緩召 ㄏㄨㄢˇ ㄓㄠˋ 應受動員召集或臨時召集的常備兵預備役、補充兵預備役及已訓國民兵，因故延緩徵召。

緩刑 ㄏㄨㄢˇ ㄒㄧㄥˊ 犯人經受刑宣告後，依據特定情形，在一定期間內，暫緩執行。

緩和 ㄏㄨㄢˇ ㄏㄜˊ 緩慢舒和。

緩慢 ㄏㄨㄢˇ ㄇㄢˋ 慢慢地。

緩衝 ㄏㄨㄢˇ ㄔㄨㄥ 兩方發生衝突時，有第三者在中間進行調停，以降低緊張程度。

緩頰 ㄏㄨㄢˇ ㄐㄧㄚˊ 向人和婉勸解或替人求情。

緩議 ㄏㄨㄢˇ ㄧˋ 暫不討論或等以後再商議。

緩不濟急 ㄏㄨㄢˇ ㄅㄨˋ ㄐㄧˋ ㄐㄧˊ 表示行動或辦法太過遲緩，未能將問題有效解決。

緩兵之計 ㄏㄨㄢˇ ㄅㄧㄥ ㄓ ㄐㄧˋ 使對手延緩攻打或入侵的計策。

緧 ㄑㄧㄡ qiū 名 駕車時套在牛馬尾巴下的飾物。動 駕車時在牛馬臀部加上皮帶。

緗 ㄒㄧㄤ xiāng 名 淺黃色的絲織品。形 淺黃色的。例 緗梅。

緙 ㄎㄜˋ kè 名 織物的緯線。

緙絲 ㄎㄜˋ ㄙ 中國特有的一種絲織品，質地堅韌不易破損，以彩色絲線交錯織成，色彩奪目照人。

緡 ㄇㄧㄣˊ mín 名 ①釣魚用的繩線。②舊時用來將錢穿成一串的繩子。也代指錢。

緦 ㄙ sī 名 製做喪服的細麻布。例 緦麻。

緲 ㄇㄧㄠˇ miǎo 見「縹緲」。

緹 ㄊㄧˊ tí 名 紅黃色的絲織物。形 紅色的。例 緹幕。

緶 ㄅㄧㄢˋ biàn 名 通「辮」。長條的編織物。例 髮緶兒。動 將麻、草等交錯編成辮子狀。

緱 ㄍㄡ gōu 名 纏在劍柄上的繩索。

十畫

縊 ㄧˋ yì 動 用繩索勒緊脖子而死。例 自縊。

縑 ㄐㄧㄢ jiān 名 細緻的絲絹，可用來作畫或寫字。例 縑帛。

縑素 ㄐㄧㄢ ㄙㄨˋ 古時用來書寫或繪畫用的白絹。

縈 ㄧㄥˊ yíng 動 圍繞，纏繞。例 縈繞。

縈迴 ㄧㄥˊ ㄏㄨㄟˊ 曲折迴繞。

縈繞 ㄧㄥˊ ㄖㄠˋ 纏繞，環繞。

縈懷 ㄧㄥˊ ㄏㄨㄞˊ 在心中牽掛著。

縛 ㄈㄨˊ fú 名 用來綑束的繩子。動 ①用繩子捆綁。例 縛手縛腳。②拘束，約束。

縛手縛腳 ㄈㄨˊ ㄕㄡˇ ㄈㄨˊ ㄐㄧㄠˇ 手腳被綁住。比喻行事處處受到約束。

縛雞之力 ㄈㄨˊ ㄐㄧ ㄓ ㄌㄧˋ 綁雞的力量。形容極小的力量。

縣 ㄒㄧㄢˋ xiàn 名 ①地方行政區域名稱，在省之下、鄉鎮之上。例 花蓮縣。②古代天子所管轄的區域，即王畿。

縣道 ㄒㄧㄢˋ ㄉㄠˋ 用以聯絡縣市與重要鄉鎮間的道路。

縣政府 ㄒㄧㄢˋ ㄓㄥˋ ㄈㄨˇ 一縣最高的行政機關，設縣長一人，由縣民選舉產生，綜理縣政。

縣議會 ㄒㄧㄢˋ ㄧˋ ㄏㄨㄟˋ 縣級地方民意機關，由縣民選舉議員，有代表縣民行使各種縣政事務的議決、接受人民請願等職權。

縞 ㄍㄠˇ gǎo 名 白色的絲織品。形 白色的。例 縞素。

縞衣 ㄍㄠˇ ㄧ 用白色的生絹所製成的衣裳。

縞素 ㄍㄠˇ ㄙㄨˋ ①顏色極白，毫無一點雜質的絹。②白色的喪服。

縗 ㄘㄨㄟ cuī 名 以粗麻布做成的喪服，為服三年之喪所穿。

縟 ㄖㄨˋ rù 形 ①詞藻華麗，文彩繁多。②事物繁多、繁瑣而不必要。例 繁文縟節。

縟節 ㄖㄨˋ ㄐㄧㄝˊ 繁瑣的儀式、禮節。

緼 ㄩㄣˋ yùn 名①新舊相混的棉絮。例緼袍。②亂麻。形紛亂的。

縠 ㄏㄨˊ hú 名①縐紗。②指波紋。例縠紋。

縝 ㄓㄣˇ zhěn 形仔細的，細密的。例縝密。

縝密 ㄓㄣˇ ㄇㄧˋ ①周密，細緻。②比喻謹慎細心的樣子。

縉 ㄐㄧㄣˋ jìn 名紅色的絲織物。

縉紳 ㄐㄧㄣˋ ㄕㄣ ①古時官吏會將笏插於腰帶間，故稱仕宦為縉紳。②稱地方上有名望之人。亦作「搢紳」。

縐 ㄓㄡˋ zhòu 名表面上有皺褶的絲織品。形有皺褶的。例縐紗。

縐布 ㄓㄡˋ ㄅㄨˋ 材質疏鬆細緻的棉織物，表面有褶紋。

縐紗 ㄓㄡˋ ㄕㄚ 一種絲織物，質地疏細，有褶紋。可製作衣服、頭巾、被面等。

縋 ㄓㄨㄟˋ zhuì 動用繩子綁住物體往下墜送。

十一畫

縮 ㄙㄨㄛ suō 動①不伸開或伸開又收回去。例縮頭縮腦。②恐懼，退避。例退縮。③收斂，變小。例縮小。④節省。例節衣縮食。

縮水 ㄙㄨㄛ ㄕㄨㄟˇ ①指布料入水後變得短小。②偷工減料或薪資短少、品質不符等。

縮手 ㄙㄨㄛ ㄕㄡˇ 不插手，不過問。同袖手。

縮減 ㄙㄨㄛ ㄐㄧㄢˇ 緊縮減少。

縮編 ㄙㄨㄛ ㄅㄧㄢ 減少編制。

縮手縮腳 ㄙㄨㄛ ㄕㄡˇ ㄙㄨㄛ ㄐㄧㄠˇ ①因為天氣寒冷，肢體不願意舒張開來的樣子。②比喻膽小、懦弱而不敢行動的樣子。也用來指稱人的懦弱無能。

縮衣節食 ㄙㄨㄛ ㄧ ㄐㄧㄝˊ ㄕˊ 縮減衣料、飲食的開銷。比喻節省。

縮頭縮腦 ㄙㄨㄛ ㄊㄡˊ ㄙㄨㄛ ㄋㄠˇ 形容懦弱無能，不願意負責任。

績 ㄐㄧ jī 名功勞，成效。例功績。動將麻或其他纖維搓成細線。引申為紡織的意思。例績麻。

績效 ㄐㄧ ㄒㄧㄠˋ 工作或行動的成果、效率。

績麻拈苧 ㄐㄧ ㄇㄚˊ ㄋㄧㄢ ㄓㄨˋ 搓麻線、織布等女紅。

縷 ㄌㄩˇ lǚ 名①線，麻線。②計算纖細條狀物的量詞。例一縷香。動女紅刺繡。副仔細地。例縷述。

縷析 ㄌㄩˇ ㄒㄧ 仔細、精細地分析。

縲 ㄌㄟˊ léi 名古時用來繫綁犯人或物品的繩子。

繆 ㊀ㄇㄡˊ móu 見「綢繆」。㊁ㄇㄧㄠˋ miào 名姓。㊂ㄇㄧㄡˋ miù 名通「謬」。錯誤。例錯繆。形通「謬」。不正確的。例繆論。動假裝。例繆為恭敬。㊃ㄇㄨˋ mù 名通「穆」。古代宗廟的位次。

繃 ㊀ㄅㄥ bēng 名用來背嬰兒用的寬布帶。動①纏繞束縛。②間隔疏鬆地縫上或用別針別上。例先粗繃，再細縫。③詐騙，詐欺。例坑繃拐騙。④

拉到不能再拉，緊撐。例綳緊。⑤勉強撐著。例綳場面。⑥僵持。例綳著價錢。副彈起地。例綳飛。

㈡ㄅㄥˇ běng 動①板著，沉著臉。例綳著臉。②忍住。例綳不住。

㈢ㄅㄥˋ bèng 動爆裂炸開。例綳開。

綳裂 ㄅㄥˋ ㄌㄧㄝˋ 因為膨脹到了極限而爆開破裂。

綳價 ㄅㄥ ㄐㄧㄚˋ 討論議價。

綳臉 ㄅㄥ ㄌㄧㄢˇ 生氣或是不開心的樣子，將臉板起來。

縫

㈠ㄈㄥˊ féng 動以針線將其接合。例縫合。

㈡ㄈㄥˋ fèng 名兩物品之間的小空隙。例門縫。

縫合 ㄈㄥˊ ㄏㄜˊ ①布料、皮料等用針線接合起來。②外科手術上，用特製的針和線把傷口縫起來。

縫紉 ㄈㄥˊ ㄖㄣˋ 剪裁、縫合、補綴衣服的工作。

縫補 ㄈㄥˊ ㄅㄨˇ 縫合補綴。

縫隙 ㄈㄥˋ ㄒㄧˋ 因為破裂或自然露出的狹長空間。

總

ㄗㄨㄥˇ zǒng 形全部的，統整的。例總額、總司令。動①集合、聚結在一起。例總而為一。②統領，治理。例總兵。副①都，全部。例總是。②經常，一直。例你總不理會我！③最終，終究。例無論怎麼逗他，他總不開心。④徹底地，全面地。例總複習。

總務 ㄗㄨㄥˇ ㄨˋ 在機關行號中擔任總管事務的人。

總統 ㄗㄨㄥˇ ㄊㄨㄥˇ 民主國家的元首或領導人。

總匯 ㄗㄨㄥˇ ㄏㄨㄟˋ 集中匯合在一起。

總總 ㄗㄨㄥˇ ㄗㄨㄥˇ ①比喻很多的樣子。②比喻事物聚集在一起的樣子。

總轄 ㄗㄨㄥˇ ㄒㄧㄚˊ 總理管轄。

總譜 ㄗㄨㄥˇ ㄆㄨˇ 由多行譜表組成的多聲部音樂的樂譜。

總攬 ㄗㄨㄥˇ ㄌㄢˇ 統理、統攬一切。

總動員 ㄗㄨㄥˇ ㄉㄨㄥˋ ㄩㄢˊ 出動組織內所有人員的力量以將某件特定事情完成。

總而言之 ㄗㄨㄥˇ ㄦˊ ㄧㄢˊ ㄓ 下結論時的承接用語，總括一切說明的意思。

縱

㈠ㄗㄨㄥ zōng 名①南北方向的線或面。②同「蹤」。行跡，蹤影。例縱跡。

㈡ㄗㄨㄥˋ zòng 動①釋放。例欲擒故縱。②施放。例縱火。③放任。例縱情。④跳起來。例縱身。連即使。例縱使。

縱囚 ㄗㄨㄥˋ ㄑㄧㄡˊ 將囚犯釋放。表示在位者的慈厚或德政。

縱目 ㄗㄨㄥˋ ㄇㄨˋ 將目光放得很遠，遠望。

縱谷 ㄗㄨㄥ ㄍㄨˇ 走向和山脈平行的河谷。

縱波 ㄗㄨㄥ ㄅㄛ 指介質粒子運動方向與波的傳播方向相同的波動。

縱容 ㄗㄨㄥˋ ㄖㄨㄥˊ 放任而不加以約束、克制。

縱馬 ㄗㄨㄥˋ ㄇㄚˇ 駕馭馬匹。

縱欲 ㄗㄨㄥˋ ㄩˋ 放縱慾念。或作「縱慾」。

縱貫 ㄗㄨㄥ ㄍㄨㄢˋ 南北之間相互貫穿、直通。

縱橫 ㄗㄨㄥˋ ㄏㄥˊ ①合縱與連橫。比喻外交手段。②南北和東西。例縱橫四海。

縱覽 ㄗㄨㄥˋ ㄌㄢˇ 恣意觀覽。

縱虎歸山 ㄗㄨㄥˋ ㄏㄨˇ ㄍㄨㄟ ㄕㄢ 將捕捉到的老虎放歸山林。比喻將敵人放走，將會導致無窮盡的麻煩。

縱橫捭闔 ㄗㄨㄥˋ ㄏㄥˊ ㄅㄞˇ ㄏㄜˊ 政治或外交的手法，指的是相互拉攏或分化等手段。

縱橫四海 ㄗㄨㄥˋ ㄏㄥˊ ㄙˋ ㄏㄞˇ 表示在天下之間行走，沒有敵手或阻礙。

繅

ㄙㄠ sāo 動將蠶繭煮過抽出絲。例繅絲。

繅繭 ㄙㄠ ㄐㄧㄢˇ 抽繭取絲。同繅絲。

繁

㈠ㄈㄢˊ fán 形①多，眾多。例繁星。②不簡單，複雜的。例繁雜。③表示成長或情勢茂盛、興盛。例枝繁葉茂。

㈡ㄆㄛˊ pó 名姓。

㈢ㄆㄢˊ pán 名通「鞶」。馬腹帶。例繁纓。

繁星 ㄈㄢˊ ㄒㄧㄥ 星星繁多且密集。

繁重 ㄈㄢˊ ㄓㄨㄥˋ 表示事情很多而責任重。

繁殖 ㄈㄢˊ ㄓˊ 表示大量生殖。

繁華 ㄈㄢˊ ㄏㄨㄚˊ ①形容市町景象熱鬧、商賈繁盛。②花草多且美麗。比喻女子容顏美麗。③形容位高權重，富貴顯赫。

繁瑣 ㄈㄢˊ ㄙㄨㄛˇ 眾多細瑣。

繁複 ㄈㄢˊ ㄈㄨˋ 表示眾多而且複雜。

繁雜 ㄈㄢˊ ㄗㄚˊ 事物眾多且雜亂。

繁體字 ㄈㄢˊ ㄊㄧˇ ㄗˋ 書寫筆畫較繁的傳統字體，相對於中國大陸的簡體字而言。

繁文縟節 ㄈㄢˊ ㄨㄣˊ ㄖㄨˋ ㄐㄧㄝˊ 手續過程繁多複雜的儀式禮節。

縭

ㄌㄧˊ lí 名古代女子出嫁時配帶的彩巾。例結縭。

縴

ㄑㄧㄢˋ qiàn 名拉船前進的粗繩。例拉縴。

縴夫 ㄑㄧㄢˋ ㄈㄨ 負繩拉船前進的人。

縴手 ㄑㄧㄢˋ ㄕㄡˇ 稱從中獲取利益的中間人或介紹人，即所謂的掮客。

縹

ㄆㄧㄠˇ piǎo 名①青白色的綢布。②月白色，即色澤極淡的青色。形①淡青色的，月白色的。例縹青。②見「縹緲」。

縹渺 ㄆㄧㄠˇ ㄇㄧㄠˇ 表示忽高忽低、隱隱約約的樣子。亦作「縹緲」。

繈

ㄑㄧㄤˇ qiǎng 名①古代串錢的繩子，後泛指錢幣。②繩索。③通「襁」。背負嬰兒的布巾。

縵

ㄇㄢˋ màn 名①毫無花紋圖案的絲綢。②外觀沒有裝飾的車子。

繇

㈠ㄧㄠˊ yáo 名通「傜」。犯罪所判的勞役。例繇役。

㈡ㄧㄡˊ yóu 介通「由」。自，從。

㈢ㄓㄡˋ zhòu 名通「籀」。古代占卜的文句。

縩

ㄘㄞˋ cài 形綷縩，形容衣服摩擦的聲音。

縻

ㄇㄧˊ mí 名用以牽拉牛的繩子。動繫縛，牽絆。例縻繫。

縶

ㄓˊ zhí 動①將馬腳綁住。例縶馬。②捆綁，縶絆。③監禁，囚居。

縶 ㄧˊ yí 動是。例左傳：「民不易物，惟德縶物。」助同「維」、「唯」。句首的語氣詞。

十二畫

織 ㄓ zhī 動①用絲、麻、棉、毛等物編製物品。例紡織、織布。②結合，組成。例組織。

織女 ㄓ ㄋㄩˇ ①傳說中天帝之女，與牛郎結為夫婦，婚後廢織，被天帝分隔於銀河兩岸，遙遙相對，每年農曆七月七日方能通過鵲橋相會。②從事紡織的女子。③織女星的簡稱。

織補 ㄓ ㄅㄨˇ 依原織布方式縫補紡織品上的破洞。

織錦 ㄓ ㄐㄧㄣˇ ①編織錦緞。②用絲、緞交織而成山水、花卉、人物等精巧的藝術品。以杭州出產最有名。

繕 ㄕㄢˋ shàn 動①修補，整治。例修繕。②抄寫，謄寫。例繕寫。

繕寫 ㄕㄢˋ ㄒㄧㄝˇ 照原來的書或稿子抄寫。

繞 ㄖㄠˋ rào 動①纏束，糾纏。例纏繞。②圍著轉動。例繞場一周。③圍，環。④不從正面通過，改由側面或其他方向通行。例繞道而行。⑤設圈套算計他人。例繞磨。

繞口令 ㄖㄠˋ ㄎㄡˇ ㄌㄧㄥˋ ①一種語言遊戲，用來作為讓咬字、口音、聲調更為清晰的訓練方法。②故意拐彎抹角、曲折難懂的話。

繞圈子 ㄖㄠˋ ㄑㄩㄢ ˙ㄗ ①重複走相同的路線。②比喻言行拐彎抹角，不直截乾脆。

繞梁三日 ㄖㄠˋ ㄌㄧㄤˊ ㄙㄢ ㄖˋ 聲音徘徊不去，彷彿在梁柱之間連續三日都不斷。形容聲音非常動人。

繚 ㄌㄧㄠˊ liáo 動①一種縫紉法，用針把布邊斜著縫起來。例繚貼邊、繚衣裳。②纏繞，圍繞。例後漢書：「繚以周牆，四百餘里。」副①紛亂，糾纏地。例繚亂。②旋轉曲折地。例繚繞。

繚亂 ㄌㄧㄠˊ ㄌㄨㄢˋ 糾纏，紛亂。

繚繞 ㄌㄧㄠˊ ㄖㄠˋ 環繞、盤旋的樣子。

繡 ㄒㄧㄡˋ xiù 名刺有各種彩色花紋的絲織品。例湘繡。形①有彩色花紋的。例繡帳。②華美精巧的。例花梁繡柱。動利用彩色絲線在綢緞上刺上各種花紋。例刺繡。

繡匠 ㄒㄧㄡˋ ㄐㄧㄤˋ 擅長刺繡的人。

繡佛 ㄒㄧㄡˋ ㄈㄛˊ 用五彩絲線繡成的佛像。

繡房 ㄒㄧㄡˋ ㄈㄤˊ 古代稱女子的房間。

繡球 ㄒㄧㄡˋ ㄑㄧㄡˊ 用絲綢結成的球狀物，古代常用於女子招親。或作「繡毬」。

繡畫 ㄒㄧㄡˋ ㄏㄨㄚˋ 用絲線繡成，好像是圖畫一樣的作品。

繡花枕頭 ㄒㄧㄡˋ ㄏㄨㄚ ㄓㄣˇ ˙ㄊㄡ 比喻外表華美而沒有學識及實力的人。

繒 ㄗㄥ zēng 名絲織品的總稱。例細繒。動捆緊。例繒繃。

繐 ㄙㄨㄟˋ suì 名細而疏的麻布。例繐帳。

繖 ㄙㄢˇ sǎn 「傘」的本字。

繢 ㄏㄨㄟˋ huì 名①布匹前後兩端所餘下的部分。②色彩繁多的織品。動通「繪」。畫畫。

繙 ㄈㄢ fān 名旗子。動通「翻」。將某種語言文字譯成另一種語言文字。例繙譯。

繑 ㄑㄧㄠ qiāo 名褲紐，褲子上的帶子。動一種縫紉法，將布邊向內捲起密縫，針腳不外現。

十三畫

繫 ㊀ㄐㄧˋ jì 動綁，紮。例繫鞋帶。
㊁ㄒㄧˋ xì 動①連接。例聯繫。②掛念，牽掛。例繫念。③拘禁。例繫囚。

繫囚 ㄒㄧˋ ㄑㄧㄡˊ 拘禁在獄中的囚犯。

繫命 ㄒㄧˋ ㄇㄧㄥˋ 寄託、指望命運於某處。

繫念 ㄒㄧˋ ㄋㄧㄢˋ 思念，掛念。

繫懷 ㄒㄧˋ ㄏㄨㄞˊ 心中牽掛懷念。

繫戀 ㄒㄧˋ ㄌㄧㄢˋ 牽掛愛戀，表示難以割捨的情感。

繫鈴解鈴 ㄒㄧˋ ㄌㄧㄥˊ ㄐㄧㄝˇ ㄌㄧㄥˊ 比喻問題、困難還是要找出源頭才能解決。

繮 ㄐㄧㄤ jiāng 「韁」的異體字。

繹 ㄧˋ yì 動①抽引絲的頭緒。②理出頭緒，推究事理。例演繹。副連續不斷地。例絡繹不絕。

繩 ㄕㄥˊ shéng 名①用兩股以上的麻、絲、草或尼龍絲、金屬絲絞揉成的長條物。②繩墨，木匠用來取直的工具。③規矩，準則。例準繩。動①糾正。②約束，制裁。③考量，度量。④繼承。

繩梯 ㄕㄥˊ ㄊㄧ 以繩索編成的梯子。

繩墨 ㄕㄥˊ ㄇㄛˋ 木工取直的工具，即墨斗。後比喻規矩，法度。

繩之以法 ㄕㄥˊ ㄓ ㄧˇ ㄈㄚˇ 以法律制裁犯罪者。

繪 ㄏㄨㄟˋ huì 名有五彩圖案的絲綢。動①作畫，畫圖。例描繪。②描述，形容。例繪影繪聲。

繪製 ㄏㄨㄟˋ ㄓˋ 畫圖創製作品。

繪聲繪影 ㄏㄨㄟˋ ㄕㄥ ㄏㄨㄟˋ ㄧㄥˇ 形容描述事物時，生動精采，深刻逼真。

繭 ㄐㄧㄢˇ jiǎn 名①蠶在變成蛹之前，吐絲結成白色或黃色的橢圓形物體。例抽絲剝繭。②手腳因過度摩擦、使用而生的厚皮。例足繭。

繭絲牛毛 ㄐㄧㄢˇ ㄙ ㄋㄧㄡˊ ㄇㄠˊ 形容精細周密。

繰 ㊀ㄗㄠˇ zǎo 名帶有文采的絲織品。
㊁ㄙㄠ sāo 動通「繅」。煮繭抽絲。

繯 ㄏㄨㄢˊ huán 名用繩索結成的環套。例投繯自盡。

繯首 ㄏㄨㄢˊ ㄕㄡˇ 用繩結為環套而加以勒絞的刑罰。

繳 ㊀ㄐㄧㄠˇ jiǎo 動①交出，交納。例繳費。②纏繞。例繳繞。
㊁ㄓㄨㄛˊ zhuó 名繫在箭尾的絲繩，在箭射出後便於尋找獵物或將箭枝回收。

繳卷 ㄐㄧㄠˇ ㄐㄩㄢˋ ①考試時間結束或考卷作答完畢時，將考卷交上。②達成任務。

繳納 ㄐㄧㄠˇ ㄋㄚˋ 把財物繳交與主管單位。

繳械 ㄐㄧㄠˇ ㄒㄧㄝˋ 交出軍械、武器。

繳款 ㄐㄧㄠˇ ㄎㄨㄢˇ 繳納費用。

繳稅 ㄐㄧㄠˇ ㄕㄨㄟˋ 繳付稅款，納稅。

繳銷 ㄐㄧㄠˇ ㄒㄧㄠ 繳回撤銷。

繳還 ㄐㄧㄠˇ ㄏㄨㄢˊ 交還，交付回去。

繳白卷 ㄐㄧㄠˇ ㄅㄞˊ ㄐㄩㄢˋ ①交出未作答的試卷。②未完成他人所交付的任務或請託。亦指工作毫無成績。

十四畫

辮 ㄅㄧㄢˋ biàn 名①分股編成長條狀的頭髮。例髮辮。②通「緶」。編成像辮子般的條狀物。例帽辮。動編織，編結。

辮子 ㄅㄧㄢˋ ˙ㄗ ①用線狀物或頭髮編成的長條。②把柄。例抓辮子。

繽 ㄅㄧㄣ bīn 見「繽紛」。

繽紛 ㄅㄧㄣ ㄈㄣ 雜亂而繁盛的樣子。

繼 ㄐㄧˋ jì 形後續的。例繼室。動①接續，接連。例繼續、前仆後繼。②承續。例父死子繼。副隨後，跟著。例繼而。

繼子 ㄐㄧˋ ㄗˇ 非己身所出，認養過繼的兒子。

繼父 ㄐㄧˋ ㄈㄨˋ ①子女稱母親改嫁的新丈夫。②繼承父親的志向。

繼母 ㄐㄧˋ ㄇㄨˇ 子女稱父親續娶的新妻子。

繼任 ㄐㄧˋ ㄖㄣˋ 接著連續擔任。

繼承 ㄐㄧˋ ㄔㄥˊ 承繼先人的財產或事業。

繼室 ㄐㄧˋ ㄕˋ 稱原配死後續娶的妻子。

繼踵 ㄐㄧˋ ㄓㄨㄥˇ 緊接著前人的腳後跟。比喻接連不斷。

繼承權 ㄐㄧˋ ㄔㄥˊ ㄑㄩㄢˊ 指依法取得死者財產的權利。

繼往開來 ㄐㄧˋ ㄨㄤˇ ㄎㄞ ㄌㄞˊ 承續先人的事業，並為後人開拓道路。

纂 ㄗㄨㄢˇ zuǎn 名婦女梳在頭後的髮髻。動編輯。例纂述、編纂。

纂修 ㄗㄨㄢˇ ㄒㄧㄡ ①編輯修訂。②承襲修治。

繻 ㄖㄨˊ rú 名①彩色的絲織品。②精緻細密的絲織品。③古時作為出入關隘的憑證。

繾 ㄑㄧㄢˇ qiǎn 見「繾綣」。

繾綣 ㄑㄧㄢˇ ㄑㄩㄢˇ 情意纏綿不忍分離的樣子。

纁 ㄒㄩㄣ xūn 名夕陽的餘暉。形淺紅色的。例纁裳。

十五畫

纏 ㄔㄢˊ chán 動①裹繞，圍繞。例俗務纏身。②攪擾，騷擾。例糾纏。③應付，對付。例難纏。

纏手 ㄔㄢˊ ㄕㄡˇ 表示事情很棘手、難以解決。

纏身 ㄔㄢˊ ㄕㄣ 纏繞於身，有被束縛之意。例雜務纏身。

纏訟 ㄔㄢˊ ㄙㄨㄥˋ 不停的訴訟，無法結案。

纏綿 ㄔㄢˊ ㄇㄧㄢˊ ①糾結纏繞，無法擺脫。形容煩憂多的樣子。②形容情意深濃，難分難捨的樣子。③生病難癒的樣子。例纏綿病榻。

纏擾 ㄔㄢˊ ㄖㄠˇ 攪擾不清的樣子。

纏繞 ㄔㄢˊ ㄖㄠˋ ①糾纏圍繞，束縛。②形容事務繁多，糾纏不清的樣子。

纏綿悱惻 ㄔㄢˊ ㄇㄧㄢˊ ㄈㄟˇ ㄘㄜˋ 形容小說、戲劇中的故事情節深刻而又哀切動人。

續

ㄒㄩˋ xù 名①辦事的程序。例手續。②舊事重演。動①接連不斷，或接在原來的後面。例續約。②承繼，繼世。例嗣續。③添加，補充。例續杯。

續版 ㄒㄩˋ ㄅㄢˇ 書籍出版後售完，再行印刷，如再版、三版等。

續約 ㄒㄩˋ ㄩㄝ ①於正約訂定之後續訂的條約，主旨在補充正約，多因時效作用或環境變遷而訂。②在合約期滿之後再訂的新約。

續航 ㄒㄩˋ ㄏㄤˊ 持續航行。

續假 ㄒㄩˋ ㄐㄧㄚˋ 延續假期。

續絃 ㄒㄩˋ ㄒㄧㄢˊ 男子亡妻後再娶。

續貂 ㄒㄩˋ ㄉㄧㄠ ①濫竽充數的官吏。例狗尾續貂。②比喻事物前後銜接不相稱，後續者不及前者。今多自謙接續他人未完成的事業。

續聘 ㄒㄩˋ ㄆㄧㄣˋ 繼續聘用。

纊

ㄎㄨㄤˋ kuàng 名棉絮，絲棉。

纈

ㄒㄧㄝˊ xié 名①有花紋的絲織品。②用綢緞結成的綵球。③指頭暈眼花時所見的星點。

纆

ㄇㄛˋ mò 名兩股合編成的繩索。

纍

ㄌㄟˊ léi 名①大的繩索。②姓。形見「纍纍」。動①綑綁，囚繫。②纏繞。

纍臣 ㄌㄟˊ ㄔㄣˊ 被囚禁的臣子。

纍纍 ㄌㄟˊ ㄌㄟˊ ①堆積、繁多的樣子。亦作「累累」。例果實纍纍。②瘦弱、疲累的樣子。③失意的樣子。

十六畫

纑

ㄌㄨˊ lú 名①用來織布的麻線。②紵麻類植物，可用於織布。

十七畫

纖

ㄒㄧㄢ xiān 名精美細緻的絲織品。形①細小，輕微的。例纖細、纖塵不染。②柔美細長的。例纖手。

纖小 ㄒㄧㄢ ㄒㄧㄠˇ 微細渺小。

纖手 ㄒㄧㄢ ㄕㄡˇ 比喻女子柔細而修長的手。

纖毛 ㄒㄧㄢ ㄇㄠˊ ①原生動植物的運動器官，較鞭毛短而多。②高等動物器官中，皮膜組織的突起，能規律的顫動，清除雜物灰塵。

纖巧 ㄒㄧㄢ ㄑㄧㄠˇ 瘦細而小巧。

纖妍 ㄒㄧㄢ ㄧㄢˊ 形容女子瘦弱美麗。

纖細 ㄒㄧㄢ ㄒㄧˋ 微細渺小。

纖維 ㄒㄧㄢ ㄨㄟˊ ①生物體內的支持細胞，多為形長壁厚的結締組織。②天然或人造的細絲，韌性很強。有植物纖維、動物纖維、人造纖維等。

纖塵不染 ㄒㄧㄢ ㄔㄣˊ ㄅㄨˋ ㄖㄢˇ 形容非常乾淨，沒有一點灰塵。

纖纖玉手 ㄒㄧㄢ ㄒㄧㄢ ㄩˋ ㄕㄡˇ 形容女子柔細美麗的手。

纓 ㄧㄥ yīng 名①繫帽的帶子。②綵帶。③束在馬腹前的皮帶。④用線、繩、毛等做成像穗子的裝飾物。⑤蘿蔔、芥菜等植物的莖和葉子。⑥繩子。例纓帶。動纏繞，繫。

纔 ㄘㄞˊ cái 副通「才」。①方，始，剛剛。表示時間不久。例他纔來一下子。②只，僅。表示數量不多。例他纔三歲。③決定性的語氣詞。即由一個因就能得到某種果。例努力纔能成功。

十八畫

纛 ㄉㄠˋ dào 名①以牛尾或雉尾裝飾的大旗，古時多用在喪葬大事及顯貴人家。②一種大旗，多用於軍隊或儀仗隊中。

十九畫

纘 ㄗㄨㄢˇ zuǎn 動延續繼承。例纘統。

二十一畫

纜 ㄌㄢˇ lǎn 名由許多細股絞扭而成的粗繩或繩狀物。例電纜。動繫，綁。

纜車 ㄌㄢˇ ㄔㄜ 電纜車的簡稱。利用鋼索和滑輪透過電力操縱的一種交通工具。

纜繩 ㄌㄢˇ ㄕㄥˊ 多股棕麻、金屬絲等材料擰絞成的粗繩。

缶部 ㄈㄡˇ

缶 ㄈㄡˇ fǒu 名①盛酒漿或液體的瓦器，腹大口小，有蓋。②古代瓦製的敲擊樂器。

三畫

缸 ㄍㄤ gāng 名①圓形寬口、腹大底小的容器，用於盛裝物品。例米缸。②泛指一般容器。例浴缸。

四畫

缺 ㄑㄩㄝ quē 名①指有形的空隙。例賀蘭山缺。②職務的空額。例遺缺。形殘破的。例缺憾。動①短少，不足夠。例缺貨。②應到而未到。例缺席。

缺口 ㄑㄩㄝ ㄎㄡˇ ①器物殘破不完整的地方。②建築、空間中具有小小的縫隙可供通行的地方。

缺乏 ㄑㄩㄝ ㄈㄚˊ 短少而不足的。同缺少。

缺失 ㄑㄩㄝ ㄕ 遺漏、不詳盡或有失誤的地方。

缺席 ㄑㄩㄝ ㄒㄧˊ 應該出席但卻沒有出席。

缺陷 ㄑㄩㄝ ㄒㄧㄢˋ 不完美、有缺點的地方。

缺漏 ㄑㄩㄝ ㄌㄡˋ 缺少或是遺漏、不完善的地方。

缺德 ㄑㄩㄝ ㄉㄜˊ 責備人修養或言行不符合道德規範。

缺憾 ㄑㄩㄝ ㄏㄢˋ 因為不完美而使人感到遺憾。

缺點 ㄑㄩㄝ ㄉㄧㄢˇ 欠缺的、不完美的地方。

五畫

缽 ㄅㄛ bō 名①出家人用來盛飯食的圓形器具。例托缽化緣。②泛稱可以盛酒、裝東西或洗滌東西的圓形金屬或陶瓷用具。例酒缽。

缽子 ㄅㄛ ˙ㄗ 用來盛裝飲食的圓形容器。

六畫

缿 ㄒㄧㄤˋ xiàng 名①陶瓦或竹製的存錢筒，即撲滿。②古代用來收受告密文書的器具。

十畫

罃 ㄧㄥ yīng 名用來盛水的長頸水器。

十一畫

罄 ㄑㄧㄥˋ qìng 形中空的，器皿中空無一物。動用盡。例罄其所有。

罄竭 ㄑㄧㄥˋ ㄐㄧㄝˊ 全部都用盡了，沒有了。

罄盡 ㄑㄧㄥˋ ㄐㄧㄣˋ 用到什麼都不剩了，竭盡所有。

罄其所有 ㄑㄧㄥˋ ㄑㄧˊ ㄙㄨㄛˇ ㄧㄡˇ 竭盡所擁有的一切。

罄竹難書 ㄑㄧㄥˋ ㄓㄨˊ ㄋㄢˊ ㄕㄨ 即使把所有竹子做成竹簡，也無法寫盡。後用以比喻罪狀太多，非筆墨能寫盡。

罅 ㄒㄧㄚˋ xià 名①空隙，裂縫。例罅隙。②事情的漏洞、缺陷。動裂開，分開。

罅漏 ㄒㄧㄚˋ ㄌㄡˋ 裂縫，漏洞。

罅隙 ㄒㄧㄚˋ ㄒㄧˋ 裂縫，縫隙。引申為缺點或劣行。

十二畫

罈 ㄊㄢˊ tán 名①口小肚大的瓦製容器。例酒罈、骨灰罈。②計算罈裝物的量詞。例一罈酒。

十三畫

罋 ㄨㄥˋ wèng 名同「瓮」、「甕」。口小腹大，用以盛東西的陶器。

十四畫

罌 ㄧㄥ yīng 名肚大口小的瓶子。

罌粟 ㄧㄥ ㄙㄨˋ 植物名。二年生草本，夏季開花，有紅、紫、白等色。種子如粟粒，尚未成熟之前有白漿，是用來製鴉片的原料。

十五畫

罍 ㄌㄟˊ léi 名古代盛酒或水的容器。

十六畫

罏 ㄌㄨˊ lú 名①一種形似瓶子的盛酒器具。②通「爐」。爐子。③古時酒店安放酒甕的土臺。

十八畫

罐 ㄍㄨㄢˋ guàn 名①可供盛裝物品、提取用水或烹調用的容器。例茶罐、罐子。②計算罐裝物品的量詞。例兩罐飲料。

罐裝 ㄍㄨㄢˋ ㄓㄨㄤ 利用罐狀器皿放置東西的方式。

罐頭 ㄍㄨㄢˋ ㄊㄡˊ 將食物經過防腐等加工之後，裝入鐵皮或玻璃瓶罐中。

网部 ㄨㄤˇ

三畫

罕 ㄏㄢˇ hǎn 名①用來捕鳥的長柄小網。②古代作戰時所用的旌旗。副不常見，稀少。例罕見。

罕有 ㄏㄢˇ ㄧㄡˇ 不常有的。

罕見 ㄏㄢˇ ㄐㄧㄢˋ 不常見的，不容易遇得到的。例這是一個醫學上很罕見的現象。

罕聞 ㄏㄢˇ ㄨㄣˊ 不常聽到。

罔 ㄨㄤˇ wǎng 名①以繩線編成，用來捕捉動物的工具。②災禍，冤屈。形通「惘」。迷惑、困頓無所適從的樣子。例論語：「學而不思則罔。」動①欺瞞，蒙蔽。例欺天罔君。②誣衊，陷害。副①通「無」。沒有。例罔效。②不可。表示禁止。例罔失法度。

罔極 ㄨㄤˇ ㄐㄧˊ 無窮盡。指父母對子女的恩德深廣無窮。

罔顧 ㄨㄤˇ ㄍㄨˋ 不顧慮，不在意。例罔顧人權。

四畫

罘 ㄈㄨˊ fú 名用來捕抓鳥類或野獸的網。例罘網。

五畫

罟 ㄍㄨˇ gǔ 名網的總稱。例罔罟。動用網捕捉魚或鳥獸。

罡 ㄍㄤ gāng 名天罡，指北斗星。形見「罡風」。

罡風 ㄍㄤ ㄈㄥ 極高處的風。今用以形容強烈的風。也作「剛風」。

罝 ㄐㄩ jū 名①捕捉兔子的網。例兔罝。②捕捉鳥獸的網子。例罝罘。

六畫

罣 ㄍㄨㄚˋ guà 動①牽絆，阻礙。例罣礙。②懸掛，掛念。例罣念。

罣念 ㄍㄨㄚˋ ㄋㄧㄢˋ 心中有所牽絆想念。亦作「掛念」。

罣誤 ㄍㄨㄚˋ ㄨˋ 因事受蒙蔽而犯了過失。

罣礙 ㄍㄨㄚˋ ㄞˋ 阻礙不通。也指心中有牽掛，難以釋懷。亦作「掛礙」。

八畫

置 ㄓˋ zhì 動①安放。例本末倒置。②建造，設立。例置郡。③買，添加。例置產。④廢棄，不加理會。⑤說出。例不置可否。⑥赦免，釋放。

置信 ㄓˋ ㄒㄧㄣˋ 相信。例不可置信。

置產 ㄓˋ ㄔㄢˇ 指購置田地房屋等。

置備 ㄓˋ ㄅㄟˋ 購買準備。

置喙 ㄓˋ ㄏㄨㄟˋ 在他人的言談中插嘴以發表自己的想法。例不容置喙。

置疑 ㄓˋ ㄧˊ 加以懷疑。

置之不理 ㄓˋ ㄓ ㄅㄨˋ ㄌㄧˇ 放在一旁，不加理會。有不聞不問，任其自行發展之意。

置之度外 ㄓˋ ㄓ ㄉㄨˋ ㄨㄞˋ 將自己看待成局外人，而不以為意，不加理會。

置之腦後 ㄓˋ ㄓ ㄋㄠˇ ㄏㄡˋ 不予注意，不放在心上。

置身事外 ㄓˋ ㄕㄣ ㄕˋ ㄨㄞˋ 指對事情毫不關切，不參與其中，不加以留意。

置若罔聞 ㄓˋ ㄖㄨㄛˋ ㄨㄤˇ ㄨㄣˊ 雖有耳聞，卻好像沒有聽到一樣不加理會。

置之死地而後生 ㄓˋ ㄓ ㄙˇ ㄉㄧˋ ㄦˊ ㄏㄡˋ ㄕㄥ 形容置身於無路可退的境地，勢必會拚死向前，求得活路。

罩 ㄓㄠˋ zhào 名①捕魚的竹籠。②用來遮蓋物體的器具。例燈罩。動遮蓋，掩蓋。例罩住。

罩子 ㄓㄠˋ ˙ㄗ 用以遮蓋在物體之外的東西。

罩衫 ㄓㄠˋ ㄕㄢ 加在衣服外面，寬鬆而非正式的外套。

罩不住 ㄓㄠˋ ㄅㄨˋ ㄓㄨˋ 形容一切都無法掌握或控制。

罪 ㄗㄨㄟˋ zuì 名①犯法的行為。例犯罪。②折磨，痛苦。例受罪。③過失。例非戰之罪。④法律制裁的刑罰。例叛亂罪。動歸咎，責備。

罪犯 ㄗㄨㄟˋ ㄈㄢˋ 觸犯法律、有犯罪事實的人。

罪名 ㄗㄨㄟˋ ㄇㄧㄥˊ 依據其犯罪事實，所判定的犯罪名稱。

罪行 ㄗㄨㄟˋ ㄒㄧㄥˊ 觸犯法律或犯罪的行為。

罪狀 ㄗㄨㄟˋ ㄓㄨㄤˋ 觸犯法令的事實。

罪惡 ㄗㄨㄟˋ ㄜˋ 觸犯律法、傷害他人或違背良心的行為。

罪愆 ㄗㄨㄟˋ ㄑㄧㄢ 所犯的過錯。

罪過 ㄗㄨㄟˋ ㄍㄨㄛˋ 罪惡過失。

罪障 ㄗㄨㄟˋ ㄓㄤˋ 佛家指罪惡，因其為善果的障礙。

罪證 ㄗㄨㄟˋ ㄓㄥˋ 觸犯法律的證據。例罪證確鑿。

罪惡感 ㄗㄨㄟˋ ㄜˋ ㄍㄢˇ 在實際或想像的行為當中，個人感覺違背良知、家庭或社會規範等，導致內在良心受到譴責而感到愧疚的一種主觀意識。

罪大惡極 ㄗㄨㄟˋ ㄉㄚˋ ㄜˋ ㄐㄧˊ 罪孽深重到了極點。

罪不容誅 ㄗㄨㄟˋ ㄅㄨˋ ㄖㄨㄥˊ ㄓㄨ 即使處以死罪也無法抵償所犯下的惡行。比喻罪大惡極。

罪有應得 ㄗㄨㄟˋ ㄧㄡˇ ㄧㄥ ㄉㄜˊ 為所犯的錯承受應得的懲罰。

罪魁禍首 ㄗㄨㄟˋ ㄎㄨㄟˊ ㄏㄨㄛˋ ㄕㄡˇ 犯罪肇禍的首要人物。

署 ㊀ㄕㄨˇ shǔ 名①官吏辦公的地方。例衙署、官署。②政府機關的組織單位。例衛生署。㊁ㄕㄨˋ shù 動①布置，安排。例部署。②在文件或書冊上簽寫。例簽署。

署名 ㄕㄨˋ ㄇㄧㄥˊ 在文書上簽名。

署理 ㄕㄨˋ ㄌㄧˇ 指官職出缺，以其他官員暫行代理職務。或作「署事」、「署任」。

罨 ㄧㄢˇ yǎn 名用來捕魚或捕鳥的網。動①用網捕取。②覆蓋。

九畫

罰 ㄈㄚˊ fá 名犯法者所受的罪刑。例責罰。動①懲治。例處罰。②用錢贖罪。例罰鍰。

罰則 ㄈㄚˊ ㄗㄜˊ 統稱規定懲罰的法令條文。

罰酒 ㄈㄚˊ ㄐㄧㄡˇ 宴飲時罰人飲酒。

罰球 ㄈㄚˊ ㄑㄧㄡˊ 球類比賽中，球員犯規時，由對方球員執行射門、投籃等的處罰。

罰單 ㄈㄚˊ ㄉㄢ 記載違規事項及處分方法的單據。

罰鍰 ㄈㄚˊ ㄏㄨㄢˊ 罰款。為行政機關處分的行政罰。

罳 ㄙ sī 名罘罳，指獵網或在宮闕門外鏤空似網的屏風。

十畫

罵 ㄇㄚˋ mà 動用粗鄙的話、嚴厲的言語侮辱或責備。例責罵、辱罵。

罵名 ㄇㄚˋ ㄇㄧㄥˊ 因為被人辱罵所得的惡名。

罵街 ㄇㄚˋ ㄐㄧㄝ 不指明對象當眾的漫罵。例潑婦罵街。

罷 ㈠ㄅㄚˋ bà 動①免除，廢止。例罷免。②停止。例欲罷不能。副①完畢。例語罷。②表示時間，相當於「那時候」、「才」之意。例杜甫・懷舊詩：「老罷知明鏡，悲來望白雲。」嘆表示失望不滿、怨恨。例罷了罷了！㈡ㄆㄧˊ pí 形通「疲」。勞乏，困倦。例罷馬。

罷了 ㄅㄚˋ ˙ㄌㄜ ①就這樣而已。表示限制或讓步的語氣。②算了。表示暫時停止或不勉強、堅持的意思。③表示失望不滿、忿恨的感嘆詞。

罷工 ㄅㄚˋ ㄍㄨㄥ 工人為了爭取自己的權益，暫時集體離開工作崗位，以進行抗爭，求得換取更多福利或是重視的行為。

罷手 ㄅㄚˋ ㄕㄡˇ 停止所做的事。

罷休 ㄅㄚˋ ㄒㄧㄡ 住手，休止。

罷免 ㄅㄚˋ ㄇㄧㄢˇ 公民對民選的議員或行政官員，在其法定任期未滿前，得用投票方式使其去職。

罷官 ㄅㄚˋ ㄍㄨㄢ 自行辭退官職。

罷敝 ㄅㄚˋ ㄅㄧˋ 因人力、物力的消耗太大而疲頓困乏。

罷課 ㄅㄚˋ ㄎㄜˋ 老師或學生因有所訴求而集體停止上課。

罷黜 ㄅㄚˋ ㄔㄨˋ ①貶抑，排斥。例罷黜百家。②免職，免除。例罷黜官職。

十一畫

罹 ㄌㄧˊ lí 名憂愁。動遭受，遭遇。例罹患。

罹病 ㄌㄧˊ ㄅㄧㄥˋ 遭受或染上疾病。

罹患 ㄌㄧˊ ㄏㄨㄢˋ 染上某種疾病。

罹難 ㄌㄧˊ ㄋㄢˋ 遭逢災難死亡。

十二畫

罽 ㄐㄧˋ jì 名用毛織品製成的物品。例罽幕。

罾 ㄗㄥ zēng 名四邊有支架的方形魚網。動以網捕魚。例罾魚。

十四畫

羅 ㄌㄨㄛˊ luó 名①過濾東西所用的器具。②捕捉鳥獸的網子。例天羅地網。③質地較輕且摸起來柔軟的絲織品。例綾羅。④姓。動①招攬。例網羅。②涵蓋，囊括。例包羅萬象。③抓拿，捉捕。例門可羅雀。④排列，分布。例羅列。

羅布 ㄌㄨㄛˊ ㄅㄨˋ 陳列分布。

羅列 ㄌㄨㄛˊ ㄌㄧㄝˋ 指事物分布排列。

羅致 ㄌㄨㄛˊ ㄓˋ 延攬人才。

羅扇 ㄌㄨㄛˊ ㄕㄢˋ 用絲所製成的扇子。

羅裙 ㄌㄨㄛˊ ㄑㄩㄣˊ 以絲作為材質的裙。

羅網 ㄌㄨㄛˊ ㄨㄤˇ ①捕捉鳥獸的網。②用以形容陷害人的計謀。③法律之網。

羅盤 ㄌㄨㄛˊ ㄆㄢˊ ①利用磁針的原理勘定方位的儀器。常用於飛行或海運的航行及觀測目標的方位。②勘輿家用來測定方位的儀器，盤面刻有干支度數及卦爻。

羅織 ㄌㄨㄛˊ ㄓ 編織罪名、罪狀，陷害無辜。

羅漢腳 ㄌㄨㄛˊ ㄏㄢˋ ㄐㄧㄠˇ 單身漢。常指未婚或寡居的男子。

羅馬字母 ㄌㄨㄛˊ ㄇㄚˇ ㄗˋ ㄇㄨˇ 羅馬人用來書寫的拉丁文，後來加以演變，成為今日歐美各國通行的拼音字母。或譯作「羅馬字」。

羅曼蒂克 ㄌㄨㄛˊ ㄇㄢˋ ㄉㄧˋ ㄎㄜˋ 富有意境，充滿感性氣氛的。為英語 romantic 的音譯。也作「浪漫」。

羅掘俱窮 ㄌㄨㄛˊ ㄐㄩㄝˊ ㄐㄩˋ ㄑㄩㄥˊ 形容陷於財物缺乏，且無力籌措的艱難處境。

羅敷有夫 ㄌㄨㄛˊ ㄈㄨ ㄧㄡˇ ㄈㄨ 指女子已經結褵有丈夫。

十七畫

羇 ㄐㄧ 名 寄居在外地的旅客。動 旅居在外。例 羇身異鄉。

十九畫

羈 ㄐㄧ 名 ①馬絡頭，套住馬嘴的馬具。②古代小女孩用來套在頭上的髮髻。③寄居在外的旅客。例 羈旅。動 ①牽絆，受到拘束。例 羈絆。②停留。③繫綁，拘繫。例 羈押。

羈束 ㄐㄧ ㄕㄨˋ 束縛，約束。

羈押 ㄐㄧ ㄧㄚ 法院或檢察官對刑事案件為執行刑罰、保全事證的真實，或方便訴訟的進行，對刑事被告依法拘禁，限制其自由。

羈留 ㄐㄧ ㄌㄧㄡˊ ①拘禁，看守。②滯留在外。

羈絆 ㄐㄧ ㄅㄢˋ 因為被牽絆而不能脫身。

羊部 ㄧㄤˊ

羊 ㈠ ㄧㄤˊ yáng 名 ①反芻類家畜。有山羊、綿羊、羚羊等。②姓。㈡ ㄒㄧㄤˊ xiáng 名 通「祥」。吉祥。例 吉羊如意。

羊水 ㄧㄤˊ ㄕㄨㄟˇ 位於羊膜內的液體，可以保護胎兒，不因外力的震盪而受到傷害。

羊毫 ㄧㄤˊ ㄏㄠˊ 羊毛所製的毛筆，筆質較柔軟。

羊羹 ㄧㄤˊ ㄍㄥ 豆沙、麵、糖等做成的甜食。

羊腸線 ㄧㄤˊ ㄔㄤˊ ㄒㄧㄢˋ 外科手術用以縫合開刀部位的線。由羊腸製成，縫合後可被人體組織所吸收。

羊癲瘋 ㄧㄤˊ ㄉㄧㄢ ㄈㄥ 癲癇的別名。一種突然昏迷，全身痙攣，口吐白沫的病。又叫羊角風、羊癇瘋。

羊腸小徑 ㄧㄤˊ ㄔㄤˊ ㄒㄧㄠˇ ㄐㄧㄥˋ 形容狹窄彎曲的小路。亦稱為羊腸小道。

羊入虎口 ㄧㄤˊ ㄖㄨˋ ㄏㄨˇ ㄎㄡˇ 羊落入老虎的口裡。比喻置身於危險的境地，難有生存的希望。

羊膜穿刺 ㄧㄤˊ ㄇㄛˊ ㄔㄨㄢ ㄘˋ 一種醫學檢驗方式，用於鑑定胎兒性別、先天性缺陷與染色體異常等。

一畫

羋 ㊀ㄇㄧㄝ miē 副 形容羊的叫聲。㊁ㄇㄧˇ mǐ 名 姓。

羌 ㄑㄧㄤ qiāng 名 ①中國西北少數民族之一，舊稱為西戎，分布在今青海、甘肅、四川一帶。②動物名。鹿科麂屬，形體大小及吠聲似狗。③姓。

羌族 ㄑㄧㄤ ㄗㄨˊ 中國少數民族之一。

三畫

美 ㄇㄟˇ měi 名 ①良善的德性、事物等。例成人之美。②美洲或美國的簡稱。例北美。③容貌漂亮或個性善良的女子。形 ①好看的，賞心悅目的。例美麗。②得意的。例臭美。動 ①化妝，打扮。例美容。②誇獎，讚賞。例美言幾句。

美人 ㄇㄟˇ ㄖㄣˊ ①美麗的女子。②指意中人。

美女 ㄇㄟˇ ㄋㄩˇ 面容姣好，儀態優雅的女子。

美化 ㄇㄟˇ ㄏㄨㄚˋ 經過巧思或巧手的裝飾點綴，以呈現美觀的一面。

美玉 ㄇㄟˇ ㄩˋ 質地很好的玉。

美名 ㄇㄟˇ ㄇㄧㄥˊ 美好的名聲。

美色 ㄇㄟˇ ㄙㄜˋ 女子美麗的容顏。

美妙 ㄇㄟˇ ㄇㄧㄠˋ 美好巧妙。

美言 ㄇㄟˇ ㄧㄢˊ ①代人說好話。②善言。

美容 ㄇㄟˇ ㄖㄨㄥˊ 藉由各種方式讓容貌變美麗。

美術 ㄇㄟˇ ㄕㄨˋ 創造美感或美好事物為主的藝術，包括建築、雕刻、繪畫、詩歌及音樂等。也專指繪畫和雕刻。

美景 ㄇㄟˇ ㄐㄧㄥˇ ①美好的風景。例良辰美景。②形容情況良好。例遠大的美景。

美意 ㄇㄟˇ ㄧˋ ①好意，善意。②快樂而無憂慮。

美感 ㄇㄟˇ ㄍㄢˇ 對於美的感受、體會與認知。

美夢 ㄇㄟˇ ㄇㄥˋ ①美好、令人感到歡心的夢。例昨晚做了個美夢。②用以形容甜蜜的境界，或理想的憧憬。例希望我能夠美夢成真。

美滿 ㄇㄟˇ ㄇㄢˇ 美好圓滿。

美貌 ㄇㄟˇ ㄇㄠˋ 美麗的容貌。

美德 ㄇㄟˇ ㄉㄜˊ 美好的品德。

美談 ㄇㄟˇ ㄊㄢˊ 為人所稱頌、樂於談論的事。

美麗 ㄇㄟˇ ㄌㄧˋ ①形容容貌漂亮、俏麗。②事物美好或文詞華麗，令人賞心悅目。

美觀 ㄇㄟˇ ㄍㄨㄢ 外觀美麗好看。

美豔 ㄇㄟˇ ㄧㄢˋ 形容女子的容貌美好豔麗。

美人計 ㄇㄟˇ ㄖㄣˊ ㄐㄧˋ 用美女為誘因，誘拐他人上當或落入圈套的詭計。

美食家 ㄇㄟˇ ㄕˊ ㄐㄧㄚ 專門品嘗味美食物，並加以評鑑或發表意見的人。

美人遲暮 ㄇㄟˇ ㄖㄣˊ ㄔˊ ㄇㄨˋ 美人到了日暮西山的晚年。比喻年華老去。

美女如雲 ㄇㄟˇ ㄋㄩˇ ㄖㄨˊ ㄩㄣˊ 形容美女眾多，如同天上的雲彩一般。

美不勝收 ㄇㄟˇ ㄅㄨˋ ㄕㄥ ㄕㄡ 形容美好的事物非常多，以至於無法完全收納。

美中不足 ㄇㄟˇ ㄓㄨㄥ ㄅㄨˋ ㄗㄨˊ 事物雖美，但其中仍有缺陷。

美輪美奐 ㄇㄟˇ ㄌㄨㄣˊ ㄇㄟˇ ㄏㄨㄢˋ 形容建築物華美壯觀。

美景良辰 ㄇㄟˇ ㄐㄧㄥˇ ㄌㄧㄤˊ ㄔㄣˊ 美好的時光，迷人的景色。亦作「良辰美景」。

美饌佳餚 ㄇㄟˇ ㄓㄨㄢˋ ㄐㄧㄚ ㄧㄠˊ 指美味精緻的食物。

美麗島事件 ㄇㄟˇ ㄌㄧˋ ㄉㄠˇ ㄕˋ ㄐㄧㄢˋ 民國六十八年（西元一九七九年）十二月十日發生在高雄地區的一件警民衝突事件。

羑 ㄧㄡˇ yǒu 名 古地名。羑里，在今河南省。

四畫

羔 ㄍㄠ gāo 名 ①小羊。形 ①幼小的生物。②幼小的。例 迷途羔羊。②黑羊皮所製成的。例 論語：「緇衣羔裘。」

羔皮 ㄍㄠ ㄆㄧˊ 小羊皮，相當保暖，是製作皮衣的原料。

羔羊 ㄍㄠ ㄧㄤˊ 小羊。用以借指天真無邪或稚弱的人。

羖 ㄍㄨˇ gǔ 名 黑色的公羊。

五畫

羚 ㄌㄧㄥˊ líng 見「羚羊」。

羚羊 ㄌㄧㄥˊ ㄧㄤˊ 動物名。哺乳綱偶蹄目，臉長嘴尖，性溫和，善奔跑，嗅覺敏銳。角可作藥材。

羞 ㄒㄧㄡ xiū 名 ①通「饈」。精巧美味的食物。例 時羞、珍羞。②恥辱。例 蒙羞。動 ①進貢，進獻。例 羞以貢品。②侮辱，使人難堪。例 羞辱。③害怕，慚愧。例 羞於見人。④害臊，難為情。例 害羞。

羞怯 ㄒㄧㄡ ㄑㄩㄝˋ 因為感到不好意思而心生膽怯。

羞花 ㄒㄧㄡ ㄏㄨㄚ 形容女子相當美麗，連花也自感羞愧。例 閉月羞花。

羞恥 ㄒㄧㄡ ㄔˇ 羞愧恥辱。

羞辱 ㄒㄧㄡ ㄖㄨˇ 侮辱，欺侮。

羞赧 ㄒㄧㄡ ㄋㄢˇ 因為覺得不好意思而面紅。

羞愧 ㄒㄧㄡ ㄎㄨㄟˋ 羞恥慚愧。

羞慚 ㄒㄧㄡ ㄘㄢˊ 面含羞而心慚愧。

羞憤 ㄒㄧㄡ ㄈㄣˋ 感到羞愧且憤恨。

羞澀 ㄒㄧㄡ ㄙㄜˋ 因害羞或不熟悉而舉止不自然。

羝 ㄉㄧ dī 名 公羊。

六畫

羢 ㄖㄨㄥˊ róng 名細柔的羊毛。例羊羢。

善 ㄕㄢˋ shàn 名①美好的事。例隱惡揚善。②好人，有德性的人。形①美好的。例善事。②熟悉的。例面善。動①喜歡，愛好。②親善，交好。③收拾，整頓。例善後。副①擅長地。例能歌善舞。②親切地。例善待。③容易地。例善疑。嘆表讚美、稱許之詞。

善人 ㄕㄢˋ ㄖㄣˊ 善良、心腸慈悲，樂行好事的人。

善心 ㄕㄢˋ ㄒㄧㄣ 善良慈悲的心。

善用 ㄕㄢˋ ㄩㄥˋ 充分的利用。

善行 ㄕㄢˋ ㄒㄧㄥˋ 良好的行為或慈善捐助救濟的行為。

善良 ㄕㄢˋ ㄌㄧㄤˊ 比喻心地或思想端正純潔，沒有任何邪惡的念頭。

善忘 ㄕㄢˋ ㄨㄤˋ 容易忘記。同健忘。

善待 ㄕㄢˋ ㄉㄞˋ 好好對待。

善後 ㄕㄢˋ ㄏㄡˋ 事故發生後將遺留下的問題妥善處理。

善終 ㄕㄢˋ ㄓㄨㄥ ①能享天年，安詳而逝。②美滿的結局。

善報 ㄕㄢˋ ㄅㄠˋ 做了好的事情之後，有好的報應。例善有善報。

善意 ㄕㄢˋ ㄧˋ ①好意。②善於揣測別人的意向。

善感 ㄕㄢˋ ㄍㄢˇ 感觸很容易被引發。例多愁善感。

善緣 ㄕㄢˋ ㄩㄢˊ ①好的關係或緣分。②俗稱好姻緣。

善戰 ㄕㄢˋ ㄓㄢˋ 善於作戰。例驍勇善戰。

善舉 ㄕㄢˋ ㄐㄩˇ 良善的舉動。

善類 ㄕㄢˋ ㄌㄟˋ 良善的人。

善變 ㄕㄢˋ ㄅㄧㄢˋ 形容人的心意搖擺不定，容易改變。

善男信女 ㄕㄢˋ ㄋㄢˊ ㄒㄧㄣˋ ㄋㄩˇ 虔誠信仰佛教或道教的男女。

善始令終 ㄕㄢˋ ㄕˇ ㄌㄧㄥˋ ㄓㄨㄥ 美好的開頭，圓滿的結局。亦作「善始善終」。

善罷甘休 ㄕㄢˋ ㄅㄚˋ ㄍㄢ ㄒㄧㄡ 甘心罷休。或作「善罷干休」。

七畫

群 ㄑㄩㄣˊ qún 名①指同類事物聚合在一起的團體。例牛群。②泛指眾人。例捨己為群。③計算聚合在一起的人或物的量詞。例一群人。形①多數的。例群山環繞。②聚集的。例群島。副聚攏地。例群起攻之。

群育 ㄑㄩㄣˊ ㄩˋ 為德、智、體、群、美五育之一，目的在使學生學習如何和人相處、適應社會的生活教育。

群島 ㄑㄩㄣˊ ㄉㄠˇ 聚集在一起的島嶼。例澎湖群島。

群眾 ㄑㄩㄣˊ ㄓㄨㄥˋ ①指聚集在一起的多數人。②泛指社會上的一般人。

群山萬壑 ㄑㄩㄣˊ ㄕㄢ ㄨㄢˋ ㄏㄜˋ 連續展延的山峰和無數的溝谷。

群而不黨 ㄑㄩㄣˊ ㄦˊ ㄅㄨˋ ㄉㄤˇ 和眾人和平相處卻不結黨營私。

群策群力 ㄑㄩㄣˊ ㄘㄜˋ ㄑㄩㄣˊ ㄌㄧˋ 匯聚眾人的智慧和力量。

群龍無首 ㄑㄩㄣˊ ㄌㄨㄥˊ ㄨˊ ㄕㄡˇ 指群眾聚集卻缺乏領導者。

羨 ㄒㄧㄢˋ xiàn 名盈餘。例羨餘。動因愛慕而希望得到。例欣羨。

羨慕 ㄒㄧㄢˋ ㄇㄨˋ 因心生愛慕而渴望得到。

羥 ㄑㄧㄤ qiāng 名含氫氧基的有機化合物。例羥基。

義 ㄧˋ yì 名①合理、適當的事情。例見義勇為。②法則，法度。③意思，解釋。例同義反義。④為公理而犧牲的行為。例成仁取義。⑤義大利的簡稱。⑥正道，道理。例義正詞嚴。⑦情誼，彼此的感情。例情義。形①合於正義的。例義舉。②用來周濟公眾的。例義舍、義莊。③假的，人工的。例義肢。④由認領而成親屬的。例義子。

義士 ㄧˋ ㄕˋ ①為了追求公理正義，志節不苟或品行超凡的人。②出財布施，慷慨樂助的人。

義子 ㄧˋ ㄗˇ 經由認領而非親生的兒子。

義工 ㄧˋ ㄍㄨㄥ 自願參與工作，不支領酬勞的人。

義行 ㄧˋ ㄒㄧㄥˊ 見義勇為的行為。

義肢 ㄧˋ ㄓ 一種人工肢體，多以塑膠或金屬製成，裝置於截肢病人的殘肢上，以改善功能或增加美觀。

義氣 ㄧˋ ㄑㄧˋ 彰顯道義的氣概。

義消 ㄧˋ ㄒㄧㄠ 義勇消防隊，即平時不支薪、自願協助救災消防等工作的人員。

義務 ㄧˋ ㄨˋ ①泛稱人在社會生活中所應盡的職責。②依法律或契約的規定，必須去做的事。③出勞力而不接受報酬的行為。

義理 ㄧˋ ㄌㄧˇ ①微言大義之理。②道德公理。

義診 ㄧˋ ㄓㄣˇ 醫師不收取費用，義務為人診療疾病。

義演 ㄧˋ ㄧㄢˇ 為勞軍、公益活動等而舉行的遊藝表演。

義賣 ㄧˋ ㄇㄞˋ 為了公益收入而售賣物品，所得都充作慈善事業用。

義警 ㄧˋ ㄐㄧㄥˇ 不支薪，在有需要時出動的義勇警察。

義不容辭 ㄧˋ ㄅㄨˋ ㄖㄨㄥˊ ㄘˊ 道義上不容許推卻。

義正辭嚴 ㄧˋ ㄓㄥˋ ㄘˊ ㄧㄢˊ 理由正當，措詞嚴厲。

義無反顧 ㄧˋ ㄨˊ ㄈㄢˇ ㄍㄨˋ 本著正義勇往直前，而絕不退縮。亦作「義不反顧」。

義憤填膺 ㄧˋ ㄈㄣˋ ㄊㄧㄢˊ ㄧㄥ 因見不義之事，胸中充滿因正義而激起的憤怒。

義薄雲天 ㄧˋ ㄅㄛˊ ㄩㄣˊ ㄊㄧㄢ 形容極有義氣。

九畫

羭 ㄩˊ yú 名①黑色的母羊。②美好的事情。例攘羭。

羯 ㄐㄧㄝˊ jié 名①指去勢閹割過的公羊。②古代種族名。居住在中國的西北部，為匈奴的一支。

十畫

羱 ㄩㄢˊ yuán 名羱羊，產於蒙古、西藏、西伯利亞一帶的野羊，是綿羊的原種，體大如驢，角盤曲，毛短粗。

羲 ㄒㄧ xī 名①姓。②人名。即伏羲氏，傳說中的帝王，是三皇之一。

十三畫

羶 ㄕㄢ shān 名羊身上發出的臊味。例羶腥。

羶腥 ㄕㄢ ㄒㄧㄥ 泛稱牛羊魚等食物的氣味。

羸 ㄌㄟˊ léi 形①瘦弱的。例羸弱。②疲憊的。例羸兵。

羸弱 ㄌㄟˊ ㄖㄨㄛˋ 指瘦弱不堪的樣子。同羸瘦。

羸馬 ㄌㄟˊ ㄇㄚˇ 衰弱的馬。引申指貧困的人。

羹 ㄍㄥ gēng 名用菜、肉芶芡做成的濃湯。例魚羹。

羹匙 ㄍㄥ ㄔˊ 湯匙，又叫調羹。

羹湯 ㄍㄥ ㄊㄤ 用菜肉製成佐飯的濃湯。

十五畫

羼 ㄔㄢˋ chàn 動混雜摻合於其中。例羼雜。

羽部 ㄩˇ

羽 ㄩˇ yǔ 名①古代五音之一。②古代舞者拿在手上的裝飾物，多以雉尾製成。③同夥，同黨朋友。例黨羽。④鳥類或飛蟲的翅膀。例蟬羽。⑤鳥類的毛。也代稱鳥類。形以羽毛製成的。例羽衣。

羽化 ㄩˇ ㄏㄨㄚˋ ①昆蟲蛹化為成蟲，稱為羽化。②得道成仙。例羽化登仙。

羽毛 ㄩˇ ㄇㄠˊ ①鳥類身上的毛。具有飛翔、維持體溫、保護身體等。②比喻人的聲望。例愛惜羽毛。

羽扇 ㄩˇ ㄕㄢˋ 用鳥羽做成的扇子。

羽翼 ㄩˇ ㄧˋ ①禽鳥的翅膀。②輔佐，或指在君王身旁輔佐的人。③盜賊的朋友或幫助盜賊的人。

羽量級 ㄩˇ ㄌㄧㄤˋ ㄐㄧˊ 部分體育競賽如相撲或拳擊、舉重等的一種級別，通常指最輕的那一級。

羽毛未豐 ㄩˇ ㄇㄠˊ ㄨㄟˋ ㄈㄥ 羽毛尚未長滿成熟。比喻勢力或能力、學識淺薄，還不足以獨當一面。

羽狀複葉 ㄩˇ ㄓㄨㄤˋ ㄈㄨˋ ㄧㄝˋ 指植物每葉的小葉片排列在葉軸的兩側，左右如羽毛狀。

羽扇綸巾 ㄩˇ ㄕㄢˋ ㄍㄨㄢ ㄐㄧㄣ 形容態度從容自在，胸有成竹，毫不緊張。

三畫

羿 ㄧˋ yì 名人名。即后羿，相傳為古代善射之人，是夏朝時有窮國的國君。

四畫

翁 ㄨㄥ wēng 名①父親。例乃翁。②對男性的敬稱。例富翁。③丈夫或妻子的父親。例翁姑。④對男性長者的稱呼。例漁翁。⑤姓。

翁姑 ㄨㄥ ㄍㄨ 為人妻者尊稱丈夫的父與母。

翁婿 ㄨㄥ ㄒㄩˋ 岳父與女婿。

翅 ㄔˋ chì 名①鳥類及昆蟲身上的薄翼，通常用來飛行。例大鵬展翅。②鯊魚的鰭。例魚翅。

翅膀 ㄔˋ ㄅㄤˇ 鳥類及昆蟲身上的薄翼。

翅果 ㄔˋ ㄍㄨㄛˇ 果實的果皮向外伸長，狀如翅膀，可藉由風力將種子飛散到遠處，以擴散其生長區域。

翃 ㄏㄨㄥˊ hóng 形蟲飛的樣子。

五畫

翌 ㄧˋ yì 形①排在第二的，次的。例翌年。②光耀顯赫的。例翌明。

翌年 ㄧˋ ㄋㄧㄢˊ 明年，第二年。

翌日 ㄧˋ ㄖˋ 第二日，明天。

習 ㄒㄧˊ xí 名①鳥類反覆拍動翅膀的動作。②指積久養成的慣性行為。例積習難改。形見「習習」。動①鳥類拍動翅膀嘗試飛行。②反覆鑽研、練習。例溫習。③熟悉，通曉。副時常，常常。例習見、習以為常。

習作 ㄒㄧˊ ㄗㄨㄛˋ 練習寫作或練習的作業。

習性 ㄒㄧˊ ㄒㄧㄥˋ 因為長久所積累下來的習慣與性情。

習俗 ㄒㄧˊ ㄙㄨˊ 人們因為長期的文化或生活方式所養成的習慣、風俗。

習氣 ㄒㄧˊ ㄑㄧˋ 指長期養成的不良習慣。

習習 ㄒㄧˊ ㄒㄧˊ ①舒服和緩的樣子。②鳥類飛動的樣子。③盛多的樣子。

習慣 ㄒㄧˊ ㄍㄨㄢˋ ①逐漸適應。②長期養成，不容易改變的行為模式或社會風尚。

習題 ㄒㄧˊ ㄊㄧˊ 用來練習的題目。

習以為常 ㄒㄧˊ ㄧˇ ㄨㄟˊ ㄔㄤˊ 習慣一旦養成之後，不論正確與否，便成為常規。

習而不察 ㄒㄧˊ ㄦˊ ㄅㄨˋ ㄔㄚˊ 習慣了某種事物，便不易察覺出其中的問題。

翎 ㄌㄧㄥˊ líng 名①昆蟲的翅膀。例蝶翎。②清代官員禮冠上的羽飾，可區別官等品級。例花翎。③鳥類羽毛。例雁翎。④箭尾的羽飾。例箭翎。

翎毛 ㄌㄧㄥˊ ㄇㄠˊ ①鳥類的羽毛。②用鳥獸作題材的畫。

翊 ㄧˋ yì 形第二的，次的。動輔助。例匡翊、輔翊。副飛翔地。

翊贊 ㄧˋ ㄗㄢˋ 加以幫助或輔佐元首做事。

六畫

翔 ㄒㄧㄤˊ xiáng 形通「詳」。詳細確實的。例翔實。動繞圈飛行。例飛翔。

翕 ㄒㄧˋ xì 動①收斂，收縮。例翕翼。②聚集。例翕集。副和諧順服的樣子。例翕然。

翕如 ㄒㄧˋ ㄖㄨˊ 指樂音並奏而盛大的樣子。

八畫

翡 ㄈㄟˇ fěi 見「翡翠」。

翡翠 ㄈㄟˇ ㄘㄨㄟˋ ①鳥名。與魚狗同類，稍大，全身羽毛赤褐色。②翠綠色的硬玉，半透明，為珍貴飾品。亦稱為翠玉。

翠 ㄘㄨㄟˋ cuì 名①畫眉的深青色顏料。②引喻為女子。例倚翠偎紅。③綠色的玉。例翡翠。④羽色為青綠色的鳥。例翠鳥。形①用翠羽裝飾的。②青綠色的。例翠玉。

翠玉 ㄘㄨㄟˋ ㄩˋ 翠綠色的硬玉。光澤如脂，半透明，可作上等飾品。亦稱為翡翠。

翠鈿 ㄘㄨㄟˋ ㄉㄧㄢˋ 用綠色的玉製成，為裝飾用的婦女頭飾。

翠綠 ㄘㄨㄟˋ ㄌㄩˋ 青綠色。

翟 ㊀ㄉㄧˊ dí 名①長尾山雉。②古代樂舞所用的雉羽。③人名。戰國時墨子名翟。㊁ㄓㄞˊ zhái 名姓。

翥 ㄓㄨˋ zhù 動高飛。例鸞翔鳳翥。

九畫

翩 ㄆㄧㄢ piān 形①飄忽的，輕盈的。②風流瀟灑的。例翩翩。動疾速的飛。

翩然 ㄆㄧㄢ ㄖㄢˊ 行動飄忽、輕盈、敏捷的樣子。

翩翩 ㄆㄧㄢ ㄆㄧㄢ ①鳥兒輕飛，或行動輕快的樣子。②比喻自得其樂。③形容文采風流的樣子。④形容舉止灑脫的樣子。

翩翻 ㄆㄧㄢ ㄈㄢ 上下搖曳、飄動的樣子。

翬 ㄏㄨㄟ huī 名五彩花色的錦雞。副飛行速度快捷地。

翫 ㄨㄢˋ wàn 動①安於習慣而輕忽。例左傳：「寇不可翫。」②通「玩」。戲弄。例狎翫。

翫愒 ㄨㄢˋ ㄎㄞˋ 指人輕忽懈怠，蹉跎歲月，浪費時間。

翦 ㄐㄧㄢˇ jiǎn 動通「剪」。削除，剷滅。

翦徑 ㄐㄧㄢˇ ㄐㄧㄥˋ 攔路搶劫。

翦除 ㄐㄧㄢˇ ㄔㄨˊ 翦滅削除。

翦綵 ㄐㄧㄢˇ ㄘㄞˇ 建築物或道路橋梁等落成啟用、商店及展覽開幕時，所舉行剪斷彩帶的儀式，為討吉利的象徵。也作「剪綵」。

翦草除根 ㄐㄧㄢˇ ㄘㄠˇ ㄔㄨˊ ㄍㄣ 從根本上鏟除禍根，以免後患。

十畫

翰 ㄏㄢˋ hàn 名①五彩或紅色羽毛的山雞。②毛筆。例翰墨。③文詞，文章或書信等。例華翰。④文才。動高飛。

翰墨 ㄏㄢˋ ㄇㄛˋ 指筆墨。比喻文章或書法。

翰藻 ㄏㄢˋ ㄗㄠˇ 寫作的時候所用的文采辭彙。

翮 ㄍㄜˊ gé 名①鳥類羽毛中的硬梗。②指鳥類的翅膀。③古時用於羽毛的量詞。

翱 ㄠˊ áo 見「翱翔」。

翱翔 ㄠˊ ㄒㄧㄤˊ ①鳥兒回旋高飛的樣子。②自在遨遊。

十一畫

翳 ㄧˋ yì 名①用羽毛所製成的車蓋。②供蔽覆的東西。③一種瞳孔被白膜所遮蔽，無法看清東西的眼疾，即白內障。例眼翳病。動遮蔽。

翳翳 ㄧˋ ㄧˋ 隱晦不清楚的樣子。

翳薈 ㄧˋ ㄏㄨㄟˋ 草木茂盛的樣子。

翼

ㄧˋ yì 名①在左右兩側的軍隊。例兩翼夾擊。②蟲和鳥的翅膀。例蟬翼、鳥翼。形①恭敬謹慎的樣子。例小心翼翼。②通「翌」。第二的，次的。例翼日。動①輔佐幫助。例輔翼。②掩蔽，保護。例翼蔽。

翼手龍 ㄧˋ ㄕㄡˇ ㄌㄨㄥˊ 類似鳥的爬蟲。前肢和身體兩側間有層薄膜，能飛行，頭長，嘴尖，尾短。是生於侏羅紀與白堊紀間的古生物。

十二畫

翹

㈠ㄑㄧㄠˊ qiáo（讀音）名①鳥類尾部的長羽毛。②婦女髮上的飾物，形似鳥尾。形特別優秀傑出的。例翹楚。動抬起，舉高。例翹首。

㈡ㄑㄧㄠˋ qiào（語音）動高起，突起。例木板翹了。

翹企 ㄑㄧㄠˊ ㄑㄧˇ 抬高脖子，墊起腳跟。比喻盼望殷切的樣子。

翹楚 ㄑㄧㄠˊ ㄔㄨˇ 荊樹叢中最高的樹。比喻最優秀特出者。

翹舌音 ㄑㄧㄠˋ ㄕㄜˊ ㄧㄣ 將舌頭向上捲起，使氣流受阻所發出的音。如國語注音符號中的ㄓ、ㄔ、ㄕ、ㄖ等。亦稱為捲舌音、舌尖後音。

翹翹板 ㄑㄧㄠˋ ㄑㄧㄠˋ ㄅㄢˇ 一種兒童遊樂器具。也作「蹺蹺板」。

翹首引領 ㄑㄧㄠˊ ㄕㄡˇ ㄧㄣˇ ㄌㄧㄥˇ 將頭高舉，伸長脖子遠望。形容盼望殷切。

翹足而待 ㄑㄧㄠˊ ㄗㄨˊ ㄦˊ ㄉㄞˋ 舉足而待，馬上就要行動。形容極短的時間。

翻

ㄈㄢ fān 動①反轉，掀動。例翻身、翻報紙。②改變成全然不一樣的狀態。例翻臉。③將一種語言文字轉換成另一種語言文字。例翻譯。④穿越過。例翻山越嶺。⑤飛翔。例翻飛。

翻本 ㄈㄢ ㄅㄣˇ ①商場或賭場上，失利者要設法將失去的資本或賭本取回。②翻印的書籍。

翻印 ㄈㄢ ㄧㄣˋ 未經過著作者同意，將著作再行刊印或私自翻版。依著作權法應受刑事制裁。

翻地 ㄈㄢ ㄉㄧˋ 用犁、鋤頭等農具翻鬆田地。

翻身 ㄈㄢ ㄕㄣ ①將身體翻轉過來。②形容人從困頓的環境之中轉為順利。

翻供 ㄈㄢ ㄍㄨㄥˋ 犯人本來已經承認罪行，但是又改變供詞或再提證據。

翻修 ㄈㄢ ㄒㄧㄡ 重新修建改造。

翻案 ㄈㄢ ㄢˋ ①推翻原本判定的罪案結果。②推翻前人的定論。

翻新 ㄈㄢ ㄒㄧㄣ 把舊的建築或物品拆除重新建造。

翻閱 ㄈㄢ ㄩㄝˋ 翻看文件、檔案書冊等。

翻鬆 ㄈㄢ ㄙㄨㄥ 翻動使其鬆軟。是一種農作用語。

翻譯 ㄈㄢ ㄧˋ ①將某種語言文字以另外一種語言文字表達。②從事翻譯工作者。

翻筋斗 ㄈㄢ ㄐㄧㄣ ㄉㄡˇ 頭手同時著地，臀部翹起，腳一用力，讓整個身體翻轉過來。

翻舊帳 ㄈㄢ ㄐㄧㄡˋ ㄓㄤˋ 重提已經過去的不愉快或令人難堪、

尷尬的事情。

翻山越嶺 ㄈㄢ ㄕㄢ ㄩㄝˋ ㄌㄧㄥˇ 翻越過許多山嶺。形容旅途十分艱苦。

翻天覆地 ㄈㄢ ㄊㄧㄢ ㄈㄨˋ ㄉㄧˋ 用以形容變化極為巨大。

翻然悔悟 ㄈㄢ ㄖㄢˊ ㄏㄨㄟˇ ㄨˋ 突然間了解、醒悟過來。

翻雲覆雨 ㄈㄢ ㄩㄣˊ ㄈㄨˋ ㄩˇ ①形容想法或思慮、行動等的反覆無常。②形容男女間床第之事。

翻箱倒櫃 ㄈㄢ ㄒㄧㄤ ㄉㄠˇ ㄍㄨㄟˋ 形容到處尋找，將櫃子箱子都翻遍。

十三畫

翾 ㄒㄩㄢ xuān 形①急速的，快速的。②通「懁」。急躁的。副低飛地。例翾飛。

十四畫

耀 ㄧㄠˋ yào 名①光輝，光彩。例日月之耀。②榮譽。例榮耀。動①照射，照明。例耀眼。②自誇。例炫耀、誇耀。③顯明表揚。例光宗耀祖。

耀眼 ㄧㄠˋ ㄧㄢˇ 因為光線強烈，使人睜不開眼睛。比喻相當特出的。

耀武揚威 ㄧㄠˋ ㄨˇ ㄧㄤˊ ㄨㄟ 炫耀武力，誇示威風。比喻誇張得意的樣子。

老部 ㄌㄠˇ

老 ㄌㄠˇ lǎo 名①年紀大的人。例元老。②尊稱長輩。例李老。③老子的簡稱。例老莊思想。④姓。形①年紀大的。例老人。②熟習的，經驗豐富的。例老手。③陳年的。例老酒。④疲乏，困倦。例師老兵疲。⑤硬的，不嫩的。例牛肉太老了。⑥原來的，經常的。例老客人。動①退休。例告老還鄉。②尊敬，推崇。例老吾老以及人之老。③熟悉，閱歷深。例老於世故。副①很，極，非常。例大老遠來，有何貴事？②常常，總是。例他老習慣遲到。助①加在姓氏、稱呼上，表示非常熟。例老李是我多年的好友。②加在兄弟姐妹排行的次序上。例我是家中老二。③加在動物名稱上。例老鼠。

老千 ㄌㄠˇ ㄑㄧㄢ 指賭場中的騙子。

老小 ㄌㄠˇ ㄒㄧㄠˇ ①指年老和年幼的弱勢者。②泛稱家屬。例一家老小都來了。

老大 ㄌㄠˇ ㄉㄚˋ ①年紀大。例老大徒傷悲。②兄弟姐妹中排行最大的人。③指黑社會或一般幫會中的首領。④非常，很。例他是老大不願出面的。

老手 ㄌㄠˇ ㄕㄡˇ 非常熟悉某技巧或知識的能幹高手。

老夫 ㄌㄠˇ ㄈㄨ 年老男人的自稱。同老漢。

老化 ㄌㄠˇ ㄏㄨㄚˋ ①指人體或動物器官因年歲增長而逐漸衰退的現象。②指一般物質因長期使用而逐漸損壞的現象。

老式 ㄌㄠˇ ㄕˋ 陳舊而不再流行的式樣。

老家 ㄌㄠˇ ㄐㄧㄚ 指祖籍、故里。

老鄉 ㄌㄠˇ ㄒㄧㄤ ①同一故鄉來的人。②對不認識者隨意的稱呼。

老嫗 ㄌㄠˇ ㄩˋ 年紀大的婦人。

老實 ㄌㄠˇ ㄕˊ 形容人沒有心機，誠懇實在。

老遠 ㄌㄠˇ ㄩㄢˇ 非常遠的樣子。例你大老遠跑來，一定有要事相告。

老練 ㄌㄠˇ ㄌㄧㄢˋ 形容人閱歷豐富、有經驗的樣子。

老闆 ㄌㄠˇ ㄅㄢˇ ①通稱商店的主人。②員工對雇主的稱謂，也指上司。

老饕 ㄌㄠˇ ㄊㄠ 形容很貪吃的人。

老字號 ㄌㄠˇ ㄗˋ ㄏㄠˋ 指有一段時間且著名的老商家行號。

老百姓 ㄌㄠˇ ㄅㄞˇ ㄒㄧㄥˋ 指一般民眾。

老油條 ㄌㄠˇ ㄧㄡˊ ㄊㄧㄠˊ 形容人老於世故，非常圓滑的樣子。

老花眼 ㄌㄠˇ ㄏㄨㄚ ㄧㄢˇ 因水晶體老化，失去彈性，無法近距離看清事物的視力障礙。多發生在老年人身上。

老掉牙 ㄌㄠˇ ㄉㄧㄠˋ ㄧㄚˊ 指事物已經老舊過時，沒有新鮮味。

老大不小 ㄌㄠˇ ㄉㄚˋ ㄅㄨˋ ㄒㄧㄠˇ 指已經長大，達到或接近成年。

老生常譚 ㄌㄠˇ ㄕㄥ ㄔㄤˊ ㄊㄢˊ 形容不足為奇的平凡論調。亦作「老生常談」。

老牛舐犢 ㄌㄠˇ ㄋㄧㄡˊ ㄕˋ ㄉㄨˊ 年老的牛舔拭小牛。形容父母寵愛子女的模樣。

老奸巨猾 ㄌㄠˇ ㄐㄧㄢ ㄐㄩˋ ㄏㄨㄚˊ 非常奸巧狡猾不老實的人。

老成持重 ㄌㄠˇ ㄔㄥˊ ㄔˊ ㄓㄨㄥˋ 指人經驗豐富，行事穩當可靠。

老成凋謝 ㄌㄠˇ ㄔㄥˊ ㄉㄧㄠ ㄒㄧㄝˋ 年高德重的人去世。用於悼輓。

老氣橫秋 ㄌㄠˇ ㄑㄧˋ ㄏㄥˊ ㄑㄧㄡ 比喻人仗恃自己年紀大、經驗多而自高自大的樣子。同倚老賣老。

老馬識途 ㄌㄠˇ ㄇㄚˇ ㄕˋ ㄊㄨˊ 比喻經驗豐富練達的人。

老當益壯 ㄌㄠˇ ㄉㄤ ㄧˋ ㄓㄨㄤˋ 年紀雖老但身體志氣卻更強壯。

老態龍鍾 ㄌㄠˇ ㄊㄞˋ ㄌㄨㄥˊ ㄓㄨㄥ 形容人年老體力衰退，行動不靈活的模樣。

老謀深算 ㄌㄠˇ ㄇㄡˊ ㄕㄣ ㄙㄨㄢˋ 形容人謀定而後動，思慮非常深密的樣子。

老驥伏櫪 ㄌㄠˇ ㄐㄧˋ ㄈㄨˊ ㄌㄧˋ 指人雖年老，卻仍有壯志。

老人痴呆症 ㄌㄠˇ ㄖㄣˊ ㄔ ㄉㄞ ㄓㄥˋ 老年時發生的智能退化或人格改變的精神性疾病。

考

ㄎㄠˇ kǎo 名①指已死的父親。例先考。②考試的簡稱。例高考。形長壽的。例壽考。動①研究。例考古。②稽查，檢查。例考核。③測試。例招考。

考妣 ㄎㄠˇ ㄅㄧˇ 指已過世的父母親。

考究 ㄎㄠˇ ㄐㄧㄡ ①考察研究。②非常講究，力求精緻。

考查 ㄎㄠˇ ㄔㄚˊ 考核，查驗。多指對歷史文物進行考證或用一定的標準衡量事物。

考核 ㄎㄠˇ ㄏㄜˊ 審核考查。亦作「考覈」。

考試 ㄎㄠˇ ㄕˋ 用試題測驗考生程度高低的方式。

考察 ㄎㄠˇ ㄔㄚˊ 考核，視察。多指實際的觀察和調查。

考慮 ㄎㄠˇ ㄌㄩˋ 考量斟酌事情。

考選 ㄎㄠˇ ㄒㄩㄢˇ 用考試的方式選取人才。

考據 ㄎㄠˇ ㄐㄩˋ 根據史料來考核證實及說明歷史的問題。同考證。

考績 ㄎㄠˇ ㄐㄧ 考核稽查工作人員的成績。

考驗 ㄎㄠˇ ㄧㄢˋ 試驗，考察。

考試院 ㄎㄠˇ ㄕˋ ㄩㄢˋ 中華民國五院之一，掌理公務員的考選和銓敘等相關問題，是全國最高的考試機關。

四畫

者 ㄓㄜˇ zhě 代人或事物的代稱。例仁者。助①在動詞、名詞、形容詞後，無義。例荀子：「詩者，中聲之所止也。」②置於句中，表示停頓。例論語：「孝弟也者，其為仁之本與。」③放於句末，表示語氣結束。例孟子：「大人者，不失其赤子之心者也。」

耄 ㄇㄠˋ mào 名指八十歲以上的老人。形昏亂的。例耄荒。

耄耄 ㄇㄠˋ ㄇㄠˋ 年老頭髮白的模樣。

耄耋 ㄇㄠˋ ㄉㄧㄝˊ 指年紀很大的老人。

耆 ㄑㄧˊ qí 名本指六十歲的老人，後泛稱年長者。例耆老。形強橫的，頑強的。例左傳：「不懦不耆。」

耆老 ㄑㄧˊ ㄌㄠˇ 老人。多指德高望重者。

耆宿 ㄑㄧˊ ㄙㄨˋ 年紀大且有德望的老人。

耆碩 ㄑㄧˊ ㄕㄨㄛˋ 年高有德望的人。同耆德。

五畫

耇 ㄍㄡˇ gǒu 名已經傴僂的長壽者。

六畫

耋 ㄉㄧㄝˊ dié 名指七十歲以上的老人。例耄耋。

而部 ㄦˊ

而 ㄦˊ ér 動①至，到。例自北而南。②能夠，可以。例屈原・九章：「世孰云而知之？」副①尚且，猶。例蘇軾・前赤壁賦：「浩浩乎如馮虛御風，而不知其所止。」②始，才。表時間。例論語：「吾十有五而志於學。」③只，僅。例論語：「不患寡，而患不均。」介①以。例從今而後。②之，的。例論語：「君子恥其言而過其行。」連①又，並且。例物美而價廉。②則，就。例論語：「告諸往而知來者。」③倘若，如果。例論語：「人而無信，不知其可也。」④但是，卻。例殘而不廢。⑤和，及，與。例墨子：「聞善而不善，皆以告其上。」助①用於形容詞或副詞的語尾，無義。例鋌而走險。②通「矣」。表示嘆息、算了。例論語：「已而！已而！今之從政者殆而！」代你。例而父。

而已 ㄦˊ ㄧˇ 罷了。例他才一歲而已。

而今 ㄦˊ ㄐㄧㄣ 如今，現在。

而且 ㄦˊ ㄑㄧㄝˇ 表示平列或更進一層的連詞。

而立之年 ㄦˊ ㄌㄧˋ ㄓ ㄋㄧㄢˊ 指人到三十歲的年齡。

三畫

耐 ㄋㄞˋ nài 名指本事、能力。例能耐。動忍受。例吃苦耐勞。副持久地。例耐磨耐穿。

耐力 ㄋㄞˋ ㄌㄧˋ 指可以忍受多久的能力。例他很有耐力。

耐心 ㄋㄞˋ ㄒㄧㄣ 對事情不衝動、不急躁，按部就班。

耐用 ㄋㄞˋ ㄩㄥˋ 物品經得住長久使用，不易損壞。

耐性 ㄋㄞˋ ㄒㄧㄥˋ 比喻能忍耐、不急躁的性格。

耐煩 ㄋㄞˋ ㄈㄢˊ 指人性情不急躁，能忍受煩瑣。

耐人尋味 ㄋㄞˋ ㄖㄣˊ ㄒㄩㄣˊ ㄨㄟˋ 意義深遠，值得人深思品味。

耍 ㄕㄨㄚˇ shuǎ 動①玩樂，嬉戲。例玩耍。②賣弄，炫耀。例耍手腕。③施展。例耍刀弄槍。④戲弄，擺弄。例耍猴子。⑤賭博。例耍錢。

耍弄 ㄕㄨㄚˇ ㄋㄨㄥˋ 用不正當的方式玩弄、欺騙人。

耍賴 ㄕㄨㄚˇ ㄌㄞˋ 不講理，不認帳。

耍詐 ㄕㄨㄚˇ ㄓㄚˋ 使用詐欺手法騙人上當。

耍寶 ㄕㄨㄚˇ ㄅㄠˇ 施展逗趣的技藝讓人注意和發笑。

耍嘴皮子 ㄕㄨㄚˇ ㄗㄨㄟˇ ㄆㄧˊ ˙ㄗ ①諷人賣弄口才而言之無物。②光是嘴說而無實際行動。

耑 ㊀ㄉㄨㄢ duān 名通「端」。事物的開端。㊁ㄓㄨㄢ zhuān 副通「專」。特地。例耑送。

耑此 ㄓㄨㄢ ㄘˇ 書信結尾的敬辭。

耒部 ㄌㄟˇ

耒 ㄌㄟˇ lěi 名①古代農具上彎曲的把柄。②指翻土用的手推犁。

耒耜 ㄌㄟˇ ㄙˋ 耕田用的翻土農具，後泛稱農具。

三畫

耔 ㄗˇ zǐ 動培養苗根。例耘耔。

四畫

耘 ㄩㄣˊ yún 動除草。例耘田。

耙 ㄆㄚˊ pá 名有鋸齒狀的舊農具，用來擊碎土塊。例耙犁。動翻土，或將穀物聚攏、散開。

耗 ㄏㄠˋ hào 名音信，訊息。例噩耗。動①短少，減少。例人類一年不知耗掉多少資源。②拖延時間。例耗時費日。③消費，花費。例耗資。

耗子 ㄏㄠˋ ˙ㄗ 指老鼠。

耗費 ㄏㄠˋ ㄈㄟˋ 損失浪費。

耗損 ㄏㄠˋ ㄙㄨㄣˇ 虧減損耗。

耕 ㄍㄥ gēng 形從事農業的。例自耕農。動①

種田。例耕田。②比喻謀生。例筆耕。

耕地 ㄍㄥ ㄉㄧˋ 可用來耕種農作物的田地。

耕作 ㄍㄥ ㄗㄨㄛˋ 指從事農業的工作。

耕耘 ㄍㄥ ㄩㄣˊ ①耕田除草。指一般農田的工作。②比喻付出的努力和心力。例有耕耘，才有收穫。

耕種 ㄍㄥ ㄓㄨㄥˋ 耕田種植等工作。

耕稼 ㄍㄥ ㄐㄧㄚˋ 指耕田種稻的農事。

耕者有其田 ㄍㄥ ㄓㄜˇ ㄧㄡˇ ㄑㄧˊ ㄊㄧㄢˊ 讓實際農耕者擁有土地所有權，消除不良的佃農制度，提高農民的生產能力。

五畫

耜 ㄙˋ sì 名用來挖土的農具。

耞 ㄐㄧㄚ jiā 名一種打稻的農具。

九畫

耦 ㄡˇ ǒu 名①翻土用的農具。②指二人合在一起的一組。③配偶。④姓。形淤積的，堆積的。例耦沙。動兩人一起耕作。例耦耕。

十畫

耨 ㄋㄡˋ nòu 名除草的農具。動除草。例深耕易耨。

十一畫

耬 ㄌㄡˊ lóu 名指耬車，一種農具，用來播撒種子。

十五畫

耰 ㄧㄡ yōu 名指無齒的耙，用來平整田地或磨碎土塊。動播種後，用土覆蓋種子。

耳部 ㄦˇ

耳 ㄦˇ ěr 名①人和動物的聽覺及平衡器官，即耳朵。②指器物兩旁所附便於提攜的把手。③狀似耳朵的東西。例木耳。④姓。動聽，聞。助①位於句末，表示決定語氣。相當於「矣」。例禮記：「則樂之道歸焉耳。」②位於句末，表示限制。相當於「而已」。例論語：「前言戲之耳。」

耳目 ㄦˇ ㄇㄨˋ ①耳朵和眼睛。②替人刺探消息的人。

耳尖 ㄦˇ ㄐㄧㄢ ①耳朵的尖端。②形容聽覺敏銳。

耳沉 ㄦˇ ㄔㄣˊ 聽力不好，即耳背。

耳門 ㄦˇ ㄇㄣˊ 正門兩旁的小門。

耳根 ㄦˇ ㄍㄣ ①泛指耳朵受聽的程度。例耳根清靜。②耳的根部。

耳順 ㄦˇ ㄕㄨㄣˋ ①六十歲的代稱。指人到了六十歲，對聽到的話能有很強的判斷。②順耳，受聽。例那樣說還聽著耳順。

耳福 ㄦˇ ㄈㄨˊ 能聽到或享受到美好的音樂、聲響等的福分。例一飽耳福。

耳語 ㄦˇ ㄩˇ 湊到對方耳邊，輕聲說話。

耳熱 ㄦˇ ㄖㄜˋ 耳部發熱。形容人興奮的狀態。例酒酣耳熱。

耳朵軟 ㄦˇ ˙ㄉㄨㄛ ㄖㄨㄢˇ 好聽信別人的話。同耳根軟。

耳刮子 ㄦˇ ㄍㄨㄚ ˙ㄗ ①兩隻耳朵前的面頰。②用手打面頰，即巴掌。也作「耳光」。

耳邊風 ㄦˇ ㄅㄧㄢ ㄈㄥ 比喻對聽到的事毫不關心。亦作「耳旁風」。

耳目一新 ㄦˇ ㄇㄨˋ ㄧ ㄒㄧㄣ 聽到的和看到的一切都有新鮮感，不同以往。

耳提面命 ㄦˇ ㄊㄧˊ ㄇㄧㄢˋ ㄇㄧㄥˋ 形容一再的叮嚀，懇切的教誨。亦作「面命耳提」。

耳熟能詳 ㄦˇ ㄕㄡˊ ㄋㄥˊ ㄒㄧㄤˊ 因為經常聽聞而能熟悉知曉。

耳濡目染 ㄦˇ ㄖㄨˊ ㄇㄨˋ ㄖㄢˇ 因為置身其間，聽聞所及，慢慢受到薰陶而產生影響。

耳聰目明 ㄦˇ ㄘㄨㄥ ㄇㄨˋ ㄇㄧㄥˊ ①形容人聰明健康。②形容人腦筋靈敏而不易受矇蔽。

耳聽八方 ㄦˇ ㄊㄧㄥ ㄅㄚ ㄈㄤ 形容人非常機警聰明。

耳鬢廝磨 ㄦˇ ㄅㄧㄣˋ ㄙ ㄇㄛˊ 形容兩人非常的親密。

二畫

耵

ㄉㄧㄥˇ dǐng 見「耵聹」。

耵聹 ㄉㄧㄥˇ ㄋㄧㄥˊ 耳朵外耳道耵聹腺的分泌物，俗稱耳垢。

三畫

耷

ㄉㄚ dā 名大耳朵。

耷拉 ㄉㄚ ˙ㄌㄚ 下垂的樣子。也作「搭拉」。例他耷拉著腦袋不吭聲。

耶

ㄧㄝˊ yé 名①通「爺」。即父親。例耶孃（爺娘）。②譯音用字。例耶穌。助表示疑問，相當於「呢」、「嗎」。例是耶非耶。

耶律 ㄧㄝˊ ㄌㄩˋ 古代契丹部族名稱，遼國創立後為國姓。

耶穌 ㄧㄝ ㄙㄨ 猶太人，基督教的創始者，後人以他出生的那一年作為西元紀年的第一年。

耶和華 ㄧㄝ ㄏㄜˊ ㄏㄨㄚˊ 希伯來人對上帝的稱呼。

耶誕節 ㄧㄝ ㄉㄢˋ ㄐㄧㄝˊ 紀念耶穌誕生的日子，在每年的十二月二十五日。

四畫

耽

ㄉㄢ dān 動①延遲。例耽擱。②過度喜愛而沉迷於其中。例耽溺。

耽玩 ㄉㄢ ㄨㄢˊ 形容喜愛而傾心。

耽湎 ㄉㄢ ㄇㄧㄢˇ 沉溺其中。多形容過於嗜酒而荒廢正事。

耽溺 ㄉㄢ ㄋㄧˋ 形容太喜愛而沉醉、沉迷於其中。

耽誤 ㄉㄢ ㄨˋ 因為延遲而誤了事。

耽樂 ㄉㄢ ㄌㄜˋ 過度的貪圖享樂。

耽擱 ㄉㄢ ˙ㄍㄜ 延遲，耽誤。

耿

ㄍㄥˇ gěng 名姓。形①有操守氣節，剛正不阿的。例耿直。②心中懸念放心不下的。例耿耿於懷。③明亮，光大的。例耿月。

耿介 ㄍㄥˇ ㄐㄧㄝˋ ①守正而忠直。②正大光明。

耿直 ㄍㄥˇ ㄓˊ 剛毅忠直。

耿耿 ㄍㄥˇ ㄍㄥˇ ①心中掛念而不安。②光明的樣子。例耿耿星河。③輾轉反側，不得入眠的樣子。例詩經：「耿耿不寐，如有隱憂。」

耿耿於懷 ㄍㄥˇ ㄍㄥˇ ㄩˊ ㄏㄨㄞˊ 心裡介意而無法釋懷。

五畫

聊

ㄌㄧㄠˊ liáo 名興趣，樂趣。例無聊。動①依靠，憑藉。例民不聊生。②閒談。例聊天。副姑且。例聊表心意。

聊生 ㄌㄧㄠˊ ㄕㄥ 有所依憑以維生。

聊聊 ㄌㄧㄠˊ ㄌㄧㄠˊ 談談。

聊賴 ㄌㄧㄠˊ ㄌㄞˋ 憑藉，依託。

聊備一格 ㄌㄧㄠˊ ㄅㄟˋ ㄧˋ ㄍㄜˊ 姑且算作一份，勉強充數。表示不滿或謙虛的話。

聊勝一籌 ㄌㄧㄠˊ ㄕㄥˋ ㄧˋ ㄔㄡˊ 表示稍稍好一點點，略勝過一些。

聊勝於無 ㄌㄧㄠˊ ㄕㄥˋ ㄩˊ ㄨˊ 縱使只有一點點，也比完全沒有來得好一些。

聆

ㄌㄧㄥˊ líng 動傾耳細聽。例聆賞。

聆聽 ㄌㄧㄥˊ ㄊㄧㄥ 注意傾聽。

耼

ㄉㄢ dān 名春秋時哲學家老子李耳的字。也稱為老耼。形耳大的樣子。

六畫

聒

ㄍㄨㄚ guā 動喧吵。例聒耳。副多話地。例絮絮聒聒。

聒絮 ㄍㄨㄚ ㄒㄩˋ 話太多而令人厭煩。亦作「絮聒」。

聒噪 ㄍㄨㄚ ㄗㄠˋ 吵鬧不休。

七畫

聘

ㄆㄧㄥˋ pìng 名訂婚的禮物。例下聘。動邀請擔任職務。例聘請。

聘用 ㄆㄧㄥˋ ㄩㄥˋ 聘請任用。

聘任 ㄆㄧㄥˋ ㄖㄣˋ 聘請人擔任職務。

聘金 ㄆㄧㄥˋ ㄐㄧㄣ 訂婚時男方送給女方的禮金。

聘書 ㄆㄧㄥˋ ㄕㄨ 聘請人擔任職務的文件。

聘禮 ㄆㄧㄥˋ ㄌㄧˇ 男方送給女方的訂婚禮物。

聘姑娘 ㄆㄧㄥˋ ㄍㄨ ㄋㄧㄤˊ 嫁女兒。

聖

ㄕㄥˋ shèng 名①在學識或技藝上造詣極高的人。例詩聖、棋聖。②廣博通達於事理的人。形①人格高尚的。例聖人。②君主的。例聖旨。

聖人 ㄕㄥˋ ㄖㄣˊ 具有至高無上人格的人。如堯、舜、禹、湯、周公、孔子等。

聖水 ㄕㄥˋ ㄕㄨㄟˇ 宗教徒用來降福驅魔或治病的水。

聖母 ㄕㄥˋ ㄇㄨˇ 基督教徒稱耶穌的母親瑪利亞為聖母。

聖旨 ㄕㄥˋ ㄓˇ 帝王時代，臣下對君主命令的敬稱。

聖哲 ㄕㄥˋ ㄓㄜˊ ①達到最高境界的才德。②有超凡道德才智的人。

聖經 ㄕㄥˋ ㄐㄧㄥ 基督教的經典。包括新約和舊約。

八畫

聚 ㄐㄩˋ jù 名村落。例聚落。動①會合。例物以類聚。②蓄積。例聚沙成塔。

聚合 ㄐㄩˋ ㄏㄜˊ 聚集會合。

聚居 ㄐㄩˋ ㄐㄩ 眾人集居一處。

聚首 ㄐㄩˋ ㄕㄡˇ 會面。

聚眾 ㄐㄩˋ ㄓㄨㄥˋ 聚集群眾。

聚集 ㄐㄩˋ ㄐㄧˊ 集合。例廣場上聚集了成千上萬的群眾。

聚落 ㄐㄩˋ ㄌㄨㄛˋ 人民聚居的地方。

聚會 ㄐㄩˋ ㄏㄨㄟˋ ①聚集會合。②聚合的事。

聚賭 ㄐㄩˋ ㄉㄨˇ 招引多人一同賭博。

聚光鏡 ㄐㄩˋ ㄍㄨㄤ ㄐㄧㄥˋ 使光線聚集成光束或使平行光線聚集於一點的凹面鏡。

聚沙成塔 ㄐㄩˋ ㄕㄚ ㄔㄥˊ ㄊㄚˇ 比喻積少成多。

聚蚊成雷 ㄐㄩˋ ㄨㄣˊ ㄔㄥˊ ㄌㄟˊ 蚊聲雖微小，但只要聚集眾多，亦可以聲響如雷。比喻多數小人的攻訐，足以惑亂是非。

聚精會神 ㄐㄩˋ ㄐㄧㄥ ㄏㄨㄟˋ ㄕㄣˊ 專心一意而全神貫注。

聞 ㄨㄣˊ wén 名①知識。例多聞。②消息。例新聞。③名譽。例聲聞。④姓。形名氣響亮的。例聞人。動①聽見。例百聞不如一見。②傳達消息。例奏聞。③用鼻子嗅。

聞達 ㄨㄣˊ ㄉㄚˊ 被稱揚薦拔。

聞名 ㄨㄣˊ ㄇㄧㄥˊ 有名。

聞訊 ㄨㄣˊ ㄒㄩㄣˋ 接獲消息。

聞一知十 ㄨㄣˊ ㄧ ㄓ ㄕˊ 形容人稟賦聰敏，推理、領悟力很強。

聞風而逃 ㄨㄣˊ ㄈㄥ ㄦˊ ㄊㄠˊ 聽到消息後趕緊逃跑。

聞所未聞 ㄨㄣˊ ㄙㄨㄛˇ ㄨㄟˋ ㄨㄣˊ 聽到從未聽過的事情。

聞風響應 ㄨㄣˊ ㄈㄥ ㄒㄧㄤˇ ㄧㄥˋ 聽見消息，便急起而響應。

十一畫

聯 ㄌㄧㄢˊ lián 名詩文中每兩句成對者。例對聯。動①連結。例聯絡。②結合。例聯合。

聯手 ㄌㄧㄢˊ ㄕㄡˇ 共同合作完成一件事情。

聯合 ㄌㄧㄢˊ ㄏㄜˊ 結合。

聯名 ㄌㄧㄢˊ ㄇㄧㄥˊ 由一些人或團體共同具名。

聯考 ㄌㄧㄢˊ ㄎㄠˇ 聯合考試的簡稱。

聯邦 ㄌㄧㄢˊ ㄅㄤ 由數個地方團體組合而成的單一且統一的國家，每個地方有一定範圍內的自主組織權，可制定基本組織法，同時有代表參加中央立法權。

聯防 ㄌㄧㄢˊ ㄈㄤˊ 共同合作協力防守。

聯姻 ㄌㄧㄢˊ ㄧㄣ 男女雙方結成親家。

聯袂 ㄌㄧㄢˊ ㄇㄟˋ 衣袖相連。今多比喻攜手而來，進退行止一致。亦作「連袂」。

聯接 ㄌㄧㄢˊ ㄐㄧㄝ 相互銜接。

聯絡 ㄌㄧㄢˊ ㄌㄨㄛˋ 互有聯繫而不斷絕彼此的消息。

聯結 ㄌㄧㄢˊ ㄐㄧㄝˊ 將不同的單位體聯繫在一起。

聯想 ㄌㄧㄢˊ ㄒㄧㄤˇ 指事物間有所關聯，當其中一項出現時，會意識到另一項。

聯盟 ㄌㄧㄢˊ ㄇㄥˊ 國家、政黨或團體之間因為共同的利益而相互合作結盟。

聯誼 ㄌㄧㄢˊ ㄧˊ 為聯絡感情、相互交流而舉辦的活動。

聯賽 ㄌㄧㄢˊ ㄙㄞˋ 指三個以上同等級球隊間的比賽。

聯繫 ㄌㄧㄢˊ ㄒㄧˋ ①聯絡，接洽。②事物之間的相互關係。③將事物聯結在一起。

聯歡 ㄌㄧㄢˊ ㄏㄨㄢ 眾人聚在一起歡樂慶祝。

聯合國 ㄌㄧㄢˊ ㄏㄜˊ ㄍㄨㄛˊ 第二次世界大戰後成立的國際組織，由中、美、英、法、蘇等國家所創立，宗旨在於維持世界的和平與安全。

聯結車 ㄌㄧㄢˊ ㄐㄧㄝˊ ㄔㄜ 一種車身與車頭可分離的大型車。

聯想力 ㄌㄧㄢˊ ㄒㄧㄤˇ ㄌㄧˋ 由一種概念想起其他概念的能力。

聰

ㄘㄨㄥ cōng 名聽覺，聽力。例失聰。形①聽覺極敏銳的。例耳聰目明。②高智商的，有才智的。例聰慧。動明察。

聰明 ㄘㄨㄥ ㄇㄧㄥˊ 天資靈敏、理解力及領悟力高。

聰敏 ㄘㄨㄥ ㄇㄧㄣˇ 敏慧而機伶。

聰慧 ㄘㄨㄥ ㄏㄨㄟˋ 資質聰明而有智慧。

聰穎 ㄘㄨㄥ ㄧㄥˇ 聰明而有才智。

聲

ㄕㄥ shēng 名①指物體顫動與空氣相互激盪，耳朵所感覺的聲音。例笑聲。②指說話、唱歌。例聲樂。③名譽。例聲望。④見「聲母」。⑤聲調的簡稱。如上聲。⑥表示發聲次數的量詞。例三兩聲。

聲母 ㄕㄥ ㄇㄨˇ 語音學中代表輔音的字母，現在國音中有二十一個聲母。亦稱為聲符。如國語注音符號的ㄅ、ㄆ、ㄇ、ㄈ等。

聲光 ㄕㄥ ㄍㄨㄤ ①音樂與燈光塑造出來的效果。②指人的境遇及聲譽。

聲名 ㄕㄥ ㄇㄧㄥˊ 指人的聲望名譽。

聲波 ㄕㄥ ㄅㄛ 物體振動時，周圍的空氣因震動而產生波動。

聲明 ㄕㄥ ㄇㄧㄥˊ 公開表態或者說明真相。

聲門 ㄕㄥ ㄇㄣˊ 喉腔內兩聲帶之間的通氣孔。

聲威 ㄕㄥ ㄨㄟ 指名聲與威嚴。

聲律 ㄕㄥ ㄌㄩˋ 文字的音調與格律，也是詩賦的代稱。

聲息 ㄕㄥ ㄒㄧ ①聲音。②指消息。

聲浪 ㄕㄥ ㄌㄤˋ ①指說話的聲音。②聲波。形容聲音的傳播，有如浪潮般湧至。

聲納 ㄕㄥ ㄋㄚˋ 藉著水中物體所產生或發射的聲波，以探測該物體的方向和位置的裝置。原理類似雷達，但使用於水中。

聲討 ㄕㄥ ㄊㄠˇ 聲明其罪狀而加以討伐。

聲帶 ㄕㄥ ㄉㄞˋ 喉頭中兩對緊鄰的黏膜構造，是喉嚨的發聲器。

聲張 ㄕㄥ ㄓㄤ 將事情以文字或語言傳揚出去。

聲望 ㄕㄥ ㄨㄤˋ 指人在地方上的名譽、威望。

聲符 ㄕㄥ ㄈㄨˊ 在形聲字中代表聲音的字根。

聲援 ㄕㄥ ㄩㄢˊ 因為同情或同意而響應援助。

聲勢 ㄕㄥ ㄕˋ 形容聲威與氣勢。

聲稱 ㄕㄥ ㄔㄥ 公開發表說明。多用於公文上的用語。

聲樂 ㄕㄥ ㄩㄝˋ 以人聲歌唱為主的音樂。可分為獨唱、齊唱、合唱、重唱。

聲調 ㄕㄥ ㄉㄧㄠˋ ①指聲音的強弱、快慢、長短、高低。②詩文句子裡音韻配置的抑揚頓挫。③國音中的陰平聲、陽平聲、上聲、去聲、輕聲等讀法。④音樂的節奏。例聲調悠揚。

聲譽 ㄕㄥ ㄩˋ 指人的聲望與名譽。

聲韻 ㄕㄥ ㄩㄣˋ 語言音節的聲母和韻母。也稱音韻。

聲響 ㄕㄥ ㄒㄧㄤˇ 聲音的合稱。

聲色犬馬 ㄕㄥ ㄙㄜˋ ㄑㄩㄢˇ ㄇㄚˇ 指人沉迷於歌舞女色之中，生活非常靡爛。

聲色俱厲 ㄕㄥ ㄙㄜˋ ㄐㄩˋ ㄌㄧˋ 指說話的聲調與臉上的表情都很嚴厲。

聲名狼藉 ㄕㄥ ㄇㄧㄥˊ ㄌㄤˊ ㄐㄧˊ 形容人的名聲極為惡劣。

聲東擊西 ㄕㄥ ㄉㄨㄥ ㄐㄧ ㄒㄧ 形容於此處虛張聲勢，實則集中主力攻擊他處。

聲淚俱下 ㄕㄥ ㄌㄟˋ ㄐㄩˋ ㄒㄧㄚˋ 一面訴說、一面哭泣。形容非常悲哀難過的樣子。

聲嘶力竭 ㄕㄥ ㄙ ㄌㄧˋ ㄐㄧㄝˊ 形容用盡力氣哭喊，聲音因此而沙啞。

聳

ㄙㄨㄥˇ sǒng 形高超，直立的。例聳立。動令人驚訝。例危言聳聽。

聳立 ㄙㄨㄥˇ ㄌㄧˋ 高起而直立的樣子。

聳峙 ㄙㄨㄥˇ ㄓˋ 山勢高直矗立。

聳肩 ㄙㄨㄥˇ ㄐㄧㄢ 肩膀稍稍向上聳動。表示無奈或不知情。

聳動 ㄙㄨㄥˇ ㄉㄨㄥˋ ①鼓勵，誘勸。同慫恿。②震搖，抖動。

聳聽 ㄙㄨㄥˇ ㄊㄧㄥ 用新鮮奇特的言論使聽眾驚訝。

聳人聽聞 ㄙㄨㄥˇ ㄖㄣˊ ㄊㄧㄥ ㄨㄣˊ 以誇大的話使聽眾吃驚意外。

聱

ㄠˊ áo 見「聱牙」。

聱牙 ㄠˊ ㄧㄚˊ ①文詞艱澀難懂，唸起來不順口。②乖逆不聽從勸告。

十二畫

職

ㄓˊ zhí 名①所從事的工作。例職業。②本分，原本就應當做的。例天職。③官位。例武職。④下屬對上司的自稱。動負責，執掌。例職掌。助惟，只。例職是之故。

職工 ㄓˊ ㄍㄨㄥ 職員與工人的合稱。

職分 ㄓˊ ㄈㄣˋ 職務上應盡的本分。

職司 ㄓˊ ㄙ 工作或職務上掌管的範疇。同職務。

職守 ㄓˊ ㄕㄡˇ 指職務上的責任。

職位 ㄓˊ ㄨㄟˋ ①職務上的地位。②指機構編制上的一定員額。

職員 ㄓˊ ㄩㄢˊ 公私機關或團體裡掌理事務的人員。

職責 ㄓˊ ㄗㄜˊ 職務和責任的合稱。

職務 ㄓˊ ㄨˋ 工作上應該負責的事務。

職掌 ㄓˊ ㄓㄤˇ 職務上管轄的範圍。

職棒 ㄓˊ ㄅㄤˋ 職業棒球的簡稱。

職等 ㄓˊ ㄉㄥˇ 職務的等級。

職業 ㄓˊ ㄧㄝˋ 個人所擔任的職務或賴以謀生的工作。

職稱 ㄓˊ ㄔㄥ 職務的名稱。

職銜 ㄓˊ ㄒㄧㄢˊ 職位的頭銜名稱。

職權 ㄓˊ ㄑㄩㄢˊ 職務上的權利與掌管的範圍。

職籃 ㄓˊ ㄌㄢˊ 職業籃球的簡稱。

職業工會 ㄓˊ ㄧㄝˋ ㄍㄨㄥ ㄏㄨㄟˋ 聯合同一區域同一職業人員組織而成的工會。

職業團體 ㄓˊ ㄧㄝˋ ㄊㄨㄢˊ ㄊㄧˇ 同一種職業的人員共同組合而成的團體。如公會、農會、漁會等。

聶

ㄋㄧㄝˋ niè 名 姓。動 附在耳邊低聲細語。

聵

ㄎㄨㄟˋ kuì 形 ①耳聾的。例 聾聵。②不明事理的。例 昏聵。

十四畫

聹

ㄋㄧㄥˊ níng 見「耵聹」。

十六畫

聽

㈠ㄊㄧㄥ tīng 動 ①以耳朵接收聲音。例 聽見。②服從。例 聽話。㈡ㄊㄧㄥˋ tìng 動 順從，任憑。例 聽天由命。

聽力 ㄊㄧㄥ ㄌㄧˋ 耳朵辨識、接收聲音的能力。

聽友 ㄊㄧㄥ ㄧㄡˇ 廣播電台對收聽者的稱呼。

聽任 ㄊㄧㄥ ㄖㄣˋ 聽從且信任別人。

聽取 ㄊㄧㄥ ㄑㄩˇ 注意聽並採納意見。

聽命 ㄊㄧㄥ ㄇㄧㄥˋ 聽從指示命令。

聽信 ㄊㄧㄥ ㄒㄧㄣˋ 聽從相信。

聽差 ㄊㄧㄥ ㄔㄞ 聽候差遣。也指僕奴傭人。

聽政 ㄊㄧㄥ ㄓㄥˋ 當權者聽取部屬的報告建議以決定政事。

聽候 ㄊㄧㄥ ㄏㄡˋ 等候，等待。

聽從 ㄊㄧㄥ ㄘㄨㄥˊ 照著指示行事。

聽眾 ㄊㄧㄥ ㄓㄨㄥˋ 指聆聽表演或演說的人。

聽訟 ㄊㄧㄥ ㄙㄨㄥˋ 審理訴訟案件。

聽診 ㄊㄧㄥ ㄓㄣˇ 醫療上診視疾病的一種方法。

聽聞 ㄊㄧㄥ ㄨㄣˊ 聽到的事情。

聽說 ㄊㄧㄥ ㄕㄨㄛ 聽人所說。

聽障 ㄊㄧㄥ ㄓㄤˋ 指聽覺方面的疾病或障礙。

聽寫 ㄊㄧㄥ ㄒㄧㄝˇ 由教師選擇一段文字朗讀，令學生以紙筆記錄，目的在於測試其了解程度。

聽憑 ㄊㄧㄥ ㄆㄧㄥˊ 任憑，隨他人的意思任意而為。

聽戲 ㄊㄧㄥ ㄒㄧˋ 觀賞國劇時以聽唱為主，所以稱聽戲。

聽講 ㄊㄧㄥ ㄐㄧㄤˇ 學生或聽眾聆聽老師或演說者的講說。

聽覺 ㄊㄧㄥ ㄐㄩㄝˊ 聲波由外耳道進入耳朵，振動鼓膜，刺激神經，將訊息傳至大腦而引起的知覺。

聽神經 ㄊㄧㄥ ㄕㄣˊ ㄐㄧㄥ 屬於第八對腦神經，掌管聽覺和身體平衡。

聽診器 ㄊㄧㄥ ㄓㄣˇ ㄑㄧˋ 一種用來間接聽取身體某部位發出的聲音的醫療工具。

聽證會 ㄊㄧㄥ ㄓㄥˋ ㄏㄨㄟˋ 為了某一特殊事件而舉行，邀請相關者與會，以聽取個人對某事物的說明作證的集會。

聽天由命 ㄊㄧㄥ ㄊㄧㄢ ㄧㄡˊ ㄇㄧㄥˋ 順從天意，任憑命運的安排。

聽而不聞 ㄊㄧㄥ ㄦˊ ㄅㄨˋ ㄨㄣˊ 對所聽到的聲音沒有任何反應。形容不注意，不關心。

聽其自然 ㄊㄧㄥ ㄑㄧˊ ㄗˋ ㄖㄢˊ 任人、事、物自然的發展，而不加干涉。

聾 ㄌㄨㄥˊ lóng 名 耳朵聽不見聲音的症狀。例 聾子、聾啞。形 不明事理的樣子。例 聾聵。

聾子 ㄌㄨㄥˊ ㄗ˙ 指耳朵聽不見或聽不清楚的聽障者。

聾盲 ㄌㄨㄥˊ ㄇㄤˊ 耳聾目盲的人。

聾啞 ㄌㄨㄥˊ ㄧㄚˇ 耳聾口啞的人。

聿部 ㄩˋ

聿 ㄩˋ yù 名 「筆」的本字。連 發語詞，無義。例 書經：「聿求元聖。」

七畫

肆 ㄙˋ sì 名 ①販售商品的店鋪或場所。例 酒肆。②鬧區。例 市肆。③數目字。「四」的大寫。動 ①陳列，陳設。例 肆筵設席。②放縱。例 放肆。③竭盡。例 肆力。

肆口 ㄙˋ ㄎㄡˇ 隨口亂說話。

肆虐 ㄙˋ ㄋㄩㄝˋ 殘暴無仁的危害社會或人民。

肆掠 ㄙˋ ㄌㄩㄝˋ 大肆掠奪搶劫。

肆意 ㄙˋ ㄧˋ 任性，任意而為。

肆應 ㄙˋ ㄧㄥˋ 有才幹，能順利解決問題。例 肆應之才。

肆無忌憚 ㄙˋ ㄨˊ ㄐㄧˋ ㄉㄢˋ 無所顧忌的胡亂妄為。

肅 ㄙㄨˋ sù 形 莊嚴的，恭敬的。例 嚴肅。動 ①敬畏。②謹慎，恭敬。③整理。例 整肅儀容。④導引。例 肅客而入。⑤衰萎。例 草木皆肅。

肅立 ㄙㄨˋ ㄌㄧˋ 很恭敬的起身而筆直站立。

肅殺 ㄙㄨˋ ㄕㄚ 嚴厲摧殘的樣子。形容秋天草木枯萎，落葉紛紛的蕭條景象。

肅清 ㄙㄨˋ ㄑㄧㄥ ①冷清孤寂的樣子。②敉平亂事。

肅靜 ㄙㄨˋ ㄐㄧㄥˋ 安靜而恭敬莊嚴的氣氛。

肅穆 ㄙㄨˋ ㄇㄨˋ 嚴肅和穆的樣子。

肅然起敬 ㄙㄨˋ ㄖㄢˊ ㄑㄧˇ ㄐㄧㄥˋ 形容非常恭敬。

八畫

肄 ㄧˋ yì 動 學習。例 肄業。

肇 ㄓㄠˋ zhào 動 ①創始，開始。例 肇始。②發生，引起。例 肇禍。

肇事 ㄓㄠˋ ㄕˋ ①引起事故。②犯錯闖禍。

肇造 ㄓㄠˋ ㄗㄠˋ 初造，創建。

肇基 ㄓㄠˋ ㄐㄧ 開始奠定基業。

肇禍 ㄓㄠˋ ㄏㄨㄛˋ 惹禍，引起災禍。

肇端 ㄓㄠˋ ㄉㄨㄢ 開頭，開始。

肉部 ㄖㄡˋ

肉

ㄖㄡˋ ròu 名 ①動物皮下的纖維組織，有運動的功能。例肌肉。②有形的身體，相對於無形的精神而言。例靈肉。③蔬果皮層下方可供食用的部分。例果肉。

肉牛 ㄖㄡˋ ㄋㄧㄡˊ 指專為供應食用而飼養的牛。

肉汁 ㄖㄡˋ ㄓ 用肉類熬煮製成流質的食品。

肉刑 ㄖㄡˋ ㄒㄧㄥˊ 古代殘害犯人肉體或肌膚的刑罰。

肉色 ㄖㄡˋ ㄙㄜˋ 類似人皮膚的顏色，近淺赭而略紅。

肉冠 ㄖㄡˋ ㄍㄨㄢ 鳥禽類頭頂上突出的紅色肉塊。

肉柱 ㄖㄡˋ ㄓㄨˋ 介殼類動物的閉殼肌，形狀短厚而圓。

肉食 ㄖㄡˋ ㄕˊ ①以肉類為主要食物的。②比喻享有厚祿的人。③肉類食物。

肉桂 ㄖㄡˋ ㄍㄨㄟˋ 植物名。常綠喬木，葉黑而有光澤，整個植株帶有辛甘味與香氣，可作為中藥材。

肉眼 ㄖㄡˋ ㄧㄢˇ 眼力。也比喻目光平凡短淺，見識不深。

肉乾 ㄖㄡˋ ㄍㄢ 豬肉或牛肉曬乾製成的食品。

肉票 ㄖㄡˋ ㄆㄧㄠˋ 被盜匪挾持威脅，用來勒索贖金的人質。

肉麻 ㄖㄡˋ ㄇㄚˊ ①因輕浮或虛偽的言行所引起的不舒服感覺。②肌肉感覺麻木。

肉搏 ㄖㄡˋ ㄅㄛˊ 赤手空拳的搏鬥。

肉感 ㄖㄡˋ ㄍㄢˇ 指女孩子身材豐腴，充滿誘惑。

肉慾 ㄖㄡˋ ㄩˋ 指男女之間的性慾。

肉臊 ㄖㄡˋ ㄙㄠˋ 將碎豬肉和紅蔥頭、醬油、酒等調味料拌炒，香味極濃，是適合下飯的食物。

肉雞 ㄖㄡˋ ㄐㄧ 指專門飼養來供應食用的雞。

肉鬆 ㄖㄡˋ ㄙㄨㄥ 將肉類乾燥後製成屑狀的食品。

肉體 ㄖㄡˋ ㄊㄧˇ 指人的身體，相對於無形的靈魂而言。

肉醬 ㄖㄡˋ ㄐㄧㄤˋ 將肉品絞碎後，加入調味料製成的食品。

肉中刺 ㄖㄡˋ ㄓㄨㄥ ㄘˋ 刺在肉中，難以忍受。比喻非常厭惡，急於去除的東西。

肉白骨 ㄖㄡˋ ㄅㄞˊ ㄍㄨˇ 比喻令人起死回生的恩惠，彷彿白骨生肉一般。

二畫

肋

ㄌㄜˋ lè 見「肋骨」。

肋骨 ㄌㄜˋ ㄍㄨˇ 胸部兩側弓形的扁骨，左右共十二對，前端連接胸骨，後端連接脊柱，最下方的兩對前端不相連。

肋膜 ㄌㄜˋ ㄇㄛˊ 沿著肋骨裡層，一層保護肺部的薄膜。

肌 ㄐㄧ jī 名①筋肉。動物體內的一種組織，由肌纖維為單位組成。例肌肉。②皮膚。例肌膚。

肌肉 ㄐㄧ ㄖㄡˋ 由肌纖維集合而成的一種組織，可分為三大類：平滑肌、隨意肌、心肌。具有收縮性，可牽動其他組織或器官造成運動。

肌骨 ㄐㄧ ㄍㄨˇ 肌肉和骨骼的合稱。

肌理 ㄐㄧ ㄌㄧˇ ①肌肉的紋理。②蔬果果肉上的紋路。

肌膚 ㄐㄧ ㄈㄨ 肌肉和皮膚。

三畫

肝 ㄍㄢ gān 名高等動物的臟器之一。

肝火 ㄍㄢ ㄏㄨㄛˇ 中醫上指肝氣過逆化火的症狀。

肝炎 ㄍㄢ ㄧㄢˊ 肝臟組織發炎性的疾病。可能由藥物中毒、細菌感染、寄生蟲感染所引起。

肝癌 ㄍㄢ ㄞˊ 發生在肝臟上的一切惡性腫瘤。得病後會有倦怠、厭食、腹脹或黃疸等症狀。

肝膽 ㄍㄢ ㄉㄢˇ ①肝和膽的合稱。比喻兩者關係密切。②比喻誠懇忠心。

肝臟 ㄍㄢ ㄗㄤˋ 人體的內臟器官之一，有分泌膽汁、貯存及過濾血液、排出廢物以及多種新陳代謝的功能。

肝腸寸斷 ㄍㄢ ㄔㄤˊ ㄘㄨㄣˋ ㄉㄨㄢˋ 形容極度悲傷，哀慟透頂。

肝腦塗地 ㄍㄢ ㄋㄠˇ ㄊㄨˊ ㄉㄧˋ ①形容死狀慘烈。②發誓為人盡心盡力且不惜犧牲生命。

肝膽相照 ㄍㄢ ㄉㄢˇ ㄒㄧㄤ ㄓㄠˋ 比喻朋友之間真誠的友誼。

肘 ㄓㄡˇ zhǒu 名①上下臂關節相接的部位。②動物的腿部。

肘子 ㄓㄡˇ ˙ㄗ ①指豬腿的上部。②肘。例胳膊肘子。

肘腋 ㄓㄡˇ ㄧㄝˋ 肘部與腋窩。比喻最接近的地方。

肘窩 ㄓㄡˇ ㄨㄛ 肘關節向內彎曲時凹進去的部分。

肓 ㄏㄨㄤ huāng 名人體心臟下方、橫膈膜上方的部位，中醫指此為藥力無法到達的地方。例病入膏肓。

肛 ㄍㄤ gāng 見「肛門」。

肛門 ㄍㄤ ㄇㄣˊ 動物排泄糞便的出口器官。

肚 ㊀ㄉㄨˋ dù 名腹部。例肚皮。㊁ㄉㄨˇ dǔ 名指豬、牛、羊等動物的胃。例豬肚。

肚兜 ㄉㄨˋ ㄉㄡ 古代婦女或孩童圍在胸腹部的圍兜。

肚量 ㄉㄨˋ ㄌㄧㄤˋ ①胸襟氣度。也作「度量」。②食量。

肚臍 ㄉㄨˋ ㄑㄧˊ 位在腹部中下方，是出生時臍帶脫斷留下的痕跡。

肐 ㄍㄜ gē 名肩膀以下，手掌以上的部分。例肐臂。

肐肢窩 ㄍㄜ ㄓ ㄨㄛ 腋下。

肐膊肘 ㄍㄜ ㄅㄛˊ ㄓㄡˇ 上臂與下臂之間的關節。

肐膊向外彎 ㄍㄜ ㄅㄛˊ ㄒㄧㄤˋ ㄨㄞˋ ㄨㄢ 比喻幫助、包庇外人，吃裡扒外。

肖 ㄒㄧㄠˋ xiào 動類似，相像。例唯妙唯肖。

肖像 ㄒㄧㄠˋ ㄒㄧㄤˋ 以攝影、繪畫、雕塑等方法精確表現出人的表情、姿態與神韻。

育 ㄩˋ yù 動①生養。例生兒育女。②撫養，培養。例養育、教育。③成長。例發育。

育才 ㄩˋ ㄘㄞˊ 培養、造就人才。

育苗 ㄩˋ ㄇㄧㄠˊ 在溫室或苗圃裡培養植物的幼苗。

育種 ㄩˋ ㄓㄨㄥˇ 以人工選擇所需的基因或以生物化學的方法，改造植物的基因或特性成為新的品種。

育嬰 ㄩˋ ㄧㄥ 養育嬰孩。

育齡 ㄩˋ ㄌㄧㄥˊ 指人到了適合生育的年齡。

育幼院 ㄩˋ ㄧㄡˋ ㄩㄢˋ 收養教育孤兒或棄兒的福利機構。

四畫

肺 ㄈㄟˋ fèi 名動物的呼吸器官。

肺泡 ㄈㄟˋ ㄆㄠˋ 肺部組織的基本單位，四周富含微血管，是提供氣體交換的地方。

肺炎 ㄈㄟˋ ㄧㄢˊ 肺部因為感染而發炎的一種疾病。

肺病 ㄈㄟˋ ㄅㄧㄥˋ 指肺結核，感染結核桿菌所引起的疾病，容易由空氣傳染。

肺腑 ㄈㄟˋ ㄈㄨˇ ①發自內心，衷心。②即心腹或近親。

肺葉 ㄈㄟˋ ㄧㄝˋ 肺臟左二右三，共五葉，所以叫肺葉。

肺癆 ㄈㄟˋ ㄌㄠˊ 即肺結核，由結核桿菌所引起。

肺癌 ㄈㄟˋ ㄞˊ 肺部的惡性腫瘤。

肺臟 ㄈㄟˋ ㄗㄤˋ 身體內部呼吸空氣、清血液的器官。

肺活量 ㄈㄟˋ ㄏㄨㄛˊ ㄌㄧㄤˋ 肺臟所能容納的最大空氣量。

肺氣腫 ㄈㄟˋ ㄑㄧˋ ㄓㄨㄥˇ 慢性的肺病。由於肺泡的損壞，肺的容量增加，交換氣體的效率卻下降，使病人感到呼吸急促，咳嗽猛烈。

肺結核 ㄈㄟˋ ㄐㄧㄝˊ ㄏㄜˊ 結核桿菌入侵肺部組織所造成的慢性傳染病。

肺腑之言 ㄈㄟˋ ㄈㄨˇ ㄓ ㄧㄢˊ 指發自內心真摯誠懇的話。

肯 ㄎㄣˇ kěn 名附著在骨頭上的肉。動①願意，樂意。②准許，允許。例首肯。

肯定 ㄎㄣˇ ㄉㄧㄥˋ 正面的確定。與「否定」相對。

肯綮 ㄎㄣˇ ㄑㄧㄥˋ 骨和肉相連之處。比喻事情的要點。

肥 ㄈㄟˊ féi 名①提供植物吸收的養分。例有機肥、肥料。②盈餘，利益。例分肥。形①肌肉豐滿，脂肪多的。例肥胖。②土地生產力大的。例土地肥沃。③飽滿。例綠肥紅瘦。④衣服寬鬆的。例褲管太肥了。

肥大 ㄈㄟˊ ㄉㄚˋ ①動物脂肪多而體型龐大。②寬大。

肥羊 ㄈㄟˊ ㄧㄤˊ 肥胖健壯的羊。隱喻歹徒作案的好對象。

肥肉 ㄈㄟˊ ㄖㄡˋ 含豐富脂肪的肉類。

肥壯 ㄈㄟˊ ㄓㄨㄤˋ 形容肥大而健壯。

肥沃 ㄈㄟˊ ㄨㄛˋ 形容土地富含養分而適合植物生長。

肥皂 ㄈㄟˊ ㄗㄠˋ 用鹼性物質和動物性油脂加熱加工，經由皂化作用而形成的化學物質。

肥美 ㄈㄟˊ ㄇㄟˇ ①形容土地肥沃。②指動物肥碩而健美。

肥胖 ㄈㄟˊ ㄆㄤˋ 體內含脂肪量多而體型大。

肥料 ㄈㄟˊ ㄌㄧㄠˋ 能增加土地養分含量或補充植物所需養料的物質。分為有機肥料與化學肥料兩種。

肥缺 ㄈㄟˊ ㄑㄩㄝ 指待遇優渥的工作職缺。

肥膩 ㄈㄟˊ ㄋㄧˋ 肉所含的脂肪太多，令人噁心。

肥水不落外人田 ㄈㄟˊ ㄕㄨㄟˇ ㄅㄨˋ ㄌㄨㄛˋ ㄨㄞˋ ㄖㄣˊ ㄊㄧㄢˊ 肥水要留在自己的田裡用。比喻好的事物要留給自己。

肪

ㄈㄤˊ fáng 名動物體內的肥油。例脂肪。

股

ㄍㄨˇ gǔ 名①大腿。②集合資金的每一小單位。例合股。③計算力氣或氣體單位的量詞。例一股幽香。④機關的單位名稱。例財務股。⑤直角三角形中較長的一邊。

股市 ㄍㄨˇ ㄕˋ 交易股票的市場。

股本 ㄍㄨˇ ㄅㄣˇ 指經營資本的股份。

股份 ㄍㄨˇ ㄈㄣˋ 將合資的資本總額分割成每一均等的小單位為「一股」。

股利 ㄍㄨˇ ㄌㄧˋ 將公司的盈餘按股份分得的利潤。

股東 ㄍㄨˇ ㄉㄨㄥ 公司股份的持有者，也就是出資經營公司的人。

股肱 ㄍㄨˇ ㄍㄨㄥ 大腿骨與上臂骨的合稱。比喻重要的得力助手。

股息 ㄍㄨˇ ㄒㄧ 股份有限公司按比例分給各股東的盈餘。

股票 ㄍㄨˇ ㄆㄧㄠˋ 股份公司股東所持有的股份的證券。

股掌 ㄍㄨˇ ㄓㄤˇ 大腿與手掌的合稱。比喻對於某事或人的完全操縱與掌控。

股份有限公司 ㄍㄨˇ ㄈㄣˋ ㄧㄡˇ ㄒㄧㄢˋ ㄍㄨㄥ ㄙ 七人以上股東組成，所有的資本均分為股份；股東按照持有的股份取得股息，並對公司負責。

肢

ㄓ zhī 名①人的手足。例上肢。②鳥獸的翼或腿。例前肢。

肢骨 ㄓ ㄍㄨˇ 手腳的骨骼。

肢解 ㄓ ㄐㄧㄝˇ 古時將四肢割裂的一種酷刑。

肢障 ㄓ ㄓㄤˋ 手或腳有殘缺或受到無法復原的傷害。

肢體衝突 ㄓ ㄊㄧˇ ㄔㄨㄥ ㄊㄨˊ 發生身體上的衝突，如扭打。

肱

ㄍㄨㄥ gōng 名手臂從肘到腕的部分。例論語：「曲肱而枕之。」

肩

ㄐㄧㄢ jiān 名脖子以下，雙臂和軀幹相連接的地方。動負擔，負責。例肩負重任。

肩胛 ㄐㄧㄢ ㄐㄧㄚˇ 手臂上方接近脖子的部分。

肩負 ㄐㄧㄢ ㄈㄨˋ 擔負，承擔。

肩章 ㄐㄧㄢ ㄓㄤ 佩帶在制服雙肩上的徽章或識別證。

肩窩 ㄐㄧㄢ ㄨㄛ 肩膀上凹下的地方。

肩膀 ㄐㄧㄢ ㄅㄤˇ 手臂與軀幹相連接的地方。

肩頭 ㄐㄧㄢ ㄊㄡˊ 雙肩的上方。

肴

ㄧㄠˊ yáo 名經過烹飪後已熟的食物。

肴饌 ㄧㄠˊ ㄓㄨㄢˋ 能下酒的飯菜。

肫

ㄓㄨㄣ zhūn 名鳥類的胃部。例雞肫。

肸

ㄒㄧˋ xì 形聲音響亮的。

肸肸 ㄒㄧˋ ㄒㄧˋ 形容笑聲四處散布。

五畫

胡 ㄏㄨˊ hú 名①古代稱北方或西方民族。例胡人。②姓。形①不明事理的，懵懂無知的。例胡塗。②來自西域國家的。例胡琴。副①隨便，任意地。例胡說。②為何，怎麼。例陶潛・歸去來兮辭：「田園將蕪，胡不歸？」

胡瓜 ㄏㄨˊ ㄍㄨㄚ 植物名。一年生蔓性草本，花黃色，雌雄同株，為重要食用蔬菜。又稱黃瓜、刺瓜。

胡同 ㄏㄨˊ ㄊㄨㄥˋ 對小巷道的稱呼。本作「衚衕」。

胡扯 ㄏㄨˊ ㄔㄜˇ 隨心所欲的閒談，瞎說。

胡來 ㄏㄨˊ ㄌㄞˊ 亂來，任意行事。

胡笳 ㄏㄨˊ ㄐㄧㄚ 中國古代北方的一種管樂器。

胡荽 ㄏㄨˊ ㄙㄨㄟ 植物名。一年生草本，原產地中海沿岸，有強烈氣味。可作為調味料。又稱為芫荽。

胡麻 ㄏㄨˊ ㄇㄚˊ 植物名。一年生草本，莖四角形，葉長橢圓形，花白色或淡紫色，分布於熱帶地區。可榨胡麻油供食用。

胡椒 ㄏㄨˊ ㄐㄧㄠ 植物名。蔓性木本，葉卵橢圓形，開黃綠色的小花，穗狀花序。可藥用或做調味料。

胡亂 ㄏㄨˊ ㄌㄨㄢˋ 指隨便或亂七八糟不加約制的意思。

胡塗 ㄏㄨˊ ㄊㄨˊ 迷糊，不明事理。

胡說 ㄏㄨˊ ㄕㄨㄛ 毫無根據的亂說話。

胡鬧 ㄏㄨˊ ㄋㄠˋ 無理取鬧。

胡謅 ㄏㄨˊ ㄗㄡ 隨口亂說的空言。

胡言亂語 ㄏㄨˊ ㄧㄢˊ ㄌㄨㄢˋ ㄩˇ 說些無根據且無頭緒的話。

胡作非為 ㄏㄨˊ ㄗㄨㄛˋ ㄈㄟ ㄨㄟˊ 任意妄為，大多指不合法的事。

胡思亂想 ㄏㄨˊ ㄙ ㄌㄨㄢˋ ㄒㄧㄤˇ 思緒紊亂，盡想一些虛妄無益的事。

胡裡胡塗 ㄏㄨˊ ㄌㄧˇ ㄏㄨˊ ㄊㄨˊ 極為迷糊或不明道理的樣子。

胡說八道 ㄏㄨˊ ㄕㄨㄛ ㄅㄚ ㄉㄠˋ 亂說些無道理的話。

背 ㈠ㄅㄟˋ bèi 名①胸部的後面。②事物的後面或反面。例刀背。形①運氣不好的。例手氣背。②聽力不好的。例耳背。動①違反。例背信。②拋棄，遠離。例離鄉背井。③暗中。例背地裡。④記憶，默誦。例背書。⑤用背部對著。例背水一戰。

㈡ㄅㄟ bēi 動①以背部負荷物品。例背小孩。②負擔，承擔。例背債。

背心 ㄅㄟˋ ㄒㄧㄣ 短而無袖的上衣。

背信 ㄅㄟˋ ㄒㄧㄣˋ 背叛約定。

背風 ㄅㄟˋ ㄈㄥ 背對著風。

背叛 ㄅㄟˋ ㄆㄢˋ 背離，反叛。

背書 ㄅㄟˋ ㄕㄨ ①背誦念過的書。②有價證券的持有人將票據進行轉讓的方法。票據的背面簽名，背書人須負擔保的法律責任。

背脊 ㄅㄟˋ ㄐㄧˇ 指背部的脊椎。

背帶 ㄅㄟˋ ㄉㄞˋ 搭在肩膀上，繫住包包或衣物的帶子。

背景 ㄅㄟˋ ㄐㄧㄥˇ ①畫作或攝影主題後面的四周環境。②人或事的經歷或前因。③可以依靠的勢力。④戲劇中、舞台上的布景。

背棄 ㄅㄟˋ ㄑㄧˋ 背離，遠去。

背道 ㄅㄟˋ ㄉㄠˋ 相反方向的道路。

背誦 ㄅㄟˋ ㄙㄨㄥˋ 將記憶在腦中的東西朗誦出來。

背影 ㄅㄟˋ ㄧㄥˇ 人或物在光線後投射出來的影子。

背離 ㄅㄟˋ ㄌㄧˊ ①違背而離去。②反叛。

背地性 ㄅㄟˋ ㄉㄧˋ ㄒㄧㄥˋ 植物的莖有背地向上生長的特性。

背光性 ㄅㄟˋ ㄍㄨㄤ ㄒㄧㄥˋ 植物的根所特有的性質，根會朝光照的相反方向生長。

背黑鍋 ㄅㄟ ㄏㄟ ㄍㄨㄛ 代人承擔罪過。

背井離鄉 ㄅㄟˋ ㄐㄧㄥˇ ㄌㄧˊ ㄒㄧㄤ 遠離故鄉，在外地生活。

背信忘義 ㄅㄟˋ ㄒㄧㄣˋ ㄨㄤˋ ㄧˋ 背棄了道義和信用。

背道而馳 ㄅㄟˋ ㄉㄠˋ ㄦˊ ㄔˊ 反方向而行。比喻意見不同或方向相反。

胥

ㄒㄩ xū 名泛指古代的小官。例胥吏。動輔助。例相胥。副皆，都是。例胥是。

胞

ㄅㄠ bāo 名①子宮內包覆著胎兒與羊水的薄膜，稱為胞衣，也稱胎衣。②同父母所生的。例胞弟。③同一個國家或種族的人。例同胞。

胞子 ㄅㄠ ㄗˇ 隱花植物中負責繁殖的部分，如同開花植物的種子一般。

胚

ㄆㄟ pēi 名①動物受精卵初期發育的胎兒，尚未離開母體的胎兒。例胚胎。②植物種子萌發出來的新芽。例胚芽。③初具雛型而尚未完成的物品。例粗胚。

胚子 ㄆㄟ ㄗˇ 種子。

胚乳 ㄆㄟ ㄖㄨˇ 被子植物種子中貯藏養分的組織，以供應胚芽生長時所需的養料。

胚珠 ㄆㄟ ㄓㄨ 種子在子房中尚未成為果實前，呈色白質軟的小球狀。

胚根 ㄆㄟ ㄍㄣ 植物種子在萌發時，胚軸向下突破而發育成植物主根的部分。

胚芽米 ㄆㄟ ㄧㄚˊ ㄇㄧˇ 保留有胚芽部分的米，營養價值較一般白米高。

胎

ㄊㄞ tāi 名①在母體內尚未出生的幼體。例胚胎。②事物發生的根源。例禍胎。③器物的粗胚。例泥胎。

胎毛 ㄊㄞ ㄇㄠˊ 初生的哺乳動物身上的毛髮。

胎生 ㄊㄞ ㄕㄥ 體內受精的胚胎繼續停留在母體內直到發育完全後直接出生。

胎衣 ㄊㄞ ㄧ 人和哺乳動物在妊娠期包覆著胚胎和羊水的薄膜，透過薄膜可交換胎兒的營養與空氣。又稱胞衣。

胎位 ㄊㄞ ㄨㄟˋ 胎兒在母體子宮內的姿勢與位置。

胎兒 ㄊㄞ ㄦˊ 在母體內尚未出生的幼體。

胎毒 ㄊㄞ ㄉㄨˊ 胎兒自父母體內傳來的病毒。

胎氣 ㄊㄞ ㄑㄧˋ 指婦女在懷孕期間的噁心，嘔吐及下肢浮腫等現象。

胎教 ㄊㄞ ㄐㄧㄠˋ 孕婦的言行思想會影響胎兒，因此謹守禮儀、注意舉止，才會帶給胎兒良好的影響。

胎盤 ㄊㄞ ㄆㄢˊ 胎兒臍帶末端與母體子宮壁相連接的部分，是胎兒與母體交換物質的媒介。

胖 ㊀ㄆㄤˋ pàng 形 體內脂肪含量多的。㊁ㄆㄢˊ pán 形 安適的，舒坦的。例 心寬體胖。

胕 ㊀ㄈㄨ fū 名 ①同「膚」。皮膚。②通「跗」。足。㊁ㄈㄨˊ fú 形 浮腫。㊂ㄈㄨˇ fǔ 名 通「腑」。人體的內部器官。

胃 ㄨㄟˋ wèi 名 高等動物體內重要的消化器官之一，有攪磨及消化食物的功能。

胃口 ㄨㄟˋ ㄎㄡˇ 指食慾。也用來比喻對某事物的興趣。

胃炎 ㄨㄟˋ ㄧㄢˊ 發生在胃黏膜上的急性或慢性發炎。

胃病 ㄨㄟˋ ㄅㄧㄥˋ 發生於胃部的疾病。

胃納 ㄨㄟˋ ㄋㄚˋ ①指胃消化吸收的能力。②經濟新聞指買戶的購買能力。

胃液 ㄨㄟˋ ㄧㄝˋ 胃所分泌的消化液，含多量鹽酸，有消化蛋白質及殺菌等功能。

胃癌 ㄨㄟˋ ㄞˊ 發生於胃部的惡性腫瘤。

胃鏡 ㄨㄟˋ ㄐㄧㄥˋ 一種用來檢查胃內部的醫學用具。從口部將胃管導入胃部，做活體組織的檢查。

胃臟 ㄨㄟˋ ㄗㄤˋ 動物體內的消化器官之一，上接食道，下接小腸。食物入胃，由胃腺分泌消化液消化食物。

胃穿孔 ㄨㄟˋ ㄔㄨㄢ ㄎㄨㄥˇ 胃部因為潰瘍而導致穿孔的現象。

胃潰瘍 ㄨㄟˋ ㄎㄨㄟˋ ㄧㄤˊ 胃黏膜受到破壞，胃壁被胃酸侵蝕的疾病。

冑 ㄓㄡˋ zhòu 名 後代子孫。例 冑裔。

胛 ㄐㄧㄚˇ jiǎ 名 手臂與肩相互連接的地方。

胛骨 ㄐㄧㄚˇ ㄍㄨˇ 肩胛上部呈三角形的骨。亦稱為肩胛骨。

胤 ㄧㄣˋ yìn 名 後代，後嗣。動 代代相傳承。

胠 ㄑㄩ qū 名 腋下。動 從側邊開啟。

胙 ㄗㄨㄛˋ zuò 名 古代祭祀時所用的肉。例 胙肉。動 ①通「祚」。降福，賜福。②酬答，賜。

胙土 ㄗㄨㄛˋ ㄊㄨˇ 將土地贈與有功績的人作為報酬。

胝 ㄓ zhī 名 因為運動或勞動所摩擦造成的厚皮繭。例 胼胝。

胗 ㄓㄣ zhēn 名 ①鳥禽類的胃。例 雞胗。②同「疹」。皮膚長紅色的斑點。

六畫

能 ㄋㄥˊ néng 名 ①才幹。例 能力。②足以承擔重任，有才幹的人才。例 賢能。③物質運動的能量。例 熱能、電能。動 可勝任，擅長。副 可以。例 能否。

能人 ㄋㄥˊ ㄖㄣˊ 有才能的人。

能力 ㄋㄥˊ ㄌㄧˋ ①才能和力量。②在法律上具有效力的行為資格。

能手 ㄋㄥˊ ㄕㄡˇ 具有某種特殊技能的人才。

能耐 ㄋㄥˊ ㄋㄞˋ 本領，本事。

能夠 ㄋㄥˊ ㄍㄡˋ 可以，足以。

能量 ㄋㄥˊ ㄌㄧㄤˋ 指物體所能「作功」的力的大小。簡稱「能」。

能幹 ㄋㄥˊ ㄍㄢˋ 指能力很強、幹練。

能源 ㄋㄥˊ ㄩㄢˊ 指可以產生能量的物質。如太陽能、風力、石油等。

能見度 ㄋㄥˊ ㄐㄧㄢˋ ㄉㄨˋ 肉眼能見到並判別物體的最大距離。

能屈能伸 ㄋㄥˊ ㄑㄩ ㄋㄥˊ ㄕㄣ 不論處於逆境或順境，能夠隨環境變化而適應。

能近取譬 ㄋㄥˊ ㄐㄧㄣˋ ㄑㄩˇ ㄆㄧˋ 能夠就近以自身做比方，推己及人。

能者多勞 ㄋㄥˊ ㄓㄜˇ ㄉㄨㄛ ㄌㄠˊ 有能力的人往往擔負較多的責任，比一般人辛勞。

脅

ㄒㄧㄝˊ xié 名 軀幹兩側有肋骨的部位。動 ①以武力或對方要害逼迫對方。例威脅。②聳起。例脅肩。

脅制 ㄒㄧㄝˊ ㄓˋ 以武力強制他人服從命令或指示。

脅持 ㄒㄧㄝˊ ㄔˊ 用威力強迫挾持。

脅迫 ㄒㄧㄝˊ ㄆㄛˋ 用威勢或武力逼迫他人就範。

脅從 ㄒㄧㄝˊ ㄘㄨㄥˊ 被逼迫而跟從壞人做壞事。

脈

㈠ㄇㄞˋ mài 名 ①血管。例動脈。②有系統的、條理分支的事物。例葉脈。③脈搏。例把脈。㈡ㄇㄛˋ mò 形 通「眽」。見「脈脈」。

脈脈 ㄇㄛˋ ㄇㄛˋ 心中含著情意，有話要說的樣子。例脈脈含情。

脈息 ㄇㄞˋ ㄒㄧ 即脈搏。因為中醫重視呼吸與脈搏的配合，所以稱為脈息。

脈動 ㄇㄞˋ ㄉㄨㄥˋ 機器或電流如同脈搏一般有週期性的起伏變化。

脈絡 ㄇㄞˋ ㄌㄨㄛˋ ①中醫上指人的靜脈和動脈。②有規則條理，且相互有主從關係的分布。

脈搏 ㄇㄞˋ ㄅㄛˊ 人體動脈規律性的跳動。

脈衝 ㄇㄞˋ ㄔㄨㄥ 指電流在很短的時間內產生變化的信號，或正或負，可傳遞資訊。

脈絡相通 ㄇㄞˋ ㄌㄨㄛˋ ㄒㄧㄤ ㄊㄨㄥ 指事物或文章的條理相通無阻。

胰

ㄧˊ yí 見「胰臟」。

胰腺 ㄧˊ ㄒㄧㄢˋ 一種動物的消化腺，可分泌消化液及內分泌激素。

胰臟 ㄧˊ ㄗㄤˋ 動物消化器官之一，位於胃的下方，所分泌的消化液經胰管注入十二指腸，分泌的激素經由血液運送至標的器官調節醣類的代謝。

胰島素 ㄧˊ ㄉㄠˇ ㄙㄨˋ 胰臟所分泌的蛋白質激素，可降低血糖，使血糖轉化為肝糖貯存。若分泌不足會導致糖尿病的發生。

胰臟癌 ㄧˊ ㄗㄤˋ ㄞˊ 發生於胰臟的惡性腫瘤。最常見的是腺癌，是人體各種癌症中較不容易早期診斷出的。

胔 ㄗˋ zì 名①腐敗潰爛的鳥獸殘骨。②泛指腐屍。

胼 ㄆㄧㄢˊ pián 名手腳因勞動而長出的厚繭。

胼胝 ㄆㄧㄢˊ ㄓ 手腳上因過度摩擦而長出的厚皮死肉。

胼手胝足 ㄆㄧㄢˊ ㄕㄡˇ ㄓ ㄗㄨˊ 因過度勞動，手腳皮膚摩擦過久而長的厚繭。形容辛勞的努力工作。

脂 ㄓ zhī 名①凝結成塊的油質。例脂肪。②胭脂。例紅脂。

脂肪 ㄓ ㄈㄤˊ 由甘油與脂肪酸所構成，是生物體的構成成分和貯存能量的物質。

脂粉 ㄓ ㄈㄣˇ 胭脂與香粉的合稱。古代婦女的化妝品。

脂肪酸 ㄓ ㄈㄤˊ ㄙㄨㄢ 由羧基和烷基結合而成的化合物，存在於脂肪中。

脂粉氣 ㄓ ㄈㄣˇ ㄑㄧˋ 諷刺男子柔弱帶有女子的氣質。

胴 ㄉㄨㄥˋ dòng 名人的身體。常用來指女性的軀體。例胴體。

胸 ㄒㄩㄥ xiōng 名①身體前面頸部以下、腹部以上的部位。②指人的氣度。例心胸。

胸口 ㄒㄩㄥ ㄎㄡˇ 指人胸部的中央。

胸肌 ㄒㄩㄥ ㄐㄧ 指胸部的肌肉，分為深淺兩種：深者為肋間肌，可幫助呼吸作用的運行；淺者為胸大肌，能牽引肱骨。

胸脊 ㄒㄩㄥ ㄐㄧˇ 鳥類胸部中央的一塊軟骨。

胸骨 ㄒㄩㄥ ㄍㄨˇ 胸部正中央的一塊劍狀的扁平骨，與肋骨連接。胸骨、肋骨、脊椎骨三者形成胸腔。

胸脯 ㄒㄩㄥ ㄆㄨˊ 指胸部的肌肉。

胸圍 ㄒㄩㄥ ㄨㄟˊ 人體胸與背的周圍長度。

胸腔 ㄒㄩㄥ ㄑㄧㄤ 胸部的空腔，其中主要有肺臟、心臟。

胸椎 ㄒㄩㄥ ㄓㄨㄟ 頸椎與腰椎之間的脊椎骨，共十二塊。

胸罩 ㄒㄩㄥ ㄓㄠˋ 婦女穿戴在胸部的貼身罩杯形短衣。

胸膛 ㄒㄩㄥ ㄊㄤˊ 胸部。

胸懷 ㄒㄩㄥ ㄏㄨㄞˊ ①人的心胸、氣度。②指抱負。

胸襟 ㄒㄩㄥ ㄐㄧㄣ 指人的心胸、懷抱和氣度。

胸鰭 ㄒㄩㄥ ㄑㄧˊ 魚類分布在胸兩側的魚鰭。

胸中丘壑 ㄒㄩㄥ ㄓㄨㄥ ㄑㄧㄡ ㄏㄨㄛˋ 比喻學識淵博，胸懷遠大。

胸中有數 ㄒㄩㄥ ㄓㄨㄥ ㄧㄡˇ ㄕㄨˋ 指對某事已經有了概念與打算。

胸有成竹 ㄒㄩㄥ ㄧㄡˇ ㄔㄥˊ ㄓㄨˊ 比喻做事前已有萬全的準備及周詳的計畫，不會臨時亂了方寸。

胸無點墨 ㄒㄩㄥ ㄨˊ ㄉㄧㄢˇ ㄇㄛˋ 形容一個人沒有學識涵養。

脊 ㄐㄧˇ jǐ 名①人或動物背部的骨柱。②物體中央高起橫列的部分。例山脊。③物體的背部。例刀脊。

脊背 ㄐㄧˇ ㄅㄟˋ 背部，是軀幹的一部分。

脊柱 ㄐㄧˇ ㄓㄨˋ 脊椎動物背部由脊椎骨連接而成的骨柱。

脊骨 ㄐㄧˇ ㄍㄨˇ ①即脊椎骨。②指山脈最高的主要部分。

脊梁 ㄐㄧˇ ㄌㄧㄤˊ 背部的脊骨。

脊鰭 ㄐㄧˇ ㄑㄧˊ 即背鰭。魚類背上的魚鰭。

脊髓 ㄐㄧˇ ㄙㄨㄟˇ 指脊椎骨內空腔中，灰白色的圓形條狀物質，是重要的中樞神經。

脊椎骨 ㄐㄧˇ ㄓㄨㄟ ㄍㄨˇ 連接成脊柱的小塊脊骨。

胯

ㄎㄨㄚˋ kuà 名兩腿之間。

胯下之辱 ㄎㄨㄚˋ ㄒㄧㄚˋ ㄓ ㄖㄨˇ 比喻被人鄙視、譏笑，遭受奇恥大辱。

脆

ㄘㄨㄟˋ cuì 形①不堅韌，容易破碎的。②酥鬆的。例酥脆。③柔弱，薄弱。例脆弱。④俐落而簡潔的。例乾脆。⑤聲音清亮的。例清脆。

脆性 ㄘㄨㄟˋ ㄒㄧㄥˋ 物質受外力影響而容易碎成小塊的性質。

脆弱 ㄘㄨㄟˋ ㄖㄨㄛˋ ①指人性格軟弱，經不起打擊或壓力。②形容物質不堅硬。

胳

ㄍㄜ gē 名①腋下。②通「肐」。手臂。例胳膊。

胳臂 ㄍㄜ ㄅㄧˋ 手臂。

胳肢窩 ㄍㄜ ㄓ ㄨㄛ 腋下，手臂與肩膀交接處。

胺

ㄢ ān 名有機化學指氨中的氫原子被烴基取代而形成的化合物。

胺基酸 ㄢ ㄐㄧ ㄙㄨㄢ 組成蛋白質的基本單位，含有胺基與羧基。

胭

ㄧㄢ yān 名古代婦女化妝用的紅色脂粉。

胭脂 ㄧㄢ ㄓ 古代婦女的化妝品。紅色粉狀，由花的汁液做成。

胭脂虎 ㄧㄢ ㄓ ㄏㄨˇ 比喻美豔卻凶悍的婦女。

胱

ㄍㄨㄤ guāng 見「膀胱」。

七畫

脣

ㄔㄨㄣˊ chún 名口的邊緣。例嘴脣。

脣舌 ㄔㄨㄣˊ ㄕㄜˊ ①口才。②言詞。例費了一番脣舌，他才肯脫下溼外套。

脣裂 ㄔㄨㄣˊ ㄌㄧㄝˋ 一種先天性畸形，上脣會直著裂開。亦稱為兔脣。

脣膏 ㄔㄨㄣˊ ㄍㄠ 化妝時塗在嘴脣上的脣彩。亦稱為口紅。

脣齒聲 ㄔㄨㄣˊ ㄔˇ ㄕㄥ 氣受到上齒與下脣的阻礙而發出的聲音。

脣亡齒寒 ㄔㄨㄣˊ ㄨㄤˊ ㄔˇ ㄏㄢˊ 脣與齒相互依存，缺一不可。比喻關係密切，無法分離。

脣紅齒白 ㄔㄨㄣˊ ㄏㄨㄥˊ ㄔˇ ㄅㄞˊ 形容人的面容姣好美麗。

脣槍舌劍 ㄔㄨㄣˊ ㄑㄧㄤ ㄕㄜˊ ㄐㄧㄢˋ 脣如槍，舌如劍。比喻言詞尖銳，爭辯激烈，互不相讓。

脫

ㄊㄨㄛ tuō 動①解開，褪下。例脫衣。②離開。例脫逃。③完成。例脫稿。④掉落。例脫髮。⑤遺漏。例脫落。

脫毛 ㄊㄨㄛ ㄇㄠˊ 動物的舊毛掉落。

脫手 ㄊㄨㄛ ㄕㄡˇ 物品售出或轉移給他人。

脫水 ㄊㄨㄛ ㄕㄨㄟˇ ①將水分去除掉的乾燥過程。②人體內的水分大量減少。

脫皮 ㄊㄨㄛ ㄆㄧˊ 舊皮剝落換上新皮的過程。

脫臼 ㄊㄨㄛ ㄐㄧㄡˋ 骨節受力而脫離正常的位置。

脫身 ㄊㄨㄛ ㄕㄣ 抽身離開。

脫肛 ㄊㄨㄛ ㄍㄤ 因為直腸擴約肌的感染或其他病因，使直腸脫出肛門的現象。常發生於孩童或老人。

脫兔 ㄊㄨㄛ ㄊㄨˋ 奔逃的兔子。比喻行動敏捷快速。

脫俗 ㄊㄨㄛ ㄙㄨˊ 清新高雅、不庸俗的氣質。

脫軌 ㄊㄨㄛ ㄍㄨㄟˇ ①火車離開了正常軌道。②行為不正常或脫離規範。

脫胎 ㄊㄨㄛ ㄊㄞ ①道家指脫去凡胎而成仙。②一種漆器的製造方法。先在模型板上糊上一層布或綢，再塗漆、磨光，最後把胎脫去，塗上顏料。③指脫離原來的模樣。

脫班 ㄊㄨㄛ ㄅㄢ 沒有依原定班次進行，通常指延誤班次。

脫脂 ㄊㄨㄛ ㄓ 將物質中的脂肪以物理或化學方法去除。

脫逃 ㄊㄨㄛ ㄊㄠˊ 逃跑。

脫產 ㄊㄨㄛ ㄔㄢˇ 將財產移轉到他人名下，通常是為了逃避債務。

脫節 ㄊㄨㄛ ㄐㄧㄝˊ 銜接不上。形容人糊塗或跟不上時代。

脫落 ㄊㄨㄛ ㄌㄨㄛˋ 剝落，掉落。

脫稿 ㄊㄨㄛ ㄍㄠˇ 完成稿件。

脫線 ㄊㄨㄛ ㄒㄧㄢˋ 形容人糊裡糊塗，思考、行為異於常人。

脫膠 ㄊㄨㄛ ㄐㄧㄠ 黏著物因為時間長久而失去黏性。

脫險 ㄊㄨㄛ ㄒㄧㄢˇ 擺脫或離開險境。

脫穎 ㄊㄨㄛ ㄧㄥˇ 因為特別傑出而顯得與眾不同。

脫離 ㄊㄨㄛ ㄌㄧˊ 逃出。

脫口成章 ㄊㄨㄛ ㄎㄡˇ ㄔㄥˊ ㄓㄤ 隨口就能講出一篇文章。形容人才思敏捷。

脫口而出 ㄊㄨㄛ ㄎㄡˇ ㄦˊ ㄔㄨ 未經思考而隨口說出的話。

脫胎換骨 ㄊㄨㄛ ㄊㄞ ㄏㄨㄢˋ ㄍㄨˇ 形容人徹底的改變。

脫穎而出 ㄊㄨㄛ ㄧㄥˇ ㄦˊ ㄔㄨ 有才華、能力的人終能顯露突出，不同凡響。

脫韁之馬 ㄊㄨㄛ ㄐㄧㄤ ㄓ ㄇㄚˇ 比喻不受拘束或失去控制的人。

脖

ㄅㄛˊ bó 名頸部。

脖子 ㄅㄛˊ ˙ㄗ 頸部，頭與軀幹相連接之處。

脖頸子 ㄅㄛˊ ㄍㄥˇ ˙ㄗ 脖子的後面。

脯

㈠ㄆㄨˊ pú 名胸部的肉。例胸脯。㈡ㄈㄨˇ fǔ 名①肉乾。例肉脯。②經糖漬後晾乾的果肉。例杏脯。

脯醢 ㄈㄨˇ ㄏㄞˇ ①肉乾與肉醬。②古代的酷刑，將人剁成肉醬或晒成肉乾。

脩

ㄒㄧㄡ xiū 名①乾肉條。②古代拜師要以成束的乾肉為禮，所以為師的酬勞稱為束脩。

脘

ㄨㄢˇ wǎn 名中醫所說的胃，指胃的內部。

脛

ㄐㄧㄥˋ jìng 名膝至腳踝的部分，即小腿。

脬

ㄆㄠ pāo 名膀胱。例尿脬。

脧

㈠ㄗㄨㄟ zuī 名男孩子的生殖器官。㈡ㄐㄩㄢ juān 動剝削別人，消耗他人的財力。例日削月脧。

脧削 ㄐㄩㄢ ㄒㄩㄝ 剝削，搜括。

脞

ㄘㄨㄛˇ cuǒ 形細碎繁瑣。例叢脞。

八畫

腐 ㄈㄨˇ fǔ 名古代的一種刑罰，割除男子生殖器以示處罰，即宮刑。形①爛的，壞的。例腐肉。②老舊的。例腐舊。動潰爛敗壞。例腐敗。

腐化 ㄈㄨˇ ㄏㄨㄚˋ 指物質腐朽陳舊。

腐朽 ㄈㄨˇ ㄒㄧㄡˇ 腐壞破舊不堪。

腐乳 ㄈㄨˇ ㄖㄨˇ 豆腐加工食品，將新鮮豆腐放置在陰暗潮溼處，使豆腐發霉、發酵後添加香料醃釀而成。

腐敗 ㄈㄨˇ ㄅㄞˋ 腐爛，腐壞。

腐蝕 ㄈㄨˇ ㄕˊ 金屬暴露在含有水與空氣的環境中，經過氧化作用而變成金屬氧化物的過程。

腐舊 ㄈㄨˇ ㄐㄧㄡˋ 形容陳腐破舊的。

腐爛 ㄈㄨˇ ㄌㄢˋ 朽壞，腐朽而糜爛。

腐植質 ㄈㄨˇ ㄓˊ ㄓˊ 一種土壤的有機質。動植物體被微生物分解後形成的營養素，呈黑色或深褐色，能提高土壤涵水能力，有利於生物生長。

腐蝕劑 ㄈㄨˇ ㄕˊ ㄐㄧˋ 有腐蝕作用的化學物質。如鹽酸、硫酸、氫氧化鈉皆是。

腎 ㄕㄣˋ shèn 名人體主要的排泄器官。見「腎臟」。

腎囊 ㄕㄣˋ ㄋㄤˊ 容納睪丸的地方，即陰囊。

腎臟 ㄕㄣˋ ㄗㄤˋ 在腰部後面脊椎骨兩旁，左右兩枚相對，為分析血液裡的廢料化成尿液的器官。俗稱腰子。

腎上腺 ㄕㄣˋ ㄕㄤˋ ㄒㄧㄢˋ 重要內分泌腺之一，分為皮質與髓質，負責分泌不同的激素。

腔 ㄑㄧㄤ qiāng 名①動物體內口、胸、腹等中空的部分。例腹腔。②曲調。例淮腔。③說話特殊的音調。例山東腔。④東西中空的部分。例空腔。

腔調 ㄑㄧㄤ ㄉㄧㄠˋ 指說話特殊的聲音和語調。

腔腸動物 ㄑㄧㄤ ㄔㄤˊ ㄉㄨㄥˋ ㄨˋ 低等無脊椎動物，體內有一空腔，由內胚層包圍而形成。

腋 ㄧㄝˋ yè 名①手臂內側與軀幹連接處。例腋下。②動物的上肢內部與身體連接處。

腋毛 ㄧㄝˋ ㄇㄠˊ 腋下的毛髮。

腋芽 ㄧㄝˋ ㄧㄚˊ 一種側芽，長在葉子與莖相連的部分。

腋臭 ㄧㄝˋ ㄔㄡˋ 人體腋下發出的特殊臭味。亦稱為狐臭。

腋窩 ㄧㄝˋ ㄨㄛ 即腋下，胳肢窩。

脾 ㄆㄧˊ pí 見「脾臟」、「脾氣」。

脾性 ㄆㄧˊ ㄒㄧㄥˋ 人的習性、性情，即脾氣。

脾胃 ㄆㄧˊ ㄨㄟˋ 胃是主要消化器官，有一說脾能幫助胃消化，故兩者常合稱。

脾氣 ㄆㄧˊ ㄑㄧˋ 人的性情。

脾臟 ㄆㄧˊ ㄗㄤˋ 內臟之一，位於腹部左上方，有造血、貯存血液的功能。

腓 ㄈㄟˊ féi 名小腿肚，小腿後面肌肉突出的部分。

腓骨 ㄈㄟˊ ㄍㄨˇ 下肢外側的骨頭。

腓腸肌 ㄈㄟˊ ㄔㄤˊ ㄐㄧ 位在脛骨後方的一塊隨意肌，就是小腿後面隆起的肌肉。

腑 ㄈㄨˇ fǔ 名 中醫認為體內器官屬陽性者為「腑」，屬陰性者為「臟」。如大腸、小腸、膀胱、膽、胃、三焦。

腆 ㄊㄧㄢˇ tiǎn 形 ①豐厚的。例 腆儀。②害羞的樣子。例 腼腆。動 凸出，隆起。例 腆著肚子。

腆顏 ㄊㄧㄢˇ ㄧㄢˊ 厚顏，不知羞恥。

腆默 ㄊㄧㄢˇ ㄇㄛˋ 羞愧而說不出話。

腊 ㊀ㄒㄧˊ xí 名 乾肉。例 腊肉。動 將肉曬乾。㊁ㄌㄚˋ là「臘」的異體字。

腊肉 ㄒㄧˊ ㄖㄡˋ 乾肉。

腌 ㄤ āng 見「腌臢」。

腌臢 ㄤ ㄗㄤ 不乾淨。

脺 ㄘㄨㄟˋ cuì 名 同「膵」。即胰臟。

腕 ㄨㄢˋ wàn 名 手掌與手臂相接的關節部位。例 手腕。

腕力 ㄨㄢˋ ㄌㄧˋ 手腕的力量。

腕法 ㄨㄢˋ ㄈㄚˇ 執筆寫字時用手腕的方法。

腴 ㄩˊ yú 名 腹部的脂肪，肥肉。形 ①肥胖，豐滿。例 豐腴。②豐美，肥沃。例 膏腴之地。

腴潤 ㄩˊ ㄖㄨㄣˋ 形容美好的德澤。

脹 ㄓㄤˋ zhàng 形 ①飲食過飽時腸胃不舒服的感覺。②浮腫。例 腫脹。動 體積變大。例 膨脹。

九畫

腰 ㄧㄠ yāo 名 ①指肋骨以下，臀部以上的部位。例 扭腰。②事物的中間。例 山腰。③俗稱腎臟為腰子。

腰包 ㄧㄠ ㄅㄠ 錢包，荷包。

腰身 ㄧㄠ ㄕㄣ ①身段。②腰。

腰果 ㄧㄠ ㄍㄨㄛˇ 植物名。常綠喬木，開粉紅花，果實呈扁豆形，可供榨油或食用。

腰花 ㄧㄠ ㄏㄨㄚ 將動物的腎臟切割成花狀而烹煮的食品。

腰帶 ㄧㄠ ㄉㄞˋ 繫在腰間的帶子。

腰斬 ㄧㄠ ㄓㄢˇ 古代刑罰之一，將犯人從腰間斬為兩截。

腰圍 ㄧㄠ ㄨㄟˊ 腰部周圍的尺寸。

腰椎 ㄧㄠ ㄓㄨㄟ 指腰部的脊椎。

腰際 ㄧㄠ ㄐㄧˋ 指腰部。

腰板兒 ㄧㄠ ㄅㄢˇ ㄦ 腰與背的部分。

腰桿兒 ㄧㄠ ㄍㄢˇ ㄦ 腰部的俗稱。

腰纏萬貫 ㄧㄠ ㄔㄢˊ ㄨㄢˋ ㄍㄨㄢˋ 比喻財富之多。

腼 ㄇㄧㄢˇ miǎn 見「腼腆」。

腼腆 ㄇㄧㄢˇ ㄊㄧㄢˇ 心中害羞，難為情的樣子。

腸 ㄔㄤˊ cháng 名 ①動物的主要消化器官，在胃的下方，負責消化吸收食物。②指性格、心思。例 壞心腸。

腸子 ㄔㄤˊ ㄗˇ ①腸。②指心地、心腸。

腸胃 ㄔㄤˊ ㄨㄟˋ 腸與胃的合稱，指消化器官。

腸癌 ㄔㄤˊ ㄞˊ 指長在腸道的惡性腫瘤。

腸胃病 ㄔㄤˊ ㄨㄟˋ ㄅㄧㄥˋ 消化器官的疾病。

腥

ㄒㄧㄥ xīng 名①生肉，未熟的肉。②魚、肉類的生臭味。例葷腥。形汙穢的，骯髒的。例腥聞。

腥味 ㄒㄧㄥ ㄨㄟˋ 魚、肉類等生鮮的腥臭味。

腥臭 ㄒㄧㄥ ㄔㄡˋ 帶有腥味的臭味。

腥羶 ㄒㄧㄥ ㄕㄢ 牛、羊肉的臭味。

腥風血雨 ㄒㄧㄥ ㄈㄥ ㄒㄧㄝˇ ㄩˇ 形容戰爭殺戮的慘烈。

腱

ㄐㄧㄢˋ jiàn 名①附著在骨上的肌肉，極富韌性。例肌腱。②見「腱子」。

腱子 ㄐㄧㄢˋ ㄗˇ 豬、羊、牛等動物的小腿肌肉。

腹

ㄈㄨˋ fù 名①胸部下方、骨盆上方的部位。②物體的中心部分。例山腹。③比喻內心深處。例推心置腹。動懷抱。例詩經：「出入腹我。」

腹水 ㄈㄨˋ ㄕㄨㄟˇ 腹部積水的症狀，可能由心臟或腎衰竭、肝硬化等引起。

腹地 ㄈㄨˋ ㄉㄧˋ ①商港交易、貨物進出的影響範圍。②靠近中心的地區。

腹肌 ㄈㄨˋ ㄐㄧ 腹部的肌肉。

腹背 ㄈㄨˋ ㄅㄟˋ 腹在前，背在後。比喻前後。

腹腔 ㄈㄨˋ ㄑㄧㄤ 腹部的空腔，橫膈膜以下、骨盆腔以上的體腔。內有腸、胃、肝、腎等器官。

腹稿 ㄈㄨˋ ㄍㄠˇ 創作之前在心中預先想好的底稿或構思。

腹膜 ㄈㄨˋ ㄇㄛˋ 腹腔內的薄膜，包覆、保護著各器官。

腹瀉 ㄈㄨˋ ㄒㄧㄝˋ 消化道疾病的症狀之一，指頻繁的排泄出不成固體的糞便。

腹鰭 ㄈㄨˋ ㄑㄧˊ 魚類腹部下方的鰭。

腹足類 ㄈㄨˋ ㄗㄨˊ ㄌㄟˋ 軟體動物的一類，腹部有肉質的運動器。如蝸牛。

腹股溝 ㄈㄨˋ ㄍㄨˇ ㄍㄡ 腹部與大腿相連的部分。也稱鼠蹊。

腹背受敵 ㄈㄨˋ ㄅㄟˋ ㄕㄡˋ ㄉㄧˊ 前後皆遭受敵人攻擊。比喻境況危急。

腳

ㄐㄧㄠˇ jiǎo 名①人或動物的足，是身體與地面接觸的部分。例跺腳、跛腳。②東西的基部。例桌腳。③見「腳色」、「腳本」。

腳力 ㄐㄧㄠˇ ㄌㄧˋ 走路的耐力、體力。

腳爪 ㄐㄧㄠˇ ㄓㄠˇ 指動物的爪子。

腳夫 ㄐㄧㄠˇ ㄈㄨ 稱搬運貨物的工人。

腳心 ㄐㄧㄠˇ ㄒㄧㄣ 腳底中央的部分。

腳印 ㄐㄧㄠˇ ㄧㄣˋ 腳踏過所遺留下來的痕跡。

腳本 ㄐㄧㄠˇ ㄅㄣˇ 戲劇或電影的底稿。

腳色 ㄐㄧㄠˇ ㄙㄜˋ 戲劇中演員所扮演的人物。同角色。

腳步 ㄐㄧㄠˇ ㄅㄨˋ 指行走的步伐。

腳勁 ㄐㄧㄠˇ ㄐㄧㄥˋ 指兩腳的力氣。

腳氣 ㄐㄧㄠˇ ㄑㄧˋ 缺乏維生素B_1而導致兩腳浮腫的疾病。

腳鐐 ㄐㄧㄠˇ ㄌㄧㄠˋ 套在犯人雙腳上使無法快走的刑具。

腳丫子 ㄐㄧㄠˇ ㄧㄚ ˙ㄗ 腳的俗稱，一般指腳掌。

腳踏實地 ㄐㄧㄠˇ ㄊㄚˋ ㄕˊ ㄉㄧˋ 雙腳踏地。比喻做事切實。

腫

ㄓㄨㄥˇ zhǒng 名 癰，指一種皮膚隆起的疾病。形 浮脹的。例 紅腫。

腫脹 ㄓㄨㄥˇ ㄓㄤˋ 因生病或受傷導致皮膚膨脹隆起。

腫瘍 ㄓㄨㄥˇ ㄧㄤˊ 皮膚的皮下組織發炎而化膿。

腫瘤 ㄓㄨㄥˇ ㄌㄧㄡˊ 因為細胞增生所形成的腫大。

腺

ㄒㄧㄢˋ xiàn 名 生物體內分泌化學物質的組織。

腺體 ㄒㄧㄢˋ ㄊㄧˇ 生物體內可分泌液體的構造或組織。

腦

ㄋㄠˇ nǎo 名 ①位於頭顱內的中樞神經，是主管知覺與動作的重要器官。②指頭部。例 腦袋。

腦力 ㄋㄠˇ ㄌㄧˋ 腦的能力。如思考、創作、記憶等。

腦汁 ㄋㄠˇ ㄓ ①腦漿。②指腦筋。例 絞盡腦汁。

腦炎 ㄋㄠˇ ㄧㄢˊ 一種急性傳染病，由病毒引起，有抽筋、嘔吐、發燒、頭痛、四肢僵硬等症狀。

腦門 ㄋㄠˇ ㄇㄣˊ 指前額。

腦海 ㄋㄠˇ ㄏㄞˇ 指腦中記憶的部分。

腦袋 ㄋㄠˇ ㄉㄞˋ 指頭部。

腦殼 ㄋㄠˇ ㄎㄜˊ 指頭部的硬骨骼，能保護腦部。

腦筋 ㄋㄠˇ ㄐㄧㄣ ①泛指思想、記憶力等。②腦神經。

腦漿 ㄋㄠˇ ㄐㄧㄤ 指腦髓。

腦勺子 ㄋㄠˇ ㄕㄠˊ ˙ㄗ 指後腦的部分。

腦充血 ㄋㄠˇ ㄔㄨㄥ ㄒㄧㄝˇ 指腦部的血液逆上充滿腦部的疾病。

腦溢血 ㄋㄠˇ ㄧˋ ㄒㄧㄝˇ 腦部微血管破裂的一種疾病。亦稱為中風。

腦膜炎 ㄋㄠˇ ㄇㄛˊ ㄧㄢˊ 腦或脊髓的軟膜發炎。

腦震盪 ㄋㄠˇ ㄓㄣˋ ㄉㄤˋ 指腦部因為劇烈的震動而受損，有嘔吐、昏迷等現象。

腦滿腸肥 ㄋㄠˇ ㄇㄢˇ ㄔㄤˊ ㄈㄟˊ 形容人庸俗無知又肥胖。

腠

ㄘㄡˋ còu 名 肌膚的紋理。例 腠理。

腷

ㄅㄧˋ bì 形 形容鼓翅或冰塊破裂聲。

腩

ㄋㄢˇ nǎn 名 牛、羊腹部靠近肋骨的嫩肉。例 牛腩。

腮

ㄙㄞ sāi 名 臉頰下半部。例 托腮。

腮腺 ㄙㄞ ㄒㄧㄢˋ 是唾腺的一種，分泌可分解醣類的水狀液體。亦稱為耳下腺。

腮幫子 ㄙㄞ ㄅㄤ ˙ㄗ 即臉頰。

腡

ㄌㄨㄛˊ luó 名 指紋。

十畫

膏

ㄍㄠ gāo 名 ①油脂，肥肉。例 脂膏。②比喻恩惠，恩澤。例 膏澤。③稠狀物質。例 牙膏。形 肥沃且富含養料的。例 膏腴之地。

膏肓 ㄍㄠ ㄏㄨㄤ 中醫稱人體心臟與橫膈膜之間的部位。

膏粱 ㄍㄠ ㄌㄧㄤˊ 肥美的肉與上好的穀類。指精美的食物。

膏澤 ㄍㄠ ㄗㄜˊ ①滋潤農作物的及時雨。②恩澤，恩惠。

膏藥 ㄍㄠ ㄧㄠˋ 將藥煎成膏狀，鋪於布上，再貼在患部的一種中藥。

腿 ㄊㄨㄟˇ tuǐ 名①人的下肢或動物的四肢。例小腿。②物品用來支撐的部分。例桌腿。③火腿的簡稱。

膀 ㈠ㄆㄤˊ páng 見「膀胱」。
㈡ㄅㄤˇ bǎng 名①肩部和肩以下、肘以上的部位。例肩膀、膀子。②禽鳥類的兩翼。例翅膀。
㈢ㄆㄤ pāng 名乳房周圍的部分叫「奶膀子」。形肌肉浮腫的。例膀腫。
㈣ㄅㄤˋ bàng 動弔膀子，兩性互相引誘。

膀子 ㄅㄤˇ ˙ㄗ ①指肩膀。②上臂。

膀胱 ㄆㄤˊ ㄍㄨㄤ 為動物體內貯存尿液的器官，位於骨盆腔內，上接輸尿管，下接尿道的排泄器官。

膊 ㄅㄛˊ bó 名①指接近軀幹的上肢部分。例胳膊。②指上半身。例赤膊。③通「脯」。乾肉。

膃 ㄨㄚˋ wà 名動物名。膃肭，即海狗。

膈 ㄍㄜˊ gé 名動物體內分隔胸腔與腹腔的薄膜。或稱為橫膈膜。

膂 ㄌㄩˇ lǚ 名①脊椎骨。②體力，氣力。

膂力 ㄌㄩˇ ㄌㄧˋ 指體力。

膋 ㄌㄧㄠˊ liáo 名指腸胃間的脂肪。例血膋。

膍 ㄆㄧˊ pí 名泛指反芻類動物的胃。

十一畫

膚 ㄈㄨ fū 名身體的表皮。例皮膚。形①表層的，浮淺的。例膚淺。②廣大的。例膚功。

膚色 ㄈㄨ ㄙㄜˋ 指皮膚的顏色。

膚泛 ㄈㄨ ㄈㄢˋ 粗淺浮泛而不實際。

膚淺 ㄈㄨ ㄑㄧㄢˇ 形容浮淺而沒有內容的。

膚如凝脂 ㄈㄨ ㄖㄨˊ ㄋㄧㄥˊ ㄓ 形容人的肌膚潔白而柔軟，吹彈可破的樣子。

膝 ㄒㄧ xī 名指下肢大小腿相連的關節。例屈膝。

膝下 ㄒㄧ ㄒㄧㄚˋ ①膝蓋底下。例男兒膝下有黃金。②指父母跟前。例承歡膝下。③子女對父母的敬稱。

膝蓋 ㄒㄧ ㄍㄞˋ 指膝，即大小腿相接處。

膝下猶虛 ㄒㄧ ㄒㄧㄚˋ ㄧㄡˊ ㄒㄩ 比喻沒有子女。

膠 ㄐㄧㄠ jiāo 名①以動物的表皮、骨角熬製成的汁液，具有黏性的物質。例虎骨膠。②植物分泌的樹脂。例橡膠。③橡膠或塑膠的簡稱。動黏。例膠著。形有黏性的。例膠紙。

膠水 ㄐㄧㄠ ㄕㄨㄟˇ 具黏性的液體物質。

膠布 ㄐㄧㄠ ㄅㄨˋ 塗有黏性膠質的布。

膠泥 ㄐㄧㄠ ㄋㄧˊ 有黏性的泥土。

膠帶 ㄐㄧㄠ ㄉㄞˋ 具黏性，用來黏貼物品的帶狀塑料。

膠結 ㄐㄧㄠ ㄐㄧㄝˊ 沾黏在一起而不易分開。

膠著 ㄐㄧㄠ ㄓㄨㄛˊ 黏在一起的樣子。也比喻僵持不下，遲遲沒有進展的人或事。

膠漆 ㄐㄧㄠ ㄑㄧ 膠與漆都具黏性，用以比喻交情好，感情深厚。

膜 ㄇㄛˊ mó 名①見「膜拜」。②動、植物體內一層薄而呈半透明的組織。例耳膜。③泛指輕薄而扁平的物質。例鼓膜。

膜拜 ㄇㄛˊ ㄅㄞˋ 舉雙手於額頂，雙腳長跪伏地敬拜，表示極度的恭敬。

膛 ㄊㄤˊ táng 名①稱人體的胸部。例胸膛。②器物中空之處。例槍膛。

膣 ㄓˋ zhì 名稱女性的陰道。

十二畫

膳 ㄕㄢˋ shàn 名飯食。例早膳。

膳食 ㄕㄢˋ ㄕˊ 指飲食。

膳宿 ㄕㄢˋ ㄙㄨˋ 飲食和住宿。

膩 ㄋㄧˋ nì 名汙垢，油垢。例垢膩。形①肥油過多的。例油膩。②細緻的。例細膩。③親近的。例膩友。動糾纏，黏著。例他整天膩著媽媽。副厭惡，厭煩。例聽膩了。

膩友 ㄋㄧˋ ㄧㄡˇ 感情親密的好友。

膩味 ㄋㄧˋ ㄨㄟˋ 指油脂過多的食品。

膩胃 ㄋㄧˋ ㄨㄟˋ 油脂過多的食物，使人毫無胃口。

膩煩 ㄋㄧˋ ㄈㄢˊ 對於一再發生的事感到厭煩。

膨 ㄆㄥˊ péng 動脹大。例膨脹。

膨脹 ㄆㄥˊ ㄓㄤˋ ①物體因為受熱或壓力減少，長度、面積或體積增加的現象。②擴大，增長。例通貨膨脹。

膵 ㄘㄨㄟˋ cuì 名同「脺」。即胰臟。

膰 ㄈㄢˊ fán 名古代宗廟祭祀時所用的熟肉。

膴 ㄨˇ wǔ 名①去骨的乾肉。②古代祭祀用的大塊魚肉。形大而厚的。

十三畫

膺 ㄧㄥ yīng 名①心胸，內心。例義憤填膺。②馬匹胸前的韁繩。動承擔。例榮膺。

膺選 ㄧㄥ ㄒㄩㄢˇ 中選，當選。

臂 ㄅㄧˋ bì 名①肩膀到手腕的部位。②動物的前肢。例螳臂。

臂章 ㄅㄧˋ ㄓㄤ 佩戴在袖子上的標誌，表明身分或職務。

臂膊 ㄅㄧˋ ㄅㄛˊ 即手臂。

膽 ㄉㄢˇ dǎn 名①位於腹腔右上方的一個中空小囊，可貯存膽汁。②指勇氣。例膽量。③器物的內層。例球膽。

膽子 ㄉㄢˇ ˙ㄗ 勇氣。

膽汁 ㄉㄢˇ ㄓ 肝臟製造的一種消化液，貯存於膽囊中。

膽怯 ㄉㄢˇ ㄑㄧㄝˋ 膽量小。

膽略 ㄉㄢˇ ㄌㄩㄝˋ 膽量與謀略。

膽寒 ㄉㄢˇ ㄏㄢˊ 恐懼，害怕。

膽敢 ㄉㄢˇ ㄍㄢˇ 有勇氣做某行為。

膽量 ㄉㄢˇ ㄌㄧㄤˋ 勇氣。

膽識 ㄉㄢˇ ㄕˋ 膽量與見識。

膽囊 ㄉㄢˇ ㄋㄤˊ 位於腹腔右上方，靠近肝臟的一個中空小囊，有貯存膽汁的功能。

膽固醇 ㄉㄢˇ ㄍㄨˋ ㄔㄨㄣˊ 一種人體內脂肪分解時釋放的針狀晶體物質。與血脂肪多寡及血管硬化有關。

膽小如鼠 ㄉㄢˇ ㄒㄧㄠˇ ㄖㄨˊ ㄕㄨˇ 膽像鼠一樣小。形容非常膽小。

膽大心細 ㄉㄢˇ ㄉㄚˋ ㄒㄧㄣ ㄒㄧˋ 行事勇敢而心思細密。

膽大包天 ㄉㄢˇ ㄉㄚˋ ㄅㄠ ㄊㄧㄢ 指人膽量大到無所忌憚。

膽戰心驚 ㄉㄢˇ ㄓㄢˋ ㄒㄧㄣ ㄐㄧㄥ 形容十分害怕恐懼。

臀

ㄊㄨㄣˊ tún 名①腰部與兩腿上端相連的部位，即屁股。②物體的底部。

臆

ㄧˋ yì 名胸部，懷抱。例胸臆。副私心猜測地，主觀地。例臆度、臆想。

臆測 ㄧˋ ㄘㄜˋ 猜測，預料。

臆說 ㄧˋ ㄕㄨㄛ 憑主觀推測的說法。

臆斷 ㄧˋ ㄉㄨㄢˋ 不客觀的猜測判斷。

臃

ㄩㄥ yōng 名皮膚凸起，腫起的狀態。

臃腫 ㄩㄥ ㄓㄨㄥˇ 形容人笨重、肥胖而不靈巧。

膿

ㄋㄨㄥˊ nóng 名細胞組織遭細菌或黴菌侵入，造成發炎或局部組織被破壞，大量白血球聚集在患部消滅病原體，白血球、壞死細胞與病原體的混合物就稱為「膿」。副腐爛地，潰爛地。

膿包 ㄋㄨㄥˊ ㄅㄠ ①由膿液積聚而成的凸出物。②譏笑怯弱、無用的人。

臉

ㄌㄧㄢˇ liǎn 名①顏面，雙頰。例臉蛋。②面子，情面。例丟臉。③面部的表情。例變臉。④物體的正面、前部。

臉皮 ㄌㄧㄢˇ ㄆㄧˊ ①面子，顏面。②臉部的皮膚。

臉色 ㄌㄧㄢˇ ㄙㄜˋ ①面色。②臉上的表情。

臉蛋 ㄌㄧㄢˇ ㄉㄢˋ 臉部。常指女子或孩童的臉。

臉頰 ㄌㄧㄢˇ ㄐㄧㄚˊ 面部兩側雙頰。

臉譜 ㄌㄧㄢˇ ㄆㄨˇ 傳統戲劇中演員化妝的譜式，以油彩繪在面部，各種人物大都有固定的譜式和色彩，象徵不同的性情或角色。

臉紅脖子粗 ㄌㄧㄢˇ ㄏㄨㄥˊ ㄅㄛˊ ˙ㄗ ㄘㄨ 形容生氣而漲紅脖子、情緒激動的樣子。

膾

ㄎㄨㄞˋ kuài 名切成細條的肉絲。動切割。

膾炙人口 ㄎㄨㄞˋ ㄓˋ ㄖㄣˊ ㄎㄡˇ 膾是切細的肉絲，炙是烤肉，皆是人所愛吃的食物。用以比喻廣受好評，極受歡迎的作品。

膻

㊀ㄉㄢˇ dǎn 名膻中，分隔胸腔和腹腔的橫隔膜。㊁ㄕㄢ shān 名通「羶」。羊身上的臊味。

臊

㊀ㄙㄠ sāo 名腥臭的味道。例羊臊。

(二)ㄙㄠˋ sào 名剁碎的肉。例肉臊。形不好意思、害羞的樣子。例害臊。

臊子 ㄙㄠˋ ˙ㄗ 指細碎的肉屑。

臊味 ㄙㄠ ㄨㄟˋ 腥臭的味道。

臊氣 ㄙㄠ ㄑㄧˋ 腥臭的氣味。

臊聲 ㄙㄠ ㄕㄥ 惡名。

臌 ㄍㄨˇ gǔ 名肚子裡有水或氣脹起來的病。動脹起。例臌脹。

十四畫

臍 ㄑㄧˊ qí 名①肚臍。胎兒出生後，剪斷臍帶所遺留下的痕跡。②植物胚珠的著生處。

臍帶 ㄑㄧˊ ㄉㄞˋ 連接胎兒與胎盤的索狀構造。其內有一動脈一靜脈，是運輸胎兒所需養料及胎兒代謝廢物的通道。

臏 ㄅㄧㄣˋ bìn 名①脛骨，膝蓋骨。例臏骨。②古代刑罰的一種，削去犯人膝蓋骨以示懲戒。

十五畫

臘 ㄌㄚˋ là 名①古代在年終祭祀祖先的儀式。②農曆的最後一個月。例臘月。③經過鹽醃製的乾肉。例臘肉。

臘月 ㄌㄚˋ ㄩㄝˋ 指農曆的十二月。

臘味 ㄌㄚˋ ㄨㄟˋ 臘魚及臘肉的總稱。

臘鼓 ㄌㄚˋ ㄍㄨˇ 古時在農曆十二月八日擊鼓去疫的習俗。

臘腸 ㄌㄚˋ ㄔㄤˊ 風乾的香腸。

臘八粥 ㄌㄚˋ ㄅㄚ ㄓㄡ 農曆十二月八日，用穀類、豆類果實所煮成的稀飯。

臘鼓頻催 ㄌㄚˋ ㄍㄨˇ ㄆㄧㄣˊ ㄘㄨㄟ 指一年就快要結束。比喻年關將近，時光過得很快。

十六畫

臚 ㄌㄨˊ lú 名①指人的皮膚。②腹部。動鋪排，陳列。例臚列。

臚列 ㄌㄨˊ ㄌㄧㄝˋ 陳列，擺放。

臚陳 ㄌㄨˊ ㄔㄣˊ 一一陳述。

臛 ㄏㄨㄛˋ huò 名肉羹。動烹飪。例臛物。

十八畫

臟 ㄗㄤˋ zàng 名動物胸腹內各器官的總稱。例心臟。

臟腑 ㄗㄤˋ ㄈㄨˇ 五臟六腑。泛指人的內臟。

臟器 ㄗㄤˋ ㄑㄧˋ 指肝、腎、胃等內臟器官。

十九畫

臞 ㄑㄩˊ qú 形消瘦的。

臠 ㄌㄨㄢˊ luán 名切成塊的肉。動把肉切割、分解。

臢 ㄗㄤ zāng 見「腌臢」。

臣部 ㄔㄣˊ

臣 ㄔㄣˊ chén 名①君主時代的官吏。例君臣。②古時自稱的謙詞。動使人認輸服從。例臣服。

臣下 ㄔㄣˊ ㄒㄧㄚˋ 君臣時代官吏的自稱及統稱。

臣服 ㄔㄣˊ ㄈㄨˊ 屈服稱臣，服輸。

二畫

臥 ㄨㄛˋ wò 形供睡覺休息用的。例臥室。動①躺下。例臥床不起。②睡覺，休息。③趴伏。例雞臥在草上。

臥底 ㄨㄛˋ ㄉㄧˇ 潛伏在敵方陣營內，刺探敵情的人。

臥具 ㄨㄛˋ ㄐㄩˋ 寢具，指被褥、枕頭等睡覺的用具。

臥室 ㄨㄛˋ ㄕˋ 供人休息或睡覺的房間。同寢室。

臥軌 ㄨㄛˋ ㄍㄨㄟˇ 躺在鐵軌上企圖阻止列車進行或自殺。

臥病 ㄨㄛˋ ㄅㄧㄥˋ 因病躺在床上。

臥遊 ㄨㄛˋ ㄧㄡˊ 並未到實地遊玩，只是在家中看圖片、書本、影片等來品味山水。

臥榻 ㄨㄛˋ ㄊㄚˋ 指床。

臥鋪 ㄨㄛˋ ㄆㄨˋ 指在車船上的床鋪。

臥虎藏龍 ㄨㄛˋ ㄏㄨˇ ㄘㄤˊ ㄌㄨㄥˊ 比喻人才眾多而傑出。

臥薪嘗膽 ㄨㄛˋ ㄒㄧㄣ ㄔㄤˊ ㄉㄢˇ 越王句踐戰敗後以柴草為床，舔嘗苦膽，作為警惕自己不忘所受的苦難。比喻刻苦自勵。

八畫

臧 ㄗㄤ zāng 名①舊時對僕役的稱呼。例臧獲。②姓。形美善的。例人謀不臧。動稱許，讚揚。例臧否。

臧否 ㄗㄤ ㄆㄧˇ ①善惡得失。②褒貶，評論。

十一畫

臨 ㄌㄧㄣˊ lín 動①到達，來到。例蒞臨、身臨其境。②空間上的接近、靠近。例臨街。③由高處往下看。例居高臨下。④面對。例臨危不亂。⑤模仿書畫。例臨帖。副當，正。例臨別。

臨行 ㄌㄧㄣˊ ㄒㄧㄥˊ 將出發之時。

臨刑 ㄌㄧㄣˊ ㄒㄧㄥˊ 快要被執行死刑。

臨終 ㄌㄧㄣˊ ㄓㄨㄥ 將要死的時候。也作「臨死」。

臨危 ㄌㄧㄣˊ ㄨㄟˊ ①面臨危難時刻。②重病將死。

臨池 ㄌㄧㄣˊ ㄔˊ 比喻練習書法。

臨床 ㄌㄧㄣˊ ㄔㄨㄤˊ 醫生對病人實際的觀察和治療疾病。

臨帖 ㄌㄧㄣˊ ㄊㄧㄝˋ 模仿字帖的學習書法方式。

臨場 ㄌㄧㄣˊ ㄔㄤˇ ①當場。②到場。

臨盆 ㄌㄧㄣˊ ㄆㄣˊ 生產，分娩。

臨風 ㄌㄧㄣˊ ㄈㄥ 面向著風。

臨時 ㄌㄧㄣˊ ㄕˊ ①暫時。②事到關頭，到時。

臨摹 ㄌㄧㄣˊ ㄇㄛˊ 依樣模仿。

臨檢 ㄌㄧㄣˊ ㄐㄧㄢˇ 沒有事先告知而臨時檢查。

臨頭 ㄌㄧㄣˊ ㄊㄡˊ 到來。例大難臨頭。

臨界角 ㄌㄧㄣˊ ㄐㄧㄝˋ ㄐㄧㄠˇ 能夠產生全反射的最小入射角。

臨去秋波 ㄌㄧㄣˊ ㄑㄩˋ ㄑㄧㄡ ㄅㄛ ①形容臨走前向人示惠。②指臨別時的媚眼。

臨陣脫逃 作戰時，軍隊因不敢迎戰，懦弱逃逸。比喻事到臨頭而膽怯逃避。

臨陣磨槍 到了緊急關頭，才匆忙準備。

臨深履薄 面對深淵，踏在薄冰上。形容極為謹慎小心。

臨渴掘井 ①比喻事前未作準備，事到臨頭才想辦法。②形容事情臨時才要處理，為時已晚。

臨淵羨魚 比喻只有空想，而無實際行動。

臨機應變 形容隨著事態的發展來處理。

自部 ㄗˋ

自 ㄗˋ

名起源。例其來有自。副①主動地，不受干涉控制地。例自願。②必然，當然。例事情自能成功。代己身。例自掃門前雪。介從，由。例自古以來。連如果。例韓詩外傳：「自以為罪，則寡人亦有罪矣。」

自力 ①一切舉動出於自主的。②盡自己的力量去做。

自大 妄自尊大。

自反 反省自我。

自用 ①孤行己意，不聽他人意見。②本身專用的。例自用車。

自白 ①被告自行承認或描述犯罪事實。②自我表白。

自立 不倚靠他人，獨立處理一切事物。

自由 ①根據自我的意思行動。②在法律規範內活動。

自在 ①自由閒適，沒有拘束。②恣意放縱。

自如 ①自由自在，不受牽絆。②一如往常，沒有改變。

自身 本身，自己。

自我 ①自私。②指自己個人。例自我檢討。

自戕 自殺或自我傷害。

自卑 ①自覺比不上別人，而看不起自己。例自卑感。②降低自身身分。

自居 自認為具某種資格。

自拔 主動從苦痛或惡習中解脫。

自治 ①自己處理自己的事務。②實施民主政治，各地方由選舉產生權力機構，管理地方事務。例地方自治。

自省 自我省察。

自負 ①自以為了不起。②自己承擔負責。

自若 態度自然。

自述 自己陳述自己的事。

自恃 自以為有所仗勢。

自信 相信自己，對自己具有信心。

自首 ㄗˋ ㄕㄡˇ 罪犯在案件尚未發覺前，主動向偵查機關陳述自己的犯罪事實。

自修 ㄗˋ ㄒㄧㄡ ①自己溫習功課。②沒有老師指導，自己努力研習。③自我修養。

自殺 ㄗˋ ㄕㄚ 自己尋死。同自盡。

自得 ㄗˋ ㄉㄜˊ ①自覺得意。②悠然閒適，自覺有樂趣。

自動 ㄗˋ ㄉㄨㄥˋ 主動，出於自願而不借助外力。

自理 ㄗˋ ㄌㄧˇ 自行解決、料理。

自強 ㄗˋ ㄑㄧㄤˊ 自己發憤圖強。

自發 ㄗˋ ㄈㄚ 主動的，不受外力牽制或影響。

自焚 ㄗˋ ㄈㄣˊ 引火焚燒自己。比喻自招災禍。

自給 ㄗˋ ㄐㄧˇ 不假外援，自己供應本身所需。

自絕 ㄗˋ ㄐㄩㄝˊ ①自取滅亡。②自行斷絕。

自尊 ㄗˋ ㄗㄨㄣ ①自重，自我尊重。②自大。

自裁 ㄗˋ ㄘㄞˊ ①自行裁決。②自殺，自盡。

自訴 ㄗˋ ㄙㄨˋ 犯罪被害人自行向法院提起刑事訴訟，不透過檢察處。

自新 ㄗˋ ㄒㄧㄣ 自己改正錯誤，重新做人。

自詡 ㄗˋ ㄒㄩˇ 自我誇耀。

自傳 ㄗˋ ㄓㄨㄢˋ 著書或寫文章陳述自己生平事蹟的作品。

自愛 ㄗˋ ㄞˋ ①尊重自己。②愛護自己。

自豪 ㄗˋ ㄏㄠˊ 對自己或有關團體的成就而感到光榮。

自盡 ㄗˋ ㄐㄧㄣˋ 結束自己的生命。同自殺。

自衛 ㄗˋ ㄨㄟˋ 用己身的力量保護自己。

自燃 ㄗˋ ㄖㄢˊ 物質自發起火燃燒。

自願 ㄗˋ ㄩㄢˋ 自己心甘情願。

自轉 ㄗˋ ㄓㄨㄢˋ 指星球對本身的旋轉軸轉動。

自覺 ㄗˋ ㄐㄩㄝˊ ①察覺自己的言行舉止。②自己感受到而有所覺悟。

自由港 ㄗˋ ㄧㄡˊ ㄍㄤˇ 免除關稅的港口，允許各國商船自由進出。

自作孽 ㄗˋ ㄗㄨㄛˋ ㄋㄧㄝˋ 自己作惡而招來災禍。

自卑感 ㄗˋ ㄅㄟ ㄍㄢˇ 對於本身某些方面極度不滿的心理。

自耕農 ㄗˋ ㄍㄥ ㄋㄨㄥˊ 自己耕種自己的田地以過活的農人。

自閉症 ㄗˋ ㄅㄧˋ ㄓㄥˋ 生活在自我想像的空間中，無法與現實環境接觸的一種心理疾病。

自然人 ㄗˋ ㄖㄢˊ ㄖㄣˊ 法律上指個人。

自然界 ㄗˋ ㄖㄢˊ ㄐㄧㄝˋ 宇宙間的生物和非生物的總稱。

自尊心 ㄗˋ ㄗㄨㄣ ㄒㄧㄣ 維持自己的尊嚴，不能忍受他人侵犯與漠視的心理。

自力更生 ㄗˋ ㄌㄧˋ ㄍㄥ ㄕㄥ 用自己的力量開拓前途。

自以為是 ㄗˋ ㄧˇ ㄨㄟˊ ㄕˋ 自認為所作所為都是對的。形容極為驕傲自滿。

自由貿易 ㄗˋ ㄧㄡˊ ㄇㄠˋ ㄧˋ 一切由市場機能決定，政府不加干涉的貿易形態。

自由競爭 ㄗˋ ㄧㄡˊ ㄐㄧㄥˋ ㄓㄥ 在法律規範內，憑自身努力謀利益，制勝他人。

自成一家 ㄗˋ ㄔㄥˊ ㄧˋ ㄐㄧㄚ 不模仿別人，獨自創新成一派。

自作自受 自己承受自己行為造成的後果。

自作聰明 自認為很聰明而藐視他人意見，輕率行動。

自吹自擂 比喻自我吹噓。

自投羅網 自己闖入危險的境地。

自告奮勇 主動要求承擔某項艱鉅任務。

自知之明 清楚明白自己的能力及優缺點。

自命不凡 自以為聰明，不平凡。形容人極為自負。

自始至終 從開始到結束。同從頭到尾。

自取其咎 災禍都是由自己的言行造成的。同咎由自取。

自相矛盾 自己的言行不一致或前後牴觸。

自相殘殺 自己人彼此相互殺害。

自怨自艾 怨悔自己過去的錯誤，而加以改正缺失。

自食其力 憑自己的能力解決生活的問題。

自食其果 比喻自己承受事情的結果。

自強不息 自己努力向上不懈怠。

自給自足 收支平衡，可以自己供應自己生活所需。

自欺欺人 欺騙自己也欺騙別人。

自圓其說 對自己的言行給予完滿的解釋，使無破綻。

自嘆弗如 感慨自己不如他人。

自鳴得意 自認為了不起而十分得意。

自慚形穢 比喻自覺慚愧，不如別人。

自暴自棄 自甘墮落，不懂得自愛自重。

自顧不暇 照顧自己都來不及了，更是無力幫助他人。

四畫

臬 ㄋㄧㄝˋ niè 名①箭靶子。例射臬。②標準，法度。例奉為圭臬。③古時測日影方位的短木。

臭 ㈠ㄔㄡˋ chòu 名①難聞的氣味。例腥臭。②惡名。例遺臭萬年。形①味道難聞的。例臭味。②令人厭惡的，醜惡的。例臭臉。副劇烈地，程度很大。例一頓臭罵。㈡ㄒㄧㄡˋ xiù 名氣味。例無色無臭。動通「嗅」。用鼻子聞。

臭氧 一種氣體，無色有臭味，為氧的同素異形體。

臭美 嘲諷別人自誇。

臭罵 痛罵，使人難受的大罵。

臭味相投 譏諷人的性情、嗜好相合。

十畫

臲 ㄋㄧㄝˋ niè 見「臲卼」。

臲卼 動搖不安的樣子。

至部

至 ㄓˋ zhì 名節令名。例冬至。形最好的，最親近的。例至交。動到達，到來。例論語：「鳳鳥不至。」副極，甚。例至高無上。連表示再進一層之意。

至上 ㄓˋ ㄕㄤˋ ①最高等的。②最重要的。

至少 ㄓˋ ㄕㄠˇ ①最少的。②極少，很少。

至交 ㄓˋ ㄐㄧㄠ 最要好親密的朋友。

至孝 ㄓˋ ㄒㄧㄠˋ 十分孝順。

至性 ㄓˋ ㄒㄧㄥˋ 篤厚善良的天性。

至於 ㄓˋ ㄩˊ ①表示提起另外一件事所用的連接詞。②到達某種情況或程度。

至情 ㄓˋ ㄑㄧㄥˊ ①最誠懇的情意。②真實的心意。

至善 ㄓˋ ㄕㄢˋ 極完善的境界。

至親 ㄓˋ ㄑㄧㄣ 關係最近或極常來往的親屬。

至寶 ㄓˋ ㄅㄠˇ 最珍貴的寶物。

至聖 ㄓˋ ㄕㄥˋ 古稱道德修養已達最高境界的人。例至聖先師。

至死不貳 ㄓˋ ㄙˇ ㄅㄨˋ ㄦˋ 到死都不改變。形容極為忠貞。

至高無上 ㄓˋ ㄍㄠ ㄨˊ ㄕㄤˋ 極高、極為尊貴的。

至理名言 ㄓˋ ㄌㄧˇ ㄇㄧㄥˊ ㄧㄢˊ 很有道理且極具意義的言論。

三畫

致 ㄓˋ zhì 名①情趣，意態。例興致。②意旨。動①推究。例致知。②送給。例致送。③歸還。例致仕。④盡心，盡力。例致力。⑤引來，造成。例招致、以致。⑥表示，傳達。例致敬。⑦達到，獲得。例致富。

致力 ㄓˋ ㄌㄧˋ 竭盡能力。

致死 ㄓˋ ㄙˇ 因而死亡。

致命 ㄓˋ ㄇㄧㄥˋ ①犧牲性命。②傳報命令。

致知 ㄓˋ ㄓ 推究、獲得知識。

致意 ㄓˋ ㄧˋ 向人表達仰慕或問候等心意。

致敬 ㄓˋ ㄐㄧㄥˋ 向人表達敬意。

致謝 ㄓˋ ㄒㄧㄝˋ 向人表示謝意。

致富 ㄓˋ ㄈㄨˋ 達到富有的程度。

致賀 ㄓˋ ㄏㄜˋ 向人表達道賀之意。

致辭 ㄓˋ ㄘˊ 開會時，主席或來賓表示關於祝賀、警惕或哀悼等的言辭。

致良知 ㄓˋ ㄌㄧㄤˊ ㄓ 將本有的良知顯發出來，以達至極。

致命傷 ㄓˋ ㄇㄧㄥˋ ㄕㄤ ①可使人死亡的創傷。②比喻事情的重大敗筆。

八畫

臺 ㄊㄞˊ tái 名①可供遠望四方，高而平的建築物。例陽臺。②高出地面、可供人活動或表演的設備。例舞臺。③器物的底座。例鏡臺。④對人的尊稱。例兄臺。⑤機構名稱。例氣象臺、電臺。⑥計算機器或電子設備的量詞。例一臺電視。⑦臺灣的簡稱。⑧姓。

臺幣 ㄊㄞˊ ㄅㄧˋ 通行於臺灣的貨幣。

臺階 ㄊㄞˊ ㄐㄧㄝ 用磚塊或石頭等砌成的階梯。

臺榭 ㄊㄞˊ ㄒㄧㄝˋ 指涼亭樓臺等富麗的建築物。榭：臺上的亭子。

臺灣通史 ㄊㄞˊ ㄨㄢ ㄊㄨㄥ ㄕˇ 書名。連橫撰，記臺灣史事，起自隋代，終於割讓，凡一千二百九十年，共三十六卷。

臺灣海峽 ㄊㄞˊ ㄨㄢ ㄏㄞˇ ㄒㄧㄚˊ 在臺灣與中國大陸間的海域。

十畫

臻 ㄓㄣ zhēn 動達到。例臻於完善。

臼部 ㄐㄧㄡˋ

臼 ㄐㄧㄡˋ jiù 名舂米用的石製盆形器具。例石臼。

臼齒 ㄐㄧㄡˋ ㄔˇ 齒面平而有凹槽，位於口腔後方兩側，用以咀嚼的牙齒。

二畫

臾 ㄩˊ yú 名須臾，指短暫的時間。

三畫

臿 ㄔㄚ chā 名同「鍤」。挖土用的鐵鍬。動同「插」。穿插。

四畫

舀 ㄧㄠˇ yǎo 名舀子，取水用的杓子。動以瓢、杓汲取液體。例舀水。

五畫

舂 ㄔㄨㄥ chōng 名古代刑罰的一種，婦女犯罪時以舂米代替軍役。動①用杵臼搗去米殼。例舂米。②撞擊。

六畫

舄 ㄒㄧˋ xì 名①鞋子。②通「潟」。含鹼性而貧瘠的土地。

舄鹵 ㄒㄧˋ ㄌㄨˇ 海邊含鹽性不易種植作物的貧瘠土地。

七畫

舅 ㄐㄧㄡˋ jiù 名①稱母親的兄弟。②古時婦女尊稱丈夫的父親。③稱妻子的兄弟。

舅子 ㄐㄧㄡˋ ˙ㄗ 通稱妻子的兄弟。

舅父 ㄐㄧㄡˋ ㄈㄨˋ 母親的兄弟。

舅姑 ㄐㄧㄡˋ ㄍㄨ 妻子稱丈夫的父母。同翁姑。

舅舅 ㄐㄧㄡˋ ˙ㄐㄧㄡ 母親的兄弟。亦稱為舅父。

舅媽 ㄐㄧㄡˋ ㄇㄚ 母親兄弟的妻子。亦稱為舅母。

舅公 ㄐㄧㄡˋ ㄍㄨㄥ 稱祖母或外祖母的兄弟。

與 ㈠ㄩˇ yǔ 動①等候，等待。例論語：「日月逝矣，歲不我與。」②對付，抵擋。例易與。③給予。例贈與。④親近，交好。例禮記：「諸侯以禮相與。」⑤推舉。例選賢與能。⑥如，相比。例漢書：「孰與項王？」⑦幫助，援助。例與人為善。連和，跟。例天與地。介向，對。例與虎謀皮。㈡ㄩˋ yù 動參加。例參與、與聞其事。㈢ㄩˊ yú 助同「歟」。置於句末，表示疑問或感嘆的語氣。例論語：「求之與？抑與之與？」

與其 ㄩˇ ㄑㄧˊ 表示審決取捨之意的比較連詞，常和「寧可」連用。

與國 ㄩˇ ㄍㄨㄛˊ 彼此交善的友邦。

與聞 ㄩˋ ㄨㄣˊ 參與並了解某件事。

與人為善 ㄩˇ ㄖㄣˊ ㄨㄟˊ ㄕㄢˋ 助人為善。

與日俱增 ㄩˇ ㄖˋ ㄐㄩˋ ㄗㄥ 隨著時日的推移而不斷增加。

與人方便 ㄩˇ ㄖㄣˊ ㄈㄤ ㄅㄧㄢˋ 給別人便利。

與世浮沉 ㄩˇ ㄕˋ ㄈㄨˊ ㄔㄣˊ 跟隨著世俗眼光或潮流行事，沒有自己的意見。

與世無爭 ㄩˇ ㄕˋ ㄨˊ ㄓㄥ 不和世人爭奪。

與世長辭 ㄩˇ ㄕˋ ㄔㄤˊ ㄘˊ 指死亡。

與虎謀皮 ㄩˇ ㄏㄨˇ ㄇㄡˊ ㄆㄧˊ 向老虎商量剝取牠的毛皮。比喻利害衝突，無從商量，事情必辦不成。亦作「與狐謀皮」。

與民爭利 ㄩˇ ㄇㄧㄣˊ ㄓㄥ ㄌㄧˋ 貪官汙吏和老百姓爭奪利益。

與眾不同 ㄩˇ ㄓㄨㄥˋ ㄅㄨˋ ㄊㄨㄥˊ 和別人不同，顯得奇特。

九畫

興

㈠ㄒㄧㄥ xīng 形昌盛的。例興盛。動①發動。例大興土木。②起來，起身。例夙興夜寐。③發生，出現。例興起。④盛行，流行。例一時興長裙，一時興短裙。㈡ㄒㄧㄥˋ xìng 名①情致，趣味。例未能盡興。②詩六義之一，先言他物，再引詩句。如賦、比、興。動①喜悅。例高興。②喜歡。例禮記：「不興其藝，不能樂學。」

興亡 ㄒㄧㄥ ㄨㄤˊ 興起和敗滅。

興工 ㄒㄧㄥ ㄍㄨㄥ 開始動工。

興兵 ㄒㄧㄥ ㄅㄧㄥ 發動軍隊征討。

興味 ㄒㄧㄥˋ ㄨㄟˋ 指趣味。

興旺 ㄒㄧㄥ ㄨㄤˋ ①盛大的樣子。②事業發達。

興建 ㄒㄧㄥ ㄐㄧㄢˋ 建造，建築。

興隆 ㄒㄧㄥ ㄌㄨㄥˊ 昌盛的樣子。

興致 ㄒㄧㄥˋ ㄓˋ 興趣情致。

興師 ㄒㄧㄥ ㄕ 出兵。同興兵。

興學 ㄒㄧㄥ ㄒㄩㄝˊ 開辦學校。

興嘆 ㄒㄧㄥ ㄊㄢˋ 發出嘆息聲。

興奮 ㄒㄧㄥ ㄈㄣˋ 受刺激而引起情緒亢奮。

興匆匆 ㄒㄧㄥˋ ㄘㄨㄥ ㄘㄨㄥ 欣喜而行動快速的樣子。

興奮劑 ㄒㄧㄥ ㄈㄣˋ ㄐㄧˋ ①刺激大腦皮質，使人意識清楚的藥物。②比喻一切能振作精神的事物。

興會淋漓 ㄒㄧㄥˋ ㄏㄨㄟˋ ㄌㄧㄣˊ ㄌㄧˊ 形容興趣濃厚。

十畫

舉 ㄐㄩˇ 名①行為，行動。例壯舉。②舉人的簡稱。例中舉。形全部的。例舉家遷徙。動①抬起，扛起。例舉重。②引薦。例選舉。③提出。例列舉、檢舉。④發動，興起。例舉兵。⑤生育。例一舉得男。

舉凡 ㄐㄩˇ ㄈㄢˊ 凡是。

舉止 ㄐㄩˇ ㄓˇ 行為舉動。

舉步 ㄐㄩˇ ㄅㄨˋ 邁步行走。

舉事 ㄐㄩˇ ㄕˋ ①行事。②起事。

舉例 ㄐㄩˇ ㄌㄧˋ 提出可作為依循的事物為例子。

舉家 ㄐㄩˇ ㄐㄧㄚ 指全家。

舉國 ㄐㄩˇ ㄍㄨㄛˊ ①指全國。②傾盡國力。

舉措 ㄐㄩˇ ㄘㄨㄛˋ 行為，措施。

舉一反三 ㄐㄩˇ ㄧ ㄈㄢˇ ㄙㄢ 根據一事而能推知其他。同觸類旁通。

舉目無親 ㄐㄩˇ ㄇㄨˋ ㄨˊ ㄑㄧㄣ 形容隻身在外，沒有親人。

舉手投足 ㄐㄩˇ ㄕㄡˇ ㄊㄡˊ ㄗㄨˊ 指人平時的舉止動作。

舉世無雙 ㄐㄩˇ ㄕˋ ㄨˊ ㄕㄨㄤ 形容獨一無二，沒有可以與其匹敵的。

舉世矚目 ㄐㄩˇ ㄕˋ ㄓㄨˇ ㄇㄨˋ 形容非凡的成就為世人所注目。

舉足輕重 ㄐㄩˇ ㄗㄨˊ ㄑㄧㄥ ㄓㄨㄥˋ 形容地位重要，其舉動能夠影響大局。

舉案齊眉 ㄐㄩˇ ㄢˋ ㄑㄧˊ ㄇㄟˊ 形容夫妻相親相敬。

舉棋不定 ㄐㄩˇ ㄑㄧˊ ㄅㄨˋ ㄉㄧㄥˋ 形容沒有主見，心意不定。

十二畫

舊 ㄐㄧㄡˋ 名老朋友或老交情。例故舊。形①過去的。例舊事重提。②不新的。例舊衣服。

舊日 ㄐㄧㄡˋ ㄖˋ 從前，往昔。

舊友 ㄐㄧㄡˋ ㄧㄡˇ 相交甚久的朋友。

舊年 ㄐㄧㄡˋ ㄋㄧㄢˊ 指去年。

舊地 ㄐㄧㄡˋ ㄉㄧˋ 曾經遊玩或生活過的地方。

舊案 ㄐㄧㄡˋ ㄢˋ 歷時較久的案件。

舊曆 ㄐㄧㄡˋ ㄌㄧˋ 即陰曆、農曆。

舊雨新知 ㄐㄧㄡˋ ㄩˇ ㄒㄧㄣ ㄓ 指一般的新舊朋友或顧客。

舊調重彈 ㄐㄧㄡˋ ㄉㄧㄠˋ ㄔㄨㄥˊ ㄊㄢˊ 將過去的議題或事情重新提出或討論。

舊瓶裝新酒 ㄐㄧㄡˋ ㄆㄧㄥˊ ㄓㄨㄤ ㄒㄧㄣ ㄐㄧㄡˇ 在舊的瓶裡裝入新釀的酒。比喻拘泥在舊有的模式裡表現新意。

舌部 ㄕㄜˊ

舌 ㄕㄜˊ shé 名①動物口腔中主司味覺、咀嚼及發聲等功能的器官。②物體像舌頭的部分。例筆舌。

舌苔 ㄕㄜˊ ㄊㄞ 舌上的垢膩。

舌戰 ㄕㄜˊ ㄓㄢˋ 比喻激烈的辯論。

舌劍脣槍 ㄕㄜˊ ㄐㄧㄢˋ ㄔㄨㄣˊ ㄑㄧㄤ 形容言辭銳利。

舌燦蓮花 ㄕㄜˊ ㄘㄢˋ ㄌㄧㄢˊ ㄏㄨㄚ 形容人口才很好，能言善道。

二畫

舍 ㊀ㄕㄜˋ shè 名①房屋，住宅。例宿舍、房舍。②謙稱自己的住所。例寒舍。③飼養牲畜的地方。例牛舍。④古時行軍三十里為一舍。例退避三舍。形對人謙稱自己卑幼的親屬。例舍弟。
㊁ㄕㄜˇ shě 動①除去，除開。例舍我其誰。②通「捨」。放棄。例鍥而不舍。

舍下 ㄕㄜˋ ㄒㄧㄚˋ 謙稱自己的住所。

舍利 ㄕㄜˋ ㄌㄧˋ 佛身火化後所結的珠狀物。

舍監 ㄕㄜˋ ㄐㄧㄢ 宿舍的管理人員。

四畫

舐 ㄕˋ shì 動用舌舔。

舐食 ㄕˋ ㄕˊ 用舌頭舔食。

舐筆 ㄕˋ ㄅㄧˇ 舔筆。

舐犢情深 ㄕˋ ㄉㄨˊ ㄑㄧㄥˊ ㄕㄣ 比喻父母深愛子女。

六畫

舒 ㄕㄨ shū 名姓。形①徐緩的。例舒徐。②安適的。例舒泰。動①伸展。例舒卷自如。②散放，抒發。例舒懷。

舒坦 ㄕㄨ ㄊㄢˇ 心情坦然舒適。

舒緩 ㄕㄨ ㄏㄨㄢˇ ①緩慢。②減輕，緩和。

舒筋活血 ㄕㄨ ㄐㄧㄣ ㄏㄨㄛˊ ㄒㄧㄝˇ 筋骨舒適，血脈暢通。

八畫

舔 ㄊㄧㄢˇ tiǎn 動用舌頭觸碰東西。例舔舐、舔嘴巴。

九畫

舖 ㄆㄨˋ pù 「鋪」的異體字。

舛部 ㄔㄨㄢˇ

舛 ㄔㄨㄢˇ chuǎn 形①不幸的，困厄的。例命途多舛、乖舛。②紊亂的，錯亂的。例舛雜、本末舛逆。

舛誤 ㄔㄨㄢˇ ㄨˋ 錯誤。

舛錯 ㄔㄨㄢˇ ㄘㄨㄛˋ ①參差不一。②錯誤，差錯。

舛訛 ㄔㄨㄢˇ ㄜˊ 文字的錯誤。

六畫

舜 ㄕㄨㄣˋ shùn 名上古帝王的名字。接受堯的禪位而擁有天下。

八畫

舞 ㄨˇ wǔ 名隨音樂節奏舞動手足的活動。例舞蹈。動①活潑的動。例手舞足蹈。②耍，把玩。例舞劍。③飛翔，飛揚。例飛舞。④弄，作。例舞弊。⑤玩弄，賣弄。例舞文弄墨。

舞女 ㄨˇ ㄋㄩˇ 以陪人跳舞為職業的女子。

舞池 ㄨˇ ㄔˊ 供人跳舞的地方。

舞臺 ㄨˇ ㄊㄞˊ ①演出歌舞戲劇的臺子。②比喻多變的場所。例政治舞臺。

舞弊 ㄨˇ ㄅㄧˋ 以欺騙的方法作不法勾當，圖謀私利。

舞榭歌臺 ㄨˇ ㄒㄧㄝˋ ㄍㄜ ㄊㄞˊ 歌舞的場所。

舞文弄墨 ㄨˇ ㄨㄣˊ ㄋㄨㄥˋ ㄇㄛˋ 賣弄文筆，炫耀才學。

舟部 ㄓㄡ

舟 ㄓㄡ zhōu 名船。例逆水行舟。

舟子 ㄓㄡ ㄗˇ 即船夫，渡船的人。

舟楫 ㄓㄡ ㄐㄧˊ ①船和槳，即船隻。②比喻賢能的佐臣。

舟車勞頓 ㄓㄡ ㄔㄜ ㄌㄠˊ ㄉㄨㄣˋ 比喻旅途相當勞累。

二畫

舠 ㄉㄠ dāo 名形如刀子的小船。

三畫

舢 ㄕㄢ shān 名小船。例舢舨。

舡 ㄒㄧㄤ xiāng 名船。

四畫

航 ㄏㄤˊ háng 名船。動船或飛機等的行走。例巡航、領航。

航向 ㄏㄤˊ ㄒㄧㄤˋ 指飛機或船舶的行駛方向。

航空 ㄏㄤˊ ㄎㄨㄥ 利用各種飛行器在空中行動。

航海 ㄏㄤˊ ㄏㄞˇ 船隻在海上行駛。

航程 ㄏㄤˊ ㄔㄥˊ 飛機或船隻航行的路程。

航業 ㄏㄤˊ ㄧㄝˋ 處理運送貨物或輸送乘客為主的事業。

航道 ㄏㄤˊ ㄉㄠˋ 可讓船隻安全行駛的水上通道。

航運 ㄏㄤˊ ㄩㄣˋ 指水上運輸業務。

航線 ㄏㄤˊ ㄒㄧㄢˋ 飛機或船舶的行經路線。

航空母艦 ㄏㄤˊ ㄎㄨㄥ ㄇㄨˇ ㄐㄧㄢˋ 大型軍艦，以飛機為主要攻擊武器，有飛行甲板可供飛機起降。

舫 ㄈㄤˇ fǎng 名船。動並連船隻。

般 ㈠ㄅㄢ bān 名種類。例十八般武藝。形好似，一樣的。例如仙女下凡般。㈡ㄆㄢˊ pán 動①喜歡。例荀子：「忠臣危殆，讒人般矣。」②徘徊，流連。例般桓。

三ㄅㄛ bō 見「般若」。

般若 ㄅㄛ ㄖㄜˇ 梵語。智慧之意。

舨 ㄅㄢˇ bǎn 名小船。例舢舨。

五畫

舵 ㄉㄨㄛˋ duò 名指交通工具上用以控制方向的裝置。例升降舵。

舵工 ㄉㄨㄛˋ ㄍㄨㄥ 掌舵的人。

舵手 ㄉㄨㄛˋ ㄕㄡˇ ①掌舵的人。②比喻領導人。

舷 ㄒㄧㄢˊ xián 名船或飛機的兩側邊緣。

舶 ㄅㄛˊ bó 名海中航行的大船。例船舶。

舶來品 ㄅㄛˊ ㄌㄞˊ ㄆㄧㄣˇ 外國進口的物品。

船 ㄔㄨㄢˊ chuán 名水上的交通工具。例輪船、帆船。

船夫 ㄔㄨㄢˊ ㄈㄨ 操控船隻的人。

船長 ㄔㄨㄢˊ ㄓㄤˇ 在船上指揮全體、管理一切事物的人。

船舶 ㄔㄨㄢˊ ㄅㄛˊ 泛指所有船隻。

船舷 ㄔㄨㄢˊ ㄒㄧㄢˊ 指船的兩側邊緣。

船塢 ㄔㄨㄢˊ ㄨˋ 接納船隻停泊以便修理的地方。

船艙 ㄔㄨㄢˊ ㄘㄤ 船內部乘載人、貨物的地方。

舸 ㄍㄜˇ gě 名大船。

舳 ㄓㄨˊ zhú 名船尾。例舳艫。

舳艫 ㄓㄨˊ ㄌㄨˊ 船尾和船頭，泛指船艦。

舺 ㄐㄧㄚˇ jiǎ 名舟，船。例艋舺。

舴 ㄗㄜˊ zé 名舴艋，狹窄的小船。

舲 ㄌㄧㄥˊ líng 名設有窗戶的小船。

七畫

艇 ㄊㄧㄥˇ tǐng 名①輕便狹長的小船。例快艇、救生艇。②較大型的船隻。例潛水艇。

艄 ㄕㄠ shāo 名船尾。

艄公 ㄕㄠ ㄍㄨㄥ 在船尾掌舵的人，即船夫。

八畫

艋 ㄇㄥˇ měng 名舴艋，小舟。

艋舺 ㄇㄥˇ ㄐㄧㄚˇ 臺北市萬華地區的舊稱。

十畫

艘 ㄙㄠ sāo 名①泛指船隻。②計算船隻的量詞。例一艘船。

艙 ㄘㄤ cāng 名船或飛機內部可以容納客人和貨物的空間。例客艙。

艙位 ㄘㄤ ㄨㄟˋ 一般指輪船或飛機給旅客排定的位置。

十二畫

艟 ㄊㄨㄥˊ tóng 名艨艟，古時的戰船。

十三畫

艤 ㄧˇ yǐ 動靠岸停船。例艤舟。

十四畫

艨 ㄇㄥˊ méng 名艨艟，古時的戰船。

艦 ㄐㄧㄢˋ jiàn 名戰船。例軍艦。

艦長 ㄐㄧㄢˋ ㄓㄤˇ 統轄軍艦的最高指揮官。

艦艇 ㄐㄧㄢˋ ㄊㄧㄥˇ 海軍船隻的總稱。

艦隊 ㄐㄧㄢˋ ㄉㄨㄟˋ 由若干艘以上的艦艇組成的海軍隊伍。

十六畫

艫 ㄌㄨˊ lú 名船頭。例舳艫。

艮部 ㄍㄣˋ

艮 ㈠ㄍㄣˋ gèn 名八卦之一，代表山。㈡ㄍㄣˇ gěn 形①食物堅韌不脆的。例艮蘿蔔。②耿直的。例這個人真艮！

一畫

良 ㄌㄧㄤˊ liáng 名①賢才，善良的人。例除暴安良、忠良。②古時妻稱夫為良人。形①美善的。例良師。②天賦的。例良知良能。③身家清白的。例良家婦女。副①的確，果然。例良有以也。②甚，非常地。例感觸良多。

良久 ㄌㄧㄤˊ ㄐㄧㄡˇ 頗久，很久。

良方 ㄌㄧㄤˊ ㄈㄤ ①有效的藥方。②美善的計策。

良民 ㄌㄧㄤˊ ㄇㄧㄣˊ 安分守法的百姓。

良機 ㄌㄧㄤˊ ㄐㄧ 好機會。

良田 ㄌㄧㄤˊ ㄊㄧㄢˊ 肥沃的耕地。

良知 ㄌㄧㄤˊ ㄓ ①天賦的知識。②知心好友。

良緣 ㄌㄧㄤˊ ㄩㄢˊ 美好的姻緣。

良窳不分 ㄌㄧㄤˊ ㄩˇ ㄅㄨˋ ㄈㄣ 不分美善和敗壞的。

良辰美景 ㄌㄧㄤˊ ㄔㄣˊ ㄇㄟˇ ㄐㄧㄥˇ 指美好的時光和景物。

良莠不齊 ㄌㄧㄤˊ ㄧㄡˇ ㄅㄨˋ ㄑㄧˊ 好壞參差不齊。

十一畫

艱 ㄐㄧㄢ jiān 形①困難的。例文字艱深。②險阻，險惡的。例艱險。

艱深 ㄐㄧㄢ ㄕㄣ 深奧難解。

艱鉅 ㄐㄧㄢ ㄐㄩˋ 困難繁重的樣子。

艱澀 ㄐㄧㄢ ㄙㄜˋ ①道路阻礙難行。②形容文辭晦澀難解。

艱險 ㄐㄧㄢ ㄒㄧㄢˇ 困難險惡。

色部 ㄙㄜˋ

色 ㈠ㄙㄜˋ sè 名①光線照射在物體上，反映在眼裡所顯出的現象。例色彩。②神情，面容。例和顏悅色。③景象。例山色。④種類，式樣。例貨色齊全。⑤女色，性慾。⑥金銀的成分。例成色。⑦美貌。例色藝雙全。㈡ㄕㄞˇ shǎi 名色子，即骰子。賭博的用具，用象牙或塑膠等做成小方塊，六面分刻1、2、3、4、5、6個點子。

色盲 ㄙㄜˋ ㄇㄤˊ 無法分辨顏色的視覺疾病。

色相 ㄙㄜˋ ㄒㄧㄤˋ ①指人的聲音相貌。②色彩呈現的相貌。

色調 ㄙㄜˋ ㄉㄧㄠˋ 顏色依濃淡與純度而有不同等級。

色澤 ㄙㄜˋ ㄗㄜˊ 色彩光澤。

色厲內荏 ㄙㄜˋ ㄌㄧˋ ㄋㄟˋ ㄖㄣˇ 外表看似剛強具有威嚴，內心卻十分懦弱。

色膽包天 ㄙㄜˋ ㄉㄢˇ ㄅㄠ ㄊㄧㄢ 形容極為好色，膽大妄為。

色衰愛弛 ㄙㄜˋ ㄕㄨㄞ ㄞˋ ㄔˊ 指女子容顏衰老而不再受寵愛。

五畫

艴 ㄈㄨˊ fú 副臉色惱怒不悅的樣子。例艴然作色。

十八畫

艷 ㄧㄢˋ yàn 「豔」的異體字。

艸部 ㄘㄠˇ

二畫

艾 ㈠ ㄞˋ ài 名①植物名。艾草，多年生草本，葉呈羽狀分裂，葉背密生白色細毛，可供藥用。②姓。動終止，停止。例方興未艾。
㈡ ㄧˋ yì 動通「乂」。

艾艾 ㄞˋ ㄞˋ 形容口吃，說話結結巴巴的樣子。例期期艾艾。

艾老 ㄞˋ ㄌㄠˇ 五十歲以上的老人。

艾酒 ㄞˋ ㄐㄧㄡˇ 以艾草泡製而成的藥酒。

艽 ㈠ ㄑㄧㄡˊ qiú 名荒遠的地方。例艽野。
㈡ ㄐㄧㄠ jiāo 名植物名。秦艽，根可供作藥用。

三畫

芒 ㄇㄤˊ máng 名①植物名。多年生草本，葉細長而尖銳，小穗呈披針狀，下有白色細毛。②泛指物品的尖端。例鋒芒。③稻穀類果實上的細刺。例稻芒。④四射的光線。例光芒。

芒果 ㄇㄤˊ ㄍㄨㄛˇ 水果名。長橢圓形，成熟果實為黃橙色，產於亞熱帶。

芒硝 ㄇㄤˊ ㄒㄧㄠ 即硫酸鈉，為無色透明的單斜晶體，可用於製造玻璃、蘇打，亦可為中藥。或作「芒消」。

芒種 ㄇㄤˊ ㄓㄨㄥˋ 二十四節氣之一，國曆六月六日或七日。

芒刺在背 ㄇㄤˊ ㄘˋ ㄗㄞˋ ㄅㄟˋ 比喻因恐懼而不安的樣子。

芃 ㄆㄥˊ péng 形①獸毛蓬鬆雜亂。②草木生長茂密的樣子。

芍 ㄕㄠˊ sháo 名植物名。芍藥，多年生草本，初夏開紅、白或紫色花，花大而美豔，根可入藥。

芊 ㄑㄧㄢ qiān 形芊芊，草木繁盛的樣子。

芋 ㄩˋ yù 名植物名。多年生草本，葉大呈盾形，地下有球莖，可供食用。俗稱芋頭。

芐 ㄏㄨˋ hù 名 植物名。多年生草本，葉呈倒卵形，根莖可供藥用，即中藥上的地黃。

芑 ㄑㄧˇ qǐ 名 植物名。禾本科粱穀類作物。

芄 ㄨㄢˊ wán 名 植物名。芄蘭，多年生蔓生草本，可食。或稱為蘿藦。

芎 ㄑㄩㄥ qiōng 名 植物名。芎藭，多年生草本，根莖含揮發油成分，可供中醫藥用。

四畫

花 ㄏㄨㄚ huā 名 ①被子植物的生殖器官之一，生長在莖或葉上，含花冠、花萼、花蕊、花托。②形狀似花的物體。例雪花。③棉果實中的絮。例棉花。④姓。形 ①有多種顏色的。例花狗。②變化眾多的。例花式溜冰。③虛假而討好的。例花言巧語。④美麗漂亮的。例花容月貌。⑤心情不定，好玩樂的。例花心大少。⑥模糊不清。例頭昏眼花。動 消費，耗費。例花費。

花心 ㄏㄨㄚ ㄒㄧㄣ ①指花的內部。②形容一個人用情不專，十分風流。

花卉 ㄏㄨㄚ ㄏㄨㄟˋ 花草的總稱。

花旦 ㄏㄨㄚ ㄉㄢˋ 國劇中的一種角色。多飾個性天真活潑或放浪潑辣的女子，扮相豔麗，偏重作工和說白。

花生 ㄏㄨㄚ ㄕㄥ 植物名。一年生草本，羽狀複葉，種子富含油脂及蛋白質，可榨油供食用。

花甲 ㄏㄨㄚ ㄐㄧㄚˇ 年滿六十歲，即一甲子。古人以十天干搭配十二地支形成六十，為一個循環。

花白 ㄏㄨㄚ ㄅㄞˊ 形容鬢髮漸漸斑白。

花托 ㄏㄨㄚ ㄊㄨㄛ 花的組成部分之一，在花軸頂端長出花冠的位置。

花匠 ㄏㄨㄚ ㄐㄧㄤˋ 專門種植花卉的人。

花色 ㄏㄨㄚ ㄙㄜˋ ①種類。②圖案或顏色。

花式 ㄏㄨㄚ ㄕˋ ①花色式樣。②經過設計、美化，有眾多變化的表演方式。

花序 ㄏㄨㄚ ㄒㄩˋ 同一花軸上的花朵生長排列的方式。

花招 ㄏㄨㄚ ㄓㄠ ①騙人的手段。②靈巧好看的招數。

花押 ㄏㄨㄚ ㄧㄚ 泛指在契約或文書上的簽名。

花信 ㄏㄨㄚ ㄒㄧㄣˋ ①稱女子二十四歲。②花卉開放的消息。

花冠 ㄏㄨㄚ ㄍㄨㄢ ①花瓣的總稱。②裝飾華麗的帽子。

花柱 ㄏㄨㄚ ㄓㄨˋ 雌蕊柱頭與子房之間的圓管構造，是花粉管進入子房的通道。

花苞 ㄏㄨㄚ ㄅㄠ 指花在未開時的橢圓形鱗狀片。

花俏 ㄏㄨㄚ ㄑㄧㄠˋ ①形容女子花枝招展，賣弄風騷的樣子。②顏色鮮豔，樣式眾多。

花圃 ㄏㄨㄚ ㄆㄨˇ 種植花卉的庭園。

花粉 ㄏㄨㄚ ㄈㄣˇ 種子植物雄蕊粉囊中的粉狀物。

花紋 ㄏㄨㄚ ㄨㄣˊ 指線條或圖紋。

花被 ㄏㄨㄚ ㄅㄟˋ 花冠與花萼的總稱。

花捲 ㄏㄨㄚ ㄐㄩㄢˇ 一種麵食，捲成螺旋狀，蒸熟後食用。

花圈 ㄏㄨㄚ ㄑㄩㄢ　用花朵紮成圓圈狀的禮品，在婚喪喜慶時使用。

花梗 ㄏㄨㄚ ㄍㄥˇ　花朵著生在花軸上的小柄。

花朝 ㄏㄨㄚ ㄓㄠ　傳說農曆的二月十二日或十五日為百花生日，所以稱此日為花朝。

花絮 ㄏㄨㄚ ㄒㄩˋ　花朵上的絨毛。比喻各種繁瑣零碎的事。

花絲 ㄏㄨㄚ ㄙ　雄蕊花藥下方的長絲狀構造。

花腔 ㄏㄨㄚ ㄑㄧㄤ　①將基本腔調加以轉折變化，或加上裝飾音的一種腔調。②指甜言蜜語。③西洋音樂的一種女高音。

花費 ㄏㄨㄚ ㄈㄟˋ　消費，耗用。也指所耗費的錢財。

花軸 ㄏㄨㄚ ㄓㄡˊ　花朵下方的莖。也稱花莖。

花童 ㄏㄨㄚ ㄊㄨㄥˊ　西洋式結婚典禮進行時，伴隨在新娘身後牽紗的孩童。

花萼 ㄏㄨㄚ ㄜˋ　即外花被，位於花朵的最外層，有保護的作用。

花蜜 ㄏㄨㄚ ㄇㄧˋ　花朵所分泌的液體。

花樣 ㄏㄨㄚ ㄧㄤˋ　①花紋式樣。泛指事物的種類或樣式。②指狡猾的手段。③繡花用的底樣。④像花一般的。例花樣年華。

花燈 ㄏㄨㄚ ㄉㄥ　各種彩飾的燈。多指元宵節時製作成各種造型，供人欣賞的燈。

花壇 ㄏㄨㄚ ㄊㄢˊ　高出地面的花圃。

花蕊 ㄏㄨㄚ ㄖㄨㄟˇ　生在花朵的中央，有雌性與雄性的分別。俗稱花鬚。

花臉 ㄏㄨㄚ ㄌㄧㄢˇ　京劇中的角色名。淨為大花臉，副淨為二花臉，丑角為小花臉。也稱花面。

花燭 ㄏㄨㄚ ㄓㄨˊ　有雕飾的蠟燭，多在喜慶時點用。後指新婚。

花環 ㄏㄨㄚ ㄏㄨㄢˊ　以花編織成的圓環。

花蕾 ㄏㄨㄚ ㄌㄟˇ　含苞待放的花。

花叢 ㄏㄨㄚ ㄘㄨㄥˊ　①叢生的花木。②比喻淫邪的處所。

花轎 ㄏㄨㄚ ㄐㄧㄠˋ　古代結婚時新娘所乘坐的轎子。

花邊 ㄏㄨㄚ ㄅㄧㄢ　①鑲在衣物邊緣的裝飾，有花紋圖案的條狀物。②有花紋的框線。

花瓣 ㄏㄨㄚ ㄅㄢˋ　構成花冠的片狀單位，通常具有鮮豔的色彩以吸引昆蟲。

花籃 ㄏㄨㄚ ㄌㄢˊ　裝有鮮花的籃子。常做為賀禮用。

花崗岩 ㄏㄨㄚ ㄍㄤ ㄧㄢˊ　礦石名。主要由石英、雲母、長石等礦物結晶所組成，為一種常見的建築材料。

花天酒地 ㄏㄨㄚ ㄊㄧㄢ ㄐㄧㄡˇ ㄉㄧˋ　形容荒淫無度，成日留連於聲色場所。

花好月圓 ㄏㄨㄚ ㄏㄠˇ ㄩㄝˋ ㄩㄢˊ　祝福人幸福美滿的詞。

花言巧語 ㄏㄨㄚ ㄧㄢˊ ㄑㄧㄠˇ ㄩˇ　浮華不實的話。

花花公子 ㄏㄨㄚ ㄏㄨㄚ ㄍㄨㄥ ㄗˇ　指無所事事，出手闊綽，只會吃喝玩樂的少爺。

花花世界 ㄏㄨㄚ ㄏㄨㄚ ㄕˋ ㄐㄧㄝˋ　形容形色不同、繁華的世界。

花花絮絮 ㄏㄨㄚ ㄏㄨㄚ ㄒㄩˋ ㄒㄩˋ　形容雜多繽紛的樣子。

花枝招展 ㄏㄨㄚ ㄓ ㄓㄠ ㄓㄢˇ　形容女子打扮得豔麗動人。

花前月下 ㄏㄨㄚ ㄑㄧㄢˊ ㄩㄝˋ ㄒㄧㄚˋ 指男女戀愛的美好情境。

花紅柳綠 ㄏㄨㄚ ㄏㄨㄥˊ ㄌㄧㄡˇ ㄌㄩˋ ①形容花草樹木的茂盛。②形容顏色的繽紛鮮麗。

花拳繡腿 ㄏㄨㄚ ㄑㄩㄢˊ ㄒㄧㄡˋ ㄊㄨㄟˇ 形容打鬥或拳術沒有威脅性，只是好看卻不實用。

花容月貌 ㄏㄨㄚ ㄖㄨㄥˊ ㄩㄝˋ ㄇㄠˋ 有花和月一般美麗的容貌。形容女子貌美。

花開富貴 ㄏㄨㄚ ㄎㄞ ㄈㄨˋ ㄍㄨㄟˋ 花朵盛開象徵富貴吉祥。常用來祝頌人家富貴、興旺。

花團錦簇 ㄏㄨㄚ ㄊㄨㄢˊ ㄐㄧㄣˇ ㄘㄨˋ 花朵錦繡聚集在一起。形容繁華美麗的樣子。

花樣年華 ㄏㄨㄚ ㄧㄤˋ ㄋㄧㄢˊ ㄏㄨㄚˊ 形容妙齡少女如花朵盛開一般美好的歲月。

花邊新聞 ㄏㄨㄚ ㄅㄧㄢ ㄒㄧㄣ ㄨㄣˊ 指報紙上較不重要，供人茶餘飯後談論的新聞。

芳

ㄈㄤ fāng 名①花草，香草。例孤芳自賞。②香氣。例芬芳。③比喻美好的德行或名譽。例流芳百世。形①有香氣的。例芳香。②對人的敬稱。例芳儀。

芳名 ㄈㄤ ㄇㄧㄥˊ ①敬稱女子的姓名。②美好的名聲。

芳香 ㄈㄤ ㄒㄧㄤ 形容芬芳的香氣。

芳草 ㄈㄤ ㄘㄠˇ ①有香氣的草。常用來比喻具有美德的君子。②指女子。例天涯何處無芳草。

芳華 ㄈㄤ ㄏㄨㄚˊ 指青春年華。例芳華易逝。

芳鄰 ㄈㄤ ㄌㄧㄣˊ 對鄰居的敬稱。

芳澤 ㄈㄤ ㄗㄜˊ ①古代女子用來潤髮的香油。②指女子。

芳蹤 ㄈㄤ ㄗㄨㄥ 對女子行蹤的美稱。

芳馨 ㄈㄤ ㄒㄧㄣ 芬芳的香氣。

芝

ㄓ zhī 名①一種菌類植物，寄生於枯木上，古人認為是瑞草，食用後可成仙。②通「芷」。香草。例芝蘭。

芝麻 ㄓ ㄇㄚˊ 植物名。即胡麻，一年生草本，種子含豐富油脂，可榨油食用或入中藥。

芝蘭 ㄓ ㄌㄢˊ 芝和蘭均為香草。比喻有德的君子。

芝蘭玉樹 ㄓ ㄌㄢˊ ㄩˋ ㄕㄨˋ 比喻優秀傑出的弟子。

芥

ㄐㄧㄝˋ jiè 名①植物名。芥菜，一年生草本，葉有長柄，葉緣有不規則的羽裂鋸齒，種子具辛辣味，是常見的蔬菜。②小草。形①卑賤的。例草芥。②細微的。例纖芥。

芥子 ㄐㄧㄝˋ ㄗˇ ①芥菜種子。②比喻極微小的東西。

芥末 ㄐㄧㄝˋ ㄇㄛˋ 將芥菜子研成粉末，作為調味料，有強烈辛辣味。

芥蒂 ㄐㄧㄝˋ ㄉㄧˋ 細微的阻塞物。比喻與他人的過節或心中的不快。

芥藍菜 ㄐㄧㄝˋ ㄌㄢˊ ㄘㄞˋ 植物名。一年生或二年生草本，葉片大而葉緣有小鋸齒。

芬

ㄈㄣ fēn 名①香氣。例蘭蕙含芬。②美好的德行與名譽。

芬芳 ㄈㄣ ㄈㄤ ①香氣。②形容品德高尚美好。

芬郁 ㄈㄣ ㄩˋ 香氣濃烈的樣子。

芬華 ㄈㄣ ㄏㄨㄚˊ ①花卉繁茂芬芳。②比喻榮耀顯赫。

芬馥 ㄈㄣ ㄈㄨˋ 香氣濃郁。

芭 ㄅㄚ bā 見「芭蕉」。

芭樂 ㄅㄚ ㄌㄜˋ 植物名。番石榴的別稱。

芭蕉 ㄅㄚ ㄐㄧㄠ 植物名。多年生草本，葉長而大，具塊狀根莖，夏季開淡黃色花，果實類似香蕉但較短，多種植於庭園觀賞用。

芭蕾舞 ㄅㄚ ㄌㄟˇ ㄨˇ 歐洲古典舞劇的一種。強調足尖舞蹈技巧，搭配音樂、動作形成戲劇的表演形式。

芙 ㄈㄨˊ fú 見「芙蓉」。

芙蓉 ㄈㄨˊ ㄖㄨㄥˊ ①植物名。落葉灌木，葉掌狀，於八、九月開紅、白或黃花。又稱木芙蓉。②荷花的別名。又叫芙蕖。

芙蓉出水 ㄈㄨˊ ㄖㄨㄥˊ ㄔㄨ ㄕㄨㄟˇ ①形容詩文清新出塵。②形容女子氣質靈秀脫俗。

芻 ㄔㄨˊ chú 名①餵養牲畜的草料。②食草的牲畜。動①割草。例芻蕘。②以草料餵養牲畜。

芻言 ㄔㄨˊ ㄧㄢˊ 謙稱自己的言論淺陋而不足輕重。

芻狗 ㄔㄨˊ ㄍㄡˇ 比喻卑賤無用的東西或言論。

芻蕘 ㄔㄨˊ ㄖㄠˊ ①割草砍柴的人。②謙稱自己的文章或言論。例芻蕘之言。

芻糧 ㄔㄨˊ ㄌㄧㄤˊ 馬飼料與糧食。

芻議 ㄔㄨˊ ㄧˋ 謙稱自己不成熟而淺陋的言論。

芸 ㄩㄣˊ yún 見「芸香」。

芸芸 ㄩㄣˊ ㄩㄣˊ 數目眾多的樣子。

芸香 ㄩㄣˊ ㄒㄧㄤ 植物名。多年生草本，葉為羽狀分裂，於夏季開黃色小花，全株具香氣，可提煉芳香油驅蟲或藥用。

芸芸眾生 ㄩㄣˊ ㄩㄣˊ ㄓㄨㄥˋ ㄕㄥ 泛指一切有生命的生物。

芮 ㄖㄨㄟˋ ruì 名姓。形草葉細柔的樣子。例芮芮。

芮氏級度 ㄖㄨㄟˋ ㄕˋ ㄐㄧˊ ㄉㄨˋ 一種表示地震強度的級度表。美國地震學者芮希特（C. F. Richter）在西元一九三五年設計而成。

芮氏地震儀 ㄖㄨㄟˋ ㄕˋ ㄉㄧˋ ㄓㄣˋ ㄧˊ 一種測量地震強度的儀器，最大強度為九級。

芰 ㄐㄧˋ jì 名即菱角。

芹 ㄑㄧㄣˊ qín 名植物名。芹菜，多年生草本，羽狀複葉，開白色花，嫩葉及莖可食用。

芟 ㄕㄢ shān 名割草的鐮刀。動①除草。②消滅，刪減。例芟除。

芟除 ㄕㄢ ㄔㄨˊ 割除，消滅。

芽 ㄧㄚˊ yá 名①植物根尖、莖頂的分生組織，能長出新的細胞，使之不斷的伸長。②泛指事物的開端。例萌芽。

芡 ㄑㄧㄢˋ qiàn 名植物名。一年生水草，莖葉多刺，夏季開紫花，果實稱為芡實，可食用。

芡粉 ㄑㄧㄢˋ ㄈㄣˇ ①芡實製成的澱粉，可作藥用。②凡可溫水調成糊狀的粉，都叫芡粉。

芫 ㄩㄢˊ yuán 名植物名。芫花，落葉灌木，具毒性，漁人用來毒魚。

芫荽 ㄧㄢˊ ㄙㄨㄟ 植物名。一年生草本，莖葉具有香氣，可以生食，供調味佐料或入藥。也稱香菜、胡荽。

芷 ㄓˇ zhǐ 名植物名。白芷，多年生草本，為一種香草，根可入中藥。

芯 ㄒㄧㄣ xīn 名①燈心草莖中的軟質組織，可點燈。②物體中央的部分。例蠟芯兒。

芣 ㄈㄡˊ fóu 形花朵繁盛的樣子。

芣苡 ㄈㄨˊ ㄧˇ 植物名。即車前草，種子及葉可入中藥。

芾 ㊀ㄈㄨˊ fú 名通「黻」、「韍」。古代衣服上的蔽膝。形草木茂盛的樣子。
㊁ㄈㄟˋ fèi 形樹幹、枝葉都很細小的樣子。

芼 ㄇㄠˋ mào 動擇取。例詩經：「參差荇菜，左右芼之。」

五畫

苦 ㄎㄨˇ kǔ 名①五味之一。與「甘」相對。②難以忍受的遭遇。例受苦。形①艱辛的。例苦日子。②哀傷的，憂愁的。例愁眉苦臉。③味苦的。例苦茶。動①磨練。例苦其心志。②受累，為難。例這件事真苦了他了。副盡力地。例苦勸。

苦力 ㄎㄨˇ ㄌㄧˋ 指出賣勞力維生的工人。

苦口 ㄎㄨˇ ㄎㄡˇ ①苦味重的或難吃。②指不厭其煩的衷心規勸。

苦工 ㄎㄨˇ ㄍㄨㄥ ①只需勞力的工作。②指從事勞力工作的人。

苦心 ㄎㄨˇ ㄒㄧㄣ 深切的思慮，刻意的用心。

苦水 ㄎㄨˇ ㄕㄨㄟˇ 比喻所受到的委屈或心中的鬱悶。

苦主 ㄎㄨˇ ㄓㄨˇ 被害者的家屬親人。

苦功 ㄎㄨˇ ㄍㄨㄥ 辛勞刻苦的功夫。

苦瓜 ㄎㄨˇ ㄍㄨㄚ 植物名。一年生攀緣草本，果實呈長橢圓形，表面有瘤狀突起，有苦味，為一常見蔬菜。

苦役 ㄎㄨˇ ㄧˋ 指辛苦的勞役。

苦命 ㄎㄨˇ ㄇㄧㄥˋ 艱苦的命運。

苦果 ㄎㄨˇ ㄍㄨㄛˇ 比喻壞的結果。

苦衷 ㄎㄨˇ ㄓㄨㄥ 不能說出來的痛苦或原因。例別有苦衷。

苦海 ㄎㄨˇ ㄏㄞˇ 佛家指人世間有無止盡的痛苦煩惱。

苦笑 ㄎㄨˇ ㄒㄧㄠˋ 指心情煩悶而強顏歡笑的樣子。

苦悶 ㄎㄨˇ ㄇㄣˋ 指心情苦惱煩悶。

苦惱 ㄎㄨˇ ㄋㄠˇ 困苦煩惱。

苦痛 ㄎㄨˇ ㄊㄨㄥˋ 即痛苦。

苦幹 ㄎㄨˇ ㄍㄢˋ 形容不怕辛苦艱難的努力工作。

苦楚 ㄎㄨˇ ㄔㄨˇ 痛苦，折磨。

苦樂 ㄎㄨˇ ㄌㄜˋ 痛苦與快樂。

苦戰 ㄎㄨˇ ㄓㄢˋ 辛苦艱難的戰鬥。

苦頭 ㄎㄨˇ ㄊㄡˊ ①味苦。②痛苦，折磨。

苦澀 ㄎㄨˇ ㄙㄜˋ ①又苦又澀的味道。②形容內心痛苦的感受。

苦肉計 以傷害自己騙取對方信任的方法。

苦差事 工作辛苦而報酬少的差事。

苦口婆心 以慈愛的心腸，誠摯的言語，盡力規勸別人。

苦不堪言 無法以言語形容的苦。

苦中作樂 在困苦的環境下仍能找尋快樂。

苦盡甘來 指困難已過去，佳境終於到來。

英

ㄧㄥ yīng 名①植物的花或葉。例落英繽紛。②物質的精華部分。例精英。③道德才能出眾的人。例群英會。④英國的簡稱。形①傑出的。例英才。②美好的。例英名。

英才 才能過人、才智出眾的人。

英名 美好的名聲。例一世英名。

英年 指人生精華的青壯年時期。

英明 形容睿智而有遠見。

英俊 形容男子容貌俊美清秀。

英勇 讚美別人勇敢出眾。

英姿 雄壯威武的姿態。

英挺 形容男子英俊挺拔。

英氣 英俊雄豪的氣概。

英畝 英制面積單位。一英畝等於四〇四六・八七平方公尺。

英雄 非凡傑出，優秀有擔當、有抱負的人才。

英豪 英雄豪傑。

英雄本色 指英雄所具備的氣度風範。

英雄氣短 指有才志的人因遭遇困難挫折而削減了雄心壯志。

英雄無用武之地 比喻才能出眾的人受到環境限制，失去表現的機會。

若

㊀ㄖㄨㄛˋ ruò 動①奈何。例左傳：「非國家之利也，若何從之。」②比得上。例論語：「未若貧而樂。」副好像，似的。例若有所失。代你，你的。例若輩。連假如。例若有事，請通知我。㊁ㄖㄜˇ rě 名①般若，梵語稱智慧。②蘭若，梵語稱寺院。

若干 約略計數的詞語。同多少。

若使 假使，假如。

若非 假使不是。

若輩 指你們。

若有所思 形容一個人看起來似乎正在思考某事的樣子。

若有若無 像是有，又像是沒有，令人捉摸不定。

若即若離 像是接近，又像是不接近。形容態度曖昧不明，令人無法掌握。

若無其事 好像沒有這回事似的。形容神態鎮靜、自然的樣子。

若隱若現 ㄖㄨㄛˋ ㄧㄣˇ ㄖㄨㄛˋ ㄒㄧㄢˋ 形容隱隱約約的樣子。

茂

ㄇㄠˋ mào 形①旺盛的樣子。例枝葉茂密。②美好的，美善的。例圖文並茂。

茂才 ㄇㄠˋ ㄘㄞˊ 指秀才或才德出眾的賢士。

茂林 ㄇㄠˋ ㄌㄧㄣˊ 茂盛濃密的樹林。

茂密 ㄇㄠˋ ㄇㄧˋ 形容草木茂盛繁密。

茂盛 ㄇㄠˋ ㄕㄥˋ 繁盛茂密。

茂林修竹 ㄇㄠˋ ㄌㄧㄣˊ ㄒㄧㄡ ㄓㄨˊ 茂密的樹林與修長的竹子。

苗

ㄇㄧㄠˊ miáo 名①初生的穀類植物，尚未開花。例禾苗。②剛發芽的草木。例樹苗。③初生的動物。例魚苗。④事情的開端。例愛苗。⑤露出地表的礦物。例礦苗。⑥中國少數民族之一。⑦姓。

苗床 ㄇㄧㄠˊ ㄔㄨㄤˊ 培育農作物幼苗的田地。

苗圃 ㄇㄧㄠˊ ㄆㄨˇ 指培育植物幼苗的園地。

苗族 ㄇㄧㄠˊ ㄗㄨˊ 分布在中國西南各省的少數民族，主要在貴州，其次是廣西、雲南、湖南、四川等地。

苗條 ㄇㄧㄠˊ ㄊㄧㄠˊ 形容身材纖細柔美。

苗頭 ㄇㄧㄠˊ ㄊㄡˊ 事情的始端或起因。指事情變化的徵象。

苗而不秀 ㄇㄧㄠˊ ㄦˊ ㄅㄨˋ ㄒㄧㄡˋ 禾苗生長卻遲遲不開花結穗。比喻虛有其表，或徒有好的天資卻不努力。

苟

ㄍㄡˇ gǒu 名姓。形輕率，隨便的。例一絲不苟。副①姑且，暫且。例苟活。②輕易，隨便。例不苟言笑。連假設，假使。例苟非其人。

苟且 ㄍㄡˇ ㄑㄧㄝˇ 馬虎輕率，敷衍了事或得過且過。

苟全 ㄍㄡˇ ㄑㄩㄢˊ 苟且保全。

苟同 ㄍㄡˇ ㄊㄨㄥˊ 隨聲附和，同意他人的意見。

苟合 ㄍㄡˇ ㄏㄜˊ ①沒有原則或只因私利而附和他人。②指非合法婚姻的通姦。

苟安 ㄍㄡˇ ㄢ 苟且偷安。指貪圖眼前安逸，得過且過，不顧將來。

苟得 ㄍㄡˇ ㄉㄜˊ 不該得到而得到的。同苟活。

苟且因循 ㄍㄡˇ ㄑㄧㄝˇ ㄧㄣ ㄒㄩㄣˊ 敷衍草率而不求進步。

苟且偷安 ㄍㄡˇ ㄑㄧㄝˇ ㄊㄡ ㄢ 得過且過，只圖眼前安逸。

苟延殘喘 ㄍㄡˇ ㄧㄢˊ ㄘㄢˊ ㄔㄨㄢˇ 暫時勉強延續生存。

苛

ㄎㄜ kē 形①殘酷暴虐的。例苛政。②細碎繁瑣的。例苛禮。動①侵擾。②譴責。例苛責。

苛求 ㄎㄜ ㄑㄧㄡˊ 嚴厲不合理的要求。

苛刻 ㄎㄜ ㄎㄜˋ 刻薄而要求過高，過於嚴厲。

苛待 ㄎㄜ ㄉㄞˋ 刻薄嚴厲的對待。

苛政 ㄎㄜ ㄓㄥˋ 暴虐嚴厲、殘酷的政治。

苛責 ㄎㄜ ㄗㄜˊ 嚴厲的責備。

苛捐雜稅 ㄎㄜ ㄐㄩㄢ ㄗㄚˊ ㄕㄨㄟˋ 繁多紛雜的徵稅名目。指極重的稅捐。

苛政猛於虎 ㄎㄜ ㄓㄥˋ ㄇㄥˇ ㄩˊ ㄏㄨˇ 指殘暴無道的政治比猛虎帶給人民的災禍還嚴重。

茅 ㄇㄠˊ máo 名①植物名。多年生草本，莖可做繩索或蓋屋頂。②姓。

茅房 ㄇㄠˊ ㄈㄤˊ 指廁所。同茅廁。

茅舍 ㄇㄠˊ ㄕㄜˋ 以茅草搭建的屋子。比喻居室簡陋。同茅屋。

茅草 ㄇㄠˊ ㄘㄠˇ 茅的通稱。古代多用來搭建房屋用。

茅塞頓開 ㄇㄠˊ ㄙㄜˋ ㄉㄨㄣˋ ㄎㄞ 比喻知識未開或心靈遭受蒙蔽，經人指導後豁然開朗。

范 ㄈㄢˋ fàn 名①鑄造器物的模具。②法則，模範。③姓。

苔 ㄊㄞˊ tái 名①植物名。生長於陰溼處，靠孢子繁殖的隱花植物。例青苔。②舌苔，舌面上的白色垢膩。

苔原 ㄊㄞˊ ㄩㄢˊ 位於極地附近或高山的無林沼澤型植被。植物以苔蘚、地衣為主。

苔蘚植物 ㄊㄞˊ ㄒㄧㄢˇ ㄓˊ ㄨˋ 綠色隱花植物中最原始的一類，不具維管束，沒有真正的根、莖、葉，有假根。

苴 ㄐㄩ jū 名①古時在鞋裡加的草墊。②能結子的麻。例苴麻。形粗劣的。例苴衣。

苯 ㄅㄣˇ běn 名一種無色透明的有機化合物。

苞 ㄅㄠ bāo 名花蒂上包著還未開的花朵的小葉片。例含苞待放。形茂盛的，叢生的。例竹苞松茂。

苾 ㄅㄧˋ bì 形芳香。例苾芬。

苕 ㄊㄧㄠˊ tiáo 名①植物名。攀緣蔓性木本，秋天開花。又稱凌霄花、紫葳。②蘆葦的花穗，可作掃帚。

苕帚 ㄊㄠˊ ㄓㄡˇ 以苕枝編紮而成的掃帚。

茀 ㄈㄨˊ fú 形草多又亂的。動清除。例詩經：「茀厥豐草。」

茆 ㈠ㄇㄠˇ mǎo 名①植物名。多年生水草，根莖細長，葉橢圓形，開紫色花。又稱蓴菜。②姓。㈡ㄇㄠˊ máo 名通「茅」。茅草。

苫 ㄕㄢ shān 名①以茅草編成的覆蓋物。例草苫子。②居喪時所用的草席。

茄 ㈠ㄑㄧㄝˊ qié 名植物名。茄子，一年生草本，葉卵橢圓形，互生，夏秋季開紫花，漿果青或紫色。㈡ㄐㄧㄚ jiā 名①植物名。茄苳，常綠喬木，三出複葉，葉卵形有鋸齒。又叫重陽木。②譯音用字。例雪茄。

茁 ㄓㄨㄛˊ zhuó 形①草木初生的樣子。例茁茁。②肥美壯碩。例茁壯、茁實。

茁壯 ㄓㄨㄛˊ ㄓㄨㄤˋ 長得旺盛、強壯。

苹 ㄆㄧㄥˊ píng 名①植物名。屬於白蒿類，葉青白色，嫩莖可食。②同「萍」。即浮萍。

苒 ㄖㄢˇ rǎn 形苒苒，草茂盛的樣子。

苓 ㄌㄧㄥˊ líng 名菌類植物，有茯苓、豬苓等，可入藥。

苧 ㄓㄨˋ zhù 見「苧麻」。

苧麻 ㄓㄨˋ ㄇㄚˊ 植物名。多年生草本，葉卵形而尖，有鋸齒，背面密生白絨毛，雌雄同株，其韌皮纖維可供織布。

苜 ㄇㄨˋ mù 見「苜蓿」。

苜蓿 ㄇㄨˋ ㄙㄨˋ 植物名。多年生草本，可作蔬菜或飼料、肥料。俗稱金花菜。

茉 ㄇㄛˋ mò 見「茉莉」。

茉莉 ㄇㄛˋ ㄌㄧˋ 植物名。多年生常綠灌木，初夏時開小白花，有芬芳香氣，常作香料或花茶。

苑 ㄩㄢˋ yuàn 名①有圍牆的園子。例鹿苑。②人文會集的地方。例文苑、藝苑。

茇 ㄅㄚˊ bá 名草根。動在草堆中休息住宿。

苡 ㄧˇ yǐ 名植物名。①芣苡，即車前草。②見「薏苡」。

苻 ㄈㄨˊ fú 名①植物名。莖似葛，葉圓有毛。②姓。

苣 ㄐㄩˋ jù 名植物名。萵苣，一年或二年生草本，葉無柄。

苙 ㄌㄧˋ lì 名①飼養畜生的圈欄。②植物名。即白芷。

茺 ㄔㄨㄥ chōng 名植物名。茺蔚，二年生草本，葉呈卵形，粗鋸齒緣，夏秋季開淡紫色花，可入藥。又名益母草。

茌 ㄔˊ chí 名縣名。茌平，在今山東省。

茶 ㄋㄧㄝˊ nié 形疲倦，疲累。

六畫

草 ㄘㄠˇ cǎo 名①草本植物的通稱。例花草、碧草如茵。②漢字書寫字體的一種。例草書。③詩文書畫的底稿。例起草。④山野，田野。例草莽。形①粗率的，不細膩的。例潦草。②雌性的家畜、家禽。例草驢。③初步，非正式的。例草案。④以茅草搭建或編成的。例草屋、草繩。動創作底稿。例草擬。副隨便地，不仔細地。例草草結案。

草坪 ㄘㄠˇ ㄆㄧㄥˊ 園林中種植著整片草皮的地面。

草芥 ㄘㄠˇ ㄐㄧㄝˋ 小草。比喻卑微輕賤的東西。

草約 ㄘㄠˇ ㄩㄝ 雙方已協議好，但尚未正式簽字的條約或文件。

草原 ㄘㄠˇ ㄩㄢˊ 因雨量不足，長不出高大樹木，而只有生長小草或灌木的平原。

草席 ㄘㄠˇ ㄒㄧˊ 用茅草或葦編織成的席子。

草書 ㄘㄠˇ ㄕㄨ 漢字書寫字體的一種，字形較楷書、隸書簡化，筆畫牽連曲折。

草案 ㄘㄠˇ ㄢˋ 尚未正式定案的計畫、規章等。

草料 ㄘㄠˇ ㄌㄧㄠˋ 餵養畜生的飼料。

草率 ㄘㄠˇ ㄕㄨㄞˋ 粗率隨便，不細膩。

草莽 ㄘㄠˇ ㄇㄤˇ ①雜草。比喻田野。②民間。

草創 ㄘㄠˇ ㄔㄨㄤˋ ①初創事業。②擬定初稿。

草圖 ㄘㄠˇ ㄊㄨˊ 初步繪出的圖稿，還不細膩精確的圖。

草綠 ㄘㄠˇ ㄌㄩˋ 由花青、藤黃混合而成的顏色。

草稿 ㄘㄠˇ ㄍㄠˇ 初步擬定的底稿，未經修飾，還不是正式的文稿。

草鞋 ㄘㄠˇ ㄒㄧㄝˊ 用草編織成的鞋。同草屨。

草擬 ㄘㄠˇ ㄋㄧˇ 初步大略的擬定。

草叢 ㄘㄠˇ ㄘㄨㄥˊ 很多草聚生於一處。

草藥 ㄘㄠˇ ㄧㄠˋ 中藥裡取自一般尋常植物的藥材。

草木灰 ㄘㄠˇ ㄇㄨˋ ㄏㄨㄟ 草木經過燃燒後剩餘的灰燼，含有磷、鈣、鉀等物質，適合作為肥料。

草木同朽 ㄘㄠˇ ㄇㄨˋ ㄊㄨㄥˊ ㄒㄧㄡˇ 和草木一樣終會腐朽而回歸於自然。比喻人生終有盡頭。

草木皆兵 ㄘㄠˇ ㄇㄨˋ ㄐㄧㄝ ㄅㄧㄥ 形容心中恐懼緊張，只要有一點動靜都誤以為有敵人而武裝起自己。

草本植物 ㄘㄠˇ ㄅㄣˇ ㄓˊ ㄨˋ 草質莖植物的總稱。莖內的木質部不發達，莖較細小柔弱，植株矮小，可區分為一年生、二年生或多年生。

草莽英雄 ㄘㄠˇ ㄇㄤˇ ㄧㄥ ㄒㄩㄥˊ 指草野中打家劫舍的綠林好漢。

草菅人命 ㄘㄠˇ ㄐㄧㄢ ㄖㄣˊ ㄇㄧㄥˋ 將人命視如草芥一般輕賤。比喻不重視人命，濫殺無辜。

荒

ㄏㄨㄤ huāng 名①雜草叢生，未經開墾的土地。例荒地。②農作物歉收的凶年。例飢荒。③邊遠人少的地方。例八荒九垓。④事物嚴重欠缺的情況。例水荒。⑤指破爛廢棄物。例拾荒。形①空曠偏僻的。例荒郊野外。②錯誤不實的。例荒謬。動①廢棄。例荒廢。②沉溺。例荒淫。

荒土 ㄏㄨㄤ ㄊㄨˇ ①荒廢而無法利用或尚未開發的土地。同荒地。②指極遠的地方。

荒年 ㄏㄨㄤ ㄋㄧㄢˊ 災禍不斷，農作物收成不理想的年歲。

荒地 ㄏㄨㄤ ㄉㄧˋ 尚未開墾或已經荒蕪的土地。

荒郊 ㄏㄨㄤ ㄐㄧㄠ 人煙稀少，荒涼的野外。

荒唐 ㄏㄨㄤ ㄊㄤˊ 形容誇大不實，乖謬離奇的思想或行為。

荒涼 ㄏㄨㄤ ㄌㄧㄤˊ 人跡罕至，冷清寂靜的樣子。

荒淫 ㄏㄨㄤ ㄧㄣˊ 形容沉迷貪戀酒色。

荒野 ㄏㄨㄤ ㄧㄝˇ 荒涼的原野。

荒塚 ㄏㄨㄤ ㄓㄨㄥˇ 沒人照料的墳塚。

荒漠 ㄏㄨㄤ ㄇㄛˋ ①形容荒涼且廣闊無邊際。②指荒涼的沙漠或曠野。

荒廢 ㄏㄨㄤ ㄈㄟˋ 怠惰停頓而最終放棄、廢置。

荒誕 ㄏㄨㄤ ㄉㄢˋ 荒唐虛妄的樣子。

荒蕪 ㄏㄨㄤ ㄨˊ 雜草叢生，無人管理照料的土地。

荒謬 ㄏㄨㄤ ㄇㄧㄡˋ 形容荒唐離譜的言詞或思想行為。

荒腔走板 ㄏㄨㄤ ㄑㄧㄤ ㄗㄡˇ ㄅㄢˇ 唱歌時節拍音調錯亂。比喻不合常理，混亂無序。

荒煙蔓草 ㄏㄨㄤ ㄧㄢ ㄇㄢˋ ㄘㄠˇ 形容荒涼蕭瑟的景象。

荒誕不經 ㄏㄨㄤ ㄉㄢˋ ㄅㄨˋ ㄐㄧㄥ 荒唐不合理，令人難以相信。

茶

ㄔㄚˊ chá 名①植物名。常綠灌木，葉長橢圓形，邊緣有鋸齒，秋冬季開白花。春季採其嫩葉，焙乾後可製成各種茶。②用茶葉製成的飲料。例烏龍茶。

茶几 ㄔㄚˊ ㄐㄧ 一種放置茶具的矮桌子。

茶市 ㄔㄚˊ ㄕˋ 買賣茶葉的市場。

茶末 ㄔㄚˊ ㄇㄛˋ 茶葉的殘渣、碎屑。

茶行 ㄔㄚˊ ㄏㄤˊ 專賣茶葉的商店。

茶具 ㄔㄚˊ ㄐㄩˋ 泡茶、飲茶時所用的器具。

茶房 ㄔㄚˊ ㄈㄤˊ 舊稱在旅店、餐廳等處侍候客人，加添茶水的僕役。

茶油 ㄔㄚˊ ㄧㄡˊ 從油茶子所榨出的油脂，可供食用或工業用。

茶青 ㄔㄚˊ ㄑㄧㄥ 青色與黃色混合的顏色，即墨綠色。

茶室 ㄔㄚˊ ㄕˋ ①供人喝茶的茶館。②舊時的二等妓院。

茶座 ㄔㄚˊ ㄗㄨㄛˋ 茶館中提供客人坐的座位。

茶飯 ㄔㄚˊ ㄈㄢˋ 泛指飲食。

茶園 ㄔㄚˊ ㄩㄢˊ ①種植茶樹的園圃。②舊時的劇場。

茶會 ㄔㄚˊ ㄏㄨㄟˋ ①商人利用茶館聚會交易。②泛指有供應茶點的聚會。

茶葉 ㄔㄚˊ ㄧㄝˋ 茶的嫩葉，焙乾後可沖泡飲用。

茶農 ㄔㄚˊ ㄋㄨㄥˊ 以種植茶葉為主的農民。

茶道 ㄔㄚˊ ㄉㄠˋ 一門烹茶、飲茶的藝術，是日本的一種古典文化，有一定的飲茶規矩和儀式。

茶點 ㄔㄚˊ ㄉㄧㄢˇ 茶水飲料及點心的通稱。

茶褐色 ㄔㄚˊ ㄏㄜˊ ㄙㄜˋ 赤黃且略帶黑的顏色。

茶餘飯後 ㄔㄚˊ ㄩˊ ㄈㄢˋ ㄏㄡˋ 喝過茶、吃過飯之後。比喻空閒的時間。

茶來伸手，飯來張口 ㄔㄚˊ ㄌㄞˊ ㄕㄣ ㄕㄡˇ，ㄈㄢˋ ㄌㄞˊ ㄓㄤ ㄎㄡˇ 形容生活富裕舒適，有專人侍候服務。

荊

ㄐㄧㄥ jīng 名①有刺的灌木植物。例披荊斬棘。②以荊木製成的鞭子或刑杖。例負荊請罪。③對人謙稱自己的妻子。例拙荊。④姓。

荊棘 ㄐㄧㄥ ㄐㄧˊ 叢生多刺的灌木。比喻困難的境況。

荊釵布裙 ㄐㄧㄥ ㄔㄞ ㄅㄨˋ ㄑㄩㄣˊ 以荊做髮釵，以粗布為裙。比喻婦女的儉樸。

茹

ㄖㄨˊ rú 名①草根相連不斷。例拔茅連茹。②姓。形腐爛臭敗的。例茹魚。動①吃，食。例茹毛飲血。②忍受。例含辛茹苦。

茹苦 ㄖㄨˊ ㄎㄨˇ 吃苦。

茹素 ㄖㄨˊ ㄙㄨˋ 吃素。

茹毛飲血 ㄖㄨˊ ㄇㄠˊ ㄧㄣˇ ㄒㄧㄝˇ 生吃鳥獸的肉和血。形容上古人未開化的生活情形。

茹苦含辛 ㄖㄨˊ ㄎㄨˇ ㄏㄢˊ ㄒㄧㄣ 形容忍受各種痛苦，吃盡各種苦。

荐

ㄐㄧㄢˋ jiàn 名指墊在蓆子下方的草。例草荐。動同「薦」。推舉，引介。例推荐。

荐引 ㄐㄧㄢˋ ㄧㄣˇ 對人推舉、引介。

荐舉 ㄐㄧㄢˋ ㄐㄩˇ 推薦、推舉人才。

茜 ㄑㄧㄢˋ qiàn 名①植物名。茜草，多年生蔓草，莖方形中空，有刺，根可入藥。②鮮紅色。

茫 ㄇㄤˊ máng 副①廣大無邊的樣子。例人海茫茫。②悵然無所知的樣子。例茫然。③模糊不清地。例渺茫。

茫茫 ㄇㄤˊ ㄇㄤˊ 廣大遼闊，無邊無際的樣子。

茫然 ㄇㄤˊ ㄖㄢˊ 全然無所知的樣子。

茫無頭緒 ㄇㄤˊ ㄨˊ ㄊㄡˊ ㄒㄩˋ 摸不著邊際，事情不知從何開始下手。

茵 ㄧㄣ yīn 名墊子，褥席。例碧草如茵。

荏 ㄖㄣˇ rěn 名植物名。一年生草本，葉圓形或卵形，葉緣有鋸齒，莖中空，有白色細長絨毛，種子可榨油。又名白蘇。形柔弱的。例色厲內荏。

荏苒 ㄖㄣˇ ㄖㄢˇ 漸進，推移。通常指時間的流逝。

荏弱 ㄖㄣˇ ㄖㄨㄛˋ 柔弱無力的樣子。

茭 ㄐㄧㄠ jiāo 名植物名。茭白，多年生草本，生長於淺水地方，葉互生，夏秋間開花，嫩莖可食用。

茭白筍 ㄐㄧㄠ ㄅㄞˊ ㄙㄨㄣˇ 茭白的嫩莖，形狀如筍，可食。

荃 ㄑㄩㄢˊ quán 名一種香草。

荅 ㄉㄚˊ dá 名小豆子。形粗厚的，厚實的。例漢書：「文采千匹，荅布皮革千石。」

荄 ㄍㄞ gāi 名草根。例根荄。

茈 ㄗˇ zǐ 名①植物名。即紫草，可做紫色染料。②藥草名。茈胡，即柴胡。

荔 ㄌㄧˋ lì 名①植物名。即馬蘭，多年生草本，形似蒲，較小，葉可造紙，根可做刷子。②見「荔枝」。

荔枝 ㄌㄧˋ ㄓ 植物名。常綠喬木，葉呈廣披針形，偶數羽狀複葉，開綠白色或淡黃色小花，果實球狀，表面有鱗片狀突起，暗紅色，果肉色白多甜汁。

茸 ㄖㄨㄥˊ róng 名①草木初生時的苗。②泛指柔細的毛。例茸毛。③刺繡所用的線。例繡茸。④鹿角。例鹿茸。形草木初生時細嫩柔軟的樣子。例綠茸茸。

茸毛 ㄖㄨㄥˊ ㄇㄠˊ 指動物身上的細毛。

茴 ㄏㄨㄟˊ huí 見「茴香」。

茴香 ㄏㄨㄟˊ ㄒㄧㄤ 植物名。多年生草本，葉細長如絲，開黃色花，果實呈卵狀扁橢圓形，有強烈芳香氣味，可入藥或做香料。

茱 ㄓㄨ zhū 見「茱萸」。

茱萸 ㄓㄨ ㄩˊ 植物名。落葉喬木，有強烈香氣，區分為吳茱萸、山茱萸、食茱萸三種。

茲 ㈠ㄗ zī 名此時，現在。例今茲。副通「滋」。更加。代此，這個。例念茲在茲。㈡ㄘˊ cí 名龜茲，漢代西域國之一，位於現在新疆省庫車縣。

茲事體大 ㄗ ㄕˋ ㄊㄧˇ ㄉㄚˋ 此事關係重大，牽連甚廣。

茗 ㄇㄧㄥˊ míng 名①茶的嫩芽。②泛指茶。

荀 ㄒㄩㄣˊ xún 名①一種草。或稱為荀草。②姓。

荀子 ㄒㄩㄣˊ ㄗˇ ①人名。荀況的尊稱，戰國時代的思想家、教育家。提倡性惡說，與孟子相反。②書名。戰國時趙人荀況所撰，共二十卷，為先秦重要的哲學思想著作。

茨 ㄘˊ cí 名①蒺藜的舊稱。②用茅草、蘆葦等材料覆蓋的屋頂。

荑 ㄧˊ yí 名①草木初生的嫩芽。②指女子柔細的手。例柔荑。動割除野草。例芟荑雜草。

茼 ㄊㄨㄥˊ tóng 見「茼蒿」。

茼蒿 ㄊㄨㄥˊ ㄏㄠ 植物名。一年生草本，葉緣有不規則羽狀分裂，頭狀花序，嫩葉及莖可食，是常見的蔬菜。

茯 ㄈㄨˊ fú 見「茯苓」。

茯苓 ㄈㄨˊ ㄌㄧㄥˊ 植物名。真菌類，寄生於山林中的松根土中，菌核球形，味甘甜，可入藥。

荇 ㄒㄧㄥˋ xìng 名植物名。荇菜，多年生水草，葉圓心形，有長柄，面綠背紫，浮於水面上，夏季開黃花，葉可食用。

荖 ㄌㄠˇ lǎo 名草名。葉子可包裹檳榔以供食用。

茛 ㄍㄣˋ gèn 名草名。毛茛，即野葛，為有毒的藤本植物。

七畫

莫 ㊀ㄇㄛˋ mò 名姓。副①不可，不要。例非請莫入。②沒有。例莫不歡欣鼓舞。㊁ㄇㄨˋ mù 名「暮」的本字。指黃昏時候。

莫不 ㄇㄛˋ ㄅㄨˋ 沒有不，都是。表示肯定的意思。

莫名 ㄇㄛˋ ㄇㄧㄥˊ 無法以文字或語言表達，有至極的意思。

莫怪 ㄇㄛˋ ㄍㄨㄞˋ ①難怪。②請人原諒之詞。

莫非 ㄇㄛˋ ㄈㄟ 表示揣測或反問的副詞。

莫若 ㄇㄛˋ ㄖㄨㄛˋ 不如。例知子莫若父，知臣莫若君。

莫逆 ㄇㄛˋ ㄋㄧˋ 沒有乖逆的事情。比喻朋友的親密要好。例莫逆之交。

莫進 ㄇㄛˋ ㄐㄧㄣˋ 不要進入的意思。例閒人莫進。

莫過 ㄇㄛˋ ㄍㄨㄛˋ 沒有超過的了，表示已達極點。

莫不是 ㄇㄛˋ ㄅㄨˋ ㄕˋ 莫非，難道是。表示揣測的疑問詞。

莫等閒 ㄇㄛˋ ㄉㄥˇ ㄒㄧㄢˊ 不要輕易的，不要隨便的。

莫須有 ㄇㄛˋ ㄒㄩ ㄧㄡˇ 也許有，恐怕有。比喻故意捏造罪名陷害他人。

莫可言狀 ㄇㄛˋ ㄎㄜˇ ㄧㄢˊ ㄓㄨㄤˋ 無法用言語來形容。

莫可奈何 ㄇㄛˋ ㄎㄜˇ ㄋㄞˋ ㄏㄜˊ 沒有辦法，不知如何是好。

莫此為甚 ㄇㄛˋ ㄘˇ ㄨㄟˊ ㄕㄣˋ 沒有比這個更過分的了。

莫衷一是 ㄇㄛˋ ㄓㄨㄥ ㄧ ㄕˋ 眾人都有自己的看法與意見，無法取得共識。

莫測高深 ㄇㄛˋ ㄘㄜˋ ㄍㄠ ㄕㄣ 極為神祕，使人捉摸不透。

荷

㈠ㄏㄜˊ hé 名植物名。多年生草本，葉呈圓盾形，夏季開紅或白色花。地下莖稱為藕，果實稱為蓮子，可食用。亦稱為蓮、芙蕖。㈡ㄏㄜˋ hè 動①背負，承擔。例負荷。②用肩膀扛著。例荷槍。③蒙受。表示感謝他人美意。例感荷、為荷。

荷包 ㄏㄜˊ ㄅㄠ 隨身攜帶的小包包，用來裝小東西或錢。現在稱錢包或口袋。

荷花 ㄏㄜˊ ㄏㄨㄚ 荷的花朵，即蓮花。

荷物 ㄏㄜˋ ㄨˋ 以肩擔負物品。

荷負 ㄏㄜˋ ㄈㄨˋ 擔負。

荷重 ㄏㄜˋ ㄓㄨㄥˋ 擔負著重物。

荷爾蒙 ㄏㄜˊ ㄦˇ ㄇㄥˊ 內分泌腺分泌的物質。亦稱為激素。

荷槍實彈 ㄏㄜˋ ㄑㄧㄤ ㄕˊ ㄉㄢˋ 背著槍膛中裝好子彈的槍枝。比喻戰爭一觸即發的備戰狀態。

莊

ㄓㄨㄤ zhuāng 名①田家的村落。例村莊。②別墅。例山莊。③規模較大的商號、店家。例布莊。④賭博時輪流作主的人。例莊家。⑤姓。形嚴肅的。例莊嚴、端莊。

莊田 ㄓㄨㄤ ㄊㄧㄢˊ 古代有錢人租給佃農的土地，設莊管理。

莊重 ㄓㄨㄤ ㄓㄨㄥˋ 嚴肅端莊。

莊稼 ㄓㄨㄤ ㄐㄧㄚ 農作物。

莊嚴 ㄓㄨㄤ ㄧㄢˊ 莊重嚴肅。

莊稼漢 ㄓㄨㄤ ㄐㄧㄚ ㄏㄢˋ 農人。

莊敬自強 ㄓㄨㄤ ㄐㄧㄥˋ ㄗˋ ㄑㄧㄤˊ 原指君子謹慎小心，莊嚴穩重。後形容以端莊嚴謹的態度尋求自身的自立自強。

莽

ㄇㄤˇ mǎng 名①植物名。常綠灌木，葉呈橢圓，花瓣呈黃白色，種子有毒。例莽草。②指叢生的草。形粗率，不細心的。例魯莽。

莽原 ㄇㄤˇ ㄩㄢˊ ①草長得很茂盛的原野。②位於熱帶，南、北回歸線一帶的地區。

莽莽 ㄇㄤˇ ㄇㄤˇ ①草木茂盛幽深的樣子。②寬廣而無邊界的樣子。

莽漢 ㄇㄤˇ ㄏㄢˋ 指鹵莽的男子。同莽夫。

莽撞 ㄇㄤˇ ㄓㄨㄤˋ 動作粗野。指言語行動粗魯而不謹慎。

莽蕩 ㄇㄤˇ ㄉㄤˋ 空曠廣大的樣子。

荼

㈠ㄊㄨˊ tú 名①植物名。即苦菜。②茅、蘆開的白花。㈡ㄕㄨ shū 名門神。例神荼。

荼毒 ㄊㄨˊ ㄉㄨˊ 比喻毒害、殘害。

莨

ㄌㄧㄤˊ liáng 名植物名。薯莨，多年生草本，塊根熬汁可以染綢紗。

莎

㈠ㄕㄚ shā 名蟲名。莎雞，也稱紡織娘。㈡ㄙㄨㄛ suō 名植物名。莎草，多年生草本，葉細長而堅硬，可做斗笠及簑衣。地下塊根稱香附子，可入藥。

莢 ㄐㄧㄚˊ jiá 名①豆類植物的果實。②狹長狀像莢的東西。例莢錢。

莢果 ㄐㄧㄚˊ ㄍㄨㄛˇ 由單心皮子房發育而成的果實，成熟時果皮裂開為兩片。

莞 ㊀ㄍㄨㄢ guān 名①植物名。多年生草本，生長於沼澤或水田中，莖可用來編織器物。又稱水蔥。②姓。

㊁ㄍㄨㄢˇ guǎn 名地名。東莞，位於廣東省廣州市東南。

㊂ㄨㄢˇ wǎn 見「莞爾」。

莞爾 ㄨㄢˇ ㄦˇ 微笑的樣子。

荸 ㄅㄧˊ bí 見「荸薺」。

荸薺 ㄅㄧˊ ㄑㄧˊ 植物名。多年生草本，生長於水田中，地下的黑色球莖可食用。又稱地栗、烏芋。

莓 ㄇㄟˊ méi 名植物名。草莓，多年生草本，莖匍匐，葉圓形或卵形，冬到春季開花，花白色，夏初結果，果實酸中帶甜，可生食或做果醬。

荻 ㄉㄧˊ dí 名植物名。多年生草本，葉呈長條形，與蘆同類，莖可織席。

莘 ㊀ㄕㄣ shēn 形①修長的樣子。例詩經：「有莘其尾。」②眾多的樣子。例莘莘。

㊁ㄒㄧㄣ xīn 名植物名。莘草，即細辛，多年生草本，根有辛味，可入藥。

莘莘 ㄕㄣ ㄕㄣ 形容眾多的樣子。例莘莘學子。

莧 ㄒㄧㄢˋ xiàn 見「莧菜」。

莧菜 ㄒㄧㄢˋ ㄘㄞˋ 植物名。一年生草本，葉呈卵圓形，初秋開細小的綠黃色花，葉及嫩莖可供食用。

莖 ㄐㄧㄥ jīng 名①植物的營養器官之一，內含維管束，有運輸及支持的功能。②物品的直柄。

莙 ㄐㄩㄣ jūn 名一種水藻，葉大如蓬。或稱牛藻。

莒 ㄐㄩˇ jǔ 名①植物名。即芋頭。②古國名。春秋時的國家，在今山東省內。

莉 ㄌㄧˋ lì 見「茉莉」。

莆 ㄆㄨˊ pú 名①一種水草，即蒲草。②縣名。莆田，在福建省東部。

荽 ㄙㄨㄟ suī 名植物名。芫荽，一種香菜。

莛 ㄊㄧㄥˊ tíng 名①草莖的部分。②指屋梁。

莪 ㄜˊ é 名植物名。莪蒿，多年生草本，長在水田裡，葉嫩可食。

莩 ㊀ㄈㄨˊ fú 名指蘆葦莖裡的薄膜。例葭莩。

㊁ㄆㄧㄠˇ piǎo 名通「殍」。餓死的人。例餓莩。

莠 ㄧㄡˇ yǒu 名①植物名。一年生草本，像稻，會影響稻苗的生長。又叫狗尾草。②比喻不好的人或事物。例良莠不齊。

荳 ㄉㄡˋ dòu 名同「豆」。泛指豆類植物。

荳蔻 ㄉㄡˋ ㄎㄡˋ 亦作「豆蔻」。①植物名。為一種香草，種子可入藥。②因荳蔻花朵嬌嫩美麗，用來比喻妙齡少女。

八畫

華 ㈠ㄏㄨㄚˊ huá 名①中國的代稱。例華夏。②光澤，光彩。例華麗。③文飾。例樸實無華。④時光。例韶華。⑤事物精要的部分。例精華。⑥化妝用的粉。例鉛華。㈡ㄏㄨㄚ huā 名同「花」。植物的花朵。㈢ㄏㄨㄚˋ huà 名①山名。華山，在陝西省。②姓。

華府 ㄏㄨㄚˊ ㄈㄨˇ 美國首都華盛頓的簡稱。

華屋 ㄏㄨㄚˊ ㄨ 華麗的大廈。

華美 ㄏㄨㄚˊ ㄇㄟˇ 華麗美觀。

華夏 ㄏㄨㄚˊ ㄒㄧㄚˋ 中國的代稱。

華貴 ㄏㄨㄚˊ ㄍㄨㄟˋ 形容華麗高貴。

華蓋 ㄏㄨㄚˊ ㄍㄞˋ 古代帝王所乘的車子上傘形的遮蓋物。

華裔 ㄏㄨㄚˊ ㄧˋ 僑居海外的華人後代，具中華民族血統而有外國國籍者。

華僑 ㄏㄨㄚˊ ㄑㄧㄠˊ 泛指旅居外國的華裔人士。

華誕 ㄏㄨㄚˊ ㄉㄢˋ ①尊稱他人的生日。②虛浮不實。

華髮 ㄏㄨㄚˊ ㄈㄚˇ 指灰白的頭髮。

華燈 ㄏㄨㄚˊ ㄉㄥ 華麗燦爛的燈飾。

華麗 ㄏㄨㄚˊ ㄌㄧˋ 華美漂亮。

華爾滋 ㄏㄨㄚˊ ㄦˇ ㄗ 交際舞的一種，是三拍子的圓舞曲，源於十八世紀德國民間。

華而不實 ㄏㄨㄚˊ ㄦˊ ㄅㄨˋ ㄕˊ 原指植物只開花而不結果。比喻有名無實，虛有其表而無內涵。

華燈初上 ㄏㄨㄚˊ ㄉㄥ ㄔㄨ ㄕㄤˋ 城市天剛黑時，各式燈火開始點亮的時候。

華氏溫度表 ㄏㄨㄚˊ ㄕˋ ㄨㄣ ㄉㄨˋ ㄅㄧㄠˇ 是德國科學家華倫海（Fahrenheit）所發明，以三十二度為冰點，二百一十二度為沸點。也稱華氏寒暑表。

著 ㈠ㄓㄨˋ zhù 名作品。例名著。動①顯揚，發揚。例著名。②寫作，撰述。例著書。㈡·ㄓㄜ zhe 助①表示動作正在進行。例吃著飯。②表示存在狀態。例標示著路標。㈢ㄓㄠ zhāo 名指計策、方法。例三十六著，走為上計。動①遭受。例著涼。②發生。例著慌。㈣ㄓㄠˊ zháo 動①燃燒，焚燃。例著火。②接觸。例前不搭村，後不著店。③陷入，中計。例他著了我的道了。助表示已經的狀態。例睡著。㈤ㄓㄨㄛˊ zhuó 名①圍棋或象棋走子。例棋高一著。②策略。例上著。③指事情的歸宿。例著落。動①穿。例著衣。②連接，接觸。例附著。

著力 ㄓㄨㄛˊ ㄌㄧˋ 盡力，用力。

著手 ㄓㄨㄛˊ ㄕㄡˇ ①開始從事某事。②下手，動手。

著火 ㄓㄠˊ ㄏㄨㄛˇ 失火，燃燒。

著名 ㄓㄨˋ ㄇㄧㄥˊ 有很高的知名度的，出名的。

著色 ㄓㄨㄛˊ ㄙㄜˋ　塗抹上顏色。

著衣 ㄓㄨㄛˊ ㄧ　穿戴衣物。

著作 ㄓㄨˋ ㄗㄨㄛˋ　①泛指自己的作品。②撰述寫作。

著花 ㄓㄨㄛˊ ㄏㄨㄚ　開花。

著急 ㄓㄠ ㄐㄧˊ　慌亂急躁。

著述 ㄓㄨˋ ㄕㄨˋ　①寫作撰述。②撰述的書籍或文章。

著重 ㄓㄨㄛˊ ㄓㄨㄥˋ　加強，加重。

著書 ㄓㄨˋ ㄕㄨ　寫作文章成書籍。

著迷 ㄓㄠˊ ㄇㄧˊ　依戀沉迷的樣子。

著涼 ㄓㄠˊ ㄌㄧㄤˊ　受風寒。

著眼 ㄓㄨㄛˊ ㄧㄢˇ　①注視。②從某一角度或觀點看某事。

著陸 ㄓㄨㄛˊ ㄌㄨˋ　自天空降落到地面。

著棋 ㄓㄨㄛˊ ㄑㄧˊ　下棋。

著筆 ㄓㄨㄛˊ ㄅㄧˇ　開始下筆書寫。

著想 ㄓㄠˊ ㄒㄧㄤˇ　設想，考慮。

著慌 ㄓㄠ ㄏㄨㄤ　惶恐慌急。

著落 ㄓㄨㄛˊ ㄌㄨㄛˋ　事情的結果、歸宿。

著實 ㄓㄨㄛˊ ㄕˊ　確實，實在。

著稱 ㄓㄨˋ ㄔㄥ　出名，著名。

著墨 ㄓㄨㄛˊ ㄇㄛˋ　以文字描述。

著作權 ㄓㄨˋ ㄗㄨㄛˋ ㄑㄩㄢˊ　著作依法註冊後，取得專有使用的權利，他人不得侵犯。

著手成春 ㄓㄨㄛˊ ㄕㄡˇ ㄔㄥˊ ㄔㄨㄣ　本指文章用字遣詞的高妙。現用以比喻醫師醫術高超，一動手即能使病人痊癒。

著作等身 ㄓㄨˋ ㄗㄨㄛˋ ㄉㄥˇ ㄕㄣ　作品與身高同高。形容人的著作極多。

著書立說 ㄓㄨˋ ㄕㄨ ㄌㄧˋ ㄕㄨㄛ　以寫書創立自己的學說。

著無庸議 ㄓㄨㄛˊ ㄨˊ ㄩㄥ ㄧˋ　指沒有討論的必要。

菜 ㄘㄞˋ cài　名①蔬菜的總稱。例白菜。②泛指一切餚饌。例川菜。形差的，不出色。例菜鳥。

菜市 ㄘㄞˋ ㄕˋ　賣菜的市場。

菜瓜 ㄘㄞˋ ㄍㄨㄚ　植物名。即越瓜，一年生草本，果實呈長橢圓形，可食用。

菜色 ㄘㄞˋ ㄙㄜˋ　①蔬菜的顏色，或指菜餚的式樣。②形容人因飢餓而營養不良的臉色。

菜油 ㄘㄞˋ ㄧㄡˊ　用油菜子所榨的油，供食用或工業用。

菜肴 ㄘㄞˋ ㄧㄠˊ　指各式的菜肉。亦作「菜餚」。

菜圃 ㄘㄞˋ ㄆㄨˇ　種植蔬菜的園地。

菜根 ㄘㄞˋ ㄍㄣ　蔬菜的根。比喻粗劣的食物。

菜單 ㄘㄞˋ ㄉㄢ　①購菜的清單。②餐廳標示菜名的單子。

菜畦 ㄘㄞˋ ㄑㄧˊ　即菜園。

菜鳥 ㄘㄞˋ ㄋㄧㄠˇ　指剛加入某團體的人或生手。

菜攤 ㄘㄞˋ ㄊㄢ　販賣蔬菜的攤販。

菜根譚 ㄘㄞˋ ㄍㄣ ㄊㄢˊ　書名。明人洪自誠撰，共兩卷。書中集結儒、釋、道三家思想精華，以語錄方式寫成。

菲 ㊀ㄈㄟ fēi 名國名。菲律賓的簡稱。形花草香氣洋溢的樣子。例芳菲。㊁ㄈㄟˇ fěi 名蕪菁之類的蔬菜，花呈紫紅色，葉根可食用。形微薄的。例價值不菲。

菲酌 ㄈㄟˇ ㄓㄨㄛˊ 以微薄簡單的酒菜宴請他人。常用作請帖上的謙辭。

菲菲 ㄈㄟ ㄈㄟ ①氣味芳香。②形容花朵大而美麗。③雜亂的樣子。

菲儀 ㄈㄟˇ ㄧˊ 謙稱微薄的禮品。同菲敬。

菲薄 ㄈㄟˇ ㄅㄛˊ ①微薄，很少。例待遇菲薄。②鄙視，輕賤。例妄自菲薄。

菲律賓 ㄈㄟ ㄌㄩˋ ㄅㄧㄣ 國名，Philippines。位於亞洲東南，介於太平洋與南海之間，屬於熱帶季風氣候，首都為馬尼拉。

萊 ㄌㄞˊ lái 名①植物名。藜的別名，一年生草本，葉卵形，邊緣呈鋸齒狀，有香氣，嫩葉可食用。②已休耕而蔓草叢生的田地。③姓。動除草。例周禮：「萊山田之野。」

萊菔 ㄌㄞˊ ㄈㄨˊ 即蘿蔔。

萊姆果 ㄌㄞˊ ㄇㄨˇ ㄍㄨㄛˇ 一種常綠多刺果樹的果實，味酸。由英語 lime 翻譯得名。

菌 ㄐㄩㄣˋ jùn 名①一種隱花植物，無葉綠素，不能行光合作用，多寄生。②細菌的簡稱。

菌傘 ㄐㄩㄣˋ ㄙㄢˇ 指真菌類上部的傘狀構造。也稱為菌蓋。

菌絲 ㄐㄩㄣˋ ㄙ 構成真菌類菌體的絲狀細胞。

菌褶 ㄐㄩㄣˋ ㄓㄜˊ 指真菌類菌傘下的許多薄膜狀構造，為孢子生長之處。

萌 ㄇㄥˊ méng 名①初生的嫩芽。例竹萌。②事物的開端或徵兆。例萌兆。動①植物開始發芽。例萌芽。②顯現，發生。例故態復萌。

萌生 ㄇㄥˊ ㄕㄥ 初生，始生。

萌芽 ㄇㄥˊ ㄧㄚˊ 植物初生的嫩芽。比喻事物的開端。

萌發 ㄇㄥˊ ㄈㄚ 植物初長新芽。比喻事物的開端。

萍 ㄆㄧㄥˊ píng 名植物名。浮生於水面，葉圓扁而小，葉面下有鬚根。也稱浮萍。形行蹤漂泊不定如浮萍般的。例萍蹤。

萍蓬 ㄆㄧㄥˊ ㄆㄥˊ 形容人轉徙不定，四處漂泊。

萍水相逢 ㄆㄧㄥˊ ㄕㄨㄟˇ ㄒㄧㄤ ㄈㄥˊ 浮萍隨水漂流。比喻原本不相識的人偶然相遇而相識。

菩 ㄆㄨˊ pú 見「菩提」。

菩提 ㄆㄨˊ ㄊㄧˊ 梵語 bodhi 的音譯。意思是正覺、道，指修行者從自覺、覺人而達到徹悟境界的成果。

菩薩 ㄆㄨˊ ㄙㄚˋ ①梵語 bodhisattva 的音譯。指能自覺本性且又能普渡眾生的。②泛指神明。

菩提樹 ㄆㄨˊ ㄊㄧˊ ㄕㄨˋ 植物名。落葉喬木，果實扁圓堅硬，可做念佛用的數珠。釋迦牟尼在此樹修成道。

菩薩心腸 ㄆㄨˊ ㄙㄚˋ ㄒㄧㄣ ㄔㄤˊ 形容心胸寬大仁慈的人。

菸 ㄧㄢ yān 名植物名。即菸草，一年生草本，葉子很大，乾燥以後可以製香菸。

菸農 ㄧㄢ ㄋㄨㄥˊ 以種植菸草為業的農人。

菸鹼酸 ㄧㄢ ㄐㄧㄢˇ ㄙㄨㄢ 針狀結晶，屬於維生素B群，在蛋白質及醣類代謝中扮演重要的角色。

萎 ㄨㄟ wēi 名植物名。萎蕤，多年生草本，葉橢圓形或卵形，根莖可製澱粉，供食用或作外用藥。動①草木枯黃。例枯萎。②衰病。

萎謝 ㄨㄟ ㄒㄧㄝˋ 花草枯萎凋零。

萎縮 ㄨㄟ ㄙㄨㄛ ①事物逐漸變小或減退。②指人體器官的退化。

萎靡 ㄨㄟ ㄇㄧˇ 意志消沉，精神不濟的樣子。

菊 ㄐㄩˊ jú 名植物名。多年生草本，有許多種類，葉卵形，花冠周圍為舌狀，中部為管狀，可供觀賞或藥用。

菊月 ㄐㄩˊ ㄩㄝˋ 指農曆的九月，此時菊花盛開。

萋 ㄑㄧ qī 形草木生長茂盛濃密的樣子。

萋迷 ㄑㄧ ㄇㄧˊ 草木叢生，阻礙了視線。比喻景象模糊的樣子。

萋萋 ㄑㄧ ㄑㄧ 草木茂盛的樣子。例芳草萋萋。

萑 ㄏㄨㄢˊ huán 名荻草的別名。

菁 ㄐㄧㄥ jīng 名①即韭菜花。②植物名。即蕪菁，根及嫩葉可食用。俗稱大頭菜。③精要的部分。例去蕪存菁。形花草茂盛的樣子。例詩經：「其葉菁菁。」

菁莪 ㄐㄧㄥ ㄜˊ 比喻樂於培育人才。

菁華 ㄐㄧㄥ ㄏㄨㄚˊ 事物的重點，最精要的部分。

菱 ㄌㄧㄥˊ líng 名植物名。一年生草本，生長於水中，果實富含澱粉，可供食用。

菱形 ㄌㄧㄥˊ ㄒㄧㄥˊ 四邊均相等的平行四邊形。

菱角 ㄌㄧㄥˊ ㄐㄧㄠˇ 菱的果實，紫黑色，有角，可食用。

菟 ㈠ㄊㄨˋ tù 名植物名。菟絲，莖呈細絲狀纏繞在寄生植物上，種子可供藥用。㈡ㄊㄨˊ tú 名於菟，虎的別稱。春秋時楚人稱虎為於（ㄨ）菟。

萃 ㄘㄨㄟˋ cuì 名群體，同類。例出類拔萃。形①辛苦疲勞的樣子。例勞苦頓萃。②草叢生茂盛的樣子。動聚集。例人文薈萃。

萃取 ㄘㄨㄟˋ ㄑㄩˇ 利用溶質與溶劑的親和性，以分離或精製物質的方法。

萃然 ㄘㄨㄟˋ ㄖㄢˊ 聚集的樣子。

菴 ㄢ ān 名同「庵」。草舍。

菴舍 ㄢ ㄕㄜˋ 搭建在墓旁，守喪用的小屋子。

菴廬 ㄢ ㄌㄨˊ 軍隊行軍時臨時搭建的帳幕。

菽 ㄕㄨˊ shú 名豆類的總稱。

菽麥 ㄕㄨˊ ㄇㄞˋ 大豆與麥子。比喻極易辨識的東西。

菽水承歡 ㄕㄨˊ ㄕㄨㄟˇ ㄔㄥˊ ㄏㄨㄢ 形容雖然奉養微薄，卻也能善盡孝道。

菀 ㄨㄢˇ wǎn 名①植物名。紫菀，根可入藥。②通「苑」。種植花木的地方。

萇 ㄔㄤˊ cháng 名①植物名。萇楚，即楊桃，常綠灌木，果實味甘酸。②姓。

菖 ㄔㄤ chāng 名植物名。菖蒲，多年生草本，葉劍形長自地下根莖，為端午節的避邪植物。

菠 ㄅㄛ bō 見「菠菜」。

菠菜 ㄅㄛ ㄘㄞˋ 植物名。一年或二年生草本，莖中空，根部紅色，莖葉可供食用，含豐富的鐵質。

菰 ㄍㄨ gū 名植物名。多年生草本，嫩莖可食用，俗稱茭白筍。

菹 ㄐㄩ jū 名①多水草生長的沼澤。②醃菜。③肉醬。動將肉剁碎。

菹醢 ㄐㄩ ㄏㄞˇ 指一種將人剁成肉醬的酷刑。

菶 ㄅㄥˇ běng 副草木茂密的樣子。例菶菶。

萁 ㄑㄧˊ qí 名豆類的莖。例豆萁。

菡 ㄏㄢˋ hàn 名植物名。菡萏，即荷花。

萄 ㄊㄠˊ táo 見「葡萄」。

菅 ㄐㄧㄢ jiān 名植物名。多年生草本，植株高大，葉細長而尖，根短而堅韌，可做刷帚。動比喻輕賤。例草菅人命。

菆 ㄗㄡ zōu 名①去皮的麻莖。②席子，草墊。

菫 ㄐㄧㄣˇ jǐn 名植物名。菫菜，多年生草本，生長於山野之中，莖葉可作香料及食用。

莿 ㄘˋ cì 名草木枝條上的小刺。

萸 ㄩˊ yú 見「茱萸」。

菘 ㄙㄨㄥ sōng 名植物名。即白菜。

菉 ㄌㄩˋ lù 名植物名。菉竹，即綠竹。形通「綠」。

菔 ㄈㄨˊ fú 名植物名。萊菔，即蘿蔔。

萏 ㄉㄢˋ dàn 名植物名。菡萏，即荷花。

菇 ㄍㄨ gū 名菌類。例香菇、蘑菇。

菑 ㈠ㄗ zī 名①無人耕種的荒田。②剛剛開墾、地力還不足的田地。動割草開墾。㈡ㄗㄞ zāi 名通「災」。禍害。

菾 ㄊㄧㄢˊ tián 名植物名。即甜菜，二年生草本，莖葉可食用或製糖。

九畫

落 ㈠ㄌㄨㄛˋ luò 名①人所居住的地方。例部落。②停留之處。例下落不明。③計算成堆成疊物品的量詞。例一落書。形①冷清的。例寥落。②掉下的。例落花。動①葉子枯黃凋謝。例落葉。②掉下，降下。例落淚。③除去。例落髮。④衰敗。例家道中落。⑤停留。例落腳。⑥歸屬。例花落誰家。⑦留下。例不落痕跡。㈡ㄌㄠˋ lào 名落子，指乞丐唱的歌。也稱蓮花落。動①剩餘。例一生吝嗇，落得幾個錢。②得到。例落個不是。③降低。例落價。④停留。例小鳥落在樹上。
㊂ㄌㄚˋ là 動①遺漏。例丟三落四。②掉在後面。例落在後頭。

落戶 ㄌㄨㄛˋ ㄏㄨˋ 在異鄉定居。

落日 ㄌㄨㄛˋ ㄖˋ 夕陽。

落伍 ㄌㄨㄛˋ ㄨˇ ①思想落後跟不上時代潮流。②行動緩慢跟不上隊伍。

落地 ㄌㄨㄛˋ ㄉㄧˋ ①嬰兒剛生下來。②從高處落到地上。

落成 ㄌㄨㄛˋ ㄔㄥˊ 建築工程完工。

落坐 ㄌㄨㄛˋ ㄗㄨㄛˋ 坐下。

落拓 ㄌㄨㄛˋ ㄊㄨㄛˋ ①行為性情豪放，不拘小節。②窮困失意不得志。

落枕 ㄌㄠˋ ㄓㄣˇ 脖子因睡覺時姿勢不當或受到風寒，第二天頸部肌肉疼痛，無法轉動。

落空 ㊀ㄌㄨㄛˋ ㄎㄨㄥ 沒有著落，無法實現。㊁ㄌㄚˋ ㄎㄨㄥˋ 因疏忽而沒有顧及到。

落後 ㄌㄨㄛˋ ㄏㄡˋ ①趕不上，落在人家的後面。②指發展程度停留在較低的水準。

落英 ㄌㄨㄛˋ ㄧㄥ 落下的花瓣。例落英繽紛。

落差 ㄌㄨㄛˋ ㄔㄚ 因河床高度的變化所產生的水位差數。

落荒 ㄌㄨㄛˋ ㄏㄨㄤ 逃亡荒野。比喻失敗而逃命。

落敗 ㄌㄨㄛˋ ㄅㄞˋ 失敗。

落照 ㄌㄨㄛˋ ㄓㄠˋ 落日的餘暉。

落第 ㄌㄨㄛˋ ㄉㄧˋ 古時科舉考試沒有被錄取。

落單 ㄌㄨㄛˋ ㄉㄢ 脫離團體，只有單獨一人。

落款 ㄌㄨㄛˋ ㄎㄨㄢˇ 在書畫上題寫姓名、年、月、日或詩句跋語。泛指書信、文章上的署名。

落筆 ㄌㄨㄛˋ ㄅㄧˇ 開始下筆書寫。

落腳 ㄌㄨㄛˋ ㄐㄧㄠˇ 指停住腳步，在某處停留或暫住。

落落 ㄌㄨㄛˋ ㄌㄨㄛˋ ①形容稀疏、零散的樣子。例零零落落。②孤獨，與人合不來。例落落寡合。③形容曠達、率真的樣子。

落寞 ㄌㄨㄛˋ ㄇㄛˋ 冷落寂寞。

落實 ㄌㄨㄛˋ ㄕˊ 通過周密的研究，達到明確可行。

落幕 ㄌㄨㄛˋ ㄇㄨˋ ①舞台表演完畢，布幕放下。②比喻一件事情的結束。

落榜 ㄌㄨㄛˋ ㄅㄤˇ 考試沒有被錄取。

落網 ㄌㄨㄛˋ ㄨㄤˇ 罪犯被抓到。

落魄 ㄌㄨㄛˋ ㄆㄛˋ ①失意潦倒。②性情豪放，不受拘束。

落髮 ㄌㄨㄛˋ ㄈㄚˇ 剃髮當和尚或尼姑。

落價 ㄌㄠˋ ㄐㄧㄚˋ 跌價。

落選 ㄌㄨㄛˋ ㄒㄩㄢˇ 參加選舉沒有選上。

落難 ㄌㄨㄛˋ ㄋㄢˋ 遭遇災禍。

落不是 ㄌㄠˋ ㄅㄨˊ ㄕˋ 費心做事，卻被人指責。

落水狗 ㄌㄨㄛˋ ㄕㄨㄟˇ ㄍㄡˇ 掉在水中的狗。比喻失勢的人。

落圈套 受騙上當。

落湯雞 形容全身被雨淋溼或掉入水中的人。也指處境為難的人。

落人口實 讓人有取笑批評的話柄。

落日條款 在有效時間過後就自動失效的條款。

落地簽證 外國旅客搭乘飛機入境他國時，由機場負責人員核發入境證的方式。

落花流水 ①形容暮春殘敗的景象。②比喻衰敗零落。

落井下石 比喻趁人遭遇危險時加以陷害。

落英繽紛 形容落花紛紛掉下，遍地滿布。

落落大方 形容人的行為舉止自然坦率，不矯揉造作。

落花有意，流水無情 比喻兩人之間一方有意，一方卻無情。

葉

㊀ㄧㄝˋ yè 名①植物行呼吸、蒸發等作用的器官。②成片的東西。例百葉窗。③時期。例清朝中葉。④花瓣。例千葉蓮。⑤比喻輕便小巧的東西。例一葉扁舟。⑥姓。㊁ㄕㄜˋ shè 名地名。葉縣，在今河南省。

葉片 ①葉的組成部分之一，通常是扁平的。②渦輪機等機械中，形狀像葉子的零件。

葉托 生長在葉柄基部左右兩端的小葉子。

葉肉 葉子上除了葉脈以外的組織，內含許多葉綠體，為植物行光合作用的主要場所。

葉序 葉子在莖上的排列方式，常見有對生、輪生、互生等。

葉柄 葉片下和莖相連的柄條。

葉脈 分布於葉片上的維管束，有運送水分、營養及支持葉片的作用。

葉針 指葉子的一部分變成針狀，如仙人掌。

葉腋 葉的基部和莖之間所夾的角。

葉酸 即水溶性維生素B_{11}，存於新鮮的綠葉菜。為骨髓代謝機能的重要成分，缺乏時易產生貧血、生長遲緩等症狀。

葉緣 葉子的邊緣。

葉鞘 平行脈葉植物的葉子包在莖外的部分。

葉綠素 大量含於葉子中的綠色色素，是光合作用所必需的物質。

葉公好龍 相傳葉公喜歡畫龍，但看到真龍後卻被嚇到了。比喻表面上喜歡某事，實際上卻不盡然。

葉落知秋 看見葉子落下便知秋天來臨。比喻從細微的觀察，即可知道事物的發展變化。

葛

㊀ㄍㄜˇ gě 名姓。㊁ㄍㄜˊ gé 名①植物名。多年生蔓草，果實呈莢狀，根可做藥、提製澱粉，纖維可織布。②諸葛，複姓。

葛絰 ㄍㄜˊ ㄉㄧㄝˊ 用葛布製成的喪服。

葛藤 ㄍㄜˊ ㄊㄥˊ ①植物名。多年生蔓草，根肥大，可製澱粉及藥用。②比喻糾纏不清，心煩意亂。

葵 ㄎㄨㄟˊ kuí 名①植物名。可做菜，有錦葵、秋葵、蜀葵等多種。②花名。即向日葵。

葵扇 ㄎㄨㄟˊ ㄕㄢˋ 用蒲葵的葉子做成的扇子，即芭蕉扇。

葵花子 ㄎㄨㄟˊ ㄏㄨㄚ ㄗˇ 向日葵的種子，可製油。

葦 ㄨㄟˇ wěi 名①見「蘆葦」。②指小船。

葫 ㄏㄨˊ hú 名植物名。即大蒜，多年生草本，地下莖可食，因種子最初來自西域而得名。

葫蘆 ㄏㄨˊ ㄌㄨˊ ①植物名。一年生蔓草，有卷鬚，果實形狀像大小兩球相疊，可供食用及藥用。②裝水、貯酒的器具。

葬 ㄗㄤˋ zàng 動掩埋。例埋葬。

葬身 ㄗㄤˋ ㄕㄣ 掩埋屍體。比喻死亡、遇難。

葬送 ㄗㄤˋ ㄙㄨㄥˋ 毀壞埋沒。例他因一時衝動，葬送了大好前途。

葬禮 ㄗㄤˋ ㄌㄧˇ 埋葬死者的儀式。

萼 ㄜˋ è 名環列在花的最外圍的葉狀薄片，像是退化的小葉。

蒂 ㄉㄧˋ dì 名花或果實與枝相連的地方。例瓜熟蒂落。

葷 ㈠ㄏㄨㄣ hūn 名①肉食。例葷菜。②有刺激性味道的蔬菜，像蔥、韭菜等。形有關男女間淫穢事情的。
㈡ㄒㄩㄣ xūn 名古代種族名。例葷允、葷粥。

葷菜 ㄏㄨㄣ ㄘㄞˋ 肉類食物。

葷粥 ㄒㄩㄣ ㄩˋ 古代匈奴的別名。

葷腥 ㄏㄨㄣ ㄒㄧㄥ 通稱魚、肉、蔥、蒜等食品。

葷笑話 ㄏㄨㄣ ㄒㄧㄠˋ ㄏㄨㄚˋ 含有色情意味的笑話。

葡 ㄆㄨˊ pú 名①見「葡萄」。②國名。葡萄牙的簡稱。

葡萄 ㄆㄨˊ ㄊㄠˊ 植物名。落葉木質藤本，卷鬚與葉互生，葉呈掌狀，緣有細鋸齒，開黃綠色花，果實球形，味甘甜，可食用或釀酒。

葡萄胎 ㄆㄨˊ ㄊㄠˊ ㄊㄞ 指受孕後胚胎發育不正常，子宮內有許多葡萄狀小囊。

葡萄糖 ㄆㄨˊ ㄊㄠˊ ㄊㄤˊ 生物體內最重要的六碳醣分子，可聚合成澱粉或肝糖，易溶於水，常用於醫藥、飲食方面。

葡萄乾 ㄆㄨˊ ㄊㄠˊ ㄍㄢ 新鮮葡萄曬乾後製成的食品。

董 ㄉㄨㄥˇ dǒng 名①見「古董」。②督理事務的人。例校董。③姓。動監督，匡正。例董正。

董事 ㄉㄨㄥˇ ㄕˋ ①公司股東會議所推選出的代表。②私立學校或財團法人等的共同代表。

董事長 ㄉㄨㄥˇ ㄕˋ ㄓㄤˇ 董事會的領導人，公司業務的最高執行者。

董事會 ㄉㄨㄥˇ ㄕˋ ㄏㄨㄟˋ 公司、企業、團體的領導機構，由全體董事組成的議事組織。

萱 ㄒㄩㄢ xuān 名①植物名。多年生草本，葉子狹長，花紅黃色，曬乾後可食用。②比喻母親。例椿萱並茂。

萱堂 ㄒㄩㄢ ㄊㄤˊ 比喻母親。

葩 ㄆㄚ pā 名花朵。例奇葩異卉。

萵 ㄨㄛ wō 見「萵苣」。

萵苣 ㄨㄛ ㄐㄩˋ 植物名。一年或二年生草本，葉子為狹長狀，沒有葉柄，附著生在莖上，花為黃色，莖、葉可食。亦稱為生菜。

葑 ㄈㄥ fēng 名植物名。即蕪菁，根可食。俗稱大頭芥。

葽 ㄧㄠ yāo 形草木茂盛的樣子。

葚 ㄕㄣˋ shèn 名桑樹的果實。

葳 ㄨㄟ wēi 見「葳蕤」。

葳蕤 ㄨㄟ ㄖㄨㄟˊ ①草木茂盛的樣子。②形容委靡不振，懶散怠惰。③草名。根莖多肉，可製澱粉。

葭 ㄐㄧㄚ jiā 名①初生的蘆葦。②樂器名。為一種笛子，北方遊牧人所吹。

葺 ㄑㄧˋ qì 動①用茅草修補或覆蓋房子。例修葺。②重疊，累積。例葺襲。

葺屋 ㄑㄧˋ ㄨ ①指草屋。②修繕房子。

葸 ㄒㄧˇ xǐ 形①畏懼的樣子。例論語：「恭而無禮則勞，慎而無禮則葸。」②不高興的樣子。例色葸。③形容人質樸誠實的樣子。

萩 ㄑㄧㄡ qiū 名一種蒿類植物，莖高大，生長在河岸砂地。

葆 ㄅㄠˇ bǎo 形草木茂盛的樣子。動①隱藏，遮蔽。例葆光。②通「保」。保持。例葆真。

萹 ㄅㄧㄢˇ biǎn 名植物名。萹竹，一年生草本，葉厚而狹長。

葒 ㄏㄨㄥˊ hóng 名植物名。一年生草本，葉子大，呈卵形，夏季開穗狀紅花，果實可食。

葯 ㄧㄠˋ yào 名①白芷。②植物雄蕊頂端藏有花粉的小囊。例葯囊。③「藥」的異體字。

十畫

蓉 ㄖㄨㄥˊ róng 見「芙蓉」。

蒿 ㄏㄠ hāo 名植物名。多年生草本，分為青蒿、白蒿等。

蓆 ㄒㄧˊ xí 名通「席」。坐臥用的墊子。例草蓆。

蒼 ㄘㄤ cāng 名姓。形①深藍色的。例蒼天。②灰白的。例蒼白。③草綠色的。例蒼翠。④衰老的。例蒼顏白髮。

蒼天 ㄘㄤ ㄊㄧㄢ 指藍天。

蒼生 ㄘㄤ ㄕㄥ 指百姓、民眾。

蒼白 ㄘㄤ ㄅㄞˊ 白中帶青。形容人臉色枯槁沒有血色。

蒼老 ㄘㄤ ㄌㄠˇ ①形容人的聲音、面貌衰老。②形容事物、字畫筆力的老練。

蒼狗 ㄘㄤ ㄍㄡˇ ①青色的狗，古人認為是不吉祥的動物。②比喻世事變化無常。例白雲蒼狗。

蒼穹 ㄘㄤ ㄑㄩㄥˊ 指天空。

蒼勁 ㄘㄤ ㄐㄧㄥˋ 形容樹木、書法等蒼老勁拔。

蒼冥 ㄘㄤ ㄇㄧㄥˊ 指天地之間。

蒼茫 ㄘㄤ ㄇㄤˊ 曠遠無邊，迷茫不清的樣子。

蒼涼 ㄘㄤ ㄌㄧㄤˊ 淒涼寒冷的樣子。

蒼翠 ㄘㄤ ㄘㄨㄟˋ 深綠色。多指草木。

蒼蠅 ㄘㄤ ㄧㄥˊ 動物名。體色灰黑，頭部有一對複眼為紅色，背有硬毛，常帶著細菌傳播疾病。

蒼鷹 ㄘㄤ ㄧㄥ 即鷹。

蒼山翠谷 ㄘㄤ ㄕㄢ ㄘㄨㄟˋ ㄍㄨˇ 翠綠的山和谷。

蓄 ㄒㄩˋ xù 動 ①儲藏，聚集。例儲蓄。②心裡蘊藏不露。例含蓄。③培養，存留。例蓄髮。

蓄艾 ㄒㄩˋ ㄞˋ 艾草可治病，但需晾乾久存才有效力。比喻儲材備用。

蓄意 ㄒㄩˋ ㄧˋ 居心，存心。

蓄髮 ㄒㄩˋ ㄈㄚˇ 將頭髮留長。

蓄積 ㄒㄩˋ ㄐㄧ 儲存累積。

蓄電池 ㄒㄩˋ ㄉㄧㄢˋ ㄔˊ 用化學的方式儲存電能的裝置。

蒸 ㄓㄥ zhēng 動 ①液體受熱變成氣體向上升。例蒸發。②在密閉容器中靠熱氣將食物變熟。例清蒸。

蒸氣 ㄓㄥ ㄑㄧˋ 液體受熱蒸發成為氣體。

蒸餾 ㄓㄥ ㄌㄧㄡˊ 將液體置於密閉容器內加熱，收集蒸發的氣體，冷卻後得到純淨的液體。

蒸騰 ㄓㄥ ㄊㄥˊ 蒸發沸騰。

蒸籠 ㄓㄥ ㄌㄨㄥˊ 用來蒸熟食品的一種烹調器具。

蒸汽機 ㄓㄥ ㄑㄧˋ ㄐㄧ 英國科學家瓦特所發明，利用蒸汽推動活塞往復運動而產生動力的機器。

蒸蒸日上 ㄓㄥ ㄓㄥ ㄖˋ ㄕㄤˋ 比喻事情蓬勃發展或人的前途一片看好。

蒲 ㄆㄨˊ pú 名 ①植物名。(1)香蒲，多年生草本，長於水邊。(2)菖蒲。(3)蒲柳的簡稱。②姓。

蒲月 ㄆㄨˊ ㄩㄝˋ 指農曆五月。端午節以菖蒲作劍，掛在門上避邪，所以稱農曆五月為蒲月。

蒲葵 ㄆㄨˊ ㄎㄨㄟˊ 植物名。常綠喬木，葉可做蒲扇，纖維可製繩索。

蒲公英 ㄆㄨˊ ㄍㄨㄥ ㄧㄥ 植物名。多年生草本，葉從根部叢生，開黃色花，花冠有白色茸毛，便於散布，嫩葉可食用，根可入藥。

蒙 ㄇㄥˊ méng 名 ①孩童。例童蒙。②昏昧無知的心智。例啟蒙。③六十四卦之一。④蒙古的簡稱。例外蒙。⑤姓。形 無知，愚昧不明。例蒙昧。動 ①欺騙。例蒙騙。②承受。例承蒙。③遭遇。例蒙難。④遮蔽，覆蓋。例蒙頭大睡。

蒙古 ㄇㄥˊ ㄍㄨˇ 地名。位於中國北方，西連新疆，北界西伯利亞，戈壁以南稱為內蒙古，以北稱為外蒙古。

蒙受 ㄇㄥˊ ㄕㄡˋ 遭受，遇到。

蒙羞 ㄇㄥˊ ㄒㄧㄡ 受到羞辱。

蒙混 ㄇㄥˊ ㄏㄨㄣˋ 趁亂假冒欺騙。

蒙童 ㄇㄥˊ ㄊㄨㄥˊ 未受教育的兒童。

蒙塵 ㄇㄥˊ ㄔㄣˊ ①蒙受灰塵。②比喻天子失去政權，流亡在外。

蒙蔽 ㄇㄥˊ ㄅㄧˋ 隱瞞掩蓋事實。

蒙難 ㄇㄥˊ ㄋㄢˋ 遭受困難。

蒙騙 ㄇㄥˊ ㄆㄧㄢˋ 隱瞞欺騙。

蒙古包 ㄇㄥˊ ㄍㄨˇ ㄅㄠ 蒙古人所住的半圓形帳幕。

蒙汗藥 ㄇㄥˊ ㄏㄢˋ ㄧㄠˋ 古代的一種麻醉藥，能使人失去知覺而昏睡。

蒙昧無知 ㄇㄥˊ ㄇㄟˋ ㄨˊ ㄓ 愚昧未開化的樣子。

蓋

㈠ㄍㄞˋ gài 名覆於容器或物品上的東西。例鍋蓋。動①覆被。例覆蓋。②說大話。例臭蓋。③超越，勝過。例武功蓋世。④搭建。例蓋房子。副大概。表示不能完全相信。例論語：「蓋有之矣。」連發語詞，無義。
㈡ㄍㄜˇ gě 名姓。
㈢ㄏㄜˊ hé 副同「盍」。為什麼不。例禮記：「子蓋言子之志於公乎？」

蓋世 ㄍㄞˋ ㄕˋ 高出當代之上。

蓋仙 ㄍㄞˋ ㄒㄧㄢ 俗稱很會吹噓說大話的人。

蓋頭 ㄍㄞˋ ㄊㄡˊ 中國傳統婚禮中，新娘覆蓋在頭上的紅綢巾。

蓋棺論定 ㄍㄞˋ ㄍㄨㄢ ㄌㄨㄣˋ ㄉㄧㄥˋ 人的功過、善惡要到死後才能論定。

蓑

ㄙㄨㄛ suō 名用棕櫚葉或草做成的雨衣。

蓑衣 ㄙㄨㄛ ㄧ 用蓑草編成的雨衣。

蓑草 ㄙㄨㄛ ㄘㄠˇ 植物名。多年生草本，莖似燈心草，可織席、做蓑衣。

蒜

ㄙㄨㄢˋ suàn 名植物名。多年生草本，地下莖和葉有辣味，葉細長扁平。地下鱗莖亦稱為蒜。

蒜泥 ㄙㄨㄢˋ ㄋㄧˊ 將蒜頭搗爛，可下飯也可調味。

蒜苗 ㄙㄨㄢˋ ㄇㄧㄠˊ 蒜的花軸，可做菜。也稱蒜毫。

蒜頭 ㄙㄨㄢˋ ㄊㄡˊ ①蒜的鱗莖聚集成球形。②形容樣子像蒜的鱗莖。

蒴

ㄕㄨㄛˋ shuò 名蒴果，植物的果實由多子房合成，成熟後就沿腷膜縱裂開，如百合、芝麻等。

蓊

ㄨㄥˇ wěng 形草木茂盛的樣子。例蓊蓊、蓊蔚。

蓊鬱 ㄨㄥˇ ㄩˋ ①草木茂盛的樣子。②雲氣濃密的樣子。

蓍

ㄕ shī 名植物名。多年生草本，葉緣有鋸齒，為細長形，莖可做占卜用。

蓍龜 ㄕ ㄍㄨㄟ 指卜卦。蓍草及大龜皆是古人用以占卜的用具。

蒐 ㄙㄡ sōu 動①打獵。②聚集。例蒐集。③尋求。

蒐索 ㄙㄡ ㄙㄨㄛˇ 搜求索取。

蒐集 ㄙㄡ ㄐㄧˊ 搜尋集中。

蒐羅 ㄙㄡ ㄌㄨㄛˊ 蒐集網羅。

菈 ㄌㄧˋ lì 動臨，到。例菈臨。

菈臨 ㄌㄧˋ ㄌㄧㄣˊ 親自來到。

蓁 ㄓㄣ zhēn 名密林，棘叢。形草木茂盛的樣子。

蓁蓁 ㄓㄣ ㄓㄣ ①植物生長茂盛的樣子。②積聚的樣子。

蒔 ㄕˊ shí 名植物名。蒔蘿，一年或二年生草本，可作香料。俗稱小茴香。動①泛指栽種花木。②先播種培植幼苗，再行移植。

蒔秧 ㄕˊ ㄧㄤ 將秧苗插到田中。

蓐 ㄖㄨˋ rù 名①草席，草墊子。②床上的墊褥。借指床。

蒡 ㄅㄤˋ bàng 名植物名。牛蒡，二年生草本，葉子肥大，初夏開紫紅花，根及嫩葉可食，種子、根可入藥。

蒟 ㄐㄩˇ jǔ 名植物名。①多年生蔓草，果實像桑葚，可製醬。②蒟蒻，多年生草本，地下莖球狀，可做食品。

蓓 ㄅㄟˋ bèi 見「蓓蕾」。

蓓蕾 ㄅㄟˋ ㄌㄟˇ 指含苞未開的花朵。

蓖 ㄅㄧˋ bì 名植物名。蓖麻，一年生草本，種子可榨油做農藥或潤滑劑，莖的韌皮纖維可作繩索和造紙。

蒲 ㄆㄨˊ pú 名古代一種賭博遊戲，類似現在的擲骰子。也稱為樗蒲。

蒯 ㄎㄨㄞˇ kuǎi 名①植物名。一年生草本，多生長在水邊，莖可編席。②姓。

蒺 ㄐㄧˊ jí 名植物名。蒺藜，一年生草本，莖匍匐於地，葉子為羽狀複葉，夏天開小黃花，果實三角四刺，可作藥。

蒹 ㄐㄧㄢ jiān 名指還沒有開花的荻草。

蒹葭 ㄐㄧㄢ ㄐㄧㄚ ①荻草和蘆葦。②比喻身分卑微、鄙陋。

蒨 ㄑㄧㄢˋ qiàn 名茜草的別名。可用來做紅色染料。形見「蒨蒨」。

蒨蒨 ㄑㄧㄢˋ ㄑㄧㄢˋ ①鮮明的樣子。②草茂盛的樣子。

蒻 ㄖㄨㄛˋ ruò 名①幼嫩的香蒲，可以織席。②荷莖埋在泥中的部分。③見「蒟蒻」。

蓏 ㄌㄨㄛˇ luǒ 名藤蔓長在地上的瓜類果實。

蓀 ㄙㄨㄣ sūn 名一種香草。

十一畫

蓮 ㄌㄧㄢˊ lián 名植物名。即荷，多年生草本，生長於淺水中，葉圓而大，花大而高出水面，多白色或粉紅色，地下莖稱為藕。

蓮子 ㄌㄧㄢˊ ㄗˇ 蓮的果實，澱粉含量高，可供食用。

蓮步 ㄌㄧㄢˊ ㄅㄨˋ 形容女子婀娜多姿的步伐。

蓮花 ㄌㄧㄢˊ ㄏㄨㄚ 即荷花。

蓮座 ㄌㄧㄢˊ ㄗㄨㄛˋ 蓮花形的臺座，即佛座。

蓮蓬 ㄌㄧㄢˊ ㄆㄥˊ 蓮子和外苞的合稱。

蓮藕 ㄌㄧㄢˊ ㄡˇ 蓮的地下莖，有節，內有小孔，可食用。

蓮花落 ㄌㄧㄢˊ ㄏㄨㄚ ㄌㄠˋ 舊時乞丐行乞時所唱的歌曲，後發展成曲藝的一種。

蔚

㊀ㄨㄟˋ wèi 形①草木茂盛的。例蓊蔚。②深藍色。例蔚藍。③文采華美的。副盛大的樣子。例蔚為風氣。

㊁ㄩˋ yù 名姓。

蔚起 ㄨㄟˋ ㄑㄧˇ 紛紛連接著起來。

蔚然 ㄨㄟˋ ㄖㄢˊ 茂盛、盛大的樣子。

蔚為大觀 ㄨㄟˋ ㄨㄟˊ ㄉㄚˋ ㄍㄨㄢ 事物豐富而盛大、壯觀的樣子。

蔭

ㄧㄣˋ yìn 名樹下的陰影。例樹蔭。動①保護，庇護。例封妻蔭子。②遮蔽。

蔭庇 ㄧㄣˋ ㄅㄧˋ 樹蔭的遮蔽。比喻先人對子孫的保佑。同庇蔭。

蔭涼 ㄧㄣˋ ㄌㄧㄤˊ 有樹木遮蔽而感受到的涼爽。

蔭蔽 ㄧㄣˋ ㄅㄧˋ 遮蔽，掩護。

蔬

ㄕㄨ shū 名可食用的菜或草的總稱。例蔬果。形粗劣的。例蔬膳。

蔬果 ㄕㄨ ㄍㄨㄛˇ 泛稱蔬菜與水果類。

蔬食 ㄕㄨ ㄕˊ ①粗食。②簡單的素菜。

蔬圃 ㄕㄨ ㄆㄨˇ 種植菜類的園子。

蔬菜 ㄕㄨ ㄘㄞˋ 指一切可供食用的草本植物。

蔣

ㄐㄧㄤˇ jiǎng 名①茭白荀的別名。②姓。

蔗

ㄓㄜˋ zhè 名植物名。甘蔗，多年生大草本，含糖分高，可食用或製糖。

蔗板 ㄓㄜˋ ㄅㄢˇ 將甘蔗渣壓製成板，可做建築材料。

蔗漿 ㄓㄜˋ ㄐㄧㄤ 即壓榨甘蔗所得的汁液。

蔗糖 ㄓㄜˋ ㄊㄤˊ 由甘蔗中提煉純化的糖類。

蔡

ㄘㄞˋ cài 名①散亂雜生的草。②占卜用的大烏龜。③姓。

蓿

ㄙㄨˋ sù 見「苜蓿」。

蓽

ㄅㄧˋ bì 名①荊棘竹枝一類的東西，可用來編織物品。例蓽門。②泛指豆類。

蓽門 ㄅㄧˋ ㄇㄣˊ 荊棘枝條編成的門。代稱窮苦人家。

蓽路藍縷 ㄅㄧˋ ㄌㄨˋ ㄌㄢˊ ㄌㄩˇ 比喻開創事業的艱辛。亦作「篳路藍縷」。

蔽

ㄅㄧˋ bì 動①遮蓋，擋住。例衣不蔽體。②遮掩，保護。例屏蔽、掩蔽。③受阻隔。例蔽塞。④隱瞞，欺騙。例蒙蔽。⑤總括，統合。例一言以蔽之。

蔽障 ㄅㄧˋ ㄓㄤˋ 遮蔽用的屏障。

蔽日參天 ㄅㄧˋ ㄖˋ ㄘㄢ ㄊㄧㄢ 形容樹木高大濃密掩蓋了日光。

蓬 ㄆㄥˊ péng 名①植物名。多年生草本，葉似柳而小。②姓。形雜亂的。例蓬頭垢面。

蓬門 ㄆㄥˊ ㄇㄣˊ 以蓬草為門。比喻生活的窮困。

蓬勃 ㄆㄥˊ ㄅㄛˊ 興盛、繁盛的樣子。

蓬島 ㄆㄥˊ ㄉㄠˇ 指蓬萊仙島，詩文中常用來比喻仙境。

蓬亂 ㄆㄥˊ ㄌㄨㄢˋ 蓬鬆散亂的樣子。

蓬髮 ㄆㄥˊ ㄈㄚˇ 雜亂未整理的頭髮。

蓬鬆 ㄆㄥˊ ㄙㄨㄥ 鬆散的樣子。

蓬生麻中 ㄆㄥˊ ㄕㄥ ㄇㄚˊ ㄓㄨㄥ 比喻人容易受到環境的影響。

蓬門蓽戶 ㄆㄥˊ ㄇㄣˊ ㄅㄧˋ ㄏㄨˋ 指窮困的人家。

蓬蓬勃勃 ㄆㄥˊ ㄆㄥˊ ㄅㄛˊ ㄅㄛˊ 茂盛的樣子。

蓬頭垢面 ㄆㄥˊ ㄊㄡˊ ㄍㄡˋ ㄇㄧㄢˋ 形容人邋遢不修飾面容的樣子。

蓬蓽生輝 ㄆㄥˊ ㄅㄧˋ ㄕㄥ ㄏㄨㄟ 形容貴客來訪令主人感到家中增光不少。

蔓 ㊀ㄇㄢˋ màn 名植物細長而纏繞捲曲的莖。動伸展，延長。例蔓延。㊁ㄇㄢˊ mán 名植物名。蔓菁，即蕪菁，塊根可食。

蔓延 ㄇㄢˋ ㄧㄢˊ 伸展而延長。

蔓衍 ㄇㄢˋ ㄧㄢˇ 擴大延伸。

蔓草 ㄇㄢˋ ㄘㄠˇ 雜生的叢草。

蔓生植物 ㄇㄢˋ ㄕㄥ ㄓˊ ㄨˋ 莖細長而攀附於他物，無法獨立生長的一類植物。如牽牛花、常春藤等。

蔑 ㄇㄧㄝˋ miè 動①汙辱，輕視。例侮蔑。②拋棄，棄置。例蔑棄。形微小的，不重要的。副無，沒有。例蔑以復加。

蔑視 ㄇㄧㄝˋ ㄕˋ 輕視，鄙視。

蔦 ㄋㄧㄠˇ niǎo 名①植物名。落葉小灌木，莖寄生在桑、榆等樹上。②見「蔦蘿」。

蔦蘿 ㄋㄧㄠˇ ㄌㄨㄛˊ ①植物名。一年生蔓性草本，莖細長，夏天開紅花，供觀賞用。②指蔦和女蘿。比喻親人相互依靠、扶持。

蔻 ㄎㄡˋ kòu 名植物名。豆蔻，多年生草本，果實、種子可藥用。

蔻丹 ㄎㄡˋ ㄉㄢ 指婦女所用的各色指甲油。

蔔 ㄅㄛˊ bó 見「蘿蔔」。

蔤 ㄇㄧˋ mì 名蓮的莖部，俗稱藕鞭。

蓧 ㄉㄧㄠˋ diào 名古人鋤草所用的農具。

蓷 ㄊㄨㄟ tuī 名植物名。多年生草本，全株皆可入藥。又稱益母草、茺蔚。

蔞 ㄌㄡˊ lóu 名植物名。蔞蒿，多年生草本，葉互生，莖可食用。

蓼 ㊀ㄌㄧㄠˇ liǎo 名植物名。一年生草本，生長於水邊，可入藥，有解毒、消腫、止痛等作用。㊁ㄌㄨˋ lù 形生長壯大的樣子。

蓼莪 ㄌㄨˋ ㄜˊ 詩經．小雅篇名。比喻子女追思父母而不得終養的心情。

蓼蓼 ㄌㄨˋ ㄌㄨˋ 指草木長大茁壯的樣子。

蔉 ㄍㄨㄣˇ gǔn 動用土填在秧苗的根部。

蔊 ㄏㄢˇ hǎn 名植物名。蔊菜，二年生草本，莖葉有辛辣味，可食用。

蔧 ㄏㄨㄟˋ huì 名植物名。王蔧，一年生草本，葉可食，種子可入藥，莖枝可做掃帚。又稱為地葵、地膚。

蓰 ㄒㄧˇ xǐ 名①草名。②指五倍的意思。例倍蓰。

蓨 ㈠ㄒㄧㄡ xiū 名蓨酸，即草酸，一種有機酸，為無色的結晶體，可做漂白、染色劑。㈡ㄊㄧㄠ tiāo 名幼苗。

蓴 ㄔㄨㄣˊ chún 名植物名。蓴菜，多年生水草，葉橢圓形浮生水面，莖葉背面有黏液，嫩葉可作羹湯。

蔘 ㄕㄣ shēn 名即人蔘，為補氣、強壯、興奮的中藥。

蔥 ㄘㄨㄥ cōng 名①植物名。多年生草本，葉子中空，具辛辣味，可作為蔬菜、香辛料用。②翠綠色。例蔥翠。

蔥白 ㄘㄨㄥ ㄅㄞˊ ①淺綠色。②蔥根上方白色的部分。

蔥蔥 ㄘㄨㄥ ㄘㄨㄥ 花草枝葉繁盛茂密的樣子。

蔥蘢 ㄘㄨㄥ ㄌㄨㄥˊ 形容草木青翠茂盛的樣子。

蔟 ㄘㄨˋ cù 名供蠶吐絲做繭的席子。副積聚地。例蔟生、蔟居。

蓯 ㄘㄨㄥ cōng 名植物名。肉蓯蓉，一年生草本，多寄生於樺木科植物的根，可入藥。

蔌 ㄙㄨˋ sù 名蔬菜。例山肴野蔌。

蔌蔌 ㄙㄨˋ ㄙㄨˋ ①簡陋的樣子。②花落的樣子。③水流動的樣子。

十二畫

蕩 ㄉㄤˋ dàng 名淺水湖泊。例黃天蕩。動①搖晃，擺動。例盪舟。②清除，消滅。例掃蕩。③毀壞。例蕩然無存。④閒逛。例遊蕩。形①行為不檢，不知羞恥的。例放蕩。②廣大而無邊際的。例浩浩蕩蕩。

蕩子 ㄉㄤˋ ㄗˇ ①不務正業的人。②遠離家園，在外遊蕩不歸的人。

蕩平 ㄉㄤˋ ㄆㄧㄥˊ 平定寇亂。

蕩舟 ㄉㄤˋ ㄓㄡ 划船，蕩船。

蕩婦 ㄉㄤˋ ㄈㄨˋ 行為淫蕩的婦女。

蕩然 ㄉㄤˋ ㄖㄢˊ 形容完全毀壞而無所剩餘。例蕩然無存。

蕩滌 ㄉㄤˋ ㄉㄧˊ 洗滌，沖洗。

蕩漾 ㄉㄤˋ ㄧㄤˋ 水波流動而搖擺不定的樣子。

蕩蕩 ㄉㄤˋ ㄉㄤˋ ①廣大的樣子。②平坦、平易。

蕩氣迴腸 ㄉㄤˋ ㄑㄧˋ ㄏㄨㄟˊ ㄔㄤˊ 形容歌曲或詩文十分感人。

蕭 ㄒㄧㄠ xiāo 名①一種香草，即艾蒿。②姓。形①孤寂冷清的。例蕭瑟。②莊嚴的。例蕭牆。

蕭索 ㄒㄧㄠ ㄙㄨㄛˇ 孤寂冷清的樣子。

蕭條 ㄒㄧㄠ ㄊㄧㄠˊ ①寂靜冷清的樣子。②衰敗凋零。

蕭瑟 ㄒㄧㄠ ㄙㄜˋ ①形容風吹樹木的聲音。例秋風蕭瑟。②景色孤寂淒涼。

蕭颯 ㄒㄧㄠ ㄙㄚˋ 秋風微寒。

蕭蕭 ㄒㄧㄠ ㄒㄧㄠ ①形容馬鳴聲。②形容風吹的聲音。③形容落葉聲。

蕭規曹隨 ㄒㄧㄠ ㄍㄨㄟ ㄘㄠˊ ㄙㄨㄟˊ 比喻遵照前人留下的規章行事。

蕭牆之禍 ㄒㄧㄠ ㄑㄧㄤˊ ㄓ ㄏㄨㄛˋ 比喻內亂。

蕃

㈠ㄈㄢˊ fán 形①草木枝葉繁盛的樣子。例蕃茂。②通「繁」。眾多的。動①繁殖，滋長。②通「藩」。屏蔽，障蔽。

㈡ㄈㄢ fān 名古時對西方遊牧民族或外國的稱呼。例吐蕃。

蕃茂 ㄈㄢˊ ㄇㄠˋ 草木茂盛的樣子。

蕃衍 ㄈㄢˊ ㄧㄢˇ 形容孳生眾多。

蕃庶 ㄈㄢˊ ㄕㄨˋ 眾多的樣子。

蕃殖 ㄈㄢˊ ㄓˊ 生長繁衍後代。

蕊

ㄖㄨㄟˇ ruǐ 名①高等植物的生殖器官，分為雌蕊、雄蕊。②指尚未綻放的花苞。

蕨

ㄐㄩㄝˊ jué 名植物名。多年生草本，嫩葉捲曲如掌，可食用。

蕨類植物 ㄐㄩㄝˊ ㄌㄟˋ ㄓˊ ㄨˋ 隱花植物的一類，多為草本，包含蕨類、石松類、木賊類，行孢子繁殖。

蕪

ㄨˊ wú 名①荒廢而雜草叢生的土地。例平蕪。②比喻繁雜的事物。例去蕪存菁。形雜亂的。例蕪雜。動雜草叢生。例荒蕪。

蕪菁 ㄨˊ ㄐㄧㄥ 植物名。一或二年生草本，塊根可食用。又稱大頭芥。

蕉

ㄐㄧㄠ jiāo 名①尚未加工的生麻。②即香蕉。③芭蕉的簡稱。

蕎

ㄑㄧㄠˊ qiáo 名植物名。蕎麥，一年生草本，是重要的糧食作物。

蕡

ㄈㄣˊ fén 名麻的種子。形草木果實繁多碩大的樣子。

蕁

ㄒㄩㄣˊ xún 名植物名。蕁麻，多年生草本，葉片對生，纖維可做紡織原料。

蕁麻疹 ㄒㄩㄣˊ ㄇㄚˊ ㄓㄣˇ 病名。皮膚表面出現扁平狀的突起，有紅腫發癢的症狀，可能由食物或空氣過敏引起。

蕢

ㄎㄨㄟˋ kuì 名①紅色梗的莧菜。②用草或竹片編成的裝土器具。

蕙

ㄏㄨㄟˋ huì 名①一種香草，古人將其佩帶在身上以避瘟疫。②蘭花的一種。例蕙蘭。形比喻高雅芳潔。例蕙心蘭質。

蕙心 ㄏㄨㄟˋ ㄒㄧㄣ 形容女子內心芳潔。

蕙質蘭心 ㄏㄨㄟˋ ㄓˊ ㄌㄢˊ ㄒㄧㄣ 比喻女子心地純潔，品德高雅。

蕳

ㄐㄧㄢ jiān 名①蘭草。②姓。

蕖

ㄑㄩˊ qú 名植物名。芙蕖，即荷花。

薌

ㄒㄧㄤ xiāng 名①稻穀的香氣。②用來調味的香草。

薌澤 ㄒㄧㄤ ㄗㄜˊ 芳澤，香氣。

蕈 ㄒㄩㄣˋ xùn 名寄生於木上的菌類植物，種類很多，呈傘型，顏色鮮豔的通常含有劇毒，無毒的則鮮美可食。

蕆 ㄔㄢˇ chǎn 動完成。例蕆事。

蕣 ㄕㄨㄣˋ shùn 名植物名。即木槿花。

蕘 ㄖㄠˊ ráo 名①供燃燒用的柴草。②打柴的人。

蕤 ㄖㄨㄟˊ ruí 名①植物名。萎蕤，多年生草本，根莖可製澱粉或供食用。②草木所垂結的花。③指帽上所繫的下垂狀飾物。形繁花盛開下垂的樣子。

蕞 ㄗㄨㄟˋ zuì 形小的。例蕞爾小國。

蕞爾 ㄗㄨㄟˋ ㄦˇ 很小的。

蕕 ㄧㄡˊ yóu 名植物名。多年生草本，含臭氣，多生於原野山麓。

蕍 ㄩˊ yú 名藥草名。副花開的樣子。

蕓 ㄩㄣˊ yún 名植物名。蕓薹，即油菜，二年生草本，嫩葉可食，種子可榨油。

十三畫

薄 ㈠ㄅㄛˊ bó 名①草木叢生茂密之處。例林薄。②姓。形①不厚的。例如履薄冰。②稀的，淡的。例薄酒。③苛刻的。例刻薄。④土壤貧瘠的。例薄田。⑤微小的，簡單的。例薄技。⑥卑微的。例出身微薄。動①鄙視。例妄自菲薄。②減少，減輕。③將近，接近。例日薄西山。

㈡ㄅㄛˋ bò 見「薄荷」。

薄田 ㄅㄛˊ ㄊㄧㄢˊ 土壤不肥沃的田。

薄冰 ㄅㄛˊ ㄅㄧㄥ 極薄的冰層。以其容易破裂，比喻危險的處境。

薄衣 ㄅㄛˊ ㄧ 粗糙不保暖的衣物。例菲食薄衣。

薄技 ㄅㄛˊ ㄐㄧˋ 微不足道的小技能。

薄命 ㄅㄛˊ ㄇㄧㄥˋ 命運乖舛不順遂。

薄待 ㄅㄛˊ ㄉㄞˋ 待人苛刻不厚道。

薄倖 ㄅㄛˊ ㄒㄧㄥˋ 負心，薄情。

薄弱 ㄅㄛˊ ㄖㄨㄛˋ 柔弱易摧折的樣子。

薄海 ㄅㄛˊ ㄏㄞˇ 近於四海。比喻地域廣大。

薄情 ㄅㄛˊ ㄑㄧㄥˊ 無情。

薄產 ㄅㄛˊ ㄔㄢˇ 微不足道的產業。

薄荷 ㄅㄛˋ ㄏㄜ˙ 植物名。多年生草本，莖方形，葉卵形或長圓形，秋季開花，莖葉製成的薄荷油及薄荷腦，可供醫藥、食品等用途。

薄葬 ㄅㄛˊ ㄗㄤˋ 簡單而花費不多的葬禮。

薄暮 ㄅㄛˊ ㄇㄨˋ 指黃昏的時候。

薄禮 ㄅㄛˊ ㄌㄧˇ 微薄不貴重的禮物。

薦 ㄐㄧㄢˋ jiàn 「荐」的異體字。

薪 ㄒㄧㄣ xīn 名①燃燒用的柴草。例薪炭。②俸祿，報酬。例薪俸。

薪水 ㄒㄧㄣ ㄕㄨㄟˇ 工作所得到的報酬。也稱薪金、薪俸。

薪津 ㄒㄧㄣ ㄐㄧㄣ 薪水與津貼的合稱。

薪火相傳 ㄒㄧㄣ ㄏㄨㄛˇ ㄒㄧㄤ ㄔㄨㄢˊ 比喻師徒相授，接續傳承。

薪桂米珠 ㄒㄧㄣ ㄍㄨㄟˋ ㄇㄧˇ ㄓㄨ 柴如桂木，米如珍珠。比喻物價高漲。亦作「米珠薪桂」。

薑 ㄐㄧㄤ jiāng 名 植物名。多年生草本，葉狹長，開淡黃花，地下莖呈塊狀，具辛辣味，是常見的調味品，亦可入藥。

薯 ㄕㄨˇ shǔ 名 植物名。番薯的簡稱，多年生蔓草，塊根多肉，富含澱粉，可食用。又稱甘藷。

薔 ㄑㄧㄤˊ qiáng 名 植物名。薔薇，落葉灌木，莖上有刺，夏初開花，有紅、白、黃等色，具香氣，多作觀賞用。

蕾 ㄌㄟˇ lěi 名 含苞未綻放的花。例 蓓蕾。

薛 ㄒㄩㄝ xuē 名 ①古國名。在今山東省。②姓。

薊 ㄐㄧˋ jì 名 ①植物名。多年生草本，分大小兩種，莖葉多小刺。②古地名。在今河北省。

薇 ㄨㄟˊ wéi 名 植物名。多年生草本，葉從地下根莖叢生，嫩葉呈捲曲狀，可食用。

薈 ㄏㄨㄟˋ huì 形 草木繁茂的樣子。例 薈蔚。動 聚集。例 人文薈萃。

薈萃 ㄏㄨㄟˋ ㄘㄨㄟˋ 聚集眾多的樣子。

薜 ㄅㄧˋ bì 名 植物名。薜荔，常綠蔓莖灌木，葉呈卵形，花細而隱於花托中。

薙 ㄊㄧˋ tì 動 ①除草。②通「剃」。削髮。

薐 ㄌㄥˊ léng 名 植物名。菠薐菜，即菠菜。

薅 ㄏㄠ hāo 動 ①拔除田中的雜草。②拔掉。

薨 ㄏㄨㄥ hōng 動 稱古時王公貴族死亡。例 薨逝。副 形容蟲飛的聲音。例 薨薨。

蕻 ㄏㄨㄥˋ hòng 名 植物名。雪裡蕻，具辛辣味的蔬菜。形 茂盛的。

蕺 ㄐㄧˊ jí 名 植物名。蕺菜，多年生草本，莖葉具腥臭味，所以又稱為魚腥草。

薤 ㄒㄧㄝˋ xiè 名 植物名。多年生草本，葉似蔥，莖如小蒜，鱗莖及嫩葉可食用。

薏 ㄧˋ yì 名 ①蓮子中心的胚芽，味苦。②見「薏苡」。

薏仁 ㄧˋ ㄖㄣˊ 薏苡的果實。

薏米 ㄧˋ ㄇㄧˇ 薏苡的果實中心的白仁。

薏苡 ㄧˋ ㄧˇ 植物名。一年生草本，葉片狹長，果實呈橢圓形，可食用或藥用。或稱為芑實。

蕷 ㄩˋ yù 名 植物名。薯蕷，多年生蔓草，俗稱山藥，可食用。

薀 ㄩㄣˋ yùn 名 水草。例 薀藻。動 蓄積。

蕹 ㄩㄥ yōng 名 植物名。蕹菜，一年生草本，莖中空細長，可食用。俗稱空心菜。

十四畫

薩 ㄙㄚˋ sà 名①菩薩的簡稱。②國名。薩爾瓦多的簡稱。③姓。

薺 ㈠ㄐㄧˋ jì 名植物名。薺菜，二年生草本，開白色花，結裂果，嫩葉可食。
㈡ㄑㄧˊ qí 名植物名。荸薺，多年生草本，地下莖呈球形，可食用。

薰 ㄒㄩㄣ xūn 名①一種香草，又稱蕙草。②芬芳的香氣。例草薰。形和煦的。例薰風。動①以火燒灼。例薰灼。②感化，感染。例薰陶。

薰心 ㄒㄩㄣ ㄒㄧㄣ 充滿在心中。例利慾薰心。

薰染 ㄒㄩㄣ ㄖㄢˇ 薰陶習染。指逐漸受到影響。

薰風 ㄒㄩㄣ ㄈㄥ 溫和的微風。指夏季南風。

薰陶 ㄒㄩㄣ ㄊㄠˊ 指人的思想、行為、喜好等方面，逐漸得到好的影響。

藉 ㈠ㄐㄧㄝˋ jiè 名草墊，席子。動①假借。例藉故。②依賴。例憑藉。③坐臥。例枕藉。
㈡ㄐㄧˊ jí 形雜亂眾多的樣子。例藉藉。

藉口 ㄐㄧㄝˋ ㄎㄡˇ 以言詞理由推託。

藉故 ㄐㄧㄝˋ ㄍㄨˋ 藉著某種理由。

藉詞 ㄐㄧㄝˋ ㄘˊ 推託之詞。

藉機 ㄐㄧㄝˋ ㄐㄧ 利用機會。

藉藉 ㄐㄧˊ ㄐㄧˊ 眾多雜亂的樣子。

藏 ㈠ㄘㄤˊ cáng 動①儲存。例收藏、藏書。②躲起來。例藏匿。③使不露出，不讓人知曉。例藏拙。
㈡ㄗㄤˋ zàng 名①儲存東西的地方。例庫藏。②西藏的簡稱。③佛教、道教經典的總稱。例大藏經。

藏身 ㄘㄤˊ ㄕㄣ 藏匿，置身。

藏拙 ㄘㄤˊ ㄓㄨㄛˊ 將自己的短處或缺陷隱藏起來。

藏匿 ㄘㄤˊ ㄋㄧˋ 躲起來不被發現。

藏嬌 ㄘㄤˊ ㄐㄧㄠ 指在他處供養女子或納妾。例金屋藏嬌。

藏汙納垢 ㄘㄤˊ ㄨ ㄋㄚˋ ㄍㄡˋ 藏有髒汙之物。比喻容納許多壞人壞事。

藏頭露尾 ㄘㄤˊ ㄊㄡˊ ㄌㄨˋ ㄨㄟˇ ①比喻遮掩有破綻而被識破。②形容說話躲躲閃閃害怕暴露真實情況。

藍 ㄌㄢˊ lán 名①植物名。一年生草本，葉呈卵形，可作染料。②深青色。例湛藍。③姓。形①深青色的。例藍天。②破敗的。例藍褸。

藍本 ㄌㄢˊ ㄅㄣˇ 參考依據的書本或文獻。

藍縷 ㄌㄢˊ ㄌㄩˇ 破爛的衣衫。或作「藍襤」、「襤褸」。

藍圖 ㄌㄢˊ ㄊㄨˊ ①指以晒藍法製成的圖。②比喻建設計畫與步驟。

藍靛 ㄌㄢˊ ㄉㄧㄢˋ ①用藍草製成的藍色染料。②深藍色。

藍田種玉 ㄌㄢˊ ㄊㄧㄢˊ ㄓㄨㄥˋ ㄩˋ ①比喻締結姻緣。②比喻女子受孕，暗結珠胎。

藐 ㄇㄧㄠˇ miǎo 形幼小，細小的。例藐小。動瞧不起，輕視。例藐視。副遙遠地。例藐藐。

藐小 ㄇㄧㄠˇ ㄒㄧㄠˇ 微小不易見的樣子。

藐法 ㄇㄧㄠˇ ㄈㄚˇ 輕視法律，不在乎法律規範。

藐視 ㄇㄧㄠˇ ㄕˋ 輕視，看不起。

藐藐 ㄇㄧㄠˇ ㄇㄧㄠˇ 高遠疏離的樣子。

薳 ㄨㄟˇ wěi 名①植物名。薳志，一種藥草。通作「遠志」。②姓。

薷 ㄖㄨˊ rú 名①植物名。香薷，一種香草，莖葉可入藥。②木耳。

藎 ㄐㄧㄣˋ jìn 名植物名。一年生草本，葉長卵形或針形，莖汁可作黃色染料。形忠良，忠誠的。例忠藎。

藎臣 ㄐㄧㄣˋ ㄔㄣˊ 忠心的臣子。

薹 ㄊㄞˊ tái 名①植物名。多年生草本，葉狹長，可製笠帽。②蔬菜割去葉子以後重新長出來的莖。例蒜薹。

十五畫

藝 ㄧˋ yì 名①技術，技能。例工藝。②古時稱禮、樂、射、御、書、數為「六藝」。動種植，栽培植物。例樹藝。

藝人 ㄧˋ ㄖㄣˊ ①有特殊才能或技藝的人。②依靠表演技藝維生的人。

藝文 ㄧˋ ㄨㄣˊ 藝術與文學。泛指一切文化界的事物。

藝伎 ㄧˋ ㄐㄧˋ 日本以表演歌舞維生的女子。

藝林 ㄧˋ ㄌㄧㄣˊ 文學或藝術作品聚集的地方。為文藝界的統稱。

藝苑 ㄧˋ ㄩㄢˋ 泛指文藝界。同藝林、藝壇。

藝術 ㄧˋ ㄕㄨˋ 一切具有審美價值的事物。

藝能 ㄧˋ ㄋㄥˊ 指技藝才能。

藝術家 ㄧˋ ㄕㄨˋ ㄐㄧㄚ 從事藝術創作的工作者。

藥 ㄧㄠˋ yào 名①一切能治病的東西。例中藥。②芍藥的簡稱。③量少卻有強大威力或效果的化學物質。例火藥。動①醫療，治癒。例無可救藥。②用毒物殺害。例藥死。

藥丸 ㄧㄠˋ ㄨㄢˊ 製成固體顆粒狀的藥物。

藥水 ㄧㄠˋ ㄕㄨㄟˇ 液態的藥汁。

藥方 ㄧㄠˋ ㄈㄤ 醫師替病人診療後開的處方。

藥石 ㄧㄠˋ ㄕˊ 治病的藥物。引申指規勸人的話。

藥材 ㄧㄠˋ ㄘㄞˊ 可製藥的原料。

藥皂 ㄧㄠˋ ㄗㄠˋ 含藥劑或消毒劑成分的肥皂。

藥房 ㄧㄠˋ ㄈㄤˊ 販售藥物的商店。

藥品 ㄧㄠˋ ㄆㄧㄣˇ 能治病的物品。

藥物 ㄧㄠˋ ㄨˋ 能改善病情或增進健康的物質。

藥師 ㄧㄠˋ ㄕ 從事藥劑調配的專業人才。

藥劑 ㄧㄠˋ ㄐㄧˋ 由多種成分混合後做出的藥品。

藥學 ㄧㄠˋ ㄒㄩㄝˊ 研究藥物、藥理的一門學問。

藥罐 ㄧㄠˋ ㄍㄨㄢˋ 煎藥用的瓦罐。比喻經常生病吃藥的人。

藜 ㄌㄧˊ lí 名植物名。一年生草本，葉卵形，有鋸齒，嫩葉可食用。

藜杖 ㄌㄧˊ ㄓㄤˋ 用藜的莖枝做成的手杖。

藕 ㄡˇ ǒu 名蓮的地下莖，肥大有節，中間有孔，富含澱粉，可食用。

藕斷絲連 ㄡˇ ㄉㄨㄢˋ ㄙ ㄌㄧㄢˊ 比喻情意牽連不斷。

藩 ㄈㄢˊ fán 名①籬笆。例藩籬。②古代王侯的封國、屬地。例藩國。動屏障，保衛。例屏藩。

藩鎮 ㄈㄢˊ ㄓㄣˋ 唐代在邊塞及偏遠地區設置節度使，以保衛邊疆抵禦外敵。

藩屬 ㄈㄢˊ ㄕㄨˇ 大國下的保護國或屬地。

藩籬 ㄈㄢˊ ㄌㄧˊ 用竹或藤編成的圍籬。引申指保護防衛。

藤 ㄊㄥˊ téng 名①植物名。蔓生木本，莖細長有節。例紫藤。②蔓生植物的莖或卷鬚。例瓜藤。

藪 ㄙㄡˇ sǒu 名①面積大的湖泊。②人或物聚集的地方。例淵藪。

藟 ㄌㄟˇ lěi 名藤葛類蔓生的草。動纏繞。

藚 ㄒㄩˋ xù 名植物名。即澤瀉，多年生草本，球莖可入藥。

藭 ㄑㄩㄥˊ qióng 名植物名。芎藭，多年生草本，羽狀複葉，開白色小花，根莖可入藥。

藷 ㈠ㄕㄨˇ shǔ 名通「薯」。例甘藷。㈡ㄓㄨ zhū 名植物名。藷蔗，指甘蔗。

十六畫

藻 ㄗㄠˇ zǎo 名①水草植物的總稱。例海藻、綠藻。②詩文的文采。例辭藻。

藻菌 ㄗㄠˇ ㄐㄩㄣˋ 寄生菌類，生長於水中，是一種不含葉綠素的隱花植物。

藻飾 ㄗㄠˇ ㄕˋ 經修飾的優美文辭。

藻類 ㄗㄠˇ ㄌㄟˋ 隱花植物的一類，生長於水中，不具莖葉，有似葉綠素的色素，能行光合作用。

藹 ㄞˇ ǎi 形①草木茂密的樣子。例藹藹。②溫和，慈祥的。例和藹。

藹然可親 ㄞˇ ㄖㄢˊ ㄎㄜˇ ㄑㄧㄣ 形容人和善慈祥，容易親近。

蘆 ㄌㄨˊ lú 見「蘆葦」。

蘆葦 ㄌㄨˊ ㄨㄟˇ 植物名。多年生草本，花穗下有白毛，可隨風飛散，傳播種子，生長於淺水區或潮溼地。

蘆管 ㄌㄨˊ ㄍㄨㄢˇ 古時胡人的吹奏樂器，由蘆葦的莖製成。

蘆薈 ㄌㄨˊ ㄏㄨㄟˋ 植物名。多年生草本，葉肉質而肥厚，葉汁可供藥用。

蘇 ㄙㄨ sū 名①植物名。即紫蘇，一年生草本，可入藥。②下垂的穗狀裝飾物。例流蘇。③蘇州的簡稱。例上有天堂，下有蘇杭。④姓。動死而復生，甦醒。例蘇醒。

蘇打 ㄙㄨ ㄉㄚˇ 一種無機化合物，即碳酸鈉。

蘇醒 ㄙㄨ ㄒㄧㄥˇ 從昏迷中醒來，或從萎絕中恢復生機。

藿 ㄏㄨㄛˋ huò 名①豆葉。②植物名。藿香，

一種香草。

蘄 ㄑㄧˊ qí 名①植物名。即當歸，有香味，可做藥用。②姓。動通「祈」。祈求。例蘄向。

藺 ㄌㄧㄣˋ lìn 名①植物名。多年生草本，具狹長中空的長枝條，莖能編席子，莖髓可作燈心。亦稱為燈心草。②姓。

蘊 ㄩㄣˋ yùn 名事理的精奧部分。例底蘊、精蘊。動①積聚。例蘊藏。②包含。例蘊含。

蘊結 ㄩㄣˋ ㄐㄧㄝˊ 思緒困擾累積在心中卻不得其解。

蘊藉 ㄩㄣˋ ㄐㄧㄝˋ 含蓄而不顯露出來。

蘊藏 ㄩㄣˋ ㄘㄤˊ 累積，蓄存。

蘋 ㊀ㄆㄧㄣˊ pín 名植物名。一種蕨類的隱花植物，生長於淺水中，四片小葉合成一複葉，似「田」字。也稱為田字草。㊁ㄆㄧㄥˊ píng 名植物名。蘋果，果實略圓而甘甜。

蘑 ㄇㄛˊ mó 見「蘑菇」。

蘑菇 ㄇㄛˊ ㄍㄨ ①植物名。一種可食用的真菌類植物，生長於枯枝上，味道鮮美。②比喻故意糾纏或拖延時間。

蘅 ㄏㄥˊ héng 名植物名。杜蘅，一種香草，根莖可做香料或入藥。

蘀 ㄊㄨㄛˋ tuò 名草木脫落在地上的皮或葉。

十七畫

蘭 ㄌㄢˊ lán 名①植物名。種類繁多，葉細尖而長，春季開花，花清雅芬芳，供觀賞用。②一種香草，即蘭草。③姓。

蘭玉 ㄌㄢˊ ㄩˋ ①優秀的兄弟。稱揚他人的子弟。②比喻女子的貞操。

蘭交 ㄌㄢˊ ㄐㄧㄠ 氣味相投的好友。

蘭艾 ㄌㄢˊ ㄞˋ 香草和雜草。比喻君子與小人。

蘭芷 ㄌㄢˊ ㄓˇ 指賢才與美女。

蘭房 ㄌㄢˊ ㄈㄤˊ ①高雅賢士的房舍。②指少女的閨房。也作「蘭室」。

蘭夢 ㄌㄢˊ ㄇㄥˋ 比喻生男孩的預兆。

蘭藻 ㄌㄢˊ ㄗㄠˇ 比喻文詞優美。

蘭心蕙性 ㄌㄢˊ ㄒㄧㄣ ㄏㄨㄟˋ ㄒㄧㄥˋ 形容女子聰慧有美德。

蘚 ㄒㄧㄢˇ xiǎn 名隱花植物的一類，多生長於枯木、岩石或山野中的溼地上。

蘗 ㄅㄛˋ bò 名植物名。黃蘗，落葉喬木，莖可作染料，亦可藥用。又稱黃柏。

蘧 ㄑㄩˊ qú 名①植物名。蘧麥，即瞿麥，多年生草本，花瓣邊緣呈絲狀，可入藥。②姓。副驚喜。例蘧然。

十九畫

蘿 ㄌㄨㄛˊ luó 名①植物名。女蘿，一年生草本，莖呈細絲狀纏繞在寄生植物上，種子可入藥。②見「蘿蔔」。

蘿蔔 ㄌㄨㄛˊ ㄅㄛ 植物名。一年生或二年生草本，根多肉質，可食。亦稱為萊菔。

蘸 ㄓㄢˋ zhàn 動將東西沾上液體或黏附其他物質。例蘸醬油。

蘸墨 ㄓㄢˋ ㄇㄛˋ 將筆浸於墨中，使筆沾滿墨汁。

蘼 ㄇㄧˊ mí 名植物名。蘼蕪，多年生草本，莖葉柔弱，枝條蔓蕪，可作香料。

虀 ㄐㄧ jī 名切碎的鹹菜、醬菜。

蘺 ㄌㄧˊ lí 名植物名。江蘺，一種香草，葉片細小。也稱為蘼蕪。

二十一畫

虆 ㄌㄟˊ léi 名①蔓草，藤蔓。②裝盛土壤的器具。

虍ㄏㄨ部

二畫

虎 ㄏㄨˇ hǔ 名動物名。哺乳類貓科，全身黃褐色，間有黑色條紋，肉食，性凶悍。俗稱老虎。形威武勇猛。例虎將。

虎口 ㄏㄨˇ ㄎㄡˇ ①比喻危險的地方。②手掌的拇指與食指之間。

虎牙 ㄏㄨˇ ㄧㄚˊ 指突出的犬齒。

虎穴 ㄏㄨˇ ㄒㄩㄝˋ 比喻危險的境地。

虎威 ㄏㄨˇ ㄨㄟ 形容像虎一般的勇猛威風。

虎將 ㄏㄨˇ ㄐㄧㄤˋ 指勇猛的武將。

虎賁 ㄏㄨˇ ㄅㄣ 比喻威猛的勇士。

虎嘯 ㄏㄨˇ ㄒㄧㄠˋ 老虎驚人的長嘯。

虎耳草 ㄏㄨˇ ㄦˇ ㄘㄠˇ 植物名。多年生草本，葉呈圓形，開白花，可供藥用或觀賞。

虎口拔牙 ㄏㄨˇ ㄎㄡˇ ㄅㄚˊ ㄧㄚˊ 比喻做非常危險的事情。

虎虎生風 ㄏㄨˇ ㄏㄨˇ ㄕㄥ ㄈㄥ 形容威猛有勁。

虎背熊腰 ㄏㄨˇ ㄅㄟˋ ㄒㄩㄥˊ ㄧㄠ 形容人的體型魁梧雄壯。

虎視眈眈 ㄏㄨˇ ㄕˋ ㄉㄢ ㄉㄢ 猛虎在後監視。比喻心懷不軌，伺機而動。

虎視鷹瞵 ㄏㄨˇ ㄕˋ ㄧㄥ ㄌㄧㄣˊ 形容目光凶惡的注視著。比喻強敵環伺。

虎踞龍盤 ㄏㄨˇ ㄐㄩˋ ㄌㄨㄥˊ ㄆㄢˊ 形容地勢雄偉險要。也作「龍蟠虎踞」。

虎頭蛇尾 ㄏㄨˇ ㄊㄡˊ ㄕㄜˊ ㄨㄟˇ 比喻有始無終。

三畫

虐 ㄋㄩㄝˋ nüè 名①災禍，災害。②殘暴。例助紂為虐。形殘忍的，嚴苛的。例虐政。動殘害。副苛刻地。例虐待。

虐待 ㄋㄩㄝˋ ㄉㄞˋ 以苛刻、殘暴的方法對待他人。

虐殺 ㄋㄩㄝˋ ㄕㄚ 虐待他人致死。

虐待狂 ㄋㄩㄝˋ ㄉㄞˋ ㄎㄨㄤˊ 以虐待他人、殘害他人而滿足自己樂趣的變態心理或行為。

四畫

虔 ㄑㄧㄢˊ qián 形誠心且恭敬的。例虔敬、心虔志誠。

虔心 ㄑㄧㄢˊ ㄒㄧㄣ 虔誠的心。

虔敬 ㄑㄧㄢˊ ㄐㄧㄥˋ 誠心恭敬。

虔誠 ㄑㄧㄢˊ ㄔㄥˊ 誠心而恭敬的樣子。

五畫

處 ㈠ㄔㄨˇ chǔ 動①居住，居留。例穴居野處。②安置，存在。例身處險境。③共同生活。例相處。④應付，辦理。例處置。⑤責罰。例懲處。⑥退隱。例出處。㈡ㄔㄨˋ chù 名①地方，場所。例處所。②事物的某一部分。例好處。③團體機關的組織單位。例訓導處。

處女 ㄔㄨˇ ㄋㄩˇ 稱仍具童貞的未婚女子。

處分 ㄔㄨˇ ㄈㄣˋ ①處罰，懲治。②安排、料理事情。

處方 ㄔㄨˇ ㄈㄤ 醫師在診療後所開的藥方。

處世 ㄔㄨˇ ㄕˋ 指待人接物。

處刑 ㄔㄨˇ ㄒㄧㄥˊ 依法對犯罪者施予的刑罰。

處死 ㄔㄨˇ ㄙˇ 處以死刑。

處決 ㄔㄨˇ ㄐㄩㄝˊ ①依法執行死刑。②處置裁決。

處事 ㄔㄨˇ ㄕˋ 辦理事務。

處於 ㄔㄨˇ ㄩˊ 置身於。

處治 ㄔㄨˇ ㄓˋ 處罰，懲罰。

處處 ㄔㄨˋ ㄔㄨˋ 每個地方。

處理 ㄔㄨˇ ㄌㄧˇ 辦理，解決。

處暑 ㄔㄨˇ ㄕㄨˇ 二十四節氣之一，在國曆的八月二十三日或二十四日。

處置 ㄔㄨˇ ㄓˋ ①辦理事務。②處罰，懲戒。

處境 ㄔㄨˇ ㄐㄧㄥˋ 所置身的境地。

處罰 ㄔㄨˇ ㄈㄚˊ 懲罰。

處斷 ㄔㄨˇ ㄉㄨㄢˋ 處理決斷。

處女作 ㄔㄨˇ ㄋㄩˇ ㄗㄨㄛˋ 首次發表的作品。

處女航 ㄔㄨˇ ㄋㄩˇ ㄏㄤˊ 飛機或船在新航線的首次航行。

處女膜 ㄔㄨˇ ㄋㄩˇ ㄇㄛˊ 女子陰道口周圍的薄膜。

處之泰然 ㄔㄨˇ ㄓ ㄊㄞˋ ㄖㄢˊ 形容面對某種境況時，心胸坦然安適，不憂慮、不驚慌。

處心積慮 ㄔㄨˇ ㄒㄧㄣ ㄐㄧ ㄌㄩˋ 費盡心機，存心蓄意已久。

處變不驚 ㄔㄨˇ ㄅㄧㄢˋ ㄅㄨˋ ㄐㄧㄥ 指身在變動的環境中也不驚惶失措。

彪 ㄅㄧㄠ biāo 名①老虎身上的斑紋。②小老虎。形高壯的。例彪形大漢。動顯露。

彪形 ㄅㄧㄠ ㄒㄧㄥˊ 形容體格魁梧壯碩。

彪炳 ㄅㄧㄠ ㄅㄧㄥˇ 形容光彩煥發，功勛顯著。例功業彪炳。

虙 ㄈㄨˊ fú 名姓。

虖 ㄏㄨ hū 嘆同「呼」。表示感嘆的語氣。例嗚虖。

六畫

虛 ㄒㄩ xū 名①天空。例太虛。②弱勢。例趁虛而入。形①衰弱的。例虛弱。②不真實的。例虛名。③謙退，不自滿。例謙虛。④空的。例盈虛、空虛。⑤心中愧疚而膽怯。例心虛。動空出。例虛席以待。副白白地，徒然的。例不虛此行。

虛幻 ㄒㄩ ㄏㄨㄢˋ 空虛而不真實。

虛心 ㄒㄩ ㄒㄧㄣ ①因心有愧而怯弱。②謙退而不自滿。

虛火 ㄒㄩ ㄏㄨㄛˇ 指人身體衰弱而產生焦躁、發熱的現象。例虛火上升。

虛妄 ㄒㄩ ㄨㄤˋ 不合理且不真實的。

虛字 ㄒㄩ ㄗˋ ①語法學上無具體意義的字。如連接詞、介詞、助詞、嘆詞等。②指文章中的贅字。

虛度 ㄒㄩ ㄉㄨˋ 白白的浪費光陰。

虛胖 ㄒㄩ ㄆㄤˋ 指人體內脂肪異常增加的現象。

虛弱 ㄒㄩ ㄖㄨㄛˋ 身體衰弱，易生病。

虛耗 ㄒㄩ ㄏㄠˋ 白白的虧損，無意義的耗費。

虛假 ㄒㄩ ㄐㄧㄚˇ 不真實。同虛偽。

虛脫 ㄒㄩ ㄊㄨㄛ 指人體因疾病或過度勞累而非常衰弱，有體溫下降、脫水、脈搏微弱等症狀。

虛設 ㄒㄩ ㄕㄜˋ 設置了某機關單位卻無實質的作用。

虛造 ㄒㄩ ㄗㄠˋ 憑空想像捏造。

虛報 ㄒㄩ ㄅㄠˋ 不從實報告，謊報。

虛歲 ㄒㄩ ㄙㄨㄟˋ 中國傳統的年歲算法，以出生的第一年為一歲，其後每過一個年就加一歲。

虛構 ㄒㄩ ㄍㄡˋ 憑空構想。

虛榮 ㄒㄩ ㄖㄨㄥˊ 虛浮不切實際的愛慕榮譽。

虛銜 ㄒㄩ ㄒㄧㄢˊ 只有職銜卻沒有實權的職位。

虛實 ㄒㄩ ㄕˊ ①空虛和充實。②真或假。

虛數 ㄒㄩ ㄕㄨˋ ①虛有的、不實的數字。②數學上指負數的平方根。

虛線 ㄒㄩ ㄒㄧㄢˋ 以點連成斷斷續續的線。

虛擬 ㄒㄩ ㄋㄧˇ 假設的，虛構的。

虛懸 ㄒㄩ ㄒㄩㄢˊ 表面上設置某事物，卻無實質的功用。

虛驚 ㄒㄩ ㄐㄧㄥ 飽受驚嚇但未造成不幸。

虛心領教 ㄒㄩ ㄒㄧㄣ ㄌㄧㄥˇ ㄐㄧㄠˋ 謙虛地向他人討教。

虛有其表 ㄒㄩ ㄧㄡˇ ㄑㄧˊ ㄅㄧㄠˇ 空有好看的外表，卻沒有實質內涵。

虛位以待 ㄒㄩ ㄨㄟˋ ㄧˇ ㄉㄞˋ 空下位子等候。

虛晃一槍 ㄒㄩ ㄏㄨㄤˇ ㄧ ㄑㄧㄤ 作假動作以令人迷惑。

虛張聲勢 ㄒㄩ ㄓㄤ ㄕㄥ ㄕˋ 做出強盛可畏的樣子嚇人，實際上卻沒有實力。

虛情假意 ㄒㄩ ㄑㄧㄥˊ ㄐㄧㄚˇ ㄧˋ 不真實的情義。

虛無縹緲 ㄒㄩ ㄨˊ ㄆㄧㄠ ㄇㄧㄠˇ 形容虛幻渺茫，不可捉摸。

虛與委蛇 ㄒㄩ ㄩˇ ㄨㄟ ㄧˊ 形容敷衍應付他人而無誠心。

虛應故事 ㄒㄩ ㄧㄥˋ ㄍㄨˋ ㄕˋ 敷衍應付了事。

虛懷若谷 ㄒㄩ ㄏㄨㄞˊ ㄖㄨㄛˋ ㄍㄨˇ 形容非常謙虛，如深谷一般能容萬物。

七畫

號 ㈠ㄏㄠˋ hào 名①命令。例發號司令。②名稱。例字號。③商店。例老字號。④物品的大小形式。例特大號。⑤排定的次序。例編號。⑥種類，樣子。例這號人物。⑦樂團或軍用的小喇叭。例法國號、軍號。⑧標誌。例記號。⑨日期。例三月五號。動①召喚。例號召。②公開表達，宣稱。例號稱。③稱謂。
㈡ㄏㄠˊ háo 動①大叫。例怒號。②高聲痛哭。例哭號。

號手 ㄏㄠˋ ㄕㄡˇ 軍隊中負責吹號角的士兵。也稱為號兵。

號令 ㄏㄠˋ ㄌㄧㄥˋ 指上對下的指令或命令。

號召 ㄏㄠˋ ㄓㄠˋ 向大眾發出召喚以共同完成某任務。

號外 ㄏㄠˋ ㄨㄞˋ 報社在有重大事件發生時，臨時編印的新聞紙，不在一般的報紙編號內。

號角 ㄏㄠˋ ㄐㄧㄠˇ 古代軍隊中用來傳達命令的一種管樂器。今泛指喇叭類的樂器。

號咷 ㄏㄠˊ ㄊㄠˊ 放聲大哭。亦作「號啕」、「嚎啕」。

號音 ㄏㄠˋ ㄧㄣ 軍中號角所吹出的音樂，作信號用。

號哭 ㄏㄠˊ ㄎㄨ 大聲哭喊的樣子。

號稱 ㄏㄠˋ ㄔㄥ 略加估計後即宣稱，誇口。

號誌 ㄏㄠˋ ㄓˋ 指示行進、注意、停止等動作的訊號。

號燈 ㄏㄠˋ ㄉㄥ 夜間用來傳遞消息的燈。多用於軍隊、船隊或氣象。

號碼 ㄏㄠˋ ㄇㄚˇ 指數字符號。

號令如山 ㄏㄠˋ ㄌㄧㄥˋ ㄖㄨˊ ㄕㄢ 形容命令如山般不可動搖，極具威嚴。

虞 ㄩˊ yú 名①古國名。堯禪讓給舜之後所建立的國家，在今山西省。②姓。動①憂慮，擔心。例不虞匱乏。②猜測，臆度。例虞犯。③欺騙。例爾虞我詐。

虞犯 ㄩˊ ㄈㄢˋ 可能犯罪的青少年。

虞美人 ㄩˊ ㄇㄟˇ ㄖㄣˊ ①植物名。多年生草本，花色多樣，供觀賞及藥用。又名麗春花。②楚國項羽的愛姬。③詞牌名。④曲牌名。

虜 ㄌㄨˇ lǔ 名①戰爭俘獲的敵人。例俘虜。②奴隸，僕人。③對敵人輕蔑的稱呼。例胡虜。動①抓到。②掠奪，搶奪。例虜掠。

虜獲 ㄌㄨˇ ㄏㄨㄛˋ 抓到人。

虜掠一空 ㄌㄨˇ ㄌㄩㄝˋ ㄧˋ ㄎㄨㄥ 全部搶光，一無所剩。

八畫

虡 ㄐㄩˋ jù 名懸掛鐘磬的柱子或架子。

九畫

虢 ㄍㄨㄛˊ guó 名①古國名。西虢在今陝西省寶雞縣，東虢在今河南省滎陽縣，北虢在今山西省平陸縣。②姓。

十一畫

虧 ㄎㄨㄟ kuī 名①欠缺，缺陷。例盈虧。②

損失，損害。例吃虧。形虛弱。例氣衰血虧。動①減少，短少。例虧本。②欠缺。例理虧。③負心。例虧負。副①幸而。例幸虧。②譏諷或責備之詞。例虧你還是長輩，怎麼說出這種話！

虧心 ㄎㄨㄟ ㄒㄧㄣ 違背良心。

虧欠 ㄎㄨㄟ ㄑㄧㄢˋ ①短少，不足。②指將資本賠光，還積欠債款。

虧本 ㄎㄨㄟ ㄅㄣˇ 虧損，損失資本。

虧空 ㄎㄨㄟ ㄎㄨㄥ 指收入不足以支付開銷。

虧待 ㄎㄨㄟ ㄉㄞˋ 不公平的對待他人。

虧累 ㄎㄨㄟ ㄌㄟˇ 一次再一次的虧損。

虧損 ㄎㄨㄟ ㄙㄨㄣˇ ①指人的身體因為過度勞累而導致虛弱。②指商業上的投資賠本。

虧蝕 ㄎㄨㄟ ㄕˊ ①日蝕或月蝕的天文現象。②指虧錢。

虫部 ㄏㄨㄟˇ

虫 ㊀ㄏㄨㄟˇ huǐ 名同「虺」。小毒蛇。㊁ㄔㄨㄥˊ chóng「蟲」的異體字。

二畫

虱 ㄕ shī 名同「蝨」。寄生蟲之一，寄生在人畜身上吸食血液。

虯 ㄑㄧㄡˊ qiú 名古代傳說中有角的小龍。形蜷曲的。例虯髯。

虯髯 ㄑㄧㄡˊ ㄖㄢˊ 蜷曲盤繞著的鬍鬚。

三畫

虹 ㄏㄨㄥˊ hóng 名①光線與懸浮空中的水滴經折射或反射，而形成的弧形光圈。例彩虹。②比喻狀似虹的橋。

虹吸 ㄏㄨㄥˊ ㄒㄧ 把水由高處往低處導引的曲管。

虹彩 ㄏㄨㄥˊ ㄘㄞˇ ①虹的光彩。②即虹膜。

虹膜 ㄏㄨㄥˊ ㄇㄛˊ 眼球前部含色素的環形薄膜，控制瞳孔的大小。

虻 ㄇㄥˊ méng 名昆蟲名。體形像大蒼蠅，愛吸人畜的血。例牛虻。

虺 ㊀ㄏㄨㄟˇ huǐ 名①一種毒蛇。泛指蛇類。②蜥蜴。㊁ㄏㄨㄟ huī 動生病。例詩經：「我馬虺隤。」

四畫

蚊 ㄨㄣˊ wén 名昆蟲名。雄蚊以植物汁液為食，雌蚊吸食人畜血液。

蚊蚋 ㄨㄣˊ ㄖㄨㄟˋ 蚊子。

蚊帳 ㄨㄣˊ ㄓㄤˋ 用來驅避蚊蟲的布帳或紗帳。

蚌 ㄅㄤˋ bàng 名動物名。體軟有殼，能產珠，肉美味可食。

蚣 ㄍㄨㄥ gōng 名動物名。蜈蚣，身體扁長，多節多足，有毒腺。

蚤 ㄗㄠˇ zǎo 名昆蟲名。以吸食寄主的血液為主。副通「早」。時間提前的。

蚩 ㄔ chī 名①蟲名。②姓。形①痴呆，無知的。②通「媸」。醜惡。動通「嗤」。嘲笑。

蚪 ㄉㄡˇ dǒu 見「蝌蚪」。

蚓 ㄧㄣˇ yǐn 名動物名。蚯蚓，身圓而長，環節很多，善於翻鬆泥土，有益農事。

蚨 ㄈㄨˊ fú 名水蟲名。青蚨，似蟬而稍大。

蚍 ㄆㄧˊ pí 名動物名。蚍蜉，大螞蟻。

蚍蜉撼樹 ㄆㄧˊ ㄈㄨˊ ㄏㄢˋ ㄕㄨˋ 比喻自不量力。

蚑 ㄑㄧˊ qí 副蟲類徐緩爬行的樣子。例蚑行。

蚜 ㄧㄚˊ yá 名昆蟲名。蚜蟲，生長在嫩葉上，吸取植物汁液危害作物的害蟲。

蚇 ㄔˇ chǐ 名昆蟲名。即尺蠖，靜止時似枯枝，行動時身體一伸一縮。

蚋 ㄖㄨㄟˋ ruì 名昆蟲名。一種小蚊子，以人畜的血液為食。

蚧 ㄐㄧㄝˋ jiè 名動物名。蛤蚧，爬蟲類，與蜥蜴同類異種。

五畫

蛇 ㊀ㄕㄜˊ shé 名動物名。爬蟲類，體圓長，無四肢，有鱗，分有毒、無毒兩種。㊁ㄧˊ yí 副①從容自在的樣子。例蛇蛇。②見「委蛇」。

蛇行 ㄕㄜˊ ㄒㄧㄥˊ 如蛇彎曲爬行。

蛇蠍 ㄕㄜˊ ㄒㄧㄝ 指心腸毒辣的人。

蛇吞象 ㄕㄜˊ ㄊㄨㄣ ㄒㄧㄤˋ 比喻人貪得無饜。

蛀 ㄓㄨˋ zhù 名蛀蟲，蠹蝕物品的蟲類。形被腐蝕的。例蛀牙。動東西被咬壞或腐蝕。

蚶 ㄏㄢ hān 名動物名。蚌類，有兩扇貝殼，生長在海底泥沙中，肉鮮美可食。

蛄 ㄍㄨ gū 名昆蟲名。螻蛄，生活在土壤裡，為農作物的害蟲。

蚵 ㊀ㄎㄜ kē 名昆蟲名。即屎蚵蜋，蜣螂的別稱，能分解動物糞便。㊁ㄜˊ é 名即牡蠣，為閩南、臺灣地區的音讀。例蚵仔煎。

蛆 ㊀ㄑㄩ qū 名①蠅類幼蟲，以腐敗的食物為食。②比喻搬弄是非的讒言惡語。例嚼蛆。㊁ㄐㄩ jū 名蝍蛆，蜈蚣的別名。

蛋 ㄉㄢˋ dàn 名①鳥類或爬蟲類生的卵。例雞蛋。②罵人或斥責的話。用以比喻人或動作。例渾蛋、滾蛋。

蛋白 ㄉㄢˋ ㄅㄞˊ 卵殼裡包在蛋黃外面的透明液體，是胚胎發育的養料。

蛋黃 ㄉㄢˋ ㄏㄨㄤˊ 鳥類卵裡的黃色體，主要成分是脂肪和蛋白質，胚胎發育時，能化為養料的物質。

蛋白質 ㄉㄢˋ ㄅㄞˊ ㄓˊ 生物體內構成細胞的主要元素，由多種氨基酸結合的高分子化合物。

蚱 ㄓㄚˋ zhà 名昆蟲名。蚱蜢，蝗蟲的一種，頭呈三角狀，為稻麥的害蟲。

蚯 ㄑㄧㄡ qiū 名動物名。蚯蚓，身體細長圓柔，環節很多，善於翻鬆泥土，有益農事。又稱為蜿蟺。

蚿 ㄒㄧㄢˊ xián 名動物名。馬蚿，即馬陸，由許多環節組成，形似蜈蚣，體較小。

蛁 ㄉㄧㄠ diāo 名蟬。例蛁鳴。

蚺 ㄖㄢˊ rán 名動物名。即蟒蛇，無毒有鱗。

蚰 ㄧㄡˊ yóu 名動物名。蚰蜒，與蜈蚣同類，捕食害蟲，有益農事。

蚳 ㄔˊ chí 名①蟻卵。②姓。

蛉 ㄌㄧㄥˊ líng 見「蜻蛉」。

六畫

蛑 ㄇㄡˊ móu 名動物名。蝤蛑，殼圓形，最後兩足扁長。俗稱梭子蟹。

蛟 ㄐㄧㄠ jiāo 名傳說中像龍的動物，能興洪水。例蛟龍。

蛟龍得水 ㄐㄧㄠ ㄌㄨㄥˊ ㄉㄜˊ ㄕㄨㄟˇ 比喻人盡其才，得以施展本領和抱負。

蛙 ㄨㄚ wā 名動物名。幼蟲為蝌蚪。

蛙人 ㄨㄚ ㄖㄣˊ 從事海底活動的潛水者。

蛔 ㄏㄨㄟˊ huí 名動物名。蛔蟲，似蚯蚓而無環節，多寄生於人或家畜的腸內。

蛛 ㄓㄨ zhū 見「蜘蛛」。

蛛絲 ㄓㄨ ㄙ 形成絲狀的蜘蛛分泌物。

蛛絲馬跡 ㄓㄨ ㄙ ㄇㄚˇ ㄐㄧ 比喻有線索可依循、推求。

蛭 ㄓˋ zhì 名動物名。口有吸盤，能刺入人畜肌膚吸吮血液。例水蛭。

蛤 ㈠ㄍㄜˊ gé 見「蛤蜊」。㈡ㄏㄚˊ há 名蛤蟆，蛙類。

蛤蜊 ㄍㄜˊ ㄌㄧˊ 動物名。介殼堅硬，肉味鮮美。也稱為蛤蚌、蛤蠣。

蛤蟆 ㄏㄚˊ ㄇㄚ˙ 動物名。即蝦蟆，體型類似蟾蜍而較小。

蛓 ㄘˋ cì 名一種毛蟲。

蛐 ㄑㄩ qū 名蛐蛐兒，蟋蟀的別名。

蛞 ㄎㄨㄛˋ kuò 名動物名。蛞蝓，體柔軟多黏液，晝伏夜出，以植物為食。亦稱鼻涕蟲。

蛩 ㄑㄩㄥˊ qióng 名①蝗蟲的別名。例飛蛩滿野。②蟋蟀的別名。

七畫

蛻 ㄊㄨㄟˋ tuì 名昆蟲或蛇類所脫下的皮膚或外殼。例蟬蛻。動①脫去，掉落。例蛻皮。②變化。例蛻化。

蛻化 ㄊㄨㄟˋ ㄏㄨㄚˋ ①生長過程中必須經過的蛻皮階段。②比喻一切事物的變化。

蛻皮 ㄊㄨㄟˋ ㄆㄧˊ 節肢動物或某些爬蟲類，生長過程中需要數次脫去外皮的過程，以利身軀的變大。

蛻變 ㄊㄨㄟˋ ㄅㄧㄢˋ 指蟬脫皮。後用來比喻事物發生形或質的改變。

蛹 ㄩㄥˇ yǒng [名]昆蟲從幼蟲變化為成蟲的一種特殊過渡形態，此時昆蟲不動不食。

蛹化 ㄩㄥˇ ㄏㄨㄚˋ 昆蟲從幼蟲變成蛹的過程。

蜈 ㄨˊ wú [名]動物名。蜈蚣，身體扁平，全身有許多體節，每節皆有對腳，有「百足蟲」之稱。

蜓 ㄊㄧㄥˊ tíng 見「蜻蜓」。

蜇 ㄓㄜˊ zhé [名]動物名。海蜇，水母類，形狀如傘蓋，處理後可食用。[動]蟲類叮咬。

蛾 ㈠ㄜˊ é [名]①昆蟲名。像蝶而體粗大，靜止時雙翅展開覆於體上。②蛾眉的簡稱。③形狀像蛾的寄生物。[例]木蛾。㈡ㄧˇ yǐ [名]同「蟻」。

蛾眉 ㄜˊ ㄇㄟˊ ①像蛾鬚般細長的眉毛。②美人的代稱。亦作「娥眉」。

蜂 ㄈㄥ fēng [名]膜翅目的昆蟲，種類很多，多有毒刺，能螫人。如蜜蜂、黃蜂等。[副]成群地。[例]蜂聚。

蜂王 ㄈㄥ ㄨㄤˊ 在蜜蜂社會中具有生殖能力的雌蜂。亦稱蜂后。

蜂起 ㄈㄥ ㄑㄧˇ 如蜂群飛起般眾多。比喻人成群而起。

蜂擁 ㄈㄥ ㄩㄥ 形容人多擁擠，如蜜蜂般傾巢而出。

蜂王漿 ㄈㄥ ㄨㄤˊ ㄐㄧㄤ 由工蜂唾腺分泌的漿液，用來餵食幼蜂及供女王蜂食用。

蜀 ㄕㄨˇ shǔ [名]①朝代名。三國時劉備建立的蜀漢，簡稱「蜀」。②四川省的簡稱。

蜀黍 ㄕㄨˇ ㄕㄨˇ 植物名。即高粱，一年生草本，為重要的雜糧作物。

蜀犬吠日 ㄕㄨˇ ㄑㄩㄢˇ ㄈㄟˋ ㄖˋ 比喻少見多怪。

蜃 ㄕㄣˋ shèn [名]①指大蛤蜊。②蛤類的總稱。

蜃樓 ㄕㄣˋ ㄌㄡˊ 自然界的光學現象，因全反射而產生的幻景。古人以為是蜃吐氣所形成的，所以稱為蜃樓或蜃市。

蜋 ㄌㄤˊ láng [名]昆蟲名。①蜋蜩，似蟬，體型小。②蜣蜋，即糞球金龜子，有背殼，愛吃人畜的糞。

蛺 ㄐㄧㄚˊ jiá [名]昆蟲名。蛺蝶，蝴蝶的一種，翅膀赤黃有黑紋。

蝍 ㄐㄧˊ jí [名]動物名。蝍蛆，即蜈蚣。

蛸 ㄒㄧㄠ xiāo [名]螵蛸，螳螂的卵集聚而成之囊。

蜆 ㄒㄧㄢˇ xiǎn [名]動物名。似小蛤蜊，殼呈三角心形，可供食用。

蜎 ㄩㄢ yuān [名]①蚊子的幼蟲。②姓。[形]彎曲的。[副]蠕動地。

蜉 ㄈㄨˊ fú [名]昆蟲名。蜉蝣，體型小，多見於山間溪流附近。

蜊 ㄌㄧˊ lí 見「蛤蜊」。

蜍 ㄔㄨˊ chú 見「蟾蜍」。

八畫

蜿 ㄨㄢ wān 見「蜿蜒」。

蜿蜒 ㄨㄢ ㄧㄢˊ ①龍蛇爬行的樣子。②屈曲延伸的樣子。

蜻 ㄑㄧㄥ qīng 見「蜻蛉」、「蜻蜓」。

蜻蛉 ㄑㄧㄥ ㄌㄧㄥˊ 昆蟲名。外形似蜻蜓，前翅的前緣較短，不能飛遠。

蜻蜓 ㄑㄧㄥ ㄊㄧㄥˊ 昆蟲名。身長而細，有複眼，捕食蚊蠅等害蟲。

蜢 ㄇㄥˇ měng 名昆蟲名。蚱蜢，蝗蟲的俗稱。

蜥 ㄒㄧ xī 名動物名。蜥蜴，也叫四腳蛇。有四肢，爬行迅速，能斷尾求生，捕食小型動物。

蜴 ㄧˋ yì 名動物名。蜥蜴。

蜘 ㄓ zhī 見「蜘蛛」。

蜘蛛 ㄓ ㄓㄨ 動物名。有四對腳，能吐絲織網以捕獵昆蟲。

蜜 ㄇㄧˋ mì 名蜜蜂採花的甘液釀成的汁液。形甘甜的。例甜言蜜語。

蜜月 ㄇㄧˋ ㄩㄝˋ ①稱新婚後的第一個月。②指兩者之間建立關係的初期，彼此和諧親近的狀態。

蜜蜂 ㄇㄧˋ ㄈㄥ 昆蟲名。行群居的社會生活，採集花蜜為食。

蜜餞 ㄇㄧˋ ㄐㄧㄢˋ 用蜜糖浸漬的果品。

蝕 ㄕˊ shí 動①侵毀。例腐蝕。②指日月虧。例月蝕、日蝕。③虧損。例蝕本生意。

蝕本 ㄕˊ ㄅㄣˇ 虧損本錢。

蜷 ㄑㄩㄢˊ quán 動彎曲縮伏。例蜷縮。

蜷蜿 ㄑㄩㄢˊ ㄨㄢ 盤旋環繞的樣子。

蜣 ㄑㄧㄤ qiāng 名昆蟲名。蜣螂，即屎蚵蜋，背部有殼，愛吃糞，也叫糞球金龜子。

蜮 ㄩˋ yù 名①傳說中的水中毒蟲。②以植物苗葉為食的害蟲。

蜡 ㈠ㄓㄚˋ zhà 名周代年終大祭。㈡ㄌㄚˋ là「蠟」的異體字。

蜾 ㄍㄨㄛˇ guǒ 名蟲名。蜾蠃，體型似蜂，以土築巢於樹上，能捕捉害蟲，有益農作。

蜩 ㄊㄧㄠˊ tiáo 名蟬的一種。例蜩螗。

蜩螗沸羹 ㄊㄧㄠˊ ㄊㄤˊ ㄈㄟˋ ㄍㄥ 比喻喧囂紛擾。

蜒 ㄧㄢˊ yán 名動物名。蜒蚰，無殼的蝸牛。形見「蜿蜒」。

蜺 ㄋㄧˊ ní 名①指寒蟬。②通「霓」。虹的外圈。例虹蜺。

蜚 ㈠ㄈㄟˊ féi 名昆蟲名。①蝗蟲的一種，為食稻花的害蟲，使稻穗不實，形似蚊，青色。②蜚蠊，俗稱蟑螂。㈡ㄈㄟ fēi 形沒有根據，不實的。例流言蜚語。動①通「飛」。飛翔。②揚名。例蜚聲國際。

蜚語 ㄈㄟ ㄩˇ 流言，沒有根據的傳言。

蜚短流長 ㄈㄟ ㄉㄨㄢˇ ㄌㄧㄡˊ ㄔㄤˊ 流傳於眾人之間的閒言閒語。

蜰 ㄈㄟˊ féi 名蜰蟲，一種齧人的臭蟲。

九畫

蝴 ㄏㄨˊ hú 見「蝴蝶」。

蝴蝶 ㄏㄨˊ ㄉㄧㄝˊ 昆蟲名。體分頭、胸、腹三部分，表面密披各色鱗片和叢毛，複眼一對，口器呈管狀，適於吸食。

蝶 ㄉㄧㄝˊ dié 名昆蟲名。即蝴蝶。

蝦 ㊀ㄒㄧㄚ xiā 名動物名。甲殼節足類，複眼一對，分頭、胸、腹三部分，觸鬚長短各一對。生活在水中，擅長跳躍，可食用。㊁ㄏㄚˊ há 名蝦蟆，蛙類，體型類似蟾蜍而略小。

蝥 ㄇㄠˊ máo 名①同「蟊」。一種專吃稻根的害蟲。②比喻危害國家或百姓的人。例蝥賊。

蝸 ㄍㄨㄚ guā 名動物名。蝸牛，頭有兩對觸角，後面觸角頂端有眼，背有螺旋狀外殼，殼薄而脆，腹面有平扁寬大的足，用以爬行。

蝨 ㄕ shī 名昆蟲名。無翅，腹背皆扁平，以寄生方式存活。

蝻 ㄋㄢˊ nán 名蝗的幼蟲，頭大，只有翅芽，常成群吃稻、麥等禾本科植物。

蝙 ㄅㄧㄢ biān 見「蝙蝠」。

蝙蝠 ㄅㄧㄢ ㄈㄨˊ 動物名。具有飛翔能力，體型似鼠。前後肢與身體間有膜相連，呈翅狀。白天以後肢的爪倒懸他物而眠，夜間出來覓食。

蝠 ㄈㄨˊ fú 見「蝙蝠」。

蝗 ㄏㄨㄤˊ huáng 名昆蟲名。軀體等粗，口器大適於咀嚼，後足擁有強大的跳躍力，活動於灌木叢、雜草間。種類繁多，以草食為生，少數會危害農作物。俗稱蝗蟲。

蝌 ㄎㄜ kē 見「蝌蚪」。

蝌蚪 ㄎㄜ ㄉㄡˇ 蛙、蟾蜍的幼蟲。體為橢圓形，尾大而扁，生活於水中。成長時先生出後肢，再生出前肢。

螂 ㄌㄤˊ láng 見「螳螂」。

蝣 ㄧㄡˊ yóu 名即蜉蝣，朝生夕死的小蟲。

蝤 ㊀ㄐㄧㄡ jiū 名蝤蛑，蟹類的一種。㊁ㄑㄧㄡˊ qiú 名蝤蠐，天牛的幼蟲。

蝎 ㊀ㄏㄜˊ hé 名蠹蟲。㊁ㄒㄧㄝ xiē「蠍」的異體字。

蝟 ㄨㄟˋ wèi 名動物名。通體生毛，尖銳如針，通常晝伏夜出，以田間害蟲為食。俗稱刺蝟。

蝟起 ㄨㄟˋ ㄑㄧˇ 比喻事變紛起。

蝟集 ㄨㄟˋ ㄐㄧˊ 比喻事情多而錯雜。

蝓 ㄩˊ yú 名動物名。蛞蝓，即蜒蚰，似無殼的蝸牛。也叫鼻涕蟲。

蝮 ㄈㄨˋ fù 名動物名。毒蛇的一種，頭大頸細，全身灰褐有斑紋。

十畫

螃 ㄆㄤˊ páng 見「螃蟹」。

螃蟹 ㄆㄤˊ ㄒㄧㄝˋ 動物名。甲殼類，水生，有八腳兩螯，只能向兩旁橫行。

螟 ㄇㄧㄥˊ míng 名 啃蝕稻禾莖部的農業害蟲。例 螟蛾。

螞 ㊀ㄇㄚˇ mǎ 見「螞蟻」、「螞蝗」。㊁ㄇㄚˋ mà 名 昆蟲名。螞蚱，蝗蟲的幼蟲。

螞蝗 ㄇㄚˇ ㄏㄨㄤˊ 動物名。即水蛭，好吸食人畜的血液。

螞蟻 ㄇㄚˇ ㄧˇ 蟻類的通稱。頭大，觸角長，行集團社會生活。

螢 ㄧㄥˊ yíng 名 昆蟲名。體呈黑色，夜間腹部會發磷光。俗稱螢火蟲。

螢光 ㄧㄥˊ ㄍㄨㄤ 固體或液體受到光線照射時，不直接反射，而吸收光的一部分，並發出自身特有的光。

融 ㄖㄨㄥˊ róng 名 傳說中的火神，即祝融。形 和樂的。例 融洽。動 ①消溶，溶化。例 融解。②流通。例 金融。③調和。例 水乳交融。

融化 ㄖㄨㄥˊ ㄏㄨㄚˋ 融解，溶化。

融合 ㄖㄨㄥˊ ㄏㄜˊ 合為一體。

融洽 ㄖㄨㄥˊ ㄑㄧㄚˋ 形容感情和睦愉悅。

融會貫通 ㄖㄨㄥˊ ㄏㄨㄟˋ ㄍㄨㄢˋ ㄊㄨㄥ 融合各種事理而透徹明白。

螣 ㊀ㄊㄥˊ téng 名 螣蛇，傳說中一種能飛的蛇，會興雲霧。㊁ㄊㄜˋ tè 名 一種專門吃禾本科嫩葉的蟲。

螗 ㄊㄤˊ táng 名 動物名。螗蜩，蟬的一種。

螓 ㄑㄧㄣˊ qín 名 一種小蟬，頭方而闊。

螓首 ㄑㄧㄣˊ ㄕㄡˇ 比喻美女的額頭方廣如螓。

螈 ㄩㄢˊ yuán 名 ①動物名。蠑螈，爬蟲類，水陸兩棲，形狀像蜥蜴。②螈蠶，一年中收成兩次的蠶。

螘 ㄧˇ yǐ 名 同「蟻」。

螅 ㄒㄧ xī 名 動物名。水螅，腔腸類，身呈圓柱狀，產於淡水，有吸盤可黏著，觸手可捕食。

螄 ㄙ sī 名 動物名。螺螄，螺的一種。

十一畫

蟆 ㄇㄚˊ má 名 動物名。蝦蟆，體型類似蟾蜍而較小。

蟒 ㄇㄤˇ mǎng 名 動物名。沒有毒牙的大蛇，身長可達七公尺，生長在熱帶水域旁的山林。俗稱蟒蛇。形 有蟒形圖案的。例 蟒袍。

蟑 ㄓㄤ zhāng 見「蟑螂」。

蟑螂 ㄓㄤ ㄌㄤˊ 昆蟲名。體扁平，種類繁多。也叫蜚蠊。

螳 ㄊㄤˊ táng 見「螳螂」。

螳螂 ㄊㄤˊ ㄌㄤˊ 昆蟲名。體瘦長，呈綠色，前肢呈鐮刀狀，用以捕食小蟲。

螳螂捕蟬 ㄊㄤˊ ㄌㄤˊ ㄅㄨˇ ㄔㄢˊ 比喻貪圖眼前小利而不顧後患。

螳臂當車 ㄊㄤˊ ㄅㄧˋ ㄉㄤ ㄐㄩ 比喻不自量力，必定招來失敗。同 以卵擊石。

螻 ㄌㄡˊ lóu 見「螻蛄」。

螻蛄 ㄌㄡˊ ㄍㄨ 昆蟲名。有翅兩對，棲居土中捕食小蟲。

螻蟻 ㄌㄡˊ ㄧˇ 比喻力量薄弱。

螺 ㄌㄨㄛˊ luó 名軟體動物腹足類的通稱，藏身於有旋紋的硬殼，種類眾多。例田螺。

螺紋 ㄌㄨㄛˊ ㄨㄣˊ 螺旋形的紋路。

螺旋 ㄌㄨㄛˊ ㄒㄩㄢˊ ①彎曲盤旋。②在圓柱形金屬體上，作凹凸、間隔相等的稜線，方便此金屬體旋入物體中固定。

螫 ㄓㄜ zhē 動蟲以針或鉤穿刺人畜的皮膚。

蟀 ㄕㄨㄞˋ shuài 見「蟋蟀」。

蟈 ㄍㄨㄛ guō 名①古時稱青蛙為螻蟈。②昆蟲名。蟈蟈兒，即螽斯。

蟋 ㄒㄧ xī 見「蟋蟀」。

蟋蟀 ㄒㄧ ㄕㄨㄞˋ 昆蟲名。黑褐色，體型圓長，後腳強而有力，善跳躍，雄蟲翅上有發聲器，性好鬥。

螭 ㄔ chī 名傳說中外形似龍而無角的動物。

螭魅 ㄔ ㄇㄟˋ 傳說中山林間害人的妖怪。

螬 ㄘㄠˊ cáo 名蠐螬，金龜子的幼蟲。

螵 ㄆㄧㄠ piāo 名螵蛸，螳螂的卵集聚之囊。

蟎 ㄇㄢˇ mǎn 名動物名。即壁蝨，寄生在人或動物體內，能傳染疾病。

螯 ㄠˊ áo 名節肢動物變形的第一對腳，開合如鉗，用來覓食及防禦。

蟄 ㄓˊ zhí 動①動物在冬季藏身於土中，不食不動。例蟄伏。②潛伏，潛藏。例蟄居。

蟄伏 ㄓˊ ㄈㄨˊ 動物藏伏土中或洞穴冬眠。

蟄雷 ㄓˊ ㄌㄟˊ 每年春天第一次的雷聲。

蝥 ㄇㄠˊ máo 名一種專吃植物根部的害蟲。

蝥賊 ㄇㄠˊ ㄗㄟˊ ①吃禾苗的害蟲。②比喻為害社會的小人、敗類。

蟼 ㄐㄧㄤ jiāng 名昆蟲名。寒蟼，似蟬的小蟲，色青赤。

螽 ㄓㄨㄥ zhōng 名①蝗蟲一類的害蟲。②昆蟲名。螽斯，體呈褐綠色，振翅可產生聲音。

螽斯衍慶 ㄓㄨㄥ ㄙ ㄧㄢˇ ㄑㄧㄥˋ 祝福別人兒孫滿堂。

十二畫

蟯 ㄖㄠˊ ráo 名動物名。蟯蟲，一種白色小寄生蟲，雌蟲常於夜間爬至肛門口產卵，引起發癢。

蟬 ㄔㄢˊ chán 名昆蟲名。頭短體長，有複眼，鳴器位於雄蟬的腹部，雌則無。成蟲壽命甚短，大多只能存活二十天左右。亦稱為知了。副連續，續接。例蟬聯。

蟬蛻 ㄔㄢˊ ㄊㄨㄟˋ ①幼蟬退去的殼。②比喻解脫。

蟲 ㄔㄨㄥˊ chóng 名①昆蟲的總稱。②古時對動物的通稱。

蟲災 ㄔㄨㄥˊ ㄗㄞ 昆蟲造成的災禍。

蟳 ㄒㄩㄣˊ xún 名動物名。一種淺海的螃蟹，甲殼青色，肉可食。

蟢 ㄒㄧˇ xǐ 名動物名。蟢子，長腳蜘蛛。

蟪 ㄏㄨㄟˋ huì 名昆蟲名。蟪蛄，蟬類，為一種害蟲。

蟥 ㄏㄨㄤˊ huáng 名 動物名。馬蟥，水蛭的別名。

蟣 ㄐㄧˇ jǐ 名 蝨子的卵和幼蟲。

蟠 ㄆㄢˊ pán 形 彎曲的。例 蟠木。動 盤曲，盤伏。例 龍蟠虎踞。

蟠踞 ㄆㄢˊ ㄐㄩˋ 盤結占據。同 盤踞。

蟠龍 ㄆㄢˊ ㄌㄨㄥˊ ①盤旋環繞的龍形。②盤曲迴旋的龍。

十三畫

蟻 ㄧˇ yǐ 名 ①螞蟻，蟻科昆蟲的總稱。體細小，種類很多，行成群的社會生活。②姓。形 細微的，微小的。例 蟻命。副 眾多地。例 蟻附。

蟻合 ㄧˇ ㄏㄜˊ 形容結集眾多。

蟻酸 ㄧˇ ㄙㄨㄢ 存於蜂蟻等昆蟲體內的一種酸性液體。或稱為甲酸。

蟺 ㄕㄢˋ shàn 名 動物名。蜿蟺，即蚯蚓。形 曲折婉轉的樣子。

蟾 ㄔㄢˊ chán 名 ①見「蟾蜍」。②月亮的代稱。例 蟾兔。

蟾蜍 ㄔㄢˊ ㄔㄨˊ 動物名。兩棲類，體型肥大，皮黑多疣狀突起，具毒腺，鳴囊不發達。俗稱癩蝦蟆。

蠊 ㄌㄧㄢˊ lián 名 昆蟲名。蜚蠊，俗稱蟑螂。

蠅 ㄧㄥˊ yíng 名 昆蟲名。雙翅類，有巨大的複眼，口器呈管狀，繁殖極快，大多有害於人畜。

蠅頭微利 ㄧㄥˊ ㄊㄡˊ ㄨㄟˊ ㄌㄧˋ 比喻很微薄的利益。

蠍 ㄒㄧㄝ xiē 名 動物名。青黑色，腹部分十三節，末端有毒鉤，供禦敵或捕食。

蟹 ㄒㄧㄝˋ xiè 名 動物名。全身有甲殼，眼具長柄，第一對步足發展成螯，種類甚多。

蟹黃 ㄒㄧㄝˋ ㄏㄨㄤˊ 螃蟹的卵巢，味鮮美可食。

蟹行文字 ㄒㄧㄝˋ ㄒㄧㄥˊ ㄨㄣˊ ㄗˋ 指歐美各國的橫寫文字。

蠋 ㄓㄨˊ zhú 名 蛾蝶類的幼蟲。

蟶 ㄔㄥ chēng 名 動物名。蚌類，殼長橢圓形，肉白可食，可在淺海人工養殖。

蠆 ㄔㄞˋ chài 名 ①水蠆，蜻蜓的幼蟲。②蠍的一種。

蠃 ㄌㄨㄛˇ luǒ 名 昆蟲名。一種細腰蜂，色青黑，捕食螟蛉等害蟲。

十四畫

蠔 ㄏㄠˊ háo 名 動物名。即牡蠣，肉味鮮美，營養豐富。

蠔油 ㄏㄠˊ ㄧㄡˊ 由牡蠣的脂肪製成的油。

蠕 ㄖㄨˊ rú 動 似蟲般緩慢爬行。例 蠕動。

蠕動 ㄖㄨˊ ㄉㄨㄥˋ 像蟲子般伸縮扭曲的移動。

蠙 ㄆㄧㄣˊ pín 名 蚌的別稱。

蠐 ㄑㄧˊ qí 名 蠐螬，金龜子的幼蟲。

蠑 ㄖㄨㄥˊ róng 名 動物名。蠑螈，兩棲類，形似蜥蜴，體呈黑色，腹部為紅色。

蠖 ㄏㄨㄛˋ huò 名昆蟲名。尺蠖，蛾類幼蟲。

蠓 ㄇㄥˊ méng 名昆蟲名。蠛蠓，色白，像蚊子，頭上有絮毛。

十五畫

蠣 ㄌㄧˋ lì 名動物名。牡蠣，產於淺海泥沙中，肉味鮮美，營養豐富。亦稱為青蚵。

蠢 ㄔㄨㄣˇ chǔn 形①愚笨的。例蠢材。②肥胖而行動笨拙的。動蟲蠕動爬行。

蠢動 ㄔㄨㄣˇ ㄉㄨㄥˋ ①蟲爬動的樣子。②意圖擾亂而行動。

蠢蠢欲動 ㄔㄨㄣˇ ㄔㄨㄣˇ ㄩˋ ㄉㄨㄥˋ 比喻人企圖擾亂活動。

蠡 ㈠ㄌㄧˊ lí 形器物用久剝落、腐蝕的樣子。動蟲蛀蝕木頭。

㈡ㄌㄧˇ lǐ 名用貝殼做成的水瓢。例以蠡測海。

蠡測 ㄌㄧˇ ㄘㄜˋ 以瓢量測海水。比喻用淺見量度人。

蠟 ㄌㄚˋ là 名①動、植物或礦物所分泌的油質，可作蠟燭或防水劑的原料。例石蠟。②蠟燭的簡稱。形①指顏色淡黃如蠟的。例蠟梅。②用蠟製成的。例蠟筆。動用蠟潤滑物品。

蠟炬 ㄌㄚˋ ㄐㄩˋ 即蠟燭。

蠟紙 ㄌㄚˋ ㄓˇ 塗蠟的紙，可防溼。

蠟染 ㄌㄚˋ ㄖㄢˇ 一種民間傳統印染布匹的工藝。

蠛 ㄇㄧㄝˋ miè 名昆蟲名。蠛蠓，色白，像蚊子，頭上有絮毛。

十七畫

蠱 ㄍㄨˇ gǔ 名①毒害人的小蟲。②以符咒等害人的邪術。例蠱惑人心。動誘亂，迷惑。

蠱毒 ㄍㄨˇ ㄉㄨˊ 以毒物害人，不令人知。

蠱惑 ㄍㄨˇ ㄏㄨㄛˋ 誘惑擾亂，使人心意迷亂。

蠱媚 ㄍㄨˇ ㄇㄟˋ 姿態嫵媚，可迷惑他人。

蠲 ㄐㄩㄢ juān 名一種節肢動物，即馬陸。動①清潔，清洗。例蠲體。②免除。例蠲免。

蠲減 ㄐㄩㄢ ㄐㄧㄢˇ 免除，減輕。

蠲滌 ㄐㄩㄢ ㄉㄧˊ 清潔洗淨。

十八畫

蠶 ㄘㄢˊ cán 名昆蟲名。蠶蛾的幼蟲，以環節蠕動，能吐絲，食桑葉。

蠶豆 ㄘㄢˊ ㄉㄡˋ 植物名。二年生草本，春天開蝶形花，結莢果，種子扁橢圓形，可供食用及入藥。

蠶食 ㄘㄢˊ ㄕˊ ①蠶吃桑葉。②形容緩慢逐漸的侵吞土地或財務。

蠶食鯨吞 ㄘㄢˊ ㄕˊ ㄐㄧㄥ ㄊㄨㄣ 比喻強國對弱國的侵略和併吞。

蠹 ㄉㄨˋ dù 名①蛀食書籍、竹木等的小蟲。例書蠹。②從中敗損或侵耗財物而危害別人者。動腐蝕，蛀爛。

蠹政 ㄉㄨˋ ㄓㄥˋ 殘害人民的政策。

蠹蟲 ㄉㄨˋ ㄔㄨㄥˊ ①指蛀蟲。②泛指寄生社會，毫無貢獻或危害團體利益的人。

蠵 ㄒㄧ xī 名動物名。蠵龜，海龜的別名。

十九畫

蠻 ㄇㄢˊ mán 名古稱南方的種族。例南蠻。形①尚未開化的。例蠻邦。②強橫，不講理的。例蠻橫。副①專橫霸道地。例蠻不講理。②很，頗。例蠻好的。

蠻夷 ㄇㄢˊ ㄧˊ 古代漢族人對四夷的稱呼。

蠻荒 ㄇㄢˊ ㄏㄨㄤ 荒遠偏僻的地方。

蠻貊 ㄇㄢˊ ㄇㄛˋ 南蠻和北狄。泛指四方未開化的民族。

二十畫

蠼 ㄐㄩㄝˊ jué 名①昆蟲名。蠼螋，體色黑褐，有六隻腳，沒有翅膀，尾部形狀如鋏，生活在木石下潮溼的地方。②母猴。

血部 ㄒㄧㄝˇ

血 ㄒㄧㄝˇ xiě 名高等動物體內循環流動的紅色液體，由血漿和血球合成，有黏性及鹹味。具運送養分和氧氣給細胞、輸出二氧化碳等廢物至排泄器官、調節體溫、製造抗體以抵抗疾病等功能。形①同一祖先的。例血統、血緣。②熱烈，剛強的。例血性男兒。

血刃 ㄒㄧㄝˇ ㄖㄣˋ 血染刀刃。指戰爭、殺戮。

血本 ㄒㄧㄝˇ ㄅㄣˇ 辛苦積聚的資本。

血汗 ㄒㄧㄝˇ ㄏㄢˋ 比喻工作所付出的勞力、苦心。

血色 ㄒㄧㄝˇ ㄙㄜˋ ①紅色。②皮膚紅潤的色澤。

血型 ㄒㄧㄝˇ ㄒㄧㄥˊ 人的血清與紅血球相凝集的狀態，可分為四種類型，如O型、A型、B型、AB型。

血案 ㄒㄧㄝˇ ㄢˋ 兇殺流血的案件。

血脈 ㄒㄧㄝˇ ㄇㄞˋ ①體內血液流通的經路，指粗細血管網狀系統的脈絡。②來自同一祖先而有血緣關係的親屬系統。例血脈相通。同血統。

血液 ㄒㄧㄝˇ ㄧㄝˋ 血，由血漿、血球、血小板合成。

血淚 ㄒㄧㄝˇ ㄌㄟˋ ①眼淚幾乎流乾而哭出血來。形容極其悲痛。②血水和淚水。比喻辛酸悲痛。例血淚史。

血球 ㄒㄧㄝˇ ㄑㄧㄡˊ 血液中的細胞，分紅血球、白血球二種。

血腥 ㄒㄧㄝˇ ㄒㄧㄥ ①血液的腥味。②比喻非常殘酷的屠殺。

血管 ㄒㄧㄝˇ ㄍㄨㄢˇ 動物體內運輸血液的管道。分動脈、靜脈、微血管三種。

血漿 ㄒㄧㄝˇ ㄐㄧㄤ 血液中除血球外的液體部分。淡黃色，主要功能為運送養分、二氧化碳及廢物。

血緣 ㄒㄧㄝˇ ㄩㄢˊ 有血統上的關係或血脈相同者。

血親 ㄒㄧㄝˇ ㄑㄧㄣ 有血統關係的親屬。分自然血親、法定血親二種，自然血親又有直糸、旁糸之別。

血戰 ㄒㄧㄝˇ ㄓㄢˋ ①傷亡很多的劇烈戰爭。②形容拚命作戰，奮勇殺敵。

血壓 ㄒㄧㄝˇ ㄧㄚ 血液施於血管壁的壓力。心臟收縮時壓力較高，為收縮壓；放鬆時壓力減小，為舒張壓。正常成年人的收縮壓約在一一〇～一四〇，舒張壓約在七〇～九〇公分水銀柱之間。

血癌 ㄒㄧㄝˇ ㄞˊ 白血球過多的病，是造血組織的一種惡性疾病。亦稱為白血病。

血淋淋 ㄒㄧㄝˇ ㄌㄧㄣˊ ㄌㄧㄣˊ ①鮮血滴流的樣子。②慘痛的樣子。例血淋淋的教訓。

血口噴人 ㄒㄧㄝˇ ㄎㄡˇ ㄆㄣ ㄖㄣˊ 用惡毒的話誣衊陷害他人。

血肉橫飛 ㄒㄧㄝˇ ㄖㄡˋ ㄏㄥˊ ㄈㄟ 血肉四處飛濺。形容傷亡慘重。

血雨腥風 ㄒㄧㄝˇ ㄩˇ ㄒㄧㄥ ㄈㄥ 形容戰爭殺戮的悲慘。

血本無歸 ㄒㄧㄝˇ ㄅㄣˇ ㄨˊ ㄍㄨㄟ 辛苦積聚的資本全部虧損，無法收回。

血流成渠 ㄒㄧㄝˇ ㄌㄧㄡˊ ㄔㄥˊ ㄑㄩˊ 所流的血足以形成溝渠。形容戰場上死傷慘重。亦作「血流成河」。

血海深仇 ㄒㄧㄝˇ ㄏㄞˇ ㄕㄣ ㄔㄡˊ 形容極大極深的仇恨。

血氣之勇 ㄒㄧㄝˇ ㄑㄧˋ ㄓ ㄩㄥˇ 只憑一時衝動所激發的勇氣。

血氣方剛 ㄒㄧㄝˇ ㄑㄧˋ ㄈㄤ ㄍㄤ 形容年輕氣盛，易於衝動。

血債血還 ㄒㄧㄝˇ ㄓㄞˋ ㄒㄧㄝˇ ㄏㄨㄢˊ 表示必定報仇雪恨的激憤語。

四畫

衄 ㄋㄩˋ nǜ 動①鼻子出血。後泛指出血。例衄血。②挫敗。例敗衄。

五畫

衅 ㄒㄧㄣˋ xìn 名同「釁」。古代取牲畜的血塗在器皿上以祭祀神靈。

十五畫

衊 ㄇㄧㄝˋ miè 名汙血。動捏造罪名，陷害他人。例汙衊、誣衊。

行部 ㄒㄧㄥˊ

行 ㈠ㄒㄧㄥˊ xíng 名①古代詩體的一種。例長干行。②出外時攜帶的衣服、物品。例行李。③漢字書體的一種。例行書。形幹練的。例他很行。動①走路。例行走。②前往。③移動。例運行。④流傳，傳布。例通行全球。⑤可以，表示同意。例不行。⑥做。例行禮。⑦經歷，歷時。例行年七十。副將要。例行將遠遊。
㈡ㄒㄧㄥˋ xìng 名品格，舉止。例品行。
㈢ㄏㄤˊ háng 名①直列。例一目十行。②職業。例各行各業。③交易買賣的場所。例銀行。④兄弟姐妹間出生次第。例排行。⑤軍隊。例戎行。
㈣ㄏㄤˋ hàng 名樹行子，成行排列的樹木。形剛強的樣子。例行行。

行人 ㄒㄧㄥˊ ㄖㄣˊ 在路上走的人。

行乞 ㄒㄧㄥˊ ㄑㄧˇ 向人乞錢討飯。

行凶 ㄒㄧㄥˊ ㄒㄩㄥ　做殺害人的事。

行文 ㄒㄧㄥˊ ㄨㄣˊ　①官廳的公文、文書往來。②寫文章。例行文簡鍊精賅。

行止 ㄒㄧㄥˊ ㄓˇ　①人的應對進退。②人往來的蹤跡。例行止不定。③做主、做決定，事情的解決辦法。

行刑 ㄒㄧㄥˊ ㄒㄧㄥˊ　執行刑罰。後專指死刑。

行列 ㄏㄤˊ ㄌㄧㄝˋ　排列的次序。直的稱行，橫的稱列。

行伍 ㄏㄤˊ ㄨˇ　軍隊的行列，古代以五人為伍，二十五人為行。也泛指軍隊。

行年 ㄒㄧㄥˊ ㄋㄧㄢˊ　年齡，年歲。

行行 ㊀ㄏㄤˊ ㄏㄤˊ　各種行業。㊁ㄏㄤˋ ㄏㄤˋ　指人剛強的樣子。㊂ㄒㄧㄥˊ ㄒㄧㄥˊ　①形容走走停停的樣子。例古詩十九首：「行行重行行，與君生別離。」②施行辦理。例行行好事。

行車 ㄒㄧㄥˊ ㄔㄜ　①駕駛車輛。例行車平安。②車輛行進。例此處不准行車。

行李 ㄒㄧㄥˊ ㄌㄧˇ　①外出時所攜帶的行裝。②行人，使者。

行事 ㄒㄧㄥˊ ㄕˋ　①行為舉止。例行事莽撞。②辦事，做事。例奉命行事。

行刺 ㄒㄧㄥˊ ㄘˋ　暗中殺人。

行房 ㄒㄧㄥˊ ㄈㄤˊ　夫婦的性生活。

行政 ㄒㄧㄥˊ ㄓㄥˋ　①國家的政務。如內政、外交、教育、軍事、財政等。②國家或團體基於維持統治上的需要，進行的一種權力作用。③公共機關業務的推行與管理。

行軍 ㄒㄧㄥˊ ㄐㄩㄣ　①用兵打戰，遣調軍隊。②軍事部隊基於作戰、訓練及行政等要求所行的地面運動。

行星 ㄒㄧㄥˊ ㄒㄧㄥ　天空中依一定軌道繞恆星周圍運行的星。如金星、木星等。

行家 ㄏㄤˊ ㄐㄧㄚ　①對某個領域精熟的人。同專家。②代客介紹買賣貨品，從中抽取佣金的個人或商行。

行宮 ㄒㄧㄥˊ ㄍㄨㄥ　帝王出行時，臨時休息居住的地方。

行書 ㄒㄧㄥˊ ㄕㄨ　書體的一種，比草書端莊，較楷書流暢活潑。

行徑 ㄒㄧㄥˊ ㄐㄧㄥˋ　①可以通行的小路。②行為，舉動。

行情 ㄏㄤˊ ㄑㄧㄥˊ　①商品在市場上的一般市價。②身價。例他是行情看漲的單身漢。

行規 ㄏㄤˊ ㄍㄨㄟ　同業間共同約定遵守的規則。

行將 ㄒㄧㄥˊ ㄐㄧㄤ　將要。

行動 ㄒㄧㄥˊ ㄉㄨㄥˋ　①行為，舉動。②走動，或指為達某一目標而有所作為。

行善 ㄒㄧㄥˊ ㄕㄢˋ　從事慈善的義舉。

行為 ㄒㄧㄥˊ ㄨㄟˊ　基於個人的意志支配而具體表現於外的舉止動作。

行程 ㄒㄧㄥˊ ㄔㄥˊ　①路程。②旅遊的預定日程。例這是去威尼斯的行程。

行進 ㄒㄧㄥˊ ㄐㄧㄣˋ　①向前行走。②軍事上指以穩定有規則的方法，依指定方向前進的徒步運動。

行道 ㄒㄧㄥˊ ㄉㄠˋ　①供人車通行的道路。②實踐道德、正義或理想。例替天行道。

行話 ㄏㄤˊ ㄏㄨㄚˋ ①同業間的專用語。②對某領域精熟而說出的話。

行賄 ㄒㄧㄥˊ ㄏㄨㄟˋ 以財物賄賂他人，以對自己有利。

行業 ㄏㄤˊ ㄧㄝˋ 個人所從事職業的種類。如農、工、商、演藝等業。

行駛 ㄒㄧㄥˊ ㄕˇ 泛指車、船等交通工具的行走。

行銷 ㄒㄧㄥˊ ㄒㄧㄠ 銷售。

行樂 ㄒㄧㄥˊ ㄌㄜˋ 享受歡樂。

行館 ㄒㄧㄥˊ ㄍㄨㄢˇ 臨時居住的房舍。

行禮 ㄒㄧㄥˊ ㄌㄧˇ ①以鞠躬、作揖等方式表達敬意。②舉行某種儀式。

行騙 ㄒㄧㄥˊ ㄆㄧㄢˋ 做出欺詐、騙人的事情。

行醫 ㄒㄧㄥˊ ㄧ 醫師執行醫療業務。

行囊 ㄒㄧㄥˊ ㄋㄤˊ 出外時裝行李財物的袋子。

行竊 ㄒㄧㄥˊ ㄑㄧㄝˋ 做出偷竊的行為。

行道樹 ㄒㄧㄥˊ ㄉㄠˋ ㄕㄨˋ 種植在道路兩旁的樹木。

行事曆 ㄒㄧㄥˊ ㄕˋ ㄌㄧˋ 預先擬訂的活動日程表，作為未來行事的依據。

行尸走肉 ㄒㄧㄥˊ ㄕ ㄗㄡˇ ㄖㄡˋ 會走動卻沒有魂魄的軀體。比喻一個人徒具形骸，缺乏生氣，沒有生活的意義。

行有餘力 ㄒㄧㄥˊ ㄧㄡˇ ㄩˊ ㄌㄧˋ 做完分內的事，還有能力去做另一件事。

行動電話 ㄒㄧㄥˊ ㄉㄨㄥˋ ㄉㄧㄢˋ ㄏㄨㄚˋ 可隨身攜帶的電話，即手機。

行將就木 ㄒㄧㄥˊ ㄐㄧㄤ ㄐㄧㄡˋ ㄇㄨˋ 比喻壽命將近。木：指棺材。

行雲流水 ㄒㄧㄥˊ ㄩㄣˊ ㄌㄧㄡˊ ㄕㄨㄟˇ ①飄動的浮雲，流動的水。形容飄灑自然，沒有拘束。②比喻文章自然流暢。③比喻無足輕重的事物。

三畫

衍 ㄧㄢˇ yǎn 形多餘的。例衍字。動延展，分布。例推衍。

衍文 ㄧㄢˇ ㄨㄣˊ 古書裡因輾轉抄寫而訛誤多餘的字句。

衍生 ㄧㄢˇ ㄕㄥ 因某種連帶關係而旁生。

衎 ㄎㄢˋ kàn 形和樂的樣子。例衎衎。

五畫

衒 ㄒㄩㄢˋ xuàn 形自我誇耀推薦的。例衒士。動①沿街做誇而不實的叫賣。例衒賣。②炫示，誇耀。例自衒。

衒耀 ㄒㄩㄢˋ ㄧㄠˋ 賣弄、誇耀自己的才能。

術 ㊀ㄕㄨˋ shù 名①技藝，學問。例美術、技術。②方法，策略。例戰術、權術。㊁ㄙㄨㄟˋ suì 名通「遂」。古代位於郊外的行政區。

術士 ㄕㄨˋ ㄕˋ ①稱占卜星相和研究神仙祈禱一類的人。②有技藝的人。

術科 ㄕㄨˋ ㄎㄜ 技術科目。

術語 ㄕㄨˋ ㄩˇ 學術上表示特殊意義的專門用語。

術業 ㄕㄨˋ ㄧㄝˋ 技藝學術。例術業有專攻。

術德兼修 ㄕㄨˋ ㄉㄜˊ ㄐㄧㄢ ㄒㄧㄡ 技術與品德兼具並修。

六畫

街 ㄐㄧㄝ jiē 名①城鎮中兩旁有商店，且較熱鬧的道路。也泛指一般馬路。例大街小巷。②某行業集中的商業區。例小吃街。

街市 ㄐㄧㄝ ㄕˋ 商店等各種買賣集中的街道。

街坊 ㄐㄧㄝ ˙ㄈㄤ ①大街小巷。②鄰居，鄰舍。

街道 ㄐㄧㄝ ㄉㄠˋ 供人車通行的道路。

街頭 ㄐㄧㄝ ㄊㄡˊ 街上。例流落街頭。

街談巷議 ㄐㄧㄝ ㄊㄢˊ ㄒㄧㄤˋ ㄧˋ 大街小巷中的議論。引申指無根據、不正確的傳聞。

街頭巷尾 ㄐㄧㄝ ㄊㄡˊ ㄒㄧㄤˋ ㄨㄟˇ 泛指街巷的各個地方。

衖 ㄌㄨㄥˋ lòng 名通「弄」。巷中巷。

衕 ㄊㄨㄥˊ tóng 名衚衕，小街道。

七畫

衙 ㈠ㄧㄚˊ yá 名①古代官吏辦理公務的地方。例官衙。②唐代天子處理政務的前殿。㈡ㄩˊ yú 副衙衙，列隊行走地。

衙役 ㄧㄚˊ ㄧˋ 古代地方官署裡的差役。

衙門 ㄧㄚˊ ˙ㄇㄣ 古代辦公、處理政務的官府。

九畫

衛 ㄨㄟˋ wèi 名①古國名。②擔任防護的人。例警衛。③古代邊境駐兵防敵的地區。例屯衛。④姓。動保護，防守。例保家衛國。

衛士 ㄨㄟˋ ㄕˋ 負責保護守衛工作的士兵。同衛兵。

衛生 ㄨㄟˋ ㄕㄥ ①泛指個人養生之道，及社會大眾追求健康的觀念和行為。②形容清潔。

衛戍 ㄨㄟˋ ㄕㄨˋ 派駐軍隊以防衛。

衛星 ㄨㄟˋ ㄒㄧㄥ ①環繞行星周圍運行的天體。②附屬的。例衛星市鎮。③人造衛星的簡稱。

衛隊 ㄨㄟˋ ㄉㄨㄟˋ 負責防護的部隊。

衛冕 ㄨㄟˋ ㄇㄧㄢˇ 在競賽中，繼續保持冠軍的地位。

衛道 ㄨㄟˋ ㄉㄠˋ 擁護傳統的道德。多指擁護儒道而言。

衛生衣 ㄨㄟˋ ㄕㄥ ㄧ 一種貼身保暖的棉或毛織內衣。

衛生所 ㄨㄟˋ ㄕㄥ ㄙㄨㄛˇ 政府推行衛生保健機構中最小的行政單位。

衝 ㈠ㄔㄨㄥ chōng 名交通要道。例要衝。動①向前直行。例往前衝。②直著向上頂。例怒髮衝冠。③碰撞，冒犯。例衝撞。㈡ㄔㄨㄥˋ chòng 形①充足的，強烈的。例好衝的味兒。②勇猛的。例衝勁十足。③激烈的，無禮的。例他說話很衝！動①因，根據。例衝著妳的話，我不信也得信。②向，對。例衝著你一笑。

衝刺 ㄔㄨㄥ ㄘˋ 競賽中，當逼近目標時，全力往前急衝。比喻最後關頭的努力。

衝突 ㄔㄨㄥ ㄊㄨˊ ①深入敵軍而攻擊。②因意見不同而起爭執。

衝冠 ㄔㄨㄥ ㄍㄨㄢ 怒氣使頭髮把帽子頂起。形容非常憤怒。

衝要 ㄔㄨㄥ ㄧㄠˋ 軍事或交通要地。

衝浪 ㄔㄨㄥ ㄌㄤˋ 一種利用薄板在海面上順著浪濤滑行的運動。

衝動 ㄔㄨㄥ ㄉㄨㄥˋ 因情緒過於激動，而由本能發起非理性的心理活動。

衝撞 ㄔㄨㄥ ㄓㄨㄤˋ ①互相衝擊碰撞。②冒犯頂撞。

衝鋒 ㄔㄨㄥ ㄈㄥ 突入敵陣，以兵器相互攻擊。

衝擊 ㄔㄨㄥ ㄐㄧ ①衝向敵人進行攻擊。②衝撞碰擊。

衝口而出 ㄔㄨㄥ ㄎㄡˇ ㄦˊ ㄔㄨ 不經思考地隨便說出來。

衝鋒陷陣 ㄔㄨㄥ ㄈㄥ ㄒㄧㄢˋ ㄓㄣˋ 突入敵方陣地向敵人攻擊。形容作戰英勇。

十畫

衡 ㄏㄥˊ héng 名①置於車轅前端的橫木。②即秤，量輕重的器具。動斟酌，評量。例衡量。

衡量 ㄏㄥˊ ㄌㄧㄤˊ 考慮，思索，斟酌。

十八畫

衢 ㄑㄩˊ qú 名四通八達的道路。例通衢。形分歧的。例衢道。

衢路 ㄑㄩˊ ㄌㄨˋ ①四通八達的大道。②分歧的道路。

衣部

衣 ㈠ㄧ yī 名①人身上所穿，用來蔽體禦寒的東西。②包在器物外的東西。例糖衣。③蔬果的薄皮。④姓。㈡ㄧˋ yì 動穿著，替人穿上衣服。例論語：「衣輕裘。」

衣衫 ㄧ ㄕㄢ 單衣或外衣。今泛指衣服。

衣服 ㄧ ㄈㄨˊ 泛指可穿在身上的各種服裝。同衣裳。

衣物 ㄧ ㄨˋ 衣服與器物。

衣冠 ㄧ ㄍㄨㄢ 衣服和帽子。

衣架 ㄧ ㄐㄧㄚˋ 掛置衣服的架子。

衣食 ㄧ ㄕˊ 衣服和食物。泛指生活所需。

衣料 ㄧ ㄌㄧㄠˋ 縫製衣服的材料。如綢緞、棉布等。

衣著 ㄧ ㄓㄨㄛˊ 泛指人身上穿戴的衣帽。

衣缽 ㄧ ㄅㄛ ①衣指袈裟，缽指食具，皆為佛教禪宗傳承時的信物。後泛指師傅和弟子。②指老師所傳授的思想、學術、技能。

衣襟 ㄧ ㄐㄧㄣ 衣服胸前的部分。

衣櫥 ㄧ ㄔㄨˊ 放置衣物的櫥子。

衣架子 ㄧ ㄐㄧㄚˋ ˙ㄗ ①比喻身材標準。②指虛有其表，沒有內涵的人。

衣冠冢 ㄧ ㄍㄨㄢ ㄓㄨㄥˇ 僅埋葬死者衣帽等遺物的墳墓，多為紀念死者所造。

衣衫襤褸 ㄧ ㄕㄢ ㄌㄢˊ ㄌㄩˇ 形容衣服破爛不堪。

衣冠不整 ㄧ ㄍㄨㄢ ㄅㄨˋ ㄓㄥˇ 服裝不整齊。

衣冠楚楚 ㄧ ㄍㄨㄢ ㄔㄨˇ ㄔㄨˇ 服飾整齊鮮麗的樣子。

衣冠禽獸 ㄧ ㄍㄨㄢ ㄑㄧㄣˊ ㄕㄡˋ 比喻雖有知識、地位但品德敗壞的人。

衣食父母 ㄧ ㄕˊ ㄈㄨˋ ㄇㄨˇ 敬稱生活所仰賴的人。

衣錦還鄉 ㄧ ㄐㄧㄣˇ ㄏㄨㄢˊ ㄒㄧㄤ 身穿錦繡的衣服返回故鄉。形容人功成名就後榮歸故鄉。

二畫

初

ㄔㄨ chū 名 ①原來，從前。例和好如初。②起源，開始。例月初、人之初。③姓。形 ①從前，原來的。例初衷。②最先，開頭的。例初雪、初夏。③最低的。例初級。④農曆每月一日到十日，皆冠上「初」字，表示是在上旬的。例初一。副 ①第一次地。例初戀、初試啼聲。②甫，剛剛。例初出茅廬。

初一 ㄔㄨ ㄧ ①農曆每個月的第一天。②舊初中一年級的簡稱，即國中一年級。

初犯 ㄔㄨ ㄈㄢˋ 指第一次犯罪而經判決確定的人。

初旬 ㄔㄨ ㄒㄩㄣˊ 每月一日到十日。同上旬。

初更 ㄔㄨ ㄍㄥ 古代將夜晚時間分為五更，初更指晚上七時到九時。

初步 ㄔㄨ ㄅㄨˋ ①事情進行程序中剛開始的階段。②引導初學、入門的書籍。用以比喻淺顯的。

初版 ㄔㄨ ㄅㄢˇ 書籍的第一次印行出版。

初衷 ㄔㄨ ㄓㄨㄥ 原來的心意或願望。同初願。

初級 ㄔㄨ ㄐㄧˊ 最根本基礎的階級。同初等。

初診 ㄔㄨ ㄓㄣˇ 病人第一次到某醫院或診所接受診療。

初創 ㄔㄨ ㄔㄨㄤˋ 剛剛創設。同草創。

初選 ㄔㄨ ㄒㄩㄢˇ 在分階段的選舉中，第一階段的選舉。

初出茅廬 ㄔㄨ ㄔㄨ ㄇㄠˊ ㄌㄨˊ 比喻開始嶄露頭角。今多用以比喻初入社會，缺乏經驗。

初生之犢 ㄔㄨ ㄕㄥ ㄓ ㄉㄨˊ 剛出生的小牛。比喻膽大敢為，無所畏懼的年輕人。例初生之犢不懼虎。

初來乍到 ㄔㄨ ㄌㄞˊ ㄓㄚˋ ㄉㄠˋ 剛剛來到一個地方不久。

三畫

衩

ㄔㄚˋ chà 名 衣裙兩旁開叉處。例衩口。

衫

ㄕㄢ shān 名 ①衣服的通稱。例衣衫。②短袖的單衣。例汗衫。

表

ㄅㄧㄠˇ biǎo 名 ①事物的外貌。例外表、虛有其表。②模範，榜樣。例表率。③古代臣子呈給帝王的一種奏章。例出師表。④分類排列以記錄事物的文件。例統計表。⑤姻親關係。例表兄弟。⑥計時或計量的器具。例儀表。動 ①傳達，宣布。例發表。②彰顯。例表揚。

表土 ㄅㄧㄠˇ ㄊㄨˇ 土壤剖面的表面部分，適合耕作。

表示 ㄅㄧㄠˇ ㄕˋ 把意思說明並顯現出來。

表功 ㄅㄧㄠˇ ㄍㄨㄥ ①表彰功德。②故意宣揚自己的功勞。

表皮 ㄅㄧㄠˇ ㄆㄧˊ ①植物體的表面及動物皮膚的外層。②泛指事物的表層。

表白 ㄅㄧㄠˇ ㄅㄞˊ 對人說明自己的意見、情感，或對事情的真相加以辯白。

表決 ㄅㄧㄠˇ ㄐㄩㄝˊ 開會時對議案投票以決定是否成立。

表明 ㄅㄧㄠˇ ㄇㄧㄥˊ 將意思表示清楚。

表面 ㄅㄧㄠˇ ㄇㄧㄢˋ 外面的部分。

表格 ㄅㄧㄠˇ ㄍㄜˊ 分類、分格填記事物，以便閱覽或統計的一種格式。

表率 ㄅㄧㄠˇ ㄕㄨㄞˋ 以身作則的典範。

表情 ㄅㄧㄠˇ ㄑㄧㄥˊ 臉部表現和身體動作所表達的各種情感。

表現 ㄅㄧㄠˇ ㄒㄧㄢˋ 把內在的思想、感情、生活經歷等顯露出來。

表揚 ㄅㄧㄠˇ ㄧㄤˊ 對於好的人或事公開表彰顯揚。

表象 ㄅㄧㄠˇ ㄒㄧㄤˋ ①表現在外的徵象。②心理學上指再出現於意識界的過去印象。

表達 ㄅㄧㄠˇ ㄉㄚˊ 表示自己的思考、情感給他人知道。

表演 ㄅㄧㄠˇ ㄧㄢˇ ①戲劇角色的扮演。②把情節或特殊技藝以公開方式表現。③用動作、行為、方法把事情的內容或特點逐一演出，以供他人模仿或學習。

表徵 ㄅㄧㄠˇ ㄓㄥ 顯現出來的事實可以徵驗。

表態 ㄅㄧㄠˇ ㄊㄞˋ 表示態度。

表親 ㄅㄧㄠˇ ㄑㄧㄣ 姑母、舅母、姨母方面的親戚。

表兄弟 ㄅㄧㄠˇ ㄒㄩㄥ ㄉㄧˋ 用以稱姑母、舅父、姨母的兒子。年紀比自己大的稱表兄，小的稱表弟。

表裡一致 ㄅㄧㄠˇ ㄌㄧˇ ㄧ ㄓˋ 內外一致。指思想和言行一致。同表裡如一。

表裡山河 ㄅㄧㄠˇ ㄌㄧˇ ㄕㄢ ㄏㄜˊ 有山河為屏障，防守沒有憂慮。形容地勢險要。

表露無遺 ㄅㄧㄠˇ ㄌㄨˋ ㄨˊ ㄧˊ 完全顯示，沒有遺漏或隱瞞。

四畫

衰 ㈠ㄕㄨㄞ shuāi 動①減退，由強盛而微弱。例衰退。②消瘦，老邁。例衰老。③閩南方言。指運氣差、倒楣。㈡ㄘㄨㄟ cuī 名用粗麻布做成不縫邊的喪服。動依一定的等級層遞而降。

衰亡 ㄕㄨㄞ ㄨㄤˊ 衰弱敗亡。

衰老 ㄕㄨㄞ ㄌㄠˇ 年老而精力衰減。同衰邁。

衰朽 ㄕㄨㄞ ㄒㄧㄡˇ 年老無用。

衰弱 ㄕㄨㄞ ㄖㄨㄛˋ 不健壯或不強盛。

衰退 ㄕㄨㄞ ㄊㄨㄟˋ 衰弱減退。

衰落 ㄕㄨㄞ ㄌㄨㄛˋ ①凋零沒落。②形容國家腐敗。

衰敗 ㄕㄨㄞ ㄅㄞˋ 從強盛到凋零敗壞。

衰微 ㄕㄨㄞ ㄨㄟ 衰弱微小。

衰頹 ㄕㄨㄞ ㄊㄨㄟˊ ①年紀衰老。②精神衰敗。

衰竭 ㄕㄨㄞ ㄐㄧㄝˊ 因疾病嚴重而導致生理機能極度衰微，沒有力氣。

衰變 ㄕㄨㄞ ㄅㄧㄢˋ 放射性元素的原子核發生激烈變動，而變成另一種元素或同元素的另一能量狀態。

衷 ㄓㄨㄥ zhōng 名①內衣。例衷衣，貼身衣物。②內心。例言不由衷、無動於衷。③心意，心事。例苦衷。④姓。形真誠的，內心的。

衷心 ㄓㄨㄥ ㄒㄧㄣ 誠摯的心意。

衷曲 ㄓㄨㄥ ㄑㄩ 內心的情意。

衷情 ㄓㄨㄥ ㄑㄧㄥˊ 心中的感情。例互訴衷情。

衽 ㄖㄣˋ rèn 名①衣襟。例左衽。②衣袖開口處。③睡覺用的席子。例衽席。④古時用來接合棺身和棺蓋的木楔。動①扣合，整理。②睡臥。

袂 ㄇㄟˋ mèi 名衣袖或袖口。例連袂出席。

衵 ㄋㄧˋ nì 名貼身內衣。

衲 ㄋㄚˋ nà 名①僧徒的自稱。例老衲。②僧服。例衲衣。動縫補，補綴。

衹 ㄑㄧˊ qí 名僧尼所穿的衣服。副通「祇」。只，僅僅。

衿 ㄐㄧㄣ jīn 名①衣服前面有鈕扣開合的部分。例衣衿。②衣領。例詩經：「青青子衿，悠悠我心。」③衣服的結帶。

袁 ㄩㄢˊ yuán 名姓。形衣服寬長的樣子。

衾 ㄑㄧㄣ qīn 名①大被子。例布衾。②覆蓋屍體的單被。例衾單。

五畫

袤 ㄇㄠˋ mào 名①土地南北向的長度。②衣帶以上的衣服。

袜 ㊀ㄇㄛˋ mò 名婦女所使用的抹胸、肚兜。㊁ㄨㄚˋ wà「襪」的異體字。

祛 ㄑㄩ qū 名袖口。動①舉起衣袖。②除去，消除。例陶淵明．九日閑居詩：「酒能祛百慮。」

被 ㊀ㄅㄟˋ bèi 名睡眠時蓋在身上的東西。例被褥。動①覆蓋，穿著。②蒙受，遭遇。③及，達到。助用在動詞前構成被動詞組，表被動語氣。㊁ㄆㄧ pī 動通「披」。①穿衣而不繫帶。②分散。例被髮左衽。

被子 ㄅㄟˋ ˙ㄗ 睡覺時蓋在身上的東西。

被告 ㄅㄟˋ ㄍㄠˋ 被人起訴而為訴訟當事人。反原告。

被服 ㄅㄟˋ ㄈㄨˊ 衣服、被子等穿用的東西。

被套 ㄅㄟˋ ㄊㄠˋ 放置被褥等東西的袋子。

被動 ㄅㄟˋ ㄉㄨㄥˋ 受外力影響才行動。

被單 ㄅㄟˋ ㄉㄢ ①鋪在床上或套在棉被外的一層布。②夏天用單層布做成的被子。

被窩 ㄅㄟˋ ㄨㄛ 棉被覆在人體上形成的空間。

被褥 ㄅㄟˋ ㄖㄨˋ 被子與床墊。比喻寢具。

被髮 ㄆㄧ ㄈㄚˇ 披散著頭髮。

被子植物 ㄅㄟˋ ㄗˇ ㄓˊ ㄨˋ 植物分類上的一門。種類繁多，在形態上有喬木、灌木、蔓生植物和草本植物。胚珠包藏在花中雌蕊的子房內，種子包在果實內。

被堅執銳 ㄆㄧ ㄐㄧㄢ ㄓˊ ㄖㄨㄟˋ　身穿堅甲，手持利器。

袒

ㄊㄢˇ tǎn　動①裸露。例袒胸。②偏護，庇護。例偏袒。

袒胸 ㄊㄢˇ ㄒㄩㄥ　露出胸部。

袒護 ㄊㄢˇ ㄏㄨˋ　庇護，偏護。

袒裼裸裎 ㄊㄢˇ ㄒㄧˊ ㄌㄨㄛˇ ㄔㄥˊ　赤身露體。形容粗魯沒有禮貌。

袖

ㄒㄧㄡˋ xiù　名衣服從肩到手腕的部分。例衣袖。動把東西藏於袖中。例袖手。

袖子 ㄒㄧㄡˋ ˙ㄗ　衣服從肩到手腕的部分。

袖珍 ㄒㄧㄡˋ ㄓㄣ　形容小巧精緻。

袖珍本 ㄒㄧㄡˋ ㄓㄣ ㄅㄣˇ　版式極小，可置於口袋中的書。

袖手旁觀 ㄒㄧㄡˋ ㄕㄡˇ ㄆㄤˊ ㄍㄨㄢ　把手放在袖子裡，在一旁觀看。形容置身事外，不參與其事。亦作「束手旁觀」。

袍

ㄆㄠˊ páo　名①寬大而夾層中鋪有棉絮的外衣。例棉袍。②長衣。例旗袍。③衣服的前襟。

袍澤 ㄆㄠˊ ㄗㄜˊ　形容軍人間休戚與共、互相扶持的友情。為軍人彼此的稱呼。

袞

ㄍㄨㄣˇ gǔn　名①古代天子祭祀所穿的禮服。後指天子。②古代上公所穿的禮服。後指三公。

袞袞 ㄍㄨㄣˇ ㄍㄨㄣˇ　①眾多的樣子。②談話滔滔不絕的樣子。③大水奔流不止，波浪翻湧的樣子。

袞袞諸公 ㄍㄨㄣˇ ㄍㄨㄣˇ ㄓㄨ ㄍㄨㄥ　有權勢、握政權的當局。

袈

ㄐㄧㄚ jiā　見「袈裟」。

袈裟 ㄐㄧㄚ ㄕㄚ　僧侶所穿的衣服。同法衣。

袋

ㄉㄞˋ dài　名①有容納或盛裝作用的部位或器具。例腦袋。②計算袋裝物的量詞。例一袋米。

袋鼠 ㄉㄞˋ ㄕㄨˇ　動物名。哺乳類，前腿短小，後腿壯碩有力，善跳躍，尾巴粗大，能平衡身體，雌鼠腹部有育兒的皮囊。

六畫

裉

ㄎㄣˋ kèn　名衣服的掛肩或腰身。

袺

ㄐㄧㄝˊ jié　動用手把衣襟往上提。

袿

㈠ㄍㄨㄟ guī　名①婦女的上衣。②衣袖。㈡ㄍㄨㄚˋ guà　名通「褂」。外衣。

袱

ㄈㄨˊ fú　名用來包裹東西的方巾。例包袱。

袷

ㄐㄧㄚˊ jiá　名無夾絮的兩層衣服。例袷衣。

袽

ㄖㄨˊ rú　名古代用來塞住船上漏洞的破衣服或舊棉絮。

裁

ㄘㄞˊ cái　名①體制，格式。例體裁、別出心裁。②計算布料的量詞。動①剪開紙或布料。例裁紙。②壓抑，控制。例獨裁。③減少。例裁軍。④判斷。例裁判。⑤殺。例自裁。

裁刀 ㄘㄞˊ ㄉㄠ　裁開紙張、布料、木板等用的刀。

裁兵 ㄘㄞˊ ㄅㄧㄥ 減少兵額。

裁決 ㄘㄞˊ ㄐㄩㄝˊ ①判斷決定。②行政官署依據法令對具有違法事實的人，科以一定處罰。

裁判 ㄘㄞˊ ㄆㄢˋ ①依競賽規則，對競賽成績或競賽中所發生的問題與紛爭作公平的處置或評斷勝負的人。②指審判機關依事實和法律，對當事人或訴訟關係人所作的決定，可分判決及裁定。

裁軍 ㄘㄞˊ ㄐㄩㄣ 減少軍備、武器、兵額等。

裁併 ㄘㄞˊ ㄅㄧㄥˋ 裁減及合併機構，使組織精簡有效率。

裁員 ㄘㄞˊ ㄩㄢˊ 為精簡經費，裁減不需要的人員。

裁剪 ㄘㄞˊ ㄐㄧㄢˇ ①縫製衣服。②將文章加以潤色修飾。③事情的斟酌取捨。

裁處 ㄘㄞˊ ㄔㄨˇ 決定，處理。

裁撤 ㄘㄞˊ ㄔㄜˋ 將已設立的機構或事物廢止或停止。

裁奪 ㄘㄞˊ ㄉㄨㄛˊ 度量事理以決定可否。同裁度。

裁縫 ㄘㄞˊ ㄈㄥˊ ①裁剪縫製衣服。②縫製衣服的人。

裁斷 ㄘㄞˊ ㄉㄨㄢˋ 經過深思熟慮後做出判斷。

裂

ㄌㄧㄝˋ liè 動 ①割，破開。例破裂、裂開。②分離，分散。例決裂、四分五裂。

裂果 ㄌㄧㄝˋ ㄍㄨㄛˇ 果實成熟時，果皮乾燥破裂，使種子飛散各處。

裂帛 ㄌㄧㄝˋ ㄅㄛˊ ①撕裂布帛。②形容清脆的聲音。

裂紋 ㄌㄧㄝˋ ㄨㄣˊ 物品受壓力而產生破裂的紋路。

裂痕 ㄌㄧㄝˋ ㄏㄣˊ ①破裂的痕跡。②比喻感情破裂，彼此有嫌隙。

裂眥 ㄌㄧㄝˋ ㄗˋ 眼睛張得很大，使眼眶都裂開。形容極為憤怒。

裂縫 ㄌㄧㄝˋ ㄈㄥˋ 破裂的縫隙。

七畫

裟

ㄕㄚ shā 見「袈裟」。

裒

ㄆㄡˊ póu 動 ①聚集一起。例裒輯。②消除，減去。例裒多益寡。

裙

ㄑㄩㄣˊ qún 名 ①腰部以下的服裝。例迷你裙。②鱉甲邊緣的肉。例鱉裙。

裙釵 ㄑㄩㄣˊ ㄔㄞ 比喻女子。

裋

ㄕㄨˋ shù 名 童僕穿的粗布衣服。例裋褐。

補

ㄅㄨˇ bǔ 名 對身體有幫助的營養品。例補品、冬令進補。動 ①修好破損。例補綴。②添加。例補充、填補。③助益。例於事無補、不無小補。④事後改正。例補救。

補白 ㄅㄨˇ ㄅㄞˊ ①出版物上用來填補空白的文字。②畫家謙稱作品只是供人填補空白的牆壁。

補充 ㄅㄨˇ ㄔㄨㄥ 填補不足的部分。

補考 ㄅㄨˇ ㄎㄠˇ 因故無法參加考試或考試未及格，另行擇期補行的考試。

補助 ㄅㄨˇ ㄓㄨˋ 因需要而給予財務方面的幫助。

補述 ㄅㄨˇ ㄕㄨˋ 補充說明。

補品 ㄅㄨˇ ㄆㄧㄣˇ　具滋養效果的食品。

補釘 ㄅㄨˇ ㄉㄧㄥ　補綴衣物破損的部分。亦作「補靪」。

補缺 ㄅㄨˇ ㄑㄩㄝ　①遞補職位缺額。②彌補缺漏。

補救 ㄅㄨˇ ㄐㄧㄡˋ　彌補救助。例這件事情還有補救機會。

補假 ㄅㄨˇ ㄐㄧㄚˋ　①錯過應放假日期而再補放一日。②未能事先請假而事後再申請。

補習 ㄅㄨˇ ㄒㄧˊ　①正式課業外的學習。②非正式的學習。

補貼 ㄅㄨˇ ㄊㄧㄝ　添足欠缺的部分。亦作「貼補」。

補給 ㄅㄨˇ ㄐㄧˇ　補充供給所需的一切物資。多用於軍事。

補償 ㄅㄨˇ ㄔㄤˊ　彌補償還所虧欠的部分。

補給線 ㄅㄨˇ ㄐㄧˇ ㄒㄧㄢˋ　自基地或後方供給前線物質的交通路線。

裡 ㄌㄧˇ lǐ 名①衣物的內層襯布。例裡子。②內部。例表裡如一。③地方，處所。例我在這裡。④時間。例夜裡。⑤內，中。例嘴裡不說。

裡頭 ㄌㄧˇ ˙ㄊㄡ　①內部。例盒子裡頭有多少球。②指事情的另一面。例這裡頭大有文章。

裡脊肉 ㄌㄧˇ ㄐㄧˇ ㄖㄡˋ　豬、牛、羊等脊椎骨兩旁的肉。或作「里肌肉」。

裡裡外外 ㄌㄧˇ ㄌㄧˇ ㄨㄞˋ ㄨㄞˋ　內外到處。例百貨公司裡裡外外都是人。

裡應外合 ㄌㄧˇ ㄧㄥˋ ㄨㄞˋ ㄏㄜˊ　內外互相勾結應和。也作「裡勾外應」。

裎 ㄔㄥˊ chéng 動光著身體。例裸裎。

裕 ㄩˋ yù 形①豐厚的。例充裕。②寬緩的。例寬裕。

裕民 ㄩˋ ㄇㄧㄣˊ　使人民富足充裕。

裕如 ㄩˋ ㄖㄨˊ　①豐富充足的樣子。②從容不迫的樣子。例應付裕如。

裕國 ㄩˋ ㄍㄨㄛˊ　使國家富裕充足。

裔 ㄧˋ yì 名①邊際。例水裔。②後代子孫。例後裔。

裔胄 ㄧˋ ㄓㄡˋ　後代子孫。

裘 ㄑㄧㄡˊ qiú 名①皮衣。例貂裘。②姓。

裝 ㄓㄨㄤ zhuāng 名①衣服，服飾。例軍裝。②行李。例整裝出發。③書籍的製訂形式。例精裝本。動①打扮，修飾。例裝扮。②安置。例安裝。③作假。例偽裝。

裝扮 ㄓㄨㄤ ㄅㄢˋ　修飾打扮。同妝扮。

裝束 ㄓㄨㄤ ㄕㄨˋ　①穿著打扮。②整理行李。

裝訂 ㄓㄨㄤ ㄉㄧㄥˋ　將散頁的出版物加工訂成冊。

裝配 ㄓㄨㄤ ㄆㄟˋ　安裝配置。同裝設、裝置。

裝修 ㄓㄨㄤ ㄒㄧㄡ　裝置，整修。例內部裝修。

裝備 ㄓㄨㄤ ㄅㄟˋ　①安裝配備。②攜帶、裝置的各項物品。

裝運 ㄓㄨㄤ ㄩㄣˋ　承載運送。

裝飾 ㄓㄨㄤ ㄕˋ　修飾點綴以求美觀。例裝飾品。

裝蒜 ㄓㄨㄤ ㄙㄨㄢˋ　知情卻假裝不知，裝糊塗使人摸不清。同裝傻、裝糊塗。

裝潢 ㄓㄨㄤ ㄏㄨㄤˊ ①裝裱書畫。②房屋內部的裝修布置。

裝門面 ㄓㄨㄤ ㄇㄣˊ ㄇㄧㄢˋ ①裝飾店鋪外觀。②比喻重視外表卻忽略內在。

裝鬼臉 ㄓㄨㄤ ㄍㄨㄟˇ ㄌㄧㄢˇ 嘲笑揶揄的臉部表情。

裝腔作勢 ㄓㄨㄤ ㄑㄧㄤ ㄗㄨㄛˋ ㄕˋ 做作且虛偽不自然的姿態。同裝模作樣。

裝瘋賣傻 ㄓㄨㄤ ㄈㄥ ㄇㄞˋ ㄕㄚˇ 假裝糊塗瘋癲的樣子。

裝聾作啞 ㄓㄨㄤ ㄌㄨㄥˊ ㄗㄨㄛˋ ㄧㄚˇ 假裝不知情。

裊 ㄋㄧㄠˇ niǎo 副柔軟美好的。例裊娜。

裊裊 ㄋㄧㄠˇ ㄋㄧㄠˇ ①形容搖曳不定。例柳絲裊裊。②繚繞不絕的樣子。例炊煙裊裊。③聲音迴盪悠長的。例餘音裊裊。

八畫

裹 ㄍㄨㄛˇ guǒ 名包紮好的東西。例包裹。動①纏繞，包紮。例裹傷。②停止。例裹足不前。

裹足 ㄍㄨㄛˇ ㄗㄨˊ ①古代女子用布條包紮足部。②停止不敢前進。例裹足不前。

裹脅 ㄍㄨㄛˇ ㄒㄧㄝˊ 包圍威脅。例我方受到敵軍裹脅，進退兩難。

裱 ㄅㄧㄠˇ biǎo 名女子用的領巾。動裝飾。例裱糊。

裱糊 ㄅㄧㄠˇ ㄏㄨˊ 用紙或其他材料糊在牆壁、天花板或其他物品以裝飾點綴。

褂 ㄍㄨㄚˋ guà 名罩在外面的衣服。例馬褂。

裲 ㄌㄧㄤˇ liǎng 名裲襠，古代的一種背心。

裾 ㄐㄩ jū 名衣服的前後襟。

褚 ㄔㄨˇ chǔ 名①袋子。②蓋棺材的紅布。③姓。動①通「儲」。貯存。②用絲棉填塞衣物。

裸 ㄌㄨㄛˇ luǒ 形未穿衣服的。例裸體。動光著身體。例裸露、全裸。

裸裎 ㄌㄨㄛˇ ㄔㄥˊ 光著身體，不穿衣服。同裸體。

裸子植物 ㄌㄨㄛˇ ㄗˇ ㄓˊ ㄨˋ 胚珠不在子房內而完全顯露的顯花植物。如松柏類、鐵蘇類、銀杏類等。

裼 ㊀ㄒㄧˊ xí 名披風。動光著身體。例袒裼。㊁ㄊㄧˋ tì 名包裹嬰孩的布被。

裯 ㊀ㄔㄡˊ chóu 名被單。㊁ㄉㄠ dāo 名短衣。例祗裯。

裳 ㊀ㄔㄤˊ cháng 名古代指腰部以下的衣物。例羅裳。㊁・ㄕㄤ shang 名衣服的總稱。例衣裳。

裴 ㄆㄟˊ péi 名姓。形衣服長的。動通「徘」。猶豫不決。例裴回。

製 ㄓˋ zhì 名①具有創作性的文章。例佳製。②款式。例史記：「服短衣，楚製。」動①剪裁。例縫製衣服。②做出。例製造。

製片 ㄓˋ ㄆㄧㄢˋ 負責整個電影拍攝計畫的人。

製造 ㄓˋ ㄗㄠˋ 設計做出完成品。同製作。

製作人 ㄓˋ ㄗㄨㄛˋ ㄖㄣˊ 負責電影、電視、廣播、戲劇等節目的策畫與執行的人。

裨 ㈠ㄅㄧˋ bì 動幫助，有益。例裨益民生。㈡ㄆㄧˊ pí 形①小的。②副的，偏的。例裨將。

九畫

褎 ㈠ㄧㄡˋ yòu 形裝飾華美的。㈡ㄒㄧㄡˋ xiù 名衣袖。

褒 ㄅㄠ bāo 名獎勵。例褒貶。動讚美。例褒揚。

褒揚 ㄅㄠ ㄧㄤˊ 稱讚表揚。

褒貶 ㄅㄠ ㄅㄧㄢˇ 稱讚和非議。

褒獎 ㄅㄠ ㄐㄧㄤˇ 讚揚獎勵。

禕 ㄏㄨㄟ huī 名①古代皇后祭祀時所穿的衣服。例禕衣。②男子用來遮膝的衣物。

褙 ㄅㄟˋ bèi 名短衣。動黏貼書畫以裝飾。例裱褙。

褐 ㄏㄜˊ hé 名①粗布衣服。例短褐。②比喻貧賤的人。例褐夫。③黃黑色。例茶褐色。

複 ㄈㄨˋ fù 名有夾裡的衣服。形①重疊的。例重複。②繁雜的，多的。例複雜、複數。

複印 ㄈㄨˋ ㄧㄣˋ 將文書印製成相同的副本。同影印。

複決 ㄈㄨˋ ㄐㄩㄝˊ 對議案的最終決定。

複習 ㄈㄨˋ ㄒㄧˊ 溫習已學過的課程。

複眼 ㄈㄨˋ ㄧㄢˇ 節肢動物甲殼綱和昆蟲綱的視覺器官，由多數小眼組成。

複診 ㄈㄨˋ ㄓㄣˇ 再次前往醫院或診所接受治療。

複製 ㄈㄨˋ ㄓˋ ①細胞中某部分，利用周圍物質，合成與本身結構相同的另一實體，以保持遺傳物質連續穩定的機制。②模仿原形體而製成的作品。

複數 ㄈㄨˋ ㄕㄨˋ ①數學上指由實部和虛部組成的複合數。②表示二個以上的數量。

複雜 ㄈㄨˋ ㄗㄚˊ 繁複交雜不簡單。

複合詞 ㄈㄨˋ ㄏㄜˊ ㄘˊ 文法上由兩個或兩個以上的詞根組成的語詞。

褓 ㄅㄠˇ bǎo 名襁褓，背負嬰兒所用的布條和小被。

褕 ㄩˊ yú 名襜褕，前襟筆直的衣服。形華美的。例褕衣。

褊 ㄅㄧㄢˇ biǎn 形①狹小的。例褊窄。②急性子的。例褊急。

褊狹 ㄅㄧㄢˇ ㄒㄧㄚˊ 偏頗狹隘。

褊淺 ㄅㄧㄢˇ ㄑㄧㄢˇ 學識簡陋短淺。

褌 ㄎㄨㄣ kūn 名有布襠的褲子。例褌襠。

十畫

褰 ㄑㄧㄢ qiān 名褲子。動提起。例褰衣。

褲 ㄎㄨˋ kù 名腰部以下包裹雙腿的服裝。例長褲。

褲帶 ㄎㄨˋ ㄉㄞˋ 繫綁下半身褲子的衣帶。

褲裙 ㄎㄨˋ ㄑㄩㄣˊ 形似裙子的女性用褲子。

褲襠 ㄎㄨˋ ㄉㄤ 褲子連接兩腿褲管的部分。

褪 ㄊㄨㄣˋ tùn 動①脫掉。例褪衣。②消滅。例褪色。③退卻。例褪身。

褪色 ㄊㄨㄣˋ ㄙㄜˋ 顏色脫落或消退。同脫色。

褥 ㄖㄨˋ rù 名坐臥時鋪在身體下的墊子。例被褥。

褥瘡 ㄖㄨˋ ㄔㄨㄤ 生物組織受到長期壓迫而壞死所引起的潰爛，多發生在嚴重疾病患者的身上。

褡 ㄉㄚ dā 名①背心。例背褡。②裝東西的袋子。例錢褡。

褦 ㄋㄞˋ nài 見「褦襶」。

褦襶 ㄋㄞˋ ㄉㄞˋ ①夏天時戴的斗笠。②不懂事的。

褫 ㄔˇ chǐ 動①脫掉衣物。例褫衣。②剝奪。例褫奪公權。

褫奪公權 ㄔˇ ㄉㄨㄛˊ ㄍㄨㄥ ㄑㄩㄢˊ 剝奪犯人享有公權的資格。

十一畫

褻 ㄒㄧㄝˋ xiè 名貼身的衣服。例褻衣。形①寵信的。例褻臣。②骯髒的。例褻器。動①不莊重。例褻慢。②親近。例論語：「雖褻必以貌。」

褻玩 ㄒㄧㄝˋ ㄨㄢˊ 親近狎玩。例周敦頤・愛蓮說：「可遠觀而不可褻玩焉。」

褻慢 ㄒㄧㄝˋ ㄇㄢˋ 態度輕慢不莊敬。

褻瀆 ㄒㄧㄝˋ ㄉㄨˊ ①態度輕蔑。例褻瀆神明。②以小事麻煩他人的謙稱。例這些瑣事不敢褻瀆您。

襄 ㄒㄧㄤ xiāng 名姓。動①協助。例襄助、共襄盛舉。②完成。例襄事。副協助地。例襄理。

襄助 ㄒㄧㄤ ㄓㄨˋ 協助完成。也作「襄贊」。

襄理 ㄒㄧㄤ ㄌㄧˇ ①協助辦理。或作「襄辦」。②工商界中輔助經理辦事的人。

褵 ㄌㄧˊ lí 名通「縭」。古代女子出嫁時遮臉的頭巾。

褶 ㊀ㄉㄧㄝˊ dié 名夾衣。㊁ㄓㄜˊ zhé 名衣物的摺痕。例褲褶、百褶裙。㊂ㄓㄜˇ zhě 名衣物上有摺痕的地方。例衣服上淨是褶子。㊃ㄒㄩㄝˊ xué 名褶子，傳統戲曲中的一種便服。

褶曲 ㄓㄜˊ ㄑㄩ 地質學上地層呈波狀、盆狀、鐘狀等彎曲的構造，可分背斜層和向斜層兩部分。

襁 ㄑㄧㄤˇ qiǎng 名背負嬰孩用的布。例襁褓。

襁負 ㄑㄧㄤˇ ㄈㄨˋ 用長布將嬰孩背負在背上。

襁褓 ㄑㄧㄤˇ ㄅㄠˇ 背負嬰孩用的布。

褳 ㄌㄧㄢˊ lián 名兩端有布袋以裝財物並跨掛在肩上的長條形帶子。例褡褳。

褼 ㄒㄧㄢ xiān 形褊褼，衣服飄動的樣子。

褸 ㄌㄩˇ lǚ 名衣襟。形衣服破爛的。例襤褸。

十二畫

襌 ㄉㄢ dān 名單層的衣服。例襌衣。

襆 ㄆㄨˊ pú 名行李。例襆被。

十三畫

襢 ㊀ㄊㄢˇ tǎn 動通「袒」。光著身體。

㈡ㄓㄢˋ zhàn 名古代女子的禮服。

襚 ㄙㄨㄟˋ suì 名①送給死者穿的衣服。②贈送他人的衣服。

襟 ㄐㄧㄣ jīn 名①衣服在胸前以紐扣相接合的部分。例衣襟。②衣服在胸前的部分。例前襟。③女婿彼此間的稱呼。例連襟。④志氣，氣量。例襟懷。

襟抱 ㄐㄧㄣ ㄅㄠˋ 胸襟懷抱。或作「襟懷」。

襠 ㄉㄤ dāng 名褲子兩褲管間相連的部分。例褲襠。

襜 ㄔㄢ chān 名①圍在身前的布巾，即圍裙。②車上的帷幕。形衣帶飄揚的。

襖 ㄠˇ ǎo 名①有內襯的短上衣。例棉襖。②上衣的通稱。

襝 ㄌㄧㄢˇ liǎn 見「襝衽」。

襝衽 ㄌㄧㄢˇ ㄖㄣˋ 古代女子所行的拜手禮。亦作「斂衽」。

襞 ㄅㄧˋ bì 名衣服上的摺痕。動摺疊衣服。

襞摺 ㄅㄧˋ ㄓㄜˊ 衣服上摺疊的痕跡。

十四畫

襦 ㄖㄨˊ rú 名①有內襯的短上衣。例羅襦。②圍兜。③通「繻」。細密的網。例羅襦。

襤 ㄌㄢˊ lán 名無滾邊的短上衣。形衣服破爛不堪的。例襤褸。

十五畫

襭 ㄒㄧㄝˊ xié 動用衣服下襬兜圍東西。

襮 ㄅㄛˊ bó 名衣領。動顯露。例表襮。

襪 ㄨㄚˋ wà 名套在足部的織物。例短襪。

襬 ㄅㄞˇ bǎi 名裙子的下方邊緣部分。

十六畫

襲 ㄒㄧˊ xí 名①死者所穿的衣服，衣襟在左。②計算成套衣服的量詞。例一襲禮服。動①穿著，穿上。例襲禮服。②加一件外衣。例禮記：「寒不敢襲。」③重疊。例淮南子：「重仁襲恩。」④繼承。例世襲。⑤乘人不備而突擊。例襲擊。⑥接觸，觸及。例春風襲人。⑦不當取得。例抄襲。⑧因循。例沿襲。

襲奪 ㄒㄧˊ ㄉㄨㄛˊ 出其不意的奪取。

襲擊 ㄒㄧˊ ㄐㄧˊ 乘人未防備時攻擊。

襯 ㄔㄣˋ chèn 名貼身內衣。例襯衣。形在裡面加一層的。例襯墊。動①對照烘托。例襯托。②幫助。例幫襯。

襯托 ㄔㄣˋ ㄊㄨㄛ ①墊襯。例在衣服肩部襯托棉花。②從旁對照使目標明顯。③從旁暗示使本意顯露。

襯裙 ㄔㄣˋ ㄑㄩㄣˊ 女子裙內所穿的貼身裡裙。

十七畫

襶 ㄉㄞˋ dài 見「褦襶」。

襾部 ㄧㄚˋ

西

ㄒㄧ xī 名①方位名。即日落的方向。例西方。②歐美國家的代稱。例中西文化。形歐美國家的。例西餐。動向西方前進。

西方 ㄒㄧ ㄈㄤ ①方位名。即日落的方向。②歐美國家的代稱。③佛教中的西方極樂世界。

西元 ㄒㄧ ㄩㄢˊ 西方國家記載年代的方法，以耶穌誕生時為元年。亦稱為公元。

西天 ㄒㄧ ㄊㄧㄢ ①古代天竺，即印度，因在中國西方而得名。例唐三藏前往西天取經。②佛教稱阿彌陀佛所住的西方極樂世界。

西化 ㄒㄧ ㄏㄨㄚˋ 受到歐美國家的文化同化。

西門 ㄒㄧ ㄇㄣˊ ①位在西方的門。②複姓。

西亞 ㄒㄧ ㄧㄚˋ 亞洲西部地區，位於印度半島與地中海東岸之間。

西服 ㄒㄧ ㄈㄨˊ 西式的服裝。也稱為西裝。

西洋 ㄒㄧ ㄧㄤˊ ①歐美各國的代稱。例西洋服飾。②明代指南洋群島。例鄭和下西洋。

西域 ㄒㄧ ㄩˋ 漢代以後對玉門關以西地區的泛稱。

西餐 ㄒㄧ ㄘㄢ 西式的餐點。

西點 ㄒㄧ ㄉㄧㄢˇ 西式的點心。

西醫 ㄒㄧ ㄧ 採用西洋醫術的醫生和醫療方法。與「中醫」相對。

西藥 ㄒㄧ ㄧㄠˋ 利用歐美製藥技術製成的藥物。

西風東漸 ㄒㄧ ㄈㄥ ㄉㄨㄥ ㄐㄧㄢˋ 歐美流行風潮、學術文化逐漸往東方流傳。

西窗剪燭 ㄒㄧ ㄔㄨㄤ ㄐㄧㄢˇ ㄓㄨˊ ①與友人聚談話舊。②預期日後會再見面。

三畫

要

㊀ㄧㄠˋ yào 名重點，關鍵。例摘要。形重要的。例要地。動①討取，乞求。例要飯。②期望擁有。例想要。③請求，拜訪。例他要我替他買東西。副①約略含括地。例要言之。②期望地。例我正要離開。③將會。例天要下雨了。④應該。例你要開朗一點。連①假使。例明天要下雨，比賽就延後。②要麼的簡稱。表示選擇。例要就去，要就不去，由你決定。

㊁ㄧㄠ yāo 動①邀請。例陶淵明．桃花源記：「便要還家，設酒殺雞作食。」②求取。例要求。③約定，約束。例要約。④脅迫。例要挾。⑤攔截。例孟子：「將要而殺之。」

要人 ㄧㄠˋ ㄖㄣˊ 地位高權勢大的人。

要功 ㄧㄠ ㄍㄨㄥ 要求功勞獎勵。

要目 ㄧㄠˋ ㄇㄨˋ 重要的項目。

要犯 ㄧㄠˋ ㄈㄢˋ 重要的犯人。

要地 ㄧㄠˋ ㄉㄧˋ 軍事上或交通上重要的地方。同要塞、要衝。

要旨 ㄧㄠˋ ㄓˇ 重要的本意、旨趣。同要義。

要件 ㄧㄠˋ ㄐㄧㄢˋ ①重要的事物。②必要的條件。

要好 ㄧㄠˋ ㄏㄠˇ 感情親密友好。

要求 ㄧㄠ ㄑㄧㄡˊ ①真誠客氣地向他人請求。②有所依恃而強行求取。

要事 ㄧㄠˋ ㄕˋ 重要的事情。

要命 ㄧㄠˋ ㄇㄧㄥˋ ①極，非常。形容程度很嚴重。例熱得要命。②被逼迫而急躁。例他還不來，真要命。③攸關生命安危的。

要津 ㄧㄠˋ ㄐㄧㄣ ①必須經過的重要交通地點。②顯明重要的地位。

要員 ㄧㄠˋ ㄩㄢˊ 政府或機關中重要的成員。

要挾 ㄧㄠ ㄒㄧㄝˊ 有所依恃而逼迫他人順從或強行求取。

要素 ㄧㄠˋ ㄙㄨˋ 構成事物的原質。

要害 ㄧㄠˋ ㄏㄞˋ ①人體中會危害到生命安危的部位。②地勢險要、重要的地點。

要道 ㄧㄠˋ ㄉㄠˋ 通行必經的道路。

要領 ㄧㄠˋ ㄌㄧㄥˇ 比喻事情的主旨和大綱。

要緊 ㄧㄠˋ ㄐㄧㄣˇ 重要且緊急的。

要點 ㄧㄠˋ ㄉㄧㄢˇ 重要的地方所在。

要臉 ㄧㄠˋ ㄌㄧㄢˇ 顧慮到廉恥和名聲。

要職 ㄧㄠˋ ㄓˊ 重要的職位。

要不得 ㄧㄠˋ ㄅㄨˋ ㄉㄜˊ ①禁止，不可以。例這種犯罪行為要不得。②指責人或物的惡劣而不可保留。例這食物不新鮮，要不得。

要不然 ㄧㄠˋ ㄅㄨˋ ㄖㄢˊ 如果不這樣。為轉折語氣的連接詞。例快一點，要不然趕不上火車。

要言不煩 ㄧㄠˋ ㄧㄢˊ ㄅㄨˋ ㄈㄢˊ 形容言論精簡有重點。

六畫

覃 ㈠ㄊㄢˊ tán 動廣布，蔓延。副深入地。例覃思。㈡ㄑㄧㄣˊ qín 名姓。

十二畫

覆 ㄈㄨˋ fù 動①傾倒。例傾覆。②細察。例檢覆。③遮掩。例覆蓋。④通「復」。回應。例答覆。⑤反轉。例反覆。副重，再一次。例覆核。

覆亡 ㄈㄨˋ ㄨㄤˊ 消失滅亡。

覆育 ㄈㄨˋ ㄩˋ 庇護養育，指天地撫養化育萬物。

覆沒 ㄈㄨˋ ㄇㄛˋ ①軍隊全部潰敗逃散。例全軍覆沒。②傾覆沉沒。

覆命 ㄈㄨˋ ㄇㄧㄥˋ 回覆命令。

覆信 ㄈㄨˋ ㄒㄧㄣˋ 回應的書信。

覆蓋 ㄈㄨˋ ㄍㄞˋ 遮蔽掩蓋。

覆轍 ㄈㄨˋ ㄔㄜˋ 車輛傾倒的痕跡。後比喻應戒慎前人失敗的教訓。

覆議 ㄈㄨˋ ㄧˋ 再次詳細評議。

覆巢之下無完卵 ㄈㄨˋ ㄔㄠˊ ㄓ ㄒㄧㄚˋ ㄨˊ ㄨㄢˊ ㄌㄨㄢˇ 比喻在大災難下沒有人能逃脫。

十三畫

覈 ㄏㄜˊ hé 名穀物去殼後的粗屑。例麥覈。動通「核」。仔細檢察。例覈對、檢覈。形深刻的。例峭覈。

覈實 ㄏㄜˊ ㄕˊ 考查真正的事實。

見部 ㄐㄧㄢˋ

見 ㈠ㄐㄧㄢˋ jiàn 名看法。例意見、遠見。動①看到。例眼見為憑。②拜訪。例拜見。③遇到。例見水即化。④會面，接待。例接見。副①表示逐漸的趨勢。例日見興旺。②用在動詞前，表示尊敬對方或言詞上的禮貌。例請勿見怪。助被。在動詞前，表示被動。例見疑。㈡ㄒㄧㄢˋ xiàn 動①推薦。例左傳：「齊豹見宗魯於公孟。」②同「現」。顯現，顯露。例情見乎辭。

見外 ㄐㄧㄢˋ ㄨㄞˋ 對人過度客氣而顯疏遠。

見地 ㄐㄧㄢˋ ㄉㄧˋ 看法主張。

見怪 ㄐㄧㄢˋ ㄍㄨㄞˋ 被他人抱怨責怪。

見效 ㄐㄧㄢˋ ㄒㄧㄠˋ 發生效果。例這安眠藥保證立即見效。

見習 ㄐㄧㄢˋ ㄒㄧˊ 具一定專業程度後，到工作現場觀察或實際參與以求經驗練習。例見習醫生。

見解 ㄐㄧㄢˋ ㄐㄧㄝˇ 觀察事物後的看法和辨認能力。

見聞 ㄐㄧㄢˋ ㄨㄣˊ 眼睛看到和耳朵聽到的知識。

見諒 ㄐㄧㄢˋ ㄌㄧㄤˋ 被寬恕原諒。亦作「見原」。

見證 ㄐㄧㄢˋ ㄓㄥˋ 法律上目睹案件發生而可證明實情的人。

見識 ㄐㄧㄢˋ ㄕˋ ①對事物的經驗和知識。②計畫策略。

見面禮 ㄐㄧㄢˋ ㄇㄧㄢˋ ㄌㄧˇ 首次見面贈送的禮物。

見不得人 ㄐㄧㄢˋ ㄅㄨˋ ㄉㄜˊ ㄖㄣˊ ①自感羞愧而不敢露面。②比喻不能公開的事。

見仁見知 ㄐㄧㄢˋ ㄖㄣˊ ㄐㄧㄢˋ ㄓˋ 對同一問題，不同人有不同的看法。亦作「見人見智」。

見危授命 ㄐㄧㄢˋ ㄨㄟˊ ㄕㄡˋ ㄇㄧㄥˋ 當國家有危難時不惜奉獻生命。

見死不救 ㄐㄧㄢˋ ㄙˇ ㄅㄨˋ ㄐㄧㄡˋ 當他人有危險時，不給予救助。比喻性情殘忍無情。

見利忘義 ㄐㄧㄢˋ ㄌㄧˋ ㄨㄤˋ ㄧˋ 為個人利益而背棄道義。

見怪不怪 ㄐㄧㄢˋ ㄍㄨㄞˋ ㄅㄨˋ ㄍㄨㄞˋ 看到奇怪現象卻不驚訝。比喻處世鎮定不驚慌。

見風轉舵 ㄐㄧㄢˋ ㄈㄥ ㄓㄨㄢˇ ㄉㄨㄛˋ 比喻見機行事，視情況來應對。

見財起意 ㄐㄧㄢˋ ㄘㄞˊ ㄑㄧˇ ㄧˋ 受錢財誘惑而起歹意。

見異思遷 ㄐㄧㄢˋ ㄧˋ ㄙ ㄑㄧㄢ 比喻意志不堅定，看到其他事物就改變原來的決定。

見義勇為 ㄐㄧㄢˋ ㄧˋ ㄩㄥˇ ㄨㄟˊ 遇到合乎道義的事就勇敢從事。

見賢思齊 ㄐㄧㄢˋ ㄒㄧㄢˊ ㄙ ㄑㄧˊ 看見賢人就想學習和效法。

見錢眼開 ㄐㄧㄢˋ ㄑㄧㄢˊ ㄧㄢˇ ㄎㄞ 比喻貪好錢財。

見獵心喜 ㄐㄧㄢˋ ㄌㄧㄝˋ ㄒㄧㄣ ㄒㄧˇ 比喻舊習難忘，遇到所喜好的事物就心喜而躍躍欲試。

四畫

規 ㄍㄨㄟ guī 名①畫圓的工具。例圓規。②法度，條文。例法規。③成例。例墨守成規。動①策畫。例規畫。②勸誡。例規勸。

規定 ㄍㄨㄟ ㄉㄧㄥˋ ①事先訂立法則以做行為標準。例學生應遵守學校規定。②事先制定的規則。

規律 ㄍㄨㄟ ㄌㄩˋ 事物在一定條件下發展的條律。

規約 ㄍㄨㄟ ㄩㄝ 經相互協議所訂立的規則條約。

規則 ㄍㄨㄟ ㄗㄜˊ ①應遵循的規範。②法章制度。同規章。③合乎一定的程式規律。例數字的變化有規則。

規矩 ㄍㄨㄟ ㄐㄩˇ ①畫圓形的規和畫方形的矩。②法則，禮儀。③行為老實正當。

規格 ㄍㄨㄟ ㄍㄜˊ 固定的格式與標準。

規程 ㄍㄨㄟ ㄔㄥˊ 一定的規則章程。

規費 ㄍㄨㄟ ㄈㄟˋ ①政府因提供公共事務而向人民收取的費用。②應繳納的費用。

規畫 ㄍㄨㄟ ㄏㄨㄚˋ 策畫謀略。

規範 ㄍㄨㄟ ㄈㄢˋ 人類的思想、感情或行為應遵循的法則。

規模 ㄍㄨㄟ ㄇㄛˊ ①一定的制度。例這項活動的籌辦頗具規模。②格式，局面。例這項建築工程規模浩大。③範圍。例政府正大規模掃除毒品。

規諫 ㄍㄨㄟ ㄐㄧㄢˋ 用正直言語勸戒。同規勸。

規避 ㄍㄨㄟ ㄅㄧˋ 設法躲避不應避開的事務。

規規矩矩 ㄍㄨㄟ ㄍㄨㄟ ㄐㄩˇ ㄐㄩˇ ①為人順從法度禮儀。②做事有先後順序。

覓 ㄇㄧˋ mì 動尋找。例尋覓。

覓句 ㄇㄧˋ ㄐㄩˋ 作家為寫文章而尋找佳句。

覓食 ㄇㄧˋ ㄕˊ 尋找食物。

視 ㄕˋ shì 名眼力。例視力。動①觀看。例注視。②觀察。例視察。③看待。例視死如歸。④辨理。例視事。

視力 ㄕˋ ㄌㄧˋ 眼睛觀看的能力。同眼力。

視事 ㄕˋ ㄕˋ ①治理事務。②任職，就職。

視野 ㄕˋ ㄧㄝˇ 眼睛所能看到的範圍。同視界。

視察 ㄕˋ ㄔㄚˊ ①巡視考察。例總統到地震區視察災情。②掌管巡視考察的職位。

視線 ㄕˋ ㄒㄧㄢˋ 眼睛和注視目標間相連的直線。

視覺 ㄕˋ ㄐㄩㄝˊ 眼睛辨認物體明暗和顏色的感覺。

視聽 ㄕˋ ㄊㄧㄥ 看到和聽到的知識。

視同兒戲 ㄕˋ ㄊㄨㄥˊ ㄦˊ ㄒㄧˋ 比喻態度輕浮不認真。

視而不見 ㄕˋ ㄦˊ ㄅㄨˊ ㄐㄧㄢˋ 雖然看到事物，卻因不專心而好像沒看到。同視若無睹。

視死如歸 ㄕˋ ㄙˇ ㄖㄨˊ ㄍㄨㄟ 形容勇敢不惜犧牲性命。

視聽教育 ㄕˋ ㄊㄧㄥ ㄐㄧㄠˋ ㄩˋ 用各種電器化教材來加強視聽效果的教育方式。

五畫

覘 ㄓㄢ zhān 動偷看。

覘候 ㄓㄢ ㄏㄡˋ 窺伺偵查。

七畫

覡 ㄒㄧˊ xí 名男巫師。

九畫

親 ㈠ㄑㄧㄣ qīn 名①父母。例雙親。②有血緣或婚姻關係的人。例親戚。③婚姻。例成親。形①有直接血緣關係的。例親姐妹。②寵信的。例親臣。③本人的，自己的。例親眼目睹。動①靠近。例親近。②愛，喜歡。例親愛。③以脣相接觸。例親吻。副自己去從事地。例親臨現場。

㈡ㄑㄧㄥˋ qìng 名親家，夫妻雙方父母的互稱。

親人 ㄑㄧㄣ ㄖㄣˊ 關係很近的親屬。

親子 ㄑㄧㄣ ㄗˇ 父母和子女。

親口 ㄑㄧㄣ ㄎㄡˇ 出自本人所說的話。

親友 ㄑㄧㄣ ㄧㄡˇ 親戚和朋友。

親切 ㄑㄧㄣ ㄑㄧㄝˋ ①為人和善真誠。②親近，親密。

親手 ㄑㄧㄣ ㄕㄡˇ 親自動手。

親生 ㄑㄧㄣ ㄕㄥ 自己生育的。例親生子女。

親自 ㄑㄧㄣ ㄗˋ 本人自己。例親自到現場辦理。同親身。

親近 ㄑㄧㄣ ㄐㄧㄣˋ 關係親密接近。同親密。

親事 ㄑㄧㄣ ㄕˋ ①本身親自辦理。②婚姻大事。同婚事。

親政 ㄑㄧㄣ ㄓㄥˋ 古代君王成年後親自掌理政務。

親信 ㄑㄧㄣ ㄒㄧㄣˋ 親近信任的人。

親眼 ㄑㄧㄣ ㄧㄢˇ 親自看到。

親族 ㄑㄧㄣ ㄗㄨˊ 有血緣關係的同一宗族的人。

親情 ㄑㄧㄣ ㄑㄧㄥˊ 家人或親屬之間的感情。

親戚 ㄑㄧㄣ ㄑㄧ 有血緣或婚姻關係的人。同親屬。

親愛 ㄑㄧㄣ ㄞˋ 感情密切友好。

親暱 ㄑㄧㄣ ㄋㄧˋ ①親密，親熱。②極為親近的人。

親熱 ㄑㄧㄣ ㄖㄜˋ 親切熱情。

親歷 ㄑㄧㄣ ㄌㄧˋ 親身經驗過。

親嘴 ㄑㄧㄣ ㄗㄨㄟˇ 用脣部互相接觸。同親吻。

親和力 ㄑㄧㄣ ㄏㄜˊ ㄌㄧˋ 人與人間親近融洽的力量。

親如手足 ㄑㄧㄣ ㄖㄨˊ ㄕㄡˇ ㄗㄨˊ 比喻感情深厚，像親兄弟般的密切。

親痛仇快 ㄑㄧㄣ ㄊㄨㄥˋ ㄔㄡˊ ㄎㄨㄞˋ 形容行為的失當會令親人哀痛，仇敵愉悅。

親兄弟明算帳 ㄑㄧㄣ ㄒㄩㄥ ㄉㄧˋ ㄇㄧㄥˊ ㄙㄨㄢˋ ㄓㄤˋ 即使是親兄弟，財務也要清楚分明。

覦 ㄩˊ yú 動非分地期望，企求。例覬覦。

十畫

覯 ㄍㄡˋ gòu 動①通「遘」、「逅」。遇到，遭遇。例覯閔。②通「構」。組成。

覬 ㄐㄧˋ jì 動希冀。例覬倖。

覬覦 ㄐㄧˋ ㄩˊ 企圖想要得到不該擁有的東西。

十一畫

覲 ㄐㄧㄣˋ jìn 名①古代諸侯在秋季朝見君主。例入覲。②宗教徒朝拜聖地的儀式。例朝覲。動①召喚接見。例覲諸侯。②拜會，訪問。例私覲。

十二畫

覷 ㄑㄩˋ qù 動看。例面面相覷。

覶 ㄌㄨㄛˊ luó 副覶縷，詳盡的描述、刻劃。

十三畫

覺 ㈠ㄐㄩㄝˊ jué 名感官的辨認能力。例視覺。動①啟發。例孟子：「使先知覺後知。」②理解，醒悟。例覺悟。③知曉，感受到。例發覺。④突然清醒。例覺醒。

㈡ㄐㄧㄠˋ jiào 名①睡眠。例睡覺。②計算睡眠次數的量詞。例先睡一覺。

覺悟 ㄐㄩㄝˊ ㄨˋ 領悟過去的錯誤。

覺得 ㄐㄩㄝˊ ㄉㄜˊ ①感受到。例我覺得很熱。②認為。例我覺得這是錯的。

覺察 ㄐㄩㄝˊ ㄔㄚˊ 發現察知。

覺醒 ㄐㄩㄝˊ ㄒㄧㄥˇ 突然地覺察清醒。

十四畫

覽 ㄌㄢˇ lǎn 動①觀看。例閱覽、一覽無遺。②接受。例戰國策：「大王覽其說。」

覽勝 ㄌㄢˇ ㄕㄥˋ 觀賞名勝的景色。

十五畫

覿 ㄉㄧˊ dí 動①看到。②訪問，探視。

覿面 ㄉㄧˊ ㄇㄧㄢˋ 訪問會面。

十八畫

觀 ㈠ㄍㄨㄢ guān 名①景象。例奇觀、恢復舊觀。②樣貌。例外觀。③認知，看法。例人生觀。動看，欣賞。例觀賞。

㈡ㄍㄨㄢˋ guàn 名①道士修行的地方。例道觀。②宮殿前貼告示的地方。③高的樓臺。

觀火 ㄍㄨㄢ ㄏㄨㄛˇ 形容對事物的觀察明白透徹。

觀止 ㄍㄨㄢ ㄓˇ 形容所看到的事物極美好。例嘆為觀止。

觀光 ㄍㄨㄢ ㄍㄨㄤ 參觀他國的文物制度及景色。

觀念 ㄍㄨㄢ ㄋㄧㄢˋ ①指因認知所產生的意識內容。②在內心重現的過去印象。③因外界感受所產生的想法。

觀看 ㄍㄨㄢ ㄎㄢˋ 察看，欣賞，參觀。

觀音 ㄍㄨㄢ ㄧㄣ 佛教中能拯救苦難以普渡眾生的菩薩。亦稱為觀世音、觀音菩薩。

觀眾 ㄍㄨㄢ ㄓㄨㄥˋ 指觀看表演或比賽的人。

觀望 ㄍㄨㄢ ㄨㄤˋ ①靜觀情勢以隨機應變。②猶豫不決的態度。例觀望不前。

觀測 ㄍㄨㄢ ㄘㄜˋ ①觀察推論。②工程或軍事方面的觀察測量。

觀感 ㄍㄨㄢ ㄍㄢˇ 觀察事物後所產生的感想。

觀察 ㄍㄨㄢ ㄔㄚˊ 仔細觀看研究。

觀摩 ㄍㄨㄢ ㄇㄛˊ 觀察並學習他人的優點。

觀點 ㄍㄨㄢ ㄉㄧㄢˇ 用來研究分析事物的立場。

觀禮 ㄍㄨㄢ ㄌㄧˇ 觀看典禮的進行。

觀瞻 ㄍㄨㄢ ㄓㄢ ①觀看。②事物的外表。例有礙觀瞻。

觀察員 ㄍㄨㄢ ㄔㄚˊ ㄩㄢˊ 列席國際會議的非正式國家代表。

觀光勝地 ㄍㄨㄢ ㄍㄨㄤ ㄕㄥˋ ㄉㄧˋ 可供旅行參觀的名勝地點。

觀往知來 ㄍㄨㄢ ㄨㄤˇ ㄓ ㄌㄞˊ 觀察歷史以推知未來。

觀賞植物 ㄍㄨㄢ ㄕㄤˇ ㄓˊ ㄨˋ 用來觀看欣賞的植物。

角部 ㄐㄩㄝˊ

角

㊀ㄐㄧㄠˇ jiǎo 名①獸類頭上硬質枝狀物。例羊角。②古代軍隊樂器名。例鳴角收兵。③突入海中的陸地。例鼻頭角。④錢幣的單位，十角為一元。例五角。⑤兩直線相交所夾的範圍。例鈍角。⑥物體邊緣相交的地方。例桌角。動①競爭。例角逐。②爭論。例口角。㊁ㄐㄩㄝˊ jué 名①古代五音之一。五音為宮、商、角、徵、羽。②戲劇的表演人物。例男主角。③二十八星宿之一。㊂ㄌㄨˋ lù 名地名。角里，在江蘇省吳縣西南。

角力 ㄐㄧㄠˇ ㄌㄧˋ ①較量武力。②現代的摔跤運動。

角色 ㄐㄧㄠˇ ㄙㄜˋ ①擔任的職位。②戲劇中演員所扮演的劇中人物。亦作「腳色」。

角度 ㄐㄧㄠˇ ㄉㄨˋ ①兩直線相交所夾範圍的程度。②觀察事物的方向或觀點。

角逐 ㄐㄧㄠˇ ㄓㄨˊ 相互較量。

角落 ㄐㄧㄠˇ ㄌㄨㄛˋ ①兩面牆或屏障物相接的凹處。②不易被發現的隱密地方。

角膜 ㄐㄧㄠˇ ㄇㄛˊ 眼球表面的堅韌透明薄膜，有保護作用。

二畫

觔

ㄐㄧㄣ jīn 名①通「筋」。筋絡，肌腱。②通「斤」。古代重量單位。

觔斗 ㄐㄧㄣ ㄉㄡˇ 也作「筋斗」。①將身體倒立後翻過。②比喻挫折，不順利。

四畫

觖

ㄐㄩㄝˊ jué 動通「抉」。挑剔，選擇。副不合意地。例觖如。

五畫

觝

ㄉㄧˇ dǐ 動通「抵」。碰觸。例觝觸。

觚

ㄍㄨ gū 名①古代青銅製酒器。例執觚。②稜角。③古代寫字用的木板。例觚牘。

六畫

解

㊀ㄐㄧㄝˇ jiě 名答案。例求解。動①鬆開。例寬衣解帶。②切開。例庖丁解牛。③脫卸。例解衣。④去除，消除。例解除。⑤領悟。例理解。⑥

說明。例解釋。⑦懂得，知道。例大惑不解。⑧排汗或大小便。例小解。

㈡ㄐㄧㄝˋ jiè 名解元，科舉鄉試的第一名。動押送。例押解。

㈢ㄒㄧㄝˋ xiè 名①地名。解縣，在山西省。②姓。

解甲 ㄐㄧㄝˇ ㄐㄧㄚˇ 脫掉鎧甲的裝備。例解甲歸田。

解決 ㄐㄧㄝˇ ㄐㄩㄝˊ ①疏解紛亂，或使問題有結果。②消除。例解決敵人。

解放 ㄐㄧㄝˇ ㄈㄤˋ ①鬆放束縛。②解除違反自然的束縛以歸於自由。例解放黑奴。

解析 ㄐㄧㄝˇ ㄒㄧ ①分析說明。②將同類事物或某個概念依特性分類並敘述。

解約 ㄐㄧㄝˇ ㄩㄝ 消除已成立的契約。

解酒 ㄐㄧㄝˇ ㄐㄧㄡˇ 消除酒精的醉意。

解剖 ㄐㄧㄝˇ ㄆㄡˇ ①切開生物體以研究其結構。②比喻深入探討事情。

解除 ㄐㄧㄝˇ ㄔㄨˊ 消除已成立的關係以回復原狀。

解救 ㄐㄧㄝˇ ㄐㄧㄡˋ 救助他人脫離危難以消除痛苦。

解脫 ㄐㄧㄝˇ ㄊㄨㄛ 指脫離一切煩惱的束縛。

解答 ㄐㄧㄝˇ ㄉㄚˊ 解釋、分析所得的答案。

解悶 ㄐㄧㄝˇ ㄇㄣˋ 用趣事消除煩悶。

解惑 ㄐㄧㄝˇ ㄏㄨㄛˋ 解除心中的疑問。

解圍 ㄐㄧㄝˇ ㄨㄟˊ ①消除被敵人包圍的危難。②替人排除困難或脫離困窘。

解散 ㄐㄧㄝˇ ㄙㄢˋ ①離開分散。②以強制力消除已結合的團體。例解散國會。

解聘 ㄐㄧㄝˇ ㄆㄧㄣˋ 去除聘用的資格。

解僱 ㄐㄧㄝˇ ㄍㄨˋ 解除已成立的僱傭關係。也作「解雇」。

解嘲 ㄐㄧㄝˇ ㄔㄠˊ 自己說明被人嘲笑的地方，或用言語、行動以掩飾受人嘲笑的事。

解頤 ㄐㄧㄝˇ ㄧˊ 開懷而笑。也作「解顏」。

解職 ㄐㄧㄝˇ ㄓˊ 解除職務。

解釋 ㄐㄧㄝˇ ㄕˋ ①分析說明。②對文字意義的解說。

解衣推食 ㄐㄧㄝˇ ㄧ ㄊㄨㄟ ㄕˊ 比喻大方給予物質上的幫助。

觥

ㄍㄨㄥ gōng 名古代青銅製酒器。例兕觥。形豐足的。例觥飯。

觥籌交錯 ㄍㄨㄥ ㄔㄡˊ ㄐㄧㄠ ㄘㄨㄛˋ 形容聚會暢飲的樣子。

七畫

觩

ㄑㄧㄡˊ qiú 形①弓拉緊的。②角彎曲的。

觫

ㄙㄨˋ sù 副觳觫，害怕而顫抖的樣子。

八畫

觭

ㄐㄧ jī 形通「奇」。單數的。例觭偶。

九畫

觱

ㄅㄧˋ bì 名樂器名。例觱篥。形泉水湧出的樣子。例觱沸。

十畫

觳

㈠ㄏㄨˊ hú 名古代測量穀物的器具。副觳觫，害怕而顫抖的樣子。

㈡ㄑㄩㄝˋ què 形貧乏的。例觳土。

十一畫

觴 ㄕㄤ shāng 名酒器。例曲水流觴。

十二畫

觶 ㄓˋ zhì 名古代青銅製酒器。例舉觶。

十三畫

觸 ㄔㄨˋ chù 動①獸類用角撞物。例抵觸。②碰撞。例觸礁。③侵犯得罪。例觸怒。④感動。例感觸。

觸目 ㄔㄨˋ ㄇㄨˋ 眼睛所看到的。例觸目皆是。

觸犯 ㄔㄨˋ ㄈㄢˋ 冒犯。例觸犯法律。

觸角 ㄔㄨˋ ㄐㄧㄠˇ 節肢或軟體動物頭上多節的感覺器，具觸覺和嗅覺功能。

觸怒 ㄔㄨˋ ㄋㄨˋ 冒犯得罪使生氣。

觸發 ㄔㄨˋ ㄈㄚ 引起。

觸電 ㄔㄨˋ ㄉㄧㄢˋ 電流通過生物體所引起的震擊。

觸摸 ㄔㄨˋ ㄇㄛ 碰觸撫摸。

觸礁 ㄔㄨˋ ㄐㄧㄠ 在海中碰撞到岩石。比喻事情受到阻礙。

觸覺 ㄔㄨˋ ㄐㄩㄝˊ 皮膚碰到外界所生的感覺。

觸目驚心 ㄔㄨˋ ㄇㄨˋ ㄐㄧㄥ ㄒㄧㄣ 形容恐怖的景象令人驚恐。

觸景生情 ㄔㄨˋ ㄐㄧㄥˇ ㄕㄥ ㄑㄧㄥˊ 看到眼前的景色而引起種種的回憶與情感。

觸類旁通 ㄔㄨˋ ㄌㄟˋ ㄆㄤˊ ㄊㄨㄥ 了解某事物而推論同類事物。同融會貫通。

十八畫

觿 ㄒㄧ xī 名古代用獸骨做的解繩結的錐子。例解觿。

言部 ㄧㄢˊ

言 ㄧㄢˊ yán 名①話語。例言行一致。②一句話。例一言興邦。③字。例五言絕句。④學說，言論。例一家之言。⑤姓。動說話。例暢所欲言。

言笑 ㄧㄢˊ ㄒㄧㄠˋ 談天說笑。

言語 ㄧㄢˊ ㄩˇ ①說話。②指文章著述。

言論 ㄧㄢˊ ㄌㄨㄣˋ 表示批評或主張的語言或文字。

言不及義 ㄧㄢˊ ㄅㄨˋ ㄐㄧˊ ㄧˋ 說話內容沒有意義。

言出法隨 ㄧㄢˊ ㄔㄨ ㄈㄚˇ ㄙㄨㄟˊ 命令一下達，就嚴格執行。

言外之意 ㄧㄢˊ ㄨㄞˋ ㄓ ㄧˋ 未明說的隱含意義。

言多必失 ㄧㄢˊ ㄉㄨㄛ ㄅㄧˋ ㄕ 話說太多必有說錯的地方。告誡人不可多話。

言近旨遠 ㄧㄢˊ ㄐㄧㄣˋ ㄓˇ ㄩㄢˇ 淺顯的言語有深遠的含義。亦作「言近指遠」。

言過其實 ㄧㄢˊ ㄍㄨㄛˋ ㄑㄧˊ ㄕˊ 說話誇張不切實際。

言論自由 ㄧㄢˊ ㄌㄨㄣˋ ㄗˋ ㄧㄡˊ 人民在大眾集會前有發表和討論的權利。

言簡意賅 ㄧㄢˊ ㄐㄧㄢˇ ㄧˋ ㄍㄞ 言語簡單卻包含所有的意義。

言歸正傳 ㄧㄢˊ ㄍㄨㄟ ㄓㄥˋ ㄓㄨㄢˋ 將話題回歸到正題上。

言聽計從 ㄧㄢˊ ㄊㄧㄥ ㄐㄧˋ ㄘㄨㄥˊ 形容對人完全地信任。

二畫

計 ㄐㄧˋ jì 名①謀略。例計策。②測量數量或度數的器具。例溫度計。③姓。動①核算數目。例計算。②籌畫，商量。例從長計議。③揣測。

計時 ㄐㄧˋ ㄕˊ 計算或記錄時間。

計畫 ㄐㄧˋ ㄏㄨㄚˋ 預先策畫周詳具體的辦法。

計策 ㄐㄧˋ ㄘㄜˋ 經過考量而擬定的策略。同計謀。

計較 ㄐㄧˋ ㄐㄧㄠˋ ①爭論。例這件事我就不跟你計較。②討論商議。例他們在暗地裡為此事已計較許久。

計算 ㄐㄧˋ ㄙㄨㄢˋ ①核算數目。同計量。②謀劃加害他人。同算計。

計程車 ㄐㄧˋ ㄔㄥˊ ㄔㄜ 按路程距離計算車費的小型汽車。

計算機 ㄐㄧˋ ㄙㄨㄢˋ ㄐㄧ 可作運算功能的電子計算工具。

計上心來 ㄐㄧˋ ㄕㄤˋ ㄒㄧㄣ ㄌㄞˊ 心裡想到計策。

訂 ㄉㄧㄥˋ dìng 動①協商後制定。例訂約。②預先約定。例訂購。③修改。例校訂。④固定。例裝訂。

訂戶 ㄉㄧㄥˋ ㄏㄨˋ 預訂產品的客戶。

訂正 ㄉㄧㄥˋ ㄓㄥˋ 修正、改正錯誤。

訂定 ㄉㄧㄥˋ ㄉㄧㄥˋ 制定。

訂婚 ㄉㄧㄥˋ ㄏㄨㄣ 法律上男女雙方訂立未來結婚的約定。同定親。

訂閱 ㄉㄧㄥˋ ㄩㄝˋ 訂購閱讀。

訂購 ㄉㄧㄥˋ ㄍㄡˋ 約定購買的行為。

訃 ㄈㄨˋ fù 名通知親友關於死者喪事的文書。例訃聞。動報告喪事。例訃告。

訇 ㄏㄨㄥ hōng 名阿訇，波斯語指老師或回教的掌教人。形形容巨大的聲音。例訇然。

三畫

訐 ㄐㄧㄝˊ jié 動揭發、攻擊他人的短處。例攻訐。

訏 ㄒㄩ xū 名虛偽不實的話。形廣大的。例訏謨。

討 ㄊㄠˇ tǎo 動①征伐。例東征西討。②研究探索。例探討。③索取。例討債。④低下乞求。例討饒。⑤招惹。例自討沒趣。⑥婚娶。例討老婆。

討好 ㄊㄠˇ ㄏㄠˇ 奉承迎合以求取他人歡心。

討伐 ㄊㄠˇ ㄈㄚ 出兵征伐有罪的人。

討教 ㄊㄠˇ ㄐㄧㄠˋ 請求他人給予指教。

討飯 ㄊㄠˇ ㄈㄢˋ 向人乞求食物。

討厭 ㄊㄠˇ ㄧㄢˋ 令人感到厭惡。同討嫌。

討論 ㄊㄠˇ ㄌㄨㄣˋ 互相研究議論。

討生活 ㄊㄠˇ ㄕㄥ ㄏㄨㄛˊ 謀求生計。

討價還價 ㄊㄠˇ ㄐㄧㄚˋ ㄏㄨㄢˊ ㄐㄧㄚˋ ①買賣雙方商量交易價格。②談判時雙方爭議條件。

訌 ㄏㄨㄥˊ hóng 動爭執。例內訌。

記 ㄐㄧˋ jì 名①一種以記載或描述事物為主的文體。例遊記。②標誌或符號。例記號、戳記。動①深入不忘。例記誦。②登載。例記載。

記取 ㄐㄧˋ ㄑㄩˇ 牢記不忘。例記取這次失敗的教訓。

記者 ㄐㄧˋ ㄓㄜˇ 新聞媒體中從事採訪、播報、攝影、撰寫、編輯等的專業人員。

記性 ㄐㄧˋ ㄒㄧㄥˋ 記憶事物的能力。

記帳 ㄐㄧˋ ㄓㄤˋ 在書冊上登記交易買賣的帳目，暫時不付款。同掛帳。

記過 ㄐㄧˋ ㄍㄨㄛˋ 記錄過失以示懲罰。多為學校或政府對犯錯者的一種處分。

記憶 ㄐㄧˋ ㄧˋ 存留在意識中對過去事情的印象。

記錄 ㄐㄧˋ ㄌㄨˋ 也作「紀錄」。①將事情書寫下來。②所有記載事物中成績最高者。例金式世界記錄。

記敘文 ㄐㄧˋ ㄒㄩˋ ㄨㄣˊ 記述說明人、事、景況一類的文章。

記憶猶新 ㄐㄧˋ ㄧˋ ㄧㄡˊ ㄒㄧㄣ 對過去事情的印象鮮明，像剛發生一樣。

訊 ㄒㄩㄣˋ xùn 名消息。例音訊、喜訊。動①詢問。例問訊。②責問，審問。例審訊。

訊息 ㄒㄩㄣˋ ㄒㄧ 音訊消息。

訕 ㄕㄢˋ shàn 動①用言語毀謗他人。例訕謗。②嘲笑。例訕笑。③害羞，難為情。例訕訕。

訖 ㄑㄧˋ qì 動終結完畢。副完全結束地。例銀貨兩訖。例收訖、查訖。

託 ㄊㄨㄛ tuō 動①寄，附。例寄託。②信任委付。例信託。③請求。例請託。④借故推諉。例推託。⑤仰賴。例託福。

託孤 ㄊㄨㄛ ㄍㄨ 請求他人照顧自己的事業或兒女。

託故 ㄊㄨㄛ ㄍㄨˋ 假藉某事故為理由。

託病 ㄊㄨㄛ ㄅㄧㄥˋ 假藉生病為理由。

託福 ㄊㄨㄛ ㄈㄨˊ 答覆他人問好時的謙辭。表示一切都依賴對方的福氣。

託夢 ㄊㄨㄛ ㄇㄥˋ 神靈在睡夢中委付事情。

託管 ㄊㄨㄛ ㄍㄨㄢˇ 委託管理。

託辭 ㄊㄨㄛ ㄘˊ 假藉推託的話。

訓 ㄒㄩㄣˋ xùn 名規範法則。例校訓。動①用言語教誨告誡。例訓誡。②教導，操練。例教訓。③解釋字義。例訓詁。

訓示 ㄒㄩㄣˋ ㄕˋ 上級對下級的教導指示。

訓斥 ㄒㄩㄣˋ ㄔˋ 告誡責備。同訓責。

訓令 ㄒㄩㄣˋ ㄌㄧㄥˋ 上級指示下級或委派人員時所用的公文。

訓詞 ㄒㄩㄣˋ ㄘˊ 訓誡教誨的言辭。亦作「訓辭」。

訓詁 ㄒㄩㄣˋ ㄍㄨˇ 解釋古書中文詞的意義。亦作「訓故」。

訓話 ㄒㄩㄣˋ ㄏㄨㄚˋ 長上對屬下有告誡性的話。

訓誨 ㄒㄩㄣˋ ㄏㄨㄟˋ 長輩對晚輩的訓誡教導。

訓練 ㄒㄩㄣˋ ㄌㄧㄢˋ 以具體有計畫的教育方式來培養某技能或生活方式。

訓導 ㄒㄩㄣˋ ㄉㄠˇ ①教訓勸導。②學校中負責行為教育的部門。

訓練有素 ㄒㄩㄣˋ ㄌㄧㄢˋ ㄧㄡˇ ㄙㄨˋ 形容技能操練成熟。

四畫

訪 ㄈㄤˇ fǎng 動①尋求。例訪求。②探視。例拜訪。③詢問，調查。例採訪。

訪古 ㄈㄤˇ ㄍㄨˇ 尋找探求古跡。

訪問 ㄈㄤˇ ㄨㄣˋ ①拜訪探望。例家庭訪問。②提出問題詢問。同訪談。例他不願意接受記者訪問。

訪察 ㄈㄤˇ ㄔㄚˊ 詢問查探。同訪查。

訝 ㄧㄚˋ yà 動感到驚奇。例驚訝。

訝異 ㄧㄚˋ ㄧˋ 令人覺得奇怪、不明白。同驚訝。

訣 ㄐㄩㄝˊ jué 名①以事物的內容編成順口易記的語句。例口訣。②要領，妙方。例祕訣。動離別。例訣別。

訣別 ㄐㄩㄝˊ ㄅㄧㄝˊ 離別。多指不再相見的永別或死別。

訣竅 ㄐㄩㄝˊ ㄑㄧㄠˋ 高明有技巧的方法。

訥 ㄋㄜˋ nè 動說話不流利。例木訥。

許 ㄒㄩˇ xǔ 名①地方，處所。例何許人也？②姓。形些微、約略估計的數量。例少許，三十許年。動①答應，同意。例准許。②應允婚約。例許配。③希望，期待。例期許。④稱讚。例讚許。副①如此，這麼。例許多。②大概，或者。例也許。

許可 ㄒㄩˇ ㄎㄜˇ 同意認可。同許諾。

許配 ㄒㄩˇ ㄆㄟˋ 答應對方的婚約。也作「許婚」。

許願 ㄒㄩˇ ㄩㄢˋ 向鬼神求取願望，並應允實現後給予祭祀答謝。

設 ㄕㄜˋ shè 動①制定，建立。例建設。②策畫。例設計。③陳列，擺放。例陳設。④若，假如。例假設。

設防 ㄕㄜˋ ㄈㄤˊ 設置防禦設施。

設法 ㄕㄜˋ ㄈㄚˇ 謀求辦法。

設定 ㄕㄜˋ ㄉㄧㄥˋ ①創設特定的法律關係。例設定抵押權。②邏輯上必須條件的假設。也稱預設。③預先設置訂定。

設計 ㄕㄜˋ ㄐㄧˋ ①構思籌畫。例此次展覽流程由他設計。②根據預定計畫提出具體推行的方法和程序。③藝術方面的構圖。

設施 ㄕㄜˋ ㄕ ①規畫推行。②措施，設備。

設備 ㄕㄜˋ ㄅㄟˋ ①安設裝備。②所配置備用的東西。

設想 ㄕㄜˋ ㄒㄧㄤˇ ①想像。例不堪設想。②著想。例替人設想。

設置 ㄕㄜˋ ㄓˋ ①建立。例在校園中設置藝文中心。同設立。②裝配。例車站裡設置了自動購票系統。

設身處地 ㄕㄜˋ ㄕㄣ ㄔㄨˇ ㄉㄧˋ 假設自己處在與他人同樣的情況下而為其設想。

訛 ㄜˊ é 名①謠言。例以訛傳訛。②錯誤。例謬訛。形①不真實的。例訛言。②錯誤的。例訛誤。動欺騙敲詐。例訛詐。

訛言 ㄜˊ ㄧㄢˊ 虛假不實的言論。

訛詐 ㄜˊ ㄓㄚˋ 假借理由騙取他人財物。也作「訛賴」。

訢 ㄒㄧㄣ xīn 副通「欣」。歡喜地。例訢然。

訟 ㄙㄨㄥˋ sòng 動①打官司以爭論曲直。例爭訟。②爭辯是非。例聚訟紛紜。③責怪。例自訟。副公開地，明白地。例訟言。

五畫

註 ㄓㄨˋ zhù 名同「注」。解釋文義的文字。例附註。動①解釋說明。例註明。②記載。例註銷。

註冊 ㄓㄨˋ ㄘㄜˋ 向有關機關申請事項，並登記在簿冊上以做根據的行為。

註定 ㄓㄨˋ ㄉㄧㄥˋ 限制在某狀態。為一種宿命思想，非人力所能更易。例驕傲者註定失敗。

註腳 ㄓㄨˋ ㄐㄧㄠˇ 附在正文下面以說明文中詞句的文字。也作「注腳」。

註銷 ㄓㄨˋ ㄒㄧㄠ 取銷已登記在簿冊上的事項。

詠 ㄩㄥˇ yǒng 動①有音調地念唱。例歌詠。②用詩詞表達對事物的感受。例詠梅。

詠嘆 ㄩㄥˇ ㄊㄢˋ 長聲歌詠。

評 ㄆㄧㄥˊ píng 名①議論是非的文字或言語。例社評。②文體名。古代史家在記事後的褒貶。動議論，斷定。例評理。

評分 ㄆㄧㄥˊ ㄈㄣ 審斷成果或表現並給予高低分。

評介 ㄆㄧㄥˊ ㄐㄧㄝˋ 評論介紹。例找工作時要注意公司評介。

評判 ㄆㄧㄥˊ ㄆㄢˋ 審核並做判定。

評估 ㄆㄧㄥˊ ㄍㄨ 衡量估計。例對員工做績效評估。

評理 ㄆㄧㄥˊ ㄌㄧˇ 根據道理評斷是非。

評論 ㄆㄧㄥˊ ㄌㄨㄣˋ 批評議論。也指批評議論的文章。

評價 ㄆㄧㄥˊ ㄐㄧㄚˋ 評估事物價值。

評選 ㄆㄧㄥˊ ㄒㄩㄢˇ 比較評估優劣後以做選擇。

評斷 ㄆㄧㄥˊ ㄉㄨㄢˋ 評論並做斷定。

評鑑 ㄆㄧㄥˊ ㄐㄧㄢˋ 審核優劣並且給予建議。

評頭論足 ㄆㄧㄥˊ ㄊㄡˊ ㄌㄨㄣˋ ㄗㄨˊ 品量他人的外貌舉止。亦作「品頭論足」。

詎 ㄐㄩˋ jù 副豈，怎麼能夠。例詎料。

証 ㄓㄥˋ zhèng 「證」的異體字。

訶 ㄏㄜ hē 動通「呵」。大聲責罵。例訶責。

訶斥 ㄏㄜ ㄔˋ 大聲斥責。或作「訶責」。

詞 ㄘˊ cí 名①語言文字中具完整觀念的基本單位。例雙聲詞。②有組織的語言文字。例歌詞。③文體名。句法長短不一，有一定的格律限制。又稱詩餘、長短句。例唐詩宋詞。④通「辭」。訴訟。例詞訟。

詞句 ㄘˊ ㄐㄩˋ 詞和文句的總稱。

詞典 ㄘˊ ㄉㄧㄢˇ 編輯解釋詞彙的工具書。亦作「辭典」。

詞性 ㄘˊ ㄒㄧㄥˋ 詞的文法屬性。

詞素 ㄘˊ ㄙㄨˋ 詞中最簡單而無法再分割出另有意義部分的單位。如蟋蟀、鞦韆。

詞根 ㄘˊ ㄍㄣ 詞中有含義的部分。如桌子的桌。

詞組 ㄘˊ ㄗㄨˇ 兩個詞以上組成的結構。如幸福的家庭。

詞彙 ㄘˊ ㄏㄨㄟˋ 某語言中所有詞語的總稱。

詞窮 ㄘˊ ㄑㄩㄥˊ 理由不充分而說不出話。

詞類 ㄘˊ ㄌㄟˋ 根據詞的語法特點歸納的類別。如名詞、動詞等。

詞藻 ㄘˊ ㄗㄠˇ 用典故或華麗的詞語為修辭。

詞不達意 ㄘˊ ㄅㄨˋ ㄉㄚˊ ㄧˋ 語言文字無法確切表達意思。

詁

ㄍㄨˇ gǔ 動用當代的語言解釋古語，或用通用的話解釋方言。例訓詁。

訹

ㄒㄩˋ xù 動引誘，逼迫。

詖

ㄅㄧˋ bì 形不公正的。例詖言。

詔

ㄓㄠˋ zhào 名古代帝王的命令。例聖詔。動教導。例莊子：「必能詔其子。」

詔書 ㄓㄠˋ ㄕㄨ 皇帝對臣民公告的文書。

詛

ㄗㄨˇ zǔ 動①請求鬼神降禍給某人或惡言怒罵。例詛咒。②發誓。例詛盟。

詛楚文 ㄗㄨˇ ㄔㄨˇ ㄨㄣˊ 秦國石刻，內容為秦王向天神詛咒楚國兵敗，以求收復邊城。

詗

ㄒㄩㄥˋ xiòng 動偵察，窺探。例詗察。

詘

㊀ㄑㄩ qū 動①同「屈」。彎曲。例詘指。②屈服順從。副冤枉地。㊁ㄔㄨˋ chù 動同「黜」。貶低。例罷詘。

詒

㊀ㄧˊ yí 動通「貽」。遺留，贈與。例詒厥之謀。㊁ㄉㄞˋ dài 動通「紿」。欺騙。例朋友相詒。

詐

ㄓㄚˋ zhà 動①虛假，作假。例詐降。②騙取。例詐財。③用言語試探。例他想用話詐我。形狡猾的。例奸詐。

詐降 ㄓㄚˋ ㄒㄧㄤˊ 假裝屈服投降。

詐欺 ㄓㄚˋ ㄑㄧ 詐騙取得他人財物的犯罪行為。

詆

ㄉㄧˇ dǐ 動①毀謗，說人壞話。例詆毀。②責罵。例詆訶。

訴

ㄙㄨˋ sù 動①用言語敘述。例告訴。②控告。例起訴。③藉用。例訴諸武力。

訴求 ㄙㄨˋ ㄑㄧㄡˊ 請求。例政府應以人民訴求為依歸。

訴狀 ㄙㄨˋ ㄓㄨㄤˋ 訴訟時當事人向法院有所陳述的文書。

訴苦 ㄙㄨˋ ㄎㄨˇ 向他人說出心中痛苦、困難。

訴訟 ㄙㄨˋ ㄙㄨㄥˋ 人民或檢察官請求司法機關裁判是非的行為。

訴願 ㄙㄨˋ ㄩㄢˋ 人民對中央或地方機關的行政處分認為違法或不當，向其主管機關請求裁判的行為。

診

ㄓㄣˇ zhěn 動醫師查驗病症。例診斷。

診所 ㄓㄣˇ ㄙㄨㄛˇ 醫師私人開設治療病人的地方。

診治 ㄓㄣˇ ㄓˋ 檢查治療疾病。同診療。

診脈 ㄓㄣˇ ㄇㄞˋ 中醫師用手指感覺病人腕部動脈，以檢查病症。

診斷 ㄓㄣˇ ㄉㄨㄢˋ 醫師檢查症狀以判斷病情及治療方法。

詈 ㄌㄧˋ lì 動責罵。例詈辱。

六畫

詫 ㄔㄚˋ chà 動①驚奇。例詫異。②誇大。

該 ㄍㄞ gāi 動①掛欠。例該帳。②完備，周全。例該備。副應當。例應該。代指前面提過的人或事物。例該校學生。

詳 ㄒㄧㄤˊ xiáng 形①完備仔細的。例周詳。②從容，莊重。例安詳。動①知道。例名字不詳。②仔細說明。例內詳。副小心謹慎。例詳審。

詳細 ㄒㄧㄤˊ ㄒㄧˋ 周全細密。同周詳。

詳情 ㄒㄧㄤˊ ㄑㄧㄥˊ 詳細完整的情形。

詳盡 ㄒㄧㄤˊ ㄐㄧㄣˋ 詳細而完備。

詳徵博引 ㄒㄧㄤˊ ㄓㄥ ㄅㄛˊ ㄧㄣˇ 詳細且廣泛地引證。

試 ㄕˋ shì 名測驗。例考試。動①考驗。例測試。②探測。例嘗試。副預先非正式地。例試聽。

試用 ㄕˋ ㄩㄥˋ ①在正式任用前，探試能否勝任的考驗階段。②物品在正式使用以前，試驗其品質、效能是否符合標準。

試車 ㄕˋ ㄔㄜ ①機器在正式使用之前，先檢驗是否運轉正常。②汽車在使用牌照核發之前，先領有臨時牌照的時期。③以實際駕駛測驗車子性能。

試紙 ㄕˋ ㄓˇ ①考試卷。②含化學成分以檢驗酸鹼性的濾紙。

試探 ㄕˋ ㄊㄢˋ 未知實情前的試驗探測。

試圖 ㄕˋ ㄊㄨˊ 企圖打算。例嫌犯正試圖突破警方包圍。

試管 ㄕˋ ㄍㄨㄢˇ 圓錐形或圓底柱形的玻璃管，為化學實驗工具。

試劑 ㄕˋ ㄐㄧˋ 測驗物質中是否含某種成分的藥品。也稱為試藥。

試金石 ㄕˋ ㄐㄧㄣ ㄕˊ ①一種石英岩，質硬色黑，可測試金銀成分。②可檢驗真假的工具。例解決這次危機，正是政府是否健全完善的試金石。

試管嬰兒 ㄕˋ ㄍㄨㄢˇ ㄧㄥ ㄦˊ 將男性精子和女性卵子在試管中受精培養，再移植到女性子宮以自然孕育分娩。

詡 ㄒㄩˇ xǔ 動說大話、誇口。例自詡。

誆 ㄎㄨㄤ kuāng 動言語欺騙。例誆騙。

詩 ㄕ shī 名①文體名。以具節奏韻律的語言文字來歌詠表達意念，分新詩、舊詩兩種。②六經之一，即詩經。

詩人 ㄕ ㄖㄣˊ 善於寫詩的人。

詩仙 ㄕ ㄒㄧㄢ ①比喻才氣超凡飄逸的詩人。②指唐代詩人李白。

詩意 ㄕ ㄧˋ ①詩歌蘊涵的情意。②寫詩的意願興味。③比喻某種賞心悅目的情調。例這大廳的裝潢頗富詩意。

詩聖 ㄕ ㄕㄥˋ ①比喻才氣卓越入聖的詩人。②指唐代詩人杜甫。

詩經 ㄕ ㄐㄧㄥ 書名。中國最早的詩歌總集，共三百零五篇，春秋時代編成，收集周初到春秋中期的作品。

詩歌 ㄕ ㄍㄜ ①詩和歌曲的總稱。②文學類別之一，語言精簡富想像，有節奏韻律以歌詠。

詩餘 ㄕ ㄩˊ 詞的別稱。

詩中有畫 ㄕ ㄓㄨㄥ ㄧㄡˇ ㄏㄨㄚˋ 形容詩中景物描寫生動，像置身於圖畫。

詩情畫意 ㄕ ㄑㄧㄥˊ ㄏㄨㄚˋ ㄧˋ 形容富有詩畫般優美的意境。

註 ㄍㄨㄚˋ guà 動牽累延誤。例註誤。

詰 ㄐㄧㄝˊ jié 動①詢問。例詰責。②斥責。例盤詰。形彎曲不直的。例詰屈。

詰責 ㄐㄧㄝˊ ㄗㄜˊ 責備詢問。同詰難。

詰屈聱牙 ㄐㄧㄝˊ ㄑㄩ ㄠˊ ㄧㄚˊ 文辭深奧不易了解，或音調艱澀不易誦讀。

詣 ㄧˋ yì 名程度，境界。例造詣。動①到，前往。例詣闕。②進見上級或長輩。

詼 ㄏㄨㄟ huī 形說話有趣的。例詼諧。動譏笑嘲弄。例嘲詼。

誠 ㄔㄥˊ chéng 名真實不虛假。例開心見誠。形真實無偽的。例真誠。副的確，確實。例誠然。

誠信 ㄔㄥˊ ㄒㄧㄣˋ 真實守信用。

誠然 ㄔㄥˊ ㄖㄢˊ 果真如此。也作「信然」。

誠實 ㄔㄥˊ ㄕˊ 真誠實在不騙人。

誠摯 ㄔㄥˊ ㄓˋ 真實懇切。例誠摯邀請你加入。同誠懇。

誠心誠意 ㄔㄥˊ ㄒㄧㄣ ㄔㄥˊ ㄧˋ 形容心意真實不欺騙。

誠惶誠恐 ㄔㄥˊ ㄏㄨㄤˊ ㄔㄥˊ ㄎㄨㄥˇ 本為古代臣子對皇帝上奏時的敬詞。後用以形容內心惶恐不安。

誇 ㄎㄨㄚ kuā 動①說大話，炫耀。例誇示。②讚美。例誇獎。

誇口 ㄎㄨㄚ ㄎㄡˇ 說話誇大不實。同吹牛。

誇張 ㄎㄨㄚ ㄓㄤ 故意誇大鋪張所形容的事物。

誇獎 ㄎㄨㄚ ㄐㄧㄤˇ 用言語嘉美讚揚。

誇耀 ㄎㄨㄚ ㄧㄠˋ 顯示炫耀。

誅 ㄓㄨ zhū 動①殺死。例伏誅。②討伐。例誅討。③除滅。例誅滅。④斥責。例口誅筆伐。⑤懲罰。例誅意。

誅除 ㄓㄨ ㄔㄨˊ 翦除，消滅。或作「誅滅」。

誄 ㄌㄟˇ lěi 名文體名。記載死者生平功德以表哀悼的韻文。例誄辭。動①宣揚前人功德。例禮記：「幼不誄長。」②記敘功德以向神禱告求福。

詵 ㄕㄣ shēn 動詢問。形詵詵，眾多的樣子。

話 ㄏㄨㄚˋ huà 名語言。例閩南話。動說，言談。例閒話家常。

話本 ㄏㄨㄚˋ ㄅㄣˇ 宋、元間說書人講故事所依據的底本。

話別 ㄏㄨㄚˋ ㄅㄧㄝˊ 即將別離時的言談。

話柄 ㄏㄨㄚˋ ㄅㄧㄥˇ 被他人當聊天題材的言論或行為。

話劇 ㄏㄨㄚˋ ㄐㄩˋ 用人物的對話動作來表達內容的戲劇。

話題 ㄏㄨㄚˋ ㄊㄧˊ 供聊天討論的材料。

話舊 ㄏㄨㄚˋ ㄐㄧㄡˋ 與久別的朋友聊談往事。

話匣子 ㄏㄨㄚˋ ㄒㄧㄚˊ ˙ㄗ ①留聲機。②譏笑多話不停的人。

話家常 ㄏㄨㄚˋ ㄐㄧㄚ ㄔㄤˊ 談論家中瑣事。

話不投機 ㄏㄨㄚˋ ㄅㄨˋ ㄊㄡˊ ㄐㄧ 言談間因心意不同而無法契合。

詢 ㄒㄩㄣˊ xún 動查問意見。例諮詢。

詢問 ㄒㄩㄣˊ ㄨㄣˋ 查詢訪問。

詭 ㄍㄨㄟˇ guǐ 形①奇怪的。例弔詭。②欺詐的。例詭計。動違背。例言行相詭。

詭計 ㄍㄨㄟˇ ㄐㄧˋ 欺騙狡詐的計謀。

詭祕 ㄍㄨㄟˇ ㄇㄧˋ 怪異隱密不易捉摸。

詭詐 ㄍㄨㄟˇ ㄓㄚˋ 欺騙狡詐。

詭譎 ㄍㄨㄟˇ ㄐㄩㄝˊ ①變化多端。例政局詭譎多變。②怪異不尋常。

詭辯 ㄍㄨㄟˇ ㄅㄧㄢˋ ①奇怪狡詐的辯說。②顛倒是非的不合理強辯。

詮 ㄑㄩㄢˊ quán 名真確的道理。動解釋說明。例詮釋。

詬 ㄍㄡˋ gòu 名恥辱。例詬病。動辱罵。例詬罵。

訾 ㄗˇ zǐ 名缺點。例禮記：「非禮之訾。」動①說人壞話。例訾議。②估計衡量。

詹 ㄓㄢ zhān 名姓。動擇定。例謹詹於某日舉行婚禮。

七畫

誡 ㄐㄧㄝˋ jiè 名①箴言，教條。例十誡。②禁令。例誡令。動①通「戒」。警告戒備。例警誡。②規勸。例告誡。

誌 ㄓˋ zhì 名①文體名。一種記事文。例碑誌。②記號。例南齊書：「種桑樹於界上為誌。」動①記住。例永誌不忘。②表示。例誌喜。③記錄。例以誌這次相識。

誌喜 ㄓˋ ㄒㄧˇ 表示祝賀恭喜。同誌慶。

語 ㊀ㄩˇ yǔ 名①口頭說的話。例國語。②特指古語或諺語。③詩詞文章中的字句。④傳達思想或訊號的動作。例手語。動①說話，言談。例竊竊私語。②蟲鳴鳥叫。例鳥語花香。㊁ㄩˋ yù 動告訴。

語文 ㄩˇ ㄨㄣˊ 語言和文字。

語言 ㄩˇ ㄧㄢˊ 人類特有的表達和溝通情意的工具。

語法 ㄩˇ ㄈㄚˇ ①講求語言構造適宜，音調優美的方法。②研究語言組織的學問。同文法。

語音 ㄩˇ ㄧㄣ ①說話的聲音。②字在口語中所念的音。

語氣 ㄩˇ ㄑㄧˋ 說話的神態口氣。

語病 ㄩˇ ㄅㄧㄥˋ 語言文字使用上不合理的毛病。

語詞 ㄩˇ ㄘˊ ①語言中代表某完整觀念的最小單位。②指述語或謂語。

語意 ㄩˇ ㄧˋ 語言所含的意義。

語調 ㄩˇ ㄉㄧㄠˋ 說話聲音的高低、快慢、輕重等變化，表示一定的語氣和情感。

語體文 ㄩˇ ㄊㄧˇ ㄨㄣˊ 依接近平時說話習慣寫成的文章。又稱為白話文。

語重心長 ㄩˇ ㄓㄨㄥˋ ㄒㄧㄣ ㄔㄤˊ 說話誠摯，用意深長。

語焉不詳 ㄩˇ ㄧㄢ ㄅㄨˋ ㄒㄧㄤˊ 話語中所表達的意思不夠清楚。

語無倫次 ㄩˇ ㄨˊ ㄌㄨㄣˊ ㄘˋ 說話沒有條理。

誦

ㄙㄨㄥˋ sòng 動①讀出聲音。例朗誦。②默記著念。例背誦。③陳述，稱說。例傳誦。

誦習 ㄙㄨㄥˋ ㄒㄧˊ 藉朗讀以熟悉學習內容。

誦經 ㄙㄨㄥˋ ㄐㄧㄥ ①佛教徒或僧尼念讀佛經。②比喻人說話絮叨不止。

誣

ㄨ wū 動①欺騙。例誣民。②誹謗陷害。例誣陷。

誣告 ㄨ ㄍㄠˋ 以假造事實向法院申請告訴，要求他人受到處分。

誣陷 ㄨ ㄒㄧㄢˋ 捏造事實，陷害他人。同誣賴。

誣衊 ㄨ ㄇㄧㄝˋ 偽造事實以毀壞他人名聲。

認

ㄖㄣˋ rèn 動①分辨，分別。例辨認。②同意承擔，接受。例承認。③以為。例認為。④聽由，任憑。例認命。⑤無血緣而結成親屬。例認養。

認同 ㄖㄣˋ ㄊㄨㄥˊ 體認並模仿某人或某團體的思想行為，使本身與其一致。

認定 ㄖㄣˋ ㄉㄧㄥˋ 根據證據或言詞辯論，推定判別事實。

認命 ㄖㄣˋ ㄇㄧㄥˋ 順從命運的安排。

認為 ㄖㄣˋ ㄨㄟˊ 經過分析思考後，對事實的理解和斷定。

認真 ㄖㄣˋ ㄓㄣ 做事踏實不隨便。

認清 ㄖㄣˋ ㄑㄧㄥ 分辨清楚。例你還沒認清事實嗎？

認帳 ㄖㄣˋ ㄓㄤˋ 承認。例沒證沒據，他是不會認帳的。

認罪 ㄖㄣˋ ㄗㄨㄟˋ 承認自己的罪狀。

認領 ㄖㄣˋ ㄌㄧㄥˇ ①確定東西屬於自己的而領收。例認領失物。②法律上指把非婚生子女認作親生子女而加以收養。

認養 ㄖㄣˋ ㄧㄤˇ 對貧困兒童長期提供金錢扶養或幫助。例認養非洲飢餓兒童。

認錯 ㄖㄣˋ ㄘㄨㄛˋ ①承認自己的過失。②誤以為。例我認錯人了。

認識 ㄖㄣˋ ㄕˋ ①人認知、判斷事物的意識作用。②曾經相識。③過去曾接觸而認得。

認賊作父 ㄖㄣˋ ㄗㄟˊ ㄗㄨㄛˋ ㄈㄨˋ 比喻將敵人當做親人。多譏諷不明事理的人。

誚

ㄑㄧㄠˋ qiào 動責怪。例譏誚。副全然地，幾乎是。

誤 ㄨˋ wù 名差錯。例失誤。動①妨害，延遲耽擱。例耽誤。②錯過。例火車誤點。

誤差 ㄨˋ ㄔㄚ 數學上近似值和實際值的差額。

誤時 ㄨˋ ㄕˊ 沒有掌握好時間，錯失規定的時限。

誤人子弟 ㄨˋ ㄖㄣˊ ㄗˇ ㄉㄧˋ 通常用來譏諷未盡職責的老師。

誥 ㄍㄠˋ gào 名文體名。用來告誡的文字。例酒誥。動上級告知下級。

誘 ㄧㄡˋ yòu 動①教導。例循循善誘。②打動牽引人心。例引誘。

誘因 ㄧㄡˋ ㄧㄣ 引起心理動機或外在行為的原因。

誘拐 ㄧㄡˋ ㄍㄨㄞˇ 引誘拐騙。例歹徒誘拐了我的孩子。

誘惑 ㄧㄡˋ ㄏㄨㄛˋ 吸引迷惑他人心智。

誘餌 ㄧㄡˋ ㄦˇ 引誘他人的事物。

誘導 ㄧㄡˋ ㄉㄠˇ 勸勉教導。

誨 ㄏㄨㄟˋ huì 名教導的話。動①教導。例教誨。②吸引，誘使。例慢藏誨盜。

誨人不倦 ㄏㄨㄟˋ ㄖㄣˊ ㄅㄨˋ ㄐㄩㄢˋ 樂於教導別人而不感疲累。

誨盜誨淫 ㄏㄨㄟˋ ㄉㄠˋ ㄏㄨㄟˋ ㄧㄣˊ 財物不謹慎收藏，易遭竊盜；女子裝扮妖冶，易引起別人打壞主意。比喻禍端由自己引起。後指引誘人做壞事。例最近電視節目總是誨盜誨淫的內容。

說 ㈠ㄕㄨㄛ shuō 名①主張，道理。例學說。②文體名。陳述說明事物。例師說。動①用言語表達。例演說。②解釋。例說明。③教導。例上說下教。④告訴。⑤責罵。例說了他一頓。
㈡ㄕㄨㄟˋ shuì 動用言語使他人聽從。例遊說。
㈢ㄩㄝˋ yuè 動通「悅」。欣喜。例論語：「學而時習之，不亦說乎！」

說合 ㄕㄨㄛ ㄏㄜˊ 介紹以拉攏某人，或促成某事。

說法 ㄕㄨㄛ ㄈㄚˇ ①講解說明的方法。②宣揚佛法以教化眾人。

說明 ㄕㄨㄛ ㄇㄧㄥˊ ①解釋清楚以讓人了解。②解釋的文字。

說服 ㄕㄨㄟˋ ㄈㄨˊ 用言語使人相信、順從。

說客 ㄕㄨㄟˋ ㄎㄜˋ 善用言語勸誘他人的人。同說士。

說破 ㄕㄨㄛ ㄆㄛˋ 將隱祕的事說出來。

說情 ㄕㄨㄛ ㄑㄧㄥˊ 替他人請求原諒或幫助。

說教 ㄕㄨㄛ ㄐㄧㄠˋ 用道理教訓他人。

說項 ㄕㄨㄛ ㄒㄧㄤˋ 說別人的好話。指替人遊說或講情。

說媒 ㄕㄨㄛ ㄇㄟˊ 替人撮合婚事。也作「說親」。

說謊 ㄕㄨㄛ ㄏㄨㄤˇ 說的話與事實不符。同撒謊、扯謊。

說辭 ㄕㄨㄛ ㄘˊ 辯解或推託的言辭。

說大話 ㄕㄨㄛ ㄉㄚˋ ㄏㄨㄚˋ 說話誇大不實。

說不得 ㄕㄨㄛ ㄅㄨˋ ㄉㄜˊ 不可以說。例在宴會裡，這些粗話說不得。

說明書 ㄕㄨㄛ ㄇㄧㄥˊ ㄕㄨ 物品中所附說明內容或用法的文書。

說閒話 ㄕㄨㄛ ㄒㄧㄢˊ ㄏㄨㄚˋ 從旁挑撥不負責地批評。

說一不二 ㄕㄨㄛ ㄧ ㄅㄨˋ ㄦˋ 說話算話，確定不改變。例我既然答應這件事，就說一不二。也作「說一是一」。

說東道西 ㄕㄨㄛ ㄉㄨㄥ ㄉㄠˋ ㄒㄧ 隨意聊天，無所不談。

說風涼話 ㄕㄨㄛ ㄈㄥ ㄌㄧㄤˊ ㄏㄨㄚˋ 在一旁說不負責的話。

誑

ㄎㄨㄤˊ kuáng 動欺騙。例誑了我一場。

誑誕 ㄎㄨㄤˊ ㄉㄢˋ 用荒誕不實的話迷惑他人。

誓

ㄕˋ shì 名①雙方的約定。例誓約。②表示一定做到的話。例發誓。動告誡。例誓師北伐。副絕對。例誓不甘休。

誓死 ㄕˋ ㄙˇ 表示寧死也不改變的決心。例誓死不屈。

誓言 ㄕˋ ㄧㄢˊ 立定決心的言辭。同誓詞。

誓師 ㄕˋ ㄕ 出戰前主帥告誡兵士，宣誓作戰決心。

誓不兩立 ㄕˋ ㄅㄨˋ ㄌㄧㄤˇ ㄌㄧˋ 發誓絕對不和敵人同時存在。形容仇恨很深。

八畫

誼

ㄧˋ yì 名情意。例友誼。

諄

ㄓㄨㄣ zhūn 副真摯而不厭倦地。例諄諄教誨。

諒

ㄌㄧㄤˋ liàng 形誠實可信的。例論語：「友直、友諒、友多聞。」動①信任，相信。②寬恕。例原諒。③固執。例論語：「君子貞而不諒。」副預先推想地。例諒必。

諒解 ㄌㄧㄤˋ ㄐㄧㄝˇ 了解實情之後原諒對方。

諒察 ㄌㄧㄤˋ ㄔㄚˊ 懇求對方寬恕，並詳察實情。

誶

ㄙㄨㄟˋ suì 動①責備。例誶語。②盤問。

談

ㄊㄢˊ tán 名①所講的話語。例閒談。②言論。例美談。③姓。動①互相說話。例交談。②討論商議。例商談。

談心 ㄊㄢˊ ㄒㄧㄣ 訴說心事。

談天 ㄊㄢˊ ㄊㄧㄢ 隨意聊天說話。

談吐 ㄊㄢˊ ㄊㄨˇ 說話的態度和用詞。

談判 ㄊㄢˊ ㄆㄢˋ 雙方商量解決事情。

談話 ㄊㄢˊ ㄏㄨㄚˋ 彼此的對話。

談論 ㄊㄢˊ ㄌㄨㄣˋ 言談議論。

談何容易 ㄊㄢˊ ㄏㄜˊ ㄖㄨㄥˊ ㄧˋ 比喻事情不易達成。

談虎色變 ㄊㄢˊ ㄏㄨˇ ㄙㄜˋ ㄅㄧㄢˋ 比喻一提到某事就害怕。

談笑自如 ㄊㄢˊ ㄒㄧㄠˋ ㄗˋ ㄖㄨˊ 聊天說笑時的態度自然。亦作「談笑自若」。

談笑風生 ㄊㄢˊ ㄒㄧㄠˋ ㄈㄥ ㄕㄥ 形容人說話風趣，使聽者如沐浴春風般舒適。

請

㊀ㄑㄧㄥˇ qǐng 動①延攬招聘。例聘請。②誠懇要求。例請求。③邀約。例請客。④詢問。例請示。⑤問候。例請安。⑥迎置神明。例請了一尊佛像。副對人提出要求的敬詞。例請放手。㊁ㄐㄧㄥˋ jìng 名通「覲」。古代朝會名。例朝請。

請示 ㄑㄧㄥˇ ㄕˋ 請求指示或吩咐。

請安 ㄑㄧㄥˇ ㄢ 問候他人安好，用於平輩間或下對上。

請命 ㄑㄧㄥˇ ㄇㄧㄥˋ ①替人請求保全其性命。例為百姓請命。②請求指教或吩咐。同請示。

請客 ㄑㄧㄥˇ ㄎㄜˋ 宴請賓客。今泛指所有做東付帳的行為。

請柬 ㄑㄧㄥˇ ㄐㄧㄢˇ 邀請客人的柬帖。同請帖。

請便 ㄑㄧㄥˇ ㄅㄧㄢˋ ①請人自行活動，不必拘禮。②驅逐客人之詞。例這裡不歡迎你，請便。

請託 ㄑㄧㄥˇ ㄊㄨㄛ ①替人求情。②將私事託付他人。

請益 ㄑㄧㄥˇ ㄧˋ ①請求增加。②請求更仔細的指點。今泛指請求教導。

請教 ㄑㄧㄥˇ ㄐㄧㄠˋ 請求指點教導。

請假 ㄑㄧㄥˇ ㄐㄧㄚˋ 請求給與休假。

請期 ㄑㄧㄥˇ ㄑㄧˊ 古代婚禮六禮之一，男方納徵後，挑選婚期並請求女方同意。

請罪 ㄑㄧㄥˇ ㄗㄨㄟˋ 認罪而請求懲罰或原諒。例負荊請罪。

請願 ㄑㄧㄥˇ ㄩㄢˋ 人民向政府提出意見或請求。

請纓 ㄑㄧㄥˇ ㄧㄥ 比喻自動請求從軍征戰。

請君入甕 ㄑㄧㄥˇ ㄐㄩㄣ ㄖㄨˋ ㄨㄥˋ 指以其人之法對付其人之身。也就是使他人自陷於罪。

諸

ㄓㄨ zhū 名姓。形許多的。例先秦諸子。代他，之。人或事物的代詞。助「之乎」二字的合音，表示疑問。例論語：「吾得而食諸？」介「之於」二字的合音。例付諸行動。

諸子 ㄓㄨ ㄗˇ ①古代學術思想家的總稱。②古代學術思想家所著論述的總稱。

諸君 ㄓㄨ ㄐㄩㄣ 各位。同諸位。

諸侯 ㄓㄨ ㄏㄡˊ 封建制度時代，天子分封的列國國君。

諸子百家 ㄓㄨ ㄗˇ ㄅㄞˇ ㄐㄧㄚ 春秋戰國時代各學術思想家派別的總稱。

諸如此類 ㄓㄨ ㄖㄨˊ ㄘˇ ㄌㄟˋ 與此相似的眾多事物。

諆

ㄑㄧ qī 動欺騙。例詆諆。

諏

ㄗㄡ zōu 動①聚在一起討論。②詢問。例諏訪。③挑選。例諏吉。

諑

ㄓㄨㄛˊ zhuó 名造謠毀謗的話。例謠諑。

課

ㄎㄜˋ kè 名①稅收。例鹽課。②機關中基層單位。例民政課。③學業。例上課。④教學時間段落。例下課。⑤教材內容段落。例第一課。⑥關於求神問卜的事。例卜課。動收取稅賦。例課稅。

課文 ㄎㄜˋ ㄨㄣˊ 教學書籍中的正文。

課堂 ㄎㄜˋ ㄊㄤˊ 教授學業的地方。同教室。

課程 ㄎㄜˋ ㄔㄥˊ 學校中所有學習科目的總稱。

課稅 ㄎㄜˋ ㄕㄨㄟˋ 徵收稅錢。

課題 ㄎㄜˋ ㄊㄧˊ 目前需要學習或解決的問題。

課外活動 ㄎㄜˋ ㄨㄞˋ ㄏㄨㄛˊ ㄉㄨㄥˋ 學校正課之外的學習活動。

課外讀物 ㄎㄜˋ ㄨㄞˋ ㄉㄨˊ ㄨˋ 學校教科書以外所讀的書刊。

諍 ㄓㄥ zhēng 動直言勸告糾正。例諫諍。

諍言 ㄓㄥˋ ㄧㄢˊ 直率規勸他人過失的話。

誹 ㄈㄟˇ fěi 動言語惡意中傷。例誹謗。

調 ㈠ㄉㄧㄠˋ diào 名①音樂格律。例曲調。②音階的高低程度。例F大調。③國音發聲高低。例音調。④口音。例南腔北調。⑤能力。例才調。⑥品味程度。例格調。動①派遣。例調兵。②更動。例調職。③安排處置。例調度。④考察，徵問。例調查。⑤提取。例借調。㈡ㄊㄧㄠˊ tiáo 形和諧順暢的。例風調雨順。動①混合使均勻。例調色。②修正使適當。例調整。③和諧得宜。例琴瑟不調。④嘲笑，玩弄。例調戲。⑤替人和解。例調停。

調子 ㄉㄧㄠˋ ˙ㄗ ①聲音的高低起伏。②音樂中表示音階高低的程度。③圖畫或攝影作品所表現的遠近、濃淡、明暗等程度。

調用 ㄉㄧㄠˋ ㄩㄥˋ 派遣使用。

調弄 ㄊㄧㄠˊ ㄋㄨㄥˋ ①嘲笑玩弄。②彈奏弦樂器。

調防 ㄉㄧㄠˋ ㄈㄤˊ 軍隊更動防守地點。

調和 ㄊㄧㄠˊ ㄏㄜˊ ①和諧適宜。例色彩調和。②消弭爭端。

調侃 ㄊㄧㄠˊ ㄎㄢˇ 用言辭委婉譏諷或戲弄。

調派 ㄉㄧㄠˋ ㄆㄞˋ 分配安排。

調度 ㄉㄧㄠˋ ㄉㄨˋ 安排配置。例調度有方。

調配 ㈠ㄊㄧㄠˊ ㄆㄟˋ 調和配置。例護士依處方調配感冒藥水。㈡ㄉㄧㄠˋ ㄆㄟˋ 調動安排。同調度。例將軍正在調配出征兵隊。

調查 ㄉㄧㄠˋ ㄔㄚˊ 訪問察看各方面的情形。

調教 ㄊㄧㄠˊ ㄐㄧㄠˋ 教導培養人的性情或行為。

調停 ㄊㄧㄠˊ ㄊㄧㄥˊ 從中排解紛爭。

調動 ㄉㄧㄠˋ ㄉㄨㄥˋ ①移動軍隊。②改變職務或工作地點。

調情 ㄊㄧㄠˊ ㄑㄧㄥˊ 男女間以情意挑逗對方。

調幅 ㄊㄧㄠˊ ㄈㄨˊ ①利用載波的強弱控制信號波的波幅，以利音頻信號傳送。英語縮稱A.M.。②調整的幅度。例這次物價調幅高達百分之三十。

調解 ㄊㄧㄠˊ ㄐㄧㄝˇ ①從中排解紛爭。②法院依當事人的請求，就爭議事件進行勸告，使當事人自行和解，避免訴訟程序。

調適 ㄊㄧㄠˊ ㄕˋ 改變方式以適應新事物。

調養 ㄊㄧㄠˊ ㄧㄤˇ 調節養護身體。

調節 ㄊㄧㄠˊ ㄐㄧㄝˊ 調理節制，使不過多或過少。

調劑 ㄊㄧㄠˊ ㄐㄧˋ ①調節，使生活苦樂均衡。例適當的娛樂可以調劑身心。②配製藥物。

調整 ㄊㄧㄠˊ ㄓㄥˇ 調理整頓。例調整薪資。

調頻 ㄊㄧㄠˊ ㄆㄧㄣˊ 利用音響信號來改變射頻訊號的頻率，可減少傳送資料時的干擾。英語縮稱F.M.。

調戲 ㄊㄧㄠˊ ㄒㄧˋ 用不禮貌的言語或行為調謔戲弄。

調頭寸 ㄉㄧㄠˋ ㄊㄡˊ ㄘㄨㄣˋ 用支票作抵押以周轉現金。

調虎離山 ㄉㄧㄠˋ ㄏㄨˇ ㄌㄧˊ ㄕㄢ 引誘人離開某地以進行某計畫。

調詞架訟 ㄊㄧㄠˊ ㄘˊ ㄐㄧㄚˋ ㄙㄨㄥˋ 挑撥他人打官司，以從中獲益。

諉

ㄨㄟˇ wěi 動①推卸責任。例諉過。②藉口推託。例推諉。

諂

ㄔㄢˇ chǎn 動奉承，巴結。例諂諛。

諂媚 ㄔㄢˇ ㄇㄟˋ 逢迎巴結，取悅他人。同諂佞。

誰

ㄕㄟˊ shéi 代①什麼人。表示疑問。例你是誰？②任何人。例誰都可以去。

誰知 ㄕㄟˊ ㄓ 豈知，那裡曉得。例誰知會發生這種事。

誕

ㄉㄢˋ dàn 名①出生的日子。例壽誕。②虛浮不實的言論。形行為放蕩怪異的。例荒誕。動出生。例誕生。

誕生 ㄉㄢˋ ㄕㄥ ①第一次產生或出現。例愛迪生促使電燈的誕生。②出生。

誕辰 ㄉㄢˋ ㄔㄣˊ 出生的日子。

諛

ㄩˊ yú 動奉承討好。例阿諛。

諗

ㄕㄣˇ shěn 動①通「讅」。熟知。例諗悉。②勸諫。例左傳：「辛伯諗周桓公。」

論

㈠ㄌㄨㄣˋ lùn 名①文體名。闡明某種見解或道理。例留侯論。②評議人或事的文章或言語。例社論。動①依據。例論輩分。②視同，處理。多放在倒裝句。例以棄權論。③分析，研議。例議論。④判定，推斷。例論罪。⑤商量。例討論。⑥顧及，考慮。例不論是非。㈡ㄌㄨㄣˊ lún 名論語的簡稱。

論語 ㄌㄨㄣˊ ㄩˇ 書名。內容為孔子的學生記錄其師生間討論學術和言行基本原則。

論壇 ㄌㄨㄣˋ ㄊㄢˊ 公開發表議論的地方或媒體。

論戰 ㄌㄨㄣˋ ㄓㄢˋ 因見解不同而引起理論上的爭辯。

論證 ㄌㄨㄣˋ ㄓㄥˋ ①指利用推理來證明論題和論據的邏輯關係。②立論的根據。

論說文 ㄌㄨㄣˋ ㄕㄨㄛ ㄨㄣˊ 文體名。內容為議論說明。

論功行賞 ㄌㄨㄣˋ ㄍㄨㄥ ㄒㄧㄥˊ ㄕㄤˇ 根據功勞大小給予獎賞。

誾

ㄧㄣˊ yín 見「誾誾」。

誾誾 ㄧㄣˊ ㄧㄣˊ ①和悅地進言勸告。②形容香氣很盛。

九畫

諠

ㄒㄩㄢ xuān 動通「喧」。吵鬧。例諠譁。

諠譁 ㄒㄩㄢ ㄏㄨㄚˊ 喧嚷，吵鬧。亦作「喧譁」。

諦

ㄉㄧˋ dì 名道理。例真諦。副仔細地，審慎地。例諦視。

諦視 ㄉㄧˋ ㄕˋ 仔細觀察。

諦聽 ㄉㄧˋ ㄊㄧㄥ 注意聆聽。

諳

ㄢ ān 動①熟悉，知曉。例熟諳、不諳水性。②記憶，背誦。

諢

ㄏㄨㄣˋ hùn 名好笑的話。例插科打諢。

諢話 ㄏㄨㄣˋ ㄏㄨㄚˋ 戲弄玩笑的話。

諺 ㄧㄢˋ yàn 名①源自古代的俗語。例古諺。②民間廣傳的言語。例俗諺。

諺語 ㄧㄢˋ ㄩˇ 屬民間文學的一種，指流傳民間且富含意味的簡單語句，多反映人民的生活體驗。

諮 ㄗ zī 動①詢問。例諮詢。②商議。例諮商。

諮議 ㄗ ㄧˋ 諮詢商議。

諫 ㄐㄧㄢˋ jiàn 動用言語或行動勸告長上。例規諫。

諫臣 ㄐㄧㄢˋ ㄔㄣˊ 向君主直言規勸的臣子。

諱 ㄏㄨㄟˋ huì 名①有所隱避的事物。例避諱。②對已故長上名字的尊稱。動①因禁忌而隱藏迴避。例忌諱。②隱瞞，有所保留。例直言不諱。

諱言 ㄏㄨㄟˋ ㄧㄢˊ 有所顧忌而不敢直接說明。

諱疾忌醫 ㄏㄨㄟˋ ㄐㄧˊ ㄐㄧˋ ㄧ 自己有病卻不肯告訴醫師。比喻有過失卻不喜歡聽他人規勸。

諱莫如深 ㄏㄨㄟˋ ㄇㄛˋ ㄖㄨˊ ㄕㄣ 深藏隱瞞事情，不讓外人知道。

諝 ㄒㄩˇ xǔ 名①才能智慧。②計策。

諧 ㄒㄧㄝˊ xié 形戲弄玩笑的。例諧語。動①配合適宜。例和諧。②商議，協調。③事情達成。例事已諧矣。

諧音 ㄒㄧㄝˊ ㄧㄣ ①由弦或氣柱振動形成的音中，頻率最低者稱基音，頻率為基音的整數倍者稱諧音。②字詞發音相同或相近。

諧趣 ㄒㄧㄝˊ ㄑㄩˋ 詼諧好笑的趣味。

謀 ㄇㄡˊ móu 名計策，策略。例計謀、足智多謀。形機智有策略的。例謀士。動①商議，計畫。例聚堂而謀。②圖求。例謀生。③設計陷害。例謀害。

謀面 ㄇㄡˊ ㄇㄧㄢˋ 見面。例我和他素未謀面，卻有種似曾相識的熟悉。

謀害 ㄇㄡˊ ㄏㄞˋ 有計畫地害人。

謀略 ㄇㄡˊ ㄌㄩㄝˋ 計謀策略。

謀定後動 ㄇㄡˊ ㄉㄧㄥˋ ㄏㄡˋ ㄉㄨㄥˋ 計畫完備後再採取行動。

謀財害命 ㄇㄡˊ ㄘㄞˊ ㄏㄞˋ ㄇㄧㄥˋ 為謀取錢財而殺害他人。

諶 ㄔㄣˊ chén 名姓。動通「忱」。相信。副誠摯地。

諜 ㄉㄧㄝˊ dié 名①暗中探求敵情的人。例間諜。②刺探而得到的消息。例諜報。

諵 ㄋㄢˊ nán 副諵諵，多話的樣子。

諴 ㄒㄧㄢˊ xián 形真誠的。動和諧。

謔 ㄋㄩㄝˋ nüè 動以言語戲弄調笑。例笑謔。

謔稱 ㄋㄩㄝˋ ㄔㄥ 開玩笑的稱呼。

謔而不虐 ㄋㄩㄝˋ ㄦˊ ㄅㄨˋ ㄋㄩㄝˋ 適度的開玩笑而不傷人。

謁 ㄧㄝˋ yè 名名片。例投謁。動請求進見。例拜謁。

謁見 ㄧㄝˋ ㄐㄧㄢˋ 請求進見。

諾 ㄋㄨㄛˋ nuò 名①答應的話。例一諾千金。②表示同意的聲音。動①答應。例承諾。②准許。例允諾。

諾言 ㄋㄨㄛˋ ㄧㄢˊ 答應的話。例記得遵守諾言。

諾貝爾獎 ㄋㄨㄛˋ ㄅㄟˋ ㄦˇ ㄐㄧㄤˇ 西元一八九六年，根據瑞典化學家諾貝爾的遺囑，以四千六百萬瑞典幣成立基金，每年以利息贈予國際上對物理、化學、生理、醫學、文學、和平、經濟等有重大貢獻者。

諤 ㄜˋ è 名剛直的話。

諤諤 ㄜˋ ㄜˋ 直言爭論的樣子。又作「咢咢」。

謂 ㄨㄟˋ wèi 名意義。例無謂。動①告訴。②說。③稱呼。例稱謂。④是，為。例何謂勇氣？

謂語 ㄨㄟˋ ㄩˇ 句中說明主語性質或狀態的部分。亦稱為述語。

諼 ㄒㄩㄢ xuān 名通「萱」。忘憂草。例諼草。動①欺騙。②遺忘。例永矢弗諼。

諷 ㄈㄥˋ fèng 動①朗讀或記誦。例諷誦。②委婉地勸告。例諷諭。③譏笑中傷。例嘲諷。

諷刺 ㄈㄥˋ ㄘˋ 比喻用隱微的話譏刺他人。

諞 ㄆㄧㄢˊ pián 名好聽的巧話。例諞言。動自誇。例你又在諞了。

諭 ㄩˋ yù 名上對下的命令。例手諭。動明白表示。例曉諭。

謚 ㄕˋ shì 名人死後依生前行為，評定褒貶所加的稱號。例追謚。

十畫

謇 ㄐㄧㄢˇ jiǎn 形①說話結巴的。②忠直的。例謇愕。

謗 ㄅㄤˋ bàng 動用言語惡意中傷。例毀謗。

謗言 ㄅㄤˋ ㄧㄢˊ 毀謗他人的壞話。

謙 ㈠ㄑㄧㄢ qiān 形虛心而不自大。例謙虛。㈡ㄑㄧㄝˋ qiè 動通「慊」。滿足。

謙抑 ㄑㄧㄢ ㄧˋ 謙卑退讓。同謙挹、謙讓。

謙虛 ㄑㄧㄢ ㄒㄩ 虛心恭敬不自滿。同謙遜。

謙沖自牧 ㄑㄧㄢ ㄔㄨㄥ ㄗˋ ㄇㄨˋ 以謙虛來自我督促。

謎 ㄇㄧˊ mí 名①用隱約的語言暗示以供人猜測。例謎語。②不易理解的事物。例謎團。

謎底 ㄇㄧˊ ㄉㄧˇ 謎語的答案。

謐 ㄇㄧˋ mì 形安定寂靜的。例寧謐。

講 ㄐㄧㄤˇ jiǎng 動①說，敘述。例講話。②教導傳授。例講課。③解釋說明。例講解。④研究。例講習。⑤重視。例講門面。⑥商議。例講價。

講究 ㄐㄧㄤˇ ㄐㄧㄡ ①追求精美。例他很講究飲食。②窮究其中的道理。例難道這文章有什麼講究嗎？

講求 ㄐㄧㄤˇ ㄑㄧㄡˊ 注重追求，研究探討。例廣告業講求創意和流行。

講和 ㄐㄧㄤˇ ㄏㄜˊ 雙方商量和平解決紛爭。

講座 ㄐㄧㄤˇ ㄗㄨㄛˋ 大學中對某學科或學術範疇所設的課程、講學。例文學講座。

講理 ㄐㄧㄤˇ ㄌㄧˇ ①通達道理。例你真蠻不講理。②評論事情是非。例請個公道人來講理吧！

講評 ㄐㄧㄤˇ ㄆㄧㄥˊ 講解評論。例請評審為比賽結果講評。

講義 ㄐㄧㄤˇ ㄧˋ 按教學內容而編寫的教材。

講解 ㄐㄧㄤˇ ㄐㄧㄝˇ 解釋說明。

講信修睦 ㄐㄧㄤˇ ㄒㄧㄣˋ ㄒㄧㄡ ㄇㄨˋ 講求誠信，修習和善相處之道。

謊

ㄏㄨㄤˇ huǎng 名欺騙的假話。例說謊。形不真實的。例謊話。副虛假地。例謊報。

謖

ㄙㄨˋ sù 副收斂地。動站起來。例謖爾。

謖謖 ㄙㄨˋ ㄙㄨˋ ①高昂挺立的樣子。②形容風吹的聲音。

謠

ㄧㄠˊ yáo 名①沒有根據的流言。例造謠。②民間流行的曲調。例民謠。

謠傳 ㄧㄠˊ ㄔㄨㄢˊ 不實的傳聞。例網路上謠傳著世界末日的來臨。

謠諑 ㄧㄠˊ ㄓㄨㄛˊ 憑空捏造以毀謗他人的話。

謅

ㄗㄡ zōu 動①隨意亂說。例信口胡謅。②編造。例謅幾句詩。

謏

ㄒㄧㄠˇ xiǎo 形小的。例謏才。

謝

ㄒㄧㄝˋ xiè 名姓。動①表示感激。例道謝。②委婉推辭。例婉謝。③凋零，消逝。例凋謝。④更換。例新陳代謝。⑤承認錯誤。例謝罪。

謝世 ㄒㄧㄝˋ ㄕˋ 人死去。

謝客 ㄒㄧㄝˋ ㄎㄜˋ ①委婉地拒絕會客。②向賓客表達謝意。

謝神 ㄒㄧㄝˋ ㄕㄣˊ 祭祀神靈並在神前表演戲劇，以示感謝。

謝恩 ㄒㄧㄝˋ ㄣ 感激他人的恩惠。

謝票 ㄒㄧㄝˋ ㄆㄧㄠˋ 選舉後向支持的選民表達謝意。

謝絕 ㄒㄧㄝˋ ㄐㄩㄝˊ 推辭拒絕。例病人休息期間，謝絕訪客。

謝罪 ㄒㄧㄝˋ ㄗㄨㄟˋ 承認過失並請求寬恕與原諒。

謝幕 ㄒㄧㄝˋ ㄇㄨˋ 演出後表演者在臺前向觀眾行禮致謝。

謝師宴 ㄒㄧㄝˋ ㄕ ㄧㄢˋ 學生設宴以感謝老師教育之恩。

謝天謝地 ㄒㄧㄝˋ ㄊㄧㄢ ㄒㄧㄝˋ ㄉㄧˋ 表示非常感謝、慶幸。

謄

ㄊㄥˊ téng 動抄寫。例謄錄。

謄本 ㄊㄥˊ ㄅㄣˇ 文件的抄本或副本。例戶籍謄本。

十一畫

謫

ㄓㄜˊ zhé 動①責備。②古代官職被降調。例貶謫。

謬

ㄇㄧㄡˋ miù 名錯誤。例誤謬。形荒誕無稽的。例荒謬。動相差。例謬以千里。

謬誤 ㄇㄧㄡˋ ㄨˋ 指違反邏輯規則的錯誤。

謬論 ㄇㄧㄡˋ ㄌㄨㄣˋ 荒誕錯誤的言論。

謬讚 ㄇㄧㄡˋ ㄗㄢˋ 表示不值得稱讚的謙詞。

謳

ㄡ ōu 名歌曲。動歌唱。例謳吟。

謳歌 ㄡ ㄍㄜ ①歌頌讚美功德。②唱歌。

謹 ㄐㄧㄣˇ jǐn 動小心，注意。例謹慎。副恭敬地。例謹啟。

謹記 ㄐㄧㄣˇ ㄐㄧˋ 牢記在心。

謹慎 ㄐㄧㄣˇ ㄕㄣˋ 小心注意，不輕率。

謹言慎行 ㄐㄧㄣˇ ㄧㄢˊ ㄕㄣˋ ㄒㄧㄥˊ 說話行事小心慎重。

謼 ㄏㄨ hū 「呼」的古體字。

謾 ㊀ㄇㄢˊ mán 動欺騙。例謾天謾地。㊁ㄇㄢˋ màn 動輕蔑。例輕謾。

謾罵 ㄇㄢˋ ㄇㄚˋ 用輕蔑的態度隨意亂罵。

謨 ㄇㄛˊ mó 名謀略。例良謨。

謷 ㄠˊ áo 動毀謗。例謷醜。

謦 ㄑㄧㄥˇ qǐng 名謦欬，咳嗽聲。

十二畫

識 ㊀ㄕˋ shì 名①辨別判斷的能力。例意識。②事物的道理。例知識。③見解，見聞。例見識。④相知的朋友。例舊識。動①知道。例認識。②察覺。例識破。㊁ㄓˋ zhì 名通「幟」。標記。例標識。動通「誌」。記住。例默識。

識丁 ㄕˋ ㄉㄧㄥ 認識文字。同識字。

識別 ㄕˋ ㄅㄧㄝˊ 認識某特點再加以區別。

識相 ㄕˋ ㄒㄧㄤˋ 自己能知趣。例識相的就快離開。

識破 ㄕˋ ㄆㄛˋ 察覺、看出破綻。

識貨 ㄕˋ ㄏㄨㄛˋ 辨別好壞的能力。

識趣 ㄕˋ ㄑㄩˋ 明理知趣，不讓人討厭。

識別能力 ㄕˋ ㄅㄧㄝˊ ㄋㄥˊ ㄌㄧˋ 法律上指當事人的智能和精神程度，對事物有認知辨別的能力。

識時務者為俊傑 ㄕˋ ㄕˊ ㄨˋ ㄓㄜˇ ㄨㄟˊ ㄐㄩㄣˋ ㄐㄧㄝˊ 能看清當時情況的才是英雄。

譜 ㄆㄨˇ pǔ 名①按事物系統所分類編列的書冊。例族譜。②供參考學習的書籍。例圖譜。③記載音符的音樂圖式。例五線譜。④大致的範圍。例我心裡有譜。⑤架子，排場。例擺譜。動①按歌詞編寫曲調。例譜曲。②編列世系。

譜系 ㄆㄨˇ ㄒㄧˋ 記載歷代氏族世系的書冊。同譜牒。

譊 ㄋㄠˊ náo 動吵鬧，呼叫。例喧譊。

譊譊 ㄋㄠˊ ㄋㄠˊ 爭論聲。

譆 ㄒㄧ xī 嘆通「嘻」。驚嘆聲。

譔 ㄓㄨㄢˋ zhuàn 動①專心教學。②通「撰」。著述，寫作。

譚 ㄊㄢˊ tán 名①同「談」。言論。例天方夜譚、老生常譚。②姓。

譖 ㄗㄣˋ zèn 動誣陷，毀謗。例譖人。

譎 ㄐㄩㄝˊ jué 形奇異的。例詭譎。副委婉地。

譎諫 ㄐㄩㄝˊ ㄐㄧㄢˋ 委婉託辭而不直言的規諫。

證 ㄓㄥˋ zhèng 名表明事實的憑據。例證據。

動依事實或憑據來判斷或說明。例驗證。

證人 ㄓㄥˋ ㄖㄣˊ 陳述所知以證明事實的人。

證件 ㄓㄥˋ ㄐㄧㄢˋ 證明身分或其他事物的文件。

證券 ㄓㄥˋ ㄑㄩㄢˋ 代表財產權的憑據，可為交易標的。

證書 ㄓㄥˋ ㄕㄨ 可做為憑據的文件。例結業證書。

證實 ㄓㄥˋ ㄕˊ 證明事實的確如此。

證據 ㄓㄥˋ ㄐㄩˋ 可用來表明事實的依據。

證婚人 ㄓㄥˋ ㄏㄨㄣ ㄖㄣˊ 結婚典禮中在結婚證書上蓋章證明的人。

譁 ㄏㄨㄚˊ huá 動吵雜，大聲喧鬧。例喧譁。

譁笑 ㄏㄨㄚˊ ㄒㄧㄠˋ 眾人喧鬧嘲笑。

譁然 ㄏㄨㄚˊ ㄖㄢˊ 形容眾人聲音嘈雜的樣子。

譁眾取寵 ㄏㄨㄚˊ ㄓㄨㄥˋ ㄑㄩˇ ㄔㄨㄥˇ 賣弄新奇的言論取悅大眾。

譏 ㄐㄧ jī 動①諷刺譴責。例譏刺。②盤問。例譏察。

譏笑 ㄐㄧ ㄒㄧㄠˋ 嘲笑、諷刺他人。同嘲諷。

譙 ㈠ㄑㄧㄠˊ qiáo 名①樓房。例譙樓。②姓。㈡ㄑㄧㄠˋ qiào 動通「誚」。責罵。例譙呵。

十三畫

議 ㄧˋ yì 名①言論。例獨排眾議。②文體名。內容論事說理或陳述己見。例奏議。動①討論，商量。例商議。②批評論定。例非議。

議定 ㄧˋ ㄉㄧㄥˋ 討論並做決定。同議決。

議長 ㄧˋ ㄓㄤˇ 議會主席，負責維持議會進行秩序和議會公文批交。

議員 ㄧˋ ㄩㄢˊ 由公民選出，代表人民行使政權的人。

議會 ㄧˋ ㄏㄨㄟˋ 由議員組成而行使立法權的機關。

議論 ㄧˋ ㄌㄨㄣˋ ①批評討論。②意見，說法。

議價 ㄧˋ ㄐㄧㄚˋ 買賣雙方商量決定價格。

議論文 ㄧˋ ㄌㄨㄣˋ ㄨㄣˊ 議論事理的文章。

譟 ㄗㄠˋ zào 動喧鬧。例鼓譟。

譯 ㄧˋ yì 動①把一種語言文字轉換成另一種。例翻譯。②詳細解釋。例釋譯。

譯本 ㄧˋ ㄅㄣˇ 將一種文字翻譯成另一種的書本。

譬 ㄆㄧˋ pì 名比方。例能近取譬。動比喻，例如。例譬喻。

譬如 ㄆㄧˋ ㄖㄨˊ 舉例以比喻說明。

譬喻 ㄆㄧˋ ㄩˋ 運用有相似點的事物比擬某思想對象。

警 ㄐㄧㄥˇ jǐng 名①危急事項。例火警。②警察的簡稱。形①精練的。例警言。②靈敏的。例機警。動①告誡。例警告。②領悟，覺醒。例警覺。③戒備。例警備。

警犬 ㄐㄧㄥˇ ㄑㄩㄢˇ 受過訓練能助人偵察的狗。

警戒 ㄐㄧㄥˇ ㄐㄧㄝˋ 對敵人提高警覺而加以防備。

警告 ㄐㄧㄥˇ ㄍㄠˋ 提醒告誡其過失或不當行為。

警惕 ㄐㄧㄥˇ ㄊㄧˋ 對可能發生的情況加以注意。

警報 ㄐㄧㄥˇ ㄅㄠˋ 對可能發生的危險做預先報告。

警衛 ㄐㄧㄥˇ ㄨㄟˋ ①警戒防備。②執行警戒防衛任務的人。

警覺 ㄐㄧㄥˇ ㄐㄩㄝˊ ①警醒覺悟。②對可能發生的情況有敏銳的察覺。

警戒線 ㄐㄧㄥˇ ㄐㄧㄝˋ ㄒㄧㄢˋ 軍隊設有防衛崗位的界線。後引申為危險的界線。

十四畫

譸 ㄓㄡ zhōu 動①推測。②欺騙。例譸張。

譴 ㄑㄧㄢˇ qiǎn 名罪過。動①責備。例天譴、譴責。②降調職位。例譴黜。

譴責 ㄑㄧㄢˇ ㄗㄜˊ 對不合理行為提出嚴正的責備。

護 ㄏㄨˋ hù 動①救援。例救護。②掩蔽。例袒護。③守衛。例保護。④贊同支持。例擁護。

護士 ㄏㄨˋ ㄕˋ 執行醫師指示，負責護理病患的人。

護持 ㄏㄨˋ ㄔˊ 保護維持。

護送 ㄏㄨˋ ㄙㄨㄥˋ 沿路保護送行到目的地。

護理 ㄏㄨˋ ㄌㄧˇ 對病患的看護照顧。

護短 ㄏㄨˋ ㄉㄨㄢˇ ①隱蔽不承認自己的過錯。②掩蔽他人短處。

護照 ㄏㄨˋ ㄓㄠˋ 本國政府機關發給的證件，使國民在國外證明其身分，並請外國官署保護、准許居留或通行的官文書。

護衛 ㄏㄨˋ ㄨㄟˋ 保護防禦。

護身符 ㄏㄨˋ ㄕㄣ ㄈㄨˊ ①可驅邪或帶來好運的保障物。②可憑藉的特殊勢力。

譽 ㄩˋ yù 名名聲。例沽名釣譽。動稱讚。例稱譽。

十五畫

譾 ㄐㄧㄢˇ jiǎn 形淺薄的。例譾陋。

讀 ㈠ㄉㄨˊ dú 動①出聲誦念。例朗讀。②閱覽。例閱讀。㈡ㄉㄡˋ dòu 名文句中短暫的停頓。也作「逗」。例句讀。

讀物 ㄉㄨˊ ㄨˋ 可供閱覽的書籍雜誌、報刊文章。

讀音 ㄉㄨˊ ㄧㄣ ①國字的字音。②國字在文言裡的發音。

讀者 ㄉㄨˊ ㄓㄜˇ 閱讀報章雜誌的人。

讆 ㄨㄟˋ wèi 形通「偽」。虛假的。例讆言。

十六畫

讋 ㄓㄜˊ zhé 形害怕的。

讌 ㄧㄢˋ yàn 動設宴招待。例讌飲。

變 ㄅㄧㄢˋ biàn 名①配合情況更動的方法。例隨機應變。②自然災禍。例災變。③重大人為的禍亂。例兵變。形奇特的。例變象。動更動改換。例蛻變。

變天 ㄅㄧㄢˋ ㄊㄧㄢ ①天氣由晴朗變成陰雨。②指政治局勢的變動。

變幻 ㄅㄧㄢˋ ㄏㄨㄢˋ 變化多端不可推測。

變化 ㄅㄧㄢˋ ㄏㄨㄚˋ ①自有到無或自無到有的作用。②事物改變性質形態。

變色 ㄅㄧㄢˋ ㄙㄜˋ ①因害怕或生氣而臉色失常。也作「變顏」。②物體顏色改變。

變更 ㄅㄧㄢˋ ㄍㄥ 變動更改原樣。同變易。

變局 ㄅㄧㄢˋ ㄐㄩˊ 變動不安的局面。

變卦 ㄅㄧㄢˋ ㄍㄨㄚˋ 決定的事突然改變。

變革 ㄅㄧㄢˋ ㄍㄜˊ 人為的改革更動。多用在社會制度。

變故 ㄅㄧㄢˋ ㄍㄨˋ ①不幸的災難事故。②事情發生變動。

變相 ㄅㄧㄢˋ ㄒㄧㄤˋ ①本質沒變而外在形式卻不相同了。②經過變化後，產生不同的樣貌、型式。

變通 ㄅㄧㄢˋ ㄊㄨㄥ 順應時勢所做的通融改變。

變動 ㄅㄧㄢˋ ㄉㄨㄥˋ ①改變更動。②不平常的行為或事故。

變造 ㄅㄧㄢˋ ㄗㄠˋ 變更他人所作的文書內容。

變亂 ㄅㄧㄢˋ ㄌㄨㄢˋ 因重大變故造成的時勢紛亂。

變節 ㄅㄧㄢˋ ㄐㄧㄝˊ 改變原來的志節或操守。

變態 ㄅㄧㄢˋ ㄊㄞˋ ①變動的狀態。②人的心理或行為有不為眾人接受的不正常表現。

變遷 ㄅㄧㄢˋ ㄑㄧㄢ 事物的沿革變化。

變數 ㄅㄧㄢˋ ㄕㄨˋ ①指代數中可變易的未知數。②事情發展中不穩定的因素。

變賣 ㄅㄧㄢˋ ㄇㄞˋ 出售財物。例他變賣祖產以償還賭債。

變質 ㄅㄧㄢˋ ㄓˊ 事物本質或人的思想產生轉變。

變臉 ㄅㄧㄢˋ ㄌㄧㄢˇ ①臉上的表情突然改變，以示憤怒或與對方決裂。②川劇表演的絕技，能快速變換臉譜。

變化球 ㄅㄧㄢˋ ㄏㄨㄚˋ ㄑㄧㄡˊ ①棒球或壘球比賽中，球路產生不同變化而令打擊者不易預測的球。②比喻預期之外的狀況。

變速器 ㄅㄧㄢˋ ㄙㄨˋ ㄑㄧˋ 由大小不同齒輪組成，裝在發動機的主動軸和從動軸間以改變機器運轉速度或牽引力的裝置。

變壓器 ㄅㄧㄢˋ ㄧㄚ ㄑㄧˋ 使交流電在高低壓間轉換的裝置。

變化多端 ㄅㄧㄢˋ ㄏㄨㄚˋ ㄉㄨㄛ ㄉㄨㄢ 形容變化很多。

變本加厲 ㄅㄧㄢˋ ㄅㄣˇ ㄐㄧㄚ ㄌㄧˋ 改變原樣而更加嚴重。

讎

ㄔㄡˊ chóu 名通「仇」。怨恨。例世讎、私讎。動①校對，修正。例讎正。②相等，相類。例讎匹。③償還。例讎柞。

讎校 ㄔㄡˊ ㄐㄧㄠˋ 校對書籍以改正錯誤。同校讎。

十七畫

讓

ㄖㄤˋ ràng 動①推託辭退。例退讓。②任，隨。例讓我走吧。③使。例這氣氛讓我不舒服。④准許。例不讓他進門。⑤減低。例讓價。⑥閃避。例讓開。⑦將所有權給他人。例廉讓。介被。例讓他逃掉了。

讓步 ㄖㄤˋ ㄅㄨˋ 為避免衝突，而放棄自己部分或全部的權利。

讓位 ㄖㄤˋ ㄨㄟˋ ①將座位讓給他人。②將工作職位讓給他人。③古代君主將王位讓給他人。

讓與 ㄖㄤˋ ㄩˇ 法律上將財產所有權轉移他人的行為。

讓賢 ㄖㄤˋ ㄒㄧㄢˊ 將職位讓給有才能的人。

讕 ㄌㄢˊ lán 動①抵賴。例抵讕。②誣陷。

讒 ㄔㄢˊ chán 名顛倒是非善惡的話。例進讒。動說人壞話。例讒間。

讒言 ㄔㄢˊ ㄧㄢˊ 惡意中傷他人的話。

讖 ㄔㄣˋ chèn 名預言。例讖語。

十八畫

讘 ㄓㄜˊ zhé 副讘諛，多話的樣子。

讙 ㄏㄨㄢ huān 形通「歡」。喜悅的。例讙呼。

十九畫

讚 ㄗㄢˋ zàn 名文體名。內容旨在稱揚人物的功德事蹟。動稱揚。例讚美。

讚美 ㄗㄢˋ ㄇㄟˇ 稱揚誇獎他人。同讚揚、稱譽。

讚賞 ㄗㄢˋ ㄕㄤˇ 稱美並加以欣賞。

二十畫

讜 ㄉㄤˇ dǎng 名正直的言論。形忠直的。例讜言。

讞 ㄧㄢˋ yàn 動審理議定訴訟。例三審定讞。

二十二畫

讟 ㄉㄨˊ dú 名痛苦怨恨的話。例怨讟。

谷部 ㄍㄨˇ

谷 ㊀ㄍㄨˇ gǔ 名①兩山間的水道或低地。例山谷、河谷。②困境。例進退維谷。③姓。㊁ㄩˋ yù 名吐谷渾，古國名，在今青海省。

谷地 ㄍㄨˇ ㄉㄧˋ ①兩山或數山間的低地。②經河流沖蝕而造成的傾斜凹地。

十畫

豁 ㊀ㄏㄨㄛˋ huò 形開通的。例豁達。動①捨棄，犧牲。例豁出性命。②殘缺，開裂。例豁脣。③免除。例豁免。㊁ㄏㄨㄚˊ huá 動豁拳，猜拳。也作「划拳」。

豁免 ㄏㄨㄛˋ ㄇㄧㄢˇ 古代因災難或慶典而減除應徵錢糧，或免除欠款。

豁免權 ㄏㄨㄛˋ ㄇㄧㄢˇ ㄑㄩㄢˊ 外交官在駐守國內享有的特權。

豁然開朗 ㄏㄨㄛˋ ㄖㄢˊ ㄎㄞ ㄌㄤˇ ①由狹窄陰暗忽變成寬闊明亮。②突然通達領悟的樣子。

豁達大度 ㄏㄨㄛˋ ㄉㄚˊ ㄉㄚˋ ㄉㄨˋ 形容胸襟寬大，度量宏大。

谿 ㄒㄧ xī 名①山谷。例谿谷。②通過山間低地的溪水。

谿壑 ㄒㄧ ㄏㄨㄛˋ ①山間的溪谷。②比喻貪心不知足。

豆部 ㄉㄡˋ

豆 ㄉㄡˋ dòu 名①古代盛食物的陶製或銅製禮器。例俎豆。②豆類植物種子的通稱，多結莢果。例紅豆。

豆沙 ㄉㄡˋ ㄕㄚ 將豆煮熟搗爛，加糖製成的食物。

豆芽 ㄉㄡˋ ㄧㄚˊ ①將綠豆或黃豆等豆類植物的種子浸在水中所萌發的嫩芽，為食用蔬菜。亦作「豆芽菜」。②稱音符或英文字母。

豆科 ㄉㄡˋ ㄎㄜ 雙子葉植物的一種，草本或木本，結莢果，種子多無胚乳。

豆莢 ㄉㄡˋ ㄐㄧㄚˊ 豆類植物的果實。

豆豉 ㄉㄡˋ ㄔˇ 將大豆蒸熟發酵、加鹽密封製成的佐料。

豆腐 ㄉㄡˋ ㄈㄨˇ 將黃豆磨汁，加少量石膏或鹽滷製成的食品。

豆漿 ㄉㄡˋ ㄐㄧㄤ 將黃豆加水磨汁的飲品。或稱為豆奶、豆腐漿。

豆腐乳 ㄉㄡˋ ㄈㄨˇ ㄖㄨˇ 將小塊豆腐發酵製成的食品。

豆腐乾 ㄉㄡˋ ㄈㄨˇ ㄍㄢ 豆腐加香料並去除水分，蒸熟製成的食品。

豆蔻年華 ㄉㄡˋ ㄎㄡˋ ㄋㄧㄢˊ ㄏㄨㄚˊ 比喻年輕少女。約莫十三、四歲之間。

三畫

豇 ㄐㄧㄤ jiāng 名植物名。豇豆，一年生草本，莖纏繞蔓生，複葉，夏季開淡紫色花，結長條形莢果，為食用蔬菜。

豈 ㈠ㄑㄧˇ qǐ 副難道，怎麼。表示反問語氣。例豈有此理。㈡ㄎㄞˇ kǎi 形通「愷」、「凱」。和悅的。例豈弟。

豈止 ㄑㄧˇ ㄓˇ 不僅如此。例他的財富豈止這些，還有一大筆土地。

豈能 ㄑㄧˇ ㄋㄥˊ 怎麼能夠。例你豈能說走就走。

豈敢 ㄑㄧˇ ㄍㄢˇ 怎麼敢。多為客套語氣。

豈有此理 ㄑㄧˇ ㄧㄡˇ ㄘˇ ㄌㄧˇ 哪有這種道理。多為斥罵語氣。

四畫

豉 ㄔˇ chǐ 名豆豉，用黃豆或黑豆蒸煮、發酵，加鹽密封製成的食品。

六畫

豊 ㄌㄧˇ lǐ 名古代豆形的禮器。

八畫

豌 ㄨㄢ wān 名植物名。豌豆，一年生蔓生草本，春夏季開紫色花，結矩形莢果，圓形種子，可食用。又名荷蘭豆。

豎 ㄕㄨˋ shù 名①古代侍宦或小官。例內豎。②未成年的奴僕。例童豎。③古代對人的賤稱。例豎子。④書法的直筆畫。例點豎分明。形垂直的。例豎笛。例豎行。動使直立。例豎起背脊。

豎立 ㄕㄨˋ ㄌㄧˋ ①使垂直立起來。例豎立旗竿。②建立。同樹立。

豎眼 ㄕㄨˋ ㄧㄢˇ 形容生氣的樣子。例橫眉豎眼。

十一畫

豐 ㄈㄥ fēng 形①盛多的。例豐盛、豐厚。②偉大的。例豐功偉業。③茂盛的。例豐草。④農作物收成好的。例豐年。⑤潤澤飽滿的。例豐腴。動①增多，增厚。例豐富。②充滿。例豐滿。

豐收 ㄈㄥ ㄕㄡ 農作物收成充足。同豐登。

豐年 ㄈㄥ ㄋㄧㄢˊ 農作物收成良好的年歲。

豐富 ㄈㄥ ㄈㄨˋ 充足富裕。

豐腴 ㄈㄥ ㄩˊ ①體態豐滿潤澤。②比喻官祿優渥。

豐滿 ㄈㄥ ㄇㄢˇ ①豐富充足。②形容體型碩美。

豐碩 ㄈㄥ ㄕㄨㄛˋ 豐盛且碩大。多形容果實或抽象事物。

豐饒 ㄈㄥ ㄖㄠˊ 豐富充足。例江南平原物產豐饒。

豐功偉績 ㄈㄥ ㄍㄨㄥ ㄨㄟˇ ㄐㄧ 偉大的功績。

豐衣足食 ㄈㄥ ㄧ ㄗㄨˊ ㄕˊ 比喻生活富裕充足。

二十一畫

豔 ㄧㄢˋ yàn 形①美好，華麗的。例嬌豔。②有關愛情的。例豔史。動羨慕。例豔羨。

豔史 ㄧㄢˋ ㄕˇ 指關於男女愛情的故事。

豔羨 ㄧㄢˋ ㄒㄧㄢˋ 非常羨慕。例她美貌聰慧兼備，真令人豔羨。

豔遇 ㄧㄢˋ ㄩˋ 和美女相遇的佳事。

豔福 ㄧㄢˋ ㄈㄨˊ 受眾多美女喜愛的福氣。

豔麗 ㄧㄢˋ ㄌㄧˋ 鮮明華麗。例今年春裝的色彩真豔麗。

豔陽天 ㄧㄢˋ ㄧㄤˊ ㄊㄧㄢ 形容春天的陽光燦爛，景色美好。

豕部 ㄕˇ

豕 ㄕˇ shǐ 名即豬。

豕突 ㄕˇ ㄊㄨˊ 形容盜賊到處流竄騷擾。

四畫

豝 ㄅㄚ bā 名①母豬。②通「羓」。乾肉。

豚 ㄊㄨㄣˊ tún 名小豬，亦泛指豬。

五畫

象 ㄒㄧㄤˋ xiàng 名①動物名。陸地上最大哺乳類，耳寬鼻長，性溫順，草食性。②形狀，形態。例圖象。動摹擬，效法。例象形。

象形 ㄒㄧㄤˋ ㄒㄧㄥˊ 六書之一，隨物體形狀而描繪的造字法。

象限 ㄒㄧㄤˋ ㄒㄧㄢˋ 指一平面上，兩相垂直的直線將平面均分成四部分。

象棋 ㄒㄧㄤˋ ㄑㄧˊ 一種棋戲，在九條直線、十條橫線和中間河界組成的棋盤上，雙方各放紅黑棋子十六枚，先後輪流走子直到攻死對方的將或帥為勝。

象徵 ㄒㄧㄤˋ ㄓㄥ 藉具體事物來表示某抽象意義。

象牙塔 ㄒㄧㄤˋ ㄧㄚˊ ㄊㄚˇ 比喻人脫離現實，生活在嚮往的理想境界。

六畫

豢 ㄏㄨㄢˋ huàn 名雜食性家畜。例芻豢。動餵養家畜。例豢養。

七畫

豪 ㄏㄠˊ háo 名①才智德性高超的人。例英豪、文豪。②有勢力或財富的人。例富豪。形①灑脫率性的。例豪爽。②猛烈的。例豪雨。③奢華的。例豪華。副①蠻橫地。例強取豪奪。②不受拘束地。例豪飲。③有俠義地。例豪舉。

豪放 ㄏㄠˊ ㄈㄤˋ 有氣魄而不受拘束。同豪宕。

豪門 ㄏㄠˊ ㄇㄣˊ 位高權重且氣勢顯貴的家族。

豪雨 ㄏㄠˊ ㄩˇ 雨勢大且多量。

豪氣 ㄏㄠˊ ㄑㄧˋ 超邁且不受拘束的氣概。

豪爽 ㄏㄠˊ ㄕㄨㄤˇ 氣度率直豪邁，舉止大方。

豪華 ㄏㄠˊ ㄏㄨㄚˊ 富麗堂皇。

豪傑 ㄏㄠˊ ㄐㄧㄝˊ 才能傑出的人。

豪飲 ㄏㄠˊ ㄧㄣˇ 無節制地暢快喝酒。

豪邁 ㄏㄠˊ ㄇㄞˋ 寬闊灑脫的氣度。

豨 ㄒㄧ xī 名大野豬。

八畫

豬 ㄓㄨ zhū 名動物名。頭大，四肢短小，軀體肥滿，鼻、口皆長，肉可食，皮可製革，鬃毛可做刷子。

豬仔 ㄓㄨ ㄗㄞˇ ①小豬。②稱被誘騙到外國做苦工的人。

豬圈 ㄓㄨ ㄐㄩㄢˋ 飼養豬的地方。

豬鬃 ㄓㄨ ㄗㄨㄥ 豬頸上的粗毛，可製刷子和工業原料。

豬籠草 ㄓㄨ ㄌㄨㄥˊ ㄘㄠˇ 植物名。多年生草本，葉狹長形，尖端有筒狀囊能分泌黏液以捕食消化昆蟲。

九畫

豫 ㄩˋ yù 名①安逸。例逸豫。②六十四卦之一。③河南省的簡稱。④姓。副①通「預」。事先地。例豫先。②徘徊遲疑地。例猶豫。

十畫

豳 ㄅㄧㄣ bīn 名通「邠」。古國名。在今陝西省邠縣。

豳風 ㄅㄧㄣ ㄈㄥ 詩經十五國風之一，有詩七篇。內容多描寫農家生活的辛勤。

十一畫

豵 ㄗㄨㄥ zōng 名六個月大的小豬。

豸部 ㄓˋ

豸 ㄓˋ zhì 名①沒有腳的蟲。例蟲豸。②獬豸，古代傳說能分辨曲直且像羊的獨角獸。

三畫

豻 ㈠ㄢˋ àn 名 古代產於北方的黑嘴野狗，善守衛。㈡ㄏㄢˊ hán 名 監獄。例 獄豻。

豺 ㄔㄞˊ chái 名 動物名。與狼同類異種，毛褐色，形似狗，性凶猛，群居山林。

豺狼 ㄔㄞˊ ㄌㄤˊ ①指豺和狼兩種凶猛動物。②比喻貪婪凶狠的人。

豺狼當道 ㄔㄞˊ ㄌㄤˊ ㄉㄤ ㄉㄠˋ 比喻當權者殘暴凶狠，專斷橫行。亦作「豺狼當路」、「豺狼橫道」。

豹 ㄅㄠˋ bào 名 動物名。毛褐色，背部有黑色斑紋，形似虎，行動敏捷，善於獵物。

豹死留皮 ㄅㄠˋ ㄙˇ ㄌㄧㄡˊ ㄆㄧˊ 比喻人的美名留傳後世。

五畫

貂 ㄉㄧㄠ diāo 名 動物名。毛色黃或紫黑，形似鼬，身細尾粗，皮毛可製珍貴衣料。

貂皮 ㄉㄧㄠ ㄆㄧˊ 貂的毛皮，為珍貴的製裘皮料。

六畫

貊 ㄇㄛˋ mò 名 通「貉」。古代中國北方的少數民族。例 蠻貊。

貉 ㈠ㄏㄜˊ hé 名 動物名。毛蓬鬆褐色，形似狐，體肥尾短，頭鼻尖，穴居山林，夜間活動，毛皮可製衣料。㈡ㄇㄛˋ mò 名 通「貊」。古代中國北方的少數民族。

貅 ㄒㄧㄡ xiū 名 古代傳說的猛獸。

七畫

貍 ㄌㄧˊ lí 名 動物名。形似狐，體肥四肢短，嘴尖齒利，尾毛蓬鬆，夜間活動，穴居山野，毛皮可製衣料。

貍貓 ㄌㄧˊ ㄇㄠ 動物名。形似貓，體細長，口鼻尖，尾長能彎，善爬樹，肛門分泌臭液以禦敵。又稱豹貓。

貌 ㄇㄠˋ mào 名 ①臉龐，面容。例 面貌。②外觀，外表。例 外貌。③模樣，姿態。例 醉貌。

貌寢 ㄇㄠˋ ㄑㄧㄣˇ 形容相貌醜陋。或作「貌侵」。

貌不驚人 ㄇㄠˋ ㄅㄨˋ ㄐㄧㄥ ㄖㄣˊ 形容相貌平凡不出眾。

貌合神離 ㄇㄠˋ ㄏㄜˊ ㄕㄣˊ ㄌㄧˊ 表面上關係親密，實際上各有心志。亦作「貌合心離」。

九畫

貓 ㄇㄠ māo 名 動物名。頭圓齒尖，有利爪，腳底有肉墊而行動無聲，聽覺靈敏，夜間活動，善捕鼠。

貓熊 ㄇㄠ ㄒㄩㄥˊ 動物名。形似熊，毛色白，眼、耳和四肢黑色，食竹類，為中國珍貴動物。又稱熊貓。

貓兒眼 ㄇㄠ ㄦ ㄧㄢˇ 一種寶石，光色閃爍，磨成圓塊時有貓眼光而得名。也稱貓眼石、貓睛石。

十畫

貔 ㄆㄧˊ pí 名 一種猛獸，似虎，毛灰白色。

十一畫

貙 ㄔㄨ chū 名 動物名。狼的一種，形大如狗，毛色似貍。

貘 ㄇㄛˋ mò 名 動物名。形似犀，眼小尾短，鼻長且向下突出，夜間活動，棲於森林或水邊。

十八畫

貛 ㄏㄨㄢ huān 名 動物名。體肥矮，像野豬，有爪能挖土，肛門臭腺發達，食草根、蚯蚓，肉可食，毛可作筆。

貝部 ㄅㄟ

貝 ㄅㄟˋ bèi 名 ①軟體動物名。體側扁，左右分別有外套膜，腹有斧狀肉足，體外兩片外殼可開合。②貨幣。古代以貝殼為貨幣。例貝幣。③姓。

貝殼 ㄅㄟˋ ㄎㄜˊ 軟體動物分泌的介殼，分真珠層、外殼層及棱柱層三層。可製裝飾品。

二畫

貞 ㄓㄣ zhēn 名 ①女子不失身或不改嫁的美德。例守貞。②堅定不移的情操。例堅貞。形 ①堅固的。例貞石。②正直的。例貞士。

貞烈 ㄓㄣ ㄌㄧㄝˋ 堅貞固守節操，寧死不屈。

貞節 ㄓㄣ ㄐㄧㄝˊ ①正直不移的操守。②形容女子夫死不改嫁的美德。

貞節牌坊 ㄓㄣ ㄐㄧㄝˊ ㄆㄞˊ ㄈㄤ 古代表揚婦女守節而建造的石牌坊。

貞觀之治 ㄓㄣ ㄍㄨㄢ ㄓ ㄓˋ 唐太宗貞觀時期，社會安定、國勢昌盛，締造了太平盛世，史稱「貞觀之治」。

負 ㄈㄨˋ fù 名 ①失敗。例勝負已分。②責任。例如釋重負。形 與正相反的。例負數。動 ①背棄。例忘恩負義。②憑恃。例自負。③虧欠。例負債。④背向。例負山面水。⑤遭受。例負傷。⑥以肩背物。例負累。⑦承擔。例背負。⑧享有。例久負盛名。

負心 ㄈㄨˋ ㄒㄧㄣ 違背良心而忘記他人恩惠。

負疚 ㄈㄨˋ ㄐㄧㄡˋ 心中感到不安，有愧於人。

負面 ㄈㄨˋ ㄇㄧㄢˋ 不利的方面。例暴力影片會帶給孩童負面的影響。

負笈 ㄈㄨˋ ㄐㄧˊ 背負書箱。比喻出外求學。

負氣 ㄈㄨˋ ㄑㄧˋ ①意氣用事而不願退讓。②賭氣。

負荷 ㄈㄨˋ ㄏㄜˋ ①承受負擔。②比喻繼承先人的事業。

負電 ㄈㄨˋ ㄉㄧㄢˋ 物體含多餘電子所表現帶電的現象。亦稱為陰電。

負傷 ㄈㄨˋ ㄕㄤ 受傷。例即使負傷，他仍出軍迎戰。

負數 ㄈㄨˋ ㄕㄨˋ 數學上指小於零的實數。

負擔 ㄈㄨˋ ㄉㄢ 承受的責任。

負成長 ㄈㄨˋ ㄔㄥˊ ㄓㄤˇ 經濟學上指數額的減少。

負荊請罪 ㄈㄨˋ ㄐㄧㄥ ㄑㄧㄥˇ ㄗㄨㄟˋ 背負荊條向人請罪。比喻主動向對方認錯求罰。

負嵎頑抗 ㄈㄨˋ ㄩˊ ㄨㄢˊ ㄎㄤˋ 憑藉險要地勢而頑強抵抗。比喻有所依靠而抵抗到底。

負債累累 ㄈㄨˋ ㄓㄞˋ ㄌㄟˇ ㄌㄟˇ 形容欠人許多債務。

負薪救火 ㄈㄨˋ ㄒㄧㄣ ㄐㄧㄡˋ ㄏㄨㄛˇ 背負柴木去救火。比喻無法除害，反而助長其勢力。

三畫

貢

ㄍㄨㄥˋ gòng 名進獻的物品。例納貢。動①古時進獻物品給君主。②奉獻。例貢獻。

貢品 ㄍㄨㄥˋ ㄆㄧㄣˇ 進獻的物品。

貢獻 ㄍㄨㄥˋ ㄒㄧㄢˋ ①提供本身的才能或經驗。②對公眾有助益的事。

財

ㄘㄞˊ cái 名金錢或貨物的總稱。例錢財。

財力 ㄘㄞˊ ㄌㄧˋ ①金錢的數量。②以金錢財產所促成事業的力量。

財物 ㄘㄞˊ ㄨˋ 金錢和物資的總稱。同財貨。

財政 ㄘㄞˊ ㄓㄥˋ 國家或公共團體的財貨管理制度。

財神 ㄘㄞˊ ㄕㄣˊ ①傳說中管理錢財的神。②比喻給他人帶來錢財的人。

財產 ㄘㄞˊ ㄔㄢˇ 金錢、物資或產業的總稱。

財務 ㄘㄞˊ ㄨˋ 機關團體中有關財產的管理事務。

財富 ㄘㄞˊ ㄈㄨˋ 能滿足人類需求的物品。

財源 ㄘㄞˊ ㄩㄢˊ 金錢物資的來源。

財閥 ㄘㄞˊ ㄈㄚˊ 掌控壟斷金融的人或團體。

財團 ㄘㄞˊ ㄊㄨㄢˊ ①財團法人的簡稱。以公共利益為目的的非營利組織或團體。②擁有或控制許多關係企業的大資本家或集團。

財大氣粗 ㄘㄞˊ ㄉㄚˋ ㄑㄧˋ ㄘㄨ 形容人憑著錢多而氣勢凌人。

四畫

責

㊀ㄗㄜˊ zé 名分內應做的事。例責任。動①規勸。例責善。②盤問，詰問。例責難。③懲罰。例責罰。
㊁ㄓㄞˋ zhài 名同「債」。欠人的錢財。

責付 ㄗㄜˊ ㄈㄨˋ 法院停止拘押被告並將之交付觀護人或其他適當的人，受託人有隨時傳喚被告到案的責任。

責任 ㄗㄜˊ ㄖㄣˋ 本分應該做的事。

責怪 ㄗㄜˊ ㄍㄨㄞˋ 怪罪埋怨。

責備 ㄗㄜˊ ㄅㄟˋ ①指摘斥罵。②要求事情做到完美。

責罰 ㄗㄜˊ ㄈㄚˊ 懲罰處分。

責難 ㊀ㄗㄜˊ ㄋㄢˋ 期望他人完成困難的事。㊁ㄗㄜˊ ㄋㄢˊ 責備非難。

責任感 ㄗㄜˊ ㄖㄣˋ ㄍㄢˇ 對工作認真負責的態度。

責無旁貸 ㄗㄜˊ ㄨˊ ㄆㄤˊ ㄉㄞˋ 本分應做的事不推卸給他人。

販

ㄈㄢˋ fàn 名出售貨物的人。例魚販。動①買入。②賣出貨物。例販售。

販賣 ㄈㄢˋ ㄇㄞˋ 將東西買入再賣出，以從中獲利的商業行為。

販夫走卒 ㄈㄢˋ ㄈㄨ ㄗㄡˇ ㄗㄨˊ 從事卑微行業的人。後泛指一般下階層的人。

貫 ㄍㄨㄢˋ guàn 名①古代串聯錢幣的繩子。例貫朽。②古代計算錢幣單位的量詞。一千枚錢幣為一貫。例家財萬貫。③世代居住的地方。例籍貫。動①穿過。例貫穿。②通透統一。例論語：「一以貫之。」③連續不斷。例連貫。

貫耳 ㄍㄨㄢˋ ㄦˇ 形容聲音傳入耳朵。例如雷貫耳。

貫串 ㄍㄨㄢˋ ㄔㄨㄢˋ 連接穿透。同貫穿。

貫注 ㄍㄨㄢˋ ㄓㄨˋ 集中精神投入。例全神貫注。

貫通 ㄍㄨㄢˋ ㄊㄨㄥ ①穿越沒有障礙。②徹底了解明白。例融會貫通。

貫徹始終 ㄍㄨㄢˋ ㄔㄜˋ ㄕˇ ㄓㄨㄥ 做事從開始堅持到最後。

貨 ㄏㄨㄛˋ huò 名①物品，財物。例財貨。②商品。例百貨。③罵人的話。例蠢貨。

貨色 ㄏㄨㄛˋ ㄙㄜˋ ①商品的種類和品質。②形容人的地位。例也不看看自己是什麼貨色。同腳色。

貨物 ㄏㄨㄛˋ ㄨˋ 交易商品的總稱。

貨倉 ㄏㄨㄛˋ ㄘㄤ 積存貨物的地方。同倉庫、堆棧。

貨運 ㄏㄨㄛˋ ㄩㄣˋ 貨物運輸。

貨幣 ㄏㄨㄛˋ ㄅㄧˋ 有價的、商業交易所用的媒介，即錢。

貨輪 ㄏㄨㄛˋ ㄌㄨㄣˊ 運輸貨物的船舶。

貨櫃 ㄏㄨㄛˋ ㄍㄨㄟˋ 為便利貨物裝卸運輸的巨大長方形鐵櫃。

貨真價實 ㄏㄨㄛˋ ㄓㄣ ㄐㄧㄚˋ ㄕˊ 形容貨物真實且價格公道。

貨暢其流 ㄏㄨㄛˋ ㄔㄤˋ ㄑㄧˊ ㄌㄧㄡˊ 各地的貨物能互相流通。

貪 ㄊㄢ tān 形不知足。例貪婪。動①愛財且不擇手段求取。例貪汙。②愛戀而捨不得。例貪生怕死。③凡事不知滿足的追求。例貪玩。

貪心 ㄊㄢ ㄒㄧㄣ 想要多得的欲望。

貪汙 ㄊㄢ ㄨ 收受不正當的財物。

貪婪 ㄊㄢ ㄌㄢˊ 過分要求不知滿足。

貪圖 ㄊㄢ ㄊㄨˊ 非常希望得到。

貪小失大 ㄊㄢ ㄒㄧㄠˇ ㄕ ㄉㄚˋ 貪求小利而造成重大損失。

貪生怕死 ㄊㄢ ㄕㄥ ㄆㄚˋ ㄙˇ 過度貪戀生命而顯懦弱。亦作「貪生畏死」。

貪官汙吏 ㄊㄢ ㄍㄨㄢ ㄨ ㄌㄧˋ 貪求錢財而接受賄賂的官吏。

貪求無厭 ㄊㄢ ㄑㄧㄡˊ ㄨˊ ㄧㄢˋ 過分要求而不知滿足。

貪贓枉法 ㄊㄢ ㄗㄤ ㄨㄤˇ ㄈㄚˇ 收受賄賂，破壞法律。

貧 ㄆㄧㄣˊ pín 名窮困的生活環境。例論語：「君子憂道不憂貧。」形①經濟窮困的。例貧苦。②欠缺的。例貧血。

貧戶 ㄆㄧㄣˊ ㄏㄨˋ 經濟困乏的人家。

貧乏 ㄆㄧㄣˊ ㄈㄚˊ ①生活貧窮困乏。②缺少，不足。例這篇文章內容貧乏無趣。

貧民 ㄆㄧㄣˊ ㄇㄧㄣˊ 生活無法自給自足或達不到基本生活水準的人。

貧血 ㄆㄧㄣˊ ㄒㄧㄝˇ 血液中紅血球或血紅素不足而無法攜帶足夠氧氣，症狀為臉色蒼白、頭痛暈眩。

貧困 ㄆㄧㄣˊ ㄎㄨㄣˋ 生活貧窮困苦。同貧苦。

貧窮 ㄆㄧㄣˊ ㄑㄩㄥˊ 缺乏錢財，經濟困乏。同貧寒。

貧瘠 ㄆㄧㄣˊ ㄐㄧˊ 形容土地不肥沃。

貧賤 ㄆㄧㄣˊ ㄐㄧㄢˋ 貧苦而身分卑微。

貧嘴 ㄆㄧㄣˊ ㄗㄨㄟˇ 形容多話、囉唆，令人厭煩。

貧富不均 ㄆㄧㄣˊ ㄈㄨˋ ㄅㄨˋ ㄐㄩㄣ 形容財富的分配不均勻。

貧富懸殊 ㄆㄧㄣˊ ㄈㄨˋ ㄒㄩㄢˊ ㄕㄨ 窮人和富人間收入相差很大。

貧賤不能移 ㄆㄧㄣˊ ㄐㄧㄢˋ ㄅㄨˋ ㄋㄥˊ ㄧˊ 指生活貧窮、地位卑微卻不改變其操守。

五畫

貳 ㄦˋ èr 名數目字。「二」的大寫。形不堅定的。例貳心。動①叛離，違背。例攜貳。②再，重複。例論語：「不遷怒，不貳過。」

貳心 ㄦˋ ㄒㄧㄣ 不忠或離叛的心志。

費 ㄈㄟˋ fèi 名①財用，款項。例水電費。②姓。動①花用錢財。例花費。②耗損。例費力。

費心 ㄈㄟˋ ㄒㄧㄣ ①消耗精神注意力。②對他人幫助的感謝詞。例這件事就勞煩您費心了。同費神。

費用 ㄈㄟˋ ㄩㄥˋ 錢財的耗用。

費解 ㄈㄟˋ ㄐㄧㄝˇ 不容易了解。

費脣舌 ㄈㄟˋ ㄔㄨㄣˊ ㄕㄜˊ 形容耗費言語且不易說清楚。例這件事情你就別白費脣舌。

賁 ㈠ㄅㄧˋ bì 名美好的裝飾。形華麗的。例賁如。㈡ㄅㄣ bēn 名賁門，食道和胃的連接處。形勇敢而行走迅速。例虎賁。

貰 ㄕˋ shì 動①租賃。例貰船。②寬赦。例貰赦。③賒欠。例貰酒。

賀 ㄏㄜˋ hè 名姓。形表示慶祝的。例賀禮。動①送禮慶祝。例慶賀。②祝頌。例賀歲。

賀卡 ㄏㄜˋ ㄎㄚˇ 表示祝賀的卡片。

賀詞 ㄏㄜˋ ㄘˊ 在喜慶儀式上發表賀意的話。

賀電 ㄏㄜˋ ㄉㄧㄢˋ 表示祝賀的電報。

賀禮 ㄏㄜˋ ㄌㄧˇ 表示祝賀時贈送的禮品。

賀爾蒙 ㄏㄜˋ ㄦˇ ㄇㄥˊ 英語hormone的音譯。體內產生的化學物質，經血液傳送到全身。又稱激素、內分泌、荷爾蒙。

賀客盈門 ㄏㄜˋ ㄎㄜˋ ㄧㄥˊ ㄇㄣˊ 形容前來道賀的人眾多。

貯 ㄓㄨˇ zhǔ 動積藏。例貯存。

貯蓄 ㄓㄨˇ ㄒㄩˋ 積存錢財以備用。同貯存、儲存。

貯藏 ㄓㄨˇ ㄘㄤˊ 積聚存放。

貼 ㄊㄧㄝ tiē 動①黏住。例張貼。②補助。例津貼。③虧損。例貼上老本。④靠近。例貼身。⑤順從，服從。例服貼。形適當的。例妥貼。

貼切 ㄊㄧㄝ ㄑㄧㄝˋ 妥當適宜。

貼心 ㄊㄧㄝ ㄒㄧㄣ 令人感到溫馨親密。例貼心禮物。

貼身 ㄊㄧㄝ ㄕㄣ ①與身體相密合。例貼身衣物。②在身旁服侍的人。例貼身丫鬟。

貼金 ㄊㄧㄝ ㄐㄧㄣ 自我誇耀。例別往自己臉上貼金。

貼現 ㄊㄧㄝ ㄒㄧㄢˋ 用未到期票據兌換現金，其中扣除自兌現日到票據到期日的利息。

貼補 ㄊㄧㄝ ㄅㄨˇ 用額外的錢財或事物添補不足。

貺

ㄎㄨㄤˋ kuàng 名敬稱他人賜予的恩惠。動賜與。例貺祐。

貶

ㄅㄧㄢˇ biǎn 名不好的評論。例褒貶。動①降低。例貶值。②責備。例褒善貶惡。

貶抑 ㄅㄧㄢˇ ㄧˋ 貶低壓抑。

貶值 ㄅㄧㄢˇ ㄓˊ 價值降低。例貨幣貶值。

貶謫 ㄅㄧㄢˇ ㄓㄜˊ 官吏被降職並調到遠方。同貶黜。

貽

ㄧˊ yí 動①贈予。例詩經：「貽我彤管。」②遺留。例貽害。

貽害 ㄧˊ ㄏㄞˋ 遺留禍害。

貽誤 ㄧˊ ㄨˋ 耽擱延誤。例貽誤終身。

貽人口實 ㄧˊ ㄖㄣˊ ㄎㄡˇ ㄕˊ 言行留下被人攻擊的把柄。

貽笑大方 ㄧˊ ㄒㄧㄠˋ ㄉㄚˋ ㄈㄤ 被有學問或內行的人嘲笑。

貴

ㄍㄨㄟˋ guì 名①崇高的地位。例尊貴。②地位高的人。例權貴。形①價格高的。例昂貴。②尊顯優越的。例貴族。③高品質的。例高貴。④對他人的敬辭。例貴姓。動注重，重視。例人貴自足。

貴人 ㄍㄨㄟˋ ㄖㄣˊ ①尊貴顯達的人。②對他人的尊稱。例您真是貴人多忘事。③命運中扶助自己的人。

貴庚 ㄍㄨㄟˋ ㄍㄥ 問他人年齡的敬詞。

貴姓 ㄍㄨㄟˋ ㄒㄧㄥˋ 問他人姓氏的敬詞。

貴重 ㄍㄨㄟˋ ㄓㄨㄥˋ 珍貴重要的東西。例貴重物品請務必隨身攜帶。

貴族 ㄍㄨㄟˋ ㄗㄨˊ ①古代帝王的親族，或社會上的豪門家族。②有特殊權勢或世代傳襲權位的家族。

貴人多忘事 ㄍㄨㄟˋ ㄖㄣˊ ㄉㄨㄛ ㄨㄤˋ ㄕˋ 形容人記性不好，容易遺忘事情。

買

ㄇㄞˇ mǎi 動①購入。例採買、買書。②求取。例買名求仕。③用錢財賄賂。例收買。

買主 ㄇㄞˇ ㄓㄨˇ 購買貨物的人。同買方。

買帳 ㄇㄞˇ ㄓㄤˋ 為了討好對方，而特別給予通融或方便。

買通 ㄇㄞˇ ㄊㄨㄥ 用賄賂的方式打通關係，使進行順利。

買單 ㄇㄞˇ ㄉㄢ 消費後付帳。

買賣 ㄇㄞˇ ㄇㄞˋ ①用金錢交付以轉移財產權的行為。②商業交易，即做生意。

買斷 ㄇㄞˇ ㄉㄨㄢˋ 完全買下貨物的所有權。

買空賣空 ㄇㄞˇ ㄎㄨㄥ ㄇㄞˋ ㄎㄨㄥ 沒有足夠的實物或本金，而空言買入賣出以賺取物價差額的投機買賣。

貿 ㄇㄠˋ mào 動①物品交換。例詩經：「抱布貿絲。」②買賣。例貿易。副冒失地。例貿然。

貿易 ㄇㄠˋ ㄧˋ 買賣交易的行為。

貿然 ㄇㄠˋ ㄖㄢˊ 輕率唐突的樣子。例你千萬別貿然行事。

貿易額 ㄇㄠˋ ㄧˋ ㄜˊ 交易款項的總額。

貸 ㄉㄞˋ dài 動①借出或借入。例貸款。②寬恕。例寬貸、嚴懲不貸。③施予。例賑貸災民。④推諉。例責無旁貸。

貸借 ㄉㄞˋ ㄐㄧㄝˋ 金錢或物品的借出與借入。

六畫

資 ㄗ zī 名①財貨。例資產、資金。②費用。例車資、郵資。③資本家的簡稱。例勞資關係、資方。④經歷。例年資。⑤稟賦。例天資、資質。⑥材料。例資料。動①給與。例戰國策：「王資臣萬金。」②供給，幫助。例以資參考、資助。

資本 ㄗ ㄅㄣˇ 供營業用的本錢。同資金。

資助 ㄗ ㄓㄨˋ 以財物協助他人。

資政 ㄗ ㄓㄥˋ 由總統聘請，給予總統政策意見或接受諮詢的總統府顧問。

資訊 ㄗ ㄒㄩㄣˋ 一切資料和訊息的總稱。

資料 ㄗ ㄌㄧㄠˋ 可供參考的材料。

資格 ㄗ ㄍㄜˊ 參加某活動應有的條件或身分。

資深 ㄗ ㄕㄣ 資格和經歷深厚。

資產 ㄗ ㄔㄢˇ ①財產。②會計學上指有交換價值的經濟資源。

資源 ㄗ ㄩㄢˊ 可利用的自然物質和人力。

資遣 ㄗ ㄑㄧㄢˇ 付給應得的薪資後予以解雇。

資本家 ㄗ ㄅㄣˇ ㄐㄧㄚ 擁有資金，雇用勞工從事生產的人。

資優生 ㄗ ㄧㄡ ㄕㄥ 稟賦優異的學生。

資本主義 ㄗ ㄅㄣˇ ㄓㄨˇ ㄧˋ 以自由競爭為原則，聚集大量資本並雇用勞工從事生產，資本家得到利潤、勞工得到工資的生產制度。

賈 ㈠ㄐㄧㄚˋ jià 名通「價」。價錢。㈡ㄐㄧㄚˇ jiǎ 名姓。㈢ㄍㄨˇ gǔ 名做生意的人。例商賈。動①買進。例左傳：「每歲賈馬。」②賣出。例賈勇。③招來。例賈怨。

賈利 ㄍㄨˇ ㄌㄧˋ 獲取利益。

賈怨 ㄍㄨˇ ㄩㄢˋ 招引怨恨。

賈禍 ㄍㄨˇ ㄏㄨㄛˋ 招惹禍患。

賅 ㄍㄞ gāi 形完備的。例言簡意賅。

賊 ㄗㄟˊ zéi 名①小偷。例竊賊。②叛亂造反的人。例逆賊。③危害國家的人。例賣國賊。形奸詐的。例賊性難改。動傷害。例戕賊。

賊害 ㄗㄟˊ ㄏㄞˋ 殘酷地殺害。

賊眼 ㄗㄟˊ ㄧㄢˇ 眼神閃爍，顯露出非善意的目光。

賊頭賊腦 ㄗㄟˊ ㄊㄡˊ ㄗㄟˊ ㄋㄠˇ 偷偷摸摸、行事不光明的樣子。

賄 ㄏㄨㄟˋ huì 名財物。例受賄。動用財物收買他人。例賄賂。

賄賂 ㄏㄨㄟˋ ㄌㄨˋ 用財物收買他人以求有利於己。

賄選 ㄏㄨㄟˋ ㄒㄩㄢˇ 選舉時，贈送他人財物以求支持。

賂 ㄌㄨˋ lù 名財物。動用財物收買他人。例賄賂。

貲 ㄗ zī 名通「資」。財貨。例家貲。動計算，估量。例所費不貲。

賃 ㄌㄧㄣˋ lìn 動①受他人雇用。例賃舂。②租借。例租賃。

賃屋 ㄌㄧㄣˋ ㄨ 租借房屋。

七畫

賓 ㄅㄧㄣ bīn 名客人。例貴賓。動服從。例賓從。

賓果 ㄅㄧㄣ ㄍㄨㄛˇ 英語 bingo 的音譯。一種歐美遊戲，由袋中取出號碼牌，放在有相對號碼的盤上，以先排成特定圖形者為勝。

賓客 ㄅㄧㄣ ㄎㄜˋ 客人。

賓語 ㄅㄧㄣ ㄩˇ 指承受主語動作的詞語。亦稱為謂詞。

賓館 ㄅㄧㄣ ㄍㄨㄢˇ ①招待客人住宿的地方。②小型旅館的雅稱。

賓主盡歡 ㄅㄧㄣ ㄓㄨˇ ㄐㄧㄣˋ ㄏㄨㄢ 客人和主人都相處融洽，得到歡樂興致。

賓至如歸 ㄅㄧㄣ ㄓˋ ㄖㄨˊ ㄍㄨㄟ 形容招待周到使客人感到舒適。

賕 ㄑㄧㄡˊ qiú 名賄賂。例受賕枉法。

賑 ㄓㄣˋ zhèn 動救濟補助。例賑濟。

賑災 ㄓㄣˋ ㄗㄞ 用財物救助災荒。

賒 ㄕㄜ shē 動買東西延期付款。例賒帳。

賒欠 ㄕㄜ ㄑㄧㄢˋ 買東西暫時欠帳，延期付帳。同賒帳。

八畫

賡 ㄍㄥ gēng 動繼續。例賡續。

賢 ㄒㄧㄢˊ xián 名有品德才能的人。例聖賢。形①善良的，有才德的。例賢妻良母。②對同輩或晚輩的敬稱。例賢妹。

賢士 ㄒㄧㄢˊ ㄕˋ 品德高尚的人。

賢弟 ㄒㄧㄢˊ ㄉㄧˋ 對弟弟或年幼者的稱呼。

賢良 ㄒㄧㄢˊ ㄌㄧㄤˊ 德行良善的人。

賢能 ㄒㄧㄢˊ ㄋㄥˊ 品德高尚且有才幹的人。

賢淑 ㄒㄧㄢˊ ㄕㄨˊ 形容女子賢良溫厚，品德高尚。

賢達 ㄒㄧㄢˊ ㄉㄚˊ ①明理公平的人。同賢明。②有才德且富名望的人。例社會賢達。

賢慧 ㄒㄧㄢˊ ㄏㄨㄟˋ 形容女子品德好且有才能。

賢內助 ㄒㄧㄢˊ ㄋㄟˋ ㄓㄨˋ 對妻子的美稱。

賢伉儷 ㄒㄧㄢˊ ㄎㄤˋ ㄌㄧˋ 對人夫婦的尊稱。

賢妻良母 ㄒㄧㄢˊ ㄑㄧ ㄌㄧㄤˊ ㄇㄨˇ 形容女子既是賢淑的妻子，也是盡責的母親。

賣 ㄇㄞˋ mài 動①售出貨物以換取錢財。例販賣。②背叛以換取利益。例出賣。③誇耀。例賣弄風情。

賣力 ㄇㄞˋ ㄌㄧˋ ①做事努力。②以出賣勞力維持生計。

賣友 ㄇㄞˋ ㄧㄡˇ 損害朋友以換取自身利益。例賣友求榮。

賣弄 ㄇㄞˋ ㄋㄨㄥˋ ①炫耀，誇耀。例賣弄風情。②刻意耍弄。例賣弄玄虛。

賣命 ㄇㄞˋ ㄇㄧㄥˋ 比喻不顧性命而盡力工作。

賣座 ㄇㄞˋ ㄗㄨㄛˋ 比喻表演受人歡迎。

賣笑 ㄇㄞˋ ㄒㄧㄠˋ 娼妓用聲音或美貌取悅男人。

賣淫 ㄇㄞˋ ㄧㄣˊ 女子出賣肉體以換取錢財。

賣場 ㄇㄞˋ ㄔㄤˇ 以便宜價格大量出售商品的場所。

賣藝 ㄇㄞˋ ㄧˋ 靠表演技藝以賺錢維生。

賣國賊 ㄇㄞˋ ㄍㄨㄛˊ ㄗㄟˊ 損害國家以換取自身利益的人。

賣關子 ㄇㄞˋ ㄍㄨㄢ ˙ㄗ 在重要關頭故作神祕而不肯明說。

賣官鬻爵 ㄇㄞˋ ㄍㄨㄢ ㄩˋ ㄐㄩㄝˊ 掌權者出賣官職以收受賄賂。

賚

ㄌㄞˋ lài 動賜予。例賞賚。

賞

ㄕㄤˇ shǎng 名指賜予或獎勵的東西。例領賞。動①用財物贈予有功的人。例賞賜。②玩味領會。例欣賞。③讚美。例嘆賞。④嘉獎。例獎賞。⑤敬稱他人給予恩惠。例賞臉。

賞月 ㄕㄤˇ ㄩㄝˋ 欣賞月色美景。

賞玩 ㄕㄤˇ ㄨㄢˊ 欣賞品玩。例他的最大嗜好就是賞玩珍奇古董。

賞罰 ㄕㄤˇ ㄈㄚˊ 獎勵有功者，處罰有過者。

賞賜 ㄕㄤˇ ㄘˋ 將財物賜予有功者。

賞臉 ㄕㄤˇ ㄌㄧㄢˇ ①請人收下物品的敬詞。②請他人光臨指教的敬詞。同賞光。

賞識 ㄕㄤˇ ㄕˋ 能識別並重視他人才能或物品價值。

賞心悅目 ㄕㄤˇ ㄒㄧㄣ ㄩㄝˋ ㄇㄨˋ 欣賞到美妙的情景而心生愉悅。

賠

ㄆㄟˊ péi 動①補償損失。例賠償。②生意虧損。例賠本。③道歉認錯。例賠罪。

賠款 ㄆㄟˊ ㄎㄨㄢˇ 賠償損失的金額。

賠罪 ㄆㄟˊ ㄗㄨㄟˋ 向人認錯道歉。同賠禮、賠不是。

賠償 ㄆㄟˊ ㄔㄤˊ 補償他人的損失。

賠錢 ㄆㄟˊ ㄑㄧㄢˊ ①生意本錢的虧損。同賠本。②用錢財補償他人損失。

賠了夫人又折兵 ㄆㄟˊ ˙ㄌㄜ ㄈㄨ ㄖㄣˊ ㄧㄡˋ ㄓㄜˊ ㄅㄧㄥ 比喻本想占他人便宜，最後卻反而吃大虧，雙重損失。

賦

ㄈㄨˋ fù 名①政府向人民徵收的錢財。例田賦、稅賦。②軍隊。③文體名。介於詩和散文的韻文形式，始於戰國，興於兩漢。例辭賦。④詩經六義之一，指平鋪直敘的描寫方法。例賦比興。⑤資質。例天賦。動給與。例賦予。

賦予 ㄈㄨˋ ㄩˇ 給予。例父母賦予我們生命。

賦閒 ㄈㄨˋ ㄒㄧㄢˊ 失業而閒居無事。

賦稅 ㄈㄨˋ ㄕㄨㄟˋ 田地和貨物的稅金。

賦詩 ㄈㄨˋ ㄕ ①撰寫詩篇。②吟詠詩歌。

賬 ㄓㄤˋ zhàng 名同「帳」。①記錄財務進出狀況的簿本。例記賬。②債務。例欠賬。

賭 ㄉㄨˇ dǔ 名用錢財為注以爭輸贏的不正當娛樂。例豪賭。動①比輸贏，爭勝負。例賭錢。②負恃。例賭氣。

賭注 ㄉㄨˇ ㄓㄨˋ 賭博時質押的籌碼。

賭咒 ㄉㄨˇ ㄓㄡˋ 立下誓言。

賭氣 ㄉㄨˇ ㄑㄧˋ 意氣用事。例他賭氣地走開。同負氣。

賭徒 ㄉㄨˇ ㄊㄨˊ 嗜愛賭博的人。

賭棍 ㄉㄨˇ ㄍㄨㄣˋ 以賭博為職業的人。

賭博 ㄉㄨˇ ㄅㄛˊ 以金錢為注比較輸贏的遊戲。

賤 ㄐㄧㄢˋ jiàn 名①地位卑微。例不分貴賤。②罵人的話。例賤貨。形①價格便宜的。例穀賤傷農。②謙稱自己的。例賤內。③卑下的。例低賤。動輕視。例賤視。

賤內 ㄐㄧㄢˋ ㄋㄟˋ 舊時稱呼自己妻子的謙詞。

賤貨 ㄐㄧㄢˋ ㄏㄨㄛˋ ①不貴重的貨物。②罵人不知自重的話。同賤骨頭。

賜 ㄙˋ sì 名恩惠。例受賜。動①上對下的給予。例賞賜。②有求於人時的敬詞。例賜教。

賜教 ㄙˋ ㄐㄧㄠˋ 請求他人給予指導的敬詞。

賜福 ㄙˋ ㄈㄨˊ 給予福氣。例祭拜上天以請求賜福。

賜顧 ㄙˋ ㄍㄨˋ 商人對顧客光臨購物的敬詞。

賙 ㄓㄡ zhōu 動給予救濟。例賙濟。

質 (一)ㄓˊ zhí 名①事物的基本特性。例性質。②天生的稟賦。例資質。③樸實的本性。例文質彬彬。形誠實的。例質言。動盤問。例質問。(二)ㄓˋ zhì 名抵押品。例人質。動抵押。例質押。

質子 ㄓˊ ㄗˇ 原子核中帶正電的基本粒子。

質地 ㄓˊ ㄉㄧˋ 物體的本質。例大理石的質地堅硬。

質押 ㄓˋ ㄧㄚ 用動產作為擔保以向人貸款。

質料 ㄓˊ ㄌㄧㄠˋ 組成物體的材料。

質問 ㄓˊ ㄨㄣˋ ①提出疑惑以請人說明。②盤問是非。

質量 ㄓˊ ㄌㄧㄤˋ ①物體所含實質的分量。②品質和數量。

質詢 ㄓˊ ㄒㄩㄣˊ 民意代表以書面或口頭，向政府官員提出關於政策上的詢問。

質樸 ㄓˊ ㄆㄨˊ 簡單樸實而不華麗。亦作「質朴」。

九畫

賴 ㄌㄞˋ lài 名姓。形不好的，惡劣的。例好死不如賴活。動①依靠，憑恃。例仰賴。②積欠。例賴帳。③誣指他人做壞事。例誣賴。④不承認。例耍賴。

賴皮 ㄌㄞˋ ㄆㄧˊ ①不承認自己答應的約定。②不知羞恥地糾纏。

賴床 ㄌㄞˋ ㄔㄨㄤˊ 早上應該起床卻仍躺在床上不起來。

賴帳 ㄌㄞˋ ㄓㄤˋ 不承認債務，或故意拖欠不還。或作「賴賬」。

賵 ㄈㄥˋ fèng 名古代送給喪家助葬的財物。

十畫

賽 ㄙㄞˋ sài 名①競爭活動。例比賽。②祭神儀式。例春賽。動①比較勝負。例賽車。②贏過，比得過。例賽過。③像，似。例賽真。

賽車 ㄙㄞˋ ㄔㄜ 以車速快慢決定勝負的運動。

賽神 ㄙㄞˋ ㄕㄣˊ 祭告神明。

賽馬 ㄙㄞˋ ㄇㄚˇ 以跑馬速度快慢決定勝負的運動，可作為賭博。

賽跑 ㄙㄞˋ ㄆㄠˇ 以跑步快慢決定勝負的徑賽。

賽程 ㄙㄞˋ ㄔㄥˊ 比賽的項目和程序。

賽先生 ㄙㄞˋ ㄒㄧㄢ ㄕㄥ 英語 science 的音譯。指科學，多用在五四運動時的文章。

賺 ㄓㄨㄢˋ zhuàn 動①獲取，贏得。例賺錢。②欺騙。例賺人。

購 ㄍㄡˋ gòu 動交易。例收購。

購買 ㄍㄡˋ ㄇㄞˇ 以錢財買進物品。同購置、採辦。

購物中心 ㄍㄡˋ ㄨˋ ㄓㄨㄥ ㄒㄧㄣ 位在都市郊區，以銷售各種日用品為主的地方。現泛指貨物集中的銷售地點。

賻 ㄈㄨˋ fù 動以財物協助喪家。例賻贈。

賻儀 ㄈㄨˋ ㄧˊ 送給喪家以協助辦理喪事的錢財。同賻錢、奠儀。

賸 ㄕㄥˋ shèng 形通「剩」。殘餘的。例賸餘。

十一畫

贅 ㄓㄨㄟˋ zhuì 名①招女婿。例入贅。②皮膚上的小肉瘤。形多餘無用的。例贅肉。動①跟隨。例別贅著我不放。②聚在一起。例贅聚。

贅言 ㄓㄨㄟˋ ㄧㄢˊ 多餘沒有用的詞語。或稱為贅詞、贅語。

贅疣 ㄓㄨㄟˋ ㄧㄡˊ ①皮膚上的肉疙瘩。亦稱為贅瘤。②比喻多餘沒有用處的事物。

贅述 ㄓㄨㄟˋ ㄕㄨˋ 多餘地敘述。

贄 ㄓˋ zhì 名古代初次見面時所送的禮物。例執贄。

贄見 ㄓˋ ㄐㄧㄢˋ 帶著禮物拜訪初次見面的人。

贄儀 ㄓˋ ㄧˊ 古代初次見面所送的禮物。

賾 ㄗㄜˊ zé 名幽深難見的事物。例探賾索隱。

十二畫

贈 ㄗㄥˋ zèng 動①送給。例贈送。②政府對已故者封典。例追贈。

贈予 ㄗㄥˋ ㄩˇ 送東西給他人。同贈送。

贈言 ㄗㄥˋ ㄧㄢˊ 臨別時勸勉人的話。

贈別 ㄗㄥˋ ㄅㄧㄝˊ 贈予禮物或詩文以表送別。

贈答 ㄗㄥˋ ㄉㄚˊ 互相贈送禮物或詩文答謝。

贈禮 ㄗㄥˋ ㄌㄧˇ 送給他人的物品。

贊 ㄗㄢˋ zàn 名文體名。以稱述評論為主。例史贊、像贊。動①協助，佐助。例贊助。②同意。例贊同。

贊成 ㄗㄢˋ ㄔㄥˊ ①對他人的意見或行為表示同意。同贊同。②協助使完成。

贊助 ㄗㄢˋ ㄓㄨˋ 在精神或物質上給與協助。

贊禮 ㄗㄢˋ ㄌㄧˇ 舉行典禮中時，司儀高唱禮儀的秩序，使人依照行禮。

十三畫

贏 ㄧㄥˊ yíng 名盈利。例贏餘。動得到勝利。例贏得比賽。

贏得 ㄧㄥˊ ㄉㄜˊ 博得。例這場表演贏得滿堂采。

贏餘 ㄧㄥˊ ㄩˊ 收益扣除成本後的利潤。同盈餘。

贍 ㄕㄢˋ shàn 動①供養。例贍養。②富足，滿足。例顏氏家訓：「率能躬儉節用，以贍衣食。」③足夠。例孟子：「以力服人者，非心服也，力不贍也。」

贍養 ㄕㄢˋ ㄧㄤˇ 提供衣食或財物。

贍養費 ㄕㄢˋ ㄧㄤˇ ㄈㄟˋ 夫妻因離婚而使無過失一方生活困難時，另一方應給予的維生費用。

十四畫

贐 ㄐㄧㄣˋ jìn 名送行時贈予的禮物。例餽贐、贐儀。

贓 ㄗㄤ zāng 名以非法手段得到的財物。例貪贓枉法。形偷搶得來的。例贓款。

贓物 ㄗㄤ ㄨˋ 用不正當手段取得的財物。

贔 ㄅㄧˋ bì 見「贔屭」。

贔屭 ㄅㄧˋ ㄒㄧˋ ①蠵龜的別稱。②用力的樣子。

十五畫

贗 ㄧㄢˋ yàn 形假造的。例贗品、贗本。

贖 ㄕㄨˊ shú 動①用財物換回人質或抵押品。例贖身。②以財物或行動抵免罪過或刑罰。例將功贖罪。

贖回 ㄕㄨˊ ㄏㄨㄟˊ 用錢財換回抵押品。

贖身 ㄕㄨˊ ㄕㄣ 用錢財換回身體或自由。

贖罪 ㄕㄨˊ ㄗㄨㄟˋ ①古代犯罪輕微者可用財物抵免刑責，似現今的罰鍰。②用功勞抵免罪罰。③基督教中指耶穌被釘在十字架上，用其血為世人免除原罪。

十七畫

贛 ㄍㄢˋ gàn 名①江西省的簡稱。②縣名。贛縣，在江西省。③河流名。贛江，在江西省。

赤部 ㄔˋ

赤 ㄔˋ chì 名紅色。例朱赤。形①紅色的。例赤焰。②忠誠的。例赤膽。③一無所有的。例赤手空拳。動裸露。例赤腳。

赤心 ㄔˋ ㄒㄧㄣ 真摯忠誠的心意。同赤膽。

赤字 ㄔˋ ㄗˋ 支出超過收入的數額，在簿冊上多用紅筆記錄而得名。

赤忱 ㄔˋ ㄔㄣˊ 真心熱忱。也作「赤誠」。

赤貧 ㄔˋ ㄆㄧㄣˊ 貧窮到什麼都沒有。

赤腳 ㄔˋ ㄐㄧㄠˇ 光裸腳，沒穿鞋襪。同赤足。

赤道 ㄔˋ ㄉㄠˋ 沿地球表面與地軸垂直的圓周線，將地球分為南北半球。

赤膊 ㄔˋ ㄅㄛˊ 光裸上半身，沒穿衣服。

赤裸裸 ㄔˋ ㄌㄨㄛˇ ㄌㄨㄛˇ ①光裸身體的樣子。同赤條條。②完全沒有掩飾。例這件醜聞被赤裸裸地公開。

赤子之心 ㄔˋ ㄗˇ ㄓ ㄒㄧㄣ 像孩童般純真、善良的心思。

赤手空拳 ㄔˋ ㄕㄡˇ ㄎㄨㄥ ㄑㄩㄢˊ 比喻一無所有，沒有任何憑藉。

赤地千里 ㄔˋ ㄉㄧˋ ㄑㄧㄢ ㄌㄧˇ 形容乾旱或蟲害嚴重，使土地荒涼的景象。

赤膽忠心 ㄔˋ ㄉㄢˇ ㄓㄨㄥ ㄒㄧㄣ 形容忠誠不二。

四畫

赧 ㄋㄢˇ nǎn 動因害羞或慚愧而臉紅。例羞赧、赧愧。

赦 ㄕㄜˋ shè 動寬免應有的罪罰。例大赦。

赦免 ㄕㄜˋ ㄇㄧㄢˇ 免除對罪犯的刑罰。同赦罪。

六畫

赩 ㄒㄧˋ xì 形火紅色。例赩熾。

七畫

赫 ㄏㄜˋ hè 名赫茲的簡稱。頻率單位，每秒振動一次為一赫茲。形①顯明盛大的。例顯赫。②火紅的樣子。例詩經：「赫如渥赭。」動顯盛。副非常生氣地。例赫怒。

赫然 ㄏㄜˋ ㄖㄢˊ ①使人驚訝的樣子。②生氣的樣子。例赫然震怒。

赫赫 ㄏㄜˋ ㄏㄜˋ 顯明盛大的樣子。例赫赫有名。

八畫

赭 ㄓㄜˇ zhě 形紅色的。例赭衣。動燒光。例史記：「赭其山。」

赭石 ㄓㄜˇ ㄕˊ 土狀的深紅色赤鐵礦，可製顏料。

赭紅 ㄓㄜˇ ㄏㄨㄥˊ 紫紅色。

九畫

赮 ㄒㄧㄚˊ xiá 名彩雲。形紅色的。

赬 ㄔㄥ chēng 形淺紅色的。例赬尾。

十畫

赯 ㄊㄤˊ táng 名紅色。形臉色紫紅的。例紫赯臉兒。

走部 ㄗㄡˇ

走 ㄗㄡˇ zǒu 形供差遣的。例販夫走卒。動①快步前進。例奔走。②步行。例走路。③奔逃。例逃走。④離開。例走開。⑤洩漏。例走電、走漏。⑥人與人之間的往來。例兩家走得近。⑦移動。例這錶走得很準。⑧失去原來的形貌。例走樣。⑨流浪，遊蕩。例行走江湖。

⑩適逢。例走財運。

走火 ㄗㄡˇ ㄏㄨㄛˇ ①持槍誤觸扳機而射發子彈。②電線的電流發生短路，冒出火花。

走失 ㄗㄡˇ ㄕ 行蹤不明。例走失人口。

走向 ㄗㄡˇ ㄒㄧㄤˋ ①地質上指構造面和水平面的交線方向。②趨勢，動向。

走私 ㄗㄡˇ ㄙ 攜帶法令禁止的貨物進出國境。

走卒 ㄗㄡˇ ㄗㄨˊ 供人差遣跑腿的人。

走狗 ㄗㄡˇ ㄍㄡˇ 協助狩捕的獵犬。比喻甘願受他人指使作惡的人。

走廊 ㄗㄡˇ ㄌㄤˊ 屋前可通行的長廊。

走訪 ㄗㄡˇ ㄈㄤˇ 前往拜訪詢問。

走眼 ㄗㄡˇ ㄧㄢˇ 判斷錯誤。例對於他的為人，我真是看走眼。

走唱 ㄗㄡˇ ㄔㄤˋ 到處巡迴賣唱。

走筆 ㄗㄡˇ ㄅㄧˇ 運筆寫字。例走筆疾書。

走勢 ㄗㄡˇ ㄕˋ 發展的趨勢。例股市走勢疲軟。

走運 ㄗㄡˇ ㄩㄣˋ 形容正逢好運氣。

走漏 ㄗㄡˇ ㄌㄡˋ ①不小心洩露祕密。②走私漏稅。

走避 ㄗㄡˇ ㄅㄧˋ 逃離躲避。

走獸 ㄗㄡˇ ㄕㄡˋ 在路上行走的動物。

走內線 ㄗㄡˇ ㄋㄟˋ ㄒㄧㄢˋ 有所企圖而親近有權勢者。

走江湖 ㄗㄡˇ ㄐㄧㄤ ㄏㄨˊ ①在各地奔走賣藝維生的人。②隱居江湖之間。

走馬燈 ㄗㄡˇ ㄇㄚˇ ㄉㄥ ①一種花燈，用彩紙製成方形或圓形燈，內置貼有人馬形狀剪紙的圓輪，人馬形影隨圓輪旋轉而轉動。②形容人匆忙的來往不停。

走火入魔 ㄗㄡˇ ㄏㄨㄛˇ ㄖㄨˋ ㄇㄛˊ 操作不當或過度沉溺使身體或心智受傷。

走投無路 ㄗㄡˇ ㄊㄡˊ ㄨˊ ㄌㄨˋ 形容無路可走，沒有地方可以投靠。

走馬上任 ㄗㄡˇ ㄇㄚˇ ㄕㄤˋ ㄖㄣˋ 比喻官吏就任職位。

走馬看花 ㄗㄡˇ ㄇㄚˇ ㄎㄢˋ ㄏㄨㄚ 比喻約略觀察事物外表，未能深入探研。

二畫

赴 ㄈㄨˋ fù 動①奔走某事。例全力以赴。②參加。例赴約。③前往。例赴任。

赴任 ㄈㄨˋ ㄖㄣˋ 前往工作地點上任職位。

赴約 ㄈㄨˋ ㄩㄝ 前往參加約會。同赴會。

赴宴 ㄈㄨˋ ㄧㄢˋ 前往參加宴會。

赴義 ㄈㄨˋ ㄧˋ 為正義而犧牲。

赴難 ㄈㄨˋ ㄋㄢˋ 前往拯救國家或他人的危難。

赴湯蹈火 ㄈㄨˋ ㄊㄤ ㄉㄠˇ ㄏㄨㄛˇ 比喻不顧個人安危，冒險犯難以完成任務。

三畫

赳 ㄐㄧㄡ jiū 副雄壯威武地。例赳赳。

起 ㄑㄧˇ qǐ 名①詩文的首句、首聯或首段。②量詞。⑴計算分批的人的單位。相當於「群」。例一起人。⑵計算事件發生的單位。例一起刑案。動①站立。例起立。②睡醒離床。例早睡早起。③推薦任用。例起用。④提取，取出。例起貨。⑤開始。例起筆。⑥發動，產生。例起疑。⑦建築。例平地起高樓。⑧升高。例起伏不定。⑨逐漸旋轉出來。例起螺絲釘。⑩擬定。例起草。⑪復甦，好轉。例一病不起。助①在動詞後，表示足夠或不夠。例買不起。②在動詞後，表示動作的趨向。例想起。

起子 ㄑㄧˇ ㄗ˙ ①使麵粉發酵的白色發粉。②使螺絲自洞孔旋轉出來的工具。亦稱為螺絲起子。

起用 ㄑㄧˇ ㄩㄥˋ ①開始任用。②任用退休或被罷職的人。

起立 ㄑㄧˇ ㄌㄧˋ 身體站立起來。

起色 ㄑㄧˇ ㄙㄜˋ 情況好轉的樣子。例他的病情已有起色。

起伏 ㄑㄧˇ ㄈㄨˊ ①高低不平的樣子。②比喻事物的盛衰消長。

起見 ㄑㄧˇ ㄐㄧㄢˋ 考慮著想。例為了安全起見。

起事 ㄑㄧˇ ㄕˋ 提倡發動兵事以奪取政權。

起初 ㄑㄧˇ ㄔㄨ 一開始。同起先。

起居 ㄑㄧˇ ㄐㄩ 日常生活。

起勁 ㄑㄧˇ ㄐㄧㄣˋ 努力從事，情緒熱烈，興致高昂。例他唱歌唱得很起勁。

起家 ㄑㄧˇ ㄐㄧㄚ 興起。例白手起家。

起訖 ㄑㄧˇ ㄑㄧˋ 從開始到結束。

起草 ㄑㄧˇ ㄘㄠˇ 擬定草稿。也作「起稿」。

起飛 ㄑㄧˇ ㄈㄟ ①自地上飛離地面。②比喻形勢往前神速發展。例臺灣經濟起飛。

起眼 ㄑㄧˇ ㄧㄢˇ 值得注意。例他的樣貌一點也不起眼。

起訴 ㄑㄧˇ ㄙㄨˋ 向法院提起訴訟的行為。

起源 ㄑㄧˇ ㄩㄢˊ 事物發生的來源。

起義 ㄑㄧˇ ㄧˋ 為正義而起兵對抗。

起敬 ㄑㄧˇ ㄐㄧㄥˋ 心裡產生敬意。例肅然起敬。

起碼 ㄑㄧˇ ㄇㄚˇ 至少。例最起碼你得來一趟。

起錨 ㄑㄧˇ ㄇㄠˊ 船舶收起鐵錨以準備出航。

起重機 ㄑㄧˇ ㄓㄨㄥˋ ㄐㄧ 用滑車、輪軸和鐵索的升降來搬動重物的機器。

起死回生 ㄑㄧˇ ㄙˇ ㄏㄨㄟˊ ㄕㄥ ①使死人復活。引申形容醫術精湛。②挽救原以為沒希望的事。

起承轉合 ㄑㄧˇ ㄔㄥˊ ㄓㄨㄢˇ ㄏㄜˊ 布局文章結構的四個步驟。起為開始，承為承接上文，轉為文意轉折，合為結束全文。

五畫

越 ㄩㄝˋ yuè 名①古國名。吳越，春秋時諸侯國，在今江浙地區。②浙江省的別稱。或專指浙江省紹興一帶。例越劇。形悠遠的。例歌聲清越。動①超出。例越界。②跨過，度過。例翻山越嶺。③攀爬。例越牆。④劫取。例殺人越貨。副更加。例越來越慢。

越界 ㄩㄝˋ ㄐㄧㄝˋ 超過界限。

越軌 ㄩㄝˋ ㄍㄨㄟˇ 言行超過平常規範。

越級 ㄩㄝˋ ㄐㄧˊ 跳過級次。例他天資聰穎，所以能越級就讀。

越發 ㄩㄝˋ ㄈㄚ 更進一步變化。例她越長大越發漂亮。

越獄 ㄩㄝˋ ㄩˋ 犯人自監獄脫逃。

越洋電話 ㄩㄝˋ ㄧㄤˊ ㄉㄧㄢˋ ㄏㄨㄚˋ 和海外通話的電話。

越俎代庖 ㄩㄝˋ ㄗㄨˇ ㄉㄞˋ ㄆㄠˊ 形容超出本分而替人做事。

超 ㄔㄠ chāo

動①越過。例超越。②高出。例超速。③使已故者脫離苦海。例超度。

超人 ㄔㄠ ㄖㄣˊ 智慧能力勝過常人。

超生 ㄔㄠ ㄕㄥ 佛教指人死後靈魂再投胎為人。

超度 ㄔㄠ ㄉㄨˋ 佛教指救度死者靈魂以脫離苦海。

超級 ㄔㄠ ㄐㄧˊ 超越一般等級。例超級強國。

超速 ㄔㄠ ㄙㄨˋ 行車速度超過規定。

超過 ㄔㄠ ㄍㄨㄛˋ 程度高於其他事物。同超越。

超載 ㄔㄠ ㄗㄞˋ 交通工具承載重量、高度等超過規定。

超齡 ㄔㄠ ㄌㄧㄥˊ 超過規定年齡。例超齡產婦。

超音波 ㄔㄠ ㄧㄣ ㄅㄛ 頻率高於二萬赫茲而無法引起聲感的彈性波，用於醫藥和農工業技術。亦稱為超聲波。

超音速 ㄔㄠ ㄧㄣ ㄙㄨˋ 物體飛行速度超過聲音傳遞速度。

超級市場 ㄔㄠ ㄐㄧˊ ㄕˋ ㄔㄤˇ 將貨品分類陳列，由顧客自行選取後到收銀檯付帳的大型商場，主要出售食品、日用品等。

超友誼關係 ㄔㄠ ㄧㄡˇ ㄧˋ ㄍㄨㄢ ㄒㄧˋ 男女間關係超過朋友階段。

趄 ㄐㄩ jū

動歪斜。例趄著頭。副見「赼趄」。

趁 ㄔㄣˋ chèn

動①追逐。②利用機會。例趁火打劫。③尋找。

趁心 ㄔㄣˋ ㄒㄧㄣ 迎合心意。例趁心如意。

趁手 ㄔㄣˋ ㄕㄡˇ ①使用順手。例這球拍拿得趁手。②順便。例請趁手關上窗戶。

趁早 ㄔㄣˋ ㄗㄠˇ 提前，趕快。例請趁早到達。

趁勢 ㄔㄣˋ ㄕˋ 利用時機情勢。

趁墟 ㄔㄣˋ ㄒㄩ 市場趕集。也作「趁虛」。

趁火打劫 ㄔㄣˋ ㄏㄨㄛˇ ㄉㄚˇ ㄐㄧㄝˊ 比喻利用他人危急以奪取利益。

六畫

赼 ㄗ zī

見「赼趄」。

赼趄 ㄗ ㄐㄩ 想前進卻又不敢的樣子。

七畫

趙 ㄓㄠˋ zhào

名①古國名。戰國七雄之一，在今河北省南部和山西省北部。②晉代五胡十六國之一。③姓。

趕 ㄍㄢˇ gǎn

動①追逐。例追趕、迎頭趕上。②加快行動。例趕路。③從後催促。例趕鴨子。④驅逐。例趕出去。⑤恰巧遇到。例趕上一場雨。

趕快 ㄍㄢˇ ㄎㄨㄞˋ 加快行動速度。同趕忙、趕緊。

趕集 ㄍㄢˇ ㄐㄧˊ 到定期交易的市場進行買賣。

趕路 ㄍㄢˇ ㄌㄨˋ 加快速度行走以儘快到達目的地。

趕盡殺絕 ㄍㄢˇ ㄐㄧㄣˋ ㄕㄚ ㄐㄩㄝˊ 比喻手段兇殘，欺人太甚，完全不留餘地。

趕鴨子上架 ㄍㄢˇ ㄧㄚ ˙ㄗ ㄕㄤˋ ㄐㄧㄚˋ 比喻逼迫他人做能力以外的事。

八畫

趣 ㈠ㄑㄩˋ qù 名①興味，有意思。例趣味。②趨向，意味。例旨趣。③意志的傾向。例志趣。㈡ㄘㄨˋ cù 動通「促」。催促。

趣味雋永 ㄑㄩˋ ㄨㄟˋ ㄐㄩㄢˋ ㄩㄥˇ 形容情趣意味深長。

趟 ㄊㄤˋ tàng 名回，次。例走一趟。

十畫

趨 ㈠ㄑㄩ qū 動①快步走，趕著向前。例趨步、趨前。②依附。例趨炎附勢。㈡ㄘㄨˋ cù 副通「促」。急促地。

趨向 ㄑㄩ ㄒㄧㄤˋ 形勢的傾向。例他的病情趨向惡化。

趨勢 ㄑㄩ ㄕˋ 情勢發展的傾向。例全球化是經濟發展的趨勢。

趨之若鶩 ㄑㄩ ㄓ ㄖㄨㄛˋ ㄨˋ 比喻爭相追求某事物。

趨吉避凶 ㄑㄩ ㄐㄧˊ ㄅㄧˋ ㄒㄩㄥ 追求和諧，避免禍難。

趨炎附勢 ㄑㄩ ㄧㄢˊ ㄈㄨˋ ㄕˋ 奉承權勢，投靠豪門。

十二畫

蹻 ㄑㄧㄠˊ qiáo 形敏捷而善爬的。例蹻捷。動舉起腳。

十四畫

趯 ㄊㄧˋ tì 名指書法中向上鉤挑的筆畫。動跳躍。

十九畫

趲 ㄗㄢˇ zǎn 動①催趕行走。例趲行。②通「攢」。聚集。

足部 ㄗㄨˊ

足 ㈠ㄗㄨˊ zú 名①人體下肢的總稱，或動物用來爬行走路的器官。例手足、百足之蟲。②器物下端用來站立的部分。例鼎足、山足。形充滿的，不缺的。例心滿意足。動①充實完備。例禮記：「學然後知不足。」②滿意，夠。例滿足。副①整整的，完全的。例足足玩了一個月。②可以，堪。例足以自豪。③值得。例微不足道。㈡ㄐㄩˋ jù 副過分。例論語：「巧言、令色、足恭。」

足下 ㄗㄨˊ ㄒㄧㄚˋ ①對同輩的敬辭。常用於書信中。②指腳下。

足月 ㄗㄨˊ ㄩㄝˋ 指胎兒在母親體內成長的月數已足夠。

足以 ㄗㄨˊ ㄧˇ 足夠做某件事。表示可能的助動詞。

足足 ㄗㄨˊ ㄗㄨˊ 非常足夠之意。

足色 ㄗㄨˊ ㄙㄜˋ 指金銀的成色十足，純度很高。

足恭 ㄐㄩˋ ㄍㄨㄥ 過分謙恭以討人歡心，有矯揉做作之意。

足跡 ㄗㄨˊ ㄐㄧ ①腳所踏過的痕跡，即腳印。②行蹤所到的地方。

足繭 ㄗㄨˊ ㄐㄧㄢˇ 腳底因走路摩擦而生的厚皮。

足不出戶 ㄗㄨˊ ㄅㄨˋ ㄔㄨ ㄏㄨˋ 指人深居家中很少出門。

足智多謀 ㄗㄨˊ ㄓˋ ㄉㄨㄛ ㄇㄡˊ 形容人智商很高謀略很多。

二畫

趴 ㄆㄚ pā 動①身體向前彎曲，倚靠在物體上。例趴在桌上。②身體向下倒伏。例趴下。

三畫

趵 ㄅㄠˋ bào 形形容腳踢的聲音。例趵趵。動跳躍。例趵突。

四畫

趾 ㄓˇ zhǐ 名①腳趾頭。②腳。例圓顱方趾。③蹤跡。例芳趾。

趾高氣昂 ㄓˇ ㄍㄠ ㄑㄧˋ ㄤˊ 形容人得意揚揚、目中無人的樣子。

跂 ㊀ㄑㄧˊ qí 名腳上多出的腳趾。形通「歧」。分歧的樣子。副昆蟲緩慢爬行地。例跂跂。㊁ㄑㄧˋ qì 動通「企」。舉起腳跟。例跂足。

跂足 ㄑㄧˋ ㄗㄨˊ 舉起腳跟。

跂坐 ㄑㄧˋ ㄗㄨㄛˋ 垂腳坐著，坐的時候腳跟不接觸到地面。

跂望 ㄑㄧˋ ㄨㄤˋ 殷切盼望的樣子。形容腳尖踮起遠望。

跂蹻 ㄑㄧˋ ㄐㄩㄝ 木製的跂和草製的蹻，泛稱鞋子。

趼 ㄐㄧㄢˇ jiǎn 名手腳因為過度摩擦而長的厚皮。例手足重趼。

趺 ㄈㄨ fū 名①同「跗」。腳背。例足趺。②通「柎」。花蒂，花萼。動盤腿而坐。例趺坐。

趿 ㊀ㄙㄚˋ sà 動伸腳勾取東西。㊁ㄊㄚ tā 動見「趿拉」。

趿拉 ㄊㄚ ㄌㄚ 把鞋後幫踩在腳後跟下拖拉。

五畫

距 ㄐㄩˋ jù 名①公雞腳爪後面突出像腳趾的部分，可用做打鬥的工具。②相隔的長度。例間距。動①到，至。例你家距學校有多遠。②相隔，離開。例事件發生距今已有一星期。

距離 ㄐㄩˋ ㄌㄧˊ 兩地間相隔的遠近。

跋 ㄅㄚˊ bá 名文體名。在正文的後面，即後序。形強橫專斷的樣子。例跋扈。動翻越山嶺。例長途跋涉。

跋文 ㄅㄚˊ ㄨㄣˊ 置於書籍詩文主要內容後的文字，多用來補述寫作或出版經過。同後記。

跋涉 ㄅㄚˊ ㄕㄜˋ 形容路途艱困。

跋扈 ㄅㄚˊ ㄏㄨˋ 形容人的態度專橫傲慢。

跚

ㄕㄢ shān 副蹣跚，走路困難，搖晃遲緩的樣子。

跑

㊀ㄆㄠˇ pǎo 動①快步且迅速的前進。例跑步。②行走。例他跑遍了世界各地。③逃離。例逃跑。④為了某事奔忙。例跑單幫。⑤漏出。例輪胎跑了氣。

㊁ㄆㄠˊ páo 動同「刨」。用足部掘地。例虎跑泉。

跑者 ㄆㄠˇ ㄓㄜˇ ①跑步的人。②指棒球或壘球賽中，攻方在壘上的選手。

跑堂 ㄆㄠˇ ㄊㄤˊ 在飯館端菜招呼的侍者。

跑道 ㄆㄠˇ ㄉㄠˋ ①運動場上用來徑賽的道路。②機場中供飛機起飛降落的道路。

跑腿 ㄆㄠˇ ㄊㄨㄟˇ 為人出力奔忙辦事。

跑江湖 ㄆㄠˇ ㄐㄧㄤ ㄏㄨˊ 流浪四方，以賣藝、相命等為業的生活方式。

跑單幫 ㄆㄠˇ ㄉㄢ ㄅㄤ 只靠單人從外地帶貨往來兜售的一種投機生意。

跑新聞 ㄆㄠˇ ㄒㄧㄣ ㄨㄣˊ 記者在外為採訪新聞忙碌奔走。

跑龍套 ㄆㄠˇ ㄌㄨㄥˊ ㄊㄠˋ 戲曲裡飾演跟班或小卒的角色。後引申在基層做些打雜等無足輕重的工作。

跌

ㄉㄧㄝ dié 動①摔倒。例跌跤。②價格下落。例跌價。③差池，出錯。例後漢書：「無有差跌。」④跺腳，頓足。例跌足。

跌跤 ㄉㄧㄝ ㄐㄧㄠ 跌倒摔跤。也作「跌交」。

跌蕩 ㄉㄧㄝ ㄉㄤˋ 也作「跌宕」。①形容人放縱不拘，沒有依規矩行事。②古代形容文章音節抑揚頓挫。

跌價 ㄉㄧㄝ ㄐㄧㄚˋ 物品的價格下滑。

跌跌撞撞 ㄉㄧㄝ ㄉㄧㄝ ㄓㄨㄤˋ ㄓㄨㄤˋ 形容走路腳步不穩的樣子。

跛

㊀ㄅㄛˇ bǒ 形形容下肢有殘疾，行走姿勢歪斜的樣子。例他走路一跛一跛的。

㊁ㄅㄧˋ bì 副站不正地。例跛倚。

跛子 ㄅㄛˇ ˙ㄗ 瘸子，指跛腳的人。

跛倚 ㄅㄧˋ ㄧˇ 偏斜不正的站立著。

跛腳 ㄅㄛˇ ㄐㄧㄠˇ 腳有殘疾，走起路來姿勢不正常。

跆

ㄊㄞˊ tái 動踐踏。例跆籍。

跆籍 ㄊㄞˊ ㄐㄧˊ 踐踏，蹂躪。

跆拳道 ㄊㄞˊ ㄑㄩㄢˊ ㄉㄠˋ 揉和中國少林拳、韓國武術及日本空手道的一種徒手擊技，後由韓國發揚至全世界。

跏

ㄐㄧㄚ jiā 動跏趺，盤腿而坐。

跗

ㄈㄨ fū 名①腳背。②通「柎」。花瓣深處花萼基部。

跅

ㄊㄨㄛˋ tuò 形跅弛，放縱不檢點的樣子。

跖

ㄓˊ zhí 名①腳掌。②古代強盜的名字。例盜跖。動①踐履，用腳踩地。例跖實。②通「蹠」。跳躍。

跎 ㄊㄨㄛˊ tuó 見「蹉跎」。

六畫

跡 ㄐㄧ jī 名①腳印行蹤。例足跡。②事物的遺痕。例血跡。③前人留下的事物，多指文物建築等。例古跡。

跟 ㄍㄣ gēn 名腳或鞋子的後部。例腳後跟、鞋跟。動追隨，隨行。例跟在後面。連與，和。例我跟你。介對，向。例跟你提過這個案子。

跟著 ㄍㄣ ㄓㄜ˙ ①步行跟隨在後面。例小孩緊跟著媽媽。②接著，接下來。例他剛吃完飯，跟著就出發了。

跟班 ㄍㄣ ㄅㄢ 指跟在主人身邊的侍從人員。

跨 ㄎㄨㄚˋ kuà 動①越過。例跨過。②橫架在上面。例這座橋橫跨河的兩岸。③騎乘。例跨鶴西歸。④通「掛」。懸掛。例跨刀。⑤占據，踞。

跨刀 ㄎㄨㄚˋ ㄉㄠ ①在腰部佩帶著刀。②舊時演藝人員為人配演。後引申為幫助或提攜後進。

跨年 ㄎㄨㄚˋ ㄋㄧㄢˊ 指從舊年底到新年初的一段時間。

跨步 ㄎㄨㄚˋ ㄅㄨˋ 走大步向前行進。

跨欄 ㄎㄨㄚˋ ㄌㄢˊ 一種田徑運動項目，也叫跳欄。選手要跳過若干個欄架，以先到終點者為勝。

路 ㄌㄨˋ lù 名①道，途徑。例馬路。②思想或行為的條理。例思路。③方面。例兵分兩路。④古代的車名。⑤種類。例這是哪一路的拳法？⑥姓。

路人 ㄌㄨˋ ㄖㄣˊ ①路旁經過的行人。②不相干的人。例骨肉成路人。

路況 ㄌㄨˋ ㄎㄨㄤˋ ①路上的交通狀況。例今天高速公路不塞車，路況良好。②指道路本身的狀況，像是有無坑洞、坍方、斜坡等。例這一段公路路況不佳。

路徑 ㄌㄨˋ ㄐㄧㄥˋ ①往來經過的道路。②處理事情的方法。例找不到解決的路徑。

路程 ㄌㄨˋ ㄔㄥˊ 兩地間距離的長短遠近。

路費 ㄌㄨˋ ㄈㄟˋ 旅行時所需的費用。

路隊 ㄌㄨˋ ㄉㄨㄟˋ 依順序、路線所排的隊伍。

路標 ㄌㄨˋ ㄅㄧㄠ 指示路線或路況的標記。

路線 ㄌㄨˋ ㄒㄧㄢˋ ①指行經的道路。②比喻做事的門徑。

路不拾遺 ㄌㄨˋ ㄅㄨˋ ㄕˊ ㄧˊ 形容治安良好，東西掉在路上也沒有人會拾取占有。

跺 ㄉㄨㄛˋ duò 動舉起腳猛力踏地。例跺足。

跺腳 ㄉㄨㄛˋ ㄐㄧㄠˇ 舉起腳用力踏地，為情緒激動的表現。

跪 ㄍㄨㄟˋ guì 動屈膝著地。例跪下。

跪拜 ㄍㄨㄟˋ ㄅㄞˋ 跪在地上叩首，為最崇敬的禮節。

跳 ㄊㄧㄠˋ tiào 動①兩腳離地，身體向上或向前躍起。例跳遠、跳高。②振動。例心跳、心驚肉跳。③越過。例跳級。

跳水 ㄊㄧㄠˋ ㄕㄨㄟˇ 一種水上運動。池中需水深三公尺以上，選手由池邊或跳板上跳躍入水中，沒入水裡前身體有不同姿勢動作。

跳行 ㄊㄧㄠˋ ㄏㄤˊ ①從別行寫起。②更換職業。

跳板 ㄊㄧㄠˋ ㄅㄢˇ ①游泳池邊跳臺上的長條木板，彈性佳，專供跳水使用。②過渡時期的棲身之地或工作。

跳級 ㄊㄧㄠˋ ㄐㄧˊ 資質優異的學生越過應該就讀的年級，而直接升上較高年級。

跳票 ㄊㄧㄠˋ ㄆㄧㄠˋ 銀行支票不能兌現。比喻人原先應允的事無法做到。

跳傘 ㄊㄧㄠˋ ㄙㄢˇ 從飛機上或高處運用降落傘降落地面。

跳棋 ㄊㄧㄠˋ ㄑㄧˊ 棋類活動之一，由兩人或三人參與，每人用不同顏色棋子隔子跳躍，以全部先到達者為勝。

跳腳 ㄊㄧㄠˋ ㄐㄧㄠˇ 因生氣或著急而腳用力踩地的模樣。同跺腳。

跳舞 ㄊㄧㄠˋ ㄨˇ 隨著音樂節拍，用固定的姿勢或步伐做出優美的動作。

跳槽 ㄊㄧㄠˋ ㄘㄠˊ 指人見異思遷，不安其所而更換工作。

跳繩 ㄊㄧㄠˋ ㄕㄥˊ ①一種體育活動，可以單人、多人一起玩耍，握住繩子的兩頭，上下甩動繩子跳躍。②供人跳躍的繩子。

跳機 ㄊㄧㄠˋ ㄐㄧ ①機器突然故障不靈。②在國外簽證到期而故意隱匿不離境。

跳加官 ㄊㄧㄠˋ ㄐㄧㄚ ㄍㄨㄢ 傳統戲劇的開場，有人戴面具穿紅袍黑靴，手拿吉祥的祝賀字幅，繞舞臺三圈的儀式。

跳出火坑 ㄊㄧㄠˋ ㄔㄨ ㄏㄨㄛˇ ㄎㄥ 指人脫離被逼迫困頓的環境。

跣

ㄒㄧㄢˇ xiǎn 副光腳地。例跣走。

跬

ㄎㄨㄟˇ kuǐ 名半步，一舉足的距離。走路時只舉一腳為「跬」，兩腳各邁一下叫「步」。形近的，一時的。例跬譽。

跬步千里 ㄎㄨㄟˇ ㄅㄨˋ ㄑㄧㄢ ㄌㄧˇ 比喻人只要努力不懈，即使一步一步地走，亦能達到千里之遠。

跮

ㄔˋ chì 形忽前忽後徘徊不進的樣子。

跫

ㄑㄩㄥˊ qióng 副形容走路的腳步聲。例足音跫然。

跤

ㄐㄧㄠ jiāo 名①筋斗，跟頭。例跌跤。②兩人角力。例摔跤選手。

跩

ㄓㄨㄞˇ zhuǎi 形①形容得意忘形的樣子。②搖晃不穩、一搖一擺，像鴨子走路的樣子。

跴

ㄘㄞˇ cǎi 動①以腳踩踏。例蛋糕被人跴扁了。②追趕。例跴緝。

七畫

跼

ㄐㄩˊ jú 動①拘束，坐立不安。例跼促。②彎曲著身體，以示敬畏。例跼天蹐地。

跼促 ㄐㄩˊ ㄘㄨˋ ①空間狹小的樣子。②比喻人器量狹小。③忐忑不安的樣子。

跼躅 ㄐㄩˊ ㄓㄨˊ 在原地踱步不前。

跽

ㄐㄧˋ jì 動挺著上身跪地，即長跪。

踉

㊀ㄌㄧㄤˋ liàng 形跳動的樣子。例跳踉。㊁ㄌㄧㄤˊ liáng 見「踉蹌」。

踉蹌 ㄌㄧㄤˋ ㄑㄧㄤˋ 走路歪斜不穩、搖搖晃晃的樣子。

踉踉蹌蹌 ㄌㄤˋ ㄌㄤˋ ㄑㄧㄤˋ ㄑㄧㄤˋ 腳步不穩，跌跌撞撞的樣子。

踊 ㄩㄥˇ yǒng 名腳趾被削去的人所穿的鞋子。動①跳，躍。②登上。③物價上漲。例踊貴。

踅 ㄒㄩㄝˊ xué 動①轉身就走。例踅身離去。②徘徊盤旋。例他在門口來回踅走。

八畫

踝 ㄏㄨㄞˊ huái 名人的小腿和腳掌連接處，兩旁突起的圓骨。例足踝。

踢 ㄊㄧ tī 動抬起腳觸擊物品。例踢足球。

踢皮球 ㄊㄧ ㄆㄧˊ ㄑㄧㄡˊ ①用腳踢皮球玩遊戲。②諷喻互推責任的情況。

踢毽子 ㄊㄧ ㄐㄧㄢˋ ˙ㄗ 一種民間體育活動，用腳踢雞毛插圓底做的毽子，有多種踢法及花樣。

踏 ㄊㄚˋ tà 動①用腳碰地或踩著東西。例踏步。②行走。例踏雪尋梅。③實地探查。例踏勘。

踏月 ㄊㄚˋ ㄩㄝˋ 在月光下散步。

踏青 ㄊㄚˋ ㄑㄧㄥ 春天到郊外玩賞。

踏板 ㄊㄚˋ ㄅㄢˇ 樂器上用腳踏控制的裝置。

踏勘 ㄊㄚˋ ㄎㄢ 實地察看測量。

踏實 ㄊㄚˋ ㄕˊ 腳步實在穩健。形容人處世穩重實在。

踩 ㄘㄞˇ cǎi 動用腳在物體上踏。例踩踏。

踩高蹺 ㄘㄞˇ ㄍㄠ ㄑㄧㄠ 傳統民俗項目之一，把兩長木條與雙腳綁在一起，走路表演以娛眾人。

踟 ㄔˊ chí 見「踟躕」。

踟躕 ㄔˊ ㄔㄨˊ 猶豫不決，不知該不該前進的樣子。

踔 ㄓㄨㄛˊ zhuó 形高超的，卓然特立的。例踔絕。動①踐踏。②超越。

踔絕 ㄓㄨㄛˊ ㄐㄩㄝˊ 比喻人卓越不俗，能力超越一般人。

踔厲風發 ㄓㄨㄛˊ ㄌㄧˋ ㄈㄥ ㄈㄚ 形容言論精闢透徹，如風勢強勁迅疾的樣子。

踖 ㄐㄧˊ jí 動①逾越，不按次序地越過。例踖席。②踐踏。副踖踖，恭敬而拘束不安地。

踞 ㄐㄩˋ jù 動①蹲坐。例龍蟠虎踞。②靠著。③伸腿而坐。例箕踞。④占據。例盤踞。

踡 ㄑㄩㄢˊ quán 動拳曲不能伸展。例踡伏。

踣 ㄅㄛˊ bó 動①顛倒。例踣頓。②暴露屍體而不安葬。③死去。

踥 ㄑㄧㄝˋ qiè 副踥踥，行走往來的樣子。

踦 ㈠ㄐㄧˇ jǐ 名腳脛。㈡ㄧˇ yǐ 動相碰抵觸。例莊子：「膝之所踦。」㈢ㄑㄧ qī 名跛腳。形通「崎」。傾斜不正的。

踧 ㈠ㄘㄨˋ cù 形①恭敬而不安的。例踧踖。②驚訝的。例踧爾。㈡ㄉㄧˊ dí 形平坦易行的。例踧踧。

踐 ㄐㄧㄢˋ jiàn 動①實現履行。例實踐。②踩踏。例踐踏。③登上。例踐阼。

踐言 ㄐㄧㄢˋ ㄧㄢˊ 實現諾言。例修身踐言。

踐約 ㄐㄧㄢˋ ㄩㄝ　履行先前的約定。

踪
ㄗㄨㄥ zōng　「蹤」的異體字。

踫
ㄆㄥˋ pèng　同「碰」。動①試探。例踫運氣。②相撞擊。例踫撞。

踮
ㄉㄧㄢˋ diàn　動舉起腳跟，用腳尖站立。例踮腳尖。

踘
ㄐㄩˊ jú　名古時一種以熟皮包覆羽毛等軟質物而做成的皮球。動踩踏，踐踏。

九畫

蹄
ㄊㄧˊ tí　名①牛羊豬馬等動物腳趾前端的變形角質，具保護作用。例豬蹄。②動物的腳部，指有蹄類動物的足。動踢。例柳宗元・黔之驢：「驢不勝怒，蹄之。」

蹄子 ㄊㄧˊ ˙ㄗ　①動物的腳，即蹄膀。②古時用以辱罵女人的話。

蹄筋 ㄊㄧˊ ㄐㄧㄣ　豬、牛、羊等四足動物的腳筋，為食材之一，十分有嚼勁。例紅繞蹄筋。

蹄膀 ㄊㄧˊ ㄅㄤˇ　豬後腿的最上部，即肘子，為食材之一。

踱
ㄉㄨㄛˋ duò　動①慢步行走。例踱步。②徘徊不定忽前忽後的樣子。

踴
ㄩㄥˇ yǒng　動①往前跳躍。例踴躍。②上漲很多。例踴貴。

踴躍 ㄩㄥˇ ㄩㄝˋ　①反應熱烈。例歡欣踴躍。②跳躍。

蹂
ㄖㄡˊ róu　動用腳踩踏，摧殘。例蹂躪。

踹
ㄔㄨㄞˋ chuài　動①用力以腳踢撞。例踹門。②用腳踐踏。③破壞。例這樁生意都讓他給踹了。

踵
ㄓㄨㄥˇ zhǒng　名①足後跟。例接踵而至。②鞋子的後跟。例踵決肘現。動①追隨，跟隨。②繼承。例踵武。③抵達，到臨。例踵門。④因循，承襲。

踵門 ㄓㄨㄥˇ ㄇㄣˊ　到達門口，親自去拜訪。

踵接 ㄓㄨㄥˇ ㄐㄧㄝ　足趾相接觸。形容人來人往、人潮不斷的樣子。

踵謝 ㄓㄨㄥˇ ㄒㄧㄝˋ　親自登門致謝。

踵事增華 ㄓㄨㄥˇ ㄕˋ ㄗㄥ ㄏㄨㄚˊ　接續前人的功績並發揚光大。

踰
ㄩˊ yú　動同「逾」。超過。例踰越。

踰越 ㄩˊ ㄩㄝˋ　超越自身的本分、範圍、規矩、界線等。

踶
ㄉㄧˋ dì　動用腳踢打。

踽
ㄐㄩˇ jǔ　副踽踽，獨行的樣子。

蹀
ㄉㄧㄝˊ dié　動用腳踩踏。例蹀血。

蹀蹀 ㄉㄧㄝˊ ㄉㄧㄝˊ　①小步行走的樣子。②亂紛紛的樣子。

蹁
ㄆㄧㄢˊ pián　形①走路不正的樣子。②蹁躚，形容翩翩起舞的姿態。

蹅
ㄔㄚˇ chǎ　動①踐踏。例蹅踏。②干涉某事務。例你不要蹅在這事情裡。

十畫

蹉
ㄘㄨㄛ cuō　動①差錯，失誤。例蹉跎。②摔跤。例蹉跌。

蹉跎 ㄘㄨㄛ ㄊㄨㄛˊ　①失足跌倒。引申為失意落魄。②虛度光陰，浪費時間。

蹋 ㄊㄚˋ tà 動①通「踏」。踩踏。②用腳踢。例蹋鞠。③見「糟蹋」。

蹈 ㄉㄠˋ dào 動①踐踏，踩踏。例赴湯蹈火。②實踐。③遵守。例循規蹈矩。④跺腳，頓足。例手舞足蹈。⑤隱匿。

蹈矩 ㄉㄠˋ ㄐㄩˇ 遵守規矩。例循規蹈矩。

蹇 ㄐㄧㄢˇ jiǎn 形①跛足，不良於行的。例蹇驢。②驕縱傲慢的。例驕蹇。③通「謇」。剛正的樣子。例蹇愕。④艱難，困阨。⑤遲緩不靈敏的。例蹇澀。

蹇困 ㄐㄧㄢˇ ㄎㄨㄣˋ 指環境艱困，處境艱難。

蹇滯 ㄐㄧㄢˇ ㄓˋ 遭遇挫折，受困不能伸展。

蹌 ㈠ㄑㄧㄤ qiāng 動①行動，走動。②闖入。例蹌將進來。㈡ㄑㄧㄤˋ qiàng 副跟蹌，走路歪斜的樣子。

蹎 ㄉㄧㄢ diān 動摔倒。

蹊 ㄒㄧ xī 名小路。動踩踏走過。

蹊徑 ㄒㄧ ㄐㄧㄥˋ 狹小的山路。比喻做事的方法、途徑。

蹊蹺 ㄒㄧ ㄑㄧㄠˇ 令人奇怪、驚異的地方。亦作「蹺蹊」。

十一畫

蹙 ㄘㄨˋ cù 形緊迫的，急迫的。例國勢日蹙。動收縮。例蹙頞。

蹙眉 ㄘㄨˋ ㄇㄟˊ 因憂慮而緊皺著眉的樣子。

蹣 ㄇㄢˊ mán 動越過。例蹣山渡水。副見「蹣跚」。

蹣跚 ㄇㄢˊ ㄕㄢ 走路歪斜、不穩的樣子。

蹦 ㄅㄥˋ bèng 動腳離地面跳起來。例活蹦亂跳。

蹦蹦跳跳 ㄅㄥˋ ㄅㄥˋ ㄊㄧㄠˋ ㄊㄧㄠˋ 形容走路時歡欣跳躍的樣子。

蹤 ㄗㄨㄥ zōng 名①腳踩過之後留下的印子。例跟蹤。②事物留下的痕跡。例蹤跡。

蹤影 ㄗㄨㄥ ㄧㄥˇ 蹤跡和形影。

蹕 ㄅㄧˋ bì 名①古代君王出宮巡視時，禁止人車行走，犯此禁者需受罰。②皇帝的座車。

蹝 ㄒㄧˇ xǐ 名草鞋。例敝蹝。動踩，踏。例蹝履。

蹠 ㄓˊ zhí 名腳底板。例蹠骨。動踐踏。

蹟 ㄐㄧ jī 名①行蹤。②事物留下的遺痕。例古蹟。③功業。例功蹟。

蹡 ㄑㄧㄤ qiāng 動行走。例蹡路。

蹡蹡 ㄑㄧㄤ ㄑㄧㄤ 走路姿態有儀節的樣子。同蹌蹌。

蹩 ㄅㄧㄝˊ bié 形跛足的。例蹩足。

蹩腳 ㄅㄧㄝˊ ㄐㄧㄠˇ ①腿瘸，跛腳。②比喻失意不順利。③比喻劣質的物品。

蹚 ㄊㄤ tāng 名指墮落或危險的行為。例胡蹚。動①在淺水或爛泥中走路。例蹚水。②踩踏，踐踏。

蹚渾水 ㄊㄤ ㄏㄨㄣˊ ㄕㄨㄟˇ 指人墮落或是做出危險的事情，也指趁機做出不好的事。

蹧 ㄗㄠ zāo 見「蹧蹋」。

蹧蹋 ㄗㄠ ㄊㄚˋ 侮蔑他人或不知愛惜財物。

十二畫

蹼 ㄆㄨˊ pú 名鴨或蛙等游禽類、兩棲類足趾間的肉膜，可便於游泳滑水。例鴨蹼。

蹲 ㄉㄨㄣ dūn 動①屈膝，臀部不觸地。例蹲下。②留下，住下。例難道你要在這兒蹲一輩子嗎？

躇 ㄔㄨˊ chú 見「躊躇」。

蹶 ㄐㄩㄝˊ jué 動①挫敗。例一蹶不振。②跌跤。例他蹶了一跤。③踐踏，踩踏。副受到驚嚇而急速地。例蹶然。

蹬 ㄉㄥˋ dèng 動①腳踩某物用力往前跳。例雙腳一蹬。②穿上。例蹬上高跟鞋。

蹺 ㄑㄧㄠ qiāo 動①舉起腳。例蹺二郎腿。②舉起腳後跟。例蹺步。

蹺蹺板 ㄑㄧㄠ ㄑㄧㄠ ㄅㄢˇ 一種兒童遊樂設施，用一支點架住長木板的中心，兩人各坐一端，利用身體的重量可上下起伏。

蹯 ㄈㄢˊ fán 名野獸的腳掌。例獅蹯。

蹴 ㄘㄨˋ cù 動用腳踢。例蹴鞠。副恭敬有禮的樣子。例蹴然。

蹻 ㊀ㄑㄧㄠ qiāo 動通「蹺」。舉起足。例蹻足。

㊁ㄐㄧㄠˇ jiǎo 形①驕矜勇武的樣子。例蹻蹻。②動作快捷的樣子。例蹻捷。

㊂ㄐㄩㄝˊ jué 名通「屩」。草鞋。

蹭 ㄘㄥˋ cèng 動①來回摩擦。例蹭了滿身的麵粉。②踱步。

十三畫

躉 ㄉㄨㄣˇ dǔn 副整數地，大批地。例躉賣。

躉批 ㄉㄨㄣˇ ㄆㄧ 整批商品一起發售，也就是批發。

躁 ㄗㄠˋ zào 形性子急，不冷靜的。例暴躁。動因不安而騷動。例少安勿躁。

躁急 ㄗㄠˋ ㄐㄧˊ 形容人心很急而難以安定下來。

躁進 ㄗㄠˋ ㄐㄧㄣˋ 指人急切地求進，輕率而不加以考慮。

躅 ㄓㄨˊ zhú 名足跡。動用腳踩踏。副見「躑躅」。

躄 ㄅㄧˋ bì 名病名。兩腳殘廢而不能行走。

躂 ㄊㄚˋ tà 動不小心失足跌倒。例躂在地上。

十四畫

躊 ㄔㄡˊ chóu 見「躊躇」。

躊躇 ㄔㄡˊ ㄔㄨˊ ①猶豫不決的樣子。②得意自滿的樣子。

躊躇滿志 ㄔㄡˊ ㄔㄨˊ ㄇㄢˇ ㄓˋ 志得意滿，自以為是的樣子。

躍 ㄩㄝˋ yuè 動①向上跳起，跳動。例魚躍龍門。②漲價。例騰躍。③奔跑前進。例躍馬中原。

躍升 ㄩㄝˋ ㄕㄥ 迅速地向上升級。

躍馬 ㄩㄝˋ ㄇㄚˇ 鞭策韁繩讓馬前進。

躍進 ㄩㄝˋ ㄐㄧㄣˋ 進步得非常迅速。

躍然紙上 ㄩㄝˋ ㄖㄢˊ ㄓˇ ㄕㄤˋ 形容文字或繪畫栩栩如生，好像活的東西在紙上跳動。

躍躍欲試 ㄩㄝˋ ㄩㄝˋ ㄩˋ ㄕˋ 心動技癢，很想嘗試的樣子。

躋 ㄐㄧ jī 動攀登，上升。例攀躋。

躋身 ㄐㄧ ㄕㄣ 使自己上升到某種行列或領域內。

十五畫

躑 ㄓˊ zhí 見「躑躅」。

躑躅 ㄓˊ ㄓㄨˊ 徘徊不前的樣子。

躐 ㄌㄧㄝˋ liè 動①踐踏。②超越。例躐等。

躐進 ㄌㄧㄝˋ ㄐㄧㄣˋ 跳過別的東西或人而前進。

躐等 ㄌㄧㄝˋ ㄉㄥˇ 不依次序，超越本來的等級。

躔 ㄔㄢˊ chán 名動物的足跡。動泛指行進、踐踏。

躒 ㈠ㄌㄧˋ lì 動走動，動作。例禮記：「騏驥一躒，不能千里。」㈡ㄌㄨㄛˋ luò 副超越地。例逴躒。

躓 ㄓˋ zhì 動①跌倒，絆倒。例躓踣。②困頓，阻礙。例躓礙。

躚 ㄒㄧㄢ xiān 副蹁躚，舞動的樣子。

躕 ㄔㄨˊ chú 副踟躕，徘徊不前的樣子。

十七畫

躞 ㄒㄧㄝˋ xiè 名古代書畫捲軸的軸心。例玉躞。副躞蹀，小步緩慢行走的樣子。

十八畫

躡 ㄋㄧㄝˋ niè 動①用腳踩踏。例躡足。②追趕，跟蹤。例躡蹤。

躡手躡腳 ㄋㄧㄝˋ ㄕㄡˇ ㄋㄧㄝˋ ㄐㄧㄠˇ 放輕腳步小心前進。

躥 ㄘㄨㄢ cuān 動①往上跳。例躥房越脊。②水流噴洩濺下。例躥稀。

二十畫

躪 ㄌㄧㄣˋ lìn 動①用腳踐踏。②壓迫摧殘。例蹂躪。

身部 ㄕㄣ

身 ㈠ㄕㄣ shēn 名①人或動物軀體的總稱。例肉身。②人的生命。例捨身救人。③物體的主要部分。例機身。④指人的品格。例修身養性。⑤身分，地位。例出身寒微。⑥指自己。例以身作則、身歷其境。⑦指婦女懷孕。例身孕。副親自地。例身體力行。代自己的代稱。例三國志：「身是張翼德也。」㈡ㄐㄩㄢ juān 名身毒，古代對印度的稱呼。

身心 ㄕㄣ ㄒㄧㄣ 肉體及精神。

身手 ㄕㄣ ㄕㄡˇ 技藝、武藝或動作。

身分 ㄕㄣ ㄈㄣˋ 一個人的出身、地位或社會價值。

身世 ㄕㄣ ㄕˋ 人一生的家庭環境和生活際遇。同身家。

身材 ㄕㄣ ㄘㄞˊ 人的體格、體態。

身段 ㄕㄣ ㄉㄨㄢˋ 演員在臺上表演時的體態動作。

身後 ㄕㄣ ㄏㄡˋ 人過世之後。

身教 ㄕㄣ ㄐㄧㄠˋ 用自己的日常作為當作典範來教導別人。

身不由己 ㄕㄣ ㄅㄨˋ ㄧㄡˊ ㄐㄧˇ 行動不能受自己的自由意識控制，或失去自主能力。

身先士卒 ㄕㄣ ㄒㄧㄢ ㄕˋ ㄗㄨˊ 將帥打仗時，在前頭帶領士兵作戰。形容人英勇果敢。

身敗名裂 ㄕㄣ ㄅㄞˋ ㄇㄧㄥˊ ㄌㄧㄝˋ 地位敗壞，名譽掃地。形容做事徹底失敗，連做人的根本都失去了。

身經百戰 ㄕㄣ ㄐㄧㄥ ㄅㄞˇ ㄓㄢˋ 形容人做事經驗豐富。

身體力行 ㄕㄣ ㄊㄧˇ ㄌㄧˋ ㄒㄧㄥˊ 親身體驗實踐。

三畫

躬 ㄍㄨㄥ gōng 名身體。例禮記：「致禮以治躬。」動彎曲身體。例躬身為禮。副親自，親身。例事必躬親。

躬行 ㄍㄨㄥ ㄒㄧㄥˊ 以行動來實踐，身體力行。

躬耕 ㄍㄨㄥ ㄍㄥ 自己下田耕種。

六畫

躲 ㄉㄨㄛˇ duǒ 動①隱藏，藏身。例躲藏。②逃避。例躲債。

躲避 ㄉㄨㄛˇ ㄅㄧˋ 躲藏避開。

躲避球 ㄉㄨㄛˇ ㄅㄧˋ ㄑㄧㄡˊ 一種球類運動。比賽時兩組人數以二十五人為準，可酌予增減，雙方在長二十二公尺、寬十一公尺的球場上，得球者攻擊對方球員，被丟中者就判出場，最後以雙方在場內球員的多少決定輸贏。

八畫

䠷 ㄊㄧㄠˇ tiǎo 形身長的樣子。例高䠷。

躺 ㄊㄤˇ tǎng 動身體平臥。例躺在床上。

十一畫

軀 ㄑㄩ qū 名①人的身體。例軀體。②引申為生命。例為國捐軀。

軀殼 ㄑㄩ ㄎㄜˊ 指人的有形肉身。

車部 ㄔㄜ

車 ㈠ㄔㄜ chē（語音）名①陸地上以輪子轉動行走的交通工具。例貨車。②利用輪軸轉動的機械裝置。例風車。動①利用機器的運轉製造物品。例車衣服。②用水車打水。例車水。③以車輛運送。例把這袋東西車走。㈡ㄐㄩ jū（讀音）名①車子。例安步當車。②象棋棋子之一。例車馬炮。

車夫 ㄔㄜ ㄈㄨ 拉車或開車的人。也作「車伕」。

車床 ㄔㄜ ㄔㄨㄤˊ 用來加工金屬或木材的一種機械平臺。

車馬費 ㄔㄜ ㄇㄚˇ ㄈㄟˋ 交通補助費。

車輪戰 ㄔㄜ ㄌㄨㄣˊ ㄓㄢˋ 許多人輪流與一個敵人交戰，使其筋疲力竭的戰術。

車水馬龍 ㄔㄜ ㄕㄨㄟˇ ㄇㄚˇ ㄌㄨㄥˊ 形容來往的車馬很多，熱鬧非凡的樣子。

一畫

軋 ㈠ㄧㄚˋ yà 動①碾壓，被圓轉的物體壓過去。例軋傷。②排擠，排除異己。例傾軋。㈡ㄍㄚˊ gá 動①交朋友。②趕著去做某些事。例軋戲。③擁擠。

軋頭寸 ㄍㄚˊ ㄊㄡˊ ㄘㄨㄣˋ 又叫調頭寸。用支票做抵押，向人借調現金以便周轉。

二畫

軍 ㄐㄩㄣ jūn 名①兵種。例海軍。②士兵。③軍隊的編制單位，介於師與軍團間。

軍心 ㄐㄩㄣ ㄒㄧㄣ 軍人團結合作共同抗敵的心志。

軍火 ㄐㄩㄣ ㄏㄨㄛˇ 槍砲刀械彈藥等軍用武器的總稱。

軍令 ㄐㄩㄣ ㄌㄧㄥˋ 軍事命令。

軍法 ㄐㄩㄣ ㄈㄚˇ 專治軍人犯罪的特別法律。

軍官 ㄐㄩㄣ ㄍㄨㄢ 軍隊裡階級較士兵高的長官。

軍帑 ㄐㄩㄣ ㄊㄤˇ 行軍布陣所需要的經費。

軍容 ㄐㄩㄣ ㄖㄨㄥˊ 指軍隊的士氣、紀律等。

軍區 ㄐㄩㄣ ㄑㄩ 為了進行軍事訓練等軍政而劃定的區域。

軍情 ㄐㄩㄣ ㄑㄧㄥˊ 軍事情報。

軍閥 ㄐㄩㄣ ㄈㄚˊ 舊時擁兵自重，以武力割據地盤，對抗中央政府的軍人。

軌 ㄍㄨㄟˇ guǐ 名①車子兩輪之間的寬度。②車輪行進在路上留下的痕跡。例軌跡。③使特殊車輛按固定路線前進的裝置。例鐵軌。④天體運行的路線。例軌道。⑤法度，常規。例步入正軌。

軌道 ㄍㄨㄟˇ ㄉㄠˋ ①供車輛行進的鐵軌。②物體在空間內運轉的路徑。③遵守法度。

軌範 ㄍㄨㄟˇ ㄈㄢˋ 模範，法度。

三畫

軒 ㄒㄩㄢ xuān 名①古代一種高頂而有帷幔的車，是身分在士大夫以上的人所乘坐的。②車子的通稱。③車前高起的部分。例軒輊。形高的。例軒敞。動高揚。例軒眉。

軒昂 ㄒㄩㄢ ㄤˊ 形容人氣度高超不凡的樣子。

軒敞 ㄒㄩㄢ ㄔㄤˇ 房間又高又寬敞。

軒輊 ㄒㄩㄢ ㄓˋ 車前高起的地方叫軒，車後低下的地方叫輊。比喻高低、輕重。

軒然大波 ㄒㄩㄢ ㄖㄢˊ ㄉㄚˋ ㄅㄛ 高起的大波浪。形容非常大的紛爭或風波。

軔 ㄖㄣˋ rèn 名①阻止車輪滑移的橫木。引申為事情的開端。例發軔。②通「仞」。長度單位，八尺為一軔。

軏 ㄩㄝˋ yuè 名車轅前端上用來栓住衡木的插

梢。例輗軏。

四畫

軟 ㄖㄨㄢˇ ruǎn 名指懦弱沒有決斷力的人。例欺軟怕硬。形①細嫩而不堅硬的。例軟糖。②人體疲憊沒力氣的樣子。例手腳發軟。③溫柔的。例吳儂軟語。④意志不堅沒主見的。例耳根子軟。副溫和地。例軟禁。

軟化 ㄖㄨㄢˇ ㄏㄨㄚˋ ①東西由硬變軟，也用來比喻態度從堅決變成緩和。②用溫柔的手段使人屈服。

軟弱 ㄖㄨㄢˇ ㄖㄨㄛˋ 形容人體質或個性柔弱。

軟禁 ㄖㄨㄢˇ ㄐㄧㄣˋ 將人限制在固定的區域或住宅內，以達到監視其行動及剝奪自由的目的。

軟釘子 ㄖㄨㄢˇ ㄉㄧㄥ ˙ㄗ 指態度委婉柔和的反駁。

軟硬兼施 ㄖㄨㄢˇ ㄧㄥˋ ㄐㄧㄢ ㄕ 指用溫柔和強硬的手段，讓對方屈服，以達到目的。

軛 ㄜˋ è 名在車衡兩端扼住牛或馬的頸項的曲木。

五畫

軻 ㊀ㄎㄜ kē 名一種車軸由二木接合而成的車子。㊁ㄎㄜˇ kě 形通「坷」。轗軻，困頓不順的樣子。

軸 ㄓㄡˊ zhóu 名①貫穿車輪中心並連接兩輪，用來控制車輪轉動的橫桿。例車軸。②物體旋轉的中心。引申為樞紐。例軸心。③圓柱型且可以旋轉的東西。例線軸。④弦樂器中用來轉弦的器具。例琴軸。⑤用來計算可以收捲成軸狀的東西。例國畫一軸。

軼 ㄧˋ yì 形①通「逸」。逸樂的。②散失的，沒有明文記載的。例軼聞。動從後追趕，超越。

軼事 ㄧˋ ㄕˋ 正史沒有記載的傳聞事跡。亦作「逸事」。

軫 ㄓㄣˇ zhěn 名①車箱底部及後方的橫木。②車的通稱。③弦樂器上轉緊琴弦調音的小軸。形悲哀難過的。例軫懷。

軫念 ㄓㄣˇ ㄋㄧㄢˋ 殷切的思念。也形容非常關懷。

軹 ㄓˇ zhǐ 名車轂兩端的車軸頭。指車轂在輻以外的部分。

軺 ㄧㄠˊ yáo 名古代一種小型的輕便馬車。例軺車。

軥 ㄑㄩˊ qú 名車轅前駕馬的器具，其勾曲夾貼馬頸。

六畫

較 ㄐㄧㄠˋ jiào 名大約，概略。動互相比評。例一較長短。副稍微地。例較勝一籌。

較量 ㄐㄧㄠˋ ㄌㄧㄤˋ 比較衡量優劣高下。

較著 ㄐㄧㄠˋ ㄓㄨˋ 明白又顯而易見的樣子。

軾 ㄕˋ shì 名古時車子前面供人倚靠的橫木。例車軾。動倚靠在車前橫木上以表示尊敬。

載 ㊀ㄗㄞˋ zài 動①用車船裝運乘坐。例載貨。②承受。例裝載。③充滿。例怨聲載道。④記錄，刊登。例連載、記載。副通「再」。重複。例載拜。連且，又。表示同時進行兩種動作。例載歌載舞。

(二)ㄗㄞˇ zǎi 名年歲。例一年半載。

載道 ㄗㄞˋ ㄉㄠˋ 宣揚孔孟等聖人的思想。

載運 ㄗㄞˋ ㄩㄣˋ 裝載貨物運送。

載重量 ㄗㄞˋ ㄓㄨㄥˋ ㄌㄧㄤˋ 指交通工具載運人或物品重量的最大限度。

載舟覆舟 ㄗㄞˋ ㄓㄡ ㄈㄨˋ ㄓㄡ 以水借指民心，國家為舟，比喻民心的向背可以左右國家的運勢。

載歌載舞 ㄗㄞˋ ㄍㄜ ㄗㄞˋ ㄨˇ 一面唱歌，一面跳舞。形容盡情享受歡樂的樣子。

輊

ㄓˋ zhì 名車後低下的部分。例軒輊。

輅

ㄌㄨˋ lù 名①車前的橫木，可讓乘車的人當作扶手。②天子所乘的大車。例輅車。③柴車。例蓽輅。

七畫

輔

ㄈㄨˇ fǔ 名夾住車輪兩邊，用來加強承載力，並使車輪穩固的直木。形次要的，居於協助地位的。例輔幣。動扶助，幫忙。例輔助。

輔佐 ㄈㄨˇ ㄗㄨㄛˇ 從旁幫忙協助。

輔導 ㄈㄨˇ ㄉㄠˇ 輔助指導。

輒

ㄓㄜˊ zhé 名古時車箱圍欄左右外翻超出車輪上的板子，也叫車耳。副①專擅妄為地。②總是，就。例動輒得咎。

輕

ㄑㄧㄥ qīng 形①質量小的，不重的。例輕重。②數量少的。例他的工作量很輕。③居於次要地位的。例民貴君輕。④細微的。例輕聲細語。動鄙夷，瞧不起。例文人相輕。副①不用力地。例輕輕放下。②不重視地。例輕視。

輕巧 ㄑㄧㄥ ㄑㄧㄠˇ 形容物品輕便靈巧。

輕生 ㄑㄧㄥ ㄕㄥ 不看重生命，也就是自殺。

輕舟 ㄑㄧㄥ ㄓㄡ 便利而快速的小船。

輕佻 ㄑㄧㄥ ㄊㄧㄠ 舉止不莊重。

輕盈 ㄑㄧㄥ ㄧㄥˊ 指體態纖秀而美麗。

輕浮 ㄑㄧㄥ ㄈㄨˊ 舉止不正經、不莊重的樣子。

輕視 ㄑㄧㄥ ㄕˋ 瞧不起，看輕他人。

輕易 ㄑㄧㄥ ㄧˋ 很容易的，隨便不慎重的。

輕率 ㄑㄧㄥ ㄕㄨㄞˋ 沒想清楚就隨便的進行。

輕敵 ㄑㄧㄥ ㄉㄧˊ 看輕敵人，以不在意的態度對付。

輕薄 ㄑㄧㄥ ㄅㄛˊ 對人不尊敬、不莊重的樣子。

輕而易舉 ㄑㄧㄥ ㄦˊ ㄧˋ ㄐㄩˇ 形容事情非常簡單容易。

輕描淡寫 ㄑㄧㄥ ㄇㄧㄠˊ ㄉㄢˋ ㄒㄧㄝˇ 敘述事件時，用簡單幾個字或幾句話帶過，不多著墨。

輕諾寡信 ㄑㄧㄥ ㄋㄨㄛˋ ㄍㄨㄚˇ ㄒㄧㄣˋ 輕易許下承諾卻很少守信。

輕舉妄動 ㄑㄧㄥ ㄐㄩˇ ㄨㄤˋ ㄉㄨㄥˋ 形容人舉止輕浮、思考不周，任意作為。

輕重緩急 ㄑㄧㄥ ㄓㄨㄥˋ ㄏㄨㄢˇ ㄐㄧˊ 比喻事情的先後順序有主要的和次要的分別。

輓 ㄨㄢˇ wǎn 形①哀悼亡故者的。例輓聯。②通「晚」。近來的。例輓近。動①援引，牽引。②拉車子。

輓詞 ㄨㄢˇ ㄘˊ 為了哀悼亡者所做的詞章，多為韻文。

輓歌 ㄨㄢˇ ㄍㄜ 舉行喪禮時所唱的哀歌。

輓聯 ㄨㄢˇ ㄌㄧㄢˊ 哀悼亡者的對聯，懸掛在靈堂兩邊。

八畫

輝 ㄏㄨㄟ huī 名火光，光彩。例光輝。動照耀。例輝映。

輝映 ㄏㄨㄟ ㄧㄥˋ 照映，指光線互相照射的樣子。

輝煌 ㄏㄨㄟ ㄏㄨㄤˊ 光彩照耀的樣子或非常顯著的樣子。

輛 ㄌㄧㄤˋ liàng 名計算車子的量詞。例一輛貨車。

輟 ㄔㄨㄛˋ chuò 動停止。例輟學、中輟。

輟學 ㄔㄨㄛˋ ㄒㄩㄝˊ 中途突然停止學業。

輩 ㄅㄟˋ bèi 名①尊卑長幼的地位。例長輩。②同類的人。例我輩。③畢生。例一輩子。

輩分 ㄅㄟˋ ㄈㄣˋ 親族或長幼先後的次序。

輩出 ㄅㄟˋ ㄔㄨ 一個個相繼出現。例人才輩出。

輦 ㄋㄧㄢˇ niǎn 名①用人力推拉運行的車輛。例輦車。②舊稱天子乘坐的車輛。例鳳輦。動載運，拉車。

輦車 ㄋㄧㄢˇ ㄔㄜ 用人或羊拉的慢車。

輪 ㄌㄨㄣˊ lún 名①車輛接觸地面用以推動前進或使機械產生動力的圓形旋轉物。例齒輪。②泛指圓形的物體。例一輪明月。③像輪一樣的東西。例年輪。④番，次數。例比賽已到第四輪。形高大華美的。例美輪美奐。動依次更替轉換。例輪班。

輪休 ㄌㄨㄣˊ ㄒㄧㄡ 輪流休假。

輪作 ㄌㄨㄣˊ ㄗㄨㄛˋ 一塊田地分成幾個區域輪流耕種或休息。

輪值 ㄌㄨㄣˊ ㄓˊ 依照一定次序輪流值班。

輪迴 ㄌㄨㄣˊ ㄏㄨㄟˊ ①循環不息。②佛家語。眾生輾轉生死於六道中，不斷循環，只有成道才可脫離。

輪椅 ㄌㄨㄣˊ ㄧˇ 裝有輪子的椅子，方便行動不便者行進。

輪船 ㄌㄨㄣˊ ㄔㄨㄢˊ 用引擎發動來載人或載物的大船。

輪廓 ㄌㄨㄣˊ ㄎㄨㄛˋ 物體的周圍和外形。比喻事物的大概。

輜 ㄗ zī 名①古代一種車箱後有帷幔的車。例輜車。②泛指車子。

輜重 ㄗ ㄓㄨㄥˋ 軍隊中使用的器械、槍彈、糧食、材料等的合稱。

輗 ㄋㄧˊ ní 名古代大車的車轅前端與車衡連接的插梢。例輗軏。

輗軏 ㄋㄧˊ ㄩㄝˋ 車轅和車衡連接的插梢。比喻重要的關鍵，也指事情的大小。

輞 ㄨㄤˇ wǎng 名車輪的外框，由長木條彎成弧形再連接成圓。

九畫

輻 ㄈㄨˊ fú 名 連接車軸與輪圈之間，排列呈放射狀的直木條。

輻合 ㄈㄨˊ ㄏㄜˊ 比喻像車輻一樣的集合。

輻射 ㄈㄨˊ ㄕㄜˋ 指光波、電磁波、聲波、放射性物質發出的波或粒子。泛指以射線形式傳播的任何事物。

輻輳 ㄈㄨˊ ㄘㄡˋ 形容人或物很緊密的聚在一起。亦作「輻湊」。

輻射線 ㄈㄨˊ ㄕㄜˋ ㄒㄧㄢˋ 從一點出發，取直線路徑朝四方發射的光線。如紅外線、紫外線。

輯 ㄐㄧˊ jí 名 ①收集很多資料編成的書冊。例 專輯。②整套書的一部分。例 第一輯。動 聚集資料並整理編排。例 編輯。

輸 ㄕㄨ shū 動 ①運送，轉運。例 運輸。②捐獻財物。例 輸捐。③失敗。例 他輸了一局棋賽。

輸入 ㄕㄨ ㄖㄨˋ ①貨物從外國運入本國。也稱進口。②指電腦資料的鍵入貯存。

輸血 ㄕㄨ ㄒㄧㄝˇ 把健康的人的血液移注到缺血病患體內。

輸送 ㄕㄨ ㄙㄨㄥˋ 運送貨物。

輸誠 ㄕㄨ ㄔㄥˊ 表明自己的真心及誠意。

輸尿管 ㄕㄨ ㄋㄧㄠˋ ㄍㄨㄢˇ 從腎臟通到膀胱底部的導尿管，左右各一。

輮 ㄖㄡˊ róu 名 車輪的外框。

輳 ㄘㄡˋ còu 動 ①車輪的輻集中於轂上。例 輻輳。②聚集。例 並輳。

十畫

轄 ㄒㄧㄚˊ xiá 名 貫穿車軸的鐵栓，使車輪不致脫落。動 管理。例 管轄。

轄區 ㄒㄧㄚˊ ㄑㄩ 被管轄的特定區域。如各縣市政府所管治的範圍。

輾 ㈠ㄓㄢˇ zhǎn 見「輾轉」。㈡ㄋㄧㄢˇ niǎn 動 通「碾」。被圓轉物軋壓過。例 輾米。

輾轉 ㄓㄢˇ ㄓㄨㄢˇ ①睡覺時翻身難以入眠的樣子。形容心有所思。例 輾轉反側。②曲折，間接。

轂 ㈠ㄍㄨˇ gǔ 名 ①車輪中間用來連接車軸的圓孔。②泛指車輛。㈡ㄍㄨ gū 名 轂轆，車輪。

轂擊肩摩 ㄍㄨˇ ㄐㄧ ㄐㄧㄢ ㄇㄛˊ 車輪互相撞擊，行人肩膀彼此摩擦。形容人車眾多，非常熱鬧繁榮。

轅 ㄩㄢˊ yuán 名 ①車前用來套架牽引車輛以拉動車體的兩條直木。②軍營，衙署。例 轅門。③行館，別館。例 行轅。

輿 ㄩˊ yú 名 ①車輛。例 舍舟就輿。②轎子。例 肩輿。③大地，國家疆域。例 輿地、輿圖。形 公眾的。例 輿論。

輿情 ㄩˊ ㄑㄧㄥˊ 民眾的意見或心聲。

輿論 ㄩˊ ㄌㄨㄣˋ 眾人的議論。

輿薪 ㄩˊ ㄒㄧㄣ 一整車的木柴。比喻非常明顯的事物。

十一畫

轉 ㊀ㄓㄨㄢˇ zhuǎn 名①寫作時將章法結構改變或開創的部分。例起承轉合。②書法上圓轉迴旋的筆法。動①變換。例扭轉。②改變方向或情勢。例向右轉。副①間接地。例由他人轉送。②委婉曲折地。例婉轉。㊁ㄓㄨㄢˋ zhuàn 動①迴旋運動。例轉圈。②巡視，繞。例我去公司轉一下就回來。

轉手 ㄓㄨㄢˇ ㄕㄡˇ 經過其他人的手來交易或贈送。

轉交 ㄓㄨㄢˇ ㄐㄧㄠ 托人轉送。

轉化 ㄓㄨㄢˇ ㄏㄨㄚˋ 轉變，變動。指事物由原本的情況改變成另一情況。

轉向 ㊀ㄓㄨㄢˇ ㄒㄧㄤˋ 改變方向。㊁ㄓㄨㄢˋ ㄒㄧㄤˋ 迷失方向。

轉型 ㄓㄨㄢˇ ㄒㄧㄥˊ 從一種形態變成另一種。

轉車 ㄓㄨㄢˇ ㄔㄜ 沒有直達車而中途換搭別的車。

轉帳 ㄓㄨㄢˇ ㄓㄤˋ 不收付現金，僅在帳目上做數字的變更。

轉眼 ㄓㄨㄢˇ ㄧㄢˇ 眼珠轉動。形容時間短暫。

轉嫁 ㄓㄨㄢˇ ㄐㄧㄚˋ 把自己應受的負擔損失等加到他人身上。

轉達 ㄓㄨㄢˇ ㄉㄚˊ 托人代為傳達己意。

轉運 ㄓㄨㄢˇ ㄩㄣˋ 輾轉運輸貨物。或指運氣好轉。

轉播 ㄓㄨㄢˇ ㄅㄛ 廣播電臺或電視等不經過預先錄製而直接播送現場比賽等節目。

轉圜 ㄓㄨㄢˇ ㄏㄨㄢˊ 挽回，可以補救、扭轉的意思。

轉機 ㄓㄨㄢˇ ㄐㄧ ①指情勢有所改變。常指轉危為安。②由原搭乘的飛機改搭另一部飛機到達目的地。

轉瞬 ㄓㄨㄢˇ ㄕㄨㄣˋ 眼睛動了一下。比喻時間很短。同轉眼。

轉變 ㄓㄨㄢˇ ㄅㄧㄢˋ 改變。

轉讓 ㄓㄨㄢˇ ㄖㄤˋ 把自己的東西或應享的權利讓給其他人。

轉學 ㄓㄨㄢˇ ㄒㄩㄝˊ 改到其他學校就讀。

轉捩點 ㄓㄨㄢˇ ㄌㄧㄝˋ ㄉㄧㄢˇ 指事情有所改變的關鍵點。

轉危為安 ㄓㄨㄢˇ ㄨㄟˊ ㄨㄟˊ ㄢ 指情勢從非常危急轉成平安。同化險為夷。

轍 ㊀ㄔㄜˋ chè 名①車輛輾壓過的痕跡。例車轍。②指事情的法則、途徑。例改弦易轍。㊁ㄓㄜˊ zhé 名①音樂的韻腳。例合轍。②辦法，門路。例我拿他沒轍。

轆 ㄌㄨˋ lù 副轆轆，形容車行的聲音。

轆轤 ㄌㄨˋ ㄌㄨˊ ①井上用來汲水的裝置。②機器上的絞盤，用來舉重物。

十二畫

轔 ㄌㄧㄣˊ lín 名車輪。副形容車子行走時的聲音。例車轔轔。

轎 ㄐㄧㄠˋ jiào 名古代用人力肩抬，可以供人乘坐的一種有頂蓋無輪的交通工具。例轎子。

轎車 ㄐㄧㄠˋ ㄔㄜ 現代的小型汽車。

十四畫

轟 ㄏㄨㄥ hōng 動①攆，驅逐。例轟出去。②

衝撞擊破。例轟出一個大洞。副聲響巨大而猛烈。例轟然巨響。

轟動 ㄏㄨㄥ ㄉㄨㄥˋ 指社會上產生的重大事端，引起廣大人群的注意。

轟轟烈烈 ㄏㄨㄥ ㄏㄨㄥ ㄌㄧㄝˋ ㄌㄧㄝˋ 形容氣勢很壯盛的樣子。

十五畫

轡 ㄆㄟˋ pèi 名用來駕馭牲口並控制方向的韁繩。例轡銜。

十六畫

轤 ㄌㄨˊ lú 見「轆轤」。

辛部 ㄒㄧㄣ

辛 ㄒㄧㄣ xīn 名①天干的第八位。可用來計算日期，也表示順序的第八位。例辛丑條約。②指有特殊刺激氣味的蔬菜。例五辛。③姓。形①形容味道辣的。例辛辣。②窮困艱苦的。例辛苦。③悲痛的。例辛酸。

辛勤 ㄒㄧㄣ ㄑㄧㄣˊ 艱苦而勤勞。

辛辣 ㄒㄧㄣ ㄌㄚˋ ①味道很辣。②形容人心狠毒辣的樣子。③比喻文辭、言語尖銳。

辛酸 ㄒㄧㄣ ㄙㄨㄢ 辣味和酸味。比喻痛苦悲傷的意思。

五畫

辜 ㄍㄨ gū 名①罪，過錯。例死有餘辜。②姓。動虧欠，有負於人。例辜負。

辜負 ㄍㄨ ㄈㄨˋ 對人有愧疚，虧欠別人之意。

六畫

辟 ㈠ㄅㄧˋ bì 名①古代對君王及諸侯的稱呼。②刑罰。動①徵召。例辟召。②驅除。例避邪。③通「避」。迴避，躲開。㈡ㄆㄧˋ pì 名古代刑法。例大辟。動通「闢」。排除，駁斥。例辟除。

七畫

辣 ㄌㄚˋ là 名薑、蒜、辣椒等香料的辛烈刺激味道。例酸甜苦辣。形①狠毒。例心狠手辣。②高溫，熱烈。例火辣辣。

辣手 ㄌㄚˋ ㄕㄡˇ 比喻狠毒的手段。

辣椒 ㄌㄚˋ ㄐㄧㄠ 植物名。一年生草本，果實有紅、黃、青等色，味道辛烈，品種繁多，用來作食物調味用。

九畫

辨 ㄅㄧㄢˋ biàn 動判斷區別。例明辨是非。

辨別 ㄅㄧㄢˋ ㄅㄧㄝˊ 判別，認識清楚。

辨認 ㄅㄧㄢˋ ㄖㄣˋ 分別並認清楚。

辨識 ㄅㄧㄢˋ ㄕˋ 辨認識別。

辦 ㄅㄢˋ bàn 動①處理各種事務。例辦理。②對犯罪者進行懲罰。例依法究辦。③大量的採買。例採辦。

辦法 ㄅㄢˋ ㄈㄚˇ 處理事情的方法。

辦學 ㄅㄢˋ ㄒㄩㄝˊ 創設學校，或創辦教育事業。

辦公室 ㄅㄢˋ ㄍㄨㄥ ㄕˋ 私人或公家機關中工作人員處理公事的地方。

十二畫

辭 ㄘˊ cí 名①藉口，話柄。例欲加之罪，何患無辭。②古代一種介於詩歌和散文之間的體裁，也叫做賦。例歸去來辭。③語言文章。例修辭。動①向人告別。例辭行。②推拒。例推辭。③上司解雇下屬。例辭退員工。

辭令 ㄘˊ ㄌㄧㄥˋ 和別人應對的言詞。

辭世 ㄘˊ ㄕˋ 指人去世死亡。或形容人隱居避世。

辭行 ㄘˊ ㄒㄧㄥˊ 遠行前向人告別。

辭呈 ㄘˊ ㄔㄥˊ 請求辭職的文書。

辭典 ㄘˊ ㄉㄧㄢˇ 蒐集了單字和詞句供人查閱的工具書。

辭賦 ㄘˊ ㄈㄨˋ 文體的一種，以抒情為主，講究用詞，排比華美。

辭歲 ㄘˊ ㄙㄨㄟˋ 除夕夜家人相聚團拜的習俗。

辭不達意 ㄘˊ ㄅㄨˋ ㄉㄚˊ ㄧˋ 言辭不能確切的表達心意。形容人不善表達或文章寫得不通順。

十四畫

辯 ㄅㄧㄢˋ biàn 形善於與人論事的。例辯才無礙。動雙方持不同意見而互相爭論。例辯論。

辯士 ㄅㄧㄢˋ ㄕˋ 能言善道、善於辯論的人。

辯白 ㄅㄧㄢˋ ㄅㄞˊ 申辯，辯論。

辯才 ㄅㄧㄢˋ ㄘㄞˊ 辯論的才能。

辯解 ㄅㄧㄢˋ ㄐㄧㄝˇ 辯論解釋。

辯駁 ㄅㄧㄢˋ ㄅㄛˊ 指明並加以反駁。

辯護 ㄅㄧㄢˋ ㄏㄨˋ 為保障自己或當事人的權益，用文字或口頭上作出的辯白。

辰部 ㄔㄣˊ

辰 ㄔㄣˊ chén 名①地支的第五位。可用來計算日期，也表示順序的第五。②表示時刻的名稱，相當於早上七點到九點。例辰時。③時運。例生不逢辰。④時光，時間。例良辰美景。⑤日、月、星星的總稱。例星辰。

三畫

辱 ㄖㄨˋ rù 名羞恥。例奇恥大辱。動①使其蒙受羞恥。例喪權辱國。②使遭到汙損。例辱沒。副謙辭，有承蒙的意思。例辱蒙光臨。

辱沒 ㄖㄨˋ ㄇㄛˋ 屈辱，玷汙。

辱命 ㄖㄨˋ ㄇㄧㄥˋ 有負使命，沒有達成使命。

辱國 ㄖㄨˋ ㄍㄨㄛˊ 使自己的國家受到羞恥。

辱罵 ㄖㄨˇ ㄇㄚˋ 侮辱責罵。

六畫

農 ㄋㄨㄥˊ nóng 名 ①耕種作物的事業。例以農立國。②從事耕種的人。例果農。

農夫 ㄋㄨㄥˊ ㄈㄨ 種田維生的人。同農人、農民。

農田 ㄋㄨㄥˊ ㄊㄧㄢˊ 可供耕種的土地。

農村 ㄋㄨㄥˊ ㄘㄨㄣ 農人群居的村落。

農事 ㄋㄨㄥˊ ㄕˋ 與農務有關的事。同農作。

農時 ㄋㄨㄥˊ ㄕˊ 適合耕作、收成的時節，即春耕、夏耘、秋收的時節。

農業 ㄋㄨㄥˊ ㄧㄝˋ 耕作土地、畜養或栽培動植物以生產人類必需品的事業。

農會 ㄋㄨㄥˊ ㄏㄨㄟˋ 為增進農民福利及改善農家生活而由農民組成的互助團體。

農隙 ㄋㄨㄥˊ ㄒㄧˋ 耕作告一段落的閒暇時間。

農曆 ㄋㄨㄥˊ ㄌㄧˋ 古時依照月亮環繞地球的週期所推算出來的一種曆法。也稱陰曆、舊曆。

農藥 ㄋㄨㄥˊ ㄧㄠˋ 使用在農作物上以避免害蟲肆虐的藥物。

農作物 ㄋㄨㄥˊ ㄗㄨㄛˋ ㄨˋ 在耕種的土地上收成的植物。

農田水利 ㄋㄨㄥˊ ㄊㄧㄢˊ ㄕㄨㄟˇ ㄌㄧˋ 有利於農業生產的排水、灌溉等的水利工程。

辵部 ㄔㄨㄛˋ

辵 ㄔㄨㄛˋ chuò 副 忽行忽停，走路躊躇地。

三畫

迂 ㄩ yū 形 ①言行不切實際的。例迂儒。②曲折，彎曲的。例迂迴。動 繞道。例迂道。

迂言 ㄩ ㄧㄢˊ 不切實際的言論。

迂迴 ㄩ ㄏㄨㄟˊ 彎曲迴旋。也作「紆迴」。

迂儒 ㄩ ㄖㄨˊ 不通世故，不懂現實的讀書人。

迂腐 ㄩ ㄈㄨˇ 形容人拘泥守舊，不通世事，不明情理。

迆 ㄧˊ yí 形 斜曲而連續不斷的。例迆邐。副 逶迆，彎曲回旋的樣子。

迅 ㄒㄩㄣˋ xùn 形 快速的。例迅速。

迅流 ㄒㄩㄣˋ ㄌㄧㄡˊ 流動快速的河川。

迅急 ㄒㄩㄣˋ ㄐㄧˊ 又快又急的速度。

迅風 ㄒㄩㄣˋ ㄈㄥ 強勁且快速的風。

迅捷 ㄒㄩㄣˋ ㄐㄧㄝˊ 迅速而又敏捷。

迅雷不及掩耳 ㄒㄩㄣˋ ㄌㄟˊ ㄅㄨˋ ㄐㄧˊ ㄧㄢˇ ㄦˇ 形容事情發生得很快，來不及做出反應。

迄 ㄑㄧˋ qì 動 到達，及。例迄今。副 終究，一直。例迄無成功。

迄今 ㄑㄧˋ ㄐㄧㄣ 直到現在。

巡 ㄒㄩㄣˊ xún 名 古人斟酒一次叫一巡。例酒過三巡。動 往來視察。例巡邏。

巡幸 ㄒㄩㄣˊ ㄒㄧㄥˋ 古代皇帝巡行各地。

巡視 ㄒㄩㄣˊ ㄕˋ 往來各處視察。

巡迴 ㄒㄩㄣˊ ㄏㄨㄟˊ 按一定路線到各處活動。

巡禮 ㄒㄩㄣˊ ㄌㄧˇ 本指佛教徒至聖地參拜頂禮，後引申為到各地觀光或考察。

巡邏 ㄒㄩㄣˊ ㄌㄨㄛˊ 軍警人員來回各處視察，維持地方安寧。

四畫

迎

ㄧㄥˊ yíng 動 ①對著，向著。例迎面而來。②接待。例送往迎來。③奉承，拍馬屁。例逢迎。

迎合 ㄧㄥˊ ㄏㄜˊ 揣測對方的心意配合做事或說話，使對方高興。

迎面 ㄧㄥˊ ㄇㄧㄢˋ 當著面，從正面來。例迎面就是一巴掌。

迎接 ㄧㄥˊ ㄐㄧㄝ 趨前接待。

迎娶 ㄧㄥˊ ㄑㄩˇ 指男方到女方家娶新娘。

迎新 ㄧㄥˊ ㄒㄧㄣ 指各種歡迎新人的儀式或活動。

迎頭 ㄧㄥˊ ㄊㄡˊ 當頭，從頭頂或面前的方向來的。例迎頭痛擊。

迎戰 ㄧㄥˊ ㄓㄢˋ 不躲藏而向敵人當面宣戰。

迎刃而解 ㄧㄥˊ ㄖㄣˋ ㄦˊ ㄐㄧㄝˇ 形容問題或麻煩能夠順利解決。

迎頭趕上 ㄧㄥˊ ㄊㄡˊ ㄍㄢˇ ㄕㄤˋ 從後方加緊趕上超越前者。

返

ㄈㄢˇ fǎn 動 ①歸還。例返璧。②回到原先的出發點。例中途折返。

返里 ㄈㄢˇ ㄌㄧˇ 返回故鄉。

返航 ㄈㄢˇ ㄏㄤˊ 飛機、船等交通工具飛回或駛回出發的地方。

返老還童 ㄈㄢˇ ㄌㄠˇ ㄏㄨㄢˊ ㄊㄨㄥˊ 由年老回復到年輕健壯有體力的樣子。

近

ㄐㄧㄣˋ jìn 形 ①時間空間距離短的。例抄近路。②容易了解，顯而易見的。例淺近。動 ①親暱，不疏遠。例親近。②相似，差不多。例相近。③合乎某種要求。例不近人情。④接觸，接近。例近鄉情怯。

近代 ㄐㄧㄣˋ ㄉㄞˋ 離現在不遠的一段時間。

近因 ㄐㄧㄣˋ ㄧㄣ 與結果有直接關係的原因，或發生時間相近的原因。

近似 ㄐㄧㄣˋ ㄙˋ 相像，類似。

近況 ㄐㄧㄣˋ ㄎㄨㄤˋ 最近的情況。

近郊 ㄐㄧㄣˋ ㄐㄧㄠ 離城市周圍不遠的郊區。

近親 ㄐㄧㄣˋ ㄑㄧㄣ 血緣關係比較近的親戚。

近體詩 ㄐㄧㄣˋ ㄊㄧˇ ㄕ 唐代新興的詩體，有絕句、律詩、排律三類。

近水樓臺 ㄐㄧㄣˋ ㄕㄨㄟˇ ㄌㄡˊ ㄊㄞˊ 比喻因為常常接觸而獲得優先的機會。

近在眉睫 ㄐㄧㄣˋ ㄗㄞˋ ㄇㄟˊ ㄐㄧㄝˊ 比喻非常接近或很重要的時候。

近悅遠來 ㄐㄧㄣˋ ㄩㄝˋ ㄩㄢˇ ㄌㄞˊ 執政者的德澤廣被，使境內的人心悅誠服，就連鄰國的國民也慕名而來。

近鄉情怯 ㄐㄧㄣˋ ㄒㄧㄤ ㄑㄧㄥˊ ㄑㄩㄝˋ 長久離家的遊子在回到故鄉時，所產生的一種期待又畏懼的情緒。

迍 ㄓㄨㄣ zhūn 見「迍邅」。

迍邅 ㄓㄨㄣ ㄓㄢ 處在艱苦的環境而行動困難的樣子。

迒 ㄏㄤˊ háng 名①道路。②車行的痕跡。③野獸走過的足跡。

迓 ㄧㄚˋ yà 動迎接。例迎迓。

迕 ㄨˇ wǔ 動①違背不順從。例迕逆。②相逢，遭遇。

五畫

述 ㄕㄨˋ shù 動①說明，記敘。例描述。②繼承先人的事業或闡述別人的學說。例述而不作。

述作 ㄕㄨˋ ㄗㄨㄛˋ 作品，著作。

述說 ㄕㄨˋ ㄕㄨㄛ 說明事件或道理。

述職 ㄕㄨˋ ㄓˊ 指在海外的官員回國向中央政府報備工作的情況。

述而不作 ㄕㄨˋ ㄦˊ ㄅㄨˋ ㄗㄨㄛˋ 只繼承先人的學說，而不創作新的論述。

迦 ㄐㄧㄚ jiā 名梵語譯音用字。例迦葉。

迢 ㄊㄧㄠˊ tiáo 形遙遠的。例迢遙。

迢迢 ㄊㄧㄠˊ ㄊㄧㄠˊ 路途遙遠。

迪 ㄉㄧˊ dí 動①在道德或學識上加以引導教化。例啟迪。②進用。

迥 ㄐㄩㄥˇ jiǒng 名野外荒涼的地方。形遙遠的樣子。例迥遠。副差別很大地。例迥然不同。

迥別 ㄐㄩㄥˇ ㄅㄧㄝˊ 差別很大。

迥異 ㄐㄩㄥˇ ㄧˋ 形容相差很多，完全不同。

迥遠 ㄐㄩㄥˇ ㄩㄢˇ 十分遙遠。

迥然不同 ㄐㄩㄥˇ ㄖㄢˊ ㄅㄨˋ ㄊㄨㄥˊ 完全沒有相同的地方。

迭 ㄉㄧㄝˊ dié 動①按次序輪流更替。例更迭。②停止。例叫苦不迭。③及，趕上。例忙不迭。副屢次地。例高潮迭起。

迭起 ㄉㄧㄝˊ ㄑㄧˇ 指事件輪番發生。

迫 ㄆㄛˋ pò 形狹窄的。例迫隘。動①靠近，逼近。例迫在眉睫。②以暴力威逼。例脅迫。③催促。例催迫。④殘害，摧殘。副危急地。例迫降。

迫切 ㄆㄛˋ ㄑㄧㄝˋ 十分緊急的樣子。

迫近 ㄆㄛˋ ㄐㄧㄣˋ 非常逼近的樣子。

迫降 ㄆㄛˋ ㄐㄧㄤˋ 飛機因機械失靈或其他原因，不得不緊急降落。

迫害 ㄆㄛˋ ㄏㄞˋ 逼迫殘害。

迫不及待 ㄆㄛˋ ㄅㄨˋ ㄐㄧˊ ㄉㄞˋ 情勢緊急，不能再等待。

迫不得已 ㄆㄛˋ ㄅㄨˋ ㄉㄜˊ ㄧˇ 被強逼不得不如此做。

迫在眉睫 ㄆㄛˋ ㄗㄞˋ ㄇㄟˊ ㄐㄧㄝˊ 指事情緊急，已經到了眼前。

迤 ㄧˊ yí 「迆」的異體字。

迨 ㄉㄞˋ dài 動等到，及。介趁著，乘。例迨其不備。

六畫

送 ㄙㄨㄥˋ sòng 動①供應。例送水、送電。②

餽贈。例送禮。③陪著去某地。例送孩子上學。④送人離開。例送客。⑤輸運，轉達。例送信。⑥傳遞。例眼送秋波。⑦糟蹋，白白喪失。例送命。

送死 ㄙㄨㄥˋ ㄙˇ ①父母喪葬之事。②說人自不量力，自找死路。

送行 ㄙㄨㄥˋ ㄒㄧㄥˊ ①與出外遠行的人道別。②餞別。

送別 ㄙㄨㄥˋ ㄅㄧㄝˊ 送人離去並道別。

送終 ㄙㄨㄥˋ ㄓㄨㄥ 長輩親友臨終時在身旁照料。

送達 ㄙㄨㄥˋ ㄉㄚˊ 傳遞的東西到達。

送往迎來 ㄙㄨㄥˋ ㄨㄤˇ ㄧㄥˊ ㄌㄞˊ 迎接來的，送走去的。形容忙著應酬的樣子。多用來形容歡場女子的生活。

逆

ㄋㄧˋ nì 名 叛變的人。例討逆。形 反叛的，不順的。例逆子。動 ①前去迎接。②相反，違背。例逆向。副 ①顛倒地。例倒行逆施。②事先地。例逆料。

逆子 ㄋㄧˋ ㄗˇ 不孝順的子女。

逆耳 ㄋㄧˋ ㄦˇ 不順耳。比喻說的話叫人不愛聽。例忠言逆耳。

逆行 ㄋㄧˋ ㄒㄧㄥˊ 向反方向前進。

逆料 ㄋㄧˋ ㄌㄧㄠˋ 事先預料到。

逆流 ㄋㄧˋ ㄌㄧㄡˊ 向河水流向的反方向前進。

逆旅 ㄋㄧˋ ㄌㄩˇ 迎接旅客的地方，即旅館。

逆倫 ㄋㄧˋ ㄌㄨㄣˊ 目無尊長，違背倫理道德。

逆境 ㄋㄧˋ ㄐㄧㄥˋ 不順的環境或遭遇。

逆水行舟 ㄋㄧˋ ㄕㄨㄟˇ ㄒㄧㄥˊ ㄓㄡ 逆著水勢行船。比喻學習或做事如果沒有進步就會後退。

逆來順受 ㄋㄧˋ ㄌㄞˊ ㄕㄨㄣˋ ㄕㄡˋ 以順從、忍受的態度接受惡劣環境或無理的待遇。

迷

ㄇㄧˊ mí 名 沉醉於某種事物，不可自拔的人。例戲迷。形 心中昏亂模糊的。例意亂情迷。動 ①媚惑。例酒色迷人。②疑問困惑。例迷惑。③分辨不清楚。例迷糊。④沉醉於某件事，無法自拔。例迷戀。

迷人 ㄇㄧˊ ㄖㄣˊ 具誘惑力而使人陶醉的。

迷失 ㄇㄧˊ ㄕ 找不到方向或目標。

迷津 ㄇㄧˊ ㄐㄧㄣ 錯誤的道路和方向。同 迷途。

迷信 ㄇㄧˊ ㄒㄧㄣˋ 對超自然或非科學的民間信仰過分相信。

迷惘 ㄇㄧˊ ㄨㄤˇ 心志因為被蒙蔽而不清楚自己的方向。

迷惑 ㄇㄧˊ ㄏㄨㄛˋ 內心混亂而困惑。

迷離 ㄇㄧˊ ㄌㄧˊ 模糊不清楚的樣子。

迷迭香 ㄇㄧˊ ㄉㄧㄝˊ ㄒㄧㄤ 植物名。常綠小灌木，有香氣，被用作食用香料及觀賞植物。

迷途知返 ㄇㄧˊ ㄊㄨˊ ㄓ ㄈㄢˇ 比喻發現錯誤而勇於改過。

退

ㄊㄨㄟˋ tuì 動 ①向後方移動。例後退。②離開，隱去。例退席、功成身退。③辭去職務。例退而不休。④畏縮。例退縮不前。⑤解除，取消。例退約。⑥歸還。例退貨。

⑦減少，損失。例退化。⑧謙虛禮讓。例退讓。⑨脫落，減損。例退色。

退休 ㄊㄨㄟˋ ㄒㄧㄡ　到達規定的年齡或服務年限而離職。

退伍 ㄊㄨㄟˋ ㄨˇ　服兵役年限屆滿，退出行伍。

退卻 ㄊㄨㄟˋ ㄑㄩㄝˋ　向後面退，倒退。

退席 ㄊㄨㄟˋ ㄒㄧˊ　離開原先坐的座位。

退婚 ㄊㄨㄟˋ ㄏㄨㄣ　解除婚約。

退換 ㄊㄨㄟˋ ㄏㄨㄢˋ　退還購買的物品，並要求更換。

退潮 ㄊㄨㄟˋ ㄔㄠˊ　海水漲潮後水位逐漸下降的情形。

退縮 ㄊㄨㄟˋ ㄙㄨㄛ　畏縮不前進。

退隱 ㄊㄨㄟˋ ㄧㄣˇ　不問世事並隱居不和人接觸。

退職 ㄊㄨㄟˋ ㄓˊ　不再繼續擔任原本的職務。

退讓 ㄊㄨㄟˋ ㄖㄤˋ　讓步不與人計較。

退避三舍 ㄊㄨㄟˋ ㄅㄧˋ ㄙㄢ ㄕㄜˋ　作戰時退兵九十里。比喻對人讓步，不敢與之正面衝突。

迺

ㄋㄞˇ nǎi 代 ①你。例迺翁。②此，這個。副同「乃」。竟然，才。

迴

ㄏㄨㄟˊ huí 形 曲折旋繞的。例迴廊。動 ①掉轉，中途折返原點。②運轉，轉動。例迴腸盪氣。

迴旋 ㄏㄨㄟˊ ㄒㄩㄢˊ　旋轉，盤旋。亦作「回旋」。

迴避 ㄏㄨㄟˊ ㄅㄧˋ　躲避或避嫌。

迴腸盪氣 ㄏㄨㄟˊ ㄔㄤˊ ㄉㄤˋ ㄑㄧˋ　形容詩文內容感人至深。

逃

ㄊㄠˊ táo 動 ①躲避。例逃難。②離開。例遁逃。③跑掉。例逃跑、畏罪潛逃。

逃亡 ㄊㄠˊ ㄨㄤˊ　為了躲避戰爭等災禍而奔逃出走。

逃犯 ㄊㄠˊ ㄈㄢˋ　逃亡以躲避法律制裁的犯人。

逃生 ㄊㄠˊ ㄕㄥ　為了生存而逃跑。

逃命 ㄊㄠˊ ㄇㄧㄥˋ　逃出危險的環境以求生命安全。

逃兵 ㄊㄠˊ ㄅㄧㄥ　私自逃離作戰隊伍的士兵。

逃脫 ㄊㄠˊ ㄊㄨㄛ　成功的避開追捕。

逃稅 ㄊㄠˊ ㄕㄨㄟˋ　逃避納稅責任。

逃避 ㄊㄠˊ ㄅㄧˋ　離開，避開。

逃難 ㄊㄠˊ ㄋㄢˋ　躲避災難。

逃竄 ㄊㄠˊ ㄘㄨㄢˋ　向四處奔跑逃逸。

逃生門 ㄊㄠˊ ㄕㄥ ㄇㄣˊ　公共場所供人們遇到災難時緊急逃離的門。又叫安全門。

逃之夭夭 ㄊㄠˊ ㄓ ㄧㄠ ㄧㄠ　形容慌張的逃跑而不知去向。

追

㈠ㄓㄨㄟ zhuī 動 ①跟從，尾隨在後。例追隨。②從後面急忙趕上。例追上。③事後補救。例來者可追。④討回。例追贓。⑤戀愛求偶。例苦苦追求。⑥尋求。例追跡。副回溯過去。例追憶。㈡ㄉㄨㄟ duī 名 鐘紐。動 雕刻琢磨。

追加 ㄓㄨㄟ ㄐㄧㄚ　在原來的數量外額外增加。

追究 ㄓㄨㄟ ㄐㄧㄡˋ　追問以前發生的事實或過失。

追思 ㄓㄨㄟ ㄙ　懷念過世的人。

追念 ㄓㄨㄟ ㄋㄧㄢˋ 懷念往事。同追想、追憶。

追查 ㄓㄨㄟ ㄔㄚˊ 根據事件發生的經過做調查。

追問 ㄓㄨㄟ ㄨㄣˋ 追根究柢的盤問。

追悼 ㄓㄨㄟ ㄉㄠˋ 追想死者的事蹟，表示哀悼。

追逐 ㄓㄨㄟ ㄓㄨˊ 追趕鎖定的目標物。

追捕 ㄓㄨㄟ ㄅㄨˇ 追趕並逮捕犯人。

追謚 ㄓㄨㄟ ㄕˋ 人死後依生前功績加封適當的名號。像文忠公、文正公等。

追蹤 ㄓㄨㄟ ㄗㄨㄥ 探尋跟蹤，趕上。

追贈 ㄓㄨㄟ ㄗㄥˋ 古代帝王在臣子死後加封爵位或稱號。同追封。

追溯 ㄓㄨㄟ ㄙㄨˋ 逆流而上尋找源頭。比喻探求事物由來。

追贓 ㄓㄨㄟ ㄗㄤ 探尋贓物的流向並加以追回。

追亡逐北 ㄓㄨㄟ ㄨㄤˊ ㄓㄨˊ ㄅㄟˇ 追擊戰敗逃亡的敵人。

追根究柢 ㄓㄨㄟ ㄍㄣ ㄐㄧㄡ ㄉㄧˇ 追查探究事物的根源。或作「追根究底」。

逅 ㄏㄡˋ hòu 見「邂逅」。

迹 ㄐㄧ jī 「跡」的異體字。

适 ㄍㄨㄚ guā 形迅速的，很快的。

迻 ㄧˊ yí 動改變。例迻譯。

迻譯 ㄧˊ ㄧˋ 翻譯，把原本的文字譯成另一種文字。

逄 ㈠ㄆㄤˊ páng 名姓。㈡ㄈㄥˊ féng 名「逢」的異體字。

迸 ㄅㄥˋ bèng 動①液體飛濺四射。例白居易·琵琶行：「銀瓶乍破水漿迸。」②分散四處。例後漢書：「時饑荒之餘，人庶流迸。」③碎裂。例迸碎。④冒出，突出。例迸竹。⑤湧出。例迸泉。

七畫

這 ㄓㄜˋ zhè 副馬上，立刻。例我這就去。代此，指比較近的人、事、物。例這是什麼。

逍 ㄒㄧㄠ xiāo 見「逍遙」。

逍遙 ㄒㄧㄠ ㄧㄠˊ 自由自在，不受拘束的樣子。

逍遙法外 ㄒㄧㄠ ㄧㄠˊ ㄈㄚˇ ㄨㄞˋ 指犯罪的人不受法律制裁。

通 ㄊㄨㄥ tōng 名①很瞭解某事物或某地方的人。例上海通。②指電話或電報等的次數。例兩通電話。形①什麼都懂的。例通才。②整個的。例通宵達旦。③普遍一樣的。例通常。④暢達的。例政通人和。動①順暢而沒有阻礙。例此路不通。②到達。例條條大路通羅馬。③傳達使人知道。例通知、通報。④往來交流。例通航。⑤男女間發生不正當關係。例私通。⑥洞察事理。例通情達理。

通力 ㄊㄨㄥ ㄌㄧˋ 一起努力合作。

通天 ㄊㄨㄥ ㄊㄧㄢ 上通於天。形容本領很高強。

通史 ㄊㄨㄥ ㄕˇ 連貫古代到當代歷史的史書。

通用 ㄊㄨㄥ ㄩㄥˋ 沒有限制，全部可以使用的。

通告 ㄊㄨㄥ ㄍㄠˋ 對特定的人發出的告示。

通則 ㄊㄨㄥ ㄗㄜˊ 一般的法則。

通明 ㄊㄨㄥ ㄇㄧㄥˊ 非常明亮。例燈火通明。

通信 ㄊㄨㄥ ㄒㄧㄣˋ 用書信傳達消息。

通俗 ㄊㄨㄥ ㄙㄨˊ 淺近平易並符合大眾水準的。

通紅 ㄊㄨㄥ ㄏㄨㄥˊ 整個都變紅。例滿臉通紅。

通訊 ㄊㄨㄥ ㄒㄩㄣˋ 傳遞訊息。

通病 ㄊㄨㄥ ㄅㄧㄥˋ 大部分都有的毛病。

通商 ㄊㄨㄥ ㄕㄤ 國與國之間互相有貿易的來往。

通貨 ㄊㄨㄥ ㄏㄨㄛˋ 流通的貨幣，一般有紙幣與鑄幣兩種。

通婚 ㄊㄨㄥ ㄏㄨㄣ 兩地或兩個家族以婚姻關係互相連結。

通報 ㄊㄨㄥ ㄅㄠˋ 告訴人使其知曉。同通知。

通道 ㄊㄨㄥ ㄉㄠˋ 行走、行駛或航行的路徑。

通路 ㄊㄨㄥ ㄌㄨˋ 往來的道路或物體通過的路徑。

通過 ㄊㄨㄥ ㄍㄨㄛˋ ①通行，經過。②議案經會議審核同意。

通順 ㄊㄨㄥ ㄕㄨㄣˋ 行文流利通暢。

通緝 ㄊㄨㄥ ㄑㄧˋ 法院或檢察機關為了緝拿逃亡的被告而發出公告緝捕。

通盤 ㄊㄨㄥ ㄆㄢˊ 全部徹底。

通融 ㄊㄨㄥ ㄖㄨㄥˊ ①管理或辦事的人變換規則或方法以給人方便。②暫時借貸。

通牒 ㄊㄨㄥ ㄉㄧㄝˊ 兩國交換意見或通知對方並要求答覆的外交文書。

通力合作 ㄊㄨㄥ ㄌㄧˋ ㄏㄜˊ ㄗㄨㄛˋ 大家一起同心協力做事。

通風報信 ㄊㄨㄥ ㄈㄥ ㄅㄠˋ ㄒㄧㄣˋ 暗地裡透露消息給人。

通宵達旦 ㄊㄨㄥ ㄒㄧㄠ ㄉㄚˊ ㄉㄢˋ 一整個晚上到天亮。

通貨膨脹 ㄊㄨㄥ ㄏㄨㄛˋ ㄆㄥˊ ㄓㄤˋ 物價長期持續上漲的現象。

通情達理 ㄊㄨㄥ ㄑㄧㄥˊ ㄉㄚˊ ㄌㄧˇ 懂得人情和道理，說話和做事都合情合理。

通權達變 ㄊㄨㄥ ㄑㄩㄢˊ ㄉㄚˊ ㄅㄧㄢˋ 指人在遇到不同的情況時會採取不同的應變措施，而不會拘泥固執於一種方式。

逗

ㄉㄡˋ dòu 名句中的停頓處。例逗號。動①短時間停留。例逗留。②惹，戲弄。例逗人開心。③招引。例逗趣。

連

ㄌㄧㄢˊ lián 名①軍隊的編制，在營以下、排以上的單位。②姓。動①互相接合。例相連。②持續不斷。例陰雨連綿。③牽連。例連累。④靠近，挨近。例毗連。連①甚至。例連老師都不明白。②和，並，加起來。例把她連她孩子帶來。

連坐 ㄌㄧㄢˊ ㄗㄨㄛˋ 一人犯罪，就處罰所有相關的人。

連任 ㄌㄧㄢˊ ㄖㄣˋ 任期已滿後，繼續留任同一職務。

連袂 ㄌㄧㄢˊ ㄇㄟˋ 指手拉手同行，動作一致。

連夜 ㄌㄧㄢˊ ㄧㄝˋ ①一整個晚上。形容趕著做某事的樣子。②連續幾個晚上。

連帶 ㄌㄧㄢˊ ㄉㄞˋ 互相關聯，不可分開的樣子。

連累 ㄌㄧㄢˊ ㄌㄟˋ 一人做事使其他人連帶受累。

連理 ㄌㄧㄢˊ ㄌㄧˇ ①樹木的枝幹互相連接。②比喻夫妻感情堅貞。

連結 ㄌㄧㄢˊ ㄐㄧㄝˊ 互相結合在一起。

連署 ㄌㄧㄢˊ ㄕㄨˋ 多人簽名表示共同的意願或共同負責。

連續 ㄌㄧㄢˊ ㄒㄩˋ 不間斷的樣子。

連本帶利 ㄌㄧㄢˊ ㄅㄣˇ ㄉㄞˋ ㄌㄧˋ 指本金和利息一起計算。

連篇累牘 ㄌㄧㄢˊ ㄆㄧㄢ ㄌㄟˇ ㄉㄨˊ 形容文章冗長，廢話太多。

連鎖反應 ㄌㄧㄢˊ ㄙㄨㄛˇ ㄈㄢˇ ㄧㄥˋ 相關事物中，有一樣發生變化而引發其他也一起產生改變的情況。

連鑣並軫 ㄌㄧㄢˊ ㄅㄧㄠ ㄅㄧㄥˋ ㄓㄣˇ 指駕著馬車一起前進的樣子，即並駕齊驅。

速

ㄙㄨˋ sù 名速度的簡稱。例超速、光速。動邀請。例不速之客。副快疾地。例速成。

速成 ㄙㄨˋ ㄔㄥˊ 在短時間內用很快的方法完成。

速度 ㄙㄨˋ ㄉㄨˋ ①物體在一定時間內前進的距離。②指事情進行所花的時間長短。

速食 ㄙㄨˋ ㄕˊ 以簡單料理方法就可以完成的食物。

速記 ㄙㄨˋ ㄐㄧˋ 用簡略的符號很快的記錄。

速寫 ㄙㄨˋ ㄒㄧㄝˇ 畫家用簡單的筆觸快速的作畫。

速戰速決 ㄙㄨˋ ㄓㄢˋ ㄙㄨˋ ㄐㄩㄝˊ 快速進行並很快地結束。

逝

ㄕˋ shì 動①去而不返。例時光飛逝。②過世。例逝世。

逐

ㄓㄨˊ zhú 動①在後面追趕。例追亡逐北。②趕走。例驅逐出境。③奪取。例逐鹿中原。副循序漸進地。例逐步。

逐一 ㄓㄨˊ ㄧ 一個一個的。

逐日 ㄓㄨˊ ㄖˋ ①按照日子，一天一天地。②追逐太陽。例夸父逐日。

逐次 ㄓㄨˊ ㄘˋ 漸漸的，一次又一次的。

逐步 ㄓㄨˊ ㄅㄨˋ 一步一步地進行。

逐漸 ㄓㄨˊ ㄐㄧㄢˋ 隨著時間或順序漸漸推進。

逐客令 ㄓㄨˊ ㄎㄜˋ ㄌㄧㄥˋ 主人驅離客人的話或行為。

逐鹿中原 ㄓㄨˊ ㄌㄨˋ ㄓㄨㄥ ㄩㄢˊ 比喻爭奪天下。

逕

ㄐㄧㄥˋ jìng 名通「徑」。小路。副直接的。例逕行告發。

逕庭 ㄐㄧㄥˋ ㄊㄧㄥˊ 距離極遠。比喻差別很大。例大相逕庭。

逞

ㄔㄥˇ chěng 動①感到快感。例逞志。②任意放縱。例逞凶。③顯示，誇耀。例逞能。

逞凶 ㄔㄥˇ ㄒㄩㄥ 任意做傷害人的事。

逞強 ㄔㄥˇ ㄑㄧㄤˊ 力量不足卻刻意顯示自己的能力很強，不服輸的樣子。

造

ㄗㄠˋ zào 名①年代。例滿清末造。②訴訟事件的雙方。例兩造。動①製作物品。例製造。②建設。例造林計畫。③發明，創建。例倉頡造字。④無中生有，虛構。例捏造。⑤前往，到達。例造訪。⑥培養，訓練。例可造之才。

造化 ㄗㄠˋ ㄏㄨㄚˋ ①大自然的創造化育。②指人的福氣。

造反 ㄗㄠˋ ㄈㄢˇ ①叛亂。指顛覆推翻原來的政府。②俗稱小孩胡鬧。

造次 ㄗㄠˋ ㄘˋ ①急迫，倉促。②形容人輕率魯莽，不知輕重的樣子。

造作 ㄗㄠˋ ㄗㄨㄛˋ 故意做出的不自然行為。

造物 ㄗㄠˋ ㄨˋ ①指上天創造世上萬物。②指一個人的命運、氣數。同造化。

造型 ㄗㄠˋ ㄒㄧㄥˊ 指經過設計而創造出的形態。

造訪 ㄗㄠˋ ㄈㄤˇ 前往拜訪。

造就 ㄗㄠˋ ㄐㄧㄡˋ 指培養訓練有能力的人。

造詣 ㄗㄠˋ ㄧˋ 指學業或技藝到達的程度。

造福 ㄗㄠˋ ㄈㄨˊ 為人類和萬物帶來幸福。

造謠 ㄗㄠˋ ㄧㄠˊ 捏造並散布不實的謊言。

透

ㄊㄡˋ tòu 動①從中間穿過。例風從細縫中透進去。②漏出，洩漏。例透露消息。③顯露。例白裡透紅。副①非常地，極。形容徹底而充分的程度。例看透、熟透。②超額地。例透支。

透明 ㄊㄡˋ ㄇㄧㄥˊ 光線可以通過，表示非常明亮的樣子。

透支 ㄊㄡˋ ㄓ 超過限定的標準或額度。

透風 ㄊㄡˋ ㄈㄥ ①指環境很通風。②走漏消息。

透露 ㄊㄡˋ ㄌㄨˋ 洩漏事情給人知道。

透徹 ㄊㄡˋ ㄔㄜˋ 形容事物非常顯明通徹的樣子。

透視 ㄊㄡˋ ㄕˋ 可看穿東西的能力。

逢

㊀ㄈㄥˊ féng 動①遭遇，碰到。例逢凶化吉、逢年過節。②遇見。例久別重逢。③迎合，拍馬屁。例逢迎拍馬。㊁ㄆㄥˊ péng 名姓。副逢逢，形容鼓聲。

逢迎 ㄈㄥˊ ㄧㄥˊ 拍馬屁討好人。例逢迎諂媚。

逢凶化吉 ㄈㄥˊ ㄒㄩㄥ ㄏㄨㄚˋ ㄐㄧˊ 指遇到不好的惡運時能得到庇佑而轉為好運。

逢場作戲 ㄈㄥˊ ㄔㄤˇ ㄗㄨㄛˋ ㄒㄧˋ ①在某些情境下偶爾玩樂，不是經常如此。②隨俗應酬。多指風月場合男女間的相處。

逖

ㄊㄧˋ tì 形遙遠的。

逛

ㄍㄨㄤˋ guàng 動閒遊，遊覽。例逛街。

途

ㄊㄨˊ tú 名道路。例老馬識途。

途徑 ㄊㄨˊ ㄐㄧㄥˋ ①行走的路線。②行事的方法或門徑。

逌

ㄧㄡˊ yóu 副逌然，舒適自得的樣子。

逋

ㄅㄨ bū 動①逃亡。例逋逃。②拖欠。例逋欠。③散雜，放著不整理。例逋髮。

逑

ㄑㄧㄡˊ qiú 名配偶。例詩經：「窈窕淑女，君子好逑。」

逡

ㄑㄩㄣ qūn 動①退，讓步。例漢書：「有功者上，無功者下，則群臣逡。」②因為有顧慮而猶疑不前。例逡巡。

八畫

逮

㊀ㄉㄞˋ dài 動趕上，及。例力有不逮。㊁ㄉㄞˇ dǎi 動捕捉到。例逮到。

逮捕 ㄉㄞˇ ㄅㄨˇ 捉拿並拘禁犯人。

逵 ㄎㄨㄟˊ kuí 名①四通八達的大馬路。②水中可以縱橫互通的穴道。

週 ㄓㄡ zhōu 名①滿一年。例週年。②星期。例週一。③計算時間的量詞。一週即一星期。動環繞循迴。例週而復始。副通「周」。①完全完備地。例週到。②普遍地。例眾所週知。

週刊 ㄓㄡ ㄎㄢ 每星期發行一次的刊物。

週末 ㄓㄡ ㄇㄛˋ 一週的最後，通常指週六。

週年 ㄓㄡ ㄋㄧㄢˊ 指期滿一年。

週期 ㄓㄡ ㄑㄧ 指事物的行進或演化過程中，出現同一個現象的時期。

週而復始 ㄓㄡ ㄦˊ ㄈㄨˋ ㄕˇ 照次序一次又一次的重新輪流，循環不停。

逸 ㄧˋ yì 名閒適。例以逸待勞。形①超越一般水準的。例逸品。②散失不見的。例逸文。③隱居避世的。例逸民。動①逃脫。②奔跑。③釋放。

逸士 ㄧˋ ㄕˋ 風采清高或隱居山林的人。

逸品 ㄧˋ ㄆㄧㄣˇ 價值超群的藝術品。

逸民 ㄧˋ ㄇㄧㄣˊ 避世隱居的老百姓。

逸群 ㄧˋ ㄑㄩㄣˊ 才華或德性出眾。

逸樂 ㄧˋ ㄌㄜˋ 安閒快樂。

逸豫 ㄧˋ ㄩˋ 安樂怠惰的樣子。例逸豫亡國。

進 ㄐㄧㄣˋ jìn 名①舊式房屋分成幾個前後庭院，一個庭院稱作一進。②輩分。例後學先進。動①向前。例前進。②入內。例非請勿入。③推荐，舉用。例引進。④奉上，呈獻。例進貢。⑤收入，買入。例進貨。

進士 ㄐㄧㄣˋ ㄕˋ 科舉時代的科目。中舉後通稱進士。

進口 ㄐㄧㄣˋ ㄎㄡˇ 從國外把貨物輸入本國。

進化 ㄐㄧㄣˋ ㄏㄨㄚˋ 生物為了適應環境而由簡單趨於複雜，由低等趨於高等的變化。

進行 ㄐㄧㄣˋ ㄒㄧㄥˊ ①向前面行走。②事情按照次序向前推動施行。

進攻 ㄐㄧㄣˋ ㄍㄨㄥ 向前攻擊。指向敵人的正前方攻擊。

進言 ㄐㄧㄣˋ ㄧㄢˊ 向上級提出建議。

進取 ㄐㄧㄣˋ ㄑㄩˇ 努力向前求發展。

進香 ㄐㄧㄣˋ ㄒㄧㄤ 信徒到廟裡參拜，焚香祈福。

進度 ㄐㄧㄣˋ ㄉㄨˋ 工作的進行速度。

進帳 ㄐㄧㄣˋ ㄓㄤˋ 收入的款項。

進軍 ㄐㄧㄣˋ ㄐㄩㄣ 軍隊向前推進。比喻向某個目標前進。

進修 ㄐㄧㄣˋ ㄒㄧㄡ 進一步研究或學習。

進展 ㄐㄧㄣˋ ㄓㄢˇ 事情向前進一步的發展。

進駐 ㄐㄧㄣˋ ㄓㄨˋ 軍隊進入某個地區駐紮下來。

進口稅 ㄐㄧㄣˋ ㄎㄡˇ ㄕㄨㄟˋ 外國貨物輸入本國時，本國政府所抽取的稅。

進退維谷 ㄐㄧㄣˋ ㄊㄨㄟˋ ㄨㄟˊ ㄍㄨˇ 進也不是退也不是。比喻很為難的樣子。

逯 ㄌㄨˋ lù 名姓。副隨意走動地。

逯逯 ㄌㄨˋ ㄌㄨˋ 平庸無奇。亦作「碌碌」。

逭 ㄏㄨㄢˋ huàn 動逃避。例罪無可逭。

逶 ㄨㄟ wēi 見「逶迤」。

逶迤 ㄨㄟ ㄧˊ 彎曲回旋的樣子。也作「逶蛇」。

逴 ㄔㄨㄛˋ chuò 副深廣而遼遠地。

九畫

運 ㄩㄣˋ yùn 名①命中注定的氣數。例命運。②運動會的簡稱。例亞運。動①搬送。例運輸。②物體轉動。例運行。

運用 ㄩㄣˋ ㄩㄥˋ 靈活的使用。

運行 ㄩㄣˋ ㄒㄧㄥˊ 依照一定的軌跡或行進方向移動。

運河 ㄩㄣˋ ㄏㄜˊ 人工開鑿的河流。可用來發展運輸或縮短航程。

運送 ㄩㄣˋ ㄙㄨㄥˋ 傳達轉送。

運氣 ㄩㄣˋ ㄑㄧˋ ①人的命運和氣數。②指將身體內的氣集中在一起，以施展身手。

運動 ㄩㄣˋ ㄉㄨㄥˋ ①指物體運行轉動。②活動身體以達到促進健康的功用。③為了達到某些目的而採取的手段方式。

運轉 ㄩㄣˋ ㄓㄨㄢˇ ①指引擎等機器的連續運動，以達到或產生動力的目的。②氣運轉變。例時來運轉。

運輸 ㄩㄣˋ ㄕㄨ 用交通工具遞送人或物到各個地方。

運筆如飛 ㄩㄣˋ ㄅㄧˇ ㄖㄨˊ ㄈㄟ 形容人文思敏捷，寫作時非常快速、揮灑自如。

運籌帷幄 ㄩㄣˋ ㄔㄡˊ ㄨㄟˊ ㄨㄛˋ 在軍帳中計畫軍事的戰略。泛指謀畫策略。

遊 ㄧㄡˊ yóu 名①朋友，交往的人。例交遊、舊遊。②姓。動①到處玩樂嬉戲。例遊樂。②讀書求學。③旅行。例旅遊。④對人家用言語勸說。例遊說。⑤轉圜，轉動。例遊刃有餘。

遊子 ㄧㄡˊ ㄗˇ 離開家鄉到外地求學或就業的人。

遊行 ㄧㄡˊ ㄒㄧㄥˊ 群眾為了某些訴求而走上街頭，期盼引起政府或社會大眾的重視，以達到目的。

遊牧 ㄧㄡˊ ㄇㄨˋ 以放牧維生的民族，趕著牛羊到有水草的地方飼養，並隨之遷徙。或作「游牧」。

遊記 ㄧㄡˊ ㄐㄧˋ 描寫旅遊見聞及感想的文章。

遊絲 ㄧㄡˊ ㄙ 由蜘蛛等昆蟲所吐，飄蕩在空中的細絲。

遊說 ㄧㄡˊ ㄕㄨㄟˋ 用各種方法說服人。

遊歷 ㄧㄡˊ ㄌㄧˋ 到各處遊覽考察以增廣見聞。

遊蕩 ㄧㄡˊ ㄉㄤˋ 沒事做，到處閒晃。

遊戲 ㄧㄡˊ ㄒㄧˋ 有特殊規則，用以玩耍取樂的活動。

遊覽 ㄧㄡˊ ㄌㄢˇ 到處賞玩人文風景。

遊刃有餘 ㄧㄡˊ ㄖㄣˋ ㄧㄡˇ ㄩˊ 以薄刀刃分解有空隙的骨頭關節。比喻得心應手，非常容易。

遊手好閒 ㄧㄡˊ ㄕㄡˇ ㄏㄠˋ ㄒㄧㄢˊ 指人不務正業，到處遊蕩。

遂 ㄙㄨㄟˋ suì 動①合乎心意，滿意。例遂心如意。②成功，成就。例殺人未遂。副①終究，竟然。②於是，即。例陶潛・桃花源記：「後遂無問津者。」

遂意 ㄙㄨㄟˋ ㄧˋ 順著自己的心意做。

逼 ㄅㄧ bī 形狹窄的。例地逼勢脅。動要脅，強迫。例威逼。副非常，極近地。例逼真。

逼供 ㄅㄧ ㄍㄨㄥ 偵辦案件時，辦案人員對犯人進行不當的刑求使他供出證詞。

逼近 ㄅㄧ ㄐㄧㄣˋ 極為接近。

逼迫 ㄅㄧ ㄆㄛˋ 要脅強迫別人做他不願做的事。

逼真 ㄅㄧ ㄓㄣ 雖然是假的，卻很像是真的。

逼人太甚 ㄅㄧ ㄖㄣˊ ㄊㄞˋ ㄕㄣˋ 對人過分壓榨到不留餘地。

逼上梁山 ㄅㄧ ㄕㄤˋ ㄌㄧㄤˊ ㄕㄢ 比喻人受到欺壓而不得不做出不該做的事。

道 ㄉㄠˋ dào 名①路途。例羊腸小道。②指仁義禮知等的基本道理。例論語：「君子學道則愛人，小人學道則易使也。」③技藝，技巧。例為人之道。④想法，思考方式。例志同道合。⑤宗教上所說至善的境界。例得道高僧。⑥道士的簡稱。例貧道。⑦用於文件、菜餚或條狀物的量詞。例一道命令、這道菜很美味。動①說。例娓娓道來。②表明心意。例道喜。介從，由某事物開始。

道士 ㄉㄠˋ ㄕˋ 信奉道教，可幫人消災解厄的人。

道地 ㄉㄠˋ ㄉㄧˋ 純正的。亦作「地道」。例道地好茶。

道行 ㄉㄠˋ ㄏㄤˊ 修為或功力的高深程度。

道具 ㄉㄠˋ ㄐㄩˋ 戲劇舞臺上所用的器具。如桌椅杯盤等。

道家 ㄉㄠˋ ㄐㄧㄚ 先秦學術思想流派之一，主張順應自然天道，無為而治，與萬物天人合一。

道理 ㄉㄠˋ ㄌㄧˇ ①事物的真理。②理由。③為人處世的基本原則。④辦法或打算。

道教 ㄉㄠˋ ㄐㄧㄠˋ 宗教的一種。以老莊思想為根本，有各種符咒、齋戒、煉丹、建醮等儀式。

道統 ㄉㄠˋ ㄊㄨㄥˇ 聖人之道所傳承的系統。

道場 ㄉㄠˋ ㄔㄤˇ 宗教人士用來進行宗教活動的地方。

道義 ㄉㄠˋ ㄧˋ 指做人做事的道德仁義。

道路 ㄉㄠˋ ㄌㄨˋ ①供人車行走的路。②指達到目的的方法或途徑。

道德 ㄉㄠˋ ㄉㄜˊ 做人做事必須具備的行為規範和品德。

道觀 ㄉㄠˋ ㄍㄨㄢˋ 道士修道的場所。

道貌岸然 ㄉㄠˋ ㄇㄠˋ ㄢˋ ㄖㄢˊ 形容人的儀容外表嚴正端莊，像是有修養的人，但實際上並不如此。

道聽塗說 ㄉㄠˋ ㄊㄧㄥ ㄊㄨˊ ㄕㄨㄛ 在路上聽到的事，不論真假就隨便轉述。後泛指沒有根據、未經證實的話。

違 ㄨㄟˊ wéi 名①錯誤，過失。例違謬。②偏邪的惡事。動①和事物往不同的方向發展。例事與願違。②逃避免除。③離開。例久違。

違反 ㄨㄟˊ ㄈㄢˇ 不遵守規定或約束。

違犯 ㄨㄟˊ ㄈㄢˋ 違背冒犯。

違拗 ㄨㄟˊ ㄠˋ 不順從心意。

違和 ㄨㄟˊ ㄏㄜˊ 身體不舒服。

違背 ㄨㄟˊ ㄅㄟˋ 和原先約定的相反。

違約 ㄨㄟˊ ㄩㄝ 不遵守先前所訂的約定。

違逆 ㄨㄟˊ ㄋㄧˋ 不服從，不遵守。

違禁 ㄨㄟˊ ㄐㄧㄣˋ 違反禁令。

違憲 ㄨㄟˊ ㄒㄧㄢˋ 指法律違背憲法精神者。

違心之論 ㄨㄟˊ ㄒㄧㄣ ㄓ ㄌㄨㄣˋ 和心意相違背，但礙於情面而不得不說的言論。

違法亂紀 ㄨㄟˊ ㄈㄚˇ ㄌㄨㄢˋ ㄐㄧˋ 不遵守法令，敗壞社會規範和風氣。

違章建築 ㄨㄟˊ ㄓㄤ ㄐㄧㄢˋ ㄓㄨˊ 不遵守建築法規所蓋的房屋。

達

ㄉㄚˊ dá 形①宏遠的。例達見。②習常的，不會改變的。例達德、達道。③顯要的。例達官貴人。動①通曉明白。例通達事理。②暢通無阻礙。例四通八達。③至，到。例抵達。④口頭告知。例轉達。⑤完成，實現。例達到目的。⑥表現出來。例詞不達意。

達人 ㄉㄚˊ ㄖㄣˊ 通曉明白事理的人。

達旦 ㄉㄚˊ ㄉㄢˋ 一直到天亮。

達見 ㄉㄚˊ ㄐㄧㄢˋ 明白切合事理的遠大見解。

達理 ㄉㄚˊ ㄌㄧˇ 通曉事物的道理。

達德 ㄉㄚˊ ㄉㄜˊ 為人所應具備的基本德行，通常指智、仁、勇三者。

達觀 ㄉㄚˊ ㄍㄨㄢ 對人生有通透的了解，對環境的影響都能以平常心看待。

達官貴人 ㄉㄚˊ ㄍㄨㄢ ㄍㄨㄟˋ ㄖㄣˊ 有顯要地位和權勢的人。

遐

ㄒㄧㄚˊ xiá 形①在遠方的，距離很遠的。例名聞遐邇。②長久，遠大的。例遐齡。

遐思 ㄒㄧㄚˊ ㄙ 超越時空的幻想。

遐想 ㄒㄧㄚˊ ㄒㄧㄤˇ 超越現實的想像。

遐邇 ㄒㄧㄚˊ ㄦˇ 遠近。

遐齡 ㄒㄧㄚˊ ㄌㄧㄥˊ 指人高壽。

遇

ㄩˋ yù 名機會。例際遇、機遇。動①碰到，遭逢。例巧遇、遇險。②對待。例禮遇。

遇見 ㄩˋ ㄐㄧㄢˋ 碰到，碰見。

遇害 ㄩˋ ㄏㄞˋ 被人謀害。

遇難 ㄩˋ ㄋㄢˋ 碰到災難。

遇人不淑 ㄩˋ ㄖㄣˊ ㄅㄨˋ ㄕㄨˊ 指女子嫁了不好的丈夫，受到不幸的待遇。

遏

ㄜˋ è 動①阻止，使其停止。例遏止。②及，達到。例響遏行雲。

遏止 ㄜˋ ㄓˇ 制止，阻止。同遏阻、制止。

遏抑 ㄜˋ ㄧˋ 控制住，壓抑住。

遑

ㄏㄨㄤˊ huáng 名閒暇。例詩經：「莫敢或遑。」副①通「惶」。急迫不安的樣子。例遑急。②豈能，何。例遑論。

遑遑 ㄏㄨㄤˊ ㄏㄨㄤˊ 匆忙緊張、心神不定的樣子。亦作「惶惶」、「皇皇」。

遑論 ㄏㄨㄤˊ ㄌㄨㄣˋ 不用再說其他的了。形容一事尚如此，更別提他事。

逾 ㄩˊ yú 動①越過。例逾界。②超過。例逾期。副更加地。

逾分 ㄩˊ ㄈㄣˋ 超越應有的本分。

逾限 ㄩˊ ㄒㄧㄢˋ 過了期限。

逾越 ㄩˊ ㄩㄝˋ 超過。

逾期 ㄩˊ ㄑㄧˊ 超過約定的期限。

遁 ㄉㄨㄣˋ dùn 動①逃跑，逃走。例逃遁、尿遁。②躲避。例遁跡。③隱藏。例無所遁形。

遁世 ㄉㄨㄣˋ ㄕˋ 避世，多指人隱居。

遁形 ㄉㄨㄣˋ ㄒㄧㄥˊ 隱藏行蹤。

遁逃 ㄉㄨㄣˋ ㄊㄠˊ 逃跑。

遁詞 ㄉㄨㄣˋ ㄘˊ 逃避事實、有所隱瞞的言語，即支吾搪塞的話。

遁入空門 ㄉㄨㄣˋ ㄖㄨˋ ㄎㄨㄥ ㄇㄣˊ 看破紅塵，出家當和尚或尼姑。

遄 ㄔㄨㄢˊ chuán 副①快速地。例遄急。②來往次數密集而頻繁地。

遒 ㄑㄧㄡˊ qiú 形強而有力的。例遒勁。動停止，結束。

遒勁 ㄑㄧㄡˊ ㄐㄧㄥˋ 強而有力。一般用來形容書畫的筆法。

遒健 ㄑㄧㄡˊ ㄐㄧㄢˋ 剛健強勁。同遒勁。

過 ㈠ㄍㄨㄛˋ guò 名失敗，錯誤。例不貳過、改過向善。動①度。例逢年過節。②經，歷。例經過。③超越。例過分。④轉移。例財產過戶。⑤去世。例過世。⑥忍受，承擔。例難過。⑦拜訪。例過故人莊。副太，甚。例過獎。

㈡ㄍㄨㄛ guō 名姓。

過火 ㄍㄨㄛˋ ㄏㄨㄛˇ ①超出限度或範圍。②走過炭火，民間祭祀活動的一種。

過戶 ㄍㄨㄛˋ ㄏㄨˋ 不動產和有價證券等物若是因為買賣或贈送而改變所有人時，需向有關單位辦理更換物主姓名的手續。

過半 ㄍㄨㄛˋ ㄅㄢˋ 超過一半。

過世 ㄍㄨㄛˋ ㄕˋ 指人逝世。

過目 ㄍㄨㄛˋ ㄇㄨˋ 看過，讀過。

過失 ㄍㄨㄛˋ ㄕ 不是故意，因一時疏忽而犯下的錯。

過門 ㄍㄨㄛˋ ㄇㄣˊ ①俗稱女子出嫁。②經過門口。③歌曲中轉換曲式的段落。

過房 ㄍㄨㄛˋ ㄈㄤˊ 因為沒有子嗣而認養別人的兒子為後嗣。

過往 ㄍㄨㄛˋ ㄨㄤˇ ①以往，曾經經歷的歲月。②往來。

過客 ㄍㄨㄛˋ ㄎㄜˋ ①路過的行人。②比喻生活在地球上的萬物，有短促、渺小之意。

過活 ㄍㄨㄛˋ ㄏㄨㄛˊ 謀生，討生活。

過度 ㄍㄨㄛˋ ㄉㄨˋ 超出原有的限度。

過望 ㄍㄨㄛˋ ㄨㄤˋ 超過原來所想的範圍限度。

過問 ㄍㄨㄛˋ ㄨㄣˋ 插手干預某事。

過渡 ㄍㄨㄛˋ ㄉㄨˋ ①搭船渡水而過。②從一種形態轉換到另一種形態的過程。

過程 ㄍㄨㄛˋ ㄔㄥˊ 指事情進行時所經的方法、路徑。

過期 ㄍㄨㄛˋ ㄑㄧˊ 超過期限。

過當 ㄍㄨㄛˋ ㄉㄤˋ 不適當，超過標準。

過獎 ㄍㄨㄛˋ ㄐㄧㄤˇ 過分的誇獎。

過磅 ㄍㄨㄛˋ ㄅㄤˋ 用磅秤秤重量。

過慮 ㄍㄨㄛˋ ㄌㄩˋ 過分憂心，指沒有必要的憂慮。

過節 ㄍㄨㄛˋ ㄐㄧㄝˊ ①度過節慶。②指人和人之間的嫌隙。

過繼 ㄍㄨㄛˋ ㄐㄧˋ 因沒有子嗣而認兄弟或親人的兒子為繼承人。

過譽 ㄍㄨㄛˋ ㄩˋ 過分的讚美。

過濾 ㄍㄨㄛˋ ㄌㄩˋ 用網狀物濾出液體裡的渣滓。

過癮 ㄍㄨㄛˋ ㄧㄣˇ 指人的欲望獲得充分的滿足。

過來人 ㄍㄨㄛˋ ㄌㄞˊ ㄖㄣˊ 經驗過某事而有體驗的人。

過渡期 ㄍㄨㄛˋ ㄉㄨˋ ㄑㄧˊ 指事物發展變化成另一形態的交替時期。

過目不忘 ㄍㄨㄛˋ ㄇㄨˋ ㄅㄨˋ ㄨㄤˋ 看過就不會忘記，指人記憶力非常好。同過目成誦。

過江之鯽 ㄍㄨㄛˋ ㄐㄧㄤ ㄓ ㄐㄧˋ 成群游過江面的鯽魚。形容來往的人非常多。

過河拆橋 ㄍㄨㄛˋ ㄏㄜˊ ㄔㄞ ㄑㄧㄠˊ 指對人或事的利用一旦結束，便翻臉不認帳。形容人忘恩負義，不念舊情。

過河卒子 ㄍㄨㄛˋ ㄏㄜˊ ㄗㄨˊ ㄗˇ 比喻毫無退路，只能前進不能後退。

過從甚密 ㄍㄨㄛˋ ㄘㄨㄥˊ ㄕㄣˋ ㄇㄧˋ 和朋友交往相處很密切的樣子。

過路財神 ㄍㄨㄛˋ ㄌㄨˋ ㄘㄞˊ ㄕㄣˊ 比喻經手財物但不能擁有的人。

過眼雲煙 ㄍㄨㄛˋ ㄧㄢˇ ㄩㄣˊ ㄧㄢ 比喻消失很快的事物。

過街老鼠 ㄍㄨㄛˋ ㄐㄧㄝ ㄌㄠˇ ㄕㄨˇ 比喻大家都憎惡的人，見到了就如同老鼠般，人人喊打。

過猶不及 ㄍㄨㄛˋ ㄧㄡˊ ㄅㄨˋ ㄐㄧˊ 超過或不到適當的程度都不好。

過意不去 ㄍㄨㄛˋ ㄧˋ ㄅㄨˋ ㄑㄩˋ 對人感到抱歉，不好意思。

過則勿憚改 ㄍㄨㄛˋ ㄗㄜˊ ㄨˋ ㄉㄢˋ ㄍㄞˇ 有過錯不要害怕，應該勇敢地改正。

遍

ㄅㄧㄢˋ biàn 名指次數。例一遍又一遍。形到處都是的，全部的。例普遍。動布滿。例遍布。

遍及 ㄅㄧㄢˋ ㄐㄧˊ 普及。

遍布 ㄅㄧㄢˋ ㄅㄨˋ 到處都充滿著，傳布各處。

遍地 ㄅㄧㄢˋ ㄉㄧˋ 到處都是。

遍覽 ㄅㄧㄢˋ ㄌㄢˇ 全部都看過。

遍體鱗傷 ㄅㄧㄢˋ ㄊㄧˇ ㄌㄧㄣˊ ㄕㄤ 全身傷痕累累。

十畫

遞

ㄉㄧˋ dì 動①傳送，轉送。例遞送郵件。②改變更換。例遞補。副順著次序地。例遞增。

遞加 ㄉㄧˋ ㄐㄧㄚ 一個個按順序增加。

遞減 ㄉㄧˋ ㄐㄧㄢˇ 依次減少。

遞解 ㄉㄧˋ ㄐㄧㄝˋ 古代押送人犯，由沿途官府負責傳送。

遞補 ㄉㄧˋ ㄅㄨˇ 按照次序補滿缺額。

遞嬗 ㄉㄧˋ ㄕㄢˋ 交換輪替。

遞眼色 ㄉㄧˋ ㄧㄢˇ ㄙㄜˋ 用眼神示意。

遠

㈠ㄩㄢˇ yuǎn 形 ①不近的，距離長的。例遠方。②關係不親近的。例遠親。③廣博深奧的。例深遠。

㈡ㄩㄢˋ yuàn 動 ①避開。例敬而遠之。②離開。例論語：「不仁者遠矣。」

遠大 ㄩㄢˇ ㄉㄚˋ 形容志向或見解恢弘廣大。

遠方 ㄩㄢˇ ㄈㄤ 遙遠的地方。

遠古 ㄩㄢˇ ㄍㄨˇ 指上古時代。

遠足 ㄩㄢˇ ㄗㄨˊ 用步行的方式郊遊踏青。也指出外旅遊。

遠因 ㄩㄢˇ ㄧㄣ 存在久遠的原因，或間接的原因。

遠行 ㄩㄢˇ ㄒㄧㄥˊ 前往遙遠的某處。

遠見 ㄩㄢˇ ㄐㄧㄢˋ 卓越超群且能符合未來情勢的見解。

遠東 ㄩㄢˇ ㄉㄨㄥ 亞洲的東部，多半指中國、韓國及日本。

遠房 ㄩㄢˇ ㄈㄤˊ 關係不親近的親戚。

遠近 ㄩㄢˇ ㄐㄧㄣˋ 距離的長短。

遠征 ㄩㄢˇ ㄓㄥ 到遙遠的地方打仗。

遠望 ㄩㄢˇ ㄨㄤˋ 往遙遠的地方眺望。

遠視 ㄩㄢˇ ㄕˋ 因為眼球前後軸太短或水晶體折射光線的能力太弱，使得成像在視網膜後方而看不清楚近物的一種眼部疾病，需要配戴凸透鏡矯正。

遠景 ㄩㄢˇ ㄐㄧㄥˇ 想像中未來的景象。

遠遊 ㄩㄢˇ ㄧㄡˊ 到遙遠的地方讀書或旅遊。

遠慮 ㄩㄢˇ ㄌㄩˋ 深遠的謀慮。

遠親 ㄩㄢˇ ㄑㄧㄣ 遠方或關係不近的親戚。

遠交近攻 ㄩㄢˇ ㄐㄧㄠ ㄐㄧㄣˋ ㄍㄨㄥ 和遠方的國家交好，並一同攻打鄰近的國家。

遠走高飛 ㄩㄢˇ ㄗㄡˇ ㄍㄠ ㄈㄟ 離開原先居住的地方，到遠方去展開新生活。

遠親不如近鄰 ㄩㄢˇ ㄑㄧㄣ ㄅㄨˋ ㄖㄨˊ ㄐㄧㄣˋ ㄌㄧㄣˊ 住得遠或關係不親密的親戚，還比不上附近的鄰居。

遠水救不了近火 ㄩㄢˇ ㄕㄨㄟˇ ㄐㄧㄡˋ ㄅㄨˋ ㄌㄧㄠˇ ㄐㄧㄣˋ ㄏㄨㄛˇ 遠方的水無法撲滅旁邊的火。比喻緩不濟急。

遝

ㄊㄚˋ tà 形 雜遝，眾多而繁雜的樣子。

遘

ㄍㄡˋ gòu 動 ①遭逢，遇到。例文天祥．正氣歌：「嗟予遘陽九。」②同「構」。造成，互相連結所形成。

遜

ㄒㄩㄣˋ xùn 動 ①逃跑，遠離。②退讓。例遜位。③比不上。例略遜一籌。④恭敬有禮。例出言不遜。

遜色 ㄒㄩㄣˋ ㄙㄜˋ 被其他的人或事物比下去。

遜位 ㄒㄩㄣˋ ㄨㄟˋ 皇帝退讓帝位給繼承人。

遙

ㄧㄠˊ yáo 形 遠的。例路遙知馬力。

遙望 ㄧㄠˊ ㄨㄤˋ 向遠方眺望。

遙控 ㄧㄠˊ ㄎㄨㄥˋ 利用電波等特殊的管道控制遠方的機件。

遙祭 ㄧㄠˊ ㄐㄧˋ 向遠方祭祀。

遙遠 ㄧㄠˊ ㄩㄢˇ 時間空間距離長的樣子。

遙想 ㄧㄠˊ ㄒㄧㄤˇ 懷想很久以前的事。

遙遙無期 ㄧㄠˊ ㄧㄠˊ ㄨˊ ㄑㄧˊ 遠到沒有期限。表示希望渺茫。

遙遙領先 ㄧㄠˊ ㄧㄠˊ ㄌㄧㄥˇ ㄒㄧㄢ 形容勝過他人非常多。

遣 ㄑㄧㄢˇ qiǎn 動①抒發，排解。例消遣。②放逐，發配。例遣戍。③指派。例調兵遣將。④打發人家走開。例遣散。

遣返 ㄑㄧㄢˇ ㄈㄢˇ 一國將在其境內逮捕的別國犯人送回原來的國家。

遣使 ㄑㄧㄢˇ ㄕˇ 派遣使者進行外交任務。

遣散 ㄑㄧㄢˇ ㄙㄢˋ 解散。指機關行號因為營運不佳，解散員工的行為。

遢 ㄊㄚˋ tà 形邋遢，骯髒又不整齊的樣子。副走路平穩地。

遛 ㄌㄧㄡˋ liù 動①散步。例遛達。②牽著動物慢走。例遛狗。

十一畫

適 ㈠ㄕˋ shì 形完善舒服的。例舒適。動①動身前往。例論語：「子適衛，冉有僕。」②相合，相當。例適合。③指女子出嫁。例適人。④歸依，歸向。例無所適從。副①剛剛。例適才。②正好，剛好。例適得其反。③恰巧，湊合。例適值。㈡ㄉㄧˊ dí 名通「嫡」。古代封建社會中，正妻所生的兒子。㈢ㄓㄜˊ zhé 動通「謫」。懲罰，責備。

適中 ㄕˋ ㄓㄨㄥ 不多也不少，正好。

適才 ㄕˋ ㄘㄞˊ 剛才。

適用 ㄕˋ ㄩㄥˋ 合乎需要。

適合 ㄕˋ ㄏㄜˊ 配合得很剛好。

適值 ㄕˋ ㄓˊ 恰巧碰到。

適從 ㄕˋ ㄘㄨㄥˊ 依歸跟隨某人或某種觀念。例無所適從。

適應 ㄕˋ ㄧㄥˋ 為了合乎環境的要求而改變形態。

適可而止 ㄕˋ ㄎㄜˇ ㄦˊ ㄓˇ 事情恰到好處就應該停止。

適得其反 ㄕˋ ㄉㄜˊ ㄑㄧˊ ㄈㄢˇ 事情的發展剛好與所期望的情況相反。

遮 ㄓㄜ zhē 動①阻止，攔阻。例遮擋。②掩蓋，隱蔽。例白居易・琵琶行：「千呼萬喚始出來，猶抱琵琶半遮面。」

遮掩 ㄓㄜ ㄧㄢˇ ①掩蓋隱蔽事情的真相。例敢做壞事，就不必遮掩事實。②遮蔽，使不進入。例窗簾是遮掩光線的工具。

遮蓋 ㄓㄜ ㄍㄞˋ ①擋住，掩蔽阻斷。②隱瞞事實真相。

遮攔 ㄓㄜ ㄌㄢˊ 阻擋，攔截。例口無遮攔。

遮羞費 ㄓㄜ ㄒㄧㄡ ㄈㄟˋ 指加害的一方為了遮掩事實或表示歉意，付給受害一方的金錢或物品。

遨 ㄠˊ áo 動遊玩。例遨遊。

遨遊 ㄠˊ ㄧㄡˊ 遊逛玩樂。

遭 ㄗㄠ zāo 名①次數。例不枉人間走一遭。②周圍。例周遭。動①逢，遇。例遭遇。②碰到，受到。多指不好的事。例慘遭滑鐵盧。

遭受 ㄗㄠ ㄕㄡˋ 蒙受到。常指遇到不幸的事情。

遭殃 ㄗㄠ ㄧㄤ 碰到災禍。

遭遇 ㄗㄠ ㄩˋ 際遇，無心碰上的事情。同遭受。

遭逢 ㄗㄠ ㄈㄥˊ 碰到的事，人生的際遇。

遷 ㄑㄧㄢ qiān 動①搬離原來的地方。例喬遷之喜。②改變，轉移。例事過境遷。③升官。例一日九遷。④貶謫放逐。例謫遷。

遷怒 ㄑㄧㄢ ㄋㄨˋ 對不相干的人、事、物發洩怒氣。

遷徙 ㄑㄧㄢ ㄒㄧˇ 搬移到另一個地方。

遷就 ㄑㄧㄢ ㄐㄧㄡˋ 為了顧全局面而屈就自己的心意。

遷善 ㄑㄧㄢ ㄕㄢˋ 改掉自己的惡行而向善。

遯 ㄉㄨㄣˋ dùn 動通「遁」。逃避。例遯世。

十二畫

遵 ㄗㄨㄣ zūn 動①依從，奉行。例遵守。②順著，依循。

遵命 ㄗㄨㄣ ㄇㄧㄥˋ 按照命令做事。

遵從 ㄗㄨㄣ ㄘㄨㄥˊ 遵守依從。

遵照 ㄗㄨㄣ ㄓㄠˋ 遵奉指示。

遵循 ㄗㄨㄣ ㄒㄩㄣˊ 遵守依循既定的規範行事。

遴 ㄌㄧㄣˊ lín 動仔細而謹慎的選擇。例遴選。

遴派 ㄌㄧㄣˊ ㄆㄞˋ 選擇指派。

遴選 ㄌㄧㄣˊ ㄒㄩㄢˇ 小心謹慎的揀選。

選 ㄒㄩㄢˇ xuǎn 名①輯錄成冊的作品。例文選。②被挑中的人或物。例人選、一時之選。③特指選舉活動。例總統大選。動挑揀，擇取。例挑選。

選手 ㄒㄩㄢˇ ㄕㄡˇ 從眾人之中挑揀出來參加比賽的人。

選民 ㄒㄩㄢˇ ㄇㄧㄣˊ 指民主社會中有選舉權的公民。

選拔 ㄒㄩㄢˇ ㄅㄚˊ 人才的挑揀。

選派 ㄒㄩㄢˇ ㄆㄞˋ 主管指派下屬擔任某職位。

選修 ㄒㄩㄢˇ ㄒㄧㄡ 指可供學生選擇學習的課程。與「必修」相對。

選擇 ㄒㄩㄢˇ ㄗㄜˊ 把適合自己心意的東西挑選出來。

選舉 ㄒㄩㄢˇ ㄐㄩˇ ①選取任用賢才。②透過投票以決定擔任某職位的人。

選購 ㄒㄩㄢˇ ㄍㄡˋ 挑選商品來購買。

選賢與能 ㄒㄩㄢˇ ㄒㄧㄢˊ ㄩˇ ㄋㄥˊ 選出賢良有才幹的人參與政事。

遲 ㊀ㄔˊ chí 形①緩慢。例事不宜遲。②動作慢，不靈活的。例遲緩。動①滯留。例棲遲。②猶豫。例遲疑不決。副延後地，時間晚。例遲到。㊁ㄓˋ zhì 動等待。

遲早 ㄔˊ ㄗㄠˇ 不論早或晚。指不管什麼時候，一定會發生。

遲延 ㄔˊ ㄧㄢˊ 拖延，使時間延後。

遲鈍 ㄔˊ ㄉㄨㄣˋ 反應不靈敏的樣子。

遲滯 ㄔˊ ㄓˋ 停留不前進。

遲疑 ㄔˊ ㄧˊ 猶豫無法決定。

遲暮 ㄔˊ ㄇㄨˋ 晚年，老年。例美人遲暮。

遲緩 ㄔˊ ㄏㄨㄢˇ 指人行動緩慢、不靈活的樣子。

遹 ㄩˋ yù 動遵守依循。助語氣詞，無義。

遶 ㄖㄠˋ rào 動通「繞」。圍繞。例媽祖遶境。

遼 ㄌㄧㄠˊ liáo 名①朝代名。原名契丹，是耶律阿保機所創建，後被金所滅。②河流名。遼河，在遼寧省。③遼寧省的簡稱。例遼西。形①距離遠的。例遼遠。②開闊。例遼闊。

遼遠 ㄌㄧㄠˊ ㄩㄢˇ 遙遠的樣子。

遼闊 ㄌㄧㄠˊ ㄎㄨㄛˋ 開闊廣大的樣子。

遺 ㈠ㄧˊ yí 名不小心弄丟的東西。例路不拾遺。形前人留存下來的。例遺訓。動①留下。例不遺餘力。②不小心弄丟。例遺失。③漏失，漏掉。例遺珠之憾。④便溺。例遺尿。⑤忘記。例遺忘。㈡ㄨㄟˋ wèi 動贈送給人家。例饋遺。

遺民 ㄧˊ ㄇㄧㄣˊ 國家或朝代滅亡後所留下來的人民。

遺失 ㄧˊ ㄕ 弄丟，漏失。

遺老 ㄧˊ ㄌㄠˇ 前一個朝代的舊臣。

遺容 ㄧˊ ㄖㄨㄥˊ 死者的面容。

遺言 ㄧˊ ㄧㄢˊ 人臨終時交代的話。

遺忘 ㄧˊ ㄨㄤˋ 不小心忘記。

遺志 ㄧˊ ㄓˋ 前人尚未完成的志願或理想。

遺址 ㄧˊ ㄓˇ 先人留下來的舊建築物。可供考古學家發掘、研究之地。

遺孤 ㄧˊ ㄍㄨ 人死後留下的孩子。

遺物 ㄧˊ ㄨˋ 死去的人所留下的東西。

遺恨 ㄧˊ ㄏㄣˋ 未償的心願，憾恨。

遺珠 ㄧˊ ㄓㄨ ①遺漏的精華。例遺珠之憾。②比喻人才被埋沒或珍貴的事物消失湮滅。

遺產 ㄧˊ ㄔㄢˇ 人死後所遺留下來的家產。

遺族 ㄧˊ ㄗㄨˊ ①貴族名流的後代。②死者的家族。

遺教 ㄧˊ ㄐㄧㄠˋ 先人的訓示與教導。

遺跡 ㄧˊ ㄐㄧ 前人留下的痕跡。

遺愛 ㄧˊ ㄞˋ 人死後把美善的事物流傳在世間。

遺傳 ㄧˊ ㄔㄨㄢˊ ①由前人傳下來的。②從父母經由基因傳遞特質或特性至子女的現象。

遺漏 ㄧˊ ㄌㄡˋ 闕漏，漏失。

遺像 ㄧˊ ㄒㄧㄤˋ 死者的肖像。

遺墨 ㄧˊ ㄇㄛˋ 前人留下的親筆手書、字畫等。

遺憾 ㄧˊ ㄏㄢˋ 指事情令人不滿意或覺得有缺憾。

遺贈 ㄧˊ ㄗㄥˋ 人死後，財產依照遺囑送給特定的人。

遺孀 ㄧˊ ㄕㄨㄤ 寡婦，指死去丈夫的女子。

遺體 ㄧˊ ㄊㄧˇ 屍體。

遺囑 ㄧˊ ㄓㄨˇ 在生前所立的法律文件，對於自身財產做好安排和交代，過世後立刻生效。

遺腹子 ㄧˊ ㄈㄨˋ ㄗˇ 出生時父親已經過世的孩子。

遺臭萬年 ㄧˊ ㄔㄡˋ ㄨㄢˋ ㄋㄧㄢˊ 惡名昭彰，流傳久遠。

遺世獨立 ㄧˊ ㄕˋ ㄉㄨˊ ㄌㄧˋ 遠離塵囂獨立生活。也作「遺世絕俗」。

十三畫

避 ㄅㄧˋ bì 動①躲開。例閃避。②免除。例避免。③隱蔽不使接觸。例隱居避世。

避孕 ㄅㄧˋ ㄩㄣˋ 婦女避免懷孕。

避開 ㄅㄧˋ ㄎㄞ 逃離不接觸。

避暑 ㄅㄧˋ ㄕㄨˇ 夏天時到涼爽的地方躲避炎熱的天氣。

避嫌 ㄅㄧˋ ㄒㄧㄢˊ 為了不使人懷疑或誤會而事先迴避。

避諱 ㄅㄧˋ ㄏㄨㄟˋ ①古代為了表示尊敬，在寫到君主或長輩名字時用省字、換字或改音等方法代替。②迴避令人忌諱的事。

避風港 ㄅㄧˋ ㄈㄥ ㄍㄤˇ ①暴風來襲時，船隻躲避的港口。②躲避災難的地方。

避風頭 ㄅㄧˋ ㄈㄥ ㄊㄡˊ 見情勢不對，先迴避以免受害。

避重就輕 ㄅㄧˋ ㄓㄨㄥˋ ㄐㄧㄡˋ ㄑㄧㄥ 回答問題或解決事情時，避開重要關鍵的部分，只揀選無關緊要的部分下手。

遽 ㄐㄩˋ jù 形急促快速的。例急遽。動害怕驚惶。例駭遽。副突然，毫無防備地。例遽然。

還 ㈠ㄏㄨㄢˊ huán 動①回到，返回。例還鄉。②付清債務。例還錢。
㈡ㄏㄞˊ hái 副①更加。例剪不斷，理還亂。②仍舊，像原來一樣。例還是老樣子。③尚且，猶。例天氣還很冷。連或者，兩者選一個。例你選這個還是那個。
㈢ㄒㄩㄢˊ xuán 形輕快迅速的樣子。例還踵。

還俗 ㄏㄨㄢˊ ㄙㄨˊ 出家人脫離原本僧侶身分而返回俗世。

還原 ㄏㄨㄢˊ ㄩㄢˊ 恢復本來的樣子。

還魂 ㄏㄨㄢˊ ㄏㄨㄣˊ 回魂，人死後復活。

還願 ㄏㄨㄢˊ ㄩㄢˋ 向神明許願應驗後，依照當初許下的諾言來酬謝。

還擊 ㄏㄨㄢˊ ㄐㄧ 受到攻擊之後反擊。

邁 ㄇㄞˋ mài 形①衰老。例年邁。②豪爽奔放的。例豪邁。動向前大步跨出。例大門不出二門不邁。副奮發地。例邁進。

邂 ㄒㄧㄝˋ xiè 見「邂逅」。

邂逅 ㄒㄧㄝˋ ㄏㄡˋ 無意中相遇。

邀 ㄧㄠ yāo 動①請人前來，約請。例敬邀。

②求取。例邀功。③阻擋使其停留。例邀劫。

邀功 ㄧㄠ ㄍㄨㄥ 求取功勞或讚美。

邀約 ㄧㄠ ㄩㄝ 請人家前來的約定。

邅 ㄓㄢ zhān 形迍邅，難以行走的樣子。形容困頓艱苦不得志。

十四畫

邇 ㄦˇ ěr 名距離近的地方。例名聞遐邇。動靠近。

邇來 ㄦˇ ㄌㄞˊ 近來。

邃 ㄙㄨㄟˋ suì 形深入而遠的。例深邃。動精通了解。

邈 ㄇㄧㄠˇ miǎo 形距離遙遠的。例邈邈。動通「藐」。輕視，瞧不起。

十五畫

邊 ㄅㄧㄢ biān 名①兩國間的交界。例邊關、戍邊。②兩旁。例旁邊。③周圍，四周。例窗邊。④際限、盡頭。例不著邊際。⑤方位。例東邊。形不在正面而在旁側的。例邊門。副既，又。指同時作兩件事。例邊跑邊叫。

邊防 ㄅㄧㄢ ㄈㄤˊ 在邊關所採取的防禦政策。

邊界 ㄅㄧㄢ ㄐㄧㄝˋ 國與國的界線。

邊陲 ㄅㄧㄢ ㄔㄨㄟˊ 國家的邊境、邊疆。

邊塞 ㄅㄧㄢ ㄙㄞˋ 鎮守邊關的要塞。

邊際 ㄅㄧㄢ ㄐㄧˋ ①邊界，界線。②指思路頭緒。例他說起話來總是不著邊際。

邊境 ㄅㄧㄢ ㄐㄧㄥˋ 靠近國界的地區。

邊疆 ㄅㄧㄢ ㄐㄧㄤ 國界邊際的疆土。

邊關 ㄅㄧㄢ ㄍㄨㄢ 國境上的關隘。

邋 ㊀ㄌㄚ lā 見「邋遢」。㊁ㄌㄧㄝˋ liè 形邋邋，旗幟飄揚飛舞的樣子。

邋遢 ㄌㄚ ㄊㄚ 不整潔的樣子。或形容人做事非常糊塗。

十九畫

邐 ㄌㄧˇ lǐ 形迤邐，彎曲而互相連接的樣子。

邏 ㄌㄨㄛˊ luó 名山脈或河流的邊緣。動來回巡查。例巡邏。

邏輯學 ㄌㄨㄛˊ ㄐㄧˊ ㄒㄩㄝˊ 研究事物如何歸納、推理、統整和演繹的學科。又名理則學。

邑部

邑 ㄧˋ yì 名①城市的泛稱。例都邑。②古代諸侯的封地。例采邑。③古代的行政單位，相當於縣。例邑里。

三畫

邕 ㄩㄥ yōng 形通「雍」。和樂安詳的。動通「壅」。阻塞不通。

邙 ㄇㄤˊ máng 名地名。在今河南省。

邛 ㄑㄩㄥˊ qióng 名①河流名。邛水，在今四川省邛崍縣。②山名。邛崍山，在四川省邛崍縣。

邗 ㄏㄢˊ hán 名邗溝，在江蘇省。為古時溝通長江、淮河的運河。

四畫

邢 ㄒㄧㄥˊ xíng 名①古國名。在今河北省。②姓。

邪 ㈠ㄒㄧㄝˊ xié 名①不正當的行為或思想。例改邪歸正。②怪異荒唐的事件。例中邪。③中醫稱足以傷人致病的環境因素。形不正當的。例邪念。㈡ㄧㄝˊ yé 名古郡名。琅邪，在今山東省。助通「耶」。表示疑問的語氣。例是邪？非邪？

邪心 ㄒㄧㄝˊ ㄒㄧㄣ 不正的思想或念頭。

邪門 ㄒㄧㄝˊ ㄇㄣˊ 指不合常理或出乎意外的事情。

邪氣 ㄒㄧㄝˊ ㄑㄧˋ 不正當的、偏差的氣息。

邪教 ㄒㄧㄝˊ ㄐㄧㄠˋ 扭曲人性，帶有偏差思想的宗教。

邪術 ㄒㄧㄝˊ ㄕㄨˋ 不正當的法術。

邪惡 ㄒㄧㄝˊ ㄜˋ 不正當的，偏差奸惡的。

邪不勝正 ㄒㄧㄝˊ ㄅㄨˋ ㄕㄥˋ ㄓㄥˋ 奸惡終究不能勝過正義。

邦 ㄅㄤ bāng 名國家。古指諸侯國，大國叫邦，小國叫國。

邦本 ㄅㄤ ㄅㄣˇ 國家興盛的根本。

邦交 ㄅㄤ ㄐㄧㄠ 國與國之間的交往。

邦國 ㄅㄤ ㄍㄨㄛˊ 古代諸侯的封土，大的叫邦，小的叫國。後連用指國家。

邦聯 ㄅㄤ ㄌㄧㄢˊ 國與國之間為了保障彼此的安全或促進共同目的而組成的一種國際組織。

那 ㈠ㄋㄚˋ nà 形指示詞。指離自己較遠的人或物。例那兒。連與上文語氣相連結，來說明即將採取的行動。例如果我沒回來，那你就先去吧。㈡ㄋㄚˇ nǎ 副①表示懷疑或反詰的語氣，相當於「何」。例天底下那有這種事？②怎麼。例那堪。㈢ㄋㄨㄛˊ nuó 形眾多的。例詩經：「受福不那。」㈣ㄋㄚ nā 名姓。㈤・ㄋㄚ na 助通「哪」。表示驚嘆。

那裡 ㄋㄚˇ ㄌㄧˇ ①受人稱讚後表示謙虛的詞。②何處，什麼地方。

那麼 ㄋㄚˋ ˙ㄇㄜ ①然則。承上啟下的連接詞。②那樣子，如此。例那麼大的事，我怎不知。

邠 ㄅㄧㄣ bīn 名古國名。在今陝西省。形通「彬」。富有文才的。例邠如。

邡 ㄈㄤ fāng 名縣名。什邡，在四川省。

五畫

邵 ㄕㄠˋ shào 名①古地名。在今河南省。②姓。

邸 ㄉㄧˇ dǐ 名①古代諸侯入京朝見天子，在京師的住所。例邸第。②官員的住所。例官邸。③旅館。例邸舍、旅邸。

邱 ㄑㄧㄡ qiū 名①通「丘」。土堆。②姓。

邰 ㄊㄞˊ tái 名①古國名。在今陝西省。②姓。

邳 ㄆㄟˊ péi 名①縣名。在江蘇省。②古地名。在今山東省。③姓。

邴 ㄅㄧㄥˇ bǐng 名①古地名。在今山東省。②姓。形歡樂的。例邴邴。

邶 ㄅㄟˋ bèi 名古國名。周朝的諸侯國，在今河南省，周武王封紂子武庚於此。

邯 ㄏㄢˊ hán 名縣名。邯鄲，在河北省。

邯鄲學步 ㄏㄢˊ ㄉㄢ ㄒㄩㄝˊ ㄅㄨˋ 比喻想效法別人，未能成就，卻反而失去自己的特色。

六畫

郊 ㄐㄧㄠ jiāo 名①在城市附近的地帶。例近郊。②古代一種祭祀天地的名稱。例郊祭。

郊外 ㄐㄧㄠ ㄨㄞˋ 指城市以外的地方。同郊野、郊區。

郊區 ㄐㄧㄠ ㄑㄩ 都市周圍的地區。

郊遊 ㄐㄧㄠ ㄧㄡˊ 去野外遊玩旅行。

郎 ㄌㄤˊ láng 名①古官名。例尚書郎。②對年輕男子的美稱。例顧曲周郎。③女子對心上人的稱呼。例情郎。④對他人兒子的敬稱。例令郎。⑤指從事某些職業的人。例賣油郎。⑥女子的稱呼。例神祕女郎。

郎中 ㄌㄤˊ ㄓㄨㄥ ①中國南方人對醫師的稱呼。②指騙子、職業賭徒。

郎才女貌 ㄌㄤˊ ㄘㄞˊ ㄋㄩˇ ㄇㄠˋ 男子有才氣，女子有容貌，足以匹配。形容男女雙方條件非常合適。

郁 ㄩˋ yù 名姓。形①文采出眾的樣子。例郁郁。②香氣濃烈的樣子。例郁馥。

郁穆 ㄩˋ ㄇㄨˋ 和善美好的樣子。

邽 ㄍㄨㄟ guī 名古地名。下邽，在今陝西省。②姓。

邾 ㄓㄨ zhū 名古國名。在今山東省。

郅 ㄓˋ zhì 名姓。副非常地。例郅隆。

郇 ㄒㄩㄣˊ xún 名①古國名。周代諸侯國，在今山西省。②姓。

郕 ㄔㄥˊ chéng 名①古國名。在今山東省。②姓。

七畫

郡 ㄐㄩㄣˋ jùn 名古代行政區域劃分的層級。

郡縣 ㄐㄩㄣˋ ㄒㄧㄢˋ 古代地方行政區域。

郗 ㄔ chī 名①古地名。周朝的屬地，在今河南省。②姓。

郛 ㄈㄨˊ fú 名外城牆的古稱。

郜 ㄍㄠˋ gào 名①古國名。在今山東省。②姓。

郝 ㄏㄠˇ hǎo 名①古地名。約在今陝西省。②姓。

郟 ㄐㄧㄚˊ jiá 名縣名。在河南省。

郢 ㄧㄥˇ yǐng 名古地名。春秋時楚國都城，在今湖北省。

郢書燕說 ㄧㄥˇ ㄕㄨ ㄧㄢ ㄕㄨㄛ 郢人寫書信叫傭人舉起燭火，誤將「舉燭」二字寫入信中，燕國宰相讀之卻誤以為是勸其舉賢善用。比喻曲解原意，穿鑿附會之說。

郤 ㄒㄧˋ xì 名①古地名。在今河南省。②通「隙」。窄小的空間。③冤仇，嫌隙。④姓。

八畫

部 ㄅㄨˋ bù 名①政府機關的層級，位於院、司之間，負責政策的策畫、督導。例財政部。②公私立機關團體內用職權區分的單位。例編輯部。③整體中的一區。例腰部。④計算車輛、影片、書籍等的量詞。例一部電影。動安排，調配編制。例部署。

部下 ㄅㄨˋ ㄒㄧㄚˋ 長官所統領的人，即屬下、下級。

部分 ㄅㄨˋ ㄈㄣˋ 整體內的一區。

部位 ㄅㄨˋ ㄨㄟˋ 整體中個別的位置。或指行伍、行列。

部門 ㄅㄨˋ ㄇㄣˊ 機關團體中層級相同的各個分工單位。

部族 ㄅㄨˋ ㄗㄨˊ 居住在一起的部落、氏族。

部將 ㄅㄨˋ ㄐㄧㄤˋ 統率下的武官。

部隊 ㄅㄨˋ ㄉㄨㄟˋ 指軍隊。今稱有番號的軍隊。

部落 ㄅㄨˋ ㄌㄨㄛˋ 有共同的血統、語言、風俗習慣的人群聚落。

部署 ㄅㄨˋ ㄕㄨˋ 分發安排妥當。

部屬 ㄅㄨˋ ㄕㄨˇ ①指屬下、隨從。②依照次序安排。

郭 ㄍㄨㄛ guō 名①外圍的城牆。例城郭。②姓。

都 ㈠ㄉㄨ dū 名①城市。例臺北都會區。②首都的簡稱。㈡ㄉㄡ dōu 副①全部，所有。例都是。②況且，尚且。例連老師都不知道。③已經。例爺爺都七十歲了，還是很健康。

都市 ㄉㄨ ㄕˋ 人口密度較高，工商、交通發達的城市。居民的工作以工商業和自由業為主。

郪 ㄑㄧ qī 名河流名。源於四川省，往南注入培江。

郯 ㄊㄢˊ tán 名古國名。在今山東省。

郲 ㄌㄞˊ lái 名古地名。春秋時鄭國屬地，在今河南省。

郴 ㄔㄣ chēn 名縣名。在湖南省。

九畫

鄉 ㈠ㄒㄧㄤ xiāng 名①在村里和縣之間的地方行政單位層級。例鄉鎮。②偏遠不繁榮的地方。例窮鄉僻壤。③從小生長的地方。例故鄉。④同一個地方來的人。例老鄉、同鄉。⑤某種境界或狀態。例溫柔鄉。形①從同個故里出身的。例鄉人。②本地所生產或獨有的。例鄉音。㈡ㄒㄧㄤˋ xiàng 動①通「嚮」。趨向。②朝向，面向。

鄉人 ㄒㄧㄤ ㄖㄣˊ ①同一故鄉的人。②鄉下的百姓。比喻平凡的俗人。

鄉土 ㄒㄧㄤ ㄊㄨˇ 指自己出生長大的故土。又指各地的風土人情。

鄉里 ㄒㄧㄤ ㄌㄧˇ 指家鄉、故鄉。又指同鄉之人。

鄉長 ㄒㄧㄤ ㄓㄤˇ ①一鄉的行政首長。②稱年長的同鄉。

鄉音 ㄒㄧㄤ ㄧㄣ 家鄉話特有的腔調。

鄉紳 ㄒㄧㄤ ㄕㄣ 地方上的官員或讀書人等知識分子。

鄉親 ㄒㄧㄤ ㄑㄧㄣ 同鄉的人彼此間親密的稱呼。

鄉關 ㄒㄧㄤ ㄍㄨㄢ 故里，家鄉。

鄉土文學 ㄒㄧㄤ ㄊㄨˇ ㄨㄣˊ ㄒㄩㄝˊ 反映地方上人民的情感及風俗習慣的文學作品。

郵

ㄧㄡˊ yóu 名 負責書信傳達、包裹寄送、儲蓄業務等的機構。例 郵政總局。動 用寄信的方式傳達。例 郵寄。

郵局 ㄧㄡˊ ㄐㄩˊ 辦理郵政業務的單位，隸屬於交通部。

郵政 ㄧㄡˊ ㄓㄥˋ 與傳遞信函、包裹、儲蓄業務、匯兌等有關的事務。

郵差 ㄧㄡˊ ㄔㄞ 負責從郵局遞送郵件到收信人家中的人。

郵票 ㄧㄡˊ ㄆㄧㄠˋ 黏貼在信函上以作為交付郵資的憑證。西元一八四〇年源於英國。

郵筒 ㄧㄡˊ ㄊㄨㄥˇ 設置在路旁供人放置郵件，再由郵局人員統一收集遞送的筒子。

郵電 ㄧㄡˊ ㄉㄧㄢˋ 指郵政和電信（電報、電話）。

郵匯 ㄧㄡˊ ㄏㄨㄟˋ 用郵局劃撥匯款。

郵資 ㄧㄡˊ ㄗ 寄送郵件所需要的費用。

郵購 ㄧㄡˊ ㄍㄡˋ 利用劃撥匯款及郵寄的方式購買物品。

郵戳 ㄧㄡˊ ㄔㄨㄛ 郵局蓋在郵票上證明已使用過的印記。

郵政儲金 ㄧㄡˊ ㄓㄥˋ ㄔㄨˇ ㄐㄧㄣ 郵政機構所承辦的儲蓄業務。

郵遞區號 ㄧㄡˊ ㄉㄧˋ ㄑㄩ ㄏㄠˋ 為了加速及方便郵政業務而編排的地區號碼。

郿

ㄇㄟˊ méi 名 縣名。在陝西省。

鄆

ㄩㄣˋ yùn 名 ①古地名。春秋時魯國屬地，在今山東省。②姓。

郾

ㄧㄢˇ yǎn 名 縣名。郾城，在河南省中部。

鄂

ㄜˋ è 名 ①邊際。②湖北省的簡稱。

十畫

鄔

ㄨ wū 名 ①古地名。春秋時鄭國和晉國屬地，約在今河南省和山西省。②姓。

鄖

ㄩㄣˊ yún 名 ①古國名。在今湖北省。②縣名。在湖北省。

鄒

ㄗㄡ zōu 名 ①古國名。周代諸侯國，在今山東省。②姓。

十一畫

鄙

ㄅㄧˇ bǐ 名 國界邊境的地區。形 ①粗野俗陋的。例 鄙俗。②謙稱自己的。例 鄙人、鄙見。動 輕視，瞧不起。

鄙人 ㄅㄧˇ ㄖㄣˊ ①鄉野間的人。②學養粗野淺陋的人。③自稱的謙虛之詞。

鄙吝 ㄅㄧˇ ㄌㄧㄣˋ 人品貪婪吝嗇。形容人器量狹小，好計較得失。

鄙陋 ㄅㄧˇ ㄌㄡˋ 比喻人粗俗醜陋的樣子。

鄙視 ㄅㄧˇ ㄕˋ 看輕，瞧不起。

鄘 ㄩㄥ yōng 名①古國名。周代諸侯國，在今河南省。②通「墉」。城池。

鄢 ㄧㄢ yān 名①古國名。周代諸侯國，在今河南省。②姓。

鄣 ㄓㄤ zhāng 名古國名。周代諸侯國，在今山東省。動掩蓋遮蔽。例鄣壅。

鄜 ㄈㄨ fū 名縣名。在陝西省。

鄠 ㄏㄨˋ hù 名縣名。位在陝西省中部，盛產蓮藕。

鄚 ㄇㄛˋ mò 名古地名。在今河北省。

鄞 ㄧㄣˊ yín 名①縣名。在浙江省東部，靠近甬江，也稱甬。②姓。

十二畫

鄰 ㄌㄧㄣˊ lín 名①地方行政區域劃分的層級。②住處附近的人家。例鄰長。例遠親不如近鄰。③與之親近的人。例論語：「德不孤，必有鄰。」形接壤的。例鄰國。

鄰比 ㄌㄧㄣˊ ㄅㄧˇ 住宅附近的住家。

鄰里 ㄌㄧㄣˊ ㄌㄧˇ 鄉里間的人。

鄰居 ㄌㄧㄣˊ ㄐㄩ 住處附近的人家。

鄰近 ㄌㄧㄣˊ ㄐㄧㄣˋ 靠近，接近。

鄭 ㄓㄥˋ zhèng 名①古國名。周代諸侯國，在今河南省。②姓。副慎重不輕率地。例鄭重其事。

鄭重 ㄓㄥˋ ㄓㄨㄥˋ ①一次又一次地。②謹慎的。

鄧 ㄉㄥˋ dèng 名①古國名。周代諸侯國，在今河南省。②姓。

鄱 ㄆㄛˊ pó 見「鄱陽」。

鄱陽 ㄆㄛˊ ㄧㄤˊ ①湖泊名。中國五大淡水湖之一，在江西省北方，長江以南，有南、北湖之別。②縣名。在江西省鄱陽湖東岸，商業繁榮物產豐饒，是江西省一大城。

鄯 ㄕㄢˋ shàn 名①縣名。鄯善，在新疆省。②古國名。鄯善，漢代西域國之一，本名樓蘭，在今新疆省。

鄲 ㄉㄢ dān 名縣名。邯鄲，在河北省。

十三畫

鄴 ㄧㄝˋ yè 名①古地名。春秋時齊國屬地，在今河南省。②姓。

十四畫

鄹 ㄗㄡ zōu 名①古地名。在今山東省曲阜縣東南，是孔子的故鄉。②同「鄒」。古國名。

十五畫

鄺 ㄎㄨㄤˋ kuàng 名姓。

十七畫

酃 ㄌㄧㄥˊ líng 名縣名，湖泊名。皆位於湖南省。

十八畫

酆 ㄈㄥ fēng 名①古地名。周朝文王都城，在今陝西省。②姓。

十九畫

酇 ㄗㄢˋ zàn 名周朝地方行政區域的劃分，一百家為一酇。

酈 ㄌㄧˋ lì 名①古地名。在今河南省。②姓。

酉部 ㄧㄡˇ

酉 ㄧㄡˇ yǒu 名①「酒」的本字。②地支的第十位。③時辰名。相當於下午五點到七點。

二畫

酋 ㄑㄧㄡˊ qiú 名①領導者，帶頭的人。例酋長。②古代執掌釀酒的官員。

酋長 ㄑㄧㄡˊ ㄓㄤˇ 部落社會中的領導人物。是聚落中的精神領袖，多半由世襲產生。

酊 ㈠ㄉㄧㄥˇ dǐng 見「酩酊」。㈡ㄉㄧㄥ dīng 名藥物溶於酒精的溶液。例碘酊。

三畫

酒 ㄐㄧㄡˇ jiǔ 名利用穀類或水果等含醣類的食物發酵而成的飲料，具有刺激和興奮等亢進作用。

酒力 ㄐㄧㄡˇ ㄌㄧˋ 酒精在人身上所發生的作用。

酒令 ㄐㄧㄡˇ ㄌㄧㄥˋ 古人喝酒時所玩的助興遊戲，由一人為令長，其他人都聽其號令，違令或輸的人必須罰酒。

酒坊 ㄐㄧㄡˇ ㄈㄤ 賣酒的地方。

酒店 ㄐㄧㄡˇ ㄉㄧㄢˋ 賣酒或供人飲酒的商店。

酒保 ㄐㄧㄡˇ ㄅㄠˇ 賣酒的人。現指吧檯中調酒的人。

酒家 ㄐㄧㄡˇ ㄐㄧㄚ 賣酒的商店。

酒席 ㄐㄧㄡˇ ㄒㄧˊ 有酒喝的筵席。

酒鬼 ㄐㄧㄡˇ ㄍㄨㄟˇ 指非常愛喝酒，沒有酒就活不下去的人。

酒徒 ㄐㄧㄡˇ ㄊㄨˊ 嗜酒的人。

酒量 ㄐㄧㄡˇ ㄌㄧㄤˋ 一個人可以承受的飲酒限度。

酒肆 ㄐㄧㄡˇ ㄙˋ 賣酒的商店。

酒精 ㄐㄧㄡˇ ㄐㄧㄥ 即乙醇。酒類中常含的有機化合物，是一種無色的易燃液體，為重要的化工原料。

酒醉 ㄐㄧㄡˇ ㄗㄨㄟˋ 飲酒太多，身體不能負荷而感到暈眩，行動不能自主。

酒興 ㄐㄧㄡˇ ㄒㄧㄥˋ 喝酒的興致。

酒糟 ㄐㄧㄡˇ ㄗㄠ 釀酒後過濾出的渣滓，可用來烹調菜餚。

酒靨 ㄐㄧㄡˇ ㄧㄝˋ 臉頰上說話或笑時的凹陷處。同酒窩。

酒色財氣 ㄐㄧㄡˇ ㄙㄜˋ ㄘㄞˊ ㄑㄧˋ 喝酒、好色、貪財、逞氣。表示不良的生活習慣。

酒肉朋友 ㄐㄧㄡˇ ㄖㄡˋ ㄆㄥˊ ㄧㄡˇ 形容只會一同吃喝享樂，有難時卻不聞不問的朋友。

酒酣耳熱 ㄐㄧㄡˇ ㄏㄢ ㄦˇ ㄖㄜˋ 飲酒時醉意正濃的樣子。

酌 ㄓㄨㄛˊ zhuó 名①酒。例清酌。②有備酒的筵席。例菲酌。動①替人斟酒。②喝酒。例月下獨酌。③參考思量，計算多寡。例斟酌。

酌酒 ㄓㄨㄛˊ ㄐㄧㄡˇ 喝酒，飲酒。

配 ㄆㄟˋ pèi 名①妻子。例元配。②指夫妻兩人。例配偶。動①足以匹敵媲美。例配不上。②結合，組合。例配合。③調和。例配色。④結婚。例婚配。⑤安置妥當。例調配。⑥發落到邊疆充軍。例發配。⑦相稱，合適。例這件衣服很配他穿。⑧增補適當的物品或組件。例配眼鏡。⑨牲畜交合。例交配、配種。

配方 ㄆㄟˋ ㄈㄤ 醫師開的藥劑處方。

配合 ㄆㄟˋ ㄏㄜˊ ①把不同事物按適當的規律組合在一起。②匹配，男女結合。

配角 ㄆㄟˋ ㄐㄩㄝˊ 戲劇或小說中雖不是主要人物，卻有輔助性功能的角色。

配音 ㄆㄟˋ ㄧㄣ 在電影或戲劇演出時加上原先拍攝時所沒有的語言或音樂，以供語言不同的觀眾欣賞或加強戲劇效果。

配偶 ㄆㄟˋ ㄡˇ 指夫妻兩方。

配給 ㄆㄟˋ ㄐㄧˇ 分配發給。

配備 ㄆㄟˋ ㄅㄟˋ ①根據需要發給的裝備。②成套的器物。③將部隊配置於適當地區，以備攻防。

配藥 ㄆㄟˋ ㄧㄠˋ 依照處方調製藥物。

酎 ㄓㄡˋ zhòu 名多次釀造的醇酒。例醇酎。

酐 ㄍㄢ gān 名酸類去水後的氧化物。

四畫

酗 ㄒㄩˋ xù 動喝酒不節制而沉迷其中。例酗酒。

酖 ㈠ㄉㄢ dān 動喜好喝酒。例酖酒。㈡ㄓㄣˋ zhèn 名通「鴆」。用有毒羽毛製成的毒酒。

酚 ㄈㄣ fēn 名稱以苯酚為代表的芳香族化合物。

五畫

酣 ㄏㄢ hān 動暢飲，盡興地飲酒作樂。例酒酣耳熱。副①暢快而沉浸於其中的樣子。例酣飲。②猛烈，劇烈。例酣鬥。

酣眠 ㄏㄢ ㄇㄧㄢˊ 沉沉地熟睡的樣子。

酣飲 ㄏㄢ ㄧㄣˇ 痛快飲酒。

酣睡 ㄏㄢ ㄕㄨㄟˋ 熟睡。同酣眠。

酣醉 ㄏㄢ ㄗㄨㄟˋ 喝酒而大醉。

酣戰 ㄏㄢ ㄓㄢˋ 投入激烈而持久的征戰。

酥 ㄙㄨ sū 名①用牛乳或羊乳所製成的白色油脂，可食用也可點燈。例酥油。②油和麵粉混合後烘烤製成的鬆脆點心。例杏仁酥。形①皮膚光滑柔嫩的樣子。例陸游．釵頭鳳：「紅酥手，黃藤酒，滿園春色宮牆柳。」②

滑膩無力的。例酥軟。動身體軟弱無力。例忙了一天，全身骨頭都酥了。

酥麻 ㄙㄨ ㄇㄚˊ 指身體酸軟無力的樣子。同酥軟。

酢 ㈠ㄗㄨㄛˋ zuò 名酬神的祭禮。動客人用酒回敬主人以表示謝意。例酬酢。

㈡ㄘㄨˋ cù 名通「醋」。例烏酢。

酢漿草 ㄗㄨㄛˋ ㄐㄧㄤ ㄘㄠˇ 植物名。多年生草本，莖葉有酸味，可供藥用，多分布在溫帶及熱帶地區。

酤 ㄍㄨ gū 動①去商店買酒。例酤酒。②商店賣酒。

酡 ㄊㄨㄛˊ tuó 形臉部泛紅的樣子。例酡顏。

六畫

酬 ㄔㄡˊ chóu 名報答的謝禮。例按件計酬。動①報答他人的幫助。例酬謝。②願望實現。例壯志未酬。③與人的交際來往。例應酬。④勸客人喝酒。例酬酒。

酬神 ㄔㄡˊ ㄕㄣˊ 為了答謝神明的庇佑而舉辦的祭祀活動。

酬勞 ㄔㄡˊ ㄌㄠˊ 用以報答他人所付出的金錢或物質。

酬報 ㄔㄡˊ ㄅㄠˋ 報答，給酬勞。

酪 ㄌㄨㄛˋ luò 名①用動物的乳汁製成的半凝固食品。例羊奶酪。②用果實熬煮的糊狀食品，果醬。例杏仁酪。

酪農 ㄌㄨㄛˋ ㄋㄨㄥˊ 飼養牛羊以取其乳汁，並加工製造乳製品來販賣的農民。

酩 ㄇㄧㄥˇ mǐng 見「酩酊」。

酩酊 ㄇㄧㄥˇ ㄉㄧㄥˇ 醉到不省人事的樣子。例酩酊大醉。

酯 ㄓˇ zhǐ 名由酸和醇作用，脫去水分後所產生的有機化合物。

酮 ㄊㄨㄥˊ tóng 名一種有機化合物，可作為溶劑。例丙酮。

七畫

酷 ㄎㄨˋ kù 形①殘忍的。例酷吏。②氣味濃烈撲鼻的。③有特殊風格的。例酷妹。副非常。表示程度很強烈。例酷暑。

酷刑 ㄎㄨˋ ㄒㄧㄥˊ 殘忍的刑罰。

酷似 ㄎㄨˋ ㄙˋ 非常相像。

酷虐 ㄎㄨˋ ㄋㄩㄝˋ 指人非常殘忍暴虐的樣子。

酷暑 ㄎㄨˋ ㄕㄨˇ 非常炎熱的夏天。

酷愛 ㄎㄨˋ ㄞˋ 極為喜愛。

酷熱 ㄎㄨˋ ㄖㄜˋ 氣候非常炎熱。

酷寒 ㄎㄨˋ ㄏㄢˊ 非常寒冷的天氣。

酵 ㄒㄧㄠˋ xiào 名有機物質受到酵母菌作用後，所發生的分解作用。例發酵。

酵素 ㄒㄧㄠˋ ㄙㄨˋ 由蛋白質所形成的催化劑，可以促進細胞內的化學變化。

酵母菌 ㄒㄧㄠˋ ㄇㄨˇ ㄐㄩㄣˋ 真菌的一種，是單細胞生物，可以促使醣類發酵。

酲 ㄔㄥˊ chéng 形酒醉所引起的頭腦暈眩，神智不清的樣子。動大醉，失去知覺。例宿酲。

酴 ㄊㄨˊ tú 名①釀酒用的麴。②酴醾，重釀的酒。

酺 ㄆㄨˊ pú 動眾人聚集在一起飲酒作樂。例酺宴。

酸 ㄙㄨㄢ suān 名①像醋或檸檬的味道。例醋酸。②悲傷，哀痛。例含酸。③忌妒。例這話裡透著酸。④化學上指在水溶液中進行電解時能產生氫離子的化合物，可使藍色石蕊試紙變紅。形①器量狹小，見識淺薄的。例窮酸。②通「痠」。肢體疼痛。例酸痛。③悲痛的。例心酸、辛酸。動食物腐壞產生的氣味。例這菜酸了。

酸軟 ㄙㄨㄢ ㄖㄨㄢˇ 身體疲軟無力。

酸腐 ㄙㄨㄢ ㄈㄨˇ 比喻人的思想或見識迂腐。

酸鼻 ㄙㄨㄢ ㄅㄧˊ 欲哭時鼻腔微酸的感覺。形容非常悲傷。

酹 ㄌㄟˋ lèi 動把酒灑在地上以祭拜神明。例蘇軾・念奴嬌：「一樽還酹江月。」

酶 ㄇㄟˊ méi 名生物催化劑，是一種特殊的蛋白質，能促進生物細胞的化學作用。

八畫

醇 ㄔㄨㄣˊ chún 名①有香味的酒。②含羥基的有機化合物的總稱。例甲醇。形①酒香撲鼻的。例香醇。②誠懇樸實的。例醇醇。③通「純」。專一不摻雜其他的。例醇粹。

醇化 ㄔㄨㄣˊ ㄏㄨㄚˋ ①敦厚樸實的教化。②按照一定的理想標準，把客觀的事物經主觀的潤飾，使其達到完美境界。

醇酒 ㄔㄨㄣˊ ㄐㄧㄡˇ 味道溫潤順口的酒。

醇美 ㄔㄨㄣˊ ㄇㄟˇ 專一而美善的。

醇粹 ㄔㄨㄣˊ ㄘㄨㄟˋ 精純不雜。同純粹。

醇醇 ㄔㄨㄣˊ ㄔㄨㄣˊ 敦厚樸實的樣子。

醇酒婦人 ㄔㄨㄣˊ ㄐㄧㄡˇ ㄈㄨˋ ㄖㄣˊ 沉溺在美酒與美人之中，過著腐化頹廢的生活。

醉 ㄗㄨㄟˋ zuì 形①因為喝酒太多而暈眩的。例醉漢。②用酒調味或浸泡過的。例醉雞。動①因為喝酒過量而感到暈眩。例不醉不歸。②沉迷於某件事物。例醉心。

醉心 ㄗㄨㄟˋ ㄒㄧㄣ 沉迷而嚮往於某事。

醉客 ㄗㄨㄟˋ ㄎㄜˋ 喝醉酒的人。

醉眼 ㄗㄨㄟˋ ㄧㄢˇ 酒醉後迷濛的眼神。

醉漢 ㄗㄨㄟˋ ㄏㄢˋ 喝醉酒的男人。

醉醺醺 ㄗㄨㄟˋ ㄒㄩㄣ ㄒㄩㄣ 指因醉酒而意識模糊的樣子。

醉生夢死 ㄗㄨㄟˋ ㄕㄥ ㄇㄥˋ ㄙˇ 糊塗度日，彷彿身在酒醉和睡夢中。

醉翁之意不在酒 ㄗㄨㄟˋ ㄨㄥ ㄓ ㄧˋ ㄅㄨˋ ㄗㄞˋ ㄐㄧㄡˇ 本指喝酒時意不在酒，而在別的地方。後比喻人別有用心。

醋 ㄘㄨˋ cù 名①用穀類或水果製成，有酸味的調味品。例柴米油鹽醬醋茶。②忌妒。例吃醋。

醋意 ㄘㄨˋ ㄧˋ 因忌妒而感到不愉快的心情。

醋罈子 ㄘㄨˋ ㄊㄢˊ ˙ㄗ 指容易因忌妒而生氣的人。

醃 ㄧㄢ yān 動用糖、鹽、酒等調味料長時間浸漬食物。例醃肉。

醁 ㄌㄨˋ lù 名美酒。例醽醁。

醅 ㄆㄟ pēi 名已釀成但還沒過濾掉雜質的濁酒。

醊 ㄔㄨㄛˋ chuò 動把酒灑在地上以祭神。

九畫

醒 ㄒㄧㄥˇ xǐng 形在群體中特別突出，容易被發現的。例醒目。動①由意識不清的狀態回復到有知覺能力。例甦醒。②了解，覺悟。例醒悟。

醒目 ㄒㄧㄥˇ ㄇㄨˋ 顯眼突出的，引人注目的。

醒酒 ㄒㄧㄥˇ ㄐㄧㄡˇ 從酒醉的狀態清醒過來。

醒悟 ㄒㄧㄥˇ ㄨˋ 覺醒明白。

醍 ㄊㄧˊ tí 見「醍醐」。

醍醐 ㄊㄧˊ ㄏㄨˊ ①經多次煉製、品質最好的乳酪。②比喻有智慧和完美的人格。③美酒。

醍醐灌頂 ㄊㄧˊ ㄏㄨˊ ㄍㄨㄢˋ ㄉㄧㄥˇ ①佛家以此比喻灌輸智慧，讓人心智大開，得到啟發，頓時醒悟。②比喻令人感到清涼舒適。

醐 ㄏㄨˊ hú 見「醍醐」。

十畫

醞 ㄩㄣˋ yùn 名酒。動①釀酒。例醞酒。②事物漸漸形成。例醞釀。

醞釀 ㄩㄣˋ ㄋㄧㄤˋ ①指釀酒。②事物漸漸成熟的準備過程。

醜 ㄔㄡˇ chǒu 名羞恥，罪惡的事。例家醜不可外揚。形①外表不美麗的。例醜人多作怪。②令人討厭憎惡的。例醜態百出。

醜化 ㄔㄡˇ ㄏㄨㄚˋ 把事物或人故意抹黑歪曲，使人厭惡。

醜名 ㄔㄡˇ ㄇㄧㄥˊ 令人厭惡的名聲。

醜行 ㄔㄡˇ ㄒㄧㄥˊ 惡劣的作為。

醜陋 ㄔㄡˇ ㄌㄡˋ 難看不美麗的。

醜惡 ㄔㄡˇ ㄜˋ 外表難看的。

醜八怪 ㄔㄡˇ ㄅㄚ ㄍㄨㄞˋ 辱罵人面貌醜陋。也作「醜巴怪」。

醜態畢露 ㄔㄡˇ ㄊㄞˋ ㄅㄧˋ ㄌㄨˋ 難看醜陋的姿態全都顯現出來。

醜媳婦終要見公婆 ㄔㄡˇ ㄒㄧˊ ㄈㄨˋ ㄓㄨㄥ ㄧㄠˋ ㄐㄧㄢˋ ㄍㄨㄥ ㄆㄛˊ 比喻事情的真相終難以掩飾。

醢 ㄏㄞˇ hǎi 名肉醬。動剁成肉醬。例醢人。

醚 ㄇㄧˊ mí 名有機化合物的一種，常用作麻醉劑。例乙醚。

醣 ㄊㄤˊ táng 名即碳水化合物，由碳、氫、氧三種元素組成，是生物的主要能源。例醣類。

醛 ㄑㄩㄢˊ quán 名含有醛基的有機化合物。

十一畫

醫 ㄧ yī 名①為人治療病痛的專業人員。例醫師。②醫學的簡稱。例醫科學生。例醫藥。形與醫療有關係的。動治療病痛。例把他醫好了。

醫生 ㄧ ㄕㄥ 具備治療病痛之知識與能力的專業人士。也稱為醫師。

醫治 ㄧ ㄓˋ 治療病痛。

醫院 ㄧ ㄩㄢˋ 具有專門設備，用來治療病人的地方。

醫師 ㄧ ㄕ 即醫生。

醫術 ㄧ ㄕㄨˋ 治病的技術。

醫德 ㄧ ㄉㄜˊ 醫師的道德涵養。

醫學 ㄧ ㄒㄩㄝˊ 研究治療病痛的專門學問。

醫療 ㄧ ㄌㄧㄠˊ 治病療養。

醫藥 ㄧ ㄧㄠˋ 醫治及藥品。

醫護 ㄧ ㄏㄨˋ 醫療與護理。

醬 ㄐㄧㄤˋ jiàng 名①豆類發酵製成的調味品。例豆瓣醬。②搗爛成泥狀的食品。例芥末醬。形用醬醃漬的。例醬菜。動浸泡食物在醬裡。例肉下鍋前先在醬油中醬一醬。

醬瓜 ㄐㄧㄤˋ ㄍㄨㄚ 用醬醃漬的瓜類。

醬油 ㄐㄧㄤˋ ㄧㄡˊ 用大豆發酵而成，深色而味鹹的液體調味品。

醬園 ㄐㄧㄤˋ ㄩㄢˊ 製作醬油和醬菜等食物的店鋪或工廠。

醪 ㄌㄠˊ láo 名尚未過濾，含有渣滓的濁酒。例醪糟。

醨 ㄌㄧˊ lí 名味淡的酒。

醯 ㄒㄧ xī 名①古代稱醋為醯。②醯雞，酒上的飛蟲。

十二畫

醭 ㄆㄨˊ pú 名酒醋等釀造物放久或腐壞後，表面所生的白霉。

醮 ㄐㄧㄠˋ jiào 名①古代成年禮或婚禮中的飲酒禮。②僧侶道士為祭拜鬼神所作的法事。例醮事、建醮。動女子再嫁。

醮壇 ㄐㄧㄠˋ ㄊㄢˊ 為祭祀鬼神所設的高壇。

醱 ㄆㄛ pō 動把釀製完成的酒再釀一次。例醱醅。

醱酵 ㄆㄛ ㄒㄧㄠˋ 釀酒時，有機物因為受到微生物所分泌的酵素作用而發生的化學反應。亦作「發酵」。

十三畫

醲 ㄋㄨㄥˊ nóng 名烈酒，滋味濃厚的酒。形通「濃」。厚重的樣子。例醲郁。

醴 ㄌㄧˇ lǐ 名①有甜味的酒。②甘美的泉水。例醴泉。

醵 ㄐㄩˋ jù 動①大家一起湊錢買酒喝。②聚集。例醵資。

十四畫

醺 ㄒㄩㄣ xūn 副酒醉的樣子。例醉醺醺。

十七畫

釀 ㄋㄧㄤˋ niàng 名酒的代稱。例佳釀。動①利用發酵的方法來製造。例釀酒、釀造。②一點點累積變化而成。例釀成災禍、醞釀。

醽 ㄌㄧㄥˊ líng 名醽醁，美酒名。

醾 ㄇㄧˊ mí 名酴醾，經過多次釀造的酒。

釂 ㄐㄧㄠˋ jiào 動喝完杯裡的酒。

十八畫

釁 ㄒㄧㄣˋ xìn 名足以惹禍的事端。例挑釁。動以血祭祀，將血塗在器物的邊緣及縫隙。

十九畫

釃 ㊀ㄙ sī 動過濾酒。例釃酒。㊁ㄌㄧˊ lí 名通「醨」。味淡的酒。

二十畫

釅 ㄧㄢˋ yàn 形①液體味道濃厚的。例釅酒。②顏色濃厚的。

釆部 ㄅㄧㄢˋ

釆 ㄅㄧㄢˋ biàn 動區分，辨別。為「辨」的本字。

一畫

采 ㄘㄞˇ cǎi 名①色彩。例五采布。②通「綵」。有顏色的布料。③神態樣貌。例神采飛揚。④稱讚，叫好聲。例喝采。⑤見「采地」。動採集，搜集。例采詩。

采地 ㄘㄞˋ ㄉㄧˋ 封建時代，諸侯、卿大夫受封的土地。也稱為采邑。

六畫

釉 ㄧㄡˋ yòu 名塗抹在陶瓷器表面，用來增加光亮的物質。例上釉。

釉藥 ㄧㄡˋ ㄧㄠˋ 塗在粗瓷表面，可以填平瓷器表面的細孔，再燒成細瓷。

十三畫

釋 ㄕˋ shì 名①佛教創始者釋迦牟尼的簡稱。②姓。動①注解，說明。例注釋。②赦免並給予自由。例釋放。③消除。例誤會冰釋。④放下。例手不釋卷。

釋然 ㄕˋ ㄖㄢˊ 疑惑和仇怨都消除，心裡很平靜的樣子。

釋放 ㄕˋ ㄈㄤˋ 將囚犯赦免，還其自由。

里部 ㄌㄧˇ

里 ㄌㄧˇ lǐ 名①家鄉，居所。例故里。②地方行政區域名。在鎮之下，鄰之上，與村平行。③街坊。例錦安里。④古代面積的單位，縱橫三百步之間。⑤計算長度的單位。例岳飛・滿江紅：「八千里路雲和月。」

里程 ㄌㄧˇ ㄔㄥˊ 路程，兩地之間的距離。

里程碑 ㄌㄧˇ ㄔㄥˊ ㄅㄟ ①路旁標示里程的石碑。②比喻在歷史過程中足以作為標誌的重大事件。

二畫

重

㈠ㄓㄨㄥˋ zhòng 名物體或人體的分量。例體重。形①分量大的。例笨重。②嚴峻的。例重刑、重罰。③味道濃烈的。例重口味。④貴的。例貴重。⑤劇烈的。例重病。⑥要緊的。例軍事重地。動①尊崇。例尊重。②偏愛。例重男輕女。③超過。例名重泰山。副莊重，不輕率。例慎重。

㈡ㄔㄨㄥˊ chóng 名計算層疊的次數。形一層一層疊起來的。例困難重重。副再次。例重來一次。

重九 ㄔㄨㄥˊ ㄐㄧㄡˇ 農曆九月九日。即重陽節，又叫敬老節，古代相傳在這一天要登高以避邪。

重力 ㄓㄨㄥˋ ㄌㄧˋ 地球對地面上所有物體都有的引力。

重大 ㄓㄨㄥˋ ㄉㄚˋ 大而要緊的樣子。

重心 ㄓㄨㄥˋ ㄒㄧㄣ 物體重量的集中點。比喻事情的中心或主要部分。

重用 ㄓㄨㄥˋ ㄩㄥˋ 器重，並加以任用。

重申 ㄔㄨㄥˊ ㄕㄣ 再一次申明。

重任 ㄓㄨㄥˋ ㄖㄣˋ 重要的任務。

重來 ㄔㄨㄥˊ ㄌㄞˊ 再來一次。

重金 ㄓㄨㄥˋ ㄐㄧㄣ 鉅額的錢財。

重要 ㄓㄨㄥˋ ㄧㄠˋ 指重大且緊要的。

重創 ㄓㄨㄥˋ ㄔㄨㄤ 受到嚴重的傷害。

重視 ㄓㄨㄥˋ ㄕˋ 特別看重或注意。

重新 ㄔㄨㄥˊ ㄒㄧㄣ 從頭開始，再一次。

重演 ㄔㄨㄥˊ ㄧㄢˇ 同樣的事再次發生。

重複 ㄔㄨㄥˊ ㄈㄨˋ 重疊，一次又一次。

重賞 ㄓㄨㄥˋ ㄕㄤˇ 指給人優渥的酬賞。

重點 ㄓㄨㄥˋ ㄉㄧㄢˇ 要緊的地方，有影響力的所在。

重懲 ㄓㄨㄥˋ ㄔㄥˊ 嚴厲地懲罰。

重疊 ㄔㄨㄥˊ ㄉㄧㄝˊ 一層一層相疊上去。

重聽 ㄓㄨㄥˋ ㄊㄧㄥ 指聽力遲鈍。

重頭戲 ㄓㄨㄥˋ ㄊㄡˊ ㄒㄧˋ 比喻事情的精彩部分。

重生父母 ㄔㄨㄥˊ ㄕㄥ ㄈㄨˋ ㄇㄨˇ 即再生父母，指對自己有重大恩情的人。

重見天日 ㄔㄨㄥˊ ㄐㄧㄢˋ ㄊㄧㄢ ㄖˋ 比喻脫離黑暗，重新見到光明。

重作馮婦 ㄔㄨㄥˊ ㄗㄨㄛˋ ㄈㄥˊ ㄈㄨˋ 形容人再做從前所做過的事，即重操舊業。

重溫舊夢 ㄔㄨㄥˊ ㄨㄣ ㄐㄧㄡˋ ㄇㄥˋ 再經歷一次過去的美好經驗。

重整旗鼓 ㄔㄨㄥˊ ㄓㄥˇ ㄑㄧˊ ㄍㄨˇ 失敗後經過檢討再來一次。

重蹈覆轍 ㄔㄨㄥˊ ㄉㄠˋ ㄈㄨˋ ㄔㄜˋ 形容人不能記取教訓，在同樣的地方再犯相同的錯誤。

四畫

野 ㄧㄝˇ yě 名①郊外。例郊野。②平坦的地方。例沃野千里。③界限，地域。例視野、分野。④民間。例在野。形①質樸的。例論語：「質勝文則野，文勝質則史。」②粗鄙不馴的。例粗野、撒野。③非人工種植的。例野草。④非人工飼養的。例野馬。⑤居處山林的。例野老。⑥非正式的。例稗官野史。副非常地，極甚。例袁枚．祭妹文：「朔風野大，阿兄歸矣。」

野人 ㄧㄝˇ ㄖㄣˊ 未開化的人。或指質樸的人、平民。

野心 ㄧㄝˇ ㄒㄧㄣ 指人對各種欲望，如名利、地位等企圖得到的心意。

野史 ㄧㄝˇ ㄕˇ 私人編撰的歷史。或指正史上未記錄而民間流傳的事蹟。同稗史。

野外 ㄧㄝˇ ㄨㄞˋ 郊外偏僻的地方。

野生 ㄧㄝˇ ㄕㄥ ①未經人工培育而自然生成的動植物。②謙稱粗野不懂世事。

野地 ㄧㄝˇ ㄉㄧˋ 野外的荒地。

野性 ㄧㄝˇ ㄒㄧㄥˋ 心性沒有被馴服。或指酷愛田野、大自然的心性。

野餐 ㄧㄝˇ ㄘㄢ 帶著食物到郊外吃。

野營 ㄧㄝˇ ㄧㄥˊ 到郊外紮營住宿。

野獸 ㄧㄝˇ ㄕㄡˋ 野外生長，並經人工飼養的動物。

野蠻 ㄧㄝˇ ㄇㄢˊ ①比喻人未開化的樣子。②指人不講道理，不可理喻的樣子。

野人獻曝 ㄧㄝˇ ㄖㄣˊ ㄒㄧㄢˋ ㄆㄨˋ 比喻平凡人所貢獻的平凡事物。

野心勃勃 ㄧㄝˇ ㄒㄧㄣ ㄅㄛˊ ㄅㄛˊ 形容人心懷貪念欲望，對權力、金錢、地位等有非常大的非分之想。

五畫

量 ㊀ㄌㄧㄤˊ liáng 動①用器物來計算東西的輕重、長短、多少等。例丈量。②衡量思考。例思量。③商議討論。例商量。㊁ㄌㄧㄤˋ liàng 名①計算物體容積的器具。②限度。例功德無量。③包容的程度。例雅量。④多寡。例降雨量。動估算。例量力而為。

量力 ㄌㄧㄤˋ ㄌㄧˋ 衡量自己的能力。例自不量力。

量刑 ㄌㄧㄤˋ ㄒㄧㄥˊ 指法官依據罪犯犯罪的動機、情節等判處罪犯應受的刑罰。

量杯 ㄌㄧㄤˋ ㄅㄟ 用來測量液體體積的器具。

量產 ㄌㄧㄤˋ ㄔㄢˇ 指工廠有定量生產某項產品。

量詞 ㄌㄧㄤˋ ㄘˊ 計算事物、時間、動作等的單位詞。

量入為出 ㄌㄧㄤˋ ㄖㄨˋ ㄨㄟˊ ㄔㄨ 根據收入斟酌衡量支出的多寡。

量體裁衣 ㄌㄧㄤˋ ㄊㄧˇ ㄘㄞˊ ㄧ 按照身材來剪裁衣服。後比喻符合實際的情況辦事。

十一畫

釐 ㊀ㄌㄧˊ lí 名①長度的單位，一公分的十分之一。②面積的單位，一畝的百分之一。③重量的單位，一兩的千分之一。④計算利息的單位。年利率一釐為本金的百分之一，月利率一釐為本金的千分之一。動治理，改正。例釐正。

(二)ㄒㄧ xī 名通「禧」。幸福，吉祥。例恭賀新釐。

釐正 ㄌㄧˊ ㄓㄥˋ 改正過來。

釐定 ㄌㄧˊ ㄉㄧㄥˋ 整理訂定。亦作「釐訂」。

金部 ㄐㄧㄣ

金 ㄐㄧㄣ jīn 名①金屬的通稱。例五金。②一種金屬元素，赤黃色，質軟，化學性質穩定，延展性最佳。例黃金。③金木水火土五行之一。④金星的簡稱。⑤錢，貨幣。例基金、現金。⑥朝代名。⑦姓。形①堅固的。例金城湯池。②珍貴的。例金玉良緣。③澄黃色的。例金黃色的稻田。

金口 ㄐㄧㄣ ㄎㄡˇ ①對他人言語的敬稱。②形容不易得的言論。

金星 ㄐㄧㄣ ㄒㄧㄥ ①太陽系行星之一，和地球差不多大，是所有大行星中最靠近地球的一顆。②星星般的小光點。例眼冒金星。

金風 ㄐㄧㄣ ㄈㄥ 秋風。古時用五行解釋季節的轉變，秋屬金，所以秋風又稱金風。

金庫 ㄐㄧㄣ ㄎㄨˋ 收藏錢財的庫房。

金條 ㄐㄧㄣ ㄊㄧㄠˊ 條狀或塊狀的黃金。又叫金塊。

金針 ㄐㄧㄣ ㄓㄣ ①中醫針灸所用的長針。②比喻巧妙的訣竅。③植物名。又名黃花菜，可以烹煮成菜餚。

金剛 ㄐㄧㄣ ㄍㄤ ①形容物品堅固不會壞的樣子。②神名。指護衛佛祖的侍從力士。

金婚 ㄐㄧㄣ ㄏㄨㄣ 西方人俗稱結婚五十週年為金婚。

金牌 ㄐㄧㄣ ㄆㄞˊ ①古代帝王傳達命令的憑證。②比賽第一名的獎牌。

金融 ㄐㄧㄣ ㄖㄨㄥˊ 資金的流通現象。

金錢 ㄐㄧㄣ ㄑㄧㄢˊ 錢財，指有價物品如錢幣、黃金等。

金額 ㄐㄧㄣ ㄜˊ 錢財的數量。

金蘭 ㄐㄧㄣ ㄌㄢˊ 形容朋友之間堅固投合的情誼。後引申為結拜兄弟。例金蘭之交、義結金蘭。

金屬 ㄐㄧㄣ ㄕㄨˇ 有光澤，能延展，且容易傳熱的物質。

金不換 ㄐㄧㄣ ㄅㄨˋ ㄏㄨㄢˋ 比喻非常可貴的意思。

金石交 ㄐㄧㄣ ㄕˊ ㄐㄧㄠ 形容堅貞不移的友情。

金光黨 ㄐㄧㄣ ㄍㄨㄤ ㄉㄤˇ 用不正當的方法騙取他人錢財的不法組織。

金剛石 ㄐㄧㄣ ㄍㄤ ㄕˊ 鑽石的別稱。是八面或十二面體的純炭質結晶，硬度非常高。

金剛經 ㄐㄧㄣ ㄍㄤ ㄐㄧㄥ 佛教典籍，全名是「金剛般若波羅蜜經」。以空慧為主體，專說一切法無我之理。

金飯碗 ㄐㄧㄣ ㄈㄢˋ ㄨㄢˇ 指待遇高又穩定的職位，常指公家機關。

金融卡 ㄐㄧㄣ ㄖㄨㄥˊ ㄎㄚˇ 銀行等金融機構發給客戶的卡片，客戶可憑卡在提款機提款。

金龜婿 ㄐㄧㄣ ㄍㄨㄟ ㄒㄩˋ 形容財力雄厚的女婿。

金縷衣 ㄐㄧㄣ ㄌㄩˇ ㄧ ①漢代皇帝和貴族所穿的葬服。②金線編織成的貴重衣服。

金鐘罩 ㄐㄧㄣ ㄓㄨㄥ ㄓㄠˋ ①武術的一種，運用氣功使身體刀槍不入的防身術。②形容說大話壓人。③泛稱保護身體的器物。

金黴素 ㄐㄧㄣ ㄇㄟˊ ㄙㄨˋ 抗生素的一種，金黃色結晶狀，可抑制許多種病毒的滋生。

金鑾殿 ㄐㄧㄣ ㄌㄨㄢˊ ㄉㄧㄢˋ 指唐代的宮殿，後泛稱天子居住的正殿。

金戈鐵馬 ㄐㄧㄣ ㄍㄜ ㄊㄧㄝˇ ㄇㄚˇ 指精壯的部隊或形容戰爭不斷。

金玉良言 ㄐㄧㄣ ㄩˋ ㄌㄧㄤˊ ㄧㄢˊ 非常珍貴有用的話語。

金玉滿堂 ㄐㄧㄣ ㄩˋ ㄇㄢˇ ㄊㄤˊ 形容極為富貴。

金石為開 ㄐㄧㄣ ㄕˊ ㄨㄟˊ ㄎㄞ 形容非常的誠懇，連金石都為之裂開。

金字招牌 ㄐㄧㄣ ㄗˋ ㄓㄠ ㄆㄞˊ 形容商家信用卓著。

金枝玉葉 ㄐㄧㄣ ㄓ ㄩˋ ㄧㄝˋ 舊稱皇族子孫，後比喻人很嬌貴的樣子。

金屋藏嬌 ㄐㄧㄣ ㄨ ㄘㄤˊ ㄐㄧㄠ 建造華麗的屋子給寵愛的女子居住。多指男人有外遇。

金盆洗手 ㄐㄧㄣ ㄆㄣˊ ㄒㄧˇ ㄕㄡˇ 比喻黑道人物洗心革面。

金科玉律 ㄐㄧㄣ ㄎㄜ ㄩˋ ㄌㄩˋ 形容法律條文嚴謹完善。後比喻不能更改的信條。

金童玉女 ㄐㄧㄣ ㄊㄨㄥˊ ㄩˋ ㄋㄩˇ 比喻天真無邪、清秀可愛的孩子。或專稱道教中供仙人使喚的童子。

金榜題名 ㄐㄧㄣ ㄅㄤˇ ㄊㄧˊ ㄇㄧㄥˊ 恭喜人考試被錄取的祝賀語。

金碧輝煌 ㄐㄧㄣ ㄅㄧˋ ㄏㄨㄟ ㄏㄨㄤˊ 形容建築物色彩燦爛奪目。

金蟬脫殼 ㄐㄧㄣ ㄔㄢˊ ㄊㄨㄛ ㄎㄜˊ 使用像蟬一樣去殼的方法脫逃，而不使對方立刻察覺。

一畫

釔 ㄧˇ yǐ 名 化學元素。金屬元素之一，化學符號為Y。可以製造各種玻璃或合金。

釓 ㄍㄚˊ gá 名 化學元素。稀土金屬元素之一，化學符號為Gd。銀白色，在潮溼空氣中會急速變晦暗。

二畫

針 ㄓㄣ zhēn 名 ①一種尖銳而細長，用來刺繡或縫衣服的工具。例繡花針。②形狀像針的東西。例秒針。③注射用的針形細管。例打針。動 中醫用長針刺病人穴道的一種治療法。例針灸。

針黹 ㄓㄣ ㄓˇ 指刺繡、縫紉等有關針線工作的總稱。

針對 ㄓㄣ ㄉㄨㄟˋ 對著某件事或某個人而言的。

針織 ㄓㄣ ㄓ 用針線編織。

針葉林 ㄓㄣ ㄧㄝˋ ㄌㄧㄣˊ 以針葉樹為主要植物的森林。

針針見血 ㄓㄣ ㄓㄣ ㄐㄧㄢˋ ㄒㄧㄝˇ 形容人的見解言論深透入裡。

針鋒相對 ㄓㄣ ㄈㄥ ㄒㄧㄤ ㄉㄨㄟˋ 比喻兩方在策略和看法上有尖銳

的對立。

釗 ㄓㄠ zhāo 動勉勵。例勉釗。

釕 ㄌㄧㄠˇ liǎo 名化學元素。金屬元素之一，化學符號為Ru。銀灰色，可製造耐磨的合金。

釙 ㄆㄛˋ pò 名化學元素。放射性金屬元素之一，化學符號為Po。由居禮夫人發現。

釘 ㈠ㄉㄧㄥ dīng 名尖細而可以用來貫穿及固定物體的東西。例鐵釘。動①通「盯」。注意看。例緊迫釘人。②督促。㈡ㄉㄧㄥˋ dìng 動①把釘子打進東西裡，將東西固定起來。例釘成一本書。②用針線連綴衣物，使其縫合。例釘扣子。

釘鞋 ㄉㄧㄥ ㄒㄧㄝˊ 鞋底有釘的鞋，可以增加抓地力，在田徑比賽或雪地走路時穿。

釜 ㄈㄨˇ fǔ 名古代烹飪的鍋子。例釜底抽薪。

釜魚 ㄈㄨˇ ㄩˊ 指釜中的魚活不了太久。形容人處於極端危險的境地。

釜底抽薪 ㄈㄨˇ ㄉㄧˇ ㄔㄡ ㄒㄧㄣ 比喻從根本上徹底解決事情。

三畫

釵 ㄔㄞ chāi 名婦女插在頭髮上，可以用來固定頭髮的一種首飾。例金釵。

釵釧 ㄔㄞ ㄔㄨㄢˋ 指髮釵和手鐲。泛稱婦女的飾物。

釦 ㄎㄡˋ kòu 名衣服上的鈕。例鈕釦。

釦子 ㄎㄡˋ ˙ㄗ 衣服的鈕釦。又作「扣子」。

釣 ㄉㄧㄠˋ diào 名釣鉤的簡稱。動①用餌引魚上鉤。例釣魚。②用手段來獵取。例沽名釣譽。

釣具 ㄉㄧㄠˋ ㄐㄩˋ 釣魚用具。有釣竿、釣鉤、浮標等。

釣餌 ㄉㄧㄠˋ ㄦˇ 釣魚用的餌。比喻引人上鉤的事物。

釧 ㄔㄨㄢˋ chuàn 名戴在手臂或手腕的環形飾品。俗稱手鐲或鐲子。

釩 ㄈㄢˊ fán 名化學元素。稀有金屬元素之一，化學符號為V。多存於鐵礦中。

釭 ㄍㄤ gāng 名①燈。②車轂內用以穿軸的鐵圈。

釤 ㄕㄢ shān 名化學元素。金屬元素之一，化學符號為Sm。灰白色，質硬，在空氣中易被氧化。

釹 ㄋㄩˇ nǚ 名化學元素。稀土金屬元素之一，化學符號為Nd。可以用來製造飛機和火箭。

鈀 ㄧㄝˇ yě 名化學元素「釔」的舊譯。

釷 ㄊㄨˇ tǔ 名化學元素。金屬元素之一，化學符號為Th。具有放射性，是灰白粉末，在高溫下可自燃，呈白光，常用來作煤氣燈的紗罩、日光燈及核能原料。

四畫

鈔 ㄔㄠ chāo 名①紙幣。例千元大鈔、外鈔。②錢財。例破鈔。③選錄而成的書籍。例詩鈔。動通「抄」。①搶。例鈔生意。②照寫。例鈔書。

鈔票 ㄔㄠ ㄆㄧㄠˋ 紙幣。

鈕 ㄋㄧㄡˇ niǔ 名①通「紐」。扣繫衣物的東西。例鈕釦。②器物上隆起可用手操作、轉動的部位。例鎖鈕。③印章上端的雕飾物，古人用它來區分等級地位。④控制器上的按鍵。例按鈕。⑤姓。

鈣 ㄍㄞˋ gài 名化學元素。鹼土金屬元素之一，化學符號為Ca。銀白色，常以化合物存在，人體的血液和骨骼中都有。

鈣化 ㄍㄞˋ ㄏㄨㄚˋ 指有機物質因為鈣鹽或礦物鹽的沉澱而硬化的過程。

鈉 ㄋㄚˋ nà 名化學元素。鹼金屬元素之一，化學符號為Na。銀白色，性質活潑，在空氣中易氧化，遇水易猛烈起火。多以化合物存在，一般保存在煤油中。鈉和氯化合成氯化鈉，即食鹽。

鈞 ㄐㄩㄣ jūn 名①古代重量單位，三十斤為一鈞。例雷霆萬鈞。②製作陶器所用的轉輪。形書信用語，對上級或尊長的敬稱詞。例鈞座、鈞諭。

鈍 ㄉㄨㄣˋ dùn 形①不銳利的。例鈍器、鈍刀。②笨，不靈敏的。例資質魯鈍。

鈍化 ㄉㄨㄣˋ ㄏㄨㄚˋ 指人或事由緊張轉入放鬆休息的狀態。

鈍角 ㄉㄨㄣˋ ㄐㄧㄠˇ 大於九十度而小於一百八十度的角。

鈐 ㄑㄧㄢˊ qián 名①鎖鑰。例鈐鍵。②烘焙茶葉的器具。例茶鈐。③圖章印鑑。例鈐記。

鈐記 ㄑㄧㄢˊ ㄐㄧˋ 一種印章。清時副官所使用的印信。現今各政府機關的印章有的仍沿用此稱呼。

釿 ㄧㄣˊ yín 名①釿鍔，器物凹下的地方叫「釿」，凸起處叫「鍔」。②通「斤」。砍伐木頭用的斧頭。例釿鋸。

鈀 ㊀ㄅㄚ bā 名化學元素。鉑族金屬元素之一，化學符號為Pd。銀白色，有光澤，常用在氫化作用。㊁ㄆㄚˊ pá 名通「耙」。一種農具，有平齊的五齒，可鬆土。

鈁 ㄈㄤ fāng 名古代用青銅製成的方口容器，用來盛酒或糧食。

鈇 ㄈㄨ fū 名①斬草的鍘刀。②斬腰的刑具。例鈇質。③斧頭。

鈒 ㄙㄜˋ sè 名古代兵器的一種，指小的矛。動以細碎金銀裝飾雕刻。例鈒鏤。

鈑 ㄅㄢˇ bǎn 動鈑金，敲打金屬表面，使凹凸部分平整及塑形。

鈦 ㄊㄞˋ tài 名化學元素。金屬元素之一，化學符號為Ti。質硬而輕，主要用於製造飛機和太空機械零件。

鈥 ㄏㄨㄛˇ huǒ 名化學元素。稀土金屬元素之一，化學符號為Ho。有銀色光澤，用途不廣。

鈧 ㄎㄤˋ kàng 名化學元素。鋁族稀有金屬元素之一，化學符號為Sc。銀白色，質地軟，常用來製造特殊玻璃。

五畫

鈷 ㈠ㄍㄨ gū 名化學元素。過渡金屬元素之一，化學符號為Co。銀白色微紅，質脆而硬且具有磁性。其同位素有放射性，可用於治療癌症。㈡ㄍㄨˇ gǔ 名鈷鉧，即熨斗。

鈸 ㄅㄚˊ bá 名銅製的敲擊樂器，由兩片邊緣扁平中央隆起的圓形銅片互相敲擊發聲。

鈽 ㄅㄨˋ bù 名化學元素。一種人造放射性金屬元素，化學符號為Pu。可製造核子武器。

鉗 ㄑㄧㄢˊ qián 名夾物品的用具。例火鉗、老虎鉗。動①通「拑」、「箝」。緊閉。例鉗口。②通「箝」。壓制，約束。例鉗制思想。

鉗口 ㄑㄧㄢˊ ㄎㄡˇ 限制他人的言論自由。或指人保持沉默不說話。

鉗制 ㄑㄧㄢˊ ㄓˋ 用武力挾持壓制。

鈾 ㄧㄡˋ yòu 名化學元素。金屬元素之一，化學符號為U。質硬色白，有放射性，具有很高的經濟效益和國防用途。

鉀 ㄐㄧㄚˇ jiǎ 名化學元素。鹼金屬元素之一，化學符號為K。質軟，色銀白，性活潑易於氧化，是製玻璃、肥皂的原料。

鉋 ㄅㄠˋ bào 名裝有利刃，可以將物體表層刮起使其平滑的器具。例鉋子。動用鉋子刮削東西。例鉋木頭。

鉤 ㄍㄡ gōu 名①末端彎曲而可以用來懸掛或探取東西的用具。②彎曲有刃的兵器。③書法中挑、折的筆法，為一種末端彎曲的書寫方式。形彎曲的樣子。例鷹鉤鼻。動①以鉤挑取。例鉤取。②以鉤針編織。例鉤毛衣。

鉤染 ㄍㄡ ㄖㄢˇ 一種畫花卉的畫法，用淡墨細鉤輪廓後，再加以渲染。

鉤勒 ㄍㄡ ㄌㄜˋ 用墨線描畫輪廓的一種畫法。

鉤蟲 ㄍㄡ ㄔㄨㄥˊ 寄生蟲的一種，常寄生在脊椎動物的腸壁間，體呈圓柱形，長約二、三寸。

鉤心鬥角 ㄍㄡ ㄒㄧㄣ ㄉㄡˋ ㄐㄧㄠˇ ①指人和人之間彼此各用心機，互相排擠。②形容宮殿建築物的交錯細緻。

鉛 ㈠ㄑㄧㄢ qiān 名①化學元素。金屬元素之一，化學符號為Pb。銀灰色，用途廣泛，如蓄電池、顏料等。②指石墨。例鉛筆。㈡ㄧㄢˊ yán 名地名。鉛山，在江西省。

鉛印 ㄑㄧㄢ ㄧㄣˋ 用鉛字排版印刷書籍或報章雜誌。

鉛字 ㄑㄧㄢ ㄗˋ 用鉛、錫、銻等合金製成的印刷用活字。

鉛粉 ㄑㄧㄢ ㄈㄣˇ 一種鹽基性碳酸鉛，白色，用來做為顏料，加入香粉後，可做成化妝品。又稱鉛白、鉛華。

鉛球 ㄑㄧㄢ ㄑㄧㄡˊ 運動項目之一，用銅、鐵、鉛等材料合鑄成的球，運動比賽時以推出的遠近來決勝負。男子鉛球約七·二六公斤，女子鉛球約四公斤。

鉛華 ㄑㄧㄢ ㄏㄨㄚˊ 鉛粉，即化妝品。例洗淨鉛華。

鉛中毒 ㄑㄧㄢ ㄓㄨㄥˋ ㄉㄨˊ 因吸食過多的鉛化物，而使健康出現問題的情況。有腹痛、貧血及神經系統的病變等。

鉛玻璃 ㄑㄧㄢ ㄅㄛ ㄌㄧˊ 用碳酸鉀、石英、氧化鉛等製成的玻璃，透光性強，常用來製作眼鏡、望遠鏡、顯微鏡等。又叫火石玻璃、結晶玻璃。

鉛筆畫 ㄑㄧㄢ ㄅㄧˇ ㄏㄨㄚˋ 一種西洋繪畫的素描法，為古典素描或細密素描的基本畫法。

鉑 ㄅㄛˊ bó 名①通「箔」。金屬薄片。例金鉑。②化學元素。金屬元素之一，化學符號為Pt。色灰白，富延展性，熔點高，耐腐蝕，可製成坩堝、電極。俗稱白金。

鈴 ㄌㄧㄥˊ líng 名①一種金屬製的中空器具，內置金屬小球或鐵舌，晃動時會發出聲響。例牛鈴、鈴鐺。②會發出聲音的叫喚器具。例電鈴。

鈮 ㄋㄧˊ ní 名化學元素。金屬元素之一，化學符號為Nb。主要用來製造耐高溫的合金鋼。

鈹 ㈠ㄆㄧˊ pí 名化學元素。鹼土金屬元素之一，化學符號為Be。多用來製造飛機用的合金。㈡ㄆㄧ pī 名①醫療用的針。②有兩刃的小刀。例鈹刀。

鈺 ㄩˋ yù 名質地堅硬的金屬。

鈿 ㄉㄧㄢˋ diàn 名①用金玉珠寶等做成的花型飾物。②以貝類鑲製成的飾品。

鉅 ㄐㄩˋ jù 名大而質硬的鋼鐵。形通「巨」。大的。例鉅額。

鉅子 ㄐㄩˋ ㄗˇ 泛稱重要的且具影響力的大人物。例商業鉅子。

鉅細靡遺 ㄐㄩˋ ㄒㄧˋ ㄇㄧˇ ㄧˊ 形容非常地仔細小心，連一點小地方都沒有遺漏。

鉉 ㄒㄩㄢˋ xuàn 名扛鼎的用具。

鉍 ㄅㄧˋ bì 名化學元素。金屬元素之一，化學符號為Bi。用於製造低熔點的合金及藥品。

鉏 ㄔㄨˊ chú 名翻土、除草的農具。動以鋤頭整地。例鉏耘。

鉞 ㄩㄝˋ yuè 名大斧。例斧鉞。

鉥 ㄕㄨˋ shù 名長針。動帶領，引導。

鉦 ㄓㄥ zhēng 名銅製的打擊樂器，是古代行軍時的樂器。例鉦鼓。

鈰 ㄕˋ shì 名化學元素。金屬元素之一，化學符號為Ce。質軟，色灰黑。

鈳 ㄎㄜ kē 名化學元素「鈮」的舊譯。

鉈 ㈠ㄊㄚ tā 名化學元素。金屬元素之一，化學符號為Tl。質軟，可用作合金、光電管、光學玻璃等的原料。有毒，進行反應時應注意通風。㈡ㄊㄨㄛˊ tuó 名同「砣」。

鉬 ㄇㄨˋ mù 名化學元素。金屬元素之一，化學符號為Mo。銀白色，可製成合金，也可用於X光管儀器及催化劑。

鉭 ㄉㄢˋ dàn 名化學元素。金屬元素之一，化學符號為Ta。銀白色，富延展性，可作電燈泡的燈絲。

鉧 ㄇㄨˇ mǔ 名鈷鉧，即熨斗。

鉚 ㄇㄠˇ mǎo 名鉚釘，用來結合兩塊金屬板的零件。

銃 ㄔㄨㄥˋ chòng 名①斧頭穿柄的部分。②槍械的舊稱。例鳥銃。

鉕 ㄆㄛˇ pǒ 名①一種銅器。②化學元素。放射性金屬元素之一，化學符號為Pm。用作核子動力蓄電池。

鉲 ㄎㄚˇ kǎ 名化學元素。放射性金屬元素之一，化學符號為Cf。是人造超鈾元素的第六個。

鉳 ㄅㄟˇ běi 名化學元素。放射性金屬元素之一，化學符號為Bk。是人造超鈾元素的第五個。

六畫

鉸 ㄐㄧㄠˇ jiǎo 名①剪刀。例鉸剪。②工業用的鑽床切割法。動裁剪。

鉸鏈 ㄐㄧㄠˇ ㄌㄧㄢˋ 裝在物體或門窗上，以便開關的兩塊金屬薄片。亦稱為合葉。

銘 ㄇㄧㄥˊ míng 名刻在石頭或金屬上的文字，通常是用來記述事情或警惕自己。例座右銘。動①刻鏤。例銘勒。②牢記不忘。例刻骨銘心。

銘心 ㄇㄧㄥˊ ㄒㄧㄣ 永遠都會記在心中。例銘心鏤骨。

銘感 ㄇㄧㄥˊ ㄍㄢˇ 非常感激且牢記在心中。例銘感五內。

銘肌鏤骨 ㄇㄧㄥˊ ㄐㄧ ㄌㄡˋ ㄍㄨˇ 形容深深感激，永遠也忘不了。同刻骨銘心、銘心鏤骨。

銀 ㄧㄣˊ yín 名①化學元素。金屬元素之一，化學符號為Ag。質軟，色白，有光澤，富延展性，易導電及導熱。②金錢。例銀兩。形①銀白色的。例銀髮。②用銀製成的。例銀戒指。

銀耳 ㄧㄣˊ ㄦˇ 白木耳的別名。

銀行 ㄧㄣˊ ㄏㄤˊ 以存款、放款、匯兌等為主要業務的金融機構。

銀河 ㄧㄣˊ ㄏㄜˊ 由許多恆星組成的帶狀光，似一條長河橫在宇宙中。又稱天河、星河等。

銀根 ㄧㄣˊ ㄍㄣ 資金貨幣流動周轉的狀態。例銀行緊縮銀根，導致公司營運不佳。

銀婚 ㄧㄣˊ ㄏㄨㄣ 西方人俗稱結婚二十五週年。

銀幕 ㄧㄣˊ ㄇㄨˋ ①指電影。②放映電影時所用的布幕。

銀樓 ㄧㄣˊ ㄌㄡˊ 指買賣金飾珠寶的商家。

銀髮族 ㄧㄣˊ ㄈㄚˇ ㄗㄨˊ 泛稱已屆退休年齡的老人族群，大約是六十歲以上者。

銖 ㄓㄨ zhū 名古代的重量單位，一兩有二十四銖。形錙銖，比喻極細微。

銖積寸累 ㄓㄨ ㄐㄧ ㄘㄨㄣˋ ㄌㄟˇ 從很小的地方累積聚集起來。比喻積少成多，完成不易。

鉻 ㄍㄜˋ gè 名化學元素。過渡金屬元素之一，化學符號為Cr。呈鐵灰色，質堅硬耐腐蝕。

鉻鋼 ㄍㄜˋ ㄍㄤ 含鉻的合金鋼，耐熱、耐磨及耐腐蝕，常用於家庭和醫療器具中。

銓 ㄑㄩㄢˊ quán 動①衡量。例銓衡。②選擇官吏。例銓敘。

銓敘 ㄑㄩㄢˊ ㄒㄩˋ 根據資歷和經驗核定官階等級。

銓衡 ㄑㄩㄢˊ ㄏㄥˊ ①用來量器物輕重的用具。②衡量斟酌。③指品評人才。

銓敘部 ㄑㄩㄢˊ ㄒㄩˋ ㄅㄨˋ 考試院中的部門，掌理公務員的任用、退休等事宜，以及各級人事機關的監督和指揮。

銜 ㄒㄧㄢˊ xián 名①讓馬含在口中以控制其行動的鐵製用具。例銜勒。②單位和級別的名稱。例頭銜。動①用嘴咬著。例結草銜環。②連接。例銜接。③遵奉。例銜命。

銜命 ㄒㄧㄢˊ ㄇㄧㄥˋ 奉命。

銜枚 ㄒㄧㄢˊ ㄇㄟˊ 古時行軍時，為防兵士喧嘩，令其口銜形似筷子的木棒。例歐陽修・秋聲賦：「銜枚疾走。」

銜接 ㄒㄧㄢˊ ㄐㄧㄝ 互相連接。

銜環 ㄒㄧㄢˊ ㄏㄨㄢˊ 比喻報恩。

鉺 ㄦˇ ěr 名化學元素。稀土金屬元素之一，化學符號為Er。具銀色金屬光澤，溶於酸，不溶於水，可用於核反應。

銍 ㄓˋ zhì 名短的鐮刀。

銎 ㄑㄩㄥ qiōng 名斧面上用來安裝柄的孔。

銅 ㄊㄨㄥˊ tóng 名化學元素。金屬元素之一，化學符號為Cu。紫紅色，是導電導熱的良導體，富延展性，可以製成多種合金。形①銅製成的。例銅牌。②堅固的。例銅牆鐵壁。

銅臭 ㄊㄨㄥˊ ㄔㄡˋ ①用來譏諷富人或指錢。②譏諷用錢買官的人。

銅婚 ㄊㄨㄥˊ ㄏㄨㄣ 西洋人俗稱結婚七週年。又稱毛婚。

銅像 ㄊㄨㄥˊ ㄒㄧㄤˋ 用銅鑄成的人像，多半是用來紀念一些有特殊貢獻的人。

銅綠 ㄊㄨㄥˊ ㄌㄩˋ 銅氧化後，變成綠色碳酸銅，用來做顏料或藥品，但是具有毒性。

銅鏡 ㄊㄨㄥˊ ㄐㄧㄥˋ 古時用銅製成的鏡子，清代以後被玻璃鏡取代。

銅牆鐵壁 ㄊㄨㄥˊ ㄑㄧㄤˊ ㄊㄧㄝˇ ㄅㄧˋ 形容防備得非常堅固，如同有銅製的牆、鐵鑄的壁一般不易攻破。

銚 ㊀ㄧㄠˊ yáo 名大型鋤頭。㊁ㄉㄧㄠˋ diào 名有柄的小型烹煮器具。例瓦銚。㊂ㄊㄧㄠˊ tiáo 名長矛。

銛 ㄒㄧㄢ xiān 名①鐵鍬。②捕魚的魚叉。形鋒利的。例銛矛。

鉿 ㄏㄜˊ hé 名化學元素。金屬元素之一，化學符號為Hf。用作核子反應器控制桿的材料。形形容穿透堅硬東西所發出的聲音。

銣 ㄖㄨˊ rú 名化學元素。鹼金屬元素之一，化學符號為Rb。銀白色，質軟易熔。可製造光電管及真空管。

銑 ㄒㄧㄢˇ xiǎn 名①古銅鐘口旁的兩角。②具有光澤的金屬。

銑刀 ㄒㄧㄢˇ ㄉㄠ 裝在銑床上，用來削割金屬的工具。

銑床 ㄒㄧㄢˇ ㄔㄨㄤˊ 切削金屬的機械，在固定的地方切削物件，工作臺可自由移動，切割出不同形狀的成品。

銑鐵 ㄒㄧㄢˇ ㄊㄧㄝˇ 新初煉的鐵，即生鐵、鑄鐵。

銤

ㄇㄧˇ mǐ 名 化學元素「鋨」的舊譯。

銥

ㄧ yī 名 化學元素。金屬元素之一，化學符號為Ir。是化學性質最穩定的一種金屬，銀白色，存在於鉑礦中。可作電接觸劑、電極、筆尖和鑲寶石等。

銦

ㄧㄣ yīn 名 化學元素。金屬元素之一，化學符號為In。銀白色，質軟而韌，是軸承合金、半導體等的原料金屬。

銠

ㄌㄠˇ lǎo 名 化學元素。金屬元素之一，化學符號為Rh。銀白色，性硬耐磨。

銪

ㄧㄡˇ yǒu 名 化學元素。稀土金屬元素之一，化學符號為Eu。活性很大，會自燃。

銨

ㄢ ān 名 化學元素。化學中的陽性複根之一，從銨衍生所得的正一價複根，即銨離子。

銫

ㄙㄜˋ sè 名 化學元素。鹼金屬元素之一，化學符號為Cs。銀白色，質軟，熔點低，可用於臨床醫學治療。

鉶

ㄒㄧㄥˊ xíng 名 古代用來盛羹湯的青銅禮器，形狀似鼎，有蓋，兩耳三足。例 鉶鼎。

銬

ㄎㄠˋ kào 名 用來扣住犯人的雙手或雙足，以限制其行動的刑具。例 手銬。動 用手銬扣住。例 把他銬起來。

銧

ㄍㄨㄤ guāng 名 化學元素「鐳」的舊譯。

銩

ㄉㄧㄡ diū 名 化學元素。稀土金屬元素之一，化學符號為Tm。色銀質軟，有延展性。

銱

ㄉㄧㄠˋ diào 名 釘銱，釘在門窗上用來扣住門窗的東西。

七畫

鋅

ㄒㄧㄣ xīn 名 化學元素。金屬元素之一，化學符號為Zn。色青白有光澤，質脆能結晶，在乾燥空氣中不易變化。用在電鍍、冶製黃銅、白鐵及乾電池等。

鋅版 ㄒㄧㄣ ㄅㄢˇ 一種鋅製的照相凸版印刷。一般用於插圖、題字、照片等。

銻

ㄊㄧ tī 名 化學元素。金屬元素之一，化學符號為Sb。銀灰色，有光澤，質硬而脆，呈片狀結晶。和鉛、錫的合金可增加硬度，用來製作鉛字、軸承等。

銷

ㄒㄧㄠ xiāo 動 ①鎔化金屬。例 銷鎔。②毀壞，耗盡。例 形銷骨立。③剔除，除去。例 註銷。④販賣，出售。例 推銷。⑤削減，降低。

銷案 ㄒㄧㄠ ㄢˋ 撤銷原來的案件。

銷假 ㄒㄧㄠ ㄐㄧㄚˋ 請假結束或中途取消請假，恢復上班。

銷售 ㄒㄧㄠ ㄕㄡˋ 賣出物品。

銷帳 ㄒㄧㄠ ㄓㄤˋ 在帳面上勾銷債務。

銷量 ㄒㄧㄠ ㄌㄧㄤˋ 賣出的數量。

銷毀 ㄒㄧㄠ ㄏㄨㄟˇ 消除毀滅東西。

銷路 ㄒㄧㄠ ㄌㄨˋ 物品發售的情形。例銷路不好。

銷魂 ㄒㄧㄠ ㄏㄨㄣˊ 感情受到極大刺激，有些失落的模樣。

銷聲匿跡 ㄒㄧㄠ ㄕㄥ ㄋㄧˋ ㄐㄧ 形容人失去蹤影，音訊全無。

鋪

㈠ㄆㄨ pū 名安置門環的底座。例鋪首。形排列妥當的。動①擺設。例鋪設。②把東西展開使其平坦。例鋪床疊被。副擴大遍及。例鋪觀。

㈡ㄆㄨˋ pù 名①通「舖」。商店。例藥鋪。②床。例床鋪。

鋪子 ㄆㄨˋ ˙ㄗ 指商店。

鋪床 ㄆㄨ ㄔㄨㄤˊ ①鋪設被褥，整理床鋪。②新婚前夕，女方派人到男方家鋪設新床的習俗，要挑良辰吉日。

鋪面 ㄆㄨˋ ㄇㄧㄢˋ 店面。

鋪設 ㄆㄨ ㄕㄜˋ 鋪排擺設。

鋪張 ㄆㄨ ㄓㄤ 擴大其事，誇張的辦理。

鋪排 ㄆㄨ ㄆㄞˊ ①安排布置。②指作佛事時僧侶擔任布置壇臺的工作。

鋪陳 ㄆㄨ ㄔㄣˊ 詳細陳述。

鋪蓋 ㄆㄨ ㄍㄞˋ 指被褥、臥具。

鋪天蓋地 ㄆㄨ ㄊㄧㄢ ㄍㄞˋ ㄉㄧˋ 形容聲勢浩大，每個地方都受到影響。

鋁

ㄌㄩˇ lǚ 名化學元素。金屬元素之一，化學符號為Al。是自然界存量最多的金屬，銀白色有光澤，富延展性，質輕而堅韌，導電和導熱性良好。多與其他金屬製成合金，用來製造飛機、火箭、電線電纜、日用器皿等。

鋁土 ㄌㄩˇ ㄊㄨˇ 多種含鋁礦物的混合物，外表與黏土相似，是煉鋁的重要原料。

鋁門窗 ㄌㄩˇ ㄇㄣˊ ㄔㄨㄤ 用鋁板製成框的門窗。

鋤

ㄔㄨˊ chú 名一種木柄的鐵器，用來翻土鋤草。例鋤頭。動①用鋤整地。②剷除。

鋤奸 ㄔㄨˊ ㄐㄧㄢ 剷除惡人。

銳

ㄖㄨㄟˋ ruì 名①鋒利的兵器。例披堅執銳。②精強的力量。例養精蓄銳。形①尖利。例尖銳。②精悍的。例銳師。③精明，靈巧的。例敏銳。④瑣碎的。例左傳：「且吾以玉賈罪，不亦銳乎？」副急遽地。例銳減。

銳角 ㄖㄨㄟˋ ㄐㄧㄠˇ 數學上指小於直角的角。

銳利 ㄖㄨㄟˋ ㄌㄧˋ 尖銳鋒利。

銳志 ㄖㄨㄟˋ ㄓˋ 像刀鋒一般銳利向前的意志。

銳減 ㄖㄨㄟˋ ㄐㄧㄢˇ 大量並快速的減少。

銼

ㄘㄨㄛˋ cuò 名銼刀的簡稱。動①以銼刀磨削。例銼平。②挫敗。

銼刀 ㄘㄨㄛˋ ㄉㄠ 有細齒的鋼刀，可用來磨銅、鐵、竹、木等物品的工具。

鋒 ㄈㄥ fēng 名①刀劍等兵器的銳利部分。例刀鋒。②物體的尖端。例筆鋒。③軍隊的前導。例前鋒。④銳利的形勢。例史記：「其鋒不可當。」形銳利的。例鋒利。

鋒利 ㄈㄥ ㄌㄧˋ 刀劍尖銳快利。後形容人氣焰很高，言詞銳利。

鋒芒 ㄈㄥ ㄇㄤˊ 刀刃的尖端。後比喻人的氣勢與才華。

鋒面 ㄈㄥ ㄇㄧㄢˋ 氣象學上指冷暖氣團相遇後，中間形成的不連續地帶。例冷鋒面南下，將帶來水氣。

鋒頭 ㄈㄥ ㄊㄡˊ 指人的行為舉止出色，引人注意。亦作「風頭」。例出鋒頭、鋒頭健。

鋒芒畢露 ㄈㄥ ㄇㄤˊ ㄅㄧˋ ㄌㄨˋ 比喻人的才氣完全顯露。

鋃 ㄌㄤˊ láng 見「鋃鐺」。

鋃鐺 ㄌㄤˊ ㄉㄤ ①一種刑具，拘鎖犯人的鐵鍊。②形容金屬撞擊的聲音。

鋇 ㄅㄟˋ bèi 名化學元素。鹼土金屬元素之一，化學符號為Ba。銀白色或淡黃色，易與氧化合。質軟而有延展性，是煉製精銅時的去氧劑。

鋈 ㄨˋ wù 名白金。動鍍上某物。

鋌 ㄊㄧㄥˇ tǐng 名未經冶煉的銅鐵。副疾走地。例鋌而走險。

鋌而走險 ㄊㄧㄥˇ ㄦˊ ㄗㄡˇ ㄒㄧㄢˇ 形容人在窮途末路的情況下，被迫做出冒險的事情來。

鋏 ㄐㄧㄚˊ jiá 名①金屬鉗。例火鋏。②劍。

鋙 ㄨˊ wú 名錕鋙，古代的寶劍。

鋦 ㈠ㄐㄩ jū 動用特製的兩腳釘，釘在破裂陶瓷碗的裂縫旁，可以修補破裂的碗。例鋦碗。㈡ㄐㄩˊ jú 名化學元素。金屬元素之一，化學符號為Cm。銀白色，具放射性。為已知元素中最重的。

鋂 ㄇㄟˊ méi 名①金屬連環。②化學元素。人造的放射性元素，化學符號為Am。銀白色，性活潑，延展性高。

鋟 ㄑㄧㄣ qīn 動鏤刻。例鋟板。

鋟板 ㄑㄧㄣ ㄅㄢˇ 用來刻書的木板，又指刻書而言。

鋩 ㄇㄤˊ máng 名刀刃的鋒利部分。

鋯 ㄍㄠˋ gào 名化學元素。金屬元素之一，化學符號為Zr。灰色結晶，質堅硬不易燃，常用來製造煤氣燈的紗罩。

鋰 ㄌㄧˇ lǐ 名化學元素。金屬元素之一，化學符號為Li。銀白色，質柔軟，可製造合金。是金屬中最輕的，遇到空氣表面會變灰。

鋱 ㄊㄜˋ tè 名化學元素。金屬元素之一，化學符號為Tb。色棕黑，成粉狀，可作磷活化劑。

銲 ㄏㄢˋ hàn 動熔化錫、鉛等焊料以接合金屬或填補缺口。

銲接 ㄏㄢˋ ㄐㄧㄝ 把兩金屬接合在一起。又作「焊接」。

鋨 ㄜˊ é 名化學元素。金屬元素之一，化學符號為Os。青白色，質硬，是目前已知元素中密度最大的，用來做成電燈泡的燈絲或鋼筆的筆尖。

銹 ㄒㄧㄡˋ xiù 「鏽」的異體字。

八畫

錠 ㄉㄧㄥˋ dìng 名①紡織機上用來纏繞線的器具。例錠子。②做成塊狀的金屬或藥物。例銀錠。③古代貨銀。將金銀鑄成固定的樣式，為舊時的金銀貨幣。④計算塊狀物的量詞。例一錠金元寶。

錶 ㄅㄧㄠˇ biǎo 名可攜帶在手腕上或袋中的計時器。例手錶。

鋸 ㈠ㄐㄩˋ jù 名用鋼片製成，邊緣有尖齒，用來切割木料或金屬等的器物。例電鋸。動用鋸切斷。例鋸斷木頭。㈡ㄐㄩ jū 動通「鋦」。用特製的兩腳釘，將破裂的陶磁器緊密黏合。例鋸碗。

鍺 ㄓㄜˇ zhě 名化學元素。金屬元素之一，化學符號為Ge。可製半導體、光學儀器及合金。

錯 ㄘㄨㄛˋ cuò 名①磨刀石。例詩經：「它山之石可以為錯。」②銼刀，整治銅鐵的器具。動①雜亂。例交錯。②岔開。例錯車。副不對。例默寫全文，不錯一字。

錯落 ㄘㄨㄛˋ ㄌㄨㄛˋ 雜亂不整齊。

錯愕 ㄘㄨㄛˋ ㄜˋ 驚慌倉卒的樣子。

錯亂 ㄘㄨㄛˋ ㄌㄨㄢˋ ①混亂缺乏秩序。例此地交通錯亂。②指神經失常。例他的精神錯亂，語無倫次。

錯過 ㄘㄨㄛˋ ㄍㄨㄛˋ 耽誤，失去。例錯過這班火車。

錯愛 ㄘㄨㄛˋ ㄞˋ 蒙受他人愛護照顧的謙詞。例過蒙錯愛，真是慚愧。

錯誤 ㄘㄨㄛˋ ㄨˋ 不合乎事實或常理。

錯綜 ㄘㄨㄛˋ ㄗㄨㄥ 交雜聚集的樣子。

錯雜 ㄘㄨㄛˋ ㄗㄚˊ 將兩種以上事物夾雜在一起。

錯覺 ㄘㄨㄛˋ ㄐㄩㄝˊ 個體受到外界刺激而對該刺激有不合事實的認知，含視、聽、觸覺，以視覺方面最常發生。

錢 ㈠ㄑㄧㄢˊ qián 名①貨幣。例金錢、銅錢。②指財物。例他很有錢。③重量單位，一兩的十分之一為一錢。④姓。形和錢有關的。例錢幣。㈡ㄐㄧㄢˇ jiǎn 名一種插土翻地的農具，即鐵鍬。

錢莊 ㄑㄧㄢˊ ㄓㄨㄤ 舊時以個人信用為保證的私人金融機關。

錢幣 ㄑㄧㄢˊ ㄅㄧˋ 金錢，可用來交易的有價值媒介物。

錢糧 ㄑㄧㄢˊ ㄌㄧㄤˊ ①古代徵收田租時以銀兩折抵穀物。②古代政府的稅收。

錢可通神 ㄑㄧㄢˊ ㄎㄜˇ ㄊㄨㄥ ㄕㄣˊ 形容錢財的效力強大。

錢用在刀口上 ㄑㄧㄢˊ ㄩㄥˋ ㄗㄞˋ ㄉㄠ ㄎㄡˇ ㄕㄤˋ 比喻錢應該用在有所需要的地方。

錼 ㄋㄞˋ nài 名化學元素。金屬元素之一，化學符號為Np。銀白色，溶於鹽酸，是第一個人造超鈾元素。

錡 ㄑㄧˊ qí 名①用來烹飪的有腳金屬鍋。例錡釜。②鑿子。

錛 ㄅㄣ bēn 名柄長，頂端有斧刃，可向內砍刺以削平木頭的器具。例錛子。動用錛子砍削。

錳 ㄇㄥˇ měng 名化學元素。金屬元素之一，化學符號為Mn。灰白色，質堅而脆，硬度高，可製鋼圈。

錒 ㄚ ā 名化學元素。放射性金屬元素之一，化學符號為Ac。銀白色，在自然界中與鈾礦同在。

錸 ㄌㄞˊ lái 名化學元素。過渡金屬元素之一，化學符號為Re。銀白色金屬或灰白、黑色粉末，延展性佳，可製燈絲。

鋼 ㈠ㄍㄤ gāng 名以生鐵製成不含硫、磷，但含碳量較鍛鐵多的鐵。例不鏽鋼。㈡ㄍㄤˋ gàng 動將刀在布、皮、磨刀石等上磨或重新打造，使刀刃變利。例這把刀鈍了，要鋼一鋼。

鋼鐵 ㄍㄤ ㄊㄧㄝˇ 經精鍊而不含雜質的鐵，富彈性和磁性。

鋼琴 ㄍㄤ ㄑㄧㄣˊ 鍵盤樂器的一種，以指頭敲擊鍵盤以牽引其後的金屬列發出聲音。

鋼筋 ㄍㄤ ㄐㄧㄣ 經鍛鍊壓軋鋼料後的鋼條，有圓形及方形，用於建築。或稱鋼骨。

鍆 ㄇㄣˊ mén 名化學元素。放射性金屬元素之一，化學符號為Md。

錁 ㄎㄜˋ kè 名金銀鑄成的小錠。例錁子。

錕 ㄎㄨㄣ kūn 名錕鋙，古代的寶劍。

錫 ㄒㄧˊ xí 名①化學元素。金屬元素之一，化學符號為Sn。銀白色，具延展性，可製焊料。②和尚所用的杖。動賜與，賞賜。例錫命。

錫箔 ㄒㄧˊ ㄅㄛˊ ①指塗上薄錫的紙，用來包裝物品能防止潮溼。②特指喪事或祭祀時當作冥錢焚燒的錫紙。

錮 ㄍㄨˋ gù 形①通「痼」。久治不癒的。例錮疾。②堅固的。動①鎔鑄金屬以填塞空隙。例錮漏。②監禁。例禁錮。

錚 ㄓㄥ zhēng 名一種銅製的敲擊樂器。例錚鐸。副形容金屬相互撞擊聲。例錚錚。

錄 ㄌㄨˋ lù 名簿籍，記載事情和言行的書冊。例記錄。動①記載。例嘉言錄。②採集。例收錄。③抄寫。例謄錄。

錄用 ㄌㄨˋ ㄩㄥˋ 拔舉，任用。例量才錄用。

錭 ㄊㄠˊ táo 形兵器不利的。

錐 ㄓㄨㄟ zhuī 名①鑽孔的尖銳器具。②窄小的地方。例立錐之地。動刺入。例錐心刺骨。

錐刀 ㄓㄨㄟ ㄉㄠ 雕刻用的錐形小刀。比喻微小。

錐股 ㄓㄨㄟ ㄍㄨˇ 比喻發憤求學。

錦 ㄐㄧㄣˇ jǐn 名具美麗花紋的彩色織物。例織錦。形①美麗鮮明的。例錦鯉。②種類繁多的。例什錦粥。

錦瑟 ㄐㄧㄣˇ ㄙㄜˋ 裝飾華美的琴瑟。例李商隱．錦瑟詩：「錦瑟無端五十絃，一絃一柱思華年。」

錦標 ㄐㄧㄣˇ ㄅㄧㄠ 古代贈給競賽優勝者的錦製旗幟。後泛指競賽優勝者的獎品。

錦繡 ㄐㄧㄣˇ ㄒㄧㄡˋ ①精美的絲織品。織成花紋的是錦，刺成五彩的是繡。②形容美好的事物。例錦繡河山、錦繡前程。

錦上添花 ㄐㄧㄣˇ ㄕㄤˋ ㄊㄧㄢ ㄏㄨㄚ 比喻美上加美，喜上加喜。

錦衣玉食 ㄐㄧㄣˇ ㄧ ㄩˋ ㄕˊ 華麗衣服和精緻食物。比喻生活奢侈豪華。

錦囊妙計 ㄐㄧㄣˇ ㄋㄤˊ ㄇㄧㄠˋ ㄐㄧˋ 形容計謀的完善機密。

錍

ㄆㄧˊ pí 名①短柄的斧頭。②劍鋒廣長且薄的箭頭。

鋋

ㄧㄢˊ yán 名有鐵把的短矛。動攻擊刺入。

錜

ㄋㄧㄝ niē 名婦女插在頭髮的小釵。

錙

ㄗ zī 名①古代重量單位，六銖為一錙，二十四銖為一兩。②微少的數量。例錙銖必較。

錙銖 ㄗ ㄓㄨ 比喻很微小的數量。

錧

ㄍㄨㄢˇ guǎn 名①貫穿車軸兩端的護鐵。②一種農具，即犁刀。

錞

㊀ㄉㄨㄟˋ duì 名古代兵器矛戟柄末端的平底金屬。

㊁ㄔㄨㄣˊ chún 名樂器名。古時軍樂器中的大鐘。

錏

ㄧㄚˋ yà 名化學元素「銨」的舊譯。

鍅

ㄈㄚˇ fǎ 名化學元素。放射性金屬元素之一，化學符號為Fr。由錒原子經α蛻變而成。

錷

ㄍㄚˋ gà 名化學元素「釓」的另一譯名。

錆

ㄑㄧㄤ qiāng 名①金屬中提煉出的精華。②金屬或礦物因長期暴露在空氣中，表面光澤盡失而產生的新顏色。例錆色。

九畫

鎏

ㄌㄧㄡˊ liú 名①質地精美的金子。②古代冠冕上的垂玉。

鎃

ㄆㄞˋ pài 名化學元素「鏷」的舊譯。

鍪

ㄇㄡˊ móu 名①即鍋子，古代烹飪用的青銅製器具。②兜鍪，古代士兵打仗時，抵禦刀刃所戴的帽子。

鍹

ㄒㄩㄢ xuān 名古代的一種小型燉鍋。

鍍

ㄉㄨˋ dù 動在器物表面貼上或塗上金屬，用以裝飾或防鏽。例電鍍、鍍金。

鎂

ㄇㄟˇ měi 名化學元素。金屬元素之一，化學符號為Mg。質輕，銀白色，燃燒時有強光，可製閃光粉，鎂合金可製航空器具。

鎂光 ㄇㄟˇ ㄍㄨㄤ 鎂在燃燒時所發出的強烈白光。供攝影用稱鎂光燈。

鍥

ㄑㄧㄝˋ qiè 動①用刀刻。例鍥而不捨。②切斷。例鍥臂。

鍥而不捨 ㄑㄧㄝˋ ㄦˊ ㄅㄨˋ ㄕㄜˇ 比喻努力不懈怠，堅持到底。

鍤 ㄔㄚˊ chá 名①縫衣用的長針。②挖土用的農具，即鍬。

鍵 ㄐㄧㄢˋ jiàn 名①事物最重要的部分。例關鍵。②門關合時橫插在門後使無法開啟的金屬棍狀物。③安置在車軸上，使車輪不脫離車軸的鐵棍。④以手指彈壓以間接施力的板片。例琴鍵、字鍵。

鍵盤 ㄐㄧㄢˋ ㄆㄢˊ ①打字機或電腦上以文字符號排列的字鍵。②鋼琴、風琴上以半音階橫向排列的琴鍵。

鍊 ㄌㄧㄢˋ liàn 名以金屬連套成的繩索。例鎖鍊。動①通「煉」。鍛冶金屬。例鍊金。②斟酌字句以達完美。例鍊字。③熬製。例鍊丹。

鍊丹 ㄌㄧㄢˋ ㄉㄢ 道教方士為長生不老或得道成仙而熬製丹藥。也作「煉丹」。

鍊句 ㄌㄧㄢˋ ㄐㄩˋ 寫文章時仔細思考以使文句美善。

鍊鋼 ㄌㄧㄢˋ ㄍㄤ 生鐵經高溫鍛鍊後所形成的堅硬鋼鐵。

鍼 ㄓㄣ zhēn 名①同「針」。縫布的器具。②即砭石，古代用來刺探病情的醫療器具。

鍼灸 ㄓㄣ ㄐㄧㄡˇ 一種中醫療法，用特製金屬針或燃燒的艾草，刺激經脈穴道以治療疾病。亦作「針灸」。

鍼砭 ㄓㄣ ㄅㄧㄢ 也作「針砭」。①以石針刺激經脈穴道的治療方法。②比喻規勸過失。

鍘 ㄓㄚˊ zhá 名①割草的大刀。例鋼鍘。②古代斬犯人頭顱的刑具。例虎頭鍘。動用鍘刀切斷。例鍘草。

鍘刀 ㄓㄚˊ ㄉㄠ 一種用來切割東西的器具。將刀安置底槽，一端固定，一端有把，可上下活動。

鍚 ㄧㄤˊ yáng 名①馬額上振動可發出聲音的金屬飾物。②盾背上的金屬飾物。

鍶 ㄙ sī 名化學元素。鹼土金屬元素之一，化學符號為Sr。銀白色結晶，質軟，易氧化，燃燒時有深紅色火焰。

鍔 ㄜˋ è 名刀劍銳利的部分。例劍鍔。

錨 ㄇㄠˊ máo 名有鉤爪的鋼鐵製器具，一端有鐵鍊連在船上，停船時可扔入水中以固定位置。例船錨。

鍋 ㄍㄨㄛ guō 名①烹煮食物的器具。例飯鍋、砂鍋。②形狀似鍋的東西。例煙袋鍋。

鍋巴 ㄍㄨㄛ ㄅㄚ 煮飯時黏在鍋底的黑黃色燒焦物。今可製點心或供烹調用。

鍋貼 ㄍㄨㄛ ㄊㄧㄝ ①在平鍋上用油煎的一種包餡麵食。②打巴掌。例一怒之下賞他一個鍋貼。

鍋爐 ㄍㄨㄛ ㄌㄨˊ 一種密閉的鋼製容器，加熱後可將水變成高溫高壓的水蒸氣。

鍇 ㄎㄞˇ kǎi 名精製過而質地好的鐵。

鍰 ㄏㄨㄢˊ huán 名①抵過的錢財。例罰鍰。②古代的重量單位，六兩為一鍰。

錘 ㄔㄨㄟˊ chuí 名①古代重量單位，八銖為一錘。②秤桿上可測重量的金屬重物。例秤錘。③古代兵器，柄端為一金屬的圓鐵球。④一端有鐵塊以敲打的器具。例鐵錘。動敲打。例千錘百鍊。

錘鍊 ㄔㄨㄟˊ ㄌㄧㄢˋ ①金屬加熱後敲打。②比喻鍛鍊人格和體力。

鍾 ㄓㄨㄥ zhōng 名①古代裝酒的器具。②古代容量單位，六斛四斗為一鍾。③通「鐘」。樂器名。④姓。動聚合。例情有獨鍾。副單一地。例鍾愛。

鍾情 ㄓㄨㄥ ㄑㄧㄥˊ 專一喜愛。

鍾靈毓秀 ㄓㄨㄥ ㄌㄧㄥˊ ㄩˋ ㄒㄧㄡˋ 天地靈氣匯聚的地方，會產生傑出的人物。

鍬 ㄑㄧㄠ qiāo 名①挖土用的器具。例鐵鍬。②鍬形的東西。例火鍬。

鍛 ㄉㄨㄢˋ duàn 動將金屬反覆加熱和敲打。

鍛接 ㄉㄨㄢˋ ㄐㄧㄝ 將金屬如鋁、熟鐵、軟鋼等在半熔融狀態下，敲打並接合的技術。

鍛造 ㄉㄨㄢˋ ㄗㄠˋ 將常溫或高溫的金屬敲打或加壓，使其變形為所需形狀的技術。

鍛鍊 ㄉㄨㄢˋ ㄌㄧㄢˋ ①加熱且敲打金屬，使其更為精純。②比喻從艱苦中磨鍊人格和體魄。

鍠 ㄏㄨㄤˊ huáng 名古代一種似鉞的兵器，有三刃。副形容鐘鼓聲。例鐘鼓鍠鍠。

鍭 ㄏㄡˊ hóu 名①去除箭羽的箭。例鍭矢。②箭頭。

十畫

鎵 ㄐㄧㄚ jiā 名化學元素。金屬元素之一，化學符號為Ga。銀白色，質硬易脆，熔點低，可製光學鏡。

鎔 ㄖㄨㄥˊ róng 名鑄造金屬用的模型。動用火融化金屬。例鎔鑄。

鎔鑄 ㄖㄨㄥˊ ㄓㄨˋ 用火融化金屬後製成其他物品。

鎊 ㄅㄤˋ bàng 名英國的貨幣名稱，一百便士為一鎊。

鎬 ㈠ㄍㄠˇ gǎo 名挖土的器具。例十字鎬。㈡ㄏㄠˋ hào 名古地名。鎬京，西周初年國都，在今陝西省。

鎰 ㄧˋ yì 名古代重量單位，二十兩為一鎰。

鎛 ㄅㄛˊ bó 名①古代樂器，即銅製大鐘。例鎛鐘。②鋤田的農具。

鎘 ㄍㄜˊ gé 名化學元素。過渡金屬元素之一，化學符號為Cd。銀白色，具延展性，可製合金、顏料等。

鎮 ㄓㄣˋ zhèn 名①壓置物體的器具。例書鎮、文鎮。②指規模較大的市集。例城鎮。③現今地方行政區名，和鄉同級。例鄉鎮。④重要的地方。例軍事重鎮。動①壓制。例鎮壓。②穩定，安定。例鎮國。③以冰使清涼。例冰鎮飲料。

鎮日 ㄓㄣˋ ㄖˋ 一整天。例鎮日無所事事。

鎮守 ㄓㄣˋ ㄕㄡˇ 鎮壓駐守。

鎮宅 ㄓㄣˋ ㄓㄞˊ 以法術驅邪使住宅安寧。

鎮定 ㄓㄣˋ ㄉㄧㄥˋ ①使安寧穩定。②在面臨危急時態度安穩不亂。

鎮紙 ㄓㄣˋ ㄓˇ 壓住紙張以防移動的金屬或玉石製器具，多雕刻成各式動物形狀。

鎮暴 ㄓㄣˋ ㄅㄠˋ 用強大的武力阻止暴亂活動。

鎮靜 ㄓㄣˋ ㄐㄧㄥˋ 情緒平穩不紛亂。

鎮壓 ㄓㄣˋ ㄧㄚ 用強大的力量壓制。

鎮懾 ㄓㄣˋ ㄓㄜˊ 用強大的力量威赫使人害怕而順從。

鎮痛劑 ㄓㄣˋ ㄊㄨㄥˋ ㄐㄧˋ 可降低大腦皮質興奮性或切斷刺激傳送路徑，以暫時減輕疼痛的藥物。如嗎啡、阿斯匹靈等。

鎮靜劑 ㄓㄣˋ ㄐㄧㄥˋ ㄐㄧˋ 可緩和中樞神經系統過度興奮的藥物，能治精神上的焦慮或緊張。如巴比妥酸劑等。

鎖

ㄙㄨㄛˇ suǒ 名①利用機械封閉進出通路的器具。例喇叭鎖。②金屬環相接的鏈條。例鎖鏈。動①用鎖關住。例鎖門。②封閉，幽禁。例鎖國時期。③遮住，籠罩。④蹙緊。例眉頭深鎖。

鎖國 ㄙㄨㄛˇ ㄍㄨㄛˊ 一國實施限制對外貿易和往來的封閉政策。如日本在西元一六三八～一八五二年的閉關自守政策。

鎖鑰 ㄙㄨㄛˇ ㄧㄠˋ ①鎖和鑰匙。②比喻軍事上重要的地點。

鎝

ㄉㄚˊ dá 名化學元素。放射性金屬元素之一，化學符號為Tc。

鎧

ㄎㄞˇ kǎi 名古代用以護身的鐵製戰衣。例鎧甲。

鎳

ㄋㄧㄝˋ niè 名化學元素。過渡金屬元素之一，化學符號為Ni。銀白色，質堅硬有延展性，不易氧化，可製錢幣、催化劑等。

鎳幣 ㄋㄧㄝˋ ㄅㄧˋ 以鎳製成的貨幣，常作為輔幣。

鎢

ㄨ wū 名化學元素。金屬元素之一，化學符號為W。灰色有光澤，硬度大，熔點高，防鏽抗熱，可製火箭、燈泡鎢絲、高速切削器具等。

鎢絲 ㄨ ㄙ 電燈泡中電流通過即發光的鎢製細絲。

鎚

ㄔㄨㄟˊ chuí 名即榔頭，敲擊東西的長圓形器具。例木鎚。動敲打。例鎚打。

鎦

ㄌㄧㄡˊ liú 名化學元素。稀土金屬元素之一，化學符號為Lu。性質穩定。

鎗

㈠ㄑㄧㄤ qiāng 名通「槍」。可發射子彈的武器。例手鎗。㈡ㄔㄥ chēng 名古代溫酒用的三腳鼎。例酒鎗。形金玉撞擊聲。

十一畫

鏖

ㄠˊ áo 動纏鬥苦戰且死傷很多。例鏖戰。

鏖兵 ㄠˊ ㄅㄧㄥ 纏鬥很久且死傷慘重的戰爭。

鏖戰 ㄠˊ ㄓㄢˋ 用盡力氣地苦戰。

鏊

ㄠˋ ào 名烙麵食的平底鍋。例鏊子。

鏨 ㄗㄢˋ zàn 名雕刻用的器具。例鏨子。動雕刻。例鏨字。

鏡 ㄐㄧㄥˋ jìng 名①可映照影像的金屬或玻璃製器具。例銅鏡。②利用光學原理，由數個透明玻璃片組成的器具。例望遠鏡。③可做為模範或警惕的事。例以古為鏡。

鏡框 ㄐㄧㄥˋ ㄎㄨㄤˋ ①有透明玻璃以鑲住圖片的框架。②即眼鏡框。同鏡架。

鏡頭 ㄐㄧㄥˋ ㄊㄡˊ ①光學儀器的透鏡組。②由一組凹凸玻璃所組成，可攝取影像的儀器。③構成影片的基本單位，即每拍攝一次所攝取的畫面。

鏡花水月 ㄐㄧㄥˋ ㄏㄨㄚ ㄕㄨㄟˇ ㄩㄝˋ 比喻人世事物的虛幻。

鏑 ㄉㄧˊ dí 名①箭頭。例金鏑。②箭。例飛鏑、鳴鏑。③化學元素。稀土金屬元素之一，化學符號為Dy。銀白色，質軟可切，可製合金。

鏞 ㄩㄥ yōng 名即大鐘，古代一種懸吊樂器。

鏟 ㄔㄢˇ chǎn 名有柄的鐵製器具，可挖取或削平東西。例鐵鏟。動用鏟子挖取或削平。

鏇 ㄒㄩㄢˋ xuàn 名①古代溫酒器。例酒鏇。②以繩索旋轉刀刃以切物的機械，即車床。例鏇床。動①以刀削割。②溫酒。例把酒鏇熱。

鏃 ㄗㄨˊ zú 名箭頭。例箭鏃。形鋒利的。

鏐 ㄌㄧㄡˊ liú 名質地精美的黃金。

鏈 ㄌㄧㄢˋ liàn 名以金屬環連成的繩狀物。例鐵鏈。

鏈球 ㄌㄧㄢˋ ㄑㄧㄡˊ 一種運動項目，手握附有鐵球的握把，人、球和鐵鏈同時旋轉後擲出，以扔出遠近為勝負。

鏈球菌 ㄌㄧㄢˋ ㄑㄧㄡˊ ㄐㄩㄣˋ 呈鏈狀排列的革蘭氏陽性球菌。在缺氧狀態下滋長，分泌物質可溶解紅血球，引發產褥熱、猩紅熱等病。

鏹 ㈠ㄑㄧㄤ qiāng 名鏹水，即硫酸。㈡ㄑㄧㄤˇ qiǎng 名①以繩串連的錢幣。②黃金。例白鏹。

鏗 ㄎㄥ kēng 動金石相互碰撞。副①形容琴瑟聲。②形容金屬發出的響亮聲音。

鏗然 ㄎㄥ ㄖㄢˊ 發出像金石碰撞般洪亮的聲音。

鏗鏘 ㄎㄥ ㄑㄧㄤ ①形容和諧悅耳的聲音。②形容金屬的清脆響聲。

鏗鏘有力 ㄎㄥ ㄑㄧㄤ ㄧㄡˇ ㄌㄧˋ ①形容演講或詩文的內容精彩。②形容文章或言論的立論精闢。

鏢 ㄅㄧㄠ biāo 名①通「鑣」。古代投擲用的金屬暗器。例飛鏢。②古代委託鏢局保護運送的財物或行旅。例失鏢。形有關委託保護的。例鏢局。

鏢局 ㄅㄧㄠ ㄐㄩˊ 古代受委託保護財物或行旅安全運送的機關。

鏜 ㄊㄤ tāng 名樂器名。形似小銅盤，以小木板敲擊發聲。形形容敲打鐘鼓的聲音。

鏜鏜 ㄊㄤ ㄊㄤ ①形容擊鼓聲。②形容聲音響亮的。例鏜鏜其聲。

鏤 ㄌㄡˋ lòu 動雕刻。例鏤刻。

鏤花 ㄌㄡˋ ㄏㄨㄚ 在物體的表面雕刻花紋。

鏤刻 ㄌㄡˋ ㄎㄜˋ 雕刻。同刻鏤。

鏤空 ㄌㄡˋ ㄎㄨㄥ 穿透物體的雕刻，或用木條編織成各種變化圖案。多用於中國古代建築中的窗格、欄杆等。

鏤心刻骨 ㄌㄡˋ ㄒㄧㄣ ㄎㄜˋ ㄍㄨˇ 比喻永遠不忘記。同銘肌鏤骨、鏤骨銘心、刻骨銘心。

鏝 ㄇㄢˋ màn 名①即抹子，塗抹牆壁的器具。②指錢幣的背面。後借指錢。例鏝兒。

鏍 ㄌㄨㄛˊ luó 名利用螺旋原理以連接或固定物體的金屬製零件。例鏍絲釘。

鏌 ㄇㄛˋ mò 名鏌鋣，古代吳國名劍。亦作「莫邪」。

鏘 ㄑㄧㄤ qiāng 副形容金石撞擊的聲音。例鏗鏘。

鎩 ㄕㄚ shā 名有兩刃的長矛。例長鎩。動傷殘。例鎩羽而歸。

鎩羽 ㄕㄚ ㄩˇ 羽毛殘破而無法高飛。比喻人受到打擊而失志。

鏦 ㄘㄨㄥ cōng 名短矛。動擊刺。例史記：「使人鏦殺吳王。」副形容金屬相撞聲。

十二畫

鍚 ㄊㄤ tāng 名①樂器名。鍚鑼，即小銅鑼。②磨平木石的石製器具。

鐘 ㄓㄨㄥ zhōng 名①中空的銅製敲打樂器。例鐘鼓。②計時器。例時鐘。③計算時間的單位。例三點鐘。

鐘鼓 ㄓㄨㄥ ㄍㄨˇ 古代樂器的統稱。

鐘樓 ㄓㄨㄥ ㄌㄡˊ 懸掛大鐘的樓閣。

鐘錶 ㄓㄨㄥ ㄅㄧㄠˇ 現代計時器的統稱。

鐘點 ㄓㄨㄥ ㄉㄧㄢˇ 計算時間的單位，即小時。

鐘擺 ㄓㄨㄥ ㄅㄞˇ 在時鐘下方，藉發條轉動而搖擺的長柄。

鐘乳石 ㄓㄨㄥ ㄖㄨˇ ㄕˊ 石灰岩洞穴中碳酸鈣水自洞頂下滴，經蒸發凝積而在洞頂形成尖端向下的倒吊沉澱物。亦稱為石鐘乳。

鐘鼎文 ㄓㄨㄥ ㄉㄧㄥˇ ㄨㄣˊ 古代雕刻在青銅器上文字的統稱。亦稱為金文。

鐘鼎山林 ㄓㄨㄥ ㄉㄧㄥˇ ㄕㄢ ㄌㄧㄣˊ 比喻在朝作官或在野隱居，人各有不同的志向。

鐓 ㈠ㄉㄨㄣ dūn 動閹割家畜。例鐓雞。㈡ㄉㄨㄟˋ duì 名通「錞」。矛戟末端的平底金屬套。

鐏 ㄗㄨㄣ zūn 名戈柄末端的尖錐形金屬套。

鐠 ㄆㄨˇ pǔ 名化學元素。稀土金屬元素之一，化學符號為Pr。其化合物可製玻璃或琺瑯。

鐃 ㄋㄠˊ náo 名①古代軍樂器，形似鈴，有柄無舌，用來停止鼓聲。例金鐃。②圓形銅製敲打樂器，每副兩片，以合敲發聲。例鐃鈸。

鏽 ㄒㄧㄡˋ xiù 名 金屬表面氧化所生的物質。例 鐵鏽。動 金屬表面氧化。例 鏽蝕。

鐍 ㄐㄩㄝˊ jué 名 ①上鎖的絞紐。②有舌的金屬環。

鐙 ㊀ㄉㄥ dēng 名 古代裝熱食的器具。㊁ㄉㄥˋ dèng 名 馬鞍兩旁供腳踏以上下馬的器具。例 馬鐙。

鐐 ㄌㄧㄠˊ liáo 名 一種刑具，綁在犯人腳上的鐵鍊。例 腳鐐。

鐐銬 ㄌㄧㄠˊ ㄎㄠˋ 指鎖綁犯人手腳的刑具。

鏵 ㄏㄨㄚˊ huá 名 裝在牛犁上以翻土的農具。

鏷 ㄆㄨˇ pǔ 名 ①未冶煉的銅鐵，即生鐵。②化學元素。放射性元素之一，化學符號為Pa。色銀灰，有金屬光澤。

鐇 ㄈㄢˊ fán 名 刀口廣闊的鏟子。動 鏟除。

鐎 ㄐㄧㄠ jiāo 名 鐎斗，古代一種有柄三腳的烹飪器具，軍中用來打更巡夜。亦稱為刁斗。

鐫 ㄐㄩㄢ juān 名 鑿刻的器具。動 ①鑿刻。例 鐫刻。②貶職。例 鐫級。

十三畫

鐿 ㄧˋ yì 名 化學元素。稀土金屬元素之一，化學符號為Yb。白色粉末，有光澤，具延展性。

鐮 ㄌㄧㄢˊ lián 名 收割除草的農具。例 鐮刀。

鐵 ㄊㄧㄝˇ tiě 名 ①化學元素。金屬元素之一，化學符號為Fe。銀白色，有光澤，具延展性，易傳熱導電，容易生鏽，是應用最廣的金屬。②鐵製器具。引申指刀劍兵器。例 手無寸鐵。③姓。形 ①黑色的。例 鐵灰色。②堅硬的。例 銅牆鐵壁。③堅強不移的。例 鐵面無私。副 絕對地。例 鐵定。

鐵人 ㄊㄧㄝˇ ㄖㄣˊ 體魄強健的人，通常指運動健將。

鐵口 ㄊㄧㄝˇ ㄎㄡˇ 比喻論斷精確，所言準確無誤。例 鐵口直斷。

鐵甲 ㄊㄧㄝˇ ㄐㄧㄚˇ ①用鐵片綴接成的戰袍。②鋼鐵製的物體外殼。例 鐵甲車。

鐵石 ㄊㄧㄝˇ ㄕˊ 比喻意志堅定不受誘惑。例 鐵石心腸。

鐵定 ㄊㄧㄝˇ ㄉㄧㄥˋ 絕對確定。例 明天鐵定下雨。

鐵青 ㄊㄧㄝˇ ㄑㄧㄥ 深青色。多形容恐懼、生氣的表情。

鐵軌 ㄊㄧㄝˇ ㄍㄨㄟˇ 火車通行的軌道，上有兩條平行鋼軌，下鋪枕木。

鐵面 ㄊㄧㄝˇ ㄇㄧㄢˋ ①古代保護臉部的鐵製面具。②比喻性情剛直。例 鐵面無私。

鐵案 ㄊㄧㄝˇ ㄢˋ 證據確實而無法推翻的案件或言論。例 鐵案如山。

鐵耙 ㄊㄧㄝˇ ㄆㄚˊ 翻鬆和平整土壤的農具，具鐵齒和木柄。

鐵馬 ㄊㄧㄝˇ ㄇㄚˇ ①配有鐵甲的戰馬。②比喻實力精銳的軍隊。③腳踏車的別稱。

鐵票 ㄊㄧㄝˇ ㄆㄧㄠˋ 比喻競選活動中最可靠的票源。

鐵窗 ㄊㄧㄝˇ ㄔㄨㄤ 比喻監獄。例 鐵窗生涯。

鐵腕 ㄊㄧㄝˇ ㄨㄢˋ 比喻行事作為果決不遲疑。

鐵路 ㄊㄧㄝˇ ㄌㄨˋ 鋪設鐵軌以供火車通行的道路。同鐵道。

鐵餅 ㄊㄧㄝˇ ㄅㄧㄥˇ 一種中厚邊薄的圓餅形運動器材，以投擲遠近為勝負。

鐵漢 ㄊㄧㄝˇ ㄏㄢˋ ①比喻堅強不易屈服的人。②比喻身體健壯的人。

鐵幕 ㄊㄧㄝˇ ㄇㄨˋ 比喻受到嚴密控制的地區。

鐵騎 ㄊㄧㄝˇ ㄐㄧˋ 披甲的戰馬。比喻精銳強悍的騎兵。

鐵證 ㄊㄧㄝˇ ㄓㄥˋ 確實有力的證據。

鐵鏽 ㄊㄧㄝˇ ㄒㄧㄡˋ 鐵表面氧化所生的物質。

鐵三角 ㄊㄧㄝˇ ㄙㄢ ㄐㄧㄠˇ 比喻三方力量皆強大且均衡的結構。

鐵公雞 ㄊㄧㄝˇ ㄍㄨㄥ ㄐㄧ ①比喻吝嗇小氣的人。②國劇中全部武打的戲碼。後引申為大打出手。

鐵板燒 ㄊㄧㄝˇ ㄅㄢˇ ㄕㄠ 將肉切塊並用香料浸泡後，再與其他佐菜依次放在高溫鐵板煎烤的西方烹飪手法。

鐵飯碗 ㄊㄧㄝˇ ㄈㄢˋ ㄨㄢˇ 比喻穩固的職位。

鐵算盤 ㄊㄧㄝˇ ㄙㄨㄢˋ ㄆㄢˊ 比喻很會精打細算的人。

鐵石心腸 ㄊㄧㄝˇ ㄕˊ ㄒㄧㄣ ㄔㄤˊ ①比喻意志堅定，不易受私情所惑。②比喻冷血無情。

鐵杵磨針 ㄊㄧㄝˇ ㄔㄨˇ ㄇㄛˊ ㄓㄣ 比喻只要努力必有所成。同鐵硯磨穿。

鐵畫銀鉤 ㄊㄧㄝˇ ㄏㄨㄚˋ ㄧㄣˊ ㄍㄡ 比喻書法剛勁有力的樣子。

鐵樹開花 ㄊㄧㄝˇ ㄕㄨˋ ㄎㄞ ㄏㄨㄚ 比喻事情不易實現。

鐳 ㄌㄟˊ léi 名化學元素。鹼土金屬元素之一，化學符號為Ra。銀白色，質軟有光澤，具很強的放射性，可製夜光漆，在醫療上極重要。

鐺 ㈠ㄉㄤ dāng 副鋃鐺，形容金屬撞擊聲。㈡ㄔㄥ chēng 名①古代一種有耳有腳的陶鍋。例藥鐺。②古代煎煮用的大鐵盤。

鐻 ㄐㄩˋ jù 名①懸掛鐘鼓的架子兩旁的立柱。例鐘鐻。②古樂器名。形似鐘。

鐸 ㄉㄨㄛˊ duó 名古代手搖發聲的樂器，形似大鈴，有金舌和木舌兩種，宣布政令時擊之。例金鐸。

鐶 ㄏㄨㄢˊ huán 名通「環」。中間有孔的圓形物。例金鐶。

鐲 ㄓㄨㄛˊ zhuó 名①古代的軍中樂器，形似小鐘。②戴在手腕的環狀裝飾品。例玉鐲。

鎶 ㄍㄚˇ gǎ 名化學元素「釓」的舊譯。

鑀 ㄞˋ ài 名化學元素。超鈾元素之一，化學符號為Es。

十四畫

鑌 ㄅㄧㄣ bīn 名鑌鐵，精煉的鐵。

鑒 ㄐㄧㄢˋ jiàn 名同「鑑」。動書信用語。請對方看信之意。例鈞鑒。

鑄 ㄓㄨˋ zhù 動①將鎔化的金屬注入模型以製物。例鑄造。②造成。例鑄成大錯。

鑄工 ㄓㄨˋ ㄍㄨㄥ ①從事鑄造的工人。②鑄造器物的技術、做工。

鑄幣 ㄓㄨˋ ㄅㄧˋ 鑄造錢幣。

鑄錯 ㄓㄨˋ ㄘㄨㄛˋ 造成重大的錯誤。

鑄鐵 ㄓㄨˋ ㄊㄧㄝˇ ①即煉鐵。②生鐵的別名。

鑑 ㄐㄧㄢˋ jiàn 名①鏡子。②視察、觀照的能力。例知人之鑑。③供警惕的事物。例殷鑑。動①審視。例鑑識。②映照。例光可鑑人。③警戒。例鑑戒。

鑑別 ㄐㄧㄢˋ ㄅㄧㄝˊ 仔細觀察以辨別真假好壞。

鑑定 ㄐㄧㄢˋ ㄉㄧㄥˋ 仔細觀察以判定真偽優劣。

鑑諒 ㄐㄧㄢˋ ㄌㄧㄤˋ 詳察後而能原諒。

鑑賞 ㄐㄧㄢˋ ㄕㄤˇ ①精闢深入的鑑識。②對文學藝術作品的欣賞判別。

鑑往知來 ㄐㄧㄢˋ ㄨㄤˇ ㄓ ㄌㄞˊ 觀察過去以推知未來。

鑐 ㊀ㄒㄩ xū 名①鎖簧。②鎧甲。例鎧鑐。㊁ㄖㄨˊ rú 名化學元素。一種新的人造放射性元素的暫譯名。

鑊 ㄏㄨㄛˋ huò 名①古代烹飪用的大鐵鍋，形狀像盆。②古代烹煮人的刑具。例鑊烹。

十五畫

鑣 ㄅㄧㄠ biāo 名①馬嘴中所銜的鐵環。②通「鏢」。古代投擲用的金屬暗器。例飛鑣。

鑢 ㄌㄩˋ lǜ 名磋治骨角鋼鐵的器具。動磨治。

鑠 ㄕㄨㄛˋ shuò 動①鎔化。例眾口鑠金。②毀壞，消損。

鑞 ㄌㄚˋ là 名可焊接金屬的錫鉛合金。

鑕 ㄓˋ zhì 名古代的刑具，腰斬時承接鍘刀的墊底鐵板。例砧鑕。

十六畫

鑪 ㄌㄨˊ lú 名①古代酒店前放酒甕的土臺。②通「爐」。盛火的器具。例香鑪。

鑫 ㄒㄧㄣ xīn 形多金的，興盛的。常用於人名或店名。

十七畫

鑲 ㄒㄧㄤ xiāng 名在旗的邊緣裝飾除了旗的正色以外的顏色。如清代滿人兵制，八旗有鑲紅、鑲白、鑲藍、鑲黃。動將某物嵌合在另一物的中間或邊緣。例鑲鑽。

鑲牙 ㄒㄧㄤ ㄧㄚˊ 以人工嵌補脫落的牙齒。

鑲嵌 ㄒㄧㄤ ㄑㄧㄢ ①將東西嵌進某物體中。②故意插入文字以拉長文句的修辭法。

鑲邊 ㄒㄧㄤ ㄅㄧㄢ 在物體邊緣加裝飾。

鑮 ㄅㄛˊ bó 名樂器名。形似鐘。

鑭 ㄌㄢˊ lán 名化學元素。稀土金屬元素之一，化學符號為La。銀白色，質軟，具延展性，可製火箭發射劑。

鑰 ㄧㄠˋ yào 名①鎖。例門鑰。②開鎖的器具。例鑰匙。③比喻事物重要的部分。例樞鑰。

鑰匙 ㄧㄠˋ ㄕ 開鎖的器具。

鑱 ㄔㄢˊ chán 名①針、錐等銳利的鐵器。例鑱石。②古代挖土的鐵製器具。例長鑱。

十八畫

鑷 ㄋㄧㄝˋ niè 名拔除或夾取細微物的器具。例鑷子。動拔去。

十九畫

鑾 ㄌㄨㄢˊ luán 名①古代綁在天子車駕上的鈴鐺。②君主的座車。例鑾駕。

鑼 ㄌㄨㄛˊ luó 名樂器名。銅製敲打樂器，形似盤，以槌敲打發聲。例敲鑼打鼓。

鑼鼓喧天 ㄌㄨㄛˊ ㄍㄨˇ ㄒㄩㄢ ㄊㄧㄢ 形容非常熱鬧的樣子。

鑽 ㊀ㄗㄨㄢ zuān 動①穿刺。例鑽孔。②攀附顯貴以求名利。例鑽營。③探研。例鑽研。④穿過，進入。例鑽山洞。㊁ㄗㄨㄢˋ zuàn 名①穿洞的器具。例電鑽。②金剛石。例鑽石。

鑽戒 ㄗㄨㄢˋ ㄐㄧㄝˋ 鑲有鑽石的戒指。

鑽研 ㄗㄨㄢ ㄧㄢˊ 深入研究學問。

鑽探 ㄗㄨㄢ ㄊㄢˋ 深入地下取得岩土加以研究。

鑽營 ㄗㄨㄢ ㄧㄥˊ 極力討好權貴，以求取名利。

鑽石婚 ㄗㄨㄢˋ ㄕˊ ㄏㄨㄣ 西方人稱結婚六十或七十五週年。

鑽牛角尖 ㄗㄨㄢ ㄋㄧㄡˊ ㄐㄧㄠˇ ㄐㄧㄢ 比喻固執而不知變通，費力鑽研無用或無法解決的問題。

鑽天入地 ㄗㄨㄢ ㄊㄧㄢ ㄖㄨˋ ㄉㄧˋ 形容到處尋求或想辦法。

二十畫

鑿 ㄗㄠˊ záo 名①穿洞的器具。例方鑿。②二物嵌合的凹洞。例圓鑿。形確實的。例證據確鑿。動①挖掘。例鑿井。②穿洞。例鑿壁借光。③牽強附會。例穿鑿。

鑿鑿 ㄗㄠˊ ㄗㄠˊ ①鮮豔明顯的樣子。②確實有根據。例言之鑿鑿。

鑿枘不入 ㄗㄠˊ ㄖㄨㄟˋ ㄅㄨˋ ㄖㄨˋ 指圓鑿和方枘不相合。比喻意見不同。

钂 ㄊㄤˇ tǎng 名古代半月形長兵器，形似叉。

钁 ㄐㄩㄝˊ jué 名挖掘的農具，即大鋤頭。例钁頭。

二十一畫

钃 ㄕㄨˇ shǔ 名用來除去植物根株的農具。

長部 ㄔㄤˊ

長 ㊀ㄔㄤˊ cháng 名①兩點之間的距離。例長度。②特點，優點。例長處。③專精的技能。例專長。形①身材高大的。②兩點間距離遙遠的。例長途電話。③時間久遠的。例長年。④優秀的。例長袖善舞。副慢慢地，仔細地。例從長計議。㊁ㄓㄤˇ zhǎng 名①領導人，居高位者。例首長。②

年紀或輩分較大者。例師長。形①年齡較大的。例年長。②排行第一的。例長子。動①增加，增進。例增長。②發育，滋生。例生長。③生成。例長得漂亮。

長人 ㄔㄤˊ ㄖㄣˊ 身高很高的人。例籃球隊中個個是長人。

長工 ㄔㄤˊ ㄍㄨㄥ 長時間受僱的工人。

長才 ㄔㄤˊ ㄘㄞˊ 特殊的才能。例編寫劇本是他的長才。

長子 ㄓㄤˇ ㄗˇ 排行第一的兒子。

長存 ㄔㄤˊ ㄘㄨㄣˊ 一直存在。例恩惠長存。

長年 ㄔㄤˊ ㄋㄧㄢˊ 一整年。形容時間很長。例船員長年航行於海上。

長舌 ㄔㄤˊ ㄕㄜˊ 比喻喜歡說話搬弄是非。

長青 ㄔㄤˊ ㄑㄧㄥ 比喻年紀漸長，但心態或外貌仍能長保不老。例松柏長青。

長征 ㄔㄤˊ ㄓㄥ ①軍隊到遠方作戰。例王昌齡・出塞詩：「萬里長征人未還。」②比喻旅途遙遠。

長官 ㄓㄤˇ ㄍㄨㄢ 對上級官員的稱呼。

長者 ㄓㄤˇ ㄓㄜˇ ①年紀較大者。②顯貴的人。例史記：「門外多有長者車轍。」③德性優良敦厚的人。

長度 ㄔㄤˊ ㄉㄨˋ 兩端點之間的距離。

長相 ㄓㄤˇ ㄒㄧㄤˋ 指樣貌。

長眠 ㄔㄤˊ ㄇㄧㄢˊ 指人過世。

長輩 ㄓㄤˇ ㄅㄟˋ 年齡或輩分較自己高的人。

長短句 ㄔㄤˊ ㄉㄨㄢˇ ㄐㄩˋ 「宋詞」的別稱，依曲調節拍的不同而文句長短不齊。

長生不老 ㄔㄤˊ ㄕㄥ ㄅㄨˋ ㄌㄠˇ 長久地生存且永不衰老。

長年累月 ㄔㄤˊ ㄋㄧㄢˊ ㄌㄟˇ ㄩㄝˋ 比喻時間長久。

長此以往 ㄔㄤˊ ㄘˇ ㄧˇ ㄨㄤˇ 經過很長久的時間。多指不好的狀況。

長吁短嘆 ㄔㄤˊ ㄒㄩ ㄉㄨㄢˇ ㄊㄢˋ 深深的嘆息聲不斷，表示心情苦悶或憂愁。

長治久安 ㄔㄤˊ ㄓˋ ㄐㄧㄡˇ ㄢ 比喻安平盛世的時間很久，或祈祝國運安穩長久。

長袖善舞 ㄔㄤˊ ㄒㄧㄡˋ ㄕㄢˋ ㄨˇ 比喻人行事手腕高明，善於運用人際關係。

長篇大論 ㄔㄤˊ ㄆㄧㄢ ㄉㄚˋ ㄌㄨㄣˋ 比喻演說或文章內容冗長。

長江後浪推前浪 ㄔㄤˊ ㄐㄧㄤ ㄏㄡˋ ㄌㄤˋ ㄊㄨㄟ ㄑㄧㄢˊ ㄌㄤˋ 形容更新更好的人或事物不斷出現。

門部 ㄇㄣˊ

門

ㄇㄣˊ mén 名①建築物的出入口。例門窗。②形狀或功能像門的東西。例閘門。③家。例五福臨門。④派別。例孔門。⑤關鍵。例入門書、不二法門。⑥孔洞。例肛門。⑦多用在計算砲彈或學科的量詞。例一門砲。⑧種類。例分門別類。

門人 ㄇㄣˊ ㄖㄣˊ ①學生弟子。同門徒、門下。②古代有權勢者所供養的食客。③看守門的人。

門戶 ㄇㄣˊ ㄏㄨˋ ①建築物的出入口。②指家庭。例清理門戶。③比喻形勢險要的地方。④朋黨，派別。例自立門戶。

門房 ㄇㄣˊ ㄈㄤˊ ①設在大門旁以守衛的小房間。②看守大門的人。

門面 ㄇㄣˊ ㄇㄧㄢˋ ①商店的鋪面。②房屋的外觀。③表面上。例門面話。

門風 ㄇㄣˊ ㄈㄥ 家族傳統的作風和生活習慣。

門路 ㄇㄣˊ ㄌㄨˋ ①向人請託謀求職務的方法。②求學的初步方法或祕訣。同門徑。

門第 ㄇㄣˊ ㄉㄧˋ 顯貴的家世。也作「門楣」、「門閥」。

門診 ㄇㄣˊ ㄓㄣˇ 醫生替不需住院的病人診斷治療的地方。

門牌 ㄇㄣˊ ㄆㄞˊ 標示在大門口的地址號碼牌。

門禁 ㄇㄣˊ ㄐㄧㄣˋ 建築物出入口的審查限制。

門齒 ㄇㄣˊ ㄔˇ 位於齒列中央的牙齒，用來切斷食物。也稱為門牙。

門聯 ㄇㄣˊ ㄌㄧㄢˊ 貼在大門兩旁的對聯。也稱門帖、門對。

門外漢 ㄇㄣˊ ㄨㄞˋ ㄏㄢˋ 不熟悉某事的外行人。

門戶之見 ㄇㄣˊ ㄏㄨˋ ㄓ ㄐㄧㄢˋ 因派別立場不同而堅守本派見解，或對其他派別有偏見。

門可羅雀 ㄇㄣˊ ㄎㄜˇ ㄌㄨㄛˊ ㄑㄩㄝˋ ①形容失去權勢的人訪客稀少，門庭冷落。②形容生意清淡。

門庭若市 ㄇㄣˊ ㄊㄧㄥˊ ㄖㄨㄛˋ ㄕˋ 比喻前來拜訪的人很多。

門當戶對 ㄇㄣˊ ㄉㄤ ㄏㄨˋ ㄉㄨㄟˋ 家族間往來或婚姻關係的對象各方面地位相近。

門禁森嚴 ㄇㄣˊ ㄐㄧㄣˋ ㄙㄣ ㄧㄢˊ 形容對出入口的防守非常嚴密。

一畫

閂 ㄕㄨㄢ shuān 名關門用的橫木。例門閂。動插上橫木以關門。例閂門。

二畫

閃 ㄕㄢˇ shǎn 名雷電所發出的光。例打閃。動①側身躲避。例閃躲。②忽隱忽現，明滅不定。例一閃一閃、閃光。③伸頭偷看。④因身體側轉或撲倒而扭傷。例閃了腰。⑤拋下，丟下。

閃電 ㄕㄢˇ ㄉㄧㄢˋ ①天空雲層間因強烈放電而產生的閃光。②比喻行動迅速。

閃避 ㄕㄢˇ ㄅㄧˋ ①往旁邊迅速躲開。②逃避。

閃爍 ㄕㄢˇ ㄕㄨㄛˋ ①光線搖動不定的樣子。②形容說話吞吞吐吐有所隱瞞。例言詞閃爍。

三畫

閆 ㄧㄢˊ yán 名同「閻」。姓。

閈 ㄏㄢˋ hàn 名①巷門。②牆。例張衡．西京賦：「閈庭詭異。」

閉 ㄅㄧˋ bì 動①關上。例關閉。②結束。例閉幕。③阻塞。例易經：「天地閉，賢人隱。」④禁止。例封閉。

閉塞 ㄅㄧˋ ㄙㄜˋ 阻塞不通。

閉幕 ㄅㄧˋ ㄇㄨˋ 會議或戲劇表演結束的時候。

閉鎖 ㄅㄧˋ ㄙㄨㄛˇ 封閉，阻塞。

閉關 ㄅㄧˋ ㄍㄨㄢ ①關閉港口而不與國外往來。②避絕人事而自修。

閉門羹 ㄅㄧˋ ㄇㄣˊ ㄍㄥ 關門而拒絕訪客。

閉月羞花 ㄅㄧˋ ㄩㄝˋ ㄒㄧㄡ ㄏㄨㄚ 形容女子容貌美麗。

閉目養神 ㄅㄧˋ ㄇㄨˋ ㄧㄤˇ ㄕㄣˊ 暫時閉上眼睛休息。

閉門思過 ㄅㄧˋ ㄇㄣˊ ㄙ ㄍㄨㄛˋ 遠離人群以反省自己的過失。

閉門造車 ㄅㄧˋ ㄇㄣˊ ㄗㄠˋ ㄐㄩ 比喻只憑主觀做事而不切實際。

四畫

閔

ㄇㄧㄣˇ mǐn 名①憂患。②姓。動憐憫。

閌

ㄎㄤˋ kàng 形高大的。

閏

ㄖㄨㄣˋ rùn 名曆法中月亮繞地球一周，和地球繞太陽一周所需時間有固定差數，為調整此差距，在適當年份中增加完整的一日或一個月，稱為閏。例閏年。

閏月 ㄖㄨㄣˋ ㄩㄝˋ 農曆以月球繞地球十二周為一年，和地球繞太陽一周所需時間相差約十一日，故累積此差數則三年有一閏月，五年有兩閏月。

開

ㄎㄞ kāi 名①紙張大小尺寸的單位。例八開紙。②黃金的純度。例十八開金。③姓。形明朗的。例開朗。動①啟，張開。例開窗。②教導，啟發。例開導。③通達。例開通山路。④拓展。例開拓。⑤條列，敘述。例開藥方。⑥發掘，拓展。例開源節流。⑦免除。例開除。⑧分離。例離開。⑨創始。例開始。⑩消散。例雲開見日。⑪駕駛。例開車。⑫擺設。例席開十桌。⑬綻放。例開花。⑭水沸滾。例水開了。⑮割破。例開西瓜。⑯舉行。例開會。⑰揭曉。例開獎。⑱支付。例開銷。⑲發射。例開槍。

開刀 ㄎㄞ ㄉㄠ ①懲罰他人。例犯錯的是我，你別拿他開刀。②用手術刀進行外科手術。③殺害。

開工 ㄎㄞ ㄍㄨㄥ 開始進行例行性的工作，或專指工程上的開始動工。

開戶 ㄎㄞ ㄏㄨˋ 在金融機構等地方開設戶頭。

開支 ㄎㄞ ㄓ ①支付財物。②所支出的費用。

開心 ㄎㄞ ㄒㄧㄣ ①心情愉快。②比喻取笑他人。例別尋他開心了。③開剖心臟的外科手術。

開拓 ㄎㄞ ㄊㄨㄛˋ 擴大延伸。同開展。

開明 ㄎㄞ ㄇㄧㄥˊ ①人類文化由野蠻進步到文明。②形容思想能跟隨時代潮流而通達事理。

開胃 ㄎㄞ ㄨㄟˋ 用藥物或食物的刺激而引起食慾。

開除 ㄎㄞ ㄔㄨˊ 免除資格。例開除比賽資格。

開恩 ㄎㄞ ㄣ 請求人寬恕的話。

開朗 ㄎㄞ ㄌㄤˇ ①地方寬廣明亮。②性情豁達爽直。

開動 ㄎㄞ ㄉㄨㄥˋ ①開始進行某事。②指開始用餐。

開採 ㄎㄞ ㄘㄞˇ 發掘採取有價值的資源。

開脫 ㄎㄞ ㄊㄨㄛ 想辦法脫離罪責。

開張 ㄎㄞ ㄓㄤ ①商店開始營業。②開展，不閉塞。

開創 ㄎㄞ ㄔㄨㄤˋ 開發創造。例開創未來。

開溜 ㄎㄞ ㄌㄧㄡ 偷偷溜走。

開會 ㄎㄞ ㄏㄨㄟˋ 集合眾人共同討論。

開罪 ㄎㄞ ㄗㄨㄟˋ 冒犯，得罪。

開端 ㄎㄞ ㄉㄨㄢ 事情開始的起頭。同開頭。

開幕 ㄎㄞ ㄇㄨˋ ①表演開始時拉開舞臺前的布幕。②事情的開始。

開獎 ㄎㄞ ㄐㄧㄤˇ 公開宣布中獎號碼，並排列其得獎順序。

開導 ㄎㄞ ㄉㄠˇ 開啟智慧並引導走向正途。

開辦 ㄎㄞ ㄅㄢˋ ①開始辦理事務。②創立機構。

開墾 ㄎㄞ ㄎㄣˇ 開闢土地以增加新農地。

開釋 ㄎㄞ ㄕˋ 解除束縛，釋放。例開釋罪犯。

開鑼 ㄎㄞ ㄌㄨㄛˊ 戲劇上演前以鑼聲吸引觀眾注意。比喻事情開始進行。

開天窗 ㄎㄞ ㄊㄧㄢ ㄔㄨㄤ 比喻已預定的節目無法如期舉行。

開夜車 ㄎㄞ ㄧㄝˋ ㄔㄜ 比喻熬夜。

開倒車 ㄎㄞ ㄉㄠˋ ㄔㄜ 比喻言論或措施不合潮流。

開場白 ㄎㄞ ㄔㄤˇ ㄅㄞˊ 戲劇開始前說明故事內容和主旨的對白。引申為文章前引導介紹內容的文字。

開天闢地 ㄎㄞ ㄊㄧㄢ ㄆㄧˋ ㄉㄧˋ ①傳說中盤古以巨斧分開混沌一片的宇宙而分天地。②比喻事情的創始。

開宗明義 ㄎㄞ ㄗㄨㄥ ㄇㄧㄥˊ ㄧˋ 事物開始進行時先說明其綱領。

開卷有益 ㄎㄞ ㄐㄩㄢˋ ㄧㄡˇ ㄧˋ 打開書本閱讀，可以帶來好處。

開門見山 ㄎㄞ ㄇㄣˊ ㄐㄧㄢˋ ㄕㄢ 比喻文章或言論一開始就進入主題，使人容易明瞭。

開門揖盜 ㄎㄞ ㄇㄣˊ ㄧ ㄉㄠˋ 比喻結交壞人而引來禍害。

開源節流 ㄎㄞ ㄩㄢˊ ㄐㄧㄝˊ ㄌㄧㄡˊ 財務上增加收入並節省開支。

開誠布公 ㄎㄞ ㄔㄥˊ ㄅㄨˋ ㄍㄨㄥ 以真誠待人，坦白沒有隱瞞。

閎

ㄏㄨㄥˊ hóng 名①巷口的門。②姓。形宏廣的。例閎偉。

閑

ㄒㄧㄢˊ xián 名①柵欄。②法度，規律。形通「閒」。閒暇的。例安閑。動①防範，防止。②通「嫻」。熟習，通曉。例閑習。

間

㈠ㄐㄧㄢ jiān 名①兩者當中。例兩人之間。②計算房屋的量詞。例四間房屋。③指時候。例日間、夜間。④指地方。例田間、字裡行間。

㈡ㄐㄧㄢˋ jiàn 名①裂縫。例間不容髮。②打聽情報的人。例間諜。動①不連續。例間斷。②分化。例離間。③分隔。例間隔。副偶爾。例間或。

間架 ㄐㄧㄢˋ ㄐㄧㄚˋ 建築物的結構。比喻文章的結構布局。

間接 ㄐㄧㄢˋ ㄐㄧㄝ 非直接的，必須透過第三者才能接觸的。

間歇 ㄐㄧㄢˋ ㄒㄧㄝ 指週期性的開始和停歇。

間隔 ㄐㄧㄢˋ ㄍㄜˊ 阻塞隔離。

間諜 ㄐㄧㄢˋ ㄉㄧㄝˊ 刺探敵情、竊取情報或製造糾紛，進行顛覆工作的人。

間斷 ㄐㄧㄢˋ ㄉㄨㄢˋ 事情中斷而不連續。

間不容髮 ㄐㄧㄢˋ ㄅㄨˋ ㄖㄨㄥˊ ㄈㄚˇ 相距很近，幾乎容不下一根頭髮。比喻情勢非常危急。

閒

㈠ㄒㄧㄢˊ xián **名** ①空暇無事的時候。**例**農閒。②閒散簡單的職務。**例**投閒置散。**形** ①空暇無事。**例**閒暇。②安靜清幽的樣子。**例**閒雲野鶴。③與正事無關的。**例**閒錢。**副** 不經心的，隨意的。**例**閒逛。

㈡ㄐㄧㄢˋ jiàn 同「間」。參見「間」字解釋。

㈢ㄐㄧㄢ jiān 同「間」。參見「間」字解釋。

閒居 ㄒㄧㄢˊ ㄐㄩ ①獨自居住。②清閒無事的家居生活。

閒書 ㄒㄧㄢˊ ㄕㄨ 供消遣用的書籍。如小說等輕鬆的讀物。

閒聊 ㄒㄧㄢˊ ㄌㄧㄠˊ 天南地北的隨意聊天。**同**閒談。

閒暇 ㄒㄧㄢˊ ㄒㄧㄚˊ ①清閒無事的時候。②舉止從容不迫的樣子。

閒話 ㄒㄧㄢˊ ㄏㄨㄚˋ ①隨意聊天。**同**閒聊、閒談。②無關緊要的題外話。**例**閒語。③暗地裡批評他人的話。

閒適 ㄒㄧㄢˊ ㄕˋ 悠閒適得的樣子。

閒情逸致 ㄒㄧㄢˊ ㄑㄧㄥˊ ㄧˋ ㄓˋ 悠閒的情趣和意致。

閒雜人等 ㄒㄧㄢˊ ㄗㄚˊ ㄖㄣˊ ㄉㄥˇ 和主要事務無關的人。

五畫

閟

ㄅㄧˋ bì **形** 幽深的。**例**閟宮。**動** ①關上。**例**閟門。②停止，封閉。③阻撓。

閘

ㄓㄚˊ zhá **名** ①調節水量的可開關水門。**例**水閘。②車輛上的煞車裝置。**例**手閘。③可控制機器開關的裝置。**例**電閘。

閘口 ㄓㄚˊ ㄎㄡˇ ①水門出入的通口。②地名。在浙江省杭州市城外。

閘門 ㄓㄚˊ ㄇㄣˊ 可開關、阻擋、控制水流作用的設備。

閘板 ㄓㄚˊ ㄅㄢˇ 可開關控制閘口的大木板。

六畫

閡

ㄏㄜˊ hé **動** 阻隔，障礙。**例**隔閡。

閨

ㄍㄨㄟ guī **名** ①宮殿的小門。**例**閨門。②內室。多指女子的臥房。**例**香閨。③上圓下方的小門。**形** 女子的。**例**閨房。

閨女 ㄍㄨㄟ ㄋㄩˇ 指尚未出嫁的女子。**例**黃花閨女。

閨秀 ㄍㄨㄟ ㄒㄧㄡˋ 形容女子賢慧有德。

閨房 ㄍㄨㄟ ㄈㄤˊ 內室。通常指女子的臥室。

閨門 ㄍㄨㄟ ㄇㄣˊ ①內室的門。②宮殿或城牆的小門。

閩

ㄇㄧㄣˇ mǐn **名** ①古代少數民族之一，分布在今福建省和浙江省東部沿海。②朝代名。五代時十國之一，王審知所建，據有今福建地區，後降南唐。③福建省的簡稱。

閩南語 ㄇㄧㄣˇ ㄋㄢˊ ㄩˇ 分布在臺灣、福建省南部、廣東省潮州和汕頭一帶的方言。

閣 ㊀ㄍㄜˊ gé 名①指四周設有欄杆迴廊的樓房。例樓閣。②藏書的地方。例書閣。③官署。例內閣。④女子的臥室。例出閣。⑤屋內放置物品的高架。例束之高閣。㊁ㄍㄜ gē 動通「擱」。

閣下 ㄍㄜˊ ㄒㄧㄚˋ 對人的尊稱。

閣員 ㄍㄜˊ ㄩㄢˊ 政府內閣的組員。

閣揆 ㄍㄜˊ ㄎㄨㄟˊ 內閣的總理，相當於我國的行政院長。

閥 ㄈㄚˊ fá 名①門第。例名閥。②有影響力的個人或團體。例財閥。③可控制氣體或液體流量大小、方向或流動與否的裝置。例閘閥。

閤 ㊀ㄏㄜˊ hé 形通「闔」、「合」。全部的，滿的。例閤家光臨。㊁ㄍㄜˊ gé 名通「閣」。

七畫

閬 ㄌㄤˇ lǎng 形空曠的，高大的。

閬閬 ㄌㄤˇ ㄌㄤˇ ①高大虛空的樣子。②高大明亮的樣子。

閫 ㄎㄨㄣˇ kǔn 名①門檻。②舊稱女子居住的內室。例閨閫。③軍中事務。例閫外。形婦女的。例閫範。

閫範 ㄎㄨㄣˇ ㄈㄢˋ 婦女的品德。或作「閫德」、「閫儀」。

閭 ㄌㄩˊ lǘ 名①巷門。例門閭。②眾人聚居的地方。例閭里。③宗族。例三閭大夫。④姓。

閭里 ㄌㄩˊ ㄌㄧˇ 古代行政單位，二十五戶為一閭。後用來做鄉里的通稱，指一般民間。同鄉里。

閱 ㄩㄝˋ yuè 動①檢視軍隊。例檢閱。②觀，看。例閱讀。③經歷。例閱歷。

閱兵 ㄩㄝˋ ㄅㄧㄥ 檢閱巡視軍隊。

閱歷 ㄩㄝˋ ㄌㄧˋ 經歷過的事。

閱覽 ㄩㄝˋ ㄌㄢˇ 觀看欣賞。

閱讀 ㄩㄝˋ ㄉㄨˊ 觀覽誦讀。

八畫

閼 ㊀ㄜˋ è 名控制水門開關的閘板。㊁ㄧㄢ yān 名閼氏，漢代匈奴對君主正妻的稱呼。

閾 ㄩˋ yù 名門檻。例禮記：「賓入，不中門，不履閾。」動阻隔，限界。

闍 ㄕㄜˊ shé 名阿闍黎，梵文指可為眾僧模範的高僧。

閹 ㄧㄢ yān 名古代指宦官或太監。例閹人。動割去雄性動物的生殖器官。例閹割。

閶 ㄔㄤ chāng 見「閶闔」。

閶闔 ㄔㄤ ㄏㄜˊ ①宮殿的正門。②傳說中的天門。

閻 ㄧㄢˊ yán 名①巷道。②姓。

閻羅王 ㄧㄢˊ ㄌㄨㄛˊ ㄨㄤˊ 掌管地獄的鬼王。

閽 ㄏㄨㄣ hūn 名①守門人。例閽人。②宮殿的門。

九畫

闊 ㄎㄨㄛˋ kuò 名①寬度。例闊五尺。②奢侈的行為。例裝闊。形①寬廣，大。例寬闊。②豪奢的。例闊少。動疏遠。例闊別。

闊老 ㄎㄨㄛˋ ㄌㄠˇ 年紀大的有錢人。

闊步 ㄎㄨㄛˋ ㄅㄨˋ 邁大步。

闊別 ㄎㄨㄛˋ ㄅㄧㄝˊ 分開很久。

闊氣 ㄎㄨㄛˋ ㄑㄧˋ 形容豪華、奢侈的樣子。同闊綽。

闊綽 ㄎㄨㄛˋ ㄔㄨㄛˋ 生活奢侈。

闊葉樹 ㄎㄨㄛˋ ㄧㄝˋ ㄕㄨˋ 泛指被子植物類的樹木，葉夏綠或常綠，葉面寬廣，有果實。

闇 ㊀ㄢˋ àn 形①糊塗愚昧的。例闇昧。②通「暗」。不亮的，黑的。例闇室。動關門。㊁ㄢ ān 名守喪的房舍。例諒闇。

闌 ㄌㄢˊ lán 名欄杆。例憑闌。形殘盡的，晚的。例夜闌人靜。副擅自地。例闌入。

闌干 ㄌㄢˊ ㄍㄢ ①以竹木編成的屏障或遮蔽物。亦作「欄杆」。②橫斜的樣子。例劉方平．月夜詩：「北斗闌干南斗斜。」③流淚的樣子。例白居易．琵琶行：「夢啼妝淚紅闌干。」

闌尾 ㄌㄢˊ ㄨㄟˇ 盲腸末端的蟲狀小管，為退化器官。

闌珊 ㄌㄢˊ ㄕㄢ 逐漸衰退的樣子。例意興闌珊。

闈 ㄨㄟˊ wéi 名①宮殿的旁門。②嬪妃居住的地方。例宮闈。③父母的房間。例庭闈。④舉行考試的地方。例闈場。

闈場 ㄨㄟˊ ㄔㄤˇ 大型考試時，出考題並印製考卷的地方。例國家闈場。

闋 ㄑㄩㄝˋ què 名計算歌、曲、詞的量詞。例一闋詞。動事情完成了關上門。

闃 ㄑㄩˋ qù 形安靜無聲的。例闃寂。

闆 ㄅㄢˇ bǎn 名老闆，俗稱商店的主人。

十畫

闕 ㊀ㄑㄩㄝˋ què 名①古代宮廟門外的望樓，中間有通道。②宮門，宮殿。指君主居住的地方。例宮闕。③姓。㊁ㄑㄩㄝ quē 名①過失。例闕失。②通「缺」。形脫漏的。例闕文、闕字。

闕如 ㄑㄩㄝ ㄖㄨˊ 有缺漏或有疑問。

闖 ㄔㄨㄤˇ chuǎng 動①碰撞。例闖上了人。②急衝。例橫衝直闖。③經歷，磨練。例闖出名堂。④引發，惹起。例闖禍。

闖王 ㄔㄨㄤˇ ㄨㄤˊ 明末流寇高迎祥和李自成的稱號。

闖越 ㄔㄨㄤˇ ㄩㄝˋ 不守規則而搶越或超越。例闖越斑馬線。

闖天下 ㄔㄨㄤˇ ㄊㄧㄢ ㄒㄧㄚˋ 比喻獨力奮鬥開創事業。

闖空門 ㄔㄨㄤˇ ㄎㄨㄥ ㄇㄣˊ 小偷趁家中無人時，進去偷東西。

闔 ㄏㄜˊ hé 名門扇。例外闔。形全部的。例闔家。動關閉。例闔門。

闔府 ㄏㄜˊ ㄈㄨˇ 尊稱對方的全家人。例敬請闔府光臨。

闐 ㄊㄧㄢˊ tián 形形容響亮的鐘鼓聲或車聲。例闐闐。動充滿。例賓客闐門。

闒 ㄊㄚˋ tà 名①樓上的小門。②地位卑微，資質駑鈍的人。例闒茸。

闓 ㄎㄞˇ kǎi 形通「愷」。和樂的。例闓懌。動開啟。

十一畫

闚 ㄎㄨㄟ kuī 動①通「窺」。偷看。②炫示，引誘。例史記：「闚以重利。」

關 ㄍㄨㄢ guān 名①門門的橫木，即門門。②邊境或要塞的出入口。例關口。③進出口交稅的地方。例海關。④鄉里。例鄉關。⑤重要的時刻、階段。例關鍵。⑥姓。動①閉合。例關窗。②領取。例關餉。③拘押。例關進牢裡。④牽連。例息息相關。⑤掛念。例關心。

關心 ㄍㄨㄢ ㄒㄧㄣ ①掛念。②留意。例關心國家大事。

關卡 ㄍㄨㄢ ㄎㄚˇ 檢查通行或徵收稅的關口。

關防 ㄍㄨㄢ ㄈㄤˊ ①有軍隊駐守的重要關口。②刻有機關完整頭銜的重要印章。

關係 ㄍㄨㄢ ㄒㄧˋ ①事物之間的連帶作用。例婚姻關係。②影響，牽涉。③要緊。例這點小傷沒關係。

關稅 ㄍㄨㄢ ㄕㄨㄟˋ 各國海關對進出邊界物品所徵收的稅。

關照 ㄍㄨㄢ ㄓㄠˋ ①通知報告。②照顧。例凡事請多關照。

關節 ㄍㄨㄢ ㄐㄧㄝˊ ①人體中骨與骨相接處可活動的部分。②暗中賄賂請託。

關餉 ㄍㄨㄢ ㄒㄧㄤˇ 領取薪水。

關說 ㄍㄨㄢ ㄕㄨㄟˋ ①請人代為說情。②進諫勸告。

關鍵 ㄍㄨㄢ ㄐㄧㄢˋ ①關門用的橫木或木門。②比喻事物最重要或對事情發展有決定性的部分。同關頭。

十二畫

闞 ㄎㄢˋ kàn 名①老虎的吼叫聲。②姓。動偷看。

闠 ㄏㄨㄟˋ huì 名市場外面的門。

闡 ㄔㄢˇ chǎn 動①弘揚、說明事理。例闡述。②宣揚。例闡揚。

闡明 ㄔㄢˇ ㄇㄧㄥˊ 詳細說明。

闡述 ㄔㄢˇ ㄕㄨˋ 加以說明敘述。

闡揚 ㄔㄢˇ ㄧㄤˊ 說明並宣傳。

闡發 ㄔㄢˇ ㄈㄚ 說明並發揮。

十三畫

闥 ㄊㄚˋ tà 名小門。例排闥而入。

闢 ㄆㄧˋ pì 動①開拓。例開天闢地。②駁斥，排斥。例闢謠。

闢田 ㄆㄧˋ ㄊㄧㄢˊ 開墾土地。

闢邪 ㄆㄧˋ ㄒㄧㄝˊ 駁斥邪說。

闢謠 ㄆㄧˋ ㄧㄠˊ 排斥或糾正不合事實的傳言。

闤 ㄏㄨㄢˊ huán 名圍繞市區的城牆。

阜部 ㄈㄨˋ

阜 ㄈㄨˋ fù 名①土山。例丘阜。②廣大的陸地。形豐盛的，豐厚的。例物阜民豐。

三畫

阢 ㄨˋ wù 副阢隉，危險不安穩的樣子。

阡 ㄑㄧㄢ qiān 名①田間南北向的小路。例阡陌。②墓道。

阡陌 ㄑㄧㄢ ㄇㄛˋ 區分田畝界限的田間小路。

阡表 ㄑㄧㄢ ㄅㄧㄠˇ 墓碑。

四畫

防 ㄈㄤˊ fáng 名①戒備用的設施。例邊防。②擋水的建築物，多築在河邊或海邊。例堤防。動①戒慎警備。例嚴防火災。②堵塞。例國語：「防民之口，甚於防川。」③禁止。

防止 ㄈㄤˊ ㄓˇ 預先設法制止。

防守 ㄈㄤˊ ㄕㄡˇ 防禦守備。

防災 ㄈㄤˊ ㄗㄞ 預防災難發生。同防患。

防治 ㄈㄤˊ ㄓˋ 預防和治療。

防洪 ㄈㄤˊ ㄏㄨㄥˊ 防備洪水的來襲。

防空 ㄈㄤˊ ㄎㄨㄥ 防備敵人自空中襲擊。例防空演習。

防毒 ㄈㄤˊ ㄉㄨˊ 防止毒物造成傷害。例防毒面具。

防疫 ㄈㄤˊ ㄧˋ 事先預防或事後阻止疾病的傳染和蔓延。

防腐 ㄈㄤˊ ㄈㄨˇ 抑制或阻止微生物在有機體中繁殖所造成的腐壞。

防衛 ㄈㄤˊ ㄨㄟˋ 防備和保護。

防範 ㄈㄤˊ ㄈㄢˋ 事先預防戒備，使事情不會發生。

防線 ㄈㄤˊ ㄒㄧㄢˋ ①戰爭時軍隊防守的地區。②球類運動或政治活動中，團體戒備範圍的界限。

防患未然 ㄈㄤˊ ㄏㄨㄢˋ ㄨㄟˋ ㄖㄢˊ 在禍患發生之前，就預先作好準備。同未雨綢繆。

防微杜漸 ㄈㄤˊ ㄨㄟ ㄉㄨˋ ㄐㄧㄢˋ 在禍患剛發生或未明顯時，戒慎防止弊病的擴大及發展。

阱 ㄐㄧㄥˇ jǐng 名為防禦或捕捉動物所挖的洞穴。例陷阱。

阮 ㄖㄨㄢˇ ruǎn 名①樂器名。阮咸，古琵琶的一種，又稱月琴。②姓。

阸 ㄜˋ è 名險要之地。動阻隔。例阻阸。形窮困的。例困阸。

阸塞 ㄜˋ ㄙㄞˋ 形勢險要的據點。

五畫

阪 ㄅㄢˇ bǎn 名山坡。形傾斜而危險的。

陀 ㄊㄨㄛˊ tuó 名見「陀螺」。形傾斜不平。例陂陀。

陀螺 ㄊㄨㄛˊ ㄌㄨㄛˊ 玩具名。形似彈頭，用繩子由尖端向寬大處纏繞，再以尖端處朝地面抛出並立即抽回繩子，使其直立旋轉。

阿 (一)ㄚ ā 助①通「啊」。置於語尾。②放在人名或稱謂之前的詞頭。例阿伯。(二)ㄜ ē 名①大土山。②彎曲的部分。例山阿。動①曲意奉承。例阿諛。②靠近。

阿美族 ㄚ ㄇㄟˇ ㄗㄨˊ 臺灣原住民族名。分布在花蓮、臺東等縣，以農耕維生。

陂 (一)ㄆㄧˊ pí 名①水池。例陂池。②山坡。例山陂。(二)ㄆㄛ pō 形陂陀，傾斜不平的。

阻 ㄗㄨˇ zǔ 名險要的地方。例險阻。動①隔斷。例阻隔。②妨礙，擋住。例阻止。

阻力 ㄗㄨˇ ㄌㄧˋ 妨礙事物往前發展的力量。

阻止 ㄗㄨˇ ㄓˇ 用某種力量攔阻制止，使事情無法發生。

阻塞 ㄗㄨˇ ㄙㄜˋ 有障礙而無法順暢通過。

阻滯 ㄗㄨˇ ㄓˋ 受到障礙而無法順利進行。

阻隔 ㄗㄨˇ ㄍㄜˊ 阻礙，隔絕。

阻撓 ㄗㄨˇ ㄋㄠˊ 以外力干擾事情的發展。

阻擋 ㄗㄨˇ ㄉㄤˇ 阻止抵擋，限制事情的發展。同阻攔。

阻礙 ㄗㄨˇ ㄞˋ 使事情不能順利進行或發展。

阽 ㄉㄧㄢˋ diàn 動接近危險。

阽危 ㄉㄧㄢˋ ㄨㄟˊ 面臨危險的境遇。

阼 ㄗㄨㄛˋ zuò 名①東面的臺階。例阼階。②帝位。例踐阼。

附 ㄈㄨˋ fù 動①跟從別人的意思。例附和。②依傍。例依附。③黏著。例魂不附體。④靠近，親近。例附耳之言。副連帶，外加地。例附設。

附子 ㄈㄨˋ ㄗˇ 植物名。多年生草本，葉掌狀有鋸齒，秋季開深紫色花。地下莖有毒，可入藥。

附加 ㄈㄨˋ ㄐㄧㄚ 另外增加。

附和 ㄈㄨˋ ㄏㄜˋ 沒有主見地追隨應和他人。

附近 ㄈㄨˋ ㄐㄧㄣˋ ①靠近某地的。②距離相隔不遠的地方。

附則 ㄈㄨˋ ㄗㄜˊ 另外加在規則後面的補充性條文。

附帶 ㄈㄨˋ ㄉㄞˋ 另外加在主要事項之後的補充。

附庸 ㄈㄨˋ ㄩㄥ ①比喻連帶附屬的事物。②為保障本國安全而依賴鄰近大國勢力，接受其指揮及保護。③假託，憑藉。指勉強附合他人的意見或行動。例附庸風雅。

附設 ㄈㄨˋ ㄕㄜˋ 另外附帶設置。

附著 ㄈㄨˋ ㄓㄨㄛˊ 黏附某物體上。

附會 ㄈㄨˋ ㄏㄨㄟˋ ①勉強地湊在一起。例穿鑿附會。②文章前後的意旨聯貫相通。③依附會合。

附錄 ㄈㄨˋ ㄌㄨˋ 加在正文後的文件。

附議 ㄈㄨˋ ㄧˋ 會議中同意並支持他人的提議。

附屬 ㄈㄨˋ ㄕㄨˇ ①附帶屬於。②稱臣順服。

六畫

陔 ㄍㄞ gāi 名①田地高起的地方。②層次。

限 ㄒㄧㄢˋ xiàn 名①規定的範圍。例界限。②門下的橫木，即門檻。例戶限、門限。形窮盡的。例無限。動規定，不准超過。例限期還錢。

限定 ㄒㄧㄢˋ ㄉㄧㄥˋ 加以規定。

限制 ㄒㄧㄢˋ ㄓˋ ①不能超越的規定界限。②約束。例限制行動。

限度 ㄒㄧㄢˋ ㄉㄨˋ 一定的範圍或程度。

限期 ㄒㄧㄢˋ ㄑㄧˊ 規定日期。

限量 ㄒㄧㄢˋ ㄌㄧㄤˋ ①規定的數量。②限定其止境。例前途不可限量。

陋 ㄌㄡˋ lòu 形①容貌不好看的。例醜陋。②粗鄙的。例陋俗。③不完備的。例簡陋。④地位卑微的。例寒陋。⑤見識淺的。例孤陋寡聞。⑥狹隘的。例陋巷。

陋室 ㄌㄡˋ ㄕˋ 簡陋狹小的房子。

陋巷 ㄌㄡˋ ㄒㄧㄤˋ 狹窄的巷道。引申為狹小簡陋的住家。

陋習 ㄌㄡˋ ㄒㄧˊ 不良的風氣習慣。

陋規 ㄌㄡˋ ㄍㄨㄟ 粗鄙惡劣的慣例。

陌 ㄇㄛˋ mò 名田間東西向的小路。例阡陌。形見「陌生」。

陌生 ㄇㄛˋ ㄕㄥ 不熟悉的事物，或從未認識的人。

陌路 ㄇㄛˋ ㄌㄨˋ 不相識的路人。比喻待人態度冷淡。

降 ㊀ㄐㄧㄤˋ jiàng 動①由上往下落。例空降。②減低。例溫度下降。③貶抑。例降職。④賜予，給予。例降福。㊁ㄒㄧㄤˊ xiáng 動①屈服順從。例投降。②用威力制服。例降妖除魔。

降心 ㄐㄧㄤˋ ㄒㄧㄣ 抑制自己的心意，表示謙虛。

降火 ㄐㄧㄤˋ ㄏㄨㄛˇ 中醫指減低體內旺盛的火氣以治病。

降水 ㄐㄧㄤˋ ㄕㄨㄟˇ 自大氣降落到地面的任何液體或固體形式的水。如雨、雪、雹等。

降生 ㄐㄧㄤˋ ㄕㄥ 誕生，出世。

降服 ㄒㄧㄤˊ ㄈㄨˊ 認輸屈服。

降格 ㄐㄧㄤˋ ㄍㄜˊ 降低標準、身分等。

降級 ㄐㄧㄤˋ ㄐㄧˊ 從較高的等級降到較低的等級。

降落 ㄐㄧㄤˋ ㄌㄨㄛˋ 由上落下。

降旗 ㄐㄧㄤˋ ㄑㄧˊ 將懸高的旗幟收降下來。

降價 ㄐㄧㄤˋ ㄐㄧㄚˋ 減低原來的價格。

降半旗 ㄐㄧㄤˋ ㄅㄢˋ ㄑㄧˊ 為表示哀悼，將旗自旗竿頂端下降到整支旗竿的三分之一處。

降龍伏虎 ㄒㄧㄤˊ ㄌㄨㄥˊ ㄈㄨˊ ㄏㄨˇ 比喻有極大本領，能壓制強敵或克服艱難的人。

七畫

院 ㄩㄢˋ yuàn 名①圍牆內的空地。例庭院。②醫療機構。例醫院。③學術機構。例商學院。④政府機關名稱。例行政院。⑤宗教場所。例寺院。⑥

公共場所。例電影院。

院士 ㄩㄢˋ ㄕˋ 中央研究院的研究人員。先在各大學及學術團體中推選表現出色的學者，再由評議委員審查後，提交院士會議投票選定。

院子 ㄩㄢˋ ˙ㄗ ①圍牆內的空地。同院落。②舊小說戲曲中對奴僕的稱呼。

院轄市 ㄩㄢˋ ㄒㄧㄚˊ ㄕˋ 由行政院直接管轄的城市。凡為首都、人口達百萬以上，或在政治、經濟、文化有特殊地位者皆可設。

陣

ㄓㄣˋ zhèn 名 ①戰爭時軍隊的排列方式。例陣法。②表示事情或動作的單位。例一陣風。

陣亡 ㄓㄣˋ ㄨㄤˊ 在戰場上戰死。

陣地 ㄓㄣˋ ㄉㄧˋ 軍隊所占據以配置軍事的地方。

陣雨 ㄓㄣˋ ㄩˇ 突然落下且為時不長的雨。

陣容 ㄓㄣˋ ㄖㄨㄥˊ ①軍隊行列的外觀或氣勢。②集體工作中，人員的配置狀況。

陣痛 ㄓㄣˋ ㄊㄨㄥˋ 女子即將分娩時間斷性的腹痛。

陣勢 ㄓㄣˋ ㄕˋ ①軍隊作戰的配置狀況。②情勢，場面。

陣腳 ㄓㄣˋ ㄐㄧㄠˇ 軍隊行列的最前方。比喻所處的立場。

陣營 ㄓㄣˋ ㄧㄥˊ ①軍隊駐留紮營的地方。②為求共同利益而聯合組成的團體。

陡

ㄉㄡˇ dǒu 形 山勢非常傾斜的。例陡坡。副 忽然。例天色陡暗。

陡峭 ㄉㄡˇ ㄑㄧㄠˋ 形勢高險直立。同陡峻。

陡然 ㄉㄡˇ ㄖㄢˊ 忽然。

陜

ㄒㄧㄚˊ xiá 形 通「狹」。窄小的。

陝

ㄕㄢˇ shǎn 名 ①縣名。在河南省西部。②陝西省的簡稱。

陘

ㄒㄧㄥˊ xíng 名 ①連續山脈中斷的地方。②灶的邊緣可承接器物的突出部分。例灶陘。

陟

ㄓˋ zhì 動 ①登上高處。例升陟。②進用，升遷。例黜陟。

陟罰臧否 ㄓˋ ㄈㄚˊ ㄗㄤ ㄆㄧˇ 獎賞好人，懲罰壞的人。

陛

ㄅㄧˋ bì 名 ①古代天子宮殿前的臺階。

陛下 ㄅㄧˋ ㄒㄧㄚˋ 古代臣民對天子的尊稱。

陞

ㄕㄥ shēng 同「升」。動 ①上升。例陞降。②提高等級。例陞遷。

除

ㄔㄨˊ chú 名 ①古代宮殿前的臺階。例班固・西都賦：「修除飛閣。」②將某數分為若干等份的方法。例除法。動 ①去掉。例除草。②卸任舊職而上任新職。例除官。③更替。例歲除。連 表示不計算在內。例除外。

除夕 ㄔㄨˊ ㄒㄧ 農曆十二月的最後一天晚上。泛指一年的最後一天。同除夜。

除外 ㄔㄨˊ ㄨㄞˋ 不包括在內。例任何人都可以進去，只有你除外。

除名 ㄔㄨˊ ㄇㄧㄥˊ 取消原來的資格或名籍。

除法 ㄔㄨˊ ㄈㄚˇ 數學中將某數平分成若干份的方法。

除非 ㄔㄨˊ ㄈㄟ 只有。表示唯一的條件。例若要人不知，除非己莫為。

除卻 ㄔㄨˊ ㄑㄩㄝˋ 除去。例除卻巫山不是雲。

除根 ㄔㄨˊ ㄍㄣ 從根本上消除。例斬草除根。

除喪 ㄔㄨˊ ㄙㄤ 指喪期已滿而脫去喪服。同除服。

除惡務盡 ㄔㄨˊ ㄜˋ ㄨˋ ㄐㄧㄣˋ 必須徹底鏟除邪惡。

除暴安良 ㄔㄨˊ ㄅㄠˋ ㄢ ㄌㄧㄤˊ 鏟除殘暴勢力，安撫善良人民。

除舊布新 ㄔㄨˊ ㄐㄧㄡˋ ㄅㄨˋ ㄒㄧㄣ 清除舊景象，布置新景觀。

八畫

陪

ㄆㄟˊ péi 動①在旁伴隨。例陪伴。②輔助。例陪審。③通「賠」。償還。例陪罪。

陪伴 ㄆㄟˊ ㄅㄢˋ 在旁跟隨作伴。

陪侍 ㄆㄟˊ ㄕˋ 在旁伴隨伺候。

陪客 ㄆㄟˊ ㄎㄜˋ ①接待招呼客人。②陪伴客人的人。

陪都 ㄆㄟˊ ㄉㄨ 在首都以外另設第二個國都。

陪嫁 ㄆㄟˊ ㄐㄧㄚˋ 女子出嫁時，娘家贈送的嫁妝。同陪門。

陪罪 ㄆㄟˊ ㄗㄨㄟˋ 向人認罪道歉。亦作「賠罪」。

陪襯 ㄆㄟˊ ㄔㄣˋ 用其他事物襯托，使主體更明顯。

陳

㈠ㄔㄣˊ chén 名①古國名。為周代諸侯國。②朝代名。南朝之一，陳霸先所建，建都建康。③姓。形舊的，年代長的。例陳年紹興。動①設置，排列。例陳列。②敘述。例陳情。

㈡ㄓㄣˋ zhèn 名同「陣」。軍隊行列。例論語：「衛靈公問陳於孔子。」

陳列 ㄔㄣˊ ㄌㄧㄝˋ 有條理地依次排列。

陳年 ㄔㄣˊ ㄋㄧㄢˊ 存放多年。

陳述 ㄔㄣˊ ㄕㄨˋ 敘述事情。

陳設 ㄔㄣˊ ㄕㄜˋ 布置排列。

陳情 ㄔㄣˊ ㄑㄧㄥˊ 述說自己的情況或內心想法。

陳訴 ㄔㄣˊ ㄙㄨˋ 訴說，申訴。

陳腐 ㄔㄣˊ ㄈㄨˇ 形容老舊破敗。

陳舊 ㄔㄣˊ ㄐㄧㄡˋ 形容老舊過時。

陳陳相因 ㄔㄣˊ ㄔㄣˊ ㄒㄧㄤ ㄧㄣ 比喻沒有創意地跟隨舊例行事。

陳腔濫調 ㄔㄣˊ ㄑㄧㄤ ㄌㄢˋ ㄉㄧㄠˋ 老舊沒有創意的言語。

陸

㈠ㄌㄨˋ lù 名①水面以上的土地。例陸地。②指旱路。例水陸交通。③姓。

㈡ㄌㄧㄡˋ liù 名數目字。「六」的大寫。例陸仟元。

陸地 ㄌㄨˋ ㄉㄧˋ 指地球表面除去海洋、湖泊、河川等的部分。

陸運 ㄌㄨˋ ㄩㄣˋ 陸地上的交通運輸。

陸橋 ㄌㄨˋ ㄑㄧㄠˊ 橫跨道路上方以供行人通過的橋。

陸續 ㄌㄨˋ ㄒㄩˋ 形容接連不絕。

陸離 ㄌㄨˋ ㄌㄧˊ 形容交雜錯綜的樣子。例光怪陸離。

陸戰隊 ㄌㄨˋ ㄓㄢˋ ㄉㄨㄟˋ 登上陸地作戰的海軍部隊。

陵

ㄌㄧㄥˊ líng 名①大土山。②帝王的墳墓。例皇陵。③姓。動①登，升高。②超越，踰越。例陵駕。③通「凌」。侵犯，欺侮。例陵辱。

陵替 ㄌㄧㄥˊ ㄊㄧˋ 紀律敗壞，地位尊卑失序。形容衰敗。

陵墓 ㄌㄧㄥˊ ㄇㄨˋ 古代帝王的墳墓。同陵園。

陬

ㄗㄡ zōu 名①角落。②山的底部。

陶

㊀ㄊㄠˊ táo 名①用黏土高溫燒成的器物。例陶器。②姓。動①教化培育。例薰陶。②製造瓦器。例呂氏春秋：「陶於河濱。」副喜悅地。例樂陶陶。

㊁ㄧㄠˊ yáo 名人名用字。虞舜時有皋陶。

陶土 ㄊㄠˊ ㄊㄨˇ 可燒製陶器的黏土。

陶文 ㄊㄠˊ ㄨㄣˊ 刻寫在陶器上的文字符號，為中國目前發現最原始文字，是六千年前新石器時代的彩陶文化之一。

陶冶 ㄊㄠˊ ㄧㄝˇ ①燒製陶器和冶煉金屬。②比喻教化、培育。同陶化。

陶俑 ㄊㄠˊ ㄩㄥˇ 古代陪葬用的陶製品，有人或動物造型。

陶陶 ㄊㄠˊ ㄊㄠˊ 形容快樂的樣子。同陶然。

陶醉 ㄊㄠˊ ㄗㄨㄟˋ 本指舒暢地喝酒，引申為沉迷在某種活動或境界中。

陶器 ㄊㄠˊ ㄑㄧˋ 用黏土高溫燒製的器物。

陶鑄 ㄊㄠˊ ㄓㄨˋ ①燒製陶器和鑄造金屬器。②比喻培養造就人才。

陷

ㄒㄧㄢˋ xiàn 名①捕捉野獸的洞，或指害人的計謀。例陷阱。②過失，缺點。例缺陷。動①沉下去。例沉陷、凹陷。②自高處墜落。例陷落。③設計害人。例陷害。④攻破。例攻陷。⑤失敗。例戰爭前線失陷。

陷阱 ㄒㄧㄢˋ ㄐㄧㄥˇ ①捕捉野獸所挖的洞穴。②害人的陰謀。

陷害 ㄒㄧㄢˋ ㄏㄞˋ 設計加害他人。

陷陣 ㄒㄧㄢˋ ㄓㄣˋ 攻破敵人的占據地。

陷溺 ㄒㄧㄢˋ ㄋㄧˋ ①身處困境中。②沉迷而無法自制。

陷落 ㄒㄧㄢˋ ㄌㄨㄛˋ ①掉入，陷入。②被敵人攻破我方據點。

陴

ㄆㄧˊ pí 名城上窺看用的凹凸形短牆。

陰

㊀ㄧㄣ yīn 名①指月亮。例太陰。②山的北面。例華陰。③水的南面。例淮陰。④指時間。例光陰。⑤光線照不到的暗影。例樹陰。⑥人的生殖器。例陰部。⑦中國古代的哲學觀念，認為陰陽是所有事物的兩個對立關係。⑧姓。形①天色灰暗的。例陰天。②凹陷的。例陰文。③祕密的。例陰私。④女性的，柔弱的。例陰性。⑤有關死人或鬼魂的。例陰宅。⑥帶負電的。例陰極。

㊁ㄧㄣˋ yìn 動通「蔭」。庇佑。

㊂ㄢ ān 名通「闇」。守喪的屋舍。例諒陰。

陰文 ㄧㄣ ㄨㄣˊ 刻在器物上的凹陷文字或花紋。亦稱為白文。

陰功 ㄧㄣ ㄍㄨㄥ 不為人知的善行。也稱為陰德、陰騭。

陰宅 ㄧㄣ ㄓㄞˊ 埋葬死人的墓地。

陰沉 ㄧㄣ ㄔㄣˊ ①形容天色灰暗將要下雨的樣子。②形容人的個性深沉陰鬱。

陰私 ㄧㄣ ㄙ 隱祕不可告人的事。同陰事。

陰毒 ㄧㄣ ㄉㄨˊ ①陰險且殘忍。同陰狠。②病名。中醫指無熱象的炎症、膿瘍。

陰核 ㄧㄣ ㄏㄜˊ 女性生殖器官的一部分。亦稱為陰蒂。

陰部 ㄧㄣ ㄅㄨˋ 外生殖器官。

陰脣 ㄧㄣ ㄔㄨㄣˊ 女性生殖器官的一部分，大陰脣在陰道開口外兩側，小陰脣在大陰脣內側。

陰乾 ㄧㄣ ㄍㄢ 在沒有陽光的地方晾乾。

陰莖 ㄧㄣ ㄐㄧㄥ 男性生殖和排尿器官，在恥骨下方。

陰森 ㄧㄣ ㄙㄣ ①幽暗可怕的樣子。②草木茂盛的樣子。

陰陽 ㄧㄣ ㄧㄤˊ ①陰與陽，指天地。②比喻所有兩個關係相對的事物。如雌雄、男女等。

陰間 ㄧㄣ ㄐㄧㄢ 人死後靈魂所在的世界。

陰極 ㄧㄣ ㄐㄧˊ 電池的負極，放出電子、帶負電的電極。

陰溝 ㄧㄣ ㄍㄡ 在地下的排水溝。同暗溝。

陰道 ㄧㄣ ㄉㄠˋ 女性生殖器官的一部分，為連接子宮和生殖孔的管狀通道。

陰暗 ㄧㄣ ㄢˋ ①光線昏暗不明。②形容人的心情深沉。

陰影 ㄧㄣ ㄧㄥˇ 光線受到不透光物體阻礙，而在物體後所產生的陰暗影子。

陰謀 ㄧㄣ ㄇㄡˊ 暗中設計他人的祕密計謀。

陰曆 ㄧㄣ ㄌㄧˋ 以月球繞地球一圈為一月的曆法。

陰險 ㄧㄣ ㄒㄧㄢˇ 形容內心狡詐惡毒。

陰霾 ㄧㄣ ㄇㄞˊ 大氣因汙染而能見度不高的現象。引申為不愉快的氛圍。

陰囊 ㄧㄣ ㄋㄤˊ 男性生殖器官的一部分，在大腿之間，為包藏睪丸的囊狀物。

陰陽怪氣 ㄧㄣ ㄧㄤˊ ㄍㄨㄞˋ ㄑㄧˋ 形容性情奇特古怪。

陰錯陽差 ㄧㄣ ㄘㄨㄛˋ ㄧㄤˊ ㄔㄚ 比喻各種偶然因素造成的差錯。

九畫

隊 ㄉㄨㄟˋ duì 名①有組織的兵。例軍隊。②行列。例排隊。③集合多人而成的團體。例探險隊。

隊伍 ㄉㄨㄟˋ ㄨˇ 有組織的群眾行列。

隊長 ㄉㄨㄟˋ ㄓㄤˇ 一隊的領導人。

隊員 ㄉㄨㄟˋ ㄩㄢˊ 團體中的每一分子。

隋 ㄙㄨㄟˊ suí 名①朝代名。楊堅所建，後被唐所滅，共三十七年（西元五八一～六一八年）。②姓。

隄 ㄊㄧˊ tí 名同「堤」。防水建築物，多沿河或沿海修築。例石隄、防波隄。

隄防 ㄊㄧˊ ㄈㄤˊ 阻擋水的建築物。

陲 ㄔㄨㄟˊ chuí 名邊疆，靠邊界的地方。例邊陲。

陽 ㄧㄤˊ yáng 名①陽光，日光。例遮陽帽。②山的南面。例衡陽。③水的北面。例漢陽。④男性的生殖器官。例壯陽。⑤中國古代哲學概念，認為陰陽是所有事物的兩個對立關係。⑥姓。形①雄性的。例陽剛之氣。②帶正電的。例陽極。③凸出外顯的。例陽文。④人間的。例陽間。副表面上。例陽奉陰違。

陽文 ㄧㄤˊ ㄨㄣˊ 器物上鏤刻凸起的文字。

陽平 ㄧㄤˊ ㄆㄧㄥˊ 即國語聲調中由低而高的第二聲。

陽宅 ㄧㄤˊ ㄓㄞˊ 活人居住的房屋。

陽春 ㄧㄤˊ ㄔㄨㄣ ①氣候溫暖的春天。②指農曆十月為小陽春。③戲稱事物只具有最基本的部分。例陽春麵。

陽極 ㄧㄤˊ ㄐㄧˊ 電池上發生正電的一極。

陽傘 ㄧㄤˊ ㄙㄢˇ 遮蔽陽光用的傘。

陽萎 ㄧㄤˊ ㄨㄟˇ 男性因局部傷害或其他原因，使陰莖無法勃起，而產生性行為能力障礙。

陽間 ㄧㄤˊ ㄐㄧㄢ 活人生存的世界。同陽世。

陽壽 ㄧㄤˊ ㄕㄡˋ 人活在世上的年數。

陽臺 ㄧㄤˊ ㄊㄞˊ 樓房向戶外延長，有扶手的小平臺。

陽曆 ㄧㄤˊ ㄌㄧˋ 以地球繞太陽一圈為一年的曆法。

陽奉陰違 ㄧㄤˊ ㄈㄥˋ ㄧㄣ ㄨㄟˊ 表面遵守，實際卻暗地違反。

陽關大道 ㄧㄤˊ ㄍㄨㄢ ㄉㄚˋ ㄉㄠˋ 比喻寬闊平坦的道路。陽關為出入西域的門戶。

隅

ㄩˊ yú 名①角落。例牆隅。②邊遠地區。例海隅。

隈

ㄨㄟ wēi 名山或水流彎曲的地方。例山隈、水隈。

階

ㄐㄧㄝ jiē 名①可上下行走的層級狀通道。例階梯。②音樂的高低段落。例音階。③等級的高低次序。例官階。④途徑，緣由。例進身之階。⑤進程。例初階。

階段 ㄐㄧㄝ ㄉㄨㄢˋ 事情發展的過程或段落。

階梯 ㄐㄧㄝ ㄊㄧ ①可供上下通行的臺階或梯子。②比喻向上升遷的途徑。

階級 ㄐㄧㄝ ㄐㄧˊ ①階梯的級次。②社會地位、生活水準和價值觀念相似的一群人。例中產階級。

階下囚 ㄐㄧㄝ ㄒㄧㄚˋ ㄑㄧㄡˊ 古代指在公堂臺階下受審的犯人。今泛指受到拘押的犯人。

隆

ㄌㄨㄥˊ lóng 形①高起的。例隆起。②深厚的。例隆情厚誼、隆恩。③非常的。例隆冬。④興盛的。例興隆。動①尊崇，崇高。②加高，增大。例隆乳。

隆冬 ㄌㄨㄥˊ ㄉㄨㄥ 非常寒冷的冬天。

隆重 ㄌㄨㄥˊ ㄓㄨㄥˋ 形容盛大莊重。

隆盛 ㄌㄨㄥˊ ㄕㄥˋ 形容興盛。

隆隆 ㄌㄨㄥˊ ㄌㄨㄥˊ 形容很大的聲音。例雷聲隆隆。

隉

ㄋㄧㄝˋ niè 形杌隉，危險不安的。

隍

ㄏㄨㄤˊ huáng 名沒有水的護城溝池。

隃

ㄩˊ yú 名古地名。即雁門，在今山西省。動通「踰」。超過。

十畫

隘 ㄞˋ ài 名險要之地。例關隘、邊隘。形窄小的。例狹隘。

隘巷 ㄞˋ ㄒㄧㄤˋ 狹窄的巷道。

隘路 ㄞˋ ㄌㄨˋ 狹窄而險要的道路。

隘險 ㄞˋ ㄒㄧㄢˇ 形勢險要的地方。

隔 ㄍㄜˊ gé 名屏障。例窗隔。動①阻塞，斷絕。例阻隔。②距離。例相隔千里。

隔絕 ㄍㄜˊ ㄐㄩㄝˊ 完全地斷絕，無法相通。

隔閡 ㄍㄜˊ ㄏㄜˊ 比喻彼此情意無法相通。

隔膜 ㄍㄜˊ ㄇㄛˊ ①情意不相合。②比喻不通曉，不了解。

隔壁 ㄍㄜˊ ㄅㄧˋ 比鄰連接的人家。

隔離 ㄍㄜˊ ㄌㄧˊ ①隔絕，斷絕往來。②將高危險傳染病人安置在特殊環境的措施，以減低病情蔓延。

隔岸觀火 ㄍㄜˊ ㄢˋ ㄍㄨㄢ ㄏㄨㄛˇ 比喻漠視他人危難，而袖手旁觀不給予幫助。

隔靴搔癢 ㄍㄜˊ ㄒㄩㄝ ㄙㄠ ㄧㄤˇ 形容言論不切實際。

隔牆有耳 ㄍㄜˊ ㄑㄧㄤˊ ㄧㄡˇ ㄦˇ 說話要小心謹慎，以防被偷聽。

隔行如隔山 ㄍㄜˊ ㄏㄤˊ ㄖㄨˊ ㄍㄜˊ ㄕㄢ 比喻不易了解自身行業以外，其他行業的專業知識。

隕 ㄩㄣˇ yǔn 動①自高處墜落。例隕落。②通「殞」。死亡。例隕歿。③失去。例隕命。

隕石 ㄩㄣˇ ㄕˊ 由太空中墜落於地面的堅硬殘餘物。主要含矽和鐵兩種元素。

隕命 ㄩㄣˇ ㄇㄧㄥˋ 失去性命。

隕越 ㄩㄣˇ ㄩㄝˋ ①自高處掉落。同隕墜。②比喻失職。

隕落 ㄩㄣˇ ㄌㄨㄛˋ ①從高處掉下。②比喻人死亡。

隗 ㄨㄟˇ wěi 名姓。形高峻的樣子。

十一畫

障 ㄓㄤˋ zhàng 名防衛設施。例屏障。動①保護，防衛。例保障。②阻塞，妨礙。例障礙。

障礙 ㄓㄤˋ ㄞˋ 阻礙使之不能順利通過。

障眼法 ㄓㄤˋ ㄧㄢˇ ㄈㄚˇ 遮蔽或轉移他人目光，使看不清真相的方法。

障礙物 ㄓㄤˋ ㄞˋ ㄨˋ ①阻礙通行的物品或設施。②比喻阻礙進步的事物。

隙 ㄒㄧˋ xì 名①裂縫。例縫隙。②閒暇。例農隙。③仇怨。例怨隙、嫌隙。④機會。例乘隙。形空閒的。例隙地。

隙地 ㄒㄧˋ ㄉㄧˋ 空閒未使用的土地。

隙罅 ㄒㄧˋ ㄒㄧㄚˋ 裂縫，間隙。

際 ㄐㄧˋ jì 名①邊界。例一望無際。②時間交接的時期。例春夏之際。③當中。例浮現腦際。④彼此之間。例校際比賽。⑤機會，遭遇。例際遇。動①到達。例高不可際。②結交。例交際。③正當，適逢。例際此佳節。

際遇 ㄐㄧˋ ㄩˋ 機會，遭遇。

際會 ㄐㄧˋ ㄏㄨㄟˋ 剛好趕到某時機。

十二畫

隤 ㄊㄨㄟˊ tuí 動①自高處墜落。②敗壞。

十三畫

隧 ㄙㄨㄟˋ suì 名①墓道。②地面下的通路。例隧道。

隧道 ㄙㄨㄟˋ ㄉㄠˋ 貫穿山脈、海峽，或地面下的通道。

隨 ㄙㄨㄟˊ suí 動①跟從。例跟隨。②沿循。例隨著地標走。③聽憑。例隨他去吧！④順便。例隨手關燈。⑤順應，依順。例隨遇而安。

隨口 ㄙㄨㄟˊ ㄎㄡˇ 完全未加考慮地順口說出。

隨心 ㄙㄨㄟˊ ㄒㄧㄣ 隨著自己的意思。例隨心所欲。

隨手 ㄙㄨㄟˊ ㄕㄡˇ ①立刻，馬上。同隨即。②順手而做。

隨身 ㄙㄨㄟˊ ㄕㄣ 隨時帶在身上或跟在身邊。

隨和 ㈠ㄙㄨㄟˊ ㄏㄜˊ ①古代隨侯的寶珠及卞和的璧玉，兩者皆為珍貴的寶物。比喻才德的良善。或作「隋和」。②形容性情溫和不固執。㈡ㄙㄨㄟˊ ㄏㄜˋ 隨聲附和同意。

隨俗 ㄙㄨㄟˊ ㄙㄨˊ 順應世俗做事。

隨便 ㄙㄨㄟˊ ㄅㄧㄢˋ ①順著事情的方便情勢行動。②任意、未仔細考慮的態度。

隨時 ㄙㄨㄟˊ ㄕˊ 不論什麼時候。

隨從 ㈠ㄙㄨㄟˊ ㄘㄨㄥˊ 跟從。㈡ㄙㄨㄟˊ ㄗㄨㄥˋ 跟在旁邊的人。

隨筆 ㄙㄨㄟˊ ㄅㄧˇ 一種散文體裁。當讀書或所見所聞有心得時，隨手記錄的文章。多借事抒情，夾敘夾議，意味深遠。

隨意 ㄙㄨㄟˊ ㄧˋ 任憑自己的心意而不受拘束。

隨緣 ㄙㄨㄟˊ ㄩㄢˊ 順著機緣或環境行事而不加勉強。

隨心所欲 ㄙㄨㄟˊ ㄒㄧㄣ ㄙㄨㄛˇ ㄩˋ 完全順著自己的心意做事。

隨波逐流 ㄙㄨㄟˊ ㄅㄛ ㄓㄨˊ ㄌㄧㄡˊ 順水而行。比喻人沒有堅定的主見或立場，容易受外力影響或聽任環境的支配。

隨風轉舵 ㄙㄨㄟˊ ㄈㄥ ㄓㄨㄢˇ ㄉㄨㄛˋ 比喻依情勢的發展而改變態度。亦作「順風轉舵」、「隨風倒舵」。

隨遇而安 ㄙㄨㄟˊ ㄩˋ ㄦˊ ㄢ 比喻能安於各種環境。亦作「隨寓而安」。

隨機應變 ㄙㄨㄟˊ ㄐㄧ ㄧㄥˋ ㄅㄧㄢˋ 隨著情勢而能靈活地應付變通。

隨聲附和 ㄙㄨㄟˊ ㄕㄥ ㄈㄨˋ ㄏㄜˋ 自己沒有主見，只能順從他人意見。

隩 ㈠ㄩˋ yù 名①水邊深入曲折的地方。②可以居住的土地。形通「燠」。溫暖的。㈡ㄠˋ ào 形通「奧」。幽深的。

險 ㄒㄧㄢˇ xiǎn 名①利於防守而不易攻破的地方。例天險。②艱危不安全的情形。例冒險。③無法預測的狀況。例風險。形①地勢陡峭、艱危的。例險峻。②邪惡的。例陰險。③奇異的。例險招。副幾乎。例險遭毒手。

險阻 ㄒㄧㄢˇ ㄗㄨˇ ①有阻礙而不易通行的道路。②比喻艱辛困難的處境。

險要 ㄒㄧㄢˇ ㄧㄠˋ 形容地勢險峻重要。

險峻 ㄒㄧㄢˇ ㄐㄩㄣˋ 形容地勢高峻險要。

險惡 ㄒㄧㄢˇ ㄜˋ ①形容人性的奸詐邪惡。②形容地勢或情勢艱險惡劣。

險象 ㄒㄧㄢˇ ㄒㄧㄤˋ 危險的現象。例險象環生。

險巇 ㄒㄧㄢˇ ㄒㄧ 形容艱難危險。

險灘 ㄒㄧㄢˇ ㄊㄢ 江河中礁石多或水勢湍急，行船危險的地方。

險遭不測 ㄒㄧㄢˇ ㄗㄠ ㄅㄨˋ ㄘㄜˋ 差點碰到危險的事。

十四畫

隮 ㄐㄧ jī 名彩虹。動通「躋」。上升。

隰 ㄒㄧˊ xí 名①低窪的溼地。②新開墾的田地。③姓。

隱 ㄧㄣˇ yǐn 名①謎語，不明說意旨的話。例隱語。②痛苦。例民隱。③私祕之事。例難言之隱。形①遠離世俗的。例隱士。②暗藏不露的。例隱疾。動①藏匿。例隱藏。②瞞住不讓人知道。例隱惡揚善。③憐憫，同情。例惻隱之心。

隱士 ㄧㄣˇ ㄕˋ 隱居不問世事的人。

隱忍 ㄧㄣˇ ㄖㄣˇ 暫時忍耐而不採取行動。

隱沒 ㄧㄣˇ ㄇㄛˋ 隱藏，消失。

隱私 ㄧㄣˇ ㄙ 不讓人知道的私事。

隱居 ㄧㄣˇ ㄐㄩ 比喻不過問世事或不出來做官。同遁世。

隱約 ㄧㄣˇ ㄩㄝ ①不清楚、不分明的樣子。②言詞簡單，但涵意深遠。

隱疾 ㄧㄣˇ ㄐㄧˊ 不易發現或不可告人的病。

隱情 ㄧㄣˇ ㄑㄧㄥˊ 不讓人知道的祕密。

隱喻 ㄧㄣˇ ㄩˋ 以兩物之間的相似點作間接暗示的譬喻。具備喻體、喻依，且喻詞由「是」、「為」等字代替。

隱憂 ㄧㄣˇ ㄧㄡ 深藏在心裡的憂愁痛苦。

隱瞞 ㄧㄣˇ ㄇㄢˊ 隱藏真相，不讓人知道。

隱藏 ㄧㄣˇ ㄘㄤˊ 藏起來不讓人發現。同隱匿。

隱私權 ㄧㄣˇ ㄙ ㄑㄩㄢˊ 人權中的個人權利，指他人不得干預和限制個人的祕密和私生活的自由。

隱姓埋名 ㄧㄣˇ ㄒㄧㄥˋ ㄇㄞˊ ㄇㄧㄥˊ 改換姓名，不讓他人知道。

隱惡揚善 ㄧㄣˇ ㄜˋ ㄧㄤˊ ㄕㄢˋ 隱藏他人的過失，宣揚他人的善行。

十五畫

隳 ㄏㄨㄟ huī 動敗壞。例呂氏春秋：「隳人之城郭。」

隳亡 ㄏㄨㄟ ㄨㄤˊ 毀壞敗亡。

十六畫

隴 ㄌㄨㄥˇ lǒng 名①通「壟」。田埂，田間高地。例隴畝。②甘肅省的簡稱。

隶部 ㄉㄞˋ

隶 ㄉㄞˋ dài 動「逮」的本字。從後面趕上。

九畫

隸 ㄌㄧˋ lì 名①供差使的勞役。例奴隸。②書體名。見「隸書」。動附屬，附著。例隸屬。

隸書 ㄌㄧˋ ㄕㄨ 書體名。相傳秦代程邈所作，由篆書減省筆畫轉變而成。

隸屬 ㄌㄧˋ ㄕㄨˇ 附屬，受某一機構或區域管轄。例環保署隸屬行政院。

隹部 ㄓㄨㄟ

隹 ㄓㄨㄟ zhuī 名短尾鳥的總稱。

二畫

隼 ㄓㄨㄣˇ zhǔn 名鳥名。形似鷹，性凶猛，飛行快，腳具鉤爪以捕食獵物，棲息山區絕壁。

隻 ㄓ zhī 名量詞。⑴計算飛禽走獸等動物的單位。例一隻鳥。⑵計算物體的件數。例十隻耳環。形①孤單的。例形單影隻。②單一的。例隻字。

隻身 ㄓ ㄕㄣ 獨自一個人。例隻身前往。

隻眼 ㄓ ㄧㄢˇ 比喻有特殊的看法。

隻手遮天 ㄓ ㄕㄡˇ ㄓㄜ ㄊㄧㄢ 比喻隱瞞事實的真相。

隻字不提 ㄓ ㄗˋ ㄅㄨˋ ㄊㄧˊ 完全都不提及。例他對昨天的糗事隻字不提。

三畫

雀 ㄑㄩㄝˋ què 名鳥名。體型小，能跳不能走，棲息牆洞或屋簷下，雜食性。俗稱麻雀。

雀躍 ㄑㄩㄝˋ ㄩㄝˋ 像小鳥般跳躍。形容非常高興的樣子。

雀屏中選 ㄑㄩㄝˋ ㄆㄧㄥˊ ㄓㄨㄥˋ ㄒㄩㄢˇ 被選為女婿。亦作「雀屏中目」。現泛指各種考試、競賽等獲選。

四畫

雅 ㊀ㄧㄚˇ yǎ 名①詩經六義之一。②情誼。例同窗之雅。③清麗。例典雅。形①高尚不俗的。例雅言。②純正的。例文雅。③寬宏的。例雅量。副①很。例雅不欲為。②對人的尊稱。例雅賜。③一向地。例雅愛。
㊁ㄧㄚ yā「鴉」的本字。

雅人 ㄧㄚˇ ㄖㄣˊ 高雅不粗俗的人。同雅士。

雅致 ㄧㄚˇ ㄓˋ ①形容清秀不俗氣。②風雅的意趣。

雅量 ㄧㄚˇ ㄌㄧㄤˋ ①寬宏的度量。②形容酒量很大。

雅號 ㄧㄚˇ ㄏㄠˋ 對他人名號的尊稱。

雅樂 ㄧㄚˇ ㄩㄝˋ 古代郊廟朝會所用的純正音樂。

雅觀 ㄧㄚˇ ㄍㄨㄢ 穿著和舉止文雅。

雅俗共賞 ㄧㄚˇ ㄙㄨˊ ㄍㄨㄥˋ ㄕㄤˇ 形容藝術作品優美通俗，各種文化修養的人都能欣賞。

雄 ㄒㄩㄥˊ xióng 名①勇敢傑出的人。例一世之雄、英雄。②有勢力的國家。例戰國七雄。③勝利。例一決雌雄。形①生物中能產生精細胞的。例雄性。②宏大的。例雄才大略。③英勇有氣魄的。例雄壯。

雄心 遠大的志向抱負。

雄兵 英勇強壯的兵隊。同雄師。

雄壯 英勇威武的樣子。

雄性 生物中能產生精細胞的類別。與「雌性」相對。

雄厚 形容能力充沛厚實。

雄姿 英武的姿態。

雄師 強大的軍隊。

雄渾 氣勢雄壯渾厚，意境深遠。多形容書畫。

雄圖 偉大深遠的計畫。

雄踞 氣勢威武地占據。形容地位穩固。

雄蕊 種子植物的雄性器官，在花冠內，由花絲、花藥、花粉組成。

雄斷 形容勇敢果決毫不遲疑。

雄鎮 形勢險要，兵力足以掌控局勢的地方。也稱為雄藩。

雄辯 強而有力的辯論。例事實勝於雄辯。

雄糾糾 雄壯威武的樣子。也作「雄赳赳」。

雁 ㄧㄢˋ yàn 名候鳥名。形似鵝，體褐色，飛行時排列呈人字形，每年春分後往北飛，秋分後往南飛。

雁行 ①群雁一同飛行時的行列。②一個接著一個，排列整齊有秩序。③比喻兄弟。

集 ㄐㄧˊ jí 名①定期交易的地方。例市集。②彙整眾多作品而成的書。例詩集。③古代圖書分類的四部之一。例經、史、子、集。動聚合。例聚集、集資。

集中 將分散的聚在一起。例集中注意力。

集合 ①聚合在一起。②指具一定特性事物所構成的團體。

集訓 集中在某地施行相同的訓練。

集結 聚集，集合。多指軍隊聚合在某地，以準備更進一步的行動。

集散 聚集和分散。例貨物集散地。

集會 ①聚合在一起。②眾人聚在一起開會。

集團 為達到共同目的，聚合若干個體而成一個共同的組織。

集錦 彙編在一起的精美書畫作品。

集體 由許多人集合起來而成有組織的團體。

集思廣益 集合眾人意見以增加效益。

集腋成裘 比喻積少成多。

集團結婚 聚合許多對要結婚的男女，在一個禮堂中同時舉行婚禮。

雇 ㄍㄨˋ gù 動①租用。例雇車。②用錢請人做事。例雇用。

雇工 ㄍㄨˋ ㄍㄨㄥ ①受雇用而替人做事的人。②用錢請人做事。

雇主 ㄍㄨˋ ㄓㄨˇ 雇用他人做事並支付薪資的人。

雇員 ㄍㄨˋ ㄩㄢˊ ①公家機關在正式編制之外雇用的人。②在委任以下的公務員。③受雇用而替人做事的人。

雋 ㈠ㄐㄩㄢˋ juàn 名姓。形意味深遠的。例雋語。
㈡ㄐㄩㄣˋ jùn 名通「俊」。才德傑出的人。例英雋。

雋永 ㄐㄩㄢˋ ㄩㄥˇ 形容文章意義深遠。

雋拔 ㄐㄩㄣˋ ㄅㄚˊ 形容卓越特出，英俊超群。

五畫

雍 ㄩㄥ yōng 名古代九州之一。形和諧的。例雍和。

雍容 ㄩㄥ ㄖㄨㄥˊ ①從容不迫的樣子。②神態莊重有威儀的樣子。

雎 ㄐㄩ jū 見「雎鳩」。

雎鳩 ㄐㄩ ㄐㄧㄡ 水鳥名。即魚鷹，天生有固定配偶，所以用來比喻君子的配偶。

雉 ㄓˋ zhì 名①鳥名。即野雞，雄性羽毛鮮豔，善走不善飛，棲息山林田野，食昆蟲和草芽。②古代計算城牆面積的單位，城牆長三丈、高一丈為一雉。③城牆。例雉堞。

雉堞 ㄓˋ ㄉㄧㄝˊ 城牆上掩護用的齒狀短牆。

雊 ㄍㄡˋ gòu 動雄的雉雞鳴叫。例詩經：「雉之朝雊，尚求其雌。」

六畫

雌 ㄘ cí 名女性。例木蘭辭：「安能辨我是雄雌？」形生物中能產卵細胞的。例雌性。動通「齜」。咧開，露出。例雌牙露嘴。

雌伏 ㄘ ㄈㄨˊ ①比喻隱退不奮進。②屈居在他人之下。

雌性 ㄘ ㄒㄧㄥˋ 陰性，生物中能產卵細胞者。

雌黃 ㄘ ㄏㄨㄤˊ ①礦物名。黃褐色，可作染料或除毛用。②指竄改文字。例顏氏家訓：「不得妄下雌黃。」③比喻掩蓋事實而隨意批評。例信口雌黃。

雌雄 ㄘ ㄒㄩㄥˊ ①雌性和雄性。②比喻較量勝負。例一較雌雄。③成對的人物或東西。例雌雄大盜。

雌蕊 ㄘ ㄖㄨㄟˇ 種子植物的雌性生殖器官，在花的中央，包括子房、花柱、柱頭三部分。受精後胚珠形成種子，子房形成果實。

雌老虎 ㄘ ㄌㄠˇ ㄏㄨˇ 比喻凶悍的女子。

雒 ㄌㄨㄛˋ luò 名河流名。即洛水，源自陝西省雒南縣，注入黃河。

八畫

雕 ㄉㄧㄠ diāo 名同「鵰」。形似鷹，體全黑，性凶猛。形①刻畫裝飾的。例雕欄玉砌。②狡詐的。動刻鏤。例雕塑。

雕刻 ㄉㄧㄠ ㄎㄜˋ 一種立體造形藝術，在器物上雕鑿刻畫形成圖紋。

雕砌 ㄉㄧㄠ ㄑㄧˋ 雕琢堆砌。引申為寫作講求詞藻華麗。

雕琢 ㄉㄧㄠ ㄓㄨㄛˊ ①精細的雕刻。②修飾文字。引申過分講求詞藻華麗。

雕飾 ㄉㄧㄠ ㄕˋ ①雕刻而成的裝飾。②比喻雕刻精美的技術。

雕像 ㄉㄧㄠ ㄒㄧㄤˋ 雕刻而成的人物立體肖像。

雕鏤 ㄉㄧㄠ ㄌㄡˋ 雕琢刻鏤。比喻文字修飾華麗。

雕梁畫棟 ㄉㄧㄠ ㄌㄧㄤˊ ㄏㄨㄚˋ ㄉㄨㄥˋ 在房屋棟梁上雕刻彩繪花紋的建築藝術。引申指豪華的建築物。

雕蟲小技 ㄉㄧㄠ ㄔㄨㄥˊ ㄒㄧㄠˇ ㄐㄧˋ 比喻不足稱道的小技能。

九畫

雖

ㄙㄨㄟ suī 連 表轉折或推想語氣，有縱然、即使的意思。例雖然。

十畫

雜

ㄗㄚˊ zá 名 在戲劇中扮演奔走勞役的角色。形 ①零星的，瑣碎的。例雜務。②非正項的。例雜支。③各種不同的。例雜貨。動 混合。例混雜。副 ①混亂地。例雜陳。②繁多地。例雜遝。

雜技 ㄗㄚˊ ㄐㄧˋ 各種表演技藝的總稱。同雜耍。

雜沓 ㄗㄚˊ ㄊㄚˋ 繁多紛亂的樣子。也作「雜遝」。

雜耍 ㄗㄚˊ ㄕㄨㄚˇ 民間各種技藝表演。如魔術、頂缸等。

雜陳 ㄗㄚˊ ㄔㄣˊ 紛亂地排列。

雜務 ㄗㄚˊ ㄨˋ 非主要且無法歸類的瑣事。

雜貨 ㄗㄚˊ ㄏㄨㄛˋ 各種日常生活的瑣碎貨物。

雜費 ㄗㄚˊ ㄈㄟˋ 正式款項以外的零星支出。

雜感 ㄗㄚˊ ㄍㄢˇ ①片段的心得感想。②指記敘零星感想的文體。

雜誌 ㄗㄚˊ ㄓˋ 介於報紙和書籍之間，定期出版的刊物。

雜質 ㄗㄚˊ ㄓˊ 不屬於該物質的其他成分。例自來水中有許多雜質。

雜糧 ㄗㄚˊ ㄌㄧㄤˊ 水稻和小麥以外的穀糧。

雜亂無章 ㄗㄚˊ ㄌㄨㄢˋ ㄨˊ ㄓㄤ 零亂不整齊的樣子。

雞

ㄐㄧ jī 名 動物名。雄性肉冠較大且羽色鮮豔，善走無法飛，雜食性，為主要家禽。

雞肋 ㄐㄧ ㄌㄜˋ ①雞的肋骨。比喻沒有價值，丟了又可惜的事物。②瘦弱的樣子。

雞冠 ㄐㄧ ㄍㄨㄢ 雞頭頂的無毛肉冠。

雞胸 ㄐㄧ ㄒㄩㄥ 胸骨前突的疾病。

雞蛋 ㄐㄧ ㄉㄢˋ 母雞生的卵。由蛋殼、蛋白、蛋黃組成。

雞眼 ㄐㄧ ㄧㄢˇ 因角層過厚而產生的小圓硬塊，會壓迫神經末梢而產生疼痛。

雞瘟 ㄐㄧ ㄨㄣ 鳥類的致命急性傳染病。

雞毛蒜皮 ㄐㄧ ㄇㄠˊ ㄙㄨㄢˋ ㄆㄧˊ 比喻不重要的瑣事。

雞犬升天 ㄐㄧ ㄑㄩㄢˇ ㄕㄥ ㄊㄧㄢ 比喻一人得勢，有關係的人也跟著得勢。

雞犬不寧 ㄐㄧ ㄑㄩㄢˇ ㄅㄨˋ ㄋㄧㄥˊ 形容被嚴重地騷擾，不得安寧。

雞皮疙瘩 ㄐㄧ ㄆㄧˊ ㄍㄜ ㄉㄚ 皮膚散布細密的突出小粒，多因寒冷、害怕或其他刺激所引起。

雛 ㄔㄨˊ chú 名①剛孵出的鳥。引申指年幼的動物。②幼小的兒女。形年幼的。例雛燕。

雛形 ㄔㄨˊ ㄒㄧㄥˊ ①事情剛開始成形的規模。②與實物完全相同但較小的模型。

雛菊 ㄔㄨˊ ㄐㄩˊ 植物名。多年生草本，開紅、黃色花，可耐寒。又名延命菊。

雘 ㄏㄨㄛˋ huò 名一種赤色的石脂，可製成顏料。例丹雘。

雙 ㄕㄨㄤ shuāng 名成對的東西。例一雙襪子。形①偶數的。例雙數。②加倍的。例雙薪。動匹敵。例國士無雙。

雙打 ㄕㄨㄤ ㄉㄚˇ ①練習武技時兩人互相對打。②雙方各派兩人上場的運動比賽。

雙重 ㄕㄨㄤ ㄔㄨㄥˊ 兩種，兩方面的。例雙重責任。

雙軌 ㄕㄨㄤ ㄍㄨㄟˇ 兩條軌道並列以同時通行兩部火車。引申指兩個方向、系統或事情可同時進行。

雙飛 ㄕㄨㄤ ㄈㄟ 比喻夫妻感情良好。雌雄兩鳥一起飛行。

雙料 ㄕㄨㄤ ㄌㄧㄠˋ ①兩項，兩種。例雙料冠軍。②用加倍材料製成。例雙料漢堡。

雙棲 ㄕㄨㄤ ㄑㄧ ①指鳥類雌雄相隨。比喻夫妻恩愛，形影不離。②演藝圈中同時兼有兩項表演事業的人。

雙聲 ㄕㄨㄤ ㄕㄥ 指兩字發音的聲母相同。

雙簧 ㄕㄨㄤ ㄏㄨㄤˊ 一人藏在後面說唱，一人坐在前面依說唱內容表演的曲藝。

雙關 ㄕㄨㄤ ㄍㄨㄢ 文字或語言除表面意思外，另有含義。

雙邊 ㄕㄨㄤ ㄅㄧㄢ 由兩方面參加。例雙邊會談。

雙手萬能 ㄕㄨㄤ ㄕㄡˇ ㄨㄢˋ ㄋㄥˊ 比喻雙手靈巧，任何事都可做。

雙重人格 ㄕㄨㄤ ㄔㄨㄥˊ ㄖㄣˊ ㄍㄜˊ ①精神分裂症的一種。②比喻表面和實際的作風不同。

雙重國籍 ㄕㄨㄤ ㄔㄨㄥˊ ㄍㄨㄛˊ ㄐㄧˊ 一個人同時具有兩個國籍。

雙宿雙飛 ㄕㄨㄤ ㄙㄨˋ ㄕㄨㄤ ㄈㄟ 比喻男女相愛而共同居住，形影不離。

雙管齊下 ㄕㄨㄤ ㄍㄨㄢˇ ㄑㄧˊ ㄒㄧㄚˋ 比喻同時進行兩件事，或同時採用兩種方法。

雝 ㄩㄥ yōng 形通「雍」。和樂的。

十一畫

離 ㄌㄧˊ lí 名八卦之一，代表火。形奇異的。例離奇。動①分開。例離別。②出走。例離家。③背叛。例眾叛親離。④通「罹」。遭受。例離騷。⑤相距。例距離。⑥不相合。例上下離心。

離心 ㄌㄧˊ ㄒㄧㄣ 心志相違背。

離別 ㄌㄧˊ ㄅㄧㄝˊ 分開不能相聚。

離奇 ㄌㄧˊ ㄑㄧˊ 事情奇怪不尋常。

離宮 ㄌㄧˊ ㄍㄨㄥ 君主正宮以外的臨時居住宮殿。

離島 ㄌㄧˊ ㄉㄠˇ 本島以外的島嶼。例綠島是臺灣的離島。

離棄 ㄌㄧˊ ㄑㄧˋ 捨棄不顧。

離開 ㄌㄧˊ ㄎㄞ 遠離分開。

離間 ㄌㄧˊ ㄐㄧㄢˋ 從中挑撥使人不和。

離愁 ㄌㄧˊ ㄔㄡˊ 離別時的哀愁。

離職 ㄌㄧˊ ㄓˊ 脫離所擔任的職位。

離題 ㄌㄧˊ ㄊㄧˊ 指文章或言論偏離主題。

離譜 ㄌㄧˊ ㄆㄨˇ 比喻失去正常狀態。

離心力 ㄌㄧˊ ㄒㄧㄣ ㄌㄧˋ 物體旋轉時，因慣性而被牽引離開轉動中心的力量。

離合器 ㄌㄧˊ ㄏㄜˊ ㄑㄧˋ 連接兩個零件並操控其結合或分開的裝置。

離鄉背井 ㄌㄧˊ ㄒㄧㄤ ㄅㄟˋ ㄐㄧㄥˇ 遠離家鄉到外地生活。

離經叛道 ㄌㄧˊ ㄐㄧㄥ ㄆㄢˋ ㄉㄠˋ 形容言論或行為違反正道。

離群索居 ㄌㄧˊ ㄑㄩㄣˊ ㄙㄨㄛˇ ㄐㄩ 離開人群而獨自生活。

難

㈠ㄋㄢˊ nán 形 不容易的。例 難題。動 使感到艱困。例 難倒我了。副 ①不好，不可，不能。例 難吃。②艱難不容易地。例 難學。

㈡ㄋㄢˋ nàn 名 ①災禍。例 大難臨頭。②亂事。例 國家有難。動 ①責問。例 責難。②作亂。例 發難。

㈢ㄋㄨㄛˊ nuó 形 茂盛的。例 詩經：「其葉有難。」

難民 ㄋㄢˋ ㄇㄧㄣˊ 因災禍而失去住所的人。

難色 ㄋㄢˊ ㄙㄜˋ 感到為難的表情。

難免 ㄋㄢˊ ㄇㄧㄢˇ 不容易避免。例 出錯是難免的。

難怪 ㄋㄢˊ ㄍㄨㄞˋ 怪不得。例 原來他生病，難怪今天沒來。

難保 ㄋㄢˊ ㄅㄠˇ 不敢斷定。例 這種天氣難保不會下雨。

難為 ㄋㄢˊ ㄨㄟˊ ①責罵或使人為難。例 你就別再難為小孩子。②幸好。例 難為你多跑一趟。③表示安慰或道謝。例 這件事真難為你。

難處 ㈠ㄋㄢˊ ㄔㄨˇ 不容易和人相處。㈡ㄋㄢˊ ㄔㄨˋ 困難的事。

難產 ㄋㄢˊ ㄔㄢˇ ①生產時無法自然分娩。②比喻事情不易完成。

難堪 ㄋㄢˊ ㄎㄢ ①無法忍受。例 真是令人難堪的諷刺。②羞慚困窘。例 這種醜事讓你看到，真難堪。

難道 ㄋㄢˊ ㄉㄠˋ 莫非。加強反問語氣的副詞。例 難道你真的要離開我嗎？

難過 ㄋㄢˊ ㄍㄨㄛˋ ①心情哀傷。②生活困苦。例 這種苦日子真難過。③身體不適。例 我牙痛得難過。

難題 ㄋㄢˊ ㄊㄧˊ 不易解決的問題。

難關 ㄋㄢˊ ㄍㄨㄢ 不易度過的重要時期或關卡。

難分難解 ㄋㄢˊ ㄈㄣ ㄋㄢˊ ㄐㄧㄝˇ ①形容雙方僵持不下。②形容雙方關係親密而無法分開。

難以置信 ㄋㄢˊ ㄧˇ ㄓˋ ㄒㄧㄣˋ 無法使人相信。

難能可貴 ㄋㄢˊ ㄋㄥˊ ㄎㄜˇ ㄍㄨㄟˋ 做到不易達成、值得稱揚的事。

雨部 ㄩˇ

雨

㈠ㄩˇ yǔ 名 ①大氣中的水蒸氣，遇冷凝結成水滴後，落在地面的水珠。例下雨。②朋友。例舊雨新知。

㊁ㄩˋ yù 動①降下雨水。②自天空降落。例雨雪。

雨水 ㄩˇ ㄕㄨㄟˇ ①由降雨而來的水。②二十四節氣之一，在每年國曆二月十九或二十日。

雨衣 ㄩˇ ㄧ 防雨用的外衣。

雨具 ㄩˇ ㄐㄩˋ 遮避雨水的器具。

雨季 ㄩˇ ㄐㄧˋ 降雨量最多的季節。

雨量 ㄩˇ ㄌㄧㄤˋ 在一定時間內大氣中任何形式的降水量，以公釐計算，多由雨量器測量。

雨後春筍 ㄩˇ ㄏㄡˋ ㄔㄨㄣ ㄙㄨㄣˇ 春雨後竹筍旺盛地生長。比喻新事物大量地出現發展。

雨過天青 ㄩˇ ㄍㄨㄛˋ ㄊㄧㄢ ㄑㄧㄥ ①下雨後剛放晴的天色。②比喻清澈的青藍色。③比喻動亂之後重見平靜光明的景象。同雨過天晴。

雨順風調 ㄩˇ ㄕㄨㄣˋ ㄈㄥ ㄊㄧㄠˊ 風雨及時的到來。比喻太平的景象。亦作「風調雨順」。

三畫

雩 ㄩˊ yú 名①古代求雨的祭典。例大雩。②雨後出現的彩虹。

雪 ㄒㄩㄝˇ xuě 名水蒸氣在攝氏零度以下，凝結而降落至地面的六角形白色結晶體。例冰雪。形顏色或光彩像雪的。例雪白。動①下雪。②清除。例昭雪。

雪片 ㄒㄩㄝˇ ㄆㄧㄢˋ ①一片片飄落的雪花。②比喻數量很多。

雪白 ㄒㄩㄝˇ ㄅㄞˊ ①形容顏色極白。②比喻品性行為純潔沒有缺點。

雪花 ㄒㄩㄝˇ ㄏㄨㄚ 自空中飄下的六角形雪片，像花一樣。

雪茄 ㄒㄩㄝˇ ㄐㄧㄚ 英語 cigar 的音譯。將菸草葉捲成長條形以供吸食的香菸。

雪冤 ㄒㄩㄝˇ ㄩㄢ 洗刷消除冤屈。

雪恥 ㄒㄩㄝˇ ㄔˇ 洗去恥辱。

雪崩 ㄒㄩㄝˇ ㄅㄥ 大量雪塊自高山崩裂滑落的現象。

雪上加霜 ㄒㄩㄝˇ ㄕㄤˋ ㄐㄧㄚ ㄕㄨㄤ 比喻災禍接連地發生。

雪中送炭 ㄒㄩㄝˇ ㄓㄨㄥ ㄙㄨㄥˋ ㄊㄢˋ 比喻在人有困難時，給予援助。

雪泥鴻爪 ㄒㄩㄝˇ ㄋㄧˊ ㄏㄨㄥˊ ㄓㄠˇ 比喻往事所留下的痕跡，或比喻人生的際遇無常。也作「雪泥指爪」。

四畫

雱 ㄆㄤˊ páng 形降雪很多的樣子。

雯 ㄨㄣˊ wén 名花紋美麗的雲彩。

雲 ㄩㄣˊ yún 名①地面的水蒸氣上升，遇冷凝結成微細水滴所聚成的集合物。例白雲。②雲南省的簡稱。例雲貴高原。形①高的。例雲梯。②飄泊不定的。例雲僧。副眾多地。例車馬雲集。

雲雨 ㄩㄣˊ ㄩˇ ①比喻恩惠。②比喻男女交合的歡愉。

雲海 ㄩㄣˊ ㄏㄞˇ 自高處向下看，雲層平鋪如海浪翻滾。

雲梯 ㄩㄣˊ ㄊㄧ ①古代登城用的梯子。②裝設在消防車上，救火用的可升降長梯。

雲彩 ㄩㄣˊ ㄘㄞˇ 散發出明豔光彩的雲朵。同雲霞。

雲量 ㄩㄣˊ ㄌㄧㄤˋ 天空被雲遮蔽的程度，用0至10表示。

雲集 ㄩㄣˊ ㄐㄧˊ 比喻眾人從各處聚集在一起。

雲遊 ㄩㄣˊ ㄧㄡˊ 比喻漫遊各地，沒有定所。

雲漢 ㄩㄣˊ ㄏㄢˋ 天上的銀河。

雲霓 ㄩㄣˊ ㄋㄧˊ ①高空。②即將下雨的徵兆。比喻人所渴望的事物。

雲鬢 ㄩㄣˊ ㄅㄧㄣˋ 形容婦女多而美的鬢髮。

雲消霧散 ㄩㄣˊ ㄒㄧㄠ ㄨˋ ㄙㄢˋ ①天氣開始轉晴。②比喻所有事物都消失不見。

雲淡風清 ㄩㄣˊ ㄉㄢˋ ㄈㄥ ㄑㄧㄥ 形容天氣晴朗，微風清爽。

雲開見日 ㄩㄣˊ ㄎㄞ ㄐㄧㄢˋ ㄖˋ 比喻清除遮蔽物而重見光明。也作「開雲見日」。

雰 ㄈㄣ fēn

名霧氣。

五畫

雷 ㄌㄟˊ léi

名①大氣層放電時，震動空氣所發生的巨大聲響。例打雷。②具殺傷力的爆炸性武器。例地雷。③姓。副①猛烈疾速。例雷厲風行。②大聲地。例雷鳴。

雷公 ㄌㄟˊ ㄍㄨㄥ 傳說掌管打雷的神。

雷同 ㄌㄟˊ ㄊㄨㄥˊ 雷聲一響，萬物皆同時響應。

雷雨 ㄌㄟˊ ㄩˇ 由積雨雲產生的地方性風暴，有閃電、雷聲及強風大雨，偶爾會下冰雹。發生時間很短，多發生在夏季午後。

雷射 ㄌㄟˊ ㄕㄜˋ 英語laser的音譯。一種能產生並放大光波的裝置。雷射光的特性是單色、具方向性、能量密度集中，可以切割、鑽孔、焊接等，也可用在軍事、工業、醫學上。

雷動 ㄌㄟˊ ㄉㄨㄥˋ ①雷聲巨大所產生的震動。②比喻震動。

雷電 ㄌㄟˊ ㄉㄧㄢˋ ①帶電的雲在大氣中放電時產生的雷鳴和閃電。②比喻威力強大。

雷管 ㄌㄟˊ ㄍㄨㄢˇ 裝滿火藥以引發爆炸的黃銅管。

雷鳴 ㄌㄟˊ ㄇㄧㄥˊ ①雷聲。②比喻聲響很大。

雷霆 ㄌㄟˊ ㄊㄧㄥˊ 洪大而迅速的巨雷。比喻聲威極大或非常生氣。

雷擊 ㄌㄟˊ ㄐㄧˊ 雷電的擊打。比喻殺戮或征伐激烈。

雷厲風行 ㄌㄟˊ ㄌㄧˋ ㄈㄥ ㄒㄧㄥˊ 形容做事認真迅速，不講人情。

雷霆萬鈞 ㄌㄟˊ ㄊㄧㄥˊ ㄨㄢˋ ㄐㄩㄣ 比喻無法阻擋的巨大威力。

雷聲大雨點小 ㄌㄟˊ ㄕㄥ ㄉㄚˋ ㄩˇ ㄉㄧㄢˇ ㄒㄧㄠˇ 比喻聲勢浩大，而實際行動不足。

電 ㄉㄧㄢˋ diàn

名①物質中固有的一種能，有正負兩種，兩者相接觸或失去均衡時，會發生放電作用而產生光和熱。例靜電。②電報或電話的簡稱。例急電。形藉電力啟動的。例電視。動①觸電。②遭人修理。例我被他電得很慘。副迅速地。例風馳電掣。

電力 ㄉㄧㄢˋ ㄌㄧˋ ①由電流所發生的機械能，可用水力、火力、風力、原子能等推動發電機而產生。②指帶電體有吸引或排斥等相互作用的力量。

電子 ㄉㄧㄢˋ ㄗˇ　原子構造的基本粒子，質量極輕，帶負電荷，為電量的最小單位。

電光 ㄉㄧㄢˋ ㄍㄨㄤ　①電所發出的光，也指閃電。②形容時間短促，行動快速。

電位 ㄉㄧㄢˋ ㄨㄟˋ　一單位正電荷從無窮遠處移到電場中某一點時所作的功，單位為伏特。也稱為電勢。

電阻 ㄉㄧㄢˋ ㄗㄨˇ　金屬物質對電流所產生的阻力。單位為歐姆。

電信 ㄉㄧㄢˋ ㄒㄧㄣˋ　利用電流、電波傳送訊息的通信方式。同電訊。

電流 ㄉㄧㄢˋ ㄌㄧㄡˊ　用金屬線連接兩個導體，導體內的電子受電場的作用或電位差的高低，由高處流向低處的連續流動現象。

電氣 ㄉㄧㄢˋ ㄑㄧˋ　一種利用電，產生能量的方式。例電氣設備。

電荷 ㄉㄧㄢˋ ㄏㄜˊ　構成物質眾多基本粒子所帶的電。質子帶正電，電子帶負電。

電報 ㄉㄧㄢˋ ㄅㄠˋ　利用電的訊號傳送消息的通信方式。

電場 ㄉㄧㄢˋ ㄔㄤˇ　帶電體的周圍受其靜電力作用的區域，具動量和能量，能傳遞帶電體間發生力的相互作用。

電極 ㄉㄧㄢˋ ㄐㄧˊ　①電荷出入電解液或氣體的地方。②電池反應發生的兩極。陽極產生氧化反應，陰極產生還原反應。

電路 ㄉㄧㄢˋ ㄌㄨˋ　組成電流路徑的各種裝置和電源的總稱。

電匯 ㄉㄧㄢˋ ㄏㄨㄟˋ　銀行應匯款人要求，以電訊通知其分行或代理行，將所匯款項存入收款人的帳戶。

電臺 ㄉㄧㄢˋ ㄊㄞˊ　發送或接受無線電信號的地方。

電碼 ㄉㄧㄢˋ ㄇㄚˇ　電報通信中代表文字的特別符號。

電銲 ㄉㄧㄢˋ ㄏㄢˋ　利用電能高熱熔化錫，來連接金屬物品的方法或過程。

電機 ㄉㄧㄢˋ ㄐㄧ　所有利用電力推動的機械總稱。

電器 ㄉㄧㄢˋ ㄑㄧˋ　所有利用電力驅動的器具。

電療 ㄉㄧㄢˋ ㄌㄧㄠˊ　用電力產生熱或刺激以治療疾病的方式。

電鍍 ㄉㄧㄢˋ ㄉㄨˋ　利用電解使物體表面沉積一層堅固的金屬保護膜。可防腐蝕，增加耐用性、導電性和美觀。

電纜 ㄉㄧㄢˋ ㄌㄢˇ　由一根或數根互相絕緣的導線包製而成的強韌不透水絕緣體。用於電訊或電力的傳輸。

電氣化 ㄉㄧㄢˋ ㄑㄧˋ ㄏㄨㄚˋ　生產機構和人民生活普遍使用電力的程度。

電動機 ㄉㄧㄢˋ ㄉㄨㄥˋ ㄐㄧ　將電能變為機械能的發電機。即電動馬達。

電解質 ㄉㄧㄢˋ ㄐㄧㄝˇ ㄓˊ　在溶液或熔融狀態下能離解為陰、陽離子且會導電的物質。

電磁波 ㄉㄧㄢˋ ㄘˊ ㄅㄛ　電場和磁場變化所產生向外傳播以傳送擾動和能量的橫波。

電磁鐵 ㄉㄧㄢˋ ㄘˊ ㄊㄧㄝˇ　用線圈繞於軟鐵片上，通以電流而成的磁鐵。不通電時磁性就消失。

電光石火 ㄉㄧㄢˋ ㄍㄨㄤ ㄕˊ ㄏㄨㄛˇ　閃電放的光，燧石生的火。比喻瞬間消失，變幻無常。

電子顯微鏡 ㄉㄧㄢˋ ㄗˇ ㄒㄧㄢˇ ㄨㄟˊ ㄐㄧㄥˋ　利用電子束經過磁場而呈折

射現象的原理所發明的顯微鏡。解像力及放大倍率皆高，能觀察極細微之物的結構形態。

雹 ㄅㄠˊ báo 名空中水蒸氣遇冷凝結成的冰粒或冰塊。常伴夏季暴雨降下。例冰雹。

零 ㄌㄧㄥˊ líng 名①數目字。表示無的意思。例歸零。②不成整數的餘數。例零頭。形①慢慢落下的。例零雨。②不完整的。例零散。動掉落。例感激涕零、凋零。

零丁 ㄌㄧㄥˊ ㄉㄧㄥ 孤單且無所依靠的樣子。或作「伶仃」、「伶丁」。

零星 ㄌㄧㄥˊ ㄒㄧㄥ ①形容碎散不完整。②稀疏不密的樣子。

零食 ㄌㄧㄥˊ ㄕˊ 正餐外的零星食物。也作「零嘴」。

零售 ㄌㄧㄥˊ ㄕㄡˋ 將貨品以個別件數銷售。也作「零賣」。

零散 ㄌㄧㄥˊ ㄙㄢˋ 形容稀少且分散不集中。

零碎 ㄌㄧㄥˊ ㄙㄨㄟˋ ①細碎的事物。②形容分散不完整。

零落 ㄌㄧㄥˊ ㄌㄨㄛˋ ①草木枯萎凋落。②比喻人事衰敗死亡。③形容不完整。

零亂 ㄌㄧㄥˊ ㄌㄨㄢˋ 散亂不整齊的樣子。

六畫

需 ㄒㄩ xū 名費用。例軍需。動欲求。例需求。

需要 ㄒㄩ ㄧㄠˋ ①不可或缺的欲求。②應該有或必須有。③經濟學上指在一定時間內，具有購買力的人在各種可能價格下願意購買的財貨數量。

需索 ㄒㄩ ㄙㄨㄛˇ 用各種手段要求、勒索。

七畫

霈 ㄆㄟˋ pèi 名①大雨。例甘霈。②恩惠。

震 ㄓㄣˋ zhèn 名①突然間出現的雷。②八卦之一，又為六十四卦之一。動①雷擊。②撼動。例震動。③威勢凌人。例名震四方。④發怒。

震央 ㄓㄣˋ ㄧㄤ 震源正上方的地表。

震波 ㄓㄣˋ ㄅㄛ ①物體或聲源以超音速運動時，所產生的高壓脈衝。②因地震或爆炸而產生向四面傳動的震動。

震怒 ㄓㄣˋ ㄋㄨˋ 非常憤怒。

震動 ㄓㄣˋ ㄉㄨㄥˋ ①物體受力量影響而搖動。②受重大刺激而使人心撼動。

震悼 ㄓㄣˋ ㄉㄠˋ 非常驚訝而悲悼。

震源 ㄓㄣˋ ㄩㄢˊ 地球內部引發地震的地點，即斷層發生破裂的地點。

震撼 ㄓㄣˋ ㄏㄢˋ 撼動搖晃。

震駭 ㄓㄣˋ ㄏㄞˋ 非常驚訝害怕。同震懾。

震盪 ㄓㄣˋ ㄉㄤˋ 形容動盪不安。

震驚 ㄓㄣˋ ㄐㄧㄥ 使人感到非常驚訝懼怕。

震古鑠今 ㄓㄣˋ ㄍㄨˇ ㄕㄨㄛˋ ㄐㄧㄣ 比喻事業或功績的偉大，可震驚古人，光耀現代。

震耳欲聾 ㄓㄣˋ ㄦˇ ㄩˋ ㄌㄨㄥˊ 形容聲音很大。

霄 ㄒㄧㄠ xiāo 名天空。例雲霄。

霄壤 ㄒㄧㄠ ㄖㄤˇ 天和地。比喻差距很大。例霄壤之別。

霆 ㄊㄧㄥˊ tíng 名突然的雷聲。例雷霆。

霉 ㄇㄟˊ méi 名物品因受溼熱所生的黑色小汙點。例發霉。

霉爛 ㄇㄟˊ ㄌㄢˋ 因潮溼而發霉腐爛。

八畫

霑 ㄓㄢ zhān 動①同「沾」。浸溼。例泣下霑衿。②受人恩惠。例雨露均霑。

霎 ㄕㄚˋ shà 名小雨。形時間短促的。例霎時、一霎。

霖 ㄌㄧㄣˊ lín 名連續下三天以上的雨。

霖雨 ㄌㄧㄣˊ ㄩˇ ①大雨。②施加給人民的恩惠。

霖霖 ㄌㄧㄣˊ ㄌㄧㄣˊ 形容雨連綿不停的樣子。

霏 ㄈㄟ fēi 名雲氣。動飛散飄揚。例煙霏雨散。副①雨細密地。例霪雨霏霏。②飄散地。例雨雪霏霏。

霏霏 ㄈㄟ ㄈㄟ ①雨絲或雪花紛飛的樣子。②草木或露水繁多的樣子。

霍 ㄏㄨㄛˋ huò 名姓。副快速地。例霍然。

霍然 ㄏㄨㄛˋ ㄖㄢˊ ①突然。同霍地。②茂盛的樣子。

霍亂 ㄏㄨㄛˋ ㄌㄨㄢˋ 由霍亂弧菌引起的急性傳染病，多在夏季經由水或食物感染。症狀為上吐下瀉、腹痛、體溫下降，急速脫水而昏迷至死。現有預防疫苗。

霍霍 ㄏㄨㄛˋ ㄏㄨㄛˋ ①形容快速急切的聲音。例木蘭詩：「磨刀霍霍向豬羊。」②形容光亮的樣子。

霓 ㄋㄧˊ ní 名①虹的圓弧外圈。例霓虹。②雲氣。例雲霓。形顏色絢麗的。例霓裳。

霓裳 ㄋㄧˊ ㄔㄤˊ ①以霓製成的衣裳。形容神仙穿的衣服，或顏色彩麗的衣服。②即霓裳羽衣曲。

九畫

霜 ㄕㄨㄤ shuāng 名①近地面的水蒸氣，遇冷凝結成白色的冰狀結晶。例秋霜。②白色的粉末或脂膏。例面霜、砒霜。形潔白的。例霜鬢。

霜天 ㄕㄨㄤ ㄊㄧㄢ 形容嚴寒的天空。

霜降 ㄕㄨㄤ ㄐㄧㄤˋ 二十四節氣之一，約在國曆十月二十三或二十四日。

霜害 ㄕㄨㄤ ㄏㄞˋ 溫帶地區因霜凍造成的農作物災害。

霞 ㄒㄧㄚˊ xiá 名陽光映照在雲層的紅光。例晚霞。

霞光 ㄒㄧㄚˊ ㄍㄨㄤ 陽光穿透雲層所映照下來的光彩。

霞帔 ㄒㄧㄚˊ ㄆㄟˋ ①古代受封婦女披在胸前的服飾，隨品位高低而異。②古代婦人的禮服。

霙 ㄧㄥ yīng 名雪花。動雨雪紛下。

十畫

霢 ㄇㄛˋ mò 名霢霂，小雨。

霤 ㄌㄧㄡˋ liù 名①自屋簷向下滴流的水。例簷霤。②屋簷滴水的地方。③裝在屋簷下承接滴水的長槽。

十一畫

霪 ㄧㄣˊ yín 名下了很久的雨。例霪雨。

霪雨 ㄧㄣˊ ㄩˇ 久下不止的雨。亦作「淫雨」。

霧 ㄨˋ wù 名接近地面的水蒸氣遇冷凝聚為密集小水滴而成迷濛狀。例晨霧。副聚在一起地。例雲合霧集。

霧裡看花 ㄨˋ ㄌㄧˇ ㄎㄢˋ ㄏㄨㄚ ①比喻視力模糊看不清楚。②比喻了解不夠深切。

十二畫

霰 ㄒㄧㄢˋ xiàn 名雨點遇冷空氣凝結的白色不透明圓錐形或球狀冰粒。質軟易碎，常在下雪前出現。

十三畫

霹 ㄆㄧ pī 見「霹靂」。

霹靂 ㄆㄧ ㄌㄧˋ 突然出現的巨雷聲。

霹靂手 ㄆㄧ ㄌㄧˋ ㄕㄡˇ 形容做事快速果決的人。

霸 ㊀ㄅㄚˋ bà 名①古代諸侯的首領。例春秋五霸。②憑藉財勢而無理橫行的人。例惡霸。動把持，稱雄。例獨霸一方。副強橫地。例霸占。㊁ㄆㄛˋ pò 名月初最先出現的月亮。

霸王 ㄅㄚˋ ㄨㄤˊ 擁有天下的稱王，諸侯中最強大的稱霸。比喻權勢氣盛、行為專橫的人。

霸占 ㄅㄚˋ ㄓㄢˋ 未經同意而強行占有他人財物。

霸氣 ㄅㄚˋ ㄑㄧˋ ①強橫專斷的氣勢。②強悍凌人的氣勢。③爭求功績首位的意氣。

霸道 ㄅㄚˋ ㄉㄠˋ ①用極權統治人民的政策。②做事蠻橫不講理。

霸業 ㄅㄚˋ ㄧㄝˋ 稱霸天下的偉大事業與功業。

霸權 ㄅㄚˋ ㄑㄩㄢˊ ①操控情勢的權力。②強國向外擴張勢力的侵略行為。

露 ㊀ㄌㄨˋ lù 名①接近地面的水蒸氣，遇冷凝結在物體表面的小水珠。例露水。②芳香可飲的液體。例玫瑰露。動表現，顯現。例暴露、顯露。㊁ㄌㄡˋ lòu 動顯現。例露出馬腳。

露天 ㄌㄨˋ ㄊㄧㄢ 沒有遮蔽的室外。

露白 ㄌㄨˋ ㄅㄞˊ 將財物顯露在外，被他人看見。

露珠 ㄌㄨˋ ㄓㄨ 圓珠狀的露水。

露骨 ㄌㄨˋ ㄍㄨˇ ①屍骨暴露在外。②說話率直不含蓄。

露營 ㄌㄨˋ ㄧㄥˊ 在野外搭帳棚住宿。

露臉 ㄌㄨˋ ㄌㄧㄢˇ ①顯現出面容。同露面。②比喻光榮，很有面子。③現身。

露馬腳 ㄌㄡˋ ㄇㄚˇ ㄐㄧㄠˇ 比喻洩露出原本隱蔽的事實。

露宿風餐 ㄌㄨˋ ㄙㄨˋ ㄈㄥ ㄘㄢ 形容旅途或在外生活的艱苦。亦作「餐風宿露」。

十四畫

霽 ㄐㄧˋ jì 動雨雪停、雲霧散而天氣轉晴。例大雪初霽。

霾 ㄇㄞˊ mái 名細塵與鹽粒散布在大氣中，使能見度降低的現象。例陰霾。動大風吹起塵土。

十六畫

靄 ㄞˇ ǎi 名細微水滴聚集懸浮在大氣中，使景色變淺灰的現象。例暮靄。形靄靄，雲層聚集或雲氣濃盛的。

靆 ㄉㄞˋ dài 見「靉靆」。

靂 ㄌㄧˋ lì 見「霹靂」。

靈 ㄌㄧㄥˊ líng 名①鬼神。例神靈。②精明能幹者。例萬物之靈。③魂魄。例靈魂。④人的精神狀態。例性靈。⑤靈柩的簡稱。例停靈。形①機敏的，不遲緩的。例機靈。②有關鬼神的。例靈位。③神妙的。例靈丹。④美好的。例靈雨。⑤有效果的。例這方法很靈。動明白了解。例莊子：「大愚者，終身不靈。」

靈巧 ㄌㄧㄥˊ ㄑㄧㄠˇ 形容聰明精巧。

靈光 ㄌㄧㄥˊ ㄍㄨㄤ ①神奇的光輝。比喻朝廷的恩德。②佛家指人原本就有的佛性。③有效。

靈位 ㄌㄧㄥˊ ㄨㄟˋ 供奉死者的牌位。

靈性 ㄌㄧㄥˊ ㄒㄧㄥˋ 動物天生聰明機敏的本性。

靈活 ㄌㄧㄥˊ ㄏㄨㄛˊ 敏捷輕巧不遲緩。同靈敏。

靈柩 ㄌㄧㄥˊ ㄐㄧㄡˋ 指置放死者屍體的棺木。同靈櫬。

靈通 ㄌㄧㄥˊ ㄊㄨㄥ ①敏捷快速的樣子。②人與人之間的感應相通。

靈異 ㄌㄧㄥˊ ㄧˋ 神奇怪異。

靈犀 ㄌㄧㄥˊ ㄒㄧ 犀牛角。古代指犀牛是神獸，角有一道通達兩端的白線紋，因此用以比喻兩人心意相通。

靈感 ㄌㄧㄥˊ ㄍㄢˇ 因思想集中或情緒高漲，促使突發性的創造能力。

靈魂 ㄌㄧㄥˊ ㄏㄨㄣˊ ①指與肉體、物質相對的精神、心意等靈體。②指能脫離軀殼而獨立存在的精神實體。

靈機 ㄌㄧㄥˊ ㄐㄧ ①突然產生的心思。例靈機一動。②巧妙的策略。

靈驗 ㄌㄧㄥˊ ㄧㄢˋ ①神奇的功效。②預言的應驗。

十七畫

靉 ㄞˋ ài 見「靉靆」、「靉靉」。

靉靆 ㄞˋ ㄉㄞˋ ①雲層密集厚重的樣子。②昏暗不明的樣子。③古代的老花眼鏡。

靉靉 ㄞˋ ㄞˋ ①雲很多的樣子。②草木繁茂的樣子。

青部 ㄑㄧㄥ

青 ㊀ㄑㄧㄥ qīng 名①顏色。(1)綠色。(2)淡藍色。例雨過天青、青天霹靂。(3)黑色。例玄青。②竹皮，竹簡。例殺青。③蛋白。例蛋青。形①綠色的。例青草。②年少的。

例青春。㈡ㄐㄧㄥ jīng 名通「菁」。

青天 ㄑㄧㄥ ㄊㄧㄢ ①清澈無雲的天空。②比喻氣質爽朗。③比喻官吏清廉公正。

青史 ㄑㄧㄥ ㄕˇ 古代用竹簡記載史事，後用以比喻史書。

青年 ㄑㄧㄥ ㄋㄧㄢˊ 人由少年過渡到成年的階段。

青衣 ㄑㄧㄥ ㄧ ①黑色的衣服。②傳統戲劇中的角色，多扮演莊重賢良的婦女。

青春 ㄑㄧㄥ ㄔㄨㄣ ①春天的代稱。②比喻少年，年輕。③青少年的年齡。

青苔 ㄑㄧㄥ ㄊㄞˊ 生長在陰溼地方的青綠色苔蘚植物。

青雲 ㄑㄧㄥ ㄩㄣˊ ①高空。②比喻位居顯要的地位。例平步青雲。③比喻隱逸。

青絲 ㄑㄧㄥ ㄙ 烏黑亮麗的頭髮。

青睞 ㄑㄧㄥ ㄌㄞˋ 對人喜愛或重視。

青稞 ㄑㄧㄥ ㄎㄜ 植物名。產在寒地的一種麥類，可釀酒，為中國西南人民的主食。

青銅 ㄑㄧㄥ ㄊㄨㄥˊ ①銅和錫的合金。②鏡子。

青光眼 ㄑㄧㄥ ㄍㄨㄤ ㄧㄢˇ 中老年人易患的眼病，症狀為瞳孔放大，角膜水腫，劇烈頭痛，嘔吐，視力減退，甚至失明。又稱綠內障。

青春痘 ㄑㄧㄥ ㄔㄨㄣ ㄉㄡˋ 皮膚病名。多生在青年人面部，為圓錐形紅色小疙瘩，多因皮脂腺分泌過多阻塞毛孔、消化不良、便祕及貧血等引起。

青黴素 ㄑㄧㄥ ㄇㄟˊ ㄙㄨˋ 即盤尼西林，由青黴菌所提製的一種抗生素，具殺菌消炎的作用。

青天霹靂 ㄑㄧㄥ ㄊㄧㄢ ㄆㄧ ㄌㄧˋ 比喻突然發生使人震驚的重大意外。

青出於藍 ㄑㄧㄥ ㄔㄨ ㄩˊ ㄌㄢˊ 比喻學生的成就勝過老師。

青面獠牙 ㄑㄧㄥ ㄇㄧㄢˋ ㄌㄧㄠˊ ㄧㄚˊ 形容長相凶惡。

青紅皂白 ㄑㄧㄥ ㄏㄨㄥˊ ㄗㄠˋ ㄅㄞˊ 各種不同的顏色。比喻分辨清楚是非對錯。

青梅竹馬 ㄑㄧㄥ ㄇㄟˊ ㄓㄨˊ ㄇㄚˇ ①形容幼小兒女結伴嬉戲，天真無邪的情景。②比喻幼時的玩伴。

青雲直上 ㄑㄧㄥ ㄩㄣˊ ㄓˊ ㄕㄤˋ 比喻仕途得意，升遷快速。

青黃不接 ㄑㄧㄥ ㄏㄨㄤˊ ㄅㄨˋ ㄐㄧㄝ 舊穀已經吃完，新穀尚未成熟的時候。比喻一時無法接續而有不足。

五畫

靖

ㄐㄧㄥˋ jìng 形安定的，平安的。例地方不靖。動平定。例靖亂。

靖亂 ㄐㄧㄥˋ ㄌㄨㄢˋ 平定國家亂事。

靖難 ㄐㄧㄥˋ ㄋㄢˋ 解除危難，使國家局勢安定。

七畫

靚

ㄐㄧㄥˋ jìng 形①通「靜」。寧靜的。②豔麗的。例靚妝。

靚衣 ㄐㄧㄥˋ ㄧ 美麗的衣服。

靚妝 ㄐㄧㄥˋ ㄓㄨㄤ 豔麗的妝飾。

八畫

靛

ㄉㄧㄢˋ diàn 名①藍青色的染料。例藍靛。

②青藍色。

靛青 ㄉㄧㄢˋ ㄑㄧㄥ ①如同深海一樣的顏色。②用來染布的藍色染料。也稱靛藍。

靜 ㄐㄧㄥˋ jìng

動安定不動。形①無聲響的。例夜深人靜。②停止不動的。例風平浪靜。

靜心 ㄐㄧㄥˋ ㄒㄧㄣ 心思不擾動。

靜止 ㄐㄧㄥˋ ㄓˇ 停止不動。

靜坐 ㄐㄧㄥˋ ㄗㄨㄛˋ ①靜靜地坐著。②佛、道家的修煉功夫。

靜物 ㄐㄧㄥˋ ㄨˋ 停止不動的物體。

靜候 ㄐㄧㄥˋ ㄏㄡˋ 安靜的等待。

靜脈 ㄐㄧㄥˋ ㄇㄞˋ 將身體各部分的血液送回心臟的血管。靜脈管壁比動脈薄，彈性纖維較少，容量較大，所送血液含氧量較少。

靜電 ㄐㄧㄥˋ ㄉㄧㄢˋ 帶電體上停止不動的靜電荷，具有吸引、排斥、感應等作用。

靜態 ㄐㄧㄥˋ ㄊㄞˋ 物體處於靜止狀態。

靜養 ㄐㄧㄥˋ ㄧㄤˇ 安心修養，使恢復健康。

靜默 ㄐㄧㄥˋ ㄇㄛˋ ①安靜不發出聲響。②表示哀悼或紀念的禮儀。

靜觀 ㄐㄧㄥˋ ㄍㄨㄢ 冷靜地觀察事物。

靜悄悄 ㄐㄧㄥˋ ㄑㄧㄠˇ ㄑㄧㄠˇ 形容完全沒有一點聲音。

非部 ㄈㄟ

非 ㄈㄟ fēi

名①過失，惡行。例為非作歹。②非洲的簡稱。例亞非地帶。動①違背。例非法。②毀謗。例以古非今。③指責。例非難。④不是。例非死即傷。副不。強調必定。例非去不可。

非人 ㄈㄟ ㄖㄣˊ ①殘廢的人。②行為不檢點的人。③佛家指神怪之類。

非凡 ㄈㄟ ㄈㄢˊ 形容與眾不同的。

非分 ㄈㄟ ㄈㄣˋ 不是本分應當有的。

非但 ㄈㄟ ㄉㄢˋ 不但。表轉折語氣。也作「非獨」。

非攻 ㄈㄟ ㄍㄨㄥ 墨家的學說思想之一，反對戰爭，主張人應互相親愛。

非法 ㄈㄟ ㄈㄚˇ 違背法律規定。

非非 ㄈㄟ ㄈㄟ ①思想玄妙，或超越常理。例想入非非。②議論錯誤的人或事。③並不是不對。

非命 ㄈㄟ ㄇㄧㄥˋ ①遭遇意外身亡，不能享受天年。②「墨子」篇名之一，主張破除宿命觀念，順應自然而生活。

非笑 ㄈㄟ ㄒㄧㄠˋ 譏諷嘲笑。

非常 ㄈㄟ ㄔㄤˊ ①特別，不平常。②突發的意外禍患。③違反常規。

非禮 ㄈㄟ ㄌㄧˇ ①不合禮節的行為。②對女子猥褻等不當行為。

非難 ㄈㄟ ㄋㄢˋ 指責，怪罪。

非議 ㄈㄟ ㄧˋ 批評議論。

非同小可 ㄈㄟ ㄊㄨㄥˊ ㄒㄧㄠˇ ㄎㄜˇ 形容事態重大，不同於一般。

非常上訴 ㄈㄟ ㄔㄤˊ ㄕㄤˋ ㄙㄨˋ 刑事判決確定後，發現其審判有違法情形，由最高法院檢察長請求最高法院撤銷原判決。

非親非故 ㄈㄟ ㄑㄧㄣ ㄈㄟ ㄍㄨˋ 不是親人也不是朋友關係。

非驢非馬 ㄈㄟ ㄌㄩˊ ㄈㄟ ㄇㄚˇ 譏笑人做了不倫不類的事。

七畫

靠 ㄎㄠˋ kào 名①憑藉。例無依無靠。②傳統戲曲中武將所披的鎧甲。例靠子。動①依賴。例依靠。②挨近。例靠近。③信任。例可靠。④停泊。例停靠。

靠山 ㄎㄠˋ ㄕㄢ ①接近山邊的地方。②比喻可依恃憑藉的勢力。

靠近 ㄎㄠˋ ㄐㄧㄣˋ ①形容距離很近。②接近。

靠攏 ㄎㄠˋ ㄌㄨㄥˇ ①接近。②投向某種勢力。

靠不住 ㄎㄠˋ ㄅㄨˋ ㄓㄨˋ 不能相信或無法依賴。

靠山吃山，靠水吃水 ㄎㄠˋ ㄕㄢ ㄔ ㄕㄢ ㄎㄠˋ ㄕㄨㄟˇ ㄔ ㄕㄨㄟˇ 比喻充分利用現有條件以求生存。

十一畫

靡 ㊀ㄇㄧˊ mí 通「糜」。動①浪費。例靡費。②爛掉。例靡爛。㊁ㄇㄧˇ mǐ 形①衰弱的。例委靡。②奢侈浪費的。例浮靡。動倒下。例所向披靡。

靡費 ㄇㄧˊ ㄈㄟˋ 不必要的浪費。

靡爛 ㄇㄧˊ ㄌㄢˋ 敗壞，腐爛。

面部 ㄇㄧㄢˋ

面 ㄇㄧㄢˋ miàn 名①臉部。例面紅耳赤。②物體的外表。例水面。③方向，方位。例四面八方。④計算扁平物體的量詞。例一面牆。⑤線移動軌跡所形成的空間。例平面。⑥情形。例局面。⑦事或物的一邊。例正面。動①見，遇到。例見面。②對著。例面壁而立。副當面地。例面談。

面子 ㄇㄧㄢˋ ˙ㄗ ①名聲，光榮。②情面。例賣個面子。③物體的表層。

面交 ㄇㄧㄢˋ ㄐㄧㄠ ①當面交付。②不以真誠交往的朋友。

面洽 ㄇㄧㄢˋ ㄑㄧㄚˋ 當面接洽。

面值 ㄇㄧㄢˋ ㄓˊ 有價證券上標明的金額。

面敘 ㄇㄧㄢˋ ㄒㄩˋ 當面談。

面善 ㄇㄧㄢˋ ㄕㄢˋ ①似曾相識而熟悉的感覺。同面熟。②形容相貌和藹可親。

面試 ㄇㄧㄢˋ ㄕˋ 對應試者進行當面測試。

面貌 ㄇㄧㄢˋ ㄇㄠˋ ①長相容貌。②比喻事物呈現的狀態。

面積 ㄇㄧㄢˋ ㄐㄧ 平面圖形或物體表面的範圍大小。

面臨 ㄇㄧㄢˋ ㄌㄧㄣˊ 遇到。

面議 ㄇㄧㄢˋ ㄧˋ 當面商量。

面不改色 ㄇㄧㄢˋ ㄅㄨˋ ㄍㄞˇ ㄙㄜˋ 形容遇到危急時從容鎮靜。

面目一新 ㄇㄧㄢˋ ㄇㄨˋ ㄧ ㄒㄧㄣ 比喻人或事物有完全嶄新樣貌。

面目可憎 ㄇㄧㄢˋ ㄇㄨˋ ㄎㄜˇ ㄗㄥ 相貌或神情令人覺得討厭。

面目全非 ㄇㄧㄢˋ ㄇㄨˋ ㄑㄩㄢˊ ㄈㄟ 事情完全改變，失去原樣。

面有難色 ㄇㄧㄢˋ ㄧㄡˇ ㄋㄢˊ ㄙㄜˋ 表現出勉強為難的神色。

面面相覷 ㄇㄧㄢˋ ㄇㄧㄢˋ ㄒㄧㄤ ㄑㄩˋ 互相對視而不知道該怎麼辦。形容眾人驚恐或訝異。

面面俱到 ㄇㄧㄢˋ ㄇㄧㄢˋ ㄐㄩˋ ㄉㄠˋ 比喻辦事周全沒有遺漏。

面紅耳赤 ㄇㄧㄢˋ ㄏㄨㄥˊ ㄦˇ ㄔˋ 臉色通紅。形容內心羞愧或非常生氣的樣子。

面授機宜 ㄇㄧㄢˋ ㄕㄡˋ ㄐㄧ ㄧˊ 當面傳授處理事情的應變方法。

面黃肌瘦 ㄇㄧㄢˋ ㄏㄨㄤˊ ㄐㄧ ㄕㄡˋ 形容臉色發黃瘦弱。比喻有病或飢餓過度。

七畫

靦 ㊀ㄊㄧㄢˇ tiǎn 形 慚愧的。例 靦顏。㊁ㄇㄧㄢˇ miǎn 見「靦腆」。

靦腆 ㄇㄧㄢˇ ㄊㄧㄢˇ 表情慚愧或害羞的樣子。亦作「腼腆」。

靦顏事仇 ㄊㄧㄢˇ ㄧㄢˊ ㄕˋ ㄔㄡˊ 不知羞恥地侍奉敵人。

十二畫

靧 ㄏㄨㄟˋ huì 動 洗臉。

十四畫

靨 ㄧㄝˋ yè 名 臉頰的酒窩。例 笑靨。

革部 ㄍㄜˊ

革 ㊀ㄍㄜˊ gé 名 ①經過去毛加工的獸皮。例 皮革。②六十四卦之一。③古代軍人所穿的甲冑。例 金革。動 ①除去。例 革職。②更換。例 改革。㊁ㄐㄧˊ jí 形 危急的。例 禮記：「夫子之病革矣。」

革心 ㄍㄜˊ ㄒㄧㄣ 去除心理弱點，建立奮發向善的心志。

革命 ㄍㄜˊ ㄇㄧㄥˋ ①古代指改朝換代。②一切從根本做起的大變化。③用武力推翻舊有政權，建立新秩序。

革除 ㄍㄜˊ ㄔㄨˊ ①剷除，去掉。②開除職務。

革新 ㄍㄜˊ ㄒㄧㄣ 去掉舊事物，改換成新事物。

革面洗心 ㄍㄜˊ ㄇㄧㄢˋ ㄒㄧˇ ㄒㄧㄣ 徹底地悔悟，重新做人。

二畫

靪 ㄉㄧㄥ dīng 名 衣物或鞋子縫補的部分。例 補靪。動 補鞋底。

四畫

靷 ㄧㄣˇ yǐn 名 綁在車軸上的皮革。

靶 ㊀ㄅㄚˇ bǎ 名 射擊的目標。例 打靶。㊁ㄅㄚˋ bà 名 把手。例 刀子靶。

靶子 ㄅㄚˇ ㄗ˙ 射擊時瞄準的目標。

靶場 ㄅㄚˇ ㄔㄤˇ 供人用實彈練習射擊的地方。

靸 ㄙㄚˇ sǎ 名 ①幼童穿的鞋子。②沒有後跟的鞋，即拖鞋。

靴 ㄒㄩㄝ xuē 名長筒狀鞋子。例馬靴。

靳 ㄐㄧㄣˋ jìn 名①古代四馬駕車，中間兩匹馬當胸綁的皮革。②姓。形吝嗇的。例靳固。動嘲笑，戲弄。

五畫

靺 ㄇㄛˋ mò 見「靺鞨」。

靺鞨 ㄇㄛˋ ㄏㄜˊ 中國古代東北方的民族，後發展為女真，宋代建立金國，為蒙古所滅。

靼 ㄉㄚˊ dá 名①柔軟的皮革。②見「韃靼」。

鞅 ㄧㄤ yāng 名套在馬頸以操控馬車的皮帶。副不滿地。例鞅鞅。

鞄 ㄅㄠ bāo 名古代製皮革的工人。例鞄人。

六畫

鞍 ㄢ ān 名馬背上的坐墊。例馬鞍。

鞍馬 ㄢ ㄇㄚˇ ①鞍和馬。借指騎馬或戰鬥的生活。②一種體操器械，形似馬。③體操競賽項目之一，運動員在鞍馬上做各種動作。

鞋 ㄒㄧㄝˊ xié 名腳上的穿著物，保護足部，便於行走。例布鞋。

鞋拔子 ㄒㄧㄝˊ ㄅㄚˊ ˙ㄗ 穿鞋的用具。形狀像匙，放在鞋後跟裡使腳跟容易踩進鞋中。

鞋楦子 ㄒㄧㄝˊ ㄒㄩㄢˋ ˙ㄗ 木製的腳狀模型，用來校正鞋樣。又稱鞋楦頭。

鞏 ㄍㄨㄥˇ gǒng 名姓。形堅固的。例鞏固。

鞏固 ㄍㄨㄥˇ ㄍㄨˋ 堅定穩固。

七畫

鞘 ㄑㄧㄠˋ qiào 名刀劍的護套或匣子。

鞔 ㄇㄢˊ mán 動用皮革製鼓。例鞔鼓。

八畫

鞚 ㄎㄨㄥˋ kòng 名綁在馬頭上的皮帶及繩索。例馬鞚。

鞜 ㄊㄚˋ tà 名皮鞋。例革鞜。

鞠 ㄐㄩ jū 名古代一種皮革縫製的足皮球。形年幼的。例鞠子。動①撫養。例鞠育。②彎曲。例鞠躬。

鞠子 ㄐㄩ ㄗˇ 年幼的孩童。

鞠躬 ㄐㄩ ㄍㄨㄥ 彎腰行禮。

鞠躬盡瘁 ㄐㄩ ㄍㄨㄥ ㄐㄧㄣˋ ㄘㄨㄟˋ 致力於完成國事和任務，毫不懈怠。

九畫

鞬 ㄐㄧㄢ jiān 名掛在馬上裝弓箭的器具。

鞣 ㄖㄡˊ róu 名柔軟的皮革。動使柔軟。例鞣製。

鞮 ㄉㄧ dī 名古時用皮革製的鞋子。

鞨 ㄏㄜˊ hé 名①鞋子。②見「靺鞨」。

鞫 ㄐㄩˊ jú 形窮困的。動審問。例鞫訊。

鞦 ㄑㄧㄡ qiū 見「鞦韆」。

鞦韆 ㄑㄧㄡ ㄑㄧㄢ 一種可將人盪在空中的遊戲器材。

鞭 ㄅㄧㄢ biān 名①一種古代兵器，形似劍而有節。例竹節鞭。②驅趕牲畜或打人的工具。例馬鞭、皮鞭。③細長像鞭的東西。例教鞭。④成串的爆竹。例鞭炮。⑤雄性動物的生殖器官。例虎鞭。動用鞭抽打。例鞭笞。

鞭笞 ㄅㄧㄢ ㄔ ①以皮鞭抽打。同鞭撻。②驅遣指使。

鞭炮 ㄅㄧㄢ ㄆㄠˋ 編連成串的炮竹。

鞭策 ㄅㄧㄢ ㄘㄜˋ ①打馬的鞭子。②督促，鼓勵。

鞭長莫及 ㄅㄧㄢ ㄔㄤˊ ㄇㄛˋ ㄐㄧˊ 勢力無法達到或能力無法辦到。

鞭辟入裡 ㄅㄧㄢ ㄅㄧˋ ㄖㄨˋ ㄌㄧˇ ①做學問精深紮實。②形容文章分析深入，見解特別。

十畫

鞶 ㄆㄢˊ pán 名①古代綁衣服用的帶子。②裝佩巾的小皮囊。

十一畫

鞹 ㄎㄨㄛˋ kuò 名去毛的皮革。

鞻 ㄌㄡˊ lóu 名古官名。鞮鞻，掌管四夷的舞樂。

十三畫

韃 ㄉㄚˊ dá 名①韃子，古代漢人對北方異族的稱呼。②見「韃靼」。

韃靼 ㄉㄚˊ ㄉㄚˊ 種族名。散居在中國西北、蒙古、中亞、俄羅斯東部等地。元代後為蒙古人的通稱。

韁 ㄐㄧㄤ jiāng 名套在牲畜頸上的皮繩。

韁繩 ㄐㄧㄤ ㄕㄥˊ 拴馬的繩子。

十四畫

韅 ㄒㄧㄢˇ xiǎn 名古代套在馬腹的皮帶。

十五畫

韆 ㄑㄧㄢ qiān 見「鞦韆」。

十七畫

韉 ㄐㄧㄢ jiān 名馬鞍下面的墊子。例鞍韉。

韋部 ㄨㄟˊ

韋 ㄨㄟˊ wéi 名①去毛加工製成的柔軟獸皮。②姓。

三畫

韌 ㄖㄣˋ rèn 形柔軟但堅固的。例堅韌。

韌性 ㄖㄣˋ ㄒㄧㄥˋ 物體受外力塑造的能力。

韌帶 ㄖㄣˋ ㄉㄞˋ 接連骨頭之間或支持內臟，具堅韌性的薄膜狀纖維帶。

八畫

韓 ㄏㄢˊ hán 名①國名。⑴周代諸侯國，在今陝西省。⑵戰國七雄之一，在今山西省東南部和河南省中部。⑶韓國，在亞洲東北部，由北緯三十八度分南北兩國。②姓。

九畫

韗 ㄩㄣˋ yùn 名韗人，古代製造皮鼓的人。

韙 ㄨㄟˇ wěi 名對，是。例冒天下之大不韙。

十畫

韝 ㄍㄡ gōu 名套在手臂束緊衣袖的皮製物。

韞 ㄩㄣˋ yùn 動含藏。例韞櫝。

韜 ㄊㄠ tāo 名①裝弓、劍的套子。例弓韜。②戰略，兵法。例兵韜。動隱藏。例韜光。

韜略 ㄊㄠ ㄌㄩㄝˋ 用兵作戰的謀略。

韜光養晦 ㄊㄠ ㄍㄨㄤ ㄧㄤˇ ㄏㄨㄟˋ 比喻人隱藏才能不顯露。

十二畫

韡 ㄨㄟˇ wěi 形明亮盛大的。例韡曄。

十三畫

韣 ㄉㄨˊ dú 名裝弓的袋子。例弓韣。

韭部 ㄐㄧㄡˇ

韭 ㄐㄧㄡˇ jiǔ 名植物名。多年生草本，葉細長扁平，夏秋季開白色花，結蒴果，為食用蔬菜，味辛辣，種子可入藥。

韭黃 ㄐㄧㄡˇ ㄏㄨㄤˊ ①韭菜的根。②黃嫩的韭菜。

七畫

韰 ㄒㄧㄝˋ xiè 形狹隘的。例韰果。

八畫

韱 ㄒㄧㄢ xiān 形通「纖」。細小的。

音部 ㄧㄣ

音 ㄧㄣ yīn 名①物體振動所發出的聲響。例聲音。②腔調。例鄉音、口音。③曲調。例音樂。④消息。例靜待佳音。⑤字的音讀。例注音。

音色 ㄧㄣ ㄙㄜˋ 因發音體振動頻率不同而形成聲音高低的屬性。

音波 ㄧㄣ ㄅㄛ 空氣因物體振動所產生的波動。亦稱為聲波。

音信 ㄧㄣ ㄒㄧㄣˋ 消息。例音信全無。

音符 ㄧㄣ ㄈㄨˊ 樂譜上標明樂音長短、高低的符號。

音速 ㄧㄣ ㄙㄨˋ 聲音傳播的速度，會隨傳遞介質的不同而改變。

音階 ㄧㄣ ㄐㄧㄝ 按聲音高低順序向上或向下排列的一組樂音。

音義 ㄧㄣ ㄧˋ 文字的讀音和意義。

音節 ㄧㄣ ㄐㄧㄝˊ ①聲音高低快慢的節奏。②由一個或數個音素所組成的語言單位。例雙音節。

音質 ㄧㄣ ㄓˊ 聲音的品質與特質。例這部老舊收音機的音質頗差。

音調 ㄧㄣ ㄉㄧㄠˋ ①因振動頻率不同所形成聲音的高低。②說話的聲調。

音樂 ㄧㄣ ㄩㄝˋ 以有組織的樂音表達人類思想情感的一種藝術。

音響 ㄧㄣ ㄒㄧㄤˇ ①聲音。②播放音樂的電子器材。

音界號 ㄧㄣ ㄐㄧㄝˋ ㄏㄠˋ 標點符號的一種，可分隔翻譯人名的姓和名，或數字的整數和小數。如喬治・華盛頓。

音容宛在 ㄧㄣ ㄖㄨㄥˊ ㄨㄢˇ ㄗㄞˋ 形容人的聲音和樣貌好像還存留人間。多用在弔唁死者。

二畫

章 ㄓㄤ zhāng 名①音樂的段落。例樂章。②文詞的段落。例第一章。③連句而成的文詞。例文章。④文采。例書經：「五服五章。」⑤法則。例約法三章。⑥印信。例印章。⑦古代臣子上呈給君主批閱的文書。例奏章。⑧條理。例雜亂無章。⑨標識。例徽章。⑩姓。動通「彰」。表揚。

章法 ㄓㄤ ㄈㄚˇ ①文章的結構法則。②做事的程序規則。

章程 ㄓㄤ ㄔㄥˊ ①機關團體訂立的規則。同章則。②比喻制度，辦法。

章節 ㄓㄤ ㄐㄧㄝˊ 文章的組成部分。

章回小說 ㄓㄤ ㄏㄨㄟˊ ㄒㄧㄠˇ ㄕㄨㄛ 分章或分回敘述，故事連續且段落整齊的古典長篇小說。

竟 ㄐㄧㄥˋ jìng 形全，整個的。例竟日。動①終了。例終竟。②完結。例語意未竟。副①居然。例竟然。②終於。例有志者事竟成。

竟日 ㄐㄧㄥˋ ㄖˋ 一整天。

竟然 ㄐㄧㄥˋ ㄖㄢˊ 居然。表示出乎意料之外。例你竟然做出這種傷天害理的事。

五畫

韶 ㄕㄠˊ sháo 名虞舜時的音樂。例韶樂。形美好的。例韶光。

韶光 ㄕㄠˊ ㄍㄨㄤ ①美好的光景。②比喻時間，光陰。例韶光荏苒。

韶華 ㄕㄠˊ ㄏㄨㄚˊ ①春天的風景。②比喻青春年華。

十畫

韻 ㄩㄣˋ yùn 名①和諧的聲音。例雅韻。②字音收尾的部分。例押韻。③風度。例氣韻。形有情趣的。例風流韻事。

韻文 ㄩㄣˋ ㄨㄣˊ 用韻或押韻的文體。

韻母 ㄩㄣˋ ㄇㄨˇ 字音中除去聲母的部分。

韻味 ㄩㄣˋ ㄨㄟˋ ①文章的風味意境。②人的氣質。

韻事 ㄩㄣˋ ㄕˋ ①古代士大夫吟詠詩歌或琴棋書畫等雅致的事。②男女間的情事。

韻腳 ㄩㄣˋ ㄐㄧㄠˇ 韻文句末用來押韻的字。

十二畫

響 ㄒㄧㄤˇ xiǎng 名①回聲。例回響。②聲音。例音響。形①能發聲的。例響板。②聲音很大的。例響亮。動發出聲音。例鬧鐘響了。

響亮 ㄒㄧㄤˇ ㄌㄧㄤˋ 形容聲音很大。

響板 ㄒㄧㄤˇ ㄅㄢˇ 樂器名。一種打擊樂器，用繩子連接兩貝形木片以互敲發聲。

響箭 ㄒㄧㄤˇ ㄐㄧㄢˋ 射出時會發出聲響的箭，古代軍隊用來通信或發布號令。

響應 ㄒㄧㄤˇ ㄧㄥˋ 比喻支持同意某項活動。

響徹雲霄 ㄒㄧㄤˇ ㄔㄜˋ ㄩㄣˊ ㄒㄧㄠ 比喻聲音非常響亮，好像能傳到雲層之上。

頁部 ㄧㄝˋ

頁 ㄧㄝˋ yè 名①紙張。例活頁。②計算紙張面數的量詞。例第五十頁。形成片的。例頁岩。

頁岩 ㄧㄝˋ ㄧㄢˊ 岩石名。由黏土、粉砂經重壓和連結而成的沉積岩，層理平行，易剝落成片狀。

頁碼 ㄧㄝˋ ㄇㄚˇ 書冊每一紙面上標明順序的數字。

二畫

頂 ㄉㄧㄥˇ dǐng 名①頭的最上部。例滅頂。②物體最上端部分。例山頂。③計算帽子、轎子等的量詞。例一頂帽子。動①頭上戴著。例頂冠。②支撐。例頂住。③衝突，碰撞。例頂撞。④承受，代替。例頂罪。⑤迎著。例頂風。⑥出價讓售。例頂店面。副非常。例頂尖。

頂替 ㄉㄧㄥˇ ㄊㄧˋ 冒充代替。

頂撞 ㄉㄧㄥˇ ㄓㄨㄤˋ 用言語互相衝突。同頂嘴。

頂瓜瓜 ㄉㄧㄥˇ ㄍㄨㄚ ㄍㄨㄚ 形容程度最好。

頂天立地 ㄉㄧㄥˇ ㄊㄧㄢ ㄌㄧˋ ㄉㄧˋ 形容人光明磊落，氣質宏偉。

頂禮膜拜 ㄉㄧㄥˇ ㄌㄧˇ ㄇㄛˊ ㄅㄞˋ 雙手合掌高舉過頭頂，並用頭部禮拜他人腳部的儀式。表示最尊敬。

頃 ㊀ㄑㄧㄥˇ qǐng 名計算土地面積的單位，一百畝為一頃。副①最近。例頃聞佳音。②短時間。例少頃。㊁ㄑㄧㄥ qīng 形通「傾」。偏側，歪斜的。

頃刻 ㄑㄧㄥˇ ㄎㄜˋ 比喻很短的時間。

三畫

頇 ㄏㄢ hān 形顢頇，糊塗，不明事理的。

項 ㄒㄧㄤˋ xiàng 名①頸的後部。例望其項背。②脖子。例頸項。③分類的條目。例注意事項。④經費。例款項。⑤計算事物件數的量詞。例十項全能。⑥數學上不以加減號相連的公式。例多項式。⑦姓。形粗大的。例詩經：「四牡項領。」

項目 ㄒㄧㄤˋ ㄇㄨˋ 事物分類的條目。

項圈 ㄒㄧㄤˋ ㄑㄩㄢ 戴在脖子的環形裝飾品。

項鍊 ㄒㄧㄤˋ ㄌㄧㄢˋ 戴在脖子的鍊狀裝飾品。

項背相望 ㄒㄧㄤˋ ㄅㄟˋ ㄒㄧㄤ ㄨㄤˋ 前後相看。比喻人數眾多。

項莊舞劍 ㄒㄧㄤˋ ㄓㄨㄤ ㄨˇ ㄐㄧㄢˋ 鴻門宴時范增命令項莊舞劍取悅，事實是欲行刺劉邦。比喻行動中另有意圖。

順 ㄕㄨㄣˋ shùn 形①溫柔的。例溫順。②適宜的。例風調雨順。③通暢沒有阻礙的。例順利。動①遵照。例順守正道。②依從。例順從。③歸降，歸服。例歸順。④就便。例順便。⑤向同一方向。例順流而下。⑥整理。例順稿。⑦適合，相合於。例順心。副按次序地。例順延。

順口 ㄕㄨㄣˋ ㄎㄡˇ ①念起來順暢不彆扭。②不經意地說出。

順心 ㄕㄨㄣˋ ㄒㄧㄣ 合於自己的心意。或作「順懷」。

順手 ㄕㄨㄣˋ ㄕㄡˇ ①使用起來順暢不彆扭。②隨手。例順手關門。③辦事順利。

順民 ㄕㄨㄣˋ ㄇㄧㄣˊ ①依從天命而沒有貪念的人。②依從人民的心意。③受異族統治或暴政壓制的人民。

順序 ㄕㄨㄣˋ ㄒㄩˋ 排列的次序。

順風 ㄕㄨㄣˋ ㄈㄥ ①依順著風向。②形容運動方向和風向相合。③比喻做事順利沒有阻礙。④比喻旅途平安。

順眼 ㄕㄨㄣˋ ㄧㄢˇ ①外觀美好不礙眼。②合乎自己的心意。例這幅畫愈看愈順眼。

順從 ㄕㄨㄣˋ ㄘㄨㄥˊ 服從不違背。

順應 ㄕㄨㄣˋ ㄧㄥˋ 為適應環境或時勢而做改變。

順風耳 ㄕㄨㄣˋ ㄈㄥ ㄦˇ 比喻聽力靈敏或消息靈通。

順水人情 ㄕㄨㄣˋ ㄕㄨㄟˇ ㄖㄣˊ ㄑㄧㄥˊ 形容不花氣力的人情。

順手牽羊 ㄕㄨㄣˋ ㄕㄡˇ ㄑㄧㄢ ㄧㄤˊ 比喻乘機偷取他人財物的行為。

順其自然 ㄕㄨㄣˋ ㄑㄧˊ ㄗˋ ㄖㄢˊ 依事物本性發展而不加以干擾。

順理成章 ㄕㄨㄣˋ ㄌㄧˇ ㄔㄥˊ ㄓㄤ 比喻事情合理自然地達成。

須

ㄒㄩ xū 名①通「鬚」。臉頰下的毛髮。②短時間。例須臾。③姓。動等待。例磨礪以須。副應該。例凡事須謹慎。連卻。例朱敦儒・水調歌頭：「須道今夕別般明。」

須知 ㄒㄩ ㄓ ①必定要知道，應該知道。②必須要知道的事項。

須臾 ㄒㄩ ㄩˊ 很短的時間。

四畫

頏

ㄏㄤˊ háng 名人的頸部。動鳥往下飛。

頊

ㄒㄩˋ xù 形茫然的。例莊子：「頊頊然不自得。」

頑

ㄨㄢˊ wán 形①愚笨無知的。例頑石。②深固不易清除的。例頑垢。③固執不易改變的。例頑固。④調皮的。例頑童。動通「玩」。戲玩。

頑石 ㄨㄢˊ ㄕˊ 質地粗劣的石塊。比喻愚笨、不易領悟的人。

頑皮 ㄨㄢˊ ㄆㄧˊ ①形容性情刁蠻。②小孩調皮不聽話。

頑固 ㄨㄢˊ ㄍㄨˋ ①愚笨固執，不知變通。②思想保守，不願接受新事物。

頑疾 ㄨㄢˊ ㄐㄧˊ 久治不癒的病。

頑強 ㄨㄢˊ ㄑㄧㄤˊ 態度強硬不肯屈服。

頑童 ㄨㄢˊ ㄊㄨㄥˊ ①愚笨無知的人。②頑皮的孩童。

頑石點頭 ㄨㄢˊ ㄕˊ ㄉㄧㄢˇ ㄊㄡˊ 形容以透徹的道理信服不易感化的人。

頓

㈠ㄉㄨㄣˋ dùn 名①計算次數的量詞。例一頓飯。②書法中在毫末重按的筆畫。形疲累的。例勞頓。動①短暫停止。例停頓。②用力擊打地面。例頓足。③受到挫敗。例困頓。④安置。例安頓。副突然。例頓悟。㈡ㄉㄨˊ dú 名冒頓，漢代匈奴的單于，英武有權略，與漢和親。

頓足 ㄉㄨㄣˋ ㄗㄨˊ 用腳跺打地面。表示生氣、哀傷、著急等情緒的激動。

頓首 ㄉㄨㄣˋ ㄕㄡˇ ①用頭叩打地面的禮節。同叩首。②書信中平輩簽名底下的敬辭。

頓悟 ㄉㄨㄣˋ ㄨˋ 突然領悟了解。

頓挫 ㄉㄨㄣˋ ㄘㄨㄛˋ ①聲調或文字的停頓轉折。②形容遭受挫折。

頓號 ㄉㄨㄣˋ ㄏㄠˋ 標點符號的一種，符號為「、」。用在語氣暫時停止的地方，可分隔連用的同類詞語，或標示數目的次序。

預

ㄩˋ yù 動參加。例干預。副事先。例預防。

預支 ㄩˋ ㄓ 事先支付或領取。

預兆 ㄩˋ ㄓㄠˋ 事情發生前出現的徵兆。

預言 ㄩˋ ㄧㄢˊ 事先說出即將發生的現象。

預防 ㄩˋ ㄈㄤˊ 在事情發生之前先防範。例預防針。

預告 ㄩˋ ㄍㄠˋ 事先的通知或公告。例新片預告。

預約 ㄩˋ ㄩㄝ 事先約定。

預後 ㄩˋ ㄏㄡˋ 對病人的疾病發展過程和後果的預測。

預備 ㄩˋ ㄅㄟˋ 事前準備。

預感 ㄩˋ ㄍㄢˇ 直覺地知道事情將發生的感覺。

預算 ㄩˋ ㄙㄨㄢˋ ①對未來一定時間內的財務收支計畫。②事前計算。

預謀 ㄩˋ ㄇㄡˊ 預先謀畫。

預賽 ㄩˋ ㄙㄞˋ 在決賽之前所做的比賽。

預產期 ㄩˋ ㄔㄢˇ ㄑㄧˊ 預估胎兒的出生日期。

頒

ㄅㄢ bān 形通「斑」。黑白相間的。例頭髮頒白。動①分發，賜與。例頒獎。②公布。例頒布法令。

頒布 ㄅㄢ ㄅㄨˋ 公布。

頒行 ㄅㄢ ㄒㄧㄥˊ 公布施行。

頒發 ㄅㄢ ㄈㄚ ①對外公開發布。同頒布。②發給物品。

頒獎 ㄅㄢ ㄐㄧㄤˇ 發給獎金、獎品等以表獎勵。

頌

㈠ㄙㄨㄥˋ sòng 名①詩經六義之一。②內容以稱揚功德為主的文章。例少年頌。動①稱揚。例頌揚。②祝禱。常用於書信中。例順頌時安。㈡ㄖㄨㄥˊ róng 名通「容」。相貌，儀容。動寬容。例頌繫。

頌詞 ㄙㄨㄥˋ ㄘˊ 稱揚功德或祝人幸福的文字。

頌歌 ㄙㄨㄥˋ ㄍㄜ ①歌頌功德。②內容為讚揚功德的詩歌。

頌讚 ㄙㄨㄥˋ ㄗㄢˋ 稱揚讚美。同頌揚。

頎

ㄑㄧˊ qí 形身材高的樣子。例頎長。

五畫

頗 ㄆㄛˇ pǒ 形傾斜不正的。例偏頗。副非常地。例頗久。

領 ㄌㄧㄥˇ lǐng 名①脖子。例引領而立。②衣服圍著脖子的部分。例衣領。③計算衣物件數的量詞。例一領衣服。④重要部分，大綱。例綱領。⑤能力。例本領。⑥統率眾人的人。例首領。動①統率。例領導。②接受。例領獎。③了解。例領悟。

領土 ㄌㄧㄥˇ ㄊㄨˇ 國家主權管轄下的區域。同疆域。

領巾 ㄌㄧㄥˇ ㄐㄧㄣ ①圍繞脖子的長巾。②童子軍綁在頸部的三角巾。

領先 ㄌㄧㄥˇ ㄒㄧㄢ 超前或居於優先的地位。例領先五分。

領空 ㄌㄧㄥˇ ㄎㄨㄥ 國家主權管轄區域的上空。

領事 ㄌㄧㄥˇ ㄕˋ ①統籌事務。②國家派遣到外國的外交官員，負責保護在外國的本國人民，並增進外國和本國的外交關係。

領海 ㄌㄧㄥˇ ㄏㄞˇ 距國家海岸線一定距離，受國家主權管轄的海域。

領袖 ㄌㄧㄥˇ ㄒㄧㄡˋ ①衣領和衣袖。②對國家元首的尊稱。③團體中受眾人擁戴、具影響力的領導者。

領悟 ㄌㄧㄥˇ ㄨˋ 了解體會。同領略、領會。

領班 ㄌㄧㄥˇ ㄅㄢ 工作團體中引導統率的人。

領情 ㄌㄧㄥˇ ㄑㄧㄥˊ 接受他人的好意。

領教 ㄌㄧㄥˇ ㄐㄧㄠˋ ①接受他人的教導。多用在請人表示意見的謙詞。②比喻與他人親近來往。

領銜 ㄌㄧㄥˇ ㄒㄧㄢˊ ①共同簽署文件中居首位的簽名。②戲劇的主角。例領銜主演。

領養 ㄌㄧㄥˇ ㄧㄤˇ 收養他人的孩子。

領導 ㄌㄧㄥˇ ㄉㄠˇ ①統率引導。②統率指揮的人。

六畫

頞 ㄜˋ è 名鼻梁。例蹙頞。

頦 ㊀ㄏㄞˊ hái 名下巴。例下頦。
㊁ㄎㄜ kē 名下巴。例下巴頦兒。

頡 ㊀ㄐㄧㄝˊ jié 名人名用字。倉頡，相傳為古代造字的人。動扣取。例新唐書：「盜頡資糧。」
㊁ㄒㄧㄝˊ xié 動向上飛。例頡頏。

頡頏 ㄒㄧㄝˊ ㄏㄤˊ ①鳥上下飛翔的樣子。②兩者互相抗衡，不分高下。③剛直傲慢。

頫 ㄈㄨˇ fǔ 動同「俯」。低頭。例頫視。

頜 ㄍㄜˊ gé 名構成口腔上下部的骨骼和肌肉組織。

七畫

頭 ㄊㄡˊ tóu 名①動物脖子以上的部分。例牛頭。②毛髮。例蓬頭垢面。③物體的頂端或前端。例箭頭。④領導的人。例頭目。⑤開始。例年頭。⑥方位。例外頭。⑦計算牲畜的量詞。例一頭牛。形①首次的。例頭期款。②在先的。例離家的頭兩年。③第一的，最上等的。例頭等。助在名詞或動詞的詞尾，無義。例舌頭。

頭寸 ㄊㄡˊ ㄘㄨㄣˋ ①用來周轉的現金。例調頭寸。②形容適宜得當。

頭路 ㄊㄡˊ ㄌㄨˋ ①事情的條理。②門路。③工作或職業。例找頭路。

頭腦 ㄊㄡˊ ㄋㄠˇ ①頭顱。②腦筋，思想。③頭緒，條理。④領導人，主領。

頭銜 ㄊㄡˊ ㄒㄧㄢˊ 職務、官位的名稱。

頭緒 ㄊㄡˊ ㄒㄩˋ ①事物的條理。②意念，情緒。

頭籌 ㄊㄡˊ ㄔㄡˊ 比賽中的第一名。例拔得頭籌。

頭顱 ㄊㄡˊ ㄌㄨˊ 人的頭部。

頭角崢嶸 ㄊㄡˊ ㄐㄧㄠˇ ㄓㄥ ㄖㄨㄥˊ 形容才能出眾的年輕人。

頭昏眼花 ㄊㄡˊ ㄏㄨㄣ ㄧㄢˇ ㄏㄨㄚ 頭腦昏沉，視線模糊。比喻非常疲憊。

頭昏腦脹 ㄊㄡˊ ㄏㄨㄣ ㄋㄠˇ ㄓㄤˋ 比喻心思困惑或非常疲累。

頭頭是道 ㄊㄡˊ ㄊㄡˊ ㄕˋ ㄉㄠˋ 不同方法最後都歸向同一目標。形容說話或做事有條理。

頤

ㄧˊ yí 名①下巴。②六十四卦之一。動調養身體。例頤養。

頤養 ㄧˊ ㄧㄤˇ 調理保養。

頤指氣使 ㄧˊ ㄓˇ ㄑㄧˋ ㄕˇ 形容驕傲無禮地命令他人。

頸

(一)ㄐㄧㄥˇ jǐng 名①頭部和軀體相連的細長部分。例頸子。②器物瓶口下細長連接部分。例瓶頸。(二)ㄍㄥˇ gěng 名脖頸子，即脖子。

頸項 ㄐㄧㄥˇ ㄒㄧㄤˋ 脖子的前面和後面。

頸聯 ㄐㄧㄥˇ ㄌㄧㄢˊ 律詩中的第五、第六兩句。

頰

ㄐㄧㄚˊ jiá 名臉的兩旁部分。例臉頰。

頻

ㄆㄧㄣˊ pín 形非常急迫的。副屢次地，連續地。例意外頻傳。

頻仍 ㄆㄧㄣˊ ㄖㄥˊ 連續不斷地發生。

頻率 ㄆㄧㄣˊ ㄌㄩˋ ①物理學上指單位時間內聲波或電磁波完成振動的次數或周數，單位為赫茲。②某些事件在一定時間內發生的次數。

頻道 ㄆㄧㄣˊ ㄉㄠˋ 無線電和廣播通信中占用一定頻率範圍以輸送電信的通道。

頻傳 ㄆㄧㄣˊ ㄔㄨㄢˊ 接連不斷的傳來。例捷報頻傳。

頻繁 ㄆㄧㄣˊ ㄈㄢˊ 形容次數眾多。

頹

ㄊㄨㄟˊ tuí 形委靡不振的樣子。例頹廢。動①倒塌。例頹壁。②敗壞，衰敗。例傾頹。

頹圮 ㄊㄨㄟˊ ㄆㄧˇ 倒塌毀壞。

頹垣 ㄊㄨㄟˊ ㄩㄢˊ 倒塌的城牆。

頹風 ㄊㄨㄟˊ ㄈㄥ 逐漸敗壞的風氣。

頹唐 ㄊㄨㄟˊ ㄊㄤˊ 委靡不振。同頹靡。

頹喪 ㄊㄨㄟˊ ㄙㄤˋ 消極、情緒低落的樣子。

頹然 ㄊㄨㄟˊ ㄖㄢˊ ①倒塌的樣子。②年老衰敗的樣子。③柔順溫和的樣子。

頹廢 ㄊㄨㄟˊ ㄈㄟˋ ①建築物傾倒毀壞。同頹壞。②形容精神委靡不振，意志消沉。

頹垣斷壁 ㄊㄨㄟˊ ㄩㄢˊ ㄉㄨㄢˋ ㄅㄧˋ 倒塌後不完整的牆壁。形容景象荒涼。

頷 ㄏㄢˋ hàn 名下巴。例白鬚滿頷。動點頭。表示招呼、應允或讚許的意思。例頷首。

頷首 ㄏㄢˋ ㄕㄡˇ 點頭以表示答應。

頷聯 ㄏㄢˋ ㄌㄧㄢˊ 律詩中的第三、第四兩句。對仗工整，有如頷上下合一。

八畫

顆 ㄎㄜ kē 名①計算粒狀物的量詞。例一顆稻米。②土塊。

九畫

額 ㄜˊ é 名①眉毛以上、頭髮以下的部位。例額頭。②限定的數目。例金額、名額。③牌匾。例匾額。④器物上面靠近頂端的部分。例碑額。

額手 ㄜˊ ㄕㄡˇ 將手放在額上，表示慶幸。

額外 ㄜˊ ㄨㄞˋ 在規定數目以外。

額角 ㄜˊ ㄐㄧㄠˇ 頭顱兩旁較為高起的部位。

額滿 ㄜˊ ㄇㄢˇ 形容已達到規定的數目。

顏 ㄧㄢˊ yán 名①色彩。例五顏六色。②臉部表情。例和顏悅色。③名譽，面子。例無顏見人。④姓。

顏色 ㄧㄢˊ ㄙㄜˋ ①容貌，臉色。②色彩。③厲害的教訓手段。例給他點顏色瞧瞧。

顏面 ㄧㄢˊ ㄇㄧㄢˋ ①容貌長相。②比喻名譽，面子。例讓家族的顏面掃地。

顏料 ㄧㄢˊ ㄌㄧㄠˋ 塗繪色彩用的材料。

題 ㄊㄧˊ tí 名①額頭。②對詩文、演講或一件事情所標立的一項名目。例標題。③考試的題目。例考題。動①書寫。例題字。②評論。例品題。③通「提」。談到。例休題此事。

題目 ㄊㄧˊ ㄇㄨˋ ①考試的問題項目。②文章的主要意旨。③文章的標題。

題字 ㄊㄧˊ ㄗˋ 書寫文字以做紀念。

題名 ㄊㄧˊ ㄇㄧㄥˊ 寫上姓名以做標記。比喻考試錄取。例金榜題名。

題材 ㄊㄧˊ ㄘㄞˊ 構成作品內容所用的材料。

題款 ㄊㄧˊ ㄎㄨㄢˇ 在書畫上寫上姓名或字詞。

題詩 ㄊㄧˊ ㄕ 把詩文寫在書畫、器物或城牆表面。

題辭 ㄊㄧˊ ㄘˊ ①寫在作品上表示內容簡介、評論或讚揚的文字。②表示紀念或勉勵的文字。

題外話 ㄊㄧˊ ㄨㄞˋ ㄏㄨㄚˋ 和主旨沒有關係的話。

顒 ㄩㄥˊ yóng 形①很大的。②波濤洶湧的。動抬起頭。例顒望。副嚴肅端正地。例顒坐。

顒望 ㄩㄥˊ ㄨㄤˋ 期待盼望。

顎 ㄜˋ è 名顎骨，嘴巴上下兩側的骨頭。

顓 ㄓㄨㄢ zhuān 名姓。如黃帝的子孫顓頊。形①謹慎的。②善良的。例顓民。③愚昧無知的。例顓蒙。動通「專」。獨攬。例顓兵。

十畫

類 ㄌㄟˋ lèi 名種別。例分門別類。動①相似。例類似。②比擬。例類比。

類比 ㄌㄟˋ ㄅㄧˇ ①兩種事物在某特徵中相似，則推論另一特徵也可能相似。②指可連續變化的數量表示法。

類化 ㄌㄟˋ ㄏㄨㄚˋ ①運用舊經驗引發新動機，或用相似的舊經驗解釋新經驗。②將數個共同觀念歸納成一個概括的說法。

類似 ㄌㄟˋ ㄙˋ 大致上相似。

類型 ㄌㄟˋ ㄒㄧㄥˊ 由具有共同特徵的事物所形成的種類。

類推 ㄌㄟˋ ㄊㄨㄟ 用相似的事物推論或比較。

類固醇 ㄌㄟˋ ㄍㄨˋ ㄔㄨㄣˊ 醇類化合物，分布在動植物中。如性荷爾蒙、膽酸等。

顛 ㄉㄧㄢ diān 名①頭頂。②通「巔」。物體的最高部分，頂端。例山顛。③根本。例顛末。動①跌落，墜落。例顛躓。②推倒。例顛覆。③上下倒轉。例顛倒。④受到挫敗。例顛沛流離。⑤通「癲」。發瘋。例顛狂。

顛沛 ㄉㄧㄢ ㄆㄟˋ ①跌倒。②遭受困苦挫折。

顛倒 ㄉㄧㄢ ㄉㄠˇ ①上下前後的位置相反。②心神錯亂。③形容違反一般常理。

顛覆 ㄉㄧㄢ ㄈㄨˋ ①傾倒翻覆。比喻敗亡。②上下倒置。③推翻原本的形式。

顛簸 ㄉㄧㄢ ㄅㄛˇ 形容震動搖晃。

顛三倒四 ㄉㄧㄢ ㄙㄢ ㄉㄠˇ ㄙˋ 形容雜亂沒有條理。

顛倒是非 ㄉㄧㄢ ㄉㄠˇ ㄕˋ ㄈㄟ 將對的說成不對，不對的說成對。比喻擅長賣弄口才，混淆是非。

顛倒乾坤 ㄉㄧㄢ ㄉㄠˇ ㄑㄧㄢˊ ㄎㄨㄣ 比喻本領高強，能旋轉天地。

顛撲不破 ㄉㄧㄢ ㄆㄨ ㄅㄨˋ ㄆㄛˋ 比喻理論精確，無法推翻。

願 ㄩㄢˋ yuàn 名心中的期望。例心願。動①內心樂意。例心甘情願。②期望。例但願。

願望 ㄩㄢˋ ㄨㄤˋ 期望可以達到某目標的想法。

願聞其詳 ㄩㄢˋ ㄨㄣˊ ㄑㄧˊ ㄒㄧㄤˊ 期望可以聽到詳細的情形。

顙 ㄙㄤˇ sǎng 名額頭。動叩頭。

顗 ㄧˇ yǐ 形①莊重的。②寧靜的。

十一畫

顢 ㄇㄢˊ mán 形顢頇，糊塗不明理的。

十二畫

顥 ㄏㄠˋ hào 形①白而發亮的。②廣大的。

顧 ㄍㄨˋ gù 名姓。動①回頭看。例回顧。②看。例環顧。③關懷。例照顧。④拜訪。例三顧茅廬。⑤思念。例顧念。副反而。連只是。

顧忌 ㄍㄨˋ ㄐㄧˋ 說話或行為有所考慮忌諱。

顧念 ㄍㄨˋ ㄋㄧㄢˋ 深切地想念。

顧問 ㄍㄨˋ ㄨㄣˋ ①關心詢問。②團體中專供諮詢而無固定職務的人。③考慮到。

顧慮 ㄍㄨˋ ㄌㄩˋ 有所顧忌憂慮。

顧此失彼 ㄍㄨˋ ㄘˇ ㄕ ㄅㄧˇ 比喻能力有限，無法多方兼顧。

顧名思義 ㄍㄨˋ ㄇㄧㄥˊ ㄙ ㄧˋ 看到名稱就可聯想到意涵。

顧盼自雄 ㄍㄨˋ ㄆㄢˋ ㄗˋ ㄒㄩㄥˊ 形容得意忘形，看不起他人。

顧影自憐 ㄍㄨˋ ㄧㄥˇ ㄗˋ ㄌㄧㄢˊ ①自我憐惜，表示孤單失意。②形容自我欣賞的樣子。

十三畫

顫 ㄓㄢˋ zhàn 動 ①發抖。例顫悸。②搖動。例顫動。

顫動 ㄓㄢˋ ㄉㄨㄥˋ 物體急速地振動。

顫聲 ㄓㄢˋ ㄕㄥ ①聲波用不同頻率來連續振動。②連續振動舌尖所形成的聲音。

顫巍巍 ㄓㄢˋ ㄨㄟ ㄨㄟ 顫動搖晃的樣子。

十四畫

顯 ㄒㄧㄢˇ xiǎn 形 ①有權勢的。例顯貴。②清楚的。例明顯。③尊稱已故的直系親屬。例顯考。動 ①表現在外。例顯現。②光耀。例顯揚。

顯示 ㄒㄧㄢˇ ㄕˋ 清楚明白地表示。同顯現、顯露。

顯明 ㄒㄧㄢˇ ㄇㄧㄥˊ 清楚明白，很容易被看出來的。同顯著、明顯。

顯揚 ㄒㄧㄢˇ ㄧㄤˊ 稱揚，表揚。

顯達 ㄒㄧㄢˇ ㄉㄚˊ 形容地位崇高、有聲望的人。

顯赫 ㄒㄧㄢˇ ㄏㄜˋ 形容名聲響亮，權勢盛大。

顯耀 ㄒㄧㄢˇ ㄧㄠˋ 向他人炫耀才能或成就。

顯微鏡 ㄒㄧㄢˇ ㄨㄟ ㄐㄧㄥˋ 一種光學儀器，以透鏡組合，可放大影像觀察細微物體。

顯而易見 ㄒㄧㄢˇ ㄦˊ ㄧˋ ㄐㄧㄢˋ 明白清楚，容易看到。

顯露頭角 ㄒㄧㄢˇ ㄌㄨˋ ㄊㄡˊ ㄐㄧㄠˇ 比喻展露特長或突顯才能。

顬 ㄖㄨˊ rú 見「顳顬」。

十五畫

顰 ㄆㄧㄣˊ pín 動 皺縮眉頭。例顰眉。

顰眉蹙額 ㄆㄧㄣˊ ㄇㄟˊ ㄘㄨˋ ㄜˊ 縮起眉頭，額頭皺起。形容憂愁的樣子。

十六畫

顱 ㄌㄨˊ lú 名 ①頭部。例頭顱。②額頭。③頭蓋骨。例顱骨。

十八畫

顳 ㄋㄧㄝˋ niè 見「顳顬」。

顳顬 ㄋㄧㄝˋ ㄖㄨˊ 在頂骨下方位於兩耳上前方的部位，形狀扁平。

顴 ㄑㄩㄢˊ quán 名 指眼睛下方，腮上突起的部分。例顴骨。

風部 ㄈㄥ

風 ㈠ㄈㄥ fēng 名 ①流動的空氣。例微風。②事端。例風波。③習氣，習慣。例風俗。④消息。例口風、空穴來風。⑤寵愛。例爭風吃醋。⑥氣勢。例望風披靡。⑦詩經六義之一。例風、雅、頌、賦、比、興。⑧態度，作為。例作風。⑨景象。例風光。形沒有根據的。例風言風語。動風吹使乾燥或清潔。例風乾。

㈡ㄈㄥˋ fèng 動①通「諷」。勸告。②吹拂。例春風風人。

風水 ㄈㄥ ㄕㄨㄟˇ 依建築物的地理形勢來推斷吉凶禍福的學問。

風化 ㄈㄥ ㄏㄨㄚˋ ①教育感化。②岩石長期在陽光、水和生物的作用下發生破壞分解的現象。

風光 ㄈㄥ ㄍㄨㄤ ①景色。例異國風光。②光榮體面。例這場婚禮辦得很風光。

風味 ㄈㄥ ㄨㄟˋ ①人的氣度和風采。②事物具有情趣，耐人尋味。例這裡的布置別具風味。③滋味特別。例這種調味料的風味爽口。

風波 ㄈㄥ ㄅㄛ 比喻人事的變故或糾紛。

風俗 ㄈㄥ ㄙㄨˊ 社會上長期相傳的風尚習俗。

風度 ㄈㄥ ㄉㄨˋ 人的儀態氣質。

風格 ㄈㄥ ㄍㄜˊ 風度格調。例這家餐廳裝潢頗有風格。

風氣 ㄈㄥ ㄑㄧˋ 社會上流行的習慣或愛好。

風流 ㄈㄥ ㄌㄧㄡˊ ①遺風餘韻。②人的儀表態度。例風流倜儻。③韻味意境。④男女間情愛的事情。例他雖已結婚，仍喜歡到處風流。

風發 ㄈㄥ ㄈㄚ ①精神奮發豪邁的樣子。例意氣風發。②形容行動迅速猛烈。

風景 ㄈㄥ ㄐㄧㄥˇ ①自然界的景色。②風采。

風雲 ㄈㄥ ㄩㄣˊ ①比喻同類相感而機緣湊合之意。例風雲際會。②比喻際遇能影響時局。③比喻變幻多端。例天有不測風雲。④比喻居高位。

風塵 ㄈㄥ ㄔㄣˊ ①旅途的艱苦勞累。例風塵僕僕。②女子從事色情行業。

風聞 ㄈㄥ ㄨㄣˊ 經由傳聞得知。例風聞一時。

風貌 ㄈㄥ ㄇㄠˋ ①人的容貌神采。②事物的風格。

風範 ㄈㄥ ㄈㄢˋ ①人的神態風度。②楷模典範。

風趣 ㄈㄥ ㄑㄩˋ ①風格，意趣。用以指人或作品。②形容人幽默詼諧。

風暴 ㄈㄥ ㄅㄠˋ ①劇烈的狂風暴雨。多為颶風來臨時的天氣現象。②比喻大規模激烈暴動。

風潮 ㄈㄥ ㄔㄠˊ ①狂風怒潮。②比喻一時轟動喧騰的事。

風險 ㄈㄥ ㄒㄧㄢˇ 不易預測的危險。

風頭 ㄈㄥ ㄊㄡˊ ①比喻事情形勢。例看風頭再採取行動。②比喻人表現出色或很活躍。亦作「鋒頭」。例他老愛出風頭。

風霜 ㄈㄥ ㄕㄨㄤ ①風和霜。②比喻旅途或生活的辛苦。③形容嚴肅的樣子。④比喻閱歷豐富。

風聲 ㄈㄥ ㄕㄥ ①風的聲音。②經傳聞得知的消息。

風靡 ㄈㄥ ㄇㄧˇ ①大家都服從。②比喻流行快速廣泛。例電子雞曾在青少年間風靡一時。同風行。

風土人情 ㄈㄥ ㄊㄨˇ ㄖㄣˊ ㄑㄧㄥˊ 地方的自然環境和風俗習慣。

風平浪靜 ㄈㄥ ㄆㄧㄥˊ ㄌㄤˋ ㄐㄧㄥˋ 形容人生境遇和事物環境的平靜無事。

風行草偃 ㄈㄥ ㄒㄧㄥˊ ㄘㄠˇ ㄧㄢˇ 比喻以道德感化人民。

風光明媚 ㄈㄥ ㄍㄨㄤ ㄇㄧㄥˊ ㄇㄟˋ 形容景色明亮動人。

風吹草動 ㄈㄥ ㄔㄨㄟ ㄘㄠˇ ㄉㄨㄥˋ 比喻輕微變化所帶來的影響。

風雨同舟 ㄈㄥ ㄩˇ ㄊㄨㄥˊ ㄓㄡ 比喻共度困難時期。

風雨如晦 ㄈㄥ ㄩˇ ㄖㄨˊ ㄏㄨㄟˋ 風雨不停，天色昏暗。比喻雖處險惡環境，也不改變其操守。

風雨飄搖 ㄈㄥ ㄩˇ ㄆㄧㄠ ㄧㄠˊ 比喻局勢動盪不安。

風度翩翩 ㄈㄥ ㄉㄨˋ ㄆㄧㄢ ㄆㄧㄢ 形容人的氣質優雅美好。

風風雨雨 ㄈㄥ ㄈㄥ ㄩˇ ㄩˇ 比喻外界議論紛紛。

風姿綽約 ㄈㄥ ㄗ ㄔㄨㄛˋ ㄩㄝ 形容女子姿態美好動人。

風流倜儻 ㄈㄥ ㄌㄧㄡˊ ㄊㄧˋ ㄊㄤˇ 形容人的氣質灑脫豪邁。

風起雲湧 ㄈㄥ ㄑㄧˇ ㄩㄣˊ ㄩㄥˇ 比喻事物迅速地接連出現，聲勢浩大。

風捲殘雲 ㄈㄥ ㄐㄩㄢˇ ㄘㄢˊ ㄩㄣˊ 比喻一下子就完全消滅。

風情萬種 ㄈㄥ ㄑㄧㄥˊ ㄨㄢˋ ㄓㄨㄥˇ 形容女子嬌媚動人。

風雲人物 ㄈㄥ ㄩㄣˊ ㄖㄣˊ ㄨˋ 才氣卓越或行事有影響力的人。

風雲際會 ㄈㄥ ㄩㄣˊ ㄐㄧˋ ㄏㄨㄟˋ ①形容各類英雄聚在一起。②比喻適時得到機會。

風華絕代 ㄈㄥ ㄏㄨㄚˊ ㄐㄩㄝˊ ㄉㄞˋ 形容風韻或才能超出眾人。

風餐露宿 ㄈㄥ ㄘㄢ ㄌㄨˋ ㄙㄨˋ 形容旅行或野外生活的勞累。亦作「露宿風餐」。

風聲鶴唳 ㄈㄥ ㄕㄥ ㄏㄜˋ ㄌㄧˋ 比喻恐懼猜疑。

風燭殘年 ㄈㄥ ㄓㄨˊ ㄘㄢˊ ㄋㄧㄢˊ 比喻衰老將死的晚年。

風韻猶存 ㄈㄥ ㄩㄣˋ ㄧㄡˊ ㄘㄨㄣˊ 形容中年女子風度高雅。

五畫

颯 ㄙㄚˋ sà 形 形容風吹聲。例 颯颯東風。動 衰敗。

颱 ㄊㄞˊ tái 見「颱風」。

颱風 ㄊㄞˊ ㄈㄥ 夏季發生在西太平洋區熱帶海洋上的低壓氣旋，多帶來強烈風雨。

颱風眼 ㄊㄞˊ ㄈㄥ ㄧㄢˇ 颱風的中心區域，此範圍近乎圓形，風力微弱，天氣良好。

六畫

颳 ㄍㄨㄚ guā 動 吹起。例 颳風。

八畫

颶 ㄐㄩˋ jù 名 夏季熱帶海洋的低壓氣旋。

颶風 ㄐㄩˋ ㄈㄥ 發生在北太平洋東部及大西洋熱帶海洋上的強烈暴風。

九畫

颺 ㄧㄤˊ yáng 動 ①在空中飄揚。例 飛颺。②高飛。例 遠颺。

十畫

颼 ㄙㄡ sōu 動 風吹。例 颼乾。副 ①形容風吹聲。例 風颼颼地吹。②形容迅速通過聲。例 子彈颼颼地飛過。

颼颼 ㄙㄡ ㄙㄡ ①形容風吹、雨打的聲音。②形容草搖動聲。③形容寒冷的樣子。例冷颼颼。

十一畫

飄 ㄆㄧㄠ piāo 動①隨風搖動。例飄動。②吹起來。例毀屋飄瓦。

飄忽 ㄆㄧㄠ ㄏㄨ 輕快的樣子。

飄浮 ㄆㄧㄠ ㄈㄨˊ ①飄蕩浮動。②比喻不穩定的樣子。

飄流 ㄆㄧㄠ ㄌㄧㄡˊ ①飄浮流動。②沒有住所而四處流浪。同飄泊。

飄動 ㄆㄧㄠ ㄉㄨㄥˋ 隨風輕微地搖動。同飄蕩、飄搖。

飄揚 ㄆㄧㄠ ㄧㄤˊ 隨風吹起搖動。

飄逸 ㄆㄧㄠ ㄧˋ ①輕快的樣子。②神情灑脫的樣子。

飄零 ㄆㄧㄠ ㄌㄧㄥˊ ①樹葉零散脫落的樣子。②比喻不幸的人生境遇。

飄飄欲仙 ㄆㄧㄠ ㄆㄧㄠ ㄩˋ ㄒㄧㄢ 輕快舒服地像神仙般飛升。

飂 ㄌㄧㄠˊ liáo 名飂戾，風的聲音。

十二畫

飆 ㄅㄧㄠ biāo 名速度快的風。例狂飆。

飆車 ㄅㄧㄠ ㄔㄜ 汽機車以高速行駛。

飆車族 ㄅㄧㄠ ㄔㄜ ㄗㄨˊ 喜歡飆車的一群青少年。

飛部 ㄈㄟ

飛 ㄈㄟ fēi 形①高的。例飛樓。②不可採信的，沒有根據的。例飛短流長。③隨風飄揚的。例飛花。④快速的。例飛瀑流水。⑤沒有意料到的。例飛禍。動①鳥類、昆蟲或航空器在空中浮動。例飛行。②在空中飄盪。例飛舞。③發散。例到處飛散著香水的味道。副迅速地。例飛馳、飛奔。

飛吻 ㄈㄟ ㄨㄣˇ 用手觸嘴唇後向對方一揮，以代替親吻。

飛奔 ㄈㄟ ㄅㄣ 比喻跑得非常快，像飛一樣。

飛逝 ㄈㄟ ㄕˋ 比喻時光快速流逝、消失的樣子。

飛翔 ㄈㄟ ㄒㄧㄤˊ 在空中盤旋飛行。

飛馳 ㄈㄟ ㄔˊ 形容交通工具或動物快速奔跑的樣子。

飛禍 ㄈㄟ ㄏㄨㄛˋ 突然發生的災禍。

飛碟 ㄈㄟ ㄉㄧㄝˊ 不明飛行體的通稱。傳說是來自外太空的航空器，呈圓碟形，速度很快，由於找不到真實物體，所以仍無法證實它的存在與否。

飛舞 ㄈㄟ ㄨˇ ①比喻生動活潑。例筆勢飛舞。②比喻迎風飄揚舞動的樣子。例國旗在空中飛舞。

飛濺 ㄈㄟ ㄐㄧㄢˋ 指液體向四處射出的樣子。

飛躍 ㄈㄟ ㄩㄝˋ ①跳躍飛揚，跑得很快的樣子。②比喻突飛猛進。

飛毛腿 ㄈㄟ ㄇㄠˊ ㄊㄨㄟˇ 指跑得很快的人。

飛蚊症 ㄈㄟ ㄨㄣˊ ㄓㄥˋ 一種眼睛的疾病，因玻璃體病變混濁而引起。患者會覺得視線中有小黑點在飄浮移動，如蚊子在飛舞一樣。

飛沙走石 ㄈㄟ ㄕㄚ ㄗㄡˇ ㄕˊ 形容風速極大，吹起沙土，滾動石塊。

飛來橫禍 ㄈㄟ ㄌㄞˊ ㄏㄥˋ ㄏㄨㄛˋ 指意外的災禍在不預期中降臨。

飛揚跋扈 ㄈㄟ ㄧㄤˊ ㄅㄚˊ ㄏㄨˋ 形容人不可一世，放肆蠻橫不講理的樣子。

飛禽走獸 ㄈㄟ ㄑㄧㄣˊ ㄗㄡˇ ㄕㄡˋ 在空中飛的鳥類和在地上行走的獸類。泛指一切的動物。

飛黃騰達 ㄈㄟ ㄏㄨㄤˊ ㄊㄥˊ ㄉㄚˊ 比喻人在官場上非常順遂得意。泛指人事業成功。

飛短流長 ㄈㄟ ㄉㄨㄢˇ ㄌㄧㄡˊ ㄔㄤˊ 搬弄口舌，散布謠言。亦作「蜚短流長」。

食部 ㄕˊ

食

㊀ㄕˊ shí **名**①一切可以吃的東西。**例**糧食、美食。②生計，俸祿。**例**論語：「君子謀道不謀食。」**動**①吃。**例**食不知味。②通「蝕」。虧損。**例**日食。

㊁ㄙˋ sì **名**飯。**例**論語：「一簞食，一瓢飲。」**動**拿食物給人或牲畜吃。

㊂ㄧˋ yì **名**人名用字。如漢代有酈食其。

食言 ㄕˊ ㄧㄢˊ 不守信用，說話不算話。

食品 ㄕˊ ㄆㄧㄣˇ 商店所販賣經加工的食物。

食客 ㄕˊ ㄎㄜˋ ①古時寄食富貴之家的賓客。②飲食店的顧客。

食指 ㄕˊ ㄓˇ ①大拇指旁的手指頭。②比喻家中人口。

食宿 ㄕˊ ㄙㄨˋ 飲食和住宿。

食量 ㄕˊ ㄌㄧㄤˋ 一個人一餐飯所能吃的量。

食道 ㄕˊ ㄉㄠˋ 人體消化管的一段，介於咽喉與胃之間。亦稱為食管。

食餌 ㄕˊ ㄦˇ 用來引誘魚蝦上鉤的食物。

食慾 ㄕˊ ㄩˋ 想要進食的慾望。

食療 ㄕˊ ㄌㄧㄠˊ 中醫指可用食物對疾病進行治療或調理。

食糧 ㄕˊ ㄌㄧㄤˊ 可供人食用的糧食。

食譜 ㄕˊ ㄆㄨˇ ①有關菜餚調配和烹煮的書籍。②制訂每餐食物合理調配，以達到營養均衡的飲食計畫。

食不甘味 ㄕˊ ㄅㄨˋ ㄍㄢ ㄨㄟˋ 形容心事重重，不知所吃食物的滋味。**同**食旨不甘。

食古不化 ㄕˊ ㄍㄨˇ ㄅㄨˋ ㄏㄨㄚˋ 比喻一味守舊而不知靈活變通。

食言而肥 ㄕˊ ㄧㄢˊ ㄦˊ ㄈㄟˊ 諷刺言而無信的人。

食物中毒 ㄕˊ ㄨˋ ㄓㄨㄥˋ ㄉㄨˊ 因食物而引起的中毒現象。

食指大動 ㄕˊ ㄓˇ ㄉㄚˋ ㄉㄨㄥˋ 指將有美食可享用，或面對美食而食慾大開。

食指浩繁 ㄕˊ ㄓˇ ㄏㄠˋ ㄈㄢˊ 比喻家庭人口眾多，所需費用龐大。

食髓知味 ㄕˊ ㄙㄨㄟˇ ㄓ ㄨㄟˋ 比喻貪得無厭，不知適可而止。

二畫

飢 ㄐㄧ jī 名 通「饑」。農作物無法成熟或歉收的荒災。形 餓。例 飢餓。

飢民 ㄐㄧ ㄇㄧㄣˊ 因荒年而沒有糧食可吃的百姓。

飢色 ㄐㄧ ㄙㄜˋ 因飢餓而營養不良的臉色。

飢渴 ㄐㄧ ㄎㄜˇ 飢餓口渴。引申為很想吃喝，殷切期望的意思。

飢餓 ㄐㄧ ㄜˋ 肚裡空虛，想進食的感覺。

飢不擇食 ㄐㄧ ㄅㄨˋ ㄗㄜˊ ㄕˊ 極為飢餓，無暇選擇食物。比喻需要急迫而不顧一切。

飢寒交迫 ㄐㄧ ㄏㄢˊ ㄐㄧㄠ ㄆㄛˋ 既挨餓又受凍。形容極為貧困。

飢腸轆轆 ㄐㄧ ㄔㄤˊ ㄌㄨˋ ㄌㄨˋ 飢餓的肚腸轆轆作響。形容非常餓。

三畫

飧 ㄙㄨㄣ sūn 名 ①晚餐。②熟食，菜飯。例 李紳．憫農詩：「誰知盤中飧，粒粒皆辛苦。」

四畫

飪 ㄖㄣˋ rèn 動 煮熟，烹煮食物。例 烹飪。

飯 ㄈㄢˋ fàn 名 ①穀類煮熟後的餐食。例 白米飯。②每天固定的三餐。例 晚飯。動 ①吃，進食。②拿食物給人吃或餵飼牲口。③將珠、玉、貝等物塞入死者口中。例 飯含。

飯局 ㄈㄢˋ ㄐㄩˊ 宴會，亦指聚餐。

飯店 ㄈㄢˋ ㄉㄧㄢˋ ①指規模較大而設備完善的旅館。②大的餐館。

飯量 ㄈㄢˋ ㄌㄧㄤˋ 一個人一餐飯所能吃的量。

飯碗 ㄈㄢˋ ㄨㄢˇ ①盛飯用的碗。②比喻賴以維生的工作。

飯館 ㄈㄢˋ ㄍㄨㄢˇ 供人用餐的店鋪。

飯來開口 ㄈㄢˋ ㄌㄞˊ ㄎㄞ ㄎㄡˇ 形容坐著等吃飯，不願工作。比喻非常懶惰閒散。

飩 ㄉㄨㄣˋ dùn 名 餛飩，用薄麵皮包肉餡，煮熟後連湯食用的食物。

飭 ㄔˋ chì 動 ①治理，整治。例 整飭。②通「敕」。告誡。例 申飭。③命令。為公文中上級官署對下級官署的用辭。例 飭令。形 謹慎的。例 謹飭。

飭令 ㄔˋ ㄌㄧㄥˋ 指上級單位命令下級單位。

飭回 ㄔˋ ㄏㄨㄟˊ 指法官讓被告或被傳訊的人回去。

飭辦 ㄔˋ ㄅㄢˋ 命令下屬辦理。

飲 ㊀ㄧㄣˇ yǐn 名 一切可喝的流質食物。例 飲料。動 ①深入，隱沒。例 飲羽。②喝。例 飲酒。③忍受，含著。例 飲恨。㊁ㄧㄣˋ yìn 動 拿流質的食物給人或動物喝。例 飲之以酒、飲馬。

飲恨 ㄧㄣˇ ㄏㄣˋ 受到委屈卻無從申訴的遺憾。

飲食 ㄧㄣˇ ㄕˊ ①吃喝。②指可以吃和喝的東西。

飲宴 ㄧㄣˇ ㄧㄢˋ 擺宴席飲酒。

飲茶 ㄧㄣˇ ㄔㄚˊ ①喝茶。②一種港式的用餐方式。一邊喝茶，一邊食用點心。

飲彈 ㄧㄣˇ ㄉㄢˋ 身體被槍射中。同中彈。

飲譽 ㄧㄣˇ ㄩˋ 享有崇高的名譽，受到大家的稱讚。

飲水思源 ㄧㄣˇ ㄕㄨㄟˇ ㄙ ㄩㄢˊ 喝水時要想到水的來源。比喻為人不可以忘本。

飲泣吞聲 ㄧㄣˇ ㄑㄧˋ ㄊㄨㄣ ㄕㄥ 眼淚只能往肚裡吞，而不敢哭出來。形容強忍悲傷痛苦，不敢表露出來。

飲食起居 ㄧㄣˇ ㄕˊ ㄑㄧˇ ㄐㄩ 吃、喝、拉、睡等日常生活。

飲鴆止渴 ㄧㄣˇ ㄓㄣˋ ㄓˇ ㄎㄜˇ 喝毒酒解渴。比喻只圖解決眼前的困難，不顧後患無窮。

五畫

飼 ㄙˋ sì 動拿食物給人或動物吃。例飼餵。

飼料 ㄙˋ ㄌㄧㄠˋ 飼養家畜或家禽的食物。

飼養 ㄙˋ ㄧㄤˇ 畜養動物。同豢養。

飴 ㄧˊ yí 名用米或麥製成的軟糖或糖漿。例含飴弄孫、甘之如飴。形味道甘美的。例飴漿。

飽 ㄅㄠˇ bǎo 動滿足。例一飽眼福。副①吃夠了，不會餓了。例飽食終日。②充分地，很多地。例飽經世故。

飽和 ㄅㄠˇ ㄏㄜˊ ①在一定的溫度和壓力下，二種物質相遇而成某種現象時，所能容許最大限度的量。②指事物達到最大限度。

飽受 ㄅㄠˇ ㄕㄡˋ 完全受到，受夠了。例飽受虐待。

飽暖 ㄅㄠˇ ㄋㄨㄢˇ 指衣食不缺，十分充足。

飽滿 ㄅㄠˇ ㄇㄢˇ 充足而豐滿。例精神飽滿。

飽以老拳 ㄅㄠˇ ㄧˇ ㄌㄠˇ ㄑㄩㄢˊ 以拳頭狠狠地痛打。

飽食終日 ㄅㄠˇ ㄕˊ ㄓㄨㄥ ㄖˋ 整天只知吃得飽飽的，不做任何事。比喻無所事事。

飽經風霜 ㄅㄠˇ ㄐㄧㄥ ㄈㄥ ㄕㄨㄤ 比喻經歷過許多艱苦和困難。

飽學之士 ㄅㄠˇ ㄒㄩㄝˊ ㄓ ㄕˋ 指學問廣博精深的人。

飾 ㄕˋ shì 名可用來裝扮的東西。例首飾。動①裝扮，打扮。例修飾、裝飾。②遮掩，假託。例掩飾、飾詞。③扮演。例飾演。

飾物 ㄕˋ ㄨˋ ①器物上的裝飾物。②首飾之類的物品。

飾非 ㄕˋ ㄈㄟ 明知有過失卻加以掩蓋。

飾詞 ㄕˋ ㄘˊ 或作「飾辭」。①修飾文辭使文章優美。②為掩蓋過錯而用來假託的言詞。

飾演 ㄕˋ ㄧㄢˇ 扮演角色。

六畫

餃 ㄐㄧㄠˇ jiǎo 名用薄麵皮包菜、肉等餡料，蒸煮而成的食品。例蒸餃、水餃。

養 ㈠ㄧㄤˇ yǎng 動①生育。例養育。②照顧，撫育。例養家活口。③培育，陶冶。例修養。④栽植花木或飼養動物。例養雞、養花。⑤修護。例養路。⑥治療。例養病。㈡ㄧㄤˋ yàng 動晚輩供養長輩。例奉養。

養女 ㄧㄤˇ ㄋㄩˇ 收養他人的女兒為自己的女兒。

養分 ㄧㄤˇ ㄈㄣˋ 物質中所含能供應有機體營養的成分。

養心 ㄧㄤˇ ㄒㄧㄣ 修養自己的心性。

養生 ㄧㄤˇ ㄕㄥ ①保養身體。②養活家人。

養奸 ㄧㄤˇ ㄐㄧㄢ 姑息、助長為非作歹的人。

養老 ㄧㄤˇ ㄌㄠˇ ①年老在家休養。②扶養老年人。

養兵 ㄧㄤˇ ㄅㄧㄥ 畜養並訓練士兵。

養育 ㄧㄤˇ ㄩˋ 撫育，教養。

養身 ㄧㄤˇ ㄕㄣ 保養、愛護自己的身體。

養性 ㄧㄤˇ ㄒㄧㄥˋ 涵養天賦的本性。

養料 ㄧㄤˇ ㄌㄧㄠˋ 泛指能供應營養的物質。

養病 ㄧㄤˇ ㄅㄧㄥˋ 調養病體。同養痾。

養神 ㄧㄤˇ ㄕㄣˊ 休息調養精神。

養望 ㄧㄤˇ ㄨㄤˋ ①培養聲望。②恭維他人退休之詞。

養殖 ㄧㄤˇ ㄓˊ 飼養和繁殖。多指水產動物。

養傷 ㄧㄤˇ ㄕㄤ 因受傷而加以調養。

養廉 ㄧㄤˇ ㄌㄧㄢˊ ①培養廉潔的德行。②贍養費的俗稱。

養路 ㄧㄤˇ ㄌㄨˋ 保養、修護公路或鐵路。

養護 ㄧㄤˇ ㄏㄨˋ ①對兒童的養育與看護。②對道路、建築和機器等的保養修護。

養生送死 ㄧㄤˇ ㄕㄥ ㄙㄨㄥˋ ㄙˇ 事奉父母之道，生前依禮奉養，死後遵禮安葬。

養虎遺患 ㄧㄤˇ ㄏㄨˇ ㄧˊ ㄏㄨㄢˋ 比喻縱容、姑息敵人，為自己留下後患。

養家活口 ㄧㄤˇ ㄐㄧㄚ ㄏㄨㄛˊ ㄎㄡˇ 維持家庭生計，養活全家人。

養尊處優 ㄧㄤˇ ㄗㄨㄣ ㄔㄨˇ ㄧㄡ 指生活過得極其尊貴、優裕。

養精蓄銳 ㄧㄤˇ ㄐㄧㄥ ㄒㄩˋ ㄖㄨㄟˋ 養足精力，儲備銳氣。

餅

ㄅㄧㄥˇ bǐng 名①用麵粉或米粉做成的扁而圓形的食品。例餅乾、烙餅。②扁而圓的東西。例鐵餅。

餌

ㄦˇ ěr 名①指釣魚或誘捕其他動物用的食物。例魚餌。②誘人的事物。例誘餌。

餉

ㄒㄧㄤˇ xiǎng 名軍警人員的錢糧、薪給。例薪餉。動①送食物給人。②贈送，餽贈。例餉遺。

餉銀 ㄒㄧㄤˇ ㄧㄣˊ 軍隊的薪俸。

七畫

餓

ㄜˋ è 形肚子空虛想吃東西的。

餓莩 ㄜˋ ㄆㄧㄠˇ 餓死的人。

餓虎撲羊 ㄜˋ ㄏㄨˇ ㄆㄨ ㄧㄤˊ 形容飢不擇食的貪饞樣。

餒

ㄋㄟˇ něi 動①飢餓。例凍餒。②不足，喪氣。例氣餒。③腐爛。例論語：「魚餒而肉敗。」

餒餓 ㄋㄟˇ ㄜˋ 指飢餓。

餐

ㄘㄢ cān 名①食物，飯食。例簡餐、西餐。②指飲食的次數。例一日三餐。動吃，食用。例飽餐一頓。

餐車 ㄘㄢ ㄔㄜ 火車上為供應旅客用餐所設的專門車廂。

餐館 ㄘㄢ ㄍㄨㄢˇ　販賣食物給人食用的店家。

餐廳 ㄘㄢ ㄊㄧㄥ　①供人用餐的場所，有營業性質的食堂。②家庭中吃飯的地方，與客廳有別。同飯廳。

餐風宿露 ㄘㄢ ㄈㄥ ㄙㄨˋ ㄌㄨˋ　形容旅途或野外生活的艱苦。也作「露宿風餐」。

餑

ㄅㄛ bō 名①麵粉做的糕餅類食品。例餑餑。②茶水上的浮沫。

餔

ㄅㄨ bū 名通「晡」。黃昏，傍晚。動①進食。例餔啜。②日落時吃飯，即吃晚餐。

餕

ㄐㄩㄣˋ jùn 名①通「飧」。煮熟的食物。②吃剩的食物。例餕餘。動將剩餘的食物吃完。

餖

ㄉㄡˋ dòu 見「餖飣」。

餖飣 ㄉㄡˋ ㄉㄧㄥˋ　①指堆疊在盤子中，只供陳設而不食用的蔬果。②比喻文章羅列堆砌詞藻。

餘

ㄩˊ yú 名①多出或剩下的時間。例課餘。②整數後的零數。例三千有餘。形①多出來的。例論語：「行有餘力，則以學文。」②殘留的，將盡的。例安享餘年。③其他的。例餘念。④不盡的，無窮的。例死有餘辜。動剩下，遺留。例餘留。副以後。例工作之餘。

餘力 ㄩˊ ㄌㄧˋ　剩餘的心力。例不遺餘力。

餘生 ㄩˊ ㄕㄥ　①晚年，生命的最後幾年。②大災難後倖存的生命。

餘年 ㄩˊ ㄋㄧㄢˊ　晚年，暮年。

餘地 ㄩˊ ㄉㄧˋ　①空出來沒有使用的地方。②指言語或行動留有轉圜的空間。

餘波 ㄩˊ ㄅㄛ　事件結束後留下的影響力。例餘波盪漾。

餘怒 ㄩˊ ㄋㄨˋ　還沒消的怒氣。

餘留 ㄩˊ ㄌㄧㄡˊ　留下，剩餘。

餘悸 ㄩˊ ㄐㄧˋ　在事情過後還感到的驚恐。例餘悸猶存。

餘款 ㄩˊ ㄎㄨㄢˇ　剩下的錢。

餘暉 ㄩˊ ㄏㄨㄟ　傍晚的陽光。

餘蔭 ㄩˊ ㄧㄣˋ　祖先遺留下來的庇蔭和德澤。

餘慶 ㄩˊ ㄑㄧㄥˋ　遺留給後代子孫的福澤。

餘數 ㄩˊ ㄕㄨˋ　在除法中，整數無法被完全除盡的部分。

餘興 ㄩˊ ㄒㄧㄥˋ　①未盡的興致。②聚會結束或正事辦完後所附加的娛樂活動。

餘燼 ㄩˊ ㄐㄧㄣˋ　①物質燃燒後剩下的灰燼。②比喻戰敗後的殘餘士卒。

餘額 ㄩˊ ㄜˊ　剩餘的金額或名額。

餘孽 ㄩˊ ㄋㄧㄝˋ　殘餘的禍害、壞人或惡勢力。

餘黨 ㄩˊ ㄉㄤˇ　殘留的黨羽。

餘波盪漾 ㄩˊ ㄅㄛ ㄉㄤˋ ㄧㄤˋ　比喻事情結束後還有一波接著一波的問題發生。

餘音繞梁 ㄩˊ ㄧㄣ ㄖㄠˋ ㄌㄧㄤˊ　形容聲音優美，迴盪不絕，令人感動。

八畫

館

ㄍㄨㄢˇ guǎn 名①指所有屋舍、住所。例公館。②可供賓客住宿的地方。例旅館。③販賣食物或從事某些工作的商店。例餐館、照相館。④政府機關或進行文化活動的公共場所。例大使館、美術館。⑤古時的私塾或教學場所。例蒙館。

館舍 ㄍㄨㄢˇ ㄕㄜˋ ①供應賓客食宿的地方。②房屋的通稱。

餞 ㄐㄧㄢˋ jiàn 名以糖或蜜浸漬的果品。例蜜餞。動設宴為人送行。例餞別。

餞行 ㄐㄧㄢˋ ㄒㄧㄥˊ 設酒宴為人送行。

餞別 ㄐㄧㄢˋ ㄅㄧㄝˊ 以酒食為人送別。同餞行。

餛 ㄏㄨㄣˊ hún 名餛飩，也稱為扁食、雲吞、抄手。用麵粉做成的薄皮包肉餡，煮熟後可食用。

餡 ㄒㄧㄢˋ xiàn 名包在麵食中的肉、菜或豆沙等材料。例水餃餡。

餡餅 ㄒㄧㄢˋ ㄅㄧㄥˇ 有餡料的餅。用麵粉做成的薄皮，內包肉、菜等餡料，再經過煎熟的食品。

餚 ㄧㄠˊ yáo 名同「肴」。煮熟的魚類、肉類食物。例佳餚。

餩 ㄜˋ è 動噎著，喉嚨被食物哽住。

餜 ㄍㄨㄛˇ guǒ 名①用米麵做成的一種圓形食品。②一種油炸的麵食。

餜子 ㄍㄨㄛˇ ㄗ˙ 油炸麵食，即油條、麻花兒。

餤 ㄉㄢˋ dàn 名餅。例紅綾餤。動同「啖」。吃或給人吃。

九畫

餵 ㄨㄟˋ wèi 動拿食物給人或動物吃。例餵奶、餵豬。

餵養 ㄨㄟˋ ㄧㄤˇ 拿食物給幼兒或動物吃，使其成長。

餬 ㄏㄨˊ hú 名①濃厚黏稠的粥。②像稠粥一樣的食物。例芝麻餬。動①吃東西填飽肚子。②塗黏。例餬風箏。

餬口 ㄏㄨˊ ㄎㄡˇ ①謀生，賺錢養活自己和家人。②指收入僅能勉強維持生活所需。

餱 ㄏㄡˊ hóu 名乾糧。例餱糧。

餳 ㄒㄧㄥˊ xíng 名麥芽糖。形①黏住的，親暱的。例夫妻倆餳在一起。②眼睛半開半閉，渙散無神的樣子。例兩眼發餳。

餳澀 ㄒㄧㄥˊ ㄙㄜˋ 形容眼光黏滯而不靈活。

餮 ㄊㄧㄝˋ tiè 名饕餮，古代神話中的邪惡貪食的怪獸。比喻貪吃的人。

十畫

餾 ㄌㄧㄡˋ liù 動①將涼了的食物蒸熱。②把液體加熱變為氣體後，再冷卻凝成純淨的液體。例蒸餾。

餿 ㄙㄡ sōu 形不高明的，不管用的。例餿點子。動食物腐敗而變味。例飯菜餿了。

餿水 ㄙㄡ ㄕㄨㄟˇ 洗米、洗菜、洗鍋碗等用過的廢水。也包括吃剩的菜餚。

餿主意 ㄙㄡ ㄓㄨˇ ㄧˋ 不高明或不可靠的方法。

餽 ㄎㄨㄟˋ kuì 名對鬼神的祭祀。動①通「饋」。送東西給人。例餽贈。②輸送。例千里餽糧。

餽贈 ㄎㄨㄟˋ ㄗㄥˋ 贈送東西給人。

餶 ㄍㄨˇ gǔ 名餶飿，一種麵食，即餛飩。

餼 ㄒㄧˋ xì 名①穀物，米糧。②活的牲口，亦指生肉。例餼羊。動餽贈食物或活的牲口給人。

餼羊 ㄒㄧˋ ㄧㄤˊ 指準備宰殺作為祭祀的活羊。

饁 ㄧㄝˋ yè 動①送飯給在田中耕作的人。②在田獵後以獵物祭神。例饁獸。

十一畫

饅 ㄇㄢˊ mán 名饅頭，一種麵類食品，用麵粉發酵蒸熟，隆起成圓形。

饈 ㄒㄧㄡ xiū 名①膳食。例饈餚。②美味、精緻的食物。例珍饈。

饉 ㄐㄧㄣˇ jǐn 名①蔬菜因災害而收成不好。②指荒年。例饑饉。動通「殣」。

饃 ㄇㄛˊ mó 名饅頭類的麵類食品。例饃饃。

十二畫

饒 ㄖㄠˊ ráo 名①古地名。戰國時趙邑，在今河北省。②姓。形豐裕的，多餘的。例豐饒。動①寬恕，寬容。例饒命。②增添。例加饒。副儘管，任憑。

饒人 ㄖㄠˊ ㄖㄣˊ 寬恕原諒他人。

饒舌 ㄖㄠˊ ㄕㄜˊ 多話，多嘴。比喻人非常嘮叨的樣子。

饒沃 ㄖㄠˊ ㄨㄛˋ 土地肥美豐裕。

饒命 ㄖㄠˊ ㄇㄧㄥˋ 寬赦死罪。

饒恕 ㄖㄠˊ ㄕㄨˋ 寬恕，免除責罰。

饑 ㄐㄧ jī 名五穀不熟，歉收的荒年。例饑荒、饑饉。形通「飢」。肚子餓，不飽。

饑荒 ㄐㄧ ㄏㄨㄤ ①農作物歉收的荒年。②比喻困難。

饑腸 ㄐㄧ ㄔㄤˊ 飢餓的腸子。形容肚子餓。

饑溺 ㄐㄧ ㄋㄧˋ 比喻人民的生活艱難困苦。

饑饉 ㄐㄧ ㄐㄧㄣˇ 災荒，農作物歉收的年歲。

饋 ㄎㄨㄟˋ kuì 動①贈送，致贈。②運送，輸送。③服侍尊長用餐。

饌 ㄓㄨㄢˋ zhuàn 名酒飯菜餚。例佳饌。動①飲食享用。例論語：「有酒食，先生饌。」②陳置酒食。

饗 ㄒㄧㄤˇ xiǎng 名祭祀名稱。例社稷之饗。動①犒賞，賜賞。②享用。例以饗讀者。③設酒宴款待客人。例饗宴。

饊 ㄙㄢˇ sǎn 名一種用麵做成細絲後，油炸而成的食品，即饊子。

十三畫

饔 ㄩㄥ yōng 名①熟的食物。②早餐。

饔飧 ㄩㄥ ㄙㄨㄣ 吃煮熟的食物。早餐為饔，晚餐為飧。

饔飧不繼 ㄩㄥ ㄙㄨㄣ ㄅㄨˋ ㄐㄧˋ 形容生活極為貧困，三餐不繼。

饕 ㄊㄠ tāo 見「饕餮」。

饕餮 ㄊㄠ ㄊㄧㄝˋ ①古代傳說中貪吃的惡獸，鐘鼎器皿上常刻有其形狀的花紋。②泛指貪財貪吃的人。

十四畫

饘 ㄓㄢ zhān 名濃稠的稀飯。例饘粥。

饜 ㄧㄢˋ yàn 動①吃飽。例饜飫。②滿足。例貪得無饜。

十七畫

饞 ㄔㄢˊ chán 動①好吃，貪吃。例嘴饞。②貪求利祿。

饞相 ㄔㄢˊ ㄒㄧㄤˋ 貪吃的模樣。

饞涎欲滴 ㄔㄢˊ ㄒㄧㄢˊ ㄩˋ ㄉㄧ 想吃想到口水都快滴出來了。形容貪吃的樣子。亦作「垂涎欲滴」。

首部 ㄕㄡˇ

首 ㄕㄡˇ shǒu 名①頭，腦袋。例斬首示眾。②領導人，頭目。例元首、首領。③計算詩、詞、曲等的量詞。例一首歌。形最高的，第一的。例首席代表、首次。動自己告發罪行。例自首。副最先，開始。例首創。

首七 ㄕㄡˇ ㄑㄧ 習俗中稱人死後的第七天，即頭七。

首功 ㄕㄡˇ ㄍㄨㄥ ①戰爭中以所得敵人首級論功。②第一等的功勞。

首位 ㄕㄡˇ ㄨㄟˋ 第一位，第一名。

首尾 ㄕㄡˇ ㄨㄟˇ ①事件的始末。②前面和後面。

首府 ㄕㄡˇ ㄈㄨˇ 行政區的首要都市。舊時稱省會所在地。

首屆 ㄕㄡˇ ㄐㄧㄝˋ 第一屆，第一期。

首肯 ㄕㄡˇ ㄎㄣˇ 點頭同意。

首長 ㄕㄡˇ ㄓㄤˇ 機關、部門中的最高長官。例行政首長。

首映 ㄕㄡˇ ㄧㄥˋ 電影第一次放映。

首相 ㄕㄡˇ ㄒㄧㄤˋ 內閣制國家的最高首長。也稱內閣總理。

首要 ㄕㄡˇ ㄧㄠˋ ①最重要的。例首要任務。②領導人，首腦。例首要人物。

首席 ㄕㄡˇ ㄒㄧˊ 指席次最高的或地位最高的。

首級 ㄕㄡˇ ㄐㄧˊ 秦朝的法律規定斬下敵人一個頭就得爵一級。後指被斬下的人頭。

首航 ㄕㄡˇ ㄏㄤˊ 指飛機或船隻第一次的航行。

首從 ㄕㄡˇ ㄗㄨㄥˋ 犯罪的主謀和幫兇。

首途 ㄕㄡˇ ㄊㄨˊ 出發，動身。

首都 ㄕㄡˇ ㄉㄨ 中央政府的所在地。同國都。

首創 ㄕㄡˇ ㄔㄨㄤˋ 首先開創。

首善 ㄕㄡˇ ㄕㄢˋ 作為模範。後稱首都所在地為首善之地。

首富 ㄕㄡˇ ㄈㄨˋ 指某地區最有錢的人家。

首惡 ㄕㄡˇ ㄜˋ 指罪魁禍首。

首領 ㄕㄡˇ ㄌㄧㄥˇ ①頭部和頸部。②集團的領袖人物。同首腦。

首飾 ㄕㄡˇ ㄕˋ　原指頭上的飾物，後泛指女性的裝飾品。

首腦 ㄕㄡˇ ㄋㄠˇ　領袖，為首的人。

首演 ㄕㄡˇ ㄧㄢˇ　第一次演出。

首輪 ㄕㄡˇ ㄌㄨㄣˊ　首次在電影院中放映的新影片。

首戰 ㄕㄡˇ ㄓㄢˋ　第一場的戰爭。亦指比賽過程中雙方第一次交手。

首難 ㄕㄡˇ ㄋㄢˋ　首先發難。指最先發問或用兵起事。

首尾相應 ㄕㄡˇ ㄨㄟˇ ㄒㄧㄤ ㄧㄥˋ　前後互相呼應、配合。

首屈一指 ㄕㄡˇ ㄑㄩ ㄧˋ ㄓˇ　比喻最好、最高的。

首開紀錄 ㄕㄡˇ ㄎㄞ ㄐㄧˋ ㄌㄨˋ　①創下新的紀錄。②最先得分。

首當其衝 ㄕㄡˇ ㄉㄤ ㄑㄧˊ ㄔㄨㄥ　最先受到攻擊或是遭遇災難。

二畫

馗 ㄎㄨㄟˊ kuí 名①通「逵」。四通八達的大道。②人名用字。如唐玄宗時有鍾馗。

八畫

馘 ㈠ㄍㄨㄛˊ guó 名被割下的左耳。動古代戰爭中割下敵人的左耳以計算戰功。㈡ㄒㄩˋ xù 名臉，面容。

香部 ㄒㄧㄤ

香 ㄒㄧㄤ xiāng 名①泛指一切芬芳的氣味。例馨香。②添加香料，加熱後能散發芬芳香的物品。例檀香、蚊香。③女性的代稱。例香消玉殞。④姓。形①氣味芬芳的。例香茗。②很受歡迎或重視的。例吃香。③形容和女性有關的。例香汗。動原指用鼻子聞，後泛指親吻。例香一下。副舒服地，舒適地。例睡得很香。

香火 ㄒㄧㄤ ㄏㄨㄛˇ　①指供奉神佛所燃燒的香燭。②進香、拜佛的事。例香火鼎盛。③子孫祭祀祖先的香燭。今多指子孫或文化的傳承。

香灰 ㄒㄧㄤ ㄏㄨㄟ　線香燃燒後所剩下的灰燼。

香包 ㄒㄧㄤ ㄅㄠ　①花苞。②放有香料的小布包。民間習俗認為端午節佩帶香包可以驅邪。同香袋。

香色 ㄒㄧㄤ ㄙㄜˋ　①芬芳的氣味與豔麗的顏色。②茶褐色。

香客 ㄒㄧㄤ ㄎㄜˋ　到廟裡進香的信眾。

香案 ㄒㄧㄤ ㄢˋ　擺放香爐燭臺的長桌子。

香脂 ㄒㄧㄤ ㄓ　①有香味的脂肪。②一種化妝品，以硬脂酸、凡士林、杏仁油等配製而成。

香煙 ㄒㄧㄤ ㄧㄢ　①焚香時所生的煙。②子孫祭祀祖先要燒香，所以稱傳宗接代為接續香煙。③以薄紙將菸絲捲製成長筒形的紙菸。或作「香菸」。

香閨 ㄒㄧㄤ ㄍㄨㄟ　對女子居住房間的雅稱。

香餌 ㄒㄧㄤ ㄦˇ　漁獵時用來誘捕魚鳥的食物。

香醇 ㄒㄧㄤ ㄔㄨㄣˊ　指氣味或滋味芳香純正，無添加物。

香澤 ㄒㄧㄤ ㄗㄜˊ ①用來抹在頭髮上的香油。②芳香氣味。③指年輕貌美的女子。

香燭 ㄒㄧㄤ ㄓㄨˊ 指祭祀神佛用的香和蠟燭。

香檳 ㄒㄧㄤ ㄅㄧㄣ 一種會起泡帶酸的白葡萄酒。原產於法國東北的香檳省，西方習慣在宴會時用來招待賓客。

香爐 ㄒㄧㄤ ㄌㄨˊ 用來焚香的器具，由陶瓷或金屬製成。

香囊 ㄒㄧㄤ ㄋㄤˊ 裝有香料的小囊袋。可繫在身上當作裝飾品，或懸掛屋內除臭。

香豔 ㄒㄧㄤ ㄧㄢˋ 形容色香俱全。亦指詩文中詞藻豔麗或內容涉及男女情愛的作品。

香油錢 ㄒㄧㄤ ㄧㄡˊ ㄑㄧㄢˊ 用來燒香點燈的錢。指僧人化緣所得或信徒捐獻給寺廟的錢。

香港衫 ㄒㄧㄤ ㄍㄤˇ ㄕㄢ 一種男性服裝，為翻領短袖的襯衫。

香港腳 ㄒㄧㄤ ㄍㄤˇ ㄐㄧㄠˇ 即足癬，腳部因溼氣使得黴菌寄生而引起的疾病。在腳趾間會長有小水泡，奇癢無比。

香馥馥 ㄒㄧㄤ ㄈㄨˋ ㄈㄨˋ 形容香味濃郁的樣子。

香噴噴 ㄒㄧㄤ ㄆㄣ ㄆㄣ 香味撲鼻。

香消玉殞 ㄒㄧㄤ ㄒㄧㄠ ㄩˋ ㄩㄣˇ 比喻女子死亡。

香格里拉 ㄒㄧㄤ ㄍㄜˊ ㄌㄧˇ ㄌㄚ 英語 Shangri-La 的音譯。指想像中的世外桃源，烏托邦。也指祕密軍事基地。

九畫

馥 ㄈㄨˋ fù 名香氣。形香味濃郁的。

馥郁 ㄈㄨˋ ㄩˋ 形容香味很濃厚。

馥馥 ㄈㄨˋ ㄈㄨˋ 香味濃盛的樣子。

十一畫

馨 ㄒㄧㄣ xīn 名①可散布到遠處的香氣。例芳馨。②流芳久遠的功德名聲。例德馨遠播。

馨香 ㄒㄧㄣ ㄒㄧㄤ 芳香。也比喻德化廣被。

馬部 ㄇㄚˇ

馬 ㄇㄚˇ mǎ 名①動物名。蹄類哺乳動物，草食性，四肢強健，善於奔跑。②通「碼」。計數用的工具。例籌馬。③姓。

馬力 ㄇㄚˇ ㄌㄧˋ ①功率的單位，一馬力等於七百四十六瓦特的功率。②馬的腳程和力氣。例路遙知馬力。

馬勺 ㄇㄚˇ ㄕㄠˊ 盛飯或盛粥時所用的大勺子。

馬子 ㄇㄚˇ ㄗˇ ①賭博時用來計算錢數的籌碼。也作「碼子」。②便溺用的器具，即馬桶。③男子戲稱自己或他人的女朋友。

馬夫 ㄇㄚˇ ㄈㄨ 管理馬匹或駕駛馬車的人。

馬步 ㄇㄚˇ ㄅㄨˋ ①只能容一匹馬通過的道路。比喻道路狹窄。②武術步法，兩腳分開超過肩寬，膝半屈，身子挺立。例蹲馬步。

馬兵 ㄇㄚˇ ㄅㄧㄥ 騎馬的士兵。也稱為騎兵。

馬屁 ㄇㄚˇ ㄆㄧˋ 比喻討好他人或諂媚奉承的言語行為。

馬虎 ㄇㄚˇ ㄏㄨˇ 做事草率、敷衍。

馬圈 ㄇㄚˇ ㄐㄩㄢˋ 豢養馬匹的地方。

馬陸 ㄇㄚˇ ㄌㄨˋ 動物名。節肢動物，身體呈圓長形，由許多環節構成，每個環節有兩對腳。被東西碰到，會捲縮身體裝死。生活在陰涼潮溼的地方，有體臭。

馬廄 ㄇㄚˇ ㄐㄧㄡˋ 養馬的屋舍。

馬棚 ㄇㄚˇ ㄆㄥˊ 圈養馬匹的棚子。

馬隊 ㄇㄚˇ ㄉㄨㄟˋ ①將馬匹組成隊伍，大多用在運輸貨品。②指騎兵的隊伍。

馬路 ㄇㄚˇ ㄌㄨˋ 寬闊平坦供車馬行走的道路。泛指公路。

馬褂 ㄇㄚˇ ㄍㄨㄚˋ 滿族人騎馬時所穿的短褂。後指男子穿在長袍外的對襟短褂。

馬達 ㄇㄚˇ ㄉㄚˊ 英語 motor 的音譯。即電動機。

馬靴 ㄇㄚˇ ㄒㄩㄝ 騎馬的人所穿的長統形靴子。亦指一般的長統靴。

馬鞍 ㄇㄚˇ ㄢ 裝在馬背上讓人方便騎乘的坐墊。

馬槽 ㄇㄚˇ ㄘㄠˊ 餵馬吃飼料及喝水的器具。多為木製。

馬燈 ㄇㄚˇ ㄉㄥ 一種能防風雨的手提煤油燈。

馬蹄 ㄇㄚˇ ㄊㄧˊ ①指馬匹的蹄子。②荸薺的別稱。

馬頭 ㄇㄚˇ ㄊㄡˊ ①馬的頭部。②岸邊船隻停泊的地方，即碼頭。

馬戲 ㄇㄚˇ ㄒㄧˋ 古代百戲之一，在馬上表演各種驚人的馬術。現多指各種驚險特技和訓練動物的綜合表演。

馬鞭 ㄇㄚˇ ㄅㄧㄢ 用來驅使坐騎前進的鞭子。

馬口鐵 ㄇㄚˇ ㄎㄡˇ ㄊㄧㄝˇ 在表面鍍上一層錫的薄鐵片，美觀且不容易生鏽。也稱洋鐵、白鐵。

馬拉松 ㄇㄚˇ ㄌㄚ ㄙㄨㄥ ①指長途賽跑，源自於希臘。西元前四九〇年希臘擊敗來襲的波斯軍，希臘青年斐德匹第斯為傳捷報，自馬拉松灣跑回雅典，跑了一百五十英里，報告完即力竭而亡。後人為紀念其英勇事蹟，特別在奧運會中列入馬拉松賽跑項目。②比喻持續長久的時間或耐力。

馬前卒 ㄇㄚˇ ㄑㄧㄢˊ ㄗㄨˊ 舊時官員出行時，在車頭前引導開路的士卒。後多比喻為別人效勞出主意的人。

馬後炮 ㄇㄚˇ ㄏㄡˋ ㄆㄠˋ 等事情過後才開始有動作或言語。比喻於事無補。

馬蹄形 ㄇㄚˇ ㄊㄧˊ ㄒㄧㄥˊ 將三面圍成U字形，最後一面為直線的形狀。

馬蹄鐵 ㄇㄚˇ ㄊㄧˊ ㄊㄧㄝˇ ①釘在馬或驢子蹄下的U形鐵，用途在於防止蹄子磨損。也稱為馬掌。②指U形磁鐵。

馬戲班 ㄇㄚˇ ㄒㄧˋ ㄅㄢ 專門表演馬戲，娛樂觀眾的雜技團。

馬不停蹄 ㄇㄚˇ ㄅㄨˋ ㄊㄧㄥˊ ㄊㄧˊ 比喻奔波忙碌，一刻不得休息。

馬仰人翻 ㄇㄚˇ ㄧㄤˇ ㄖㄣˊ ㄈㄢ 形容軍隊打敗仗後的混亂、狼狽情況。後用以比喻一團忙亂，不可收拾。亦作「人仰馬翻」。

馬到成功 ㄇㄚˇ ㄉㄠˋ ㄔㄥˊ ㄍㄨㄥ 比喻成功容易且快速。

馬革裹屍 ㄇㄚˇ ㄍㄜˊ ㄍㄨㄛˇ ㄕ 比喻軍人英勇地戰死沙場。

馬首是瞻 ㄇㄚˇ ㄕㄡˇ ㄕˋ ㄓㄢ 比喻樂於跟隨別人的行動，聽從別人的決定。

馬馬虎虎 ㄇㄚˇ ㄇㄚˇ ㄏㄨˇ ㄏㄨˇ 形容做事草率，容易將就。

馬路新聞 ㄇㄚˇ ㄌㄨˋ ㄒㄧㄣ ㄨㄣˊ 未經過證實、道聽塗說的訊息。

馬齒徒增 ㄇㄚˇ ㄔˇ ㄊㄨˊ ㄗㄥ 自謙年紀老大，沒有成就。

二畫

馭 ㄩˋ yù 名 駕駛車輛的人。例 馭夫。動 ①控制馬匹。例 駕馭馬車。②對在下者的統御、控制。例 統馭。

馮 ㈠ㄈㄥˊ féng 名 姓。㈡ㄆㄧㄥˊ píng 動 ①通「憑」。依恃，憑藉。②徒步渡過河流。例 暴虎馮河。

馮婦 ㄈㄥˊ ㄈㄨˋ 人名。善於打虎，後來改行做了善士，有一次在野外遇到一群人在追老虎，卻都不敢逼近，便挽起袖子伸長胳臂衝了上去。因此後人稱改行後又重操舊業為重作馮婦。

三畫

馳 ㄔˊ chí 名 姓。動 ①車馬疾走。例 飛馳。②快跑。例 奔馳。③追趕，追逐。④嚮往。例 心往神馳。⑤傳布，宣揚。例 遠近馳名。

馳名 ㄔˊ ㄇㄧㄥˊ 聲名遠播，名氣大。

馳念 ㄔˊ ㄋㄧㄢˋ 思念，想念。

馳馬 ㄔˊ ㄇㄚˇ 騎著馬快速飛奔。

馳逐 ㄔˊ ㄓㄨˊ ①快跑追逐。②指騎著馬比賽。

馳援 ㄔˊ ㄩㄢˊ 趕赴救援。

馳道 ㄔˊ ㄉㄠˋ 為天子行駛馬車所築的道路。

馳騁 ㄔˊ ㄔㄥˇ ①騎馬快跑。②趨赴，奔波。③比喻有所接觸、涉獵。④活躍，活動。例 馳騁文壇數十年。

馳譽 ㄔˊ ㄩˋ 即馳名，名氣遠播。

馳驅 ㄔˊ ㄑㄩ ①縱馬飛馳。②放肆任性。③比喻為人奔波效勞。同 驅馳。

馱 ㈠ㄊㄨㄛˊ tuó 動 背上載著人或物品，大多指牲口負載。㈡ㄉㄨㄛˋ duò 名 ①牲口背上載運的物品。例 馱子。②計算牲口所載負物品的量詞。例 絲綢二十馱。

馱馬 ㄊㄨㄛˊ ㄇㄚˇ 專門用於背載物品的馬。

馱運 ㄊㄨㄛˊ ㄩㄣˋ 用牲口背載物品來運送。

馴 ㈠ㄒㄩㄣˊ xún 形 柔順的，善良的。例 溫馴、桀傲不馴。動 ①順從。例 馴服。②使順服。例 野性難馴。副 逐漸地，漸進地。例 馴至。㈡ㄒㄩㄣˋ xùn 動 通「訓」。教誨，訓誡。例 教馴。

馴化 ㄒㄩㄣˊ ㄏㄨㄚˋ 改變野生動物原來的棲息環境和習性，成為聽從人類指揮的家畜。

馴良 ㄒㄩㄣˊ ㄌㄧㄤˊ 柔順善良。同 馴和、馴善。

馴服 ㄒㄩㄣˊ ㄈㄨˊ 使之順服，順從。

馴順 ㄒㄩㄣˊ ㄕㄨㄣˋ 性情溫和柔順。

馴養 ㄒㄩㄣˊ ㄧㄤˇ 撫養使之順服。

馴擾 ㄒㄩㄣˊ ㄖㄠˇ 柔順馴服。

四畫

駃 ㄐㄩㄝˊ jué 名駃騠，指公馬和母驢交配所生的驢騾。動奔跑。

駁 ㄅㄛˊ bó 形馬的毛色不純。引申為顏色雜亂或事情紛雜。例斑駁。動①爭論是非，反對他人的意見。例反駁。②轉載貨物。例接駁。

駁斥 ㄅㄛˊ ㄔˋ 否定錯誤不當的意見或言論。

駁正 ㄅㄛˊ ㄓㄥˋ 糾正錯誤。

駁回 ㄅㄛˊ ㄏㄨㄟˊ ①不准或不予採納。②指法院對於不合訴訟程序或無證據的案件，所做的不予審理之處置。

駁倒 ㄅㄛˊ ㄉㄠˇ 成功地推翻他人的論點。

駁船 ㄅㄛˊ ㄔㄨㄢˊ 一種本身沒有動力可航行的貨船，需用拖船拉或推才能行駛，一般用來接駁貨物、旅客。

駁運 ㄅㄛˊ ㄩㄣˋ 在岸邊與船、船與船之間，以小型船隻轉運貨物或旅客。

駁難 ㄅㄛˊ ㄋㄢˋ 責難，批評。

馹 ㄖˋ rì 名古時驛站所用的馬或傳送文書的車子。

五畫

駝 ㄊㄨㄛˊ tuó 名見「駱駝」。形背部彎曲隆起的。例彎腰駝背。動通「馱」。使牲口以背部載運物品。例駝運。

駝子 ㄊㄨㄛˊ ˙ㄗ 指駝背的人。

駝背 ㄊㄨㄛˊ ㄅㄟˋ 人的背脊隆起彎曲如駝峰一樣。

駝峰 ㄊㄨㄛˊ ㄈㄥ 指駱駝背部隆起的肉峰。

駐 ㄓㄨˋ zhù 動①車馬停止。②停留。例駐外使節。③保住，維持。例青春永駐。

駐地 ㄓㄨˋ ㄉㄧˋ 軍隊或外勤人員停留的地方。

駐守 ㄓㄨˋ ㄕㄡˇ 駐留防守。

駐足 ㄓㄨˋ ㄗㄨˊ 腳步停留不前。

駐防 ㄓㄨˋ ㄈㄤˊ 部隊在重要據點駐紮防守。

駐軍 ㄓㄨˋ ㄐㄩㄣ 駐守的軍隊。

駐紮 ㄓㄨˋ ㄓㄚˊ 軍隊在某地駐防或停留。

駐節 ㄓㄨˋ ㄐㄧㄝˊ 大官停留在外辦理公務。

駐顏 ㄓㄨˋ ㄧㄢˊ 保持青春容貌，使不衰老。例駐顏有術。

駔 ㊀ㄗㄤˇ zǎng 名①指公馬。②市場裡買賣的經紀人。形粗大的。例駔工。
㊁ㄗㄨˇ zǔ 名駿馬。

駟 ㄙˋ sì 名①古時由四匹馬拉的車乘。例一言既出，駟馬難追。②泛指所有的馬匹。

駟不及舌 ㄙˋ ㄅㄨˋ ㄐㄧˊ ㄕㄜˊ 話出口就算用四匹馬拉的車子也追不回來。比喻說話要小心謹慎。同駟馬難追。

駛 ㄕˇ shǐ 動①車馬很快地跑。例疾駛而去。②控制車、船或飛機等的走動。例駕駛。

駑 ㄋㄨˊ nú 名品質最劣等的馬。例駑馬。形才力薄弱，愚鈍低劣的。

例駑鈍、駑才。

駑下 ㄋㄨˊ ㄒㄧㄚˋ 指才能低劣。多為自謙之詞。

駑馬 ㄋㄨˊ ㄇㄚˇ 劣等的馬匹。

駑鈍 ㄋㄨˊ ㄉㄨㄣˋ 比喻愚鈍無能。

駕 ㄐㄧㄚˋ jià 名①車輛的總稱。②對他人的敬稱。例大駕光臨。③古時帝王的代稱。例駕崩。動①用牲口拉車。②壓制，超越。例凌駕。③騎著，乘著。例騰雲駕霧。④操縱機械。例駕駛。⑤管理，控制。例駕馭。

駕車 ㄐㄧㄚˋ ㄔㄜ 操縱車輛。

駕馭 ㄐㄧㄚˋ ㄩˋ 控制，管束。

駕駛 ㄐㄧㄚˋ ㄕˇ 操縱車船、飛機等使行駛。也指操縱車船、飛機的人。

駕臨 ㄐㄧㄚˋ ㄌㄧㄣˊ 敬稱他人的到來。

駕輕就熟 ㄐㄧㄚˋ ㄑㄧㄥ ㄐㄧㄡˋ ㄕㄡˊ 駕駛輕便的車輛，走熟悉的路。比喻對要做的事情很熟悉，做起來得心應手。

駕鶴西歸 ㄐㄧㄚˋ ㄏㄜˋ ㄒㄧ ㄍㄨㄟ 喪禮中輓聯的用詞。

駒 ㄐㄩ jū 名①肥壯強健的駿馬。例神駒。②指幼馬、幼驢或幼騾等。例馬駒子。

駙 ㄈㄨˋ fù 名古時用來拖副車的馬匹。

駙馬 ㄈㄨˋ ㄇㄚˇ ①古官名。漢代設置駙馬都尉，掌管副車的馬匹。②皇帝女婿的代稱。

駘 ㈠ㄊㄞˊ tái 名①劣馬。②才能平庸的人。㈡ㄉㄞˋ dài 形①安詳舒緩的。例駘蕩。②疲倦的。③遲鈍的，愚笨的。

駉 ㄐㄩㄥ jiōng 名牧養馬匹的地方。形馬匹肥壯強健的樣子。

六畫

駬 ㄦˇ ěr 名騄駬，周穆王八駿之一，後為千里馬的泛稱。

駭 ㄏㄞˋ hài 形嚇人的，可驚可怕的。例驚濤駭浪。動①馬受到驚嚇。害怕，吃驚。例驚駭。②驚擾，混亂。

駭怕 ㄏㄞˋ ㄆㄚˋ 驚恐。

駭異 ㄏㄞˋ ㄧˋ 驚訝詫異。

駭然 ㄏㄞˋ ㄖㄢˊ 吃驚詫異的樣子。

駭人聽聞 ㄏㄞˋ ㄖㄣˊ ㄊㄧㄥ ㄨㄣˊ 事情發生得很怪誕，使人聽了感到非常震驚。

駢 ㄆㄧㄢˊ pián 名文體的一種。見「駢文」。動兩馬並駕一車。形①事物並列且成雙成對的。例駢句。②由旁邊生出且為多餘的。例駢拇枝指。

駢文 ㄆㄧㄢˊ ㄨㄣˊ 文體名。字句整齊且對仗工整，講究聲律和諧，詞藻華麗及用典。同駢儷。

駢枝 ㄆㄧㄢˊ ㄓ 比喻多餘、無用的東西。

駢肩 ㄆㄧㄢˊ ㄐㄧㄢ 人與人的肩膀互相挨著。形容人潮擁擠。

駢體 ㄆㄧㄢˊ ㄊㄧˇ 即駢文的體裁。講究詞句整齊對偶，強調聲韻和諧與詞藻華麗。

駱 ㄌㄨㄛˋ luò 名①頸部的毛為黑色的白馬。

②見「駱駝」。③姓。

駱駝 ㄌㄨㄛˋ ㄊㄨㄛˊ 動物名。反芻偶蹄類哺乳動物，眼重瞼，睫毛長，鼻孔可閉合以防塵砂。背上有一或二個肉峰，內儲存脂肪，胃分成三室，可貯水，因此橫越沙漠時可數日不吃不喝。性情溫馴，能負重，有「沙漠之舟」的稱號。

駪 ㄕㄣ shēn 形 馬群眾多的樣子。例駪駪。

七畫

騁 ㄔㄥˇ chěng 動 ①縱馬向前疾奔。例馳騁。②展開，施展。例騁志。

騁目 ㄔㄥˇ ㄇㄨˋ 縱目遠望。

騁望 ㄔㄥˇ ㄨㄤˋ ①放眼遠眺。②四處觀覽景物。

騁懷 ㄔㄥˇ ㄏㄨㄞˊ 放開胸懷。

駿 ㄐㄩㄣˋ jùn 名 ①優良的馬。②通「俊」。才能傑出的人。形 ①盛大的，宏大的。例駿業。②通「峻」。嚴厲的。③傑出的，挺拔的。例筆力勁駿。副 快速地。例駿發。

駿馬 ㄐㄩㄣˋ ㄇㄚˇ 優良的馬，跑得快的好馬。

駿發 ㄐㄩㄣˋ ㄈㄚ ①快速耕作。②迅速獲得名利。

駸 ㄑㄧㄣ qīn 形 ①馬快跑的樣子。②迅速的，快速的。

駸駸 ㄑㄧㄣ ㄑㄧㄣ ①馬跑得很快的樣子。②比喻時間過得很快。③形容事物日漸進步壯大。

騂 ㄒㄧㄥ xīng 名 ①指毛色為紅色的馬。②泛指紅色。

騃 ㄞˊ ái 形 通「佁」。愚痴的。例痴騃。

騃女痴男 ㄞˊ ㄋㄩˇ ㄔ ㄋㄢˊ 沉迷於愛情中天真浪漫的男女。

八畫

騎 ㄑㄧˊ qí 名 ①乘坐的馬。例坐騎。②騎馬作戰的士兵。例輕騎。③計算人、馬的量詞。例三千餘騎。動 ①跨坐在牲口或其他物體的上面。例騎馬、騎車。②跨在兩邊。例騎縫章。

騎兵 ㄑㄧˊ ㄅㄧㄥ 騎馬作戰的士兵。

騎射 ㄑㄧˊ ㄕㄜˋ 騎馬與射箭。是古代重要的運動項目。

騎樓 ㄑㄧˊ ㄌㄡˊ 樓房往外伸出，遮蓋人行道的部分。

騎牆 ㄑㄧˊ ㄑㄧㄤˊ 比喻立場不明確，想兩面討好。

騎縫 ㄑㄧˊ ㄈㄥˋ 跨在兩張紙中間的連接縫。重要文件多在此處蓋章，以備驗證或防偽造。

騎月雨 ㄑㄧˊ ㄩㄝˋ ㄩˇ 指跨越月份的雨。

騎虎難下 ㄑㄧˊ ㄏㄨˇ ㄋㄢˊ ㄒㄧㄚˋ 比喻做事遇到困難，但迫於形勢而無法中止。

騎驢覓驢 ㄑㄧˊ ㄌㄩˊ ㄇㄧˋ ㄌㄩˊ 比喻某樣東西就在自己身邊，卻還要向外尋求。

騅 ㄓㄨㄟ zhuī 名 毛色黑白相雜的馬。

騄 ㄌㄨˋ lù 名 騄駬，周穆王八駿之一，後為千里馬的泛稱。

騏 ㄑㄧˊ qí 名 ①青黑色的馬。②良馬。例騏驥。③通「綦」。泛稱青黑色。

騏驎 ㄑㄧˊ ㄌㄧㄣˊ ①古代傳說中的神獸，即麒麟。②良馬。

騏驥 ㄑㄧˊ ㄐㄧˋ 良馬，駿馬。

騑 ㄈㄟ fēi 名①古時四匹馬拉一車時，在兩旁的馬稱為騑，也稱驂。②泛指馬。

騍 ㄎㄜˋ kè 名母馬。

九畫

騖 ㄨˋ wù 動①馬匹奔馳，飛奔。②追逐，力求。例好高騖遠。

騖外 ㄨˋ ㄨㄞˋ 不固守本分。

騖馳 ㄨˋ ㄔˊ 車馬快速奔馳。

騙 ㄆㄧㄢˋ piàn 名詐欺的行為。例行騙。動①指躍上馬背騎乘。②說謊，蒙哄。例欺騙。

騙子 ㄆㄧㄢˋ ㄗ˙ 說謊騙取他人財物的人。

騙局 ㄆㄧㄢˋ ㄐㄩˊ 設計讓人受騙上當的圈套。

騙術 ㄆㄧㄢˋ ㄕㄨˋ 用來欺騙人的伎倆。

騣 ㄗㄨㄥ zōng 名同「鬃」。馬頸上的長毛。

騧 ㄍㄨㄚ guā 名①古代指黃毛黑嘴的馬。②通「蝸」。指蝸牛。

騤 ㄎㄨㄟˊ kuí 副馬匹強壯的樣子。

騠 ㄊㄧˊ tí 名駃騠，公馬和母驢交配所生的騾。

十畫

騫 ㈠ㄑㄧㄢ qiān 名過失，過錯。動①高高舉起，揭起衣服。例騫裳。②通「搴」。拔取。例斬將騫旗。㈡ㄐㄧㄢˇ jiǎn 形駑鈍的。例騫馬。

騫騰 ㄑㄧㄢ ㄊㄥˊ 飛騰。後多用以比喻仕途騰達。

騰 ㄊㄥˊ téng 動①傳送，傳遞。例騰書。②奔馳，跳躍。例萬馬奔騰。③乘，騎。例騰雲駕霧。④挪移。例騰出空位。⑤上升。例升騰。

騰出 ㄊㄥˊ ㄔㄨ 讓出，空出來。

騰沸 ㄊㄥˊ ㄈㄟˋ 水流湧起如沸騰般。比喻擾攘不安。

騰空 ㈠ㄊㄥˊ ㄎㄨㄥ 飛到空中。例騰空而起。㈡ㄊㄥˊ ㄎㄨㄥˋ 空出時間。

騰笑 ㄊㄥˊ ㄒㄧㄠˋ 使許多人發出笑聲。

騰貴 ㄊㄥˊ ㄍㄨㄟˋ 物價快速上漲。

騰越 ㄊㄥˊ ㄩㄝˋ 跳過。

騰達 ㄊㄥˊ ㄉㄚˊ ①上升。②指發跡，升官或發財。

騰騰 ㄊㄥˊ ㄊㄥˊ ①旺盛的樣子。例殺氣騰騰。②遲緩的樣子。例慢騰騰。③形容懶散的樣子。

騰躍 ㄊㄥˊ ㄩㄝˋ ①飛躍。②物價上升、暴漲。

騰歡 ㄊㄥˊ ㄏㄨㄢ 歡欣鼓舞的樣子。也作「歡騰」。

騰空而起 ㄊㄥˊ ㄎㄨㄥ ㄦˊ ㄑㄧˇ 上升到空中。

騰雲駕霧 ㄊㄥˊ ㄩㄣˊ ㄐㄧㄚˋ ㄨˋ ①神仙的法術，可以駕著雲霧飛行。②形容極為快速。

騷 ㄙㄠ sāo 名①愁思，憂愁。②通「臊」。臭味。例羊騷。③抑鬱不滿的情緒。例牢騷。④韻文的一種形式，戰國時代楚國詩人屈原所創。又稱騷體。⑤泛指詩賦。⑥「離騷」的簡稱。形①舉止淫蕩輕佻的。例騷包。②風雅的。例騷人墨客。動擾亂不安。例騷動。

騷客 ㄙㄠ ㄎㄜˋ 寫作詩文的人。也作「騷人」。

騷動 ㄙㄠ ㄉㄨㄥˋ 動盪不安。同騷亂。

騷然 ㄙㄠ ㄖㄢˊ 紛亂不安的樣子。

騷亂 ㄙㄠ ㄌㄨㄢˋ 擾亂不定。

騷擾 ㄙㄠ ㄖㄠˇ 擾亂不安寧。

騷人墨客 ㄙㄠ ㄖㄣˊ ㄇㄛˋ ㄎㄜˋ 吟詩作畫的文人雅士。

騭 ㄓˋ zhì 名雄性的馬。動①通「陟」。騎著馬登高。②安定。③評論判定。例評騭高低。

騶 ㄗㄡ zōu 名①古時駕馭車馬的小官。②古時官員出行時，前導或後隨的騎士。③姓。

騸 ㄕㄢˋ shàn 動①割去雄性馬的睪丸。即閹割去勢。②指截去樹木的主根。

騮 ㄌㄧㄡˊ liú 名頸部、尾部毛是黑色的紅馬。

十一畫

驃 ㄆㄧㄠˋ piào 名帶有白色斑點的黃馬。例黃驃。形①馬跑得很快速的樣子。②驍勇強悍的。例驃悍。

驃騎 ㄆㄧㄠˋ ㄑㄧˊ 古時將軍的名號。漢武帝時開始任用霍去病為驃騎將軍。

驀 ㄇㄛˋ mò 動①上馬，騎馬。②超越。例驀越。副突然，忽然。例驀然回首。

驀地 ㄇㄛˋ ㄉㄧˋ 突然。

驀然 ㄇㄛˋ ㄖㄢˊ 忽然，不經意地。同驀地。

驅 ㄑㄩ qū 名在最前面的人。例先驅。動①往前行，奔走。例並駕其驅。②策馬前進。③逐遣，趕走。例驅逐出境。④逼迫。例驅迫。⑤使喚，差遣。例驅遣。

驅走 ㄑㄩ ㄗㄡˇ 趕走。

驅車 ㄑㄩ ㄔㄜ 駕駛或乘坐車輛。

驅邪 ㄑㄩ ㄒㄧㄝˊ 用法術趕走邪惡的東西。

驅使 ㄑㄩ ㄕˇ 役使。同驅策。

驅迫 ㄑㄩ ㄆㄛˋ 逼迫。

驅除 ㄑㄩ ㄔㄨˊ 趕走，排除。

驅逐 ㄑㄩ ㄓㄨˊ 趕走。同驅除。

驅寒 ㄑㄩ ㄏㄢˊ 趕走寒意。

驅散 ㄑㄩ ㄙㄢˋ 趕走使散開。

驅馳 ㄑㄩ ㄔˊ ①騎馬疾馳。②盡力奔走，效勞。

驅趕 ㄑㄩ ㄍㄢˇ ①駕駛車馬。②趕走。例驅趕蚊蠅。

驅離 ㄑㄩ ㄌㄧˊ 驅散使離開。

騾 ㄌㄨㄛˊ luó 名動物名。為雄驢與雌馬雜交所生，體形與馬略同，叫聲如驢，頭耳皆長，能負重行遠，沒有生殖能力。

騾車 ㄌㄨㄛˊ ㄔㄜ 用騾子拖的車。

騾馱子 ㄌㄨㄛˊ ㄊㄨㄛˊ ˙ㄗ 馱負物品的騾子。

驁 ㄠˊ áo 名駿馬。形①馬驕而不馴的。②通「傲」。高傲，狂妄。例桀驁不遜。

驂 ㄘㄢ cān 名①古代駕車時，在旁邊的兩匹馬稱為驂。②用三匹馬駕一輛車。

驄 ㄘㄨㄥ cōng 名毛色青白交雜的馬。

十二畫

驕 ㄐㄧㄠ jiāo 名①身高六尺以上的馬。②野馬。形①馬高大健壯的。②自大，傲慢。例驕盈。③猛烈的，炎熱的。例驕陽。④非常寵愛的。例天之驕子。動①放縱。例富而無驕。②傲慢，驕傲。例勝不驕，敗不餒。

驕人 ㄐㄧㄠ ㄖㄣˊ ①得志驕傲的小人。②對人的態度傲慢。

驕子 ㄐㄧㄠ ㄗˇ 特別受到寵愛的人，驕貴的人。

驕色 ㄐㄧㄠ ㄙㄜˋ 傲慢放縱的神情。

驕兵 ㄐㄧㄠ ㄅㄧㄥ ①驕傲輕敵的軍隊。②不聽指揮的兵士。

驕狂 ㄐㄧㄠ ㄎㄨㄤˊ 傲慢狂妄。

驕矜 ㄐㄧㄠ ㄐㄧㄣ 輕慢放縱。同驕貴。

驕氣 ㄐㄧㄠ ㄑㄧˋ 傲慢自大的作風。

驕奢 ㄐㄧㄠ ㄕㄜ 傲慢奢侈。

驕陽 ㄐㄧㄠ ㄧㄤˊ 猛烈的陽光。

驕傲 ㄐㄧㄠ ㄠˋ ①傲慢，自以為了不起而瞧不起他人。②自豪。多指好的一面。

驕橫 ㄐㄧㄠ ㄏㄥˊ 驕傲蠻橫不講理。

驕縱 ㄐㄧㄠ ㄗㄨㄥˋ 驕傲放縱。

驕兵必敗 ㄐㄧㄠ ㄅㄧㄥ ㄅㄧˋ ㄅㄞˋ 恃強而輕敵的軍隊必遭失敗。

驕奢淫佚 ㄐㄧㄠ ㄕㄜ ㄧㄣˊ ㄧˋ 形容富人權貴的生活驕縱奢侈，荒淫放蕩。亦作「驕奢淫逸」。

驍 ㄒㄧㄠ xiāo 名良馬。形勇猛矯健的。例驍勇。

驍悍 ㄒㄧㄠ ㄏㄢˋ 勇猛且強悍。

驍將 ㄒㄧㄠ ㄐㄧㄤˋ 勇猛的將士。

驍勇善戰 ㄒㄧㄠ ㄩㄥˇ ㄕㄢˋ ㄓㄢˋ 矯捷勇猛且善於作戰。

驊 ㄏㄨㄚˊ huá 名驊騮，古代的赤兔駿馬，為周穆王八駿之一。

驌 ㄙㄨˋ sù 名驌驦，古代的一種良馬。

驏 ㄓㄢˇ zhǎn 名指沒有裝上鞍轡的馬。

驎 ㄌㄧㄣˊ lín 名①馬身上的紋路。②指麒麟。

十三畫

驚 ㄐㄧㄥ jīng 名兒童病名。見「驚風」。動①馬被嚇而行動失常。②震動。例石破天驚。③害怕，恐懼。例膽戰心驚。④擾亂，被觸動。例驚擾。

驚人 ㄐㄧㄥ ㄖㄣˊ 出乎意料之外，使人感到驚奇、害怕。

驚心 ㄐㄧㄥ ㄒㄧㄣ 指內心感到驚駭。

驚呼 ㄐㄧㄥ ㄏㄨ 吃驚地喊叫。

驚奇 ㄐㄧㄥ ㄑㄧˊ 對特殊的事物感到奇怪驚訝。

驚怪 ㄐㄧㄥ ㄍㄨㄞˋ 吃驚，訝異。

驚服 ㄐㄧㄥ ㄈㄨˊ 驚訝佩服。

驚風 ㄐㄧㄥ ㄈㄥ ①中醫指小兒因心熱肝盛，觸驚受風而引起的似癲癇的症狀。②可怕的疾風。

驚恐 ㄐㄧㄥ ㄎㄨㄥˇ 驚慌害怕。

驚動 ㄐㄧㄥ ㄉㄨㄥˋ ①打擾人家。②使人驚駭震動或受侵擾。

驚悸 ㄐㄧㄥ ㄐㄧˋ 因驚怕而心跳加快。

驚異 ㄐㄧㄥ ㄧˋ 驚奇訝異。

驚訝 ㄐㄧㄥ ㄧㄚˋ 吃驚訝異。

驚惶 ㄐㄧㄥ ㄏㄨㄤˊ 驚慌而不知所措。

驚愕 ㄐㄧㄥ ㄜˋ 因吃驚而不知如何是好。

驚亂 ㄐㄧㄥ ㄌㄨㄢˋ 驚慌混亂。

驚慌 ㄐㄧㄥ ㄏㄨㄤ 驚恐慌張。

驚詫 ㄐㄧㄥ ㄔㄚˋ 吃驚詫異。

驚雷 ㄐㄧㄥ ㄌㄟˊ 使人震驚的雷聲。

驚嘆 ㄐㄧㄥ ㄊㄢˋ 驚訝嘆服。

驚疑 ㄐㄧㄥ ㄧˊ 驚恐疑惑。

驚魂 ㄐㄧㄥ ㄏㄨㄣˊ 受到驚嚇連魂魄都被震動。

驚醒 ㄐㄧㄥ ㄒㄧㄥˇ ①在睡夢中突然受到驚嚇而醒過來。②比喻人在沉迷中猛然覺悟。

驚險 ㄐㄧㄥ ㄒㄧㄢˇ 場面非常危險，使人吃驚。

驚駭 ㄐㄧㄥ ㄏㄞˋ 驚恐害怕。

驚嚇 ㄐㄧㄥ ㄒㄧㄚˋ 意外的受到震驚而害怕。

驚遽 ㄐㄧㄥ ㄐㄩˋ 慌張惶恐。

驚鴻 ㄐㄧㄥ ㄏㄨㄥˊ 比喻體態輕盈。

驚擾 ㄐㄧㄥ ㄖㄠˇ 驚動打擾。

驚覺 ㄐㄧㄥ ㄐㄩㄝˊ 受到刺激而覺悟。

驚顫 ㄐㄧㄥ ㄓㄢˋ 因恐懼而顫抖。

驚嘆號 ㄐㄧㄥ ㄊㄢˋ ㄏㄠˋ 標點符號之一，符號為「！」。用以表示情感或願望語氣。亦稱感嘆號。

驚弓之鳥 ㄐㄧㄥ ㄍㄨㄥ ㄓ ㄋㄧㄠˇ 曾經被弓箭驚嚇過的鳥。比喻受過驚嚇的人，一遇到事情就膽怯。

驚天動地 ㄐㄧㄥ ㄊㄧㄢ ㄉㄨㄥˋ ㄉㄧˋ 形容聲勢極為浩大。

驚心動魄 ㄐㄧㄥ ㄒㄧㄣ ㄉㄨㄥˋ ㄆㄛˋ 震驚心神和魂魄。比喻使人感受深刻，震撼極大。也形容事物的危險緊張。

驚世駭俗 ㄐㄧㄥ ㄕˋ ㄏㄞˋ ㄙㄨˊ 形容人的行為與言論不同於一般人，使人感到特別驚異。

驚惶失措 ㄐㄧㄥ ㄏㄨㄤˊ ㄕ ㄘㄨㄛˋ 受到驚嚇，不知如何是好。

驚魂甫定 ㄐㄧㄥ ㄏㄨㄣˊ ㄈㄨˇ ㄉㄧㄥˋ 受到驚動的魂魄才剛安定下來。

驚濤駭浪 ㄐㄧㄥ ㄊㄠ ㄏㄞˋ ㄌㄤˋ 使人害怕的猛烈風浪。比喻非常險惡的環境或局勢。

驚天地泣鬼神 ㄐㄧㄥ ㄊㄧㄢ ㄉㄧˋ ㄑㄧˋ ㄍㄨㄟˇ ㄕㄣˊ 形容某件事非常悲壯激烈，可以使天地驚動，鬼神哭泣。

驛 ㄧˋ yì 名①古時官方為了傳遞文書而設置的車馬。②古時供應傳遞文書的人休息、換馬及補給的處所。例驛站。

驛卒 ㄧˋ ㄗㄨˊ 在驛站中供差遣的士卒。

驛站 ㄧˋ ㄓㄢˋ 古時供傳遞文書的人中途休息住宿、補給、換馬的地方。

驛道 ㄧˋ ㄉㄠˋ 驛馬所經過的道路，是官方交通的要道。

驛夫走卒 ㄧˋ ㄈㄨ ㄗㄡˇ ㄗㄨˊ 驛站的車伕和供人差遣的僕役。比喻地位低下的人。

驛馬星動 ㄧˋ ㄇㄚˇ ㄒㄧㄥ ㄉㄨㄥˋ 比喻有遠行或升遷。

驗 ㄧㄢˋ yàn 名①憑據，證明。②預期的功效、效果。例效驗、靈驗。動①證實，審核。②檢查，察看。例驗光。

驗光 ㄧㄢˋ ㄍㄨㄤ 在配戴眼鏡前，先檢查視力和眼睛狀況，以便選擇適合的鏡片，再調整焦距，使視覺清楚的方法。

驗血 ㄧㄢˋ ㄒㄧㄝˇ 檢查血液。

驗收 ㄧㄢˋ ㄕㄡ 按一定的標準進行檢驗查收貨物或工程品質。

驗明 ㄧㄢˋ ㄇㄧㄥˊ 檢查清楚。

驗看 ㄧㄢˋ ㄎㄢˋ 檢驗察看。

驗屍 ㄧㄢˋ ㄕ 為調查死亡原因和過程，會同檢察官及死者家屬，由法醫解剖及檢驗屍體。

驗核 ㄧㄢˋ ㄏㄜˊ 檢驗核對。

驗貨 ㄧㄢˋ ㄏㄨㄛˋ 查驗貨物。

驗算 ㄧㄢˋ ㄙㄨㄢˋ 數學習題算好後，再逆向演算一次，以檢驗運算結果是否正確。

驗證 ㄧㄢˋ ㄓㄥˋ 檢驗得到證明。

十四畫

驟 ㄗㄡˋ zòu 形急速，迅速。例狂風驟雨。動馬快速奔馳。副①經常，屢次。②突然，忽然。例驟然。

驟雨 ㄗㄡˋ ㄩˇ 指暴雨，下得很急的雨。

驟然 ㄗㄡˋ ㄖㄢˊ 忽然。

驟變 ㄗㄡˋ ㄅㄧㄢˋ 突來的變化。

十六畫

驢 ㄌㄩˊ lǘ 名動物名。奇蹄目哺乳動物，草食性，體形比馬小，耳朵長且直立，性情溫馴，能背負重物。

驢臉 ㄌㄩˊ ㄌㄧㄢˇ 嘲諷人臉形狹長。

驥 ㄐㄧˋ jì 名①千里馬。②比喻傑出的人才。例驥子龍文。

十七畫

驤 ㄒㄧㄤ xiāng 名右後腳為白色的馬。動①馬昂頭奔跑。②高舉。③奔馳。例驤騰。

驤騰 ㄒㄧㄤ ㄊㄥˊ 形容奮力前進，如同馬的奔跑。

驦 ㄕㄨㄤ shuāng 名驌驦，古代的一種良馬。

十八畫

驩 ㄏㄨㄢ huān 名馬名。形同「歡」。愉悅的。

例驪心。

十九畫

驪 ㄌㄧˊ 名①指純黑的馬。②驪龍的簡稱。即黑龍。動用兩匹馬拉一部車。

驪珠 ㄌㄧˊ ㄓㄨ ①驪龍頷下的寶珠。比喻珍貴的事物或文章的要旨。②水果龍眼的別稱。

驪歌 ㄌㄧˊ ㄍㄜ 離別時所唱的歌。

骨部 ㄍㄨˇ

骨 ㊀ㄍㄨˇ gǔ 名①構成脊椎動物體的支架。例脊椎骨。②支撐物品的架子。例傘骨。③卓越的品格與氣質。例風骨。④比喻文章的內容架構或筆力。⑤比喻瘦勁的書體。例顏筋柳骨。⑥死人的屍體。例杜甫．兵車行：「古來白骨無人收。」
㊁ㄍㄨ gū 名骨朵兒，指未開放的花朵。
㊂ㄍㄨˊ gú 見「骨頭」。

骨力 ㄍㄨˇ ㄌㄧˋ ①指寫書法的筆力。②強健有力氣。

骨子 ㄍㄨˇ ˙ㄗ 支撐物體的架子。

骨立 ㄍㄨˇ ㄌㄧˋ 形容身體極為瘦弱。例形銷骨立。

骨灰 ㄍㄨˇ ㄏㄨㄟ 火葬之後骨骸燒成的灰。

骨肉 ㄍㄨˇ ㄖㄡˋ 比喻血統最親的人。同骨血。

骨血 ㄍㄨˇ ㄒㄧㄝˇ 即骨肉。

骨折 ㄍㄨˇ ㄓㄜˊ 骨頭因為外力而出現裂縫或折斷。

骨刺 ㄍㄨˇ ㄘˋ 骨頭上長出的針狀物，常引起疼痛。

骨架 ㄍㄨˇ ㄐㄧㄚˋ ①支撐動物體的骨骼架子。②支撐物品的架子。

骨相 ㄍㄨˇ ㄒㄧㄤˋ 指人的相貌與體格，可推測其禍福窮通的命運。

骨盆 ㄍㄨˇ ㄆㄣˊ 人和哺乳動物軀幹下方脊柱的基礎，有保護膀胱、直腸等器官的作用。

骨氣 ㄍㄨˇ ㄑㄧˋ ①剛強不屈的氣概。②指書畫所表現的雄健氣勢。

骨牌 ㄍㄨˇ ㄆㄞˊ 用象牙、骨或竹子等製成的娛樂用具，共三十二張，多用作賭具。西洋人喜歡以骨牌排成各種圖案，只要推倒第一張牌，其餘的就會依序倒下，形成壯觀的畫面。

骨幹 ㄍㄨˇ ㄍㄢˋ ①身體骨骼的主要枝幹，聯合其他骨頭，保持形體的支撐與運作。②比喻團體中的主要人物或事物。

骨董 ㄍㄨˇ ㄉㄨㄥˇ ①古代器物。亦作「古董」。②形容物體落水的聲音。

骨碌 ㄍㄨ ˙ㄌㄨ 指滾動。

骨節 ㄍㄨˇ ㄐㄧㄝˊ 骨頭的關節。

骨質 ㄍㄨˇ ㄓˋ 骨頭的性質與成分，石灰質、膠質與海綿質是構成骨塊的質料。

骨骼 ㄍㄨˇ ㄍㄜˊ 人或動物全身骨頭的統稱，為支撐形體的支架。

骨頭 ㄍㄨˊ ˙ㄊㄡ ①脊椎動物身體的支架。②用來譏笑人的品行或容貌不好之詞。例懶骨頭。

骨鯁 ㄍㄨˇ ㄍㄥˇ ①魚的骨頭。②比喻個性耿直、剛健。

骨髓 ㄍㄨˇ ㄙㄨㄟˇ ①骨頭內部中空腔裡所含有的柔軟物質，富含血管，可以供應骨頭發育所需。分為紅髓及黃髓兩種，紅髓具有製造紅血球、白血球、血小板的功能。②比喻精華。

骨子裡頭 ㄍㄨˇ ˙ㄗ ㄌㄧˇ ˙ㄊㄡ 比喻心裡或實質上。多含貶義。

骨肉相殘 ㄍㄨˇ ㄖㄡˋ ㄒㄧㄤ ㄘㄢˊ 形容血緣至親彼此殘害。

骨肉相連 ㄍㄨˇ ㄖㄡˋ ㄒㄧㄤ ㄌㄧㄢˊ 比喻關係極密切，如骨頭和肉一樣不可分離。

骨瘦如柴 ㄍㄨˇ ㄕㄡˋ ㄖㄨˊ ㄔㄞˊ 形容人的身體非常清瘦。亦作「骨瘦如豺」。

骨頭架子 ㄍㄨˇ ˙ㄊㄡ ㄐㄧㄚˋ ˙ㄗ ①動物體內的骨頭支架。②形容非常瘦的人。

骨鯁在喉 ㄍㄨˇ ㄍㄥˇ ㄗㄞˋ ㄏㄡˊ ①魚骨頭卡在喉嚨裡。②比喻心中有話，不吐不快。

三畫

骫 ㄨㄟˇ wěi 形骨骼彎曲不正的。動①枉曲，冤屈。例骫法。②積聚，聚集。

骭 ㄍㄢˋ gàn 名小腿的骨頭，即脛骨。

四畫

骯 ㈠ㄤ āng 見「骯髒」。㈡ㄎㄤˇ kǎng 見「骯髒」。

骯髒 ㈠ㄤ ㄗㄤ 不乾淨。㈡ㄎㄤˇ ㄗㄤˇ 高亢正直的樣子。

骰 ㄊㄡˊ tóu （語音ㄕㄞˇ shǎi）名骰子，一種遊戲或賭博用的器具，為一正方體，六面分別刻有一、二、三、四、五、六點，一、四塗紅色，其他為黑色，擲出後以所見的點數或顏色定勝負。

骱 ㄒㄧㄝˋ xiè 名骨節之間兩塊骨頭連接的地方。

五畫

骷 ㄎㄨ kū 見「骷髏」。

骷髏 ㄎㄨ ㄌㄡˊ 乾枯無肉的屍骨或死人頭骨。

骶 ㄉㄧˇ dǐ 名①臀部。②脊椎的末端，即尾椎骨。③背部。

六畫

骸 ㄏㄞˊ hái 名①小腿骨，即脛骨。②泛指骨頭。例骸骨。③軀體，身體。例形骸。

骸骨 ㄏㄞˊ ㄍㄨˇ ①指屍骨或枯骨。②軀體的總稱。

骼 ㄍㄜˊ gé 名①骨頭的通稱。例骨骼。②枯乾的骨頭。

骿 ㄆㄧㄢˊ pián 名①通「胼」。手腳因長期勞動而生的厚皮。例骿胝。②肋骨並連成一片。

骻 ㄎㄨㄚˋ kuà 名①同「胯」。兩股中間。②指腰骨。

骴 ㄘ cī 名上面還留有腐肉的骨頭。

骹 ㄑㄧㄠ qiāo 名①脛骨靠近腳底較細的部位

。②指一切物體的末端。

七畫

骾 ㄍㄥˇ gěng 動骨頭卡在喉嚨裡。例如骾在喉。形比喻耿直，剛正不屈。例骨骾。

八畫

髀 ㄅㄧˋ bì 名①大腿。②大腿骨。③古代測日影的量表。

髀肉復生 ㄅㄧˋ ㄖㄡˋ ㄈㄨˋ ㄕㄥ 比喻安逸太久，無所作為，因而有所感嘆。

髁 ㄎㄜ kē 名①大腿骨。②膝蓋的骨頭。

九畫

髂 ㄎㄚˋ kà 名腰骨。

十畫

髈 ㄆㄤˇ pǎng 名①指肩部和肩部以下、手肘以上的部位。②指大腿的部位。

髆 ㄅㄛˊ bó 名肩胛骨。

十一畫

髏 ㄌㄡˊ lóu 名骷髏，沒有肉的屍骨或死人的頭骨。

十二畫

髐 ㄒㄧㄠ xiāo 副屍骨乾枯灰白無澤的樣子。

十三畫

髒 ㄗㄤ zāng 形汙穢不清潔的。例髒亂。動弄汙，使不乾淨。例怕髒了你的店。

髒土 ㄗㄤ ㄊㄨˇ 塵土或垃圾。

髒亂 ㄗㄤ ㄌㄨㄢˋ 不乾淨又凌亂。

髒話 ㄗㄤ ㄏㄨㄚˋ 汙穢下流的言語。

髒錢 ㄗㄤ ㄑㄧㄢˊ 由貪汙、舞弊等違法行為得來的錢財。

髒東西 ㄗㄤ ㄉㄨㄥ ㄒㄧ 不乾淨的東西。

髓 ㄙㄨㄟˇ suǐ 名①骨頭中的膠狀物質。例骨髓。②比喻事物的精要所在。例精髓。③泛指凝結如膏脂的物質。例石髓。④指植物莖中心部分的薄壁組織，可儲藏養分。

體 ㄊㄧˇ tǐ 名①動物的全身總稱。例軀體。②身體的各部分。例肢體。③形態或狀態。例氣體。④一定的規格形式。例字體。⑤事物的全部。例整體。⑥原則，骨幹。例中學為體，西學為用。⑦文章的體裁。例駢體。⑧指立體的形狀。例正方體。動①設身處地的替別人著想。例體諒。②實行，實施。例身體力行。副親自地。例體驗。

體力 ㄊㄧˇ ㄌㄧˋ 人體可發揮的力量。

體己 ㄊㄧˇ ㄐㄧˇ ①屬於私人的物品。②非常貼近的。

體用 ㄊㄧˇ ㄩㄥˋ 事物的本體及作用。

體式 ㄊㄧˇ ㄕˋ 規格，形式。

體位 ㄊㄧˇ ㄨㄟˋ ①指身體所維持的姿勢。②身體健康情況的等級。

體系 ㄊㄧˇ ㄒㄧˋ 由許多有關要素相互聯繫而構成井然有序的系統。

體育 ㄊㄧˇ ㄩˋ 德、智、體、群、美，五育之一。為一種動態的教育，是輔助身心發育成長的訓練。

體例 ㄊㄧˇ ㄌㄧˋ ①處事的法則。②文章的組織形式。

體制 ㄊㄧˇ ㄓˋ ①政府機關或企業的組織制度。②文章的格式或體裁。

體味 ㄊㄧˇ ㄨㄟˋ ①仔細的領會。②身體散發出的味道。

體念 ㄊㄧˇ ㄋㄧㄢˋ 設身處地的為他人著想。

體型 ㄊㄧˇ ㄒㄧㄥˊ 身體的大小、肥瘦等型態。

體恤 ㄊㄧˇ ㄒㄩˋ 體諒，為他人著想並給予照顧。

體要 ㄊㄧˇ ㄧㄠˋ ①大體及綱要。②切實簡要。

體重 ㄊㄧˇ ㄓㄨㄥˋ 身體的重量。

體格 ㄊㄧˇ ㄍㄜˊ 身體發育的情形與健康狀況。

體能 ㄊㄧˇ ㄋㄥˊ 肢體在體育活動中所表現出的能力。

體面 ㄊㄧˇ ㄇㄧㄢˋ ①美觀，好看。②名譽，面子。③體統。

體現 ㄊㄧˇ ㄒㄧㄢˋ 在事物或行為上的具體表現。

體統 ㄊㄧˇ ㄊㄨㄥˇ 應有的體制、規矩。

體裁 ㄊㄧˇ ㄘㄞˊ 詩文的類型或表現形式。

體貼 ㄊㄧˇ ㄊㄧㄝ ①關懷體諒，並能為對方著想。②細心領會。

體會 ㄊㄧˇ ㄏㄨㄟˋ 實際體察領會。

體溫 ㄊㄧˇ ㄨㄣ 指動物身體的正常溫度。人類的正常體溫約為攝氏三十七度。

體察 ㄊㄧˇ ㄔㄚˊ 體會與觀察。

體態 ㄊㄧˇ ㄊㄞˋ 身體的形態、姿勢。

體罰 ㄊㄧˇ ㄈㄚˊ 一種以罰站、罰跪或打手心來糾正兒童錯誤行為的教育方法。

體認 ㄊㄧˇ ㄖㄣˋ 親身體會。

體貌 ㄊㄧˇ ㄇㄠˋ ①身體與相貌。②禮貌，禮節。

體膚 ㄊㄧˇ ㄈㄨ 泛指身體的一切。

體諒 ㄊㄧˇ ㄌㄧㄤˋ 設身處地的為他人著想，並給以諒解。

體質 ㄊㄧˇ ㄓˊ 身體的健康狀態和適應能力。

體魄 ㄊㄧˇ ㄆㄛˋ 體格與精力。

體壇 ㄊㄧˇ ㄊㄢˊ 即體育界。

體操 ㄊㄧˇ ㄘㄠ 體育運動項目，包括徒手體操與器械體操兩大類。

體積 ㄊㄧˇ ㄐㄧ 指物體所占的空間大小。

體檢 ㄊㄧˇ ㄐㄧㄢˇ 身體檢查的簡稱。

體驗 ㄊㄧˇ ㄧㄢˋ 親身實踐與經驗。

體無完膚 ㄊㄧˇ ㄨˊ ㄨㄢˊ ㄈㄨ 形容受傷嚴重，身體沒有一處是完好的。也比喻被人批駁，不留餘地。

體貼入微 ㄊㄧˇ ㄊㄧㄝ ㄖㄨˋ ㄨㄟˊ 對人的照顧和關心非常周到。

髑

ㄉㄨˊ dú 名 髑髏，死人的頭骨。

十四畫

髕

ㄅㄧㄣˋ bìn 名 ①膝蓋骨。②古代砍斷膝蓋以下肢體的刑罰。

十五畫

髖 ㄎㄨㄢ kuān 名組成骨盆的大骨，由腸骨、坐骨與恥骨合成。

高部 ㄍㄠ

高 ㄍㄠ gāo 名①物體直立時，由上至下的長度。例身高。②物體的第三廣度，三角形從頂點到底邊的垂直距離，或四邊形平行兩邊的垂直距離。③姓。形①上下距離遠的，離地面遠的。例高樓大廈。②指價錢昂貴。例高價品。③優良的。例高材生。④年長，年紀大的。例高壽。⑤聲音尖銳激昂的。例高唱入雲。⑥層級較深或等級在上的。例高等教育。動尊重，敬重。

高人 ㄍㄠ ㄖㄣˊ ①指品德高尚，不求名利的人。②指有高超學識技能的人。

高才 ㄍㄠ ㄘㄞˊ 才能優異的人。

高中 ㈠ㄍㄠ ㄓㄨㄥˋ 榮登金榜的賀辭。㈡ㄍㄠ ㄓㄨㄥ 高級中學的簡稱。

高亢 ㄍㄠ ㄎㄤˋ ①聲音高昂宏亮。②品格清高。

高手 ㄍㄠ ㄕㄡˇ 文學或技藝造詣高深的人。

高估 ㄍㄠ ㄍㄨ 評價或估計過高。

高妙 ㄍㄠ ㄇㄧㄠˋ ①形容事物極為高深美妙。②形容技術高明巧妙。

高見 ㄍㄠ ㄐㄧㄢˋ 敬稱別人的見解。

高足 ㄍㄠ ㄗㄨˊ 才能卓越的人。後用來敬稱別人的學生。

高尚 ㄍㄠ ㄕㄤˋ 品行清高。

高明 ㄍㄠ ㄇㄧㄥˊ 見解、學識、技能優異出眾。

高昂 ㄍㄠ ㄤˊ ①價格昂貴。②形容精神或聲音昂揚。

高招 ㄍㄠ ㄓㄠ 好辦法，妙計。

高臥 ㄍㄠ ㄨㄛˋ ①高枕而臥，安閒無事的樣子。②比喻隱居而不任官職。

高品 ㄍㄠ ㄆㄧㄣˇ ①品行高尚的人。②技藝高超。

高湯 ㄍㄠ ㄊㄤ 用肉類、大骨等熬煮出來的清湯。

高風 ㄍㄠ ㄈㄥ ①由高處吹來的風。②比喻高尚的氣節。

高原 ㄍㄠ ㄩㄢˊ 高出海平面七百公尺以上，地形起伏較小的大片土地。

高峰 ㄍㄠ ㄈㄥ ①高的山峰。②比喻事物發展到最高點。

高峻 ㄍㄠ ㄐㄩㄣˋ 形容山勢高聳險峻。

高峭 ㄍㄠ ㄑㄧㄠˋ 高聳陡峭。

高徒 ㄍㄠ ㄊㄨˊ ①有成就的學生。②敬稱他人的學生。

高級 ㄍㄠ ㄐㄧˊ ①等級、階級到達一定的程度。例高級將領。②超過一般的水準。例高級服飾。

高唱 ㄍㄠ ㄔㄤˋ ①放開聲音大聲唱歌或叫喊。同高歌。②致力鼓吹、倡導。

高堂 ㄍㄠ ㄊㄤˊ ①寬敞的廳堂。②稱父母親。

高崖 ㄍㄠ ㄧㄞˊ 指高聳險峻的山崖。

高強 ㄍㄠ ㄑㄧㄤˊ　高超，高人一籌。

高深 ㄍㄠ ㄕㄣ　形容在學問或技術上的涵養精深。

高爽 ㄍㄠ ㄕㄨㄤˇ　形容地勢高曠或氣候清爽。

高速 ㄍㄠ ㄙㄨˋ　速度很快。

高寒 ㄍㄠ ㄏㄢˊ　地勢很高且寒冷。

高就 ㄍㄠ ㄐㄧㄡˋ　①指離開原來職位而就任更高職位。②敬稱他人的工作單位。

高揚 ㄍㄠ ㄧㄤˊ　高高地揚起。

高敞 ㄍㄠ ㄔㄤˇ　高大且寬敞。

高等 ㄍㄠ ㄉㄥˇ　①上等的，優良的。②層次較高的。

高翔 ㄍㄠ ㄒㄧㄤˊ　在天空高飛。

高貴 ㄍㄠ ㄍㄨㄟˋ　高雅而尊貴。

高超 ㄍㄠ ㄔㄠ　卓越，高過一般的水準。

高雅 ㄍㄠ ㄧㄚˇ　高貴典雅。

高傲 ㄍㄠ ㄠˋ　自視甚高，自大傲慢的樣子。

高䠷 ㄍㄠ ㄊㄧㄠˇ　形容人的身材又瘦又高。

高僧 ㄍㄠ ㄙㄥ　道行高深的和尚。

高壽 ㄍㄠ ㄕㄡˋ　①長壽，年歲很大。②請問老年人年紀的敬詞。

高歌 ㄍㄠ ㄍㄜ　大聲唱歌。

高漲 ㄍㄠ ㄓㄤˇ　快速上升、擴展。

高遠 ㄍㄠ ㄩㄢˇ　①既高且遠。②形容人的志向品行高潔，超越世俗。

高價 ㄍㄠ ㄐㄧㄚˋ　昂貴，超出一般的價格。

高標 ㄍㄠ ㄅㄧㄠ　①樹木的末梢頂端稱為標，因此凡高聳的物體如峰、塔等都可稱為高標。②比喻造詣高深。③比喻品行高尚。④高標準的簡稱。

高樓 ㄍㄠ ㄌㄡˊ　高聳的樓房或樓閣。

高潔 ㄍㄠ ㄐㄧㄝˊ　品行高尚純潔。

高調 ㄍㄠ ㄉㄧㄠˋ　①音律高的聲調。②比喻理想甚高而不切實際的議論。

高潮 ㄍㄠ ㄔㄠˊ　①潮汐的一個漲落週期內，水面上漲的最高潮位。②比喻事物的最高發展階段。③文學作品或戲劇情節中最緊張熱烈、扣人心弦之處。

高論 ㄍㄠ ㄌㄨㄣˋ　敬稱他人見解高明的言論。

高誼 ㄍㄠ ㄧˋ　①高尚的情誼。②崇高的行為。亦作「高義」。

高壓 ㄍㄠ ㄧㄚ　①較高的電壓。②壓力強大。③比喻以權勢壓制人。例高壓政策。

高檔 ㄍㄠ ㄉㄤˋ　指品質較好、價格較貴的。

高聳 ㄍㄠ ㄙㄨㄥˇ　既高且直。

高舉 ㄍㄠ ㄐㄩˇ　高高舉起。

高薪 ㄍㄠ ㄒㄧㄣ　高額的薪資。

高額 ㄍㄠ ㄜˊ　數目很龐大。

高攀 ㄍㄠ ㄆㄢ　與身分地位比自己高的人結交或聯姻。

高蹺 ㄍㄠ ㄑㄧㄠ　雙腳踩在有踏腳裝置的木棍上行走的一種

遊戲。

高齡 ㄍㄠ ㄌㄧㄥˊ 敬稱老年人的年齡。

高鐵 ㄍㄠ ㄊㄧㄝˇ 高速鐵路。

高矗 ㄍㄠ ㄔㄨˋ 聳立，既高且直地立著。

高才生 ㄍㄠ ㄘㄞˊ ㄕㄥ 表現優異的學生。亦作「高材生」。

高血壓 ㄍㄠ ㄒㄧㄝˇ ㄧㄚ 人的動脈血壓長期持續地超過一百四十和九十毫米水銀柱時，即稱為高血壓。

高利貸 ㄍㄠ ㄌㄧˋ ㄉㄞˋ 利息遠超過法定利率的民間貸款。

高姿態 ㄍㄠ ㄗ ㄊㄞˋ 態度高傲不肯放下身段的樣子。

高氣壓 ㄍㄠ ㄑㄧˋ ㄧㄚ 在同一海平面上，中心氣壓比四周高的區域。在此區內，氣流下沉，天氣多明朗。

高峰會 ㄍㄠ ㄈㄥ ㄏㄨㄟˋ 出席者多為國家元首或高級官員的國際會議。

高帽子 ㄍㄠ ㄇㄠˋ ˙ㄗ 指恭維、奉承人的話。

高緯度 ㄍㄠ ㄨㄟˇ ㄉㄨˋ 地球南北接近兩極的緯度。

高壓電 ㄍㄠ ㄧㄚ ㄉㄧㄢˋ 電壓在二百五十伏特以上的電力。工業上則專指三千到一萬一千伏特的電力。

高人一籌 ㄍㄠ ㄖㄣˊ ㄧˋ ㄔㄡˊ 技藝、才能比別人高明。

高山流水 ㄍㄠ ㄕㄢ ㄌㄧㄡˊ ㄕㄨㄟˇ 比喻知音或高妙的樂曲。

高不可攀 ㄍㄠ ㄅㄨˋ ㄎㄜˇ ㄆㄢ 指人高高在上，身分才德出眾或有權有勢，難以親近。

高官厚祿 ㄍㄠ ㄍㄨㄢ ㄏㄡˋ ㄌㄨˋ 官位崇高，俸祿優厚。

高抬貴手 ㄍㄠ ㄊㄞˊ ㄍㄨㄟˋ ㄕㄡˇ 請求人饒恕或寬恕的用語。

高朋滿座 ㄍㄠ ㄆㄥˊ ㄇㄢˇ ㄗㄨㄛˋ 形容來賓、客人很多。

高枕無憂 ㄍㄠ ㄓㄣˇ ㄨˊ ㄧㄡ 將枕頭墊高安心睡覺。比喻很放心，不必擔憂。

高風亮節 ㄍㄠ ㄈㄥ ㄌㄧㄤˋ ㄐㄧㄝˊ 比喻人品格高尚堅貞。

高唱入雲 ㄍㄠ ㄔㄤˋ ㄖㄨˋ ㄩㄣˊ ①比喻聲調激動高昂。②歌聲或呼喊響亮。

高速公路 ㄍㄠ ㄙㄨˋ ㄍㄨㄥ ㄌㄨˋ 供汽車高速行駛的公路。沒有岔路和紅綠燈，行駛時必須在規定的速度以內。

高等法院 ㄍㄠ ㄉㄥˇ ㄈㄚˇ ㄩㄢˋ 審理不服地方法院民刑事判決的上訴案件，以及內亂、外患和妨害國交之刑事第一審訴訟案的司法機關。

高等教育 ㄍㄠ ㄉㄥˇ ㄐㄧㄠˋ ㄩˋ 大學及專科學院所實施的教育。是繼續中等教育以後的較高深教育，目的在於培養研究高深學術和專業技能的人才。

高樓大廈 ㄍㄠ ㄌㄡˊ ㄉㄚˋ ㄒㄧㄚˋ 泛稱樓層很高的房屋。

高談闊論 ㄍㄠ ㄊㄢˊ ㄎㄨㄛˋ ㄌㄨㄣˋ ①毫無顧忌暢快的談論。②沒有實質、漫無邊際的談論。

高頭大馬 ㄍㄠ ㄊㄡˊ ㄉㄚˋ ㄇㄚˇ 形容人的身材高大。

高瞻遠矚 ㄍㄠ ㄓㄢ ㄩㄢˇ ㄓㄨˇ 形容見識深遠，眼光遠大。

高不成，低不就 ㄍㄠ ㄅㄨˋ ㄔㄥˊ ㄉㄧ ㄅㄨˋ ㄐㄧㄡˋ 指自己的條件有限，合意的做不到，差的又看不上。多用於尋找工作或選擇結婚對象。

髟部 ㄅㄧㄠ

髟 ㈠ㄅㄧㄠ biāo 名獸類脖子上特有的長毛。形①長髮披垂的。②頭髮花白的。㈡ㄕㄢ shān 名屋翼。

三畫

髡 ㄎㄨㄣ kūn 名①古時將犯人頭髮剃去的一種刑罰。例髡刑。②古時對僧人的賤稱。例髡人。動剪去樹木的枝葉，使其變得光禿禿。

四畫

髦 ㄇㄠˊ máo 名①長且粗硬的毛髮。②比喻有才能的人。③頭髮披垂到眉際，為幼童的髮式。④馬後頸的長毛。形式樣、打扮新潮的。例時髦。

髦齔 ㄇㄠˊ ㄔㄣˋ 年紀幼小的孩童。

髣 ㄈㄤˇ fǎng 見「髣髴」。

髣髴 ㄈㄤˇ ㄈㄨˊ 似乎，好像。亦作「彷彿」。

五畫

髮 ㄈㄚˇ fǎ 名①人類頭上的毛。例白髮、頭髮。②古代長度單位，一寸的千分之一。引申為極其細微。例間不容髮。③比喻生長在山上的草木。

髮夾 ㄈㄚˇ ㄐㄧㄚˊ 女性用來夾頭髮的夾子。

髮乳 ㄈㄚˇ ㄖㄨˇ 塗抹在頭髮上，使其光澤柔軟、容易梳理的乳狀化妝品。

髮妻 ㄈㄚˇ ㄑㄧ 原配的妻子。

髮型 ㄈㄚˇ ㄒㄧㄥˊ 頭髮梳理的式樣。

髮指 ㄈㄚˇ ㄓˇ 頭髮直豎起來。形容非常憤怒的樣子。

髮菜 ㄈㄚˇ ㄘㄞˋ 一種藻類植物，形狀、顏色與頭髮相似，可以食用。

髮箍 ㄈㄚˇ ㄍㄨ 女性用來箍頭髮的半圓環狀物。

髮際 ㄈㄚˇ ㄐㄧˋ 髮間，指長出頭髮的部位。

髮髻 ㄈㄚˇ ㄐㄧˋ 在腦後或頭頂將頭髮盤成各種樣式。

髮短心長 ㄈㄚˇ ㄉㄨㄢˇ ㄒㄧㄣ ㄔㄤˊ 比喻人老則智謀深遠。

髯 ㄖㄢˊ rán 名①長在臉頰上的長鬚。例虬髯客。②指鬍鬚多的人。

髯口 ㄖㄢˊ ㄎㄡˇ 演員上場時口上所掛的假鬍鬚。

髫 ㄊㄧㄠˊ tiáo 名指兒童額前下垂的頭髮。也用來稱童年。例垂髫。

髫年 ㄊㄧㄠˊ ㄋㄧㄢˊ 幼年，童年。

髫辮 ㄊㄧㄠˊ ㄅㄧㄢˋ 垂髮結辮的童年。

髴 ㄈㄨˊ fú 名古代婦女的頭飾。副見「髣髴」。

六畫

髻 ㄐㄧˋ jì 名將頭髮挽起來束在頭頂或腦後的結。例髮髻。

髭 ㄗ zī 名嘴唇上邊的短鬚。例髭鬚。形毛髮直立張散的。

髹 ㄒㄧㄡ xiū 名赤黑色的漆。動把漆塗在器物上。

七畫

髽 ㄓㄨㄚ zhuā 名見「髽髻」。動古時婦女在喪期中，將麻加在頭髮裡束成髻。

髽髻 ㄓㄨㄚ ㄐㄧˋ 將頭髮挽起束在頭上的一種髮型。

鬁 ㄌㄧˋ lì 名鬎鬁，頭癬的一種。嚴重時會導致禿頭，故亦稱禿瘡。

八畫

鬃 ㄗㄨㄥ zōng 名①高高束起的髮髻。②獸類頸上的長毛。例馬鬃。

鬆 ㄙㄨㄥ sōng 名將肉類煮熟烤乾，再製成纖維狀的食品。例魚鬆、肉鬆。形①頭髮散亂的。例蓬鬆。②不緊要的，不繁重的。例輕鬆。③不嚴格的。例管理很鬆。④質地脆軟不緊密的。例土質鬆軟。動①放開。例鬆手。②解開，寬解。例鬆綁。③不緊。例螺絲鬆了。

鬆口 ㄙㄨㄥ ㄎㄡˇ ①將咬住的東西放開。也作「鬆嘴」。②不再堅持。

鬆心 ㄙㄨㄥ ㄒㄧㄣ 心中坦然無憂慮。

鬆手 ㄙㄨㄥ ㄕㄡˇ 放開手。

鬆弛 ㄙㄨㄥ ㄔˊ ①放鬆，不緊張。②指物體缺乏彈性。

鬆脆 ㄙㄨㄥ ㄘㄨㄟˋ 鬆軟酥脆。

鬆動 ㄙㄨㄥ ㄉㄨㄥˋ 寬鬆，不緊。

鬆爽 ㄙㄨㄥ ㄕㄨㄤˇ 輕鬆又爽快。

鬆軟 ㄙㄨㄥ ㄖㄨㄢˇ 鬆散不結實。

鬆散 ㄙㄨㄥ ㄙㄢˇ 不緊實，不集中。

鬆閒 ㄙㄨㄥ ㄒㄧㄢˊ 沒有事情纏身。

鬆開 ㄙㄨㄥ ㄎㄞ 放開。

鬆綁 ㄙㄨㄥ ㄅㄤˇ 將綑綁在人身上的繩索解開。引申為放開限制。

鬆緊 ㄙㄨㄥ ㄐㄧㄣˇ 鬆或緊之間的程度。

鬆緩 ㄙㄨㄥ ㄏㄨㄢˇ 緩和，不緊張。

鬆懈 ㄙㄨㄥ ㄒㄧㄝˋ 精神怠惰，不集中。

鬈 ㄑㄩㄢˊ quán 形毛髮捲曲的。例鬈髮。動將頭髮分開，挽束成髻。

鬅 ㄆㄥ péng 形頭髮散亂不整的。例鬅頭。

九畫

鬍 ㄏㄨˊ hú 名長在嘴邊的毛。例鬍鬚。

鬍子 ㄏㄨˊ ㄗ˙ ①鬍的俗稱。②以前稱東北的土匪。③謔稱鬍鬚很多的人。

鬍鬚 ㄏㄨˊ ㄒㄩ 長在嘴巴周圍和臉頰的毛髮。

鬎 ㄌㄚˋ là 名鬎鬁，皮膚病的一種。頭上生瘡，嚴重時會導致禿頭。

鬋 ㄐㄧㄢˇ jiǎn 形女子鬢髮披垂的樣子。動修剪頭髮。

十畫

鬑 ㄌㄧㄢˊ lián 形鬢髮長而披垂的樣子。

鬒 ㄓㄣˇ zhěn 形頭髮濃密烏黑的。例鬒髮。

鬒黑 ㄓㄣˇ ㄏㄟ 鬢黑而濃密。

十一畫

鬘 ㄇㄢˊ mán 名 印度習俗，裝飾頭髮或身體的花環。形 頭髮美麗的。

十二畫

鬚 ㄒㄩ xū 名 ①長在嘴旁或下巴的毛。例 鬍鬚。②動物的觸鬚。例 捋虎鬚。③植物的花蕊或細根。例 花鬚。

鬚生 ㄒㄩ ㄕㄥ 戲劇中扮演掛鬚的老生角色。

鬚眉 ㄒㄩ ㄇㄟˊ ①鬍鬚和眉毛。②對成年男子的通稱。

鬚根 ㄒㄩ ㄍㄣ 一種植物的根。這種根沒有主根，只有許多細長如鬍鬚的根。

鬚髮 ㄒㄩ ㄈㄚˇ 鬍子與頭髮。

十三畫

鬟 ㄏㄨㄢˊ huán 名 ①婦女將頭髮挽成環狀的形式。②婢女。例 丫鬟。

十四畫

鬢 ㄅㄧㄣˋ bìn 名 兩頰上靠近耳朵的頭髮。例 兩鬢半白。

鬢亂釵橫 ㄅㄧㄣˋ ㄌㄨㄢˋ ㄔㄞ ㄏㄥˊ 形容婦女剛睡醒鬢髮凌亂、釵飾傾斜，尚未整理的樣子。

十五畫

鬣 ㄌㄧㄝˋ liè 名 ①鬍鬚。②獸類頸部的長毛。例 馬鬣。③鳥類頭上的冠狀羽毛。④魚類頷旁的小鰭。例 鯨鬣。⑤蛇類的鱗片。⑥松針。⑦掃帚。

鬥部 ㄉㄡˋ

鬥 ㄉㄡˋ dòu 動 ①爭戰。例 論語：「血氣方剛，戒之在鬥。」②競賽，較量。例 鬥智。③兩邊連接起來。例 晏殊．漁家傲詞：「荷葉荷花相間鬥。」④湊集，拼湊。⑤通「逗」。逗引。例 鬥弄。

鬥士 ㄉㄡˋ ㄕˋ ①勇敢有力氣的人。②指從事抗爭的人。

鬥牛 ㄉㄡˋ ㄋㄧㄡˊ ①使牛相鬥的一種賭博遊戲。②西班牙最盛行的一種人與牛相鬥的特技表演。③簡易的籃球比賽，只打半場，每隊三人。

鬥妍 ㄉㄡˋ ㄧㄢˊ 鬥豔，彼此比較誰更鮮明、華麗。

鬥弄 ㄉㄡˋ ㄋㄨㄥˋ 挑逗引誘。

鬥志 ㄉㄡˋ ㄓˋ 奮戰到底的意志。

鬥法 ㄉㄡˋ ㄈㄚˇ 道法或仙術相爭鬥。比喻使用計謀或各種手段與人較量。

鬥爭 ㄉㄡˋ ㄓㄥ ①敵對雙方為了爭勝而發生戰鬥。②指不同階級間因利益衝突而相互批判、爭鬥或打擊。③競爭，較量的敵對行為。

鬥勁 ㄉㄡˋ ㄐㄧㄥˋ 以力氣來爭鬥。

鬥氣 ㄉㄡˋ ㄑㄧˋ 意氣之爭。

鬥智 ㄉㄡˋ ㄓˋ 以智慧相互較量。

鬥毆 ㄉㄡˋ ㄡ 互相爭鬥打架。

鬥趣 ㄉㄡˋ ㄑㄩˋ 以有趣的言語或動作引人發笑。

鬥嘴 ㄉㄡˋ ㄗㄨㄟˇ ①互相爭吵、辯論。同鬥口。②彼此相互開玩笑。

鬥豔 ㄉㄡˋ ㄧㄢˋ 彼此比賽豔麗。

鬥雞眼 ㄉㄡˋ ㄐㄧ ㄧㄢˇ 內斜視的通稱。兩個黑眼球向鼻梁方向集中，不相對稱。

鬥智鬥力 ㄉㄡˋ ㄓˋ ㄉㄡˋ ㄌㄧˋ 較量計謀和比賽武力。

鬥志而不鬥氣 ㄉㄡˋ ㄓˋ ㄦˊ ㄅㄨˋ ㄉㄡˋ ㄑㄧˋ 與敵人作戰，勝負關鍵在於意志而非力氣。

五畫

鬧 ㄋㄠˋ nào 形 ①嘈雜不安靜的。例鬧區、鬧市。②濃盛的，盎然的。例宋祁．玉樓春詞：「綠楊煙外曉寒輕，紅杏枝頭春意鬧。」動 ①喧吵，嘈雜。例喧鬧、吵鬧。②發生，發作。例鬧旱災、鬧彆扭。③戲弄，開玩笑。例鬧洞房。④弄，搞。例鬧得大夥不歡而散。⑤擾亂。例鬧場。

鬧市 ㄋㄠˋ ㄕˋ 喧嚷熱鬧的街市。

鬧事 ㄋㄠˋ ㄕˋ 惹起事故。同滋事。

鬧房 ㄋㄠˋ ㄈㄤˊ 新婚之夜，親友聚集新房戲謔新婚夫妻逗樂。亦作「鬧新房」。

鬧病 ㄋㄠˋ ㄅㄧㄥˋ 生病。

鬧鬼 ㄋㄠˋ ㄍㄨㄟˇ ①鬼怪作祟，使人不得安寧。②舞弊，陰謀。

鬧場 ㄋㄠˋ ㄔㄤˇ ①單用鑼鼓來演奏的音樂。②故意搗亂。

鬧賊 ㄋㄠˋ ㄗㄟˊ 發生竊盜案件。

鬧劇 ㄋㄠˋ ㄐㄩˋ ①一種喜劇，特點是運用誇張、滑稽和乖誕的手法反應現實，揭示劇中人物行為的矛盾。②比喻胡亂荒唐的行為。

鬧鬨 ㄋㄠˋ ㄏㄨㄥˋ 喧嘩不安靜。

鬧不清 ㄋㄠˋ ㄅㄨˋ ㄑㄧㄥ 認識不清楚，分不清。

鬧玄虛 ㄋㄠˋ ㄒㄩㄢˊ ㄒㄩ 玩弄技巧來迷惑他人。

鬧風潮 ㄋㄠˋ ㄈㄥ ㄔㄠˊ 指發生群眾糾紛。

鬧笑話 ㄋㄠˋ ㄒㄧㄠˋ ㄏㄨㄚˋ 因舉止失宜而發生可笑的錯誤。

鬧情緒 ㄋㄠˋ ㄑㄧㄥˊ ㄒㄩˋ 因工作、學習等不合己意而產生情緒不安或不滿。

鬧脾氣 ㄋㄠˋ ㄆㄧˊ ㄑㄧˋ 生氣，發脾氣。

鬧嗓子 ㄋㄠˋ ㄙㄤˇ ㄗ˙ 喉嚨感到不舒服。

鬧意見 ㄋㄠˋ ㄧˋ ㄐㄧㄢˋ 意見不合而產生爭執。

鬧彆扭 ㄋㄠˋ ㄅㄧㄝˋ ㄋㄧㄡˇ 彼此意見不合，或對人不滿意而故意為難。

鬧饑荒 ㄋㄠˋ ㄐㄧ ㄏㄨㄤ 遭遇到荒年。比喻經濟上有困難。

鬧哄哄 ㄋㄠˋ ㄏㄨㄥ ㄏㄨㄥ 形容人聲嘈雜紛亂的樣子。

六畫

鬨 ㄏㄨㄥˋ hòng 動 ①聚集喧鬧。例起鬨。②爭鬥，爭戰。

鬨堂 ㄏㄨㄥ ㄊㄤˊ 形容眾人同時發出笑聲，聲音充滿全堂。亦作「哄堂」。

八畫

鬩 ㄒㄧˋ xì 動互相爭訟。例兄弟鬩牆。

鬩牆 ㄒㄧˋ ㄑㄧㄤˊ 指兄弟相爭。引申為國家或團體內部的爭鬥。

十二畫

鬫 ㄏㄢˇ hǎn 名老虎的吼叫聲。形鬫鬫，軍威壯盛的樣子。

十六畫

鬮 ㄐㄧㄡ jiū 名在小紙片上寫字，做成紙捲或紙團，任意抓取以賭勝負或決定事情。例抓鬮。

鬯部 ㄔㄤˋ

鬯 ㄔㄤˋ chàng 名①古時用來祭祀的香酒，由鬱金草、黑黍釀造而成。②裝弓箭的袋子。形通「暢」。草木茂盛的。

十九畫

鬱 ㄩˋ yù 形①繁茂的。例蒼鬱。②憂愁煩悶的。例憂鬱。動①愁悶，怨恨。②積聚，凝聚。例鬱積。

鬱悒 ㄩˋ ㄧˋ 鬱悶憂愁的樣子。亦作「鬱邑」。

鬱悶 ㄩˋ ㄇㄣˋ 煩悶鬱結，不舒暢。

鬱結 ㄩˋ ㄐㄧㄝˊ 抑鬱無法發洩。

鬱熱 ㄩˋ ㄖㄜˋ 悶熱，炎熱。

鬱積 ㄩˋ ㄐㄧ 煩悶積聚，不舒暢。

鬱壘 ㄩˋ ㄌㄩˋ 傳說中的門神。

鬱鬱以終 ㄩˋ ㄩˋ ㄧˇ ㄓㄨㄥ 因不得志抑鬱而死。

鬱鬱寡歡 ㄩˋ ㄩˋ ㄍㄨㄚˇ ㄏㄨㄢ 煩悶不快樂。

鬲部 ㄌㄧˋ

鬲 ㊀ㄍㄜˊ gé 名人名用字。如商代有賢人膠鬲。動通「隔」。阻隔。㊁ㄌㄧˋ lì 名①古時炊具之一，形似鼎，圓口，有陶製和金屬製兩種。②古時瓦瓶的一種。

九畫

鬷 ㄗㄨㄥ zōng 名古時釜類的一種。

十二畫

鬻 ㄩˋ yù 形幼小，幼稚。例鬻子。動①賣。例賣官鬻爵。②生養。例孕鬻。

鬻文 ㄩˋ ㄨㄣˊ 為他人撰寫文章而接收酬金。

鬻爵 ㄩˋ ㄐㄩㄝˊ 販賣官位，以牟取利益。

鬼部 ㄍㄨㄟˇ

鬼 ㄍㄨㄟˇ guǐ 名①人死後的靈魂。例女鬼。②指萬物的精怪。例水鬼。③二十八星宿之一，即鬼宿。④狡詐，有不可告人的勾當。例搗鬼。⑤指不良嗜好極深的人。例酒鬼、色鬼。⑥罵人的話，有輕視的意味。例髒鬼、小氣鬼。形①機警，慧黠的。例鬼靈精。②陰險，不正派的。例鬼頭鬼腦。③糟糕的，惡劣的。例鬼天氣。副糊塗，亂七八糟地。例鬼混、鬼畫符。

鬼子 ㄍㄨㄟˇ ˙ㄗ ①罵人的話。②過去對外國人的鄙稱。

鬼才 ㄍㄨㄟˇ ㄘㄞˊ 才情風格奇特，資質出眾的人。

鬼火 ㄍㄨㄟˇ ㄏㄨㄛˇ 即燐火，指夜晚時在墳墓或郊外出現的青色燐光。

鬼叫 ㄍㄨㄟˇ ㄐㄧㄠˋ 形容聲音極為難聽。

鬼門 ㄍㄨㄟˇ ㄇㄣˊ ①傳說中眾鬼出入的門戶。②鬼門關的簡稱。③指人體上的汗孔。

鬼胎 ㄍㄨㄟˇ ㄊㄞ 比喻心中有不可告人的念頭。

鬼神 ㄍㄨㄟˇ ㄕㄣˊ 即鬼怪與神靈。

鬼祟 ㄍㄨㄟˇ ㄙㄨㄟˋ ①鬼怪作祟害人。②行為偷偷摸摸，不光明。

鬼混 ㄍㄨㄟˇ ㄏㄨㄣˋ ①胡亂攪和。②不務正業，糊塗度日。

鬼話 ㄍㄨㄟˇ ㄏㄨㄚˋ 胡亂編造、不可聽信的話。

鬼蜮 ㄍㄨㄟˇ ㄩˋ 比喻陰險、會暗中害人的壞人。

鬼魂 ㄍㄨㄟˇ ㄏㄨㄣˊ 人死後的靈魂。

鬼魅 ㄍㄨㄟˇ ㄇㄟˋ 人死後的靈魂和來自萬物的精怪。

鬼臉 ㄍㄨㄟˇ ㄌㄧㄢˇ ①假的面具。②故意做出醜陋、怪異或詼諧的臉部表情。

鬼黠 ㄍㄨㄟˇ ㄒㄧㄚˊ 狡猾慧詰。

鬼主意 ㄍㄨㄟˇ ㄓㄨˇ ㄧˋ ①陰險狡詐的計謀。②出奇巧妙的計策、意見。

鬼門關 ㄍㄨㄟˇ ㄇㄣˊ ㄍㄨㄢ 傳說中地府所在，陰陽交界的關口。比喻僻遠凶險的地方。

鬼畫符 ㄍㄨㄟˇ ㄏㄨㄚˋ ㄈㄨˊ 譏笑人書寫的字跡潦草。

鬼點子 ㄍㄨㄟˇ ㄉㄧㄢˇ ˙ㄗ 不正當的主意。

鬼聰明 ㄍㄨㄟˇ ㄘㄨㄥ ㄇㄧㄥˊ 頭腦聰明卻不用在正當的事情上。

鬼靈精 ㄍㄨㄟˇ ㄌㄧㄥˊ ㄐㄧㄥ 形容人非常機靈。

鬼使神差 ㄍㄨㄟˇ ㄕˇ ㄕㄣˊ ㄔㄞ ①冥冥中有鬼神相助。②比喻行事意想不到，不由自主。

鬼斧神工 ㄍㄨㄟˇ ㄈㄨˇ ㄕㄣˊ ㄍㄨㄥ 形容製作的技術精巧高超，非人力可做到。

鬼哭神號 ㄍㄨㄟˇ ㄎㄨ ㄕㄣˊ ㄏㄠˊ 形容哭聲淒厲哀傷或情境悲慘恐怖。

鬼鬼祟祟 ㄍㄨㄟˇ ㄍㄨㄟˇ ㄙㄨㄟˋ ㄙㄨㄟˋ 行動曖昧而不光明。

鬼蜮伎倆 ㄍㄨㄟˇ ㄩˋ ㄐㄧˋ ㄌㄧㄤˇ 陰險狡詐的害人手法。

鬼頭鬼腦 ㄍㄨㄟˇ ㄊㄡˊ ㄍㄨㄟˇ ㄋㄠˇ ①形容人陰險狡猾或言行舉止閃閃躲躲、不光明。②指人傻頭傻腦。

四畫

魁 ㄎㄨㄟˊ kuí 名①用來盛湯的勺子。②星宿名。北斗七星的第一星，或指第一到第四星。③領袖，主帥。例黨魁。④明朝科舉考試分五經取士，每一經的第一名稱為經魁，後稱比賽或考試第一名為奪魁。形體格高大強壯的。例魁梧。動中榜首。例大魁天下。

魁元 ㄎㄨㄟˊ ㄩㄢˊ 在同輩中才華第一的人。

魁首 ㄎㄨㄟˊ ㄕㄡˇ 領導人，頭等人物。

魁梧 ㄎㄨㄟˊ ㄨˊ 形容體格高大強壯。同魁偉、魁岸。

魂 ㄏㄨㄣˊ hún 名①人的陽性精氣，可以離開身體而存在，人死後則上歸於天。例魂魄。②萬物的精神。例國魂、鳥魂。③人的意念或心靈。例神魂顛倒，黯然銷魂。

魂魄 ㄏㄨㄣˊ ㄆㄛˋ 人的精神與靈氣。

魂不守舍 ㄏㄨㄣˊ ㄅㄨˋ ㄕㄡˇ ㄕㄜˋ 形容心神恍惚，不能專心。

魂不附體 ㄏㄨㄣˊ ㄅㄨˋ ㄈㄨˋ ㄊㄧˇ 形容受到很大驚嚇而心神不定。

魂飛魄散 ㄏㄨㄣˊ ㄈㄟ ㄆㄛˋ ㄙㄢˋ ①比喻非常恐懼害怕，魂魄都飛散了。②比喻死亡。

魂牽夢縈 ㄏㄨㄣˊ ㄑㄧㄢ ㄇㄥˋ ㄧㄥˊ 形容非常想念。

五畫

魅 ㄇㄟˋ mèi 名由萬物變成的精怪。泛指作祟害人的鬼怪。例螭魅。動媚惑，誘惑。例魅惑。

魅人 ㄇㄟˋ ㄖㄣˊ 有魅力，能吸引人。

魅力 ㄇㄟˋ ㄌㄧˋ 吸引人的力量。

魅惑 ㄇㄟˋ ㄏㄨㄛˋ 以美貌或媚態來迷惑人。

魄 ㊀ㄆㄛˋ pò 名①人的精氣，依附身體而存在，人死後下歸於地。例失魂落魄。②月亮不圓時虧缺黑暗的部分。㊁ㄊㄨㄛˋ tuò 形失意，潦倒的。例落魄。

魄力 ㄆㄛˋ ㄌㄧˋ 行事作為有氣魄、有毅力。

魃 ㄅㄚˊ bá 名古代傳說中造成旱災的鬼怪。例詩經：「旱魃為虐。」

魆 ㄒㄩˋ xù 形黑暗不明的。例魆黑。副暗地，悄悄。例魆地裡。

七畫

魈 ㄒㄧㄠ xiāo 名山魈，傳說中山間的鬼怪。

八畫

魊 ㄩˋ yù 名指小鬼。

魋 ㄊㄨㄟˊ tuí 名動物名。形體像熊但較小，毛赤黃色，俗稱赤熊。形惡劣的。

魏 ㊀ㄨㄟˋ wèi 名①古國名。戰國七雄之一，開國君主為魏文侯。②朝代名。⑴三國時代曹丕所建。⑵北朝之一，晉朝末年由鮮卑拓跋珪所建，史稱北魏或後魏。③姓。㊁ㄨㄟˊ wéi 形通「巍」。高大的。例魏闕。

魎 ㄌㄧㄤˇ liǎng 見「魍魎」。

魍 ㄨㄤˇ wǎng 見「魍魎」。

魍魎 ㄨㄤˇ ㄌㄧㄤˇ ①山川中木石的精怪。指壞人。②影子外圍的陰影。

十一畫

魔 ㄇㄛˊ mó 名①邪惡的壞人。例惡魔。②神話或傳說中害人性命的靈怪。例妖魔。③過度的嗜好成癖或入迷。例著魔。形①奇特而神祕的。例魔法。②凶惡的。例魔掌。

魔力 ㄇㄛˊ ㄌㄧˋ ①奇特不可思議的力量。②能迷惑人的力量。③使人崇拜或信仰的特殊吸引力。

魔爪 ㄇㄛˊ ㄓㄠˇ 比喻邪惡的勢力。

魔王 ㄇㄛˊ ㄨㄤˊ ①佛家指天魔之王。②比喻非常兇殘且失去人性的人。

魔怪 ㄇㄛˊ ㄍㄨㄞˋ 妖魔鬼怪。

魔法 ㄇㄛˊ ㄈㄚˇ 邪術。

魔鬼 ㄇㄛˊ ㄍㄨㄟˇ 宗教或神話中指迷惑人、殘害人類生命的鬼怪。比喻邪惡的勢力。

魔術 ㄇㄛˊ ㄕㄨˋ ①一種表演技藝，以迅速敏捷的手法或特殊裝置，掩蓋真實動作，使觀眾感覺不可思議。②神奇的法術，超乎自然，不能以常理來解釋。

魔掌 ㄇㄛˊ ㄓㄤˇ 惡魔的手掌。比喻邪惡勢力。同魔手。

魔窟 ㄇㄛˊ ㄎㄨ 魔鬼的巢穴。比喻邪惡勢力聚集的處所。

魔障 ㄇㄛˊ ㄓㄤˋ ①佛家指妨害修道、善性的障礙。②蒙蔽，看不清事情的真相。

魔頭 ㄇㄛˊ ㄊㄡˊ 惡魔的首領。也指邪道的領導人物。

十四畫

魑 ㄔ chī 名魑魅，深山中害人的鬼怪。

魘 ㄧㄢˇ yǎn 名①做惡夢時亂說亂動，或在夢中覺得被東西壓住而無法動彈。例夢魘。②妖魔邪道。例魘魅。

魚部 ㄩˊ

魚 ㄩˊ yú 名①水生的脊椎動物，冷血，卵生，大多有鱗、鰭，用鰓呼吸。②形狀和魚相似的東西。例鱷魚、木魚。③書信。例魚沉雁杳。④姓。

魚丸 ㄩˊ ㄨㄢˊ 用魚肉做成的丸子。

魚水 ㄩˊ ㄕㄨㄟˇ 魚和水的融洽關係。比喻相處愉快。常用來形容君臣相得，或夫妻和諧。

魚池 ㄩˊ ㄔˊ 飼養魚的水池。

魚刺 ㄩˊ ㄘˋ 魚尖細的骨頭。

魚狗 ㄩˊ ㄍㄡˇ 鳥類的一種，嘴尖而長，棲息於河川湖沼附近，以捕食魚類為生。

魚缸 ㄩˊ ㄍㄤ 用來養觀賞魚類的器具。

魚竿 ㄩˊ ㄍㄢ 用來釣魚的釣竿。

魚苗 ㄩˊ ㄇㄧㄠˊ 剛孵化的幼魚。

魚翅 ㄩˊ ㄔˋ 鯊魚的鰭，經過加工處理後，即成為宴席上的名貴料理。

魚販 ㄩˊ ㄈㄢˋ 販賣魚的商人。

魚貫 ㄩˊ ㄍㄨㄢˋ 像魚一樣一個接著一個相連而進。

魚雁 ㄩˊ ㄧㄢˋ 傳說魚和雁都能傳遞書信，因此用以指稱書信。

魚塭 ㄩˊ ㄨㄣ 沿海地區漁民引海水以養魚的水塘。

魚雷 ㄩˊ ㄌㄟˊ 一種水中武器，形狀長圓像魚，內裝炸藥及動力裝置，可潛航水中，自行控制方向和深度。

魚網 ㄩˊ ㄨㄤˇ 用來捕魚的網。

魚餌 ㄩˊ ㄦˇ 釣魚時用來引誘魚上鉤的魚食。

魚簍 ㄩˊ ㄌㄡˇ 用來裝魚的竹簍。

魚鮮 ㄩˊ ㄒㄧㄢ 魚、蝦、蟹等水產食品。

魚鬆 ㄩˊ ㄙㄨㄥ 用魚肉加工烘乾製成的碎末狀食品。

魚躍 ㄩˊ ㄩㄝˋ ①魚躍出水面。②比喻人的動作行為像魚一般跳躍。

魚鱗 ㄩˊ ㄌㄧㄣˊ ①指魚類表面皮膚的圓形薄片。②比喻非常繁密。

魚水情 ㄩˊ ㄕㄨㄟˇ ㄑㄧㄥˊ 比喻非常親密的情誼。

魚尾紋 ㄩˊ ㄨㄟˇ ㄨㄣˊ 人的眼角與鬢角之間像魚尾的皺紋。

魚肚白 ㄩˊ ㄉㄨˋ ㄅㄞˊ 像魚肚的顏色，白裡透點青色。多指黎明時東邊天空的顏色。

魚目混珠 ㄩˊ ㄇㄨˋ ㄏㄨㄣˋ ㄓㄨ 拿魚的眼睛與珍珠混合。比喻以假亂真，企圖蒙混過關。

魚米之鄉 ㄩˊ ㄇㄧˇ ㄓ ㄒㄧㄤ 泛指多港灣、土地肥美，產米和魚的地方。

魚肉鄉民 ㄩˊ ㄖㄡˋ ㄒㄧㄤ ㄇㄧㄣˊ 比喻欺凌宰割老百姓。

魚貫而行 ㄩˊ ㄍㄨㄢˋ ㄦˊ ㄒㄧㄥˊ 比喻有秩序的一個接著一個往前走。

魚游釜中 ㄩˊ ㄧㄡˊ ㄈㄨˇ ㄓㄨㄥ 比喻身處危險的地方，隨時都會滅亡。

二畫

魛 ㄉㄠ dāo 名 即刀魚，形狀像刀，身體扁狹，背黃褐色，腹銀白色，鱗細。在近海中活動，春季游到江河口產卵。

三畫

魟 ㄏㄨㄥˊ hóng 名 軟骨魚類，體型扁平，像蝙蝠，無鱗，魚尾細長，一般具有尾刺，有毒性。

魠 ㄊㄨㄛ tuō 名 指大嘴的魚。

四畫

魷 ㄧㄡˊ yóu 名 魷魚，烏賊的一種，生活在海洋的軟體動物，有十條觸腳，頭大，尾端的肉鰭呈扁三角形。也叫柔魚。

魯 ㄌㄨˇ lǔ 名 ①春秋時國名。在今山東省西部一帶。②山東省的簡稱。③姓。形 ①遲鈍不聰明的。例魯鈍。②粗心的，粗野的。例魯莽。

魯直 ㄌㄨˇ ㄓˊ 直率而無掩飾。

魯莽 ㄌㄨˇ ㄇㄤˇ 粗心，行為冒失。

魯鈍 ㄌㄨˇ ㄉㄨㄣˋ 愚鈍，反應遲緩。

魯魚亥豕 將魯字寫成魚，把亥字寫成豕。指文字傳寫訛誤。

魯班門前耍大斧 比喻在內行人面前賣弄自己的本領。同 班門弄斧。

魧 ㄏㄤˊ háng 名 ①一種大貝殼。②即鰳婦魚，其油可作燃料點燈。

魴 ㄈㄤˊ fáng 名 魚名。頭小腹闊，身體寬扁，脊鰭有硬刺，可食用。

魨 ㄊㄨㄣˊ tún 名 即河豚，是一種有毒的魚。

五畫

魼 ㄑㄩ qū 名 即比目魚，兩隻眼睛在身體的同一側。

鮑 ㄅㄠˋ bào 名 ①軟體動物，肉質鮮美，東方人視為海味補品。②鹽醃過的魚，味腥臭。③姓。

鮑魚之肆 賣醃魚的店鋪。比喻腥臭、惡劣的環境或小人聚集之地。

鮀 ㄊㄨㄛˊ tuó 名 ①即鮎魚。②即鯊鮀，小型淡水魚。

鮐 ㄊㄞˊ tái 名 河豚的別名。

鮐背 指年老的人，因氣血衰退而駝背。

鮒 ㄈㄨˋ fù 名 ①鯽魚的別名。②指蝦蟆。

鮋 ㄧㄡˊ yóu 名 ①魚名。頭、口都很大，背部黃紅色而有黑色斑紋，可食用。產於中國和日本沿海。②小魚。例 鮋鰕。

鮓 ㄓㄚˇ zhǎ 名 經過加工而可以貯存很久的魚類食品。

鮎 ㄋㄧㄢˊ nián 名 即鯰，頭大嘴寬，身上有黏液，無鱗，體長而側扁。

六畫

鮮 ㊀ㄒㄧㄢ xiān 名 ①活魚。例 老子：「治大國，若烹小鮮。」②指味美的食物。例 嘗鮮。形 ①美味的。例 鮮湯。②新的，不枯的。例 鮮果。③光亮的，豔麗的。例 鮮豔。④好玩，有趣的。例 他這個人真鮮。

㊁ㄒㄧㄢˇ xiǎn 副 稀少，不多。例 鮮有。

鮮少 很少，不多。

鮮有 很少有。

鮮血 指鮮紅的血。

鮮妍 光彩豔麗的樣子。

鮮見 很少見。

鮮花 新鮮的花卉。

鮮味 美好的滋味。

鮮明 ①色彩鮮豔明亮。同 鮮亮。②清楚明白，毫不含糊。

鮮果 剛採收不久而味道新鮮的水果。

鮮活 鮮明且生動活潑。

鮮紅 豔麗的紅色。

鮮美 ①新鮮美味。②色彩鮮明亮麗。

鮮甜 滋味新鮮甜美。

鮮貨 ㄒㄧㄢ ㄏㄨㄛˋ 新鮮的貨品。如水果、蔬菜、魚蝦等。

鮮嫩 ㄒㄧㄢ ㄋㄣˋ 新鮮細嫩。

鮮綠 ㄒㄧㄢ ㄌㄩˋ 亮麗的綠色。

鮮潤 ㄒㄧㄢ ㄖㄨㄣˋ 新鮮而有潤澤。

鮮豔 ㄒㄧㄢ ㄧㄢˋ 鮮明豔麗。同鮮麗。

鮫 ㄐㄧㄠ jiāo 名熱帶海洋裡的一種大型魚類，體身為圓錐形而扁，頭上有噴水孔，長一、二丈，性情兇猛。俗稱沙魚或鯊魚。

鮫人 ㄐㄧㄠ ㄖㄣˊ 傳說居住在南海海底的怪人，哭泣時眼淚會變成珠子。

鮪 ㄨㄟˇ wěi 名魚名。身體呈紡錘形，背藍黑色，腹灰白色。喜歡結群，分布在熱帶海洋中，為高級的魚肉食品。

鮭 ㊀ㄍㄨㄟ guī 名①魚名。身體呈長紡錘形，背部為藍灰色，有黑色斑點，腹部為銀白色。分布於北太平洋，九月間會洄游至出生的溪流，並上溯至上游產卵，產完卵後母魚即死亡。是重要的食用魚。②河豚的別稱。㊁ㄒㄧㄝˊ xié 名鮭菜，江蘇人對魚類菜餚的總稱。

鮞 ㄦˊ ér 名魚苗，幼小的魚。

鮚 ㄐㄧㄝˊ jié 名蛤蚌類，長約一寸，肉可食用，殼內常有小蟹寄居。

鮟 ㄢ ān 名魚名。鮟鱇，體形扁平像飯杓，無鱗，口中有巨型銳齒，利用頭上長刺誘捕小魚。

鮨 ㄑㄧˊ qí 名魚醬。

七畫

鯊 ㄕㄚ shā 名魚名。身體呈紡錘形，頭大眼小，背部為暗褐色，尾部為扇形，性情凶猛，行動迅速，多棲息在鹹淡混和的水中。也叫鮫或沙魚。

鯉 ㄌㄧˇ lǐ 名①魚名。身體寬扁，口邊各有一對短觸鬚，背部蒼黑色，腹部黃白色，棲息於淡水中，肉質鮮美。②書信的代稱。例古樂府：「客從遠方來，遺我雙鯉魚。」

鯀 ㄍㄨㄣˇ gǔn 名①大魚。②人名。夏禹的父親，後因治水無功，被舜殺死在羽山。

鯁 ㄍㄥˇ gěng 名①魚的骨頭。②指禍害、病患。形剛正的，剛直的。例鯁直。動魚骨頭卡在喉嚨裡。例骨鯁在喉。

鯁直 ㄍㄥˇ ㄓˊ 剛正直率。

鯽 ㄐㄧˋ jì 名魚名。脊隆起，背部青灰色，腹部銀灰色，頭嘴都很小。棲息於江河淡水中，肉質鮮美，是常見的食用魚。

鯈 ㄔㄡˊ chóu 名即鰷魚，身體狹長，產於淡水。

鮿 ㄓㄜˊ zhé 名①魚乾。②即青衣魚。

鮸 ㄇㄧㄢˇ miǎn 名魚名。頭尖長，口大，牙尖銳，生活在海中。

八畫

鯨 ㄐㄧㄥ jīng 名大型的海棲哺乳動物，體長可達三十公尺，體重可達八十公噸。前肢退化為鰭，後肢完全退化，鼻孔在頭頂，常露出水面噴水。皮與肉皆可供食用，脂肪可製油。

鯨吞 ㄐㄧㄥ ㄊㄨㄣ 比喻強者吞併弱者。

鯧 ㄔㄤ chāng 名魚名。身體呈扁菱形，牙齒微小，無腹鰭，背部為青黑色，尾部分叉如燕，鱗細小。

鯔 ㄗ zī 名魚名。頭扁短，身體長而側扁，背部暗灰色，腹部銀白色，鱗為櫛狀，棲息於河口淡、鹹水交會處。

鯛 ㄉㄧㄠ diāo 名身體呈扁圓狀，體色紅紫。為名貴的食用魚類。又叫銅盆魚、棘鬣魚。

鯤 ㄎㄨㄣ kūn 名①幼魚，魚苗。②古時傳說中體型達千里長的大魚。例鯤鵬。

鯢 ㄋㄧˊ ní 名①兩棲類動物，四肢短小，幼體以鰓呼吸，長大後以肺呼吸。俗稱娃娃魚。②雌性的鯨魚。③小魚。

鯖 ㄑㄧㄥ qīng 名體呈梭型，背部青黑色，腹部銀白色，肉質鮮美。也叫青花魚。

鯪 ㄌㄧㄥˊ líng 名神話傳說中的人魚。

鯪鯉 ㄌㄧㄥˊ ㄌㄧˇ 動物名。全身有角質的鱗甲，遇敵時會將身體捲曲呈球狀，沒有牙齒，舌頭長，愛吃螞蟻，夜行性。又稱龍鯉或穿山甲。

鯗 ㄒㄧㄤˇ xiǎng 名醃漬過的魚乾。例鹹鯗。

鯫 ㄗㄡ zōu 名一種白色小魚。形小。

鯫生 ㄗㄡ ㄕㄥ ①鄙陋無知的人。②自謙之詞。

鯡 ㄈㄟˋ fèi 名魚名。背部青藍色，腹部銀白色，體型大而扁平，分布於太平洋一帶。

鯰 ㄋㄧㄢˊ nián 名一種淡水魚，以小魚、貝類等維生。

九畫

鰓 ㊀ㄙㄞ sāi 名魚類的呼吸器官，位於頭部兩側，為深紅色絲狀構造，密布血管，主管氧氣與二氧化碳的交換。㊁ㄒㄧˇ xǐ 副鰓鰓，憂慮恐懼的樣子。

鰍 ㄑㄧㄡ qiū 名泥鰍，身體圓長，青黑色，無鱗，尾巴為扁形，多潛居在泥濘中。

鰈 ㄉㄧㄝˊ dié 名魚名。即比目魚，兩眼皆在右側，常以左面貼海底而臥。

鰈鶼 ㄉㄧㄝˊ ㄐㄧㄢ 比目魚與比翼鳥。比喻夫妻感情深厚、形影不離。

鯷 ㄊㄧˊ tí 名為一種大型鯰魚。

鰋 ㄧㄢˇ yǎn 名即鯰魚。

鰒 ㄈㄨˋ fù 名海生軟體動物，淡黃色，橢圓形，味道鮮美。亦稱為鮑魚、石決明。

鯶 ㄏㄨㄢˋ huàn 名魚名。身體為圓筒形，模樣像青魚，體色略灰。亦稱為鯇魚、草魚。

鰂 ㄗㄜˊ zé 名即烏賊，海生軟體動物，身體為圓筒狀，體內有墨囊，遇敵時會噴墨逃脫。又稱墨魚。

鰉 ㄏㄨㄤˊ huáng 名鱘鰉，鱣魚的俗稱。

鯿 ㄅㄧㄢ biān 名魚名。身體寬扁，頭部小，鱗細，肉質鮮美，為淡水魚。古人稱為魴。

鰕 ㄒㄧㄚ xiā 名①同「蝦」。水生節足動物，可食用。②大的鯢魚。

十畫

鰭 ㄑㄧˊ qí 名魚類和水生脊椎動物的運動器官，由刺狀的硬骨或軟骨間的皮膜構成。可區分為胸鰭、腹鰭、脊鰭、臀鰭與尾鰭，具槳及舵的功能。

鰥 ㄍㄨㄢ guān 名指喪妻或無妻室的人。例鰥寡。

鰥夫 ㄍㄨㄢ ㄈㄨ 年老沒有妻室的人。

鰥寡孤獨 ㄍㄨㄢ ㄍㄨㄚˇ ㄍㄨ ㄉㄨˊ 年老無妻為鰥，年老無夫為寡，年幼無父為孤，年老無子為獨。泛指社會上老弱無依的人。

鰜 ㄐㄧㄢ jiān 名魚名。即比目魚。例鰜鰈。

鰣 ㄕˊ shí 名魚名。身體扁長，背部深青色，腹部銀白色，皮下脂肪很多，多細刺。為淡水魚，味道鮮美。

鰨 ㄊㄚˇ tǎ 名①鯢魚的別稱。②一種比目魚。

鰩 ㄧㄠˊ yáo 名即文鰩魚，胸鰭很大，張開如翅，能在空中滑翔，故俗稱飛魚。

鰛 ㄨㄣ wēn 名即沙丁魚，背部青黑色，腹部白色，為遠洋魚類，常群游於深海中上層。

十一畫

鰱 ㄌㄧㄢˊ lián 名魚名。身體側扁，細鱗，腹部為銀白色。棲息於河川湖泊中，可由人工飼養，肉質美味。俗稱白鰱。

鰾 ㄅㄧㄠˋ biào 名①大多數魚類的特殊器官，位在胸部中間，像一個透明的氣囊，可以自由伸縮，功用在於調節魚體的比重，使魚類在水中能上下浮沉。②鰾膠，用魚鰾製的黏膠。

鰲 ㄠˊ áo 名同「鼇」。

鰻 ㄇㄢˊ mán 名魚名。身體細長呈圓筒狀，像蛇，皮厚，有黏液。生活在淡水中，秋季至海中產卵。肉質鮮嫩，富含脂肪，為高級食用魚類。

鰷 ㄊㄧㄠˊ tiáo 名魚名。身體狹長，細鱗，背部黃黑色，腹部黃白色，有群游的習性，棲息於淡水中。

鰹 ㄐㄧㄢ jiān 名魚名。身體呈紡錘形，背部藍色，腹部白色，體側有幾條濃青色縱線，鱗細，常群游於深海上層。

鰳 ㄌㄜˋ lè 名 一種體形像鰣魚的海魚，頭小，鱗細，腹部下方有硬刺。為重要的食用魚類，常醃製成鹹魚乾。

鱈 ㄒㄩㄝˇ xuě 名 魚名。棲息於寒冷的深海中，口大鱗細，體色為淡褐色。肉潔白如雪，肝臟是製魚肝油的重要原料。

鰿 ㄐㄧˊ jí 名 ①狹長的小貝。②即鯽魚。

鱅 ㄩㄥˊ yóng 名 魚名。像鰱但頭大，鱗細，背部青黑色，腹部銀白色，以水草為食物來源。通稱為胖頭魚。

鰵 ㄇㄧㄣˇ mǐn 名 魚名。口大而鱗小，下顎較為突出，背部暗褐色，腹部銀白色，棲息於海底岩礁之間。

鰼 ㄒㄧˊ xí 名 即泥鰍。

鱄 ㄓㄨㄢ zhuān 名 魚名。產於洞庭湖，肉質鮮美。

鱉 ㄅㄧㄝ biē 名 動物名。外形像龜，背甲呈灰黑色，腹部白色或淡黃色，頸部長，四肢粗短，有厚蹼，尾極短。多棲息於溫熱帶水域的池沼湖泊中。肉供食用，甲殼可入藥。亦稱為團魚、甲魚。

鱉悶 ㄅㄧㄝ ㄇㄣˋ 心裡因有事不能抒發而感到煩悶。

鱉煞 ㄅㄧㄝ ㄕㄚˋ 不中用，不爭氣。

鱉燥 ㄅㄧㄝ ㄗㄠˋ 急躁，焦煩。

鱉縮頭 ㄅㄧㄝ ㄙㄨㄛ ㄊㄡˊ 譏諷人藏匿不敢出來。

十二畫

鱗 ㄌㄧㄣˊ lín 名 魚類、爬蟲類和少數哺乳類動物，身體表面所被覆的角質或骨質的小形薄片，排列像瓦狀，具有保護的作用。形 似鱗的。例 鱗莖。

鱗爪 ㄌㄧㄣˊ ㄓㄠˇ 比喻事物的片段。

鱗比 ㄌㄧㄣˊ ㄅㄧˋ 像魚鱗般密集排列。

鱗片 ㄌㄧㄣˊ ㄆㄧㄢˋ ①魚類、爬蟲類體表所被覆的角質或骨質的小薄片。②覆蓋在植物體表皮上的鱗狀薄片。

鱗甲 ㄌㄧㄣˊ ㄐㄧㄚˇ 鱗與甲。

鱗莖 ㄌㄧㄣˊ ㄐㄧㄥ 一種地下莖，四周有層層的鱗葉包圍，含豐富的養分。

鱗傷 ㄌㄧㄣˊ ㄕㄤ 傷痕如魚鱗一般多。形容傷勢很重。

鱗次櫛比 ㄌㄧㄣˊ ㄘˋ ㄐㄧㄝˊ ㄅㄧˋ 如魚鱗和梳齒般緊密有次序的排列。比喻排列得很整齊。

鱔 ㄕㄢˋ shàn 名 魚名。體形像鰻魚，全身褐色，腹部黃色，棲息於淡水泥洞裡，可食用。俗稱黃鱔，通稱鱔魚。

鱖 ㄍㄨㄟˋ guì 名 魚名。口大鱗細，體呈淡黃色，有黑斑點，背鰭有硬刺，為淡水食用魚類。俗名花鯽，又稱為桂魚。

鱒 ㄗㄨㄣ zūn 名 魚名。體形側扁，身軀較粗大，背部蒼綠色，腹部白色。夏季溯江而上，產卵於河川中，秋季後又回歸海洋。

鱘 ㄒㄩㄣˊ xún 名魚名。體長呈紡錘形，口小而尖，背部青黃色，腹部白色。

鱍 ㄅㄛ bō 形魚跳躍甩尾的樣子。例杜甫・觀打魚歌：「綿州江水之東津，魴魚鱍鱍色勝銀。」

十三畫

鱣 ㊀ㄓㄢ zhān 名魚名。身體的背中線、體側和腹側，共有硬鱗五縱列。嘴突出，有鬚，背部綠褐色，腹部白色。㊁ㄕㄢˋ shàn 名同「鱔」。黃鱔。

鱟 ㄏㄡˋ hòu 名動物名。全身青黑色，形狀像螃蟹，有十二隻腳，甲殼堅硬，頭胸部呈馬蹄形，腹部為六角形，邊緣有針狀突起，尾巴細長如劍，肉可食用。

鱧 ㄌㄧˇ lǐ 名體形為圓柱狀，黃褐色，有黑色斑塊，性情凶猛，棲息於淡水中，捕食小魚。又稱七星鱧，俗名黑魚。

鱞 ㄍㄨㄢ guān 名①魚名。大小如手指，脊骨美滑，可做羹湯。②通「鰥」。老而無妻的男人。

鱠 ㄎㄨㄞˋ kuài 名通「膾」。細切的魚肉。動烹調細切的魚肉。

十四畫

鱨 ㄔㄤˊ cháng 名魚名。體形像鮎魚，背部、腹部皆為黃色，鰭有銳刺，能傷人。也叫黃頰魚。

鱭 ㄐㄧˇ jǐ 名即刀魚。

十六畫

鱷 ㄜˋ è 名爬蟲類動物，體形像蜥蜴，頭大且扁，吻突出，口內有圓錐形牙齒，頸部粗短，四肢均短，尾巴有力，趾間有蹼便於游泳，全身有鱗片及硬皮覆蓋。棲息於熱帶沼澤及河流中，性情兇殘，肉食性，壽命可達三百餘年。肉可食用，皮可製成皮製品。

鱸 ㄌㄨˊ lú 名魚名。身體狹長而側扁，口闊鱗細，背部淡蒼色，腹部白色，棲息於近海，以魚、蝦為食，肉質鮮美。

十九畫

鱺 ㄌㄧˊ lí 名鰻鱺，即鰻魚。

二十二畫

鱻 ㄒㄧㄢ xiān 「鮮」的古體字。

鳥部 ㄋㄧㄠˇ

鳥 ㊀ㄋㄧㄠˇ niǎo 名卵生脊椎動物，全身被滿羽毛，體恆溫，前肢化為翅膀以飛行，後肢為腳能行走，用肺和氣囊呼吸，視力極佳。例候鳥。㊁ㄉㄧㄠˇ diǎo 名同「屌」。指男性生殖器官。用作罵人的話。例鳥人、鳥兒郎當。

鳥害 ㄋㄧㄠˇ ㄏㄞˋ 鳥群啄食作物造成的農業損害。

鳥徑 ㄋㄧㄠˇ ㄐㄧㄥˋ 只能容飛鳥通行的小路。形容道路非常險峻狹窄。同鳥道。

鳥瞰 ㄋㄧㄠˇ ㄎㄢˋ ①從高處向下看。②對事實情況作概略的觀察。例世界局勢鳥瞰。

鳥媒花 ㄋㄧㄠˇ ㄇㄟˊ ㄏㄨㄚ 藉鳥類傳播花粉的花，顏色多豔麗且產大量花蜜。如山茶、朱槿等。

鳥獸散 ㄋㄧㄠˇ ㄕㄡˋ ㄙㄢˋ 形容成群的人紛紛散去。

鳥語花香 ㄋㄧㄠˇ ㄩˇ ㄏㄨㄚ ㄒㄧㄤ 鳥兒鳴唱，花開芳香。形容春天美好的景象。

鳥盡弓藏 ㄋㄧㄠˇ ㄐㄧㄣˋ ㄍㄨㄥ ㄘㄤˊ 比喻事情達成之後，就冷落或殺害曾出力協助的人。

二畫

鳩 ㄐㄧㄡ jiū 名鳩鴿類的通稱。頭小胸凸出，尾短翅膀長，善飛行。例斑鳩。動聯合聚集。例鳩集。

鳩合 ㄐㄧㄡ ㄏㄜˊ 會聚集合。亦作「糾合」。

鳩工庀材 ㄐㄧㄡ ㄍㄨㄥ ㄆㄧˇ ㄘㄞˊ 招集工人，準備材料。

鳩形鵠面 ㄐㄧㄡ ㄒㄧㄥˊ ㄏㄨˊ ㄇㄧㄢˋ 形容因久未飽食而枯瘦的面貌。比喻神態落魄不得志的樣子。亦作「鳥面鵠形」。

鳭 ㄉㄧㄠ diāo 名鳥名。鳭鷯，能啄開蘆葦皮以覓蟲吃。又叫剖葦鳥。

鳧 ㄈㄨˊ fú 名動物名。體型小的野鴨，嘴寬扁，趾間有蹼能游，群居在水沼或蘆葦間。

三畫

鳲 ㄕ shī 名鳥名。鳲鳩，即布穀鳥，體灰腹白，好食毛蟲。

鳶 ㄩㄢ yuān 名①動物名。全身為褐色，四趾具鉤爪，視力敏銳，可自高空俯衝捕食蛇、蜥蜴等。俗稱老鷹。②風箏。例紙鳶。

鳶尾 ㄩㄢ ㄨㄟˇ 植物名。多年生草本，葉劍形，春季開青紫色花，結橢圓形蒴果，可供藥用或觀賞。

鳶飛魚躍 ㄩㄢ ㄈㄟ ㄩˊ ㄩㄝˋ 比喻萬物各居其所的生動景象。

鳴 ㄇㄧㄥˊ míng 名①昆蟲或鳥獸發出的聲音。例蟬鳴、雞鳴。②泛指一切發聲。例雷鳴。動①使物體發出聲音。例鳴槍。②聲望顯著，聞名。例文鳴江東。③發洩，表明。例鳴冤、鳴謝。

鳴炮 ㄇㄧㄥˊ ㄆㄠˋ ①點燃炮竹。②國家重要節日或迎送外國貴賓時，表示敬禮所鳴放的炮。

鳴冤 ㄇㄧㄥˊ ㄩㄢ 申訴冤情委屈。

鳴謝 ㄇㄧㄥˊ ㄒㄧㄝˋ 公開表示感謝。

鳴不平 ㄇㄧㄥˊ ㄅㄨˋ ㄆㄧㄥˊ 對不公平的事表達不滿。

鳴鼓而攻 ㄇㄧㄥˊ ㄍㄨˇ ㄦˊ ㄍㄨㄥ 公開揭露聲討某人的罪行。

鳴鑼開道 ㄇㄧㄥˊ ㄌㄨㄛˊ ㄎㄞ ㄉㄠˋ 古代官吏出行時，隊伍前有人敲鑼要行人讓路。比喻為某事的出現造勢助威。

鳳 ㄈㄥˋ fèng 名①古代傳說中的神鳥，為吉祥象徵。②姓。

鳳冠 ㄈㄥˋ ㄍㄨㄢ 古代后妃的冠飾或出嫁女子戴的禮帽，上有寶石或貴重金屬製成的鳳凰形裝飾。

鳳眼 ㄈㄥˋ ㄧㄢˇ 眼角向上揚的眼睛。

鳳凰 ㄈㄥˋ ㄏㄨㄤˊ 古代傳說中的百鳥之王，象徵吉祥。鳳為雄性，凰為雌性。也作「鳳皇」。

鳳仙花 ㄈㄥˋ ㄒㄧㄢ ㄏㄨㄚ 植物名。一年生草本，葉披針形有鋸齒，夏秋季開白、紅、淡黃花，結橢圓形蒴果。種子、根、莖皆可入藥。又名指甲花。

鳳凰木 ㄈㄥˋ ㄏㄨㄤˊ ㄇㄨˋ 植物名。落葉喬木，羽狀複葉，花橘紅色，結莢果。可為行道樹或製薪炭。

鳳毛麟角 ㄈㄥˋ ㄇㄠˊ ㄌㄧㄣˊ ㄐㄧㄠˇ 比喻珍奇稀少的人才或事物。

鳳凰于飛 ㄈㄥˋ ㄏㄨㄤˊ ㄩˊ ㄈㄟ 比喻夫妻感情和諧。多用作婚禮祝詞。

鳳陽花鼓 ㄈㄥˋ ㄧㄤˊ ㄏㄨㄚ ㄍㄨˇ 一種民間曲調，源自明代安徽省鳳陽縣。表演者邊跳舞邊敲打繫在腰間的花鼓。

四畫

鳼 ㄨㄣˊ wén 名即鶉的幼鳥。

鴆 ㄓㄣˋ zhèn 名①鳥名。全身紫黑色，羽毛有劇毒，食毒蛇。②用鴆羽浸泡的毒酒。例飲鴆止渴。動用毒酒害人。

鴆毒 ㄓㄣˋ ㄉㄨˊ ①毒酒。同鴆酒。②毒害。同鴆殺。

鳺 ㄈㄨ fū 名鳥名。①鳺鴀，即斑鳩。②子鳺，即子規，杜鵑鳥。

鴉 ㄧㄚ yā 名鳥名。全身黑灰，嘴大翼長，常見的有烏鴉、寒鴉等。形黑色的。例鴉鬢。

鴉片 ㄧㄚ ㄆㄧㄢˋ 用罌粟未熟果實的乳汁製成的棕黑色粉或膏，含嗎啡、尼古丁等，具麻醉性，可製止痛、止咳劑，長期服用易成癮。也稱為阿芙蓉。

鴉雀無聲 ㄧㄚ ㄑㄩㄝˋ ㄨˊ ㄕㄥ 比喻原先吵鬧的氣氛頓時安靜。

鳷 ㄓ zhī 名鳥名。鳷鵲，體青有黑斑紋，額和眼部周圍黑色，尾和翅膀等長，可訓練說人話。

鴈 ㄧㄢˋ yàn 名①候鳥名。即雁，鳴聲嘹亮，群飛時呈行列狀。②通「贗」。偽製品。

鴇 ㄅㄠˇ bǎo 名①鳥名。即野雁，頭頸灰綠，背褐色有黑斑紋，腹白，頭扁嘴短，兩腳強健善走，雜食性。②開妓院或收養妓女的女子。例老鴇。

鴃 ㄐㄩㄝˊ jué 名鳥名。①同「鶪」。即伯勞鳥，性凶猛，善鳴叫。②鶗鴃，即杜鵑鳥。③鸋鴃，即巧婦鳥。

五畫

鴣 ㄍㄨ gū 名鳥名。①鵓鴣，將下雨時會鳴叫。②鷓鴣，體灰褐色，腹部黃褐色，腳紅色，鳴叫時站在樹頂。

鴨 ㄧㄚ yā 名水鳥名。嘴扁腳短，翅膀短不善飛，趾間有蹼善游水。

鴨蛋 ㄧㄚ ㄉㄢˋ ①鴨所生的卵。②指得了零分。

鴨舌帽 ㄧㄚ ㄕㄜˊ ㄇㄠˋ 前緣突出半圓形帽簷以遮陽的帽子。

鴨嘴獸 ㄧㄚ ㄗㄨㄟˇ ㄕㄡˋ 唯一的卵生哺乳類動物，嘴和尾部扁長，全身黑褐色，四肢短健，五趾有鉤爪和蹼以挖地和游水。又名鴨獺。

鴞 ㄒㄧㄠ xiāo 名鳥名。鴟鴞，即貓頭鷹，喙爪為鉤狀，性凶猛，夜晚出沒。

鴦 ㄧㄤ yāng 名水鳥名。雄性稱鴛，雌性稱鴦，常雌雄相隨。見「鴛鴦」。

鴙 ㄓˋ zhì 名通「雉」。即野雞。

鴝 ㄑㄩˊ qú 名鳥名。鴝鵒，即八哥，羽色黑，可訓練說人話。又名鸜鵒。

鴛 ㄩㄢ yuān 見「鴛鴦」。

鴛鴦 ㄩㄢ ㄧㄤ ①水鳥名。雄性稱鴛，雌性稱鴦，嘴扁頸長，羽色鮮豔，常雌雄相隨，棲息水邊，食魚、昆蟲等。②比喻夫妻。例鴛鴦劍。③指成對的物件。

鴥 ㄩˋ yù 名鳥名。鴥隼，全身青灰，臉白有黑紋，性兇猛，飛行迅速以捕食小型鳥類，棲息荒野。副飛行快速地。

鴕 ㄊㄨㄛˊ tuó 名鳥名。鴕鳥，也作「駝鳥」。體型高大，頭小頸長，翅膀短小無法飛行，腳細長有力善走。

鴕鳥政策 ㄊㄨㄛˊ ㄋㄧㄠˇ ㄓㄥˋ ㄘㄜˋ 只會逃避現實的策略。

鴟 ㄔ chī 名①即鷂鷹，常盤旋天空以捕食幼雛。②鴟鵂，即貓頭鷹，體淡褐有黑斑，腹白，夜間活動，食小型動物。③盛酒器具。例鴟夷。

鴟尾 ㄔ ㄨㄟˇ 古代宮殿屋脊兩端的陶製裝飾品，形如鴟尾，折而向上。或作「鴟吻」、「蚩尾」、「祠尾」。

鴒 ㄌㄧㄥˊ líng 名鳥名。鶺鴒，頭和背部黑色，前額和腹部白色，棲息水邊，食魚、昆蟲。

鴒原 ㄌㄧㄥˊ ㄩㄢˊ ①兄弟的代稱。②比喻患難中兄弟友愛照顧的情誼。例鴒原之情。

六畫

鴳 ㄧㄢˋ yàn 名鳥名。鴳雀，也作「鷃雀」。體型小，善鳴叫跳躍，無法高飛。

鴻 ㄏㄨㄥˊ hóng 名①候鳥名。鴻雁，即大雁，全身紫褐，腹白，嘴扁腿短，棲息於水邊，群飛時呈行列狀，食魚、種子或昆蟲。②書信的代稱。例來鴻。形通「洪」。浩大的。例鴻福齊天。

鴻文 ㄏㄨㄥˊ ㄨㄣˊ ①鴻雁飛行時排成的文字圖案。②敬稱他人寫的文章。或作「鴻詞」、「宏文」、「宏詞」。

鴻毛 ㄏㄨㄥˊ ㄇㄠˊ 比喻事物輕微或不值得提及。

鴻爪 ㄏㄨㄥˊ ㄓㄠˇ 比喻往事的痕跡。例雪泥鴻爪。

鴻溝 ㄏㄨㄥˊ ㄍㄡ ①古運河，在今河南省。為楚漢分界處。②比喻界限劃分明顯。例判若鴻溝。

鴻圖 ㄏㄨㄥˊ ㄊㄨˊ ①眼光遠大的計畫。同鴻猷。②範圍廣大的版圖。

鴻儒 ㄏㄨㄥˊ ㄖㄨˊ 知識廣博的學者。

鴻鵠 ㄏㄨㄥˊ ㄏㄨˊ ①即大雁。②即天鵝，羽毛光澤純白，頸彎長。③比喻志向高遠。例鴻鵠之志。

鴻門宴 ㄏㄨㄥˊ ㄇㄣˊ ㄧㄢˋ 楚漢相爭時，劉邦和項羽會宴在鴻門，宴中項莊舞劍欲殺害劉邦，但有樊噲和項羽叔父項伯助劉邦脫困。後指不懷好意的邀宴。

鴻飛冥冥 ㄏㄨㄥˊ ㄈㄟ ㄇㄧㄥˊ ㄇㄧㄥˊ 鴻雁飛往高空。比喻遠離災禍。

鵁
ㄐㄧㄠ jiāo 名水鳥名。鵁鶄，即赤頭鷺，體白有褐紋，頭頸紅褐色，胸背長稀鬆羽毛，嘴長腳高，能涉水捕食魚類。

鴶
ㄐㄧˊ jí 名鳥名。鴶鵴，即布穀鳥。

鴷
ㄌㄧㄝˋ liè 名鳥名。即啄木鳥。

鴯
ㄦˊ ér 名鳥名。①鷾鴯，即燕子。②鴯鶓，像鴕鳥，羽色灰褐，翅膀退化無法飛行，腳長善走，產於澳洲。

鴰
ㄍㄨㄚ guā 名鳥名。①老鴰，即烏鴉。②鶬鴰，即灰鶴。

鵂
ㄒㄧㄡ xiū 名鳥名。鵂鶹，貓頭鷹類，體褐有黑斑紋，頭頂有毛角，棲息山野，夜晚出沒捕食小動物。

鵃
ㄓㄡ zhōu 名鳥名。鶻鵃，全身黃綠，腹白，尾短，喜鳴叫。

鴿
ㄍㄜ gē 名鳥名。飛行迅速，記憶力佳，經訓練可替人傳訊通信。

鴿派 ㄍㄜ ㄆㄞˋ 主張用和平方式化解紛爭的一派。

鴴
ㄏㄥˊ héng 名鳥名。即千鳥，背暗褐，腹白，頭有白色環紋，頭頂有黑毛，嘴尖長，棲息在沼澤，食昆蟲。

鴽
ㄖㄨˊ rú 名鳥名。鵪鶉類，體型小。

七畫

鵜
ㄊㄧˊ tí 名水鳥名。①鵜鶘，即伽藍鳥，體型大，色灰白，有伸縮紅色皮囊以存食物，可潛水捕食魚。又名淘河。②鵜鴃，即鶗鴃，杜鵑鳥。

鵓
ㄅㄛˊ bó 名鳥名。鵓鴣，即祝鳩，全身黑褐色，下雨前會鳴叫。又叫勃姑、鵓鳩、水鵓鴣。

鵑
ㄐㄩㄢ juān 見「杜鵑」。

鵠
㈠ㄏㄨˊ hú 名鳥名。即天鵝。副伸長脖子靜靜地站著。例鵠立。㈡ㄍㄨˇ gǔ 名射擊的中心目標。例鵠的。

鵠立 ㄏㄨˊ ㄌㄧˋ 像鵠一樣伸長脖子站立著。比喻深切地期待。同鵠望。

鵠的 ㄍㄨˇ ㄉㄧˋ 箭靶的中心。引申為目標、目的。

鵝
ㄜˊ é 名水鳥名。全身灰白，頭大嘴扁，頸長尾短，翅膀弱不能飛，趾間有蹼善游，食魚、昆蟲、青草等。

鵝毛 ㄜˊ ㄇㄠˊ ①鵝的羽毛。比喻東西輕薄不貴重。例千里送鵝毛。②形容片片飄落的雪花。例鵝毛大雪。

鵝黃 ㄜˊ ㄏㄨㄤˊ 一種像幼鵝絨毛的淡黃色。

鵝卵石 ㄜˊ ㄌㄨㄢˇ ㄕˊ 形狀像鵝卵的圓滑石頭，可做建築材料。

鵔
ㄐㄩㄣˋ jùn 名鳥名。鵔鸃，即錦雞，背黃頸綠，腹尾皆紅，羽色鮮豔。又名赤稚。

鵟 ㄎㄨㄤˊ kuáng 名鳥名。有五色羽毛，頭頂有冠，食鼠類。

鴝 ㄩˋ yù 名鳥名。鴝鵒，即八哥，毛色黑，可訓練說人話。

八畫

鵷 ㄩㄢ yuān 名鳥名。鵷鶵，古代傳說之鳥，像鳳凰，象徵吉祥，群飛呈行列狀。

鶉 ㄔㄨㄣˊ chún 名鳥名。鵪鶉的簡稱。

鶊 ㄍㄥ gēng 名鳥名。鶬鶊，即黃鶯，體黃尾黑，鳴聲清脆，是專吃樹林中害蟲的益鳥。

鵡 ㄨˇ wǔ 見「鸚鵡」。

鶄 ㄐㄧㄥ jīng 名水鳥名。鵁鶄，即赤頭鷺。

鶇 ㄉㄨㄥ dōng 名候鳥名。背褐腹灰，眼上方有白紋，雜食性，產於西伯利亞。

鵲 ㄑㄩㄝˋ què 名鳥名。羽黑有光澤，肩和腹部白色，嘴尖尾長，棲息山野高樹，雜食性。鳴聲象徵吉祥，故稱為喜鵲。

鵲起 ㄑㄩㄝˋ ㄑㄧˇ ①比喻依時機形勢而奮起行動。②比喻聲名遠播。

鵲橋 ㄑㄩㄝˋ ㄑㄧㄠˊ 傳說農曆七月七日時群鵲相接為橋，讓織女渡天河與牛郎相會。

鵲巢鳩占 ㄑㄩㄝˋ ㄔㄠˊ ㄐㄧㄡ ㄓㄢˋ ①女子出嫁後以丈夫居處為家。②比喻霸道占據他人的居所或產業。

鵪 ㄢ ān 名鳥名。鵪鶉，形似雛雞，羽毛赤褐色，體圓小尾短，食穀類和雜草種子。

鶆 ㄌㄞˊ lái 名鳥名。鶆鳩，全身褐色雜白、紅褐斑紋，可訓練成為獵鷹。

鵾 ㄎㄨㄣ kūn 名鵾雞，古代一種大雞。也作「鶤雞」。

鵴 ㄐㄩˊ jú 名鳥名。鳲鵴，即布穀鳥。

鵩 ㄈㄨˊ fú 名鳥名。即山鴞，性凶猛，夜間鳴怪聲，象徵不祥。

鵬 ㄆㄥˊ péng 名古代傳說的大鳥，由鯤魚化成，能一飛數千里。

鵬程 ㄆㄥˊ ㄔㄥˊ 比喻人的未來長遠順利。

鵰 ㄉㄧㄠ diāo 名鳥名。即鷲，羽毛深褐色，性凶猛，喙爪呈鉤狀以捕食小動物。

九畫

鶙 ㄊㄧˊ tí 名鳥名。鶙鵳，體紫褐，腹黃白，視力銳利，能自高空俯衝獵食爬蟲或小動物。

鶤 ㄩㄣˋ yùn 名①鶤雞，鳳凰的別稱。②指體型有三尺長的大雞。

鶿 ㄘˊ cí 名水鳥名。鸕鶿，即魚鷹，善飛和潛水，食魚。

鶒 ㄔˋ chì 名水鳥名。鸂鶒，像鴛鴦，食魚。

鶘 ㄏㄨˊ hú 名水鳥名。鵜鶘，即伽藍鳥，體型大，善游水捕魚。又名淘河。

鶩 ㄨˋ wù 名即野鴨，全身黑或褐色，嘴扁頸長，體肥尾短，不能飛但善游，雜食性。

鶪 ㄐㄩˊ jú 名鳥名。即伯勞鳥，體灰褐，鳴叫時尾羽上下擺動，性凶猛，食魚、昆蟲等。

鶗 ㄊㄧˊ tí 名鳥名。鶗鴃，即杜鵑鳥。又名鵜鴃、子規。

鶓 ㄇㄧㄠˊ miáo 名鳥名。鴯鶓，像鴕鳥，羽色灰褐，不能飛行，腳長善走，產於澳洲。

鶡 ㄏㄜˊ hé 名鳥名。即雉類，體黃黑，頭有毛角，性好鬥。

鶚 ㄜˋ è 名鳥名。即魚鷹，背深褐色，腹部白色，翅膀細長，可在水面低空飛翔以捕食魚類。

鶖 ㄑㄧㄡ qiū 名水鳥名。頸長，眼紅色，頭頂無毛，故亦稱為禿鶖。

十畫

鶱 ㄒㄧㄢ xiān 副鳥展翅飛揚地。

鶴 ㄏㄜˋ hè 名鳥名。全身純白，頭頂紅色，喙、頸和兩腿細長，善高飛，棲息水澤地，食魚、昆蟲等。形白色的。例鶴髮。

鶴唳 ㄏㄜˋ ㄌㄧˋ 鶴鳴聲。例風聲鶴唳，草木皆兵。

鶴壽 ㄏㄜˋ ㄕㄡˋ 祝福人長壽的頌詞。

鶴立雞群 ㄏㄜˋ ㄌㄧˋ ㄐㄧ ㄑㄩㄣˊ 比喻超凡突出的儀態或才能。

鶴髮童顏 ㄏㄜˋ ㄈㄚˇ ㄊㄨㄥˊ ㄧㄢˊ 形容老人有孩童般紅潤的臉。

鶼 ㄐㄧㄢ jiān 名一種傳說中的鳥。即比翼鳥，雌雄常相隨飛行。

鶼鰈 ㄐㄧㄢ ㄉㄧㄝˊ 比翼鳥和比目魚。比喻夫妻恩愛和睦。

鷁 ㄧˋ yì 名①水鳥名。似鷺而大，能逆風高飛。②船。例鷁首。

鶯 ㄧㄥ yīng 名鳥名。羽色黃灰，體型小，喙尖短，尾翼皆長，鳴聲清亮悅耳，食昆蟲。又叫黃鶯、黃鸝、倉庚。

鶯聲燕語 ㄧㄥ ㄕㄥ ㄧㄢˋ ㄩˇ ①形容春天繁茂的景象。②比喻女子的說話聲。

鶯鶯燕燕 ㄧㄥ ㄧㄥ ㄧㄢˋ ㄧㄢˋ ①形容明媚秀麗的春天景色。②比喻妻妾或美女眾多。

鷇 ㄎㄡˋ kòu 名初生仍需母鳥餵食的幼鳥。

鷊 ㄧˋ yì 名即吐綬雞，俗稱火雞。

鷃 ㄧㄢˋ yàn 名鳥名。①同「鴳」。即鵪。②鷃雀，一種小型的鳥。

鶻 ㈠ㄍㄨˇ gǔ 名鳥名。①鶻鵃，羽色黑綠，形貌像鴿，好鳴叫。②鶻鳩，即斑鳩。㈡ㄏㄨˊ hú 名鳥名。即隼鳥，鷹的一種。

鷂 ㄧㄠˋ yào 名鳥名。背青灰，腹白，尾和翅膀灰褐有紋，飛行迅速以捕食小鳥。

鷂子 ㄧㄠˋ ㄗˇ ①雀鷹的別名。②風箏的別名。

鷉 ㄊㄧˊ tí 名水鳥名。鸊鷉，背黑腹白，胸黃有紫斑，體肥圓，翅膀小，不善飛，善潛水捕食魚。

鶹 ㄌㄧㄡˊ liú 名鳥名。①鶹鷅，即梟，幼時美，長大變醜，會吃母鳥。又名留離。②鵂鶹，貓頭鷹類，額兩側有毛角。

鶬 ㄘㄤ cāng 名鳥名。①鶬鶊，即黃鶯，體黃尾黑，鳴聲悅耳。又名倉庚。②鶬鴰，即灰鶴。又名鶬雞。

鶺 ㄐㄧˊ jí 名鳥名。鶺鴒，羽色黑白相雜，尾羽常上下擺動，食魚和昆蟲。

十一畫

鷓 ㄓㄜˋ zhè 見「鷓鴣」。

鷓鴣 ㄓㄜˋ ㄍㄨ 鳥名。體灰褐，喙、腳和頭頂紅色，鳴聲如「行不得也哥哥」，築巢地面土穴，食穀粒、昆蟲或植物種子等。

鷓鴣菜 ㄓㄜˋ ㄍㄨ ㄘㄞˋ 植物名。叢生在海底岩石，深紫色藻體圓柱形，分枝呈葉狀，可製驅蟲藥。

鷟 ㄓㄨㄛˊ zhuó 名鳥名。鸑鷟，一種水鳥。也指傳說的瑞鳥，即鳳凰。

鷩 ㄅㄧˋ bì 名鳥名。即錦雞，背黃腹紅，頸部綠，性凶悍。

鷚 ㄌㄧㄡˋ liù 名鳥名。即百靈鳥，體褐有斑，鳴聲優美，善行走，築巢地面，食昆蟲。

鷙 ㄓˋ zhì 名性情凶猛的鳥。形凶猛強悍的。

鷗 ㄡ ōu 名水鳥名。羽色白，背和翅膀灰褐，趾間有蹼能游，視力敏銳，常在水面飛行捕食魚類，棲息海岸或海島。

鷗波 ㄡ ㄅㄛ 比喻隱居生活安閒自在。

鷖 ㄧ yī 名①一種鷗鳥，羽色灰黑，群居水澤。②鳳凰的別稱。

鷞 ㄕㄨㄤ shuāng 名鳥名。鷫鷞，一種猛禽，即灰面鵟鷹，體褐色雜白、紅褐斑紋，可訓練為獵鷹。又名爽鳩、鷞鳩。

十二畫

鷲 ㄐㄧㄡˋ jiù 名鳥名。即鵰，體型大，性凶猛，喙爪銳利以捕食動物。

鷫 ㄙㄨˋ sù 名水鳥名。鷫鷞，即雁類，頸長羽綠，可製裘。

鷸 ㄩˋ yù 名水鳥名。體黑褐有斑紋，喙和腳細長，常涉水捕食小魚、貝類或昆蟲等。

鷸蚌相爭 ㄩˋ ㄅㄤˋ ㄒㄧㄤ ㄓㄥ 比喻雙方相爭結果皆敗，卻讓第三者獲利。

鷯 ㄌㄧㄠˊ liáo 名鳥名。①鷦鷯，即巧婦鳥。②鷯鶉，即鶉。

鷴 ㄒㄧㄢˊ xián 名鳥名。像錦雞，體白有黑紋，尾長。俗稱白鷴。

鷉 ㄊㄧˊ tí 名鳥名。鷉鴂，即杜鵑鳥。

鷥 ㄙ sī 名水鳥名。鷺鷥，羽純白，喙、頸和兩腳皆細長，適涉水捕食魚、蛙等。

鷦 ㄐㄧㄠ jiāo 名鳥名。鷦鷯，即巧婦鳥，體型小，腹灰褐，背和翅膀紅褐有黑紋，活動在矮溼灌木叢，食昆蟲。

鷦鷯一枝 ㄐㄧㄠ ㄌㄧㄠˊ ㄧ ㄓ ①鷦鷯體型小，只居一細枝，要求不多。用來勉人要知足少欲。②書信中請託人找工作的用語。

十三畫

鷾 ㄧˋ yì 名鳥名。鷾鴯，即燕子。

鸇 ㄓㄢ zhān 名鳥名。色青黃，喙呈鉤狀，性凶猛，捕食燕、雀等。

鷹 ㄧㄥ yīng 名鳥名。體黑褐，腹胸白，性凶暴，視力敏銳，飛行疾速，喙爪成鉤狀以捕食兔、鳥等，築巢樹上。

鷹犬 ㄧㄥ ㄑㄩㄢˇ ①打獵時可追捕獵物的老鷹和獵犬。②比喻供人指使行惡的走狗。

鷹爪 ㄧㄥ ㄓㄠˇ ①植物名。常綠灌木，葉寬披針形或長橢圓形，開淺黃、淺綠花，可製香精。②老鷹呈鉤狀的爪子。③嫩芽像鷹爪的上品芽茶。④比喻聽人使喚的走狗。

鷹派 ㄧㄥ ㄆㄞˋ 主張用戰爭、強硬方式解決紛爭的一派。

鷹架 ㄧㄥ ㄐㄧㄚˋ ①建築工程中便於工人登高、通行、工作的臨時架子。②飼養老鷹時供其站立的架子。

鷹揚 ㄧㄥ ㄧㄤˊ ①比喻威武，氣勢盛大。②比喻超凡的才能完全發揮。

鷹瞵鶚視 ㄧㄥ ㄌㄧㄣˊ ㄜˋ ㄕˋ 形容強悍威猛，等待時機行動的樣子。

鷿 ㄆㄧˋ pì 名水鳥名。鷿鷈，背黑腹白，拙於飛翔，能潛水捕食魚。

鷺 ㄌㄨˋ lù 名水鳥名。鷺鷥，羽色純白，喙、頸和兩腳均細長，適涉水捕食魚、蛙等，群棲水澤附近的樹林。

鸄 ㄒㄩㄝˊ xué 名鳥名。即山鵲，黑頭灰背，胸腹皆紅，鳴聲悅耳。

鸄鳩笑鵬 ㄒㄩㄝˊ ㄐㄧㄡ ㄒㄧㄠˋ ㄆㄥˊ 比喻愚昧不知自己能力的輕重。

鸃 ㄧˊ yí 名鳥名。鵔鸃，即錦雞。

十四畫

鸋 ㄋㄧㄥˊ níng 名鳥名。鸋鴂，即巧婦鳥。

鸑 ㄩㄝˋ yuè 名鳥名。鸑鷟，一種水鳥，羽色紫，眼紅，頸長。也指傳說的瑞鳥，即鳳凰。

十六畫

鸕 ㄌㄨˊ lú 名水鳥名。鸕鶿，體黑喉白，喙呈鉤狀，喉有嗉囊可存食物，善潛水捕食魚，築巢樹上。又名魚鷹。

十七畫

鸚 ㄧㄥ yīng 見「鸚鵡」。

鸚鵡 ㄧㄥ ㄨˇ 鳥名。羽色鮮豔，頭圓喙堅硬，兩趾向前兩趾向後，棲息熱帶森林樹洞，食果實，可訓練說人話。

鸚鵡學舌 ㄧㄥ ㄨˇ ㄒㄩㄝˊ ㄕㄜˊ 比喻沒有主見，人云亦云。同拾人牙慧。

十八畫

鸛 ㄍㄨㄢˋ guàn 名水鳥名。即歐洲人所稱的送子鳥，肩和翅膀黑白相雜，體型大，腳長，適涉淺水捕食淡水動物。

十九畫

鸞 ㄌㄨㄢˊ luán 名①傳說中的神鳥，似鳳凰。②通「鑾」。金屬鈴鐺。

鸞鳳 ㄌㄨㄢˊ ㄈㄥˋ ①比喻賢明有才識的人。②比喻夫婦。例鸞鳳和鳴。

鸞飄鳳泊 ㄌㄨㄢˊ ㄆㄧㄠ ㄈㄥˋ ㄅㄛˊ ①形容書法筆勢的秀雅清麗。②比喻夫妻分開兩地。③比喻人才不得志。

鸝 ㄌㄧˊ lí 名鳥名。黃鸝，即黃鶯，羽色黃，鳴聲優美，食林中害蟲。

鹵部 ㄌㄨˇ

鹵 ㄌㄨˇ lǔ 名①鹹地所提取的天然鹽。②含鹽分不適耕種的土地。例鹵地。形①草率冒失的。例鹵莽。②通「魯」。愚鈍，呆笨的。例鹵鈍。動通「擄」。奪取。

鹵化 ㄌㄨˇ ㄏㄨㄚˋ 有機化合物和鹵素產生反應。

鹵素 ㄌㄨˇ ㄙㄨˋ 週期表中氟、氯、溴、碘、砈五種元素的總稱，化學性質活潑。亦稱為鹵族。

鹵莽 ㄌㄨˇ ㄇㄤˇ 形容做事輕率未經考慮。亦作「魯莽」。

鹵鈍 ㄌㄨˇ ㄉㄨㄣˋ 愚笨遲鈍。

九畫

鹹 ㄒㄧㄢˊ xián 名鹽味。形①含鹽分，有鹽味的。例鹹菜、鹹水湖。②形容人吝嗇、小氣。

鹹水魚 ㄒㄧㄢˊ ㄕㄨㄟˇ ㄩˊ 棲息在鹹性水域的魚類。

鹹水湖 ㄒㄧㄢˊ ㄕㄨㄟˇ ㄏㄨˊ 不流出外海的湖，久經蒸發而含大量鹽分和雜質。如亞洲的裡海、青海。

十畫

鹺 ㄘㄨㄛˊ cuó 名鹽的別稱。例鹺使。形鹹味的。例鹺魚。

十三畫

鹽 ㊀ㄧㄢˊ yán 名①具鹹味的白色結晶體，即氯化鈉，可供食用。例鹽巴。②由金屬離子和酸根離子組成的化合物，為地殼成分，可供農工業用。㊁ㄧㄢˋ yàn 動用鹽醃漬食物。

鹽田 ㄧㄢˊ ㄊㄧㄢˊ 用海水晒鹽時，在海岸挖掘排列如田的矩形淺坑。

鹽埕 ㄧㄢˊ ㄔㄥˊ 晒海水製鹽的海岸。

鹽滷 ㄧㄢˊ ㄌㄨˇ 製鹽時殘餘的黑汁，味苦有毒，可入藥或使豆漿凝成豆腐。

鹽酸 ㄧㄢˊ ㄙㄨㄢ 氯化氫的水溶液，為強酸，無色有刺激味，具腐蝕性和揮發性，可用於工業。

鹽漬法 ㄧㄢˊ ㄗˋ ㄈㄚˇ 用鹽醃製食物，使之不易腐壞的保存方法。

鹼 ㄐㄧㄢˇ jiǎn 名①土壤含的一種物質，成分為碳酸鈉，性滑而味鹹澀，可用來洗衣、除垢，或製肥皂、玻璃等。②化學上指在水溶液中可解析出氫氧根的化合物。也指可接受質子的分子或離子。

鹼地 ㄐㄧㄢˇ ㄉㄧˋ 含鹼量高的土壤。

鹼性 ㄐㄧㄢˇ ㄒㄧㄥˋ 水溶液味澀且能使紅色石蕊試紙變藍的化學性質。

鹼性土 ㄐㄧㄢˇ ㄒㄧㄥˋ ㄊㄨˇ 含碳酸鈉或重碳酸鈉的強鹼性土壤。

鹿部 ㄌㄨˋ

鹿 ㄌㄨˋ lù 名①動物名。體多褐色或有花斑，四肢細長善跑，性溫和，雄性頭上有樹枝狀角，食樹葉、青草等。②比喻帝位、政權。例逐鹿中原。

鹿茸 ㄌㄨˋ ㄖㄨㄥˊ 尚未完全成硬骨的雄鹿幼角，有茸毛，含血液，可入中藥以補精髓、強筋骨等。

鹿砦 ㄌㄨˋ ㄓㄞˋ 用樹枝交叉放置，以阻止敵方步兵或坦克衝擊的軍用障礙物。

鹿死誰手 ㄌㄨˋ ㄙˇ ㄕㄟˊ ㄕㄡˇ 比喻眾人共爭同一東西，不知最後由誰獲得。多指爭奪帝位政權。

二畫

麂 ㄐㄧˇ jǐ 名動物名。一種小形鹿類，壯碩者才有角，毛色黃黑，四肢細長有力，善跳躍。

麀 ㄧㄡ yōu 名①母鹿。②泛指雌性獸類。

四畫

麃 ㈠ㄆㄠˊ páo 名動物名。一種鹿。㈡ㄅㄧㄠ biāo 形勇健的。動除去田地雜草。

五畫

麈 ㄓㄨˇ zhǔ 名①動物名。即駝鹿，頭像鹿，尾像驢，蹄像牛，頸背像駱駝，故稱四不像。②拂麈。例揮麈。

麇 ㄐㄩㄣ jūn 名動物名。即麞。副聚集成群地。例麇集。

六畫

麋 ㄇㄧˊ mí 名動物名。麋鹿，為體型大的鹿，雄性毛色青黑且有角，雌性毛色紅褐，食樹葉、果實、植物嫩芽等。

八畫

麒 ㄑㄧˊ qí 名麒麟，古代傳說的神獸，像鹿，牛尾、馬蹄、獨角，身被五彩鱗甲，象徵吉祥。麒為雄性，麟為雌性。

麑 ㄋㄧˊ ní 名①初生的幼鹿。例麑鹿。②狻麑，獅子的別稱。

麗 ㈠ㄌㄧˋ lì 名容貌漂亮的女子。例佳麗。形華美好看的。例美麗。㈡ㄌㄧˊ lí 名高句麗的簡稱，即今南北韓。

麗人 ㄌㄧˋ ㄖㄣˊ 容貌美豔的女子。

麗都 ㄌㄧˋ ㄉㄨ 美麗華貴。例衣服麗都。

麗質天生 ㄌㄧˋ ㄓˋ ㄊㄧㄢ ㄕㄥ 形容女子美好的品德容貌。

麓 ㄌㄨˋ lù 名山腳。例山麓。

九畫

麛 ㄇㄧˊ mí 名①通「麑」。初生的幼鹿。②泛指尚未成長的幼獸。

十畫

麝 ㄕㄜˋ shè 名①動物名。像鹿而較小，體灰褐色，耳大無角，四肢前短後長而善跳，不群居，夜間活動，食苔蘚、野草等，雄性腹部陰囊旁有香腺，能分泌香氣，可製香料或藥材。②麝香的香氣。例蘭麝之香。

麝香 ㄕㄜˋ ㄒㄧㄤ 雄麝腹部麝香腺的分泌物，經乾燥後製成的香料，亦可入中藥。

十二畫

麟 ㄌㄧㄣˊ lín 名古代傳說的瑞獸，即麒麟。

麟角 ㄌㄧㄣˊ ㄐㄧㄠˇ 比喻珍貴罕見的人才或事物。

麟兒 ㄌㄧㄣˊ ㄦˊ 讚美他人的小孩聰穎出眾。同麒麟兒。

二十二畫

麤 ㄘㄨ cū 形通「粗」。不精細的。動跳得很遠。

麥部 ㄇㄞˋ

麥 ㄇㄞˋ mài 名①植物名。一或二年生草本，耐低溫乾燥，可製糧食、飼料、釀酒等。有大麥、小麥、燕麥、黑麥等。②姓。

麥片 ㄇㄞˋ ㄆㄧㄢˋ 用燕麥或大麥粒壓製成的碎片食品。

麥芽 ㄇㄞˋ ㄧㄚˊ 發芽的大麥種子，含豐富的澱粉酵素，能將澱粉轉變成麥芽糖。可製酒精工業的糖化劑，或入中藥以開胃健脾。

麥浪 ㄇㄞˋ ㄌㄤˋ 麥子被風吹動而起伏如波浪。

麥隴 ㄇㄞˋ ㄌㄨㄥˇ 種麥的田地。

麥克風 ㄇㄞˋ ㄎㄜˋ ㄈㄥ 英語microphone的音譯。能使聲音擴大的器具。

麥芽糖 ㄇㄞˋ ㄧㄚˊ ㄊㄤˊ 甜度較蔗糖淡，為澱粉和肝醣的基本組成單位，可製糖果或藥用的甜劑。

四畫

麩 ㄈㄨ fū 名小麥磨成麵粉後留下的屑皮。例麩皮。

六畫

麰 ㄇㄡˊ móu 名大麥。

八畫

麴 ㄑㄩ qū 名將蒸熟的麥子或白米發酵後再晒乾，為釀酒或製醬的發酵物。也稱為酒母、酒麴。例麴糵。

麴黴 ㄑㄩ ㄇㄟˊ 真菌的一種，能產生發酵作用使澱粉變為糖質，可釀酒或製醬。又稱麴菌。

九畫

麵 ㄇㄧㄢˋ miàn 名①麥子或其他穀物磨成的粉末。例麵粉。②用麵粉製成的長條食物。例麵條。③粉末。例藥麵兒。

麵包 ㄇㄧㄢˋ ㄅㄠ 用麵粉加水發酵後製成的食品。

麵皮 ㄇㄧㄢˋ ㄆㄧˊ 用來裹餃子、包子等的薄片狀麵。

麵食 ㄇㄧㄢˋ ㄕˊ 用麵粉製成的食品總稱。

麵粉 ㄇㄧㄢˋ ㄈㄣˇ 小麥的種子去皮後磨成的粉末。

麵筋 ㄇㄧㄢˋ ㄐㄧㄣ 一種食品，用麵粉加水和勻，洗去澱粉後剩下的蛋白質凝結團。

麻部 ㄇㄚˊ

麻 ㄇㄚˊ má 名①植物名。莖皮纖維可用作紡織材料，種子可榨油。②喪服。例披麻戴孝。③臉上皮膚的痘痕。形①表面粗糙不平滑的。例麻臉。②繁多瑣碎的。例密密麻麻。③麻類加工製成的。例麻鞋。動①全部或局部失去知覺。例麻木。②用藥物使暫時失去知覺。例麻醉。③感覺不舒服。例肉麻、頭皮發麻。

麻木 ㄇㄚˊ ㄇㄨˋ ①人體某部分失去知覺。②指人思想、反應遲鈍不靈活。

麻油 ㄇㄚˊ ㄧㄡˊ 從胡麻種子榨出的油，可供食用或照明。

麻疹 ㄇㄚˊ ㄓㄣˇ 即麻疹。麻疹病毒引起的呼吸道急性傳染病，多幼兒感染，症狀為高燒、咳嗽、口腔頰黏膜出現白斑、全身起紅疹。可接種麻疹疫苗預防。

麻雀 ㄇㄚˊ ㄑㄩㄝˋ ①鳥名。背褐色有黑斑紋，短尾，能跳躍不能走，築巢在屋壁或樹洞，平常食穀類，冬季兼食雜草種子，生殖季捕昆蟲以餵幼鳥。②牌戲的一種，俗稱麻將。

麻將 ㄇㄚˊ ㄐㄧㄤˋ 牌戲的一種，用竹、骨或塑膠製成，上刻有圖紋字樣，共一百四十四張。也叫麻雀牌。

麻黃 ㄇㄚˊ ㄏㄨㄤˊ 植物名。常綠灌木，莖細長多節，葉小如鱗片，莖是提製麻黃素的原料。

麻煩 ㄇㄚˊ ㄈㄢˊ ①事情困擾難處理。②請求拜託。例麻煩你幫個忙。

麻痺 ㄇㄚˊ ㄅㄧˋ ①身體的某部分失去知覺或運動功能。②比喻對事情失去應有的感覺。

麻醉 ㄇㄚˊ ㄗㄨㄟˋ ①用藥物使全身或局部暫時失去知覺，有鎮痛作用。②比喻用某種方式使人意識模糊或意志消沉。

麻繩 ㄇㄚˊ ㄕㄥˊ 用麻類纖維搓製的繩索，質地堅韌耐用。

麻木不仁 ㄇㄚˊ ㄇㄨˋ ㄅㄨˋ ㄖㄣˊ 比喻對事物反應遲鈍，或漠不關心。亦作「麻痺不仁」。

麻婆豆腐 ㄇㄚˊ ㄆㄛˊ ㄉㄡˋ ㄈㄨˇ 用豆腐、絞肉，加上蒜屑、蔥屑、辣豆瓣醬等調製而成的四川菜。

三畫

麼 ㈠ㄇㄛˊ mó 形細小。例麼蟲。
㈡·ㄇㄜ me 形限用於作詞綴時。例什麼。
㈢ㄇㄚˊ má 助表示疑問的語氣。例你想幹麼？

四畫

麾 ㄏㄨㄟ huī 名古代用來指揮的旌旗。動指揮。多用在軍隊。例麾軍前進。

麾下 ㄏㄨㄟ ㄒㄧㄚˋ ①對將帥的尊稱。②受將帥指揮的部屬。

黃部 ㄏㄨㄤˊ

黃 ㄏㄨㄤˊ huáng 名①三原色之一，類似土地的顏色。②黃帝的簡稱。例炎黃子孫。③姓。動無法達成，不能實現。例事情鬧黃了。

黃牛 ㄏㄨㄤˊ ㄋㄧㄡˊ ①動物名。毛色黃褐，短角，為常見的家牛，供役用。②搶購車票或戲票，再高價轉售以獲利的人。③替人賄賂、關說而牟取利益的人。例司法黃牛。④逃避責任、說話沒信用的人。

黃色 ㄏㄨㄤˊ ㄙㄜˋ ①黃顏色。②低俗猥褻的色情事物。

黃河 ㄏㄨㄤˊ ㄏㄜˊ 河流名。源自青海省巴顏喀喇山，穿過黃土高原而含沙量高，在山東省入渤海。為中國第二大河。

黃昏 ㄏㄨㄤˊ ㄏㄨㄣ ①太陽已落而天色快黑的時候。②昏暗不清楚的天色。

黃帝 ㄏㄨㄤˊ ㄉㄧˋ 上古帝王的稱號。姓公孫，又稱軒轅氏或有熊氏。相傳黃帝時期發明文字、曆法、養蠶、舟車等。

黃泉 ㄏㄨㄤˊ ㄑㄩㄢˊ ①地面下的泉水。②人死後的埋葬處。比喻陰間。例命赴黃泉。

黃麻 ㄏㄨㄤˊ ㄇㄚˊ 植物名。一年生草本，葉卵形有鋸齒，夏秋季開黃色花，結球形蒴果，莖皮纖維可製麻布、造紙等，種子可入藥。

黃梅 ㄏㄨㄤˊ ㄇㄟˊ ①已成熟的梅子。②梅子熟的時候，即農曆四、五月。

黃湯 ㄏㄨㄤˊ ㄊㄤ 即黃酒，或泛指所有酒。例幾杯黃湯下肚就醉了。

黃道 ㄏㄨㄤˊ ㄉㄠˋ ①適宜辦事的吉祥日子。同黃道吉日。②地球繞太陽公轉的軌道平面和天球相交的大圓，即自地球看是太陽在天空由西向東的移動路線。

黃曆 ㄏㄨㄤˊ ㄌㄧˋ ①黃帝時期的曆法。②清代朝廷頒布的曆書。今泛指農曆曆書，記載節氣和生活宜忌。

黃粱夢 ㄏㄨㄤˊ ㄌㄧㄤˊ ㄇㄥˋ 比喻榮華富貴終是短暫虛幻。

黃石公園 ㄏㄨㄤˊ ㄕˊ ㄍㄨㄥ ㄩㄢˊ 地名。在美國懷俄明州西北部，占地約九十萬公頃，內有噴泉、泥火山，森林河湖廣布，野生動物繁多，為美國最大的國家公園。

黃花閨女 ㄏㄨㄤˊ ㄏㄨㄚ ㄍㄨㄟ ㄋㄩˇ　未出嫁的女子。特指處女。同黃花女兒。

黃金時代 ㄏㄨㄤˊ ㄐㄧㄣ ㄕˊ ㄉㄞˋ　①歷史上文明或社會發展最興盛的時期。②人生最意氣風發的階段。③形容某事最傑出繁盛的時期。

黃雀伺蟬 ㄏㄨㄤˊ ㄑㄩㄝˋ ㄙˋ ㄔㄢˊ　比喻只顧近利而忽略危難將至。

黃塵滾滾 ㄏㄨㄤˊ ㄔㄣˊ ㄍㄨㄣˇ ㄍㄨㄣˇ　塵沙飛揚迷漫的樣子。

黃髮垂髫 ㄏㄨㄤˊ ㄈㄚˇ ㄔㄨㄟˊ ㄊㄧㄠˊ　老年人和幼童。

十三畫

黌 ㄏㄨㄥˊ hóng 名學舍，學校。例黌舍。

黍部 ㄕㄨˇ

黍 ㄕㄨˇ shǔ 名①植物名。一年生草本，為具黏性的穀類。②古代的一種酒器。

三畫

黎 ㄌㄧˊ lí 名①中國的少數民族之一，多分布於海南島。②姓。形①數量多的。例黎庶。②通「黧」。黑色的。例黎面。副及，將。例黎明。

黎明 ㄌㄧˊ ㄇㄧㄥˊ　天色將要亮時。

五畫

黏 ㄋㄧㄢˊ nián 形凝結如膠而不易分離的。例黏性。動①附貼，膠合。例黏貼。②糾纏。例這小孩真黏人。

黏土 ㄋㄧㄢˊ ㄊㄨˇ　由礦物細粒組成，具黏性和塑性的土壤。

黏膜 ㄋㄧㄢˊ ㄇㄛˊ　動物體內呼吸、消化、泌尿等器官管腔內壁能分泌黏液以保護溼潤的薄膜組織。

黏合劑 ㄋㄧㄢˊ ㄏㄜˊ ㄐㄧˋ　能使兩個物體相互貼合的物質。

十一畫

黐 ㄔ chī 名將冬青樹的莖部內皮搗碎，製成具黏性以捕鳥的木膠。例黐膠。動黏附。

黑部 ㄏㄟ

黑 ㄏㄟ hēi 名①像墨一般的深暗顏色。例烏黑。②黑龍江省的簡稱。③姓。形①昏暗不明的。例黑夜。②黑色的。例黑布。③邪惡不正當的。例黑心。④隱密不公開的。例黑市、黑名單。動①私藏，吞沒。例黑錢。②昏暗無光。例天黑了。

黑人 ㄏㄟ ㄖㄣˊ　①黑色皮膚的人種。亦稱黑種人。②作奸犯科不敢公開露面的人。

黑子 ㄏㄟ ㄗˇ　①黑色的痔或斑。②黑色的圍棋子。③太陽黑子的簡稱。

黑手 ㄏㄟ ㄕㄡˇ　①比喻暗中破壞的力量，或在背後操縱策劃的人。例幕後黑手。②從事機械操作或修理工作的人。

黑市 ㄏㄟ ㄕˋ ①以高於公開市場價格，祕密進行不合法買賣的市場。②比喻不公開。例黑市夫人。

黑奴 ㄏㄟ ㄋㄨˊ 在優越主義下，白種人認為黑種人地位卑賤，是可自由買賣的奴隸，直到十九世紀美國總統林肯提倡廢除而引發南北戰爭，黑奴才得以自由。

黑店 ㄏㄟ ㄉㄧㄢˋ ①古代指殺人謀財的客棧。②指欺詐騙人的商店。

黑金 ㄏㄟ ㄐㄧㄣ ①黑色金屬，即鐵。②今多指煤或石油，因色黑有光澤而得名。③政治上指政府官員收受黑道人物的賄賂金。

黑函 ㄏㄟ ㄏㄢˊ 未署名寫信人且有威脅意味的信函。

黑板 ㄏㄟ ㄅㄢˇ 可用粉筆書寫並隨時擦拭的黑綠色板子。

黑洞 ㄏㄟ ㄉㄨㄥˋ 巨星經過超新星爆炸，殘餘的核心質量比太陽大三倍時，其重力陷縮成宇宙中有巨大引力的奇點，某距離內的所有物質皆會被吸入。

黑馬 ㄏㄟ ㄇㄚˇ ①黑色的馬。②比喻平時不受注意，但突然以全新姿態使大眾刮目相看的人。

黑貨 ㄏㄟ ㄏㄨㄛˋ 逃稅或非法運輸交易的貨物。

黑道 ㄏㄟ ㄉㄠˋ ①凶日，不吉祥的日子。②晚上昏暗無光的道路。③奸邪犯惡的非法組織。

黑暗 ㄏㄟ ㄢˋ ①昏暗沒有光亮。②形容社會敗壞，沒有公理正義。

黑潮 ㄏㄟ ㄔㄠˊ 源自臺灣東方，由南向北流經東海至日本周圍的暖流，水色深藍。

黑錢 ㄏㄟ ㄑㄧㄢˊ 以非法手段得來而不敢公開的錢。

黑鍋 ㄏㄟ ㄍㄨㄛ 比喻無辜的冤屈。例他為我背了黑鍋。

黑吃黑 ㄏㄟ ㄔ ㄏㄟ 以不正當的手段奪取財物後，又被他人以同樣手法奪走。

黑名單 ㄏㄟ ㄇㄧㄥˊ ㄉㄢ 記載應受懲戒或有嫌疑者，但不公開的名單。

黑死病 ㄏㄟ ㄙˇ ㄅㄧㄥˋ 一種死亡率很高的急性傳染病，患者身體有黑斑。即鼠疫。

黑社會 ㄏㄟ ㄕㄜˋ ㄏㄨㄟˋ 祕密從事非法活動，危害社會安寧的流氓組織。

黑眼圈 ㄏㄟ ㄧㄢˇ ㄑㄩㄢ 眼睛四周發黑的現象，多因睡眠不足、身體不適等引起。

黑盒子 ㄏㄟ ㄏㄜˊ ˙ㄗ 指飛機上座艙錄音器和飛行資料記錄器。多為飛機失事後調查原因的依據。

黑黝黝 ㄏㄟ ㄧㄡˇ ㄧㄡˇ ①形容烏黑發亮。②形容非常黑暗。同黑漆漆。

黑白分明 ㄏㄟ ㄅㄞˊ ㄈㄣ ㄇㄧㄥˊ ①黑色、白色區分明顯。比喻非常清楚不雜亂。②形容眼睛清澈明亮。

黑暗大陸 ㄏㄟ ㄢˋ ㄉㄚˋ ㄌㄨˋ 指舊時非洲，因與外在文明世界隔絕，且工商開發最晚而得名。

三畫

墨 ㄇㄛˋ mò 名 ①書畫用的黑色塊狀物。例一錠墨、磨墨。②泛指寫字、繪畫、印刷用的各色顏料。例墨水、油墨。③字畫。例遺墨、墨寶。④墨刑，古代五刑之一，在犯人臉上刺字，染上黑色作為標記。也叫黥。⑤文章、知識的代稱。例文墨不通、胸無點墨。⑥木工用來校正曲直的工具，即繩墨。引申為法度、準則。⑦墨家的簡稱。例儒墨。⑧姓。形①黑色的。例墨鏡。②貪汙，不廉潔。例墨吏。

墨斗 ㄇㄛˋ ㄉㄡˇ 木工用來打直線的工具。

墨吏 ㄇㄛˋ ㄌㄧˋ 貪官汙吏。反廉吏。

墨客 ㄇㄛˋ ㄎㄜˋ 舊時稱文人。例騷人墨客。

墨魚 ㄇㄛˋ ㄩˊ 烏賊的俗稱。

墨綠 ㄇㄛˋ ㄌㄩˋ 深綠色。

墨寶 ㄇㄛˋ ㄅㄠˇ 珍貴的字畫。用以尊稱別人的書畫作品。

墨守成規 ㄇㄛˋ ㄕㄡˇ ㄔㄥˊ ㄍㄨㄟ 形容固執己見而不知變通，死板地按老規矩辦事。同因循守舊。反推陳出新。

四畫

默 ㄇㄛˋ mò 副①私下，暗中地。例默許。②安靜無聲地。例默禱。③憑記憶說出或寫出。例默寫。

默片 ㄇㄛˋ ㄆㄧㄢˋ 早期的無聲影片。

默化 ㄇㄛˋ ㄏㄨㄚˋ ①道家指點石成金，凡人化為神仙。②在無形中影響感化。例潛移默化。

默哀 ㄇㄛˋ ㄞ 低頭沉靜以表示哀痛的悼念。

默契 ㄇㄛˋ ㄑㄧˋ ①雙方未明白表示卻意念相合。②彼此有所諒解，或私下約定。

默許 ㄇㄛˋ ㄒㄩˇ 不說話以表示同意。

默認 ㄇㄛˋ ㄖㄣˋ 心裡承認但不公開表示。

默寫 ㄇㄛˋ ㄒㄧㄝˇ 憑記憶寫出。

默劇 ㄇㄛˋ ㄐㄩˋ 只憑表情和動作來傳達劇情的表演。

默默 ㄇㄛˋ ㄇㄛˋ ①沉靜不說話。例默默無聲。②失意不得志的樣子。同沒沒。

默禱 ㄇㄛˋ ㄉㄠˇ 不出聲音，在心中禱告。

默默無聞 ㄇㄛˋ ㄇㄛˋ ㄨˊ ㄨㄣˊ 名聲小，大家都沒聽過。亦作「沒沒無聞」。

黔 ㄑㄧㄢˊ qián 名①黑色。②中國貴州省的簡稱。形黑色的。例黔面。

黔驢技窮 ㄑㄧㄢˊ ㄌㄩˊ ㄐㄧˋ ㄑㄩㄥˊ 比喻拙劣的技能已經用完，再也沒有其他本領。同黔驢之技。

五畫

點 ㄉㄧㄢˇ diǎn 名①細小的痕跡。例汙點。②滴狀的液體。例雨點。③計時的單位。一點鐘為一個小時。例晚上八點。④書法上以筆觸紙即起的筆畫。⑤句讀的符號。例標點。⑥所處的位置。例終點。⑦點心食品的簡稱。例西點。⑧某種物理上的限度。例冰點。⑨事物的某部分。例缺點。⑩幾何上沒有長寬厚薄而只有位置的元素。形少量的。例喝點水。動①指導明示。例指點。②引火燃燒。例點燃。③指定。例點菜。④檢驗查核。例點名、查點。⑤觸到物體即離開。例蜻蜓點水。⑥暗示。例一點就懂。⑦滴落，注入。例點藥水。⑧輕碰觸。例點石成金。⑨用筆標示符號。例評點。⑩向前或向下微動。例點頭。⑪裝飾襯托。例點綴。

點子 ㄉㄧㄢˇ ˙ㄗ ①小滴液體。例雨點子。②細小痕跡。例油點子。③打擊樂器的節拍。例鼓點子。④主意，方法。例鬼點子。

點心 ㄉㄧㄢˇ ㄒㄧㄣ ①糕餅類的食品。②不同於正餐，數量少且暫時充飢的小吃。

點火 ㄉㄧㄢˇ ㄏㄨㄛˇ ①將火點燃。②比喻引發是非禍端。

點穴 ㄉㄧㄢˇ ㄒㄩㄝˋ ①運功於手指，按人體穴道使受制。②堪輿家探勘墓穴的所在處。

點字 ㄉㄧㄢˇ ㄗˋ 由凹凸不平的點組成，供盲人使用的拼音文字。亦稱為盲字。

點染 ㄉㄧㄢˇ ㄖㄢˇ ①繪畫時點綴景物和著色。②修飾文句。

點將 ㄉㄧㄢˇ ㄐㄧㄤˋ 舊時主帥查點將官名字並委派任務。比喻指定某人做某工作。

點畫 ㄉㄧㄢˇ ㄏㄨㄚˋ ①漢字的筆畫。②用手比畫或指點以表達意思。③點綴裝飾。

點滴 ㄉㄧㄢˇ ㄉㄧ ①形容微小零散的東西。②將容器高掛使藥液經細管滴落注射針頭，從病人靜脈注入體內。

點綴 ㄉㄧㄢˇ ㄓㄨㄟˋ ①襯托裝飾使事物顯得突出。②繪畫的布局和著色。③對事物做簡略處理以應付門面。

點題 ㄉㄧㄢˇ ㄊㄧˊ 寫作或說話時指出內容的核心。

點石成金 ㄉㄧㄢˇ ㄕˊ ㄔㄥˊ ㄐㄧㄣ 比喻善於改動少許字句，使文章順暢。亦作「點鐵成金」。

點到為止 ㄉㄧㄢˇ ㄉㄠˋ ㄨㄟˊ ㄓˇ 剛好即可，不過分。

點頭之交 ㄉㄧㄢˇ ㄊㄡˊ ㄓ ㄐㄧㄠ 交情不深厚的一般朋友。

黜

ㄔㄨˋ chù 動①革除職務。例罷黜。②廢除，廢免。

黜免 ㄔㄨˋ ㄇㄧㄢˇ 免去官職。

黝

ㄧㄡˇ yǒu 形深黑色的。例黝黑、黝暗。

黛

ㄉㄞˋ dài 名①古代女子用來畫眉的青黑色顏料。例青黛。②美麗女子。例白居易．長恨歌：「回眸一笑百媚生，六宮粉黛無顏色。」形青黑色的。例黛玉。

黛綠年華 ㄉㄞˋ ㄌㄩˋ ㄋㄧㄢˊ ㄏㄨㄚˊ 比喻女人的青春時期。

六畫

黠

ㄒㄧㄚˊ xiá 形①奸詐狡猾的。例狡黠。②聰明伶俐的。例慧黠。

黠慧 ㄒㄧㄚˊ ㄏㄨㄟˋ 聰明靈敏。亦作「慧黠」。

黟

ㄧ yī 名黑色樹木。副深黑色地。例歐陽修．秋聲賦：「黟然黑者為星星。」

八畫

黨

ㄉㄤˇ dǎng 名①為共同目標所組成有系統的團體組織。例政黨、結黨。②家族，親戚。例母黨。③意志相合的朋友。④古代地方的組織，一黨為五百家。動偏袒，有私心。例黨同伐異。

黨人 ㄉㄤˇ ㄖㄣˊ ①同鄉的人。②同組織團體的人。

黨羽 ㄉㄤˇ ㄩˇ 共同為非作歹的人。

黨爭 ㄉㄤˇ ㄓㄥ 組織或朋友團體間的爭執。

黨派 ㄉㄤˇ ㄆㄞˋ 因意見主張不同，各政黨間或其內部形成的各派別。

黨紀 ㄉㄤˇ ㄐㄧˋ 政黨為規範黨員所制定的紀律。

黨章 ㄉㄤˇ ㄓㄤ 政黨闡明其宗旨、組織制度和黨員權利義務等的章程。

黨禁 ㄉㄤˇ ㄐㄧㄣˋ ①禁止黨員出任官職或和外界交往。②禁止形成新政黨。

黨綱 ㄉㄤˇ ㄍㄤ 黨章的總綱，即政黨最基本的政治和組織綱領。

黨魁 ㄉㄤˇ ㄎㄨㄟˊ 政黨的最高領導者。

黨籍 ㄉㄤˇ ㄐㄧˊ 確定黨員入黨的身分資格。

黨中央 ㄉㄤˇ ㄓㄨㄥ ㄧㄤ 政黨的最高決策機構。

黨同伐異 ㄉㄤˇ ㄊㄨㄥˊ ㄈㄚ ㄧˋ 偏袒相同意見的人，攻伐意見不同的人。泛指團體之間的鬥爭。

黥 ㄑㄧㄥˊ qíng 名古代的一種刑罰，即墨刑，在犯人臉部刻字塗墨。動在身體刺字或圖紋。

黥面 ㄑㄧㄥˊ ㄇㄧㄢˋ 在臉上刺字塗墨。

黧 ㄌㄧˊ lí 形黑中帶黃的。例黧牛。

九畫

黯 ㄢˋ àn 名暗黑色。形昏暗的。例黯淡。副沮喪地。例黯然淚下。

黯淡 ㄢˋ ㄉㄢˋ 又作「暗淡」。①灰暗不光明的樣子。例天色黯淡。②悲慘沒有希望。例前途黯淡。

黯然 ㄢˋ ㄖㄢˊ ①黑暗不明的樣子。②形容心情低落沒精神的樣子。

黯然失色 ㄢˋ ㄖㄢˊ ㄕ ㄙㄜˋ 原指心情低落，臉色蒼白。現多形容事物在比較下顯得黯淡而失去光彩。

十畫

黰 ㄓㄣˇ zhěn 名美好的頭髮。副黑色有光澤地。

十一畫

黲 ㄘㄢˇ cǎn 名淡青黑色。也指食物發黴變壞時的顏色。

黴 ㄇㄟˊ méi 名①東西受潮變質所生的青灰色小點。例發黴。②黴菌，低等植物，由許多菌絲形成，會引起動物疾病，可製工業原料、抗菌素等。

十四畫

黶 ㄧㄢˇ yǎn 名皮膚上的黑痣。例黶子。

十五畫

黷 ㄉㄨˊ dú 形汙濁不清的。例黲黷。動①貪求。例黷貨。②沒有節制，濫用。例黷武窮兵。

黷武窮兵 ㄉㄨˊ ㄨˇ ㄑㄩㄥˊ ㄅㄧㄥ 毫無節制地使用武力。亦作「窮兵黷武」。

黹部 ㄓˇ

黹 ㄓˇ zhǐ 名指刺繡、縫紉等女紅的通稱。例針黹。

五畫

黻 ㄈㄨˊ fú 名古時禮服上所繡黑青相間的花紋，形如兩個「弓」字相背。例黼黻。

七畫

黼 ㄈㄨˇ fǔ 名古代禮服上所繡黑白相間的花紋，形如斧頭。

黽部 ㄇㄧㄣˇ

黽 ㄇㄧㄣˇ mǐn 副勤勉，勉勵。例黽勉。

四畫

黿 ㄩㄢˊ yuán 名①動物名。似鱉而大，背為青黑色，頭部有疙瘩。俗稱癩頭黿。②通「蚖」。蜥蜴。

五畫

鼀 ㄘㄨˋ cù 名蟾蜍，即癩蝦蟆。

鼂 ㈠ㄔㄠˊ cháo 名同「晁」。姓。㈡ㄓㄠ zhāo 名通「朝」。早晨。

十一畫

鼇 ㄠˊ áo 名古時傳說中海裡的大龜。

鼇頭 ㄠˊ ㄊㄡˊ 古代科舉的狀元。

鼈 ㄅㄧㄝ biē 「鱉」的本字。

十二畫

鼉 ㄊㄨㄛˊ tuó 名動物名。即揚子鱷，形狀像短吻鱷，棲息在河岸邊或湖沼底部。為長江下游的特有動物。俗稱豬婆龍。

鼎部 ㄉㄧㄥˇ

鼎 ㄉㄧㄥˇ dǐng 名①古代一種用來烹煮或裝盛食物的容器。多青銅製，腹較大，兩耳，圓形三足或方形四足。②古代傳王位的寶器。比喻帝位、政權。例定鼎。③六十四卦之一。形大。例鼎力支持、鼎鼎大名。副①三方並立地。例三國鼎立。②方，正當。例香火鼎盛。

鼎力 ㄉㄧㄥˇ ㄌㄧˋ 請託他人出力幫忙或感謝他人大力協助的敬詞。同鼎助。

鼎立 ㄉㄧㄥˇ ㄌㄧˋ 三方勢力均衡對立。同鼎足、鼎峙。

鼎甲 ㄉㄧㄥˇ ㄐㄧㄚˇ 科舉制度對狀元、榜眼、探花的總稱。

鼎沸 ㄉㄧㄥˇ ㄈㄟˋ 形容局勢動亂不安。或聲勢洶湧。例天下鼎沸、人聲鼎沸。

鼎革 ㄉㄧㄥˇ ㄍㄜˊ 指朝代替換或有重大改變。

鼎祚 ㄉㄧㄥˇ ㄗㄨㄛˋ 國家的命運。

鼎盛 ㄉㄧㄥˇ ㄕㄥˋ 正當強富興盛時。

鼎新 ㄉㄧㄥˇ ㄒㄧㄣ 改革更新。

鼎鼐 ㄉㄧㄥˇ ㄋㄞˋ ①古代烹飪器具。②比喻宰相的職位。

二畫

鼏 ㄇㄧˋ mì 名①鼎的蓋子。②蓋酒罇的布。

鼐 ㄋㄞˋ nài 名形狀較大的鼎。

三畫

鼒 ㄗ zī 名收口較小的鼎。

鼓部 ㄍㄨˇ

鼓 ㄍㄨˇ gǔ 名①樂器名。上下兩面蒙上皮革的金屬或木製筒狀打擊樂器，聲音洪亮。例小鼓。②古代夜晚的計時單位，稱幾更為幾鼓。例五鼓。動①吵鬧。例鼓譟。②拍打。例鼓掌。③演奏。例鼓瑟。④振動。例鼓動翅膀。⑤倡導，宣揚。例鼓吹。⑥激勵。例鼓舞。⑦膨脹，凸起。例鼓著臉。

鼓手 ㄍㄨˇ ㄕㄡˇ 樂隊中打鼓的人。

鼓舌 ㄍㄨˇ ㄕㄜˊ 形容話多或言辭弔詭善辯。

鼓吹 ㊀ㄍㄨˇ ㄔㄨㄟ 提倡推廣。㊁ㄍㄨˇ ㄔㄨㄟˋ 古代眾多樂器合奏的樂曲。或指演奏鼓吹樂的樂隊。

鼓動 ㄍㄨˇ ㄉㄨㄥˋ 激勵他人情緒使有所行動。例鼓動風潮。

鼓掌 ㄍㄨˇ ㄓㄤˇ 即拍手。表示欣喜、歡迎或贊同。

鼓瑟 ㄍㄨˇ ㄙㄜˋ 彈奏琴瑟。比喻演奏樂曲。

鼓舞 ㄍㄨˇ ㄨˇ ①振奮他人精神。例鼓舞士氣。②歡悅興奮。例歡欣鼓舞。

鼓膜 ㄍㄨˇ ㄇㄛˊ 外耳道和中耳腔間的卵圓形薄膜，可傳遞聲波振動至內耳。

鼓噪 ㄍㄨˇ ㄗㄠˋ 也作「鼓譟」。①古代出戰時擊鼓吶喊以壯大聲勢。②眾人喧鬧起哄的聲音。

鼓勵 ㄍㄨˇ ㄌㄧˋ 激勵勸勉他人。

鼓舌如簧 ㄍㄨˇ ㄕㄜˊ ㄖㄨˊ ㄏㄨㄤˊ 比喻口才好，能說善道。

五畫

鼕 ㄉㄨㄥ dōng 名擊鼓的聲音。

六畫

鼗 ㄊㄠˊ táo 名同「鞀」。即撥浪鼓。

八畫

鼛 ㄍㄠ gāo 名古代發起役事時擊打的大鼓。

鼙 ㄆㄧˊ pí 名古代軍隊作戰時，騎在馬上所敲的鼓。例鼙鼓。

鼙鼓雷鳴 ㄆㄧˊ ㄍㄨˇ ㄌㄟˊ ㄇㄧㄥˊ 形容戰爭局勢非常緊張。

十畫

鼜 ㄑㄧˋ qì 名古代守夜時敲打的鼓。

鼠部 ㄕㄨˇ

鼠 ㄕㄨˇ shǔ 名囓齒類哺乳動物的總稱，毛灰褐色，腳短尾長，無犬齒，門齒發達善咬而破壞力大，繁殖力強，會傳染疾病。例老鼠。

鼠技 ㄕㄨˇ ㄐㄧˋ 比喻技能雖多但皆不專精。

鼠疫 ㄕㄨˇ ㄧˋ 一種急性傳染病，經鼠、蚤叮咬傳染，患者會高熱、頭痛、淋巴結腫大劇痛，全身皮膚和內臟出血。亦稱為黑死病。

鼠竄 ㄕㄨˇ ㄘㄨㄢˋ 像老鼠一樣的驚慌逃散。

鼠輩 ㄕㄨˇ ㄅㄟˋ 罵人的話。指地位卑微的人。同鼠子。

鼠竄狼奔 ㄕㄨˇ ㄘㄨㄢˋ ㄌㄤˊ ㄅㄣ 形容驚慌奔逃。

四畫

鼤 ㄨㄣˊ wén 名動物名。即斑尾鼠，頭尖腳短，善挖土，食昆蟲。

鼢 ㄈㄣˊ fén 名動物名。鼢鼠，即穿地鼠，體圓尾短，生活在田地，為害農作物。

五畫

鼧 ㄊㄨㄛˊ tuó 名動物名。鼧鼥，即土撥鼠，毛褐色，形貌像水獺，挖穴而居，皮毛可製裘衣。

鼫 ㄕˊ shí 名①即松鼠。②即五技鼠，古書中的飛鼠類動物，具五種技能但皆不專精。

鼥 ㄅㄚˊ bá 名動物名。鼧鼥，即土撥鼠。

鼬 ㄧㄡˋ yòu 名鼬鼠，即黃鼠狼，毛紅褐色，行動敏捷，肛門可分泌臭液以自衛，性凶猛，食鳥蛋或小動物的血。

鼩 ㄑㄩˊ qú 名動物名。鼩鼱，即地鼠，毛褐色，體小尾短，嘴細長，生活在田野，食昆蟲。

七畫

鼯 ㄨˊ wú 名動物名。鼯鼠，即大飛鼠，形貌像松鼠，毛褐色，前後肢間有皮膜以滑翔，鳴聲像孩啼，生活在樹洞，食嫩葉、果實、甲蟲等。

八畫

鼱 ㄐㄧㄥ jīng 名動物名。鼩鼱，即地鼠。

九畫

鼴 ㄧㄢˇ yǎn 名動物名。鼴鼠，毛黑褐色，嘴尖腳短，生活在田野，會挖洞，食昆蟲或農作物的根。

十畫

鼸 ㄑㄧㄢˇ qiǎn 名動物名。即田鼠，毛灰色，可用頰部貯存食物。

鼷 ㄒㄧ xī 名動物名。一種體型小的老鼠，毛黃褐色。

鼻部 ㄅㄧˊ

鼻 ㄅㄧˊ bí ［名］①高等動物的呼吸和嗅覺器官，由肌肉和軟硬骨組成。［例］鼻子。②器物表面隆起或有孔的部分。［例］印鼻。［形］最初發起的。［例］鼻祖。

鼻子 ㄅㄧˊ ˙ㄗ 高等動物的呼吸和嗅覺器官。

鼻孔 ㄅㄧˊ ㄎㄨㄥˇ 使鼻腔和外界或內部口腔相通的開口處，為呼吸時空氣出入孔道。

鼻炎 ㄅㄧˊ ㄧㄢˊ 鼻腔黏膜腫脹發炎。症狀有打噴嚏、流鼻涕、鼻塞等。

鼻音 ㄅㄧˊ ㄧㄣ 發音時由鼻腔發出的輔音。

鼻涕 ㄅㄧˊ ㄊㄧˋ 鼻腔分泌的黏液。

鼻祖 ㄅㄧˊ ㄗㄨˇ 創設的始祖。

鼻息 ㄅㄧˊ ㄒㄧ 鼻子呼吸時出入的氣息。

鼻梁 ㄅㄧˊ ㄌㄧㄤˊ 鼻根到鼻尖隆起的部分。或稱為鼻莖。

鼻煙 ㄅㄧˊ ㄧㄢ 用鼻子吸入的一種粉狀煙末。明代時義大利人利瑪竇傳入中國。

鼻腔 ㄅㄧˊ ㄑㄧㄤ 鼻子內部的空腔，分左右兩個，內壁有細毛以阻擋異物吸入，上部黏膜中有嗅覺細胞。

鼻準 ㄅㄧˊ ㄓㄨㄣˇ 鼻子近鼻孔的尖端。也稱為鼻尖、鼻端、鼻頭。

鼻翼 ㄅㄧˊ ㄧˋ 鼻尖兩旁向外微擴的部分。又稱鼻翅兒。

鼻竇 ㄅㄧˊ ㄉㄡˋ 頭骨內與鼻腔相通的骨質空腔。

鼻咽癌 ㄅㄧˊ ㄧㄢ ㄞˊ 病名。鼻腔或咽喉的惡性腫瘤，多見於中年男性，症狀有流鼻血、鼻塞，耳鳴等，可用手術或放射線治療。

鼻竇炎 ㄅㄧˊ ㄉㄡˋ ㄧㄢˊ 病名。鼻竇黏膜發炎，多因傷風引起，症狀有鼻塞、流鼻涕、頭痛、局部觸壓痛等。

鼻青臉腫 ㄅㄧˊ ㄑㄧㄥ ㄌㄧㄢˇ ㄓㄨㄥˇ ①形容臉部被打傷烏青紅腫的慘狀。②比喻遭受重大挫折的落魄樣子。

三畫

鼾 ㄏㄢ hān ［名］熟睡時發出的粗厚呼吸聲。［例］打鼾、鼾聲如雷。

四畫

䶊 ㄋㄩˋ nǜ ［動］同「衄」。鼻腔出血。

五畫

齀 ㄨˋ wù ［動］動物用鼻部觸動東西。

齁 ㄏㄡ hōu ［名］睡眠時的呼吸聲。［例］齁聲。［動］食物太鹹或太甜而覺得不舒服。［例］齁得難受。［副］很，非常。［例］齁苦。

八畫

齂 ㄒㄧˋ xì ［名］睡眠時發出的鼾聲。

十畫

齆 ㄨㄥˋ wèng ［形］鼻塞而呼吸不順。［例］齆鼻。

十一畫

齇 ㄓㄚ zhā ［名］鼻子上的紅斑。［例］酒齇鼻。

二十二畫

齉 ㄋㄤˋ nàng 形鼻塞而發音不清楚的。例齉鼻子。

齊部 ㄑㄧˊ

齊 ㈠ㄑㄧˊ qí 名①古國名。春秋五霸和戰國七雄之一，在今山東省北部。②朝代名。南朝蕭道成篡劉宋稱帝而有南齊；北朝高洋篡東魏稱帝而有北齊。③姓。形①端整有序的。例整齊。②完備不缺的。例齊全。動①整治，管理。例齊家治國。②使同等，一致。例齊名、齊心。③達到某個程度。例水齊腰際。副共同地。例並駕齊驅、齊鳴。㈡ㄐㄧˋ jì 名合金時應加的固定成分。㈢ㄗ zī 名①衣服的下緣。②粗麻布製的喪服。例齊衰。㈣ㄓㄞ zhāi 動通「齋」。素食齋戒。例齊三日。

齊心 ㄑㄧˊ ㄒㄧㄣ 同心，團結一致。例齊心協力。

齊名 ㄑㄧˊ ㄇㄧㄥˊ 名聲相等。

齊全 ㄑㄧˊ ㄑㄩㄢˊ 完備沒有欠缺。同齊備。

齊奏 ㄑㄧˊ ㄗㄡˋ 兩個以上的演奏者同時演奏同一曲調。

齊眉 ㄑㄧˊ ㄇㄟˊ 比喻夫婦互相尊重。

齊唱 ㄑㄧˊ ㄔㄤˋ 兩個以上的演唱者同時演唱同一曲調。

齊齒呼 ㄑㄧˊ ㄔˇ ㄏㄨ 聲韻學上指韻母含介音「i」或主要元音為「i」的字音。

齊人之福 ㄑㄧˊ ㄖㄣˊ ㄓ ㄈㄨˊ 譏諷男人同時擁有兩個以上的配偶。

齊大非偶 ㄑㄧˊ ㄉㄚˋ ㄈㄟ ㄡˇ 比喻門第懸殊，不敢高攀相配。或作「齊大非耦」。

齊頭並進 ㄑㄧˊ ㄊㄡˊ ㄅㄧㄥˋ ㄐㄧㄣˋ 比喻各方面同時進行。

三畫

齋 ㄓㄞ zhāi 名①可靜修的屋舍，多為書房、學舍。例書齋。②素食。例吃齋。動①祭祀前潔淨身心以示虔誠。例齋戒。②施送食物給僧尼。例齋僧。

齋月 ㄓㄞ ㄩㄝˋ 指農曆的正月、五月、九月。佛家主張此三月人們應謹言慎行，禁惡揚善。也稱為善月。

齋沐 ㄓㄞ ㄇㄨˋ 齋戒沐浴以示虔敬。

齋戒 ㄓㄞ ㄐㄧㄝˋ 古人在祭祀或舉行重要典禮前沐浴更衣，吃素禁酒，潔淨身心以表示恭敬。

齋食 ㄓㄞ ㄕˊ 佛教過中午就不進食的紀律。後用以指午餐。

齋僧 ㄓㄞ ㄙㄥ 設齋食以供養僧尼。

齋醮 ㄓㄞ ㄐㄧㄠˋ 僧道設壇祭祀以消災求福的儀式。

七畫

齎 ㄐㄧ jī 動①贈送。例齎盜糧。②懷抱，懷持。例齎志以歿。

齎恨 ㄐㄧ ㄏㄣˋ 心中懷有遺憾怨恨。

九畫

齏 ㄐㄧ jī 名切碎的醃菜或醬菜，可以用來調味。動粉碎物品。例齏骨粉身。

齏粉 ㄐㄧ ㄈㄣˇ 細粉，碎屑。比喻粉身碎骨。

齒部

齒 ㄔˇ chǐ 名①動物嘴裡咀嚼食物的器官。例恆齒。②排列如齒狀的東西。例鋸齒。③年紀的代稱。例齒德俱增。動①收錄，錄用。例齒錄、不齒。②提及，說起。例齒及。副同等地。例齒列。

齒列 ㄔˇ ㄌㄧㄝˋ ①牙齒的排列。②與人並列或同等。

齒冷 ㄔˇ ㄌㄥˇ 比喻被別人不停的譏笑。

齒科 ㄔˇ ㄎㄜ 研究治療牙齒疾病的學科。

齒音 ㄔˇ ㄧㄣ 發音的方法之一，以舌尖貼近牙齒，迸出氣息所發出的音。

齒輪 ㄔˇ ㄌㄨㄣˊ 一種邊緣呈齒狀排列的輪子，旋轉時可帶動其他輪子而節省動力。

齒錄 ㄔˇ ㄌㄨˋ 錄用，收錄。

齒齦 ㄔˇ ㄧㄣˊ 即牙床，牙齒根部的肉。

齒白唇紅 ㄔˇ ㄅㄞˊ ㄔㄨㄣˊ ㄏㄨㄥˊ 比喻容貌姣好美麗。

齒頰留香 ㄔˇ ㄐㄧㄚˊ ㄌㄧㄡˊ ㄒㄧㄤ 形容食物味道極為鮮美令人回味無窮。

二畫

齔 ㄔㄣˋ chèn 名幼小的兒童。形年幼的。例齔子。動兒童乳齒脫落，長出永久齒。

三畫

齕 ㄏㄜˊ hé 動用牙齒咬東西。例齕吞。

四畫

齖 ㄧㄚˊ yá 形牙齒不平正的。例齖齵。

齗 ㄧㄣˊ yín 名同「齦」。牙齒根部的肉。形齗齗，爭辯的樣子。

齘 ㄒㄧㄝˋ xiè 名參差不齊而不能密合的相接處。動上下牙齒相摩擦。

五畫

齡 ㄌㄧㄥˊ líng 名歲數，年歲。例妙齡。

齠 ㄊㄧㄠˊ tiáo 名通「髫」。幼童額前垂下的頭髮。動幼童換牙。

齠年 ㄊㄧㄠˊ ㄋㄧㄢˊ 幼童換牙的年紀。指童年。

齠髮 ㄊㄧㄠˊ ㄈㄚˇ 指孩童下垂的頭髮。亦用以指稱兒童。

齟 ㄐㄩˇ jǔ 形牙齒參差不整齊的。

齟齬 ㄐㄩˇ ㄩˇ 上下牙齒參差不齊。比喻彼此不合，意見相左。

齣 ㄔㄨ chū 名計算戲曲劇目的量詞。例兩齣戲。

齙 ㄅㄠ bāo 名牙齒長得不齊，露在嘴唇外。例齙牙。

六畫

齧 ㄋㄧㄝˋ niè 動咬，啃。

齧合 ㄋㄧㄝˋ ㄏㄜˊ 指上下牙齒緊咬。或指物體如牙齒般的咬合。

齧齒目 ㄋㄧㄝˋ ㄔˇ ㄇㄨˋ 哺乳動物的一目，體形不大，上下門齒各一對，無齒根和犬齒，且可不斷生長，因此常需磨牙以調整長度。

齦 ㄧㄣˊ yín 名牙齒根部的肉。動咬，啃。

齜 ㄗ zī 形牙齒不整齊的。動張開嘴巴露出牙齒。例齜牙。

齜牙咧嘴 ㄗ ㄧㄚˊ ㄌㄧㄝˇ ㄗㄨㄟˇ ①形容因痛苦而面部扭曲變形的樣子。②張嘴露牙。形容十分凶狠的樣子。

七畫

齪 ㄔㄨㄛˋ chuò 見「齷齪」。

齬 ㄩˇ yǔ 見「齟齬」。

八畫

齮 ㄧˇ yǐ 動齧，咬。

齯 ㄋㄧˊ ní 名老人牙齒掉落後再長出的新牙，為長壽的象徵。例齯齒。

九畫

齵 ㄩˊ yú 形①牙齒不正的。②事物參差不齊的。例齵差。

齲 ㄑㄩˇ qǔ 見「齲齒」。

齲齒 ㄑㄩˇ ㄔˇ 即蛀牙。牙齒的琺瑯質受到損壞，腐蝕成洞，細菌侵入後，破洞逐漸增大，最後可導致牙齒全被破壞，引起劇痛。

齷 ㄨㄛˋ wò 見「齷齪」。

齷齪 ㄨㄛˋ ㄔㄨㄛˋ ①急促狹窄、器量狹小的樣子。②汙穢不乾淨。

龍部 ㄌㄨㄥˊ

龍 ㄌㄨㄥˊ lóng 名①古代傳說中具有靈性的動物，有角、有鬚、有爪、有鱗，能在天空飛，在地上走，在水裡游，可興雲致雨。②古生物學上巨大的爬蟲類動物，有四肢、尾巴，有些還有翅膀。例恐龍、暴龍。③古代帝王的象徵。例龍顏。④比喻豪傑能士。例龍爭虎鬥。⑤駿馬，身高達八尺以上的馬。⑥堪輿家將山脈的氣勢稱為龍，綿亙曲折的脈絡稱為龍脈。⑦姓。

龍王 ㄌㄨㄥˊ ㄨㄤˊ 神話傳說中統領水域，掌管雲雨的龍神。

龍穴 ㄌㄨㄥˊ ㄒㄩㄝˊ 堪輿家稱山勢氣脈聚集的地方，於此地築墓穴，可以使子孫發跡。

龍舟 ㄌㄨㄥˊ ㄓㄡ ①古代皇帝所乘坐的船。②刻飾成龍形，常在端午節競渡的船。

龍虎 ㄌㄨㄥˊ ㄏㄨˇ ①形容帝王的氣概。②比喻傑出的人物。③道家稱水與火。

龍套 ㄌㄨㄥˊ ㄊㄠˋ ①傳統戲服的一種。對襟大袖，前後開叉，繡有龍紋，是扮演天子隨從或兵卒所穿的。此種角色只是裝點場面，所以叫做跑龍套。②指地位低下，幫忙打雜的人。

龍宮 ㄌㄨㄥˊ ㄍㄨㄥ　傳說中龍王居住的宮殿。

龍脈 ㄌㄨㄥˊ ㄇㄞˋ　堪輿家稱山脈的起伏氣勢。

龍馬 ㄌㄨㄥˊ ㄇㄚˇ　①傳說中形狀與馬相似的龍。②駿馬。

龍骨 ㄌㄨㄥˊ ㄍㄨˇ　①中藥名。傳說是龍的遺蛻，可以用來入藥。②貫串船底頭尾的弧形大柱，用來支撐船身。

龍蛇 ㄌㄨㄥˊ ㄕㄜˊ　①比喻才能非凡的人。②比喻君子懷才隱晦。③形容草書筆勢縱逸遒勁。④指辰年與巳年。

龍袍 ㄌㄨㄥˊ ㄆㄠˊ　古代帝王穿的禮服。

龍鳳 ㄌㄨㄥˊ ㄈㄥˋ　①比喻才能優異傑出的人。②比喻帝王。

龍種 ㄌㄨㄥˊ ㄓㄨㄥˇ　①古代皇帝的子孫。②駿馬。

龍蝦 ㄌㄨㄥˊ ㄒㄧㄚ　動物名。體赤褐色，眼一對，觸角兩對，以甲殼類與介類為食。肉質鮮美，生活在靠近海岸的海底。

龍頭 ㄌㄨㄥˊ ㄊㄡˊ　①科舉時代稱狀元為龍頭。②自來水出水的控制器。③首領，領袖人物。例龍頭老大。

龍鍾 ㄌㄨㄥˊ ㄓㄨㄥ　①年老體衰，行動不便的樣子。②失意潦倒。③垂淚的樣子。

龍顏 ㄌㄨㄥˊ ㄧㄢˊ　眉骨隆起像龍。比喻帝王的容貌。

龍骨車 ㄌㄨㄥˊ ㄍㄨˇ ㄔㄜ　一種木製的水車。

龍捲風 ㄌㄨㄥˊ ㄐㄩㄢˇ ㄈㄥ　風力強大的旋轉空氣柱，形狀像大漏斗，範圍雖不大，但破壞力極強。

龍吟虎嘯 ㄌㄨㄥˊ ㄧㄣˊ ㄏㄨˇ ㄒㄧㄠˋ　①形容吟嘯的聲音嘹亮雄壯。②比喻同類相應。

龍爭虎鬥 ㄌㄨㄥˊ ㄓㄥ ㄏㄨˇ ㄉㄡˋ　比喻兩雄爭鬥，難分勝負。

龍飛鳳舞 ㄌㄨㄥˊ ㄈㄟ ㄈㄥˋ ㄨˇ　①形容山勢雄壯蜿蜒。②形容書法筆勢靈活生動。

龍蛇混雜 ㄌㄨㄥˊ ㄕㄜˊ ㄏㄨㄣˋ ㄗㄚˊ　比喻賢愚不一的人混雜在一起。

龍鳳呈祥 ㄌㄨㄥˊ ㄈㄥˋ ㄔㄥˊ ㄒㄧㄤˊ　富貴吉祥的徵兆。多用作賀辭。

龍潭虎穴 ㄌㄨㄥˊ ㄊㄢˊ ㄏㄨˇ ㄒㄩㄝˋ　比喻極為險要的地方。

龍盤虎踞 ㄌㄨㄥˊ ㄆㄢˊ ㄏㄨˇ ㄐㄩˋ　比喻地勢險要雄偉。

龍騰虎躍 ㄌㄨㄥˊ ㄊㄥˊ ㄏㄨˇ ㄩㄝˋ　形容生氣勃勃，活潑矯健。

龍生龍，鳳生鳳 ㄌㄨㄥˊ ㄕㄥ ㄌㄨㄥˊ，ㄈㄥˋ ㄕㄥ ㄈㄥˋ　比喻有其父必有其子。指受遺傳的影響，本質不會改變。

六畫

龔 ㄍㄨㄥ gōng 名 姓。

龕 ㄎㄢ kān 名 ①供奉佛像、神像或祖先牌位的櫥櫃。例神龕。②塔。

龜部 ㄍㄨㄟ

龜 ㈠ㄍㄨㄟ guī 名 ①動物名。頭形像蛇，大嘴小眼，身體圓扁，背、腹皆有硬殼。動作緩慢，善游泳，耐飢渴，壽命可至百歲以上。②龜甲的代稱。③罵人的話。指開妓院或縱妻行淫的男子。㈡ㄐㄩㄣ jūn 動 通「皸」。

皮膚因酷寒或太過乾燥而裂開。例龜裂。

㊂ㄑㄧㄡ qiū 名龜茲，漢時西域國之一，在今新疆省沙雅與庫車二縣之間。

龜甲 ㄍㄨㄟ ㄐㄧㄚˇ ①古人卜筮時，用來占卜吉凶的工具。②龜的甲殼，晒乾後可用來入藥，稱為龜版。

龜兆 ㄍㄨㄟ ㄓㄠˋ 占卜後龜甲的裂紋所顯示的預兆。

龜裂 ㄐㄩㄣ ㄌㄧㄝˋ ①皮膚因太冷或乾燥而裂開。②土地因乾燥而生裂縫。

龜壽 ㄍㄨㄟ ㄕㄡˋ 比喻高齡長壽。

龜頭 ㄍㄨㄟ ㄊㄡˊ 指男性生殖器官陰莖最前端的部分。

龜縮 ㄍㄨㄟ ㄙㄨㄛ 像烏龜把頭縮藏在甲殼內一樣。比喻膽小，不敢面對現實。

龜齡 ㄍㄨㄟ ㄌㄧㄥˊ 比喻高齡長壽。

龜鶴 ㄍㄨㄟ ㄏㄜˋ 象徵人的長壽。

龜殼花 ㄍㄨㄟ ㄎㄜˊ ㄏㄨㄚ 動物名。臺灣主要毒蛇之一，性情凶猛，頭部呈三角形，身體為淺褐色，背部有鑲黃邊的深褐色塊狀斑紋，前後連接或斷裂形成龜殼花紋，因此得名。

龜鶴遐齡 ㄍㄨㄟ ㄏㄜˋ ㄒㄧㄚˊ ㄌㄧㄥˊ 比喻人的長壽。

龠部 ㄩㄝˋ

龠 ㄩㄝˋ yuè 名①樂器名。多以竹管編成，形狀像笛子但較短，有三孔或六孔。也作「籥」。②古代計算容積的單位。

五畫

龢 ㄏㄜˊ hé 通「和」。形和睦的。動調和，樂聲和諧相應。例相龢。

漢語拼音查字表

A

ā　啊 一九七　錒 一〇九九　阿 一一二九 ←

a　啊 一九七

āi　哀 一八八　哎 一九〇　唉 一九四　埃 二三〇　挨 四五七

ái　捱 四六〇　癌 七三五　皚 七四五　騃 一一七五

ǎi　欸 五七七　矮 七六八　藹 九五一　靄 一一四一

ài　乂 三三　嗳 二一〇　嬡 二八〇　愛 四〇五　曖 五三〇　璦 七二一　礙 七七九　艾 九二五　鑀 一一〇七　隘 一一二六　靉 一一四一 ←

ān　厂 一五八　安 二八八　庵 三四八　氨 五九九　盦 七五二　胺 八九三　菴 九三四　諳 一〇〇五　銨 一〇九五　闇 一一一六　陰 一一二三　鞍 一一四六　鵪 一三〇七

ǎn　俺 七三　唵 一九五　揞 四六六

àn　岸 三三〇　按 四四九　暗 五二六　案 五五二　桉 五五五　犴 六九〇　豻 一〇一七　闇 一一一六　鮟 一一九八　黯 一二三〇 ←

āng　腌 八九六　骯 一一八二

áng　昂 五一七

àng　盎 七四八

āo　凹 一一八　坳 二三八 ←

áo　嗷 二〇六　廒 三四九　敖 四九六　熬 六七三　獒 六九六　翱 八七〇　聱 八八一　螯 九六四　謷 一〇〇九　遨 一〇六九　鏖 一一〇三　鏊 一一〇三　驁 一一七八　鰲 一二〇〇　鼇 一二三一

ǎo　媼 二七八　拗 四四八　襖 九八二

ào　傲 八四　奧 二六三　懊 四一四　拗 四四八　敖 四九六　澳 六五〇　隩 一一三七

B

bā　八 一〇一　叭 一七〇　吧 一八三　巴 三三〇　扒 四三一　捌 四五四　疤 七二九　笆 八〇八　粑 八二三　芭 九一九　豝 一〇一五　鈀 一〇九〇 ←

bá　拔 四四一　茇 九二四　跋 一〇三四　鈸 一〇九一　魃 一一九四　鼥 一二三三

bǎ　把 四三八　靶 一一四五

bà　伯 六二　壩 二四三　把 四三八　灞 六五四　爸 六八〇　罷 八六二　霸 一一四〇　靶 一一四五

ba 吧 一八二

bāi 掰 四六五

bái 白 七四〇

bǎi 佰 六四 捭 四六一 擺 四八五 百 七四三 襬 九八二

bài 唄 一九三 拜 四四二 敗 四九六 稗 七九五 粺 八二六

bān 扳 四三五 搬 四七三 斑 五〇三 班 七〇四 瘢 七三四 般 九一三 頒 一一五三

bǎn 坂 三三六 板 五四八 版 六八二 舨 九一三 鈑 一〇九〇 闆 一一一六 阪 一一一八

bàn 伴 五八 半 一五二 扮 四三五 拌 四四〇 爿 六八一 絆 七二三 瓣 八三四 辦 一〇五〇

bāng 傍 八二 幫 三三七 梆 五五七 邦 一〇七三

bǎng 榜 五六四 綁 八四三 膀 八九九

bàng 旁 五〇九 棒 五五九 磅 七七〇 膀 八九九 蒡 九四三 蚌 九五七 謗 一〇〇七 鎊 一一〇二 傍 八二 徬 三七三

bāo 包 一四 孢 二八四 炮 六五九 煲 六七〇 胞 八八九 苞 九三三 褒 九八〇 靴 一二四六 齙 一三三六

báo 雹 一一三八

bǎo 保 七〇 堡 二三五 寶 三〇二 葆 九三九 褓 九八〇 飽 一二六三 鴇 一三〇四

bào 刨 一三五 報 二三四 抱 四四五 暴 五三八 瀑 六五三 爆 六七七 豹 一〇一七 趵 一〇三四 鉋 一〇九一 鮑 一二九七

bēi 卑 一五三 埤 二三三 悲 三九八 揹 四六九 杯 五四七 痺 七三三 盃 七四七 碑 七七五 箄 八二五 背 八八八

běi 北 一四六 鉳 一〇九三

bèi 倍 七三 備 八二 北 一四六 怫 三八八 悖 三九二 憊 四一三 焙 六六三 狽 六九三 碚 七七四 糒 八二七 背 八八八 蓓 九四二 被 九七五 褙 九八〇 貝 一〇一八 輩 一〇四七 邶 一〇七四 鋇 一〇九七

bei 唄 一九三

bēn 奔 二六一 賁 一〇三一 錛 一〇九九

běn 本 五四一 畚 七三三 苯 九三三

bèn 坌 二二六 笨 八〇九

bēng 崩 三一三 繃 八五一

béng 甭 七一九

běng 菶 九三五 繃 八五一

bèng

榜 五六四　泵 六一八　綳 八五三　蹦 一〇四〇　迸 一〇五七 ←

bī
偪 七九　屄 三一四　幅 三三六　逼 一〇六三

bí
荸 九三〇　鼻 一三三四

bǐ
匕 一四五　妣 二七〇　彼 三六六　比 五九二　秕 七九二　筆 八一二　鄙 一〇七六

bì
佛 六三　俾 七七　嗶 二〇六　埤 二三三　壁 二四〇　嬖 二七六　幣 三三六　庇 三四五　弊 三五四　弼 三六〇　必 三七九　愊 四〇一　愎 四〇四　拂 四四七　敝 四九五　斃 五〇一　比 五九二　毖 五九三　泌 六一三　狴 六九三　璧 七一〇　畀 七一二　畢 七二四　痺 七三三　睥 七六三　碧 七七五　祕 七八二　箅 八一六　篦 八一八　篳 八一九　腷 八九八　臂 九〇〇　苾 九二三　蓖 九四二　蓽 九四三　蔽 九四三　薜 九四八　裨 九八〇　襞 九八二　觱 九九〇　詖 九九六　賁 一〇二一　贔 一〇二八　跛 一〇三五　蹕 一〇四〇　躄 一〇四一　辟 一〇五〇　避 一〇七一　鉍 一〇九二　閉 一一一一　閟 一一一四　陛 一一三一　髀 一一八三　鷩 一三〇九 ←

biān
砭 七七三　籩 八三三　編 八四八　蝙 九六二　邊 一〇七三　鞭 一一四六　鯿 一三〇〇

biǎn
匾 一四八　惼 四〇〇　扁 四二四　窆 八〇二　藊 九三九　褊 九八〇　貶 一〇二三

biàn
便 六九　卞 一五四　弁 三五三　徧 三七二　忭 三八一　汴 六〇七　緶 八五〇　辮 八五六　變 一〇二一　辨 一〇五〇　辯 一〇五一　遍 一〇六六　釆 一〇八四 ←

biāo
儦 八九　摽 四七五　杓 五四五　標 五六七　猋 六九三　彪 九五四　鏢 一一〇四　鑣 一一〇八　飆 一一六〇　髟 一一八八　麃 一三一三

biǎo
俵 七五　婊 二七五　表 九七三　裱 九七九　錶 一〇九八

biào
摽 四七五　鰾 一三〇〇 ←

biē
憋 四〇七　鱉 一三〇一　鼈 一三三一

bié
別 一三四　蹩 一〇四〇

biě
癟 七三五

biè
彆 三六〇

← **bīn**
儐 八八　彬 三六三　斌 五〇三　檳 五七三　濱 六五一　瀕 六五三　繽 八五六　豳 一〇一六　賓 一〇二四　邠 一〇七三　鑌 一一〇七

bìn
擯 四八四　殯 五八九　臏 九〇二　髕 一一八四　鬢 一一九〇 ←

bīng

bīng 兵一〇五 冰一二一 并三四一

bǐng 丙二五 屏三一五 怲三八四 昺五一九 柄五四九 炳六五八 秉七九一 稟七九五 邴一〇七四 餅一二六四

bìng 並二七 併六四 并三四一 摒四七〇 病七三九

bō 剝一三二 撥四八〇 波六二五 玻七〇三 磻七七九 鉢八五九 般九一三 菠九三五 餑一二六五 鱍一三〇二

bó 伯六一 勃一三七 博一五三 孛二八三 帛三三三 悖三九二 搏四七一 柏五五一 欂五七四 泊六一八 浡六二四 渤六三七 百七四二 礴七八〇 箔八一五 簙八二〇 脖八九四 膊八九九 舶九一三 蔔九四四 薄九四七 襮九八二 踣一〇三八 鉑一〇九二 鎛一一〇二 鑮一一〇八 駁一一七三 髆一一八三 鵓一三〇六

bǒ 簸八二一 跛一〇三五

bò 亳四六 播四七九 擘四八三 檗五七二 簸八二一 薄九四七 蘗九五二

bū 晡五三三 逋一〇六〇 餔一二六五

bǔ 卜一五四 哺一九二

bù 捕四五四 補九七七 不一九 佈六〇 埠二三三 布三三一 怖三八三 步五八二 簿八二〇 部一〇七五 鈽一〇九一

C

cā 擦四八三

cāi 猜六九三

cái 才四二七 材五四四 纔八五八 裁九七六 財一〇一九

cǎi 彩三六三 採四六四 睬七六二 綵八四六 跴一〇三七 踩一〇三八 采一〇八四

cài 縩八五三 菜九三二 蔡九四三

cān 參一六二 餐一二六四 驂一二七八

cán 慚四〇八 殘五八七 蠶九六六

cǎn 慘四一〇 憯四二一 黲一三二〇

càn 摻四七七 燦六七六 璨七一〇 粲八二五

cāng 倉七三 傖八三 滄六四二 艙九一三 蒼九三九 鶬一三〇九

cáng 藏九四九

cāo 操四八二 糙八二七

cáo 嘈二〇六 曹五三三 槽五六六 漕六四三 螬九六四

cǎo 草 九二四

cè ← 側 一七九 冊 一〇八 廁 三四九 惻 四〇三 測 六三九 策 八二二 筴 八一四

cēn ← 參 一六一

cén 岑 三二〇 涔 六二六

cēng 噌 二〇六

céng 層 三一六 嶒 三三四 曾 五三三

cèng 蹭 一〇四一

chā ← 叉 一六二 差 三三九 扠 四三三 插 四六九 杈 五四四 臿 九〇八

chá 垞 二二九 察 二九九 搽 四七三 查 五五一 槎 五六五 碴 七六六 茶 九二五 鍤 一一〇一

chǎ 踏 一〇三九

chà 侘 六四 剎 一三八 奼 二六七 姹 二七三 岔 三一九 汊 六〇六 衩 九七三 詫 九九七

chāi ← 差 三三九 拆 四四七 釵 一〇八九

chái 儕 八九 柴 五五四 豺 一〇一七

chài 瘥 七三四 蠆 九六五

chān ← 摻 四七七 攙 四八六 襜 九八二

chán 單 二〇〇 嬋 二七九 孱 二八五 巉 三三四 廛 三五一 欃 五七五 毚 五九三 潺 六四八 澶 六五〇 瀺 六五三 禪 七八七 纏 八五六 蟬 九六四 蟾 九六五 讒 一〇一三 躔 一〇四二 鑱 一一〇九 饞 一一六八

chǎn 剗 一三一 剷 一三三 幝 三三七 滻 六四五 產 七一七 蕆 九四七 諂 一〇〇五 鏟 一一〇四 闡 一一一七

chàn 嚵 二一三 懺 四一六 羼 八六八

chāng ← 倀 七六 倡 七七 娼 二七六 昌 五一六 猖 六九四 菖 九二五 閶 一一二五 鯧 一一九九

cháng 倘 七五 償 九〇 嘗 二〇六 嚐 二二一 嫦 二七九 常 三三五 徜 三七一 腸 八九六 萇 九二五 裳 九七九 長 一一〇九 鱨 一二〇二

chǎng 場 二二四 廠 三五一 惝 三九八 敞 四九八 昶 五一八 氅 五九五

chàng 倡 七七 唱 一九六 悵 三九八 暢 五二八

chāo [illegible] 一九二 ← 勦 一四三 怊 三八八 抄 四三五 超 一〇三三 鈔 一〇八九

cháo 嘲 二〇七 巢 三三五 晁 五二三 朝 五三九 潮 六四八 鼂 一二一二

chǎo 吵 一八〇 炒 六五七

chē ←

硨 七七三　車 一〇四三

chě
哆 一九〇　尺 三一二　扯 四三四

chè
呫 一八五　坼 二一八　屮 三一七　徹 三七四　掣 四六五　撤 四七七　澈 六四三　轍 一〇四九

chēn
嗔 二〇三　抻 四四四　捵 四六一 ←

琛 七〇七　瞋 七六四　郴 一〇七五

chén
塵 二二七　宸 二九五　忱 三八一　晨 五三三　梣 五五七　沉 六〇七　湛 六二七　煁 六六八　臣 九〇二　諶 一〇〇六　辰 一〇五一　陳 一一三三

chěn
墋 二三九　磣 七七九

chèn
櫬 五七四　疢 七三九　襯 九八二　讖 一〇一三　趁 一〇二三　齔 一三三六

chēng
← 撐 四七九　槍 五六六　樘 五七二　牚 六八三　琤 七〇八　瞠 七六四　稱 七九六　蟶 九六五　赬 一〇二九　鎗 一一〇三　鐺 一一〇七

chéng
丞 二六　乘 三四　呈 一八〇　城 二二九　埕 二三〇　塍 二三七　懲 四一四　成 四一七　承 四四〇　晟 五三三　棖 五五九　橙 五七一　澄 六四七　盛 七四八　程 七九四　裎 九七八　誠 九九八　郕 一〇七四　酲 一〇八〇

chěng
逞 一〇五九　騁 一一七五

chèng
秤 七九三　稱 七九六

chī
← 吃 一七七　哧 一九三　喫 一九九　嗤 二〇三　媸 二七八　摛 四七四　痴 七三三　癡 七三五　眵 七六一　笞 八一〇　絺 八四三　蚩 九五八

螭 九六四　郗 一〇七四　魑 一一九五　鴟 一二〇五　黐 一三一六

chí
匙 一四六　墀 二四〇　弛 三五七　持 四五一　池 六〇六　治 六一七　篪 八一八　茌 九二四　蚳 九五九　踟 一〇二八　遲 一〇六九　馳 一一七三

chǐ
侈 六七

呎 一八三　奓 二六二　尺 三一二　恥 三九〇　蚇 九五八　褫 九八一　豉 一〇一四　齒 一三三六

chì
傺 八五　勅 一三八　叱 一七三　啻 一九八　彳 三六五　抶 四四七　敕 四九六　斥 五〇五　熾 六七三　眙 七五九　翅 八六九　赤 一〇二八

跮 一〇二七　飭 一一六二　鶒 一二〇七

chōng
← 充 九二　忡 三八二　惷 四〇八　憧 四一〇　摏 四七六　沖 六〇九　舂 九〇八　茺 九二四　衝 九七一

chóng
崇 三三三　虫 九五七　蟲 九六四　重 一〇八五

chǒng

chǒng
寵 三〇二

chòng
衝 九七一
銃 一〇九三

chōu
← 抽 四四三
搊 四七三
犨 六八九
瘳 七三五
紬 八三七

chóu
仇 五一
儔 八九
幬 三三七
惆 三九九
愁 四〇四
懤 四一四
疇 七二七
稠 七九六
籌 八二一
紬 八三七
綢 八四五
裯 九七九
雔 一〇二二
躊 一〇四一
酬 一〇八〇
鯈 一一九八

chǒu
丑 二五
偢 八〇
杻 五四八
瞅 七六三
醜 一〇八二

chòu
臭 九〇六

chū
← 出 一一六
初 九七三

貙 一〇一八
齣 一三一六

chú
儲 八九
廚 三五〇
櫥 五七四
滁 六四三
芻 九一九
蜍 九六〇
躇 一〇四一
躕 一〇四三
鉏 一〇九二
鋤 一〇九六
除 一一三一
雛 一一三三

chǔ
杵 五四七
楮 五五九
楚 五六二
礎 七七九
處 九五四
褚 九七九

chù
亍 三九
俶 七五
怵 三八四
搐 四七一
畜 七三三
矗 七六五
絀 八三六
處 九五四
觸 九九一
詘 九九六
黜 一三一九

chuǎ
← 抓 四三七

chuāi
← 搋 四七三

chuǎi
揣 四六八

chuài
踹 一〇三九

chuān
← 川 三三五
氚 五九七
穿 八〇一

chuán
傳 八三
椽 五六三
船 九一三
遄 一〇六五

chuǎn
喘 二〇一
舛 九一一

chuàn
串 三〇
釧 一〇八九

chuāng
← 創 一三
囪 二一七
瘡 七三四
窗 八〇二

chuáng
幢 三三七
床 三四四
牀 六八一

chuǎng
闖 一一一六

chuàng
創 一三
愴 四〇七

chuī
← 吹 一八二
炊 六五七

chuí
圌 二三〇
垂 二三九
捶 四六九
搥 四七三
棰 五六三
槌 五六五
箠 八一七
錘 一一〇一
鎚 一一〇三
陲 一一三四

chūn
← 春 五一八
杶 五四八
椿 五六一

chún
唇 一九三
屯 三一七
淳 六二九
焞 六六三
純 八三三
脣 八九三
蓴 九四五
醇 一〇八一
錞 一一〇〇
鶉 一三〇七

chǔn
蠢 九六六

chuō
← 戳 四三三

chuò
啜 一九七
婥 二七六

D

詞	茨	茲	祠	磁	瓷	慈		骶	雌	疵	差	←		齜	醝	遀	㢟	輜	緇	懓
						cí					**cī**									
九五	九六	九七	七二	七六	七二	四〇一		一二八	一三二	三二	三九			三三七	一〇六一	一〇六二	一〇五二	八四二	三九〇	

瓟	樅	怱	從	囪	匆	←		載	莿	次	刺	伺			玼	泚	此			鶿	辭
			cōng							**cì**						**cǐ**				
七九	五八	三八九	三二一	二一七	一四			九八五	九三五	五七	三六八	六二		七四	六三	五八一			三一七	一〇五一

鼺	粗	←		輳	腠	湊	←		琮	淙	悰	從	叢			驄	鏦	樅	蔥	聰	璁
	cū				**còu**							**cóng**								
三三三	八二			一〇四八	八九八	六七			七七	六七	三九六	三二一	一六			一七七	一〇二〇	九五八	九五八	八八〇	七〇九

竉	醋	酢	蹴	蹙	踧	趨	趣	蔟	簇	猝	槭	數	慼	卒	促			殂	徂
												cù						**cú**	
三三二	一〇八一	一〇八一	一〇四九	一〇四九	一〇四八	一〇二二	一〇二三	九三四	八一六	六九三	五六五	四九一	四一二	一五三	七〇			五七六	三六六

衰	縗	榱	摧	崔	催	←		篡	竄	爨			攢			躥	汆	撺	←
					cuī					**cuàn**				**cuán**					**cuān**
九七四	八五〇	五六四	四七六	三三二	八四			八一七	八二〇	六六八			四七三			一〇四二	六三〇	四五七	

村	←		萃	膵	脺	脆	翠	粹	瘁	焠	淬	毳	悴	啐			璀	漼	洒
	cūn													**cuì**				**cuǐ**	
五四			九三二	九〇四	九〇六	八七九	八七二	八一二	六九六	六八三	六五九	六五四	三九五	二一五			七七九	六七六	六四九

矬	瘥	嵯			蹉	磋	搓	差	←		寸	吋			忖			存			皴
	cuó					**cuō**						**cùn**				**cǔn**			**cún**	
七六八	七〇二	三三二			一〇四九	七七一	四六二	三九			三〇二	一七一			三九〇			二八三			七五四

褡	耷	答	搭	←				錯	銼	撮	措	挫	厝	剉			脞			齹
			dā		**D**								**cuò**				**cuǒ**			
九六一	八七〇	八一二	四七二					一〇六八	一〇六四	四六九	四五九	四五六	一五九	一三〇			八九四			三二一

dá　噠 二〇八　妲 二七一　怛 三八四　炟 六五九　瘩 七三四　笪 八一〇　答 八二三　荅 九二七　達 一〇六四　鎝 一一〇三　靼 一一四六　韃 一一四七

dǎ　打 四二八

dà　大 二四八

dāi ←　呆 一七九　待 三六六　獃 六九五

dǎi　傣 八二　歹 五八四　逮 一〇六〇

dài　代 五三　大 二四九　岱 三三〇　帶 三三四　待 三六六　怠 三八八　戴 四三三　殆 五八六　玳 七〇三　紿 八三四　袋 九七六　襶 九八二　詒 九九六　貸 一〇三三　迨 一〇五四　逮 一〇六〇　隶 一一三九　靆 一一四一　駘 一一七四　黛 一二一九

dān ←　丹 一〇　儋 八八　單 二〇〇　擔 四八三　殫 五八八　湛 六二七　癉 七三五　眈 七五六　簞 八一九　耽 八七七　聃 八七八　襌 九八一　鄲 一〇七七　酖 一〇七九

dǎn　亶 四六　撢 四七八　撣 四七九　疸 七三〇　膽 九〇〇

dàn　但 六〇　啖 一九五　啗 一九七　噉 二〇六　彈 三六〇　憚 四一三　憺 四一四　擔 四八三　旦 五一四　檐 五七三　氮 六〇〇　淡 六三〇　澹 六五〇　癉 七三五　石 七六九　膻 九〇一　萏 九三五　蛋 九五八　誕 一〇〇五　鉭 一〇九三　餤 一一六六

dāng ←　噹 二〇九　璫 七一一　當 七二五　襠 九八二　鐺 一一〇七

dǎng　党 九七　擋 四八二　攩 四八八　檔 五七三　當 七二六　讜 一〇二三　黨 一二一九

dàng　宕 二九〇　擋 四八二　當 七二六　盪 七五二　碭 七七六　蕩 九四五

dāo ←　刀 一一九　叨 一七一　忉 三七九　氘 五九七　舠 九一三　裯 九七九　魛 一一九六

dáo　捯 四五九

dǎo　倒 七三　壔 二四〇　導 三〇七　島 三三一　搗 四七三　擣 四八四　禱 七八八

dào　倒 七三　到 一二六　幬 三三七　悼 三九八　盜 七四九　稻 七九七　纛 八五八　蹈 一〇四〇　道 一〇六三

dé ←　得 三六九　德 三七四

de　地 二三四　底 三四六　得 三六九　的 七四四 ←

děi　得 三七〇 ←

dēng　噔 二〇八　燈 六七五　登 七三七　簦 八二〇　鐙 一一〇六

dī
低	氐	滴	羝	鞮
六二	五六	六四	六六	二六

（←）

dèng
凳	墱	嶝	澄	瞪	磴	蹬	鄧	鐙
二五	三〇	三二	六七	七六	七九	四一	七七	二六

děng
戥	等
四〇	八二

dǐ
底	抵	柢
三六	四六	五〇

dí
嘀	嫡	敵	滌	狄	的	笛	耀	翟	荻	覿	踧	迪	適	鏑
二四	二九	四三	四〇	六四	六〇	七六	八七	八〇	九八	九八	一三	〇五	一六	二四

dì
氏	牴	砥	舣	詆	邸	觝	地	娣	帝	弟	棣	玓	的	睇	碲	第	締	蒂	諦
五六	六八	七八	九八	九七	一〇九	一二一	二四	三三	三三	五五	六四	七〇	七四	六六	七七	八〇	八八	九六	一〇〇

diàn
佃	坫	墊
〇六	三三	三三

diǎn
典	瘨	碘	點
一七	三三	七五	三八

diān
巔	掂	攧	滇	癲	蹎	顛
三三	四二	四七	六一	七一	〇四	二六

踶	遞
六九	一〇

diāo
凋	刁
一四	二九

（←）

diāng
噹
二〇

（←）

diàn
奠	店	惦	殿	澱	坫	田	甸	癜	簟	踮	鈿	阽	電	靛
六三	五四	三九	四一	六四	〇二	二九	三二	七五	八〇	二九	〇二	二九	三六	四二

diào
吊	弔	掉	蓧	調	釣
一二	三五	四一	九四	〇〇	〇九

diǎo
屌	鳥
一五	〇二

diāo
叼	彫	琱	碉	蛁	貂	雕	鯛	鳭	鵰
一七	四八	七四	二八	七五	〇一	一三	二九	〇二	〇二

dié
咥	喋	垤	堞	昳	渫	牒	喋	疊	碟	絰	耋	蝶	褶	諜
六九	三九	三五	三二	三三	三二	六一	六五	七六	七七	八二	九四	九二	九一	一〇六

diē
爹
六八

（←）

銚	錭
〇四	一九五

dǐng
耵	酊	頂	鼎
八七	〇六	一〇	三二

dīng
丁	仃	叮	玎	町	疔	耵	酊	釘	靪
九	六五	六六	七一	七二	七二	八八	八六	〇六	二五

（←）

跌	蹀	迭	鰈
一〇三	一〇二	一四	一九九

dìng 定 二九〇 碇 七七四 訂 九九二 釘 一〇八九 錠 一〇九八 ←

diū 丟 二六 銩 一〇九五 ←

dōng 冬 一二一 咚 一八五 東 五四五 氡 五九七 鶇 一三〇七 鼕 一三三三

dǒng 懂 四一四 董 九三八

dòng 侗 六〇七 凍 一二四 動 一三九 峒 三二一 恫 三九〇 棟 五五九 洞 六三一 硐 七七三 胴 八九二 ←

dōu 兜 九七 唗 一九二 都 一〇七五

dǒu 抖 四三三 斗 五〇三 蚪 九五八 陡 一一三三

dòu 痘 七三一 竇 八〇五 荳 九三〇 讀 一〇一一 豆 一〇一四 逗 一〇五八 餖 一一六五 鬥 一一九〇 ←

dū 嘟 二〇五 督 七六二 都 一〇七五

dú 匵 一四八 櫝 五七四 毒 五九二 瀆 六五二 牘 六八三 犢 六八九 獨 六九六 碡 七七五 讀 一〇一一 讟 一〇一三 韣 一一四八 頓 一一五三 髑 一一八四 黷 一三二〇

dǔ 堵 二三三 睹 七六二 篤 八一七 肚 八八五 賭 一〇二六

dù 妒 二六九 度 三四七 杜 五四五 渡 六三六 簬 八二一 肚 八八五 蠹 九六六 鍍 一一〇〇 ←

duān 端 八〇七 耑 八七五

duǎn 短 七六八

duàn 斷 五〇七 椴 五六三 段 五八九 籪 八三三 緞 八四九 鍛 一一〇三 ←

duī 堆 二三三 碓 七七五 追 一〇五六

duì 兌 九五 對 三〇六 憝 四二一 懟 四一四 敦 四九七 碓 七七五 錞 一一〇〇 鐓 一一〇五 隊 一一三四 ←

dūn 墩 二三九 惇 三九四 敦 四九七 燉 六七三 蹲 一〇四一 鐓 一一〇五

dǔn 盹 七五六 躉 一〇四一

dùn 噸 二一〇 囤 二一七 沌 六〇八 燉 六七三 盾 七五八 遁 一〇六五 遯 一〇六九 鈍 一〇九〇 頓 一一五一 飩 一一六三 ←

duō 哆 一九〇 多 二四六 ←

duó 剟 一三一 奪 二六二 掇 四六五 敪 四九八 鐸 一一〇七

duǒ 垛 二二九 埵 二三三 朵 五四三 綞 八四七 躲 一〇四三

duò 剁 一三八 咄 一八四 垛 二二九 墮 二三九 隋 一一三四 度 三四七 惰 四〇一 柮 五五〇

柁 五一　沱 六一三　舵 九一三　跥 一〇三六　踱 一〇三九　馱 一一七二

E

ē ← 婀 二七六　扃 三一六　痾 七三三　阿 一二一九

é 俄 七一　哦 一九三　娥 二七五　峨 三三一　莪 九三〇

蚵 九五八　蛾 九六〇　訛 九九五　鋨 一〇九八　額 一一五五　鵝 一三〇六

ě 噁 二〇七　惡 三九七　猗 六九三

è 厄 一五八　呃 一八三　噩 二〇八　堊 二三三　惡 三九七　愕 四〇三　扼 四三八　搤 四七一　砈 七七〇

萼 九三八　諤 一〇〇七　軛 一〇四五　遏 一〇六四　鄂 一〇七六　鍔 一一〇一　閼 一一二五　阨 一一二八　頞 一一五三　顎 一一五五　餓 一一六四　餩 一一六六　鱷 一三〇二　鶚 一三〇八

èi ← 欸 五七七

ēn ← 恩 三九一

èn 摁 四七三

en 嗯 二〇四 ←

ér 兒 九六　而 八七四　鮞 一二九八　鴯 一三〇六

ěr 洱 六三〇　爾 六八〇　珥 七〇三　耳 八七六　邇 一〇七三　鉺 一〇九四　餌 一一六四　駬 一一七四

èr 二 三九　刵 一三六　貳 一〇二一

F

fā ← 伐 五六　發 七三七

fá 乏 三三　法 六三三　筏 八二三　罰 八六一　閥 一一二五

fǎ 法 六三三　砝 七七一　鍅 一一〇〇

fà 髮 一一八八

fān 琺 七〇七 ←　幡 三三七　旛 五二三　番 七三四　繙 八五五　翻 八七一　蕃 九四六

fán 凡 三〇　墦 二三九　帆 三三三　樊 五六八　煩 六六八　燔 六七五　璠 七一〇　礬 七八〇

繁 八五三　膰 九〇〇　蕃 九四六　藩 九五一　蹯 一〇四一　釩 一〇八九　鐇 一一〇六

fǎn 反 一六二　返 一〇五三

fàn 梵 五五六　氾 六〇四　汎 六〇六　泛 六二一　犯 六九〇　笵 八一〇　範 八一六　范 九二三　販 一〇一九

飯 一一六三

fāng ← 坊 二三六　方 五〇八　枋 五四五　芳 九一八　邡 一〇七三　鈁 一〇九〇

fáng 坊 二三六　妨 二六九　房 四二三　肪 八八七　防 一一二八　魴 一二九七

fǎng 仿 五五　倣 七三　彷 三六五

放 四九二　昉 五一五　紡 八三一　舫 九一三　訪 九九四　髣 一一八八

fàng　放 四九二

fēi ←　啡 一九六　妃 二六七　扉 四二五　緋 八四六　菲 九二三　蜚 九六一　霏 一一三九　非 一一四三　飛 一一六〇　騑 一一七六

féi　淝 六二五　肥 八八六　腓 八九五　蜰 九六一

fěi　匪 一四七　悱 三九八　斐 五〇三　朏 五二七　榧 五六五　篚 八一八　翡 八六九　菲 九二三　蜚 九六一　誹 一〇〇四

fèi　剕 一三一　吠 一七九　屝 三一六　廢 三五一　沸 六一三　狒 六九一　疿 七三三　肺 八八六　芾 九二〇　費 一〇二一　鯡 一一九九

fēn ←　分 一三〇　吩 一八〇　棻 五六一　氛 五九七　紛 八三一　芬 九一八　酚 一〇七九　雰 一一三六

fén　墳 二三九　幩 三三七　枌 五四八　棼 五六〇　汾 六二一　焚 六六三　蕡 九四六　鼢 一二三三

fěn　粉 八二三

fèn　份 五七　僨 八六　分 一三〇　坋 二三七　奮 二六四　忿 三八二　憤 四二一　糞 八二七

fen　噴 二〇七

fēng ←　丰 三〇　封 三〇三　峰 三一一　楓 五六三　灃 六五三　烽 六六二　瘋 七三三　葑 九三九　蜂 九六〇　豐 一〇二五　酆 一〇七八　鋒 一〇九七　風 一一五七

féng　夆 二四四　縫 八五三　逄 一〇五七　逢 一〇六〇　馮 一一七三

fěng　唪 一九五　泛 六一一

fèng　俸 七三　奉 二五九　縫 八五三　諷 一〇〇七　賵 一〇二七　風 一一五八　鳳 一二〇三

fó ←　佛 六三

fóu ←　芣 九二〇

fǒu　不 一九　否 一七九　缶 八五八

fū ←　伕 五六　夫 二五六　孵 二八五　敷 四九九　稃 七五五　胕 八九〇　膚 八九九　趺 一〇二四　跗 一〇二五　鄜 一〇七七　鈇 一〇九〇　鳺 一二〇四　麩 一二一三

fú　伏 五五　佛 六三　俘 七一　偪 七九　匐 一四五　夫 二五六　孚 二八三　宓 二九〇　幅 三三六　弗 三五六　彿 三六六　怫 三八八　扶 四三三　拂 四四七　服 五三七　枹 五五〇　桴 五五七　氟 五九七　洑 六二三　浮 六二六　涪 六二八　祓 七八三　福 七八六　符 八〇九

紼 八三四
紱 八三四
縛 八五〇
罘 八六〇
胕 八九〇
艴 九一五
芙 九一九
芾 九二〇
苐 九二三
苻 九二四
茯 九二八
莩 九三〇
菔 九三五
虙 九五四
蚨 九五八
蜉 九六〇
蝠 九六二
袱 九七六
輻 一〇四八
郛 一〇七四
髴 一一八八
鳧 一二〇三
鵩 一二〇七
黻 一二三一

fǔ
俛 七一
俯 七三
府 三四六
拊 四四六
撫 四八〇
斧 五〇五
滏 六四三
父 六七九
甫 七一八
簠 八二〇
胕 八九〇
脯 八九四
腐 八九五
腑 八九六
輔 一〇四六
釜 一〇八九
頫 一一五三
黼 一二三一

fù
付 五一
傅 八二
副 一三三
咐 一八五
坿 二三八
婦 二七六
富 二九八
復 三七三
父 六七九
袝 七八四
腹 八九七
蝮 九六二
複 九八〇
覆 九八四
訃 九九二
負 一〇一八
賦 一〇二五
賻 一〇二七
赴 一〇三〇
阜 一一一八
附 一一一九
馥 一一七〇
駙 一一七四
鮒 一一九七
鰒 一一九九

G

gā
←
嘎 二〇五
旮 五一四

gá
軋 一〇四四
釓 一〇八八
錷 一一〇〇
鎘 一一〇七

gà
尬 三一一

gāi
←
垓 二二九
荄 九二七
該 九九七
賅 一〇二三
陔 一一二〇

gǎi
改 四九〇

gài
丐 二五
戤 四二〇
概 五六一
溉 六三九
蓋 九四一
鈣 一〇九〇

gān
←
乾 三六
坩 二三八
尷 三一二
干 三三八
杆 五四五
柑 五五〇
泔 六一四
甘 七一四
疳 七三〇
竿 八〇八
肝 八八五
酐 一〇七九

gǎn
感 四〇一
擀 四八一
敢 四九七
桿 五五七
橄 五七〇
澉 六四九
稈 七九四
簳 八一三
趕 一〇三二

gàn
幹 三四二
旰 五一五
榦 五六四
淦 六二五
灨 六五四
紺 八二五
贛 一〇二八
骭 一一八二

gāng
←
亢 四四
剛 一三一
岡 三三〇
崗 三三三
扛 四三三
杠 五四五
綱 八四五
缸 八五八
罡 八六〇
肛 八八五
釭 一〇八九
鋼 一〇九九

gǎng
崗 三三三
港 六三六

gàng
戇 四一七
杠 五四五
槓 五六五
鋼 一〇九九

gāo
←
咎 一八五
槔 五六五
櫜 五七四
皋 七四五
睪 七六三
篙 八一七
糕 八二六
羔 八六五

膏 八九八 高 一一八五 鼛 一二三三

gǎo 搞 四七一 攪 四八八 杲 五四八 槁 五六四 稿 七九七 縞 八五〇 鎬 一一〇二

gào 告 一八〇 誥 一〇〇一 郜 一〇七四 鋯 一〇九七

gē ← 割 一三三 咯 一九一

哥 一九二 戈 四一七 擱 四八四 歌 五七八 疙 七三八 肐 八八五 胳 八九三 閣 一一一五 鴿 一三〇六

gé 咯 一九一 嗝 二〇三 噶 二〇八 格 五五四 翮 八七〇 膈 八九九 葛 九三七 蛤 九五九 鎘 一一〇二 閣 一一一五 閤 一一一五

隔 一一二六 革 一一四五 頜 一一五三 骼 一一八三 鬲 一一九三

gě 個 一七六 各 一七五 合 一七六 舸 九二三 葛 九三七 蓋 九四一

gè 个 二七 個 一七五 各 一七五 硌 七七三 箇 八一六 鉻 一〇九三

gěi ← 給 八二七

gēn ← 根 五三三 跟 一〇三六

gén 哏 一九〇

gěn 艮 九一四

gèn 亙 四三 艮 九一四

gēng ← 庚 三四六 更 五三三 㹴 六九三

粳 八二五 羹 八六八 耕 八七五 賡 一〇二四 鶊 一三〇七

gěng 哽 一九二 埂 二三〇 梗 五五六 綆 八四一 耿 八七七 頸 一一五四 骾 一一八三 鯁 一一九八

gèng 更 五三三

gōng ← 供 六六 公 一〇三

共 一〇五 功 一二五 宮 二九五 工 三三五 弓 三三五 恭 三九〇 攻 四九一 紅 八二九 肱 八八七 蚣 九五七 觥 九九〇 躬 一〇四三 龔 一三三八

gǒng 共 一〇五 廾 三五三 拱 四五〇 栱 五五四 汞 六〇七 珙 七〇三 鞏 一一四六

gòng 供 六六 共 一〇五 貢 一〇一九

gōu ← 勾 一四三 句 一七〇 枸 五五一 溝 六四〇 篝 八一八 緱 八五〇 鉤 一〇九一 韝 一一四八

gǒu 岣 三三〇 枸 五五一 狗 六九一 笱 八二一 耇 八七四

苟 九二三

gòu 勾 一四三 句 一七〇 垢 二三九 夠 二四八 媾 二七八 彀 三六〇 搆 四七一 構 五六五 覯 九八七 詬 九九九 購 一〇一七 遘 一〇六七 雊 一一三一

gū ← 估 五九 咕 一八三 呱 一八五 姑 二七〇

孤 二八四
家 二九四
沽 六一四
箍 八一五
菰 九三五
菇 九三五
蛄 九五八
觚 九八九
轂 一〇四八
辜 一〇五〇
酤 一〇八〇
鈷 一〇九一
骨 一一八一
鴣 一二三四

gú

骨 一一八一

gǔ

古 一六八
嘏 二〇五
榾 五六五
汩 六〇九
淈 六三三
滑 六四三
牯 六八六
瞽 七六五
縠 七九七
罟 八六〇
羖 八六五
股 八八七
臌 九〇二
蠱 九六六
詁 九九六
谷 一〇二三
賈 一〇三三
轂 一〇四八
鈷 一〇九一
餶 一一六七
骨 一一八一
鵠 一三〇六
鶻 一三〇八
鼓 一三三三

gù

估 五九
僱 八六
告 一八〇
固 二一七
故 四九三
梏 五五七
牿 六八八
痼 七三三
錮 一〇九九
雇 一一三一
顧 一二五六
←

guā

刮 一二七
呱 一八五
括 四五二
栝 五五三
瓜 七一二
筈 八二三
聒 八七八
蝸 九六二
适 一〇五七
颳 一一五九
騧 一一七六
鴰 一三〇六

guǎ

剮 一二三
寡 二九九

guà

卦 一二五
掛 四六〇
絓 八二八
罣 八六〇
袿 九七六
褂 九七九
詿 九九八
←

guāi

乖 三三

guǎi

拐 四四三
枴 五四九

guài

怪 三八七
←

guān

倌 七三
冠 一〇九
官 二九一
棺 五五九
瘝 七三四
矜 七六六
綸 八四六
莞 九三〇
觀 九八八
關 一二一七
鰥 一三〇〇
鱞 一三〇二

guǎn

琯 七〇七
筦 八二三
管 八一四
莞 九三〇
錧 一一〇〇
館 一一六五

guàn

丱 三〇
冠 一〇九
慣 四〇九
摜 四七七
毌 五九一
涫 六二八
灌 六五三
瓘 七一二
盥 七五三
祼 七八六
罐 八五九
觀 九八八
貫 一〇二〇
鸛 一三一〇
←

guāng

光 九二
桄 五五四
洸 六二一
胱 八九三
銧 一〇九五

guǎng

廣 三五〇
獷 六九八

guàng

桄 五五四
逛 一〇六〇
←

guī

傀 八三
圭 二三三
嬀 二七六
歸 五八四
洼 六一九
珪 七〇三
瑰 七〇九
皈 七四五
硅 七七三
袿 九七六
規 九八六
邽 一〇七四
閨 一一一四
鮭 一一九八
龜 一三三八

guǐ

佹 六七
匭 一四七
垝 二三九
宄 二八七
晷 五三五
癸 七三七
簋 八一九
詭 九九九

軌 一〇四四
鬼 一一九三

guì
劌 一三四
會 五三四
柜 五五一
桂 五五五
櫃 五七四
瞶 七六四
貴 一〇三三
跪 一〇三六
鱖 一三〇一

gǔn ←
滾 六四四
緄 八四五
蓘 九四五
衮 九七六
鯀 一二九八

gùn
棍 五六〇

guō ←
嘓 二〇六
堝 二二四
崞 三三三
渦 六三八
蟈 九八四
過 一〇六五
郭 一〇七五
鍋 一一〇一

guó
國 二一八
幗 三三七
摑 四七六
虢 九五六
馘 一二六九

guǒ
果 五四六
槨 五六六
猓 六九四
粿 八二六
蜾 九六一
裹 九七九
餜 一二六六

guò
過 一〇六五

H

hā ←
哈 一九一

há
蛤 九五九
蝦 九六二

hǎ
哈 一九一

hāi ←
哈 一八八
咳 一八九
嗨 二〇三

hái
孩 二八五
還 一〇七一
頦 一二五三
骸 一二八二

hǎi
海 六二七
醢 一〇八二

hài
亥 四五
嗐 二〇三
害 二九五
氦 五九九
駭 一二七四

hān ←
哈 一九三
憨 四二一
蚶 九五八
酣 一〇七九
頇 一二五〇
鼾 一三三四

hán
函 一一八
含 一八一
唅 一九三
寒 二九八
幹 三四二
榦 五六四
汗 六〇五
涵 六三三
邗 一〇七二
邯 一〇七四
韓 一二四七

hǎn
厂 一五八
喊 一九九
罕 八六〇
蔊 九四五
闞 一一九二

hàn
和 一八六
悍 三九三
憾 四二三
扞 四三三
捍 四五五
撼 四八一
旱 五一五
旰 五一五
汗 六〇五
漢 六四三
瀚 六五二
焊 六六二
琀 七〇七
翰 八七〇
菡 九二五
豻 一〇一七
銲 一〇九七
閈 一一二一
頷 一二五五

hāng ←
夯 二五七

háng
吭 一七九
杭 五四五
桁 五五三
絎 八三八
航 九一三
行 九六八
迒 一〇五四
頏 一二五一
魧 一二九七

hàng
沆 六〇七
行 九六八

hāo ←
嚆 二一〇
蒿 九三九
薅 九四八

háo
嗥 二〇四
嚎 二一〇
壕 二四〇
毫 五九四
濠 六五一
號 九五六
蠔 九六五
豪 一〇一六

hǎo
好 二六八
郝 一〇七四

hào 好 二六八 昊 五二五 浩 六三七 澔 六四九 灝 六五四 皓 七四五 皜 七四五 暭 七四五 耗 八七五 號 九五六 鎬 一一〇二 顥 一一五六

hē ← 呵 一八四 喝 二〇一 訶 九九五

hé 何 五九 劾 一三七 合 一六六 和 一八五 害 二九五 曷 五三三 核 五五二 河 六一三 涸 六三四 渴 六三八 盍 七四八 盉 七四八 盒 七四九 礉 七七九 禾 七九〇 紇 八二九 荷 九二九 蓋 九四一 蝎 九六二 褐 九八〇 覈 九八五 貉 一〇一七 鉿 一〇九四 閡 一一一四 閤 一一一五 闔 一一一六 鞨 一一四六 鶡 一二〇八 齕 一二三六 龢 一二三九

hè 和 一八六 喝 二〇一 嚇 二一〇 暍 五一七 熇 六七〇 荷 九二九 賀 一〇二一 赫 一〇二九 鶴 一二〇八

hēi ← 嘿 二〇七 黑 一二一六

hén ← 痕 七一二

hěn 很 三六七 狠 六九二

hèn 恨 三九二

hēng ← 亨 四五 哼 一九二

héng 姮 二七三 恆 三八九 桁 五五三 橫 五七〇 珩 七〇四 蘅 九五二 衡 九七二 鴴 一二〇六

hèng 橫 五七〇

hōng ← 吽 一八二 哄 一八九 烘 六六〇 薨 九四八 訇 九九二 轟 一〇四九 魟 一一九六

hóng 宏 二九〇 弘 三五六 泓 六一三 洪 六二〇 竑 八〇六 紅 八二九 紘 八三四 翃 八六九 葒 九二九 虹 九五七 訌 九九二 閎 一一一三 鴻 一二〇五 黌 一二一六

hǒng 哄 一八九

hòng 澒 六四九 蕻 九四八 鬨 一一九一

hōu ← 呴 一八六 齁 一二三四

hóu 侯 七一 喉 二〇三 猴 六九五 瘊 七一三 篌 八一七 鍭 一一〇三 餱 一一六六

hǒu 吽 一八二 吼 一八三

hòu 候 七七 厚 一五八 后 一七七 堠 二三五 後 三六七 逅 一〇五七 鱟 一二〇三

hū ← 乎 三三 呼 一八六 唿 一九六 嘑 二〇六 忽 三八二 惚 三九九 戲 四三三 欻 五七七 滹 六四六 虖 九五四 謼 一〇〇九

hú 和 一八六 囫 二一七 壺 二四三 弧 三五七 搰 四七三 斛 五〇四 槲 五六八 湖 六三七 狐 六九一

猢六九四 瑚七〇八 糊八二六 縠八五一 胡八八八 葫九二八 蝴九六一 觳九九〇 醐一〇八二 餬一一六六 鬍一一八九 鵠一二〇六 鶘一二〇七 鶻一二〇八

hǔ 唬一九六 滸六四四 琥七〇七 虎九五三

hù 互四二 冱一一二 怙三八四 戶四三三 戽四三四 扈四三五 楛五六三 沍六〇八 滬六四三 瓠七一三 祜七八二 笏八〇九 芐九一六 護一〇二一 鄠一〇七七

huā ← 化一四五 嘩二〇七 花九一六 華九三二

huá 划一三四 劃一三三 嘩二〇七 搳四七一 滑六四二 猾六九五 華九三一 譁一〇一〇 豁一〇二三 鏵一一〇六 驊一一七八

huà 劃一三三 化一四五 樺五七一 畫七二四 華九三一 話九九九

huái ← 徊三六六 懷四一五 槐五五五 淮六二五 踝一〇三八

huài 壞二四一

huān ← 懽四一六 歡五七九 獾六九九 讙一〇二三 貛一〇二八 驩一一八〇

huán 圜二三三 嬛二八〇 寰三〇二 桓五五三 洹六一九 澴六五〇 環七一〇 繯八五五 萑九二四 還一〇七一 鍰一一〇一 鐶一一〇七 闤一一一八 鬟一一九〇

huǎn 澣六五〇 緩八四九

huàn 喚二〇三 奐二六二 宦二九三 幻三四三 患三九三 換四六九 擐四八二 渙六三九 漶六四六 煥六六八 瘓七三三 豢一〇一六 逭一〇六二 鯇一二〇〇

huāng ← 慌四〇六 肓八八五 荒九二五

huáng 偟一八〇 凰一一五 喤二〇二 徨三七二 惶四〇四 湟六三九 潢六四九 煌六六八 璜七〇九 皇七四四 磺七七九 篁八一七 簧八一九 蝗九六二 蟥九六五 遑一〇六四 鍠一一〇二 隍一一二五 鰉一二〇〇 黃一二一五

huǎng 幌三三六 恍三九〇 晃五二三 謊一〇〇八

huàng 晃五二三

huī ← 墮二二九 徽三七五 恢三八九 戲四三三 撝四六六 揮四六六 暉五二七 灰六五六 煇六六七 翬八七〇 虺九五七 褘九八〇 詼九九八 輝一〇四七 隳一一二八 麾一二一五

huí
回 二一四　洄 六二三　茴 九二七　蛔 九五九　迴 一〇五六

huǐ
悔 三九三　會 五三四　毀 五九〇　燬 六七七　虫 九五七　虺 九五七

huì
匯 一四七　卉 一五三　喙 二〇二　彗 三六二　彙 三六二
恚 三九〇　惠 三九七　慧 四〇八　晦 五三四　會 五三四　槥 五六六　燴 六七七　穢 七九九　篲 八一八　繢 八五五　繪 八五五　蔧 九四三　蕙 九四六　薈 九四八　蟪 九六四　誨 一〇〇一　諱 一〇〇六　賄 一〇二四　闠 一二一七　靧 一二四五

hūn ←
婚 二七六　惛 三九九　昏 五一八　湣 六四〇　葷 九三八　閽 一二一五

hún
昆 五一五　渾 六三八　琿 七〇八　餛 一二六六　魂 一二一四

hùn
圂 二一八　慁 四〇六　混 六三三　渾 六三八　溷 六四二　諢 一〇〇五

huó ←
活 六二三

huǒ
伙 五五　夥 二四八　火 六六四　鈥 一〇九〇

huò
剨 一一三　和 一八六　嚄 二一〇　壑 二四一　惑 三九七　或 四二〇　濩 六五二　獲 六九八　矱 七六九　禍 七八七　穫 七九九
臛 九〇二　藿 九五一　蠖 九六六　豁 一〇一三　貨 一〇二〇　鑊 一一〇八　臒 一一三三　霍 一一三九

huo
午 一五一　和 一八六

J

jī ←
丌 四　乩 二五　几 一一五　剞 一三一　勣 一四三
咭 一八九　嘰 二〇八　基 二三一　奇 二六〇　姬 二七四　屐 三三六　嵇 三三三　幾 三四四　期 五三八　机 五四三　機 五七一　激 六五〇　犄 六八八　璣 七一〇　畸 七二五　畿 七二六　磯 七七九　稘 七九六　稽 七九七　積 七九八　笄 八〇九　箕 八一四
績 八五一　羇 八六三　羈 八六三　肌 八八五　虀 九五三　觭 九九〇　譏 一〇一〇　跡 一〇三六　蹟 一〇四〇　躋 一〇四二　迹 一〇五七　隮 一二二八　雞 一二三三　飢 一二六二　饑 一二六七　齎 一三三五　齏 一三三六

jí
亟 四三　伋 五七　佶 六五
即 一五六　及 一六四　吉 一七三　吃 一七八　唧 一九四　塉 二三六　嫉 二七七　寂 二九七　岌 三一九　急 三八六　戢 四二〇　揖 四六八　擊 四八一　棘 五五八　極 五六二　楫 五六三　殛 五八八　汲 六一一　疾 七二九　瘠 七三四　笈 八〇九　籍 八二一

級 八三三　蒺 九四二　戢 九四八　藉 九四九　蝍 九六〇　踖 一〇三八　輯 一〇四八　集 一一三〇　革 一一四五　鯖 一三〇一　鴶 一三〇六　鶺 一三〇九

jǐ

几 一一五　己 三一九　幾 三四四　庋 三四五　戟 四二〇　掎 四五九　擠 四八四　泲 六一八

濟 六五一　給 八三七　脊 八九二　蟣 九六五　踦 一〇三八　麂 一三一三

jì

伎 五六　偈 八〇　冀 一〇七　劑 一三四　妓 二六九　季 二八四　寄 二九七　忌 三八〇　悸 三九九　技 四三四　旡 五一二　既 五一二　暨 五二八　檕 五七二

洎 六二三　漈 六四五　濟 六五一　瘈 七三三　祭 七八五　稷 七九八　紀 八三〇　繫 八五五　繼 八五六　罽 八六二　芰 九一九　薊 九四八　薺 九四九　覬 九八七　計 九九二　記 九九三　跽 一〇三七　際 一一三六　霽 一一四〇　驥 一一八〇　髻 一一八八　鯽 一一九八

鱭 一三〇二　齊 一三三五

← jiā

伽 六三　佳 六四　傢 八一　加 一三六　嘉 二〇五　家 二九四　枷 五五一　珈 七〇三　痂 七三一　笳 八一〇　耞 八七六　茄 九二三　葭 九二九　袈 九七六　跏 一〇三五　迦 一〇五四　鎵 一一〇二

jiá

夾 二五九　恝 三九〇　戛 四二〇　浹 六二五　筴 八一四　莢 九三〇　蛺 九六〇　袷 九七六　郟 一〇七四　鋏 一〇九七　頰 一一五四

jiǎ

假 八〇　夏 二四四　岬 三三〇　斝 五〇四　檟 五七二　甲 七一九　瘕 七三三

胛 八九〇　舺 九一三　賈 一〇二三　鉀 一〇九一

jià

假 八〇　價 八八　嫁 二七七　架 五四九　稼 七九八　賈 一〇二三　駕 一一七四

← jiān

兼 一〇七　堅 二三一　奸 二六五　姦 二七四　尖 三一〇　戔 四一九　搛 四七一

殲 五八九　淺 六三三　湔 六三六　濺 六五二　煎 六六七　熸 六七五　牋 六八二　犍 六八九　監 七五〇　箋 八一四　籛 八二二　緘 八四七　縑 八五〇　肩 八八七　艱 九一四　菅 九二五　蒹 九四二　蕑 九四六　間 一一一三　閒 一一一四　鞬 一一四六　韉 一一四七

鬋 一一八九　鰜 一三〇〇　鰹 一三〇〇　鶼 一三〇八

jiǎn

儉 八八　剪 一三一　囝 二一六　戩 四二一　揀 四六六　撿 四八三　柬 五四九　檢 五七三　減 六三七　瞼 七五六　筧 八一三　簡 八一九　繭 八五五　翦 八七〇　謇 一〇〇七　譾 一〇二一

趼 一〇三四　蹇 一〇四〇　錢 一〇九八　騫 一一七六　鹼 一三一一

jiàn

件 五七　健 八一　僭 八七　劍 一三四　建 三五三　檻 五七四　毽 五九四　洊 六二一　漸 六四六　澗 六四九　濺 六五二　牮 六八七　監 七五〇　箭 八一六　腱 八九七　艦 九一四　荐 九二六　薦 九四七　見 九八五　諫 一〇〇六　賤 一〇二六　踐 一〇二八　鍵 一一〇一　鑒 一一〇七　鑑 一一〇八　間 一一一三　閒 一一一四　餞 一一二六　←

jiāng

僵 八八　姜 二七三　將 三〇五　殭 五八八　江 六〇六　漿 六四三　疆 七三七　繮 八五五　薑 九四八　螿 九六四　豇 一〇一四　韁 一二四七

jiǎng

槳 五六八　獎 六九六　蔣 九四三　講 一〇〇七

jiàng

匠 一四七　將 三〇五　弶 三五八　強 三五九　洚 六二三　絳 八二九　醬 一〇八三　降 一二三〇

← jiāo

交 四四　僬 八七　咬 一八九　嘐 二〇六　噍 二〇八　嬌 二七九　徼 三七五　憍 四一二　教 四九五　椒 五六〇　澆 六四七　焦 六六二　礁 七七九　膠 八九九　艽 九一五　茭 九二七　蕉 九四六　蛟 九五九　跤 一〇二七　郊 一〇七四　鐎 一一〇六　驕 一一七八　鮫 一一九八　鵁 一三〇六　鷦 一三〇九

jiáo

嚼 二三三

jiǎo

佼 六四　僥 八六　剿 一三三　勦 一四二　姣 二七三　徼 三七五　撟 四八〇　攪 四八八　湫 六四〇　狡 六九二　皎 七四五　皦 七四六　矯 七六九　笅 八一二　絞 八三九　繳 八五五　腳 八九七　角 九八九　蹻 一〇四一　鉸 一〇九三　餃 一一六三

jiào

叫 一七一　噍 二〇八　噭 二一〇　嶠 三三四　徼 三七五　教 四九五　斠 五〇五　校 五五二　珓 七〇三　皭 七四六　窖 八〇三　覺 九八八　較 一〇四五　轎 一〇四九　醮 一〇八三　釂 一〇八四　←

jiē

嗟 二〇三　接 四五八　揭 四六八　皆 七四四　結 八三八　街 九七一　階 一二二五

jié

倢 七五　偈 八〇　傑 八三　劫 一三六　婕 二七五　孑 二八三　截 四二〇　拮 四五一　捷 四五九　擷 四八五　杰 五四七　桀 五五二　桔 五五三　楶 五六一　楬 五六三　榤 五六五　櫛 五七三　潔 六四七　癤 七三五　睫 七六二　碣 七七六　竭 八〇七　節 八一三　結 八三八　絜 八三九　羯 八六七　袺 九七六　訐 九九二

蚧　藉　芥　疥　界　玠　戒　屆　喈　借　价　介　　　解　姊　姐　　　　鮚　頡　詰

jiè　　　　　　　　　　　jiě

廑　墐　菫　儘　僅　　　金　觔　襟　衿　筋　禁　矜　津　斤　巾　今　←　誡　解

jǐn　　　　　　　　　　jīn

藎　縉　禁　裖　盡　燼　浸　晉　搢　寖　妗　噤　　饉　錦　謹　堇　緊　瑾　殣　槿

jìn

鯨　驚　青　菁　莖　荊　經　精　箐　晴　涇　晶　旌　兢　京　←　靳　進　近　贐　覲

jīng

淨　敬　徑　婧　境　勁　清　　　頸　阱　警　璟　景　憬　剄　儆　井　　　矘　鶄

jìng　　　　　　　　　jǐng

窘　炯　炅　迥　　駉　扃　←　竟　靜　靚　靖　鏡　逕　請　脛　競　淨　痙　獍

jiǒng　　　jiōng

韭　酒　玖　灸　九　久　　鳩　䳒　赳　蛛　糾　湫　樛　揪　啾　勼　←　迴　絅

jiǔ　　　　　　　　　jiū

沮　据　拘　居　且　←　驚　舊　舅　臼　究　疚　柏　樞　救　廄　就　咎　僦

jū　　　　　　　　　　　　　　jiù

狙 六九一
琚 七〇八
疽 七三〇
痀 七三〇
罝 八六〇
苴 九二三
菹 九三五
蛆 九五八
裾 九七九
趄 一〇三二
車 一〇四三
鋦 一〇九七
鋸 一〇九八
雎 一一三一
駒 一一七四

jú

侷 七一
局 三一三
挶 四六四
桔 五五三
梮 五六〇
橘 五七〇
焗 六六二
菊 九二四
跼 一〇二七
踘 一〇二九
鋦 一〇九七
鞠 一一四六
鞫 一一四六
鵴 一二〇七
鶪 一二〇八

jǔ

咀 一八四
柜 五五一
枸 五五一
櫸 五七五
沮 六二五
矩 七六八
筥 八一三
舉 九一〇
莒 九三〇
蒟 九四二
踽 一〇二九
齟 一二三六

jù

俱 七五
倨 七七
具 一〇六
劇 一二四
句 一七〇
屨 三一七
巨 三一八
懼 四一六
拒 四四二
据 四六五
據 四八二
沮 六一五
炬 六五八
瞿 七六五
秬 七九三
窶 八〇四
聚 八七九
苣 九二四
虡 九五六
詎 九九五
足 一〇二三
距 一〇二四
踞 一〇二八
遽 一〇七一
醵 一〇八三
鉅 一〇九二
鋸 一〇九八
鐻 一一〇七
颶 一一五九 ←

juān

娟 二七四
捐 四五五
涓 六二六
朘 八九四
蠲 九六六
身 一〇四二
鐫 一一〇六
鵑 一二〇六

juǎn

卷 一五七
捲 四五九

juàn

倦 七三
卷 一五七
圈 二一八
悁 三九三
狷 六九三
眷 七五九
睊 七六二
睠 七六二
絹 八四三
雋 一一三一 ←

juē

噘 二〇七
撅 四七八
撧 四八〇

jué

倔 七七
劂 一二三
厥 一六〇
噱 二〇九
嚼 二一三
孓 二八二
屩 三一七
崛 三二三
戄 四一六
抉 四四〇
掘 四六五
攫 四八八
桷 五五七
橛 五七一
決 六〇八
炔 六五七
爵 六七九
獗 六九六
玨 七〇二
玦 七〇二
矍 七六五
矞 七六六
絕 八三九
蕨 九四六
蠼 九六七
覺 九八八
角 九八九
觖 九八九
訣 九九四
譎 一〇〇九
蹶 一〇四一
蹻 一〇四一
鐍 一一〇六
钁 一一〇九
駃 一一七三
鴃 一二〇四

juè

倔 七七 ←

jūn

君 一八三
囷 二一八
均 二二七
涒 六二五
皸 七四七
軍 一〇四四
鈞 一〇九〇
麇 一二三三
龜 一二三八

jùn

俊 七三
峻 三三三
捃 四五七
攈 四八六
浚 六二七
濬 六五一
竣 八〇六
箘 八一六
莙 九三〇
菌 九三三
郡 一〇七四
雋 一一三一

餕 一二六五　駿 一二七五　鵔 一三〇六

K

kā　咖 一八八　哈 一九一　喀 一九八 ←

kǎ　卡 一五四　咯 一九一　鉲 一〇九三

kà　髂 一一八三

kāi　← 揩 四七〇　開 一一一三

kǎi　凱 一一五　剴 一三三　嘅 二〇三　塏 二三七　慨 四〇六　愷 四〇六　楷 五六一　豈 一〇一四　鍇 一一〇一　鎧 一一〇三　闓 一一一七

kài　嘅 二〇三　愒 四〇三　愾 四〇六　欬 五七六

kān　← 刊 一三三　勘 一三八　堪 二三三　戡 四二〇　看 七五七　龕 一三三八

kǎn　侃 七〇　坎 二三六　崁 三三一　嵌 三三三　檻 五七四　砍 七七一

kàn　看 七五七　瞰 七六四　磡 七七九　衎 九七〇　闞 一一二七

kāng　← 康 三四八　慷 四〇七　漮 六四五　糠 八二七

káng　扛 四三三

kǎng　骯 一一八二

kàng　亢 四四　伉 五五　匟 一四七　抗 四三三　炕 六五七　鈧 一〇九〇　閌 一一一三

kāo　← 尻 三一三

kǎo　拷 四五〇　栲 五五四　烤 六六〇　考 八七三

kào　犒 六八九　銬 一〇九五　靠 一一四四

kē　← 搕 四七一　柯 五五〇　棵 五六〇　珂 七〇二　瞌 七六四　磕 七七七　科 七九一　稞 七九五　窠 八〇三　苛 九二三　蚵 九五八　蝌 九六二　軻 一〇四五　鈳 一〇九二　頦 一一五三　顆 一一五五　髁 一一八三

ké　咳 一八九　揢 四六六　殼 五九〇

kě　可 一六九　坷 二三八　渴 六三八　軻 一〇四五

kè　克 九二　刻 一二六　剋 一三〇　可 一六九　嗑 二〇三　客 二九三　恪 三九一　榼 五六五　氪 五九九　溘 六四一　緙 八五〇　課 一〇〇三　錁 一〇九九　騍 一一七六

kěn　← 啃 一九六　墾 二四〇　懇 四一四　肯 八八六

kèn　掯 四六一　裉 九七六

kēng　← 吭 一七九　坑 二三六　硜 七七四　鏗 一一〇四

kōng　← 倥 七三　崆 三三三　悾 三九四　涳 六二八　空 八〇〇　箜 八一五

kǒng　倥 七三　孔 二八二

恐 三九〇　悾 三九四

kòng　控 四五八　空 八〇〇　鞚 一二四六

← kōu　彄 三六〇　摳 四七五

kǒu　口 一六六

kòu　佝 六三　叩 一七一　寇 二九六　扣 四三三　蔻 九四四　釦 一〇八九

轂 一三〇八

← kū　刳 一二七　哭 一九三　堀 二三三　枯 五四九　窟 八〇三　骷 一二八二

kǔ　楛 五六三　苦 九二〇

kù　嚳 二一三　庫 三四七　矻 七七〇　褲 九八〇　酷 一〇八〇

← kuā　夸 二五八　姱 二七三　誇 九八八

kuǎ　侉 六五　垮 二三九

kuà　挎 四五一　胯 八九三　跨 一〇三六　骻 一二八二

← kuāi　咼 一九〇

kuǎi　蒯 九四二

kuài　儈 八八　劊 一三四　噲 二一〇　塊 二二七　廥 三五二　快 三八三　會 五三四　檜 五七三　澮 六五〇　獪 六九七　筷 八一三　膾 九〇一　鱠 一三〇二

← kuān　寬 三〇一　髖 一二八五

kuǎn　款 五七七

← kuāng　劻 一三七　匡 一四七　恇 三八九　框 五五二　洭 六一九　眶 七六〇　筐 八一二　誆 九九七

kuáng　狂 六九〇　誑 一〇〇二　鵟 一三〇七

kuǎng　懭 四一四

kuàng　壙 二四一　曠 五三一　況 六一七　礦 七八〇　纊 八五七

眖 一〇三三　鄺 一〇七七

← kuī　巋 三三五　盔 七四八　窺 八〇四　虧 九五六　闚 一二一七

kuí　夔 二六四　奎 二六一　戣 四二〇　揆 四七〇　暌 五二七　睽 七六三　葵 九二八　逵 一〇六一　馗 一二六九　騤 一二七六　魁 一二九四

kuǐ　傀 八三　跬 一〇三七

kuì　匱 一四七　喟 二〇一　愧 四〇七　憒 四一三　歸 五八四　潰 六四八　簣 八一九　聵 八八二　蕢 九四六　餽 一二六七　饋 一二六七

← kūn　坤 二一八　堃 二二一　崑 三三三　昆 五二五　混 六三三　焜 六六三　琨 七〇八　褌 九八〇　錕 一〇九九　髡 一二八八　鯤 一二九九　鵾 一三〇七

kǔn　壼 二四三　悃 三九三　捆 四五五　梱 五五七　綑 八四一　閫 一二一五

kùn　困 二一七　睏 七六二

kuò ← 廓 三四九　彍 三六一　括 四五二　擴 四八五　漷 六四五　蛞 九五九　闊 一二一六　鞹 一二四七

L

lā ← 啦 一九五　拉 四四一　邋 一〇七三

lá 剌 一三九　旯 五一四

lǎ 喇 一九九

là 剌 一三九　攋 四八五　瘌 七三三　腊 八九六　臘 九〇二　落 九三六　蜡 九六一　蠟 九六六　辣 一〇五〇　鑞 一二〇八　鬎 一二一九

la 啦 一九五

lái ← 來 六五　徠 三六九　淶 六三三　萊 九三三　郲 一〇七五　錸 一〇九九　鶆 一三〇七

lài 勑 一三八　徠 三六九　瀨 六五三　癩 七三六　睞 七六二　籟 八二三　賚 一〇二五　賴 一〇二六

lán ← 婪 二七五　嵐 三三三　攔 四八六　斕 五〇三　欄 五七四　瀾 六五三　籃 八二一　藍 九四九　蘭 九五二　襤 九八二　讕 一〇一三　鑭 一二〇八　闌 一二一六

lǎn 壈 二四〇　懶 四一五　攬 四八八　欖 五七五　纜 八五八　覽 九八八

làn 濫 六五一　瀾 六五三　爛 六七八

lāng ← 啷 一九八

láng 嫏 二七七　廊 三四九　桹 五五六　榔 五六一　狼 六九二　琅 七〇五　瑯 七〇八　硠 七三三　稂 七五四　蜋 九六〇　螂 九六二　郎 一〇七四　鋃 一〇九七

lǎng 朗 五三七　烺 六六一

làng 閬 一二一五　浪 六三四

lāo ← 撈 四七七

láo 勞 一四〇　嘮 二〇六　嶗 三二四　撈 四七七　牢 六八五　癆 七三五　醪 一〇八三

lǎo 佬 六七　姥 二七三　栳 五五五　潦 六四七

lào 老 八七三　荖 九一八　銠 一〇九五　勞 一四〇　嫪 二七九　潦 六四七　澇 六四九　烙 六六一　絡 八三七　落 九三五

lē ← 了 三七

lè 仂 五二　勒 一三八　垃 二二八　埒 二三〇　捋 四五六　樂 五六八　泐 六一五　肋 八八四　鰳 一三〇一

lēi ← 勒 一三八

léi 嫘 二七九　擂 四八一　礌 七八〇　縲 八五一　罍 八五九　羸 八六八　虆 九五三　鐳 一二〇七　雷 一一三六

lěi 儡 九〇　壘 二四一

磊 七七八　礌 七八〇　累 八三五　纍 八五七　耒 八七五　蕾 九四八　藟 九五一　誄 九九八

lèi
淚 六三五　礧 七七九　累 八三五　酹 一〇八一　類 一二五六

léng
崚 ←　三三　棱 五六三　楞 七九五　稜 九四八

lěng
冷 一三

lèng
怔 三八三　愣 四〇三　楞 五六三

lī
哩 ←　一九三

lí
剺 一三三　劙 一三四　厘 一五九　喱 二〇〇　嫠 二七九　孋 二八一　梨 五五八　漓 六四四　灕 六五三

犁 六八八　犛 六八九　狸 六九三　璃 七〇九　籬 八三三　縭 八五三　罹 八六二　藜 九五一　蘺 九五三　蜊 九六〇　蠡 九六六　褵 九八一　貍 一〇一七　醨 一〇八三　釃 一〇八四　釐 一〇八六　離 一一三三　驪 一一八一　鱺 一二〇二　鸝 一二一一　麗 一二一三　黎 一二一六

黧 一二三〇

lǐ
俚 六九　哩 一九三　娌 二七四　李 五四四　浬 六二六　澧 六五〇　理 七〇五　禮 七八八　蠡 九六六　裡 九七八　豊 一〇一四　邐 一〇七三　醴 一〇八三　里 一〇八四　鋰 一〇九七　鯉 一一九八　鱧 一二〇二

lì
例 六五　俐 七一　傈 八二　儷 九〇　利 一二五　力 一三五　勵 一四二　厲 一六〇　吏 一七三　唳 一九五　壢 二四三　慄 四〇六　戾 四二四　曆 五二九　栗 五五六　櫟 五七四　櫪 五七四　欐 五七五　歷 五八三　沴 六一八　溧 六四二　瀝 六五二

猁 六九三　琍 七〇七　瓅 七一一　痢 七三一　癘 七三五　礪 七八〇　礫 七八〇　立 八〇五　笠 八〇九　篥 八一八　粒 八二四　糲 八二八　苙 九二四　荔 九二七　莉 九三〇　蒞 九四三　蠣 九六六　詈 九九七　躒 一〇四三　酈 一〇七八　隸 一一三九　靂 一一四一

鬁 一一八九　鬲 一一九二　麗 一二一三

liǎ
←　倆 七五

lián
←　奩 二六三　帘 三三三　廉 三四九　怜 三八五　憐 四一〇　漣 六四三　濂 六四九　璉 七〇九　簾 八二〇　聯 八七九　蓮 九四三　蠊 九六五　褳 九八一　連 一〇五八

鐮 一一〇六　鬑 一一八九　鰱 一二〇〇

liǎn
臉 九〇一

liàn
戀 四一六　斂 五〇〇　楝 五六一　殮 五八八　瀲 六五三　煉 六六七　練 八四七　襝 九八二　鍊 一一〇一　鏈 一一〇四

liáng
←　梁 五五六　涼 六二九

Band 1

輛	踉	諒	涼	晾	哴	兩	亮		魎	裲	兩	倆		量	踉	莨	良	糧	粱
							liàng					liǎng							
一〇四	一〇三	一〇〇二	六六	五五	一九六	一〇〇	四七		一二九五	九七九	一〇〇	二七		一〇六	一〇三	九四	九七	八六	八五

Band 2

鶹	鸝	鐐	遼	嫽	聊	繚	療	獠	燎	潦	澇	撩	憭	寮	嫽	嘹	僚	←	量
											liáo								
三〇	一六〇	一二〇	一〇六	八九	八七	七五	六三	六六	六四	六七	四八	四二	三〇	三〇	二九	二〇	六六		一〇六

Band 3

洌	挒	劣	列	冽		咧	←		瞭	料	撂	廖		釕	蓼	瞭	了
						liě						liào					liǎo
六二	四六	三六	三三	三二		一八九			七六	五四	四七	三〇		一〇八	九四	七六	三七

Band 4

臨	鄰	磷	瞵	痳	疄	璘	琳	燐	潾	淋	林	嶙	←	鷥	鸞	遴	躪	裂	獵	烈
											lín									
九三	八六	七九	七六	七三	七三	七二	七一	六三	六二	六一	五四	三三		三〇	一二〇	一〇二	一〇一	九七	六六	六〇

Band 5

←	躪	賃	藺	吝		稟	檁	懍	廩	凜		麟	鱗	驎	霖	鄰	遴	轔
líng				lìn						lǐn							lín	
	一〇四二	一〇二四	九五三	七六		七六五	五三二	四三二	三五	二五		三三三	三〇一	二六七	一三六	八六	一七九	一四九

Band 6

醽	酃	蛉	菱	苓	舲	聆	翎	羚	綾	瓴	玲	凌	冷	欞	怜	囹	凌	伶		拎
																		líng		ling
一〇八四	一〇七	九五四	九二三	九一四	九三三	八七六	八六九	八六五	八四	七三	七三	六二	六八	五四	三五	三二四	二四	六三		四七

Band 7

劉		溜	←	另	令		領	嶺	岭		齡	鴒	鯪	靈	零	陵	鈴
	liú		liū		lìng				lǐng							líng	
三二四		六四三		一七	五一		二五	三五	三〇		三六	三〇五	二九	二九一	一二	三二	一〇九二

Band 8

遛	溜	六		綹	柳		鷗	驑	鏐	鎦	鎏	硫	瘤	留	琉	瀏	流	榴	旒
	liù				liǔ												liú		
一〇六	六三	一〇二		八四	五一		一三〇	一六七	一二七	一〇二三	一〇〇	七二	七二	六五	六五二	六二〇	六二	五六五	五一二

陸 一二三三　霤 一二三九　餾 一二六六　鷚 一三〇九

lo ←　咯 一九一

lóng ←　嚨 二一一　巃 三一四　曨 五三一　朧 五四〇　櫳 五七四　瀧 六五三　瓏 七一一　癃 七三五　矓 七六五　礱 七八〇　窿 八〇五　籠 八二三　聾 八八三　隆 一二三五　龍 一三一七

lǒng 壟 二四一　攏 四八六　隴 一二三八

lòng 哢 一九二　弄 三五四　衖 九七一

lōu ←　摟 四七六

lóu 僂 八五　嘍 二〇六　婁 二七六　摟 四七六　樓 五六七　窶 八〇四　耬 八七六　蔞 九四四　螻 九六三　軁 一一四七　髏 一一八三

lǒu 塿 二三八　摟 四七六　簍 八一八

lòu 漏 六四五　鏤 一一〇五　陋 一二三〇　露 一二四〇

lū ←　嚕 二二一

lú 壚 二四三　廬 三五三　櫨 五七四　瀘 六五三　爐 六七七　盧 七五一　纑 八五七　罏 八五九　臚 九〇二　艫 九一四　蘆 九五一　轤 一〇五〇　鑪 一一〇八　顱 一二五七　鱸 一三〇二　鸕 一三一〇

lǔ 擄 四八二　櫓 五七四　滷 六四三　磠 七七九　虜 九五六　魯 一二九六　鹵 一三一一

lù 僇 八五　六 一〇三　勠 一四三　彔 三六二　戮 四二一　淥 六三四　漉 六四四　潞 六五〇　璐 七一〇　甪 七一八　盝 七四九　睩 七六二　碌 七七五　祿 七八六　簏 八一八　簶 八二三　蓼 九四四　角 九八九　賂 一〇二四　路 一〇二六　輅 一〇四六　轆 一〇四九　逯 一〇六一　醁 一〇八二　錄 一〇九九　陸 一二三三　露 一二四〇　騄 一二七五　鷺 一三一〇　鹿 一三一三　麓 一三一三

lǘ ←　櫚 五七四　閭 一二一五　驢 一二八〇

lǚ 侶 七〇　儢 九〇　呂 一八〇　婁 二七六　屢 三一六　履 三一六　捋 四五六　旅 五一〇　縷 八五一　膂 八九九　褸 九八一　鋁 一〇九六

lǜ 壘 二四一　律 三六七　慮 四〇九　氯 六〇〇　濾 六五二　率 七〇〇　綠 八四四　葎 九三五　鑢 一一〇八

luán ←　孌 二八一　孿 二八七　巒 三二五　攣 四八八　欒 五七五　灤 六五四　臠 九〇二　鑾 一一〇九　鸞 一三一一

luǎn 卵 一五六

luàn ←　亂 三七

lüán ←　癵 七三六

lüè ←

掠 四五八　略 七三四　←

lūn 掄 四六四

lún 侖 六六　倫 七七　圇 二三〇　崙 三三三　掄 四六四　淪 六三五　綸 八四六　論 一〇〇五　輪 一〇四七

lùn 論 一〇〇五　←

luō 囉 二二三　捋 四五六

luó 儸 九〇　囉 二二三　欏 五七五　玀 六九九　籮 八二三　羅 八六三　腡 八九八　蘿 九五二　螺 九六四　覶 九八八　邏 一〇七二　鏍 一一〇五　鑼 一一〇九　騾 一一七七

luǒ 倮 七五　瘰 七三五　砢 七七一　蓏 九四二　蠃 九六五　裸 九七九

luò 摞 四七七　洛 六三三　漯 六四三　濼 六五三　烙 六六一　犖 六八九　珞 七〇四　硌 七七三　絡 八二七　落 九三五　躒 一〇四二　酪 一〇八〇　雒 一一三一　駱 一一七四

M

←

mā 媽 二七八　嬤 二八〇

má 嘛 二〇四　痲 七三二　蟆 九六三　麻 一二三四　麼 一二三五

mǎ 嗎 二〇三　獁 六九五　瑪 七〇九　碼 七七七　螞 九六三　馬 一一七〇

mà 禡 七八七　罵 八六二　螞 九六三

ma 嗎 二〇三　嘛 二〇四　←

mái 埋 二三〇　霾 一一四一

mǎi 買 一〇三三

mài 勱 一四二　脈 八九一　賣 一〇二四　邁 一〇七一　麥 一二三三　←

mán 埋 二三〇　瞞 七六四　蔓 九四四　蠻 九六七　謾 一〇〇九　蹣 一〇四〇　鞔 一一四六　顢 一一五六　饅 一一六七　鬘 一一九〇　鰻 一二〇〇

mǎn 滿 六四五　蟎 九六四

màn 曼 一六六　墁 二三八　嫚 二七九　幔 三三七　慢 四〇八　漫 六四六　縵 八五三　蔓 九四四　謾 一〇〇九　鏝 一一〇五　←

máng 尨 三一一　忙 三七九　氓 五九七　盲 七五三　芒 九一五　茫 九一七　邙 一〇七三　鋩 一〇九七

mǎng 莽 九二九　蟒 九六三　←

māo 貓 一〇一七

máo 旄 五一〇　毛 五九三　氂 五九五　矛 七六五　茅 九二三　茆 九二三　蝥 九六三　蟊 九六四　錨 一一〇一　髦 一一八八

mǎo 卯 一五五　昴 五三二　茆 九二三　鉚 一〇九三

mào 冒 一〇八　帽 三三六

懋 四一三　旄 五一〇　眊 七五六　瞀 七六三　耄 八七四　芼 九二〇　茂 九二三　袤 九七五　貌 一〇一七　貿 一〇二三

me　←　嚜 二二一　麼 一三二五

méi　←　媒 二七六　嵋 三三三　枚 四四八　梅 五五七　楣 五六一　沒 六一〇　湄 六三九　煤 六六八　玫 七〇三　眉 七五四　禖 七八七　莓 九三〇　郿 一〇六六　酶 一〇八一　鋂 一〇九七　霉 一一三九　黴 一三三〇

měi　媺 二七八　每 五九一　浼 六二八　美 八六四　鎂 一一〇〇

mèi　妹 二七〇　媚 二七七　寐 二九九　昧 五一九　沬 六一三　瑁 七〇八　眛 七五九　袂 九七五　魅 一二九四

mēn　←　悶 三九九

mén　亹 四六　們 七八　捫 四六五　鍆 一〇九九　門 一一一〇

mèn　悶 三九九　懣 四一四　燜 六七六

mēng　←　矇 七六五

méng　尨 三一一　懞 四一四　懵 四一五　曚 五三〇　朦 五四〇　檬 五七四　氓 五九七　濛 六五一　甍 七一三　甿 七二一　盟 七四九　瞢 七六四　矇 七六五　艨 九一三　萌 九二三　蒙 九四〇　虻 九五七

měng　蠓 九六六　猛 六九四　艋 九一三　蜢 九六一　錳 一〇九九

mèng　夢 二四八　孟 二八四　瞢 七六四

mī　←　咪 一八九　眯 七六〇　瞇 七六四

mí　彌 三六一　瀰 六五三　獼 六九九　禰 七八八　糜 八二七　縻 八五三　蘼 九五三　謎 一〇〇七　迷 一〇五五　醚 一〇八二　醾 一〇八四　靡 一二一四　麋 一三二三　麛 一三二三

mǐ　弭 三五八　敉 四九五　眯 七五九　米 八二三　敉 八二三　芈 八六四　銤 一〇九五　靡 一二一四

mì　冪 一一〇　幂 一一〇　宓 二九〇　密 二九六　幎 三三六　日 五一三　汨 六〇九　泌 六一三　祕 七八二　秘 七九三　糸 八二八　蔤 九四四　蜜 九六一　覓 九八六　謐 一〇〇七　鼏 一三一三

mián　←　棉 五六〇　眠 七五九　綿 八四六

miǎn　丏 二五　俛 七一　免 九六　冕 一〇九　勉 一三八　娩 二七五　愐 四〇一　沔 六〇八　湎 六三九　眄 七五六　緬 八四八　腼 八九六　靦 一二四五　鮸 一二九八

miàn　湣 六四〇　瞑 七六三　面 一二四四

麵 一三一四 ←

miāo 喵 一九八

miáo 描 四六六　瞄 七六三　苗 九二三　鶓 一三〇八

miǎo 杪 五四八　淼 六三六　渺 六三八　眇 七五六　秒 七九二　緲 八五〇　藐 九四九　邈 一〇七三

miào 妙 二六九　廟 三五〇　繆 八五一 ←

miē 乜 三五　咩 一八九　哶 一九二　芈 八六四

miè 滅 六四一　篾 八一八　蔑 九四四　蠛 九六六　衊 九六八

mín 岷 三一二　忞 三八一　旻 五一五　旼 五一五 ←　民 五九五　珉 七〇三　緡 八五〇

mǐn 愍 四〇六　憫 四二三　抿 四四八　敏 四九六　泯 六一三　湣 六四〇　澠 六五〇　皿 七四七　笢 八一〇　閔 一一一三　閩 一一一四　鰵 一三〇一　黽 一三三一

míng 冥 一一〇　名 一七五 ←　嫇 二七七　明 五一六　暝 五一八　洺 六一三　溟 六四二　瞑 七六三　茗 九一八　螟 九六三　酩 一〇八〇　銘 一〇九三　鳴 一三〇三

mìng 命 一八五 ←

miù 繆 八五一　謬 一〇〇八 ←

mō 摸 四七六

mó 摩 四七五　摹 四七六　模 五六八　無 六六三　磨 七七八　糢 八二七　膜 九〇〇　蘑 九五三　謨 一〇〇九　饃 一一六七　魔 一一九五　麼 一三一五

mǒ 抹 四四二

mò 万 一四　冒 一〇八　嘿 二〇七　嚜 二一一　寞 二九九　幕 三二七　抹 四四二　末 五四二　歿 五八六　沒 六一〇　沫 六一三　漠 六四五　瘼 七三四　眽 七六一　磨 七七八　秣 七九三　纆 八五七　脈 八九一　茉 九二四　莫 九二八　袜 九七五　貊 一〇一七　貉 一〇一七　貘 一〇一八　鄚 一〇七七　鏌 一一〇五　陌 一一三〇　霢 一一三九　靺 一一四六　驀 一一七七　墨 一二一七　默 一二一八 ←

mōu 哞 一九一

móu 侔 六七　牟 六八五　眸 七六一　繆 八五一　蛑 九五九　謀 一〇〇六　鍪 一一〇〇　麰 一三一三

mǒu 冇 二五　某 五四八 ←

mǔ 姆 二七三　姥 二七三　拇 四四八　母 五九一　牡 六八五　畝 七三三　鉧 一〇九三

mù 募 一四一　墓 二三八　幕 三二六　慕 四〇九　暮 五二九　木 五四〇　沐 六〇八　牟 六八五　牧 六八五

目 七五三　睦 七六三　穆 七九八　繆 八五一　苜 九二四　莫 九二八　鉬 一〇九二

N

nā　←那 一〇七三

ná　南 一五三　拿 四五二

nǎ　哪 一九三　那 一〇七三

nà　內 九　吶 一八〇　娜 二七五　捺 四五九　納 八三一　衲 九七五　那 一〇七三　鈉 一〇九〇

na　哪 一九三　那 一〇七三

nǎi　←乃 三　奶 二六五　妳 二七一　嬭 二八〇　氖 五九七　迺 一〇五六

nài　奈 二六〇　柰 五五一　耐 八七五　褦 九八一　錼 一〇九八　鼐 一三三三

nān　←囡 二一六

nán　南 一五三　喃 一九八　楠 五六二　男 七三二　蝻 九六二　諵 一〇〇六　難 一一二四

nǎn　戁 四一六　腩 八九八　赧 一〇二九

nàn　難 一一二四

náng　←囊 二二三

nǎng　攮 四八八　曩 五三一

nàng　齉 一三三五

nang　囔 二二三

nāo　←孬 二八五

náo　呶 一八八　怓 三八七　撓 四七八　橈 五六九　猱 六五五　譊 一〇〇九　鐃 一一〇五

nǎo　惱 四〇五　瑙 七〇九　腦 八九八

nào　淖 六三四　鬧 一一九一

nè　←訥 九九四

ne　呢 一八七

něi　←餒 一一六四

nèi　內 九八

nèn　←嫩 二七八

néng　←能 八九〇

ní　←倪 七七　兒 九六　呢 一八八　妮 二七三　尼 三三三　怩 三八七　泥 六一四　猊 六五四　蜺 九六一　輗 一〇四七　鈮 一〇九二　霓 一一三九　鯢 一二一九　麑 一三二二　齯 一三三七

nǐ　你 六一　儗 八九　妳 二七一　擬 四八四　旎 五二一　禰 七八八

nì　匿 一四八　嶷 三四四　惄 三九九　昵 五二〇　暱 五三八　泥 六一四　溺 六四一　睨 七六三　膩 九〇〇　衵 九七五　逆 一〇五五

nián　←年 三四一　拈 四四三　粘 八二四　鮎 一一九七　鯰 一一九九　黏 一三一六

niǎn　拈 四四三　捻 四六三　撚 四八〇

輾 一〇四八　輦 一〇四七　碾 七七七　撵 四八五

niàn　廾 一四九　唸 一九六　廿 三五三　念 三八二 ←

niáng　娘 二七四　孃 二八〇

niàng　釀 一〇八四 ←

niǎo　嫋 二七八　嬝 二八〇　嬲 二八〇

蔦 九四四　裊 九七九　鳥 一三〇二

niào　尿 三一三　溺 六四一 ←

niē　捏 四五四　敜 一一〇〇

nié　苶 九二四

niè　乜 三五　嚙 二一一　囁 二一三　孽 二八七　攝 四八七　櫱 五七四

涅 六一六　蘖 八一八　聶 八二二　臬 九〇六　臲 九〇六　躡 一〇四三　鎳 一一〇三　鑷 一一〇九　隉 一一二五　顳 一一五七　齧 一三三七 ←

nín　恁 三九二　您 三九四 ←

níng　凝 一一五　嚀 二二〇　寧 二九九　檸 五七三　獰 六九八

甯 七一九　聹 八八二　鸋 一三一〇

nǐng　擰 四八三

nìng　佞 五八　寧 二九九　擰 四八四　濘 六五一　甯 七一九 ←

niū　妞 二七〇

niú　牛 六八三

niǔ　忸 三八三

扭 四三九　杻 五四八　狃 六九一　紐 八三三　鈕 一〇九〇

niù　拗 四四八 ←

nóng　儂 八八　噥 二〇九　濃 六五〇　穠 七九九　膿 九〇一　農 一〇五三　醲 一〇八三

nòng　弄 三五四

nóu ←　耨 八七六

nú　奴 二六五　孥 二八四　帑 三三三　駑 一一七三

nǔ　努 一二七　弩 三五七

nù　怒 三八八 ←

nǚ　女 二六四　釹 一〇八九

nǜ　女 二六四　恧 三九〇

朒 五三八　衄 九六八　䶊 一三三四 ←

nuǎn　暖 五一七 ←

nüè　瘧 七三三　虐 九五三　謔 一〇〇六 ←

nuó　儺 九〇　哪 一九三　娜 二七五　挪 四五六　那 一〇七三　難 一一二四

nuò　喏 一九九

懦 四一四　搦 四七四　糯 八二八　諾 一〇〇七

O

ō　呵 一八四　喔 二〇二 ←

ó　哦 一九三

ōu　區 一四八　嘔 二〇五　敺 四九九　歐 五七九　毆 五九一　漚 六四六 ←

鷗 一三〇九 謳 一〇〇八 甌 七三

ǒu

偶 七九 嘔 二〇二五 耦 八七六 藕 九五一

òu

嘔 二〇二五 慪 四〇八 漚 六四六

P

pā

啪 一九五 葩 九三九 趴 一〇三四

pá

扒 四三一 杷 五四五 爬 六七八 琶 七〇七 筢 八二三 耙 八七五 鈀 一〇九〇

pà

帕 三三三 怕 三八五

pāi

拍 ← 四四五

pái

俳 七七 徘 三七一 排 四六一 牌 六八二

pǎi

箄 八一六 排 四六二

pài

派 六二三 湃 六三八 鎃 一一〇〇

pān

攀 ← 四八五 潘 六四九 番 七二四

pán

弁 三五三 槃 五六六 盤 七五一 磐 七七八 磻 七七九 繁 八五三 胖 八九〇 般 九二三 蟠 九六五 鞶 一二四七

pàn

判 一三四 叛 一六六 拚 四二八 泮 六二二 畔 七二三 盼 七五六

pāng

乓 ← 三三 滂 六四〇 磅 七七七 膀 八九九

páng

傍 八二 尨 三一一 龐 三五二 彷 三六五 徬 三七三 方 五〇八 旁 五〇九 膀 八九九 螃 九六二 逄 一〇五七 雱 一一三五

pǎng

嗙 二〇三 髈 一一八三

pàng

胖 ← 八九〇

pāo

抛 四四四 泡 六一七 脬 八九四

páo

刨 一二五 匏 一四五 咆 一八五 庖 三四五 炮 六五九 炰 六五九 袍 九七六 跑 一〇三五 麃 一三一二

pǎo

跑 一〇三五

pào

泡 六一七 炮 六五九 皰 七四七 砲 七七三 ←

pēi

呸 一八三 坯 二一八 胚 八八九 醅 一〇八二

péi

坏 二一六 培 二三〇 裴 九七九 賠 一〇二五 邳 一〇七三 陪 一一三三

pèi

佩 七七 妃 二六七 帔 三三三 旆 五一〇 沛 六〇八 浿 六二四 珮 七〇四 轡 一〇五〇 配 一〇七九 霈 一一三八

pēn

噴 ← 二〇七 歕 五七九

pén

湓 六三九 盆 七四七

pèn

噴 二〇七

pēng

亨 ← 四五 怦 三八三 抨 四一一 泙 六一二 澎 六四九 烹 六六一 砰 七七一

péng 弸 三六〇 彭 三六四 朋 五三七 棚 五六〇 澎 六四九 硼 七七五 篷 八一八 膨 九〇〇 芃 九一五 蓬 九四四 逢 一〇六〇 鬅 一一八九 鵬 一三〇七
pěng 奉 二五九 捧 四五九
pèng 碰 七七五

踫 一〇三九
pī ← 丕 二五 劈 一三四 匹 一四八 批 四三九 披 四四五 狉 六九一 砒 七七一 紕 八三一 被 九七五 鈹 一〇九二 錍 一一〇〇 霹 一一四〇
pí 啤 一九六 埤 二三三 枇 五四七 毗 五九三 琵 七〇七

疲 七三〇 皮 七四六 罷 八六二 脾 八九五 膍 八九九 蚍 九五八 裨 九八〇 貔 一〇一七 鈹 一〇九二 陂 一一一九 陴 一一三三 鼙 一三三三
pǐ 仳 五七 匹 一四八 否 一七九 嚭 二二一 圮 二三四 庀 三四四 疋 七二七 痞 七三一

癖 七三五
pì 僻 八八 媲 二七八 屁 三三三 擗 四八三 淠 六三四 濞 六五一 譬 一〇一〇 辟 一〇五〇 闢 一一一七 鷿 一三一〇
piān ← 偏 七八 扁 四二四 篇 八一七 翩 八七〇
pián 便 六九

平 三三八 胼 八九二 諞 一〇〇七 蹁 一〇三九 駢 一一七四 骿 一一八二
piàn 片 六八一 騙 一一七六
piāo ← 嫖 二七八 彯 三六四 漂 六四四 票 七八五 螵 九六四 飄 一一六〇
piáo 嫖 二七八 朴 五四三

瓢 七一三
piǎo 摽 四七五 殍 五八七 漂 六四四 瞟 七六四 縹 八五三 莩 九三〇
piào 僄 八四 剽 一三三 慓 四〇八 漂 六四五 票 七八五 驃 一一七七
piē ← 撇 四七五 瞥 七六四

piě 撇 四七五
pīn ← 姘 二七三 拼 四五〇
pín 嬪 二八〇 蘋 九五二 蠙 九六五 貧 一〇二〇 頻 一一五四 顰 一一五七
pǐn 品 一九〇
pìn 牝 六八五

pīng ← 乒 三三 娉 二七四
píng 坪 二三八 屏 三三五 平 三三八 憑 四一一 枰 五五〇 瓶 七一三 秤 七九三 苹 九二三 萍 九三三 蘋 九五二 評 九九五 馮 一一七三
pìng 聘 八七八

← pō 坡 三八 潑 六四七 陂 一二一九

pó 婆 二七五 皤 七四五 繁 八五三 鄱 一〇七七

pǒ 叵 一六八 鉅 一〇九三 頗 一一五三

pò 朴 五四三 珀 七〇三 破 七七一 粕 八二四 迫 一〇五四 醱 一〇八三 釙 一〇八九 霸 一一四〇 魄 一一九四

← póu 抔 四三三 掊 四五七 裒 九七七

pǒu 剖 一三〇 培 二三〇 掊 四五七 棓 五五九 瓿 七一三

pū 仆 五〇 噗 二〇七 扑 四三一 撲 四七八 攴 四八九 鋪 一〇九六

pú 僕 八七 匍 一四四 嶫 三二七 扶 四三三 朴 五四三 樸 五七一 濮 六五二 璞 七〇九 脯 八九四 莆 九二〇 菩 九二三 葡 九二八 蒲 九四〇 蒱 九四二 襆 九八一 蹼 一〇四一 醭 一〇八一 醭 一〇八三 鏷 一一〇六

pǔ 圃 二一八 埔 二三〇 普 五二四 浦 六二五 溥 六四一 譜 一〇〇九 鐠 一一〇五

pù 暴 五二八 曝 五三一 瀑 六五三 舖 九一一 鋪 一〇九六

Q

← qī 七 九 僛 八六 嘁 二〇五 妻 二七一 悽 三九五 慼 四〇八 戚 四二〇 攲 四八九 桼 五五一 栖 五五五 棲 五五九 榿 五六五 欺 五七七 欹 五七七 沏 六〇八 淒 六二〇 漆 六四六 萋 九二四 諆 一〇〇三 郪 一〇七五

qí 亓 四〇 俟 七一 其 一〇六 圻 二二六 奇 二六〇 岐 三一九 崎 三二三 旂 五一〇 旗 五一一 期 五三八 枝 五四六 棋 五五九 歧 五八三 淇 六二三 琦 七〇七 琪 七〇七 畦 七二三 祁 七八二 祇 七八二 祈 七八二 祺 七八五 綦 八四七 耆 八七四 臍 九〇二 萁 九二五 薺 九四九 蘄 九五二 蚑 九五八 蠐 九六五 衹 九七五 跂 一〇二四 踦 一〇二八 錡 一〇九九 頎 一一五二 騎 一一七五 騏 一一七五 鮨 一一九八 鰭 一二〇〇 麒 一二三二 齊 一二三五

qǐ 乞 三五 啟 四九七 杞 五四四 棨 五六一 稽 七九七 綺 八四五 綮 八四七 芑 九一六 豈 一〇一四 起 一〇二〇

qì 亟 四三 企 五六 器 二〇九 契 二六一 妻 二七一 憩 四一三 揭 四六八 棄 五五七 气 五九七 氣 五九七

汽 六一〇　泣 六一二　瘈 七三三　砌 七七〇　磧 七七八　緝 八四八　葺 九三九　訖 九九三　跂 一〇三四　迄 一〇五二　鐅 一一三三 ←

qiā
掐 四六四

qiǎ
卡 一五四

qià
帢 三三三　恰 三九一　楬 五六三

洽 六三三 ←

qiān
仟 五四　僉 八三　千 一四九　嗛 二〇三　嵌 三三三　愆 四〇四　慳 四〇八　扦 四三三　搴 四七一　牽 六八八　簽 八三〇　籤 八三三　芊 九一五　褰 九八〇　謙 一〇〇七　遷 一〇六九　鉛 一〇九一　阡 一一一八　韆 一一四七　騫 一一七六

qián
乾 三六　前 一三八　墘 二三八　揵 四五九　潛 六四八　犍 六六九　箝 八二五　虔 九五三　鈐 一〇九〇　鉗 一〇九一　錢 一〇九八　黔 一二一八　[illegible] 一二三三

qiǎn
嗛 二〇三　淺 六三三　繾 八五六　譴 一〇二一　遣 一〇六八

qiàn
倩 七三　嗛 二〇三　塹 二三八　慊 四〇六　槧 五六六　欠 五七五　歉 五七九　縴 八五三　芡 九一九　茜 九二七　蒨 九四二 ←

qiāng
將 三〇五　搶 四七三　槍 五六六　斨 六八一　瑲 七〇九　羌 八六四　腔 八九五　蜣 九六一　蹌 一〇四〇　蹡 一〇四〇　錆 一一〇〇　鎗 一一〇三　鏹 一一〇四　鏘 一一〇五

qiáng
墻 二四〇　嬙 二八〇　強 三五九　戕 四二〇　檣 五七三　爿 六八一　牆 六八一　薔 九四八

qiǎng
強 三五九　搶 四七三

繈 八五三　羥 八六七　襁 九八一　鏹 一一〇四

qiàng
嗆 二〇四　戧 四二一　熗 六七一　蹌 一〇四〇 ←

qiāo
墝 二三九　敲 四九八　橇 五七一　磽 七七九　繑 八五五　蹺 一〇四一　蹻 一〇四一　鍬 一一〇二　骹 一一八二

qiáo
僑 八七　喬 二〇三　憔 四二三　樵 五七三　橋 五七三　瞧 七六四　礄 七七九　翹 八七一　蕎 九四六　譙 一〇一〇　趫 一〇三三

qiǎo
巧 三一八　悄 三九三　愀 四〇四

qiào
俏 七〇　噭 二一〇

峭 三二一　帩 三三四　撬 四八〇　礉 七七九　竅 八〇五　翹 八七一　誚 一〇〇〇　譙 一〇一〇　鞘 一一四六 ←

qiē
切 一九

qié
伽 六三　茄 九二三

qiě
且 一六

qiè
切 一九

唼 一九五　妾 二七〇　愜 四〇一　慊 四〇六　挈 四五一　朅 五三五　砌 七七〇　竊 八〇五　篋 八一七　謙 一〇〇七　踥 一〇三八　鍥 一一〇〇

qīn ← 侵 七三　嶔 三二四　欽 五七七　衾 九七五　親 九八七　駸 一一七五

qín 勤 一四三　噙 二二〇　懃 四二四　擒 四八一　琴 七〇七　禽 七九〇　秦 七九二　芹 九一九　螓 九六三　覃 九八四

qǐn 坅 二三七　寑 三〇〇　鋟 一〇九七

qìn 吣 一八二　唚 一九四　撳 四八〇　沁 六〇七

qīng ← 傾 八五　卿 一五八　圊 二三〇　氫 五九九　氰 六〇〇　清 六二一　烴 六六二　蜻 九六一　輕 一〇四六　青 一一四一　頃 一一五〇　鯖 一二一九

qíng 勍 一三八　情 三九五　擎 四八二　晴 五二五　檠 五七三　黥 一二三〇

qǐng 廎 三五〇　請 一〇〇二　頃 一一五〇

qìng 慶 四〇七　磬 七七八　綮 八四〇　罄 八五九　親 九八七　謦 一〇〇九

qiōng ← 穹 八〇一　芎 九一六　銎 一〇九四

qióng 惸 四〇四　煢 六六七　瓊 七二一　窮 八〇四　笻 八一三　藭 九五一　蛩 九五九　跫 一〇三七　邛 一〇七二

qiū ← 丘 一六　楸 五六三　秋 七九二　緧 八五〇　萩 九三九　蚯 九五九　邱 一〇七三　鞦 一一四六　鰍 一一九九　鶖 一二〇八　龜 一二三九

qiú 仇 五一　俅 六九　厹 一六〇　囚 二二四　毬 五九四　求 六〇四　泅 六一七　犰 六九〇　球 七〇五　絿 八四三　艽 九一五　虯 九五七　蝤 九六二　裘 九七八　觩 九九〇　賕 一〇二四　逑 一〇六〇　遒 一〇六五　酋 一〇七八

qiǔ 糗 八二七

qū ← 區 一四八　屈 三一四　嶇 三二三　歐 四九九　曲 五三一　毆 五九一　祛 七八二　胠 八九〇　蛆 九五八　蛐 九五九　袪 九七五　詘 九九六　趨 一〇三三　軀 一〇四三　驅 一一七七　魼 一一九七

qú 劬 一三七　氍 五九五　渠 六二七　璩 七一〇　瞿 七五五　磲 七七九　籧 八二三　臞 九〇二　蕖 九四六　蘧 九五二　衢 九七二　軥 一〇四五　鴝 一二〇五　麴 一二二三　鼩 一二三三

qǔ 取 一六四　娶 二七五　曲 五三一　齲 一二三七

qù 去 一六一

quán ← 全 卷 埢 惓 拳 權 泉 牷 痊 筌 荃 蜷
一〇〇 二二五 三二一 三三四 四四〇 五五七 六六六 六六八 七七二 八八三 九九七 九六一

quān 圈 ← 夼 悛
二二六 三三七 三三四

覷 趣 闃
九八二 一〇二 二一六

qué 闕 缺 ←
二六 八六

quē 勸 券
四二 三六

quàn 綣 畎 甽 犬
八四 七二 七二 六九

quǎn 鬈 顴 銓 醛 踡 詮
二九 三七 一〇四 一〇三 九六 九九

qún 群
八六

qūn 逡 ←
一〇六

què 鵲 雀 闋 闕 愨 確 确 爵 榷 推 愨 怯 卻
三〇七 三二二 二二六 二一三 九九 七六 七六 六〇 五五四 五九 四四一 四〇六 三五八

瘸
七二四

R

ráng 穰 瓤 攘 勷 ←
七八 七三 四六 三二

rǎn 苒 染 姌 冉
九三 五四 三一 一八

rán 髯 蚺 燃 然 ←
二八 九五 六五 六三

裙
九七

rào 遶 繞
一〇 八四

rǎo 擾
四八五

ráo 饒 嬈 蕘 嬈 ←
一六一 九四七 九四七 二七九

ràng 讓 壤 嚷 ←
一〇二三

rǎng 穰
一三二 二一 七九

rèn 仞
五

rěn 荏 稔 忍
九二 七六 三一

rén 壬 任 仁 人 ←
二四 五 五 四

rè 熱
六七

rě 若 惹 喏 ←
九二 四四 一九

rì 馹 日 ←
一三 五三

réng 礽 仍
七一 五一

rēng 扔 ←
四二

rèn 餁 韌 軔 認 祍 紝 紉 恁 妊 刃 任
一六二 一二七 一二四 一〇〇 九六五 九二 八二 八二 三五 二九 一七

rǒng 頌 鎔 蠑 融 蓉 茸 羢 絨 瑢 狨 熔 溶 毧 榕 榮 戎 嶸 容 ←

róng
一五二 一〇二 九六 九三 九三 九三 八四〇 七六二 六七〇 六七〇 六四〇 五九四 五六四 五五四 四七四 三三四 二九三

冗 一〇九　氄 五九五

róu　←厹 一六〇　揉 四七〇　柔 五五〇　煣 六七〇　内 七八八　糅 八二六　蹂 一〇三九　輮 一〇四八　鞣 一一四六

ròu　肉 八八四

rú　←儒 八九　嚅 二一〇　如 二六六　孺 二八六　帤 三三三　濡 六五一　繻 八五六　茹 九二六　薷 九五〇　蠕 九六五　袽 九七六　襦 九八二　銣 一〇九四　鑐 一一〇八　顬 一一五七　鴽 一三〇六

rǔ　乳 三五　女 二六四　汝 六〇七

rù　入 九七　擩 四八四　洳 六二三　溽 六四三　縟 八五〇　蓐 九四三　褥 九八一　辱 一〇五一

ruǎn　←軟 一〇四五　阮 一一一八

ruí　←蕤 九四七

ruǐ　蕊 九四六

ruì　叡 一六六　枘 五四八　瑞 七〇八　睿 七六三　芮 九一九　蚋 九五八　銳 一〇九六

rùn　←潤 六四九　閏 一一一三

ruó　←挼 四五六

ruò　偌 七九　弱 三五八　箬 八一七　若 九二二　蒻 九四三

S

sā　←撒 四七八

sǎ　撒 四七八　洒 六二〇　灑 六五三　靸 一一四五

sà　卅 一五一　薩 九四九　趿 一〇三四　颯 一一五九

sāi　←偲 七九　塞 二三五　思 三八四　腮 八九八　鰓 一一九九

sài　塞 二三六　賽 一〇二七

sān　←三 一二　叁 一六一　毿 五九五

sǎn　傘 八三　散 四九七　糝 八二七　繖 八五四　饊 一一六七

sàn　散 四九七

sāng　←喪 二〇〇　桑 五五四

sǎng　嗓 二〇四　搡 四七四　顙 一一五六

sàng　喪 二〇〇

sāo　←搔 四七四　瘙 七三四　繅 八五三　繰 八五五　臊 九〇一　艘 九一三　騷 一一七六

sǎo　嫂 二七八　掃 四六五

sào　掃 四六五　燥 六七六　臊 九〇二

sè　←嗇 二〇三　圾 二二六　塞 二二六　濇 六五〇　澀 六五一　瑟 七〇八　璱 七一〇　穡 七九九　色 九一四　鈒 一〇九〇　銫 一〇九五

sēn　←森 五六〇

sēng　←僧 八六

← **shā** 剎 三八　撒 四七七　殺 五八九　沙 六〇九　煞 六六九　痧 七三三　砂 七七一　紗 八三三　莎 九二九　裟 九七七　鎩 一二〇五　鯊 一二九八

shá 啥 一九六

shǎ 傻 八五

shà 唼 一九五　嗄 二〇三　歃 五七八　煞 六六九　箑 八二五　霎 一二三九

← **shāi** 篩 八一七

shǎi 色 九一四　骰 一一八二

shài 晒 五三三　殺 五八九

← **shān** 刪 三五　埏 二三三　姍 二七一　山 三一八　扇 四二五　搧 四七一　杉 五四四　潸 六四八　煽 六七一　珊 七〇二　笘 八一〇　羶 八六八　膻 九〇一　舢 九一二　芟 九一九　苫 九三三　衫 九七三　跚 一〇三五　釤 一〇八九　髟 一一八八

shǎn 摻 四七七　睒 七六二　閃 一二二一　陝 一二三二

shàn 剡 一三〇　單 二〇〇　嬗 二八〇　扇 四二五　撣 四七九　擅 四八一　汕 六〇六　疝 七三八　禪 七八七　繕 八五四　善 八六六　膳 九〇〇　蟺 九六五　訕 九九三　贍 一〇二八　鄯 一〇七七　騸 一一七七　鱔 一三〇一　鱣 一三〇二

← **shāng** 傷 八五　商 一九四　殤 五八八　湯 六三八　觴 九九一

shǎng 上 一七　晌 五三三　賞 一〇二五

shàng 上 一七　尚 三一〇

shang 裳 九七九

← **shāo** 弰 三五八　捎 四五五　梢 五五七　燒 六七四　稍 七九四　筲 八一四　艄 九二三

sháo 勺 一四三　杓 五四五　芍 九二五　韶 一二四九

shǎo 少 三〇九

shào 劭 一三七　卲 一五六　召 一七三　哨 一九三　少 三〇九　捎 四五五　紹 八三六　邵 一〇七三

← **shē** 奢 二六三　畬 七四四　畲 七四四　賒 一〇二四

shé 佘 六三　它 二八七　折 四三七　舌 九二一　蛇 九五八　闍 一二一五

shě 捨 四六四　舍 九二一

shè 射 三〇四　拾 四五二　攝 四八七　歙 五七九　涉 六二六　灄 六五三　猞 六九四　社 七八一　舍 九二一　葉 九三七　設 九九四　赦 一〇二九　麝 一三一三

← **shéi** 誰 一〇〇五

← **shēn** 伸 六〇　信 六八

神	甚	什		駪	身	詵	蔘	莘	紳	砷	申	牲	珅	槮	深	娠	呻	參
shěn				shēn															
	七三	七二	五		二一五	一〇一	九五	九五	八六	二三	八七	七二	七二	七〇	六二	六六	二六	一八	二六一

生	牲	昇	升	勝	←		蜃	葚	腎	甚	滲	慎			諗	矧	瀋	沈	審	嬸	哂
生		昇	升	勝	shēng					shèn											
七五	六六	五七	五一	四一			六〇	九九	八五	七四	六四	四六			一〇五	七六	六三	六〇	三一	二〇	一八

賸	聖	盛	嵊	勝	剩	乘			眚	省			繩	澠			陞	聲	笙	甥
	聖	盛	嵊	勝	剩	乘	shèng		眚	省	shěng		繩	澠	shéng		陞	聲	笙	甥
一〇七	八七	八六	七六	三二	二四	二三			七五	七七			八五	六五			二三	八八	八六	七六

實	寔	塒	十	什		鳲	詩	蝨	虱	蓍	獅	濕	溼	施	師	屍	尸	失	←
實	寔	塒	十	什	shí														shī
三〇〇	二九六	二三七	二四九	五		三一〇三	九九	九七	九三	九二	六六	六四	六一	五二	三二	三三	三五	二七

世		駛	豕	矢	屎	始	史	使		匙	鰣	食	蝕	蒔	石	湜	時	提	拾
世	shì								shǐ										
三五		二一三	一〇五	七七	三五	三七	七〇	六六		三二二	三〇〇	二六一	九四	九四	七七	六四	五一	四七	四五

視	舐	筮	示	滋	氏	柿	是	拭	恃	紙	式	市	室	奭	士	噬	嗜	勢	侍	仕	事
九六	九一	八四	七六	六六	五五	五四	五九	五一	四一	三九	三五	三二	三一	二六	二四	二二	二一〇	二〇三	一〇四	六五	三一

	熟		收	←	匙		飾	鈰	釋	適	逝	軾	蒔	識	諡	誓	試
shǒu		shóu	收	shōu		shi											
	六七一		四八九		三一六		一二三	一一二	一〇四	一〇八	一〇八	一〇五	一〇二	一〇二	一〇一	一〇七	九七

梳	書	攎	摴	抒	姝	俞	←		綬	瘦	獸	狩	授	壽	售	受		首	手	守
	書	攎	摴	抒	姝	俞	shū										shǒu	首	手	守
五五	五三	四六	四六	四〇	四一	二七			八四	七二	六九	六九	六二	四二	三六	三六		一六八	四五	三七

樞 五六六　樗 五六六　殊 五八七　殳 五八九　疋 七一七　疏 七一七　紓 八三四　舒 九一一　荼 九二九　蔬 九四三　輸 一〇四八

shú
叔 一六五　塾 二三七　孰 二八五　淑 六三三　秫 七九三　菽 九三四　贖 一〇二八

shǔ
屬 三一七　數 四九九　暑 五二五　糬 八二八　署 八六一　薯 九四八　藷 九五一　蜀 九六〇　钃 一一〇九　黍 一二一六　鼠 一二三三

shù
倏 七八　儵 九〇　墅 二三八　庶 三四八　恕 三九二　戍 四一七　數 四九九　曙 五三〇　束 五四三　樹 五六九　沭 六一五　漱 六四五　澍 六四九　署 八六一　術 九七〇　裋 九七七　豎 一〇一四　述 一〇五四　鉥 一〇九二 ←

shuā
刷 一三八　唰 一九七

shuǎ
耍 八七五 ←

shuāi
摔 四七四　衰 九七四

shuǎi
甩 七一八

shuài
帥 三一三　率 六九九　蟀 九六四 ←

shuān
拴 四五三　栓 五五五　閂 一一二一

shuàn
涮 六二三 ←

shuāng
孀 二八一　瀧 六五三　雙 一一三三　霜 一一三九　驦 一一八〇

shuǎng
爽 六八〇　鷞 一二〇九 ←

shuǐ
水 六〇〇

shuì
帨 三一四　涗 六二八　睡 七六三　稅 七九五　說 一〇〇一 ←

shǔn
吮 一八三　楯 五六三

shùn
瞬 七六四　舜 九一三　蕣 九四七　順 一一五〇 ←

shuō
說 一〇〇一

shuò
妁 二六七　搠 四七一　數 四九九　朔 五三七　槊 五六四　爍 六七七　碩 七七六　蒴 九四一　鑠 一一〇八 ←

sī
偲 七九　凘 一一四　司 一七三　嘶 二〇七　廝 三五〇　思 三八四　撕 四七八　斯 五〇六　澌 六四九　私 七九〇　絲 八四一　緦 八五〇　罳 八六三　螄 九六三　釃 一〇八四　鍶 一一〇一　鷥 一二〇九

sǐ
死 五八五

sì
似 六〇　伺 六三　俟 七一　兕 九六　嗣 二〇四　四 二二三　姒 二七三　寺 三〇三　巳 三三〇　汜 六〇六　泗 六一七　涘 六二七　祀 七八二　笥 八一〇　耜 八七六　肆 八八三　賜 一〇二六　食 一一六一　飼 一一六三　駟 一一七三 ←

sōng
崧 三三三　嵩 三三三　忪 三八二

松 五四八　淞 六三三　菘 九三五　鬆 一一八九

sǒng 悚 三九三　慫 四〇九　竦 八〇七　聳 八八一

sòng 宋 二八九　訟 九九五　誦 一〇〇〇　送 一〇五四　頌 一一五二

sōu 廋 三四九　搜 四七〇　溲 六四二　蒐 九四三　颼 一一五九　餿 一一六六

sǒu 叟 一六六　嗾 二〇四　擻 四八六　藪 九五一

sòu 嗽 二〇六

sū 囌 二三三　甦 七一八　穌 七九九　蘇 九五一　酥 一〇七九

sú 俗 六八

sù 嗉 二〇三　塑 二三六　夙 二四七　宿 二九七　愬 四〇六　愫 四〇六　數 四九九　泝 六一八　涑 六二五　溯 六四〇　窣 八〇三　簌 八一九　粟 八二四　素 八三三　肅 八八三　蓿 九四三　蔌 九四五　觫 九九〇　訴 九九六　謖 一〇〇八　速 一〇五九　驌 一一七八　鷫 一二〇九

suān 狻 六九三　痠 七三一　酸 一〇八一

suàn 筭 八一四　算 八一五　蒜 九四一

suī 眭 七六〇　睢 七六二　綏 八四三　荽 九三〇　雖 一一三三

suí 隋 一一三四　隨 一一三七

suǐ 髓 一一八三

suì 歲 五八三　燧 六七六　睟 七六二　碎 七七四　祟 七八五　穗 七九九　繐 八五四　術 九七〇　襚 九八二　誶 一〇〇二　遂 一〇六二　邃 一〇七二　隧 一一三七

sūn 孫 二八五　猻 六九六　蓀 九四二　飧 一一六二

sǔn 損 四七二　榫 五六五　筍 八一二　簨 八二〇

suō 些 四三　唆 一九四　嗦 二〇三　娑 二七四　挲 四五四　桫 五五六　梭 五五七　簑 八一七　縮 八五一　莎 九二九　蓑 九四一

suǒ 嗩 二〇四　所 四二四　瑣 七〇九　索 八三三　鎖 一一〇三

suò 些 四三

T

tā 他 五四　塌 二三七　她 二六七　它 二八七　牠 六八五　趿 一〇三四　鉈 一〇九二

tǎ 塔 二三六

tà 㒓 八　嗒 二〇三　拓 四四三　搨 四七三　撻 四八一　榻 五六五　沓 六一一　漯 六四三　獺 六九八　踏 一〇三八　蹋 一〇四〇　躂 一〇四一　遝 一〇六七　遢 一〇六八　闒 一一一七　闥 一一一七

鞳 一二四六
鰨 一三〇〇

tāi

胎 八八九

tái

台 一七一
抬 四四九
檯 五七四
臺 九〇七
苔 九二三
薹 九五〇
跆 一〇三五
邰 一〇七三
颱 一一五九
駘 一一七四
鮐 一一九七

tài

大 二四九
太 二五三
忲 三八一
態 四〇七
汰 六〇九
泰 六一八
鈦 一〇九〇

tān

坍 二三六
攤 四八七
灘 六五四
癱 七三六
貪 一〇二〇

tán

壇 二四〇
彈 三六〇
惔 三九五
曇 五三〇
檀 五七三
潭 六四八
澹 六五〇
痰 七三三
鐔 八五九
覃 九八四
談 一〇〇二
譚 一〇〇九
郯 一〇七五

tǎn

坦 二二八
忐 三八〇
毯 五九四
袒 九七六
襢 九八一

tàn

嘆 二〇六
探 四五七
撢 四七八
歎 五七九
炭 六五九
碳 七七六

tāng

湯 六三八
蹚 一〇四〇
鏜 一一〇四
鐋 一一〇五

táng

唐 一九一
堂 二三三
塘 二三五
搪 四七一
棠 五六一
溏 六四三
瑭 七〇九
糖 八二七
膛 九〇〇
螗 九六三
螳 九六三
赯 一〇二九
醣 一〇八二

tǎng

倘 七五
儻 九〇
帑 三三三
淌 六三三
躺 一〇四三
钂 一一〇九

tàng

燙 六七三
趟 一〇三三

tāo

叨 一七一
弢 三五七
慆 四〇七
掏 四六二
搯 四七三
滔 六四二
縧 八四三
韜 一一四八
饕 一一六八

táo

咷 一九一
啕 一九六
桃 五五五
檮 五七四
洮 六二三
淘 六三五
濤 六五一
燾 六七七
萄 九三五
逃 一〇五六
錭 一〇九九
陶 一一三三
鼗 一二三三

tǎo

討 九九二

tào

套 二六二

tē

忒 三八〇

tè

忒 三八〇
忑 三八〇
慝 四〇八
特 六八七
螣 九六三
鋱 一〇九七

téng

滕 六四一
疼 七三〇
籐 八二一
藤 九五一
螣 九六三
謄 一〇〇八
騰 一一七六

tī

剔 一三一
梯 五五六
踢 一〇三八

tí

啼 一九八
堤 二三五
媞 二七七
提 四六七
稊 七九五
綈 八四三
緹 八五〇
蹄 一〇三九
醍 一〇八二
隄 一一二四
題 一一五五
騠 一一七六
鯷 一一九九
鵜 一二〇六
鶙 一二〇七
鶗 一二〇八
鷈 一二〇八
鷤 一二〇九

tǐ

體 一一八三

tì 俶 七五 倜 七七 剃 一三八 嚏 二一〇 屜 三一六 弟 三五七 悌 三九二 惕 三九八 擿 四八五 替 五三三 殢 五八八 涕 六二四 薙 九四八 裼 九七九 趯 一〇三三 逖 一〇六〇 銻 一〇九五 ←

tiān 天 二五三 添 六三三

tián 填 二三六 恬 三九一 湉 六三九 甜 七二五 田 七一九 畋 七二三 菾 九二五 闐 一一一七

tiǎn 忝 三八一 悿 三九八 殄 五八七 淟 六二四 腆 八九六 舔 九二一 靦 一一四五

tiàn 掭 四六二 瑱 七〇九 ←

tiāo 恌 三九二 挑 四五一 祧 七八五 蓧 九四五

tiáo 佻 六七 岧 三一一 條 五五八 笤 八一〇 苕 九一三 蜩 九六一 調 一〇〇四 迢 一〇五四 銚 一〇九四 髫 一一八八 鰷 一二〇〇 齠 一二一六

tiǎo 挑 四五一 窕 八〇二 [illegible] 一〇四三

tiào 眺 七六一 糶 八二八 跳 一〇三六 ←

tiē 帖 三三三 貼 一〇二二

tiě 帖 三三三 鐵 一一〇六

tiè 餮 一一六六 ←

tīng 听 一八〇 廳 三五三 桯 五五七 汀 六〇四 聽 八八二

tíng 亭 四六 停 七八 婷 二七六 庭 三四八 廷 三五二 渟 六三九 筳 八二三 莛 九二〇 蜓 九六〇 霆 一一三九

tǐng 挺 四五六 梃 五五七 珽 七〇七 町 七二一 艇 九一三 鋌 一〇九七

tìng 听 一八〇 聽 八八二 ←

tōng 恫 三九〇 痌 七三一 通 一〇五七

tóng 仝 五二 佟 六二 侗 六七 僮 八六 同 一七四 峒 三一二 彤 三六三 曈 五三〇 桐 五五三 洞 六二三 潼 六四七 瞳 七六四 童 八〇六 艟 九一三 茼 九二八 衕 九七一 酮 一〇八〇 銅 一〇九四

tǒng 捅 四五六 桶 五五七 筒 八一三 筩 八二三 統 八三四

tòng 慟 四〇九 痛 七三二 ←

tōu 偷 八〇 媮 二七七

tóu 投 四二五 頭 一一五五 骰 一一八二

tòu 透 一〇六〇 ←

tū 禿 七九一

tú 凸 一一八 圖 二二二 塗 二三五

- （tú） 屠 三一六　徒 三六八　涂 六二八　突 八〇三　荼 九二九　菟 九三四　途 一〇六〇　酴 一〇八一
- tǔ　吐 一七三　土 二三三　釷 一〇八九
- tù　兔 九六　吐 一七三　菟 九三四
- tuān　湍 六二八
- tuán　圖 三一〇　團 三一一　摶 四七五　糰 八二八
- tuàn　彖 三六二
- tuī　←　推 四六二　蓷 九四四
- tuí　隤 一一二七　頹 一一五四　魋 一一九四
- tuǐ　腿 八九九
- tuì　蛻 九五九　退 一〇五五
- tūn　←　吞 一七九　啍 一九五　暾 五三〇　涒 六二五
- tún　囤 二一七　屯 三一七　臀 九〇一　豚 一〇二五　魨 一一九七
- tǔn　氽 六〇五
- tùn
- （tuì） 褪 九八〇
- tuō　←　托 四三三　拖 四四六　脫 八九三　託 九九三　飥 一一九六
- tuó　佗 五九　坨 二三八　柁 五五一　橐 五六九　沱 六二三　砣 七七一　紽 八二四　跎 一〇三六　酡 一〇八〇　鉈 一〇九二　陀 一一一八　馱 一一七三　駝 一一七三　鮀 一一九七　鴕 一二〇五　鼉 一二三一　鼧 一二三三
- tuǒ　妥 二六九　庹 三四八　橢 五七一
- tuò　唾 一九七　拓 四四二　柝 五五一　籜 八二三　蘀 九五二　跅 一〇三五　魄 一一九四

W

- wā　←　哇 一九〇　媧 二七七　挖 四五〇　洼 六一九　窪 八〇三　蛙 九五九
- wá　娃 二七三
- wǎ　瓦 七二三
- wà　膃 八九九　袜 九七五　韤 九八二
- wāi　←　歪 五八三
- wǎi　歪 五八三
- wài　外 二四五
- wān　←　剜 一三〇　婠 二七五　彎 三六一　灣 六五四　蜿 九六〇　豌 一〇二四
- wán　丸 一三〇　刓 一三四　完 二八九　忨 三八一　烷 六八一　玩 七〇一　紈 八三〇　芄 九一六　頑 一一五一
- wǎn　娩 二七五　婉 二七五　宛 二九二　挽 四五六　晚 五二四　浣 六二四　琬 七〇七　畹 七三五　皖 七四五　碗 七七四　綰 八四三　脘 八九四　莞 九三〇　菀 九三五　輓 一〇四七
- wàn

万 一四　卍 一五三　惋 三五五　捥 四五九　萬 七八九　翫 八七〇　腕 八九六

←

wāng 尢 三一〇　尪 三一一　汪 六〇八

wáng 亡 四三　王 七〇〇

wǎng 往 三六五　惘 三九八　枉 五四七　瀇 六五二　網 八四五　罔 八六〇　輞 一〇四七　魍 一一九五

wàng 妄 二六五　忘 三七九　旺 五一五　望 五三八　王 七〇〇

←

wēi 偎 七九　委 二七二　威 二七三　崴 三三三　渨 六三八　煨 六六八　萎 九三四　葳 九三九　逶 一〇六二　隈 一一二五

wéi 危 一五六　唯 一九六　口 二二三　圍 二三〇　峗 三三一　嵬 三三三　巍 三三五　帷 三三五　幃 三三六　微 三七三　惟 三九九　桅 五五三　濰 六五三　為 六五七　維 八四六　薇 九四八　違 一〇六三　闈 一一一六　韋 一一四七　魏 一一九四

wěi 亹 四六　偉 八二　委 二七一　娓 二七五　尾 三一三　洧 六二一　煒 六七〇　猥 六九四　瑋 七〇八　痏 七三一　痿 七三三　緯 八四七　葦 九三八　薳 九五〇　諉 一〇〇五　隗 一一三六　韙 一一四八　韡 一一四八　骩 一一八二　鮪 一一九八

wèi 位 五九　偽 八二　味 一八四　喂 二〇三　尉 三〇五　慰 四一〇　未 五四三　渭 六三八　為 六五八　畏 七二一　胃 八九〇　蔚 九四三　蝟 九六二　衛 九七一　謂 一〇〇七　讆 一〇一一　遺 一〇七〇　餵 一一六六　魏 一一九四

←

wēn 塭 二三七　溫 六四一　瘟 七三四　鰛 一二〇〇

wén 文 五〇一　玟 七〇一　紋 八三四　聞 八七九　蚊 九五七　雯 一一二五　鳼 一二〇四　鼤 一二一三

wěn 刎 一二四　吻 一八二　穩 七九九

wèn 免 九六　問 一九七　抆 四三三　文 五〇一　汶 六〇七　璺 七一一　紊 八三四　絻 八四一

←

wēng 嗡 二〇四　翁 八六八

wěng 滃 六四三　蓊 九四一

wèng 甕 七一四　罋 八五九　齆 一二三四

←

wō 倭 七七　渦 六三八　窩 八〇三　萵 九三九

wǒ 我 四一九

wò 偓 八〇　喔 二〇三　幄 三三六　握 四七〇　斡 五〇五　沃 六一一　渥 六三六　臥 九〇三　齷 一二三七

wū

嗚 二〇四　圬 二二三　屋 三一五　巫 三一九　惡 三九七　於 五〇九　杇 五四四　汙 六〇五　洿 六二一　烏 六六〇　誣 一〇〇〇　鄔 一〇七六　鎢 一二〇三

wú

亡 四三　吾 一八〇　吳 一八三　唔 一九二　无 五一三　梧 五五七　毋 五九一　浯 六二五　無 六六三　蕪 九四六　蜈 九六〇　鋙 一〇九七　鼯 一二三三

wǔ

五 四〇　伍 五六　仵 五七　侮 七一　午 一五一　啎 一九七　娬 二七六　嫵 二八〇　廡 三五一　忤 三八二　憮 四一二　捂 四五四　摀 四七三　武 五八二　牾 六八八　膴 九〇〇　舞 九一二　迕 一〇五四　鵡 一二〇七

wù

兀 九一　務 一四〇　勿 一四三　塢 二三七　婺 二七七　寤 三〇〇　悟 三九三　惡 三九七　戊 四一七　晤 五三四　杌 五四五　焐 六六二　物 六八五　誤 一〇〇一　鋈 一〇九七　阢 一一一八　霧 一一四〇　騖 一一七六　鶩 一二〇八　鼿 一二三四

X

xī

傒 八二　僖 八七　兮 一〇三　吸 一八二　唏 一九三　嘻 二〇七　噏 二〇八　奚 二六二　嬉 二七九　屎 三一五　巇 三二四　希 三三二　徯 三七四　恓 三九〇　悕 三九四　悉 三九四　撕 四七八　攜 四八七　晞 五二四　晰 五二五　曦 五三一　析 五四七　栖 五五五　棲 五五九　樨 五七〇　欷 五七七　浠 六二八　淅 六三三　溪 六四二　烯 六六二　熙 六七〇　熹 六七五　犀 六八八　犧 六八九　晳 七四五　睎 七六二　硒 七七三　禧 七八七　稀 七九四　窸 八〇五　羲 八六七　膝 八九九　蜥 九六一　螅 九六三　蟋 九六四　蠵 九六七　西 九八三　觿 九九一　譆 一〇〇九　谿 一〇一三　豨 一〇一六　蹊 一〇四〇　醯 一〇八三　釐 一〇八七　鼷 一二三三

xí

媳 二七八　席 三三三　息 三九二　惜 三九五　昔 五一五　檄 五七三　濕 六五二　熄 六七〇　習 八六九　腊 八八六　蓆 九三九　裼 九七九　襲 九八二　覡 九八七　錫 一〇九九　隰 一一二八　鰼 一二〇一

xǐ

喜 一九九　囍 二一三　屣 三一六　徙 三七一　枲 五五〇　洒 六一九　洗 六二三　璽 七一一　葸 九三九　蓰 九四五　蟢 九六四　蹝 一〇四〇　鰓 一一九九

xì

係 七一　卌 一五三　咥 一八九　夕 二四四　戲 四三三　歙 五七九　汐 六〇六

潟 六四九
潝 六四九
矽 七七〇
禊 七八六
穸 八〇一
系 八一八
細 八二五
綌 八四三
繫 八五五
翕 八六九
肸 八八七
舄 九〇八
赩 一〇二九
郤 一〇七五
隙 一一三六
餼 一一六七
鬩 一一九二
齂 一二三四

xiā

呀 一八〇
岈 三一九
瞎 七六三
蝦 九六二
鰕 一二〇〇

xiá

俠 六九
匣 一四七
呷 一八四
峽 三一一
挾 四五四
暇 五二七
柙 五五一
狎 六九一
狹 六九三
瑕 七〇八
硤 七七四
祫 七八五
赮 一〇二九
轄 一〇四八
遐 一〇六四
陜 一一三一
霞 一一三九
黠 一二一九

xià

下 一四
嚇 二一〇
夏 二四四
廈 三四九
罅 八五九

xiān

仙 三三
僊 八三
先 九四
孅 二八一
忺 三八二
憸 四一四
掀 四六四
暹 五二九
氙 五九七
祆 七八二
秈 七九一
纖 八五七
襳 九八一
躚 一〇四二
銛 一〇九四
韱 一一四八
鮮 一一九七
鱻 一二〇二
鶱 一二〇八

xián

咸 一八九
啣 一九六
嫌 二七七
嫺 二八〇
弦 三五七
涎 六三五
癇 七三五
絃 八二六
舷 九一三
蚿 九五九
諴 一〇〇六
賢 一〇二四
銜 一〇九四
閑 一一一三
閒 一一一四
鷳 一二〇九
鹹 一二一一

xiǎn

尟 三一〇
嶮 三一四
洒 六一九
洗 六二三
燹 六七七
獮 六九九
癬 七三六
蘚 九五二
蜆 九六〇
跣 一〇三七
銑 一〇九四
險 一一三七
韅 一一四七
顯 一一五七
鮮 一一九七

xiàn

峴 三一二
憲 四二一
獻 六九八
現 七〇六
線 八四九
縣 八五〇
羨 八六七
腺 八九八
莧 九三〇
見 九八五
限 一一三〇
陷 一一三三
霰 一一四〇
餡 一一六六

xiāng

廂 三四九
忀 三七五
湘 六三七
瓖 七一一
相 七五五
箱 八一六
緗 八五〇
舡 九二三
薌 九四六
襄 九八一
鄉 一〇七五
鑲 一一〇八
香 一一六九
驤 一一八〇

xiáng

庠 三四六
祥 七八五
羊 八六三
翔 八六九
詳 九九七
降 一一三〇

xiǎng

享 四五
想 四〇二
響 一一四九
餉 一一六四
饗 一一六七
鯗 一一九九

xiàng

像 八七
向 一七八
嚮 二一一
巷 三三〇
曏 五三〇
橡 五七二
相 七五五
缿 八五九
象 一〇一五
鄉 一〇七五
項 一一五〇

xiāo

削 一三〇
呺 一八五
哮 一九二

嘵 二〇七　囂 二一三　宵 二九六　枵 五五〇　梟 五五八　消 六二五　瀟 六五二　硝 七七四　簫 八二〇　綃 八四三　蕭 九四五　蛸 九六〇　逍 一〇五七　銷 一〇九五　霄 一一三九　驍 一一七八　髐 一一八三　魈 一一九四　鴞 一二〇五

xiáo
姣 二七三　洨 六一九

xiǎo
小 三〇八　曉 五三〇　筱 八一四　篠 八一九　謏 一〇〇八

xiào
傚 八二　嘯 二〇八　孝 二八三　恔 三八九　效 四九四　斅 五〇一　校 五五三　笑 八〇九　肖 八八五　酵 一〇八〇　←

xiē
些 四三　揳 四六六　楔 五六三　歇 五七八　蝎 九六二　蠍 九六五

xié
偕 八一　勰 一四二　協 一五三　斜 五〇四　絜 八三九　纈 八五七　脅 八九一　襭 九八二　諧 一〇〇六　邪 一〇七三　鞋 一一四六　頡 一一五三　鮭 一一九八

xiě
寫 三〇一

xiè
血 九六七　卸 一五七　契 二六二　媟 二七七　屑 三一六　屧 三一七　廨 三五二　懈 四一四　械 五五六　榭 五六五　泄 六一五　洩 六二一　渫 六三九　瀉 六五二　瀣 六五三　燮 六七六　獬 六九七　紲 八三六　絏 八四一　薤 九四八　蟹 九六五　褻 九八一　解 九九〇　謝 一〇〇八　躞 一〇四三　邂 一〇七一　韰 一一四八　骱 一一八二　齘 一二三六　←

xīn
心 三一六　忻 三八二　新 五〇六　昕 五一八　欣 五七六　歆 五七八　炘 六五七　芯 九二〇　莘 九三〇　薪 九四七　訢 九九五　辛 一〇五〇　鋅 一〇九五　鑫 一一〇八　馨 一一七〇

xǐn
伈 五五

xìn
信 六七　囟 二一七　衅 九六八　釁 一〇八四　←

xīng
惺 四〇三　星 五二〇　猩 六九五　腥 八九七　興 九〇九　騂 一一七五

xíng
刑 一三三　型 二三九　形 三六二　滎 六四三　濙 六五二　硎 七七三　行 九六八　邢 一〇七三　鉶 一〇九五　陘 一一三一　餳 一一六六

xǐng
擤 四八四　省 七五七　醒 一〇八二

xìng
倖 七五　姓 二七一　婞 二七六　幸 三四二　性 三八五　悻 三九五　杏 五四四　興 九〇九　荇 九二八　行 九六八　←

xiōng
兄 九二　兇 九四　凶 一二五　匈 一四四　恟 三九一　洶 六二三　胸 八九二

xióng
熊 六七一

雄 一一三〇

xiòng
詗 九六六

xiū ←
休 五六
修 七六
咻 一九一
庥 三四七
羞 八六五
脩 八九四
蓨 九四五
貅 一〇一七
饈 一一六七
髹 一一八八
鵂 一二〇六

xiǔ
宿 二九七
朽 五四三

xiù
嗅 二〇四
宿 二九七
岫 三三〇
溴 六四一
琇 七〇七
秀 七九一
綉 八四三
繡 八五四
臭 九〇六
袖 九七六
褎 九八〇
銹 一〇九八
鏽 一一〇六

xū ←
吁 一七三
噓 二〇八
墟 二三九
戌 四一七
歔 五七九
盱 七五四
胥 八八九
虛 九五四
訏 九九二
鑐 一一〇八
需 一一三八
須 一一五一
鬚 一一九〇

xú
徐 三六九

xǔ
呴 一八六
咻 一九一
姁 二七一
昫 五三一
栩 五五五
煦 六六九
糈 八二六
許 九九四
詡 九九七
諝 一〇〇六

xù
勖 一三九
卹 一五七
婿 二七七
序 三四五
恤 三九一
慉 四〇六
敘 四九六
旭 五一四
勗 五三三
洫 六二三
漵 六四六
畜 七三三
絮 八四〇
緒 八四六
續 八五七
蓄 九四〇
藚 九五一
訹 九九六
酗 一〇七九
頊 一一五一
馘 一一六九
魖 一一二四

xuān ←
儇 八八
喧 一九八
嬛 二八〇
宣 二九二
揎 四六六
暄 五二六
暖 五三七
瑄 七〇八
翾 八七三
萱 九三九
諠 一〇〇五
諼 一〇〇七
軒 一〇四四
鍹 一一〇〇

xuán
懸 四一五
旋 五一一
漩 六四四
玄 六九九
璇 七〇九
璿 七一一
還 一〇七一
鉉 一〇九二
鏇 一一〇四

xuǎn
烜 六六〇
選 一〇六九

xuàn
旋 五一一
楦 五六一
楥 五六三
泫 六一三
渲 六三六
炫 六五八
眩 七五九
眴 七六一
絢 八四〇
衒 九七〇

xuē ←
噱 二〇九
薛 九四八
靴 一一四六

xué
學 二八六
褶 九八一
踅 一〇三八
鷽 一二一〇

xuě
雪 一一三五
鱈 一二〇一

xuè
削 一三〇
穴 八〇〇

xūn ←
勛 一四一
勳 一四三
塤 二三七
壎 二四一
曛 五三〇
焄 六六二
熏 六七〇
燻 六七七
獯 六九八
纁 八五六
葷 九三八
薰 九四九
醺 一〇八三

xún
噚 二〇八
尋 三〇六
峋 三一一
循 三七三
恂 三九二

撏 四八〇　旬 五一四　洵 六一三　潯 六四九　燖 六七六　珣 七〇四　紃 八三〇　荀 九一八　蕁 九四六　蟳 九六四　詢 九九九　巡 一〇五二　郇 一〇七四　馴 一一七二　鱘 一二〇二

xùn

噀 二〇八　孫 二八五　巽 三三〇　徇 三六六　殉 五八七　汛 六〇六　蕈 九四七　訊 九九三　訓 九九三　迅 一〇五二　遜 一〇六七　馴 一一七二

Y

yā

← 丫 一七　呀 一八〇　啞 一九五　壓 二四〇　押 四四四　椏 五五九　雅 一一三九　鴉 一二〇四　鴨 一二〇四

yá

厓 一五八　枒 五四八　涯 六三三　牙 六八三　芽 九一九　蚜 九五八　衙 九七一　齖 一二三六

yǎ

啞 一九五　庌 三四五　疋 七一七　雅 一一三九

yà

亞 四三　婭 二七五　揠 四六六　氬 六〇〇　研 七〇〇　訝 九九四　軋 一〇四四　迓 一〇五四　錏 一一〇〇

ya

呀 一八〇

yái

← 崖 三一三　睚 七六二

yān

← 厭 一六〇　咽 一九〇　奄 二六〇　嫣 二七九　崦 三一三　懨 四一四　殷 五八九　淹 六三三　焉 六六一　煙 六六七　燕 六七四　胭 八九三　菸 九三三　鄢 一〇七七　醃 一〇八二　閼 一一一五　閹 一一一五

yán

嚴 二一一　埏 二三三　妍 二六九　岩 三一〇　巖 三一五　延 三五二　檐 五七三　沿 六一八　炎 六五七　研 七〇〇　碞 七〇七　筵 八一五　簷 八二二　綖 八四七　蜒 九六一　言 九九一　鉛 一〇九一　鋋 一一〇〇　閆 一一一一　閻 一一一五　顏 一一五五　鹽 一二三一

yǎn

偃 七九　儼 九〇　兗 九七　剡 一三〇　奄 二六〇　巘 三一五　广 三四四　弇 三五四　扊 四二五　掩 四六〇　揜 四七〇　晻 五一五　沇 六一〇　淡 六三〇　演 六四四　琰 七〇七　眼 七六〇　罨 八六一　衍 九七〇　郾 一〇七六　魘 一一九五　鰋 一一九九　黶 一二三〇　鼴 一二三三

yàn

俺 七三　厭 一六〇　咽 一九〇　唁 一九二　喭 一九八　嚈 二一〇　嚥 二一一　堰 二三四　嬿 二八〇　宴 二九六　彥 三六三　掞 四五七　晏 五二一　灩 六五四　焱 六六三　焰 六六六　燄 六七三　燕 六七四　研 七〇〇　硯 七七四　艷 九一五　諺 一〇〇六　讌 一〇二一　讞 一〇二三　豔 一〇二五　贗 一〇二八　釅 一〇八四

雁 一二三〇　饜 一二六八　驗 一二八〇　鴈 一三〇四　鴉 一三〇五　鷃 一三〇八　鹽 一三二一

yāng ← 央 二五七　殃 五八六　泱 六一六　秧 七九三　鞅 一二四六　鴦 一三〇五

yáng 佯 六四　徉 三六六　揚 四六八　暘 五二七　楊 五六二　洋 六一九　烊 六六〇　煬 六六八　瘍 七三三　羊 八六三　鍚 一二〇一　陽 一二一四　颺 一二五九

yǎng 仰 五八　氧 五九九　痒 七三一　癢 七三五　養 一二六三

yàng 怏 三八四　恙 三八九　樣 五六六　漾 六四四　養 一二六三

yāo ← 么 一三　吆 一六八　喓 二〇〇　喲 二〇二　夭 二五七　妖 二七〇　幺 三四二　祅 七六二　腰 八九六　葽 九三九　要 九八三　邀 一〇七一

yáo 傜 八二　僥 八六　堯 二三三　姚 二七四　崤 三三三　嶢 三三四　徭 三七四　搖 四七三　殽 五九〇　洮 六二三　淆 六三六　爻 六八〇　猺 六九五　珧 七〇四　瑤 七〇九　窯 八〇三　繇 八五三　肴 八八七　謠 一〇〇八　軺 一〇四五　遙 一〇六七　銚 一〇九四　陶 一二一三　餚 一二六六　鰩 一三〇〇

yǎo 咬 一八八　杳 五四五　殀 五八六　窈 八〇二　窅 八〇二　舀 九〇八

yào 曜 五三〇　樂 五六八　耀 八七三　葯 九三九　藥 九五〇　要 九八三　鑰 一二〇八　鷂 一三〇八

yē ← 噎 二〇七　掖 四五七

yé 揶 四六六　斜 五〇四　椰 五六一　爺 六八〇　琊 七〇五　耶 八七七　邪 一〇七三

yě 也 二五　冶 一二三　野 一〇八六　釶 一〇八九

yè 咽 一九〇　夜 二四七　射 三〇四　拽 四四二　掖 四五七　擫 四八四　曄 五三〇　業 五六四　液 六三〇　燁 六七五　腋 八九五　葉 九三七　謁 一〇〇六　鄴 一〇七七　靨 一二四五　頁 一二五〇　饁 一二六七

yī ← 一 一　伊 五七　依 六四　咿 一九一　壹 二四三　她 二六八　揖 四六八　欹 五七七　漪 六四三　猗 六九三　禕 七八七　繄 八五四　衣 九七三　醫 一〇八三　銥 一〇九五　鷖 一三〇九　黟 一三一九

yí 儀 八七　匜 一四七　台 一七一　咦 一九〇　圯 二三四　夷 二五九　姨 二七三　宜 二九二　嶷 三三四　彝 三六二　怡 三八八　扅 四二五　沂 六一一　洟 六一九

疑 七二八　痍 七三一　眙 七五九　移 七九三　胰 八九一　荑 九二八　蛇 九五八　詒 九九六　貽 一〇三三　迆 一〇五二　迤 一〇五四　迻 一〇五七　遺 一〇七〇　頤 一一五四　飴 一一六三　鸃 一二一〇

yǐ

乙 二四　以 三三　佁 六四　倚 七五　已 三三〇　旖 五一三　椅 五六〇　檥 五七二　猗 六九三　矣 七六六　艤 九一三　苡 九二四　蛾 九六〇　螘 九六三　蟻 九六五　踦 一〇二八　釔 一〇八八　顗 一一五六　齮 一二三七

yì

乂 三　亦 四五　仡 五四　佚 六三　佾 六七

億 八七　刈 一二三　劓 一三四　唈 一九三　嗌 二〇三　噫 二〇八　囈 二一三　場 二三三　奕 二六一　嫕 二七九　射 三〇四　屹 三一九　嶧 三三四　廙 三四九　弈 三五四　弋 三五四　役 三六五　悒 三九三　意 四〇〇　憶 四一三　懌 四一四　懿 四一六

抑 四二八　挹 四五五　施 五〇九　易 五一七　昳 五二一　曳 五三三　杙 五四四　殪 五八八　毅 五九一　泄 六一五　洩 六二一　浥 六二六　溢 六四〇　熠 六七三　燡 六七七　異 七一三　疫 七一八　瘞 七二四　益 七四八　睪 七六三　縊 八五〇　繹 八五五

義 八六七　羿 八六八　翌 八六九　翊 八六九　翳 八七〇　翼 八七一　肄 八八三　臆 九〇一　艾 九一五　薏 九四八　藝 九五〇　蜴 九六一　衣 九七三　裔 九七八　詣 九九八　誼 一〇〇三　議 一〇一〇　譯 一〇一〇　軼 一〇四五　逸 一〇六一　邑 一〇七三　鎰 一一〇三

鐿 一一〇六　食 一一六一　驛 一一八〇　鷁 一二〇八　鷊 一二〇八　鷾 一二一〇

yīn

← 喑 一九八　因 二一六　堙 二三四　姻 二七四　愔 四〇〇　慇 四〇七　殷 五八九　氤 五九九　湮 六三八　瘖 七二三　禋 七八七　絪 八四一　茵 九二七　銦 一〇九五

陰 一一二三　音 一一四八

yín

吟 一八二　垠 二三〇　夤 二四八　寅 二九六　崟 三三三　淫 六三四　狺 六九二　誾 一〇〇五　鄞 一〇七七　釿 一〇九〇　銀 一〇九三　霪 一一四〇　齗 一二三六　齦 一二三七

yǐn

尹 三一三　听 一八〇

引 三五五　檃 五七三　殷 五八九　癮 七二六　蚓 九五八　隱 一一二八　靷 一一四五　飲 一一六二

yìn

印 一五五　廕 三五〇　憖 四一二　窨 八〇三　胤 八九〇　蔭 九四三　陰 一一二三　飲 一一六二

yīng

← 嚶 二一一　嫈 二七七

瀅　滎　楹　贏　塋　　　鸚　鷹　鶯　霙　英　膺　罌　蔢　纓　瓔　瑛　櫻　攖　應　嬰

yíng

滕　　　郢　穎　癭　潁　景　影　　　迎　贏　蠅　螢　縈　盈　瑩　營　熒　瀠　瀛

yìng　　　　　　　　yǐng

鏞　鄘　邕　蘿　臃　癰　灉　慵　廱　庸　壅　塘　噰　傭　←　唷　←　硬　映　應

　　　　　　　　　　　yōng　　　yō

踊　詠　蛹　甬　湧　涌　泳　永　擁　恿　勇　俑　　　鱅　顒　喁　　　饔　雝　雍

　　　　　　　　　　yǒng　　　yóng

猶　游　油　尤　呦　　　麀　繇　攸　憂　悠　幽　呦　優　←　用　佣　　　踴

　　　yóu　　　　　　　　　yōu　　　yòng

六九四　六三六　六二五　三一〇　二七　　三三　八六　九一　四八　三三　三一　一六　八九　　七八　六一　　一〇二九

黝　銪　酉　羑　牖　櫾　有　友　　　鮋　魷　郵　遊　逌　蝣　蚰　蕕　繇　疣　由　猷

　　　　　　　yǒu

瘀　淤　←　貁　鈾　釉　誘　褏　莠　祐　柚　有　幼　宥　囿　右　又　侑　佑

　　　yū　　　　　　　　　　　　　　　　　　　　　　yòu

舻　歟　歟　榆　於　揄　愉　愚　崳　婾　娛　妤　圩　喁　俞　余　于　予　　　迂　紆

　　　　　　　　　　　　　　　　　　　　　　　　　　yú

渝 六三八　漁 六四六　狳 六九三　玗 七〇一　瑜 七〇八　璵 七二一　畬 七三四　盂 七四七　禺 七六八　窬 八〇三　竽 八〇八　羭 八六七　腴 八九六　臾 九〇八　與 九〇九　萸 九三五　蕍 九四七　虞 九五六　蝓 九六二　衙 九七一　褕 九八〇　覦 九八七

諛 一〇〇五　踰 一〇三九　輿 一〇四八　逾 一〇六五　隅 一一二五　隃 一一二五　雩 一一二五　餘 一一六五　魚 一一九五　齵 一二三七

yǔ

予 三八　傴 八四　噢 二一〇　圄 二一八　圉 二三〇　宇 二八七　嶼 三三四　庾 三四八　敔 四九六　瑀 七〇八

瘐 七三三　禹 七六九　窳 八〇四　羽 八六八　與 九〇八　語 九九九　雨 一一三四　齬 一二三七

yù

喻 二〇二　域 二三三　嫗 二七九　寓 二九八　尉 三〇五　峪 三二一　彧 三六三　御 三七二　愈 四〇五　慾 四〇九　昱 五一九　棫 五五九

欲 五七六　毓 五九二　汩 六〇九　浴 六二八　澦 六五〇　煜 六六八　熨 六七三　燠 六七七　獄 六九六　玉 七〇〇　瘉 七三三　癒 七三五　矞 七六六　禦 七八七　籲 八二三　粥 八二五　聿 八八三　育 八八六　與 九〇九　芋 九一五　蔚 九四三　蕷 九四八

蜮 九六一　裕 九七八　語 九九九　諭 一〇〇七　譽 一〇一一　谷 一〇一三　豫 一〇一六　遇 一〇六四　遹 一〇七〇　郁 一〇七四　鈺 一〇九二　閾 一一一五　隩 一一二七　雨 一一三五　預 一一五三　馭 一一七三　鬱 一一九二　鬻 一一九二　魊 一一九四　鴥 一二〇五　鵒 一二〇七　鷸 一二〇九

yuān

← 冤 一一〇　宛 二九二　淵 六三五　蜎 九六〇　鳶 一二〇三　鴛 一二〇五　鵷 一二〇七

yuán

元 九一　原 一五九　員 一九三　園 二三〇　圓 二三〇　圜 二三三　垣 二三九　媛 二七七　援 四七〇　櫞 五七四　沅 六〇八

湲 六四〇　源 六四〇　爰 六七九　猿 六九五　緣 八四九　羱 八六七　芫 九一九　螈 九六三　袁 九七五　轅 一〇四八　黿 一二三一

yuǎn

遠 一〇六七

yuàn

原 一五九　怨 三八七　愿 四〇六　掾 四七〇　瑗 七〇八　苑 九二四

遠 一〇六七　院 一一二〇　願 一一五六

yuē

← 日 五三一　約 八三〇

yuè

刖 一一四　岳 三二〇　嶽 三三四　悅 三九二　月 五三五　樂 五六八　樾 五七〇　櫟 五七四　瀹 六五三　爚 六七八　玥 七〇二　籥 八二三　粵 八二五

說 一〇〇一　越 一〇三一　躍 一〇四一　軏 一〇四四　鉞 一〇九二　閱 一一二五　鸑 一三一〇　龠 一三三九

←

yūn
暈 五三七　氳 六〇〇

yún
云 四〇　匀 一四三　員 一九三　昀 五一七　昫 七三三　筠 八一四　紜 八三四　耘 八七五　芸 九一九　蕓 九四七　鄖 一〇七六　雲 一一三五

yǔn
允 九一　殞 五八八　狁 六九一　隕 一一三六

yùn
均 二一七　孕 二八二　惲 四〇〇　慍 四〇六　暈 五三七　熅 六七〇　熨 六七三　縕 八五一　藴 九四八　蘊 九五二　運 一〇六三　鄆 一〇七六　醞 一〇八二　韗 一一四七　韞 一一四八　韻 一一四九　鶤 一三〇七

Z

zā
帀 一四六　咂 一八四

zá
咱 一九一　喒 二〇二　拶 四五四　砸 七七一　雜 一一三二

←

zāi
哉 一八九　栽 五五五　災 六五六　菑 九二五

zǎi
宰 二九四　崽 三三三　載 一〇四六

zài
再 一〇八　在 二三三　載 一〇四五

←

zān
簪 八一九

zán
偺 八〇　咱 一九一　喒 二〇二　糌 八二六

zǎn
儹 九〇　噆 二〇七　拶 四五四　攢 四八七　昝 五三一　趲 一〇三三

zàn
瓚 七一二　讚 一〇一三　贊 一〇二七　酇 一〇七八　鏨 一一〇四

←

zāng
牂 六八一　臢 九〇二　臧 九〇三　贓 一〇二八　髒 一一八三

zǎng
駔 一一七三

zàng
奘 二六三　臟 九〇三　葬 九二八　藏 九四九

←

zāo
糟 八二七　蹧 一〇四一　遭 一〇六九

záo
鑿 一一〇九

zǎo
早 五一四　棗 五五八　澡 六四九　璪 七一一　繰 八五五　藻 九五一　蚤 九五七

zào
噪 二〇九　慥 四〇九　灶 六五七　燥 六七六　皂 七四四　簉 八一九　譟 一〇一〇　躁 一〇四一　造 一〇五九

←

zé
則 一三〇　咋 一八七　嘖 二〇五　幘 三六六　擇 四八二　柞 五五一　澤 六四九　笮 八一〇　簀 八一九　舴 九一三　責 一〇一九　賾 一〇二七　鰂 一三〇〇

zè
仄 一四九　唶 一九五　昃 五一五

←

zéi
賊 一〇二三

←

zěn
怎 三八七

zèn 譖 一〇〇九 ←

zēng 增 二三九 憎 四一一 曾 五三三 橧 五六九 矰 七六九 繒 八五四 罾 八六二

zèng 甑 七一三 贈 一〇二七

zhā ← 喳 二〇〇 奓 二六二 扎 四二七 挓 四五〇 揸 四六六 查 五一一 楂 五六二 樝 五六七 渣 六二七 皻 七四七 齇 一二一四

zhá 哳 一九二 扎 四二八 札 五四三 炸 六五九 煠 六六八 箚 八一六 紮 八二六 鍘 一二〇一 閘 一二一四

zhǎ 扠 四一三 眨 七五九 鮓 一一九七

zhà 乍 三三 吒 一七八 咤 一八九 搾 四七一 柵 五四九 榨 五六四 炸 六五九 痄 七三一 蚱 九五八 蜡 九六一 詐 九九六 ←

zhāi 摘 四七四 齊 一二三五 齋 一二三五

zhái 宅 二八八 翟 八七〇

zhǎi 窄 八〇三

zhài 債 八四 寨 二九一 柴 五五四 瘵 七三四 砦 七七三 祭 七八五 責 一〇一九 ←

zhān 佔 六〇 占 一五五 呫 一八五 旃 五一〇 栴 五五五 氈 五九五 沾 六一六 瞻 七六五 覘 九八六 詹 九九九 邅 一〇七二 霑 一一三九 饘 一一六八 鱣 一二〇二 鸇 一二一〇

zhǎn 展 三一五 嶄 三一四 搌 四七四 斬 五〇五 盞 七四九 輾 一〇四八

zhàn 佔 六〇 占 一五五 戰 四三二 暫 五三八 棧 五六〇 湛 六二七 站 八〇六 綻 八四三 蘸 九五三 襢 九八二 顫 一一五七 驏 一一七八 ←

zhāng 嫜 二七八 張 三五八 彰 三六四 慞 四〇七 樟 五六六 漳 六四四 獐 六九六 璋 七〇九 蟑 九六三 鄣 一〇七七 章 一一四九

zhǎng 仉 五一 掌 四八一 漲 六四五 長 一一〇九

zhàng 丈 一六 仗 三二 嶂 三一三 帳 三三五 幛 三三六 杖 五四四 漲 六四五 瘴 七三四 脹 八九六 賬 一〇三六 障 一一三六 ←

zhāo 招 四四八 昭 五三〇 晁 五三三 朝 五三九 著 九三一 釗 一〇八九 鼂 一二三一

zháo 著 九三二

zhǎo 找 四一四 沼 六一五 爪 六七八

zhào 兆 九四 召 一七三 曌 五三〇 棹 五六〇 櫂 五七三 炤 六六〇

照 六六九　笊 八〇九　罩 八六一　肇 八二三　詔 九九六　趙 一〇三三

zhē

折 四三七　螫 九六四　遮 一〇六八

zhé

哲 一九二　慴 四一〇　懾 四一六　折 四三六　摺 四七七　磔 七七八　蜇 九六〇　褶 九八一　謫 一〇〇八　讋 一〇二一　讁 一〇二三　輒 一〇四六　轍 一〇四九　適 一〇六八　鮿 一一九八

zhě

者 八七四　褶 九八一　赭 一〇二九　鍺 一〇九八

zhè

柘 五五一　浙 六二五　蔗 九四三　這 一〇五七　鷓 一三〇九

zhe

著 九三一

zhēn

偵 八〇　唇 一九二　斟 五〇四　椹 五六一　楨 五六三　榛 五六五　溱 六四二　獉 六九五　珍 七〇三　甄 七一三　真 七五八　砧 七七二　禎 七八七　禛 七八七　箴 八一六　胗 八九〇　臻 九〇八　蓁 九四二　貞 一〇一八　針 一〇八八　鍼 一一〇一

zhěn

枕 五四五　眕 七一三　疹 七三〇　稹 七九八　紾 八二六　縝 八五一　診 九九六　軫 一〇四五　鬒 一一八九　黰 一二三〇

zhèn

振 四五四　揕 四六六　朕 五三七　枕 五四五　湛 六三七　眹 七五九　紖 八二三　賑 一〇二四　酖 一〇七九　鎮 一一〇三　陣 一一三一　陳 一一三三　震 一一六八　鴆 一三〇四

zhēng

崢 三三三　征 三六五　徵 三七五　怔 三八三　掙 四六四　正 五八〇　烝 六六一　爭 六七八　猙 六九四　癥 七三五　睜 七六二　箏 八一五　蒸 九四〇　諍 一〇〇四　鉦 一〇九二　錚 一〇九九

zhěng

拯 四五四　整 五〇〇

zhèng

幀 三六　掙 四六四　政 四九三　正 五八〇　症 七三〇　証 九九五　證 一〇〇九　鄭 一〇七七

zhī

之 三　卮 一五五　只 一七〇　吱 一八〇　搘 四七三　支 四八八　枝 五四六　梔 五五七　氏 五九五　汁 六〇四　疷 七二九　知 七六六　祗 七八五　織 八五四　肢 八八七　胝 八九〇　脂 八九二　芝 九一八　蜘 九六一　隻 一一三九　鳷 一三〇四

zhí

侄 六六　值 七四　埴 二三三　執 二三三　姪 二七三　拓 四四二　摭 四七四　擿 四八五　擲 四八五　植 五六〇　殖 五八八　直 七五三　礩 七八〇　縶 八五三　職 八八一　蟄 九六四　質 一〇二六　跖 一〇三五　蹠 一〇四〇　躑 一〇四三

zhǐ

只 一七〇　咫 一九一

zhǐ 址 二二六 坻 二二七 徵 三七五 抵 四三六 扺 四四六 指 四五二 旨 五一四 枳 五五〇 止 五八〇 祉 七八二 祇 七八二 紙 八二三 芷 九二〇 趾 一〇三四 軹 一〇四五 酯 一〇八〇 黹 一三三一

zhì 制 一二七 峙 三二一 帙 三三三 幟 三三七 彘 三六二 志 三八〇 忮 三八一 摯 四七六 智 五三六 桎 五五四 治 六一七 滯 六四六 炙 六五七 猘 六九四 痔 七三一 痣 七三一 知 七六六 秩 七九三 稚 七九五 窒 八〇二 緻 八四七 置 八六〇 膣 九〇〇 至 九〇七 致 九〇七 蛭 九五九 製 九七九 觶 九九一 誌 九九九 識 一〇〇九 豸 一〇一六 質 一〇二六 贄 一〇二七 躓 一〇四二 輊 一〇四六 遲 一〇六九 郅 一〇七四 銍 一〇九四 鑕 一一〇八 陟 一一三一 雉 一一三一 鷟 一一七七 鴙 一三〇五 鷙 一三〇九

zhōng 中 ← 二七 伀 五七 忠 三八一 忪 三八二 盅 七四七 終 八三六 螽 九六四 衷 九七五 鍾 一一〇二 鐘 一一〇五

zhǒng 冢 一一〇 塚 二三七 種 七九六 腫 八九八 踵 一〇三九

zhòng 中 二七 仲 五七 眾 七六一 種 七九六 重 一〇八五

zhōu 周 ← 一八七 啁 一九六 州 三三五 洲 六一九 粥 八二五 舟 九二三 譸 一〇一一 賙 一〇二六 週 一〇八一 鵃 一三〇六

zhóu 妯 二七一 軸 一〇四五

zhǒu 帚 三三三 肘 八八五

zhòu 冑 一〇九 咒 一八四 咮 一九一 噣 二〇九 宙 二九二 晝 五三三 甃 七一三 皺 七四七 籀 八二一 紂 八三〇 縐 八五一 繇 八五三 胄 八九〇 酎 一〇七九

zhū 侏 ← 六七 朱 五四三 株 五五三 櫧 五七四 櫫 五七四 洙 六二三 瀦 六五三 珠 七〇四 硃 七三三 茱 九二七 藷 九五一 蛛 九五九 誅 九九八 諸 一〇〇三 豬 一〇一六 邾 一〇七四 銖 一〇九三

zhú 朮 五四一 燭 六七七 瘃 七三三 竹 八〇八 竺 八〇八 筑 八一三 築 八一七 舳 九二三 蠋 九六五 躅 一〇四一 逐 一〇五九

zhǔ 主 一三 囑 二三三 屬 三一七 拄 四一一 枓 五四五 渚 六三三 煮 六六七 矚 七六五 貯 一〇二一 麈 一三一三

zhù 佇 五九 住 五九 助 一二七 杼 五四八

柱 五四九　注 六二三　炷 六五八　祝 七八四　箸 八一五　粥 八二五　紵 八三六　翥 八七〇　苧 九二四　著 九三一　蛀 九五八　註 九九五　鑄 一一〇七　駐 一一七三　←

zhuā 抓 四三七　撾 四八二　髽 一一八九

zhuǎ 爪 六七八

zhuǎi 跩 一〇三七　←

zhuài 拽 四五一　←

zhuān 塼 二三八　專 三〇四　磚 七七八　耑 八七五　顓 一一五五　鱄 一三〇一

zhuǎn 囀 二二三　轉 一〇四九

zhuàn 傳 八三　撰 四八〇　瑑 七〇八　篆 八一六　譔 一〇〇九　賺 一〇二七　轉 一〇四九　饌 一一六七　←

zhuāng 妝 二七〇　椿 五六六　莊 九二九　裝 九七八

zhuàng 僮 八六　壯 二四三　戇 四一七　撞 四七七　狀 六九〇　←

zhuī 椎 五六〇　追 一〇五六　錐 一〇九九　隹 一一二九　騅 一一七五

zhuì 墜 二三九　惴 四〇三　綴 八四四　縋 八五一　贅 一〇二七　←

zhūn 屯 三一七　窀 八〇二　肫 八八七　諄 一〇〇二　迍 一〇五四

zhǔn 准 一四　埻 二三一　準 六四三　隼 一一二九　←

zhuō 捉 四五五　桌 五五三　棹 五六〇

zhuó 倬 七　勺 一四三　卓 一五三　啄 一九五　噣 二〇九　拙 四四三　擢 四八四　斫 五〇五　斲 五〇六　斵 五〇七　梲 五五七　櫂 五七三　浞 六二六　涿 六三三　濁 六五〇　濯 六五一　灼 六五六　焯 六六三　琢 七〇七　繳 八五五　茁 九二三　著 九三一　諑 一〇〇三　踔 一〇三八　酌 一〇七九　鐲 一一〇七　鷟 一三〇九　←

zī 咨 一八九　嗞 二〇二　姿 二七三　孜 二八三　孳 二八五　嵫 三三三　淄 六三六　滋 六三九　粢 八二五　緇 八四六　茲 九二七　菑 九三五　諮 一〇〇六　資 一〇二三　貲 一〇二四　趑 一〇三三　輜 一〇四七　錙 一一〇〇　髭 一一八八　鯔 一一九九　鶅 一二三三　齊 一二三五　齜 一二三七

zǐ 仔 二五　呰 一九〇　姊 二七一　子 二八一　梓 五五六　滓 六四〇　秭 七九三　笫 八一一　籽 八二三　紫 八四〇　耔 八七五　茈 九二七　訾 九九九

zì 剚 一三三　字 二八二　恣 三八九　漬 六四四　眥 七六一　胔 八九二　自 九〇四　←

zōng 宗 二九一

從 三七一　棕 五五九　樅 五六八　縱 八五二　猣 一〇一六　踪 一〇三九　蹤 一〇四〇　騣 一一七六　鬃 一一八九　鬷 一一九二

zǒng　傯 八五　摠 四七七　總 八五二

zòng　從 三七一　粽 八二五　綜 八四三　縱 八五二

zōu　←　菆 九三五　諏 一〇〇三　謅 一〇〇八　鄒 一〇一六　鄹 一〇一七　陬 一一一三　騶 一一七七　鯫 一一九九

zǒu　走 一〇二九

zòu　奏 二六一　揍 四六六　驟 一一八〇

zū　←　租 七九三

zú　卒 一五三　捽 四五七　族 五二一　足 一〇三三　鏃 一一〇四

zǔ　俎 七二　祖 七八三　組 八三七　詛 九九六　阻 一一一九

zù　駔 一一七三

zuān　←　鑽 一一〇九

zuǎn　纂 八五六　纘 八五八

zuàn　攥 四八八　鑽 一一〇九

zuī　←　朘 八九四

zuǐ　嘴 二〇九

zuì　最 一〇九　晬 五三五　檇 五七三　罪 八六一　蕞 九四七　醉 一〇八一　←

zūn　尊 三〇五　樽 五六九　遵 一〇六九　鐏 一一〇五　鱒 一二〇一

zǔn　噂 二〇六　撙 四七八

zùn　圳 二一四

zuō　←　嘬 二〇八

zuó　作 六一　昨 五三二　筰 八二四

zuǒ　佐 六〇　左 三一七

zuò　作 六一　做 七九　坐 二一七　座 三四七　怍 三八五　柞 五五一　祚 七八四　胙 八九〇　酢 一〇八〇　阼 一一一九

注音符號查字表

符號	頁
ㄅ	一二九六
ㄆ	一二九九
ㄇ	一三〇一
ㄈ	一三〇四
ㄉ	一三〇六
ㄊ	一三〇九
ㄋ	一三一二
ㄌ	一三一三
ㄍ	一三一八
ㄎ	一三二一
ㄏ	一三二三
ㄐ	一三二六
ㄑ	一三三〇
ㄒ	一三三三
ㄓ	一三三七
ㄔ	一三四一
ㄕ	一三四四
ㄖ	一三四六
ㄗ	一三四七
ㄘ	一三四九
ㄙ	一三五一
ㄚ	一三五二
ㄛ	一三五二
ㄜ	一三五二
ㄞ	一三五三
ㄟ	一三五三
ㄠ	一三五三
ㄡ	一三五三
ㄢ	一三五三
ㄣ	一三五四
ㄤ	一三五四
ㄦ	一三五四
ㄧ	一三五四
ㄨ	一三五七
ㄩ	一三五九

ㄅ

ㄅㄚ

八 一〇一　叭 一七〇　吧 一八三　巴 三三〇　扒 四三一　捌 四五四　疤 七三九　笆 八〇八　粑 八二三　芭 九一九　豝 一〇二五　鈀 一〇九〇

ㄅㄚˊ

拔 四四一　茇 九二四　跋 一〇三四　鈸 一〇九一　魃 一一九四　鼥 一二三三

ㄅㄚˇ

把 四三八　靶 一一四五

ㄅㄚˋ

伯 六一　壩 二四二　把 四三八　灞 六五四　爸 六八〇　罷 八六二　霸 一一四〇　靶 一一四五

˙ㄅㄚ

吧 一八二

ㄅㄛ

剝 一三一　撥 四八〇　波 六一五　玻 七〇三　皤 七七九　缽 八五九　般 九一三　菠 九三五　餑 一一六五　鱍 一二〇二

ㄅㄛˊ

伯 六一　勃 一三七　博 一五三　孛 二八三　帛 三三三　悖 三九二　搏 四七一　柏 五五一　欂 五七四　泊 六一八　浡 六二四　渤 六三七　百 七四二　礴 七八〇　箔 八一五　簿 八二〇　脖 八九四　膊 八九九　舶 九一三　蔔 九四四　薄 九四七　襮 九八二　踣 一〇三八　鉑 一〇九二　鎛 一一〇二　鑮 一一〇八　駁 一一七三　髆 一一八三　鵓 一二〇六

ㄅㄛˇ

簸 八二一

跛 一〇三五

ㄅㄛˋ 亳 四六　播 四七九　擘 四八三　檗 五七三　簸 八二一　薄 九四七　蘗 九五三

ㄅㄞ 掰 四六五

ㄅㄞˊ 白 七四〇

ㄅㄞˇ 佰 六四　捭 四六一　擺 四八五　百 七四二　襬 九八二

ㄅㄞˋ 唄 一九三　拜 四四二　敗 四九六　稗 七九五　粺 八二六

ㄅㄟ 卑 一五二　埤 二三三　悲 三九八　揹 四六九　杯 五四七　痺 七三三　盃 七四七　碑 七七五　箄 八一五　背 八八八

ㄅㄟˇ 北 一四六　鈚 一〇九三

ㄅㄟˋ 倍 七三　備 八二　北 一四六　彿 三八八　悖 三九二　憊 四一二　焙 六六二　狽 六九三　碚 七七四　糒 八二七　背 八八八　蓓 九四二　被 九七五　褙 九八〇　貝 一〇一八　輩 一〇四七　邶 一〇七四　鋇 一〇九七

˙ㄅㄟ 唄 一九三

ㄅㄠ 包 一四四　孢 二八四　炮 六五九　煲 六七〇　胞 八八九　苞 九二三　褒 九八〇　鞄 一二四六　齙 一三一六

ㄅㄠˊ 雹 一二三八

ㄅㄠˇ 保 七〇　堡 二三五　寶 三〇二　葆 九三九　褓 九八〇　飽 一二六三　鴇 一三〇四

ㄅㄠˋ 刨 一一五　報 二三四　抱 四四五　暴 五三八　瀑 六五二　爆 六七七　豹 一〇一七　趵 一〇三四　鉋 一〇九一　鮑 一二九七

ㄅㄢ 扳 四三五　搬 四七二　斑 五〇三　班 七〇四　瘢 七三四　般 九二二　頒 一二五二

ㄅㄢˇ 坂 二二六　板 五四八　版 六八二　舨 九二三　鈑 一〇九〇　闆 一二一六　阪 一二一八

ㄅㄢˋ 伴 五八　半 一五一　扮 四三五　拌 四四〇　爿 六八一　瓣 七一三　絆 八三四　辦 一〇五〇

ㄅㄣ 奔 二六一　賁 一〇二二　錛 一〇九九

ㄅㄣˇ 本 五四一　畚 七二三　苯 九二三

ㄅㄣˋ 坌 二二六　笨 八〇九

ㄅㄤ 傍 八二　幫 三七七　梆 五五七　邦 一〇七三

ㄅㄤˇ 榜 五六四　綁 八四三　膀 八九九

ㄅㄤˋ 傍 八二　徬 三七三　旁 五〇九　棒 五五九　磅 七七七　膀 八九九　蒡 九四二　蚌 九五七　謗 一〇〇七　鎊 一一〇二

ㄅㄥ 崩 三三三　繃 八五一

ㄅㄥˊ 甭 七一九

ㄅㄥˇ 繃八五三 菶九三五

ㄅㄥˋ 榜五六四 泵六一八 綳八五三 蹦一〇四〇 迸一〇五七

ㄅㄧ 偪七九 屄三一四 幅三三六 逼一〇六三

ㄅㄧˊ 荸九三〇 鼻一三一四

ㄅㄧˇ 匕一四五 妣二七〇 彼三六六 比五九二 秕七九二 筆八二一 鄙一〇七六

ㄅㄧˋ 佛六三 俾七七 嗶二〇六 埤二三三 壁二四〇 婢二七六 嬖二八〇 幣三三六 庇三四五 弊三五四 弼三六〇 必三七九 愊四〇一 愎四〇四 拂四四七 敝四九五 斃五〇一 比五九二 毖五九三 泌六一二 狴六九三 璧七一〇 畀七三一 畢七三四 痺七三三 睥七六三 碧七七五 祕七八二 箅八一六 篦八一八 篳八一九 腷八九八 臂九〇〇 苾九二三 蓖九四二 蓽九四三 蔽九四三 薜九四八 裨九八〇 襞九八二 觱九九〇 詖九九六 賁一〇二一 贔一〇二八 跛一〇三五 蹕一〇四〇 躄一〇四一 辟一〇五〇 避一〇七一 鉍一〇九二 閉一一二一 閟一一二四 陛一一三一 髀一一八三 鷩一三〇九

ㄅㄧㄝ 憋四〇七 鱉一三〇一 鼈一三一一

ㄅㄧㄝˊ 別一二四 蹩一〇四〇

ㄅㄧㄝˇ 癟七三五

ㄅㄧㄝˋ 彆三六〇

ㄅㄧㄠ 儦八九 摽四七五 杓五四五 標五六七 猋六九三 彪九五四 鏢一一〇四 鑣一一〇八 飆一一六〇 髟一一八八 麃一三一三

ㄅㄧㄠˇ 俵七五 婊二七五 表九七三 裱九七九 錶一〇九八

ㄅㄧㄠˋ 摽四七五 鰾一三〇〇

ㄅㄧㄢ 砭七七三 籩八二三 編八四八 蝙九六二 邊一〇七三 鞭一一四六 鯿一三〇〇

ㄅㄧㄢˇ 匾一四八 惼四〇〇 扁四二四 窆八〇三 萹九三九 褊九八〇 貶一〇一三

ㄅㄧㄢˋ 便六九 卞一五四 弁三五三 徧三七三 忭三八一 汴六〇七 緶八五〇 辮八五六 變一〇二一 辦一〇五〇 辯一〇五一 遍一〇六六 釆一〇八四

ㄅㄧㄣ 儐八八 彬三六三 斌五〇三 檳五七一 濱六五一 瀕六五三 繽八五六 豳一〇一六 賓一〇二四 邠一〇七三 鑌一一〇七

ㄅㄧㄣˋ 擯四八四

殯 五八九　臏 九〇二　髕 一一八四　鬢 一一九〇

ㄅㄧㄥ　兵 一〇五　冰 一一一　并 三四一

ㄅㄧㄥˇ　丙 二五　屏 三一五　怲 三八四　昺 五一九　柄 五四九　炳 六五八　秉 七九一　稟 七九五　邴 一〇七四　餅 一一六四

ㄅㄧㄥˋ　並 二七　併 六四　并 三四一　摒 四七〇　病 七一九

ㄅㄨ　晡 五三三　逋 一〇六〇　餔 一一六五

ㄅㄨˇ　卜 一五四　哺 一九二　捕 四五四　補 九七七

ㄅㄨˋ　不 一九　佈 六〇　埠 二三三　布 三三一　怖 三八三　步 五八二　簿 八二〇　部 一〇七五　鈽 一〇九一

ㄆ

ㄆㄚ　啪 一九五　葩 九三九　趴 一〇三四

ㄆㄚˊ　扒 四三一　杷 五四五　爬 六六八　琶 七〇七　筢 八一三　耙 八七五　鈀 一〇九〇

ㄆㄚˋ　帕 三三三　怕 三八五

ㄆㄛ　坡 二一八　潑 六四七　陂 一一一九

ㄆㄛˊ　婆 二七五　皤 七四五　繁 八五三　鄱 一〇七七

ㄆㄛˇ　叵 一六八　鉕 一〇九三　頗 一一五三

ㄆㄛˋ　朴 五四三　珀 七〇三　破 七一一　粕 八二四　迫 一〇五四　醱 一〇八三　釙 一〇八九　霸 一一四〇　魄 一一九四

ㄆㄞ　拍 四四五

ㄆㄞˊ　俳 七七　徘 三七一　排 四六一　牌 六八二　簰 八一六

ㄆㄞˇ　排 四六二

ㄆㄞˋ　派 六二三　湃 六三八　鎃 一一〇〇

ㄆㄟ　呸 一八三　坯 二一八　胚 八八九　醅 一〇八二

ㄆㄟˊ　坏 二一六　培 二三〇　裴 九七九　賠 一〇二五　邳 一〇七三　陪 一一二三

ㄆㄟˋ　佩 六七　妃 二六七　帔 三三三　旆 五一〇　沛 六〇八　淠 六二四　珮 七〇四　轡 一〇五〇　配 一〇七九　霈 一一三八

ㄆㄠ　拋 四四四　泡 六一七　脬 八九四

ㄆㄠˊ　刨 一三五　匏 一五五　咆 一八五　庖 三四五　炮 六五九　炰 六五九　袍 九七六　跑 一〇三五　麃 一二二三

ㄆㄠˇ　跑 一〇三五

ㄆㄠˋ　泡 六一七　炮 六五九　皰 七四七　砲 七一三

ㄆㄡ　抔 四三三　掊 四五七　裒 九七七

ㄆㄡˇ

剖 一三〇
培 二三〇
掊 四五七
棓 五五九
瓿 七一三

ㄆㄢ

攀 四八五
潘 六四九
番 七三四

ㄆㄢˊ

弁 三五三
槃 五六六
盤 七五一
磐 七七八
磻 七七九
繁 八五三
胖 八九〇
般 九一二
蟠 九六五
鞶 一一四七

ㄆㄢˋ

判 一二四
叛 一六六
拚 四四八
泮 六一二
畔 七三三
盼 七五六

ㄆㄣ

噴 二〇七
歕 五七九

ㄆㄣˊ

湓 六三九
盆 七四七

ㄆㄣˋ

噴 二〇七

ㄆㄤ

乓 三三

ㄆㄤˊ

滂 六四〇
磅 七七七
膀 八九九
傍 八二
尨 三一一
龐 三五三
彷 三六五
徬 三七三
方 五〇八
旁 五〇九
膀 八九九
螃 九六二
逄 一〇五七
雱 一一三五

ㄆㄤˇ

嗙 二〇三
髈 一一八三

ㄆㄤˋ

胖 八九〇

ㄆㄥ

亨 四五
怦 三八三
抨 四四一
泙 六一三
澎 六四九
烹 六六一
砰 七七一

ㄆㄥˊ

弸 三六〇
彭 三六四
朋 五三七
棚 五六〇
澎 六四九
硼 七七五
篷 八一八
膨 九〇〇
芃 九一五
蓬 九四四
逢 一〇六〇
髼 一一八九
鵬 一二〇七

ㄆㄥˇ

奉 二五九
捧 四五九

ㄆㄥˋ

碰 七七五
踫 一〇三九

ㄆㄧ

丕 二五
劈 一三四
匹 一四八
批 四三九
披 四四五
狉 六九一
砒 七七一
紕 八三一
被 九七五
鈹 一〇九二
錍 一一〇〇
霹 一一四〇

ㄆㄧˊ

啤 一九六
埤 二三三
枇 五四七
毗 五九三
琵 七〇七
疲 七三〇
皮 七四六
罷 八六二
脾 八九五
膍 八九九
蚍 九五八
裨 九八〇
貔 一〇一七
鈹 一〇九二
陂 一一一九
陴 一一二三
鼙 一二三三

ㄆㄧˇ

仳 五七
匹 一四八
否 一七九
嚭 二一一
圮 二二四
庀 三二四
疋 七二七
痞 七三一
癖 七三五

ㄆㄧˋ

僻 八八
媲 二七八
屁 三一三
擗 四八三
淠 六二四
濞 六五一
譬 一〇一〇
辟 一〇五〇
闢 一一一七

ㄆㄧㄝ

鷿 一二一〇
撇 四七五
瞥 七六四

ㄆㄧㄝˇ

撇 四七五

ㄆㄧㄠ

嫖 二七八
彯 三六四
漂 六四四
票 七八五
螵 九六四
飄 一一六〇

ㄆㄧㄠˊ

嫖 二七八
朴 五四三
瓢 七一三

ㄆㄧㄠˇ
摽 四七五　殍 五八七　漂 六四四　瞟 七六四　縹 八五三　莩 九三〇

ㄆㄧㄠˋ
僄 八四　剽 一三三　慓 四〇八　漂 六四五　票 七八五　驃 一一七七

ㄆㄧㄢ
偏 七八　扁 四二四　篇 八一七　翩 八七〇

ㄆㄧㄢˊ
便 六九　平 三三八　胼 八九二　諞 一〇〇七　蹁 一〇三九　駢 一一七四　骿 一一八二

ㄆㄧㄢˋ
片 六八一　騙 一一七六

ㄆㄧㄣ
姘 二七三　拼 四五〇

ㄆㄧㄣˊ
嬪 二八〇　蘋 九五二　蠙 九六五　貧 一〇二〇　頻 一一五四　顰 一一五七

ㄆㄧㄣˇ
品 一九〇

ㄆㄧㄣˋ
牝 六八五

ㄆㄧㄥ
乒 三三　娉 二七四

ㄆㄧㄥˊ
坪 二三八　屏 三三五　平 三三八　憑 四二一　枰 五五〇　瓶 七一三　秤 七九三　苹 九二三　萍 九三三　蘋 九五二　評 九九五　馮 一一七二

ㄆㄧㄥˋ
聘 八七八

ㄆㄨ
仆 五〇　噗 二〇七　扑 四三一　撲 四七八　攴 四八九　鋪 一〇九六

ㄆㄨˊ
僕 八七　匍 一四四　幞 三三七　扶 四三三　朴 五四三　樸 五七一　濮 六五三　璞 七〇九　脯 八九四　莆 九三〇　菩 九三三　葡 九三八　蒲 九四〇　蒱 九四三　襆 九八一　蹼 一〇四一　酺 一〇八一　醭 一〇八三　鏷 一一〇六

ㄆㄨˇ
圃 二一八　埔 二三〇　普 五二四　浦 六二五　溥 六四一　譜 一〇〇九　鐠 一一〇五

ㄆㄨˋ
暴 五二八　曝 五三一　瀑 六五二　舖 九一二　鋪 一〇九六

ㄇ

ㄇㄚ
媽 二七八　嬷 二八〇

ㄇㄚˊ
嘛 二〇四　痲 七三三　蟆 九六三　麻 一三一四　麼 一三一五

ㄇㄚˇ
嗎 二〇三　獁 六九五　瑪 七〇九　碼 七七七　螞 九六三　馬 一一七〇

ㄇㄚˋ
禡 七八七　罵 八六二　螞 九六三

˙ㄇㄚ
嗎 二〇三　嘛 二〇四

ㄇㄛ
摸 四七六

ㄇㄛˊ
摩 四七五　摹 四七六　模 五六八　無 六六三　磨 七七八　糢 八二七　膜 九〇〇　蘑 九五三　謨 一〇〇九　饃 一一六七　魔 一一九五　麼 一三一五

ㄇㄛˇ
抹 四四二

ㄇㄛˋ
万 一四　冒 一〇八　嘿 二〇七

嘿 二二一
寞 二九九
幕 三三七
抹 四四二
末 五四二
歿 五八六
沒 六一〇
沫 六二二
漠 六四五
瘼 七三四
眽 七六一
磨 七七八
秣 七九三
纆 八五七
脈 八九一
茉 九二四
莫 九二八
袜 九七五
貊 一〇一七
貉 一〇一七
貘 一〇一八
鄚 一〇七七
鏌 一一〇五
陌 一一二〇
霢 一一三九
靺 一一四六
驀 一一七七
墨 一二一七
默 一二一八

˙ㄇㄜ

嘿 二二一
麼 一二三五

ㄇㄞˊ

埋 二三〇
霾 一一四一

ㄇㄞˇ

買 一〇三三

ㄇㄞˋ

勱 一四二
脈 八九一
賣 一〇三四
邁 一〇七一
麥 一二三三

ㄇㄟˊ

媒 二七六
嵋 三三三
枚 五四八
梅 五五七
楣 五六一
沒 六一〇
湄 六三九
煤 六六八
玫 七〇二
眉 七五四
禖 七八七
莓 九三〇
郿 一〇七六
酶 一〇八一
鋂 一〇九七
霉 一一三九
黴 一二三〇

ㄇㄟˇ

媺 二七八
每 五九一
浼 六二八
美 八六四
鎂 一一〇〇

ㄇㄟˋ

妹 二七〇
媚 二七七
寐 二九九
昧 五一九
沬 六一二
瑁 七〇八
眛 七五九
袂 九七五
魅 一二一四

ㄇㄠ

貓 一〇一七

ㄇㄠˊ

旄 五一〇
毛 五九三
氂 五九五
矛 七六五
茅 九二三
茆 九二三
蝥 九六二
蟊 九六四
錨 一一〇一
髦 一一八八

ㄇㄠˇ

卯 一五五
昴 五三一
茆 九二三
鉚 一〇九三

ㄇㄠˋ

冒 一〇八
帽 三三六
懋 四一三
旄 五一〇
眊 七五六
瞀 七六三
耄 八七四
芼 九二〇
茂 九二三
袤 九七五
貌 一〇一七
貿 一〇三三

ㄇㄡ

哞 一九一

ㄇㄡˊ

侔 六七
牟 六八五
眸 七六一
繆 八五一
蛑 九五九
謀 一〇〇六
鍪 一一〇〇
麰 一二三三

ㄇㄡˇ

冇 一一五
某 五四八

ㄇㄢˊ

埋 二三〇
瞞 七六四
蔓 九四四
蠻 九六七
謾 一〇〇九
蹣 一〇四〇
鞔 一一四六
顢 一一五六
饅 一一六七
鬘 一一九〇
鰻 一二〇〇

ㄇㄢˇ

滿 六四五
蟎 九六四

ㄇㄢˋ

曼 一六六
墁 二三八
嫚 二七九
幔 三三七
慢 四〇八
漫 六四六
縵 八五三
蔓 九四四
謾 一〇〇九
鏝 一一〇五

ㄇㄣ

悶 三九九

ㄇㄣˊ

亹 四六
們 七八
捫 四六五
鍆 一〇九九
門 一一一〇

ㄇㄣˋ 悶 三九九 懣 四一四 燜 六七六

ㄇㄤˊ 尨 三一一 忙 三七九 氓 五九七 盲 七五三 芒 九一五 茫 九二七 邙 一〇七二 鋩 一〇九七

ㄇㄤˇ 莽 九二九 蟒 九六三

ㄇㄥ 曚 七六五

ㄇㄥˊ 尨 三一一 懞 四一四 懵 四一五 曚 五三〇 朦 五四〇 檬 五七四 氓 五九七 濛 六五一 甍 七一三 甿 七二一 盟 七四九 瞢 七六四 矇 七六五 艨 九一三 萌 九二三 蒙 九四〇 虻 九五七 蠓 九六六

ㄇㄥˇ 猛 六九四 艋 九一三 蜢 九六一 錳 一〇九九

ㄇㄥˋ 夢 二四八 孟 二八四 瞢 七六四

ㄇㄧ 咪 一八九 眯 七六〇 瞇 七六四

ㄇㄧˊ 彌 三六一 瀰 六五三 獼 六九九 禰 七八八 糜 八二七 縻 八五三 蘼 九五三 謎 一〇〇七 迷 一〇五五 醚 一〇八二 醾 一〇八四 靡 一一二四 麋 一三一二 麛 一三一三

ㄇㄧˇ 弭 三五八 敉 四九五 眯 七五九 米 八二三 粎 八二三 芈 八六四 銤 一〇九五 靡 一一二四

ㄇㄧˋ 冪 一一〇 幂 一一〇 宓 二九〇 密 二九六 幎 三二六 日 五二三 汨 六〇九 泌 六一三 祕 七八二 秘 七九三 糸 八二八 蔤 九四四 蜜 九六一 覓 九八六 謐 一〇〇七 鼏 一三一三

ㄇㄧㄝ 乜 二五 咩 一八九 哶 一九二 芈 八六四

ㄇㄧㄝˋ 滅 六四一 篾 八一八 蔑 九四四 蠛 九六六 衊 九六八

ㄇㄧㄠ 喵 一九八

ㄇㄧㄠˊ 描 四六六 瞄 七六三 苗 九二三 鶓 一三〇八

ㄇㄧㄠˇ 杪 五四八 淼 六二六 渺 六二八 眇 七五六 秒 七九二 緲 八五〇 藐 九四九 邈 一〇七二

ㄇㄧㄠˋ 妙 二六九 廟 三五〇 繆 八五一

ㄇㄧㄡˋ 繆 八五一 謬 一〇〇八

ㄇㄧㄢˊ 棉 五六〇 眠 七五九 綿 八四六

ㄇㄧㄢˇ 丏 一五 俛 七一 免 九六 冕 一〇九 勉 一三八 娩 二七五 愐 四〇一 沔 六〇八 湎 六三九 眄 七五六 緬 八四八 腼 八九六 靦 一一二五 鮸 一二九八

ㄇㄧㄢˋ 湣 六四〇 瞑 七六三 面 一一二四 麵 一三一四

ㄇㄧㄣˊ 岷 三一二 忞 三八一 旻 五一五 旼 五一五

民 五九五 珉 七〇三 緡 八五〇

ㄇㄧㄣˇ 愍 四〇六 憫 四二三 抿 四四八 敏 四九六 泯 六一三 湣 六四〇 澠 六五〇 皿 七四七 笢 八一〇 閔 一二一三 閩 一二一四 鰵 一三〇一 黽 一三三一

ㄇㄧㄥˊ 冥 一一〇 名 一七五 嫇 二七七 明 五一六 暝 五一八 洺 六一三 溟 六四二 瞑 七六三 茗 九一八 螟 九六三 酩 一〇八〇 銘 一〇九三 鳴 一三〇三

ㄇㄧㄥˋ 命 一八五

ㄇㄨˇ 姆 二七三 姥 二七三 拇 四四八 母 五九一 牡 六八五 畝 七三三 鉧 一〇九三

ㄇㄨˋ 募 一四一 墓 二三八 幕 三三六 慕 四〇九 暮 五三九 木 五四〇 沐 六〇八 牟 六八五 牧 六八五 目 七五三 睦 七六三 穆 七九八 繆 八五一 苜 九二四 莫 九二八 鉬 一〇九二

ㄈ

ㄈㄚ 伐 五六 發 七三七

ㄈㄚˊ 乏 三三 法 六一三 筏 八一三 罰 八六一 閥 一二一五

ㄈㄚˇ 法 六一三 砝 七七一 鍅 一一〇〇 髮 一二一八

ㄈㄚˋ 琺 七〇七

ㄈㄛˊ 佛 六三

ㄈㄟ 啡 一九六 妃 二六七 扉 四二五 緋 八四六 菲 九三三 蜚 九六一 霏 一二三九 非 一二四三 飛 一二六〇 騑 一二七六

ㄈㄟˊ 淝 六三五 肥 八八六 腓 八九五 蜰 九六一

ㄈㄟˇ 匪 一四七 悱 三九八 斐 五〇三 朏 五三七 榧 五六五 篚 八一八 翡 八六九 菲 九三三 蜚 九六一 誹 一〇〇四

ㄈㄟˋ 剕 一三一 吠 一七九 屝 三一六 廢 三五一 沸 六一三 狒 六九一 疿 七三三 肺 八八六 芾 九二〇 費 一〇二一 鯡 一二九九

ㄈㄡˊ 芣 九二〇

ㄈㄡˇ 不 一九 否 一七九 缶 八五八

ㄈㄢ 幡 三三七 旛 五一三 番 七二四 繙 八五三 翻 八七一 蕃 九四六

ㄈㄢˊ 凡 一〇 墦 二三九 帆 三三三 樊 五六八 煩 六六八 燔 六七五 璠 七一〇 礬 七八〇 繁 八五三 膰 九〇〇 蕃 九四六 藩 九五一 蹯 一〇四一 釩 一〇八九 鐇 一一〇六

ㄈㄢˇ 反 一六二 返 一〇五三

ㄈㄢˋ 梵 五五六 氾 六〇四 汎 六〇六 泛 六一一 犯 六九〇

笵 八一〇 範 八六六 范 九二三 販 一〇一九 飯 一一六二

ㄈㄣ 分 一二〇 吩 一八〇 棻 五六一 氛 五九七 紛 八三二 芬 九一八 酚 一〇七九 雰 一一三六

ㄈㄣˊ 墳 二三九 幩 三三七 枌 五四八 棼 五六〇 汾 六二一 焚 六六三 蕡 九四六 鼢 一三三

ㄈㄣˇ 粉 八二三

ㄈㄣˋ 份 五七 僨 八六 分 一二〇 坋 二三七 奮 二六四 忿 三八二 憤 四二一 糞 八二七

˙ㄈㄣ 噴 二〇七

ㄈㄤ 坊 二二六 方 五〇八 枋 五四五 芳 九一八 邡 一〇七三 鈁 一〇九〇

ㄈㄤˊ 坊 二二六 妨 二六九 房 四三三 肪 八八七 防 一一一八 魴 一一九七

ㄈㄤˇ 仿 五五 倣 七三 彷 三六五 放 四九二 昉 五一五 紡 八三一 舫 九二三 訪 九九四 髣 一一八八

ㄈㄤˋ 放 四九二

ㄈㄥ 丰 一三〇 封 三〇三 峰 三一一 楓 五六三 灃 六五三 烽 六六二 瘋 七三三 葑 九三九 蜂 九六〇 豐 一〇二五 酆 一〇七八 鋒 一〇九七 風 一一五七

ㄈㄥˊ 夆 二四 縫 八五二 逢 一〇五七 逄 一〇六〇 馮 一一七二

ㄈㄥˇ 唪 一九五 泛 六二一

ㄈㄥˋ 俸 七三 奉 二五九 縫 八五二 諷 一〇〇七 賵 一〇二七 風 一一五八 鳳 一二〇三

ㄈㄨ 伕 五六 夫 二五六 孵 二八五 敷 四九九 稃 七九五 胕 八九〇 膚 八九九 趺 一〇二四 跗 一〇二五 鄜 一〇七七 鈇 一〇九〇 鳺 一二〇四 麩 一二一三

ㄈㄨˊ 伏 五五 佛 六三 俘 七一 偪 七九 匐 一四五 夫 二五六 孚 二八三 宓 二九〇 幅 三三六 弗 三五六 彿 三六六 怫 三八八 扶 四三三 拂 四四七 服 五三七 枹 五五〇 桴 五五七 氟 五九七 洑 六二三 浮 六二六 涪 六二八 袚 七八三 福 七八六 符 八〇九 紼 八三四 紱 八三四 縛 八五〇 罘 八六〇 胕 八九〇 艴 九二五 芙 九一九 芾 九二〇 茀 九二三 苻 九二四 茯 九二八 莩 九三〇 菔 九三五 虙 九五四 蚨 九五八 蜉 九六〇 蝠 九六二 袱 九七六 輻 一〇四八 郛 一〇七四 髴 一一八八 鳧 一二〇三 鵩 一二〇七 黻 一二三二

ㄈㄨˇ 俛 七一 俯 七三 府 三四六

坿　咐　副　傅　付　　　　黼　頯　釜　輔　腑　腐　脯　胕　簠　甫　父　滏　斧　撫　拊
　　　　　　　　ㄈㄨˋ
三六　一六五　三二　八二　五一　　三二一　一五三　一○九　一○六四　八六　八五　八九　八二　八九　二一○　二八　七九　六三二　五○五　四○　四六

鰒　鮒　駙　馥　附　阜　赴　賻　賦　負　訃　覆　複　蝮　腹　袝　父　復　富　婦
一二九　一二九七　二一七　二二九　二一六　一一四　一一○　二○八　二○二　一二五　一○六　一一二　八四　八九　八二　二七　六三　一三二　二三　二三七

靼　鐌　達　荅　答　笪　瘩　炟　怛　妲　噠　　　褡　耷　答　搭　　　｜　　ㄉ
　　　　　　　　　　ㄉㄚˊ　　　　　ㄉㄚ
一二六　一二○三　一○四　九七　八三　八一○　七二　六二　三三　二一　二○八　　九一　八七　八三　四二

獃　待　呆　　｜　　的　得　底　地　　　　德　得　　｜　　大　　打　　韃
　ㄉㄞˊ　　　　˙ㄉㄜ　　　　　　ㄉㄜˊ　　　　　　ㄉㄚˋ　　ㄉㄚˇ
六五四　三六二　二七九　　五四一　三九　二六四　二三　　三四　三四　　二四　　四六　　二四七

迨　貸　詒　襶　袋　紿　玳　殆　戴　怠　待　帶　岱　大　代　　　逮　歹　傣
　　　　　　　　　　　　　　　　　ㄉㄞˋ　　　　　　　ㄉㄞˇ
一五四　一○三　九六　八八　八二　七九　七二　五五　三八　三六　三三　三○　二九　二四　五　　一○六　五四　八二

捯　魛　襡　舠　氘　忉　叨　刀　　｜　　得　　｜　　黛　駘　靆　隶　逮
ㄉㄠˇ　ㄉㄠˊ　　　　　　ㄉㄠ　　　　ㄉㄟ　　　　ㄉㄟˋ
五九　四九　一六六　九七三　九二　五七一　二九　　三七○　　三二　一二四　一四一　一○六○

唗　兜　　｜　　道　蹈　纛　稻　盜　悼　幬　到　倒　　　禱　擣　搗　島　導　壔　倒
　ㄉㄡ　　　　　　　　　　ㄉㄠˋ　　　　　　　　ㄉㄠˇ
一九二　九七　　一○五　一○○　八六　七五　七五　二八　一三六　一三　　七六　四八　四二　三一　二七　二○　一三

單　儋　丹　　｜　　鬥　餖　逗　豆　讀　荳　竇　痘　　　陡　蚪　斗　抖　　　都
　ㄉㄢ　　　　　　　　　　ㄉㄡˋ　　　　　　ㄉㄡˇ　　　　　　　ㄉㄨ
三○○　一八八　三二　　一二九　一六○　一五一　一○二　一○○　八八　七三　二二　　一三一　九五　五三　四二　　一○五

擔 四八三　殫 五八八　湛 六三七　癉 七三五　眈 七五六　簞 八一九　耽 八七七　聃 八七八　禫 九八一　鄲 一〇七七　酖 一〇七九

ㄉㄢˇ
亶 四六　撢 四七八　撣 四七九　疸 七三〇　膽 九〇〇

ㄉㄢˋ
但 六〇　啖 一九五　啗 一九七　噉 二〇六　彈 三六〇　憚 四一三　憺 四一四　擔 四八三　旦 五一四　檐 五七三　氮 六〇〇　淡 六三〇　澹 六五〇　癉 七三五　石 七六九　膻 九〇一　萏 九三五　蛋 九五八　誕 一〇〇五　鉭 一〇九三　餤 一一六六

ㄉㄤ
噹 二〇九　璫 七二一　當 七三五　襠 九八二　鐺 一一〇七

ㄉㄤˇ
党 九七　擋 四八二　攩 四八八　檔 五七二　當 七三六　讜 一〇二三　黨 一三一九

ㄉㄤˋ
宕 二九〇　擋 四八二　當 七三六　盪 七五二　碭 七七六　蕩 九四五

ㄉㄥ
噔 二〇八　燈 六七五　登 七三七　簦 八二〇　鐙 一一〇六

ㄉㄥˇ
戥 四三〇　等 八一一

ㄉㄥˋ
凳 一一五　墱 二四〇　嶝 三三四　澄 六四七　瞪 七六四　磴 七七九　蹬 一〇四一　鄧 一〇七七　鐙 一一〇六

ㄉㄧ
低 六二　氐 五九六　滴 六四四　羝 八六五　鞮 一一四六

ㄉㄧˊ
嘀 二〇四　嫡 二七八　敵 四九九　滌 六四三　狄 六九〇　的 七四四　笛 八一〇　糴 八二八　翟 八七〇　荻 九三〇　覿 九八八　踧 一〇三八　迪 一〇五四

適 一〇六八　鏑 一一〇四

ㄉㄧˇ
底 三四六　抵 四四六　柢 五五〇　氐 五九六　牴 六八七　砥 七七三　觝 九八九　詆 九九六　邸 一〇七三　骶 一一八二

ㄉㄧˋ
地 二三四　娣 二七四　帝 三三三　弟 三五七　棣 五五九　玓 七〇一　的 七四四　睇 七六二　碲 七七六　第 八一〇　締 八四七　蔕 九三八　諦 一〇〇五　踶 一〇三九　遞 一〇六六

ㄉㄧㄝ
爹 六八〇

ㄉㄧㄝˊ
咥 一八九　喋 一九八　垤 二三九　堞 二三三　昳 五一二　渫 六三九　牒 六八二　瓞 七二三　疊 七二七　碟 七七六　絰 八三七　耋 八七四　蝶 九六二　褶 九八一　諜 一〇〇六　跌 一〇二五　蹀 一〇三九　迭 一〇五四　鰈 一一九九

ㄉㄧㄠ
凋 一一四　刁 一一九　叼 一七一　彫 三六四　琱 七〇八　碉 七七五　蛁 九五九　貂 一〇一七　雕 一一三一

ㄉㄧㄠˋ：吊 一五三、弔 三五四、掉 八四五、蒤 一〇四、調 一〇八、釣 一〇四、銚 一〇八、錦 一〇五

ㄉㄧㄡ：丟 六一、銩 一〇五五

ㄉㄧㄢ：顛 一六五、蹎 一〇四、癲 七二、滇 六四、攧 四八、掂 四七、巔 三五

ㄉㄧㄢˇ：典 一〇七、痶 一三二、碘 一七五、點 三八

ㄉㄧㄢˋ：佃 六〇、坫 三二〇、墊 三一九、奠 三二六、店 三五二

ㄉㄧㄤ：噹 二〇九

ㄉㄧㄥ：丁 九、仃 五五、叮 一六八、打 七〇一

ㄉㄧㄥ：町 七二一、疔 七五三、叮 一六八、酊 一〇九、釘 八九一、靪 一二五四

ㄉㄧㄥˇ：酊 八七、頂 一五〇、鼎 三三二

ㄉㄧㄥˋ：定 二九〇、碇 七五四、訂 八九二、釘 八九一、錠 一〇九八

ㄉㄨ：嘟 二〇五

ㄉㄨ：督 七六二、都 一〇七五

ㄉㄨˊ：匵 一四一、櫝 五七二、毒 五二一、瀆 五九〇、牘 六三三、犢 六六九、獨 六六八、磓 七五五、讀 一〇二一、讟 一〇二〇、韣 一〇六一、頓 一二五四、髑 一二八四、黷 一三三〇

ㄉㄨˇ：堵 三三三、睹 七六二

ㄉㄨˇ：篤 八七、肚 八六五、賭 一〇一六

ㄉㄨˋ：妒 二七九、度 二五四、杜 五三六、渡 六七六、簵 一〇三二?、肚 八六五、蠹 一〇六六、鍍 一一〇〇

ㄉㄨㄛ：哆 一九〇、多 二四六

ㄉㄨㄛˊ：剟 一三三、奪 二六三、掇 四五五

ㄉㄨㄛˊ：毲 四九六、鐸 一二七〇

ㄉㄨㄛˇ：埵 二三九、垛 三三二、朵 五五二、綞 八四七、躲 一〇四二

ㄉㄨㄛˋ：剁 一三六、咄 一八四、埵 二三九、墮 三一九、墮 三二四、度 二五四、惰 四〇一、柮 五五〇、柁 五五〇、沱 六二三、舵 九三二

ㄉㄨㄟ：堆 二三三、碓 七五四、追 一〇六五

ㄉㄨㄟˇ：兌 九五、對 三〇八、憝 四二一、懟 四三七、敦 四七六、碓 七五四、錞 一二〇〇、鐓 一二二五、隊 一二三四

ㄉㄨㄢ：端 八〇七

（跺 一〇三六、躱 一〇二九、馱 一一七二）

崙 八七五

ㄉㄨㄢˇ
短 七六八

ㄉㄨㄢˋ
斷 五〇七　椴 五六三　段 五八九　籪 八二三　緞 八四九　鍛 一一〇二

ㄉㄨㄣ
墩 二三九　惇 三九四　敦 四九七　燉 六七三　蹲 一〇四一　鐓 一一〇五

ㄉㄨㄣˇ
盹 七五六　躉 一〇四一

ㄉㄨㄣˋ
噸 二二〇　囤 二二七　沌 六〇八　燉 六七三　盾 七五八　遁 一〇五五　遯 一〇六九　鈍 一〇九〇　頓 一一五一　飩 一一六二

ㄉㄨㄥ
冬 一二一　咚 一八五　東 五四五　氡 五九七　鶇 一三〇七　鼕 一三三三

ㄉㄨㄥˇ
懂 四一四　董 九二八

ㄉㄨㄥˋ
侗 六七　凍 一二四　動 一三九　峒 三一一　恫 三九〇　棟 五五九　洞 六二一　硐 七七三　胴 八九二

ㄊ

ㄊㄚ
他 五四　塌 二三七　她 二六七　它 二八七　牠 六八五　趿 一〇三四　鉈 一〇九二

ㄊㄚˇ
塔 二三六

ㄊㄚˋ
㒓 八六　嗒 二〇三　拓 四四三　搨 四七三　撻 四八一　榻 五六五　沓 六一一　漯 六四三　獺 六九八　踏 一〇三八　蹋 一〇四〇　躂 一〇四一　遝 一〇六七　遢 一〇六八　闒 一一一七　闥 一一一七　鞳 一一四六　鰨 一三〇〇

ㄊㄜ
忒 三八〇

ㄊㄜˋ
忒 三八〇　忑 三八〇　慝 四〇八　特 六八七　螣 九六三　鋱 一〇九七

ㄊㄞ
胎 八八九

ㄊㄞˊ
台 一七一　抬 四四九　檯 五七四　臺 九〇七　苔 九二三　薹 九五〇　跆 一〇三五　邰 一〇七三　颱 一一五九　駘 一一七四　鮐 一一九七

ㄊㄞˋ
大 二四九　太 二五三　忲 三八一　態 四〇七　汰 六〇九　泰 六一八　鈦 一〇九〇

ㄊㄠ
叨 一七一　弢 三五七　慆 四〇七　掏 四六二　搯 四七三　滔 六四二　絛 八四三　韜 一二四八　饕 一二六八

ㄊㄠˊ
咷 一九一　啕 一九六　桃 五五五　檮 五七四　洮 六二三　淘 六三五　濤 六五一　燾 六七七　萄 九三五　逃 一〇五六　鋾 一〇九九　陶 一一二三　鼗 一三三三

ㄊㄠˇ
討 九九二

ㄊㄠˋ
套 二六二

ㄊㄡ
偷 八〇　媮 二七七

ㄊㄡˊ
投 四三五　頭 一一五三　骰 一一八二

ㄊㄡˋ
透 一〇六〇

ㄊㄢ

坍	攤	灘	癱	貪	壇	彈	怏	曇	檀	潭	澹	痰	罈	覃	談	譚	郯
ㄊㄢ				ㄊㄢ	ㄊㄢˊ												ㄊㄢˊ
三六	四七	六四	七六	一〇二〇	二〇四	二五〇	三五五	三六四	四六六	六六四	六五〇	五九四	八五四	九八四	一〇三二	一〇九二	一〇九五

坦	志	毯	祖	禮	嘆	探	撢	歎	炭	碳	｜	湯	蹚	鐋	錫	唐
ㄊㄢˇ					ㄊㄢˋ							ㄊㄤ				ㄊㄤˊ
三六	三六〇	五九四	九七六	九八一	二〇六	四五二	四四九	五七九	六五四	七六七	｜	六八八	一〇四〇	一〇四五	一〇二五	一九一

堂	塘	搪	棠	溏	瑭	餹	糖	膛	蜋	螳	糖	醣	倘	儻	帑	淌	躺	鏜
ㄊㄤˊ													ㄊㄤˇ					ㄊㄤ
二二五	二二八	四一二	五一一	六四二	六四三	七六九	八一七	九〇〇	九〇三	九六三	一〇二六	一〇八二	七五〇	九六〇	三三一	六二六	一〇四三	一一〇九

提	媞	堤	啼	踢	梯	剔	｜	騰	謄	螣	藤	籐	疼	滕	｜	趟	燙
ㄊㄧˊ				ㄊㄧ				ㄊㄥˊ								ㄊㄤˋ	
四八七	二七七	二三五	一九〇	｜	五六〇	三一二	｜	一二六七	一〇〇〇	九七五	八二一	八二三	七二二	六四一	｜	一〇三二	六一三

剃	倜	俶	｜	體	｜	鶙	鷈	鶙	鵜	鯷	騠	題	隄	醍	蹄	緹	綈	稊
ㄊㄧˋ				ㄊㄧˇ														
三一六	二七八	二五五	｜	一三一二	｜	一三二九	一三二九	一三二〇	一三二〇	一二九四	一二八六	一二五五	一二一四	一〇三九	八五〇	八四二	八四二	七九五

鐵	帖	｜	貼	帖	｜	鎴	逖	趯	裼	薙	涕	殢	替	擿	惕	悌	弟	屜	嚏
ㄊㄧㄝˇ			ㄊㄧㄝ																
一〇六	三一三	｜	一〇三二	三一三	｜	一〇九五	一〇八〇	一〇三二	九七九	九二四	六二四	五六八	五三二	四五二	三九六	三九二	三五七	三二六	二一〇

鰷	髫	銚	迢	調	蜩	苕	筈	條	岧	佻	｜	蓨	桃	挑	桃	｜	饕
								ㄊㄧㄠˊ					ㄊㄧㄠˊ			｜	ㄊㄧㄝ
一三〇〇	一二八一	一〇四四	一〇五四	一〇〇四	九六一	九三一	八一〇	五六八	三三一	六七		九四五	七六五	五五一	三五二	一二六	ㄊㄧㄝ

田	甜	湉	恬	填	｜	添	天	｜	跳	耀	眺	｜	姚	宛	挑	｜	韜
ㄊㄧㄢˊ						ㄊㄧㄢ			ㄊㄧㄠˋ				ㄊㄧㄠˊ		ㄊㄧㄠˇ		ㄊㄠ
七一九	七二五	六二九	三九一	二三六		六三二	二三五	｜	一〇三六	八二六	七六六	｜	一〇四三	八〇二	五五一	｜	一三二六

畋 七三　菾 九三五　闐 一二一七

ㄊㄧㄢˇ　忝 三八一　倎 三九八　殄 五八七　淟 六三四　腆 八九六　舔 九一一　靦 一二四五

ㄊㄧㄢˋ　掭 四六二　瑱 七〇九

ㄊㄧㄥ　｜ ｜　听 一八〇　廳 三五二　桯 五五七　汀 六〇四

聽 八八二

ㄊㄧㄥˊ　亭 四六　停 七八　婷 二七六　庭 三四八　廷 三五二　渟 六三九　筳 八一三　莛 九三〇　蜓 九六〇　霆 一二三九

ㄊㄧㄥˇ　挺 四五六　梃 五五七　珽 七〇七　町 七三一　艇 九一三　鋌 一〇九七

ㄊㄧㄥˋ　听 一八〇　聽 八八二

ㄊㄨ　｜ ｜　禿 七九一

ㄊㄨˊ　凸 一一八　圖 二二一　塗 二三五　屠 三一六　徒 三六八　涂 六二八　突 八〇二　荼 九二九　菟 九三四　途 一〇六〇　酴 一〇八一

ㄊㄨˇ　吐 一七三　土 二二三　釷 一〇八九

ㄊㄨˋ　兔 九六　吐 一七三　菟 九三四

ㄊㄨㄛ　｜ ｜　托 四三三　拖 四四六　脫 八九三　託 九九三　飥 一一九六

ㄊㄨㄛˊ　佗 五九　坨 二二八　柁 五五一　橐 五六九　沱 六一三　砣 七七一　紽 八三四　跎 一〇三六　酡 一〇八〇　鉈 一〇九二　陀 一一一八　馱 一一七三　駝 一一七三　鮀 一二九七　鴕 一三〇五　鼉 一三一一　鼧 一三三三

ㄊㄨㄛˇ　妥 二六九　庹 三四八　橢 五七一

ㄊㄨㄛˋ　唾 一九七　拓 四四二　柝 五五一　籜 八二三　蘀 九五三　跅 一〇三五　魄 一一九四

ㄊㄨㄟ　｜ ｜　推 四六二　蓷 九四四

ㄊㄨㄟˊ　隤 一一二七　頹 一一五四　魋 一一九四

ㄊㄨㄟˇ　腿 八九九

ㄊㄨㄟˋ　蛻 九五九　退 一〇五五

ㄊㄨㄢ　｜ ｜　湍 六三八

ㄊㄨㄢˊ　圑 二三〇　團 二三一　摶 四七五　糰 八二八

ㄊㄨㄢˋ　彖 三六二

ㄊㄨㄣ　｜ ｜　吞 一七九　啍 一九五　暾 五三〇　涒 六二五

ㄊㄨㄣˊ　囤 二一七　屯 三一七　臀 九〇一　豚 一〇一五

ㄊㄨㄣˇ　飩 一一九七

ㄊㄨㄣˋ　氽 六〇五　褪 九八〇

ㄊㄨㄥ　｜ ｜　恫 三九〇　痌 七三二　通 一〇五七

ㄊㄨㄥˊ　仝 五一　佟 六二　侗 六七　僮 八六　同 一七四　峒 三二一　彤 三六三　曈 五三〇

桐 五五三　洞 六三三　潼 六四七　曈 七六四　童 八〇六　艟 九一三　茼 九二八　衕 九七一　酮 一〇八〇　銅 一〇九四

ㄊㄨㄥˇ
捅 四五六　桶 五五七　筒 八二三　筩 八三三　統 八三四

ㄊㄨㄥˋ
慟 四〇九　痛 七三一

ㄋ

ㄋㄚ
那 一〇七三

ㄋㄚˊ
南 一五三　拿 四五二

ㄋㄚˇ
哪 一九三　那 一〇七三

ㄋㄚˋ
內 九　吶 一八〇　娜 二七五　捺 四五九　納 八三一　衲 九七五　鈉 一〇九〇　那 一〇七三

ㄋㄚ˙
哪 一九三　那 一〇七三

ㄋㄜˋ
訥 九九四

ㄋㄜ˙
呢 一八七

ㄋㄞˇ
乃 三三　奶 二六五　妳 二七一　嬭 二八〇　氖 五九七　迺 一〇五六

ㄋㄞˋ
奈 二六〇　柰 五五一　耐 八七五　褦 九八一　錼 一〇九八　鼐 一三一三

ㄋㄟˇ
餒 一二六四

ㄋㄟˋ
內 九八

ㄋㄠ
孬 二八五

ㄋㄠˊ
呶 一八八　怓 三八七　撓 四七八　橈 五六九　猱 六九五　譊 一〇〇九　鐃 一一〇五

ㄋㄠˇ
惱 四〇五　瑙 七〇九　腦 八九八

ㄋㄠˋ
淖 六三四　鬧 一一九一

ㄋㄡˊ
耨 八七六

ㄋㄢ
囡 二一六

ㄋㄢˊ
南 一五三　喃 一九八　楠 五六二　男 七三二　蝻 九六二　諵 一〇〇六　難 一一三四

ㄋㄢˇ
戁 四一六　腩 八九八　赧 一〇二九

ㄋㄢˋ
難 一一三四

ㄋㄣˋ
嫩 二七八

ㄋㄤˊ
囊 二一三

ㄋㄤˇ
攮 四八八　曩 五三一

ㄋㄤˋ
齉 一三一五

ㄋㄤ˙
囔 二一三

ㄋㄥˊ
能 八九〇

ㄋㄧˊ
倪 七七　兒 九六　呢 一八八　妮 二七三　尼 三一三　怩 三八七　泥 六一四　猊 六九四　蜺 九六一　輗 一〇四七　鈮 一〇九二　霓 一一三九　鯢 一二九九　麑 一三一二　齯 一三一七

ㄋㄧˇ
你 六一　儗 八九　妳 二七一　擬 四八四　旎 五二一　禰 七八八

ㄋㄧˋ
匿 一四八　嶷 三三四　惄 三九九　昵 五二〇　暱 五三八　泥 六一四　溺 六四一　睨 七六三

膩 九〇〇
衵 九七五
逆 一〇五五

ㄋㄧㄝ
揑 四五四
鍂 一二〇〇

ㄋㄧㄝˊ
苶 九二四

ㄋㄧㄝˋ
乜 三五
嚙 二二一
囁 二二三
孽 二八七
攝 四八七
櫱 五七四
涅 六二六
櫱 八二八
聶 八八二
臬 九〇六
鼿 九〇六
躡 一〇四二
鎳 一一〇三
鑷 一一〇九
隉 一一二五
顳 一一五七
齧 一三一七

ㄋㄧㄠˇ
嫋 二七八
嬝 二八〇
嬲 二八〇
蔦 九四四
裊 九七九
鳥 一三〇二

ㄋㄧㄠˋ
尿 三一三
溺 六四一

ㄋㄧㄡ
妞 二七〇

ㄋㄧㄡˊ
牛 六八三

ㄋㄧㄡˇ
忸 三八三
扭 四三九
杻 五四八
狃 六九一
紐 八三三
鈕 一〇九〇

ㄋㄧㄡˋ
拗 四四八

ㄋㄧㄢˊ
年 三四一
拈 四四三
粘 八二四
鮎 一二九七
鯰 一二九九
黏 一三一六

ㄋㄧㄢˇ
拈 四四三
捻 四六三
撚 四八〇
攆 四八五
碾 七七七
輦 一〇四七
輾 一〇四八

ㄋㄧㄢˋ
卄 一四九
唸 一九六
廿 三五三
念 三八二

ㄋㄧㄣˊ
恁 三九二
您 三九四

ㄋㄧㄤˊ
娘 二七四
孃 二八〇

ㄋㄧㄤˋ
釀 一〇八四

ㄋㄧㄥˊ
凝 一一五
嚀 二二〇
寧 二九九
檸 五七三
獰 六九八
甯 七一九
聹 八八二
鸋 一三一〇

ㄋㄧㄥˇ
擰 四八三

ㄋㄧㄥˋ
佞 五八
寧 二九九
擰 四八四
濘 六五一
甯 七一九

ㄋㄨˊ
奴 二六五
孥 二八四
帑 三三三
駑 一二七三

ㄋㄨˇ
努 一三七
弩 三五七

ㄋㄨˋ
怒 三八八

ㄋㄨㄛˊ
儺 九〇
哪 一九三
娜 二七五
挪 四五六
那 一〇七三
難 一二三四

ㄋㄨㄛˋ
喏 一九九
懦 四一四
搦 四七四
糯 八二八
諾 一〇〇七

ㄋㄨㄢˇ
暖 五一七

ㄋㄨㄥˊ
儂 八八
噥 二〇九
濃 六五〇
穠 七九九
膿 九〇一
農 一〇五二
醲 一〇八三

ㄋㄨㄥˋ
弄 三五四

ㄋㄩˇ
女 二六四
釹 一〇八九

ㄋㄩˋ
女 二六四
恧 三九〇
朒 五三八
衄 九六八
䶊 一三一四

ㄋㄩㄝˋ
瘧 七三三
虐 九五三
謔 一〇〇六

ㄌ

ㄌㄚ

啦 一九五
拉 四四一
邋 一〇七二

ㄌㄚˊ
剌 一二九
旯 五一四

ㄌㄚˇ
喇 一九九

ㄌㄚˋ
剌 一二九
攋 四八五
瘌 七三三
腊 八九六
臘 九〇二
落 九三六
蜡 九六一
蠟 九六六
辣 一〇五〇
鑞 一一〇八
鬎 一一八九

・ㄌㄚ
啦 一九五

・ㄌㄛ
咯 一九一

ㄌㄜ
了 三七

ㄌㄜˋ
仂 五二
勒 一三八
垃 二二八
埒 二三〇
捋 四五六
樂 五六八
泐 六一五
肋 八八四
鰳 一三〇一

ㄌㄞˊ
來 六五
徠 三六九
淶 六三三
萊 九三三
郲 一〇七五
錸 一〇九九
鶆 一三〇七

ㄌㄞˋ
勑 一三八
徠 三六九
瀨 六五三
癩 七三六
睞 七六二
籟 八三三
賚 一〇二五
賴 一〇二六

ㄌㄟ
勒 一三八

ㄌㄟˊ
嫘 二七九
擂 四八一
礌 七八〇
縲 八五一
罍 八五九
羸 八六八
虆 九五三
鐳 一一〇七
雷 一一三六

ㄌㄟˇ
傫 九〇
壘 二四一
磊 七七八
礌 七八〇
累 八三五
纍 八五七
耒 八七五
蕾 九四八
蘲 九五一
誄 九九八

ㄌㄟˋ
淚 六三五
礧 七七九
累 八三五
酹 一〇八一
類 一一五六

ㄌㄠ
撈 四七七

ㄌㄠˊ
勞 一四〇
嘮 二〇六
嶗 三三四
撈 四七七
牢 六八五
癆 七三五
醪 一〇八三

ㄌㄠˇ
佬 六七
姥 二七三
栳 五五五
潦 六四七
老 八七二
荖 九二八
銠 一〇九五

ㄌㄠˋ
勞 一四〇
嫪 二七九
潦 六四七
澇 六四九
烙 六六一
絡 八三七
落 九三五

ㄌㄡ
摟 四七六

ㄌㄡˊ
僂 八五
嘍 二〇六
婁 二七六
摟 四七六
樓 五六七
窶 八〇四
耬 八七六
蔞 九四四
螻 九六三
鞻 一一四七
髏 一一八三

ㄌㄡˇ
塿 二三八
摟 四七六
簍 八一八

ㄌㄡˋ
漏 六四五
鏤 一一〇五
陋 一一三〇
露 一一四〇

ㄌㄢˊ
婪 二七五
嵐 三三三
攔 四八六
爛 五〇三
欄 五七四
瀾 六五三
籃 八二一
藍 九四九
蘭 九五二
襤 九八二
讕 一〇二三
鑭 一一〇八
闌 一一一六

ㄌㄢˇ
壈 二四〇
懶 四二五
攬 四八八
欖 五七五
纜 八五八

覽 九八八

ㄌㄢˋ
濫 六六一
瀾 六五三
爛 六七八

ㄌㄤ
啷 一九八

ㄌㄤˊ
鄉 二七
廊 三四九
桹 五五六
榔 五六一
狼 六九二
琅 七〇五
瑯 七〇八
硠 七七三
稂 七九四
蜋 九六〇
螂 九六二
郎 一〇七四
鋃 一〇九七

ㄌㄤˇ
朗 五三七
烺 六六一
閬 一一二五

ㄌㄤˋ
浪 六二四

ㄌㄥˊ
崚 三三三
楞 五六三
稜 七九五
薐 九四八

ㄌㄥˇ
冷 一三

ㄌㄥˋ
怔 三八三
愣 四〇三
楞 五六三

ㄌㄧ
哩 一九三

ㄌㄧˊ
剺 一三三
劙 一三四
厘 一五九
喱 二〇〇
嫠 二七九
孋 二八一
梨 五五八
漓 六四四
灕 六五三
犁 六八八
犛 六八九
狸 六九三
璃 七〇九
籬 八二三
縭 八五三
罹 八六二
藜 九五一
蘺 九五三
蜊 九六〇
蠡 九六六
褵 九八一
貍 一〇一七
醨 一〇八三
釃 一〇八四
釐 一〇八六
離 一一三三
驪 一一八一
鱺 一二〇二
鸝 一二一一
麗 一二一三
黎 一二一六
黧 一二二〇

ㄌㄧˇ
俚 六九
哩 一九三
娌 二七四
李 五四四
浬 六二六
澧 六五〇
理 七〇五
禮 七八八
蠡 九六六
裡 九七八
豊 一〇一四
邐 一〇七二
醴 一〇八三
里 一〇八四
鋰 一〇九七
鯉 一一九八
鱧 一二〇二

ㄌㄧˋ
例 六五
俐 七一
傈 八二
儷 九〇
利 一二五
力 一三五
勵 一四二
厲 一六〇
吏 一七二
唳 一九五
壢 二四二
慄 四〇六
戾 四二四
曆 五二九
栗 五五六
櫟 五七四
櫪 五七四
欐 五七五
歷 五八三
沴 六一八
溧 六四二
瀝 六五二
猁 六九三
琍 七〇七
瓅 七一一
痢 七三一
癘 七三五
礪 七八〇
礫 七八〇
立 八〇五
笠 八〇九
篥 八一八
粒 八二四
糲 八二八
苙 九二四
荔 九二七
莉 九三〇
蒞 九四三
蠣 九六六
詈 九九七
躒 一〇四三
酈 一〇七八
隸 一一三九
靂 一一四一
鬁 一一八九
鬲 一一九三
麗 一二一三

ㄌㄧㄚˇ
倆 七五

ㄌㄧㄝˇ
咧 一八九

ㄌㄧㄝˋ
冽 一三
列 一二三
劣 一三六
捩 四五八
洌 六二一
烈 六六〇
獵 六九八
裂 九七七
躐 一〇四三
邋 一〇七三
鬣 一一九〇
鴷 一二〇六

ㄌㄧㄠˊ
僚 八六
嘹 二〇六
嫽 二七九

寥 三〇〇　寮 三〇一　憭 四一一　撩 四七八　漻 六四四　潦 六四七　燎 六七四　獠 六九六　療 七三五　繚 八五四　聊 八七八　膋 八九九　遼 一〇七〇　鐐 一一〇六　飂 一一六〇　鷯 一二〇九

ㄌㄧㄠˇ

了 三七　瞭 七六四　蓼 九四四　釕 一〇八九

ㄌㄧㄠˋ

廖 三五〇　撂 四七七　料 五〇四　瞭 七六四

ㄌㄧㄡ

溜 六四三

ㄌㄧㄡˊ

劉 一三四　旒 五一一　榴 五六五　流 六二〇　瀏 六五三　琉 七〇五　留 七三一　瘤 七三四　硫 七七三　鎏 一一〇〇　鎦 一一〇三　鏐 一一〇四　騮 一一七七　鷚 一二〇九

ㄌㄧㄡˇ

柳 五五一　綹 八四七

ㄌㄧㄡˋ

六 一〇三　溜 六四三　遛 一〇六八　陸 一一三三　霤 一一三九　餾 一一六六　鷚 一二〇九

ㄌㄧㄢˊ

奩 二六三　帘 三三二　廉 三四九　怜 三八五　憐 四一〇　漣 六四三　濂 六四九　璉 七〇九　簾 八二〇　聯 八七九　蓮 九四二　蠊 九六五　褳 九八一　連 一〇五八　鐮 一一〇六　鬑 一一八九　鰱 一二〇〇

ㄌㄧㄢˇ

臉 九〇一

ㄌㄧㄢˋ

戀 四一六　斂 五〇〇　楝 五六一　殮 五八八　瀲 六五三　煉 六六七　練 八四七　襝 九八二　鍊 一一〇一　鏈 一一〇四

ㄌㄧㄣˊ

嶙 三二四　林 五四七　淋 六三三　潾 六四九　燐 六七三　琳 七〇七　璘 七一〇　疄 七二七　痳 七三三　瞵 七六四　磷 七七九　粼 八二六　臨 九〇三　轔 一〇四九　遴 一〇六九　鄰 一〇七七　霖 一一三九　驎 一一七八　鱗 一二〇一　麟 一二一三

ㄌㄧㄣˇ

凜 一一五　廩 三五三　懍 四二二　檁 五七二　稟 七九五

ㄌㄧㄣˋ

吝 一七八　藺 九五三　賃 一〇二四　躪 一〇四二

ㄌㄧㄤˊ

梁 五五六　涼 六二九　粱 八二五　糧 八二八　良 九一四　莨 九二九　踉 一〇三七　量 一〇八六

ㄌㄧㄤˇ

倆 七五　兩 一〇〇　裲 九七九　魎 一一九五

ㄌㄧㄤˋ

亮 四六　兩 一〇〇　喨 一九八　晾 五二五　涼 六二九　諒 一〇〇二　踉 一〇三七　輛 一〇四七　量 一〇八六

ㄌㄧㄥ

拎 四四七

ㄌㄧㄥˊ

伶 六三　凌 一一四　囹 二一八　怜 三八五　櫺 五七四　泠 六一八　淩 六三三　玲 七〇二　瓴 七一三　綾 八四四　羚 八六五　翎 八六九　聆 八七八　舲 九一三　苓 九二三

菱 九三四　蛉 九五九　酃 一〇七七　醽 一〇八四　鈴 一〇九二　陵 一一三三　零 一一三八　靈 一一四一　鯪 一一九九　鴒 一二〇五　齡 一二三六

ㄌㄧㄥˇ

岭 三二〇　嶺 三二四　領 一一五三

ㄌㄧㄥˋ

令 五一　另 一七二

—ㄌㄨ—

嚕 二二一

ㄌㄨˊ

壚 二四二　廬 三五三　櫨 五七四　瀘 六五三　爐 六七七　盧 七五一　纑 八五七　罏 八五九　臚 九〇三　艫 九一四　蘆 九五一　轤 一〇五〇　鑪 一一〇八　顱 一一五七　鱸 一二〇三　鸕 一二一〇

ㄌㄨˇ

擄 四八二　櫓 五七四　滷 六四三　磠 七七九　虜 九五六　魯 一一九六　鹵 一二三一

ㄌㄨˋ

僇 八五　六 一〇三　勠 一四三　彔 三六三　戮 四二一　淥 六三四　漉 六四四　潞 六五〇　璐 七一〇　甪 七一八　盝 七四九　睩 七六二　碌 七七五　祿 七八六　簏 八一八　籙 八二三　蓼 九四四　角 九八九　賂 一〇二四　路 一〇二六　輅 一〇四六　轆 一〇四九　逯 一〇六一　醁 一〇八二　錄 一〇九九　陸 一一三三　露 一一四〇　騄 一一七五　鷺 一二一〇　鹿 一二三三　麓 一二三三

—ㄌㄨㄛ—

囉 二二三　捋 四五六

ㄌㄨㄛˊ

儸 九〇　囉 二二三　欏 五七五　玀 六九九　籮 八二三　羅 八六二　腡 八九八　蘿 九五三　螺 九六四　覶 九八八　邏 一〇七三　鏍 一一〇五　鑼 一一〇九　騾 一一七七

ㄌㄨㄛˇ

倮 七五　瘰 七三五　砢 七七一　蓏 九四二　蠃 九六五　裸 九七九

ㄌㄨㄛˋ

摞 四七七　洛 六三三　漯 六四三　濼 六五三　烙 六六一　犖 六八九　珞 七〇四　硌 七七三　絡 八三七　落 九三五　躒 一〇四二　酪 一〇八〇　雒 一一三二　駱 一一七四

—ㄌㄨㄢˊ—

孌 二八一　孿 二八七　巒 三一五　攣 四八八　欒 五七五　灤 六五四　臠 九〇二　鑾 一一〇九　鸞 一二一一

ㄌㄨㄢˇ

卵 一五六

ㄌㄨㄢˋ

亂 三七

—ㄌㄨㄣ—

掄 四六四

ㄌㄨㄣˊ

侖 六六　倫 七七　圇 二三〇　崙 三二三　掄 四六四　淪 六三五　綸 八四六　論 一〇〇五　輪 一〇四七

ㄌㄨㄣˋ

論 一〇〇五

—ㄌㄨㄥˊ—

嚨 二二一　巃 三二四　曨 五三一　朧 五四〇　櫳 五七四　瀧 六五三　瓏 七一一　癃 七三五　矓 七六五　礱 七八〇　窿 八〇五　籠 八二三

聾 八八三　隆 一二二五　龍 一三三七

ㄌㄨㄥˇ　壟 二四一　攏 四八六　隴 一三二八

ㄌㄨㄥˋ　哢 一九二　弄 三五四　衖 九七一

ㄌㄩˊ　櫚 五七四　閭 一二一五　驢 一二八〇

ㄌㄩˇ　侶 七〇　僂 九〇　呂 一八〇　婁 二七六　屢 三一六　履 三一六　捋 四五六　旅 五一〇　縷 八五一　膂 八九九　褸 九八一　鋁 一〇九六

ㄌㄩˋ　壘 二四一　律 三六七　慮 四〇九　氯 六〇〇　濾 六五二　率 七〇〇　綠 八四四　菉 九三五　鑪 一一〇八

ㄌㄩㄝˋ　掠 四五八　略 七二四

ㄌㄩㄢˊ　癵 七三六

ㄍ

ㄍㄚ　嘎 二〇五　旮 五一四

ㄍㄚˊ　軋 一〇四四　釓 一〇八八　釩 一一〇〇　鎘 一一〇七

ㄍㄚˋ　尬 三一一

ㄍㄜ　割 一一三　咯 一九一　哥 一九三　戈 四一七　擱 四八四　歌 五七八　疙 七二八　肐 八八五　胳 八九三　閣 一二一五　鴿 一三〇六

ㄍㄜˊ　咯 一九一　嗝 二〇三　噶 二〇八　格 五五四　翮 八七〇　膈 八九九　葛 九三七　蛤 九五九　鎘 一一〇三　閣 一二一五　閤 一二一五　隔 一二二六　革 一二四五　頜 一二五三　骼 一二八二　鬲 一二九二

ㄍㄜˇ　個 七六　各 一七五　合 一七六　舸 九一三　葛 九三七　蓋 九四一

ㄍㄜˋ　个 一七　個 七五　各 一七五　硌 七七三　箇 八一六　鉻 一〇九三

ㄍㄞ　垓 二三九　荄 九二七　該 九九七　賅 一〇二三　陔 一二二〇

ㄍㄞˇ　改 四九〇

ㄍㄞˋ　丐 一五　戤 四二〇　概 五六一　溉 六三九　蓋 九四一　鈣 一〇九〇

ㄍㄟˇ　給 八三七

ㄍㄠ　咎 一八五　槔 五六五　櫜 五七四　皋 七四四　睪 七六三　篙 八一七　糕 八二六　羔 八六五　膏 八九八　高 一二八五　鼛 一三三三

ㄍㄠˇ　搞 四七一　攪 四八八　杲 五四八　槁 五六四　稿 七九七　縞 八五〇　鎬 一一〇三

ㄍㄠˋ　告 一八〇　誥 一〇〇一　郜 一〇七四　鋯 一〇九七

ㄍㄡ　勾 一四三　句 一七〇　枸 五五一　溝 六四〇　篝 八一八　緱 八五〇　鉤 一〇九一　韝 一二四八

ㄍㄡˇ　岣 三一〇

枸 五二一　狗 六九一　笱 八二一　耇 八七四　苟 九二三

ㄍㄡˋ　勾 一四三　句 一七〇　垢 二三九　夠 二四八　媾 二七八　彀 三六〇　搆 四七一　構 五六五　覯 九八七　詬 九九九　購 一〇二七　遘 一〇六七　雊 一一三一

ㄍㄢ　乾 三六　坩 二一八　尷 三一三　干 三三八　杆 五四五　柑 五五〇　泔 六一四　甘 七一四　疳 七三〇　竿 八〇八　肝 八八五　酐 一〇七九

ㄍㄢˇ　感 四〇一　擀 四八一　敢 四九七　桿 五五七　橄 五七〇　澉 六四九　稈 七九四　簳 八一三

趕 一〇三三

ㄍㄢˋ　幹 三四二　旰 五一五　榦 五六四　淦 六三五　灨 六五四　紺 八三五　贛 一〇二八　骭 一一八二

ㄍㄣ　根 五五三　跟 一〇三六

ㄍㄣˊ　哏 一九〇

ㄍㄣˇ　艮 九一四

ㄍㄣˋ　亙 四三　艮 九一四　茛 九二八

ㄍㄤ　亢 四四　剛 一三一　岡 三三〇　崗 三三三　扛 四三三　杠 五四五　綱 八四五　缸 八五八　罡 八六〇　肛 八八五　釭 一〇八九　鋼 一〇九九

ㄍㄤˇ　崗 三三三

港 六三六

ㄍㄤˋ　戇 四一七　杠 五四五　槓 五六五　鋼 一〇九九

ㄍㄥ　庚 三四六　更 五三三　狿 六九三　粳 八二五　羹 八六八　耕 八七五　賡 一〇二四　鶊 一三〇七

ㄍㄥˇ　哽 一九二　埂 二三〇　梗 五五六

綆 八四一　耿 八七七　頸 一一五四　骾 一一八三　鯁 一一九八

ㄍㄥˋ　更 五三三

ㄍㄨ　估 五九　咕 一八三　呱 一八五　姑 二七〇　孤 二八四　家 二九四　沽 六一四　箍 八一五　菰 九三五　菇 九三五　蛄 九五八　觚 九八九

轂 一〇四八　辜 一〇五〇　酤 一〇八〇　鈷 一〇九一　骨 一一八一　鴣 一三〇四

ㄍㄨˊ　骨 一一八一

ㄍㄨˇ　古 一六八　嘏 二〇五　榾 五六五　汩 六〇九　淈 六三三　滑 六四三　牯 六八六　瞽 七六五　穀 七九七　罟 八六〇　羖 八六五

股 八八七　臌 九〇三　蠱 九六六　詁 九九六　谷 一〇一三　賈 一〇二三　轂 一〇四八　鈷 一〇九一　餶 一一六七　骨 一一八一　鵠 一三〇六　鶻 一三〇八　鼓 一三三三

ㄍㄨˋ　估 五九　僱 八六　告 一八〇　固 二一七　故 四九三　梏 五五七　牿 六八八

寡	剮		鴰	騧	颳	适	蝸	聒	筶	瓜	栝	括	呱	刮	丨	《ㄨㄚ	顧	雇	錮	痼
二九	三一		三〇六	二六七	二五九	一七七	九七	八三	八二	七二	五三	四二	二三	二三	一		一六五	三三	一〇九	七三

國		鍋	郭	過	蟈	渦	崞	堝	嘓	丨	《ㄨㄛ	詿	褂	絓	罫	絓	掛	卦	《ㄨㄚˋ
三八		二〇二	一六五	一〇五	九五	六四	三三	三三	二六	一		九六	九九	九七	八八	八三	四四	一五

拐		乖	丨	過	《ㄨㄛ	餜	裹	螺	粿	猓	槨	果	《ㄨㄛˇ	馘	號	摑	幗
四三		三二		一〇五		二六	九七	九一	八六	六九	五四	五四		二九	九五	四六	三七

龜	鮭	閨	邦	規	袿	硅	皈	瑰	珪	洼	歸	媯	圭	傀	丨	怪	《ㄨㄞ		柺
三三六	一六九	二二四	一〇七	九九	九六	七五	七五一	七二	七二	六一	五四	二三六	三二	三二		三八七			五四九

跪	貴	瞶	櫃	桂	柜	會	劌		鬼	軌	詭	簋	癸	晷	宄	垝	匭	佹	《ㄨㄟ
一〇六	一〇二	一六四	五四	五五	五一	一二四	一二四		一二九	一〇四	九九	八三	七二	五五	二六	三九	一四二	六七

錧	莞	管	筦	琯		鰥	鰥	關	觀	莞	綸	矜	瘝	棺	官	冠	倌	丨	鰥
二〇〇	九三〇	八四	八三	七二		三〇二	三〇〇	二二七	二六八	九三〇	八八	二六六	六七	五二	五四	二九一	一九		三〇二

襃	緄	滾	丨	鸛	貫	觀	罐	裸	盥	瓘	灌	涫	毌	摜	慣	冠	艸		館
九五	八五	六四		三三〇	一〇二	九六	八九	七三	七二	七二	六二	六一	五一	四四	四〇	一九	三三		一六五

丨	逛	桄		獷	廣		銧	胱	洸	桄	光	丨	棍	《ㄨㄣ		鯀	袞
	一〇六	五四		六九	三五〇		一〇五	八九	六一	五四	五二		五五			二九六	九六

ㄍㄨㄥ 供 六六　公 一〇三　共 一〇五　功 一三五　宮 二九五　工 三三五　弓 三五五　恭 三九〇　攻 四九一　紅 八二九　肱 八八七　蚣 九五七　觥 九九〇　躬 一〇四三　龔 一三三八

ㄍㄨㄥˇ 共 一〇五　廾 三五三　拱 四五〇　栱 五五四　汞 六〇七

珙 七〇三　鞏 一二四六

ㄍㄨㄥˋ 供 六六　共 一〇五　貢 一〇一九

ㄎ

ㄎㄚ 咖 一八八　哈 一九一　喀 一九八

ㄎㄚˇ 卡 一五四　咯 一九一　鉲 一〇九三

ㄎㄚˋ 髂 一一八三

ㄎㄜ 搕 四七一　柯 五五〇　棵 五六〇　珂 七〇二　瞌 七六四　磕 七七七　科 七九一　稞 七九五　窠 八〇三　苛 九一三　蚵 九五八　蝌 九六二　軻 一〇四五　鈳 一〇九二　頦 一一五三　顆 一一五五　髁 一一八三

ㄎㄜˊ 咳 一八九　搕 四六六　殼 五九〇

ㄎㄜˇ 可 一六九　坷 二二八　渴 六三八　軻 一〇四五

ㄎㄜˋ 克 九五　刻 一二六　剋 一三〇　可 一六九　嗑 二〇三　客 二九三　恪 三九一　榼 五六五　氪 五九九　溘 六四一　緙 八五〇

課 一〇〇三　錁 一〇九九　騍 一一七六

ㄎㄞ 揩 四七〇　開 一一一三

ㄎㄞˇ 凱 一一五　剴 一三三　嘅 二〇二　塏 二三七　慨 四〇六　愷 四〇六　楷 五六一　豈 一〇一四　鍇 一一〇一　鎧 一一〇三　闓 一一一七

ㄎㄞˋ 嘅 二〇二　愒 四〇三　愾 四〇六　欬 五七六

ㄎㄠ 尻 三一三

ㄎㄠˇ 拷 四五〇　栲 五五四　烤 六六〇　考 八七三

ㄎㄠˋ 犒 六八九　銬 一〇九五　靠 一二四四

ㄎㄡ 彄 三六〇　摳 四七五

ㄎㄡˇ 口 一六六

ㄎㄡˋ 佝 六三　叩 一七一　寇 二九六　扣 四三三　蔻 九四四　釦 一〇八九　轂 一三〇八

ㄎㄢ 刊 一二三　勘 一三八　堪 二三三　戡 四二〇　看 七五七　龕 一三三八

ㄎㄢˇ 侃 六七　坎 二二六　崁 三二一　嵌 三二三　檻 五七四　砍 七七一

ㄎㄢˋ 看 七五七　瞰 七六四　磡 七七九　衎 九七〇　闞 一一一七

ㄎㄣˇ 啃 一九六　墾 二四〇　懇 四一四　肯 八八六

ㄎㄣˋ 掯 四六一

裉 九七六

ㄎㄤ

康 三四八 慷 四〇七 漮 六四五 糠 八二七

ㄎㄤˊ

扛 四三三

ㄎㄤˇ

骯 一一八二

ㄎㄤˋ

亢 四四 伉 五五 匟 一四七 抗 四三三 炕 六五七 鈧 一〇九〇 閌 一一二三

ㄎㄥ

吭 一七九 坑 二三六 硜 七七四 鏗 一二〇四

ㄎㄨ

刳 一三七 哭 一九三 堀 二三三 枯 五四九 窟 八〇三 骷 一一八二

ㄎㄨˇ

楛 五六三 苦 九二〇

ㄎㄨˋ

嚳 二一三 庫 三四七 矻 七七〇 褲 九八〇 酷 一〇八〇

ㄎㄨㄚ

夸 二五八 姱 二七三 誇 九九八

ㄎㄨㄚˇ

侉 六五 垮 二二九

ㄎㄨㄚˋ

挎 四五一 胯 八九三 跨 一〇三六 骻 一一八二

ㄎㄨㄛˋ

廓 三四九 彍 三六一 括 四五三 擴 四八五 漷 六四五 蛞 九五九 闊 一一二六 鞹 一一四七

ㄎㄨㄞ

咼 一九〇

ㄎㄨㄞˇ

蒯 九四二

ㄎㄨㄞˋ

儈 八八 劊 一三四 噲 二一〇 塊 二三七 廥 三五二 快 三八三 會 五三四 檜 五七三 澮 六五〇 獪 六九七 筷 八一三 膾 九〇一 鱠 一三〇二

ㄎㄨㄟ

巋 三三五 盔 七四八 窺 八〇四 虧 九五六 闚 一一一七

ㄎㄨㄟˊ

夔 二四四 奎 二六一 戣 四二〇 揆 四七〇 暌 五二七 睽 七六三 葵 九三八 逵 一〇六一 馗 一一六九 騤 一一七六 魁 一一九四

ㄎㄨㄟˇ

傀 八三 跬 一〇三七

ㄎㄨㄟˋ

匱 一四七 喟 二〇一 愧 四〇七 憒 四一三 歸 五八四 潰 六四八 簣 八一九 聵 八八二 蕢 九四六 餽 一一六七 饋 一一六七

ㄎㄨㄢ

寬 三〇一 髖 一一八五

ㄎㄨㄢˇ

款 五七七

ㄎㄨㄣ

坤 二二八 堃 二三二 崑 三三三 昆 五一五 混 六三三 焜 六六三 琨 七〇八 褌 九八〇 錕 一〇九九 髡 一一八八 鯤 一二九九 鵾 一三〇七

ㄎㄨㄣˇ

壼 二四三 悃 三九三 捆 四五五 梱 五五七 綑 八四一 閫 一一二五

ㄎㄨㄣˋ

困 二一七 睏 七六二

ㄎㄨㄤ

劻 一三七 匡 一四七 恇 三八九 框 五五二 洭 六一九 眶 七六〇 筐 八一二 誆 九九七

ㄎㄨㄤˊ

狂 六九〇

誆 一〇〇三 鵟 一三〇七

ㄎㄨㄤˇ 懭 四一四

ㄎㄨㄤˋ 壙 二四一 曠 五三一 況 六一七 礦 七八〇 纊 八五七 貺 一〇三三 鄺 一〇七七

ㄎㄨㄥ 倥 七三 崆 三三三 悾 三九四 涳 六二八 空 八〇〇 箜 八一五

ㄎㄨㄥˇ 倥 七三 孔 二八二 恐 三九〇 悾 三九四

ㄎㄨㄥˋ 控 四五八 空 八〇〇 鞚 一二四六

ㄏ

ㄏㄚ 哈 一九一

ㄏㄚˊ 蛤 九五九 蝦 九六二

ㄏㄚˇ 哈 一九一

ㄏㄜ 呵 一八四 喝 二〇一 訶 九九五

ㄏㄜˊ 何 五九 劾 一三七 合 一七六 和 一八五 害 二九五 曷 五三二 核 五五二 河 六二三 涸 六三四 渴 六三八 盍 七四八 盉 七四八 盒 七四九 礉 七七九 禾 七九〇 紇 八二九 荷 九二九 蓋 九四一 蝎 九六二 褐 九八〇 覈 九八五 貉 一〇一七 鉿 一〇九四 閡 一一一四 閤 一一一五 闔 一一一六 鞨 一一四六 鶡 一二〇八 齕 一三三六 龢 一三三九

ㄏㄜˋ 和 一八六 喝 二〇一 嚇 二一〇 暍 五三七 熇 六七〇 荷 九二九 賀 一〇二一 赫 一〇二九 鶴 一三〇八

ㄏㄞ 哈 一八八 咳 一八九 嗨 二〇三

ㄏㄞˊ 孩 二八五 還 一〇七一 頦 一一五三 骸 一一八二

ㄏㄞˇ 海 六二七 醢 一〇八二

ㄏㄞˋ 亥 四五 嗐 二〇三 害 二九五 氦 五九九 駭 一一七四

ㄏㄟ 嘿 二〇七 黑 一三一六

ㄏㄠ 嚆 二一〇 蒿 九三九 薅 九四八

ㄏㄠˊ 嗥 二〇四 嘷 二〇八 嚎 二一〇 壕 二四〇 毫 五九四 濠 六五一 號 九五六 蠔 九六五 豪 一〇一六

ㄏㄠˇ 好 二六八 郝 一〇七四

ㄏㄠˋ 好 二六八 昊 五一五 浩 六二七 澔 六四九 灝 六五四 皓 七四五 皜 七四五 暭 七四五 耗 八七五 號 九五六 鎬 一一〇三 顥 一一五六

ㄏㄡ 呴 一八六 齁 一三三四

ㄏㄡˊ 侯 七一 喉 二〇三 猴 六九五 瘊 七三三 篌 八一七 鍭 一一〇三 餱 一一六六

ㄏㄡˇ 吽 一八三 吼 一八三

ㄏㄡˋ 候 七七 厚 一五八

后 一七七　垕 一三五　後 三六七　逅 一〇五七　黌 一三〇二

ㄏㄢ
唅 一九三　憨 四一一　蚶 九五八　酣 一〇七九　頇 一二五〇　鼾 一三三四

ㄏㄢˊ
函 一二八　含 一八一　唅 一九三　寒 二九八　幹 三四二　榦 五六四　汗 六〇五　涵 六二三　邗 一〇七三　邯 一〇七四　韓 一二四七

ㄏㄢˇ
厂 一五八　喊 一九九　罕 八六〇　蔊 九四五　闞 一二九三

ㄏㄢˋ
和 一八六　悍 三九三　憾 四二三　扞 四三三　捍 四五五　撼 四八一　旱 五一五　旰 五一五　汗 六〇五　漢 六四三　瀚 六五三　焊 六六二　琀 七〇七　翰 八七〇　菡 九三五　豻 一〇一七　銲 一〇九七　閈 一二一一　頷 一二五五

ㄏㄣˊ
痕 七三一

ㄏㄣˇ
很 三六七　狠 六九二

ㄏㄣˋ
恨 三九二

ㄏㄤ
夯 二五七

ㄏㄤˊ
吭 一七九　杭 五四五　桁 五五三　絎 八三八　航 九一三　行 九六八　迒 一〇五四　頏 一二五一　魧 一二九七

ㄏㄤˋ
沆 六〇七　行 九六八

ㄏㄥ
亨 四五　哼 一九二

ㄏㄥˊ
姮 二七三　恆 三八九　桁 五五三　横 五七〇　珩 七〇四　蘅 九五二　衡 九七二　鴴 一三〇六

ㄏㄥˋ
横 五七〇

ㄏㄨ
乎 三三　呼 一八六　唿 一九六　嘑 二〇六　忽 三八二　惚 三九九　戲 四三三　欻 五七七　滹 六四六　虖 九五四　謼 一〇〇九

ㄏㄨˊ
和 一八六　囫 二一七　壺 二四三　弧 三五七　搰 四七三　斛 五〇四　楜 五六八　湖 六三七　狐 六九一　猢 六九四　瑚 七〇八　糊 八二六　縠 八五一　胡 八八八　葫 九三八　蝴 九六一　觳 九九〇　醐 一〇八二　餬 一二六六　鬍 一二八九　鵠 一三〇六　鶘 一三〇七　鶻 一三〇八

ㄏㄨˇ
唬 一九六　滸 六四四　琥 七〇七　虎 九五三

ㄏㄨˋ
互 三二　冱 一二一　怙 三八四　戶 四三三　戽 四三四　扈 四三五　楛 五六三　沍 六〇八　滬 六四三　瓠 七一三　祜 七八二　笏 八〇九　芐 九一六　護 一〇二一　鄠 一〇七七

ㄏㄨㄚ
化 一四五　嘩 二〇七　花 九一六　華 九三一

ㄏㄨㄚˊ
划 一三四　劃 一三三　嘩 二〇七　搳 四七一　滑 六四二　猾 六九五　華 九三一　譁 一〇一〇

谿 一〇二三　鏵 一一〇六　驊 一一七八

ㄏㄨㄚˋ　劃 一三三　化 一四五　樺 五七一　畫 七三四　華 九三一　話 九九九

ㄏㄨㄛˊ　—　活 六三三

ㄏㄨㄛˇ　伙 五五　夥 二四八　火 六五四　鈥 一〇九〇

ㄏㄨㄛˋ　劃 一三三　和 一八六　嚄 二一〇　壑 二四一　惑 三九七　或 四二〇　濩 六五三　獲 六九八　矱 七六九　禍 七八七　穫 七九九　臛 九〇二　藿 九五一　蠖 九六六　豁 一〇二三　貨 一〇二〇　鑊 一一〇八　雘 一一三三　霍 一一三九

˙ㄏㄨㄛ　午 一五一　和 一八六

ㄏㄨㄞˊ　—　徊 三六六　懷 四二五　槐 五六五　淮 六三五　踝 一〇三八

ㄏㄨㄞˋ　壞 二四一

ㄏㄨㄟ　—　墮 二三九　徽 三七五　恢 三八九　戲 四二三　撝 四六六　揮 四六六　暉 五二七　灰 六五六　煇 六六七　翬 八七〇　虺 九五七　褘 九八〇　詼 九九八　輝 一〇四七　隳 一一三八　麾 一三三五

ㄏㄨㄟˊ　回 二一四　洄 六三三　茴 九二七　蛔 九五九　迴 一〇五六

ㄏㄨㄟˇ　悔 三九三　會 五三四　毀 五九〇　燬 六七七　虫 九五七　虺 九五七

ㄏㄨㄟˋ　匯 一四七　卉 一五三　喙 二〇二　彗 三六二　彙 三六二　恚 三九〇　惠 三九七　慧 四〇八　晦 五三四　會 五三四　槥 五六六　燴 六七七　穢 七九九　篲 八一八　繢 八五五　繪 八五五　蔧 九四五　蕙 九四六　薈 九四八　蟪 九六四　誨 一〇〇一　諱 一〇〇六　賄 一〇二四　闠 一一二七　靧 一一四五

ㄏㄨㄢ　—　懽 四一六　歡 五七九　獾 六九九　讙 一〇一三　貛 一〇一八　驩 一一八〇

ㄏㄨㄢˊ　圜 二三三　嬛 二八〇　寰 三〇二　桓 五五二　洹 六一九　澴 六五〇　環 七一〇　繯 八五五　萑 九三四　還 一〇七一　鍰 一一〇一　鐶 一一〇七　闤 一一一八　鬟 一一九〇

ㄏㄨㄢˇ　澣 六五〇　緩 八四九

ㄏㄨㄢˋ　喚 二〇二　奐 二六二　宦 二九三　幻 三四三　患 三九三　換 四六九　擐 四八二　漶 六三九　渙 六四六　煥 六六八　瘓 七三三　豢 一〇一六　逭 一〇六二　鯶 一三〇〇

ㄏㄨㄣ　—　婚 二七六　惛 三九九　昏 五一八　涽 六四〇　葷 九三八　閽 一一二五

ㄏㄨㄣˊ　昆 五二五　渾 六三八　琿 七〇八　餛 一一六六　魂 一一九四

ㄏㄨㄣˋ

圂 二一八
慁 四〇六
混 六二三
渾 六三八
溷 六四二
諢 一〇〇五

ㄏㄨㄤ

慌 四〇六
肓 八八五
荒 九二五

ㄏㄨㄤˊ

偟 八〇
凰 一一五
喤 二〇二
徨 三七三
惶 四〇四
湟 六三九
潢 六四九
煌 六六八
璜 七〇九
皇 七四四
磺 七七九
篁 八一七
簧 八一九
蝗 九六二
蟥 九六五
遑 一〇六四
鍠 一一〇二
隍 一一二五
鰉 一三〇〇
黃 一三二五

ㄏㄨㄤˇ

幌 三三六
恍 三九〇
晃 五三三
謊 一〇〇八

ㄏㄨㄤˋ

晃 五三三

ㄏㄨㄥ

吽 一八二
哄 一八九
烘 六六〇
薨 九四八
訇 九九二
轟 一〇四九
魟 一二九六

ㄏㄨㄥˊ

宏 二九〇
弘 三五六
泓 六二三
洪 六三〇
竑 八〇六
紅 八二九
紘 八三四
翃 八六九
葒 九三九
虹 九五七
訌 九九三
閎 一一一三
鴻 一三〇五
黌 一三二六

ㄏㄨㄥˇ

哄 一八九

ㄏㄨㄥˋ

澒 六四九
蕻 九四八
鬨 一二九一

ㄐ

ㄐㄧ

丌 一四
乩 三五
几 一一五
剞 一三一
勣 一四二
咭 一八九
嘰 二〇八
基 二三一
奇 二六〇
姬 二七四
屐 三一六
嵇 三二三
幾 三四四
期 五三八
机 五四三
機 五七一
激 六五〇
犄 六八八
璣 七一〇
畸 七二五
畿 七二六
磯 七七九
稘 七九六
稽 七九七
積 七九八
笄 八〇九
箕 八一四
績 八五一
羇 八六三
羈 八六三
肌 八八五
虀 九五三
觭 九九〇
譏 一〇一〇
跡 一〇三六
蹟 一〇四〇
躋 一〇四三
迹 一〇五七
隮 一一二八
雞 一一三三
飢 一一六二
饑 一一六七
齎 一三三五
齏 一三三六

ㄐㄧˊ

亟 四三
伋 五七
佶 六五
即 一五六
及 一六四
吉 一七三
吃 一七八
唧 一九四
塉 二三六
嫉 二七七
寂 二九七
岌 三一九
急 三八六
戢 四二〇
揖 四六八
擊 四八一
棘 五五八
極 五六二
楫 五六三
殛 五八八
汲 六二一
疾 七三九
瘠 七四四
笈 八〇九
籍 八二一
級 八三三
蒺 九四二
蕺 九四八
藉 九四九
蝍 九六〇
踖 一〇三八
輯 一〇四八
集 一一三〇
革 一一四五
鰿 一三〇一
鴶 一三〇六
鶺 一三〇九

ㄐㄧˇ

几 一一五
己 三三九
幾 三四四
庋 三四五
戟 四二〇
掎 四五九
擠 四八四
泲 六一八
濟 六五一
給 八三七
脊 八九二

濟	潗	洎	繫	暨	既	旡	技	悸	忌	寄	季	妓	劑	冀	偈	伎	ㄐ	麂	踦	蟣
六五一	六四五	六三七	五七二	五三六	五一三	五〇四	四三三	三九四	三〇九	二九七	二六四	二六九	二三二	二〇二	一八〇			三三三	一〇八	九五

齊	鱭	鯽	髻	驥	霽	際	跽	記	計	覬	薺	蓟	芰	鬮	繼	繫	紀	稷	祭	瘵
三三五	三〇二	一九六	一八六	一八〇	一四二	一二六	一〇七	九三	九二	九一	八七	八四	八一	六二	六兵	五五	五三	二八	七五	七三

夾	ㄐㄧㄚˊ	鎵	迦	跏	袈	葭	茄	耞	笳	痂	珈	枷	家	嘉	加	傢	佳	伽	ㄐㄧㄚ
二五九		一〇二	一五四	一〇三	九七三	九三六	九一三	八六七	八一〇	七三二	七五一	五九四	二〇五	二三六	八二	六四	六三

賈	岬	胛	疻	甲	檟	斝	岬	夏	假	ㄐㄧㄚˊ	頰	鋏	郟	袷	蛺	莢	筴	浹	夾	刧
一〇三	九三	八九〇	七七二	七二二	五四九	五三〇	三二四	二四八	八〇		一五四	一〇九	一〇七三	九六七	九六六	九一二	八一四	六五五	四二〇	三九〇

偗	ㄐㄧㄝˊ	階	街	結	皆	揭	接	嗟	ㄐㄧㄚ	駕	賈	稼	架	嫁	價	假	ㄐㄧㄚˋ	鉀
五五		一三五	九七一	八七三	七四四	四六八	四四五	二一〇		一二四	一〇三	九七九	五九一	二七六	八八	八〇		一〇九一

節	竭	碣	睫	癤	潔	櫛	榤	楬	蒤	桔	桀	杰	擷	捷	拮	截	孑	婕	刧	傑	偈
八三	八二七	七七六	七六二	七三二	六四七	五三二	五五三	五六一	五五三	五五一	五四九	四二七	四二〇	二六八	二五七	二六六	二〇	二二	八

玠	戒	屆	喈	借	价	介	ㄐㄧㄝ˙	解	姊	姐	ㄐㄧㄝˇ	鮚	頡	詰	訐	袺	羯	絜	結
七〇二	四二九	三二	一九五	一七七	五五	五〇		九六八	二七一	二七一		一二九六	一二〇五	九九二	九九二	九六七	八六五	八三二	八三三

礁	焦	澆	椒	教	憍	徼	嬌	噍	嘹	咬	僬	交	ㄐㄧㄠ	誡	解	蚧	藉	芥	疥	界
七一九	六六三	六六二	五五五	四三〇	四〇九	四二七	二七五	二一五	二一六	二八	八七	四四		九九二	九六八	九五〇	八六四	九三六	七三一	七二二

膠 八九九
芁 九一五
茭 九二七
蕉 九四六
蛟 九五九
跤 一〇三七
郊 一〇七四
鐎 一一〇六
驕 一一七八
鮫 一一九八
鵁 一三〇六
鷦 一三〇九

ㄐㄧㄠˊ

嚼 二二三

ㄐㄧㄠˇ

佼 六四
僥 八六
剿 一三三
勦 一四二
姣 二七三
徼 三七五
撟 四八〇
攪 四八八
湫 六四〇
狡 六九二
皎 七四五
皦 七四六
矯 七六九
筊 八一三
絞 八三九
繳 八五五
腳 八九七
角 九八九
蹻 一〇四一
鉸 一〇九三
餃 一一六三

ㄐㄧㄠˋ

叫 一七一
噍 二〇八
嗷 二一〇
嶠 三三四
徼 三七五
教 四九五
斠 五〇五
校 五五二
珓 七〇三
皭 七四六
窖 八〇三
覺 九八八
較 一〇四五
轎 一〇四九
醮 一〇八三
釂 一〇八四

ㄐㄧㄡ

勼 一四三
啾 二〇二
揪 四六九
樛 五六六
湫 六四〇
糾 八二八
蝤 九六二
赳 一〇三〇
鬮 一一九二
鳩 一三〇三

ㄐㄧㄡˇ

久 三三
九 三四
灸 六五六
玖 七〇一
酒 一〇七八
韭 一一四八

ㄐㄧㄡˋ

僦 八六
咎 一八五
就 三一一
廄 三四九
救 四九五
柩 五四九
桕 五五五
疚 七二八
究 八〇〇
臼 九〇八
舅 九〇八
舊 九一〇
鷲 一三〇九

ㄐㄧㄢ

兼 一〇七
堅 二三一
奸 二六五
姦 二七四
尖 三一〇
戔 四一九
搛 四七一
殲 五八九
淺 六三三
湔 六三六
濺 六五二
煎 六六七
熸 六七五
牋 六八二
犍 六八九
監 七五〇
箋 八一四
籛 八二三
緘 八四七
縑 八五〇
肩 八八七
艱 九一四
菅 九二五
蒹 九四二
蕑 九四六
間 一一一三
閒 一一一四
鞬 一一四六
韉 一一四七
鬋 一一八九
鰜 一三〇〇
鰹 一三〇〇
鶼 一三〇八

ㄐㄧㄢˇ

儉 八八
剪 一三一
囝 二一六
戩 四二一
揀 四六六
撿 四八三
柬 五四九
檢 五七三
減 六三七
瞼 七六五
筧 八一三
簡 八一九
繭 八五五
翦 八八〇
謇 一〇〇七
譾 一〇一一
趼 一〇三四
蹇 一〇四〇
錢 一〇九八
騫 一一七六
鹼 一三二一

ㄐㄧㄢˋ

件 五七
健 八一
僭 八七
劍 一三四
建 三五三
檻 五七四
毽 五九四
洊 六二一
漸 六四六
澗 六四九
濺 六五二
牮 六八七
監 七五〇
箭 八一六
腱 八九七
艦 九一四
荐 九二六
薦 九四七
見 九八五
諫 一〇〇六
賤 一〇二六
踐 一〇二八
鍵 一一〇一
鑒 一一〇七
鑑 一一〇八

間 一二一三
閒 一二一四
餞 一二六六

ㄐㄧㄣ

今 四九
巾 三三一
斤 五〇五
津 六一九
矜 七六五
禁 七八六
筋 八二三
衿 九七五
襟 九八二
觔 九八九
金 一〇八七

ㄐㄧㄣˇ

僅 八四
儘 八九
堇 二三三
墐 二三八
廑 三四九
槿 五六七
殣 五八八
瑾 七〇九
緊 八四四
菫 九三五
謹 一〇〇九
錦 一〇九九
饉 一二六七

ㄐㄧㄣˋ

噤 二〇八
妗 二六九
寖 二九九
搢 四七二
晉 五二一
浸 六二四
燼 六七七
盡 七四九
祲 七八五
禁 七八六
縉 八五一
藎 九五〇
覲 九八八
贐 一〇二八
近 一〇五三
進 一〇六一
靳 一一四六

ㄐㄧㄤ

僵 八八
姜 二七三
將 三〇五
殭 五八八
江 六〇六
漿 六四三
疆 七一七
繮 八五五
薑 九四八
螿 九六四
豇 一〇一四
韁 一一四七

ㄐㄧㄤˇ

槳 五六八
獎 六九六
蔣 九四三
講 一〇〇七

ㄐㄧㄤˋ

匠 一四七
將 三〇五
弶 三五八
強 三五九
洚 六一三
絳 八二九
醬 一〇八三
降 一一三〇

ㄐㄧㄥ

京 四五
兢 九七
旌 五二一
晶 五二五
涇 六二五
睛 七六二
箐 八一五
精 八二五
經 八四一
荊 九二六
莖 九三〇
菁 九三四
青 一一四二
驚 一一七八
鯨 一一九九
鶄 一二〇七
鼱 一二三三

ㄐㄧㄥˇ

井 四〇
儆 八八
剄 一三〇
憬 四二三
景 五三五
璟 七一〇
警 一〇一〇
阱 一一二八
頸 一一五四

ㄐㄧㄥˋ

凊 一一三
勁 一三七
境 二三七
婧 二七六
徑 三六九
敬 四九八
淨 六三四
獍 六九六
痙 七三一
竫 八〇七
競 八〇八
脛 八九四
請 一〇〇二
逕 一〇五九
鏡 一一〇四
靖 一一四二
靚 一一四二
靜 一一四三
竟 一一四九

ㄐㄩ

且 二六
居 三一四
拘 四四七
据 四六五
沮 六一五
狙 六九一
琚 七〇八
疽 七三〇
痀 七三〇
罝 八六〇
苴 九二三
菹 九三五
蛆 九五八
裾 九七九
趄 一〇三三
車 一〇四三
鋦 一〇九七
鋸 一〇九八
雎 一一三一
駒 一一七四

ㄐㄩˊ

侷 七一
局 三一三
挶 四六四
桔 五五三
梮 五六〇
橘 五七〇
焗 六六二
菊 九三四
跼 一〇三七
踘 一〇三九
鋦 一〇九七
鞠 一一四六
鞫 一一四六
鵴 一二〇七
鶪 一二〇八

ㄐㄩˇ

咀 一八四
柜 五五一
枸 五五一

萋 九三四
諆 一〇〇三
鄿 一〇七五

ㄑㄧˊ

亓 四〇
俟 七一
其 一〇六
圻 二三六
奇 二六〇
岐 三一九
崎 三二三
旂 五一〇
旗 五一一
期 五三八
枝 五四六
棋 五五九
歧 五八三
淇 六二三
琦 七〇七
琪 七〇七
畦 七二三
祁 七八二
祇 七八二
祈 七八二
祺 七八五
綦 八四七
耆 八七四
臍 九〇二
萁 九三五
薺 九四九
蘄 九五二
蚑 九五八
蠐 九六五
衹 九七五
跂 一〇二四
踦 一〇三八
錡 一〇九九
頎 一一五三
騎 一一七五
騏 一一七五
鮨 一一九八
鰭 一二〇〇
麒 一二一三
齊 一二三五

ㄑㄧˇ

乞 三五
啟 四九七
杞 五四四
棨 五六一
稽 七九七
綺 八四五
綮 八四七
芑 九一六
豈 一〇一四
起 一〇三〇

ㄑㄧˋ

亟 四三
企 五六
器 二〇九
契 二六一
妻 二七一
憩 四一三
揭 四六八
棄 五五七
气 五九七
氣 五九七
汽 六一〇
泣 六二三
瘈 七三三
砌 七七〇
磧 七七八
緝 八四八
葺 九三九
訖 九九二
跂 一〇二四
迄 一〇五二
鼜 一二三三

ㄑㄧㄚ

掐 四六四

ㄑㄧㄚˇ

卡 一五四

ㄑㄧㄚˋ

帢 三三三
恰 三九一
楬 五六三
洽 六二三

ㄑㄧㄝ

切 一一九

ㄑㄧㄝˊ

伽 六三
茄 九二三

ㄑㄧㄝˇ

且 二六

ㄑㄧㄝˋ

切 一一九
唼 一九五
妾 二七〇
愜 四〇一
慊 四〇六
挈 四五一
朅 五三五
砌 七七〇
竊 八〇五
篋 八一七
謙 一〇〇七
踥 一〇三八
鍥 一一〇〇

ㄑㄧㄠ

墝 二三九
敲 四九八
橇 五七一
磽 七七九
繑 八五五
蹺 一〇四一
蹻 一〇四一
鍬 一一〇二
骹 一一八二

ㄑㄧㄠˊ

僑 八七
喬 二〇二
憔 四一三
樵 五七三
橋 五七三
瞧 七六四
礄 七七九
翹 八七一
蕎 九四六
譙 一〇一〇
趫 一〇三三

ㄑㄧㄠˇ

巧 三二八
悄 三九三
愀 四〇四

ㄑㄧㄠˋ

俏 七〇
噭 二一〇
峭 三二一
帩 三三四
撬 四八〇
礉 七七九
竅 八〇五
翹 八七一
誚 一〇〇〇
譙 一〇一〇
鞘 一一四六

ㄑㄧㄡ

丘 二六
楸 五六三
秋 七九二
緧 八五〇
萩 九三九
蚯 九五九
邱 一〇七三
鞦 一一四六
鰍 一一九九
鶖 一二〇八
龜 一二三九

ㄑㄧㄡˊ

仇 五一
俅 六九

厹 一六〇
囚 二一四
毬 五九四
求 六〇四
泅 六一七
犰 六九〇
球 七〇五
絿 八四三
艽 九一五
虯 九五七
蝤 九六二
裘 九七八
觩 九九〇
賕 一〇三四
逑 一〇六〇
遒 一〇六五
酋 一〇七八

ㄑㄧㄡˇ

糗 八二七

ㄑㄧㄢ

仟 五四
僉 八三
千 一四九
嗛 二〇三
嵌 三三三
愆 四〇四
慳 四〇八
扦 四三三
搴 四七一
牽 六八八
簽 八二〇
籤 八二三
芊 九一五
褰 九八〇
謙 一〇〇七
遷 一〇六九
鉛 一〇九一
阡 一一一八
韆 一一四七
騫 一一七六

ㄑㄧㄢˊ

乾 二六
前 一二八
墘 二三八
揵 四五九
潛 六四八
犍 六八九
箝 八一五
虔 九五三
鈐 一〇九〇
鉗 一〇九一
錢 一〇九八
黔 一三一八

ㄑㄧㄢˇ

嗛 二〇三
淺 六三三
繾 八五六
譴 一〇一一
遣 一〇六八
鼸 一三三三

ㄑㄧㄢˋ

倩 七三
嗛 二〇三
塹 二三八
慊 四〇六
槧 五六六
欠 五七五
歉 五七九
縴 八五三
芡 九一九
茜 九二七
蒨 九四二

ㄑㄧㄣ

侵 七二
嶔 三三四
欽 五七七
衾 九七五
親 九八七
駸 一一七五

ㄑㄧㄣˊ

勤 一四二
噙 二一〇
懃 四一四
擒 四八一
琴 七〇七
禽 七九〇
秦 七九二
芹 九一九
螓 九六三
覃 九八四

ㄑㄧㄣˇ

坅 二二七
寢 三〇〇
鋟 一〇九七

ㄑㄧㄣˋ

吣 一八二
唚 一九四
撳 四八〇
沁 六〇七

ㄑㄧㄤ

將 三〇五
搶 四七三
槍 五六六
斨 六八一
瑲 七〇九
羌 八〇四
腔 八九五
蜣 九六一
蹌 一〇四〇
蹡 一〇四〇
錆 一一〇〇
鎗 一一〇三
鏹 一一〇四
鏘 一一〇五

ㄑㄧㄤˊ

墻 二四〇
嬙 二八〇
強 三五九
戕 四二〇
檣 五七三
爿 六八一
牆 六八一
薔 九四八

ㄑㄧㄤˇ

強 三五九
搶 四七三
繈 八五三
羥 八六七
襁 九八一
鏹 一一〇四

ㄑㄧㄤˋ

嗆 二〇四
戧 四二一
熗 六七一
蹌 一〇四〇

ㄑㄧㄥ

傾 八五
卿 一五八
圊 二三〇
氫 五九九
氰 六〇〇
清 六三一
烴 六六二
蜻 九六一
輕 一〇四六
青 一一四一
頃 一一五〇
鯖 一二九九

ㄑㄧㄥˊ

勍 一三八
情 三九五
擎 四八二
晴 五二五
檠 五七三
黥 一三二〇

ㄑㄧㄥˇ

廎 三五〇
請 一〇〇三
頃 一一五〇

ㄑㄧㄥˋ 慶 四〇七 磬 七七八 綮 八四七 罄 八五九 親 九八七 謦 一〇〇九

ㄑㄩ 區 一四八 屈 三一四 嶇 三三三 歐 四九九 曲 五三一 毆 五九一 祛 七八二 胠 八九〇 蛆 九五八 蛐 九五九 袪 九七五 詘 九九六 趨 一〇三三 軀 一〇四三 驅 一二七七 魼 一二九七

ㄑㄩˊ 劬 一一七 氍 五九五 渠 六三七 璩 七一〇 瞿 七六五 磲 七七九 籧 八二三 臞 九〇二 蕖 九四六 蘧 九五二 衢 九七三 軥 一〇四五 鴝 一三〇五 麴 一三一三 齣 一三三三

ㄑㄩˇ 取 一六四 娶 二七五 曲 五三一 齲 一三三七

ㄑㄩˋ 去 一六一 覷 九八八 趣 一〇三三 闃 一二一六

ㄑㄩㄝ 缺 八五八 闕 一二一六

ㄑㄩㄝˊ 瘸 七三四

ㄑㄩㄝˋ 卻 一五八 怯 三八四 愨 四〇六 搉 四七一 榷 五六四 爵 六七九 确 七七四 確 七七七 觳 九九〇 闋 一二一六 闕 一二一六 雀 一二三九 鵲 一三〇七

ㄑㄩㄢ 圈 二一八 弮 三五七 悛 三九四

ㄑㄩㄢˊ 全 一〇〇 卷 一五七 埢 二三一 惓 三九四 拳 四五〇 權 五七五 泉 六一八 牷 六八八 痊 七三一 筌 八一三 荃 九二七 蜷 九六一 詮 九九九 踡 一〇三八 醛 一〇八二 銓 一〇九四 顴 一二五七 鬈 一二八九

ㄑㄩㄢˇ 犬 六八九 甽 七三一 畎 七三一 綣 八四六

ㄑㄩㄢˋ 券 一三六 勸 一四三

ㄑㄩㄣ 逡 一〇六〇

ㄑㄩㄣˊ 群 八六六 裙 九七七

ㄑㄩㄥ 穹 八〇一 芎 九一六 銎 一〇九四

ㄑㄩㄥˊ 惸 四〇四 煢 六六七 瓊 七二一 窮 八〇四 笻 八一三 藭 九五一 蛩 九五九 跫 一〇三七 邛 一〇七三

ㄒ

ㄒㄧ 傒 八二 僖 八七 兮 一〇三 吸 一八二 唏 一九三 嘻 二〇七 噏 二〇八 奚 二六二 嬉 二七九 屎 三一五 巇 三二四 希 三三二 徯 三七四 恓 三九〇 悕 三九四 悉 三九四 撕 四七八 攜 四八七 晞 五三四 晰 五三五 曦 五三一 析 五四七 栖 五五五 棲 五五九 樨 五七〇 欷 五七七 浠 六二八 淅 六三三 溪 六四二 烯 六六二 熙 六七〇 熹 六七五 犀 六八八 犧 六八九

丁ˇ（喜）

媳	席	息	惜	昔	檄	濕	熄	習	腊	蓆	褐	襲	覡	錫	隰	鼯		喜
二六	三二五	三三五	三九五	四三五	五一三	五七〇	六三二	六七五	七三二	七九五	八二八	八九七	八九四	一〇二八	一二九六	一三〇一		一九

丁ˋ（戲）

囍	屣	徙	枲	洒	洗	璽	蓰	葸	嬉	蹝	鰓		係	卅	咥	夕	戲	歙	汐	瀉
二三	一六〇	三六一	五〇一	六一九	六一一	七九二	九四五	九四〇	一〇六	一〇四九	一二九		七一	一五三	一八四	二四三	四九三	五七九	六六四	六四九

丁ㄚ / |

瀣	矽	褉	穸	糸	細	綌	繫	翕	肸	舄	苦	郤	隙	餼	鬩	鬩		呀	岈	瞎
六四九	七〇二	七六六	八一〇	八三二	八四〇	八五五	八六六	八七七	八八五	九〇八	一〇二六	一二三六	一二九二	一三二四				一八〇	二三九	七六三

丁ㄚˊ

蝦	鰕		俠	匣	呷	峽	挾	暇	柙	狎	狹	瑕	硤	祫	糈	轄	遐	陜	霞	黠
九六二	一三〇〇		六九	一四七	一八四	三二一	三五一	五二七	五二四	六四一	六四一	七〇九	七五五	七六六	八二九	一〇四八	一〇二四	一三二一	一三二九	一五三九

丁ㄚˋ（下）

下	嚇	夏	廈	罅		偕	揳	楔	歇	蠍	蠍		些	揳	楔	歇	鼹		偕	諧	協	斜	絜
一四	二二〇	二四九	二九四	八五九		八一	四三二	五三六	五六八	九六二	九六五

丁ㄝ / 丁ㄝˊ（協）

纈	脅	襭	諧	邪	鞋	頡	鮭		寫	血		卸	契	蝶	屑	屧	廨	械
八五七	八九一	九〇二	一〇〇九	一〇二三	一〇四四	一三一五	一二六九		三〇一	九六七		一五三	二六三	二七一	三六一	三七五	四二四	五六六

丁ㄧㄠ / |

榭	泄	洩	渫	瀉	燮	獬	紲	絏	薤	蟹	褻	解	謝	蹀	邂	鞢	骱	齘	
五六五	六二五	六二九	六五六	六四九	五二二	一〇五六	八四一	八四八	九四一	九六五	九〇一	一〇〇〇	一〇二二	一〇五一	一〇七一	一〇四四	一二八三	一三二六

削 一三〇　呺 一八五　哮 一九二　嘵 二〇七　囂 二一三　宵 二九六　枵 五五〇　梟 五五八　消 六二五　瀟 六五二　硝 七七四　簫 八二〇　綃 八四三　蕭 九四五　蛸 九六〇　逍 一〇五七　銷 一〇九五　霄 一一三九　驍 一一七八　髐 一二八三　魈 一二九四　鴞 一三〇五

ㄒㄧㄠˊ
姣 二七三　洨 六一九

ㄒㄧㄠˇ
小 三〇八　曉 五三〇　筱 八一四　篠 八一九　謏 一〇〇八

ㄒㄧㄠˋ
傚 八二　嘯 二〇八　孝 二八三　恔 三八九　效 四九四　斅 五〇一　校 五五二　笑 八〇九　肖 八六五

酵 一〇八〇

ㄒㄧㄡ
休 五七　修 七六　咻 一九一　庥 三四七　羞 八六五　脩 八九四　蓨 九四五　貅 一〇一七　饈 一一六七　髹 一一八八　鵂 一三〇六

ㄒㄧㄡˇ
宿 二九七　朽 五四三

ㄒㄧㄡˋ
嗅 二〇四　宿 二九七

岫 三一〇　溴 六四一　琇 七〇七　秀 七九一　綉 八四三　繡 八五四　臭 九〇六　袖 九七六　褎 九八〇　銹 一〇九八　鏽 一一〇六

ㄒㄧㄢ
仙 五三　僊 八三　先 九四　孅 二八一　忺 三八二　憸 四一四　掀 四六四　暹 五三九　氙 五九七

祆 七八二　秈 七九一　纖 八五七　襳 九八一　躚 一〇四三　銛 一〇九四　鑯 一一四八　鮮 一一九七　鱻 一三〇二　鶱 一三〇八

ㄒㄧㄢˊ
咸 一八九　啣 一九六　嫌 二七七　嫺 二八〇　弦 三五七　涎 六三五　癇 七三五　絃 八三六　舷 九一三　蚿 九五九

諴 一〇〇六　賢 一〇二四　銜 一〇九四　閑 一一一三　閒 一一一四　鷳 一三〇九　鹹 一三二一

ㄒㄧㄢˇ
尟 三一〇　嶮 三一四　洒 六一九　洗 六二三　燹 六七七　玁 六九九　癬 七三六　蘚 九五二　蜆 九六〇　跣 一〇三七　銑 一〇九四　險 一二一七　韅 一二四七

顯 一二五七　鮮 一一九七

ㄒㄧㄢˋ
峴 三一二　憲 四二一　獻 六九八　現 七〇六　線 八四九　縣 八五〇　羨 八六七　腺 八九八　莧 九二〇　見 九八五　限 一一三〇　陷 一一三三　霰 一一四〇　餡 一一六六

ㄒㄧㄣ
心 三七六　忻 三八二

新 五〇六　昕 五一八　欣 五七六　歆 五七八　炘 六五七　芯 九二〇　莘 九三〇　薪 九四七　訢 九九五　辛 一〇五〇　鋅 一〇九五　鑫 一一〇八　馨 一一七〇

ㄒㄧㄣˇ
伈 五五

ㄒㄧㄣˋ
信 六七　囟 二一七　衅 九六八　釁 一〇八四

ㄒㄧ（丅一）

翔	羊	祥	庠	ㄒㄧㄤ	驤	香	鑲	鄉	襄	薌	舡	緗	箱	相	瓖	湘	穰	廂	ㄒㄧ	
八九	八三	七五	三六		二八	二六	一〇	九五	九四	九三	八一	八六	七七	七一	六二	三七	三五	三四	一

ㄒㄧㄤˇ（丅一大ˇ）

鄉	象	蚼	相	橡	鸘	巷	嚮	向	像	ㄒㄧㄤˋ	鯗	饗	餉	響	想	享	降	詳
一〇五	一〇五	八九	七五	五二	五〇	三〇	三一	二七	八		一二九	一六七	一六四	二四〇	四〇二	四二五	一三〇	九七

ㄒㄧㄥˊ（丅一ㄥˊ）

錫	陘	鉶	邢	行	硎	濴	滎	形	型	刑	ㄒㄧㄥ	騂	興	腥	猩	星	惺	ㄒㄧㄥ		項
一六	三一	一〇九	一〇八	九六	七三	六三	六四	三六	三二	三二		二七五	九〇	八九	六九	五三	四二	一五〇

ㄒㄩ（丅ㄩ）／ㄒㄧㄥˋ（丅一ㄥˋ）／ㄒㄧㄥˇ（丅一ㄥˇ）

墟	噓	吁	ㄒㄩ	行	荇	興	杏	悻	性	幸	婞	姓	倖	ㄒㄧㄥˋ	醒	省	擤	ㄒㄧㄥˇ
三二九	二〇八	二三		九六	九六	九〇	五四	三五	三四	三五	三二	二六	七一		一〇八	七七	四四

ㄒㄩˇ（丅ㄩˇ）／ㄒㄩˊ（丅ㄩˊ）

縃	煦	栩	昫	姁	咻	呴	ㄒㄩˇ	徐	ㄒㄩˊ	鬚	須	需	繻	訏	虛	胥	盱	歔	戌
八六	六九	五五	五一	七一	二九	一六		三六九		二一九	五一	一二三	一〇八	九二	八四	八九	七四	五四	四七

ㄒㄩㄢˊ（丅ㄩㄢˊ）／ㄒㄩㄢ（丅ㄩㄢ）／ㄒㄩㄝ

旋	懸	ㄒㄩㄢˊ	鍹	軒	諼	誼	萱	翾	瑄	暖	暄	揎	宣	嬛	喧	儇	ㄒㄩㄢ		穴	削
五二	四五		二〇〇	一〇四	一〇四	九七	八五	七二	七〇	五五	五四	四二	三六	三一	二九	八	八〇	一三〇

字	頁
漩	六四
玄	六九
璇	七二
還	一〇七
烜（ㄒㄩㄢˇ）	六〇
選	一〇九
旋（ㄒㄩㄢˊ）	五一一
楥	五三
楦	六三
泫	六六
渲	六六
炫	七六
眩	七七
昫	八〇
絢	九〇
衒	一〇二
鉉	一〇二

字	頁
循	二七
峋	二二
尋	二〇六
噚	二〇八
醺（ㄒㄩㄣ）	一〇三
薰	九四
葷	九四
纁	九二
獯	八六
燻	六六
熏	六二
君	六二
曛	五二
壎	五二
塤	二四
勳	二七
勛	一四
鏇	一二四

ㄒㄩㄣˊ（續）

字	頁
恂	三九二
洵	四八〇
潯	六三
燖	六七
珣	六六
紃	八二
荀	八三
蕁	九四
蟳	九四
詢	九九
巡	一〇五
郇	一〇四
馴	一一七
鱘	一三〇
噀（ㄒㄩㄣˋ）	二〇六
孫	二〇六
巽	二一二
徇	三六六

字	頁
殉	五八
汛	六四
蕈	九二
訊	九三
訓	九三
迅	一〇五
遜	一〇七
馴	一一七
兄（ㄒㄩㄥ）	九一
兇	九二
凶	一一五
匈	一二四
恟	三六一
洶	六五
胸	八五
熊（ㄒㄩㄥˊ）	六一
雄	一二〇

字	頁
詷	九六

ㄓ

字	頁
之	三
厎	五三
只	六七
吱	一八〇
搘	四〇
支	四八
枝	五六
梔	五七
氏	六九
汁	六四
疧	六九
知	七六
衹	七五
織	八五四

字	頁
肢	八七
胝	八五
脂	八五
芝	九二
蜘	九一
隻	一三六
鳩	一三〇四
侄	三六
值	三七五
埴	二三
執	二三
姪	三三
拓	四二
摭	四五一
擿	四五六
擲	四四六
植	五六八
殖	五八六
直	七五三
礩	七六〇

字	頁
祇	七二二
祉	七二
止	五四〇
枳	五五〇
旨	五一四
指	四二四
抵	四四六
抵	四二六
徵	三六五
坻	二三
址	二六
咫	一九〇
只	六七
蹢	一〇四二
蹠	一〇四〇
跖	一〇三二
質	一〇三五
蟄	九六四
職	八八一
繁	八三二

字	頁
猘	六九四
炙	六五七
滯	六四七
治	六六七
桎	五五〇
智	五五四
摯	四四六
忮	三八一
志	三六〇
巇	三三二
幟	三三〇
帙	三二二
峙	三二一
制	一三七
帶	一三三
酯	一〇六〇
軹	一〇四
趾	一〇二四
芷	九二
紙	八三二

遲 輕 躓 贄 質 夂 識 誌 觶 製 蛭 致 至 膣 置 緻 窒 稚 秩 知 痣 痔
一〇九 一〇四 一〇二 一〇二 一〇一 一〇一 一〇〇 九九 九九 九一 九五 九七 九七 八〇〇 八六 八四 八三 七五 七三 七二 七一

榨 咤 吒 乍 ｜ 鮓 眨 扠 ｜ 閘 鍘 紮 箚 煠 炸 札 扎 ｜ 哳
　　　ㄓㄚˋ　　　ㄓㄚˇ　　　　　　　　　　ㄓㄚˊ
四七 一八九 一七六 三三 ｜ 一二九 七五 四三 ｜ 一二四 一〇一 八六 八六 六六 六五 五四 四二 ｜ 一九二

褶 蜇 磔 摺 折 儋 慴 哲 ｜ 遮 螫 折 ｜ 詐 蜡 蚱 痄 炸 榨 柵
　　　　　　　　　ㄓㄜˊ　　　　ㄓㄜ　　　　　　　　　　　
九八一 九六〇 七八七 七四七 四六八 四二六 四二〇 一九二 ｜ 一〇六八 九六四 四四七 ｜ 九六六 九六一 九五八 七三二 六五九 五五四 五四九

•ㄓㄜ 鷓 這 蔗 浙 柘 ｜ 鍺 赭 褶 者 ｜ 鮖 適 轍 輒 讘 讋 謫
　　　一三〇九 一〇五七 六四三 六三五 五五一 ｜ 一〇九八 一〇三二 九八一 八七四 ｜ 一一九八 一〇六八 四四九 四四九 一〇二一 一〇二一 一〇八

責 祭 砦 瘵 柴 寨 債 ｜ 窄 ｜ 翟 宅 ｜ 齋 齊 摘 ｜ 著
　　　　　　　　　　　　ㄓㄞˇ　　ㄓㄞˊ　　　ㄓㄞ　　　　
一〇九 七六五 七三二 七三三 五五四 二九四 八四 ｜ 八〇二 ｜ 八七〇 二六八 ｜ 一三三五 一三三五 四七二 ｜ 九三一

墨 召 兆 ｜ 爪 沼 找 ｜ 著 ｜ 曌 釗 著 朝 晁 昭 招 ｜
　　　ㄓㄠ　　　　ㄓㄠˇ　　ㄓㄠˊ　　　　　　　　　　ㄓㄠ
五三〇 一七二 九四 ｜ 六六六 六五五 四四二 ｜ 九三一 ｜ 一三一 一〇八九 九三一 五五三 五二〇 五二〇 四四二 ｜

鵃 週 賙 譸 舟 粥 洲 州 啁 周 ｜ 趙 詔 肇 罩 笊 照 炤 櫂 棹
　　　　　　　　　　　　　　　　　ㄓㄡ　　　　　　　　　　
一三〇六 一〇八一 一〇二六 一〇二一 九三三 八三五 六五九 三三五 一九七 一八七 ｜ 一〇三三 一〇二六 八八二 八六一 八一九 六六〇 六六〇 六五二 五六〇

絑	緅	紂	簉	皺	甃	晝	宙	噣	咮	咒	胄		业ㄡ 肘	帚		业ㄡˇ 軸	妯	业ㄡˊ
八五三	八五一	八三○	八三一	七六五	七二三	五三二	三九二	二九一	一四○	一四九		八五三	三三二		一○五四	二七一

展		鸛	鱣	饘	霑	邅	詹	覘	瞻	沾	氈	栴	旃	呫	占	佔		｜	酖	胄
业ㄢˇ 三五		二三○	二三三	二六六	二四九	二四七	一九二	一八六	七六六	六五五	五五二	五五○	一五八	一五五	业ㄢ 六○			｜	一○九二	八○

偵		｜	驏	顫	襢	蘸	綻	站	湛	棧	暫	戰	占	佔		輾	盞	斬	搌	嶄
业ㄣ 八○		｜	一二七	一二五	九八二	九五三	八四七	八四二	六五八	五六二	五三二	四二一	业ㄢˋ 一五六			一○四八	九七四	五五一	四七二	三四○

鍼	針	貞	蓁	臻	胗	箴	禎	禛	砧	真	甄	珍	獉	溱	榛	楨	椹	斟	唇
业ㄣ 一○二一	一○一八	一○六二	九四二	九四○	八九六	八八六	八七一	八七一	七三二	七三三	六六三	六五四	六六二	六五二	五四一	五三二	五三一	五一四	一九四

鎮	酖	賑	紖	朕	湛	枕	朕	揕	振		顯	霅	軫	診	稹	紾	稹	疹	畛	枕
一○二二	一○二九	一○二四	八三三	七七九	六六三	五四五	五五七	四六六	业ㄣˋ 四五二		三三○	一二八五	一○四九	八九六	八五一	八二八	六七九	六一三	五四二	五四一

漲	掌	仉		章	鄣	蟑	璋	獐	漳	樟	慞	彰	張	嫜		｜	鳩	震	陳	陣
六四五	业ㄤˇ 四六一	五一		一二四	一○七三	九六二	六四三	六四九	六六四	五七五	四七一	三二六	业ㄤ 三七	二六		｜	三二四	一二三	一二三	一三一

正	掙	怔	徵	征	崢		｜	障	賬	脹	瘴	漲	杖	幛	帳	嶂	仗	丈		長
五八○	四六四	三八三	三七二	三六五	业ㄥ 三二二		｜	一二六	一○二六	八六八	七三二	六四五	五四○	三二三	三二五	三四二	业ㄤˋ 五三	六		一二九

証	症	正	政	掙	幀		整	拯		錚	鉦	諍	蒸	箏	眰	癥	猙	爭	烝
九九五	七三二	五八○	业ㄥˋ 五八○	四六四	三二六		五○○	业ㄥˇ 四五一		一○一九	一○二一	九二四	九二一	八八五	八一五	七三三	六九四	六七六	六六一

證 一〇〇九
鄭 一〇七七

ㄓㄨ

侏 六七
朱 五四三
株 五五三
櫫 五七四
洙 六一三
瀦 六五二
珠 七〇四
硃 七一三
茱 九一七
藷 九五一
蛛 九五九
誅 九九八
諸 一〇〇三
豬 一〇一六
邾 一〇七四
銖 一〇九三

ㄓㄨˊ

朮 五四一
燭 六七七
瘃 七一三
竹 八〇八
竺 八〇八
筑 八一三
築 八一七
舳 九一三
蠋 九六五
躅 一〇四一
逐 一〇五九

ㄓㄨˇ

主 三一
囑 二一三
屬 三一七
拄 四四一
枓 五四五
渚 六二三
煮 六六七
斸 七六五
貯 一〇二一
麈 一三三三

ㄓㄨˋ

佇 五九
住 五九
助 一二七
杼 五四八
柱 五四九
注 六一二
炷 六五八
祝 七八四
箸 八一五
粥 八二五
紵 八二六
翥 八七〇
苧 九二四
著 九三一
蛀 九五八
註 九九五
鑄 一一〇七
駐 一一七三

ㄓㄨㄚ

抓 四三七
撾 四八二
髽 一一八九

ㄓㄨㄚˇ

爪 六七八

ㄓㄨㄛ

捉 四五五
桌 五五三
棹 五六〇

ㄓㄨㄛˊ

倬 七一
勺 一四三
卓 一五三
啄 一九五
噣 二〇九
拙 四四三
擢 四八四
斫 五〇五
斮 五〇六
斲 五〇七
梲 五五七
櫂 五七三
浞 六一六
涿 六二三
濁 六五〇
濯 六五一
灼 六五六
焯 六六三
琢 七〇七
繳 八五五
茁 九二三
著 九三一
諑 一〇〇三
踔 一〇三八
酌 一〇七九
鐲 一一〇七
鷟 一三〇九

ㄓㄨㄞˇ

跩 一〇三七

ㄓㄨㄞˋ

拽 四五一

ㄓㄨㄟ

椎 五六〇
追 一〇五六
錐 一〇九九
隹 一一二九
騅 一一七五

ㄓㄨㄟˋ

墜 二三九
惴 四〇三
綴 八四四
縋 八五一
贅 一〇二七

ㄓㄨㄢ

塼 二三八
專 三〇四
磚 七七八
耑 八七五
顓 一一五五
鱄 一三〇一

ㄓㄨㄢˇ

囀 二二三
轉 一〇四九

ㄓㄨㄢˋ

傳 八三
撰 四八〇
瑑 七〇八
篆 八一六
譔 一〇〇九
賺 一〇二七
轉 一〇四九
饌 一一六七

ㄓㄨㄣ

屯 三一七
窀 八〇二
肫 八八七
諄 一〇〇二
迍 一〇五四

ㄓㄨㄣˇ

准 一一四
埻 二三一
準 六四二
隼 一一二九

ㄓㄨㄤ

妝 二七〇
樁 五六六
莊 九二九
裝 九七八

ㄓㄨㄤˋ

僮 八六
壯 二四二
戇 四一七

撞 四七七　狀 六九〇

ㄓㄨㄥ　中 二七　伀 五七　忠 三八一　忪 三八二　盅 七四七　終 八三六　螽 九六四　衷 九七五　鍾 一一〇三　鐘 一一〇五

ㄓㄨㄥˇ　冢 一一〇　塚 二三七　種 七九六　腫 八九八　踵 一〇三九

ㄓㄨㄥˋ　中 二七　仲 五七　眾 七六一　種 七九六　重 一〇八五

ㄔ

ㄔ　吃 一七七　哧 一九三　喫 一九九　嗤 二〇三　媸 二七八　摛 四七四　痴 七三三　癡 七三五　眵 七六一　笞 八一〇　絺 八四三　蚩 九五八　螭 九六四　郗 一〇七四　魑 一一九五　鴟 一二〇五　黐 一二三六

ㄔˊ　匙 一四六　墀 二四〇　弛 三五七　持 四五一　池 六〇六　治 六一七　篪 八一八　茌 九二四　蚳 九五九　踟 一〇三八　遲 一〇六九　馳 一一七三

ㄔˇ　侈 六七　呎 一八三　奓 二六三　尺 三一三　恥 三九〇　蚇 九五八　褫 九八一　豉 一〇一四　齒 一二三六

ㄔˋ　傺 八五　勅 一二八　叱 一七三　啻 一九八　彳 三六五　抶 四四七　敕 四九六　斥 五〇五　熾 六七三　眙 七五九　翅 八六九　赤 一〇二八　趐 一〇三七　飭 一一六三　鶒 一二〇七

ㄔㄚ　叉 一六三　差 三三九　扠 四三三　插 四六九　杈 五四四　臿 九〇八

ㄔㄚˊ　垞 二三九　察 二九九　搽 四七三　查 五五一　槎 五六五　碴 七七六　茶 九二五　鍤 一一〇一

ㄔㄚˇ　蹅 一〇三九

ㄔㄚˋ　侘 六四　剎 一二八　奼 二六七　姹 二七三　岔 三一九　汊 六〇六　衩 九七三　詫 九九七

ㄔㄜ　硨 七七三　車 一〇四三

ㄔㄜˇ　哆 一九〇　尺 三一三　扯 四三四

ㄔㄜˋ　呫 一八五　坼 二三八　屮 三一七　徹 三七四　掣 四六五　撤 四七七　澈 六四三　轍 一〇四九

ㄔㄞ　差 三三九　拆 四四七　釵 一〇八九

ㄔㄞˊ　儕 八九　柴 五五四　豺 一〇一七

ㄔㄞˋ　瘥 七三四　蠆 九六五

ㄔㄠ　勦 一四三　怊 三八八　抄 四三五　超 一〇三三　鈔 一〇八九

ㄔㄠˊ　嘲 二〇七　巢 三三五　晁 五三三　朝 五三九　潮 六四八　鼂 一二三一

ㄔㄠˇ　吵 一八〇

ㄔ（續）

字	注音	頁
炒	ㄔㄠˇ	六七
｜	ㄔㄡ	｜
抽		四三
搉		四三二
犫		六八四
瘳		七三五
紬		八二七
仇	ㄔㄡˊ	五一
儔		八六
幬		三七七
惆		三九九
愁		四〇九
懤		四四〇
疇		七二四
稠		七六六
籌		八二一
紬		八二七
綢		八四五
褕		九七九

字	注音	頁
雛		一〇二三
躊		一〇四一
酬		一〇一〇
儔		一二九六
丑	ㄔㄡˇ	三五
俅		八二
杻		五八〇
瞅		七六七
醜		一〇八二
臭	ㄔㄡˋ	九六八
｜	ㄔㄡ	｜
摻	ㄔㄢ	四七二
攙		四八六
襜		九八二
單	ㄔㄢˊ	二〇〇

字	注音	頁
嬋		二七九
孱		二三四
巉		三五一
廛		三五二
槎		五五一
毚		五九三
潺		六四八
澶		六五〇
瀺		六六七
禪		七一五
纏		八五四
蟾		九六四
蟬		九六五
讒		一〇三二
躔		一〇四〇
鑱		一一〇九
饞		一一六八
剗	ㄔㄢˇ	一三一
幝		三三七

字	注音	頁
塵	ㄔㄣˊ	三三七
郴		一〇七五
瞋		七六四
琛		七一七
捵		四六一
抻		四四三
嗔	ㄔㄣ	二三二
｜		｜
羼	ㄔㄢˋ	八六六
懺		四六六
嚵		二三二
｜	ㄔㄢ	｜
闡	ㄔㄢˇ	一一二七
鏟		一一〇四
謟		一〇〇〇
葴		九四一
產		七六七
瀍		六六五

字	注音	頁
趁		一〇三二
讖		一〇一三
襯		九八二
疢		七六九
櫬		五七四
｜		｜
硶	ㄔㄣˇ	七四九
塴		二三九
陳	ㄔㄣˊ	一一三三
辰		一〇五一
諶		一〇〇二
臣		九二八
煁		六六二
湛		六三七
沉		六〇八
桭		五五七
晨		五三一
忱		三八一
宸		二九五

字	注音	頁
萇		九三五
腸		八六五
徜		三七一
常		三三二
嚐		二三一
嘗		二二〇
償		二〇六
倘		九五
鯧		一一二九
閶		一一二三
菖		九三五
猖		六九四
昌		五三二
娼	ㄔㄤ	二六七
倡		七七
倀		八〇
｜		｜
齔		一三六

字	注音	頁
槍		五六六
撐		四六九
｜	ㄔㄥ	｜
鬯		一一九一
暢		五三六
悵		三八九
唱		一六六
倡		七七
氅		五九五
昶		五三八
敞		四九八
廠		三五一
場	ㄔㄤˇ	二二四
鱨		一一三〇
長		一〇二九
裳		九七九

字	注音	頁
棖		五五一
晟		五三二
承		四五〇
成		四二七
懲		四二四
膛		三二四
埕		二三〇
城		二二九
呈		一六八
乘	ㄔㄥˊ	三五
丞		二六
鐺		一一〇七
鎗		一一〇三
楨		一〇二九
蟶		九五五
稱		七一六
瞠		七六四
琤		七一四
掌		六八三
檉		五七二

橙 五七一
澄 六四七
盛 七四八
程 七九四
裎 九七八
誠 九九八
郕 一〇七四
酲 一〇八〇

ㄔㄥˇ
逞 一〇五九
騁 一一七五

ㄔㄥˋ
秤 七九三
稱 七九六

ㄔㄨ
出 一一六
初 九七三
貙 一〇一八
齣 一二三六

ㄔㄨˊ
儲 八九
廚 三五〇
櫥 五七四
滁 六四三
芻 九一九
蜍 九六〇
躇 一〇四一
躕 一〇四二
鉏 一〇九二
鋤 一〇九六
除 一一三一
雛 一一三三

ㄔㄨˇ
杵 五四七
楮 五五九
楚 五六二
礎 七七九
處 九五四
褚 九七九

ㄔㄨˋ
亍 三九
俶 七五
怵 三八四
搐 四七一
畜 七三三
矗 七六五
絀 八三六
處 九五四
觸 九九一
詘 九九六
黜 一二一九

ㄔㄨㄚˇ
抓 四三七

ㄔㄨㄛ
戳 四二三

ㄔㄨㄛˋ
啜 一九七
婥 二七六
惙 三九九
綽 八四四
輟 一〇四七
辵 一〇五三
逴 一〇六二
醊 一〇八二
齪 一二三七

ㄔㄨㄞ
搋 四七三

ㄔㄨㄞˇ
揣 四六八

ㄔㄨㄞˋ
踹 一〇三九

ㄔㄨㄟ
吹 一八二
炊 六五七

ㄔㄨㄟˊ
圌 二三〇
垂 二三九
捶 四六九
搥 四七三
棰 五六三
槌 五六五
箠 八一七
錘 一一〇一
鎚 一一〇三
陲 一一三四

ㄔㄨㄢ
川 三三五
氚 五九七
穿 八〇一

ㄔㄨㄢˊ
傳 八三
椽 五六三
船 九一三
遄 一〇五五

ㄔㄨㄢˇ
喘 二〇一
舛 九一一

ㄔㄨㄢˋ
串 三〇
釧 一〇八九

ㄔㄨㄣ
春 五一八
杶 五四八
椿 五六一

ㄔㄨㄣˊ
唇 一九三
屯 三一七
淳 六二九
焞 六六三
純 八二三
脣 八九三
蓴 九四五
醇 一〇八一
錞 一一〇〇
鶉 一二〇七

ㄔㄨㄣˇ
蠢 九六六

ㄔㄨㄤ
創 一二三
囪 二一七
瘡 七三四
窗 八〇二

ㄔㄨㄤˊ
幢 三三七
床 三四四
牀 六八一

ㄔㄨㄤˇ
闖 一一二六

ㄔㄨㄤˋ
創 一二三
愴 四〇七

ㄔㄨㄥ
充 九二
忡 三八二
憃 四〇八
憧 四一〇
摏 四七六
沖 六〇九
舂 九〇八
茺 九二四
衝 九七一

ㄔㄨㄥˊ
崇 三三三
虫 九五七
蟲 九六四
重 一〇八五

ㄔㄨㄥˇ

寵 三〇二

ㄔㄨㄥˋ

衝 九七一
銃 一〇九三

ㄕ

ㄕ

失 二五七
尸 三三二
屍 三三五
師 三三四
施 五〇九
溼 六四一
濕 六五二
獅 六九五
蓍 九四一
虱 九五七
蝨 九六二
詩 九九七
鳲 一三〇三

ㄕˊ

什 五〇
十 一四九
塒 二三七
寔 二九八
實 三〇〇
拾 四五二
提 四六七
時 五二一
湜 六四〇
石 七六九
蒔 九四二
蝕 九六一
食 一二六一
鰣 一三〇〇
鼫 一三三三

ㄕˇ

使 六六
史 一七〇
始 二七三
屎 三三五
矢 七六六
豕 一〇五五
駛 一二七三

ㄕˋ

世 二五
事 三八
仕 五三
侍 六四
勢 一四一
嗜 二〇三
噬 二一〇
士 二四三
奭 二六四
室 二九三
市 三三一
式 三四四
弒 三四五
恃 三八九
拭 四五一
是 五一九
柿 五四八
氏 五九五
澨 六五〇
示 七八一
筮 八一四
舐 九一一
視 九八六
試 九九七
誓 一〇〇三
諡 一〇〇七
識 一〇〇九
貰 一〇三一
軾 一〇四五
逝 一〇五九
適 一〇六八
釋 一〇八四
鈰 一〇九二
飾 一二六三

˙ㄕ

匙 一四六

ㄕㄚ

剎 一一八
摋 四七七
殺 五八九
沙 六〇九
煞 六六九
痧 七三三
砂 七七一
紗 八三九
莎 九二九
裟 九七七
鎩 一一〇五
鯊 一二九八

ㄕㄚˊ

ㄕㄚˇ

啥 一九六

ㄕㄚˋ

傻 八五
唼 一九五
嗄 二〇三
歃 五七八
煞 六六九
箑 八一五
霎 一二三九

ㄕㄜ

奢 二六三
畬 七三四
畲 七三四
賒 一〇三四

ㄕㄜˊ

佘 六三
它 二八七
折 四三七
舌 九一一
蛇 九五八

ㄕㄜˇ

闍 一二一五
捨 四六四
舍 九一一

ㄕㄜˋ

射 三〇四
拾 四五二
攝 四八七
歙 五七九
涉 六二六
灄 六五三
猞 六九四
社 七八一
舍 九一一
葉 九三七
設 九九四
赦 一〇二九
麝 一三一三

ㄕㄞ

篩 八一七

ㄕㄞˇ

色 九一四
骰 一二八二

ㄕㄞˋ

晒 五二三
殺 五八九

ㄕㄟˊ

誰 一〇〇五

ㄕㄠ

弰 三六八
捎 四五五
梢 五五七
燒 六六四
稍 七九四
筲 八一四
艄 九一三

ㄕㄠˊ　勺 一四三　杓 五四五　芍 九一五　韶 一二四九
ㄕㄠˇ　少 三〇九
ㄕㄠˋ　劭 一三七　卲 一五六　召 一七三　哨 一九三　少 三〇九　捎 四五五　紹 八三六　邵 一〇七三

ㄕㄡ　收 四八九
ㄕㄡˊ　熟 六七二
ㄕㄡˇ　守 二八七　手 四二五　首 一二六八
ㄕㄡˋ　受 一六五　售 一九六　壽 二四三　授 四六四　狩 六九二　獸 六九八　瘦 七三四　綬 八四七

ㄕㄢ　刪 一二五　埏 二三三　姍 二七一　山 三一八　扇 四二五　搧 四七一　杉 五四四　潸 六四八　煽 六七一　珊 七〇三　笘 八一〇　羶 八六八　膻 九〇一　舢 九一三　芟 九一九　苫 九二三　衫 九七三　跚 一〇三五　釤 一〇八九　髟 一一八八
ㄕㄢˇ　摻 四七七　睒 七六二　閃 一一二一　陝 一一三一
ㄕㄢˋ　剡 一三〇　單 二〇〇　嬗 二八〇　扇 四二五　撣 四七九　擅 四八一　汕 六〇六　疝 七二八　禪 七八七　繕 八五四　善 八六六　膳 九〇〇　蟺 九六五　訕 九九三　贍 一〇二八　鄯 一〇七七　騸 一一七七　鱔 一二〇一　鱣 一二〇二

ㄕㄣ　伸 六〇　信 六八　參 一六一　呻 一八四　娠 二七四　深 六二八　燊 六七四　珅 七〇二　甡 七一七　申 七二〇　砷 七七二　紳 八三七　莘 九三〇　蔘 九四五　詵 九九八　身 一〇四二　駪 一一七五
ㄕㄣˊ　什 五〇　甚 七一四　神 七八三
ㄕㄣˇ　哂 一八九　嬸 二八〇　審 三〇一　沈 六〇七　瀋 六五二　矧 七六七　諗 一〇〇五
ㄕㄣˋ　慎 四〇六　滲 六四七　甚 七一四　腎 八九五　葚 九三九　蜃 九六〇

ㄕㄤ　傷 八五　商 一九四　殤 五八八　湯 六三八　觴 九九一
ㄕㄤˇ　上 七　晌 五三三　賞 一〇二五
ㄕㄤˋ　上 七　尚 三二〇
˙ㄕㄤ　裳 九七九

ㄕㄥ　勝 一四一　升 一五一　昇 五一七　牲 六八六　生 七一五　甥 七一八　笙 八一〇　聲 八八〇　陞 一一三一
ㄕㄥˊ　澠 六五〇　繩 八五五
ㄕㄥˇ　省 七五七　眚 七五九
ㄕㄥˋ　乘 二四　剩 一三三　勝 一四一　嵊 三三三　盛 七四八　聖 八七八

臟 一〇二七

｜ㄕㄨ｜

俞 七三　姝 二七四　抒 四四〇　摴 四七六　攄 四八六　書 五三三　梳 五五五　樞 五六六　樗 五六六　殊 五八七　殳 五八九　疋 七一七　疏 七一七　紓 八二四　舒 九一一　荼 九二九　蔬 九四三　輸 一〇四八

ㄕㄨˊ

叔 一六五　塾 二三七　孰 二八五　淑 六三三　秫 七九三　菽 九三四　贖 一〇二八

ㄕㄨˇ

屬 三一七　數 四九九　暑 五三五　糬 八二八　署 八六一　薯 九四八　藷 九五一　蜀 九六〇　鸀 一一〇九　黍 一一二六　鼠 一一三三

ㄕㄨˋ

倏 七六　儵 九〇　墅 二三八　庶 三四八　恕 三九二　戍 四一七　數 四九九　曙 五三〇　束 五四三　樹 五六九　沭 六一五　漱 六四五　澍 六四九　署 八六一　術 九七〇　裋 九七七　豎 一〇一四　述 一〇五四　鉥 一〇九二

｜ㄕㄨㄚ｜

刷 一三八　唰 一九七

ㄕㄨㄚˇ

耍 八七五

｜ㄕㄨㄛ｜

說 一〇〇一

ㄕㄨㄛˋ

妁 二六七　搠 四七一　數 四九九　朔 五三七　槊 五六四　爍 六七七　碩 七七六　蒴 九四一　鑠 一一〇八

｜ㄕㄨㄞ｜

摔 四七四　衰 九七四

ㄕㄨㄞˇ

甩 七一八

ㄕㄨㄞˋ

帥 三三三　率 六九九　蟀 九六四

｜ㄕㄨㄟˇ｜

水 六〇〇

ㄕㄨㄟˋ

帨 三三四　涗 六二八　睡 七六三　稅 七九五　說 一〇〇一

｜ㄕㄨㄢ｜

拴 四五三　栓 五五五　閂 一一二一

ㄕㄨㄢˋ

涮 六三三

｜ㄕㄨㄣˇ｜

吮 一八三　楯 五六三

ㄕㄨㄣˋ

瞬 七六四　舜 九一三　蕣 九四七　順 一一五〇

｜ㄕㄨㄤ｜

孀 二八一　瀧 六五三　雙 一一三三　霜 一一三九　驦 一一八〇

ㄕㄨㄤˇ

爽 六八〇　鷞 一一〇九

ㄖ

｜ㄖˋ｜

日 五二三　馹 一一七三

｜ㄖㄜˇ｜

喏 一九九　惹 四〇四　若 九二一

ㄖㄜˋ

熱 六七二

｜ㄖㄠˊ｜

嬈 二七九　蕘 九四七　蟯 九六四　饒 一一六七

ㄖㄠˇ

擾 四八五

ㄖㄠˋ

繞 八五四　遶 一〇七〇

｜ㄖㄡˊ｜

厹 一六〇　揉 四七〇　柔 五五〇　煣 六七〇　内 七八八　糅 八二六　蹂 一〇三九

注音	字（頁碼）
ㄖㄡˊ	輮 一○四八　鞣 一○八
ㄖㄡˋ	肉 八四
ㄖㄢˊ	然 六三　燃 六三五　蚺 九五五　髯 一二八
ㄖㄢˇ	冉 一○八　姌 二一一　染 五七一　苒 九三二
ㄖㄣˊ	人 四六　仁 五○　任 七五
ㄖㄣˇ	忍 三二一　稔 七六○　荏 九二七
ㄖㄣˋ	仞 五五　任 七五　刃 六九　妊 二九　恁 二六　紉 八三○　衽 八三二　認 九五　軔 一○四二　靷 一二七○　飪 一二六二
ㄖㄤˊ	王 一二四二　穰 七九　瓤 七七　攘 七二　勷 四二
ㄖㄤˇ	嚷 二一一　壤 二一
ㄖㄤˋ	讓 一○二三
ㄖㄥ	扔 四二
ㄖㄥˊ	仍 五一　礽 六一
ㄖㄨˊ	儒 八九　嚅 二○　如 三六六　孺 三六六　帤 八六五　濡 八五○　繻 九○五　茹 九二五　蓐 九二九　蠕 九五五　袽 九四二　褥 ——　鉏 一○一六　鑷 一○六八　顬 一○七六　駑 一○八六
ㄖㄨˇ	乳 三二三　女 二六四　汝 六七
ㄖㄨˋ	入 九七　辱 四八三　褥 六二○　縟 九一五　溽 八五○　洳 八四二　擩 三三九
ㄖㄨㄛ	挼 四六五
ㄖㄨㄛˋ	偌 七九　弱 三六八　箬 九二一　若 九二一　蒻 九四二
ㄖㄨㄟˊ	蕤 九四七
ㄖㄨㄟˇ	蕊 九四六
ㄖㄨㄟˋ	叡 六六八　枘 五六一　瑞 三五八　睿 五七二　芮 九二三　蚋 九五一　銳 一○一九
ㄖㄨㄢˇ	軟 一○四八　阮 一二八九
ㄖㄨㄣˋ	閏 一二七六　潤 八六三
ㄖㄨㄥˊ	容 三二九　嶸 二四七　戎 三四○　榮 五四二　榕 五四○　毹 六○○　溶 八六○　熔 六九二　狨 七○五　瑢 三五八　羢 三七五　茸 九二五　蓉 九三五　融 九五三　蠑 九六五　鎔 一○二一　頌 一○七二
ㄖㄨㄥˇ	冗 一○九

注音	字（頁碼）
ㄗ	咨 一六九　嗞 二○二　姿 二六九　孳 三○五　嵫 二三五　淄 八六六　滋 八六九　粢 九一一　茲 九二七　菑 九三七　諮 一○二四　資 一○二六　貲 一○三二　趑 一○四三　輜 一○四七

鈻 髭 錙 鯔 肅 齊 齜　　仔 呰 姊 子 梓 滓 秭 第 籽 紫 秄 疵 觜

ㄗˇ

一〇〇 一六八 一九 一二八 一二九 一三二 一三五 一三七　　五 一九 二七 五二 六四 七二 八二 八三 八〇 八七 九七 九九

剚 字 恣 漬 皆 齸 自　　匝 咂　　咱 嘁 拶 砸 雜　　｜

ㄗˋ　　　　　　ㄗㄚ　　　　ㄗㄚˊ　　ㄗㄜ
ㄗˊ

三一 三二 三九 六四 六六 八九 九一　　六四 一八　　二九 二〇二 四一 四二 七一 一三三　　｜

則 咋 嘖 幘 擇 柞 澤 笮 簀 舴 責 蹟 鰂　　仄 唶 昃　　｜　　哉 栽

災 嵟　　宰 崽 載　　再 在 載　　賊　　糟 蹧 遭

ㄗㄞ　　　ㄗㄞˇ　　　ㄗㄞˋ　　ㄗㄟˊ　　ㄗㄠ
ㄗˊ

六六 九三　　三四 三二 一〇六　　一八 三三 一五四　　一〇三　　八七 一〇一 一〇九

鑿　　早 棗 澡 璪 繰 藻 蚤　　噪 慥 灶 燥 皂 簉 譟 躁 造

ㄗㄠˊ　　ㄗㄠˇ　　　　　　　　ㄗㄠˋ

二〇九　　五四 五八 六九 七一 八五 九一 九七　　二九 四九 六六 六四 七二 八九 一〇 一〇四 一〇五

｜　　菆 諏 諏 鄒 鄹 陬 騶 緅　　走　　奏 揍 驏　　｜　　簪

ㄗㄡ　　　　　　　　　　　　　　　ㄗㄡˇ　　ㄗㄡˋ　　　ㄗㄢ
　　　　　　　　　　　　　　　　　　　　　　　　　　　　ㄗˊ

九五　　一〇二 一〇〇 一六六 一七三 一三七 一三二 一七七 一九二　　一〇五　　二六一 四六 二八〇　　｜　　八九

偺 咱 嘈 糌　　儧 噆 拶 攢 昝 趲　　｜　　瓚 讚 瓚 鄼 鏨

ㄗㄢˊ　　　　ㄗㄢˇ　　　　　　　　ㄗㄢˋ

八〇　　一九 二〇二 八六　　九〇 二〇七 四二 四七 五二 一〇三　　｜　　二一 二〇三 二〇七 二六八 一二四

｜　　怎　　譖　　牂 臟 臧 臓 髒　　駔　　奘 臟 葬 藏

ㄗㄥ 增 二三九 憎 四二一 曾 五三三 橧 五六九 矰 七六九 繒 八五四 罾 八六二
ㄗㄥˋ 甑 七三三 贈 一〇二七
ㄗㄨ 租 七九三
ㄗㄨˊ 卒 一五二 捽 四五七 族 五二一 足 一〇三三

鏃 一一〇四
ㄗㄨˇ 爼 七一 祖 七八三 組 八三七 詛 九九六 阻 一一一九
ㄗㄨˋ 駔 一一七三
ㄗㄨㄛ 嘬 二〇八
ㄗㄨㄛˊ 作 六一 昨 五二一 筰 八一四
ㄗㄨㄛˇ 佐 六〇

左 三三七
ㄗㄨㄛˋ 作 六一 做 七九 坐 二一七 座 三四七 怍 三八五 柞 五三一 祚 七八四 胙 八九〇 酢 一〇八〇 阼 一一一九
ㄗㄨㄟ 朘 八九四
ㄗㄨㄟˇ 嘴 二〇九
ㄗㄨㄟˋ 最 一〇九

晬 五二五 槜 五七二 罪 八六一 蕞 九四七 醉 一〇八一
ㄗㄨㄢ 鑽 一一〇九
ㄗㄨㄢˇ 纂 八五六 纘 八五八
ㄗㄨㄢˋ 攥 四八八 鑽 一一〇九
ㄗㄨㄣ 尊 三〇五 樽 五六九 遵 一〇六九 鐏 一一〇五

鱒 一二〇一
ㄗㄨㄣˇ 噂 二〇六 撙 四七八
ㄗㄨㄣˋ 圳 二二四
ㄗㄨㄥ 宗 二九一 從 三七一 棕 五五九 樅 五六八 縱 八五二 豵 一〇一六 踪 一〇三九 蹤 一〇四〇 騣 一一七六 鬃 一一八九 鬷 一一九二

ㄗㄨㄥˇ 傯 八五 摠 四七七 總 八五二
ㄗㄨㄥˋ 從 三七一 粽 八二五 綜 八四三 縱 八五二

ㄘ

ㄘ 差 三一九 疵 七三一 雌 一一三一 骴 一一八二
ㄘˊ 慈 四〇一 瓷 七一三 磁 七七六 祠 七八二 茲 九二七 茨 九二八 詞 九九五 辭 一〇五一 鶿 一二〇七
ㄘˇ 此 五八一 泚 六二三 玼 七〇四
ㄘˋ 伺 六三 刺 一二六 次 五七六 莿 九三五 蛓 九五九

ㄘㄚ 擦 四八三
ㄘㄜˋ 側 七九 冊 一〇八 廁 三四九 惻 四〇三 測 六三九 策 八二二 筴 八二四
ㄘㄞ 猜 六九三
ㄘㄞˊ 才 四二七 材 五四四 纔 八五八 裁 九七六 財 一〇一九

村 五四四　皴 七四七

ㄘㄨㄣˊ

存 二八三

ㄘㄨㄣˇ

忖 三八〇

ㄘㄨㄣˋ

吋 一七三　寸 三〇三

ㄘㄨㄥ

匆 一四　囪 二一七　從 三七一　怱 三八九　樅 五六八　璁 七〇九　瑽 七〇九　聰 八八〇　蔥 九四五　蓯 九四五　鏦 一二〇五　驄 一二七八

ㄘㄨㄥˊ

叢 一六六　從 三七一　悰 三九五　淙 六二八　琮 七〇七

ㄙ

ㄙ

偲 七九　凘 一二四　司 一七三　嘶 二〇七　廝 三五〇　思 三八四　撕 四七八　斯 五〇六　澌 六四九　私 七九〇　絲 八四一　緦 八五〇　罳 八六二　螄 九六三　釃 一〇八四　鍶 一二〇一　鷥 一三〇九

ㄙˇ

死 五八五

ㄙˋ

似 六〇　伺 六三　俟 七一　兕 九六　嗣 二〇四　四 二一三　姒 二七三　寺 三〇三　巳 三三〇　汜 六〇六　泗 六一七　涘 六二七　祀 七八二　笥 八一〇　耜 八七六　肆 八八三　賜 一〇六六　食 一一六一　飼 一一六三　駟 一一七三

ㄙㄚ

撒 四七八

ㄙㄚˇ

撒 四七八　洒 六二〇　灑 六五三

ㄙㄚˋ

靸 一一四五　卅 一五一　薩 九四九　趿 一〇三四　颯 一一五九

ㄙㄜˋ

嗇 二〇三　圾 二二六　塞 二二六　澀 六五〇　濇 六五一　瑟 七〇八　璱 七一〇　穡 七九九　色 九一四　鈒 一〇九〇　銫 一〇九五

ㄙㄞ

偲 七九　塞 二二五　思 三八四　腮 八九八　鰓 一二九九

ㄙㄞˋ

塞 二二六　賽 一〇二七

ㄙㄠ

搔 四七四　瘙 七三四　繅 八五三　繰 八五五　臊 九〇一　艘 九一三　騷 一一七六

ㄙㄠˇ

嫂 二七八　掃 四六五

ㄙㄠˋ

掃 四六五　燥 六七六　臊 九〇二

ㄙㄡ

廋 三四九　搜 四七〇　溲 六四三　蒐 九四三　颼 一一五九　餿 一一六六

ㄙㄡˇ

叟 一六六　嗾 二〇四　擻 四八六　藪 九五一

ㄙㄡˋ

嗽 二〇六

ㄙㄢ

三 一二　叄 一六一　毿 五九五

ㄙㄢˇ

傘 八三　散 四九七　糝 八二七　糤 八五四　饊 一一六七

ㄙㄢˋ

散 四九七

ㄙㄣ

森 五六〇

ㄙㄤ

喪 二〇〇　桑 五五四

ㄙㄤˇ
嗓 二〇四
搡 四七四
顙 一二五六

ㄙㄤˋ
喪 二〇〇

ㄙㄥ
僧 八六

ㄙㄨ
囌 二一三
甦 七一八
穌 七九九
蘇 九五一
酥 一〇七九

ㄙㄨˊ
俗 六八

ㄙㄨˋ
嗉 二〇三
塑 二三六
夙 二四七
宿 二九七
愬 四〇六
愫 四〇六
數 四九九
泝 六一八
涑 六三五
溯 六四〇
窣 八〇三
簌 八一九
粟 八二四
素 八三三
肅 八八三
蓿 九四三
蔌 九四五
觫 九九〇
訴 九九六
謖 一〇〇八
速 一〇五九
驌 一二七八
鷫 一三〇九

ㄙㄨㄛ
些 四三
唆 一九四
嗦 二〇三
娑 二七四
挲 四五四
桫 五五六
梭 五五七
簑 八一七
縮 八五一
莎 九二九
蓑 九四一

ㄙㄨㄛˇ
嗩 二〇四
所 四二四
瑣 七〇九
索 八三三
鎖 一二〇三

ㄙㄨㄛˋ
些 四三

ㄙㄨㄟ
眭 七六〇
睢 七六二
綏 八四三
荽 九三〇
雖 一二三三

ㄙㄨㄟˊ
隋 一二二四
隨 一二二七

ㄙㄨㄟˇ
髓 一二八三

ㄙㄨㄟˋ
歲 五八三
燧 六七六
睟 七六二
碎 七七四
祟 七八五
穗 七九九
繐 八五四
術 九七〇
襚 九八二
誶 一〇〇二
遂 一〇六二
邃 一〇七二
隧 一二二七

ㄙㄨㄢ
狻 六九三
痠 七三一
酸 一〇八一

ㄙㄨㄢˋ
筭 八一四
算 八一五
蒜 九四一

ㄙㄨㄣ
孫 二八五
猻 六九六
蓀 九四二
飧 一二六二

ㄙㄨㄣˇ
損 四七三
榫 五六五
筍 八一三
簨 八二〇

ㄙㄨㄥ
崧 三三三
嵩 三三三
忪 三八二
松 五四八
淞 六三三
菘 九三五
鬆 一二八九

ㄙㄨㄥˇ
悚 三九三
慫 四〇九
竦 八〇七
聳 八八一

ㄙㄨㄥˋ
宋 二八九
訟 九九五
誦 一〇〇〇
送 一〇五四
頌 一二五三

ㄚ

ㄚ
啊 一九七
錒 一〇九九
阿 一二一九

˙ㄚ
啊 一九七

ㄛ

ㄛ
呵 一八四
喔 二〇二

ㄛˊ
哦 一九三

ㄜ

ㄜ
婀 二七六
屙 三一六
痾 七三三
阿 一二一九

ㄜˊ
俄 七一　哦 一九三　娥 二七五　峨 三三一　莪 九三〇　蚵 九五八　蛾 九六〇　訛 九九五　鋨 一〇九八　額 一一五五　鵝 一三〇六

ㄜˇ
噁 二〇七　惡 三九七　猗 六九三

ㄜˋ
厄 一五八　呃 一八二　噩 二〇八　堊 二三三　惡 三九七　愕 四〇三　扼 四三八　搤 四七一　砈 七七〇　萼 九三八　諤 一〇〇七　軛 一〇四五　遏 一〇六四　鄂 一〇七六　鍔 一一〇一　閼 一一一五　阨 一一一八　頞 一一五三　顎 一一五五　餓 一一六四　餩 一一六六　鱷 一三〇二　鶚 一三〇八

ㄞ

ㄞ
哀 一八八　哎 一九〇　唉 一九四　埃 二三〇　挨 四五七

ㄞˊ
捱 四六〇　癌 七三五　皚 七四五　騃 一一七五

ㄞˇ
欸 五七七　矮 七六八　藹 九五一　靄 一一四一

ㄞˋ
乂 三　噯 二一〇　嬡 二八〇　愛 四〇五　曖 五三〇　璦 七二一　礙 七七九　艾 九一五　鑀 一一〇七　隘 一一二六　靉 一一四一

ㄟ

ㄟˋ
欸 五七七

ㄠ

ㄠ
凹 一二八　坳 二三八

ㄠˊ
嗷 二〇六　廒 三四九　敖 四九六　熬 六七三　獒 六九六　翱 八七〇　聱 八八一　螯 九六四　謷 一〇〇九　遨 一〇六九　鏖 一一〇三　鏊 一一〇三　驁 一一七八　鰲 一三〇〇　鼇 一三三一

ㄠˇ
媼 二七八　拗 四四八　襖 九八二

ㄠˋ
傲 八四　奧 二六三　懊 四一四　拗 四四八　敖 四九六　澳 六五〇　隩 一一三七

ㄡ

ㄡ
區 一四八　嘔 二〇五　毆 四九九　歐 五七九　毆 五九一　漚 六四六　甌 七一三　謳 一〇〇八　鷗 一三〇九

ㄡˇ
偶 七九　嘔 二〇五　耦 八七六　藕 九五一

ㄡˋ
嘔 二〇五　慪 四〇八　漚 六四六

ㄢ

ㄢ
厂 一五八　安 二八八　庵 三四八　氨 五九九　盦 七五二　胺 八九三　菴 九三四　諳 一〇〇五　銨 一〇九五　闇 一一一六　陰 一一二三　鞍 一一四六　鵪 一三〇七

ㄢˇ
俺 七三　唵 一九五　揞 四六六

ㄢˋ
岸 三二〇　按 四四九

暗 五二六
案 五五二
桉 五五五
犴 六九〇
豻 一〇一七
闇 一一一六
鮟 一一九八
黯 一三三〇

ㄣ

ㄣ
恩 三九一

ㄣˋ
摁 四七二

˙ㄣ
嗯 二〇四

ㄤ

ㄤ
腌 八九六
骯 一一八二

ㄤˊ
昂 五一七

ㄤˋ
盎 七四八

ㄦ

ㄦˊ
兒 九六
而 八七四
鮞 一一九八
鴯 一三〇六

ㄦˇ
洱 六二〇
爾 六八〇
珥 七〇三
耳 八〇六
邇 一〇七三
鉺 一〇九四
餌 一一六四
駬 一一七四

ㄦˋ
二 三九
刵 一二六
貳 一〇三一

ㄧ

ㄧ
一 一
伊 五七
依 六四
咿 一九一
壹 二四三
她 二六八
揖 四六八
欹 五七七
漪 六四三
猗 六九三
禕 七八七
緊 八五四
衣 九七二
醫 一〇八三
銥 一〇九五
鷖 一三〇九
黟 一三一九

ㄧˊ
儀 八七
匜 一四七
台 一七一
咦 一九〇
圯 二三四
夷 二五九
姨 二七三
宜 二九二
嶷 三一四
彝 三六二
怡 三八八
扅 四二五
沂 六二一
洟 六一九
疑 七一八
痍 七三一
眙 七五九
移 七九三
胰 八九一
荑 九二八
蛇 九五八
詒 九九六
貽 一〇三三
迆 一〇五二
迤 一〇五四
迻 一〇五七
遺 一〇七〇
頤 一一五四
飴 一一六三
鸃 一三一〇

ㄧˇ
乙 三四
以 五三
佁 六四
倚 七五
已 三三〇
旖 五一二
椅 五六〇
檥 五七二
猗 六九三
矣 七六六
艤 九一三
苡 九二四
蛾 九六〇
螘 九六三
蟻 九六五
踦 一〇二八
釔 一〇八八
顗 一一五六
齮 一三一七

ㄧˋ
乂 三三
亦 四五
仡 五四
佚 六三
佾 七七
億 八七
刈 一三三
劓 一三四
邑 一九三
嗌 二〇三
噫 二〇八
囈 二一三
埸 二三三
奕 二六一
嫕 二七九
射 三〇四
屹 三一九
嶧 三二四
廙 三四九
弈 三五四
弋 三五四
役 三六五
悒 三九三
意 四〇〇
憶 四一三
懌 四一四
懿 四一六
抑 四三八
挹 四五五
施 五〇九
易 五一七
昳 五二一
曳 五三三
杙 五四四
殪 五八八
毅 五九一
泄 六一五
洩 六二一
浥 六二六
溢 六四〇

熠 六七三　燡 六七七　異 七一三　疫 七一八　瘞 七二四　益 七四八　睪 七六三　縊 八五〇　繹 八五五　義 八六七　羿 八六八　翌 八六九　翊 八六九　翳 八七〇　翼 八七一　肄 八八三　臆 九〇一　艾 九一五　薏 九四八　藝 九五〇　蜴 九六一　衣 九七二

裔 九七八　詣 九九八　誼 一〇〇二　議 一〇一〇　譯 一〇一〇　軼 一〇四五　逸 一〇六一　邑 一〇七二　鎰 一一〇二　鐿 一一〇六　食 一一六一　驛 一一八〇　鷁 一二〇八　鷊 一二〇八　鷖 一二一〇

ㄧㄚ

丫 二七　呀 一八〇　啞 一九五　壓 二四〇　押 四四四　椏 五五九　雅 一二一九　鴉 一二〇四　鴨 一二〇四

ㄧㄚˊ

厓 一五八　枒 五四八　涯 六二三　牙 六八三　芽 九一九　蚜 九五八　衙 九七一　齖 一二三六

ㄧㄚˇ

啞 一九五　庌 三四五　疋 七二七　雅 一二一九

ㄧㄚˋ

亞 四三　婭 二七五　揠 四六六　氬 六〇〇　砑 七七〇　訝 九九四　軋 一〇四四　迓 一〇五四　錏 一一〇〇

˙ㄧㄚ

呀 一八〇

ㄧㄛ

唷 一九四

ㄧㄝ

噎 二〇七　掖 四五七

ㄧㄝˊ

揶 四六六　斜 五〇四　椰 五六一　爺 六八〇　琊 七〇五　耶 八七七　邪 一〇七三

ㄧㄝˇ

也 三五　冶 一二三　野 一〇八六　鈚 一〇八九

ㄧㄝˋ

咽 一九〇　夜 二四七　射 三〇四　抴 四四二　掖 四五七　擫 四八四　曄 五三〇　業 五六四　液 六三〇　燁 六七五　腋 八九五　葉 九二七　謁 一〇〇六　鄴 一〇七七　靨 一一四五　頁 一一五〇　饁 一一六七

ㄧㄞˊ

崖 三一三　睚 七六二

ㄧㄠ

么 三三　吆 一七八　喓 二〇〇　喲 二〇三　夭 二五七　妖 二七〇　幺 三四二　祅 七八二　腰 八九六　葽 九二九　要 九八三　邀 一〇七一

ㄧㄠˊ

傜 八二　僥 八六　堯 二三三　姚 二七四　崤 三一三　嶢 三一四　徭 三二四　搖 四七三　殽 五九〇　洮 六二三　淆 六三六　爻 六八〇　猺 六九五　珧 七〇四　瑤 七〇九　窯 八〇三　繇 八五三　肴 八八七　謠 一〇〇八　軺 一〇四五　遙 一〇六七　銚 一〇九四　陶 一一三三　餚 一一六六　鰩 一二〇〇

ㄧㄠˇ

咬 一八八　杳 五四五　殀 五八六　窈 八〇二　窅 八〇二　舀 九〇八

ㄧㄠˋ

曜 五三〇　樂 五六八

ㄨ

俉 一九七　娬 二七六　嫵 二八〇　廡 三五一　忤 三八二　憮 四一三　捂 四五四　摀 四七三　武 五八二　牾 六八八　膴 九〇〇　舞 九一二　迕 一〇五四　鵡 一三〇七

ㄨˋ

兀 九一　務 一四〇　勿 一四三　塢 二三七　婺 二七七　痦 三〇〇

悟 三九三　惡 三九七　戊 四一七　晤 五三四　杌 五四五　焐 六六二　物 六八五　誤 一〇〇一　鋈 一〇九七　阢 一一一八　霧 一二四〇　騖 一二七六　鶩 一三〇八　甒 一三二四

ㄨㄚ

哇 一九〇　媧 二七七　挖 四五〇　洼 六一九　窪 八〇三　蛙 九五九

ㄨㄚˊ

娃 二七三

ㄨㄚˇ

瓦 七三

ㄨㄚˋ

膃 八九九　袜 九七五　襪 九八二

ㄨㄛ

倭 七〇　渦 六二八　窩 八〇三　萵 九三九

ㄨㄛˇ

我 四一九

ㄨㄛˋ

偓 八〇　喔 二〇二　幄 三三六　握 四七〇　斡 五〇五　沃 六一一　渥 六三六　臥 九〇三　齷 一三一七

ㄨㄞ

歪 五八三

ㄨㄞˇ

歪 五八三

ㄨㄞˋ

外 二四五

ㄨㄟ

偎 七九　委 二七二

威 二七三　崴 三一三　渨 六三八　煨 六六八　萎 九三四　葳 九三九　逶 一〇六二　隈 一一二五

ㄨㄟˊ

危 一五六　唯 一九六　囗 二一三　圍 二三〇　峗 三三一　嵬 三三三　巍 三三五　帷 三三五　幃 三三六　微 三七三　惟 三九九　桅 五五三

濰 六五二　為 六五七　維 八四六　薇 九四八　違 一〇六三　闈 一一一六　韋 一一四七　魏 一一九四

ㄨㄟˇ

亹 四六　偉 八一　委 二七一　娓 二七五　尾 三一三　洧 六二一　煒 六七〇　猥 六九四　瑋 七〇八　痏 七三一　痿 七三三　緯 八四七

葦 九三八　薳 九五〇　諉 一〇〇五　隗 一一二六　韙 一一四八　韡 一一四八　骩 一一八二　鮪 一一九八

ㄨㄟˋ

位 五九　偽 八一　味 一八四　喂 二〇三　尉 三〇五　慰 四一〇　未 五四二　渭 六三八　為 六五八　畏 七二一　胃 八九〇　蔚 九四三

蝟 九六二　衛 九七一　謂 一〇〇七　讆 一〇一一　遺 一〇七〇　餵 一一六六　魏 一一九四

ㄨㄢ

剜 一三〇　婠 二七五　彎 三六一　灣 六五四　蜿 九六〇　豌 一〇一四

ㄨㄢˊ

丸 三〇　刓 一三四　完 二八九　忨 三八一　烷 六六一

窳 八〇四
羽 八六八
與 九〇八
語 九九九
雨 一一二四
齬 一一三七

ㄩˋ

喻 二〇二
域 二三三
嫗 二七九
寓 二九八
尉 三〇五
峪 三二一
彧 三六三
御 三七二
愈 四〇五
慾 四〇九
昱 五一九
棫 五五九
欲 五七六
毓 五九二
汩 六〇九
浴 六二八
澦 六五〇
煜 六六八
熨 六七三
燠 六七七
獄 六九六
玉 七〇〇
瘉 七三三
癒 七三五
矞 七六六
禦 七八七
籲 八三三
粥 八二五
聿 八四三
育 八八六
與 九〇九
芋 九一五
蔚 九四三
蕷 九四八
蜮 九六一
裕 九七八
語 九九九
諭 一〇〇七
譽 一〇一一
谷 一〇一三
豫 一〇一六
遇 一〇六四
遹 一〇七〇
郁 一〇七四
鈺 一〇九二
閾 一一一五
隩 一一二七
雨 一一二五
預 一一五三
馭 一一七三
鬱 一一九二
鬻 一一九二
魊 一一九四
鴥 一二〇五
鵒 一二〇七
鷸 一二〇九

ㄩㄝ

曰 五三一
約 八二〇

ㄩㄝˋ

刖 一二四
岳 三三〇
嶽 三三四
悅 三九二
月 五三五
樂 五六八
樾 五七〇
櫟 五七四
瀹 六五三
爚 六七八
玥 七〇二
籥 八二三
粵 八二五
說 一〇〇一
越 一〇三一
躍 一〇四一
軏 一〇四四
鉞 一〇九二
閱 一一二五
鸑 一二一〇
龠 一二一九

ㄩㄢ

冤 一一〇
宛 二九二
淵 六三五
蜎 九六〇
鳶 一二〇三
鴛 一二〇五
鵷 一二〇七

ㄩㄢˊ

元 九一
原 一五九
員 一九三
園 二二〇
圓 二二〇
圜 二二三
垣 二二九
媛 二七七
援 四七〇
櫞 五七四
沅 六〇八
湲 六四〇
源 六四〇
爰 六七九
猿 六九五
緣 八四九
羱 八六七
芫 九一九
螈 九六三
袁 九七五
轅 一〇四八
黿 一二三一

ㄩㄢˇ

遠 一〇六七

ㄩㄢˋ

原 一五九
怨 三八七
愿 四〇六
掾 四七〇
瑗 七〇八
苑 九二四
遠 一〇六七
院 一一三〇
願 一一五六

ㄩㄣ

暈 五三七
氳 六〇〇

ㄩㄣˊ

云 四〇
匀 一四三
員 一九三
昀 五一七
畇 七三三
筠 八一四
紜 八三四
耘 八七五
芸 九一九
蕓 九四七
鄖 一〇七六
雲 一一三五

ㄩㄣˇ

允 九一
殞 五八八
狁 六九一
隕 一一三六

ㄩㄣˋ

均 二三七
孕 二八二
惲 四〇〇
慍 四〇六
暈 五三七
熅 六七〇
熨 六七三
縕 八五一
薀 九四八
蘊 九五二
運 一〇六二
鄆 一〇七六

國家圖書館出版品預行編目資料

遠流活用國語辭典／陳鐵君主編. -- 初版. --
臺北市：遠流，2009.09
面；　公分
含索引
ISBN 978-957-32-6511-5（平裝）

1. 漢語辭典

802.3　　98013458

部首索引